张学东

中短篇小说选

看窗外的羊群

①

张学东 —— 著

中国言实出版社

图书在版编目（CIP）数据

张学东中短篇小说选 . 1, 看窗外的羊群 / 张学东著 .
北京 : 中国言实出版社 , 2024. 11. -- ISBN 978-7
-5171-4836-4

Ⅰ . I247.7

中国国家版本馆 CIP 数据核字第 2024NF5163 号

看窗外的羊群

责任编辑：史会美
责任校对：王建玲

出版发行：中国言实出版社

地　　址：北京市朝阳区北苑路180号加利大厦5号楼105室
邮　　编：100101
编辑部：北京市海淀区花园北路35号院9号楼302室
邮　　编：100083
电　　话：010-64924853（总编室）　010-64924716（发行部）
网　　址：www.zgyscbs.cn　电子邮箱：zgyscbs@263.net

经　　销：新华书店
印　　刷：北京盛通印刷股份有限公司
版　　次：2025年1月第1版　2025年1月第1次印刷
规　　格：710毫米×1000毫米　1/16　152印张
字　　数：1600千字

定　　价：498.00元（全8册）
书　　号：ISBN 978-7-5171-4836-4

坚硬的叙述

——张学东小说印象

王 干

认识张学东一晃快二十年了，我们最早的一次见面，还是在北京朝内大街166号《中华文学选刊》杂志社我的办公室里，我后来多次选载过他的中短篇小说佳作。当年的青年作家倏然间也步入中年了，二十年间张学东勤勤恳恳地写作，踏踏实实地创作，完成了近五百万字的著述，算得上一个高产作家，光他的中短篇小说精选集就洋洋洒洒有八卷本之多。学东嘱我写篇序言，我苦思冥想，在寻找一个词来概括张学东的小说风格，始终不得要领。近日，再度浏览他的小说时，一个词跳了出来：坚硬。我赶紧打开电脑，记录下这样一个关键词。

张学东出生于宁夏吴忠市，是正宗的大西北人。大西北地貌的雄浑、沧桑和坚硬，是人们肉眼可见的。有一次，我从宁夏坐车去西安，沿途的风景极为壮观，巍峨而挺拔的山峰，粗粝的石子和沙子，那些在风中行走的人们，与我平常在家乡江

苏所见到的景象是截然不同的，与我现在生活的北京也是"画风"大异，但近二十年来，我读到的宁夏的作家的文风却并非全是那么的豪放，比如，"60后"的石舒清、"80后"的马金莲等作家的文字就有着一种清澈、细腻和贴心的叙述。张学东的文字与他们又不太一样，他的小说也呈现出鲜明的宁夏地貌特征，在《跪乳时期的羊》中他写道：

> 才几天时间，草场上就有了翻天覆地的变化，又接连飘过几场雨，丰茂的草势一下子使得天地间臃肿起来。羊群刚赶出圈，呼啦一闪便不见了踪影，仿佛一个个掉进了深不见底的绿色湖泊之中。有时风头猛了，才能把绿色揭起几片白色的浪花，那是羊儿正埋藏在里面吃草呢，但很快又全部隐没不见了。

这样的叙述让人不禁想起了那首著名的乐府民歌《敕勒歌》："敕勒川，阴山下，天似穹庐，笼盖四野。天苍苍，野茫茫，风吹草低见牛羊。"当然，一个是"现"牛羊，一个是将羊群隐没了起来。但同样的大气魄，大手笔，非出自现场的亲身亲历者不可。这样一种坚硬的叙述，如果要从现代文学那里寻找源头，恐怕只有鲁迅先生了。鲁迅的小说风格被人称为冷峻，我则视之为坚硬，如果比照鲁迅的杂文，就会发现这位硬骨头的坚硬特性会更为明显。和鲁迅同时代的茅盾、巴金等人的叙述明显要柔和清新些，而到了沈从文、张爱玲那里则变得

清柔如水了。

当然，坚硬与柔和并不意味着审美价值的高低，而是天生的个性和内心所致。我不知道学东有没有受过路遥的一些影响，但在叙述质地的坚硬和刚性上，他们彼此都是相通的。

说张学东的"坚硬"，不是说他的写作只是一味地粗放和豪迈，事实上，他在叙述乡村历史和个人成长的历程中，时时体现出他特有的一种柔情和挚爱，他叙述苦难岁月里的人与人交往、描写大自然与童年视角的交融无不如此。在那一刻，他就是一个柔情万种的赤子和爱神。

与此同时，在当代小说家中，学东也是描写动物的高手，对羊、狼、狗、鸟等动物的拟人化的魔幻现实主义的叙述，进入到一个如我又无我的化境，但他写的绝不是宠物小说，他写的还是人物小说，在这个意义上，他笔下的动物无人可宠，不是无聊时的陪伴，而是生存的相依为命。生存的粗粝、生命的顽强、生活的艰辛，都让他笔下的生灵坚定、坚强、坚毅，让他的人物骨头硬、脾气硬、作风硬。

张学东在坚硬语言的外壳下，始终隐藏着一副柔软的心肠，这让他在对历史、社会和现实的探究中，赞颂的永远是自然美、人性美和童心美。

我以为，张学东的小说的基调无疑是现实主义的，他凝视、回望、聚焦生活的记忆和真实的感触，用写实的笔触来书写，但他又是一个开放的现实主义的践行者，他的小说对叙述视角和人物视角的转换的尝试孜孜不倦，保有现代主义和魔幻现实主义的韵味。

通读学东的作品不难发现，他的小说"切"和"砍"的力道非常明显，能与同时代作家区分开来，这一点对于一个小说家而言极为重要。我知道，在宁夏很多作家都习惯于书写土地上的苦难，学东另辟蹊径，很多时候他更愿意去写当代人的现实苦闷，从某种程度上说，苦闷是比苦难更难驾驭的。

是为序。

2024 年 6 月 13 日于万国城

目 录

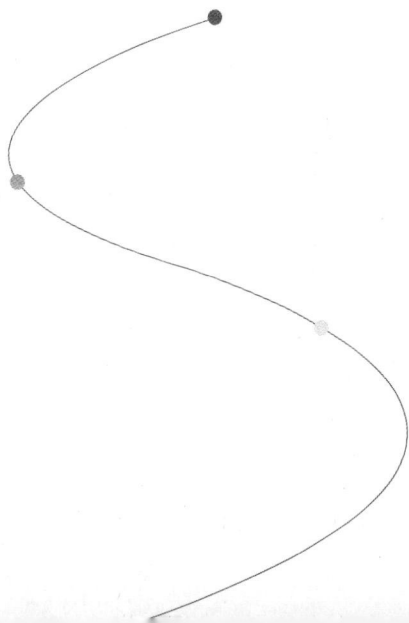

　　列车正在荒凉的包兰铁路线上穿行，火车发出的呼啸声冗长而又雄浑。我的样子在旁人看来一定很傻，因为我自始至终盯着车窗外的大片荒凉，无论什么人准能一眼便看出我的见识贫乏和初出茅庐。荒凉有时也算是一种美丽吧，它同样会令人心驰神往感慨万千。我不是在刻意欣赏这片景致，说实话我的确是在发呆，透过时空的悠长隧道，我忽然感到有许多东西正被记忆的手笔渐渐地勾勒出清晰的轮廓来。

　　并没有谁向我走来，我知道那只是我的幻觉而已，但有一种东西却很温顺地出现在直觉中，这些家伙洁白、柔软、肥壮、温和又憨态可掬。有了这样的记忆，竟发觉乘火车算是一件好事，它至少可以让你在漫长的旅途中海阔天空地任意遐想而忘却暂时的别离与伤感，甚至你会觉得你就是一位思想者，你此行的任务是将那些浓缩于记忆深处亲身体验过的往事碎片一一进行解压。

于是，我变得有些激越起来。车在贫瘠的土地穿行，我在浮想联翩。偶尔会有一团一团云状的东西隔着玻璃窗在远处徐徐滚动，想必是美丽的羊群。

羊在父亲的眼中一定是神圣而又珍贵的，要不他怎么会和它们靠得那样亲那样近呢，实际上因为有了它们，父亲的生活才有了真实和不凡。很多时候我甚至觉得父亲对羊的仁慈和关爱超越了他对我们和母亲的感情。母亲的眼神中永远是道不尽的哀怨和无可奈何，母亲庇护我们而父亲却嗜羊如命。父亲几乎把全部的精力都倾注到他的羊群里，他经常站在羊圈里静静地看着羊们吃草、反刍，并为它们诊断病情、碾药灌药直至深夜，他对待牲畜的耐心和情感是众所周知的，是超越平常人的，凡是和父亲有过些许交往的人大抵都会说，老张对羊真他妈的比对老婆娃娃还亲。

我在这里必须承认的是我是家里兄弟中最调皮捣蛋的一个，很少像大哥他们那样循规蹈矩服服帖帖父亲说一他们不二。我说不定会在某个时间做出一件异常出格的事情而惹得父亲暴跳如雷，当然每次我是少不了受一番皮肉之苦的。

父亲对待孩子显然没有对羊那样温和慈善而富于耐心，这也正是我们，包括母亲在内的人所不能理解的事实。他的那只有力的手掌曾无数次地击落在我身体上，在体验无助委屈惧怕和痛楚的同时，真的无法洞悉父亲的情感世界。

当大地呈现出一片耀眼的金黄与丰硕时，父亲从千里迢迢的山东郓城赶回了他平生最大的一群小尾寒羊。那年秋天我正痴迷于小人书的奇妙世界，从小人书里知道郓城出了个黑宋江带领一百单八位好汉轰轰烈烈上了梁山泊，至于郓城县还能产如此高大肥硕的羊只，我实在没有什么兴趣。

父亲和他的羊群很快吸引了全镇的人，他们纷纷奔走相告簇拥而来，一时间我家的院子超负荷地接纳了前来围观的人。父亲就站在他的羊群中，向大家悉心讲解有关这种小尾寒羊的一切情况，实际上他已经在羊群里这样讲了好几天了。

我想说的是随着父亲和他的羊群的归来，我大量的时间被这些讨厌的大个头羊占有了。我不得不帮着父亲干这干那而放弃玩耍和阅读小人书的时间，要知道那时我对小人书的情感超于一切，那里面有董存瑞、刘胡兰、杨家将、岳飞……还有许许多多让人痴迷忘返的人物和故事。于是我变得魂不守舍，从父亲侃侃而谈的话语中我大概明白他的心思——他想让那些人都来买他的羊，而且他打算长期饲养这种羊。我觉得自己像是被父亲抓来受奴役的童丁，我一边拿筐一趟趟地朝羊圈里运送草料，一边在设想如何改变自己的这种境况。我必须重新和我的小人书待在一起，我不能这样下去，否则肯定会憋出病来。

后来我先后想出了几个点子，比如父亲让我等羊把槽里的草料吃尽了再添加新的，而我却一次就把所有的准备好的草料都添进槽里，父亲便一脸的怒气，他说做什么都没有耐心将来咋能有出息，往后你一次就把一天的饭全吃进肚里行不行！

我没有理会父亲的愤怒和警告，反而觉得有些初战告捷的快感，实际上内心里残存着小觑父亲的思想，觉得他才是没有出息的人，整天就知道和那些傻乎乎的羊待在一起，看书难道有错吗？大多的孩子都不愿意被大人们牵着鼻子走，孩子有自己的内心世界和思维方式，一味地逆来顺受只能导致个性的泯灭。

父亲规定我每天下午放学后必须给羊饮水，要求我把水桶放在羊圈中还要用眼睛看着它们喝完了水再把桶提出来。我觉得这样做简直是对牛弹琴浪费时间，于是我继续采取投机取巧的策略，我把水桶撂在圈门口便逃之夭夭了，那时裤兜里随时揣着一两本小人书，我才没有那么多闲工夫陪着这些蠢家伙呢。

事情就是在不经意中发生的，有一只捣蛋鬼在喝水的时候不小心将脑袋塞进了水桶里，结果水桶就整个扣在它的头上怎么也拔不出来，它像疯了一般恐惧地在圈里挣扎奔跑。这惹得羊群中的骚货羊（即头羊或种羊，头顶有坚硬弯曲的犄角）勃然大怒并异常凶猛地向这只头戴铁桶的怪物发起了进攻，而此时我正津津有味地窝在院外的某个旮旯看小人书呢，怎么能想到羊群里竟有如此好管闲事的家伙。

天黑下来的时候，我听到父亲扯着嗓门一遍遍地呼唤我的名字，从他凄厉的声音里我感到一种难以言状的不祥袭击过来，我蹑手蹑脚地向家里摸索着。在黑暗中隐约听到父亲无比惋惜的连声长叹，真是作孽呀，好端端的一只羊羔子……等他回来，我非揭了他娃娃的皮不可！

星星幸灾乐祸地朝我眨着亮闪闪的眼睛，我仍旧躲藏在一堆草垛中，不知道那只羊羔出了啥事，却冥冥中感觉到一股冷风直往后脑勺吹。

当晚事实就证明了我的预感：父亲在我回来之前找到了小人书纸箱并一气之下一把火焚烧了它，我看到它们时早已灰飞烟灭。一定是母亲告密的，因为她从来不敢违抗父亲的命令，她除了暗地里怨恨之外别无良策。母亲从来不能充当我们的保护伞，她只是父亲的出气筒，有时间也充当不光彩的帮凶。

当然，做梦也想不到那只愚蠢的家伙怎么就会被活活地抵死。它的血将圈棚的地面浸红了好大一片，父亲揪着我的耳朵去看时，我几乎立即停止了宰杀般的痛号，因为我被躺在地上已奄奄一息的羊羔吓傻了。它身旁的食槽墙壁和沙土地面血迹斑斑，一股厚重的血腥夹杂着粪便的臊臭味在我和父亲之间回旋。那只羊羔就躺在一摊殷潮的血泊中，鲜血仍从它的头颅涔涔而泻，洁白的羊毛失去了那份坦然，就像美丽的天鹅折断了曲颈。其他的羊们分明已目睹了这场残虐的战争和杀戮，它们的眼神惊惶而凄惨，各个盯着我咩咩地叫，似乎正在竭力恳求父亲千万别饶恕我这个罪魁祸首。有一只年长些的母羊竟然泪眼涓涓，它在死者的身边倍显哀伤和不安。那只尚未成年的羊羔死了，死后它的头上还扣着那只变了形状的水桶。

父亲极为难过地蹲下身体，他默默地抱起羊羔的尸体朝圈外走了，几滴黏稠的血淌在了他脚下的沙土上。我依旧站在原地，耳朵火辣辣地疼，我无法分辨自己究竟是在反悔还是在发呆。后来的许多天里，只要我走近那群羊的身边，就感觉被无数只含恨的眼睛死死盯着，幸亏羊是很温顺的动物，否则难保它们不会向我兴师问罪。

有些错误的酿成并非你故意的，那只可怜的羊羔的不幸遇难绝非我的本意，我没能预见会有如此的恶果却有着不可推卸的责任。而父亲残暴地焚毁了我的小人书妄图使我得以铭戒，这却也是我无法宽恕的，因为作为父亲，他忽略了孩子最起码的情感甚至粗暴地践踏了我美好的童心。

我相信父亲并不知道我从此对他耿耿于怀，我恨他烧了我视若至宝的小人书，这也不难理解，父亲看重的是他的那些羊群，而我在乎的却是内心的感受。我甚至开始讨厌母亲那副甘愿投降的嘴脸，我觉得她就是宋江——她的懦弱和无条件投降害了我的那些小人书。

我也由此变得怪僻，逆反心理日益强烈，一个人的心理受到某种伤害或抑制必然会导致对周围事物的陌生、恐惧与戒备。有很长一段时间，我几乎讨厌同父亲多说一句话，觉得自己始终在隔着一层东西看父亲和他的羊群。父亲既然那么爱那些不通人性的牲畜，他为什么还要娶母亲然后生下我们呢？他索性就化身成一只羊整天待在羊群里守护它们算了，免得我们当替罪羊。

现在我的身体依然坐在颠簸的车厢里，和所有南来北往的旅客一样，被这条飞速疾驶的家伙拖着向一个遥远的地方奔去。我的忧伤也变得马不停蹄。车厢里的每个人都在想各自的心事，不同的是，我们每一个人的感受肯定千差万别，他们不知道我此时的所思所想，而我也无从知晓他们的内心世界。

我的目光抛向远方，并很快聚焦成一个模糊的黑点，父亲便在这个点的位置上频频出现，他的身体被一团一团的云彩烘托着，想必那里一定有洁白的羊群。我始终在审视父亲和这些年来我对父亲的态度，渐渐地我离父亲越来越远，远得就像隔着无数个星球和一个广袤的宇宙。

我的生命中总涌溢着一股芬芳的气息，那是草叶的香醇。我曾在夏日的田埂上割过青草，在深秋的路旁扫过树叶，在阳春烂漫的原野里陪父亲一同放牧，我看见父亲的汗水就洒在田埂路旁原野和每一片草叶上。或许因为我是牧羊人的儿子，总能聆听到父亲与羊群的窃窃私语。一直以来，我认为他一定能够听懂它们的语言，他懂得它们的喜悦哀愁一如大地知道河流绿树知道蓝天。

成长给予人的或许是觉醒和反思，就如同一株被刻上字的小树，即使长得参天，可那记刀痕依旧残存。我主观上和父亲僵持多年，可父亲并没有因此变成其他什么人，父亲依然是父亲，我依然是他的儿子。父亲饲养着一群羊，还支撑着一个家。

父亲不甚言笑或者说他根本不知道该怎样谈笑自如，他通常保持着朴素的沉默。但他的沉默是留给羊群的，或许羊是不喜欢听人多讲话的，在羊群中他一站就是个把钟头，几十只羊在旁人看来无法区分，而他却能准确地掌握它们每一只的习性、体重、牙龄、交配和分娩的日期。

一场皑皑的大雪使新年的脚步踩着咯吱吱的声响朝我们静

静走来。虽然时下的天气变得日渐反常，厄尔尼诺现象使全球的气温像流传着某种瘟疫，西北的冬天不下雪已不再是什么奇闻，但那年的冬天还是很正常的，雪花一如既往地飘下来，我便被某种幸福和憧憬包围着。

我是一个爱好过年的人，新年给人很多新的希冀和遐思。在这个家中更是让你觉得如此，因为父母可以在这一天稍停劳碌而想方设法让大家安心过个好年。母亲通常会在大年初一吃过饺子便躺在床上美美地睡上一整天，仿佛这一年的瞌睡都要攒拢到今天来补偿。当然更令人庆幸的是，父亲在年中很少去使唤我们几个做这做那，因为他在年前早就抓紧时间将大多数膘肥的羊出售了，也许年前的买卖最划算。

年三十这天我家的伙房里便接连传来叮叮当当和吱吱啦啦的声响，这种声音往往会产生极大的刺激和诱惑，凛冽的空气也仿佛经不起这种挑逗，因为弥散于院子里肉馅和香油的混合气息已然让我们渐渐忘却了腊月的寒冷。

这一天家里最忙碌的人依旧是父母亲，我们则垂涎欲滴地等待着。母亲赶着炸油饼、剁肉馅、包饺子。而父亲在操心完他的羊群后也要加入母亲的行列，他最拿手的是烹制红烧肉，多少年来这一直是他在大年三十这天必做的工作。经他亲手烧制出的肉色鲜味醇十分诱人，不管他在这一年中对我们要求多么苛刻多么不通情理，而当我们在年初一能吃上他亲自烧制的肉就算是被他暂时收买了，总能或多或少地淡忘一些他平时凶神恶煞般的模样。

我早就说过我一直都不是盏省油的灯，即便读到初中依旧难改恶习。记得三十那晚偷吃了父亲烧肉用剩的半罐蜂蜜，后来我觉得自己的嗓子像被什么东西给糊住了似的，于是便大量地往肚子里灌水。

夜深了我躺在床上辗转反侧，能清清楚楚地听见那些水在肚子里稀里哗啦地流淌，小腹胀得厉害，我不得不爬起来冒着严寒去院里解手。

我只穿了身秋衣秋裤，瑟缩地站在院里酣畅淋漓地朝一堆积雪扫射，一股长长的白气在眼前升腾起来，不过它们很快就被寒冷的空气吞噬掉，尿液穿透积雪的声音沉闷而欢畅，我边聆听着那种声响边不停晃抖自己的身体，体验着一种释放的快感。

就在转身回屋的一瞬间，我发现院子东头竟然亮着一盏并不光明的灯，我知道那是父亲的羊圈，我想或许是父亲晚上忘记了关灯，但直觉却告诉我那绝非父亲所为。

慑于冬夜的寒气彻骨，便无暇顾及那盏亮着的灯，说不定真的是父亲疏忽了。如果是这样的话，他在这个年里便已经犯下了第一个致命的错误，白白浪费了电母亲自然会与他理论，有了这种隔岸观火的想法，便觉得偷吃点蜂蜜实在算不上啥，再说蜂蜜本来就是买回来给人吃的。

可就在我的一只脚刚踏进门槛里，却被一声很凄厉的嘶叫怔住了，凭着多年家中养羊的经验，我能断定那是羊的叫声，但又觉得那叫声未免太过于凄惨和痛苦了些，于是我在稍作思索之后又狐疑地朝羊圈摸去了。

直到现在我依然坚信，那是平生头一回被这种场面深深震动。

父亲披着夹袄蹲在冰冷的圈棚里，他的眼神焦虑不安，双手沾染着某种晶亮的液体，正滴答着往下流淌。一只即将分娩的母羊惊慌而又痛苦地蜷伏在沙土地面上，它的蹄子不断在潮湿的地上疯狂地刨动，像在试图得到某种救助。看得出来那只母羊已经这样挣扎了很久，因为圈里的沙土像是新垫上的，而它的身下却已浸湿了一大片。

父亲的手在羊的下身镇静地摸索着，在他和羊的旁边有一只破烂的脸盆，里面是熊熊燃烧的木柴。父亲的脸在火光的映照下明明灭灭地闪耀着，他的表情显得庄严而难以捉摸，他深锁的眉头随着母羊的痛苦呻吟而不断颤抖着。

我屏住呼吸靠近父亲身边，一股很浓烈的腥膻味在嗅觉中来回萦绕。我慢腾腾地说，我能……帮你……干点啥？实际上我知道自己的问话是多余的，就凭我学过的那点儿动物和生理知识，对此肯定一窍不通爱莫能助。

父亲根本没有理睬我，他的鼻孔接连不断冒着白气。他用手背抹一把额头的汗，那些沁在他额头上的细小水珠就连成了一片。他的手十分谨慎地在羊鼓凸的腹部轻轻地抚摸，他按摩时的速度把握得非常平缓，就好像母亲的手滑过孩子细嫩的肚皮儿。

看着父亲的手我突然产生了一种很想被人抚摸的冲动，说实话，我从来不记得父亲这样温和地对待过我们，我的记忆当中甚至没有被他拥抱过的一丝痕迹。从母亲年复一年的埋怨中，我多少能明了她的苦闷和无奈。听说父亲年轻时曾做过镇食品厂的会计，他的算盘打得精湛，而且还能写一笔娟秀的好字，可他最终缘何放弃了原本闲舒体面的工作，这一直是飘浮在我心中的一团疑云。反正从此，父亲孤注一掷，昼夜迷恋着他的羊群，这些年他还通晓诸如给羊看病、配药、打针，甚至替它们接生，简直像个专家了。

此时，父亲冲着我喊了一声，你快进屋端盆开水——越热越好！

像是得到了某种神圣的召唤，我来不及答应就撒腿朝屋子跑。

原来人在黑暗与寒冷中站久了，也就自然会忽略环境的恶劣，甚至在短时间内感到有所适应。那时的心里如同注入了某种奇妙的活力，它迅速在体内蔓延、流动，有一股暖热的气流正把我的心脏包裹得严严实实，我的情感变得脆弱和敏感起来。父亲沾染血水的手和紧锁的眉头竟然成为一种瞬间的永恒，他忽然有种高仓健式的深沉魅力开始吸引住我。这种突如其来的感觉令我感到不可思议，因为许多年来我对父亲几乎没有什么好感，我和他平日少得可怜的交流仅仅是为了应付而已，那几十本小人书曾完全焚烧了我们之间的一切，它致使父亲和我几乎走向陌路。

我忘记了自己是怎样跑进屋的，只觉得自己正在配合父亲做一件极其善良而又充满希望的事情，至少有两只以上的生命就血淋淋地摆在我们的面前，在这个寒冷的寻常年夜，有一种叫作内疚的情愫快速在心中翻滚，那只扣着铁桶惨遭厄运的羊羔正清晰地躺在我的回忆之中——虽时隔多年却让我渐渐地羞愧不已。

我在推门进屋时惊扰了母亲，她肯定误以为我就是父亲。她愤懑地唠叨，你索性就睡在羊圈里吧，年三十都不能让人消停消停……我的命怎么就这么苦呀。

热水的哈气在我的面前形成很宽的雾带，母亲的一番怨言渐渐地朦胧不堪，我理解母亲，但我们都曾忽略父亲的感受。我端着脸盆，水汽把我也完全笼罩住了。

我说水来了。父亲并没有看我，却命令似的说，你赶快回屋去睡吧，穿那么少，过年可不能得病！我忽然失望起来，刚才的那股火热劲儿仿佛被浇上了冷水，我是应该留下来帮忙的，至少我不能自私地离开，而父亲的那种惯用的口吻是不容申辩的。

这时，父亲正小心翼翼地从那只母羊的下身轻轻往出拽一只湿漉漉的东西，它看上去并不是只羊，倒更像是某种畸形的怪胎。它的前肢先出来，紧接着是头部、腹部和后肢，它的身体上裹着一层晶亮的黏液和血污，幼小的身体颤抖得如筛糠一般。父亲深深地喘了口气，他很笨拙地用手掌不停抹去它面部的那层黏液，我想那层液体一定影响羊羔的呼吸，果然当父亲再次捏弄它细嫩的鼻孔时，小家伙竟然发出来到这个世界上的第一声。

我忽地感到内心跌宕起伏，一个幼小生命在这个寒冷的冬夜在父亲的手中在我的眼里就这样奇迹般地诞生，尤其当你目睹整个接生过程就会为生命的伟大和神奇而感动不已。小羊羔那声咩咩的叫一定是在哭喊呢，这和人类并没有什么不同，我们每个人都不可能记住自己出生时的情景，但我们第一声清脆的啼哭一定会永远地停留在父母的记忆中。

而与此同时我听到的却是父亲的一声遗憾的哀叹，他说真糟糕，羊水破了。我不大懂他的意思，却也惊恐地看到那只母羊的四肢剧烈地抽搐起来像是中了风，不过它很快就停止了这种挣扎，它的瞳孔张得很大，而四肢也伸展得像一匹跨越中的马并且僵硬在地上，终于，在这个寒冷的冬夜耗尽了全部精血。我不知道它的眼睛里最后是不是映留下了父亲无奈而又痛心的脸庞。

父亲仰起脸，脸上已有斑斑血迹，他说把水给我吧，一种不像是水珠更像是火花样的东西在他的眼里幽幽闪烁。身旁的那盆火最后跳跃了两下就熄灭在了眼前，使人顿感凄凉。

不过，父亲并没有试图放弃，他的手依旧停留在母羊的腹部，他谨慎地俯下身来倾听着，继而阴郁的脸庞闪过一丝喜悦。他异常果断地大喊起来，快去拿刀，它们还在肚子里动弹呢！快去！

我怔住了。

这次我的大脑里一片迷茫，惊惧和寒冷猛然间从脚后跟儿爬上来，我战战兢兢地拎着那把母亲用来杀鸡剁肉切菜的刀从伙房跑出来，耳朵里隐约听到母亲白天在井台边把刀磨得霍霍作响，月光喜欢一切锋利有光泽的东西，此刻它的脸就明晃晃地贴在刀刃上。我的脚踩得院里的积雪咯吱咯吱地响，雪地立刻亮起一道银光——触目惊魂。

父亲在接过那把亮光光的菜刀后很古怪地看了我一眼，他欲言又止。他像是命令我回避，又似示意需要帮助。我惊栗得无所适从，我最终还是把住母羊的两条后腿，立即被一种痉挛的余力牵扯着。母羊仍旧在垂死挣扎。父亲脸部的肌肉随同牙齿的咬动显露出异常的坚定。菜刀划裂肚皮时的声音又脆又急势如破竹。父亲的呼吸局促而凝重，刀刃在我的眼前从容地切开那片柔软的肚皮儿，血流出来的时候，父亲额头的汗珠早就连成了线。

父亲的手果断地伸进血泊中，他满眼的憧憬和焦灼在激烈晃动。我的心在嗓子眼里直扑腾。父亲的脸部表情在那一瞬间悲喜交集，血腥和袅袅的白气纠缠着父亲的目光。

父亲的眼眶终于藏不住那些银光了。泪水是个奇怪的东西，它刚从父亲的眼眶里涌泻出来的时候并不急于流淌而是先静止不动，继而才像个调皮的孩子用湿嫩的小手摩挲着父亲的脸颊缓缓流下来。

一个人坐在火车里事实上并不能完全静下心来，除非你是耳聋或目瞎。这时，火车强烈地震动了一会儿，很像一匹跑累的高头大马站在铁轨上喘着粗气，我们就停靠了下来。这里是内蒙古的一座重镇，单凭从车门里推推搡搡挤进来的那些身材魁伟面色黝黑的旅客，你就能感受到某种来自大草原的浓烈气味，这种气息距离我始终并不遥远。

一直坐在我身边的老人蹒跚地下了车。我依旧靠着车窗向外张望，我看到老人正颇有耐心地跟小贩讨价还价，看着他的背影我忽地想起了朱自清先生的一篇文章。后来他大包小包地提溜着三五种食物回到车厢。他很真诚地让我吃他的东西，我笑着摇摇头，他就很细致地将那些诱人的烧鸡、咸鱼之类的食物放入他的一只空旅行袋里，他一边折腾一边低声唠叨，再有个把钟头就到了，给娃娃买些吃头带上……念书也苦呢！

我觉得我似乎被老人的什么东西感染了，我便不敢再去看他，因为他让我又清楚地看到父亲孤独地站在月台上朝我挥手告别的情景。于是我又很执拗地将目光投向窗外，我很清楚自己在有意逃避他，甚至于他的一个眼神或一声不经意的叹息。

父亲在看过我的录取通知单后脸上有一种很深刻的情志，他好久没说一句话。我无法想象通知书上的"广州某某学院"对于父亲会是怎样震撼，我能够想象到的有两层含义：一是儿子即将要到一个他想也不曾想过的大城市去读书，这是令他无比欣慰和激动的；二是这也意味着一笔不小的生活费用将要按月支付而且期限是四年。于是父亲静默着，他的内心肯定是复杂而难以名状的，但他最终留给我的是他难得一见的笑容，是那种权衡了生活而又果断做出抉择的笑，一如他曾果断地剖开母羊的肚子救出那只可怜的幼小生命。

那段时间有很多事情要去做，比如转户口、办粮油关系、到母校拿档案，还有师生之间简洁的离别聚会等。这些事情大多是父亲领着我东奔西走地去办理的，在这个过程中父亲表现出前所未有的热情和耐心就像对待他的羊群，他不厌其烦地给我讲这说那，唯恐我一到广州就会被人劫持或拐骗。

同学聚会那晚我回来时已近深夜，我的心里正被师生别离和浓烈的酒精占据着，几年朝夕相处的情谊为何直到分手的今天才变得甘醇和难以割舍，人真是个奇怪的东西。

父亲没有睡，但他也并非像往常那样蹲在羊圈里看那些羊。他一根接着一根地抽着纸烟，看样子他是在等我呢。

父亲问我是不是喝酒了，我连忙窘迫地抿着嘴唇，我的舌头有些痒酥酥的感觉，我知道那是我的男性特征已露锋芒。

父亲静静地在鞋底上熄灭了烟蒂，他用一种少有的温和语调开始了与即将远去的我的谈话。父亲的目光自始至终都停留在我的脸上，你是你们兄弟里头最有出息的一个，你从小调皮捣蛋打没少挨，可我一直认为你将来是最有指望的！父亲的情绪渐渐地激动起来，他的眼神里有种想抚摸我的冲动。他接着说，你的两个哥哥念书没赶上好时候，你姐将来迟早是外面的人，你弟弟性子又太缓了，只有你像我年轻时候，所以我对你管得过于严厉……

我到现在还时常会想起父亲的这番话，或许它会影响我一生。其实这很好理解，我在此之前一直认为父亲是最看不上我的，而我终于明白他的煞费苦心。我因此而感到父亲早在许多年以前便已为我储存了一笔不小的财富，一位父亲如果很真诚地告诉自己的孩子你是有希望的，或许这个做儿子的一定是幸运的。

事实上，还有一个至关重要的理由，那就是父亲和我的这次谈话竟然成为最后的一次。

而被火车拉着从包兰线转到京广线上时我浑然不觉，从北京南下的 47 次特快列车上，地理环境的转变之快，几乎使我的眼睛变得迟钝和疲倦起来，因为窗外的一切如诗如画令我目不暇接，我再也看不到那片孤寂的荒凉和蠕动的羊群了。

　　家中在我走后发生了重大改变，父亲毅然放弃了他热爱的羊群，实际上在我临行前他已经着手处理他的部分羊只为我筹集一切费用。我是在父亲给我写下的唯一的一封长信中获悉的，父亲说他决定不再养羊了，他想贷些款，再加上这些年积攒下的钱买辆卡车跑运输，他还在信里说他一定要赶在我毕业前带着母亲去趟广州看看我的学校呢。

　　父亲卒于车祸。灾难就像一列装载着噩耗的火车朝你呼啸而来，而你正如一位蹒跚行走在铁轨上的老人，根本无法逃避。父亲的不幸让我开始重新追忆他的生前往事，我无从知晓父亲在他人生的最后一刻是否透过明亮的车窗而留恋远方美丽的羊群，要知道父亲原本可以钟爱他的羊群一生的，可他却做了殉难的牧羊人。

　　我时常能梦见父亲，他依旧保持着对我们朴素的牵挂和对未来富裕生活的殷切期盼。然而他真的老了——苍老得让我不禁涕泪涓涓，我急忙握住父亲曾经迎接过无数只羊羔的手，我说我们都过得很好，生活每天每时每刻都在发生着意想不到的变化。我们家门前的马路拓宽成六十米，有了上下水，听说很快就要统一盖楼了，还有你最放心不下的小弟已经成为天鹅饭店的一名手艺精湛的青年厨师。

　　就在此刻，梦境就要幻灭。父亲转身离去。几朵白云正一团一团地在他的身边萦绕，它们皓洁无瑕、温柔祥和，而我却莫名地惶恐起来，因为我忽然想起少年时曾诅咒过父亲的那句话。

　　你们也许忽略过一个事实：那就是在事情发生之前，我和海涛有着一种很特殊的关系。至少，我是这样以为的。海涛的母亲是我们学校的数学老师，她的课讲得很好，在大家看来，一个数学教师能把课讲得让学生如此爱听，而且可以用一些生动形象绘声绘色深入浅出之类的好词来形容，这的确不容易。

　　海涛和我同级，却不在一个班里。或许是有一个教数学的母亲的缘故，海涛的数学真的很棒，考分通常是全年级的前三名，可语文就远不是这样了，在我看来，那时他的作文水平给我提鞋我都不一定能看得上。当然，这只是我内心曾经稍纵即逝的幼稚想法，现在觉得很可笑。事实上，我和他只能打个平手，我的数学成绩在海涛面前可谓是残骸毕露羞于启齿。

不知从哪天起，海涛的母亲开始用另一种目光看着我，或者，她并没有想到我竟然是个如此有心的学生，而那篇作文只不过是来自她很随便的一次辅导，要知道，一名教师日常给学生补习功课是件再寻常不过的事情，可我却用自己独特而细腻的笔触记录了那一刻的真情实感。

这以前，我只知道数学老师有个儿子也在我们年级，听说他很孤僻，几乎不爱与班里的同学交往，走起路来总昂着个头，从来不主动跟旁人打招呼。

海涛母亲想让我每周去她家补习三次功课，这件事情对于我来说无异于天上掉馅饼，所以，不等她说完我就点了老半天头。

这样一来，我和海涛便成了真正意义上的学友，除了去海涛家里补习，我们几乎每天放学都一起回家。我知道自己对数学的学习劲头正与日俱增，我在课堂上也变得活泼起来。海涛的母亲总用一种像关切自己儿子一样的目光温暖地注视着我，每一个概念或例题讲完后，她必定要用眼睛询问一下我。学习通常就是这样的，你越是感觉轻松就越能够平添信心。从某种意义上说，信心是学习的关键，而这信心既来自你自己，也来自教育你的老师们。

我能记住这一刻，因为这对于我和海涛都很重要。

也许，我给海涛的印象并不好，他觉得他母亲的这种善意安排根本是多此一举，或者有些可笑。所以，海涛的脸上始终冷冷的，刚开始他几乎不拿正眼瞧我，或者，他只是用一种嘲笑与轻蔑的目光审视着我，同时，他也在冷眼旁观着自己的母亲。我相信他对我写出的作文肯定嗤之以鼻，因为他的数学成绩足可以够他骄傲的。

海涛究竟是怎样的一个人呢？

我并没有刻意去研究过他，但我觉得他是有值得骄傲的本钱的。首先，他的母亲是乡中学的正式教师（非民办的），海涛自然是随他母亲的城镇户口，他与我们这些纯粹的农村学生截然不同，我们必须参加各种各样的劳动；其次，当时盛行一句话，学好数理化走遍天下不害怕，而海涛的数学成绩一直名列前茅，数学学好了，理化自然也不会成问题；当然，更为重要的一点我当时也许并不曾了解，海涛是个性情变化无常的人，他在和我共同学习的过程中，越来越表现出异常。

语文课上恰好学了一篇有关父亲的散文，老师便布置下了作文题目《我的父亲》，这篇作文对于我们来说很容易写，我用了一个晚上的时间便一挥而就，单从发烫的脸颊我就能感觉到自己又写出一篇可以被当作范文念的好东西。

海涛迟迟没交作文，当他母亲询问他的时候，我看见他一副漫不经心的样子，他的漫不经心还夹杂着理所当然的神情，他说，反正这狗屁作文我不想写。

海涛母亲停下手里的活，你难道比别人特殊吗？

海涛仰着头，他的姿态很容易让我想起家里羊群中某只桀骜不驯的小公羊，它总是一副不听使唤的嘴脸，而我在家可不敢这样牛哄哄的，否则大人们准会拧烂我的嘴。

我听海涛像是说，我本来就比别人特殊，让我怎么写？我还不知道父亲长什么样呢！随后，海涛不羁的眼光直逼他的母亲，并发出一串似笑非笑的声音，让人听了很不舒服，那笑里不无怨恨，我不习惯他那样跟他母亲讲话。

果然，海涛母亲整个人就僵住了，她用一种近乎愧疚而惊诧的眼神看着海涛，这种眼神很像一次觉醒。半晌她才慢慢地说，你还可以写一写《我的母亲》的。那时，她正在埋头批改作业，她通常是把学生的作业带回家，那里面也有我和海涛的。海涛母亲的目光最后就落在桌上厚厚一摞本子上，沉甸甸的，连我也不敢再多看。

我不知自己是出于一种怎样的心理，竟从书包里取出那篇作文的底稿悄悄地递给海涛。我想，也许他看过我的作文就能写出来的，要知道海涛是顶聪明的人，而我的想法简直是幼稚，甚至有些愚蠢。

海涛狠狠瞥了我一眼，他也许是在怒视我，就在我感到有点紧张的时候，他突然将我的作文本一把抓过去撕成碎片，他说，拿走！谁稀罕看！

我傻了，雪片一样的纸屑纷纷扬扬地落在面前，海涛转身头也不回地跑出屋，门被奋力推开又迅速合上，屋里顿时安静得像一切都不曾发生过，只有海涛母亲很失落地注视着满地纸屑若有所思。片刻后，她终于放下手里的笔，静静地俯下身体去捡地上的东西，一片一片地捡，我觉得她像是独自蹲在雪地里，周围白茫茫的。

说到儿这就不能不提及海涛的父亲。实际上，那时海涛已经没有父亲了，至少在他的家里从未听到这样的称呼，海涛是他们家中唯一的男性，他和他母亲相依为命。也许是我错了，有些东西是不可以模仿的，比如感受一个父亲的爱，所以，我应该原谅他——一个丧失父爱的人，尤其是一个正值青春期的少年，大抵是和其他人不太一样的。

海涛的父亲或许是在海涛尚咿呀学语的时候就离开了他们，没有人知道他为什么离开和去了哪里，海涛的母亲一定为此流过许多眼泪，以至于她眼角至今还有很明显的泪痕。我曾隐约听到过有关数学老师不幸的经历，但那些东西对我而言真的相当模糊。

和我截然不同的海涛就成了我的学友或伙伴，我在他家里总能感觉到一种很陌生的气息隐隐回旋，它诱发着某个陈年往事的片段，时常令人感到忐忑，我甚至觉得自己已然夹在海涛和他母亲之间。

我渐渐发现了一个秘密，海涛学习并不像我想象中那样用功，事实上，他只是轻描淡写地看看书或做习题，看上去跟应付差事没什么两样，这足以见得他的确是聪明的。他将大多时间都用在发呆或想别的什么事情上，如他高兴的时候会偶尔问一些很突兀的问题，然后自己又神经质般地快速摇头否定，说问你也白问，你什么也不懂！

我便越发觉得海涛这人很奇怪。

那时，我并不知道他心里是有一个不可告人的愿望的，谁也不可能知道，包括海涛的母亲在内，除非是他肚子里的蛔虫。

有件事情在我脑海中逐渐有了一个相对清晰的轮廓，海涛母亲让我到她家里补习功课，肯定还有另外一层含义，她也许不愿再看着海涛这样郁郁寡欢下去，她很想给海涛找个伙伴，陪伴海涛一同成长，于是，她选择了我，她大概觉得我比较合适，我基本上具备一个农村学生的好品质。

而一旦意识到这些，我竟然变得茫然起来。

我家的确养了一群滩羊，就是打小宰了后能得到二毛皮的那种，爷爷说上好的二毛皮有九道弯呢，毛皮薄若牛皮纸，质地坚韧柔软丰盈，毛穗色泽晶莹剔透洁白如雪，可这九道弯的毛皮并不容易得到，羊羔子必须在生下来三十天之内杀死取皮方可，而且不能有半点杂毛。

我并不喜欢大人们乐此不疲地做这件事情，我对此有种恐惧感，杀死一只仅活了三十天的幼小生命，只是为了得到一张空洞无谓的毛皮，我觉得这是很残忍的事情。据说吃了这种羊羔肉是可以滋补身体的，这更令人恐慌。

爷爷的年纪大了，所以逢他去集市卖羊的日子，家人总让我跟着，生怕哪只羊半途犯了犟，爷爷腿脚又不灵便，撵不上它们。

其实，去集上卖羊，并不是我跟着爷爷，通常我在前面牵着拴好绳索的羊，倒是爷爷跟着我悠闲地走。

等要卖的羊成交后，我通常是可以得到一些好处的，比如可以喝瓶汽水吃根冰棍，遇到大方的买主，爷爷心里自然高兴，还会赏给我些零花钱。我经常会将这些钱谨慎地积攒起来，然后抽空到新华书店买些好看的小人书，一次能买很多本呢，但有些书是分集出版的，像《水浒传》一套大概就有三十九本，得一本一本等着买，心急可不行。

印象最深的莫过于卖那只小青羊，它是只性情乖戾的羯羊羔子，总也卖不掉，好像牵着它只是为了去集上凑凑热闹的。说是青羊，倒不如说它是只花羊，因为它生下来就注定不招人喜爱，它的浑身上下有十几处青黑色的杂毛，这令它在洁白的羊群中显得很突兀，像只大花猫，和大伙格格不入。爷爷骂它是个小杂毛，在集市上，我也听别人叫它什么杂种，我觉得这种叫法很难听。

可爷爷似乎一直对小青羊的来历感到头疼，他回想了千百次，但始终觉得不可思议，好端端地怎么偏生出这么一只花里胡哨的怪物呢？他也许开始怀疑是那只母羊在配羔之前就偷偷作了孽，才生出的小青羊。

所以，小青羊从小就受到人或同类的冷落和蔑视，它站在羊群中有点鹤立鸡群的架势，它黑白相间的皮毛总让其他的羊感到不舒服，看着碍眼。

不过，也许正缘于此，小青羊才得以保全性命，那些比它晚出生的羊都先后做了刀下冤魂，它们鲜嫩的肉填进了人们的胃里，它们洁白的皮被剥下来晾晒干后送到了皮毛厂进行深加工，之后，又在服装厂的车间被制成暖和的二毛皮衣，唯独这只小青羊，因为它古怪的外表却侥幸地活了下来，这不能不说是因祸得福吧。

海涛的作文水平并没有因我的出现而有所提高，或者，他根本就没有想去好好写，倒是我的数学成绩有了很大进步。海涛的母亲经常夸我是个有心人，大凡有心人想做好一件事情想必是不会太困难的。

有一天放学，海涛说他实在不想这么早回家，我问他想去哪里，他说，就去你家吧！

这是海涛第一次去我家，和他家相比，我总觉得有些捉襟见肘。海涛的母亲那么有学问，海涛家的书摞得有墙那么高，可我有什么呢，除了一圈傻乎乎的羊、十几只芦花鸡和一头哼哼唧唧的猪以外，有什么值得给外人炫耀的呢？所以，海涛提出要去我家的要求，我立刻大吃一惊，觉得很突然。

尽管我说出了种种理由来阻止海涛的念头，可他还是去了。海涛除了聪明之外，便是固执。我不知道这样说是不是有些夸张，但我真的没有任何心理准备，更无法预料这件看似简单的行动会影响海涛的一生。

礼拜天从集上回来，小青羊的命运就发生了重大改变。

这次赶集，我和爷爷一共赶去两只羊羔子，和前几回一样，小青羊依旧无人问津或者出价太低，它被很孤单地挑剩下来，我看见爷爷的脸色很难看，他不无怨恨地骂了句，你这没人要的宰货。

在回来的路上，小青羊犯下了一个致命的错误，或者说是我一手导致了这次意外的发生。

我和爷爷还有小青羊无精打采地行走在乡间小路上，这是我们赶集回得较晚的一次，也许是爷爷太想卖掉这只羊的缘故，我能感受到爷爷对这只羊的厌恶情绪日益深重，一只原本可以顺顺当当卖掉的羊羔，却因为皮毛上的污点费尽周折，在爷爷看来，它多在家待一天，只能多浪费一堆草料罢了。

其实，我并不很讨厌这只小青羊，我反倒觉得它很可怜也很可爱，它跟其他的同类不大一样，它总是很拘束地在羊群中行走或站立，一副谨小慎微的模样，唯恐稍有不慎而招惹祸事。

通常，它是挑别的羊吃剩的草料胡乱吃上两口，或者，它是有意等别的羊吃过之后，才敢把有着一圈黑毛的嘴唇贴近食槽，吃的动作也非常腼腆，大姑娘似的，细嚼慢咽着。遇上饮水的时候，它就更加小心戒备，不到圈里的羊全部喝饱之前，它是断然不会下嘴的。造成它骨瘦如柴的原因或许与上述有关，卖不出去是情理之中的事情，谁愿意花钱买一个一无是处的东西呢？

也许，小青羊打一出生就饱尝了被排斥和凌辱的滋味，我有几次见它的头被别的羊抵得血肉模糊伤痕累累，于是，它必须学会保护自己，在那样一个崇尚种族的群体中，没有什么会比出身卑贱更让一只羊感到痛苦和焦虑的。

要卖的羊一般是不给喂太饱的，多吃草料无疑是浪费。那天小青羊一定是饿极了，它应该是实在是挨不下去了才那样做的。至少，我应该原谅它。

它从我的身后悄然溜走时，我并未觉察，和小青羊去赶集已经好多次了，它同我很熟的样子，我以为根本不需要牵着绳子，它就会乖乖地紧随在我的身后。

等我发现小青羊不翼而飞时，爷爷落在很远的地方跟过路的熟人扯话呢，我几乎看不到他，而我和小青羊恰好穿过一片绿地，地里的玉米叶已经没过了膝盖，风从四面八方缓缓地往地里吹，整个田野发出一种很响亮的奏鸣，犹如地里站满了学生正在不停地翻动着书本，哗啦啦地，好听极了。

小青羊一口气至少啃坏了二十几株玉米苗，它的嘴角露出某种欢畅和舒心的笑容。这顿丰盛的美餐对于它有着不同寻常的意义，也许，它从来没有像现在这样放心大胆地吃过东西，它一定清楚地看见碧绿的汁液正顺着它青黑色的唇淋漓而下，这该是怎样的欢乐与轻松？以至于地里的主人向它猛然举起冰凉的锄头时，它依旧沉迷于玉米叶的甘甜与清爽之中。

我想自己一定是被小青羊一声凄厉的呼喊震惊了，等我神色慌张地顺着那叫声飞奔过去时，小青羊已经奄奄一息地躺在血泊中，它的嘴一张一翕，鲜血将它身下的黄土地浸湿了，土的颜色变得森然恐怖，小青羊的身体上也沾满了血，这让它看上去更显得古怪异常。

小青羊没有死，但它落了残疾，它的一条后腿被锋利的锄头当场砍断，血一直在汩汩地流，那条断腿被很小的一块黑色的毛皮连接着，让人不忍心看。

那主人依旧不肯罢休，他愤怒地拉着爷爷的胳膊挨个清点了所有被啃过的玉米苗，他说这可是一年的庄稼呀，你得赔我！

小青羊是爷爷扛回来的，一路上他没说过一句话，我能听见爷爷厚重的脚板踩在曲折的路上啪啪的声响，它让我处于恐惧与自责当中，知道家人必然会收拾我的，但更为小青羊悲惨的遭遇感到揪心，我对那个狠心的农民产生了咬牙切齿的痛恨，我不明白他为什么会那样对待一只羊，它也是个生命呀。

现在，我只担心一件事情，小青羊会不会被宰了吃肉？

海涛在提出要去我家的时候，我并没有预料到事情的复杂性，我只是为家境的寒酸感到不安，可我没能阻止他，于是，他就来了，他自然看到了那只刚断腿不久的小青羊。

真是出乎我的意料，我原先以为像海涛这样的知识分子家庭出身的孩子对那些小动物不会太在意，可海涛却对我家的一切产生了浓厚的兴趣，尤其是那只可怜的小青羊。原本家里是决定杀死它的，可母亲说它瘦得只剩下骨头了，好好喂两天再杀不迟！我对母亲便产生了某种敬仰与感激之情，不管怎么说，小青羊算是因她的一句话而暂时活了下来。

在我看来，小青羊再次因祸得福，它不但没有被立刻杀死，反而却获得了另一种解放与自由。它不再同那些羊关在一起了，断了一条腿的它，从此可以无忧无虑地在院子里转来转去。我为它准备了一只旧木箱，里面装满了草料，而且我通常会有意挑些上好的草料给它，有时，还趁爷爷不注意偷些玉米面或大豆之类的好饲料喂它吃。开上小灶的小青羊渐渐地恢复了平静的生活，它再也不用提心吊胆地过日子了。

海涛静静地蹲在小青羊的身旁，我不知道他是在看羊的残肢还是在看那身不一色的皮毛。我说它是个杂毛货，卖了好多次都没人愿意要！

海涛就伸手去触摸小青羊的毛，他问什么叫个杂毛货。我便不太好意思地说，就是杂种！不值钱，我爷爷说小青羊可能是母羊偷偷跟哪个黑骚货羊配的羔。

出乎我的意料，小青羊在陌生人的面前并没有表现出小家子气，海涛将它孩子般地搂在臂弯里，它就开始用毛茸茸的感觉系统安静地领悟来自海涛的爱抚。海涛不无怜悯地问，那你知道小青羊的父亲是谁吗？

海涛的这种浪漫而又贴切的问法竟把我搅蒙了，说心里话，我实在没有闲心思考这种问题，若真有多余的时间，我只想多看一页书或多做一道习题。所以，我的回答肯定让海涛很失望。我说，鬼才知道谁是它的父亲！家里除了它再没有第二只像它这样的怪物，也许它父亲是个胆小鬼干完事跑了！也许……也许它早就被宰死吃肉了！

果然，海涛的表情发生了某种深刻变化，他的目光不再那么单纯温柔了，甚至，变得悲凉和恍惚起来，他久久凝视着小青羊屡弱的身体，仿佛连他自己也看成了小青羊的一部分。

我犯下的最严重的错误或许是告诉了海涛有关小青羊的所有故事，我知道自己有种以此卖弄的嫌疑，因为除了夸夸其谈地讲述这些牲畜之外，实在没有什么可以对他讲的。

海涛听得相当仔细，或者，他是在用心聆听一个故事。在我看来，海涛也会用心去做一件事情，而许多事情就怕"用心"二字，海涛恰恰把所有的心思都用在了这上面。

海涛的眼里从此有了一种叫作忧伤的东西，这可怕的情绪一直浮现在他的脑海里，像起起落落的潮水，把海涛推向迷茫的深渊，或者，更像一团幽幽的蓝色火焰，它将海涛燃烧又将他化为灰烬。有时，你会清晰地看见，那些起伏跌宕的东西正纠缠着海涛，它们在海涛的脸上滑过一道道清晰的水痕，凄迷而又美丽。

期中考试后，在海涛家里看到了一向温和的数学老师气愤的神情，那时海涛被罚站在她的面前，他也许并没有去听他母亲的抱怨和批评，他只是将略带忧郁不羁的目光瞥向窗外，外面一定有什么东西深深吸引着他。

无意间发现放在桌面上的那张数学试卷，上面被红笔画得斑驳不堪，更令人惊讶的是，我看清那居然是海涛的名字，它的旁边是非常醒目的 58 分，这跟海涛很不相称，你能感觉到画在分数下面的两道红线带着震惊与不可思议。

我原本打算逃避这种尴尬的场面，可已经来不及了，海涛母亲突然从椅子上站起来，她试图将海涛的姿势改变过来，她的声音带些沙哑的企求，她说你为什么就不能把心思全部用到学习上呢？你这样能对得起谁！

海涛的脖子扭得很厉害，就像是一匹在躲避鞭子的马驹，他不无轻蔑地反驳了一句，你敢说你对得起自己吗？说着，将他母亲的手粗暴地推向一边。

小青羊的伤口早已经愈合了，它的个头蹿出一截儿，体格也慢慢矫健了许多，毛色润泽光亮，行走起来虽然跛得很厉害，但这丝毫不影响它的日常生活，它每天中午都会安静地伏在树荫下睡会儿午觉，然后一瘸一拐地在屋子前后散步。它同院子里的那堆芦花鸡处得很友好，我经常看见鸡们打盹似的蹲在小青羊软绵绵的背上，而那时，小青羊正眯缝着眼睛反刍，或者，它是在回想往事呢。

羊的心事我很难全部猜透，就像海涛的变化，我真的不清楚他的数学成绩怎么会一落千丈，就连他的情绪波动也实在不可理喻。但有一点可以肯定，海涛的母亲除了惊讶之外，她也百思不得其解。

一只羊如果完全脱离了群体，不把自己当羊看，那也是一件可怕的事情。比如小青羊，我觉得它在受伤后，就有这种迹象，而且变化令人担忧。它跟院子里的鸡、猪还有狗都混得很熟也很融洽，猪可以借助小青羊的后背来挠挠痒，偶尔偷些羊的食物吃吃，拴在门口的狗见了小青羊也不闻不问，任凭它四处闲逛，而小青羊唯独不去靠近羊圈，生怕那些羊吃了它似的。

渐渐地，小青羊的胆子大起来，它有好几次都悄悄地走出了院子，它在家门外的街路上漫步，也许它觉得待在家里实在是太憋闷了，它必须得到外面的世界走一走，看一看。况且，它一直有个小小的愿望，可它从来没告诉过任何人，包括那些很亲密地蹲在它身上休憩的鸡们。

小青羊有几次是打算跟鸡们唠唠嗑的，不过它还是觉得那些芦花鸡的嘴巴太碎太不牢靠，整天叽叽呱呱地跟婆姨一样，肚子里像是放不住任何一件小事，就连下个蛋，也要扯着嗓门叫上老半天，生怕别人不知道。至于那头讨厌的蠢猪，小青羊根本不打算理的，那胖家伙假装同自己套近乎，不过是想浑水摸鱼地骗些吃食罢了。

所以，小青羊始终把心事窝在心里，不到关键的时刻，它是不会随便将这些告诉别人的。可它做梦也想不到，它的心思已被我洞察。

这天，小青羊刚走到路口，就被一阵杂沓的脚步声吸引住了，它急忙闪在一旁猫着腰身观望，一群羊浩浩荡荡地从远处走过来，它们的脚下浮悬着一团茫茫的白烟，像是腾云驾雾而来。

小青羊有点惶遽不堪，正当它准备夺路而逃的一刻，那些羊已经白花花地来到它的跟前，其中有一只青黑色的羊靠近了它，羊的鼻子很亲密地搭在小青羊的身体上嗅来嗅去。

小青羊能感受到它均匀的呼吸和湿热的气流正充斥着它。小青羊突然感到一阵心悸和温暖，这温暖让它手足无措，它也许蓦然发现，这竟是一种久违了的关爱。渐渐地，小青羊的防备减弱了，取而代之的是一种略带犹豫的迎合。它闻着那只羊身体里所散发出的青草的芬芳与柔媚，这感觉立刻让它痴迷忘返。

那时，小青羊的确是暧昧地叫了一声，虽然声音很小，或者它的声音被那群羊给淹没了，但我还是感觉到它的呻吟与呼唤，也许它在倾诉什么，要知道它的心里一直是很苦闷的，它需要找个亲人或朋友来说说。

幸好我及时地抓住了它，否则它可能会被那只母羊带走的，因为那群羊已经从我家门前穿过，它们正朝一个不知名的地方而去，我看见小青羊满眼的失落与惆怅，或许，这眼神让我想起了一个人。

晚上，海涛的母亲神色匆匆地来找我。数学老师的造访令我们全家人受宠若惊，心里却都有些担忧，仿佛是我在学校里闯了什么大祸，个个不拿好眼光看我。

然而，海涛母亲一进屋，我就忽然意识到有什么不对，因为她的脸色实在是很难看，青白如蜡。

她说，你看到海涛了吗？海涛今天一整天都没去上课，也没有回家，这孩子不知去了哪里？

说着，海涛母亲再也压抑不住自己，也许她应该找个人诉说的，她就紧紧地抓住了我的手，由于长期捏粉笔的缘故，她的手早就变得皱涩不堪，而此刻我感觉到的却只有惊慌与冰凉，一时竟有种歉意，如同是我没悉心看好海涛才让他出走的。

我心里一阵难过，回忆起前两天看到海涛试卷的情景，也许是海涛母亲对海涛的期望太高了，海涛是她唯一的亲人，更是她的寄托，她有理由使海涛成为最优秀的学生，将来可能的话考上某个名牌大学，可海涛的数学竟然只得了58分，这对她的打击一定不轻。

但我又觉得，若海涛仅是因母亲批评他几句就不辞而别，这未免太草率了。我越想越觉得糊涂，冥冥中，或许想到些什么，午后小青羊魂不守舍的样子又浮现在我的面前，顿时，我感到心惊肉跳起来，海涛注定有太多困惑，他不平静的心灵历程随着年龄增长愈见分明。

海涛确实是在这天早晨走的，他家离学校不远，他是和往常一样背着书包上路的。他的脚步在远离的时刻必定带着某种犹豫不决，他在回望家的方向时，或许热泪盈眶过，他看到一排整齐的白杨树在晨曦中微微摆动着，树叶的背面被风吹得很好看，雪一样白。

海涛的眼睛就有些控制不住的冲动，他扭头朝另一个方向眺望，那是一个陌生的地方，甚至连那里的空气也是新鲜的。路过学校门口时时，他有些改变主意的踌躇，成群结队的学生正潮水一般从四面八方涌向校园。海涛终于在片刻后做出了抉择，这个早晨和平时有太多的相似，可他的心情已经完全不同了。

他就一路走下去，路在他的脚下总是新的，总也走不完。

后来，海涛就从书包里取出一封写好的信，他在往路边的一只绿色邮筒里塞信的一瞬间，还是流出了一滴泪。

海涛曾问过我一个问题，他说如果你长这么大还从来没有见过自己的父亲，你该怎么办？

我没有回答海涛的问题，事实上，我根本不知道这问题的答案。但我相信，海涛就是带着这个奇怪的问题上路的。也许，任何一个行路的人都会带着一些稀奇古怪的问题，那些问题是他们的信心和憧憬，他们独自一个人走着，也许，答案就在前面的路上。

爷爷的怨气越来越重，在他看来，母亲的袒护只能是瞎饭喂死狗——白糟蹋粮食，如果按他的脾气，那次赶集回来就应该宰了那只小青羊。也许，爷爷的怨恨不无道理，小青羊啃坏了人家那么多玉米苗，害得爷爷硬是赔了许多冤枉钱。

小青羊已经足足三天没有吃一根草或一把玉米面，放在它身前的一只旧脸盆里的水，它竟也没有喝一口，水被蒸发的痕迹很清晰地附着在盆的边沿，一圈又一圈，像快要干涸的水塘。

那天，爷爷终于有了足够的理由，他满脸堆笑地从外面请来一个杀牲的阿訇，我们这里，只有请阿訇们宰的羊肉才可以上市场去卖。

小青羊活着的时候虽然很让爷爷失望和恼火，但宰杀的程序是必不可少的，阿訇杀羊要很虔诚地念上几句经文，这样，小青羊死得会很庄重，也许还能免去一些痛苦与罪孽。

而我正坐在课堂上，我无法看到小青羊最后被杀死时的情景，我想如果我看到了一定会流眼泪的。那节原本是数学课，海涛的母亲没来给我们上，这两天学校都在议论有关海涛离家出走的事，在我看来，海涛的出走也许跟考试成绩毫无关系。

小青羊的皮被剥下来后一直挂在院里的一截矮墙上晾晒，毛色看上去比活着的时候顺眼了许多，倒惹来一群苍蝇成天在院子里追着打架，真叫人心烦。

听母亲说等皮晒干了要给爷爷缝张羊皮褥子铺炕，反正这花皮也卖不了几个钱。

我爷爷终究没能铺上羊皮褥子，因为有一天家里的狗挣脱了绳索，硬是把小青羊的那张皮咬了个乱七八糟，像有深仇大恨似的。

按理说，狗是不吃羊皮这类带毛的东西的，鬼才知道呢。

　　臼耳朵那时已经落草一个月了，可对母乳依旧很痴迷的样子。远远望见母亲寿桃一样鲜嫩的双乳在清澈的草地间月光似的晃呀晃着，臼耳朵再也忍耐不住了，昂着雪白的小脑袋奔跑起来，跑得玲玲珑珑，却也颤颤巍巍的，像是被起落的草浪截去了双腿，也像奶奶那样。奶奶是缠过足的，每只脚只有半拃长，走起路来咯咯噔噔，若跑动时，看上去就跟羊蹄子一样细碎而又缺乏平稳。

　　其实，刚到一个月上，臼耳朵的母亲就被爷爷用青布兜儿罩住了肚子，从此失去了哺乳的自由。青布兜儿是奶奶一针一线赶制出来的，青布是爷爷穿破的一条裤子改造的，已经洗得发白发脆，罩在母羊的两只乳上，竟使得它的身体越发不俗。青布紧贴着的那一处，透射出奶白色亮鲜的光来。这光芒完全来自母羊饱满丰硕的双乳，那的确是一种诱发着成熟的美丽与魅力的白光。所以，在那些青草如牧歌般荡漾的初夏时节，着实让小羊羔有些头晕目眩了。然而，也正是在那种古怪的青布兜儿面前，白耳朵羊大抵有些困惑不解和无奈。

爷爷放羊多半也会带上我。那时，我已经能在地上爬来爬去，但身体还很虚弱。我能记住的只是这样一些纷繁的情景，有时连这些东西都是若有若无的虚空。那时，我两眼冲着天，天蓝得泛着绿，绿中又渗出一道道鲜红的光芒，很刺眼。我在柔软的草地上慢慢爬行，完全像只小动物。实际上，我一直是这样爬来爬去的。我的身体还很轻，我的手和脚，还有膝盖都没有多少分量。它们只是让草叶儿稍稍弯了一下腰身。随即，那些草儿便在我的身后愉快地伸展着，像一次次舞蹈。草也能发出轻微的声音，但绝非呻吟或怨责，那中间有一股淡淡的清香正随风流淌。我的手和脚，还有膝盖都沾染上这种芬芳的气味。临回家时，我看见一双将我从草丛中抱起来的手，那手也是这般的清香夯实，它使我离开了土地，以至于让我忽然觉得自己是从那草地间蚂蚱一样飞起来的。那双手一直牢牢地托举着我的身体，爷爷的面孔直逼近我，甚至就要贴在我的鼻尖上了。那脸已是苍老的，上面的皱皱肆意地堆积着纵横着，并在望着我的那一刻慢慢地弯曲，像蜿蜒在草场上的一道道沟沟坎坎。爷爷背起我悠悠地吆喝着羊群。那声音与四周的风响应着。爷爷的声音在平坦的草场上起伏穿越，有时又像一只北方大雁在草场的上空飘来飘去，甚至惊扰了静歇在草丛间的虫子。那些生了翅膀的家伙扑闪闪地从绿色之中飞旋起来，在晴朗的空气中，它们的飞翔与翅膀同样晶莹别致。我看到爷爷的脸庞是黝黑色的，泛着矍铄而又稳重的红光，连那些凸起的血管也是这般的紫红色。他的脸实在太黑了，只有牙齿反射着玉米粒一样的金色的光，还有他的眼珠，白眼很少一点儿，装满了淳厚的黑。爷爷的目光透射出朴素的力量和神气。

黄昏迫近，爷爷的手臂已经有些支持不住。他抱我的姿势一再改变着，显得很拘谨，力度也不得要领，紧一阵又松一阵，有几次我险些要掉了下来。当然，不会掉下来的，我可是爷爷的命根儿。

这时，我看到草地上落了雪一样一片一片地白着，那些白色不是静止的，它们云团似的在草浪中呼噜呼噜地往前滚动奔腾，还不时发出咩咩的欢叫，此起彼伏，逶迤前行。而染上金黄色光泽的草场顿时有了无限生机，草儿也跟着羊群快活地翻滚开去，一浪高过一浪。夕阳使得爷爷的脸涂满了金色，那张脸浮动着矫健的牧人特有的光辉。爷爷抱紧我，我随着他的身体在软软的草地上深深浅浅地一路下去。但是，很快我就再也无法在他的怀抱中安静下来，我的腹内咕噜咕噜地喊叫着。于是，我哭，我闹，哭得呜哇呜哇地响亮，这惹得身边的羊群忽地寂静下来，四周也跟着一片寂静。爷爷却笑了，冲我说，你个小羊羔子，哭起来比铜锣都响亮呀！于是，他一下将我高高地架过头顶，双目好奇地盯着我的小牛牛，边看边痴痴地笑，笑声传得远远的。爷爷将他的脸完全贴了上去。他说，让爷爷揪个小鸡鸡吃吃吧！他的胡楂又密又硬，我又不知好歹地号叫起来。那胡子的确弄疼了我，但我还不明白那就是爱。

这时，爷爷也许看见臼耳朵又在左右纠缠着它的母亲。臼耳朵不失时机地找到一个恰当的位置后，便迅速地跪下自己的两条前腿，那样子服帖而又乖巧，带着乞求却又十分的霸道，而白茸茸的小嘴唇早就含住了母羊的一只鲜活的乳头。它的细细的脖颈像一截弹簧似的在母乳前灵活有力地抽动着，很有节奏。母羊只好停下脚步，站在那里静静地等待，听任小羊羔任性又自足地吮吸它的乳汁，母亲对孩子永远是宽容的。

臼耳朵是在刚立夏时生下的，那时我已很长时间没有吃到母乳了。显然，臼耳朵的出生给羊群带来了生气，更是人的福气。爷爷又长长地吆喝一声。臼耳朵依然不肯罢休，倒越发吮得紧了。母羊也许感到了疼痛，撇开后腿想抽身走脱，用一只蹄儿不断地往开蹬着，却分明又不忍心用力，只是半推半就的样子。见爷爷高举着鞭子冲这边走来，母羊才无奈而又决然地甩开臼耳朵往前赶路了。臼耳朵咩咩叫着，十分地不满，它细嫩的嘴唇周围还挂着洁白的奶珠，那些奶珠看上去很美也很珍贵。它大概是来不及细细品味的，也惶惶地跟在母羊的身后一颠一颠跑开了。

羊群进圈以前，爷爷先给母羊挂上了布兜儿，两只乳房被遮得严严实实的。这惹得臼耳朵极为愤然，它倔强地尾随在母羊身后，试图伺机吮一口甜甜的乳汁，可它完全被那只黑乎乎的布兜儿弄得毫无办法。它的嘴唇早已将青黑色的布舔湿了一大片，就是得不到它想要的东西。于是，它就使着性子不停地咩咩着，像受了天大的委屈似的不甘罢休。而母羊也尽可能躲避着这种纠缠。臼耳朵不能再继续吃奶了，它必须尽快学习如何从新鲜甘涩的青草中来汲取营养。现在正是青草茁壮成熟的季节，有什么东西能比青草更宝贵的呢！所以，母羊大概不愿意继续迁就下去，它要让小羊羔懂得热爱青草。看到母羊和臼耳朵母子俩正在圈里追逐着，兜着圈子，爷爷心中自然踏实了许多。

奶奶的头发全花白了，在煤油灯的微光中熠熠生辉。木萨姐姐静静地坐在一只小木凳上，木凳紧挨着炕沿边。奶奶是盘着双腿的，两只小巧的脚从两只膝盖下面侧微微伸出来，只露个尖儿，很有种小荷才露尖尖角的韵致。木萨很虔诚地静默着，眼睛却闪闪发亮。在灯光的忽闪明灭之间，奶奶攥着一把桃木箆子的手，在木萨的发丛中爬上来又慢慢滑下去，又爬上来，再慢慢地滑落下去。这样反复几次后，奶奶会很专注地将手里的箆子靠近那盏油灯，然后用另一只手将一下箆齿，将得相当细致。这时，奶奶的手指便有了抓获了某种神秘的宝物的力量，她将手置于火光之上，再轻轻展开手指，屋里的人便能听到噼噼叭叭的脆响。很多时候，奶奶也会坐在墙根底下的一段木桩上，风像一把巨大的箆子从奶奶脸上无数叠覆的皱纹间钻进钻出。奶奶就那样和蔼又苍老地坐在风中，为我的木萨姐姐一年一年箆着头发。

爷爷已给母羊戴上了青布兜子，这对臼耳朵来说是极其困惑和难以理解的，是十分残酷的事情。它甚至从这个傍晚一直抗争到天亮，它疯子似的在羊圈里跑过来跑过去，更像一个十足的无赖不停地在母亲的身后追逐纠缠着寻找机会。它的细嫩的喉咙间发出近似于哀号的暗哑声音……这些都无济于事。当然，它并不知道那些奶是留给我吃的，否则，我的哭号一定不比它弱。臼耳朵很快就意识到一个重要事件将要发生：它看到爷爷打开栅门走进来，而且是朝着它的母亲径直走过去的。臼耳朵或者开始窃喜起来，它也许以为自己的几番折腾终于有了效果，它想爷爷正是为它来解除母亲身上那只丑陋而又令它厌恶的布兜儿的。可臼耳朵很快就失望起来，就连母羊也感到了某种恐慌，但爷爷还是将它从圈里牵走了。臼耳朵稍愣了一下也紧跟过去，它不知道究竟会发生什么，它的眼神空前地迷惑着。最后，臼耳朵被眼前比自己高出许多倍的笨重的栅门挡住了，它很突兀地将小小的脑袋从空隙当间伸出很长一截，接着它就眼巴巴地看着母亲一下下不情愿地走远了。那时，臼耳朵忽然无助而凄凉地叫唤起来，一声连着一声，好像山谷中一只奔逃着的羚羊。

母羊并没有回头，倒是爷爷回过头远远地骂了它一句，臼耳朵便收敛了几分。它也许并不懂爷爷骂的是什么，它傻傻地望着母羊离开的方向，很快就将两条前腿高高地举起并杂技演员一般地搭在栅门上，脑袋从缝隙中收回来了，可那目光的确是孩子样的迷茫不解。

这时，我已经躺在奶奶的怀里。她的怀抱永远温暖却又干瘪着，但仍散发出核桃木般的香味。奶奶放下手里的篦子将我接过去，她说细皮嫩肉的小可怜……看这牛牛长得多叫人心疼呀！然后，我的身体就在她的臂弯中荡漾起来。木萨姐姐的头发被篦理得干净而又整齐，这时还没来得及扎那种羊角辫儿，散开着，非常好看。木萨大概是很想抱一下我的，她几次冲我伸过手来，嘴里也小母亲样地说出一些肯定连她自己都很不明了的话。奶奶依旧晃来晃去地哄着我。见我哭势愈凶，奶奶就将自己的衣襟从下面撸起来，露出了耷拉在胸前的一只干瘪的乳，她常常这样来哄我。我的脸在她的托举下轻轻地贴过去，我脆亮的哭声渐渐停止了，我贪婪地吮吸着，但那是一种无能为力的吮咂，是淡淡的咸涩在口中空虚地环绕。奶奶枯瘦的身体早已丧失了养分，而她此刻正在我无知的吸吮中抖动起来。我什么也没有得到，因为得不到，我就恼了，越发咬得急了。奶奶便疼得浑身筛糠。哭声复又蔓延开来。奶奶就掉头对爷爷说，该挤些奶子喂这个小羊羔子喽！

母羊被牵进屋，爷爷已经将羊身上的布兜儿解下来，木萨也格外欢喜地从奶奶的手里接过我。木萨的个子还很矮，所以她抱我并不轻松，我在她怀中不时往下滑溜，像一条怎么也抓不住的泥鳅，可木萨依旧抱得欢天喜地，还轮番亲吻着我的小脸蛋。木萨用一种既温和又俏皮的调子哄着我：小兔子乖乖，把门儿开开……妈妈要进来。真是奇怪，仿佛有某种魔力，我的哭闹就停歇了。木萨的样子很甜，尤其是她看着我的时候，她的眼睛清澈得简直就像是已经将我含在里面融化了似的。

奶奶端来一盆清水，将一块抹布浸湿了，她就在母羊的身边蹲下来。她的一只手用力托起母羊的双乳，另一只手捏着抹布在上面柔柔地擦着。母羊的两只乳房渐渐地湿润了，透出粉白色的光晕，两只红枣样的乳蒂骄傲地在奶奶眼前晃动起来。奶奶继续轮番拍揉着，像和面团似的。母羊是很受用的样子，不躲也不惧。这时，屋里响起刺溜刺溜的声音，又响又脆。声音来自羊身体下面的小铝锅。奶奶的两只手在母羊双乳的峰峦处一上一下地捋拂着，雪白的乳汁如同两道银光响亮地落进锅里，有时会偏在锅沿或溅在地上。屋子中弥漫着甜奶味的芳香。不久，那地上的小铝锅中便神奇地浮现出一盘圆圆的素洁的月亮，映着奶奶慈祥的脸——那脸因此有了一种被突然照亮的生动。

木萨姐姐坐在门槛上抱着我，我在她的怀里一刻也不消闲。我的样子一定很招木萨喜欢，所以，她总是把我的手指头挨个放进她的嘴里轻轻地吮着，一遍又一遍。不久，奶奶温好了奶子，甜热的气息在空气中袅袅地飘散开来，我眼中每个人的脸面都变得模糊不清了。

才几天时间，草场上就有了翻天覆地的变化，又接连飘过几场雨，丰茂的草势一下子使得天地间臃肿起来。羊群刚赶出圈，呼啦一闪便不见了踪影，仿佛一个个掉进了深不见底的绿色湖泊之中。有时风头猛了，才能把绿色揭起几片白色的浪花，那是羊儿正埋藏在里面吃草呢，但很快又全部隐没不见了。羊的肚子整日圆鼓隆咚的，原先圈门可以同时挤进三只羊，现在走一只还有点紧张呢。

爷爷这时就得着手割草，夏草一天一个样儿，若再过些日子，草长疯了，扬了花，落下籽儿，就变成一堆柴火——败了的草是不值钱的，没有分量，失去料性。这时节的日头也是庞大无比的，割倒的草静静地铺在院子里，到傍晚就晾透了，厚厚实实垛在屋顶，满院子飘香。木萨姐姐也要帮着爷爷放羊，羊一进草场，木萨就有些慌张，连她孱弱的身体也几乎埋藏进绿色之中了。女孩儿都是胆小的，我的姐姐也不例外。

这阵的白耳朵依旧是放肆的，它的叛逆性格已昭然若揭，它几乎不放过任何一只正在哺乳期的母羊，它伺机洗劫它们，并以最粗暴的方式咬住它们的乳头吮咂。它成了最卑鄙的偷食者。白耳朵经常惹得那些年长或年轻的母亲们勃然大怒，也有些是敢怒不敢言的。而这时，白耳朵的母亲已经面临着另一场恋情。那只健壮的公羊头顶生着弯曲坚硬的犄角，活像一尊雕塑，整天在母羊的尾巴根处饶有兴致地嗅来嗅去，还不时把嘴唇翻卷起很高。它们的情欲正如茁壮的青草在野地里疯长着。

当然，也有个别的母羊在群体中一贯表现出谨小慎微和宽容，被偷食了既不反抗，也不声张，一味忍气吞声。这反让白耳朵的性子越来越张狂。在宽阔的草场上，通常会有几片羊群在各自的范围里移动着，羊儿轻缓而懒散地走来走去，它们极少往其他的群体渗透，有时即使多走了两三步，听到身后主人或头羊严厉的警告声马上就会迷途知返。这是群体的规则，谁也不能打破。

白天，母羊的身上罩着布兜儿。白耳朵依旧不肯死心，它想方设法纠缠着母亲。也许它还对爷爷心存怨恨，或者对自己的母亲也是同样的，它心不在焉地啃着青草，有一下没一下地咀嚼或反刍，目光十分散漫，肚子空瘪瘪的。

　　这时，臼耳朵开始注意到另外一只分娩不久的母羊。那个年轻的母亲完全沉浸在抚育幼羊的幸福之中，所以，它接连遭受到臼耳朵无礼的偷食和追逐。这次，臼耳朵竟然厚颜无耻地用它并不很坚硬的脑袋抵翻了两只正在吃奶的幼羊，然后得意地吮咂着，弄出的声音放纵而又响亮，甚至是报复性的肆意妄为。而那只母羊也趁机扭转着身体与它周旋，它的乳头被臼耳朵咬得很紧，这使它的叫声凄厉而痛苦。当臼耳朵尽兴地吮干了其中的一只乳头，并准备更换另一只的时候，年轻的母羊终于抽身逃脱。随即，它倒退几步，然后异常迅疾和猛烈地撞向臼耳朵。臼耳朵的身体便如一团棉絮似的飘了起来，它的尖叫令所有的羊都停止了正在进行的咀嚼或反刍。羊们惊恐地看到臼耳朵趔趄着从草丛中爬起来，后背和脑袋上染上了绿色的草浆，几只尚青的苍蓬刺球儿挂在它的尾巴或腰身上，模样很狼狈。臼耳朵呻吟着四处张望，它在寻找着自己的母亲。可它立刻就伤心起来，母亲并不愿意理睬它，她只是隔着很远瞥了它一下，一副漠不关心的样子，照旧静静地伏在草丛中。母亲的表现的确使臼耳朵伤心难过。臼耳朵改变了主意，它不想走到母亲身旁，至少现在是这样的，它讨厌母亲的不闻不问。

　　此后臼耳朵的行为比先前谨慎了许多，但它的目光却是飘移不定的。有时，它甚至也遭到爷爷的呵斥与鞭子抽打，这使得它的心情越发灰暗，眼睛周围的皮毛经常潮湿斑驳泪水涟涟。臼耳朵变得郁郁寡欢，它时常在这个群体的周围徘徊，它的脚步总是举棋不定。它并不想把自己的心事告诉母亲，尤其当它看见那只青布兜儿时，它的怨恨情绪似乎正在与日俱增。

外乡人身后跟着一条土狗，尾巴奇短，毛色却水獭样油亮，走路像在爬，肚皮贴在地上。有时狗比外乡人走得快几步，但很快那狗便知趣地故意落下一截路。外乡人倒背着手，腆着腹，肩上搭着个帆布褡裢，褡裢里鼓鼓囊囊的，看上去很沉。脚下的路若是不平整，就能听见褡裢里偶尔发出的叮当叮当的响声。那天，爷爷是在往回背草的路上，遇见这个神气的陕北汉子的，说死了这天一早请他来。

眼看过了时辰，满圈的羊饿得拉长了脖子，爷爷就让木萨赶了羊先走，却将臼耳朵和另外两只羔子特意留下来。臼耳朵看着那些大羊们都呼噜呼噜地一头扎进了草场，便显得焦躁而又气愤，它在空荡荡的圈棚下面跑来跑去。奶奶早已经将水烧开了，坐在门槛上给我喂奶子。我看见臼耳朵的脑袋过一会儿就从栅门里伸出来，像头困兽，样子很可怜。我想它一定闻到了奶子的香味，所以才将脖子伸出老长。这时，路上传来了狗的声音，爷爷眺望了一下，高声喊着嘿嘿，这回是真来了。

那汉子进院后只向爷爷作个很浅的揖，说昨晚喝多了酒，睡得太死。我一看见他的那条狗就再也不喝奶子了，狗的眼睛张得奇大，似叫非叫地露出半截雪亮的牙齿。奶奶急忙抱着我进屋，从锅里舀出半盆开水用一只手端出来。爷爷请那汉子进屋歇缓，他只摇了摇头便径直阔步朝羊圈走去。他拿一根油腻的粗短手指冲圈里点着，就三只？爷爷点点头，赔着笑，说就它仨。那汉子的嘴角露出不屑，接过奶奶递来的开水盆放在半人高的圈墙上，就着墙将自己的褡裢取下来，从里面摸出一卷东西，哗啷啷地在墙头上抖展开来。顿时，一些凌乱而耀眼的银光从那些带尖带刃的东西里呼啦一下冒出来。爷爷的眼睛眯了一下。那汉子先走到另一头的圈墙根下，将自己的身体冲着墙抖了一阵子，才走回来洗手。奶奶抱着我，我看见水盆里有一堆指头游来游去，也许水真的很烫，他始终吸溜吸溜地叫，既痛苦又舒服的样子。爷爷已经从圈里抓出了其中的一只，那羊羔在爷爷的手里像一只兔子那样乖巧。那汉子没有理识爷爷，也不看羊，只是用一根拇指一遍一遍地拨弄着手里的刀子。他说，酒。爷爷愣了一下。那人又说酒！这次有点嚷的味道。爷爷才缓过神，长长地嗷了一声急忙撒腿朝屋里跑，跑的时候仍没忘将羊羔抱在手里。

白耳朵愈发惶恐了，它猛然蹿上了食槽，在长而窄的木头槽子里来回走动，夜间吃剩的草秆被它踩得嚓嚓乱响。这时，陕北汉子接过爷爷递过来的半瓶白酒，他将瓶颈牢牢地捏在手里，像卡死一只鸡，却用门牙砰地一下撬开了盖子，酒气溢出来。他的牙齿黑黄，门牙上有许多细小的豁子。他仰脖咕咚咕咚灌进两口酒，第三口却不咽，满满地含在嘴里，两腮露出青紫的纹路，很吓人。爷爷早将小羊羔平展展地摁在地上，羊的四肢被爷爷的手扯拉面一样抻开，看上去有点像一条铺在地上的羊肚手巾。那羊就开始一声一声地叫唤起来，圈里的白耳朵跟另一只也在不明真相地乱叫，它们一起叫的时候我也跟着一同叫，我不知道自己是不是被吓哭了。汉子方才蹲下来，那条矮狗也在距离他不足两步远的地方趴下来，眼睛里放着冷冷的光。他的右手在羊的阴部摸来摸去，黑红的脸上只有眼睛表现出思考问题的可能。随即，他猛地将含在嘴中的酒喷向他摸过的部位，与此同时，嘴唇将右手上的刀子轻轻地舔了一下，刀刃更加雪亮。那刀子也是绝对非同一般的，一端是刀状，另一端却极似一把勺子，但那勺子也是带利刃的，淌着银光。紧接着，那汉子的手腕一抖一翻又忽地一卷，羊最后的咩咩声一下子消失了。而白耳朵发出的悲鸣确实很令人震惊，它的脖子高高地仰起来，像是要折断似的。那汉子手里的东西已经两头挂血了，他连看也不看一眼就将手指中的一团红色肉球忽地抛出去。那矮狗立刻得了东西，嘴里发出很响亮的吧嗒声。吃过了继续趴在原地不动，耐心等待。很快，又接吃了第二次，第三次。那汉子已从地上站起来，嘴角依旧是不屑和傲慢的，他冲身后的狗吹了个响哨，说今天不够吃呀伙计！爷爷的脸上溅了几坨红色，汗也淌下来了，奶奶将那汉子擦洗过的手巾体贴地递给了他。

很多声音都是从这里传出去的，然后又传到更辽阔的地方。我咿咿呀呀的含混的声音，羊儿咩咩地叫着，奶奶将一簸箕糜子簸得唰唰唰地响，还有堆积在院里的晾干的青草在风中唦唦鸣叫，这一切声音都像生了翅膀的鸟儿。爷爷说即使走得再远也能听得见，因为那是家的声音。这样说，白耳朵那天的惨叫一定也传出很远，那声音实在是凄凉悲楚的，也许很多羊都能听得见，它们吃草的时候突然抬起头，目光凄迷地飘向远处。

白耳朵在圈里静卧着，吃得很少，连水也不敢多饮。它的伤口缝了几针，敷了气味古怪而浓烈的草药末。它的瞌睡变得很浅薄，它的眼皮像黎明前的一层窗户纸透着一丝丝光亮。它的身体总在一阵激烈的抽搐中忽然僵硬起来。对于这种突来的遭遇和剧痛，白耳朵或许是茫然无措的。

夜里，圈棚下面幽白一片，那种均匀的呼吸和暗自反刍的声音，就像沉睡或冻结中的湖泊一样平静无痕。白耳朵只能聆听着。有时，它想稍稍动一下，或者更换一种休眠的姿势，可又是徒然的，那种隐隐的又是无边的痛正莫名其妙地洗劫着它羸弱的身体，使它根本无法入眠。白耳朵朝四周无味地看。夜色深邃幽秘，天上没有星星，也看不到月亮。这个夜晚看上去很平常。但是，很快就有了些许声音，猫头鹰在旷野里叫得很厉害，有点闹心挠肺，而且是突然就叫了起来，没有任何理由和节制的。也许，白耳朵觉得是冲它来的，它急忙紧闭了双眼，过了一会儿，一切仿佛又遁入寂静。白耳朵依旧是害怕，瑟缩着脑袋。猫头鹰的声音使平静的夜色有了一道道皱纹。白耳朵摸索着起来，它的后腿叉得很开，一步一步小心地走着。在一个角落里，白耳朵找到了母羊。它睡得安详而自足。白耳朵就在母羊的身边躺下来，它将嘴贴近它并轻嗅着它的气味，但它并不打算弄醒它，或许，它只是想在母亲的身边安稳地睡个囫囵觉，就是这样。

在蒙眬中，白耳朵大概又听到了另一种声音，也许那只是一种高亢的喘息。那只公羊的确已站在母羊的身旁了，它的嘴在母羊的尾巴根下探索着什么，弄出的声音怪异而又无聊。白耳朵的眼睛又慢慢地合上了。后来，母羊终于站立起来，很缓，好像怕惊动了谁。它逃避似的朝另一个角落去了。公羊紧随其后，它的嘴巴一张一翕，快要贴在母羊的尾巴上了，嘴唇不时翻起来又落下去。它们彼此在黑暗处又纠缠了一会儿，公羊的前腿不时高举起来，像打架似的终于搭在母羊的尻尾处，而母羊也不再躲闪，似有意等待接受着什么，但它的身体却很明显像遭受到某种剧烈的重撞般地动起来，一前一后地动，样子有些龌龊。臼耳朵已完全迷糊了，它一定是被它们的举动弄得满头雾水，甚至是惊恐不安的。那时，天空中仿佛有一团黑色的东西訇然坠落下来，随即，仍是那种凄惶的惨叫声在夜色中延伸。

奶奶搂着我和木萨，说，孩子们快闭上眼睛睡觉吧——那些小猫头鹰又要吃掉它们可怜的妈妈了呀！木萨好奇地问奶奶为什么。奶奶轻拍着我的身体。她幽幽地说，它们想让翅膀快点硬起来，那样小猫头鹰就能飞上天了。

秋凉时节，臼耳朵对母乳彻底丧失了信心。它不再使那些母羊们整日诚惶诚恐。这比较符合一只羯羊羔子的品性，整天吃饱了就老老实实睡觉。当然，阉割后的臼耳朵更喜欢独处，似乎碍于情面故意远离着群体。它通常以一个局外者的姿态那样独来独往。它已经习惯了咀嚼和品味青草，嘴唇上时常被草汁染得发绿发黑。不过，它的体格逐渐结实起来，浑身圆滚滚的，膘身肥硕了，在草场上奔跑撒欢的时候充满青年的活力。而且，臼耳朵似乎开始迷恋这种无忧无虑的生活，它也逐渐遗忘了那种伤痛。

那只母羊的肚子一天比一天庞大，它的行动变得迟缓起来，总是僵卧在地上。它不再关心任何事情，包括臼耳朵，它只是一味地反刍或静卧，它甚至早已忘记了自己的骨肉。爷爷早将它隔离出来，弄些上好的草料玉米茬子或大豆粉来喂它，水也由木萨专门给它提过去。现在，母羊跟月子中的女人一样娇贵，受人珍重。

这些天家里似乎热闹起来，先后来了几个远房亲戚。他们的到来预示着某件重要的事情正在酝酿之中。我被许多陌生的亲戚传过来又传过去，很多人抱着我时都在唠叨着相同的话儿。很快，他们就变得无限伤感了，他们的眼泪滴滴答答落在我无知的脸蛋上。

爷爷将那几只羯羊羔子轮番逮住，然后像抱孩子似的抱在手里掂量着。他掂量得很仔细，仿佛他的两只手臂就是一杆秤。抱臼耳朵的时候，爷爷脸上算是多少有些微笑，他几乎有些抱不动这只出生仅有三个来月的羊羔子了。所以，那种笑容是满当当的，很有种心安理得的味道。其他的羊都被赶出去，唯独将臼耳朵留在圈里。臼耳朵虽不如以前那样执拗奔突，却也隐约觉察到什么，独自躲在一个旮旯里不安地四处窥望。

屠户是特意从牧场上请来的，他的到来使得整个院子恢复了庄重的秩序，不再显得没头没尾鸡毛蒜皮。这之前，亲戚们已经帮忙手忙脚乱地宰杀了五只鸡三只兔子和一对草鸽。兔子的皮剥得窟窿天窗，很不讲究地铺在墙头上晾晒，褪下来的羽毛被风吹得满院子飞旋。

屠户把臼耳朵从圈棚里提溜出来，再结实的羊摆在屠户眼前也是渺小的。很快，白耳朵的两只前腿和后腿被捆绑在一起，它只能俘虏一样躺在地上呻吟，叫的时候露出粉色的舌头。屠户就着井台旁的一块石头上磨刀霍霍，斜出一道冷目光盯着躺在他前面的羊。瞪着瞪着，屠户的脸上就有了闪闪的银光。白耳朵也听到了那种粗粝的摩擦声，它循着声音再次与屠户的目光碰在一处。白耳朵似乎被屠户刀子一样的硬朗的目光给震慑住了，竟不敢再动了。同时，它大概也看到了被屠户霍霍磨亮的刀子正银光耀目。于是，它连起码的叫声也变得苍白起来。屠户终于蹲在白耳朵眼前了，他的裤腿高高地撸起来，因为蹲着，小腿的肌肉鼓得快要爆开似的，两截木桩一样结实的腿死死地插在地上。屠户的一只手鹰爪一般抓住了白耳朵的脖颈，那脖子就变得细长了，能看清起伏着的喉咙。爷爷手里端着盆支在羊脖子下面，脸上赔着讨好的笑。屠户的刀子就噗的一声刺了下去。白耳朵的最后的一记声响伴随着奔放的血热乎乎地涌出来。爷爷木讷地看着盆里渐蓄渐满的血，一句话也不说。很快，屠户拽紧一只羊腿，用刀尖在上面划出个口儿，再由口儿插进木扦子往里捅着，然后拔出扦子呼哧呼哧地往里面吹气，他吹得很卖力。屠户知道气吹足了皮才容易揭下来，在这一点上他的确是个行家。吹完了一只，他用一根细麻绳在刀口处系紧，又抓起另一只腿。不久，已经丝毫没有生气的白耳朵的尸体竟然通体溜圆，仿佛一只巨大的白毛气球，随时都会从地上的血泊中飘升起来……

翌日，那个期待已久的祭祀隆重进行着。奶奶怕我受了冲撞，说外面进来的客人气浊脚重，就让木萨姐姐领着我到草场上去玩耍了。羊群在微微发黄的草丛中滚动着，草地上像落了雪一样一片一片地洁白着，那些白色又不是静止的，它们云朵似的在草浪中间呼噜呼噜地逶迤波滚，还不时发出咩咩的欢叫。这时，有两只不足月的羔子正一边一只跪在母羊的身下，它们跪得服帖而又庄重。母羊的双乳在小羊羔的拱顶中颤颤悠悠，它只是自足而又漫不经心地反着刍。此刻，母羊跟这大片大片的草场连接在一起，丰茂而又温和，即使在秋天渐深的萧瑟和沉寂中，依然轻轻流淌着芬芳的青草与乳汁交融的气息。

初伏天。

天气溽热。四眼子花狗中了暑，平展展地趴在院里老梨树的浓荫下。晶莹的口水顺着它长长伸出的舌头滴滴答答地往下掉，狗嘴下的土地潮湿了一大片。花狗的眉眼紧紧皱成两团。

几只无聊而又快活的苍蝇在花狗的眼皮前晃来晃去、嘤嘤嗡嗡，它们时而落在花狗黝黑的鼻尖上，时而又撩拨似的站在花狗的粉红透血的舌苔上。花狗无动于衷，它只是一味地连续喘息，任由大量的汗液从它微微颤动的长舌排泄到地面上。

我们看见泉娃这时从屋里踉踉跄跄捂着肚子冲出来。他跌跌撞撞朝院门外的土圈跑去。没等他褪下蓝布裤子，早就觉得裤裆里一股湿热倏地传遍浑身。

你这个婊子娃娃，让你干一把营生就讨工钱，真格懒驴懒马屎尿多哩！

泉娃蹲在圈里的两块土坯上无心顾及他娘的呵斥，他痛苦而又快感地呻吟着，肠腹之间的痉挛一阵一阵洗劫着他单薄的身体。他或许在想，准是昨晚偷吃嘎愣子家的西红柿才弄坏了肚子。到现在连他自己也记不清，究竟黑灯瞎火地吞下了多少个半生不熟的西红柿，是五个还是十个，或者更多一些。

我们依稀听到泉娃他娘嘟嘟囔囔地怨骂了好一通，声音才逐渐地消失了。泉娃勾着头静静地蹲着，他舒坦地吐了口气。这时，他清楚地看见刚才自己的尿液将脚下的沙土冲渗出一个小深坑，一群碎蚂蚁正在它的附近惊惶地爬来爬去，那架势很像遭受了百年不遇的山洪。

泉娃抬头看看天，天蓝得耀眼。他想今天不应该下雨的。可是，他的脑子里很快浮现出语文老师美丽的样子。她是村里的民办教师，二十多岁，模样很受看，苹果一般清秀的脸上时常会掠过一丝羞涩的笑容。听说前些时候她想往乡中学调呢，可调着调着又没了动静，大概指标又让乡里的哪个头头给占了。不过我们都挺高兴，村里能有个像她这样既漂亮又会教书的女人可不容易呢！若她真的走了，我们这群娃娃可就惨了。所以此刻，泉娃会很自然地联想起语文老师曾教过的一篇课文，蚂蚁搬家是要下雨的。我们都记得老师在讲这篇课文的时候，还点名让泉娃朗诵，她说泉娃学习最认真，还希望我们都能向他学习呢。

腹内又是一阵绞痛，这让泉娃感到多少有些对不起老师。她经常在课堂上教诲我们，不能偷吃农民伯伯辛辛苦苦种下的瓜果蔬菜，也就是说不能随便将别人的劳动成果占为己有，否则一定会遭受惩罚的。泉娃明显地后悔起来，老师说的多么灵验呀！现在我们都知道，这家伙的肚子正饱尝着难言的疼痛。

我们就幸灾乐祸起来，活该！谁让他不听老师的忠告呢。

泉娃起身时，忽然觉得眼前一片耀眼的白色扎刺着他的眼睛，他慌忙定睛朝面前的圈墙上张望。

马电鸡（机），大六（流）王（氓），爱和女人水
（睡）大叫（觉）

我们都觉得很可笑，写在土墙上的两行字歪歪扭扭，竟有一大半全是别字。泉娃双目紧盯着黄土墙上的白色粉笔字，仔仔细细地念了好几遍。他混沌中略有所悟，这是骂他爹的话。

谁写的？敢骂俺爹！

泉娃也许忘记了自己腹泻尚未终结，他气呼呼地从地上捡起一块土坷垃，在尻间使劲蹭了几下，然后他站起身，气急败坏地把手中的土坷垃连同秽物一并奋力掷到土墙上。"嘭"的一声，他看到土坷垃顿时开花，并正好击中了墙上他爹的名字，湿土斑斑驳驳地粘在墙上。

泉娃边往上提裤子，一边又反复琢磨着墙上那两行龌龊的字，样子古怪而又狡黠。他连声问我们几个，快说是谁干的？

我们都笑着摇头。泉娃说谁笑就是谁干的。我们都严肃起来，把小嘴抿得瓷瓷的，一点缝也不留。我们跟泉娃关系不错呢，怎么会做这种没有名气的事情，再说，那几个字我们是不会写错的。

泉娃将信将疑，很快他的眼睛一亮。

保准是那家伙干的！哼！等着瞧吧。

我们都有些迷惑，个个捂着鼻子说你屙的屎真臭。泉娃却为他的这一突破性发现倏忽兴奋起来，他飞快地跑出了土圈。

泉娃的爹曾是我们队里的拖拉机手，他家早在生产队刚刚分开时便承包下队里的手扶拖拉机。泉娃他爹名叫马殿喜，所以我们村里的老少就管他叫"马电机"。

马电机现在手头有了活钱，生活过得宽裕了，在村里是响当当的人物。前些年大家都喊他二流子，他死活不爱干农田的营生，识字也不多。可这两年开着铁牛跑运输，朝县城工地上送沙石，往乡里倒卖化肥拉农药、贩蔬菜，大把大把的票子塞进他的腰包，这人便横竖都有了威风。

马电机的名声不好。我们听大人说他早些年骚情过来插队的上海女知青，被劳改过。可如今他走南闯北见了大世面，自家的院里又新起了五间一砖到顶的瓦房。屋里十七英寸的彩电、立体声收录机、席梦思床等应有尽有，就连他的黄脸婆姨身上也时常裹绸挂缎涂脂搽粉的，这着实叫我们村里的男女老少咋舌不已。

人就得活出个模样，谁敢说人家不本分？

这才叫浪子回头——金不换哩！

现在，屋里没有人。

泉娃知道他娘唠叨了一通后便去打麦场捆麦秸了，没人帮她的忙，连泉娃这家伙也在闹肚子，至于泉娃他爹更是看不上那几十捆麦秸，他说靠麦秸卖钱简直是指屁吹灯。

院里空空荡荡，我们看到泉娃他爹的幸福摩托车照旧停靠在屋檐下，黑色的车胎上溅满了泥浆。几只燕子在房檐下的椽缝里做了窝，偶尔会有几滴斑白的粪便掉落到地面上。花狗依旧静伏在树荫下有气无力地喘息。

泉娃锁好院门。

他当然没有去打麦场，而是径直朝渠坝边走去。他说，嘎愣子一定是在闸坑里耍水呢。

伏天晌午的太阳歹毒地烘烤着村庄和田野。十步以外的地方人眼能够透过蒸腾的热浪看到远处的景物在扭曲抖动，像隔着一层纱。村里多数人都在歇晌午，唯独娃娃们精力充沛而又无忧无虑，像一群活泼调皮的鸭子，他们成群结队地跑出家门，然后扑通扑通地一头扎进门前的渠里，在清凉的水中自由自在地凫来凫去。

我们很快就听出了水里传来的傻呵呵的嬉笑声，泉娃知道自己要找的人正在渠里徜徉着。他用近乎仇恨的目光向浮在水面上的人头扫视了一遍，然后开始单独行动。他让我们躲得远远的，他自己悄悄地掉头朝那伙人褪下的衣裤堆爬过去。我们不知道他究竟想干什么。

约莫一顿饭的工夫，水中的人终于游不动了，他们接二连三精溜溜地从渠里爬上岸来。随后，他们一个个如同死鱼一般平躺在渠坝边干燥松软的沙土上面，太阳暖烘烘地抚摸着他们沾满沙土的脊背和四肢。

我们都知道嘎愣子经常会从他爹那里偷上几支香烟塞进自己的裤兜里。此时，他也许很想熏上一支烟。于是，他赤裸裸地走到先前那堆脱下的衣裤旁。他苦苦搜寻了好一会儿，始终没有找到自己的衣物，他恼怒起来。

他妈的，谁把我的衣服藏起来了！是谁干的？

躺在岸边沙地上的鸭子们看上去年纪都比嘎愣子小，当然他们谁也没有胆量更没有可能去做这件事，因为他们一直陪着嘎愣子泡在水里。此时，他们各个面面相觑如堕云雾。

嘎愣子忽然发现泉娃竟然独自坐在渠坝的水闸旁边的一块青石上。太阳把石块晒得白花花的，嘎愣子觉得很刺眼。泉娃正冲水里很有兴致地抛着卵石。嘎愣子愣了一下，随后像只落水狗似的疯狂地朝泉娃扑过去。

喂！快说是不是你干的？快把我的衣裳还给我！

泉娃异常镇定地转过身，他用极其厌恶的眼光上上下下打量着嘎愣子沾满泥土的身体，尤其当他的冷傲的目光停留在嘎愣子肥胖的双腿间的小物件上时，泉娃鄙夷不屑地朝地上的青草堆里吐了口唾沫。我们都看见嘎愣子很突兀地站在马泉面前，他裆里的东西早就缩成一截虫子了。而让我们感到惊奇的是，马泉并不打算理睬对方，他只是低下头聚精会神地注视着自己脚下的蚂蚁洞穴，成百上千的小蚂蚁正疯狂地进进出出。

马泉，你少给老子装洋蒜，快把衣裳还给我。要不，今天有你娃娃好看的！

泉娃一声不响，他轻轻地从地上捏起几只蚂蚁塞进嘴里，随后他一边咀嚼一边慢条斯理地说，嘎愣子，咱们来打个赌，我敢担保今天要下雨，可能还是场大暴雨呢，你信不信？

泉娃说完，又抬头漫不经心地看看天，然后哈哈笑着起身向渠坝下头的村庄跑去。他没跑多远又忽然回过头说了句，老师教过蚂蚁搬家要下雨的，你这个大傻瓜！

嘎愣子的确被马泉这种莫名其妙的举动和言语搅昏了头，就连我们也有些迷惑。嘎愣子天生不是块念书的料，二年级勉强读完就跟他爹打理地里的营生了。

于是他百思不得其解地掉头问躺在沙堆里的另外几条死鱼。

那狗日的刚刚叽里咕噜说些啥？

他说"蚂蚁搬家要下雨"，是语文老师教的！嘻嘻——

下不下雨关我屁事！这小狗日的成心是想耍我。你们还躺着做啥？赶紧爬起来帮我找衣裳去，要不我非把你们的破驴皮全部撂进渠里让水冲走！

我们几个全笑傻了，难怪人家老师经常夸马泉呢！等好不容易回过神来，马泉却早已不见了踪影。

傍晚的时候，泉娃像一只迷失了群体的羊羔，他百无聊赖地在村东头的碎石子路上游荡。他不时地从路面上捡起一两块卵石，然后斜仰着身子朝路旁的排水沟里抛去，他听到咕咚的响声，排水沟的绿色水面顿时泛起了银白色的晕圈，几只胆小的青蛙伴随卵石击打水面的声音相继扑通扑通地跳进水中，就连停落在水中的芦苇枝叶上调皮的蜻蜓也受惊似的振翅飞走了。

泉娃望着水面出神，他的耳畔隐约传来拖拉机突突的响动，他无可奈何地朝依旧晴朗、泛着金黄的天空眨着眼睛。

奇怪，为啥还没有下雨呢？

泉娃思忖着，难道语文老师也会骗人吗？

泉娃百思不得其解，他忽然有种怅然若失的难过。他原以为这场雨很快就会飘落下来，他仿佛已经亲眼看到嘎愣子浑身赤裸地在暴风雨中狼狈地四处找寻他的衣裤，然而嘎愣子终究未能如愿以偿，他只好像条丧家犬精溜溜地逃回家。随之即来的是嘎愣子他爹毫不留情的一顿臭骂与拳脚相加，嘎愣子在暴雨中瑟缩着哭爹唤娘、连滚带爬。可是现在，泉娃的梦想几乎落空了，一切并没有像他想的那样一幕一幕地发生。

我们找到马泉的时候，他脸上一点快乐的意思也没有。他说你们别再缠着我，我该回家了。

路那头突突的马达声越来越近，泉娃漫不经心地朝远处张望。他吓了一跳，隐隐约约看到他爹开着拖拉机正从前面不远处驶来。

泉娃慌忙让我们躲到路旁的一棵柳树身后，我们凭借着柳树的遮掩窥探着碎石子路。他爹很快从我们的身边经过。

　　那一刻，泉娃迅速捕捉到他爹脸上那份得意而又夸张的喜悦。他知道他爹今天买卖一定做得很顺利，此时他爹的嘴里还美滋滋哼唱着"妹妹你坐船头，哥哥我岸上走"的曲调。车厢里围坐着三五个搭便车回村的人，他们也正兴致盎然地熏着纸烟或不知疲倦地聊叙县城的所见所闻。

　　泉娃的眼前似乎又闪现出圈墙上那两行醒醒的字，凝望他爹和拖拉机远去而留在身后的淡淡的烟尘，他自感窝火地叹了口气。我们想，他大概是为自己没能如愿以偿惩罚污蔑他爹的人感到难过。

　　而与此同时，我们听到一阵七嘴八舌的喊叫声，那声音很像是一群凄惶的麻雀在叫唤。

　　马泉，你出来！

　　马泉，你藏在哪里了？你他妈快还我的衣裳！

　　泉娃知道是嘎愣子领了一伙娃娃来找他，他和我们继续躲在树后一动不动。后来我们听到有人说，马泉这家伙会不会藏在玉米地里，咱们去那里找吧。

　　泉娃屏住呼吸，他清楚地窥视着嘎愣子那伙人穷凶恶极地朝村里的玉米地拥去，他们的样子很像一群饥饿的苍蝇扑向腐臭的粪池。

　　看着嘎愣子那伙人如同无头的苍蝇四下里撞来撞去，泉娃忽然忍不住笑出声来，他也许觉得自己此时很有些像小兵张嘎，他正和一群愚蠢而又凶顽的鬼子在村子里兜圈子呢。

有了这种念头，泉娃的心间便揣了只活蹦乱跳的麻雀似的，连我们都能感受到一种难以抑制的快乐在怀里扑腾开来。

泉娃家的街门前，嘎愣子正和七八个娃娃站在那里叫嚣。

泉娃远远便听到他家四眼子花狗声嘶力竭地狂吠，他急忙稳住脚步，藏在黑暗中偷偷观望。过了好大工夫，他爹气冲冲地从院里露出头来。

喊叫个屁！都啥时候了，找他做啥？马泉没在家。

嘎愣子带头止住了吼叫声。他垂头丧气地说，我找你家马泉，他偷走了我的衣裳，我回不了家。

胡说八道！衣裳穿在你娃娃的身上，他咋能偷走？依我看八成是你欺负我家马泉，看你长得人高马大的，不嫌害臊！你的破衣烂裤能值几个钱，谁稀罕？你娃娃也不撒泡尿照照去……

不信你问他们，我身上的裤衩还是朝他们借的呢。

另外几个赶忙提心吊胆地附和。

我们立刻听到马电机愤怒的吼声，有钱人的声音就是比平常人大得多，连我们几个也听得有些害怕。

滚！都赶快给我滚！再缠着不走当心我放开大花狗拾掇你们几个，我可没工夫和你娃娃闲扯。

之后，泉娃他爹愤然地关上了铁门。

嘎愣子终究有些胆怯，他沮丧地回头看看另外几个伙伴，他不情愿地说，好汉不吃眼前亏，咱们走着瞧吧！

说罢，一伙人紧跟在只穿着一条裤衩的嘎愣子的屁股后面骂骂咧咧地离开了。

从泉娃家的院里传来四眼子花狗不依不饶的吠叫，这叫声在暮色的村庄里显得恐怖而又单调。泉娃在黑暗中没敢挪步，他的心情似乎好了起来，他虽然没有亲眼看到他一直想看到的事情发生。但刚才他爹的一通臭骂还是让他稍感欣慰。我们听到他家的花狗猛然间发出几声委屈的惨叫，我们知道一定是狗的无休止的狂叫惹怒了泉娃爹，每每这个时候他爹会毫不客气地踹上花狗几脚以泄心头的气恼。

泉娃以前就告诉过我们，他最怕他爹发脾气，不过，他和他爹在一起的时候实在很少。他爹整天起早贪黑地一门心思挣钱，没闲工夫同他说话，甚至他也极少听到他爹对他娘多说上一句贴心的话。

泉娃不知道，他爹一旦看到他家圈墙上的字会是怎样的表情？此时，泉娃的心情很复杂，他想他爹一定会暴跳如雷的，说不准还会一气之下将圈墙推倒呢。

泉娃就这样乱七八糟地琢磨着，不觉竟有些毛骨悚然，他不知道圈墙倒了会是什么。

就在泉娃站在院门前犹豫不决时，我们听到他娘正絮絮叨叨地站在院子里谩骂，下不得力气的东西，叫他帮着老娘去捆麦秸，他倒好，一道金光再连个影子也没了，我看他娃娃今天咋有脸回来吃饭……

泉娃立刻委屈起来，他在黑暗中自言自语，活该！让他们写去、骂去！写满了整个院墙和街门才好！我往后要是再管你们的闲事就是大花狗变的！哼，我今天偏不回家吃饭！

我们看见泉娃拿定主意，然后信步朝村西头的打麦场走去。

打麦场堆满了大大小小的麦秸垛，像一笼笼刚出锅的蓬松的发面蒸馍，新鲜的麦秸在夏夜里释放着暖烘烘的太阳气味。此刻的打麦场显得孤独而又沉寂，大人娃娃和牲畜都去填肚子了，只有泉娃像个幽灵，漫无目的地在无数个麦秸垛间穿梭游荡。偶尔会有一群蝙蝠凄厉地嘶叫着从他的头顶飞过，然后瞬间便消失在无尽的黑暗之中。

泉娃找了一处低矮的柴垛坐下来，他也许觉得有些疲惫。麦秸被压迫的声音又脆又响，仿佛整个村子都在悄无声息地跟着下沉。头顶的天不大也不小，像一顶深蓝色的草帽，轻轻地扣在泉娃的头上。风静静地摸着他的脸，夜晚的风也那么轻柔，生怕把娃娃的脸弄疼了似的。蝙蝠的叫声尖锐而古怪，但它们似乎并没有什么恶意，它们在夜色里自由地飞来飞去，扁扁的身体像一块块黑绒布飘浮在空气中。泉娃长长地出了口气，肚子里的那股不舒服的东西整整憋了一天。于是，语文老师苹果一样清秀端庄的脸，又像夜空中的星星在泉娃的眼前闪烁起来。泉娃也是从老师那里才知道，蝙蝠只有在夜间才出来活动，白天它们都倒挂在树枝上睡觉呢。这样一想，泉娃就快活了许多，或者，只要一想到能坐在教室里倾听老师传授知识，泉娃的心情自然会好起来。

泉娃翘望夜幕中的蝙蝠，他忽地发觉一股凉风拂面而过，天空没有一颗星星，也看不到月亮，一切都黑得不露声色。

泉娃感觉自己的腿脚实在有些发麻，他就势向后一仰，整个身体轻轻地飘了起来之后便深埋到蓬松的柴堆中了。黑洞一般的天空就罩在他的头顶，隐隐感到有一只张开无比巨大黑嘴的怪兽将他和麦场上大大小小的麦秸垛全部吞噬了。

泉娃在黑暗中紧闭双眼，此刻竟然又有点惧怕，但很快他就睡意蒙眬了。他似乎梦见一群小怪兽正穷追不舍一只白兔，兔子惊魂不定地拼命奔跑。眼看着小兔子就要落入魔爪，突然远处划过一道亮光，黑暗顿时被映染得一片炽艳。

火。

泉娃一骨碌从柴堆里爬了起来，耳畔充斥着噼噼啪啪的剧烈声响，打麦场早已火光冲天浓烟滚滚。

火！着火啦！

泉娃惊慌失措地叫喊，而事实上，他的叫声几乎没有任何作用，火势早已覆盖了整个麦场。

打麦场霎时亮如白昼，无数条火龙借着骤然刮起的风向四面八方蔓延，风愈来愈大，不时卷起燃烧着的火球疯狂地抛向夜空。火把这无边无际的黑幕全点燃了。

那时，我们早都回了各自的家里。其实，麦场的火光几乎照亮了整个村子。我们穿过窗户或院墙，惊奇地看见村西头上空正充斥着浓烈的红烟。

我们村的人争先恐后地扛着铁锹、扫帚，提着水桶向铺天盖地的火海冲去，跑在最前边的人忽然惊恐万状地停住脚步失声尖叫。

鬼！有鬼！

火堆里出来鬼啦！

很快，连我们也清楚地看到，从火堆里的确蹿出两个似鬼非鬼、似人却难辨的怪物，它们正呼天抢地地在火海里挣扎，麦秸燃烧的声音像噼噼啪啪的鞭炮在叫。

几个平时胆子大的探着身体向前靠近，半晌，他们终于分辨出火堆里挣扎的是人。他们便奔跑过去救援，可刚没走上几步，都不约而同地怔住了，从火堆中跑出来的两个人居然都赤身裸体，虽然他们已被大火烧焦了头发、熏黑了皮肤，但是眼睛尖的人凭借着明亮的火光一下就辨认出来，他们竟然还是一男一女——男人是马电机，女的是村里的民办老师。

人们霎时哗然了。

这时，泉娃忽然感到有几滴清凉的雨水落到了他的脸蛋上。他急忙伸出两只小手仰面朝天，更多的雨点落到他的脸上、手上和全身。

泉娃自言自语地说，蚂蚁搬家要下雨，蚂蚁搬家要下雨！蚂蚁搬家真的要下雨呢……

大火在骤然降下的暴雨中很快就熄灭了，我们觉得这多少有些虚惊一场的味道，可做梦也想不到会发生那么一幕，眼前的一切令人眼花缭乱，我们渐渐淡忘了白天所发生的事情。

泉娃稚嫩倔强的小脸依旧被火光映照得闪亮而又滚烫。泉娃的脑海里杂乱无章，他也许实在无法想通从火堆里跑出来的两个人，怎么竟会是他爹和我们最心爱的语文老师——那个有着一张苹果一样清秀脸蛋的女人？

　　泉娃独自一人离开了麦场，他的脚步带着某种神志不清的慌张，他也许早就忘了圈墙上的那些龌龊的粉笔字。

　　我们看见他并没有朝他家的方向走，也许连他自己也不知道该往哪里去了。那时，天空突然亮出几道雪白的口子，好像连老天也想睁开眼看看地上的人，但紧接着便大雨倾盆起来。

　　于是，我们几个攒过去想拉住他，可泉娃仿佛根本不记得我们是他的伙伴，脸上一片迷茫。他将两只胳膊翅膀一样地打开，然后在雨中奔跑起来……他似乎还在重复那句蚂蚁搬家要下雨。雨实在太大，我们再也听不清什么了。

宰牲

　　大黑铁锅就临时架在院子的中央，下面的柴火噼噼啪啪地燃烧着。有人蹲在旁边不停地朝火里添加柴火，炽烈的火苗像无数只怪兽的长舌贪婪地舔舐着锅底。穿着臃肿的棉袄、棉裤的人们赶集似的簇拥在正冒着白气的铁锅的四周，他们的脸早被火光照得通亮发烫，但所有的人都从肥胖的袄领里伸出并不白净的脖子关注着那口大铁锅，似乎那锅里正在烹煮一只稀有的麒麟。

　　主家的女人和孩子都不停地忙碌着，仿佛某种重要的时刻就要来临。门板被大人们拆卸下来平放在地上的几块土坯上面，两个稍大一些的孩子很不情愿地拿着刷子蘸上水不断地洗刷，他们的指头蛋冻得和霜打的茄子一般颜色。伙房里几个女人匆匆忙忙地剥葱、剥蒜、清洗白菜和粉条，她们有说有笑，外面的事情似乎跟她们没有任何关系，她们只是一味地谈论女人们所感兴趣的话题。

这时有人大呼小叫地嚷，水开了。

村长穿得很体面，他背着双手兴致也仿佛特别好，家里杀猪有一大堆帮手，并不用他过于操劳，他只需在院子里踱来踱去动动嘴便可。眼看院子里聚集的人越来越多，这有点像在麦场上看露天电影。几个外家的孩子便挤进人群中跃跃欲试，他们此时最想得到的东西肯定是猪尿脬，因为猪尿脬灌上水后能吹很大，他们可以像气球一样尽情玩耍，也听说猪尿脬里面装满糯米蒸熟后，娃娃吃下去可以医治尿炕的毛病。当然也有几个女人是想趁机捡一些猪胰子带回家制成和肥皂一样的东西，猪胰子里含有大量的碱性，用它能洗干净沾染油渍的衣物，这在贫瘠的乡村是颇具诱惑力的。

锅里的水沸腾得犹如无数条鲤鱼在里面欢腾跳跃，可屠户李果仍旧迟迟不见露面。

村长的脸色明显有些难看，他嘟嘟囔囔地四下张望，气愤地从衣兜里掏出一支"金驼"塞进嘴里，一边给身边的人递过几支。随后，他似乎想起了什么。他独自去猪圈看了看，那头乌克兰大白猪正在里面拱着食槽，丝毫没有即将挨刀的恐惧。食槽里空空的。要宰的猪是不能喂食的，村长这才放心地朝屠户李果家疾步走去。

屠户李果眼看快四十岁上才娶了个哑巴婆姨。村前村后的大人娃娃都知道李果从小就长了个"气丸"，他裤裆里的东西隔一会儿就会奇怪地鼓出个气囊，每次他必须用手轻轻捏弄一番才能释放那些可恶的气体。因此，没有哪个女人愿意嫁给他当婆姨。

李果每次杀完猪便从混浊的下水里准确地取出尿脬，他很执着地搭在嘴上呼呼地吹两下，然后冲围观的人堆里瞄一瞄，看准那个平素里风骚些的婆娘，他便朝她抛了过去，像在抛一只布满血色斑点的气球，他嘴里憨谑地喊着，赶紧捡回家给你男人补补脬子吧！村里通常不会有哪个女人和他急眼的，大家都知道他没有任何坏心眼儿。欢笑声中孩子们早已将那东西抢去耍了，经常会看见几个调皮的娃娃为抢夺一只猪尿脬闹得不可开交。

村长进院的时候，李果的一条腿正被他的哑巴婆姨死死地抱住，哑巴半跪在冰凉的地上，她的嘴哇哇地叫个不休。村长黑着脸嚷道，李果你个狗日的闹啥呢，水烧开半晌了，你是等老子拿八抬大轿抬你去！村长斥责着，一双黑豆样的眼睛带着某种游离不定的光在哑巴的身上蹿来蹿去，渐渐地他粗短的舌尖悄然爬出了嘴唇。

李果无奈地蹲下来，他并不很熟练地给哑巴比画着什么。村长很迷惑地看着他俩，他早就知道李果的哑巴婆姨脸蛋受看呢。可哑巴极少出门整天躲在屋子里，村子里的人大多不清楚哑巴究竟长啥样，村长便觉得自己的福分不浅，总算是见到这个神秘的哑巴女人了。他很无聊地把眼前的这个哑巴女人和自己的婆姨一对照，便觉得有种很不舒坦的东西在他的心尖尖上一点一点地翻过。

哑巴仍旧将李果的腿牢牢地抱着不放，李果没了办法。当李果指了指村长又冲哑巴做出一个抹脖子的手势，村长顿时觉得自己的脖子直冒凉气，说实话他反感这种唐突的比画。李果只好一把将哑巴从地上抱了起来冲进屋，很快他从屋里跑了出来并迅速地将屋门反扣上。

李果迷惑地说，日怪球，咋别今天瞎好不让我走呀？说着，他急忙从地上拎起那只油乎乎里面盛放着大大小小的屠具的提筐，紧随在村长的屁股后面。

有人远远看见屠户李果叉开着双腿像踩着高跷一样走来，李果走路通常是这个样子的。他的身上照旧穿着那条从县城买回来的打鱼人常穿的黑色背带皮裤，上面沾满斑斑血迹和油污。有人拿他取笑，李果你裤裆的气哑巴还没给放光吧！嘿嘿……

李果并不生气，他笑着冲那人举举手里黑漆漆的捅棍，我看你尕子是想让我给你捅捅下水吧。

说着，屠户李果叉着腿走进了村长家的院里。

他四下里望望，有几个女人讨好似的冲他笑着，笑容很勉强，他知道她们等在这里除了是想看他杀猪以外，更多的是为了过一会儿能从他的手里弄到那些新鲜的猪胰子。

围观的人慌忙给李果让道，娃娃们似乎惧怕他几分，大概是因为他手里有各式各样的屠刀，更重要的原因是李果屠杀时出刀既快又准，那些被宰的猪每次几乎是来不及吼叫便一命鸣呼。可为了得到猪尿脬，娃娃们毅然壮着胆围在李果的身旁。李果每年一到腊月便成了村里的红人，他显得忙忙碌碌而又杀气腾腾，即使平时看不上李果的人到了年关也得说些软话。

李果的到来使整个小院的气氛达到空前的肃穆，人们试图想从李果的屠杀过程来感受某种刺激，而这个在农闲时才能目睹的场面绝不亚于看一场精彩的驯兽表演。

村长给李果递上一支烟。他背着手说，腊月的日头短，眼看着天就黑了，你给我放麻利些。李果并不抽那支烟，而是夹在他的耳朵缝里。他抓过一把粗盐粒撒在沸腾的水面上。他命令似的对添柴火的人说，千万别断了火！要不毛可不易煺。他又回头问，没喂食吧！村长的女人忙说，从昨黑饿到这阵子了。李果这才在村长女人的陪同下和三五个汉子气势汹汹地朝猪圈去了，围观的人们也立刻受了牵引似的跟了过去。

村长自己并不跟着去猪圈，而是嘴里悠闲地衔着烟卷，双手背在身后，他踱着细碎的脚步四平八稳地在自家院里转悠了一阵，仿佛即将宰杀的猪跟他没有任何关系，然后他找到一处太阳光直射着的墙根靠着，不紧不慢地吸着"金驼"，脸上冒出一种很古怪的颜色，像是电影里的某个老谋深算的大人物面部表情极难捉摸。也许是人群里的某个人引起了村长的注意，蓦然，他的目光瓷瓷地盯在村里的一个寡妇的脸蛋上。他的脸被太阳晒得暖洋洋的，而心里却又七上八下地发痒，他很快将他的婆姨和眼前这个女人进行了一次对照。

李果在纵身跳进猪圈的一瞬间，脑子里忽然一片空白，眼中就像有一只被吹得无比庞大的猪尿脬挡着他的视线，他急忙用手下意识地摸了一下自己的裆部，对于这种莫名的紧张他多少有点无能为力。

李果杀猪已有些年头了。他屠宰麻利，毛煺得干净，膘皮刮得雪白。但上回去县里屠宰场帮人送猪，他才看见那里屠杀原来是先用电将猪击个半死，这样猪在死的时候几乎没有什么痛苦。李果当时觉得自己的手指忽然莫名地颤抖不停，他把手指牢牢地攥住，可那些指头依旧像蚕虫般地跳动。

就在李果和其他几个男人一步一步逼近那口猪并伺机用他手中的锚钩擒获它的时候，李果的眼皮快速地波动了几下，这种眼跳也是极少有的，他分辨不清究竟是哪只眼睛在剧烈地跳动，他分明感到有种不祥的东西在心里隐隐升起。他的动作显得有些迟缓，抓在手里的屠刀在他眼前惊惶地蹿出一道亮光，像是暗夜里的一记闪，他的耳朵里听到的不是猪的哀嚎而是他家的哑巴婆姨哇哇的哑音，这声音竟让他不寒而栗。

当李果把锋利的锚钩穿进猪的鼻孔后，猪叫得声嘶力竭，帮忙的人看到李果的手在激烈地颤抖如同触电，而且他的脸色也变得青白如蜡，人们不知道屠户李果今天究竟是怎么了？

后来的整个屠宰过程李果先后出现过几次致命的失误，这使村长一家大为恼火。比如他并没有像大家预先想象的那样一刀结果猪的性命，而是连捅了三刀，使猪的叫声异常凄惨和漫长；还有他在剖肠破肚时竟然将猪的大肠划破，肠里的秽物污染了大面积的鲜肉；就连娃娃们想得到的尿脬也被他毁了……总之人们没有看到他们心目中崇拜的那种果断、凶悍、热烈的斩杀场面。有人说李果是想故意耍笑耍笑村长呢。在有关猪胰子归属问题上，李果和那群围观的女人同样遭到断然拒绝，村长黑着脸孔说猪胰子谁也不给，他要留着自家用呢。

冬天的日头跑得像一匹受了惊的马，眼见着就消失在天的尽头，围看的人们早已散尽，有几只狗早就垂涎欲滴地逡巡在村长家周围，它们不失时机地在地面或其他什么地方舔食着残留的血迹或秽物。村长家的院子周围弥散着混浊腥臭的气息。

这当间，有人看见村长手里似乎拎着一块东西二话不说扬长而去，从他嘴里喷出的烟雾袅袅娜娜断断续续，帮忙的人们纷纷怀疑村长是真的生气了，今天的猪宰得实在醌醃，主家大抵是不会满意的。

按照惯例李果和所有帮忙的人都要接受主家应有的款待，其实就是白菜、粉条和新割下来的鲜猪肉做成的大烩菜，当然少不了烈酒。以往李果干完活计就专等着吃主家的这顿饭，他认为天下最好吃最解馋的东西莫过于这刚从猪脖子上割下来的鲜肉。到吃饭的时候，村长依然没有赶回来陪他们，村长的女人说他好像出去给什么人送肉去了。当然，这并不影响其他前来帮忙人的食欲，他们甩开腮帮子风卷残云。唯独李果连一筷子肉也没有动，他说不清楚自己今天缘何没了胃口，他只是接二连三地朝胃里灌下了许多火辣辣的烧酒，酒在他的肚子里开始疯狂穿越起伏仿佛钻进一条喷着火的蛇。

不久，他的脸红得像块猪肝，他踉踉跄跄提着筐往出走。村长的女人一边佯装挽留，一边很不情愿地朝李果的提筐里塞进一小块猪肉。李果根本不想去看放在篮子里的肉，更不愿意理会村长的女人，他只顾自言自语地说，哑巴该等急了……得赶紧回去。

离开村长家，李果偶尔听见从一些院落传来的猪的叫声，这令他陡然一惊，他的双手又莫名其妙地抖了几下，他隐约看到有无数个影子向他飘移而来……他慌忙站在原地稳了稳神，而内心深处有某种东西正在渐渐蜕变得迟钝、脆弱、不堪一击。他叉着腿慌不择途地逃奔，而双脚却正在沉重地向地内深陷，这使他举步艰难。冥冥中，那些低矮、肥胖的黑影正举着熠熠发亮的屠刀向他凶狠地扑来……

酒在肚里宛若一把点燃的柴火一个劲儿往嗓子眼儿蹿着火苗。月亮冷白的光芒从他的头顶直直地投射到地面上，提筐里的屠刀很静谧地接受着月光的注视，偶尔它们会因相互碰撞而发出不满的响音。

李果径直朝一户人家走去。这家的男人打小跟李果一起耍大而且又是本家，可惜那人年纪轻轻就走了，撇下孤儿寡母日子过得紧巴。他想进去把先头村长家给他割的那块肉分给她家些吃，反正自家哑巴婆姨是讨厌吃猪肉的，在他看来婆姨更像是某种素食动物，况且就连自己此刻也似乎对肉没了兴趣。他一摇三晃地去推门的一瞬间，清楚地看到一个黑影正张牙舞爪地贴在门板上，他忽然觉得那并不是自己的影子。他回头，身后并没有人。他有点纳闷，自己的影子啥时间竟变得这样恐怖。

通常在夏秋两季李果极少杀猪，他便背着双手在村里或田间缓缓游荡，碰见谁他就搭上两句，不论是张三家的驴李四家的狗还是王五门前的几只芦花鸡，他都会饶有兴趣地上前搭讪，村里的人有个大事小情，他跑得比谁都欢实，那时他通常会忘了自己裆里的不便。农忙地里活儿最紧，什么犁地插秧收割打场，李果有时也忙里偷闲给寡妇帮上两把，这样一来好多闲话便在村里传开了，他们说狗日的气丸子八成是想打小寡妇的主意。于是，有一天村长就来找李果谈话，他说我不能眼见着不管，俗话说寡妇门前是非多，你狗日的得把眼睛放亮点，你的气丸丸有几两重，哪个人心里不是一本本账？李果就傻呵呵地笑笑，他只说了句，不做亏心事，不怕鬼敲门！

一走进院子，李果便被某种似硬非硬的东西绊了一下，感觉脚下是块很像肉的东西，但他并没有太在意。寡妇正在屋里给娃娃缝补裤子，昏暗的灯光被一股淡淡的尿膻味包围着。他将筐子里的肉取出来放在墙角的灶台上。寡妇一边用牙不断往出咬着针线，一边唠叨着，你看看这两个费缰绳的驴娃子，前天刚补住，又烂了几个黑窟窿……

李果没说话，他站在熟睡着娃娃的炕脚边，很轻地将手伸进孩子们的被窝里，当他的手碰触到孩子暖热而又细嫩的肌肤时，他很傻气地咧开胡子拉碴的嘴笑了。他不解地摇头，你说这人就日怪了，都是一样的人，咋娃娃的肉肉就这么面呀。

寡妇无心地说，那么喜欢娃娃咋不让你婆姨为你生两个……可话一出嘴她就后悔了。李果似乎并不介意，他漫不经心地说，娃娃贪长呢，多让见点荤腥……

寡妇感到眼眶一热，她欲言又止。看着李果又着腿往出走，她觉得脸上有什么东西悄悄掉下来，落得又慢又轻。两个孩子睡热了便相继将细嫩的胳膊和腿伸到被窝外面。寡妇打心眼里感激李果，她为自己刚才说错了话感到不安，她或许又想起先头村长到来的一幕，她忘了自己是如何把那只不怀好意的黄鼠狼撵出了屋，并将他送来献殷勤的猪肉和猪胰子愤怒地扔在了门外。

现在，李果依旧孤独地提着筐蹒跚而行。黑暗中他大方地在他的裤裆间捏揉了一顿，他立刻体会到那种恶气泄出体外后的平静和舒坦。他古怪地朝四下里窥视一番，他的模样酷似一只逡巡在村子里另有所图的饿狼。

路上有一片晶莹的薄冰。李果不慎一脚踩虚，他趔趔趄趄地仰面跌倒，他清楚地听到提筐里的屠刀哗啦一声散落出来，刀子躺在洁白的冰面上，李果的眼前顿时一亮。月光很大胆地抚弄着他皱褶而油腻的脸，其实月光似乎并不那样耀眼。不经意间他望见天上那弯月，月亮上面如同沾染了斑驳的血渍一样显得格外污浊。他在疼痛中忽然迷惑起来。他弄不明白今晚的月亮如何会变得这样陌生和龌龊，但他旋即想起天狗吃月亮的故事，他一边把地上的屠具一件一件地朝筐里捡，一边又很迷茫地反复嘀咕着，莫非月亮真是让天狗给咬了吗？

这时李果发觉自己的右手莫名地隐隐作痛，冷湿、黏稠的黑色液体正殷殷而流，他知道他的刀子是无比锐利的，每一次屠宰之前他都会将所有的刀磨得雪亮，这样他才能得心应手，然而今天它并未使宰杀游刃有余，相反它让他出尽了丑。

身后仿佛被人捅了一刀，五脏六腑一齐疼痛，他下意识地把流血的伤口放到嘴边不停地吮吸，生怕有一滴血淌在外面，血是身上最金贵的东西，他生来就这么认为。血依旧汩汩地流着，一种难以抑制的恐惧阴险地抚摩着李果的全身，他快速吮咽着流出的血，唯恐它们会白白流失。这让他很容易地联想到白天那头被他捅了三刀才死了的乌克兰猪——那时它的血也是这样涔涔流淌。

一阵凛冽的风将路面吹得清清白白。路在月光的映照下长长地向远处无尽的黑暗中延伸。李果不由得打个激灵，他看着一堆枯叶和柴草被风肆虐地卷起来抛向夜空，风里弥漫的沙尘飘飘荡荡，而他的脑子里却闪现出一个奇怪的念头——自己在死的时候会不会也和猪一样要流许许多多血，如果那样自己是不是很快就会和一头猪一样奄奄一息。

他想尽快从地上爬起来，他觉得自己这样僵卧在地上很像一只半死不活的狗。似乎有人从身后走来，并且很快就超过了他，那人在超越他的时候也许并没有注意到躺在地上的是李果或是个人，也许他卧在地上真的像一条死狗，或者远不如一条死狗呢。

李果慢吞吞地往起爬，手里的提筐沉重得像是拎着一颗血淋淋的猪头，他的神情异常的凄迷和惶恐，他已经来不及再关心依然流血的伤口，他能清醒地感受到某种可怕的东西正纠缠着自己的魂魄。

月亮这时也酷似一把滴血的弯刀悬挂在李果的头顶上，李果不敢再看它，他生怕月亮的光随时会掉下来砍伤他的头颅或肩膀，于是他就拼命地叉开腿奔跑。

当脚下的路变得越来越窄的时候，李果已经气喘吁吁像一头疲惫不堪的驴。他不敢回头，那些可怕的黑影又幽灵般匍匐尾随，摆在眼前的竟是一条细窄而又弯曲的田间小径。

　　李果感到不可思议，他在这个村子生活了足足四十个年头，他对这里的沟沟坎坎熟悉得一如猪的五脏六腑，他能蒙住眼睛准确地从猪肚里取出任意部件而百发百中，然而现在他却不知不觉迷失了方向，他在经验里搜寻，这竟是生平头一回，包括刚刚过去的一场屠杀。

　　这时，从身后闪耀着橘黄色灯光的村庄隐约传来牲畜的嘈杂叫声，李果回头瞥了一眼熟悉的村子，闪烁的灯火很容易让他想起夏夜里飞翔的萤火虫。李果有些激动起来，远处的一切竟然那般融洽、亲切、宁静、灵性而又带有某种神秘色彩……他从来不觉得村子居然会在冬天的夜晚显得如此美丽，简直如同个十七八岁的姑娘手持火把站在夜空下朝他眺望。于是，许许多多熟识的脸编织成网放电影样地在李果的心头快速滑过，他依稀能分辨出他们，是哑巴、村长，还有已经过世的老人们……

　　穿过一条长满干黄芦苇并结了冰的水沟，几个大大小小的土丘便赫然呈现在李果的眼前，他被某种力量神奇地牵引着向那些土丘靠近。他接连在身上蹭着双手，他的腿叉得很开，每走一步都显得极其虔诚而稳健。

　　李果跪在他父亲的坟冢前，他的嘴和心叨念着同一句话，眼前凝聚出一股袅袅的气息。父亲在临终前咳过七天七夜的血，直到如今李果还依稀能够闻见那股弥漫在屋子里的腥臭气息。他疲倦地站起身，用手将早已枯萎的杂草一一清除掉，随后他又拿半截木棍沿着他父亲的坟的边沿狠狠画下一个圆圈，这样他感觉内心似乎一下子安生多了。

在回归的路上，屠户李果甩着手，步履竟然轻盈了许多。虽然乌云已经将月亮完全遮蔽，但他发现这并没有什么不妥，反倒感觉眼前的道路一片雪亮。

他顺着田埂穿越平坦的土地而后到达通往前方的路。家家户户的灯火，好似无数只耀眼的萤火虫正温暖地指引他归来的方向。

李果终于跑回家，他显得疲倦不堪。当他的脚落在院子中央，从屋里发出的纠缠不清的声响让他再度怔住了，他的手就木讷地停在自己的裆间。他不知道该怎样才好。他本能地一步步向屋门靠近，原先自己反扣着的门闩松开了，凄楚的哇哇叫喊接连传进他的耳朵，他听出那是自己的哑巴婆姨，只有哑巴才能发出这种没有内容的声音。他想象不到哑巴为什么会发出这种奇怪的悲鸣。他下意识地捏紧提筐里的那把屠刀，他觉得屋里还有另外一种声音。他的手在不停地颤动，于是他扔掉另一只手里的提筐，双手牢牢地攥紧刀柄。

李果的耳朵贴近门，他清楚地听到女人在挣扎在哀号。他奋力踹开屋门闯进去，某种极其龌龊的哼哼激怒了他，他觉得那声音和圈里的猪或驴发情时的怪叫一样难听。他从后面一把薅住那个裸露着下体的男人，这个熟悉的动作让他想到了白天他杀猪时的某个细节。男人光着脚从炕上跌在地当间，他落地时沉得像头猪。

那个男的正欲夺门而走，或者他意识到是屠户李果，他便很快就嚣张地狞笑起来。他不屑地瞥了李果一眼，狗日的气丸子……手里拿着刀子你想干球啥？睡睡你的女人算是抬举你狗日的了。

李果怒张的嘴僵住了，他有种束手无策的悲哀和难堪。

男人开始若无其事地在炕上寻找裤子，那样子平静得像是在自己的家里。他阴阳怪气地说，回过头去家里多拿些猪肉，给你婆姨好好补补身子……满身光剩下了骨头。

李果听到自己的手指关节和牙齿咯咯作响，刀也跟着一块儿动。

男人继续不紧不慢系着裤子，突然诡秘地说，都说你狗日的有个气丸丸，干脆掏出来让我见见世面。嘿嘿。

那一刻，屠刀终于迸出一道愤怒的银光，刹那间李果的脑子里全是猪头，无数头龇牙咧嘴丑陋的猪或者仅仅是一头，手里的刀出其不意地朝那男人的脸猛然砍下去。

李果惊恐万状，浑身喷满了血，血像一堆肮脏的蛆虫疯狂地爬上他的脸、脖子和衣裤，他从来没有见过这么黑的血，也从不曾听到如此惨绝人寰的号叫。

哑巴披头散发地扑在李果血淋淋的怀里，她的嘴里哇哇地叫个不休，接着她反复地指着自己的肚子又连续做出睡眠的样子。李果心神不宁地揣测了片刻后，他也指着哑巴的肚子重复她的动作。哑巴渐渐露出了极其灿烂的笑容，她抿着嘴用力点头，她的头点得如同一只鸡在不停地啄米。

李果的心志古怪起来，他凝视片刻，又一把将哑巴拥入怀中，而后他慢慢地蹲下身来，眼眶中的液体也跟着身体一起坠落到地上。他将自己的耳朵紧紧地贴在哑巴臃肿的腹部，一种他从来不曾听过的细微的声音正随着自己女人的心跳一波一波地输入他的耳膜，那声音中夹杂着一股血腥。

后来，仿佛有人嘿嘿笑着走进他家的院子，来人大声嚷着，他像是找到了救星似的，李果你可算回来了，我的猪就等着你明天去杀呢！那人嘴里的纸烟正一明一灭闪烁在黑暗之中。

那时，李果就站在屋门口，他清楚地听到自己身体上的血正滴滴答答地滑落，他的手突然没有了一丝气力，就那样垂在半空中，一动不动。

一

这天，黑头家的广播没有任何声响。

黑头急得抓耳挠腮。他爹就蹲在墙根下，抬头眼巴巴地望着铅灰色的喇叭不声不响。

正午的日头像是刚刚从炽烈的火堆里取出的烙铁块，炙得人浑身发颤，汗水很快把黑头的布衫紧紧地粘在他的身体上。他极不自在地朝他爹瞥了一眼。他爹的眼睛已不再盯着悬挂在门框左上方的喇叭，而是很专注地敞开自己的布衫，在缝过针线的部位动作娴熟地搜寻某些微小生物。

黑头对着喇叭注视了一阵，就彻底地感到失望和难受起来。他的耳畔总有千军万马驰骋而过。他不知所措地立起身来，滚烫的血液迅速充斥他的大脑。他立刻感觉天旋地转。

黑头说，恐怕是不顶了，你还是回屋缓着吧！

说完，黑头拍了拍屁股上的浮土便出了院门。

二

村子在晌午会显得比较安静。牲畜吃饱了草料饮足了水，就卧在槽旁或圈棚下静静地反刍。外边没有一丝风，村子安详得如同一位鹤发童颜的百岁老翁在无限眷恋地追忆往事。

黑头百无聊赖地从村东头逛到村西头，除了几个斜倚在墙根下晒太阳的老汉和正低头悉心纳着鞋底的婆姨外，村子不再有什么声音。整个村子仿佛一潭死水。

黑头的影子被很渺小地踩在自己的脚板下。他渐渐开始恼火起来，他想去一趟村部的广播站看一看，可他知道那里中午通常是没有人的。管广播的成喜是个文肚子，喝过些墨水，家里拖累重，高中没念完便回来务了农。村支书怜惜他是个秀才料就挑他管了广播站的事，平时算个账、写点东西、念个文件报纸统统归他管。成喜的婆姨长得五大三粗，人又很泼辣，说不定成喜这时正在给他婆姨生火擀面呢！所以，黑头知道去也是白去。

想到这儿，黑头倍觉失望。他抬头看了一眼火辣辣的日头，又瞧了瞧地上的一团青色的影子。他知道现在正好是广播评书的时间，可村里依旧像死一样的沉寂，他听不到他想要听到的一丝声音。

黑头焦急地问正在路边掏耳屎的老头，你家的喇叭响了吗？……到底响不响啊？

掏耳屎的老人依然聚精会神地掏弄着自己的耳朵。怕是响个锤！老人的头偏向一边，接着又开始掏另一只耳朵，早八辈子就没声气了！

黑头快步在村子里行走，他的样子很像是家中的女人要生产，而他作为男人正急急忙忙赶着去寻找接生婆。

在经过一户有朱红漆铁门的院落时，黑头无意间踩住了横趴在路当间的一只狗的尾巴。狗歇斯底里地汪汪汪叫个不休。

黑头被吓出一身冷汗，布衫把他的身体裹得更紧了。他没好气地冲狗举了举拳头。

黑头正待转身，却被从院里撵出来的李旺子一把抓住了后背，随即老鹰捉鸡娃般将他摔了个仰绊子。

黑头来不及从地上翻起身来，耳朵里却很神奇地传来铿锵有力的声音，顷刻间千军万马、白袍小将在他的眼前一闪而过……金沙滩一战、两狼山一战，大郎替了宋王天子死、二郎替了八王赵德芳、三郎马踏如泥、四郎八郎失落番营、五郎出家当了和尚、七郎被那老贼潘仁美吊在百尺高竿乱箭穿身，直射了一百单三箭七十二支透前胸……

黑头异常兴奋地由地上爬起来，脸上却是无比悲壮了，他完全顾不得身体的疼痛和那人的谩骂，掉头朝家的方向跑……可是，他很快便停住了脚步。他下意识地发觉这种他所痴迷的声音和往常似乎有些不同，他隐约听出这声音并不像是从他家门框上的那种灰头土脑的喇叭里传出来的，而是来自另一种他所未知的物件，甚至是一个未知的世界。

黑头惊讶地看着李旺子正站在自家门前的一片树荫下，他的手里拿着一个比半拉砖头还要小的神奇物件，那种好听的灵敏的声音便是由它一波一波地传出的。

黑头蒙了。

黑头觉得自己像是撞见了不可思议的怪事。

狗招你了还是惹你了？害得我书也没听好！

李旺子一脸怒气，他一步步逼近黑头，我看你狗东西是皮紧了！

黑头根本没有听进对方说些什么，他如痴如醉地倾听着来自那个他叫不出名称的匣子所发出的美妙声音。他的思绪起初断断续续杂乱无章，不过他很快就恢复了通畅，评书昨天的情节和此刻终于完美无缺地联系到一起。

李旺子野蛮地给了黑头的脑勺一巴掌，少装蒜——

黑头霍地回过神，目光瓷瞪瞪地落在那个正发出声音的物件上面。

就借给我听一会儿——旺子哥！黑头木木地乞求着，我爸也在家等着听书呢！

李旺子极其轻蔑地冷笑几声，继而用尖锐的嗓门古怪地嚷道，我看你真格是做梦娶婆姨——想得美气！你知道这是个啥？就想借了！你爸想听书关我啥事，我又不是你爸，哈哈！

黑头的脸像熟透的高粱泛起两团红色，他尽可能靠近一点，因为那个匣子的声音并不很高，他必须这样才能听得真切。他看到那只被他踩了尾巴的狗很狡猾地躲在主人的身后，此刻它的眼睛发出淡淡的蓝光，它的黝黑的嘴唇一龇一龇，黑头就清楚地看到狗鲜红的嘴里两排雪白锋利的牙齿参差不齐地相碰着，好像要伺机咬住什么。

看着狗黑头竟有些恐惧了。

那声音戛然中断。

黑头不知道究竟发生了什么，但他看到狗的主人和狗得意扬扬地双双离去。黑头被很傻地关在了大铁门的外面。

黑头丢了魂似的站在原地。他想要再说的话来不及说便被无奈地咽进肚里。

有一大群马蜂在李旺子家的门楼垛某处嘤嘤嗡嗡地飞进飞出，灼热的阳光照射在它们繁忙幼小的躯体上，这使它们震颤的翅膀看上去晶莹而又绚丽多彩。

午间的村子突然变得嘈杂起来。

三

黑头依旧没精打采地在村里游走。

但是，他一时不知道该往哪里去。

黑头路过成喜家。成喜的婆姨站在路边，她敞开衣襟给抱在她怀里的孩子喂奶。她一边咕哝地哄孩子，一边很熟稔地来回晃动手臂。女人的一只乳房被孩子圆圆的脑袋遮掩着，而另一只却白生生地裸露在外。乳头周围生出一圈小小的凸起，仿佛蜜蜂爬在上面。

成喜的婆姨有些心不在焉地朝村口张望。当黑头经过她身边，她凄惶地问，你见我家成喜了吗？眼看半晌了人连个家边边都没沾呢！我哪辈子作的孽哟，嫁给这么一个下不得力气的东西！

黑头没心思搭理她的问询。他的脑子里尽装着些连他自己也说不清楚的乱七八糟的声音，有男人的、女人的，哭喊、嘲笑、狗叫、马嘶、战鼓、刀枪碰撞……杂沓的声音铺天盖地而来，黑头继续垂着脑袋往前走。

成喜的婆姨明显感到黑头有些奇怪，她试图再问些啥，可眼见着黑头神色恍惚地离去。

没走上几步，黑头便有点醒悟了。他琢磨着那女人隐约问过他的话。成喜好像还没有回家，也许他就在广播站呢！

黑头开始窃喜。

于是，黑头迅速向村广播站奔跑起来。

村广播站原本是一间祠堂，因年久失修而颓败不堪。葳蕤的草丛中，几只由村里跑出来的芦花鸡叽叽咕咕地在那里刨来叨去，显得饶有兴趣。

黑头很轻快地跑上青石台阶。鸡们似乎有所发觉，它们警惕地从草堆里探出头来左右环顾着，片刻又隐没在草丛中，好像在跟黑头捉迷藏。

祠堂厚重的木门上一把"将军不下马"的黑铁锁横在两扇门之间。黑头显然有点儿泄气，他的个子不算高，费了较大的气力才勉强攀上窗台。与此同时，他的脑门无意间碰到了窗子，虚掩的窗扇便敞开了一条宽缝，从里面迎面扑来一股阴潮而又霉变的气味。

即使在大白天里，祠堂里面也显得黑咕隆咚的，令人发怵。

黑头极不舒服。他只好跳下窗台。他无法分辨自己究竟是害怕还是恶心。

天空湛蓝广阔。太阳的强光将黑头的脊背完全包围，灼热感让他显得疲惫不堪又无比自在。黑头显然有点困倦，他想成喜是不是进城去了，今天的广播反正听不上了，半个钟头的时间一晃就过去了，他不知道明天会怎么样呢。

黑头的心里堆积了一层厚厚的阴云。他万分沮丧地在一片草丛中胡乱躺下来，好像是躺在一片浓浓的云彩上。草很柔软。青草的芬芳气息拥抱着黑头的身体，他的整个人便往下沉。草被压迫的声音安静而又轻柔。他顺手拔出一根较长的青草塞进嘴里轻轻咂摸着。头顶的天空更加辽阔了，大地也仿佛在太阳的关爱下温暖地进入梦乡。

不远的地方传来女人埋怨的呼唤声。这种声音被拉得很长很长，像是在唱大戏。黑头觉得那声音像是在喊自己，但他依旧慵懒地仰面朝天，他打不起一点精神，心灰意冷的他一味地躺在地上一动不动。

咕咚——

黑头猛地一惊。他确信自己听到一种重物落地的声音，因为他的耳朵离地很近。他谨慎地翻身趴在草丛中循声观望，他的思想倏地活跃起来，他甚至有些许激动。这种时候他是需要外界的一些声响的，这种感觉很强烈。

一个并不十分健壮的背影出现在黑头的视线里。

黑头揉了揉眼睛，背影已经站在祠堂的门前，他很熟练将钥匙捅进那把"将军不下马"的门锁中。

黑头听到结实的木门被推开时发出吱扭扭的怪响。这种声音好像不是从门那边发出来的，在黑头的听觉中它们完全来自说书人的那张神奇的嘴。

黑头立刻欢欣起来，郁闷的心情也随着祠堂的那扇门被豁然打开。

是成喜从城里回来了，黑头的脸上露出了天真的笑容，他知道无论怎样，成喜总会有办法的！他可是全村念书最多的人。他一定能把问题解决掉的。

黑头正欲爬起来去找成喜，却见一个女人边侍弄着头发边从祠堂里面急匆匆钻出来，成喜也跟着钻出来了，他意思很不明确地拽了那女人一下。他似乎装作镇定地向四下看看。他悄声说，尽瞎疑心，哪有个人影子？我锁着门呢！这阵子大队广播线路检修呢，中午来不方便，黑了你早点过来！我可等着你呢。成喜说着，另一只手又很随便地在女人的屁股那里轻轻摸了一把。

女人没有吭气，她像鱼一样轻轻地从成喜的手里挣脱，然后扭动着圆鼓鼓的屁股低头离去了。

黑头完全没有了意识。那个女人——好像就是李旺子的婆姨。村里所有女人中只有这个娘儿们的屁股最大，大得出奇，她走起路来一撅一扭地，跟秧歌队里的女演员一样。

黑头趴在草丛中没敢动，冥冥中那女人的大屁股仍在他眼中扭动，他能感到自己的身体突然间发生了某种可耻的变化。他不清楚他俩是否发现了他。他只觉得整个事情似乎复杂起来。他下意识地认为自己似乎看了不该看的东西。但潜意识里，黑头又莫名地产生了某种快感，刚才被狗日的李旺子摔了绊子又扇了耳光忽然变得微不足道了。

此时，成喜已经重新关好窗锁了门，他在墙根下匆匆解手，他的身体抖动得像片枯树叶。之后，成喜用熟练的口哨吹唱着一首很老旧的歌子，沿着小路欢快地离去。

四

黑头回到家，他爹照旧坐在门槛上捉虱子。

黑头很厌恶地瞪着他爹，叫你进屋缓着去就是不听！这两天就别想着听书了。

为啥？——

说是大队修线路呢！停了。

黑头的一只脚刚踏进门槛，心中便忽地一亮，我有主意了，明天咱们照样能听广播。

黑头爹起身迷惑地进了屋。

黑头径直去了李旺子家。

他的脚步轻捷。他很自信地揣着他脑子里突如其来的主意再次站在李旺子家的大铁门前。

黑头重重地敲门。狗狂叫。铁门打开，李旺子的婆姨趿拉着鞋一扭一扭地走出来，她身后的狗见到黑头便很奇怪地没了声气。

不知怎的，这个女人一出现，黑头竟然有些惶恐和羞怯了，他甚至完全没了主意，就连呼吸也局促不堪。

啥事？门快被你敲破了！

我——我不找你，你离我远些！黑头的双手背在身后，他很小心地往后退了几步，仿佛这个女人会吃了他似的，我有话要和你家李旺子说。

女人一脸的不屑。

你能有个屁事！他歇晌呢。有啥事快对我说！

我想借他手里的小匣子听听！他一定会借给我的！

黑头说这话时理直气壮，他的样子有些狡黠，他的目光很无耻地盯着女人下身的某个部位，他觉得这个女人的屁股的确大得难看。

看着黑头一本正经的样子，女人忽然很放荡地大笑起来，她说，黑头你是不是脑子进水了？快滚蛋吧！他不会借给你的，那东西比他先人还当紧呢！

这时，李旺子已闻声骂骂咧咧地冲出来。

先头搅得爷们儿书没有听好，这会儿歇晌你狗日的又来搅扰，看我不美美拾掇拾掇你才日怪呢！

李旺子的女人幸灾乐祸地说，黑头你不是想跟他借东西吗？她很骚地晃了晃屁股，你旺子哥出来了，快去跟他借呀！

黑头还没反应过来，对方已挥着手扑了过来。黑头早被李旺子一巴掌扇在脸上。血很快淌了出来。

黑头一张嘴，一股凉风吹进喉咙里，他觉得有颗东西从里面血糊糊地掉了下来。果然，脚下的一摊土里陷出一两只黑窟窿。

五

午后，起了一阵风。精神缓足实的人们从炕头爬起来，他们扛起锨、背上背斗或牵着牲口三三两两地从各家各院朝田间移动，然后跟平常一样在大片大片绿黄相间的地里会合。村子在经过一番人畜混合的嘈杂之后，又陷入暂时的宁静中。

成喜的婆姨早就下地干活去了。

成喜听到院子里有什么响动，他以为婆姨又回来了，赶忙一骨碌从炕上跳下来，他怕那女人又来戏谑他。

黑头正黑着脑袋站在他家的院子中央，他的右手紧攥着拳头。

黑头说话时嘴里风漏得很厉害。他说，你看这事咋办？驴日的李旺子打掉了我的门牙！说着，他刻意咧了一下嘴唇，想让对方更清晰地看到这个事实。

成喜迷惑地盯着黑头嘴里的那个黑洞似的豁口，他弄不明白黑头的门牙跟自己究竟有什么牵连。半晌他沉稳地说，他打了你，你就应该去找村长或去找他本人算账，找我有啥用呢？

黑头狡狯地翻了翻眼睛，成喜你真的不帮我的忙吗？那就算了吧。说完，他做出欲走的样子，但他的脚却仍在原地不动。

成喜毕竟是念过几天书的人，他很快从黑头的言谈和举动中洞悉到了什么，他预感到整件事情并没有他想象中那么简单。他开始仔细地揣测着对方的神情。当他发觉黑头的目光中有种不太成熟的威胁在闪烁时，他忽地感到自己的后背渗出许多冷汗，他猛然联想到晌午时那个女人在他的身下扭动时说过她好像看见有人爬上了祠堂的窗台朝里面偷看。

成喜镇定了一下情绪，他试探着问，这么说我非得帮你的忙？

黑头有些得意了，他露出类似胜利者一样的笑。他用舌尖很陌生地舔着牙床上的那个豁口，像是在舔着并不属于自己的一个新鲜的东西。

他点了点头，我只不过是想借他手里的那个匣子听上两天。你看，黑头将一直紧攥着的拳头展开在成喜的眼前，这就是被她男人打掉的那颗门牙，我快痛死了，血流了半脸盆呢！

成喜感到一阵恶心和惊慌，仿佛自己身体的某个部位正被这颗红滋滋的牙狠狠地咬噬了一个很大的豁子。

于是，成喜的声调像是被什么东西挤压着似的。他低声说，好兄弟你真的就想要那个东西吗？不过，你得向我发个誓！

六

李旺子这天像是丢了魂。

翻箱倒柜找遍了所有可以想到的旮旯儿，可他依然没能寻找到他心爱的半导体收音机。他火烧火燎地在院里踱来踱去，一筹莫展，骂骂咧咧。

他不停地问他婆姨，你看见我的匣子了吗？他一脸的疑惑，真格日了怪，明明搁在箱子上的呀，莫非它长了膀子飞了不成？

女人诡秘地看着他，你再好好想想，八成是搁在哪里搁忘记了？

李旺子满腹疑团，他忽然说，都是昨天让黑头那狗日的搅拢的，你说会不会是被那狗东西偷了去？

女人变得神色不宁。

尽瞎猜！牙都被你打豁了……还敢再来？放在家里肯定丢不了！

李旺子说，倒也是，你再给我四下里好好找找。

唉——

女人扑腾的心儿总算落了地。

七

天气似乎一天比一天热了。

李旺子听不上收音机，他吃过饭便在家里待得不自在。他婆姨天一黑洗涮完毕就出门逛去了。他也背着双手走出了院子。

他远远地看见黑头走了过来。他本来想避开黑头的。

黑头故意将胸膛挺得老高，他的双手也背在身后，像在刻意学着谁走路的样子。

李旺子突然觉得自己那天下手是不是太重了，再咋说黑头还是个娃嘛！

于是，他不无内疚地喊，黑头你过来，让我看看你的牙长好了吗？

黑头像厌恶狗屎一样朝路上连着吐了几口白唾沫，他觉得自己受到了极大的污辱。黑头原本不想搭理李旺子的，可他最终忍不住了，头脑一热就异常愤怒地说，谁稀罕你来看！要看还是去祠堂里看你婆姨咋跟男人睡觉去，免得做了王八也不知道！

李旺子陡然一惊，倒不是他的一片好心成了驴肝肺。这并不重要，让他愕然的是黑头的暗示和警告。

李旺子觉得自己被一条毒蛇咬了一口，毫无防备。他立刻联想到了最近的一些风言风语，他顾不上再搭理黑头便忐忑不安地朝祠堂飞奔而去。

黑头这时才恍然大悟。他想自己犯下了一个天大的错误！成喜一定不会饶了他的，怎么办呢？自己可是亲口答应过要保守这个秘密的！

于是，黑头也慌慌张张往家里赶。

此刻，他跟李旺子的行动路线完全相反，但都有种后院失火的惶恐。

只不过黑头在想，眼下最要紧的，是把那个匣子藏好。

　　小卖部和理发馆都面街并仅隔一墙。香岚出门倒炉灰的工夫，二叔已经把街前的砖铺路面上泼上了清水，晨光便像一群白鸽抖落在二叔眼前。

　　我所说的并不是某一天早晨，事实上二叔清扫小卖部和理发馆门前的这片街面不是一天两天的事儿了。早在香岚还没有来到这里开理发馆或者说我还没有出生时，二叔就开始清扫这块街面了。

　　只要有空我准往二叔那里去。家里人常戏谑我：吃惯了嘴，跑断了腿。确实如此，我之所以乐此不疲地迷恋着二叔那里，是因为他的小卖部里有许多好吃的东西。其实我是有些惧怕二叔的，二叔的脸很瘦削，好多人都说他满脸剔不出二两肉。二叔是不轻易笑的，不过我发觉他笑的时候比板着脸孔更令人毛骨悚然，他的笑容里总掺杂着那么一股说不清的绝望和哀伤，就像你津津有味地咀嚼一块鲜美的肉骨头，却突兀地发现这肉里竟然正滴淌出黑红的血。

现在小卖部所处的位置实际上已经被一个叫作泡花碱厂的乡办企业占据了。你无法找到昔日小卖部的影子，倒是有一间叫着新潮名称的个体商店又出现在这里，当然二叔再也不用清扫这里的街面了。

二十年前二叔确确实实每天都要在清晨打扫这里的街面，他在清扫完路面并洒上水后，才架着双拐一高一低地走进小卖部里。人们经常能看到他的两条腿在双拐的支撑下腾空而起的一瞬间，那两条腿似乎和他的身体已经完全分离，它们在两根木拐之间自由飘荡，很像是在荡着秋千。

二叔走进水泥柜台的后边，整个人就只剩下脑袋露在上面，这让他看上去和正常人没什么两样，你会觉得让一个残肢人（跛子）去站柜台是再恰当不过的事情。一会儿工夫已经有人三三两两地踱了进来。那时间人们不比现在有事没事总爱好在商场转悠，他们去小卖部就是为了买个手头短缺的东西，比如油盐酱醋、针线、砖茶、白糖或蜡烛、香烟、火柴之类的日用品。

而实际上二叔的小卖部也只有这几样东西可供人们选购，有时候赶上紧缺连这些最起码的商品也被抢购一空而供不应求。不过逢年过节二叔这里还是会多出三两样好吃的东西，例如水果糖、五香瓜子、酥饼等。有了这些诱人的吃头，我的劲头便欢实起来，我整天死乞白赖地泡在小卖部里，两只脚像是锥子扎进了地里，眼睛瓷瞪瞪地看着二叔的那张瘦脸，仿佛在等待某种奇迹的出现。

香岚来这里开理发馆是大队书记亲自领来的。

大队书记把二叔从小卖部里吆喝出来，他指指点点地高声对二叔说，你恐怕还不知道吧，这就是李香岚同志，往后就是你的邻家了，生活上你要多照顾她！接着他又指着二叔对身后的女人说，别看他腿脚不灵便，想当年他可是远近有名的大英雄呀。

二叔听得别扭，他就架着双拐朝大队书记身后的女人冷冷地斜了一眼，那女的像只害羞的母兔子一直怯生生地躲在书记的身后。他便转身吭哧吭哧地进了小卖部。他听见书记仍然用作报告式的语调给那个女人讲这讲那，那女的始终不多说话，只是很服帖地连声应诺。

随后大队书记就独自闪进了小卖部，他的眼睛像是在看二叔，同时又飞快地在二叔身后的木头货架里随便瞄了一眼。他笑嘻嘻地说，把白砂糖给我来上二斤，前门烟还有吧，也拿上一盒子。

二叔没吭气，他转身去给书记取东西，却听到从隔壁传来的叮叮咚咚的声音。那声响极像是一曲铿锵有力的兵营进行曲。他想那女的开始收拾屋子了吧。于是他的内心便突地震动了一下，一想到那声音来自刚才书记身后那个兔子一样的女人的手，他就明显地失落起来，像是谁抢占了自己的这份安宁与平常。

大队书记心满意足地揣着那些东西，嘴里哼着什么歌子，掀开门帘往出走，又回头大声补上一句，别忘了给我记上账啊！

二叔照旧不吭声，他思谋着一个问题，觉得书记刚才哼的那首歌子很熟悉，可他怎么也记不清在哪里听过，后来有个人进门的时候，他终于想起来是部老电影里的插曲。

二叔的情绪就古怪起来，他已经很久不看什么电影了。

李香岚就从这天起住在了二叔的隔壁并开了间理发馆，这里早先是有个老剃头匠的，后来他下世了附近再也没人来干这个行当，直到李香岚搬到这里。

我要说的是二叔的生活并没有因为隔壁来了个理发的李香岚而发生丝毫变化，至少一开始是这样的。

二叔照旧和往常一样天刚蒙蒙亮就爬起来一瘸一颠地清扫小卖部门前的街面，然后又一声不响地伏在黑漆漆的水泥柜台后面塑像样地等待着顾客们的到来，多年以来二叔已经习惯了这种等人问津的生活方式。

然而，小卖部的生意似乎一下子变得红火起来（当然货架上的东西并没有增添什么新的品种和花样）。男人们吃过晚饭便一堆一堆地往这里扎，一时间小卖部竟成了他们的集中营，他们买上两毛钱的瓜子或一包廉价的工字牌纸烟，有滋有味地咀嚼或哑摸着。他们不停地讲述和重复某个猥亵的故事情节，从黄昏持续到深夜，声音高亢震天，直到二叔无奈地接连发出厌恶的叹息，他们才意犹未尽地离开。

实际上这些家伙都是冲着隔壁的李香岚来的，偶尔她要是出门倒水或解个手啥的，聚集在小卖部里的男人就一窝蜂地趴在窗户上眼馋地向外观望，像是八辈子没有见过女人。

通常这个时候二叔是不会给他们好脸色看的。

这天李香岚走进了小卖部。

二叔觉得眼前一片鲜亮，他不由得紧张和局促不安了，这种强烈的紧张使他猛然陷入一种近乎恐惧的思索状态，他的眼前出现了一只断腿的母狼正凄厉地嗥叫，并不停地追赶一只受惊的兔子。

香岚的双手轻轻放在水泥台面上，样子很像一个端坐在课堂上的好学生静静聆听着老师的讲授。她的手指或许是因经常给人洗头的缘故变得苍白而纤细，但看上去依旧是很美妙的。此刻她的十根手指正像一堆蚕虫，安静地匍匐在水泥柜台上。

香岚说，给我拿块香皂吧！说话的工夫，她的目光匆忙地在货架上一一掠过，最后停留在二叔那张瘦削的脸上。她微笑地接过二叔递过来的那块散发着淡淡香味的"喜"字牌香皂，她将攥在手心的一团毛票顺势塞给对方。她并没有立即离开，轻声对二叔说，是上海产的吧！我就喜欢这种味气。她轻嗅着手中的香皂。闲了过来把脸刮一刮，看胡子长成啥模样啦！她在说这些话的时候显得格外亲切随和，甚至连"你"呀"我"的都省略掉了，就像是在同自己屋里的男人说话一般。

二叔似乎没有完全弄明白李香岚的意思，他颇显迟钝地摊开那团略微潮湿的毛票一张一张地点数着，有一股说不出的热香从那些毛票里弥散出来，比那香皂的味道还诱人呢！而他的眼前也仿佛有一只雪白的兔子在一蹦一跳地隐现。

二叔迟疑地摩挲着自己的瘦脸，刺刺啦啦的摩擦声伴随着他手掌的动作粗糙地传入他的耳膜，他有些异样的感觉和冲动。

其时我尚小，只知道二叔那里有我想要得到的东西，吃在那样异常短缺的条件下显得尤为迫切，我并不能理解一个大龄、残疾的独身男人的情感世界。

我曾隐约听家人谈及类似的事情，从他们间或发出的叹息声我朦胧地觉察到二叔将要面临的生活境况。

某一天去找二叔时我被理发馆的李香岚喊了进去，她比我想象中要好看和温柔得多。她有一头很软的黑发，但并没有过多地加以修饰，只是齐肩散披着。她的眼睛真的有些像兔子，既聪慧又温和。她说起话来跟收音机里的女播音员一样清晰悦耳。

她起先问了几个不相干的问题，我都摇了摇头，后来她就从裤兜里掏出一把鱼皮花生豆很亲近地塞给我。我顿时被一股香喷喷的花生味包围了，我甚至觉得呼吸都局促不堪，要知道那个年月里鱼皮花生豆意味着什么，几年都吃不上一回！

我知道我就要被好吃的花生豆收买了，不过我相信这种妥协对我或者对二叔并不会造成什么不良的影响。

其实香岚向我打听的事情是众所周知的——就是有关二叔

当年身体致残的经过。我边往嘴里送着滑溜的鱼皮花生豆，边神情激昂地侃侃而谈，仿佛在回忆有关自己的某一惊心动魄的经历。

二叔曾经担任过大队民兵排的排长，他当年体格健壮、枪法娴熟，和现在判若两人。头些年大队闹狼患，群众的家禽牲畜屡遭厄运，二叔便奉命带队去深山围剿狼群。有一次队伍里的人擅自抱走了狼窝中的几只狼崽，而使得那只潜逃在外的母狼穷凶极恶地伺机报复，终于有一天晚上一群嗥叫的狼们扑向民兵的帐篷。当晚正赶上大队部放映《霓虹灯下的哨兵》，那阵子放场电影不容易呢，其他的人都跑回去看电影了，只留下二叔在山沟里守夜。

讲到这里我几乎难以抑制自己的紧张与恐惧，我接连往肚里咽下几口唾沫，似乎我即将面对这群突如其来的饿狼。而香岚却深深地喘了口气，她的暖甜的气息正随同她丰盈的胸脯的起伏向我扑来，这种女人特有的气息使我的情绪有所缓和，我竟然有些陶醉于其中，我愿意被她的喘息紧紧地拥抱着。

后来我没有继续讲下去，因为我们看见一个干部模样的男人跨了进来，他很老练地一屁股坐在地当间的那把椅子上。他的动作幅度很大，以至于那把靠背椅严重地朝后倾斜了。

香岚，好好地给我刮刮脸。

干部模样的男人眯缝着眼对香岚说着。

缘于我吃了人家的鱼皮花生豆又没有把故事讲完整，我只好待在屋子里的一处旮旯儿，等着她忙完手里的活。我当时还在想如果我把二叔的事情全都告诉她，或许她还会给我些其他什么好吃头呢。

我终于有些明白，什么叫民以食为天了，食物的魅力竟然就在这里。这让我兀自想起了那些说书的人，你给他们掌声和钱，他们就乐此不疲地重复那些老套的故事。我便觉得或多或少有点儿对不起二叔，我在此搬弄他的伤心事竟是为了换回一把鱼皮花生豆！

那人眼睛都懒得睁一下。他从一进屋就那么仰面躺在椅子上。我这才看清干部模样的人就是大队书记。

香岚用温热的湿毛巾打上香皂一遍遍地在他的脸上敷来敷去，热气飘荡在屋子当间，雪白的香皂沫很快堆积起来并迅速覆盖了他的那张黑脸。他的嘴就随着她手的动作发出快感的叫声。香岚拿起一把锋利的刮胡刀在黑油油的帆布条上来回荡了片刻，之后她的一只手扶着他的脑门，另一只手横擎着刮胡刀有条不紊地在他的面部移动起来。她的动作极其细微而精致，拿在她手里的器械仿佛是手术师或雕塑家手中的刀具，它在她的手里富有韵律地流动，发出的声音犀利奔放，像是百灵鸟在树林和云雾间穿越。

大队书记仰面微闭双目，他既像在休憩，又像若有所思。半晌他冒出一句我听不懂的话：香岚，我让你考虑的事情该有个眉目了吧！我们可是说好了的。

这时我看到李香岚的脸忽然抖动了一下，她似乎刻意地抿了抿嘴唇，这样她的嘴唇就更加红润了，远远看去仿佛一颗红樱桃镶嵌在她的嘴上。

我问你话呢！咋不吭气呢？

书记明显地不耐烦了。

香岚咯咯地笑了几声，她说书记尽拿我耍笑呢，我哪有这等福气哟！随即她又是一阵轻盈的笑。

书记有些按捺不住了，他猛地一抬头。香岚就失声尖叫起来，叫你别动嘛，你看看你就是不听，都弄出血啦！这该咋办呀？

透过前面并不清楚的一面镜子，大队书记惊惶地看到自己脸上的某处鲜血正殷殷而流，血很快使堆积在他脸颊的香皂泡沫变色而狰狞起来。

我的心也涌到了嗓子眼儿，香岚怎么敢对大队干部行凶呀！

大队书记在修面以后脸色铁青越发难看，他呼呼喘着粗气，扭头出了理发馆，然后径直闪进了小卖部。他冲柜台里的二叔嚷着，给我多称上几斤砂糖。

二叔头也没往起抬，闷声闷气地说，恐怕没有那么多了。

大队书记立刻恼羞成怒，他的身体在水泥柜台前颤抖不停，像是遭受了某种不公的待遇，他双手叉腰骂道，有多少你就给老子称多少，把你们都日能得不成了！

我从来没有看见二叔如此的震怒过。我虽然对二叔的英勇故事倒背如流，可事实上我从未目睹过他骁勇的一面，二叔一直表现得极其懦弱和卑微，他甚至从来不敢正眼瞧身边的人群。这让我很久以来忽略了他的存在和个性，比如我在给香岚或其他什么人讲述有关二叔故事的过程中，总是不自觉地产生某种怀疑。二叔的孤独、阴郁、凄迷、软弱，致使我一次次陷进迷惑的沼泽。我实在无法把一个舍身为民的猎狼英雄和二叔联系起来。

大队书记或许做梦也不会想到，眼前这个沉默多年的羔羊，今天竟然会毫不客气地给他炝蹶子，要知道曾经是他这个书记一手照顾他到小卖部干这号美差的。当一包白花花的砂糖狠命地在他刚刚留下刀伤的青脸上开花时，他整个人顿时傻了，有几粒甜不唧唧的东西很滑稽地掉进了他黄黢黢的牙缝里。

翌日见到二叔的一刹那，我有种梦境般的虚幻和惊愕。

二叔满脸乱七八糟的虬须不翼而飞，精干的小平头使他的脸部轮廓平添了几分英俊和光彩，我便自然地想起了"马瘦毛长"的俗语来。我惊诧地在他的脸上搜寻良久，我内心很清楚他就是我的二叔，可我怎么也不敢相信自己的眼睛。那时我已经念小学四年级了，从我有记忆的那刻起，二叔一直保持着那种古怪而冷酷的模样——头发胡子一大堆。那条残肢成为夺去他青春容颜的恶魔，一个年轻体健的人丧失肢体的痛苦是常人所不能理解的，至少你无法抵达深刻。

二叔的重新振作使好奇的人们蠢蠢欲动，他们尽其所能地加以想象和猜测。他们得出了这样一种模糊的说法：大队书记骚情理发馆的李香岚，小卖部的瘸子八成是打烂了醋坛子。

后来大家又发现了一个秘密，大队书记白天再也不去理发馆，他有几次从李香岚那里剃头出来都已是深更半夜了。

二叔对此置若罔闻，他一如既往地在早晨清扫着小卖部的街面，如果你稍稍留意会发现他干活的劲头比以前欢实了，扫地的范围也扩大了许多，偶尔遇见了熟人他还会主动地点头微笑。

几天后大队给群众演了场《甜蜜的事业》，我那时所痴迷的是从头打到尾的战争片，对这种酸不拉唧的爱情电影实在没什么兴趣。但我和几个娃娃在场子上捉迷藏的当中，却隐约看见二叔也坐在人群后面，他一副很投入的样子。我没敢去打搅他，我知道二叔已经很多年都没有看过电影了。

转眼就到了中秋，那天月亮并没有传说中那么圆满。月亮出来已经很晚了，它刚爬上来时还被几把黑手阴险地捂着大半拉脸。家里人让我去小卖部叫二叔过来一起吃顿团圆饭，我就着月光屁颠屁颠地去了。我在路上蹦蹦跳跳，满脑子设想着二叔会塞给我个什么好吃的东西呢。

可我几乎很快就失望起来，因为小卖部居然早就黑了灯，皎洁的月光静静地抚摩着墙壁和门板。这时有三五个人也向这里走来，他们像是赶来买什么急用的东西。他们把门板拍得啪啪乱响。其中有人问，娃娃看没看见小卖部的人干啥去了？我迷惑地摇了摇头，我想我和二叔可能走岔了，说不定这阵儿他已经到我家了。

我在转身离开的时候看见理发馆的门上好像也挂上了锁头，我听到那几个来买东西的人骂了些难听的话就缓缓地走远了，他们在月光下面走得歪歪扭扭像一群喝醉了酒的猫。

月亮最终还是从云层里跳了出来，它出来的那一刻我的眼皮就要合上了。我恍惚记得肚子里装进了许多食物，有红枣、葡萄、大鸭梨，还有从二叔的小卖部里称回来的月饼，总之这些都是平时做梦都见不着的好东西。我还奇怪地看见二叔的双腿竟然都是好的，他欢快地拉着我和香岚一起在乡间奔跑，后来他插上了洁白的翅膀如同雄鹰一般飞上了天。

我是被家狗疯狂的吠叫声吵醒的，我迷迷糊糊看见父亲从炕上爬了起来，而后慌慌张张地披着衣裳、趿拉着鞋朝屋外去了。很快一伙人气冲冲地闯进屋里来，他们把一股凛冽而又紧张空气灌进了温暖的被窝。我们面面相觑，根本不清楚究竟发生了什么事情。

他们声色俱厉地逼问父亲，好像他犯下了弥天大罪，知不知道他躲在哪里了？你们最好还是放聪明些，坦白从宽抗拒从严，听清了吗？！

全家人都惊恐不已。我蒙头藏在被窝里身体抖如筛糠，我们不知道二叔去了哪里，更无从知道他干了什么坏事！一种大难临头的预感正包袭着我们一家。

后来我们才得知那伙人最终把二叔堵截在返回小卖部的路上。他们恶毒地夺走了他的双拐，他就瘫软在地上，他们把他的头踩在脚底下逼他招认。

二叔自始至终只承认他是去送李香岚回家过节的，其他的事情他完全不知道。他被关了禁闭，理由是小卖部财物被盗、作为管理员（售货员）的他擅离职守且去向不明。他们在审问后又给二叔妄加了一条罪状——乱搞男女关系。

原来李香岚是个寡妇，家就住在大队部向东十五里的李家堡，家里有两个娃娃和一双老人，据说她来这里开理发馆是大队书记亲自相中的。

我相信自从李香岚来到这里，二叔的确有了许多改变，他看人的眼神不再那么冷漠和忧伤，他的脸上有了些许笑容，他站在水泥柜台后面也不再是面无表情的石头人，甚至就连他扫起院子也像个正常人一样灵巧、欢实。所有这一切肯定和李香岚的出现有着某种奇妙的联系。

但打死我也绝不会相信二叔会做那种事情，中秋节的晚上他送李香岚回了趟家，结果碰巧小卖部发生了盗窃案这本身并不能说明什么问题。况且李香岚在我的眼里也并非那种坏女人，她的头发、眼睛、理发时的细微动作，还有她像广播员一般的声音都无法让我和所谓的"乱搞男女关系"的"破鞋"扯在一起。

不过我很快就有些讨厌她了，甚至开始暗地里怀恨她。如果没有她，二叔就不会送她回家。如果二叔不去送她回家，小卖部就不会被偷了。这样一想我又觉得有点儿对不起李香岚，于是我的脑子糊涂得像一锅糨糊，在我模糊而稚嫩的思维空间里，我实在不能分辨自己是该感谢她还是怨恨她。

二叔蹲了禁闭。小卖部也被大队查封了。

我觉得整个事件中最难过的一定是我，那些天我干啥都没精打采的，得了场大病似的。家里人整日乱作一团，他们分头去找张三或李四，求爷爷告奶奶地奔走了几天，可大队上死活就是不肯放人。

事情的来龙去脉已经很清晰了，看来是有人乘二叔外出之机作案来嫁祸他的，但又苦于找不到嫌疑犯，二叔只好做了替罪羊。

几天之后，李香岚的理发馆照常开张了，这次大队书记没有亲自送她来。她的身后倒是跟着一个墙头高的男的，他的头在自己的肩膀上不受任何控制地晃来晃去，那种样子很容易让大家想起白菜心里的毛毛虫。

眼尖的一下就辨认出来，摇头青年正是大队书记的傻娃子，他从小就得了个摇头病，眼望二十七八的人了，就是没人愿意给他做婆姨。

那两天我放学后就守在小卖部的门口，我知道我不能分担二叔的痛苦和磨难。交叉贴在小卖部门板上写着黑字的白纸条让我不寒而栗，我恨不得一把将它撕下来，而我只能乖乖地守在那里等待奇迹的出现。

看到理发馆的门开了，我兴奋不已，急忙三步并作两步跑了进去。

李香岚看到我的一刹那似乎有些吃惊，她并没有从口袋里给我掏出什么好吃的，相反，她很快就掉过头去忙她手里的活了，好像我根本就不存在。

我不知道自己该怎么对她说，我有些结巴地问道，你……知不知道我二叔……他去了哪里？

李香岚使劲抿了一下嘴唇，始终没有吐出半个字。我只看到一行清晰的牙痕就刻在她的唇上，我忽然觉得那鲜红的樱桃就要滴出血来。

我只好失落地往出走，我想她是不会告诉我什么的。可李香岚却撵了过来，她一把抓过我的手将几颗水果糖放在我的手里。

就在当天晚上，二叔被放了回来。他的胡子又长出老长，小平头也蓬乱不堪，可他的眼睛里却流淌着一种很奇妙的情愫。

二叔平安无事，家人倒觉得有些蹊跷，可不管咋说没事就好。

小卖部二叔是再也去不成了，不过他倒显得异常轻松。

第二天清晨他依然起得很早，他从家里带了把扫帚便架着双拐出了门。我在上学的路上经过小卖部，远远便看见二叔正很卖力地清扫着小卖部前的街面，晨光正穿过弥漫的雾气和尘埃照射在大地上，二叔的影子和正常人一样高大矫健。

李香岚出门倒炉灰。她一眼便看见了门口扫地的，她整个人就愣住了，装满炉灰的簸箕就长在了她的手上。

听说"理发馆"和"小卖部"这几个字都是大队书记亲笔写下的，它们像蹩脚的小丑咋咋呼呼地趴在门板上，我发觉很难看。

那伙人直接去了队长家。惹得我们队里的大大小小的狗不识好歹地叫了好一通。许多人都簇拥着跟在戏班的屁股后面。大人们主要是想知道戏班子这次带来了些啥戏目，而我们这帮碎娃娃则跑前蹿后地攥着看他们手里拎着的那些稀罕的锣鼓家什。

这个戏班每年都要来一回，村前庄后美美地唱上十天半个月才撤走。只是，这次他们显然来得要比以往迟了些时日。胡队长很受活地跟老戏班头搭讪，乖乖！一到这个农闲时节呀，天是一天比一天黑得早，总算把你们盼来了！说着，胡队长就扯住其中一个班头的手臂。来了就安心住下，好好地给我们吼上两天，免得这帮狗日的黑了没事干，要么偷鸡摸狗，要么像下猪娃子一样一个连着一个净给我往出弄些小碎狄。

好些人就都跟着戏班头嘻嘻哈哈一搭里傻笑。笑完了，胡队长就严肃起来，他一严肃那张驴脸就黑得跟锅底一样了。他对站在院子里的大人们说，好像前年戏班住在老七家里，去年住在我这旮了，我看今年咋也该轮到你家才对！他的眼光和唾沫星子就一起落在勒羔他爹的脸上。

人们很艳羡地盯着勒羔他爹看，但眼神里多少有点诡异的名堂。胡队长接着往下说，我看就这样弄吧，你抽工夫找出纳去队部背上半袋子米和半袋子面，让你家婆姨一日三顿地把饭做好，黑里唱乏了给沏壶釅茶送过去。

胡队长的命令一下，我们几个立刻过年似的欢呼雀跃起来。

这回戏班子住在勒羔家实在太好了。勒羔和我们是一伙的，我们可以随时去他家，这样就能见到那些我们都视为稀罕物的锣鼓胡琴和小灯影子了。

勒羔他爹早已长长地应了诺，便唯命是从地领着戏班的人朝自家颠颠地去了。

戏班住谁家是由胡队长一手指派的，全凭他一句话。平日队长看不上的就得靠边站。勒羔他们家娃娃多担子重，全队人是知道的。别看勒羔爹一副窝窝囊囊的蠢相，他婆姨却是生得白皮粉肉的受看着呢。家里娃娃养多了分的粮食自然是不够数的。勒羔他爹平日上工也算是勤快。人们知道队长这是有意照顾他，咋说这一回戏唱下来也落个十来斤粮食呢。再者，说是给戏班做饭，做好了自家人也是要吃的。

这边大人们一散，我们这伙捣蛋鬼照旧跟一群馋嘴的麻雀似的包围着戏班的人。

今天顶数勒羔最活跃，毕竟这回戏班子住在他家，他当然甭提有多激动了。他皮包骨头的扁胸脯也装模作样地鼓了起来，仿佛是充足了气的球，让人觉得戏班的人似乎就是他家的一门远房亲戚。他清瘦的小脸也顿时有了超常的血色和光亮，就跟刚刚吃了一顿肉饭一样鲜活。

看着勒羔兴高采烈地走在了我们的前面，而且距离我们越来越远，大家自然就不太高兴了。

勒羔！你他妈的是不是想把我们大家甩掉？

勒羔不屑地回头朝我们看看。接着他轻描淡写地说，我得赶快回家帮我妈烧火做饭去。说完就蹦蹦跳跳地跟匹撒欢的小马驹一样跑远了。土路上泛起了一层白烟包裹了我们的视线。

我们几个被很尴尬地撂在了他的身后。

起初我们并没有太在意，依旧屁颠屁颠地跟在勒羔的后面疯跑。要知道我们连做梦都想亲手摸摸那些能弄出响声的物件呢。

可偏偏这个时候，勒羔却回过头说，你们不回家老跟着我干啥呀？

我们都被勒羔这副骄傲的模样激怒了。

我们大骂他是个忘恩负义的臭狗屎、大公鸡，是最可耻的叛变头子。

勒羔你最好别牛逼得太早了……接二连三地骂过一气还不解恨，见勒羔根本不理睬我们，倒觉得没啥意思了。正决定散伙各自回家，却见他又很奇怪地跑了回来。我们就有些得意了，看来这家伙是个贱驴坏子，骂他两句多少还是管点用处的。

哪里知道勒羔一本正经地问大家，你们想不想知道今黑唱啥戏？我们面面相觑，以为他是要告诉我们这个来将功折罪的。勒羔却撩拨似的笑笑，我知道——可我就是不告诉你们！谁让你们先头骂我呢。

说完，他真的扭头昂起脖颈马一样地颠了。

我们几个全都傻了眼。

是可忍，孰不可忍。

勒羔这句气焰嚣张的话把我们几个再次惹火了。我们觉得自己的肚子也开始跟发面馍一般侯地鼓胀了起来。

狗日的勒羔也太气人了！他妈的你有啥了不起的，还不是胡队长看上你娘的肉屁股蛋子了！

一气骂完，我们心里好歹舒坦些了。

临时戏台子搭在队部的场子里，一面泛青的白幕帐子把唱戏的和看戏的分隔开来。戏还没开演呢，很多人的脖子都抻得有些酸痛了。

附近的几个庄子上也有人三三两两过来赶场子。胡队长老早就站在场子中，吆五喝六地指挥着那些搭台子的人。他见人越集越多，脑袋都连成了黑黑的一片，才咧开胡子拉碴的大嘴乐起来。

胡队长跟身边的人打哈哈说，今黑怕是没人闲窝在家里弄那号事了吧，嘿嘿嘿。他的驴脸一笑比哭还难看。他还用手指头比画了一个十分淫邪的穿插的动作，惹得身旁的几个婆姨也跟着难为情地嬉笑不止。

我们几个早就匆匆忙忙撂下饭碗赶来按原计划会合了。

其实，我们娃娃对唱戏这事并没有多大兴趣，一多半的戏词我们是听不懂的，只是觉得来看戏很热闹很好玩而已。当然，今天我们还有另一个重要目的，这是我们在下午前就早已商量好的。为此我们感到异常兴奋。

这时的勒羔爹完全像个体面的仆人，恭恭敬敬地引着那伙唱灯影子的踢踢拉拉地走来了。场子里立刻被某种巨大的力量牵引着，每个人都试图将自己的脖颈抻得更长一截才好，以便看清楚那些操外乡话的艺人。

勒羔就尾巴似的跟在他爹的身后。他的小胸膛比先前挺得更欢实更有劲了，因为每一个人的目光都会从他的身上滑过，他似乎感觉到自己在今晚成了一个什么重要人物。这也正是我们看不顺眼的地方。

队长向四下里望了望，见人来得差不多了，就站在戏台前高声发号命令，大概的意思是看戏归看戏，各自把家里先安顿好，尤其是你们的那些个碎籽郎仔①。

一记清脆的锣鼓声使头顶上的天空像是接受了某种命令，刷地闭了眼静默着了。那些逼真的小灯影儿便很清晰地浮映在发黄的白色幕布上了，咿咿呀呀的古老腔调就在人们的耳边响

---

① 碎籽郎仔，西北乡村土语，泛指那些调皮、不听话的小孩。

彻起来。

而我们几个也和幕布上的那些小人儿一样，在人群的后面很阴谋地活动开了。

我们的目标自然是勒羔。我们绕着看戏的人堆一点一点向他靠近。仿佛我们早已为他布下了天罗地网。

勒羔依旧一脸的欢快，对此浑然不觉，就跟电影里的某个英雄人物即将面临被捕的厄运。而这种方式本身就带着一种刺激的游戏性了，也使得我们每个人心跳加速、血液沸腾。

让我们感到麻烦的是，该死的勒羔一直在戏台前后进进出出，好像故意在跟我们磨蹭时间，死活就是不到场子中来。

看来，下午预谋好的方案恐怕要落空了。我们几个干着急，一点儿办法也没有。

头顶上黑得只剩下几只慵懒的星子耷拉着银亮的眼皮。戏场的气氛逐渐地高昂起来。锣鼓愈敲愈响，唱腔也更加有板有眼铿锵有劲。戏班的人看来是吃饱了饭来的，他们唱得格外下力气，嗓门都快吼破了。

勒羔他爹是个戏迷，他扎在人堆里有滋有味地咂摸着唱腔，脑袋晃悠得快要从自己的肩膀上掉下来了。这会儿他看得正入神，却被胡队长冷不防地从人堆里薅了起来。大家都以为他犯了啥事情。胡队长把嘴贴在他的耳朵上像要咬他一口似的。我们听见他嚷，别忘了让你婆姨送茶！光知道看看看。

勒羔他爹温顺地连连点头，可他并没有动步，而是慌忙扯着嗓门喊勒羔。

不一会儿，勒羔就从台子前面跑过来了。勒羔他爹说，你赶快跑回去把茶给提过来。快快跑!

我们几个立刻兴奋起来,机会终于等来了。

勒羔极不爽快地离开了热闹的戏场。我们就悄悄地紧跟在他的身后。

他照旧一点儿也没觉察,一路小跑着往家里去了,边跑边还一个劲儿地嘟囔他爹的不是呢。

躲在黑暗里的感觉实在是太好了。我们就像一群奸猾的小狐狸或狼崽子,既阴险又诡秘。我们重新商量着如何对付可恶的勒羔。比如,逮住他狠狠地揍他一顿,打得他哭爹唤娘;也可以从后面装神弄鬼地吓唬吓唬他;或者,干脆用土坷垃趁其不备发动突然袭击。

可最后,这些办法又都被大伙一一否定掉了。我们觉得这些把戏有点儿土气,而且还很危险。勒羔是他们家唯一的一个男娃子,是命根根。就说他妈吧,为了生他没少挨勒羔爹的拳头和巴掌,万一有个三长两短我们就闯天祸了。

不过,我们也不愿意就这样随随便便轻饶了他,咋说也得让他长长记性呀。我们最讨厌牛哄哄的家伙。倒是有人很快就献出了一条妙计,简直就是活诸葛亮。我们听了险些笑出声来。

我们一直非常谨慎地在黑暗中逡巡。

黑暗中的一切都变得既陌生又神奇了,就连行走的声音也和白天截然不同。这种脚步声很明显带着一种激奋的节奏,带着怦怦乱颤的心跳声,让人产生某些幻想和冲动。我们踩在祖祖辈辈耕种过的土地上，却体验着从来没有过的轻松和自如。我们不需要躲躲闪闪，行走的动作也极似某类卑鄙的四足小兽。就连我们的手指也羽毛般地轻轻滑过墙壁和每一棵老树的粗壮的腰身。手指在碰触这些东西的时候产生强烈的热量，这无比汹涌的热量几乎就要燃烧了我们自己的身体。手指早已不再是我们自己的了。它们变成一根根黑夜的触角。

我们虽然行走在黑夜里，但前面确实是有一个再明显不过的目标——那就是可恶的勒羔。我们发誓，一定要让他尝尝苦头。黑暗中的目标原来是极其重要的，它让我们学会有条不紊循序渐进。

现在，勒羔就是我们众人的靶子，我们手里没有枪却时刻瞄准了他。我们甚至能够想象到勒羔被我们拾掇以后的种种惨状，鼻孔出血，屁股肿得像面包，眼泪鼻涕流过黄河。对于我们而言，只有他是非常迷茫地在我们的视线里移动，他绝对不会料想到即将发生什么。我们能看清他的一举一动，唯独他不自知。黑夜简直太好了。黑夜让人不隐自蔽。我们从来没有感觉到人在黑夜里会如此舒畅和惬意。

路过队里的那孔菜窖时，我们便悄然停住了脚步，我们很像电影里的一伙小特务，按预先设计好的方案自动隐蔽起来。我们不需要再跟踪勒羔了，因为他家就在前头。况且，守株待兔的感觉也不错呢。

秋夜已经很凉人了，空气中有种潮湿的颗粒神秘地往下坠旋着，掉在人脸上麻酥酥的，有种微痛。我们几个匍匐在菜窖附近的一片杂草丛中。

夜里的草丛不再那么柔软了，蒺针蒺藜枯枝败叶不时戳刺着我们尚且细嫩的皮肤。草尖上也落了一层薄薄的霜花，趴在上面湿漉漉的让人难受。有人就嚷嚷着想尿尿了，却被领头的人严厉地制止住了。

我们有必要重新明确一下纪律：谁都不准尿！谁坏了大事就开除谁！

于是，每个人都得努力憋着，以至于悄不作声地拿手紧紧捏住自己的鸡牛。

等我们静下来，那边唱戏的声音便清晰多了，锣鼓和胡琴声将前后的庄子都巧妙地连接起来。黑暗变得无限宽阔。事实上，我们已经分辨不清哪里是东西南北了。夜色中的村落不知怎么都变得森然恐怖起来。房子不是房子，树也不像是树，它们一个个跟黑色的棺材和一群张牙舞爪的妖怪差不了多少。一切都黑得不露半点声色。

说实话，我们各个都胆战心寒。已有人开始打退堂鼓了，嘀咕着放下好好的戏不看，偏偏要受这号罪。还有人说他隐约听见不知是谁家的公鸡在打鸣。于是，我们便都机警地竖起耳朵仔细聆听，果然听见了，而且声音很响。这让我们不由得联想起了流传在村子里的关于公鸡是不能在夜里打鸣的说法。据老辈人说，这种情况十有八九是一种不祥的征兆。

难道今黑真的会有啥日怪的事情发生！我们才不信呢。

但我们真的都惶恐起来。狗日的勒羔咋还不过来呀，都等了这么大工夫了。大家开始七嘴八舌，怀疑勒羔或许根本就不会来的。万一是他妈去送水或他和他妈一起出门，我们不就成了瞎子点灯——白费蜡了，说不定他已经上炕展展地脱了衣服睡着了。

后来，不知又是哪个坏家伙出了这样一个主意，干脆猜升级留级吧。升级是继续等着，留级就急忙撤退。我们连续抓住几只长短不同的胳膊一下一下卡捏过去。这样升级留级地折腾了一番，结果无一例外，捏到最后都停留在升级上。看来我们只好听天由命了。

就在此刻，似乎有个黑影正轻轻地朝这里飘移过来。黑影边走边向身后回望，步子迈得挺大的。我们都能断定那不是勒羔，勒羔没有那么高大。勒羔瘦得像根秫秸。其实我们每个人都瘦得跟秫秸秆子一样。家里分到的粮食根本不够我们吃的。大人都骂我们是吃死爹娘的闲货。我们也没有办法，肚子里总是感到空瘪瘪的。肠子肯定比塑料管子还干净。

黑影很快就到了我们眼前。我们的身体都贴着地面或草丛。一双大脚板快要踩到我们的身体上了。千万别踩到我们呀！总不会是鬼吧！我们还没有做什么亏心事呢，可心却提到嗓子眼里了。难道我们的秘密被别人给洞察到了？

影子终于在我们前面的菜窖门口停了下来，他再次回头向四周张望，继而闪电般推开门（那门竟然是虚掩着的），身子泥鳅一样灵巧地钻了进去。幸好他并没有发觉什么，我们稍稍松了口气。

不过我们很快就醒悟过来——这时间去菜窖的会是谁呢，出纳的身影显然没有这么高大魁梧。那个出纳一年四季都佝偻着个扁腰，唯唯诺诺的样子。

我们不想为此多动脑筋，一动脑筋就感觉到肚子里空空的。何况更深夜半的，我们几个不去看戏却贼娃子样地窝藏在这里，要是让什么人当场逮住准没有好果子吃的。

我们急忙向身后一点点退缩，唯恐暴露自己。

好像又过了一会儿，黑影又狗熊样地从窖口子那里爬了出来。奇怪的是，个头好像忽然就矮下去一半，连走路时的脚步声也和刚才不太一样了，沙沙地响，很好听，还隐隐有一股子说不清道不明的味儿朝我们鼻孔飘来，是香气，可香气只有那些爱骚情的婆姨身上才有吧。这实在太不可思议了，我们从来没有遇到过这样的怪事。也许，我们真的撞到鬼了。鬼是可以忽大忽小的吧，还有，狐狸精才能发散出迷幻人的味道。我们全都吓蒙了，平展展地趴在草丛里，谁都不敢再睁开眼睛看。

后来，竟又有一个黑影从里面钻出来了，它似乎又变得那么高大了，那么脚步响亮。胆大一点的终于还是睁开了一只眼，发现黑影的后脊梁那儿多出了一只鼓鼓囊囊的东西，黑影像是在用眼睛朝四下里扫寻，随后才大步流星地消失在清冷的夜色中……

天哪，我们总算是能自由地呼吸了。

目标终于出现了。

我们每个人的小手心里都攥出一把热汗来。

勒羔果然和我们几个原先设想的一样，他独自提着茶壶信马由缰地朝我们的埋伏圈里走来。他走得不紧不慢，袅袅的白气正从壶嘴里一截一截往出蹿着，仿佛一个老汉在幽幽地吸着烟锅子。勒羔的小胳膊明显地力不从心，茶壶在他的两只小手里换过来又换过去。壶里的水看样子很烫，勒羔的身体必须与它保持一定的距离，这样一来他整个瘦弱的身体就被扭得快要折断了似的。

我们几个再也忍耐不住了，一拥而上包围住他。

我们按照事先布置好的方案一步步向他逼近。要知道我们早就等着这一刻呢。

勒羔显然吓了一大跳，他有些哆嗦地拎着茶壶，仿佛预感到某种危机即将到来。他的脸上早已没有先头那份骄傲和神气。他似乎有些想哭的夸张模样，他语无伦次地说，你们想干啥，我还要给戏班师傅送水去呢。

看着勒羔此时狼狈不堪的熊样，我们快要乐出声了。我们急忙上前友好地解释，你千万别害怕，咱们都是一伙的，就是想来帮你提提水，胡队长那头该等不及了。

勒羔将信将疑地看过我们每一个人的脸，我们都在对他友善地笑呢。

于是，他变得不再那么惊慌了，他把手里的壶放在地上。他问我们，真的，你们不骂我，也不打我？

我们几个异口同声，谁要是骗你谁是孙子！我们还朝地上吐了口白唾沫，谁要扯谎嘴就要烂掉。

见勒羔不怎么怀疑了，有人便佯装热情地提起地上的茶壶说，那么我们快走吧。接下来我们按计划行事。专门有一个人揽着勒羔只顾向前走，其他的人轮流提着茶壶在后面慢慢地磨蹭。我们把壶里的水先倒出一些，这样我们每个人都可以往茶壶里酣畅地尿尿了。憋尿的滋味真他妈的难受，尤其是在这种冰凉的夜里，所以我们很快就将茶壶灌满了。

快到戏场的时候，我们把茶壶转交给了勒羔。

狗日的勒羔依旧没有丝毫察觉，他倒显得怪难为情的，接连给我们每个人道了谢，才提着壶摇摇晃晃走开了。

那头有人又开始扯着嗓门嚷了，大概嫌水送得太迟了。勒羔爹的脸阴阴的，活像个吊死鬼，他一个劲儿贬骂自己的儿子不顶事。

勒羔哆哆嗦嗦地将茶壶递了过去。我们听见勒羔气喘吁吁地冲他爹说，爹你怪我干啥，水烧在火上，死活找不见我妈，我又不知道茶叶放在哪里。勒羔的样子委屈极了，像是快哭了。

当他们爷儿俩奴仆一样一前一后往戏台里面走去的时候，我们几个的眼睛一眨也不眨地盯着他们，唯恐错过了即将上演的那一出"好戏"。

实际上我们很快就失望起来，我们并没有看到意料中的结果。戏照旧在不停地唱，那些灯影子照旧在幕上晃动。我们无法知晓那些唱戏的喝下那壶里的"茶"会是个啥滋味。勒羔整个晚上就像幕布上的小灯影子一样，被我们暗中牵着鼻子走来走去，可现在我们都没有如愿以偿地快乐起来。快乐并不容易。

不过事情很快就发生了变化，这丝毫不以我们的意志为转移。

我们看见胡队长背着双手出现在人群中，他大大咧咧地去了后台。他的背影让我们忽然觉得眼前一亮。眼睛尖的开始悄悄嘀咕，菜窖！菜窖！刚才，那个人，多像是他……我们有点迷惑不解了。胡队长还用去菜窖背东西吗？都知道胡队长是不干活的，他就会两手叉腰地在田里转来转去吆五喝六。难道他还会变戏法，把自己一忽儿变大一忽儿又缩小，他还能弄出香香的味道？鬼才知道。或许，只是我们看走了眼。

胡队长从戏台后面出来的时候手里端着一个大瓷缸子，还冒着些微的热气呢。他仰起脖子咕咚咕咚往下灌，看样子他渴极了。他喝水的模样使人想起饮驴时的情形。

但我们几个全都吓傻了，胡队长可不是好惹的，一旦让他发现了肯定会追究到底的，到时候勒羔要是提到我们那就完了。我们都下意识地用手捂着各自的小鸡牛。我们必须马上离开，越快越好。

就在我们掉头鼠窜的同时，分明听到黑夜中的一声愤怒的吼叫和哇哇的呕吐声。我们预感到事情的严重性与紧迫性了。我们全乱了方寸，脚步东倒西歪。

他妈的究竟是谁出的这个馊主意呀！

那晚，胡队长古怪的吼叫声始终在夜色中追赶着我们每一个人。

我们一边撒腿狂奔，一边回头惶惶张望。眼前总有一张异常狰狞的驴脸张开愤怒的黑嘴朝我们扑来。我们各个如同惊弓之鸟，没了命地朝最黑暗的地方逃窜。

凌乱的脚步敲打着坑坑洼洼的土路，声音混杂无章。路旁的树更加地狰狞邪恶，仿佛是胡队长指派来捉拿我们的帮凶，一个个横眉冷眼双臂叉腰，脑袋大得能遮住天空了。奇怪的是，我们在跑树们也在跑，可它们始终不靠近我们似乎有意吓唬我们。我们能跑多快树们就追多快。我们能清楚地听到树枝树叶嚓嚓的响声刮摩着我们的耳朵。

谁也闹不清这究竟是怎么啦。

反正，我们一口气跑出了半里多地。最后实在跑不动了，才虾米样弓下腰来大口大口地喘气。胆子稍大一点儿的故作镇定地回头向身后看，连个鬼的影子都没有，根本就是虚惊一场。

那个最能出点子的坏家伙帮大家分析了一下形势，就算胡队长查问起来，也不关我们的事，茶是勒羔他妈烧的，又是勒羔亲自送过去的，跟我们有啥关系呢？万一要问起来，我们全都说不知道。

一想也对。心这才渐渐平静下来，反正死不承认谁也不能拿我们咋样。说话间这才发现我们竟然又跑回到那孔菜窖边了。

我们准备在此分手各自回家睡觉算了。有人突然想起了一件事情，他提醒我们，刚才那个黑影子从菜窖爬出来的时候好像根本就没有锁门。

我们几个也恍然大悟。现在是秋收时节，菜窖里的好东西多得是，山药蛋、地皮出溜子、青萝卜……说不定还有苹果和大鸭梨呢，想到这些我们的口水就禁不住直往肚子里淌了。

大家相互对视了一会儿，我们稚嫩而狡黠的目光手电筒似的向广阔的黑夜里胡乱扫射。这样的好机会恐怕再也碰不上了。我们决定留下一个人在外面望风，其余的人便耗子一般钻进了黑洞洞的菜窖里。立刻，有一股夹杂着难以分辨的蔬菜气味阴潮、浓烈地朝我们扑来，每个人都能听清自己咚咚的心跳和窖下的老鼠四散逃窜的吱吱声。

等我们从窖里爬出来的时候，各个的小屎肚子都凸得像怀了娃的孕婆，谁也说不清究竟狼吞虎咽下了多少好吃的东西。

我们接二连三打着饱嗝，蔬菜果子的香味四处弥漫。我们的胃被填充得十万个不乐意了。而我们的手仍旧揣摩着塞在兜兜里的苹果、萝卜或番薯。

翌日早晨队里便炸开了锅。

听说是胡队长第一个发现菜窖的门没有上锁，重要的是里面还丢了半麻袋胡麻籽和一些数量不多的果子蔬菜之类的东西。好多人都赶去菜窖围观。胡队长的驴脸吊得老长，那个可怜的出纳一脸的晦气和迷惑。

我们几个也夹杂在人群里装模作样地起哄，却没有见到勒羔的影子。

据说他的屁股被他爹揍了个稀巴烂。胡队长的脸色铁青，他将出纳从头到尾骂了个狗血淋头。我们只听人说喝了童子尿会治百病，却不知道它还会把人的脾气变成这副样子。眼前潮湿的地面上那些凌乱不堪的碎脚印，使得我们又莫名地慌张起来。

大人们你一言我一语地发表各自的看法，都认为这事八成是娃娃们干下的。可也有聪明人提出疑问，那么百十斤胡麻籽磨油怕也能磨出不少呢，几个娃娃咋能搬动？

我们几个心里明明白白的，就是不能张嘴，否则昨黑的事就要露馅了。

这时，就听见胡队长黑着老黄瓜脸说，算球了吧，茶壶壶里头都能给你尿尿呢，还有啥事情做不出来的！他又转身冲所有的大人们训话，都回家把你们那些碎籽郎仔管球紧，不然的话，今黑老子就把戏给你们停掉！看你们都再日能！

　　要说的事情或许和表兄有关。表兄是个比较古怪的人，他的怪异性格贯穿于他的整个少年时代，他甚至潜移默化地影响着我的个性发展，不过我和他绝对是两路人，就像石头和树叶，最终会落在一起，但石头就是石头，而树叶也同样只是树叶。

一

　　表兄的目光总沾染着风尘，他每年放寒暑假都要来我家住一段时间。他一进屋通常会盯着客厅的一处角落，或者他只是在发呆，但他确实被挂在墙壁上的一只棕色的箱子所深深吸引，箱子的正面有一个非常醒目的血红的十字架，那红色十字使这只皮箱透射出一种令他心驰神往的魔力。那箱子是我母亲每天背在肩上形影不离的东西，或者，那箱子里面装着我母亲的所有家当。

此刻，表兄的目光又准确地落在那只棕色的箱子上，屋子里弥漫着一股淡淡的青霉素药液和酒精混杂在一块儿的气息，他或许并不知道那气味叫作什么，他只是安静地闻着，他的模样冷静而怪异，有点儿像狸猫，但他终于想起这种味道仿佛在哪里闻过，想着想着他就慌乱起来，这种记忆让他再也无法安静下来，他的嘴就很奇怪地一点一点张开，很像是无法抑制地打了个哈欠。

我母亲是公社的赤脚医生，她的接生手艺远近闻名，人们总能看到她背着一只四方的棕色药具箱走村串乡的身影。矗立在田间地头耕作的人偶尔回眸，远远看见箱子上面的那个红十字架在绿荫覆盖的乡间小路时隐时现，或者，更像一只不停舞动的鲜艳的红蜻蜓，于是，人们的脸上就绽放出艳羡和尊敬的笑容。

表兄来的时候已是腊月，他有些咳嗽，或许是在路上受了伤寒，他咳嗽的时候样子很狼狈，脊背佝偻着像个小老头，臃肿的棉袄将他的身体轮廓勾勒得极其难看。母亲便把他拉过来问长问短，表兄的脸蛋由于一阵激烈的干咳涨得红彤彤的，母亲就关爱地将手抚到他的脑门上。我听到母亲尖叫了一声，才知道表兄正在发高烧呢。母亲很快从药箱里取出一支温度计塞进表兄的腋下，表兄的模样就开始发生了些微变化。也许是我多心了，我和表兄处得并不算太好，从某种意义上讲，我有点看不起他，他的家住在很偏远的一个叫作梧桐树的乡村，我曾好奇地去过一趟，方圆几里地连个小卖铺都找不到，后来我便再也不想去了。当然，这并不完全是我小觑他的缘由，更重要的是他……我想现在还是不说为好，否则会影响我对整个事情叙述的情绪。

过了一会儿，母亲从表兄的腋下取出那支体温计，母亲习惯性地甩了两下，然后冲着玻璃窗默默地读数，我听到母亲立刻受惊似的叫了一声，接着又叫了一声，天呀！39度8——怎么能烧成这样呢！说着，母亲急忙放下手里的体温计，翻箱倒柜地一阵忙乎。就在那会儿，我看见表兄的嘴唇迅速地抽搐几下，他的脸蛋红得有些发绿泛青，他的眼睛机械地停留在那只药箱上面一动不动或者仅仅闪了一下，随后，他怪叫了一声，扭头朝屋外跑去。我没有听清楚他究竟叫喊什么，事实上我已经被他的怪模怪样的突兀的举动惊呆了，我想，表兄或许真的是烧昏了头。

母亲也吃了一惊，她以为是我做了什么把表兄给吓着了，她命令我快去把他追回来，还连连地唠叨，不能让人家孩子病在我们家。我母亲是个宽厚而慈爱的人，她整天奔波劳碌并不只是为了挣那几个可怜的工分，事实上她把病人看得比自己人还重要。

我一出门就觉得好笑，表兄并没有走远，他就战战兢兢地站在屋檐下。他说，我不想打针……我最怕打针了。他突然一把抓住了我，像抓住了救命稻草，你快给舅妈说说，我从来都不打针。

看着他那副可怜吧唧的样，我又好气又好笑，我说谁也没说要给你打针呀，再说发高烧也算不上什么大病，你没听人说"咳嗽发烧阿司匹林一包"吗？

表兄瞅着我将信将疑。

这时，已经有人匆匆忙忙走进我家的院子。我知道那些人通常是来找母亲看病打针或取药的，母亲既做队里的卫生员，农忙还得参加劳动，公社卫生所离我们队远得很，为了方便队里的人日常看病，母亲便将药箱背回家，碰到不方便前来就诊的病人母亲随叫随到，从某种意义上说，我家就是全队人的医疗点。

进来的人是村里的王有余，他婆姨是个病秧子，三天两头打针吃药。王有余形色憔悴地走进客厅跟母亲诉说着什么，语调中透射着惶遽和恳切，而我对此早就习以为常了。很快母亲和那人从屋里出来了，她的肩上背着那只沉甸甸的药箱。

母亲叮嘱表兄，药片放在桌子上，你别忘了吃。然后母亲和那人风风火火地出了院门，那只红色的十字蝴蝶一般消失在我和表兄的视线当中。表兄如释重负地喘了口气，他的面部表情渐渐恢复了基本的平静。

二

表兄和我是同一年出生的，他比我大几个月，可我上学要比他早一年。听父亲说表兄家的条件差，我姑父是大队的电工，一次从电线杆子上掉下来摔折了脚踝，电工自然是干不成了，只好给队里看牲口，家里的大活全靠姑妈一个人操持。当时我们家的粮食还算宽余，一到放假父亲便去姑妈家将表兄接来吃住一段时间。

我并不知道表兄会对打针吃药有如此深重的恐惧感，在我看来，男孩子的屁股蛋上挨上那么一两针实在是九牛一毛，这或许正是我讨厌表兄的理由之一。

母亲走后，我拉着表兄进了屋。我看见几片雪白的药片正静静地匍匐在饭桌上，它们发出一种近乎磨砂样的白光，药片旁边放着一只绛紫色的细小针管，我知道这是母亲用来做皮试的，而表兄一看到它就明显地慌张起来。

你还是赶快把药吃了吧！我早就说发烧是不用打针的，我回头不屑地看着表兄像看一只懦弱的羊羔，我说那只是做试验用的针，你根本用不着害怕！我边说着边撸起袖子用手指做针管状在胳膊上比画着。

表兄依旧无动于衷，他的眼中跳跃着懒散而又不安的光芒。

冬日的小屋沉浸在炉火的温暖之中，空气中的热分子悄悄地包围着我们，水壶煨在炉台上发出吱溜溜的响音，那声音夹带着某种不明朗的欢快的气息不断向四周蔓延。

三

这时，几个要好的伙伴早已趴满了我家的窗台，他们想邀我同去渠里的冰面上抽"老牛"（陀螺）。我的技术在他们当间是最棒的，正所谓人前显胜，我自然乐此不疲。我知道表兄是个很不合群的人，跟他说也白费力气，他是不会同去的。

水渠就在我家门前不远，里面已经结成了坚实的冰，阳光鲜亮地洒在冰面上，眼前呈现出一片晶莹剔透的光。渠坝边长着那些歪歪扭扭的榆钱树和沙枣树，现在树枝上一片叶子也没有，几只乌鸦叫着。

我们一群孩子闹哄哄地围站在冰面上，个个摩拳擦掌拭目以待，一场精彩的游戏就要上演。我是这群孩子的头儿，随着我手中的鞭儿发出一记嘹亮的响声，抽"老牛"便开始了。他们簇拥在我的周围，不时为我精湛的甩鞭技术而喝彩。鞭子是用线绳搓成的，鞭鞘处加了一截从废旧轮胎中取出的那种带着橡胶的尼龙线，这种东西可不容易得到，我翻墙进公社大院偷旧拖拉机轮胎时险些摔断了腿。带这种尼龙鞭鞘的鞭子抽在冰面上又脆又响，"啪啪"地好似电光炮在耳畔接连炸裂，"老牛"在冰面上风驰电掣般地飞转。"老牛"的面上通常用蜡笔涂着艳丽的色彩，所以，它在转动的时候恰似一朵盛开的花儿在妖娆飞舞。

我正耍得得意忘形，猛然听到一声凄惨的声音，有人跟着叫喊起来，我的鞭子不小心抽在身后的一个矮个儿孩子的脸蛋上，他是王有余家的孩子，他顿时捂着脸歇斯底里地号叫起来，我的那只美丽的"老牛"依旧在洁白的冰面上高速旋转，它划出的弧线圈带着一种耀眼的速度和气势。

我知道自己闯祸了，真想立刻逃离现场，可我清楚这无济于事，跑得了和尚跑不了庙，况且有这么多双眼睛都看到了。我的心里混乱不堪，我尽量平和自己的情绪，我看见浓烈的血正从身后那个挨鞭子的小孩的指缝间汩汩四溢，血落在冰面上更加绚烂灼目。冰面上的那只"老牛"终于耗尽了它的能量，它在停顿的一瞬间就像我突然熄灭的欢乐。

或许缘于母亲是医生的缘故，我在众目睽睽下表现出罕见的镇定，我强装笑颜地拨开那个孩子捂在脸上的手，说，别哭了，你等着我回家给你拿些紫药水，涂上就没事了。小个子并没有听我的话，他的哭声明显带着恐惧和不信任。我留下自己的鞭子和"老牛"，随后拔腿朝回跑，我忘了自己是怎样踩着雪白的冰面趔趔趄趄爬上渠坝的。我一上岸就碰见了表兄，他的脸上挂满了凄惶和好奇，他的嘴像是在有意哆嗦着，或许他是在发抖，得伤寒的人总是这副模样。我来不及多看他一眼，好汉做事好汉当，我才不稀罕别人的怜悯和同情。我仓皇地回到家里，好在母亲并未回来，这让我狂跳的心稍稍平静一些，我翻箱倒柜地寻了好半天，只找到了一块纱布和一片白胶带，我这才意识到母亲把药箱带走了，紫药水肯定就放在药箱里。

正在一筹莫展之际，我听见母亲快步走进来，我赶紧装作若无其事的样子。母亲的神色十分紧张，她一进屋便问我，你看到我的针管没有？我记得好像是放在桌上了。我吞吞吐吐地说，不知道，我一直在外面玩呢。母亲开始在屋子里搜寻，我并没有考虑太多，事实上我犯的错误已经使我思绪混乱惶惑不堪，万一王有余家的孩子现在跑回家告诉大人，恰好碰到我母亲在他家该咋办？到时候我可就惨了，父亲肯定不会放过我的，一顿饱揍是逃不掉了。糟糕的是，表兄就住在我家，让他看到我挨打的情景，往后我的威风全都没了，不管怎样，我可不想让一个外人看到那种不光彩的事情。

于是，我趁母亲寻找东西的工夫急忙溜了出去，好在那伙孩子都在渠里呢。王有余家的孩子已经哭得不那么厉害了，只是他脸上一道红紫色的鞭痕触目惊心，宛若一条蚯蚓斜爬在他的小脸上，其他的孩子照旧玩在一起。表兄也独自一人蹲在不远处的冰上，他看我的眼神有些古怪。

我没有理睬表兄，径直去问那孩子还疼不疼，他很委屈地点头。我俯下身低声跟他说，我不是故意的，你看这样好不好，我狡猾地朝四周看看，我帮你包好伤口，再把我的"老牛"送给你，你发誓不告大人！王有余家的孩子抿抿嘴，他的眼睛已经告诉我他准备妥协了。我索性咬咬牙，舍不得孩子套不住狼，要不我把我的鞭子也给你，怎么样？他终于有了笑容，他笑的时候那条醒目的蚯蚓也跟着一起晃动。我感觉自己倒霉极了，我只好忍痛割爱了，我伸出右手的小拇指跟他拉了一下钩。

给那个小孩包好伤口我便去笼络其他几个人，他们都答应守口如瓶，不过我还是有些不太放心。后来我发现表兄不知什么时候已经走开了，我抬头向四下里张望，多少有点害怕，唯恐表兄去告我的状，却看见一只鲜艳的蜻蜓正在前边的路上穿行，偶尔会被光秃秃的树干隐蔽起来，它就那样时隐时现，冬日的乡村小路在红色十字的映射下变得暖融融的。我总算吐了口气，母亲或许找到了她的东西，她又忙着去王有余家里出诊了。

四

现在我所担心的人是表兄，很多事情证明了他是个不折不扣的胆小鬼，而且他的性格孤僻乖戾，说不准他会将刚才看到的事情全部告诉家人，我必须提前给他打打预防针，否则我肯定会吃苦头。

我跳上岸的时候，被一种冗长的声音碰了一下，那是牛的哞叫，腊月里的牛是最闲散的，或者，它们都在修身养性积蓄气力等到春暖花开田野吐绿，牛儿才驾起犁铧下地耕作。现在，它们通常站在圈里或伏在槽旁用浑浊的目光打量整个村庄、打量每一个人，我不知道牛是不是也喜欢看冰上的这种游戏。

这头牛就拴在岸边的一堆干草垛旁，它的头颅始终正对着水渠这边，牛在看我时的样子很特别，它大概认出我是乡医家的孩子了，它的眼神有种严厉批评的味道，这令我陡然一惊，这蠢东西的嘴角竟然夹杂着嘲弄与轻蔑，难道牛也目睹了刚才的一幕——要不它不专心吃它的草想它的心事看着我干什么呢？我经过牛身旁的一刻，没好气地踢了它一脚。牛根本就不打算理睬我，而是优哉游哉地吃起草来，或者，它身体的某一处正刺痒难耐，我恰恰帮它挠了挠痒。

表兄早就跑得没了踪影，我知道这个胆小鬼迟早会这样的，生怕我连累了他。我回过头，看见小渠的冰面正在夕阳的映照下吐露出一片斑驳的光晕。冰上的那伙孩子仍旧耍得意犹未尽，他们正围着我的那只"老牛"潇洒地挥舞鞭子，他们的影子连在一起像沙漠里的一群骆驼稀松悠闲，鞭子抽出的声音带着某种极大的诱惑使我不得不停住脚步。

事实上，表兄并没有走远，他就静静地坐在那堆草垛后面，他的嘴里像牛一样嚼着一根干黄的稻草，露在外边的草在籁籁地响动，就像是被风吹拂着，或许他没有想到我会出现在他眼前，他看我的时候有点慌张，并不比那头牛镇定多少。

我瞥了他一眼，你得发誓。

他继续津津有味地咀嚼着那根草。

我恼火起来，觉得自己像是在对牛弹琴。

傻瓜，你到底听见没有！

表兄把那根草轻轻吐在地上，他的头朝后靠了靠，看上去他的头就像被镶嵌在那草垛里，或者那头是从草里生出来的。

我想去找舅妈。表兄怯怯地看着我。

你找我妈干什么……我的话一出口立刻便猜想到他的意图，我狠狠地瞪着他，我们谁也不出声。表兄不再看我了，他的头耷拉下来像一头反刍的牛犊或者这家伙原本就是一头牛转世。说实话，我讨厌他这种优柔的模样，我想自己是有点丧失理智，猛地一把抓住了他的棉袄袖子，可任凭我怎样拽他，表兄始终像一头倔强的牛只往后退，倒是拴在旁边的那头牛似乎不太乐意地哞了一声，仿佛我们搅扰了它的安宁，使它的思考无法继续进行下去。我觉得自己的样子有点滑稽，至少我已经在这头牛的眼前丢尽了面子。

你给我起来！

听见没有！

傻瓜，你他妈的就知道告状……

大概正是这句带有侮辱性的话刺伤了表兄，他突如其来地从草垛里跳起来，然后以迅雷不及掩耳之势卡住了我的脖子。

我顿时窒息了。我从来不知道表兄的力气有这么大，我一直都在小看他。他卡我的样子凶得如同一只野兽。僵持片刻，我像一只废旧的麻袋被撂在那堆散乱的草垛边。

你要再敢骂我妈我就卡死你！

随即，表兄愤愤地跑开了，他在转身的时候强烈地咳嗽了几声。我趴在干草堆里狼狈极了，眼睁睁看他消失在我的视线中。他留给我的背影匆忙而又冷酷。我的喉咙火辣辣地痛。表兄那该死的手指似乎一直戳进了我的气管里。那头讨厌的牛正忽悠忽悠地甩着它的尾巴，我知道它是在取笑我呢。

五

我从地上爬起来，有几根草七长八短地插在我的头发缝里。也许有人突然开玩笑似的朝我打了个喷嚏，天一下子就昏暗了许多。我拍了拍身上的尘土，牛静静地伏在草垛旁像一块儿黑铁。我往村里走的脚步有点沉重和犹豫，仿佛突然间就忘了时间忘了方向忘了该怎么走路或该往哪里走。

街路上有些光怪陆离，白天看得早就习惯的树房子木桩石碾草垛都不安生了，它们纠缠在一起装神弄鬼专门吓唬胆小的夜归人，村子安静得有些出奇，或者，在这份少有的宁静当中正演绎着某种骚动与不安。隐约听到杂沓的脚步声，它们正朝着一个方向移动，它们在朝我移动，我停下来仔细聆听，它们又好像朝着另外一个未知的地方去了，这便勾起我对一件事情的向往，只有这样的事情才能让全村男女老幼朝着一个方向走。

我想，村里可能要放电影了，要不，有那么多脚朝着一个方向走呢。

于是，我也加快了脚步。

六

表兄把我摔在草堆里便独自回家了，他进门的时候看见我母亲正在伙房里烧饭，他有些内疚起来，或者他为那样粗鲁地对待我而感到难为情，我毕竟是他的表弟。

母亲有些疲倦，她经常是这样的，她在悉心地往锅里揪着面片，她的眼前全是哈气，白茫茫一片。表兄就呆呆地站在伙房门口，他和母亲之间隔着云山雾海，他也渐渐地被冒出的气体悄悄包围着，只有一双并不灵秀的眼睛在其中明灭闪耀。

就在那时，王有余像个幽灵闯了进来，他的语气中夹带着哭丧调，他大声嚷着，你快去看看吧，她快不行了！母亲便从伙房里跑出来，她的手上沾满了面粉，她在胸前的围裙上胡乱揩了揩手。

王有余还在重复那句话。

你快去看看吧，她怕是不行了！

母亲背起药箱便往出走，表兄依旧站在原地。他听到那个叫王有余的男人还在重复那句可怕的话，只是他的语调显得愈加迷乱不堪。

那时，表兄木讷地抬起头，天空已经朦朦胧胧地冒出一两颗星，星星距离他太遥远了，他根本无法看清，他本能地眨了一下眼，天就黑在他的面前，黑得晴朗却不平静。

七

我终于快撵上走在我前头的人了，他们明显带着某种猎奇的心理，他们看见我的时候依旧在交头接耳，好像我根本就不存在。也有人恍然间认出了我是谁，那人在黑暗中看我的姿势有点儿古怪，他神秘地指着我冲身边的同伴嘀咕着什么不可告人的秘密。

我跟在他们身后，走着走着就发现不太对劲，他们的脚步接连消失在某户人家的门前，远远传来断断续续的哭泣声，这声音令我毛骨悚然，夜色中弥漫着浓浓的悲哀与无奈，有一种哭声似曾相识，我努力回想在什么地方听过。路拐了个弯，我已经接近那户人家，却忽地回忆起来，那哭声竟然跟我晌午在水渠里听到的一样凄惨。

我正是被那些脚步声引来的，走在我前面的人相继钻进了王有余家的院子，这使我疑惑不解。我猛然想起了王有余家的小孩和他脸蛋上的那道青紫色的鞭痕，我在黑暗中的脸色一定苍白极了，甚至连鼻尖都发出白森森的光。现在，我终于明白了那些脚步真正的方向和目的，我当然想起了那个令人讨厌的表兄——他总算如愿以偿了，全村大多数人都去看我做下的坏事。此刻，王有余家的孩子正站在人堆里向每一个前来围观的好事者哭诉我的罪行，想必我一定劫数难逃，用不了多久王有余就会带着那些富有同情心的村民到我家声讨。

三十六计走为上。正当我准备掉头逃窜时，我看到母亲从王有余家的院子轻飘飘地出来，药箱挎在她的肩头，也许箱子太沉了，母亲的那只肩膀都被压下去一大截。母亲蹒跚地往前摸索，她的身体在茫茫的冬夜里像是突然失去了方向和重心。

<h2 style="text-align:center">八</h2>

王有余的女人死了。

消息一夜之间传遍了整个村庄，村民都在议论这个平素里病病歪歪的女人，当然，他们更多的是谈论我母亲给王有余的女人一次注射了四支青霉素而没有做试验的事实。这是母亲在行医生涯里致命的过失和耻辱。而令我忐忑不安的是，根本没有人提起我和留在那个孩子脸蛋上的伤痕。

<h2 style="text-align:center">九</h2>

年前降下一场雪，那时表兄已经回他的梧桐树了，他离开我家的前夜在被褥上留下了永久的回忆，那臊湿的尿痕很像村里一个废弃多年的旧池塘。

清晨，我和父亲爬到屋顶去扫雪，村子所有人家的屋舍白皑皑连成一片，远处的田野白得刺眼，整个村庄成为童话里的城堡，偶尔会传来牛哞犬吠和鸡鸣，那些隐匿在银装下的草垛枯枝屋顶和沟壑才有了生气。

后来，脚下踩到了什么东西，我趔趄地滑倒，正待往起爬，却被一个绛紫色的物件吸引住了，我一眼便认出那是母亲曾经用来做试验的针管，它很突兀地匍匐在积雪中，那种独特的色泽在寒气逼人的晨曦中一点一点地注射到我的皮肤和灵魂中，很快它又变成一个无边无际的圈儿，我无法分辨自己是在里面或是在圈外。

一

一连爬了十多天的山路，不是栽杆就是架线，谁的腿肚子都胀得鼓鼓的，如同灌进了铅水，走起路腰来腿不来。雨是昨天后半夜才飘下来的，山里的雨能下大真不容易，地皮子刚见湿就停了，过一阵子又娃娃尿尿一样滴溜着，像是在故意撩拨着逗你玩呢。我们不管那些，反正是下雨了，下雨天就该好好缓着，山里人都这样，我们也该入乡随俗。十几日的瞌睡攒拢了，躺下去身子就是一摊烂泥，谁也记不清到底昏睡了多久。

柳虎照常起得很早，他有早起的习惯，起来就把那个半导体弄得呜里哇啦地响，村里还没有通电，柳虎就靠每天的新闻和报纸摘要节目，像馋猫似的嗅着深山外面的文明气息。我们也能隐约听到，可个个都和《水浒传》里黄泥冈上喝了蒙汗药的军汉一般，实在是累得动不了。

柳虎的工作和我们几个不一样，他的任务是带好队，并及时记录我们的工作进展和热火朝天的场面，以便回城后向领导交差。在来的路上我们都暗地里骂柳虎是个贱驴坯，放着好端端的喝茶看报纸的营生不干，偏偏要跟着我们几个来这荒滩野岭受罪。柳虎一路上保持着令大家不可理解的兴致。柳虎是我们的工会干事，写写画画样样能拿起来，没事了便整天价抱着那台海鸥牌照相机噼噼啪啪地四处瞎拍，去年居然还捧回来个省级业余摄影二等奖。单位派我们来这里搞扶贫，柳虎自告奋勇，领导自然很高兴。扶贫搞了好几年，上面还是批评说搞得浮皮潦草，领导们就动真格的，看样子今年必须实实在在给老乡做些事情，以从根本上改变山村的面貌。除了和往年一样继续送米送面捐衣捐物外，还把我们几个抽出来，给村子义务铺架几百米电线。

柳虎眼看就快五十了，可做起事情依旧像小伙子一样精力充沛，照相机往脖子上一挂，跟着我们满山沟沟里跑前跑后。刚开始柳干事跟在屁股后面，我们都觉得干起活来假模假样怪别扭的，像是刻意演戏给谁看。没几天新鲜劲儿一过，我们都疲沓起来，他照他的相我们干我们的活，就像山里的婆姨给娃娃喂奶，反正就是那么两团东西，谁爱咋看就咋看，她们照旧敞开了怀旁若无人地喂。

如果论辈分还得管柳虎叫叔叔，可柳虎原本是个没有架子的人，他成天跟我们称兄道弟打得火热，白天和老乡们挖坑埋杆子架电线，晚上和我们黑灯瞎火地躺在一起。还真是多亏了柳虎，要不我们恐怕连两宿也待不住。

二

给我们做饭的是老村长领来的人，一个十五六岁的小姑娘，脸蛋子上总有一团绯红的云霞，话不多，一笑微露着几颗玉米牙，见了生人不敢多抬头。尤其刚见了我们几个愣头青，脸就红得不着边际。姑娘有一个挺不错的名字，叫水霞，这跟她红扑扑的脸蛋如出一辙。老村长一进门就夸她。

"这女子手巧得很，会绣花会纳鞋，逢年过节搓出的馓子又细又匀，香脆极了，十里八庄都有名气，将来准保能嫁个好人家！"

其实水霞没念过几天书，她家娃娃多（听说光女娃就四五个）拖累重，老早就回家帮她妈带娃做家务了。据说像水霞这样的人家在这个村里比比皆是。倒是柳虎跟她处得挺融洽的，柳虎每天不用像我们爬电线杆子，闲下来也帮着她一起做做饭跟她拉拉话。好几回柳虎给她讲了电的种种好处，什么电灯电扇电视机。水霞一脸的迷茫，很像无知的孩童在听古老的天方夜谭。

有次，柳虎当着村长的面问水霞：

"你咋不去读书？"

水霞低着头不吱声。

"那你自己想不想上学？"

水霞犹豫了片刻，仍很茫然地摇头，不过她还是憨憨地说了句：

"念书又不能当饭吃……"

老村长就来插话：

"说来娃命苦，她爹是个日囊尿，好吃懒做怕下力气，娃娃撒下一大堆，拍拍尻子跟个外头来收羊绒的女子跑球了……这两年家里光阴过得尿包得厉害，她妈头前想不开险些套了吊绳。"

我们都沉默。

水霞在一旁把风箱拉得咣当咣当响，似乎什么也听不见。

老村长接着拉开了话匣子：

"女娃家识个字开个眼会写自己的名字，就算是大学问了，只要会针线锅灶迟迟早早都是旁人家的货。眼底下要雨没雨，要啥没啥，牲口死了一圈，靠要回来的那点救济填肚子都难怅得很，哪还有闲钱供娃娃念书呀！"

柳虎的情绪很不平静，他若有所思。

"等将来村里通了电就好了，可以用水泵把水抽上来浇灌庄稼。"

老村长默不作声，接连吧嗒着他自制的旱烟，苍老的眼瞳里一片茫然，几只麻雀凄惶惶地蹲在屋前的一棵没有几片叶子的老柳树上，叫得有声没气让人心慌。

老村长咂摸了好长时间旱烟，他才回过头一脸的疑惑。

"这村子庄底子可高着呢，那水能上来吗？"

水霞每天给我们做两顿饭。全村找不见个戴手表的人,可水霞还是把时间卡得一点儿也不差,这或许就是他们的生物钟吧!我们收工回来的路上便看见一缕青烟从我们的住处袅袅升起,烟雾里弥散着阵阵清香。

利用吃饭的工夫,柳虎抽空用干树棍在地上规规矩矩地写上几个字教水霞来念,起初几天她热情挺高的,可后来难写的字一多她就明显地厌烦起来。

"不认了,不认了……识再多的字还不是照样嫁给旁人生娃做饭!"

柳虎看着水霞哭笑不得。

我们都认为柳虎简直就是吃饱了撑的。

三

我们几个住在村部原先的一间旧仓房里,这里的地势相对高一些,四周围是用实土夯起来的厚土墙。村长玩笑似的说住在这里头最稳当了,就算是山洪下来也不碍事。屋内临时用土坷垃摞起来个土台子,上面铺上木板柴草和毡席就算是床了,外面稍微一刮风,脸上和牙缝里就落满了沙尘。我们成天都在骂娘,柳虎却是个乐观派,躺在上面就情不自禁地畅想过去那些陈芝麻烂谷子的名堂来,什么低标准菜代粮、下乡学农睡通铺,吃麸皮拌胖娃娃草……他每每说得唾沫星子飞溅,一回头却见我们几个早就死狗样不动声色了,他就摇摇头开始摆弄那台照相机。

在我们一伙人里面,最能吸引水霞的东西莫过于柳虎的那台照相机，她几次试图趁我们吃饭的工夫用手来轻轻地摸一摸，可她始终没有那么做。她只是远远地盯着它出神，她的目光在那一瞬间凝聚着某种虔诚和胆怯，仿佛注视着茫茫荒漠中的一片绿叶或一滴水，她想靠近却又不知该怎么做，于是她总是心不在焉地边拉风箱边朝我们这边张望，或者她根本就没有打算去触摸它，只想远远看看，这已经足够了。

后来我们就想拿水霞开个玩笑，我们悄悄地将相机拿在背后，她丝毫没有觉察，我们一本正经地看着她。

"水霞你笑得真好看，就连城里的姑娘都比不上呢！"

水霞的脸蛋立刻就红透了，她的手脚扭捏得无所适从，于是我们抓住时机乘其不备，迅速地按动几下快门。说实话这倒把我们吓了一跳，闪光灯猛然一亮，水霞顿时尖叫起来，她险些趴在地上，她的眼睛和嘴在瞬间张得快连成片儿，面部表情扭曲得异常古怪，同时她哇地一声号叫出来，像是突然遭受了致命的一击。

柳虎闻声赶来，水霞用胳膊捂着脸惶惶不安。柳虎批评我们的玩笑开得过分了些。

"你们一定是把她给吓坏了，多数山里人祖祖辈辈没走出过山沟沟，对外面一无所知，他们甚至还相信照相机能取走人的魂魄呢。"

我们愕然而又惭愧。

柳虎就和蔼地站在水霞的面前。

"水霞别害怕，他们这是喜欢你想给你照张相作纪念呢，等以后回城，我把照片一洗好了就给你寄来。"

说着，柳虎试图再给她拍一张，可水霞晃着头像受了惊吓的马驹似的跑开了。

第二天水霞照常来给我们做饭，事实上我们并不习惯吃她做的饭，米面是我们从省城拉来的，可她却舍不得似的，不是油放少了，就是寡淡无味或不够吃，碍于老村长的面子我们不好说什么，再说干完活回来能有现成饭吃总是件好事。

不过我们发现，水霞再也不敢去关注那台相机了，远远看见柳虎脖子上挂着的东西，眸子里就惊惶起来，她把头压得低低的，唯恐那可怕的光再次闪现，在她的眼瞳中，那亮光绝不亚于暗夜中的流星或闪电。

四

我们睡得正香，村子里的人就三三两两地走来了。他们走路的动静向来很大，都穿着各自的婆姨为他们精心纳制的粗布鞋，行走起来能卷起一路烟尘。老村长进屋从来不敲门，他抱着膀膀直来直去，那样子总让人觉得像是受了伤寒或什么委屈。

"你们几个停上一天，好好缓一缓，上午村里要开个会。"

说着，他向四下里寻了寻。

"日怪了——老柳人呢？"

我们连声支吾着翻了个身照旧睡去。

老村长又转身直直地往出走，他又回头叮嘱我们：

"晌午就不给你们派人做饭了，水霞和她妈要务劳大灶上的事情，回头你们几个也过来一搭伙吃……过了今天还不知道是谁说了算呢！"

我们迷迷糊糊地躺着，却分明感觉到村长的话有那么一点怪怪的味道。过了一会儿，似乎又有人进来出去，我们隐约听到那是水霞的脚步声。

这个村子的庄底子在一个大坡上，可能是为了积存雨水方便，坡沿上每户人家都掘个水窖眼巴巴等着天上下雨。水窖通常是上了锁的，四周却是留有足够的罅隙让雨水自然地流淌进去。听说在这里值得上锁的东西不多，水窖是人畜的命根根当然得锁好。坡上村民住得杂乱无章，从远处看去，像一蓬一蓬马莲疯长在秋后荒僻的崖畔上。老村长派几个人挨家挨户地扯着嗓门叫唤了半天，好在昨黑下雨大多数的人都还赖在炕上没动窝呢。就这样约莫一顿饭的时间，让来开会的人才像不愿意下力气的牲口疲疲沓沓地聚到村部的院子里。

我们又躺了一阵才爬起来，挤进去凑热闹，看见柳虎正夹在一堆穿得破破烂烂的老乡当间，他的脖子上照旧挂着相机，这惹得好多人眼巴巴地不时朝他张望。低矮的土屋里弥漫着一股廉价的纸烟味和异常难闻的脚臭，有三五个男人并排坐在南墙根下像是在面壁又像是一群存心不良的囚犯。每个人的屁股后面的地上放着个瓷碗，其他人手里都捏着几粒石子排着队，按照各自的意愿朝相应的人的碗里投放石子。柳虎的相机快门不失时机地闪动几下，人们的注意力受了牵引就变得滑稽而又呆滞，有的人只顾眼热柳虎脖子上的家伙，竟忘了自己是干啥来的，稀里糊涂朝碗里放石子，肯定连他们自己也搞不清究竟给张三或李四投了几颗。他们的这种选举村干部的方法倒是挺有趣的，村里会写字的人少识字的人更少，就算有人会写，拿什么写或往哪里写都是问题，索性就来个纯实物投标一目了然，觉得谁行就往谁的碗里放石子。

柳虎的兴致什么时间都很好，又是给他们拍照，又是帮他们数石头，忙得不亦乐乎。对于大多数村民而言，谁当村长无关紧要，他们暗地里纷纷议论：

"换个村长有啥意思，还不照旧是聋子的耳朵。"

"选谁当俺都没话说，只要到时候能把救济粮给大家要回来就行！"

"老天不下雨就是再换上十个村长也啥事都不顶……"

也有人喋喋不休地谈论一些与选村长风马牛不相及的偷鸡摸狗的勾当，我们就觉得很无聊，说心里话人家选谁当村长跟我们毫不相干。掐指一算半个月过去了，这些天我们就快疯了，眼睛里一点神也没有，没电就等于没有一切，整天像个劳改犯除了干活吃饭就是躺在硬木板上发呆或睡觉，幸亏我们每天几乎都累得筋疲力尽，吃完了就想躺着。事实上在这里，我们要比老乡们痛苦得多，他们日出而作日落而歇早就习以为常，他们根本不用去想山的外面会是个啥模样，彩电 VCD 卡拉 OK 可口可乐的士高广场……所有一切对于他们来说还远不及一台照相机更能令他们惊讶和恐惧的。而我们显然就无法挨下去，就连我们每个人的身体都散发出异常难闻的气味，用手轻轻一揉黑泥蛋蛋便往下掉，想洗个澡恐怕比登天还难——要知道我们每天喝的水都是老乡们可怜巴巴地省出来的，这些水仅供维系生命，洗澡想也白想！如果说起初每个人还有那么一丁点儿热乎劲和新奇，现在我们的精神完全熬垮了，十来天时间，大家都变得烦躁颓废而思归心切。

反正今天不用干活，我们又睡足了，实在是憋得心慌。于是我们决定离开这个村子到县城或其他什么可以去的地方，只要能找个有吃有喝的地方就满足了。

我们跟老乡一打听，知道去县城是枉然，来回将近上百里路，况且整个村子连辆像样自行车都找不到，怎么去？

五

几个人只好徒步朝距离村子十里以外的小镇子去了。晌午过后，我们才拖着疲惫不堪的身体到达那里。事实上我们很快就失望透顶，这算什么镇子，一条不足百米长的土街，仅有一家某某合作社（综合商店）破破烂烂地横在路边显得有气无力，那间粮油店低低矮矮地蜷缩在土街的另一边，门关得严严的。门板上贴着几个歪歪扭扭蜕变不清的字：逢3、6、9集市上午开门。倒是从一家专门给牲口钉掌子的铁匠铺里偶尔传来叮叮当当的清脆声响，否则真会使人感觉整个小镇都沉浸在休眠状态。

再往前走是一家极其简陋的饭馆，完全是土坯房子。不管咋说能填饱肚子就行，我们正想往里进，门口有个正懒散地晒太阳的人挡住了路，他反复地打量着我们。

"今天不是集，不卖饭！"
接着，掌柜继续眯缝着眼儿晒太阳。

我们好话说了一大筐，就差给掌柜磕头了。知道我们是省城来这里扶贫的，又辛辛苦苦走了十几里山路，他这才睁开被太阳炙得滚烫的眼睛，勉强答应给我们做顿炒面片。随后他还把仅有的熟牛肉也切好端出来，外加一瓶劣质的老白干，我们便狼吞虎咽风卷残云。掌柜上前絮絮叨叨解释：

"不是俺不乐意做买卖，就算是集日也卖不动几碗面！平时根本没有生意，这两年天旱得紧，好多人忙乎了大半年连个种子和化肥钱都收不回来，光靠那点儿救济粮填肚子，谁还舍得下馆子！"

老白干一下肚，我们的话就多了起来。饭馆坑坑洼洼的土地面和破旧黝黑的桌凳让我们觉得仿佛置身于某个古装戏或战争片的剧情和场景里，我们知道在这里即使很有钱也无济于事，你只能吃这最简单的炒面片，有时甚至就连这起码的东西也可有可无。街上那个破败的合作社和不死不活的粮油店仅仅是象征性的存在，它们并没有什么丰富的可售品，它们的存在只是证明这是座小镇——仅此而已。

离开小面馆，有人伴随着浓烈的酒气冒出一句狂言：

"等将来老子口袋有了钱，一定在这里开一家像样的商场和酒店……"

其他人都不以为然。

"你他妈的以为你是谁！"

事实上我们很快就怔住了，因为我们看见那间合作社的门口多了一个姑娘，她显然来得比我们晚。姑娘似乎也认出了我们几个，她慢吞吞地从地上站了起来。她脚下铺着个麻包，上面摞着一堆花花绿绿的衣物，姑娘竟然是每天为我们做饭的水霞。

我们走过去围着她看，她惶恐不安无所适从。

看来水霞的脑子确实不笨。

"俺妹病了，没钱抓药……"

"这些东西是从大老远运来的救济品，你知道吗？"

水霞扭捏地点着头，随后她像是在自言自语。

"他们都卖了，你们不知道——那天好多人当场就估个堆堆卖掉了，旁人都卖了，俺留着这些烂东西能有啥用？"

"……所以你也卖？"

"旁人能卖，俺咋不能……再说有啥法子，俺妹病得重就等着换俩钱去抓药呢。"

她满脸的无奈或无所谓。

我们欲言又止，鼻子有些酸酸的。

我们不想再说什么，几个人默默地从身上掏出所有的钱，几乎是不约而同，加起来也有几十块呢，就把钱塞给她，她嗫嚅着却始终不肯接。

"俺咋能无缘无故要你们的钱？"

我们也不知道该怎么说，只好跟她商量：

"就算我们几个人买了你的这堆东西总该行吧？"

她这才畏畏缩缩地伸出一只手来，可很快那只手慢慢地又缩回了一截，停在空中。她的眼光再次很木讷地落在我们的脸上，既懦弱又犹豫不决。

我们真的没法了，索性一把抓过她的手，将那些散碎的钱塞进她的手心。

她的脸蛋子又红得没个边际，而那红晕中分明正流淌着某种湿漉漉的东西。她只是从那些钱里拿起一张最新的十元票子谨慎地装进自己的兜里，其余的又归还给了我们。

"够了。"

"这就够了？"

"咋不够？"

她看看我们，似乎占了我们很大的便宜。

"旁人比俺的堆堆大得多得多才卖了五块钱。"

水霞在说这番话的时候，用双手比画了个很夸张的"大"的样子。

六

往回走的路上我们谁都不想说话，我们轮流帮水霞背着那只鼓鼓囊囊的麻包，麻包里的东西是我们当初来的时候用卡车运来的，现在它们却沉甸甸地趴在我们的肩头，而且越来越重。我们眼前浮现出单位捐献衣物时的踊跃情景，大人小孩的衣裤鞋帽从各家各户尘封已久的衣橱箱底翻腾出来，然后浩浩荡荡地打包装车运到这贫瘠的山乡，现在我们还能清晰地闻到一股樟脑球的淡淡气味，可那时谁又曾料想到这些东西会面临如此的命运。

水霞的欢快带着某种幼稚，仿佛做成了一笔十分划算的买卖，她在熟悉的山间小路穿行，还时不时小声哼上两句很陌生的山歌。我们跟在她的身后走得很吃力。

"村长说你翻过年就要给到甘肃那边去？"

"……还不都是俺妈应下的。"

"那你自个儿愿意去不？"

"女娃家迟早都是给人，有啥愿不愿意的！再说彩礼也给人使了，俺妈说白银比这风光，才不像这个烂杆窝窝子呢。"

我们问及水霞她爹的情况，水霞倒也不忌讳，她用一种很麻木的口吻对待我们的好奇，听起来好像是在讲旁人家的一头驴或一把烂锹。

"俺妈说他早就死了。"

"要是真的死了你还会想他吗？"

"想他有啥用……又不能当饭吃。"

我们无言以对，只好极目向远方眺望，高低起伏的黄土地在我们眼前匍匐漫延如同干涸的河床，昨夜下的那场雨不留丝毫痕迹。天边吹起一阵燥热的风，风沙越过我们的脚面，然后向大地的另一面飘去。

七

我们事先并没有告诉柳虎此次外出的计划，其实即使柳虎知道他也没工夫和我们一道出来，或许这阵子他还忙着帮老乡数那些放在碗里的石子呢。

事实上村里的选举并没有进行到底，临近晌午的时候，有人看见一个陌生人走进村子。正在村部的大灶上忙着做饭的婆姨们听见水霞的两个妹妹来喊水霞她妈，说家里来人了，等她回去说话呢。

水霞她妈抱着一大团面在案板上吃力地揉着，那团面像一个躺在炕上即将分娩的大肚子女人任由水霞她妈不停地摆弄，柴火在灶里呼噜呼噜地响着，屋里弥漫着蒸腾的热气。水霞她妈的身体霍霍地起伏着，她没好气地咒骂俩不懂事的娃娃。

"你两个丧门星，一天到黑就知道缠着老娘！"

后来，她还是怜惜地将案板上的几团试碱的烧面疙瘩塞进娃娃的嘴里，连声哄她们到外面耍去。

娃娃离开约莫一根烟的工夫，水霞她妈就听到外面又有人在喊她的名字，那时她正把那团面用刀一一分解成无数个小块，然后再将它们仔细地揉成馍状。她透过雾霭霭的光线看见有个人站在门槛前，阳光从外面把那个人的影子拖进很长一段，大半个黑影落在案板上，灶房里似乎阴暗了许多。

水霞她妈的双手都是白色的，眼珠或许也是苍白得没有一点儿血色。她捏着手里的那个面团至少愣了十几秒钟，渐渐地她的眼睛就有些模糊不清了，谁也没有注意到她此时的表情异常变化，她在猛然回头抓起身后案板上的菜刀时，甚至另一只手还在紧捏着那个面团不停地颤抖。

原本平静的村部在这天晌午骤然刮起了一阵热干风，水霞她妈母狗一般的咆哮惊动了开会的村民，人们不管三七二十一争先恐后往出跑，他们几乎踩翻了地上所有的瓷碗，张三或李四的石头最终掺在了一起，这令老村长颇为恼火。

柳虎是最后一个出来的，只有他手里端着的那碗石子没有被踩翻。

"你们都回来！没见过婆姨们骂仗吗？"

根本没人理睬老村长的愤怒。柳虎手里端着一只瓷碗不知所措，他看到村长一脸的阴云和尴尬，村长从柳虎的手里接过那只瓷碗，奋力摔在地上，石子乒乒飞溅起来，它们在半空中划出无数道纵横交错的弧线，柳虎听到瓷碗落在地上发出的噼里啪啦的声音异常刺耳。

水霞她妈并没有撵上门外面的男人，她在冲出灶房奔跑了没有几步，身体便瘫软下来，像是捆绑得紧紧的一团棉花突然松开了绳子而散落开来。围观的村民看到这个可怜的女人仰面朝天倒在地上，菜刀也像片闪着白光的树叶从她惨白瘦削的手中轻轻滑落，她倒下去的样子很容易让大家联想到张三或李四家的那匹老牲口栽倒在田间地头时的情景，她的嘴角还挂着一圈乳白色的泡沫。

柳虎听到村民七嘴八舌地叫嚷：

"是她家那个不要脸的男人回来了。"

"这个二流子咋还有脸回来！"

"那现世包八成是在城里活不下去了。"

"水霞她妈命比驴还苦哟，摊上这么个二流子男人！"

"这回得好好拾掇拾掇这个二流子货……"

于是，几个愤愤不平的汉子很快达成共识，他们摩拳擦掌地朝村外追去。

八

落日的余晖从西边的云缝里一缕一缕地挤射出来，斑驳的光点爬满了整个山坡，村子看上去光灿灿的，很像镀上了一层金箔。

我们刚进村部，就看到柳虎垂头丧气地迎出来，或者他一直就守在这里，他一脸的气愤和无可奈何。

"这下完了！"

我们有些丈二和尚——摸不着头脑。

"屋里的几卷电线全被拿跑了！"

"谁？"

"不知道！反正全丢了……这帮狗日的山汉活该受一辈子穷！"

我们都有些惊讶了，因为柳虎一向是个文绉绉的人，很少从他的嘴里说出如此不堪入耳的话，而且我们也从来没有看见过他的情绪如此低落。原来柳虎从我们走后一直忙着帮村长搞选举，哪知道半路杀出个程咬金，有人肯定乘着村部混乱之际，顺手牵羊偷走了我们放在屋里的几卷电线。

这真是件滑稽而又令人愤怒的事情，这算是怎么一回事？我们几个见天起早贪黑地在这鬼地方吃苦卖力究竟是为了谁？这些可恶的家伙居然能干出如此忘恩负义的事情，简直让人哭笑不得。

"村长知道了？"

"知道又有什么用！"

"活该！丢了正好，明天就往回撤！这破地方我们算是待到头了。"

柳虎无可奈何地叹了口气，他的眼里掠过一丝难以捉摸的东西。

天空覆盖着片片瓦云，日头躲在乌云里悄悄往下沉，西边光秃秃的山梁一下子灰暗起来。说话的工夫，村子已沉浸在黑暗中，那些刚栽好不久的电线杆子和架了一半的电线孤独地矗立在迂回的小村周围，像是在守望又像是在静静沉思。

九

晚上。柳虎跟着村长挨家挨户去做工作。偷电线十有八九是那些白天来开会的人干的，范围不算大，也就是二十来户人家。村长不管往谁家的屋里一站，都说同样的话。

"几卷子电线不值啥钱，拿了也就拿了……你们看看人家老柳同志几个，都是有家有业的，放着舒舒坦坦的城里生活不过，为啥非到咱这个穷山沟沟里来吃这号苦呢？"

说到这里村长停住，一双浑浊的老眼盯着屋子里的老老少少的脸，一副循循善诱的样子。屋里的人也用同样的目光看着村长，或莫名其妙或无动于衷。

"做事都要凭个良心呢！吃水不忘个挖井人，你们摸着自个儿的心窝子思谋思谋，几卷卷电线卖不了几个钱，可架在外头的电杆杆上，将来通了电全村都亮堂了……有了电啥都有了，老柳你说是不是这么个理！"

柳虎急忙点头。

于是村长便转身往出走，不过他临走都要再撂下响响的一句。

"你们哪一个的蹄蹄爪爪，俺心里都有一本本账呢，趁天黑悄悄送到村部去也就算了，要是明天一早老柳那里还见不着东西……哼！你个驴日下的贼娃子就等着挨枪子子吧！”

十

柳虎回来一声不响，我们问什么他都只是摇头或点头，他独自坐在木板床上把相机的闪光灯弄得啪啪直冒白光。我们知道柳虎的心情不好，遇上这种事情让他怎么向领导汇报？看来这次的扶贫工作还是搞得虎头蛇尾，一想到半个多月的光景几乎白费，我们也长吁短叹起来。

就在这时，我们听到外面传来的窸窸窣窣的脚步声，柳虎立刻警觉起来，他示意我们都千万别出声。我们也多少有些激动，难道村长的思想工作真的这么灵验不是对牛弹琴，让那个“贼娃子”良心发现了？

那犹豫的脚步声终于靠近了我们，我们甚至能听见那人在一步步走近时怦然跳动的心声。我们太想看清这个大胆而又无耻的“贼娃子”的脸面了，就连柳虎也有点儿快沉不住气了。

外面的人终于推开门走了进来，屋外传来呼呼的风声，从门或纸窗的缝隙里挤进来的沙尘夹杂着潮湿的土腥味。

我们愣住了，这“贼娃子”的胆量实在令人吃惊，我们都看到他的手里什么也没有拿，或许他把东西悄悄地放在门外了吧。等那人一张嘴，我们憋了半天的气全泄了。

进来的人说他就是水霞的爹。我们点亮了煤油灯，在昏暗的灯光下我们终于看清了那张带着企求和愧疚的脸。他连声说只有我们几个可以帮他的忙，说着他将一沓子钱从上衣的兜里取出来，我们这才注意到他穿着山村很难见到的西服。

"把这些钱替我捎给水霞她们……"

他不等我们应诺，便匆匆地往外去了，或许他从此一去不再回头。我们几个茫然不知所措，都在咀嚼他刚才说过的一番话，如果这是在城市某个角落，相信我们可能不会一眼看出他是山里人。我们无从洞悉这个男人的深层内心世界，更无法了解一个山里人在异乡城市的艰辛历程及他托我们转交的这笔钱，对于水霞一家或者整个村子来说又将意味着什么。

十一

或许是骤然而至的暴雨惊醒了我们，屋外的雨槽由屋顶直冲下又粗又黄的泥水柱，汪洋的雨水哗哗地流淌着。准确地说这是柳虎在这里睡的唯一的懒觉，我们没有听见那个半导体的声音，他起来后便默默地看着窗外，眼神似乎有种"夜来风雨声，花落知多少"的感怀。

外面的风雨声越来越急，屋顶窗户被暴雨敲打得山响。柳虎说他仿佛听到了一阵万马奔腾而来的声响。于是他急忙披件衣服跳进外面雨里，随即又异常惊慌地冲进来。

我们都以为他发现了那些电线，他却大喊着来掀我们的被子。

"你们快起吧，可能是山洪来了！快起！"

事实上洪水已经从村后的山梁上铺天盖地而来，山坡上的一切顿时被滔滔的山洪吞没了，屋舍田塬老树牲畜还有村子里的男女老少在风雨中飘摇无助，人畜发出的悲鸣的呼喊声顺着山洪一泻千里。

洪水持续了一个多钟头，我们的屋舍幸免于难，或许是因为四周那圈厚厚的矮土墙阻挡了山洪嚣张的气焰。

雨停后，我们想尽快把那笔钱送到水霞家去，看见村长满脸沮丧蹚着泥水一跛一跛地进来，他无奈地看看我们几个又瞅瞅屋顶正往下滴淌的雨水。

"天不让人活，简直不让人活嘛……"

村长领着人挨家挨户做了清点，我们正好跟着去了趟水霞家。粗略统计下来，全村的土屋一多半都被冲塌了，牲畜溺死了十来头，羊圈鸡窝连同里面的活物一样也没剩下，至于地里仅有的一点庄稼也完全泡了汤。最令人震惊的是，到了水霞家才知道，她天蒙蒙亮就背着个麻包去镇上赶集，村长的脸立刻就沉了下来。

直到傍晚水霞仍旧没有回来，这使村子在悲凉的暮色中又平添了几分阴霾。水霞被山洪冲走的消息不胫而走，人们听见水霞她妈一路喊着水霞的名字踩着泥泞的山路深深浅浅地找下去。

翌日。听说邻村有个人在某个山坳里捡到一只鼓鼓囊囊的旧麻包，里面除了装着一堆花花绿绿的衣物之外，还有两卷卷电线……

十二

我们在离开村子之前，柳虎用他相机里的最后几张胶卷拍下了那些光秃秃的电线杆子和被山洪冲得破烂不堪的村庄。他在拍摄的时候眼睛久久地凝视着这大片黄色的土地，低矮败落的屋舍在残阳下静默着仿佛在低声诉说什么，深暗的天空很快吞没了柳虎的身影，山村的夜晚降临得匆忙而又了无痕迹。

十三

柳虎在当年国内的一次颇具影响力的摄影作品大赛中再度获奖，题为《落日下的守望者》和《啊》的两幅作品脱颖而出，被圈内普遍看好，尤其是《啊》这幅作品，画面上的山村姑娘朴素的恐惧和怒张的瞳孔让人过目难忘。当然，除了我们和柳虎之外，照片后面的故事或许鲜为人知。

柳虎后来还独自去过南边的那个山村，或许他是想去继续寻找那些曾经没有拍摄下来的东西，或者只是想把那张照片亲自送给一个叫水霞的姑娘……

在乡野间

人从呱呱坠地那一天起，很多事情就已经注定了，就好比一个人该是什么样子，也是父母亲给定了的事，谁也改变不了。

可有的人生来就要比别的人多一些羁绊，或者是从娘胎里带来的，或者，自个儿还没完全长出个人样儿呢，就遇到了一生中难以避闪的祸事。于是，他们忽然之间就成为另一类人，同这个世界显得格格不入，就像秧子上的一只青瓜，眼见着旁人在日头下一天天长大，圆熟，直到瓜熟蒂落瓤红籽满的那一刻，而自己却只能蔫缩在秧子上兴叹着，停止不前。或者，即便苟且地生长着，也终究成不了气候，还要无端地受人许多白眼。

细细想想，只在一个小村子里，这样的人就不少。常年架着双拐的赵瘸腿总是在乡野间荡来荡去。村长钱三山家的傻儿子钱旺喜那双死鱼眼，永远天上斜一只地上瞟一只，好像从来眼里看不着一个人似的。还有，背罗锅孙牛原本矮短的身材，偏偏在背脊上扣上一只鼓凸的肉包袱，让人觉得他一年四季身上都背着个东西，一高一低走得吃力。至于哑巴李翠花，她可以算得上是村子里最最神秘的姑娘了。

钱旺喜

钱三山当村干部已不是一天两天的事了。

村里人都有些怕他。他当队长的时候还年轻，性子急，脾气暴，死活见不得耍滑溜奸的社员。谁若是想在他眼皮子底下绕花花肠子，准保没有好果子吃。

钱三山早先当过民兵，多少受过一些基本军事训练，干起活来甩开膀子不要命。旁人上一车土粪歇缓三五次还拿不下来，他不，一把铁锹像长在他手上似的。呸，呸，他连着朝两只手掌心淬上几嘴白唾沫，背压低，锹抡圆了，憋足一口气。等他再次笔直地立起腰来呼呼喘气的时候，活已经做完了。

到了每年的麦黄时节，钱三山简直就是收割地里的一道风景。别的人开镰了他却不动，而是一个人蹲在埂上就着盆里的水悉心地磨着自己的镰刀，他不时地停下来拿右手的大拇指在刀口上拨弄着，毒辣辣的阳光照在银亮的刀刃上，远远看过去，都以为他手里攥着一把龙泉宝剑呢。工欲善其事，必先利其器。看样子，钱三山虽然是个粗人，却是懂得这个道理。所以，等他一出手，果然不同凡响，他拦的档子又宽又直，揽在手里的麦把子是别人的两三倍，镰刀划出去始终保持在同一个高度上，离地皮仅有一大拃，人在远处根本看不见他，只是见麦子齐刷刷地躺下去，旁人站在那里喘气歇缓的工夫，他的一档子已经割到了头。再回过头看他身后，麦茬子齐整整，好比机器割过的。

钱三山的队长就是这样干出来的，这可不是吹牛。

因此，队长钱三山拾掇起那些社员又狠又准。见哪一个抱着膀子站在地头谝闲传，或做活腰来腿不来的，他忽然就从背后杀将过去，朝着那人的屁股猛地就是一脚，把对方踹个狗啃粪，赶紧起来惶惶地埋头干活，连个馊屁也不敢放。

花无百日红。

随着钱旺喜的降临，钱三山脸上的那股子近乎强悍的自信劲儿忽地就没了。人们都说："让他姓钱的再日能，生娃偏是个斜眼子。"又说："人太霸道天不应哩！"

这些话就别别扭扭传到队长的耳朵眼里，虽然他们没有一个人敢当着钱三山的面讲。

钱旺喜的一双眼果然就一天比一天斜，好像他从来都不屑于观看村里的任何一个人，而只关心头上的天空和脚下的土地。有人私下里说："钱家的旺喜兴许将来能上晓天文下通地理啊！"就冲这一点，大家认为钱旺喜比他爹觉悟高，不像钱三山整天就知道拿社员当靶子使。说者无心，听者有意。这些闲话竟给年幼的钱旺喜带来了毁灭性的境况，钱三山在外头受了气，忍着，回到家不是无端地骂老婆，就是铆足了劲儿揍儿子。

原本两眼严重歪斜的钱旺喜在一次次遭受谩骂和殴打后，胆子越来越小，见了他爹跟老鼠见猫一般跑得欢。大一点的时候送到学堂里念书，班上的男娃娃个个都寻他的开心，见天把他驴一样骑在胯下，用一根柳树条抽打他的屁股，还给他起了一箩筐绰号，斜眼猪、白眼翻仔、死鱼癞蛤蟆眼，等等。教书匠更是认为他从来没有认真听过一堂课，因为他似乎从来都没有正儿八经看过老师一眼。在批评和嘲笑的陪伴下，他在学校只熬了不到三个年头，最后还是被钱三山快快地领回了家。

钱三山想，让这样一个斜眼娃子念书，就好比是癞蛤蟆吃五谷——白糟蹋粮食，干脆回家学着做些农活吧。

钱三山的老婆一直再没有生养，两口子经常为钱旺喜的事打捶骂仗，关系紧张得跟拉开的弓一样，哪还有心思好好做那种事情呢？

钱旺喜一天一天长大，两眼始终那么漫无边际地发散着愚笨的浊光，转眼就到了讨要媳妇的年龄，可谁愿意把个好闺女嫁给钱家呢，尽管钱三山还是个村干部。

无疑，钱旺喜的婚姻成了钱家的一桩心病。

钱三山的队长当得一天比一天窝囊，他似乎再也没有心气干农田里的活，每天上工把活给社员们草草一指派，自己便找个阴凉凹地歇着去了。再不，他就去找赵瘸腿玩花花或砍牛腿（扑克牌的两种玩法），反正是得过且过混日子。

赵瘸腿

村子里最清闲的人恐怕就数赵瘸腿。

赵瘸腿自小得了麻痹症，架着两根柳木拐，像个影子似的无处不在。他自然干不得农活，一直由爹娘养着，两个老人的头发早都愁白了。村人又都叫他三根棍，因为他直到现在还是光棍一条。光棍好，落得逍遥自在，一人吃饱全家不饿。他很是知足。

队长钱三山每年都要在稻、麦养花时节给他安排一份好活，只让他架着拐在地里荡来荡去，别的事不用他操心。那两根拐上系着铃铛，随着他缓慢的行动在地间叮叮当当响个不停，那些试图来偷嘴的麻雀便吓破了胆，惶惶不可终日，只在村子上空盘旋着，就是落不到庄稼地上。

轮到集体分粮，自然少不了赵瘸腿一口饭吃，队长还亲自派人给他送上门。送粮的人见了赵瘸腿就戏谑说："还是你个瘸子最划算，轻轻巧巧地就把口粮混下了，你还要媳妇咋做呢？"赵瘸腿从不生这种气。依他的说法，要气早就气死了，活不到今天，谁也抗不过命！所以，他就笑眯眯地回敬对方："我教你个法儿，赶哪回铡草的节（时候）悄悄地把手连草一起入到铡刀里，到那节就差不多和我一个样了。"来人狠狠地骂他一句："真格是瘸驴屁多，瘸人计多。"说话的工夫，粮食已经倒进仓房里了。赵瘸腿看着黄亮亮的麦粒在眼前翻滚，千恩万谢。

大抵是托了队长的福，赵瘸腿便对钱三山格外客气，路上见了，老远停住，任由两条坏腿在两拐之间秋千一样荡浪着，拐子夹在胳肢窝下，两只手相握作揖。村人对赵瘸腿的这种做法非常不满，说："见天就知道溜队长尻子！"赵瘸腿一样不生气，反说："人敬我一寸，我敬人一尺。"村人的鼻子都快气歪了，好在他是半个废人，便不与他计较。

除了每年捕两个月的麻雀，赵瘸腿多半的时间都在找人耍牌，他的兜子里总揣着一副破旧不堪的扑克，据说，那牌里还少了大王和红桃老K。村人便不屑，都说："连大王都没有，还打他娘个腿！"

事实上，赵瘸腿的牌好像是专门为队长准备的。队长心烦了就去找他摸几把牌。赵瘸腿在玩耍上不争，不急，也不搅，只要有人乐意跟他耍，输赢他都很高兴。他打牌有个毛病，就是嘴一直不闲，像拧开的喇叭，说完张家说李家，说完寡妇说老汉，往往把别人说得云里雾里，一不留神，他却赢了。钱三山跟赵瘸腿耍牌，在村里有句歇后语，叫输多赢少。因为总是输，所以钱三山一有空就去找赵瘸腿，想试试这一天的手气。

孙牛

孙牛的背罗锅是天生的，当然是天生的，那还有假？装是装不出来的。可孙牛似乎不这么认为，他经常对人讲他的个头之所以这么矮都是因为脊背上的罗锅越长越大的缘故。孙牛天真地说："你们想一想，这东西若生在你的背上，你还长个子吗？"不等旁人作答，孙牛就斩钉截铁地说："怕是能长个锤！"

有时，孙牛还要煞有介事地搬弄一番自己的高见，他说：

"你们知道水里的老龟吗？它背上就像我一样，别看它个子小，可那家伙绝对长寿。"后面的话他不再说，孙牛要的就是这种效果。可是村民们并不往长寿方面去想问题，他们私下里说："这个傻尿，把自己比成乌龟王八，还要牛逼呢。"

小个子孙牛虽然生相不好，命里却注定有福。

谁能想到呢，就是这么个背罗锅，却娶了一个漂漂亮亮的媳妇。这女人虽说是孙牛他爹用两蛇皮袋麦子从山里换回来的，可她要鼻子有鼻子，要眼睛有眼睛的，漆黑的大辫子，绯红的脸蛋子，胸脯鼓着，屁股撅着，走路拧着。她干起活来也麻利，肯下力，跟个小伙子一样。村人不无感慨："唉！赖汉娶娇妻，真是一点不假啊！"

只有钱三山偏看不上孙牛，他不给孙牛安排像赵瘸腿那样的体面活，让孙牛整天满世界背个篓子捡大粪。其实，人们心知肚明，队长是嫉妒这个背罗锅子呢，因为他家的傻旺喜就没有这号福气。

闲下来的时候，几个男人就把孙牛团团围住，丝毫不嫌弃他身上的大粪味，问："背罗锅你黑里跟你山里媳妇咋睡的？"起先，孙牛一副得意的样子，只是嘿嘿笑，不应声。待别人再问："你在上面还是在下面呢？"孙牛多少有些不自在，说："你爹在哪点我就在哪点。"大伙口气又变了，戏谑说："孙牛你狗日的恐怕是够得着人家上头就够不到下头了吧！"孙牛的脸赤红成老猪肝，拍拍尻子，气气地走了。旁人就嘲笑说："这矬子开不得玩笑。"

钱三山很久都不再打牌了。他整日闲憋着，活不愿意干，气不打一处来。

这天，他指派孙牛的媳妇和另一个女人去队部搓草绳子，搓绳用的是新下来的稻草秸，头天用水泡过。干这活比在地里好不了多少，太阳是少晒了些，全仗一双手，男人不善坐干不了这活，就得女人干。新下来的稻草秸韧性十足且锋芒依旧，一天搓下来，两只手上尽是血道道。

队长进来的时候，另一个女人正好回家给娃娃喂奶去了，库房里只剩孙牛媳妇一个人。钱三山黑着脸在里面转了一圈，他问孙牛媳妇："以前干过这活没？"对方依旧手不停，只是木木地摇头。他就让她把手伸出来给他看，她只是怯怯地看着他，手缩着就是不伸出来。他一把将她的手硬拉过来，嘴里说："我吃不了你！"上面果然是一道道红印子。钱三山突然有些怜香惜玉地叹了口气，他又仔仔细细端详着对方的脸，半晌，才嗫嚅着："鲜蘑菇偏长在狗屎上了！"

说话间，队长的大手在她嫩嫩的下巴上摸了一下。钱三山站起身郑重其事地对孙牛媳妇说："现在回家去吧，今天黑过了你照来，往后想干啥活由你自己挑，还有，我可以调换你家孙牛去看一年菜。"临走时他又说："这全由着你，我这人有个怪脾气，一向不吃强扭的瓜！"

看上菜园的孙牛更加神气活现，因为他媳妇肚皮上像扣着一只大西瓜，走起路来摇摇晃晃。村人无不艳羡，说："还是你日能啊。"

不知从什么时候起，人们发现了一个奇怪的问题，背罗锅的儿子生下来后一天比一天长得欢，小家伙在地里奔跑着，劲头十足，跟个马驹子一样。只是，他似乎一点儿也不像他爹孙牛那般龌龊，背上再无罗锅。可不像背罗锅又像谁呢？人们一时都说不清楚了。

孙牛的儿子长到六七岁的时候，村人渐渐悟出了分晓。

于是，大伙儿又都议论："难怪这矬尿老早就把自己比作乌龟王八呢。"

李翠花

十聋九哑，李翠花就不。

李翠花的嗓子是让高烧烧坏的，从此没了声音。可她耳朵却没事，什么都能听得见，只是不说话而已。还有一个特点就是，她很少像别的哑巴那样成天哇哇乱叫，她就像一潭死水，不声不响，平静无痕。

变成哑巴的李翠花养成了一个习惯，每年只要渠水一下来，就独自一个人蹲在渠沟边，手里拿一块儿花手巾，一天至少要洗三五回。她把洗干净（本来就不脏）的手巾平平地蒙在自己的脸上，然后旁若无人地在村子里缓慢地走来走去，等手巾刚刚干透，她又急急忙忙地往水边去了。缘于这些，村里的娃娃们都认为李翠花不光是个哑巴，而且还是个女怪物。他们觉得李翠花也许还有精神病什么的。

钱三山的儿子旺喜跟李翠花一般大，上下相错几天。当李翠花变成哑巴以后，钱三山着实高兴过一阵子，他认为这是老天爷的赏赐，哑巴配他的傻儿子，简直就是天造地设的一双，李翠花除了不会说话以外，脸面还是很清秀的。钱三山老早就跟李翠花的爹娘打过招呼，李翠花迟早会是他钱家的人。哑巴他爹因此赶上了队里的大车，神气得很，鞭子一挥，轻轻松松就把工分挣下了。

迷恋到水边洗手巾的李翠花一天天出落成个大姑娘了，身上该长的东西都凸出来了，只是不会说话，也不哇哇叫唤。唯一不变的是，依旧要到水边洗手巾，然后湿湿地罩在脸上往回走。

有一天，钱家的斜眼子旺喜被一帮人撺掇着来到渠边，他们对旺喜说："听话，我们现在就把你媳妇娶回来，好不好？她可是你爹给你订了娃娃亲的人。"钱旺喜傻傻地看着他们，每一张脸都笑得很灿烂，像花一样开放。他觉得很亲切，于是，他也跟着大伙痴痴地笑，还手舞足蹈地说："我要娶媳妇喽！"

那时李翠花已经蒙着花手巾从岸边走来，她不知道发生了什么，突然就被一伙人围在当间，就在她惊恐之余，钱旺喜被他们推推搡搡地挤到她身边。旺喜竟然羞红着脸，他茫然无措地乜斜着她，两只鱼眼散漫地朝向天空和大地，唯独不敢看她一眼。

他们就教他："旺喜听话，你不是想娶媳妇吗？她就是你的新媳妇啊，快上去娶她回家呀！"

"旺喜快去抓抓她的手。"

"旺喜快去摸摸她的屁股蛋。"

"听话呀，旺喜，千万别害怕，有咱大伙呢！"

钱旺喜得脸越发赤红不堪。

李翠花已经把脸上的手巾拿开了，可她一时进退两难，她的身体紧紧地挨着钱旺喜。在这种时候，她依旧保持一贯的风度，没有哇哇乱叫，瞳孔里闪烁着巨大的不安。

后来，有人拉起旺喜的手，先是在李翠花的屁股上轻轻摸了一下，就在李翠花惊厥地躲闪之际，"旺喜的一只手"又十分凶猛地在她鼓鼓的胸脯上捏弄了一把。哑巴李翠花终于哇哇地叫了起来，那声音大得惊人，有点歇斯底里，而且一发而不可收。

众人见状面带恐慌地逃跑了，临了他们说："旺喜我们把媳妇交给你了，你可要好好待人家呀，千万别欺负她！"

那时李翠花也哇哇地捂着脸跑开了，只剩下钱旺喜像个痴人似的愣在原地，许久之后，他从地上拾起一块潮潮的手巾，他知道那是哑巴丢下的东西。他就学她的样子，也把手巾捂在自己的脸上，然后摇摇晃晃地回家去了。

钱三山的梦想最终没能实现，李翠花有一年到水边洗手巾，就再也没有回来。

那一年正值黄河泛滥，洪水滔天。

钱三山为此着实惋惜过好一阵子，逢人就说："老天不长眼啊，把我好端端的一口人硬给冲走了！"

李翠花的爹后来一直赶大车，在这一点上村人还是很佩服钱三山的。

后续

又过去了很多年，钱三山早已经不是队长了。人老了，耳朵有点背，走起路来也颤颤巍巍的。背罗锅家的孙虎被选为新村长，孙牛现在成天靠在墙根底下晒太阳，见钱三山远远走来，也不搭腔，全装作没看见。钱三山自然不愿跟他理论，顶多咳嗽两声。回到家吃饭时还思谋着胀气的事，心里说："狗日的你牛气啥呢，没有老子你能弄出个娃子当上村长！"

钱旺喜终究还是没能娶上媳妇，他一直跟爹娘住在一起。旁人有时拿他逗乐："旺喜你咋不跟你媳妇一起睡？"钱旺喜冲对方散漫地翻上一会儿白眼，然后若有所思地说："翠花洗手巾还没回来呢。"

只有赵瘸腿，还时不时架着一副黑朽不堪的柳木拐来钱家串门子，两人一见面，赵瘸腿便满腹牢骚。说话间，抹一把老泪，哪还有当初耍牌的畅快心情。

钱三山偶尔还会想起早年跟孙牛媳妇的那点事，遇到旁人说起孙虎越长越像他，他向来一笑了之，他心里有数：一个女人把自己最金贵的东西都给了你，你就应当把嘴闭得牢牢的，直到死的那一天。

看
家

一

　　要说，柳霞才是她的真名。队里的年轻人尤其是
那些和柳霞同过两天学的却不这么叫，见了面总是谢
柳霞谢柳霞地喊着，听起来怪别扭的。

　　若仅仅是在路上叫叫倒也没有什么，可这些人偏
偏要站在街门前七长八短地叫着，而且，那名字从
他们的嘴里一冒出来就全变了味，成了"雪流沙雪流
沙"的，还有，那个"沙"字又被无端地拖出很长的
一段尾音，竟有点土洋结合的味道了，惹得屋里的娘
老子很长时间不睦气。柳木匠成天价给女人吹胡子又
瞪眼睛的，见了柳霞全没有好脸色，逢人就叨叨着柳

霞不再是他闺女了。言外之意是，柳霞跟着她娘姓了谢。旁人都笑话这老家伙是多了闺女的心，也并不理识他。

实际上，在年纪轻的人看来柳木匠真是顽固不化的老封建，谢柳霞，多好听的一个名字啊，旁人想叫还没有呢！就算大伙儿这样叫一叫又能怎么样呢？况且，这在他们又分明是在追逐一种时髦，柳霞有一个像外国电影里的演员才有的名字又有什么不妥呢？再说，柳霞本人也没有反对别人这样叫她呀。柳霞只是有一次轻描淡写地说，你们再不要这样叫了嘛，我这里倒没啥，就是我大听了和我娘怄着气呢！

这样叫着叫着，队里的人都开始这样叫她了，好像队里一下子多出一个新鲜人来，而把以前的那个柳霞给忘却了。

这件事情后来对柳霞自己多少是有些影响的，她大柳木匠认为闺女大了，早早晚晚要给旁人的，所以，干脆私下里趸摸媒人给柳霞说一门亲事。风声一放出去，上门提亲的便络绎不绝，男方到女方家相亲总是兴师动众的样子，一来就是一大帮，什么姑表娘舅婶子姨母全来齐了，像在集市上挑选东西似的在女方的脸上身上看过来看过去，还时不时捏住女方的手或摸摸人家的辫子和花衣裳，嘴里不停地啧啧着，不知是夸赞还是眼馋，或是别的什么，反正一副没见过大闺女的样子，直把个姑娘家看得红透了脸面和脖子，心也跳得疯疯的，最后，姑娘家连头也不敢抬起来了。

柳霞偏又是个大大咧咧的性子，凡事不惧，他们看他们的，他们爱怎么看就怎么看，他们想来多少人就来多少人。等那些人前脚离开，娘老子就急急地问她，咋样咋样？啊！他们是想让她表个态。表态的意思是，若柳霞相中了人家，觉得适当，就只等男方那边的一句好的回话，然后择定一个日子到男方家里看一看。

二

第三次去看家的时候心就跳得没有前两次那么疯了。眼看明天就是看家的好日子，可她一点儿也不心慌了，甚至还有一些模棱两可的疲沓和无所谓，究竟为什么会疲沓会无所谓呢，恐怕连她自己也说不清楚。

头一次是由嫂子陪同着，她们俩各骑一辆自行车，嫂子骑得快，在前头带路。她骑得慢，不一会儿工夫就被落在后头了。虽说她从不惧怕什么，可这看家毕竟不同寻常啊，不是让你去随随便便地串串亲戚就回来，你要跑去的地方竟是那样的陌生，陌生得好像不在这个地球上。而且，如果看家成功了的话，那个地方又一下子就跟自己关系密切了，好像那里突然间就变成自己的一个牵挂、一个憧憬、一个比梦还要甜美的地方。关键还有，你一个人从此就要面对两个家——娘家和婆家，面对两对老人——公婆和爹娘，面对一个你做梦都在想却连做梦也没有想到过的人儿——自己的女婿子，这个人竟要和你结合然后天长地久地在一个锅里头在一个被窝卷里过日子呀！这样想着，又怎么不让人感到害怕和怯场呢？

所以，柳霞就紧蹬几脚车子急忙赶上去，一阵儿对嫂子叮嘱上一句，到了那边你可要多说话呀！我是一句话也不会说的！她那样子像是去看家的人是她嫂子而不是她，她似乎仅仅是一个陪衬。再过一阵儿还是觉得不妥，嫂子我为什么非要看这个家呢？我觉得去看家一点意思都没有，还把人弄得怪烦的。嫂子只顾自己蹬着车子，偷偷抿着嘴笑她。半晌，见嫂子不吭气，柳霞又说，我们干脆回去算了，我一点也不想去看这个家了。嫂子这才扭过头，很认真地说，真格还是个傻娃娃！这可是你当着大家的面表的态，现在你说回去就回去，你若是敢回去，大非敲断你一条腿不可！

有那么严重吗？

不相信你就试试看。

……

那嫂子算上我哥你统共看过几次家？

这个死丫头！……我那阵子和你哥从见面到过门才花了不足三个月时间，连我都快忘了看没看过家，好像看过又好像没有，反正那阵儿你只有羊羔子那么点大。要说，这家还是要看看的，总比你人都嫁过去了还不知道婆家的门朝哪边开要好吧。

这次，柳霞不说话了。沉默着。忽然觉得前面的路变得茫然起来，车子就像是在水面上漂浮着，使人有种不着边际的感觉。这种莫名其妙的感觉一直持续到那个男方家里。

那天，那个男的跟柳霞聊得最多的话是木匠好不好学，后来柳霞回忆那天的情景，她觉得那个男的对自己根本没有任何兴趣，他是有所企图的，因为他总在套她的话。柳霞听出来他很想学做木工活，因为他想当木匠，所以才提的这门亲事。这让她很反感。后来，她竟然中途就跑了回来，她只给那个男的留下一句话，想学木匠你最好去找我大说去吧！结果是，撂下嫂子一个人给人家老小赔不是，男方家是一百个不乐意。

另外一次说起来竟有些好笑，那完全是来自男方家庭内部的一场矛盾，突然就爆发起来。想一想，在那样一种愉快的场合里该是怎样的一次尴尬呢。当时的情形是，男方家里请来了一大堆亲戚，七姑六婶地围坐在一起扯摩（聊天），扯着扯着就提到了不久前他们的一次分家，男方的哥嫂们认为做娘老子的心就是会偏的，说分家的时候多给老二家半袋子面，少给老大家几只盆罐。很快，这种说法就遭到了他们娘舅的一番驳斥。手心手背都是肉，又能偏向哪一个呢？当老大的就该有个当老大的样，你们娘老子苦了一辈子，就是这么个光阴嘛，你们又不是不知道，当儿女的还要抱怨他们个啥呢？再后来，就惹气了两个老人，鼻涕一把眼泪一把哭诉着，连柳霞也看得心酸了。

对这桩亲事最先持反对意见的是柳霞的小姨母（这次由她陪着柳霞去的），说，我看那个家烂杆（破落）着呢，当着外人面都争得脸红脖子粗的，往后你过了门不受气才日怪呢！

小姨母的一句话就把这件事情判了死刑。

前两次都黄掉了，这不能全怪到柳霞头上。

于是，就有了第三次。

三

有过前头两回，柳霞自己就踏实多了，但也萌生了其他一些想法。比如，这样看来看去总碰不上一个合适的，对自己多少还是有些影响的，旁人就会拿另外一种眼光看待自己了，旁人就会说，她娃娃眼光高得很、眼睛都快挑花了、她以为她是电影演员很牛气呢，也不撒泡尿照照自己，等等吧。当然，嘴长在旁人的身上，想说什么就说什么呗。可是，还有更难听的话呢，嫂子就把她听到的怪话悄悄传给她，说柳霞你自个儿的事要长心眼子呢，知道的说男方家不好，不知道的就会针对你，他们会说你拿人家不当人来要笑呢！时间一长，自己的名声就坏掉了，将来还有哪一个敢要你呢？

柳霞明知道嫂子是一番好意，可她还是受不了旁人的气，没人要就没人要，我才不稀罕他们要我呢！没人要我在家当老姑娘才好呢。话虽这么说，可她从来没有这样想过。自己又不是满脸麻子，不聋也不哑，怎么会落得没有人要呢！

问题是，一想到这种事情，柳霞打心底窝着一股子火呢，好像自己真的就没人要了，马上就要人老珠黄，连家人也积极地想赶忙找个人家把她嫁出去才好。这种感受愈来愈强烈，让她觉得自己好像一下子就变成个吃闲饭的人了，成了一个急于出手的东西，成了旁人可以随便挑来选去的物件，而自己只能听天由命。

有一天晚上，她发现娘竟然把长时间没有用过的针线笸箩找出来，指头蛋子上也套上了一枚白森森的顶针子，静静地坐在灯光下面，一针一线地在布绷子上的一面红缎子上刺绣着什么，那枚顶针子在昏黄的灯光下一闪一闪的。娘做针线时很安详，而且很有些老态龙钟的样子。尤其是，当她往针眼里穿线的时候，两只手同时在抖抖索索着，好像永远也找不到那根线想要穿进去的眼儿，却又在不甘心地寻着，眼睛眯缝成针眼那么大点，嘴里还一个劲儿喷喷着，一副不服老的架势。后来，是柳霞帮她穿好了线，娘看着她穿针时的麻利劲儿，神情艳羡不已，连声说人老了眼睛就不顶事了。那时，柳霞才看清娘正在往一只红色的兜肚上绣花呢，娘绣得很是仔细，每过一针都要用手指将针脚抚得平平的。娘说这是给她将来预备的嫁妆，还说，娘就你一个闺女，又是老疙瘩是心尖尖上的肉，指望着能说个对你好的人家才让人放心啊。

柳霞突然就在娘的面前掉下了一串眼泪，她记得自己已经有很多年没有在娘面前哭过鼻子了，甚至就连哭的滋味都快忘光了。娘见她哭着，就停下手里的活，心疼地把她揽进怀里，哄娃娃一样摸着她的一对黑亮的辫子。娘还告诉她要赶着给她做一双绒布鞋，说现在的皮鞋都硬撅撅的全是样子货，等怀上娃娃以后万万不敢再穿那些个东西，要不，下半辈子腿脚可要受大罪呢。

柳霞早已哽咽无语了。

娘毕竟是娘啊。

不想，大却也有他的盘算。

那天大就把自己干木活积攒下来的零块木料从仓房里一件一件搬出来，在太阳底下晾晒，那些松木块大多是他给旁人家打家具时顺便讨要回来的边角料，日积月累也有不少呢。松木在阳光里发出特有的浓烈香味，把个院子都熏得与众不同地芬芳起来。

大蹲在木头前面，吧嗒吧嗒吸着烟，他的身体被太阳晒得暖洋洋的，也散发出和木头一样的特殊气味。见柳霞从屋里出来，就笑眯眯地问，霞霞你喜欢个啥呢？你喜欢啥样式的家具就跟大言传，大专门给你打一件。

柳霞有些纳闷，好端端的为啥突然想起要打家具呢？但她很快就反应过来了，她一句话也不说，只是表情怪怪地看着她大。大的额头净是细细密密的热汗，一会儿就悄然无声地在他一张皱巴巴的黑脸上流淌着。大等待似的望着她，他似乎从来没有这样耐心地等着她做出一种回答。

大一向是刀子嘴豆腐心，这一点她是清楚的。

柳霞淡淡地说，我啥也不想要。

大就愕然着。

柳霞感到一阵隐隐的心酸。

大依旧盯着她看，渐渐地，他眼神中的那份等待显得信心不足了，最后甚至露出了极大的失望。

大不解地晃着头。

接着，他开始默默地吸他的烟。

四

若是没有遇见她，她想，事情或者会是另一个样子。

偏偏在半路上遇见了这么个人。

她是柳霞高中时的一个同学，名字叫李秀梅，那时她们都在公社中学念书。若论相貌李秀梅是班里的人尖尖，可学习成绩却远远不如柳霞，总是在班上扫尾，柳霞就多少有些看不上她。柳霞不得不打心眼里佩服她长得确实很受看，眉毛细细的，眼皮双双的，嘴巴翘翘的，鼻子棱棱的，腰身瘦瘦长长的，难怪那时候班上的男娃娃都成天拿眼睛老往她身上趸摸呢。现在看起来，她明显比念书时胖了，肚子上有了一圈赘肉，尤其是，两只奶子稀松而又霸道地在人的眼前颤悠着，给人一种躲闪不及的臃肿和威胁。

李秀梅先认出了她。

李秀梅先是一阵无缘无故的笑，笑得柳霞浑身有点发毛，半晌她才止住笑说，我远远望着像你，打扮得这么洋气，我都快认不出来了啊！

这样说话的时候，李秀梅的车子已经和柳霞的并排到一起，两个人都倚着各自的车子面对面站着。李秀梅的身上搽了香，这种过于浓郁的味道在柳霞看来总是透出一股子令她不舒服的俗气。

柳霞就很尴尬地支吾两句。

这个李秀梅是她们班上嫁人嫁得最早的一个，当时柳霞还去喝过她的喜酒。她还记得自己好像对其他同学说过，李秀梅也真是的，为啥这么早急着要嫁人呢？！多数同学并不以为然，说早嫁晚嫁都是嫁，有本事你一辈子都别嫁！柳霞当时的态度很坚决，不嫁就不嫁，我才不像有些人那么傻呢，早早嫁人有什么好呢。这话后来不知怎么竟传到了李秀梅的耳朵里，李秀梅就借别的同学的嘴传话给她，说猪黑不要笑话老鸦，她倒是想要看看柳霞能熬多长时间。

所以，今天一遇上李秀梅，柳霞就很自然地想起过去的那件不愉快的事情，这就使她变得很不自然，很被动，有些难为情。而且，潜意识里还有种冤家路窄的意思，好像她今天出门非要遇见这个人，又好像李秀梅就是专门站在这里等着她到来，然后乘机戏谑她一下报复她一下。尤其是，当李秀梅笑着问她你收拾得俊俊亮亮的不是去看女婿的吧！柳霞顿时觉得自己像做了亏心的事情，而且，竟被对方一眼就识破了真相，对方的话里明显在说还是熬不住要嫁人吧？一时竟然不知道该怎么回答才好，不知道是该说是还是说不是。她当时真想找个地缝子钻进去再也不出来了。

实际上，刚才她也是隔着很远就看见了李秀梅，她觉得前面有个很熟悉的女的正骑着车子迎面过来，她似乎已经意识到那人是谁了，却尽量把腰身弯着，脸侧向路边的杨树林里。可是，对方还是喊出了她的名字，最令她感到不自在的是，她居然还谢柳霞谢柳霞地喊她，这使她感到一阵莫名的沮丧和难堪。

李秀梅原本就是个见面熟，不管陌生人还是长时间没见的人，遇见了就能表现出十分的热情与亲和，拉住谁的手就跟胶粘住了似的不肯松开，家长里短地说个没完没了，也不管对方愿不愿意听。现在，她用一只手稳着车把，腾出另一只手紧紧拉着柳霞，上上下下不停地打量着她，神情有点异样，像是非要在她身上找到什么新的发现才肯罢休，又像是担心对方一下子跑掉了而失去一次说话的好机会。

她给柳霞的感觉始终就是这样的。

还是你的打算好啊！看看你再看看我们这些人，简直是一个在天上一个在地下，就是不一样呀！做姑娘是比做婆姨自在，嫁人有个啥意思呢？整天伺候了人家老的还要伺候小的，男人稍微不高兴了脸子拉拉得连夜里都没个好声气，可你还得好茶好饭伺候着，有啥办法呢，谁让你给人家当婆姨呢！女的天生就是命贱啊！

李秀梅的情绪已非常激动了，面色也涨得通红，像是要跟谁理论似的倾吐着自己的满肚子委屈。

柳霞静静地听着，似乎又不是听得那么专心，只是保持着一种聆听的姿态。但是，从李秀梅的话里所透射出来的东西多少令她舒服一些了，尽管对方是在无休止地唠叨着，可她不是已经承认了早嫁人的种种坏处了吗？

李秀梅的话匣子打开了就不容易关上，这让柳霞不屑一顾，她觉得这个女人嘴碎到令她感到可怜和可恶的程度。想一想，又觉得自己真是比她强许多倍的，至少，她到现在还没有学会那些婆姨们常有的坏毛病。这在心理上，柳霞觉得自己绝对胜人一筹，占着优势的。

于是，她只得很无奈地听着，眼睛无心地看看对方又看看四周的景色，她看她就像是在看一只急于在人面前显眼的猴子的杂耍。

蓦地，她又在李秀梅那张脸上发现了一丝别样的痕迹，虽然很隐蔽，但还是让她洞悉到了。李秀梅的脸上涂抹了很厚一层粉，眉毛描得不是很细致，嘴唇的颜色甚至有些夸张，轮廓也不十分分明，这样缺乏精致的化妆使得脸部深层的一些东西并没有被完全掩盖。换句话说，她发现李秀梅脸上分散着零零星星的妊娠斑，眼角有哭过的痕迹，一只眼圈分明还泛着些青紫的颜色，眼神也透露出一些酸涩，像是很惧怕阳光的那种。还有，她的脖子上有一些像是被指甲划过的印子，由于这一新发现，使柳霞对她的诉说忽然显得关切起来，像是带着某种深切的装模作样的同情和理解了。再联想到刚才她的话中的确有话，有失落和悔恨，就更加觉得她是有些可怜的，她的确是想找个人倾诉一下，也许，不久前她和自己男人发生过激烈的口角，并且大打出手，才气气地跑回娘家来的。

这样想着，柳霞就明显地舒坦些了。但这种心安理得又让她很快开始鄙视起自己来，她甚至为自己的这种狭隘和幸灾乐祸感到可耻。我为啥要高兴呢？我几时变成这么一个坏女人了啊！她默默地在心里一遍一遍骂着自己。

这时，走在前头的嫂子不见柳霞赶上来，就停下来大声喊她，说，眼见都半天晌午了，人家家里该等着急了。

柳霞这才把正经事想起来，急忙说，秀梅我得先走了。

她发现自己用了一个很亲切的称呼，好像有意拉近彼此间的距离，有意讨好着对方。而她以前从来都是直呼其名的，这让她觉得有点不太习惯，觉得自己很是矫情，但有时候话总是比脑子跑得快。

看你着急的，我猜你一准是去相女婿的，还想瞒着人！

这次柳霞没有明确否定的意思，只是害羞似的笑着。

我还没有问你干什么去了。

话一问出来，连柳霞自己也感到很满意，这就等于她已经委婉地回答了对方而不至于很露骨（总不能直说我就是去看家的吧），也表露出自己的大方和客气。同时，柳霞又有了一种将对方一军的快慰，如果刚才自己的判断是正确的，那倒要看她李秀梅该怎么回答呢。

我呀……我在娘家浪了几天，这不正赶着回去，我们有家的人跟你姑娘家就不一样了。对了，你还没告诉我那个人是谁呢？

此刻，柳霞心中已经相当确定了自己的分析，更加暗自快乐着，表面却是犹豫的，她觉得这事八字还没一撇呢，可又一想，人家也是好心好意，不说恐怕不太好，再说，告诉她又能怎么样呢？

正思想着，对方却玩笑着说，谢柳霞你不说是不是怕我把他给抢了去！说着，她又放声浪笑起来。

柳霞的脸上很有点挂不住了，连忙否认，才不是呢！谁怕谁呀！随即，脱口便将那个人的名字告诉给李秀梅。

李秀梅睁大眼睛看着她，好像站在她面前的不是柳霞而是换成了另外一个她从来不曾见过的陌生人，她显出很吃惊的样子，说，我当是谁呢！

她的表情和话语都让柳霞感到奇怪，好像那个人跟她很熟，好像这一切都是在她意料之中，而且，她说话的时候很明显地表露出一种轻慢和淡淡的傲气，似乎那个人在她看来根本不值一提，而自己恰恰选中了他还大老远地跑一趟去看什么家。

这么说你认识他？

……

李秀梅脸上依旧是那种表情，她只是抿着嘴笑，闭口不答。

这越发让柳霞感到浑身都不自在了。她究竟是什么意思呢？她为什么用那种眼神看着自己啊？柳霞仔细揣摩对方的表情，她觉得那张脸对于她来说实在是太陌生了，陌生得快有点危险和莫测的味道，这使得她刚才从那张脸上捕捉到的一些轻微的痕迹又倏地深藏起来，不露任何声色。她只是冲自己笑着，笑得很恣意，暴露出一种占了上风的优越和神气。此外，柳霞再也不能从那张脸上看到什么了。

于是，她们俩各自推着车子朝着相反的方向走，彼此都不说话，而且在柳霞看来，两人之间竟有了某种可怕的生分。就在柳霞跨上车座的时候，李秀梅突然又回过头左右看了看，略带些神经质地对她挤了挤眼睛，我说给你，你可不能对旁人说。说着，她的嗓音突然就降到最低限度了，声音甚至有些诡秘和沙哑。她说，那个人呀——他跟我娘家挨着呢，我俩原先好过一阵子，最后没有成，就这个。

说完，又是一串怪诞的笑声，李秀梅在自己的那种笑声中走远了。

五

这个白天对于柳霞来说显得有些漫长，虽然漫长，一天毕竟还是一天，到了傍晚，太阳就理所当然地藏进西边的林子中去了。大地一下子就变得昏黄了，使人感到亲切却又陌生，使人不由得恍惚起来。

能看得出来男方家里很重视柳霞她们的到来。据说，他们头一天就宰了两只下着蛋的芦花鸡和一只刚足月的羊羔子，还专门请来一个手艺不错的师傅主厨。所以，这个家庭的气氛空前地炽热着。

当她们被男方的一大堆亲戚前后簇拥着送出门外，柳霞才恍然觉到时间好像又有了头绪，正继续朝前急急地走着。那个男的显得意犹未尽。他只是很腼腆地跟在柳霞的身后，一直默默地出了村子来到大路上，才止住脚步。

柳霞说，别送了，你快回去吧。

他就说，那你们慢慢走，我就不送了。

他俩的谈话有种过于矜持的空洞和乏味。

嫂子已经骑到前面很远的地方了。嫂子是过来人，她知道这个时候自己应该快走一些的好。

那个男的留恋地看着柳霞。这时，他的眼神比这一天当中的任何时候都要显得真实和自然些了，甚至有点大胆起来。他看着她的时候眼睛毫无顾忌，她也是这么盯着他看。她忽然发觉，这一天来她看过了许许多多熟悉或不熟悉的面孔，听着他们说些无关紧要的话，然后她还得回答那些无关紧要的问题，而唯一跟自己说话或在一起时间最少的人就是他，好像她的到来跟他毫无关系，而他只是这家里的一个可有可无的帮手，仅此而已。

她这样想的时候，嫂子已经变成一个橘黄色的虚点就要消失在前面的路上了。

柳霞的一只脚已经踩在脚镫子上，她感到自己的心跳突然就快了起来，这一天当中心儿都是懒散的，而单单是这一刻有了一种无法按捺的跳动。

她装作漫不经心的样子，最后看了他一眼。

你知道李秀梅吗？

问这话的时候，她很认真地注视着对方。实际上，她是想问你以前是不是跟李秀梅谈过对象，话到嘴边却不由得变成这样。她暗自拿定主意，如果他真的承认了，她决定掉头就走，而且这件事也就吹了，她相信自己说到做到。

他稍微愣了一下，渐渐地眉头耸起高高的一块儿。

哪个李秀梅？

就是跟你们邻队的那个，人长得可漂亮呢，嘴也挺能说的。

她说得有点酸，内心却又因为终于说出了这些而敞亮起来。

你不是说那个李秀梅吧——她是个佯佯悟悟（指神志时好时坏）的人，白天她跟个好人似的，可一到黑里就犯病，又哭又笑又闹，连觉也不睡。说她脑子不知受了啥刺激，就变成那个样子了……恐怕快有一年多了吧……

太阳最后的一丝光辉在远处的树林中悄然消失了，四围倏忽就黑沉下来，连彼此的脸面也难以分辨清了。柳霞怔怔地站着，半天也没有再说一句话，她知道自己的脸色一定很难看。

这时，她的一只手被黑暗中的某个东西猛地碰触了一下子就抓住了，抓得很紧，她觉得自己的手正在其中疯狂地跳跃着。她极力想缩回去，可她竟然又异常强烈地感到自己此刻很需要那种被牢牢抓住的感觉。

压轿

一

翻秋一点儿也不喜欢自己的小名。当然，一开始翻秋并没有这样觉得，是后来越长越大，也越发出落得好看了才逐渐觉察到的。

她常想这哪像一个姑娘家的名字，听起来别别扭扭的，还有点土里土气。想一想也是，一个水灵灵的大姑娘怎么能随便叫个翻秋呢，多难听呀！在她们这里一般能跟"翻"字联系在一块儿的词不外乎是：翻毛皮鞋，小翻领儿，翻土肥，翻地，翻跟头，翻白眼，再就是翻脸不认人了，除了小翻领儿还稍微洋气一点儿，其余的没一个听得顺耳的。在这一点上，翻秋是有些羡慕姐姐的，姐姐生下来时占的月份好，农历三月天，正是春暖花开的好时节，所以爸妈给姐姐起的名字也好听，春草，叫出来嫩嫩的，绿绿的，透着那么一股子鲜活气。

爸妈却说叫翻秋也没啥不好的。翻秋的意思是刚一翻过秋天出生的。其实，翻过秋天也可以叫作小雪冬儿或腊梅啥的，这样听起来总比翻秋悦耳多了，起码还有那么点儿诗情画意的味道在里面。可是爸妈偏给她取了这样一个缺乏想象力的名字，翻秋，乍一听还以为是个愣头呆脑的男娃子呢。

满打满算，姐姐春草只比翻秋大一岁。大一天也是姐姐呀，这是没得商量的事情。就好比地里的麦子，播种的时候这一畦明明是要比那一畦早几日的，可往往又是后来者居上，这姐儿俩便是这样的情形。翻秋的个头如一场春雨后的麦苗嗖嗖地往上蹿着，一副女儿家的身子日渐挺拔饱满，活脱脱就是一根包裹不住的玉米棒儿，随时要撑破那层嫩嫩的薄皮整个儿凸现出来。姐姐春草呢，虽长着妹妹一岁，但在生长发育中却明显逊了翻秋一筹，小的时候好像并不太显，可一过十五六岁，姐妹俩就有了不小的差距。春草看上去倒成了翻秋的妹妹，身体豆芽似的细瘦，个头只到翻秋的耳垂那块儿，说话做事也远不如翻秋那样利索泼辣，很少愿意抛头露面，见了生客不敢多抬头，总是静默地跟在大人后面。

所以，就连谈情说爱这件事也总是硬扯上妹妹做挡箭牌。春草每回都央求翻秋跟她一块儿前去。春草说翻秋你要不去那我也不去了。春草说这话的时候面孔憋得红扑扑的，眼眸里尽是柔弱的无奈。翻秋呢每回也都跟着去的，可每回都要在嘴皮子上拿捏一下自己的姐姐，说，是你处对象还是我处对象，我可不当你们的灯泡子，为啥老拉着我呀？这种时候春草通常忘记了自己是当姐姐的，难免要救星似的拽着妹妹的胳膊一个劲儿摇晃着，说好妹妹好妹妹你跟我去吧，就这一回，最后一次好不好，就当姐求你了。话到这份上，翻秋也觉得姐姐委实可怜吧唧的，只好咬咬嘴唇不置可否头前走了。

等走出村街，春草才气吁吁撵上前面的翻秋。姐妹俩反倒比在家里时活泛多了，开始有说有笑，多半都是翻秋拿姐姐开玩笑。这种时候姐姐自然乐意翻秋胡说八道，毕竟妹妹是出来帮自己的忙的。翻秋说姐我真是服了你，赶明儿出嫁时干脆把我也带上，谁要是敢欺负姐我一准给他好果子吃。春草并不搭话，更紧地挽着妹妹的手，手心都沁出了细密的汗，染湿了翻秋的手指。过了一阵，春草若有所思地说要是一辈子都不嫁才好呢。翻秋听了不以为然，就拿一根手指轻轻摩挲自己的脸蛋来羞臊姐姐。她说，不嫁还去相哪门子亲呀，没见过你这号言行不一的人。春草脸更红了，当即受了委屈似的向妹妹赌咒发誓，谁骗你谁是小狗，我真的不想嫁人。

说话的工夫，姐儿俩已经来到了约会的地点，远远就见有个男的正傻乎乎地四处张望，无聊地来回踱着脚步。

翻秋就给姐姐使个眼色，说姐快过去呀，没看人家急得毛猴子似的。正当春草还在退缩犹豫之际，翻秋早已从身后像推一辆撒了气的车子一样硬把姐姐搡到那男子的面前了。翻秋很严肃地对那男的看一眼，我可把我姐交给你了，她要是少了一根头发我非找你算账。

一般情况下，对方知道这是句玩笑话，也不当真，只讪讪地点头应诺就是了。翻秋便扭头走了，随便找个什么地方闲待着，等他们俩事情谈完了，她再陪姐姐一起走回家。

虽说陪着姐姐不尴不尬地去过那么两回，翻秋倒也没有表现出特别不情愿的地方。相反，跟着姐姐去相亲好像成了她的一项任务，一种责任，有点责无旁贷的意思。翻秋明明知晓姐姐有不想出嫁的念头，可她从来也不当着爸妈的面说破，权当没有听见过，那些说媒的一拨一拨登门造访，前面的不成，后面紧接着就续上新的了。

不管春草心里是怎么想的，爸妈的意见却是一致的，他们对于春草的婚姻大事似乎也抱有不急不缓的态度，家里原本就这一双闺女，命根子一般辛辛苦苦养了这么大，若真要嫁走一个，想想竟有些不甘心的。他们大概觉得让女儿多看两个能多一些选择，再说女儿的岁数也不是大到非要马上嫁出去的地步，好事多磨，慢慢来嘛，啥时候有合适的再定下也不迟。因此，每次这姐儿俩回来，爸妈先是悄悄地压着捂着，并不急于去探问春草，隔过几日见女儿的心情平静了，才在饭桌上顺嘴提那么一两句。每每这时，春草多半低了头只顾捧着饭碗。

翻秋因是局外人，加之性格本来就爽朗，见姐姐低垂着头不言不语，她替姐姐着急，一股脑把情况都如实讲出来。翻秋说，那男的呆头呆脑的，三板子打不出一个响屁来，我看不行。或者，她又说我就没见过那么油腔滑调的人，一见面就想动手动脚的，他真好意思呀，还乘机抓了一下我的手呢，叫人恶心死了。

还有一次，翻秋一进家门就嚷嚷上了。她说爸妈你们最好啥也别问了，这算什么事呀，那个谁若再敢来给姐姐说媒，看我不好好地损她一顿才怪呢。

爸妈交换了眼神，又看看春草那张有点难为情的羞脸，也就不便再问些什么了。

确实，有两个来说媒的老婆子被翻秋当着爸妈狠狠臊了脸面，那以后很长一段时间翻秋没有再跟姐姐出去过。

春草还是一如往常般平静，好像什么也没有发生过，又好像那些事情都跟自己关系不大。她每天照样喂鸡喂狗，下地做活，晚上收拾完锅灶上的事情就早早地躺下了。或者，捧一本翻旧的毛衣编织方面的书仔细琢磨。即便是跟爸妈坐在沙发上看电视节目，也是轻易不置一词的，顶多捂着嘴一笑，或者被剧情触动了，眼底悄悄地荡起一串泪花。

爸妈似乎更能沉得住气，一味地保持着那份特有的沉默。至少，在女儿的婚姻方面轻易不发表意见，仿佛暗中希望女儿的事情应该由她们自己拿主意出来，父母总不能跟随女儿过一辈子。当然，有些时候，比如说，爸妈应邀参加了村里某家的儿女婚宴，或是远房亲戚家的一桩喜事，回到家里自然要发一些感慨和议论的，当着春草和翻秋的面说说那家的女婿怎么体面，那家的老人如何明白人情事理，等等。

说者无心，听者有意。春草心里会微微一颤，有时会陷人某种困惑的境地，好像爸妈说的不是别人，正是自己。也有时，春草像是没有听到，趁大人说话的时间端了饭碗匆匆溜进伙房洗涮去了。爸妈说得正起劲，翻秋也很热烈地参与进去发表自己的意见，唯独春草让自己完全处于大家的讨论范围之外。更多时候，春草一个人沉浸在编织毛衣的悉心与琐碎的活计当中，两支纤细的钩线的竹签子在她手里翘来翘去，鲜红的绒线跟随她的手指轻轻跳跃着。

　　翻秋这姑娘别看平时有点咋呼，一副没心没肺的样子，可心眼倒也是极细的。姐姐的事她一直有目共睹，刚开始陪姐姐出去时她觉得没有多大意思，可去过几回她的感觉就发生了变化，不能说是喜欢，至少她愿意跟着姐姐去见某个陌生男人，这个过程里重要的不是去见谁，而是陪着姐姐一起去。当然，她俩要去见的这个男人无论对于姐姐还是对于她都是很新鲜的，也不管这个男人高矮胖瘦丑俊与否，反正，这种会面形式本身是有一些新奇与滑稽的。翻秋有时候竟会生出一种奇怪的错觉，好像去相亲的那个人不是春草，而是她自己，姐姐只是一个可有可无的陪衬。事实也正是如此，每次回来都是翻秋轻描淡写地给爸妈们一个答复，然后草草了事，春草自己却很少发言。

　　因为春草是老大，家里杂七杂八的事情她就比妹妹多操心一把。这个秋天也不例外，掰下玉米割毛豆，紧接着就开始抢收稻谷了，春草整天起早贪黑跟着爸妈一门心思扑到地里，人一忙起来，自己的那点儿事情就顾不得想了。

地里的活刚开了个头，翻秋就莫名其妙地长了针眼，两只眼睛肿痛难忍，去乡里的卫生所瞧过了，开了消炎药水，点过几次好像也不起大的作用，依旧红肿着，爸妈自然不舍得让她再下地。翻秋只好一个人闷在家里，连门也不敢出去，觉得无聊透了。其实，翻秋主要怕别人见了会取笑她，她生就的一双大眼睛，这下眼睛像青蛙那样鼓凸出来，她觉得难看死了。这种时候当然不出门为好。

本来还算得是因祸得福的好事情，翻秋可以轻轻松松逃避这次劳动的。可偏偏在这个节骨眼上，姐姐春草要去见一个人。

翻秋还听说这个人以前跟春草是同一个年级的，算是校友吧，这几年他一直在外面打零工，平时很少在村里待，这次正好回来帮家里收割粮食。与以往不同的是，这次并不是哪个媒人多嘴多舌递过话来的，是那个男的偶然在路上遇到了春草，然后他们随便聊了两句，好像很投缘，才约好了几天后再见一面，因为那个男的很快又要回城里忙去了。

翻秋的心不知怎的突然被拧紧了似的，人再也躺不住了，在几间屋子里趿拉着拖鞋漫无目的地走来走去，好像再过两天那个去赴约会的人不是姐姐春草，而是她自己，是她翻秋一生里最最重要的时刻即将来临。这样想的结果更让她感到莫名的欣喜和紧张，甚至感到前所未有的某种忐忑不安。

可是，当她在镜子里一照自己的脸，立刻就变得垂头丧气起来。那双漂亮的大眼睛还是那样不争气地眯缝在一起，无法睁开，红翻翻的，就像调皮的小子去捣马蜂窝反被蜂子蜇了双眼。翻秋急得站在自己的床上一个劲儿跺脚，气急败坏地扔掉手里的小圆镜子。她窝着火趴在窗前，出神地望着院子。

院里显得格外安静，爸的摩托车斜倚在苹果树荫下，一只鸽子散漫地蹲在车把上，鸽子的喉咙咕咕地动着，像是在冲谁唠叨着什么。妈一早晾在绳子上的褥子此刻被阳光烤得发了白，看上去有些晃眼。还有，姐姐春草昨晚赶洗的几件衬衣和一条夏天里买的连身裙早已干爽了，此刻正随着偶尔旋进院里的风轻轻摇摆着，又似一个看不清脸面的女人在风中尽情舞蹈。

目光就是在这里一段一段收拢的。

翻秋神情异样地凝视着姐姐的衣服在风中摇晃。她似乎醒悟了，春草之所以要洗干净那条她最好看的裙子都是有目的的，她早不洗晚不洗偏偏这时候洗，这还能说明什么呢？可见，春草这次是铁了心要去的，而且还要单枪匹马抛开她翻秋一个人去，她白天那么辛苦那么忙，可她晚上回来还惦记着洗这些衣服。翻秋不禁想起以往的几次约会，姐姐好像都是显得无所谓的样子，而且，每一次出门前都是她要求姐姐穿什么，戴什么的。对于穿戴方面姐姐从来都是糊里糊涂的。可是，这一次，姐姐压根儿没有征询过翻秋的意见。姐姐非但没有问及翻秋的意思，好像还故意在回避她，想绕开翻秋的视线。

这样想来想去，翻秋越发觉得不能容忍了，好像春草背着她做了什么出格的坏事，好像春草是因为要去相亲而一下子轻慢起翻秋了。翻秋不想再看姐姐晾在外面的裙子和衬衣，可越是不想就越难不看。后来，翻秋觉得自己的眼睛热得发痒了。她反反复复抿着嘴唇，用手指揉着肿痛的眼睛，然后心情迷茫地下地，趿拉着鞋慢慢走到屋外。

秋天的阳光像刚出笼的白面馒头热气腾腾地刺了翻秋的眼。她恍恍惚惚地站在院子里发着呆，觉得自己跟那只蹲在摩托车把上的鸽子一样战战兢兢的。

二

一整天姐妹俩也没有搭上一句话。

倒不是春草不愿意说话，而是翻秋有意无意闪开姐姐。

翻秋心里对姐姐有了成见，春草并不知晓，只以为妹妹起了针眼心里烦不想说话也不想见人。姐儿俩又睡在同一间屋子里，抬头不见低头得见啊，春草忙完地里的活，回到家也是片刻闲不住的，一会儿要洗换下的衣服袜子，一会儿又要清扫被鸡狗弄脏的院子，还得帮着妈揉面生火烧开水。

不管春草怎么忙，翻秋照旧躺在床上，见姐姐脚步轻盈进进出出，心里更是觉得憋屈得慌。春草越是不来打扰她她就越是要胡思乱想。有时候，翻秋会很神秘地趴在窗台上，默默注视着春草在院子里忙碌的身影。当她看见春草举步进屋的时候，又立刻从窗台上下来，继续若无其事地面朝里躺着，把屁股对着春草，还用一块潮湿的手绢半遮着眼睛，生怕被春草看出点什么来。

翻秋的眼疾还是稍稍好转一些了，两只眼睛不再像头两天那样肿痛了。但是，这离翻秋的目标还有一段差距。翻秋一向很在乎自己的形象，都说眼睛是心灵的一扇窗户，现在，翻秋觉得别人透过这扇窗户看到的她显然还不够完美和真实。

有时候，她也会产生一些奇怪的幻觉，眼见着春草突然哭丧了脸跑进屋拉住她的手央求她也一同去。在她的想象中，春草的样子的确有点可怜，弄得翻秋一时竟没了主张，不知该怎么对待姐姐才好。

但是，让翻秋感到失落的是现实里的春草却非常冷静，一本正经，好像根本不需要她这个妹妹提供任何帮助，又好像她从来也未曾接受过妹妹的好处。翻秋实在不敢想下去了，她觉得脑子也像两只眼睛那样开始慢慢地肿胀起来，甚至有点疼了。

于是，翻秋在心里对自己说，好像谁稀罕管你的破事一样！

无论翻秋心里怎么不舒服，或怎样窝火，春草的约会时间正在悄然来临。

春草呢还是跟平时没啥两样，忙完了一天的事情，晚上静坐在橘黄色的灯光下，鲜红的毛线在十指跟两支竹签子之间不急不缓地流进又流出，将夜晚的时光拉得悠长。

翻秋有时也从后面斜过目光，有些嫉妒地悄悄盯着姐姐。内心总有种说不清道不明的东西在漫漶滋生着，有许多次翻秋想亲亲地喊一声姐，可每一次那个"姐"字刚含到嗓子眼就软了，糖块儿一样化了，全没了声气。

这天晚上，春草轻轻推了一把躺在床上看书的翻秋，说，快起来帮我试一试。翻秋纹丝不动，继续哗啦哗啦翻着书。春草放下手里就快织完的毛衣，硬把翻秋从床上搂起来。翻秋面无表情地说，没见人正忙呢，还是让妈帮你试去。春草已经拿起那件毛衣往翻秋的头上套了。春草说你穿上让姐看看嘛，只剩下领口就织好了，我想熬个夜把它织出来。没等翻秋再说什么，春草早麻利地将红毛衣套在翻秋的身上了。

春草围着妹妹反反复复端详了一会儿。翻秋很不耐烦地动了动胳膊，说，行了行了，我又不是你的模特。春草让翻秋千万别动，她很担心那些插在领口上的竹签子会刺痛妹妹。春草笑着哄翻秋，我妹可比那些模特强多了。

翻秋不以为然地用鼻子哼了哼，但心里还是有点喜欢春草织的这件红色的毛衣。

三

出门前寻遍了所有的柜子和抽屉，春草始终没有找到自己那条心爱的裙子。

春草想了又想，径直去问翻秋。翻秋的表情有点幸灾乐祸，嘴里却说，我又不是给你看裙子的，干吗要问我？春草只好去问妈。

妈说她好像有点印象，回屋翻腾了半天，也没见裙子的影儿。春草一筹莫展，她回忆说她前些天明明洗过的，又说自己好像忘记往回收了。

妈说反正丢也是丢在自家院里，早晚它会出来的，不用着急。

妈又问你非得穿那条裙子吗？天都凉了，我看还是穿裤子去吧。

春草脸一红，欲言又止。

翻秋依稀听到了妈的话，脸上露出很狡黠的一笑。

妈抬头看看天空，接着就叮嘱春草，快去快回，天黑得早了。

春草抿着嘴冲妈点了点头。

春草只好低了头转身回屋，换了条半新的牛仔裤。

春草听见妈在院子里似乎有些不放心地问着，要么还是叫翻秋陪你去一趟？

翻秋正在堂屋里闷声吃饭，听见了妈的话急忙应声，妈我不去！又不是我去相亲，为啥老要扯上我呢。

妈多少有点纳闷，说，以前你不是都去了吗，这回哪根筋抽的？

翻秋很不满地快速白了妈一眼。

这时，春草已经离开了屋子，她从窗下推起那辆红色的自行车时，顺口说，妈那我走了，翻秋眼睛没好呢，还是让她在家歇着吧。

翻秋使劲抻着脖子冲窗外望了一会儿，她想看清楚春草到底穿着哪身衣服出去的，可她什么也没看见，春草早没影了。

她突然没好气地扔下手里的筷子，妈我给你说过多少遍了，人家眼睛还没好呢，你咋又在菜里放辣椒了！

妈愣了一下，看着翻秋的眼睛，过了一会儿她横横地说，今天的菜是你姐炒的，你少冲我发火。

翻秋无话可说，呆呆地坐在桌前生闷气。

压

轿

207

一阵儿，妈又悄悄走过来，凑近她的耳朵说嫌不好妈这就给你煮荷包蛋吃。

翻秋皱着眉头，好大一会儿才对妈说，反正我不想叫翻秋了，以后不准你们再喊我翻秋！

妈这回真给翻秋的样子怔住了。

你这丫头今儿是不是吃错药了？

我就是不想让你们老翻秋翻秋地叫，难听死了！

夜很晚了，春草还迟迟未归。

妈至少督促着爸到街路上转了三四趟。后来爸多少有点烦了，对妈说，咱们春草本分，你就放宽心吧。可妈的心还是高高悬着，生气的话不知说了多少遍。妈使不动爸只好去喊翻秋。

翻秋一副不以为然的样子。

妈问翻秋你姐怎么一去这么长时间呀，她没跟你说去哪儿了？

她爱去哪儿去哪儿，关我屁事。

翻秋很不耐烦。

妈一把掀开翻秋的被子。亏你们还是亲姊妹呢，她这么晚没回家你还好意思躺着装死狗，快起来陪妈一起出去看看。

翻秋死活赖着不肯起床。她说妈你幼稚不幼稚呀，我们去做啥？看人家怎么谈恋爱！想去你自个儿去，我可不去当电灯泡。

妈想了想，还是气冲冲地抛下翻秋，一个人打着手电筒走了。

刚出门没走几步，迎面碰上两个黑影子距离很近地贴在路旁的一棵大树下。

妈的一只脚犹疑着终于缩了回去，手电光苍白地在黑夜里划拉了几下，又熄灭了。

四

春草的婚事就这么定下来了。

好像是快了点，比爸妈预料中快。可爸妈都是过来人，姻缘这东西就是这么回事，说来就来了，拦是拦不住的。

那个男的先后登过两次门，买来一堆吃吃喝喝的物什，有烟有酒有新鲜的水果和整箱的瓶装牛奶。春草也礼节性地到男方家走了一趟，带了礼品去，看样子那边对春草也是满意的，他们正商量着能尽快把春草娶过门去。爸妈就征求春草的意见，春草脸颊红得像静静燃烧着的两团晚霞，最后被逼紧了才扭捏着松了口。

春草对爸妈说还是你们看吧。姑娘已经这样说了，爸妈还能怎样呢，尽管心上会有些舍不得，但还是顺了春草的心思。

一家人只有翻秋整天噘着嘴，苦大仇深的模样，既不跟爸妈撒娇，也不跟春草多说一句话。

有一天那个男的又来家里吃饭，春草跟妈准备了很丰盛的饭菜，还有翻秋最爱吃的炸春卷和鸡蛋摊饼，可翻秋却说自己闹肚子，啥也不想吃。后来大家高高兴兴吃饭的时候，翻秋却骑上车子悄悄出去了，一中午都没回家。幸好妈惦记着给她留了菜，翻秋回来自己躲在伙房里吃得狼吞虎咽的。

日子说话之间就滑进了腊月。

腊月没什么活干，人都闲在家里，正是谈婚论嫁的好时节。提亲的人一走，春草在娘家的日子就剩下不多几天了。男方家里基本上都预备好了，结婚的衣服鞋袜金银首饰这些也是到城里现买，春草成天跟着未婚女婿在外面忙自己的事。这些天妈的情绪也不太好，动辄一个人待在伙房悄悄抹眼泪，毕竟是养了二十多年的亲骨肉啊，过不了几天就成了别人家的媳妇了。

睡觉前春草还是照样抽空织织毛衣，翻秋呢，天一黑就待在爸妈屋里津津有味地看一部叫《铁齿铜牙纪晓岚》的连续剧，有时看晚了索性就在爸妈那里随便睡了。

爸妈答应要给春草陪一台双桶洗衣机和一套组合音响，进城采购那天一家人都去了。翻秋本来是不想去的，可拗不过妈，妈一路上至少骂了她三遍没良心的丫头。翻秋嘴里不说心里却想，谁没良心，春草才是最没良心的，原来她不是一直都说不嫁人的吗，现在又比谁都着急。

在商场里翻秋看上了一件羽绒服，雪白雪白的防雨绸面料，后面还有能活动的小帽子，帽檐上是一圈很柔软的银灰色兔毛，穿在身上又轻巧又暖和。翻秋早就想买这样一件防寒的衣服了。况且，营业员在一旁一个劲儿夸翻秋穿上有多好看，还说她穿上就跟电视里的林妹妹一样妩媚动人。翻秋自然舍不得再脱下，闹着非想买。

妈说今天没带那么多钱，以后再说吧，你又不是赶着出嫁，着急买它做啥。翻秋便生气了，嘟囔着，我就知道你们都向着她，你们心里根本就没有我这个女儿。爸听了也阴沉着脸拿眼睛瞪翻秋。春草见状急忙跟妈说情，她说要不先给翻秋买上吧。妈自然不会听，反说，都由着她还能行！翻秋你快把衣服给人家脱了。翻秋觉得心里酸酸的，眼圈热热的，若不是在商场里她必定要大哭一场了。

翻秋受不得家里人这样轻慢她，尤其是在这种情形下，爸妈都讨好似的要给春草买这买那，却把她扔在一旁坐冷板凳。一时间她觉得脑子里嗡嗡乱响，四周尽是嬉闹和嘲笑声，尽是闪闪的灼人的目光。翻秋想忍住眼泪，可越是想忍泪水就越发汹涌起来。翻秋不知道自己是怎么哭着从商场里跑出来的，她边跑边气急败坏地脱掉那件漂亮的羽绒大衣，并顺手将衣服扔在地上。

春草追上来想拽住翻秋，却被妹妹狠狠地甩了个趔趄。这种时候别的人来劝翻秋也许会起点作用，唯独春草不行。春草一上来就有点火上浇油的味道，那些许久以来埋藏在翻秋心里的委屈和失落一下子就浮出水面来了。

翻秋听见自己有点歇斯底里地冲姐姐春草吼叫着，你滚开！谁稀罕你来假惺惺地当好人？春草你是一只说话不算数的小狗！你连小狗都不如……呜呜。

五

姐姐出嫁那天，当然得妹妹来压轿。翻秋的心情似乎还没有完全恢复过来，人看上去病蔫蔫的。春草天不亮就去外面盘了头化了妆，这阵儿又换上了艳红色的新娘套装，模样楚楚动人。一早爸妈也穿上了崭新的衣服，在院子里进进出出招呼散客。

唯独翻秋起床最晚，起来后磨磨蹭蹭的，洗脸刷牙就用去了半个多钟头。妈实在看不过去，黑着脸数落她一点儿也不懂事。翻秋自个儿在那儿嘀咕，我要那么懂事干啥，又不是我要嫁人。妈忽然发现翻秋照穿着平时的那身旧衣服，就说，你不知道今天是啥日子吗？待会儿你要给姐姐压轿子的！翻秋没吭气，咕噜咕噜地往出吐雪白的漱口水。

快九点钟的时候，外面传来一阵噼噼啪啪的鞭炮声，一串红色的夏利小轿车跟煮熟的螃蟹似的一个连着一个慢慢爬进窄小的街巷。家中立刻就喧闹起来，亲戚邻居大人娃娃下饺子一样拼命挤着往门外疯跑。

春草和翻秋让娶亲的人簇拥着接进头一辆轿车里，透过车窗春草看见妈端着明晃晃的一盆清水，就当车子启动的时候妈突然将盆里的水泼到门外，街路上立刻腾起一股淡淡的烟尘。那一刻，春草泪流满面。翻秋就坐在姐姐旁边，她的目光里多少有一丝呆滞，同时，又有点莫名的快慰在其中微微闪耀。

汽车停下来时翻秋愣了一会儿神，她看见那个男的正弓着腰脸贴在车窗外用一只大手轻拍着玻璃，她还听见前面的司机扭头对她说傻姑娘你们该下轿了。翻秋本来是毫无意识的，她巴不得早点离开这里。可她突然转头看了看一边的春草，春草已经不哭了，好像根本没有哭过似的，眼神里有种既迫切又羞涩的东西。春草的样子似乎正示意翻秋打开车门跟她一同走下去呢。

翻秋轻舒了一口气，依旧无动于衷地傻坐着。

外面的那只大手依然很有耐心地在窗前移动着，像只熊掌。过了一会儿，翻秋慢慢将车窗摇下来，她伸出头朝外面的男人打量着，这还是翻秋头一次很认真地看这个男人。他的脸上堆了很厚实的一层笑容，头发吹得又高又暄，像扣着一顶奇怪的帽子。翻秋觉得好笑，不过她始终板着脸。翻秋已经听见外面围观的人七嘴八舌地嚷着，快掏红包快掏红包。与此同时，那只大手早夹着一张百元的票子哆哆嗦嗦地递到翻秋眼前。翻秋犹豫着不知道该不该去接它。

这时，翻秋听见一旁的春草说，你姐夫给的钱快拿着呀。春草又特意偏过脸对窗外的男人说，我让你给翻秋拿的东西呢？翻秋看见那个应该被自己唤作姐夫的男人一副恍然大悟的样子，随后他转身跑开了。姐妹两依旧待在车厢里。

很快男人就跑回来了，气吁吁的，他将手里拎着的一只鼓鼓囊囊的塑料袋子塞进车里。春草说，翻秋快打开看看里面是什么？翻秋懵懂地看了看姐姐，又看了看放在自己眼前的东西。这次，春草不等翻秋动手，她已经迫不及待地将袋里的东西取了出来。

翻秋整个人一下子僵在车里。

眼前的两样东西在她悄然涌起的泪光中红红白白地闪了好一会儿。后来，翻秋听见车门好像打开了，她忘记了自己是怎么从里面钻出来的，她看见春草被一双大手高高地抱了起来。春草像是在半空中尖叫又好像在放声笑着。大家一窝蜂似的拥向新房，唯独翻秋一个人落在最后。这时，前面有人翻秋翻秋地喊着她的名字，连着喊了好几声，翻秋终于听到了，是春草派人叫她进去呢。翻秋这才回过神，赶紧长长地唉了一声，并加快了脚步。

我瞧不起弱者，但我害怕强者。

——《伊索寓言》

这个季节，我做梦都想到乡下去。这两年只要我来，姑母家的二杠总会跟我说起许多乡野趣事。王庄的牛生下的犊子只长着三条腿、赵庄的一只母鸡每天能产二十多枚卵，却都是软的，诸如此类，说得我直眼馋。

二杠还时不时要提到一个叫梅梅的姑娘，说她长得可水灵呢，大眼睛，细挑个儿，两根长长的辫子，爱笑，笑起来能迷倒一片人呢！二杠大概还说她到夏天总喜欢偷偷往河边跑，而且是和着衣服走下水去的。我听说的大致就这些。

我就很想见识见识这个有点儿奇怪的人。当然，这件事情万万不能告诉姑母，因为我到这里是来度暑假的，姑母最担心的自然是我的安全问题，姑母肯定认为城里的娃娃娇嫩惯了。姑母一遍又一遍地叮嘱二杠，说你表弟若是少了一根头发看我不揭了你的皮。这话听起来很可怕，而且不怎么顺耳，好像我比二杠小一百岁一样，好像二杠强壮得足以在任何时间任何场合都能站出来保护我似的。其实，二杠只比我大几天而已。有一点无可否认，乡村的娃娃确实能早当家。

姑母最后还是同意我跟二杠一同出去，因为我至少对她强调过五十次我假期是要写生的，否则我的美术辅导员会惩罚我的。姑母就问啥是写生。我说就是胡乱画一些山山水水草草木木什么的。姑母想了又想，不解，最后还是勉强点了头，但一再强调，到哪里都行，就是不能到水边去，更不能下水洗澡（他们这里通常将游泳说成洗澡）！

我答应了。我说姑母您放心，我一定不下水洗澡。

你大概到死也弄不明白为何坡顶上的风光对它们会有那么大的吸引，它们互相追逐着，眼看就滚雪球似的飘了上去。有性子急又腿脚利索的早爬到了顶上，爬上去就雄赳赳牛哄哄地冲下面张望或喘气，一副当仁不让的傲慢架势。太阳迎头普照着，它们的身上暖融融的。也有性子乖戾的，一摇三晃，这些家伙多半是大腹便便的雍容和贪食相，不急也不躁，好像不屑于赶上去，好像它们才是群体中的精英和贵族，又好像它们这辈子再也碰不到这等的沟沟和坎坎。

太阳在大草坡上闪耀着金光，羊的影子只有尾巴片子大小，静悄悄地躲在羊的身子下面悠然移动着。这些影子在此刻也显露出不同的性子，也是那般的不急不缓，也是那般的雍容和贪吃不厌。站在大草坡上极目四顾，庄子平铺在左手方向，只是从这里看过去那些房子只有火柴盒那么大点，却层次分明，其内在的混乱和嘈杂也永远保持着一种自足的安详。在右手方向不远处就横着一道清粼粼的河，水面上金光灿烂，鱼儿有时会从那些金光中一跃一跃地蹿出来，那是金色耀眼的鲤鱼或蚂螂棒子。河滩上散布着大大小小的卵石，这些大大小小的卵石早被阳光晒得滚烫，石头有石头的光泽，那是一种久经研磨的光芒，清洁、素淡、凝练而又不失温暖。

我一直跟在二杠后面，肩上背着已经褪色的画夹。

二杠有二杠的一套原则。我知道二杠放羊手里从来不空着，可也从不拿鞭子一类的东西。二杠出门前在兜子里揣上一册连环画，多半是看了至少一百遍的旧东西。二杠揣着它，找一处阴凉地躺下来着迷地看，看书的时候二杠的一条腿跷起在另一条腿上，脚指头晃得很厉害。二杠看书十分经心。再不，二杠手里捏着半个向日葵头，葵花子还嫩得出水呢，可二杠喜欢嚼，一粒接着一粒往嘴里送，嘴岔子上挂着雪白的汁液像刚被哺过乳的娃。在二杠的眼睛里，它们是一群老穿着白色棉衣的傻里傻气的伙伴。你该怎么对待这些生来就有点傻气的蠢家伙呢！它们走路、吃、嬉戏追逐，就连卧在地上反刍都是傻气的。二杠却是喜欢它们这种样子的。二杠对待它们也是傻里傻气的。二杠搂住它们的脖子给它们挠耳朵，羊最敏感的地方就在耳朵上。一挠它们的耳朵根子，就都乖服了，舒坦了。二杠一边挠着一边不停地叨叨着，你们成了老爷了！

一早出门时，二杠并没有带连环画，有我在，他大概不好意思在我面前摆弄那些破烂玩意儿。当然，也没有带向日葵头这些。他的一只兜子里塞了一小纸包肥皂粉，另一只兜子里插着一把硬棕毛刷子，手里还拎了一只旧脸盆，上面的瓷斑驳着，快掉光了。

天一下子就热得没了方向，好像春天才刚一露头，夏季就死乞白赖地紧攮上来了。天热了，人好办呀，可以穿少些，再不就光着膀子四处乱走。可是，这些家伙还裹着厚厚的棉衣呢！二杠这样对我说。二杠说看着它们眼睛缝子都在往出喷火，那火像是快要燎着眉毛和头发了。我知道二杠心里也急出了火星子。到了换季的节骨眼，它们就比人重要一千倍、一万倍。什么事都可以拖着，可它们不成，身上捂着那么厚的棉衣，谁能受得了呢！

现在，我和二杠已翻过了大草坡，对面就是清凉的河滩，河水将岸边的卵石冲得汩汩作响，水声也是清凉透彻的，从很远的地方传来，又传到更远的地方去了。

我先找了个视野开阔的地方坐下来，我把画架打开放在膝盖上。二杠也在坡底的一块儿石头上坐了，脱了脚上的鞋，然后他举目朝河滩方向观望了一会儿。现在已是响午时分，地里干活的人都已收工回家了，就连那些在河边筛石头的家伙也跑回去歇晌了。这时候的河滩除了流水的声音哗啦哗啦地响着，四下里都是阒寂的。寂静的河面波光闪烁而又漫漶不清。三五只水鹬子侧低着苍青色的身体在水面上轻捷地掠过，它们能用神不知鬼不觉的速度从水中叼起一尾露出头来呼吸的鱼儿。

二杠说你就放心画你的画吧！这时候是不会有人来的。而他看着身边那些被日头晒得有些慵懒的羊儿，心间大概泛起一丝怜悯。二杠就急忙坐在那里褪去了裤子，花裤衩就很鲜亮地露出来了。我看着他，二杠也低下头看着自己的裤衩，那块地方鼓鼓囊囊的，上面还有一些隐隐的黄色斑迹，这或许让他心虚了一下，他的脸突然就红了一大片。二杠连忙将目光移开，远远地望着河水。水是那种淡淡的黄色，有点像尿液，看着河水，我的眼前就产生了某种视幻。

二杠说他以前不止一次在这里撞到邻庄那个女的。我问二杠她到这里来做什么，她为什么要来这里呢。二杠并不立刻回答我，或者她认为我的问题很无聊，却呼啦一下将上身的布衫也脱了。二杠身上还是有些肌肉的，三角肌、肱二头肌和胸大肌都已毫不遮掩地显现出来，至少比我强十倍，这跟他常年做农活有关。二杠的肤色也很健康，是那种很深沉的带有光泽的黄颜色，这种肤色很容易使人想起刚刚灌足了水的土地。

说话的工夫，我的画板上已经出现了一些树木的枝干和远山的轮廓，还有一些很不经意的波浪形水纹，它就是摆放在我眼前的那条河流。我学画画已经有好几年了，写生是我最喜欢的，它让我学会如何观察和捕捉。

这时，二杠已经赤裸着身体走向河边了，他的脚脖子蹚在浅滩里，他的影子在水面上摇摇摆摆，水上便宛如一条粗壮的蛇在静静游动。而且，令我不解的是，那些羊全都很驯服地跟着他往水边去了，它们走成一条拖拖拉拉的白色带子，很快，就跟淡黄色的水面连在了一起。

二杠抓住了一只羯羊羔子，这也许是个比较调皮的家伙。二杠知道擒贼先擒王的道理。二杠已经将它拖到了水能没膝的地带。羊有些惊厥地战栗，执拗着四条腿在水中前后摇荡，而且随时都可能从二杠的手中挣脱并逃回岸上。二杠腾出一只手来将抚着羊的脖子和耳根，这样，或许可以让羊的紧张的神经得到松懈和缓解。我敢打赌，二杠抱着羊脖子的那种亲热劲儿就跟抱着他儿子（如果他将来有儿子的话）一样。而另一只手里的脸盆却舀起河里的水轻轻地浇在羊背上，羊就一点点地缩小了，原本的白颜色也黯然了，身上的毛随着水流朝左右两侧紧紧地抿下去。羊的身体一下子就变小了，好像突然瘦下去一圈。这样反复浇灌过几回，羊的身体和皮毛就完全湿透了，羊的模样看上去更傻更狼狈了。二杠才牵着它靠了岸。

在岸边，二杠从石头缝隙里取出事先放好的那个纸包（纸包必须藏起来，否则那些羊会傻乎乎地将它看成是树叶一并咽进肚子里的），捻一捻白色的肥皂粉匀匀地撒在羊湿漉漉的身体上。同时，拿起那只棕毛刷子在它的身上施展开来，羊的身体立刻就浮现出一块异常的洁白，那洁白的泡沫伴随着二杠的刷洗的动作正在逐渐扩大，向羊的周身扩展开来。真是神奇，那羯羊羔子就豁然洁白起来，好像从来不曾那么白净过，活脱脱成了一只雪白的绒球。正午的阳光落在它白净的身上，那些堆积在背上的泡沫凝聚了太阳的光彩，迅速地斑斓起来，夺人眼目。二杠再次将羊牵到浅滩里，用脸盆舀了水冲洗，羊似乎已经体验到了这种痛快酣畅的享受和沐浴，安静地立在水中，规矩了。等二杠完成了这只羯羊的洗刷，那羊立即摇摆着已然洁净和轻盈的身体朝岸边奔去，它边跑边剧烈地振晃着身体，晶莹的水珠雨瀑般飞溅起来，然后飘落在身后。

我在那时抬起头看见在那只羊的身体上方突然出现了一道非常绚烂的彩虹，简直可以用五色缤纷来形容。彩虹就悬挂在羊的身上，它跟着羊一起奔跑，一起震颤，仿佛一轮美丽的光环笼罩其上。而那羊也完全是另一番景象，白得有种不真实的感觉。在干燥闷热的空气中，也猛地飘过些微的舒爽与清凉，那里面还有苦艾花、紫丁香和野葡萄的芳香气味。

我再也画不下去了，心里痒痒得很，就扔下画板朝河边走去。二杠一副不乐意的样子，说你画你的，我干我的，咱们井水不犯河水。我不理识他，早就脱去了身上的汗衫和鞋袜，我说还是让我也来帮忙吧，这叫有福同享。在我的眼里，这的确是一种美好的享受。看着这群憨态可掬的家伙，你怎么还会有心情做别的事情呢？

二杠勉强同意让我插手，但有一点，回去不准声张，尤其是向姑母。

现在，我才知道什么叫作白面书生。那河里的水冰凉得有些刺骨，河水把我的两根细瘦的腿骨冲刷得摇摆不定，我一下去就开始龇牙咧嘴，过了一小会儿连讨厌的牙齿也开始捣乱似的打起架来。比起二杠来，我确实很脆弱。但我被二杠对待这群羊的热情和耐心感染着。那些羊在我的眼里永远是一个样儿，分不清彼和此，它们仅仅作为一种汉字符号储存在我的脑子里，好像自古就有，又似乎从来没有过。而且，羊只作为一个弱势群体在我的惯常思维中闪现，有时连这种闪现也是若有若无或可有可无的。而这一刻，我只是感觉到冰冷，连刚刚被感动了一下的心脏也变得冰冷了，这种可恶的变化丝毫不以我的意志为转移。我的任务是帮着二杠朝那些羊的身上浇水，我在岸上观看这项工作的时候所萌生的冲动到现在已逐渐减弱，而且这项劳动在我的手里变得无聊起来，对于我来说简直是一种惩罚。好在，二杠手脚麻利，很快就对付完了这群家伙。我的意思是，我终于可以上岸了。

我回过头的时候，二杠早已经不见了踪影，被河水卷走了似的。这令我感到暗暗恐慌，虽然我知道二杠并不像我这般脆弱。我刚才太冲动了，居然是穿着裤子跑下水的，裤管也只是卷在膝盖以上，现在全湿透了，水滴滴答答顺着小腿往下流着。我只好脱了裤子，把它挂在一根树杈上晾晒，我可不想这样就跑回家去挨说。

这群被二杠清洁过的羊一个个成了体面的秀才样，白白净净的，它们早就抖干了身上的水，体态空前地丰满起来，毛色浮荡着光泽，看上去茸茸的，很精致。羊啃了一会儿青草，就显得疲倦而慵懒起来，伏在坡底的草滩上休歇着，或者，还在静静地回味沐浴所带来的清爽与舒服。这些四足动物只是懒洋洋地躺在那里，各自想着心事，或者它们根本不去想任何问题，它们天生下来就是一副愚蠢的模样，除了吃和睡什么也不能做。它们集体躺在草丛中，只露出半拉脑袋或肥胖的身体，并不能给我一丝一毫的暗示和忠告。

河里依旧看不见二杠的影子，我想他一定是凫到河对岸去了。二杠很小一点时就惯熟水性，他能一个猛子从河的这边栽进去，一口气潜入水底，然后在河的另一边露出他骄傲的脑袋。我甚至在想，这个古怪的家伙兴许是自顾自地去那边偷窥那个神秘的姑娘去了，却把这么一大群畜生留给我来看管。想到这儿，我的心里又痒痒起来。

太阳实在是毒辣，很快就蒸发了我身上先前的凉意。我躲在一片浓密的树荫下闭目养神，炎热使人睡意蒙眬。所以，我很快就变得昏昏沉沉的，如同八辈子没睡过觉。但那瞌睡也是受尽周折，好像有座山压在我的身上，连喘息都不能够，汗液从每一个毛孔中涌出来，然后哗哗啦啦地在身边的草丛中流淌着。即使这样，我还是无法苏醒，瞌睡被什么东西攥住了一样，只能顺着原先的轨迹一路迷糊下去。后来，我还是睡着了，还做了一堆乌七八糟的破梦。再后来我终于醒了，那种苏醒也是苦不堪言。我隐约记得自己梦到了一个女人在河边洗澡，她的头发很长，瀑布一般倾斜在水面上，水面划出无数褶皱，一直延伸到河的对岸。河对岸一片寂静。那个洗澡的女人有时转过脸笑一下，有时却是一脸的忧伤，看了让人难过，还有点害怕。但是，我始终无法看清她的脸，我不知道她究竟长得什么样子，虽然她离我那么近，虽然她就停留在水的中央。

在梦里，我永远不能看清她的脸，我一次又一次靠近她，她就飘荡在我触手可及的某个地方。我和她之间却始终保持着大致十步远的距离。我不能逾越。这个荒唐的梦就是这样，为了看清她的脸面我险些溺水而亡，我能记住的只有这些了。我醒过来的时候那些羊大多还在沉睡或反刍，只有极个别的在很挑剔地吃着青草。我的浑身上下都是该死的汗液，黏黏的，我觉得我这辈子从来没有出过如此多的汗。更令我感到惊讶的是，我的那块竟鼓鼓的，很无耻的样子，像顶着一只苞米棒子。

于是，我用手捂着它起身朝河边去了。我一步一步走下水里，直到河水淹没了我的肚脐眼，我才坦然地松开了双手。事实上并没有什么人注意我，我只是自觉心虚。我游泳的姿势并不好看，而且只会一种姿势——狗刨。幸好二杠还没有回来，他若是看到了，一定会笑破肚皮，至少会笑掉一颗前门牙的。我在水里刨来刨去。其实水并不很深，刚刚没过我的脖子，却十分湍急，冲得你根本片刻也站不稳。我那样狗刨了一阵，胆子就大了些，我决定游到对岸去。这个突发的念头让我兴奋而又自豪。一来，我可以看看该死的二杠究竟在那边做什么，或许他正在对岸的小树林里等待那个神秘姑娘的出现；二来，我也能稍稍扫扫二杠的威风，从小到大在这方面我从来都是胆怯的，甚至是无能的。

可是，我很快就力不从心了，当我快游到河中心的时候，我的一条该死的腿就抽起筋来，再也伸不直了。要命的是，浑身一点力气也使不上，该死的狗刨也帮不了我。河中心的水流速度极快，转眼间就把我冲出一百多米远，我感觉到自己的身体像块石头一样沉重。我正在下沉。我想我就要死了。我试图抓住什么，可我什么也抓不住，水的样子太虚无了。现在，如果有人恰好打河边经过，他们一定会目睹什么叫手忙脚乱。抽筋使我多半身体都抽搐起来，怎么也伸展不开。我的两只手一点也派不上用场，我已经接连喝了七八口水了，河水呛得肺都快要爆炸开。我只能高呼救命。

救命呀！快来救救我呀……

后来的事情我一点也记不起来，我不知道是谁将我死狗一样拖上了对岸，我的头倒控在岸边。我肚子里的水就哗啦啦地淌出来又流进河里，那样子形同一次小便失禁。我无法确定是自己挣扎上来的，还是被什么人搭救的，我真的没有任何记忆。或者是二杠救了我，可等我有点人气的时候，却又听见二杠在对面呼喊我的名字。我就更加迷惑了。不过，我又暗自庆幸着，如果不是二杠救了我，我至少不会在他面前丢掉面子，他倘若知道我被淹成这副模样，我这辈子断然不能再到这里度假期了。我勉强站起身给二杠回音的时候，却猛地发现了一个更可怕的现实——我的裤衩不见了。也就是说，我现在完全赤裸裸的。

二杠水性真的很好，我不得不佩服，他用一只手托举着我的衣裤就能从河那边游过来。他把衣裤扔在我面前，我不敢多看他，因为我估计他正用嘲弄的目光盯着我看呢。那时，我紧紧地夹住自己的两条腿，还用一片猪尾巴草的宽大叶子遮掩着那个地方，唯恐被他看了去。

哪知二杠根本不屑一顾，只是说这可不是我让你下水的，回家别赖到我头上。我一边穿裤子一边不住点头，我的内裤都被水冲走了，我还拿什么来怪别人！而且，你们根本无法想象不穿裤衩就穿裤子该有多别扭呀!

二杠突然抓住了我的手,你没有看到她吗?

我懵懂着。

谁?

她。就是那个女的。

二杠的脸上堆积着欣喜和满足。

她身上穿着一条碎花的浅粉色连衣裙,人长得精瘦精瘦的,头发披着,都快拖到脚后跟了,脸蛋子白得像窗户纸。我明明看着她先从河的一边游向另一边,她在水里也穿着裙子,然后就上了岸,走进那片小树林去了,可我紧撵慢撵就是撵不上她,真是稀奇呀!

我愕然了。我的思维又莫名地活跃起来,我刚才彻底给吓傻了。我想起来自己先前在水中垂死挣扎的一些片段,那些模糊的图景跟二杠的描述竟然那样相似。尤其,那种类似于裙裾或水草的柔软的东西在我的身体上划过的痕迹。这样一想,我越发觉得惶恐无助。

那后来呢?

后来……后来我从对岸又游过来,我找不见你,只看见了你的衣裤撂在草地上,我就躺下来缓了缓。我真是感到奇怪!我怎么也撵不上她,我明明看着她走上岸的!她的裙子全部湿透了,贴在身体上,我都能看清她的奶头呢!

二杠脸红了,一直红到耳朵根和脖子上。

都神了……那你说她是不是个鬼呀?

尽瞎猜!鬼怎么会游泳呢。

那天，姑母从外面请来一个铰羊毛的把式，院子打扫得很干净，羊被挨个捆绑起来，然后放倒在院子里。铰羊毛的把式手里有一把十分特别的剪刀，他就蹲在那里嚓嚓地铰了起来，剪刀又长又锋利，把其中一页刀往羊的毛丛间一搭，然后手指夹紧两页刀用劲一合拢，一片子毛就利索地落在地上。姑母和二杠给把式打帮手，不一会儿工夫，一只羊身上的毛就悄然落在院里，像褪去了一层皮。被铰去毛的羊很不习惯地从地上站起来，走两步，又很不习惯地抖了抖身体，再回过脖子在能够触及的部位嗅着，嗅着，但觉得还是有些别扭。

地上的毛越积越多，而圈里的羊却普遍"消瘦"下去了。午后的阳光使地上的毛团变得晶莹透亮，稍有一丝风吹进院内，那些毛团就在地上轻轻浮动起来，像是有了某种灵性。姑母说这个季节羊也得换装呀。铰羊毛的把式始终在跟姑母他们说笑，天南地北地聊叙着，好像没有他不知道的事情。听说他经常十里八庄地跑去给庄户们铰羊毛，自然没有他不知道的东西。

后来铰羊毛的把式就很神秘地谈起一件事，他说你们下面庄子里的那个叫梅梅的女的跳河了，惨得很，光尸首花了整整七天七夜才捞上来，都彻底稀烂了，简直没个人样儿。我听得战战兢兢，他却说得很轻松，脸上并没有丝毫恐惧的颜色，眉头也不皱一下。手里的活依旧做得十分专注。说和做完全是分开的。

姑母只是一个劲儿叹气，说真是可怜见的！俊俊亮亮的一个人，咋就给疯了……疯了好赖也算一口人吧，偏偏又跳了河，让家里的老人咋活人呀？

就都不吭声了。

都不说话院子就显得出奇地静。

我悄悄问二杠。

二杠倒一副心事重重的样子。

她为什么会疯呢？

二杠偷看了一下姑母，尽量压低了嗓门。

为啥？她带个肚子谁愿意要呢。都说她也不愿嫁人了，想在娘家把娃娃好好生下来，可她娘家人偏说那娃娃是死的，一生下来就给丢进了河里，她连娃娃的面也没见上……

声音虽然很小一点，但姑母大抵是听到了，就气气地斜着二杠。

娃娃家说这些做啥，当心嘴会烂掉的！

我暗自思忖着，一个人若不想活了去跳河是一件极其愚蠢的事情，昨天我差点就被水淹死了，被水淹没的滋味实在很痛苦。如果这个世界上还有别的死亡方式，我一定不选择跳河（假使死亡可以选择的话）。

铰毛把式又开始谈论今年的收成和羊肉的价格了。

二杠问我那你昨天真的没有看见她？

我的脑子有点儿乱，我拼命不去想那些事，我只是感到一阵一阵的虚弱袭来。我就是莫名的虚弱。事实上我什么也想不起来，除了一次可怕的腿抽筋使我忽然感觉到自己像是被抽去了一根骨头，疼痛与脆弱那样明显。

到底看到没有呀？

二杠很有些不耐烦。

没——有。

真的没有吗？

……骗你是孙子。

门脸

太阳光抚摩着籽籽的脸。籽籽的模样有点窘，或者还有些怯。阳光使她感到目眩，她尽量把自己的头压得低低的。树头似乎连看也不想再多看籽籽一眼。树头蹲着，嘴噘得高高的，能悬住一只油罐子。籽籽乖乖巧巧地伸过一只手去，想拉起树头。可籽籽什么都没拉到，树头闷哼着起身闪过去。他的衣角就在籽籽的指缝间羽毛一样滑掉了，无声无息的。籽籽内心一阵空茫。

树头赌气走出了家门。籽籽紧跟在后面连声喊他，他头也不回。

临了，树头撂下一句，别等我我不饿！

籽籽整个人就硬硬地僵在原地。太阳光蛋黄般地裹着籽籽的脸。籽籽的脸慢慢朝下沉，那些灿灿的光也从她的脸上往下倾斜着，发髻越来越好看，水花样地闪着晶莹的光。有种绚丽的光彩一掠而过，仿佛落在树叶上的无数个碎光点。

籽籽只好一个人踅进伙房。她多少有点后悔。她觉得自己不该选这样的时候跟树头说实话，要知道树头才刚刚踏进门槛，板凳还没有坐热乎呢，起码应该等他把饭吃了。

籽籽步子又轻又缓，担心踩着什么似的。籽籽的脚一踏进屋里，便觉得天旋地转，心里没着没落地虚空着，一时间把籽籽吓了一大跳。熟悉的空间突然陌生起来，使她感到惊慌不定。

籽籽推断这跟整个上午没吃一口东西有很大关系。籽籽眼前黑了好大一会儿才适应些了，眼前又明亮了。惊慌在慢慢减弱。她就断然不敢那样轻手轻脚，她觉得轻手轻脚已经是件很可怕的事情。她就开始为自己先头的谨小慎微感到不快，她觉得自己的行为太过于妙巧了。

籽籽望着灶台上那些盛在碗里的饺子，一个一个叠摞着，白花花的。其实两只碗里的饺子是有区别的。有一只碗里是她精心挑拣出来的，那些饺子个个饱满，囊囊鼓鼓的，而另一只碗里的东西就有些提不起精神，像此刻的她，软塌塌的，全没了骨架，缺角少棱。这是她特意这样做的，她要把好的一份留给树头吃。这当中有策略的成分——纯属女人的小伎俩。现在，她愣愣地看着两只碗里的饺子，心里不免有点失落，甚至是一种遭遇失败的感觉。

饺子是籽籽赶在晌午前包好的，出了锅就一门心思等着树头回来。包饺子的时候籽籽的眼皮一直在跳，跳得籽籽心神凌乱。籽籽知道树头爱吃她包的饺子，爱得要命。树头每次打外头回来她都要美美地给他吃上好几顿饺子，她要让他在外面的时候老惦记着她的好。在籽籽看来，树头爱吃她包的饺子就是对她的一个大好。只要一吃上饺子，树头这一整天都乐呵呵的，像过年，有说有笑。树头逢人就会装模作样地问一声你今儿吃的啥，随后不等人家回答自己就美滋滋地说我吃的饺子，又饱又香的饺子，萝卜羊肉馅的，我媳妇包的饺子好吃啊！而且，到了当天黑夜树头就会把和籽籽的那件事情做得红火而圆满，以此补偿他不在家时的情感亏欠。那时树头的情绪始终保持着某种圆溜和旺盛，那时候籽籽感到自己是无比幸福的。这种时候籽籽总是能感受到某种胜过新婚之夜的快慰，彼此都很动情。

籽籽饺子一向包得很是精致，细得有时连她自己也想不起来究竟是在包饺子还是在绣花呢。这天尤其如此，籽籽觉得每一个饺子都有了灵气，一个一个白生乖巧地立在她眼前的案板上，像守望着某件重要的事情即将来临或发生。饺子在伙房暗淡的光色与浓香中静谧着，个个像有满腹心事急于吐露，急于得到认同。饺子下锅以后，籽籽反倒有了心事，不像开始那样自信了，煮饺子的过程里她有点心不在焉。饺子明显煮得有些过了。她一时竟不知道该怎么开口说出自己的心事。说心里话，她和树头结婚一年多了，可树头多半时间都在外面漂泊，留下她独守空院。树头每次回家待不上几天，籽籽攒了一肚子两肚子的话还没来得及说呢，树头就又准备出发了。但是，这次籽籽下了很大的决心，她要做成这件事情。

此刻，籽籽并不觉得伙房里那么暗淡了，暗些也好，比方说刚才的阳光就过于刺眼了，所以树头几乎在她不经意的时候就犟犟地撇下她走掉了。籽籽思想着，咽喉里有点紧，酸唧唧的东西一滴一滴由她的嗓子眼往外渗。籽籽端起灶台上的那只很浅的碗用筷子夹起一个就往嘴里送，饺子跟嘴刚一沾边，她又愣住了。

籽籽忽地心生另一个念想，是冲树头的，或者又是冲她自己的。籽籽将一句她此时最想说的话含在嘴唇间，拿牙齿咬着，反复了几次，终究冲自己说了出来。

真是头犟驴！

那一时籽籽觉得自己真是十分恶毒。她甚至为此感到脸红心跳和愧疚。她以前从来没这样过，她从来不觉得树头有什么不好。

籽籽用力嚼着饺子，饺子是冷的，个个都像白的石头。

籽籽说没良心的饿死到外面才好。

籽籽的眼眶有些润，潮滋滋地往出漫溢着什么。

饺子的确凉了，吃起来有些哽。

籽籽全没了胃口。

她忽然感到一阵强烈的恶心。

街巷里到处都弥漫着那种金属的味道，让人的鼻孔里总莫名地泛涩发呛，仿佛生了一层薄薄的锈。那是一个腊月天，籽籽很长时间没出门，走在街上才发现几户人家的门似乎一夜间都换了那种气派的铁皮门，有些还涂了或红或绿的油漆。而多数还都裸露着本质，白铁皮在空气中放射出粲然的光，这使街巷看去格外清爽和明亮，那些光闪得人在巷里走路都得低着头。实际上籽籽并不害怕，她向往着这种光亮，她甚至有些迷恋光亮突然映出自己样子的感觉。

铁皮门是半年以前传到灰突突的瓦罐镇上的。之前，瓦罐镇整条街也找不到这样的一扇门，就连镇长家也才是一副杨木街门，更多的人家还是破败不堪的栅栏式的门。铁皮是跟一个叫石坚的男人一起来到镇上的，尤其是外乡汉子石坚手里经常用来在铁架上点来点去的那种东西，孩子们大多误认为那是他们所向往着的枪的一种形式，只不过它喷发出的不是能杀死人的子弹，而是炽烈的火焰。可怕又神奇的火焰。

那种火焰充斥着剧烈的热和氧化的古怪气味，它们像午夜间最璀璨的焰火突然照亮了瓦罐镇的每一条土街土院。对于焊匠石坚和他手里的机器的横空出现，瓦罐镇的绝大多数人都抱有深深的惶恐和担忧，人们被一种喷涌着无比强烈的火光的稀奇东西所骤然惊觉并照得面颊通红，在惶惑间却发现一家修焊铺子已然在镇上安家落户。人们估计这跟镇长有关，因为镇长家率先鸟枪换炮——他家的街门居然换上了一副崭新的铁皮门，门框是坚硬的角铁。很多人都去镇长家门前观摩，那门确实气度非凡，亮度更是超乎想象。

在不久前的一些时日，人们还都用胆怯的目光远远地打量着这间奇怪的铺子，轻易不敢靠近，那种灿烂得有些夸张的光芒实在过于神奇，幽蓝且激烈，看了让人心惊肉跳。只有孩子们整日围在铺子周围，有些跃跃欲试。这比较符合一种新鲜事物出现的过程。孩子们的无知和跃跃欲试似乎恰好验证了大人们的胆怯。孩子们看见匠人石坚左手拿着一副古怪面具样的东西罩着自己的眼睛和红通通的脸，而另一只手里像握着一样钳子似的东西在那些铁块之间点来点去，钳子里夹着一根筷子粗细的银灰色铁条，那东西一触即发，火星飞溅。石坚突然回过头冲那些孩子高声嚷，告诉你们这种东西看不得的！看久了会弄瞎你们的眼睛！谁不想要眼睛就好好看来吧！随即，他的声音就湮灭在那种刺刺啦啦的充满热量的噪声里，包括他的脸和那双深陷的红眼睛也藏在那面具后面了，使人觉得深不可测。孩子们有些胆怯地往后移动着脚步，却依然围着不肯散去。

这天夜里，可怕的事情发生了。瓦罐镇的上空果然就飘荡着呜呜哇哇的鬼哭狼嚎样的声音，哭丧一样令人恐慌和懊恼，一种前所未有的新式疼痛正折磨着那些孩子，使人彻夜难眠。其实，大人们的恐惧并不比孩子们弱——他们知道自己所担心的事情终于发生了。

人们第二天天刚亮就排着龙蛇长队闯到镇长家，他们一致认为石坚是罪魁祸首，并要求镇长将他驱逐出去。没想到镇长居然哈哈大笑，他对他们很突兀地说除非你们都是用屁股想问题，难道你们不长脑子吗？大家面面相觑。镇长的笑容暗藏诡秘，都回了都回了，往后别让你们的碎猢往人家的铺子里钻。人们对镇长无计可施，只好回家管束自己的小孩。

树头有一次回来，听籽籽对他说那人真的能用他手里的喷火的东西做出漂亮的门！籽籽的模样因激动而越发娇嫩。籽籽

门

脸

235

说好树头咱们也安一副那样的吧！你看家里的门实在破旧得不成样了，眼看就要散架，恐怕就连风沙也拦不住，一到黑就呜呜地叫，怪吓人的。你不在家的时候我听着它呜呜地乱叫，整夜整夜睡不踏实。

树头不以为然。树头说门是祖上就有的，咱爷和咱爹都没敢动过，咋能说换就换！再说依我看那铁皮门也没啥好的，是个样子货，亮得赶上照妖镜了。

籽籽不甘心，换一副敞敞亮亮的门有啥不好？

树头说反正不好，那种门怪里怪气的。

籽籽有点急了，不换就不换！可往后哪儿你也不许去，就在家里安安生生待着！省得我整天担惊受怕！

树头露出一副鬼脸，这跟出不出门是两码事。

籽籽不再言语，可她分明看到邻近的几户相继都换上了那种好看的铁皮门，门框也是角铁的，看起来很结实。

籽籽喜欢那种式样的门，在她的眼里，门就是张脸。当然，她觉得铁皮门还有点镜子的味道。籽籽一直喜欢照镜子。籽籽能从里面看到自己的样子。

籽籽的模样很俊。

这是树头经常对旁人说的话。

邻居老古家装门的那天上午，恰好树头到外面务工去了，籽籽一个人在家。

籽籽听到一些轰轰唪唪的响动，接着是一阵叮当叮当的敲打，这种声音断断续续，时疾时缓。籽籽坐不稳了，就斜倚在自家的门前不停张望。自家的这扇门实在太过于陈旧了（是树头爷爷的爷爷修下的），几十年光景了，很难一下子分辨出木头的质地来。门板完全被斑驳的或黑或赭的渍点覆盖着，经年历岁的风雨和阳光使得原来的木头改变了模样，一坨一坨的，像丢失在秋天里的枯叶。籽籽看着，心里很不舒服。门原先该是什么样子，籽籽不知道。籽籽只想着该换扇好的才是。

在走出院子前，籽籽照过一次镜子。镜子是挂在墙角的，一个竖着的椭圆形绿漆框，镜子嵌在里面。籽籽的脸蛋每次都会很准确地镶在镜子里，这使籽籽的面目也呈现出鹅卵状的娇媚与圆润。很长一段时间，籽籽在镜子当中总能看到另一个空间，在那个有点陌生的空间里，籽籽就像现在一样，斜倚着新的门，光彩照人。这实际是她的梦想。

那扇铁门在老古家的院前立了起来，阳光全部倾洒在上面，铁皮门上就浮现出无数个小太阳，一闪一跳的，使人眼花缭乱。籽籽觉得连太阳都跑进那门里不想出来了，亮得不敢细看。籽籽这样想着。籽籽看到一只壮壮高高的影子在老古家门前升起来又落下去，又升起来。籽籽觉得自己的眼睛真的快被这只影子晃花了。影子在升降之间，伴随着叮叮当当的响，那扇锃亮的铁皮门已被稳稳地固定在墙上了，墙也就显得与往日不同，一时有了别样的光彩。

籽籽眼里有点发热，心里痒痒的。老古始终笑眯眯地在旁边袖手观望，一对老眼里映了白铁皮般灿烂的神采。后来籽籽就看到老古的一双厚厚的手掌在门板上抚来摩去，那样子像是在抚弄一个女人，一个镜子里的女人。籽籽的脸面就莫名地燃烧起来。籽籽有了很重的心事。有心事的女人就会莫名地发出一些叹息。

老古抬眼的时候，看到了籽籽。籽籽有点慌神。这让她想起来老古有一天来家里借醋的事情，那时树头出了远门。老古脸上堆着笑，他说家里吃饺子，可醋瓶子空空的。籽籽连忙接过老古手里的碗，可老古似乎将那只碗捏得很紧，她竟没拿动。她犹豫的时刻老古却兀自将她的一只手给捏住了，老古的手指肥胖，有种油腻而滚烫的感觉。籽籽惊得连忙往回缩手，可老古却又将碗塞给了她，递碗的时候他依旧顺便摸了一下她的手。也许是籽籽多心，她的脸早红了，她忙不迭地说你等等我给你端醋去。等她端醋出来的时候，老古正拿眼睛盯着她看，她羞得无地自容。他笑眯眯地不无酸意地说，树头真是好福气呀，娶了你这样标致的一个人！我弄不明白这小子咋能撇下你到外头一去就是个把月。籽籽低了头，不敢答话，急忙转身回屋，像是心思完全被一个外人掌握了。

此时，籽籽急忙掩饰地挤出一绺子笑，很勉强。老古说树头家的也想装一副吧！铁皮门又亮堂又结实，没听人说篱笆扎得牢野狗进不来嘛！籽籽能听得出对方话里的意思。籽籽觉得他肯定有点不怀好意。老古的手继续着那个看起来有点别扭的动作，这次似乎又添了某种实质性的玩味。老古的动作越发轻浮。老古笑得很开，他的脸跟一块儿年代久远的朽腐的门板有些接近。籽籽也越发觉得老古的笑中有点坏。

籽籽发现老古依旧用一种不安分的目光远远看着自己，她便逃避似的低下头，看脚下的地。地上也映得白花花的，十分耀眼。

籽籽的一只手依旧搭在自家的门框上。连门框也同样糙陋不堪，手感极差。籽籽也在暗中摩挲着，只是很轻微，完全不像老古那样放纵和张狂。门板发出嚓嚓的噪声。朽腐的木屑随着籽籽的指关节的起伏纷纷扬扬地坠落着，坠落着，木屑落地悄无声息。籽籽整个人沉陷在那种碎屑的漂浮感中。籽籽甚至感觉到自己的手指正在暗里做着一件非常反叛的事情。

这时，籽籽被某种异样的怪声所惊醒。

籽籽看见修焊匠石坚终于停止了手里的活，身体也旗杆似的兀自立起来，高大的影子笼罩在铁皮门上，一动不动。他木讷地看着龇牙咧嘴的老古，看着老古的手指涌出的红色，他的表情自始至终表现出铁皮一般生硬和冰冷。

他妈的你眼睛长到天上去了吗？

老古始终龇着牙，模样很痛苦。

你得负责看好我的手！

老古的手指果然正在流血，血光在铁皮门的映射中有些瑰丽与恣纵。

事情到这里，籽籽是有理由掉头回家的，因为籽籽素来怕血或跟血有关的东西，虽然老古的怪叫跟她毫无关系，但却使她感到几分不很地道的快意。可籽籽偏偏没有那样做，相反她向前迈步，一步，两步或更多。总之，籽籽靠近了老古家的那扇新门。

籽籽走过去，她并不关心老古的伤势，那点疼痛并没有引起籽籽的丝毫怜悯。籽籽只是有点趁火打劫地更近距离地观看了那扇新装上的铁皮门，籽籽甚至也像老古那样用双手轻轻地摸了摸它，铁皮上的确留下一朵梅花一样绚烂的血，但它们很快就凝结在金属特有的一种坚硬与清冷之中。籽籽看到自己的影子正在上面轻快地蠕动，还有一个影子要比自己高出很多，像是要把一切遮住似的。籽籽几乎很清晰地嗅出笼罩在那影子上的一种十分铁性的气息。有一刻，她和那个影子都沉溺在一种固态的氛围中，仿佛映在幕布上的两个失去操控的皮影儿那样各自孤立着又彼此影响着。这种感觉在很长时间里使籽籽若有所思，在许多次梦境中同样会出现一扇坚实的门和一个高大的身影，似乎这门和身影正无处不在地笼罩着籽籽孤寂的生活，使她倍感空茫。

籽籽第二天清早就出现在了瓦罐镇的街道上。籽籽的出现没有引起任何人的注意。事实上，连籽籽自己都没有完全想清楚她究竟需要的是什么，是一副坚实的具有象征意味的门，抑或仅仅是一种对于即将遭受外部侵蚀的封闭寂寥生活的抗拒？籽籽只是感到兴奋，在去镇子的路上她变成一只飞出笼子的鸟。瓦罐镇的清晨通常显现出一种疲倦与苍白的闲散，布铺、米行、小饭馆相继打开了门面迎接着早晨的第一缕阳光。籽籽像一尾清新活泼的鱼从街巷的一头游弋着出来。出门前，籽籽在镜子里反复照过自己直到满意为止。籽籽还特意将娘家陪给她的一对上好的银手镯从箱子底翻出来戴上。手镯很沉，光泽度特别好，纯得像一圈儿满月，籽籽戴上它们，手腕上荡起一圈又一圈幽幽的银光，那光芒中闪跃着一些脆脆的声响和森森的凉意。

那时，籽籽站在距离修焊铺不远的地方，清晨的风很有节奏地吹拂着她。籽籽脸上吐露着兴奋与紧张。后来籽籽径直朝那边走过去，她听见修焊铺里传来的一阵刺耳的声音，那种声音是尖锐的，又是跳跃不停的。还有籽籽从来也不曾体验过的强光突然映在她的脸上，那一瞬间，籽籽在惊厥中发现自己的身体像是钻进了闪电中。

这天后晌，瓦罐镇依旧像往常一样平静，所有面街的铺子都乏味地敞开着门。街道弥散着各种各样的味道，这些复杂的味道使瓦罐镇变得喧闹而充满慵懒的生气。修焊铺的匠人石坚很专注地忙着他手里的活，门前不时会有人被焊机发出的声音吸引过来，他们像刚从池塘里爬上岸来的鸭一个个抻长了脖子，不过他们很快就离开了，因为人们大抵知晓那种闪光是很厉害的，绝对不能多看一眼。

树头就是这个时候幽魂似的走过来的。树头已经忘了他的肚子饿得很急。

树头的两只手拘谨地交叉抱在胸前，这使他瘪瘪的腹部越发收得紧了。树头走进修焊铺的一瞬间，眼睛被强烈地刺了一下，他慌忙撇过脸，用一只手半掩着双目。树头冲蹲在地上的人嚷你给我先停下来，我有事跟你说。显然，对方没有立刻停下来，焊枪像喷火的蛇在石坚的手中喧嚣着，一股股呛人的蓝烟充斥着树头的喉咙。树头觉得自己的嗓子里仿佛钻进了什么东西，而且那种东西很快就占据了五脏六腑，然后有种火辣辣的气焰在内心升腾着，翻滚着。这种气味越发使他感到恼火。

树头从脚下随便捡起一把铁锤，然后在身边的一卷铁皮上重重地敲了两下。树头说我是来要回我媳妇的东西的，我们家不稀罕装你那种破门！

树头说你难道是聋子吗？你究竟听见我说话没有？你最好还是把东西还给我，你只会哄骗那些女人，那可是世上最好的银手镯。

焊匠石坚站起来，他很恍惚地看着树头。铺子里全是那种呛人的蓝烟，他们彼此之间像隔着一个虚拟世界。半晌，石坚才说你说什么我一点也听不懂，我更没有骗过你的什么女人！说完，石坚复又蹲下来，身后的电机也跟着他再次埋头轰鸣起来。

树头一时有些哑然。

不过，树头立刻又用了更响亮的声音。树头说反正你得把我媳妇的手镯拿出来！那是她的嫁妆，你这个骗子休想骗去她的东西！几乎是同时，树头觉得自己的胸腔和喉咙正在剧烈膨胀，一股无名火猛地蹿上来。他一把就薅住了对方的衣服领子。树头用更大的声音喊，反正门我们不装了，你也别想用这种办法骗我媳妇。

电焊机的噪声戛然终止。

两个人在片刻的僵持后，石坚猛地站起身将树头的手甩脱并顺势将他推向门口，树头整个人就像偏离了轨道的陀螺，趔趔趄趄地朝门外栽过去。有人看见树头灰头土脸地从地上爬起来，他的一只鼻孔正在汩汩地流着血。

电焊机复又开始轰鸣，刺目的蓝光伴随着浓烈的青烟在炎热的空气中不停闪烁。焊匠石坚的面孔被那只特殊的面具遮住了。有几个穿着破旧的调皮的孩子始终围在门口朝里面神秘地观望，事实上他们只是在关注那种耀眼的光芒，这些孩子至今还没有真正领教过那种由于电焊光所带来的剧烈的眼痛。

树头拿两只手背不停地揩着鼻孔溢出的血。眼睛一鼓一鼓地似乎正往出冒着火焰。有几次他无法按捺地想再次扑向对方，但他被对方高大而冷漠的样子所震慑，他最终只是很无奈地看了看那刺啦啦闪耀着的光芒，然后愤愤地掉头离开了。离开时他使劲往地上吐了口唾沫，竟是一摊猩红的血。

其实，树头并没有走远。当他刚刚走过一座石板桥的时候，他忽然抬头看见籽籽正朝着自己的方向疾步走来。他觉得籽籽走得飞快，像从远处轻轻地飘过来的一片云朵。

树头犹豫着，他觉得自己不能这样跟籽籽碰面，他知道自己此刻的模样一定很狼狈，关键是，他不想让籽籽发现自己刚被外人打破了鼻子，血迹还没有干呢。那将是一种极大的耻辱。每次他从外面回来，籽籽总要反反复复地将他从头到脚看个够，生怕他在外面受人欺负，他知道籽籽是最疼他的人。树头急忙反身躲在路边的一棵树背后，路很窄，他屏着声气凭借树身偷窥着打他身边经过的籽籽。籽籽走过时似乎带来了一阵凉风，树头闻见了那种他非常熟悉的气味。他一直迷恋着这女人身体特有的味道，这几乎是他每每忍耐不住决定回家的理由。可在家闲待上几天，他就烦闷开了，心慌得厉害，开始莫名其妙地跟女人发火，随后理由充足地撇下女人惶惶离开，生怕受到拖累。他喜欢自己一个人在外头闯荡，哪怕是受些委屈，吃点苦又算得了什么！

籽籽越走越远，树头看着她消失的背影，心里涌起了一丝不满。他不喜欢女人家抛头露面，他自己可以远走他乡四处漂泊，可他的骨子里却是不能容忍自己的女人到处乱跑的，他觉得女人生来就应该待在家里，男人无论什么时间回来都能听见她的声音。而家里的一切事情都应该等着男人去做决定。他是这样想的。

树头蹲在渠坝边对着水里的影子用手撩起水清洁着自己的脸。他原本想叫住籽籽的，可内心深处突然冒出另一个非常怪异的念头，他甚至有点不怀好意。他只想远远地跟在籽籽身后，他明白她此刻的去向。籽籽是去找我的吧？树头有点得意而又诡秘地猜想。答案是肯定的，但他想象着会不会有另外一种可能——说不定她只是背着他去做自己想要做的事情。于是，树头故意将脚步放得又轻又缓。他为自己的突发奇想感到惬意，这种感觉很快掩盖了不久前发生在自己身体上的一次难堪。

籽籽回来看见树头正一个人躺在屋里一言不发，脸阴得发蓝。籽籽忙走进伙房，碗里的饺子还原模原样的。饺子皮晾干了，透着一丝半点的青，很像树头此时的脸。籽籽这样想着，心里反倒觉得好笑。她急忙将灶坑里的火点着，又接连凑进几把新的柴火，火苗子噗噜噜叫着，锅里的水开始微微弱弱地冒汽。籽籽的脸蛋子像一双红皮鸡蛋。

饺子回了锅，个个似乎又添了精气神，重新盛在碗里，面的香味在屋子里热乎乎地飘荡招摇。

籽籽跟没事人似的上前拉了一把树头。你到底吃不吃？难道还要人用八抬轿子请你！

树头没好气地瞥了一眼桌上正慢悠悠散着热气的饺子，鼻子闷哼了一声。你吃你的，我不稀罕。籽籽拿眼睛狠狠剜了他一下，有本事你从今往后再也别吃我做的东西！不吃就不吃！树头横横地回答。

籽籽默声自顾自吃了起来，嚼得又慢又轻，跟掉了牙的老太太似的。吃着吃着，眼泪竟吧嗒吧嗒地落下来。籽籽咣当一声放下手里的碗筷，一边抹着眼泪一边抽泣起来。

树头实在窝不住了，一骨碌翻起身。妈的还有脸哭？瞧瞧你今天在那个家伙面前轻贱的样子，你以为老子看不出来？简直就是一只招骚的母狗，丢人死了！籽籽的哭声实质性地嘹亮起来，满脸的惊愕和委屈，随后一切都在簌簌落下的泪水中模糊成一片。树头一会儿指着趴在桌子上的籽籽谩骂不止，一会儿又在屋里来来回回地走。籽籽伤心地哭过一阵，最后用手蒙着脸扭头冲出了屋子。

邻居老古在街巷里游逛时意外地捡起一只锃亮的银手镯。手镯就躺在道旁的一个树坑子里，发出幽冥的冷光。老古将手镯在自己的衣襟上细细蹭了几下，暗自欢喜地揣进裤兜里。

这时，老古看见树头从前面骂骂咧咧地往来走。树头的一只胳膊好像被什么重物往后拖着，如同在拉纤，走路的样子十分艰难。树头不停地骂，他妈的让你跑！你能跑到哪里去？你这个贱货！稍近一些的时候，他才终于看清楚，树头正死命地拽着一个女人。女人的头发完全散乱着，里面戳着几根发黄的柴草，浑身上下都是灰尘，两条腿毫无力量地跟脚下的道路保持着平行，并不时地打着摆子。她一只脚上的鞋不知跑到什么地方去了，另一只也趿拉着，很快就要掉下的样子。老古略带惊慌地看着，当树头从他眼前经过时，他不经意从那一堆散乱的发丛里看到一双异常哀绝的眼睛，那双眼睛突然看向他的时候使他感到陌生而毛骨悚然。

老古很想对树头说点什么，可树头连看也不看他一眼。他的嘴嗫嚅着什么也没说出来。他的一只手在裤兜里拘谨地摸索着，他的手心像是出了汗，黏黏的。他紧紧地将那只手镯攥住，生怕它会猛不丁跑了似的。

也不知道从哪一刻起，河水在这里俏皮地拐出一个很大的弯子，平白地侵吞了一大片岸滩。站在远处高高的土坡上朝这边观看，河湾向外蔓延的弧线极像孕妇朝岸边缓缓挺出去的一个便便大腹，优美傲气却又显得十分的慵懒。

河里渐渐就没有了水，眼看要干涸了，却日积月累地在弯子这里冲浇出一片相当开阔的沃地，种西瓜是再好不过了。河湾这一带也许有人种过瓜的，当然，那该是早年间的事情了。这里如今已经荒芜了，除了空余着两间很低矮的大概是用作看瓜棚的土屋子之外，剩下的便是大片大片的芦苇丛和苇子湖。两间屋子一直闲着，没有门，连窗框子也被什么人给拆走了。破旧的廊檐缝里成了麻雀们的栖息地，成天价钻进来又蹿出去，倒是很快活繁荣的景况。屋子里面的炕也塌了几处，四围的墙壁熏得黢黑黢黑的，泛着某种类似于瓷釉般的光泽。附近的娃娃们没少在这里玩耍和"过家家"，就是一些在外面干活干累了的大人，也偶尔会钻进去避避雨休憩一阵子或吸上两锅子旱烟解解乏。忽然有一天谣传在这矮屋里吊死过一个人，还是个女儿家，惶恐之余人们也就不敢再进去歇缓了。

　　风中来，雨里去，十多年一晃而过，河湾里的两间矮屋子一直经受着无边的寂寞，很少有人问津，葳蕤的芦苇和杂草几乎快把它湮没了。那年秋末，人们惊讶的目光最先是被一柱从河湾方向迟缓地升到天空上的青烟所吸引。那时候正是傍晚时分，秋风一阵一阵吹过来，开始发白的芦花在河湾里随风摇曳，发出簌簌的声响，仔细一听，犹如一群野兔在干草丛中持续奔跑。野烟的气味正是被风一缕缕送到庄子上来的，还有那些簌簌作响的芦花和细密的苇叶相互摩挲出的沙沙声，好听极了，一切是那样和谐，又是那样清澈和朴素，这是人们多少年来早已习惯了的一切。接下来，人们还是陆续发现了一些变化或事实：河湾里的那两间废弃已久的矮屋前整天有了晃动的人影儿，而且，他们似乎并没有很快离开的打算，窗户上蒙上了一方塑料纸，门口挂了一面草席帘子，屋顶上的杂草和门前半人多高的芦苇子被铲得干干净净的，屋前豁然平整出一片不小的院子。每天的晌午和黄昏时分都会有浓浓的青烟从这个地方静静地升起来，烟雾升到半空中就悠然不惊地飘浮着，袅袅娜娜的样子，很长时间都不肯轻易消散。

没过几天，人们就得到了更确切的消息，住在河湾里的原来是两个做弹棉花网棉套生意的外乡人，一老一少，是父子俩。父亲五十出头，秃头，驼背，瘦瘪瘪的身子，两只眼窝时常悬着浑浊的泪，他看人时的眼神很苍茫和渺远的样子，总皱着个眉头。儿子也就二十四五岁，头发剃得很短，毛茸茸的，身板儿却是又厚实又直溜，不爱多说话，也不怎么拿眼睛瞅人，只知道闷声闷气地跟在父亲旁边做事情。他们用来弹棉花的工具很像一只巨大的弓槌，上面绷着很结实很有弹力的绳子。他们把白天从附近庄子上收来的那些旧棉套拆散了，平摊在那面炕席子上——塌了的炕早已经被他们修整好了——然后用那弓子在棉絮上面一下一下梆梆地弹着，十分投入的架势。那些深藏在棉絮中的灰尘和细小的纤维物就腾空而起，棉絮在炕席上很有节奏地跳跃，呛人眼鼻的白灰如烟雾般在屋子里弥漫开来。一床棉絮弹下来，这一老一少全都苍白着，雪人一样，就连眼睫毛眉头和鼻孔都是白的，乍一看，仿佛隔着一个苍茫的世界。

那些赶集的人通常是沿着河的方向一路朝上游去的，他们都要经过河湾和那两间矮屋子，有时候走累了会到弹匠父子的门前，并不是来送什么急用的活儿，只是想闲坐一会儿，或者，跟主人讨碗水解解渴。父亲从不吝惜，对待客人一样招呼大伙儿，都给满满地沏上一罐子茶，请他们吸自制的纸烟卷，跟他们闲拉一阵子家长里短，让路人舒舒服服地在这里歇了脚再赶路。这样一来，生意反倒更加红火，有的人趁去赶集的工夫顺便将自己的活儿给捎来了，而且，这种活儿多半是不急的，可以存放着慢慢干。入冬以后，这父子俩就不怎么到庄子上收活了，光积攒下来的棉花就够他们忙乎一阵子呢。

这一天跟往常一样，父子俩正在屋里面忙着手中的活儿，一个年轻女人气吁吁地从外面掀起帘子怯怯地站在门口，目光朝父子探询着，手里拎着一只很小的花布包袱。她说自己身上冷得很，想要碗热水暖暖身子。后来要离开的时候她才告诉他们自己名叫月梅，家就住在河湾这一带。此时已是天寒地冻的腊月天，前来讨水喝的路人极少，父亲见这女人确实跑得上气不接下气，看上去身上的衣服又很单薄，而且，她的鼻尖嘴唇和两个脸蛋都冻得又紫又亮，眼角闪着霜花，自打进门后身体一直不停地抖颤着，像是得了重伤寒。父亲就赶紧把她让进屋里又给儿子使眼色去帮她弄碗热水来。可是，碰巧壶里的开水喝光了，还没来得及煨上新的。父亲就不无歉意地说姑娘你若不嫌弃，灶火上还煨着中午下面时剩的面汤，热乎着呢，你先喝两口吧。月梅把罩在头上的粉红色棉围巾往后抹了抹，两条粗黑的辫子和有些凌乱的刘海儿露出来。她接连感激地点了点头，说怎么着都行。儿子就给她盛了满满一碗面汤，的确还冒着热气呢。儿子还在汤里调了几滴辣椒油和醋，月梅接过去用双手捧着碗一口气喝了下去，说真香啊。喝完面汤她抿了抿嘴唇，气色比先前好多了，但她似乎没有立刻就走的打算，她就在灶火跟前很谨慎地烤着火，两只手轻轻地互相搓揉着，手指发出红润的光泽，她很陶醉的样子，并扭过头不时看着正在忙碌着的父子俩，目光中透着一份羡慕。

也许是因为女人还在屋子里的缘故，而屋子里的灰尘着实太浓了，父亲只好暂时放下了那只弹棉花的大弓，儿子还在一边埋头网着棉套。父亲坐在炕沿边默默地点上一根烟卷抽起来，他有一句没一句地跟她搭着话。一开始，月梅还只是支支吾吾的，多数时候她都是轻轻地点头或摇摇头。后来父亲就揣测着问她，姑娘八成是回娘家去吧，娘家离这儿远不远，这么冷的天咋也不穿厚一点，家里都有些啥人……月梅就是在这时突然用双手紧紧地捂住脸呜咽起来，父亲被吓了一跳，以为是自己在什么地方说错了话，惹得姑娘难过。儿子也一愣神，直起腰身眼睛一眨不眨地盯着站在灶火边的女人。父亲丈二和尚似的摸不着头脑，好说歹说劝了一阵，月梅只是一个劲儿拿手背一下一下抹着眼睛鼻涕，很伤心的样子。父亲完全不知道该说什么好，就吩咐儿子再煨上一壶水，好给姑娘沏碗热茶喝。可是，儿子刚刚把水灌满，月梅就连声说着感谢的话要走了，怎么劝也留不住。临走前，她把围巾从脖子上摘下来，重新遮好了头脸，系得紧紧的，只露出两只湿润润的大眼睛冲父子俩含蓄地笑了一下，那笑容看上去却又惨兮兮的，毕竟刚刚哭过的，使人不忍心去多看一眼。月梅出门以后很快就消失在呼呼的冷风里了。父子俩依稀看见女人是穿过屋后的芦苇丛走远的，干枯的芦苇在她的身影里发出哗啦哗啦的声响。父子俩相互看了看，谁也没说话，反身进屋里继续埋头干活儿。

要说起来，人们的确已经有很多年没有见到过这样温暖的景象了，尤其是弹匠弹动棉花时发出的梆梆的有力声响和他们走村串巷的路上嘴里不停的吆喝声，这些都是久远而又温煦的记忆。家家户户的女人都变得异常活跃，她们把积蓄了多年又舍不得用的棉花取出来，或者，将早就塌气僵死的旧棉被拆了，取出棉胎一并送到这对外乡父子的手中，她们做梦都想在过年的时候能盖上一床崭新蓬松的棉被——之前为了能盖上这样的被子她们不知道在太阳地里将自己的被子用槌棒拍打过多少遍了，可都无济于事。若是想给儿女们预备嫁妆和喜褥喜被，她们更得争先恐后，生怕送得迟了而贻误良辰吉日。

河湾一带有六七个庄子，相距都不是很远，生产队的时候还曾以河湾一队河湾二队命过名的，河水那阵儿相当充沛，庄子之间被一条流淌的大河阻隔在彼岸和此岸。都说是遥远的上游地区因为乱砍滥伐造成严重的水土流失，日子一长就把这河给毁了，可河湾一带并没有什么人深思过这类问题，偶尔提及也不过是无谓地叹息两声。好端端的一条河，现在仅剩河底中央的一线清水缓缓逶迤流动着，说是河，其实远不及一条小溪的水势急湍。河床大面积裸露出来，大大小小的卵石沙砾在阳光的炙晒下迸射出耀眼的白光。附近庄子上谁家若是想建新屋或砌猪圈围墙什么的，才会聚集些男人到河里攒劲儿地筛上几天石子，然后再用手扶拖拉机突突地送往家里应急。每年到了端午节的头两天，河湾里还是会热闹一阵子的，女人们领着孩子纷纷钻进茂密的芦苇丛中劈粽叶，这时候的芦苇会生出宽大青嫩的叶子，用这种绿叶包江米粽子是再好不过的。这种时节，芦苇丛里常常会有机敏的野鸭子出没，它们在芦苇丛中绿莹莹的湖水里凫来凫去，惹得娃娃们一声一声尖叫着，可若是想抓住它们那就困难了，因为这些鸭子不但水性良好，还会飞得又高又远，娃娃们也只能望尘莫及。

虽说眼下早已过了时节，女人用不着来这里采摘粽叶，野鸭子也飞到遥远的南方去越冬了，可这对外乡父子俩和他们所操持的营生，无疑又给附近的大人娃娃带来了些新奇。事实上，集市里就有专门用来弹棉花网网套的机器，但人们还是有些信不过，都觉得机器这东西太疯野太没人情味了，会把他们好端端的棉花撕扯得七零八碎失去了柔韧，他们觉得用机器制出的网套必定跟破渔网似的，非但不经用，还会染上一股子机油味，夜里盖在身上无论如何是睡不踏实的。基于这样的思考，人们对这一老一少手工弹匠充满了信任和敬仰，特别是女人，她们打心眼里为这一对外乡父子的到来感到温暖。

这父子俩一看就知道是吃过苦的，干起活来勤勤恳恳任劳任怨，别看父亲成天紧皱着眉头，却是个非常热心和随和的人。因为儿子不爱说话，见了生人还常常有面红耳赤的根儿，到庄子上揽活全得靠一张嘴，父亲的确很会吆喝，把一声声"弹棉花网网套唻"有板有眼地唱念出来，跟大戏里的老生一般，后面拉出很长的一段儿尾音，加上他特殊的外乡口音，这吆喝声听起来就别有一番滋味，很惹人的耳朵。每逢这时候，女人们不管手里正忙着什么活计，都要急吼吼地撂下，一个蹦子从家院里奔出来，迎上前问这问那，问外乡父子俩的手艺咋样，问价钱多少。

父亲呢，一直赔着笑脸，这时的眉头稍微松展开一些了，比他年长的他一律称呼大婶大娘，明显比自己岁数小的又都管她们叫作大姐或小妹，女人们听得顺耳，边询问着一些她们感兴趣的话题，还不时地拿眼睛的余光打量立在父亲身边的年轻人。有时候她们也会好奇地问一句，那他是你徒弟呢，还是你的娃子？生得跟个白面书生一样。父亲急忙赔上更丰富的笑容，说家里穷啊，他娘又走得早，书没念成就跟上我出来闯荡了。人们听了就不便再去刨根问底，心里却悄然平添了几分同情，想一想这世上心酸的事情原本都有相同的地方。所以，本不是很急的活儿也处于某种善良的考虑积极地交付给这爷儿俩了，一桩买卖也就在说说笑笑之间成了一半，剩下的事情便是由这爷儿俩拿回去细细地弹密密地网制了。

　　几个庄子上的人都知道在河湾的矮屋里住着这一老一少两个弹匠，很多人宁愿走上一段曲曲折折的土路亲自上门把自己的棉花或旧絮送来加工。不管什么时候，父亲总要让儿子停下手里的活先给上门来的客人沏碗茶水喝。茶是最普通的砖块茶，是父亲从集市上捎回来的，儿子提前把茶叶敲碎了装进袋子里并挂在墙上的木楔子上慢慢用。前来送活的人多半是腿脚走得乏了，并不客气端起茶碗就咕咚咕咚地喝，喝完了也不立时起身走，身上发着虚汗呢，坐在门外的石头上有一搭没一搭地跟屋里干活的人扯着闲。这时，父亲往往也会停下手里的事情，把自己从老家带过来切好了的烟丝取出来，捻上两撮，用包棉花的草纸卷上两根烟卷，坐在门口跟来客一起分享。烟一抽，话就多了，天南海北地聊叙，父亲有时候也不打自招地说起老家的事，说自己年轻的时候，说老婆和儿子，有时候说着说着就突然止住了，哽咽了似的，好长时间不再出声，苍老的目光透过袅袅烟雾朝远方漂移而去，像是若有所思，又仿佛只是在一味地发着呆。

父亲和客人在门外抽烟扯闲的时候，儿子并没有停下手里的活，梆梆地弹着，或静悄悄地将弹好的棉花用丝线网了起来，动作十分娴熟，丝线走得又细又密，甚至比父亲的活儿还要麻利和精细。等父亲送走了客人，他已经完成了一只网套。儿子走出来蹲在门口很响亮地擤鼻涕吐痰，这往往需要很长时间，好像鼻孔和嗓子眼里也被什么东西给网住了似的，怎么也擤不清爽。父亲看着儿子痛苦的样子，心里顿时泛起一丝难过和无奈，默默地擦着儿子沾满白毛絮的身体进屋里干活去了。或许，在自己儿子面前，父亲总是不善表达。

一场大雪过后，那女人竟又来了。那时父子俩揽接下来的活儿已基本干停当了，父亲正打算带着儿子回趟老家去过年，但他们必须得等那些活儿的主人来把网好的棉套取走才可以离开，这是干活的规矩。而叫月梅的年轻女人就是这时候再度出现的。

那天父亲到集上去了，傍晚时还没有赶回来，只有儿子一个人猫在屋里。月梅进屋就从自己随身带来的蓝花布包袱里取出一摞烫面饼，看起来黄亮黄亮的。她说上次多亏了他们，要不是能在这里喝上一碗热汤，恐怕自己那天真就病倒了。儿子平时不多言语，而这时却要独自面对一个年轻女人，心绪便颤颤的，有点慌张，尤其是一想起那天她莫名其妙地在这里哭过一场，他更是六神不定的样子。好在月梅并没有像上次那样，相反，她倒主动向他问一些自己想知道的事情，比如，他家乡在哪里，学手艺有多长时间了，还有，常年在外想不想家，等等。他一一回答了，紧张的心情也就渐渐消除了，脸上伴着微笑，最后，他竟壮着胆子问她那天为啥会突然哭得那么伤心。

月梅本来是不打算告诉他的，可他执拗地说你若不说我就不收你的饼子，你把它们拿回去吧。月梅手里端着他为她沏好的茶水，两只眼睛竟有些迷茫了，她说其实也没有什么好说的，都怪自己命不好。说着，她又泪眼婆娑起来。月梅母亲是个瘫子，一直不能下地干活，前些年为了给母亲医病，家里拖欠着一屁股的债，月梅上面还有两个哥哥，都没什么本事，家里也没有钱给他们娶媳妇，而她后面还有两个小妹妹，因为没有钱上学整天待在家里帮母亲干干家务。去年月梅被迫嫁给了在外头开砖厂的李为富的独苗儿子李大河。李大河生下来就是个傻子，可李为富偏偏相中了月梅，他答应只要月梅肯嫁给他家大河当媳妇，月梅的哥哥都可以到他开的砖厂当工人，还给每人额外赞助三千块钱讨媳妇用，至于月梅的两个妹妹李为富也爽快地答应拿出钱来供她们把小学念完。月梅过门以后，李为富根本不同意她回娘家去，她每天的责任就是照顾大河的吃喝拉撒穿衣戴帽，李为富甚至还暗示她要想方设法跟大河怀上一个娃娃，可是，李大河根本就不能做那种事情，在月梅眼里，他只是一个傻娃娃，尽管他已经三十多岁了。李为富有一次喝多了，半夜三更竟然借着酒兴偷偷地钻进月梅和大河的屋子里，李为富捂住她的嘴不让她喊，月梅死里活里反抗，用指甲抓他用牙齿咬他，还好大河那时竟突然给惊醒了，被眼前的情景吓得哇哇直哭。李为富后来就对月梅恨之入骨，有事没事总找碴子骂她羞辱她，还让自己的老婆整天盯着她坚决不许她跑回娘家去。月梅偶尔找个机会回娘家也都是趁他不在家时偷着跑出来的，上一回正是因为她着急往回赶，所以没来得及多穿些抗寒的衣服。

等父亲从集市回来时天色已经暗沉，儿子悄无声息地上炕躺着了。父亲到灶上盛饭，瞥见扣在碗下面的一摞面饼，父亲接连问了两声你小子啥时候烙的饼。儿子始终一声不吭。父亲知道儿子的禀性，也就懒得再问，抓起一张饼就往嘴里塞，一嚼，满嘴溢着葱油的香味。父亲忽然有种如鲠在喉的感觉，纳闷地想了一会儿又问，是不是有谁来过？儿子这才闷哼了一声。说那个女的送来的。父亲再吃那饼子已显得有些犹犹豫豫的了。父亲觉得儿子不再单单是沉默寡言，他似乎有了什么心事。

儿子对父亲隐瞒了月梅的事情。

知子莫如父。

父亲依稀从屋子里隐隐漫溢着一缕淡淡的特殊香味中感觉到了什么不同，但他也说不清楚那究竟是什么。儿子的一双棉鞋此刻正懒狗一样斜躺在地上，看上去湿乎乎的。父亲很长时间都盯着它看。

那天是儿子送月梅走的。月梅起初并不同意他这样做，她说自己早就习惯了走这段路，不怕。她让他赶紧回屋去当心着凉。可是，他像是没有听见她说的话，忠实的狗那样低着头紧跟在她身后。当他俩走进那片芦苇丛里时，他就主动地走在了她的前面，芦苇的枯叶上积了厚厚的雪，下边的冰面上也是，脚踩上去咯吱咯吱响。他用双手分开那些稠密的挡住去路的芦苇，先让积雪簌簌地落下来，她紧随在后面，一会儿工夫他们就走出了很远。他始终不说话，只是默默地重复着那些动作。而她也只是紧紧相随，腰身一拧一拧的在雪地里艰难地走着，她身上的棉衣有些臃肿，这使她在走这段路的时候显得并不轻松，但看起来她和他配合得却很默契。走着走着，她还是不小心被脚下的芦苇茎根给狠狠地绊了一下，她失重后朝前面的他一头栽过去，幸好他眼疾手快，就势转身将她搂住了，使她不至于跌倒在雪窝里。她稍微稳了稳神，发现自己竟扑在他的胸前，这使她感到慌张，而他也正莫名地冲她喘着粗气，哈气白茫茫的，使她很难看清楚他此时的表情。他像是很害羞似的急忙松开抱住她的双手，欲言又止地看了她一眼。她也是。她的脸颊两侧被围巾遮掩着，只有红红的鼻尖和两只潮湿的眼睛露出来，眼睫毛上蒙上一层晶莹的霜花。等好不容易走出这片芦苇丛，她才正式冲他感激地笑了笑，她帮他掸了掸落在身上的雪末，他发现她笑起来有种让他说不出来的感觉，是好看还是凄凉，或是别的什么难言之苦。他心里却是敞亮的，因为她肯把自己的伤心事说给他这样的一个人听，尽管那些事让他听得胸口十分窝火。

转眼到了年关，父亲竟突然病倒了，整天喘个不停，脸皮蜡黄，汗水把身体浸得水水的，一丝气力也没有。他们回老家的想法也就暂且搁下来。儿子到外面给父亲抓回草药，父亲一向是不吃西药的。儿子把那些草药放在烧茶的罐子里煎熬，他安静地坐在灶火前，火光将他棱角分明的脸庞炙得通红通红的，他的目光也跟着眼前跳动的火苗闪烁着一种热辣辣的东西。喂父亲喝下汤药，儿子就一个人站在空落落的屋前，看着眼前萧瑟的冬日田原发呆。偶尔，他也会失落地朝着屋后的那片芦苇丛张望一会儿，有时候一站就是老半天。

儿子有一天告诉父亲他想到庄子上再揽些活回来，反正他们一时半会儿也不离开。父亲没有拒绝。父亲把喝过的药碗递给儿子，他说，我老了，往后这手艺就全指靠给你了。父亲好像还想说什么，可他嘴角只是微微动了几下，终究没能说出口。其实，父亲的心思一点儿也不比病情轻多少。有些事情他不知道该怎么对儿子说。他可以手把手传给儿子手艺，可有的东西只能靠儿子自己去揣摩和把握了。

一连去附近的庄子上转悠了三天，很多熟客向他问起老弹匠的情况，儿子只好照实说了，也换来了大伙儿些许的怜恤。活儿倒是接到一两件，可儿子回到屋里心思还是着落不下来。父亲躺在一边养病，剧烈的咳嗽一直折磨着他。儿子闷起头来干活，弓槌嘭哧嘭哧地发出有气无力的声响，棉絮和尘灰在小屋里起起落落，儿子的心绪也是起起落落难以平静，他的身体逐渐苍白起来。父子俩的日子似乎又被拉长了。

这天夜里，他俩都躺下好一会儿了，外面忽然由远处传来一阵杂沓的脚步声，还夹杂着几声狗的汪汪，早有几只耀眼的光点在糊窗的塑料纸上晃动个不停，光点渐渐变大，屋子里亮了许多。那些声音也越来越近，像是包围了这间屋子，很快父子俩都听到了外面敲门和喊话的声音，仿佛很急迫，门板都要散架了。儿子让父亲躺着，自己起身下地去开门。儿子的眼睛被门外的几束手电筒的亮光刺得一时睁也睁不开，而且，的确有一条很凶猛的狼狗被其中的一个人牵在手里，它正仗着人势冲陌生的他一声紧似一声吼叫着，狗的双瞳绿得使他不禁发怵。他们问他刚才有没有见到一个女人打这里经过，或者敲过他的门，他们还向他大致形容了一下女人的长相和穿着。儿子的心倏地往上一提，愣怔了半天，后来他连忙摇着头不无惊慌地说他什么也没有听见，他和老父亲一老早就睡下了。在离开前他们还是将信将疑地把几只脑袋和手电筒都伸进屋子里探了又探，之后才悻悻地向别处去了。儿子回屋后，父亲在黑暗中试探着问他，又像在自言自语。

他们是找她来的吧。

儿子一声不响地坐在炕上。

父亲也慢慢地从炕上爬起来，并用棉被裹紧自己瘦瘪的身体。

我早就看出那是个苦命人啊！

父子俩在黑屋里相对坐着。

儿子开始悄悄地往自己身上套着衣裤。

父亲说黑天瞎火的，你哪儿也别去了。

儿子并不理会父亲的劝阻，他已经摸黑穿好了鞋。

你去又能咋样？

天这么冷，我想去找找她。

儿子出门前才撂下一句话。

父亲听见儿子的脚步声渐渐远了，他只是怅然地叹了口气。后来他再也没有睡，也穿好衣服下地把炉灶里埋好的火种又捅开，续上新的柴火，还在锅里添了几瓢水。他坐在灶前静静地烤着火，耳朵却很警觉地听着外面的动静。风在屋后的芦苇丛里跟一群女人似的躲在里面呜呜号着。父亲是过来人，很多事情要比儿子明白得多，他知道儿子认准的道儿自己不好强拗，只能让他往前走一段才会明白的。

也就一顿饭的工夫，儿子果然回来了，就他一个人，样子有些落魄，更加的沉默和一声不响。父亲盯着儿子看了一会儿，像打量一个很陌生的外人，最后将一碗开水端给他喝。这回父亲什么也不想说了。儿子咕咚咕咚地只顾喝水。

夜静得有些忧伤。

父亲天一亮就出门去了，儿子懒懒地躺在炕上动也不想动一下。其实，他已经这样无精打采了好几天。到了傍晚，父亲才一路咳嗽着进了屋，手里却拎回来两包新棉花。父亲进屋就把躺着的儿子提溜起来，说眼下有个急活儿，赶紧起来干吧。见儿子还不挪窝，父亲径自把炕上的铺盖都卷到一边，将新拿回来的棉花在炕席上铺展开来，自己动手架起弓槌忙活起来。儿子木然地望着父亲生气的样子，只好过来搭手干活。

去庄子上送活的时候父亲硬把儿子也带上了，父亲在前面走，儿子夹着一对网好的棉套闷声闷气地跟在后面。儿子竟一点儿也没有想到，父亲那天揽回来的活儿正是月梅婆家的，对此父亲却只字未提。等到了李为富家，儿子一个人站在外面候着，父亲进屋后就跟月梅的婆婆拉上了闲话，说自己的活儿做得有多么好，又把网套摊开了给她里里外外看，还固执地在价钱上迟迟不肯让步。父亲对李为富的老婆说，一分钱一分货嘛，我这手艺可不是吹的，价钱我们咋都好商量，你先让你儿媳妇给我儿子盛碗水喝，那小子一路上只叫喊口渴呢。月梅果然就被她婆婆从屋里使唤出来给门外的人送水去了。儿子站在门口，看着月梅端着一杯子水朝他一步步走过来，心里顿时跟跑过了一群野兔似的忙乱，半晌都不敢相信自己的眼睛。月梅把水杯递过去，望着他愣愣怔怔不敢伸手去接的样子，说你快趁热喝呀。这时，一个傻乎乎的矮个子男人摇摇晃晃地从院里跑出来，从后面一把就将月梅的腰搂住了，嘴里像嘟囔着什么，月梅……月梅，听起来有些语无伦次。儿子看到月梅的脸兀自红了起来，她低下头哄孩子似的用手轻轻摩挲着那人的脑门，并将他哄回到院里去了。月梅的眼睛闪闪烁烁地看着他把茶水喝下去。他把杯子还给她的时候，才发现她的一只眼圈青青的，眼底漾动着红的血丝。她正低下头转身准备往回走，他的心猛地一下子又提了起来，悬在嗓子眼里。他一时竟说不出话了，或者不知道该说些什么，脸都憋紫了，眼巴巴看着她转身进屋去了。

晚上，儿子照旧呆呆地蹲在灶火前给父亲煎药，人比先前更加迷惘了。父亲闻到一股焦煳的气味，躺在炕上接连喊儿子的名字。儿子才如梦方醒，罐子里的水早就熬干了。儿子只好把烧煳了的罐子拿到外面冷却。就在他一味地盯着直冒白气的药罐子出神的时候，他听见屋后的芦苇丛里传来唰啦唰啦的脚步声。起先，他并没有在意，可脚步声越来越近，很快，一只黑影一闪竟来到他面前了。

她。是她。月梅。两个人面对面站在屋前，很长时间，谁也不说一句话，都微微喘着，眼前弥漫着一层白色的气息。月梅头上依然裹着围巾，只露出两只潮湿的眼睛，扑闪闪地动，看着让他心里一阵阵泛酸。

父亲躺在黑暗中一动不动，他细细听着儿子和月梅嘀嘀咕咕地说话。月梅呜呜的哭声断断续续地传进屋里，那声音听起来很让他难受。不过，父亲这时多少感到释然了些，事先，他并没有把自己白天私下里趁机让月梅到他这里来一趟的消息告诉给儿子，对于这种事情他没有什么把握，他只是不想看到儿子成天没精打采的样子。他知道儿子大了，他该慢慢地学会经历一些事情了，他能做的只是暗中帮他度过这个坎儿。父亲知道谁一辈子不遇上几个坎呢。事实上，父亲一直对儿子隐瞒着一些情况，自打儿子懂些事情以后他就用自己以为可以敷衍的方式欺瞒着他，因为他曾经也有过一段让自己难忘的感情经历，但他把一切都承受下来了。这些年他带着儿子走南闯北，他既当父亲又做母亲，除了教儿子学这祖传手艺外，更多的时候，他希望儿子将来不要跟自己一样半世漂泊落得光棍一条，儿子应该有一个自己的家。

父亲后来当着儿子的面跟月梅说，后天傍晚我们爷儿俩就走了，往后不定再能回来，你要是觉得眼前的日子煎熬得很，实在过不下去了就跟我们一起走吧，我这儿子人实诚着呢，他有这手艺这辈子饿不着。不过，凡事都要你自个儿拿主意呢，你可得想好了啊。他又回过头语重心长地对自己的儿子说，你小子也是一样的，强扭的瓜不会甜，你要是先后悔了咱们爷儿俩后天天蒙蒙亮就上路，一刻也不多留。说完这些，父亲就让儿子把月梅送回家去了。

那天一直等到天快黑了，月梅也没有再出现，儿子始终站在屋顶上不停地朝芦苇丛里张望着。天黑以后，父亲收拾好了行李，儿子心事重重地帮着把行李一件件拿出来放在路口。

父亲说，咱们该走了。

儿子依旧站在芦苇丛里不肯出来。

父亲走过去用力揽了一下儿子的肩膀，说这都是命，你怨不了人家，她有她的难处。

父亲拿出一根卷好的纸烟用火柴点着，吧嗒吧嗒吸了两口。父亲极力往远处看了看，忽然又很响亮地擦着一根火柴，说，多好的一片芦苇子啊。说完，父亲用火柴点燃了就近的一束芦苇花，外面风正硬呢，呼啦一下，火龙借着风势在寂静的河湾里熊熊地炽烈起来，一下子就将整个深暗的天空都映红了……

父亲最后回过头，见儿子的两只眼睛也红红的，亮亮的。

一些人就是在这种时候离开村子上路的，他们当中有男人也有女人，当然还是那些成天倚附在南墙根底下晒太阳的老人居多。他们走得真是很快，好像昨天下半晌，你还明明看见他们被冬天的日头烤得发红发烫的脊梁和脸庞，可一转眼的工夫，他们就撇下那么好的阳光走掉了。

这时候炒面总在思想类似的问题。

炒面边想边在村巷里来回游荡，两只手无聊地揣在袄袖中间，一副染了风寒的落魄与萧瑟，而他的游荡并不是漫无目的。事实上，炒面很清楚自己的去向，他只是尽量装出一种很茫然的样子。炒面能感觉到那些异样的气息是从什么地方散发出来的。

而这一年毕竟有些不同寻常，早在夏麦收割的时节，炒面就过早觉察到了一些浅淡的痕迹。那时，权光的老婆已生完了第四个小孩。权光老婆这次分娩的时间极其漫长，好像身体被什么东西夹住了似的。那天炒面躺在自家的屋顶上，屋顶上铺了很厚的一层麦子，麦粒被晒得圆鼓鼓的，不时发出悄然迸裂的闷响。炒面正仰面朝天躺在那些热滚滚的麦子上，他隐约听见一阵紧似一阵的痛苦的哀号从远处飘荡过来，这声音时而断断续续，时而暗暗哑哑，它们混合在新鲜的麦子里。炒面的鼻梁剧烈地抽搐了几下，他很想打一个喷嚏，可是没有打出来。于是，炒面感到一种莫名的悸动从心头悄悄掠过。

由夏到秋，炒面越发明朗地感觉到那种气息就在村子的上空浮荡而且经久不散。当有一天炒面目睹了权光用平板车拉着老婆从外面疲倦不堪地归来，那一刻炒面的心情倏忽闪过一些更为明亮的颜色，他甚至感觉到自己的舌根和喉咙间正慢慢地往上翻涌着些什么。炒面艰难地咽下一口唾液，那些液体便酸溜溜地滑进他的胃里。炒面看见权光正低下头拉着车缓缓往前走，他老婆死人一般摊开了躺在车上，薄得像一条麻袋片，脸上看不到一丝血色。权光只顾拉车，头一味地耷拉下来。这情景让炒面不由想起村里那些即将病死的牲口正在参加最后的一次耕作。炒面不紧不慢地跟在权光后面，一时竟有些犹豫不决。不过，炒面还是顺其自然地和权光并排走到了一起。炒面低声说，我闲着呢权光，有事只管张口啊。炒面还想说点什么，可权光已经拉着车拐进了自家的街门洞里。炒面只好隔着墙垫起脚后跟，他说到时候记着招呼我一声啊。

炒面在有关死亡这个问题上花费了很多时间，可家里早就接连传出叫喊他的声音，那是他老婆和孩子在叫他回去吃饭。这些永远保持着一个调门的喊叫让炒面感到一种无可按捺的厌恶。

炒面并没有立刻转过神，他一直在权光家的院子外面徘徊着。权光家的屋子破破烂烂的，围墙狗牙一样参差不齐，街门也裂出好几道豁子。炒面知道那些不太好的气息就是从这些地方飘散出来的，有很浓烈的腥味和腐臭，还有一阵阵含混不清的剧烈干咳。这种种迹象都让炒面倍感兴奋。炒面毕竟是见多识广的，这些年村里完了的人没有不经过他的手的，每次都由他给死者擦拭身体，更换老衣，抬埋入殓，就连他们最终躺进去的那块地方也少不了炒面一锹一镐地刨挖出来。临了，再由炒面将那些挖出来的土一锹一锹埋进去，填得瓷瓷的夯得实实的。那时，地上就会兀自凸现出一只古怪的土丘。

炒面最终被此起彼伏的喊声硬是拽了回去。

进门见老婆正准备扯开母鸭嗓门喊下面的一句，炒面就迎头狠狠地剜了她两眼。叫喊个屁！还没咽气呢！他没好气地嘟囔着，吃饭吃饭你做的饭有啥吃头，要油没油要肉没肉，我想吃肉！你的饭里有肉吗？……唉！要是能吃上点肉就好了，我已经快半年没有尝到一丝肉星星了呀！

权光老婆第四次临盆之后，身体彻底垮掉了。连月子都没有坐完整，人一天比一天瘦，眉毛头发和指甲盖全都脱落了，别说下地走动，就两个大人也很难将她扶起来。起先，这个女人浑身上下长满了风疙瘩，隆起的红斑像大面积的立体的图雕刻在她的身体上，接下来就是没完没了的干咳，到医院一查说染上了肺结核。更为严重的是由于过分的憔悴和情绪抑郁，从夏末到立冬这个女人已闭经了，那下面也长满了疖瘤。

炒面是从权光的嘴里得到的这些消息。实际上炒面早就预料到了，他的鼻子实在太灵敏了，他能清晰地嗅到那种接近死亡的味道，那是人的肉身正在悄悄腐烂，尤其是一个女人的下身正在溃糜，这种异样的气味几乎无处不在。

之前，炒面有一天在村外的一片沙荒地里撞见了权光。当时权光正在太阳底下追撵那些快速爬行的沙虎子。权光的样子很执拗，可他的脸上满是愁苦，眼神呆滞。他在追逐那些东西的时候，眼睛里全是红红的血道子。炒面亲眼看见权光将一只沙虎子的脑袋捏在拇指和食指中间，然后一点一点地用力，那家伙的眼珠子就慢慢地从眼眶里凸现出来，同时尖细的舌头也从嘴里憋出长长一截子，而它的三角状的脑袋早被挤得扁扁的了，脑骨碎裂的声音清晰可辨。

炒面问权光你是不是也想吃它的肉了？

沙虎子的肉一点也不好吃，炒面很认真的样子。

权光没理识他，随手将那只奄奄一息的沙虎子宝贝似的塞进裤兜里，两只布满血丝的眼睛继续在爆裂的沙荒地里一路搜寻着。炒面听见权光的腿脚把沙蒿叶子蹭得刺啦啦地响，权光的小腿和脚脖子上尽是血绺子。不远处升腾起袅袅的热浪，许多景物在其中火焰一样跳跃不休。炒面的瞳子里也热辣辣地直朝外喷火。

炒面始终跟在权光的后面。权光回过头，说你别鬼一样缠着我了，我要去抓沙虎子给我老婆治病！她快没命了！

炒面站住，他仔细盯着权光瘦削的脸，那张脸瘦得皮包骨了。半晌，炒面才静静地说，没用的，我已经闻到了！

权光一怔。

什么——

你闻到什么了？

死人味道！炒面自信地说，村里村外到处都是这种味道，权光你真的没有感觉到吗？！

说完，炒面转身走了，走了十几步他回过头，见权光依旧呆呆地立在太阳底下像一根大个头的蒿子，有一绺子阴影张牙舞爪地落在权光面前的沙荒地上。

炒面就说，没用的！沙虎子也治不好你老婆的病。

权光并没有听进去炒面的话。相反，权光一下子从沙地里逮回来十几只沙虎子，他一只一只剥下它们的皮，然后将那些皮平展展地铺开在窗台上晾晒。等晒干后，他将那些皮拿擀面杖碾碎又用开水泡制。

权光的女人喝下第一碗的时候，并没有什么不妥，只是在后半夜一阵狂呕，并将胃里的所有东西全部吐尽了。权光想，也许是药起了作用，于是，又强行给老婆灌下第二碗、第三碗……再后来女人把牙关咬得紧紧的，撬也撬不开，药死活灌不下去。女人说，我都要死了，权光你就让我安安生生地死吧。

权光没了办法。

权光跑到外头偷偷地号哭了一场。

权光的哭声还是被站在屋顶的炒面听见了。

炒面觉得那种很突兀的男人哭声让他浑身都不自在。炒面见过各种形式的哭丧，那些声音有大有小有高有低有急有缓，有的激烈有的哀婉，有的悲壮有的高亢，那大多是来自女人们的，她们的哭丧调有时候更像是在刻意唱好一出大戏，一副天地动容山河破碎的架势。炒面心里清楚，他们大多是哭给旁人听的，又有几个孝子贤孙是真正悲伤的呢。

不过，权光的这次号哭还是证实了炒面的各种猜测，他知道村里就要死人了，这让他顿时欢乐起来。

于是，炒面暗自快活着，他知道吃肉的日子就要来临了。

树头像倒过来的蟹爪，树身也水蛇似的在夜色中吱呀呀地扭动。炒面心里泛起一阵阵迷茫，他眼巴巴地看看天又看看路旁的一棵棵树，树上连一片叶子也找不到。炒面知道那些叶子早就在冬天到来之时已死光落尽了。他想，这个时节真的很适合死亡，秋天的时候你还感觉不到这些，可刚一立冬都挨不下去了，一切都变了样，地里的草先死了，树上的叶子也掉光了，就连土地也封冻得结结实实的，还有什么可以活得过去呢？

现在，炒面知道该走的东西都会赶在这种时候从人们的身边悄悄地溜走，想拉也拉不住。他们在离开的时候必然又会惊动整个村子，所有人都会从四面八方赶过来会聚为要走的人送行。在送行的队伍当中，从来也不会少掉他炒面这样一个重要人物。炒面深知他们是很器重自己的。有时炒面甚至在想，如果他将来死掉了，他们一定会比失去亲人更痛苦万分，或者连那些死了的人也会感到一种不安。

炒面依旧整天秃鹫似的蹲在屋顶上，空气中的味道一天比一天浓烈。

第一天炒面闻到了渐重的臊臭味，他说是权光老婆大小便开始失禁了。

隔了两天，炒面闻到的是很浓的血腥味，炒面在吃饭的时候突然说，那个女人还能咳出点血呢！

到了第六天的傍晚，炒面不用出门就能准确地分辨出空气中多出的另一种味道，那是一股令人的鼻子发酸发麻的呛味。

这天炒面不想再吃他老婆做的任何东西。

炒面说我要留着肚子到权光家吃肉去！这回我要吃多多的肥肉！我实在快要馋死了。

这时，他听见有人已从外面匆匆地跑进来。

通常，从外面走进炒面家的人，都会没见人就先传出呜呜哇哇的一通哭声，然后一进院子就会扑通跪倒，而这次炒面没有听见。

进来的是权光，权光没有跪下来，他拉住炒面的手说好兄弟你帮帮我吧！只有你能救一救你嫂子的命了。

炒面一愣。

炒面没有弄明白对方的意思，权光并没有请他去做抬埋一类的杂事，而是要让他去救人。

权光家的院子静静的，这种寂静让炒面感到很舒坦，他明白权光家为什么会这么安静。炒面狗一样狂嗅着这个院里的复杂而漫漶的味道，那种味道他再熟悉不过了，果真已没有一丝生气。

这时，炒面听见权光从屋里出来。权光的脚步细碎得像女人的，轻轻地就从里面飘了出来。

炒面的手还是揣着的。

权光说炒面我们走吧。

炒面没挪窝地傻站着，他不清楚权光的意思。

炒面的一颗热乎的心就悬在半空中。

炒面看到权光满面的泪痕，可权光并未打算放声痛哭。炒面很快就从迷惑中挣脱出来，他知道权光的老婆肯定还没有咽气。这样一想，他的情绪就忽地消沉下去，他感觉到自己的腹内正发出咕咕的十分不满的声响。在那一瞬间炒面再也闻不出那种厚厚的腐朽味道，他灵敏的嗅觉完全被意念中的肉香味所湮没了。

权光又说，求你了炒面！若真能救活你嫂子我给你宰一口猪，虽说我家的猪只有羊羔子那么点大，我还是要杀给你吃的呀。

炒面乐了，他并没有张开嘴笑，只是打心里感觉到美滋滋的。

炒面二话没说，跟着权光就走了。

外面的空气清冽了些许。炒面感到脸上潮潮的。天空中有些微小的颗粒正零零星星地往下坠旋着。

炒面的双手热乎乎的，可他还是将手揣进袖筒里暖着，他觉得这样有一种很踏实的感觉。权光并没有让炒面进屋，他让炒面站在屋外等。

炒面说，权光我只会给死人抹身子穿衣服还有挖坑抬埋，别的事情我可不会做呀。权光没吭气，从墙角拿过一把锹和一把镐递给炒面。炒面吓了一跳，没敢直接去接。炒面说，她不是还没断气吗，现在用不着这些东西。权光拿眼睛冷冷地看着炒面。炒面的心里就莫名地怵了一下，他觉得权光的眼神中有一股强烈的东西直戳他的脊梁骨。炒面很无奈地接过了那些东西。

权光又从伙房里取出一只小瓷盆和一把勺子，然后出了院子。炒面急忙跟在后面。权光这次走得很快，一转眼就出了村子。炒面肩上扛着锹和镐，一脚深一脚浅地往前走。权光走得实在太快了，快得炒面根本追不上。炒面有些看不清权光了。天地间素白素白的，那些冰凉的白色粉末正飘飘洒洒地降落着。炒面的脸上已经有了淅淅沥沥的水纹，水从额头和鼻尖上滑落下来。炒面一个劲儿用舌头去舔那些水。水的味道也是怪怪的，好像混合了空气中那种不洁净的东西。一旦意识到这一点，炒面就接连吐唾沫，可任凭他怎么使劲吐，那种腐朽的味道始终在他的喉咙间蹿跃不停。

这时，权光已经止住了脚步。

权光站在一只鼓鼓的土丘旁边。炒面看见权光的身前身后，四周都布满了那种鼓鼓的土丘。炒面不由自主地打了个激灵，他在手脚哆嗦中慌乱地扔下肩上的农具。权光已经在那只土丘前面虔诚地跪下来。土丘覆盖上一层白色，亮晶晶的。权光的脑袋和后背也白花花的。权光看上去跟一段树桩子没什么两样，像是八辈子前就早已枯朽了似的，没有半点活力。权光就那么屁股冲着炒面跪着。权光嘴里念叨着什么，炒面并没有听见。

对于这种地方炒面是再熟悉不过的。村里那些完了的人都是被他帮着抬埋在这里的。炒面从来没有感觉到恐惧，却时常感到疑惑。那些死去的人真是很平静的，即使是生前那种待人尖酸苛刻阴险歹毒的家伙死后也是同样的平静，你一点也看不出他们生前是好人还是坏人，只要埋进土里，好和坏似乎全被遮盖起来了。

权光说快些动手吧。

炒面依旧傻傻地站着不动。

炒面说，权光你不能把你老婆埋在你爹的坟上，那样你爹会睡不安宁的，再说，你老婆还有一口气呢，活埋可是犯法的呀。

权光说，炒面你就快动手吧！趁着天黑你快把我爹的坟刨开，那里面的东西能医好我老婆的病。

权光的声音渐渐激动起来。权光说我是不能刨我爹的坟，可是你能，阎王爷不会怪罪你的，阎王爷知道你是个好心肠的人！

那一刻，炒面突然弹簧似的在原地跳了起来，或机械地朝后跳出几步，他远远地避开脚下的锹和镐头。炒面惊厥地颤抖不停，他听见有些细微的声音从远处一点一点传来又飘向更远处。那些白色的粉屑正漫无边际地在跟前飞旋。炒面大约听清那些声响的出处，竟是自己的牙齿在口腔内剧烈地相互碰撞，那种声音细密而紊乱。

炒面哆嗦着说，他妈的权光你究竟是不是人？！我干不了这个，让我刨死人的坟，亏你能想出来！

炒面的眼前同时浮现出另一幅图景。大概是几年前，权光的爹老死了。炒面帮着权光去料理丧事。炒面只记得自己吃了很多的肉，都是很肥的猪肉，咬一口满嘴都是油水。只要有肉吃炒面一定会去。炒面知道自己做梦都想吃肉。

炒面说，我要走了，要挖你自己挖吧！我以前吃过你家的肉，可那是为了送你爹的，我们早就两清了。

这时，权光猛地扑过来，两只手死死地抓住了炒面的肩膀。炒面顿时冒出一身冷汗。权光说我刚才已经给我爹说明了，他老人家不会怪你的，要怪也只能怪在我头上，可我也没有办法呀！他们说我老婆的病只能用这个方子才能救活，我不能让我老婆死掉……大兄弟你是知道的，我们还没有生下一个儿子呢！她死了我们老权家就该断后了。

说着，权光竟扑通一下给炒面跪下来。

炒面的确听到一声很响的重物落地时的声音。权光呜呜哇哇的哭声在黑暗中向无限深远的地方传去。

权光几乎是号啕大哭着，那些兀自响起的哭声在空旷的土地间激烈回荡。天空中落下的东西已是一团一团的，没轻没重地往他们两个人的身上落着。

权光从地上拾起镐头重新递给炒面。

权光说，兄弟，你帮了哥这个忙哥不会亏待你的，哥明天就把家里的那口猪杀了，谁也不给就让你一个人吃个够！

液

体

275

权光说那猪是小了些，我们实在顾不上喂它。炒面你要是不够吃哥就再给你杀一只老母鸡，那只老母鸡已经有好些日子不下蛋了，哥就杀了专门让你吃吧！

炒面不吭声。

炒面也没挪步。

许久，炒面的手里紧紧地攥着那根镐把。木头已变得无比冰凉，手捏上去有些疼痛的感觉。

雪花快停下来的时候，权光已经看不到炒面的脑袋了。

新挖出来的泥土只黑那么一小会儿就被白色所覆盖。先前的坟丘早已看不见，倒是在它四周新隆起了一圈高高的土围子，土堆是白色的，白得有些耀眼。

权光在上面猫着腰探问怎么样炒面，见水了吗？

权光说，我把盆和勺子给你递下去吧！

下面没有回音，只是间隔一会撂上来一锹黑色的泥土，这些黑色的泥土夹杂着一股怪味和炒面的喘息，然后重重地落在权光的脚下。

炒面一直在叨念着，老叔你可千万别怪我哟！是你儿子非让我这么干不可！可你也不能全怪你儿子，谁让他老婆快要死了呢！你想一想，他老婆要是真的死掉了，你们权家就要断子绝孙了，到那时候老叔你才真的死不合眼呢。

炒面说权光你爹的棺材都烂稀了，轻轻一碰就掉下一块子。说着炒面将一块形状很不规则的木头扔在权光的脚下。权光吓得往后连退几步。

炒面说，权光，你再离我远一些，你别老拿手电筒照我的脸好不好……我有点害怕，我想尿尿呀……权光！

炒面又说，老叔你是我一手埋在这里的，今天我又亲自把您老人家挖出来，你可要担待着点。老叔你若在天有灵的话，就好好保佑你家权光吧！让他老婆赶快好了好给你们权家生个大胖孙子呀！

这时，炒面的手指尖不经意碰到了一些凉森森的东西，他急忙缩回手，像逃避蛇蝎一般。那一瞬间，炒面清醒地感觉到有几滴液体从自己的指尖轻盈地滑落下来。他哆嗦着将手指靠近鼻子，他立刻嗅出液体的味道实在很奇怪，酸酸涩涩的，但并不是炒面想象的那种，或者那只是一种近似于泥土的湿润气息。

炒面连忙壮着胆子蹲下来细细看。

炒面冲上喊权光，你可以靠近我一些了，可权光你要把你手里的东西捏稳，别把我的眼晃花了。我不是害怕，权光我跟你说，我一点儿也不怕，我就是有点紧张呀……权光的手电筒就从上面歪歪扭扭地照下来，那些歪曲的光落在炒面脚下淤积着的几只小水坑里。炒面双眼顿时被那光亮刺了一下。与此同时，炒面失声尖叫起来，那凄厉的叫声一下子就从那土坑中钻出来，然后划破宁寂的夜空。

棺材突然间整个塌陷了，就像一座空房子猛地倒在炒面的眼前。几道白光森然一闪。炒面再也不敢睁开自己的眼睛，他接连叫喊着，权光你爹是你爹！我看见你爹啦！可你爹不在了！权光，你爹只剩下一堆白骨头了……

炒面还想说什么，却被自己的牙齿所发出的咔咔声淹没了。

炒面感觉到自己的身体突然变得像片干树叶那么轻巧，好像随时都会从坑子里飘了出去。这时，权光已经把瓷盆和勺子递给他了。权光说水！我看到下面的水了！炒面你快把那些水舀进盆里吧！权光的声音逐渐高亢起来，他们说我老婆喝下那些水病就全好了！

这时，天空渐渐明亮了些许，没有一丝下雪的痕迹。四周一片苍茫，由村子方向传来几声犬吠，空空洞洞地响着。

天亮后，权光颤颤巍巍地端着碗。碗是白瓷的，沿子上有两道细细的蓝线。权光瘦瘦的脸映在碗里，随着他十根手指的颤动，他的脸就在那碗里的液面上晃悠着。权光发觉自己的脸色怪异得吓人。

权光老婆的身体薄薄地贴在坑上，她的牙齿跟焊接在一起似的紧紧咬住。权光费了很大工夫才勉强掰开她的嘴将碗里的药液灌进很少的一些。权光听见她的腹内发出了一些咕噜咕噜的响动。权光隐隐约约感觉到那些黯黑色的液体正顺着喉咙食管流进他老婆的胃里，他甚至已经看到他老婆原本苍白的肚皮依稀泛出一种深深的颜色，然后，那些黑绿的颜色正通过血脉流遍她全身。

权光的嘴角就跟着挤出一撇儿很凄凉的笑，那种笑在他的瘦削的脸上快速流动着。他先出神地望了一会儿坑上的女人，随即又俯下身体继续用一只手去掰她的嘴。权光几乎是冲老婆高声央求着，把你的嘴张开吧！等这些药喝下去你的病就全好了！可是，那些乌青色毫无光泽的牙齿始终咬得死死的，不管他怎样用力也无济于事。

权光手里的白瓷碗晃动得很厉害，那些液体在碗壁四周荡漾着。

权光浑身都在冒汗，他说老婆你就张开嘴吧，就算是我求你啦！这可是从咱爹的坟里弄来的神药呀！

权光说，你要再不张嘴，我就要拿刀子往开撬了……

炒面一进门就不停地说，权光啊，我算是好事做到底了呀！等我把你老婆送走了，你一定要杀了那只羊羔子好好犒劳犒劳我。炒面又掉过头对其他帮忙的人说，我实在是太累了，要知道这两天我接连挖了两次坑还要再填两次坑，按理说权光他应该再杀只鸡，让我一个人美美地吃上一顿才对呀！

帮忙的人个个严肃着，也有人岔岔地骂炒面，你狗日的怕是想吃肉快想疯了吧！

坑挖好了，大伙儿嘿嗬着很隆重地将棺材搁下去。

炒面一边不住叨叨着一边很卖力地往坑里添土。很快，一个圆鼓隆咚的坟头就赫然出现在冬日的田野上。一个病病歪歪的女人就这样离开了村子，也离开了村人的视线。

现在，炒面真的感到很累，他甚至连一句多余的话也不想说了。他悄悄地离开了那些送葬的人群，随便在一棵树下靠坐下来。坐着坐着便有了睡意，却又被一股子冷风吹了个激灵。炒面忽然发觉四周一下子静寂了，好像一点声音也没有，又好像传来一阵很隐蔽很怪兀的哭声。炒面扭着脖子四顾着，后来，他看见那座新坟旁还跪着一个人呢——是权光。

炒面走过去站在后面。

权光仍然抽抽搭搭哭着。

权光的手在地上刨抓着。他哭诉着，我不是个人，是我害死了你呀，是我害了你……

炒面拍着权光单薄的后背。炒面劝说人走都走了，尽说这些瓜话有啥用处？回吧回吧！

权光就猛地将炒面紧紧地拽住了，过了好一阵儿权光才开始哭诉着，炒面真格是我害死了她，她死活也不张嘴，我真的急疯了，炒面你想想为那药我和你费了多大辛苦呀！可她只喝了一口就再也不肯喝了，我也是没有办法呀！就硬是撬开了她的嘴，我把那碗药全都灌进她的肚子里……可是，谁知道她就咽气了……炒面你说是不是我害了她呀！

炒面愣住了，他的嘴空茫地咕哝了半晌。炒面有点不太会说话了。

后来，炒面好像听见自己说反正她迟早要死了，你就是不灌她也会死掉的，这是命。

再后来，炒面硬是揽着权光的肩膀说，兄弟咱们还是回去吧，我快要饿死了。

十五刚过，风头便有些硬。村子里依旧飘散着汤圆出锅时的甜爽气息。天空逐渐有了层次，浮悬着一团团的尘雾，是地上的浮土被卷上了天。乍一看，灰蒙蒙的，云团儿像煮囊了的汤圆，没边没棱地在天边游走，缓缓的。这时候的天就是这副样子，害了痛经的女人似的无精打采。这样半晴不阴的天气，曲秀林实在没有心气动弹，懒懒地卧着发呆或者继续编织一件没有任何头绪的紫红色毛衣。但即使手下是专注地织着，却仍是无法经心，心跑到了什么地方，曲秀林也弄不明白。她只是独自一味地沉寂着，像一只蛰伏于季节深处的上了岁数的母猫，连哼一下都觉得累。曲秀林恍惚中感到，这一年的春节过得奇快，她甚感奇怪，是那种木然的一怔——自己的耳朵眼里连一声鞭炮的脆响都不曾留下来，老历年就扑棱一下飞远了。面对飞快流逝的年，她仿佛已隐隐感觉到自己生命中的极其重要的东西也跟着它们一起走远了，而且几乎是在她毫无准备之中，那看不着摸不到的年就把一切从她身边永远地挟走了。曲秀林有时掰开手指一算，她不禁惶恐起来。去年新婚时的爆竹声分明还在她的脑海中响彻着，一刻都未停歇。曲秀林急忙放弃了这种思考。她觉得无边的恐惧正悄然袭来逃都逃不掉，她甚至不敢多看自己的手指，好像三十天以来的时光全部分分秒秒地悬在十根手指尖上，而稍不经意，那些充满惊惧的细小片段真的会在顷刻间支离破碎，从此再也无法寻到。曲秀林觉得身边的一切都暗藏着巨大的危险。

曲秀林继续织着那件毛衣，而这毛衣在许多人的眼里已毫无意义，可它于曲秀林却显得极其重要，她知道自己必须把这件事情完成了，否则她会感到内心所承受的那份苦痛正与日俱增。她并没有想到时间会过得那样快，快得像孩子们过家家。她想起来老人们常说的那句话：年好过，日子难过。所以，曲秀林内心一直近乎固执地认为编织这件毛衣是她生命中最神圣的一件事，也是她对过去生活的一次冷静的回顾与总结。她每一针都织得相当仔细。她看到暗黄色的竹签子在她的手指间起起落落。签子无声地穿入毛线的时候，曲秀林时常感到那尖锐的东西正从自己的心腑之间刺了进去，然后她听到噗的一声闷响，签子的一头又迅疾地钻了出来，随后复又刺了过去，就这样周而复始。签子进进出出地将紫红色的毛线钩起一道道弧线。曲秀林静静地徜徉在往事中，任由那些弧线在自己眼前起落纷繁。往事在曲秀林的心间如缠缠绵绵的一团毛线，又仿佛忽然间没了头尾胡乱地交织在一起。曲秀林尽量让自己保持平和。可她稍一愣神，签子的尖部便茫然地刺向她的一只手。那手指上便立时浮现出一骨朵梅花样的血，汩汩地涌着。曲秀林顿时回过神。血流得娇艳而又毫无声息。曲秀林木讷地用嘴去吮那些梅花骨朵。她觉得那血咸涩而温热，但又透射出凶险的味道。血滴的光泽度很高。它正映照着一张猝受惊栗的女人的脸。女人的面容苍白。

婆婆进来时，曲秀林并未觉察。婆婆看到儿媳的手指在一片红色中起伏有序。婆婆的眼睛便有些湿润，远远地看着。不久，婆婆的目光便慎重而呆滞地在屋子里漫移着。电视机上的粉红色丝绒罩静谧着一层荧光，床上的被褥很饱满地叠摞在一起，绸缎被面上有着龙凤呈祥的图案，色彩艳丽。而窗前拉开着一面镂空的白色网帘，花边耷拉下来像一簇洁白的花。婆婆的目光原本可以避开这些的，可却无奈地在此停留了。婆婆看着床头以上的墙壁，那墙正中挂着新人们的彩色相片。相框的两侧很对称地贴着一对剪出的大红"囍"字，很耀眼。相片上儿子穿着很体面的西服，脖际打着蝴蝶结，衬衫的领子雪白。儿子身边依偎着的女人一身素白的婚纱裙，他俩彼此拥抱在一起一点空隙也没有，他们的脸上全是幸福的笑。婆婆的眼泪扑簌簌地落下来。婆婆压着嗓子不让自己发出任何响声，她拿两只粗糙的手掌胡乱将流出的泪抹到两鬓处。婆婆的鬓发自那以后便一夜间全白了，像落上了一层霜花。此刻泪水浸染到上面，透射出洁白晶莹的光芒。婆婆低声说该吃饭了。曲秀林只木然地抬起头，头抬得不高。她摇着头说妈我不饿呢，便又恢复了原先的样子。婆婆将双手搭在床沿上，眼巴巴地看着曲秀林。曲秀林看见婆婆的眼圈红红的，心里一阵翻涌。曲秀林说妈你们先吃吧，我还想再多织几针。我这人笨手笨脚的，要是能再织快一些就好了……下面的话曲秀林哽咽了下去。婆婆就沉沉地叹息。婆婆抚摸着曲秀林手里的织物，说人都走了还织这做什么。婆婆的话一出嘴，她们俩几乎同时低泣了起来。

曲秀林急忙放下手里的活，说，妈，我这就不织了。说话时曲秀林觉得面前的婆婆的脸突然一片模糊，像被云雾遮住了似的。曲秀林就搀起婆婆往外走，外面的天空灰秃秃的，风一刀一刀地蹿过来，把曲秀林脸上的泪刮散开来。

饭桌上十分沉静。每个人都吃得非常仔细，仿佛生怕突然会嚼到米中的一块石子。曲秀林端起碗无声又无节奏地扒拉着饭粒，嘴唇和牙齿几乎没有一刻离开过碗沿儿。婆婆将一筷子菜夹起来放在曲秀林的碗中。曲秀林潜意识里躲闪了一下，可菜还是落在自己的碗里。她依旧没有动那些菜，筷子尽可能逃避着它们。曲秀林吃得很慢，这种慢表现出她对眼前的食物没有丝毫胃口，她的无声咀嚼只是应付和象征性的。婆婆说，秀林，等过完五七你就回娘家去住住吧！你在这儿整天盘来盘去的身子吃不消，我们心里也难受。婆婆说着将手里的碗筷放在桌上，用两只手背轮番抹了抹眼睛。曲秀林停止了咀嚼，碗筷瓷瓷地愣在手里，整个人僵着，一句话也不说。婆婆也不说话，倒将碗和筷弄出很响的声音，那些声音空空落落的像庙里的鱼鼓。曲秀林一直静默着，她出神地听着那种碗筷相互碰撞摩擦的声音，眼前白茫茫一片，便早有一双扑闪闪的东西吧嗒吧嗒地落下来，掉进白瓷碗中。

饭后天色又暗了一层，风也做贼似的藏匿起来。曲秀林有几次停下来，她一拃一拃地估摸着尺寸。那件毛衣已有些样子了，曲秀林前前后后拃过无数遍，很是细致，唯恐不合身。此时她才缓缓地出了口气，心里舒坦了一些。曲秀林昏天暗地地织着。曲秀林是新近才学会织毛衣的。婚后的日子她多半一个人在家，男人在外面打零工。男人待在家里憋屈得慌，浑身都不自在，即使是新婚不久的也一样。男人身上有的是好力气，可这些力气除了黑夜使在女人身上以外，待在村里他们还能做些什么呢。曲秀林的男人就是同那些生龙活虎的人一起离开了村子，他们在某个清晨背起十分简陋的行装趁着干旱的曙光朝着县城车站的方向进发。他们的身后卷起一串烟尘。烟尘遮住了那些翘首凝望着他们的女人的目光。事实上，曲秀林的男人婚前已经从外面挣回了第一笔钱和第二笔钱。他用第一笔钱在院里起了一间房子，又用第二笔钱给新房里添了电视和床。曲秀林知道男人在外面过得很苦，可他心里却是甜的。去年男人攒够第三笔钱的时候，便回来和曲秀林红红火火地完了婚。这之前曲秀林也曾专程到外面探望男人。那次他俩也学着城里人拍了结婚照，他俩都换上了非常好看的新衣服和电影明星一样风光。曲秀林一直没有忘却自己穿上白色婚纱裙后的那种天旋地转般的眩晕。那幅婚纱照也曾在村子里掀起一阵波澜，人人都跑来看稀罕，他们连声说美气得很，洋气得很，除此之外，他们说不出更好听的话。男人就很知足了。不过，男人在夜里紧紧地搂着曲秀林，说我们这个窝窝子实在太烂了，等以后我在城里站住脚就把你和家都弄过去，你给咱们再添上一男半女，将来也让孩子跟城里人一样念书识字考大学。那时，曲秀林只是静静地听着，但她觉得那种生活距离她很远很远，远得没有边际，她也许只是想安安静静地过日子。她甚至还在想，如果男人不是在外面闯荡，兴许这辈子她都不会离开这个村庄的。

这天是曲秀林男人的五七。

按规矩家里请来六个阴阳和四个吹鼓手。经堂就设在曲秀林的房里。法事从清晨便开始了。阴阳们嘴里念念有词，吹鼓手们则鹤立在院子的天井当间儿鼓着腮眯着眼呜呜哇哇地吹奏，一只破旧的牛皮鼓临时支在脸盆架子上，被一对粗糙的木棒敲得咚咚作响。曲秀林跪倒在亡夫灵位前不断地将手里的纸表香火熔入火盆中。那种配黄的纸表很容易燃烧，一张续着一张。曲秀林全身披着麻孝，瞳孔里全是火光，一些火红的液体正在眼眶里悄然凝聚着，过上一阵，红色就满了，断了线似的溢出来掉在她脚下的一摞纸上，纸上立刻斑驳起来。曲秀林的眼睛肿得很厉害，她像毫无思想的纸童一味地跪伏在地上，看着那些冥币和纸表在眼前轰然燃起。那些纸由蜡黄色变成鲜红，可很快就黯淡下来，暗下来的灰烬像一堆撕碎了的破布片，只是显得很轻。此刻，它们仿佛获得了某种轻松的可能，短时间里在曲秀林的面前自由地飞来飞去，又飞去飞来。

前来祭祀的亲友三三两两地进来，每来一拨门口的四个吹鼓手便憋足了气力猛烈地吹一通，并伴随着单调的敲敲打打。他们弄出的曲调极尽悲哀之能事，好似河岸上冻结的冰一样凄凄凉凉悲悲切切，直惹得那些前来吊唁的人一片号啕。曲秀林自然跟着人们一起痛哭不已，只是她的哭声是那样的低沉，也是冷静的，甚至泣不成音。她不像那些年长的村妇那样口无遮拦又号又闹死去活来。但是，曲秀林知道自己的心肺就要碎裂了，她几乎能清楚地感觉到肝肠寸裂的声音，那声音很像骤然摔碎的瓦片。这时，曲秀林的娘家人来了。婆婆便强忍着悲痛和泪水上前招呼他们。很快，娘家人就直奔曲秀林这边来了。门口的吹鼓手立刻受了某种鼓舞似的又是好一通卖力的吹打。他们大抵是知道，在今天这样的时刻，没有人能比得上娘家客人的贵重和挑拣礼数的，所以这些吹鼓手便拼了性命般一阵重敲恶吹，直吹得个个紫筋暴露面色铁青，同时，他们的吹奏也使得屋内再度哭声大作。娘家一伙人是拖着很长的丧音拥进屋里的，进屋前他们的身上已经披戴上了起码的孝服。所以，他们进屋后便歪歪斜斜地在曲秀林身边跪着。曲秀林被围在中间，她听到自己的母亲哭声远远胜过了一切，那种哀伤的感觉倒像是自己闺女也一起去了一样。曲秀林听到母亲边哭边喋喋不休地诵唱着，我那可怜的女婿呀，怎么走得这么快哟，我这把老骨头还等着抱外孙子呢！你倒留下我那可怜苦命的秀林子一个人咋办哟！母亲哭着身体早已歪斜过来，曲秀林连忙将母亲稳住，母女俩立刻抱头痛哭起来，一股来自骨肉亲情所带来的巨大的魔力使得她们毫不犹疑地结成了同盟。母亲的哭声越发使人悚然，曲秀林早已丧失了安慰别人的理智和能力，只顾自个儿哗哗地淌着眼泪。母亲身上的气息让曲秀林感到亲切而又温暖，而这种亲切与温暖又是久违了的，它们更让她痛不欲生。如此哭闹过半晌，终于有人上来解劝，说人都走了亲家可不能哭坏了自己！于是娘家人被暂时搀扶起来，连曲秀林也被架了出去。婆婆满面泪水，唯剩下她一个人跪在一边烧着纸钱。灵位前的火盆里积满了灰烬，屋子里的烟瘴越来越浓，呛得人无法睁眼。只有那六个阴阳个个披着经袍半闭双目，一脸的神圣与若无其事，木鱼的敲击声马蹄一样不疾不缓。前来吊唁的亲友像悲怆的河水一阵阵涌进来又一次次退却下去，然后一切归于平静。

在外人看来，曲秀林的娘家人算是仁至义尽了，他们打一进门就没消停地哭号，这当然也惹得众人都得跟着他们一同伤悲落泪。这是个礼数。礼数到了，说起话来就能天宽地阔。曲秀林的娘家人在一通恶哭之后很快像停下来的马车恢复了平静。哭声停歇以后他们已经为接下来的谈话做了相当的铺垫。人们看到曲秀林的母亲脸上的泪痕早已消散不见了，她在曲秀林婆婆的屋里坐下来，细细地品味着端上来的盖碗茶，那样子好像外面的喧嚣已跟这边毫无关系了。这时，娘家人里有个自称是孩子姑舅的中年男人就变得活跃起来，他很快便将曲秀林的婆家人以及相关的亲戚召集过来。他接连说我们亲戚们也该坐在一起扯扯话了。接着，他走到地当间儿冲曲秀林的婆婆施了个拱手礼，说今天来一是为了再送送女婿，再就是秀林这孩子我们大人都放心不下，做长辈的就想给她指条路子。曲秀林的姑舅停顿一下，端起茶自顾地抿了两口，声音很响，双目的余光却不失时机地朝屋内扫视着。屋内一片肃然，都在各自想着相关或不相干的心事，唯独曲秀林一副呆若木鸡的样子。姑舅便继续往下说，都知道我们秀林的女婿是个好人，才为救落水人送了性命，按理说该是体面地走了，只是苦了秀林一个人。来前我们合计过，如今是新社会，该给秀林重新指条路走，我们想再去找找上头的人，好歹咱秀林的女婿也算是个见义勇为的英雄，我想上头应该考虑给秀林在城里安排个事做，这是个起码的善后工作嘛。屋内的人都屏息倾听着，谁也不想打断。曲秀林的姑舅早已是满嘴的白唾沫星，他讲话的声音洪亮而又庄重。他说秀林现在遇上了难心的事，可往后的日子还要过的，我的意思是说原先这边给孩子们置办的箱箱柜柜和铺盖、电视什么的，到时间就让秀林带了去吧！将来她再想成个家也是不容易呀！说到这儿，姑舅已经站在了曲秀林婆婆的身边，他轻轻地低下头贴近老人的耳朵恭敬地说，我想老亲家也是个明理人，不会有啥意见的，我们还不都是为了孩子们着想。话一出来，屋里的人都明白了，只是谁也不肯率先发表自己的见识。曲秀林的婆婆自始至终沉默着，她在亲友们喊喊喳喳的议论中若有所思。屋子中的气氛早已变得凝重而又不平常。最后，婆婆只说了一句话。她说，还是让秀林自己做主吧，要说起来还是我们家对不住孩子和亲家们，可虽说是救了人也没想过图个啥，若张开嘴朝公家讨要什么，怕是旁人会笑话我们的呀。姑舅就立即将话头接过去，说，谁笑话谁是个驴！这也是合情合理的事情嘛，现在干啥都讲个回报呢！曲秀林的婆婆还想说点什么，却猛地听见外面一通响响亮亮的吹吹打打，就知道是又来人送香火了，急忙转身迎出去。曲秀林的脑子里一片空白，便随着婆婆一同离开。曲秀林只是在想她也许应该跪在那里再多陪上一阵子，哪怕再多给丈夫化些纸钱让他带着上路也好。

天色很快就被呜呜哇哇的哭声与诵经声淹没了，法事已渐近尾声。曲秀林的婆家在院里临时搭起的棚子里七碟八碗地招待了来祭悼的亲友。此刻已然席散人去，院内一片狼藉与昏暗。四周不合时宜地旋起一阵冷风。

曲秀林的娘家客人尚未离去，按旧俗他们要等着傍晚时分给亡人焚烧纸活之类的祭品，那些童男童女纸马纸车、花圈寿衣之类的东西都是从寿材店里买回来的。此时，所有留下来的人全部在大门外的路边面西而跪着，阴阳和吹鼓手们在众人的身后站立，他们弄出的动静空前地高亢而又虔诚，好像是在召唤另一个世界里的那个人前来接受这些丰厚的礼赠似的。那些形形色色的彩纸扎糊出的东西随着阴阳们的一声号令付之一炬，庞大的火光立刻将所有一切吞噬，炽热的火焰把所有人的脸庞照耀得光怪之极。看上去，每个人都变得诡异鲜活而又莫名其妙，他们光灿灿的脸上都镌刻着复杂难辨的神情。而这时，竟发生了一件滑稽的事情。曲秀林的那位姑舅突然在人群与火堆之中跳起来，嘴里发出一连串古怪而又惶恐无助的叫喊。起初，人们都沉浸在火光的温暖与哔哔剥剥的燃烧声中，或者都在不同程度地浮想着亡人生前的好好坏坏，没人注意到他。眼前的火势太旺了，谁又能顾及那么多呢。曲秀林那时一直跪在最靠边的一个位置上，别人更没有注意到她。当然就没有人发觉她的近乎怪异的举止。那时，曲秀林已经将她带来的一件紫红色毛衣轻轻地放进了眼前的火堆当中。她面前的火苗匐然暗淡了一下，随即飞旋的火苗便迅疾地将那件衣服裹在其中，毛衣在火光中显得色泽深沉而又稳重，仿佛是一块质地优良的木炭。带毛的东西很容易燃烧。曲秀林的双手在火光中剧烈地战栗着，眼中的东西鲜红鲜红地再度涌出来。那些红光悄无声息地滑过被风吹得皱涩的面颊，然后经过她的唇。曲秀林的下嘴唇被自己咬得死死的，泪水滑进齿缝间，她无声地吮吸着，任由它们肆虐着钻进喉咙抵达肠胃。曲秀林默默地看着自己亲手编织出的东西像火蝴蝶似的在眼前飘飘荡荡，她的内心也跟着火苗起起落落着。

这时，曲秀林已经看不到那件毛衣，她眼中的鲜红的色彩也逐渐消失了。与此同时，人们的目光全都落在曲秀林的那位姑舅的身上。这位中年男人肯定遇到了麻烦。人们看到他慌乱地捂着自己的脑袋，嘴里依旧在哇啦哇啦地高声叫嚷着，他妈的撞鬼了！真的活见鬼了！这会儿，终于有人洞察到究竟发生了什么，因为他们都不约而同地嗅到一股异常浓烈的毛发焦煳的气味，正在四处弥散而且越来越烈。同时，他们惊诧地发现曲秀林姑舅的脑袋出现了可怕的情形——他的头发、眉毛和胡须全部不翼而飞，整个脑袋呈现出极其油亮的光泽，酷似一只刚从秧子上摘下来的大圆茄子。有人忍不住想笑，可立刻被身后阴阳、鼓手们嚣张的气焰压制下去。于是，只得重新跪伏端正，生怕被别人挑了礼。火光继续映照着他们的脸，仿佛是为了让他们彼此间能看得更清楚一些，而每一个人的神情看上去都有些鬼魅了。那时，依然没有人注意到曲秀林，按理说她是不应该离开的，尤其是这个时候。

张学东

中短篇小说选

年味正浓

张学东——著

②

中国言实出版社

图书在版编目（CIP）数据

张学东中短篇小说选 . 2, 年味正浓 / 张学东著 .
北京：中国言实出版社 , 2024. 11. -- ISBN 978-7
-5171-4836-4

Ⅰ . I247.7

中国国家版本馆 CIP 数据核字第 20249VS314 号

年味正浓

责任编辑：史会美
责任校对：王君宁

出版发行：中国言实出版社

地　　址：北京市朝阳区北苑路180号加利大厦5号楼105室

邮　　编：100101

编辑部：北京市海淀区花园北路35号院9号楼302室

邮　　编：100083

电　　话：010-64924853（总编室）　　010-64924716（发行部）

网　　址：www.zgyscbs.cn　　电子邮箱：zgyscbs@263.net

经　　销：新华书店
印　　刷：北京盛通印刷股份有限公司
版　　次：2025年1月第1版　　2025年1月第1次印刷
规　　格：710毫米×1000毫米　　1/16　　152印张
字　　数：1600千字

定　　价：498.00元（全8册）
书　　号：ISBN 978-7-5171-4836-4

坚硬的叙述

——张学东小说印象

王　干

　　认识张学东一晃快二十年了，我们最早的一次见面，还是在北京朝内大街166号《中华文学选刊》杂志社我的办公室里，我后来多次选载过他的中短篇小说佳作。当年的青年作家倏然间也步入中年了，二十年间张学东勤勤恳恳地写作，踏踏实实地创作，完成了近五百万字的著述，算得上一个高产作家，光他的中短篇小说精选集就洋洋洒洒有八卷本之多。学东嘱我写篇序言，我苦思冥想，在寻找一个词来概括张学东的小说风格，始终不得要领。近日，再度浏览他的小说时，一个词跳了出来：坚硬。我赶紧打开电脑，记录下这样一个关键词。

　　张学东出生于宁夏吴忠市，是正宗的大西北人。大西北地貌的雄浑、沧桑和坚硬，是人们肉眼可见的。有一次，我从宁夏坐车去西安，沿途的风景极为壮观，巍峨而挺拔的山峰，粗粝的石子和沙子，那些在风中行走的人们，与我平常在家乡江

苏所见到的景象是截然不同的，与我现在生活的北京也是"画风"大异，但近二十年来，我读到的宁夏的作家的文风却并非全是那么的豪放，比如，"60后"的石舒清、"80后"的马金莲等作家的文字就有着一种清澈、细腻和贴心的叙述。张学东的文字与他们又不太一样，他的小说也呈现出鲜明的宁夏地貌特征，在《跪乳时期的羊》中他写道：

> 才几天时间，草场上就有了翻天覆地的变化，又接连飘过几场雨，丰茂的草势一下子使得天地间臃肿起来。羊群刚赶出圈，呼啦一闪便不见了踪影，仿佛一个个掉进了深不见底的绿色湖泊之中。有时风头猛了，才能把绿色揭起几片白色的浪花，那是羊儿正埋藏在里面吃草呢，但很快又全部隐没不见了。

这样的叙述让人不禁想起了那首著名的乐府民歌《敕勒歌》："敕勒川，阴山下，天似穹庐，笼盖四野。天苍苍，野茫茫，风吹草低见牛羊。"当然，一个是"现"牛羊，一个是将羊群隐没了起来。但同样的大气魄，大手笔，非出自现场的亲身亲历者不可。这样一种坚硬的叙述，如果要从现代文学那里寻找源头，恐怕只有鲁迅先生了。鲁迅的小说风格被人称为冷峻，我则视之为坚硬，如果比照鲁迅的杂文，就会发现这位硬骨头的坚硬特性会更为明显。和鲁迅同时代的茅盾、巴金等人的叙述明显要柔和清新些，而到了沈从文、张爱玲那里则变得

清柔如水了。

当然，坚硬与柔和并不意味着审美价值的高低，而是天生的个性和内心所致。我不知道学东有没有受过路遥的一些影响，但在叙述质地的坚硬和刚性上，他们彼此都是相通的。

说张学东的"坚硬"，不是说他的写作只是一味地粗放和豪迈，事实上，他在叙述乡村历史和个人成长的历程中，时时体现出他特有的一种柔情和挚爱，他叙述苦难岁月里的人与人交往、描写大自然与童年视角的交融无不如此。在那一刻，他就是一个柔情万种的赤子和爱神。

与此同时，在当代小说家中，学东也是描写动物的高手，对羊、狼、狗、鸟等动物的拟人化的魔幻现实主义的叙述，进入到一个如我又无我的化境，但他写的绝不是宠物小说，他写的还是人物小说，在这个意义上，他笔下的动物无人可宠，不是无聊时的陪伴，而是生存的相依为命。生存的粗粝、生命的顽强、生活的艰辛，都让他笔下的生灵坚定、坚强、坚毅，让他的人物骨头硬、脾气硬、作风硬。

张学东在坚硬语言的外壳下，始终隐藏着一副柔软的心肠，这让他在对历史、社会和现实的探究中，赞颂的永远是自然美、人性美和童心美。

我以为，张学东的小说的基调无疑是现实主义的，他凝视、回望、聚焦生活的记忆和真实的感触，用写实的笔触来书写，但他又是一个开放的现实主义的践行者，他的小说对叙述视角和人物视角的转换的尝试孜孜不倦，保有现代主义和魔幻现实主义的韵味。

通读学东的作品不难发现，他的小说"切"和"砍"的力道非常明显，能与同时代作家区分开来，这一点对于一个小说家而言极为重要。我知道，在宁夏很多作家都习惯于书写土地上的苦难，学东另辟蹊径，很多时候他更愿意去写当代人的现实苦闷，从某种程度上说，苦闷是比苦难更难驾驭的。

是为序。

2024 年 6 月 13 日于万国城

目录

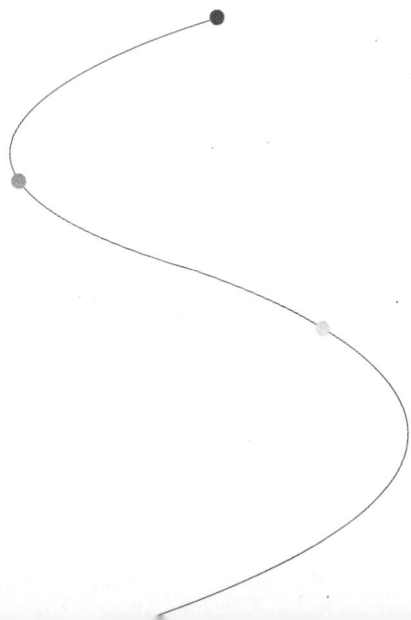

方电杆从马背上跳下来，懒散地举目朝四处张望。起先，没看见什么人，没有野兔拼命逃窜时的影儿，也没有鹞鹰展翅划过天空。这里的天空中只有乱抛乱舞的沙尘。风自然是一年四季三百六十五天都少不了的丧门神。这里风叫起来跟挨了刀子的猪娃子嚎一个样子，呲——，呜——，狗日的，要多难就有多难听，简直就是在放命。

当初方电杆来这儿的时候，早就领教过了，四野里没有一丝人或跟人有关的迹象，有的只是一脉又一脉苍苍茫茫的黄沙，乍一瞅像金梁子一样，在日头底下闪闪发亮。世上要是真的有这么多金子就好了，人什么也不用干，成天就守在这里刨金子吧，刨好了装在麻袋里扛出去卖，卖上几辈子，把天下的票子都展光光地别到自己腰包里。可这里全都是臭狗屎。连狗屎都不如。黄沙掩白骨，他算是开了眼，除了一道沙梁就是一道沙梁，蹚过一座沙丘还是一座沙丘，再有就是白得跟碎碗片一样的骨头，不知在这里埋了多久了。骨头被风沙打磨得光滑，耀人眼目。偶尔，从沙子缝里狰狞地露出一角白，却分不明是人的，还是牲畜身上的物件。

方电杆的模样简直就是个野人，女人见了他这种样子十有八九要尖叫不停的。事实上连他自己也有这种感觉。那连鬓胡子少说也有多半尺长，前面的头发盖住了眼窝，后面的长发都胡乱披散在肩膀头上，只有骑在马上奔驰的时候，迎头风才把那些乱发和胡须撩拨开来，让他的眼睛鼻子和嘴巴暂时露出来，见见天光。平时，他一连个把月，也不让水沾一次头脸，这里吃水忒难怅人了，要向西跑上一二十里，到贺兰山口去，那里倒是有一条从深山凹子里延伸下来的山涧，涧里有一线细泉。它是贺兰山北麓的积雪融化以后，从高山上慢慢流泻下来的。那水流简直跟娃儿撒尿样淅淅沥沥，却也清澈甘甜，跟熔化了的银子一样金贵。即便在盛夏，喝到嘴里也会冰牙，人不由得要打一下冷战的。每一回，方电杆赶到那里，甩镫离鞍，顾不得歇喘匀气，头一件事就是扑到那涧水跟前，用两片紫黑的粗手掌捧了水，只顾咕咚咕咚猛饮，好像真的是往嘴里往肚子里灌银子。连他的马也是一样的心急火燎，根本不需要主人牵拉引领，自个儿就径直跳到山涧里张开大嘴饮水。一时间，山谷里尽是他们俩把水喝得吧嗒吧嗒的响音。那些从涧底泼溅起来的水花银光闪耀，照得人和马都得眯缝起眼睛，不住地摇头，呦呦怪叫。肚子喝饱了，马会突突地打响鼻的。有时喝得太猛，呛堵了气管，牲口会连着突噜好半天，还要昂起脖颈嘶嘶地冲着山谷长啸。这时方电杆会情不自禁笑着骂马，我日你个先人，你当是烧酒，喝起来不要小命了，噎死了你狗日的，让老子用两只脚片子量回去啊！其实，他自己也比马好不了多少，那涧里的水冰得他直打牙颤子，眼泪蛋儿都摔到脚下的青石头上了。男儿有泪不轻弹，他当然不会干那种没名堂的事，他就是想喝水，喝得足足的，像酒鬼看见了美酒一样，两眼放光。他总是跟沙漠里的骆驼似的储蓄大量的水，美美地灌上一肚子，走起路来肚子跟装满酒的葫芦一般，哗啦哗啦响，有时还嗝儿嗝儿地打响嗝儿，惹得马不时冲他翻眼珠子。

一般这种时候，他也会乘机往自己的头脸上撩拨些水，好好地湿一湿皮肤，抹一抹脸上早和了泥的沙尘。他也慢慢体会到了，经常不洗脸有不洗脸的好处，厚厚的汗油把脸皮包裹得严严实实的，像戴了一层面罩，任凭它风吹日晒，全都无所谓了。以前只听说老藏民脸上身上最脏最黑，脖颈的垢痂跟墙皮一样厚。方电杆觉得自己比他们好不到哪里，这是生存需要，细皮嫩肉会让日头烤化的，会让风沙活活剥掉一层肉皮。那些沙子最会吃人吞畜，比毒蛇还要厉害。它们会不分昼夜地吃光了活生生的血肉，才把骨头白花花地吐出来，抛在沙子表面上。那些沙子看起来一动不动，实际上却狂野至极，时时刻刻都跟所有停留在它们表面上的活物较着劲儿呢。

到了晚上，方电杆就蜷缩在向阳背风的一孔地窖子里。这地窨子也不知是哪年哪月哪个流浪汉，在此处刨挖下的。从外面看盖着厚厚的沙子，里面却别有洞天，是黄土质地的，倒也坚固，只是洞口极小。这种时候他又觉得自己变成了一条忠实的老狗，低矮狭窄的空间根本容不得他一米八〇的巨大身躯，他总得尽量佝偻着腰脊，先让自己雄狮一样蓬乱的大脑袋伸进去，然后再慢慢侧探进身体，最后才能移动脚步。他有时觉得自己的两条腿实在太长了，一双胳膊也碍事得要命，要是都能锯掉一半就好了。那样一来，他至少不用每天进进出出弯腰驼背受罪了。

沙漠里偶尔会过来一串骆驼，那些大个头的家伙驮着它们的主人或袋装的货物，扑踏扑踏地在柔软无骨的沙子里走着，好像走在广袤的毡毯上面，优哉游哉地散着步，这种感觉让方电杆不无羡慕。自己这么大块头，咋不转世变成骆驼，也像它们那样不慌不忙若无其事地在沙漠里行走。这种时候，他又会想起那年春天初到这里的情形。是大队长亲自送他来的。这个地方叫黄沙窝，四野都是黄沙，铺天盖地的荒凉，眼前有几茎沙蒿子和一丛一丛的酸枣刺，还有又高又远的一颗白日头，晃得人睁不开眼。送行的队伍把他的铺盖卷、一麻袋子荞麦面和最最当紧的一只巨大的塑料水鳖子留给他。除此之外，就是用马车运来的红柳树苗子和草籽，这一切就构成了他来这里的艰巨任务。大队长将一把裹了红绸子的铁锹递到方电杆手里，瞪着一双老虎眼睛对他吼，你有种就把这里的沙子给死死挡住，挡住了沙子，咱们后方的垦荒大队就有指望了！到那时，我用八抬轿子把你接回去，要是砸了锅，你狗日的这辈子就埋在沙子堆里，永世别想翻身出头！大队长的话像一梭子冷子弹，伴着风沙哇哇地在他耳边叫嚣。他听得脸颊生疼，心肝儿怦怦直跳，热血直往喉咙撞。

早在出发前，方电杆是立了军令状的，只要他有一口气在，黄沙窝的沙子就得原地踏步。战天斗地，人进沙退，让钢铁听话，让沙漠害怕。这句响当当的口号，方电杆当时也跟着数百群众，高举拳头意气风发地喊叫过。那天大队长离开前，忽然又转身把自己身上的一件老羊皮袄脱下来，亲自走上前披到方电杆肩膀上，然后二话不说就飞身上鞍，打马如飞了。方电杆顿时热泪盈眶，激动得说不出话来。真是没想到啊，大队长会如此厚待他这样一个年纪轻轻毫无作为的民兵蛋子，他便暗自下定了决心，非要把这麻雀不屙屎的黄沙窝治出个样子来。

事实上，方电杆来黄沙窝的前两年，大队每年都组织一大批人力来这里种植防护林带，可总是死得多活得稀少，沙子依旧以横冲直撞的态势往村子脚下推进，没有法子，沙进人退，眼看着把好端端的一片片耕田埋没掉了。大队长正一筹莫展，方电杆又值一腔热血无处抛洒的年纪，他自告奋勇，当众把自己的胸脯子拍得啪啪响。从此，方电杆就独自来到这人迹罕至的盐碱地和无边无际的与沙漠接壤的边缘地带，开始了惊险而又漫长的植树种草生活。他和他住的那孔地窖子一次次被黄沙掩埋，他又一次次从那里面死里逃生突围出来；他背着树苗子和草籽好不容易爬上一座沙丘，一阵狂风忽然就将他掀翻，整个人顿时像根木头从高处一直滚下去，沙子灌得满嘴满身；经常是费尽周折才栽好的一行苗子，一场风刮过去以后，全部被沙子打斜或吞没了，他再顺着原来的位置爬进沙子里，用双手去刨挖，将翻找出来的苗子扶正再重新栽下去……

这鬼地方真是应了那句老话，晚披皮袄，午穿纱，昼夜温差极大。睡觉前先在地窖子跟前生一堆柴火，等火苗熄灭了，把柴火的灰烬跟烧烫的一层沙子拿锹铲起来，铺在地窖子里面，整整一夜，火灰的余温慢慢释放出来，人在里面待着还能对付的。可马就不行了，半夜里冻得牲口鼻子乱突突，咳咳地怪叫，蹄子不停地乱踢乱刨。他当然知道，离开这匹大青马，别的不说，人先得活活渴死，还有他辛辛苦苦植下的那些草和苗子，没有马就等于没有水，没有水一切都等于零。几乎每一次，他都把自己的尿撒在树坑子里，肥水不流外人田，在这儿一滴水就是一颗金子。他到这里的第二天就骑着马到山里伐树，铁锹斧子洋镐木锯这些最基本的工具，他都带了来的，另外还有一杆猎枪，是专门对付那些野兔和沙漠狼的。他来来回回去山里十几趟，用砍来的十几棵早就枯死了的树，给马在地窖子前围了个简单的圈棚，夜里多少能挡住些风寒。赶上特别寒冷的日子，他就把大队长送给他的老羊皮袄给马裹在脊背上，再拿麻绳子缠绕上几圈，怕夜里突然起风，皮袄让风叼跑了。

记得那阵子刚来不久，有一回半夜里，马突然挣脱了缰绳，咳咳地嘶叫，四蹄在沙子里前蹦后跳。他被外面的动静吵醒了。马受了惊恐，他从地窖子里钻出来，看见马正在不远处翻蹄炮蹶子。他顾不得衣裤还披披搭搭的就跑过去，马真的惊了，有点六亲不认，冲着他又昂头又甩尾巴，他伸手想去抓马的半截缰绳，那牲口一点面子都不给，张开嘴就把他的衣服袖子叼住了，用力一仰头，衣服就刺啦一声扯开了，幸亏那衣服还没来得及穿好，那只空袖子扇呼着，要不他的胳膊可就遭殃了。他吓得半天都不敢轻举妄动，只能跟着受惊的牲口在沙漠里转圈子，一转就是一个多钟头，一边转一边拿最温和的语气跟马说话。马听不懂人话，可马能感受到语气的轻重，感受到主人对自己并无伤害，他絮絮叨叨，见马的情绪稍微镇定了一些，不再咴咴了，才试探着靠近它，轻轻地伸出手掌去抚摩马的脖颈和鬃毛。这时，马的眼睛不再睁得那么溜圆了，那种像是从梦境里带来的惶恐也悄然减弱，牲口变得像个迷途归返的孩子，将高昂的头颅慢慢放松低垂下来，在他的不断抚慰中凑过嘴唇吻他的衣服，甚至开始卷起嘴唇毛茸茸地舔他的手背。他腾眼往四周看，沙漠在深夜空旷得有些怵人，黑夜像是一直延伸到人脚底下，而那漫漫黄沙仿佛铺到天空里去了。就在那一刻，他忽然感到胆怯了，他不敢想象没有这匹马在身边的日子——他俩几乎是相依为命的——没有这匹马，这种单调孤寂的生活简直就是地狱。

天亮以后，就在地窨子和马棚附近的沙地上，方电杆发现了一串类似于梅花形的蹄爪印子，而且弯弯曲曲的仅有一行。顺着这串爪印子再往前查看，他又发现了两摊白色的粪便，那刺目的白骨色给他留下的印象太深刻了。当时他猛地感到无比后怕，不用猜，就在头天夜里，狼来过了。他心里很清楚，唯独那些沙漠狼才能走出那种单行的梅花爪印，才能将兔子羊畜之类的活物连同骨头一起咬碎了吞下去，只有狼的排泄物才会是这种样子。他回过头再一看那匹马，它的脖颈下面和前腿处，果然有被抓伤和撕咬过的痕迹，鲜血同沙子板结了，那里的皮毛疙里疙瘩的。他心疼地用手去抚摸，牲口疼得肌肉突突乱颤，他的眼泪一下子涌出来。他可以想象到夜里的情形，凶残的沙漠狼是怎样靠近他和他的牲口，这匹马又是怎样不顾一切挣断缰绳跟狼殊死较量的。打那以后，方电杆即便白天再累，夜里也是睁着一只眼睛睡觉的。那杆猎枪就躺在他身边，稍有动静他就会翻身起来，警觉地端起枪，随时准备好冲出去射杀恶狼。

有一天黄昏，他骑着马从山里驮水回来，刚蹚过一座大沙梁子，马就咆哮起来，两只前蹄无故地腾空而起，跟着蹄腿撅起来的沙尘纷纷扬扬遮住了他的视线。就在他想稳住坐骑的时候，一只龇着白牙的黄褐色的沙漠狼正垂着尾巴步步向他靠近。他头皮一麻，顿时被唬出一身白毛汗来。情急之下他赶忙从背上往下摘枪，并立刻端起枪杆瞄准了狼的头部，可是还没等他开枪，那只狼早一侧身朝前面的一座沙丘蹿过去。方电杆一愣，急忙催马紧追了上去。马却跑得很不情愿，仿佛已觉察出了前行的险象环生，故意不迈开蹄步。结果追来追去，眼看着那只狼跑得没了踪影，加上马又不肯卖力气，本能地跟方电杆的决定抵触着，他也就只好作罢，又原路返回。没走多远，就注意到沙地上的一串哩哩啦啦的痕迹，像是血，再往前走，那串血迹逶迤到一只沙坑子跟前忽然消失了，他便注意到坑子里面好像刚刚被掩埋过似的，那里的一层沙子有很明显的扑抹过的痕迹。他跳下马，蹲下来用马鞭子擢了擢那微微凸起的沙包，下面竟埋藏着一只死兔子，兔子的喉咙被咬断了。他一把就将那只兔子提溜起来，嘴巴一咧，嘿嘿地冲着自己的马抖了抖了手里的兔子，然后得意地说，伙计这就叫得来全不费工夫，咱们回去烤兔肉吃吧。那马好像一点儿也不像他那样欢天喜地的，马不吃肉，马只吃草，所以马不理识主人是有道理的。马或许是讨厌看见人那么得意忘形的样子。好在，马知道那不是主人的错，所以，在回去的路上，大青马跑得还是很欢实的。

沙漠里的一天跟一年没有太多区别，在这连绵横亘数十里的黄沙窝，没有别的参照对象，日头每天都是旧的，旧得发灰发白了，在头顶丑陋地晃着，看了让人心焦而又难受。世上似乎没有比沙漠更雄心勃勃、更处心积虑的东西了，它们本能地拒绝着任何一种方式的改造。不过，自打方电杆来了以后，黄沙窝还是起了变化。比如，紧邻沙漠的那片荒地上的蒿草慢慢长了起来，十几排红柳和酸枣刺也歪歪斜斜渐成了气候，就像方电杆的头发胡子，都有了些葳蕤的气象，风一般是吹不跑的。这期间，大队也先后派人送过几趟给养，送来过冬的棉服，还有荞面、猪油和洋火，当然也捎来了大队长的最新指示和一通鼓舞：与天地斗，其乐无穷，等等。

那淡淡的绿色好不容易连成了片儿，成群结队的野兔就被招惹过来。这些可恶的东西似乎专门要跟方电杆作对。它们肆无忌惮地啃噬草根树皮，把人辛辛苦苦种下的东西糟蹋得不成样子，这简直就是在吃方电杆心头上的肉。他火了，冲那些八瓣嘴的"小鬼"放枪，可他很难打中野兔，它们狡猾得很，跑起来跟射箭一样快，嗖嗖地就跳得不见影了。他骑上马去追赶那些兔子，想把这群小畜生撵到沙漠深处去。有一天他纵马刚跃过一座沙丘，忽然发现沙凹里趴着一个龇着白牙的东西，一只沙漠狼，沙黄色的皮毛泛着寒光，他立刻在马上端起手里的猎枪，那狼在他枪口的威逼之下，似乎在做最后的抉择，是豁出命扑上去，或是夺路而逃。可就在扣动扳机的千钧一发时，方电杆眼睛的余光发现了狼的前爪下躺着一只野兔，已经奄奄一息了，鲜血将一小片沙子浸得暗红。方电杆如梦方醒，知道狼正在对付那只野兔，对自己并无敌意，是他来得实在不是时候。那一刻他忽然萌生了一个大胆的想法，他迟迟犹豫着，目光跟狼相对，他的枪却慢慢放下来。整个过程，那只沙漠狼始终用黄绿色的眼光死死盯着他，直到他有些不自信地跟狼轻声说，喂，快吃你的兔子吧，老子不会伤害你的。那狼目光中的凶顽似乎才减弱了一些，但它还是非常警惕地一动不动。后来，方电杆一拨马头跑开了，狼才不无犹疑地重新叼起眼前的猎物。

从那以后，方电杆经常能在沙漠边缘遇见这只沙漠狼，他就顺嘴叫它沙虎，一来二去那畜生似乎也接受了这个不伦不类的称呼。接下来的一次，他注意到，沙虎原来是一只母狼，因为它的肚皮已经鼓鼓地垂了下来，而且，它的一条后腿一瘸一瘸的，大概曾经受过什么致命的重伤。方电杆想若是那天自己冲它开了枪，伤的肯定就不仅仅是沙虎一条性命了。有时候，沙虎会为了捕捉到野兔，像是忽略了方电杆的存在和危险，竟越过了红柳林和蒿草地。这种时候，方电杆若是找准机会隐蔽起来，会轻而易举地以逸待劳射杀它的。可方电杆始终没有动过这种心思。很快他又发现自打沙虎出现以来，野兔数量一下子就变得稀少了，那些被兔子啃坏的树和草又缓过劲儿来，长出了几片嫩叶子，树又泛绿了，草也青翠起来，野兔不再像此前那样有恃无恐了，白天它们基本上不怎么出没，而这里的夜晚是属于沙漠狼的，胆怯的兔子更不能轻举妄动了，它们藏在密洞里根本不敢露头。方电杆着实感到庆幸，正是自己网开一面，才换来了这天赐的保护神啊！他渐渐悟出了一个道理，在这里种活了草和树，就有了馋嘴的野兔子，有了兔子就有了沙漠狼，这真是一个奇异的圈子。其实，他也一直想弄一张上好的狼皮子，等大队长什么时候来这里视察，他要亲手送给对方，让大队长拿回去做张褥子铺，因为他还欠着人家一份老大的人情呢。这样没过多久，他就见到了跟在沙虎身后的一群小狼崽儿，它们孱弱得很，别看沙虎一副凶神恶煞样，这些小家伙却都跟初生下的羔羊似的乖戾，摇摇晃晃跟随着母亲，有时很小的一道沙梁子或草稞子也会把它们绊得四爪朝天。

这一天，确实远远地传来了一阵号啕声，仿佛是在沙漠深处，又似在天的尽头，断断续续，悲天怆地。最初，方电杆觉得那简直是母狼在嗥呢，可仔细一听又不太像，他骑上马，循着那声音的方向跑下去。他万万没有想到，在这鸟不屙屎的黄沙窝竟撞到了一个失魂落魄的女人。他完全被这女人爹死娘嫁人般的号啕声给镇住了。女人瘫坐在一道沙梁子上，不停地哭着，她浑身上下都破破烂烂的，没有一片干净的地方，发辫也散乱开来，像个女疯子，比方电杆的模样好不了多少。方电杆拉着马走过去的时候，女人一点察觉也没有，只是哇哇地哭，哭声针尖一样刺人的耳朵。方电杆迷惑不解，他想不出来一个女人家跑到沙漠里哭号是为什么，他已经很久很久没有听到人的声音了，他几乎忘记了上一次大队派人来送给养是什么时候了，好像过去了一个世纪。他本能地对人的声音感到陌生而又好奇，更别说是一个女人在这荒漠里放声大哭了。

方电杆放开马的缰绳，径直走到女人跟前，女人还是抽抽搭搭地哭着，她屁股下面的沙子也似乎跟着身体的剧烈抽搐陷落。方电杆冒冒失失地叫了声喂，女人立刻打了个哆嗦。她木讷地抬起头，一脸的凄惶和痛不欲生的表情，鼻涕眼泪沾得到处都是。方电杆有点不知所措。他朝四周看了看，静得出奇，除了他和眼前的女人，天地空无一物。他又把目光拉回到女人身上。女人身旁的沙子上孤零零地躺着一只花布包袱，他压低声音询问到底发生了什么，过了好大一会儿，她才像反应过来似的看了他一眼，泪水在眼眶里打转，神情几乎麻木了，本来已经低落了的哭声复又凶猛起来。后来他从她的号啕的哭诉声中依稀听出些名堂来：这个可怜的女人拉着自己的小丫头，试图穿过沙漠到远方投靠一门亲戚去（此前她的男人得天花殁了），不想半途走迷了路，又突然撞上一场可怕的大沙暴，娃娃眨眼的工夫就让风给叼跑了，她自己也险些葬在沙子里面。她好不容易挣扎着爬出来，喊破了嗓子，真是叫天天不应，喊地地不灵。她在沙漠里东奔西跑，发疯似的用双手不停地刨挖，想把娃娃救出来，可十根手指头都磨出了血，那些该死的沙子就是无动于衷。

他好说歹劝，才将这个女人用马驮回到自己的住处。可是，女人似乎已经下定决心不想活下去了。方电杆给她水，她一口不喝，给她荞面烧馍她看都不看一眼，看来她真的不打算活了。可是，这里是沙漠，想上吊找不到一棵能拴绳子的树，想溺水找不到河沟，她在地窖子里不吃不喝待了整整一天，到天黑以后，她竟一声不响地从里面钻出来，把守在外面的方电杆吓了一跳。脸盆大小的月亮周围有一轮晕黄的光圈，它们跟夜色中的沙漠若即若离。月光清冷地落在女人那张因绝望而呆滞的脸上，那脸像一张晒干的圆树叶，一点血色都没有。女人要走。方电杆抢先一步拦住她，问她黑洞洞的上哪儿去，女人凄然地看着远方，又摇了摇头，还是作势要走。方电杆没有办法，腿脚长在人家身上，拦是拦不住的。他说狼会把你吃了。他又说风沙会把你活活埋掉的。女人却幽幽地说她啥都不怕。他明白了，一个人要是豁出去做一件事，就会天不怕地不怕，就像当初自己做出决定时，很多人也都替他担心，有人甚至认为他这辈子肯定有去无回了，可最终他毅然来到这里。女人走了没多大工夫，外面就起风了，沙尘铺天盖地，很快连天上的月亮都让刮跑了。方电杆躺在地窖子里并没有睡着，他一直睁着眼睛，感觉空气中有些异样，感到一股他从来不曾接触过的气息在呼吸中静静穿行。他在睡觉的草铺上忽然摸到了女人带来的那只花布包袱，他把它凑到鼻孔跟前闻了闻，内心忽然有种被什么东西填满的感觉。这时，他听到大青马在外面哝哝地叫，突突打着响鼻，他终于憋不住了，钻出地窨子就解开了马缰绳，然后顾不得漫天飞舞的黄沙，就一下子闯进穷凶极恶的狂风中……

　　女人后来跟方电杆说的最多的话就是，你救我干啥，就让我一死算了。每每这种时候，方电杆会痴愣愣地冲女人傻笑。方电杆自己从来舍不得用水鳖子里的水洗脸的，可他第二天就给女人接了半盆子，用柴火温热了，让她好好地把自己洗清爽，之后，她又换上了包袱里的一身干净衣裳，再一看，连方电杆也愣怔住了。女人一下子跟换了个人似的，眉眼清秀了，有了好看的模样，他看着心里一阵奇妙的漾动，脸上烧乎乎的，跟喝了酒一样。女人也发现他眼睛直勾勾看她，就把头低下去，过一阵又指着他衣裤上的烂窟窿说，脱下来我给你缝一缝。女人的包袱里有针头线脑，有剪刀，有顶针子，有几粒纽扣，有鞋样子，还有几块浆洗得干干净净的布头和一身小娃娃的衣服。这些东西方电杆都没有，这完全是一个女人秘密的小天地。有了这些东西，女人干起活来得心应手，她把方电杆破了的衣服裤子鞋袜都缝补了一遍，还把地窨子里的铺铺盖盖也都缝补好，白天又抱到外面搭在马棚的木栅栏上晾晒了一通。方电杆骑着马从山里驮水回来，老远就看见那些晒在外面的东西，心里别提多惬意了。到了傍晚，方电杆侍弄完他的树苗子和花花草草，一缕炊烟已经缓缓地从他住的地方升腾起来了，那烟的味道甜丝丝的，他就知道女人是闲不住的，这会儿正在帮他生火做饭呢。方电杆从来没有像现在这样热爱过自己的生活，他甚至有种感觉，好像自己独身来到这偏远的鬼地方，就是为了等待这一天到来。

因为多了一个人，他又赶紧着手将原来的地窖子往旁边扩展了一下，凿成一里一外两间，他住在外面，女人住在里面，他俩之间用一道布帘子隔开。夜里躺下来，两个人能隔着帘子拉拉话，多半都是方电杆说，女人只是静静地在另一边听着。女人有时听着听着，会长长叹息一声，方电杆就赶紧止住，生怕她又难过。他怕女人哭。女人嫌方电杆胡子头发忒疯，要帮他好好修剪一下。地上黑茸茸的落了一层须发，男人一下子就变得精神了，女人这才看清楚，他其实还是个小伙子呢，她有点难为情了。就这样，每天听着风在外面呜呜叫，看着日头落下去月盘跳上来，沙漠里的黑夜漫长无边，女人就在方电杆这里住下来了。她再也没寻过短见，也没提过要走的话。方电杆想女人也许已经没处去了，他还想过即便她要走，他也不会轻易放她走的，他觉得自己需要她，就像这遥远的黄沙窝需要他方电杆这个人一样。

沙虎隔三岔五会带着它的狼崽来方电杆这里转悠一圈，一直秋毫不犯，跟老朋友似的，远远地蹲坐在沙梁子上，把狼头压得低低的看方电杆干活。有时，沙虎甚至独自靠近方电杆，或者，老远就冲他嗥叫一两声。这种时候，方电杆也会放下手里的活，把两根手指头伸进嘴里打一记响亮的口哨，沙虎听到了，立刻冲他使劲摇着尾巴，把身后的沙子都扬了起来。方电杆就很是感慨，他心里想人其实是能跟狼和平相处的，狼有兔子吃了，就不会轻易来触犯人，人若不冲狼瞪着眼睛举着猎枪，狼还会没有顾忌主动靠近人的。但是，女人似乎一直对狼心存恐惧，尽管方电杆一再说沙虎跟别的狼不同，可女人说她一看见这些畜生就胆战心惊的。

眼见着大青马又到了发情期，情绪暴躁得很，动不动就乱踢乱刨，夜里很容易受惊，吸溜溜怪叫着。有一天女人去给马饮水，看见那牲口的腹下无端地生出一条黑棍子，一戳一戳地动着。女人心知肚明。吃饭的时候她提醒方电杆，该带大青马出去找个伴了。方电杆冲女人嘿嘿笑，打趣说看我光顾自个儿了，自打你来了，我把这老伙计的美事给忘光了。女人听了，脸顿时红了，半天不再言语。给大青马找伴要到贺兰山脚下的一个牧场，那里有很大一群马。方电杆非要带女人出去散散心，女人开始不肯，禁不住他一再撺掇缠磨，才同意去。配马的事很顺利，那牲口爬在一匹枣红色母马的屁股上快活时，女人跟他就坐在远处望着。不知怎的，女人好像害羞了，悄悄把头扭开，看那更远处的起伏叠嶂的苍青色山峦。贺兰山就是一匹奔腾不羁的黑骏马，高昂的头颅，飞扬的鬃尾，结实浑圆的脊背和腾空而起的四蹄，女人隐约听到了来自山神的呼喊，声声叩动着心扉，让人有种说不出来的向往。后来，他还带她去了北麓的大寺里烧香，女人把窝在心里的话全都默默地说给神佛听了，祈祷自己的男人和孩子在那边平平安安。

就在那天夜里，方电杆终于鼓起勇气，越过了隔在他们俩之间的那道帘子。女人在黑暗中把自己裹紧了，她说你过去。他说让我进来吧。她说你还小着呢，将来找个年轻的。他说那我就叫你一声姐，让我进来吧，好姐姐。她说我是结过婚的人。他说这我知道。她说我生过娃娃。他说那你再给我生一个吧。女人不说话了，但他意识到她在悄悄抹眼泪，他就不顾一切地爬过去，把她紧紧地搂在自己怀里。大青马在外面安静地倒嚼，沙漠的夜色亮得像飘起了白雪。

娃娃转眼就会满地跑了，黄沙窝已经有了一片小小的绿洲了。娃娃是含沙带血地降生在沙漠里的，因为女人肚子很大的时候，还是起早贪黑地帮着方电杆种草植树干这干那。那天女人肚子突然疼起来，人从高高的沙梁子上滚下来，他们的娃子就呱呱出世了，小家伙的身子上沾满了沙砾，他简直就像一个闪光的金娃娃，他乐得三天三夜合不拢嘴。自从有了这个娃儿，女人更加地谨小慎微了，她不止一次央求男人趁早杀死沙虎跟它的那群狼崽。方电杆自然满嘴应付，却始终没有冲沙虎它们开过一次枪。

这期间又发生了一件事，有一天大队长带着民兵骑马过来，他们都背着枪，大队长说过来看看这里的情况，其实，他是想来打野兔子的。方电杆要陪同，大队长没让，他乜斜了方电杆的女人一眼，就笑着说狗日的，还真有你的，在这儿过上美好的生活了。然后吩咐方电杆生火烧水，说待会儿他们要在这里吃炖兔子肉喝烧酒。女人叫方电杆去沙漠里再捡些干梭梭酸枣刺回来用，他二话不说就出去了。

过了一阵儿，他依稀听到了枪声，知道那是大队长他们发现了兔子，心里替他们高兴，大队长来一趟不易啊，不能让空手回去。正胡乱想着，忽然听见身后有扑踏扑踏的响声，方电杆警觉地一回头，发现沙虎已神不知鬼不觉站在他眼前了，舌头垂得很长，呼哧呼哧喘粗气，母狼的身后紧跟着几只小狼崽，它们的眼睛都绿注注的，瘦弱的小身子瑟瑟颤抖着。他浑身的汗毛孔猛地一缩，汗就冒出来了，心想这回糟了，畜生毕竟是畜生，怕是要来收拾他，可自己身边除了一堆刚捡好的柴火，竟手无寸铁。可是，他发现沙虎似乎并没有扑向他的意思，它喘了一会儿气，才将鼻尖抬起来，冲着方电杆呜呜地叫了两声，那声音凄厉而又悲怆。然后身子失去控制似的，栽了栽又晃了晃，仿佛刚才的叫声耗尽了它全部的体力。就在方电杆狐疑不定时，母狼已经跌倒在沙子上了，他这才注意到，沙虎的侧腹上有两个洞，血汩汩地涌出来，很快就把它身下的沙地染湿了。母狼倒下后又凄厉地叫了一声，又短促又细微，听起来简直不如一只狗在呻吟。方电杆慢慢蹲下来，这是他最近距离地接触这只奄奄一息的沙漠狼。它已咽气了，瞳孔散开，那种绿色的光芒倏忽消失了。几只小狼崽不明就里地围绕过来，嗷嗷叫着，它们大概饿得很急，把尖尖的嘴巴探寻到母狼腹下，它们顾不得鲜红的奶头上的血和沙砾，吧唧吧唧含在嘴里吮个不停。他看着心里真是百感交集。

那天因为方电杆冲大队长狠狠发了一通驴脾气，他说打兔子就打兔子，你们打它做啥，你们知不知道沙虎的功劳有多大，没有它这些树啦草啦咋能长这么好，你们真是伤天害理呀！你们简直禽兽不如！结果弄得不欢而散，肉没吃成，酒也没喝一口，大队长又当着几个民兵丢了脸皮，就气冲冲打马扬鞭走了。临走撂下一句话，老子本来想把你调换回去，看你硬得跟圈里的石头一样，狗日的你就在这儿守上一辈子吧。

　　从此以后，再也没有人来送给养，方电杆也就彻底死心塌地了，他带着女人和娃娃过起了真正的自给自足的小日子。他有一晚竟在梦里见到了沙虎，清清楚楚跟真的一样。这只母狼居然会说会笑，还用它毛茸茸的嘴唇和长长的大尾巴在他身上蹭来蹭去，那亲密的样子好像它根本不是一只狼，而是他精心喂养了很多年的一只忠诚的老狗。在梦里沙虎告诉方电杆，黄沙窝原来根本不叫黄沙窝，很早很早以前，这里本是一片天然开阔的大草场，那时它们的祖先就无忧无虑地生活在这里，后来这里来了一伙子猎人，草渐渐稀疏，风却一下子就变大了，有时连石头也会被吹到天上去，狼们就管这里叫作"石头跑"。

　　天还没亮透，他就急切地把梦说给了女人听。女人若有所思地听着，然后轻轻地贴在他耳边说，那咱们就给娃儿起名叫石头吧。方电杆嘿嘿地憨笑着，连连冲女人点头，嘴里又反复呷摸说，石头——方石头——好啊！

扑向黑暗中的雪

　　跟父亲踏上渡轮时，天色早已昏暗。百十号人全部鱼鹰似的僵立在甲板上无所适从，个个都缩着脖子伤寒似的一刻不休地颤着抖着。靠近船栏杆站着的人们根本不敢大动，生怕船猛地一晃栽进冰冷的水里断送了性命。汽车、毛驴车、自行车和牛羊牲畜也全部挤上了渡轮，牲畜不时发出无助而又凄惶的叫喊。大概，它们并不习惯跟人如此近距离地接触，能感觉到它们臃肿的身体同样也在打着摆子。

　　事实上，我们在河边至少等了将近两个半钟头，因为部分河面封冻了，船一时半会儿过不来，对岸的船工们正在组织几只小木船破冰。此时，人们的表情在冷风中越发僵硬古怪起来，但毕竟船已开动，那些置办好的零零散散的年货就停留在人们的肩头、臂弯或脚下，他们盯着各自眼前的东西，想着这一路的花销或跟过年有关的好事情，心里又必定是另一番滋味。

寒气逼人肌骨的河面上霜雾弥漫。简陋的轮船隆隆地往前倔强行驶，船体不时跟河面上顺流漂浮着的巨大冰块碰撞着，发出咔嚓咔嚓的脆响。人的身体一个劲儿打战，西北风似有深仇大恨般冰冷地抽打着人们早已僵木的面颊，无边的寒冷一个劲儿从脚脖子里极为阴险地爬上来，空筒子似的棉裤管愈加空洞不防冷了。许多张嘴里冒出来的哈气在甲板上交织成渺渺的一团并慢慢弥散开来。几乎每个人都用诸如跺脚、搓手、哈气这样笨拙而又毫无意义的原始办法同寒冷做着抗争，同时不停地咒骂这鬼天气。

船刚行至河心，天空中竟然又缓缓地飘旋起雪星子，脸上有种十分恶心人的潮湿，远处的河面顿时更加苍茫朦胧。好容易挨到对岸，头上身上早就裹上了一层薄雪，仿佛每个人都在船上漂泊了数十年或上百年，所有的人竟一下子衰老得不成样子，彼此相望着，更加冷酷，无言，陌生而又拘谨。

我和父亲并没有立刻下船，而是任由身边的人流跟赶鸭子一样扑腾腾涌上岸去。我的两只脚已经失去知觉，遇上这样邪门的天气，再好的棉鞋也几乎等于聋子的一双耳朵。我脚上的棉鞋已很有些年头了，而且，鞋后跟就快磨透了。我嘴里的两排牙齿不争气地相互碰撞着，就像河里的冰块不断袭击着船身。

人们作鸟兽散，我和父亲被撇在空荡荡的码头上。父亲东张西望地朝四周环顾着。其实，这一路上父亲一直这样，特别是从平罗到陶乐的这段路上，父亲似乎对途中的每一个地方或每一棵树都要注目一望，他的目光近乎顽固和执拗，好像这土地上的一草一木都跟他相识。我对父亲总是长时间遥望着车窗外的景物感到深深的不解和厌嫌。外面究竟有什么好望的呢？现在是腊月天，四野都光秃秃的，连树枝上最后的几片枯叶都凋尽了，偶尔会有三两只清瘦的鸟在远方的田野上轻轻掠过，也不外乎是麻雀老鸹之类的蠢东西。西北的冬天留不住什么好鸟。父亲出神眺望着远方时，必定忽略了我的存在。这的确使我暗含不满。

我和父亲瑟缩地站在岸边，渡轮上连个人影也没剩下，仿佛刚才甲板上的人全都被扔进河里喂鱼去了，唯独留下我们父子俩站在这里傻等着，且前途未卜。

父亲很明显地表现出某种焦虑。就在我们无望地准备离开码头的时候，终于从几步开外的一棵老河柳身后闪出一只矮矮的小人影儿，他正向这边踟蹰着，但并没有直接迎上来，而是在远远地观望着我们。父亲立刻受了鼓舞似的一把拽起我，说走。待近前才发现，站在我们前面的并不只是一个人，那是个十一二岁的小姑娘，两只脸蛋冻得紫红紫红的，眼神中透射出由于长时间的等待所带来的焦急和深深的失望，同时，也有一种为继续面对失望所预备的更深的忐忑不安。小姑娘的怀里还抱着一个小男孩，他正怯生生地扭过头朝我们两个的脸上看来看去，似有惧怕。他的头上戴着那种带耳遮的条绒棉帽，表情生疏并带着好奇，两只手却死命将小姑娘的脖子搂紧，生怕谁会突然抢走他似的。

此时，小姑娘的眼睛里突然有了某种隆重的喜悦，这份喜悦也许来之不易，一下子就减轻了先前的不安和焦虑。她努力睁大双眼看了看我，又转脸看了看父亲。因为怀里抱着孩子，她矮小的身体唯能尽量朝后仰着，目光也是仰视的。她似乎极力克制着乍来的喜悦，她必定是在这里等得太久了吧。所以，她既毫无把握又信心十足地问父亲，那你是不是南边（这里是指吴忠地处银南的位置）来的……大、爹？父亲急忙答话，说我们就是从吴忠来的……那你就是大为家的小绫子吧！小姑娘依旧矜持地打量着我们爷儿俩，又过了一会儿她终于露出了轻松的甚至有些欢快的表情——这欢快终于让我感觉到她的确还是个孩子呢。她接连冲父亲点着头，两根羊角辫一颤一颤的，又似乎是笑了一下，但很快就收敛起笑容。严寒使那笑容显得很僵硬并且苍茫，几乎难以让人觉察。她把怀里的男孩使劲儿往上拘了拘。她激动得似乎快要哭了，说话的声音也有些颤巍巍的，大——爹，我和弟弟天天都在这里盼着你来呢！

说话的工夫，我们仨（其实是四个人）已经一同往回走了。父亲表示要帮叫绫子的小姑娘抱抱那个男孩，可她却说自己能抱得动，又说父亲路上一定很累了。父亲依然坚持从她手里把孩子接过去。

这回倒是轮到那个小不点开始忸怩起来，他用极其陌生和不信赖的目光胆怯地盯着父亲，像是在看一只大灰狼。他臃肿的小身体已经被父亲完全抱住了，可两只小手却依旧死死拽着自己姐姐的袄领，身体倾斜在他们俩之间，小嘴里发出嘤嘤的虚张声势的哭闹，表现出对陌生者的不信任和毫无缘由的惧怕。

这时，我才看清楚，绫子的右胳膊上是戴着一圈黑色孝箍的，刚才它正好被小男孩臃肿的棉袄袖臂挡住了。这一发现，使我对这次冒着严寒的出行有了一个很浅显的认识。

绫子嘴里一边轻声说着弟弟乖弟弟不哭啊！一边又无比疼惜地伸出手去够弟弟的小手，这时她显得欢快了许多。她抓住男孩的一只小手哄他，你哭啥呢？大爹想抱抱你，你还有脸哭啊！绫子一回头，发现我正盯着她的孝箍看呢，她就把头又悄悄低下去，仿佛我的注视给她凭空带来了一种隐隐的压力，并且突然就引起了潜藏在她内心深处的巨大的悲痛。

那一刻，我忽然感到自己终于对此行或多或少有了感触，至少不像先前那样茫然了，行动上陡然有了张力。这一路上，我像是被父亲绑架着，我不知道他为什么要带我到这样一个鬼地方来（我依稀知道一些父亲早年在这里劳动的事情），况且，这是不易于出行的日子，就要过年了，在那些年月里，值得人去苦苦期盼的事情实在太少了。而父亲偏偏选择在这样的节骨眼上撇下母亲冒着严寒远道出行，他究竟图什么呢？听母亲说几天前父亲接到了一封信，她也许并不知道信上说了些什么，我更是不得而知。但是，一般情况下母亲是尊重他的。父亲接到这封信以后，整个人便魂不守舍，一连两个晚上都没合眼。直到第三天天还没亮透，父亲就把我从睡梦中搋起来。他说快起来跟我走吧，我们这就到汽车站坐车去。所以，从吴忠到平罗再到陶乐的车上，我依旧迷惑在半梦半醒之中，我根本不知道父亲要带我干什么去。一路上，有几次我试图询问他究竟带我去哪里，可他全然不理睬我，只是丢了魂似的，莫名其妙地看着外面。我的直觉告诉我，接连的彻夜失眠也许已经快把父亲折磨疯了。父亲的眼底由于失眠和焦虑充满鲜红的血丝，看起来很吓人。

人就是这样，当你不知道要去干什么的时候，时间总显得漫长而又枯燥。现在，我开始主动地跟随着父亲赶路了，我多少有点猎奇的心理。

绫子身上穿着暗红色的旧绒布棉袄，棉裤是发白的灰涤卡，两只膝盖上都贴着长方条的补丁，一看就知道是用大人穿剩的旧衣服改造的。她带头走在前面，棉衣把她的模样勾勒得圆墩墩的，像一只小熊，这使得她行走起来自然而然带着一股笨拙的劲儿，却又不失俏皮和天真可爱。我现在似乎可以想象到一直揣在父亲兜里的那封短信的内容，我确信它跟小姑娘身上戴的孝有直接关系。

在我们身后，河水怨妇一样长时间呜咽着，稍微用心就能听清水中的大大小小的冰块相互摩擦时发出的类似玻璃破碎般脆亮的响音。而且，我还依稀听到，某种来自人所未知的天籁之声，是悲怆，抑或是哀怨，竟使人感到无限忧伤。

雪片稠密起来，漫天飞舞着扑向黑暗中沉睡的冰冷大地。我一直走在最后面，父亲和绫子并排走在前面。我觉得父亲跟那个小姑娘之间有着一种非常融洽的亲和，这种感觉很让人羡慕。很奇怪啊，下雪的时候人反而一点也感觉不到冷，或是已经忘却了冷，只是被落雪的寂寥声响铺天盖地地包围着，头也不怎么往起抬一下，把脚下的路走得曲曲折折斑驳不堪。父亲大约在跟绫子说着什么。父亲突然就停住不走了。我听到绫子好像呜呜地哭出声来，开始声音很小一点，听不太真切，可渐渐地那哭声越来越大，甚至不加抑制地在纷飞的白雪中拖出一段悲戚的尾音。这哭声跟我刚才听到的河水的声音竟然不谋而合。

父亲看上去像雪地中的一棵浑身积满了雪的松树，一动不动苍白地站着，抱在他怀里的孩子也随即号啕起来，他的哭声只是一味地响亮，甚至是吵闹的，完全没有小姑娘那种由衷的哀伤。父亲蹲下来腾出一只手也将绫子紧紧揽进自己的怀里。两个孩子的痛哭声在雪地中显得单薄而又无助。

远处飘闪着零零星星的灯火，使眼前的雪变得晶莹梦幻，甚至于无限缥缈起来。狗在冬天夜晚的村庄里吠叫着并带着某种不肯罢休的忧伤，像是挨了三天三夜饿似的。

一进家门，父亲就脱了帽子虔诚地跪在屋里的一张八仙桌前。父亲要求我也跟他一同跪下来。桌上摆着一只黑相框和香烛纸裱之类的东西。父亲庄重地叩拜过之后，重新上了炷香，在点香的时候，父亲悲戚的脸突然被火光照亮了一下，我看见他的脸颊上闪闪烁烁的。父亲长时间地注视着相片上的那张脸。那张脸并不十分清晰，大概是因为放大的缘故，又是黑白相，脸的轮廓充满了模糊和不确定性，使它看上去更符合一个标准的死者的样貌，虚幻、朦胧，安详又遥不可及，甚至让人觉得他尚未死去。我能感觉到有一双眼睛正以一种永恒不变的视角凝视着我和父亲。我竟对相片上的那双眼睛感到某种久违了的亲切。

截至这时，我们还没有见到绫子家里的大人，比如，她的母亲什么的。这当间儿，绫子已经为我和父亲倒了杯开水，我们都用两只手捧着茶缸子发呆。茶垢黑如墨，水不是很热，却足以让饥寒的人感觉到了温暖的力量——这一路上我还是第一次感受到了如此温暖，尽管只是一杯水。

绫子说大爹你先喝口水暖和暖和吧。说话的时候，她的眸子微微闪了一下，仿佛是对因大人不在家而失了礼数所表示的一份歉意，让人觉得她很懂事。等简单地安置好弟弟，绫子就转身出门去了。我估计她大概是去找家里的大人。

外面已经完全黑沉，小姑娘一出门整个人就隐没在无限的黑色与寒冷之中。那个小男孩见姐姐出门去了，顿时感觉陌生和恐惧，神情再度紧张，随即竟又长长地号叫起来。父亲急忙将他拉过来抱在怀里乖乖蛋蛋地连声哄着。

热水下肚，身子顿时暖和了些，原先冻木的腿脚渐渐有了知觉，脚趾有种隐隐的灼热感。我的目光才恢复了观察的本能。屋子里再简陋不过，没有刷过石灰的土墙早已被烟火熏得四壁发黑，墙上那几幅《红灯记》一类的旧年画很有些年代了，看久了很容易使人产生某种虚幻感。一面通炕占去了空间的一半，铺盖卷瘪瘪地卧在上面，地当间儿除了那张旧桌子之外，仅有一只很小的土煤炉子，想必是人离开得久了，连炉子上的那只周身煤污的水壶也毫无生气。纸糊的门头窗露出几只黑窟窿，残破的窗户纸随着灌进的风呜呜作响。靠近门背后的地方懒散地躺着三五只生了芽的土豆和一棵蔫得不成样子的大白菜。除此之外，我再也找不到可以观察的事物了。说实话，我再也没心情看下去，因为肚子早已饿得咕咕直叫了。屋里冷锅冷灶的样子，使人对温饱问题不由得产生怀疑。

这时，父亲已经和那个小家伙处得很亲熟融洽的样子。小男孩不再拘谨了，相反，他开始用自己的一双发皴的小黑手大胆地在父亲下颏和面颊的胡楂上摸来摸去，他还不时将父亲的耳朵一下一下揪长，使父亲像一只大马猴，他接连发出咯咯的笑声，感觉很好玩的样子。父亲仿佛记起了什么，突然问，这个绫子你该有印象吧？你小时候可没少在这里待过，有好几身衣裳都是你绫子姨亲手为你缝的，她最喜欢你了！那时候你总闹着要让大为叔叔领你们俩到河边去坐船，绫子来我们家的时候，你小子还经常把人家惹哭，我为这事可没少拾掇过你……你想起来了吗？父亲为了唤醒我的记忆，居然搬出这样不光彩的证据，可我费神地想了老半天，似乎都是若有若无的事，对父亲所讲的几个细节部分实在记不得了。我还穿过绫子妈做的衣裳？听起来多少有点新鲜，至于我把这个小姑娘弄哭的劣迹，或许有吧！据说那时我很顽皮的。为了不使父亲失望，我模棱两可地点点头，但心里却是一片茫然。

就在这时，一阵杂沓的狗叫声将一群人远远地引进院里。他们径直闯进屋子时脸上带着那种侵入者特有的张狂和强硬，同时也卷进了一股令人全身起激灵的冷空气。他们大概有七八个人，每个人的模样都不善，很蛮横和猥琐。他们都将双手深深地揣进自己的袄袖里，仿佛那里面有一个个小火炉可供取暖。我看见这些人的袖口油渍麻花的，都似打蜡上漆一般在昏黄的灯光下发出熠熠的令人厌恶的光芒。一群人便是这样破门而入，进来就直挺挺地立在地当间儿。他们的目光着实令人恐惧：他们根本不像是在用眼睛看人，而是将带着尖子的目光直直逼向我和父亲，好像我们欠下他们一笔数目可观的钱财，而他们正试图从我们的脸上洞察到一些他们想得到的东西或答案。父亲怀里的那个小家伙一定又被他们吓坏了，哇哇地哭号起来，我估计他有可能会把尿撒在父亲身上。

你们……有啥事？

反正不关你的事，我们找江大为的女人！

家里现在没人，你们找她有急事啊？

她到底藏在哪里？这件事不能就这么完了！这个江大为啊害人不浅！

你们怕是还不知道吧……大为他人已经殁了啊。

哼，这个我们比你清楚！他不在了总还有婆姨娃娃吧！就不信她躲过初一还能躲过十五？！

屋内的空气异常紧张，我感到头皮一阵发麻。接着，他们开始狐疑地打量着父亲。父亲怀里的孩子哭声更加凶猛了。

听话啊，别害怕别害怕，大爹在呢，不哭，好孩子不哭鼻子。

那你是江大为家啥人？

大为是我的好朋友……可谁知道他就这么走了呢。

所有目光再度凝聚到父亲身上。父亲满面悲伤。

片刻后，他们聚在一起低声耳语起来。

江大为死了我们也要拿回我们的血汗钱啊，实在不行就是挖也得把他挖出来评评理！他……他妈的可害苦我们大家伙了！可江大为的女人不该藏着不出来吧？我们就不信她能藏到尻子里去！

父亲愕然。

我早就被他们的嚣张气焰吓呆了，从他们闯进来的那一刻起，我就隐隐意识到情况的严重性了，我看见父亲的脸色迷惑而又不安。我想我和父亲也许遇到大麻烦了。

那些人想必是决计不走的，他们跟在自己家里似的在炕沿上坐成一排，很像船沿上的一排桀骜不驯的鱼鹰，但神情已由原先的愤怒转为无奈，长时间的沉默不语使得屋内气氛肃然寡味。父亲试图跟他们套套话，可那些人根本不予理睬，我和父亲夹杂在他们中间显得很尴尬也很狼狈。

父亲有点讨好似的又给他们每个人发了根香烟，他们犹犹豫豫地接了。父亲又一一给点上，他们沉默地吸着，每个人的表情都异常古怪地缭绕在灰色的烟雾中。屋内的烟味的确很重了，让人快喘不过气来，其中几个年岁大一些的男人开始剧烈地咳嗽，并且不停地拿手摩挲着眼睛，或声音响亮地擤着清鼻涕。

约莫又过去一刻多钟，这些人大概实在坐不住了，纷纷在地上烦躁地转着圈子，唉声叹气，怨天尤人，酷似一群圈在笼子里的野兽。后来他们无奈地聚在一起又经过一番毫无意义的商量后才稀稀拉拉地走了。临出门前，领头的那个人愤愤地说，你让她等着，我们迟早要来算这笔账的！

屋内复又恢复了平静。父亲接着抽了他烟盒里剩下的最后一根烟，他不再跟我说话，完全处于自我沉思默想的状态。屋外传来呼呼叫嚣的风声，我的肚子也发出一阵翻江倒海般的古怪声响。

绫子终于回来了，身上披了一层薄雪。她的神色显得有些慌张，胸前一起一落的，说话的时候略微有点气喘吁吁的。她的手里居然拎回来一只很小的红柳筐子，筐上苫着块油腻甚至有些污浊的布。她进屋就说，大爹饿坏了吧，快来吃饭。说着，她麻利地把炕桌子搬来摆上，又将筐子上的苫布揭开，筐子里面是几个发黄的蒸馍和一小碗拌好的咸菜。一切就绪，绫子才从父亲的手里轻轻接过孩子，把他放在炕上，给他盖好被子，原来他已经在父亲怀中睡着了。我看见父亲的胸前有很大一摊深色的潮湿，这个小家伙果然尿在他衣服上了。

我和父亲吃饭的工夫，绫子蹲着用火钳子轻轻捅着炉子，火星子金灿灿地飞溅出来，光亮却极其短暂。接着，她又为我和父亲续满了杯里的水，然后默默走出屋外。很快她又从门外抱回一捆秫秸秆，地上留下一串湿脚印，她拿过一只破旧的小马扎独自蹲在炕洞前烧炕。秫秸落上了雪，发潮，刚点着的时候从炕洞里反出很浓的一股青烟，她的小身体霎时被烟笼罩着，我听见她小刺猬似的咳嗽了几声。好在绫子生火的技术很熟练，火很快就呼噜噜燃烧起来。

我们就着哗哗剥剥的火声吃着饭。父亲却吃得很低沉，不时盯着手里的馍发呆。我知道他必定是满腹心事。

绫子的脸被炕洞里的火光映得红通通的，她的背影无限放大后投射在身后的墙壁上，而且随着火势不停地跳动着。我还意犹未尽地吧唧着嘴，人一旦饿极了，咸菜就蒸馍也是那么好吃。父亲起身走到绫子身边蹲下来。绫子急忙问他吃饱了没有，父亲点点头。

绫子，家里究竟发生了什么事？你妈她人呢？

父亲帮着绫子往炕洞里添着秫秸。

绫子半晌也不吭声，眼睛直勾勾地盯着火若有所思。

父亲用手在绫子的脑袋上轻轻地摩挲着。

咋不说话？绫子快告诉大爹，那些人究竟来家里干什么？

绫子的眼里闪着红光，嘴唇微微嗫嚅着，鼻翼一翕一翕的，像是要大哭一场。此时此刻，她看上去犹如一根燃烧着的红色蜡烛。当两行闪着红光的泪水扑簌簌淌下来的那一瞬间，我忽然感到她从傍晚持续到现在的那种小大人般的坚强与冷静在父亲的抚慰下彻底崩溃了，而是随着泪水的恣意漫溢，沉重的伤心事一股脑涌上心头。

她终于将自己的脸深深埋在父亲的双膝上，瘦小单薄的身体激烈地抖动着，小姑娘特有的呜呜的号哭声似被一层东西阻隔着而越发使人感到悲伤阵阵袭来。父亲继续轻轻地抚摩着她黑色的发辫和颤动的后背，他们俩所形成的父女一般紧凑的影子随着晃动的火光悄然暗淡并逐渐在墙壁上消失了。屋里出现了某种空洞，但炕火也增添了温暖，我依旧坐立不安。

烧完炕，绫子便麻利地脱了脚上的鞋爬到炕上为我们铺睡觉用的被褥，她的样子真的像一个大人。

天一亮，我和父亲就在绫子的带领下去看望她的奶奶。雪大概下了一整夜，厚雪一直挤到门前。眼前无边无际的白雪十分耀眼，村子在厚厚的积雪中传来恶狗的叫声，间或有一只老鸹从一枝干枯发黑的树杈上黑旗子一样慢慢升起来，然后在村子上空飘来荡去。路上雪已有一尺来厚，我们茫然地走着，把脚下的路走得吱吱地响，仿佛雪下面充满了不可知的危险。

我的脑子里依旧沉浸在绫子昨晚跟父亲说的每一句话里。听她说那伙人是来要钱的，因为绫子爸生前拿了他们每一个人的钱，多则上千块，少的也有三五百。江大为答应他们要用这笔钱去山东赶回一群小尾寒羊（当时这个品种的羊在川区正兴起一阵饲养风，理由大概是这种羊繁殖生长快，且体壮肉丰，能收益）。这次村里的一伙人都信了江大为，他们也想靠养羊获得一份收益，加上绫子爸赌咒发誓还拿自己的性命做了担保。我听父亲说江大为一直是个很爱倒腾的人，前些年他带头养过鸽子（一种可以参加比赛的名贵品种），鸽子有一天夜里被一群野猫叼走了；接着，他又在自己的地里摸索着种人参，没想到天不作美，偏又逢上一场连天雨，人参连根都被泡臭了；之后，江大为依旧不肯服输，他东挪西借凑钱好容易办起小型养鸡场，可那年流行一种叫马力克氏的鸡瘟疫，三百多只蛋鸡一个礼拜内全部栽倒了。那以后，江大为才算安生了几年，可早已是家徒四壁，绫子妈隔三岔五为过日子的事跟他吵嘴闹仗。好像最厉害的时候绫子妈被他打得鼻青脸肿，样子十分可怜。她有一次就领着小绫子跑到我们家住过很长一阵，父亲好说歹说并亲自把她们娘儿俩送回去才平息了家庭危机。也许一切都是命里注定的事情。其实，江大为这次本来可以把事情办成，但问题偏就出在船上。他赶着羊群从外地回来，恰好那几天河面冰封冻得厉害，公家的渡轮取消了，他大概回家心切就去找运石头的私船想办法，不想那只木船乘黑（据说白天是不允许私船摆渡的）渡河的时候竟翻沉在河心，十九只羊全部淹死了，江大为本人搭上了一条命。

绫子的奶奶一把年岁了，说起话来含含糊糊的，耳朵背，眼睛也麻（患有严重的白内障）。绫子趴在她耳根大声喊着跟她说话，她还是把话听得乱七八糟的。父亲上前努力了一番，也是毫无效果，当初老人曾把我父亲当作自己的亲生儿子一样对待过，那时可能还没有我呢。后来，父亲说到江大为的名字时，她大概听清楚些了，不停地拿布满褐斑的手背揉自己混沌的双眼。好在，老人的身子骨还算硬朗，每天摸索着能把两顿饭煮熟，当然少不了绫子给她打下手。绫子悄悄对父亲说其实她六七岁的时候就开始学着给家里喂猪放羊做饭了，昨天吃的馍馍就是她亲手和面蒸的。看来还是戏里唱得好，穷人的孩子早当家嘛。父亲就用一种疼惜的目光看着绫子，然后又怪怪地瞅了我一眼，我知道他是在拿绫子跟我作比较呢。我自愧不如。

绫子说她还有一个正吃奶的小妹妹，她妈出走时抱走了。

绫子妈这次似乎有某种不好的预感，当江大为满村子找人搞集资入伙的时候，她就跟他闹过两次，可他根本不听她的劝告。江大为说你女人家懂什么？我江大为难道一辈子都要受穷受苦？我就不信这个邪！这次我一定要搏一搏让他们看。绫子妈苦苦地央求他，整夜整夜地哭，甚至给他下跪，抱住他的腿不让他出门，可最终把他惹急了，他又动手打了她。那晚绫子妈整整哭了一宿，天还没亮就抱着最小的女儿离开了家。她其实想把那个小男孩也一同带走的，可是绫子突然醒了——自从添了妹妹后，夜里绫子就一直搂着弟弟睡——她死活抱紧弟弟不肯松手，哭着乞求她妈不要走。绫子妈最后一咬牙一跺脚，说绫子你千万别怪妈心狠啊！妈没有办法，妈在这个家一天也待不下去了……随后，她撇开绫子拽她的一只小手毅然走出家门。那时候，江大为大概正满怀希望地揣着筹集起来的一万块钱坐在开往北京方向的火车上，到了北京他还要换乘一次车。奇怪的是，我总把他想象成那个为生产队进城购买稻种的梁生宝。

绫子妈的娘家离这儿不足三十里路程，父亲骑着江大为生前用的一辆破烂不堪的车子带着我们蹚着皑皑的积雪艰难地直奔那里去，我们都盼着能把绫子她妈尽快找回来。一多半的路是父亲推着车子走，父亲还不得不停下来安装时不时就脱落的车链条，两只沾满油渍的手冻得又黑又紫。遇到这种情况我和绫子只好在前面走。我的鞋窠里早就湿透了，外面又结了一层晶莹的薄冰，脚趾冻得连在一块儿。我心里有天大的怨气：一来我觉得这件事跟我毫不相干，父亲偏要拉上我跟他一起受罪；再有就是完全针对绫子妈的，我认为这个狠心的女人简直不可理喻，自己说走就走了，抛下两个半大的孩子，算怎么回事？况且，那几个要债的农民个个像王老五似的令人恐惧。

绫子见到自己的外奶奶外爷爷时扑通一下就跪在地上不肯起来了，接着好一顿哭，惹得我和父亲也不由得难过起来。绫

子妈的娘家父母原本是一对老实巴交的人，突然听说自己的女
婿出了这么大的灾祸，老泪婆娑着，人差点就要晕死过去了，
好半天也缓不过神。令人倍感失望的是，绫子妈根本就不在这
里，老人说她前些日子的确回来过一趟，领着小外孙女，可是
她只住了一宿，第二天一早就急急慌慌要走，从此再没照面。
我相信两位老人没有骗我们。

现在看来绫子妈是铁了心的，她怕有人来娘家寻她，所以
就干脆另找地方躲起来，她或许还不知道绫子爸遇难的消息，
否则，她也许会立刻赶回家中的。父亲仍不甘心，他让老人和
绫子尽量多提供一些线索，比如她在娘家时爱跟谁来往，跟哪
个关系亲密，等等。接下来他根据这些情况继续带着我们在这
个村庄里四处打问。天黑以后，我们依旧没有得到一丝收获，
父亲还险些被狗咬破了大腿，疼得他一个劲儿龇牙，好半天一
条腿还打着瘸瘸。

我这时对寻找绫子妈的事情已感到深恶痛绝并不抱任何希
望，面对父亲的疼痛我非但没有表示必要的关心和同情，还以
冷嘲热讽的口吻说，天要下雨娘要嫁人，依我看她根本就不打
算再回来了，我们这是何苦呢？不如早早回家过年！我的话一
出口，绫子的神情立刻消沉下来，继而转为暗自神伤，刚才还
满怀着跃动的憧憬和希望，而转眼间这希望和憧憬就仿佛美丽
的雪花落在手掌心里消失不见了，留下的只剩凄凉，泪水在她
眼眶中闪闪涌动。

父亲在我脑门上狠狠拍了一巴掌，不无愤怒地说，你小子
再敢胡乱嘟囔，就给我滚回去！说完，他紧紧搂着绫子瘦小的

肩膀头也不回地快步走开了，倒好像绫子才是他的女儿，我竟成了一个用心不良的外人。我心里一百二十个不乐意，嘴里不断诅咒着该死的天气和那个不负责任的狠心女人，却也只能别无选择地尾随在他们俩后面，深一脚浅一脚地走着，我觉得自己的脚已经冻没了，两条腿只是船桨似的在雪地里划来划去。

风渐渐停歇了，但寒气越来越凛冽，浑身已没有一丝温暖可供慰藉。父亲和绫子这一老一少寒冬夜行者在我眼中变得影影绰绰，他们之间有一种相依为命的联系在我眼中不停闪耀，时而清晰，时而又漫漶。严酷的冬夜使我忽然感到异常忧伤和怅惘，但我一直无法分清这忧伤缘何而生，是为了自己的无知和冷漠，抑或是为绫子的孤苦无依？而我内心深处却很奇妙地渗出一股辛酸的东西，我的眼前似乎再也无法挥去这个可怜的小姑娘，尽管我一开始对她或她的家庭和父母毫不关心，但她的模样却让人由衷地惦念并为此而感到难过和深深的自责。

很多年过去以后，多少往事都随风飘散不留痕迹，而我却时常还会惦念这年冬天，惦念起这个无依无靠的小姑娘，惦念她脸蛋上乍现的一丝欢乐——那种本质上完全属于小孩子的天真和别无所求的一笑而过让我渐渐懂得了什么是真正的快乐，什么是人世间最值得记忆的忧伤。然而，又是什么缘由让自己在当年显得那么冷漠和无情，甚至有种袖手旁观的卑劣和狭隘？记得那一路上我始终在不停嘴地诅咒该死的鬼天气，不时地发出苦不堪言的呻吟和唉声叹气，还佯装肚子疼或崴了脚而放慢脚步磨蹭时间，目的只有一个，想让父亲放弃寻找绫子妈的想法尽快跟我回家过年。

那次我和父亲回到吴忠的时候已是大年初二。父亲当天就坐长途车前往内蒙古的阿拉善左旗，因为他打听到绫子妈有可能去了那里。事实上，打那以后父亲时常奔波于甘肃、内蒙古和宁夏的一些地方，每次都是满怀着希冀出行，最终又异常失落地返回。

很多时候，我都为父亲的行为感到迷惑不解，或者说，我终究不清楚是什么力量让他为绫子家的事四处奔走不止的。直到父亲去世的那年春天，一个十分阴沉的早晨，我们打开了常年由父亲一人掌管锁匙的一只抽屉，那里面除了有两张存单、一本很厚的账本（它如实记录了我家十多年来的收支情况）和一沓用皮筋捆扎着的全国粮票之外，剩下的就是一摞书信。本来我并不想看那些信的，母亲却嘱咐我把它们统统拿出去烧掉。我蹲在院墙根下把信一页页取出来往火上放，这样容易烧透。那时，从一只破旧的牛皮纸信封里抖落下一张相片，相片上是一个年轻的女人，眉目清秀，只是显得瘦了一些，但还是很受看的一张脸，亲切，柔弱，朴素。我拿着相片看了许久，一种似曾相识的感觉油然而生，很奇怪，我甚至觉得自己跟那个女人的长相多少有点相像，比如脸形，比如同样瘦削……也因此使我忽然萌生了想看看那封信的冲动。想必信是托人带过来的，没有邮票和邮戳，也没有留下任何可供联系的地址，能感觉出来信是相片上的女人写的，很瘦小的蓝黑色钢笔字（有多处别字或错字），已有些模糊了。信的大致意思是劝父亲不要再去找她，绫子已经跟她在一起生活了，她想等将来条件稍好些就把绫子的弟弟也从我家接走。奇怪的是信里竟然提到了我的名字，说她很想再看看我，她常常在夜里梦见我小时候的样子，她好像还让父亲好好供我念书，她相信我将来一定会有出息的。

在相当长的一段时间里，我的情绪很低落，我像是被信中那个女人莫名其妙的几句带着神秘色彩和魔力的关怀攫住了，身体从里到外都战栗着。我甚至接连追问过母亲我是否是她亲生的。母亲异常惊愕地望着我，跟不认识我似的，她的回答通常是不无恼怒。不是，你是妈从外头捡来的。有关我所迷惑的"身世之谜"始终没有找到更有利的证据，而我母亲对此又守口如瓶。但是，我始终怀疑：父亲、绫子、那个不知去向的女人，还有我，我们之间也许真的存在什么联系吧。那些年我一直悄悄保存着绫子妈的相片，连同那年冬天寒冷的记忆，这或许是一份特殊的纪念，我没有告诉任何人。我并不知道自己在期待什么，一如父亲当年的孤注一掷的远行，是一场重逢，或彼此相认？对此我没有任何把握。只是觉得破解一个人的身世也许并不容易，它需要的不光是时间，更多的还有勇气。

偶尔会想起绫子，想起她孤苦伶仃的样子，想起她抱着弟弟站在码头望眼欲穿，而她在我记忆当中就仿佛一片雪花落在黑夜中那样无声又无息。人与人之间的情感真的很奇妙，时空转变，物是人非，可是每当想起绫子的时候我总会一厢情愿地把她当作我的亲妹妹。这种幻想近乎顽固。绫子的弟弟后来终于被他妈接到呼和浩特去了，那时候我正在南方读书，没赶上见她妈。只是听母亲说绫子妈发福了，浑身珠光宝气的，手上戴了一排金戒指，晃人的眼睛。因为有她过去的相片，所以，我实在想象不出来这个发胖的女人会是什么样子，她在我的记忆里一直是很瘦的。我倒希望母亲能再说点别的什么，比如绫子妈有没有问起我。可是没有。我想也许有的，或者母亲给忘记了也说不定。总之，从那一刻起我忽然不再关心这个手指戴满金灿灿的戒指又发了福的女人了，她从我家领走了她的儿子，一家人可以团聚了——除了那个倒霉透顶的江大为——她们生活在另一个城市，距离我们很遥远，跟我的生活没有任何关系。我只是在想当远方的绫子终于在多年以后见到她的亲弟弟时的情景，她肯定哭了，哭得很伤心吧！

那次离开陶乐之前，父亲曾召集那几个要债的农民，为了说服他们，他几乎磨破了嘴皮子，嗓子完全哑了，说到动情的地方，父亲搂着年幼的绫子竟失声痛哭起来，惹得在屋里的人个个都面带悲戚。最后，父亲把自己随身带来的一千多块钱按比例分给了他们，象征性地作为经济补偿。父亲说人死不能复生啊，绫子妈又不知去向，大家乡里乡亲的，再说大为也不是存心骗人，现在总不能把娃娃和老人逼上绝路吧！那几个农民拿了父亲的钱，依旧唉声叹气，却也只能自认倒霉。让我万万没想到的是，绫子竟自己跪在地上，给每一个要债的人磕头，嘴里一直在说着谢谢大叔大伯的话。看到这种情景，连要债的也心酸了，纷纷低着头走出去。

本来决定要把绫子和她弟弟一起带回吴忠去，可绫子说她不能撇下奶奶不管。父亲考虑再三，只好先留下绫子来照料老人，等日后再想办法。我不知道父亲当时在做出这种决定的时候是否周全地考虑过我们家的实际情况——我兄弟四人外加一个姐姐，父母上面还有两位老人。但有过前面的教训，我自然不敢再在他面前造次。那天，绫子主动跟父亲说了实话，那封信是她托村里一个念过书的人帮她写的，她家里有我父亲几年前寄来的信和地址。

翌日发生在河渡口的那一幕叫人终生难以忘怀。上渡轮之前，绫子一直坚持要抱着弟弟，仿若生离死别，她一遍又一遍用冻得发紫的嘴唇亲吻着弟弟的脸。她看上去更像一个心痛不已的小母亲，眼中汹涌着闪光的泪，弟弟的木然无知丝毫也没有影响她充满母性的眷恋和难舍难分。绫子接连不放心地对父亲说，弟弟夜里睡觉的时候爱把被子蹬掉，吃了凉东西就会拉肚子，发高烧了总闹着想吃苹果罐头，等等。父亲一个劲儿点头并让她放心地回去。

船慢慢靠过来，码头上的人群立刻攒挤着往上拥。父亲再三嘱咐着绫子，让她在家里耐心等好消息。父亲答应绫子要把她母亲找回来。说着，他就从她手里接过孩子。我看见绫子的手臂像是粘在孩子身上难以分开，最后她的双手空茫地向上张开，颤颤地举着，像是再也无法垂落下来。她眼里的泪水再也收藏不住了，紫红的脸蛋水洗过一样闪闪发亮，风把她额前的一撮刘海吹得飘飘扬扬，宛若河滩里的一束孤独的芦苇花。

　　我和父亲是最后登上甲板的，渡轮突隆隆地冒出一串蛇状的黑烟，在河面上蜿蜒消散的一刹那，我和父亲包括身后的乘客们都惊呆了，绫子跟中了魔似的朝我们的方向狂奔而来，河水已经漫过她的小腿，溅起的水花在她身边闪烁着金色的光芒，她歇斯底里地呼喊着弟弟的乳名⋯⋯

　　那河里的水多冰啊！

在贺兰山东麓，沿山公路以西，有片极茂密的森林。

那些远道而来的货车都像一只只黑的或白的肥绵羊，挺着刚吃饱的肚子从绵绵延延的山路里吭哧吭哧爬出来。汽车刚绕上正道，前面便豁然起来，一大片开阔的天然草场，一眼根本望不到头。草长得又肥又密，马牛等牲畜钻进去就隐了身迹，很难寻得见它们了。每年到了冬春两季，呜咽的山风沿着陡急的坡体吹下来，那成片成片的草叶簌簌作响在天地间荡漾起来，听着很有些凄凉的忧伤味道。

贺兰在蒙古语中就是黑色骏马的意思，自然，这匹黑骏马是天神的马，也就是神马无疑了。而这里的山势果然是随了这神灵奔马的天性，东西窄仄，南北狭长，动感强劲。当年的忽必烈的蒙古铁骑横冲直撞扫荡南北，也就是被这座贺兰神山一时挡住了去路。可山究竟是山，没有四只铁蹄驰骋纵横不到的地方，所以，蒙古铁军终究还是冲进了贺兰山以东的这片古老的土地，剽悍的蒙古军几乎毁灭了这里的一切，除了这拔地而起的山脉。这山的骨脉原本又倔又板，腰身总是烈性马样硬挺，高昂着桀骜难驯的头颅和浑圆颀长的脖颈。四只黑蹄翻跃着腾空欲飞的样子，身后又洒脱不羁地翘甩起长长的尾鬃，在凛冽的西北风里扑刺刺呼啸。又恰似成百上千的小丫头们的乌黑的发辫子连接在一起，迎风摇摆舞动，气势非凡。

山下的草场里确有放牧人出没。他们经常在这里放羊，放马，也有撒几头黄牛来吃草的。那些从附近的村庄赶着驴车或开着小型手扶拖拉机轰轰隆隆过来打草的，一般都选择在夏末。稍晚一些，草籽裂了苞，撒了粒儿，这草就没了筋骨，失却原本的厚重，纷纷扬扬的一副衰败模样。草败了就像产后的虚弱女子，疲沓倦怠，蓬头垢面，一日一日不成样。打草的都用麦镰，弓着腰，整个人陷在浓浓的草丛当间儿，远远看像一只只贪食的羯羊一拱一拱的。出门前镰刀是悉心打磨过的，刃口锋利生辉，埋着头一镰割下去就是一捆子好草。将这些草捆绑装车拉回去，摊在麦场上晾晒，冬天喂牲口再好不过了。也有边打草边放牧的，这样既饱了牲口的肚囊，又预备下入冬时节的草料，两不耽误。但问题是，家里得有闲人，得有三两个人手，这样才可以顾得周全。

照理说放牧本是件惬意的事，牲畜吃它们喜欢的草，人不必跟踪得太紧，跟得紧了会直接影响它们的食欲。放牧的人可以躲在某个避风的大石头后面抽抽纸烟，或躺在树林子里打个长盹。可是，这里毕竟靠着沿山公路，路上车来车往，都是东风解放康明斯一类的大块头，车上全都装着满满的煤炭、粮食、木料或钢材，一旦不留意，没看住让牲畜跑上路，危险的事情就难免要发生了。被汽车轧死的羊羔子经常麻袋片样扁扁地贴在柏油路面上。凤鸣家以前就出过这样的事，司机开着车没命地逃逸，凤鸣爸骑着马在后头撵，可再长的马腿也跑不过四只黑橡胶轮子。再说马不习惯在公路上跑，马蹄子在公路上施展不开。

凤鸣爸爱喝酒，这里放牧的男人没有不爱喝酒的。不喝酒的男人出门去会让人笑话，没人能看得起。凤鸣爸出门时怀里总要揣只二两装的墨绿色小酒瓶子，瓶子里的酒是在镇上的小店里打回来的散装红高粱烧，瓶塞子是那种软橡胶质地的，早就被拔捏得油腻不堪，像化了的糖块。另外，他还随身带一只铝制的军用水鳖子，水鳖子的外表的漆层早就磨损掉了，上面还跌摔磕碰出大大小小的坑洼。凤鸣爸每日清早就是带着这两样宝贝似的东西，骑一匹枣红色母马，赶着一大群羊去贺兰山脚下的草场放牧。

这一群羊足有一百来只，其中仅有十几只滩羊是自家的，别余的都是替村里人家放养的。那些羊个个像寄宿在外的娃娃那样可怜兮兮的样子，羊的主人们按只数付给凤鸣爸寄养的费用，每只羊从开春到立冬前的大半年时间都是由凤鸣家负责放牧管理的。因此，凤鸣一家就从村子里搬到沿山公路旁边的一间废弃很久的土棚里住下。这所房子是早先的养路工人干活临时搭建起来的土坯房，工人们干完活，人走了，房子没顾上拆，一直闲置。凤鸣爸就找人拾掇拾掇，重新和泥抹顶糊墙，又拉来一堆木头条板，在房子后面栽钉了一圈栅栏围墙，夜里一百多只羊就圈在里面了，外面拴一条凶悍的当地笨狗。然后，他就回去把自己的老婆娃娃铺盖锅碗统统搬来在路边过起了小日子。

那一年小凤鸣才刚满六岁。五六岁的女娃娃胆子还没有针尖大，晚上贺兰山谷风声跌宕，森林里树木哗啦啦作响，就连平滩上躺着的大小石头都哇哇地哭号，很吓人的。夜里睡觉时凤鸣妈就拼命搂紧凤鸣，生怕呜呜咽咽的西北风会破门而入，强盗似的将自己的宝贝丫头掠走。

挨到第二年开春，凤鸣就不怎么害怕了，早上爸爸去放羊她也闹腾缠磨着要跟了去。凤鸣说她想跟爸爸一起骑大马。女人自然有许多担忧，不会轻易答应她的。凤鸣就死死抱住爸爸的一条腿，被爸爸拖着走出好几步远。妈妈对凤鸣说山里风好大啊，能把小娃娃吹到天上去，还有野狼专门跑出来叼着吃小娃娃呢。凤鸣仿佛是被唬住了，冲爸妈只眨巴眼睛，眼睛黑黑亮亮，闪着疑惑的光。过了一会儿凤鸣问妈妈狼为啥不吃爸爸呢。妈妈说爸爸老喝酒身上有股尿臊臭所以狼不稀罕吃他。凤鸣又问那小羊羔子比她个子还碎还小呢，咋没有让风吹到天上去。女人顿时哑口了，没想到让一个黄嘴麻雀样的小丫头问得无话可说了。女人涨红着脸一个劲儿对男人挤眼睛，那意思是当家的你咋就不吭个气呢，你胡乱吓唬她两声她就不敢去了。可男人偏偏不跟唱一路，始终只是嘿嘿嘿地笑。男人笑女人太过于谨小慎微了，更笑自己的娃娃脑瓜子聪明口齿伶俐。男人最后一佝腰，忽地就把凤鸣一下子扛到自己肩膀头上了，二话不说飞身跨上马背去了。男人回头冲女人撇了撇嘴，一提缰绳就走了。

羊群在前面铺展，不一会儿就在女人眼前游移成白花花的一条带子。男人挥动着长长的鞭子嗷嗷吆喝着，凤鸣就像只小猫娃子紧紧贴在爸爸的后脊背上，他们父女俩真的就撇下女人冒冒失失出发了。娃娃却偷偷回头冲妈妈嬉笑，如同获得了一次重大的胜利。那笑容可真是好看，女人不得不承认娃娃这时要比平常快乐许多。

很快，日头也像是从东边的地缝噌地一下蹿出来，热气腾腾地抚摩着羊群和那父女俩的后背。女人觉得眼前金光乱颤，抬眼再看那群羊，早变成一摊碎碎闪闪的小金子，那些小金子眨眼间都会动了，都闪着耀眼的光芒，把前面的一条小路都照亮了。女人的心分明还是悬在嗓子眼里，怦怦乱跳。或者，女人自己也跟随着奔驰而去的枣红马，扑向浓密的草丛中去了，又似始终挂在嫩嫩的草叶尖上，悠悠晃晃的，很长时间也落不下来。女人再心慌也没有用了，羊群和枣红马在她眼前变成一条小河欢快地朝前方奔流而去了，女人只有叹息。她想自己的心若是铁打的就好了，要不她迟早会操碎了心的。

枣红马还是很久以前生产队从内蒙古大草原上赶回来的一匹小母马，生产队解散时兴抓阄，这匹马就像糖膏似的粘到凤鸣爸的手上了，想不要都不行。那时家家户户都不想要这匹牲口，理由很简单，母马干农田里的活使不上多大劲儿，赶上发情期还得操心配种生育一类的事。可是没办法，自己亲手抓到的阄，怪不得旁人。有一年冬天，凤鸣爸进贺兰山里给别人拉木料，当时天色已经昏暗了，凤鸣爸赶着马拉车经过一个非常陡峭的山坳口，几天前山里刚下过一场雪，山路上还有一层斑驳的积雪，加上又是光滑的石头路面，枣红马在下坡提步时，前蹄忽然往斜刺里滑出去，紧接着后蹄扑通一声就软下来了，凤鸣爸从车辕上弹下来，他想用力稳住车身，可是车上尽是木头，死沉，马屁股往后一坐车子就跟着失重了，整个车身朝他这边翻将过来，马的四蹄一个劲儿在石头路面上乱踏乱踢。凤鸣爸的双手已经来不及顶住那车身了，眼看着几十根粗笨的松木椽梁朝他身上散落下来。要是这些木头真的都砸在他身上，别说活命了，就连脑袋骨头都全碎了。就在凶险即将扑向他的一刹那，枣红马两只后蹄突然猛蹬路面，与此同时，前蹄往上一扒，随即四蹄向旁边的一块巨大的山石奋力蹬出，整个身体也就势挺立了起来，倾斜的车身和就要坍塌的木头又回归原样了。凤鸣爸冒出一身冷汗，下山以后他发现自己的棉袄棉裤全都湿透了，紧紧地贴在身上。

这以后又遭遇过一次险情。那天凤鸣爸骑马去镇子上赶集，那天在镇上的小酒馆里碰上熟人就多喝了二两，之后醉醺醺地打马往回赶路。马跑得越快，风就越大。风当头一吹，凤鸣爸觉得酒劲儿像油滑的蛇一样忽地就蹿了上来，一颗头比上沟里最大的石头重了，再加上马背一颠一颠的，凤鸣爸就觉得五脏六腑乱成一锅糨子，想吐，又竭力想忍住，于是就撒开手去捂自己的嘴。可就在这时，枣红马正好要腾空跃过一条黄水渠。马当然看不见主人狼狈的样子，跑得正欢实呢。马跑起来不顾一切，就像喝酒时的男人根本不去考虑自己究竟有多大的量了。马已然纵身跃过了这条滚滚的水渠，前蹄刚一着对岸的土地，凤鸣爸整个人就像肉包子似的被甩了出去。凤鸣爸眼睛一闭，腿一蹬，酒也就吓醒了一半，心里说完了。但是，事情太奇怪了，凤鸣爸后来一直百思不得其解。他想象不出这匹枣红马是怎样以箭一般的神速飞奔到他前面的，是怎样将它的整个身体就势滚翻在地的，又是怎样用它的骨骼矫健的脊背和浑圆厚实的肚腹墙壁一样挡住了他继续往前跌落翻滚的身体。那天凤鸣爸只是受了点皮外伤，胳膊腿脚竟然完好无损。那天凤鸣爸长时间地搂着枣红马湿漉漉的脖颈，喉咙里哽咽着，眼泪哗哗地淌下来。喝多了酒又恍然醒过神来的男人，突然就变得腼腆而又傻里傻气的，像个娃娃。枣红马倒是跟新过门的小媳妇似的，显得羞羞答答，眼圈竟也泛起潮湿来，长长的睫毛闪耀着别样动人的柔光，还一个劲儿拿毛茸茸的厚嘴唇拱主人的胸膛。

打那之后，女人发誓要管住男人的酒瓶子。女人板起面孔说若是再喝醉了你就睡到寥天地里去。说着就伸手去搜摸男人的口袋，男人兔子一样往开闪，那可是命根子，没有酒喝还能叫个爷们儿吗？可是，女人是发了毒誓的，非要夺他的命根子，女人气哼哼地说不给我也能成，除非你今黑就睡到马圈里去。男人嘿嘿笑，全忘了身上摔跌后的余痛，口齿含混地说我就是要睡到马圈去，我要跟我的枣红马好好唠一宿呢，要不是它肯救我，我怕早就摔死了！那天夜里，女人赌气把男人的被子扔到门外面，男人二话不说，抱了被子果真就躺到马槽子里，槽里有厚厚的一层干草，睡上去又软和又温暖。

半夜里男人给霜气冻醒了，腾地坐起来，发现自己真的睡在马圈里，一摸口袋，小酒瓶子也不见了。男人听见马不停倒**嚼的声响**，就过去捋了捋马鬃再拍拍马的脖颈，不无感激地对**马说老伙计**多亏了你呀，你救了我两次命，我都记下了，我发誓这辈子要好好养着你，直到我死的那天。想一想，又觉得这样说也许不太好，又改口对马说，养到你老得干不动活拉不动车我也要养着你。随后，男人就贼溜溜摸索着回屋去了，门竟然还给他留着，他径直脱光了衣服钻进女人的热被窝里，女人一直没睡踏实，他一把将她搂进怀里，酒气早就散发在外头了，此刻他就跟好人似的神清气爽了。于是，女人也就变得百般温存起来。

没过多久就有了凤鸣这个女娃娃，可凤鸣生下来却着实把他俩吓了一大跳。白白净净的一个小人儿，偏偏生就了兔子样的一张嘴，那嘴唇竟是分裂开的，都说兔子嘴八瓣，凤鸣似乎也是这样的。

女人听别人私下里说，男人好喝酒，男人喝酒时老是把个瓶子口对着嘴咕咚咕咚喝，自己的嘴巴都要让那玻璃瓶子撑裂了，娃娃当然也就随了男人的蠢相。女人心里一惊，想到自己的娃娃嘴唇红红润润的，就算撑开撑破，也应该是男人的嘴，男人的嘴即便破烂了也没啥的，可好端端的女娃的小嘴嘴，偏偏破裂了，这可咋办呀。女人一夜一夜凝视着娃娃的嘴唇流眼泪，有时她恨不得扑上去，把自己男人的那张黑黢黢胡子巴碴的嘴巴咬住咬破咬出血才解恨呢。

凤鸣一天天大了，女人急得团团转，往后娃娃咋出去见人呀，娃娃咋好去念书识字呀……娃娃的嘴唇也似乎一天比一天散裂得开了，洁白的牙齿一颗一颗都露了出来，连粉红色的牙龈也裹不住。女人急得发疯，骂男人是猪，骂男人是狗，是酒鬼转世投的胎。每每这时候男人也是一筹莫展的苦相。

男人遭到抱怨心情当然不好，就骑上马到村外转悠了两天，傍晚回到家，男人做出一个重要的决定。男人说我找了个好窝窝子，我要带你跟娃娃到外面去过生活。女人疑惑不解地盯着男人的脸，她发现对面的男人此刻的脸色正渐渐红润了起来，当然不是那种酒后愚蠢的红晕，这一点她能分得清楚。

可是，女人忽略了一个致命的问题。这里的天地太大了，宽阔的草场和高远深邃的天空都是男人骨子里喜欢的东西。男人整天骑上马赶着一大群羊，早出晚归，有时候一整天女人也碰不上一个能说话的人，她更加寂寞无聊，更加需要有个倾诉的对象。而男人的性子似乎在这草长风硬的地方越荡越野了，抽烟喝酒越来越凶。男人是野马，表面上看去仿佛被驯服了，可只要稍稍松开缰绳和笼套就要四处疯跑。女人再说什么都是多余，说多了男人会发火，像是被火星子点燃的干草垛子，说翻脸就翻脸。男人黑着面孔嚷我又不是在家里喝，我出去喝嘛，我把臭气都散发到外头总行了吧。女人被噎得喘不过气了，抱着娃娃坐在一旁半天也不吭声。见男人又摇摇晃晃地出门去了，手里照样拎着专门打酒用的白塑料鳖子，然后是马蹄声踢踢踏踏渐去渐远了。女人急忙抱起娃娃追到门外，路上只剩下一道蛇状的白烟在缓缓飘摇，男人跟鹞鹰一样转眼就消失了踪影。娃娃在妈的怀里，嘴唇费劲地一抿一抿，像是极力要让那分瓣的嘴唇合在一起。女人看着娃娃，心头针扎一样难受起来。当然，娃娃还小，还不懂嘴唇对她未来的全部意义，只是懵懂地抿着自己的小嘴，仿佛一只雏鸟儿那样。

女人担心的事情似乎迟迟不来。她想可能自己的担心真是多余的。

有时候，白天，男人心情很好的样子，非要带了小凤鸣跟他一起去草场，她也不便拦阻，她知道那会败了他的兴。再说，她也需要一个人待在家里做些事情的，比如拆洗被子，缝缝补补，给娃娃预备过冬的棉袄，给男人纳一双鞋垫，等等。女人天生是没事要找点事做的，她可不想好吃懒做，她要让这临时的小窝巢充满她劳动的气息和光彩。她做活的时候，一不小心，让针尖刺破了手指，血汩汩地往出冒，她慌忙将戳破的手指蛋塞进嘴里，用嘴唇轻轻吮正不断涌出的热腥腥的血。随即，女人似乎想到了什么，平白地皱了皱眉头。继而，又唉声长叹起来。

到了傍晚，女人就开始心慌，几乎每天如此。

其实，女人早就不像以前那么忧心忡忡的了，因为她的话说了跟没说一样，她的惦记只不过是风掠过树枝，看起来什么也不会改变。但是，遇到男人把娃娃领到山下去，她还是牵挂得不行，一整天手虽忙着，却始终有一种不太踏实的感觉，心悬着没有着落。做好饭菜，温在火上，女人就站在门口的空地上朝远处张望。

贺兰山的轮廓很清晰地浮现在她眼前，但有时候又相当模糊，仿佛被灰色的云雾笼罩，只露出断断续续的一线青黑色山脊。男人有一次带她出门去，他俩当然骑一匹马，她在后面，紧紧搂住男人的腰，男人的腰被搂成一截粗壮的树。山风呼呼地在耳畔叫嚣，她闭上眼睛，泪水却总是要溢出来，慢慢地在脸颊上滑，虫子样让她难受。她还记得那次男人忽然回过头问她，你看那山像个啥。她没有听清，风太大了，她只听见自己的心脏紧挨着男人的后背咚咚敲鼓。后来男人用手指着远山又问她，她才听明白了。可她的思维似乎早已变得迟钝了，她想象不出那山像啥。山就是山，还能像啥。男人却说你笨得像头猪，明明是一匹尥着蹶子的黑马嘛，你咋就死活看不出来。她没想到男人会把山比成一匹奔马。后来有一天夜里，他急火火地突然推醒她非要办那事，她不肯，他硬是骑到她的肚子上，他嘿嘿喘着气说你看我像个啥，像不像一匹发情的公马。她笑了，低声回答他，不像，我看你就像一头推磨的毛驴，还像一只讨人厌的大黑狗。他似乎并不生气，反倒来了精神，像一块从山坡上滚落下来的巨石重重地压住了她。这种时候，她的思绪又异常活跃了，她觉得男人更像八面威风的驭手高高在上，男人正驾着她朝某个神奇的所在一路飞奔而去，那个地方多让人向往啊。

一阵冰雹似的马蹄奔突声把女人从幽暗的回忆中猛地拉回来。

枣红马是跃过外面一米来高的木栅栏径直跳进院里的，然后在门前转着圈儿踢踏不停，嘴唇不时翻翘起来，舌头在牙床间来回卷动，头颅高冲向天空，咴咴咴地嘶叫不休。女人一惊，急忙搁下手里的针线活，连鞋都顾不上提好，就冲出房子来。枣红马依旧不停地在门前踢踏蹄脚，甩着尾巴，摇晃两只耳朵，响鼻突噜噜地在女人耳中回荡。

女人吓呆了。枣红马的样子像中了魔障，两只大大的眼瞳里尽是不安和焦渴。可有一样，马不会说话，马不知道该怎么给眼前的女人交代不久前发生过的一切。于是，马开始更加疯狂地在院子里奔突踢踏咴咴嘶吼，女人的无动于衷让马感到无奈和沮丧，感到心若火燎。女人伸长了脖子朝远处的道路寻找，可她什么也没有看见，没有晚归的羊群，没有男人，也没有自己的娃娃活蹦乱跳的小身影。马的耐心似乎已到了尽头，它猛然飞身跃出栅栏之外，高昂起头颅再朝远方长嘶。女人在慌乱中终于意识到什么，那根被针尖刺破的手指正隐隐作痛。脚下的院子里似乎滴落了一坨坨的什么东西，黑红黑红的，她这才注意到枣红马的身上的斑斑血迹和伤痕，马的一条前蹄神经质地抖颤着。女人张着嘴冲出栅栏门，马正站在路口反复提蹄踏步。女人从来没有独自骑过这匹马，可这时的她看上去却似一名经验丰富的驭手，用手揪住马脖子上的鬃毛，抬脚踩住马镫，奋力爬上马背去了。没等女人坐稳身子，枣红马已经腾空而起了，女人死死抱住马的脖子，两条腿紧紧夹住马的肚子，任由马带着她朝天边疾驰而去……

男人就这样折了一条腿。瘸一条腿的男人看上去很突兀可怜的样子，木桩似的在地上一跳一跳的。男人不再像石头，更像一条驯服的老狗，把头埋在女人怀里呜呜叫着，跟夜里吹下山来的冷风一样难听。女人不说话，默默地闻着从男人身上头发衣裳里弥漫出来的浓浓酒气，眼泪沟溪一样涌流不止。

枣红马明显老了，吃起东西牙齿咯吱吱咯吱吱地响，再也不会像从前那样灵活自如地闪展腾挪了。当那辆皮卡车忽然从小山路急拐出来的时候，枣红马似乎给愣住了，两只前蹄腾空而起，要是男人不喝酒就好了，男人喝得手脚都有点麻木了，根本搂不住马的脖子，夹不紧马的腹背。醉醺醺的男人又一次从马背上飞了起来，像一只葫芦，直接滚到了对方的车轱辘下面。娃娃也蚂蚱似的弹了出去，娃娃命大，被石崖边的松树枝子死死挂住了。

男人嘴里一直痛苦地嗳嚅着。女人知道他想说什么，可一切都晚了。所以，现在她什么都不想听他说了。说什么都没有用了。

肇事司机看来不像那类坏人，这种情况十有八九都炮蹶子颠了，谁会傻乎乎地待在出事地点等着。可这个长相斯文的家伙没开溜，大概是因为听见娃娃挂在树枝上哇哇地叫得死去活来的，才没敢跑掉。

司机费了九牛二虎的劲儿才把娃娃从树上解救下来。娃娃的衣服裤子挂得一绺子一绺子的，像个小乞丐，满脸都是血。又把司机吓了一跳，以为娃娃的小嘴巴被树枝子挂花了，连门牙和牙床都露了出来。司机当下开车把这父女俩送到前面的一个小诊所里。大夫检查了一下，说娃娃没多大事，划破了皮，大人的一条腿是保不住了。

女人也觉得司机是个好人，感激得很啊，要是摊上别的人还不知怎么样呢。司机见到她的时候犹犹豫豫的，终于还是很斯文地对女人说，其实娃娃的病还是可以治好的，去大一点的医院开一刀就好了。司机还说出了一个非常地道非常科学的名字，他说这叫兔唇。

女人就记下了。

男人能拄着拐子下地走动的时候，女人决定离开这里。当然，女人先领着娃娃去了一趟大医院，那个皮卡车司机留给他们的赔偿金足够给娃娃做手术用了。等出了院，女人没有再回路边的那所房子，而是直接回到了村子里。女人心里清楚，男人的心早已经野了，即便少一条腿他的心照样还是收不回来的。最重要的是，娃娃现在再也不用在人面前躲躲闪闪了。娃娃的嘴唇合在一起了，红红粉粉的，一笑，露出雪白雪白的牙齿。

至于男人呢，好像还在贺兰山脚下放牧，而且羊群又壮大了一倍。男人骑不了马了，可他去草场的时候总是一瘸一拐地牵着马的缰绳。旁人劝他索性把枣红马卖掉算了，男人不说话，只是模棱两可地摇摇头。男人照样还喝酒，不喝酒，男人觉得真还不如被车碾死了干净快活。

这里说的是最常见的那种空气压缩式农用喷雾器。

通常，它都有一只较大的军绿色铁皮药液箱，箱子看上去很像一只被压扁了的大圆柱体，正好可以平稳地负在人后背上。箱内装有活塞式气筒，有点像自行车的打气筒。喷药的时候，把事先配制好的农药液（一般是乐果、敌敌畏、敌百虫或可湿性六六六粉之类）装进箱里，但不能超过总容积的三分之二，然后把上面的圆盖子拧紧，就可以通过抬压式手柄来排抽箱内的空气。这样约莫抬压四五十下，明显感觉到手很费力（压力增大）甚至根本压不动了，再提起背带挂在肩上，左手抓喷药杆，右手执压气手柄，然后打开喷嘴开关，就可以边走边喷药了。

过去在一个生产队里，这样的喷雾器少说也有十来件。庄稼从地里长出来，就跟娃娃一样，这病那灾都跟着来了。蚂蚱、稻心虫、包叶虫、小麦蛆、蛀谷虫还有菜白蝶、豆荚螟、小青虫和油菜跳蚤……总而言之，一样蔬菜、一样水果、一样粮谷就会生一样害虫。这就跟人吃五谷杂粮，也会生各种各样稀奇古怪的病是一个道理。

害虫来了人心都惶惶的，怎么办？一季的庄稼可不能由着它们祸祸了，得赶紧打药！队长倒背着手在地里闷声闷气转一圈回来，就锁着眉头下了命令，谁谁谁负责捉虫，谁谁谁负责去打药。

打药算不上什么苦活，可也不太轻松。喷雾器倒是没多重，都是些铁皮和塑料壳壳，但把药液往里面一灌，再把箱子往身上一背，少说也有三四十斤重，走起来就沉了。

一个人一天顶多也就喷上两三亩庄稼。关键是，喷完一箱子还得重新再去配药灌药，时间就浪费了。不过，人倒是可以乘机歇一歇。日头实在是毒辣得很，身上又背着个药箱子——通常这种药箱子密封都不算太好，跑、冒、滴、漏是家常便饭，浑身上下可想而知——一天下来药液把皮肤蜇得红赤赤的，弄不好还会发生轻微中毒，脊背出现一大片一大片的红斑。

羊角村的贱生给队里打了十几年药，皮肤好像也只肿过一次。

那一回是给稻子打药，百十亩稻子眼看让稗草掺和得不成样子了，草有时候比那些长脚的害虫还厉害，欺得庄稼萎靡不振。队里组织女人连天连夜薅草，女人长长地在水田里站成一排，齐整整地佝着腰，稗草太密了，一个人就算长四只手也根本拔不过来。往往是头一遍还没薅完，身后新的一茬子草又凶猛地冒出来。一向沉稳不惊的队长也急眼了，就叫人连夜打药，打敌稗。敌稗专门能杀稻田里新生出来两三片叶子的稗草。

时间紧任务又重，平常一个人一天打两三亩就很了不起了，那次一天却打了五亩。打到最后，贱生的两条腿怎么也从水田里拔不出来了，整个人仿佛都深深地陷在泥淖里了。水田不比旱田，在水田打一亩药，比得上旱田二亩还多。脚上又穿着高帮插秧鞋，咕哧咕哧地挪着，深一脚浅一脚，还得尽量避让着那些秧苗，真的算上举步维艰了。即便这样，贱生还得放快脚步走，稍有懈怠，队长就在田埂上不住声地吆喝。队长心里着火了，草把庄稼欺负得根本没法再生长了。

药液跟汗水顺着脊梁骨往下滑，贱生的脊背、屁股和大腿就是这一次突然肿了起来的。一开始没太当回事，庄稼汉都没那么金贵。

活干完，散工了，也就是跑到沟渠里胡乱洗了洗。连回家的力气都没有了，好容易摇晃进屋，躺下身来就呼呼睡着了。

半夜里醒来——也不是自己想醒，其实还想睡，眼皮都睁不开，最好能这样消消停停睡上三天三夜——人是让烧醒的。发高烧，浑身火烧火燎地痛，伸手随便一摸，好像身子比往常胖了许多。也不光是胖，胖得不均匀，胖得古怪了，东一块西一块的，像没有整平的土地。终于勉强爬起来，摸到水缸边拿葫芦舀子硬灌了一肚子凉水，就回屋再接着睡。

这样究竟没挨到天亮，人就烧昏了，满嘴说胡话。家里人知道时已经晚了。贱生昏迷不醒，怎么喊叫他也没丝毫声气了。

赶紧往卫生所送吧。去了人家还没开门呢。除了下地干活，在乡下别余的事情节奏都是非常缓慢的。一家老小急得热锅蚂蚁样团团转圈。转也没有用处。直到日头挂到东面红通通的晃眼了，才好不容易把那个赤脚大夫等来了。大夫一摸病人的额头，再掀开衣裳查看背脊，最后一搭脉，也吓得呆愣住。半天大夫才颤颤地说，恐怕我这里看不了，得往大医院送。

这阵儿送恐怕都有些迟了。就是铁打的人烧到四十一二度，也该烧坏脑子了。还有，最要命的是那些药液侵入毛孔和皮肤里了，人已经有点中毒的危险了。又是一阵娘哭爹喊，无奈得很，家里只好慌里慌忙去找队长想办法。

队长还没爬起来。水田里的稗草好歹算打下去了，队长悬着的心也略微宽松了些，所以就贪睡得很。只好把病人背到队长的炕头前，队长很长时间都在打哈欠揉眼屎挖鼻孔。后来终于眯缝着眼睛朝地当间儿瞅了一下，才说他又不是纸糊的，哪那么闪（虚弱）呢。随后唤来一个力量大的男人把贱生背到身上，出了村子却不上医院，直奔沟渠方向去，还有两个人团团护着贱生，他们一起都泡到水里，只让贱生露出鼻孔和嘴巴，一直让流水不紧不慢地冲了一个上午，冲得好人都身骨冰冷了，才使一个女人回家熬了半盆子姜蒜汤端来，趁热强行灌进贱生的肚子里去。

当天傍晚，贱生竟苏醒了。身子也不再烫手，目光却有些迷离，像是刚从一场梦里醒过来。只是还觉得后背有些刺痒，卵蛋泡子时不时像有小虫子爬过，人倒是再没别的大毛病了，能吃，能喝，能说也能笑。一家人都转忧为喜，心里常常惦记着队长的这份恩情。

那以后，贱生成了羊角村最优秀最年轻的打药把式。贱生配制农药是一把好手，比例恰当，浓稠适中，他喷过的庄稼几乎是立竿见影，效果最好：一般虫害能立刻消退，秧苗长势喜人。

贱生人又腿脚麻利，别人一天打二亩半地就吃不消了，他却一口气能打三亩还多。而且，从此再也没有过敏或中过毒。有时候，遇上毒性很厉害的农药，连那些大牲口老远闻到味儿都摇头乱撞，别人更是推三阻四不敢动弹一下，唯独贱生背起药箱就下地了，没有二话。

羊角村要往上推选一名劳模，队长合计来合计去，最后把目光锁定在贱生头上。队长说羊角村统共尻子大的片地方，选谁不选谁的哪个心里都有一本账。然后就把贱生叫过来，让他当众撸起后背的衣裳。

大伙顿时一片唏嘘。平时只眼瞧着贱生的脊背负着药箱子在地里跑来跑去，黄铜喷嘴总是喷出圆圆的一片雾花，透过那片雾花人们很难看清打药人的脸面。大伙印象中，贱生浑身上下都是那股刺人鼻孔的怪味，谁见了都下意识地远远避开，像见到了一只毒蜂。

这时才终于发现，贱生后背上的那些地图样的青块，好像被炭火熏过，又好像是中了江湖高手的几记黑砂掌。队长使劲拍了拍贱生那副充满青斑的后背，说就给这狗日的当吧。

这年秋收后，青羊湾公社开劳模表彰会，队长领着贱生同去参加。会议开得很热烈，又是锣鼓又是秧歌，劳模们胸口都戴了朵大红花，还在台子上站成一排，公社头头挨个儿跟他们握了手，每人发了一张奖状。还非要让劳模代表讲几句，可这些来自基层的社员都五大三粗不善言辞的，个个红头涨脸地互相推脱，推来操去就轮到最年轻的贱生了。

实际上，贱生早已经有些头晕目眩了，好像隐藏在身体里的毒素悄然发作。当干部和群众们把既信赖又期待的目光一股脑投向他的时候，贱生简直就要瘫倒在台上了。早知道会这样，就是杀了他吃他身上的肉，他也不来当这个劳模。可箭已经绷在弦上了，根本由不得他自己。况且，队长也在台下冲他又吹胡子又瞪眼珠的，那意思仿佛在说，狗日的说两句话难道比吃屎还难！

贱生木讷地呆立着，腿脚自始至终打着晃儿，脸皮猩红成猴屁股，颜色比胸前的花朵还要鲜艳。这时一个干部凑在贱生耳边说你就表个态吧，随便说啥都成。贱生才无可奈何地揩了揩额头就要滴下来的一串汗珠子，看看台前的干部，再望望眼巴巴盯着自己的黑压压的一片脑瓜儿。他嘴角嗫嚅着，嗫嚅着，似乎有了想要说点什么的勇气和冲动，但那只言片语就像药液被死死卡在喷嘴里，再用力压也挤不出半滴来。

这时，下面的干部群众都使劲鼓起巴掌来。那掌声是贱生这三十年生命中绝无仅有的一次，真的雷鸣一般，长久不息，哗哗哗哗……仿佛一下子就把贱生推到风口浪尖上了。贱生终于像从后背上卸下了沉重的装满药液的箱子，暗地里紧紧地攥着两只拳头，然后努力朝着所有人张开了嘴。

——嘴巴是张得足够大，可要说的那句话却又临阵脱逃了。最后，贱生只磕磕巴巴地吐了四个字，你、们、看、看。就忽地转身去，同时掀起衣裳把自己的后脊梁全部展现在大伙眼前了。

一时间场面变得有些凝重，气氛有些异样，所有目光都变得呆滞起来。贱生突兀的作为，和他那张青黑青黑的看去有些悲壮的后背，完全把大伙给弄蒙了！本来是好端端的一个表彰大会，又喜庆又热烈，结果半路里杀出个程咬金来，突然就变了味道。

前排的干部们都坐不住了，一个个呆若木鸡，不知道下面该怎么收场。跟贱生一起来的队长简直快要崩溃了！队长一点防备都没有。此刻他真是恨不得冲上台去把贱生揪下来生吞活剥了才好。这时候队长是多么难堪又懊悔不已。

但是，几乎在转眼之间，台上的贱生已经转过了身体，似乎一点儿也不知道气氛早就变得很严肃了，他激动地冲下面攒动着的人头说（几乎是喊着说的），我就是这样当上劳模的！我的命也是队长救下的，所以，我要好好地给生产队打一辈子农药！

又是片刻的沉寂。但随之而来的却是更加卖力的一通掌声和欢呼声。会场的气氛达到了高潮，前排的干部也受了群众的感染，又纷纷跳上台去跟贱生他们使劲握手点头微笑。

回去的路上，队长比来时显得兴奋多了，动不动就拿拳头捣一下贱生的后背，嘴里嘿嘿笑着。贱生还沉浸在发言时的豪迈和激动当中，就是被队长捣疼了也不吱声，唯有胸口的那朵大红花被风吹得簌簌响。

劳模会开过没多久，天气就冷下来了，接连有三四个媒人上门给贱生提亲。

没想到贱生成了热山药蛋，提亲的媒人把门槛都快踩扁了。爹娘见天都笑眯眯地站在门口，什么事也不做，专门等着应付来来往往的客人。要是只一家，贱生也许早就爽快地应下来了，可问题不是一家，好几家，条件都不错。而且，都是一副求婿若渴的样子，让人一时间下不了决定。

思前想后，等到天黑尽了，贱生就悄悄地去了队长家。把事情原原本本毕恭毕敬跟队长讲了，想请队长给他拿个主意。

队长听完不露声色地哼了声。狗日的这事又不是种粮打药，我说了也不算数。不过，队长转念又看在贱生那张青黑的后背上，便煞有介事地说，挑女人屁股大奶子大身板结实的就好，这种女人将来能生娃也能过日子。其实，队长也就是顺口一说，可在贱生听来却是拨云见日般的至理名言。

于是，贱生出门相过几次亲，最终选定了一个队长所说的那种类型的女人。除了个头稍微矮了点，肤色也黑了些，其余条件她都基本上符合的。急忙择了腊月里的一个顶好的日子，欢欢喜喜娶进门来。

结了婚的贱生还是贱生，照样给队里打农药。有时在麦地，有时在水田，有时打蔬菜，有时喷果树。总之，只要庄稼有了虫害，地里就有贱生的来来去去的身影和吱吱响着的打药声。

贱生娶来的那个矮个子黑皮肤的女人，也在地里参加生产劳动，也要听从队长的一切安排。队长让女人们去玉米沟里薅草，她也跟着大伙去薅草；队长让女人们去给蔬菜地追肥，她也拿起粪锹默默地干着跟旁人一样的活儿。

通常，布置下来的活快干完时，队长都要亲自下去检查验收。队长倒背着两手看看女人们的劳动成果，再看看那些干活的女人，看她们晃动的胸脯和撅起来的屁股。看到贱生媳妇的时候，队长目光停下来，忍不住要多看两眼。毕竟她是新来的女社员。

队里比贱生晚娶来的几个媳妇的肚子都争先恐后地大了，很扎眼地鼓凸起来，唯独她那里还平坦坦的，好像被碾压实了的土地，没有任何要生长点什么东西的迹象。

活停下来，大伙坐在地头树荫下歇缓谝闲。谝着谝着，就说到贱生媳妇的肚子上了，好像她的肚子再鼓不起来，一个村子的人都会跟着挨饿。

贱生当然也听到耳朵里，再也不能像往常那样有条不紊地打药了。话说回来，就算羊角村的庄稼都让虫子吃光了，也不只饿贱生一家人。可自己媳妇的肚子要是一直鼓不起来，却着实让他感到惶恐，一天也抬不起头来。

白天，在地里打药的时候，贱生人总是不停发愣。看上去喷药杆抓在他手里，喷嘴也吱吱叫着往外喷药。可人却在愣神，明明打过的地方又接着打了一遍，没打上的地方始终没有去打一下。一个人蹲在水沟边默默配药，眼睁睁就把比例弄错了。本来是一斤药液加兑一千斤水，结果，把大半瓶子农药一次全都倒进药箱子里了。药打上的当天，那些菜苗儿全都蔫巴了，平展展趴在地上，没了一丝筋骨。

夜里，又全然不顾身子骨一日的劳碌和疲乏，拼了老命趴在女人的肚皮上，把举锹扛镐的力气都用在那件事情上。女人的一对胸脯在晃颤，屁股蛋也在晃颤，肚皮却始终没有丝毫的起色。

最后，真的急火了，就疯狂地拿拳头捣，用巴掌扇打，女人痛得呜呜哭号，吓得爹娘半夜里也睡不踏实，支棱着一双双老耳听着、叹息着。实在不行，也请神婆子来家里过关（一种迷信活动），还到外面的庙上烧香磕头，求来符灰喝。这样一通胡乱折腾，依旧无济于事。

从此日子似乎再也不能安宁了，整天不是鸡飞就是狗跳墙。村里连三岁的娃娃都知道，贱生除了在庄稼地里打药，回到家里就剩下一样事——打自己的女人，似乎他这辈子跟打结下了不解之缘。

因为错配药量伤害庄稼的事，队长没少呲过贱生，也没少扣过他的工分。可打女人的事，队长却不好再插手管了。清官难理家务事，这种情况队长也很无奈的。还有更微妙的一个原因，就像一根软肋，弄得队长心里多少是有些别扭的，当初贱生毕竟来家里向他取过一次经的。而且，每一次在地里看到贱生媳妇，队长都很艳羡地要多瞅她几眼。队长觉得那样的胸脯和屁股根本没有道理生不出娃娃。

反正是，那个在地里跑来跑去的贱生再也看不到了，那个过去一天能打三亩多地农药的年轻劳模也看不见了，大伙看到的是一只垂头丧气的瘦影子在青绿的秧苗上慢慢晃动着，像一条乖戾而又沮丧的老狗。还有那个黑而矮的女人，经常鼻青脸肿地去地里上工干活，她的脑袋总是耷拉得低低的，生怕旁人看见似的。

转眼又一年。

贱生家还是冷清清的，始终没有旁人家时常传来的那种娃娃的吵闹和哭笑声。他打骂女人的次数似乎也减少了许多。取而代之的是没完没了地喝酒，只要闲下来没活干就拎着瓶子出门打酒，等回到家时人已烂醉了，醉得不省人事。有时也从贱生家里传来一通莫名其妙的哭声，又突兀又难听。待仔细一听，不是贱生媳妇，是贱生自己在哭。

经常酗酒的贱生，再也无法跟过去那个打药能手相比了。酒精让他的脸面挂着两团愚蠢的红色，一双手脚不停地发颤，做什么活都哆哆嗦嗦的像个老头儿。尤其是配药的时候，药液从瓶子里倒出来，还没等掺进药箱子里，多半儿都洒到草丛或尘土里去了。有一次竟然背着满满一箱子药，也许是还没清醒过来，整个人像老牲口那样，走着走着，突然就一头栽进水田里了。幸好让几个正在一旁薅草的女人发现了，要不会活活溺死的。

这种时候，队长就不能不站出来说点什么了。队长说话当然就等于往铁板上钉钉子。队长说贱生你把喷雾器给我交上来，从明天起就不用你再打药了，干点别的活吧。队长这样说的时候，好多人都很紧张地盯着贱生。可贱生连头也没有往起抬一下，照旧背着那只空空的药箱子发呆。

那天散工以后，大伙三三两两往家走。有人在回家的路上无意中扭头，发现贱生好像一边低着头走路，一边不停地用右手压着手柄，喷嘴的开关好像也开着，正吱吱地往外喷着空气。

就在这天夜里，村里人又一次听到贱生媳妇杀猪样号哭起来。这个女人的哭声一下子就把密密实实的黑夜给撕开了，让人们依稀看到了恐怖的跟打闪一样的一抹亮光。但是，没有一个人愿意跑出去看一看，或者问上一声，连队长也没有动窝儿。两口子骂仗，就由他们去吧。

一直快到天亮的时候，大伙才让贱生娘的一通干涩沙哑的哭叫给吵醒了。

过了一阵才弄清楚，贱生媳妇喝了农药。农药当然是贱生以前拿回家来的，是那种50%浓度的滴滴涕乳剂，看样子至少还有小半瓶呢。这种药能轻易杀死很多种粮食作物里的害虫。

贱生媳妇把那些药全部灌进自己的肚子里了。而且，好像是半夜里就喝下去的，贱生娘天一亮走进灶房时，才发现儿媳妇躺在灶坑前的一堆柴火里，胳膊腿都硬得像根棍子，本来就黑的肤色越发乌黑透亮了。

后来情况变了，农田要承包到家家户户，队里原先的那些农具啦牲口啦也统统被大伙抓阄，拉回各自的家里去了。

这时候贱生眼看奔五十了，但看上去有六七十岁的样子：头发灰白像落上了一摊一摊的鸟粪，腰背佝偻得很厉害，下巴颏儿都快触到脚背上了。爹娘也相继下世，他还是一个人过着冷清的日子。别人成天都争争吵吵分田抢物，唯独他显得很平静，像一塘死水，又像一根弯曲在风尘中的老木头。

队里的东西都快分光了，贱生才慢慢地走去跟队长说，我啥都不要，你还是把喷雾器分给我吧。队长闷声闷气地说给你也使不了，没一个好的！都锈得不成样子了。贱生说坏的我也想要一个。队长还想说点什么，忽然看到眼前有一团孤零零的影子，正畏畏缩缩蜷在地上，就没有再坚持下去。他用手随便指了指库房里的一个很阴暗的角落，对贱生说，都在那儿撂着呢，你自个儿去拿吧，想要哪个都成，拣好的！

那天，贱生把背回家的那只喷雾器放在吃饭的桌子上。他手里颤巍巍地捏着一片湿抹布，一遍一遍里里外外擦了又擦，连压气的手柄、喷药杆和黄铜喷嘴都擦到了，直到屋里黑得什么也看不见，他才终于停下来。

贱生放下抹布，在沉闷的黑暗中，他用两只粗糙的手轻轻触摸漆皮剥落的箱体，鼻孔一抽一抽地闻着它们所散发出的那种久远的气味。

　　有一刻，耳朵仿佛又听到了从那只空空的药箱里发出的很嘈杂的声响，像牲口在一声声叫唤，像很多人在地头说说笑笑，像女人和娃娃们在夜里呜呜哭泣，又像万千人在使劲鼓掌欢呼……贱生听着听着，眼泪忽然就止不住吧嗒吧嗒淌下来了。

猫
命

一

都说一猫有九命，你相信吗？

二

秋皮常对人讲大花猫咪勾是他祖宗。这可不是谁
瞎编滥造的，更不是秋皮说出的醉话或混话。通常，
秋皮将花猫咪勾百般怜爱地架在他的脖颈或略显斑秃
的头顶上满街转悠，那猫有点矫情，秋皮像哄他儿子
似的，说，祖宗乖！祖宗听话！我们经常听见他这样
恶心吧唧的话。狗日的把猫当祖宗一点也不脸红。但
是，极少有人见到他这样亲近地抱过他家的瘦瘦，瘦

瘦是他儿子，只有土豆那么丁点大，可怜兮兮的样子。

瘦瘦明显和秋皮大不一样。

瘦瘦整天在他家的三间房子里跑来跑去，那些房子的门关上打开又关上，花猫咪勾也从这个房子的被窝堆蹿到那个房子的米柜底下，眼睛放射着阴毒而又散漫的绿光，偶尔也恼羞成怒地嘶叫两声。

瘦瘦贼胆忒大！这是他爸秋皮说的。那天，瘦瘦硬是把花猫咪勾从房子里一路撵到门外的一棵柳树上，咪勾倒挂在树头的样子很像一只胆怯的金丝猴。瘦瘦手里拿着滩羊牌火柴，他也许有点后悔，他后悔没有把花猫咪勾的尾巴烧着。

所以，我们就听见秋皮站在院子里朝树上的花猫咪勾一个劲儿叫唤，听话祖宗，快下来吧，我的小祖宗！花猫咪勾那时装扮出一副失魂落魄的假象，仿佛遭受了莫大的屈辱，非等着主人给它出口气才成。秋皮就反身给儿子一脚，瘦瘦整个人都被这骤然而来的一脚踢了起来，像一只蚂蚱扑棱一下子蹦得很高，然后骨碌着落在院子中央的硬地上。

这就基本上证实了我们的判断，狗娘养的秋皮确实和人不太一样，他对花猫咪勾比对他儿子亲，他呵斥瘦瘦时的表情简直怒发冲冠穷凶极恶，他那老猫护崽子一般的眼睛里竟也放射着两道绿了吧唧的光，跟狼一样凶残，像是要把瘦瘦生吞活剥了才肯罢休。

三

要说花猫咪勾就不能不说秋皮的女人。听说她是带着肚子嫁给秋皮做老婆的，当然这仅是道听途说而已，无从考证，唯一的证据大概是秋皮的女人婚后刚刚八个月就生下了瘦瘦，大抵早产也是有可能的，但偏偏有人说秋皮真日能，早早就把种子播进女人的肚子里了！或者，只有秋皮心里最清楚，可他很少在人前谈起这件事情，仿佛他老婆远远不及那只花猫咪勾对他重要。我们也是从土豆一般瘦小的瘦瘦身上粗略地看到一点蛛丝马迹，比如，瘦瘦的脑袋很大，身体孱弱，两条腿像玉米秆子一样细，这跟他爸秋皮臃肿富态的矮胖体形截然不符。

花猫咪勾每天晚上都酣睡在秋皮的被子上面，秋皮和他女人做那种美事的时候，咪勾很不知趣地斜着脑袋观望，而那种绿眼光似乎恰恰是秋皮需要的东西。此刻，秋皮往往会处于一种云山雾海的迷幻之中，他的十根手指上都留着那种长得有些变形的指甲，他用猫一样肮脏的指甲轮番在女人身体的某些重要部位上抓来抓去，女人起先是闷声闷气闭目躺着，被秋皮抓得狠了，终究会忍不住叫唤两声的。秋皮便来了兴致，手下更不留情，女人惨兮兮的声音一阵紧过一阵，这很容易让秋皮想起趴在墙头树杈叫春的母猫。于是，他就高高地猴在女人的肚皮上，亢奋的架势如同一只正在捕鼠的公猫，把白天在地里没有使尽的力气全部拿出来挥霍在女人身上。

我们不妨假设，如果两个正常男女在做那种事情的时候，还有第三双眼睛诡秘地盯着你，而你又是明知的，你或许很难做到心平气和或熟视无睹，对于秋皮来说意义尤其不同，监视着他们夜间活动的眼睛是来自那只被他尊称为"祖宗"的猫，这就是问题所在。

所以，有一天女人异常强烈地要求秋皮把咪勾赶走，否则她将拒绝跟他做那种事情。无法知晓那晚秋皮是怎样跟女人把事情顺利做成的，但我们可以想象女人在秋皮的身体下面突然气急败坏地腾出一只手来，然后狠狠地给蹲在一旁的花猫咪勾致命一击，这一拳打在咪勾的脑袋或身体的某个部位上，猫凄厉地尖叫着猛蹿到地上，黑色的空气中氤氲着一股野性的惊恐与愤怒。

当然，这种想象仅仅是翌日从秋皮女人的脸上分析出来的，因为那女人的眼圈莫名其妙地乌黑一片，有三两根血丝在眼窝深处隐约波动，如果稍加注意，你也许能看出一丝幽幽的怨恨正在女人的脸上深邃地荡漾开来。

四

每年到了农历六月十五以后，花猫咪勾就开始神气活现，地里的麦子全部装进了各家各户的粮房里，新鲜的麦谷散发出诱人的芬芳，家家户户的院落都被粮食的特殊香味填充得满满当当，而那些在麦地里蛰伏了大半个夏天的鼠类，此时也诚惶诚恐地开始大规模迁徙，它们的目标是村子，更准确地说是那些盛满粮谷的仓房。

这时候，花猫咪勾便时刻保持着猫类特有的警觉，它在院子里的每个角落逡巡着，到了夜间，它几乎彻夜不眠，有时，它会强悍地爬到仓房里的粮堆上打盹，盛夏的暑热正像一只庞大的火球，从远处的太阳地里滚滚而来，而由于过分疲惫和炎热，咪勾的身上开始不断地褪毛，掉下来的毛在每床被褥上都随处可见。

秋皮的女人便开始无休止地唠叨，因为她在收拾家务的时候经常被这些讨厌的东西纠缠，甚至在清洗自己内裤的时候，竟然也会在最隐蔽的部位发现三五根纤细而斑驳的毛发，她知道那不是自己身上的东西，更不是秋皮的，在她看来，秋皮那块的确是个谜，居然光秃秃的寸草不生，很像一片荒芜的盐碱地，她曾在做姑娘的时候便听过有关"青龙白虎"的说法，当时很茫然的，所以，她对秋皮更生几分惧怕，当然对于秋皮的这一天大的隐私她是羞于启齿的。

看见咪勾进屋，女人便没有好脸色，只要秋皮不在家中，她会顺手抄起鞋刷火钩子笤帚或别的什么不易摔坏的东西朝咪勾劈头盖脸掷去，那时，花猫咪勾也会毫不逊色地用眼睛凶恶地瞥她一下才夺路而逃。

事实上，女人对咪勾的态度不过如此，等到老鼠泛滥成灾的季节，家里倘若少了这样一只猫准会乱套，所以，女人尽量克制自己的不满情绪和私愤，即使是令她作呕的猫毛出现在一些不该出现的地方，她依旧会忍气吞声。

瘦瘦和他妈比起来多少厉害一些。大人下地干活的时候，他通常一个人留在家里，当然，陪伴他的还有那只老花猫咪勾。

于是，瘦瘦便想方设法地跟花猫咪勾周旋。比如，他乘咪勾昏睡的工夫用火柴烧它的尾巴胡须、在咪勾的食碗里尿尿或者用一只竹筐将咪勾罩住然后用木棍在上面使劲敲打。总之，在花猫咪勾的眼里，瘦瘦俨然是个可怕而又令它痛恨的小魔头，它除了提防女主人的斥责和轻慢之外，还必须时刻防范瘦瘦的侵扰。

五

收获的季节像山野中的雷雨，说来就来了。花猫咪勾又成为大家谈论的焦点，这是值得秋皮和咪勾沾沾自喜的事情，在对付那些成群结队的老鼠骚扰方面，秋皮家显然是全村的典范，这主要是因为秋皮家那只体形硕大的花猫咪勾。

咪勾在七月的夏夜里叫得声嘶力竭，有点像秦腔剧里吊嗓子的老生，一声比一声刺耳，令那些龌龊的鼠类望风逃窜，燥热的夜色中时常发出窸窸窣窣的爪音，那是老鼠匆忙奔跑的声响，你仔细听，那些声音是从不远处的麦地里一阵一阵爬过来的，它们忽而细密如雨忽而飘飘荡荡宛若鸿毛，整个夏夜都被这种躁动的声音困扰着。

在旁人都诚惶诚恐的时刻，秋皮却表现出极大的平静，他在收获后的一些时日通常可以高枕无忧，咪勾成天在他家的院子和仓房间来回巡查，它的脚步稳健而又迅速，目光中流露出某种职业性的警觉与忠诚。

我们不妨回过头来说说秋皮的家事。秋皮的老母亲在世时是村里颇有名望的"神仙"，这是众所周知的事实，他母亲总是戴着一顶青黑色的布帽，脑门上深印着一枚暗紫色的圆斑（大约是长期在脑门上拔火罐的结果），给人的总体印象是神秘而古怪的。更引人注目的或者是经常蜷伏在她怀里的一只猫，她在暗无天日的屋里给人施法的时候，那只叫咪勾的猫始终肆无忌惮地蹲坐在香案上，一对深暗的瞳孔在烟雾缭绕中放射出摄人魂魄的冷光，大凡见过那只猫的人都说那只猫鬼气得厉害！秋皮的老母亲给乡亲们看了一辈子的邪病歪病，到头来却死得很狼狈，颇令人吃惊。

时值春分，猫儿起窝，许多人家的墙头屋顶和树杈上都趴着叫春的猫，它们此起彼伏的淫浪叫声在夜空中回旋不息，在焦灼的等待中，它们激情的唾液不时发酵，风中流淌着一种原始的气息。猫可不像人，错过交配的季节便不再想那种事情了。

秋皮母亲那只鬼里鬼气的猫就是这天黄昏从家中悄然走失的，三月初曾降过最后一场大雪，这在人们的记忆当中甚为罕见。那天的浓雾遮天蔽日，给那些贪婪而恣睢的猫的情事涂抹上一层浪漫的灰色，人们只是从它们歇斯底里的嚎叫声中依稀判断出它们所在的方位或寻找配偶的情况。

村人隐约听见秋皮母亲用那种她做法事时的惯常音调满村地寻找她的猫，咪——勾！回家来！咪——勾！这声音在漫天的雾气中断断续续喑喑哑哑，传到谁的耳朵里准叫谁毛骨悚然。后来，这声音倏忽一下就消失在莽苍的天地之间，仿佛被大雾吞噬一般，只有猫的声音依旧在暮色中叫嚣不止。

白茫茫的浓雾的确给大地制造了一种神秘而美丽的错觉，有谁会相信一向笼罩着神灵光焰的秋皮母亲会在这个春天步入深渊呢？她带来不幸的竟然是那只她深深疼爱着的猫。秋皮母亲是第二天一早被人发现的，准确地说是她的尸体，那是清晨第一个去村井边挑水的人，村中那口井并不很深，秋皮的母亲就是在夜间一头栽进这口井里的。尸体被孤寂地打捞上来，眼睛虽然闭着，但脑门上的那枚红色圆斑却兀自凸现，很是吓人。在乡村，这种孤独而猝然的死亡通常被视作谜，一个人好端端地突然身亡，那他的亡灵必然还会游离于阴阳界之间，据说，福分浅薄的人是看不见这些亡灵的。对于整个村子来说，这次事件有着灾难性的结局，有谁还敢喝那井里的水呢？但也有老当年的人（见多识广的老人）讲，神仙掉进去不碍事，喝了兴许能治百病。

秋皮下葬完他母亲的遗体后，猛然发现了那只走失已久的猫，它就安静地潜伏在他母亲的坟头上，眼睛里透射出极其忧郁而感伤的光芒，它正将自己潮湿的鼻子匍匐在那新隆起的黄土堆上，既像是在轻嗅又像是在沉思哀悼。

很多人都认为是花猫咪勾害死了秋皮的母亲，猫本来就是奸臣，可驴日的秋皮似乎并不把这当回事，他竟然将那只猫命根子似的抱了回来，他一边往回走一边百般温柔地抚摩着猫，那时，秋皮看见猫的眼睛里竟然有两个很小很小的人影在晃动呢，他就说听话咪——勾，我们一起回家喽！

于是，有人悄悄嘀咕，有秋皮这婊子养的哭的时候。

基于此事，我们可以做出这样一种判断，秋皮母亲留下的这只猫看来并非一只普通意义上的猫。俗话说近朱者赤，它或许早已沾染上了某种人所未知的仙气，或者，它就是秋皮母亲的化身，秋皮母亲猝死后的魂魄正附着在这只叫咪勾的猫身上，难怪秋皮会管花猫咪勾叫"祖宗"呢。因此，猫的独特叫声总能让人想起那个张牙舞爪装神弄鬼的半仙婆来。

六

到这时节秋皮是最怕见人的，或许因为他家咪勾的存在，使得那些可恶的老鼠们望风逃窜，并不敢靠近秋皮家半步。这一点村人很是恼火，他们私下里说秋皮这忘恩负义的杂种，把那鬼猫当他祖宗供着！

事实上，还有另外一种原因，那些没有养猫的人家向秋皮提出借猫的要求，他们会很客气地说秋皮把你家的咪勾借给我吓吓老鼠，狗日的实在是太猖狂了呀！

而秋皮并不理睬，他只是一味地深居简出，他在晌午会钻进阴凉的仓房美美地睡上一觉。躺在麦谷堆里，整个身体感受着来自粮食和土地最原始的温暖和舒爽。这种感觉通常令他痴迷沉醉，他觉得自己的身体在粮食上面变得微乎其微，就如婴孩躺在子宫里或女人分娩时的血泊中，很有种安全感，更重要的是那些沉甸甸的麦谷现在就安然无恙地匍匐在他的身下。他不时地捻起几粒麦子撒进嘴里，然后闭着眼睛细细地咀嚼品味，乳白色的液体偶尔会漫过他的嘴角缓缓而下。那时，花猫咪勾也神情专注地伏在他的身上，它还会用尖细的舌头轻舔秋皮的嘴唇，秋皮感到很受用。他想，咪勾一定很喜欢吮那些乳白色的汁液。

出乎意料，这个夏天最先开口借猫的竟然是老莫的老婆，这令秋皮或多或少感到有些吃惊，吃惊的并不是借猫这件事情，而是那女人的架势，或者说是那女人跟他说话时的眼神。老莫是个瘫子，瘫在炕上整整十年，家中里里外外的活全凭这女人一人操持。早先秋皮母亲在世时，没少给老莫治病，光神符药（熏香、黄表纸等燃烧后的灰烬）就吃下去足足有一筐箩，可病势丝毫没有减轻，后来到城里一家医院一查，才知道老莫得的是股骨头坏死，根本不是什么狗屁邪病，看来是秋皮母亲耽误了老莫的病。秋皮听别人说，他母亲下葬那天老莫家跟过年似的，老莫的女人竟然破天荒地包了一顿大肉馅的饺子。

老莫的女人跟秋皮借猫的时候，秋皮正慵懒地躺在仓房的粮食堆上，他感觉那女人正用一种奇怪的目光看着他，或者是在看伏在他身上的猫。她说，你也不嫌累得慌！有这么厉害的猫看粮食你还不放心呀！

秋皮的眼皮连续跳了几下，他很不自在地躺在那里，先前的舒展跑得无影无踪，女人的手正搭在髋骨上，无袖汗衫里的一对乳房正饱满地耸着，宛若堆在胸前的两只尖尖的谷丘，秋皮感到内心一阵悸动，喉咙发出莫名的响声。

女人说把猫借给我使使吧，家里的老鼠快要闹翻天了！她在说这些话的时候，眼睛倏忽一闪，像是轻轻翻滚着的绿色麦浪，一波又一波的。

秋皮本来想说你家的老鼠翻不翻天跟我有啥相干，可这话始终没说出口，女人的胸还在他的眼窝里软乎乎耸动，秋皮看着看着，竟忽地生了一种怜香惜玉的幻念，仿佛那些贪婪的老鼠侵袭的不是老莫家的粮食，而是老莫女人这一双麦丘一样姣好的乳房。

那时，瘦瘦恰好从外面闯进来，瘦瘦跟他妈一样枯瘦如柴，他背着双手贴墙站着，同时咕哝着小嘴，不借！不借！谁也不借！

秋皮一骨碌从粮堆里爬起来，他没好气地白了儿子一眼，去！大人的事情娃娃少插嘴！

瘦瘦显然不听他爸的话，眼睛直盯在咪勾的身上，咪勾立刻不安地拘束着身体，猫在紧张的时候身体通常会变得很庞大。

秋皮的女人很早就收拾好了锅碗，对着穿衣柜的镜子不停地侍弄自己的脸，房子里飘浮着一股淡淡的香皂味，瘦瘦坐在地当间儿的一只小板凳上津津有味地看电视，中央台的少儿节目正在播放动画片《猫和老鼠》，那只愚蠢的傻猫汤姆正被机灵的小老鼠杰瑞折腾得死去活来惨不忍睹，瘦瘦的身体笑成一只大虾米。

我们看见秋皮抱着咪勾往老莫家的方向去了。咪勾很乖地攀伏在秋皮的肩膀上，黄昏中的猫眼闪耀着瑰丽的光彩。秋皮的心情一定很复杂，可这家伙一点也不显露，他只是埋头朝前走，也许他多少有点后悔，不该随便答应那个女人的请求，那时女人说我可不敢抱你家的猫，回头还是你给我送来吧！

秋皮一走进老莫家，心事便越发难以捉摸起来，他看见老莫的女人就站在房檐下，身上扎着一条白底蓝碎花的围裙很好看，一群芦花鸡饶有兴趣地在她脚下啄食，鸡们边啄米边互相唠唠叨叨地寒暄着什么，看见秋皮进来，那些鸡警惕地环顾一番，女人便将攥在手里最后的一些米粒撒在院里，米粒落在地面上溅起很凌乱的一团弧线。

女人转身朝院西边的仓房走去，秋皮无聊地跟在后面，他的手一遍一遍地抚弄着咪勾，他依旧重复着那些令人恶心的话，咪勾乖！咪勾听话！他却无意间注意到老莫女人的两瓣圆鼓鼓的臀在他眼前一左一右地翻滚，夕阳的余晖斑驳而亮丽地浮动在女人的后背上，仿佛镀上了一层金箔，亮灿灿的令人眼花缭乱。女人打开了仓门的一瞬间，咪勾的身体似乎有了什么异样的变化，脊背逐渐弯成了一张弓，秋皮已然感受到猫爪的力量。

七

我们也许该让瘦瘦登台亮相了。瘦瘦爱看的电视节目并不多，这段时间他每天都在瞎狗数星星似的看那部关于猫和老鼠的卡通片，节目一完，瘦瘦的骨子里就钻进了一种神奇的东西，这一点也不能怪他，又有哪个孩子看完动画片不手舞足蹈想入非非呢！

秋皮的女人终于把自己弄得比平时庸俗了好几倍，这样她才算基本上满意，秋皮肯把猫借给旁人，这对于她来说简直是千载难逢的喜事。一想到那只鬼里鬼气的猫今晚将不会出现在梦里，她的心情必然会十分好，心情好了她也许会想干点什么，而一旦有了想做些什么的心思，女人便开始变得急切难耐了。

女人哆哆地说，瘦瘦听话，瘦瘦乖！赶快去把你爸叫回来！

瘦瘦并不太乐意，可他还是犹豫地出了门，女人在他的脸上狠狠地亲了一口，说快去快回啊！瘦瘦的脸上香香的，他觉得很不舒服。

我们知道，一般，人很容易受一种情景或画面的影响，何况一个孩子呢？那时瘦瘦的脑子里装满了林林总总稀奇古怪的故事情节，他就是带着这些乱七八糟的东西痴狂地走出了家门。

瘦瘦像只小老鼠似的在已然昏暗的街路上轻描淡写地行走，或者，在意念深处他早已把自己幻化成那只聪颖机智百战百胜的小老鼠杰瑞，他并不知道脚下的这片土地叫作地球，地球那边还有一处叫美利坚的地方，但他却感觉那只可爱的小老鼠距离他并不遥远，或者，它一直就隐藏在他的记忆深处，它是他最亲密的伙伴。所以，瘦瘦的心情变得异样起来，他依稀听见自己细碎的脚步声，渐渐地他发觉自己的脚正在发生某种微妙的变化，他的脚越来越小，脚趾上长满了细密的茸毛，最后，他的脚已经完全和小老鼠的爪子一模一样了，就连他的听觉也变得异常灵敏了，他能清晰地听到另一类让他厌恶的叫声，那声音直往他的耳朵眼里钻，他急忙用手紧紧地捂住自己的耳朵，他立即大吃一惊，自己的小手竟然也变成一双极其灵巧的爪子了，而眼前似乎还掠过一道幽绿幽绿的光。

瘦瘦还依稀听见那只叫汤姆的花猫在不远的地方朝他发出一阵别有用心的冷笑，它说，来呀！小东西，来抓我呀！嘿嘿嘿！

等瘦瘦漫不经心地来到老莫家时，他爸秋皮早就不见人影了。瘦瘦有点失落，他觉得他妈实在有点傻，为什么非要让他来找呢？难道大人还不会自己走回家吗？

瘦瘦扛着大大的脑袋转身的一瞬间，却猛然听见了一阵尖细的声音，瘦瘦的耳朵便又开始痒得难受，眼前倏忽一亮，心情竟然有些激动，那些画面又迅速地在他脑子里翻江倒海起来。

瘦瘦冲老莫的女人央求，能让我见咪勾吗？我想看看我家的大花猫……

女人不假思索地朝仓房指了指，反正是你家的猫，想看就看去呗！不过，你得把门给我关好当心它会跑掉！

那时，老莫的女人也许并没有注意到瘦瘦一脸的狡黠。

天刚蒙蒙亮，秋皮家的院门便被敲得山响。这个夜晚对于秋皮两口子来讲意义不凡。首先，他们在昨天傍晚就犯下了一个致命的错误，秋皮给老莫家送猫回来，一进屋便闻到满屋的清香，他顿时有种眩晕的迷失感，女人正笑盈盈地迎上来，女人的唇画得又红又艳，脸蛋子也搽得白白嫩嫩透着一股子鲜活劲儿。那时，秋皮傻傻地张着嘴，像是要把眼前的女人吞下去似的。

我们都知道，女人刻意的修饰与安排可谓功夫不负有心人，当然也许还有另一个原因，有两瓣丰满的臀一直在秋皮的眼前晃悠挥之不去，所以他把自己的女人摁倒后就产生了某种幻觉，而这亦真亦幻的美妙感觉使得他们空前兴奋，以至于清晨院门响起的时候，秋皮依旧徜徉在那种酣畅的感觉之中，他记不清自己究竟在女人的身上起落了几回，只是隐隐听见女人在黑暗中含糊不清的讨饶声，女人说够了！秋皮啊，够了！所以，他们犯的第二个致命的错误是根本没有留意瘦瘦的存在与否，这可以理解，夜里过度的癫狂让他们忘乎所以也筋疲力尽，对于秋皮的女人来说这个夜晚是尤其不同寻常的，因为她终于可以不必担心那只猫的监视而随心所欲。

现在，我们目睹了什么叫作乐极生悲，秋皮趿拉着鞋往出跑，他和女人都不知道究竟发生了什么，他的奔跑只是带着一种盲目的错乱与狼狈。

八

老莫的女人一大早便打开仓房的门，她想看看秋皮家的猫，或者，她只是想证明一下那只叫咪勾的猫是不是像传说中讲得那么厉害。然而，她万万没有想到，自家仓房里的景象简直令她汗毛倒竖，黑压压的硕鼠如洪水一般在粮食堆上聚集喧闹，它们逃窜时带着一种很明显的不屑与嚣张，混杂在麦谷中的黑色粪便散发着鼠类特有的臭味。老莫女人简直不敢相信自己的眼睛，她强装镇定学猫喵喵地叫了几嗓子，她的声音表现出前所未有的恐慌。仓房里除了黄灿灿的麦谷堆了一人高以外，根本没有那只猫的影子。

就在那时，女人蓦然惊悸不已，她奇怪地发现就在自己脚下有一只黑瘦的小手正努力地向外伸展着似乎到达了极限，而原本一直摞在粮堆最上面的一只装满小米的麻包不知何时滚落下来，它恰好把那个伸着小手的人重重地压在下面。女人顿时被一种不祥的感觉洗劫了全身，她撒腿如飞般往外奔跑。

凡是在乡下见过那种盛满谷物的仓房的人大抵知道，粮食高高地散垛在里面，人若是爬上去谷物自然会像多米诺骨牌似的往下塌陷。

由此，我们可以想象到，秋皮家的瘦瘦在昨天傍晚一定像卡通片里的小老鼠杰瑞一样与花猫咪勾展开了一场斗智斗勇的激烈游戏，瘦瘦也许实现了他心中长久以来的夙愿，但他做梦也不会想到，当他欢蹦乱跳上下驱逐那只猫的同时，脚下的麦谷正在发生着一种奇妙而致命的运动。

现在，我们注意到秋皮从老莫家仓房的地上将他儿子瘦瘦颤颤巍巍地抱出来，晨曦沾染着一丝清凉的水星悄悄地落在他们身上。

瘦瘦跟睡着没什么两样，他枯槁的胸廓完全被那只盛满小米的麻包压扁了，所以，他很安详地躺在他爸秋皮的怀里如同一张晒干的兔皮，他的鞋子衣服和嘴耳朵眼里全部灌满了坚硬金黄的麦粒，以至于秋皮抱起他的时候，那些麦粒从瘦瘦身体的四面八方玉珠般缤纷坠落。

事实上，这是我们第一次看见狗日的秋皮那样抱着他儿子，我们无从知道瘦瘦是否还能感觉得到。那时，秋皮的眼泪居然也噼里啪啦地往下掉，跟下雨似的。

花猫咪勾到傍晚依旧没有回来，这真是一件奇怪的事情。该死的秋皮在这个节骨眼上仍然念念不忘那只猫，我们听见他叫魂似的声音在村子周围飘来飘去，唯独他女人渐已沙哑的痛哭给阴霾的天空笼罩上一层凄惨。

谁也说不清楚花猫咪勾到底藏在哪里，我们联想起秋皮家的瘦瘦对待咪勾一贯的态度，很容易得到这样的结论，咪勾早就受够了瘦瘦无休止的折腾，它终于找到了一个绝好的时机，当它在目睹那只麻包沉甸甸地压住瘦瘦的一刹那，咪勾必定发出一种极其快慰的笑声。

我们看见秋皮踩着失魂落魄的影子回来，他的手里攥着根胳膊腕子那么粗的树枝，很快，我们听见秋皮家传来歇斯底里的惨叫与哀求声，还有树枝抽打在女人身体上的脆响，这些可怕的声音让所有的牲畜提心吊胆无法进食。

九

那天，花猫咪勾不翼而飞。

第一场秋雨落下的时候，花猫咪勾依旧踪迹杳无。

十

已经很久没看见秋皮抱着花猫咪勾行走的样子了。瘦瘦跟秋皮母亲葬在一起，按常理，瘦瘦还是个乳臭未干的半大孩子，是不便于埋进祖坟的，在这件事情上，狗日的秋皮又表现出和人不一样的固执。

秋雨一下天就凉下来了，这是常规，跟以往没什么不同，可这个秋天刚一开始，有人发觉秋皮不太对劲。他的身体憔悴眼神凄迷，就连行踪也日渐古怪飘忽不定，他经常半夜三更往村后面的坟茔地里乱跑，他坚信咪勾一定会在某个夜晚再次出现在他母亲安息的地方，任凭是谁怎么拦也拦不住，而他的头只要一挨枕头又会胡话连篇，大凡是咪勾乖，我的祖宗，瘦瘦回来吧云云。

这天午夜，秋皮从梦中惊醒，醒来后的秋皮像是被一种巨大魔力所牵引着的傀儡，他看见女人扁扁地睡在清凉的月光中，样子竟有些美。他蹑手蹑脚地踩着那些幽幽的银光又出门朝村后去了。

雨后的土路斑驳而又绵软，不远的地方完全被茫茫的白气笼罩着，荒野里不时传来猫头鹰咕嘟嘟的梦呓和它们用锋利的喙撕裂老鼠时的声音，秋皮的脸上闪烁着一些晶莹的光，那是从树叶的罅隙间滑落在他脸上的水珠。他义无反顾地往前走，他听见自己的胸腔里隐隐发出一种空灵的声响，祖宗乖！祖宗听话！

秋皮孤魂似的戳在那片荒芜的坟地上，他的目光带着一种迷乱而怯惧的期待在那些黑洞洞的坟岗上移动，脚下茂密的茇茇草刺着他的腿踝，癞蛤蟆不时地从脚上爬过，它们把黏稠的液体屙在秋皮裸露的脚背上。秋皮感到自己满嘴的牙都开始震颤，牙齿相互碰撞的声音很像火车驶过铁轨，他恍惚之间察觉到四周吧嗒吧嗒的脚步声越来越清晰，它们正一步步地向他逼近，宛如一群野鬼在冷风中哀号。

这时，秋皮下意识地感到凉风沁骨，一团黑色的物体忽悠一下落在他母亲的坟冢上，空气中留下一道苍凉的浮影，那时，秋皮咧开嘴，我们不能确定他是不是在笑，至少那笑容是僵硬如铁的。秋皮嗫嚅着，咪勾别怕，我是带你回家的，咪——勾！而就在他窃喜地靠近目标并伸出手指的一瞬间，坟冢上的黑物竟然哇的一声凌空而起。

秋皮的视野突然变得空前的嘈杂，无数道绿光在暗夜中交错穿行，一张张狰狞的面孔诡秘浮现。秋皮也许真的听见一种奇怪的声音，他将耳朵紧紧地贴在坟丘上，他的脸上便有了很苍白的皮笑，地下的声音正在呼唤他呢，当然他听见咪勾也在里面，咪勾的叫声几乎让他欣喜若狂。于是，秋皮伸出他猫一样的手指在他母亲的坟茔上疯狂地刨挖，松软的黑色泥土呼啸着向他身后飞扬。

事后我们知道，那片坟地被秋皮刨得面目全非，他母亲已然腐朽的棺木裸露出醒目的一角，而秋皮的手指刀子一样插进棺材盖的缝隙中。秋皮被很多人拖回来的，事实上，那天从外面拖回的不过是一只空空的躯壳，因为那晚秋皮似乎把身上所有东西都扔在了那片鬼魅的坟地里，也包括那句他至少说过不下一千遍的混账话。

年味正浓

　　离过年还有几日，那种凄厉的嚎叫声，就在街头巷尾此起彼伏开了，有时动静大得几乎惊心动魄。热气腾腾的猪血和膘肉翻涌出浓艳的腥味，一天到晚在凛冽的空气中弥散招摇着。圈里喂了一整年的猪，一头一头被拉进院子里杀掉，头和蹄子割下来，肠肠肚肚掏空了，肥硕的肉身先被斩切成两大半，然后搁在案板上被剁成四方块儿，再在铁锅煮熟了，开始精心腌制，女人们乐此不疲地赶着做五花肉做红烧肉。那种雪白雪白的肥膘也都切成小丁子炼成了油，存放在一只黑黢黢的坛子里，一年的饭菜油水就有了着落，女人脸上顿时开满了喜滋滋的油花。这种时候，人肚子里的馋虫全让勾引出来，好像一张嘴或者不小心打一记喷嚏，它们就会发疯一般飞到别人家的案板和锅台上，钻进整块整块的肉里面去美餐一通。

放在往年，只要一听见猪的嚎叫声，四喜就感到浑身上下热血沸腾，好像他身上的血水也美美地积蓄了一年，该到让它们挥发出来横冲直撞的时刻了。现在，整个羊角村只有四喜家还没有一点儿年味，冰锅冷灶，清汤寡水，就连咸菜缸也冻得硬邦邦的，冰碴子足有半尺厚，用锤子都砸不开，他们家一连好几顿都没吃过一筷头子菜，这实在让四喜感到绝望。

早在秋天的时候，四喜家出了一件大事。四喜爹赶夜路，冷不防被外村的一条疯狗给咬伤了，咬的真不是地方，偏偏咬到大腿根里，咬坏了四喜爹的丸子。四喜家从来不养猪，因此，四喜妈也就比村里别的女人都要清闲些的，她可以经常东家进西家出地串串门子，跟那些要忙着给猪狗拌食的女人有一搭没一搭地闲谝。但四喜家又从来也不缺肉吃，那是因为四喜爹是个不错的屠户，专门走村串户给大伙杀猪的。西喜家就靠他爹的独门手艺，时不时能挣些鲜肉吃，尤其到了年节，肉是怎么也吃不完的。

自从屠户家出事以后，四喜妈忽然洗心革面地吃起了斋，别说吃肉，就连葱蒜鸡蛋也不可能碰一下。这在外人看来，多少有点儿临时抱佛脚的意思。四喜妈也不再上别人家串门子，成天把自己关在屋子里，一心一意地吃斋拜佛。四喜总是能听见他妈嘴里念叨着佛祖啦罪过啦保佑啦，好像他爹出事都是因为家里没有好好烧香拜佛的缘故。四喜打心里觉得可笑，觉得他妈简直像个神经病，尤其她闭上眼睛一下一下虔诚地磕头时，四喜觉得那实在太滑稽了，他总忍不住偷着笑。

从腊月开始，猪死命的嚎声陆陆续续传进四喜的耳朵里，他简直难过得要命。往年，只要爹在本村里杀猪，四喜总是去得比他爹还要早，就像村里要放一场电影一样，总有人预先通风报信，四喜的提前出现，对那群好动的娃娃来说，无疑具有一名预告员的特殊作用，大伙会因他事先得知哪家要杀猪了。于是，好消息风传开，男女老少纷纷朝这家聚集过来，有喜欢凑热闹的，有喜欢听猪挨刀子时绝望的嚎叫声的，有喜欢蹭吃蹭喝的，也有人就是想从屠户刀下获得一块猪胰子或一只猪尿脬，甚至连附近的野狗都跑来摇着尾巴找吃的。往往屠户在场中央热火朝天宰杀的时候，四喜的表现也是极为活跃的，他上蹿下跳，一会儿在人群中，一会儿跑到场外跟娃娃们厮闹，他既是观众又是演员，别人从四喜的身上一眼就能看出喜庆。

今年的情况远不是这样，被请来羊角村杀猪的是外村的一个老屠户，老胳膊老腿的，跟四喜一点儿关系也没有，所以，四喜不可能像往年那样雀跃，很长时间他甚至连面儿也没露一下。直到丰收家杀猪那天早晨，四喜才终于在家憋不住了。

四喜不可能无动于衷。

丰收家跟四喜家仅一墙之隔，四喜跟丰收算是打小耍大的，不过四喜有时也欺负丰收，惹得丰收老回家哭鼻子抹眼儿地告他的黑状，四喜为此挨过不少打。可是过不了多久，两个人又奇迹般地玩在一起了。后来他俩还在一个课堂上同过好几年学，四喜经常把家里炖好的肉骨头偷出来给丰收吃，丰收家娃娃多，一年到头碗里也见不到个肉花儿。再后来四喜好歹念不进书，也许他太贪玩了，还老给家里惹是生非的，四喜爹就不让他再去念书了，说好歹再熬两年，等四喜身子骨再硬朗些，就教他屠宰的手艺。

问题是，四喜还没有想好自己要不要去学杀猪，他爹就被狗咬坏了。村里有些人说，四喜爹身上煞气太重，他手里害的命数都数不清，狗咬了他也算是报应。这话让四喜很是愤怒和难受过一阵子，还有他妈神神道道的样子，更叫他耿耿于怀。

丰收家的猪实在喂得太肥，连蹄步都挪不动了，成天价窝在圈里唠唠叫，像个讨人嫌的黑大胖子。那头猪就养在丰收家的院墙根下，每天从早到晚哼哼个不停，四喜不可能听不见。丰收家的猪圈几乎蔓延到四喜家的院墙下面，就算塞住耳朵，那种讨厌的声音也能绕开耳朵钻进脑子里去。

还有，丰收妈每天喂猪的架势更是嚣张，喂猪就喂猪呗，她偏偏还要学猪叫唤，唠唠唠唠，好像她也变成一头通情达理的老母猪了，闲得无聊似的跟圈里的猪瞎唠嗑。四喜总能瞥见丰收妈肥圆的背影，这个矮墩墩的胖女人一手拎猪食桶，一手拿一块木头板，在猪食槽里划拉来划拉去，好像人家猪是奶娃娃不会吃东西似的，非得她亲自帮忙拱来拱去。拱就拱吧，偏偏她嘴巴还闲不住，学猪那样说废话，唠唠叨叨，四喜觉得那根本就没必要。难道猪能听懂人话吗？难道世上还有比猪更蠢的东西吗？显然，没有。那么，结论也就自然出来了，除非丰收妈是世上最蠢的家伙，比猪都愚蠢，所以，她每天才不厌其烦地跟猪唠叨个没完。

为了证实自己的观点，四喜曾偷偷观察过一段时间。有一天，四喜看见丰收妈又站在猪圈里跟猪唠着嗑。丰收妈说，唠唠唠，吃吧，好好吃吧，吃了好长肉。猪好像不大搭理她，埋头只顾拱槽。丰收妈又说，唠唠唠，你成天就知道吃了睡睡了吃，好福气呀！这次猪开口了，也是唠唠唠唠的，似乎不太高兴，好像在说，你才吃了睡睡了吃呢，我不吃了睡睡了吃拿啥来长膘呀，我不长肉过年你们一家老小吃风喝烟呀。奇怪的事发生了，四喜正在一旁瞎猜想，却听见丰收妈说，我谢谢你了，那你就快吃吧！然后又长叹一口气说，伙计还是你好，我怕是下辈子也修不来你这号福气，我一天到晚伺候了老的还要伺候小的，要是有下辈子我甘愿转个猪。这次猪的声音也变得婉转些了，它抬起庞大的猪头看了看丰收妈，还把两只前蹄趴到槽沿上，猪嘴好像在说，羡慕我了吧，当猪有当猪的好处，当猪起码不用自己做饭吃啊。哪知丰收妈二话不说，突然举起手里的木板，照着猪头就是一下子，猪吱地叫了一声，赶紧收回两只前蹄，低眉顺眼吃开东西了。

还有一次，四喜手里拿着一块西瓜皮刚从家里走出来，一眼瞅见丰收家的猪正趴在向阳的墙角下晒太阳，一副好逸恶劳的丑陋嘴脸。四喜就用力把手中的西瓜皮甩过去打它，没想到西瓜皮叫猪接个正着，三下五除二啃了个精光。四喜很生气，这猪忒可恨了，竟然一点儿不把他放在眼里，连个窝都没挪，还厚颜无耻地享用了他的西瓜皮，刚才扔得太急，那瓜皮上还有两口红瓤儿没吃尽呢。四喜从地上捡起一块小圆石头，又照着猪头砸过去，偏巧这时丰收妈出来喂猪，石头不偏不斜，正打在丰收妈屁股上，那女人顿时疼得尖叫起来，然后转过身举着手里的木板，就朝四喜扑过来。

村子里谁都知道，丰收妈嘴巴毒，又得理不饶人。四喜妈第一胎就生了四喜，可丰收妈连着生了四个丫头片子才怀上丰收。那阵儿两个女人几乎一前一后挺着大肚子，旁人给她们俩看胎相，说丰收妈是尖肚子，必然还生丫头；而四喜妈肚子滚圆，准保生男娃子。四喜妈难免有些得意，见了丰收妈故意把肚子高挺着，不怎么搭理人家。丰收妈本来心里就没底，见了四喜妈便气不打一处来，好像人家抢了她的好风水。有一回，两个大肚子女人在各自家的西瓜地里薅草，不知为啥事互相掐了起来。后来大伙才知道，因为他们两家的瓜地紧挨着，丰收家地里的一条瓜藤翻过埂爬到四喜家的地里去了，上面结了一只又圆又大的黑皮西瓜。本来，把瓜藤拽过去也就没事了，可丰收妈偏要借题发挥一下，她一边往回扯那条瓜藤一边骂，不要脸的贱货，吃里爬外的东西，连你也想欺负老娘，非死乞白赖往别人怀里钻！四喜妈听不惯，揉着自己的圆肚子反击道，你家的瓜藤硬往过来爬，那说明我这片地肥呀，地不好再使多大劲儿，也是瞎子点灯——白费蜡……后来幸亏有旁人解劝，说俩大肚子婆姨吵架，就不怕动了胎气，她俩才没打起来。当然，这些闲话都是四喜后来听村里人说的。

那天眼看着丰收妈追来，四喜吓坏了，缩着脖子往自家院里猛跑，丰收妈依旧在后面紧追。她一边追一边骂，四喜你个不长后半截的，你敢打老娘的屁股，看我不揭你的皮。这时，四喜妈闻声从屋里出来，见到这种情形，就把四喜护在自己身后，笑着说，哟哟哟，丰收妈你这是干啥呢，青天白日的，我家四喜咋得罪你了，说谁不长后半截了，四喜不长后半截对你有啥好处？我要说你家闺女不长屁眼你高兴吗！丰收妈白了四喜妈一眼，理直气壮地说，哟哟哟，你也知道护犊子了，咋不问问你娃子干的好事，他刚才拿石头砸我的屁股。四喜妈听了不慌不忙地说，笑话，他一个瓜娃子能打你？再说，难道你长了个金屁股还是银屁股，连娃娃都喜欢不成？转头又问身后的四喜，你真的拿石头砸人家屁股蛋子了？四喜见妈有意袒护他，也就有恃无恐了，他说我就是想拿石头打猪玩的，谁知她偏跑出来了。四喜妈说好端端的你打人家猪干啥，猪招你惹你了？四喜忙说猪吃了我的西瓜。四喜妈就对丰收妈说，你听清了没，娃娃那是打猪呢，你偏把屁股支出来让娃打，你要是疼得实在不行，就把裤子脱了，我给你好好瞧瞧，再帮你擦点药膏子。丰收妈一听火冒三丈，跳着脚破口大骂，流氓，你们娘儿俩合起来耍流氓，哪有这样当娘的，我咒你们全家不得好死，咒你男人黑天出门掉到阴沟里去……

现在想起这些，四喜忽然有种不寒而栗的感觉。他爹出门当然没有掉进什么阴沟里，不过却让疯狗给咬坏了。这样想时，四喜竟有种恍然大悟的感觉。在此之前，四喜从来也没有把这两件事有机地联系在一起。四喜还清楚地记得，那天后来丰收妈跟他们吵得天翻地覆，丰收妈骂四喜爹是个老骚户，到处睡女人；四喜妈嘴巴也不饶人，她骂丰收妈说要是眼红了嘴馋了，就把屁股脱光支过来让四喜爹睡。就这样，俩人越吵越凶，话也越说越不像话，吵到最后两个女人就母夜叉一样扭打在一起。四喜妈的脸让抓破了，丰收妈的头发被揪下来一绺子。后来丰收也跑过来帮他妈的忙，四喜更是不甘示弱，小老虎一般扑上去跟丰收对打，丰收显然不是四喜的对手，槽牙都让四喜一拳头给打摇晃了。再后来全村人都来四喜家看热闹，一开始这些人都不拉架，因为通常女人打架都没有什么危险性，大伙就跟观看四喜爹雄赳赳气昂昂杀猪一样兴致勃勃的。再后来，四喜爹突然从人堆里冲进来，才把四喜妈跟四喜老鹰抓小鸡似的夹在胳肢窝下，提溜进屋里了。四喜当然不会忘记，那天爹差点要了他的小命，要不是妈死活护着他。当时妈跟爹说，人家咒你死呢，骂咱们娃娃不长后半截，你倒反过来帮人家打自己的娃娃，你到底还是不是个男人，你是不是也跟那个肉矬子睡过觉。四喜爹这才把屠刀一样的黑巴掌从半空中放下来。

四喜袖着手在村子里转了一大圈，看到被血水洇黑的几摊路面，看到染上猪血的墙角正殷殷发红，还有粘着几撮黑猪毛的树身，在腊月的寒风中瑟瑟发抖，种种迹象都表明，年就要来了。

四喜百无聊赖地回到家里，他妈在院里撞到他，连眼皮都没抬一下。四喜进屋就使劲擤鼻涕，擤在手指上再用力甩出去，墙上挂着他的鼻涕，一绺一绺地斑湿着，像毛毛虫，像柳树叶，也有的像刚屙出来的一摊鸡屎。他盯着墙壁一面发呆，一面继续挖鼻孔，又好像不是在掏鼻涕，而是往出拽一条调皮的小老鼠的尾巴。他妈一句话也没有，都快走火入魔了。四喜隐隐听见屋角的一只面箱子底下发出吱吱的声响，连该死的老鼠都在突击搬粮食，他们家却没有丝毫动静。

四喜说妈，快过年了。

他妈在炉子边上低头刷锅，弄出呱啦呱啦的响声，很难听。

四喜说，咱家到底还过不过？

他妈像是没听见，依旧谨小慎微不紧不慢地干着手里的活。

妈我想吃肉！四喜几乎是咬牙切齿地蹦出这几个字的。

他妈终于从沉寂中抬起头来，目光有些缥缈，答非所问地应了声，年好过日子难过哟。

四喜简直要晕过去了，自从屠户出事以后，眼前这个女人几乎每天都是同一种表情，尼姑不是尼姑，居士不是居士的，任何时候都像是刚刚从噩梦里惊醒的，她不说话还好，只要一张嘴，总是让四喜觉得莫名其妙。

我要吃肉！妈，我都快馋死了！

四喜不想再跟他妈拐弯抹角的，别人家都在忙着过年的事，连村子里的空气和灰尘都变得有腥气起来了，唯独他们家死气沉沉的，简直像座庙。四喜冲他妈吼完这句话，撩起门帘子就跑到外面去了，然后就看见隔壁的丰收家人头攒动，丰收爹妈正挽胳膊撸袖子地在院里忙乎。

也许，丰收家快要杀猪了。四喜无精打采地想着这件事。他慢吞吞地走到院子外面，丰收家那头肥大的黑猪居然还眯缝着眼睛躺在圈里，好像一点儿也不清楚即将发生什么。或者，猪是饿得动不了了，四喜当然很清楚，临杀的猪是不再喂食的，一来屠户要求这样做，便于死后清理那些内脏肠肚；二来也可以节约几顿饲料。

四喜胡乱想着，他真想再从地上捡起一块砖头，狠狠砸一下那头死猪。可是，毕竟有过上一次的教训，他可不想为这头蠢猪再跟丰收家大动干戈，当然，还有爹的一通拳脚。不过，现在的情形要比以前好些，爹整天疼得龇牙咧嘴的，哪还有力气拾掇他呢。这样想时，四喜觉得心情一下子好多了，也许，从今往后爹再也不可能对他大打出手了。有时，坏事会变成好事的。四喜记不起来这话是谁告诉他的，但这话似乎有一些道理在里面。

这时，四喜看见丰收从院里跑出来，一颠一跳的，活像一匹快活的小马驹子。丰收当然也注意到了四喜。丰收突然收住脚，脸蛋红扑扑的，胸口一鼓一鼓动着，目光带着女娃娃那种可怜兮兮的羞涩。自从两家打过架以后，他们俩就遵照各自爹妈的命令，再也不能一起玩耍了。这种情形在羊角村很寻常，因为大人们的关系和矛盾纠葛，娃娃们不得不分开各玩各的，有时也跟大人一样，弄出老死不相往来的架势。四喜还记得妈说过的话，你若再跟丰收来往，我就当没生你这个孽障。四喜不清楚丰收妈到底跟丰收说没说过类似的话，不过，从那以后丰收确实总是故意躲着他，远远看见就低下脑袋，犯了大错似的；有时，宁可擦着路边的树身和土墙过去，彼此也不愿多说一句话。他俩完全变成陌生人了。

四喜后来一直在想，若不是丰收主动跟他打招呼，事情肯定就不会发生了。四喜拿眼睛斜楞着丰收，丰收也拿目光怯生生地望着四喜。两人站在各自家门前，彼此间隔着不足二十步远。四喜本想扭头走开，丰收却挠着后脑勺一字一顿地说话了。

我、家、今、天、杀猪——

没等四喜反应过来，丰收又说，不过老屠户这阵子还在别人家忙呢，下午才能到我家。

四喜不知道丰收为啥对他说这些，有点莫名其妙，又像是在刻意向他卖弄一条举足轻重的消息。放在过去，这种事情哪里轮得到他！四喜冲丰收翻了翻白眼珠，又撇了撇嘴角，他想拿话美美地堵他一下，可半天也没有想好该怎么说，或者，说些什么好。

哪知丰收的话音才落，丰收妈就从门里呼噜呼噜地蹿出来，一眼就瞅见了四喜。这个女人立刻警觉起来，她煞有介事地看了看自己娃子的脸，再望一眼四喜，再回过头看自己的娃子，好像生怕丰收脸上少了一疙瘩肉似的。然后，她伸手拉住了丰收的一个胳膊，嘴里不满地嘟囔着，你站在外面不冷啊？家里这么忙，你这娃娃咋就没心没肺的，真是打死也不长记性啊！快给老娘滚回去！

四喜立刻感到浑身都不自在了，他似乎听出来丰收妈在那里指桑骂槐。可是，四喜非常清楚，这事跟他半点关系也没有，又不是他要主动跟丰收说话的，这个矬女人实在太可恶了！她简直就是一头蠢猪！这时，丰收早已经被拉拉扯扯弄回家去了，等四喜明白过来，想发作已经没有可能了，他总不能撵到人家去开骂吧。

四喜只好又闷闷不乐地走回自己家。他越想越觉得涨气，这个该死的丰收，又平白无故惹得他生气，还有那个矬胖的女人，蠢得跟母猪一样，整天就知道跟猪瞎唠叨，她有啥资格对他鼻子不是鼻子脸不是脸的！四喜生气的时候，他妈手里正好搓动着一串褐红色的念珠，珠子被一颗一颗拨动着，发出吧嗒吧嗒的声音，活似一只一只甲虫，在她手指间忙忙碌碌爬上爬下。

四喜只要看见他妈这种古怪样子，气就不打一处来了。但是，四喜不能在家里发作，爹就躺在里屋的小炕上，也不知道这阵子睡着了没有。爹自从出事以后，整天都躺在里屋呻唤个不停，他尿尿的时候还总是鬼哭狼嚎的，一点儿也不像个大名鼎鼎的屠户，倒是跟别的屠户把刀子搭到他脖子上似的。总之，这个家似乎再也没有一样事让四喜感到快活。

一样也没有！

就在昨天晚上，四喜做了一个非常荒唐的梦，他梦见一大群跟老鼠一般大小的猪娃子，刺溜一下钻进他的被窝里来，它们张着大嘴，嗷嗷叫着，拱着长鼻子要吃他身上的肉，他拼命挣扎，手忙脚乱，顾住头护不住尾，结果他只剩下一副可怜的骨头架子了。天还没有亮，四喜就粗喘着气对他妈嚷，家里咋那么多老鼠呀，吵得人连觉都睡不好，妈你快把老鼠药都放出来吧！

现在，四喜觉得自己快要发疯了，脑门子已经开始隐隐作痛了，如果继续让他在家里待下去，如果他不尽快找点事来做的话，他觉得自己迟早会疯掉。

晌饭四喜只胡乱扒拉了两口，他有点心不在焉的。他妈熬的米面调和比糨糊还稠，咸菜只有几块，蔫头耷脑，好像晾干的臭狗屎。进入腊月以来，他妈几乎天天都煮这种难吃的调和饭。不过，他转念又想，这种东西猪还是很喜欢吃的。

四喜刚扔下饭碗，就听见一阵乱哄哄的声音从外面传来，他赶紧往屋外跑。四喜妈手里的筷子只停顿了一下，又默默地往嘴里扒饭，调和太稠了，不容易晾凉，把她的嘴皮子烫出咝咝的响声。四喜迈出一只脚，另一只脚还在屋内犹豫，听见他妈嘴里的咝咝声后，那只脚就果决地迈出门槛去了。

丰收家果然热闹非凡，帮忙的人陆续进到他家院里。他们两家中间的隔墙不是很高，四喜只消稍微踮起脚尖，基本上能一目了然。其实，上次两家大吵过之后，四喜妈就在枕头边对屠户说过要把隔墙加高的想法，她说眼不见心不烦。那天夜里，四喜一个人在里屋并没有睡着，他听得明明白白的，屠户在外屋炕上满口答应，可是四喜心里很不好受，他似乎一点儿也不希望把隔墙加高，那样的话他什么也看不到了。那晚后来四喜怎么也睡不着，他有生以来头一次失眠了。后来他就听见屠户嗷嗷嗷嗷地叫唤起来，外屋的炕面咕咚咕咚直响，砸夯似的用力，他妈似乎也跟着一起叫着，像春天夜里爬墙头的母猫。四喜当时的感觉很恶心，觉得他们就像圈里的猪那样哼哼唧唧令人讨厌。

四喜瞧见丰收的四个矮墩墩的姐姐，正傻乎乎地站在屋檐下，每个人都用两只冻得发红的手，拼命捂着自己的耳朵，好像杀猪的声音随时会钻进她们的梦里去。四喜觉得这些女娃娃实在可笑，既然那么害怕猪的惨叫，干脆躲在被窝里算了，还跑出来干什么。四喜忽然为她们感到难过起来，因为她们捂着耳朵的样子很傻，四个女娃娃就像四头可爱的小母猪，她们整整齐齐挤在屋檐下静静等待，等待那凄惨的一刻和嚎叫声骤然响起，然后她们也会跳着脚尖叫，从而也得到某种意想不到的快乐。可是，今天，一切，都会让她们大失所望的。

这时，外村的老屠户终于磨磨蹭蹭走进丰收家院里，四个女娃娃抑制不住地兴奋起来，不过她们还是紧紧捂着耳朵，好像老屠户远比猪还要可怕几分。老屠户开始蹲在门台下慢条斯理地边吸烟边磨刀，同时又指派那些帮忙的人，当然也包括丰收爹妈在内，谁去烧水，谁去准备绳子，谁和谁负责去外面的圈里逮猪，谁谁谁按猪头抓猪腿揪猪尾巴，一切都安排妥了，老头儿的刀子也磨得锃亮，他当当当地用枯朽的指头弹试着刀锋，一副稳操胜券的架势。

丰收的脸蛋紫红紫红的，他自始至终在院里乱转，像无头的苍蝇，一会儿钻进大人中间，一会儿又跑过去跟姐姐们嬉闹。他也许不知道自己该干点什么，又总是给别人添乱，他妈恶狠狠地哼搭过他好几次，现世报你跑啥跑，你就不能定定地坐着？可是，丰收已经是发动起来的陀螺，只会在冰面上旋转，根本停不下来。

这时，丰收的目光忽然穿过隔墙，跟四喜相遇了。两个人都很惊讶的样子，四喜因为丰收的发觉感到难堪和窘迫，而丰收却是因为看到了四喜而感到自豪和满足。四喜稍微迟疑了一下，马上放下脚尖低下头去，不过他几乎立刻又探出脑袋朝隔壁张望起来。丰收的目光再次跟他相遇，丰收的表情很复杂，是介于期待和欢乐之间的，当他再次看到四喜的时候，竟咧开嘴角笑了笑。那笑容让四喜过目难忘，有点儿忧伤，有点儿喜悦，又有点儿，害怕。总之，丰收那一刻完全忽略了他家里所有忙碌着的身影，一个劲儿在冲他傻笑。四喜也跟着笑了一下，很浅的笑，不自然，敷衍着，还有做作的痕迹，不像丰收那样真情表露。

这中间猪已经被七手八脚地拖进院里，四蹄被捆死了，几乎一声也没有再叫唤。那四个女娃娃依旧傻乎乎地捂着耳朵，等待着她们最害怕的时刻到来。拖猪的男人们一个劲儿埋怨，这家伙死沉死沉的，真是头懒猪啊！拖了它这半天，蠢东西还睡得死死的，天生挨刀子的货！也有人抱怨丰收妈把猪喂得太胖了，这么寒冷的天气，硬把七八个男人拖出一身臭汗。他们担心过一会儿冷风一吹，就会感冒打喷嚏，很快要过年了，谁都不愿意在这种时候病倒。

丰收妈从伙房里端出一只面盆，屁颠颠地跑过来，她要等着接猪血呢，对于大伙的怨声载道，她非但不生气，还表现出忸怩的谦虚和激情澎湃的得意。她满口哈着白气走到猪头跟前，笑盈盈地揪了一下猪耳朵，冲帮忙的男人说，不是我吹牛，羊角村谁家的猪都不如我胖。这话引得大家哈哈大笑起来，有人打趣说，就是么，老嫂子，你瞧你身上那两团肉馍馍比猪头还大，肉厚得哪个猪都比不过你哩。丰收妈随手扇了一下那个男人的脸，她笑得更欢实了，我的馍再好也轮不到你吃，活该眼馋死你！

四喜觉得这些男人太讨嫌了，多嘴多舌，一个个都没有正经。这时，四喜突然听见丰收在人堆里大声喊叫起来，爹，妈，你们快来看呀，我们家猪咋啦！快来看呀！丰收一直蹲在猪头跟前，嘴里不停地叫着，声音不无惶恐。四喜几乎打了个寒战，他的目光迅速地从隔墙那边缩回来，与此同时，他听见那边的院里又是一阵大呼小叫，猪死了，猪真死了，猪嘴都吐白沫子了……四喜又打了个寒战，觉得浑身猛地冷透了，他想立刻撒泡尿。四喜慌慌张张跑到外面路边的一棵树下，还没脱下裤子尿就喷涌而出，裤管里一阵灼烫，大腿像是被烧着了，他抖颤着身体，将余尿撒出去，又好像半天也撒不尽，淅淅沥沥的恼人。

没等四喜尿完，就听到了丰收的哭声呜呜地传来，丰收妈像吞了火药，进进出出咆哮着，小宰货，要你吃闲饭的，连个猪都看不好！接着，丰收的四个姐姐也都一同呜呜起来，好像天塌下来似的。丰收妈还在大声嚷，小贱货你们站得跟木头桩子一样，都是死人吗，养你们顶屁用，咱们家猪都死了你们也不知道！四喜总算撒完了尿，裤腿湿了一摊，他有点儿满不在乎，转身就跑回自家院里。他想好戏才刚刚开始，这一刻让他等待得太久了。活该，死猪！他自言自语着。四喜妈忽然从屋里掀起门帘子，她没有走出来，而是站在门帘下面，用奇怪的眼光盯着四喜。

四喜尽量保持镇定，他不想被他妈的眼光压下去，他心里感到无比快活，丰收家死了猪，对他来说有种过年的感觉。四喜沾沾自喜地对他妈说，死了，没杀就死了，活该！他妈依旧一动不动瞪着他，好像没有听清楚。四喜故意提高嗓门说，猪死了，老屠户没动刀子就死了！四喜这样说的时候，口气里有种炫耀的气魄，他觉得里屋炕上的那个屠户肯定也听到了，他们都应该高兴。

四喜妈一只手举着门帘子，另一只手忽然抬起，照准四喜的脸上就是一巴掌。人家的猪死了，你咋那么高兴？你到底安得啥坏心眼子？随即，他妈一伸手又把他的耳朵拧住了，说你是不是动了家里的老鼠药？你把锅台上的那些剩饭弄到哪儿去了？四喜的腿肚子顿时一软，险些跌倒了。他妈仍旧凶巴巴地瞪着他，然后狠狠地骂了声小畜生，就红着两只眼圈扔下他的耳朵和手里的门帘子，转身回屋去了。很快，屋内传来女人呜呜咽咽的哭泣声。

四喜瓷愣愣地站在那里，眼前直冒星子，脸蛋和耳朵都燃烧起来，火辣辣的，先烧，后疼，越来越疼，疼得钻心了。他简直不敢相信，他妈的手竟如此有力。在四喜记忆当中，他妈是很少动手打他的，通常都是由躺在里屋的屠户来体罚他。现在，屠户不能动了，这个女人却变得冷静而又狠心起来。四喜刚刚萌生出来的那股过年般的快乐，早已荡然无存了，取而代之的是东窗事发后的惶恐。

四喜捂着脸和耳朵，又战战兢兢往隔壁瞅了一会儿，老屠户哼哧哼哧在给一头死猪开膛破肚，因为猪已经死了，帮忙的男人也就不用怎么使力气，一个个吸着丰收家准备好的香烟，漫不经心谝着乱七八糟的闲话。四喜觉得没意思透了，这种场面跟他爹杀猪时简直有着天壤之别。

每次，四喜看他爹杀猪都会激动不已。四喜爹磨刀时猪就开始没命地嚎叫，刀磨好了，猪的嗓门都叫哑了，猪蹄儿抖得几乎立不起来。几个壮汉按着猪头，他爹猛地将刀从猪的脖圈底下直捅进去，足有两尺深浅，再往外拔刀时，猪血仿佛太阳的万丈金光喷薄而出，端着盆子接血的人会顿时尖叫一声，他们的面孔血红而又狰狞，好像挨刀的不是猪，而是人自己。这种时候，猪的嚎叫声也由尖厉变得粗壮了，血流渐慢，气息微弱，最后血孔喷出一团一团的血沫子，猪的叫声至此变得有气无力，只是咕噜咕噜响着。

可是，今天，这一切，注定不会发生的。

四喜不敢进屋，他真的有点儿惧怕屋里那个默默搓动念珠的女人了。以前他从来没有怕过她。他一步一步蹑手蹑脚地走到外面，却猛然发现丰收正蹲在猪圈的墙根下，像一团小小的影子，两手紧紧搂抱在胸前，头很深地埋下去，脑顶心的头发像一撮野草被风吹得乱舞，瘦小的身子一抽一抽地动着。

四喜犹豫了一下，就悄悄走过去，靠着墙跟丰收并排蹲下来。丰收在哭，声音很微弱，好像流尽了最后一滴眼泪。四喜把一只手轻轻地搭在丰收的肩膀上，丰收本能地躲了一下，四喜就很用力地一下子把他搂住了。

四喜说别哭了，反正它迟早要死的。

丰收慢慢地抬起头，用手背胡乱揩着泪珠和清鼻涕，脸上一片晶亮。

你的鼻子……咋流血了！丰收抽抽噎噎望着四喜。

四喜这才有所觉察，不过，他赶紧装作若无其事的样子，随手抹了一下鼻孔下挂着的血迹。没事，刚才……摔了一跤。说着，就把沾上红血的手藏到身后去了。丰收依旧盯着他，突然笑起来。四喜的表情却很严肃，你笑啥？有啥好笑的！丰收还是咯咯地笑个不停，好像把眼泪都快笑出来了。你嘴上长了红胡子，咯咯咯。四喜怔了一下，也开始傻笑起来。

四喜乘机把嘴凑到丰收耳朵边上，好像怕旁人偷听到似的。

四喜跟丰收说的是悄悄话，声音太小了，像蚊子哼哼，丰收可能听到了，也可能什么都没听到。反正四喜只说给丰收一个人听，之后，四喜就一把拉起丰收的胳膊，他们俩起身并排朝村街上跑去。

　　路的前方传来噼里啪啦的鞭炮声，年味仿佛炸开的火药，一下子就浓烈起来。四喜往前跑时，他下意识地扭过头朝身后张望，却依稀看见他妈正低垂着头，慢慢地走进丰收家去了……

腊月二十三那天，我们没有吃到豆板糖和灶饼，家里甚至连敬拜灶神这么要紧的事都忘掉了。

父亲依旧阴郁着脸，没精打采地早出晚归，谁也不知道他在忙些什么。母亲又总是没头没尾做着她永远也干不完的家务活。只有奶奶看上去很闲散，她再也不必每天起早贪黑地伺候爷爷饮食休息了。年眼看就到跟前了，家里这种状况实在让人沮丧。

小学早就放了寒假，我们几个整天也都无所事事。偶尔去外面跟伙伴们玩耍，却总能从他们身上或多或少地嗅到一些要过年的迹象。有的人会时不时从自己的裤兜里摸出一撮瓜子香喷喷地嗑着，还把瓜子皮子弹样地从嘴缝子里一片一片射出去；也有人旁若无人地嘎嘣嘎嘣嚼着炒豆子或花生之类的东西，故意显示似的弄出很响的声音；甚至于，还有人已经迫不及待地提前穿上了过年的新衣裳，在街巷里款款地踱着方步，迎面遇见人就会僵直着脖子和身板，夜里睡觉落了枕一般，又似一棵新长出嫩叶的枯树，惹得旁人不得不远远就驻足观望，嘴里啧啧地发出艳羡声。新的气象总是会吸引人目光的。

唯独我们，浑身上下没有一丝一毫变化。照旧穿着补丁摞补丁的旧衣裳，兜子里面空空的，什么也没有装下，跟一群讨不到东西吃的小乞丐似的，大抵是有些惶惶不可终日的样子。

每次跑到自家门口，无意间瞥见门楣上贴着的白纸黑字的挽联，以及阴阳先生念经做法时留下的黄表纸样的神秘物件，心里就会陡然一沉。

原本欢快的我们立刻就陷入沉重的忧伤之中。我们不得不再次面对这样一种现实：那就是我们家确实跟旁人不一样的，爷爷他老人家是腊八那天走的，俗话叫尸骨未寒，我们是不能也不应该对即将到来的年抱有什么美好幻想的。

因此，在所有外人面前，我们不可以表现得过于欢乐（我们的袖管上套着黑布孝箍别人会一目了然），尽管他们都说爷爷走了也算是件喜事——爷爷眼看快活到七十四岁了。记得有一天，一家人吃饭时，父亲闷声说今年这年还咋过，干脆不过了。母亲也附和着说你说不过咱们就不过。奶奶却说不过谁能挡住？自从送走了爷爷之后，奶奶已经很长时间不跟我们讨论家里的任何事情了。没事的时候奶奶通常把自己一个人关在冷清的屋子里。我们都觉得奶奶很有主见。奶奶说得千真万确，谁也不能把"年"拒之门外。

但毕竟，今年不同于往年。

若是往年呢，我们老早就开始在底下筹划了，包括新衣裳，好吃的东西，鞭炮，还有顶顶重要的压岁钱。衣裳跟好吃的东西一般都是由父母统一考虑的。该给老大老二扯布缝件新的衣裳，该给老三老四扎条裤子，该给老五换双新棉鞋了他不能总穿别人穿剩下的东西，该把圈棚里的那只不怎么好好下蛋的芦花鸡宰了，该磨面、碾米、炸油饼子、炒五香瓜子，再去合作社称点像样的水果糖，等等吧，这些都是需要父母们费一番脑筋和周折的。而鞭炮跟压岁钱主要是我们自己去想，要买几串电光炮（年三十晚上至少放掉一串，剩余的拆散了一支一支慢慢抛着放），要买几根好一点的双响雷子（最好等到大年初一再放，把一村人从睡梦中炸醒），还要添几颗水晶弹子球。

当然，所有的愿望归根结底离不开经济基础，那就是至关重要的压岁钱。压岁钱的多少会直接影响到我们的年货，甚至会直接影响到这个年是不是能让我们过得喜庆宽裕随心随意。今年没了爷爷，也就是说，那笔压岁钱就拿不到手了。而拿不到爷爷的这份钱，我们每个人都将意味着要损失不少呢。这是无可奈何的事，想起来只能让人感到伤心难过。唉！要是爷爷还在就好了。爷爷为什么不能等过完这个年再走呢。

我们几个犹如冬日雪地上的兔子整天在街巷里寻寻觅觅。街巷里的雪还没有完全化尽，大伙只是在路中央铲出很窄细的一条道供人来往行走，而路的两旁以及树坑子里的积雪都很厚。相对于大人，我们孩子更希望那些积雪能长时间留存，直到来年春暖再慢慢融化掉。

可大人们一定不是这样想的，雪刚一落下他们就要着手清扫了，扫屋顶，扫院子，扫街门前的一段小路，好像不及时扫除那些积雪会给村子带来什么不幸和灾难。通常是，这边雪还飘飘洒洒地落着，那边已经有人勤快地拖着扫帚唰啦唰啦忙不迭地扫起来。

有时候，大人的谨慎和兴师动众总是令我们感到无奈和不解。好在，他们并没有彻底扫除那些积雪，雪还多着呢，出了村口到处都是白茫茫一片，他们扫来扫去最终也只是实现了各扫自家门前雪的愿望。我们觉得雪是永远也扫不尽的，整整一冬天不知要下多少场雪呢。而每下过一场雪，我们又会强烈地意识到大年的脚步又向村子迈近了一步。老辈人的话怎么说来着？今冬雪有多厚，来年收成就有多好。我们只知道收成好了，起码就不会饿肚子。

我们家的雪就没有顾得上去扫。那些天尽忙着给爷爷办丧事了，一家人焦头烂额地忙着。第一场雪还没化开，第二场雪又一夜之间飘了下来，屋顶上的雪积了很长时间。

这天黄昏，我们跟一群孩子分成两拨激烈开战，谁是敌人和好人都不重要，重要的是双手就是我们有力的武器，而树坑子里的积雪是最好的弹药，简直取之不尽用之不绝。尽管每个人的手脚冻得要断掉似的，脸蛋耳朵也全都是酱紫色，可一只只雪球从手里奋力掷向对方的感觉还是那么好。嗖，嗖，啪，啪。尤其是，听到对方被雪球突然击中时的一声惨叫，实在是过瘾啊！

可那也得看发出惨叫声的人究竟是谁。如果是那种平日就让大伙鄙视或憎恶的家伙，确实会叫人捧腹开怀的。可偏偏被我们打中的人是自己的父亲，情形就可想而知了。

正当我们把对方打得溃不成军节节败退的时候，父亲低垂着脑袋从外面摇摇晃晃回来了。父亲也许在想什么心事（很久以来他都是心事重重的样子），他突然就莫名其妙地卷入眼前的这场激烈的"斗争"中来，以至于被迎面飞来的瓷实的雪球连着砸了两下还没反应过来。

父亲站在路上嗷嗷怪叫两声，他一边用手颤颤地去抹脸上的雪末子，一边木桩似的愣着神。父亲的神情确实是非常茫然的，好半天他才从某种近似于自闭的状态中挣脱出来。

父亲懵懂的样子跟戏里的小丑一样，仿佛被人偶尔捉弄一下是理所当然的事。在他身后日头早已藏进山里了，此时正值暮色昏沉，所以，他肯定看不清我们，而我们也只是凭借着那两声怪叫才分辨出是自己的父亲。

其实，我们本来是可以掉头逃脱的，因为人很多，父亲一时半会儿也弄不清具体是谁向他扔的东西。可刚才跟我们一起玩的"敌人"却在旁边大声喊话，活该活该，儿子打老子！活该活该，儿子打老子！这样一来，我们就暴露无遗了。父亲自然知道坏事是我们干下的。所以，从那时起我们就懂得了一个硬道理：敌人永远都是敌人，在敌人面前我们不能心存侥幸。

但是，那些"敌人"的阴谋诡计并未得逞，父亲也没有如我们想象中那样冲过来狠狠拾掇我们一通。父亲只是从我们身边走过的时候，挨个儿看了看我们的脸。他的目光充满了疑惑，仿佛不能完全确定眼前这几个冻得鼻青脸肿的小家伙是他的儿子一样。最后，我们几个俘虏一样怯生生跟在父亲后面往家去了。

我们身后，突然响起一片欢呼声，中间也夹杂着"缴枪不杀，坦白从宽"的奇怪口号，是喊给我们的，又像是故意喊给我们的父亲听的。

那种声音在冬天的街巷里传得又长又远，估计附近的几个村子都能听得见。这似乎是一种耻辱。在大年就要来临的重要时刻，我们稀里糊涂将雪球砸在父亲脸上，而父亲却没有动我们一根手指头。这让我们既暗自庆幸，又惶恐不安，父亲一定是想把怒火压到家里才爆发呢。

晚上，家里的气氛就很严肃。触犯了父亲的我们谨小慎微地捧着碗吃饭，头也不敢抬一下。母亲又不合时宜地说起了过年的一些事情。

母亲说有钱没钱剃个光头过年。又转过头瞅瞅父亲说，明天你就别再去了，叼空把娃娃的头都推一推，一个个都快长成凶犯样了。父亲还是不作声。我们如坐针毡。显然，"凶犯"这个词又把我们吓了一大跳，毕竟我们做了坏事，毕竟被我们击中的不是旁人而是父亲大人。

所以，此刻，母亲把我们比作凶犯，就有点语带双关的意思了。有时候我们不得不承认，母亲真是很聪明的一个女人，就拿今儿的事来说，从我们进门起她一句谩骂也没有，可又分明让我们体会到她对做了错事的孩子同样也是很生气的，母亲只是不想火上浇油罢了。

那天最后，还是奶奶解救了我们。

奶奶说她的屋子里有两只跳蚤，在她的被窝上跳来跳去的，很恼人。奶奶的眼睛早就花了，即便白天她也是找不到什么跳蚤的。别说跳蚤，就是一根缝被子的粗针丢在地上也找不到。奶奶说你们几个都过来帮我好好找找。其实，后来我们才知道，奶奶的屋里根本就没有什么跳蚤。比起母亲，奶奶更是一个聪明人，她只要看一眼父亲那张阴沉似铁的脸就明白了一切，奶奶最不想看到父亲对我们几个吹胡子又瞪眼的凶神样。

奶奶的屋里很暖和。十五瓦的一盏小灯就能把这间屋子照得通亮。桌子上除了奶奶的那些作用不详的瓶瓶罐罐，我们一眼就看见了爷爷的遗像摆在正中间。爷爷的样子有点凶巴巴的，爷爷跟父亲的长相相仿，都很严肃，不爱笑，瞪着双眼。令我们百感奇怪的是，无论从任何一个角度去看那相片，爷爷的一双眼睛总是会直直地盯过来，在我们脸上无休止地探询，像是要听我们诉说，又好像爷爷有话要跟我们说一说的。总而言之，这种感觉在只有奶奶一个人住的屋子里显得格外强烈，令人不安。

我们没有帮奶奶捉什么跳蚤，而是七嘴八舌地跟她打问过年的事情。

奶奶说你们爸爸小的时候也跟你们一模一样，每年一到腊月就猴急得不行，天天盼着过年，要好吃的，要钱买炮仗放。我们就问那爷爷会给爸爸买炮的钱吗？

奶奶摇摇头说爷爷才不，爷爷小气就让找我，可我手里哪有什么钱。那阵子日子可怜，过年能吃上一顿白面饺子就是天大的福分了。有一年眼看大年三十了，爷爷也没有回来，爷爷那时候一到冬闲就跟人在外头熬活，也就是给人家扛东西砌围墙盖房子，反正什么苦活都干。家里就等爷爷回来能办点年货。那天我跟你爸爸等到半夜，也没把爷爷等回来。第二天就是大年初一，家家户户吃饺子放鞭炮，我把家里剩下的一丁点白面掺上苞谷粉和了，给你爸爸煮了一碗白水面皮。哪知你爸爸死活不肯吃，哭着鼻子说我不过年了，以后再也不过年了。别的娃娃都在外头耍得欢实，炮仗声砰砰响，你爸爸躺在家里哪也不想去。

奶奶讲到这儿，泪花已悄然落下。我们也都听得很难过了。奶奶抹了抹眼角的泪，接着说你们猜后来咋的？你爷爷还真给回来了，进屋就把肩上背着的褡裢拿下来，然后耍戏法一样当着我跟你爸爸的面从里往出掏东西，有炮仗，有糖果，还有二斤猪肉和一小袋白面。你爸爸当时从地上一跳多高啊，到现在我还记得清清楚楚的，好像都是昨天的事。

晚上睡下以后，我们还在回想奶奶刚才说过的事。要不是亲耳听奶奶讲，打死我们也不会相信，父亲当年也会那么喜爱过年。

天麻麻亮，我们就叫父亲从被窝里狗崽似的一条一条揪了起来。

都跟我上房扫雪去！

父亲一言既出，我们想睡懒觉就不太可能了。

等我们慢吞吞地穿戴整齐，脚还没等迈出门槛，屋顶早传来訇訇的声响，犹如一阵闷雷从我们的头顶滚过去。母亲不无埋怨地催促着，让我们赶紧出门上房去。母亲说你们也该懂点事了，眼望大年节的，别老惹他不高兴。说心里话，我们哪敢呀，再借我们一百二十个胆子吧。

于是，一个个睡眼惺忪蔫皮猴似的顺着廊檐下的木头梯子一阶一阶往上爬。也就是头顶心刚刚浮出屋檐一丁点儿，立刻又乌龟似的缩回来。一股寒风齐着头皮擦过来，真冷啊！脑门子那儿就如美美地被刮了一刀，痛得眼泪都掉下来了。这种时候，我们依稀记起来以前学过的一篇课文：狠心的地主老财周扒皮半夜起来学鸡叫，为的是让长工们早早起来给他下地干活。

正在犹豫之际，父亲在上面已经朝梯子这边喊话了。还不快上来，在那里磨蹭啥呢。我们就不敢再缩着不动了，怠慢只能让父亲火冒三丈。前面就算是刀山火海也要迎上去，便都硬着头皮由梯子口笨拙地爬上屋顶来。

父亲拿着扫帚在前面一下一下用力扫着。扫帚扬起来的时候，雪末子也跟着纷纷飞舞。屋顶的雪积得很厚，因为先后落过两场大雪，没及时清除，雪在白天稍微化掉一层，到了夜间又结成一层薄薄的冰，这样冰雪交织，就形成了一层雪壳子整整齐齐覆盖在屋顶上。

父亲早已为我们每个人准备好了铲子簸箕和扫帚，我们一人拿一样，跟父亲站成一排，各负其责，开始埋头除雪。

别看我们几个平时整日在外面疯跑玩耍，屋顶上的寒冷却是我们始料不及的。刚走出屋子时似乎并不觉得很冷，也没有什么风。可现在，人站在屋顶上，北风呜呜地直往裤腿里钻，风钻进去就变成冰冷僵硬的毒蛇，把腿子咬得生疼。没一会儿，我们感到脚底冰冷，两条腿不由得打起摆子来，手指也冻得硬邦邦的跟一根根胖筷子似的。

大家开始龇牙咧嘴，哆哆嗦嗦，本来就是被父亲抓壮丁样地弄上来的，心里的不满和抱怨可想而知。父亲却跟我们截然相反，他扫得很卖力，鼻孔涌出浓而短促的白气，那些气息将父亲的脸面笼罩着，使父亲那张脸看上去既陌生又神奇了。每次当扫帚跟屋顶的积雪接触的一瞬间，父亲会猛地一挥扫帚把，那些已经变硬的雪末子就被扬了起来，两扫帚扫过去，屋顶就会展露出一片很洁净的地方，仿佛那雪层下面埋藏着的是一方净土。很长时间以来，我们都觉得父亲变了个人似的，整日蔫头蔫脑神情恍惚，就连前一阵子给爷爷举丧他也给人一种迷迷糊糊心不在焉的印象。而此刻站在屋顶扫雪的父亲仿佛又回到了从前。

再回头看看我们干的活吧，豁豁牙牙的，跟狗啃过似的龌龊。同样是一种劳动，看似简单，可我们跟父亲做出来的效果却是天壤之别。这让我们很不服气。儿子跟父亲之间的较量其实一直都在继续，正如昨晚奶奶跟我们透露那些秘密的时候，我们也突然觉得父亲其实很平常，父亲曾经跟我们这般大小的时候也做过爷爷的儿子，也会哭，也能闹的。

奇怪的是，父亲并不回过头来指责我们，就像这宽阔平坦的屋顶上只有他一个人，他干得十分起劲儿，全身心地投入劳动几乎使他忘却了我们的存在。

相形见绌，只好开始主动调整清扫方法。我们尽量将扫帚把低低地压下去，而往起扬的时候不能甩得太高太浮，华而不实最要不得了；扫帚要一下紧跟着一下扫，尽量让茬口交错，不能将雪末子遗漏，脚也不能到处乱踩，一般踩过的地方会很难清除；还有一开始我们主观上对扫雪这项劳动心存厌恶和轻视，觉得这是父亲强加到我们头上的，而现在，我们渐渐地将眼前的父亲和他的劳动当作范例，并用欣赏和比较的目光看待和效仿。

这样做的结果是，寒冷一下子被撵跑了，浓而短促的气息也从我们的鼻孔里一截一截爬出来，手脚已基本上发热了，尤其是脊背和棉袄之间有了一种热乎乎的粘连感。

就在这时，我们忽然发现父亲不知什么时候已放下扫帚一个人背着双手站在屋顶最东头的地方，极目向远处眺望着，又像在思索什么。我们感到奇怪，因为父亲在我们眼里是那类只会低头拉车，却从来不爱抬头看路的人。我们也停下手里的活，顺着父亲眺望的方向望过去。

日头就要从东方升起来了。那里的天空微明中透着几分嫩黄和浅粉相糅的色泽，整个村子的田野和家家户户的屋顶在曙光中连接起来，变成一艘大船的甲板，天地之间摇荡着朦胧而又羞涩的白的晨雾。而父亲，在我们眼里突然变得温和，变得光彩照人，父亲不再是父亲了，或者说，父亲更像是原来的那个父亲了。他一个人独自站着，虔诚地迎接第一缕光明的到来。这种时候，我们几乎忘了以前父亲对我们一次次的谩骂和毫不客气的巴掌，甚至也忘了一段时间以来村里人总是在我们和父亲后面指指戳戳说三道四。我们都屏着气息，生怕气喘吁吁和叽叽喳喳会扰乱这冬日黎明的阒寂和安宁。

但是，父亲不是我们想象中的什么诗人。当日头猩红着脸皮从东边跳出来蹲在别人家屋顶上，向我们不怀好意地张望时，父亲还是那个让我们惴惴不安的父亲。

扫完雪回到屋里，父亲就很严厉地嘱咐今天谁都不许到外面乱跑。不等我们把手脚烤暖和，母亲已经着手烧水了。火炉子烧得红通通的，屋里比平时暖和了许多。母亲又搬来一把椅子搁在地当间，手里还抓着一块她自己老爱系着的绿纱巾。母亲问你们谁先来，又指着老大说你是当哥哥的得带头。说着，母亲就把那块绿唧唧的纱巾给哥哥围在脖子里了。哥哥的脖子迅速收缩了一下，立刻变得无比僵硬了，仿佛一根倔强的木头。

这时，父亲已经从一直锁着的那只抽屉里取出了他心爱的推子，他当着我们的面很悉心地给推齿上润滑油，煤油刺鼻的气味立刻在屋子里弥漫开来，让人恶心。当父亲跃跃欲试地将油渍渍地推子搭在哥哥的后脑勺上时，我们不由得紧张起来，父亲不像是在给人理发，而像是要在我们的头上做一个大手术似的。

父亲的手有力地捏着推子的两只手柄，推齿犹如一只巨大的蛇头，滑溜溜冷冰冰地钻进哥哥凶犯一样的乱发丛中，那蛇嘴吸吸嗒嗒地响着。哥哥忽然女孩子样一声尖叫。我们全都吓傻了。这足以证明我们的感觉是正确的：那只可怕的蛇嘴一定狠狠地咬了哥哥一口。

父亲慌忙停下来，问夹了头发是不是？母亲也闻声跑过来，见哥哥眼圈湿润润地发红。母亲回头责怪站在一旁拿改锥调试推子的父亲，你就不能轻一点吗？看把娃娃疼的！我们几个惶惶地围着神情沮丧而又无可奈何的哥哥，想在他的头上确凿地找到一丝血迹，以进一步证实我们的猜测。可是，哥哥头上什么也没有，除了掉下来一撮猪毛样的黑发，什么事也没有发生。这多少让我们感到失望，但同时又坚定了我们接受父亲推头的信心。

我们五个孩子的头，让父亲整整推了一天。推到最后，父亲明显累了，他不停地拿手背捶自己的后脖子和腰，可嘴里始终一句多余的话也没有。在父亲长久的沉默中，我们的头发仿佛屋顶上的积雪簌簌地落下来。

这个过程里我们都有一种非常奇妙的感觉，那就是父亲跟我们靠得很近，很近，他似乎很久没有这样近距离跟我们在一起了。我们能清晰地听到父亲的一次次深沉的呼吸声。尽管我们都不太喜欢理发，我们都喜欢让自己的头发青草一样疯长着。可是，比起平常我们见到父亲跟老鼠遇见猫似的胆怯和躲闪，我们还是很迷恋此时跟父亲默默待在一起的感觉。我们发现父亲的呼吸从容而又沉稳，一下是一下，一如他手里的推子有条不紊地清除着我们的头发。

母亲这一天自然也没闲着，父亲每推完一个头，她就得负责全面的清洗工作。我们一个比一个脏，用母亲的话说拿我们洗过头的水去浇地，准能长出一片好庄稼。

我们美美地睡了一个大懒觉，推完头睡觉的感觉轻松而又惬意。

早上，我们睁开眼皮的时候，屋里只有奶奶一个人坐在火炉边上，她手里捏着一把剪子，正精心地剪着一张红纸。

奶奶挨个儿摸了摸我们每个人的精神的小平头。奶奶笑盈盈地说穷穷富富剃了头好过年啊，啥时候都是这个老理呀。说话的工夫，奶奶手里已经剪出了一沓漂亮的窗花，我们急忙争抢着展开来看，是一个胖娃娃抱着一条好大好大的金鱼。剪窗花是奶奶的拿手好戏，可我们原来都以为今年奶奶是不会再动剪子了。奶奶说门上不能贴红对子了，可窗花还是要贴几幅，这样看着能添几分喜庆气。

猛然间意识到今天就是大年三十，可父母亲却都不在家里。去问奶奶，她只含含糊糊地说两个人一早就出去了，又嘀咕道兴许是母亲病了，父亲带她到公社去。贴窗花时的那股高兴劲儿一下子没了，仿佛遭受了莫大的打击，我们都失望地唉声叹气，母亲也真是的，早不病晚不病，偏偏这个时候生病，看来我们家今年真的不要过年了。

街巷里已经传来零星的鞭炮声了，那些声音就在我们每个人的耳朵边炸响，砰一下，砰又一下。新推过头的我们，后脑勺总有股冷飕飕的感觉，我们瑟缩在院门口，跟一群瘦瘦的麻雀一般，感到绝望，又凄惶不堪。

最小的弟弟提议应该去公社医疗站看看，母亲是不是真的病了。我们都举双手赞同。

但是，这种想法很快就遭到哥哥的一通驳斥。

哥哥很警惕地瞪着眼睛，你们懂什么，不能去那里，万一让爸爸知道就惨了！

然后，哥哥似乎想到了什么，他慢慢垂下头自言自语，也不知道爸爸的问题交代清楚了没有。

一时间我们几个都傻眼了。自从秋天的时候一伙穿灰的卡制服的工作组来过我们家之后，父亲就什么事也不用干了，他几乎天天都要去一趟公社。我们也悄悄地问过母亲，可她板着脸说大人的事你们小娃娃少操心，又叮嘱我们，到啥时候都要相信你们的爸爸是清白的。清白这个词从母亲的嘴里说出来，总让我们联想到屋顶上的积雪。

我们只好听哥哥的话又重新回到屋里，乖乖地围坐在火炉旁边，静听火苗在炉池里呼呼响着，听茶壶嘴哨笛一样的咝咝鸣叫，也耐心地等待父母能早一点回来。我们甚至在幻想，也许，父母亲是悄悄地背着我们到小镇子上办年货去了，一如当年的爷爷给奶奶和父亲带来的那样一份惊喜。

临近晌午，街巷里忽然喧闹起来，好像谁家娶媳妇似的又敲锣又打鼓的。

我们就再也坐不住了。连奶奶也估摸着说是公社耍社火的来了。

我们撒开双脚从院子一路狂奔到街巷，又以最快的速度跑到场部门前。

那里早聚集了很多人，黑压压一片人头。尽管天气很冷，大伙还是情绪饱满，一个个把脖子从棉袄的领口里臃肿地挤出来，朝前面一抻一抻地用着力。我们是小孩子，很容易就从大人们的腿缝隙间钻进去来到最前面。

看来我们想错了，根本不是什么耍社火的，更没有要唱大戏的意思。

我们立刻就心惊肉跳起来：我们看到了自己的父亲母亲站在人群前面，腰身略微弯曲着，脸面抬不起来似的瞅着自己的双脚，好像鞋面上沾上什么脏的东西。他们身后立着几个民兵模样的人和穿灰的卡制服的干部。

母亲的头上戴着一顶细长又尖的纸帽子，帽壳子上歪歪扭扭写着几个黑的毛笔字。而我们的父亲——我们简直不敢相信自己的眼睛——他的身上肯定有什么不太对劲的地方，看起来又突兀又别扭——是他的嘴，鼻子，眼睛……都不对！

是他的头。

父亲的头发。

天哪！父亲的头发怎么会剃成那样——齐齐地少掉了半拉——从脑顶心到右耳朵那边整一半全没了，青亮的头发楂子依稀可见。这是哪个家伙干的？手艺这么差，到底会不会剃头！父亲弄成这副怪模样过年可怎么见人呀！

后来，会就糊里糊涂散了。

后来我们都六神无主了，弄不清楚自己是怎么跟着父母亲走回家的。我们感到又羞又臊，脚步沉重，真想找个地洞子钻进去。

一进院子，母亲就把自己头上的那顶纸帽子抹下来，她转过身看着父亲，看得非常仔细，左一眼右一眼地看着，仿佛在看一个她不认识的男人。母亲双眼盯着父亲的头看了好一会儿，突然就忍俊不禁地捂着嘴巴笑了起来。母亲笑得咯咯响，泪水都笑出来了，她简直就是一只刚刚下了蛋的老母鸡。

母亲这样一笑，我们就成了惊弓之鸟了，一个个木头似的僵在院里不敢轻举妄动。我们都觉得母亲确实不应该在这种时候乱笑的。

母亲笑完就转身回屋取来扫床的笤帚，她开始认认真真地给父亲扫身上的尘土。父亲问到底有啥好笑的，把你笑成那样。母亲说我高兴。父亲尽量把双臂打开配合着母亲的动作。父亲气气地说我都这样了你还有心思笑！母亲说咋不笑，总算熬到头了，娃娃们都等着过年呢。

说话的工夫，母亲已经把父亲从头到脚扫了个干净，父亲什么话也不说就灰溜溜回屋去了。我们正在犹豫着要不要也进去，却让母亲叫住了。母亲说你们几个都站过来，让我好好扫扫吧。

"得把厚衣裳多穿上两件！"

这天出门前，父亲统共只说了一句话。而且，口气还凶巴巴的，就像哥哥和我从来都不听他的话似的。

眼下正是四月光景，外面的树枝上，正桃红杏白地开着好看的花儿。我们早巴不得脱掉捂了一冬天臃肿不堪的棉袄棉裤，甚至就连肥大宽松的老绒裤，这阵子也恨不得赶紧脱了。因为那都是哥哥们穿剩的货色，裤裆被多年前的尿渍弄得硬邦邦的，穿在身上总有一股说不清的怪味，要多埋汰有多埋汰。父亲从广播里得到天气预报，所以，昨晚他就着手准备了。他先在院里码好几捆稻草，又用脸盆端着水，往草上美

美地泼洒了一通，草湿乎乎地在院里搁了一宿。这不，刚过五
更天，父亲就把哥哥们从被窝卷里薅了起来，叫他们快点穿好
衣服下地出门。

　　我那时还没到上学的年岁，哥哥们早晨自然得去学校上
课。今天他们的样子看起来有些滑稽，每个人身上斜背着母亲
亲手缝制的碎布片书包，肩膀头再扛一捆潮湿的稻草，嘴巴不
停地打着哈欠，脸都来不及洗，一双双黏稠的睡眼惺忪，走起
路来摇摇晃晃的，就跟喝醉了酒似的。父亲力气自然最大，他
在一杆叉的两端各挑起一大捆草，再往肩膀上一扛，便大踏步
地出了院门走在最前面。

　　本来，我是可以赖在家里，不用去地里的，毕竟我才七
岁，但这个早晨我却醒得比哥哥们都要早，根本没有人叫我。
我隐约听见父亲在黑暗中窸窸窣窣起身穿戴，还有母亲偶尔跟
他嘀咕两声什么。我就睁开眼，趴在被窝里，安静地瞧着大人
的举动。有一刻，我的目光正好同父亲相对，父亲盯着我看了
看，他的眼睛好黑好大，像发威时的老猫，要冲我扑过来似
的。我却一点也不害怕，也那样一眨不眨地看着他，好像要比
一比，谁的眼睛瞪得更大更亮些。然后，父亲无声地将一只大
手搭到我脑门上面，从未有过地抚摩了那么一下，虽然短暂，
却十分持重有力。父亲想了想，说："小四也跟着我们一起下
地吧。"那口气分明是说给母亲听的，我想也是说给我的，毋
庸置疑，有种长官发号施令的味道，更有一种我那时还不能了
解的意思在里面。

　　——等我再长大一些后，才渐渐悟出来了其中的道理，那

是在我们父子俩眼神短暂交流后，父亲临时做出的一个开创性的决定，这事对于我和他同样新颖而且重要。那就像是要郑重地告诉我，"喂，小子，你也老大不小了，该像个男子汉似的，跟着你的哥哥们，挑起担子摸黑赶路了！"当时，母亲好像咕哝了一句什么，有些不情愿，更有些担心的成分在里面，总之，我没有听太清楚，我似乎是被父亲突如其来的抚摩和临时决定镇住了，确实有点儿诚惶诚恐的。父亲后来叫把厚衣裳多穿两件，大概就是说给我听的吧，因为哥哥们毕竟已读书达理，用不着大人操太多的心。

可是，我打小就不是那种对父母的话言听计从的孩子，做起事来多少有点儿执拗，甚至我行我素。我还像往常一样穿戴着。母亲趴在枕头上，蒙眬地瞅了我一眼，像是病人在痛苦地呻吟似的，她最近身体一直不太好，夜里还老是咳嗽醒。母亲白天要干很多很多家务，晚上又总是家里睡得最迟的那个人。"仔细又嘚瑟凉了，快把大袄子给妈穿上！"可我只是拿鼻子哼哼了两声，母亲所说的那件大棉衣，早被几个哥哥穿得油腻腻脏兮兮的，现在它已是又破旧又丑陋的样子，却偏偏退役到我头上来了，有时我真的很讨厌这种待遇。初生牛犊不怕虎，因为我根本不信会有什么坏天气，昨天分明还是晴空万里艳阳高照，热得我恨不能带着小伙伴们去渠里玩水呢，怎么刚过了一宿就会把人冻出个三长两短呢？简直荒唐。所以，我装模作样地在地上磨蹭了一会儿，趁母亲张嘴打哈欠的工夫，随手丢下那件我很不喜欢的大棉衣，便脚步匆忙地跑到了院外。

到麦地的路少说有二三里地远，都是铺过碎石子的小土路，坑坑洼洼的，走起来硌得脚生疼。现在，天色还很暗很暗，根本看不清前面的景物，就像有部外国电影的名字：这里的黎明静悄悄。的确如此，此时路上鸦雀无声，头顶还有散漫的星光在闪烁，怪瘆人的。因为我们刚从屋子里钻出来，那种冷的感觉一下子就把人裹挟住了，先前的瞌睡也似乎被夜鬼狠狠地当头一棍，人不由得耸两下肩，缩一缩脖子，一股阴冷的寒气从脚底钻进来，穿肠过腹直到头顶心。我们全都跟触了电似的，连着打了好几个激灵呢。

父亲一直走在最前头，接着是哥哥们，落在最后面的那个人就是我。我们歪斜着身子，排成散漫的队伍，嘴里不时打着哈欠，向着依旧黑暗的远方进发。我也背了一捆稻草，只不过它不像哥哥们肩膀上的东西，湿漉漉的还很沉。只有我这捆是干草，而且，捆子明显比他们的要小一圈。我估计这必定是父亲为我精挑细选的，怕我会吃不消。由于是干草，走起路来难免又会沙沙沙地响，还不时有纷纷扬扬的灰尘从草里散落下来，随着清冷的晨风吹到我脸上，还有一股呛鼻子的味道。我终于忍不住打了第一记喷嚏，也许还有被冷着的缘故。肩上扛着东西走路，那感觉真不舒服，腰总也伸不直，身体斜向一边，草捆儿比我的身体还庞大，它们毛毛糙糙地耷拉下来，像传说里妖怪的头发和胡子，遮没着人的视线。又如一群讨厌的昆虫，正拿带有锯齿边的翅膀来回拨拉着人的脸，奇痒难耐，痛苦不堪。等出了村子以后，情况就更不乐观了，四周一下子空旷起来，冷风便没有遮拦地往人身上猛刮，我顿时有种想尿尿的感觉。

大概是父亲发现我在后面磨蹭得厉害，才在前面停住脚步，粗着嗓子招呼道："都走快点，别腰来腿不来的！"我的尿就是让他这一声吼喝给惊缩了回去，尿又钻回肚子里去了，我打了个冷战。我不得不紧跑几步，哥哥们似乎已经气喘吁吁的了，也许是天太冷，腰身都佝得很低很低，头也抬不起来，草捆的尾巴都快拖到地上了。我尽量赶上他们，虽然我背的只是一小捆干草，不算沉，可究竟我年纪最小，又是头一回扛这么大的东西，在黑暗中行走，我越来越感觉到力不从心了。况且，我一直得用手牢牢抓着捆草的那截草绳子，生怕它会掉下来，所以，抓绳子的手早已被冻木了，我一会儿换成左手，一会儿又换成右手，如此反复。换手的时候，我还借机把稻草放在路上，双手合拢捧到鼻孔和嘴巴上，大口大口哈着气，跟粗喘的狗似的，试图可以暖和暖和，但这无疑是杯水车薪，根本起不了任何作用，几乎立刻就又被冻透了。唉！早知道天这么冷，我出门时起码应该找一双棉手套戴着，或者，扣一顶带耳遮的棉帽子，那样情况可能会好一些。

天光似乎比先前亮了薄薄的那么一层，但与此同时，那种防不胜防的寒冷，也开始陡增，并随着即将降临的晨光，铺天盖地而来，犹如雪过初霁的那种吓人的干冷。偶尔，还会有一股冷风当头吹来，简直冷得要命。我不由得开始打战，缩手缩脚，每往前迈一步都异常艰难。身上刚才出的那层汗，转眼间像是要凝结似的，感觉脊背上包裹着一整块冰，越走越冷，越走越没有勇气，就连牙齿都开始哒哒地打起架来。

我不知道哥哥们心情怎样，我非常后悔自己不好好赖在家里，热被窝多舒服啊！只要我说一句不想去，再央求一下母亲，事情也就逃过去了。可我偏偏没有耍赖拒绝父亲，这就叫自讨苦吃吧。"冷死了！冷死了！天咋这么冷呀？"今早的天气的确冷得有些莫名其妙的，眼看都快入夏了，竟然毫不留情，就像又一次回到了寒冬腊月一般。其实，这种天气在西北地区是再寻常不过的，后来我慢慢懂得了那句农谚的真实含义：农历四月八，冻死绿豆芽。这话真的半点不假，每年只要节气没有迈过那道坎儿，再明媚温煦的春日，也会突然间袭来一股股寒流，把地里正在发芽吐绿的庄稼，以及果树上的花蕊顷刻间冻毁的。但当时走在路上，我确实什么也不懂，冥冥中，甚至觉得那是父亲在捣鬼，他看我不听话，身上又穿得单薄，所以，就故意叫老天爷变了脸面，来折磨我幼小的身体。我确实是这样瞎琢磨的。

　　哥哥们也哆哆嗦嗦地停住了脚步，他们虽说比我年长几岁，但也终于吃不消了。"这鬼天气！能活活冻死人呢哪！"他们嘴里抱怨着，撂下肩上的东西，彼此聚拢在一起，一边骂骂咧咧，一边拼命跺脚，还使劲搓着手心手背，再用双手去捂自己的耳朵，好像自己的手一搓就变成滚烫的烙铁，很管用似的。我也赶忙扔下稻草，抢步凑了过去。大伙都已是鼻青脸肿的样子，一道道鼻涕亮晶晶地流下来，又被呼哧一声吸了进去，就像两根雪白的粉条，泪花子始终在眼眶里打着旋儿。兄弟们缩着脖子相互看看，脸上没有丝毫表情，有的只是僵硬和无奈，彼此就跟集市上的陌生人那般冷漠地对视着。

　　"要是能放一堆火就好了！"不知谁提出这样的建议，大伙全都为之一振，好像那边话音未落，这边的烈火已经熊熊燃烧起来。"干脆把小四的那捆干草点着烤烤火吧！"又有了更明确更有效更大胆的声音，我那心冷得几乎都不会跳了，大概是因为浑身颤抖的缘故吧，已经无法感觉到心在跳了。

尽管哥哥们的建议非常诱人，谁不想烤火啊？可问题很快就浮出水面，显而易见的，我们每个人身上都找不到一根火柴，只有父亲才有，他平日里吸烟，火柴自然不会离身的。谁叫我们都是听话的孩子呢？大人是绝对不容许我们口袋里装那种东西的，玩火自焚，万一点着了屋子或柴草垛，那可不是闹着玩的。这些话我们耳朵都快听出老茧了。我们谁又有法子能从父亲手里要来那盒珍贵的东西呢？这样一想，希望就如鱼嘴里吐出的小泡泡，一眨眼就破灭了，寒冷再次像战斗中反扑过来的鬼子兵，将兄弟几人团团围住。"还是快点儿走吧，当心他会发火的！"我觉得哥哥们其实都是胆小鬼，很多时候他们只会顺口说说而已，注定不会烧起一堆能救命的火来。

没走几步，我仿佛听到了一种声音在前面召唤，嘤嘤呜呜地，很像是饿得快要断气的婴孩在使劲哭呢，冷风嗖嗖地，将那些哭声断断续续吹送进耳朵里，这就叫人感到更加寒冷无助了。我确实冻得骨头都疼了，哪还有心思理睬这些，只顾埋头扛着那捆稻草，奔命似的追赶哥哥们。他们的脚比我大，腿比我长，总是走在我的前面，而这时，我们早就看不到父亲的影子了。他干起活来总是风风火火的样子，身上的力气永远也使不光。感觉中，做父亲的好像都是这样，挖地、拉车、耕田、收割、打场，样样农活都得身先士卒，孩子们又总是慢吞吞地跟在他们屁股后面打下手，时不时便做错了什么，惹得父亲瞪着眼珠子臭骂一通，骂完之后，并不会让你离开，让你自由自在地去别处玩耍，而是像盯犯人似的，手把手教你，直到学会干活为止，这大概也是父亲的责任。总之，父亲就是这样，因为我们长得实在像他，所以，他样样事情都要求我们也像他那样做到完美——这是我在孩童时代永远都无法理解的。

"你们几个快过来！"听到父亲的声音，我们才从凛冽的空气中回过神来，每个人都像一根无声无息的冰棍，直愣愣地原地站定，由于冷得浑身直打战，每个人又都沙沙作响，那是稻草在肩上不停地跳动。"看看这是啥东西？"父亲像跟我们猜谜似的问道。原来，父亲就蹲在路边的一个黑乎乎的大柴垛旁，他有意压低了声音，他的嗓音略微发着颤儿，但绝对不像我们那样狼狈，牙齿不停地咔咔着说不出话来。

哥哥们已经率先将稻草放下，并很不情愿地朝父亲身边围拢过去。我反应最迟钝，半天才偏了偏身子，那草捆儿忽地一下，从我的身上出溜下去，感觉它是从一块光滑的冰面上滑下去的。我觉得自己已经冻硬了。父亲蹲在我们几个孩子中间，双手轻轻地将什么东西举过头顶，而哥哥们只顾搓手跺脚哈气，半天也没有任何反应，好像冷风早把他们的魂儿卷到天上去了，一个个只是空壳似的立在父亲眼前。或者，他们根本就不喜欢父亲手里的那个东西：它看上去毛茸茸，圆乎乎的，正一蠕一动的，因为天色还暗着，父亲又是蹲在那里，实在叫人看不太清楚。

但是，就像真的有心灵感应，我几乎已经猜到那是什么了，我还没有来得及张开嘴说出自己的答案，父亲手里便发出汪呜汪呜的一串轻微的叫声来了，既羸弱，又娇嫩，好听极了，尤其是在这静悄悄的天色未明时分，简直像个奶娃儿的声音。我真不敢相信自己的耳朵。那一刻，浑身上下顿时涌起一股说不清道不明的暖流，在体内吱吱作响。那个小家伙的声音，跟黑暗中划着的火柴一般，一下子就照亮了我内心中最柔软的部分。也许，一个人的身体会被冻硬的，可我想心是不会的，而且，永远不会。"小狗，小狗，小狗……"我嘴里不停叫着，忘记了自己冻得半死，仿佛父亲手里捧着的那个小家伙是我的同胞弟弟，在料峭春寒的清晨，刚刚降临到这个冰冷的世界上。而我一听到它呱呱的哭声，就再也没有办法抑制自己的感情，顿时欢呼雀跃起来。

　　"我老远就听见啥东西在那叫唤呢，跑过来一瞧，果然是条小狗！可怜的家伙，不知是自己跑丢的，还是叫谁撂到路边了。"父亲说着，已经从地上站了起来，而我刚才看见的那个黑色的大柴垛，似乎一下子变得矮小多了。在我们村庄周围，每年都会有类似的情况发生，哪家的母狗生了一大窝崽儿，主人通常不想喂养那么多，索性送别人或抛弃到道旁，随它们自生自灭。今早天气这么冷，它要是不被父亲发现，准保就没命了。哥哥们依旧无动于衷，他们大概惦记着要去上学的事，生怕会因迟到受到老师的责罚。我那时便隐隐有种不好的感觉，好像人一旦念书识字以后，对待很多事物反倒会变得有些麻木了，即便是面对跟我们孩子的天性最接近的小狗，似乎也怀着某种可怕的冷淡和拘束，他们甚至也不打算用手去摸一摸它。

唯独我，傻乎乎颤巍巍地向父亲伸出手去。"给你，可把它抱好了啊！"父亲话音未落，我的两只手掌心早已感觉到了那种绵软与温和，我的心便猛跳起来，好像要从很厚的冰层包裹中突围出来。一开始，小狗还认生似的叫了几声，我也学它的声音轻轻汪鸣着，像年轻的妈妈哄自己的小孩那样，它谨慎而又胆怯地在我手掌里缩成一小团，过了一会儿，大概觉得我对它并无一丝敌意，才笨拙地挪动着同样柔软的爪团儿，接着试探着，把冰冷潮湿的鼻尖轻轻地抵到我的手腕上，在那里嗅来嗅去，然后，终于鼓足勇气，伸出它很小很软的舌头，呜呜叫着，一下一下舔了起来。那种潮湿而又温热的酥痒感觉，真的要多奇妙有多奇妙！我几乎是战战兢兢地捧着它，生怕它掉地上摔得粉碎。

直到这时，我才忽然意识到父亲刚才说过的话。这么冷的天，谁如此狠心啊！小狗又是怎么在外面度过这漫长的黑夜的？要是换了我，恐怕早就活活地冻死了。心里这样想时，越发感到小狗的弥足珍贵了，又像我此行的目的已经完全达到了，就算再冷再累一些，又有什么关系呢？我不会再像先前那样，一味肤浅地怨天怨地，毕竟我得到了一份意想不到的礼物，要知道当时，我连做梦都想亲手喂养一条真正属于自己的小狗呢。我家多年前曾有过狗的，那还是爷爷在世时养的，后来大概吃了毒死的老鼠，一命呜呼了，此后就再没有养过狗。

正在我得意忘形的时候，父亲突然注意到我今天的穿戴了。

"你咋就这么不听话？才穿这么点儿衣裳，小坏蛋，难道你想生病啊！"

父亲几乎是瞪着一双牛样的眼睛，狠狠逼视着我。

"你知道天气有多冷吗？简直是瞎胡闹！"父亲像是已无法克制自己的愤怒了，他猛地高高地抬起了手臂。我惊恐得马上缩紧了脖子，半天一动不敢动，双手下意识地搂抱好那条小狗，生怕父亲的手会无情地打着它。小狗大概也察觉到了某种十分紧迫的威胁，正很慌张地拼命翻爬，想逃出我的手心呢。奇怪的是，那只高高举起的手，并没有落下来，或者说，落是落下来了，却没有打在我的屁股或别的地方。我疑惑地抬眼偷看时，父亲正用那只准备揍我的手，把我脚下的那捆干稻草一把提溜起来，然后再扛起属于他自己的那副草挑子，气冲冲地往前去了。

哥哥们见状，也纷纷扛起各自的东西，有人冲我吐了吐舌头，也有人说活该，谁叫你不听他的话，然后，大伙又开始默默地赶路了。我稍微迟疑了一下，小狗正冲我嘤嘤呜呜叫着呢，我腾出一只手抚摩着它的绵软的绒毛，心情很快就舒畅起来，好像父亲刚才说的不是我而是哥哥们。我甚至在想，今天即便是被父亲胖揍了一顿，那也是很值得的啊。

事实正如此，父亲可不是好惹的人，他要是生起气来，我们准没有好果子吃。而且，他的巴掌真的像一面坚硬的铁锹，拍到屁股蛋上，就会红一大片，疼得好几天都龇牙咧嘴的。还有，其实父亲并不是很喜欢我们饲养小猫小狗的，因为家里的活已经够多了，父亲整天要忙地里的事。母亲每天得为我们做两顿饭，此外，还得喂猪、喂鸡、喂驴，所以，猫啊狗啊是不可能轻易走进我们那个家的。用大人们的话说，人还养不活呢，哪有闲工夫伺候它们。可是今天，父亲却一反常态，他居然决定抱养这条可怜的小家伙，也许，这就是人们常说的一种缘分吧！缘分到了，事情就顺理成章了。想到这儿，我便十分珍惜地抱好这条可爱的小狗，简直就跟抱着亲弟弟一样，我撒开腿脚一路奔跑起来。我依稀感觉到，自己的身子竟然比刚才热乎了好多。

我们到地里的时候，天色微明，在东面的树林后压着土地的边界，深藏着一道道微红的光线，却又不露声色。风像是一丝也没有了，可寒气却无处不在，仿佛有数不清的冷冰冰的针尖，无孔不入地往人肉里钻啊钻的。淡绿色的麦地被一层薄纱样的白气低低地笼罩着，远远望有一些神秘，等蹲下身来细看，原来幼嫩的叶片上，已凝结了白色的霜花。

我也是后来才弄明白的，当时地里的温度已降至零下几摄氏度了，如果不立即采取有效的措施，等到天亮以后，麦苗儿就会彻底被冻透，上午再让太阳一晒，苗子就蔫了，后果可想而知，一季的庄稼也就毁了。我也曾听父亲或村里别的人说起过，庄稼刚从地里生长出来，可以说是弱不禁风的，你得像伺候月子里的母亲和孩子那样尽心尽力，不能让他们受冷受风受寒，你只有百倍千倍地对她们好，母亲才能恢复如初，孩子也才会健健康康地长大成人。

哥哥们一到地里，慌忙扔下肩上的草捆子，齐刷刷地站在地埂上，解开各自的裤子，撒起尿了。好像是，他们每个人大老远地跑到这里，就是为了完成这件事情的。我看见白气从他们的两腿之间委蛇地升腾起来，人站在一团团迷雾之中无助地发抖。我因为抱着那条小狗，所以才狠憋着没轻举妄动，只是拿眼睛瞅着哥哥们颤抖不已的身体，心里觉得男娃娃撒尿时动作实在有些好笑，那样子就跟狂风吹动树枝一般。

这时，父亲已开始着手干活了。他先是把最初我扛着的那一小捆干草解散开来，又等分成十来个胳膊粗细的草把子。他围着田间地头像设埋伏似的，每隔十来步，就放下一把，再隔一段距离，又丢下一把，那架势跟做一种很有趣的游戏差不多，这样一直到放完为止。然后，父亲吩咐哥哥们把所有背来的湿稻草也都一一解散开，每个人在父亲方才丢下草把子的位置上，将各自手里的湿稻草分发一大抱子。哥哥们以前似乎是干过这种活的，他们相当熟稔地行动起来，而且，毫无怨言，或者，他们只是想争取时间，尽快完成任务，好按时跑去学校上课。所以，他们按照父亲的指挥，迅速地干着手里的活儿。这样没多大工夫，哥哥们就把湿稻草分发完毕。

父亲静默地蹲在一堆最先分好的草堆旁，从裤兜里摸出那盒滩羊牌火柴。他先给自己点了一根纸烟，大概吸得太猛，一下子给呛着了，他大声咳嗽起来，还像是要呕吐似的大张着嘴。我很是吃惊，觉得烟是种可怕的东西，它竟然让一向硬朗的父亲，表现得像孕妇那样滑稽。不过，我还是慢慢地靠近了父亲，因为我知道，等他点着了火，我就可以在旁边暖和暖和身子了。当然，还有我怀里抱着的小狗，它也冷得瑟瑟发抖呢，狗毛还很短很薄，禁不起这种天气。以前听大人们说，狗冷鼻子猫冻嘴，我看也未见得就对。

这天气的确太冷了！不听老人言，吃亏在眼前。我又不由得想起大人常挂在嘴边的话，心就嗵嗵直跳，生怕父亲因穿衣裳的事，再次冲我发起火来。可就在这时，我竟然很不争气地连着打了三个喷嚏，而且，一声比一声响亮，一次比一次凶猛。完了，这下彻底完了，我可能是生病了，清鼻涕像雨点一般在脸面上飞溅，父亲肯定要大发雷霆了。好在，这时父亲正专心致志地点他的火呢，无暇顾及我。

我看见父亲几乎是跪趴在地上，侧着脸，神情多少有些庄重，仿佛正在进行重大的祭祀，祈求老天爷保佑，这大片大片的庄稼能顺利熬过难关；又像是在跟那些麦苗窃窃私语，父亲也许要悄悄地告诉它们，天气再冷再坏也没事的，人总是能想出各种办法来的，叫它们放宽心。我看见父亲谨小慎微地擦着火柴，好像生怕火星子会飞起来落到麦苗上，把它们的叶子烫伤；他将干草把子用燃烧的火柴引着了，等火哗哗剥剥燃到一半时，他才把哥哥们分好的湿草一把一把虚虚地盖在烧得正旺的火头上。这样一来，明亮的火焰被暂时压制住了，刚才熊熊的火苗转眼间就变成浓浓的一股股白烟了，远远望去，犹如一条一条白蛇，从湿漉漉的草堆里钻出来，四散奔逃。而随着父亲往上面添加湿草的动作，那烟气似乎越发地怒不可遏，竟铺天盖地滚滚而来了。我的眼泪很快流了出来。我用一只手抱着小狗，尽量压低自己的身子，因为烟气总是往上方游走的，人一蹲下来，那些烟就会绕开你往更高处散去了。

我听见父亲又是一阵剧烈的干咳，他还在吸烟吗？为什么不能扔掉它呢？大人有时也很固执的，他们喜欢的东西不论好赖，通常是不会轻易放弃的，但同时，他们又总是要求自己的孩子不要这样、不要那样。我已经看不清父亲的面孔了，他正起身穿过层层烟雾，像硝烟弥漫的战场上的最后一名勇士，往另一处草堆边继续放火。

此时，哥哥们早就急不可待了。他们胡乱整理一下各自的书包和衣服，站在路边一同冲父亲喊话，"爸，我们该上学去了！"父亲没有搭理他们，或者，他根本什么也听不见，他干活的时候就是那样，一声不吭。我看见他又跪趴在地埂上，迅速点燃了一堆湿草，浓烟顿时在他身前升腾蔓延开来。"再晚要迟到了，爸我们得走啦！"哥哥们终于掉头扔下我和父亲，像一群惊慌的野兔子，头也不回地一溜烟跑开了。

看来，上学确实是件顶当紧的事，而我对此还一无所知。当时，我抱着已经属于自己的小狗，蹲在一个火堆旁边，虽然烟熏火燎，泪水横流，可心里别提多快活了。这小家伙刚才被我抱了一路，现在已经适应了我的气息，我故意把它放在眼前的空地上，它立刻就毛茸茸地爬了回来，在我脚边磨蹭爬滚，有时会用嘴巴舔脚脖子，弄得人怪痒痒的。不知是谁说过的话，狗和人最容易亲近，因为它是人的朋友，只要你真心待它。

就在我不停地抚弄那只小狗，玩得起劲儿的时候，忽然，听到邻近的那片麦地里，传来一阵尖声尖气的谩骂，一听就知是个厉害的女人，喋喋不休的。我朝四下里张望，由于烟雾太重了，什么也看不清，父亲几乎快要点完所有的稻草堆了。很快，一个柔弱的女孩子的哭声再度隐隐传来，抽抽噎噎的，很接近于刚才在路上乍一听见的小狗的呜呜声。我终于忍不住了，哭声似乎越来越亮，骂声也越来越响，接着，又是一通拍拍打打的声音，女孩子痛苦地尖叫了好几声。她在地里一边逃命似的跑着，一边哭个不停，而大人正在后面不停地追撵，脚步声十分潦草，间或能听到不堪入耳的辱骂。我忙抱起小狗，弯着腰，循着那凄凄惨惨的哭声，穿过烟雾快步跑去。

等跑近时，才算是看清楚了，那个打骂孩子的女人也是我们村上的，平日里大伙都叫她喇叭花。喇叭花是个寡妇，他男人得天花殁得早，给她丢下一双儿女。她的儿子跟我哥哥好像是同班同学，这女人很会惯儿子，据说家里啥活都不让他碰一下，眼看快养成少爷的样子，整天游手好闲的；可喇叭花对女儿的态度就截然不同了，听说她不让女儿念书，专门让她在家洗衣做饭干家务，还动不动就打骂上一通，给人感觉好像不是她亲生的，或者，她天生就讨厌女孩子。今早不知为了什么事，喇叭花又满地里追着女儿撒野呢。

我那时虽小，可见到这种局面也会愤愤难平。那个女孩比我大不了几岁，生得瘦瘦弱弱，却有一双很黑很大的眼睛，看人的时候显得很无辜的样子，不由得叫人心生怜惜。我们经常看见她，背一筐猪耳朵草或灰条蒿子，急匆匆往家里跑；再不就是，拉着装满干柴或蔬菜的板车，一步一步艰难地走在村路上。总之，每每遇见她的时候，她从来没有闲着或空着双手。现在，她鼻尖冻得通红通红，眼圈像母牛那样湿漉漉的，一看便知受了委屈，又说不出口，泪水咽进肚子里。我听见那女人还在不住地臭骂："见天就知道号丧，昨晚我让你带上火柴带上火柴，你咋就没长记性呢？难道你生了个猪脑子吗？"

那女孩自始至终一句话也不敢说，只是抽抽搭搭哭得很伤心很难过，见她妈快追过来了，便低着头边哭边往前盲目地奔跑着。"我让你跑，有本事你跑到天边子去，要不老娘今儿非逮住好好拾掇你！"眼看着，那女人又要追上女孩了，而这会儿她似乎泄气了，不打算再跑了。于是，她往前摇晃着走了两步，突然停住了，像是随时要倒在地上。或者，她仅仅是跑累了，再也跑不动了——我甚至敢打包票，喇叭花家今早用来放烟的湿草，十有八九又是这女孩，用肩扛来或用板车拉来的。

我看见女孩猛然转过头，木木地等着自己的母亲朝她扑上来，她却一副豁出去的样子。"火柴我昨儿明明装在兜里的，谁知道过了一宿它咋就不见了，兴许是让哥哥拿走了，你没看到他这两天老在玩那把火枪吗？家里的火柴都快让他用光了！……你不分青红皂白……你从来就知道怪我！"喇叭花显然愣了一下，她的巴掌高高地举过头顶，脸上的两团肉蛮横无理地朝中间聚拢，并很狰狞地抽搐着，好像随时要掉下来；她的一双丹凤眼一挑一挤，眉头拧成一个死疙瘩。"反了天了，你个黄毛丫头敢跟老娘犟嘴，看我不撕烂你的嘴！"眼看那女人就要冲上去动手了，我简直紧张得要从地上蹦起来，如果我是个小伙子的话，我一定会毫不犹豫地迎上前去，制止住她，或者，干脆给她一拳头再说。

就在千钧一发之际，父亲却神不知鬼不觉地从旁边跑来，一把就抓住了喇叭花的细白细白的手腕子，他像是故作轻松地赔着笑说："算了算了，他婶子，大清早起的，你这是干啥？她还是个娃娃嘛。"喇叭花回过头，立起柳树叶子样的两片眉毛，愤怒地瞪着父亲。她那样子像是在说，谁叫你狗拿耗子多管闲事的，又像是随时都要发作的母猫。但她终于忍住了，或者，她只是不敢，毕竟眼前站着的是一个结实魁梧的男人。"不就是没带火柴吗？来来来，我的你们先拿去用吧！"说着，父亲就势把火柴塞到喇叭花的那只手里了，同时，他也松开了她的手腕子。我当时的心情非常复杂，一方面，觉得父亲的火柴总算是替女孩解了围；可另一方面呢，又很不乐意父亲把火柴白白地借给那可恶的女人。

喇叭花表情有些古怪，她直不愣登地看看父亲，又来回活动了一下大概被父亲捏疼了的手腕子，然后又掂量了一下自己手里的东西。接着，她才有点儿难为情地说："娃他叔，你是不知道，这娃成天丢三落四的，交代好让她带的东西，人家偏偏把大人的话当耳旁风。"父亲说："依我看，这丫头够能干的了，比我家那几个娃子还强些！"喇叭花听了父亲的话，一时竟有些不知所措了，刚才高昂着的头慢慢低垂下去。父亲乘机回头看了我一眼，说："小四你整天就知贪玩，往后好好学学人家姐姐！"我的脸蛋突然热辣辣地发起烧了。不过，我一点儿也不生气，我觉得父亲说得很对，喇叭花确实有些过分，那个小姐姐的确很能干，到底还想要她怎么样呢？

"四儿你这小坏蛋，你跑到哪里了？"

恰恰这时，远处有个女人正扯着嗓子叫我的名字呢。

"四儿，还不赶紧过来，你给妈把棉衣穿上！"

真是做梦也没有想到，母亲居然特意大老远地冒着寒气，跑来给我送衣裳了。

"这次你要是敢冻凉了，仔细着我不熟了你娃的皮！"

母亲似乎总是这样，一点点小事情都要嚷得比天还大，从来也不在乎我的感受。我觉得母亲的声音肯定也让喇叭花娘儿俩听到了，而且，偏偏又是在这种时候，这真叫人丢脸啊。我正在生闷气，或者，极想找个老鼠洞钻进去，父亲却猛不丁在我屁股上拍了一下子："还不快去，小兔崽子！当心你妈揍你！"我这才像挨了皮鞭的小马驹，一路拖拖拉拉很不情愿地，朝母亲喊话的方向走去。我的小狗汪汪地叫起来，它好像不太喜欢父亲把我的屁股拍得啪啪响，要知道狗是很有灵性的东西，它最懂得呵护人了。

往前走了几步，我又若有所思地回头，一个劲儿朝身后张望。那对母女已经在自家的地里燃起火来，没有歇斯底里的谩骂，也没有可怜巴巴的哭号。我很想跑过去，跟她说点什么，或者，什么也不用说，只是远远地让她看一眼我的小狗，我猜，女孩子也会喜欢这种小动物的。但是很快，连她们母女的身影也被浓浓的烟雾吞没了，我再也找不到那个女孩了，连同她先前的无助的抽泣声，都消失不见了。这时，四周仿佛换了天地，你简直分不清楚，人是在天上还是在地下，或者是飘荡在烟雾之间，地上到处弥漫着青烟，远处朦朦胧胧无边无际，就跟到了仙境似的。可我的心间始终飘浮着一层淡淡的忧伤，它们像清澈的河水汩汩流淌，又如潮湿的云雾起起落落。我觉得眼睛里潮乎乎的，天空中有什么微小的东西正静静地往下落着，想必那就是预报里说的冻霜吧。

穿上母亲送来的大棉衣，身上一下子就暖和多了。这种时候，我一点儿也想不起来挑剔衣裳的好坏了。母亲始终不苟言笑，她大概在生我的气，要知道家里还有很多活等着她去忙乎呢，可我的固执和不听话，把她一天的计划全都打乱了。我使劲冲她笑了笑，又故意把那条小狗捧给她看，希望她能喜欢。可母亲依旧怨气未消，根本不理这个小家伙。"你少给我嬉皮笑脸的！"我假装没听见她的话，笑嘻嘻地说："妈，咱家又有狗喽！"母亲随便乜斜了一眼那条小狗，嘴里不满地说："哼！要养你们养，我可没那闲工夫！"我赶紧点点头，并保证自己没问题，我生怕母亲再有别的意见，那可就糟糕了。

好在，父亲这时正走了过来。母亲便丢开小狗的事，一股脑地埋怨起他了。

"娃娃穿得那么单薄，你还敢叫他跟了来？哪像个当爹的人！"

父亲嘿嘿一笑，看着我说："让这小子也受受罪，以后对他有好处，别养成温室的苗子了。"

"你倒是说得轻巧，冻病了又得花钱打针吃药！"

父亲便无话可说了。母亲还想唠叨什么，恰好喇叭花的女儿从另一边小跑过来了。她是来归还那盒火柴的,还一连跟父亲道了几声谢。父亲忙说:"这有啥嘛,咱都是乡里乡亲的,再说你们家也不容易。"

现在,她离我很近,可以看得清清楚楚。她的脸上除了挂着两道明显的泪痕,又抹上了黑黢黢的烟灰,浑身上下也都灰灰的,两只羊角辫儿松松散散,一看就知早起忙没来得及扎好,发丛里竟胡乱戳着两根柴草。我见父亲上前一步,接过她手里的东西,并顺手从她头发里取出了那两根高高翘起的柴草。我注意到女孩下意识地往旁边躲了一下,马上就镇定了。父亲回头对身边的母亲说:"这可是个懂事的好丫头!"女孩听到父亲这样夸她,便很难为情地低下了头,随后就默默转过身走开了。

我不知道她有没有看到我抱着的小狗,她跑过来时,它确实冲她汪呜了几声。我再次出神地望着女孩消失在前面的一大片烟雾中了,想到喇叭花那样一个女人,我心里很不是滋味。要是这个小姐姐生在我们家就好了,我敢保证父母一定会很喜欢她的,至少不会像喇叭花那样对待她,可惜的是,我们家全是男娃子。

正在我胡思乱想时,却听见母亲有点儿阴阳怪气地对父亲说:"你咋对寡妇家的丫头那么上心呢,自己的娃子倒撂在旁边,一点儿不知道心疼?"父亲有点儿不高兴地接过话头:"看你说的这叫啥话?我咋就不管他了?出门时叫他多穿件衣裳,他偏不听话,我能把他咋样?"母亲依旧不依不饶:"我没说你不操心,你是心操得太宽了,一不小心就操到人家寡妇门上去了。"我看父亲脸色突然变得很难看，脸涨得都发了紫，好像他身上的血全都集聚到了那张脸上。

"当着娃娃的面，你到底胡说些啥呢？"父亲很郁闷地瞥了我们娘儿俩一眼，眼神中的火气又慢慢地压了下去，"嗨，我还忙着呢，没工夫跟你这种小心眼子拌嘴生气！"父亲说着，便很坦然地离开我和母亲，径自往麦地那边走去。

我也没好气地瞅了瞅母亲，觉得她真不该说那些乱七八糟的话，我都替她感到脸红了，大人有时候真的很莫名其妙。母亲见我盯着她看，便极力掩饰什么似的，故作轻松地对我说："你爸那人跟木头差不多，连人家的玩笑话也听不懂。"母亲边说边伸过一只手来，大概想要拉上我的手，可我的两只手都忙着呢，她这才把我的肩头搂住了。

"走，天气怪冷的，咱娘儿俩还是先回去吧！"

我没有再吭声，跟她并肩而行。

在我们的东面，金红色的光芒正一缕一缕从地平线上迸射出来，由最初的稀疏变得纷繁起来，太阳却还迟迟不肯露脸，巨大的寒流依旧在天地间静静地游荡。那些陆续赶来放烟的人，都在地埂上烧起了一堆堆柴草，没多大工夫，几乎所有的麦地都弥漫着浓浓的青烟了。我听母亲说，这烟火的气息可以冲散并消解正在四处蔓延的霜冻，这样麦苗儿也就不至于被全部冻死了。母亲说到"冻死"这两个字的时候，我的心好像咯噔一下。不过，我还是一声也不吭。我就是一句话也不想说。

后来一路上，我都是被母亲那样搂着往回走。我也说不清是种什么感觉，一会儿想想喇叭花家的那个女孩子，一会儿又低头瞧瞧我的狗。我始终紧紧地抱着这个毛茸茸的小家伙，它的小身子真暖和啊，我的手一直都热乎乎的。不管今后发生什么，我都要好好养着它。

放

烟

惊喜

　　姨夫大概是刚从镇上跟集回来的。正在前面踉跄着脚步，一颗脑袋在夕阳底下闪着油腻腻的青光。

　　那脑袋精巴巴的瘦，一层皱褶的皱皮软塌塌地蒙在姨夫的头脸上。远远看去，仿佛一颗晒蔫巴的黑红色的瘪枣儿，支棱在那根同样黑里透着红的脖颈上。

　　青秀是在下午放学回家的路上发现姨夫的。

　　打老远就见姨夫摇摇晃晃的身影在小路上慢慢移动着。不用猜，姨夫必定又喝了酒的。

　　青秀并不觉得稀奇，姨夫三天两头都要出去喝一场子酒。在青秀的眼里，姨夫的肚子就是一只酒鳖子，能装进去很多很多酒。

　　姨夫喝酒早就喝出了名气。他见了酒就没命地往自己的肚子里猛灌，旁人想拦也拦不住。拦急了姨夫还会跟别人吹胡子瞪眼。

青秀见识过姨夫喝酒时的龌龊样子。

那次，三姨差派青秀去旁人家喊姨夫回家。青秀进门就看见姨夫袖子裤腿全都撸起来，敞开着同样精巴巴瘦的胸膛，肋巴条一道一道像钉耙齿样尖锐，连裆口上的门也忘记扣合，露出短裤的一块碎花布，羞得青秀头也不敢抬起。小杯盏跟着姨夫的手指树枝一样哆嗦，眼见一半的酒都筛到外面去了。他嘴里瞎咧咧着什么，不停淌着晶亮的口水，惹人厌嫌。姨夫自己却一点儿也不在乎，还是仰起黑红色的脖颈往发紫发黑的嘴巴里狠灌酒，又有一多半是灌进他鼻孔里去了，声嘶力竭地干咳一通，脸色憋得越发猪肝样赤红。旁人就劝姨夫算了，不能喝就别喝了，醉鬼就别再逞能。姨夫非但不听，瞪着死鱼一样的黑豆眼冲别人直吼，谁、谁、谁醉，了，谁就是，你孙、孙子。旁人便不再理识，任由他一味地瞎胡闹下去。青秀只顾上前拉姨夫的胳膊，却被姨夫喷了一脸难闻的酒星子。姨夫冲她嚷婊子养下的，轮上你管爷们儿来。说着，就用力一甩手臂，巴掌差点儿掴在青秀的脸上。吓得青秀急忙蔫缩在一边不敢再有任何举动，只用一双手护了脸。

那以后，三姨再怎么使唤，青秀也是死活不敢去的。她真怕姨夫的驴脾气上来会当众拾掇她一顿的。

其实，青秀明白自己不应该去管姨夫家的闲事，可三姨差派她又不能不去。

青秀在姨夫家住，又在姨夫家吃，三姨和姨夫待她已经够好了。她本该知足。当初爹妈狠心撇下青秀要去城里做工，若不是三姨肯答应青秀过来吃住，青秀真不知道自己该怎么办呢。可是，青秀觉得毕竟不如在自己家里吃着住着自在，亲戚再亲，也还是亲戚呀，住得日子久了难免会有些磕磕碰碰的事情发生。这些青秀已经基本懂得了。三姨倒是一个很随和的女人，也不是什么事情都放在脸面上的。三姨就算受了气也不轻易叫嚷出来，抹着眼泪悄悄掖在心里，从来不跟外人唠叨开去。姨夫不喝酒也还能过得去，算不得很厉害的男人，只是有一些懒惰和轻佻。可一旦他喝醉了就会搅扰得一家不得安生，他又不肯一个人老老实实睡下，非得满屋满街院转来转去，嗓门大得像驴吼，说完大人骂娃娃，一个都不肯放过。啥时不把自己和家人都折腾得筋疲力尽了，是不肯罢休的。所以，青秀在这个家生活吃住，什么委屈都是不怕的，唯独担心姨夫喝醉了酒后骂骂咧咧不肯睡去的无赖模样。还有……还有的事情青秀心里感到十分迷惑和恐惧，却说不出口，只在内心里煎熬着自己，只在夜里把所有困惑和委屈化成枕边的一串串泪珠。

青秀知道，有的事情是不便于说出口来的，那样三姨会怎么想呢？有一晚，三姨去娘家没赶回来，家里剩下表弟姨夫还有青秀。三人睡在一个屋，到半夜青秀觉得什么东西往自己身边摸索着靠近，起先她不敢动，有一只硬硬的手试探着伸过来摸她的脸蛋，她想用被子蒙住脸，可那手却从被子边沿老鼠一样钻来，又像蛇一样一拧一拧地用力，随后猛地停在她微微凸起的胸口上，吓得她一骨碌翻起身来，把被子严实地裹在身上，人一个劲儿抖颤。那手后来再没往过来伸。她才慢慢地重新躺下来。第二天，青秀迷迷糊糊去圈里倒尿盆，不想姨夫正蹲在里面吭吭使劲，羞臊得她差点儿将手里的东西扔在地上。姨夫后来进屋没鼻子没眼地骂了一通青秀，说她眼里根本没有他这个姨夫，接下来几日果然没好脸色待她。

后来好像还有几回，也是三姨不在家的时候，睡到半夜，有只手捏她的屁股蛋，又不像是狠狠地捏，青秀实在是吓得半死了，直想连夜逃回自己家去。可转念一想，回到家里又该怎么办呢？爹妈都在外面做工，一年到头也回不来一次，即便回来也是匆匆忙忙的，待不下几日就又风风火火上路了。每次，爹妈都把事先预备好的一叠钱当着青秀的面放在姨夫家的饭桌上，说些感念不尽的话，说些让姨夫他们继续费心照料青秀的话，就转过身撇下青秀走了。每次爹妈从城来回来，青秀都暗里下定决心，这回无论如何她都要跟着爹妈一起走的，三姨家她是多一天也待不住了。青秀跟妈说我会做饭，我还会帮你们洗衣服收拾家务，你们就带上我走吧。爹在旁边木然不动。妈一愣，红着眼圈搪塞青秀，说等再过一阵子他们租上像样的房子，就接她过去。于是，青秀连做梦都盼着这一天快些到来呢。青秀想等自己跟爹妈去了城里她一定好好听话好好帮大人干活。

今年过完年还没出正月十五，爹妈又要走了，走前像往年一样打发青秀继续回姨夫家去住。青秀就死活不同意。青秀噘着嘴说我早就知道你们是不想要我了。爹过来哄她，说青秀要听话，把你带到城里我们到底是顾你呢还是出去干活挣钱呢？

青秀认真地说，我不要你们管，只要带上我让我干什么都行。妈黑着脸说你以为我跟你爹在外头耍呢，我们一天到黑忙个贼死，还不都是为了你吗？你要把书念好才成。青秀就不吭声了，泪花扑簌簌地在脸上绽开。青秀哭鼻子的样子让大人看了还是感到难过的。爹见她委屈得不成样子，就又摸着她的头劝说你去了关键是书咋念嘛。城里的学校都跟叼钱一样凶呢，我们哪有那么多钱供你在那边念书。青秀嘴角嗫嚅着，她原本想说那我就不念书了，我每天就给爹妈生炉子做饭吃洗衣服叠被子。但这话青秀始终没有说出口来。青秀知道说了也是白说。爹妈不会同意的。爹妈经常对青秀说大人就算在外头多吃点苦也没啥的，青秀你要好好念书将来给爹妈争一口气呢，人就活一口气啊！这个道理青秀似乎也明白的。

青秀本来打算是要超过姨夫的。但那条回家的小路实在太窄了，只能容下一辆架子车过去。姨夫摇摇晃晃，一会儿在路这边摆动，一会儿又影子似的飘到路的另一边去了，把整条路都挡死了。青秀想绕过他是不大可能的。

其实，青秀也不是一点办法也没有。青秀若是个男娃子，就可以很轻松地从路边的排水沟摸过去，或者，她也可以从路另一旁的水稻地蹚过去，可青秀不会凫水，更不能随便践踏了人家的稻田。青秀知道这时的水稻已经挂满了沉甸甸的穗儿，最不能践踏。再说，排水沟和水田里都暗藏着可怕的蚂蟥虫。那些像胶皮一样难缠的家伙会突然吸附在人的脚背和腿杆上，吸人的血，而且，一旦爬在人身上，就怎么也扯不下来，还会越扯粘得越发紧，跟要钻进肉骨里去似的。所以，青秀只能无奈地跟随在姨夫后面，亦步亦趋战战兢兢地走着。

眼看着别的学生都三三两两超过她，又超过了前面一步三摇的姨夫。唯独剩下青秀一个人落在最后。

夕阳就在身后，放射着秋天黄昏特有的光芒，那光芒黄澄澄的，把青秀的影子长长地投在小路上。青秀的影子果真就被拉得老长，一直延伸到前面姨夫的脚下，被姨夫一路胡乱踩着，而姨夫的弯弯曲曲的影子早已经跑到村口了。

青秀听见几声牲畜和看家狗的叫唤，听见谁家的公鸡和母鸡在院子里叽叽咕咕争吵什么，听见一个高声大嗓的婆姨站在门口呼喊着娃娃回家吃饭，那些声音里充满了怨恨和不耐烦。

青秀忽然感到一阵惆怅和不安。

平常这时候，青秀早就赶回家了。青秀每天放学都要急急忙忙一路小跑，回去帮着三姨做些必要的家务活，帮着生火烧水淘米做饭，帮着喂猪喂狗。姨夫下不得力气，很多地里的活都是三姨一个人去干的，等三姨回到家就晚了，天往往都快黑尽了。

心里想着，青秀愈发着急，真想自己能变成一只燕子从姨夫摇摇摆摆的身影上飞过去。身后来了一辆马拉的架子车，马蹄声响亮，车轮轱轱辘辘飞转，很快就从青秀身旁驶过去了。青秀站在路边让道，见马车从眼前疯跑过，又后悔自己没能搭人家的车。

那马车在土路上腾起的烟雾尚未完全消散，青秀发觉一直令自己担心的姨夫不见了，路上空荡荡的，耳朵里听到的只是自己的脚步声。马车真的走远了。姨夫也不见了。青秀心里一阵欢快。青秀想姨夫一定是搭乘了刚才那辆马车回家去了。

于是，青秀就加快脚步朝村口跑。

青秀肩头的书包也鼓足了劲儿，哗啦哗啦地叫，仿佛要跟青秀比赛似的不肯落了后。青秀的书包很好看，是双肩背的那种，颜色和图案也非常鲜艳别致，这样的书包班上乃至整个村小学校也不太多见。那还是去年过年的时候，爹妈从城里捎回来的，算是买给青秀的一件过年礼物。

那天正好赶上下大雪，青秀帮着三姨在村外的一片防护林里拾柴火。腊月天树都黑黢黢地枯萎着，那些被凛寒的西北风折断了落在树下的枝枝杈杈，拾回家去生火做饭再好不过了。青秀就一个人在树林中捡拾那些干柴火。捡着捡着天就阴沉了脸面，云层低得像扣在人的头上，风渐渐停歇了，雪片棉絮样飞旋起来，开始还很轻盈的样子，落在脸上倏地就融化了，但不一会儿工夫就发怒逞威般扯天拽地连成大片扑面而来。青秀一下子变成一个低矮的雪娃娃了。青秀的脸蛋冻得发紫，十根手指早就僵硬了，脚底也冰湿冰湿得难受。雪太大了。青秀停下手里的活，用嘴里的哈气御着双手，举头看天上飘落着的大雪片儿，心里想着跟雪相关的事物，想着雪一下，年关就近了，出门在外的爹妈也该回家来过年了。那天青秀肩上扛着一捆柴火刚进村子，就隐约听见自己身后有车轮滚动和大人喊话的声音，青秀猛一回头，以为自己是在梦里，或者看走了眼。竟是妈冒雪骑着车子到三姨家来接她了。青秀喜出望外，站在雪地里一时不知该说什么好，嘴唇动了又动，却只喊了一声妈，就泣不成声了。

那晚她跟妈回到自己的家里，睡觉前就得到了这只漂亮的书包。青秀记得妈说只要青秀在姨夫家听话好好念书好好帮三姨干点家务，爹妈还会给青秀买好多好东西的。青秀当时高兴得在地上兔子样上下直跳弹。新书包让青秀兴奋得一夜没睡实，书包就放在青秀的枕头边，夜里青秀醒来过几次，伸手去摸索，生怕那书包会忽然长出翅膀飞走了。

青秀实在跑得慌张，一进村口就被路上的半截砖头绊了一跤，疼得差点儿流出泪来。

可青秀顾不得疼，因为她肩头的书包也跟着她一同跌了出去。书本铅笔头哗地撒了一路，青秀忍着痛爬起来去捡地上的东西。

还好，书包并没有摔破，只是蹭染上了一层土灰，看着灰头土脸的。她蹲在地上把散落的东西一件一件重新装进书包里，又悉心地拍掉书包上面的尘土，站起身再背书包的时候才发现，书包的一条背带完全脱线了。青秀心里好不怜惜。这样，青秀只能将书包挂在一只肩膀上了，还得用一只手在书包下面托着，她怕另一条背带也会断开。

青秀脚刚迈进姨夫家的院门，就被表弟生虎支在门槛内的一条腿挡了个趔趄，身子突然前倾，整个人再次跌倒了，只剩一条背带的书包跟着青秀失重的身体一并落地。这次，青秀的运气没有刚才那么好，她的牙齿咬破了嘴唇，一只鼻孔也倏地流出血来。

没等青秀爬起身来，表弟生虎早在青秀的屁股上踩了一脚。生虎气冲冲地嚷，死母猪！活活绊死你才好，谁让你碰疼我的腿呢！说话间，生虎两只脚同时站在青秀的屁股上，并使劲跳了一下。青秀痛得一扭腰，才把生虎从自己身上掀落。哪知生虎不依不饶，又扑上来用脚踢青秀的头和脸。青秀只得爬起来用双手招架着保护自己。生虎虽然小青秀两岁，可比青秀劲儿大得多。青秀怎么也阻挡不了生虎的一通致命的攻击。青秀的腿屁股肚子和后腰先后挨了表弟很重的拳脚，疼得她快要哭了。

青秀真的生气了，瞪着眼睛说生虎你再胡闹看我不揍你。

生虎似乎一点儿也不怕她。他翻着白眼睛说我就要！看你能把我咋样？说着又冲过来，伸手就抓青秀的衣襟。青秀一闪，表弟抓空了。青秀乘机拿手背擦擦鼻孔流出的血。

这时，表弟又伺机从后面跳起来抓扯青秀的羊角辫。竟然抓住了一根，表弟用力一拽，青秀顿时痛得哇哇乱叫起来。青秀也不示弱，猛地回身抱住了生虎，把他狠狠地掼翻在地上，可生虎依旧死命地抓着她的辫子不松手。这样，青秀只能跟表弟一并倒地。两人撕扭在一起，生虎不肯撒手，青秀就不能起身。她就用力压住表弟，然后，腾出一只手去掰表弟的那只紧抓她发辫的手。

青秀没想到表弟会那么狠毒地咬她一口。生虎一咬，青秀就什么都不管不顾了，伸出指甲抓了表弟的脸。生虎就坐在地上哇哇大号，爹死妈嫁似的伤心，直到把三姨从外面的田里惶惶地哭进院内。

见妈回来，生虎越发哭得死去活来。青秀只在一旁抹眼泪揩鼻血，然后悄无声息地弓下身体去捡自己的书包和书包里散落出来的东西。

三姨进门嘴里就骂骂咧咧。青秀听出那是在骂表弟生虎的，可又觉得分明是在骂自己呢。她低头不作声，拾掇好自己的东西就回屋去了。书包还没放下，就听见三姨在院子嚷，现世报，羞先人呢，养活你能干啥？老娘累死累活一天，回到家还得给你们断官司！然后，好像是三姨重重拍掸表弟身体的噼啪声传来。青秀默默落泪，可还是急忙走出屋子往伙房去了。

三姨正把锅台上的东西弄得叮咚乱响，和面盆在案板上跳来跳去。三姨的脸色很难看，像是被烟火熏烤过，红通通的，脑门上还有一片吓人的青灰。青秀实在不敢多看，赶紧蹲在灶坑前生火。火生得很艰难，似乎憋着闷气，半天也燃不起来，青秀把嘴搭上去呼呼地吹着气，浓浓的白烟从灶坑里窜出来，呛得青秀一个劲咳嗽。青秀听见三姨在烟雾中小声嘟囔，都知道等着吃现成的，今儿我让你们老老小小吃风喝烟去。青秀更不敢怠慢，立刻忍住干咳。那火竟忽地在眼前燃了起来。青秀顿时觉得脑顶心一阵发烫，与此同时，她闻到一股极浓又臭的毛发焦煳味，吓得她连忙用手护住了自己的刘海儿。可已经晚了，青秀的头发被燎去了一大片。手搭上去一摸，像摸在一堆晒干打卷儿的枯草叶上那样粗糙不堪。

等面片揪到锅里，三姨的气才稍稍消了些。打发生虎去外面喊姨夫回来吃饭，可生虎赖着不想去，说他的腿疼得走不动路，说他的腿刚才让青秀打瘸了。青秀听了，二话不说就出门去寻姨夫了。

从心里讲，青秀是不情愿去找姨夫的，她知道姨夫喝多酒德行不好，可表弟的话分明是冲她来的。她不去找，三姨必然又要生气了。青秀不想等三姨发火。

天色已然昏沉了，跟喝醉了酒的男人似的提不起精神，面色一会儿灰蒙蒙的，一会儿又红通通的，让人看不大清楚，一副醒醒醺醺相。

出了家门，青秀就被渐浓的暮色包围住了，她的脚步明显不如先前那样快捷，显得十分疲倦，懒懒散散又犹犹豫豫的。要不是三姨提醒，她一直以为姨夫早就回到家里了，早就躺在床上呼呼大睡了。现在，青秀无可奈何地沿着空落落的村街往前奔跑，边跑嘴里边喊着姨夫。她当然不能喊姨夫的官名，只能姨夫姨夫地喊叫，声音时大时小，还有回音传来，喊到最后已变得有气无力了。

青秀的肚子当然饿了。姨夫一早去了镇上，中午饭三姨就做得很少，因为菜里多少有点肉星，表弟生虎就吃得特别欢实，等青秀放学回来，锅底里留给她的菜只有表弟吃剩下的一些土豆块了。对此，青秀是没有什么怨言的，她已经习惯用开水泡了白饭吃的日子。所以，这会儿青秀的肚子就咕噜咕噜地叫个不停，似乎肠肠肚肚有一群小猪崽在里面叫着拱来拱去，搅得她心神不宁。

村街到处都飘荡着煮熟的食物的香气。那香气中还夹杂着牲畜咀嚼出的微苦的青草汁味和有点呛人眼鼻的柴火的烟气。青秀从那些浓稠的气味当中穿越过去，忍受着来自食物的巨大诱惑，不由得涎水都要从嘴角滴下来了。肚子里的声响更猛烈些了。青秀尽量不去想跟吃饭有关的事情。她只想到哪里才能尽快找到姨夫。只有让姨夫早点回家，自己的肚子才能少挨一阵子饿。

快到村西头的小卖铺时，透过那条街的四周模模糊糊的木框玻璃窗可以看到小卖铺已经亮起了灯。那灯光似乎也是昏昏沉沉油腻腻的样子，不时有几颗或肥或瘦的脑袋在灯光下一晃一摇，人的影子也跟酒鬼似的映在窗户上，看上去有点狰狞的味道。

青秀的脚步不由得放慢了，她看见有几个人正从小卖铺进进出出，买了东西的昂着头怀揣着什么大摇大摆离开，往里去的往往又是低垂着脑袋，像是在集中精力合计着什么事似的。平日里三姨家缺个油盐酱醋蜡烛针线什么的，有时候三姨也让青秀拿了零钱去买。小卖铺除了卖这些日用的东西外，青秀觉得那里更重要的好像是出售香烟和散酒。青秀每回进去那里面总是围了很多男人，有的斜趴在水泥柜台上，有的干脆靠墙蹲在地上，嘴里不停冒着烟，身上散发出臭烘烘的酒气和汗味，让她总觉得有点恐惧。姨夫隔三五日就要拎着一只空葡萄糖瓶子到小卖铺去打酒喝。但姨夫有时也会派青秀或生虎跑一趟。通常这种时候，三姨是会痛斥姨夫一顿的，然后指着青秀或生虎说看你们谁敢去，想喝那点猫臊尿自己的腿脚又没有折！三姨的态度让青秀有点两难了，可姨夫正在一旁拿眼睛剜她，好在生虎并不怕三姨，他一把从青秀手里夺过打酒的瓶子，拿了钱屁颠儿屁颠儿地跑了。这种时候，青秀心里又是很感激表弟生虎的，尽管生虎平时总是对青秀很不友善。

姨夫并不在铺子里。青秀很失望，但她还是跟掌柜的打问了一下。人家没好气地告诉她姨夫先头是来过一趟，赖着脸皮想赊酒喝，被拒绝了，才嘟囔着掉头走了。掌柜又不屑地说瞧他都喝成那脓包样了，还闹腾着想喝，总有一天他会把老命都喝没的。

青秀什么也没有说，脸上火辣辣地发烫，毕竟人家说的是自己的姨夫。青秀正准备出去，有人一掀竹门帘子直戳戳闯进来，正好跟青秀撞个满怀。进来的却是生虎，他一抬头见是青秀，就狠狠白了她一眼，嘴里不干不净地说小母猪你躲在这儿干啥。青秀自然不便发作，她二话没说，想着还是赶紧到别的地方找姨夫去。

透过小卖铺的窗户，青秀看到外面的天色已黑透了，好像天空一眨眼工夫被谁蒙上了一层厚实的黑帐子，一丝亮光也看不到。

青秀往外走的时候听见表弟生虎依旧在身后骂着她什么，又好像听见表弟跟掌柜要着那种好吃的旺旺雪饼。那是属于表弟一个人的口福，每次他总是能从三姨那里软磨硬泡要到几个零花钱的。青秀从不奢望。她已匆匆离开了小卖铺。

天黑得让青秀感到难过。先前飘荡在街巷里的那股香味已经明显减弱了，取而代之的是潮湿的气息在黑夜中弥漫开来，像是有微细的小颗粒从头顶坠下来，无声无息浸入皮肤里去。青秀接连打了几个寒噤，一双手臂相互环抱在胸前，体内陡增了一股不可抵御的寒意。

从小卖铺出来，青秀走得很慢了，不是饿得走不动路，而是不知道该往哪里去。饥饿似乎在青秀不经意间转化成了别的什么物质了，很强大，又很隐秘。青秀感到肚子像是被掏空了，大脑也被掏空了，浑身上下都空荡荡的。与其说她是在踟蹰而行，不如说青秀是在黑暗中慢慢飘动着的一只影子。青秀忽然想到了上一回，大概也是这般天色，她去找姨夫，好像是在村东头的长根家。长根比姨夫年轻得多，他一样爱喝酒，喝多了也爱纠缠不清。青秀觉得长根跟姨夫是同一种人，他们都是那种见了酒挪不动脚的男人。

于是，青秀就更改了方向朝村东去。

长根家的大黑狗拴在街门前的一棵榆树上。那狗老远就觉察到了青秀，猖猖狂吠。青秀脚步犹疑地靠近长根家时，狗咬得越发凶猛，拴狗的铁链子在树坑下哗啦啦来回响动。青秀不由得心惊肉跳。黑狗的身体似乎融化在黑夜中了，跟夜色黑作一团，青秀分不清这只狗到底有多高多大，只见一双泛绿的狗眼在她面前闪闪发光。狗吠声浪淘般在她耳边汹涌。

青秀正在犹豫之际，身后忽然传来一声呵斥，那狗的叫声一下子从高峰滑落下来。狗开始不停地冲着来人抖动身上的皮毛，一条尾巴将后面的树身拍击得啪啪作响。青秀转过身，见是一截矮塔似的黑影立在眼前，可那塔似乎又站立不稳前后直晃。没等黑影张口，青秀忙说我找我姨夫。谁是你姨夫？黑影似乎极不耐烦，嘴里往出喷着火气。

青秀闻出来那是烧酒的味。酒的味道总是火辣辣地灼人。青秀早就习惯这种气味。青秀赶紧报出了姨夫的名字。可男人已经撇下青秀一摇三晃地朝自家院门去了，青秀听见那狗的尾巴摇摆得越发起劲儿，树身发出咚咚的疾响。可男人忽然又停住脚，弯下腰拍了拍狗头。那狗就很满足也很得意地冲着主人一阵上蹿下跳，狗嘴发出吱吱喵喵的一串低吟，听起来有些作假的成分和矫情。青秀觉得那黑狗忽然好像变成一只大老鼠那样乖戾了。男人摸完自己的狗，掉转头又问正要离去的青秀，你，你说找谁，你再说一遍。青秀就又重复了一遍，她生怕对方听不真切，几乎是喊着说出姨夫的名字。男人盯着青秀的脸看。青秀却看不清对方的脸，只看到男人的两只眼也像黑狗那样明亮发光。男人终于嘿嘿笑着说我当找谁，那个老家伙先头还跟我们一起喝酒呢，走，我领你找去。说着，男人就一摇三晃地朝青秀撞来。青秀心里一阵暖热。她还没来得及响应，肩头已被那男人伸出的一只大手死死拢住了。青秀觉得自己简直快被男人身上浓浓的酒气熏晕了……可青秀还是觉得踏实，这种感觉似乎久违了。爹在家的时候，只要心情好也会这样拢着她的肩膀头一起走路。

青秀后来就跟随叫长根的男人一同穿过长长的村巷，他们从村东一直走到村西头，再走到阒寂无人的打麦场。他们把村子远远地甩在后面去了。那里有夏收时垛下的麦草，小山丘一样一垛一垛兀立在黑暗之中。青秀懵懂地走着，心里不免有些疑惑。长根却一声不吭，只顾闷头走路。青秀不知道他要把她带到哪里去。青秀觉得夜色很静，静得有些要颤抖起来的样子，风轻轻地在耳边摩挲，刘海儿一动一动地在额前撩拨着，有点痒酥酥的感觉。

这时青秀已经忘记了自己的刘海儿被火烧焦的滋味。又走了一会儿，长根才止住脚步，说他快憋死了，要方便一下，就忽地背过身去了。青秀想躲开，可已经来不及了，她清楚地听到身后的麦草被尿液浇冲出的一串响声。她只好站在原地，睁着双眼望天空里的星子。星子密密麻麻，偶有几颗十分雪亮的正冲青秀一眨一眨的。

仰望着天上的星子，青秀的眼里渐渐闪烁起凄迷的光。月亮被群星秘密围绕，月亮还只是一弯黄嫩的芽儿，青秀知道等月亮变得圆满了，中秋节就要来临。青秀也知道，今年的八月十五爹妈肯定是不能赶回来的，一直要等到腊月二十七八号，他们才能回来跟青秀团聚。茫然地想着这些，青秀的眼眶里竟涌生了泪花。就在青秀拿手背揩抹眼泪的时候，男人猛地将一只手搭在她的脖颈上，那手似乎不再是手，而是变成了鹰鹫的利爪，一下子就把青秀的脖子卡死了。青秀想喊叫，可喉咙里发不出声，整个人忽地被摁倒在脚下的麦草堆上。麦草倏地冒出一股甘甜的忧伤气味，天空豁然圆盘似的宽阔起来，满眼都是闪耀的星光。

青秀想喊。

青秀本能地乱抓乱踢乱滚乱爬。

青秀开始痛哭。

青秀甚至用牙齿狠命地咬对方的手和舌头。

再后来青秀什么也不知道了。

青秀被叫长根的男人一拳打晕了过去。

青秀后来还是醒了。不是青秀自己要醒的，她是叫森冷卑鄙的露水唤醒的。

那时，天上不停地往下落着黑色的露珠，秋夜的露水冰凉透骨，青秀裸露着的瘦小身体早就湿透了，风一吹她猛地惊醒过来。

挨到腊月，过了小年，爹妈也没有来接青秀的迹象。

眼看要过年，爹妈捎信来，说今年不回家了，让青秀先待在三姨家里。

青秀就病了，咳嗽，发烧，说胡话，还哇哇地往出吐酸黄水。

三姨找了家里仅有的药喂给青秀吃，好容易灌下去，没多大工夫又呕了个干净。实在没有法子，三姨只好用车子捎上青秀去乡里的卫生所看病。老赤脚一本正经地给青秀号了脉。号着号着，那老赤脚突然瞪着三角眼从凳子上弹起来，嘴里不住嚷嚷，日怪不日怪，这娃娃的脉象不对呀……她……她咋就有喜了？！

站在一旁的三姨簸箕口似的张大了自己的嘴，老半天一句话也说不出来。她直愣愣地盯着青秀的脸看了又看，好像不认识眼前这个青秀似的。三姨这时才发现青秀早已泪流满面，而且，她还注意到，青秀那张湿漉漉的圆脸上竟生出一片一片泛着褐绿色的斑纹。

三姨猛然间回想起秋天的那晚，青秀去找姨夫，回来的时候好像哭哭啼啼的，什么也没有说，连饭也不吃就早早睡下了。当时，三姨一点儿也没把这事放在心上。

腊月一直不下雪，天色老是灰尘满布的样子。有时又似一堆刚刚拔下来的纷乱的鸦雀毛，一大片一大片压在屋顶上，跟人赌气似的，故意挡着日头的光，叫羊角村的老少个个都提不起精神头。唯独老万那张尖削的阴沉脸，倒突然转为晴爽，逢人笑眯打眼的，一副光彩照人的样儿。

此时，离年关尚有半月呢，老万就颠儿颠儿地忙乱起来：推磨，碾米，扫尘，洗洗刷刷，拾掇院落，整理杂物，简直不像是他一贯的为人。说起来，这个老万其实不算老，四十挂零，老人在世时，给他张罗着娶过媳妇。女人过门没几年，染一场大病，说是痨，咳得惊心动魄，后来夜里到底一口痰没咳出来，就撇下他到那边风凉去了，从此院里再听不到女人的声音。老万就一个人过活，饥一顿、饱一顿，屋里院外邋里邋遢全没了生气，十多年日月熬得混沌不堪，不知不觉竟把自己熬成老气横秋的模样。大人娃娃见了都叫他一声老万，这"老"字或多或少沾了些戏谑和鄙夷的味道。

好事情总有些先兆。上午，猛然听得一阵鞭挂炸响，先是惊动了全村的看家狗，接着人们也纷纷跑到街路上，抻长脖子观望，便见老万骑着擦洗一新的旧车子，已兴兴头头地驶到他家门口了。再一细瞅，车子上还有俩人，前梁上有个扎了红头绳的女娃儿，七岁多光景；后倚架上端坐着梳着油光发髻、面色素净的女人，一看就知比老万小得多，人长得俊，配他绰绰有余了。

这时，老万停稳了车子，女人便款款落了地，脚上是一双用彩线绣了牡丹花样的黑平绒布鞋，手里拎着鼓鼓的一只大红布包袱，那颜色夺人眼目，简直就是一团火。她仰起脸上上下下打量着老万家的院子，那架势多少有点儿视察的味道。老万一手扶车把，轻轻向前一欠身，另一只手就把横梁上的女娃儿抱了下来。想必一路上把那女娃的双脚控麻了，此刻一着地，她便一颠一跛龇牙咧嘴不得行动了。那梳油光头的女人忙过来，帮着他将娃儿搀了一把。这工夫，院里早迎出来三五个人，都是老万的远房亲戚，有的是头晚就赶来住下帮忙的。一个老妇人笑逐颜开地接过女人手里的红布包袱，轻轻拉着她的手，一面笑说着一面往里走；另一个中年男人也把女娃从地上抱了起来，羔啊蛋啊哄着她，怕她认生害羞。老万乘机把车子在院墙底下锁好，转过身一边朝围观的人群嘿嘿憨笑着，一边将双手伸进新崭崭的卡制服的两只兜里，用力掏了一掏，便天女散花般朝大伙一扬手，再一扬手，左右开弓，又是花生核桃，又是水果糖的，妇女娃娃们立时尖叫起来，原来是老万梅开二度，全村男女老少当然得跟着甜蜜那么一回了。

这个年过得最有滋味的，当数老万家了。

夜里，老万有了暖脚焐炕的女人；白天进门出户，那个女娃总爸啊爸啊地喊着老万，声音脆且嫩，听着很亲很亲，好像她原本就是老万亲生的闺女，不过是去远房亲戚家借宿了三年五载，人长大些了又给送了回来，一点儿也不像是被改嫁的娘拖过来的小油瓶子。

大年三十，村里人都兴烧纸祭祖宗。傍晚，老万也端着柳条簸箕，簸箕里面有一碟荤菜，烧肉酸菜炖粉条，有一张刚炸出锅的葫芦瓤和白面的甜油饼子，另外还有一瓶刚从镇子上打回来的高粱烧。老万有些年没正经烧过纸了，今年上坟确实像模像样的。他兴致勃勃在前面走，新女人带来的那个小油瓶子紧跟在他身后，她手里也提着一卷儿刚打过元宝印的黄烧纸，一路颠颠小跑着，显得好不快活。

不一会儿，爷儿俩就到了干渠坝下的那片坟地。老万先找来一根干树棍，把坟头的枯叶柴草统统赶开，然后才恭恭敬敬地跪下，小油瓶子也跟着他跪倒在旁边。坟头有风，吹得那女娃儿额前的头发芦叶般奓起来。老万摸出火柴，点了一卷冥纸，火苗就抖晃起来。老万手有些颤，嘴里开始默默念叨，爷爷奶奶使钱来，爹啊妈啊使钱来。小油瓶子也嫩声细气地跟着念，出门前她妈特意交代过，叫她跟新爸爸一起来叨念万家的先人。

老万喊爷爷奶奶，她就喊太爷爷太奶奶，老万喊爹妈，她就喊爷爷奶奶，最后轮到老万喊凤霞使钱来，她就不知道该喊啥了，因为她还不知道那个神秘的凤霞到底是谁。她静下心来听老万念叨着，凤霞啊，今儿又是三十了，我知道你一个人在那边孤独得很，我这心里也不好受啊！俗话说得好，孤火不肯着，独木难存活，我也是下了好大的决心，才敢往前走这一步，你可千万别多心呀！今儿我领着娃娃来给你磕头，你若在天有灵，就保佑我这一家人平平安安的，我年年都领娃娃来给你烧纸祭拜。

小油瓶子忽闪着一双黑眸，似懂非懂地听着，随后她也祷告了，不过是在心里。她喊那个凤霞作大妈，她觉得叫大妈亲切，就跟一家人一样，她让凤霞大妈一定多收些钱拿去使，想买啥好吃的就买啥。就这样念叨完毕，老万才开始一下一下泼散簸箕里端来的食物和烧酒，最后跟娃儿一起端端正正朝西面磕了三个响头。爷儿俩起身，离开坟地几步，他才回头给娃儿轻轻掸了掸裤子上的尘土，将磕头时插进她头发里的小柴梗捡出来，见她鼻子冻得像红辣椒，忙拉起小油瓶子的手，沿着原路走回村里。

梳油光头的女人出门来迎接，腰上扎着一条花布围裙，那腰显得不胖也不细，不像村里多数妇女，石碾子样没了好形状，她手里正捏着扫炕的短笤帚，远远站在那儿等着他们。老万走到家门口，先把空簸箕递给女人，他自己蹲在路边点了一把柴草，火烧得正旺时，他就在那火堆上来回地跨了几跨，他又叫小油瓶子也过来跨。女娃皱着小眉头，胆怯地望着火苗，半天也不敢跳。老万笑着上前，一下子就将那小身子揽来架起，女娃吱地叫了一声，复又咯咯地笑了起来，大概是他的大手触到了她胳肢窝里。任凭她笑个不停，他就那样带着她又来回在火堆上跨了几下，他嘴里念叨说，咱们好好燎个臊干，不怕那小鬼跟进屋。这时，女人便拿着笤帚走上前，仔仔细细从头到脚，把这爷儿俩周身扫了个遍。之后，一家三口转身进了院子。

暮色四合，风声渐歇了。老万家的灯也亮了，几扇小窗户便镀上一团团橘红色的柔光，新贴上去的喜字在玻璃上红得招摇，小院里氤氲着暖融融的饭食香气，有了女人和娃娃，这个家才像个家了。这时，女人已把刚刚煮好的饺子端上了桌子，她还特意斟了两盅子烧酒，两口子轻轻举杯碰了一下，声音很清脆很悦耳。这时，小油瓶子已从盘子里夹起一个白白胖胖的老鼠饺子，张口就去咬，不想它还很烫呢，她咧着嘴吱啊吱啊叫唤，惹得老万在一旁也嘿嘿起来。老万早都忘了自己有多久没这样笑过一次。家里多个娃儿，那气氛就是不一样。老万越看娃儿，心里就越欢喜。

头一个新年和着老万新婚的喜庆气，就这样美滋滋地在屋里弥散开来。

不等年过完，村里的娘儿们就摸清了这个当过几天寡妇的女人的底细。她在原先的男人那边生过一儿一女，她男人撒手撇下他们娘儿仨走了，夜里常有不三不四的汉子敲打她的门和窗，有时还学布谷鸟和野猫子瞎叫唤，搅得一家人心发慌，睡不踏实。娘家劝她趁着年轻再往前走一步，婆家也是怕夜长梦多坏了自家门风，就想让她早早改嫁了事，不过也提出个条件，那就是她二胎所生的那个儿子一定得留给他们。她起先也是不肯答应的，可禁不住三说两劝，想到毕竟自己还很年轻，往后路还长着呢，生儿育女有机会，也就狠下了心肠。如今老万娶了她，又乐意她拖着个小油瓶子过门，她呢逢人就说，老万心眼实，不嫌弃她有拖累，该知足了。

与此同时，大伙也知道老万家的这个小油瓶子名叫采玲，如今既然到了老万家，当然得随老万的姓，万采玲，叫起来脆生生的，很响亮，也好听。外人看起来多少有点儿不可思议，小采玲跟老万简直就是见面熟，整天小尾巴似的跟在老万身后。只要老万去镇街上买个啥东西，车子的前梁上总少不了她，一缕刘海儿随风芦叶样飘拂着。她似乎有点儿没心没肺，一点儿不觉得这个人是后爸，是陌生的汉子，跟自己不亲的，没有一丝的血脉关系。恰恰相反，小采玲总是爸啊爸啊叫得真切。惹得大伙又都暗暗垂涎老万，人家不费吹灰的力气，女人有了，闺女也有了。看来，老天爷真的长眼呢，没让老万白白煎熬那许多年的鳏夫光阴。

刚出正月十五，老万就着手起圈里的土粪。土粪就是农家肥，运送到麦地里均匀地摊撒开，耕种前再用犁铧翻一遍，对庄稼生长最有益，倒比那些进口的尿素二铵强得多。在圈里整整积累了一个冬天的土粪，厚得眼看顶到半墙头高了，现在还被冻得瓷瓷实实的，得用洋镐下力气刨挖，等刨松动了一层，再拿锹一下一下往圈墙外面扔。一上午下来，墙根底下就堆成了小山。

晌午过后，老万把架子车推出来，小采玲也跟出院来帮他打下手。她用双手抱着一根车辕，老万一锹一锹往车厢里装土粪，车身便越来越重了，土粪的重量通过车辕往小采玲的胳膊上走，压得她腿脚不时打晃。可她始终紧咬着牙关，脸蛋涨得通红通红的。老万不时抬头瞧一眼她，关切地问，玲儿你还能撑得住不？要不咱少装点儿。她不说话，直冲他点头，好像生怕一出声，力气会从身上跑出去，那样车子就会向上张起来翻掉。老万看到眼里，就不忍心了，忙把手里的空锹往车厢的土堆里一插，跑过去接她手里的车辕。她似乎还不肯松手，眨着眼睛说再上点吧，她还能坚持得住。老万说一口吃不出大胖子，咱多跑两趟没事的，说着便抓起两根车辕，顺手将拉车的麻绳套在肩膀头上。

这时，小采玲才大口大口喘着气说，爸，我真的还能行呢。老万说你还小呢，又是个女娃儿家，万一累着了将来可不长个子。小采玲对搓了几下双手，说，爸我都快八岁了，不算小了。老万说别说八岁，十岁也是娃娃，你给我做闺女，我可不敢把你使坏了，要不你妈不答应。小采玲说我累不坏的，在那边的时候我天天都抱着弟弟，胳膊上可有劲儿了，不信你看。说着，就举起两只细胳膊，攥紧了拳头让他看。老万回头时，见她像是突然被沙尘迷了眼，泪水哗哗地淌下来。

老万就猜到，她准是想起自己弟弟了，他心里也不好受，想想把亲亲的一双小姐弟硬生生分开，搁谁都一样啊。老万不知说什么好，他天生笨嘴笨舌的，就埋头拉起车子上了村路，迎头遇到一个陡坡，还没等他下大气力，便觉得有股力量在后面推着，他扭头一看，是小采玲跟在后面帮他的忙。老万心头一热，赶紧出力拉车爬上了坡，下坡时他又回过头嘱咐采玲先回家去，她却说非要跟他一起下地里去。老万说去麦地还有一大截路呢，你还是回家暖和着去吧。小采玲说爸我不冷，也不怕路远，我身上还热乎乎的。老万便没了话说，这闺女天生知道疼人的。别人都说他犯傻气，好端端地偏给家里添个外人的种，多双吃饭的筷子，将来还不是泼出去的水，到底图个什么呢。老万也曾犹豫过几回，现在看来，采玲真是个好娃儿。有采玲给自己当闺女，那是他老万前世修下的福分。

就这样老万在前面拉车，小采玲紧随在车后一路用力推搡，爷儿俩把一车土粪送到地里，等他卸了车，小采玲又要抢着拉空车子，老万好歹不依，说你还没有车架高呢，拉不动。小采玲嘟噜着嘴看了他一眼，说，我不想在家吃白饭，我也能干活。老万心头一酸，欲言又止，低头走到她跟前，二话不说，就把小采玲抱起来放到车厢里。又一本正经地嘱咐道，玲儿听话，一定坐稳了，咱们开车回家喽！说着就推起车子，一路有说有笑地往回走。整整一个下午，爷儿俩来来回回跑了四趟，圈里的土粪都起完了，小采玲也没嚷一声累乏，始终颠啊颠地给他做帮手，乐此不疲。

吃晚饭前，采玲妈打好了洗脸水，老万叫采玲先洗，又怕她弄湿了衣服，老万就伸手帮她去撸袄袖子，袖口小紧巴巴的，不容易撸上去。老万稍一用力，小采玲便下意识地一躲，小嘴吱了一声，虽然很轻，还是叫老万听到了。老万一愣，急忙拉过她的胳膊查看，才知道娃儿的两条小胳膊上，全被车辕条压得紫红紫红的，白天她竟一声不吭，都自己忍着了。老万差点儿掉下眼泪，沉默半晌，又伸手去摸了摸小采玲的脑门，心里别提是啥滋味了。而她似乎一点儿也不觉得胳膊疼，反倒冲老万咯咯地笑着，又紧紧抓住他的手，大手小手一起放进盆里洗。

　　农家的日子没啥好说的，无非都是这样一锹一锹地往出刨挖着，一趟一趟肩扛车拉往返于田地和家园的小路上，风里雨里，磕磕绊绊，春种秋收，寒暑熬煎，直到灌罢了冬水，才能赋闲在屋，一家人有了那份足实的欢声笑语。庄稼讲的是年成，小采玲也是一年一个模样，个头又抽出一大截，一副眉清目秀的样子，女娃儿的肤色比老万的新女人还要白净。

　　老万就想送小采玲去上学。夜里，采玲妈凑到老万的枕头上说，照理我们采玲是家里的累赘，你能收留她让她有口饭吃，我就感激不尽了，还上啥学？老万说别人家的娃儿都念书识字学文化，咱们采玲总不能待在家当睁眼瞎。采玲妈说话虽那么说，可她究竟是个丫头，将来还不是别人家的货。老万听了半天不作声，女人便挨身过来，将一只手搭在他的胸膛上，一面轻轻抚摩着，一面幽幽地说，你再好好努把力，趁我还年轻，给你再生个胖儿子是正经。老万犹豫了一下，慢慢把自己的被窝卷往女人跟前靠了靠，女人的两条胳膊已缠住了他的脖子。黑暗中，老万下意识地朝采玲睡觉的地方望了一眼，娃儿当然跟他俩睡在一起，只不过老万两口子睡在东头，采玲一个人睡在西头，中间隔着两床被褥宽。每回夜里，老万都要煞有介事地张望那么一下，他心里一直有种很复杂很隐秘的感觉，好像小采玲总是醒着，正眨着一双黑黑的眼睛朝他们看着。

这个工夫，女人刺溜一下滑进老万的被窝里，老万条件反射似的粗喘了好几声，迷乱中笨手笨脚去搂她。这种事说来真怪，有时似乎根本由不得人，老万当然想生自己的儿子，他连做梦都想，可一挨这女人的身子，他就显得力不从心了，口干舌燥，虚汗直冒。他也纳闷得要命，难道是自己打光棍久了，那东西不中用了？女人已意犹未尽地从被窝里爬出来，静默半晌，嘴里突然嘟囔道，都说光棍打三年，见了老母猪都稀罕得要命，你这到底是咋回事？老万沮丧地叹了口气，嗫嚅道，兴许是白天干活……累的……话音未落，女人便抢先回应他，干活干活，人家哪个男人白天不去干活？随后，她径自扭转身子，脸冲墙，闷声睡去。

老万到底还是送采玲进了村里的小学校，他还到镇上给她扯了一身新衣裳，学生娃得穿得像样点儿，不能叫旁人笑话。书包是采玲妈用一堆碎布头亲手缝的，采玲穿上新衣裳背着新书包，快活得像廊檐底下的燕子，进进出出。采玲白天念书，晚上回到家里，还得温习课文，做家庭作业。

家里统共一间旧屋子，还是老人在世时置下的，老万就开始琢磨要在屋山墙东边再加盖上一间小屋，采玲总不能老跟他俩在一起睡，况且，娃娃一天天大了，有些事情是该避开她了。夏天麦子一收割完，老万就在地里栽了一亩土坯，还脱了几十块炕面子，等这些东西晾晒干后，他用板车一车一车拉回家，齐整整地码在屋檐底下。转眼到了秋后，地里的农活基本结束了，椽梁、砖石、芦席等也都陆续预备齐全了，老万才提了烟酒，登门去请那些能工巧匠，盖房子的事总算定下来。

那些日子，家里来了好多帮忙干活的男人。老万当然得身先士卒，抱土坯、搬石头、和泥沙；采玲妈整天在伙房里忙着给大伙做饭、烧水、烙烫面饼；采玲散了学，也急急忙忙赶回家，换上一身脏衣裳，跑着给爸妈打下手，或者，夹杂在干活的人群中，一会儿抱块砖头、递送工具，一会儿又挨个儿给大人端茶水。好多人都夸这闺女真懂事，说得采玲红了脸，垂下头，念了书的娃儿跟以前大不同了，羞脸渐重。

喂，万采玲啊，你妈给你找的后爸好不好？

嗯……

那你说说到底怎么个好法？

……心好。

那他对你好呢，还是对你妈好？

都好！

怕是对你妈比对你还好些吧，嘿嘿。

这个嘛……反正都好。

哈哈，说不上来了吧！那再问你，家里盖了新房给谁住？

爸说往后让我一个人住。

傻丫头，他那是怕你夜里偷听呢，他跟你妈要在被窝里说悄悄话……你懂不懂？

……

这些没头没尾的问话，总让采玲感到羞怯和脸烧，答也不是，不答也不是。恰好让老万听到了，就对那个无话找话的泥瓦匠说，她还是娃娃，可别由着嘴瞎说。泥瓦匠干活那是没得说的，十里八乡也找不出第二个，可有一样，他这人有事没事嘴巴老是闲不住的，总爱跟旁人搭讪，尤其是见了大姑娘小媳妇。老万给闺女打圆场，他反倒兴头更足了，说老万啊老万，你这辈子摊上新嫂子那么个俊靓人，真是艳福不浅啊，要是换了我，非乐疯了不可！旁边的人也都相跟着起哄，说人家老万这叫有福之人不用愁，像你这无福之人忙断肠啊。老万听了，脸上红一阵紫一阵，忙低了头忙自己手里的活。

这时，采玲妈已把晌饭做好了，她笑盈盈地端着半脸盆清水，过来招呼大伙歇工洗手，好进屋吃饭。听见泥瓦匠他们正拿老万说笑话，她倒也不避讳，就插进话说，你们可别欺负我们家老万，他嘴巴比棉裤腰还笨，三棍子打不出个响声。泥瓦匠随手搁下手里的瓦刀，乖张地迎过来说，新嫂子，我们哪里敢欺负老万，我们都羡慕他好福气还来不及呢，等哪天消闲下来了，嫂子也挨个儿疼一疼我们这些个饿死鬼吧。采玲妈佯装生气，轻轻白了他一眼，故意把手中的脸盆往前一筛，盆里的水便晃洒到那泥瓦匠的裤子上了。泥瓦匠非但不生气，相反却哈哈大笑起来，他说，好我的嫂子，你可真会疼人的，一不留神就把人家的裤裆弄湿了，不知道的人，以为我还尿裤子呢。话一出口，惹得大伙又嬉笑起来。

采玲妈低头看了一眼他的裤子，果然一大片水湿，她也咯咯地笑了，接着又难为情地说，糟糕糟糕，嫂子是给你递水洗手呢，大兄弟可别往心上去。泥瓦匠睖着眼瞧她，嘴巴更加油滑起来。他说，不碍事不碍事，我这身上正热得起火呢，嫂子你呀权当是救了场火嘛。大伙马上接嘴逗笑说，你小子火气可真不小，烧了裤裆是小事，烧了命根子可要断子绝孙了。采玲妈狠狠瞪了他们一眼，说，你们呀就知道胡说八道，快洗洗手进屋吃饭，我今儿要好好犒劳犒劳大伙。一时间，帮忙的人都纷纷围过来洗手的洗手，抹脸的抹脸。

采玲实在羞于听他们胡言乱语，早乘机溜回屋去了。过一阵儿，见他们总算不说了，才低着头把擦脸的毛巾给大伙送来。

一般新房子盖成了，总是会丢下一些杂七杂八的尾巴活要干的，如勾砖头缝子，铺墁砖地，安窗玻璃，钉窗纱，等等。这些活儿老万可没敢请人，请人又少不了许多花费，有的在农忙时还得给人家还工，所以他自己抽了空，一个人起早贪黑摸索着干。唯独剩下抹白墙灰这项活，他自己干不了，还是得把上回那个泥瓦匠再请到家里来，人活一张脸，墙糊一层皮，屋里的墙皮必须得抹得平平整整的，那样人住进去才觉得敞亮、舒心，毛毛糙糙可不成。关键是，一想到这间新房将来是给采玲住的，女娃儿家凡事都得讲究点儿，老万更不想马虎。

泥瓦匠一见老万上门来请，他二话不说，回屋取了抹子和瓦刀，抬腿就来了。匠人进了院子，便跟老万甩开膀子干活，他先指挥老万在挖好的坑里和灰，和石灰有讲究，里面该掺多少蒲毛，该加多少泥子，兑多少胶，还不能掺进一丝杂质，这样灰和好后抹上了墙，才会雪白雪白的。老万始终给人家打下手，一锹一锹把和好的石灰泥往匠人手边送。这中间照样免不了说些荤荤素素的笑话，老万还是红着脸，一笑而过。采玲妈偶尔过来送水递茶，也会搭搭茬，跟泥瓦匠谈笑自如。

没两天工夫，所有的墙壁都抹完了，新墙白得晃眼睛呢，看着叫人欢喜，老万感激不尽。这天傍晚，老万嘱咐采玲妈多做几道拿手菜，自己又急急忙忙骑上车子，赶去镇上打酒，再买包香烟。采玲妈老早把饭做好了，炒好的菜都快放凉了，可左等不见人，右等不见人，眼看采玲也放学回来老半天了，老万还是没音信。采玲妈看看天色，皱着眉头说，这人真是个老磨蹭，不等他了，人家师傅干了半天活，肚子肯定饿坏了，咱们干脆先吃。采玲想了想，说，那你们吃吧，我还不饿呢，想去大路上迎一迎爸。说着，不等妈发话，就飞快地跑出院子。

于是，采玲妈就陪着泥瓦匠先吃起来。泥瓦匠嘴真甜，夹一筷子菜说香，吃一块肉说能馋死人呢。采玲妈始终笑着说，只要不嫌弃就好，你劳苦功高得多吃点儿。泥瓦匠说，哪里的话，我巴不能呀天天吃上这一口呢，你家要是天天盖房子抹墙才好呢，嫂子这手艺，尝一口人就忘不了啦。采玲妈说我这叫啥手艺，像兄弟这样的人才吃得开，不像我们老万，就知在地里受死苦，没个一技之长。泥瓦匠说，可老万有福啊，人家这辈子摊上了嫂子，不知叫多少男人眼热呢。采玲妈听了，脸上露出很怪的表情，说不上是欣喜，还是苦涩，或兼而有之。

就这样，两个人边说边吃，家里上次还剩下一点儿瓶底儿酒，采玲妈也拿来给客人倒上。泥瓦匠连着喝了三杯，说起话来越发肆意轻佻，尽拣女人爱听的话献殷勤。这当间，采玲妈还陪他抿了两小杯，脸颊顿时遮上了两片绯红，眼神里添了些娇柔的迷醉，头脑也有点儿晕乎乎的了。泥瓦匠乘机凑近她说，嫂子喝了酒呀，模样比戏里的贵妃还俊。采玲妈佯装生气，拿手指戳点了一下对方的鼻尖，说，你呀你，就知道油嘴滑舌的，热饭都堵不上你这张嘴！

正在这时，采玲失声尖叫着从外面一阵风样跑进家来，她只开口叫了声妈，就呜呜地号啕起来，把采玲妈吓了一跳，一根筷子都滑落到地上。原来，老万在镇上买好东西，便骑着车子往回返了，过干渠桥的时候，迎面来了一辆拖拉机，那桥面本来就很窄，加之上下桥又都是很陡的土坡，拖拉机加足马力猛地从对面坡下直冲上桥来，一下子就把埋头只顾蹬车子的老万撞翻又轧了一下……也是该着出事，这些日子家里盖新房，老万没日没夜操劳，人太疲倦了，精神难免有些恍惚，拖拉机那么大的动静，他却似乎一点儿没听见。

新房子干透了，再等住上人，已是次年的春暖花开时节了。

　　不过，跟老万原先的设想有些变化，那就是最先住在这间房里的人不是采玲，而是老万自己。老万自从被拖拉机轧成重伤，就开始在家卧病静养了。这种情况下，女人得天天下地去干活，老万根本不能动弹了，庄稼不能撂荒了，节气也不等人，开春以后家家户户都得耕田播麦子。

　　伤筋动骨百日，何况老万胳膊腿脚骨折了好多处，鬼知道啥时间才能站起来，啥时间才能像过去那样走路干活呢？女人只要下地劳动一天，回到家里总是唉声叹气，嘟嘟囔囔，说自己命苦，前世造了孽，先后摊上俩男人，没有一个叫她省心的。好在，采玲这娃儿越发懂事，每天放学进家门，便一头扎进厨伙房里，自己摸索着生火做饭，手脚很麻利。饭煮好了，先给老万盛出一碗晾着，自己也不急着吃，端上饭碗，再拿一把勺子，舀一勺，吹一口，尝着不烫了，才给老万喂着吃。

　　天气一天比一天热，病人在家躺久了，身上就要长褥疮，腰背上一块块红肿着，上面还起了大大小小的泡疔，屁股和大腿上的肉都磨烂皮了。老万怕女人知道，又跟他唠叨个没完，只好自己强忍着痛苦。采玲人虽小，心却极细，她每天都要给他翻几次身，不经意间就发现了那些可怕的疔疮。采玲眼圈一阵发红，泪珠子止不住落下来。于是，打这天起，她放学回来就先用温开水淘了毛巾，给他细细地擦身，等身子干爽些了，再给他涂些大夫开的化瘀止痛的药膏。她还把烧酒倒在碗底里点着了，用手指头蛋蘸上燃烧的酒液，给老万擦那些青紫的肿块，卫生所的大夫说这种法子消肿很快。

到了夜里，血脉走低，屋里地气偏阴，最容易泛潮，老万身上的伤处就愈加疼痛难忍。疼得实在厉害了，嚼一颗去痛片，也不管事，他想使劲叫几声吧，又怕吵着了那娘儿俩。翻过天，老万就自己提出来，他想搬到隔壁新盖的房子去，说是新房子不能老空着，得住个人先镇一镇阴祟。其实，也就那么一说，老万心里有别的原因，他觉得自己对不起女人，他也不想再听女人夜夜发出的那种略带不满的声息。一到夜里，女人就在他身边翻来覆去的，她一直难以入眠地隐忍着什么，压抑着自己。老万听了心里会更加不舒服，引得伤口阵阵作痛，有时简直跟针扎心窝子一般。老万恨自己受了伤，更恨自己没有用。搬进新屋里，老万的心情还好一些，眼不见心不烦。

每年刮几次沙尘，落两场透雨，麦子便黄熟在地里，急等着要收割。老万虽能稍微动动腰腿，抬抬胳膊，偶尔也拄起拐子，在屋里艰难地蹦跶几步，可下地干活一时还不能够实现。老万急得恨不能扇自己几下，心里窝了火，无处发泄，见天只是长叹。

这个节骨眼上，家里当然得请些人来帮忙了。采玲妈回来说，她在路上遇见那个泥瓦匠了，人家热心热肠的，说最近正好闲着没活干，答应过来给家里收麦子。老万听说后稍稍犹豫了一下，他想那个匠人砌砖抹墙确实是把好手，可他会割麦子吗？话都到嘴边了，他又咽了下去，这段日子女人也不容易，脸和身上都晒脱了几层皮。再说这夏收在即，确实容不得人去多想的，有人帮终归是好事。

翻过天，泥瓦匠果然来了，而且，还带来三五个跟他学手艺的小徒弟。这些徒弟都是农家子弟，干起庄稼地的活，个个都不含糊，加上又有师傅亲自上阵督促，他们干得就很卖力，不消两天工夫，老万家的麦子率先从地里拉回场上了。别人都说老万真是好福气，竟摊上了一个又漂亮又能干的女人，他自己在家躺了小半年光景，可地里的粮食一颗也没有少收。

等老万能自己下地，架着拐子四处走动的时候，听到的那些闲言碎语也就变了味。有人说老万的腿脚早就好了，就是憋在家不敢出门，他没脸再见人了；也有人说，唉，这个老万真他娘的窝囊啊，女人在外面偷人养汉，他成天窝在家里装缩头乌龟。老万听到耳朵里，又羞愤，又憋屈，回到家不吃也不喝，只是仰面躺着，发死呆。怪不得从收麦子以来，采玲妈夜夜都回来得很晚，有时头发里还混杂着几根柴草，走路的样子也怪怪的，跟他说话时眼神躲躲闪闪的，不那么自然，好像做了啥见不得人的事。现在，老万心里跟明镜似的，他后悔当初单单把那个泥瓦匠请到家里来抹墙，早知道会是这样的结局，别说是请他抹墙，就是家里不收那两亩麦子，他也绝不能叫那狗日的来帮忙。

后悔药没处买。老万做梦都想去找那个坏男人，狠狠拾掇他一顿，也好出口恶气，可他这辈子从来没有动手打过别人；他真想回家劈头盖脸臭骂女人一通解解恨，可又怕叫旁人听见了不好，家里弄得鸡犬不宁的，会影响到娃儿在学校里的名声，往后还让她咋安心学习呢。思前想后，老万自己苦笑了几声，一个人躲进屋里，把大半瓶子闷酒灌下去，醉得不省人事。

那天不知过了多久，隐隐约约中，见女人跪在他跟前哭哭啼啼的，她不停地向他诉苦，求他宽恕，说她实在对不住他，说她一时鬼迷了心窍，可他只会红头涨脸地吐舌头，嘿嘿地冲她傻笑。再后来，天好像都黑尽了，又有人在耳边爸啊爸啊地唤他，叫他醒一醒，间或是呜呜的哭声，听起来好像很伤心的样子。可谁喊他也没有用，老万这辈子还从来没有喝过这么多酒呢，他醉得简直像一摊稀泥，扶都扶不起来。就这样迷迷糊糊地，一觉就睡到第二天清早了。

女人是趁夜里悄悄走掉的。老万后来再没去找过她，天要下雨娘要嫁人。他也仅仅是从旁人嘴里得知的消息，那个油嘴滑舌的家伙好像也离开家，到外地寻活路去了，也有人说看见他俩一起走的。反正人已经走了，事情已成定局，老万也不想细究什么。若不是女人把采玲留在他身边，老万真就觉得这一切只是场梦。老万考虑再三，应该把采玲送回她原来的那个家去，虽说有些舍不得，可他不想将来落抱怨。

等到傍晚，采玲放学回到家，老万就语重心长地和她说，好闺女，你跟着我受牵连，叫人戳脊梁骨呢。

哪知采玲坚定地说，只要跟爸在一起，我啥都不怕。

老万说我跟你妈没那个缘分，你还是回你原先的家去吧。

采玲揉了揉红红的眼圈，一字一句地说，从现在起，我没有妈了，只有你一个爸。

老万说可我究竟不是你亲爸呀。

采玲默默地抹干眼泪，抬起头看着老万说，不，你就是我爸！比亲爸还要亲！

老万颤着嗓音叫了声好闺女，一时哽咽了，不知该对娃儿说啥好了。

趁老万坐在门槛上愣神的工夫，采玲已悄悄起身钻进伙房里，开始忙着准备爷儿俩的晚饭了。很快地，院子里又氤氲着淡淡的烟火气，稍后等面条下了锅，那种特殊的香甜味就一缕一缕传进屋里来了。

老万闭上双眼，深深地吸了口气。

出了伏天入了秋，熬过三九又立春，七八个年头有太多相似处，有时候昨天跟今天几乎没法区分。倒是采玲一天天出落成大姑娘了，那双眼睛好像天生会说话知冷暖。她不光是锅灶、针线活样样拿得起放得下，就连成绩在年级里也是数一数二的。羊角村的娃娃们暗地里编了几句口歌子，有事没事地只要在街路上遇见采玲，他们准要齐声嚷嚷一会儿：

> 长脖子雁扯红线
>
> 一扯扯到廊檐前
>
> 万家采玲会擀面
>
> 擀的面儿薄扇扇
>
> 切的条儿细线线
>
> 下进锅里白串串
>
> 捞到碗里雪团团
>
> 爹一碗，她一碗
>
> 案板底下搁一碗

没有福气别眼馋

……

初中毕了业，采玲参加了县里的会考，一下子就考取了省里的农机中专学校，成了羊角村第一个考上学的人。人人都夸老万好福气，养女比亲生的还要省心懂事，采玲将来毕了业就是国家的干部了，月月能领皇粮，老万可以跟着去城里享几天清福。这种时候，老万总有种说不出的感觉，苦罢甘来，千帆过尽，陈年旧事又一股脑涌上心头。夜深人静时分，老万怎么也睡不着，过一会儿就抹一抹潮湿的眼角，感觉有些苦涩。

说话之间，万采玲就要去省城念书了，闺女第一次出远门，老万实在放不下心，一定要亲自送她去学校报到。等入学手续办好了，老万也就该回去了。爷儿俩在街边随便找个小饭馆吃饭。

老万说往后爸不在你身边，凡事都要靠自己了。

采玲说爸你也要好好照顾自己，你腿脚不好，地里的重活千万别硬撑着，忙不过来，就请村里的叔伯们帮帮手，等我放了假回家，天天给做你最爱吃的臊子面。

老万说你也别老惦记家，如今学业当紧啊。

采玲看着爸眼角和额头翻开的皱纹，再也说不下去了，她拿双手捂着脸，眼泪断了线的珠子一般落不停。

老万由城里往回返，在车上碰巧遇见个同乡，一路上两人闲谝起来。同乡有个儿子，前些年一直跟着给老万家干活的泥瓦匠学手艺，他也是不经意跟老万讲起一件事来，说老万你恐怕还不知道吧，那个泥瓦匠去年在县城建筑工地上出了事，说是水泥标号不够，楼墙砌了一多半突然塌了，把好几个匠人活活埋在下面。当时那个泥瓦匠正吸着烟，跟旁边的工匠闲谝呢，人没送到医院就断了气，脑袋砸出两个血窟窿，撇下女人和几岁大的娃娃走了。老万听了倒吸一口凉气，半天人都回不过神。

快到羊角村的时候，老万从一辆顺路车上下来，人家要拐弯往别处去了，他得一个人步行回家。他摇摇晃晃地爬上了那面陡坡，独自站在当年出事的干渠的桥头上，朝四下里望了老半天。大片大片的玉米地在眼前铺展开来，青绿的叶帐已开始泛黄，这一年最后的一茬庄稼眼望快收割了，耳畔听见干渠的水正呼啸着，黄滚滚的渠水奔涌向前，永不停歇的样子。

许多年以来，老万还是头一回在这里停下脚步，头一回这么长时间地四处观望。想想看，人这一辈子走得太匆忙了，很多时候都来不及回头看上一眼，庄户人一年四季好像只顾闷着头苦熬着，拼了老命往前走啊走啊，把几十年光阴活得气喘吁吁的，有时可能一辈子也不知道自己为啥忙着，最终又要奔啥地方去。这样无边无际胡思乱想，老万忽然感到心潮澎湃，那水声也呜呜咽咽如泣如诉似的，听了不由得叫人感到黯然神伤。

老万情不自禁地拿手背抹了抹眼圈，再吸一下快要流出的清鼻涕，才一步步朝坡下走去。

学校终于放了寒假，采玲兴冲冲地回到羊角村。这之前她用自己第一学期得来的奖学金，称了几斤最好的精纺毛线，又跟同屋的女同学虚心请教了毛线的织法。晚上宿舍熄灯后，她就悄悄地趴在枕头上，借着手电筒的光亮，在被窝里硬是点灯熬油地给爸织了身能御寒的厚衣服。老万受过伤，身体状况差，又最怕阴寒天气，这是她一直想为他做的事了，现在总算如愿以偿。

进了村子还没走几步，就在街边遇见几堆闲人，开始他们都赔着笑脸，跟采玲嘘寒问暖，好像她是什么难得一见的稀客，弄得采玲怪有点儿难为情的。有个大嗓门突然冒冒失失冲她嚷道，赶紧回家看看去，万采玲你恐怕还不知道吧，你家又添了个小妹妹！这叫声来得猝不及防，采玲一时愣住了。万采玲，你爸可真了不起，他是我们村大大的好人！那个大嗓门说着，还冲她竖起了大拇指。这些话乍听起来总不那么顺耳，再仔细瞧瞧那些人的表情，全都变得奇奇怪怪的了，似笑非笑煞有介事，好像他们守在这里就是为了等着看她万采玲的尴尬。

在校的四五个月里，除了埋头搞好自己的学业，采玲几乎没有一天不惦记着家和老万的，她那颗比箭还要急切的归心，现在好不容易就要降落下来了——一路上她甚至还设想过数十种回到家时的动人场面，唯独不曾料到，竟会迎头碰上这么喧闹嘈杂的一群人。他们的声音采玲最听不得了，这让她不由得又想起小时候的事情，那时爸没了，她跟着妈来到这人生地不熟的羊角村。最初的时候，也经常能在路上听到这种叽叽喳喳的混说混笑，总叫她羞得抬不起头来。有时，她真恨不得找个地缝子钻进去，好在，摊上老万这样厚道的人做了她后爸，让她渐渐地敢抬起头走路了。后来又有相当长的一阵子，因为她妈不辞而别的缘故，采玲再度背负了难以想象的冷眼和耻辱，那时她真的是度日如年啊。所以，此时的采玲低着头窘迫而去的模样，简直有点儿落荒而逃的味道。

到家的时候，采玲做梦也没有想到，前来给她开门的，正是自己发了誓这辈子再也不想见的女人，而不是她朝思暮想的老万。当时，采玲拎着鼓鼓的提包，整个人完全怔在那里，半晌无言，甚至不知道该不该走进去。

女人好像早就知道采玲要回来似的，没等把门拉开就在里面连连应声道，准是采玲回来了吧。尽管那声音隔着门扇，还是让采玲听得非常真切，她的心猛地一沉，有种说不出的难过和焦躁。接着，门内的女人探出身来，依旧盘着黑色的发髻，似乎没有先前那么光亮了，身前扎着一条旧围裙，脚上的绒鞋染了尘土。在女人身旁紧靠胯骨那里站着个女娃儿，一只小手抱缠着女人的大腿，黑眼睛一眨一眨地，冲采玲不安地忽闪不停。女人便回过头去，将那个女娃儿往前拽了一把，说，快点儿喊姐姐呀，她就是妈跟你常说起的采玲姐姐。女娃懵懂地看了看她，很扭捏也很认生地退缩到女人身后去了，只露小半拉脑袋，用一只眼睛怯生生地盯着采玲。这种样子让采玲回忆起自己当初的模样，也是这样胆怯和懵懂的小油瓶子！你咋这么不听话！妈让你叫姐姐呢，你哑巴了，快吭声啊……说着，女人试图再次想将女娃儿拽到采玲前面，可那个小油瓶子似乎很执拗，死命往后躲闪。

采玲沉默了片刻，始终一只手拎着自己的包，另一只手紧紧地攥成拳头，好像需要积聚一种力量。我记性差，我好像没有妹妹，倒是有过一个弟弟，不过那都是很早以前的事了。采玲听见自己一字一句地说，可我都忘了弟弟长啥样了！然后，她径自拎起提包向屋内走去，身上的气势似乎有些不可抵挡，简直如入无人之境，她手里那只装满衣物和书本的提包，差点儿把眼前的女人撞了个趔趄。

采玲进屋老半天了，女人依旧木头一样杵在门口，只有那个小女娃儿嘴里始终哼哼唧唧唱着什么儿歌。

等老万从外面进来，已是黑天光景。进门就问黑灯瞎火的，你们娘儿俩在家也不开个灯。屋里没人答应他，黑暗里潜伏着一种可怕的死寂。小女娃儿好像睡着了，呼吸声很轻很甜，女人就侧躺在娃儿旁边，眼睛直勾勾地瞅着窗户想心事。老万刚要摸索着去拉电绳，就听女人说，老万你先过来，我有话说。口气也有些生硬。老万说等我开了灯，再说不迟。女人不露声色地说，采玲回来了。老万哦了一声，接着就欣喜若狂地说，难怪我眼皮子老跳，是咱闺女回家了啊！话音未落，又听女人说，她一回来，我们娘儿俩也该走了。老万一时没听明白，问，你这说的是啥话，一家子人好不容易团圆了，你又往哪儿走？

女人扑棱一下坐了起来，双手捧住自己的脸，呜地一下拖出很长的泣音来。呜咽了一会儿才嗫嚅道，老万，我谁也不怨，怨就怨我这人命不好，连我亲生闺女都要给我脸色看，挤对我……老万才傻了眼，这种情形他不是没想过，可一旦摆在面前，还是让他吃了一惊。老万想了想，又安慰道，你千万别往心里去，采玲毕竟还是个娃娃，你们又老长时间不在一起过了，她刚回来过些日子习惯了，也就好处了。娃娃，你以为她三岁大吃奶呢？这叫人大心大，我算看透了，如今她是瞧不起我这当妈的了，嫌我给她丢了人！女人愤愤地说，老万我实话跟你说，这个家有她没我，有我没她！老万谨慎地朝外面看了看，说，你小着点儿声啊，当心叫人听见。女人听他这么说，复又吸溜吸溜地抹起眼泪来。

老万心事重重地刚在椅子上坐下来，忽听院外传来一阵犹疑不定的脚步声，接着是采玲喊爸的声音，听着又亲近又迫切。老万忙起身迎出去。先前采玲回家放下包，就跑到外面去了，她实在不愿意待在家里，只想一个人到地里走一走。树上没有一片叶子，地里也光秃秃的，羊角村的冬天就是这样凄凄惶惶的，看着叫人忧伤。采玲心里乱成一团麻线，再美的景致也与她无关，她需要一个人静一静，让西北风好好吹一吹，她要尽快捋出个头绪来。可世上很多事情，不是随便想一下就能弄透彻，苦思冥想反而会让人钻进牛角尖里。

爷儿俩好久不见了，见了面采玲难免要红一会儿眼圈的，老万始终抓着闺女的手，左端详右端详，生怕她少了一根头发。两个人没去堂屋，径直走进采玲的那间小屋子，桌、椅、床铺、台灯、书本以及墙上贴的年画，还是原来的老样子，只有采玲变得像个大人，气质跟以前也大不同了。采玲觉得爸的精神头倒不差，不像她想象的那样憔悴衰老。老万发现采玲有了心事，平添了大姑娘的矜持，不怎么爱说话了，像个忠实的听众。

老万跟做检讨似的先说起来。采玲，这事都怪爸，事先没去跟你商量商量，你有气就往爸身上撒，是爸对不住你。

采玲一声不吭，只是静静地看着爸，看得老万像犯了错的娃儿，脸上红一阵紫一阵的。

没办法，解铃得须系铃人，老万还是接着往下说话。

这事爸合计过一阵子，要是你妈在外边风风顺顺的，也就没今天了，可她偏偏摊上了天灾人祸，落得孤儿寡母没个依靠，爸这心里横竖过不去呀！

采玲还是不说话，闪闪的泪光快要遮住爸的模样了。

人都说一日夫妻百日恩，我跟她究竟在一个碗盆里搅勺子舀饭吃。采玲你说说，如今她有了难处，我不拉她一把谁拉她呢？还有，采玲你再想想看，她就是再不对再不好，可她毕竟生了你养了你，打小你是吃她的奶水长大的，这个情分到啥时候也不能忘啊！

如今你长大成人了，早晚要离开咱这个家，你要有你自己的日子。有句心里话，爸一直想跟你说，采玲你虽说不是我亲生的，可我从来没有把你当外人看，原先是这样，往后还是这样。那些年村上人个个都说，养你是多余是累赘，爸可不这么看，就是一块冷石头，抱在人怀里也能焐热和，何况是个活蹦乱跳的娃娃？爸这辈子能养你一场也知足了。

我和你妈一天天老了，再不图啥了，也就是个伴儿，走到哪一步算哪一步，各人尽各人的心。人嘴都是两张皮，当初你妈进门的时候，他们就吵吵，你妈走了他们也吵吵；而今你妈回来了，他们还吵吵，你要是觉得我们给你丢人了，让你在人前矮了一截，那从今往后你就自己走自己的路去，爸绝无二话……

别说了，爸——

呜——呜！

好玲儿，不哭不哭……你是个好闺女……爸啥话都不说了。

光阴如流水向前奔涌，采玲毕了业，她主动要求分到乡水电站工作。一开始老万死活想不通，说能留在城里该多好啊，为啥非要回农村来？采玲却笑着说革命工作不分高低贵贱，都是为人民群众服务。老万摇摇头，很不解。

晚上，采玲妈趴在枕头上跟老万说，她那是舍不得离开你。老万更为迷惑，说我一个老头子，有啥舍不得的。采玲妈说这娃儿打小没了爸，到这边一直拿你当亲人，哪能说走就走呢。老万咂摸了半晌，感慨地说，咱采玲是个重感情的姑娘，我就怕耽误了娃儿的前程！采玲妈说你才是个重感情的，我们娘儿仨跟了你，我就算当牛做马也报答不了你的好。老万说你咋又说这种瓜话，采玲姐儿俩整天爸啊爸啊地叫我，就是最好的报答了。采玲妈鼻子一酸，啜嚅说，要是真有下辈子的话，我一准儿好好给你生两个大胖小子。老万说真有下辈子，我还叫你给我生闺女，贴心。

白天里，采玲姐儿俩上班的上班、上学的上学，采玲妈照顾老万吃好喝好了，他照旧慢悠悠地去地里干活。这一天，眼看到了吃晚饭的时辰，采玲妹妹也放学回家了，进屋就嚷着自己肚子饿了，扑到饭桌上伸手就要抓东西吃。采玲妈瞪了她一眼，说，咋那么不懂规矩，你爸和你姐还没回来呢，快撂下书包去外面看看。采玲妹妹答应一声，忙出门往玉米地方向去，一路上跑跑跳跳的，嘴里不停地哼着学校里新学的歌子。

远远看见姐姐的自行车就立在地埂边。原来，采玲下了班没回家，而是直接去地里了，此刻，她正蹲在玉米沟里用手拔稗草呢。爸手里攥着锄头，一上一下锄着那些好像永远也锄不完的杂草，密团团的蚊子在他们的脸和手臂上嗡嗡地盘旋着。采玲妹妹叫声爸和姐，就颠儿颠儿地跑过去使劲挥舞着两只小手，帮爸和姐轰搡那些讨厌的虫子，它们呼啦一下飞起来，随即，又肆无忌惮地去包围她了，弄得她手忙脚乱地上下拍打个不停。老万看了心里不忍，怕把娃儿叮坏了。这时节的蚊子毒性最大，叮一口就是个大肿包，好些天下不去。于是，老万忙招呼着采玲收工回家。

爷儿仨统共就一辆自行车。老万叫采玲捎上妹妹先回去吃饭，他说自己还不饿，在后面慢慢走就行。采玲不同意，非让爸骑上车子先走，她跟妹妹随后走回去。老万说要不干脆他骑车子带她们姐儿俩。采玲听了摇摇头，说爸腿脚不灵便那样很危险。后来，老万到底拗不过这姐妹俩，采玲骑车子，妹妹坐在前梁上，老万坐在后倚架上。一开始，老万还真有些担心，采玲毕竟是个姑娘家，怕她力气小蹬不动车子，没想到采玲一点儿也不含糊，车子骑得又稳又快，一眨眼就到村口了。

老万家的灯早亮了，几扇窗户晃动着橘黄色的光芒，空气中静静地飘来一股夹杂着烟火味的香气。采玲妈把凉了的饭菜又回锅热了一遍。采玲妹妹刚一下车子，就冲屋里喊道，妈，我们回来了。采玲妈闻声拿着笤帚笑眯眯地迎出来，从头到脚仔仔细细，把这爷儿仨周身扫了遍。随后，一家四口才进屋吃饭。

后事：

数年后，老万到底走在了采玲妈前头。下葬时，在采玲的坚决主张下，老万跟他原先的女人合葬在一处了，坟上立了块崭新的青石碑，上面并排刻写着：

> 父亲大人万有义
> 母亲大人刘凤霞   之墓

每逢清明节或年三十，采玲都要带着妹妹上老万的坟前跪拜祭奠。通常，姐姐嘴里念叨一句什么，妹妹也跟着念叨什么。

一季草木

一

　　声音来得仓促。还未亮透的天硬是给唤出一道缝隙。穆二牛家的山丹就是随着突兀的叫声跟头骨碌地撞进杨石山家。那婆姨这时嗓门亮得异乎寻常，跟往崖壁上摔瓦片一般，一双在杨石山眼里尚有些娇嫩的手掌竟也攒着个劲儿在门板上没命地拍打。

　　熟睡中的村庄猛不丁摇晃了一下。骡子在圈棚里躁动不安地踢踏着蹄脚，几只夜里宿在廊檐底下的母鸡惊厥地从地上弹起来，惶惶不适地扭动着洁白的颈部，身上的羽毛空前地膨胀起来。

　　那时，天空依旧微明着，一些类似红眼丝样的繁杂的纹路尚在东面的天际轻轻浮游。太阳若隐若现地藏匿在山的另一面迟迟不肯露出脸来。

　　石匣村的这个黎明跟那妇人的喊叫声一同来临。后来有人回忆，穆二牛的婆姨山丹从来不曾那样歇斯底里地喊叫过。她的声音的确有些吓人，始终在山谷中回荡，唬得几只老鸦在村子上空飘来荡去半晌也落不下来。

　　整个村子四四方方地搛在山谷中央。山是石头山，山体是赤红色的，正好把个村子四四方方地红木匣子似的聚拢起来。村子地势北高南凹。老辈子之所以选择了这么个匣子一样的地方立庄生养，大概是有些道理的。四围的山环合着村子，冬天可以最大限度地抵挡凛冽的风。山里风大啊！一年四季都在吹风，就是一头壮牛也能被吹丢了，何况是个百十来斤的肉人。从前就迷失过放羊的碎娃娃，当然，羊也被风卷走过无数回。

　　杨石山很被动地从梦里惊醒，一时竟慌得险些从炕头跌落在地上。过去他很少如此紧张过。屁股下面的炕还热得粘身，谁愿意撇下这么舒适的炕起个大早呢？

　　石匣村的老老少少都喜欢炕，一年四季没有哪一夜离得开这暖热的炕头的。杨石山也一样。可他婆姨是个多年的瘫子，重活做不得，只能每天傍晚勉勉强强给他填一把炕。有了热炕，杨石山就觉得跟搂着个热身子的妇人睡是一样的快活。

　　这里眼瞅着近有二十年光景未发生过偷鸡摸狗的事情了。村子安生得出奇。别说丢鸡丢羊，就是连根妇人缝衣纳鞋底的针也不曾失过。整个村子百十来户人家，一条狗也寻不见。一个村子没有一条狗几乎是件奇怪而又不可思议的事情。这里的整个夜晚直至黎明都听不到任何一声狗的叫声，除过暮晚时分那些归圈的羊和牲畜发出的咩咩哞哞的声音以外，村子始终寂静着，似在慵然沉睡。

石匣村的人早就习以为常了。大地和村庄都已酣然入眠。村庄悄悄地从山谷里飘向夜空，最终与天相接。可见得，狗在这里毫无意义，养群鸡娃子还能收些蛋换零钱用呢。一到夜里，村子就跟炕上的人一同睡过去了，即便树上落片叶子也听得显显的。

现在，事出了，偏偏出在这个节骨眼，偏偏又让杨石山逢上。

杨石山一下子就愣怔了，这回就是浑身是嘴也交代不清了。何况，村支书还不清楚啥时间回来呢。乡里专门组织一批老干部到外地去考察了，怎么也得多半个月时间吧。

支书临走前是有些不放心的。他不放心杨石山。他更放心不下一村子人。不怕一万就怕万一。他一遍一遍对杨石山说："要不我不去了你替我去吧，你去我放心！"

杨石山把头摇得像长虫。"那咋能成？你老哥是一村之长，你不去谁去？我若去了外人会笑话的！外头人会说咱石匣村没大没小！"

支书反驳："笑话啥呢？都是工作需要嘛，再说你比我年轻，你理该到外头看看长长见识，我老了，往后这村里的事情迟早要落到你头上！"

杨石山有些急了，心里却很受用。"我年轻，往后有的是机会！"

支书见杨石山坚决推辞便不再说什么了。

最后，支书把头上尽是油汗片儿的涤卡帽子抹下来打了打裤脚和屁股上的尘土，"石山，那我可真走了！你就多操个心……这些人我可全交给你了！"

杨石山慌忙往屁股上套裤子。他就是在梦里也能听辨出山丹的声音。这个婆姨在他的眼里多少是有些意思的，当然，她有时也显出些妇人家的蛮缠与狡黠。自从杨石山被选上村委主任以后，穆二牛家的山丹腿脚便勤快起来，隔三岔五要来门上串一串走一走，有时还顺路带来一些吃食犒劳他。穆二牛家的嘴上仿若涂了蜜糖，说出的话也不那么刺耳响亮了，竟多了几分温情在其中。杨石山自然懂得避嫌，抹下脸子。"往后来就来，别包包件件的。"

那妇人却不接他的话茬，眯缝着一双闪闪的狐狸眼，"我来看看娃的婶儿，她病殃殃的，真是怪可怜的啊！"

穆二牛撇下婆姨娃娃跑到城里务工已有些日子了，每年只拣在年前回来，人也不来打一个照面，灯节过罢，就匆匆离去，再也看不见人影儿了。"城里果真就那么好吗？我看不见得！好出门不如歹在家，整天替那些城市人扛锹抡镐蹬车子盖楼房，又能落下几个钱？再说值得吗？到头来吃吃喝喝也就花销了。"这是杨石山有一回对穆二牛家的山丹说的话，"若是我家里放下这么个人尖尖儿打死我我也要赖在这炕上。"山丹就红着面上前狠狠地在他的腰板的软肉上拧了一下。"让你再敢胡嘴乱诌！"杨石山嘴里嗷嗷叫着，心里却是另一番滋味。

自己的婆姨瘫了后，杨石山也只有夜夜睡热炕的份了，她腿脚不便，走路离不开杖子，而且，若不靠着墙壁，人还直顺着一边往下打摆子呢，那种好事杨石山想也不敢再想了。村里人都知道他实际上过着半个鳏夫的生活。

有一次杨石山实在憋不住了，夜里把个婆姨弄得生喊，那以后婆姨毅然跟他分开睡了。婆姨和娃娃们睡在伙房里的小炕上。

不久前，杨石山到邻村办事，跟一个刚从城里回来的人闲谝，无意中听到穆二牛在外头的一星半点消息，他吓了一跳。谣传有鼻子有眼，那货竟替人到云南背白面去了，具体情况那个人一时半会儿也说不太清。

杨石山心里清楚那可是要掉脑袋的活计，前年邻庄就有兄弟两个人背毒品被拉去吃了枪子。于是，他故意把消息封锁着，他怕山丹知道后会想不开。妇人家心眼子毕竟只有针鼻子那么点大。

二

山丹前一天专门来找过一趟杨石山。

那阵子杨石山正闷声蹲在院里给一只母绵羊铰毛。羊毛剪子嘎嚓嘎嚓地响着，他的动作很不熟练，甚至有些生硬。羊被束缚了四蹄，侧躺在扫得很洁净的地上，像睡着了似的，肿胀的乳房摊开着，乳头上有明显的溢出的黄白色奶渍，地上也濡湿了一片。冲上的一只眼睛却是圆睁着的，看上去很恐慌很痛苦的样子。

杨石山早憋出了一身水，他不时拿两只手背子揩着额上的汗。

这时，山丹径直来了。她定定地站在杨石山的背后，说："你管不管，你到底管不管嘛！"她的语气并不像往常跟他说笑那样柔和，相反，她说得又急又火。

起先，杨石山没理识她。他照旧不紧不慢地铰着毛。羊的身上有几处醒目的红点点和血绺子，羊的身体也随着那些红色很神经质地不时抽着。山丹突然仰声笑了起来，她的腰都笑弓了。笑了一会儿，她说："会不会干活，你这明明是在杀羊呢！看你粗手粗脚的傻样子。"杨石山也笑了，他心疼地看着羊，又停下羊毛剪子用手轻轻地在那些红点点上摸了摸。羊的身体在他的触摸下又颤起来。他不无愧疚地说："羊让我日忒（折磨）坏了。"说完，扭过头乜斜着身后的妇人。山丹也许走得急，竟敞着两片布衫襟子，里面的背心有些宽松了，又透了汗液，一双奶疙疙隐隐露露，直看得杨石山眼烧心慌。

山丹竟没有发觉他的眼光，或心里是清楚的，只是装作不知。她蹲下身一把将杨石山掀到一边，从他手里夺过两片羊毛剪子，嘎嗒嘎嗒利索地铰了起来。

杨石山一屁股坐在地上憨笑着，点上一颗纸烟，穿过烟雾静静地观看妇人干活的麻利劲儿。即使冒着烟，杨石山依旧能清晰地分辨出这个妇人身体的气味，在他的感官里，那是一种混杂着槐树花和青草味的气息，这种味道直往他的心尖尖里钻。杨石山就兀自打了几个山响的喷嚏，鼻子公羊般地抽抽着。

山丹嘴里不时叨叨："你呀还是利利索索做你的村主任去，过一会儿跟我去评评理，他们也忒欺负我个妇人家了。"杨石山听得云里雾里的，又只顾着朝那婆姨的两只奶疙疙看了，根本没听清事情的原委。

羊毛还没铰完，没胡子三爷就遣最小的孙子来找杨石山，娃娃小，道不出个名堂，只说爷爷要他赶忙去一趟。没胡子三爷这些日子又躺在炕上放命呢，杨石山当然不敢怠慢，只好撇下山丹跟着娃娃跑去了。

杨石山说："你的事咱们回头再说吧。"

山丹半晌才明白过来，愤愤地扔下羊毛剪子跟自个儿生了一阵子闷气，最后丢下一只羊尾巴没有铰。

山丹一路暗自咒骂个不停："杨石山我把你个没心没肺的东西……"可声音很小，恐怕连自己也听不真切。

三

石匣村早先在生产队的时候没胡子三爷确是管事的人。现在的村支书也得敬他三分，何况杨石山他只是个没干几年的村委主任，不过是个嫩瓜蛋子。

杨石山自己心里清清楚楚。村支书抓生产抓大面，他杨石山只能管管婆姨的肚子娃娃桌子板凳腿和上面要求征缴的税和费，提留自然不会少，但桩桩件件都是芝麻绿豆大的事情。大事不用杨石山管，也还轮不到他管，他只要把自己分内的事情管好就好。

不过，现在情况特殊。特殊到离开他杨石山石匣村就有可能要乱翻了天，因为谁都知道支书他老人家到外头考察去了。这可是千载难逢的美事啊。所以，杨石山觉得自己得绷着根弦，得像模像样，得硬气一点，得热心一点，还得温和和勤快一点。

现在，没胡子三爷召唤，杨石山当然得去，得一路紧跑着快快去。

没胡子三爷放命的消息村人喊叫了足足有半年光景。半年前就说他老人家快不行了，可现在他还照旧躺在炕上。家人把炕烧得滚烫。杨石山的屁股只在那面炕的沿子上斜挂了一角，便觉得火烧火燎的。

屋里有土炉子，上面坐着小罐罐茶，茶水咕嘟咕嘟响得不疾不缓，茶香满屋子飘动。杨石山候在炕沿上，鼻子尽是茶味。没胡子三爷让老婆子搀扶了两次，总算在被垛上靠住了。他的气喘得时浓时淡，有时几近游丝，他咕哝着，嗓子里有痰，吐了老半天也清不干净。他夹着痰又是一阵咳嗽，才慢慢从自己的襟子里摸索出一只黑木小匣子颤巍巍地捏在手中。整个过程杨石山都定定地看着，他连想都不用想就知道那只火柴盒大小的匣子里面装着没胡子三爷的命根子——那是一枚印章——没胡子三爷年轻时用过的东西。没胡子三爷每次感到自己快要撒手人寰的时候，就要向人出示这枚章子，这是他独特的开场白。通过展示他身上这唯一留存下来的东西开始向众人讲述他当年的队长生涯。

"吃人贼！"

杨石山一惊。这话他倒还是第一次听到。他感到突兀而又茫然。他惶惶地盯着没胡子三爷那张快要凝缩成一只山核桃般的黢黑的面孔上。他觉得那张脸每时每刻都在不停地微缩着，他甚至担心对方在未死之前面孔就要消失不见了。这样想着他感到浑身每根骨头的缝隙里都钻进一股嗖嗖的冷风。他吓得不敢再去看那张枯槁羸弱的老脸。

没胡子三爷连着说了那句话，神情突然又黯淡下来，靠着被垛的身体渐渐往下矮去，最终委顿了，嘴里只是呼呼出着气，像是耗尽了身体中最后的一丝气力而颓然下来。

"……唉，这些个吃人的贼！"

没胡子三爷似乎真的要走了，在激烈的一声爆发后终于平静下来。

杨石山不便久留，只好嘱咐他老伴要勤照看着，有啥情况随时派娃娃去喊他。离开前没胡子三爷的儿子在门口挡住了他。

"老爷子是不放心那几个钱啊，都交上去快一年了吧，可灶连个影儿也没见着呢！杨主任你可得给我们上去催一催呀！实在不成就把钱儿退还了吧……"

杨石山方才明白没胡子三爷那句话的含义。

去年这时候是挨家挨户征过一百块钱，乡上答应要给每户资助一个太阳能烧水器，但要对半出钱。乡上一再强调要做好这项工作，而且说上头要来检查验收。会是支书去乡上开的。书记回来只说："那东西美得很，不用柴不用火，人去地里干活，把个壶壶子往上面一坐，不用人管，等你回到家里就有现成的开水冲茶吃馍了，真是科学得很科学得很啊！"

书记当场就布置杨石山下去给家家户户做思想工作，宣传太阳灶的许多好处并把款子收上来。为了收那笔款子，杨石山差点儿把两条腿子跑细了，嘴皮子磨薄了一层。

杨石山急急地来，离开时心里多了几分忐忑。

他边走边思谋，越想越觉得烦恼无边。钱是自己费了九牛二虎的力气才收拢的。当时自己把事情说得天花乱坠，现在问题出来了，村人当然要来找他的回头账了。

杨石山心里想着，赶忙朝家去了。路过麦场，见三五个闲汉正围在一棵槐树下砍牛腿呢，他也好奇地凑上去，看着看着心里就痒痒得不行，索性就挤进去抹了一手牌，盘坐在石头上安安稳稳地耍起来，竟把山丹的事情忘得一干二净。

四

说来事情出得有些蹊跷。

头天穆二牛家的大黄还分明好好的。大黄被山丹拿绳子绊在屋后的北山坡上。拴牛的绳子很长，大黄在绳子所及的范围内悠闲地吃草。燕燕围在大黄跟前的草丛上自己玩耍。

还不到吃饭的时辰，燕燕却咧着嘴哭叫着跑了回来。

开始，山丹没理识燕燕，她只是随口骂了两声："你号丧啥呢！老娘又没死下，滚到一旁去！"燕燕忍着眼泪蛋子，坐在门槛上，小身影一下一下抽搐着，两只手不停地揉眼睛，清鼻涕穿过两片嘴唇中间亮闪闪地淌下来。

晌午，山丹仍然嘱咐燕燕去山上好生看着大黄。大黄的肚子一天比一天鼓。大黄早就有了喜。她对燕燕说:"你若来年想到学堂好好去念书,就得把大黄看好,别让哪个撒野的孽障抵了它的肚子。"燕燕乖巧地应了一声,脸上的泪痕就不见了,燕燕早就想上学了。村里和她一般大的娃娃多半都坐在学堂里,她却还不能去。山丹老早就答应她等卖了犊子就可以去学堂里了。山丹说这话的时候眼里突然涌起了一片红霞,她说:"你大若在家就好了,可你大心儿早就浪野了,娘就是拿绳子也拴不住他人。"燕燕不说话。山丹诉苦的时候她从来都不说话,有时只懵懂地眨着眼睛。

燕燕说:"老黑家的不让在山上放牛,老黑家的说这山是她家的山头,谁也不准去。"

"听她放狗屁!是她家的她咋不抱回家去!你莫理识她好好看着咱家大黄。"

燕燕茫然地点点头,照旧去后山看大黄。

大黄在山坡上悠悠地吃草,燕燕躺在草丛里,嘴里衔着绿绿的草叶子。苜蓿和秃秃花开得漫山遍野,间或还有嫩黄色的野山菊、血蓝色的马兰花一簇簇竞相争艳。燕燕的脸蛋被阳光灼得通红通红的,远远望去,燕燕仿佛是飘在花草中的一朵更大更娇嫩的花儿。燕燕平躺着,两眼望着天,静静地聆听风的声音。风把学堂里念书的声音吹送到她的耳边。燕燕听着听着,激动地从地上坐起来。

燕燕回头看了看大黄。大黄正在默默地倒嚼,茸茸的嘴唇上堆了一摊发着白的绿沫子。大黄的眼睛里一下子钻进两个燕燕,细微,晶莹透明。燕燕感到大黄的目光很温暖。燕燕就过去亲昵地搂住大黄的脖子。大黄的身体散发出香草的暖热气流，把她团团包围着。燕燕还把耳朵轻轻地搭在大黄的肚子最浑圆的地方，她想听听里面的声音。大黄的肚子叽里咕噜的，她感到很失望。

燕燕就对大黄说："大黄你要听话好好吃草。"

之后，她就顺着下山的小路飞跑而去……

后晌，老黑家的果然找上门来。

老黑跟穆二牛家是邻居，前墙挨着后墙。老黑婆姨是个粗壮的妇人，走路向来都横着走，根本不把山丹这样的年轻妇人放在眼睛里。她站在墙头跟前，脖子抻得长长的。她冲院里喊："二牛媳妇快把你家的牛牵走，那山再不许上去了，我们老黑指望秋后收草呢！"

山丹起初没接老黑婆姨的话茬，可转念一想先前燕燕呜呜地哭得伤心，就知道是让这讨嫌的婆娘骂的。加上老黑家的越喊越凶猛，她就多少有些忍不住了。她掀起门帘子没好气地回了句："我偏就到北山放，山又不是你家的！"

"谁说不是我家的？"

"就不是你家的！是你的咋不抱回家摆在炕上搂着睡去！"

"……你，你屙屁！"

"我就屙屁你跟在尻子后头吃！"

"看老娘不撕烂你的臭嘴！"

山丹是个聪明人，见她扑进来却不应战，急忙从院门溜了出去，她知道自己不定打得过她，她才不傻呢！

老黑家的身体笨重，刚撵几步就粗喘起来。她扶着路边一棵香椿树竟泛起恶心来，她哇哇地冲着树坑子里干呕了几声。呕吐使她变得面红脖赤，她想回家可气又不打一处来，一时无处发泄，就在路旁寻了块石头，反身回来咣当一下砸了山丹家一口锅。嘴里还骂骂咧咧，"让你跑让你骂，老娘非砸烂你的臭嘴！"

五

算了算，杨石山一共输掉了三块七。他觉得这个数字很厌嫌。于是，他赖着迟迟不肯掏钱，还妄想着再赢回来。后来一把还是个输，他只好嘟囔着清了他们的账，就这样，他还欠人家几毛钱呢。

杨石山越琢磨越觉得胀气，往常手气没有这么背的，今天一把也没赢过。走到村巷的时候，他忽然顿悟了。他用手掌连连拍自己的脑壳子。怪不得要输钱呢。他想起了山丹。想起她就觉得这牌输得理所当然。他嘴里嘀咕着："都是这婆姨害得我心神不宁尽输牌！"

路过山丹家的时候，门敞着，他刺溜一下钻了进去。

山丹从窗户里看见了他，她闷闷地哼了一声，赌气似的一头扎进被垛里，将脸蒙得严严的。

杨石山进屋问："装乎啥呢？当我没看见！"

她并不作声，身子一动也不动。

杨石山在地当间儿站了站，就凑过来拿手轻轻地扳她的身体。

"害得人光输钱，你还不赶快起来给我沏杯茶。"

山丹扬起脸怒怒地看了他一眼："想得美！你渴了喝尿去。"说罢，又将脸蒙了起来。

杨石山压低了嗓门说："若是你的我就喝了……咋着？谁惹了咱们石匣村的红牡丹？"

山丹忽地一屁股坐立起来，吓得杨石山差点儿喊出声来。她的脸涨得红通通的，头发压得有些散乱。她说："我当是你死在外头了！就知道耍牌！用你的时候连个人影也摸不着。"

杨石山这才想起来早上的事情，自觉惭愧，忙赔着笑脸："真生老哥的气了？我这不是来了吗，你的事就是我老杨的事。说吧，是哪个挨刀的欺负了老妹子，说出来我给你撑腰。"说着，他禁不住伸出手在她的红彤彤的脸蛋子上爱怜地摸了一下。她似闪非闪地把脸撇向了一边，可还是让他摸着了半个脸。

话还没说完，山丹早就呜咽得跟个泪人似的。

杨石山听着，闷声点上一支烟，穿过袅袅烟雾看着眼前这个抹眼泪的妇人，多少有些心疼了。他说："我当是个多大的事，莫听她放屁，北山早先老黑大是曾包过几年，可那都是过去的旧政策，早就不顶事了。现如今要还林还草，山照是公家的山，明儿还让燕燕上山放牛去，我看她个狗日的再敢瞎叫唤！"

山丹的泪顷刻间就止住了，鼻尖子红得透光透亮。杨石山嘿嘿笑起来。这个妇人的确与众不同。她哭的时候屋里充满了槐树花的芬芳气息，那气息裹着一股潮湿奶味和一股妇人的体温直往他的鼻子眼里钻。他感到心间隐隐不适了。

杨石山有些激越，甚至于开始心猿意马。他莫名地想起来自家母羊腹下的一双饱满的奶疙子，脸就烫热起来。

他急忙起身："燕儿娘我先回家去了。"

她说不出一句话，拿眼睛直直地盯着他看，一排兔子牙齿紧紧地咬着自己的下嘴唇，唇上光滑湿润，眼睛里闪着难以捉摸的光亮。

半晌，她幽幽地说："急啥？你该饿了吧，等我去给你下碗面吃。"

六

大黄是山丹傍晚才从山上牵回来的。牵拉时牛显得很疲倦，她连续拉了几次，大黄都没有动窝，她只好走过去拿巴掌在它的背上拍了两下，大黄才肯起身缓缓走一步。

牛走得比以往迟缓得多，像是肚子撑得走不动路。山丹并没意识到。牵回来就拴在圈棚里。等燕燕蹦蹦跳跳地回到家时大黄已经卧下来了。

山丹站在院里黑着脸孔呵斥燕燕："让你去看牛，你个丧门星又到哪里野去了！"燕燕吓得不敢吭声。山丹的脸色很难看，她觉得娘的眼睛似乎红红的。

睡觉的时候燕燕听见娘说："你石山伯说了，那是公家的山，她再敢骂人你就去找石山伯告她的状。"

之后，燕燕就睡了，蒙蒙眬眬中，耳朵里尽是娃娃们欢快的念书的声。

鹅鹅鹅

曲项向天歌

白毛浮绿水

红掌拨清波

……

天刚蒙蒙亮燕燕就被娘的声音惊醒了。她听见娘大声喊着："大黄大黄大黄……"她感到惊恐不已。

还没等她起来，娘就从屋外冲了进来。外面旋进一股冷风。娘一把将她薅了起来，她吓坏了。娘的眼睛里全是火，刀子一样向她扑过来。她哇的一声哭起来。娘把她从热炕上一下拽到地上，她的脚片子发出亮黄色的光芒。她的身体抖得一刻不停。她接连喊："娘娘娘。"娘不理睬她，仿佛根本没有听见一样。娘的两手冷冷的，像两块冰疙瘩，而且，还湿乎乎的，她觉得自己的手腕跟娘的手指紧紧地黏在一起。

她被娘硬是拖到了牛棚里。

"你咋看的牛！"

她彻底吓呆了。

她看见大黄安静地侧躺在地上，似乎一动也不能动了。大黄的身下湿漉漉的，黄土的颜色都变深了。这时，她蓦然发现了娘的手无力地低垂下来，娘的两只手鲜红鲜红的。

"血。"

燕燕不知道发生了什么。她不知道娘的手上怎么会有那么多血。她趴下来哭号着喊大黄。

"大黄大黄大黄……"

大黄似乎不应。

她看到大黄露出来的那只眼睛里有一个小小的人，像是自己又不像。白天她分明还看到大黄的眼睛里闪着熠熠的光亮，可此刻再也没有原来的那种亮光了。大黄的眼角有很大一滴泪，十分黏稠，仿若一只黑色的蜘蛛异常凶险地停留在上面。大黄杨树叶子一样的耳朵耷拉着，看去跟从秋天的树上掉下来的一模一样。

燕燕趴在大黄的身上。

燕燕放声痛哭。

娘也一刻不止地抹着眼泪。

七

杨石山进来的时候，老黑一家睡得正香。

杨石山把脸紧贴在窗户上往里观望，他一眼就看见了老黑婆姨的大红裤衩的一角露在外头像燃起的一团火。老黑睡觉的样子像个死人，很狰狞。他就乒乒地敲窗子。

老黑隔着窗子支吾着，人仿佛还在梦里。

杨石山说："你赶快起来，我给你说个事。"

半晌，门开了，杨石山径直走进屋里。老黑依旧懒懒地躺在炕上，妇人早避进了里间屋。

"啥大的事嘛，觉也不让人睡好！"

"你婆姨骂人了！"

"我还当啥事呢，妇人家骂个仗跟娃娃们夜里尿炕一样，你也要操这份心？"

"你婆姨还砸了人家的锅！"

"不就是口破锅，赔她就是了。"

"可人家的牛掉肚子了！"

"那锅里还盛着头牛？"

"别装孙子！大黄真要是有个三长两短你得赔穆二牛家一头牛！"

"谁又不欠她的牛。"

"你肚里明明的！反正人家的牛现在快不行了。"

"我凭啥听你的！让支书跟我说来。"

"支书不在家，你就得听我的。"

"啧啧啧！你也想管人，不撒泡尿照照自己！我非要等支书回来评理。"

"他一时半会儿回不来。"

"啥时候回来啥时候再说，真是屙屎的不急吃屎的急！你着啥急？"

杨石山脸阴沉下来，他使劲将最后一口烟吞进肚子里。腹内胀胀的。他往出走的时候厉声说："等着会有人来跟你们说，我这就到乡上报案去！"

这时，老黑的婆姨猛不丁从里屋扑出来，门神似的挡住了杨石山的路。

"杨石山，她到底给了你啥甜处？你见天就知道护着那个狐狸精！她骂人你咋不管？你说呀！你心里怕是有鬼吧！"

杨石山一时被这粗笨的妇人喝住了，半天也不知道该怎么还嘴。但就在他愣怔的工夫，他发现这妇人的面色突然有些异样，毫无缘由地涨红起来，而且，她的脖颈仿若被内里的某个异物顶撞着使她不得不向上仰着，她的嘴似乎已无法抑制地张开了，仿佛要吃人，接着，她拿手掌捂住嘴扭头朝屋外奔去。外面立刻传来妇人嗷嗷的怪声。

杨石山心中一亮，等妇人再次回屋后他就用眼睛死死盯着她的肚子。妇人上身只穿了件松松垮垮的汗衫子，被杨石山这一通死盯，她顿时慌了神并有所掩饰地将双臂搂抱在腹前。

杨石山的目光已经由她的腹部迅速地转移到她的脸上。那脸就像放馊了的黑面蒸馍，斑斑点点的。

杨石山稳稳地坐着，口袋里只剩下一颗烟，他想了想还是点上了。

妇人也许意识到了问题的严重性，她急忙拿手捂着肚子灰灰地钻进里屋再也不出声了。

杨石山面孔又笼上一层新的焦虑。

杨石山果决地往出走的时候听见老黑在屋里谩骂婆姨的声音。他依稀还听到老黑的巴掌响亮地扇在那张生了霉斑样的油腻的妇人的脸上。

杨石山用了很大的手劲在鞋底捻灭了烟头。

八

这个秋天的早晨，杨石山分明感到了某种压力悄然袭来。

事情桩桩件件地冒了出来，都是难怅人的事。

他没敢回家，而是悄悄地去了穆二牛家。进屋前他先去牛圈里看了看，大黄照样静卧在地上，槽里的草料和盆里的水原封未动。根据自己的经验，他判断出这牛一定是遭受了某种致命的击打。牛卧在圈里一动不动。情况不妙。

他回头地对山丹说：“依我看那狗日的老黑家的像是又有了。”

山丹狠狠瞪了他一眼：“我的事你不管，你偏去管她的肚子！”

杨石山笑着说：“你是妇人见识！你想啊你又没有亲眼看见人家打你的牛，你让她赔牛她就能轻轻松松给你赔个牛？我把乡上的人弄来，老黑这狗日的必定要服软了，到时候由不得他不掏出实话……”

山丹将信将疑，她噘着嘴说：“反正我不管，她得赔我的牛，燕儿还指望着卖了牛娃子进学堂呢。”

杨石山说：“你们妇人家就是存不住一丁点事，你没听人说秋后再算老账嘛！迟早会有他娃娃哭的日子！”

杨石山神秘地消失后，山丹果然抱出一个凳子坐在自家的院子里听动静。她的目光从两家隔墙的豁口处穿到老黑家的院里，一刻也不离开，她听到那妇人哭哭啼啼的声音，老黑像个疯子似的进来出去，屋门被摔得山响，一阵儿他又在院里把农具弄得叮当乱响。

山丹闷闷地嗑着一把葵花籽，有时她会使劲朝墙那边呸上一口皮，接着又更加用力地呸一下，她盯着自己吐出的东西长时间发呆。

九

等赶到乡上，杨石山才省悟过来，几个重要的干部都和支书一样不在家，只留下一个文绉绉的年轻文书看门守院。文书把两只脚高高地翘在写字台上，桌上落了很厚的一层尘土。一张大报纸把文书的脸遮得严严的。杨石山连着喊了两三声同志，对方才慢腾腾地把报纸移开。

文书说："不管有什么事，也得等头头们回来再定。"

杨石山后来无功而返。

杨石山感到惆怅起来。

十

燕燕的哭声由村巷里传过来的时候已过晌午时分。村子似乎比平常亮堂许多，歇晌的人钻进屋里不出来了，牲口在墙根下的圈里安闲地吃上了草料，只是，令它们烦恼却又无奈的几只牛虻却准准地盯在它们的腿窝子或肚皮上。

娘在伙房里做饭。燕燕就自己跑去找老黑家的去了。

燕燕守在老黑家门前，那妇人出来的时候燕燕上去拦住了她。老黑婆姨并不理睬，她手里拎着一个很大的包袱，神色匆忙，脚步飞快。

燕燕就紧跟着她。她往哪里走燕燕也往哪里走。

老黑家的边走边骂："你这个小丧门星，你跟着老娘干啥！"

燕燕不说话。

燕燕用一双水汪汪的眼睛死死盯着她。

老黑家的浑身毛糙起来，她突然停住脚步，回身一把将燕燕掀翻在地，然后她掉头疾步走开。

燕燕从地上爬起来，连身上的土也不拍一下就飞奔着追上去。

老黑家的走多快燕燕就跑多快。

燕燕终于撵上了她。

燕燕突然从后面上来紧紧地抱住了老黑家的一条腿。

燕燕满眼是泪，她说："我家大黄快死了，你赔我家大黄。"

老黑家的就用巴掌打她，用另一只脚踢她，还用手撕她的耳朵，可燕燕就是不肯松手。

山丹就闻声赶来了。

两个妇人就在巷子里纠缠起来，她们各自揪扯着对方的头发或衣襟，撒泼的声音一点也不比两只狗咬在一起小，两只怒张着的嘴巴喷射出肥皂泡似的白唾沫，一时间惹来很多人围观。在村子里妇人们吵吵嚷嚷是家常便饭，更多的时候人们只是把这场面当作大戏一样欢快地看着，因为劝说显得毫无意义。

等杨石山闻声赶来时两个妇人正在地上相互抱成一团揉面似的翻滚着，山丹骑在老黑家的肚子上。两人的头发都散乱了，面皮上尽是抓痕，嘴角鼻子不时渗着血，衫子上的扣儿很显眼地坠了满地，围观的汉子目光呆滞。

只有燕燕一个人瑟缩在人群之外，没人愿意多看她一眼，她瘦小的身体抽搐不止，像一只患了瘟疫的狗崽儿。

十一

夜晚降临安详而又肃穆，在毫不经意之间，一切都沉寂在某种近乎孤寂的氛围当中。没有狗吠的村子静谧得有些怪异。在白天或许还感觉不到这些，一旦夜幕四合，这种苍凉寂寥感觉便悄然笼罩住村庄，天地间似乎有种说不出的悲怆。

燕燕听见娘说："乖娃娃要听话，等天亮了你就能和大黄一起上后山去了。"燕燕这才抹着眼睛半信半疑地睡去了。她在炕上躺了一会儿又从被窝里钻出来，单薄的身子在昏黄的灯光下颤着。"大黄明天真的能好起来吗？"她半信半疑地看着娘。山丹过来用手轻轻捋了捋燕燕额上的发梢，接着把自己的脸紧紧地贴在上面。

山丹自始至终没有合眼，眼巴巴地蹲在圈棚下守着大黄。

大黄已经整整一天一夜没有吃一根草，也没有饮一口水，只是死死地卧伏在地上，眼角不停地往下淌眼泪。眼圈潮湿得像一个很险恶的黑窟窿。山丹的脸上有几道紫红的印子，看上去有些狰狞和不祥。

山丹整个人很疲倦，身子软塌塌地靠着墙，屁股下面垫着一层干秫秸。

牛棚里的潮气很重，腐烂的柴草和牛粪便隐隐地散发出令人窒息的气味。白天添进槽里的新鲜青草已经萎软了，绿色浅淡了许多，像是笼罩着一层灰白的光。木桶里有多半桶水，桶就放在大黄的身旁。桶里的水幽幽地一动不动，偶尔会有一两只蛾子落在水面上，微微泛起很小的一片涟漪。

外面，月亮渐升渐高，月光透过木格子窗栏挤进牛棚里。落在地上的月光很规矩地被框在一些阴影中。一些光亮很幽秘地爬在木桶的圆形水面上。棚里忽然亮堂起来，水面上的那个玲珑的月亮一晃一晃的，似动非动地静谧着。

山丹木讷地盯着那只水桶出神，她的脸上浮动着一些虚幻的水纹样的光亮。大黄终于轻微地动了一下脖颈，那只铜铃跟着发出两声并不清脆的声音。水面上似乎有了浅浅的波纹。

山丹心疼地凝望着大黄。她轻轻地向水桶爬过去。一张憔悴焦虑的女人面容倏地浮现在幽幽的月光中。山丹将两只手伸入水中。女人的倦容在水面上晃动着消失了。山丹用两只手谨慎地从桶里掬出一窝水来。她像掬着世间最珍贵的东西那样将自己的手移到大黄的嘴唇边上。

大黄的嘴唇翕动了一下，她立刻喜出望外地将掬在手里的水完全贴在大黄的嘴上。她已经清晰地感受到来自大黄的一股游丝样的气息。接下来，大黄木木地把嘴偏开了。大黄不想喝水。

山丹眼睛一下子朦胧了。她的两只手并在一起哆嗦着。她强忍着泪水，自己的手掌心里竟然也捧着一只幽幽的月亮，只是那月亮正在慢慢下沉，越来越下，最后在女人眼前消失。

不知过了几时，外面传来了一些来源不明的响动，十分嘈杂的号哭和叫嚷。那些声音像一群奔突的牲口忽然间毫无方向性地朝村子四周蔓延开来。山丹没心思注意外面的事，只是拿两只眼睛死死地盯着大黄，好像她一眨眼大黄就会不见了。

这时，杨石山气喘吁吁地跑进来。

山丹听见杨石山上气不接下气地说："山丹啊，你快些找个地方避一避吧！老黑家怕是要来找你的麻烦呢……"

十二

夜里，杨石山没敢回家，他心里多少有些怵老黑。山丹说："这是我家我哪里也不去。"杨石山说："好山丹，你最好还是避一避，我怕老黑讹你呢，她女人流了好大一摊血啊！"

山丹就黑着脸拉开门，"你怕你赶快走！话说清楚，走了往后就休想再踏进这个家门半步。"

杨石山说："你不走我咋能撇下你，看他驴日的老黑敢来！"

燕燕呼呼地睡在杨石山和山丹中间。杨石山靠里面的墙坐着，炕烧得很热，使人身体不由得发软，屁股化了似的粘在上面。山丹在挨窗户这边的炕上和衣侧躺下来。月光悄悄爬上山丹的半拉脸，那脸立刻跟新鲜的蛋黄似的亮晶晶地晃动起来，她的眼睛发出星星一样一眨一眨的光。

杨石山直勾勾地看着她，指间的烟头燃到了尽头，火星儿闪了一下就消失了。

山丹懒懒地说："老杨你回去睡吧，我和燕燕能行呢。"

杨石山闷声说："万一你有个闪失咋办？"

"我又不怪你。"

"那也不成。"

"你就不怕人戳你的脊梁骨？"

"怕啥……"

"你不怕旁人说我养汉子？"

"你养哪个了？"

"你睁着眼说瞎话……明明我屋里现在有个男人在呢……"

"那我也不怕……"

山丹的声音越来越弱，他只是感觉她的嘴唇上有两片很小的光点一闪一闪的。就在这时，他听见一种十分压抑的声音如同从风箱底里一点点地抽上来，并带着某种断断续续的喘息在屋子里散开。接着，他看见她捂着嘴翻过身，却从被子里露出一只浑圆的肩膀头。月光异常迅速地笼罩上来。

杨石山觉得自己就像一只逡巡已久的老猫，终于在黑暗中蹑手蹑脚地从燕燕身上爬越过去并靠近目标。他试探地将山丹抱紧，他立刻感觉到两只罩着月光的肩头正在他的手臂中间筛动起来并渐渐膨胀着仿如刚出蒸笼的白面馍。

圈棚下，大黄的最后一次微弱的呼吸在它蒙上薄霜的鼻孔和嘴唇之间的茸毛丛中化为乌有。它的瞳孔张得奇大，似乎要吞下整晚月光厚若苔痕的一层清冷。

十三

有那么两天倒风平浪静的，老黑和山丹两家竟相安无事。杨石山原本是个得过且过的人，虽然对这种局面感到疑惑，但老黑家没有继续闹的意思，山丹也不再当着他的面提牛的事，他正好落得清闲，有时间就去找人耍耍牌，可手气还是背得一塌糊涂。

牌场上旁人总戏谑他："看来杨主任的手最近不太老实啊，怕是见天摸母牛的屁股吧！"其余的人都哈哈大笑。杨石山讪讪的，也跟着怪笑，知道大家话里有话，却不敢接茬儿，脸红一阵黑一阵的。一回头，竟无意间看见山丹家的燕燕远远站在一棵树下盯着他看呢，他觉得自己的后脑勺像是有一股凉风隐隐吹着。从那时起，杨石山觉得自己再也无法摆脱燕燕那双潮湿的跟小牛犊一样亮闪闪的眼睛，而且，他发现燕燕总是会在不经意间出现，犹如他自己的一只影子无处不在。

秋日一天比一天深，雨水多起来，山上的绿一下子变浅了，草木愈渐枯黄，山谷里的风整夜回旋出呜呜的女娃娃一样的哭声。

燕燕每天依旧不顾山丹的阻挠爬到山坡上去，出门的时候自言自语说着跟大黄相关的话，手里还拿着以前拴大黄的那根绳子。有时她一个人坐在草窝子里，一坐就是老半天，从远处看像是盛开在山坡上的一朵花儿。

到了吃饭的时辰人们就能听见山丹的叫喊声在村子和山谷间回荡。他们有时会无谓地冲那喊声嚷一句："山丹，你成天叫魂呢！"不过，人们回头却发现真正没魂的人就是山丹自己。

杨石山乘燕燕不在家的工夫去看山丹，见了面没说几句话他就急猴子似的想搂山丹。山丹沉下脸来，小声说："当心让娃娃撞见！"杨石山哪里顾得许多，眼睛里冒着火，要把山丹吞进肚子里一般。就在这时，山丹听见院子里有窸窸窣窣的脚步声，她警觉地把杨石山推开，惶惶地穿衣。杨石山出门的时候，燕燕正坐在门槛上，他吓得连大气也不敢喘一口，仿佛坐在门槛上的不是燕燕，而是一条目光凌厉的小恶狗正冷冰冰地盯着他的一举一动，并随时会不顾一切地向他扑过来咬住他的一只耳朵。

有时候，燕燕会莫名其妙地在院子里大声唱歌，或者背诵她在学校里听来的一段断断续续的儿歌，一遍又一遍，声音响亮得出奇，直到屋里的人尴尬地亮开一道门隙。有过那么几次，杨石山再来找山丹心里就毛毛的。他越来越怕燕燕那双黑黑的眼睛。

十四

老黑当然不是吃素的。这跟杨石山的预感正好一致。老黑终于抓住了杨石山的把柄。那天老黑隔着墙听见燕燕又在院子里突然唱起歌来，他径直从墙豁口纵身跳进山丹家的院里。

老黑狡猾而又得意地拿指头指着他的天灵盖："杨主任啊杨主任！我可盯你好长时间了，这回我们跟山丹家的事情该两清了吧！"

临了，老黑将杨石山裤子上的一根老牛皮腰带（杨石山后来回想这根皮带跟了他三十个年头）抽去了。老黑说："等村支书回来我把这个东西交给他老人家。"

杨石山整个人颓萎了。

山丹蒙起脸呜呜地号哭。

燕燕已经唱着歌儿爬上了山坡。

十五

自从被老黑抽去了皮带，杨石山人显得邋里邋遢的。牌不多打了，谁喊也不想出去，成天蔫缩在家里，突然变成一只怕凉的秋鸡娃子。

有一晚想山丹想得实在睡不着，又半夜里爬起来鬼祟地摸黑到了山丹家里。没想到山丹的屋门竟虚掩着，他想也许山丹每天都盼着自己来呢！可进去就被山丹在脸上狠狠地扇了一个耳光。山丹说："滚出去！亏你还是个男人！"杨石山的脸火辣辣地疼，整个人愣怔在黑暗中一时竟不知所措。

燕燕大概做了噩梦，大黄大黄地叫了好几声，山丹就俯下身用手轻轻地拍抚着燕燕，泪眼婆娑地往下淌。

清晨天阴着，山峦灰茫茫的，村子里弥漫着很厚的雾气。杨石山起得早，起来就开始翻箱子，女人不知道他想找什么，慢声细语地问了一句，被他不满地瞪了一眼："快去睡你的觉去！"之后，杨石山背着双手大步流星地朝镇子方向走去，他的脸上有种义无反顾的端肃，不像是去赶集的那种神情。

燕燕出门之前，山丹正趴在灶坑前生火，她对燕燕说："往后再不许你四处乱跑！也不许你瞎唱！赶紧给娘捡些柴去……"燕燕最后听见的是从浓烟里传来的一阵剧烈的干咳。

燕燕犹豫着走出院子，手里依旧攥着那团绳子。

北面的山坡上，有几个人影儿在灰蒙蒙的雾气中晃动着。走近一些，燕燕才看清是老黑一家在山坡上割草呢，他们挥动着手中的镰刀，那些草发出清脆的呻吟，然后乖乖地躺下来，草籽儿神秘地从地上蹦起来像黑色的星星。老黑一家干劲十足，他们根本不在乎燕燕的存在。

燕燕出神地望着他们一起一落的背影，望着大片大片的草痛苦地平躺下来，然后被他们用草绳子一下一下捆绑起来。这时山谷里吹起了风，嗖嗖地响，人有些站不稳了，她眼前忽然变得恍惚。燕燕看见大黄正慢悠悠地朝自己走来，脖际的铜铃当啷当啷摇晃不停。燕燕的嘴角抽搐着，像是有一肚子话要对大黄诉说呢。

十六

杨石山从集上返回的途中遇上了深秋以来的第一场大雨，雨下起来就没消停，他担心山洪很快要暴发，自己手里还牵着一头刚在镇上买回的小牛犊，他只好暂且寻户人家钻进去避雨。他回到村子已经是第二天晌午。

杨石山没敢回家而是牵着牛心花怒放地直接去了山丹家。可是，还没走进山丹家的院子，很远就听见山丹母狼似的号叫："燕燕啊，我苦命的娃娃，你们赔我的燕燕呀……"杨石山出了一头冷汗，他觉得整个村子都在女人的悲恸声里动摇着。

十七

村子里的气氛异常紧张。老黑对派出所的民警重复着他至少说过一百遍的话。"反正这事不能怨我，那女娃娃忒歹了，上来就抢我们手里的镰刀还拿嘴咬人，我的手指头险险被她咬断了，不信你们看看！"老黑恰到好处地向民警竖起一根紫红色甚至发黑的食指，"她还说这草谁也不能割，她要留给她家的大黄吃……我怕镰刀伤了娃娃，才拿绳子把她捆住……谁知道大雨一来，我们光慌忙着往回收草了，就把她给忘记了……"

那天，燕燕是从一个深山凹里被民警寻回来的，活脱脱一个泥娃娃，偶尔会有一丝殷红的血从泥巴里渗出来。燕燕的手和脚的确还被一段绳子捆得紧紧的，仿佛一只瘪瘪的破包袱。山丹整个人一下子就晕倒在地上。

就在这时，有人急急忙忙跑过来，告诉杨石山没胡子三爷快咽气了，家人让他赶快去一趟……

深巷

　　一条阴巷，两旁都是高高低低的居民楼，有一家兼卖生面条和馒头的粮油店，两间门面并不起眼的美发店。美发店门口总是晾着一两把脏兮兮的拖布，还有永远也洗不干净的被染发膏弄脏的毛巾，在风中噗噗乱摆。巷口处有一片涂得花花绿绿的房子，临街的墙壁上，还很夸张地彩绘着小猫小狗小兔子之类的动物，样子非常可爱，另外还写有几个五颜六色的美术字：蓓蕾幼儿园。他俩最迷恋这种地方，因为总能看到很多很多活泼的小孩子，每天在这里快快乐乐地蹦蹦跳跳。

　　靠近幼儿园的外墙根下，有间用砖头砌成的简易垃圾站，这也是他俩每天都要光顾好几次的地方。再往巷里走，隔不远路边猛不丁就冒出来一根电线杆子——这些原本光溜溜的水泥杆子上，全都让大大小小的广告纸片裹得满满当当的，贴过纸片的地方，从脚脖子算起，足有一人高，什么包治梅毒、淋病、脱发、不孕不育，还有什么无痛人流，等等，五花八门。不过，他俩现在对这类东西有点儿视而不见的样子，心里都已经明白了，无非是些骗人的江湖把戏——这些年他俩可真是没少信过这些玩意儿啊，背井离乡，风风火火，走南闯北，罪没少受，票子没少花，可到头来呢，他俩还是老样子。

要说变化，总还是有的，那就是，他俩的口袋被那些能说会道的江湖骗子掏空了，辛辛苦苦换来的那点儿活命钱，全都砸在里面了。现在，他俩看上去确实又老又丑：女的总是战战兢兢地佝着腰，一副没有底气的样子，基本上不敢怎么抬头看人；男的手脚颤颤巍巍，走起路来有气无力的。别人一般是看不出他俩的真实年龄。

他俩整天像土老鼠似的，在街头巷尾东游西窜，在人群里把脑袋挤进挤出，发现地上一只矿泉水瓶子或易拉罐，就像看见了闪光的金元宝，会不顾一切地冲上去。有时，甚至会死乞白赖地仰着头，死死盯着别人的嘴巴，未等人家喝完最后一口饮料，便迫不及待地将一只脏手伸出去，简直就是老讨吃相，惹人厌嫌。遇到这种情况，有些人是故意要放慢速度的，好像瓶罐里的东西永远也喝不完，像神仙手中的宝葫芦，让他们干着急没一点儿办法，脖子都够酸了，伸出的手有些寒碜地发抖了，可一不留神，那只等了老半天的空荡荡的瓶罐，却骨碌着奔向了更远的地方。这是没有办法的事情，东西抓在别人手里，爱给不给的——人们似乎都揣着很奇怪的心思，你越是想要，人家偏偏不给你，哪怕是一只毫无用途的空瓶罐，只要握在手心里，似乎就是种权力，不用一下，会逾期作废的。

好在，他俩早已见怪不怪了，无非是自己腿脚再放勤快些，冲那些瓶子更勇敢地追上去就是。当然了，也有运气坏的时候，好不容易气喘吁吁跑过去，地上的东西却已经被他俩以外的手捡走了，同行之间的竞争也是在所难免的。

起初，在巷里遇到那个女人的时候，对方挺着一个大肚子，摇摇晃晃步履迟缓，正沿着巷边走着，脚下的鞋跟咚咚敲响。女人手里抓着一瓶牛奶，边走边喝，样子懒懒的。当时，他俩正在路边整理刚收捡来的一堆破烂，易拉罐和塑料奶瓶都是按个卖的，可葡萄糖瓶和罐头瓶之类的玻璃瓶子，只能砸碎了到收购站论斤卖。男的把收来的东西分完类，又用脚把那些大纸盒子挨个儿踩扁，女的蹲在旁边再一片一片摞起来，最后再用绳子捆绑好，由男的扛在肩膀头上。女的呢，有个习惯，每次在路上看见大肚子的女人，她总是要盯着人家看上老半天，简直就眼热得不行，那天好像也不例外。

可那天有些意外的是，那个大肚子女人不知怎的竟被看火了，因为人家走出老远了，猛一回头，发现有人正死死盯着自己不放，年轻女人就慢腾腾地转过身，往回走了几步。快走到他俩跟前时，年轻女人止住脚步，双手吃力地搭在髋骨上，一副傲慢的样子。喂，拾破烂的，你老盯着我干啥，没见过大肚子啊？女的憨气十足，嘴角都快要流出涎水了，半天还沉浸在那种不切实际的神往之中，一双眼睛死鱼般盯着人家的圆溜溜的肚子，仿佛正在用目光一圈一圈摩挲着属于自己的肚子。

大肚子女人见对方这样有恃无恐，便气不打一处来，她也斜着眼睛呵斥，喂，不许你再看，让你们这种人瞎看，把我孩子的好运气都看没了！女的脸上依旧堆着那种无限向往的光芒，若无其事地盯着人家的肚子，目光里随时像是要伸出一双脏兮兮的手，去拥抱对方。大肚子女人简直怒不可遏，她忽然上前一步，照着女的就是一巴掌。让你再看，臭捡破烂的！女的毫无防备，更没来得及躲闪，那一巴掌正好掴在脸上，她终于如梦方醒，摸了摸那半边被打木的脸，人好像被打傻了，嘴巴动了动。女的有点忍气吞声地说，看看能咋样嘛，我就是稀罕你哩，你咋能动手打人哩？大肚子女人气得鼓鼓的，呸，你这种脏女人，也配看我？也不撒泡尿照照你自己，我打你还算轻的！男的见状急忙放下手里的活，低声下气一再给人家赔不是，又回过头作势臭骂自己的女人，你不好好干你的活，看人家弄啥，人家大肚子是人家的福气，跟你有屁相干，你再看你也是个只会叫唤，不会下蛋的鸡。

本来，男的只是想随便训自己女人两句息事宁人的，哪知他的话不知又怎么刺激了大肚子女人的哪根神经，对方更加恼羞成怒了，连珠炮似的用最难听的话，歇斯底里地叫骂了好半天，骂他俩是穷鬼，骂他俩变态，骂他俩不要脸，甚至咒他俩不得好死，注定这辈子断子绝孙……一时间，巷子里聚来很多过往的闲人，都围着看热闹。他俩乖乖地蹲在自己的破烂旁边，像被当场擒获的一对小偷，始终不敢还嘴。后来大肚子女人过足了嘴瘾，临走时还不依不饶地冲他俩啐着白唾沫，扬言下次再敢盯着姑奶奶看，当心戳瞎你们的狗眼。

收工后，他俩摸黑回到夹在楼与楼之间再小不过的黑屋子里，这是他们每个月花六十块钱租下的一间小煤房。女的不吃也不喝，老盯着黑漆漆的屋顶发呆。男的从进门起就开始抽烟，把一盒子龙泉都抽光了。低矮阴暗的小屋子里灌满了烟，他俩像是一点儿也不知道冷，整晚连火炉子都忘了生。半天只能听见女人叹气和男人嘬烟头的声音，还有冷风会时不时从窗户和风缝里钻进来，挟着呛人的沙尘，在黑暗中恣肆张扬，风声也像是在刻意嘲笑着他们。

他俩就像一对木桩，呆立在浓浓的烟气中。男的耳朵里始终是大肚子女人喧嚣的叫骂声，断子绝孙，这四个字从来没有像现在这样刺耳扎心；女的眼前总是晃动着浑圆的肚子，仿佛里面装着的不仅仅是一个新生命，还有他俩的辛酸和屈辱。男的抽完最后一口烟的时候，他是用手指头把烟头慢慢捻灭的，并没有那种灼痛的感觉。他现在满脑子都在想，怎样才能不断子绝孙，怎样才能让自家的香火不断，而且，这个问题远远要比生存下去更严峻。那个大肚子女人骂得太狠毒了，好像一场狂暴的冷雨，忽然之间，把闪烁在他俩远方路上的那一簇希望之火给彻底浇灭了。他忽然感到心灰意冷，骨子里似乎再也没有从前那种强大的支撑梦想的勇气和力量了，整个人似乎要垮了。

　　时间长了，他俩发现，走在这条巷子里的，也有不急着赶时间的。那些早出晚归的学生娃不像大人那样跟时间赛跑，相反，他们的时间好像都很富裕，总是慢慢腾腾的样子，统共一百来米的巷子，他们非得走上半个钟头，甚至一个小时，走走停停，停停走走，手里玩着什么，嘴里哼着什么，脚下踢着什么；有时几个人一起打打闹闹，有时一个人自言自语嘟嘟囔囔。时间在他们身上是缓慢的，没有节奏，好像乡下河沟里的水，几乎要断流了。还有那些银白头发的老头老太太，他们更是慢条斯理得厉害，早晨起来迈着怕踩死蚂蚁的碎步子，从巷子里摇摇晃晃出来，直到半天晌午好像才摇摇晃晃走回去，一副无所事事的样子。这跟他俩的老家的那些老人们，还是有很大区别的。别的不说，单就他俩的老爹老娘，已是六七十岁的人了，每天还得干些力所能及的农活，比如，去照看一下地里的庄稼，喂鸡喂狗，打扫院子，生火做饭，他俩外出的时间，老人还得把家操持好……可惜的是，他俩至今没有娃娃，要是有的话，老人准能帮衬着把娃娃拉扯大。话又说回来，要是真有个一男半女，他俩也不至于这大冷天的跑到城里来受罪，在家多好啊，老婆娃娃热炕头，小日子自自在在的。

　　其实，城里也有很多老年人是要帮着儿女接送娃娃的。这一点他俩早就注意到了。巷口那个幼儿园门前，每天早晚都围着一大群人，老年人占了一多半，清早，这些老胳膊老腿把娃娃背着抱着送来，傍晚再用同样的方式接回去。这样的老人，在他俩看来，是老有所为，还在为儿女们发着光发着热。心里这样嘀咕的时候，他俩总有些底气不足，有些慌张，甚至，有一些迷茫。很多事情人是不能过多去想的，想得太多难免要唉声叹气，要左顾右盼，尤其是命里没有的东西，就更加渴望了，以至于有时候要想入非非。

到目前为止，这条巷子他俩不知道来来回回踏寻了多少遍。有一天，忽然下起了雪，转眼间雪就把整条巷道铺得严严实实，远远看像一条肥胖的白蛇向里面爬伸开去。他俩袖着手，踩着新鲜的雪，嘎吱嘎吱，有些执拗地往前走，眼神也是白茫茫的。走着走着，女的突然叹口气说，这雪要是下在咱老家就美气了，开春那麦子长劲才足哩。男的接过话说，老天爷啥时候长过眼睛哪，你别做梦了。女的又叹息说，你说说下在城里，让车轧了，让鞋踏了，稀泞泞的，真是白白瞎掉了。男的想想说，世上哪有那么多如你愿的事。女的忽然站定，懵懂地抬起头，雪花正纷纷扬扬飘洒到她的脸上、眉毛和眼睫毛上，人一下子就白了，男的扭头看了她一眼，连声催促，走吧走吧，这雪有啥看头。女的却说，看，这雪多白净啊。男的便不再理睬她了，有些不满地自顾自往前走去。

没走多远，男的停下了，就在他眼前的雪路上，赫然现出一只圆乎乎的东西，有他们老家的最大的锅盖那么大，格外醒目。他之所以觉得地上的东西很像锅盖，也是有些道理的，因为那东西正从四周往上冒着白气，好像锅里的水就要烧开的样子。他觉得稀奇，路上白雪皑皑的，唯独这东西上面见不到一丝积雪，雪落在上面就像落进了无底洞，落进深潭里，随即不见影了。他实在是好奇得很，盯着看了又看。直到女的从后面赶上来，唤他愣着干啥，咋还不走，他才慢慢回过神，却又不急着往前赶路，索性蹲在地上，手掌挥动着，一下一下扇那些白气。经手一扇，那些气像是遭遇了突然袭来的一股股寒流，立刻变得散乱不堪，慌慌张张，四下逃窜。待那团白气散开时，他才看清楚，原来路上是一只铸铁盖子，锈迹斑斑的。

这时，男的看上去简直像个无知的傻瓜，嘴里嗫嚅着，说，还会喘气呢，真是个日怪东西。女的没有像男的那样蹲下去，她只是随便扫了一眼，没好气地说，这有个啥，看把你大惊小怪的，蹲在地上像屙屎哩，当心人家拾掇你。男的听了，立刻警觉地朝四周看，同时站起身，模样多少有点儿窘迫，好像自己做了见不得人的事，又恰好被人看见揭发了似的。

类似的事情也不是没有遇见过，有一回男的尿憋得不行，好容易找了一间厕所，可是人家非要收两毛钱，他舍不得花钱，他知道两毛钱对他意味着什么，后来就近找了一根电线杆子，身体紧靠在后面，想解开裤子方便一下，结果被人家逮了个正着，他硬把剩下的半截尿又憋回肚子里，裤裆湿了一大片不说，那个东西后来隐痛了好几天，害得他更加忧心忡忡。大夫老早就跟他俩说过，他的那个管子堵塞了，所以才无法生育。那里本来就不通畅，又把尿活生生憋进去，这病还能医好吗？来城里是治病的，没想到又憋出新的毛病来。他俩真的病怕了，那些大夫一会儿说他有问题，一会儿又说她的输卵管也是不通的，总之，他俩这辈子就像两块石头碰在了一起。

不管怎么说，那天雪地里的新发现，对他俩实在是很有用处。遇到那种特别寒冷的天气，他俩在外面冻得四肢僵硬，男的就带着女的去找那种会喘气的铁盖子，两个人双双蹲在盖子上，不停地哈着气搓着手，好像是被孙悟空圈在金圈里的唐僧师徒，袅袅的白气从他俩身体的空隙中钻上来，那铸铁盖子竟是有温度的，仿佛是老天爷赏赐给他俩的暖炉，不一会儿工夫，四只脚就有了知觉，小腿肚子也不再抽筋了。有时，他俩索性把手里空着的蛇皮兜子铺在盖子上，旁若无人地坐在上面，再从衣兜里掏出干饼子，一人掰一半，有滋有味地干嚼起来，有时没咽好噎得直咳嗽，眼泪都流出来了。

他俩坐上一会儿，男的会问女的热不热，女的说都烫屁股呢。男的看着铅灰色的天空说，要是能在这上面搭个帐篷，人躺着该多好啊！女的戏谑说，你以为是家里的热炕头，把你美的。男的忽然像狗一样吸一吸鼻子，说，你闻闻，这热气里好像还有股香味呢。女的却说，香个屁，我咋闻着一股子臊气。男的说你闭上眼睛嘛，想一想咱老家的油菜地，黄灿灿的油菜花儿开了，到处是野蝶子飞上飞下，人躺在地上，太阳把脸和身子都快烤熟了，你就闻到香味了。女的也努力闭了会儿眼睛，但她脑海里浮现出的景象，跟男的有所不同，好像也是他俩，却是很年轻的样子，漂亮的大姑娘和精干的小伙子，在油菜地里追逐着，然后在一片菜花里胡乱翻滚着，那些采花粉的蜂子在耳边嗡嗡叫，野蝶飞得满天都是，天空蓝得刺眼……

也就闭眼的工夫，旁边突然走过来的两个男人，硬把他俩给轰了起来。是那种穿着破旧劳动布制服的男人，长得五大三粗的，身上跟他俩差不多，也是脏兮兮的，冻得皴裂的手上拿着钢筋钩子和管钳，二话不说就把那块铁盖子掀开了。听声音是死沉死沉的，厚厚的铁盖子下面，原来是深不见底的黑洞，正往上冒着浓浓的热气，拿管钳的人像猴子一样身手麻利，刺溜一下钻进洞里去了，拿钩子的则蹲在洞边往下看着，一副心急火燎的样子，里面的人好像开始冲上面喊话了，声音嗡嗡呜呜的，听不太清楚，好像说是什么管子爆了，要找人赶紧抢修。他俩猜想，这地方大概是不能再坐了，只好恋恋不舍地走开。后来，他俩慢慢也就明白了，并不是路上所有的盖子都是温热的，只有那些冒白气的地方，才可能给人带来温暖。

这条巷子，因为狭长而又弯曲，几乎没有车辆穿行。车少，人可是一点儿也不少，现如今城里，就数人多啊，乡下人多半都涌到城里来了，就像当年知青上山下乡，成群结队轰轰烈烈的。白天，他俩在巷子里转来转去的，每人手里拎着一只灰头土脸的蛇皮兜子，兜底儿是刚刚收获的几只空酒瓶或纸盒子什么的，这活儿不需要什么本钱，只要身上还有一只手，再抹下脸弯了腰就行。再说，他俩已经走到山穷水尽了，但为了心中的那个挥之不去的念想，或者，也可以说是种梦想吧，他俩觉得这样没什么不好的。这巷子里绝大多数都是骑自行车的人，也有骑摩托车的和步行的人，反正大家都是忙忙碌碌赶时间的样子，根本顾不上搭理他俩。或者，即便不赶时间，也没有人愿意接近他俩：两个走街串巷捡破烂的乡下人，这样的人实在太多了！

任何事情都有例外。回过头再说那个大肚子的女人，本来，像她这样的一个孕妇，最应该心平气的，但她却不，好像她的肚子里揣着一颗危险的炸弹，时刻都能让她一触即发火冒三丈。那些日子，大肚子女人总在这条巷里走来走去，她的脸上化了很浓的妆，厚厚的粉底一直蔓延到脖颈上，嘴巴也涂得血红，若不是挺着个大肚子，单从脸面上很难看出她是个即将临产的孕妇。每当她慢腾腾又气昂昂地走在路上，手里总捏着一只奶瓶子，一边摇晃着笨拙的身子，一边用吸管吸溜着瓶里的酸奶，好像她肚里的孩子正饿得呱呱叫呢。大概直到一滴东西再也吸不上来，她才会随手丢掉酸奶瓶子。

这一天，大肚子女人依旧是这样出现在巷道里的。所不同的是，大肚子女人身边多了一个男人，又高又壮，头发一根不落，全部梳到脑袋后面，一条眉毛中间爬着一只瘊子，足有蚕豆粒大小，身穿黑色皮夹克，立起来的领子把脖子顶得很僵硬。大肚子女人的一只手高高地挎在男人的胳膊弯里，远远看，她好像吊在一截黑色的曲形栏杆上，做着某种艰难而又滑稽的运动。

他俩当然还是老样子，串街转巷，四只眼珠子齐刷刷地盯着街面，收获又总是微薄而渺茫的。他俩几乎是同一时间，看到了那只白色的塑料瓶子，正在他们的视线中一上一下移动着，又仿佛吹足了气，随时会飘起来。每天，除了捡躺在地上的瓶瓶罐罐，那些还被别人抓在手里的东西，他俩也从不放过。对于没有本钱的人来说，只能依靠一双眼睛，目光所到的地方，总会有希望的。而所有的瓶子啦罐子啦，在他俩眼里那就是钱，三分、五分、一毛、一毛五，有时还会更多一些，所以，一旦看到这样的东西，他们绝对不会轻易放过的。

快呀，追上去！他俩那种架势，跟两只野狗追撵一根肉骨头差不多。管它野狗还是野猫呢，先把东西捡到手再说，要知道，捡到手就是钱。钱就是这样一分一毛攒起来的，有了这些钱，月底才能缴得起房租，不必看房东阴沉刻薄的脸色，晚上才不至于睡到马路上冻个半死，而且，可能的话，他俩还是要去找医术高明些的大夫，把自己的病根子医好。说到底，钱这东西有多少是个够啊，多了多花，少了少花，可儿女不一样，身边没儿没女的，等将来老了简直狗都不如。

走在街上，他俩总会这样胡思乱想的。女的想，也许他俩上辈子或上上辈子做了什么孽，老天爷今生今世要惩罚他们，所以故意让她怀不上娃儿。男的想法跟女的不太一样，他俩偶尔也会沟通一下，男的想法说来非常奇怪，有时候就连做梦都是离奇古怪的。有一天早晨，他把自己夜里做的梦讲给她听，他说梦见了一男娃儿，跟刚下的猫娃子一般大，一会儿缩在一只啤酒瓶子里，一会儿又蜷在一只塑料水瓶子里，好像跟大人藏猫猫似的，害得他俩就在瓶山罐海里不停地翻啊找啊，好不容易找到了，光顾着一时高兴，却没留意那瓶子原来是没底的，娃儿早溜得没影了。

事实的确如此，他俩往往只留意那些瓶瓶罐罐，并不怎么关注身边的路人，别人怎么看，用怎样的眼光，善与恶，喜或怒，这些都不重要。他们只顾一路追赶、跟踪和静静等待，只要那些东西一脱手，他俩会毫不犹豫，抢先一步，牢牢将它攥在手里，就像紧紧攥着五分或一毛钱的硬币。今天，当他俩紧跟不舍地追逐那只白色奶瓶子的时候，完全忽略了瓶子的主人。瓶子的主人大概也有所觉察，也许是因为怀了孕的缘故，大肚子女人显得格外敏感，她老远就听到他俩奔跑时发出的那种吭哧声，以及蛇皮兜子在屁股上磨蹭的吱吱声，跟老鼠咬米袋子似的，这些声音在她听来厌恶透了！还有，当他俩从后面蹑手蹑脚接近她时，立刻又飘过来某种异味，浑浊，发了霉的，臭烘烘的，大肚子女人觉得，她简直要窒息了。

当大肚子女人转身瞥见他俩的时候，几乎不假思索地认出了这两个乡下人，邋遢，猥猥琐琐，土里土气，实在让人厌嫌。又是你们，老跟着我干啥？真是讨厌死了！这时，她旁边的高个子男人也跟着转过身来，用同样鄙夷的眼光扫了他俩一下，然后昂着头，对大肚子女人说，不就是俩捡破烂的，亲爱的，你紧张什么，咱们走咱们的，别搭理他们。大肚子女人冷声冷气哼了一下鼻子，然后撒着娇说，他们就是上次我跟你说过的，老盯着我的那俩人，一看他俩就不像啥好人！她这样说的时候，没有忘记吸完瓶子里剩下的最后一口奶汁。然后，她轻浮地一挥手，打发叫花子似的，把瓶子扔到他俩的脚下。接着，她用舌尖轻舔着红红的嘴唇边上的一丝奶汁，眉毛一挑，慢悠悠地转过身去，那只苍白的手又挎在身边黑色的曲形栏杆上。

女的稍愣了一下，赶紧弯下腰去捡地上的东西。男的半天也没有任何反应，只是死死盯着大肚子女人那扇同样巨大的屁股。就在女的刚把东西捡到手，还没来得及站起身时，男的突然大叫起来，扔掉，咱们不稀罕她的东西！你快给我扔掉！女的怔了一下，抓着瓶子手指不由得一颤，像是惊慌失措的样子，但那只瓶子还是跟黏在她手上似的。男的再次歇斯底里地冲女的吼叫，你眼睛瞎了，耳朵也聋了吗？你还有没有骨气，这种坏女人的东西你也当宝贝捡！说着，他几乎是粗暴地一把从女的手中夺过那只瓶子，扬起手像扔一颗即将爆炸的手雷似的，愤怒地用力掷出去。空的瓶子通常飞不太远，它在半空划出一道白线，又落在大肚子女人跟高个子男人脚下了。

接下来，大肚子女人犹如遭受了突然袭击，抑或是一枚哑弹从天而降，虽然没有发出足够大的声响，但足以让她吓得失声尖叫起来。好在，身边的高个子男人足够强壮，他一把将她揽住，使她不至于跌倒。大肚子女人几乎带着哭腔冲高个子男人嚷起来，我早就说过他们不是好人，你偏偏不信，现在你总看到了吧，我差点儿让吓死了！这时，高个子男人已经转过身，脸色阴沉，目光凶巴巴的，他轻轻推开大肚子女人，刚才一直抄在裤兜里的手，此刻终于掏了出来，两只手一左一右不停掰着指节，随着他的脚步发出叭叭的响声，戴在一根手指上的四四方方的金戒指，显得格外耀武扬威。

几乎是一眨眼的工夫，对方握得硬邦邦的拳头，犹如巨大的冰雹，一颗紧似一颗砸在男的头脸上。整个过程猝不及防又惊心动魄，女的眼睁睁盯着自己男人那张瘦削的脸，一块青一块红一块紫，迅速肿胀起来；他的鼻孔像拧开的水龙头，血哗哗往外冒。女的彻底吓傻了，过了那么一会儿，她才哭着叫了一嗓子，叫声像母狼似的，然后，她胡乱扔开手里的蛇皮兜子，奋不顾身地扑上前去……

后来的情形是，男的被女的一瘸一拐地拖回住处去。他像一棵被伐倒的死沉死沉的老树，仰面倒在乱七八糟的板条床上。那些拼凑起来的木头板，立刻在身下吱吱乱扭，他一直痛苦地闭着嘴巴，无助地呻吟着。屋子黑洞洞的，女的一直忙着给男的擦拭脸上身上的血污，还没顾得上生火呢。

不知过了多久，女的听见男的嗫嚅着（又像是在自言自语），不行，咱们早晚得有个娃儿，要不咽不下这口恶气啊！女的一直守在男的旁边，她脸上的泪水已经干了，两道泪痕却是又深又亮的，像土地被犁铧刚刚翻开过。你说啥疯话呢，那是想要就有的东西？男的依旧执拗地说，反正得有个娃，要不叫人欺负死呢。女的说谁不想啊，唉！都是命。男的忽然一骨碌坐了起来，遍体的伤痛一下子就将他攫住了，他嗷嗷怪叫两声，像一头被猎人追赶得无路可逃的狗熊，他用肿得眯成两道细缝的青眼睛，死死盯着女人那张布满泪痕的脸，好像根本不认识她似的。又似乎是，她真的能给他俩创造出什么奇迹来。

女的不由得哆嗦了一下，战战兢兢地问他，你盯着我做啥？男的使劲而又艰难地咽了咽唾液（其实全都是血沫子），肿痛不堪的两道眼缝里，渐渐有了生气，有了一种坚硬和锋利的东西在里面闪烁。女的感到非常紧张，你到底咋啦？跟中了邪一样！怪吓人的，还不快躺下来歇着。男的却不甘心地咬了咬牙，拳头握得紧紧的，喉咙里嘎嘎响动。最后，像是要做一个重大的决定似的，他扭头盯着漆黑的窗外，黑紫黑紫的嘴巴肿得跟猪嘴一样高。

往年这种时候，他俩早就回乡下老家过年去了。

这阵子，女的整天都提心吊胆的，怕年前车票涨价，怕买不到票，怕到时候人太多，挤不上车，她真的很想回家去看看，这次出门足有小半年光景了。男的依旧起早贪黑地干活，不管每天收上或收不上东西，他都要在巷子里转来转去，好像在寻找什么珍宝。

晚上回到住处，男的时常唉声叹气，好像有什么心事，其实他俩的心事应该是一样的，就是想多挣俩钱。她好几次缠着问他啥时回家，都被他搪塞过去了。男的越来越沉默，有时她觉得他简直就是块石头。女的虽然很是担心，却也知道男人的脾气，怕问多了惹他心烦。不过，男的倒是跟她交过一次底，说再耐心挨两天，实在没有啥大的收获，就回家过年。

这天下午，女的早早就收工了。她感冒有些日子了，一到晚上就咳嗽得惊心动魄的，这阵子又有点儿发烧，浑身一个劲打冷摆子。男的就打发她回去好好歇一歇。平时他俩不管谁头疼脑热，一般都不会吃药，最严重的时候也就是躺上一半天。他说自己想去趟收购站，把手头的东西都处理掉。女的叮嘱他完事了早点回来，男的没说话，只是冲她点了点头。女的就瑟缩着身子慢慢往回走。

走着走着，女的无意中抬起头，天空阴沉沉的，空气中有点儿潮味，像是要下雪的样子。她走出十来步远了，忽然又想到有话要跟男的说，她赶紧回过头，站在巷道中间，招着手喊他。可她的嗓子被连日来的咳嗽弄得沙哑了，几乎发不出声来。所以，男的可能根本没听见，或者，听见了只是不想搭理她。反正，她眼看着他扛着鼓鼓囊囊的蛇皮兜子，已经消失在巷口了。

女的又呆呆地冲巷口张望了一会儿，就在她转身准备再次往回走的时候，"蓓蕾幼儿园"那几个鲜艳的大字，在她眼前跳了一下。她觉得眼睛涩涩的，胸口一阵发热发闷，如鲠在喉般难受。她的咳嗽声有些沉闷，眼泪不知不觉淌下来。

回到住处，连水也没有喝一口，就和衣躺下，脊背像负着一块冰。她把两床被子都压在身上，还是冷得紧，整个人蜷缩成一团，感觉脑袋有簸箕口大，没过多久，竟迷迷糊糊睡着了。

外面下大雪，女的一点儿也不知道。天黑了，她也不知道，只知道自己是让人突然推醒的。她身上已经感觉没那么冷了，脑袋重得简直像灌满了水泥，快要凝固了。刚才她好像做了一个梦，梦见自己送娃娃上幼儿园，她刚抱着娃娃跑到门口，那扇冰冷的铁栅门就咣当一下关上了，她用一只手抱着娃娃，腾出另一只手使劲摇晃着那扇铁门，摇了老半天也没有人理睬她，她想喊人，嗓子疼得发不出声音，娃娃在怀里不停地哭鼻子。

就在这时，她被男的摇醒了，他几乎趴在她耳朵边，急促地说着，快起来！快起来！别睡了，咱们现在就走！

她翻了翻眼皮，慢吞吞爬起来，又木木地坐在床上。她发现男的头顶像戴着一顶模模糊糊的白帽子。

下雪了吧，大不大？她打着哈欠，模样有点儿懒散地问他。

男的见她坐着无动于衷，二话不说就伸过手来拉她，手劲太大了，竟把她拽到地上，摔了个趔趄。

你到底咋了？又不是鬼撵到屁股上了，急也不急这一时！

她疼得坐在地上直哎哟。

男的板着脸，头顶的白帽子已不知不觉化掉了，他急不可待地压低声音对她说，少啰唆，赶快收拾好，这就跟我走！

也许是刚才被摔痛的缘故，此时，女的脑子一下子清醒多了。她刚想伸手把屋子里的灯拉开，男的手疾眼快，一把就将她的手挡开了，细黑的灯绳子在眼前晃来荡去，像根老鼠的尾巴。

别开灯，你千万别开啊……快快快……收拾一下吧！

男的简直跟换了个人似的，心急火燎，惶惶不安，没头苍蝇样满屋子乱撞。一只手在黑暗中不停摸索，抓到什么东西看也不看，只顾稀里糊涂往另一只手里的编织袋里塞。

女的忽然间像是意识到了什么。她立刻觉得心惊肉跳。她的手脚同时颤抖起来。她不敢再往下想。她也不知道自己现在该做点儿什么好。

后来，女的几乎是被男的挟持着走出门去的。

这时，女的几乎已经瘫软了。出门之前，她隐约听见男的咕哝了句，再不走恐怕赶不上车了。似乎有一种极不好的预感裹住了她的身体，任凭背着编织袋的男人挟着她，蹚着外面厚厚的积雪，深一脚浅一脚往前走。

前面好像无路可走，到处都白茫茫的，世界仿佛一下子变得无限广阔了，大得让人感到害怕。男的始终大口大口喘着气。女的呢，恰恰相反，她拼命隐忍着，生怕自己出气的声音会让路人听到。事实上，这阵子雪下得很大，巷子里没有多少人走动，偶尔迎面过来一半个人影，也是匆匆赶路的样子，没有人留意他们。

雪还在不停地下着，地上盖了一层又一层，他俩走得上气不接下气，身上走出了黏汗。这样走了一会儿，女的实在走不动了，还在发烧的她像一只软绵绵的包袱，一不留神就从男的臂弯里滑下来。她蹲在雪地上，终于忍不住呼呼直喘了，不过，她还是谨慎地拿手捂着自己的嘴和鼻孔。

这时，她无奈地抬了一下头，看到不远处的地方白气弥漫，仿佛有一个神秘的巨人躺在雪地里大口喘气，那只粗壮的气柱，正源源不断地升向飘着雪的夜空，仿佛在召唤着谁。她还看到自己的男人边回头催她快走，边往前不停地迈着步子。他后背上的那只袋子，已经完全变成了白色的，像一只刚刚杀死的绵羊。男的正大步流星，朝那升腾着白气的方向走去，好像那里藏着只有他一个人知道的神秘宝藏。他拼命往前奔跑。

女的终于晕头晕脑从地上站起来，新积的雪被踩得吱吱叫，她三步并作两步也往前走，经验告诉她，那个白气升起的地方，至少可以让他们歇歇脚暖和暖和身子。而且，刚才的疑团在脑子里越变越大，大得让人有点儿头重脚轻，她想追上男的好好问问他，她不想跟着他这样不明不白地在雪地里一路奔命。

突然，她觉得自己好像听到了什么声响，可随即，那声音就消失了，仿佛只是她的一种幻觉。眼前依旧是那一柱浓浓的白气，不紧不慢的，朝着夜空不断地冒起来，凌乱的雪花恰好落在白气升起的位置。

与此同时，她发现自己男人跟要魔术似的，忽然就不见影了，眼前只有浓浓的白气和纷纷扬扬的雪花，这白茫茫的天地间，只剩下她一个人了——她被孤零零地抛在一个完全陌生的地方。刚才她连大口出气都不敢，可现在，她不得不一次次大声呼喊男人的名字。只喊了几声，她又开始剧烈地咳嗽起来，咳嗽几乎让她无法完整地喊出男人的名字了。这时，她确实紧张得不知所措，她在雪地里转来转去东张西望，可就是找不到他。她不知道他去了哪里，而她自己也不知该往哪里去了。

有一阵子，她甚至起过这样的念头，男的也许是不想要她了，一个人先跑了，带着一个病殃殃的女人，终归是个很大的累赘。而且，她又一直不能替他生下一男半女，他要她还有什么用处呢？也许他就是想甩了她，将来再找一个好的，就算他非要那样做，她也认了。

不过，她很快就推翻了自己那些荒唐的想法。因为，她的男人根本不是那种人，这一点她有信心，这些年风里雨里再苦再累，他也从来没有扔下她不管。所以，她转念又想，他一定是忽然想起把什么东西落在屋子里了，刚才确实走得太慌张了，这阵子他又急着跑回去取落下的东西了。于是，女的决定转过身，沿着来时的路再往回返。

当她快走进巷口的时候，老远就发现路边垃圾站旁有只低矮的影子正一下一下爬动着。她对这个位置再熟悉不过，在过去的每一天，他俩几乎都会在此有所收获的。最初，她以为是一只野狗什么的，并没太在意。但是，等她再靠近一些的时候，听见那只黑影正在叫着，听声音是个女人，叫声绝望又凄惨，有气无力的，好像人快死了似的。

女的急忙谨慎地原地站稳，不敢向前走了。她不明白那个女人为什么会爬在垃圾站旁边（难道也是个捡破烂的）。就在她迟疑的工夫，那个女人似乎也发现了她，身体拼命往前跪爬了两下，然后停住，像是用尽最后一丝力气，冲她叫起来，快，快来人呀，救救我啊……救……命！

女的又愣了一下，不过，那种气若游丝的求救声，实在是太悲惨了，尤其是在这万籁俱寂的冰天雪地里，终于将她一步步牵引过去……借着一团朦胧晦涩的路灯，她逐渐看清了趴在雪地里的女人，那种龌龊绝望痛不欲生的样子，以及可怜巴巴的随时可能熄灭掉的眼神，都是她从来没有见过的。她犹犹豫豫地靠过去，犹犹豫豫地伸出手去的时候，对方喘息着发出更加微弱的一串恳请，求求你，救救我……我……

直到此时，她才发现，这个奄奄一息的女人，正卧在一摊黏稠发黑的雪污里，头发草样散乱，脸面糊得黑一道白一道。她的思绪仿佛从成千上万只瓶瓶罐罐的深层掩埋中突围出来，又像一股从地缝里升腾出来的白气。现在，她猜出地上的女人是谁了。继而，她又隐隐感觉到，自己的男人刚才为什么那么慌不择途。

一时间，那种无边的恐惧，铺天盖地地朝她袭来，她连着打了好几个寒噤。她几乎立刻背转过身，想迅速逃离。可是，没跑出几步远，身后再次响起那种苍白无力的求助声。正是这种可怜巴巴的声音，忽然让她记起乡下宰杀牲畜的情景，一只刚刚被割断喉咙的羊羔子，那种哀叫声正让汨汨的血流声淹没。她的浑身抖得更厉害了，以至于不得不停下脚步，她几乎不会走路了，腿脚根本抬不起来。她再次转过身的时候，眼前那个女人已经彻底瘫在地上，好像一堆雪融化了似的，不再有任何声息了。她不想再犹豫了，怯懦突然被同情心撵跑了，她知道无论如何得过去看看，那个女人需要帮忙。

事后，她一直想不明白，怎么偏偏是那个女人呢？这辈子她谁都可以帮一把的，唯独不能帮那样一个坏女人，可她竟然救了这个大肚子女人一条命，或者是两条。当时她二话不说就把那个女人从地上背了起来，尽管她病病歪歪的，腿脚也软绵绵的，可她不想眼睁睁看着那个女人死在路上。事实上，那种情况下她连对方的面目都没顾得上看清楚，一心只想把人送到就近的一家医院去。

她一口气从医院里跑出来，医生非要让她留下姓名或地址什么的，说是以后病人家属也好答谢她。她没有。她想也许自己做了一件蠢事，男人知道了不知会怎么怪她呢，救人也不看看清楚，明明是冤家对头，她却豁出命来把人家背到医院里。一路上雪又纷纷扬扬飘起来，她浑身还在冒汗，人显得有些虚脱。要不是因为惦记着男人，她真想找个地方坐下来，好好歇一歇，她太累了。

好不容易回到他们租的房子跟前，她立刻傻眼了，门是锁着的，一切迹象表明男人根本没有回来过。她朝四周苦苦张望了好大一会儿，除了住宅楼里闪动着的模糊的灯光，在她眼前只有雪花在簌簌地落个不停。她低下头从身上慢慢地摸索出房门钥匙，她突然哪儿都不想去了，她身上一点儿力气也没有了，她只想守在屋里等他早点儿回来。

天亮以前，雪就停了，街巷变得闹哄哄的。就在一夜之间，这条街上的所有井盖子不翼而飞。地上还覆盖着积雪，没有盖子的下水井口看上去就有些突兀和怪诞，好像正在烧水的大锅忘了扣锅盖，白气正在它们四周弥漫开来。这种事情以前就发生过，但像这种比较严重的情形还是头一次，行人纷纷在咒骂，骂那些偷井盖子的贼无法无天不得好死。那些赶早帮着儿女们送娃娃去幼儿园的老人，都很小心地拉着娃娃的手，或者把娃娃背在身上，老人们蹒跚地绕开一只又一只黑洞，在雪路上很艰难地逶迤前行。

居委会的人早已经把情况上报给派出所，这时候一辆警车开进巷道，民警们从车里钻出来，个个缩着脖子，大衣领子高高竖起，嘴和鼻孔冒着懒散的白气，时不时有人还打着哈欠。他们开始挨个儿查看井口，统计被盗井盖的数量。当一名年轻的警察在最前面的一只井口边站定后，他突然大声叫起来，喂，这下面好像有情况！他一边喊一边蹲下身去，宽厚的大衣襟贴到了雪地上。快来人快来人，井下有人！随即，其他几名警察也纷纷朝那边跑过去。行人完全被这种情况吸引住了，人们一窝蜂似的也跟着围拢过去。

那个最先发现情况的年轻警察身先士卒，他脱了军大衣摸索着往井下爬去，上面的人不停地跟他喊话，怎么样怎么样，人还活着吗？井下传来的声音闷闷的，听不太清楚。这当间居委会的人帮忙找来了绳子，绳头像蛇一样一截一截往井下钻，绳尾被两个警察牢牢攥在手里。大约过了一根烟的工夫，下面传来喊话声，绳子就开始从下面往上爬了。警察们一二三、一二三地叫着，用力拉拽，掉在井里的人才被七手八脚地倒提上来。围观的人一阵唏嘘：人们最先看到的是一只脚，没有鞋，袜头尽是破孔，露出几只脚趾；接着是腿，但它看上去好

深

巷

251

像跟刚才的那只脚不在同一条直线上，也就是说，它们彼此是拧着的，脚脖子大概摔断了；再接下来是僵挺挺的身子，像是结了层冰似的；最后才是脑袋，比常人的头小了一圈，青紫，上面罩着一层雪霜，好像圆茄子错放进冷冻柜里冻了一夜似的。

等在上面接应的警察七手八脚地忙乱开来。运气不错，他竟然还活着，似乎连打哆嗦的力气也没有了，眼皮偶尔翻了一下，鼻孔喷出很微弱的一缕气息，婴儿般低低呻吟着。警察早用军大衣把他包裹了起来。这时停在路那边的辆警车也呜呜地开过来了，那个人像一团皱巴巴的包袱被几名警察塞进车厢。

这时，伴随着井下警察的一阵喊话声，那条绳子又一次被慢慢扯了上来，这回拽上来的是一只鼓鼓囊囊的蛇皮兜，被井下的水泡醉了，提上来时滴滴答答淌着污水。

医院暖气烧得烫手呢！男的仿佛是被热醒的，满头大汗，目光迷离。女的是被居委会的人叫来的，说她男人出了事。她一直守在病床边，不知流了多少眼泪。现在他醒了，她却一副欲哭无泪的样子，只是紧紧攥着他的一只脏手。

男的说阎王爷咋没收我？

女的冲他点点头。

男的说我好像一下子掉进十八层地狱里了。

女的又点了点头。

男的说我在那里面一直抱着根管子，那东西真的热乎着哩。

女的嗫嚅着，要不你早冻硬了……

男的眼泪就突然哗哗地流下来，止也止不住。

我真该死哩，做了见不得人的事，连老天爷都不答应啊……

到现在女的啥都明白了，其实昨晚男的的举动就让她起了疑心。她毅然松开了他的那只脏手，用力捏紧拳头，猛地在他身上捣了几下，接着终于号啕大哭起来。

你还是个人吗？你咋能干那种事情呢，你这样对得起谁呀……你咋就不替我想想啊，你还不如冻死算了！

男的的头似有千斤重低垂下去，直垂到雪白的被子上。一只手使劲刨挖蓬乱的发丛，另一只手青筋暴起，生理盐水正争分夺秒进入他体内。

女的抽抽搭搭哭了好一会儿，总算是安静下来。护士进来给病人更换液体，她起身拿手背揩了揩眼圈，就默默地走出了病房。

她一直走到医院门口，重新辨认了方位，昨晚黑灯瞎火又飘着雪花，她真不知道自己是怎么把那个大肚子女人跌跌撞撞背到这里来的。雪天的空气又清新又凛冽，吸进人鼻孔里立刻有种黏凝的痛感。她大口大口吸着冷空气，好像快要窒息一样。病人或家属在她身边来来往往，路边和空地上有很多人正在唰啦唰啦扫着雪。而她好像在等谁似的，踱着脚步在外面转了一圈又一圈，直到手脚都冻木了，脸颊和嘴唇发起了紫，才终于抬起头，挺着腰身，一步一步重新走进这家医院。

　　不过，这次女的没有去她男人住的急救病房，而是去了昨晚就去过的妇产科，她想起老家人嘴上经常挂着的一句话，纸里包不住火。

向葵头上的野烟

甲

向葵那年顶多也就是七岁过一点。身子骨细细瘦瘦的，头发又稀又焦，皮肤蜡黄蜡黄的，一年四季面皮跟屁股被打了似的不受看。

向葵的颈根是一截藕白色的嫩肉，跟个小姑娘似的，颈根上面悬棱着一颗干巴巴的大脑袋，整个脑袋上最引人注意的又是那双招风耳。两片耳叶整日间呼扇着，像一对在太阳光底下挥舞着赤红色翅膀的蝙蝠。冬天的时候，一双亮晶晶的清鼻涕总是悬挂在两片嘴唇之间，一吸一垂地动着。

通常，别人讲话的时候向葵总喜欢站在一旁偏着

255

脑袋一门心思看着对方，模样十分谦卑。向葵的个头是孩子群里最矮小的一个，他所采取的这种比较特别的站立或倾听的姿势，正好给人一种葵花向太阳的粗浅印象。

尽管向葵听话的样子又谦卑又乖巧，但事实往往不以他虔诚的意志为转移，他一直无法摆脱被别人欺凌的命运。在我们的每一次玩耍或集体行动的过程中，向葵总是让我们中的任何一个人吆来喝去做这做那，而他只有唯命是从。

比方说吧，我们要去沟里凫水，向葵就得用手支撑着下巴悄悄蹲坐在岸上给大家伙看好衣服和鞋子；我们如果打算去园子里偷摘一些梨子葡萄什么的，他就得老老实实替大家伙站岗放哨；若是我们耍跳马或骑毛驴之类的游戏，他必定又是被驯服的马或小毛驴，随便我们在他身上胡乱折腾一番并且任劳任怨；假如哪次运气很差的话，我们做了坏事又恰好给社员们发现了，我们兔子一样拔腿就跑，唯独将向葵落在身后。

向葵身体本来很瘦弱，跑起来慢吞吞的，像一只病乏的羊羔，眼看被看管园子或菜地的社员当场捉住，他就只好替大家背黑锅当替罪羊了。有那么几次，那些社员似乎明白了其中的原委，放下跑在最后头的向葵不捉，却拼了老命撵上来逮我们。这时，我们都骂向葵真是没用。

总而言之，向葵是一个既无关紧要又不可或缺的角色。

这一点上又颇有些类似于村子里的某种人事格局，尽管那时我还不大明白成人世界里的种种规则。在社员们中间，有一个人的存在的确跟向葵生活在我们之间的情形有点相似，也是既无关紧要又不可或缺。

我这里说的这个人就是住在队部那间低矮的小窝棚里的癞呱子脸。癞呱子脸当然不是他的真名，大伙儿不知晓他姓甚名谁，只知道他是个外来的穷困潦倒的流浪汉（他们经常出没在村子周围，哪个队里缺重劳力就会将他们收留下来给口饭吃），年纪在四十岁上下，或者更大一些。至于癞呱子脸，主要是形容他那张奇怪的花花脸。他的脸远比戏里的人物的油彩花脸还要稀奇古怪。

　　事实上，到现在我对癞呱子脸的印象已经十分浅淡了，倒也不是说我是个很健忘的人，我相信没有几个人还会记得住他这样一个人。

　　像癞呱子脸这样卑微的一个外乡人，我们几乎没有怎么正眼瞧过他。很多时候，我们觉得他像一条的老狗，寂寞地守在那里。我到现在已很难清晰准确地描述他的相貌，或者说，他在我眼里只有一团非常模糊的印象，是浓雾一样的谜团。唯独还能记起来的恐怕就是他那奇异的肤色。他的两只袖子总是很长，几乎苫住了手背，不论春夏秋冬，他从来不把袖子卷起来，更没有穿过一件短袖子的汗衫。偶尔露出来的手背在人眼前迅速一闪，像黑夜中的一道电光，触目惊心的惨白。他的颈根和两只耳叶的后部以及多半个脸庞也都被那种刺目的惨白笼罩着，他的头皮就像白色的搪瓷缸子那样雪亮雪亮的，头发也不是普通的黑色，而是像电影里外国人那样赤黄。没有人告诉我们他的皮肤是怎么了，为什么会弄成那样瘆人的白色。

　　当然，等长大以后我才知道，那只不过是一种病，一种常见的皮肤病而已，没有什么可大惊小怪的。但那时候我们却认为问题一定十分严重。

与众不同的奇怪模样使他的存在成为一种白色的不祥之物，一只白色的神秘幽灵。癞呱子脸原先并不是村里的人，据说他是在许多年前的一个深夜悄悄来到这里的，谁也不知道他为什么会来到我们这个村庄，正如谁也不清楚他那可怕的白色皮肤究竟是怎么一回事。

那一年冬天好像特别寒冷，村子里的那口老水井都冻死了，井台子周围结了山丘一样巨大的冰团，将井口围困在当中，离水井稍远一些的地方是一道一道蜿蜒开去的冰凌子。水井忽然间成为一只发着白光的险恶的冰洞，使人望而却步。那口井就打在队部那排土房子前面，那几间房子就是队里的人经常出入的地方，其中有一大间是库房，常年挂着一只将军不下马的黑铁锁，锁头有些生锈了，显现出鲜艳的氧化物的锈斑。库房的两扇柳木门平时是很少打开的，一旦敞开了门，必定有重要的事情发生，而且多数情况下是很好的事，是可以让大伙为之欢喜一阵子的，比如分粮分肉分果子菜蔬什么的。分东西是天天都期盼着的事情。

冬天的日子最难熬啊，粮食没有了，蔬菜也没有了，就连生了一拃多长绿芽子的土豆都吃得精光了。日子眼见就快撑不下来了，可库房门上依旧整天挂着冷冰冰的黑锁头，让人感到无比沮丧。

我还记得悬挂这把半尺长短的将军锁的铁门镣子（链环）有一个十分显赫的作用，这在当时几乎是一件无坚不摧的瑰宝。我们这些孩子因为白天胡乱找东西吃，不管是树上的还是地里的，只要可食，都被我们想方设法弄到手生生地吞进肚子里去，可随之而来的是上火和令人难以忍受的溃疡，嘴唇口腔内壁和舌苔上都生满了大大小小的水疱，一到天黑回到家里就疼得龇牙咧嘴哭爹喊娘。

那时候可不比现在，有很好的医疗条件，生了病多数情况都得乖乖忍着。有时候实在忍不住了，便被母亲拽着手臂去队部刮那种包治百病的铁门镣子。挂着将军锁的铁门镣子又长又粗，母亲们都相信它能刮去孩子舌苔上的火疱。通常要用铁门镣子在舌苔上刮七七四十九下（为什么非要刮四十九下，我从没有考证过，估计是一种迷信的说法），而且心一定要诚。心诚则灵。刮舌苔的时候得默默数着数，绝不能有半点声张和不敬的言辞。

我小时候舌苔上经常生那种恼人的疱疮，没少受过这种冰冷的"刮疗法"。母亲一般都是选择夜深人静的时候带着我悄悄出门的。在寒气逼人的夜色中被母亲紧紧拽着小手，脚下踩着硬邦邦的土路，有时头顶会有一圈皎洁的月光在深暗的天空里幽幽地闪耀着。我走得极不情愿。母亲却是满脸的肃然，像是要去做一件多么神圣的事情。一路上母亲都不跟我说半句话。等走到队部库房门前，母亲早迫不及待地将我推搡到那高高的门槛上。

母亲站在门槛下用双手稳住我的小身体，生怕我会掉下来似的。

她说你快刮吧，听话，刮完就不疼了。

我幼小的心委实惶惶的，一只手已经够到了那冰冷的门镲子，我甚至还有意碰了碰那把黑黑的铁锁，它竟纹丝未动。锁身在月光中浮着一层清冷的霜辉，似在不屑地嘲讽我们的愚昧。母亲又在下面催促了，还死站着干啥？你倒是快点刮啊！

我便顾不得许多，手里的门镲子已经在伸出来的舌苔上慌忙刮动起来。

我在心里默默地数着。母亲也在轻轻地替我数数。通常，我数着数着就数忘了，不知道下面该是第几下。只记得坚硬而又冰冷的金属在自己的舌苔上一下一下刮摩着，唾液都是咸涩的，舌头渐渐木了，僵了，最后完全变成一块硬撅撅的石头，动也不能动了。

当母亲宣布结束的时候，舌头好像完全不是我自己的了，怎么也收不回嘴里来。回家的路上，母亲问我还疼不疼。我木讷地摇摇头。我说舌头好像胖胖的。母亲说那是麻了，麻了就不疼了。果然，第二天那疼痛似在减轻，吃东西也觉不出什么味道，像在嚼一团棉花。再过上三两天，舌苔上的疱疮竟自动消失了。好了伤疤就忘了痛，接下来我又开始跟着大伙儿一起寻找一切可以吃的东西以抵御无处不在的饥饿。

但是，我永远也无法忘却那个寒冷的腊月天。那天夜晚似乎星星很稀少，月光洒满了结霜的土地，我和母亲踩着薄霜覆盖的青白色小路影影绰绰地朝队部的方向走去。这大概是我最后一次跟着母亲去刮自己溃疡得一塌糊涂的舌苔，那天晚上以后，我再也没有采用这种古怪而又荒唐的治疗手段。事实上，那晚之后就连一向虔诚之至的母亲也不敢轻易再带我去那个地方了，她一定是受了巨大的惊吓。

那是我第一次碰见他，那个卑微的癞呱子脸。

这之前，我从不曾见到过如此可怕的一张活人的颜面。母亲一定是被他的样子吓坏了。女人的胆子毕竟很小。母亲后来一直近乎顽固地认为那晚自己撞到了鬼，就是传说中的白脸无常。所以，在相当长的一段时间里，天色稍微黑沉一些，母亲断然不敢出门走动了，就连上茅房也要我们几个孩子陪着她出去。

许多年过去之后，当我读到维克多·雨果的《巴黎圣母院》，真正见识了卡西莫多那副丑陋无比的相貌："……那个四面体的鼻子，那张马蹄形的嘴，小小的左眼为茅草似的棕红色眉毛所壅塞，右眼则完全消失在一个大瘤子之下，横七竖八的牙齿缺一块掉一块，就跟城墙垛子似的，长着老茧的嘴巴上有一颗大牙践踏着，伸出来好似大象的长牙……这一切又都表现出一种神态，狡狯、惊愕和忧伤……"我这才试着重新回忆起那年和母亲在队部库房门前的一次遭遇——这对于年幼的我或胆怯的母亲都不啻一场噩梦。

我得承认见识贫乏或愚昧无知通常是人最致命的问题，它无端地给很多原本稀松平常的人或事涂抹上神秘乃至恐怖至极的色彩。人们总是习惯性地将自己想不明白的事情跟神啦鬼啦的荒唐东西联系在一起，对所有反常的表象统统以人死后的阴魂之类的想象物来替代或加以描述，使人们谈之色变，唯恐避之不及。回想那些年整个村子里的老老少少都是怎么对待一个皮肤病患者的，我依然感到心惊肉跳，感到头皮发麻汗毛倒竖，也感到了一丝羞愧，仿佛过去的一切真的又在眼前重演了。

那天晚上，当我和母亲蹑手蹑脚来到库房门前并开始虔诚地进行一次溃疡治疗的时候，我和母亲不约而同地看到了那个猥琐的怪人，那个白花花脸的外乡人。或者说，他突然像一条伺机而怒的老狗从旁边的窝棚里警觉地蹿了出来。这之前，我们已经依稀听说村里新来了一个外乡人，就住在队部的窝棚下面，而且，是经过队里批准的，他可以住在这里，同时帮忙看管队部的物品，可是我们一直还没有看到他长什么样呢，因为白天他极少出门，总是蜷缩在窝棚里不知在做些什么。

天气实在太冷了。当时我刚刚伸出自己的舌头，手里的门镣子和舌苔稍微一碰，我立刻觉得它们之间似乎胶性极强地粘接在一起了，就仿佛一块塑料落在火红的炉盖上，顷刻间便融化了并合为一体。

而癞呱子脸正是这时出现在我和母亲面前的。他的贸然出现使这个寒冷的冬夜突然产生了某种虚幻，产生了一种前所未有的空洞。或者，我和母亲犹如失了魂魄的空壳忽然凝固在这虚幻的夜色当中。我们像两只失去操控的皮影儿，变得僵死和手足无措。我看到母亲的脸在月色中发出刀背一样的一层青辉，她的嘴巴一下子就张开了，好像已张到了极限，有一种撕裂般的疼痛与惶悚在脸上迅速弥散开来。

……我不愿记起却又不能忘怀的还是他那张可怕的脸，在月光中，那是怎样的一种白啊！那种惨白越发显得鬼魅飘忽毫无逻辑，甚至于白得有些生冷和鲜艳了，那简直不属于常理中的一种颜色，使人无法理喻这一面孔竟会是一张活生生的人脸。

后来能记住的就是自己奔跑时慌乱的声音。我和母亲拼了命在冬夜中狂奔，铿锵又杂沓的脚步声鼓点一般响彻黢黑阒寂的村巷，快到家门的时候，母亲早就气喘吁吁的，她佝偻着身体接连用一只手背捶着腰身。我的舌头似乎有了知觉，我使劲咽着充满铁锈味的唾沫，嘴里有股令人作呕的腥味随着急促的呼吸不断弥散出来。

待回到家方才发现，我的舌苔上似乎少了点什么。我对着一块镜子照了半天，舌头上露出一只鲜红的血窟窿，显得十分荒谬，仿佛被什么东西咬去了一块。原来，当时自己大概太紧张了，竟被那该死的门镣子粘去了一块舌肉。我疼得哭闹了整整一宿，剧烈的疼痛和呜呜的哭号声使这个冬夜变得漫长而又不同寻常。哭声的背后是无边的恐惧阵阵袭来。那晚母亲搂着我睡，直到天亮她的身体仍在一个劲抖着。

翌日清晨，父亲到井边挑水的时候，远远就看见一柱浓浓的黑烟从队部门前升腾起来。井口旁燃烧着一堆炽烈的柴火，火光伴随着哔哔剥剥的声响在晨空中飘摇和咆哮着，封冻的井口正在慢慢地融化。融化中的冰在火光中熠熠生辉。父亲看见一个陌生的黑影正蹴在火旁，他的脸上闪跳着奇异而又古怪的红光。

父亲挑着空桶回来的时候好像说队部里新来了一个老哑巴，奇怪的是，他没有描述那张惨白阴森的鬼脸。也许，父亲并没有完全看清楚。也许像父亲这样的男人是不会感到有什么恐惧的。

母亲依旧一声不吭，过了好一会儿，她才对我说，往后不许去那里耍！

当天下午，人们陆续从队部挑回来要吃的水，封冻的井口终于被烧化了。大伙的议论依旧跟那张丑陋的花脸无关。

乙

整个夏天，我们都把时光浸泡在清凉的渠沟里。水才是这世间最神奇的东西，水可以包容人的身体以及身体中的所有污垢和缺陷。它看似无形，却以巨大的浮力托举着我们赤裸而单薄的身体，让人感到无比的凉爽和惬意，感到自由自在，也感到夏日对于我们孩子的真正意义。

我那时候甚至开始怀疑自己是不是鱼类或泥鳅什么变成的。我是多么迷恋这种在水中徜徉的感觉，同时，也痴迷于这种胡思乱想。在水里我们可以自由地凫来凫去，活像一只只无忧无虑的野鸭子，如果给我们插上一双翅膀，我们一定能飞起来。可很快，我的这种猜测和妄想就不攻自破了，自然老师在课堂里口口声声说我们人类是由一种叫类人猿的家伙演变过来的，也就是一种比较高级的猴子。很长一段时间，我感到非常失望，甚至有些淡淡的忧伤。这忧伤弥漫了整个夏天，像水一样在我脑海中流动，让人闷闷不乐，干什么都打不起精神。

猴子会凫水吗？我想它们肯定不会。它们只会在树上爬来爬去，只会傻乎乎地翻跟头做鬼脸！

在夏日阳光的炙晒下，我们每个人的皮肤都开始发红并由黄变黑，黑得有点不可思议。你可以清楚地听到阳光滑过水面和人的肌肤时所发出的细微的沙沙声，那种声音温暖而又舒缓，就好似一只慵懒的蝉虫蛰伏在茂密的树枝里的一声声轻轻的鸣叫，把盛夏无限地拉长。在水里待得时间久了，往往又会感到肚子里空落落的，会呱呱地叫，声音听起来很龌龊，仿佛流动的水会迅速消解腹内的食物并裹挟身体的热量，使人感到一阵一阵的眩晕或肠胃痉挛。

我们只好空虚无奈地爬上岸，懒洋洋地仰躺在晒得发烫的沙土上，两只手不停地将很柔软的细沙土捧起来撒在裸露的身体上。

向葵那阵子一直都没有下过一次水。他的胆子忒小了，小得恐怕仅有黄米粒大。有时候我们动手烧死一只老鼠或捏死一只青蛙他都显出惶惶不安的样子。看来，向葵也就只配老老实实蹲在岸边给大伙儿看看衣服或站岗放哨，他恐怕做不了什么大事情了。

在村子里，向葵妈更是一个谨小慎微的女人，她走路轻巧得有点异乎寻常。你根本不能确定她是用两只脚一步一步走过来的，还是像一片轻盈的云彩慢慢悠悠地漂移过来的。那个沉默的女人在人前很少大声讲话，和社员们一起出工的时候，她总像是被谁遗忘在身后的一只寂寥无助的影子，扛着一只短锄或铁锹悄无声息地走着，脚步十分细碎，轻盈，仿佛一只巨大的雌性昆虫。

向葵妈的头上老爱遮一块大花格子的棉围巾，颜色已经发白，她的刘海儿麦穗一样齐整地在前额上轻轻飘动，一双幽忧的眼睛恰到好处地藏在黑黑的刘海丛里，让人觉得她的眼神也是那么飘忽无常。向葵的性格也由此可见一斑，这让人相信书上说的那句老话，有其母必有其子。社员们当然说不出这么光鲜和深奥的话，他们只会讲啥样的虫子拉啥样的屎。虽然这是一种较为朴素的说法，但我不喜欢听他们这样谈论向葵和向葵妈。

那些闲散的时光里我们总是感到空虚和无聊。无法满足的食欲在体内像许许多多细小的蛇游来游去。我们用双手从地里将来刚刚灌浆的麦粒，每个人的口袋里都装满了这种青嫩的谷物，还来不及剥去皮已经被嘎吱嘎吱嚼在嘴里，乳白色的汁液坠满了嘴角，一个个都像是刚从母亲的胸怀里钻出来的奶娃。

这种东西吃多了以后，便有一种腹胀的感觉，很不舒服，肚子里依旧咕咕地叫着，有些闹哄哄的，依旧饿得心慌，而且，还不停地放很响亮的屁，但不臭。我们知道，我们也许更需要吃上一点像样的东西，比方说，肉。

那天晌午，我记得非常清楚，换句话说凡是跟食物相关的事情我都能记得清清楚楚。那天我们从水里疲惫不堪地爬上岸来，用双手抚摩着空瘪瘪的肚子，每个人都以最优秀的想象力拼命在想吃肉的感觉。可是，我们都已经对这种奢侈的感觉感到无比陌生了。换句话说，我们几乎忘了肉的香味，忘了肉汁滑过喉咙时的那种油汪汪的激动。我们已有相当长的时间没有闻到过肉腥味了，更别提吃。

都说无事生非。而我却相信，无"食"同样可以生非。

我们疲惫地穿着各自的衣裤，无意间发现坐在岸边的向葵嘴里似乎咕哝着什么，他虽然咀嚼得很隐蔽，嘴角连一丝缝隙也没有露出，就像没牙齿的老太婆那样，但他鱼一样鼓起的腮帮子已经说明了一切。这个诱人的细节还是被大伙儿发觉了。谁也不知道这家伙究竟在吃什么。这让大伙儿感到异常愤怒。

有难同当，有福同享。这是一条最起码的原则。众人纷纷提着裤子围过去的时候，向葵似乎已经将嘴里的东西迫不及待地咽进肚子里去了，他当着大家的面翻了一下白眼，面皮显现出因咀嚼食物和躲躲闪闪所带出来的一抹羞涩的红光。他接着竟做了一个非常惹人的动作。

向葵用粉红色的舌尖在自己的嘴唇周围做了一个360度的滑转，然后使劲抿了抿嘴唇，颈部向上抻长了一下。这标志着他圆满完成了一次食物由咀嚼到吞咽的全过程，而且，还表现出某种意犹未尽的回味的快感。

当几只鸟爪一样肮脏的手粗暴地掰开向葵紧闭着的嘴巴时，有人甚至将鼻孔凑在向葵的嘴巴上面贪婪地嗅了又嗅。

向葵的嘴脸被扭曲得很难看，或者酷似一只茹毛饮血的小怪兽。

是好吃的！

挺香挺香的东西呢……

他妈的，好像是什么肉！

快说，你他妈偷吃的是什么？

说不说！

说呀？

揍他！看他老实不老实！

要不你搜搜他的兜，说不定里面还有呢。

连个屁也没有的！

往死里打这小气毛……

事实就是这样，众人没有从向葵身上找出任何可吃的东西，这是一件十分令人沮丧和懊恼的事情。正因为大伙儿不知道他吃进肚子里的是什么东西，所以由此而引发的诱惑和愤怒也更加明显和强烈。

我想，该死的向葵必须为自己的龌龊行为付出代价。

那天我们并没有揍他，甚至没有动他一手指头。

向葵本来就又瘦又小，跟豆芽菜似的，根本经不起几下拳头。不打倒也不是想便宜他，关键是我们正站在渠边，有更现成和直观的惩罚手段，而且不费什么劲。况且，大伙儿肚子正饿得急，又经受了某种未知食物的无端挑逗，确实没有多余的力气再浪费在这家伙的身上。我们只要将这个吃独食的小气毛剥光了衣服扔进水里就够他喝一壶的了。

向葵后来在水里呼天喊地地扑腾时的样子才稍稍平息了大家伙满腔的愤怒。

当时，我只是感到有点害怕。我并不属于那种胆量过人的男孩，很多时候我表现出的多是一些优柔寡断和郁郁寡欢。说心里话，我并不很赞赏这种有些残酷的惩罚方式，反正我是不会亲手去做的，可我也没有能力左右我身边的其他人。我只是忐忑不安地看着他们将可怜巴巴的向葵精溜溜地丢进水里，像往水中抛一颗蔫了吧唧的大白菜，眼前倒是激荡起很大一片浪花，令人多少感到有些兴奋。

向葵的尖锐的哭号声很快被流淌的渠水吞没了。

向葵的求救声开始变得断断续续，他的两只细瘦的手臂和大大的脑袋不时露出水面，拍击出的浪花也有气无力。看起来，刚才吞进他肚子里的不明食物并没有立刻转化成热量来支援他此刻艰难无助的挣扎。

他不会淹死吧？

淹死活该！

谁让他要吃独食呢。

我看算了，还是把他拉上来吧……

要拉你去拉我们可没有劲了！

一伙人站在岸上七嘴八舌着，谁也不肯再次跳进水里管他，眼见着向葵在水中像一具浮尸那样越飘越远。

当向葵的半拉脑袋在远处的阳光里最后一次浮现出来的时候，我们几乎全部慌乱起来。情况不妙！看来这家伙连狗刨也不会啊。

向葵好像真的不见了。

就在千钧一发之际，我们看到前面岸边的树林里有个黑影忽地一闪，紧跟着一条黑色的弧线轻盈地落入向葵刚才消失的地方。几朵巨大的浪花立刻喷涌出水面，倏忽便又风平浪静了，仿佛眼前的情形只是一场梦境。

向葵当然没死。

向葵是被穿黑汗衫和黑裤子的男人从水里捞上对岸的。

我们躲藏在树身后面朝对岸远远观望。那个穿一身黑的男人正像拎一只兔子似的倒提着向葵的两只细瘦的脚脖子。向葵被倒悬着的脑袋，嘴巴死鱼一般张开，渠水白花花地从里面淌出来。

我们一个个全都看呆了。又过了一会儿，大家隐约听到向葵哇哇的呕吐声，活像个醉鬼，他还接连打了一串响亮的喷嚏。记忆当中，向葵从来都不曾打过那么响的喷嚏。这似乎不太符合他的个性。

这时，终于有人恍然大悟地喊了一声。

是他！是鬼脸！是他救了向葵！

众人面面相觑着。

这一突破性发现，使原本屏声敛气的大伙儿顿时骚动起来，每一个人都开始踊跃地发表自己的见解。

我爸说癞呱子脸的那张白脸比鬼都难看。

扯谎！你爸真的见过鬼？

听说他一年到头从来不洗一次澡，不换一身衣裳，他比猪还要脏呢！

他的脸和身体都是白颜色的，就像……就像……像咱们公社饲养场的乌克兰大白猪那么白，我妈说他是上辈子作了孽，所以才遭这种报应的！

你们狗屁都不懂，他根本就不是人，是个鬼，是专门吃小孩的那种白脸吊死鬼，他白天从来都不出门，一到黑夜才出来捉小孩！

……那他现在为什么跑出来了？而且，他还救了向葵。

又是片刻的沉默。

这时，我们看见他已经将向葵背在自己身上，然后摇摇晃晃地朝前面走去。

你们都看到了，我没有说错吧！狗日的向葵今天有他娃娃的好果子吃！

我们茫然地站在岸边，眼睁睁地看着那只黑色的背影在面前渐走渐远，我们的目光也被越拉越长。

我们大眼瞪小眼地相互对视着。说心里话，大家都开始替向葵提心吊胆起来，都觉得他还不如被水冲走好呢，特别是一想到癞呱子脸那副可怕的怪模样。

机灵一点的当即提议，我们还是赶快去找向葵他妈吧，兴许她有好办法呢，她不会看着向葵被那个家伙活活吃掉的！

于是，我们个个都张开双臂，像一群惊弓之鸟朝村庄飞奔而去……

丙

往事竟然会那么不堪回首！穿越时光的悠长隧道，自己依稀又回到了那年夏天的午后。想一想，如果当年没有我们联手制造的那场恶作剧，没有那次致命的惊吓，可能向葵完全会是另外一种人生。向葵或者会像我们中的许多人一样坐在整洁舒适的办公室里一边喝着飘香的茉莉花茶，一边慢条斯理地浏览当日的新闻晚报，而向葵妈也可能会被向葵接进城里过上十分幸福的晚年生活。

向葵上小学一年级的时候，他的语文老师坚持要把向葵这个名字改为向阳，因为用土话叫他的名字听起来总是像鬼像鬼的。老师说万物需要阳光，葵花向太阳，向阳这名字又顺嘴又积极！

其实，那时候村里经常放映一部叫《平原游击队》的战争片，里面就有个双枪李向阳，向葵改名以后，多少让我们挤对过他一阵子。都说，向葵看你他妈瘦得跟麻秆似的，你凭什么叫向阳！所以，轮到我们玩打仗的时候，向葵可就惨了，我们另外选一个高个子的扮演威风凛凛的英雄李向阳，而向葵本人只有当汉奸和小鬼子的份儿了。从那时候起，向葵的忧伤似乎与日俱增，他逐渐开始离群索居，我们玩耍得起劲的时候他通常猫在很远的角落里观望。

有些事情要说起来难免会有点奇奇怪怪的，向葵那次从水里被捞上来之后，大概只剩下半条命了，突如其来的极度惊吓和恐惧使他从此简直跟换了个人似的。

那时我们几个惊慌失措的坏小孩土拨鼠似的站在向葵家的院子里，因为一路跑得太欢，每个人都大口大口喘着粗气，脸上的热汗漫漶不清。

那时向葵妈正在自家的伙房里和面，我们已然闻出空气中十分诱人的味道。我们的鼻子太灵了，就像一群馋嘴的狗或猫。向葵妈准备用粗稗子面掺上少许黑面粉给向葵烙几张饼。稗子其实是西北田野间极其常见的一种野草，牛羊牲畜都喜欢吃它。那些年地里的作物收成不好，可稗子长势却蔚为壮观，稗子落下的籽有黄米粒一般大小，去壳碾成粉末后可以跟面粉掺和在一起食用，味道虽然有些苦涩，可聪明的母亲们会在里面加一些糖精、葱花或几滴清油，这样烙成的饼一样让孩子们吃得津津有味。祖母还在世的时候，也经常给我烙这种稗子面的葱花饼，有时候她还会想方设法地弄来香蒿菜末和在面里，吃起来就别有一番滋味。祖母笑眯眯地看着我不顾饼热烫嘴地嚼着，嘴里咝咝溜溜叫唤着，她就说吃了稗子面馍馍，你可别做败家子（这种说法大概源于败子和稗子谐音吧）。我当然不是什么败家子，可小时候坏事情确实没有少做，自然也少不了这一次对向葵造成的精神和肉体上的伤害。事实上，这伤害已经蔓延到向葵妈的身上，也蔓延到从水中搭救出向葵的癞呱子脸身上。

　　我相信有那么一刻，向葵妈根本没有弄明白我们在叽叽喳喳喧嚷些什么。她站在自家伙房门前，灰色的围裙扎在腰间，两只汗衫的袖子卷得老高，露出很白的两截胳膊（向葵的肤色跟她很接近），她的双手沾满了面泥。但我感觉到她那探询的眼神正在我们当中一遍遍搜索着，我知道她一定是在找她家向葵。尤其是，当她的目光终于停留在我湿漉漉的脸面上时，我的胸脯开始剧烈起伏，就仿佛我们做的坏事全被她发现，而我躲躲藏藏的目光几乎不敢再同她对视。

　　我的嘴角抽搐了几次，但我始终没有说出一个字来。我不知道是什么原因迫使自己这样"守口如瓶"。我其实完全可以说出一切的。

　　你家向葵掉进渠里了！

　　不对！你家向葵是让那个癞呱子脸推进渠里的！

　　可他又把你家向葵背走了……

　　我妈说那个白脸鬼专门吃孩子的小牛牛！还喝小孩的童子尿！

　　……

众人的表述就是这样杂乱无章。

我清楚地看见向葵妈愣怔了一下。她一把推开我们拔腿朝门外跑去的时候，她沾满面泥的手正好碰触在我的脸上，我觉得自己的脸像是突然被白色的蛇咬了一口，脸颊有一丝微微的凉意，仿佛伤口正在慢慢往出溢血。我用手摸了摸自己的脸，那并不是血，黏湿的稗子面泥颜色略有点发青，我凑近鼻孔闻，觉得很香呢。

也许这世界上没有什么残疾比不会说话更为痛苦的了。即便是雨果先生笔下那个丑陋无比的卡西莫多也会对美貌绝伦的舞女艾斯美拉达说上一句最最简单而真挚的"美"，而癫呱子脸却不能。他是个相貌丑陋的哑巴，什么也不能说，或者，他根本什么也不想说吧，他住在队部的那些昏暗的日子里，我们甚至没有听见他像别的哑巴那样哇哇乱叫过。

基于此，我们完全可以想象当向葵妈突然间闯进他那间又黑又矮的土窝棚里，并以母狼般的凶狠的目光表达了她作为一个母亲的极大愤怒时，他一定感到莫名其妙，同时，为了不让眼前的女人目睹他那张阴森丑陋的脸面，他只有选择沉默并尽量躲闪在窝棚里最黑暗的一隅。

向葵妈在表达了她必要的愤怒之后，立刻扑向平躺在一堆柴草中的赤着身体的向葵，她把向葵抱起来便冲出了那间狗洞一样的窝棚。出来的时候她带着哭腔对窝棚里的人说，你往后少碰我家向葵！这是我们所听到的这个女人发出的最愤怒最响亮的声音。而此前和之后我们再也没有听到她这样说话。

那天傍晚吃过饭，我背着我们中的另外几个人悄悄地将向葵的衣裤鞋子送回去。向葵妈坚决不让向葵出门，并把他反锁在房里。向葵妈大概为了表示对我的感激，她从伙房里拿出半块稗子面饼塞给我，她说这是给向葵烙下的，你也吃上一口。

我走出向葵家院子的时候，蓦然转过头，看见向葵正趴在堂屋的窗户前，方格子纸糊窗中央有一块小方玻璃，向葵整张脸都贴在那玻璃面上，神情显得非常哀伤和虚弱，他的目光犹犹豫豫的，仿佛失去了看我一眼的勇气。

那块稗子面饼我终究没有舍得吃，不知为什么，一想起向葵妈和向葵的样子，我就感到一阵心慌，竟忽然对美味的食物丧失了浓厚的兴趣。稗子面我一直揣在衣兜里，后来是母亲清洗衣服的时候才从我的兜子里面摸出来，它已经硬得像一块石头了。母亲把它捣碎和在猪食里喂猪吃了。

向葵被癞呱子脸恶毒地推进渠里的事情很快在村里传开。那时人的脑子似乎都是一根筋，谁也不愿意问个究竟，只是一味地指责癞呱子脸的居心叵测，有人甚至认为他是个十分危险的间谍或国民党特务，而他丑陋的外表只不过是吸引别人注意力的幌子，他是故意将脸弄成那样的（说这话时有人还提到了老戏里的苦肉计），真正可怕的是他不可告人的目的。

那些家里尚有小孩子的母亲主动找到队里，她们希望癞呱子脸滚得越远越好，省得她们整天为自己的孩子提心吊胆。

这年秋天，向葵光荣地坐在村小学校一年级的课堂里，双手服服帖帖背在身后，他的坐姿非常拘谨，像是被捆绑着似的，脸上很少有快乐的时候。同学们也不怎么爱跟他一起玩耍，他看上去一天比一天孤独。

秋天的最后一些日子，癞呱子脸被指派去外面烧野炕了。

丁

烧野炕，其实是一种制造农家肥的原始方法，那时候上头供应的化肥十分有限，种庄稼自然离不开丰足的肥料，地里除了要上牲口圈和家家户户茅房里积下的那点粪土之外，每年秋后都要在地里大规模地"打炕"烧肥。

所谓的野炕，就是在地里临时搭摞起的土坯台子，模样跟家里的土炕相似，最长的大概有十来米长，台子里面设计有迂回通畅的烟路。烧野炕的人像在家里烧炕一样往土坯台子下面填进大量的秫秸柴火和骡马的粪便，然后点火烧炕，从炕洞里冒出的浓烟遮天蔽日，整个萧瑟的田野顿时烟雾弥漫。

这时，每个生产队都在组织下面的人烧各自的野炕。所以，一眼望去，大片大片的广袤土地都被浓厚的一层青烟所笼罩着，偶尔有一两只黑影在其间微微地晃动着，大多是那些负责烧野炕的社员，让你一时间分辨不清他们是在天上还是在人间。

这样每日持续不断地烧上十天半个月，炕基本上就烧熟了，炕土便有了一定的肥力，然后队上再组织社员们一起拆炕，炕拆了还要用榔头将那些早已熏得发黑发焦的土坯块和炕面子全部打碎。这种使榔头敲肥块的活多半是由女人去完成的，女人们手里一上一下抡着木榔头，嘴里不停地诌着张家长李家短的闲传，用不了两天工夫炕坯全部敲得粉碎了。可这并不算结束，接下来还得把这些肥土用锹瓷瓷实实地垛积起来，垛得高高的，这叫捂肥，就是让肥土再充分发酵，直到来年春耕前使用。于是，地里一时间鼓起来无数只圆圆的土丘，深秋的土地犹如一双双哺乳期女人的胸脯顷刻间丰盈起来。

癫呱子脸整天在浓烟弥漫的田野里走来走去，不时地用他手中熏得漆黑的木叉子朝炕洞里续填着秫秸柴火。一道道闪耀的火光随着木叉子的来回运动越发肆虐不羁，癫呱子脸的整个身体都沐浴在跳动不休的火焰之中。当然，奔放的火光偶尔也会十分鲜亮地映红他的脸，那些可怕的惨白似乎被火光倏忽消解了，使这个长时间保持沉默的丑陋的鳏寡之人像是迎来了自己生命中某种意想不到的重要时刻。但他也许并不觉得，他的生活注定是暗淡无光的，被火光照亮的脸庞也只是稍纵即逝的一丝温暖。默默无闻任劳任怨埋头苦干才是他生活的全部内容和意义。

有过一次落水的遭遇，向葵对水始终充满着巨大的恐惧。向葵妈拿着向葵的生辰八字四处去占卜，他们说向葵五行中缺火，忌水。所以，向葵后来一直是个旱鸭子，不会凫水，成为大伙儿嘲笑他的一个致命的把柄。一个乡村里出生的男孩子不敢去耍水，事实上他已经严重脱离了群体，或被这个群体排斥在外。

向葵跟自己同龄的孩子越来越疏远了，总是一个人行走在回家的路上，像一只离开了群体的羊羔。其实，向葵自己开始喜欢沉浸于这种迷途之中了。这也许是一种比较令人担心的状况。可向葵自己肯定不觉得。

向葵认干爹的事情就发生在这一年秋天。

实际上，给孩子们认干亲的方式在乡下十分普遍，大凡哪家的小孩生下来就多病多灾的或是独生都要在附近寻一户人丁兴旺或比较投缘的人家作为这个孩子的干亲，为的是庇佑孩子一生平安，长命百岁。像向葵这样的孤苗苗认个干爹是再正常不过的事情了，队里很多人见了向葵妈的面都会不无怜恤地说，向葵妈你该早早地给娃娃攀下个干亲才对。

但是，让人们始料不及的是，放着好端端的一村人不认，向葵居然认了癞呱子脸这样的一个外乡人做了干爹。这几乎成为当时一条极具杀伤力的爆炸性新闻。据说，向葵妈是听从一个颇有名气的神婆子的话才这样做的。

我记得向葵认干爹那天天气很好，那是秋天里少有的一个阳光灿烂的日子。队部前面的一排整齐的钻天杨在秋风里摇晃着微微发着金光的叶子，叶子虽然变黄了，却没有要凋落的意思，瓦蓝的天空因此透着几分怀旧的韵致。

癞呱子脸一早就被请到向葵家去了，很多人过节似的尾追了过去，想弄个究竟，我们更是把这一切当作稀罕之事来看待。我们早早冲进向葵家的院子里，个个像癞皮狗似的趴在他家的窗台上，久久不肯散去。两只腿脚空悬着，眼皮一眨不眨地透过玻璃朝里面观瞧着，生怕错过了某个重要的细节。

我们看见癞呱子脸坐在桌子的上岗子位置，眼神中闪动着忧郁和茫然的白光，也可能他根本不知道自己为什么会坐在那里。坐在他旁边的是队里几个人和向葵妈的娘家人。

而向葵却独自一个人躲在里间屋的炕上，像一只被囚禁的兔子，面色惶惶的，仿佛随时要吓得哭出声音来。当我们趴在窗户上向他招手叫喊的时候，他越发显得惶悚无助了，最后他完全将自己的头脸掩埋在被垛中去了，好像村里即将出嫁的姑娘似的，再也不肯抬起头来。

向葵后来硬是让他妈从里间屋的炕上连拉带拽弄了出来，他当着很多人的面给癞呱子脸行了大礼。向葵跪在地上磕头的时候他妈在旁边一个劲儿往下摁他的脑袋。那种样子的确很滑稽。不管怎么说，向葵有了自己的干爹。这该算是一件好事情吧。

我后来一直认为，向葵认癞呱子脸当干爹并不是毫无理由的，毕竟人家救过他一条命啊。也许还有另外一个原因，在乡下小孩子多被唤作狗娃铁蛋之类的，人们笃信贱命好活的说法，而向葵之所以认一个鳏寡卑微的人做干爹意思大概也在于此吧。可那时，我们没有一个人这样想过，至少我没有，我们除了有种幸灾乐祸的快乐之外，更多是觉得向葵这家伙也许要倒大霉了。

癞呱子脸在外面烧野炕的那段日子里，向葵默默地承担了一个干儿子应尽的义务，虽然他的默默付出很多情况下都是很无奈的。向葵妈也许出于怜悯，她总是想方设法地从自己的口粮中挤出一些食物，和面的时候多蒯一小勺面粉，焖干饭的时候多下一把碎米，盛饭前总是预先留出一份，等向葵散学回来吃过饭，就嘱咐向葵给在地里烧野炕的癞呱子脸送去。

后来向葵送饭的事情还是没有逃过我们的眼睛。那天傍晚我们跟踪了向葵去地里给癞呱子脸送饭的全过程。向葵手里拎着他妈用蓝花格子围巾包裹好的饭碗独自朝地里走去。那时天色已渐近黄昏，路边的杨树枝头上不时飘旋下来几片发红的叶子，向葵细碎的脚步伴随着沙沙作响的树叶被践踏的声音在我们前面移动。向葵胳膊上的力气很小，因此，他每走上一会儿就要将手里的东西更换到另一只手上，这时我们便能清楚地听见碗碟之间发出的碰撞声响亮地从蓝花格子围巾中飞溅出来，使我们不得不放慢脚步，生怕被向葵发觉。

很快，我们几个就跟随着向葵来到烟雾缭绕的地里，那些酷似一排排坟园般的野炕正在飘摇的青烟中静默着，它们的存在使秋天广袤无垠的土地变得更加萧瑟寂寥，甚至有股凄凉的味道。

向葵在前面的行走也突然变得飘忽不定了，那些距离地面很近的一层薄薄的野烟正在波浪似的微微浮动，它们宛若一缕悠长的青白的柔纱，随着暮晚的最后一丝凉风在天地间柔柔弱弱地起伏萦绕着。有时候那层烟雾又突然停滞不动，静默在天地间了。唯有向葵嫩声嫩气喊叫干爹的声音，在空旷的田畴中回荡。

此时，我们看见癞呱子脸跟幽灵似的从一片浓烟中慢慢地钻出来，他的嘴里发出十分暗哑的咳喘声。向葵一步步向他靠近。向葵大大的脑袋在野烟中轻轻地飘移着，如同一只即将升空的气球那样轻盈。当然，我们无法看清向葵脸上的表情，我们只是隐约觉得他从来没有这样轻快过，当他站在癞呱子脸面前将手里的东西递给对方的时候，我们看见癞呱子脸蹲下来用他那只惨白的手在向葵的头上亲密地抚摩了一阵。那一刻我们都感到无比惊讶，甚至于目光都有点恍惚不定了。

说心里话，如今回想起这段往事，我不得不为向葵在癞呱子脸跟前所表现出的从容和亲近而感到羞愧难当。

遗憾的是，自那以后向葵又重新成为大伙儿打击的对象，不论在什么时间，或什么场合，见了面总要拿送饭这件事情来戏谑他一番。

向葵咋还不给你干爹送饭去？

干爹都要饿扁了，你还不快回家给我端羊肉面去！

向葵我的娃今晚我要去跟你和你妈睡一个炕头上……

向葵就死活也不肯再去给癞呱子脸送饭去了，后来我们发现这项工作彻底由向葵妈一手包揽了。向葵散了学就急急忙忙往家里跑，好像屁股后面跟着一群恶狼。他似乎越来越怕我们，这种怕仿佛是从一个人的骨头缝里钻出来的，一如我们曾经异常惧怕窝棚下面的那张惨白的癞呱子脸。

补丁

2001 年夏天，我在北京的八里庄鲁院上学，周末通常是一个人待在寓所里写东西或看书。北京的初夏时节已显得异常燥热难耐了，窗外的梧桐树奄拉着叶子，无数蝉虫憋足了劲在枝头一刻不休地鼓噪着，爬山虎在对面的楼墙上懒洋洋地沉睡。外面一丝风也没有，正午的阳光白花花的一片炽烈，钢筋混凝土的气味不断升温并横冲直撞地涌进寓所里来。

二十多年前的那个夏天并没有现在这样燥热，可二十多年前的那个夏天我们却终日感到饥肠辘辘，因为饥饿难忍，那时候我们几乎可以不顾一切，甚至可以做任何坏事，包括将一个弱不禁风的孩子剥光了衣服扔进渠里并袖手旁观。

那天偶然收到一封家书，竟是我弟弟写来的，信的内容并没有什么特别，无非是向我说说家中琐事，母亲的身体情况以及他自己的工作和人生大事（弟弟已经到了谈婚论嫁的年龄），等等，倒是信的最后一段话使我忽然陷入某种痛苦而恻隐的回想之中。

我不知道弟弟写下这段跟家事毫不相干的话的真实意图，信里说，哥你还记不记得以前那个向葵？前一阵子他妈来过我们家，说他很想见你一面，她还向我打听你在北京的通信地址。可最近听说他又住院了，眼看命快保不住了，他妈整天哭哭啼啼很可怜……

我一时愕然了。惊愕之余，不免感到有些难受，心里没着没落的，像是被什么人猛不丁在后脑勺用力击了一掌，而拍我的人却故意躲藏了起来，我感觉好像蒙蒙的，又似乎有所警醒。

那一年我从北京回来的时候天气正热。那种暑气逼人的热浪快要让我喘不过气来了。看来，我的预想根本就是错误的，我原以为老家这边要比北京凉快许多的，事实一点也不是这样。全球一体化，可能首先是全球一起热吧。燥热异常的空气无处不在，有时真让人感到绝望。

这天下午我在弟弟的引领下去见向葵。当然，我们不是在乡间小路上行走，这同样也是一个令人忧伤的变化，虽然这变化是那么翻天覆地和不可抗拒，它让城乡差距似乎一夜之间缩小。和我母亲一样，向葵家也分到了一套单元楼房，所以，我永远也看不到那些曲曲弯弯的覆盖着泥尘的小路，看不到遮蔽阳光的成片绿荫，看不到邻里之间相互依偎着的院落，也看不到从遥远的地方飘荡而起的乡村野烟了，而曾经被那些缥缈的烟雾所团团包围着的赢弱的身体和大大的脑袋，此刻正恹恹地躺在病榻上，他看上去似乎比过去更加瘦小，又仿佛他从来都不曾长大过。

向葵已经不会说话了，不是不会，而是不能。他的目光断断续续地在我的脸上滑过，似在寻找什么，又好像只是一次空洞乏味的眼皮微跳。大概是因为这些年我离开得久了，向葵妈几乎没有认出我来，弟弟把嘴贴近她的耳旁反复给她介绍我，她才恍恍惚惚记起世上确有我这样一个人。从少年时期至今，向葵始终被各种各样的病痛纠缠着，脑膜炎、肺结核、肺气肿、肝炎、胆囊结石以及可怕的哮喘等，向葵妈为了保住向葵的命，这些年算是吃尽了苦头。在我看来，向葵身上最大的病根或许正是那种无边的忧郁和恐惧。

许多年前的一个晚上，向葵无意中发现了自己的母亲跟癞呱子脸的私情，向葵也许整个人都傻了，他必定无法接受眼前发生的一切。那一年向葵就要离开小学校了。那天晚上向葵妈做了一顿很好吃的羊肉臊子面，向葵注意到母亲特意先盛出一大海碗并用碟子扣放在锅台上。我无法想象向葵发现母亲往那只他曾给癞呱子脸送过多次饭的碗里盛面时的复杂心情。中间，向葵自己到伙房盛面的时候忽然瞥见了母亲放在墙角下的一摊鼠药，药的颜色红红绿绿的，好像一堆被孩子们遗弃的糖果。

癫呱子脸在死后大约第三天早晨才被人发现，那同样是一个夏天的早晨，队里当时正准备给麦地淌水，每年淌水都涉及一个水源优先使用权问题，生产队之间总要争得你死我活，所以，队上就得派一个硬棒的人去看闸。他们看准了癫呱子脸，认为他是最合适的人选，他是个丑陋无比的哑巴，别人拿他没辙。可是，当队干部探身去喊窝棚里的癫呱子脸时，一股浓烈的腐臭从棚口漫溢出来，数不清的绿头苍蝇呼隆一下朝人面扑过来，人脸一阵生疼。

显然，对于像癫呱子脸这种人的死亡，没有什么值得惊奇的。人们只是觉得鳏寡人就是可怜，死了那么多天也没一个人知道。癫呱子脸被葬在村外的一片荒滩上，每年清明节他的坟堆上都有一些烧化的纸钱，他们说那是向葵妈给他烧下的，可是，我一次也没有遇见过，大概是偷偷去烧的，她不想让旁人看到。

向葵在弥留之际终于把自己那年往面碗里投鼠药的事情说了出来。向葵妈死也不相信，她哭着说我娃娃的胆子比针尖还小，你听他满嘴说胡话呢……说着，她一把搂紧依旧瘦瘦小小的向葵哭得一塌糊涂。

那一瞬间，我的眼泪也止不住淌了下来。

张学东

归途

中短篇小说选

张学东——著

3

中国言实出版社

图书在版编目(CIP)数据

张学东中短篇小说选 . 3, 归途 / 张学东著 .
北京 : 中国言实出版社 , 2024. 11. -- ISBN 978-7
-5171-4836-4

Ⅰ . I247.7

中国国家版本馆 CIP 数据核字第 2024YH8319 号

归途

责任编辑：史会美
责任校对：张天杨

出版发行：中国言实出版社
　　　　地　　址：北京市朝阳区北苑路180号加利大厦5号楼105室
　　　　邮　　编：100101
　　　　编辑部：北京市海淀区花园北路35号院9号楼302室
　　　　邮　　编：100083
　　　　电　　话：010-64924853（总编室）　010-64924716（发行部）
　　　　网　　址：www.zgyscbs.cn　电子邮箱：zgyscbs@263.net

经　　销：新华书店
印　　刷：北京盛通印刷股份有限公司
版　　次：2025年1月第1版　2025年1月第1次印刷
规　　格：710毫米×1000毫米　1/16　152印张
字　　数：1600千字

定　　价：498.00元（全8册）
书　　号：ISBN 978-7-5171-4836-4

坚硬的叙述

——张学东小说印象

王　干

　　认识张学东一晃快二十年了，我们最早的一次见面，还是在北京朝内大街166号《中华文学选刊》杂志社我的办公室里，我后来多次选载过他的中短篇小说佳作。当年的青年作家倏然间也步入中年了，二十年间张学东勤勤恳恳地写作，踏踏实实地创作，完成了近五百万字的著述，算得上一个高产作家，光他的中短篇小说精选集就洋洋洒洒有八卷本之多。学东嘱我写篇序言，我苦思冥想，在寻找一个词来概括张学东的小说风格，始终不得要领。近日，再度浏览他的小说时，一个词跳了出来：坚硬。我赶紧打开电脑，记录下这样一个关键词。

　　张学东出生于宁夏吴忠市，是正宗的大西北人。大西北地貌的雄浑、沧桑和坚硬，是人们肉眼可见的。有一次，我从宁夏坐车去西安，沿途的风景极为壮观，巍峨而挺拔的山峰，粗粝的石子和沙子，那些在风中行走的人们，与我平常在家乡江

苏所见到的景象是截然不同的，与我现在生活的北京也是"画风"大异，但近二十年来，我读到的宁夏的作家的文风却并非全是那么的豪放，比如，"60后"的石舒清、"80后"的马金莲等作家的文字就有着一种清澈、细腻和贴心的叙述。张学东的文字与他们又不太一样，他的小说也呈现出鲜明的宁夏地貌特征，在《跪乳时期的羊》中他写道：

> 才几天时间，草场上就有了翻天覆地的变化，又接连飘过几场雨，丰茂的草势一下子使得天地间臃肿起来。羊群刚赶出圈，呼啦一闪便不见了踪影，仿佛一个个掉进了深不见底的绿色湖泊之中。有时风头猛了，才能把绿色揭起几片白色的浪花，那是羊儿正埋藏在里面吃草呢，但很快又全部隐没不见了。

这样的叙述让人不禁想起了那首著名的乐府民歌《敕勒歌》："敕勒川，阴山下，天似穹庐，笼盖四野。天苍苍，野茫茫，风吹草低见牛羊。"当然，一个是"现"牛羊，一个是将羊群隐没了起来。但同样的大气魄，大手笔，非出自现场的亲身亲历者不可。这样一种坚硬的叙述，如果要从现代文学那里寻找源头，恐怕只有鲁迅先生了。鲁迅的小说风格被人称为冷峻，我则视之为坚硬，如果比照鲁迅的杂文，就会发现这位硬骨头的坚硬特性会更为明显。和鲁迅同时代的茅盾、巴金等人的叙述明显要柔和清新些，而到了沈从文、张爱玲那里则变得

清柔如水了。

当然，坚硬与柔和并不意味着审美价值的高低，而是天生的个性和内心所致。我不知道学东有没有受过路遥的一些影响，但在叙述质地的坚硬和刚性上，他们彼此都是相通的。

说张学东的"坚硬"，不是说他的写作只是一味地粗放和豪迈，事实上，他在叙述乡村历史和个人成长的历程中，时时体现出他特有的一种柔情和挚爱，他叙述苦难岁月里的人与人交往、描写大自然与童年视角的交融无不如此。在那一刻，他就是一个柔情万种的赤子和爱神。

与此同时，在当代小说家中，学东也是描写动物的高手，对羊、狼、狗、鸟等动物的拟人化的魔幻现实主义的叙述，进入到一个如我又无我的化境，但他写的绝不是宠物小说，他写的还是人物小说，在这个意义上，他笔下的动物无人可宠，不是无聊时的陪伴，而是生存的相依为命。生存的粗粝、生命的顽强、生活的艰辛，都让他笔下的生灵坚定、坚强、坚毅，让他的人物骨头硬、脾气硬、作风硬。

张学东在坚硬语言的外壳下，始终隐藏着一副柔软的心肠，这让他在对历史、社会和现实的探究中，赞颂的永远是自然美、人性美和童心美。

我以为，张学东的小说的基调无疑是现实主义的，他凝视、回望、聚焦生活的记忆和真实的感触，用写实的笔触来书写，但他又是一个开放的现实主义的践行者，他的小说对叙述视角和人物视角的转换的尝试孜孜不倦，保有现代主义和魔幻现实主义的韵味。

通读学东的作品不难发现，他的小说"切"和"砍"的力道非常明显，能与同时代作家区分开来，这一点对于一个小说家而言极为重要。我知道，在宁夏很多作家都习惯于书写土地上的苦难，学东另辟蹊径，很多时候他更愿意去写当代人的现实苦闷，从某种程度上说，苦闷是比苦难更难驾驭的。

是为序。

2024 年 6 月 13 日于万国城

目录

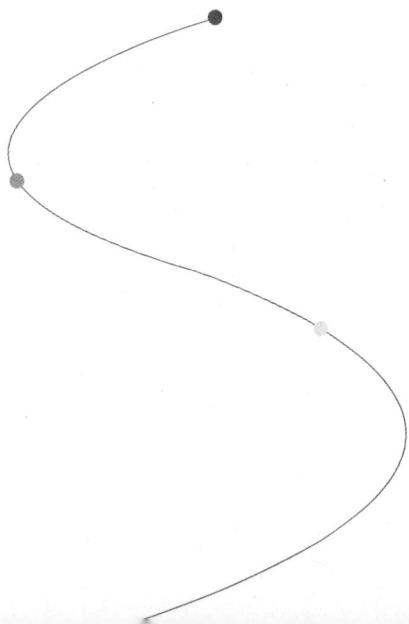

　　如果没有记错的话，那年的情形大致是这样的：
那个厚颜无耻的韩老七在祖父的堂屋里咽下最后一口
气不久，祖父整个人忽然消沉下来，话也不跟我们多
说一句，成天恍恍惚惚的，像一条哑子似的老鲇鱼，
不声不响，一味地沉浸在时光的鳞隙里。时而，祖父
也冲旁人睁着一双浑浊而又无辜的老眼，那样子真是
有点儿恓惶，全没了当初的风采。

　　一家人都很担忧祖父的健康。

　　那时，村里正流传着有关死鬼韩老七经常深更半
夜出没的消息。他们说得有鼻子有眼的，容不得人不
相信啊。村里有个人起夜目睹了死鬼韩老七骇人的样

子，说他单薄得像一片麻袋布，但看上去比麻袋布还要轻盈。他不是用腿脚走，而是在地面上一飘一飘地移动着。据说，那个人还冒了死命的危险，一路跟踪在地上飘摇着的死鬼韩老七，发现他穿过村街，最终停留在我家门前的一棵弯脖子老柳树前。那树的影子又密又稠张牙舞爪，完全遮没了死鬼单薄的身影，所以，那个人才不无遗憾地说，他确实没太看清楚韩老七的脸面。因为看不清，反而使这种说法更加趋于合理性，也就更加神秘玄虚了。

无独有偶，另一种更让人匪夷所思的说法，也在村里迅速蔓延开来。他们都说看见一个老头（后来被证实那老头就是我祖父），一到晚上就不停地在村子里走来走去，见了熟人也不搭讪，只是闷葫芦似的走路，像是有谁紧紧跟在他屁股后面，使他慌不择途。他行走的轨迹总是沿着人家的墙根，又像是要刻意探听什么似的，明明在他前面有一棵树，或一根粗粝的拴牛桩，也不知避闪，而是直戳戳地碰上去，将自己的脑门撞得咚咚响，树上的叶子也哗哗地往下掉了一层。

很长一段时间，这些古里古怪的说法，以各种不同的版本流传在村头巷陌，很是有点儿耸人听闻。

一家人就更为祖父担忧了。天稍一擦黑，父亲就对母亲说，快些去给老爷子把被褥铺好，伺候他早早缓着吧。母亲二话不言，像一个忠实的女仆，悄然照父亲的指令行事了。这个时候，父亲也不闲着，积极地去关闭大门，悉心地拴好牲口，轰赶鸡猪羊狗各自入圈，给它们添好过夜的草料，又在院子的犄角旮旯仔细转悠一大圈，然后才回到祖父休息的堂屋闷声坐下。父亲像牢头监视犯囚那样等待祖父躺下来。

每每这个时候，祖父倒是出奇地安静，仿佛浸漫在深水中的一块愚顽的黑石头，一味地保持静默，保持僵硬的坐姿，保持迷茫空洞的眼神，这样往往能持续个把钟头。人老了，很大程度上是老成了一种固定不变的姿态。

但父亲的耐心是有限的，他不可能整夜整夜陪着祖父发呆，父亲还有自己的事要做。白天他要累死累活务劳庄稼（祖父现在不能帮父亲的忙，他已经老得什么也做不动了，连吃口东西都力不从心），晚上还要跟母亲睡下来说说话。父母的谈话很多时候都是在夜间孩子们熟睡后进行的。

那天，父亲也许想发火了。照规矩父亲不应该冲祖父大喊大叫，发那么大的火。

可父亲还是冲祖父瞪起了牛样的大眼珠子。

我们依稀听见父亲在说，你还不睡，到底想干啥去？

祖父无言。

父亲又说，你这样没完没了坐着盘着有啥好处，真日怪你见天是咋想的！

我们依稀听见祖父干瘪的咳嗽声，像是谁正在用生了锈带着豁口的斧子劈干木柴。然后，祖父才憋着枯朽的嗓门，发出低沉而暗哑的声来。

人老喽，瞌睡就少。

父亲就嚷，老了没事了，才要好好缓着养精神哩。

祖父迟疑了一会儿，才说，你睡你的，莫管我。

父亲着实恼了，你莫听旁人瞎吵吵，青天白日的，哪来的鬼？

又是一阵无言的沉静。或许，沉静让他们彼此感到陌生。

昨黑，我真就看见老七了，他趴在我窗子口上……给我招手哩。

祖父嘴里的老七，就是早年间给我们生产队管理牲口的韩老七。那阵子祖父担任生产队长，他派老七去调驯队里新分来的一匹军马，结果那暴烈的畜生踢坏了老七的命根子，那以后他老婆跟人跑了，他无儿无女，就成了五保户，后来就狗皮膏药似的赖上了祖父，直到不久前祖父亲自为他下了葬。

尽说些不着边的疯话……你这都是疑心的。

呵，我可真真地看见了。老七还说，他在那边孤独得很，想我，就来了。

狗屁！全是屁话！

父亲把自己的大腿拍得啪啪响。

接着，我们听见父亲的脚步声腾腾传来。

父亲气呼呼回到里屋，跟母亲要来自己的被褥，又闷声夹在胳肢窝就出去了。

母亲似乎想对父亲说点什么，可终究未能说出口。

我们猜想，父亲今晚不想跟母亲说那些软绵绵的悄悄话了。

父亲一连在祖父的堂屋里睡了几夜，气色越发得难看，脸煞青，眉峰紧锁，凶巴巴的，简直跟个门神似的。我们见了他老远就避闪起来，像老鼠遇见猫，一点儿也不敢出声。他见了母亲也不说话，全无好脸色，闷头闷脑，唉声叹气，好像是母亲把他从屋子里轰出去的。我们孩子永远也理解不了大人的心思，就像父母永远也不可能了解我们的内心想法。

这天晚上，父亲脸上终于有了一些喜色，很早就跟母亲熄灭了里屋的灯。他们肯定又在黑暗中说那些我们无法知晓的悄悄话了。这让我们感到高兴。说悄悄话的父亲更像是我们的父亲。孩子的快乐，很大程度是建立在父母的喜怒之上的。他们快活，所以我们也快活。

又一夜无话。

天明了，我们像往常出门上学去了。中午一只脚刚踩进家门槛，又觉得气氛不妙。

母亲蹲在灶膛跟前，一言不语，手指不停地搓着围裙的一角，一个人在那悄悄流泪。我们恓惶地往嘴里扒饭，不时用眼睛的余光察看一旁的父亲。父亲脸色又恢复了铁青，眉心拧成死疙瘩，一副苦大仇深的样子，昨夜的喜悦荡然无存。

接下来，父亲把碗筷猛地往桌子上一搁，声音响亮，米粒都惊跳起来。

我们吓得腿肚子抽筋。

父亲严肃地发布了第二号指令，你们弟兄几个就别去学堂了，吃罢饭赶紧到张家庄李家桥黑水沟白碱滩去打问，看看有没有你爷爷的消息。

我们这才发现，今天的饭桌上的确少了一个人——祖父。

很长时间，我们几乎忽略了祖父的存在。人一旦老得不成样子了，他的存在就显得无足轻重，连小孩子都可以随便轻视他。

我们呆愣住，都看母亲的眼色。

还不快去！你们还想吃了包子等汤吗？

父亲的怒火终于燃烧起来。

找不到爷爷，你们就别回来吃晚饭！

我们弟兄几人连滚带爬，唯恐那串火星溅到自己身上，烧焦我们瘦弱的身体。

为了寻找失踪的祖父，我们弟兄几人只好逃学。我们别无选择。

事实上，我们并不怎么喜欢念书。识字念书是多么乏味无聊的事情，每天坐在学堂里，手脚拘谨得要命，还有那些看上去一本正经的教书匠，也不让人喜欢。我们小孩子更喜欢无拘无束。这阵又赶上盛夏，太阳的脸烧得火红，也把我们稚嫩的小脸烤得滚烫。

我们按照父亲的指令，一窝蜂似的去张家庄去李家桥去黑水沟再去白碱滩。

太阳快把我们嫩薄的身体烤着了，脚趾磨起来一大片血红的小水泡。走起路来一拐一颠，活像一群小叫花子，一个个可怜兮兮的。

但是，没有更好的办法，我们必须遵照父亲的指令。否则，父亲会把我们打得屁股开花，几天坐不下来。

这种时候，我们个个都是牢骚满腹。我们先从父亲和祖父骂起，一直骂到死鬼韩老七头上。我们发现，韩老七真是非常厉害啊，他都死了快俩月了，可依旧阴魂不散，像一根浸透水的麻绳子，死死缠在我们身上，缠住祖父老态龙钟的身躯和灵魂。要我们说，还是祖父太心慈面软，好像那家伙受的伤全是祖父的责任，生产队都解散那么多年了，只有祖父死心眼拿他当人看，还好心好意把那家伙留在家里，管吃管喝好些年直到他下世。

我们被头顶毒辣辣的日头驱赶着，东冲西撞，寻寻觅觅。所有的打麦场，杨树林子，秫秸垛，所有的田间地头，村街巷尾，都让我们弟兄几人翻遍了。我们还一次次厚着脸皮去敲陌生人家的院门，惹得那些笨狗不依不饶地狂吠不止。

其结果是，我大哥被一条老黄狗猛地叼住了脚脖子，疼得他哭爹叫娘；我二哥让一个满嘴臭气的女人谩骂了一通，然后狠狠地啐了他一口发馊的白唾沫；我弟弟更可笑，他竟然激怒了人家的一只绿尾巴紫冠子的大公鸡，它毫不客气地在弟弟柔嫩的小脸蛋上啄了几下，弟弟奶气十足的脸就麻了，鼻涕眼泪乱淌，嚷着闹着非要回家去。其实，我并不比他们好多少，我刚刚奉命翻过一户人家的墙头，猛不丁叫一头正在发情的驴子踢了一蹄，差点当场晕死过去。

我们从来也不知道找一个人是如此可怕的一件事情。刚开始我们还为不去上学感到快活呢，现在我们全都傻眼了，真是场灾难。

于是，抱怨声此起彼伏，诅咒也开始升级。

就在我们怨声载道的时候，那张一路驱赶我们的大红脸不见了。它大概躲到山的另一面去睡觉了。

看来，天黑以前我们肯定找不到祖父了。我们没有办法回家交差。

这种时候，我们觉得祖父也像那张讨人厌的大红脸，远远地藏到山后面去了。

祖父究竟跑到哪里去了呢？我们谁也说不准。

我们的肚子呱呱直叫，喉咙也要冒烟了。

路过一片高高低低的土丘，那里生长着半人多高的酸枣刺，还有几株长相丑陋的老榆树，它们在渐浓的夜色中张牙舞爪。据说我们没出世以前，它们就是这副德行了。这些树好像长在这里快一百年了。

母亲总是叮咛我们，不要上这里耍闹，她说那里埋过好多好多死人。可在白天，我们有时还是会来这里玩耍的，藏在麻密的酸枣刺丛里或土丘后面，让伙伴们苦苦找寻，一旦被找到将要接受惩罚，比如，当驴让人骑着满世界跑。每年春夏之交，我们还会爬到那几株相貌丑陋的老榆树上，用手往下捋枝子上的榆钱，往每一只口袋里装，使劲往嘴巴里塞，不等嚼碎就吞咽下去，差一点将肚皮撑破了。

我们怀疑祖父是不是也躲在这里。

可是，祖父为什么会藏到这里来呢？很快，我们想起一句话，大人们经常说人老赛顽童，越活越没有出息。我们不明白这话到底有没有道理，因为我们还小。但说不准祖父也想别出心裁地跟家人藏一次猫猫。他也许太孤独了。想想也是，祖母过世又早，现在连那个捣蛋鬼韩老七也撇下他走了，祖父一个人待在偌大的一间堂屋里，还有什么意思呢？人活着就得想办法做一点事情，哪怕是故意找找乐子。

就这样，弟兄几人的想法愈来愈古怪离奇了。我们战战兢兢地在酸枣刺丛和乱土丘之间搜寻，可除了惊动了几只蓝眼睛的耗子满地奔窜，一只呱呱怪叫的乌鸦从树头弹将起来之外，我们始终一无所获。

这时，我们忽然觉得头皮发麻，光裸细瘦的胳臂腿脚变得冰凉。

我们终于意识到一个可怕的问题，那个该死的韩老七也是埋在这片土丘中间的，但我们根本记不得具体是哪一座坟头了。这里的坟头多得不可计数，像一屉一屉的黑面蒸馍排在地上。这种警醒立刻让我们的心悬挂起来，仿佛有一根绳子从很远很高的地方拽着。

弟弟率先哭号起来，他的哭声像小丫头一样难听。弟弟突然那么一哭，其他人都吓得开始原地发抖。还是我大哥英明，要不他怎么配做我们的大哥呢。他说："哭个屁，有啥好哭的。胆小鬼是上不了战场的！"说完这句话，大哥在我们面前一下子就高大起来，像电影里那个敢舍身去炸碉堡的战斗英雄。我跟二哥也都批评弟弟，并煞有介事地说："再哭，就把你一个人丢在这里！看你还哭！！"弟弟的哭声戛然而止，他死死扯住大哥的一只胳膊，像抓住了一根救命的树枝。

等我们手拉着手刚刚离开那片土丘，身后忽然传来十分尖厉的一记声响，像笑又不像笑，似哭又不似哭，断断续续，喑喑哑哑。暗沉沉的夜空顷刻间被划开了似的颤动起来。

"鬼！"

"真有鬼啊！快跑！"

随即，我们跟头骨碌地一路狂奔。唯恐那鬼会撵上来，揪住我们的头，咬断我们的喉咙，吸干我们身上的血。

等我们提心吊胆狼狈不堪地回到家，蓦然间发现，祖父的那间堂屋居然亮着灯，那灯光迷迷蒙蒙的，照不出多远，一点儿也不亮。我们屏住气息，想趴在窗台上朝里面瞧瞧。我们学说书人说的那样，用舌尖舔湿了窗户纸，再用手指轻轻一捅，就破了。通过那只小孔往里窥视。堂屋空无一人，只是亮着一盏煤油灯，发蓝的火苗一跳一跳的，许多蛾子小咬在灯光周围疯狂飞旋，有的不时被烧死在火苗之上，使得那灯光忽然暗淡下去又奇迹般亮起来。

我们唯一的希望也落空了。

既然祖父没有回来，那么，为什么还要在屋里点上灯呢？很快，我们想到了母亲，也许是她进屋给祖父铺被褥的时候忘了熄灯。既然祖父没回来，被褥又是铺给谁的呢？也许祖父今夜真的能回来。

但这都是也许。也许的事情可能发生，也可能根本就不会发生。

尽管我们无功而返，可还是吃到了母亲为我们准备好的饭菜。或许母亲是偷偷这么做的，她是背着父亲的。母亲总是想尽办法关心着我们弟兄几人，即便在父亲暴跳如雷的情况下。母亲常说我们都是从她身上掉下来的肉。这话一开始我们并不理解。她身上真的能掉下来这么一大堆肉吗？那他们俩又是从谁身上掉下来的肉？

我们一个个都带着满腹疑问睡下了，父亲才迟迟回来。父亲进门就埋怨起母亲来："我说你是不是疯了？他人又不在屋里，你点着灯做啥？"母亲忙解释说："屋里还是亮堂着好。"她似乎有所忌讳地停顿了一下，并尽可能压低嗓音说："你没听人说，鬼都怕火！"父亲说："迷信！尽是迷信！"母亲忙把话接过去："那你说他爷爷咋冷不丁就变了个人？"父亲开始脱衣服裤子，大概是他的鞋吧嗒吧嗒掉在地上，一共是很响的两声，听起来有点吓人。父亲说把灯熄了睡吧。母亲果然就去吹灯了。灯灭之前母亲的影子在里屋墙上忽大忽小地摇晃，她的头发散开了，像个女妖。

过了一会儿，我们听见母亲幽幽地说："明天一早，还是让娃娃们都念书去吧。"父亲含糊地应着声，又说："我让他们去找一找也有好处，看他们心上有没有爷爷。"

父亲的话我们听不太懂了。

难道，我们心上会没有爷爷吗？

尽管，我们一家人都守口如瓶，祖父失踪的消息还是传遍了整个村子。

这也怨不得旁人，我们这个村子实在太小了，东边放个哑巴屁，西头都能闻到味。几乎所有舌头会动弹的人，都要上我家来打问打问，仿佛祖父的失踪，跟他们的生活密切相关。祖父不在了，他们想必会吃不下馍屙不出屎。父亲当然对这些好事人不屑一顾，他根本不想见到他们中的任何一个人，也懒得观看他们灵活的舌头在眼前卷来卷去。

所以，我母亲不得不充当一个临时外交发言人的角色，她不厌其烦地，一次次地给旁人描述祖父离家出走前前后后的一些迹象，这样的发言完全符合一个女人的个性，她可以充分发挥随心所欲。

母亲说："他爷爷这人，你们哪一个不知道啊，他想做啥事情谁也挡不住的，就拿原先接韩老七来家里吃住的事来说，我们谁也不敢放一个响屁的。老人想做啥都由他的心去，他想出门去走走转转，也是个好事情嘛，你们想想，人这一辈子能活下几个七十三呢？"

母亲如此逢人就说来说去的样子，反倒给人一种急于洗脱罪责的错觉。

但我母亲又一点儿也不糊涂。那些人若想要从我母亲嘴里套出一点虚实，比方说儿孙是不是不孝，公公媳妇关系不睦，或者是，老人又想重新续弦了，诸如此类，都被我母亲一口回绝掉了。母亲的回答让旁人摸不着头脑，找不到事情的突破口。村里的人终于感到失望了，感到唾沫在嘴里供不应求，感到舌头不再灵活自如。最终，他们也只能口干舌燥徒劳而归。也有人临走时嘴里瞎嘀咕，说什么七十三八十四，小鬼儿不勾自个去。母亲默默转过身，权当没听见。

等那些人前脚一走，母亲立刻紧闭院门，飞快地钻进屋子，再也不想出来了。她的嗓子都快哑了。她进屋的第一件事情就是喝水，咕咚咕咚往自己的肚子里灌水。而情况往往又是这样，还未等她喝完水打出一记响亮而又舒服的饱嗝，我们家的院门又一次被来人敲响了。母亲便满脸惶恐，就像是电影里鬼子进村，良家妇女所特有的那种巨大的恐惧和无助。

有时候，母亲会指使我们中的一个，去做她的挡箭牌或传话官。母亲说："小三，你赶紧出去看一看，他们要问你就说，我妈不在家，她出门去了。"我只好放下手里的铅笔头，不情愿地跑出去在门缝跟前观察，待外面的人说明来意之后，我就吞吞吐吐地说："我妈说她不在家。"我这样说外面的人当然不肯离去，继续将我家的门敲得山响。有时，出于无奈，母亲只好气急败坏地冲了出来，泼妇一般大叫起来："我说我不在我不在，你们干啥还要死敲活敲的，你们都是聋子吗？"

就这样，母亲骂骂咧咧地奋力拉开了门闩，然后将双手叉子一样卡在腰间，一副准备拼个鱼死网破的架势。

可这回站在门口的居然是我们的父亲。

父亲的眼珠子都变绿了。

父亲进门就给了我母亲一记不算响亮的巴掌。

我们听见父亲恶狠狠地骂着："你这婆姨是不是疯啦！"

母亲无言地跟在父亲屁股后面，嘴角渗出一丝鲜红。

这种时候，我们反倒觉得母亲更像母亲了。母亲好像注定是要受点压迫的。而一直气横横翻着白眼球的父亲，却真的变成电影里那个坏蛋松井大队长了。我们弟兄几个都很害怕，敢怒不敢言。

看来，实在没有别的办法可想了，父亲只得乖乖地去找那个神秘的觅脚老汉，听说，他是那种经常出没在乡间山野，专门追踪寻觅走失的人畜为业的能人。

那天，父亲从觅脚老汉那里捎回一条重要的情报。邻近的几个村庄接二连三发生了牲口莫名走失的事情，而且，说丢掉的尽是大马或骡子。还有一个细节，说那些丢失的牲口多半都是在深更半夜里，头晚主人明明是将牲口拴牢靠的，可天亮一看，牲口不见了，桩子上只剩下半截断了的缰绳。据那觅脚老汉分析，那缰绳是牲口自己拿牙齿咬断的，因为茬口上留下了牲口的唾液以及发白的青草末子。

这个消息就跟那年的唐山大地震一样，一下子将我们一村的男女老少都惊得坐卧不安了。

坏事变好事。前一阵子还拼命朝我家乱跑的家伙们再也不来了，他们都老老实实蜷在自己家里，整夜守着牲口棚子，生怕祸事降临到自己头上。牲口是大家伙的命根子，万一牲口丢了，那可不是闹着玩的，到时候谁下地犁田拉车干重活呢。

我们家空前地安静下来了。

夜变长了，梦也就多了起来。

我母亲非说她夜里梦见了祖父，说他浑身是血，脑袋不知跑到哪里去了。

父亲则说他也做了一个很坏的梦。梦里，韩老七骑着我们家的大青马死死追他，他就没命地跑啊跑，跑来跑去跑到河边了，眼看被那死鬼追到了，父亲眼睛一闭，想自己肯定得死了。可就在这时，母亲突然一把抓住了他的胳膊。父亲就惊醒了，出了一身白毛汗，他发现母亲正盯着他，大口大口喘气，还死死地抓着他，目光游离，表情木讷。

我也是从睡梦中惊醒的。而我已记不得那梦的内容，可我发现自己尿炕了，屁股下面一摊湿，就像韩老七那阵经常在祖父的炕上小便失禁。

正当我们一家人为噩梦困扰之时，觅脚老汉竟自己寻上门来了。

父母睡眼惺忪好烟好茶地接待了他。我们则猴子一样，稀罕地围在旁边眨着俩眼，看他有什么不同寻常的地方。

这个觅脚老汉给我们的第一印象是：个子极矮；光秃秃的一颗干瘪枣似的小脑壳，上面似乎从来也没有生长过一根毛发；眼睛像两只灯泡一样往外明亮地凸着，闪着机灵的光，又多少有点狡猾的味道。接下来，在父亲的亲切陪同下，觅脚老汉去我祖父的堂屋转悠了一圈，犹如一个高深莫测的神探，这摸摸，那瞧瞧，煞有介事，弄得屋子里灰尘四起，呛人眼鼻。他竟然注意到了窗户纸上的一只鸽蛋大小的窟窿，我们很是佩服他的眼力。觅脚老汉伸长脖子盯着它看的时候，我们觉得他的样子很诡秘。很快，觅脚老汉就放过了这一细节。他开始到院子里转悠，倒背着双手，脚步犹疑，神情肃然，不停地东张西望。等把院里院外都一一查看过了，觅脚老汉重新回到院里，并执意要去大青马的棚子底下看看。父亲二话不说，径直带他去了。老头在马棚下蹲了一会儿，像是从来没有看见过一匹马似的，一个劲盯着我家的大青马发愣。说来也怪，自打老头往那一蹴，我家的大青马就咴咴地打起响鼻来，还不停地拿蹄子踢刨地上的粪土和杂草。我们都担心马会冷不防踢那老头一蹄子，到时候他又像韩老七那样讹上我们。

等觅脚老汉站起身回到屋里，母亲急忙把刚才给客人沏好的糖茶水（为了沏茶我母亲几乎快要将那只盛糖的铁罐的底儿抠下来了，之前我们都先后多次偷吃过那里的红糖）恭敬地递上去。老头也不客气，接过去吸溜吸溜喝着，并不停地将啜进嘴里的茶叶梗声音响亮地嚼一嚼，再呸呸地啐到地上。但是，整个过程，老头哑巴一样始终不置一词。父母视若神灵地恭候在他旁边，眼巴巴地等待着，听他那张嘴巴能说出点什么来。

临了，我们只是看到老头喝干了搪瓷缸子里的糖茶水，将茶叶梗吐了满地，还吸了父亲敬给他的两支香烟（那是装在皱巴巴的纸烟盒里的最后两支），就拍拍屁股想走了，连响屁也没放出一个来。父亲依旧不肯甘心地紧随在那人身后。快走出院门时，觅脚老汉忽然一回头，模棱两可地说："只管看好你院里的牲口，牲口都通着人性！"父亲听得云山雾罩，可还是懵懂地冲那人点头，好像不这样点头，人家会把他当傻子看待。

我们全都失望透了。看来，这个老家伙不过是一个混吃混喝的老骗子而已，并不像大伙传言得那样神——世上没有他找不到的东西。

私下里，我们兄弟几个悄悄议论过，觉得父亲根本没有真心要找祖父的意思。

父亲怪异的行为再次证明了我们的猜测。他整天大门不出二门不迈，两只眼珠子跟系了绳子似的，死瞅着棚子下面的大青马，就连吃饭也是母亲把盛好的饭菜端过去，他就坐在马棚下的青石槽沿上，捧着瓷碗呼噜呼噜地吃起来。那架势好像大青马不是一匹又高又大的牲口，而是一只小小鸟，稍不留神，它随时会从笼子里飞走，而我们再也别想抓到它了。

更为可怕的是，一旦到了黑天，父亲居然和着衣服躺在青石马槽的一头呼呼睡去。那匹马则远远躲开父亲站在石槽的另一头，漫不经心地嚼着草料。任凭母亲如何规劝，父亲就是不肯回屋去。母亲无奈，只好从炕上卷来一片褥单给父亲苫在身上。

母亲气气地说："就没见过你这号犟驴，真的比驴都犟哟！"

母亲发这通牢骚的时候，简直像一个哲学家，一下子就说到事情的本质上了。

就在祖父离家后的第七天傍晚，忽然下了一场暴雨，父亲才不得不回里屋跟母亲一起睡了。我们都觉得父亲傻得可怜，他根本没必要听那浑蛋老头胡说八道。

那天的雨跟从天上倒下来一般，又是响雷，又是打闪，乒零乓啷。我们吓得缩在被窝里不敢露头。后半夜，父亲也许想到了什么，又起身披着衣衫出门去了。

可一切都晚了，我们家的大青马果然挣断缰绳，神不知鬼不觉地从低矮的篱笆墙跃出去跑了。

大青马可是我们村子里走失的唯一的一匹大牲口。父亲把这一切归咎于我们的母亲。他站在院子里，不停地冲母亲大喊大叫，吹胡子瞪眼："都怨你，都怨你，都怨你……"父亲一口气嚷下去，嘴巴忽然变得像八哥一样灵巧而又琐碎。之后，他慌里慌张甩门而去。

我们估计他又去拜访那位了不起的觅脚老汉了。

后面的事情不太好说，因为我们一直都没有想明白，究竟是那匹大青马寻到了祖父，抑或是祖父瞎猫撞到死耗子，找到了走失的大青马？

反正，等终于见到盼望已久的祖父时，我们着实被他的模样吓了一跳。

我们总觉得那个被父亲牵着手，一步一瘸地走进家门的又脏又瘦的老头，并不是我们的祖父，他好像变成了另外一个人，或者是另外一个物种，比如，他的样子看上去，更像一匹老掉牙的牲口，骨架松散，瘦骨嶙峋，走起路来摇摇晃晃，随时都有可能跌倒在地，并且再也别想爬起来了。

我们的祖父在他七十三岁这年，似乎真的变成了一匹老马。他总是习惯于用四只手脚在地上爬来爬去。我们刚刚把他从地上搀起来，可一转脸他又趴下身去了。为了防止祖父爬到街面上丢人现眼，我们不得不将他整日整日锁在院子里。

但有一次，祖父还是神不知鬼不觉地溜到外面去了，被一群小家伙围着胡乱起哄。有一个男娃子竟然胆大包天地骑在他的背上，驾驾叫着，拿手里的一截树枝条，不停抽打着祖父的屁股。

那时候我们刚好放学回来，就怒气冲冲地扑过去，一把将那坏娃子掀翻在地，不管三七二十一胖揍了一通，那家伙鼻孔流血，却还嘴硬着说是祖父趴在地上让他骑的。我们几个当然不信，当我们试图把祖父从地上拽起来，他却死活不肯，嘴里一直不停地嘀咕着："老七呀，你莫再祸害那些好牲口喽，你来，我给你当牛做马，你快来骑我啊……老七！"

那一刻，我们几个才懵懂地感觉到，祖父这辈子还真是欠了那个韩老七的债，要不那家伙都死了好几个月，怎么还不肯放过他呢？

看他站在房门口，先是挨个在上衣的两个兜子里摸，找虱子似的，啥也没摸着。就又将手掏进裤兜里，一个裤兜连同兜布一起掏出的是一团皱巴巴的草纸，而另一个兜早就没了底，手一直能伸到脚脖子上。老人原地转了两圈，眼珠子直勾勾地往土里钻。

而这一切都没能逃过一束亮闪闪的光，那光高得很，老人根本看不到。或者，他并不习惯往上看，他知道自己想要找的东西不会在天上，至少现在，他没有朝那棵老梨树上多瞅一眼。

的确，有一双眼睛在不远处狡黠地注视着地上的老人，它在居高临下地观望着老人的一举一动。树叶已经很繁茂了，每片叶子都宛若翡翠般绿得刺眼，深绿色脉络正清晰地匍匐在叶面上，几只麻雀在树头蹿来蹦去过节一样快活，碰得绿叶吧嗒吧嗒直叫唤呢，树叶发出的是那种悦耳的口弦声音，像少女在噗噗地吹。正午的阳光拖着灿烂的尾巴从头顶直直地钻进叶丛中，钻进去的光便像分了叉似的，斑斑驳驳的光点如同金色的鱼鳞洒在青油油的叶子上，当然，也落在那双毛茸茸的眼睛周围。

等梨熟了还早得很呢，眼下它还只是个眼珠子大小的瓷蛋蛋，花刚开败没几天，这时节就连已经变黑的蕊丝丝还没完全褪净呢。所以，老人用不着太操心。院子里除了这棵老梨树，还有两棵枣树和一架葡萄藤，这些都是由他一手侍弄的。枣树开花尚晚，可葡萄藤已经迫不及待地上架子了，嫩嫩的绿脚丫子赶集样地争先恐后往长往远里爬，一边爬一边弯出个嫩圈圈来，新长出的叶儿泛些嫩黄色，可只要被暖暖的日头晒上一天就准保变成另一番模样。

老人明显找不到他想要找的东西，他的目光近乎呆滞，调皮的麻雀们从枣树枝飞起来又落在葡萄架上，跟体操运动员玩高低杠似的灵巧，很快又撵场般往更高的梨树枝头去了。鸟儿奔跑的弧线错落有致，一弯一弯地挂在蓝天上，它们在老人的眼前编制成一片细密的网子，老人觉得眼都晕了。晕眩里，老人手搭凉棚顺着鸟儿飞蹿的方向张望，密繁粗壮的枝干像是刚拿重墨皴出来的，正透着一股子硬朗和倔强呢。老人的心里便倏地掠过一些零散的记忆，对于那棵老梨树的成长过程他几乎有点吃惊，他依稀记得当年在院里栽下的只不过是株孱弱的树苗苗，遍体光溜得很难找到一个结包，谁能想到这一晃几十年，它竟把天也遮住了一大片呢。

院子里早多出一片暗灰色的树荫，老人懒散地坐在一只旧马扎子上乘凉。马扎子被晒得很烫，老人感到自己像是坐在了热炕头上。他仍有些不死心，浑身上下里里外外摸了一通，这下或许彻底灰了心。老人的头紧靠着墙，眼睛微闭着，嘴里嗫嚅着什么。斑白的眉须丛中有一些晶莹的水滴，那些细腻的水滴并不是颗颗独立，而是连成了片。

头顶的屋檐下一群蜜蜂进进出出，蜂儿爱惜阳光呢，它们通常在中午会显得纷扰而忙碌，每一只都在有条不紊地做着自己的分内事，它们在老人的头顶上嘤嘤嗡嗡地唱着调皮的歌子。嗡——嗡，来了！嗡——嗡，又去了。老人早就知道它们在干什么，它们唱什么老人自然也明白。事实上，这种歌声老人已经听了大半辈子，可老人听不厌，还是想听，连做梦都能听得见。老人在那些忙碌的声音中能感受到温暖，而这种温暖通常让老人浮想起往事中的一些片段或闪亮点。此刻，他只是一味地聆听，不发出任何一点声响去打扰。

老人想，连这些小家伙都开始忙了，看忙着该有多好！麻雀也开始忙了，野蝶也在忙碌，突然之间一切都似乎变得忙忙碌碌欣欣向荣起来。

一只亮黄色的小东西在老人的鼻子尖尖上扑闪着，精灵一样，老人并不去招惹它，他知道它贪玩得很，就静静地注视着它的一举一动。那小东西正在和自己玩得高兴呢，也许它是在撩拨他快去劳作，蜜蜂最看不上懒惰成性的人。蜜蜂的小屁股鼓鼓的像充足了气，晶莹的翅膀在老人的脸部一闪一烁地动。嗡——嗡，多好听的声音。

老人有些忍不住了，一个暖热的气流正在他的鼻腔和气管中跃跃欲试，老人极力遏制，他可不想惊动了这群调皮的小家伙。于是，他便轻轻地朝自己的鼻尖子上呼哧呼哧地吹气，吹得又轻又稳，他只想点到为止，果然，蜜蜂们便识趣地距他远了些。

老人唠叨着，小东西，我的脸上可没有蜜，快忙你们的去吧！我老了，什么都干不动了……哎！再好不过的日头呵。

老人说出这些后，心里倏忽宽泛了许多，好像得到了空前的解脱和慰藉，却无端地想起了自己年轻的时候，他最喜欢掏了蜜蜂窝舔那窝里的蜜糖，可甜呢！有一回他被蜂子使狠蜇了眼睛，眼睛肿成两个发面馍馍，吓得他好些年都没敢再往蜂窝边上靠近半步。想到这里，老人扑哧一下笑出声音，他觉得人真是个日怪东西，年轻时就没有你不想去做的事情，做什么都觉得有意思。

孩子好容易相中了一只较大的青梨蛋子，便远远地伸出手去摘。梨的颜色翠得要滴下来，一只憨憨的手就能把它够住，猴急地捏在手心，滑溜溜的，竟不好把握。

接连摘了三五个这样的硬蛋蛋，孩子的心就和衣服的口袋一起被填满，鼓鼓囊囊的，如果一不留神就会往外掉。最后一只实在是没处塞了，孩子毕竟聪明，就把那只梨子在胸膛上蹭了蹭，算是洗过了，放心地塞进自己的嘴巴，结结实实地嚼，清脆的梨味比中华牙膏还清爽呢！这样，连孩子的嘴里也被塞满了，整个人忽然变得富态起来。

孩子准备从树上下来，他很谨慎地往院里看了看，老人似乎已经睡熟了，孩子就像念阿弥陀佛般地松了口气。

现在再从树上爬下来就比先前困难多了，孩子知道自己的口袋里盛满了果实，得小心，绝不能弄出声响，要被老人发现就惨了——准没好果子吃！

于是，孩子做猴子状谨慎地由高处往下爬，口袋里的东西被树身挤压得吱嘎吱嘎地叫。孩子有点心疼，便咬了牙，继续爬。

孩子的光脚片子刚一落地，老人的瞌睡正酣，朦朦胧胧地听见有个响动，像是被草里头亮灿灿的银子戳了眼，急忙睁开木木地左右看。地上啥也没有，只是白花花的一地阳光，刚才自己明明是坐在阴凉底下的，才眨眼的工夫，日头便斜出一绺子。所以，老人被烈烈的阳光晒出了一身热汗来。

老人想扶着墙站起来，却被一种可怕的东西给扎了一下。或者，那东西正在往他的身体里钻呢，也许给太阳晒久的缘故，他并不能正确分析那物件来自哪里，只是一个劲儿往他的身体里痒酥酥地爬着。

老人终于没再遏止住那记喷嚏，他的嘴张得很大，像要拉裂似的。同时，喷嚏的声音格外响亮，打镲样，以至于老人险些一头栽倒在地上。

未等老人缓过劲，一连串爆米花般的笑声在老人的耳畔形成了一个大漩涡，老人觉得自己的身体正在那漩涡里激荡起伏呢。

孩子一直在笑，笑声朗朗的，又清澈又单纯。老人觉得好久都没有听到了。孩子的衣裤是一早新换上的，还弥散着一股很香甜的水果味道。孩子做着鬼脸说没见过像他睡得这么死的。

孩子说着将他手里的一片带把的毛叶子在老人面前晃了晃。叶子的边沿全是细细的毛芽儿，数也数不清，看着就让人浑身发痒呢。

老人装狠地剜了孩子一眼，不再拿好脸色看他，随即右手的食指圈成一个结实而粗糙的"O"形，朝着孩子嫩嫩的脑门上弹过去，指头蛋刚要挨着却又松了气力，嘴仍愤愤地说，你个捣蛋鬼！

孩子仍笑，不疼，不疼，反正不疼的！

哪想老人的手就势捏住了孩子软软的鼻子，孩子顿时觉得酸酸的，喘不上气，喊出的声音带着很明显的假哭腔，像隔着一层塑料纸，听不真切。

饶了我，再不敢了，快点松手吧！哎哟——

老人有了获胜样的笑容，脸上便堆满了山梁和田埂，左一条右一道的，他就把脸上的沟沟坎坎猛地一下子全贴在孩子细皮嫩肉的小脸上，孩子又连声嗲嗲地叫，扎死了！快扎死人了！

这回老人没听他的，反倒贴得更结实了，并来回摩挲着，他听见乱七八糟的胡楂在孩子脸蛋上沙沙作响，那声音着实让他激动起来。孩子的皮肤使他产生了某种幻觉，像熟透了的杏子，能捏出汁呢。这样一想，老人就觉得心有些疼，也许真会把孩子的小脸弄疼的，便悄悄地减缓了几分劲。

孩子揉着仍旧发红的鼻尖，他的脸蛋子上着了火，双眼就死死地盯着老人的胡须，他疑惑地说，看你的脸像锥子一样扎人，可你为啥要长那些讨厌的东西呢？

老人的手就在那些麦芒般的东西上反复摩挲着，很骄傲的样子。老人眯缝着双眼说，人老了就会长的，你还是个嫩娃娃，等你像我这样老的时候，自然也会长出来的。

孩子费解地摇头，大概觉得老人说得不对，我才不稀罕要这些烂东西呢！只有山羊才长胡子，我可不想变成一只山羊，再说真要变成山羊……老了还会被宰了吃肉的，那要流很多很多血呢。

老人陡然一惊，像被突来的蜂子猛地蜇了一口。他很仔细地揣摩着孩子一本正经的表情，觉得那脸实在鲜嫩得厉害，怎么会长出胡子呢？尤其是反复摸过自己的脸庞后，老人更是这么认为。他说，你个捣蛋鬼当然不会长胡子，看看你的脸蛋子多绵呀！

仿佛得到了某种奖赏，孩子很明显地快乐起来，他在原地胜利似的跳跃着，不长胡子喽不长胡子喽！可那些装在兜里的梨蛋蛋却不听他的话，扑棱扑棱跳出来几颗，梨子滚落在地上的声音硬朗朗的，乒乒直响。孩子大惊失色，惶遽地瞅瞅地上的东西，又望望老人气呼呼的脸，两只小手乖乖地缩进裤兜里，紧紧地护住，生怕里面的东西再跑出来。

老人无限惋惜地将那些绿蛋蛋挨个捡起来，不无遗憾地说，又不能吃，你揪这些干啥呢？这娃娃……就知道糟蹋东西！

孩子真的很害怕，老人却默不作声了。

孩子不知道老人会不会打他的屁股，他不敢再看那张锥子一样的脸，只是怯怯地注视着脚下那片亮堂的阳光，一团很轻的影子静静地匍匐在上面，有几只蜜蜂飞得很低很低，几乎随时都能碰到自己的脚背。

老人没好气地瞪着眼，等你老子回来有你的好果子吃呢！哼！

孩子沮丧着小脸。老人回头见他跟在自己后面，刚才那张令人爱惜的嫩脸现在全变了色，他觉得真是又好笑又好气，谁让你爬到树上去呢？他轻提着孩子的一只耳朵，耳朵软得像面条子一样，你呀，割掉一只耳朵都不会长记性的！

孩子的心情异常沉重，他想老人也许真的会把事情告诉大人们的，爬树摘梨大概不是一个小问题，到时候大人必定要狠狠拾掇他。孩子联想起不久前发生的另一件事情，那天他被锁在屋子里，无意间从毡席下面翻出几只白色的东西，搭在嘴上吹着玩，他觉得那东西和他玩过的气球还是有些区别的，颜色白花花的很古怪，吹进气以后，那东西倒像一根又粗又长的老黄瓜，而且还有一股难闻的气味。

孩子至今依旧很迷惑，自己不过是弄破一只白色的气球，而大人却显得极其恼火的样子，仿佛把天捅了个大窟窿。当然，他的屁股上还留下了几处青手印，所以，孩子对那种白色的气球就产生了一种恐惧，他觉得大人们把那东西看得比命还当紧呢。他怎么也弄不明白，难道大人也喜欢玩那种白色的气球吗？可他从来没有见过他们当面吹过那种东西，孩子想，也许大人是要背着他才敢玩呢，要知道大人毕竟是大人呀！

孩子寻思片刻，猛然间从身后紧紧地抱住老人的一条腿，那腿在他看来很结实，瓷实得很，像抱住了一截老树干。孩子连声央求着，往后再也不敢了，不信我发誓，谁要是骗人谁就是——孙子！

顿时，老人被孩子的誓言逗笑了，不过他还是假装绷着脸，他说你骗不骗我都是我的孙子，把你个日赖猴，小嘴倒是利索得很。

要不，谁骗你就是小狗！当狗还不行？这回你该答应不告我的状了吧。

孩子狡黠地期待老人的回答。

行不行呀，你让我给你干什么都可以！？

老人终于忍不住笑了，他觉得孩子的样儿有点快要哭鼻子的架势，就有些不忍心，他最怕娃娃没完没了地哭号，便顺水推舟地说这可是你自己说的，干啥都行呵！

见老人这么说，孩子兴奋地伸出右手的小拇指，连忙说拉钩上吊一百年不能变！

这次老人倒是真乐了，他的一根手指头早被孩子软软地钩住，感到自己的身体正在跟随着孩子钩手指的动作来回晃悠不休，这种轻飘飘的感觉很让他放松，脸上的笑容便越来越真实了。

一老一小在门前的街路上转悠了一大圈才绕回院里。孩子正儿八经地说你说话得算数，反正我们俩已经拉钩了，谁说话不算数就是小狗变的！

老人明显比先前失落，根本没有心思听这些。他接连叹气，你看看我又把钥匙弄丢了，这该咋办？我的脑子真是比锅盖还要大呢！他又回头对孩子说，娃娃的眼睛尖，你再帮我好好找找看。

孩子爽朗地唉了声，随后便鬼子探地雷般在院子的每个犄角旮旯里搜寻着，他像是在自言自语，上回我就丢过一枚新新的五分钢镚儿，本来是要买一根冰棍的，就小心地把钢镚儿攥在口袋里等卖冰棍的来，生怕丢了，可后来它还是丢了，不过，你猜猜丢到哪里了？

老人迷惑地摇头。

半晌，孩子才诡秘地笑了起来，猜不着吧？我告诉你反正你也猜不着——它掉进我的鞋壳里去了，可我整整找了一整天呢！

老人恍然大悟，便嘿嘿地笑，笑得过了就一阵干咳，憋红了脸，跟关老二一样。他的右手正插在那只没有底的裤兜里，他想也许自己犯了跟孩子相同的错误，就佝下腰将右脚上的鞋拔下来仔仔细细地看，可什么也没有。

等老人重新在那个马扎上坐下来，灰色的树荫已经整个偏向院子的东头，老人的多半身体都裸露在惨白的阳光里，太阳的味道又浓又烈，有点儿呛鼻子。老人看到孩子正从口袋里掏出一只青梨蛋蛋往嘴里塞，腮帮子就鱼一般鼓起来，或者像生出一只巨大的肉瘤子，而那嫩嫩的脸皮却清亮得有些透明，仿佛那嘴里咬着的绿蛋蛋随时会挣破孩子薄薄的脸皮而迸出来似的。

孩子咀嚼的速度和干脆劲同样让老人有些羡慕。他远远注视着孩子吞咽时喉咙一撑一送的模样。孩子的牙口着实令老人震惊，他竟然无意间轻舔了一下自己干瘪的嘴唇，竟听见很奇怪的两声吧唧，同时牙缝中窜出一股涩涩的凉风，这些迹象立刻让他警觉起来。或者，他突然为自己嗓子眼莫名其妙而来的一些酸溜溜的液体而恼火起来。

老人急忙将目光从孩子的嘴边悄悄地挪开，挪得很狡猾，就像一只胆怯的老鼠远远地绕开一只熟睡的猫一样，而那眼光终究被摆放在院东头煤棚下的一只鲜红色的东西撞了个趔趄。起先，煤棚下一直并排放着两个那样的东西，直到今年清明节前，其中一口才派上了用场，这之前它们都还没有刷上红漆，脆黄的寿材保留着朴素的松木质地，它们在煤棚下面安静地卧伏，如同一对正在闭目反刍的老黄牛，看上去很顺眼。清洌的松木气息在整个院子里消散飘移，老人感到很温馨，可这种温馨的美好感觉很快就伴随着清明节的到来消失殆尽，就在清明节的前一天老伴撒手走了，把他孤独地撇在这个老院子里。老伴离去的那几日正赶上梨花、杏花开得娇艳，满院子白茫茫的，花瓣落了遍地，像积了一层皑皑的雪。

现在，老人的目光的确很木讷地停在了那只朱红漆面的寿材上。事实上，从这个角度看到的只是一片不完整的红色。这只红色的松木寿材自然是留给他将来寿终正寝时用的，老人心里很清楚，但总有一种说不出的滋味，就像喝进一杯隔了夜的茶水，隐隐觉得心口上被什么东西七手八脚地挠腾着。老人久久凝视着煤棚下面那团热烈得有些夸张的红色，那颜色竟然是院子中最凝重的色彩。老伴走了以后，他给空空的院子增添了许多并不常见的东西。比如：所有的门框上都贴着那种白底黑字的挽联，每间房子的大梁上挂着净是龙飞凤舞的冥文裱符，这些他看也看不明白的文字正昭示着阴阳之间的玄秘，但有一件事情老人是知道的，等他走了，他们同样也会为他撰写一些这样的文字，然后贴满墙壁和房梁，这样一个人的死亡才会被阴间认可。然而，老人并不太喜欢这种过于喧哗的公布死亡或告慰神灵的方式，在他看来那种吹吹打打的悼念只不过是给活人的脸上贴金罢了，跟死去的人毫无干系。从清明节到现在，死已经成为老人时常思考的问题，这期间儿女们又兴师动众地给老伴做过一次五七，在这次法事上，儿女们的哭号已然不如先前那样悲痛了，或许是缺乏事物的缘故，反正，这种微妙的变化老人能觉察到，老人兀自想起一句话：一死百了。可见，只要你眼睛一闭腿一蹬什么都是假的。

　　此刻，老人发觉自己的身体渐渐变得渺小起来，和屋檐下忙碌着的蜜蜂竟然一模一样，甚至比它们还渺小呢！他竟暗自羡慕起那些小东西的无比轻松和快活。而这种错觉又跟那片醒目的红色产生了强烈的距离感和色彩差异，那只红色的寿材正被偏斜过去的一缕强光照着，猩红色的漆面立刻反射出一片亮灿灿的光。老人一时有种说不出的难受，他觉得眼前先是一片雪亮倏忽又一片昏沉，和梦的颜色竟有些相似，有一种鱼鳞一样的小东西在他的眼眶里不停浮动飞旋。

老人迷茫地起身朝煤棚下走，走得很散漫，腿脚竟然莫名地有点不适，似疼不疼的。铅灰色的树影也跟着老人一步一步往院子东头伸展逼近。老人脚下的影子似乎也不甘示弱，仿佛一团饱蘸了浓墨的云很有内容地扑过去，然后静静地飘浮在那片红色上，或者融进了红色之中，同时，影子也把老人绑架似的带到了寿材跟前。于是，寿材上便很具体地凸显出一块不规则的黑影，极像刷油漆的时候少涂了那么大一块，看上去很碍眼。

老人的手落在寿材上，或者手只是落在那片红色上，油漆刷得很均匀，红色在老人的眼中汪洋成一片炽烈的火海。老人用手轻轻地抹去表面上的一层浮尘，抹得很仔细。这时，老人竟然看到那红色当中的一双瞳孔，那瞳孔正朦朦胧胧地注视着他，相望陌路的样子。

老人的一只手散散地搭扶在寿材上，脚步沿着它的边缘缓缓而行，这样那手就在寿材盖上抹出一圈很随意的椭圆形来，当老人走完一圈的时候，他猛然发现那个圈的颜色很鲜亮，明晃晃地伏在上面。或者，他觉得那盖子已被人从中间挖去一块，能很清楚地看见里面清洁的松木墙面正发射出耀眼的木质光焰，甚至连他平躺在里面的样子也一览无余。老伴那天就是这样躺在里面的，她躺下来的样子很安详，跟睡熟了没什么两样。但现在平躺在里面的他却感到异常憋闷，闷得无法喘息，还有浓烈的油漆味充斥眼鼻，这几乎使他无法忍受。老人突然用力拍击着寿材，没有任何节制，只是沉沉地一下接着一下，那姿势很像拍抚着老故人的肩膀。寿材发出空空的一记闷响。老人不知道老伴是否也有同样的感觉，而一旦有了这种想法，老人就明显的不安起来。他知道老伴虽然先走一步，可他也不会再在这个院子里赖太久的，很快他也会平平地躺在红色的寿材里，然后被儿孙们抬进坟园，和老伴的那只寿材并排合葬在一起。唯一不同的是，他有幸目睹了老伴死亡的全部过程，包括为老伴换上那身崭新的寿衣，而老伴看不到他未来的死亡，在一生中唯独这件事情他和老伴分道扬镳了。老人苦思冥想，蓦地发现这一辈子竟然只有这件事情老伴不能陪着他一起走了。老人心里想说看来还是你好，你拍拍屁股说，走就走了，连头也不回，剩下这么个空木头房子将来要我一个人躺进去呀！

那时，老人也许听到了什么动静，是那种没有节奏的调式，确切地说是有一下没一下地哭。他就扶着寿材木木地回过头，无意间望到孩子的半拉脑袋。茸茸的一个小毛头，孩子就蹲在那棵老梨树下的阴凉地上，头低低的都快要贴到肚脐眼了，他显然被什么可怕的事情困扰着，以至于接连发出哭哭啼啼的怪音。

老人无心地骂了句这个调皮鬼，便用力将寿材的盖子掀出一道宽缝。事实上，他或许并不能确定这样做的真正缘由和意图，但他还是舒坦了许多，一股浓浓的松木气息扑鼻而来，那是优质松木特有的香味。这时，老人的脸上多少浮现出一丝微笑的浪花，只那么短短的一瞬间，随即又恢复了原来的平静。

孩子的哭声终于有了某种实质性的内容。脏兮兮的小手捂在自己的牛牛上，一副怕见人的害臊模样，半截裤子拖拉到脚踝处，脚下有一摊潮湿的尿印斑驳地浮现在地面上，尿液使土地的色泽变得很深沉。孩子圆溜溜的小肚子因为啼哭而激烈地上下起伏。

孩子断断续续地哭诉，我、的、牛、牛、坏、了，呜呜。

老人没好气地瞥了孩子一眼，想笑，却始终没有笑出来，他很艰难地在孩子跟前蹲下来，这种大幅度的下蹲使老人有些晕眩。他把孩子的手轻轻地拿开，眼珠子瓷瓷地盯在孩子的裆部，不动声色地说，鸡脖子里面钻进蚯蚓了，看你还敢不敢捣蛋！

孩子自始至终都在思考一个奇怪的问题，他想问老人蚯蚓是怎么钻进去的，可他终究没有说出口。

下午，太阳的脸面就有些难看，快要熔化了似的，没边没沿地往西边逃窜。树上的叶子蔫得不成样子，仿佛一片片泡了水的圆饼干。院子里一点儿风都没有，可也不算寂静，鸟的爪子神经质般地敲打着树杈，它们有时会为争夺一只肥胖的肉虫子而使浑身的羽翼无限制地膨胀，膨胀起来的鸟不像是鸟，更像一枚枚色泽斑斓的卵挂在树梢上。老人在房檐下睡着了，睡得迷迷糊糊，眼皮一波一波地流动，或许，他在梦中又看见了老伴，老伴竟然年轻了许多，一路笑眯眯地朝他走来，看着离她近了，却怎么也够不着她的手。老人的脸水汪汪的，太阳的光全部洒在水上面，明得耀眼。孩子这次不敢靠近他，远远地绕着走，细碎的脚丫子踩得地面嚓嚓响。

老人倚着墙壁慢慢地张开眼，额头的水逶迤而下，眉眼之间的空隙上早已挂起一道水帘。老人觉得这实在是一次漫长而无奈的沉睡，仿佛浑浑噩噩地度过了无数个花开花落的时节，树上的叶子黄了绿了又黄，风一吹就往下掉，依稀有个毛头孩子正光着屁股在树下撒欢似的奔跑。

那时，老人的眼睛下意识地裂开一道细缝，事实上，他一直想睁开眼的，可眼皮上像抹了糨糊，就是张不开。现在，他诧异地倒吸了口气，一时竟不知该如何才好。孩子正想从他的眼皮下往过出溜，他的脚背弓得很高，落下来脚底下还能爬过一只青蛙。当然，令老人惊讶不已的并不是孩子鬼鬼祟祟的行动，而是他光裸的下身，两片小屁股一拧一拧地，原本毛茸茸的头发此刻也一绺一绺地板结在一起，看上去有点刺猬相，整个人土头土脑的，跟刚从胶泥里捞出来似的。

老人一把从后面薅住了孩子上身的小背心，薅得急了些，背心拉得面条一样长，孩子整个身体就箭一般地绷在弦上，有种一触即发的危机。老人收渔网似的将孩子拽了回来。孩子的脸和脖子上面有一圈圈图样的泥水纹，被太阳裸晒过的皮肤像被猫抓过似的横一道竖一道，更令老人心痛的是孩子的一只膝盖上竟然很突兀地冒出几块青斑，他就明白孩子趁他打盹的时间跳进门前的渠里耍水了，而且准保又跟别的孩子打了架，无名的怒火顿时一点一点往脑子里蹿，神情也变得硬邦邦地，脸上如同结了层冰。

孩子狗一样吐出一截粉红的舌头，他可不敢再多看老人一眼，只不时地抬起一只脚在另一条腿上拉锯似的来回蹭痒。老人有些哭笑不得，他一时弄不明白今天到底是咋了，他竟连个黄嘴娃娃也看不牢？这实在让他感到颓废和不安，他想也许自己真的不顶事了，不知道眼前的孩子还有什么花样没使出来。他的一根已经弯曲很久的暗红色食指僵持在孩子的脑门上，老人的问话有种前所未有的慌乱："你一早新换的驴皮呢？今天若不把裤子寻回来，小心着你老子揭你的皮！……你就不能让我消闲一会会吗？要是真的给老鳖拉下水去该咋办呀！"

说到这，老人不由自主地惶恐起来，他觉得心里仿佛突然间塌陷出一个深不见底的黑洞，隐隐地从其中冒出一缕缕烟雾，他的手指也就是在这个时候莫名地晃动不休，如同被风吹拂着的枯萎了的树枝，他想阻止，可十根手指竟然没有一根愿意再听他的使唤了。

孩子的确看见老人的手一直在抖，抖得很夸张。

孩子担心老人会出其不意地给他一记耳光什么的。于是，他乘机又泥鳅一样从老人抖动的手指下溜走了，孩子的屁股蛋泛着一种很别致的青光，随即，连那青光也消散得无影踪了。

时间的概念已经完全被孩子搅得一塌糊涂。那时，老人依稀听到自己异常无助的骂声："小狗日的也忒皮了！你跑了就再也别回来！"虽说是骂，却心有余而力不从，甚至没有丝毫分量，宛如鸟儿身上不经意间抖落的一片羽毛，飘飘荡荡不知了去向。

一双眼在黑色的空气中浑浊地扑闪，老人觉得自己此时很像一只时刻保持着高度警觉的老猫，儿子儿媳妇絮絮叨叨的责怪一直在耳边刺溜刺溜地响，他怎能睡踏实呢？连个娃娃都看不住，你说你还有啥活头！老人在心里反复地叱问自己。

他披着布衫子在院里徘徊了一阵，夜里的风竟也凉得渗骨头呢，老梨树黑得有些张牙舞爪，无数只暗蓝色的天眼在树叶丛中时隐时现。他竟不敢再往天上或树头多看，竟有些做贼心虚的胆怯，他知道它们都在嘲笑他、戏谑他、奚落他呢。

老人突然间萌生了一个可怕的念头，几乎强烈地无法按捺，"活"在他的躯体里竟然成为一种难以言说的耻辱，他觉得那只松木寿材也许才是他真正的归宿，他情愿静静地躺在里面，从某种意义上说，他甚至有点迷恋松木的那种淡淡香味，木头的根子原本就扎在土壤里，这和人一样，最终不是还得落叶归根吗？所以，当他很茫然地伫立在寿材旁边时，竟没有一丝惊慌，他只是亲人一般抚摩着寿材光洁的盖面，上面浮跃着一层灯芯绒般柔和的光。老人蓦地产生了某种迷惑，他自言自语："老伙计，怎么连你也变了脸面？白天不是还红扑扑的吗？！"

就在老人纳闷之际，他的身体猛然打了个激灵，或者又接连打了两个，因为寿材里发出一阵极其轻微的声响，那声音夹杂着芳醇的松木香味氤氲于夜色中，仿佛枝头绽放出的第一瓣花的袅袅气息。

老人的脸色早已青冷如铁，他的心志在凄惶中变得脆弱而又极难捉摸。他壮着胆子怯怯地从白天掀开的那道宽缝里看见孩子正躺在里面，熟睡的姿态很安详。老人的嘴角哆嗦良久，他想唤醒孩子，却又不忍心，终究为自己感到莫名的羞愧。孩子赤条条地躺在里面，丝毫没有半点恐惧，仿佛酣睡在娘亲的怀里。

老人听见自己很古怪地在夜色中放声大笑，还隐约看见自己的眼缝里涌闪出一朵绚丽的水花，或者是两朵，三朵。

筐女

一

很早以前，羊角村有一个小女娃儿，大伙都管她叫筐女。她母亲大概是在地里干活的时候突然生下她的。

可问题是，筐女的母亲那时估计还没有嫁人呢。就是说，筐女的母亲那时很有可能还是大姑娘家，至少没有正式过门吧。当时的情形谁也没有亲眼见到，所以对发生的一切都只是胡乱猜测而已。筐女刚一生下来，就被母亲丢在密麻麻的玉米沟里，而且是个傍晚，天色已擦黑了，估计只有那些星子，在高处模糊地看见了地上呱呱叫着的筐女。星子在人头顶不停闪耀着，一颗颗想要跳下来看个究竟似的。

那会儿地里干活的人都散了。在玉米沟里薅了一整天草的女人，都提起手里的筐子，筐子满当当沉甸甸的，把女人的胳膊吊得又长又细。这些草当然得顺路带回家去，兔子啦羊啦牲口啦都喜欢吃这种新鲜的青草。当时大伙儿拎着筐子，走出老远了，人都上了田，稀稀拉拉地走在回家的小土路上，所以，根本没有人注意到，筐女的声音是从哪里钻出来的。她就像一只拳头大小的狗崽或猫娃子，猛不丁扯出一串嘤嘤的泣音，在雾霭霭的暮色中，透出一股鲜活而幽忧的意味来。

若是碰上一帮大大咧咧的老爷们，这种羸弱的声音，通常是不会引起足够重视的，可女人就不同。她们的耳朵天生就有特殊的功用，这种婴娃的哭声，尤其能打动女人那根纤细的神经，也最能感染女人内心最脆弱的那一部分。她们听见了，就不能装作若无其事。女人的胸怀有时候也是很宽阔的，就像眼前这一望无边的青纱帐子，什么也能盛得下。女人们稍稍怔了一会儿，就顺着断断续续的哭声又摸索了回去。那些又长又宽的玉米叶子，一时间被女人嫩白的手臂撩拨得唰啦唰啦叫唤个不停。最终，几乎快走到玉米地的尽头了，女人身边的玉米叶子都不再乱叫的时候，才寻到了那哭声传来的准确位置。

这一大群女人顿时不言语了。

她们仿佛变成一根根结了丰硕谷棒的玉米，都惊惶地围成一个圆圈儿，木呆呆地低着头，嘴角嗫嚅着，腿脚戳在玉米沟里一动不动。

要说也没有什么可稀奇的。这些女人多半都生过一男半女，娃娃都是她们身上的一块肉，生的时候就跟拿刀子割自己一样疼，等生完就没事了，伤口和疼痛像是永远消失了。但眼下的情形，还是让她们惊叹了一阵，又唏嘘了一阵。一个个你看看我，我看看你，互相猜疑着，半晌也没拿出一个好主意来。

"这是哪个坏女人干下的？"

"咋能尻子一撅，就把娃娃养在玉米沟里！"

女人们鸟雀似的七嘴八舌，彼此开始重新打量对方，似乎都在竭力怀疑：肯定是站在自己身旁的某个女人做下的"好事"。

"婊子养的心肠比刀子还硬！"

"没良心的贱货，这是伤天害理哟！把娃娃狠心地撂在这里喂蚊子吃。"

"真格不要脸么！"

"谁说又不是呢……可怜见的……"

就这样，她们围绕着扔在玉米沟里的那只筐子和正在筐子里手脚朝天像只小青蛙样乱哭乱动的婴娃说个没完。起先，每个人都愤愤然的样子，都恨不得立刻将那个坏女人从人堆里揪出来扇她一顿耳光、撕烂她的衣裳，或者带她去游街。

不过，这种打抱不平的想法，很快就被一颗颗怜悯和疼惜的心肠替代了。有个女人已经默默地蹲了下来，把草筐子里的婴娃轻轻地抱在怀里了，并且，好像她就是这个小东西的母亲，嘴里羔羔蛋蛋地哄逗着，一副失而复得的惊喜样。

后来，女人们再次离开了玉米地，当然也带走了筐子里的婴娃。

她们轮流抱着那个女婴，不抱的也都很兴奋地提着盛满草的筐子前簇后拥。一路上有说有笑，仿佛再有多少个空筐子也装不下她们洒了一路的声音。

快到村子时，大伙终于从兴奋和愤慨当中理出了头绪。

首先，她们决定把情况向村里的男人们如实汇报，因为谁也不想不明不白地领养这个可怜兮兮的小东西。其次，她们对于这个婴娃的情况真的一无所知，她们甚至没有注意到，村里面哪个女人的肚子悄悄地鼓了起来。为了方便起见，她们不约而同地管她叫筐女，就是盛在筐子里的女娃娃。这样非常好记，也不用动什么脑筋。旁人若问起时也好说呀，她是跟草筐子一起被大伙捡回来的，所以取了这么个名字。

有人说，应该先把筐女抱到村长家去，让村长拿个主意才对。

有人说，筐女肚子正饿着呢，还是赶紧回家，给她拌点面糊糊喂上再说吧！

有人说，怎么也得给筐女找身小衣裳穿上吧，最好在换衣裳之前，先用温水好好给她洗一洗。

有人说，真是可惜了的，筐女要是个长牛牛的就好了，那样的话准保大伙都会心甘情愿地抢着来领养她。

也有人说，你们几个看着弄吧，反正我是上有老来下有小，家里的事我还顾不过来呢，哪有闲工夫操心这个筐女？

大伙一边胡乱说着各自的想法，一边把筐女在每个人的手里传了一遍。她们都忍不住亲了亲筐女的小手和脸蛋儿。小人儿的皮肤嫩得简直无法形容，就连已经生过好几胎的女人，也都感到非常吃惊，因为这之前她们似乎从来没有这样认真地观察或亲吻过自己的那些娃，可娃娃们已经不知不觉长大了，并且已不再需要母亲的这种亲吻。

于是，女人们都像占便宜似的筐女筐女叫着，还亲个没完没了，弄得小家伙认生似的又哇哇地叫了起来。

到最后，筐女的名字就这样被她们叫开了。

村里突然又添了一张吃饭的嘴，这倒不是什么坏事，可也算不得是多好的事。

那些天村长带着两三个曾在玉米地里捡筐女回来的女人（其余的人一开始就打退堂鼓了，她们怕生事端，更重要的是屋里的男人不允许她们抛头露面），抱着筐女，几乎跑遍了村里的每一户人家，他们苦口婆心循循善诱，又摆事实又讲道理，希望筐女的母亲能站出来，勇敢地面对现实。毕竟，筐女也是一条命儿，就算是一条小狗，也不应该随便撂在野外不管不问。但这种劝说没有任何收效，相反，却惹怒了好几家的老辈人，他们气横横地把上门来的人连推带搡给轰了出去，并警告他们，不准再来门前胡说八道。

筐女的初来乍来，着实让村里那些欲嫁未嫁的黄花闺女紧张了好一阵子。

这些大姑娘平时去地里干活也好，还是随便出门转街也罢，总觉得有人在背后嘀嘀咕咕、指指戳戳的，总觉得旁人的目光正不怀好意地盯着自己的肚子和走路时一扭一扭的屁股，好像非要从她们身上找到一些蛛丝马迹，以打消这种无止境的猜疑。

有两个姑娘已经订好婚的，双方都谈妥等冬闲了就办喜事。可不知什么缘故，好端端的事情就黄了，连媒人都一个劲直叹气摇头，说不出个所以然来。

就连那个最初将筐女从玉米沟里抱起来的好心肠女人，这时也泄了气。村里的闲言碎语铺天盖地，有些人甚至恶毒地怀疑，筐女跟她或她家的男人有点关联，要不她怎么那么热心肠呢？看来，这件事弄不好她自己也会被唾沫星子淹没了。

这个女人终于在一天夜里，将睡熟的筐女悄悄抱到了村长家。她对一脸茫然的村长说："这活我实在是干不了了，你再另挑一个人吧。"

村长本来是要发一通火的，可回头看看仍在睡梦中的筐女和那张红扑扑的小脸蛋，将胸口的火气强压住了。他大概不想把这个小东西从梦里惊醒。

女人离开时，从自己的脖颈上摘下一条粉红色的棉围巾，轻轻地盖在筐女的身上，然后一咬牙，红着一双眼圈转过身，默默地出去了。

二

羊角村有个专门看守场院的外乡人，一直住在库房旁边的一间小窝棚里。窝棚当然不是什么正经的房子，有点像牲口圈，不过四周是封闭起来的，虽不很严实，却也能挡风遮雨。后来，村里专门用破草席、细木棍和从别处拆来的一堆旧土坯，在场院垒起一间又矮又小的土屋，让这个从外地逃荒来的外乡人住在里面。

这个来自外乡的老光棍多少有点奇异。这样评价他也是有些原因的。他好像不会说话，反正他到羊角村以来，还没有谁真正听到他说过一句完整的话。大伙都坚信不疑，他是个哑巴。又因为他从不说话，大伙无从知道他的名姓，私下里都管他叫白脸、白鬼或白无常。这只是一方面。另外，这个远远看去悄无声息的人，却生着令所有人都发怵的皮肤，他身上的肉皮已经白到了让人难以忍受的程度，就像一只刚刚被揭去毛皮的老羯羊那样，膘皮雪白，却又布满了鲜红的血丝和红斑。外乡人的面皮、脖颈、手背、胳膊，甚至连头皮和耳廓子都是那种白里透红的古怪颜色，怵人得很，只要稍微看上一眼，就会心惊肉跳半天，以至于他在窝棚里住了好些年了，村里多半人都没有跟他有过任何的交往。

村长真是个精明人，将这样一个外乡人留下来看管库房和场院，自然是再合适不过了。那年为了筐女的事儿，村长也着实犯了难。不过，村长眼珠子一转，立刻就有了主张。村长连夜把筐女抱到窝棚跟前，指着筐女对外乡人比画了好一阵，意思是她跟外乡人一样，都没有地方可去。然后，就把筐女一股脑儿塞到外乡人手里，好像塞一只没人要的包袱团。临走前，村长又把嘴靠在外乡人耳边（好像这样对方就能听清楚），喊着说："我看你一个人怪孤单的，这个娃给你做伴正合适。"外乡人一直不安地看着村长，又偷眼诧异地看看被强行塞给他的婴娃，两只白惨惨的手瑟瑟抖颤，仿佛捧着一团滚烫而又危险的物件。

不管怎么说，筐女总算在村里落住了脚。

这个消息很快就传出去了。其实根本不用谁来传话，场院离着住户并不很远，一整夜恼人的婴娃的哭声，从那间低矮的窝棚里不时地传出去，传到每一家住户和他们的耳朵里，女人们一听就知道是她们从玉米地捡来的婴娃在哭号。不过，当她们确定下来哭声竟是从场院那边传出的，就有些坐立不安了。天亮以后，她们急忙差派自己家的娃娃跑到场院去察看，结果被告知，她们整夜跳动不停的眼皮所带来的焦虑，完全是事出有因。

"天神哪，谁把好好的一个娃娃送到无常那里啦！"

"真是作孽哟……作孽！"

女人们的眼珠子简直快要被这个不争的事实惊得飞出眼眶去了。她们无不觉得与其这样，倒不如当初别把筐女从玉米地里捡回来，就是让野狗叼走、让蚊子活活吃掉，也比交给窝棚里的那个流浪汉强。

一旦她们得知，这一切都是村长老人家的精心安排之后，谩骂的声音立刻减小了许多。不过，等她们被自己的男人从街上拉劝回屋里，她们还是会一个劲地埋怨，认为村长这纯粹是把筐女往火坑里推。

尽管如此，也没有一个女人再肯站出来，将筐女从窝棚里抱回自己家去收养。

也有极个别的人觉得，这样也好，那个白无常这回可是捡了个大便宜。因为像他那样的人，恐怕下辈子也不会讨到婆姨，而现在却不费吹灰之力，就得了个活脱脱的女娃儿，谁又能说这不是一种福气呢！

三

那间又矮又黑的窝棚里有了些生气。

起初几日，筐女的哭声惹得一村女人还是提心吊胆的。

渐渐地，哭声没了，几乎再也听不到。女人们又开始怀疑，是不是白无常对筐女下了狠手？但是，娃娃们很快就向大人报告了白天玩耍时所看到的情形：说他们亲眼看见白鬼抱着筐女在外面晒太阳；说白鬼在窝棚跟前生火做饭的样子真可笑；说白鬼让烟火熏得眼泪都流出来了，一个劲在那揉眼睛；娃娃们还说白鬼好像在窝棚旁边的树上拴了几根绳子，绳子上挂着一块一块的抹布片……这些好奇的母亲听着听着，突然就打断了娃娃的话，并纠正说，你们懂个屁，哪里是抹布，是婴娃的尿布才对。

有一次，女人们正在地里干活，突然看见那个白脸男人忙忙慌慌地顺着小路朝村外去了。他走得太快了，简直跟跑一样，好像发生了什么重大的事情。眼睛尖一点的女人注意到，他怀里抱着·团东西，抱得很紧，跟他的胸口紧紧地贴在一起。

这一去就是多半天，天黑前才匆匆赶回来。女人们又在村口碰到他，他果然怀抱着筐女，神色惶惶。女人们仗着人多，壮着胆子上前摸了摸筐女，才发现婴娃的脑门烫手呢。不用问，筐女生病了，在发高烧。她们也由此得出结论，他八成是抱着筐女去外面的医疗站了。看来，这个白脸男人并不像大伙想象中那么坏，他还是有点良心的，至少知道给娃娃治病。

村里的鸡白天一般不在窝里蹲，都放开四处乱跑，找路上散落的谷米吃，也钻到庄稼地里啄虫子解馋。有的母鸡吃里爬外，偏把蛋随便丢在外面，有时也趴在场院里的草垛上下蛋。养成习惯，就会经常在一个固定的地方下。主家经过观察，摸清了地点，到傍晚就爬到草垛上收蛋，几乎每天都不会空手而返。

可是，自从筐女来了以后，草垛上的鸡蛋明显少了，有时接连几天连根鸡毛也没摸着。主家便起了疑，派自己的娃儿没事就盯着草垛。娃儿后来哭着回家告状，说眼看着白鬼把鸡蛋收走了，他非但不还鸡蛋，还一抬手将他推了个大仰趴。主家气愤难耐，有心跑去窝棚跟前理论，又有几分畏惧，关键语言也不通，有理说不清，只好去找村长。

村长在自家吃饱喝足了，倒背了双手出门溜达，顺便去了一趟窝棚。

老远就见白脸男人脊背上背着筐女，弓着腰身在门口的小炉灶前忙乎。村长悄悄走上前，抻着脖颈往那口小铁锅里扫了一眼，热腾腾的汤面上漂着一层雪白的蛋花儿，可以说是人赃俱获了。但村长没言声，又悄悄地后退了几步，从后面看着白脸男人。此刻，他正一抖一抖地将手里的面粉往锅里撒着，然后用一根筷子在锅里一圈一圈搅动。很快，饭好像就做好了，白脸男人将饭锅从火上端下来放在地上，然后舀出一小碗，端在手里呼呼地吹着，白气顿时弥漫了他的头脸。

后来，村长看见他把后背上的筐女慢慢地解下来，自己蹲坐在窝棚门口，把娃娃平放在自己的腹弯那里，一手端着碗，一手拿小勺挖碗里的东西。在喂给娃娃吃前，他先将嘴搭上去吹一吹，才轻轻地送进娃娃的嘴里，一切看起来真是又寂静，又安详。不知怎的，村长觉得眼睛涩涩的犯酸，本来有几句话要跟这看场人交代的，想了想，村长还是像来时一样默默地走开了，却绕道去了丢鸡蛋的主家。

那以后，再有人告类似的状，村长当即便黑下脸皮说："谁叫你们这些娘们闲着没事，硬把个野娃给我抱回来，就是养只鸡娃狗娃也得喂食哩，何况一个活人呢？"

四

筐女的胳膊腿脚都跟地里的玉米一样长得很快，好像没多久，大伙就看见她会满地乱跑了。

筐女的小脸蛋红扑扑的，跟熟透的西红柿一样鲜艳。但是，她跟看场人一样，总是悄无声息的样子，倒是一双黑黝黝的眼睛似乎会说话，不时地眨巴着，显得很灵秀。有时她也会咯咯地笑，不过她从来不冲旁人笑，那清脆的笑声好像只有单独跟看场人在一起的时候才有。

每年的夏、秋两次大收，场院上都会繁忙那么十天半月。庄稼收割后全部从地里运回来，高高地垛在场院上，然后是集中打场，晒谷，入仓。当然，最热闹的莫过于给家家户户分口粮了。这种时候，一村男女老少都很兴奋，粮食是按挣下的工分走的，分多的兴高采烈，分少的垂头丧气，也有背地里骂娘的，说辛辛苦苦干了一年，到头来还赶不上那个看场院的白无常。

看场人确实不用下地干活，这是村长定下的规矩：只要把场院看管好，别丢了粮食、牲口和农具就行了。村长会高抬贵手多分一点粮食给他，毕竟他还养着一个娃娃呢。不过话又说回来，别看白脸汉子整日不声不响，可也是很明事理的，既然人家待他不薄，他也就全心全意地为村里做着事，很对得起吃到嘴里的粮食。

眼下麦子收割运送回来，跟一座座山头一样垛满了场院，看场人就一刻也不敢放松，他像一只大个的麻雀，在麦垛之间来回穿梭，两只眼睛一眨不眨地盯着，就是一只耗子也休想从他的眼皮底下偷走一颗粮食。另外，他还要盯住那些调皮捣蛋的娃娃，他们喜欢爬到高高的麦垛上，糟蹋起来也很厉害的。夜里比这还要谨慎百倍，他彻夜不睡，白惨惨的手里捏着村长特意配给他的一只手电筒，没完没了地在场院上摇晃，吓得那些蝙蝠在漆黑的夜空里吱吱乱叫，四处飞窜。

天一亮，他就拉着筐女的小手，在场院上巡视。他还抽空捡了几只麦穗子，用手搓掉皮壳，把麦粒撒在锅里炕了炕，炕熟了，就装在筐女胸前的小兜里，让她嚼着吃。筐女跟着他在麦垛里跑来跑去，像一只欢蹦乱跳的兔子，别提有多快活了。这天晌午村长带两个男人来过一趟，让他把库房的门打开，因为从明天开始就要连天连夜打场，得提前把脱粒机拉出来，好好拾掇拾掇，主要是检修一下电机和线路。

他当然要卖力，别指望村长请来的那俩懂电的师傅往出搬机器。这种情况下，就不能把筐女拽在手里或背在身上，他让筐女在窝棚里乖乖地待着，自己就忙去了。他费了九牛二虎的力气，才把两台机器从库房里搬出来，又彻底清除掉蒙在机器上面的厚厚灰尘和蜘蛛网，来检修的师傅这才慢悠悠地开始工作。他们一边干活一边跟村长谝闲，村长一直蹲在旁边赔着一脸笑。后来村长大概想给师傅们散烟抽，一摸身上才发现出门急忘了带，于是又派白脸赶紧去家里拿去。

让他跑腿其实是一件非常愚蠢的事，他又不能说话，见了村长的女人难免得比画好半天。一开始村长的女人也没理识他，让他在街门前傻站了好大工夫，因为这个女人正忙着和面呢。他实在是等不及了，才径自走到村长家的灶房门口，像只鬼影子似的吊在门框那里。村长的女人也是女人，跟村里其他女人没什么两样，骨子里也对这个外乡人充满了畏惧和嫌厌。平时碍着村长脸面，女人不好说三道四，可现在这个白无常居然赖兮兮傻唧唧地堵在自家的灶房门前，看着就让人心里窝火，女人劈头盖脸地奚落了他一通。女人骂好狗不挡道，骂他是个扫帚星，骂着让他快点滚开。可他一点儿也不生气，依旧不停地冲里面的人比画着，或者，他根本就听不清女人在说些什么。后来，他也算是急中生智，竟然钻进人家的灶房里，把正在案板上擀面的女人吓得尖叫了起来，连手里的擀面杖都撂到地上了。他却不紧不慢地在灶坑里捡了一截木头棍，凑近火塘点着，笨拙地叼在嘴里，然后又用自己滑稽的方式，跟已经吓得胆战心惊的女人表达他要做什么。

等他好不容易拿着村长的烟，颠颠地赶回来，又被当着两个师傅的面，狠狠地教训了几句，村长嫌他去的时间太久，说就是去镇上买一趟也该回来了，你真是个木头人。他自然没有二话，心里却还惦记着筐女，就趁村长他们在阴凉地抽烟的工夫，跑回了窝棚。筐女不在，他急忙转身出来，站在窝棚前朝四处张望，呀哇呀哇含糊地叫着，声音有点像嘴里叼着肉的老鸹，还是没有筐女的身影，也没有丝毫回音。

他又飞快地跑到场上，一头钻进还没有来得及锁门的库房里，东瞅瞅西摸摸依旧没有筐女的影子。他紧张极了，一张白脸变得红赤赤的，吁吁喘气，胸口朝外一鼓一鼓的。他开始来来回回地在几十个麦垛之间跑来跑去，像无头苍蝇似的乱跑了一阵，发现筐女真的不在附近，她丢了！他随即又跑到村长和两个师傅跟前，村长没好气地斜了他一眼。他忙不迭地比画起来。把自己的一只白手平摊开，在距离地面的某个高度停住，然后又用手抓起自己乱糟糟的头发，揪出两只朝天的小辫样，再将两只手掌心同朝上翻开抖颤，脸上是巨大的恐慌和焦急。村长也许明白了他的意思，也许根本不清楚他想怎么样，反正村长散漫地晃了晃头，同时冲他吐了一圈含在嘴里的白烟。

一直到天黑，他先后去过村子前面的麦地，去过村子后面的水田，去过村里的祖坟地，沿着干渠坝从南到北走了十几里路，甚至还去了邻近的两个村庄，可等他满怀着最后的一线希望回到自己的窝棚时，里面还是黑洞洞的，没有预想的筐女扑到他怀里时的温暖和喜悦。他什么也没有吃，只是灌了一肚子生水，就失魂落魄地捏着手电筒，在麦垛中转悠起来，嘴里好像还在呀哇呀哇地叫着。这种时候，场院上除了他的心在怦怦乱跳和那些蝙蝠在头顶飞来飞去，还有偶尔吱吱叫着满地乱窜的耗子，再也没有什么活动着的东西了。

整整一个晚上，他真的跟孤魂野鬼一样，在场院和窝棚之间来回走动，瞪着两只眼珠子，凝视无尽的黑暗和黑暗中影影绰绰像山峦一样的麦垛，仿佛筐女就藏在里面，而且随时都会从里面钻出来冲他笑。

第二天人们热火朝天地打场，两台脱粒机轰鸣着将一捆捆麦秸吞进去，继而又在愤怒的嘶吼声中一团一团飞扬出去，金黄的麦粒在机器的肚子下面汹涌翻滚。大伙都忙得不可开交，谁都没在意他。村长又给他布置了新的活儿，让他每天多烧几锅水晾上，好给干活的人喝，天气太热了。

五

筐女丢了好些日子，大伙才陆陆续续得知。丢了就丢了，反正也是捡来的野种，没人把这事放在心上。到了秋后分粮，村长也没再给他多拨一颗粮食。分多了没用，他一个人也吃不了。他还是一个人住在窝棚里，干自己分内的活儿。只是，跟以往有所不同，没事的时候他不再老老实实地待在那间窝棚里，而是在村子周围胡乱转悠，好像要找寻什么，又仿佛是在等谁出现。

又过了一阵子，他的举动就反常了。有一天傍晚，村口的老槐树底下几个娃娃正在过家家，里面有一个很小很小的女娃，眼睛黑亮黑亮的，扎着一双小辫子，辫梢往两边翘着，脸蛋红扑扑的，非常好看。谁也没有留意到，他一直都出神地朝娃娃堆里张望着。

忽然，他几乎像一只刁悍的白秃鹫，猛地降落到那堆娃娃们中间，一把就将那个扎小辫的女娃儿从地上抱了起来，女娃的头发下垂着，两只发辫一甩一甩的。他头也不回地朝场院的方向一路狂奔而去。其余的娃娃正耍得高兴，半天也没有反应过来究竟发生了什么事情。后来，有个大一点的男娃终于大声喊叫起来。

"快呀，快来人呀，白无常把我妹妹抢走了！"

随后，男娃慌里慌张跑回家去找大人。大人们顿时被这个可怕的消息惊得从地上跳起来。他们趿拉着鞋一面朝场院跑，一面让男娃快去找村长，因为他们心里都清楚得很，那个白脸汉是不好惹的。

村里很多人都闻声赶过去凑热闹。秋后的场院已空荡荡的，除了一排锁得严严实实的库房，就只剩那间孤零零的窝棚蜷伏在场院的一角，像个叵测的狗窝。大伙在窝棚跟前紧张地围了个大圆圈，而且每个人都尽量往后退着点，生怕受到意外的伤害。窝棚里悄无声气，却一样唬得人头皮发麻，汗毛都快竖了起来。

那家大人站在离窝棚最近的地方。两口子满脸都是惊恐不安的神色，女的已经开始呜呜哭了起来，男的有几次想冲进窝棚去拼命，但始终没有足够的勇气再往前靠近一步，只是无谓地朝空气挥舞着他愤怒的拳头，嘴里嚷着："狗日的，白脸鬼，你他妈的快出来，把娃儿还给我们！"他也试探着用手去推窝棚的门，好像被顶得死死的，纹丝未动。男的只好又用脚尖恶狠狠地踢了两下，继续叫嚷着："开门，快开门，再不开门就别怪老子不客气了！"

门却始终没有打开的意思。旁边有人劝话，说千万莫慌乱，当心把那家伙惹火了，谁知道狗日的会干出什么蠢事来。这种善意的提醒又及时又太必要，那家男人立刻就变得乖巧而又不知所措，再也不敢莽撞地拿拳头和脚去打门了。女的这时已经软塌塌地一屁股跌坐在地上，捶胸抢地，哭爹叫娘，脸上抹满了晶亮的鼻涕和眼泪。

村长怒气冲冲地赶来了，却也没有想出好办法。依照他的驴脾气，先一脚把门踹开再说。可村长的腿脚让那个坐在地上的女人抱得紧紧的，大伙也都认为不敢胡来，兔子逼急了还咬人呢，何况里面的那个家伙。但又有人指出，光这样干站在外面喊叫也没用，因为十聋九哑，也许那个白脸压根就听不见呢。大伙都傻眼了，情况太糟了，没有比这更坏的事情了！

天色黑沉了，似乎满天的星子都在惶惶地摇颤，仿佛随时都会坠落下来。窝棚里依旧没有一丝响动，仿佛出现了某种新的死寂。这种状况让人更加惶恐不安。那家女人也停止了先前无休止的哭闹，像刚刚从梦里惊醒的女疯子，一副恍惚又无知的样子；男的看起来倒像一个蹩脚的小偷，正把自己的一只耳朵贼兮兮地紧贴在那扇小木头门上，煞有介事地听着什么。

那家的男娃（小女娃的哥哥）在大伙都不经意的时候，竟然猴子样爬到窝棚顶上。这间窝棚除了那扇木门，四周没有窗户，唯独棚顶留着一只小天窗。男娃像是豁出去了，奋不顾身地趴在棚顶，并将脑袋伸进天窗里观望了一会儿。他突然缩回脖子转过头，声音有些沙哑地朝下面大声喊着："爹，妈，里面没人，啥都没有，我妹妹不在里面！"

这一新的情报简直就是一记炸雷。如果说刚才大伙都惴惴难安，担心外乡人会干蠢事，现在完全是丈二和尚——摸不着头脑了，这太不可思议了！大伙在外面守了老半天，到头来窝棚里却是空的。村长还没来得及作出任何反应，那家的男人早已像疯牛一般，将自己的整个身体撞向那扇小木门。门哐唧一声被撞开了，正如男娃所说，里面的确没有人。

眼前的迹象表明，外乡人已经逃逸了。而且，他还带走了那个可怜的小女娃。与此同时，大伙还在窝棚最靠里的角落，发现了一个狗洞，旁边有一捆磨得圆乎乎的秫秸，看来洞口还没有来得及用它堵上。那个男娃又自告奋勇地从洞口爬出去，外面是笼罩在夜色中的大片大片的土地，除此之外，再也看不到什么了。

那家女人当即叫了一声我的娃啊，就瘟鸡样栽倒在窝棚里。

满天星光的映衬下，通往异乡的小路发着淡淡的白光。不过，谁也不会注意到，这种时候还在不停赶夜路的人。

月亮那晚一露面就有些不同寻常，仿佛暗中孕育了很久很久，然后才纵身往上一跃，挺着明晃晃圆溜溜的腹从低矮的屋山墙跳到浓浓的树影中去了。或许，身子太重的缘故，站不稳似的在高处一摇一摆。

毛小豆恰好低着头从家里走出来，月亮光穿透那层黑色的枝叶丛神秘地筛洒下来，落在她的身上。

毛小豆忽然觉得眼前发白，心里竟有那么一点慌了，说不清是为什么，她脚步细碎地紧走起来。

那一阵，李新安正站在事先约好的地点左顾右盼。

月光太明了，他总觉得自己待的地方有些不妥当，有一刻他真想走掉，或者躲到别的什么地方去等她。可他最终还是没有挪地方，无聊地踱了一会儿步，闷蹲了一阵，又在原地静坐下来。

眼前的明月大得想不看都不行。于是，李新安就一门心思地盯着月亮。

这样看了一阵，李新安就发现了一个问题，这在平时他是很少注意到的，是被人们忽略掉的问题。他发现月亮越圆越大，上面的那些斑斑块块的东西就越发明显。此刻的月亮看上去非但不像平常那么精巧鲜亮，相反，竟有点臃肿和丑陋的样子。月亮那张大大的圆脸盘上起了许多发黑的锈片，像一群黑山羊从月亮的脸上散漫地赶过去，稀稀拉拉屙下一摊一摊恼人的粪蛋蛋。这样想时，李新安又觉得晦气，不管怎么说月亮可是好东西啊，月圆之夜最适合亲人团聚了。放在平常，他会十分迫切地想起老家和每一个亲人的模样。而此刻，李新安在想，赶上这种大月亮天走走夜路，女人才不至于害怕得发抖。

狗的吠声从远处悠悠荡荡地飘过来。李新安顿时觉得耳中仿佛有了幻觉一样不真实起来。今晚的狗似乎不像平日里那么嚣张跋扈，应付主人般空洞无味地叫唤那么一小会儿，就销声了，更不如平常张家王家李家的狗都起哄似的一呼百应，不依不饶。今晚多少是有些不同寻常啊。

李新安循着渐渐消弱下去的狗的声音张望着，远远就看见了一只瘦黑的影子在无人的小径上慢慢移动着。他心里还是涌起了些许激动，每次等她来的时候都是这样的心情。李新安急忙从地上站起来，来不及拍掸屁股上的尘土，就朝着黑影的方向快步迎上去。

俩人见面以后，很长时间毛小豆都不肯说一句话。

李新安没话找话："月亮真大啊。"

毛小豆就孩子似的抬头木讷地看着天上的月亮。

李新安笑着说："月亮上面尽是些羊粪蛋儿。"

毛小豆回头幽幽地瞪了他一眼，又木然地转脸去望有些斑点的月亮。

李新安又说其实月亮也没啥好看的。

毛小豆却像没听见似的，一双眼睛依旧熠熠生辉望向深远的夜空。星星稀疏，月亮的脸生出一些妩媚来。

李新安不再说什么了，跟往常一样伸过一条胳膊想揽住毛小豆的腰身。

毛小豆的腰又细又软，一对胸微微顶在布衫上，屁股蛋在宽大的阔裆裤里还是显现出本该有的那种圆满。这副身子李新安再熟悉不过了，每次他俩偷偷见面李新安都会迫不及待地伸手揽她进怀，毛小豆虽然总是表现得害羞和胆怯，可身子每次都被李新安的一双手臂所缠绕。唯独今晚她却坚定地闪开了。

毛小豆直冲冲地盯着他看，半天还是不说一句话。

李新安心里就有点毛了，逃避似的也仰脸去看月亮，又像是在等她开口说话。

过了一会儿，毛小豆这才慢慢张开嘴："你就是看上一宿月亮也不顶事。"

说话时，毛小豆眼里流溢出两道银色的小溪，亮光越拉越长，越来越亮。

李新安看着有点不忍心，就伸出两只手掌去拦截毛小豆脸上的溪流。泪水是拦不住的。李新安看见那两条小溪竟汹涌起来，刹那间已变成宽漫的雨帘。而毛小豆已顺势扑到他怀里，呜呜地抽抖着身子，把他的胸口弄得又热又湿。

李新安温柔地搂住毛小豆。

毛小豆哭得更厉害了。

李新安听见自己说："别哭，豆儿，我会想办法的，你千万别害怕，豆儿。"

两个人又瑟瑟地拥抱了一会儿，都闭着眼睛，谁也不再去看头顶的月亮，仿佛月光不存在了。

李新安想吻一下毛小豆的嘴唇，毛小豆却挣扎着死活不肯。毛小豆目光忧郁地瞪了他一眼，亏你还有那心思。李新安就有些羞惭地松开手，打消了念头。

这时，毛小豆分别从两只裤兜里掏出一块糖精甜饼和一只拳头大的苹果，递给李新安，说："你快吃吧，这是我从家里给你悄悄拿出来的。"

李新安接过东西说："我现在啥也不想吃，就想好好看看你。"

毛小豆笑着说："我有啥好看的，又不是天上的月亮。"

李新安连忙接着她的话说："你就是我心里的月亮，你比月亮里的嫦娥还要好看呢。"

李新安轻轻拉住了毛小豆的手，那手被他一握紧，就变得温湿而又乖巧了，听话的小兔崽似的一缩一缩。而李新安脑子里却闪念出一首古诗词来，当即就动情地吟诵给毛小豆听：

人有悲欢离合

月有阴晴圆缺

此事古难全

但愿人长久

千里共婵娟

毛小豆低垂了头静静听着，也不再有挣扎，由着对方抱紧自己的身体，心间隐隐涌起了蜜一样的甜。

出门前毛小豆头上系着一块灰色方格头巾，她拘谨地坐在李新安身后，车子扭扭搭搭爬过一段上坡路。李新安不停地喘着气，村子渐渐被他俩甩在了后面。

傍晚散工前，李新安死磨硬泡总算借到了一辆自行车。这辆飞鸽牌的二手货，据说是出纳托他城里的表哥买的，别说借人，就是他自家的老婆孩子他都舍不得让碰一指头的。可李新安还是借到了，他对出纳说到县上取个包裹去，老家给寄东西来了。村上以前的一个老会计开春死了，没人干得了这活，队里就让出纳一肩挑两担。出纳只读过几天小学，货物进出记个数还能凑合，可遇到那些乱七八糟的账目他就傻眼了。出纳知道李新安有学问，经常去找李新安帮忙。李新安擅长数学，多长的一串阿拉伯数字让他加减乘除都是很随便的事，他只在心里默想片刻，结果就从嘴里蹦出来，比算盘珠子转得还快，队里人无不叹服，就连牛哄哄的头头也得高看他一眼。

俩人并不是一块出来的，那样会引人议论。毛小豆很早就借上茅房的工夫从家里溜了出来，独自一人走了好长一段路离开了村子，她一边走一边回头望。见到李新安从身后赶过来，毛小豆一颗悬着的心才稍稍放下来。不过，等她的屁股刚坐上车后架，心儿立刻又提到了嗓子眼。

她听见李新安在前面说你可坐稳点啊。然后，她什么也听不见了，车子在碎石子铺就的路上颠簸着前行，不时听到挡泥瓦被溅起的石块敲得乒乒乱响。这种纷乱的响动好像一下一下不停敲打着她的神经。毛小豆感到害怕，气也不敢大出，更不敢抬头。下坡路车子滑行得飞快，李新安提醒她要抓紧自己的腰，可毛小豆就是不敢，只死死抓住屁股下的铁架子，很长时间她都紧闭着眼睛，风声呜呜地灌进耳朵里。

路面稍微平坦一些的时候，李新安用一只手扶把，腾出另一只手向后面伸过去,他想摸一下毛小豆。毛小豆根本没有心思理会他。李新安不甘心似的继续将手停留在毛小豆的大腿上,那里的裤子绷得紧紧的,浑圆的腿部透着温暖。李新安用手轻轻地在裤面上摩挲着,手指顺着裤面慢慢地爬到毛小豆的小腹上,然后更加温存地在那里摸来摸去,好像他真的能感觉到里面有什么微微动着。

毛小豆抽出手拍了一下李新安,说:"你干啥呀?快拿开!"

李新安忙说:"豆儿,你别怕,不会有人看到的,再说天眼看要黑了。"说着,李新安乘机又抓住了毛小豆的手,她的手又湿又凉。李新安扭头不无叹息地说:"要是在我老家,事情可好办多了,我有个亲戚就在医院里工作。"

毛小豆还是把自己的手挣脱出来,她不爱听他这么说话,每次一说到什么事情他总爱扯到他的老家,好像他的老家就比这里好多少倍似的,既然老家那么好,他来这里做啥?所以,她有点生气地闷哼了一声,说:"你还是好好骑车子吧。"她又随手将头巾往脸部掩了掩,只露出眼睛和鼻孔,就不再吭气了。

前面的路突然腾起一股浓浓的烟尘,一阵踢踢踏踏的蹄音由远而近。接着,他们听到高亢的吆喝牲口的喊声和几记清脆的鞭鸣,那是队里的车把式韩老七,这个人喜怒无常,脾气有点古怪。毛小豆倒不怎么紧张,可李新安早早就刹住了车子。

李新安说："豆儿，你快下来，随便找个地方躲一躲。"

毛小豆像是没有听见，稳稳地坐着不动，说："你怕啥，咱们走咱们的，不理他。"

李新安显然不这样看问题，他觉得让人看见了终归不好，万一车上再有别的什么人呢。赶车的韩老七在李新安眼里多少是有一些分量的，别看韩老七待人凶巴巴的，可对李新安这样的单身汉还是很不错的，通常会有求必应的。每年家里都要给李新安寄来一些零七八碎的生活用品，有时候还有汇款单，李新安去县里邮局取这些东西得赶几十里路程，他当然要搭车，总不能走了去吧。韩老七的马车他就搭过好多回，车跑起来又快又稳，几十里路程好像一撒欢就到了，而且，坐车的人也感觉非常舒适。李新安当然也发觉韩老七看人的眼神的确太奇怪了，好像要把人撕碎了似的。而且，向来都是一副不置可否的样子，他若同意拉你会猛地喝住牲口；否则，一甩鞭子便扬长而去，腾起一股呛人眼鼻的尘土将身后的人罩住。

马蹄声真的越来越近了。

李新安多少有点心神不定，他左手稳着把，右手伸到后面算盘珠子似的往下拨拉毛小豆的身体："你快下去呀！要么就来不及了！"说着又拿手使劲拨拉毛小豆。哪知毛小豆像粘在车架上了，就是不肯下来。毛小豆噘着嘴说："现在你才知道害怕了，早干啥去了。"

李新安脸一红就生气了，说："你到底下不下来？"

毛小豆犹豫了一下，快快地说："我就不下来。"

李新安抬头望望已现出轮廓的马车，急得额头渗出一层细汗，他突然将车身歪斜下来，毛小豆再也坐不住了，险些一屁股摔在地上。她听见李新安嘴里还在愤愤地嘟哝着："叫你不下来。"

毛小豆伤心极了，鼻孔里立刻涌起一丝辣辣的东西。她要骂李新安，可喉咙哽咽着终究没能骂出声来。随即，她捂着脸转身往来时的路去了，步子迈得很大，头也不回。

李新安想叫住她，可那辆马车已接近他了。他不敢作声，急忙跳上车子，装作赶路的样子硬着头皮迎了上去。

马车上果然还另外坐着几个人，抽纸烟的，发困打盹的，面目看不甚分明。韩老七斜跨在车辕上，手里擎着鞭杆，两条腿一长一短奄拉在车辕下，并随着牲口脖际间的铜铃声一下下摇晃着。眼看李新安的车子已跟马车错身而过了，就在这时，坐在车厢里的一个人突然大声叫起来："喂！李新安李新安，你停住，我有话跟你说！"与此同时，李新安也听见韩老七"吁——吁"地喝住牲口时的不耐烦的声音。他也迟疑着捏住了手刹。

有个人已经跳下马车跑到李新安跟前了，是跟李新安插在同一个队里劳动的老乡。平日里两人走得最近，不管谁的家里寄来好吃的东西都会想着对方。李新安也不等对方站稳，自己先说我正赶着到县上取个东西。老乡似乎并不关心他的去向，而是火急火燎地跟李新安耳语了几句，转身就撵韩老七的马车去了，他叮嘱李新安要赶紧想想办法才是。

这条消息来得有点太突然了，李新安一时半会儿还反应不过来。可情况就摆在眼前，容不得他来细思慢想。他呆呆地扶着车子僵在路边，抬眼望着韩老七的马车消失的方向，霎时心里蒙上一层迷雾。等他稍稍静了静心神，才忽然想起毛小豆来，又急忙跳上车子，顺着来时的路去寻她。

可找到天都黑尽了，李新安也没看见毛小豆的影子。

后来，李新安还是一个人骑车去了县城。

邮电所有值晚班的，他跟人家要了一页电报单。但是，他没有马上填写，而是呆呆地坐在外面的水泥台阶上，把事情前前后后想了一遍，又想了一遍，直想到月亮圆滚滚地悬到半空中，月光亮得刺眼了，他才神情恍惚地重新走进邮电所里。

李新安客客气气对营业员说："同志，我想给老家拍份电报。"

等他从里面出来，才如释重负地喘了口气，扭头却发现那辆自行车不翼而飞了。

李新安吓傻了，找遍整条街也没发现那辆车子的影儿。他垂头丧气地在街边游荡了半天，这时才恍然意识到自己根本就忘了锁车子。

毛小豆成天窝在家里不肯出门，说是生病了。

李新安去过几趟，毛小豆死活不肯见他。

等李新安再去时，老远就从院门缝里瞅见毛小豆家的大黄狗正龇着雪亮的牙齿蹲在门口冲他汪汪叫着。李新安就有些胆怯，他心里明白这是毛小豆故意放开狗吓唬他。他记得毛小豆有一次笑话他说："看你脑袋瓜子猴精猴精的，咋胆子比女人家的还小呢。"所以一见到那只大黄狗在门前一扑一扑地伸着舌头，李新安的腿肚子就发软了。

那个老乡很快就办妥了手续，临走前李新安去送行。

老乡激动地拉着李新安的手说："新安啊，你得抓紧时机，兄弟先走一步了，希望我们很快能在老家见面。"李新安茫然地看着老乡离去的背影，内心有种说不出来的苦涩迅速翻涌起来。前面的马车已经翻过了一道坡梁，李新安无力地冲远方跳动着的影子挥手，他的手臂轻轻地停留在半空中，像一片风干了的高粱叶子，很长时间也落不下来。

没过几天就开始收割稻谷了。天气也明显转凉，又是往年那种隐晦不堪的天色。每年这个时候都要落几场连绵的秋雨，节气不由人，抢收便迫在眉睫了。

大伙不分昼夜地忙乎起来，收割，捆绑，装车，堆垛，打场。李新安心里一直没着没落的，他想无论如何等忙完这一阵子，自己要跟毛小豆好好谈谈。他窝着一肚子话想跟她诉说呢。那个老乡一走，他觉得自己在这里完全成了孤家寡人，甚至顷刻之间丧失了继续生活下去的信念。老家也有了回音，说正在帮他想办法呢。可是，他似乎又有几分忧虑，不知该怎么对她说才好。尤其是，毛小豆越是不想见他，他就越怕面对她那双静静闪动着的眼眸。

打场那天，分配给李新安的任务是把垛头上的稻捆子一捆一捆扛到脱粒机跟前，然后解开捆绳递给专门负责往机器里入料的人。机器一开就不能停，人就得不断地往机器嘴里塞东西，而且还要把握好节奏，不急不缓，入得太快太猛了，机器会被卡死，不光耽误事，还有一定的危险，弄不好会烧坏电机的。这边机器嗡嗡地脱下稻粒，那边一团一团的稻草就呼呼地飞扬出去。有一个女社员守在机器前面，头脸用围巾裹得严严的，手拿木杈子将稻草抖一抖（防止谷粒会夹杂在稻草中），然后再扔给另一个女社员去重新扎捆码垛。场上一共三台机器同时运转，跟李新安一组的也是两男两女，其中一个就是毛小豆，她负责翻抖那些从机器里卷扬出去的稻草。

机器的轰鸣声震耳欲聋，眼前谷粒雨点样飞溅，四周尘土弥漫，看不清对面人的模样，鼻孔喉咙呛得冒了烟，根本不敢张嘴说话。尽管这样，李新安还是觉得这是一次难得的机会，他溜空过去跟毛小豆打了个招呼。毛小豆依然不怎么理睬他，低着头只顾干活，手里的木杈抖得愈加起劲，仿佛跟那些稻草有着深仇大恨似的。

那个往机器嘴里入料的人头天吃坏了肚子，中途急里忙慌找地方蹲坑去了，非让李新安替他一会儿，李新安想都没想就答应下来。那人前脚一走，李新安就站到踏板上了。他将稻捆子解开用双手配合着往机器的嘴里送料，轰鸣声立刻震得他头皮发麻，两只手也随着脱粒机的飞速转动剧烈地抖颤。他一下一下往里塞着，偶尔抬眼看一看前面的毛小豆。

有一刻，毛小豆好像也朝他这边凝望过一会儿。那时她手里的木杈一动也不动了，整个人看上去就如一个失去操控的木偶，一味地沉浸在自己的冥想与忧伤中。当他俩的目光穿过浓浓的烟尘碰撞在一起之后，毛小豆立刻警醒似的转过脸，又将手里的杈子有气无力地挥动起来。

由于俩人离得不远，毛小豆低下头干活的时候忽然间听到一种异样的响动，准确点说仿佛是一种猝然断裂的咔嚓声。与此同时，机器那边传来一阵歇斯底里的喊叫。她人一下子就怔住了，手里的杈子砰地落在稻草上。

毛小豆的目光下意识地转向李新安所在的位置。事实上她已看不到刚才那个高高地站在机器边上的李新安了。那种富有节奏的卷扬声已戛然而止，笼罩在机器上方浓浓的烟尘似乎正在逐渐消退，有一股奇怪的腥热在空气中迅速弥散开去。

既而，毛小豆听见机器发出的一串吞咽不良的闷憋与喘息。她完全惊呆了，嘴唇痉挛似的抽搐着。她想喊什么，可嗓子眼却似被一团干燥的破棉絮给堵死了。她在短暂的愣怔中战栗不已。

当毛小豆终于鼓足勇气朝脱粒机奔跑过去的时候，她隐隐觉得空气中的那股腥热的异味越发浓稠了……

谁也不知道李新安到底流了多少血，反正在这年秋日的最后几天，他的一只袖筒突然就空了。秋风迎头飞旋过来，李新安的那只衣袖就像一面旗子一样扑啦啦地摆来摆去。不过，旗子的颜色一般都是红红绿绿的，而他的袖子却总是灰黑的颜色。

李新安的脸面也变得灰突突的，没有一点儿血色，一副大病初愈的模样。大伙儿见了他也还说说笑笑的，出纳也照样来请教他一些账目上的事情。有时候，出纳会当着李新安的面突然很心疼地提起那辆飞鸽牌自行车，尽管这之前李新安已经给他赔过钱了，这些钱足够他再去买一辆新的。

那些日子毛小豆整天被爹娘锁在屋里，她三番五次闹着想去见见李新安，爹娘不肯，他们说你还去见他干啥，他是个没手的废人了，将来靠啥营生啊！毛小豆拗不过爹娘，就趴在枕头上偷偷地抹眼泪。娘盛好了新米做的饭端给她，手把手将筷子塞给她，她刚刚扒拉了两下，就哇哇地犯起恶心来。毛小豆跟娘说她一看见大米就害怕，眼中就莫名地浮现出一片猩红。娘没了办法，只好去给毛小豆重新擀面条。

私下里出纳过来给李新安出点子。他说："李知青，你也算是因祸得福呀，我听说像你这种情况是可以考虑的，赶紧找头头说说情吧，兴许能成呢。"

当晚，李新安就晃着那只空荡荡的袖筒去了，都走到人家门口了，又迟疑地折了回来。他在黑暗里躺下来左思右想，直到东面天空吐出一层鱼肚白了，还是睡不踏实。

有几次，李新安想就算豁出去也得再见见毛小豆，哪怕是最后一面，可最终还是打消了念头。他用唯一的手掌轻轻抚摩着那只空洞的衣袖，既而发出野狗似的一阵号啕。

哩哩啦啦又飘过两场雨，天气渐凉了，秋日挨到了尽头。

那天车把式吆喝牲口的声音远远传过来，李新安正站在井台边打水，桶里的水小镜子一样一晃一晃地闪着银光。他茫然地转过身去，马车已经到了跟前，两个老人护卫一般紧紧依偎在毛小豆身旁。

毛小豆被她娘小孩子似的牢牢地搂住，生怕会遭到风吹雨淋似的。毛小豆上身的穿着十分臃肿，还披了一条绒毯。她的头脸被围巾严密地遮着，连鼻子眼睛也看不到一丝。

马车打身旁经过的时候，除了赶车的韩老七冷冷地斜了李新安一眼，毛小豆一家三口全都默默地垂下头，像是犯了什么大错见不得人。

李新安忽然感到一阵难过爬上心头，背脊间嗖嗖发冷。他急忙拎起水桶摇摇晃晃地走开。水花一朵接着一朵从歪斜的桶里鲤鱼般跳出来，斑驳地落在李新安身后。

李新安走进队部里，头头正跟几个社员摸纸牌起劲呢，脸上都粘着长长短短的报纸条子。他一言不发地站在地当间，透过缭绕的烟雾，他的目光变得非常果决了。他伸手去衣兜里掏事先写好的那张申请书时，整个身体忽地向一侧倾斜，脚下失去平衡样站不稳了。

直到离开前他也没有见到毛小豆的面。天麻麻亮时，他最后一次搭上了韩老七的马车。

一路上，李新安连一句话也不想说，目光呆滞地望着不断朝身后奔跑然后又迅速变小变矮的树木和村庄，看着看着两眼就酸涩起来，风把刚刚涌出的一颗泪吹花了。韩老七更是木头人一样始终不吭一声，只是猛烈地挥舞他手里的鞭子，马不时地嘶嘶长叫，四蹄腾起厚厚的土尘。

有几次，韩老七向后扬起的马鞭快要落在李新安的身上了，而李新安似乎也感受到了那种猝然而至的生疼。每次只要鞭子叭的一声响，他的后背就会紧紧一缩。车身筛子似的颤抖，李新安战战兢兢地用一只手抓住车沿，他觉得自己的心脏随时都会从嗓子眼里窜出去。一路上车轮骨碌碌飞转不停，李新安觉得那只袖筒快要被风吹跑了。

李新安焦虑地抬眼向前方眺望过好几回，连县城的影子也看不到。这条他所熟悉的路变得漫长无比。

　　最先从水面上抬起黑亮的脑袋壳朝天空张望的，是一群小孩。当时，孩子们正准备从河沟的东岸一口气游向西岸去。西岸的那片树林里几乎没有一棵参天的大树，尽是些高高矮矮的柳树，也有一些更渺小、不成气候的红柳枝。那些树多半都生得扭扭曲曲奇形怪状的，仿佛是从河滩上鬼祟地窜起腰身来的一条条粗细不一的草蛇毒蟒，繁茂错综的虬枝和枝丫完全挡住了人的视线。

　　如果沿着西岸的这片树林一直往西走下去，估摸到天黑以后差不多就到沙漠里了。冬日里孩子们经常被大人使派到这里拾捡干树枝，然后捆成捆儿扛回自家去生火做饭。盛夏到来以后，孩子们大把大把的时间都是在这条不算宽阔的黄兮兮的河沟里度过的。他们一旦在水里泡够耍腻了，就会泥猴子样慵懒地爬上岸，然后钻进西边的树林里去歇缓一会儿。兴致好的话，就一起去掏藏在树林里的雀窝和野鸭子蛋。孩子们也会在林子里想办法生起一把篝火，将自己的小身子骨烤干，其间，一个个龇牙咧嘴地吃着那种半生不熟的烧鸟蛋，嘴唇舌尖烫出一串燎泡。

尽管头顶的阴云一片连着一片，天气还是又闷又热的。每年夏天都有这么几天，好像不把孩子们热疯了，雨点是不会轻易落下来的。这天晌午，那些热得没处躲藏的孩子跳进黄泥汤一样的水里，胡乱趴成一排：假如从岸上看，只能看到一绺儿黑黑的小脑壳，仿佛漂在水面上的几只没熟透的黑皮西瓜，又像是打鱼人精心布下的一绺儿球浮子。因为听到了比打雷还要响亮几百倍的奇怪的声音——那种声响简直就是惊天动地的——孩子们才不得不无比惊愕地停止了在水中的游浮。他们都抬头观望着阴灰灰的天空，以为刚才的声响能给他们带来一场清凉透爽的暴雨。

随着那一通石破天惊般的巨响，孩子们才清楚地看到，一团浓浓的黑云在对岸的树林尽头很突兀地升腾起来。那种黑云升空时骄横霸道的姿态，是孩子们从来都没有见识过的。它们好像不是从地面升上天空的，而是从天上一个未知的高处猛不丁扑向地面的一只巨大乌黑的蘑菇，或者，又像一把巨型的黑伞自天而降。

总之，种种迹象都是前所未有的：那种惊心动魄的声响，那种经久不肯散去的黑的云团，以及它们停留在高空中的遮天蔽日、耀武扬威的样子，都让这群浮在水里的孩子感到无比震惊和好奇。

接下来，孩子们野鸭子一般飞快地爬上了岸，他们顾不得浑身湿溜溜地从头到脚往下滴水，便开始七嘴八舌地就眼前的景象发表各自的见解。这群孩子里最大的有十二三岁，最小的也仅仅五岁半。因此，他们对眼前怪异的情景充满了迷惑和不解。

马驹子是里面最大的一个男孩，他首先认为那是敌人的飞机在河对岸撂下的一颗炸弹；而另一个跟马驹子差不多大小的孩子立刻对这种观点提出了质疑。他说既然是飞机撂炸弹，那为啥没有看见敌人飞机的影子呢？

显然，这个孩子的疑问是很有说服力的。于是，大伙又一次把目光投向西面的天空，投向那团腾空而起的云。那团形状怪异的黑云依旧悬浮在那里，就像传说中青面獠牙的妖精那样狰狞地俯瞰着大地和大地上矮矮的树丛，以及孩子们眼前这条并不算宽阔的河沟。

片刻的苦思冥想之后，又有一个七八岁模样的小孩大胆地说出了他的想法："你们说得都不对，根本就不是飞机扔炸弹！我爸以前好像给我讲过，那种云叫作蘑菇云，只有原子弹爆炸时才会看见这样子的云。"

立刻，其余的人都不约而同地把目光再次从高远的天上猛地拽回地面，像行注目礼一样盯着正在说话的那个孩子的脸。

大伙之所以这样盯着他看，是因为这个名叫小柯的男孩子确实跟其他人不太一样。他说话时的表情和语气总是一本正经娓娓道出的样子，眼神里也总是透着清澈和湿润的光泽，既不愚昧，也不急于求成，就像他的父亲那样（大伙都管小孩的父亲叫老柯，大约两年前老柯一家三口被一辆马车拉到村子里，马车上除了老柯、小柯和小柯的母亲之外，还有两三只樟木箱子和捆得结结实实的几摞子书——估计村子里所有的书加起来，也没有他们这么多！）有学问，而事先又做过一番细致精密的考察似的。

这种时候，小柯偏不把飞机撂炸弹说成是"撂"，而是很别致地说成"扔"。"扔"这个字村里好像只有他们一家人会讲。另外，跟原子弹啦、蘑菇云啦这些说法相比，炸弹一下子就被比下去了，如同胆怯的小鸡娃子，猛地遇见了十分厉害的老鹰，简直就缩在小旮旯儿里没了丝毫的生气。

"喂，那你他妈的说说看，这到底是咋回事？"

最先发表看法的两个孩子都有点恼火。在小柯来到这个村子以前，他们俩向来都是这群孩子里说一不二的权威，其余的人对他俩通常也是言听计从坚决拥护的。所以，一时语塞的他们都狠狠地冲那个孩子干瞪了几眼。

这时大伙还没有来得及穿上衣裤，身上都光溜溜的。又刚从水里爬上岸，被忽然刮来的一阵小风嗖嗖吹着，几乎每个人都瑟瑟地抖了几抖。

叫小柯的男孩没有马上做出一个回答。他把细瘦的双臂慢慢合拢，紧紧抱在胸前，又极力抬起头朝远处的天空观望着，像是要做出什么重要的判断。从前面看，他的额头比一般的孩子要突出一些，也很光洁。而他的身体明显偏瘦，肋条骨一根根清晰可见，但他的皮肤又比其余的孩子都要白净许多。甚至，连脚趾也是那么白。

又过了一会儿，小柯回过头对大伙说："这不是原子弹爆炸，要是那样的话，我们大家早就没命了！"他边说着边冲大伙露出很狡黠的那种浅笑，这种笑容多少有一点卖了关子以后的得意。

"我爸说原子弹威力很大很大，它还有很强的辐射力呢！一颗原子弹，就能把小日本的一个岛炸进海里去。"

很显然，小柯这通名词繁多的说法，搞得大伙越发得晕头转向，都不知道该怎么应答对方了。

"你……你要是也不知道的话……最好把嘴闭上！"

那两个大些的孩子一人一句，愤愤地说着他们心里早就想说的气话。

"小子！我们可不想听你在这里胡诌八扯的！"

小柯却跟没听见似的，他又慢慢转过脸，很严肃地看着大伙，然后一字一句地说（又像在自言自语）："我们应该游到对岸去看一看才对，我觉得好像有一架飞机从天上摔下来了。"

这种说法乍一听起来，简直荒唐到可笑的程度了。它已远远超过了大伙最大限度的想象力范畴：飞机怎么可能从天上摔下来呢？有没有听说过鸟飞着飞着好端端从天上掉下来的？这绝对不可能！这纯粹是胡诌瞎编蒙骗大伙的！

所以，一群孩子接连露出滑稽无知的笑容，有人笑得趴在沙子堆里直打滚。笑够了，又上一眼下一眼重新打量小柯，目光中充满了戏谑的成分，同时又有一种戳穿别人谎言的快慰在里面。如果说先前他们对小柯还有一些期待和崇拜的话，此刻，这种情绪全部一扫而光——因为小柯说出的话实在太荒诞了。

这时，他们只想从小柯瘦弱而又缺乏劳动锻炼的身体和女孩子一样细皮嫩肉的脸面上找到不攻自破的漏洞。但是，又跟往常一样，小柯的目光里始终流淌着清澈和湿润的东西，他饱满的额头闪着永远不会磨灭的光亮。这种光泽性很强的东西，在村里其他孩子的身上是找不到的。就好比愚顽、邋遢和混沌不清，永远也不会写在这个叫小柯的外来孩子的脸上一样。

就在大伙愣神的工夫，小柯却撇下岸上的所有人，扑通一声率先跳进水里去了。

大伙看到他像一条机灵的小鲫鱼，晃动着尾鳍飞也似的朝着对岸游了过去。其余的人眼看着水面上的一道道划痕朝四周一圈又一圈扩散荡漾开去，那只黑脑壳也渐去渐远了。

他们终于忍耐不住了，也一个一个摩拳擦掌地扑进水里。

一时间溅起无数朵大大小小的浪花。

孩子们在对岸的树林里折腾了多半天工夫。这是前所未有的一个炎热的夏天，因为一切正如小柯预测得那样，在树林尽头黑烟升起的地方，果然有一架飞机从天上掉下来了。

大伙暂时忘记了天气的阴沉和闷热，战战兢兢地彼此拉着脏兮兮的小手，一步一步靠近了那架失事的飞机。

事实上，这种时候呈现在孩子们眼前的，只是一摊乱七八糟的破烂。无论从任何角度或部位都已经无法辨认出，这原先竟是一架牛哄哄能在天空中飞来飞去的先进玩意。

孩子们围着依旧发出刺刺啦啦声响、不时冒出青烟和火花的一摊破烂，有好长时间谁都没有吭气，甚至连呼吸都停止了。摆在他们眼前的这些看起来无比庞杂、笨重而又毫无生气的破烂货，跟大伙心中所想象和向往已久的飞机似乎毫无关联。

地上的这些东西看起来，倒是极像一群被凶猛的野狼叼得四分五裂的牲畜的尸骨。那些花花绿绿的电缆匝线简直变成一团染了血污和草汁的肠肠肚肚，正热腾腾地冒着白气，而那种刺啦刺啦的响声，更接近于滚开的油锅里突然溅进了些许生水，让人不由得会心惊胆战望而却步。

所有这一切，看上去都是那么的惨不忍睹又令人失望！一场灾难顷刻之间就把那些原本有用有价值的东西变成一堆废物了。

也就是说，这摊破烂在孩子们眼里一下子就失去了光彩。有关飞机的种种神话和传奇都被眼前这该死的惨状打破了。这种时候，大伙更愿意相信，它根本就不是什么飞机，而是一堆从天而降的废铝烂铁。仅此而已。

等基本上断定，这些灰头土脸的烂东西是再也不可能从地上爬起来或发生爆炸之类的危险事情时，他们才开始试探着用长有几片树叶的棍子，不时地拨拉拨拉这儿，又煞有介事地撬一撬那里，好像一队探险家那样恪尽职守不遗余力。

很快，孩子们就从里面捡到了各自想要的东西。有人从中找到了几块圆形的有机玻璃；有人捡了一堆自认为非常值钱的薄铝片；有人从灰烬中划拉出几枚闪着银光的指针；也有人迷恋于收集那种千头万绪的红的、黄的或绿颜色的纤细的电线。

唯独小柯一个人两手空空。他长时间盯着其中一块最大的残片，然后突然冲正忙得不可开交的伙伴们喊话："你们快过来看吧，这是飞机的翅膀！"

小柯的喊叫声还是把大伙的目光牵引过来了。

因为直到这会儿，大伙除了各取所需地从地上拾掇了一些破烂，几乎没有一个人愿意再对眼前的这摊东西是不是飞机而进行必要的探究和考察。

有关飞机翅膀的话题发生了一阵比较激烈的争执。绝大多数人都认为，小柯发现的并不一定是飞机翅膀，也许是别的什么部位，至少仅从它残缺的形状和大小是很难判别的。而小柯却坚持着自己的观点，他说飞机翅膀是飞机身上最薄的东西，而他发现的这一块东西正好符合这个标准。其余人就问你怎么知道它就是飞机膀子，难道你亲眼见过真的飞机，还是坐过一次飞机？在大伙的一再逼问下，小柯的眼神倏忽暗淡了一下，像是被人发现了最隐秘的心事。他终于不无遗憾地摇了摇头，嗫嚅着说："我也没有。"

于是，大伙就理所当然地发出一片稀里哗啦的嘲笑声。这种声音来得很凶猛，也非常刺耳。别看小柯虽然经常能语出惊人，但他毕竟跟大伙一样，既没有见过也没有坐过真正的飞机。这是问题的关键！知道这一点就足够了！不过，也有人帮腔说话，难道没吃过猪肉就没见过猪跑吗？这种声音无疑又是赞同小柯的判断的，却又招来马驹子他们一通毫不客气的臭骂。

"你懂个屁！飞机是飞机，猪就是猪，猪和飞机咋能扯到一起！"

"难怪你他妈的是个猪脑子！"

接下来又重新陷入了沉默。大伙各自为阵，忙自己手里的事情去了。

可是没过多久，小柯似乎又有了新的发现。

小柯说："飞机上没有人，可能飞机摔下来前飞行员跳伞逃命了。"

这一突破性发现，显然要比刚才的飞机翅膀更有价值。大伙本来还沉浸在自由搜寻破铜烂铝的快乐当中，听小柯猛地这么一讲，一个个都像青头黑脸的瓷罐子全愣怔住了，以至于都不知道拿在自己手里的那些东西，该不该乖乖地放回原处。因为，万一飞机上的人突然跑回来，看到大伙这样肆无忌惮糟蹋他们的飞机，恐怕会惹来大麻烦！况且，飞行员手里也许还有枪吧，不，他们肯定有枪！飞行员怎么会不带枪呢？那么，大伙可就遭殃了！

大伙围绕飞行员能不能活着回来的话题，又进行了一场毫无意义的争论。一个个脸蛋通红、脖筋乱颤。进而，他们又对飞机为什么会从天上掉下来这一事实，展开了新的讨论。

孩子们普遍认为，这架飞机八成是敌机，一架侦察机，也有可能是轰炸机吧。这种猜测既新鲜又刺激，再联想到刚才在水里听到的那一声巨响，孩子们几乎完全有理由相信：这架已经面目全非、粉身碎骨的飞机，一定是被英勇的解放军战士击落的。

这种大胆的结论，一下子就把所有孩子的心给攥住了。如果假设成立，那么，至少可以在这摊破烂里找到大伙最最渴望得到的东西：弹壳，或者手枪和望远镜之类的。这些谁都说不准。

于是，新的一轮搜寻工作紧锣密鼓地展开了。所有在场的孩子，都让一种无形的魔力驱使着。他们跟脏兮兮的耗子一样，脸蛋上抹满了黑的烟灰，两眼放射着狂热的亮光，完全不顾那些燃烧后的金属余热会烫伤手臂，更不在乎锋利的铝片随时会划破孱弱的腿脚，都执着地在其中翻来找去，乐此不疲。那些散发着灼热的氧化物气息的黑色灰尘，一股一股从那摊东西里冒出来直冲向天空，间或，也有一簇一簇璀璨的火星子在他们周围不停地飞溅闪耀。

就在这时，距离飞机爆炸现场一百多米远的地方，传来了一阵响亮的带着回音的喊叫。

"快来快来，你们都快来呀！"

正在埋头搜寻的孩子警觉地抬起头，透过已经淡化了的一层烟雾，看见一只很小的影子在远处孤单地摇晃。大伙都以为那里有了什么重大发现，立刻一窝蜂似的朝喊声的方向飞奔过去。

冲大伙招手的还是小柯。大伙跑过去时一眼就瞥见小柯的脚下躺着一只圆咕隆咚的黑橡胶轱辘。这种类似车轱辘样的东西他们也是第一次看到，因为它跟村里的所有马车啦板车啦的轱辘完全不是一回事：它笨重浑圆的样子和结实坚固的程度都再一次超乎了孩子们的想象。

一个胖墩墩的孩子当即青蛙样蹦跳到那只黑轱辘上，光着脚片子使劲跺了又跺，结果硌得脚底心都生疼了，那东西也没有丝毫反应。随后，又有三个孩子试图把它从草丛里抱起来，可他们显然低估了它的重量。这东西死沉死沉的，像一块磨得光溜溜的青石头，他们根本搬不动。

这时，他们听见小柯在一旁说话："飞机轱辘是实心的，它从来不用打气。"

大伙才醒悟过来，怪不得它会那么重！

此时，孩子们显然有些疲倦又无可奈何，他们围绕着黑胶皮轱辘蹲下身来。每个人都伸出手去摸了又摸，手指接触到上面的一道道细密的花纹和他们根本就不认识的外文字母，似乎已经感觉到了那种来自遥远异国的神秘。有人甚至还把鼻孔凑到上面去，以确认它绝对是用胶皮制成的而不是别的什么物质。还有人跟瞎子那样用手里的木棍一下一下敲打着，孩子们听到轱辘发出的声音实实在在。这种异常沉稳而又闷头闷脑的声音，再次证明了小柯的说法似乎完全正确。马驹子扭头问小柯飞机总共有几个轱辘。

小柯想了想回答："应该是三只。"

马驹子立刻站起身朝四周看了看，然后他回过头对伙伴们说："小柯一个人留在这里看着，剩下的人都跟我找那两个轱辘去。"孩子们不无犹豫，目光茫然地朝周围发散开去，等马驹子再次急躁地催促时，他们才不得不起身跟了过去。

一直到了天快黑的时候，孩子们终于发现了第二只轱辘

（它所在的位置离那堆破烂至少还有一千多米），而第三只却像石沉大海没有踪迹。其实，孩子们的时间多半都耗费在怎样才能把这两只飞机轱辘运到岸边去。

孩子们的力气太小了。面对这两只黑色的庞然大物，大伙几乎连吃奶的劲也使光了，可它们依旧死皮赖脸地趴在软乎乎的，甚至有些泥泞的草丛中。不停流出的热汗把每个人的身体都弄得像从泥塘里捞出的泥鳅一样溜湿和黏糊。

孩子们感到了某种绝望，肚子也饿得瘪瘪的，呱呱直叫，浑身没有一点力气了。恼人的蚊子很快就上来了，成群成群地追旋在人的头顶，嗡嗡叫嚣着，想要吃人似的。而他们还没有来得及游到对岸，更不可能穿上各自的衣裤以抵御蚊子的叮咬。

最后，马驹子临时做出一个开创性的决定，他让大伙先把这两个笨重的家伙就近挖坑埋藏起来。这样，至少不会被人发现或偷走了。马驹子还告诫每一个人，谁都不准把这个秘密说出去，否则天打五雷轰，将来生了娃不长屁眼。于是，大伙又郑重其事地互相钩了钩手指，才作鸟兽散。

小柯远远就看见自己家亮着灯。在昏暗灯光的映衬下，似乎有一只夸张的黑影正在里屋的窗前一晃一晃的，仿佛电影里的阴险人物出场。

小柯的身上黏糊糊的，汗水浸透了衣裤，他急忙放快脚步朝家的方向奔跑。现在，小柯对这个村子已经相当熟悉了。记得两年前刚来这个地方时，小柯的胆子跟女孩子一样小，整天瑟缩在母亲身后，见了村子的每一个生人都害怕得要命。天色稍一擦黑他就不敢出门去，连撒尿也要母亲陪着。村子一直没有通电，基本上一过黄昏，四周就黑漆漆的了。那些土屋、大树、草垛和院墙都被黑色笼罩着，一个个鬼怪样，张牙舞爪的确实怪怵人的。

一进家门母亲就把小柯拉到灶房里。母亲让小柯乖乖地坐在一只帆布马扎上，然后从锅里端出一碗饭放在小柯手里。饭还热乎乎的，借着灶洞里的红火光，小柯看了一眼母亲的脸。母亲说："快吃吧，愣着干什么。"说着，母亲又往灶坑里添了几根柴火，璀璨的火星子像一群美丽耀眼的花蝴蝶，一下子从灶洞口飞涌出来，令人目不暇接。母亲的脸上光灿灿的，小柯就觉得母亲这时特别好看。其实，在这个村子里，小柯还没有发现有谁能比自己的母亲长得好看。

因为重新添加了柴火，锅里的水不一会儿就烧开了，咕嘟咕嘟叫了起来，灶房里弥漫着浓浓的白气。小柯往嘴里扒拉完最后一口饭，母亲的手从一团白气中伸过来，把空饭碗拿走了。小柯脸蛋涨得通红，连着打了两个嗝儿，忽然又想起白天的事，他还没来得及跟母亲细说，母亲却很严肃地对他说："你越来越不像话了，一出去就是大半天像个野孩子，你爸说从明天起要让我把你看紧点，不许你跟他们疯玩！"

小柯冲母亲吐了吐舌头，刚才想说的话就被堵了回去。母亲又给他端过一碗已经晾凉的开水，小柯也咕咚咕咚一口气喝光了，用手背调皮地抹了抹嘴。母亲一边拉起小柯往屋子里去，一边又叮嘱道："妈跟你说的话你都记住了吗？"小柯打了一串哈欠，嘴里含糊地支吾了两声。母亲给小柯脱鞋的时候，猛地叫了起来："天哪！你的脚脖子怎么流血了？你整天都在外面玩什么呢？看把腿上弄得尽是一道一道的血口子！明天绝不让你再出去！"

小柯已经展展地躺下来，懒洋洋地冲里面翻了个身，眼皮就沉甸甸地耷拉下来了，像一条奄奄一息的被扔在岸上的鱼。小柯不想再跟母亲说什么话了，因为他知道母亲平时最喜欢小题大做，好像一个人身上稍微划个小小的伤口，就会死人似的。

恰好这时，从里屋传来父亲不满的说话声，听起来有些微弱，像是故意压低了嗓门怕让旁人听见一样："喂，我让你端的开水呢……你怎么总是磨磨蹭蹭的！"母亲立刻如梦方醒地嗳了一声："我这就端……就来了！"随后，小柯听见母亲脚步匆忙地去了灶房，很快又迈着细碎的脚步跑回来。里屋的门帘子扑啦一声被揭开又落下去，母亲像一只乌黑的燕子擦着地皮飞了进去，好半天也没有再出来。

平常晚上的时候，父亲总是一个人待在里间屋点着油灯看书或在本子上记点什么，小柯是很少进去的，母亲总说父亲最讨厌别人打搅他读书了。小柯依稀记得，他们娘儿俩自从跟着父亲来到这个小村子以后，父亲脸上的笑容就明显比从前少了，而且，父亲也不怎么给他讲那些稀奇古怪的事情了。小柯就想，父亲肯定是白天干活太累了，所以才变成这样的。好在，小柯已经有了自己的一群玩伴，要不然他在村里会很寂寞很孤独的。

入睡前，小柯其实还闻到了屋子里流淌着一种异样的气息。那种气息有些凝滞，仿佛金属和血液、汗水混合在一起在屋子里横冲直撞，又好像肌肉突然被灼伤后发出的腥臭味，总之让人觉得很不适。

母亲原来还想给小柯擦一擦身上的汗再让他睡的。可是，小柯的眼睛一点儿也睁不开了，瞌睡像汹涌泛滥的河水一股脑儿地将他吞没在黑暗中了。

马驹子和一群孩子站在门前，一声声呼唤着小柯的名字，已经是第二天上午的事了。天气依旧是半阴半晴，而燥热的空气一点儿也没有减弱，看样子会下雨的。

那时小柯刚迷迷糊糊地穿上一只鞋，就被母亲抢先一步拽住了胳膊。母亲板着脸说："你忘了昨晚我是怎么跟你说的。"小柯仰起头看了母亲一眼，一副正在跟谁生气的样子。母亲生气的时候样子一点儿也不好看，好像谁欠了她什么东西。小柯只是觉得自己就跟一根猴皮筋似的，被母亲长长地扯在手里，欲罢不能。

小柯灵机一动，激动地说："妈，你猜我们昨天看到了什么？"但母亲似乎一点儿也不感兴趣，只是用手牢牢地抓住他生怕他跑了。小柯赶紧不打自招地把话说下去："飞机，好大的一架飞机！不过它从天上摔下来了。"小柯这样说的时候，语气和表情都有点忧伤和失落的味道。他甚至暗想，那架飞机要是还完完整整的该有多好！

母亲怔了一下，眉头也似乎跟着紧锁起来："飞机，什么飞鸡飞鸭的？反正我不许你出去！"然后，小柯看见母亲扔下他开门出去了，而且又随手把门关上了，像是担心他会插上翅膀飞了似的，又仿佛这间屋里藏着什么不可告人的秘密。

小柯听见母亲在跟门前的伙伴们搭话。母亲好像说我家小柯病了，他有点发烧咳嗽，你们自己去玩吧。小柯听了心里极不舒服。本来这些家伙就老说他弱不禁风像个小姑娘，母亲这样一说他们以后会更瞧不起自己的。因此，小柯真的很想冲出去，并且用自己健康的样子当众揭穿母亲的谎言。但是，他刚走到门口，母亲就返身回屋来了，正好跟他撞了个满怀。也许母亲被他撞恼了，气呼呼地反手闩好屋门，说："你就老老实实待在家里吧，我已经替你把他们打发走了。"

小柯凶狠狠地白了母亲一眼，他忽然发现大人说起谎来连眼皮都不眨一下。不过，他什么话也没有说。在大人面前小孩永远都是错的，没有道理可讲。而且，小柯也知道现在跟从前不太一样了，原先他们一家在城里生活得很好，他还经常吃到糖果，有时候父母礼拜天休息还带他到公园里看猴子爬杆。小柯还记得那个公园里就有一架飞机，父亲给他讲过那是解放军以前用过的，战争结束后专门捐献出来供人参观留影。

小柯待在屋里实在觉得无聊，非常向往跟马驹子他们整天在外面疯跑疯玩的生活。不过，这种感觉随着里屋忽然传来的古怪叫声便消失殆尽了。

怎么说呢，这种声音非常突兀，来得叫人猝不及防！通常白天这个时候，里屋应该是空着的，父亲肯定不会舒舒服服待在里面，他每天几乎天不亮就要出去干活的，而且很晚很晚才能赶回家来。那么，刚才分明听到的那一声痛苦而又凄厉的号叫是从哪里发出的？小柯的脑子里装满了疑问，他稍微愣了一下，就迫不及待地朝里屋那边走去。

说是走，其实有点蹑手蹑脚和战战兢兢，小柯的心忽地就提到嗓子眼里。里面只是很小的一间屋，用旧门板临时支了一张单人床，旁边还有用土坯块搭起的一面土台子，上面铺了张薄木板，作为父亲的简易书桌。里屋没有安门，只是在门框的位置上挂了一张草帘子与外屋隔开。

等小柯满腹狐疑地掀开门帘子，整个人一下子就被躺在父亲床上的陌生人吓呆了。

乍一看，这个头脸伤痕累累的蓝眼睛、黄头发、高鼻梁、深眼窝的大块头，简直不像一个人，倒是更像一台被丢弃在仓库里落满灰尘锈迹斑斑的庞大的旧机器。此刻，这个人就四仰八叉地躺在父亲的床上不时呻吟着，像垂死的牲口那样喘着粗短的气，大大的鼻孔一张一缩仿佛严重缺氧，一副痛苦不堪的惨样。

最让小柯感到恐惧的，是这个大块头从被子里伸出来的那只手，它足足有父亲的脚丫子那么大，手背上毛茸茸的，而且还有几处鲜红的擦伤。显然，这个陌生人的脸面、脖子和手臂上的伤痕处都被涂了红汞。家里有这种红色的药水，那还是当初随行带过来的用品。小柯也依稀记得，就在昨晚他躺下以后，母亲还在他的脚脖子上涂了一小片这种清凉的红液体。

小柯几乎是无比惊讶地张大了嘴，两只眼睛一眨不眨地盯着躺在父亲床上的人，他忽然觉得自己像是从高处一不小心摔了下来，脑袋晕晕沉沉，身体完全失去了平衡，腿脚一阵无助地摇摆。除此之外，小柯没有做出任何反应，母亲已经不知不觉走进里屋站在他身后了。母亲的手轻轻地落在小柯的肩膀头上，小柯立刻听见自己哇地大叫了一声，身体不由得在原地打了个冷战。

母亲顺手揽过小柯的身体，然后转过身朝外屋走。就在他们娘儿俩转身的一瞬间，小柯的目光不经意间滑过床前的空地。那里歪斜地躺着一双底儿和帮子沾满泥沙的靴子，一堆同样肮脏破烂不堪的衣裤，还有几团沾染了血水的皱皱巴巴的抹布片，它们龌龊得都像是刚从死人身上扒下来的遗物。

小柯的嘴唇微微动了动，没发出任何声音，却听见母亲说："不许你出去对外人讲……你爸一早再三嘱咐过我的！"

小柯觉得自己像一只沉默的木偶，自始至终也没有多说一句话。只是有几次，他禁不住想再去里屋看上一眼，可不知为什么他就是没有进去。那一整天，小柯都心事重重的，又像一名被驯服的小俘虏，乖乖地待在家里，大门不出二门不迈，多半时间都趴在窗台上朝外面张望着，仿佛一心盼着谁能早点来解救他出去。

很多年过去以后，小柯跟随着母亲一起返城生活了。

当初去的时候是一家三口，回来时就剩下他们娘儿俩了，父亲把自己永远地留在了那个偏远的地方。母亲一有机会就在小柯耳边唠叨父亲的事，有时只要一提起父亲，母亲就悄悄抹眼泪。她说的最多的话好像只有一句："他就是不听人劝……那年头好人难做啊！"

小柯的父亲年轻时学机械工业，是城里一家机械制造厂的业务骨干，还曾被派送到苏联进修过一年，正是那一段时间，小柯的父亲跟苏联的朋友们结下了深厚的友谊。可回国干了没多久，厂里的情况就发生了变化，小柯的父亲也不明不白地被革了职，随后就拖家带口地来到了这个村子。

其实，小柯的心里一直藏着一个秘密。这个秘密只有每年到了父亲的祭日，他才会跪拜下来一边烧化纸钱一边默默地说给父亲一个人听。但是，他从来也没有对母亲提起过。小柯知道有些话只能说给死去的人听，因为它们对活着的人无益。

小柯这辈子永远也不会忘记，他见到那堆飞机残骸的第二天傍晚。

那天父亲比往常回来得要早些，他进家以后没有顾得上跟小柯的母亲多说一句话，就一头钻进里屋去了。小柯紧张地站在外屋，听见父亲的舌头吐噜吐噜地像是在跟里屋床上的人询问着什么，而对方的声音却微弱到蚊子叫的程度，根本听不清楚。小柯当时只是觉得，父亲结结巴巴说出的肯定不是中国话。很快，父亲就从里屋出来，神色更加不安，母亲把饭碗端过去让他吃了，他却随手推开了。

父亲说："那个人浑身发热打冷战情况很严重，要连夜送那人到镇上的卫生所去。"母亲愤愤地说："你这纯粹是没事找事！"父亲说："他现在需要人帮一把。"母亲说："你帮他谁帮我们？再说了我们跟他素不相识的，万一……"父亲打断了母亲的话："万一什么？眼下还是救人最要紧！"就这样，父母之间你一言我一语僵持了好一会儿。最终，母亲当然没能说服父亲。父亲还是连饭也没来得及扒一口，就回里屋把那个毛茸茸血糊糊的大块头背在了自己身上。父亲离开时，小柯注意到母亲的脸上滑下一串晶莹的泪，而盛给父亲的饭还端在母亲手上。小柯想那饭肯定还热乎着呢！

父亲默然地推开门闯进浓浓的夜色中了。与此同时，屋里忽然旋进一股很有劲的风，夹杂着潮湿的水腥和呛人的土尘味，它们凉森森地扑到小柯的脸上身上，沙砾像鸟铳里射出的霰弹打得人脸生疼。小柯发现母亲接连打了几个激灵，身体一抖一抖的。小柯却兴高采烈地往门外跑，嘴里胡乱喊着："下雨了！下雨了！"

那晚小柯跑出去的时候，母亲再也没有像白天那样管束他。小柯一口气跑到外面，雨水很快就把他淋湿了，他也猛地清醒过来，想起一件非常重要的事。随后，他顾不得雨越下越大，风把他吹得东倒西歪，就跌跌撞撞地朝马驹子家的方向跑去。小柯想自己必须得把目前掌握的情况原原本本地告诉给马驹子他们，因为那些都是自己的伙伴，对伙伴一定要诚实！小柯还记得父亲以前经常这样跟他讲的。

现在，小柯时常会想起过去发生的事，自己当时是多么幼稚和单纯啊！为了能让马驹子他们完全相信那个飞行员确实还活着，小柯一股脑儿说出了父亲的事。小柯依稀记得马驹子当时站在雨中一怔一愣的表情，以及突然转过身撇下自己慌慌张张跑开的样子。那时，小柯的身体里却前所未有地陡增了一份大义凛然。

小柯后来在自己的回忆录里写道：

那年夏天，父亲在外面劳动时发现了那个奄奄一息的外国人，就把他悄悄地背回家里。后来，父亲又冒着雨挨着饿救了那人一条命，可他们都说父亲是通敌犯。那以后父亲就不能在村里劳动了，他们把父亲关到我跟母亲都不知道的一个地方，还不允许我们再见他。听说那里离村子很远也很荒凉，生活条件非常艰苦，父亲在那里染上了哮喘病和肺结核……

　　我和母亲回城那天也是乘坐着一辆马车，那种感觉跟刚来的时候完全不一样。后来到了小镇的汽车站我才注意到，我们乘坐的马车的轮子，就是那年马驹子他们弄回村的两只飞机轱辘，难怪它跑起来那么快，就跟飞一样，一转眼就把身后的村子扔得看不见影儿了。

地里茫茫苍苍像突然奔过了一群马，仔细一看整个田园呈现着两种分明的色泽，土黄和青白，那望着白莹莹的大片大片的东西便是过冬的蔬菜了，这是一年当中最后一茬庄稼。

只要稍稍留意，就能看到牛长民正扛着锹立在秋风里，风吹得不紧不慢，他肯定有些凉飕飕的感觉。牛长民一直盯着自留地里的白菜出神，青翠的菜帮子映进他的眼帘里，眼里竟有些茫然起来，他使足了劲将铁锹插进空地里，铁锹破土而入的声音实在是爽快，他随即将裤腿一撸就在菜地里蹲了下来。

烟抽得快烧到指头缝的工夫，天色便又恍恍地暗淡了一层，四周被牲畜叫唤得全没了生气，风却悄悄地扭过头，凑热闹样的忙着去吹日头那边的庄子了。

这时，牛长民听到了儿子光荣的声音，那声音极像是从地缝里蹿出来的，喊魂似的紧张兮兮又神秘兮兮。牛长民把最后一口烟一丝不落地咽进胃里，胃里就有股子不太舒服的气息，一缕一缕往出溢。他也许有些讨厌光荣这种怪声怪气的傻叫唤，但他实在左右不了儿子这张嘴。

牛长民从地里拔出锨，光荣就憨憨地上前抢先去扛。儿子扛锨的架势实在不像个庄稼人，倒总让牛长民想起电影里的某个胆小鬼，或猥琐的奸细，模样既夸张又好笑。

牛长民没心思理睬儿子，只顾背着双手往回走，光荣含糊不清的表述，令他心尖子忽地闪动了一下，是女人派光荣专门到地里喊他回去，因为他们给光荣托的媒人来了。牛长民脚底就发了痒生了风，秋天的土地踏上去结实得如同走在男人的胸膛或脊背上，这的确是令他快慰的感觉。

村前庄后无人不知，光荣四岁那年攀到水缸沿子上舀生水喝，结果连人带瓢倒栽进缸里，性命保住了却落下痴呆的根子。而光荣的成长对于牛长民来说，简直和地里的庄稼一样快，开春才刚刚露出个嫩芽，可说会儿话的工夫就熟透在你的眼前，看着旁人一个接一个给儿子娶媳妇的欢喜劲儿，牛长民就全没了主心骨，麦穗子烂熟得直往地里落，原本该是收割的季节，他牛长民却只能干瞪着两只眼睛。

牛长民看着光荣斜肩趔趄地走到了自己的前头，心里咯噔一下，整个人像是从马背上一下跌进深水沟里，眼前飘过一层雾气，透着脊梁骨子往出冒凉气。其实，连他自己也说不清这是怎么了，每次当他不经意间注视儿子的一举一动时，心就麻乱不堪。他从兜里掏出烟来衔在嘴里，手里的火柴刚刚擦出几颗火星，两眼却瓷瞪瞪望着牛举家街门前的那棵老榆树的孤杈兀自发呆。树杈上确实有一穴喜鹊巢，此时很孤单地静默在暗蓝的天底下，又仿佛是天空的一只偌大瞳孔高高在上。牛长民发觉它正盯着他不怀好意地望呢，这让他感觉到一丝恓惶，或者让他感到不悦的并不是喜鹊窝。而此刻他越发觉得那窝巢更像是牛举那双贼兮兮的脏眼，牛举看人的时候总是那么有冷没热灰蒙蒙的样子，好像全村的人他一个也瞧不上眼。

牛举可以算是牛庄最神气活现的人物，这些年靠倒羊皮贩羊绒发了，又是买汽车又是盖新房，出尽了风头，就连乡里的干部们也敬重他两分。他家就住在村口。牛举家的这院房子是夏天新起的，一砖到顶，水磨石地面，气派得很。有了这院新房，原来的老屋就腾出来租给河南来的货郎，光靠这买卖牛举一个月少说也能落下二三百块。说是庄稼人，可他家早就把地包给了旁人去种，在牛长民看来，牛举活脱脱一副地主相。所以，牛长民尽量克制自己的眼热劲，用一种连他自己也把握不住的呆滞目光和纷乱的心情审视眼前的这院砖房。

牛长民心里清楚，狗日的牛举早不把他牛长民放在眼里。

前阵房盖成了请人到家里吃席，乡里村里有头有脸的人都叫遍了，唯独不招呼他一声。事实上，这片宅基地原本该分给他牛长民盖新房娶儿媳妇的，再说也是他牛长民最早申请的，哪想让牛举这龟孙给抢了先。听人说牛举私下里没少溜乡干部的尻蛋子，大伙都说这块地风水好，就连喜鹊都爱在这里做窝呢。

光荣走出很远一截，回头却看见他爹犯病似的瞅着天一声不响，就乐呵呵地跑回来，学他爹的模样也歪着脖子往树杈上看，看一会天再掉头看他爹，一脸的迷糊。这样反复了几次，竟发现他爹手里的火柴，冷不丁伸过手去。

牛长民听见光荣傻呵呵地笑。他说爹你咋不快走呢，你站在鸟窝下面等啥呢？鸟会把屎屙到你头上的，就算屎屙到头上也没啥，可屙到火柴上就点不着烟了！说着，光荣宝贝似的将手里的火柴塞进自己的裤兜里。光荣在跟牛长民说话的一瞬间，脚下面却真的踩到了一摊牛粪或者是别的什么秽物，反正，光荣就孩子般地犯了脾气。他说："都怪你，害得我踩上了狗屎。"

牛长民气不打一处来，就兀自斥责光荣："你不好好走你的路看我干啥？"

光荣根本没有听进去，他已经一屁股坐在了地上，很专注地脱下了一只脚上的鞋，他用一块土疙瘩精心蹭着鞋底或帮上的那些秽物，并自言自语："这是新做的鞋，弄脏了咋办……"

光荣坐在那里显得很乖巧，像个细致的女娃子在做针线。牛长民的心里就像撒满了调和面横竖都不是个味儿，他就掉头急匆匆往回走，经过光荣身边的时候，隐约嗅到一阵粪便气息，他能断定那不是狗屎，一准是牛举家的哪个碎猕屙下的。于是，牛长民心里翻了个底朝上，顾不上朝光荣要回那盒火柴，远远绕开光荣和那摊屎，逃避似的躲开了。

爹走远了，可光荣依旧很执着地做着那件事情。他的神情全部落在那只鞋上，鞋是他妈头些天才给做的，专等着光荣相亲的日子到了穿的。可光荣似乎早就等不到那天似的，成天嘟嘟囔囔非闹着要穿上不可，新鞋穿在光荣的脚上，光荣走路的样子便有些异样。

穿上新鞋的光荣精神焕发，在这个秋天一开始，他就整个跟换了个人似的，好多人都看见他在村子前后无止境地背着双手徘徊，那步态酷似乡上的某个小干部。可新鞋踩在小土路上的印记跟光荣本人很不协调，那些脚印明显带着一丝迷茫和傻气。

等光荣从地上起来，最后一抹昏暗的光亮舔着他有点惋惜的面容，他无可奈何地向四周看，心情一下子糟透了，他发狠似的朝地上连啐几口唾沫。可就在此时，一只青黑色的大鸟呼扇呼扇地在他的头顶盘旋着，鸟的影子像一团破抹布有一下没一下地遮挡着光线，搅得光荣的脸上阴一阵又晴一阵。光荣刚一仰脖，一摊湿热的东西便从空中很准确地落在光荣的脸上，顿时，一股发酵了的谷子味和粪便气息弥散在光荣的鼻子周围。

排泄后的喜鹊似乎很舒服，稳稳当当地落在了树杈上的那只巢穴里。光荣至少愣了有两分钟，他静静地看看自己脚上的黑绒布鞋，又瞅瞅赫然出现在他头顶的那只黑鸟，一时间他竟对那该死的鸟和鸟窝产生了刻骨的仇恨。他胡乱地抹了一把自己的脸，那臭味便被抹得更刺鼻难耐，他就猫腰从地上捡起一块土坷垃，瞄准了奋力掷出去，也许他距离树太近的缘故，以至于他抛出去的土坷垃又原封不动地落在他的脑袋上，疼得他直咧嘴。他一时间竟然不知如何是好，很唐突地原地跺着脚，眼泪蛋儿在眶里无聊地打转。后来，他也许有了新的主意，一步步逼近那棵榆树就像靠近一个阴险而又狡猾的敌人，但他还是很小心地将脚上的鞋全部脱掉放在一旁，然后朝手掌心里呸了几下，他在猴子样地往树干上攀缘的同时，心情倏地一下有了某种单纯的欢乐。

老榆树有水桶般粗，枯糙的树干在黄昏中凝聚着某种苍凉的味道。光荣也许并不擅长爬树，所以他的动作显得扭曲而又笨拙，脸紧贴着树身，一双光裸的脚板像失去重心的耙子无助地摸索着。就在他爬到一半的时候，听见有人在身后努屁一样的嬉笑，那笑声太像是从某个地方挤出来的。总之，光荣听得很不自在，谨慎地回头往下看了看站在地上的村人，这让他爬行的动作更显龌龊。光荣觉得那个人只长了一个脑壳，身体的其他部分好像全陷进地里面。

"喂——谁让你爬树！"

"你爬上去想做啥？"

"我问你呢，傻子，你的耳朵是不是也让猪毛塞住了！"

光荣的一只手终于哆哆嗦嗦地抓住了一根略粗的树杈，这样他的整个身体就可以短时脱离主干荡个秋千，活像一只长臂猿在树丛中眺望，而待他再度一纵身，便攀上了枝杈交错的树头，那穴喜鹊窝几乎唾手可得。

光荣朝下面探了探头，下面似乎又有个人仰着脸死死地盯着他望，他不知道究竟是谁，但他还是激动起来，他说："是你喊我，你——你没看见我忙着爬树吗？"

"可是，你好端端爬到树上干啥？"

"掏鸟窝呢！"

"鸟窝咋啦？它惹着你了？"

"它屙了我一脸屎，你看，我脸上全是它的屎。"

"傻子，是喜鹊屙的，又不是鸟窝屙的！"

光荣收起了笑容，他不想再跟地上那个无聊的家伙说下去了，也许，他觉得下面的家伙才是个不折不扣的傻瓜。当他的目光逐渐移向头顶的喜鹊巢时，又忽地张开嘴笑出了声音，明显胜利在望。于是，便自言自语："让你逞能，这回看我不把你摔个稀巴烂才日怪呢。"

后来，光荣的手就握满喜悦谨慎地伸向了鸟巢，刹那间，一只黑鸟从巢中腾空而起，那鸟一定发出某种惊惶不安的古怪叫声。光荣吓得一缩脖，他清楚地看到一条黑白相间的弧线腾空而起。那时，光荣也许想起了自己的黑绒布鞋，他惊异地发现，喜鹊的身体竟然跟自己的鞋有着如此的相似之处。不过，一想到自己的新鞋，气又不打一处来，倒越发坚定了他的决心，他再次伸出手去，树杈间的鸟窝如同一只巨大的蘑菇，真的被他连根拔了起来，三五根黑白相间的羽毛和一些干燥的柴草，顿时在空中盘旋着自由飘落，羽毛打转纷飞的情景立刻让光荣欢畅起来。

这天傍晚，村里至少有五个人先后目睹了牛长民家的光荣很突兀地爬上了牛举家后墙根的那棵老榆树上。夕阳的余晖穿过枝叶的罅隙，斑斑驳驳地落在光荣无比快乐的脸上，从广袤的平原上骤起的风也鼓足了劲欢实地刮过来，榆树渐已干黄的树叶在秋风中簌簌作响，风还把光荣的头发揉得乱七八糟。这样一来，光荣一定是体会到高处不胜寒的道理，松懈下来的他或许感到有点内急。所以，他就凭借树杈的帮助很容易地爬上了牛举家的房顶。有人一直观赏着光荣突兀而滑稽的举动，他们发现光荣从裤子的前门掏出一截小东西，然后对准牛举家房顶一口正冒着袅袅烟雾的烟囱，潺潺地倾射着。如果你再稍稍留意，那时，光荣的身体也在酣畅地抖动，犹如风中的一片发育不良的树叶。

之后，牛举慌慌张张地从街门里跑了出来，他正在堂屋里悠闲地看新闻联播，想必是听见了什么动静。他老婆在伙房里叽里呱啦地嚷，灶坑突然返出了一股股夹带着臊臭味的浓烟，这令正在做晚饭的女人恼火而又慌乱。

牛举肯定怔住了。光荣的身体轮廓在落日的透视中变为一块黑色的剪影，像根扁长的狐狸尾巴从屋顶一直拖到地面上来，地上有一只已然散架的喜鹊窝呈现在牛举的眼里，灰白色的鸟粪如雪片斑斑点点。牛举破口大骂，可他并不能一下子断定黑影是谁，后来他见那影子在他的谩骂声中由屋顶仓皇地爬上了那棵榆树，然后瑟缩着顺着树干往下爬着，等距离地面越来越近了，牛举这才看清楚，他的喉咙便发出一种罕见的声响。

光荣的脚刚一挨地面，便被守株待兔的牛举一把薅住了凌乱的头发。牛举龇着牙暴跳如雷："狗东西你想死呢，跑到爷儿们家骚情啥！"说着，他的手一用劲，便将光荣撂了个狗啃屎，随即粗野地用脚朝光荣的身体上猛踢，骂一阵打一阵，打一阵又骂一阵。

"谁叫你爬的树？"

"你娃娃好大的胆子，我叫你爬我的树！"

"你还敢拆我的喜鹊窝，敢往我的烟囱里尿尿……你这该挨刀子的宰货！"

或许，牛举的眼前浮现出过去的某个片段。那时他家的日子过得稀松烂蛋，牛长民成天双手叉腰站在他们的身后，不停指派着全队的社员们干这干那，还有和他一起劳动并对他颇有好感的姑娘，最终竟然成了牛长民表弟的婆姨，一定是牛长民暗地里帮忙使的调虎离山计，硬把他派到外面的工地里修干渠，一去就是大半年……想起这些，牛举的牙根子就痒痒。

牛举忽然停下来，内心闪过一丝快意，他觉得傻子光荣又为他提供了一次难得的机会，他倒有种感谢的冲动。他将光荣从地上死狗样地拖起来，说："光荣别怕，我让你爹过会子亲自来接你回家，听话呵！"光荣双手牢牢地护着脑袋，浑身战栗得如同一只鸡，也许，牛举突变的表情更让他魂不附体。

牛长民的心事似乎一下子缓解了许多，前段日子托人给光荣做媒的事情终于有了眉目，虽说是南边山里姑娘，没见过啥世面，可人家算是基本上同意了这桩婚姻，只等着挑个好日子过来看看家见见人了。

千恩万谢地送走了媒人，牛长民脸上的笑容便活泛了起来，儿子的这桩事一直潜伏在他的内心，像埋伏在菜心里的一只危险的虫子，时时咬得他心神不宁。光荣的脑子不好，谁家愿意把个好姑娘给他？至少，在这以前牛长民几乎不敢去奢望。

牛长民坐在屋里开始盘算着，一切若是顺利，秋后再把地里的白菜卖个好价钱，赶在腊八前将新人娶进门，这担子也该卸下来了。

吃饭时，仍不见光荣回来，牛长民的脸色就很古怪地阴沉下来，有些恨铁不成钢的恼火。刚才光荣席地而坐专心摆弄着那只沾染了秽物的鞋时的情景使得他的心情倏地难过不堪，短暂的欢喜伴随着女人的惦念和唠叨消失殆尽，他发觉光荣的婚事并非他想象中那样简单。事实上，光荣早已成为他和女人的一块永久的心病。

饭碗还没搁稳呢，就听院子里来人捎话，说让牛长民天黑前到牛举家里去一趟子！牛长民一愣，他以为自己听走了耳，女人进屋把那人的话又原封不动地复述了一遍，还说让他现在就去。

牛长民迷惑不解，从他不当这个烂杆队长起，牛举压根再没拿正眼瞧过他一回，这突然平白无故地让我到他家里去干啥？嘴里虽泛着迷糊，但骨子深处却有一种淡淡的奢望，这种矛盾的心绪让他备感疑惑。他想，俗话说不走的路还得走三回呢，难道他牛举就成精了，一辈子不求人？这样一来，他就联想到先头从牛举家的房后面经过时的情景，他想也许是牛举暗中看见了自己，觉得夏天那次没请他到家里吃席有些过意不去，这才让旁人带话的。

想到这，牛长民忽地发出一记坦然的暗笑，觉得狗日的牛举肚里花花肠子就是多，难怪能大把大把挣票子，就连这么屁大的一丁点事情也要绕个弯弯子，想让人去他的家里又不好意思张嘴。想到这里，牛长民更得意了许多，他为自己顺理成章的推断感到很满意。

牛长民思谋着，却早已步履轻盈地出了自家的街门，可没走几步又犹豫上了。牛举就算找人有事也该亲自上门才对，哪有差人传话的道理？好大的架子！牛长民越想越觉得胀气，思前想后又绕回家。

你让我去我就去？哼！老子偏不买你狗日的账。

等到睡觉时，光荣仍旧连个影子也不见。女人早慌了神，跑到街门外面吊着嗓子好一阵喊，像唱大戏，喊乏了，进屋抹眼泪。

牛长民半个身体已钻进了被窝，见女人哭丧着脸，眉头就锁成了一道土梁子。回想傍晚和光荣一道从地里往回走，他的脑子蓦地浮现出一只很大的瞳孔，它正高高在上，看人的时候充满了恶意。

牛长民再也躺不住了，就一骨碌坐起身。也许，他还幻想着光荣正孤单一人行走在黑夜中，风从四面八方吹过来，光荣的身体就瑟缩着蹒跚而行，他脚上的新布鞋不翼而飞，正赤着脚板深深浅浅地一路寻觅着。

门敲了约莫一根烟的工夫，院里的狗都叫哑了嗓，接连干咳着险些呕出食来。主人才磨蹭地出了屋，院子里霎时亮起一盏一百瓦的白炽灯，刺得牛长民半晌睁不开眼。

牛长民听出是牛举的脚步声，就隔着门先吱声："是我。听说你找我有啥事？"这样一问，牛长民似乎又蓦然醒悟过来自己此行的真正目的，连忙试探地补上一句："光荣不在你这吧！"可这句话一出嘴，牛长民又觉得很唐突，那时，他眼皮和额头上的神经很奇妙地跳动了几下。

牛举家的街门大得很，是能进东风卡车的那种。牛举只将旁边的小侧门开了个细缝，隔着门不置可否地拿鼻子哼哼了一声，仅有一只大眼珠透过门缝闪着冷冷的光。他说："有啥事等不到天亮，没见都睡下了。"

牛长民觉得很憋屈，一时竟不知该怎样跟门里的人说，就在门缝快要合上的一瞬间，再次鼓足了勇气！光荣在不在你这？你说眼看睡觉呢，这娃娃连个影子……

未等牛长民把下面的话讲完，里头的人就阴阳怪气地笑了一声，隔着门搭腔："我以为你是铁石心肠真个不着急，放心！你那傻儿子这阵恐怕和圈里的猪一起睡了，他摘了我的喜鹊窝，又爬到我的房顶往烟囱里尿了尿。人让我扣下了，明天你把众人喊来，咱们当面锣对面鼓地说说！我知道你眼热了，可也不该使个娃娃来耍弄人，亏你他妈的能想出来！"

牛长民整个人就木讷在门外，他不知道光荣究竟做了什么，却听见牛举已经趿拉着鞋往屋里去了，随后一切又都沉浸在黑暗中，正如骤然而亮的灯，这让牛长民的视觉很不适应。

原来明与暗的对比竟然如此分明又如此相似，他不知道自己是站在哪一边，或者，猛然觉得自己已然成为这漆黑夜色中的一部分，浑身上下竟一片凄凉。他再度举起手敲击铁门的时候，却早已丧失了底气。

"牛举，你给我出来！"

"光荣还是个娃娃，你不要难为他！"

"快出来——牛举！"

"你狗日的还是不是个人？"

喊到最后一句，院内的狗又发动了第二次舌战。牛长民的声音就隐匿在狗的吠声里，你或许无法分辨到底哪一声是狗的，哪一声是牛长民的。

等牛长民焦虑地闯进村支书家的院里时，整个村子早没了生气。夜空中弥漫着那种野戾而潮湿的气息，这种味道让奔跑中的牛长民感到局促和压抑，所以，他那副破门而入的架势肯定让村支书大吃一惊。

牛长民喘着粗气，说："支书你到底管不管，牛举扣了我家光荣，这可是犯法的事，你总得管管！"

村支书斜倚在凌乱的沙发一角看电视，连个窝也没动。他的脚上散发出海鱼一般的腥臭，边看电视边漫不经心地轮番抓挠那些干瘪的脚趾，屏幕上的荧光时明时弱地笼罩着他大半边脸，于是，他的表情就变得令人难以捉摸。

支书半晌才冒出一句："他好端端扣住光荣做啥？"

牛长民还在喘息，他说光荣拆了他的喜鹊窝还往他家的烟囱里撒了泡尿……可光荣毕竟还是个娃娃啊。

村支书就扑哧一下笑起来，炕上已经半梦半醒的女人也发出一串呓语般的怪声，在牛长民听来，那笑声比母猪哼得还难听。

牛长民确实被屋里神经质般的笑声激怒了，他不知道支书他们在笑些啥。总之，他觉得这非但不好笑，而且是相当严肃的问题。

牛长民盯着支书的那张黑嘴，指望它能说点啥。

支书的眼神始终不离开屏幕上的画面一刻。

见牛长民气急败坏地转身要走，支书这才勉强坐直了身子。他说："先头已经听说了，牛举不就是想听你说句软话么，我看他不能把光荣咋样！你就敞敞亮亮地给他句软话，这人呀，不能太有钱，这两年他是让钱烧的。"

"你是支书就不能说句公道话？"

支书用劲拍了拍牛长民的肩膀："回去缓着吧！俗话说好鞋不踩臭狗屎，好歹你也是当过村干部的人，觉悟咋都比他高吧，抓破了脸也没啥意思！他迟早会放人的，那驴狲脑子再精明不过，我就不信他还能白养着你家光荣？！"

牛长民还想说点啥，却听见支书的女人在炕上不满地哼唧着，就全没了心思。

光荣迷迷糊糊地哭过一阵，声音越来越小，后来小得连他自己也听不清了。

朦胧中被一阵嘈杂而凶恶的狗叫声惊醒，光荣就高兴起来，他想兴许他爹真来接他回家呢。

不知又过了多久，那狗的叫声渐渐停息了，一切又沉寂下来。光荣撇着鲇鱼嘴又干号了一会儿，觉得又饥又渴，竟又兀自想起他的那双漂亮的新布鞋，眼泪蛋儿就一个劲往出涌，身体在草棚中一抖一抖的。

透过门缝钻进来的光线早就没了，里外黑成一团。光荣感到自己仿佛被扔进了地窖里，这种感觉或许让他想起某个遥远的战斗片里的阴暗场景。他不知道该怎么办，又害怕又紧张，用双手把自己的胸口搂得紧紧的，外面稍微有一点儿动静，他都要打几个激灵的。后来，他无意中从自己衣兜里摸出了那盒火柴。这本来是牛长民的东西，现在像救命稻草似的被他攥在手里。他颤巍巍地拿出一根火柴，擦了一下，没着，又擦了一下，火星飞溅，火光骤然亮起，刺得他眼睛一酸，但硫黄的硝烟味让他觉得很新鲜，吸在喉咙里似乎也很舒服。

火柴很快就烧到尽头。他接着又擦燃一根，火柴的光芒似乎驱开了所有的恐惧，这一刻他觉得牛长民真好，至少，他从爹的手里得到了火柴。但是，盒子里的火柴只剩下一二十根了，每燃烧一次，他都感觉可惜得要命。这一刻，世上似乎再也没有比火柴更明亮更温暖也更可爱的东西了。

于是，光荣想自己要把这些火柴尽量留着，要等到他最害怕的时候再点燃它们。他瑟缩在黑暗里，两手紧紧地攥着火柴盒。那盒子已没了棱角，软塌塌的，仿佛就要融化了似的。他感觉到手心黏糊糊的，就像拿着一块果糖，心里面生出些类似于甜蜜的东西，让他略微胆大了起来。他屏住气息，如困兽般在里面碰碰撞撞摸索了半天，黑洞洞的，触摸到的所有物件都冷冰冰的，他甚至摸到了一只玻璃珠子大小的蜘蛛，吓得他叫了两声娘。

最后，他不得不再次擦亮心爱的火柴，跟墙角的那只慌乱中逃窜的黑家伙对视了一会儿。就在火柴即将熄灭的时候，他的眼皮突然沉甸甸的，好像被一团泥巴糊住了，再也睁不开了。

在黑夜的另一头，牛长民却久久没能合眼。穿过玻璃窗投射进来的清凉月光清清白白地蜷伏在地当间，屋子竟然变得光怪陆离起来。他侧过身，听见身边的女人正用被子捂着脸暗自啜泣。

月光渐渐地明亮了些许，可他的心里却更加低沉恍惚。后来，他伸过手将女人冰冷的身体揽了过来，他看见一汪泪水在月光中晶莹而又肃穆。

天刚蒙蒙亮，牛长民就骑着破旧的车子出门上路了，隔很远就被牛举家路旁的一团潮湿的黑色吸引着，临近时才看清那是一双搁在路旁的一只黑绒布鞋，鞋面上覆盖着一层薄薄的秋霜，它们正在渐明的晨曦中吐露出一股清冷的气焰。

牛长民的鼻子一酸，不知道另一只鞋去了哪里，他从地上捡起这只鞋的一瞬间，反而平添了几分坚定，他知道光荣的鞋已经不可救药地踩上了一摊臭狗屎，所以他根本没有思考的余地。

他铆足了劲蹬上车子，清冷的秋风灌了他满满一肚子，连耳朵也跟着呼噜噜地响起来。

一大早，有人看见牛长民幽灵般徘徊在乡政府大院里，他的手里宝贝似的攥着一只近似崭新的黑布鞋，他不时地朝进来上班的每个人脸上投以关注和期待。

等派出所的门一开，牛长民就一头扎了进去。他把那双鞋往他们的办公桌上一放，民警模样的年轻人被他突兀的举动着实吓了一跳。

牛长民就一股脑儿地将憋了一夜的话全倒出来，他说牛举把光荣扣了一整夜，可怜光荣只穿了一只鞋。说着，他生怕人家不相信，硬是将那只单鞋举到对方的眼前晃了晃。

民警听完后面无表情地说："你这咋能算个案子，我们派出所哪有工夫管你们这号闲事！你最好还是去找找妇联吧，这儿童工作归他们管。"

牛长民很纳闷："我为啥要找妇联呢？狗日的牛举私自扣留了光荣整整一宿呀！光荣鞋都没来得及穿全呢，难道这不是犯法的事？"

"让你找妇联就去找妇联，还啰唆个球！娃娃的事情我们说不管就是不管！"

"我家光荣今年虚岁都二十七啦，咋还能算是娃娃的事情？"民警慢慢张大了嘴，也许他有些不太相信自己的耳朵，半晌才反应过来，便指着牛长民的鼻子骂："亏你能张这个嘴，他是傻子吗？干啥不好，偏偏做那些个丢人现眼的事，难怪让人家扣住了，我看这是活该！换了我非美美地拾掇拾掇他不可，要么就拧断他的狗腿，看他往后还敢不敢胡闹！"

牛长民的脸红一阵白一阵，几乎快要被这个年轻民警激怒了，但他最终只是狠狠地朝地上唾了口浓痰："我就知道你们会护着他，我找乡长说理去！看他到底管不管！"

牛长民从乡里疲疲沓沓地往回返，肚子里的气顶得他快从车座上掉下来。实际上，他连乡长的影子也没见着。他们说乡长这个礼拜都在县里开会，再说这种鸡毛蒜皮的小事情，乡长哪有工夫管呢，你还是回去找村委会吧。

车子还没有骑到村口，就远远发现村子似乎发生了某种模糊的变化，仿佛骤然起了一场漫天大雾，再近一点看，却又不像雾，浓烈的青烟已将整个村子团团地笼罩住了。更可怕的是，那烟雾中透着焦煳与炽热的气息，牛长民分明感觉到有种实质性的物质正在空气里燃烧。

牛长民的心莫名地收紧了一下，他不知道具体是哪家着的火，脚下却生了些力气，这个时节村子干燥得像一垛柴草，家家户户的房上或院里都堆满了麦秸、玉米秆和毛豆秧，万一烧起来救也救不下。

可是牛长民很快就散漫起来，他甚至有些险恶地激动不已，因为他已经十分清晰地分辨出起火的具体方位。那是一进村口的一院宅子，对于这片宅基他是再熟悉不过的，他曾跟支书几乎磨破了嘴皮子，可到头来让狗日的牛举抢去了。他还记得牛举房子盖起来的当天，他突然萌生了一个极其阴险而可怕的念头——哪天把他逼急了非要给他放一把火不可！

当然，那只是他稍纵即逝的恶念，但此刻想起来，牛长民竟显得无比快活，好像从昨晚到刚才坏透了的心情一下子得到了莫大的补偿。他想这大概就是天遂人愿吧！于是，他急忙加紧蹬车，生怕回去晚了错过了这场好戏，而一直埋藏在胸口的怨气竟然跑得无影无踪了。

烧吧，烧吧！火再烧得旺一些吧！牛长民心里这样想着，嘴里甚至打起了响亮的口哨。

牛长民没有直接回家。事实上，整个村子的男男女女全部看戏一样聚集在村头，他们大多都抻着脖子远远观望。火大概是从牛举家院里的一间低矮的柴草棚烧起来的，然后又连续烧着了牲口圈、鸡窝和仓房。牛举的女人像个泼妇似的在人堆中有一阵没一阵地哭叫。去帮忙救火的多半是男人，女人们则围成一堆，她们的脸被火烤得像母猴的屁股。

牛长民把车子立在路旁，歪着脑袋看，脸上一亮一亮的，心情莫名地舒畅，仿佛明媚的春光落在了他身上。这时，他听见从身后的村路传来一阵阵刺耳的警报声，于是很多人都扭过头向远处张望，他们说快看呀！连救火车都来啦！

牛长民的心里咯噔一下，好像被谁猛不丁推了一把，几分钟前的好兴致全落了地。火还远远不如他想象中那样真正烧起来呢，在他看来，这火最好把牛举家的那排新房也烧个精光才解恨。这样一想，他便有种做贼心虚的古怪感觉，令他很不自在，好像牛举家的火真是他放的一样，那些扭过头的人们好像都在很严厉地打量着他。

牛长民下意识地把手伸进自己的裤兜里，就在他把一根烟塞进嘴里并准备点燃的一瞬间，忽然意识到了什么。那时，他的脑子一片嘈杂，紧接着就完全空白了。他的嘴不受任何控制地张开，未点燃的香烟落下去，一股呛人肺腑的浓烟直直钻了进去，他剧烈地咳嗽起来。

牛长民不顾一切地拨开人群冲了过去。他在跳进浓烟中的时候，有人依稀听见牛长民疯狂地喊叫着："你们快救火呀！光荣还在里头呢！我家光荣还在里头呢！"

但是，火实在烧得太大了，到处都在毕剥乱响大呼小叫，谁还顾得上牛长民古怪的举动和声音呢？

到这年秋天，终于在离乡八年后第一次从牡丹江回到金贵（贺兰县郊）。1958年夏末，当时正值包兰铁路线通车，五天五夜的漫长跋涉成为我生命中的一次疲惫而又憧憬的逃奔。我在1950年跳上了一辆军绿色的旧卡车，那时，我一心想参军，想当一名人民解放军战士。

往事如梦，而今我已是年近七旬的老人。虽然身患瘫痪，但我还能坐在病榻前用我的左手十分缓慢而又笨拙地记录这一切。相信谁都能看出来，留给我思考的时间真的不多了。退休前，高血压、冠心病、肺结核、胆囊炎相继纠缠过我和我的亲人，当然这些并没有压倒我一米八二的身躯，直到 1994 年突发的脑出血才使我的生命彻底跌入危谷，而正是在妻子的细微呵护和鼓励下，一点点地重新学说话、学吃饭、学翻身、学坐学站学迈步、学着用左手写字，我的心也同亲人一起一点点地从绝望悲哀走向希冀与欣慰，总之，我更像一个刚刚落地的婴儿，一切都将要从头开始。

回乡

1958 年初秋时节，包括故乡金贵在内的所有土地上都迸发出一种奇怪的声音，人们满怀豪情战天斗地。我在打麦场上看到了苍老的父亲，他并没有出声，甚至连头也没抬，只是盯着我脚下的那双军绿色胶鞋发愣。老人不敢相信站在眼前的是自己的儿子。

这一天对于我家或者整个村子来说，如同某个重要节日来临。父亲逢人就说我家小六回来了……真的回来了。母亲扑向我，我才体会到做母亲的辛酸。母亲分明带着朴素的热泪和揪心的抱怨："娃娃你一出去就是七八个年头，咋也不想家呀！"

我在家排行老六，一入伍便在军区当通信兵，两年后前往西安通信二团教导营学习无线电报务，接着调到旅顺市，之后又派去沈阳通信兵学校学习一年，1957 年正式分配到空军七航校当通信排长。那时的通信手段主要还是莫尔斯电码，通过"敲榔头"进行电文收发传递，当时的运动多精神多指示多，全凭我们这种"嘀嘀嗒"来完成上情下达，很多时候只要一戴上耳机，一整天都下不来，夜里合上眼，满脑子都是稀奇古怪的"点划"和声音，搅得人彻夜难眠。

"圈套"

翌日，我去看望银川北门外的大姐。大姐的日子过得委实艰难，这种艰难多半是来自时代的种种不幸。那时，她带着唯一的儿子玉柱相依为命，一个月挣不到三十块钱。我姐夫早先卷入了一场政治风波，还在银南的一个叫白土岗劳改农场接受改造。

我和外甥玉柱上银川街上看看，这里依旧是土路土街和低矮的平房，杂乱无章的大字标语贴满了颓败的墙壁角落，几间零散分布的店铺冷冷清清。在西大街的路头，很多人圈围在那里，一打听才知道，是新自治区成立的筹委会在做宣传呢。

回到大姐家，屋里就凭空多出一位个头不太高的姑娘，她扎着两条又黑又粗的辫子，上身是一件半袖碎花的确良衣裳，正在和大姐说话。大姐连忙指着她对我说："她就是凤莲，在银川女中念书呢。"然后大姐又向姑娘详细介绍我的情况。姑娘腼腆地望着我，让我浑身不自在起来，或许是我的个头太高的缘故，她在看我的时候总要仰着脸。

这是我和凤莲的第一次见面，后来我才知道，她和我家隔着不远，家是通贵的，还和我家有种绕来绕去的亲戚。她念书就住在大姐这里，现在是暑假，在城里打零工给人家脱砖坯，脱一百块坯给一块四毛钱，一个假期下来能挣三四十元，这些钱就够她开学的花销了。

我同她的谈话或许就是从这里开始的，我说："看来你挺能干的，在班上是个干部吧！"她就脸红起来："什么干部不干部的，我只是班里的劳动委员。"这下我算明白了，难怪像脱砖坯那样的苦活她一个姑娘家都能做一个假期呢。我多少有些钦佩了，却发现她的脸红得挺自然的。轮她好奇地问我："东北那地方很冷吧？"我点头："国庆前后就开始下雪了。""雪下得厚不？"她的眼里有了一些生动的光彩。"厚，有好几次把门和窗都堵住了，房里的人都出不了门。"她顿时紧张起来："你怕不怕？"我被她的模样逗乐了，轻松地说："怕啥，雪总会化的呀。"这次她不说话了，仰脸看我的表情充满了敬佩。

吃饭的时候大姐说："你一出去就是好几年，吃过饭我们一起到街上照张相去。"我一想也是，照出来给父母也留下一张，省得老人总是惦念。当然，那时我做梦也不曾料到，这是大姐他们早就精心设计好的一个"圈套"，我刚回到家，他们就开始张罗着替我考虑终身大事了。包括大姐在内，所有人都认为成家立业是头等重要的事，尤其对于我，他们肯定怕我翅膀一扇就再也不回来了。

我现在时常在想，这就是我们这一代人的爱情，它的到来有时根本没有任何先兆或理由，说来就来了。我如今已是儿孙满堂，儿女们的爱情生活对于我也是耳濡目染已久，我们和他们，完全是两个世界。他们有他们的浪漫和自由，而我们拥有的又是什么呢？

时间一晃就过去了四十年，能记清楚的大概就是这些。当然，还有一张作为我们订婚的黑白相片，一直保存至今。而当时我压根就没有想过，这个叫凤莲的矮个子姑娘就是我一生的伴侣，她在婚后四十年的岁月里，为了我和孩子，为了这个转战南北的家，付出了难以想象的心血和代价。事实上，她从决定嫁给我的那天起，直到我动笔回忆我和她所走过的这段坎坎坷坷的路，她始终以一双充满慈爱和奉献的双手，默默地托举着我，每当看着她倦怠的身影，总让我泪眼茫茫，论年纪我比她大，论身体我比她高一大截，可她却过早地衰老，头发已被霜染，而我却一直像只重重的壳压在她的肩上。

布鞋

1959年国庆前夕，这是一个让我永远不能忘怀的日子，东北的天气在这时已显露出凄凉。但是，连队里因为突然收到一只包裹而变得喧闹起来，大伙儿将我团团围困在中间，看着我将那包裹一点点拆开。然后，人们（也包括我）便猛地受了控制似的不出声了，那是一双崭新的黑布鞋，白底儿黑帮，底儿是一针一线纳出来的，针脚密密麻麻，帮儿平整而又结实。

由于这双从几千里之遥而来的鞋，我一下子就成了大伙的

"靶子"。想想看，从西北到东北，一双做工精良的鞋，而且当时是三年困难时期，这使得布匹和线头都是那么的紧缺。

我把这双鞋原封未动地塞进包袱里，晚上睡觉就踏实地枕在上面，人们的目光太热烈了，我虽然心里热乎乎的，但脸上还是挂不住。我就只能掖藏着，在夜深人静的时候，偶尔回想一下她和我一起度过的那几个小时。说心里话，我实在拿不准这份已然到来的情感。

连长和同志们对这件事情的看法却是肯定无疑的，他们说这可是我们副指导员的未婚的那个给寄来的东西呀，你们瞧瞧这鞋做得多认真！在他们看来，"认真"就完全体现一个女子对一个小伙子的一片情意了。

最后，大伙的认识是统一的，我们副指导员的未婚妻真好啊！

真是千里送鹅毛——礼轻情意深。

重逢

这一年由于我们连队搞外调，长期辗转于天津、济南、濮阳、郑州、西安、万县、重庆、绵阳、汉中、宝鸡和兰州等地，1960年7月初，我终于又回到了银川。

回家后正赶上麦收，我就主动到金贵公社银光大队去报名割麦，那个队长正是我当年的小学同学，彼此见了面就有说不尽的话。他们听说我在东北当空军，就问能开飞机吧！我急忙纠正自己做的是地勤不是飞行员，就是通信兵。他们一听我还是连里的副指导员，死活不同意让我下地干活，说哪能让一个连级干部干这种活呢。后来，他们终究拗不过我，同意我下地。

傍晚时分，响过一阵雷，雨就飘了下来，我们负责将捆好的麦子用板车拉到场上垛起来，然后大伙站在廊檐下看雨聊天。这时，有人突然推了我一把，说快看谁来了！我这才回过神。等她站在我面前的那一刻，我们彼此望着对方，谁也不说话，好像有太多的话要说，又好像一个字也说不出来，只是彼此相对着。很快，她就很识大体地站在大伙中间了，我们中间似乎还被一个什么人阻隔着。那时的她尚在女子中学读书，听说那天她刚刚考完最后一门功课，知道我在地里，就赶来了。

我也是那时才得知，她已是无家可归了。她一直和唯一的爷爷在一起生活，半年前爷爷得了脑膜炎，就完了，家里又穷，只好将家里的一副门板拆了改做棺材才将老人安葬。她父母都远在左旗那边，爷爷一走，银川只剩下她一个人了。

我就是在那时有了更多的思考，那不仅仅是来自感情方面的，事实上这只是我跟她的第二次见面。我知道我只有在连队好好干工作，尽量多寄些钱供她把书念完，这样，或许我才能放心得下。所以，我在归队前，又特意来到大姐家。大姐一定是猜透了我的心思，说你就放心去吧，凤莲这里还有我呢。

在北去的列车上，我的心事复又沉重起来。透过车窗，在地平线消失的尽头，似乎总隐藏着我无法释怀的眷恋和情感，火车的每一次震颤都牵动着我的心。

家书之一

勇：

你还好吧！

掐着手指算一算，你又走了大半年，家人都为你担心呢。我常去看两位老人，他们问起你我就说你在部队挺好的，让二老放宽心。

你寄来的五十块钱收到了，除过给老人抓药什么的，剩下的我替你攒着。今年春节过得很好，还吃到了白面饺子。年前我把老人们的棉袄、棉裤和被褥都拆洗了，还给他们洗了头擦了身子，他们的身体都还硬朗着。

你在连队的生活好不好，伙食怎么样？还有，你们那里冰天雪地的，出门可要当心别摔了跤，夜里睡觉盖严实些，以免感冒发烧。若真是病了，就赶快吃药。

我编了几句顺口歌送给你解闷：

放假回来把面磨，一箩细来，一箩粗；放假回来把被洗，老人见了心欢喜。

请你保重身体，这是最后一封信了。

祝一切都好！

凤

1961 年 2 月 15 日家里

家书之二

凤：

你好！

来信已读，知道家里都好也就放心了。

写这封信的时候我的心里很乱。

我现在每天都早起晚睡，有时候只能睡两三个小时。大概是太劳累的缘故，我得了一次肺结核，住进了公主岭市的空军医院。不过你放心，我已经彻底康复了。

另外，你若有时间的话，可以读一读《青春之歌》，相信你会喜欢那里面的林道静，她很勇敢。

这是最后一封信了，请你也多多保重身体！

祝学习进步！

勇

1961 年 3 月 14 日于牡丹江

家书之三

勇：

你的身体好吗？

你的病真让人担心呀，不过，我没有把这事告诉老人，也没有告诉大姐，我一个人担心就够了，不能让大家都跟着不安心。

我猜你一定是多心了，所以才写"最后一封信"的话，其实这都要怪我，上回给你写信时就要开学了，所以我才那样说的，我的意思是"这是假期里写给你的最后一封信"。

对了，《青春之歌》我刚借到，正在读。你说得对，我很欣赏林道静的性格。

祝身体健康！

凤

1961 年 4 月 3 日于女子中学

探亲

1961 年 5 月间，我意外地收到了她的一封信，她说假期有可能到连队来一趟。我立刻回信表示欢迎，那时我们的通信已经悄悄地互相改称对方为"啦非克"了（那时全中国都流行苏联语）。7月19日，我又收到一封自北京发到牡丹江的电报，说她乘66次特快前来。我变得激动起来，想我们又要见面了，而且，这次是她不远千里到连队来探望我。

我和几个战友站在不同的出口处，傻乎乎地等着"凤莲同志"。大约十几分钟后，我看到一个姑娘朝这边张望着走来，她穿着碎花格子衬衣，两条黑色的辫子在胸前晃来晃去。我看准了就向她招手，她也看到我了，笑着快步走上来。身后的几名战士就跟事先商量好了似的叫起来，凤莲嫂子欢迎你！她走到我跟前时，脸色通红，一副难为情的样子。这个"啦非克"还是第一次出远门呢。

那时牡丹江的公共汽车只有数得过来的几趟，而且也没有去海浪机场的，长途车呢又得等将近两个小时。我接过她随身的行李问："我们是等呢，还是步行回去？"她反问有多远？我说至少有十五里路程。她就笑着说："我们还是走吧！"

那几名战士早会意地头前带路了，把我们俩远远地撂在后面。这是我第一次跟她近距离的谈话和行走，所以，无论说话或走路都变得怪兮兮的，好像彼此都很谨慎地迈着步张着嘴，大气都不敢多出一口。

天空是阴霾的，很快就有了淅淅沥沥的小雨。细雨的浇润使得我们的氛围越来越融洽，到连队的时候，人竟然不觉得疲倦，好像这段路比想象中短了许多，还没走够呢，就到了。

那晚，连里依旧热浪不减，虽然已经吹过熄灯号，可许多小同志依旧佯装大小便，来来回回地在我们窗前张望着。连里炊事班又为我们送来热气腾腾的酸辣面，吃过了才送她回招待所休息。

等我回到连里，连长还一个劲拿我开玩笑，说你老婆真漂亮呀！你晚上能睡得着吗？我说当然能。为了使大伙相信，我蒙起头便假装打呼噜，其实，我真是一晚都未合眼。

现在，我经常能听到一些关于缘分的说法，在我看来，缘分就是那些注定了的事情。我时常恐惧做这样的一种假设，比如，我当年在东北找一个对象，而她在银川找一个，她的晚年完全可以过得很轻松很幸福，她可以和院里那些像她一样退了休的老人一起做他们想做的事情。可是，因为我的缘故，她放弃了所有的娱乐与消闲，一门心思地伺候着我这个偏瘫病人。

意外

她到连里的第二天，连长就来找我谈话："依我看你们就结婚吧！"起初，我只当是他们又在拿我要弄，并不当真。可连长很认真地了解了她的基本情况，而且刚过了一天团政治处就派组织干事来了，接着就连主任也来找我谈心。我觉得事情变得好像复杂起来。他们还从她那里拿走了她临行前学校团委开出的身份证明。

很快，政治处的干事就来找我，一副乐滋滋的样子，他说："学勇同志，恭喜你呀！"我懵懂着。他又补充一句："赶快写个结婚申请吧！"我这才明白过来，可我为什么要写申请呢？或者说我根本没有想好要不要结这个婚。

反正，事情就这样莫名其妙地定了下来，上面的意见是，特殊情况特殊对待嘛。上面连结婚的日子都定了——8月5日，地点是海浪机场招待所。我的意思是，这一切太意外了，就像演电影，我并不是完全不想结婚，只是对结婚这件十分重大的事情缺乏最起码的思考和心理准备。

婚礼虽然简单，却隆重而又热烈，他们让我表演节目，我就扯开嗓子吼着："……北大荒呀北大荒，又有兔子又有狼，就是没有大姑娘……呀咿呀嘛呵嘿……北大荒呀……"

大伙儿就乐了，是那种朴素而又彻底的快乐。他们又让我跟她嘴对着嘴啃糖块，这回我傻眼了，早知道结婚还要干这个，杀了我也不该同意的。

后来一切照旧，糖也啃了，嘴也亲了，大伙才意犹未尽地散去，把我和她单独留下来，还有两床被子、半脸盆西红柿和几块糖果。

婚后的四十年中，她从宁夏只身来到东北，其间又随我跟随部队迁徙到湖北襄樊，再回到牡丹江工作生活，直至1978年才由东北返回宁夏，我这几十年的军旅生涯始终有她相伴。

日子

这是她每天必须做的一些杂事。

而我必须侧卧在床上，她已经事先在我身后铺好了塑料纸，一只手拿着尿壶，轻轻地揭开被子的一角，另一只手伸进被子里面。她总是很小心地将它塞进尿壶嘴里。我尿的时间一般会很长，哩哩啦啦地，尿像从石头缝里一点一滴渗出来似的。待我办完了所有的事，她才默默地将那些秽物收拾好，然后端来一盆温热的清水替我悉心地擦身。之后，她要扶我起床、穿衣，再由她从身后搀着，我拄着拐杖从卧室走到客厅，再从客厅走回卧室。日子每天就是这样过去的。

我外甥玉柱中年因病早逝，妻子改嫁他人，把一双儿女留给了我的大姐抚养。紧跟着，我的姐夫因那些年受尽磨难，不久也撒手人寰。可以想象，大姐为了拉扯两个孙儿所付出的不寻常代价，晚年的她因身心交瘁，就在我病倒的第二年便痴呆了。

凤莲并不曾忘记这位老人，事实上她一直肩负着赡养我大姐的责任。老人痴呆后，她隔三岔五就去老城看望，为老人洗头、擦身和换洗衣裤床单，而且每次回来都红肿着两眼。她时常提起老人的许多好处，说当年若没有大姐还不一定会有我们这个家呢。

话虽简朴，却让我感激涕零。我常想，如果没有她，我现在又会是什么样呢？当年和我同一房的病友相继都走了，其中有一个因为常年卧床不起，结发妻子有一天悄悄地吊死在了家中，儿女们发现时人已经咽气一整天了。

生活就是这样，它活生生地摆在我们眼前，而这一生对于我来说又是两生或三生，我用第二次生命所留给我的时间从容地写下这些歪歪扭扭的文字。这应该算是上个世纪的事情，如果某天儿女们问起，我也好有个交代了，对于他们，也对于他们慈祥善良的母亲，我要端端正正地敬上一个军礼。

汽车喇叭声从远处一个很急的弯子后面猛地蹿出来，笛笛笛胡乱鸣着，毫无节制，听起来就够烦人的。而且，有一股横冲直撞的汽油烟味，穿过潮湿阴冷的空气，迎面直刺过来，让人不由一惊。

特别是，在这样一个下雨天，站在路边等车的人总跟丢了魂魄似的，呆若木鸡，唉声叹气，怨天尤人。人们抱怨出门遇见这样的鬼天气，抱怨出门时忘了带上必要的雨具。有的人甚至莫名其妙地抱怨站在他们身边的小孩子，好像是这些调皮而又一点儿不怕雨的小家伙招惹来了这种坏天气。

雨一直在淅淅沥沥地下，沥青路面的中央被冲得又黑又亮，仿佛一条弯曲悠长的黑缎带伸向远方。雨水和淤泥都一窝蜂似的在人们站脚的地方迂回纠缠着。好多人不得不跳芭蕾舞似的踮起自己的脚尖，并煞有介事地用几根手指高高拎起裤脚。远远看，他们极像是一群蹩脚的滑稽演员，被迫做着某种技术训练，但表情一律是严肃和呆板的，雨水弄得他们浑身上下没有一片干燥的地方。

也有人会铤而走险，一味潇洒地站到沥青路面上，想逃脱那些讨厌的脏雨水和黏糊糊的淤泥的纠缠。结果，险情一再发生。因为不断有货车会突然从前面那个急转弯后面疾驶过来，这些货车一般载重都很夸张，不用细看就知道是严重的超高超重，可个个都跟亡命徒似的呼啸而过，笨重的车轮溅起几米高的雨瀑，疯狂地扑向路人的身体，弄得这些等车的更加惊心动魄人心惶惶。有过这么两三次，就没有人再敢冒那样的险了，只好老老实实僵硬着身子立在路边，任由肮脏漫漶的泥水爬过他们早已不再净洁的鞋背。

自始至终，在这些冒雨等车的人中间，只有那一对小恋人孤立于其他人之外。

这两个年轻人既不斗胆地站到沥青路面上，也不会无谓地踮起鞋跟战战兢兢地做滑稽表演。他们只是相互依偎着，紧密地拥搂着，尽量以自身的热量去温暖对方。这对小恋人同样也没有带雨伞什么的，此刻浑身已湿漉漉的了：小伙子不停地为姑娘擦拭着额头和脸上的雨水；姑娘呢，同样是不厌其烦地替小伙子揩去眼角和鼻尖上微薄的一层雨花，间或发出咯咯的很别致的笑声，听起来非常清爽和惬意，好像这场不期而至的秋雨，一点也不会打搅他俩的行程和美好的情绪；又好像恰恰是这场连绵的雨水，给他俩温暖的旅程平添了几分诗情画意，越发使得两个人亲密无间了。

事实上，这对小恋人已经整整坐了两天两夜的火车了，他们在那个只停留了一分几十秒的小火车站双双下车，然后在站外匆匆转乘了一辆始发的长途汽车，一路颠簸着把平坦的道路越走越窄，也越走越陡峭了，因为他俩最终要去的是一个非常偏远的小山村。姑娘好几次问她身边的小伙子，我们到了吗？这种时候小伙子会很温存地将姑娘搂紧一下，或者，很亲近地抚摩一下对方的刘海儿。他说快了，不过我们还得再转一次车。女的就很茫然地朝远方看一看。

阴雨中的景物笼罩着一层朦胧的雾气，视线不会太远，看什么都影影绰绰的，似乎总透着一股忧伤的味道。

车终于等来了。是一辆半新不旧的中巴车，吭哧吭哧在雨中冒着白气，像是刚刚不幸开了锅似的，车门上赫然印着"载客人数24人"的字样，和此刻等车的人数相差甚远。路边的所有人几乎都是在第一时间冲挤到车门跟前，手里拎着湿漉漉鼓鼓囊囊的行李，好像生怕那些东西会没有地方搁置似的。

等大伙都认为自己好不容易站到最有利的一个位置上的时候，才发现司机师傅并没有坐在驾驶楼内，而且，司机下车前甚至没有想到要打开车门、好让大伙赶紧上车去避避雨。这个该死的家伙！于是，大伙又开始不满地嚷叫起来，用巴掌使劲地拍打车门和车窗。站在最前面的一个戴着茶色石头眼镜的中年男人，甚至粗暴地用脚踹了几下车门，嘴里不干不净地嚷嚷着，开门开门快来开门！又仿佛他只是在很滑稽地对芝麻说话。

很快，他们的所作所为就招来刚从路对面方便回来的司机师傅的一通谩骂。

司机是个黑胖子，秃顶，蒜瓣鼻头发出令人厌嫌的一团红光，走起路来肥胖的身躯笨拙地一摇一晃，像一只被人强行穿上衣裳的杂技团狗熊。司机边往回走边往起提宽阔的裤腰，他甚至还没有来得及拉闭自己裤裆前开口处的拉链，就开始愤怒地喊骂起来："敲敲敲，有啥好敲的？他妈的都没坐过车咋的？谁再叫唤一声就别想上来！没见过你们这帮子人，尿都不叫人撒舒坦，拉屎的不急吃屎急！真是少见多怪！"

尽管司机师傅这样不紧不慢又恶声恶气，可车门前的所有人都不再言语了，更没一个人敢再碰一下车门，仿佛那门上被司机告知装了一枚可怕的定时炸弹。这种情况下，大伙似乎都愿意让自己变得乖巧一些，受一点委屈又能怎样？这比起没完没了站在雨中受冷感冒总要强得多吧。再说，车究竟等来了，只要司机打开车门，大伙就会一拥而上，毫不客气占据各自的位置。

这时候，那对小恋人也不慌不忙地跟随在队伍的最后面。

其实，车门前并没有站出任何有序的队伍来，十分混乱的一团，个个互相牵制、互相拥挤、你推我搡、磕磕碰碰，仿佛每一个人都想要在第一时间内冲进车厢里去，唯独那对小恋人不慌不忙的。他们人虽然跟过来了，可还是同车门前的那一片人头保持着一半步的距离。他俩依旧互相拥揽着对方的腰背，姑娘像一只被打湿羽毛的鸟儿，安静地栖息在小伙子宽阔结实的臂弯下；而小伙子始终充当着她的保护伞，尽管这种保护其实是毫无效用的，因为雨水几乎一刻没停地落在他们头上和身上。有人回头无聊地扫了一眼这对小恋人，脸上是那种既艳羡又不无鄙夷的神情。

问题是，胖司机爬进驾驶楼以后，并没有立刻打开车门，像是要故意考验乘客的耐心，或者，仅仅是为了给予必要的惩罚似的。大伙透过车门的窄条玻璃，可以看见司机师傅正旁若无人地靠在搭了件夹克衫的椅背上吸烟，而他前面的挡风玻璃上，笼罩着一层白茫茫的水汽和小水珠，加上司机的嘴和鼻孔不时喷出的一缕缕悠闲的白烟，更让车外的人感到迷惑不解和恼火了。为什么还不打开车门，为什么还不让大伙进去？难道车抛锚了吗？还是在等什么鸟人……总之，种种猜想跟头顶落下的雨水一样，顿时又弥漫了大伙刚刚活跃起来的思绪，倏忽变得低沉起来。

因为有了先前的一次教训，站在车门前的几个人断然不敢轻举妄动。他们只是唉声叹气唠唠叨叨，或者回过头朝四下里张望，希望司机师傅等待着的那个可恶的家伙能快点赶来。这样，他们就不需要再吃这种冒雨等待的苦头了。

可是，人们想象中的家伙并没有及时赶来，而是在队伍的最后面，神鬼不觉地出现了几个叫花子一样的人（或者是一家四口吧）。男的女的都又黑又瘦，一看就知道是山里人，牙齿黑黄，脊背总佝偻着，眼神充满了忧愁，好像他们的家里发大水了，而他们正是要赶上这趟班车回家救灾去。这对男女身边各站着一个孩子，也是一男一女：男孩不到十岁，皮肤黑得像一块晒干的礁石，眼珠子一直骨碌骨碌乱转，一副好奇的样子；女孩顶多五六岁，始终怯生生地紧紧倚在大人身后，一脸的茫然和凄惶，手指死死拽着那个女人的一小片衣襟。

另外，这四个人还有一个最显著的特点，那就是：他们看上去比车门前站着的所有人都要狼狈，像刚被谁从烂泥塘里打捞出来的，头上脸上身上脚上全都沾满了泥浆。此刻他们就站在最后面，两个大人的手里都拎着比他们自己更加肮脏又毫无形状的大包裹卷儿，除了那个小男孩显得有点跃跃欲试，其余三人都是一副无动于衷的样子。似乎，此刻他们所考虑的问题跟排在前面的那些人完全不同，一点儿也不在乎能不能立即上车，上车后能否找到一个合适的位置好安顿下来。

毫无疑问，由于突然增加了四个脏兮兮的乘客，大伙一下子变得焦虑不安了。他们中有一半人开始想一个非常严峻又非常现实的问题：上车后可万万不能让那四个山里人坐在自己身旁，那样简直跟继续做一场噩梦一样，想一想他们该有多脏！还有，他们身上不光是潮湿和泥泞，肯定还有难以忍受的怪味儿。也有一部分人暗想：最好座位不够坐，让那四个家伙搭下一趟车吧。当然，更有人愿意把这四个人跟驾驶座上的胖司机联系起来，他们想也许这就是该死的胖子不打开车门的主要原因吧。

在大伙胡思乱想的工夫，那对小恋人似乎又自甘落后了，他俩已经悄然隐没在最后到来的四个人身后。这无论如何都让前面不时回头张望的人感到不解和可笑，他们发出一连串啧啧的笑声。

有人终于等不及了，又一次谨小慎微地拍起车门来——但没有人敢粗鲁地用拳头或脚——希望再次引起司机师傅的注意。而就在这时，车尾部轰隆轰隆响动起来，跟打闷雷一样，好像有一群刁悍的劫匪，在大伙不经意的时候飞快地爬上了车顶。

紧接着，驾驶楼内的司机也侧过头，看了看车前的后照镜，车门就咔嚓一声自动打开了。大伙来不及多想，便开始竭尽全力往车厢里猛挤。一时间，车门哗啦哗啦乱动，车地板被踩得咚咚响。最先闯进来的人迫不及待地往头顶的行李架上塞着自己的随身物品，然后又以迅雷不及掩耳的速度抢占到最满意的位置，并尽量让自己宽宽松松地坐下来喘着气。同时，有些人还用一只随身的小包或帽子之类的东西压在旁边的座位上，以防被什么厌嫌的人上来占去，那就该倒霉了。

司机早已经离开了驾驶楼，正在后面吆五喝六。从司机带有指挥性的喊叫声中，可以猜到有人正在不停地往车顶上装货，具体装什么东西，大伙不得而知也不需要操心。大伙只是弄明白了司机刚才迟迟不肯打开车门的原因，就足够了。

这种时候，车厢内不知要比外面忙乱多少倍呢，塞行李、找座位，都忙得不可开交。那些身边本来就有伴的乘客，倒是容易平静下来，因为只要跟伴侣坐在一起就觉得相当不错了；而担心自己会晕车、随时都有可能呕吐的人，自然要想方设法坐在（或交换到）靠窗边的位置上，并及时推开窗户把头和脖子长长地伸到外面去；还有人天生就比较霸道，身边既没有伴侣，又不想让别的人随便在自己身边的座位上坐下来，这往往会引起一阵不平，引起无休止的争端，甚至会产生不必要的口角而大打出手。

而此时此刻，最能让大伙心中达成一致共识的，莫过于从内心到行动彻底拒绝最后赶来搭车的那四个人。因为，几乎没有一个人会心甘情愿地跟这四个人中的任何一个坐在一起。他们确实太脏了，太狼狈了，太让人战战兢兢了！想一想吧，跟这样的人坐在一起，此后的若干小时旅程会是怎样的一种无奈和痛苦啊!

那对小恋人本来是站在队伍最后面的,可就在临上车前,排在他俩前面的四个人忽然主动弃权了,大概是他们的两个小孩子突然想去撒尿,所以两个大人不得不留在车门外眼巴巴等着孩子们从路边跑回来。于是,这两个年轻人理所当然地率先上了车,并在汽车的最后一排靠窗户的地方获得了两个挨在一起的座位。尽管他俩都知道坐在后面会很颠簸,但还有什么能比得上让两颗心紧紧挨在一起的。因此,他俩毫不犹豫地在那里坐下来,很快又恢复了刚才等车时的相依相偎状。

前排又有人回过头朝他俩观看,同样发出刚才等车时就出现过的啧啧的笑声。但那两人根本听不到,或者说,听到了他们也会毫不介意的,爱情的力量是巨大的,足可以抵挡一切世俗的目光。小伙子很温柔地对姑娘说:"你闭上眼睛好好睡一觉吧。"姑娘二话不说,把大大的眼睛闭上,身体尽量向他弯曲过去,像天鹅的颈,看上去真的又柔软又美丽。

后面的货总算装完了,车顶恢复了平静。但货主跟司机在运费上一时僵持不下,把头露在车窗外的客人听见胖司机说少一分钱都不拉,要不乖乖把货给卸了。消息传到车内,大伙本来稍稍松弛下来的神经又绷着了,只要看一眼外面的天色,就知道这场雨还远远没有结束。如果司机一味地跟货主讨价还价,势必会耽误每个人的行程。于是,车内又是一阵七嘴八舌的骚动,刚才坐下去的客人又不无担心地站起身,或将一条腿半跪在椅子上抻着脖子朝外面张望。

正在这个节骨眼上，那一家四口终于呼噜呼噜地跟一群绵羊似的钻进车厢里了。车内的乘客顿时停止了所有无关紧要的小动作，开始一致关注起他们来。

现在，车里不可能再有四个连在一起的座位，甚至连两位一起的位置也没有。大伙一边打量最后上来的四个人，一边用眼睛的余光朝两旁偷偷扫射。结果发现，如果这四个人还想坐在一起的话（他们互相拉拉扯扯的样子，似乎用刀子也不可能分开的），只有一个地方可坐，那就是车头紧挨驾驶楼旁边的那个椭圆形的发动机盖。最先以善意的口吻发言的，是那个用一顶太阳帽压着自己旁边空座位的乘客，他似乎很积极，说出的话带有热心的气味。他用手指着那个发动机盖一连串说："你们几个坐那就坐那吧，又松宽又敞亮，再说了上下也利索！"

果然，刚进车厢还一筹莫展的四个人立刻像是中了头彩似的，两个大人不约而同地向那位善良的建议者连连地点头致谢。他们的两个孩子却早已欢天喜地地坐在发动机的盖子上了，小屁股还不停地在上面一扭一挪的，好像他们原本只求上车能一路站着就好，而现在却获得了如此宽松几乎连做梦都不敢奢望的乘坐条件。两个大人也唯唯诺诺地靠着孩子们坐了，他们拎上车的两个毫无形状的大包裹卷儿就躺在他们脚下，像两条忠实的看门狗匍匐在大伙眼前。因为坐在发动机盖上，所以，他们四个人一律是面向车内乘客的，那样子就像坐在他们自家的炕沿边上，其他人反而成了某种意义上的客人。这样一来呢，大伙倒能清清楚楚地注意到他们，而不需要躲躲闪闪偷偷摸摸了。这样大伙就比较称心如意了，先前所担心的情况终于没有发生。

估计还是运费问题，司机几乎是怒气冲冲地出现在大伙面前的，不过他没有爬进驾驶楼，而是直接从车门上来的。来来来，先把票买了！司机一上车就没好气地一通嚷嚷。跟在司机后面的大概就是那个货主，怀里居然还抱着一大捆套了蛇皮袋子的东西，货主一上车大伙就明白了，他是一个倒卖羊皮的家伙，因为一股浓浓的腥膻的臭皮子味已经直逼每一个人的鼻孔了。货主上来二话不说就翻过坐在发动机盖上的一家四口，然后大模大样地坐在副驾驶座上。而货主抱上车来的那捆气味难闻的东西就搁在前面的过道上，最前排的乘客不得不拿手捂住鼻子。这时大伙才终于意识到，最让人无法忍受的并不是那一家四口，而是臭气熏天的羊皮贩子和他带上车来的一捆气味难闻的羊皮。

很快票就买到最前面那四个人了。司机手里抓着一大把花花绿绿的散币，很不耐烦地用鞋尖踢了踢那两个毫无形状的包裹卷儿，便问他们去哪儿，黑瘦的男人如实回答了他们要去的地方，司机张口就说一共十块。

显然，老早就攥在黑瘦男人手里的那些钱不够这个数，非但不够，相差甚远。他手里仅有五块钱。山里男人迟疑了一下，又用类似于求助的目光看了看身边的女人和孩子，才像是鼓足了勇气似的慢慢说："不是一个人一块半吗？咋涨得这么贵啦？""谁说涨了！上我的车一直是这个价，一人两块，你的行李咋也得起两块钱的票吧。"司机边说边拿眼睛翻着山里人。"那……娃娃不都是……半票吗……"坐在一边的女人这时也嗫嚅着，但她并没有抬起脸去看司机，"师傅那两个烂包包就别要票了，出趟门不容易哩。""哪来的半票？这俩娃娃都超过规定了！"司机说着就把目光移到两个孩子身上——一看便知道这两个小家伙都很惊惶，似乎担心会被撵下汽车，小女孩像是快要哭了，眼圈红红的。

山里男人似乎不想再说什么了，他无声地朝司机伸过手去并展开，那手同样也黑瘦，粗糙的手指干树根样发着抖。连那五块钱也是脏兮兮皱巴巴，像是在泥土里埋藏了很久才被挖出来的。"五块钱，你们耍猴呢，我说多少就多少，要不就滚下去别坐了！"司机接过钱时愤怒的样子，让车内的乘客都不由得一怔。但是给完钱以后，山里男人反倒把脊梁坐直了，他正面盯着司机说："师傅，这可是按公道价给的，这趟车俺出门干活也老坐哩。"显然，这句不温不火的老实话让司机也稍微愣了一下。

不过，大伙很快便意识到，这样的局面并不值得他们过多关注。相反，他们都希望问题快点解决：要么四个山里人下车，要么开车走人。因为他们完全有理由相信，想从这些山里人身上再榨出多余的钱来，几乎是不可能的！于是，人们开始窃窃私语，车厢内像钻进一大群苍蝇那样嗡嗡乱响。有人终于壮起胆子冲司机说："师傅，快开车吧，眼看天就黑了。"这样的声音非常有益，于是大伙又都跟着起哄，催促司机赶紧开车上路。

最后，司机也像是要破釜沉舟似的，回头朝身后的乘客白了一眼，却又不便于发作（他或许也懂得罚不责众的道理）。随后，他骂骂咧咧地撵下那四个山里人，行动艰难地将肥胖的身体挪出车门外，然后又异常恼火地从另一面爬上了他的驾驶座，他坐在上面老牛样吁吁直喘。大伙听到了发动机呜噜噜地叫了起来，都显得非常兴奋，但司机并没有立即开车，他像是要下最后的一道通牒："喂，你们几个到底下不下去？没钱就别坐车，腿上又不是没长脚。"这时大伙也注意到，那四个山里人根本就是一副死猪不怕开水烫的样子，司机骂司机的，他们照样坐在发动机盖上，大人小孩都稳如磐石，屁股下面像生了根。

坐在最后一排的那对小恋人终于按捺不住了，这是他俩第一次公开表示自己的不满。姑娘说："师傅，您能不能快点，磨磨蹭蹭太不像话了！"小伙子也说："我们可是要赶时间的！"大伙又马上跟着他俩揭竿而起，都在强调时间如何如何宝贵，车内一阵嚣嚷。司机一定是在万般无奈的情况下，踩下了油门，汽车在短瞬间变成了一头狂暴不驯的野马，猛地冲上雨中的沥青路。车上一大半乘客的额头和鼻梁都毫无防备地撞在前排的靠背上，疼得龇牙咧嘴直叫。

窗外的景色一大块一大块抛向车身后，那些青黑色的山峦、沟坎和树木一副要跟人决裂的样子，眨眼间便消失得无影无踪了。雨像是停了那么一小会儿，但拐了几个弯子后，又忽然飘了起来。车窗玻璃渐渐模糊了，又镀上了白色的哈气，雾蒙蒙的什么也看不清。大伙在百无聊赖中已昏昏欲睡。

"停一停！停一停！师傅，到哩，俺们下车，下车！"大伙的瞌睡就是被一阵突兀的明显带着乞求的叫喊声吵醒的。与此同时，苏醒后的乘客发现，前面的那四个山里人全都站起身来，两个大人各自拎起一只包裹卷儿和他们的孩子，由于车还在拼命飞驰着，他们站在那里摇摇晃晃，有几次趔趄着差点摔倒碰到车门。司机却跟耳聋眼瞎了似的，头也不回地只顾往前开车。

"师傅，快停车，你难道没听见他们说要下车吗？"最后一排的那对小恋人又一次发出了喊声。然后，小伙子又转过脸愤愤地对身边的姑娘说："哪有这样做事的，到站了硬不让人家下车。"姑娘立刻睁开迷蒙的睡眼积极响应着："就是嘛，这个司机太离谱了！"这时，那个一直端坐在副驾驶座上睡觉的羊皮贩子，也突然开口说话了："快停了，让人下去吧，跟这些个山里人赌啥气呢？我的家伙憋得快不行哩。"司机这才像是如梦方醒般松了油门，但他并没有立即踩刹车，依旧让汽车继续向前滑行，一直等车滑到再也不能动弹一下的程度，车门才咔嚓一声打开了。大伙依稀听见，胖司机正不干不净地咒骂着："穷鬼、山汉……"

两个山里人丝毫没有怨言，更没有挑司机的不是，他们几乎是感恩戴德地拎着自己的破包裹卷儿，拉着自己的孩子，一前一后慢悠悠地钻出了车门。一旦到了外面的世界，山里人的两个孩子顿时活蹦乱跳叽叽喳喳起来——也许这俩小家伙在车里被压抑得太久了，这时候需要好好释放一下。

羊皮贩子也紧跟着翻过发动机盖，噌地跳了出去，他这一行动又把一股本原的膻味淋漓尽致地挥洒到乘客的鼻孔前了。随后，车内一多半乘客包括那两个小恋人也都簇拥着往外走。坐得时间太长，以至于很多人的腿脚都麻木了，勉强下车后只能颠颠地站在那里慢慢舒展。而那些急于方便的人，立刻不顾一切地朝路的两边跑去。当然，这时男女会自动分开，往往女人不像男人，她们会走得更远一些，直到她们认为位置比较隐蔽，也相对比较安全的情况下，才就地蹲下来。

那对小恋人始终自成一体。他们选择的不是靠近汽车两旁的路沟，而是车后更远处的一个大土丘后面，并由小伙子站着作掩护，姑娘才放心地解决了内急问题。这时候，他俩几乎同时注意到：在他们眼前的公路上，有一团人影正急匆匆朝着跟汽车截然相反的方向不停移动。远远看去，就像四只黑黑瘦瘦的蚂蚁不遗余力地在阴暗低沉的天空底下艰难地爬蠕着。姑娘不由得叹了口气说："他们也怪可怜的。"小伙子也说了同样意思的话，又补充说："那个司机真他妈的不是个东西，害得老乡多走多少冤枉路啊。"回去的路上，他俩又不止一次地回头朝身后的公路上望了望，直到那四个大大小小的人影彻底消失了。

等大伙重新坐回各自的位置上，小伙子对姑娘说他有点困了，也想迷糊一会儿。姑娘就很体贴地把小伙子的脑袋扶过来压在自己的胸口前，小伙子闭眼睛前又看了看手表，说至少还得再坚持一个多钟头。姑娘说没关系，你好好睡吧。

汽车开动以后，羊皮贩子跟胖司机都显得比较兴奋，好像彼此都憋着一肚子话要说。他们一边大口大口抽烟，一边你一句我一句比着讲些荤段子。胖司机讲他以前开货车时经常顺路捎些搭车的年轻女人的事，说那些孤独的女人脸蛋都如何如何漂亮、身材如何如何惹人，又说那样的女人什么都能豁出去，只要司机师傅肯点头带着她们上路、去她们想要去的什么地方。羊皮贩子一直哈哈哈地狂笑不止，接下来他也不无得意地讲起了自己的一些风流韵事，他讲山沟里的女人为了能把自家积攒下的几张羊皮子卖出去，尽量卖个好价钱，也都如何如何对他乱骚情，他呢自然也毫不客气地乘机摸摸她们的奶子捏捏她们的屁股蛋。但是只要说到实质性的问题上，这两人又都话锋急转，表现出难得的狡猾和世故。

整个过程，车里的乘客也都是支棱着耳朵听着，并不时报以愉快而诡秘的，就像是被人猛不丁胳肢后的笑声。这种时候，最后排的那对小恋人倒很正统，不苟言笑，小伙子一直安静地侧枕着姑娘的身体闭目养神；姑娘始终把澄澈的目光果决地投向窗外，投向灰蒙蒙的雨中景物，像是在刻意坚持或抵制着什么。过了一会儿，小伙子就在她怀里发出了轻微而又均匀的呼吸声。

车开着开着，猛地刹住了，多数人的身体和头都不由自主往前一冲。

胖司机正用两只肥厚的手掌使劲拍汽车方向盘，喇叭就笛笛笛地叫成一片。这样毫无效用地坚持了一会儿，胖司机才把恼火的肉脑门伸出车窗外，跟停在前面的一辆卡车的司机大声搭讪。这时，大伙才弄明白，原来是前面发生了严重的山体滑坡，已经有一两个钟头了，有关部门正在组织紧急抢修。胖司机骂骂咧咧地把车熄灭，不知从哪里翻出一盘古老得掉渣的磁带，硬塞进放音卡座里，变了调的歌声顿时喧嚣起来，简直就是巨大的噪音，把车上本来还有些睡意的乘客全给吵醒了。

车一停就是一个多钟头。那盘糟糕的磁带翻过来掉过去听了好几遍，胖司机接着又重新塞进另外一盘，居然是疯狂的迪斯科音乐，同样的变调和不堪入耳。大伙只好无奈地朝车前车后张望，后面的车正源源不断地一辆接着一辆停下来，而前面至少有两里的长龙车队一动不动地趴在路上。

雨又一次飘起来，天色也随之更加阴暗了，把大伙的心情弄得非常郁闷。车门虚掩着，车窗也都敞开，却没有人愿意再跑出去。

这之前，胖司机下车一拽一拽地走到前面观望了一会儿，回来时的脸色更加沮丧，他还用脚粗暴地踹了几下自己的车轱辘（仿佛这一切都是它们在暗中作祟），才绝望地爬进车内。之后，他把自己的靠椅背往后调了又调，像是要调成一张舒服的床，然后他一仰脖躺下来，没多大工夫，竟然听到了他浓重的鼾声。

大伙无不唉声叹气起来。这种时候，大伙内心忽然想起刚才的那一幕，以及四个提前下车的山里人。他们甚至是带着羡慕的神情开始回想的，进而都感叹起眼前的遭遇来：要是也像山里人那样能早点下车该多好啊，哪怕多走几里弯路呢。而眼下，一个个死囚徒一样困在这铁皮壳子里，外面下着雨，哪儿也不能去，只能听天由命了。

羊皮贩子也开始嘟嘟囔囔发牢骚。因为如果按照原计划，他应该到达目的地并可以顺利地交货点钱了，可现在倒好，几百张羊皮撂在车顶上被风吹雨淋，尽管包了一层蛇皮袋，可也经受不住这通雨啊。所以，羊皮贩子就没完没了地唠叨，进而危言耸听地讲淋坏了货物是需要照价赔偿的问题。当羊皮贩子提到"赔偿"的字眼时，胖司机顿时从椅子上跳了起来，像一只愤怒的大马猴，咋咋呼呼对羊皮贩子喊叫着："赔个屁！天灾人祸的，我赔你谁赔我呢？"于是，他们俩又你有来言我有去语地瞎吵了半天，一个说我花了钱你就得保证我的货物不受损失，而另一个却坚持遇上这种倒霉的天气，就是天王老子也没办法……就这样，一直吵得天翻地覆脸红脖子粗，也始终胜负难定，又互不相让，两个人似乎完全不记得不久之前，他们俩还跟亲兄弟一样一起抽烟、说笑，互相解闷呢。

就在车里的乘客让这纠缠不清的争吵弄得万分痛苦的时候，有个模糊的人影在车门口一闪一晃。随即，一个老妇人湿漉漉颤巍巍地摸进车内。因为车里要比外面暗很多，只有前排的人能凑合看清：老妇人头上系着条灰黑色的旧棉围巾（完全是村妇的那种地道系法，把头发和后脑勺全部裹严实），早被雨浇透了，脸上挂着一层晶亮的细水珠，她身上也没有穿雨衣，只是随便地披着片塑料布（看起来像是用过的旧地膜）。

老妇人一上车就把一股新鲜的冷空气挟了进来。同时，她从头到脚都在不停地往车地板上滴着水，脚上的黑布鞋泥头泥脸，鞋底鞋帮彻底混为很稀烂的一团。几个靠近车门座位上的乘客，都不由自主地缩了缩他们的腿脚，生怕沾染到泥水，同时又用对付那四个山里人的目光，很诧异地打量着这乍到的老人。老妇人看起来还算硬朗，她很快就稳住了身子，用一只手抓着车门口的一根不锈钢栏杆（是票员经常扶手的地方），另一只手拎着个小红柳筐子，上面苫着很厚的布（布同样潮湿不堪，油渍渍的）。

大伙愣神的工夫，就听见老妇人用喑哑的声音低沉地吆喝着："鸡蛋，煮鸡蛋，谁吃鸡蛋……买个尝尝，自家鸡下的蛋……刚出锅还热和着哩。"车里先是极短暂的一静，随即便沸腾起来。因为这时大伙突然感觉到自己早已是饥肠辘辘了——饥饿的人是最怕忽然降临到眼前的食物的！况且，还有一个非常重要的因素，几乎谁都不能排除，那就是前面的路什么时候能通行，车什么时候能走，这些未知数无不困扰着大伙的思绪。

所以，几乎立刻就有人应了声，我来两个，我来两个！然后，又有三四个人也积极地从座位上起身朝老妇人走过去，但他们又像是有所怀疑似的，先警惕地伸手揭开筐子上厚厚的苫布。果然，里面的鸡蛋还热乎乎的，手指能感觉得到煮鸡蛋的温度，这一下子就激起了人们强烈的购买欲。一时间，掏钱的掏钱，递蛋的递蛋，而最初买到鸡蛋的乘客，已经麻利地剥掉蛋壳狼吞虎咽地吃了起来。可是又因为吃得太急，乘客被蛋黄噎得眼珠子溜圆鼓凸了，半晌才匀过一口气来，然后又开始呃呃地打上了嗝儿。

羊皮贩子和胖司机毫无意义的相互理论，也暂时告一段落。胖司机又开始迁怒于那个老妇人的突然闯入和不把他这个车主放在眼里的一通自由兜售。他连声冲老妇人嚷："下去下去！谁他妈的让你跑上来的？这里不是自由市场，赶紧给我滚下去！"羊皮贩子却依仗着自己坐在最前面的优势，算是近水楼台吧，他不用从座位上起身便可以买到老妇人的鸡蛋，然后就吧唧吧唧旁若无人地吃上了，完全不在乎胖司机此刻的心情和感受。

胖司机一连串骂了几句，老妇人既不还嘴，也没有马上下车的意思，而乘客又不停地在筐子里挑选个头较大的鸡蛋，他只好无趣地摸出一根烟塞在嘴里。胖司机身上大概没有带打火机，就想发动汽车然后用车上的点火器，可是接连打了几次火，汽车就是发动不起来，呜呜地哼了哼却毫无反应。胖司机日爹操娘地胡乱骂了几句，才打开车门跳到外面去了，随即车门被他重重地甩了一下。其实，羊皮贩子兜里就揣着打火机，先前他还给司机敬过烟点过火呢，可这会儿他全当作没有看见，只顾忙着剥他手里的鸡蛋壳，嘴里却阴阳怪气地说："这些个开车的就知道要牛逼，你就不能把他当个事。"大伙心知肚明，他还在跟司机较着劲呢。这当间，老妇人提筐里的鸡蛋已经卖出去一半了，她也许不想惹得司机发火，就离开中巴客车去后面转悠了一大圈。

等胖司机从前面点了烟闷头闷脑地回到车里，老妇人也颠颠地绕到车门前了。但是，胖司机已及时关闭了车门，任凭老妇人怎样用力也推不开。这时，羊皮贩子一副多嘴多舌的样子，他把头伸到窗外，冲卖鸡蛋的老妇人不无戏谑地说："你这老婆子，咋就没个眼色，总不能把你一筐子鸡蛋都塞给这车人吧，去别的车上转转嘛。"老妇人听了羊皮贩子的话，果然识趣地往后退了两步，脸上有种不知所措的尴尬神色。

车里的乘客在一番慢条斯理的咀嚼和吞咽之后，都沉浸在煮鸡蛋特有的香味之中，也有人被蛋噎着了，呃呃地打起嗝儿来。最后一排的那对恋人，虽然没有买鸡蛋吃，但仍旧摆脱不了这种气味的熏染。姑娘平时是不喜欢吃煮鸡蛋的，她受不了那股味儿，所以不时地用手捂一捂鼻孔或扇一扇鼻孔前的空气，似乎生怕那种味道会钻进她的肚子里去。她还特意将车窗开到最大程度，好让新鲜而潮湿的空气不断地吹拂着自己。在这段时间里，小伙子一直闭着眼睛，好像睡得很熟，而且，脸面几乎是朝下枕在姑娘的肩头上。姑娘索性把小伙子的头揽到自己的胸口上，好让他睡得更舒服一些。

天色彻底暗了下来，山风飒飒地灌进车厢内。乘客的脸面都紧绷绷的，好像这辆汽车随时都会把他们送上前线，拉到枪林弹雨的战场上，等待他们的是生死未卜的厄运。

好在大多数人肚里有两三颗鸡蛋垫底，等待固然很辛苦也很无奈，可至少不会感到特别饥饿。有好一阵子，大伙都没有再看见卖鸡蛋的老妇人，估计她上前面兜售她的鸡蛋去了，也可能是回家了。

姑娘似乎终于有点挨不住饥饿了，但小伙子在她身上正睡得香呢，她就拿手指轻轻拨弄着他的头发，想让他醒一醒，可他就是一动也不想动。姑娘抿了抿嘴唇，轻声趴在他耳边说："懒虫，人家肚子饿了。"她带着撒娇的口吻。接着，又去拽他的耳朵："别装蒜了，快醒醒嘛！"小伙子这才用鼻子闷哼了一声，好像不太情愿似的，他的眼睛一时半会儿还睁不开。小伙子用梦呓般的声音说，咱们的旅行包里不是有饮料和面包吗，你自己吃吧，我一点儿也不饿，求求你让人再睡一会儿吧。"

姑娘觉得小伙子多少有点奇怪，平时她说什么他都言听计从的，今天不知是怎么了，一副懒虫相。所以，她几乎是很生气地嘟囔了他几句，嫌他这人太自私了只顾自己。小伙子依旧沉默着不去接她的话茬，似乎又睡着了。也许他真的困了，那就让他再睡一会儿吧。姑娘这样想着，动手轻轻推开身上的小伙子让他靠椅背上睡，自己去行李架上找他们的旅行包。

胖司机自从抽完烟后，就开始没完没了地捣鼓起车来。他把发动机盖掀得老高，自己趴在机器上面呼哧呼哧用螺丝刀拧着什么，这样每过上一会儿，他会直起身来尝试拧钥匙打马达，可折腾了好大工夫，汽车始终没有发动起来。

大伙的心又都迅速地提到嗓子眼。很显然，汽车好像发动不了了，也就是说即便前面的路能走，这辆车也动不了窝儿了。岂有此理！车里的乘客简直都快疯了。大伙没有理由不疯——怎么偏偏摊上这样一辆破车！于是，新的一轮唉声叹气和骂骂咧咧充斥着车内的每一丝空气，而那种由于司机的不停检修和试发所弄出来的浓烈的油烟味，熏得大伙一个个眼睛发酸、鼻孔发痒，直想打喷嚏。埋怨声此起彼伏。今天到底是个啥日子啊，偏要出门受这号罪！干脆退票！我们下去坐别的车走吧……但是，这种无谓的牢骚也只是随便发发而已，一旦说出口连自己都觉得荒唐。那么，也只有祈求老天爷的份了。这种时候，胖司机根本懒得搭理车上的任何一个人，他全身心地投入维修工作当中，把发动机弄得吱吱响，大伙还能听到的就是，胖司机粗重不堪的喘息声，仿佛连他自己也随时都会因为喘不过气来而窒息，需要别人去抢救。

前面的卡车像是受到牵引似的动了动，一开始只是发出很微弱的呜噜声，像一只刚刚睡醒的癞皮狗很不情愿地往前挪了挪，很快却又趴下来了。车内先是一阵压抑不住的欢叫，随即，又都失望透顶地哀叹起来。这时，胖司机也孤注一掷地盖好了发动机盖，他把自己的位置调整到最初的状态，然后装模作样地坐在座位上，用一块黑乎乎的抹布擦他手上的黑色油渍，好像就等前面一声令下，他和他屁股下面的车就会箭一样射出去并永不回头。尽管空欢喜一场，乘客们还是被司机整装待发的架势给振奋起来，一个个摩拳擦掌，像是只要他们正襟危坐目视前方，汽车就会丝毫不打折扣地发挥它的最大潜能疾驶出去。

在万分焦急的一分一秒的苦苦等待中，前面的长龙车队终于又不甘寂寞地扭动起来。与此同时，那种铺天盖地的喇叭声

归

途

159

和发动机发动起来的呜噜呜噜声再度钻进车厢内，钻进每个人的耳朵里，吵得乘客都开始严重耳鸣了。但是，没有人会把这一切当作噪音，相反，仿佛听到了冲锋的号角，听到了亲人的呼唤，都恨不得插上翅膀一下子飞到最前面去。

场面太壮观了，所有大大小小前前后后的车辆，都同一时间不安分地骚动了起来。灯光汇聚成一条闪耀的金色河流，在这黑黢黢的山路上无比喧嚣地流动着。前一辆车跟后一辆车之间几乎没有一寸的间距，亲密得像是彼此拥抱热吻中的恋人。中巴车在最关键的时刻没有让大伙失望，尽管胖司机连着打了三次马达，直到第四次才点火启动，乘客还是报以热烈的欢呼。这种时刻，大伙忽然觉得这个肥胖的家伙并非一无是处，至少他还能把汽车捣鼓好，仅凭这一点，他应该受到些尊敬的。这种时刻大伙似乎才幡然省悟，对于一个人的好坏评价并不那么简单。

胖司机是通过后视镜发现车身后的路面上有些异样的。他赶紧把头伸出车窗外并朝后面扫了一眼，借着车尾的灯光，他依稀看见路上有一团黑乎乎的东西。凭着多年的驾驶经验，胖司机立刻有种不祥的预感，尽管经常在路上遇到各种各样的车祸和惨不忍睹的场面，但他还是不由得打了个冷战。也许仅仅是，雨后的天气骤然变冷的缘故。

就在这时，一辆卡车呼啸着迎面驶来，车前的两只大灯瞬间将路面照得雪亮：路上果真躺着一个人，头脸朝下，身上披着片塑料布，倒扣在路上的一只筐子还松散地挽在那个人的胳膊弯里。胖司机甚至看到洇在路上的一摊乌血，以及浸在血泊里的几只白鸡蛋。"师傅，急忙走啦，你一个劲扭头有啥看的嘛？"一直坐在副驾驶座位上的羊皮贩子急不可耐地嚷着。胖司机回头狠狠瞪了羊皮贩子一眼说："你急个球，又不是赶着投胎去！"说话的工夫，汽车已咆哮着往前驶去。胖司机恨不得把自己的脚踩进油箱里去。

　　没多久车就到站了，小伙子终于带着他心爱的姑娘回到了位于大山深处的老家。小伙子一直在城里读大学，连着好几个假期都没有回来过，主要是为了节省来回的路费，他上学的费用都是东拼西凑借来的。这之前刚收到家里的一封信，他的老父亲病重（其实父亲身体一直不太好，家里全靠老母亲一双手撑着）。有关家庭的一些实际情况，姑娘从来也不多问，像是怕伤他的自尊心，他也不想让她知道得太详细。这次，当他把回家探亲的打算告诉她的时候，她闹着非要跟他一起来。他本来不想带她的，她是城里生城里长的娇嫩的花朵，不想让她看到自己家的窘况。可是，他又实在拗不过她。后来他想也好，是该把女朋友领回家让老人们见上一面的时候了。

　　他们将要接近前面那片闪烁着零星灯火的小村落时，姑娘感慨地说这里的空气真好啊。小伙子冲她点了点头。这种时候，他又跟从前一样又温柔又体贴了，好像先前在车里睡了那一觉很管用似的。他问她累不累，要是累了，他可以背着她走一段。姑娘就狡黠地冲他笑笑说："那我不客气啦。"说着，她像调皮的小孩一下子就扑跳到他的后背上。小伙子把旅行包往自己脖子里一挂，背起姑娘迈步向前走去。

走着走着，姑娘的手无意中触到小伙子脸上的一摊湿，她以为是汗水呢，随手帮他去擦。这一擦才发现有点儿不对头，似乎越擦越湿，根本不是汗，原来是他在默默地流眼泪。"喂，你怎么啦？"姑娘大声问。他依旧默不作声，继续背着她往前走，脚步腾腾响。"你哭什么，快停下来，你到底怎么了吗？"她一边叫着一边去擦他脸上更加汹涌的泪水，然后挣扎着从他背上下来。

他俩在黑暗中对视着，彼此靠得很近，山风呜呜地从身后吹来，姑娘的身子不由得打着哆嗦。小伙子一本正经地盯着她的眼睛，说："你真的一点儿也不后悔吗？"姑娘莫名地反问："我后悔什么？"小伙子说："我是个山里娃。""这我早就知道了！"姑娘口气坚定。"我家很穷很穷，什么都没有，你会很不习惯。""可那又怎么啦？咱们将来又不是在这里生活……你今天到底是怎么回事，为什么突然跟我说这些？"姑娘好像有点生气了。"我，我就是怕，怕你会瞧不起我……"小伙子结巴起来。"你胡说什么呢？你把我当成啥人啦？"姑娘气不打一处来，那双漂亮的眼睛也变得凶巴巴的了。

小伙子又沉默了片刻，像是需要鼓足所有的勇气，他的胸口剧烈地起伏着，好像那里藏着一群野兔："你还记得刚才那个卖鸡蛋的老人吗，她，她，她是我娘——！"这回，姑娘一下子给愣住了，她几乎不敢相信自己的耳朵，这事太荒唐了。"怎么可能？你再胡说我不理你了，你的脑子是不是有问题！""不，我说的都是实话，她确实是我娘，是我娘上车来卖鸡蛋的。""可那会儿你不是睡着了吗？"姑娘满腹狐疑地问。"不，我没睡着，我看见她上车来了，所以才不敢抬头，我怕娘认出我来。""你是不是疯了？为什么不早说呀？你居然还好意思装睡！"姑娘越说越生气，她突然伸出手狠狠地在小伙子前胸捣了一拳头。"我，我，我怕你知道我娘是个卖鸡蛋的，你会很难堪，所以我，我才……我真是不孝啊！"小伙子无比懊悔地嗫嚅着，随后蹲在路上，声音有些哽咽。

　　这种时候，姑娘也不知道该说些什么好了。他悄无声息地在她面前矮下去了，好像不存在了似的。天地间黑压压的，远处层峦叠嶂，一切都静得不露声色，旷野中空留下她一个人，唯独风一直在她耳边嘶吼。姑娘连着打了好几个冷战，不知怎的，她忽然对前途感到渺茫而又恐惧，她甚至开始考虑归途的事了。

婚后不满仨月光景，桂芬的女婿便颠颠地离开了家。

这年头出门的人多了，便都见怪不怪了。而且，但凡出了门又好歹挣到些活钱的，几乎没谁再乐意死心塌地跑回来待着。顶多也就是，逢年过节什么的，赶回家里打个照面，过不了十天半月，便又匆匆走了，家里似乎再也拴不住一颗颗怦怦跳的心。

就拿桂芬家斜对过的二平爹来说吧，若不是因为女人上房后不慎从自家屋顶跌下来瘫了一条腿，他才不会心甘情愿窝在家里呢。不过，话又说回来，二平爹绝对是人在曹营心在汉的，这一点人们早都看出来了。他人回来没多久，就把自家一间临街的耳房改造成门面铺子样，面街重新开了门和窗子，墙上抹了一层亮光光的白石灰，又请匠人用那种亮晶晶黄灿灿的塑料纸糊了顶棚，看起来还真有些金碧辉煌的味道。然后，不知又从外面的哪个地方捣腾回几截旧的货架柜台，就在村里像模像样地开起小商店来。

二平家的小商店里，什么针头线脑啦、油盐酱醋啦、白酒香烟啦，应有尽有，当然也少不了学生的铅笔本子和年轻女人用的搽脸油和彩色卫生巾，虽称不上百货，却也足够村里人家日常应个急用的。二平妈腿脚虽不灵便，干不得重活，下不了地，可在柜台后面却是一把好手。关键是，这个女人摔坏了一条腿，脑子似乎一点儿也没受损失，所以，算起账来丝毫也不含糊，精得很。

平日里，都是这个女人在家守着店。隔三岔五，二平爹会开上自家的三轮车，到城里进一趟货。二平爹脑子活泛，三轮车去外面拉货，来回都要捎几个顺路搭车的，每个人平均收上两块钱，权作汽油费。收钱的时候，二平爹会稍稍皱一下眉头，弄得额头紧巴巴的，摆出一副极难为情的样子。他软声软气地嗫嚅道："乡里乡亲的，按说不该要大家的钱，可汽油忒贵了！"又指着车头的油箱说，"它若是个吃草的牲口，我收一分钱都不得好死！"话说到这个份上，就够用了，大家也都不傻。说心里话，离开二平爹的便车，去一趟镇上还真不容易哩。

女婿不在家，桂芬的日子就过得稀松清淡。去地里干活倒也不觉着什么，忙忙碌碌，一天一天便熬过去了，就是身子疲累了些，比屋里有男人的女人付出得多。最难耐的自然还是，晚上回到家冷锅冷灶的，屋里没个说话的人，时间一长，人就闷得憋屈，病恹恹的没了精神。一个人的饭最难做呀，稍微做多一点就剩下了，下顿还得热着吃。人要是老吃剩饭，连胃口都吃丢了。

有时候，实在不想吃东西，索性就钻到对门二平家的商店里。柜台里也有一些零食，五香瓜子、花生豆、水果糖、旺旺雪饼、亲亲虾条，还有一些她叫不上名字的袋装小食品。桂芬走进去，趴在柜台跟前犹豫半天，最后还是胡乱买上一袋，拿回家一边看电视，一边解闷。这样一来二去，二平妈就把桂芬盯住了。每次只要桂芬一走进去，二平妈就会眯缝着一双轻薄的丹凤眼，仔仔细细打量她，那目光好像在说，小媳妇又来了，今儿还想吃个啥。或者，干脆就开门见山地问她，说出的话也是带着股不咸不淡的关切，好像又是，有意要把那种猎奇的目光探伸到桂芬的内心里去，这还不够，像要变成一条条虫子，抓挠桂芬隐秘的心事。

一开始，桂芬倒也没有特别留心到这些，买卖公平，反正她又不是去白拿别人的东西，犯不着去看谁的脸色。只要心里觉得憋得慌，又没有吃饭的胃口，桂芬就会带上几块零钱，一扭一扭地走进小商店里去，身后留下一串闲散的脚步。

有一次，恰好碰上二平爹守店——他女人大概回里边吃饭或歇息了。桂芬进去，二平爹好像格外客气，主动赔着笑问她想要个啥。桂芬呢也不刻意抬眼去正视对方，只是说随便转转，眼睛却一直瞅着柜台里和货架上花花绿绿的货品。过上一阵儿，她会指着自己想买的某个东西说，就要那个吧。二平爹很快就把货品取来递给她，而且，也不忘将包装袋上的灰尘拿抹布擦一擦（这一点要比二平妈强得多，那个女人总是一副不冷不热的面孔，取了东西随便往柜台上一摞，好像旁人都欠着她家的）。

桂芬接过自己要买的东西，翻过来转过去看着，然后才漫不经心地打问一下价钱。二平爹说不贵不贵，一块半一包。又补充说，本来是一块五毛几的，那几分零镚儿就不要了，找起来也麻烦。桂芬听了就把攥在手里的钱放在柜台面上，心里倒觉得可笑，因为自己也没有嫌东西贵嘛。二平爹慢吞吞地找了零票交给她，顺口又说，想要个啥你随时过来啊！脸上还是笑眯眯的，但桂芬总觉得那张脸有种商人才有的奸猾的味道，又或许是二平爹的脸太瘦削、骨头太多的缘故，反正看了让人不舒服。所以，她一般也不再多说什么，微微点一下头，就拿起东西走了出去。

但是，走出老远了，都快走到自家门口了，还是觉得那张瘦巴巴的脸在冲自己笑着，投向她后背的目光也是那么瘦巴巴、精钻钻的两道，让人感觉浑身不爽。

还有一回，桂芬身上来那个了，家里又没有备用的，就急慌慌扔下碗筷跑进小商店里去买，东西都要到手里了，才发现站在柜台后面找零的居然是二平爹，她顿时窘得要命，脸都涨红了，好像周身的血液全都一股脑儿涌上头来，真恨不得找个地缝子钻进去才好。令她嫌厌和难堪的还不仅仅这些，那个瘦扁扁的男人竟然还是像每一次那样，慢条斯理地给她取货，煞有介事地替她擦抹卫生巾包装袋上的浮灰，然后依旧笑眯眯地把零票一一找给她，嘴里还是说着要个啥你就过来啊。等说完这句废话一样的话，他还是毫无缘由地笑着，像是要刻意讨好她，像是非得目送她回家去才肯罢休。

桂芬简直羞臊得无地自容了。她暗暗发了誓，以后只要撞见这个瘦男人在里面，她绝不进去买这类用品。

其实，桂芬最爱吃的食品是汾煌雪梅，又酸又甜，还带着一丝丝咸味。

每回没有胃口吃饭的时候，她就往嘴里塞一颗那种梅子，长时间在嘴里含着，任由酸酸甜甜的汁液慢悠悠地滑进胃里。这种感觉真的很好，很舒服，也很满足。梅子在嘴里吮着吮着，渐渐就没了滋味，倒是无端地勾起她对出门人的一通思念。思念是一种很奇怪的东西，总是在人最不经意的时候，在地里干活的时候没有，走在回家的路上也没有，反而在人静下心来品尝什么时忽然就有了，并且异常强烈，排山倒海之势地冲撞着人的神经。嘴里嚼着已经变淡了的梅子肉，漫不经心地把坚硬无味的核儿吐到手心里，然后不知所以地紧紧地攥着，眼睛却出神地望着窗外，一直望到街上，望到对过的小商店那边，泪水就会悄悄地漫溢出来。有一刻，泪水竟汹涌难遏，像是要把视线吞没，又像是非要怂恿她大哭一场。

桂芬轻轻揩掉眼泪，才猛然注意到，街上不知为什么事喧闹了起来。

她急忙跑出去看——跑不全是因为好奇心所致，而是想极力摆脱刚才那种孤独袭来时的无依和怅惘——原来是二平家的商店里新安装了一台电话，大家都堵在商店门前凑热闹见稀罕。村里以前没有电话，这可是破天荒的头号新闻。桂芬没有再往前挤的意思。于她来说，热闹有时是一种很可怕的情形，此刻便是这样。桂芬心里非但没有得到一丝宽慰，反倒更加失落和忧伤了，似乎是一村的人，男女老少，一个不落，却偏偏遗忘了她这个年轻女人的存在，她完全是个可有可无的局外人，而她心里始终惦挂着的也只有那么一个人。一个跟她仅仅在一起生活了不到一百天的男人。但那些日子似乎又不可以用数字或日月来衡量。那是一段绝对私密而又温情的记忆，是桂芬由一个黄花闺女一下一下变成人家的一个小媳妇的全部历史，说短暂它却漫长，长得足以让她一辈子都忘不了。有时候，女人的一生似乎只需要记住那么一点点东西，就够了。

那天因为电话开通了，二平爹还特意放了一串鞭炮，好像是五百响的，噼噼啪啪，等到最后一颗鞭炮蹿到半空中炸开，终于不响了，二平爹才冲围观的人群拱着手说话："往后谁家有个大事小情的，就来我这里打个电话，这家伙灵便得很哩，随便拨几个号，电话就能打到天南海北去。"二平爹说这话的时候，桂芬正好斜着身靠在自家门前，好像，二平爹这通豪言壮语是专门要等她出来才讲的。桂芬呆呆地凝视着小商店门头挂着的木头牌子，牌子上的油漆字已有些斑驳了，"日用百货"那几个歪斜的红字，像是随时会从木板上翘起来。这时，大家都跟着二平爹呼啦一下拥进小商店里，都想要亲眼见识一下刚装好的那台电话。

桂芬又在外面站了一会儿，直到小商店门口那一片黑压压的人头一颗也看不到了，才转身回家。她进屋便把袋里剩下的最后一颗梅子塞进嘴里，梅子外表仿佛裹着一层白霜，冷冰冰的，可入口便化了，静静地含着，酸溜溜的感觉一下子又把她攫住了。也许，酸更接近于思念一个人的滋味吧。

不久，桂芬女婿便托人带了点钱回家，顺便捎回一封信。信上说在外面一切都好，吃住也不成问题，就是工资老拖欠着，没能按时发，不过工头也保证过，到年底一分钱也不会少给的，让她放宽心。信上统共不到一百个字，写得歪歪扭扭的，还有几个用笔涂掉的黑团。桂芬反反复复看了几遍，看一遍似乎觉得还没完全看明白意思，就再细细读一遍，还是感觉女婿的话像是没有说尽，他应该对她再说点什么的，又翻过去看信的背面，上面除了几道折痕和几团早已洇散开来的油污，多一个字也没有的。这样看了好多遍，终于没看出什么名堂，只好把信重新叠好，款款地压在枕头下面。

有一天晚上，桂芬洗漱完毕，关了电灯，人都躺在被窝里了，突然听到一阵咣咣的敲门声。桂芬警醒地竖起耳朵听着，女婿不在家，夜里总叫人提心吊胆的。再听，果然是在敲自家的门呢。桂芬迟疑了一会儿，隐约还听到了喊声，好像是在叫她的名字。桂芬才不得不从床上爬起来，急急忙忙穿好衣裤，摸着黑出去。她瑟瑟地站在街门廊里冲外边问话，才知是二平爹。二平爹说："你女婿把电话打到我那里了，你快出来听一下吧。"这的确出人意料！桂芬愣了几秒钟，听见二平爹又催道："他桂芬妹子，是长途哩，你倒急忙点啊！"她才回过神，一边冲外面应声，一边吱吱地拉开门闩走出去。

电话正是女婿从外面打来的。桂芬喜出望外。当女婿的声音飘飘忽忽又很真切地从听筒传进她的耳朵里时，桂芬鼻子一酸，眼泪一下子就流了出来，仿佛并非耳朵先听到了声音，而是真真切切地闻到了女婿身上风尘仆仆的气味和浓稠的汗酸味，鼻子受到了强烈的刺激才这样的。反正，她只听见女婿问了她一声，桂芬你在家还好么，她就感到浑身震颤起来，手脚开始发麻，四肢摇晃，脑子里一片空白，像头次登台又缺乏经验的女演员，一点儿也不知道该说些什么好了。

二平爹一直站在柜台里边，好像在抽一根烟，可只要仔细一看，那目光却自始至终没有离开过桂芬的脸，好像电话是桂芬拨出去的，他得牢牢盯着并卡住时间，以便最后收费。电话机就摆放在柜台面上，桂芬听电话的时候，身子微微向里靠着柜台。她一直低着头，出门时没有来得及扎好的黑头发瀑布般披散下来，半遮着她白净而又年轻的脸；罩衣的扣子也在忙中系错了位，两片前襟很突兀地抽扯着，胸口垂露出两只半圆形白嫩的软肉球儿。桂芬的脸比一般的女人要白很多，而且，也不光是白，皮肤也圆润细腻，睡觉前又刚好洗过，搽了护肤霜，连脖颈都透着股香粉味儿。此时，她身上的这种芳香就悄然在小商店里弥漫。这种女人的香气，很快又同小店里的货品散发出的味道融合起来，间或也有二平爹抽过的烟味，所有一切都是含含糊糊，难分泾渭，好像又是护肤霜的气味略占上风。

这时，二平爹已经熄了手里的烟头，他仿佛无所事事地沉浸在这种复杂的气息当中。就在桂芬想用手抹抹眼泪的时候，他恰好将一片卫生纸递给了她，好像不是专门替她准备的，而正好自己要用时发现对方比自己还需要它。她当时一怔，茫然地抬起头看了对方一眼。这一看，才发觉二平爹肯定一直在端详着她呢，同样是她早就很熟悉的那种笑，赖了吧唧地堆在那张瘦骨嶙峋的脸上，看上去真是有些古怪。她立刻为自己先前的失态感到害羞，同时，又有点不自在。但她不能马上表现出来，至少现在不行，因为若不是二平爹肯跑去喊她，女婿的电话必然是接不到了，从这个角度说，她应该感激他才对。所以，她只一怔，便伸手接过他递来的卫生纸，沾了沾自己的眼角，卫生纸就变得湿软了。

事实上桂芬有一肚子话要对女婿说呢，可是，她除了无谓地冲话筒哼啊了几声外，什么话也没有说出口。这种时候，她又是多么记恨面前站着的人，一个男人，一个脸上总笑眯眯的男人，一个深更半夜叫她来听电话的人。这种莫名其妙的恨意，甚至一下子就蔓延到她对电话这种东西上了。实际这也是她有生以来第一次接听电话，毫无准备，心慌意乱，真的又激动又害怕。最要命的还有，面前这个男人正一刻不停地监视着她。桂芬心里这么胡乱想着，以至于女婿跟她说了些什么或她自己说了些啥，都没记太清楚。

从这以后，女婿每隔上一个月半个月就会把电话打到二平家的商店里，而且，多数都是在晚上。桂芬听女婿说晚上打长途比较便宜，再说，晚上大家都闲下来了，人一旦不干活，闲着，才有心情想些别的事。还有一点，白天一般都是二平妈守店，即便把电话打过来，这个女人也不会帮忙叫人的，她的腿脚不允许她那么做。刚开始，打来的电话都不收费，可时间长了，电话次数多了，二平爹大概不想再做老好人了。每叫村里人接听一次电话，都要收个块儿八毛的，理由是电话也要给人家交月租费的，这笔钱不能只让他一家担着。当然，二平爹说出的话还是很委婉的，收钱时他同样也要皱一皱眉头，脸上还是那种绷得紧巴巴的笑，让人觉得不给点钱，那是说不过去的。

桂芬大概只接过两次免费电话，后来再去，就把事先准备好的几张毛票捏在手里。不过这种时候，桂芬倒是心安理得多了，接电话也不再那么拘谨。相反，她会把电话尽量扯到靠墙角的一个地方，背对着柜台，旁若无人地听着，说着，偶尔也会咯咯地笑上几声，声音透着柔柔的温顺和甜蜜。女婿经常会在电话里嘴无遮拦地问桂芬想不想他，她呢怪不好意思的，就顺口说不想，想有啥用。女婿就假装生她的气说她没良心，还说他想她想得连觉也睡不香。她听在耳里，热上心头，脸蛋子都发红发烫了。后来有一回桂芬去接电话，旁边好像没有大人，只有二平一个小孩子家趴在柜台边忙着赶作业，桂芬才大起胆子压低声调，冲女婿说人家也想嘛，你快点回家来吧。

这当中女婿还真的回来过一趟。他是连夜赶回来的，之前还给桂芬打了个电话，说他在那边正好有个顺路车。桂芬简直有点欣喜若狂了。从接完电话，到女婿真实鲜活地站在她面前一把将她揽住、抱到床上，桂芬整个人仿佛都飘荡在亦真亦幻的梦境中。女婿黑了，也瘦了，手掌心糙得像锉，把她的脸蛋和身子拉得一阵阵发痛。她全不在乎，除了心疼之外，她多么希望这双手能夜夜这样搂着她抱着她不停地抚摩她啊！

女婿只在家里待了两晚，第三天一大早又匆匆上路了。桂芬从温柔的梦乡里醒来，女婿已经不见了踪影，留给她的是渐渐在屋里淡开来的酸酸的汗水气息。以至于许多天过去了，桂芬都生活在某种幻觉当中。

桂芬有喜了。

这个"喜"开始在身体里横冲直撞的时候，桂芬才彻底从浑浑噩噩的梦里苏醒过来。女人肚子有了"喜"，对食物的挑剔也就达到了前所未有的刁钻程度，并且理直气壮。热的、凉的、腥气的、油腻的、味道重的，这些全都成了大问题，稍微吃不好，就呕。有时即便什么都不吃，也要干呕一阵子，好像是，肚里那个小东西每天都迫不及待地想钻出来。

很多人都见识了桂芬的吐相，在路上走得好好的，突然就遏止不住想吐，又吐不出什么名堂来，只是哇哇地泛酸水，脸面憋得赤红，腰背佝得像虾。可是，即使这样，桂芬还是执着地去二平家的商店买汾煌雪梅吃。把梅子咬含在嘴巴里，如同吃了定心丸，心里顿时踏实多了，竟然不再那么翻江倒海了，倒像是里面的那个小东西喜欢这酸唧溜的滋味，一旦得到了滋润，就服帖多了。

"酸儿辣女！"那天桂芬再去小商店买袋装雪梅，二平妈突然这样对她说，"一准是个男娃，我老早就猜到了！"

桂芬看了看坐在柜台里面的女人，对方轻薄的目光正低低地穿过玻璃柜台，然后直戳戳扫在她的腹上，好像这样看，一切都是清清楚楚明明白白的。桂芬实在不习惯这种过于直截了当的目光，觉着有些刺人，有些不怀好意。桂芬不置可否，拿了雪梅付完钱，便要转身离去。

"怕是你女婿还不知道吧，该给他挂个电话！"柜台后面的女人并没有在意桂芬已转过身，而是继续大声说着，又好像说给别的什么人听的，"他知道了保准乐得睡不着觉！"桂芬犹疑地止住脚步，不过，仅几秒，她便扭头冲柜台里的女人说："他应该知道的。"事实上，女婿自从上次回家探亲后，一直再没给她来过电话，好多个夜晚，她都不敢急着睡下，而是和衣靠床头坐着，电视也不开，竖起耳朵听外面的动静，生怕二平家来喊她接电话时她恰好睡着了。再后来，她发觉自己有了"喜"，就把等电话的事抛在脑后了，一门心思想象着肚子里的小人儿会是个啥模样，是男的，还是女的，会更像谁一些呢。

二平妈的话似乎提醒了桂芬，是呀，怎么说也应该将这个喜讯告诉女婿才对。可是，桂芬没有女婿那边的电话号码，以前都是他把电话打过来，她只是偶尔去接听一下。这种时候她才发现自己有多么愚蠢。桂芬没有办法，只能干等着，每天晚上照样不敢睡得太早。

　　女婿的电话并没有如期等来。一天深夜，桂芬的眼皮刚刚合上，就听见一阵很吵的声音从街上窜进院来，摔摔打打，丁零咚隆，连嚷带叫，好像还有孩子也突然大声哭起来，女人依旧不停嘴地漫骂。桂芬的觉就没法睡了。待仔细一听，知道那些声音都是从二平家出来的，二平妈骂人的声音简直就像一把锋利的剪刀，咔嚓咔嚓在夜色中叫嚣，像是要把谁的耳朵剪下来才肯罢休。

　　桂芬这些日子本来就感到烦闷，此刻听到那个女人的骂声，耳朵里就像钻进了一群马蜂，嗡嗡作响，蛰个不停，越发得郁闷不堪了。可那是别人家的事，桂芬管不着的。房子里的空气有些燥热，桂芬实在躺着难受，索性起来随便披了件衣服下地，到门外去。院子是空落落的黑，一切都在夜色里寂无声响又异常叵测。桂芬烦躁地在院里走来走去，两只手轻轻地在腹部那里轮番画着圆圈，手心好像是在摸自己孩子嫩嫩的小脸蛋。这时，她又听见那个女人愤怒的骂声，奇怪的是，那声音里好像夹杂着桂芬的名字，而且，那女人在提到桂芬这两个字的时候，几乎是咬牙切齿的，仿佛她们之间有着不可调和的深仇大恨。

桂芬不由诧异起来，无论如何，这都让她感到忐忑不安，自己的名字怎么会从那个瘸腿女人的嘴里冒出来，她俩往日无冤近日无仇的，怎么会那样的不堪入耳？！桂芬几步就走到街门廊里，把耳朵贴到门缝上，细听，想听得更确凿一些，可努力了半天，人家好像又不骂了，似乎发现了她在暗中偷窥，反正那边已经偃旗息鼓了。桂芬又在门廊里站了一会儿，终究没再听到什么。透过门缝隙，她注意到小商店的灯倏忽熄灭了，夜色又重新恢复了原先的那份阒寂。

后来，桂芬迷迷糊糊睡着了，竟做了个梦。桂芬听见二平家的电话再度响起来，叮叮叮，叫了老半天，也没人来喊她去听电话。桂芬实在忍不住了，她能感觉到电话那头女婿焦急万分的样子，就不顾一切地冲到外面，一头闯进小商店里，她要把自己有喜的事告诉给他。这时她才发现，柜台跟前早已经站着一个男人了，脸朝里，看不清什么模样，手里紧紧抓着话筒，可奇怪的是，那人并不冲话筒讲什么，只是将它压在耳朵上，电话却始终恼人地叫着。

桂芬心急如焚，顾不得多想，上前便要抢男人手里的东西。那个男人缓缓地转过身来，桂芬一下子怔住了，站在眼前的竟然是自己的女婿！他好像刚刚从水沟里爬出来，浑身湿漉漉的，手脚都在不停地往下滴水，脚下的砖墁地也湿了一片。桂芬简直给吓呆了，内心疑惑不解。她想人都到自家门口了，他怎么不回家，一个人待在这里？又过了一会儿，她才意识到不管怎么样，该叫女婿回家才对。可是，她刚刚伸出手拉住女婿的一只胳膊，他整个人却突然开始毫无理由地缩小，越来越小，速度极快，最后小得像一只蚂蚁那么大。正在她惊愕之际，却又发现那只爬在电话上面的小蚂蚁，正顺着话筒上的一只小孔往里钻，电话铃声也随之中断了。她张开嘴失声大叫起来。就在这关键时刻，二平爹却很神秘地出现在她眼前，二平爹脸上青一片紫一片的，但他还是笑眯眯的，那笑容简直都让人有点儿毛骨悚然了。桂芬听见二平爹颠三倒四像在自言自语，不是不叫你，她不让我去，我正要去，她把我挡住了，她骂我，还用指甲抓我的脸，你看看，桂芬你千万别怪我……

第二天晌午，桂芬从地里干活回来，在村口遇见一群刚放学的孩子，她一眼就认出了二平也在里面。二平的个头要比其他孩子稍高一些，跟他爹一般又黑又瘦，眼睛倒是像了他妈，都是那种很轻薄的单眼皮，眼角有点吊，看人的时候眼珠子往一边斜。孩子们正在路上追逐着玩耍，桂芬走过去时，二平突然就停下不闹了，他用眼睛死死地盯着桂芬，就跟一条随时会扑上来咬人的小狗一样，目光多少有些凶顽。

桂芬也没有多想，她紧走两步，想超过他们。可是，就在她刚从孩子堆里穿过身的一刹那，二平突然带头大声叫起来：桂芬桂芬我想你，夜夜都睡不着觉！紧接着，所有孩子都哄笑起来，然后，他们几乎是兴高采烈地伙同二平一起高声嚷嚷起来，除了刚才二平喊过的那些，甚至还有更难听的话。比方说，桂芬我就想和你睡觉。这种突兀的、阴阳怪气的声音，来得猝不及防，桂芬一点心理准备都没有。最让她感到惶恐不安的，是从二平他们嘴里喊出来的话，多半好像都是女婿和她曾在电话里讲过的，孩子们怎么能知道呢？真是太不可思议了！而且，这些该死的声音，一直紧紧地追随着她，她走到哪儿他们就闹哄哄地跟到哪儿吵到哪儿。恰好又赶上晌午收工回家，大伙都听到了，一个个嬉皮笑脸地站在街边或家门口，咧着嘴角看桂芬笑话。

桂芬实在不知道该怎么办好了。那些孩子忒调皮了，犹如一群野狗，疯狂地撵咬个不止。她只能低下头，一路仓皇地往自家逃奔。耳朵里充斥着稀奇古怪的声音，街巷里一片嘈杂，她觉得脑袋都要炸开了，人一下子就被逼到了绝路上。眼看就跑到家门口了，桂芬才慌乱地扭头向身后看了一眼，这一看不打紧，她整个人猛地撞到路边的一棵榆树上，然后像一只浑圆的肉球，身子一蜷便反弹出去，她几乎是骨碌着翻滚到路的另一边去的。路那边躺着一块拴牛用的石青，她滚过去时后脑勺便在上面狠狠磕了一下。

二平他们紧接着就追上来了。一群孩子把桂芬猴子样圈围在当中看稀罕，没人来帮忙拽一把，桂芬半天也没有从地上爬起来。这时，有个孩子指着地上一摊泛黑的东西说："快看快看……好像把哪里摔烂了！"二平始终在喘气，胸脯上的条条肋骨往外一鼓一鼓的，像是有只凶恶的小兽随时要从里面冲出来伤人。二平眼睛一眨也不眨地盯着地上，又像在发呆。过了一会儿，二平说："绊死活该，谁叫她跑那么快！我妈说她想男人快想疯了。"说话的时候，二平的肚子咕噜咕噜叫了几声，他转过头对伙伴们说："没啥好看的，咱们回家吃饭吧，我的肚子都快饿扁了。"

于是，孩子们便稀稀拉拉地散开，各自回家去了。晌午的毒日头明光光地挂在桂芬和身旁的那块青石之上，石头被烤得白花花的一片，上面有一朵绽开的红。

还是娘家来人硬把桂芬接走的。桂芬歇缓了大半个月，实在住不住了，才又让人送回来。娘家妈把小月这种事看得天大，再三叮咛嘱咐，不能吃凉东西，不能摸冷水，不能干重活，走路一定要当心。桂芬只说了句我又不是三岁娃娃，再啥话也没说。

日子还是原来的样子，不过桂芬倒是不怎么爱吃零食了，连以前最喜欢的那种雪梅也不想吃。天气由炎热变得凉爽了，桂芬身上的衣服还是穿得很薄，总觉得透不过气，心里躁得难受。夜里照样睡得晚，电视机开着，有时候人都迷糊着了，电视里还吵吵闹闹地乱闪。

有一天已很晚了，二平爹突然来家里，他没有敲院门，是怎么进来的，桂芬一点儿也不清楚。反正，二平爹来的时候，人已经站在她屋门前了。二平爹压低了嗓门跟屋子里的桂芬说话。二平爹讪讪地说："你女婿来过电话，也不止一次……可都没让你接成……"下面的话不用二平爹说，桂芬心里便明明白白的。二平爹又说他要下了桂芬女婿的电话号码，这个桂芬真是万万没有想到。

桂芬忘了自己是怎么跟在二平爹身后走出自家院子的。有些战战兢兢，有些蹑手蹑脚，又有些蠢蠢欲动。他们俩一前一后钻进了小商店里，就像一对蓄谋已久的盗贼。二平爹没有开灯，他用打火机照亮了柜台上面的电话，桂芬这时才注意到电话是红颜色的，被火光照着很喜庆的样子。她还发现，二平爹的衣服裤子上面全是土灰，厚厚一层，跟个调皮的孩子一样。二平爹拨号码的时候，手指在她眼前一抖一缩，好像他是在拆除一颗危险的定时炸弹，桂芬的心也跟随着那根手指不可名状地颤动起来。号码拨出的同时，打火机倏忽间熄灭了，桂芬不由得在黑暗中打了个激灵。然后，电话好像通了，二平爹急忙把话筒递到桂芬手上，并低声叮嘱她尽量长话短说。她接过话筒什么话也没说呢，就先默默地抽泣起来。但她很快就听到了电话里极不耐烦的男人声音，她不清楚那个人是谁，只知道他不是自己的女婿。她刚说了声喂，那边就愤怒地挂断了，嘟嘟的忙音始终在耳边乱叫。

二平爹后来不得不再次用火机照亮了电话，同样又颤巍巍地拨了一遍号码，通了后，他先冲话筒说出了要找的桂芬女婿的名字，但对方几乎不假思索地告诉他要找的人早就不干了，并警告二平爹别再往这里打了。二平爹愣了一会儿，然后慢慢地放下话筒，他似乎还是笑着的，那僵硬的笑容就像桂芬以前每次看到的一样，皱巴巴的，有些难为情。桂芬听见二平爹嗫嚅着："妹子你放宽心，迟早还会打过来的，到时候我一定帮你记下号。"桂芬脸上已没有任何表情，她没有说话，只是控制着不让自己的眼泪流下来。

这时，商店通向院里的那扇小门突然被撞开了，一团黑物也随即艰难地跌爬进来。二平爹和桂芬大惊失色，他们都来不及做出丝毫反应，一只类似于玻璃瓶样的东西朝这边猛甩过来，还好，砰的一声，碎在脚下了，两人吓得差点跳起来。接着，便是一个女人母狼般的号啕声在夜色中回旋："丢你家仙人哩，半夜三更不睡觉，花着老娘的电话钱，讨好这不要脸的狐狸精呢！"

桂芬似乎越发将日子过得混沌不清了。在菜地里除草时，一锄头下去把好端端的几棵秧子连根斩断了，自己浑然不觉；搭在绳子上的布衫一晾就是半个月，晒得发了白也不记得往回收；有时候出门，头发乱蓬蓬的草样，也不梳一下；在路上遇见个很熟的人，都不怎么搭句话。

知道的说桂芬肚里孩子没了，心里委屈得慌，难免的；不知道的便信口开河，说桂芬贪恋男人，说桂芬不守妇道，反正，说啥话的都有。这些闲话，多半又是从二平家的小商店里传进传出的。偶尔，村里一伙人搭乘二平爹的便车，一路上谝得最多的，还是桂芬的事情。

夜里，就经常有不三不四的男人鬼祟地拍打桂芬家的门，有人甚至翻墙进去，趴在窗台上学狗乱汪汪，学猫喵喵叫，吓得桂芬睡觉都和着衣服，起夜时手里死死攥着一把剪刀。后来有天晚上，女婿猛不丁跑回来，她差点失手用剪刀划伤了他。

桂芬要开灯，要好好看看他的样子，被女婿一把挡住了；桂芬转身又要去灶房，她想弄点好吃的，他却根本不让，反手就将她按在床沿上。桂芬的脑袋被这突兀的举动摔得一阵发晕。女婿目光灼灼，嘴巴大张着喘着熏人的酒气，像是要把她一口吞下去似的。她就温柔地闭上眼睛，躺着不再动了，等待梦境里那些反反复复出现的画面变得真实起来。

可是，老半天女婿也没有亲她，没有像上次那样紧紧抱住她。桂芬的心莫名地悬起来，又沉下去，但她还是不想立刻睁开眼睛，怕这一切只是一场梦，她试探着伸过手轻轻地抓住女婿的手，他的手还是那么粗粗拉拉的，有点僵硬，冰凉，这些她都不在乎，而是固执地将它们紧紧握住，然后拉过来摁在自己的腹上，就好像那里还是鼓凸着的，她要让他来感受里面曾有过的那种躁动和温暖。

女婿的手似乎是被动地在她的腹上微微摩挲了一下，但很快，那双手就跟触了电般猛抽出来。但几乎是同时，桂芬觉得什么东西突然掴在她的脸上，简直重得发狠，她还没有反应过来，紧接着又是一下，好像是，更猛烈更蛮野地捣在她的一只眼窝上，那些梦里的画面彻底破碎了，变成一片诡谲纷繁的星光，乱闪着。

桂芬整个人呆愣了半晌，等她强忍着睁开眼，终于感觉到那疼是钻心钻肺的，她才捂着痛处呜咽起来。女婿在黑暗中变成了魔头，他的模样对桂芬来说已经陌生到令人恐怖的程度。她哭的时候他又一把薅住她的一缕头发，恶声恶气冲她吼："哭！你还有脸哭！看老子不撕烂你这卖货！"这话一出口，桂芬彻底傻了，整个人从头一直凉到脚。她木讷地站着，一动不动，任凭女婿冲她又吼又叫的。

也不知什么时候，屋里又剩下桂芬一个人了。除了疼痛还一刻不停地洗劫着她，刚才所发生的一切简直就像幻觉。桂芬把嘴角和鼻孔上的血胡乱抹了抹，血的味道一下子就散开了，她捂着嘴干呕了两声，眼泪又慢慢溢出来。夜色陡然间就变浓了，浓得黏人的眼皮。直到天亮了，她才起来。也不是她自己醒的，是街上的喧闹声硬把她吵醒的。外面的确太吵了，从来没有这么闹了，好像是一村子的人都聚集到小商店那里叽叽喳喳的。

说心里话，桂芬并不想这么早开门出去，她想就这样在家里好好待上两天。可是，一想到女婿一夜没有回来睡，心里多多少少还是有点放不下的，他下手确实够狠的，骂的话也太伤人了，可不管咋说究竟是小两口啊，即便有仇也不隔夜的。她想，说不准女婿脾气过了，一会儿自己又回来了，她该去准备点吃的才对，他在外面苦没少受啊。桂芬进了灶房才意识到盐快没了，酱油和醋瓶子也见底了，她确实很长时间没好好做过饭了，都是瞎对付的。

这样想着，桂芬才随便收拾了一下，开门上街。她刚把门打开，一只脚还没迈出门槛，几乎是，围在街上的村民都不约而同地将目光转向了她，一双双眼睛很奇怪地盯着她，看不够似的，好像他们全都清楚昨夜里桂芬家发生的那点儿事。

桂芬的脚犹疑着，她略微低了低头，还是走出了家门。这一出去，桂芬才感觉到，街上的气氛不太正常。她一眼就看见了两三名穿着制服的干警在人群中晃动，他们好像把守在二平家商店的门口，一村人都水泄不通地围在那里，脖子抻得鸭颈样长，但谁也不敢再往前挤，干警们的表情一律是板着的，有点怵人。桂芬捏在手里的酱油、醋瓶子突然像是被装满了，手臂无缘无故地往下一坠。她又往跟前凑了凑，就听见旁边的几个人七嘴八舌吵吵着："惨呀，忒惨了！好端端一家子人，连娃娃也给砍了，狗日的真是心狠手辣！"

　　不知怎的，桂芬全身哆嗦了一下，几乎是扭头就往家里跑，她的两只手死死地抓着空瓶子，进了家门她直奔灶房。这种时候，别人倒是没再注意她。干警们正好将一具尸体从商店里面抬出来，人们一阵唏嘘，目光全部集中到那团血肉模糊的东西上，因为大家谁都不愿意相信，这就是昨天还开着三轮车一溜烟儿从外面进货回来的店主。个别搭车的人甚至回想起，二平爹在路上嘻嘻哈哈地讲过两个黄段子，当时他们都笑得流出了眼泪。

世道

如今想起来，我父亲真正成为一个农民或许是从一头驴开始的，而且是从一头口碑很不好的驴开始的。这也许跟别人不太一样，不管一样不一样，我父亲都是这样毫无准备地开始了他的农民生涯。

这是一种比较客气的说法。生产队宣告土崩瓦解的当天，有人公开冲我父亲发出极不友善的嘲笑声。这些声音像一通锣鼓在我和父亲的耳畔久久回荡。于是，我父亲就跟大戏里面的白鼻子小丑一样闪亮登场了。他们一路叫嚣着，一声比一声响亮。还不赶紧帮你爹往回牵驴去！然后，那些人母猪放屁似的对着我傻笑。

我看见牵着驴在前面行走的父亲，看见那驴极不乐意地和父亲并列而行，它的四只蹄子作交叉状地在路面上匀速运动，像划旱船似的。只是父亲的手脚过于僵硬和笨拙，他拽缰绳的手总是一扯一扯的，生怕驴会变成鸟飞走了似的。

不知道他们的笑声为什么突然变得那么不堪入耳，只记得当时正值后半晌，地上的光没有一点内容，只是庞然的苍白一片。

我还记得他们嬉笑地嚷，那是头叫驴，光知道呻唤——不下力气！

我还记得父亲牵驴走路的姿势，很像一个粗笨的男人头一回抱着婴孩。

我也许还记得父亲说，嘚！驾！的确，父亲是说出来的，不是像人家牲口把式那样威风凛凛吆喝着。他们说我父亲那不叫赶牲口，他是在跟驴扯摩呢！我的肚子里直放鞭炮。

父亲却没丝毫表示，聋子一般，只顾耷拉着脑袋牵了驴歪七扭八地一路走来。

想一想，情况该有多么严重啊！我得声明：我家祖宗三代贫下中农，到父亲这代才喝过几滴墨水，能算上半个秀才，勉强给生产队当会计兼出纳。说到底，就这么点事。不过，据说我祖父张广源年轻时倒是跑去新疆淘过金子，手里是有些积蓄的，后来偏又染上了大烟瘾，到划成分的时候，祖父已经沦落为地地道道的贫农。为此，张广源倒也沾沾自喜过一阵。但父亲说张广源连一件有尻门眼子的事都没有做过，就连他念书所用的极少极少一部分钱，还是祖母省吃俭用东挪西凑起来的。我父亲曾用一句最让人感到恐怖的话奚落祖父，他说那些钱留着你将来买棺材吧。

念书唯一的好处是，父亲不用像其他社员那样没日没夜劳作，他只需要拿着算盘架着笔杆跟在队长的屁股后面，手脚麻利一些就行。当然，这也引发了另一个致命的后果，我家就靠父亲写写算算挣工分，再没有多余的劳动力。我估摸着广大的社员同志大概是看不惯这一点，他们肯定觉得父亲的工分挣得也忒容易了。更要命的是，他们所有人的工分都得由我父亲记录折合，那些被队里扣了分的人，年终分不到足够吃的粮食，自然就把这笔账记在我父亲的头上。这实在有点屈。

据说，队里专门开会研究过，分马分骡子都挨个考虑了，最后还是决定把那头没人愿意要的乏驴分给我父亲。用他们的话说，张会计这些年没赶过骡子，也没赶过马，干脆就给个驴先让学着使去！

事情就这么定了。我父亲唯一的一点先生的优越感荡然无存了，谁也不再把他当回事了，难道人家自个儿种粮填肚子，还不会算那一亩二分地的小账吗？于是，他们在我父亲面前立即表现出难得一吐的快感。他们说张会计，这真是三十年河东三十年河西呀！

这件事情对我最直接的影响是，连那群碎籽郎仔也开始不把我当回事了。他们以往可没少巴结过我，现在突然有种树倒猢狲散的架势。他们除了无缘无故拿些气人的风凉话惹我之外，还无处不在地小觑我所参加的各种劳动，他们阴阳怪气地说，你怎么能下地干活呢？你可是张会计的娃子呀！

听听，他们还故意将"张会计"三个字拖了一膀子长，气人不气人。不过，气也没有用，谁让我偏偏是张会计的娃子呢？我的心里怎么也不是个味！

不如驴重要

驴一牵回家，父亲就得着手给驴搭棚子。给驴搭棚子那天，父亲猴子一样蹲在高高的墙头上。在我记忆当中，父亲很少做这样危险的事情，他是个体面的男人，他总习惯穿一身漂洗得发白并且袖子和膝盖时常撬着厚厚的方块补丁的灰的卡制服。给我的印象如同课文里学过的那位万盛米行的账房先生，当然我只是说他比较斯文或虚弱，事实上父亲根本没有什么架子，我也从未见他对社员们吆五喝六或吹胡子瞪眼睛的，他只知道谨慎和秉公办事。

我得给他当小工。别看父亲吆喝牲口不怎么样，却把我使得团团转，好像我远不如一头驴重要，或者说，我比一头牲口更容易被人使唤。我用孱弱的肩膀把那些秫秸秆一捆一捆地扛回家，然后用很夸张的动作将它们递给站在墙头上的父亲。那一整天我都在重复这样无聊透顶的劳动。驴就拴在院子里的一棵树下歇凉，院里兀自出现这样一只怪物，让人觉得浑身都不舒服。驴躺着你站着，驴歇着你干着，越看越不顺眼。尤其，当我发现自己被使得像头毛驴似的，一趟又一趟往回扛那些秫秸秆，而且，我的劳动仅仅是为一头驴而效劳，心理就不太平衡了。

我趁父亲不注意时，狠狠地朝驴的身上踹了两脚，哪知驴根本不理睬我，还拿叽里咕噜的驴眼斜我，仿佛我是一只讨厌的牛虻或苍蝇。我非但不解恨，无名火一股一股往上蹿。驴的眼眶里竟然全不把人当回事。

整个劳动的过程当中，我的祖父张广源始终端坐在门槛上，他的样子很像一件古老的摆设。他仰脸观望着站在墙头上的父亲，有几次我发觉他的目光中有股轻视别人的味道。说实话，我一点儿也不喜欢张广源的这种散漫的眼神。他试图张开嘴对父亲说些什么，但最终还是选择了闭口缄默，那些没吐出来的字就紧紧地咬在他黪黑的齿缝间。

事实上，张广源现在不可能再抽大烟了，他只是有事没事地吃那种叫"去痛片"的东西。那些白色圆药片随身放在一只装雪花膏的铁盒里，我在一天当中至少见他吃三到五回。每次用他那双皴杩的老手掰上那么四分之一小块，然后哆哆嗦嗦地送进干瘪的嘴里，水果糖一样静静地含化。

他们说去痛片里有大烟。我不知道。其实，我估计张广源哪都不疼，他就是喜欢吃，跟娃娃喜欢吃糖果一个道理。我父亲绝对鄙视张广源的这种行为，那些雪白的药片在父亲的眼中总浮隐着某种遥远的记忆，它让父亲偶尔发出一声叹息，冗长而又沉闷。我曾听过父亲和张广源的一次争吵，其实更准确地讲，那完全是父亲对张广源的不满和怨恨，吃！吃！就知道吃！要不是你挥霍，我们的日子远比现在好过得多。对于父亲的这番老生常谈，我总感到有些莫名其妙。我的祖父张广源在我的眼里只是显得孤寂而又苍老，而父亲似乎始终在指责他记恨他，好像他曾犯下了天大的过错令他耿耿于怀。

张广源对牲口似乎很内行的样子，他根本看不上父亲那两下子。父亲牵驴的时候，他总爱撇着个嘴，一副不屑一顾的神情。其实，张广源的腹内的确有货，他年轻那阵子只身闯过边疆，再烈的马匹他也能驾轻就熟。想一想都让人羡慕，催马扬鞭，驰骋于戈壁与荒漠之间，天地大了去，那种一日千里的骑士感觉不是每个人都能体会到的。

父亲并不让张广源插手任何事情。记忆中他对祖父的成见深不见底，他经常会用一件我并不完全知晓真相的事件堵住祖父的嘴。比如，父亲最爱说，你若是能行也不会拿月季红的钞票糊墙围子糊顶棚了。这已然是过去时，那阵儿还没我呢。张广源是个非常吝啬的人，很有些守财奴葛朗台的嘴脸，把大量的钱票放在房梁炕洞里或别的什么可以窝藏的地方，到头来，那些钱一夜之间全部变成废纸，他一气之下就用它们糊了顶棚和墙围子。所以，父亲总爱拿这件致命的事件戏谑他，每每此刻，张广源骄傲的神情便一落千丈，甚至涨得满面赤红，很长时间都不再多说一句话，或抬起一下头来。

驴棚子总算初具规模。父亲把驴圈进去。驴隔着栅栏拿驴眼窥望这一陌生的农家院子。驴的眼神怪怪的，带着那么一丝胆怯和孤单，同时也有一点不羁。父亲把双手背在身后，他的手总是习惯性地背在后面。他们说父亲的样子像个大干部，不当干部对他来说也许是个损失。

父亲隔着栅栏静静地看着驴。驴在生产队看惯了大群的牲口和那个老饲养员，突然间来到这里换了新主人，肯定不太适应。父亲想跟驴交流交流，就把手从栅栏的空当中伸进去，手刚落在驴背上，驴就不满地往里面挪步，头昂得高高的，一对驴耳朵不停扑棱着，生怕那双手会暗算它似的。

驴有了住处，可家里连一捆多余的稻草都没有。每到傍晚，驴就开始无休止地用蹄子刨栅门，扑通扑通地响，像是要把棚子拆翻似的。父亲才恍然大悟，他竟把最当紧的事情给抛在脑后了。

张广源

我和父亲从外面空着手回来。

我们拉着平板车想去打麦场弄些干草回来喂驴，可场上的柴草垛早就被大伙儿打劫一空，偌大一片麦场空空如也，那些原先堆放在场上不值钱的东西竟然成了抢手货。实际上，这个现象早在他们决定分牲口之前就已经开始了，家家户户都抢着往回拉。看来，我家的驴只能喝西北风，我们下手太迟了，这得怪父亲。别人牲口没拉回家就先赶到场上抢柴草，可父亲却闷在家里搭建驴棚子。父亲的面情太软，让他厚着面皮向旁人张嘴借点东西比杀了他难。

现在正是青黄不接的时候，地里光秃秃的什么也没有。

父亲背着手从外面绕回来。背手走路是他在生产队里养成的习惯，在我的感觉里，如果不背手他恐怕连路也不会走。我猜张广源就顶看不惯父亲这一套，他一面有滋有味地化食那种白色药片，一面夹刀带枪地奚落，眼下不比从前了，还把个手背在尻子后头给谁看呢！

父亲听得不舒服，赌气地甩开门帘子钻进屋，说，家里的事情用不着你来操心。事实上，我觉得他的心情是相当复杂的，他大概没有认真考虑过现实问题，他弄不明白好好的生产队为什么一转眼成了这副模样。我分明感觉到父亲在这天——他把那头驴拉进家门的一刻——忽然有些恍惚起来，好像跟做了一场梦似的，梦醒了，父亲的眼前多出一头活生生的驴来，要吃，要喝，要屙，要睡觉。于是，他牵着驴往回走，一路走一路思量着，很多人都在看他的笑话。父亲俨然连路也不会走了。

我发现父亲本来还想拿些老生常谈噎一下张广源的，但他最终没有那么做，他嘴角的肌肉微微地抽搐了几下，又悄然地恢复了平静，静得宛如一个羞涩的姑娘。他只是落荒般地逃进里屋，然后直挺挺地靠在被垛上叹气。

而我的祖父张广源，在这个秋末的黄昏默默地吃下了一整片去痛药，他很少一次吃掉这样一整片药的。我听见他的嘴里发出咯嘣咯嘣的慷慨声响，那种白色药片被祖父咀嚼出一种别样滋味来。在我看来，祖父对于药片的依赖是那样的强烈，我曾亲自品尝过那种药，我忍着巨大的苦涩将它咬碎然后咽下喉咙，那药实在是奇苦无比。我问过他，他却说一点也不苦，世上最苦的东西不是药，是命。我不解。祖父又自言自语道，后悔才是世上最苦的东西呢。

农民出身的张广源，并没有做过多少农活。我经常看见他坐在队部院子的南墙根下，或闭目休憩，或跟那些晒太阳的老头及不懂事的碎籽郎仔不休止地讲述他的传奇经历，那段和金箔一样闪亮的耀眼故事已经在我们这里广泛流传。我时常能从祖父的淘金生涯中感受到他曾经的激越与辉煌，那是一段远离农村现实生活的憧憬与梦想，它总在饥荒与无奈之中忽然照亮我们家族过去的一页，让我在简陋而贫瘠的童年时代维持着某种不真实的虚幻和荣耀。

张广源年轻时曾数次远涉新疆，在那个叫作阿力麻里的美丽地方，他试图实现他的梦想。后来他骑着马穿越广袤的沙漠和险恶的戈壁滩，他寻找着世上最夺目耀眼的东西——金子。一次意外，张广源与和他一起淘金的人走散了。他沿着伊犁河一路狂奔，后来他在那个"天马"的故乡停住了脚步。

我的祖父人困马乏地流落于水草丰饶的伊犁河岸，在这个天然的高山牧场，他做梦也不会想到会迎来一生最难忘怀的时刻。当他睁开双眼的时候，他被弥漫于毡房中的青草与奶茶的气息所感染，他摸了摸自己的身体，那些沉甸甸的东西依旧深藏在里面。他走出毡房，看见自己的马正拴在一截木桩上啃食着一筐青草，而在草场的尽头，天山正像一条脊背覆盖着清雪的苍龙腾空而起，那种叠岭重山蜿蜒起伏的伟岸气势令他浑身战栗不已。这时，他看见一匹枣红色的儿马跃入他的眼帘，那马奔跑得轻盈而又闲逸，仿佛是从茫茫的草场中飘过来的一片云彩，而叫那个热荷曼·古丽的姑娘也是那一瞬间走进他的眼睛里的。

对于这段具有传奇和浪漫色彩的感情经历，张广源并没有过多地谈及，他只是在幽深的老眼中泛起一股苍茫而凄婉的情愫，而转瞬间便消失得无影无踪了。

倒是祖母在世时曾偶然提起这件事，她说我知道这个老不死的还一直惦念着那个新疆姑娘，她还说他那时总在梦里呼唤古丽这个名字。而最不能让祖母原谅的是，张广源在我父亲仅有五岁的时候，居然狠心撇下他们娘儿俩再次跑到新疆，去寻找那个令他朝思暮想的姑娘。他这一去就是很多年，等他百般落魄地从甘肃返回宁夏以后，他就变成了一个十足的大烟鬼。祖母说他身上当时抽得只剩下嶙峋的骨架和一张青亮的皮了。

祖父的身上确实一直佩戴着一块绿色的玉石，上面有黑白两色的斑点宛如绿草中的一对黑白两色的骏马在并肩奔跑。他把这块玉当命根子一样珍视，谁也不给看，就是祖母也只是趁他熟睡之际偷看过那么几眼。

我在工作以后曾赴新疆学习，有幸来到天山天池和伊犁河畔的天然牧场，我被那极致的直矗云霄的群玉神山所深深震撼与折服，冰山雪峰之下的无边无涯的草场更是令人心旷神怡。置身于这样的秀美山色中，我忽然产生了某种无法按捺的冲动，这种冲动近乎于亲切与狂妄，我在银光闪耀的山巅看到了一片瑰丽的云霞。我的祖父在那片光焰中，浮现出他年轻而饱含深情的脸庞。

那次新疆之行还去了位于塔里木盆地西南部的和田县，汽车一路跋涉，新疆的地域辽阔在我的眼中有了真实的含义，我在近乎麻木的畅想中，聆听那位漂亮的新疆导游姑娘的解说。她说和田最负盛名的是和田玉、和田毯与和田绸。我对毛毯和丝绸素来没有什么兴趣，但和田玉还是引起了我的好奇。导游还说自昆仑山脉上流淌下来的玉龙喀什河和喀拉喀什河正好穿越和田地区，于是便给这里的人民带来了十分美丽而又弥足珍贵的玉石，当地人把这两条河又称作白玉河和黑玉河，由这两条河中所产出的著名玉石分别叫作白玉和黑玉。传说中另有一条绿玉河，水流之处能寻到一种极品的绿玉石，而遗憾的是，现在连那条河身早已不知所在，更别说那难得的绿玉石了。

我正是那一刻对新疆之行有了某种奇特的释解，有关和田绿玉河之说让我长时间地陷入了沉思，我隐约记起祖父身上的那块玉石，只可惜我当时太小，根本不知道那竟然是世所罕见的美玉。而由此也使我再度怀想起那个叫古丽的姑娘，他和她之间曾经一定发生过什么情感纠葛，我甚至可以想象得到张广源抛下我的祖母和我年幼的父亲，远走新疆找寻她时的执着模样。那块绿色的美玉一定沾染了一个女人最温柔的眼泪，它曾伴随祖父路过雪山路过湖泊路过沙漠路过牧人洁白的毡房也路过短暂的幸福和无尽的痛苦。它曾在他胸口一路欢歌吟唱。

父亲的烦恼

吃下药片以后，祖父的骨子中便如同注入了兴奋剂。

这是他在晚年生活中所表现出的少有的精气和硬朗，在我出生以后或者之前，张广源一直充当着队里一个无所事事的病弱老头。早年的烟毒几乎让他丧失了劳动的气力，更重要的是他的心志俱灰，他对一切事情都处之漠然，他在时间的长河中如同路边一棵过早枯朽的老树。我的祖母曾为这个她认为不可救药的男人付出了巨大的劳动和心血，以至于晚景饱受病痛折磨，并过早地离开了我们。所以，父亲对张广源的成见由来已深，他们父子的关系一直保持着某种巨大的隔阂。

而在我看来，祖父也曾试图在他有生之年缓解这种尴尬的局面，为此他的确做了一些事情。比如，前些年祖父主动去找队里谋了一份差事——开始还瞒着父亲——给生产队里积大粪。祖父成天背着粪筐，起早贪黑地在乡间小路上徘徊着，太重的力气活他是干不来的，他想用这种方式给父亲或家庭减轻负担。队部后面的空地上有个很大很深的粪池，一到夏天臭气熏天，盘旋在那里的苍蝇像一团一团青黑色的云聚集着。祖父五更天便从炕上爬起来，摸索着出了门，然后做贼似的生怕让我父亲发现，到粪池边背起粪筐，拿着铁叉四处转悠。等太阳出来的时候，祖父的筐里已经装满了那些隐藏在土路或田埂边的牲畜粪便，他再将那些东西臭烘烘地背回去倒进粪池，然后才悄悄地回家睡个回笼觉。

可天有不测风云，那年暴雨过后，祖父刚走到粪池边，一不留神脚底下打了滑，结果连人带筐栽进了池子里。幸亏有人及时发现，要不险些把老命葬在里头。可这件事父亲根本不领情，他没鼻子没眼地怪怨着，快别给我丢人现眼了，谁稀罕你挣那几个烂工分！

那次龌龊的事件倒有一个细节值得一提，祖父被人抬回来放在院子里，那种混浊的臭气在我家院子上空经久不散。他们七手八脚地将祖父的衣裤一件件地扒下来，哆嗦成一团的祖父在混乱中竟然紧紧地将双手捂在他的胸口处，生怕旁人抢走了他的玉。

我和父亲都听见院子里的平板车咕噜咕噜地响动的声音，那声响中伴随着张广源迟缓而笨拙的脚步和不时的几声咳嗽，他轻轻地离开了家门。父亲也许想翻起身来制止他，却又很无奈地躺下去。父亲已经好几日没有夹着他的算盘或账本在队里行走了，那些东西都被他象征性地收藏起来，包括一支英雄牌钢笔。父亲的确被烦恼团团包围着。

这时，圈棚里的驴又在拿蹄子踢槽了，食槽是父亲临时用一只旧木箱改造的，被驴踢得咚咚乱响，让人心烦。饿极的驴叫起来实在有点骇人听闻，啊——嗷啊——嗷地狂叫。驴叫一声父亲的眉头就跟着皱一次。后来，父亲的眉头拧成一个死疙瘩，再也解不开了。

父亲从来不当着张广源的面随便笑一下，总是紧锁眉头。在我出生以后，他们的对峙发生过某种质的变化，这种变化非常微妙，那就是不管父亲是怎样一副面孔，祖父都保持着视而不见的超脱。他的一双挤拧在无数皱褶之间的老眼对幼小的我投以热切的关注，时间久了，他还会伸出一只手无法按捺地抚摩着我的脑门或鲜嫩的脸蛋。

母亲就很大方地将我递给张广源抱着。那时，祖父的脸上通常光灿灿的，宛如刷上一层质地精良的油漆。他居然很大度地将他脖子里的玉石掏出来让我好动又好奇的双手抓弄着。这块曾经令我的祖父幸福又心痛一生的东西，在我的手掌和稚嫩的脸上，只表现出来自遥远的喀喇昆仑山脉上的冰雪特有的温度。美丽的玉石的确是极富灵性的，通常在哭闹中的我抚弄到它的时候，竟会很神奇地安静下来，好像有一泓清澈而甘甜的水正从天而降，使人的心灵也跟着洁净了。

玉碎

我的祖父像一匹枯瘦不堪的老马拉着平板车步履蹒跚地行走在路上，深秋的冷风一道一道地迎着他扑过来，他的衣襟和裤脚摆得很厉害。

这种情景下，他也许想起了多年以前的某些场景。大漠。落日。戈壁星月。一望无际的草场。阿力麻里。伊犁河。喀喇昆仑山脉。塔克拉玛干。维吾尔族姑娘。绚丽的花布头巾和插满洁白羽毛的帽子。还有，金黄色的馕，雪白的毡房，香味扑鼻的奶茶和姑娘手中轻轻甩起的马鞭落在他的身上……这一切构成了他一生之中最幸福又最伤感的记忆。

张广源最后一次到达新疆是在他三十岁那年。临行前他花大价钱买到一匹最快的马，同时也带走了他的全部积蓄。在路上，这个三十而立的男人对未来的前途充满信心。可是，当他和他的马一路西行，由平原到荒漠，从盆地翻过高山，再由绿洲穿越寂静的湖泊，耳边响起了牧人的冬不拉和热瓦普，他听到悠扬的伊犁情歌在遥无边垠的草原中飘飘荡荡。有一天，他终于走累了，他觉得自己已经丢失在茫茫的森林和陌生的山谷中。远方，一对青年男女并肩骑着骏马在辽阔的牧场上追逐，小伙子在马背上向姑娘绽放出马兰花一样绚烂的笑容，在这海一样深邃的茫茫路途之中，他看到他们相遇，然后分手。

那时，张广源也许忽然感觉到，一股无限苍凉洗劫着他的身体和他的马匹，脚下静谧着磷光的马的森森白骨令他不寒而栗。他还依稀看到姑娘的马鞭正轻轻地甩落在小伙子的身上，远处的草原倏忽沉寂在某种令他疲倦的天籁声中。

那次张广源的脚步几乎遍及南北疆域，一路上他遇见了无数的游牧队伍和美丽的姑娘，可他再也找不到那个叫热荷曼·古丽的姑娘，或者，这里有太多太多名叫古丽的姑娘，她们像鲜艳的花儿开遍了整个山川，然后在冬天来临之前悄然隐没在皑皑的雪域与神山之中了，又怎么能找得到呢？

暮色中，祖父的行走越来越像一匹老掉牙的马，或者，更像一个穷途末路的乞丐，他挨家挨户地敲响了他们的院门，见了谁他都说同样的话，借给我两捆草吧，驴饿得直叫唤呢。他们拿怪异的眼神打量着我的祖父，他们说到别人那里借去吧，我的牲口还不够吃呢。祖父仍不走，脸上赔着笑，那笑容让他的脸看上去不像是张脸，仿佛是工匠刻出来的一个走样的模子。

终于，有个人肯借给他几捆稻草了，他有些欣喜若狂。他就干巴巴地笑着。那个人站在门口端详着我的祖父一捆一捆地将那些稻草扛出来，然后码在平板车里。车厢很快就码出一人多高，新鲜的稻草在落日的光辉中散发出诱人的芬芳。祖父有点陶醉和窃喜。他用袖子揩去了额头上的水珠，抹汗的动作让他体验到一种劳动后的清凉感觉。

就在祖父俯下身体去抓车辕上的两只铁环拉手的时候，那个人却走过来一脚踩住了车辕，他冲祖父哼了一声，说，都传你身上有块绿石头是个宝贝，拿出来让我也开开眼，这车稻草呢就当是白送给你了。

祖父抬头犹豫地看着对方。

那个人偏斜着脖颈，怕啥！就看看，又吃不了它！

祖父仍显得为难而拘谨，但双手已迟疑着落在了自己的胸口上。

快点吧！草都借你了！还这么小气！

祖父不再犹豫了，他伸手去取他脖子上的玉，绿色的玉石在祖父的手中轻轻晃动了一下，夕阳的余晖在它的上面顿时凝聚出一种沉甸甸的柔滑的金色光芒来，对方的眼里也顿时泛起一道亮光，迫不及待地伸手去夺祖父手里的玉。

那时，祖父或许意识到问题的严重性，他感到莫大的后悔。他被对方眼神里的一簇正在膨胀着的贪欲吓住了，他忽然觉得自己像是从奔腾的马背上掉下来，他试图抓住缰绳，可马已经跑得远不可及了。他的身体鸭脖一般伸过去老长，他惶惶地叫着，把东西给我！把东西给我吧！当他的手指恰好够到那人手上的玉的一瞬间，对方却就势将祖父推了个趔趄，你个老不死的！难怪连你儿子都骂你财迷心窍！

也许，祖父从来没有听到过这种声音，那块绿色的和田玉在他们彼此争夺的手指间苍茫地滑落下来，宛若一滴绿莹莹的水珠，轻柔、细腻、凝滑，却又那样脆弱不堪一击。玉落在砖地上，迸射出碎玻璃一样不规则的光芒，发出的裂音如鸣佩环，鲜亮、轻盈、余音缭绕。

与此同时，我的祖父张广源的身体，如同一只遭受到剧烈碰撞的陀螺突然倾向一边，他的嘴里发出一串极其含糊不清的音节，或者如一驾翻滚着坠向山崖的马车，浑身所有的骨节都在那一刻发出了这一生当中最后的声响……

远方的天空

　　有很长一段时间，我们彼此不说话，就那么傻傻坐着，目光也那么傻傻地飘向远方。远处的天空看上去青茫茫的，有一些云在那里静静停歇着，好像也是那么傻傻地望着我们。我们坐在桥墩上，眼前就是哗哗流淌的河水，河水暗黄，流得不急不缓。我们几个人的腿脚悬在半空，无聊地荡来荡去。水面上晃动着它们的影子，看着也是那样无聊和乏味。

　　"汪铜你说他今天还会来吗？"

　　勒羔偏着头问紧挨着他的汪铜。他问得有些提心吊胆，实际上他每过一会儿就要问这种问题，所以不等汪铜做出任何表示，勒羔就开始自语着：

"他可能还是不会来的。"

"给我闭住你的狗屎嘴！谁说他不来，你怎么知道的？难道你是他肚子里的蛆！"

汪铜使劲朝下面的河水里吐了口吐沫，河水立刻将他啐出那摊白色的东西吞没了。

勒羔早吓得不敢吭声了。

其实，勒羔的胆子真的很小，我们不止一次听见汪铜说要把勒羔从我们当中开除出去，因为很多事实表明勒羔跟着大伙不是当叛变头子，就是在关键时候打退堂鼓。所以，汪铜的想法是有道理的。不过，我们也觉得汪铜有时太过霸道，他这人很有点家长的做派，只要谁不听他的指挥，他准保要让这个人不好过。

我们中只有李三多家的小二球一副没肝没肺的样子，他通常对汪铜的呵斥与谩骂置若罔闻。有一阵子他很服帖地猴在桥墩上，有一阵子又像是尻子上生了刺儿似的跳下来在桥上跨大步玩。要不，他就捏上一把碎石头扑通扑通地一个劲儿往水里抛，很有兴致，水面上就不时激荡起一些漂亮的小水花。可是我们并没有心思欣赏这些，更不会夸赞他一句。每个人都不停地朝远方的路上看着，鸡肠子一样的路曲曲弯弯地向前伸去，一直细碎地钻进天边的那片青色中去了。

等待就这样被一条曲折的小路无限制地引向迷茫的远处。事实上我们已经坐在这里等了三天。昨天我们一直等到太阳落山也没有看见那个人的影子，前天也是，我们几乎天一亮就坐在这里了。我们每个人的手中或口袋里都有一些得来不容易的物件，那些有着些分量的东西像一个个神圣而又美丽的梦境捏在我们的手中，它们使我们的脸上时刻浮泛着某种奇异而闪亮的光泽。要知道，那些零零碎碎的小物件对于我们来说太重要了。所以，我们要在这里等待，我们必须在这里等待。因为我们几乎毫不怀疑地相信，只要在这里等候，我们的梦想就能立刻实现。

这阵子大人们要闲下来几天，我们也是。这段时间对于我们都很重要，为此我们已经等了很久。地里的麦子收上来，大人们就突然变得有些懒散和懈怠，什么事也不愿意多操心了，自然也就放松了对我们的管教。我们终于有时间做点自己想做的事情了。

可是，我们要等的人为什么还不来呢？

我们都在想这个问题。

其实，我们还没有学会善于思考，我们只是等得有些不耐烦了。

"也许他不想再干这个行当了……"

"可是……前一阵子他明明还来过呀。"

"兴许他觉得我们这里太偏了，又换不上什么好的东西……"

"尽放你的臭狗屁！我们每个人都有这么多好东西等着他呢！"

"……那会不会他老婆在家生孩子，或者他老家里的老人完了他要赶回去忙着抬埋，所以他才不来的。"

……

沉默。

大伙儿都怔怔地看着李三多家的小二球，觉得他的分析最合理也最有说服力。因为有了他的这种推断，原先看起来费解的问题突然就变得明朗起来。于是，每个人的表情都由刚才的迷惑转向沉重，好像希望一下子就破灭了。如果真是那样，还有什么等头呢！

"你蚂蚱大的人懂个屁！尽瞎胡猜！你怎么就能肯定他老婆生了孩子他家老人死了呢？你又不是他儿子！"

汪铜狠狠瞪了小二球一眼。

"我，我只是随便猜猜嘛。"

李三多家的小二球一副委屈的样子。

汪铜猛地从桥墩上跳下来，桥上的青石板发出嗵嗵两声空响。汪铜极目朝四周看了半天。我们也都看着他。关键的时候，我们指望他能拿个像样的点子出来。

汪铜摸了摸自己的兜，然后问："你们谁有钢镚儿就拿出来，我们还是丢钢镚儿来决定吧！要是正面就留下来继续等，要是反面……"他欲言又止，他的目光从我们每个人的脸上划过去又划过来。我们都看出他脸上带着某种非常失望的神色，可又不尽是。

"要是反面我们就到镇上去，镇子离这儿不算很远，我们到那里就可以把手里的东西卖掉，也许还能卖个好价钱，有了钱我们想买什么就能买什么了……我知道他每次来这里换到东西以后就是去镇上卖掉的，然后他能赚到很多的钱！"

汪铜讲话的那一刻，我们全部静敛住气，谁也不想节外生枝地发出任何响动。而且，汪铜这家伙说起话来的确是有着某种诱惑和煽动力的。"到镇上去"这简简单单的四个字从他的嘴里说出来突然就变得与众不同起来，在我们这里，只有那些大人或村干部才有资格像模像样地说出这样的话来，并且他们会在我们的想象之外的某个时间里很轻松地实现它。而现在，这话一旦从我们中的一个人嘴里冒出来，我们就觉得它实在令人吃惊。我们能"到镇上去"吗？我们真的还从来没有想过"到镇上去"呢。

于是，我们面面相觑。我们之所以面面相觑是因为我们几个包括汪铜在内从来不曾离开过这个被远处的山谷和树林所包围着的小村庄。

那是一枚二分的钢镚儿，虽然有点旧，但它在汪铜的手掌心里依旧发出某种奇异的白光，我们的心思都被它照射得晃晃悠悠。我们再一次屏住气息，看着汪铜将它摊开在手掌中，随后轻轻地抛向空中。大伙儿的目光也被那样抛了起来，心也跟着飘了起来，浮闪出一条抛物曲线的优美，最后在某个时刻同时落在地上。其实，钢镚儿落地的一瞬间，我们的心儿并不平静，甚至悬得更厉害。

那枚钢镚儿在地上又滚了一段距离才徐徐停下来。我们几个一窝蜂似的挤过去看。

你们一定知道结果了。

因此，我们又沉默起来。

沉默。

假使是另一种结局，谁都知道该怎么办。

而现在，我们都有点傻眼了。

我们每个人的眼前都还浮动着那么一条银白色的曲线，曲线的另一头是一个让我们向往却又让我们感到无能为力的地方。

桥的尽头便是通往前方的路，都是羊肠小道，走了不多一会儿就出现了一次分岔，一条朝西南方向去，另一条弯弯扭扭指向西北。

"看！镇子一定是朝那边去的。"

"也许朝这边才对。"

"那边才是！"

"肯定是这边！"

……

究竟往哪里去才对呢?

我们脚步零乱地站在这个无法确定的路口,彼此为拿不出更具有说服力的理由而争执不休。毫无根由的争执所导致的结果是勒羔和李三多家的小二球推推搡搡在一起,他们很快就涨红了脖子和脸,表情十分严肃。

汪铜却显得比较镇定,他没有提议再用抛钢镚儿的方式来判定方向(或许因为钢镚儿只有两个面,而摆在我们面前的路也有两条),而是爬到路边的一棵树上,站在树杈上向四周张望着,他的样子看上去很滑稽。过了一会儿,他指着西北方向说:"你们快往那边看,那里好像有一个很高大的家伙正在冒着烟呢……那也许是一个又高又大的烟囱吧。"

我们并没有全都像汪铜那样爬到树上(攀高历来是汪铜的强项,他能不费吹灰之力就爬到场上的那根电线杆子上),所以看到的东西自然是有限的,但是我们相信汪铜一定站得高看得远。汪铜从树上爬下来就变得兴奋起来,简直无法按捺,他说:"我们就朝着烟囱的方向走吧,镇子准保就在那边。"

也许汪铜的猜测和分析是正确的,他所看到的烟囱大概就在我们想要去的那个叫作镇子的地方。事实上,我们也略微看到在遥远的天空底下是有一缕一缕的青烟正悠然地向天空爬升着。

于是，我们再次上路了。

我们像一群兔子朝着西北方乱窜。

汪铜的个头确实要比我们几个高出一些，在这个看似不同寻常的下午我们突然有了一种被人带领着的良好感觉，我们紧紧跟随在汪铜屁股后面，个个走得很卖力，生怕掉了队。我们觉得汪铜的样子一下子就高大起来，我们好像从来也没有用这种近似于敬仰的目光打量过他。

此刻，他正带着我们几个朝着一未知的地方奔去。

不过，我们每个人的脑子里都会很奇怪地掠过一些并不算久远的忆想，多半是关于那个外乡人身上的一星半点。他的声音总是会很高亢而又难懂地在村子周围回旋飘荡，那种带有十分强烈的外乡口音总是令人莫名地狂喜和憧憬着。随着他的一次次到来，村子里的男男女女尤其是我们这些碎籽郎仔，更是奔走相告簇拥而来。或许正是由于他的远道而来，我们村子四围的山谷和树林一下子变得明亮起来，简直就要接近熠熠生辉的那种了：树林在小路两旁闪着阔气的金光，山谷镀上了一层黄铜一样耀目的光泽，村舍和田园也被一种叫作明艳的东西笼罩住了，整个平静的乡村世界突然就无法平静了。

村子在明亮中晃动起来。

有废铜烂铁牙膏皮的拿出来换唻！

有旧书破纸麻袋片儿取出来换钱唻！

……

村子开始在他唱山歌一样悦耳的声音里更加强烈地晃动着。

对了，就是这些异样的音符在我们周围起伏穿越，那是一支不折不扣的歌子。从外乡收破烂的嘴里发出的这些声音总是带着极大的诱惑与撺掇，尤其是每句结尾处的那个"咪"字，非常绵软和亲切，让人的心里痒酥酥的。听到了，不论你正在做什么，心儿立刻就被这一串音符挟住了，不由自主地跟着他往外边跑了，脑子里盘算着该将家里的某个废旧物件拿出去换钱易物。

其实，多数时间是兑不到现钱的，收破烂的骑一辆像他职业一样破旧的飞鸽牌车子，后面的架子上一横两竖摆挂满了他的所有家当。左右竖悬着两只肥大的帆布口袋（那是用来盛放收到的旧物的），架子上横放一只略扁一些的长条木匣，匣盖上镶着透明的玻璃，里面的各种物品就琳琅而光鲜地呈现在人的眼前。那里头有为女人们准备的针头线脑、香皂、雪花膏和棒棒油，有为男人们预备的洋火、烟锅头和三两包劣质纸烟，也有为女娃娃们提供的皮筋和红头绳，反正这些我们并不太关心。我们关注的是那些清澈透明的玻璃弹子球、车工很好的陀螺，逢年关还能有几样炮仗在里面。

这只长条木匣或许就能概括我们全部的精神和物质世界。

要清楚，我们的祖辈和父辈就是生活在这样一个有些荒僻的村庄里，生活在这里的人们一张眼看到的是树和山，然后是树和山一样茂密和曲折的天，如果没有那些四季里飞来飞去的鸟，有时你会忽略天空的存在，虽然天空永远是那么的蓝。

因为有了目标，前进就有了方向。方向可真是个好东西。

起初，我们仍旧不说话，各自想着心事。走着，走着，就有话了。

我们说那个外乡人，说麻雀蛋有多么好吃，说各自手里还有多少颗弹子球。

后来，大伙儿就把焦点放在小二球的身上，因为他的这个名字本来就很有意思，我们之所以这样喊他，这跟他爹不无关系。

据说有一年放电影的一进村子，李三多就去找村长说他家今年粮食不够吃，他是一粒麦子也拿不出来的，所以他郑重声明这场电影他家人都不去看。村长没给他好脸色，骂你狗日能逞得尻子拉钢筋呢！离了张屠夫，照吃没毛的猪肉！于是，电影照放，全村老少好几百口子都会聚在打麦场上，放的是战争片《三进山城》。

李三多偏又是个电影迷，不管啥片子他都撵去看，只是不想交份子粮。电影开演后，他在家横竖窝不住，就叮嘱家人谁也不准去看电影，可自己却鬼祟地朝麦场方向摸去，远远就看见银幕上的人影晃来晃去，心里更是痒得着慌。情急之下就悄悄猫到麦场边的一垛麦秸堆上。李三多在黑暗里自乐，觉得这场电影看得才划算。可谁知天有不测风云，有人抽烟偏将一只火星子弹到那柴堆中。李三多坐在高处正看得自在，不想那火就猛地一下子烧起来，险些要了他的命。等村人把李三多从火堆里拉出来时，他的头发胡子全燎光了。村长就指着李三多骂，你个二球货仨多俩少分不清，这回你娃娃算捡大便宜了！

到后来，那晚放的什么片子大家几乎全都忘掉了，却记得李三多的头被火燎成了个"球"。李三多也由此又得一名：李二球。再后来，我们就学村人拿李三多的儿子叫小二球了。

小二球有点不服气，脸蛋子也臊红了，好像要哭的样子。可是，谁让他是我们中最小的，俗话说捏柿子就要拣软的捏。要说还是江铜能管住我们，他把眼睛一翻，我们就没话可说了。

可是，我们也不能让自己的嘴巴闲着。很快，我们就瞄上了勒羔，勒羔是他家里唯一的男娃娃，很金贵。勒羔他妈一共生下了多少个娃娃我们谁也说不清楚，反正他妈一年四季总是在坐月子，我们很少能在田间地头看到这个母牛一样的女人。有一点可以肯定，勒羔他妈生下来的大多是丫头片子，这让勒羔他爹脸面上很没有光彩。

"勒羔，你妈还在坐月子吗？"

"坐月子是不是很有意思？"

"我想勒羔他妈的肚子里一定有许许多多娃娃，所以她想什么时候生就什么时候生。"

"你怎么知道的？除非你也是勒羔他妈肚子里生出来的。"

"哈哈哈——"

"勒羔，你爹和你妈每天黑里都在一起睡觉吗？要不她怎么会有那么多娃娃要生呢？"

"啊？勒羔。"

"……我……我……不知道。"

"哈哈，这个傻子竟然说他不知道，那他八成是从墙窟窿里钻出来的吧！"

"我……我真的不知道，呜呜……"

"你们注意过母鸡下蛋吗？我们家那只老公鸡总是很勤快地爬到每只母鸡的背上，然后用爪子使劲地踩它，这样那些母鸡才能生出蛋来。"

"勒羔呀勒羔，这有什么好哭的呢，你还是给大家说一说你爹是不是也像老公鸡那样爬在你妈的身上踩来踩去……"

勒羔就蹲在地上号啕大哭起来，哭得伤心极了。

汪铜就过来抬腿狠狠地朝我们几个的屁股上端了几脚，我们才闭紧嘴巴。

这应该是八月初的一天，我们几个跟着汪铜离开了村子，然后听从汪铜的选择走上了这条通往镇子的路。我们每个人的脚步散漫而又稚嫩，我们停停走走。有好几次，我们几个先后都打过退堂鼓，至少在心里暗自疑惑过，但那些装在我们兜子里的铜丝、牙膏皮、旧铁钉和铝锅碎片所发出的碰撞之音又不容我们犹像。我们只好跟着汪铜，硬着头皮朝着镇上进发。

我们很快就要穿过一片幽寂的树林，地上丰茂的野草灌木之类使得脚下的道路越发含混不清。太阳光从树林上方倾射下来，穿过树叶的空隙，地面上的草丛就变得阴晴不定。蝉虫的叫声吱吱呀呀的，蚂蚱不时地在我们面前蹦来蹦去，它们的翅膀和矫健的大腿发出嘎嘎的怪响，很难听。还有鸟，各种各样的鸟，这片林子属于它们，我们的到来引起鸟儿的惊惶与骚动。它们在林间飞来飞去，叫声也毫不客气喊喊喳喳。

看来，我们真的打破了这里原有的宁静与安稳。

就在我们在茂林中穿梭的时候，走在最后面的勒羔突然大叫起来，那叫声充满恐惧与惊骇，我们急忙扭回头去看他。

"蛇！蛇！我被它咬了！"

我们全部怔住了。

我们有些手足无措。

勒羔坐在地上，用两只手抱着一条腿蜷缩着。我们在他身旁蹲下来，汪铜把勒羔的腿扳过来仔细地看着，勒羔那条细瘦的小腿肚子上好像是有一处冒血的地方，却不很大，看上去像是被什么硬刺戳了个洞。

"蛇呢？"

"它可能钻到草里去了。"

"很长的蛇吗？"

"我没太看清，好像有这么长呢。"

勒羔抻开手臂比画着。

"你能肯定是蛇咬的吗？"

"我不知道，我觉到疼的时候才发现那条蛇从我脚下爬过去的。"

我们几个感到一种十分强烈的恐惧正悄然袭来，四围变得陌生而缺乏安全，仿佛那些茂密的草丛中正暗藏着无数未知的危险，而且随时都会朝我们扑来。我们觉得自己的牙齿开始有些松动了。

只有汪铜，照旧是那副天不怕地不怕的样子，他用尽全身的气力在勒羔的伤口周围挤弄着，红的血从那里鼓涌出来，血一点一点变大，最后珠子一样浮动着一种特殊的亮光，血滴猛地盈满而出，从勒羔的小腿上分泻下来，滴滴答答落在绿色的草叶上。血就成为黑色的了。

勒羔被汪铜挤得嗷嗷叫着，其他人看着汪铜的手指在用力，却不敢出声。

"汪铜你说勒羔会不会死掉……"

"你妈才会死呢！"

"汪铜哥，你说我真的会死掉吗？"

"谁知道呢，不过你的伤口不像是被蛇咬的，我爹以前让蛇咬过，伤口跟你的完全不一样。"

走出林子以后，汪铜说我们几个都说过该死的倒霉话，况且狗日的勒羔说他腿疼得厉害，实在是走不动了。于是，汪铜就命令我们几个轮番背着勒羔。我们当然打心眼里不乐意，可是又有什么办法呢！我们的确有些惧怕汪铜。

汪铜以前干过许多坏事情，比如说，他潜入村部去偷广播站的废旧零件，他曾用自制的铁丝火枪把一个村干部家的女娃娃的脸给打花了，等等，就连那些大人们拿他也毫无办法，我们只好听天由命了。

由于勒羔腿上的伤，我们每个人都莫名地接受了这样一个事实：现在我们就是扛也要将勒羔扛到镇上去，因为汪铜告诉我们那里应该有个医疗站什么的。所以，汪铜提前将勒羔身上的一团铜丝搜出来装在他的兜子里，他说："等到镇上换到了钱就去给你找大夫。"这次，我们相信汪铜的打算绝对正确。人命关天啊！

问题是，我们几个并不比勒羔大多少，我们轮流背着他走路，这使我们很快就疲惫不堪了，狗日的勒羔死沉死沉的，以前我们怎么就没有发现呢！我们怨声载道。

汪铜就一个劲儿开导我们，好像他是我们的父亲一样。

"你们就可怜可怜他吧，万一勒羔腿一蹬咽了气，你们都算是功臣呀！到时候村里也许还要重重奖励你们几个呢。"

你们听到了，这是什么逻辑！

我们越走越慢。我们不知道勒羔会不会很快就死掉，反正，我们是不想让他就这么白白死掉的。至少，等他的伤治好了，他也应该把我们每个人好好地背一背。就为这个，也不能让他死。

前面已经是山路了，起伏盘旋着，根本看不到尽头。还有，汪铜先前说的那只狗屁烟囱，现在连个影子也没了。我们把勒羔撂在地上，然后坐在原地大口大口喘气。

"会不会走错路呢？"

"也许我们不该听他的话。"

"要不，我们还是从原路回家去吧！"

"亏你能想出来！我想可能是山把它挡住了，等走出这段山路后就能看见烟囱了。"

"那就奇怪了，刚开始怎么没有挡住呢？"

"……这个我也说不清楚，可能是离得远吧！"

大伙儿都将信将疑。

"他们说山里有野狼出没呢。"

"白天狼是不会出来的……"

"……万一碰上了怎么办呀？"

"小二球你可真是个胆小鬼，我们这么多人还会怕狼吗！"

沉默，但恐惧着。

汪铜也不说话，而且他不再像刚开始那么张狂了，他甚至主动提出来要背背勒羔。我们当然不会反对。

这个时候，我们彼此之间竟然出现了以往少有的融洽和默契，勒羔这小子居然能在我们的背上打盹了。除了沉默，汪铜甚至还有些谦让，之前我们说好了每个人背勒羔五十步就换别人背的，可汪铜每次都超过很远一段，我们相信，如果不是我们在身后喊他，他一定会继续背下去的。

翻过一个高一点的山头，就是下坡路了，下坡时想慢些走也不行，路赶着人往前面跑。

走了没多久，在前面果然就出现了那只巨大的烟囱了，它正有气无力地冒出一些青烟。我们几个立时欢呼起来，倒是汪铜并没有什么特别高兴的地方，好像对于他来说这是意料之中的事情。

但是，我们几乎立刻就又傻眼了，那只巨大的烟囱的确就在眼前，我们甚至觉得触手可及，可遗憾的是，它和我们之间被一条宽宽的河水哗哗啦啦地阻隔开来。

我们在这边。

烟囱和镇子在河对面。

我们疲惫而又绝望地靠近那条河，河水湍急地奔涌着。这时，我们依稀想起来大人们在茶前饭后说过的话，他们提及过渡河或通往镇上的两条路。我们忽略了。我们选择了其中的一条捷径，但是我们过不了河。因为那条渡船并不是每天都停泊在这里的，要等到集日才行，而且只有早晚两趟。今天，这里连个鬼影子也没有。

最先躺在地上的是汪铜，他躺在那里很像一具放了很久的尸首，平展展的，一动也不动。几只苍蝇和牛虻在他身边无聊地飞舞着。

最可气的是，狗日的勒羔突然有点惊喜地告诉我们，他的那条破驴腿居然不疼了。

那时，太阳分明已经偏西，河面上泛着的光芒有些消沉的意思。我们的心儿此刻正以各自的方式横渡过河，心儿生了翅膀，它带着我们在对岸的小镇上空飞翔。然后，我们看到了那间旧货收购部，我们纷纷在那里降落，我们用身上的东西换到了钱，我们在镇子的街道上自由穿行着……

实际上，在我们眼前只有太阳在悄然降落，我们的疲乏和梦想很快就被清澈的河水声所淹没。

我们竟忘了自己是怎样回来的，反正，当第二天的太阳照常升起来的时候，我们各自还慵懒地躺在家里。我们感到浑身有种奇妙的疼痛，好像在梦中被什么人给狠狠揍了一顿，那种感觉一直持续到后来的许多日子里。

但是，就在我们睡意依旧蒙眬的时刻，我们各自嗅出家里那股异样的味道，因为母亲们有了崭新的香皂和雪花膏，她们洗起脸来格外认真，父亲们正趴在炕头品咂着昨夜抽剩下的半截烟卷（要知道在昨天以前他们早就断了烟火了），就连妹妹们的头发上也扎上了十分好看的发卡或丝绳。

这究竟是怎么回事？

遗憾的是，我们必须要把后来发生的事情告诉你，那个外乡人此后真的再也没有来过我们的村子，连附近的庄子也没有去过。听说他有天黄昏遇上了一群野狼，他推起车子就跑，可那些狼真的饿极了，死死咬住了他的腿……

外姓

那时候外姓跟我家门对门住着，中间隔着一条不很宽的沥青路，马路两旁有很粗壮的柳树或钻天杨，一到夏天，绿荫如盖，走在路上凉爽怡人。彼时，路上人很少，车更稀少，那条路由北门车站通向最东面的一个材料实验机厂。

听说那厂子里的工人都很神气，因为他们多来自北京、上海或其他一些我们尚不知道的大地方。这些在我们印象当中都很神气的工人基本上构成了我们对外界以及大城市的某种最单纯而又模糊不清的向往。

究竟向往些什么呢？那时我们恐怕还说不清楚。只知道，他们上街必须经过我们的家门前然后继续向北门方向去，所以，小孩子们经常站在自家门前的马路上，看着那些工人模样的人骑着自行车三三两两地打我眼前经过。在当时看来，他们的确很神气，穿着很不错的衣服，个个都干干净净的，衣服的颜色也不单是黑灰，尤其是他们的那些跟我们一般大的小孩子，快乐地坐在自行车的前梁或后座上，身上花花绿绿的，宛若刚从野地里摘来的鲜花嫩叶儿，嘴里还不停着唱着歌子或用洋气的普通话跟自己的父母有说有笑，让人羡慕不已。

　　遇到一辆什么车从门前呼啸着驶过来，我们总要雀跃着欢呼好一阵子，特别是那种像癞呱子（蛤蟆）一样的黑色小汽车，我们大一点的孩子就模仿电影《奇袭白虎团》里的镜头高声喊叫着，追逐着，仿佛那车能带给我们无比的精神享受。

　　"嘀嘀——啊来！"

　　"嘀嘀——啊来！"

　　跟外姓的交往便是打那时开始的。

　　时间一晃远去了近二十年。二十年来那张面孔依旧清晰，那些童年往事仿佛就发生在昨天黄昏。我时常还能清楚地闻到树叶发出淡苦的气味和沥青路面被太阳炙烤得滚烫的热浪从记忆的罅隙间绵绵不绝地弥散出来，使人怅然若失。

　　其实，外姓和我同姓，外姓是神婆婆在他刚出生没几天的时候给他另取的俗名，据说图个吉祥太平长命百岁，因为外姓他妈（一个心地善良有些木讷的老妇人，我后来一直管她叫大妈）快五十岁的时候才生下他的，老骨头上得子，体孱命弱，难活。其实，那个神婆婆正是我的二奶奶，我爷爷的兄弟媳妇，后面我还会说起她的。

在男孩子当中，很少有像外姓那样面容清白虚弱的，有些病态的憔悴，总给人一种从来没有晒过太阳的感觉，面皮白得像窗户纸那样发薄发脆。

外姓总是怯怯地站在自家门前，手里捧着一只和他本人极不相称的洋瓷碗，有一阵儿没一阵儿地往嘴里扒拉着饭。在我的记忆中，他喜欢站在家门口吃饭，一边吃饭一边隔着马路观望我们。大妈总说他不是在吃饭而是在卖饭呢。大概因为身体虚弱的缘故，他爸妈不允许他跟别的孩子们结伙玩耍。跟他相比我们个个都显得生猛而调皮无羁，他则表现得很孤独，孤独得有些忧伤和怪异了。再加上他原本细瘦而苍白的脖颈和手臂，使他跟其他孩子区分和隔绝开来。他不敢轻易朝我们这边靠近，他甚至从来未曾离开过他家门前半步，只是用一种艳羡的却又十分胆怯的目光朝我们这边瞅瞅看看，看我们在他眼前一味快活无忧地追逐。

外姓家兄弟姊妹四人，有两个哥哥，中间是一个姐姐，他们都比外姓大许多。外姓出生的那一天，他姐姐的第二个孩子正好满月。也就是说，外姓还在娘胎里的时候外面已经有两个小家伙正等着他生下来喊他舅舅呢。

外姓注定是孤独的，因为哥哥姐姐都比他大得多，甚至在年龄上都可以做他的爸爸和妈妈了，所以，在家里他被大家共同宠护着，老来得子的爸妈尤其对他溺爱有加，印证了那句老话：顶在头上怕吓着，含在嘴里怕化掉。而且，这种溺爱更多表现为无能地管束，使之与外界保持必要的距离，仿若旧时豪门深宅中的少爷，绝对不能同一帮街头巷尾的穷小子们混为一谈，只一味地困囿在封闭的环境中，几乎享受不到童年人应有的乐趣。

尽管外姓主观上与我们这些调皮无羁的孩子们保持着距离，但他的内心深处一定也是不安静的，从他捧着饭碗乖戾地望向我们的眼神可以看出来。他很不快乐。他甚至从来没有笑过。他的目光中除了些许的惊奇和羡慕之外，总是黯淡地忧悒着，有时候他会独自一个人捧着空碗在门前的石头上坐上一整个晌午或黄昏，直到我们这些孩子各人回各人的家，他才依依不舍地离去。当然，这过程中少不了他爸妈和哥哥们的一遍遍呼喊一次次催促，有时，大妈会陪着他在门口站很长一会儿，一老一少毫无联系地立在那里，没有任何交流。每每这个时候，外姓似乎显得更加孤单了。

我们有时候也会出于好奇，想向他靠近，想拉他走进我们的圈子跟大家一起游戏，但他立刻从虚掩的门缝隙里钻进去了，从此不再出来，老鼠躲猫那样。偶尔，他也会怯怯地露出半拉脑袋或一只眼睛，惊恐地看着我们。

皮一点的孩子就现编了几句顺口溜戏谑他。

胆小鬼，喝凉水，尿了炕，打歪嘴！胆小鬼……

于是，孩子们全跟着一遍一遍地冲他喊叫，直到他彻底消失在门缝隙中。有一次，嚷闹声竟然惊动了外姓家的大人，那个大妈从里面惶惶地出来，用护犊子的愤怒目光看着我们，好像会随时冲过来跟我们拼命。

这种状况持续了很长时间，直到有一次我们一伙人在路边丢沙包，外姓依旧蹲在门前隔着空荡荡的马路观望着我们。我故意将沙包掷到他面前。他显然受了一些惊吓，急忙从地上站起来往后退却。

我大声喊："喂！你把沙包扔过来！"

外姓犹豫着，那只沙包之于他如同一颗炸弹似的，使他恐惧。

我继续冲他挥手："来吧！扔过来呀！别怕！"别的人也跟着冲他喊起来。

他终于很镇定地看了一下我，然后，慢慢地弯腰去捡地上的沙包。他的手劲忒小了，虽然他使出了吃奶的气力，可沙包只落在路中间。他很惭愧地望着那只沙包和我们。

那天外姓正式加入了我们的行列。一切似乎都不需要什么理由，我们只是故意多将沙包朝他那边丢过几次，那种界限就不攻自破。没有什么可以阻挡孩子们爱玩的天性。外姓开始跟着我们玩各种游戏，什么捉迷藏、老鹰捉小鸡、滚玻璃珠子和学电影里玩打仗。他的身体的确很弱，玩一会儿就大汗淋漓，站在那里呼呼直喘，像个小老头。但令人可喜的是，他清白的面孔上浮现出些微的红润，我觉得他更像一个娇柔的女孩子。他出汗的样子不知要比他平时好看多少倍呢。

冬天，很多人家把洗碗漂衣服的恶水泼在路上，结成了一片片的冰。冰面整天闪着白的耀眼的光。我们的乐趣便转向抽"老牛"。每个人手里都攥着一根鞭杆，鞭子是用胶皮带里抽出的细尼龙绳搓成的，一头拴在木棍上。游戏开始，其中一个人将"老牛"在冰面上发动起来，孩子们就纷纷各自甩起手里的鞭子，轮番抽打着地上疯狂旋转的"老牛"。"老牛"的上面用彩色蜡笔画了一个一个套在一起的圆圈，它飞速旋转的时候，形成五彩缤纷的迷人图案，让人越玩越想玩，根本无法停止。

这种带有危险性的游戏外姓是不敢加入的。一来在冰面上跑来跑去极容易摔跤，二是弄不好鞭鞘儿会抽打在脸蛋上，当然，最关键的一条是，外姓手里没有鞭子，没法跟我们玩在一块儿。这种时候他只有眼巴巴观望的份儿。玩兴正高的我们，谁也不肯轻易将手里的鞭子借给他。就算给他，他会不会甩还是个问题。况且，在冬天里，大妈很少允许他出门，整天让他守在火炉旁。

有一次，是我亲自到家里把他从大妈眼皮底下骗出来的。我那时候已经是一群孩子的"王"了，因为我们这群孩子原先的"王"背起书包上学去了，听说他每天回来要写许多生字和做算术题。他大概是没有工夫管理和带领我们行动了。为了证明我是有能力带好头，我给大家打包票，以后我要让外姓参加我们的所有活动。

事情也许并不如我想象中那样完美。那年冬天当外姓战战兢兢地站在我们中间，两只嫩白的手瑟缩着交叉在棉袄袖筒里，谁也没想到会发生意外。在我们响亮的抽打"老牛"的鞭子声和七嘴八舌的欢呼里，一辆小汽车飞快地从远处驶来。我们太投入了，谁也没有注意到它。汽车打响了喇叭——嘀嘀嘀嘀！我们立刻朝路边躲闪。

那只"老牛"依旧在路中央的冰面上风驰电掣，而外姓也被突然孤立在路上，他和"老牛"之间有几步之遥。他的目光始终死死盯着路面上的旋转物。当汽车正要擦肩而过的一瞬间，他像受到某种神圣的指使（或者叫鬼使神差）竟然疾步朝地上的东西冲过去，完全是义无反顾的样子。

急刹车声仿佛集中了世上所有最难听的噪声，同时带着冰冷的灾难性的风猛烈闯进我们每一个人脑子里，从此挥之不去。我和大家在那个冬天的傍晚战栗着，有那么一刻，我们像傻子一样莫名地张望，接着，每个人似乎都意识到某种恐惧，大家面面相觑着，之后不知谁喊了一声"快跑呀"，一帮人便作鸟兽状四散逃奔了。

大妈的眼泪不知流了多少。我后来一直没有勇气再敢与那双红肿的老眼对视。

当然，外姓并没有离开我们，也没有因此缺胳膊少腿。这是否跟他有一个比较奇怪的名字有关呢？在我深感内疚的那些日子里，他的胆子似乎不那么小了，一场虚惊使他改变了不少。一个人的成长离不开磕磕碰碰的。比如，他有了属于自己的"老牛"和鞭子，还有了一只相当不错的铁环，据说都是他的两个哥哥专门为他制作的，他滚铁环的技术日趋熟稔。只是，他越发喜欢一个人独来独往，自己跟自己玩。他大概觉得这样比较好吧。

金生

要说金生的小名最好玩，都叫他球羔。金生妈和他的几个姐姐经常站在院子或路口一遍又一遍喊着，"球羔——回家吃饭啦！"让人觉得十分滑稽。等我们再大一点的时候，知道了《水浒传》，有时会把这两个字颠倒过来喊，觉得过瘾啊。当然，现在不能再这样胡乱叫了，金生女儿就要进学校念书了，况且，他自己还开了一间巴掌大的商店，门前摆着两张桌球案子和一台海尔冷柜，大小也算是个老板，而我本人也老大不小了，过了随随便便的年纪。

如今再见面，只喊金生。

"金生，生意还行吧！"

"凑合，凑合……"

这种问候听起来老气横秋，还有点装模作样。

在家，金生排行老六，他前面有五个姐姐。这不是一个小数目。金生家的情况跟我家基本上相反，我家四男一女，相对来说女儿多少金贵一点。小时候我们两家院墙挨着院墙，他家茅房附近正好有我家一棵参天的老梨树，那棵树是祖上传下来的，树头展开有一间屋顶那么大。

秋天梨子熟透了，许多竟落在金生家的茅房里，想想十分可惜。

我那时候经常拿金生取乐："你他妈怎么也不见闹肚子，你到底偷偷吃了我们家多少梨啊！"

这种时候，金生也毫不示弱："呸！要不是我们家的肥好，你的梨能长那么稠那么大吗？"

他这狗屁话似乎不无道理。

因为爬格子的缘故，我现在回家的次数越渐稀少。回去了我妈就要叨叨不停，什么金生的女儿都会买酱油了，等等吧。我妈的心思不言而喻。我妈还说："怎么说金生也是和你一起耍大的，回来理当去看看他才对。"金生有时在楼下碰到我妈，总要问问我的情况，还说他挺想见我的。这话使我感到温暖。可一旦见了面，彼此要说的话却很有限，仿佛不知道从何说起。

夏天有两次，我站在他的小杂货店里，看他在货架上忙来忙去，不时地把价格标码条贴在物品的包装袋上。我们有一句没一句地说着无关紧要的话。他现在比以前至少胖了一倍，啤酒肚也凸显出来。天气太炎热了，他光着膀子，即便这样，他还是不停地淌汗，他老婆隔一会儿就拿一条毛巾过来替他擦额上的汗。有时把他擦烦了，他会发出很不满的声音。

金生早先在一个石油技工学校念过两年书，毕业后分配到一家无线电厂工作，拿着饿不死的工资，整整干了十年。现在，他彻底自由了，他买断了工龄。我们两家的房子和地被开发掉了，分到了新楼房，还有一楼的门面房，他就自己开起店来，注册资金大约是两万块。金生的五个姐姐相继嫁出去了，现在他照旧跟他妈在一起生活，养老送终是他的责任。金生妈早年在农业合作社的时候喂猪翻墙时不慎摔了腿，走路总一颠一颠的，现在人显老了，头发灰白，见了面总要停下来跟我说这说那，有时还用手颤巍巍地抚摩我的衣裳。

金生爸在世时最最疼爱的孩子就数金生了，重男轻女的思想可见一斑。在我的记忆中他从来没有动过金生一手指头，并不是他脾气有多好，其实他没有少打骂过金生那五个姐姐。说心里话，我从来没有过金生那种物以稀为贵的优待，我经常得到我爸的一顿训斥和拾掇，我想这一点上我曾经很是嫉妒过他一阵儿的。金生爸原先是农机厂的一名普通工人，一直干到退休，最小的女儿后来顶替了他的位置。退休第二年，金生爸就到农贸市场上摆了个蔬菜摊子，每天起早贪黑守着挣那十几块菜钱。就在我父亲意外去世（1990年）后不久的一天，金生爸也遭遇了飞来横祸，听说那天他正从一辆满载松木椽子的卡车旁经过，天有不测风云，堆摞得几丈高的木头突然塌落下来，金生爸就被活活地压埋在里面，几百根松木椽子啊！

从那时起，我忽然觉得自己竟跟金生同病相怜。我们都失去了自己的父亲。我们打小在一块儿无忧无虑地玩耍，在我们刚刚走向社会的时候，父亲们就撒手人寰。这是作为儿子的一大损失。而这两位父亲的命运也是惊人地相似，都是为了一堆孩子们，为了一个家，为了能过上更宽裕一些的生活。在他们结束原先的工作并重新选择另一种生活方式的时候，却不知不觉走向了生命的尽头，从此与儿女们天各一方。

金生爸去世以后，金生一下子变得沉闷许多，笑容和话语少了，整天不怎么贪玩和游逛了。这种感觉在我俩身上也很相似。我们相见时总是让彼此浸泡在无言的沉默和不尽的忧伤之中。从那时起，金生开始凶猛地吸烟，一根接着一根，像是想把自己抽坏抽傻从此不再思考似的。几年前在我刚失去父亲的时候，假期我从广州回来，金生总是很忠诚地跟在我身后，生怕我想不开。现在，情况忽然颠倒过来，他应该得到更多的抚慰。

事实上，在更小一些的时候，金生似乎多半是属于受我常欺负的那一类孩子。这大概跟他成天生活在女儿堆里有关，他的性格里少了男孩子该有的勇猛和不羁，在群体里他总是显示出怕事妥协和懦弱。最可笑的是，遇到谁欺负了他，他总是要哭着喊着跑回家告状，很让人耻笑，对于我而言这是极不齿的行为。为这些破事我没少被他妈找上门来谩骂过，有时，还会惊动我爸他老人家，于是，难免皮肉要受些苦头的。因此，有很长一段时间，我们中断了来往，不想跟他好了，我觉得这家伙太女孩子气了，真没劲。

上小学的时候，我们同在朝阳小学念书，因为不在一个班上，渐渐有了距离，开始各玩各的了。中学更不在一个学校，彼此了解越来越少。不，后来我到底和他同过一年学的。是初三那年，我们俩同时转学到一个班里——因为这个班升学率极高，进了这个班就等于躺进了升学的摇篮里。那时我和金生又形影不离了。一起上学，一起回家，一块饼子掰成两半吃，一起兴致勃勃地谈论某个漂亮的女生，还一起跟某个看不顺眼的代课老师作对，甚至还有过一两次逃学跑到银川的经历。总之，这一年我们俩亲密无间，老师们斥责我俩为"穿连裆裤的"。

那一年发生的一件事情使我彻底改变了对金生的成见，并从此对其刮目相看。

记得那天傍晚我和金生正在教室里做值日，班里还有几名住校的女生正趴在桌上用功。这时忽然闯进几个高年级的男生，他们一伙大约有七八个人，个个很蛮横的样子。他们进门就旁若无人地开始挨个搜桌斗子。我和金生这时正猫在教室后面抽烟闲谝呢。当那些家伙搜到一个女生的桌斗时，引起了那位女生的愤怒，她针锋相对地跟他们口角起来。事实上，那时我和金生已经看到这一切了，而且之前也早就听说这帮家伙有些来头，连学校的领导也似乎拿他们没有办法。我暗中示意金生咱们少管闲事为妙。我悄声说，他们人多。说着，我把腰猫得更低了。我想，他们不就是想弄到几支破钢笔什么的。

一切都是从那几个家伙出言不逊开始的。他们盛气凌人无赖至极。检查一下有什么大不了的！惹急了老子还要搜你的身呢！金生正是那一刻突然从我身边双响炮似的弹了出去，我看见他向他们冲过去的时候右手攥着一截板凳腿（这些破东西教室后面有一大堆）。

那天发生的混战令人目不暇接，金生的样子很像一只发威的狮子，那条板凳腿在他手中应用自如勇猛无比。我完全震惊了。震惊之中我甚感羞愧。我一时无法将眼前的他跟过去那个经常被我弄哭的懦弱男孩联系起来。而且，只要一想，我的脸就发烫。

故事的后面未免要落入俗套，因为好汉架不住人多。金生那天也挂了彩。那个女生乘机溜出去找来了门卫师傅和住校的老师。我后来好像听说金生跟那个女生谈过两天恋爱，也许是道听途说吧，我只是觉得那个女生的眼睛从此闪闪发亮，像是被点燃的灯盏，她总是把不同寻常的目光倾洒在金生身上，而且脸蛋总是偏向一边的。这种时候，少年英雄的脸上很有些焕发的荣光。

如今再回去，时时被那种漂泊的感觉所困扰。土地开发了，昔日的老房子寻不到踪迹，那棵老梨树也只有在梦中才会繁花似雪盛开。我们永远不再是孩子，虽然我总还能见到金生，但我无法确定他是不是变成了另外一个人。而我对于他来说，又何尝不是同样。

　　鸟儿总是醒得比人早，一睁亮黑豆儿似的小眼睛，就在人耳边喊喊喳喳喧闹开了。那些鸟儿在晨曦缭绕的枝头上聒噪一时，老梅也该醒来了。

　　老梅瞌睡本来就很少。老梅觉得自己的眼皮稍稍一合缝又倏地分开了，夜里睡眠的情形仿佛只是轻轻地打了个短的盹儿。看屋里还是一团晕黑。微弱泛青色的光亮透过小木格子窗渗进来一些，却不甚分明，屋内依旧是暗沉沉的。

　　老梅在黑暗中摸索着穿戴好了便下地去。老梅的行动并不显得迟缓，倒露出几分轻巧与精干。早年间老梅确实裹过一阵足，后来好像又不兴裹了，母亲就帮老梅解开了那层缠脚的布条。还好，老梅那双脚的形状变化不是太大，所以眼看奔花甲年岁的人走起路来倒也灵便。

其实，老梅吃素念佛已有十几个年头了。老梅这一辈子过得清淡，斋戒拜佛是从前些年老伴去世后才开始的。像是受到了什么触动，听从了庙上的一个老师父的话记起了花斋，每月逢初一十五便要吃几日素饭。所谓的素，除了肉类蛋禽一律不能吃，就连葱蒜韭菜这类菜蔬也绝对不能动的。后来老梅觉得这样倒来轮去太麻烦了，索性全素了好，从此便不再动置任何荤食了。

老梅是后来才搬到村西头关帝庙旁的这间小矮屋里住下的。反正，老梅在家也是一个人。儿女们娶娶嫁嫁都鸟儿离笼似的飞散了，再加上老伴撒手一去，剩下老梅一个人整日守在空落落的家院里，日子愈显孤清起来。

村西的关帝庙是很有些年月的。打老梅男人的父亲，父亲的爷爷，甚至爷爷的爷爷……就已有了。庙小，零零星星修缮过数次，依旧是一副破败的样子。门前有一眼深井，水清澈甘甜，附近各村各庄但凡家中念经超度做道场法事的，和尚师父都要来这里取些水用。几辈人都是这么过来的。那年老梅的老伴突然殁了，家里也来过庙上供奉取水。在这座庙院的周围，还生长着四棵钻云摸日的古树，一棵银白杨，两棵紫槐，还有一棵松柏。依照民间的说法，这几棵古树好像是大清的哪年就植下的，少说有二三百年光景了。

老梅刚搬来那阵儿，这几棵古树倒也旺盛，枝叶繁茂，密荫蔽日，春夏秋三季总会引来成群的鸟儿雀儿，纷纷在高高的枝上筑窝造巢。尤其是盛夏时节，各种鸟鸣声和虫子的吱吱呢喃，每日天不亮便交响成一片。这种天籁之音每每随着晨风在田野里飘来荡去。从这里到各村庄还有一段路程的，可附近的人们还是一次次被鸟虫们的聒噪声从蒙眬的睡梦中唤醒。孩子们更是成群结伴雀跃而来，上树掏鸟蛋，捉毛毛虫，猴在树杈子上荡秋千，乐此不疲。老梅还记得早先时候，每棵古树的根部都衍生出一两株幼小的树苗，都挺挺拔拔葱葱郁郁。一晃十多年过去了，这些杨树苗子个个成了英姿飒爽的棒小伙，身板笔直地矗立在它们的母树身旁，很有点七郎八虎人丁兴旺的威武气。

那一年赶上农历三月十五庙会，老梅像往常一样到庙上烧香还愿。老梅虔诚地跪在地上磕头许愿。头顶的一方蓝天被刚刚发出簇簇新芽的树干虬枝交错环抱住，阳光透过枝叶的罅隙洒落在老梅的脸上。老梅抬眼望时，看到天空被分割成不计其数的碎蓝格子，尖尖角角，斑斑点点，都闪耀着碧蓝如玉的光芒。那些嫩绿清新的叶芽儿也泛着晶莹水亮的微光，像杯中泡开的新茶，生机盎然。老梅看呆了。老梅从来不曾想到天空会有这么好看。就在老梅起身的一刹那，一只花喜鹊正好落在她眼前的一段枝杈上，冲着老梅欢欢喜喜地叫着。老梅就冲花喜鹊笑眯眯地点头，花喜鹊受了鼓舞似的更爽朗地鸣叫。老梅静静地听，心里陡然一亮，老伴走后蒙在她心头的一片阴霾像是忽然被风吹散开了，不留一丝痕迹。老梅相信一个说法，喜鹊是不会无缘无故地冲人叫的。喜鹊叫了便有喜，即便没什么大喜事，吉祥平安之意总还是有的。

这一年老梅开始吃起了素。

庙上原来只有两个师父，一老一少，师徒俩只在每年农历的三月和七月回来一趟，等过罢传统的庙会就走，天南地北云游化缘去了。平时不常住人的，庙门锁闭，唯独那几棵古树像忠实的护卫一样守在庙院的四周。老梅有一晚做梦，好像是老伴托梦给她的。老梅又急忙去庙上烧表焚香，默默祷告一番，希望老伴在阴世太平，且不要总来讨扰她的安宁。

那一刻老梅跪着跪着，忽然听到头顶仿佛有什么刺耳的响动，嘎巴巴嘎巴巴地脆响着。正在老梅惊慌犹疑的工夫，一片发黑的干树皮乌鸦似的伴随着纷纷扬扬的尘土从高处坠下来，渐起的灰尘落进老梅的一只眼睛里，发涩，顿时涌出一串泪来。老梅揉揉眼睛，待朝地上细看时，发现那片干枯的树皮已完全朽腐了，她拿在手里轻轻一捏，就碎成末了，黑腐的残渣留在手心里，有种说不出的凄凉。老梅若有所思地看着自己的手掌。那天老梅还注意到，那几棵古树下面尽是些早已枯朽的枝枝杈杈，若拾掇起来足够家里煮饭烧炕一年用的柴火。

春天刚过去没几天，老梅便一个人悄悄住进庙旁的那间矮屋里了。

起初，老梅也是怀着几分害怕的，虽说自己已是半截身子骨掩黄土的老婆子，可毕竟是一个女人住在这样孤寂的地方，特别是夜里起风的时候，四周呜呜直叫，跟鬼哭狼嚎没什么两样。不过，这样的境况熬过几夜，老梅就挺过来了。老梅觉得自己心里一直是装着神灵的，心中害怕的时候她会闭上眼睛祈祷关帝爷保佑。要么，老梅就一遍一遍念叨故去的老伴，跟他闲谝似的东拉西扯说这说那，好像老伴就在身边坐着。时间一长，老梅就一点儿顾虑也没有了。老梅觉得人老了得有点事情做，这样心就不慌了。

　　老梅的儿女们得到消息后，接二连三从远处赶来，都想劝老人回家去住。可老梅就是不肯。老梅说我老了，住在哪里都一样，你们不用管我。儿女们见劝说不灵，就问老梅为啥非要住在这破庙上。老梅叹口气，指着外面的几棵树说，这些树再没人照料，迟早都会死光的。儿女们不解，复劝道，树又不是咱家种的，你操啥心啊！老梅一愣，不再说话了，冷下面孔，开门打发他们回去。儿女们在回家的路上，都认为老人多少有点神经和古怪，他们商量着是不是该给老梅重新寻个伴儿过活，也许老人真的是心里有话说不出口呢。

　　于是，儿女们就托人想办法给老人划拉一个老头。媒人那边一有动静，儿女们就死磨硬缠地去把老梅接到儿女的家里去了。儿女们做了一桌子的素饭素菜，让老梅坐下吃。饭刚吃了几嘴，一个陌生的老头就溜溜达达地进来了，被邀请着坐在老梅身旁。儿女们你一言我一语轮番讲述老人的艰辛和不易，讲父亲去世后母亲的种种孤单。听来听去，老梅终于省悟过来，忽地站起身，狠劲儿撂下手里的筷子，头都不回地甩门走了。儿女们急忙撵上去，劝她回来吃饭。老梅红头涨脸地说你们把妈当啥人了，别忘了你爹坟头的土皮子还没晾干呢。儿女们也就不便再插手老梅的事情了。

太阳爬上庙门之前，老梅基本上已经做完了她每天必做的功课。

老梅拿自己亲手扎制的芨芨草笤帚围绕着四棵树一下一下扫着，地上有厚厚一层干树皮枯枝败叶，它们都是一夜之间从那几棵树上落下来的，又像是从地底下生长出来的。老梅时常困惑地抬头望着天空出神，内心的忧虑一天天加剧，她担心过完这个春夏，那几棵古树会永远地死去，再也生不出一片嫩叶来。老梅把地上的这些东西扫拢，再用簸箕和筐子盛掇起来，然后端到庙后的墙根下倒掉。那面墙眼看快被这些枝枝杈杈的杂物堆砌严实了，就像在木材加工厂看到的那种废料堆。每回老梅在这里倒完东西，手里的筐子簸箕空了，心里却装进一股沉甸甸的说不清道不明的惆怅。

往庙的西北方向走约莫半里地，是一条灌渠。老梅给树浇水很少使井里的水，除非渠里的水干涸了。老梅觉得井里的水冰，不适宜浇树用。她把家里的一根柳木扁担两只水桶找来，一早上她来来回回到渠边挑几趟水，每次只挑少半桶，回来倒在树坑里。树坑是老梅亲手挖下的，挖这四个大树坑着实费了老梅许多气力。树下的土地早就板结死了，十分坚硬，有点像混凝土，锹是根本插不下去的。老梅就想了别的法儿，她用挑野菜用的小铲子一下一下掘，每天掘一些，半个月下来一棵树的坑子就出来了。那树坑挖得虽不宽阔，却很深，水顺着根部浇上，就跟有张嘴喝似的便直溜溜渗下去了。

有时候，老梅会黑着脸面逮住几个爬树折枝的孩子，也要适当惩罚一下他们的，让孩子们帮她拾树枝，扫树叶，或者让他们爬到树头上去捉虫子找天牛。那阵子到处都在闹天牛，树身上被钻满了大大小小的窟窿。孩子们帮她捉了天牛，老梅有说有笑，还会从屋里拿出点干馍馍剩锅巴什么的塞给他们作为奖赏。也有时，她还要让那些半大小孩当即褪了裤子，站在树坑子前撒两泡热尿。老梅看着他们抖抖索索调皮的样子，笑着叮嘱道，往后再来耍时都要把尿憋着，尿到树坑子里好造肥。而这时老梅心情也因此异常明媚，她觉得自己快像个无忧无虑的孩子王了。被罚的孩子们一传十十传百，时间一长，倒越发来得勤快了，来了就主动帮老梅提水扫地抓虫子，搞破坏的自然就少了。

一年初夏，那两棵古槐忽然一夜间开满了紫白似雪的花儿，花朵层层叠叠包围着天空，也压弯了千万条细枝末梢。槐花十里飘香，把周边七村八庄的蜂儿蝶儿都招惹过来，离关帝庙老远就能听到一片嗡嗡隆隆的噪响，像潮汛在前方涌动。那些日子的确让老梅久久难以忘怀。前来赏花的乡亲络绎不绝，阵势赛过了每年的两场庙会。老梅觉得自己这辈子从来没有这样风光过，冥冥中想到这兴许就是老天爷的一种别样的恩赐。

但好景不长，那以后连续几年，先是一棵古槐的一截粗大的树杈突然从中间断裂开来；接着，有一年冬天肆虐的西北风将松柏的两根大枝齐腰刮折了，断臂一样在风中摇晃着，没几天也掉下来了。

最后一次是三年前的一个伏日。那天晌午老梅回了一趟家，想拿几件换洗的衣裳。从家里出来往村西没走几步，远远就看见一股蛇烟从关帝庙上方蹿上来。老梅吓呆了，以为是自己眼花，三步并作两步朝前赶。等再近一些，老梅无可抑制地喊了起来。火。着火啦。快救火呀！路边正在麦地里埋头干活的人听到老梅的喊叫声，纷纷抬起腰身朝关帝庙那边张望。果然是起火了，浓烟滚滚，把艳阳高照的半方天空都遮黑了。与此同时，干活的人还发现一个老太太步履蹒跚地在小路上不停地跑跑颠颠。

至于那场火到底是怎么烧起来的，老梅到现在也没有想明白。火是从那棵银白杨的半腰杈上烧起来的，眼见烧得哗哗剥剥乱响，却救不得，那棵树有三四间房子摞起来那么高，没有人能够得着的。再说，即便够着了，拿什么去扑灭火焰呢。那火连着烧了一天一宿，老梅急得嘴上生了燎泡，眼底布满血丝，胡乱拉住一个围观的人就嚷，快救火呀，求求你们了，我

归途●

老婆子给你们下跪了！可是，没有人敢应声，都说这是罕见的天火，百年不遇，万万救不得。

直到翌日午后，天空忽地阴沉了，从西边滚过一阵闷雷，亮过几道银光，转眼之间大雨如注。树上的火顿时被浇灭了。老梅那天像个孩子，天真地站在矮屋檐下看雨，脸上欢喜得无法形容，甚至于热泪盈眶。手里的一串珠子搓了整整一夜，那几根手指都木了，她还不停地拨拉着念珠，嘴里念念有词，阿弥陀佛老天爷保佑老天爷保佑啊。

自此，那棵银白杨萎靡了，日渐没了生气，另外三棵树倒幸免于难。

这天清晨老梅起得很早，树上的麻雀亮第一嗓的时候她就起身了，那时外面天色还灰麻麻的。她特意换了一件洗干净的青布褂子，就连鞋也拿到屋外鞋面对着鞋面仔细地拍了又拍，才套到脚上。老梅这些日子走的路太多了，见的人太多了，过去从来没去过的地方她都走了好几个来回。她脚上的鞋底磨薄了，绒布面上沾着厚厚一层沙尘，帮子上尽是干硬的泥点子。

老梅其实一夜都没有睡稳，刚开始有些兴奋，有些激动，翻来覆去地合计着事，越想越睡不实，后来就变得有点担忧了。一眼一眼不停地瞅着窗户盼天快明，可老天似乎跟她耍赖似的就是迟迟不亮。

早年这里天牛成了灾，从树上爬掉下来的天牛隔一两天就能铲满满一簸箕，发黄枯死的落叶扫掉一层又铺上一层，眼看着几棵树被糟蹋得不成样子了。老梅就去村上诉苦，好话说了一筐箩，村长勉强答应给她解决两瓶子"灭害灵"。这事又往后拖了俩月，老梅又去求过几回，药才算送来，是人家用剩下的过期药，却没人管喷药的事，最后还是老梅自己拿出看病抓药的钱雇了两个小伙子干的活。前两年流经这里的黄河突然像要干涸的样子，有的地方已经断流了，大河没水小河干，渠水被限闸使用，连关帝庙前的那口井也只剩下脸盆多的一丝死水了，庄稼的灌水都保证不了，哪还有宽余的水来浇树？老梅便颠着一双小脚一趟一趟往乡上跑，一回回都扑空了，人家告诉她干部们都到下面视察灾情暂时不办公。老梅无奈了。老梅又打探到干部们要到村上来考察，就豁出老脸去截人家的道。那次老梅走得急，人差点让干部的一辆小汽车给撞倒了，最后还算运气好，老梅硬是把一群大大小小的干部引到关帝庙前。不知是哪个嘴快当众说这些树可是乡里重要的旅游资源需要大力保护啊，众人都随声附和，干部们被众星捧月样围在古树跟前，老梅也被围在里面，她听见一位干部一边叹息，一边拿手掌拍打着树皮说要尽快给这里解决一台小型抽水泵。老梅感动得想哭，泪花子都闪出眼眶了。可老梅并未等来水泵，倒是来过一伙子人，拉着皮尺，架着相机，支着三脚架，又是量又是测，还硬拉老梅站在古树前拍了两张相片。临了告诉老梅他们正准备把这里的情况向上面反映，还要登报纸上电视，吸引更多的人和资金来保护和开发这些古树。他们说的话一多半老梅是听不懂的，什么投资啦宣传啦还有什么胡乱网（互联网），她听得云里雾里的。反正，老梅脑子里只有一个念想，只要是为了这几棵树好，爱弄啥就弄啥吧，随他们去。

老梅的脸上还是焕发出一丝淡淡的光彩。收拾完地上的杂物，老梅赶紧在土炉子上煨了一壶水。炉池子里的柴火冒过一股浓烟，便扑噜噜地燃起来。老梅的眼睛被烟熏湿了，干咳了好一阵，她佝着腰离开炉子，站在一旁用手背轻轻蹭揩着两只眼角。

树上只有几双麻雀不懂事地声声叫着，听起来闹哄哄的。今夏的树叶生得稀稀落落，连日光也遮不严，来这里栖息的鸟儿明显减少了。到了晌午，日头一毒起来，叶子尽都蔫耷着，以前那种大片大片的浓荫再也没有了。

老梅坐在树下的一只旧马扎上，时不时会有一条毛茸茸的虫子坠下来，落在她眼前的空地上。虫儿沾地的一瞬间胖乎乎的小身子急速一缩，蜷成一团，像颗肉球，先一动不动，继而，才扭扭拧拧地一点点伸展开来，复活似的继续在地上盲目地爬着。老梅盯着那些肥胖的虫子发呆。放在平时老梅会上去毫不犹豫地用鞋底蹍死它们的，老梅痛恨这些虫子。可此刻老梅却无动于衷，任由它们东一只西一只在地上爬来爬去。

老梅感到自己的头顶心和后脊背悄悄往出渗汗，那些汗珠虫子一样贴着衣服蠕动着，使她皮肤痒得难受。天气闷热，没有一丝风。太阳才跳出一竿子高，外面就热得没有边际了。这里地势高，老梅坐在那里能隐隐望见远处的路上有人畜的影儿摇动着往地里去。麦子已黄澄澄的了，看了刺人眼。老梅把目光一截一截往回收拢，最后停留在这条曲曲折折通向关帝庙的小道上，可连个鬼影子也没有。老梅不时地朝四围张望，心里有些着急，额头也沁出一层细汗。老梅知道时辰还早呢，谁会一老早就欢欢实实地往这里跑呢。

过了后晌，老梅再也坐不住了。走到路口眼巴巴地望了一阵儿又一阵儿，始终没有看见她要等的人。老梅的神情逐渐黯淡下来，脸上那层奕奕的神采荡然无存，取而代之的是愁容满面。

走进屋里老梅又寻思了一阵，兴许人家手头被别的事情绊住了，一时半会儿脱不开身，再说，他们那天已经说得死死的了，不会变卦的。这样一想，老梅又稍许安下心来，把昨晚的半碗剩饭在火上热了热，就着小半碟咸萝卜丝吃了。

天气闷热，人跟扣在蒸笼里一样透不过气来。从高处不时传来一些嘎巴嘎巴的声音，那些粗大的枝杈被太阳烤得要从中间裂开似的呻吟着。老梅最怕听到这种声响。每一次老梅都被这种干燥刺耳的嘎巴声吓得心惊肉跳，好像那些声音并不是从树的枝杈里发出来的，而是来自她的五脏六腑，来自她身体中的某根最致命的骨头。吃饭的时候老梅喝了半碗温开水，眨眼间那些水又变成滴滴热汗浸透了她的衣裳。

老梅忽然想起来屋里连个像样的喝水缸子也没有，还应该称一把茶叶回来，万一人家来了，也好沏杯茶水递过去。老梅想着就急忙起身朝下面的村子赶去。村里有一家小商店，烟酒糖茶酱油醋和针头线脑这些都有卖的。

小商店里有一台电风扇呼噜噜地不停转着脑袋，老梅的衣襟和裤脚被风吹得胡乱摆动，倒是很凉快的。老梅走进商店之前先顺路回家拿了两只搪瓷缸子，家里长时间不住人，屋里到处落满了灰尘。老梅顾不得收拾一下就锁好门离开了。

老梅称了一两茉莉花茶，又要了半斤白糖。电风扇一个劲儿对着老梅的头吹，她有点不习惯被风这样吹来吹去，头发也纷乱了，像个疯婆子。柜台上还放着一部红颜色的电话机，听说拨一次要块儿八毛呢。老梅从来没有给谁打过电话。老梅掏钱给人家的时候，风把几张毛票从柜台吹到了地上。老梅只好蹲下身去捡，就看到跟钱一块儿落在地上的那张硬纸片。老梅便想起了那个戴茶色眼镜的小个子男人，这是几天前他留给她的，说是上面印着他的名字和电话号码。老梅还记得，这张小纸片不用凑到鼻子跟前就能闻到一股怪怪的香味。老梅不明白这张纸片为啥会香得蹿鼻子，她倒是一直把这张纸片装在身上的。

老梅拿着东西出来快快走了几步，忽地又站住，再折回到商店里，她把手里的东西一件一件搁在柜台上，然后又摸索着掏出那张硬纸片递给开商店的人，说麻烦你给我拨这个电话。

人家接过纸片仔细看了看，告诉她上面有五六个号呢，问她究竟拨哪一个。老梅糊涂了，一个人怎么会有那么多号呢？不过，老梅听那小个子男人说过他们公司的事业铺得很开很大，老梅就想生意做得大号码才多啊。老梅笑眯眯地说你就挨个拨吧，哪个通了我跟哪个说话。

回去的路上老梅明显疲沓了，提在手里的白糖茶叶还有一对搪瓷缸子合起来似有千斤沉，拽得她迈不开步，双腿直打晃，有几次差点就栽倒了。老梅觉得心像是被野狼的爪子揪住了走一路疼一路。她耳朵里一遍遍回响着开商店的刚才说过的话。她想人家说得对啊，自己八成是老瓜了，枉活了一世，啥用处都没有了，竟然守在家门口都让个骗子给哄了。一想到自己那天给矮个子男人掏定钱时毫无顾虑的慷慨样子，老梅就想狠狠地甩自己两个耳光。

老梅实在是挪不动步了。她怅怅地在路边的一块儿青石头上坐下来喘气，清鼻涕亮汪汪地垂下来。老梅确实心疼那些钱啊，那是儿女们合起来给她的定做寿材的钱。一开年的时候，儿女们本来张罗着要请木匠为老梅打一副寿材的，说是趁着老人还硬朗好按老人的意愿制作，这样也能给老人增增阳寿。可是，老梅死活不答应。老梅说妈一天吃斋念佛身子硬棒得很，还用不着这个呢。其实老梅心里想说的话是，她真要有个三长两短唯一放心不下的就是这几棵树。儿女们也就不再坚持，分摊着凑了一千块钱给她，要老梅自己拿主意。老梅万万没有想到，这些钱竟全让她给了骗子。那天矮个子男人是坐着一辆汽车来的，身后还跟着一个年轻女人，手里夹着黑色的皮包，笑起来很受看很洋气。男人告诉老梅他们公司是在网上看到这几棵树的情况的，决定拿出三十万元，一方面把这些古树彻底保护起来；另一方面要重新修建关帝庙，让这里成为国家级的重要旅游景点。老梅高兴坏了。老梅一高兴人家就顺着杆儿爬上来，非要她先交点订金，说是工程项目太大，怕将来实施的时候别的公司突然冒出来横插一杠子。人家生怕她不信，又拿出一份协议书让她看。老梅认不得字，只看见上面盖着好几坨章子，红得非常耀眼。那个年轻女人又口齿伶俐地一字一句念给老梅听。老梅着实抵挡不住这种诱惑。

等回到小屋里，老梅觉得胸口憋着一团火，烧得她脏腑里嘎巴嘎巴响。她急忙从水桶里舀了半瓢井水，咕咚咕咚喝下去。

老梅病了。

老梅病得很重，发了一整夜高烧，胡话连篇，不省人事了。

老梅依稀记得自己昏迷中的一个梦：关帝庙前忽然围了许许多多的人，像是来看望她的，又像是专门来参观那几棵树的。这伙人当即砍倒了一棵树，好像就是那棵银白杨，空气中弥漫着杨树特有的苦涩与黏滞的气息，木匠师傅们干得热火朝天。老梅的耳朵边尽是木匠锯刨木头时发出的吱吱声，她讨厌听到这种声音，像是从她的骨头缝里钻出来的。后来，老梅隐隐约约看到小屋的门口停放着一口新寿材，还没有来得及刷上油漆，面子看上去脆白鲜亮，十分醒目。

　　那时，老梅正躺在屋里一动也不能动。如果可能的话，老梅真想扯开嗓门冲外面大喊两声。老梅一直想说你们都走开，你们都走开啊！我啥也不想要！可是，老梅的喉咙就是发不出任何声响。

从来没有一个人像他那样，吃起药来简直跟吃饭似的。

最初，他也丝毫没意识到，自己的肠胃和身体对药物竟有如此特殊的消解功能。每每生病以后，他总是不太乐意按照那些医嘱办事，而是随心所欲，我行我素。比如，大夫让他按一日三次、每次三片的剂量来服用，他不，老嫌麻烦，一次就把一天的药统统吃下去，竟也没有太多不适的反应，反而病好得奇快。这样一来二去，像是尝到了胡乱吃药的甜头，也就养成了一种不良的习惯，凡是该吃药的时候，他都如法炮制，屡试不爽。

直到那次，他劳累过度感冒发烧身心疲惫，整个人都处在即将崩溃的边缘。

上床前，他已吃了大量的感康、阿司匹林、板蓝根冲剂，还有整板的阿莫西林。在他看来，病来的时候就像一股顽劣的敌人冲上来侵略你的领土，最好的办法就是当头给它们一棒，而且，要集中一切火力，打得越惨越好，决不留情。

他想好好地睡上一觉，却怎么也无法入眠，每次刚一合眼烦心的人和事就跳到眼前折磨他，最后他只好借助安眠药片。结果，在黑暗中又昏昏沉沉地吃错了药，误将一大把过期的吗丁啉跟安眠药混在一起吃下去，他的身体才出现了有史以来最严重的不良反应。先是胃灼烧、腹绞痛，然后是持续不退的高烧和皮肤疱疹，最后又是上吐下泻，胃里喷出的酸液差点腐蚀坏了他的嗓子，发出的声音老气横秋。半夜三更，他独自瘫软在马桶上，汗珠子直淌，浑身没有一丝的力气，身体完全垮了，倒在卫生间冰凉的地板上，他以为自己快不行了。

当时，他们正在闹离婚，妻子跟他分房睡已有两个来月时间了。

结婚几年，他们一直没有孩子，都去医院做过生殖方面的检查，包括化验他的精液、询问妻子的排卵情况以及夫妻生活的种种细节，但始终没有查出任何有价值的东西。妻子理所当然地把所有症结都归咎到他头上，认为都是他平时胡乱吃药的缘故。

"你那样胡乱吃药还想要孩子，我看早晚会要了你的小命！"

他却不以为然，因为化验结果说明他很正常，生孩子是迟早的事。大夫说只要调节好生活节奏，注意饮食和睡眠，当然最最重要的一条是，必须要有高质量的夫妻生活。

为了这一条，他也曾背着妻子，偷偷去成人保健品药店买了些男用药，希望能在夜晚派上用场。可是，妻子比女侦查员还要警惕，当晚就发现他不太正常，后来在床头柜的最底下一层抽屉里，果然搜到了那些乱七八糟的保健药品。她怒气冲冲地掀开他的被子，将那一大堆包装花哨的东西，劈头盖脸砸在他的光溜溜的身体上。

"你有病！真的有病！不吃药你就活不成！"他看见妻子披头散发满脸阴沉，好像中国古典小说里的母夜叉，"我一天也跟你过不下去了，我要离婚！"

怎么说呢，他对药物的情感多少有些像酒鬼尝到了五粮液、烟鬼抽上了软中华。全国实行医改后，药店完全走上了超市的经营模式，琳琅满目的柜台，层出不穷的药品，还有笑容可掬的导购小姐。只要人一进去，立刻就被漂亮的女导购们团团包围，"先生要买药吗？请问您哪里不舒服，我们店里药品齐全应有尽有包您满意……"那些穿戴跟护士们差不多的小姑娘，一个个都伶牙俐齿的，恨不得让顾客将店里的药统统搬回家才好呢。他经常光顾街边那些大小药店，徜徉在花色繁杂的药品之间，尤其是看到五花八门的男女保健用品，他的内心就有种难以抑制的冲动。

有关离婚问题，他确实抗争过，也冷战过，甚至拿出一大堆药物要挟妻子。

"要是你敢跟我离，我就把这些药统统吃下去。"

百炼成精。妻子鄙夷不屑地瞧着他，铁石心肠一般。

"吃吧，要是不够的话，你还可以把我买的那些妇炎灵、乌鸡白凤丸也一起吃下去。"

他果真就吃，一瓶一瓶的，像贪得无厌的孩子们抢吃糖果那样。妻子还是被他吓着了，以为他会药物中毒，半夜三更拨打了120急救电话，非要强行送他到医院去洗胃。可半途中他就吐了个翻天覆地，等到医院又跟没事人似的。

不过，正是那夜折腾到天快亮的时候，他忽然像是悟到了什么。

他喃喃地说："天要下雨娘要嫁，想离就离吧。"

也许是那些药物起了意想不到的作用，让人在情感问题上变得理智，不再愿意死钻牛角尖了。想一想，一个男人连死都不怕，难道还怕跟自己的老婆离婚吗？

就这样，他又变成了单身。一个人过日子无拘无束，想吃多少就吃多少，什么时候想吃就什么时候吃，反正一人吃饱全家不饿，再也不必考虑别人的感受，尤其是吃药这件事。

现在的日子简直过得优哉游哉。

他对过去那段婚姻生活没有丝毫眷恋，好像终于把一件自己极不喜欢的旧外套脱了，并随手丢进了垃圾箱，再也不想回头多看它一眼。年迈的父母对此忧心忡忡，几次三番劝他还是先搬回去住，这样彼此也好有个照应。

他心知肚明，父母一准是在为他今后的吃饭问题做打算，或者，还想用温暖的家庭生活来软化他的心肠，好一步步逼他重新回到婚姻生活中来。

一个人绝不能在同一个地方摔倒两次！他跟妻子共同生活了那么几年，从一对陌生男女牵手，变为同床异梦的夫妇，恩恩爱爱甜言蜜语耳鬓厮磨海誓山盟好像都有过，可到头来他们不但没有生下一男半女，甚至还弄得情尽义绝分道扬镳老死不相往来。这难道就是婚姻生活的必然结果？假如真是那样，男女之间的情感也太脆弱太不牢靠了。他觉得世上没有什么东西比所谓的爱情更荒诞可笑的了。

离异后凡是休假日，他都会蒙头大睡，半天晌午才迟迟爬起来，连口都不用急着漱一漱。这在过去肯定行不通，因为妻子总抱怨他有口臭，那时他烟抽得很凶，尤其是躲在家里赶稿子的时候。通常在起床后，咕咚咕咚先灌下一大杯凉开水，外加一大把维生素 A、B、C、E 和胡萝卜素之类的药片。这几乎可以算是一顿营养丰盛的早餐了。

妻子搬走以后，他就把抽屉里的药物重新整理，分门别类，然后依次安放在餐桌、茶几、床头柜和卫生间的镜柜等平时能够得着的地方，以便他随时服用。

房间里没有女人，就像身在他乡异地的小旅馆里，一觉醒来四周空荡荡的，眼前的家具和电器上面，都笼罩着一层近乎于霉菌般的细微灰尘。

原先女人总会在耳边没完没了地说话，家长里短，油盐酱醋，时尚流行，商场打折，以及同事间的纷纷扰扰。如今耳根终于落得清静。过去的一切都变成梦境中的声音，偶尔会呓语般地穿过耳膜，感觉也是模模糊糊的。

大学毕业后，他先后换过两三家单位，每次都是因为复杂的人际关系，让他陷入尴尬和胶着中，最后他都以"此处不留爷，自有留爷处"的心态黯然离开。如此辗转几回，后来他就应聘到这家不太起眼的人文类杂志社。

编辑这种工作似乎更适合他这种人，平时不用天天坐班，每周二和周五才到单位打一头，无非是编编稿子，做做校对，开开编前会。偶尔，以准记者的身份进行一次人物专访，或者整理一下某个不痛不痒的所谓学术会议的发言纪要。

有一天晚上，刚冲完澡，他在卫生间的镜子前很不经意地打量了一下自己。很多时候，人总是盯着别人而忽略自己的。这一看不要紧，他忽然觉得自己的肚子好像大得有些出奇。

开始，他有些不相信自己的眼睛，镜子被朦朦胧胧的雾气所笼罩，他伸出手掌来来回回抹了几下，镜子里的那个男人的模样变得清晰起来。肚皮朝着镜子的方向高高隆起，就像扣着一只锃明瓦亮的钢筋锅。

他完全不晓得自己是什么时候开始发福的，更不知道对这事是应该庆幸或是别的什么。

他茫然地用两只被浴水泡得苍白的手掌一下一下摁着肚子。或者，不时地从腰髋两边向肚子中间用力挤揉，肚皮随之皱褶起来，臃肿肥厚的皮囊几乎淹没了肚脐眼。他有些郁闷地垂下头去，竟发现了一处更为不可思议的变化。

他的腿毛原先是很茂盛的，记得当初妻子头一回在床上目睹了它们，嘴里发出极大的惊叹，简直跟见到了狼孩似的。他打趣说，这叫好男一身毛，好女一身膘。可现在它们却变得稀稀疏疏的，好像奄奄一息的草坪长时间没有浇水，反而让两条原本不太粗的腿显得那么苍白而细瘦，看起来极其别扭，好像根本不是他自己身体的一部分。

体毛悄然消退，肚皮异常隆起，无论如何都有些不同寻常。况且，距离四十岁还有两三个年头呢，而身体发福似乎来得快了些。如果说男人有点儿肚子还算不得是件坏事的话，那么那些神不知鬼不觉便褪去的体毛又说明了什么呢？难道真的是自己长期吃药吃得有些过火的缘故？他不得不迫使自己这样去思考。可转念一想，如果真是那些药物所导致的不良后果，他为什么没有出现秃顶或脱发的迹象。

很快，他又意识到另一个比较严肃的问题，自从他们闹分居到正式离婚再到过上单身生活，他好像已经很久很久没有做过那种事了。更可怕的是，直到今晚，他居然从来没有那方面的需求，可以说想都没有想过。日子过得浑浑噩噩，除了正常工作、睡觉和吃药，他几乎对任何事情都不感兴趣，男女之事于他来说好像早已伴随着分居和最终的离婚永远结束了。

接下来，他打消了洗完澡就立刻上床睡觉的念头，而是端端正正地穿好了衣裤鞋袜，还对着镜子把头发梳理整齐。随后，打开电视，正襟危坐在沙发上，手持遥控器不停更换频道。脑子里却装满疑团，也许身体真的出了很大问题。

想来想去，他觉得一个人的力量毕竟很小，事情确实很伤脑筋，最好把这一特殊情况跟其他人讨论一番。

但是，找谁说去呢？过去的同事几乎没有任何联系了。大学同学更是各奔东西，大伙似乎都想赶在不惑之年到来前，要将诸如娶妻、成家、生子、购房和买车一系列问题统统解决掉，还要尽可能打拼出一番轰轰烈烈的事业来。唯独他，天生一副没心没肺的样子，对未来不抱任何幻想，说白了根本没有什么事业心。至于杂志社的编辑们，平常都各自憋在家里看稿，集中在一起的时间很有限，统共没几个人的小单位，能够跟他说知心话的人好像还没有出世呢。再说，这种事情不是可以对任何人随口就讲的，毕竟涉及个人隐私，须慎重。

最后，经过徘徊和深思熟虑，他终于拿定主意给前妻打电话。

离婚不过短短数月，妻子的声音已变得很陌生了，好在她显得很平静，没有表现出一惊一乍的样子。"你最近还好吧？"他觉得自己应该直接切入主题，可开头一句就问得不痛不痒缺乏有效含量。"怎么忽然想起来给我打电话了？"前妻的问话同样带着客套和敷衍的味道，"哦，是不是让我去拿那些衣物，你不打电话，我差点儿就忘了。"

他这才想起来，确实有这么件事，她最后一次离开房子的时候，将一大袋子旧衣物落下了，说好日后抽空来取的。他觉得这个理由不错，至少可以让彼此再见一面。"方便的话你来一趟吧，要不我现在给你送过去。"他尽量让自己说得真诚些。前妻忙说不用了，因为她就在附近跟朋友吃饭，一会儿可以顺便过去。

挂了电话，他多少有些魂不守舍。他原来以为离了婚彼此再也不需见面了，没想到随便一个理由，他们就轻易达成共识了。不是一家人，不进一家门。或许，这话多少有些道理的。

后来，他又心血来潮地钻进卫生间，拿起妻子以前用剩下的好迪摩丝罐。好像还是刚结婚那阵子买的，那时妻子烫了很流行的大波浪卷，洗完头总要抹点儿摩丝定定型的。他每次跟她亲热起来，只要闻到摩丝的气味，都会变得很兴奋。后来妻子大概嫌麻烦，还是恢复了原先的直发，摩丝就一直搁在镜柜上，罐身上也沾满了灰尘，今晚他破天荒地把它拿了起来。

使劲摇晃了一会儿，用拇指摁下喷射开关，汹涌的白色泡沫刺啦一下喷涌出来，雪球般堆积在手掌心里。那一刻，他觉得体内似乎有什么东西也急于往外喷射。他把鼻孔凑上去嗅了嗅，似乎香得有些离谱，到底是什么香气，竟能够持续这么长时间，比两个人的婚姻还长久？他费解地皱了皱眉头，才将白泡沫均匀地涂抹到湿漉漉的头发上，再重新拿起黑色的梳子，将头发侍弄得服服帖帖一根不落全都背在脑后。这样看上去的确很有型。

前妻果然来了。却打电话让他把东西送下楼去，说是时候不早了，她不想上来了。

他迟疑了一下，快步跑到阳台的窗前朝下观望着，外面漆黑，并没有看见她的身影，也许她就在楼道口站着吧。"还是你自己上来取吧，家里实在太乱了，我不清楚你的东西放在哪里。"她有点儿不置可否，微弱的气息在话筒里很不情愿地游走着，或多或少显得有些疲倦。

没过多久，就听到上楼的脚步声了。这脚步声他听得出来，不紧不慢，鞋跟笃笃，是她的，即使在梦中也能分辨出来。他提前把门锁拧开，让门虚掩着。然后将电视的音量设为静音，又开了客厅那盏落地台灯。他喜欢这种灯光，不明不暗，照到人脸上很舒服。

开灯时，他顺手拿起角几上的电动剃须刀，在下巴处细细摩挲起来。这东西是婚后有一年妻子送给他的生日礼物，飞利浦的，很耐用。通常，他是不在晚间刮胡子的，这大概还是头一回，连他自己也觉得有些可笑，为什么要刮，刮了又能怎样？不就是前妻要来吗，犯得着这样郑重其事？

门被轻轻敲响了，几乎可以肯定，她是用一根手指敲的，感觉就像很陌生很陌生的一个人造访时才有的谨小慎微。

他连忙关闭剃须刀电源，说门开着呢。可对方并未立刻进来，他只好走到门口，当嘴里说出进来吧的时候，内心忽然有种很奇特的漾动，就在前十几秒钟内，他还是相当镇定的样子。

很明显，前妻并没有进来逗留一会儿的念头。他轻拉开房门，她就一动不动地站在蹭脚垫上，双臂在胸前交叉环抱，像一尊雕塑，给他一种拒人于千里之外的印象。他们的目光稍微对视了一下，彼此马上都不约而同地看向别处。

"你去拿给我吧，我放在卧室衣柜的最底下一层，应该是个红颜色的大包装袋。"她淡淡地说。这种感觉实在很荒唐，她的模样完全像个邻居家的女人，可她分明又对他家中的一切了如指掌，甚至对他还有些指手画脚。尽管他们已经分开一阵子了，可一旦相互面对时，这种不爽的感觉还是会油然而生。说到底婚姻双方就是没完没了的互相指使，最终考验的就是彼此能够适应这种生活多久。

他只好转身瓮声瓮气地走进卧室，在用力拉柜门的时候，忽然一失手，几根手指猛地直戳到墙壁上，指甲缝里顿时塞满了白石灰，手指骨节痉挛，疼得他嗷嗷叫唤了起来。柜门像被什么东西给塞住了，怎么也拽不开。"该死的！"他不由得嘟哝起来，"破柜子！"他边嚷着边抬起脚，没好气地踹了一脚柜门，咚的一声，异常响亮。

也许，前妻实在不堪忍受他那骂骂咧咧不耐烦的声响，便径直走进卧室里来了。"你干什么事都没耐心，毛手毛脚的，"她像在自言自语，又像老师在批评不听话的学生，"老大不小的人了，又不是孩子。"她灵巧地绕开他，像避开一堆碍事的杂物，或者根本就懒得理睬他。她仅仅用一只手就从另一侧轻而易举地拉开了衣柜门。

他始终用左手抓着右手的三根发痛的手指头，有些碍手碍脚地站在前妻身后，看她伸手拉开柜门、弯下腰身，然后探身进去在柜子里摸索着翻寻起来。

此刻，她的后腰便恰到好处地露出了那么一大截，粉白粉白的皮肤，光洁无瑕，如削了皮的藕段似的细腻无比；下身穿的又是低腰的牛仔裤，臀部被包裹得圆圆满满，越发衬托出纤细的腰肢；而那裸露出的两弯弧线更是沟壑分明，隐约可见更深处绷得很紧的短裤的一抹紫色蕾丝边。

他的呼吸一下子凝重起来，一种前所未有的冲动如山洪即将爆发。又仿佛是一簇野火熊熊燃烧顷刻燎原，并势不可当地冲撞着他的全部神经和整个躯体。他觉得自己完全像个懵懂少年，口干舌燥，耳烧面烫，因为不经意看到了自己不该看的刺激画面，而受到了巨大的蛊惑和引诱。

那一瞬间，他听见自己的喉咙咯咯地响动了两下，随后，他猛地张开双臂，从身后紧紧地将前妻抱住，同时，把刚刚刮得干干净净的下巴很无耻地蹭到她的脖颈上。他一面用手贪婪地揉摩着她姣好的胸脯，一面忙不迭地胡乱亲吻起来……

前妻似乎已怒不可遏，她的身体始终僵硬地扭动，奋力挣扎。继而，嘴里不时发出歇斯底里的尖叫。

"喂，你是不是疯了，你个坏蛋，流氓，快放开我啊！"

"你再不松手，我可真叫人啦，救命呀……"

这种时候，任何呼喊都已于事无补。他费了九牛二虎的气力，终于将她压倒在他俩曾经一起滚过好几年的双人床上。弹簧吱吱扭扭叫起来，床要散架了似的颠颤。

可问题是，关键时刻他的肚子太大了，简直是个累赘，完全超乎自己的想象，好像打刚才洗完澡到这阵的一会儿工夫，肚子又陡然增大了一圈。这些障碍让他根本无法达到从前那种随心所欲的状态。

当他趴在前妻身体上时，几乎压得她快喘不上气来。起初，她还在手忙脚乱地拼命挣扎，可是当她感觉到对方的重量今非昔比时，也不由得愣怔住了。

她试探性地用两只手去接触他的肚子，才发现了怪异所在。

"喂，怎么回事，你的肚子……咋这么大？"

她猛不丁的发问，叫他所有的欲望彻底灰飞烟灭了。他沮丧地喘息着，亢奋的身体忽然松懈下来。唯独那如面袋一样沉甸甸的肚子，还重重地压在前妻依然苗条的身段上。

"我可能出啥毛病了……"他汗流浃背地将自己的肚子从前妻身上慢吞吞地挪开，然后，也像前妻那样平展展地躺在床上。

两个人并排躺着的古怪模样，正被映照在屋顶吊灯的玻璃圆盘上，就跟通常在哈哈镜里所见到的情形无二。

谁也说不清楚他到底得了什么病。所有瞧过他肚子的大夫，又都轻描淡写地称之为男人的发福。这没什么大不了的，平时注意控制饮食，别吃太肥太腻和太甜的东西，晚饭越清淡越好，切忌暴饮暴食，一定要多吃水果，当然还得适当地运动运动。这些是大夫们开给他的千篇一律的药方。

唯独他自己知道，事情根本没有他们想象得那么简单，因为就在他东奔西走求医问药的那些日子里，肚子又悄无声息地往外扩张了许多。原来的裤子没有一条能提到腰杆上的，而所有衬衫啦，夹克啦，还有西服啦，都系不住扣子，拉不上拉链。

平时，编辑部七八个人都挤在同一间房子里办公，几乎所有的桌子和空地上都堆满了一大摞一大摞稿件，还有定期从全国各地雪片一般寄来的交流刊物。现在，只要他大腹便便地一走进原本就混乱拥挤的办公室里，那些堆得小山似的稿件样刊便倒了大霉，多米诺骨牌似的东倒西歪，惹得别人一阵唏嘘和白眼。

一次开编前会时，主编讲着讲着，目光忽然死死盯在他的肚子上，半晌，慢条斯理地对大伙说："人家都是结了婚以后慢慢发福，他倒好，离了婚反而一下子反弹起来！"大伙听了都哈哈大笑。

也有编辑喜欢打趣他，还用手揉摸他的肚皮，一本正经地问："喂，哥们儿几个月了？预产期是哪天？"他简直厌烦透了，不等对方再闲扯什么，便翻着眼睛摇摇晃晃走出会议室。身后又是一阵窃窃私语和没完没了的坏笑。

时间一长，他不再相信大夫的话，更不相信那些脑电波、X光和CT片什么的，但对于药物的依赖却有增无减。他执着地一趟一趟往各家药店里跑，又拎着大袋大袋的药物钻回房间。

在此期间，前妻先后来找过他几回，头两次他还开门让她进来，后来就懒得再开门，主要是懒得听她无休无止的说教。

"你快走吧，我的事不用你操心！"他隔着房门凄凉地跟她搭话。

"喂，这样下去，你迟早会毁了自己的！"

她几乎把鲜红的嘴唇贴在门上，苦口婆心地冲房里喊叫。

这种时候，他忽然泪流满面，不清楚是因为前妻的那句话让他感动，还是他们曾经有过的一场注定不会天长地久的婚姻。她以前是那么决绝地要离他而去，现在他变得像个丑陋的巨腹怪物时，她反倒跑回来一次次缠着他。可他真的不需要安慰，更不需要她的一丝怜悯。他相信世上总有一些药物会帮助自己解决当前的困境的。

于是，诸如海藻养生丸、排毒清脂胶囊、大麦减肥茶等，凡是跟瘦身减肥有关的药物，他都不厌其烦地往肚子里送。礼拜天逛书店时，他发现了一本养生的书，他觉得书中的方子对自己的病也许有效。结果，按着书中的方子吃了还没到一个礼拜，新的问题就出现了，他得了非常严重的腹泻病，一天中的多半时间都是在马桶上度过的，差一点儿没把肠肠肚肚都拉出来，整个人彻底虚脱了，可肚子却依旧有增无减，他只好作罢。

他还养成了每天早晨喝苦咖啡的习惯，因为报纸上说咖啡因具有抑制体重和减肥的神奇功效。他就用小铝壶咕嘟咕嘟煮开了，不加伴侣，也不添糖，完全是美式的，就那样苦兮兮地一杯接一杯喝下去。大肚子带来的最大烦恼是让他行动越来越迟缓，没事老爱犯困，哈欠连天，咖啡至少能够让他出门的时候保持足够的清醒。

早晨，编辑部临时来电话通知要在市里开一个出版座谈会。他挤公交车往过赶，因为起得太晚了，脸也没来得及洗，没有吃任何代替早餐的药片，当然也没顾上煮咖啡。一个枯瘦的老太太看他肚子那么大，满头虚汗哗哗乱流，就主动把位置让给他。结果坐下没多久，他便摇摇晃晃迷糊着了，汽车一直开到了终点站，他也没有醒来。会议本来安排他要发言的，他姗姗赶来会议早已经结束，迟得太离谱了，主编非常生气，黑着脸，好长时间一句话也不跟他说。

这样没多久，他的体重就超过了一百公斤，这几乎是他婚前的一倍。腿上的汗毛完全消失了，细瘦寒碜的腿骨简直已经不能承担他那超常的负荷。不出门待在家还好，只要去一趟单位，他准累得气喘吁吁精疲力竭。晚上回来躺在床上，两条腿酸痛酸痛的，关节缝里总冒凉风。

白天，他连着去了好几家药店咨询。人家告诉他这种关节痛一般在孕妇身上比较多见，尤其是怀胎到八九个月的时候，由于胎儿迅速成长，羊水也在不断增多，所有重量都直接压迫在两条腿上，时间长了就会导致这种关节酸疼，不过等产后这种症状很快会消失的。他听完后既感到茫然，又十分气愤。他觉得这些家伙简直是废话连篇，这些跟他又有什么关系呢。

不过，在转身离开药店时，他无意间一抬眼瞥见橱窗里摆放着那种银灰色的双拐，仿佛看见了救命稻草，便毫不犹豫地花一百八十块买了一副。此后但凡出门，他都像瘸子那样架着它们，一跳一跳地慢慢移动。

自从架上双拐之后，他觉得自己像是凭空长出两条新腿，走起路来不再那么沉重和费力了，尽管模样有些难看。与此同时，别人似乎也对他礼让和尊重起来。上车总有人惦记着给他让座，下车时也能得到陌生人真诚而有力的搀扶，还能经常享受免票、插队等特殊优待。可以说，一双拐杖完全把人们的注意力从他的大肚子上给引开了。这真是不幸中的万幸！

一开始，他觉得这多少有些难为情，抹不开面子，毕竟自己年纪轻轻，腿脚齐全。可时间一长，他也就逐渐习惯了这种局面，习惯了别人给予他的种种关照。假如生活非要塞给你一双拐杖的话，那么你只好坦然接受这个现实。

周末的黄昏，总是透出一副慵懒无聊的表情。他从稿件堆里慢吞吞一颠一跛走到外面的时候，老远就见靠近绿篱的路边躺着个黑乎乎的东西，等再靠近一些才看清是条黑色的小狗。显然，它被汽车或摩托车轧过不久，很悲惨地瘫趴在地上，浸透了血的一条后腿拖拉得老长老长，再也收不回来的样子，唯独那里的皮毛看上去湿亮湿亮的，仿佛刚从娘胎里出来的一般。

这种事屡有发生，那些不长眼睛的撞了狗通常会扬长而去，如今多一事不如少一事，谁也不想停下自寻麻烦。狗的一只眼湿漉漉地望着他，间或气若游丝地嘤呜着。它努力向后弯曲脖颈，同时伸出粉红色的舌头，扭曲着去舔食自己的伤口，却已力不从心，几乎舔不了两下，便又绝望地躺下去喘气了。"倒霉的家伙！"双拐仅仅在狗跟前停留了几秒，他甚至没再多看它一眼就离开了。

前妻居然鬼使神差地出现在家里。他整个人跟那双拐孪生兄弟般呆杵在门口，半晌一动未动。蹭脚垫旁边摞着几大包垃圾，透过一只塑料袋他隐约瞧见里面有大大小小的药盒药瓶之类。前妻胸前是她从前总系着的那条花布围裙，鬼才知道是从哪里翻腾出来的；她头上还很随便地套了一只黄兮兮的塑料袋，乍一看跟海绵宝宝似的。

"愣着干啥，还不进来！"前妻露出新娘般妩媚的笑脸，"我整整收拾了一下午，这个家被你造得不成样子，简直像个狗窝。"

前妻一副家庭主妇大刀阔斧甩开膀子大干一场的神情。他听见自己瓮声瓮气地咕哝道："谁叫你来的？你到底想干啥？"前妻没有理识他，或者这根本不能成为一个问题，她径直走进厨房忙乎去了。很快，他就听到油锅发出哗哗吱吱的叫声。他顿时恍惚起来，这个家自两人闹完离婚后，几乎再也没有正儿八经开火做饭了，此刻缭绕不绝的烧菜气息，闻起来像极了某种苦涩的中草药味。

他俩面对面坐着。饭菜看上去有些铺张，红红绿绿一桌子，还有他过去最爱喝的醪糟蛋花汤。前妻不停地给他夹菜，劝他多吃这个多吃那个，简直让他受宠若惊。他像个初来乍到的小客人，始终一言不发，每吃一口菜都有些战战兢兢，跟咽毒药似的。

"吃啊,吃啊,怎么不吃,是不是不合口味?"前妻始终殷勤有加,"这些可都是你以前最喜欢的呀!"

他很茫然,不知道今天她到底是哪根筋抽的,葫芦里卖的什么药。他一遍遍在心里告诫自己,这个女人跟他毫不相干,这个家也不再是她的了,他可不希望有个陌生女人跑来干涉自己的私生活。但同时,潜意识里,在内心最深处,有种莫名的绝望正在蠕动,她越是这样莫名其妙地优待他,那种绝望感就越发强烈。他不知道自己怎么变成这样的,曾经那颗易感脆弱的心变得像个堡垒,任凭女人怎么温柔贤惠,就是无法叫他动心动情。

一个人的情感一旦逆转起来,即便对自己,似乎也具有某种可怕的破坏力。此刻,这种幽暗的力量来得异常迅猛,就像数量庞大的药物在体内起着难以预料的副作用。法律上,她已经不属于他,而他也完全适应了一个鳏夫的全部生活,可以说,除了对药物的激情有增无减,此外对包括这个前妻在内的所有事物他都心灰意懒了。一旦面对干净整洁的房间、色香味美的饭菜、失而复得的家庭生活,以及前妻所刻意营造的一连串温馨甜蜜的爱意,这个男人突然觉得自己正在变硬缩小,越来越小,越来越硬,最终像一枚黑色的石子沉入渊底。

唯独牙齿们装模作样机械地咀嚼着,也许是漂浮在蛋花汤里的几颗鲜红夺目的枸杞,又让他兀自想起下班后路遇的那条正在流血的狗,以及那绝望的狗眼闪烁着的即将熄灭的一丝微光。他还记得年少时家里有条黄褐色的小狼狗，有一天狗莫名其妙地死了，据说是吃了有毒的东西，或老鼠药，他放学回家抱着已经变硬的狗，哭得死去活来。他感到不可思议，下午他居然没有蹲下来多打量黑狗一下，或者，为那可怜的小生命做点什么，自己竟那样冷酷决绝地弃它而去。或许，是身体的变异和残疾，让一个人的情感彻底变得麻木不仁吧！现在他真的感到恐惧，前所未有的恐惧洗劫着他的每根神经，他甚至觉得自己不太像一个人，那种最基本的羞耻感猛地将他攫住了。他不得不放下手中的碗筷，双手掩面呜呜而泣，那哭声简直像条老狗。

前妻始终默默地注视着他。他的表情犹如惊慌失措的草食动物，仿佛年少时遭遇了狡猾的猎人一次次袭击，他的眉眼之间流露出闪烁不定的狐疑，他的脸色灰暗，嘴唇铁青，一副营养不良的模样，还有那大腹便便的身体几乎快毁了这个男人。他当着她的面抽泣时，她才泪光闪闪地走到他身边来，用手轻轻抚摩着他的头，像抚慰一个迷失的孩子，继而，将自己的身体暖暖地贴上去。

"都怪我不好，我以后再也不离开你了……"她泪眼婆娑地喃喃着。

起初，他本能地抵抗不想接受，现在他对她的一切都感到十分陌生，他几乎完全不了解她，彼此间的冷淡、敌意、疏远和决裂，似乎永远也不可能逆转了。但他平生头一回清醒地意识到自己像中了什么毒，那些稀奇古怪的药物如鬼魂附体一般死死纠缠着他，让他过早地丧失了爱的勇气和权利，他已奄奄一息，无法苏醒了。他浑身上下几乎没有一丝温暖的地方，简直像个虚浮的影子，小风一吹便会消散。

此时此刻，他那忧郁的额头和潮湿的面颊深埋在前妻胸口上，一股玫瑰般久违了的芳香气息，霎时叫他变得软弱无力，几乎就要窒息了。他觉得那两只饱满的乳房就像两朵初升的太阳，暖烘烘地炙烤着他，也炙烤着房间中的一切。他莫名地记起以前在什么书里读到的一段话：

> ……他又一次看到这大地的面貌，重新领略流水、阳光的爱抚，重新触摸那火热的石头、宽阔的大海的时候，他就再也不愿回到阴森森的地狱中去了。

房间里，潜伏已久的阴霾的药味快叫太阳光驱散了。

　　头一回走进红旗影院放映间的那晚，师傅跟我说："放电影这活啊，就是个熬时间的营生，说风光也风光，不管啥好片子，都紧着你自己看。过去，我们走村串乡，为给老乡送一部片子，可以说是风吹雨淋，冬天受冷夏天挨热，还有成群结队的蚊子，天黑了能活活吃了你，那罪可真是没少受啊！虽说如今有了新影院，可该吃的苦还得吃啊，就拿跑片子的活来说，不管放啥电影，都得咱们亲自去上面拿，来回县城跑几十里路，有时片子紧张得很，当天演完还得当天给人家还回去，谁叫咱们是小地方，得认这个命。"

影院的放映间就在舞台正对着的那座高高的水泥房子里，墙面上有两只四四方方的小窗口，感觉像《平原游击队》里鬼子碉堡楼似的，一台半新不旧的银灰色长江牌十六毫米的放映机，四平八稳地架在工作台的正中央，感觉它像一只骄傲的大公鸡，前后两只片轮像高高地翘起的冠子和尾巴。师傅用手指点着，一样一样讲给我听，这个是做啥用的，那个具体怎么操作，我都有些眼花缭乱了。没想到一台放映机那么复杂，什么光源啦，镜头啦，片门啦，聚光镜啦，散热器啦，电动机啦，齿轮啦，皮带啦……师傅如数家珍，头头是道，白唾沫圈挂在他嘴角上，我的额头上早爬了一层细细密密的热汗珠，感觉自己在听天书。

"这里头学问大着呢，你光会扳扳开关远远不够，关键时候还得会用手摇把子倒胶片，还要把不过关的残片提前掐掉，断了的胶片能又快又好地粘接上，还不能影响正常放映，光这些呀，够你娃娃学一阵子的！"

我懵懂地点头，也暗暗下了决心，能来这里工作多亏了师傅，绝不能给他丢脸。

那天晚上，我就是通过放映间的一扇小方窗，有一搭没一搭地看了师傅放的片子，感觉跟以往完全不同。从这个方向，可以居高临下，清楚地看到下面观众席的脑袋黑压压连成一大片，像泥沟里的一大群蝌蚪那么混沌不清。放映机镜头里射出的那一柱彩色光束，呈放射状远远地投射到那张巨大的白色幕布上，时不时有一个人的脑袋会从黑暗中陡然升高，光束便照得那颗脑袋雪亮雪亮的，就像剃光洗净的一颗硕大的猪头，而银幕上也忽然留下一只无比巨大的黑影，跟魔鬼差不多，惹得观众一阵不满地乱嚷嚷，那魔头倒也知趣，又倏忽消失了，准是迟到或刚上完茅房回来的观众。这时，我才注意到，片子里那个叫人啼笑皆非的懒汉田福，正抱着一块大石头，怒气冲冲闯进牛百岁家里，咣当一下，他竟然把石头丢进人家热气腾腾的饺子锅里，然后，这个后来家喻户晓的懒汉理直气壮地嚷道："你们不让我好过，我也不让你们有好日子过……"全场观众顿时哈哈大笑起来，有些年轻人甚至打起了响亮的呼哨。

《咱们的牛百岁》这样的轻喜剧，跟群众生活贴得近，叫人开怀大笑。在这暂时封闭起来的漆黑空间里，人们忘记了外面的世界，甚至分不清白天或黑夜，每个人的喜怒哀乐都可以尽情释放，观众间彼此陌生，放在眼前的故事却完全相同，这一刻人们好像拥有相同的人生经历不分彼此。我偷瞧一眼师傅，他一点儿都没笑，甚至很严肃，也许他根本就不看电影，眼珠子瓷瓷地盯着放映机，精神高度紧张，他干工作的那股劲头真是没得说。

刚当上学徒那阵，我们镇上也不是天天都有电影放。一来，当时根本没有多少新片子，从省城到各市县，再到我们这最末尾的乡镇一级的小放映点，轮片流程相当缓慢，通常人家一部新片子外面都放过三两个月了，有的甚至过了小半年光景，才可能轮到我们拿来放一放；二来，咱们镇连同周边的观众也没多少人，而且，过去这里人都看露天电影看惯了，现在得自己掏腰包买票，每张门票虽说仅一两毛钱，可这点钱对普通群众来说，也不是个个都能消费得起的。所以，影院只在每个礼拜二、礼拜四下午，和礼拜六晚上各放一场，其余时间也就做做设备维护和检修工作。

但凡空闲的日子先搞后勤卫生，师傅带着我在不大点的放映间又扫又拖，擦擦洗洗，可以说弄得跟新房似的一尘不染。接下来，他还要把放映机的镜头组件一一拆卸下来，用很柔软的白棉纱，挨个仔细擦拭一遍，该加机油的地方，就拿那种长鼻子小机油壶像点眼药似的，点那么一两滴油润一润。"这机器跟人一样，也有腰酸背疼不舒服的时候，你得经常查看着点，有了小毛病要早早根除，这样你让它干活的时候，才能顺顺当当的，要不一到关键时辰，它准卡壳掉链子，到那阵惹得观众冲你瞎打口哨，乱起哄，你呀只能干瞪眼，一点法子也没了。"

只要说到那台机器，师傅的眼睛里就有神，会放光，嘴巴机枪似的，一梭子接着一梭子，永远也说不够。我跟他处得时间久了，才慢慢得知，他这辈子为了放电影，好多机会都从他手心里溜走了，比如，去一家工厂当一名正式的电工，或者到县文化馆谋个干事当当，可到头来他连个家都没成了，眼看五十好几的大男人，身边愣是没个女人照料，想想真够凄惶的。

原先跟我师傅一起放电影的那个男人，说来也算是他带出来的徒弟。听说人家就是在下面放露天电影的时候，跟附近村上的姑娘热热乎乎恋上了爱，一下去放片子，姑娘就整晚守在他身边，一会儿给他喂口好吃的，一会儿打开水壶让他喝口糖茶，后来那两个人结了婚也生了娃，师傅还是他俩的证婚人呢。师傅跟我说，人家那叫革命婚姻两不误，生产生活双丰收，可惜他自己没那好福气。再后来，那个男的干脆选择留在乡下做了流动放映员，为的是能跟他村上的老婆孩子热炕头，想想倒也不赖。那人隔三岔五也来镇上跑片子，我见过他两面，又黑又瘦的一个家伙，大概长年熬夜，睡眠不好，眼睛红红的，白天跟人说话时老打哈欠，一副没精打采的样。只是，一根纸烟片刻不离手，抽起来没够，好像他活着就是为了吸那玩意儿的。

师傅说："干咱这活的人，全都属夜猫子的，一宿不吸光一包纸烟，根本熬不下场，往后你小子自然就懂了。"

这天一大早，师傅要带我上县城跑片子去。我头一回跟他进城，可能是整天待在小镇上坐井观天的缘故吧，人一旦出来，见到什么都觉得新鲜好奇。县城街上真热闹，不时有穿连身裙的大姑娘从人群里翩翩走过，花蝴蝶一般，脸蛋粉扑扑的，迎面遇见陌生人，故意把头昂得高高的，一点儿也不像咱们那儿的姑娘，走路老是勾着个头，害羞，怕见生人，躲躲闪闪，像做贼。这里的小伙子裤腿又长又宽，裤脚边像宽大的扫帚头，在柏油马路上不停地甩来扫去，根本看不到脚上穿的鞋。他们还戴颜色很深的蛤蟆镜，镜片子都有扑克牌大小，把大半张脸面遮没了，远远看去，跟熊猫眼似的，走起路来摇来摆去。

有个头发卷蓬蓬的年轻小伙子，手里提着收音机大小的物件，但仔细看又不是收音机，银灰色的，比砖头块大不了多少，太阳光照在上面熠熠生辉。那东西跟着主人，一路走一路唱。"……甜蜜蜜，你笑得甜蜜蜜，好像花儿开在春风里，开在春风里……"接着，又是什么"夏天夏天悄悄过去留下小秘密，压心底压心底不能告诉你……"我始终没听明白这些歌到底唱些什么，尽是些什么风啊，花啊，甜蜜啦，娘们儿兮兮的。就在我发愣的工夫，那机器里的乐曲和歌声陡然一变，节奏猛地强劲起来，先前绵软娇嫩的女声，霎时变成了苍凉沙哑的男声："……我曾经问个不休，你何时跟我走，可你却总是笑我，一无所有……"

一开始，我只感觉闹哄哄的，喇叭里传来的奇怪的歌唱，都是我这辈子从没听过的新歌子。师傅见我眼热得直巴望，就冲我指着那物件道："那玩意儿叫录音机，有单卡也有双卡的，听说人家日本进口的最牛，里面装小小一盘什么磁带，想啥时候听就啥时候听，还能录下自己的声音呢，眼下城里时髦得很哩！"我又惊诧又羡慕，师傅确实比我想象中知道的东西还要多。那些新鲜的歌声如雷贯耳，我边往前走边侧着一只耳朵听。"脚下这地在走，身边那水在流，可你却总是笑我，一无所有……噢！你何时跟我走？噢！你何时跟我走……"

我大概就是被这突如其来的歌唱给镇住了。这感觉从没有过，尤其是那些叫人似懂非懂的歌词，就像它是专门为我这样的人唱出来的：一无所有，一无所有。我不就是一无所有吗？书念不下去，待在家里游手好闲，大人嫌我吃白饭，我都觉得自己活着没劲，幸亏遇到了现在的师傅，他说要教我放电影，我想都没想就跟了他去。歌声渐渐远了，我还在默默回味，直到师傅从身后拍了一把，我才回过神来。我喃喃地冲着前方说："这歌子太好听啦！"师傅撇着嘴说："好听个屁，鬼叫狼嚎的，一点儿也不正经，我觉得还不如听老戏带劲……咱俩快走吧，去迟了就拿不上好片子了。"

我俩一同去了县城的电影放映公司。发行科里有师傅的熟人，他一进去就笑眯弯眼的，跟一个戴近视眼镜的矮胖男人握手搭讪，忙着递烟套近乎。那男人生得肥头大耳，脑顶心光秃闪亮，像是夜里睡着了让鬼悄悄剃了头发，可他还偏要从耳后扯过几根稀稀拉拉的长发遮在脑心上，其实什么也遮不住，反而显得十分滑稽可笑。师傅指着我，介绍说是他新收的一个徒弟，秃顶男人只翻了我一白眼，傲慢的样子让人难受，连声招呼也不跟我打，好像我是师傅带来的一条乡下小野狗。

我乘机从桌子上拿起一张《最新影讯》，有普通的考试卷子大小，字迹印成水红色的。我翻过来掉过去看了半天，上面介绍的几部片子我都没看过，有一部外国片叫《虎口脱险》，故事简介说这是一部叫人开怀大笑、百看不厌的反法西斯战争喜剧片，还有一大段话说它如何如何优秀获了多少国际大奖。我有些怀疑，难道它比咱们国产的《地雷战》《地道战》还牛还好看吗？以前看这几部片子，大伙总是笑得稀里哗啦的，我在露天里不知看了多少遍，那些台词张口就来，可还想看，觉得过瘾。

那天秃顶男人给师傅推荐了两部国产的片子，一部好像是《峨眉飞盗》，主要讲的是一个会武功的盗贼名叫草上飞，这家伙在峨眉山盗窃国宝后被公安人员抓捕的故事；另一部是个爱情片，名字我一时没记住。这两部师傅好像都没有看上眼，他居然瞄上了我刚才注意到的那部外国战争片。"要拿就拿个最有意思的，本来大伙花几个钱看一场不容易，图的就是个乐呵嘛。"那男人连连摇着秃脑袋说："不成不成，这个片子公司里统共拿到两个拷贝，县城的几家影院还没放过来呢，一时半会儿根本轮不上，你们小剧院嘛，随便放点啥凑合凑合就行了。"师傅始终冲人家嘿嘿傻笑着，又给秃顶男人递上烟，再帮他点上火，好话简直说了一箩筐，两边嘴角上尽是白沫子，可对方还是把秃头摇得跟拨浪鼓似的。

我发现师傅这人真会软磨硬泡，不知道他肚子里哪来的那么些车轱辘话，一套一套的，自始至终领导长科长短地叫得亲热，死乞白赖地求人家要关心关心基层群众的文化生活。他一条一条如数家珍般摆出我们影院的种种难处和不易，什么机器老旧，基础设施差，座位少得可怜，老百姓兜里又没几个闲钱，再不放几部像样的片子，影院迟早得关张了。说到最后，他还弄出一副可怜兮兮的嘴脸，觍着脸央求道："好我的科长，您老人家不松这个口，我老汉就给您跪下了！"说着，竟然真的上前一步，猛地弯下一条腿来。显然，秃顶男人被他搅得乱了分寸，最后勉勉强强答应给想想办法，让我们下午再来听信，他要去协调协调。

从电影公司出来，师傅长舒了一口气。我心里对他刚才的做法有意见，就直截了当地说："师傅，你为啥低三下四求那胖子，我最看不惯牛哄哄的人，好像天老大他就是老二！"师傅说："这你就不懂了吧，人在屋檐下咋能不低头？能屈能伸才是大丈夫。再说，谁叫人家卡着咱们脖子呢，只要能把好片子跑回来，说点软话又算啥？"我实在懒得再跟他说什么，只顾往前走路。他又说："以后啊，得跟这边搞好关系，全县上下有多少地方天天等片子放呢，全凭人家一手调度呢，说穿了还不是他说给谁就给谁，下午我得给他买两盒大前门去。"我不客气地说："哼，有啥了不起的，还送烟，美的他了，大不了咱们不演就是了。"师傅神情突然严肃起来："你娃尽说瓜话，建了影院是干啥的？不就是给大伙放电影的，没有好片子放，咱们是唱空城计，还是坐吃山空啊？你呀，见的世面忒少！"

师傅后来的那两盒大前门还真管用，《虎口脱险》到底让他磨到手了。我们在发行科办好了手续，饭也没顾上去吃，只是啃了几口师傅随身带来的干粮，便骑上车子马不停蹄往回赶路。一路上，我俩每隔半个钟头换骑一次，中途车链条还掉了两回。师傅蹲在路边安链子时，随口跟我叨叨："这车子跟我一样，一身的老毛病了，该退休了。"听他这么说时，我心里便有些怅惘。我跟师傅在一起的时间并不长，可我得承认，他的一言一行开始潜移默化地影响着我了。比如说眼下，我们回到镇上已经是傍晚时分，他累得浑身冒汗红头涨脸，我也东倒西歪的不想再动弹一下。可是，他连气都没喘匀，就拿起粉笔和板擦跑到电影院门口，把宣传黑板上的老消息擦掉，再一笔一画将新片子和放映时间写上去。师傅的字写得粗大有力，就像他这个人一样，说一不二，一清二楚，就是笔画都硬邦邦的，缺一点美感。

当时，我们这里加上我这个临时学徒，还有电工、卖票的、把门的，统共五六个工作人员，写写画画的事归师傅负责。据说早先他也写不来东西，因为在放映队干的时间长了，宣传这些事是硬着头皮练出来的。"人无压力轻飘飘，井没压力不喷油，这好多本事啊，都是硬逼出来的。"他还嘱咐我以后也要学会这一手，说这叫艺多不压身。好在我还上过几年学，写字难不倒我，照猫画虎地写两笔还行。师傅手头有个美术板报小册子，什么宋体、楷体、黑体上面都有，没事了我就拿起来瞎翻翻，对学习美术字很有帮助。

师傅这次拿到的片子，隔天必须给人家还回去，所以师傅决定当天晚上就要放一场。于是，通过街上的高音喇叭，先把电影消息播出去。镇上的播音员是个陕北来的女同志，乡音多年不改，她把"虎口脱险"念成"户口脱鞋"，把"法西斯"硬播成"发喜死"。师傅摇着头说："没办法，凑合来吧，就这水平！谁叫人家是镇长的外甥女呢，关系硬得很，不硬，也轮不着她在那里哇啦哇啦播广播了。"电影晚上八点钟放，师傅先放了一段加片，观众才陆陆续续来了，没办法又多放了两遍歌曲《在希望的田野上》，老半天了还是没坐满，师傅最后一咬牙一跺脚："不管那么多了，来多少算多少，咱们放咱们的片吧。"

这部外国片子实在太精彩了。我是隔着放映间的小窗口，眼睛都没有眨一下，眼泪不知笑出来多少回，腰笑得都直不起来，肚子疼得简直不行。这电影是前所未有的，它的喜剧色彩太浓了，欧式幽默，处处爆笑。外国佬竟然能把战争片拍成这样，这在当时简直太不可思议了，让我这样的观众佩服得五体投地。《虎口脱险》步步都是险情，时时都有意想不到的情况发生，观众的心自始至终都揪得紧紧的，每当主角逢凶化吉时都让人惊叹不已。所以，我不得不佩服师傅挑片子的眼力和魄力，当然还有他那两盒大前门烟，绝对物有所值，我开始有点喜欢这个工作了。

有句话说，乐极生悲情。对，就在当天晚上，我们镇上发生了一桩罕见的盗窃案。街心的公家门市部被坏人撬了，丢了不少值钱的东西，其中包括女式手表一块、燕舞牌收录机一台，据说还有一台蜜蜂牌缝纫机头，可能是机身太重的缘故，犯罪分子都把它搬到窗口了，最终却没能够搬得走。镇上沸沸扬扬，民警立刻忙乎起来，四处走访搜集证据。大家伙议论纷纷，说什么的都有，当然说的最多的，还是那场外国电影有多好笑，以至于到了第二天中午，影院头头临时决定再加映一场，观众比头晚来得多多了，我从小窗口看到下面黑压压一片脑壳。

仅仅过了两天，民警便顺藤摸瓜，从乡下把那个叫大伙胆战心惊的盗窃犯逮回来了。当时，所里的电驴子呜呜叫着，从街上风风火火驶过，路上灰尘四起，车轱辘上沾着来自村野间的黄泥浆和绿草叶。我正从家里往电影院方向走，老远就被那种刺耳的呜哇呜哇声给怔住了，感觉腿脚似乎有点儿麻了，迈不开步子，莫名地不做贼也有点心虚。

"快看快看，小偷给逮起来了！"

马上就有人义愤填膺地接过话头："贼胆比天大，让他吃枪子去……"

　　果然，一个家伙被五花大绑地捆在电驴子的侧兜里，像只乏绵羊一样孱弱无力奄奄一息。摩托车从眼前经过时，我像所有人那样盯着看，那张瘦白的脸跟糊了层窗户纸似的，下巴颏尖尖地往上翘着，绳子捆住的上半身，仿佛一团毫无筋骨的破棉絮，软塌塌地瑟缩在车兜里，下半身和腿脚完全看不到，仿佛被齐齐地截肢了似的，跟平时在电影里看到的抓坏人的情景不太一样。我觉得这家伙真会挑时间，专门趁大伙快快活活看《虎口脱险》的时候，他神不知鬼不觉地也去"虎口拔牙"——偷镇门市部的东西。我多少有些担心，生怕往后再放好看的片子，还会有人乘机去作案。好在，真相很快就大白了，那瘦男人并非什么江洋大盗，他因为处了个漂亮对象，手头紧得很，到了谈婚论嫁的节骨眼，女方家里偏偏又提了些硬条件，非要上海产的梅花表，进口的双卡收录机，还要斜梁女式自行车，门市部刚好进了一批新货，瘦男人被逼得没法子，才铤而走险的。我忽然意识到，生活有时简直就像一场电影，什么稀奇古怪的事情都会发生，主人公做出来的事，可真叫人匪夷所思。

　　不管怎么说，我是越来越喜欢放映这件事了。世上再也没有比师傅的放映间更好的地方：灯光熄灭，故事开演，你几乎忘了是白天还是黑夜，眼前那场有声有色的人间剧目正在上演，那可都是别人的生活，你只当一个普通观众，远远观望，可以哈哈大笑，也可以默默地落几滴眼泪。那段日子，除过白天回家吃两顿饭，晚上胡乱睡一觉，可以说我整天都跟师傅耗在一起。像放片子这样的活，我已经可以应付下来了，放映机就像自己的好伙伴，开始听任我摆布。机器总是发出吱吱的声响，那是片轮在有条不紊地旋转，电影胶片在旋转中渐渐发热，不时地散发出一股化学药品特有的味道，有些刺鼻，却又很迷人。每当这种时候，我心里也会感觉特别踏实，因为我在做自己喜欢的事，而且，当你全心投入一件事情中时，很多东西都会被忽略掉，好像世上只有电影最重要了。

师傅对我从不保留什么，他是拿我当自己的收官弟子了，教了我很多压箱底的技术。比方说，放映镜头是把片子放大了再投到银幕上的，为了保证画面的效果，镜头上得有好几片凸透镜和凹透镜合在一起用，才能达到把影像放大到数百倍的目的。每次至少得装五六片透镜，而且排列间距还得非常精密。因为我们这里根本找不到那么多透镜用，不过师傅却有自己的小窍门，他会在镜片上敷上一层厚度适当的透明膜，他说这样能减小镜片表面的反光，还能增加透光性，这样一来，就能提高最后成像的清晰度了。这种敷了膜的透镜正面观看时，好像没啥颜色，可从反射光方向观察时，会略微地透出金黄色或蓝紫色，看起来有些迷幻。这些纯属师傅自己多年反复摸索，才得出来的宝贵经验，我都一一记在心上。

由于多年来总是这样没黑没白连轴转，加上年岁不饶人，师傅的腿脚不太灵便了，身体状况越来越差，尤其是腰肌劳损很厉害，他整天拿一只手背在后腰眼上不停地敲啊捶的，嘴里不时地发出咝咝的痛苦声响。这些大概都是职业病，过去那些年，他不分春夏冬放露天电影，受热挨冻都是家常便饭，落下病根也在所难免。

"不行喽，人一到这岁数就得服老，我这烂腰像刚从酸菜缸里捞出来的，酸疼得快立不住了……往后啊，这里要靠你小子啦！"

每次听师傅这样呻吟着自言自语，我心里都很不是滋味。我跟他不沾亲也不带故，只是因为一个偶然的机会，我做了他的徒弟。那还是老早以前的事，有一晚我在外面看露天电影，架在观众身边的放映机突然着火了，胶片吱吱旋转着变成一条火蛇，燃烧所产生的臭气熏人眼鼻，男女老少顿时惊叫着四处逃窜，唯恐被大火烧着。我见放映员脱下自己的工作服，哼哧哼哧奋力扑打着机器和桌面上的火苗。当时，一截摇摇晃晃的电线火蛇样横在我眼前了，那线烧得吱吱啦啦响。我想都没想就抄起旁边的一只木马扎，冲着迸射火星的电线连着挥舞了几下。电线是临时从旁边的一根电线杆上接过来的，被我那么用力一挥，当即就扯断了，一旦电源被断开，危险也就宣告解除了。

那晚就在我转身要离开时，放映员一把握住了我的手。"小伙子啊，今儿多亏了你帮忙啊！火一烧起来，手忙脚乱的，我都忘了先断开电源了。"我看放映员脸上有一层浸了汗水的黑灰，抹得一道一道像个唱戏的老花脸，他上身只剩一条有零星破洞的红背心，整个人看上去灰头土脸的，多少有些死里逃生的味道，"没想到你年纪轻轻，遇事果断得很嘛！"让对方一表扬，我自己都不好意思了，也不知该说点儿啥好。后来他边收拾放映设备，边唠叨说机器年代久了，老出毛病，每次放电影，他都提心吊胆的。接着，他又热心地打问我住在哪里，叫啥名字，家里有些啥人。我一一答复了。他也自报家门，说这是他最后一次放露天电影了，因为很快他就要去镇上的影院做正式放映员了。临别时他对我说，以后有空可以去影院找他看电影。我俩就这样认识了。后来一天深夜，我被几个小混混追着满街跑，正好遇见他下夜班回家，还是他把那帮坏小子撵跑的。他请我去夜市摊子上喝了两瓶啤酒，吃了几串烤羊肉，他说看我成天闲着没事，不如过来跟他学着放放电影。他肯定是觉得我这人比较机灵，本质也不算坏，当时社会上确实很乱，混混又多，他怕我跟着那些家伙学坏了，这是他后来才告诉我的。

夏天刚到，我就嘴馋吃冰棍吃坏了肚子，有好几天躺在家里哪都没去，也就帮不上师傅的什么忙了。这天都到傍晚了，影院的女票员慌慌张张找上门来，她的剪发头都跑疯张

归途

了，像一把刺刺扎扎的大扫帚头撅起来，见面气吁吁地嚷道："你还有心在家窝着？出事了，出大事了！刚才电影公司来电话，说你师傅去县城跑片子突然晕倒啦，人家把他送到县医院抢救呢……晚上咱们这里还有包场电影，头头等你去放呢！"我本来闹肚子闹得有点虚脱，听她这么说，直觉得双腿一软差点瘫在地上。不知道后来是怎么去的电影院，又是怎样糊里糊涂放完包场电影的。至于银幕上演什么，我压根儿不清楚，只是听到胶片吱吱乱响，仿佛一群蚊子在耳边哼鸣。偶尔，透过那扇小窗口，看到的竟是师傅訇然倒地，浑身剧烈地抽搐着，像一匹再也爬不起来的老马，一圈白沫子悬在下颌边，不省人事了。

第一卷片子放完一会儿了，我竟然迟迟没有动窝，一只片轮在耳旁飕飕地空转着，我两眼只是死呆呆盯着小方窗，木头人似的僵在那里。我忽然记起来跟师傅头一次见面的情景，就是他在外面放露天电影那次，胶片突然着火，我正好坐在离他最近的地方，顺手帮他扑灭了火，那以后他就成了我生命中的贵人。观众终于在黑暗中发出不满的起哄声，那声音嘈杂极了，我这才回过神，慌慌张张换下一卷片子。哪知第二卷刚放到三分之一，片子又断了一次，惹得下面的口哨和尖叫声此起彼伏，害得我好一阵手忙脚乱，最后总算凑合着粘接好断片，硬着头皮放下去。后来放映任务总算完成了，观众散去，不久女票员和电工师傅们也都相继回家了，唯独在这充满浓浓胶片气味的放映间里，孤零零地剩下我一个人。这里的空气变得非常稀薄，我大口大口喘气，感觉自己就要窒息了。

一时间有些茫然，没有师傅在身边，我不知道自己还能不能继续在这里干下去。我突然感到前所未有的孤单，就像电影里的那些小人儿，刚才还在银幕上生龙活虎风光无限，可一旦电影散场灯光熄灭，他们全部被收进寂寞冰冷的铁皮盒子里，立刻悄无声息，归于死寂。昨天以前，师傅还在这里有说有笑的，他不厌其烦手把手教我这个徒弟，一门心思把压箱子底的东西抖搂出来，从来也没有把我当外人。倒是我自己，时不时会跟师傅犟犟嘴，怄怄小气，甚至在一些事情上跟他顶嘴，还经常把师傅说的话当耳旁风……我再没勇气往下想了，这次师傅若真有个三长两短，我该怎么办呢？

师傅在县里的医院住了将近仨礼拜，总算是把命保住了，只是半个身子齐刷刷地动弹不得，说话时嘴角总朝着一边歪扯，涎水成天濡湿着一大片胸膛。那天是我和电影院的另外两个同志去的县城，七手八脚接师傅回家的。大夫给他开了一堆药，说让带回去慢慢调理，这种病急不得。师傅家里乱得简直没章法，他大半辈子也没个女人照管，这样的老单身，说是有个家，情况可能比没家的更糟。听跟我一起去接他出院的人说，其实师傅早先有过一个女人，长得粉面桃腮的，他太忙，总是把她一个人丢在家里独守空房，自己一整晚一整晚在外面放露天电影，后来这女人竟跟邻居家的男人偷偷好上了，有一晚回家让他撞在炕上。我是他徒弟，一日为师终身为父，何况我心里有愧，那天要不是自己闹肚子，准会跟师傅一起去跑片子，那样我们俩轮流骑车子，他就不会给累垮了。现在像扫地、抹灰、洗衣服、端屎倒尿，这些活我都得学着去干，尽管以前在家里，我几乎是个连油瓶倒了也不去扶的人。我还得拿一把铝勺子，一下一下喂师傅喝汤吃粥。"师傅，你把心放宽，好好吃饭，我跟家里商量过了，往后我就搬过来跟你住，家里的事不用您老发愁，放心吧，有我这个徒弟呢。"师傅听了眼圈红湿，默默地把脸撇向一旁，刚嚼在嘴里的小米粒，随着簌簌的泪水吧吧嗒嗒落下一摊。我忙拿抹布替他揩嘴边的汤水，刚擦干净，他的眼泪又亮汪汪地往出涌着，感觉真像个老小孩似的。我知道他心里在为啥难过，就郑重其事地说："放电影的事，不会耽误的，往后下班了，我先从家里端了饭菜过来，然后跟师傅一起吃。"我这样说的时候，一下子感觉自己像个大人了。

那些日子，我确实忙得晕头转向，每天除了要照顾师傅的吃喝拉撒翻身服药，放映的事也落到我头上了，影院暂时找不到第二个人来顶替师傅的工作。他生病卧床后，影院的头头也一本正经地找我谈过一次话，说是让我放开手脚好好干，一定要接好师傅的班。我有些诚惶诚恐的，生怕自己在工作上出什么差错，辜负了大伙的期望，更对不住师傅这两年的栽培。当然，除了做好放映工作，我还得隔三岔五像师傅那样上县城跑片子，去找那个我并不喜欢的肥头大耳的家伙。我没给那人买过烟，他倒是还算领师傅的情，不至于太为难我。

师傅见我早出晚归，一个人躺在那里不停地抱怨自己没用，说他这样简直像个老废物不如死了干净。

"您老别总往坏处想，我打赌你会好起来的。"

他痛苦地歪歪嘴角："这病，就算好了，也落个半身不遂啊……"然后，就无比枉然地望着窗外，一串涎水从嘴角慢慢溢出，亮晶晶地挂在下巴与胸膛之间。

"我那老飞鸽，你拾掇拾掇骑吧，师傅怕是再也用不上了……"

听他的口气像在交代后事，半天我也不敢吭声，只是跟姑娘似的，让泪水在眼眶里直打转转。后来，我实在不想让师傅看到自己没出息的样子，才悄悄溜到院里，然后蹲在墙根下捣鼓那辆破自行车。我发现车子的大梁上，都是师傅亲手缠过的废旧的电影胶片，能看出来他缠裹得又细致又密实，好像用一百年都不会破损。以往他骑在车子上，屁股总是很有力地一左一右扭动，那只牛皮座子早已让他磨得滑溜溜的像鱼皮，此刻似乎还带着他的体温，静谧在一层油腻的光亮中。车把上的铃铛擦得熠熠生辉，仿佛一只银白色的小月亮，能照亮前行的路。我用手指轻轻拨弄了一下，铃音脆生生的，恰似师傅健康爽朗的笑声；在车后架的一侧，仍旧挂着那只经常用来装胶片盒的铁笼子，上面还缠着几圈加固用的黑胶皮带。

　　这辆自行车跟师傅跟得太久了，就像是风里来雨里去的一个老战友，有多少场好电影都是通过它送到这里的，电影给镇上的人带来了数不清的欢声和笑语，可如今这辆车子再不能像往常那样陪着我师傅了，他再也不能骑着它东奔西颠去放露天电影、去跑片子了。就在这一瞬间，我忽然意识到生命原来那么脆弱，我也感受到肩上这副担子的分量了，连同师傅送给我的这辆老飞鸽，它们如此沉重，又如此不同寻常，而我似乎已没有了选择，或者说，选择了放映员的生活，就等于选择了我和师傅的命运，一切都来得那么突然，又那么神圣，我唯一能做的就是勇敢地去接受。我知道在影院那个不大点的放映间里，有一台会吱吱作响的机器和匀速旋转的片轮，正在灯光熄灭后召唤着一个年轻人。

张学东

中短篇小说选

跟瓶子一起唱歌

4

张学东 —— 著

中国言实出版社

图书在版编目（CIP）数据

张学东中短篇小说选 . 4, 跟瓶子一起唱歌 / 张学东
著 . -- 北京 : 中国言实出版社 , 2024. 11. -- ISBN
978-7-5171-4836-4

Ⅰ . I247.7

中国国家版本馆 CIP 数据核字第 2024KS8671 号

跟瓶子一起唱歌

责任编辑：史会美
责任校对：王君宁

出版发行：中国言实出版社

地　　址：北京市朝阳区北苑路180号加利大厦5号楼105室
邮　　编：100101
编辑部：北京市海淀区花园北路35号院9号楼302室
邮　　编：100083
电　　话：010-64924853（总编室）　010-64924716（发行部）
网　　址：www.zgyscbs.cn　电子邮箱：zgyscbs@263.net

经　　销：新华书店
印　　刷：北京盛通印刷股份有限公司
版　　次：2025年1月第1版　2025年1月第1次印刷
规　　格：710毫米×1000毫米　1/16　152印张
字　　数：1600千字

定　　价：498.00元（全8册）
书　　号：ISBN 978-7-5171-4836-4

坚硬的叙述

——张学东小说印象

王 干

认识张学东一晃快二十年了，我们最早的一次见面，还是在北京朝内大街166号《中华文学选刊》杂志社我的办公室里，我后来多次选载过他的中短篇小说佳作。当年的青年作家倏然间也步入中年了，二十年间张学东勤勤恳恳地写作，踏踏实实地创作，完成了近五百万字的著述，算得上一个高产作家，光他的中短篇小说精选集就洋洋洒洒有八卷本之多。学东嘱我写篇序言，我苦思冥想，在寻找一个词来概括张学东的小说风格，始终不得要领。近日，再度浏览他的小说时，一个词跳了出来：坚硬。我赶紧打开电脑，记录下这样一个关键词。

张学东出生于宁夏吴忠市，是正宗的大西北人。大西北地貌的雄浑、沧桑和坚硬，是人们肉眼可见的。有一次，我从宁夏坐车去西安，沿途的风景极为壮观，巍峨而挺拔的山峰，粗粝的石子和沙子，那些在风中行走的人们，与我平常在家乡江

苏所见到的景象是截然不同的，与我现在生活的北京也是"画风"大异，但近二十年来，我读到的宁夏的作家的文风却并非全是那么的豪放，比如，"60后"的石舒清、"80后"的马金莲等作家的文字就有着一种清澈、细腻和贴心的叙述。张学东的文字与他们又不太一样，他的小说也呈现出鲜明的宁夏地貌特征，在《跪乳时期的羊》中他写道：

> 才几天时间，草场上就有了翻天覆地的变化，又接连飘过几场雨，丰茂的草势一下子使得天地间臃肿起来。羊群刚赶出圈，呼啦一闪便不见了踪影，仿佛一个个掉进了深不见底的绿色湖泊之中。有时风头猛了，才能把绿色揭起几片白色的浪花，那是羊儿正埋藏在里面吃草呢，但很快又全部隐没不见了。

这样的叙述让人不禁想起了那首著名的乐府民歌《敕勒歌》："敕勒川，阴山下，天似穹庐，笼盖四野。天苍苍，野茫茫，风吹草低见牛羊。"当然，一个是"现"牛羊，一个是将羊群隐没了起来。但同样的大气魄，大手笔，非出自现场的亲身亲历者不可。这样一种坚硬的叙述，如果要从现代文学那里寻找源头，恐怕只有鲁迅先生了。鲁迅的小说风格被人称为冷峻，我则视之为坚硬，如果比照鲁迅的杂文，就会发现这位硬骨头的坚硬特性会更为明显。和鲁迅同时代的茅盾、巴金等人的叙述明显要柔和清新些，而到了沈从文、张爱玲那里则变得

清柔如水了。

当然，坚硬与柔和并不意味着审美价值的高低，而是天生的个性和内心所致。我不知道学东有没有受过路遥的一些影响，但在叙述质地的坚硬和刚性上，他们彼此都是相通的。

说张学东的"坚硬"，不是说他的写作只是一味地粗放和豪迈，事实上，他在叙述乡村历史和个人成长的历程中，时时体现出他特有的一种柔情和挚爱，他叙述苦难岁月里的人与人交往、描写大自然与童年视角的交融无不如此。在那一刻，他就是一个柔情万种的赤子和爱神。

与此同时，在当代小说家中，学东也是描写动物的高手，对羊、狼、狗、鸟等动物的拟人化的魔幻现实主义的叙述，进入到一个如我又无我的化境，但他写的绝不是宠物小说，他写的还是人物小说，在这个意义上，他笔下的动物无人可宠，不是无聊时的陪伴，而是生存的相依为命。生存的粗粝、生命的顽强、生活的艰辛，都让他笔下的生灵坚定、坚强、坚毅，让他的人物骨头硬、脾气硬、作风硬。

张学东在坚硬语言的外壳下，始终隐藏着一副柔软的心肠，这让他在对历史、社会和现实的探究中，赞颂的永远是自然美、人性美和童心美。

我以为，张学东的小说的基调无疑是现实主义的，他凝视、回望、聚焦生活的记忆和真实的感触，用写实的笔触来书写，但他又是一个开放的现实主义的践行者，他的小说对叙述视角和人物视角的转换的尝试孜孜不倦，保有现代主义和魔幻现实主义的韵味。

通读学东的作品不难发现，他的小说"切"和"砍"的力道非常明显，能与同时代作家区分开来，这一点对于一个小说家而言极为重要。我知道，在宁夏很多作家都习惯于书写土地上的苦难，学东另辟蹊径，很多时候他更愿意去写当代人的现实苦闷，从某种程度上说，苦闷是比苦难更难驾驭的。

是为序。

2024 年 6 月 13 日于万国城

目 录

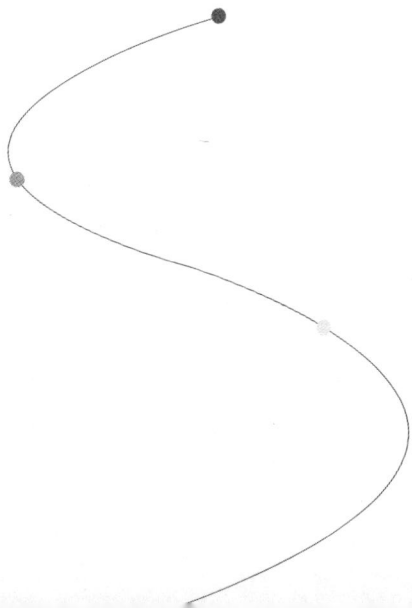

经常乘车的人都知道，这趟中巴车战线拉得最长，从北门金三角虎狼般猛地蹿上公路，横冲直撞一路招摇地穿过大半个城市，车速往往快得让乘客心惊肉跳的，有时又故意磨磨蹭蹭叫人万分恼火。这种车开动时机器总是跟发怒的狮子一样轰轰吼叫，车尾喷着阴霾的浓烟，在路上走走停停又曲曲拐拐，像神话里的土行孙一样不顾危险地逶迤驶到军区大院门口，才戛然停住呼呼喘息。中巴车属于私人运营的项目，司机和票员多半又都是附近郊区不再种田的农民和他们的子女，车主用领到手的土地开发款置车办证干上了城市客运行当，这些人基本上没接受过什么正规训练，也不会讲普通话，成天操着去声很重的方言招揽生意，见了站在路边的行人不管三七二十一，也不分男女老幼，一律往车上生拉硬拽，嘴里一个劲儿嚷着票价及主要途经站名，乍一听跟狂躁症患者没什么两样，往往惹得路人躲闪不迭咒骂连天。那天，老牛头好像也是这样让一个叫四狗的小年轻硬塞上中巴车的。

起初，老牛头刚从家里出来，摇摇晃晃慢慢腾腾地移到街边。他一只手里拎着一个蓝布兜子，兜里鼓鼓囊囊的，看不出来里面究竟装着什么东西；另一只手拄着根竹节拐杖，拐杖的弯手柄上缠着一圈黑绒布，那圈布早被老人的手掌磨得跟黑皮子一样光亮了。老牛头刚刚稳住脚，朝路的两头迷茫地张望了一下，他想分辨分辨方向。按理说老牛头这个年纪的人，是不应该出门四处走动的，充其量也就是在居民区内慢悠悠地散散步，或找个避风的地方晒晒太阳，可这天他非得出门。老牛头的小孙女病了，儿媳妇正在医院陪孩子输液——平时孩子的爸爸妈妈都在外面忙着讨生计，哪还有闲工夫操心自己的小孩，只把几岁大的小孙女留给他们老两口来照管。老牛头和老伴也知道他们的难处，又帮不到儿女什么忙，自然看管小孙女就成了他们晚年最艰巨最光荣的任务了——这不刚立秋没几天，小孙女就吃坏了肚子，再加上夜里又乱蹬被子，一时照顾不周，孩子拉痢疾险些虚脱了，只好住进医院治疗。

四狗和他们的中巴车这时正好开过来。四狗的模样一点儿也不像狗，瘦了吧唧的，头发被风吹得乱蓬蓬的，脸也让风吹得又皱又红，倒像极了公园里的猴子。由于职业特有的敏感，四狗远远就发现了路边的老牛头。四狗眼睛放光，他赶紧身手矫健地拉开车门，汽车还没停稳，他便一探头把自己整个人筛出车门，他像一面旗子挂在车外，嘴里嚷着中巴三中巴三……上来走哩。喊话间汽车一个急刹车，四狗便飞也似的跳到老牛头跟前，一把就将老牛头的胳膊擒住了。老牛头年迈眼花，他还没分清东南西北，自己已经让中巴车的票员四狗扯到了车门口。四狗紧贴在老牛头身后，跟带领俘虏一般一个劲儿把老头往车里推搡着。老牛头固执地原地跺着脚，当他终于分辨出这不是一辆公共汽车时，他就站在车门口，连声嚷嚷起来。不坐这车，我坐公家的，我有老年乘车证。四狗戏谑说坐车还分啥公家私家，分那么清又不是找媳妇，快上快上吧，我们的车跑起来又快又舒服呀。说着，还是拼命把老牛头往车上搡。老牛头死活不肯抬脚，可他的两只手几乎帮不上他什么忙，他不仅要顾着右手里的那只兜子，左手还得拄着拐杖，这样一来，四狗很容易完全控制住他。

眼看老牛头就被塞进车里了，他终于忍不住叫起来，你这娃娃咋回事，我说了不坐就是不坐，你死了活了硬搡啥嘛！说着，他的灰白的短胡子和稀疏的头发都跟着颤了颤。四狗见状手下稍稍松了点劲儿，可他并没有就此放弃的意思，反倒赔上一张笑脸。他说，老爷子别生气嘛，坐谁的车还不是一样坐，我们的车真的又快又稳当，您老不信先上来试试看吧，不舒服我不收一分钱。哪知老牛头还是坚持说，我说了不坐你的车就是不坐你的车……你们三八车开起来跟疯子一样，我怕吓出心脏病来，老汉我还想多活两年哩。四狗听了忙说老爷子你说得不对，我们不是三八车我们是中巴三！老牛头又说我不管你是三八还是王八，我就是不坐这种车。四狗还是穷追不舍软磨硬泡，他又说放您老一百二十个心，我叫师傅开慢点，保准让您老坐得舒坦。老牛头不再说话了，可腿脚依旧撑着股犟劲儿，他身体虽被四狗从后面围拦着，可他还是扭头朝公路上张望，他想看看公共汽车来了没有。四狗就明白了老头的意思。

这当间，车里的另外几位乘客也不耐烦地叫嚷起来，急死人了，到底走不走嘛，等了老半天了！再不走我们可退票了！司机师傅也回头劝说车门口的老牛头，老爷子上来走吧，上来走吧，你有站着的工夫我们都把你拉到了！四狗就冲师傅挥了一下手，师傅会意，马上吱吱地挂挡踩油门，车子就缓慢地移动起来。四狗乘机从后面架住老牛头，两只胳膊猛地一起用力往上托，老牛头老胳膊老腿的哪里经得住这般力量，硬生生被挟进车厢里了。与此同时，老牛头手里的提兜也咣当一声撞在车门上，他腿脚又一慌，左手一个没抓紧，兜子撒开手去，丁零咣当又稀里哗啦，里面的东西全部撒出来，弄得靠近门口的台阶和座位下面到处都是菜汤和米粒。

车厢里顿时弥漫开一股家常饭菜的气息。原来提兜里装着一只小铝锅，锅里是老牛头正要带去医院的午饭。饭当然是他老伴亲手做的，出门时老伴千叮咛万嘱咐的，唯恐他走路不小心有个闪失。老牛头当时还很不以为意地跟老伴犟了句嘴，他说真是咸吃萝卜淡操心！快把你那心儿咽进肚子里去吧，我就算把它提到北京去也是万无一失的。老伴听他这么说就默默回了他一句，说牛皮都让你吹破了，难怪你这辈子姓了牛！其实，老伴心里最清楚，老牛头是不想去医院送饭的。

现在的情形是，老牛头不但把手里的饭锅扔了，饭菜也撒了一地，覆水难收，老牛头真的把牛皮给吹破了。这下就连那个瘦猴子票员也开始傻眼了。毕竟那地板上撒的是一锅饭菜，不是别的什么东西可以捡起来凑合着再用。

　　四狗愣了一会儿，这阵儿他恨不能自己变成一条狗，先把脚下的烂摊子拾掇拾掇再说。尽管四狗的名字里是有个"狗"字，可他这条"狗"跟真正能趴在地上随便吃东西的畜生还是有天大的区别的。事实上，四狗从早晨六点半迷迷糊糊地钻进车里，到现在已经摇摇晃晃整整跑了一个上午，他的肚子里只塞进了一块干饼子，灌了几口凉开水，肚子早就饿得呱呱叫了。此刻，他盯着地上红红绿绿的菜叶和珍珠一般的白米粒，泛酸的口水空前地富裕起来，简直有些势不可当了。它们像一条条水光溜滑的虫子，在四狗的嘴巴和喉咙里异常活跃上蹿下跳翻江倒海。若不是老牛头在片刻的愣怔之后大叫了一声，四狗几乎觉得自己已经被那些该死的口水给淹没了，四狗甚至还产生了某种奇怪而又滑稽的幻觉，他看见另外一个自己摇身一变，成了一条会甩尾巴点头哈腰的狗，在众目睽睽下乖戾地趴在车厢内的地板上，伸出长长的粉舌头，旁若无人地在那些花花绿绿的食物上一通猛舔吞咽。口水终于像清鼻涕一样从四狗的嘴角溢出来了。

　　正是老牛头那声哭不像哭吼不像吼的怪叫，把四狗从瞬间的妄想和虚幻中拉回到现实里。四狗还没有完全反应过来，老牛头突然就把那只刚刚扔掉提兜的手颤巍巍地举起来，然后照准四狗那张猴气十足的脸便捆上去。老牛头确实气糊涂了。老牛头生来就是个暴脾气，年轻的时候就爱跟人较个真认个死理，三句话说不顺就又吹胡子又瞪眼睛的，同一车间的工友都不敢轻易惹他。老牛头退休前曾是东风机械铸造厂的一个老车工，干了一辈子铁活，后来是他待业在家的小儿子牛钢光荣地顶替了他的班，再后来那家厂子衰败倒闭了，牛钢把他辛辛苦苦干了一辈子的工作也给弄丢了，到头来老牛头还得把自己可怜巴巴的退休金拿了些出来帮儿子，好让五大三粗的牛钢在菜市场里做个小本买卖养家糊口。每次只要一想起这事，老牛头心里就窝火得要命，好像儿子牛钢丢了工作，他这个当老子的将来死后无颜面对那些曾经以打铁为生的先人一样。人活着是需要争一口气的，儿子牛钢到现在都有了自己老婆和孩子，也没能给他老牛头争什么面子回来，反过来他成天还得替儿孙的事操心受累动气。有一次，老牛头跟老伴发牢骚说，我这个儿子真是白养了这么大，都说养儿防老，老汉我都活了这把岁数了，也没好好享过儿子一天福。可老伴却不以为然，好像她天生就不是来享福的，就是专门为自己的儿孙操劳到闭上眼的那一天的。

　　老牛头动手打人的时候，车里至少有两名乘客注意到，老牛头打完人以后，他的那只手就停在半空中。那只跟老牛头一样苍老的手似乎并不能完全伸展开来，乘客惊奇地发现，除了司空见惯的那种皱巴巴发着青光的老皮，和一坨大一坨小苍蝇粪便样的老年斑外，那只右手好像还少了些什么。究竟缺了些什么呢？其中一位男乘客嘴角微微一抽，露出一丝压抑不住的满足的惬意，好像老牛头给大伙出了口恶气，他甚至摞了句，活该。而另一位细心的女乘客就坐在靠近门口的一个位置上，她本来是忐忑地坐在座位上捂着自己的鼻孔，同时她还得尽量将自己的两只脚悬空，因为那些讨厌的菜汁已经流到她的座位下面了，她正考虑着要不要换个座位坐到后面去。她的鼻孔虽然捂着，可眼睛却看得分明，那只颤动着的愤怒的右手一直举在她眼前，就像被小偷拆毁的一截破篱笆，参差而又寒酸地露出几根木棍，其他的棍子都不知跑到哪里去了。女乘客的眼睛慢慢瞪大了，接着她像是被什么东西给噎了一下，上身猛地一抖，或者，她再也不想去看那只衰老得只剩下三根手指的老手。随即，她从座位上敏捷地跳了起来，拎着自己粉红色的小坤包，耗子一样刺溜一下果决地逃到最后一排坐着去了。后来，女乘客那张雕饰得十分讲究的白脸盘一直固执地瞥向车窗。四狗使性拌气地清理车厢时的声音，以及一路上四狗跟老牛头没完没了的争争吵吵，她完全充耳不闻，只是厌恶地皱着眉头。

还未到医院那站老牛头就让四狗给推下车了。一路上四狗都在说，老子今天倒了八辈子血霉，这趟拉了一个吃白饭的。这样说他似乎还是气不过，又不停冲窗外自言自语说，谁叫你扇了我耳刮子，咱们就算扯平了，你的东西全当给狗吃了，我是不会赔的！想让我赔，做梦去！就在四狗嘀咕的工夫，正好有个戴眼镜的男人喊着要在前面下车，车就慢慢停下来了。老牛头一言不发，依旧气鼓鼓地坐在门口的位置上。老牛头之所以不想再说话，是因为在这之前他已经把该说的话都说明了：

反正他们必须赔一锅饭菜给他，否则他死也不会下这辆车的。

车停下来以后，四狗已悄悄换了另一副脸孔，他不再骂骂咧咧，也不再摩挲自己挨过打的脸了。说实话，老牛头那一记耳刮子并不太重，老年人嘛哆哆嗦嗦的，手脚也不听使唤，一个耳刮子又能怎么样呢？可问题是，这是在车上，在公众场合，那么多双眼睛盯着看呢，四狗又是个毛头小伙子，面子一时磨不开也是可以理解的。开车的司机是四狗的姐夫，他一边开车一边不时地回过头拿眼睛剜四狗，嘴里不耐烦地嘟囔着，四狗你还啰唆啥呢！四狗你跟这种人有啥好啰唆的。这样一来，四狗当然就心领神会了，趁着汽车停稳戴眼镜乘客下车的空当，他笑嘻嘻地凑到老牛头跟前，说老爷子别生气了，刚才我那都是说气话呢，你看路边正好有个饭馆子，干脆我领你过去买点吃的吧。老牛头本来就心急如焚，一想到医院里的孙女和儿媳妇还饿着肚子，就恨不得插上翅膀马上飞到那里去。他见四狗又摆出一副和颜悦色的谦卑样子，便信以为真了，他犹犹豫豫挂着手里的拐杖起身，四狗也巴结似的帮他拿了东西从后面搀着他下车。

哪知老牛头两脚刚刚下地还没站稳，汽车就忽然往前蹿出一大截，这自然是四狗姐夫在暗中使坏。老牛头猝不及防地跌趴在路边了。四狗扬扬得意地站在台阶上，嘿嘿狞笑了两声，他一面笑一面把手里的那只提兜像垃圾一样朝老牛头脚下掷过去。提兜咣当一下着了地，锅盖飞碟一般又滚出了很远。因为铝锅是空着的，那种声音就很响亮，车里靠窗边的乘客都依稀听到了。几名乘客在座位上窃窃地说着什么，有人说这老头也真是的，何苦呢，不就一锅饭嘛，至于吗？也有人愤愤不平地说太过分了，万一把老头摔着怎么好，这些开车的真不像话。不过说归说，谁也不想狗拿耗子多管别人的闲事。四狗更不理会这些，他的身体很熟稔地绷挂在车门上，中巴车再次往前开动的时候，老牛头正呻吟着想从路边爬起来，从车尾喷出的一团呛人的蓝烟，一下子又将他罩住了。

老牛头眼前一片茫然，整个人瘫软在地上，半天也没有起来。

事情到这里其实完全可以了结了，老牛头充其量也就是胀了一肚子冤枉气，出门摔了一个跟头，自认倒霉吧。一个人一辈子难免是要磕磕碰碰吃些亏的，有句话叫破财免灾，意思是有时候舍弃一些财物并不见得是什么坏事。说白了，老牛头也就是浪费了很小的一锅饭菜而已，这本来没什么大不了的，可偏偏又从旁侧生出一个枝节来。

刚才那位先于老牛头下车的戴眼镜的乘客并没有走远，他好像在等别的车或什么人，老牛头摔倒在地他看得清清楚楚，连票员四狗最后咒骂老牛头的话他也听得清清楚楚。戴眼镜的乘客注意到中巴车呼啸着跑远了，但他并没有立刻跑过来帮什么忙，实际上他正在抽烟，他一面抽烟一面朝公路的一头张望，脸上略微有种焦急的神色。又过了一会儿，戴眼镜的乘客回过头，他发现老牛头还是趴在地上没有站起来，才慢腾腾地朝这边走过来。

戴眼镜的乘客把老牛头从地上扶起来的时候，也注意到老人的右手与众不同的地方，很明显，这是一只严重致残后的手，食指和中指被什么东西齐根斩断了，只留下粗大而畸形的两个骨节包。乘客又在路边捡起了老牛头的那只弄得油腻腻脏兮兮的提兜以及飞出去的锅盖，上面已沾满了灰尘，他帮老牛头拍了拍才递过去，然后乘客注意到老牛头用那只残缺不全的右手很费力地去够提兜的带子，连着抓了两下都没抓住，最后一次还是乘客主动把东西凑到那只手上才勉强抓牢的。

乘客的心因此微微动了一下，随即他脱口骂了句，这帮狗娘养的，一点社会公德都不讲！之后，乘客又关心地询问老牛头身上摔坏了没有，问他要不要去医院检查一下，老牛头只是连连摇头，他嗫嚅着说我就是要去医院送饭的，我孙女和儿媳妇还等着吃饭呢。乘客听了又劝他事情已经这样了，生气也没用，还是先去医院要紧，省得家里人替他担心。在他们分手前，乘客似乎想到一件事情，他从衬衣的口袋里掏出一支笔，又在身上翻了几翻，最后从衬衣的兜里取出香烟盒，里面只剩下一根烟了，乘客把它叼在嘴里。接着，他将那只烟盒三下两下拆开，又把展开的烟盒背面垫在路边的站牌上，沙沙地往上面胡乱写了些什么。写好以后，乘客说他记住了那辆中巴车的车牌号，要是真的把老人家摔个三长两短的，到时候也好找他们算账。老牛头疑惑地接过那张烟壳纸看了半天。老牛头本来就是个大老粗，穷苦人，识字不多，几个号码他还能勉强认得，至于上面写的"四狗"这个名字，他就有点拿不准了，主要是字迹潦草了点。老牛头抬起头向这位好心人道谢时，戴眼镜的乘客刚好吸完最后一口烟。这时一辆汽车疯野地开过来，老牛头只好目送着乘客扔掉烟头钻进车里去了。

每天天蒙蒙亮，票员四狗就得准时出现在他姐夫的中巴车上，这一天也不例外。

四狗去年总算混到了初中毕业，是他自己跟家里提出来不想再念书的，上学对他来说是件非常痛苦的事，借用老师的话讲就是，四狗这种人念书纯粹是瞎饭撑死狗。四狗姐夫家有一辆跑出租的面包车，当时正赶上四狗姐姐在家生孩子，车上一时半会儿没有合适的卖票的人，四狗自告奋勇要给姐夫打工，姐夫小舅子一拍即合。如今四狗已经在这趟车上整整干了一年，有时候他挺喜欢这份工作的，因为总能在街边路上看到各式各样的漂亮姑娘，有时这些姑娘就花枝招展地坐在他们的车上，四狗自然会多看她们几眼的，对那些漂亮的姑娘四狗一般是比较客气的，他总是主动替她们安排相对好一些的座位，有时他甚至把自己的位置让给她们坐，而他甘愿像个小兵守候在门口，而且，他还一律管她们叫姐，姐儿长姐儿短地喊得亲切，目光闪闪烁烁地在她们的脸蛋胸脯和从裙子里伸出来的大腿根上瞄来瞄去。有些时候，四狗也是不喜欢卖票这种事的，因为还会遇到各种各样的乘客，有刁钻的，有吝啬的，有拿假钱糊弄人的，还有蛮不讲理的，遇上这类客人总是跟他没完没了斤斤计较，让人心烦。

比如说，昨天乘车的那个糟老头子，就很让四狗生气，害得他当众白白挨了一个耳刮子不说，还少卖了一张车票，而且还得重新打扫车厢，那些油腻的菜汁足足让他趴在地板上擦了半天。姐夫后来还不分青红皂白地批评了他一通，姐夫说四狗你小子咋那么肉，连个老家伙都糊弄不住，你整天价除了盯着娘们的奶子屁股发呆，还能干啥！看来姐夫分明是有点瞧不上他了，只是碍于姐姐的情面不直说罢了，这让四狗多少有一些忐忑，因为他还不知道要是不让他卖票他到底能干些什么，毕竟姐夫每月还给他开几百块工资的，有了这些钱他可以买烟抽买啤酒喝，一个月至少能痛痛快快看两场通宵录像，偶尔还能添件自己喜欢的新衬衫和牛仔裤穿，总之，有个工作终归是好的，这叫仓中有粮，心才不慌么。

这阵子姐夫不在车上，姐夫去吃牛肉拉面或者羊杂碎，每天都一样，姐夫把车停在站里排上队，自己就跑去路边的饭馆吃早点了，通常回来的时候会给他捎一块饼子或两颗茶叶蛋。四狗自然得老老实实待在车里，车门是敞开着的，随时恭候那些乘客上车。这种时候四狗总是没精打采地躺在车座上，一副昏昏欲睡的样子，遇到有乘客上车，他也就微微睁一下眼睛了事。

半天也没有人来坐车，四狗靠在门口的座位上差点又迷糊着了，昨晚没睡好，老做乱七八糟的梦。他隐隐听见有什么人在不远处说话，是一问一答的声音，其中的一个声音是完全陌生的，有点瓮声瓮气的，让人不舒服；另一个声音他很快就分辨出来，是跟他们一起跑出租的另一辆车上的女票员，她说话总是拿鼻子嗯啊嗯啊的，他还依稀听到陌生的声音好像还不断地提到了他的名字，听起来很突兀，又很刺耳，好像故意把他的名字错念成"死狗死狗"的，但一切都是模模糊糊朦朦胧胧的，就像人在梦里听到的那种声音一样不真切。四狗没心搭理这些，他把脖子鸭颈样弯缩在座椅靠背上，实在懒怠动弹一下。没过多长时间，他又听到了重腾腾的一串脚步声，几乎同时，有一股冷飕飕的凉风钻进车内直扑到他脸上。

跟往常一样，四狗眯缝着睡眼只冲上车的人扫了一眼，就继续懒洋洋地躺在椅子上打瞌睡，两只脚搭在门口的合金护栏上，鞋尖一颤一颤的，像鸟爪那样毫无意义地抖个不停。但是，今天和往常似乎又不太一样，上车来的人并没有立刻钻进车厢坐下来，相反，那人只把上半身探进车门，他的身体太宽阔了，以至于像是被车门紧紧卡在那里进不来。四狗也觉察到车门被什么东西挤得吱吱响，他连眼睛也不睁，只是没好气地说要上就上来，你挡着车门啦！可是对方依旧堵在门口，接着有个声音闷声闷气地问他，喂，你就是卖票的？四狗依旧半睁半闭着眼睛。那人一副打破砂锅问到底的架势，又追问他，你到底是不是卖票的？四狗这才用鼻子哼了一下，说废话，你说我是卖啥的，总不是卖油条的吧！那人接着又问你叫四狗？四狗一听这人又叫他"死狗"，便明白这就是刚才跟前面车的女票员说话的那个家伙，他猛地张开眼睛挺起胸膛大声嚷，你他妈的会不会说人话，大清早的也不刷牙，满嘴臭气，听清了我叫四狗，你他妈的才是死狗呢！那人听了没再说话，相反却沉默了数秒，突然他的上身猛地往里一纵，整个人如同一堆生铁块撞进车厢。四狗还没有反应到将要发生什么事情，闯进车来的男人早抡起两只拳头，照着四狗的脸嘭嘭就是两下。

四狗在这种突如其来的拳头和惊恐之中，仅仅本能地用双手掩护着自己的头脸，嘴里嗷嗷乱叫，鼻孔早已鲜血淋漓了。无奈，那个人的拳头简直跟铁锤一般，又重又疾，四狗躲闪不及，几下就被打翻在车厢的过道里。接着，那人扑上来又用脚使劲朝四狗的肚子猛踢起来，四狗捂着肚子在地板上蛇样拼命扭曲翻滚，可车厢内空间实在是太狭窄了，他根本无处藏身，一切挣扎都是徒劳的。接下来，四狗的腰背屁股大腿又被那人狠狠踹了十几脚，四狗疼得只有哭爹喊娘的份了。这时，停在站里的几辆车上的人都闻声赶过来，因为是清晨，四狗的哭喊声传得清清楚楚的，四狗的每一声惨叫听上去都跟恐怖片里的鬼叫一样难听，大伙完全被这种突兀的声音给镇住了，加上早晨人的大脑都不太清醒，难免有些迟钝和木讷，人们一时搞不清到底怎么回事，个个都只是战战兢兢地围在四狗姐夫的那辆中巴车旁，通过一扇扇车窗大伙无比惊恐地看到那个高大威武的男人，正抡铁锤一般在车厢内殴打着票员四狗。大伙只能听到四狗哇啦哇啦地乱叫，却始终看不到他的人影儿。倒是那个男人似乎一点都不在乎外面的围观者，依旧狂暴肆虐地像是在冲车厢内的空气不停地拳打脚踢。

后来，还是那个平时说话喜欢嗯啊嗯啊的女票员灵机一动，她说，要出人命啊，嗯，你们这些男的别光傻站着看热闹啊，嗯，倒是进去拉一拉啊，嗯，四狗会让打死的啊。女票员连着喊叫了好几声，根本没有人肯钻进车里劝架，大伙多少是有点惧怕那个高高大大的男人，因为隔着车窗人们也能看清他的拳头真的跟铁锤一样结实，他的胳膊像椽子一样粗壮，还有他的脚踢起来的时候上面穿的鞋少说也有四十三码。或许因为女票员刚才搭上了这个陌生男人的询问（她甚至还从他的手里接过了那张在背面写着四狗名字和他们车牌号的烟壳纸），此刻她真是懊悔万分，又无计可施，她人急得在车外的空地上乱蹦乱跳。她不遗余力地冲其他人喊，嗯，你们谁快去把四狗姐夫叫回来啊，嗯，行行好啊，别见死不救，嗯，他人肯定在路对过的小饭馆里吃早点呢。她这样一气喊完，没等别人做出任何有效的反应，女票员自己倒撒腿朝马路对面飞奔而去了，她往前跑时屁股一颠一颠地左右乱颤。

这样也就一眨眼的工夫，四狗的姐夫就慌慌张张从人堆里挤进来。四狗的姐夫冲进自家的车里的时候手里的确抓着一把大号的扳手，谁也没有注意到这把大而坚硬的铁家伙是从哪里弄来的（或者是别人随手塞给他的）。照理说，四狗姐夫去外面吃拉面，是不需要带什么工具去的。四狗姐夫闯进车厢做的第一件事就是，他以迅雷不及掩耳之势高高举起扳手，冲那个脚踩着他小舅子屁股的家伙的后脑勺使劲砸了一下。

接下来，大概谁也没有料到，那个先前还气势汹汹挥拳舞脚的五大三粗的男人，竟连哼都没哼一声，就瘟牛样栽倒在车厢里了，他笨重的身体正好像一副棺材盖一样盖在一直躺在车厢过道里鬼哭狼嚎的四狗身上。至此，四狗那种歇斯底里的号叫也仿佛被什么软物塞住了似的，他再也没有叫唤一声。

老牛头是在医院里见到自己儿子的。这已经是上午十点钟以后的事了。此前他在自家楼下面转了一大圈，看几个老头儿在院子里慢条斯理地下象棋，他觉得一点意思也没有，就又闷头闷脑地回到家里。当时，老伴正在厨房里叮叮当当准备着饭菜，屋里弥漫着一股煎鸡蛋的味道，他就知道老伴肯定还得让他去医院给小孙女送饭。他没话找话地跟老伴怄气说，今天我可不去，赶明儿我真的腿一蹬咽气了他们难道还饿肚子不成！老伴耳朵背得很，厨房噪声又大，根本没在意他的话。后来老伴还没来得及指派他去医院，居委会的人就领着派出所的两名干警上家里来了，再后来他就稀里糊涂跟他们坐上了警车，然后被拉到了一家急救中心。

看见牛钢的时候，他人正平展展地躺在一张床上，从这个角度无法看清儿子脑袋上无法弥补的黑洞。牛钢好像只是安静地睡在那里。这些年老牛头从来没有这样认真地看过儿子的脸，特别是儿子睡着时的样子。他觉得儿子一下子变小了，变矮了，也变薄了，不再像平常那样人高马大地在他眼前晃来晃去，躺在眼前的几乎是个陌生人。过去的许多年里，老牛头对儿子最多的评价是，白长了那么高个傻大个，站起来是一根躺下去是一摊，有啥用嘛，还不是多穿爹娘二尺布。现在，老牛头的印象仅仅是，小，儿子突然间无缘无故缩小了，不再碍眼，而是异常刺目。

后来老牛头终于明白了刺目的原因，那是苫在儿子身体上的一条白布单，他们只是让他稍微看了一眼儿子的头脸，就急忙将那条白布单重新拉上，他和儿子彻底被白色隔开了。随后，老牛头觉得自己的太阳穴像是被谁用锥子狠狠戳了两下，眼前闪过一片蚊虫样的飞行物，随后世界好像只剩下，一团黑。

就在当天晚上，四狗姐姐和她的公公婆婆趁着月色提着大包小件惶惶怯懦地敲响了老牛头的家门。门一开，一伙子人便被里面惨烈悲痛的气氛包围住了。牛钢的母亲媳妇还有女儿正哭天抹泪地抱成一团，四狗姐姐他们立刻显得无所适从，一时不知道该怎么开口，更不知道该如何迈腿进去。还是四狗姐姐的公婆率先打破了这种僵持的局面。这对老人几乎是跪爬着进屋去的，来的其他人也都跟着他俩跪下来，他们一面用郊区农民特有的那种腔调号啕哭丧，一面絮絮叨叨诉苦认罪，他们的气势一下子就压住了屋里人的痛哭声，听起来他们似乎比老牛头一家更难过更悲伤一些。老牛头后来闻声从里屋的床上颤巍巍摸索起来，他站在地当间用自己右手仅有的三根手指指点着这些不速之客，他说你们趁早拿上东西走，我们不稀罕这些！快些出去，都滚吧！

四狗姐姐他们在被撵出屋子之前，终于还是主动摊了牌，他们的意思是希望两家能私下和解，他们愿意多赔一些钱给牛家，他们甚至提出来，牛钢女儿今后的所有抚养费和学杂费都由他们承担，一直到孩子长大成人……尽管这样，最后这一伙人连同他们带来的那些箱箱包包还是被推到门外了，因为老牛头一家什么都不需要，只要能给牛钢偿命。

十一月初就飘起头场大雪，萧瑟的冬景无声无息铺满了小城的每一条街巷。老牛头已经很久没怎么出门走动，出门难免遇见街坊邻里，问这问那的，都是一副热心肠，老牛头不想跟任何人再提儿子的事了。最要命的还有，那一家子人的一次次纠缠和软磨硬泡，他们简直跟冤魂的影子一样无所不在，一次次被拒之门外，又一次次厚起脸皮敲响他的家门，一副不达目的誓不罢休的架势。尤其那个始作俑者的票员，这个小年轻自从养好了伤以后，有一阵子几乎天天都会跑来守在老牛头家门口，都快变成一条忠实不二的看家狗了。有时一大早就鬼使神差地来了，有时是在天快擦黑的时候猛不丁跑来，反正来了就赖在那里久久不肯离开，不是下跪求情就是哭丧着个脸，有一次老牛头被堵在楼道里，这个小年轻甚至威胁他说爷爷你不答应的话我就死给你看！这难免又会招来邻居们好奇的目光和观望，弄得老牛头实在不知道该怎么应对了。

有时候他似乎确实也感觉到了对方的诚心，有时候他甚至莫名地生出一丝怜悯和悔叹：要是那天自己别那么固执就好了，要是那天他别动手打人就好了，还有，要是那天他不把乘车的经过跟儿子媳妇唠叨也就没事了——可是他明明知道儿子的脾气性格跟自己年轻时一模一样，却偏偏还添油加醋地对儿子讲了自己在外面所受的侮辱，他甚至还把好心人写给他的烟壳纸交给了儿子，仿佛非要考验一下儿子对自己是否忠诚——这样胡思乱想的结果是，他觉得自己的脑袋就像一块巨大的吸满了水的海绵，思绪变得沉重、冰冷又潮湿不堪。有那么一两次，老牛头几乎快要松口了，杀人不过头点地，冤家宜解不宜结，人死不能复生，得饶人处且饶人，这些道理他都明白，但是很快，他就从老伴那双似乎再也哭不出一滴泪水的老眼里和儿媳妇日渐消瘦的寂寞身影中得到了重要警示，千不该万不该他们是不该打死牛钢的！杀人就得偿命，古往今来天经地义。

因为头天夜里下了雪，老牛头才想着出门走一走的。楼下几乎没有什么人，雪把小院和甬道盖得白茫茫的，外面的一切东西都销声匿迹，世界变得干干净净的，没有一丝污点，脚踩上去只是吱嘎吱嘎响。老牛头觉得自己像从监狱里刚刚放出来的犯人，大口大口呼吸着寒冷干净的空气，手里的拐杖戳在哪里就会在哪里留下一只只深深的黑洞，跟弹孔一样。雪还在细碎地飘着，像是从地上往天上飞旋，几乎又是粉末状的，落在人脸上立刻变成冷冰冰的水汽。老牛头在外面的街巷里茫然地转了一圈，等他返回时，远远就瞧见有个人影正瑟瑟地站在楼洞口不停跺着脚，冻得浑身都发抖了，他虽看不太清，可脑子还是蒙了一下。

老牛头几乎是低着头走过去的。那人一直注意着他，而且几乎立刻就站端正不再跺脚了，像是在冲老牛头行注目礼，但身体还是那么无助地一抖一缩的。老牛头一副避之不及的慌张模样，但就在他们擦肩而过时，老牛头还是不由得收住了往前探去的拐杖，扭过脸冲那人瞥了一眼。与此同时，那个人早就扑通一下跪倒在他脚下，在他毫无准备的时候双手紧紧抱住了他的腿。接着是一声长长的呜咽。老牛头痴呆的记忆仿佛被某种利器凶猛地豁开了似的，他的眼睛定格在皑皑的雪地上，白雪比刀光还要刺眼，他僵冷衰老的眼眶里微微闪烁着一种光亮。老牛头当然已经认出这人是谁了，即便化成灰他也能把这家伙从黑灰堆里刨出来，只不过，这人看起来比前一阵更瘦了，瘦成一根麻秆了，大冷天的身上穿得单薄叫人可怜。

中巴车的票员四狗就那样死乞白赖地跪在老牛头脚下，一边抽泣，一边哆嗦，嘴里嗫嚅着，苦苦哀求。老牛头一时又走不脱，他的腿被对方抱得死死的。四狗说爷爷你行行好吧……爷爷我姐姐人都快疯了……爷爷我外甥女才刚一岁多啊……爷爷都是我不对我不是个人啊……爷爷我求求你了，我给你磕头了，我以后改，好好做人……爷爷呀他们都骂我是丧门神是灾星是扫把星……爷爷我真的改，以后你就是我的亲爷爷，我给你当孙子孝敬您老……老牛头实在听不下去了，最后他狠下心用尽全身力气甩开了四狗，然后气冲冲地上楼去。不知怎的，回到家里他忽然发现自己早已是老泪纵横。

不知过了多久，楼下好像乱哄哄地喧嚣起来，老牛头还是从厨房的后窗户看到围在雪地上的一大堆人。当时他正准备往自己的茶杯里倒开水，无意间听见隐隐的吵闹声，他就侧脸朝窗外随便看了一眼，心里却突然有种极不好的预感，竟一慌神把手里的杯子滑落在地上，顿时摔得粉碎了。后来老牛头越发地心神不宁了，终于忍不住又颠颠地下楼来。

直到这时，他才从大伙嘴里得知，刚才有个小年轻好端端地躺在院子的雪地上，起初大伙还以为是个醉鬼，有俩热心人想把他扶起来看看他冻坏了没有，结果发现他把自己的一根手指头硬生生拿刀子割掉了，刀子就压在身下，血流得止不住，地上的积雪都染红了一大摊，小伙子八成是疼晕过去了……乍一听到这悚人的消息时，老牛头的一只手突然难以抑制地跳动起来，好像被一根无形的绳子吊起来剧烈地抽抖摆颤，他吓得扔掉了左手的拐杖，想用这只好手去抓稳那只乱跳晃的手。一生当中唯独这一时刻，他比以往任何时刻都更加清醒地

意识到，留在自己右手上的那些伤痕是多么残酷无情又丑陋
不堪……

另记：元旦来临，市民欢庆。中巴车驾驶员某某被人民法
院一审裁决，判处死刑，剥夺政治权利终身，缓期两年执行。
不久，该市相继出台了整治城市客运交通"三乱"现象的相关
措施和规定。

也许她是在打窗台上那几只啤酒瓶的主意。一开始我就想到了。我从房间里猛不丁抬头发现了这个女孩。当时她正静静地站在窗前，由于逆光不大能看清楚她的脸。我看见她模糊的脸还有露出的一截脖颈就像电影里的剪影镜头那样突兀地朝向窗户，也朝向我此刻有些诧异的目光。

天气炎热，我正待在家里看书，母亲到市场买菜去了，家里就我一个人。母亲大概早晨才将那些瓶子拿出去摆在窗台上，瓶子里的酒是昨晚我跟几个来看望我的老同学喝光的。母亲说我难得能回家住一阵子，所以，我们大声划拳喝酒母亲一点儿也不嫌闹得慌，她还特意做了几道拿手的菜给我下酒。

令人感到奇怪的是，她似乎并没有立即下手的意思。我是说，她也许有些害怕，或许在寻找一个最佳时机。她一动不动地趴在别人的窗前，脖子和脑袋稍稍往前探着，想要极力看清楚里面的一切，又或者，只是在做一些必要的试探。我觉得她这样实在很无礼，一个女孩子怎么能随随便便站在人家的窗前东张西望呢。她伸长脖子转动着两只黑黑的眼睛，一动不动，用心看着什么。后来，她往里观看的幅度似乎又大了些，胸脯完全贴在窗台边沿，两只手掌括弧似的搭在靠近太阳穴的位置上。很长时间她也没有用手去碰那几只瓶子。我还是一点儿也看不清她的样子。

　　我和她的目光就是在那一刻撞在一起的。我丢下手里的书直直地盯着她，她的目光刚碰到我时先停留了几秒钟，接着，她人迅疾地逃开了，就像白日撞见鬼那样，很是惊悚。不过，她在离开窗前时终于朝那几只绿色的瓶子伸出了自己的双手——这是我意料中的事情——仿佛皮影戏里的人物一般在我窗前开始了她自以为成功的表演。她的两只手是分开去拿的。

　　窗台上一共有五只瓶子，她每一只手都抓住了两只，这样一来就使得她很细小的手指都在做出某种努力，可还是余下最后一只。我能看见她的手很小，可她似乎很会用手抓住那些瓶子，十根手指分配得很得当，可谓手到擒来。她大概不想为最后一只瓶子再专门跑一趟路。所以，在她抓稳那四只酒瓶的细颈的基础上，将已负荷不轻的双手慢慢地聚向那只瓶子的颈部，这样就可以用她手里的另外四只瓶子将它也夹带了起来。

　　就是在那时我突然冲外面吼了一嗓子。我忘了自己喊了些什么，或者为什么要喊。她一定被这突如其来的喊叫声吓得不轻，致使她想夹起最后一只瓶子的计划宣告失败了。我听到砰的一记闷响从窗外传来。我出门的时候她竟然没有马上跑开，而是有些呆呆地站在原地，眼睛盯着碎在脚下的一摊斑驳的玻璃片。

她是个不到十岁的小女孩。我的眼睛被那些凌乱的碎玻璃反光犀利地抓了一下。她的双手下垂着，可仍然义无反顾地拎着那些瓶子，一共是四只。那些瓶子有点像是从她手上长出来的某种绿色的饰物。她的样子的确有些沮丧。我是说她看到我的时候，丝毫没有为自己刚才的行为表现出应有的难堪或惶遽。她只是看了看地上的碎玻璃又转过脸看了我一下。

摔碎了，真可惜呀！她说。

她这样说我觉得自己有种被人埋怨的感觉。

我指指她手里的瓶子，然后很严厉地望着她的眼睛，试图从她的眼睛里读出我想要知道的东西。

她也看着我半天没有说话。接着她却转身走了，当然她把手里的瓶子也一同带去了。

我正在纳闷之际，她又回来，手里端着脏兮兮的铁皮簸箕蹲在窗台下面捡地上的碎玻璃片。她捡得很小心，就像在捡一些落在地上的星星或银币。捡完了大片些的，她又用带来的笤帚把非常细碎的玻璃晶体连带灰尘也扫进簸箕里。当她意识到我还站在她面前并一直不无愤怒地瞪着她的时候，她才冲我笑了一下，露出了两颗雪白的小虎牙。

你一直在看书吗？

是的，但我也在看你。

姨奶奶说你读过好多好多书，是真的吗？

她冲我眨了眨眼睛。听她的口音是中原一带的。我觉得她很有趣，年纪虽小，却也懂得怎样转移别人的视线从而掩盖自己所做的一切。

我说你是谁家的小孩？

她用手指了指下院的那两间房子（早些年分别是我家的小伙房和仓库），说我就住在那儿。我顺着她指的方向，首先看到的是那些像山一样垛在院墙根下的旧纸箱板烂鞋底水泥袋什么的，还有码得整整齐齐的一些空酒瓶，瓶口一律向外，有点类似于外国人地下藏酒室的那种摆法，估摸着有一两千只那么多。我想她肯定把窗台上的几只瓶子也放在其中了。

事实上那天我刚一进门就看见眼前的这些乱七八糟的破烂玩意儿了。说实话我并不赞成母亲这么做的。母亲这个人有时脸皮太薄，别人三句好话在她这儿就能当钱使。所以，我觉得她把多余的房子租出去实在不是什么明智之举，至少，她应该慎重一点，怎么也不该把房子租给这些收破烂的外乡人住。母亲却说你们一个个都雀儿一样飞出去了，房子空空地撂着，我寻思着赁出去院里多少能有人进人出，看着也有些子生气。母亲说这些话的时候目光暖暖地罩着我的脸，好像在等待我说出一句贴心的话给她受用。

我不是完全不理解母亲的心，我们都在外头忙，父亲也狠心地撇下她走了好几年，家真的就像冬天檐下的燕儿窝鸟去巢空着。母亲又笑眯眯地说，这样一来呢院里看着是邋遢了点，可我看他们人也实在着呢，想想从那么远的一个地方跑到这里辛辛苦苦捡破烂换钱，多不容易啊！平日里见了面姨儿长姨儿短的，有时间还顺带着给我压两桶水倒在缸里。这就是母亲的弱点。不过，母亲说得也不是一点道理没有，这么大一个院子，敞落落的，又是她一个人住，夜里风经常把树叶摇得在窗户上跳来跳去鬼影一般，听着声音都有些寂寥和吓人。

我重新打量着眼前这个小女孩。

她很瘦，且黑，额头突出，唯有两只眼睛闪闪亮亮，看上去她倒是聪明的样子。她扎两只羊角辫，很细微的几根发黄的刘海儿在额前飘来飘去。身上的衣服一看就知道是捡别人穿剩的，很不合身，显大，袖口卷起厚厚的一截还长着，两只裤腿却很短，脚踝和小腿露着麦粒一般的颜色。脚上的凉鞋趿拉着，拉带不同程度地断裂了，颜色倒是鲜艳的粉红，看着和她本人极不协调的样子。

你怎么能随便拿走别人家的东西！

我终于把心里的话说出来。

她怔着，刚才跟我说话时轻松的神情顿时一落千丈。我又看见了她在默默地抿嘴唇时瞬间露出的两颗洁白的小虎牙，她的样子让我忽然联想到一个正在走红的女电影明星。她的黑色的眼睛耷拉下来，很长时间也不敢抬头看我，而是将双手很别扭地反握在身后，像是把自己反绑着，瘦小的身体在宽大的衣服里一拧一拧的。我倒越发觉得她很有些意思了，好像此刻经我一说她才终于意识到自己的行为是可耻的了，而这之前她却很是坦然，甚至在我冲她喊了一声并走出房间的时候，她丝毫也没有感觉到自己这样做有什么不妥。

你叫什么名字？

她犹豫了一会儿，慢吞吞地说，草叶儿。

她的小脸依旧低垂着，始终不再看我一眼。

我打发似的对草叶儿说，以后可不能这样的，你回去吧。

之后，我继续回房看书。没过多久我隐隐感觉到窗前又闪过一个影子，随即一只酒瓶轻轻稳稳地出现在窗台上，接着是第二只，第三只，第四只，直到第五只也摆上来——它们照旧排成整齐的一行。我心里忽地有种很异样的感觉，就急忙撂下书又跑出来，可窗台跟前早已经没有人影了，仿佛那几只瓶子是生了翅膀自己飞回来的。

我心中不解地说，这个小家伙。

母亲从外面进来，她把新买的花椒大料之类的东西拿出去放在窗台上晾晒，一眼瞥见那些啤酒瓶子。我听见母亲好像在大声说着，草叶儿呀草叶儿，我不是让你把这几个瓶子拿去嘛，你咋还不来拿呢！这孩子。

我愣了一下，茫然地隔着窗户注视着那些安静而孤孑地站立在窗台上的空瓶子，心绪倏地不宁起来，有种说不出的味道。

趁母亲做饭的机会，我悄悄地把那几只瓶子拎过去放在草叶儿家的那堆瓶子上。我发现那么多空瓶子绿绿地堆在一起倒很好看，仿佛一堵透明的玻璃墙壁，在阳光下熠熠闪亮。因为瓶口一律向外，就如千百只眼睛全部睁开着，有种洞穿一切的感觉。我还看到许许多多蜜蜂正在那些瓶口周围嗡嗡地起起落落着，它们好像对那些绿色的瓶子充满了好奇，有时它们竟然会轻盈地钻进瓶子里去，仿若那里面有什么值得它们进去冒险和试探的东西，过一会儿又神秘地从里面钻出来，继续在附近飞舞着，一点儿也不知道疲倦。

草叶儿家里一个人也没有，大概都出去捡东西去了。母亲说草叶儿家很可怜，她们老家前年和去年连续闹水灾，人住的屋子、地里的小麦，还有圈棚里的猪和鸡全让大水冲走了，草叶儿还有一个上学的哥哥也是在去年那场罕见的大洪水中送了性命，所以，今年刚一开春草叶儿爹妈就带上她出来了，想干别的又没有什么本钱，只好先来捡破烂。草叶儿爹说等攒够钱他们想在市场登记一个摊位，好让草叶儿妈去正正经经卖卖菜。

草叶儿爹妈就是相中了这个院子，跟我母亲缠磨了好几次。母亲一开始也不乐意租给他们这种外乡人，可一听他们可怜巴巴的，反正那两间房子暂时没啥用处，也就答应让他们搬来了。母亲还说草叶儿那个孩子很讨人喜欢的，有事没事总姨奶奶姨奶奶地叫着她，别看人小，顶大事呢，每天帮着爹妈生火做饭，还要四处跑颠颠地捡那些瓶瓶罐罐，墙根下的瓶子就是她捡回来的。

临近傍晚下院墙根那里叮叮当当地有了响动，我看见草叶儿小小的身子一抻一抻地正往上面码着新捡回来的瓶子。我悄悄地走过去，站在她后面。她码瓶子的时候很投入，非要把要码的瓶子跟以前的那些完全对齐，嘴里还小声数着数。她脚下还剩下三五只，横躺在地上，我顺手拿起两只学她那样轻轻地放上去。这堆瓶子白天吸收了大量的热，此刻靠近它们觉得火辣辣地炙人，还不时往出飘散着馊浊的酒味。

草叶儿回头看见是我，就愣了一下。我看见她的脸蛋好像比中午看到的时候又黑了点，脏了吧唧的，她或者也意识到这一点，就抬起臃肿的袖头来回揩了揩自己的脸。我看见她的两只小手也黑着。我把最后的两只也码了上去。她开始不声不响地蹲下来折那只油腻腻的大概用来装瓶子的旧蛇皮袋。我也蹲在她旁边，想了想，不无歉意地对她说中午是我错怪了你，那些瓶子我已经放回来了。她转脸望了望那堆瓶子，又抿着嘴看了看我，笑了。小虎牙一亮，很白。

我问草叶儿今天一共捡了多少只瓶子，她说才十一只。很快她又说不对，十五只，要是那只不摔碎就有十六只了。我脸上讪讪的，伸手摸了摸她的脑门，那儿汗津津的有点粘手。我一时竟不知该对她说些什么才好。

草叶儿后来告诉我加上今天捡到的她已经攒了1876个酒瓶了。我好奇地问她怎么记得这么清楚。她说因为爹答应过她等捡够3000个瓶子就让她去上学。我说你还没有上过学呢怎么会数那么多数？草叶儿说刚开始她也数不了那么多，只能勉强数到一百过点，后来她不会就去问爹，爹教她从一数到百再数到千，爹说要想去上学就得先学会数数，要不人家老师一准不收的，所以她天天都要把那些瓶子数一遍。草叶儿还把爹教过她的拼音字母给我背诵了一遍，竟然一个不落。我点点头，又问她几时才能捡够那么多瓶。草叶儿一副很有信心的样子，她说要是每天都能捡到十个以上，到过年的时候估计就差不多了。她又多少有点不自信地看了一眼我，眼神里有种灰色的东西很微妙地闪了一下，让我觉出她心中那份隐隐的担忧。草叶儿说爹说天一冷啤酒瓶子就少了，要是那样今年可能就攒不够了，不过，我明年还可以再去捡，肯定能攒够3000个。我觉得她的表情跟成人一样坚定，也就不愿意再给她泼冷水了。我说现在的人越来越喜欢喝啤酒了，冬天也照喝不误，你一定能捡够那么多。这次她放心地冲我笑了，她的笑总是短短地那么一闪而过，而且，从来没有声音，很收敛。

草叶儿将那只袋子折好后就开始进进出出地忙乎起来。母亲说得不错，这个女孩子确实很能干，跟小大人似的，不慌不乱，有条有序。草叶儿把面粉㧟在一只深色的瓷盆里，很有节制地掺了水进去，手指灵活熟练地搅和着，她揉面的时候那只瓷盆总是咣啷咣啷地在案板上蹦来蹦去，让人担心随时会掉在地上。她的身体也随着脚尖一颠一颠的，好像她不是在揉面而是在做一项未可知的运动。可不一会儿，一团面竟揉圆了，她用瓷盆将面团反扣在案板上。而她手上沾着的面泥也基本上没了，看上去很利索。她径自到门外的小土炉旁生起火来，她趴在靠近炉池的地方用嘴呼呼地吹着，浓浓的烟就从上面溢出来，很快就看到一串闪烁的火星子从炉膛里争先恐后地蹿上来。

那时天已经昏暗了。草叶儿的爹妈还迟迟不见回来，而草叶儿已经把盛满水的铝锅煨在火上。草叶儿说等爹妈一进门她正好可以下面。说着，她从房里拿出一小撮发蔫的韭菜坐在门槛上悄无声息拣起来。

这时母亲已经做好了饭，站在门口一声声唤我回去吃呢。我已是30岁的一个人了，可从小到大还没有亲自动手给她做过一顿像样的饭，哪怕是下碗挂面什么的。除了每逢年节时不冷不淡地塞给母亲几张钞票和一大包糖果食品之外，我基本上没有像草叶儿这样为她做过一件比较具体的事情。母亲好像天生下来就是给我做饭吃的人，而在这以前我一点儿也没有觉出这样有什么不妥的地方。

那一个多礼拜我经常召集朋友同学到家里喝啤酒，我们一捆一捆地喝，母亲再往外扔瓶子的时候心里就有点舍不得了，看来很多事情都是量变能引起质变的。一两只瓶子母亲也许不是很在意的，给人也就给了，可一多就觉得那是个钱，她大概想留着那些瓶子换钱使的。我趁上厕所的工夫把草叶儿叫过来，她兴高采烈地把瓶子一只只拎走了，母亲面情软，也就不好再说什么。

第二天一觉睡醒，出门看见院墙下面的瓶子堆上赫然又多出十几只新的酒瓶，顿觉神清气爽，心情似乎很好了。

秋天的时候，有一次到家已经晚了，门锁着进不去，母亲在外面跟一帮老头老太太打麻将还没赶回来。我正一个人着急呢，见一个小小的身影一闪进了院子，我知道是草叶儿回来了。像个负重的蜗牛似的，她的肩上照旧背着那只蛇皮袋子，看上去空荡荡的，随着她轻轻的脚步移动袋子里发出哗啦哗啦的响声。我喊了一声她的名字。她一愣，见是我，竟有些喜出望外。她也响亮地冲我叫了声叔叔。我们将近有三个月没见面了。她比夏天的时候黑多了，也更瘦，唯有两只黑眼睛依然一闪一闪的，很动人。身上好像还是那件大大的衣服，袖子卷着，裤腿吊吊的。只是换了一双灰秃秃的军绿色的球鞋，但没有穿袜子，脚踝裸露着，有一只鞋尖隐约可见大脚指头在拘谨地缩动。

草叶儿知道我进不了门，就急忙撂下手里的袋子，开门进去帮我舀了半脸盆清水端出来。我洗脸的工夫她已经把埋好的炉火捅开了，火星子飞溅着。她先在铝锅里添了一瓢水，说叔叔你坐下来缓一缓，一阵就有水喝了。她必定觉得我坐了一路的车口渴了。

我帮她把刚才背回来的东西倒出来，只有三只啤酒瓶和六七只捏扁了的易拉罐。我像以前那样将瓶子码到上面，依旧瓶口朝外。此时我注意到，这堵玻璃墙一样的空酒瓶已很有规模了，和夏天时相比至少高出一倍。一股凉风静静地扑进院子，秋天的风有劲，竟把院里的椿树吹落了几片微黄的叶子，在地上沙沙地跑来跑去。

这时，我不经意间听见一种奇妙的声音，像交响乐一般在我耳畔呼啸回旋荡漾开来。起初我并没在意这些声音是从什么地方发出来的，我只是站在那堆瓶子跟前不可名状地听着，仿佛有许许多多人站在风口吹着响亮的口哨。草叶儿和完面就走过来站在我身边，她似乎也在听那种奇妙的声音。

草叶儿说叔叔你听，那些瓶子像不像人在唱歌。我屏住呼吸。的确，我从来没有听过这种奇怪的声音，时大时小，时疾时缓，如低回不绝的女声，又似万马奔腾一跃千里，有时空灵而忧伤，有时又突然变得无比高亢雄浑，整个人就仿佛站在黄河的壶口瀑布前听凭惊涛拍岸风起云涌。草叶儿用她的手掌快速地挨个抚过那些黑洞洞的瓶口，就像细长的手指抚过黑白相间的琴键一样，那些声音也因此变得躁动不安起来。当草叶儿很执着地用双手一排一排去抚摸那些瓶口的时候，我觉得她几乎忘记了我的存在，而是全身心地投入这种游戏当中，或者，参与到耳畔的这场盛大的演奏里去了。她忘记了白天为得到一只空酒瓶走街串巷时的情形，忘记了一次次失望和疲倦地归来，她甚至忘记了那些码列整齐的瓶子和自身之间的密切关系。这个时候，我忽然觉得她更像是一个十足的小孩，单纯，敏感，朴素地快乐着，脑子里充满了无限的幻想和梦。

草叶儿又拿起一只瓶子将口对准自己的耳朵，她迎风站着，刘海儿在额前波浪般微微浮动，她像揭示一个鲜为人知的秘密似的对我说起风的时候这些瓶子个个都会唱歌，只要你心里想着一支什么歌子，瓶子就能唱出来，不相信你就试试看。说着她竟开始轻哼起来，仿佛真的听到了什么曲子并尽力模仿着瓶子里的声音。我后来也照她那么做了，可我听到的似乎不是歌，而是一种怪怪的轰鸣声，跟一个女人在耳边呜咽着似的，又好像一架飞机从头顶一掠而过，一点也不像她说得那样美妙动听。

可是，当草叶儿问我听到了没有时，我还是点了点头，我不想让她为此失望。更重要的是，我一直在暗想，孩子和大人毕竟是有所区别的，她们的内心感受不知道要比我们丰富多少倍。也许，草叶儿的耳朵真的能听到瓶子里发出的美妙歌声，那想必是一种天籁。30年来我听到的声音太多太杂了，耳朵生了厚厚的锈，早已变得迟钝不堪，就连内心的感受也越来越浅薄了，不会轻易为什么流下一滴泪，所以我是听不出什么名堂来。而我依稀分辨出草叶儿此刻哼唱的竟是我小时候就会唱的一支儿歌，真的很好听。

看着草叶儿在暮色中屏息聆听的样子，我也深受感染。小孩子通常很容易为一件事情所着迷，我小时候也经常这样，为了自己喜欢的某个物件或游戏一味地投入而忘乎所以，也每每招来不大不小的祸事，挨顿打骂自然是少不了的。有一年母亲让我照看院里的几只刚刚会跑的小黄鸡，我呢却一心惦记着弹那几颗三花色的水晶玻璃球，就把小黄鸡的事情给撂在脑后了，结果有一对小黄鸡竟被邻居家的老猫叼去了，母亲狠下心打红了我的屁股，还从我兜里掏走了那几颗最心爱的玻璃球。

草叶儿那天犯下的错误其实跟我不无关系，若非我突然回来打乱了她平静的生活，她怎么会把家里那只唯一的铝锅烧裂呢。那种铝锅底很薄的，草叶儿又只添了一瓢水，她是想着快快烧开给我喝呢，谁想竟忘了。草叶儿妈追着草叶儿满院子跑，那个女人手里捏着一只烂鞋底，劈头盖脸地朝草叶儿身上抡去，嘴里嚷着看我不打死你这个没有用的贱货。草叶儿呜呜地号，哭声既伤心又恐惧，后来她就不跑了，双手捂着头蹲在院子的一个角落里一动不动，任凭那女人连打带骂。母亲听到哭声慌忙跑出去看，那女人虽被母亲挡住了，可一副不依不饶的样子。我也紧跟了出去，草叶儿的身体在墙角那里缩成一个黑色的小疙瘩，不停抽搐着，哭声断断续续。

母亲后来说草叶儿妈泼辣得很，打起孩子不要命。又说草叶儿够懂事了，也不看多大点一个人，整天又是洗衣又是做饭的，还要她咋样呢？母亲心善，把家里一口闲置多年的旧锅拿了送给他们，叮嘱那女人别再打草叶儿了。草叶儿妈得了母亲的好处，也便不再说什么了，只是还吊着个老黄瓜脸在院里转来转去。

母亲后来硬把草叶儿拉进房里，用湿毛巾帮她悉心地抹了脸，又给她盛了一碗米饭。开始她不肯吃，只是用牙齿咬着下嘴唇一声不响地站在瘦瘦的一束灯光下面。后来，我走过去蹲在她身边说草叶儿等你吃完饭叔叔教你唱歌好不好。她这才慢慢地抬起头看着我的脸，眼神里充满急切的向往。我发现草叶儿擦干净脸后其实挺受看呢，眉毛细细弯弯的，很清晰的双眼皮，又黑又亮的眸子，嘴唇像贴着两片桃花瓣一样鲜艳润泽。她吃饭时的样子一直让我记忆犹新，我忘了自己有多久不曾像她那样把米饭嚼出香甜诱人的味道来。母亲怜恤地看着草叶儿说她家很少能吃顿米，经常都是那么瞎凑合着，孩子的身体咋能长好呢。

翻过年母亲也住到楼上了，原先的院子被开发公司推平了正在丁零咣啷起另一幢单元楼，噪声震天动地，很恼人。草叶儿一家不知道搬到什么地方去了，或者，他们已经回老家也说不定。

母亲显得更孤独了，住楼房似乎并没有母亲原来想象得那么如意，她时不时会记起老院子和院里的几株碗口粗的椿树，当然，她最不能忘记的是那个叫草叶儿的女孩子。母亲说听惯了她姨奶奶长姨奶奶短地叫我，现在猛地听不着了，心里总是空落落的，像是还藏着个啥盼想呢。

有关草叶儿的消息还是母亲后来有一天来家里告诉我的。

母亲当时的表情很激动，说着说着竟流了泪，她说我就知道迟早还会再见上她们的。母亲用手半遮着嘴，不想让我看到她难受的样子。母亲接着说我看见她爹背着她从人堆里冲出来，我凑近一看，天神呀！吓人呢，草叶儿那孩子一头一脸的血，她妈紧紧随在后头跑着，边哭边喊，人跟疯了一样……我向旁人一打问才知道，那天草叶儿跟她爹在我们楼前头的工地上捡那些旧水泥袋子，光顾着低头捡呢，冷不防上面撂下来一只啤酒瓶子正砸在草叶儿头上……

如果那天瓶子没有砸到草叶儿而是被她如获至宝般地捡到手里，它该是草叶儿捡回家的第多少只会唱歌的瓶子，2999或3000？我不知道。我的脑子里塞满了那些乱七八糟的四位数字。我能想到的只是草叶儿站在那堆瓶子跟前闭上眼睛唱歌时的情形，这时耳朵又奇妙地响起了她的歌声，她唱歌的模样真的很动人。

不信，你也可以把瓶口对着自己的耳朵好好听一听。

　　车间里乱糟糟的。那种无处不在的白粉尘，极像一群群狂躁不安的蚊子，在浓烈的聚乙烯及苯混合的气息当中肆意飞旋，在半明半暗的光线里纷纷扬扬。安装在窗口的两台脏兮兮的小通风扇，发出吱吱扭扭的转动声，似在做着最后的挣扎和抗议：这么大的车间就靠咱们俩连轴转，这不是要人命吗？所有的手都在流水线上机械纷繁地、忽上忽下忽左忽右地忙碌，但动作幅度并不大，每双手的活动空间总超不出最大的鞋盒子那么大，忙乱有序的身影似乎有点儿兵荒马乱的样子，好像马上就能忙完自己手里的活，好像马上就可以安安心心放假回家，过节去了。其实，到中秋和国庆节还有好几天呢，可大伙早都掐着指头算日子了。

通常这种时候，大伙嘴巴都不怎么爱动，个个都静默地憋着，发狠似的对付着眼前由长长的传送带不停地运送过来的塑料组件，每个人分管一两道工序，轻车熟路地进行组装，让这些家伙的头脸身体胳膊腿脚归复原位焕发光彩。只有小胡子质检员时不时在一旁挑三拣四骂骂咧咧，他不时地拉下脸子嘟囔着，妈的，这是谁干的？这是谁干的？到底还能不能干了？他妈的，长一双眼睛用来出气的呀！胳膊硬往腿上装！瞎了！好像整个车间里只有他一个人最爱岗敬业最有集体主义观念。其他的女工，则都显得麻木、疲沓而又胆怯，干活干得脑袋都木了，手指硬邦邦的，腰肌酸溜溜的，嘴巴闭久了，都有股奇怪的馊味，自己似乎闻不着，可稍一张嘴臭气便满天飞，惹得对面的人直皱眉头。人家骂就骂呗，谁叫嘴长在他身上呢。只要他不兴师动众地又点名批评又扣罚工钱，骂两句不疼也不痒的。这年头少说话多干活准没错。至于充斥在车间里的呛鼻子刺眼睛的怪味，他们早就习以为常了，因为这种气体就像鸦片烟，抽起来嘴巴会发苦的，可一旦进入肺腑进入血液进入骨髓，就会变得无所谓了，它们跟身体密切地结合在一起，连做梦都带着这股味道，更不要说平常吃东西喝水了。

悬在墙角的广播如同一张巨大的乌鸦的黑嘴，忽然叫了起来，伴随着尖锐刺耳的电流哨鸣声，正在播送一则通知：秦小新马上到厂办来一趟，家里有紧急电话……尽管声音大得惊人，多数工人还是无动于衷地忙乎着，有人朝窗户或门的方向冷眼张望一下，也有平日里爱开玩笑的，就卡着嗓子学广播里的男人阴阳怪气地喊道，喂，谁是秦小新，秦小新是谁呀，还不赶快出去，你男人找你来了！当心把他等急了，晚上不美美地收拾你才怪！大伙立刻报以面无表情的嬉笑声，手里的活一刻也没耽误。

这时，小胡子从最前面的一把椅子上霍地站直了身子，他个头很矮，此刻由于借助脚下的椅子站立起来，就显得无比高大，大伙要仰起头才能看到他的脸。他用力拍了拍了巴掌，大声说，妈的，今天可能又有检查的人要下来，待会儿问到谁了千万别慌张，都给我记住，不该说的一个字也不能说！别像上一回那个二车间的傻妞儿，嘴巴没个把门的，图一时快活，结果捅出娄子卷铺盖走人了。说到这里，小胡子的目光快速划过每一张因布满粉尘而显得迷茫的脸，接着又提高嗓音问道，你们都给我听清楚了没有？啊，咋都哑巴了？大伙才稀稀落落地应了声，像小学生那样拖着老长的腔儿，说，知——道——了。不过，回答时两只手依旧配合得天衣无缝，塑料组件像一条条颜色艳丽的鱼，从她们每个人的手指间游过去。小胡子本来就兼着这个车间的主任，据说他是玩具厂的老板的一个什么亲戚的外甥。大伙当然都得听他的话。

小胡子发完话，倒背着手在车间里转了一周，当他走到郑小燕身后的时候，就把身体从她后面悄悄凑了过去。郑小燕是北方姑娘，长得不算特别漂亮，可眉眼间却有种叫人说不出味道，看上去很舒服，她笑着的时候脸上还会露出浅浅的两眼酒窝，严肃的时候，又透着那么一股清纯和傲气。她比小胡子高出一大截。可世上的事情真是奇怪，按说满车间都是姑娘家小媳妇，天南海北哪儿的都有，高的矮的胖的瘦的文静的风骚的，可小胡子偏偏有事没事爱往郑小燕身边瞎凑，还经常手把手教她干活，对她的工作加以指导，偶尔还有一两句赞美的话，说郑小燕来得最晚进步最快，说郑小燕天生的心灵手巧，还说郑小燕这个月没出一个次品。

别人当面不敢顶撞他，私下里议论小胡子在打郑小燕的主意，傻子也看出来了。话传到郑小燕耳朵里，她好像一点儿也不在乎，在乎也没有用，小胡子大小算个领导，是领导就要说话的，总不能把领导的嘴巴拿胶带封住吧，不让领导说话，那领导还怎么开展工作呀。再说，也确实没有什么，除了有一次小胡子来女工集体宿舍清查乱拉电线的事情，因为此前发生过一起因女工滥用电器引发的火灾。他唯独在郑小燕床上坐了一根烟的工夫，一边抽烟一边问这问那，郑小燕自然是有问必答。好像还问她有没有谈男朋友，她很聪明，说不告诉你。小胡子说别急着搞对象，来这里先好好工作，多挣点儿钱没啥不好。这话倒也实在。郑小燕当时不无俏皮地说，那我听领导的话。

可宿舍里的其他女工不这么看问题，她们吵吵说，郑小燕他八成是喜欢上你了，你可得当心点儿，黄鼠狼给鸡拜年。郑小燕说不会的，我都比他高两头呢，人家又不是疯了，喜欢我这样的傻大个儿。女工们又打趣，说，这世上鲜花插牛粪的事情多了去了，武大郎偏偏就能娶上潘金莲。郑小燕说你们再胡说八道，我可要告诉主任去了。郑小燕平素为人大方，偶然在街上买了好吃的，总拿回来分给大伙。还有，宿舍卫生她也爱主动做，抹灰，拖地，打水什么的，她一闲下来就默默干了。最重要的是，十几个女工一间屋，隔三岔五难免会有男老乡、丈夫或相好的前来探视，说是探视，其实明摆的就是为了那个一下。这种时候，郑小燕最通情达理，主动招呼其他人闪开，好把房间留给那一对人亲热亲热。所以，大伙也就不再拿她寻开心了。其实，她也知道，姐妹们也是为给她提个醒。毕竟大伙抛家舍业地在外面打工，毕竟紧巴巴挤在一个巴掌大小的屋子里，为的就是平平安安挣点儿钱贴补家用。

说来就来了，约莫有一桌饭那么多人，都是干部科员的样子，由玩具厂老板和厂里另外几个负责人引领着，前呼后拥，浩浩荡荡，一大群人跟麻雀样突然蹿进粉尘弥漫气味热辣的车间里。小胡子早撒腿如飞满面堆笑地迎上前去，嘴里欢迎欢迎地喊着，马上又意识到气氛不够热烈，孤掌难鸣。于是，他将半张脸转冲向所有女工，举起胳膊斩钉截铁地做了一个暂停的手势，然后，再度率先用力鼓起掌来。而大伙的双手仿佛跟那些塑料玩意儿结合在一起了，手指上如同涂满三秒牌胶水，每次需要它们停止的时候，总是不那么听话，分离不开似的，以至于掌声响起来总是噼噼啪啪稀稀拉拉的，甚至是有气无力心不在焉的，这些手好像根本不会鼓掌，这跟它们平时的工作性质不同，除了永无休止地摆弄那些塑料组件以外，似乎再也不可能做任何事情。好在，老板和其他头头们也跟着小胡子尽情鼓掌，这样一来，气氛也不算太差，哗哗啦啦的，还说得过去。

一行人走马灯似的，围绕着女工和她们工作的台面转悠了一大圈子，抻长脖子，半屏着呼吸，问长问短，看这看那，东张西望，口气都是谦虚和缓的。你们的手指简直像在变魔术，速度快得叫人眼花缭乱，怎么练出来的？你们真是了不起啊，这么刺鼻子的气味常人是难以忍受的呀……你们每天要干多少小时，是八小时吗？一天下来能组装多少个玩具？平均一个月挣多少钱？工资是不是都按月按时足额发放到手上？有没有劳保和医保？签没签劳动用工合同……一问起来好像总是没完没了，拉七拉八的，千篇一律！多打搅人家干活呀？女工们这时心里多半都是这么想的，要知道被你们这些人耽误掉的时间，回头大伙还得加班加点补回来，因为每天必须完成那么多活，这是死的，老板说这个月供货合同早都签好的，雷打不动。

　　当然了，人多嘴杂，喊喊喳喳，说不清楚更听不明白。具体问题得具体某个人来回答。刚才，小胡子就给郑小燕打预防针了，说今天要是来人提问，你得表现得积极一点儿，也好在老板跟前露露脸。他跟郑小燕叮嘱的时候，脸皮几乎要贴到她胸口上了，郑小燕赶忙收直了腰躲闪开，他生怕别人听见，又往前凑了凑，口气都吹到她耳朵眼里了，痒得她当即就打了个喷嚏。小胡子说，小燕你人聪明又会随机应变，我就怕哪个蠢猪到时候嘴巴胡乱秃噜不把门。郑小燕还没来得及答应下来，那些人就从外面蜂拥而来了。

　　现在，小胡子就站在她眼前一个劲儿挑眉毛递眼色，郑小燕迟疑了一下，多少有些紧张，脑子有些乱，毕竟说话跟干活是不同的，这种活干久了顺其自然，有时连脑子都不用动一下，人打着瞌睡都能把组件准确无误地装上去。说话就不行了，得动动脑子。关键是，得把那些一进厂就被强迫记在脑子里的假话，用自己的嘴巴说出来。情况紧急，根本来不及她多想了，她只好强装笑脸迎合着正在发问的某个略微秃顶的中年干部，对方胳肢窝里夹着一只鼓鼓囊囊的黑皮公文包，那人正问到节假日加班费的发放情况。

郑小燕慌忙接过话头，说，有有有，我们厂里一直都有加班费的，一般礼拜一到礼拜五，发平时一倍半的工钱，礼拜六礼拜天发两倍的，像到了法定节日五一、国庆啥的，还能发上三倍工钱呢。说到这里的时候，郑小燕忽然环顾四周，发现所有工人的目光都集中到她身上来，她好像无数盏追光灯照射着的明星演员，距离她最近的几个女工正在交头接耳，仿佛在说瞧瞧她说假话脸都不红一下子。而包括小胡子在内的厂里的头头们，正煞有介事地冲她点头微笑，一副心满意足的样子。不知为什么，郑小燕忽然觉得自己的脸热辣辣地发烧，像被谁扇了一巴掌，又像被所有在场的女工挖苦了一通，她不知道刚才自己在说些什么，更不清楚自己怎么能说得那么理直气壮，简直就跟真的一样。这样一想，她的脑子里竟一片空白，接着，她像是痴人说梦，又像在自言自语——其实她已完全可以闭嘴干自己的活了——可事与愿违，她偏偏听见另一种声音从自己的嗓子里钻出来，要是真的有那么多加班费该多好啊！

这话一出口，连她自己都吓了一大跳，更不要说正在关注着她的检查人员和小胡子及头头们了。那个秃顶的男人一筹莫展地连声问道，你说什么？你刚才说什么？郑小燕完全傻了，嘴巴嗫嚅着，呆若木鸡，对方的发问顿时又让她变成惊弓之鸟了。她使劲摇了摇头，又点了点头，结巴而又语无伦次，加加班，我是说、说、加班加班费有没有……她的话音未落，小胡子早一马当先，抢过她的话，说，她是想说啊，这个有加班费就是好啊，她在好多地方干过的，那里从来不给加班工资，哈哈哈。秃顶男人瞥了小胡子一眼，立刻又将信将疑盯着郑小燕问，你说的是这意思吗？她如梦方醒，知道主任替她解围，连忙红着脸颊不住点头，生怕对方怀疑，又补充说，我们这礼拜天要休息的，其实不休息的话还可以多拿点钱呢。小胡子跟另外几个头头终于如释重负地舒了口气。

　　检查的人走了老半天，郑小燕始终忐忑不安。说心里话，她从到这家玩具厂以来，还没有拿过一次所谓的加班费呢，只要每月不被扣钱，那已是谢天谢地了。厂里的规定多忌讳也多，平时不准请病假事假，请假就意味着一分钱也没有了，一旦非请不可呢，只要超过三天就要被除名的。她上班的第一天就赶上了加班，而且是通宵，中间好像只给每人发了一块拳头大小的面包和一根半真不假的细火腿肠，吃起来像啃泥巴，一点肉味都没有，这就算夜宵了。白天足足干八个多钟头，午间草草吃完饭，不休息马上开工。晚饭后又从六点半开工，打卡机只能打到当天晚上的十点前，说是程序设定好的，无法更改，活却一直要干到天光放亮，说是等闲下来给每人调休半天，可好像一直都没有兑现过。后来的加班加点已是家常便饭，只要有订单下来就加，大伙早都见怪不怪了，因为出门找工作确实不容易，你不干自会有人来干的。用他们的话说，两条腿的比四条腿的好找。至于领工钱，厂里一直都做两张表，一张上面是自己辛辛苦苦挣的那点儿血汗钱，六百五十块左右；另一张虽然也是自己的名字，可钱数却老高，差几块钱就要上千了，每回领工资签名，大伙都说，要是真的有这么多钱日子就好过了。也就是咽咽唾沫解解眼馋，空想永远是不可能实现的，天上从来不会掉馅饼。后来她才搞清楚，在那张假工资表上，姐妹们的工钱普遍都拔高了，而像小胡子这样的头头脑脑的工资却大幅度降低了，水平几乎跟她们不差上下，反正工资总数是不会变的，这张表是专门用来应付上面检查的。就像刚才的突击检查，其实大伙都心知肚明，厂里根本没有什么"秦小新"，这不过是厂里的一种暗号，意思是"请小心"，只要有检查的人等到来，厂办马上发布这种通知，让工人们做好应试的思想准备。答案自然也是有一整套标准的东西，该说什么，不该说什么，早在进厂上班前就进行过岗前培训，每个人都记得滚瓜烂熟。有时，半夜三更会抽查，把某人叫起来模拟问答测试，通不过的要扣半个月工资，直到记得熟烂为止。

快到吃晚饭的时候，食堂里的广播又突然通知说，饭后所有车间都要加班，赶一批临时的订单。大伙听了不是唉声叹气，就是无奈地把碗筷敲得叮当乱响。

恰恰这时，有人来找郑小燕，是个男的，虎头虎脑，身板又高又壮，眉宽眼黑，说起话来鼻音很重，有些瓮声瓮气的，一听就知是北方男人。肩挎一只臃肿的旅行包，赫然地立在食堂门口，跟截黑木桩似的。

当时，郑小燕只往嘴里扒拉了几口饭，米粒又粗又硬，子弹一样硌牙，菜是再普通不过的青菜，里面有两三根大肉丝，肥唧唧的腻人，一看就知是水煮出来的，根本看不见一丝油色。她一点胃口也没有，不是因为饭菜，这里的饭菜每天都差不多，豆腐三碗，三碗豆腐，填饱肚子而已。

郑小燕的思绪还沉陷在下午的突如其来的那场问答当中，她觉得自己有些荒唐，对错与否都是滑稽可笑的。小胡子刚才可没少训斥她，说你有没有搞错哇，你到底想什么呢你？不想干了你就吭一声！郑小燕无言以对，感谢人家还来不及呢，想想都有点后怕，自己是不是疯了，画蛇添足，胡言乱语，又言不由衷，要不是主任抢先打圆场，今天非演砸锅不可。所以，小胡子当众训责她的时候，她一直耷拉着脑袋，目光呆滞，手还不停地忙着下班前最后的一点儿活。

去吃饭之前，小胡子又把她单独留下来，言辞不再像先前那么激烈严肃了，表情也松弛多了，还轻轻摸拍过两次她的肩头，天知道他是怎么够得着她的肩膀的。他说刚才不是我批评你，你那么聪明伶俐的一个人，关键时候咋能犯傻呢？又说，还好没惹出大乱子，要不真得吃不了兜着走。她点头如捣蒜。小燕你放心好了，老板面前我会替你多说好话的，以后可得注点儿意。她听了这才敢抬起头，泪眼蒙胧地望着他，说，都怪我不好，谢谢主任了。说着差点就要哭了。

小胡子却嘿嘿地笑了，声音有点怪怪的，又把嘴乘机凑到她面前，压低声音问，那你说说该咋谢我呢？她一时不知所措，忙退后一步，想了想，说，改天我请您吃饭。吃饭多没意思呀，你只要心上有我就行了，好不好呀？她觉得他的话有些含糊和复杂，只好又连说了两声谢谢。小胡子的眼珠儿快要鼓到她脸上了，又像是要替她擦拭眼圈的泪水，忽然抬起手掌慢条斯理地蹭了一下她的脸，吓得她连忙又低下了头。就在那时，有人在外面扯着嗓子叫小胡子，说是让他陪刚才那拨客人一起出去吃饭。女工们也都知道的，小胡子这人最大的特点就是酒量大，啤酒白酒葡萄酒，掺到一起都没事，平素有不倒翁的美誉，每次遇到这种事，头头们都要点名叫上他去作陪，主要任务是把对方陪好灌翻摆平。

郑小燕领着找她的男人，一前一后走到食堂外面的一棵榕树下，树荫如盖，跟阴沉沉的天空一同压在头顶上，简直闷热难耐，知了在叶丛里撕心裂肺般号叫，好像在集体求雨。男人止住脚步对她说，燕子你们过节放不放假？她看了看他，他比去年刚来时黑多了，也瘦多了，心里就有种隐隐的难受。

他跟她同一个村，小时候一起玩大的，后来还同过几年学，中学毕业后都没考上大学，其实她学习成绩还不错，老师说她再复读一年应该没问题，可她家四五个女孩子，她又是老大，总得替妹妹们着想吧。他呢，成绩一直都差，差点毕不了业。每年农活最忙的时候，他还老去帮她家干活，收割麦子打场耙地，总之苦活累活他都肯下力气，她娘老子都很喜欢他，早想定好了，将来要把她嫁给他当媳妇，这样的女婿难寻。后来她说想去外面打工，给妹妹们挣点学费，给爹娘分担分担。他一开始不同意，说你一个女娃娃家跑到外头能干啥。她说那你就跟我一起去。他还是拿不定主意。她就说趁咱们年轻到外面闯一闯，将来成了家哪儿也去不成了。他一听她说咱们和将来，心里忽地就敞亮了，赶紧回去跟家里一商量，老人说那你们先把婚订了再走也不迟。她开始也有些犹豫，可禁不住爹娘苦口婆心劝，老人们把该说的话都掰开揉烂灌输给她了，她想反正只是订又不是马上就结，就草草地遂老人心愿订了婚。

他俩结伴来到现在这个地方。凭他一副结实魁梧的身板，很快就谋到一份保安的差事，她倒是周折了一番，洗碗、端盘子、倒茶和清洁工先后都试过，酸甜苦辣都尝了一遍，遭客人白眼不说，最不能忍受的是那些不三不四的男人动手动脚，最后她才进了这家玩具厂。一进厂就先要她去参加体检，厂办的人发给她一张体检表格，指着上面说，一定要空腹做尿检和HCG，她当时不太明白啥叫个HCG，后来体检结果出来了，她无意中才留意到上面龙飞凤舞的一行字，"妊娠反应检测确定未孕"，她觉得有些过分，这太叫人难为情了，她还是个黄花闺女呢。后来，跟同宿舍的女人都混熟了，大伙闲聊，才知道她们都一样验过。厂里怕她们偷偷怀了孕，干到半途老腰麻烦事来了，影响到生产。她觉得这里的老板真阴险，简直有点儿不要脸。很快她又得知，厂里还有很多条条框框，诸如，无故不得外出，不准在工作期间谈恋爱，平时工作中，晚上必须住在集体宿舍里——据说这种规定，一来是怕大伙提出交通补贴的事，二来便于让她们随时加班加点。人在屋檐下，虽然心里觉得十分别扭，可她也没有别的办法，凑合干呗。

放假的可能性不大。郑小燕懒懒地说，这几天几乎夜夜都要加班，真要命，我都快累垮了！我们老板说越是过节，玩具销量才越好。

男人沉默了一会儿，说，我想赶节前回趟家去。

她马上瞪大了眼睛，说，你疯了，来回折腾又费事又花钱，再说你能请上假吗？

男人抬头望了望远处高高低低的烟囱林，那里的云比别的地方浓黑许多。他回过头又看着她，说，我非得回去，要不，你也跟我一起回吧。

你发啥神经，中秋又不是过大年！她真的有点生气了，今天她已经够倒霉的了，他却还在这种时候火上浇油。

反正我非得回去一趟。

那你工作咋办？

我今儿已经辞掉了。

这回，她彻底怔住了。

你说啥呢？好端端的，你为啥辞了工作！你快说呀，到底图个啥！她几乎气急败坏地用拳头朝他后背捣了两下。他倒没什么，她的手却疼得像骨折了似的。

过了一会儿，他终于无声地低下头，从那只肥大的挎包的侧兜里拿出一封信，然后无声无息地递到她手上。信皮已发皱了，她狐疑地掏出信瓤，打开迅速扫了一遍，看得出来，信纸是从一个旧作业本上撕下来的，牙口还犬牙样参差着，上面好些错别字，好些字还被水洇过，模模糊糊的，不用猜是他家念小学的兄弟写来的。

她也变得静默了。信封和信瓤跟着她的双手慢慢垂了下去。信上大意说，他爹赶车去县里卖夏粮，路上骡子突然受了惊吓，疯跑中跟一辆四轮车撞上了，车翻到路沟里，他爹的好几根肋巴骨都被车辕撞断了，人现在还躺在医院里呢。马上又到秋收时节了，家人指望他能赶回去帮着干活。

我来是想来跟你打声招呼，其实你回不回去也没多大意思，你还是一个人好好在这干着。男的就地蹲下来，那只肥大的旅行包依旧挂在肩上。他接着说，等我回去忙过这一阵子，再来找你。

郑小燕眼圈倏地一热，泪雾立刻迷蒙了双睛。她赶忙转过身去，用手背胡乱揩抹了两下，又轻轻吸溜了一下鼻子。在她眼前，是玩具厂的一片很不规则的预留地，说是将来要建厂房盖员工宿舍用，如今还空着，长满了没过脚腕子的灌木杂草，中间因人踩得久了，踏出一条曲曲弯弯的小径，顺着这条小径穿过茂密的草丛和小树林，可以抵达最西头的一片略陡的坡地，坡上也是铺满了草，绿茸茸的，好像地毯。平日里，特别是晚上停工后，女工们会三五成群地去那里，一堆一堆或躺或坐，彼此聊聊天，说说各自家乡的事，说说父母兄弟。空地四周还有一圈围墙，上面安插了铁丝网，密密麻麻的，感觉有点儿监牢的味道。靠墙还有几株梧桐和一排歪斜凌乱的芭蕉树，此时枝头上挂着几串泛绿的青蕉。去年刚来的时候，她跟同屋的室友感到好奇，觉得南方可真好，香蕉跟野果子似的到处乱长，晚上偷偷去采摘了吃，那种苦涩滋味简直难以忍受。她才知道并不是所有的果实都好吃，尤其那种疯长在野外的无人问津的东西。

停顿了片刻，她才慢慢转过身，目光温顺多了，她冲他伸出一只湿乎乎的手，说你不早说，起来吧，先到我房里坐一阵，喝口水再说。说着，就弯下腰去拽他的胳膊。他的胳膊真粗，像根椽子，抓在手里有种很踏实很牢靠的感觉。说心里话，在家的时候，他俩虽相好着，却没有做出多么出格的事，无非是拉拉手，再不就是他骑车子捎她，遇到路特别颠的情况，她会下意识地揽一把他的腰。后来订了婚，在南下的火车上，他们坐硬座，晚上她困了，就枕着他的大腿睡一觉。他不睡，盯着她永远也看不够似的，偶尔，还摸摸她的头发和脸蛋。从到这里打工后，两人也不是经常见面，他当保安的地方离她这里有一个来钟头的车程，中间还得倒一趟车，很不方便，再说两人一个月统共才休息一两天，见个面儿也是匆匆忙忙的。更多时候是她休息了，他却还得值班，干脆用磁卡互相通个电话了事。

等两人来到房间才发现，原来里面还有个人，就睡在她的上铺。

一听对方气息微弱地痛苦呻吟，郑小燕就明白她又身上不舒服了。这个睡在她上铺的女工，几乎每月都有一两天疼得直不起腰，走路直打晃，面色苍白得像糊窗纸。同屋的人都知道她有这个病根，平日对她多少有些关照，替她打饭打开水，晚上用热毛巾给她擦脸，甚至帮她洗衣服，这种时候她是一点凉东西都不能沾的，即便这么闷热的天气，她也连风扇都不敢吹。小胡子有一天清早来宿舍吼叫，硬要拽她下床，说女人不就那点儿破事，有什么大不了的，非要让她下地去上班。姐妹们都看不惯，可又不敢以卵击石，就一起低声下气求他，说她落下的活我们替她干吧。小胡子说你们自己的屁股还擦不干净呢，你们替她谁替你们。郑小燕当时实在气不过，才挺身而出的，她跟小胡子说她的活我全包了，别人下班后我甘愿再加个夜班总行了吧，再不行的话你就扣我的工钱好了。小胡子没想到她会这样，一时语塞，最后狠狠瞪了她几眼，才悻悻地离开了。打那以后，小胡子竟好像对上铺的女人网开一面了。

郑小燕让他在自己床上先坐着。她三两下爬上了床梯，掀开蚊帐问上铺的女工需要点儿什么，吃饭没有，要不要喝水。对方并不是躺着的，而是虾米样弓着腰半趴在床上，额头顶在床席上，肚子下面竖顶着个枕头，她挣扎着抬眼望了郑小燕一下，然后奄奄地摇了摇头，气若游丝地说声，没事，趴趴就好了。郑小燕见对方的头发湿漉漉地贴在额头和两鬓，跟虚弱的产妇一样，就知道她疼得正紧，忙又从床梯上跳下来，用暖瓶里的热水把一条毛巾浸湿，稍拧了一拧，再度爬上去，伸过手去帮她好好擦了擦脸和脖颈上的虚汗。又说，我包里有去痛片，上次去街里买的，给你拿一片吃吧。对方还是摇了摇头，无力地说了声谢谢妹子，就又埋下头趴在床上了。

想好好说说话也不方便，主要是怕打搅上铺的人休息，他俩只好又悄无声息地离开了房间。临出门前，郑小燕又回身从床席底下抽出一个牛皮纸信封，随手塞进自己裤兜里。外面天色已昏暗了，去哪儿呢？最好是到厂子外面走走，可那是不可能的，门房的斜眼看守员一副铁公鸡面孔，就是一只蚂蚁想打他眼皮底下爬过，他也不会轻易放走的，更何况厂里对女工外出管得很严，夜间根本不可能。郑小燕朝车间方向张望了一眼，那里已经灯火通明的，饭后工人们就开始加班干活了。幸好天色暗了，要不然她也根本不可能还站在这里陪着他，早被人家叫去加班了。这样一想，郑小燕突然有些惶恐不安，好像刚做完一件案子，生怕被谁发现，她急忙拉住他的手，示意他千万不要出声，然后两人快步朝那片空地走去。

似乎从来没有过这种神秘而慌张的感觉，无论是手拉手撒腿健步如飞，还是脚腕子被细密的草叶刀片样快速刮割的隐痛，以及当他们顺着那条弯曲的小径一路小跑着抵达最远处的寂静的草坡，然后双双气喘吁吁一屁股跌坐在上面的那种瞬间的舒服和轻松，这一切的到来都跟做梦一般，不是真的，仿佛爱情电影里的画面。

这个地方真不赖，高高的草坡后面有宽大的芭蕉叶作屏障，前面是一片高矮错落的灌木丛和小树林，那条一人来宽的弯曲的小路，在丰茂的草丛间隐隐约约地往前延伸。他俩紧挨着身体坐在一起，彼此拉在一起的手始终没有松开。郑小燕把自己脚上的凉鞋脱掉了，她说光着脚踩在草上真舒服。蚊子们却闻声而动，呼啦飞过来一大群，实在有些煞风景。他们不得不胡乱挥动另外两只手，想轰走那些讨厌的家伙。可蚊子的意志和凝聚力太强大了，他俩即便再生出四只手也没有用。他还算聪明，情急之下，三下五除二竟脱了自己的衬衣，衣服挥舞起来就容易多了，风声嗖嗖响，蚊子们便闻风丧胆落荒而逃了，挥着挥着，他的手突然止住了，悬在半空中，眼珠子似乎也直了，一动不动，目光正好定在她微微喘息的胸口上，那里像有对白鸽子呼之欲出。

　　而此刻的她呢，眼睛起初还看着他手里的衬衣，觉得他真有办法，他挥舞时的样子像个大男孩，一蹦一跳的，真有些好笑。可无意中她的目光慢慢滑下来，一下子就落到他宽阔的胸膛上，他竟然光着上身，借着从远处门房那边穿过来的依稀灯光，那副胸膛正一起一伏，骨骼矫健，肌肉发达，又厚又结实。她害羞极了，从来没有这样难为情过呢，她还没有来得及移开羞赧不堪的目光，他就猛地一下扑过来，硬把端坐在草地上的她压倒了，接着又用力紧紧地把她搂在怀里。那胸膛压得她快要窒息了。潜意识里，她是想喊一下的，甚至想叫人，可嘴唇早已被另一双嘴唇紧紧封住了，同样饱满，她所有的声音都被对方吞了进去。那是一种甜蜜的吞噬，郑小燕一下子就迷恋上这种突如其来的感觉了。她静静地闭上了双眼，有些天旋地转，又有些不知所措，草地真是柔软啊，简直就是一张巨大的毛毡子，任凭他们俩横竖翻滚，那些草叶儿绝对听话，无声无息，鬼才清楚耳边呢喃着的到底是谁的声音……

　　那一声断喝如同一阵惊雷，与此同时，还有刺人眼目的几道雪白的手电光，擦着浓密的草稞子直射过来，晃得他俩连眼睛都睁不开了。你们乱搞什么？知不知道玩具厂的规矩？还挺会找地方幽会的啊！他俩呢，简直成了一对野鸳鸯，被暗中闯来的看门人斜眼和两三个保安当头一棒。就在几秒钟前，他们还全身心地沉浸在草坡上的甜蜜和幸福当中，可现在他们不得不在万分恐惧和极度的羞辱中分开，身上的衣服裤子都没来得及穿整齐，就被斜眼一伙像提溜小偷一样，连推带搡吵吵嚷嚷地带到门房兼保卫室里。他俩的衬衣、汗衫，还有郑小燕的一双凉鞋也让这帮人没收了，说是捉奸的证据。

想到自己毕竟不是这个厂里的工人，又想到他俩的关系也是光明正大的，怕他们什么呢？所以，他很快就镇定下来了。走进门房以后，他说你们先把衣服还给我们。斜眼摇头晃脑，乜斜着两眼说，你想得倒美，不行！那要等头头们明天发了话再说。他说我是郑小燕的未婚夫，一不偷，二不抢，你们凭啥胡乱抓人？几个拎胶皮警棍的马上围住了他，手里的东西冲他指指戳戳，说小子你他妈的最好放老实点。

郑小燕半天都惊魂未定，尽管听自己的未婚夫说得也有道理，可毕竟这种事不那么光彩啊，尤其厂里的规定她是知道的。宿舍里的姐妹们偶尔也会聊到各自的婚姻啦男人啦孩子啦，但那方面的事基本悄悄忍着，有人实在想得不行了，就去给家里打个长途电话，叙叙思念之情；如果男的也在这个地方打工还好些，至少趁休息的日子，彼此可以约好在某个地方见一面，亲热一下；而更多的时候，姐妹们都过着像庵里的姑子那种枯寂的生活。郑小燕越想越觉得今晚真够倒霉的，都怪他太冒失了，也怪自己没有把持住，现在叫人抓了个正着，她只想赶紧息事宁人，要不然会弄得满城风雨，往后她还怎么在这里待呀？她悄悄拽了拽他的裤边，意思是别跟他们顶撞好好说话。可他性子偏偏拗，尤其是看到郑小燕光着一双脚丫，身上仅有一件贴身的小背心，那对刚才让他心醉神迷的乳房几乎都快掩藏不住了，他就觉得又委屈又窝囊又心疼又愤怒。他突然变得像一只困兽，目光焦急地四顾着，他忽然注意到，两人的衣服被胡乱丢在角落里的一把脏兮兮的凳子上，所以，他当即就决定不再跟这些人磨嘴皮子了。他猛然抢步上前，想一把扯过属于自己的东西。

可是，他忽略了一个事实，对方好几双眼睛正盯着他呢，没等他的手碰到衣服边儿，那几个保安早以迅雷不及掩耳之势冲过去，扭胳膊、抓肩膀、抱大腿，将他摁倒在地。他原本血气方刚，加上这一年来又在那家公司接受过一些擒拿格斗训练，当然是不肯服输了，危急中他用尽浑身的气力挣扎着，突然抓住一个空子，从地上翻腾起来，就在身体还半蹲半跪之间，他猛地弹出一只脚去，正好踹在其中一个保安的裆部。这个精瘦猴样的年轻人顿时妈呀惨叫了一声，同时倒地左右乱滚，鬼哭狼嚎一般叫着。这下可算捅着了马蜂窝，包括斜眼在内的其他人见状，全都恶狠狠地再度围攻上去，他们举起手电筒、胶皮棍，还有椅子腿和拖把，朝他头脸身上一通猛砸。

站一旁的郑小燕早吓得目瞪口呆，浑身战栗，她根本不知道该怎么办好了，唯独嘴里啊啊地尖叫个不停。

天亮以后，郑小燕他们还待在附近的一家私人诊所里，她的未婚夫伤得不轻，可以说头破血流，右胳膊还脱臼了，疼得半天都不能动弹一下。医生是三更半夜被他俩叫醒的，一个劲儿打着哈欠，简单地做了些消毒和止血处理。随后，医生又抓住他那只坏胳膊猛然用力一拽再一拧，听见嘎巴一声，关节似乎复了位，然后就用一圈绷带给他吊挂在脖颈上，样子看上去有些滑稽。

医生说他伤口多失血不少，保险起见，需要打一些生理盐水什么的补充体力。照他的想法根本没这个必要，可郑小燕死活不同意，说淌了那么多血，不打针咋行呢。只好打呗，整个过程，他一声不吭。郑小燕的眼泪始终没有干过，她简直后悔得要死，早知这样昨晚俩人在宿舍里安静地坐着多好，或者，不如早早地把他送走，也不至于发生这种倒霉的事情了。

小胡子突然带着两个人一阵旋风似的刮进来，一个个脸色阴沉，都气哼哼的。郑小燕忙站起身叫了声主任，欲言又止，她不知道该怎么解释好。小胡子先用眼睛扫了一下郑小燕旁边的床上正在打点滴的男人，又转过脸盯着她，那种目光让郑小燕有些不寒而栗。哼，总算找到你们了！知不知道你们闯了多大的祸？尖嘴猴的卵蛋被踢坏了，现在肿得像个肉葫芦，人家就住在厂子边上，这阵他爸妈找到厂里闹事，你看到底怎么收场！小胡子一张嘴，昨晚的那股酒气还直往上蹿，很熏人。

郑小燕彻底蒙了，当时她确实亲眼看到未婚夫把那个保安踢倒了，而且，对方的惨叫声听来好像很恐怖。谁叫他们动手打人，踢坏活该！郑小燕的未婚夫终于开口说话了。小胡子双手抟腰，一副事不关己的口气，反正我不在场，你跟我横管屁用啊！别光图一时快活，有种你去跟尖嘴猴的家人说去！谁爱去谁去，反正我不会去，他们抢了我们的衣服，还动手打人！郑小燕的未婚夫再次掷地有声地回答。好好好，你小子有种！说着，小胡子转头，冲跟他一同进来的两个人挤了挤眼睛，说，我先回趟厂里去，你们俩守在外面，毕竟这里是治病救人的地方嘛。这两个人会意地点了点头，应付地说放心吧主任，就摇摇晃晃到诊所外面去转悠了。

小胡子前脚刚走，郑小燕就三步并作两步追了出来。她上气不接下气地说，主任啊主任，您千万别生气，昨晚都怪我们不好，给您闯祸了，您大人有大量，就帮我们说和说和吧！主任我求您了，以后我一定好好干活报答您。小胡子闻声止住了脚步，上上下下认真地看了看她，然后又皱起眉头说，你说现在让我怎么帮你？千不该万不该，你们不该把人打伤嘛，这里的乡民闹起事来那是很恐怖的！郑小燕说那我们该怎么办好呀？小胡子朝左右看了看，又往她近前凑了凑，压低声说，还能怎么样，好汉不吃眼前亏，三十六计走为上。说完，他急急忙忙扬长而去了。

郑小燕回来时，嘴唇都有点儿发紫了，她一个劲儿唉声叹气，这回可咋办，这回可咋办呀？这样嗫嚅了几遍，竟呜呜地哭了起来。她未婚夫忙劝她说，有理走遍天下，燕子你别怕，我就不信这世上没讲理的地方。听他还是这么天不怕地不怕的，她气就不打一处来，于是，边抹眼泪边埋怨道，你就知道逞能，这下你满意了吧。说着，双手复捧起潮湿的脸，又伤心又焦急地哭了起来。

也就半顿饭的工夫，外面又传来一阵杂沓的脚步声和吵闹声，两个医生闻声慌忙迎到门口，想拦住那些人，可已经来不及了，呼噜呼噜一下子就闯进来二三十号人。多半是年轻力壮的男人，各自的手里都拎着棍棒砖块和菜刀什么的，女人也有几个，风风火火地操当地口音，叫骂着什么，进门就直奔郑小燕两人扑来。诊所本来就不大，现在忽然闯进这么一大伙人，简直连站脚的地方都没有了。郑小燕已不知所措，这次就连她未婚夫也怔住了，面对这么多凶神恶煞般的面孔，不胆怯是假的。

有人带头想把郑小燕的未婚夫从床上拽起来理论，医生见势不妙，生怕砸坏了东西，忙战战兢兢硬着头皮挤进去，好言劝解，意思是求他们手下留情，无论如何等病人打完针再计较也不迟。郑小燕腿肚子都绵软了，努力了好几次，才勉强站起身跟那些人连连作揖求情，说都怪他们不好，昨晚确实也不是故意的，希望大伙能谅解谅解，需要花多少医疗费他们一定会出的。这些人听了才稍稍安静了一点儿。有人接过话头问，赔钱，你们赔得起吗？弄不好那可是要断子绝孙的！也有人狮子大开口，说别跟这俩北方佬啰唆，少于十万块就没得商量！

十万块，这对他俩来说，不异于天文数字了，恐怕这一辈子也挣不了那么大一笔钱。经受了几番的连惊带吓，郑小燕此刻都有些泣不成声了，浑身筛糠样抖颤着。她未婚夫忍了好一会儿，眼看头顶的那只吊瓶里的液体将尽了，他猛地坐起身，一把就扯掉了自己手背上的针头，残余在管子里的液体开始肆意地往地板上滴洒，血也哧地一下冒出血管来了，又鲜又红，看着有些触目惊心。他抬头看了看围在床边的那些陌生人，然后像在自言自语，要钱没有，要命就这一条。说话时，他手背上的血还在不停地往出冒着，靠近床边的那一圈人不由自主地往外退了一两步，都下意识地将手里的东西抓牢攥紧了。

诊所里的气氛变得异常紧张，简直就要剑拔弩张了。就在这个节骨眼上，外面呜啊呜啊地拉响了警报，三五名110干警径直冲了进来，他们几乎未进门就开始大声地发号命令了：里面的人统统不准乱动，把你们手里的东西全都放在地板上，你们都听懂了没有？动作要快点啊！全部老老实实原地蹲下来！

不日，玩具厂的宣传栏里贴出一则《告示》：

> 组装车间女工郑小燕，在夜班工作时擅离岗位，未经允许私自留宿一名陌生男子过夜，后二人在草地上幽会时，被值班保安当场捉获。该男子谎称是郑的未婚夫，出言不逊，不服劝教，后大打出手，殴伤本厂一名保安人员，致使该员工睾丸严重受损。郑小燕的行为严重违反了厂纪厂规，大伤风化，影响极为恶劣。
>
> 本应立即开除郑小燕，但考虑到受伤员工的医疗费、误工费等诸多问题尚未妥善解决，经研究决定，特准许郑小燕继续留在本厂打工，自即日起其每月工资待遇按见习期标准发放，并由厂办直接扣除抵偿上述相关费用。
>
> 今后员工再发生类似情况，本厂一律从严查处，绝不姑息养奸，望全体女工引以为鉴。
>
> 特此通告。
>
> ×年×月×日

郑小燕回厂上班的当天，她未婚夫也独自一人登上了返回北方的火车，他既恋恋不舍，又归心似箭，恨不得自己能插上翅膀，一下子飞回去赶快再飞回来。

她当然不能前去送他，连那份协定都是在派出所里草草达成的，她得继续留下来，就像人质那样，等着他回来。就在事发前几周，郑小燕跟家里通过一次电话，爹妈都希望他俩最迟赶年底回家把婚结了，现在看起来一点儿指望也没有了，而且，今后两年甚至更长一段时间里可能性也不大了，他俩得拼了命挣多多的钱赔给那个尖嘴猴。

这天下班以后，小胡子特意把郑小燕单独留下来，他说话跟平时相比，语气和缓多了，一点儿也没那么咄咄逼人了。

小燕，人在屋檐下，不得不低头啊！你知道我夹在中间也很难做的，你在我的车间里干活，出了事我是推不脱责任的。小胡子说话多少有点儿语重心长的味道。郑小燕默默地听着，不知道对方到底想说什么。小胡子继续说道，那天在诊所外面，我不是都跟你交代了吗？三十六计走为上！还有跟我去的两个人都是我要好的小兄弟，事先我也打过招呼的，让他俩睁一眼闭一眼，可你们俩咋那么死脑筋呀？给了机会都不知道跑！

郑小燕这才如梦初醒。当时她整个人都颓萎了，竟一点儿也没听出主任话里有话，关键是他俩根本就没有那种逃跑的意识。小胡子顿了顿，又把嘴朝她的耳边凑过来，说幸亏我当时留了个心眼，悄悄拨打了报警电话，要不然真不知道会闹出多大的事情来啊！这的的确确是郑小燕完全没有想到的，也许是因为小胡子平时太那个了，使她不敢奢望关键时刻他也会帮忙。跑了和尚跑不了庙，没跑也许是正确的选择！郑小燕心里一直这样想着，从今往后自己得好好在这里干，起码得对得起人家主任。小胡子最后又说，放心吧小燕，等稍稍过上一阵子，我再好好跟上面说说情，争取把你的工资涨上去。

后来走出了车间，郑小燕不由得朝草坡方向望了一会儿，自从那件事后，她已经很久没再去草坡上待过了。此时，那大片的草叶葱葱茏茏的，小径呢还是那样弯弯曲曲，时隐时现，似乎在尽头暗藏着什么重大的秘密。围墙边芭蕉的叶子在夕阳里大片大片低垂下来，伴随着声声蝉鸣，一副朦胧欲睡的样子。郑小燕又依稀想起去年的某个夜晚，她们偷吃绿芭蕉时的情形了，那东西可真涩呀。她慢慢地舒了口气，便快步朝食堂走去了——据说吃完饭她们还要加夜班的。

　　客人来得稍迟一些，走进房间就微微向在座的欠身拱手，说非常抱歉，让大伙久等了。又说刚要出门，不巧得很，家里来了位要好的朋友，这不紧赶慢赶，还是晚到了。桌边的一圈人都纷纷站起身，众口一词地说不碍事不碍事的。接着都来跟他寒暄，握手，或点头致意。又都礼节性推让了一番，他还是走到了一直空缺着的那个主宾的席位上欠身坐下。众人也跟着他很懂礼貌地相继落了座。

　　事先他就声明今晚只喝三杯。所以，每次碰杯他都是象征性地举一举，再轻仰着下颌稍稍抿那么一下，让一双男性味十足的嘴唇始终保持着被液体浸润过的痕迹，唇上发出微弱的却又晶莹的亮光。而且，谁都能感觉到，他似乎是故意吱吱地弄出一些响声，仿佛他抿了不只是一小口，而是满满的一大杯，又仿佛那酒真的辣着了他的嘴唇刺激了他的肠胃，使他不得不发出一些痛苦的声音。

今晚的场面分明是以他为中心的。请客的主人很虔诚的样子，虔诚得甚至快接近于卑微了。他呢，一边优雅地拿起筷子来夹菜，一边又用眼睛的余光打量着身边的这位主人。主人的年龄跟他相差无几，可明显不似他这般养尊处优的闲适与充满自信。他还看出主人的相貌中更多流露出的是一种急迫的苍茫感，是心中的一件大事尚未落下帷幕的那种急切与期盼。这种表情他是经常能见得到的。所以，他早就见怪不怪习以为常了。

主人似乎也在注意着他的一举一动，见他把筷子慢慢举起来又静静地放下，再从小方碟里夹起一片纸巾很有品位很有分寸地蘸了蘸嘴角的一丝油渍。主人急忙抓住这一空当，再度从椅子上立起身，手里擎着一杯早已斟满的酒冲他微笑着说好事成双好事成双，咱们再干一个吧。口气依旧是恳切与殷勤的，又不容推却。众人也都相跟着主人举杯的动作稀稀拉拉站起来，一时间弄得屁股下面的那些椅子纷纷挪位，嘎啦啦在地板上不满地响动着。

他也表现得相当随和，不急不缓地拿起眼前的杯子，用另一只手掌做了一个不轻不重的下压手势，说都坐都坐嘛，站着喝可不算数啊。

于是，众人连忙又哗哗啦啦坐回原位，并吱儿吱儿地喝干了杯中的酒。然后，纷纷将空了的酒杯礼貌性地朝主宾的方向一亮，表示了诚意。

这时，服务生走来问要不要上热菜。主人照样就把征询的目光停留在他的脸上。他就点头示意。主人表现得似乎有一些唯唯诺诺，探身过来说不知您喜欢吃点什么，我只好随便点了几道，还是想请您最终来定夺。说着，便吩咐服务生上前给他一一报了菜单，有五百八十元一位的鲍鱼捞饭，有刚刚从南方空运来的大龙虾和大闸蟹，有蛇，有龟，有牛鞭，有清蒸鳜鱼，有野生山菌，等等，还有一些叫法十分奇怪的东西。他似听非听地点着头，说可以了，不要太破费，吃只是个形式嘛。

于是，活物便一一被生擒过来验明真身。没过多久，菜也一道一道上来，一时间蒸气缭绕，香味沁人心脾。服务生开始亲切友好地为每一位客人分餐，盛汤，添茶，斟酒，那种轻微的金属与瓷器的碰撞声始终不绝于耳。当然，每项服务的头一份总是先落实到他的面前。他坦然地点头示意接受，也有的菜羹他是从来不吃的，比如那种野生的菌类，还有蛇，前者容易让他的皮肤过敏，后者他则从骨子里有种发毛的感觉，他就冲服务生摆了摆手，连蛇胆泡制的酒他也不需要。对方也便不再替他添加了。

像今晚这样的场合，吃，只是象征性的一个符号。随意撮那么三两下，蜻蜓点水，品尝一下，不至于冷了场，也不至于让主人太难为情。吃是面子上的事，不是全部，甚至是九牛一毛。更多更复杂的事情都掩藏在席面之下。对于他这样的人来说，很大程度上，吃已经成为一种生活负担，成为一种不可推卸的社会责任。就拿今晚的宴请来说，他的确是已经推辞过若干回了。忙啊；真不凑巧，我有活动；另有安排了；身体不太舒服；改天吧；等等。总之，最后实在是盛情难却了，才姗姗来迟赴了宴请。他自然是非常明白的人。对方也不傻啊。很多事情，只要不违反原则，适当地去关照一下，落个顺水人情，你好我好大家都好。再说，吃饭嘛，本来就是装个样子，你不去人家总是心上悬着个事，别人心里不安，你就无法彻底地安静下来。所以，为了让彼此都能落得个安宁，这个面子终归还是要给人家的。至于后面的事情，还得时机成熟时他点了头才算。

但是，今晚这顿饭他的的确确不想来的。

他确实有别的事。就在傍晚临下班前，他忽然接到一个十分意想不到的电话，就打在他的手机上，号码有些陌生，一看就知道是外地拨来的。他的手机里存有六七百个电话号码，个个都有名有姓，非官即商，非富即贵，随便拨出哪一个，都举足轻重，都将连通一个完全属于他自己的私人网络。在这个看似虚拟的时空当中，很多时候，他需要办理和协调的事情都是通过这数百个电话号码来完成的。他的工作其实并不复杂，每天，除了开会学习和打打电话之外，就是这种没完没了的派对和应酬。说不厌烦那的确是假的。想一想，一年三百六十五天当中，他能安安生生在家吃顿饭的机会不会超过十次。而且，这种情况通常是在他坚决地关闭了电话主观上彻底与外界隔离开来。这些年，他的职级一路提升，他的腰围由最先参加工作时的二尺一寸五增加到如今的三尺二，健康状况也由原先的一切正常到现在有脂肪肝、高血压、胆囊炎，以及时时发作的肩周炎和颈椎痛，就连曾经茂密的黑发也变得十分稀疏了，甚至时不时蹿出几根令人担忧的白发，脑顶心的油脂分泌日盛，已明显有了歇顶的趋向。可是，即使如此他也没有办法，要工作就得熬夜吃饭、喝酒，就得没完没了地去应酬。前两年爱人对他的应酬是很有看法的，总是嫌他回家太晚，嫌他喝得酩酊大醉，嫌他不在家跟老婆孩子一起吃饭。为此，他没少给爱人苦口婆心地做思想工作，他说若是我成天都跟在自己的老婆孩子屁股后面转，会有今天的大房子住，会有现在的好日子过吗？孩子能上得起好学校吗？显然，一切都不可能。所以要想有大房子住有好日子过，男人就得铁了心把自己的一切都豁出去，一心扑在工作上，该应酬就应酬，该牺牲就得牺牲，目的只有一个——要生存，求发展——他早已深深理解了什么叫得来不易。

就在频频推杯换盏之间，他的电话又响过N次，他老早就把手机调到振动状态下了，所以，只有他自己知道那部微小的手机时不时在他的腰间跳着剧烈的摇摆舞，使他的神经为之一振。现在，他对刚才那个号码已经非常熟悉了，一点儿也不陌生，甚至于有种温故而知新的感觉。事实上，这个号码已经在他的脑海中完全具体化、形象化了，他甚至能想象出时空的另一端那个正在耳边手持电话的人的眼神和无奈的叹息。这眼神他是多么熟悉啊！而那种无奈的穿过黑夜的叹息却着实令他有些不安。按理说，他应该很沉稳了，这种事情他也犯不着太认真的。但随着手机一次次在他的腰间振动，从而带动他的腰身以及整个身体和全部神经血脉都震颤起来，往事就像强烈的电波开始在他体内穿越起伏……

所以，热菜只上了三四道，他就有点坐不住了。趁上卫生间的空当，他终于掀开手机盖来查看，若干个未接电话，几乎是同一个号码，还有无数条短信：为什么不接我的电话！你不是说很快就来吗？你若再不来我就上你家去找你，我可说到做到的哟……一股脑看完这些，他多少还是有些紧张，紧张之余不免又有一些得意。他知道对方只是在吓唬他罢了，但不知为什么，他似乎又确信对方也许真会那么去做的。上完卫生间，他又溜到外面的停车场去，在两辆黑色的别克轿车之间低着头给对方拨电话，可他听到的却是一串提示音：对方已使用了超级呼转业务。他长舒了一口气，继而又感到一丝惶恐悄然袭来。难道这人真的像短信里说的那样去了家中？他显得有些焦虑了，以至于往回走的时候差点跟迎面来的人撞了个满怀。竟是请客的主人亲自出门寻他来了，他急忙表现出友好和些许的歉意，说有个重要的电话非回不可，便同主人双双而行。主人不失时机地凑在他耳边说今晚能来赏光实在是荣幸之至，又隐约其词地说了让他今后继续多多关照之类的话，说过会儿咱们找个地方再好好放松放松。放松的意思他自然心知肚明，他不置可否地含糊着点头哼哈，心里想着另外一件完全不相关的却又非想不可的事情。

桌面上分明有些狼藉。热菜已经上齐，他的面前大大小小摆了十几只碗碟。精致洁白的餐具边沿发出润泽、明亮而饱满的光。他明显没有什么胃口，粗略地看了看，抬起的筷子又空空地悄然落下来。有几个陪客纷纷起身来到他的座位边给他敬酒，同样说着幸会和多多关照之类的客套话，他本来已不打算再喝，怎奈人家已经恭敬地站在身旁，不起来应付一下显然是不妥的，只好又叫服务生过来为他斟酒。一圈碰下来，他至少又喝了五杯，但他没有立刻坐下来，而是又让重新添满一杯。他觉得时候差不多了，面子算是已经给足了。

于是，他举着杯说实在是不好意思呀，家里有人，我得先走一步了。来，我敬大家一杯。话既已说出，也就标志着他非撤不可了。众人明显没料到他会这么快就走，尤其是请客的主人，表情顿时凝固了似的，只有一双眼空洞地望向他。过了好半晌才醒过神般地慌忙从椅子上弹起来，嘴里连连说您还什么也没吃呢，怎么就要走啊？也许是主人起身的时候太过突然和紧张，又只顾着说话，竟将自己面前的一只玻璃茶杯掀翻了，杯子咣当一下落在大理石地板上，顿时摔得粉碎，滚烫的茶水溅在一旁的女陪客的裙角上，使得她吱的一声尖叫，在座的人都为之一震。有人在一旁插言，碎碎平安，岁岁平安，才使得气氛不至于尴尬。

喝完这杯，他自然是要走了。主人不无惋惜和遗憾地送他出去，嘴里忙不迭地说没让他吃好喝好，更没把他陪好。他也接连劝主人赶紧回去招呼其他客人，又强调自己实在是吃也吃好了，喝也喝好了，不必挂心。

到了外面，主人早为他唤来出租车，又不顾他的拦阻抢先掏出零钱塞给司机。汽车开动了，他猛一回头，见主人依旧站在饭店门口，像是在冲他挥手。司机连着问了两遍先生去哪儿，他才猛地回过神，在夜色中辨别着方向，又犹豫了一下才说，师傅麻烦掉个头吧。

很明显，这座城市的夜晚要比白天丰富多彩一些。坐在车里这种感觉就非常强烈。灯红酒绿，所有楼宇正面赫然而立的那类以美女的图像为背景的大型喷绘广告牌，的确给这寂寥的夜晚增色生辉了，这样一路看过去，反而使人的双眼不觉疲倦。偶尔，看到一伙子人从某家灯火通明的酒楼里摇摇晃晃地踱出来，他们中间必然簇拥着一个什么人物，必然有个把小女人裙裾光鲜，金鱼一样摇臀摆尾地穿梭于其中。他当然看在眼里，心里就有一丝说不出来的愉悦，就像那个被簇拥着的人物是他自己一样，被众星捧月，被迎来送往。他的嘴角泛起一些让人难以捉摸的东西。但是，这种东西稍纵即逝，没有谁会注意到这个暗中的细节，尽管他就坐在副驾驶座上。出租车司机是个矮胖的男子，留着刺猬一样毛毛糙糙的寸头，额头和下颌总是挂着油腻腻的汗珠。人看似本分，一路保持驾驶员该有的职业沉默和警觉，两眼一眨不眨盯着前方的路，仿佛身边的这位客人并不存在，只是一味地按照乘客的意愿掉头往前行驶。这样也好，他不太喜欢那种凡事包打听又爱多嘴多舌的人。现在，他确实需要休息一下并做一些必要的情绪调整。那酒的后劲儿似乎很足，此刻正随着汽车的颠颠在他身体的每个细胞里虫子样爬来爬去。他整个人向后靠着椅背，看上去多少有点醉醺醺的样子。有很长一会儿，他的双眼是微微闭合着的。

前方有一个双岔路口，左拐通往正在建设中的新街区，朝右则可直接到达他要去的那个地方。这种时候，他觉得自己似乎很有必要再拨个电话过去，这是一种他最习惯的工作方法和程序，他从来不去做那种没有把握的事情。他一边示意司机放慢些速度，一边拨通了那个下午曾一度令他心跳加速的手机号码，电话很快便接通了。这多少让他刚才还在担心的事情有了些结果。至少，让他觉得眼下这段空当他一个人不至于太寂寞和无聊。他想先跟对方在电话里回忆回忆往事，为接下来的相见做一些必要的铺垫。或者，随便聊点什么都成，总之，只要能把时间快乐地打发掉就好。但是，令他感到纳闷的是，电话始终没有人来接听。他又重新拨过去。他一直等到电话中传来那句对不起，您所拨叫的电话暂时无人接听，他才失望地挂断了。他开始怀疑自己是不是弄错了号码，但这种怀疑显然是荒唐可笑的，他，又怎么会记错号码呢。他记忆电话号码的能力是很强的，看过一遍他几乎就能熟记于心了。再说，他现在拨叫的号码对他来说是不允许随便忘却的，这个号码曾经一度多么让他魂牵梦绕啊。因此，他开始在脑子里幻想对方此刻在房间里正做些什么，比如沐浴，精心梳理潮湿的头发，擦抹香水，噘起嘴唇涂上唇膏，然后再从衣橱里取出散发着幽幽清香的衣服站在穿衣镜前一一比试，或者，对方根本什么也没有做，傻傻地躺在床上，心不在焉地盯着电视屏幕发呆，唯独不知道电视里播映什么，只是全身心地等待他摁响门铃……不管怎么说，这种种设想多少还是令他感到了一丝愉悦的。毕竟，在这样的一个夜晚，有那么一个人，从另外一座城市只身来到这里，并且一门心思等着要跟自己见上一面。这该多么让人惬意而又不能不想入非非。

司机也许看出了他此刻的犹豫不决，未经他的允许，汽车已缓缓地在路边停靠下来，但司机并没有让发动机熄火。发动机像卧在前面不远处的一条心怀叵测的黑狗，人在车内看不到那狗的身影，却一刻不停地能感觉到它突突地冲人喘着气。显然，司机旨在等他做出某个决定：向左，向右，或者干脆掉头回返。司机不傻，他当然不想浪费自己的时间和汽油，时间就是金钱，傻子也明白的道理。而汽油现如今比金子还贵，价钱一路飞涨，从去年的每升两块三涨到两块四毛五再涨到两块五，然后一直像生豆芽菜似的涨到今年的三块四毛六。石油公司疯了！简直就是在抢钱！

起初，他并未发现汽车已经停了下来。他的脑子正如汽车的轮子似的飞速旋转，上百种猜测与可能性同时出现，使他本来就晕晕乎乎的大脑更加迷惑。他必须尽快做出一种分析和判断。

这时，他发现司机正在点燃一支香烟。司机拿烟的姿势很滑稽，就像是初次学抽的人那样幼稚，三根颤颤的手指不得要领地掐住烟头，而另一只手正在周身摸索来摸索去，仿佛在找寻丢失已久的东西。司机始终没有找到他要找的东西，所以，司机很快就将无奈的目光瞥向一旁的他。他也从司机的目光中读出了意味：司机正在向他发出求助。

打火机，你是要问我借打火机吗？对不起，我不抽烟的，对健康不大好……他冲司机平摊了一下双手，表示自己根本没有对方想要的东西，甚至表示自己戒烟已经很长时间了，对抽烟者以及香烟和打火机都有了一种厌恶。可司机依旧盯着他看，就像在观察一个非常奇怪的人，就像他身上或脸上有什么不对劲的地方而让对方无法移开视线。这让他感到不自在起来。他又瞥了一眼司机，你难道没听见我说话吗？我早已经不抽烟了，所以没有你想要的东西！他的语气几乎带有一种厌嫌与气愤了。但这语气背后更多透露出来的是他此刻的某种淡淡的失落和无法做出决定的苦闷。

司机很奇怪地冲他笑笑，说你一上车我就闻到你身上浓浓的烟酒味了，我觉得你应该抽烟的。说着，司机终于不再死盯着他看了，不过他好像已经在汽车的某个部位找到了自己需要的东西，因为火光一明，他的烟已经吱吱地着了起来。司机优哉游哉地吸着香烟，鼻孔和嘴角都溢出傲慢的青白色烟来。同时，司机摸索着将那只车内点火器插回到原处。接着，司机又一次将目光投射到他的脸上。这次，司机的目光显然有一丝轻慢的成分在里面跳跃——也可能是香烟给了他这样的勇气和信心。

师傅咱们往哪儿走？总不能老停在这里吧！我还要赶着拉生意呢。

他这才意识到，司机的目光的确充满了探询和不满。司机一直在等他做出最终的决定。他只好又一次无奈地拨叫了那个号码，他多少感到有些沮丧，他希望对方能立刻接听，并且向他郑重地道歉。这样，他至少可以当着司机的面发一些必要的牢骚。令他气愤的是，对方的电话却正忙，依旧无法接通。于是，他非常迅速地摁下手机的翻盖，他此刻的愤怒已经有些火烧火燎的味道了。他想，也许现在返回去是最好的决定。

但很多时候，决定又总是跟人的意志背道而驰。现在就是这种情形。他似乎再也无法忍受被一名出租车司机不满的目光所不时探询，他不是三岁小孩，更不是毛头少年，他已是人到中年了家富人贵，他的儿子就快要考大学了，所以他对于自己内心的需要和感受已不会轻易被什么东西所左右。甚至于，很大程度上他的决定总是随心所欲完全以他自己为中心的。他的角色注定了他早就不太适应自己的决定为某个人而特意发出来。更重要的是，在这样一个有些闷热的夜晚，他本来可以顺理成章地结束那顿还算丰盛的宴请，然后按部就班地被他们接送到某个环境优雅、服务到位的大包房里去，轻歌曼舞，捏捶按摩，好好享受人生。然而现在，他却像一只铁笼子里的困兽，坐在令人窒息的黑色车厢内，一时间无法做出决断，还要去看司机的脸色，这实在是让人不爽的状况。

开吧，往右，一直开下去！

他几乎是带着报复性的口吻发出了命令。

你能不能把空调再开大点，闷得要命。

嘿嘿，汽油要银子呀，够凉快啦！

一旦有了方向，汽车便毫不犹豫，如箭在弦鼓足了劲，朝着前方的黑暗中猛射下去——车子往前蹿的时候，他确实感觉到那种一下子射出去的迅猛了。空调的排风口正对着他，从那里吹出的冷风也跟着强烈起来，他觉得浑身上下的燥热正被迅速吹散。

这种时候，他多少又有些懊悔。事实上，一开始他就应该表现出足够的坚决。多年不见，突然间神不知鬼不觉像是从地下冒出来，他应该有所警觉才对。他完全可以寒暄两句，相见不如怀念啊，还是不要见面的好。但那一刻，他的心却起伏得厉害，某根神经被那个突来的电话所牵引，再也无法放下。更要命的是，他以前一直忽略了对方的意义，以为那种久别重逢毫无必要。可当对方的电话打过来时，他完全被弄得措手不及乱了方寸，就像几年前他们在外地的一个什么洽谈会上初次见面，然后两人以野火春风的势头迅速纠缠在一起了。下午的时候，他甚至还没有想清楚就满口答应下来。不过他说晚上有个饭局，我去应酬一下再过去找你吧！对方说什么破应酬啊，比我们见一面还重要吗？他当时笑了笑，说人在江湖身不由己呀！你放心我会尽快去找你的。

短信提示音非常清脆，是一串类似鸟鸣的和弦声。他急忙打开手机查看，湖蓝色的屏幕荧光一闪一闪，几乎映亮了他的脸。这使他那张标准的"国"字脸变得阴晴不定难以捉摸。你不用来了。这是什么意思？他盯着屏幕上那行字愣了一下，然后，他迅速地给对方回了一条信息：别生气，我正在路上，马上到！短信发送出去的一瞬间，操作手机的那根手指也跟着抖了一下，这种感觉就像做贼，就像偷了别人的东西而立刻良心发现决定放下，但几乎同时又想再度拿起来。

忽然，汽车猛地一颠，他有些猝不及防地从座椅上弹了起来，额头重重地撞在车顶上，这使他冒出一身的虚汗。他嘴里发出痛苦的叫声，同时，他有些怒不可遏地瞪着旁边的司机。司机似乎并没有去留意他此刻的表情，正有些手忙脚乱地转动着方向盘。他听见司机骂骂咧咧，他妈的，怎么又在修路啊！这条路不是去年刚刚修过吗？他原本想责怪司机是怎么开车的，听司机这样说，他才顾不得额头的那点痛了，而是直勾勾盯着前方仔细观察起来。

果然在修路。原来的沥青路面被揭掉了，有两台巨大的轧路机怪物一般横在前面，还有一堆一堆的混凝土坟丘一般隆起来，汽车灯光一照，摆放在两旁的那些像尖尖帽样的警示路障立刻发出耀眼的红光。越往前面行驶，路越窄，车子颠簸得也越厉害。不时有碎石子飞溅起来叮叮咚咚地击射在车的顶部门窗或挡风玻璃上，很有点惊心动魄的味道。而捏在他手掌中的电话始终没有反应，他觉得自己在出汗，手里的东西滑得快捏不住了。他所期待着的那条短信迟迟未发送过来。

电话终于响了。谢天谢地。他不假思索地接了，当然口气不无埋怨。你怎么老是不接电话呀？可几乎同时，他的语气就毫无缘由地变得平和，声调直线下降，就像当头挨了谁一闷棍。电话是他老婆打过来的，问他怎么还不回来，又唠叨说儿子上完晚自习回家时发现自行车又被人偷了，这阵正在家冲她发牢骚呢。他没好气地说儿子丢了车子给我说干什么，我又不是警察！丢了买新的就是了。挂了电话，他觉得心里着实堵得慌，这小子怎么老是丢自行车呢？从上小学六年级开始到现在，他们究竟为儿子买过几辆车子他都快记不清楚了，这中间还包括别人买来送给儿子的，如果他没有记错的话，这大概是儿子今年丢掉的第二辆车子了。每次丢了车子儿子都是理直气壮的样子，好像丢车子是大人犯下的错，而唯独跟他自己无关。以前是他们俩带着儿子去重新买一辆回来，后来他太忙没有时间陪着去，只好由老婆陪儿子去买，再后来儿子自己有了主见，根本不需要他们俩带着去了，自己从家里拿了钱跟着一帮要好的同学专门去挑什么SPORTSMAN或者阿米尼这类的好牌子，用儿子的话说旧的不去新的不来。老婆也跟他叨叨过，说咱儿子什么也没学会倒是先学会穿好的用好的了，而他的态度往往又是很不屑的。他说咱们家现在难道缺那俩钱吗？儿子喜欢就让他买吧，只要他能好好学习。

当他的思绪还一味地搅在儿子的山地自行车的轮子中飞速旋转的时候，司机的话匣子已再度向他打开了。他听见司机像是在劝他说师傅你可别为这事怄气，就拿我们一家四口人来说前前后后也丢过不下十次了，明明刚放在那里，撒欢的工夫就没影了，你干瞪眼一点脾气也没有。我后来就总结出一条，车子这东西是越破烂越保险越没人偷，最好骑那种只剩下俩轱辘跟一个破屁股座子的车。

他漫不经心地看着窗外说，社会治安真是越来越差了啊！司机却很不以为然，抢过话题说兔子急了也会咬人！如今下岗失业的那么多，让他们吃啥喝啥，不偷不抢难道要把屁眼塞上不成！他不露声色地点了点头，但他又像刻意要掩饰什么似的低下头去查看手机里的信息，却无意间打开这样一条短信：下岗姐妹不流泪，挺胸走进夜总会……再往下翻还有 N 条类似的玩意儿，他实在想不起这些乱七八糟的东西都是谁发送给他的，他似乎早就看过的，这会儿再看却好像又一点印象也没有，而此时他忽然就对这些东西异常反感了，他不假思索地选择了删除全部信息这一项。随着那一声悦耳的提示音响过之后，手机里什么也没有了，那些玩意儿一去不返。而就在他刚刚把手机别进自己腰际的时候，他再次听到了那种熟悉的声音，他不由得怔了一下，就仿佛一个人刚锁好房门准备独自待在完全属于自己的隐秘的私人空间里，可那扇门却又被十分突兀地敲响了……

　　司机的脚终于果断而有力地踩在刹车器上，汽车往前猛地栽了一下，又叫了一声，车里的灯就骤然亮了。

　　他的腹内顿时一阵翻涌，有什么东西热乎乎地一直往嗓子眼里蹿来。他听见司机说师傅只能停在这儿，你往前走两步吧。他皱着眉头往前面看了一会儿，就在他们眼前立着一块白色的牌子，车头的灯光直射在上面：前方正在铺设管道，请您绕行！他犹豫着，一只脚已经落地，他立刻就后悔起来，因为那只脚并没有完全踩实，而是很混沌地落在一摊浮尘中了——也许为了今夜的这次约会下午下班后他特意去街上花钱擦了皮鞋的——那种感觉同样非常恶心。而他的鼻腔一阵发干发呛，空气仿佛就要凝固了。与此同时，他听见旁边好像有人在拼命叫他，师傅师傅！先别急着走呀，你还得再补给我五块钱呢！他没有时间搭理对方，而是迫不及待地继续往车外钻去。可司机一点也不含糊，随即猴子一般矫捷地侧过身伸手就去抓他的左臂，却落空了，只抓到了他衬衫的一只袖口。随后就听到刺啦一声响。他人已然钻出了车厢，险些摔了个趔趄，而他衬衫的一只袖子却顽固地留在车内。司机拽着那只袖子大概有些傻眼了。他却不顾一切地蹲在路边哇哇不停地狂呕起来。混浊的酒气夹杂着尚未消化的食物的气味随风灌进车厢内，司机连忙用一只手捂住自己的鼻孔。

等他一口气吐完了，才摇摇晃晃扶着车身站起来并冲车里说，你嚷什么，我又飞不了！说话的工夫，他的目光再次盯在司机那张油腻的脸上，他觉得这张脸在灯光的映衬下显得格外狡黠，特别是对方那头短发，此刻越发显露出恣睢和狰狞来。可就在他伸手去摸衬衫口袋里的钱夹时，他忽然发现自己身上有什么不对劲的地方，随后，他的目光才不得不落在自己的左臂上。

那只手臂整个裸露出来，显得异常荒谬，仿佛一条巨大的刚被褪去了羽毛的鹅腿空悬在自己的肩膀上。

随后，他死死盯着司机那张阴郁的面孔，盯着依然拽在司机手里的那条雪白的衬衫袖子，愤怒像灾难一样突然降临到他的头上——除了愤怒，他的大脑一片空白，就连最后一次收到的那条带有甜蜜意味的短信也抛到九霄云外去了。他三步并作两步径自冲到司机车窗跟前，豁然拉开车门，举起紧握的右拳朝司机那张驴样的长脸上猛砸过去，砸了又砸，还不够，往死里砸，直到对方冒着他雨点样的拳头从车里钻出来开始更为疯狂的反击。

……已经很久了，大伙都知道他没有办法再去上班，也就不可能参加任何一种应酬了。

天没亮透就把人给热醒了。真闷啊！跟躺在蒸笼边上没什么两样，浑身流水，连床板都有点打滑了，一不小心人就会从床沿边滑跌到地板上。家里凡是能打开的窗户全敞开着。这也没多大用，房内依旧溽热难耐。

最先醒来的又是小鹏爸。

家里数小鹏爸胖，眼看奔一百公斤了，夏天最不禁热，冬天呢又最怕冷。按理说胖人应该能抗点寒的。可小鹏爸偏肾又不太好，腰椎间盘还往外凸起着，稍微凉着冻着就吃不消了。连着几天高温不下，他三番五次闹着想睡地板，小鹏妈死活不乐意。小鹏妈反问你行吗？你那腰！你还是给我老老实实躺在床上吧。

热不死人的。

小鹏爸实在睡不着了，早就想起。可小鹏妈的一条腿正粘着他的身体，小鹏妈的一只手臂也黏糊糊地趴在他的胸上。这让他更觉得身上火烧火燎的。没办法，这是小鹏妈睡觉时的老习惯，即便在这样酷暑的季节里也不会因炎热而改变。小鹏妈说如果不这样黏附着他，她睡不踏实老做噩梦。

他不忍心把小鹏妈的手和腿挪开。他知道那样做她就会醒来了。他希望她能多睡一会儿。她其实睡得比他还晚。晚上她得等小鹏做完作业背过功课签上家长的名字，她还得照顾小鹏洗脸刷牙，准备好小鹏第二天早晨的早点才能睡下。

小鹏趴在桌子上写作业的时候，她总是站在旁边手里不停地摇着一面扇子。家里的那台长城电风扇根本不敢用，年头久了，扇叶会哗啦哗啦乱响，像是要从圆圆的网圈中一片一片蹦出来去削谁的脑袋，而且，电机的噪声巨大。小鹏嫌吵，家里就一直不开。她只好给小鹏一晚一晚很卖力地摇蒲扇。

每回他看着她摇蒲扇的样子，心里总是很暖，又有点愧疚的意思。他说要不我拿去修修吧，兴许还能凑合一个夏天。可小鹏妈却说，你没听人说老吹风扇会偏头痛的，弄不好还会中风呢。他听她说"中风"两个字的时候语气格外重，咬着牙关似的，他确实被吓了一跳。中风多么可怕，小鹏的外公就是有天夜里突然中风而弄成半身不遂的，现在连身也翻不过来，更别说吃喝拉撒了，样样都离不开人伺候。那就算了吧！他无奈地说。其实，小鹏妈要是不提中风的事，他原想说干脆重新买一台新的用吧，天那么热，这台长城电风扇还是以前他跟小鹏妈结婚时添置下的，十来个年头了，该换了。再说了，天底下哪有不坏的东西呀，大活人都有三长两短。当然，他不能跟小鹏妈瞎说这些，这只是他脑子里的念头。小鹏妈不爱听这种悲凉的不着调的话，她对这些尤其敏感。小鹏妈最恨说死呀活呀的。他知道小鹏妈那都是被老人的病给吓的。

他还是艰难地爬起来了，蹑手蹑脚，做贼似的。起来直接去了卫生间，撒尿，很长的一泡宿尿，快把他憋疯了。完事后径直把身上唯一的短裤剥掉，开始冲凉。水一点儿也不像自来水，冲在身上没有那种清凉透彻的感觉，像是有人恶作剧似的把自来水管接在热水管上了。水压又很小，小孩尿尿似的漫不经心地滴流着。没办法，凑合冲冲吧，谁让天这么歹毒！他哪天不冲几次凉啊，冲了也是白冲，汗比自来水来得还快还多。他不想吃早点，也根本吃不进去，连喝凉水都要冒汗，胖人真是要命！眼下这种天气对胖人来说简直就是地狱。比地狱还可怕，地狱不会有这么热的。一般说来，那种地方应该比较阴暗潮湿。

他出门前小鹏妈像是已经醒了。含含糊糊问他吃了没有，叮嘱他一路上小心，车骑慢点。他像以往一样哼哼哈哈答应着——小鹏妈说什么他都会这样哼哈着，然后拿了摩托车钥匙走人。

小鹏妈也该醒来了，得侍弄着小鹏起床洗漱吃饭上学。然后她还要简单地收拾一下房间，才出门去。早市上的菜便宜，通常早市就摆两个来钟头，小鹏妈卡好时间，赶在七点四十五分早市散摊前一刻出现在那里。那时的菜尤其贱，西红柿、黄瓜、豆角、茄子，这些好一点的菜都会塌价卖。小鹏妈喜欢去早市。小鹏妈喜欢早市上的所有东西。小鹏妈有时候觉得早市简直就是她的天堂。她不清楚天堂里到底是怎样的，可这个天堂里有她喜欢的新鲜的蔬菜。关键问题是，东西实惠。实惠就好，天堂里的东西就应该跟想象中的一样好才对，你要什么就有什么，你想用多低的价钱买它就以多低的价钱卖。

小鹏起床每天都要用去半个钟头，他先翻身，揉眼睛，掏鼻孔，哇哇地打哈欠，然后又侧过身迷糊着了。小鹏妈只好再去推他，他又是一遍翻身揉眼睛掏鼻孔打哈欠，但这回她不能再由着他的性子，她硬把他从床上拽起来，让他靠墙坐上那么一小会儿，醒醒神，并帮他套上 T 恤的一只袖子。等她收拾好自己的床，简单地洗脸刷牙后，小鹏还靠墙发呆呢。她就佯装生气，并警告他再不抓紧时间要迟到了。小鹏这才回过神似的朝窗外看看，天空果然又明又亮了，蓝得像电影里的大海。小鹏当然没有看见过真正的大海。可小鹏班里的很多同学，都跟家长去过大连、青岛、海口这样的海滨城市旅游。小鹏只知道天空蓝得像大海一样。小鹏再也赖不住了，小鹏不怕爸妈唠叨，可他怕老师瞪着眼睛批评他。小鹏就磨磨蹭蹭穿好衣裤鞋子上卫生间了。

早市离家不远，穿过一条大马路再拐进一道闹哄哄的窄巷子就是。她和小鹏一起出门，快到市场时小鹏要朝另一个方向走了。她从后面看着小鹏的背影，总是觉得小鹏的书包太大，大得像一只木箱，里面鼓鼓囊囊的，背在肩上快把小鹏压垮了。她似乎终于明白了小鹏总是不长个头的原因。那些老师也真是的，干吗非要让孩子每天背那么多东西，又不是去行军打仗。

等她刚转过身要去市场，小鹏忽然又抓着双肩上的宽背带唰啦唰啦地跑到她面前，脸蛋涨得通红，嘴里吁吁地喘热气。小鹏松开一只手摊开在她眼前。小鹏的手没有刚生下来那会儿白了，甚至有点黑瘦了，那时真是又白又胖啊。

小鹏说妈天这么热。

她当然知道他想干什么。可她故意不理，反问道，就热你一个人吗？

小鹏把伸在她眼前的小手有力筛了筛，好像里面掬着什么宝贝。

小鹏皱着眉头长长地喊了一声，妈——妈。

她的一只手拎着空菜篮子，另一只手始终插在裤兜里，里面是她买菜的钱。小鹏的目光自然也落在那里。小鹏又抬头盯着她看，眼睛似很邪恶地翻出一块白。她立刻伸手拍了一下小鹏的脑袋，冲谁翻眼睛呢你！小鹏的头发又长长了，该带他去理发店了。随即，她从兜里捻出一枚钢镚儿，是一元的，想了想，再看看，还是给了小鹏。

小鹏接过去，掂了掂，人却没有立即走开的意思。

她猛地恼了，想挨打了是不是，快滚！小鹏显然不怎么怕她。小鹏赔着天真的笑容说妈再给点，真的不够。

当然，她不可能再给了。脑子里早就下意识地将两元钱转化成西红柿、黄瓜或几只绿油油的青辣椒。她极力朝早市那边望了一会儿，那里冒起了薄薄的烟尘，她知道他们已经开始清扫街道了，早市就要散摊了。她有点着急，想转身走开。可小鹏依旧摆出一副无辜的可怜相。她非常生气，若不是站在人来人往的街角，她真想狠狠地收拾他一顿。这孩子真是越来越不像话了。

这样一想，她就有点生小鹏爸的气了，她觉得小鹏爸太惯这个孩子。

小鹏爸本是一脉单传，到小鹏这里又是守着小鹏这独苗一棵。如今家景是紧些，可小鹏该有的东西样样都依着他的。上学的孩子总好互相攀比，穿穿戴戴文具零碎，一样也不能差，而且，兜里还得经常塞几个零花钱用，大人无所谓，可孩子的自尊心很容易受到伤害的。前段时间，小鹏突然闹着要让他们给买电脑，小鹏说现在班里就咱家没有，别人都有了，别人成天上网聊天玩游戏，不信你去问我们老师。她和小鹏爸就有点惶恐。他俩自然也知道电脑的种种好处，可那毕竟不是一个钱两个钱的事情。小鹏外公几次住院家里没少拿钱出来，小鹏妈是娘家的老大，不但出，还得比其他几个弟妹多点才行。要不，别人该说闲话的。再有，小鹏爸的一双老人也都在乡下，都年迈体弱了，时不时他们也要寄钱过去帮衬一下的。他俩不是那种不愿出血的人，问题是身上得有血可出，而且造血功能得强啊。光出不进哪能行！但是，小鹏不管这些，小鹏毕竟还是个孩子。小鹏为得到梦想中的电脑，果断地采取小孩子特有的行为方式，不跟大人说话，不好好吃饭，不按时完成作业，甚至故意迟到缺课。老师就让请家长，小鹏妈硬着头皮去学校，老师说小鹏同学最近总不能集中精力，还跟同学搞不好团结，你们做家长的要多关心他啊。她回家把小鹏的情况跟小鹏爸原原本本说了，小鹏爸半天不吭气。她说你倒说话呀，怎么哑巴了。小鹏爸冲她皱了皱眉头说，要么就给他买一台，孩子嘛。你说得轻巧，用什么买，把十根手指头挨个砍下来人家会要吗？她嘴里这么说，心里却在算计家里仅有的那点存款。显然，如果买了电脑，家里万一再有个大事小情急用，就得抓瞎了。她知道好钢得用在刀刃上的道理。

最终，还是又多给了小鹏一块钱，小鹏才蹦蹦跳跳地离开了她的视线。

她觉得小鹏也真是怪可怜的，那么小点个子，还要背那么老大的一个书包。不像他们小时候，上学就两本书，语文和算术，夹在怀里就走了。上学路上甭提多快活了，一边走还一边唱。"小鸟在前面带路""我们在树下读书"，还真是有这样一些朗朗上口的好歌子。小鹏上学从不唱歌，回到家也不唱，像个哑巴，总是趴在桌子上不停地写啊写的，就这样经常到睡觉时作业还完不成。

早市说散就散，她匆匆忙忙地赶去只买到了一把葱，一捆发蔫的油菜和几颗生得别别扭扭的土豆。

离开的时候她看见卖袜子和鞋垫的，就蹲下来给小鹏爸挑了两双袜子和一双竹子鞋垫，说是透气能治汗脚。小鹏爸的脚汗大得很。统共才五块钱，倒也不贵。可给摊贩掏钱的时候，她一下子就傻眼了，两只裤兜里空空的，买菜剩下的钱一分也没有了，她记得清清楚楚，兜里一共有四十七块两毛钱，两枚一元的钢镚儿刚才都给了小鹏，买菜又用去了五块二，因为只有两毛零钱她还少给了人家一毛。人家卖菜的连看都不看她一眼，就说算了吧。她还觉得挺高兴的，像是赚了一笔。

现在，钱丢了。

小鹏妈感到沮丧，想哭。半个月的菜钱说话就没了。她只好抱歉地放下已经选好的袜子和鞋垫，站起身时头有点晕，她有气无力地提着那几只塑料袋，别别扭扭地沿着来时的路往回走了。头始终低垂着，目光压在脚下的路面上。

天真热，头顶心豆大的汗珠子坠下来摔在地上。她不在乎天气有多热，丢钱总是让人痛恨懊恼的事。她寻寻觅觅地走着，她想天这么热大概不会有人注意地上的东西。她想，早知道会丢掉还不如都给了小鹏好呢。

一路想着，抱着一线希望，目光不放过脚下的任何一片地方。当一辆洒水车奏着呜呜哇哇的电子音乐，迎面开过来并将水喷洒到她身上的时候，她如梦方醒地抬起头来。

想躲闪已经来不及了，她浑身已湿透了，很久没有这么凉快的感觉了。她木愣愣地站在路边腾出一只手抹着脸上的水，猛然，她发现很多路人都在好奇地看着她呢，似乎所有过路人都看出来她确实丢了家里买菜的钱。

腰里的呼机哇哇哇地叫他，小鹏爸刚好扛着一桶水吃劲地爬楼梯。五楼，他得慢慢爬上去。这个地方小鹏爸已经来过无数次了。天热自然是好事，喝水就像洗澡一样费水，他几乎每天都要给这里的住户送几桶水的。有求必应。这是公司的口号。小鹏爸走进去，霍地一下把空水桶拔下来，再将满的水桶咣地倒扣在饮水机的脖子上，就算完事了。小鹏爸乘机取下呼机查看，是他家前面小商店里的公用电话，号码很熟，就知道是小鹏妈呼的他。

小鹏爸往腰里别呼机的时候接连打了两记喷嚏，声音很响。小鹏爸忽然想起来小鹏妈有时会奇怪地问他在外头有没有念叨过她，因为她在家里好端端地就打起喷嚏来了。一定是小鹏妈一边打电话一边念叨了，所以自己才打这么响亮的喷嚏。小鹏爸这样想着，觉得心里热乎乎的，尽管他讨厌热。主人大概上另一个房间取水票去了，小鹏爸吸溜着鼻子站在客厅门口处等。他脚上套着海蓝色的保洁鞋套，看上去笨笨的，有点滑稽，像一双巨大的鸭蹼。这是公司的规定，进客户家里都得这样做。

这家房子真大。客厅的面积快赶上小鹏家整套房子了。前阳台是整面的玻璃墙，外面的风景一览无余，甚至可以看到外面平整宽阔的绿地以及更远处的喷泉交错迭起的银亮水柱。阳台和客厅之间也是打通的，没有隔墙。看着看着，小鹏爸忽然觉得自己变渺小了，像童话里的小矮子那样矮。

小鹏爸想收回目光，可对面的黑白相间的几何图形的电视墙和大屏幕投影电视里的鲜艳画面还是死死地黏住了他的视线。他的喉咙吱吱响着，里面仿佛有一只诡秘的老鼠上下蹿动跃跃欲试。他的脑子里一片空白，或者只剩下自己家那台很小很小的电视机，和眼前的庞然大物相比，自家的老电视机恐怕连人家的孙子辈也排不上。他坚忍地咽了咽唾沫。觉得口干舌燥，终于低下头，强迫自己不去看。但脚下光洁明亮的大理石地板分明又映出了小鹏爸的头像，非常清晰。他冲那张同样光洁的影像龇了龇牙，又做了一个连他自己也觉得很怪诞的鬼脸。接着，他让目光完全停留在自己的两只套了袋子的脚上，他轻轻地踮了踮脚尖。猛地发觉身上有点凉，针刺一样，身上的汗不知不觉间干爽了。他又打了一串喷嚏。天这么热，怎么会觉得凉呢？他想自己是不是得了热感冒，他已经连续几夜没有在身上盖任何东西了。

这时，主人出现在他面前，递上一张崭新的水票，他恭谨地说声多谢，收下了。主人面无表情。小鹏爸转身欲走时，呼机又开始哇哇地叫他了。主人脸上立刻露出一种厌恶的神色，这跟呼机单调刺耳的喊声有关。小鹏爸却没看，因为他的目光再次被主人身后的某件东西所吸引。主人也许有点莫名其妙，瞪着他问你看什么？风，凉风，原来是从那里刮出来的。小鹏爸像在自言自语，目光依旧顽固地绕开主人投向电视旁边的落地空调机上。凉爽的风正从那里一缕一缕送出来。难怪这么凉快呢，小鹏爸笑着说，空调可真是好东西啊。小鹏爸嘴里这样说着心里在想，什么时候家里也能买这样一件东西就好了，那样小鹏妈再也不用一晚一晚地摇蒲扇了，他也不用老闹着要去睡地板了。由于不切实际的短暂遐想，小鹏爸整个人被某种状态包围着，脸上流露出一丝傻乎乎的痴狂相。

看得出主人已相当不耐烦了。主人开始面色阴沉地下逐客令了，没事了，你可以走啦！小鹏爸本来还想随便问问那台空调的价钱以及好不好用，但主人早已经替他打开了房门，潜伏在楼道里的热空气像密不透风的塑料薄膜，立刻扑卷过来将他严严实实地包裹起来，一时间身上的所有毛孔又开始吱吱叫着往外冒汗了。小鹏爸只好转身意犹未尽地离开。

下楼梯时小鹏爸才恍然省悟，自己打喷嚏并不是谁念叨他，而是人家的房间太凉快了。凉快的地方真好啊，就跟天堂一样。可这个夏天没有那么凉爽的风可以刺激他多打几个喷嚏的。人刚一走到外面就跟猛地跳进了火海似的。小鹏爸知道自己又要开始在火海里挣扎了。

他骑的摩托车的后座一左一右焊着两个筐架，一次可以放四桶水，中间再用橡皮带横着勒一桶，这样一次就能从公司领出五桶水。这些日子每天少说也能送出六七十桶去。最多的时候他送过一百二十桶，有辆摩托车就是好啊。要是换了自行车，送这么多桶，非蹭断了腿脚不可。所以，小鹏爸对自己这辆二手的重庆80摩托车很上心的，一闲下来手里就捏把螺丝刀这里拧拧那里紧紧，脸上身上的汗可以不擦，可车每天都要擦洗得干干净净的。车拾掇利索了，心里舒坦，跑起来放心。

小鹏爸不打算回电话的，他中午本来就要回家吃饭。现在才十点半，他至少还要到公司领两趟水。可是，呼机像哭似的又叫起来，他只好把摩托车停在路边，然后找一个书报亭给小鹏妈回电话。他想小鹏妈一定是有什么急事找他。他又想不出小鹏妈会跟他说点什么。反正女人总是婆婆妈妈的。这一点他很清楚。

他其实也有话想跟小鹏妈说的，不过，他的话完全可以留到晚上回家睡觉前再说的。小鹏妈好像气得鼓鼓的，不光气，而且还很伤心，伤心透了。小鹏妈在话筒里劈头盖脸就嚷你为啥不回电话，你不知道我有多着急啊。你这个死人，你不知道我有多难受啊。他一言不发地听着。他清楚女人生气和伤心的时候说话声音总是很大，总是唠唠叨叨没完没了，总是像个泼妇似的张开嘴就要拿出老虎吃人的样子。直到她不说了，说累了，他才有机会插言。家里到底怎么啦？她好像根本没听他说。是不是小鹏又惹你生气了！对方依旧不说话。他接着问还是老爷子又犯病了要住院？你倒是说话呀，没见我还忙着呢。她似乎终于决定说话了。她带着一丝泣音说小鹏爸你先忙你的去吧，等你回家了再说吧。

简直要崩溃了。既然是回家再说的话，还打什么狗屁电话。他暗暗发誓以后再给她回电话就不是个男人。扔下话筒就走。后面有人喊他，他没理，人家撵上来一把扯住他的袖子。他听到衣服的某个部位刺啦一声响。他正待发作，却忽地想起来忘了付电话费。他忙不迭给人家说对不起。人家一直拿愤怒的眼神瞪他，丝毫没有因为撕开了衣袖的针线而感到抱歉。而且，人家当然不会以为他是忘了，哪那么容易就想打霸王电话，除非出门忘了穿裤子。他急忙摸出五毛钱，对方怒不可遏地接过去，大声说，不是五毛，是八毛，你超时啦。他只好无奈地再去掏。他早知道女人说起话来有多么啰唆的。他有点心疼，扛一桶水能挣几个钱呀，不够他交电话费的。

摩托车刚发动起来，头盔还没来得及戴好，一团黑大的影子就投到他眼前了。黑影自然要给他敬礼，自然面孔十分严肃，连黑影身上那件嫩黄色的马甲也闪着耀眼的荧光。小鹏爸一惊，不敢看，更不敢接受黑影的敬礼。他人差点从晒得滚烫的车座上滑下来。占道停车，罚款五十。看得出来交警不想跟他说太多的话，天热得要命，傻子才愿意跟他瞎扯淡呢。所以，黑影当即就拿出小本子开始抄他的摩托车牌号。B4250。黑影似乎刻意将后面三个号念成二百五的。连他自己也觉得有点那个。没办法，车买来的时候就带着这样的牌号。就像他自己一样，生来就是扛水的命，他还能奢望9呀8呀的好号吗？

他不敢跟警察犟嘴，心虚。因为他还没有考到驾驶证。摩托车是去年从一个朋友手里买下的，朋友满不在乎地说根本用不着，谁管呀，又不是大奔，只要出门把头盔戴好，别跑正街，别在警察眼皮子底下晃，准保一点事也没有。他真想给警察敬根烟抽，可烟又没带在身上。该死。他总不能打开一桶纯净水让人家喝点吧。他缩缩地捧着罚款单，上面的字一个也看不清，阳光忒刺眼了，只有"50"他勉强认出来。他嗫嚅着，少点吧，能再少点吧。

警察似乎一下子就看破了他的心事。请出示一下你的证件。警察的国字脸更严厉更威武了。警察是什么人，一看到他那副瑟瑟发抖的样子就知道问题所在了。

他傻眼了。

他恨小鹏妈没事找事给他打电话。

他想这次一定是在劫难逃了。

他想起那句老话，人倒霉的时候就连喝凉水也会塞牙的。再说，这确实也怨不得小鹏妈。

中午小鹏爸没有回家吃饭。

小鹏妈蒸了米饭，只炒了一碟土豆丝。切第二个土豆的时候一不小心切到了最小的那根手指，连指甲带肉皮削去一片儿，血水把土豆丝跟案板都染红了。她把土豆丝用水淘了好几遍。她怕小鹏和小鹏爸吃出血腥味。尤其小鹏，他平时很挑剔的。

过了吃饭时间那爷儿俩也不见回来，小鹏妈就很生气，一趟一趟站到阳台往下面看。看也没有用，快一点钟的时候他俩也没有回来的迹象。小鹏妈只好自己盛了小半碗米饭，夹了几筷子土豆丝先吃了。她估计小鹏爸肯定是太忙了，他一忙，经常就顾不上按时回家吃饭。再说，天这么热小鹏爸根本就没有什么胃口。人胖真是遭罪。小鹏的老师有时候也会拖堂，或者把孩子留下来做别的什么事情。

后来她又想起来早上小鹏向她要钱的事情，她想说不定小鹏已经买了他自己爱吃的那些零食，正一路走一路吃呢。等回到家肚子也该饱了。小鹏的学校门口经常站着那些兜售串串香的中年妇女，她们把土豆片啦红薯条啦豆腐干啦，还有各种蔬菜叶子拿细小的竹签子串在一起，在家就烫熟了，再蘸上那种鲜红鲜红的麻辣汁，然后卖给像小鹏这样的小学生吃。虽然她觉得那种东西恶心吧唧的，更谈不上有什么营养价值，可小鹏似乎很喜欢吃的。小鹏还说妈你不知道它有多好吃呢，我们同学没有一个不喜欢吃的。小鹏跟她要钱的时候总是这样赞不绝口。

有一次她跟小鹏爸商量，她说自己也想出去摆那样一个摊子，多少能给家里添补几个。可是，小鹏爸不同意。小鹏爸说你还是好好在家待着吧，我多跑几趟那点钱就有了，再说，我们俩都出去了小鹏咋办。她想想也是，就打消了这个念头。她每天负责一家人的吃吃喝喝洗洗涮涮，隔一两天到早市上买点菜，精打细算地过着简单朴素的生活。偶尔，她也去跟自己同一车间的某个女工家串个门，打问一下什么时间可以重新回去上班。她快在家里憋疯了。但别人跟她一样茫然，这些都是领导们考虑的事情，老百姓哪能说得准呢。她只好扫兴地回来，等待总是很折磨人的事情。半年前她所在的亚麻厂停产了，工人都放了长假，工资折子上每月只有不到两百块生活费，她不知道这种日子什么时候才能熬到头。

吃完饭她坐在床上一边给小鹏缝昨天上体育课划破了的裤子，一边等他们回来吃饭。小鹏只要一上体育课，回到家就是一身脏，从头到脚，不是这里破了就是那儿开线了，小男孩总是很皮的。缝着缝着，眼睛有点花，头也晕，就扔下手里的活在床上躺下来。那时，小鹏好像悄悄地回来了，可他没有吃饭，只上了趟卫生间就匆匆忙忙走了。她隐隐约约听到小鹏肩头的书包唰啦唰啦地响着以及小鹏轻轻关门的声音。她想喊住小鹏，但她的眼皮就是重得抬不起来，就放任自己继续昏昏睡去。

这一觉睡得时间很长。她都不记得自己什么时候睡着的，反正，等她醒来时发现墙上的石英表的长短针已接近一条竖直的线了。她对自己整个下午的昏睡既感到迷惑，同时又有点紧张。她急忙下地，去卫生间胡乱擦了一把脸。浑身都是虚汗。她觉得自己睡得实在太久了。

她急忙走进厨房，准备做晚饭。可她发现锅里的米饭几乎还没有动，而摆在厨台上的那碟土豆丝也显得干巴巴的，毫无生气。这种局面很快让她变得茫然和颓废起来。她有点生丈夫和孩子的气，那爷儿俩竟然一个个都不想回家吃饭。他们都不吃，她做饭还有什么意思。她心里不无埋怨，随手就将系好的围裙摘下来扔在一边了。好啊，晚上吃剩饭。她悻悻地自言自语。而且，她想好了，要等他们回来后先好好说说，太不像话了。然后，再和他们一起吃剩饭。她一点儿也不饿，非但不饿，她甚至觉得肚子哪个地方好像还胀胀的，很难受。

六点半。七点钟。直到《新闻联播》的音乐准时响起来，小鹏爸才疲惫不堪地回到家里。

小鹏爸一句话也没跟她说，进门就把钥匙串呼啦一下撂到桌子上，然后在沙发上直挺挺躺下来，腰板里像撑着一块木头。小鹏妈本来也不想搭理他的，可一见他累成这样，心倏地就软了，她急忙关小了电视声音。新闻里正好说最近全国大部分地区和城市都处在高温酷暑中，希望有关单位部门做好防暑降温工作。她赶紧去帮小鹏爸端来一杯凉开水，自己用手端着等小鹏爸咕咚咕咚一气喝下去。小鹏爸连着打了两个水嗝，依旧躺在沙发上懒得动。

这工夫她又从卫生间淘洗了一条湿毛巾走过来给他抹了把脸。他这才像缓过神似的看了她一眼，随口问饭好了没有。她说饭菜都在锅里，不知道他什么时间能回来，所以还没来得及热呢。他闷声说还热什么，这么热的天。接着，他又想起来什么似的问她那你跟小鹏吃了没有。她放好毛巾又走过来搭茬，都没吃呢，还是中午的剩饭。说这话的时候她突然觉得心里有点不舒服，具体是哪里不舒服她也说不清，反正觉得有点堵得慌。他慢吞吞地把身体立起来，后背靠着沙发，但坐姿依旧显得很松散的样子。你到底急着呼我啥事？你不知道我忙得要死，那些要水的家伙一个个跟催命似的，稍微晚去一会儿他们就吹胡子瞪眼的！他气哼哼地对她说，又仿佛在自言自语。

这当间她已经把饭菜都端来放在茶几上了，米饭和菜都是凉的，她本来想至少应该把土豆丝热一下的，可听见他一股脑地在外屋冲她说着气话，就木木讷讷地想偷懒似的将饭菜径自端来了。她想自己也许真的不该打电话给他的，她心里非常清楚，他扛一桶水本来就挣不了多少钱，况且，他还得去找电话回复，他根本没有多余的时间。但是，听了他的一通话她觉得心里更堵，她本来是想把丢钱的事告诉他的，现在她已打消了这个念头。她想反正钱又不会长腿，是不会再回来了，告诉他已经没有丝毫的必要了。可是，上午那阵她是多么想把事情说给他听啊。人有时候真的非常奇怪，连自己也弄不明白。她下楼去给他打传呼的时候，想找一个贴心的人诉说一番的冲动异常强烈，简直无法自已。那一刻她觉得丢了几十元生活费对于她来说几乎是带有毁灭性的，事情的突发程度一点儿也不亚于别的什么重大灾祸甚至倾家荡产。以至于她接连呼了他三次，而且，每次呼完后她总觉得传呼小姐也许会出现一些操作失误，或者干脆弄错了被呼叫的号码。

扒拉了几口饭，他忽然又抬起头问她小鹏还没有回来吗？

她仰脸看了看墙上的挂钟，时针已经指向八点了。往常这时候小鹏应该趴在桌子上写作业了。她不由得忐忑起来。因为天黑得迟，总误以为时间还早得很呢。她联想到中午小鹏匆匆忙忙回家连饭也顾不得吃就跑了的情形，气就不打一处来，她暗里下定决心，等小鹏回来她无论如何要好好教训他一顿，必要的时候可以揍几下他的屁股。她还是悄声去阳台朝楼下观望了一会儿，没有看见小鹏的影子。又打开房门，站在楼道里听了听，依旧没有听到小鹏那跑跑跳跳上楼的脚步声。

他打着个很不舒服的饱嗝，被饭菜噎着了似的，然后不无怪怨地瞥了她一眼，你今天究竟咋了，老心不在焉的！你成天待在家里还用我来操心孩子的事吗？我他妈的忙得连放屁的工夫都没有……说到这里，他其实很想把白天的事跟她说说的，他要告诉她这个月他等于白忙乎了一场，可他终于没有说出来。

她也没有吭气，悄无声息咽着最后一口米饭，她听见他把碗筷弄出很响亮的声音，肯定是故意的，她想。她几乎没有动碟里的菜，就慌忙撂下碗筷出门去了。

刚走到楼下的时候，不知怎的，就涌出一串泪来。她拿手背轻轻抹了抹。

天还没有马上要黑的样子，却有一些静静的黄晕在天空中停留。巨大的热浪从水泥地板从整面墙壁从稍远一些的马路从马路上呼啸过往的车辆那边汹涌扑来，她立刻感受到那种近乎让人窒息的灼热迅速包裹了全身。

家里完全沉浸在昏暗中了，可她一眼就看见小鹏爸横躺在沙发上，很龌龊的样子。她忧心忡忡地冲里面唤了两声小鹏，除了丈夫雷打不动的鼾声，没有人回音。很明显，小鹏并没有如她想象中那样已经先回家了。她走得太急了，其实来回的路上她都是不停地小跑着的。

她很想冲小鹏爸发点火。可嘴角嗫嚅了一会儿，喉咙里始终也没有喊出什么来。那股因焦急而在胸口猛地燃烧起来的火焰，似乎是被一层潮湿的雾气团团笼罩住了，转眼间一切都悄然熄灭了。

昏暗中，她盯着丈夫裸露出来的臃肿的肚皮和沉睡中展现出的憨相看了几秒。她的目光平静地从他的头脸慢慢移到他的整个身体，最后，停留在两只从沙发上奋拉下来的脚上。她的心头顿时泛起一股强大的酸涩的滋味。丈夫显然没有顾上脱鞋就睡着了，她发现那种蓝色的塑料鞋套居然还包裹在丈夫的脚上。她抿着嘴唇，仿佛要极力忍住什么。

她没有去弄醒他，也没有帮他脱掉脚上的鞋，她想就让他那样好好睡一会儿吧，这些天来他难得能这样安详地熟睡。

这样想着，她就轻轻地锁好房门又脚步匆忙地跑下楼去了。

外面很黑了。不知怎么她眼前老闪着一双很大很大的脚，呼呼生风，样子有些怪诞。当然是那种蓝唧唧的颜色。

这天下午放学以后，小鹏没有按时回家，而是跟班上的几个同学小耗子似的一起钻进学校附近的一家网吧。据说他们在里面玩一个很刺激的网络游戏。实际上，那天中午放学小鹏已经去过一趟那家网吧了，因为钱不够，小鹏后来溜回家把自己存钱罐里的所有零钱都悄悄拿走了，他跟另外两个同学约好下午放学再去那家网吧玩的。

那家网吧有一个很奇怪的名字，好像叫作蓝色生死恋，谁也不知是什么意思。反正，它后来之所以出名，全是因为一场大火和两名被活活烧死的中小学生。

火是天黑以后突然烧起来的，火一烧起来就停不下来了。熊熊火光一下子就将附近的天空映红照亮了。那时候小鹏妈正好在学校附近徘徊，但她肯定还不清楚，她家的小鹏就困在那片冲天的火光之下。

也难怪，像今天这样的场面总是会有些乱糟糟的。虽然已是初冬的时节，前后阳台的门窗也尽可能敞开着较宽的缝隙，空气依旧不很流畅。彼此间听不清说话的声音，唯见一张张嘴巴都在快活地微动着或不时嚼着瓜子糖果之类的食物，地板上早就铺了一层花花绿绿的果皮屑，被一只只脚踩得沙沙响。

大家的表情一律是愉快祥和的，欢声笑语充斥着已显拥挤的家。一下子多出平日里好几倍的人口，每个房间都被远道赶来的姑母、姨娘、叔伯、舅舅、表兄弟堂姊妹和他们中的一些人带来的小孩们占据着，使空间有种要被撑破的感觉。因为人实在太多，即使坐满了所有的板凳椅子和床沿，一时也无法满足正在逐渐增加的新的客人。

多数人只好无聊地靠着墙壁或家具站立，手里掬着一把瓜子，噼噼啪啪地嗑着，以打发这段不算长的时间。

孩子们当然不肯乖乖地坐下，他们争到了自己喜欢的糖果，还有几只吹起来的彩色气球。兜兜里鼓鼓囊囊的，只是一味地过节般快乐。事实上，这群小家伙从进门那一刻就彼此相熟了似的在一起玩耍，人多的情形似乎更适宜于孩子们自由自在地游戏或穿行。他们从一间房子钻进另一间房子，从大人们的腿胯间十分繁忙地进进出出，难免会惹得大人生气，没好脸色地啰唆几句也是有的，可孩子们大抵知道，这样的好日子大人是不会轻易动怒的，所以玩耍得反倒更疯野了。快活的空气在多少显得有点空洞寂寥的楼道里飘荡着，使刚刚到来的亲戚朋友远远就受到某种感染，喜庆无处不在。

在所有人当中，无疑又是她最为操持和忙碌。她的心事自然比任何一个人要复杂些，毕竟这是她最疼爱的老疙瘩儿子的一桩喜事，也唯独是她能隐隐觉出苦尽甘来的时刻。其实，在过去的十几年里，她已陆陆续续繁忙过好几回了，老疙瘩前面的四个孩子都有了各自的小家和生活，这不能不说是她忙忙碌碌的一种结果。大儿子完婚的时候她才四十多岁，时光一晃十来年，她明显老了，心气劲儿大不如咋。

她年轻时在剧团里唱过戏，碎步子走起来孩子们撵都撵不上她；中年的时候她又随自己的父亲学干裁缝这一行当，一干就是二十多个年头，缝制的衣服数也数不清，用过的针线和布料恐怕也得用汽车来拉。前年过年的时候，她的眼睛突然就昏花了，看什么都模模糊糊的，即便是偶尔给儿孙们缝一粒坠落的扣子，于她来说竟也成为很艰难的事情，心里干着急，手里的线怎么也穿不进针鼻子里去。她知道自己真的老了，不顶用了，现在浑身上下只有嗓音还像过去那样响亮，其余的部分似乎都已老化了，就像那台她差不多用了半辈子的蜜蜂牌缝纫机，搁浅在家中某个不起眼的角落，周身布满了油腻腻的灰尘。她说话的时候孩子们总嫌吵，让她小点声说。可这又有什么关系呢，她知道到头来这个家一个孩子也不会剩下的，再也不会有谁嫌弃她的嗓门大了。她做饭的时候还会偶尔哼起年轻时学下的一段唱腔，大多是王宝钏或秦香莲之类的，调子总是凄凄楚楚的，这也每每勾起往日在戏园子里的风光情形和戏台上的一些片段，竟无端惹来了自己的一声叹息——这叹息只有一个像她这样做过演员的人才能真正懂得，想一想不唱也罢。

照理这种事对她来说该是轻车熟路走走过场，可她或多或少却有些紧张的味道。她不停地笑脸招呼着每一个请来的客人，哪怕是一个半大的孩子，她也会讨好似的微笑着并亲手剥开一只柑橘或奶糖递到孩子的手里，还不忘亲和地抚摩一下他们的脸蛋或小巧的嫩手，适时地送去两句夸赞的话。她当然不想让任何一个亲戚无端挑了礼数，此刻她需要家里上下一团和气。和能生财，可她从不指望发什么财，她就是盼着全家老小都能安安生生地过日子。

所以，今天就连自己的儿女们进家门她也惦记着要到门口去迎一迎，说两句无关紧要的话。当然，这种时候她多又是跟自己的姑爷或媳妇们寒暄着，问他们吃了没有，路上乘车的情形。或者，在无意中触摸到他们的襟袖，觉出衣服的单薄，善意地责怨两声也是可以的，等听了他们说一点儿也不觉冷的话，她才将瘦削的身影再度闪进亲友中，继续问暖问寒端茶递水去了。其实，没有人注意到她，她只是不想让自己闲下来。

她的老疙瘩儿子这时并不在家里。尽管一切都在按部就班有条不紊地进行着，可她还是有一些异样的担心。

半个钟头前，她就催促着老疙瘩上女方家去了。现在大家都在耐心地等他把女方家的亲眷们引来，仪式方能正式开始。然后，亲戚们才可以平心静气地坐下来，缓缓地喝着杯中的茶水，双方事先委托的好亲友中最有话份的一个长者，必然会出面就孩子们的婚姻大事进行一番极为细致缜密的交谈，从而使这桩婚事由一直以来两个年轻人暗度陈仓的私人化交往，隆重地上升到桌面形式的公开化程式。话题自然要涉及方方面面，诸如：家庭境况、聘礼数目、新娘的首饰、房间布局和装修、生活用品、家用电器、嫁妆的丰足以及确定结婚的日期和婚礼酒席的筹办，甚至包括娶亲那天的花车安排，等等，无一不进行当面商定。所以，儿子出门前她再三嘱咐，生怕他言语不周惹恼了女方的亲友，这种人马俱齐的重要时候，是绝对容不得出现一丝纰漏的。

天不亮她就醒了，那时也就五点钟的样子，她醒了，再也睡不着。

孩子的姑母是提前一天到来的，夜里和她睡在一张床上。睡前她们老姐儿俩拉了好一阵家常。姑母住得远，平常并不多来的，但逢上家里有大事小情，姑母必会早早赶到，帮着一同张罗出出点子忙前忙后。

她知道这些年来自己家里的所有重要的场面都不能少了这位远方的姑母。姑母比她大上十岁，经历的事远远比她多，姑母的孩子们也早都有了各自的家庭，她现在已是儿孙满堂。姑母原本是一个小镇上的赤脚医师，医德和手艺都是无法挑剔地好，她大半辈子接生的孩子不计其数，在当地很受人敬重。那些经她的手来到世上的孩子见了面总会远远地喊上她一声大妈或奶奶，所以，直到晚年她也难得清闲，时时有人上门来请。而她年轻时生每一个孩子也都是这位姑母专程骑着自行车从大老远赶过来，不论冬春寒暑，在那些最需要人帮助的痛苦时刻都是姑母陪着她一同熬过来的。对于姑母的种种恩情，也许她这辈子根本不够偿还。

她那些年还能做动衣服的时候，尽量为姑母家的孩子多缝了许多身衣裤，那是她唯一的报答方式，但她知道自己所做的那些活比起姑母那双引领自己的孩子们一个个来到世上的双手所做的一切是远远不及的。她躺在床上辗转着，并突然向睡在身旁的姑母问起了老疙瘩出生时的情景，她说好像才一转眼的工夫，他怎么就到了该娶媳妇的年纪？然后她不无叹息地说，真是岁数不饶人呀！我们一晃都老得快不能动弹了。令她没想到的是，姑母的回答竟是含糊不清的，像是纯粹的应付或回避，又仿佛真的忘记了过去的事情。这使她很失望，她在内心里期待得到来自姑母的一份最有力的见证，以使她更加清晰地打捞起过去时光罅隙中的一些细枝末节，或者，有关她生产老疙瘩儿子时的某些特别的地方，哪怕是受罪和煎熬的时间和程度要比生别的孩子长一点或厉害一点，只要一丁点也好。姑母说我实在记不得了，我这一辈子接下来的孩子怕是能站满一个大操场呢，孩子们刚生下来还不都是一个样子，红赤赤的，一点也不受看，要不人家都说新生的孩子臭过驴驹子！

有老半天她都奇怪地怔着，好像姑母的话根本不是说给她听的。对于姑母的麻木她多少感到有点生气。

于是，她不再吭声，在渐渐明亮起来的昏暗中想着姑母刚才说过的话，心里别有一番滋味，酸酸的，又涩涩的。想着想着，喉咙有些哽咽，眼角竟无端涌出一滴浊泪，在即将来临的晨曦中闪着铅灰色的光芒。她用手掌轻轻地拭了拭，使泪珠上的光芒扑灭了，有一股清凉的感觉在那里慢慢散开。那种微小的凉意一直从太阳穴渗进她的脑子里并钻进她的每一根神经。她似自言自语地说，儿大不由娘了。

这时，姑母的睡意也全被她搅没了，接连打着哈欠，说这回你的担子也该卸下了，老疙瘩的婚事一定，择个吉日新人过了门，你就等着再抱一个孙子吧！姑母的口气很像是在给她展望某种十分美好的前景，而她却没有任何反应，嘴巴奇怪地张着，喘气的声音令自己都感到厌恶，眼睛疲倦地瞅着天花板上的某个亮点，倏忽又有清凉的感觉在鬓角处悄然蠕动起来。

这次她没有用手掌去揉开那些泪水，她甚至是带有顽固性地坚持不让自己再去弄散它，仿佛那涌出眼眶的东西是一种巨大的危险，稍微一触就会发生一些意想不到的事情。或者，那是一份值得珍藏的宝物，使她不敢轻举妄动。

说实话姑母刚说出的关于添孙子的话她一点也不爱听，但她没有去反驳什么，对于姑母她一向是深藏着一份敬重，这份情感是再真实不过的，她在教导起儿女们的时候也常常念叨姑母的种种好，希望儿女也能像她一样敬重这位老姑母。姑母这话若是放在几年前她必定会笑眯眯地感到受用，那时她觉得自己还年轻呢，而今，她明显觉出了衰老使自己做起事来总有些力不从心。

而实际情况却是，她这个人最不愿意服老，她总是觉得自己依旧年轻着，走起路来行云流水一样轻快，从来不像别的老妇人那样摇摇晃晃腰来腿不来的，说起话也是讲求干脆利索，更是极少将身体中的某些痛痒之疾整日哎哟着挂在嘴上。以博得别人的怜悯。这大概跟她早年学戏的一段经历有关。还有，她每每出门之前都要将自己收拾得井井有条，穿戴得体，耳坠、戒指、手表一样也不能落下，衣裤鞋袜都得干净整洁，脸和手必会认真地擦洗后抹一些护肤霜之类的化妆品，这样她才能放心地去人前办事情。她的一生都是这样一丝不苟地度过的，她这人最忌讳的就是马虎和邋遢。她的孩子们打小也是这样被她侍弄过的，因为她是个不错的裁缝，那时虽说条件有限，但孩子们的穿着却也是值得赞誉的。在这一点上，她很是知足，孩子们也是，不光穿的比别的孩子好些，手里偶尔还会有几张毛票。她一直认为自己是个非常要强的女人，但是，她也每每为此而伤神动气。她的丈夫，也就是姑母的兄弟，却是个脾气坏又有些古板的男人，有时她甚至觉得丈夫是个极为封建的人，因此，在丈夫尚在世的时候，她长期处于为了保持自已的个性和坚持一种生活品位而屡屡遭受丈夫斥责的恶劣状况中。

比如，有一件事情她一直耿耿于怀，她还年轻一些的时候很想学电影里的女人那样留一头精神的短发，可这个梦想直到丈夫去世后她才终于得以实现。而丈夫若在世这种行动几乎是难以想象的，以至于当她剪短了自己留了将近四十年的长发的那一天，她几乎没有感到什么特别的愉快，相反，她回到家竟哭了一场，她从理发店里把那些头发带回家原封未动地深藏在衣柜中。正是这团头发有一次让一个小孙子不知怎么翻弄了出来，拿在手上当马尾巴玩，被她发现了，她美美地收拾了孙子一顿，孙子不明就里地号啕大哭，她的心当时都快碎了。她也许终于明白了一个道理，有些事情真的已是时过境迁，青春逝去了便再也无法挽留或弥补。

现在，她的头发长长了或走了样儿，倒是时常被儿女们一再提醒后才犹犹豫豫地去理发店拾掇一下，有时候她甚至不想再为剪头发这类事情而无谓地花去几块菜钱。就在昨天，她特意去门口的店里剪了发吹了风，这也全都为了老疙瘩的喜事。老疙瘩不无埋怨地说妈你也去把头发稍微弄一弄嘛，别让人家笑话。她虽然觉得老疙瘩的话让她有点不舒服，可她还是颠颠地去了。毕竟她又将迎接一位新儿媳妇的到来，而且，他们完婚的时间已指日可待，否则，她的头发肯定还要疯长一阵子呢。

她坐起来窸窸窣窣穿衣服了。姑母说时间还早，用不着起那么着急。可她还是固执地穿好了鞋袜。她听见姑母依旧在接连打着哈欠，她多少感到有些愧疚，她对姑母说你再闭上眼睛好好缓上一阵。姑母叹息着，人老了瞌睡一天比一天少，我也起来吧，看能帮你干点啥活。

她下地后就蹑手蹑脚地推开老疙瘩的卧室门，一股浓浓的熟睡气息迎面扑来，这是她再熟悉不过的味道。老疙瘩还睡得呼呼的，胳臂和腿脚全部从被子里露出来。她心疼地走进去给老疙瘩掖好被子，她静静地端详着儿子那张棱角还算分明的脸，这种毫无理由的细看使她感到儿子这些天明显瘦了许多，颧骨和下颌尖凸着，眼皮在酣睡中显现出一丝倦怠。她知道老疙瘩的情绪这些天一直时好时坏，她想等过了这两天得好好给他做点好吃的补一补，孩子身体不能亏了。

有一天她的外孙女悄悄告诉她，说自己看见小舅舅一个人躲在房间里哭鼻子呢，孩子一边说一边还学小舅舅哭鼻子时的样子。孩子问她小舅为什么要哭鼻子，她就说小舅和你一样还都是个小孩子。孩子不解地说那妈妈为什么说小舅快要娶媳妇了？她把孩子轻轻地搂在怀里，用手抚摩孩子嫩嫩的小脸蛋，她说因为奶奶老了干不动活了，奶奶不想再管他了，等你舅舅娶了小舅妈每天就有人给他做饭给他洗衣服给他叠被子了。孩子想了想说那舅舅要是结了婚奶奶是不是就再也不用干活了？奶奶就能天天送我去上学跟我一起玩了。她当时看着孩子那张稚嫩的小脸笑了，笑得差点流了泪。

房间里已水泄不通，门铃声依旧此起彼伏，客人还在不断地从楼道里挤进来。她一直笑眯眯地站在门口，像一个忠实的侍者，不时点头微笑跟进门的人客客气气地打招呼。别人都劝她也过来坐一坐，她说你们先坐你们先坐着，我再等等看。

就在这时，离她最远的那对儿子和媳妇双双回来了，他俩都在外地工作和生活，平时难得见一面，只有逢年过节能回来看看她，可也是短短的三两天就又回去了，每次都让她觉得匆匆忙忙意犹未尽，因为离得远，也就觉得格外亲吧。所以，这时的她看上去是有些激动的，紧紧拉着儿子和媳妇的手说自己多想他们，抱怨他们也不常回家看看。嘴里虽这样说，其实她心里是明白的，他们两个在外地生活不容易呢，她一点儿也照顾不上，大城市可不比这个小窝窝，人整天都忙忙碌碌的，她偶尔也去那边看望他们，去了也常常是她一个人待在家里，小两口下班赶回家通常很晚，她一个人着实觉得憋闷得很。更重要的是，他们从来不让她下厨，总是儿媳妇亲自做好了端给她吃，锅碗也不让她动手刷洗一次，这样住不了几天，她就喊着要回去了。而他们每次回到她这边，她又总是想方设法地多做些好吃的，顿顿变着花样儿，尽可能留他们多住两天，好像对他们有种亏欠似的。

当然，这种时候她也不能过分地跟他们亲近着，手心手背都是肉，她不想让哪一个儿女看到眼中起了嫉妒的心思。可从心底里讲，她的确是有所偏向的。这种偏向更多是来自一种补偿。她已经听到有人在对她刚才的举动窃窃私语着，说她怪不得坐不下来，跟丢了魂似的，原来是一门心思惦记那两个人呢。说者也许无心，她听了却觉得不自在，暗暗检讨着自己刚才的表现，像真的做了什么错事，急忙撇开儿子和媳妇去照顾别的客人去了。

　　这中间她又悄悄地把他俩单拽到厨房里，将早晨特意留下来的牛奶和馒头热了让他们先垫垫底儿。她知道他们一早爬起来往过赶车不定能吃上东西呢。看着他们将就着吃了些她的心才稍稍安宁了。他们俩也正好趁这个时间把特意买给她的礼物拿给她看，是一件深玫瑰红色的开襟羊毛外套，做工很精致，有点唐装的味道，特别是前襟一排整齐灵巧的黑色蝴蝶扣，盘得十分讲究，她又是内行，一眼就看中了。可她嘴里却接连说着看你们花这份钱干啥呢？妈有的是衣裳穿，再说妈老了不敢穿这么艳了。他们就劝她，说正因为老了才要想开些，人家大城市的老太太越是上了年纪才穿得越艳呢，待会儿到外面吃饭你就穿上给他们看看。她也就不再说什么，毕竟是儿女的一片心，她笑眯眯地点头把东西收了。

　　经过客厅的时候还是让她的几个老姐妹们发现了，硬是连手提袋子一并抢了过去，都说样式很好，非让她当场穿了给大家看看。她推脱不掉，只好穿在身上，惹得大家一个劲儿开她的玩笑，说看把这个老妖精美的，嘴巴快合不拢了。她从这些老姐妹的眼睛里读出了几分不无羡慕的味道，这不能不说是她的福气啊，她暗自惬意着。说心里话，她喜欢在今天这种场合里收到如此礼物，当然越多越好。要说她最亲信的还是孩子姑母的话，所以她特意征求姑母的意见。姑母本是个开明的人，说依我看好着呢，只要孩子有这份孝心买回来你就穿吧，也不知还能穿几天呢。这话她爱听的。不过，她还是把新外套先脱了挂起来，让她们一通折腾她觉得身上似乎烧乎乎的。

好在老疙瘩终于赶在十点半刚过就把女方家的一队亲友请进家门，这让她真的感到踏实了许多。

房间的气氛也因此忽然变得郑重起来，刚才的喧哗无序的状态暂时恢复到正常，间或还有小孩们的一些吵闹声，却丝毫不影响谈话人的心情。

按照惯例，双方的主要亲友代表在一起坐了下来。媒人象征性地作了一个开场白，倒也言简意赅，直接就把话题引到孩子的婚事上来，让大家看看各自还有什么要求或不如意的地方都在今天提出来。女方那边有一个人高马大的姑舅最先发了言，看样子是个直性子人，说起话来嗓音洪亮，一句是一句的，绝不吞吞吐吐。她趁给客人倒水的工夫走到老疙瘩身边，顺便询问了他去女方家的情况，得知对方的态度都很好，送去的礼封也都收了，并没有什么意想不到的拿搁之处，她的心就定了。以前她不是没遇过那种不讲理的亲戚，临时突然提出一个苛刻的要求，好像还十万火急的样子，非答应了不可，否则的话事情好像就要黄掉了。这里通常管这种做法叫拿搁，就是上轿前临时要扎耳朵眼，让对方猛不丁抓瞎，有意难为人。女方的姑舅就像上级检查完工作那样充分肯定了她们这边所做的各种准备，该买的都买了，该置办的也差不多齐了，有种万事俱备只欠东风的意思。当然，人家还特别强调了自己的外甥女打小父母就离了婚的，孩子跟着吃了不少苦，言外之意是孩子将来给到这边要好好对待她，不能再让受半点儿委屈。

姑母是个明白人，恰到好处地把对方的话接了过来，说那是自然，亲家就放一百个心吧，孩子嫁过来往后就是一家人了，一家人不说两家话，都图着小两口能把日子过得甜甜美美安安稳稳的。再说了，这边的老父亲也走得早，兄弟媳妇一直把这个老疙瘩儿子当眼珠子看待呢，你们把孩子给过来一准错不了的。整个谈话过程，她一直坐在旁边听着，姑母说话的时候她适时地插过两句话，像表明自己的决心似的。她说我也就只剩这一个老疙瘩儿子了，他结了婚我的心事就都了了，我现在身体还硬棒着呢，洗洗涮涮都能行，等他们有了孩子我还能帮着领一领，我呢，做梦都想着再抱个孙子呢。众人都哈哈笑起来，说她领过那么一大堆儿孙还没领够！她却没有笑，表情反倒显得有些严肃。事实上她说刚才那些话的时候多少有点言不由衷，有点违背自己的意愿，就在一早姑母提到抱孙子的事情时她还觉得不高兴呢。可此时她的嘴好像不受自己控制了，等于是当着众人的面做了这样一个愚蠢的保证。她心里有点后悔，后悔没有管住自己的嘴。老东西你几时又想要抱个孙子呢？没有。根本没有嘛。她心里这样抱怨地说着。

接下来场面又乱哄哄的，客人们挤在老疙瘩的卧室里打开了那两只大皮箱子，里面装满了还没来得及拆包装的服装鞋袜化妆品之类的东西，大家像进行一场有针对性的抄检工作似的，把所有的东西一件件从箱子里取出来，仔仔细细翻过来掉过去看个够，这些衣物和零七碎八都是互相买给对方的订婚礼。从内衣内裤衬衫领带西服外套到时装套裙皮鞋毛衫大衣，以及各种首饰，一应俱全。这个时候的翻看明显带有一种故意挑刺的意思，衣服的款式好不好啦，西服和皮鞋够不够档次，首饰的成色和克数怎么样，还有化妆品的牌子响不响亮，诸如此类，但这些全是面子上的事，检查者马虎不得，被检查的也有点儿明人不做暗事地一味敞开了让大家看个清楚，丝毫不会掖着藏着，好坏全由众人来评说。

等双方亲友例行检查般看过这两只皮箱里的物件，又在老疙瘩的陪同下到未来的新房里走马观花地浏览了一番，再回到她这边的时候也就不早了，该去街上预先订好的酒楼消消停停坐下来喝两杯了。她呢，绷了一个上午的神经稍稍松弛了一些，眼看着老疙瘩的婚就这么订下了，亲戚们还都过得去，没有挑出什么理来。这就阿弥陀佛了，算是造化吧。她相信一句老理，不是一家人进不了一家门。有些事情是缘分注定的，想跑也跑不了。

这天，她是最后一个离开家的人。那时她已经走到楼门口，忽然觉得像是把什么给落在家里了，她又急忙转身回来。

她站在衣柜的镜子前把那件新的红色外套比在自己身上反反复复照了又照，刚才试穿的时候只是被她们七嘴八舌地乱说了一通，她也没好意思当着大家照照镜子，心里也就没有底，尽管她从第一眼见了就有些喜欢的。房间只剩下她一个人，她尽可以好好端详一下新衣服，最重要的是，她觉得事情好像已经到此结束了，至于吃饭纯粹是个样子，她甚至觉得自己去不去都是无所谓的。新衣服的手感总是很好，那些年她还缝衣服的时候经手过多少崭新笔挺的好料子，所以，她对新衣服有一种很奇怪的感情，总喜欢拿在手里悉心地摩挲一阵子，用手指真真切切地感受料子的质地，轻轻呼吸着它们散发出的特有的纤维的味道。而此时房间的过于宁静使她有种迷失般的茫然，好像刚才的人头攒动和喧闹只是一场梦，梦醒了，唯独她还留在这间空荡荡的房子里。此时镜子里的她看上去也有些懒散了。她知道最终这里必然只剩下她一个人，一想到连老疙瘩很快也要成家另过日子去了，她便有一种想哭一场的强烈冲动。

她去的时候刚好开席。她的眼睛还红红的。老疙瘩好像挺着急的样子，见面就说妈咋才来呀，就等你呢。她觉得老疙瘩猴急的样子有些可笑，一副没经过大场面的慌张。她说我这不是来了嘛，你别管我好好去招呼客人吧。老疙瘩似乎觉出还有什么不妥，盯着她怪怪地看了两眼，接着他小声说妈你怎么穿成这样，也不看看今天是啥日子。她没好气地把脸撇过一边，她不想让他看见自己的眼睛。喧嚣又重新回到她的耳朵里。大家又说又笑的，她什么也听不清楚，只是觉得脑子里嗡嗡响着，眼前的每一张嘴都在动，好像那些嘴生来就那么动着从来也没停止过。

她是未来的婆婆，敬酒自然先轮到她头上。两杯酒她各象征性地抿了一小口儿，酒味很冲，她忍不住干咳了几声。老疙瘩的未婚妻已经改口甜甜地叫了她两声妈，叫得有些别别扭扭的，毕竟是头一回这样叫她。她想该给人家孩子红包才对，就伸手在上衣口袋摸了一下，她猛地意识到有点不妙。上衣口袋的手感很陌生，里面空无一物。最后，她当然没有从身上掏出事先备好的那只红包。

她的脸一下子燃烧起来，是那种深玫瑰红色。

1. 早晨

　　九岁的男孩周舟早晨临上学前，父亲给他了五十块零用钱，嘱咐他不要乱花。当时，周舟正伏在桌子边喝牛奶，牛奶是用微波炉热开的，冒着噬噬的白气儿，还有些烫嘴，五十块钱就放在面前的桌子上。周舟有些漫不经心。父亲说，舟舟，这个礼拜爸忙你就别过来了，等忙过这些天爸再去接你。周舟继续喝着牛奶，喝得很慢。周舟一副没心没肺的样子，哈欠连天，一只手里的面包片半天也想不起来啃一口。

　　这时，父亲开始催他，快吃吧！要不该迟到了。周舟这才加快了速度。周舟去房间整理书包的时候，听见隔壁父亲房间里的那个女人正在含混地哼唧，喊什么嘛！一大早晨……还让不让我睡了！父亲只穿一条裤衩，光着膀子溜进自己的卧室。周舟听见父亲用一种哄孩子的口气跟还躺在床上的女人说话，很快女人就发出一阵起痒似的哆声。

书包是双肩的，周舟先挎上一条背带，然后就摇晃着往出走，当完全挎上另外一条背带时，他已经走完了十级台阶。接着，周舟开始跑步通过第二组十级台阶。书包很沉，从正面看周舟是被两条带子捆绑起来的。

周舟刚从楼洞一露头，就听见上面有个声音像在喊他，声音飘动着，听不太清楚。周舟知道必定是父亲。随即，一只红色的塑料袋从空中飞旋下来，落在周舟的脚下。

父亲又喊舟舟把钱装好！一放学就回你妈那里去！别在外面玩！过马路千万要当心车……

2. 学校

接下来是一整天。这个上午、中午和下午都很平常。说平常是因为周舟这一天的学习生活很平静，至少没有发生迟到、早退、打瞌睡、随便讲话、不完成作业、跟同学打架或被老师罚站等现象，基于此，可以肯定周舟基本上是个好学生。

当然，要成为一名真正有说服力的好学生自然还有很多具体的要求，比如：尊敬师长、团结同学、热爱祖国、热爱劳动、助人为乐、刻苦认真、学习成绩优异等。而周舟只不过是在这一天的校园生活中表现很平常，相安无事，虽然，有时平常几乎等同于平庸。

上午一共四堂课，语文、数学（含课间操）、思想品德和自然。思想品德课周舟有些心不在焉，思想总在开小差，好在老师只顾低着头念那些行为准则，并没有注意到他。

中午放学以后，周舟回到母亲这里。在法律范畴，这才是周舟真正意义上的家。周舟就是在这里从母亲的身体里孕育出来的。现在，这里仍然是周舟的家，不同的是家庭做了一次减法运算，父亲不在这里生活了。父亲也有了自己的一个窝，这属于另一种运算法则。父亲和母亲决定分开住的时候，周舟只有七岁半。周舟没有哭，倒是母亲哭得极其伤心，泪人似的。刚开始母亲并不同意周舟每个礼拜都到父亲那边去住一两天，她说孩子是我生的凭什么他想让去就去。后来情况又有些变化，母亲主动提出让周舟去，她说不去白不去，便宜了他不成。就这样，周舟就经常在两个家和学校之间跑来跑去。

吃午饭的时候，母亲一边吃饭一边盯着周舟看，从头看到脚，看了一会儿就开始问东问西。诸如：你爸对你好不好？有没有骂你？周六干什么了？周日有没有带你去公园玩、坐过山车？麦当劳的炸鸡腿好不好吃？有没有感冒发烧？等等。周舟依旧漫不经心地吃饭，漫不经心地挨个回答那些无聊的问题。最后，母亲就狐疑地问那个女的这两天来没来？

周舟不想回答这个问题，因为每次母亲不等周舟回答就十分肯定地做出回答，果然，她就说我猜那个不害臊的狐狸精准赖在那儿不走……可是，这女人为什么不干脆嫁给他呢？周舟不喜欢母亲这样怪声怪气地说话。当然，他也不喜欢父亲家的那个女的，一点也不喜欢。至于父亲为什么不跟那个女的结婚，这个问题周舟还从来没有想过。

值得一提的是，这个中午周舟上学之前，母亲接了一个电话。那时，母亲刚刚收拾完锅碗瓢盆，还没来得及洗手，电话就丁零零地响了。母亲站在厨房里喊舟舟快去接电话。周舟就去接。周舟把话筒从耳边拿开放在茶几上，说妈，找你。母亲问谁。周舟答我怎么知道，是个男的。

母亲在围裙上随便擦擦手，说谁呀！大中午的，就噔噔跑来听电话。

周舟把电视打开了，拿着遥控器转来转去，终于在一个美国的动画片前停下来。母亲这时坐正在拐角的沙发上说话。母亲笑着……什么生日不生日的，都快成老太婆了……多谢你还记着，你要不提醒我自己都给忘了……下午呀，下午不行，我还要上班呢，改天吧……声音太大了，你把声音弄小点……没说你，对不起，对不起，刚才我说我儿子呢……晚上不知道，等晚上再说吧！

放下电话，母亲去了卫生间。周舟听到哗哗的流水声，时间很长。后来，母亲出来了，脸上涂了一层又厚又白的面膜，只露出两只眼睛，很突兀。

周舟问妈，今天真是你生日？

母亲一怔，指了指自己的大白脸，又点了点头。

周舟就笑着说那今天我们吃蛋糕吧！

下午照常有两节课，是音乐、美术，再过来就是课外活动和大扫除。音乐课学视唱，大家跟着老师一、二、三、四喊了四十五分钟，下课铃声响起来的一瞬间，周舟几乎把刚才学的东西又全部还给了老师。周舟不喜欢唱歌。与音乐课相比，美术课很重要，因为这天发生在周舟放学以后的所有事件都跟这堂课有最直接的关系。那个美术老师有一副非常好的嗓子，清澈、甜润、婉转。周舟一直固执地认为她才有资格教音乐。换句话说，如果由她来代音乐课，周舟大概是没有理由不喜欢这门功课的。

那个美术老师手里拿了一束塑料花走上讲台，花看上去却很鲜活的样子。她用那副美妙的嗓子讲话，同学们，你们看我手里拿的是什么花？底下开始七嘴八舌，很快，有了比较一致的答案：玫——瑰——花。老师鼓励大家说，猜对了，那今天我们就来学着画玫瑰花，玫瑰有红的、白的、黄的，还有黑色的，如果有人过生日呢我们就送给他（她）一束红色的玫瑰花来表示祝愿……

事实上，美术老师的这段开场白跟美术课本身基本上没有多大关系，但她提供了一个信息，一个有关生日的信息。

周舟不知道其他同学是怎样想的，但他的脑海里的确快速闪现出一个念头，他由玫瑰花联想到一个电话，一个透露母亲生日的电话，又由"母亲""生日""祝愿"这些词语联想到美丽的玫瑰花。

这个下午的美术课对周舟一下子显得格外重要，他想用自己的画笔为母亲画一幅画，画面上他想让玫瑰盛开，而且，还要亲手写上这样几个字：祝妈妈生日快乐！

可往往事与愿违，当老师走下来给大家挨个辅导的时候，周舟的作品被老师用她美丽的嗓子给予了这样的评价，"周舟你画的是什么呀？老师怎么越看越像狗尾巴花儿！"

周舟的脸红透了。

周舟看看同桌的女生，女生也正鄙夷地看着他。他就对自己的画儿彻底失望了。

3. 路上

白天就这样悄悄滑向尾声。现在，周舟走在回家的路上。这条路也同样平常，逼仄、交通秩序混乱、低矮的店铺左右林立、小商贩云集两旁是这条路的显著特征。

夕阳把路染黄了。从校门走出来，学生们作鸟兽散，显得嘈杂而又热烈。今天却跟周舟并没有什么关系，因为他比其他的孩子看上去要沉重一些，犹豫一些，这种过于严肃的表情使他的行走显得迟钝。

事实上，周舟即使将玫瑰花画得很像玫瑰花也是徒劳的，他不可能将画作为礼物带回家送给母亲。下课前，老师收走了所有同学的美术作业本。

周舟沿着那些店铺前的人行道往前走着，他的手插在运动短裤的兜里，书包里少了几本习题本，但依旧不显轻松。这时，无论从包子店、牛肉面馆、夫妻用品专卖中心、文具店或是鲜花礼品屋里一眼望出去，都能看到这个背着一只巨大书包的男孩，他走得三心二意。男孩被两根书包带子紧紧捆绑着，走走停停。

周舟先是在一家小杂货店的门前停下来，门前立着一把很花哨的遮阳伞，下面是一台白色的冰柜，冰柜的四周贴满了花花绿绿的冰激凌包装纸。一个老太太懒洋洋地坐在靠近冰柜后面的椅子上，手里捏着一沓钞票，眼睛浑浊地冲对面过往的行人扫来扫去。周舟就从她的眼皮下走过去，不过，他又迟疑着折回来。周舟站在冰柜前看看那个老太太，又低下头仔细地看那些图案精美的包装纸，一只手始终插在短裤兜里暗动着。

周舟要了一只伊利火炬，剥开用舌头很认真地舔着，说给我找四十七块零六毛。老太太接过皱巴巴的钱，先仔细地斜了周舟一眼，才展开来迎着夕阳照了又照。

夕阳把周舟的脸和火炬冰激凌都映红了。

4. 玫瑰

周舟吃冰激凌显然比任何时候都专注，这种情况下周舟几乎可以忘掉一切，他要聚精会神细咽慢咽，让那些清凉甘甜的液体一点不落地完全钻进自己的肚子里。也许太过于沉迷，吃到一多半时，周舟险些被一个人撞翻，那男子正从一间鲜花礼品店里跑出来，一脸喜悦，中了头等彩券似的，手里捧着一束包装好的美丽鲜活的花儿。

面对这次偶然的碰撞，周舟并未发觉它的意义，他只是很惊愕地看着摔散在地上的一摊白色乳液，还有那个男子抛下一串粗话扬长而去。男子转身的同时，周舟依旧惊魂未定，不过，他却清楚地看到了对方手中的那束鲜花，花儿在晚霞中显得十分妖娆。

周舟的嘴努了一下，他很准确地发出玫瑰两个音，他说是玫瑰花！接着，周舟冲那个匆忙离去的男子的背影笑了。当然，他也不无惋惜地朝地上看了看，只是，神情已不再那样愕然。

和周舟同桌的女生从后面走来。她算是班上的一个小干部，今天她要等检查完卫生后才离开教室。平时，她比较喜欢给老师打某个坏同学的小报告。周舟走进那家花店，她大概觉得好奇，就跟了进去。

花店的胖女人起初并未理睬这两个贸然走进来的孩子，她站在地当间，双手抱在肥肥的胸前。她的脸上有种刚刚做成一桩生意的快乐和满足。当男孩的两只眼睛在小店里转来转去最终停在她的脸上时，她才开始注意他。她看到他的嘴角边有一个白色的圆圈。她说，喂！这里可不是你们来的地方。

周舟问你的玫瑰放在哪里了？我想要玫瑰花。

她继续看着他，像是没有听见他说的话。然后，她的目光落在站在门口的小女孩的身上，她说，你们爸妈为什么不来接你们呢，这么小的孩子应该有人接送才对。说着，她已经将玻璃门拉开了一道缝，她说放学就得赶快回家去写作业！说着，她的手在小女孩的一根辫子上轻轻抹了一下。

周舟站在原地没动，说可是我还没有买花呢。

胖女人确实诧异了一下，又仔细盯着男孩看，看过一会儿再去看后面进来的女孩。她的眼神逐渐变得有些古怪。她笑得也同样很怪。笑完，她的表情就非常严肃，你们是哪个班的学生？班主任是谁？

这时，三两成群地进来一批顾客，他们在货架前指点评说着，他们挑选各自喜爱的工艺饰品。胖女人的目光立即闪烁着迎上去搭讪，她暂时忘记了店里还站着一个要求买花的男孩，在她看来，或者还有一个眼巴巴等着得到玫瑰花的小女孩。

周舟尴尬地站着，他回头瞥了一眼自己的同桌。门口的女孩也冲他眨了眨眼睛，示意他过去。周舟就走过来。女孩贴近他的耳朵说他们肯定把花放在冰箱里，这是我小姨告诉我的，要不那些花会很容易死掉的。女孩的脸上便有了一种骄傲的神色。周舟的眼睛半信半疑地在房间里搜寻着，果然，在一处角落看到了一台旧冰箱。

周舟眼睛顿时一亮。

她几乎突然就从后面一把抓住了男孩的手，男孩手中的一只花落在地上，她声音十分泼辣地叫喊着，你要干什么？你想干什么！你这小东西！

店里的其他顾客立刻好奇地围过来。

她紧紧抓着男孩的一只手，使劲往上提着。男孩的身体快要脱离地面了。她说得理直气壮，你们看看这个小家伙想开我的冰箱，你们知道他为什么要开冰箱吗？因为他想偷我的玫瑰花，他一进来就想买，可他为什么要买花呢？因为因为……她指了指站在门口的那个女孩，他肯定是想买花送给她！看看他们才多大点的人呀！这简直太不像话了！这些孩子的父母和老师是干什么吃的，也不管好他们。

周舟在胖女人的手中挣扎着，不是不是的……我不是要送给她的！

你们听这个小流氓还想耍无赖，看吧他都被我当场抓住了，人赃俱获他还抵赖！我不想把花卖给他，他就是有钱我也不能把花卖给一个孩子，做生意不能只顾赚钱！他倒好自己去拿，他的胆子忒大了！你们看看现在的孩子变得有多可怕呀！才上小学就知道搞女孩子了，而且还要送什么玫瑰花给她……看吧我还没说她呢她就先溜掉了，她为什么跑得那么快——因为她做贼心虚！这孩子不好好管教，将来就会学坏，就会去当强盗，去抢银行。

周舟疼得眼泪已经流出来了，可胖女人依旧牢牢地抓着他的手。周舟的五根手指因为缺血显示出青紫的颜色。周舟说我真的不是送给她的，真的我不骗你……我想买花送给我妈，今天她过生日呢。

哈！现在知道想起妈了，就算把你妈搬出来也没用！你撒谎都不眨一下眼！我不是孩子我不会上你的当，我要把你的家长和老师都找来，还要把你们校长也找来，我要让你当着他们的面给我赔礼道歉，我这个人最讨厌的就是撒谎的孩子！知道撒谎的人是什么吗？——就是大骗子！

5. 同桌

女孩并没有走开。

她只是被胖女人恼怒的样子吓了一跳，就赶紧退出去，然后躲在门口偷听。她想周舟这次一定是惹祸了，因为那个女人说话声大得惊人，她站在外面同样听得很清楚。她有点幸灾乐祸。

后来，进去的顾客又三三两两地出来了，胖女人也赔着笑脸寒暄着跟出来，他们的手中有了好看的鲜花或包装精美的礼品，他们的神情也是鲜活的，他们有说有笑地朝着各自的方向去了。后来，女孩等得有些不耐烦，她想走掉。后来，她也不知道自己为什么竟没有走。再后来，她看见周舟从里面耷拉着头走出来，他有些不太适应外面的亮光，木然地转动着脖子，眼睛眯得很厉害，一只手抓着另一只手腕不停晃动着。

周舟看上去不再像是被捆绑的样子，相反，他眯着眼辨别了一下方向，然后完全松懈地往前走去。女孩突然发现周舟的书包不见了。

她很想迎上去，可周舟压根儿就没有注意到她的存在。女孩跟周舟回家的方向基本上是一致的，于是，她就紧紧跟随其后。她看着他横穿过这条小街，然后拐进另一条宽阔一点的柏油马路，前面是个十字路口，红绿灯大概出了毛病，有两名警察正站在路中央很勤快地比画着，那些车就很听话的样子，或停或走着。周舟就是从警察的眼前一闪而过，警察很忙，他们根本没有多余的时间来看上他一眼。

过了马路，周舟就走得慢了许多。女孩很容易赶上来。当她站在他眼前的时候，她看见周舟的脸阴沉着，她有些害怕，很长时间，他们谁也不开口说话。周舟只是狠狠地瞪着她，持续了十几秒才绕过她走开了。女孩稍愣了一下，继续转身跟上去。这次，周舟走得飞快，她不得不小跑起来。她喊，周舟你等等我呀！周舟就站住了，待她靠近他时，他猛地掉过头，使劲一把推过去。女孩就势啪地一下跌倒了，脑袋磕在洁白的道牙砖上。女孩躺在地上的样子很乖。

周舟轻轻地笑了一下，他隐约看到女孩的头部下面有一些红色慢慢渗出来。他响亮地说，你活该！

　　说完，就跑。

6.19 点

　　门卫师傅正在看电视，电视不大点，还是黑白的，闪着雪花。所以，他看得相当认真，《新闻联播》他每天必看的，虽然他已经退休了，虽然只给人家看看大门养养花什么的，虽然他的眼睛和腿脚也不太好使了。至于，男孩是怎么钻进来的，他一点也没留意到。

　　他发现院内有动静的时候，电视里正在播报一则重要新闻，美国人居然敢派飞机来撞咱们！是可忍孰不可忍。所以，他突然就愤怒起来，拳头接连敲击着桌面。但他不得不离开电视，因为他看到花坛里的月季花枝正剧烈摇晃着，起初，他以为是只猫或狗在那里作怪，后来，他觉得不对劲，站起来趴在玻璃窗上，他就大叫了一声，喂！

　　周舟被门卫师傅逮住时，手里已经有了一把鲜艳的花儿，而且那些紫红色的花儿味道实在很香甜，他就凑在鼻子上闻着。师傅上前就把他从花坛里薅了出来，随即，抡圆巴掌照着他的脑门上拍下去，接着又是两下子。师傅的肚子里刚才正窝着一团怒火呢，现在，他完全有理由找个地方自由地发挥发挥。

　　周舟站在门房的地当间，他的脑门上生出一绺一绺的红印子，两只手臂被花刺儿刺得斑斑点点。

　　门卫师傅对周舟进行严厉审讯。

叫什么名字?

周舟。

多大了?

九岁。

九岁就会偷东西了!我看等十九你就敢杀人放火了!

说,为什么偷花?

……我本来想买的,可她不卖给我……

不卖给你你就偷,你知不知道这是犯法的!

周舟脸色苍白地摇了摇头。

那么你弄这些花做什么?

今天我妈过生日,我想送给她……

啧啧啧,说得比唱得都好听!

呜呜呜——

哭什么,不许哭!要老老实实交代问题!只有坦白才是出路。

老爷爷,我不是故意的,我真想送给我妈的,要不,我买你的花吧!我有钱呢,看——这都是我爸给我的。

周舟就从裤兜里掏出一团皱巴巴的钱。

师傅稍稍犹豫了一下,说,把你的钱收起来,现在不是买不买的问题,你知道你这是什么行为吗?这可是盗窃呀,你要负责任的!

——哇哇哇。

虽然还在谈话,师傅的目光却已转移到屏幕上了,他有些惋惜,如此重大的事件他不想错过。

不要哭不要哭嘛，国家出了这么大的事情你还哭，你吵得我什么也听不清了。

烟盒里只剩下一根烟，师傅想想还是点上了，慢慢地吸着，吸着吸着，就把头又转过来看着周舟，目光慈祥了许多，说，看你还是个孩子，做了错事不要紧，一定要接受教训。我看这样吧，你先缴上十块钱罚款，这些花呢你就拿走，记住，往后再也不能这样！听到没有？

周舟感动地唉了很长一声。

临走时，门卫师傅嘱咐说，这事对谁也不能讲！记住！

周舟再次感激地点头。

7. 夜晚

那些月季花就零散地躺在饭桌上，有些蔫了，但还是散发着清香。还有一张白色的字条，是母亲留给周舟的。周舟早就和衣趴在自己的房里睡着了。

现在，母亲回来了。她并不是一个人回来的，她的手里捧着一大束玫瑰花，她的身后跟着一位男士，男士系着高档领带，黑色的皮鞋尖闪着熠熠的光。他们都喝了一些酒，他们彼此在外面聊得很投缘。所以，一进门，男士就迫不及待从后面将她紧紧地搂在怀中。母亲很轻地哼了一声，嘴就被一团黑色堵住了。

很快，母亲就很理智地摆脱了男士的冲动。她说，谢谢你能送我回来，这个生日我永远都不会忘掉。

母亲用了"永远"这个词。

母亲就打开灯，看到饭桌上零散地躺着那些月季花。

母亲的脸上露出幸福的微笑。

8. 往后

事情在第二天突然就变得复杂起来，书包、花店、学校、老师、家长、女孩、医院、指责、痛哭、悔恨都不请自来。女孩的脑子出了问题，事实上，当天她跌倒在地上的一瞬间她的脑子就出了严重的问题。也就是说，周舟的同桌将不再是她，将会是谁，谁也说不清。

有一点可以确定，周舟需要反复回答所有人提出的每一个问题，追根到底，那些问题都跟这两个词语有关：生日，玫瑰。当然，周舟还提到了另外一个人，她就是美术老师。他一再强调她的声音很动听。

于是，周舟的父亲和母亲见面的机会越来越多，多得连周舟都有点记不清了。

寒假里哥哥娶新嫂子，多乐和的美事啊，一家人高兴，她自然也该满怀欣喜。

要不是这天——给哥哥布置新房，她亲眼见到那个远近闻名的陕北籍的巧媳妇，人家左手捏着一把剪刀，盘腿坐在床沿上，嚓嚓嚓，动作娴熟地铰窗贴铰喜字。因为是左手，巧媳妇很反常地将大拇指向内勾着，食指和中指尽量向外推，剪刀刃又似乎遮挡了她的视线，可她铰纸的速度却出奇地快，折叠好的一沓纸页在剪刀嘴里转来转去吃进吐出，快得让人难以置信了，好像根本就是平常人的右手在麻利的工作。转眼之间，就把一沓呆头呆脸的大红纸变成一堆生动活泼喜气洋洋的花草鸟蝶，变成大大小小的喜字，它们贴满了哥哥的新房——她真的就把那个想法给忘干净了。

很久以前，那时她还是个小女孩，就曾天真地想过，将来自己长大了要用左手做件大事给别人瞧瞧。

生活中有很多时候，好像非得让一个人提醒着另一个人，一样事追逐着另一样事向前跑。没有办法，躲都躲不开。真能躲得开，就少了许多故事。

嫂子是早就见过面的，模样不算太俊，好像很懂事，也知道轻重礼数。跟哥哥头一次到家里来，就给她带了支不错的英雄钢笔，包尖的。

都说，懂得小姑子心思的女人才能当一个好嫂子。看来这话不假。反正，送给她的礼物，她很高兴地收下了，还跟未来的嫂子说了谢谢的话。

这话听起来简单，可当时，又是第一次见哥哥领回家的女人，她实在不知道该怎么叫对方。有心叫嫂子吧，好像八字还没一撇；叫姐姐吧，又觉得挺唐突的，平白无故多出一个姐来，有点心不甘情不愿的味道。

结果，她嗫嚅了一会儿，最终只是蚊子打喷嚏似的说了声谢谢。惹得妈妈跟哥哥都嫌她没礼貌，念书念傻了，都不知道叫人。只有未来的嫂子没有怪她，倒替她解围说，看小妹脸都红了。又问她属相和爱好什么的。她都一一回答了。临了，她反过来问了一个问题。她说你到底觉得我哥哪点好呀，就把对方给问住了，未来嫂子的脸一直红到耳朵根子上。

片刻的沉默后，还是未来的嫂子笑着打破僵局，说，你真聪明，一下子就把我给问倒了，这个问题，我还真没想过呢。

然后就求助般回过头冲哥哥眨眼睛。哥哥忙说，我妹的脑袋瓜子谁也比不了。其实，话说到这儿就够了，皆大欢喜，可哥哥那天不知哪根筋抽的，偏又多了一句嘴。

都说左撇子人聪明，连你也这么夸她，看来是真的。哥哥一边说，一边不无得意地咧着嘴看嫂子的脸，一副献媚的样子。

这话放在平时也没什么。可那天她就是觉得耳生，觉得刺戳戳地，让人心里难受。

她脸微微一沉，嗔怒着瞪了哥哥一眼，用牙齿咬着嘴唇，然后扭头回自己屋里去了。后来直到吃饭时她才硬是被妈拽出来。妈气冲冲地说耍脾气也不挑挑日子。

其实，她也不光是怕哥哥说自己是左撇子。这原本就是事实。与其说她怕当着陌生人的面提及自己的隐私，不如说她打心底里厌恶左手有那样一种称呼：左撇子。

她生下来刚知道拿勺子、拿筷子、拿笤帚、拿铅笔起，她一直都在用左手，就像别人都习惯用右手一样自然。

一开始，妈妈也不觉得这有什么不妥，但爸爸好像一点儿也不喜欢。

爸爸说哪有女孩子家左撇子的，不像话，改掉，非得让她改掉。

好像，爸爸的话很有道理，妈妈就跟爸爸串联起来了。

她吃东西的时候，不是妈妈从后面神不知鬼不觉过来夺她的勺子，就是爸爸突然拍了一巴掌她抓筷子的那只左手，其实力气并不很重，可那时她才多大点儿，每每疼吓得哇哇乱叫，白米粒和鼻涕眼泪一起委屈地挂在嘴角上，亮汪汪地散发出忧伤的光。

后来，情况更糟，连哥哥也成了爸妈的同盟军，只要她一用左手捏铅笔拿东西，哥哥就会偷偷去告状，之后，一张很无耻的笑脸就在她眼前晃来晃去。她那时多讨厌哥哥呀。她气得哭鼻子，哥哥却在一旁傻笑。不过，那时哥哥也小，比她大不了几岁，也是个孩子。她后来多半是理解了。

几年下来，大人们的逼迫非但没有奏效，反倒阴差阳错地铸就了她执拗的性子。凡是别人说不能去做的事，她都要一一尝试。蜜蜂窝不能捅。哥哥和一帮男孩子去捅，她也偷着要跟了去凑热闹。他们用右手捅，她就用左手。男孩子一般腿脚灵便，闯下乱子拔腿就跑，她跑不过他们，往往落在最后头，被愤恼的头蜂撵上怒气冲冲地蜇了眼窝，肿好几天不消散，出不了门，见天挨爸妈奚落。

她不在乎。好了伤疤忘了疼，没几天工夫又惹了祸事上身。妈妈急得直跺脚，骂她你真的跟别人不一样啊。她不服气，还嘴，哪不一样，我又没生三只手。噎得妈妈没话说。

还别说，就连"三只手"的事她也干过。

当然，不是去掏人家钱包。

那还是她上小学的时候。一个班里五十几个同学，她是唯一的左撇子。刚开始去学校报名，爸妈很诚恳地跟班主任老师说，咱们孩子从小习惯不好，干啥都使左手，看能不能在学校给改过来。老师态度也很诚恳，胸有成竹地说，没关系的，习惯成自然，放心吧，小孩的不良习惯很容易就能矫正过来。她在一边也听到耳朵里，心里有些怨恨，嘴里却什么也不说。

老师在课堂上对大家讲，正常人都是右手写字拿东西，所以呢，同学们以后都要用右手拿铅笔，听明白了吗？

别的同学异口同声，说，听、明、白、了。

唯独她不吭气。等教师安静下来，她举着左手慢腾腾地站起来，天真地问，老师那左手干什么用？

老师愣了一下，马上回答，你的问题很好，不过老师先纠正你的错误，以后举手发言也要用右手，下面我就要说到左手的用处。

老师顿了一会儿又说，左手主要起辅助作用，比方说穿衣服系纽扣的时候，系裤带系鞋带的时候，总之呢，你们要听老师的话，用右手写字吃饭是良好的习惯，用左手别人会说，你是个左撇子。

一班同学都哄笑起来。她没笑，表情极严肃，活脱脱一个小怪物。

那以后她的左手没少挨老师的教鞭。每次挨了老师的批评和教训，她都很坚强地看着老师的脸，脖子根硬硬的，即便流了泪，目光也绝不逃避，一副大义凛然的小样子。

老师罚她用右手抄写生字，别的同学写两遍，她要写四遍，有时老师气得咬牙切齿，遍数会更多。但往往，她都是用左手完成的，老师要是一直盯着她，她就低着头，发呆，虽然右手很奇怪地按照老师的要求攥着半截铅笔，可就是一动不动，像断了电的机器手。

老师甚至硬掰过她的手指，没用，根本没用。她就是一字不写。老师也拿她没有办法了。一堂课时间有限，老师总不能只教她一个人吧。

下来呢，她还是很认真地完成了老师罚她的抄写——当然是用左手，还照样交上去让老师批。一来二去连老师也服了她。

后来读到三四年级的时候，她左手写出来的字比大多数同学用右手写出来的还漂亮。老师就再也懒得管她了。而且，还让她跟其他同学一起办教室后墙的黑板报。办完了还要评比，谁写得好，谁画得漂亮，反正每次都有她的份。

但有一次，记忆很深。

大家个头长了，高矮跟刚入学时有所不同了，班里要重新分座位。好多同学都提出来不想跟她同桌，因为写字的时候总是跟她打架。大家说有她坐在旁边总是觉得碍手碍脚的。挑来选去，她最终从前三排被安置到倒数第二排了。而且，跟她同桌的男生竟是班里最蠢最笨的一个家伙，在她的印象里，这个男生整天傻乎乎地拿手背不停地揩清鼻涕，好像总是一副刚刚睡醒的样子，他写的字也是班里最难看的，用老师的话讲，跟一堆苍蝇在纸上乱爬一模一样。

她讨厌他，打心眼里讨厌。

可她偏偏要跟这个令她讨厌的家伙同桌。

还有更让她痛恨的事，就是这样一个男生，居然也大言不惭地跟老师叨叨，说他不想跟她坐一起。这对她来说简直就是奇耻大辱。

老师却很和蔼地对男生说，你是男生，要有男子汉风度。

再说，老师也是为你好呀，她学习成绩不错，字写得又好，可以帮助你提高的。

那个男生听了老师的话竟然鸡啄米似的点头，表现出了男子汉的样儿。

她真的要疯了。

她都想吐了。

她忍住了。

接下来的一天，正好轮到她值日。扫地的时候，她突然就萌生了一个奇怪的念头。她把同桌的文具盒偷偷地从桌兜里拿出来，悄悄塞进自己的书包里。放学后，她故意上了一趟厕所，趁没人注意时把那只文具盒毫不犹豫地扔进了茅坑里。当然是用她灵巧的左手。

以后，她跟这个男生冤家对头般吵过无数次架，每次都是她获胜，她不光会用左手写出漂亮的字，嘴巴也很厉害。每次，他顶多多骂她几声左撇子左撇子，而她，一连串的鼻涕虫、瞌睡包、傻瓜、榆木疙瘩、手比脚笨、大蠢猪，等等，都等着他呢。男生在她强有力的大反攻中，只得甘拜下风，有一两次，甚至被她骂哭了，鼻涕淌得好像永远也揩不净了。

她上初中以后，情况稍微好了一点。

所谓的好是，终于出现了一个能当众欣赏她的人。

这个人就是她的物理老师。

物理老师是男的，刚大学毕业，人很年轻，也很有朝气，说话的时候总会不经意间冒出一些让人耳朵一亮的新鲜词儿。

中学跟小学最大的区别，就是男老师一下子多了起来。一

左

手

般，女生是比较喜欢男老师的，他们大多数都像年轻的父亲，像亲切的大哥哥，还像随时都能变出糖果的叔叔，总之，男老师的好处很多。

那次在拐角楼的实验室里做实验，物理老师发现了她。准确点说，发现了她的左手。老师不知什么时候走过来的，站在她身边，她发现了，忽然就紧张得不得了，把拿在手里的安培表差点扔在地上。老师却冲她和缓地微笑，很好看很迷人的笑，这种笑以前她还没有看到过，爸爸脸上没有，哥哥也没有。她没笑，表情有些木讷，人也显得笨手笨脚的，还将表柱的正负两极都弄反了。

物理老师还是笑着，没有批评她，还从她手里接过了实验仪器，教她怎么正确使用，然后又把仪器递给了她。整个过程，她的左手跟老师的右手轻轻地碰过两次，感觉他的右手像他的笑容一样美好。

后来的一次物理课上，老师讲测量电流方向的法则，也就是安培的左手定则和右手定则。不知怎的，老师突然说了一通题外话。

我们千万不要忽略左手的用处，生活里有许多习惯用左手的人，就是通常说的左撇子。说到这儿，老师停顿了一下，同学们都不约而同地将目光投向了她，她也忽然有种被人当众揭短的难堪。碍于老师一向温和的目光和微笑，她没有发作。

但是，这种不愉快的感觉很快就消除了。老师接着又讲，其实惯用左手的人有许许多多的优点，他们一般都很聪明伶俐，对色彩非常敏感，而且空间平衡能力也比一般人强。他们最容易成为某个领域的天才，比如像我们知道的爱因斯坦、毕加索，还有喜剧大师卓别林，他们都是所谓的左撇子，可谁又能否认这些人是天才呢。

那天的物理课是她有生以来听得最仔细的一堂。

那天以后，她就莫名地喜欢上了一个人。

喜欢一个人的感觉原来很奇妙，也很幸福。

她的兴趣和注意力都开始转移了。她更喜欢上物理课，喜欢听物理老师很有磁性的声音；喜欢观察一对斯斯文文的镜片后面那双并不太大但很有神的眼睛；喜欢静静地等待一次次微笑在她眼前如鲜花般绽放；喜欢实验课上老师忽然出现在她身后来手把手地教她怎么做。

那一阵子，没事的时候，她总是很细心地观察着自己的左手，翻过来掉过去看，重新认识自己，好像那只手之前并不属于自己，好像直到现在它才猛不丁神奇地长出来了。

甚至于感觉中，这只娇嫩而又纤细的女孩子的手，忽然变成了一株幼小的树苗，刚一生出嫩芽就得到了春风的吹拂和阳光的沐浴。说心里话，她突然开始喜欢自己的左手了。左手原来是那么与众不同啊。

而就在这段特殊时期，她的初潮悄然来临了。毫无准备，她给吓傻了，呆若木鸡，人坐在椅子上，不敢动，手脚冰凉，额头冒汗。情况来得太突然了，要是在家里就好了，要是妈妈在身边就好了，要是正在厕所或在马路上也行啊！可偏偏，在课堂上，偏偏又是物理课。真倒霉呀——后来她就明白了她们为什么把那个叫倒霉。

她一直很感激老师。老师朝她走过来的时候，她还在窘迫中发呆。是旁边的同学碰了她一下，她才羞涩地回过神。老师问她你怎么了，哪里不舒服吗？她紧张得要命，呼吸都快停止了，不知该怎样回答老师，摇头，点头，结结巴巴，总之，她觉得自己狼狈极了，从来没有这样狼狈过。

好在，老师并没有被她混乱而反常的表现所蒙蔽，他轻轻地把手伸过来，是左手，她记得非常清楚——她的感激之情很大程度上是来自对这只手的敬意，仿佛老师跟自己是一样的左撇子，因为老师的右手正攥着粉笔头，五根手指雪白。所以，老师只能把左手伸出来有些别扭地搭在她的脑门上。

那里泌着一层细密的汗，老师的手放在上面就跟粘住了一样。她的脸色涨红，终于尴尬地抬起头来，向老师发出求助的目光。老师从她的眼中读懂了一切。然后，老师把自己的外套脱下来了，披在她身上，又叫另一名女生过来将她搀走了。老师的外套很长，披在她身上足以遮住她的屁股和大腿。快走出教室门时，她听见老师好像对同学们说没什么大惊小怪的，她感冒了，现在我们继续上课吧。

那一整天里，她的眼前总是晃动着一只手，温热有力的左手。

很快，就升初三了，换了个新物理老师，同样是男的，油腻腻的秃顶。老头讲课也乏味，跟唱催眠曲一样，听着让人直想打瞌睡。她就不怎么爱学物理了。事实上，这时候她的学习成绩已经大不如从前了。班里学习好的往往都是几个男生。这似乎是一种普遍规律。

有一天放学，她在校园的林荫道上，遇见了初二的物理老师。不知为什么，她的心怦怦跳起来。老师先认出她了，老远就跟她打招呼了，她也站住，双手很不自然地背在身后，左手使劲抓着右手。老师问她功课怎么样，初三的物理好不好懂，她说还凑合吧。又觉得这样说太辜负老师的关心了，有点过于轻描淡写了，就又补充说没有以前好学，老师讲得也一般。言外之意像在夸对方。

两人有一句没一句地说着话，她不自觉地跟着老师走到东边的一排教工宿舍前。老师说我就住在这里，可以进来坐坐。她想都没想，就点了点头。其实，她的脑子里有过一个闪念，还是不进去了吧，但稍纵即逝了。

一张并不宽的单身床，一张旧书桌，两把椅子，还有一只脸盆架和几大摞书本教案以及待批的作业本，简简单单，零零乱乱，构成了老师的全部生活。老师请她坐下来，她看了看，床单洗得很干净，有些发白了，她就在床沿稍微挨着一点屁股坐下。老师要帮她倒水，她摇头，说不用了——其实应该说声谢谢，可她没说。老师就把书桌前的那把椅子拧过来在她对面坐着。这样，她一下子就看到了书桌上的一只书本大小幅面的相框，里面镶着一张照片，照片上是个女的，长头发，好像穿很宽松的蝙蝠衫，白底黑点的料子，有点像电影明星，很抢眼，只是眉目看不太清楚。

老师注意到了她的目光，回头朝桌上随便看了一眼，转过脸依旧微笑着说，那是我女朋友，我们是大学同学。

她忽然就有了一种奇怪的失落。这感觉太不经意了，又好像来势凶猛，连她自己也没有料到她听了会很不舒服。她人立刻由先前的随意变得拘束起来，仿佛眼前的男子完全是个陌生人了，她对他没有丝毫的了解。她觉得呼吸都有点困难了。

这时，她恍惚听见老师说，她跟你一样，也用左手的，她还是我们学生会的副主席呢。老师的声音像是从水面上漂来的一片干树叶，失去了磁性，她听得相当模糊。而且，她内心忽然对他的话有了一种抵触情绪，似乎有意听不清才好。又像是故意要结束话题，她说，老师我该回家了。可她的身体却没有动，依然斜靠在床沿上，左手很不自在地摸着垂在胸前的一根发辫。其实，她只是希望老师更换话题谈点别的什么，至少，他应该挽留一下她。

老师却说那也好，改天有空欢迎你再来。

她稍稍迟疑了一下，低着头起身，然后慢慢抬头，离开前最后一次将目光投向那张零乱的书桌上。她的脑子像起了疑团，也用左手，那么巧？

于是，脚步犹豫地跨出宿舍，听见老师站在门口的水泥台阶上说，好好学，我知道你脑瓜很聪明的！

这种印象似乎跟看旧电影一样，去年的某一天某一刻好像也是这样的镜头。

她真的头也不回地走开了，甚至没有说再见。但她的确不喜欢老师再那样说，特别是这种时候，她想听的不仅仅是简单的一句鼓励。她想听的远远不止这些。她想听的连她自己也不知道该是什么。

在回家的路上，她第一次觉得左手真的很讨厌。像一枚标签，紧紧贴在她身上了，甩也甩不掉。这种时候，她突然像是对爸妈有了一丝理解。

哥嫂完婚后，家里多了一口人，进进出出院子就显得拥挤了。她跟嫂子也没那么亲密，姑嫂之间需要磨合的。她不是那种跟谁都能打成一团的人，一切还需要时间。

倒是那些大红喜字还贴在家门和墙上，每次注意到它们的时候，她眼前总会浮现出一把捏在左手里的剪刀在一沓红色中自由穿梭的情景。

开学了。高三最后一学期，紧张得教室里的空气没有一丝水分。题山试海铺天盖地而来，让人大脑发胀，整天晕晕乎乎，所有老师都在耳边不断敲响警钟；还有爸妈，一样不给她喘息的机会，看书去，复习去，还敢看电视，怎么还看闲书，姑奶奶别看了，等你考上大学有你看的时候。她嘴里应付，回到屋里还是偷着翻了几页小说，她真想成为小说里的白发魔女无所不能，有时候，她甚至想让自己变成独臂女侠，并且是，一只左手，所向披靡，威震江湖。

当然，这些都是她的胡思乱想，不现实。偷看小说时，她更多会想到借书给她的人。

这个男生是她现在的同桌，个头很高，胳膊上有肌肉，是体育课代表，嘴唇上有薄薄的一层绒毛须，他好像从来没有说过她的手影响过他的话，他甚至从来没有刻意地注意或评价过她的手，跟他坐在一起，是她学生生涯里最舒服的一次。以往，跟别人同桌，不论怎么调换座位，她通常只坚持坐桌子的左手这一边，这样写字什么的就不会互相碰撞妨碍别人。

现在，情况不同了，那个男生好像完全不在乎。

有几次班上集体轮换座位，他自己先占了左边的位置，主动把右边留给她。她来晚了，站在那儿奇怪地看他。他说快坐呀，站在那儿要人请呀，她就撇着嘴笑了。还有一次元旦，班里搞联欢会，老师走了以后大家要跳交谊舞，她最不喜欢这类活动，想早点溜走，却被他给拉住了。她说我不跳。他说我请你跳。她说我不会跳。他说那我教你。她说你这人脸皮真厚。他说也不看我跟谁坐同桌不变厚才怪呢。她佯装生气，却忍不住又咯咯笑了。其实，跳了以后她才知道他也不会，只是拉着她的手瞎扭乱摇，她说你不光脸皮厚，我发现你还是个大骗子。那天好像玩得很愉快，后来晚了，还是他用自行车一直把她驮到家门口的。她跳下车座的时候，他忽然回头对她说，能跟你同桌真好。她没想到他会这样想。

那以后，他们俩的关系更好了。

没想到新学期刚开始，他就为她打了一架。那天上体育课，因为有个体育老师请假，后来两个班合在一起上的。是排球课，老师简单讲了讲接球传球以及扣杀的基本要领，大家又练习了半节课，老师就让两个班分组来打比赛。

她是左手，动作又生疏，难免会把球打偏。轮到她发球时，连着几次都发到界外了，惹得对方同学一个劲儿起哄。外班有一个调皮的男生大概看出她是左手了，就大声嚷嚷，喂，左撇子，你到底行不行呀！不行赶快换右手吧！嘻嘻。那么多人都听到了，球场上发出一片稀里哗啦的古怪笑声，她又羞又恼，当即扔掉手里的排球，捂着嘴跑到一边，哭了。

她的同桌全看在眼里，二话不说就冲进对方的队里，揪住那个男生非要让他去当面道歉。那个男生一点儿也不服软，骂他狗拿耗子多管闲事。两个人拉拉扯扯就打起来了，打着打着又抱在一起满地翻滚，衣服弄破了，鼻孔出血了，鞋子甩掉了，她在一边也吓坏了。

事后，同桌用手抹着嘴角的血迹，对她说，不管谁再敢说那三个字，看我不好好教训他！她真的很感动。但她什么也没有说，她悄悄地跑去开水房把自己的手绢用开水浸湿，回来替他轻轻地拭血。

那一天，左手在她的生活里似乎有了别样的意味。

也许，正是目睹了那次惊心动魄的打斗，她一直都觉得过意不去，总想找个机会表示一下。可具体怎么表示呢，她还没有想过。

但是，那天以后，情况又发生了些变化。

先是她被班主任叫去了解情况，然后同桌也被班主任叫去狠狠吡了一顿，等到新的一周刚开始，老师又给他们俩重新调换了座位。他被调到最后一排跟另一个男生同桌，而她的旁边也换成了女生。随之而来的，是有关他俩谈恋爱的一些谣言，班里的同学大都这么以为的。所以，体育课上他才会那么冲动大打出手——他人高马大，差点打断了人家的鼻梁骨，所以老师才会那么快刀斩乱麻。

她觉得都怪自己把事情弄糟了。那天干吗要哭呢？左撇子就左撇子呗，喊两声能要人命吗？从小到大不是一直这样挺过来的吗？可世上没有后悔药，她知道是她连累了他，都怪那只讨厌的左手。她真恨不得拿把刀把自己的手剁下来。

好在，他比她坚强得多也乐观得多，他并没有把这一切看成世界末日。

利用借书给她的时机，他在书里面夹了张纸条，他劝她别在意也别难过，他说他俩的关系还会跟从前一样好的。她反复看了好几遍，像看一段闪光的语录，泪珠都要滚下来了，她把纸条紧紧地攥在左手心里，攥得手心发痛，浑身麻麻的。她让自己平静地坐在座位上，强迫自己不要回头，但她觉得后背那里暖融融的，她知道在这间教室的最后一排，从此多了一束目光，总会像阳光一样在她不经意的时候照射在她身上。

这是幸福的另一种感觉吧。

如果不是那只讨厌的左手，如果那天体育课上自己忍住不哭，如果老师不兴师动众地找他俩谈话，又调整座位，如果……或许事情就不会是后来的样子了。

那天是礼拜天。爸妈一早赶着去参加一个亲戚孩子的婚礼，哥哥在厂里加班，嫂子要去街上买东西，只有她一个人留在家里。至少，一开始是这样的。

美美地睡了一个懒觉，其实，爸妈走前就把她叫醒了，让她起来吃点东西，抓紧时间复习功课，她赖在被窝里没起；后来嫂子出门时好像又叫过她一次，告诉她早饭焖在锅里，起来别忘了吃，她嫌嫂子烦，蒙着头赖在床上一动也不想动。睡懒觉的滋味让人迷恋。

后来总算是爬起来了，她正懒散地洗漱时，外面有人来敲门了。

没想到他会来。不过，也没有什么想不到的。她让他把自行车推进来，说放在院子外面容易丢。然后，就把他领进自己的房间，被子还没来得及叠呢。她边收拾边说，不准你笑我！又冲他做了个很夸张的鬼脸。他笑着说彼此彼此。然后，像变魔术似的，从身上掏出几块巧克力糖。她嘴里说我又不是小孩，可还是欣然接受了它们。

时间该接近上午十一点钟了，阳光饱满而又理直气壮地爬在窗户上摇晃，她的房间有一扇向南的窗户，他进来以后她才把窗帘拉开。刚才洗脸时她的刘海儿被水弄湿了，此刻看上去很清新，特别是依然潮湿又略显苍白的脸蛋，让人生出一种说不出的爱怜。他说小懒虫你肯定还没吃早饭呢，她顺手从书桌上拿起一块巧克力冲他说这不是现成的吗。然后，她就当着他的面一下下剥着糖纸。他才注意到那双手，她用右手的三根手指抓着巧克力，而左手的拇指食指和中指正轻巧地撕开包装纸。

这几乎是他头一次那么全神贯注地看她，看她灵巧地使用左手。她已经迅速地剥开了糖纸，同样用左手的三根手指把巧克力夹起来放进嘴里，她的腮帮子立刻一鼓一鼓的，嘴唇闪着很纯洁的粉红色的光。他听不清她在说什么。或者，她根本没有说话。

他朝窗外瞥了一眼，院子里很安静，他骑来的自行车就停在门口，仿佛一匹不露声色的马等待主人突然乘它离去。耳朵里却听到了一种吱吱啦啦的微小的声响，他回过头，发现她正安静地坐在床边，低着头专心致志地折叠那张亮晶晶的糖纸。她的手指蛋儿跟白色的小蚕一样聚拢起来，又一跳一闪的，显得非常灵动。不一会儿，一只闪着彩色光芒的小纸鹤就从那堆白蚕里脱颖而出了，翅膀翩翩欲飞。

纸鹤平放在她手掌心里。她抬起头对他说，你送我糖吃，可我只能给你这个了。其实，她还想对他说体育课的事她很过意不去。他没有接她的话，而是径直伸手去拿她手里的东西，当他的手指碰到那只纸鹤的同时也摸到她的手。

那一瞬间，她忽然注意到他的喉结很奇怪地蹿起来又迅速跳下去——男生的喉结真的像一个调皮的小耗子。然后，他好像突然就改变了主意，又像完全变了个人似的，径直抓住了她的手，连同那纸鹤一并抓住了。手都有点痛了，她禁不住叫了一声——纸鹤在手心里呻吟。她愣了几秒钟，想把手抽出来，想让他快点松开手，可被抓住的左手和正吮着糖果的嘴巴都变得迟钝而又无力了……

她把发生过的事情在脑子里过了一遍又一遍。每次想到最后，她都泪眼蒙蒙的样子。

有时候，她会觉得那天打一开始家里就如同布好了一个陷阱，又好像从小到大始终有那样的陷阱在等着她往下跳。

那天中午，嫂子突然就从街上跑回来了，而且好像没有敲门（反正她一点儿声音也没有听到），而且，是直接推门走进她的房间的，像是冲他们杀了个猝不及防的回马枪。那时，她跟他多像一对贪玩的小孩，在揉皱的床单上，她第一次被一个男孩子拥抱和亲吻，那种感觉像在做梦。

当时嫂子什么话也没有说，只是惊讶地捂了一下嘴——好像那张嘴不用手捂住就会进出一串不堪入耳的话来——就红着脸退了出去，也没有帮她关门。

当时，他尴尬地盯着她的眼睛，她的心怦怦直跳，他好像颠三倒四地向她解释着什么，可她一个字也没有听进去。等她回过神时，停在阳光下的那辆自行车早就不翼而飞了，只留下一片树的影子。

礼拜一。她照样去学校上课，照样坐在自己的座位上看书写作业。当然，她照样没有回头朝后面看一眼，她知道在教室的最后一排，照样有一束目光正盯着她看，只是，那目光落在她的后背上有种非常含糊和陌生的感觉了。还有，几何课上她削作图铅笔时，一不留神刀片切破了右手拇指，血汩汩地涌出来，滴在桌面上，颜色发暗，看着像一摊化开的巧克力。

中午吃饭，妈一直阴着脸，没有跟她多说一句话。哥哥倒是吧唧有声，嘴角向她这边一撇一撇地嚼着饭菜，一副幸灾乐祸的样子。唯独嫂子，隔一会儿就朝她碗里夹些菜。她低着头无声又无味地吞咽食物。

直到晚饭时她才看见了爸，他的脸色铁青，比妈的更吓人，爸吸烟的样子像是要把烟头吞进肚子里去。她恨死自己了，更恨嫂子多嘴。她还没有抓稳碗筷，爸忽然抢先一把扇过来，正好打在她的左手上，火辣辣地疼。碗掉在地上，哗啦一声碎成了白片。大人的脸都让你丢尽了，还有脸吃！妈在一边没有说话，但她能感觉到妈的目光有多生硬。她又听见爸咬着牙齿冲妈发火，你怎么生了这么个怪玩意儿！能把人活活气死！

她晚饭一口没吃就回自己的房间了。她静静地坐在桌前，手里捏一把剪刀，胡乱铰一张白纸，没有任何图案，只是那么随心所欲地铰了一页又一页，解恨似的。

嫂子进来了。嫂子手里端着碗。嫂子说爸妈是为你好，以后你会明白的，就把碗筷摆在她的面前了。她看都没看一眼，继续嚓嚓嚓地铰个不停。

嫂子说听话，不吃饭怎么行，就伸手去拿她手里的剪刀。她抓得死死的，嫂子根本抢不去。嫂子说你再不撒手嫂子该生气了。接着又叹了口气，我真不该跟你哥哥说这些的。

她稍微停顿了一下，手里的力气似乎减弱了一些。嫂子的手也跟着松开了。

但她突然从椅子上立起身来，仿佛一截被压迫已久的弹簧，转身举起剪刀朝嫂子的脸猛刺过去。随即，她听到一声她从来没有听到过的女人的惨叫，随即她看到自己左手里的那把剪刀在一片红光中落下。

组长一大早打来电话，叫她务必赶到水天一色去。

当时，小灵通快没电了，告警声嘟嘟乱响。组长在电话里说得清楚，姑奶奶你好歹得来一趟啊，我这里实在是拉不开闩了，手机快被打爆了，客户急得骂娘，说我们不讲信用，我是一点儿办法也没有，该派的人都派出去了，新华你好歹克服克服吧，算我求你好不好。组长生怕她不肯来，还想说点十万火急的话，可她的小灵通彻底没电了，随着短促的嘟音最后一闪，黑屏了。

裴新华没有立刻给小灵通充电，心里暗想，这个破电话，要是组长来电话之前没电那该多好啊。转念她又嘀咕，这都是过年给闹的。年究竟有什么过头？为什么家家户户都把年看得那么当紧？一年三百六十五天，单单把过年这几天看得比命都重要，好像过去的三百来天都为这几天活着，归根结底，还不是人口袋里有俩臭钱烧的！有句老话说得多好，年好过，日子难过；还有，富人过年，穷人过关。这不，人家都忙着办年货过年，他们还得东奔西跑低三下四地上人家里去服务。

按说平常，家政公司并不算太忙，忙一天歇两天，活是不定期的，尤其像裴新华她们保洁组，一周下来也擦不了几块玻璃，有时闲得实在无聊，大伙就窝在公司里打打双抠。组长是个铁杆牌迷，平时嘻嘻哈哈，只要手一抹牌，浑身带劲，小眼睛聚光，非把别人打得腰酸背痛叫苦不迭。组长每次打牌有个毛病，非要拽上裴新华跟他联手，组长当着众人面说，新华呀新华，你就再给我一次机会吧，咱俩夫唱妇随好好来一把。那口气是可怜巴巴的，又有几分油滑，好像不是叫她玩牌，而是在死乞白赖地追求她。惹得大伙不由得发笑，组里另外几个年纪大点儿的女同事就说，小裴你得当心，组长那双小眼睛老色眯眯的。裴新华自然不会当真，知道组长这人爱玩笑，总没个正经的。她也知道，当这最基础一层的小头目，确实需要这样的人，组长不光牌打得好，平日带领她们这一帮子小媳妇和老娘们，也算得心应手。

放下电话，裴新华还是懒得动一下，身子直发软，手脚冰凉，走路都没有气力。每月都会有这么几天的，体内就像设着一个险恶的关卡，这纯粹是作为女人的问题。这种状况大概是从念初中时开始的，从少女到少妇，再到后来做了孩子的妈妈，如今女儿都念五年级了，这种问题始终如影随形地伴着她，疼痛、虚弱、苍白无力、怕冷怕凉，还有要命的呕吐，这些毛病几乎成为她身体乃至生命的一部分。每次百般隐忍地穿越自身的那个关卡，裴新华都会产生九死一生的感慨：如果还有下辈子，如果可以选择，她是绝对不再做女人了。

可是，女儿的存在无疑又粉碎了她的美好愿望，女儿就好像自己的影子，无时无刻不在提醒她，那不过是她的妄想，永远不可能实现。事实正是如此，随着蓓蓓一天天长大，裴新华的担心也在一天天变得强烈起来，她非常害怕女儿的那一天来临，这种担忧简直比对她自己的周期更为严重。万一有一天蓓蓓也像她一样麻烦，那该怎么办呢？要知道蓓蓓那么小，那么可爱，那么弱不禁风……天哪，为什么一定得这样，做女人可真是难怅啊！

前些天，蓓蓓就已经赶着把假期作业完成了，女儿说这样过年才踏实。蓓蓓的学习成绩在班里总是中不溜儿，每次去学校开家长会，裴新华都有点儿战战兢兢的，生怕被老师点名。不过，这孩子倒是很懂事，从来不在学校里惹事，老师还经常夸她，说劳动最积极。有其母必有其女，裴新华想女儿肯定是受了她的潜移默化的影响。其实，她半点儿也不希望，女儿整天在班里帮着老师同学那么积极地干这干那，她更希望女儿能把心思都用在学习上，把成绩提上去，那样，她这做妈的才觉得脸面上有光。她可不想女儿将来跟她一样，除了会干活，没有任何出息。

蓓蓓爸正站在厨房的水池子跟前，吭哧吭哧收拾带鱼。带鱼是他们单位分的，每人五斤，带鱼不算新鲜了，而且，看上去还没有蓓蓓爸腰里的皮带宽。蓓蓓爸昨晚值夜班，天亮才回家，白天原本要好好补一觉的，可单位偏偏分了带鱼，这几天裴新华又不能沾冷水，所以，只好由他亲自来开剥清洗了。

她在房间里唉声叹气，蓓蓓爸说要去就早早给人家去，不去也给个准信，应人事小，误人事大。裴新华懒洋洋地走到厨房门口，丈夫手里抓着把脏兮兮的锈剪刀，正笨手笨脚地刮着带鱼，他刮上一会儿就停住，用同样脏兮兮的手背蹭一下脸，他的脸溅上了星星点点的污渍，好像还有丝丝乌血，样子看上去有点滑稽。池子里的水眼看快满了，那种泛着银灰和乌黑色的一层东西，正腥耗耗地漂浮在水面上，看上去实在叫人恶心，她直想吐。

这也能叫带鱼，哼，亏你们单位还好意思弄回来，再兴师动众地分给大家，肯定是工会的人，吃了商家的回扣！裴新华双手叠在一起捂着肚子，眉头紧锁，腰都直不起来。蓓蓓爸说就知足吧，反正宽仄最后吃到肚子里，还不都是一样的。停顿一会儿又问，你到底去不去？不去，赶紧回个电话，省得人家着急。裴新华想了想说，去不去哪由得了我？唉，我这辈子天生就是受苦受累的命！蓓蓓爸扭过脸，有些无辜地望着她，说，连带鱼都没让你洗，还冲人发这种牢骚。裴新华还想说点儿什么，但见丈夫埋头忙忙乎乎的样子，便有些不忍心了。上了一晚上的班，回到家还得洗带鱼，也真是难为他了。

裴新华出门前又叮嘱丈夫，让他洗完鱼先好好睡一觉，等蓓蓓中午从外语补习班上回来，带女儿去小区门口随便吃碗面什么的。蓓蓓爸说知道了知道了，你快去吧，记住千万别碰冷水……实在撑不住，就跟他们请个假回来，大不了咱们不挣那点儿钱。丈夫就是这样，虽没多大能耐，在单位里也默默无闻，人一多话就少得可怜，见了领导连个烟也不知道递一根，但这十多年对她确实很好，知冷知热，问寒问暖，特别是每个月那几天，他总是主动承担起家务，她还有什么感到不知足的呢？

水天一色是新建成的花园式生活区（毗邻城南的一片芦苇湖，原来这里也是郊区，如今搞开发了，商家打出的口号叫"远离闹市、岛上群居"），离裴新华家至少有四十分钟车程——当然是指乘公交车，打的去就快多了，用不了一刻钟，可出租车钱是公交费用的十倍。所以，裴新华只能一站一站停停走走，慢慢往过去摇。

车上人满为患，挤得人肠胃痉挛，腿脚像宇航员在空间站里那样不时离开地面，踩着别人的鞋或裤脚，频遭白眼也在所难免。一路上当然都得站着，抢不到座位，也没有人肯把位置主动让给裴新华。她痛苦而又悲壮地盯着车厢壁上的那块提示牌：请把座位让给老、弱、病、残、孕等人员。裴新华就想，这牌子上应该再加一条，那就是让给经期的妇女。这种时候女人简直就是奄奄一息的伤员，身体不停在流血，坐着总是要比站着好一点儿，最要命的是，那种隐秘的淅淅沥沥无时无刻不在洗劫着她，让她浑身一个劲儿发颤打怵，好像谁暗里正拿根针一下一下戳刺她的神经。

但是很快，裴新华就意识到自己很荒唐：因为她的想法缺乏可操作性，太不现实了，经期的女人不像孕妇挺个肚子那样有明显的标志，除非你自己说出来，否则别人无从知晓，又怎么能博得大伙的同情和关照呢？可见，世上没有比经期的女人更可怜更痛苦更无奈的，这就叫有苦难言，一切只能自己默默忍受。

组长说新华你怎么才来呀，我眼睛都快望穿了。

裴新华蹲在门口的红色的蹭鞋垫上，一边忙着往自己脚上套准备好的蓝色塑料袋，一边回答说，车慢得像老牛在拉呢，我有啥办法？组长说都火烧眉毛了，你就不能打个的来吗？打车当然容易，那你给我报销啊！组长听了，一时语塞。

很快，裴新华已经套好鞋袋，身体猛地一起，顿觉血撞脑门，眼前一片碎的金花银花雪片样乱坠，身子不由得前栽后摇起来，若不是组长眼疾手快拉住她，人恐怕早就跌倒了。看你脸色白惨惨的，到底行不行？新华你好像病得很厉害的样子。本来就是，你还以为我骗你呢！组长好像也意识到自己是明知故问，就很关心地扶着她，两个人一同走进客户的门厅。

裴新华定了定神，随便扫了一眼，房子真大，摆设豪华闪亮，装修气派考究，客厅南面是一扇巨大的落地窗，阳光穿过玻璃照射到实木地板上，使得空间的纵深感急剧增强。每次，走进客户的家里，她总会最先注意到窗户，她想起小时候就知道的一句话，眼睛是心灵的窗户，那么反过来，窗户就是房间的眼睛吧。这扇足有四米来长的全落地玻璃窗，如同一只巨大的天眼跟她对视着，让她觉得自己一下子矮了许多。她几乎听不清组长在说些什么，她甚至听不到自己的声音，她像一只浮动的幻影，久久不能落下来。

其实，这样的感受不知有过多少回了，就像身体此时所遭遇的那种隐秘的疼痛，平时她觉得自己很健康，也很年轻，跟别人没什么区别，可经期就完全不同了。她觉得自己就像剩下半条命的老妇有气无力，另外那半条命完全不由自己掌控，仿佛被魔鬼攥在手心，它非要定期来折磨她一通，直到她付出血和痛的代价，或者，她付出的远比这些还要多得多。

组长领着裴新华，在人家家里前后转了一圈，大大小小有十几扇窗户。组长说现在是年跟前，供求严重失衡啊，擦最小的一扇窗也不能低于二十元。裴新华始终面带难色，组长说新华你就咬咬牙，多劳提成就多，公司不会亏待大伙的。

既来之则安之，裴新华从随身带来的包里取出磁铁擦窗器和几块抹布，她对组长说，你少来这一套，我可是看在你的面子上才来的。组长笑眯眯的，他一笑眼睛就没了，他刚想对她说什么，手机响起来，不知铃声什么时候换成了那首闹哄哄的《嘻唰唰》，裴新华听了觉得很滑稽。组长慌忙从兜里掏出来接听，听那意思又是客户打来的，催人去干活，组长一连声地说好好好马上马上一定一定。

接完电话组长就准备要走了，说他还要到其他几个地方安排和检查工作。裴新华说天哪，这么多窗户，我一个人几时能擦完呢？组长说好我的新华，若是再能派出第二个人，我就不用催你来了，咱们保洁组的十几个人全派出去了，都是一人负责一户，这叫养兵千日用兵一时。裴新华无话可说了，知道组长也是真为难。组长临走前，从身上掏出一张购物卡交给她。组长说这是公司给大伙的一点儿福利，今年就不分东西了，又发又领的怪麻烦人的，家里需要点什么，自己到商场买去。

裴新华随手把购物卡塞进牛仔裤的后兜里，心情多少好了一点儿，这样回家也好跟蓓蓓爸说道说道。这年头分东西太土了，用几斤带鱼几斤香油打发职工，想想就觉得好笑。不管怎么说，家政公司还是有些福利的，"五一"组织大伙出去爬小口子山，八月十五和国庆节也都有表示，每年还发两次劳保（香皂肥皂手套之类），至少比丈夫那个老抠门的单位要强吧。她又往窗户上看了看，不算特别脏，擦吧，早干早了，也好回家歇着去。

于是，她抓紧时间把带来的工作装换上，又戴上套袖和胶皮手套，跟人家打了声招呼。客户家里现在好像只有个戴花镜的老人，耳朵稍微有点背，正斜靠在沙发里哗啦哗啦翻着报纸。她大声讲了两遍，对方好像才听明白了，冲她指了指卫生间的方向，她这才进去接水。

水是从浴缸的龙头下接的，抬水阀打到有红点这边，刚接不一会儿，便有热水了，都烫手呢，她知道一般这样的家庭都自备热水器的，但按照公司的规定，最好不要轻易使用人家的热水，因为有的客人很挑剔，热水毕竟成本要高些。可今天她必须得用，她可不敢拿自己的身体开玩笑，她刚才甚至想过了，就算让她花点儿钱也得用热水。好在这家只有一个老人，一副不闻不问的样子，所以她就径直去接了。然后，她又去厨房找来瓶装的洗碗液，往水盆里挤了十多滴，又用水指搅了一会儿，见白泡沫在眼前浮起来，才把擦窗器和抹布浸泡在里面。

手搭在玻璃窗上时，她下意识地往外瞅了一眼。远处一片晶莹，也像一块很不规则的大玻璃，正在楼前闪闪发光——原来是湖水结的冰，整个湖面都封冻了，靠近湖边有几簇芦苇，早已干枯，它们在冬日的阳光下缩头奄脑若有所思。冰上时不时有人影晃动，像一只只黑头的蜻蜓滑来滑去，又好像很不经意地在上面擦拭着什么。

她无心再看外面的风景，两只手在窗户上配合协调，擦窗器被她两只手里的绳子拽着，也像冰上的人影儿，开始在玻璃面上来来去去上上下下。她偶然回头，发现客厅里的那个老人已经不再翻报纸了，而是正仰着脸老态龙钟地盯着自己，目光从垂挂在鼻梁上的花镜框里翻出来，十分好奇，好像在观看杂耍，又好像她本身就是一只怪物。

裴新华心里多少有点儿别扭，急忙收回目光，手下加快了速度。夹在擦窗器中间的玻璃，开始吱吱地叫，像被夹疼了似的。

组长再次露面，已接近中午光景了。包括阳台最大的那扇窗户在内，裴新华大小擦完了五面窗，这几乎是她平时一天的工作量。那个翻报纸的老人始终没有跟她说一句话，只是很好奇地望着她，目光简直像一个懵懂的孩子。组长进门东张张西望望，嘴里说，不错不错，照这样的进度，再有个把钟头就完事了。

这时的裴新华已经相当疲倦了。她身边又无帮手，擦的时候人难免要爬上跳下的，费腰费胳膊也就可想而知。一路擦下来，人便腰背酸痛，再加上冬季室内外温差较大，干活的时候又得把窗户开开关关，人趴在窗台上，还得不时地把身体探出去，腰背总是露出一大截儿，不一会儿工夫，就让冷风吹透了，寒气直渗到脊椎缝里。

裴新华双手撑着大理石窗台边儿，慢吞吞地从上面蹭下来，话也不想说一句，只面无表情地点点头，算是跟组长打过招呼了。组长也不介意，说快了，再加把劲儿。她呢，还没来得及脱去手套，就觉得小腹内一阵剧烈地拧扭，腰像被谁从后面踹了几脚似的，直挺挺抹转不过来，又像整个腰里箍了一卷钢板那样僵硬。她一手搭在后腰上，一手死命摁着小肚子，几乎是跌跌撞撞冲进人家的卫生间，随手把门锁上。

说心里话，裴新华很喜欢这家的卫生间，刚才几次进出接水换水，她是留心过的。里面无论是淡雅的墙壁砖、磨砂地板，还是乳白色整齐划一的 PVC 吊顶以及柔和的灯光，都有种很温馨的味道，特别是那只线条流畅感觉非常舒适的白瓷浴缸，要是放满了热水，人进去闭上眼睛躺一会儿，感觉一定好极了。不像自己的家里，两室一厅的旧房子，卫生间不足四平方米，她跟女儿同时进去就转不开身，仅在墙上安了一只再简易不过的铁皮热水箱，洗澡的时候两只脚得叉开，分别站在蹲便器的两侧……浴缸？见鬼去吧，恐怕这辈子都别想了。她想，这就是不同人的生活啊，人家天生住大房子，坐着方便，躺着洗澡，还要雇别人来给擦窗子，而像她这样的人，一切都得反过来，只能将就了。

现在，当她捂着自己的肚子，迫不及待地坐在人家的马桶上时，眼睛像是疲倦得无法睁开，她根本无暇顾及四周的一切，舒服好坏与她没有一丝一毫的关系。舒适又算得了什么，如果可以替换的话，她倒是希望自己的身体能够一直风平浪静，坐着也好，躺着也罢，这些不过只是个形式，只要每次别来得那么痛苦，她这辈子就心满意足了。而伴随着下身痉挛般的一阵涌泄，和来自腹部的一次次抽紧，她觉得自己像是快死的一个女人，而且，就要死在别人家的卫生间里——这是多么龌龊而又荒唐的事情啊！她拼命咬住嘴唇，像九死一生的分娩中的产妇，又像气息奄奄的溺水者，正可怜巴巴地期盼岸上能伸下来一只有力的手臂，拉她一把，使她能够脱离这苦海。

她几乎不敢呼吸，生怕自己会因为此时那种苦不堪言的痛苦和绝望，而忍不住叫出声来，或者，歇斯底里地尖叫。不知过了多久，门被当当地敲响。显然，有人要用卫生间，而且从敲门的声音判断，好像也很着急。裴新华仿佛从噩梦中苏醒过来，眼睛能睁开了，手脚却还冰冷，两条腿完全麻痹了，犹如瘾君子刚刚完成了一次疯狂而又贪婪的吸食。她冲外面无助地应了一声，同时用一只手扶着汉白玉的盥洗台沿，想努力让自己站起来。可这时，出现了一个非常棘手的问题，她身上没有装换用的卫生巾，她用焦虑的目光扫视了一圈，靠近马桶左手边的不锈钢挂盒里有圈纸，盥洗台上有化妆用的高级抽纸，唯独没有她需要的那类东西。

与此同时，敲门声复又响起，哐哐哐，不像敲而是在用力踢打了，外面的人简直忍无可忍怒不可遏了。接着，她就听到组长不满的喊话声，新华你快出来，新华你怎么回事，人家孩子等着用厕所呢，你怎么老占着不出来呀？快快快！动作放快！

这样一来，裴新华觉得自己彻底被逼到绝路上了，她有点面红耳赤，手足无措。情急之际，也顾不得许多了，她三下两下从不锈钢挂盒里拽出两米多长的圈纸，随便团巴团巴来应急。她的举动就像没有任何犯罪经验的嫌疑人那样手忙脚乱，那样无所适从。最后，当她草草地收拾利落自己，并用冰冷的手指去触按马桶的冲水开关时，又不经意中在宽大的镜子里看到了自己——那个女人看上去脸色惨白，神情惶恐，一副心惊肉跳的样子。

裴新华刚一拧门把手，来自外面的那股巨大的冲力，就以势不可当的恼火和迅疾闯进卫生间里，她险些被对方又撞了进去。组长像酒店的侍者一样诚惶诚恐地守在门口，见她出来，便刻不容缓地上前质问道，怎么回事嘛，别忘了咱们可是在客户家里，咋一进去就没完了，人家孩子从外面回来正急着用呢！裴新华一句话也没有说，她茫然地注视着自己刚刚擦过的那面窗户，真是透亮啊，上面的玻璃仿佛都不存在了，外面的景物尽收眼底，房间因此显得宽敞无比。

组长说新华，以后要多注意点儿，咱们是搞家政的，要时时注重公司形象。裴新华想都没想就顶了他一句，不就上个厕所，你至于东拉西扯的吗？组长却一本正经地说，话不能这么说，以小见大嘛，你没听见现在到处都在讲，细节决定成败。裴新华本来就有气无力的，实在懒得听组长跟她拔这些高调，就自顾去收拾放在窗台上的工具。组长自觉无趣，也跟了过去，说眼看快到吃午饭的时间了，干脆收工下午再说。

他们准备离开的时候，那个老人颤巍巍地跟到门口，组长忙客客气气地说老人家不用送了，吃完饭我们还要回来接着擦呢。老人不无严肃地冲裴新华扫了一眼，然后又转向组长，说，你是她的领导吧？组长笑着腼腆地回答，也算不上啥领导。老人似乎对此不感兴趣，接着颤巍巍地伸出五根鸟爪似的、似乎永远也伸不直的手指，在组长面前晃了又晃，热水，五桶热水啊，现在的年轻人啊，真是造孽哟，我活了一辈子，也没见过拿热水擦窗子的！

组长立刻愣了一下，扭过脸看看旁边的裴新华。裴新华赶紧抿了抿嘴唇，嗫嚅道，不是天气冷嘛，用热水擦得干净些。组长没好气地说就你事情多，人家要是没热水，难道你就不擦了？裴新华望着组长愠怒的样子，她还想争辩什么，可忽然鼻子一酸，到嘴边的话又无端地哽住了。随后，她把头一低，像是要夺路而逃，人擦着组长微微挺起的啤酒肚疾步走出去。组长在后面连着喊了她好几嗓子，她头也没回。

裴新华不打算回家吃饭，那样的话，时间都得耗在路上，剩下的活天黑前怎么也干不完。她一口气走出水天一色，在外面踅摸了老半天，最后进了街边的一家不起眼的拉面馆，先要了一碗热面汤，烫烫地喝了大半碗，接着才要了一小碗拉面，花了两块半。她在面里调了两满勺油炸辣椒面，觉得还不够，就又往里调了一勺子。她想着这样吃下去，身子或许能暖和暖和。

蓓蓓爸一边穿衣服，一边不无遗憾地说，丢就丢了，有啥好哭的，权当破财消灾。蓓蓓给她递过一条擦脸毛巾，也说，妈别哭了好不好，不就是一张破卡，你就是哭上一整夜，也哭不回来了。蓓蓓爸也附和着说就是的，要是能哭回来的话，我们俩也跟你一起哭。

裴新华一把抓过女儿手里的毛巾，用力捂在自己脸上，一副羞于见人的样子，哭声好像被隔开了，只能听到些微的吸吸啜啜声。蓓蓓爸出门前对她说，洗一洗早点睡吧，辛苦了一天了。他回头又叮嘱女儿，蓓蓓好好劝劝你妈。然后，裴新华听见丈夫咚咚的脚步声渐渐远了，心里忽然有种说不出的难受，好像蓓蓓爸不是去上夜班，而是要去很远很远的一个地方，要永远离开她们娘儿俩。

这种感觉来得猝不及防，裴新华似乎一点儿心理准备都没有，就像刚才发现自己被贼偷了一样。白天的事情她还没来得及跟丈夫和女儿细说，她也不想说，傍晚回到家时她已经彻底没有说话的力气了。一家人吃完饭，她本来是想把那张福利卡给丈夫显摆一下的，好让丈夫也高兴高兴，结果一摸裤兜，才发现卡片丢了，她想肯定是在该死的公交车上丢的，车上人多得跟下饺子似的。她后悔死了，早知道就该把它藏在贴身的口袋里，或者，哪怕多花点儿钱打出租车回来呢。

就在这时，窗外绽出璀璨的焰火，一簇又一簇地奔放开来，映得窗户五颜六色。蓓蓓兴奋地拽了她一下，跳着脚嚷道，快看快看，外面放烟花啦。裴新华像只木偶呆呆地望着窗外，玻璃上有自己跟女儿的影子，看着看着就变成自己干活时一动一动的样子了。刚擦干的眼睛又湿乎乎的，就像镀上厚厚的哈气，怎么也擦不清爽，脸颊上过一会儿就冒出一两颗玻璃样的小珠子，冰冰凉凉地滚下去。

裴新华默默地走到窗前，抬手把窗帘拉上了。蓓蓓有些不满地冲她噘着小嘴说，真没劲。裴新华没有搭理女儿，或者，根本就没有听见女儿咕哝什么，她捂着肚子进了卫生间，她需要在里面好好蹲一会儿。这种时候，她更想一个人待着，先前在车里被挤得死去活来的情形还历历在目。现在，她急需一个单独的空间，哪怕只是躲在里面偷偷地抹一会儿眼泪，她不能也不应该在女儿面前哭得像个孩子。

等她摇摇晃晃出来，却见组长正跷着二郎腿在沙发上吸烟，腿脚一抖一抖，一筹莫展的样子。裴新华脑子闪过一个念头，她想蓓蓓肯定背着自己跟组长说了路上丢东西的事，这死丫头嘴巴真长。于是，她就冲女儿的房间说，蓓蓓，你怎么不给叔叔倒水？越大越没礼貌！组长忙欠身说不渴不渴，说句话就走。蓓蓓的房门哐的一声关上了，好像很委屈很有意见。裴新华还是去给组长倒了杯茶，她往沙发上坐的时候，才发现茶几上有一个鼓鼓的塑料袋，是组长带来的东西，里面装的什么看不太清。

组长把手里的茶杯原封未动地放下，目光职业性地朝窗户上望了望，他一开口就有点儿明知故问，家里窗户还没擦吧？

又说干咱们这行的，他妈的忙得连家也顾不上。裴新华始终悄悄不作声。组长的话题总是云彩似的飘来飘去，迟迟落不到实处。裴新华的目光再次瞥向那只塑料袋，从袋口露出的黄绒绒的一角来看，像是毡毯之类的东西。组长似乎是要做一个重大的决策，终于把他手里的烟头捻死在烟灰缸里。

想想真叫人窝火啊，咱们那个活算是白干了，妈了个巴子的，晚上回家饭碗还没挨到嘴边，就让人家一个电话提溜去，跟他妈的训孙子似的，把我骂了个狗血淋头！组长言归正传。裴新华觉得太阳穴像被针尖一挑一挑地疼起来，她用力将两根食指压在痛处，不停地揉着。

喏，组长拿下巴点了一下茶几上的塑料袋，接着说，我以为多大的事情呢，就为那么个破屁股垫，非说是我们的人给弄脏了，叫人哭笑不得。说着，组长冷笑了两声，又说，新华我实在没有办法，嘴皮子都快磨破了，没见过那么不讲理的一家。组长说话的时候，裴新华始终痛苦地闭着眼睛，两根手指坚硬地顶在太阳穴上，好像要把那里顶个窟窿放出血来才肯罢休。

组长的电话忽又唱起那首歌来，嘻唰唰……拿了我的给我还回来，吃了我的给我吐出来……听起来简直刺耳得要命。组长又是一通好好好一定一定尽快安排的套话。接完电话，组长已经不知不觉站在门口了，他离开前扭头对裴新华说，林子大了，啥鸟都有，新华你也别太往心里去，我还忙呢先走一步了……裴新华木讷地看了看组长，又看了看茶几，仍旧一句话也没有。

组长走了很长时间，她才茫然地从沙发上起来，开始在卧室里一通翻箱倒柜，最后找来一把裁衣服用的剪刀，然后跟组长留下的东西一并拎到卫生间里，随手把门销插上。她甚至连袋子都没顾得上解开，就蹲在地上，恶狠狠地拿起剪刀，咔嚓咔嚓一通狂铰，好像，不仅仅是在剪一只软绵绵的马桶圈，而是在潜心对付一个多年来的冤家对头，一个自己命中的宿敌。

白天太累了，加上身体又不舒服，夜里裴新华睡得很沉。蓓蓓来来回回上了好几次卫生间，最后一次才把她吵醒。

裴新华迷迷糊糊从卧室里出来，发现女儿的房间好像还亮着灯，起初她没太在意，就径自去解手。灯一开，她立刻被吓了一大跳：便池大概堵了，污浊的下水正从里面险恶地翻涌出来，便池满溢，地板上到处是脏水，几团泥泞的卫生纸被冲到门口和墙角，样子十分龌龊。

她下意识地叫了两声蓓蓓，没有人回答。她忽然省悟过来，该死，正是自己睡觉前把那些铰碎的破玩意儿扔进便池里的。

这时，裴新华简直想使劲抽自己两下，搬石头砸自己的脚，眼前荒唐的景象，已经可恶到让她无法容忍的程度！裴新华连着骂了好几声他妈的。她一面骂骂咧咧，一面慌忙卷起两只睡裤脚，然后就踮着脚尖踩进去。她先打开地漏里的铁球阀，好让地上的淤水赶快往下流，又抄起一只胶皮拔子，用力往便池口压下去，再使劲拔起来，如此反复。

正当她愤怒地撅着屁股，不停忙乎的时候，蓓蓓嘴里无助地呻吟着，一路趿趿拉拉地朝卫生间小跑而来。裴新华听到脚步声，猛一回头，发现女儿瑟缩在门口，样子很可怜，腰背弯得像只虾，双手叠摞着压在小肚子上，平时红扑扑的两只脸蛋全无血色，取而代之的是苍白的忧郁和那种难言的惶恐。女儿从小长到今天这么大了，裴新华还是头一次见她这样。

裴新华顿时觉得自己的脑袋嗡的一声，好像不小心一头栽进深水里，短时间内整个人都蒙了，好半天才逐渐有了些意识。她转过身很想跟女儿说点什么，嘴角嗫嚅着，喉咙却一阵发紧。她已经有点语无伦次，来了啊？你真的……是来了吗？蓓蓓……在片刻的死寂后，她听到女儿带着哭腔说，妈我可能快死了。那时，右手里的胶皮拔子好像一条活的鱼，抓不住似的蹦到地板上，又溅了裴新华一脸脏水。

　　头发也是有性别之分的，就好比这世上有男人和女人一样。

　　陈楠一直都是这样认为的。而且，陈楠还觉得，精干的短发本来就该属于男人这种性别，就像长发飘飘天生就是为女人发明的词语。女人留着长头发，那才叫阴柔之美，才叫有女人味，倘若女人也剃了寸头或光头，那能叫女人吗？男人也是如此，披头散发或者脑袋后面系一个不伦不类的马尾巴，那还叫什么男人？除非让历史再倒退一百年。但是，这个礼拜天，当陈楠百无聊赖地坐在街边的一家发廊里的时候，坚守了多年的审美底线忽然间没有缘由地崩塌了，一座自己仰望了十多年的大厦无声无息地倾倒了。

礼拜天早晨六点刚过，陈楠就被丈夫事先定好的手机闹铃吵醒。丈夫要去钓鱼，不是他一个人钓，是一伙子人，有六七个，就像一个民间组织，每年夏天都拉帮结社，又好像不是钓鱼，而是去集体贩鱼的，总之是乱哄哄地形影相随。去年陈楠曾上过一次当，硬被丈夫用摩托车带着去凑热闹，结果她被太阳晒得皮肤发红，一上午下来人就黑了一圈。陈楠想起这事便痛心疾首，黑对女人来说是致命打击。那之后，对于丈夫的类似邀请，陈楠总是拒绝。每次，她都像外国女人那样，敏感地耸着肩膀摇头，让一头长发海浪般甩来甩去，代她发言说不。

丈夫知道她不怎么喜欢户外活动，又那么怕晒，久而久之便我行我素，一味地沉浸在自己小圈子的乐趣当中乐此不疲，钓鱼这种事是不会主动带上她的，估计也是嫌她烦。反正陈楠早已习惯了，丈夫出去钓鱼，她在家反倒落得清净，胡乱睡会儿懒觉，翻翻家里的晚报和《读者》，听听流行音乐。再不，就光着脚在房间里走来走去，手里捏一片湿抹布，走到哪儿擦到哪儿，擦到哪儿就在哪儿停下来发一会儿呆，姿态怪怪的，像患有健忘症又神经兮兮的女用人。总而言之，有一段相对独立的时间属于自己，没人打扰，哪怕发发呆，感觉也是挺好的。

但这个早晨，丈夫蹑手蹑脚地拎着渔具包离开家后，陈楠没有继续埋头苦睡。几乎在听到丈夫自以为轻巧的关门声之后，陈楠就一跃而起。她漫不经心地拉开窗帘，眯缝着眼睛洗漱，坐下来喝杯牛奶，啃了几口切片提子面包，整个人就清醒得像只猴子了。她在房间里煞有介事地扭臀摆腰，做扩胸运动和深呼吸，然后就开始对着镜子，不厌其烦地描绘那张"锦绣前程"了。

平心而论，陈楠觉得自己的皮肤确实不够光滑，鼻翼两侧和鼻尖上都有星星点点的黑头，嘴唇上的汗毛也浓了一些——她有时候甚至怪诞地设想，如果拿剃刀刮一两次，它们会不会像男人那样茂密起来；平时只要睡眠稍差，她的眼圈就会呈现出一抹深色晕圈，虽说没到出眼袋的光景，但偶尔还是会流露出疲倦的纹路，这对一个女人来说很要命的；还有，她的颧骨略微突出一些，那里的皮肤总是绷得很紧，其他地方则显得有点松弛。其实，关起门来的时候，女人对自己的相貌和肤质，的确是非常挑剔的，好像永远也无法满意。好在呢，陈楠有一双还算漂亮自信的眼睛，眉毛也是古典的细弯和流畅，再加上一头蓄了快二十年的长发，发质又好，从来不开叉、不干枯，也不油腻或起头皮屑，更没有恼人的永远也拔不完的白发，这就让其他的种种不如意都退避三舍，显得微乎其微了。

陈楠的头发虽好，可由于长期在机关工作，那里大小领导云集，人多嘴杂，迎来送往，所以她平日上班是很注意形象的，总是简洁地扎起来，只有回到家里或晚上上床以后，才让秀发自由自在地披泻下来。也就是说，这一头美丽的长发其实只属于一个人，丈夫每次在房事中会一遍遍抚弄她的长发，好像在拨动一根根动人心魄的琴弦。有时，他还会把她的头发一圈一圈缠绕在他那根烟草味很浓的手指上，仿佛一个调皮的男孩在玩懵懂无知的把戏，每每弄得她连声叫痛。丈夫却油嘴滑舌，说她这种时候最动人、最有女人味。男人永远都是长不大的孩子，尤其是在女人怀里的时候。他们总是希望女人面带微笑，可有时又跟变态似的，竟然渴望听到女人一声声疼痛的尖叫。

双休日不外乎赖在床上多睡两个懒觉，早起一会儿，情况就会有所不同。比如说这个早晨，陈楠对着梳妆台镜子里的那张脸涂匀了口红，抿着嘴唇站起身的时候，还不到七点。平时上班，这工夫她也就刚刚起床。她想，这阵子丈夫恐怕才把挂了诱饵的鱼钩盲目地抛进池塘里，空中划出一条单调的弧线。这样想时，她眼前就会浮现出丈夫在水边傻乎乎地静立举竿的模样，她为丈夫的那种执着感到好笑。

其实，丈夫喜欢上钓鱼也是近两年的事，再早一些时候，他喜欢打打羽毛球或者玩电脑游戏。羽毛球还是刚谈恋爱那阵子，她跟着他打过一段，他们还像模像样地买了李宁牌的运动套装，跟情侣服似的，结婚以后打球的次数就减少了，再到后来两人都不愿意动，运动服也深藏在衣柜里过蛰居生活了；至于电脑游戏，她是一点儿也不喜欢，每次他猫在书房的电脑前鏖战不休时，她都是一个人在客厅里看电视剧。他在虚拟世界纵横驰骋，她在荧屏上寻找自己喜欢的明星，各人都有一摊子乐趣，也就互不干涉。还好，丈夫把两代《红警》和《沙丘》挨个玩通以后，终于对电脑游戏失去了兴趣。但没过多久，他就背着她买了一套日本进口的碳素鱼竿。因为同事钓鱼带他去了两次，他就迷上了，一发不可收拾。当然了，他们钓鱼可不是为了吃鱼，更不屑于去农民饲养的鱼池里钓。通常是，一伙子人骑上摩托车，专门跑到荒郊野外，去找那些最没有人烟的小湖或深沟，钓上来的鱼一般也就一两寸长，一天也钓不了几条，不够喂猫吃的。所以，对于丈夫的垂钓爱好，陈楠有太多的不以为意，她甚至从一开始就相信，用不了多久丈夫就会乖乖放下鱼竿。

事实正是如此，男人的心和喜好总是变化无常的，相比较而言，女人又总是习惯于一成不变的生活。比如，十几年如一日苦心经营着自己的脸蛋，从来都是一丝不苟倍加小心的，好像那脸就是一块优良的试验田，一年四季精心侍弄总会鲜花盛开硕果累累似的。而丈夫对陈楠来讲，就是一只风筝，只要拴他的那根绳线还掌控在自己手里，那么就由他去吧，是风筝总要在天空飞一飞的，不能拽得太紧了，太用力那根绳线会断，风筝会跑丢的，到时候再上哪儿找他。这些陈楠心里都跟明镜似的，只是现在她还不太清楚，未来的日子里丈夫又会迷上什么新鲜玩意儿，那还是个未知数。但不论怎样，她都会选择做一个冷静的旁观者，在必要的时候表现出足够的清醒。

虽然起得很早，可和往常不同的是，陈楠一点儿也不想利用这段宝贵的时间来做家务，不想洗那些永远洗不完的衣物，也不想擦那些总也擦不干净的灰尘。从另一种意义上讲，生活就是不停地跟肮脏打交道，只要活着，污垢和尘埃就会如影随形，不蒙蔽双眼就好，眼不见为净嘛。陈楠站在阳台上向外面眺望，晨光很清澈，楼下的甬道半天也没有什么人走动，草坪沐浴在阳光里，长势喜人，草地中间椭圆形的碎踏步石散发出清白的光芒，像一枚枚散落在草丛间的棋子。终于，有一两个大一点的孩子背着巨大的书包，从踏步石上面一蹦一跳地走过，身影却有些沉重和歪斜。学生总是辛苦的，总有补不完的功课和石头一样沉重的书包，即便在双休日（这也正是他们俩一直以来不想要孩子的重要理由）……不用细说了，这无疑是一个美好的早晨，宁静，舒缓，又十分晴朗。

电话忽然响起，陈楠才回过神从阳台跑回卧室。原来是丈夫的手机，就扔在他们俩的枕头接缝之间，他竟然忘了带在身上了。她想当然地以为是丈夫打来询问她的，所以张口就说，你怎么搞的，丢三落四的，赶明儿把我也丢掉算了……可电话的另一头却陷入空茫和无声之中，在她连续喂喂了几声后，线路竟果决地断开了，留给她一串嘟嘟声。陈楠愣了一下，感到有一些纳闷，是谁这么早打错电话了？心里这样想，手机却仍旧握在自己手里未放下，随便用手指查看了一下号码，来电记录显示得清清楚楚：苏小那。

陈楠的心头顿时一沉，那手机也突然在她掌中有了莫名的一份重量，沉甸甸的，压手。苏小那，显然是一个女人的名字嘛。但陈楠又觉得，这名字最后的那个"那"字有些突兀，怎么会是这个"那"字呢？女人的名字十之八九该用女字旁的"娜"呀。这样一琢磨，她就顺理成章地得到结论：肯定是丈夫当初输入手机时不小心输错了。智能 ABC 输入法，谁都容易出现类似错误的。

在日常生活里，陈楠并不算一个爱胡乱猜疑的女人，对丈夫的事也很少打破砂锅问到底的。她在单位有一句口头禅：怀疑只能让自己惊慌失措。办公室里的同事遇到类似的情况，特别是某某男士不忠、在外面胡来的时候，陈楠往往以一个旁观者的姿态发言。她说清者自清，有什么好怀疑的，关键是要看这人一贯的表现，即便有错，也要人赃俱获，绝不能空穴来风。别人都不以为然，说她毕竟还年轻，事情毕竟没摊到她头上，事不关己，说风凉话谁不会。陈楠本人又是她所在小部门的主任，她不便于跟他们争执什么，所以，当别人争论得不可开交时，她总是报以微笑，心里却在想，女人真的很麻烦，总在为那些莫须有的破事浪费口舌。

可眼下，大清早起的，陈楠一个人待在家里，正无所事事，却接到了连一个字都不肯讲，就戛然挂断了的神秘来电。而且，这电话是打给一早爬起来，丢下她去外面钓鱼的丈夫的。此外，这个电话绝非陌生人胡乱打错的，因为这个电话号码早就真实地存在丈夫的手机里，是有名有姓的。陈楠由此进一步想，如果丈夫今天恰好没有忘记带手机的话，那么，这个电话她是不可能有机会接听到的。也正是这时，陈楠猛然发现，自己其实很善于怀疑。一时间，她的思绪完全钻进重重疑窦当中，有点儿不能自拔了。她甚至开始怀疑，来电名字里的那个"那"字，极有可能是丈夫故意输错的，不过是障眼法而已，瞒天过海，他心里有鬼。

要说陈楠还是比较了解自己的丈夫。有一次单位里有应酬，她回家很晚了，怕打扰丈夫休息，直接用自己的钥匙拧开家门。在门厅换拖鞋的时候，依稀听到书房传来很古怪的声响。女人总是很敏感的，对于电脑音箱里传出的那种夸张的男女呻吟，她不可能听岔的。但是，等她换上拖鞋走到书房门口时，丈夫已经像梦游者那样从里面游荡出来，目光是缥缈的，脸色也是涨红的，像喝多了酒那样浑浊不清。她就猜出几分，侧身往书房里扫了一眼，电脑却奇快地被关了，但满屋子的电脑味却扑面而来。她问他不睡觉干什么坏事呢，他像犯错误的学生那样，用手抠着自己的后脑勺支支吾吾说，打游戏呢。然后又很不自然地冲她笑笑，说，你没回来我哪能一个人睡。她看出他在撒谎，单看他的眼神就明白了。但她懂得水至清则无鱼的道理，她能猜到在她回家以前，他在电脑前做些什么，反正不会是打游戏那么简单。玩游戏他根本没有必要那么神速地关掉电脑，他甚至会理直气壮地说，你不回来，我只能玩这个。

那晚在床上，丈夫跟橡皮胶似的黏糊她，非要跟她亲热，一副急不可耐的色样。她本来已经很疲累了，被他缠得实在不行，才半推半就应付了一下。后来又过了一段时间，有一天她整理房间时，无意中在电脑主机柜底下，发现了一张碟片，简易包装袋上沾了一层灰尘，再一看标题就知道不是什么正经东西。这也就证实了她最初的猜测。不过，陈楠一直没有说破，男人总是很爱面子的。再说，丈夫又没有金屋藏娇，她不必太认真的。

但是，出于某种好奇，陈楠当时还是战战兢兢地把那张碟片塞进电脑光驱里，屏幕上出现的简直就是一个龌龊的动物世界，让她心惊肉跳呼吸加速，感到羞臊不已。她也就看了十几秒，就果决地将那张碟片取出，并迅速关机。然后，径直把它丢进卫生间的垃圾篓里，在丈夫发觉之前，她又神不知鬼不觉地将垃圾袋抛出楼外以销尸匿迹——她是绝对不能允许自己家里有那种坏东西的。

到底是在怎样的一种心境下，决定出门上街走走的，陈楠后来已记不清了。总之，如果一直那样一个人待在家里，不停地胡思乱想猜来猜去，她觉得自己迟早会疯掉的。有几次她试图按照那个号码把电话拨过去，但转念一想，又觉得不妥。于是她又想还是等对方再打过来吧，可终究没再等来。

整个早晨，满脑子都是那个神秘的电话和古怪的名字，苏小那，不对，应该是苏小娜，肯定是苏小娜无疑。陈楠坚信，自己的推测是准确无误的。那么，苏小娜究竟是一个什么样的女人呢？是丈夫的女同事（可这些年丈夫从来没有跟自己说起过有这么一个姓苏的女人）吗？或者是新来的……她有多大年纪？结过婚没有？人长得漂亮吗？长头发还是短发？她为什么会在一大早给一个有妇之夫打电话呢？难道他俩早就约好今早要一同出去钓鱼，她临时有变动去不了了，所以来电告诉他一下说声抱歉请他谅解？很快地，这一系列问题全都浮出水面，陈楠觉得脑子就快炸开了。

为了能打消疑团，或者，得到更确凿的证实，陈楠不得不把丈夫手机里所有来去电话记录都调了出来，在这两组记录中，苏小娜的名字一共出现过七次，其中三次是来电，四次是去电，丈夫打给对方的多了一次；另外，还有几条收发短信，他给她发过五条，而她发过来的好像仅有两条（或者其他的早被丈夫删掉了也说不准）。陈楠挨个查看，无非是一些日常祝福语和荤段子，这些短信的间隔时间长达数月。这些东西陈楠自己的手机里也是数不胜数的，并没有什么特别不对劲的地方。

陈楠一点儿也不清楚，自己为什么会光顾以前她从来不进去的发廊，好像是被两只脚拖进去的，身不由己；又好像是走着走着走累了，抬头看见眼前的发廊招牌，就不知不觉飘了进去。如果换成是一家茶楼或咖啡店，陈楠同样也会毫不犹豫地走进去。只是，那样一来，结果也许会完全不同。

这是一家专门为女士们开的发廊，店员热情似火，脸上堆着那种很职业又多少有点夸张的笑容。打陈楠刚一踏进门来，店员就姐姐长姐姐短地忙前跑后说个不停，问她需要焗油还是染发，问她想做单次皮护还是要包月。说话之间，本月的优惠卡递上来，最新款式的发型设计册页也都一一呈上来。陈楠完全像个傀儡，听任摆布，那些印刷精美的资料莫名其妙地占据了她的双手。与其说是被店员引领着，不如说她是被他挟持着，茫然地被摁在发廊最里面的一只红色转椅上。陈楠的面容一下子就映到宽大明亮的梳妆镜里。

一开始，陈楠几乎没有意识到镜子里的人就是自己——那怎么能是她呢？一向自信又冷静的她，在镜子里突然变成怅然若失的小妇人样，变得心事重重脸色阴沉，那张脸甚至有些倦怠、凄惶，又不知所措，好像丢了魂似的，垂头丧气，一蹶不振。店员是个精干的小伙子，个头不算矮，有一米七多，水蛇腰，有点江浙小男人的味道，髋骨老往一边拧着，双手又习惯于搭插在腰间，头发漂染成橘红色，跟火苗子似的在脑顶燃烧，刘海儿又梳得奇长，向脸的一边儿奔拉下来，几乎遮没了左眼，像个独眼龙，脸上的笑也被遮去了一半。但他依然笑得很饱满很张扬，给人一种做作的感觉。

陈楠对着镜子发呆时，店员的双手已经轻巧温柔地搭在她的两只肩窝那里了，说姐上街走累了吧，我先帮你揉一揉，你坐着好好休息一下吧。陈楠本能地耸了一下肩，其实她是想说不用了，她只想随便坐一会儿。可对方的十根手指已经在她肩头轻柔缠绵地活动起来，捏揉敲搓摁拿，力量匀称，分寸得当，一试便知道是经过技能训练的。她也觉得很舒服，人一下子就有了一种放松的感觉，身体虚脱而无力了。陈楠微微闭上眼睛，摆出一副既痛苦又受用的样子，但内心还是一团迷茫。在出门前，除了仔仔细细查看了丈夫的手机，她还在家里翻箱倒柜地折腾了足足有一个来钟头。她倒也不是完全不相信自己的丈夫了，事情也许没那么严重，不过是一个唐突的来电。其实，她更多的是对自己产生了怀疑。有一会儿，陈楠也一遍遍反问自己，这些年是不是对丈夫太宽容太疏于管理，才促使他开始有所放纵了？是不是让丈夫觉得自己不像别的女人那样婆婆妈妈、胡搅蛮缠，所以才有恃无恐蹬鼻子上脸，才背着她跟别的女人交往，甚至于偷偷约上一个叫苏小那的女人一起外出钓鱼，好一番闲情雅致啊，却唯独将自己的老婆一个人丢在家里独守空房！这都是自己的悲哀吗？

店员的手指不停，嘴巴也是不停的，她听见他在她耳边慢条斯理地说着，姐呀，你的头发应该剪一剪了，姐的发质这么好，老留这样长长的头发怪可惜的！依我看姐的头发还是原生态的样子，太随便了，没有一点型儿！头发长短并不重要，重要的是要跟你这个人般配，跟脸型和气质配，好发型就跟好心情一样，一定要自己去创造，要常变常新，要真正属于自己的，那样姐才更有魅力嘛……姐呀，你说我说得对不对？店员的手指突然在她肩头停下来，然后悄无声息地游移到了陈楠的头发梢上。接着，店员将她的头发由两鬓那里轻轻往后一撸，就全部掌握在他的手心里了。陈楠从镜子里看到，店员把她的长发像变魔术似的从后面窝藏起来了，呈现在她面前的那个女人完全陌生了，好像是另外一个人，不再是长发飘飘，也不是扎了马尾，更不是盘了老式的发髻。头发经店员的手指随便一摆弄，竟神奇地变短了，完全是另一番天地，干练却不失柔美，简约又不乏韵味，文静中似乎又透着几分理智，好像很有种职业白领味。姐呀你现在好好看看，是不是比你原先感觉要好一点？我呀只是随便给你弄个造型，是个大样子，要是精心修剪一下，姐我敢保证，比你现在要好看一百倍！

其实那一刻，陈楠的脑子里只记住了一句话。就是刚才店员说过的，好像又是自己刚刚省悟到的真谛：好发型就像好心情，要自己创造，常变常新，似乎是有些道理在里面的。店员依旧站在她背后，欠着身侧着脑袋，在镜子里笑眯眯地打量着她，十分殷勤的眼神，双手轻轻地托着她的长发，仿佛是捧着皇帝的新装，嘴巴始终不停。姐，你看这样是不是挺好的，你原来的长发太一般了，最讨厌的是，它还让姐的年龄显大，吃亏呀。她一直不说话，死死盯着镜子里的那个女人，忧郁，又有点儿神经兮兮的。这到底是怎么了？究竟是什么原因突然把她弄成这样，这还是陈楠吗？或者，陈楠原本就是这个样子！

掐指算来，陈楠跟丈夫从相识相恋再到结婚，少说也有六七个年头了，先前在家里翻腾抽屉柜子时，她无意间找到了他们的结婚证书。照片上的那个女的看上去有点傻，身子紧贴着旁边的男人，好像被胶水粘住了似的，一脸说不出是幸福还是憧憬的笑。男人的表情却很冷漠，一副势在必得的十拿九稳相（事实也正如此，他俩在领证前的某个夜晚，男人死乞白赖地跟她发生了关系，而且，是在她的办公室的一只旧年的沙发上，自始至终该死的弹簧都在他们俩下面吱嘎吱嘎地叫。她当时害怕得想死掉，毕竟是偷食禁果呀，万一办公室来人怎么得了？所以连疼的感觉都没体会到，只是感到狼狈和龌龊，而后的领证也就顺理成章了）。结婚证就是这样一种荒唐的东西，试图要把世上的陌生男女牢牢地粘在一起。仅此而已。可是，谁又能保证丈夫不会在他的办公室或别的什么地方再跟什么野女人胡来？由此看来，一切保证都是虚无的假象，如果不是今天她心血来潮，非要掘地三尺找到更充分有力的罪证，那本证书恐怕这辈子也不会再拿出来看上一眼的。也就是说，保证书或有或无，跟生活质量关系并不大，就像女人的头发长短，跟美丽跟心境甚至跟婚姻爱情和家庭的关系不大一样。更糟糕的是，女人生来还要为"头发长"而背负"见识短"的坏名声。

决定总是在刹那间下的。陈楠对着镜子里的那个有点女里女气的男店员说，好吧，你看着给剪吧。她这样轻描淡写说出自己的决定时，店员显然有一点儿吃惊。因为，作为一名专业理发师，他非常清楚女人对长发的偏爱和执着，通常，她们是不会轻易就范的。但几乎同时，店员公鸭似的喉咙里发出一声喝彩，好嘞！姐，你瞧好吧！

于是，那种印字的浅粉色理发罩衫披在她身上，店员如获珍宝般将她引领到洗发间里。她平平地躺下去，好像又回到了第一次做人流手术的小病床上（这还是前年的事，她不小心怀了孕，丈夫的意见跟她一致，太早要孩子不合适，二人世界还没有过够呢！现在想来，也许当初的决定是错误的），脑袋昏昏沉沉，有一点儿害怕，但整个人又是豁出去的样子，大义凛然，面无表情。

飘柔洗发水在她的发丛和发根间自由流淌，巨大的泡沫使她看上去一下子苍老了许多。店员的手指抓挠得轻重缓急十分得当。温度适中的热水，从密集的莲蓬头里喷涌而出，头皮让水冲得发痒发木了。秀发黑亮如锦似缎，而她却要跟相伴自己十多年的长发说一声再见了，尽管她很有可能还没有彻底想清楚。可此刻，她似乎比以往任何时候都要清醒些。

到家的时候，已经是下午六点钟的样子。其实，陈楠原本想比这更晚回去一会儿，最好是在街上吃过晚饭以后。

剪头发整整花掉了两个钟头，正好磨到了吃午饭的时间，她离开发廊到街上找了一家小餐馆，有玻璃隔断的那种座位。点了自己最爱吃的麻婆豆腐和西芹炒百合。百合真是好东西，不光名字好听，吃起来还甜爽滑口，有种幸福感。一个人星期天在街上吃饭，好像是结婚后的头一回，感觉怪怪的，好在胃口并不算太坏，吃了一小碗米饭，两碟菜消灭掉一多半，还喝了一罐啤酒。

她的酒量不错，平时单位应酬不少，她的身上也因此长了不少的赘肉。一罐啤酒对她来说是小菜一碟。但喝完以后，还是感觉有点晕乎乎的，似醉非醉。酒足饭饱后，她又开始漫无目的地在街上继续瞎逛，路过的所有服装店，她几乎都钻进去，仿佛是渴望被攒动的人群一次次淹没。遇上售货小姐盛情难却，她就大方地试穿她们推荐的服装，只是穿穿而已，终究连一只胸罩也没有买到。而且，几乎在每一面穿衣镜前，她都有种错觉，镜子里面的那个短发女人跟自己好像有一点像，仅仅是像，人家明显比她年轻，比她干练，比她随心所欲，比她活得潇洒。她真的无法确定那还是不是自己。后来，在一家女士品牌专卖店里，她刚从试衣间里换完衣服出来，迎头便碰上办公室里的一位男同事，正百无聊赖地站在那里左顾右盼着，手里拎着两只崭新的包装袋。

据陈楠所知，这位男同事好像还没有结婚，他是去年才分配到她的小部门的大学生，戴高度数的近视眼镜，个头瘦高，总爱穿牛仔裤，说起话来您呀您的，还夹杂着曲里拐弯的儿化音，好像生怕别人不知道他是北京某大学的毕业生。陈楠乍一看到男同事，一时竟真想别过头去一走了之。因为刚才她还冲镜子里的人犯嘀咕呢，现在这副模样连自己都认不出，更别说面对同事或熟人，实在有点尴尬了。她的脸一下子热辣辣地发烫了，像被谁扇了一巴掌。但情况还不算太糟，男同事稍微怔了一下，马上挺胸抬头堆着笑容说，陈主任您好，真巧啊，在这儿碰到您。她赶忙做出亲切随和的样子，说，怎么是你，陪女朋友转街呢？男同事拘谨地连连点头，又做出无奈的样子，随即把他手里的包装袋在她面前展示了一下，看得出来都是女人的衣物。

这时，同事的女友从另外一个试衣间走出来，穿了一件嫩黄的露脐衫，标签还挂在领口那儿。刚才导购小姐给陈楠推荐过这一款，说是今年夏天最流行的颜色，她当时直晃脑袋，嫌太招摇和艳丽了。男同事急忙将女友拽到陈楠面前，并介绍说，这是我们领导，又说她就是我女朋友。陈楠忙说，什么领导不领导的，还是叫我陈楠吧。同事的女友认真打量了一下陈楠，然后不无恭谨和献媚地说，陈姐您真漂亮，比我想象中可年轻多了！陈楠越发不好意思，但心间倏地又渗进一股说不上是满足还是沾沾自喜的滋味，或者说，这种赞美从某种意义上讲，是对她这一头短发的最大褒奖。她浅笑着说，嗨，漂亮什么，都黄脸婆了。男同事在一边插话，问她，主任就您一个人呀，您爱人呢？

陈楠心里刚刚萌生的好感觉，又忽然间消失了踪影，好像自己的心事完全被这男同事所掌握了。她多少有点吞吞吐吐地说道，哦，你、你、你问他呀，他可比不上你，肯陪女孩子转街，人家一大早就出去钓什么鱼去了！此时此刻，这些话从陈楠嘴里酸溜溜地冒出来，对她自己来说无疑是一种隐秘的伤害。就好像刚才自己已经屏住气喝下了一大碗汤药了，现在却又要被别人逼着拿这种苦药水再漱一次口，那种滋味是可想而知的。

陈楠还特别留心观察了同事的女友，人家确实年轻漂亮，充满活力，那件露脐装穿在她身上，恰到好处地将她的腰身勾勒出来了，平滑的小腹和内敛的肚脐，都展现得淋漓尽致。这又让陈楠忽然想起了丈夫电话里的苏小那，出于女人的直觉，她觉得那个女人极可能也是这样美好的身段。因此，她又对同事的女友感到嫉妒万分了。

就那样随便聊了几句，便各自分开。她漫无目的地沿街又走了一会儿，不知从哪家店铺里飘来一阵歌声，好像是梁咏琪唱的《短发》，她以前在办公室的电脑里听过的：我已剪断我的发，剪断了牵挂……现在听起来，如同一首挽歌，让她变得更加伤感起来。

陈楠决定不再瞎转，碰到熟人真的很麻烦，也很难为情，尤其一想到她现在的样子：一个孤独的刚刚改头换面的女人。尽管刚才男同事好像并没有对她的新发型做任何评价，甚至对她表现出一种熟视无睹，但她还是觉得别扭，也可能男同事只是不便于发表自己的看法，毕竟他是她的下级嘛。路过电影院时，她扫了一眼贴在外面的大幅海报，正在公映一部香港爱情片，她已经很久没有进电影院看电影了，结婚时家里买了影碟机，又有电脑，很多片子都是租VCD来看的。所以，她想都没想就钻进了电影院。

时光猛然间陷入了黑暗，银幕由雪白变得光怪陆离，别人的故事开始精彩上演，他们说出的话被叫作台词，有时还会歇斯底里，连喊带叫，泪水汹涌。她坐在黑暗中甘心做一名观众，明明知道那些人是在演戏，可还是很投入地去看，还是会动真感情，偶尔还要为故事里的人流下一串自己的泪。她想，这大概就是女人吧。

曲终人散时，陈楠在拥挤的出口处，忽然听到了一阵熟悉的笑声从身旁传来，她急忙低下头，几乎是擦着墙壁快步往出逃的。她实在是不想，在这种地方再次被自己的男同事和他的女友认出来。或者说，她该有理由坚信，自己真的过了看爱情电影的时候了。

丈夫不在家。陈楠一开始以为丈夫可能回来又出去了，但很快她就发现丈夫并没有回来。因为他的渔具包不在阳台上（平时都是搁在这里的），她又胡乱找了一下，其他地方也没有。

陈楠心里忽然有种空落落的感觉。本来，她在路上早都把事情想好了，丈夫见到她的样子会不会震惊一下，会不会有点失望，会不会恼羞成怒（毕竟她一整天都泡在街上，毕竟她还破天荒地自作主张剪了短发，毕竟她还赌气故意没有带手机）？想必他应该会吧！而她恰恰是需要他先发作的，不管哪一条，只要他发作就好。然后，她还要装作无所谓的样子洗耳恭听，然后她会一本正经地对他说，同志你说完了没有？难道只准你去钓鱼，就不准我去逛街，这是谁定的规矩？然后，她要以冷嘲热讽的口吻问问他，老公今天鱼钓得如何，有没有钓到什么大鱼，比如有没有钓到一条美人鱼？总之，她会想尽一切办法，让他感觉到她已经发现了他的一些隐私，让他感到羞愧和忐忑难安。最重要的是，她还要让他知道，陈楠这个女人也不是好惹的，让他明白一个最基本的道理，那就是从今往后她要学会过自己想过的生活，包括时不时地光顾一下发廊。可是，很明显，这些期待如今全部落空了。她没有找到发泄的对象和机会。

陈楠感到无比痛恨和沮丧，早知这样她真不该这么早跑回家来。这时，电话奏响了《致爱丽斯》，当然是丈夫的手机。因为两个人都有手机，家里就没有再装座机，也是为了节约。在接听之前，不知怎的，她的内心变得有些阴险，她想这电话最好是那个叫苏什么的女人打来的，这样的话她就可以毫不客气地臭骂她一顿，让她今后最好离自己的丈夫远一点。可一看显示，她就知道是丈夫的同事打来的，他们经常聚在一起钓鱼，好像还来过家里。

对方的语气生硬而又焦急，哎呀呀！陈楠，你咋搞的嘛，眼看快把电话打爆了，你咋出门也不开手机呢……哎呀陈楠，你总算接了电话，我们都急疯了……你爱人他、他、他出了点事，现在正在急救中心呢，陈楠你赶紧打车过来一趟吧，记着，身上要多带点钱……陈楠一下子给蒙住了，整个人僵成一尊蜡像，一动不动。又仿佛耳朵里听到的，是刚才电影里的一些对白，虚幻而又缥缈。她连问几声，喂，喂，你倒说清楚呀，他怎么啦？我爱人到底怎么啦……你们不是一起去钓鱼吗？怎么会……出事呀？

电话那头好像稍稍迟疑了一下，接下来，陈楠听见对方语调迟缓而又低沉地说道，我咋给你说呢……你爱人他竿子甩得太高了，一下子甩到人家的高压电线上了，当场就让电给撂趴下了，一只脚都烧焦了，幸亏我们几个送得及时，命是保住了，可他那只脚……唉！不说了不说了，情况紧急，你快点过来吧！

飞机刚一落地，还在跑道上徐徐滑行的时候，李晓宇就开机了。他怕错过了蒋芹打给他的电话。可手机一直没有响，之前也没有任何关于蒋芹的信息显示。

从机场下来的路上，李晓宇是跟邵艳丽坐在一起的。

邵艳丽靠着车窗，始终侧过头看着外面。她的脖颈细腻白皙，头发盘得很端庄，耳际和脖颈之间缭绕着一些非常细微的发丝，看上去很柔媚的样子。蒋芹一直留短发，从来不需要这样精心地收拾头发，蒋芹是那种看起来很精干的女孩子。

李晓宇很无聊地联想着这些，也随着邵艳丽的目光方向茫然地看着窗外。道路太熟悉了，在中国，所有的大中型机场通往市区的道路都是千篇一律的样子，平整宽阔的路面，银灰色的合金护栏，起伏不断的绿篱和那种刻意制造出鲜明层次的防护林带，以及高大显眼的喷涂广告牌，这一切在李晓宇的眼中都是凝滞不变的，闭上眼都能看得到。有时候李晓宇想，自己的生活就要这样一天天重复着过去，高速公路、飞机、陌生的乘客、毫无意义的笑脸，从一座城市迅速抵达另一座城市，从熟悉到陌生，或者，永远都是在陌生而又无奈的旅途中徘徊，时间似乎永远也不会成为问题。但这种陌生并不意味着会有什么新鲜的事情发生，事实上，对于一名职业空中乘务员来说，飞行已丝毫没有新奇之处，因为去任何地方都跟自己的主观意愿无关，自己的想法永远不重要。在天空中，他只是一名侍者，一个再简单不过的服务工具，端茶，送水，发报纸，帮客人冲一杯热果汁或香浓的咖啡，装作亲人似的面带微笑，机器人一样重复介绍救生衣和氧气面罩的使用方法，或者，还得无中生有地告诉那些乘客万一飞机遇难了该如何沉着应对。说心里话，要是真的遇难了，连李晓宇自己也不知道该怎么办，是哭，还是笑，也许只有鬼才知道。

或许为了讨好身边的邵艳丽（事实上李晓宇并不是一个爱讨好别人的人，他只是觉得无论如何邵艳丽今天毕竟跟他患过一次难的），李晓宇坏笑着打趣，那只老孔雀难得开一次屏，就给她一次灿烂的机会吧，你可千万别跟她那种人一般见识，犯不着的。

邵艳丽并没有立刻回头，好像思索了一阵，才慢慢扭头看了他一眼。

她说谢谢你，鲤鱼。

她叫他鲤鱼，这让李晓宇倍感亲切，他发现她的眼圈还是红红的，睫毛被雨水淋过一样濡湿，他轻轻地为她递过去两片干纸巾。她默然地接了，但没有立即使用，而是宝贝似的捏在手里把玩着。他又笑着故作轻松地说我们一起飞了快两年了吧，我还是第一次看见你这样呢。说完，他又觉得有些不妥，生怕对方会误解成别的意思，比如动作示范时的那个该死的嗝儿，他又急忙很严肃地压低声音说，你现在这个样子特好看，真的。邵艳丽抿着嘴唇看着他，微微一笑，却没再说什么。又过了一会儿，李晓宇听见邵艳丽问他，你女朋友飞哪条线？他说一直是广州—西安那条，怎么了？邵艳丽说也没什么，我只是随便问问，那你跟她好吗？若放在以前，李晓宇会毫不犹豫地说他俩关系很好，可此时他显然有点迟疑。迟疑的理由含糊而又清晰。于是，他答非所问地把话题支开了，我跟她一个月也见不了几面，你知道的，她们那条线很忙。邵艳丽冲他点了点头，似乎也不想再问什么了，又很执着地把目光投向窗外。李晓宇也只好闭嘴。其实，如果邵艳丽愿意听的话，他倒是想跟她继续聊一聊自己和蒋芹的事。在凌燕组里，李晓宇跟几个女空乘的关系一般都还不错，除了那个厉害的女组长外，平时随便开个玩笑或不着边际地打情骂俏也是难免的。因为他是组里唯一的男性，比如像搬重物或往行李架上塞大件行李之类的活通常都是他来做的，大家成天鲤鱼长鲤鱼短地叫他，每次在外地住下来，她们喜欢晚上出去转转街或尝尝人家的地方小吃，就得拉上李晓宇一起去，偶尔还去那种很闹的地方蹦迪，这种时候李晓宇会义不容辞地充当她们每个女人的贴身保镖，逛完街买了东西他也帮她们大大小小地拎一堆回来。

也不知道为什么，每次从空中返回地面，李晓宇都会萌生一种强烈的倾诉冲动，非得找个什么人好好说说话，以证实自己是鲜活的，是真实存在的。否则，他总有一种没着没落的感觉，好像人已经平安地落在地面上了，可一颗心还悬在半空中，一颤一颤的，很长时间也安静不下来。

家里弥漫着很浓的类似于空气发霉的味道。就像卫生间里几天来不曾使用过的晾干了的毛巾，房间里的确少了他跟蒋芹在家时成天黏糊在一起的那种暧昧的气息。但是，李晓宇觉得家里的一切还是那么亲切和自然，因为只有当他嗅到这些已不再新鲜的空气时，他才觉得自己这一百来斤完完全全着了地。

跟蒋芹住在一起的这段时间，听电话录音几乎是李晓宇每次回到家里的头等大事。此时，李晓宇已经将脖子里的藏蓝色斜纹领带拉掉了，胡乱扔在旁边的一只单人沙发上。沙发的颜色接近于新鲜的黄米粒的那种黄色，领带放上去就很显。领带蛇一样弓着，一段脊背扭曲在那一片嫩黄色中。

当初，买家具的时候，李晓宇带着蒋芹跑遍了这座城市，所有大大小小的家具广场都被他俩扫荡了一遍。最后，在两人都感到腿脚酸痛难忍的时候，蒋芹终于一挥手买下了这套黄颜色的沙发。说心里话，李晓宇并不十分喜欢。事实上这个家里的东西有一多半李晓宇都不是很喜欢的。比方说吧，屁股下面的沙发，壁纸跟窗帘的颜色，床罩和蹭鞋垫子的图案，地毯的花纹，甚至包括烟灰缸的质地，他都不太喜欢。可蒋芹喜欢，他就二话不说了。

有一次在挑选浴巾的时候，李晓宇或多或少表现出自己的些许不满（因为她过于苛求和挑剔了）。蒋芹立刻噘着嘴对他说，你这就老外了不是，我们俩成天在外面飞来飞去的，我可不想家里也跟酒店一模一样，那就太没意思了！哪怕是一条浴巾，也要跟酒店里的那些东西区别开，这样才是家，不是店！李晓宇当然得做出一副被对方训斥得哑口无言却又甘心俯首称臣的样子。李晓宇在外面也住各种各样的酒店，最次也是三星级以上的，设施齐全环境舒适，可他似乎没有蒋芹那么深刻的个人体验。当然，他还不至于把家跟酒店混淆起来。

录音只有很短的几条，多半都是他们的朋友打过来的，无非是不痛不痒地问候一声，或者，相约着到什么地方一起吃饭喝茶或打保龄球洗桑拿；还有一条是李晓宇的母亲让他回来后务必给家里去个电话，好像很着急的样子；另外一条有些蹊跷，半天也没有说话声，但能明显感觉到对方在提示音响过之后的片刻犹豫，最终还是欲言又止地挂断了线。所以，此刻李晓宇耳朵里听到的是十几秒的空茫之音。但他明白这必然是蒋芹打过来的，她却不说话，以沉默表示她的不满和怨恨。他想肯定是这样的，自己太了解蒋芹了。

李晓宇心里一沉，似乎蒋芹冷冰冰的气息正从阴冷潮湿的南方城市远远袭来。

这无论如何让他有些坐立不安。他把录音倒回去又重新听了一遍，这次他的判断更加趋向于理性化。换句话讲，他完全相信蒋芹就是要让他有所难受的。以往，蒋芹总会在电话里说一些柔情万种的想他之类的情话给他听的。而且，她一直管他叫作"小鱼儿"，这是蒋芹对李晓宇一贯的昵称。看来事情并不像他原先想象得那么简单，看来这次蒋芹动真格的了，虽然事情已经过去两天了，可她还是没有一点原谅他的意思。至少，蒋芹不想在电话里轻而易举地放他一马。蒋芹还在生气。他为此感到头疼。

李晓宇一直锁着眉头吸烟。

他平时并不怎么多吸，烟就放在卫生间的盥洗台上，包括烟灰缸和打火机，人在坐便器上伸手就可以够着。这自然也是蒋芹同志的主意。蒋芹似乎很在乎这些鸡毛蒜皮的小事，她不喜欢看到他在客厅或卧室里吸烟，尤其是那种跷着二郎腿的姿势。蒋芹说她觉得男人这个样子特别轻浮，一看就知道档次不高。所以，蒋芹只允许李晓宇在上卫生间的时候吸烟，并且要记着随时打开排气扇通风。关上门在卫生间吸烟，总感觉好像人还是待在憋闷的飞机上，没有足够的空间和自由。男人有时候恰恰需要足够的空间任他们去自由发挥。

李晓宇解恨似的连着抽了两支烟，事实上他有些便秘，他想通过吸烟的方式来冲解排泄所带来的隐痛。自从两年前他第一次参加飞行以来，就患上了这种倒霉的毛病，并且经常引发可恶的痔疮，简直苦不堪言。他出门的时候皮箱里总不忘记带上马应龙一类的外涂药膏，无论在飞机上还是在候机厅的公厕里他都不能顺畅地解决问题。

李晓宇所在的凌燕乘务组里一共有八人，他是唯一的男性，组长是个风韵犹存的老女人，但她在空乘服务上却有板有眼一丝不苟，据说她老头是某飞行大队的队长，专飞国际线的，报酬相当可观。这位女组长对凌燕组的要求极严，甚至有点苛刻。李晓宇对女组长的那张雕琢十分精细的玉面时常怀有警惕和惧怕，他发现那张脸从来都是微笑着的，她看着你的时候总是笑眯眯的，仿佛一张天生带笑的面具，随时随地都可以公开那种丝毫没有起承转合的笑容。但是，正是这张脸，却时常让李晓宇感到难受，好像没有什么理由，可理由似乎又非常充分。

就在刚刚结束的飞行任务中，李晓宇和邵艳丽均遭到女组长的一番严厉训斥。李晓宇的问题出在，他给机上的乘客递咖啡的时候，稍不留神，将热咖啡汁滴洒在一名正在打瞌睡的女乘客的身上，使得女乘客很愤怒地翻着那种双眼皮手术后尚未痊愈的疤瘌眼冲他尖声叫嚷起来。遇到这种事只有自认倒霉了，李晓宇鸡啄碎米似的不停向对方赔礼道歉，恨不得伸出舌头帮人家舔干净才好。即便这样女乘客依旧不肯善罢甘休，疤瘌眼放射出阴郁而恣睢的光芒，好像对方做了什么出格的龌龊事情让她简直无法容忍。

至于邵艳丽，她今天一定是有点心神不宁，谁也不知道她脑子里在想什么。李晓宇觉得邵艳丽人好像还在梦里一样，当她站在过道里为乘客们示范应急救援的要领时，错把氧气面罩说成口罩。她跟前的一位乘客立刻发出一记怪笑，她竟忘词了，不知道接下来该说些什么好，嘴巴空洞地张着，像是忽然患了失忆症，又好像她自己正缺氧呢，需要立即戴上一只氧气面罩。那位风韵犹存的女组长眼睛里向来不揉一粒沙子，她能非常准确地捕捉到每时每刻发生在服务过程中的任何一个细枝末节，她在飞行结束后的讲评会上毫不客气地指出他俩的错误，并给予警告。

当然，在点评时组长脸上的微笑已经似有若无，一旦离开了飞机，离开了那些不知道去往何处的乘客，女组长履行义务的那种笑容便荡然无存，她深谙对待下面的人完全不需要客气，客气只能滋养他们的坏毛病。李晓宇一口咬定当时飞机的确颠了一下，否则他是绝对不会犯那种低级错误的。可组长向来不听任何解释，她说我在讲问题的时候你们不要强词夺理，最好把嘴闭上，只要在机上面对乘客你们就没有任何理由狡辩，做好服务是你们的本分，你以为你们是空姐空少就很了不起吗？李晓宇还想说什么，回头却发现站在一旁的邵艳丽已经是一副欲哭的委屈样子，他也就不敢吭声了。他担心自己如果一味地跟组长对着干，必然会引发那个老女人更尖刻的一通言辞而殃及一旁的邵艳丽。在他眼里，凌燕组的女组长一直跟一部外国电影里的某个老妇人非常相似，后来他想起来是《魂断蓝桥》里的那个冷酷刻薄毫无情面可言的芭蕾舞团的女主管，而女主角玛拉的悲剧正是从这个老女人的一顿斥责后开始的。

所以，当女组长一味地冷眉冷眼挖苦邵艳丽的时候，李晓宇脑子里立刻闪现出一种非常古典的情景，他甚至还巧妙地将这场戏命名为"魂断廊桥"。仿佛挨了批评的邵艳丽也会像可怜的玛拉那样，通过幽闭的登机廊桥一步步走下飞机，从此再也见不到她的心上人罗伊了，她的生活也将因为被除名而穷困潦倒，后来甚至无奈地走上了放荡的卖笑之路。这种稀奇古怪的想法的确让李晓宇感到一丝隐秘的快活。

给母亲回过电话，李晓宇多少有点后悔，他知道母亲想要跟他唠叨些什么。无非又是他跟蒋芹的事。母亲并不反对他跟蒋芹的关系，可母亲不赞成他俩这样不明不白地住在一起。所以，母亲一次次打电话来就是要催他俩赶紧完婚，他知道母亲的真正意图是想要抱孙子了。

两年前的这个时候李晓宇还没有进乘务队。那时他刚从兰州的一所民航所属的技校毕业并被安置在航行管制部门工作。在学校里他学的是航空通信专业，就是通过自动转报设备监控那些来自各个路径的航空电报然后再分别转发出去。上班的时候成天不跟外界有丝毫接触，犯人似的被关在机房里，跟傻子一样不需要费什么脑筋，一切都是按部就班，大量的时间和精力都消耗在玩电脑游戏上。用李晓宇自己的话说，那是一个无聊透顶毫无前途的职业。所以，那年航空公司要在民航内部公开招聘一批空乘，李晓宇没有放弃这个千载难逢的机会，能从地面上一下子升到空中，这是多少年轻人梦寐以求的事啊。当然，不是每个人都能胜任这项工作的，身高、体重、视力、相貌、血压、心脏状况、普通话，以及外语，所有这些都得符合他们的条件，缺一不可。还好，这些都没有难倒李晓宇，最终他从百十号人里脱颖而出。母亲没有什么意见，反倒觉得儿子能在天上飞来飞去的也很风光，可父亲对此颇有微词，说你小子放着好端端的正经事不做，偏要做什么狗屁空乘，成天价哈巴狗似的给人点头哈腰端茶倒水有什么出息。

但实践证明他的选择是对的，正是在那次选拔中，蒋芹出现在他的眼前，像一朵忽然开放的花儿，扑面而来，香气怡人，让他眼前陡然一亮。跟蒋芹的恋爱谈得倒也算顺利，大概他俩天生都不是那种能爱得死去活来的类型，也就是吃吃饭逛逛街什么的就把关系确定下来了。蒋芹的父母又都在外地，她一直住单身宿舍，李晓宇的那套福利房一拿到手，他俩就顺理成章地住到一起了。蒋芹开始还有点犹豫不决。有一回李晓宇去宿舍找她，见了面两人难免会有一些亲热的举动，那天碰巧让同宿舍的另一个空姐撞个正着，都很尴尬，后来禁不住李晓宇的软磨硬泡，蒋芹才答应跟他在一起的。

放下电话的时候，李晓宇发现鱼缸里又死了一条鱼，尸体漂在水面上，都有些发胀了。水面上同时还漂着一层类似于盐碱样的灰白色，好像腌菜坛子里的那种物质，看起来很恶心。另外的三条金鱼很无奈地困囿在缸底，几乎不怎么游动了，偶尔互相碰触一下嘴唇或尾鳍，显出一些特有的亲昵，然后更加平缓地停滞在水底，腮部轻微地保持着翕合的动作，鱼食和鱼的排泄物丝丝瓢瓢地盘结在它们周围，缸里的水明显泛着绿光。家里要养几条鱼当然是蒋芹同志的主意，其实蒋芹一直想养一条沙皮狗的，这种想法一出口就被李晓宇坚决否定了。李晓宇说我们俩这种情况别说养狗，能把自己的小命保住就算不错了。蒋芹不爱听这种话，她生气地说狗嘴里吐不出象牙！蒋芹生气时的样子很吓人，脸凶巴巴的，嘴噘得能挂住酒瓶子，半天也不说一句话。李晓宇只好妥协，说咱们不养狗养点别的行吗？小孩怎么样？蒋芹一听又急了，说谁跟你生孩子？我还没想好要不要嫁给你呢。李晓宇就很用力地将她从身后抱紧，用下颌的几根短须在蒋芹的耳边蹭来蹭去，说你不会是相中哪个款爷想把我甩了吧。

其实，这种事情在空乘中并不少见，那些乘飞机的男人动不动就会递上一张名片给某个姿色不错的空姐，蒋芹有一次回来还把一张印制精美的名片拿给李晓宇看，说片子上的男人趁她递饮料的时候碰了一下她的手，她觉得他的眼神怪怪的，下机时那人故意磨磨蹭蹭不走，然后把她喊过去说想跟她交个朋友，还说有什么事情尽管开口以后保持联络。李晓宇听得心里酸酸的，顺手把那张名片撕碎了扔进垃圾篓里，说这种人一看就知道没安什么好心。蒋芹却故意说那倒也未必，爱美之心人皆有之，那我怎么知道你对我安没安好心。李晓宇就势将她摁在沙发上，佯装粗野地拽她的裙子挠她的痒痒肉。蒋芹仿佛一只年轻的母鸡坐在自己产下的头一窝蛋上咯咯咯地笑个不停。他俩每月在一起的时间加起来也就六七天，除了床上的那点问题需要集中解决一下，大多数时间都泡在家里昏天暗日地看租来的碟片，肚子饿了也不做饭，打电话让附近的餐馆送盒饭过来。

李晓宇就把那条死鱼从前阳台窗户扔出去。如果蒋芹在家，他显然不能这样做，起码他得拎着那条鱼老老实实下楼去。如果蒋芹一直站在阳台上监视着他，他还得猫哭耗子假慈悲一番，在草地上挖个小坑把死鱼"厚葬"起来，而在他看来这简直就是脱裤子放屁。楼前是一片平整的草坪，鱼落下去的时候就像一只很小的飞机从万米高空突然下降高度一头栽下去了，这种经历李晓宇也曾有过，很多次飞机为了躲避前方的雷电就是这样忽然下降的，他当时觉得自己就像一条挂在树梢上的鱼那样战战兢兢。这种有惊无险的经历对李晓宇来说已经是家常便饭了。有时候他的脑子里会产生一种怪诞的闪念，他倒是真的希望碰上那样一场空难，飞机突然坠入大海，机身慢慢下沉，机组人员惊慌失措，所有乘客呼天喊地，在万般无奈的情况下，他像大片中的施瓦辛格或尚格·云顿那样急中生智砸开舷窗，带领大家像鱼一样游出令人窒息的机舱。

鱼鳞在阳光下闪着熠熠的银光。鱼从五楼落向草坪，显然没有任何声响，无论对于草坪或鱼本身，似乎没有任何痛苦可言。天空还是那么湛蓝，阳光还是那么鲜亮夺目。也许，只有李晓宇能感觉到某种近似残忍的东西在心里倏地翻了一下，但这种想法也是转瞬即逝的，没有来由，更没有去向，一切都很自然。唯一留下来的是他的手指上沾染了死鱼的那股浓浓的腥臭味。

玻璃缸里换上了新水，顿时变得晶莹剔透了。剩下的鱼又开始在里面若无其事地游弋，它们的样子依旧像平时那样懵懵懂懂的，好像并不知道就在不久以前有一条死去的同伴漂浮在水面上，使它们的活动范围受到限制，或者心灵遭受某种人所未知的伤害。鱼就是鱼，它们什么也不会懂的，看上去都是一副没心没肺的样子。

李晓宇似乎若有所悟，他忽然觉得自己跟这些鱼其实没什么太大区别，当他在天上飞来飞去的时候，多像这些鱼儿在缸里游来游去，他跟鱼都是被禁锢在一个容器里的活物，自以为很风光呢，但危险随时都可能发生。想一想，巡航高度三万英尺以上，飞机对于大地来说无异于一条闪着银光的鱼。有一晚李晓宇做了一个十分可怕的梦：自己跟蒋芹在同一架飞机上执行任务，飞机飞得好好的忽然就失去了控制，机舱里一片漆黑，应急救援灯嘟嘟鸣叫，紧接着飞机就像一只巨大的银灰色的鸟呼啸着翻转身躯，然后一头栽向茫茫夜色，天地之间一声巨响。他依稀看到明月在舷窗外粲然一闪，然后他什么也听不到看不到了，他想喊蒋芹的名字，可他的嘴里灌满了冰冷的气流，冻结了似的发不出一丝声音。

他的内心不无埋怨，如果不是为了蒋芹，他是不会养这些可怜的小家伙的。每次他俩外出几天，鱼都要死掉一两条，然后他再去鱼市买两条新的补充进来，这是没有办法的事，谁让他喜欢蒋芹呢，而蒋芹喜欢看这些可爱的活物。鱼死了蒋芹自然会难过一阵的，女人总是很任性，对待任性的女人他得学着迁就。本来嘛，他们这行都公认娶空姐做老婆是天底下最吃力不讨好的事。一般说来，有过两三年飞龄的空姐心理都有点问题，全都变成那号高不成低不就的主。想想看，她们在天上伺候客人，一个个跟人家的亲孙女儿似的温顺可爱，可一到地上就换了另一副嘴脸，看什么都不顺眼，稍有不如意就吹胡子瞪眼想摆小姐太太的谱儿，这种女人简直唯恐避之不及。像蒋芹这样的还算好的，至少她还没有堕落到成天梦想着傍大款，给航空公司老总做儿媳妇的地步。

　　这两天李晓宇就差把蒋芹的手机打爆了，每次不是对方已经使用了超级呼转业务（这种情况下蒋芹很可能还在飞机上），就是电话暂时无人接听。李晓宇知道蒋芹是故意的，她肯定还不想跟他对话。本来李晓宇说好了要去机场接蒋芹的，因为那天正好是蒋芹二十四岁生日，李晓宇早就想好了，带上一束鲜花去机场接她，然后再到城里预订好的上岛西餐厅去庆祝一番。后来李晓宇上技校时的一个铁哥们儿正好出差从外地飞过来，几个同学商量好了非要见面叙叙旧，他当然不能驳了同学的面子，结果李晓宇一时贪杯竟给喝大了，把过生日的事忘得一干二净。那晚蒋芹足足在机场等了半个来钟头也不见李晓宇的影子，她只好赌气自个儿回去。李晓宇后来是被同学送回来的，喝得一塌糊涂，胡话连篇，躺在床上跟死猪没什么两样。蒋芹一连两天没跟他说过一句话，到第三天出门前还板着青面孔。

　　蒋芹不在家，所以饭吃得很随便，到楼下要一碗羊肉泡馍就打发了。饭刚吃到一半，手机响了，他估计是蒋芹打来的，心里忽然有点犯怵。李晓宇怕蒋芹又会对他说分手之类的气话，平时，蒋芹稍有不快就会打出跟他分手的王牌。

　　他俩在电话里约好了晚上见面的时间和地点。

　　李晓宇打车赶去时，她好像已经站在那里等了一会儿。他急忙过去连声说对不起真对不起，我来晚了。她却好像丝毫不介意，说其实是我来早了。李晓宇心里顿时一暖，他知道要是换了蒋芹难免要跟他计较一番的。

两个人说着话一前一后走进那家酒吧。她替他点了两瓶百威啤酒，她自己喝那种兑了雪碧的干红葡萄酒。这个夏天好像很流行这种喝法。喝酒前，她先从自己的手包里掏出一盒香烟，她用两根手指夹出一支塞在嘴唇间，取出打火机点燃，很专注地吸了两口，烟从鼻孔丝丝缕缕地流散出来。接着，她好像意识到该给他一支，就将烟盒打开，用细长的手指轻轻地擦着玻璃茶几弹过去。她说你要不要也来一根，我不记得你吸不吸烟。他笑了一下，觉得有点尴尬，与此同时脑子里浮现出自己关起房门坐在大便器上吸烟时的滑稽样子。所以他连忙摇摇头说你抽吧，我喝酒就可以了。

李晓宇以前零零星星听说过她的一些事情。比如，她的丈夫是航空公司的一个小头目，主管空乘招聘培训什么的，人很张狂；再比如，前不久有一次因为航班临时做了调整，她忽然从外面飞回来，一进家门正好撞上丈夫跟一个刚刚招考进来的女乘务一起鬼混的事，他俩闹过一阵以后好像分居了。当然，这些都是小道消息，李晓宇并不关心。

一开始，两个人只是面对面坐着欣赏音乐，他慢慢喝酒，她不停吸烟，谁也不想主动谈点什么。事实上当李晓宇接到她的电话时，心里多少有一丝奇妙的漾动，平时他俩虽在同一架飞机上工作，但并没有什么更深一步的交往，也就见面彼此点头微笑或问声好。此刻两人被朦胧的灯光和缠绵悱恻的乐曲声笼罩着，不知是谁率先提起了飞机上发生的不愉快，反而使他们有了共同的话题，先前有些绷着的气氛渐渐活跃起来。灯光忽然一暗，舞池里响起了非常轻柔舒缓的舞曲。她无声地掐灭了烟头，身体凑近一些问李晓宇想不想跳舞。平日里李晓宇跟蒋芹是很少跳舞的，原因主要是蒋芹浑身都是痒痒肉，别人轻轻一碰她就忍不住要笑，而且笑起来会没完没了。没等李晓宇应声，她已经从自己的座位上起来，用手轻轻往后拨拉一下乌黑飘逸的长发。李晓宇立刻沉浸到一缕发丝特有的清香中，他的神经像是被那些柔顺的发丝抚动着，内心忽生一种焦渴。想一想，自己还真是很久没有跳过舞了。

她的一只手潮湿而又恰到好处地落在他的左掌心。他的右手也轻轻地贴在她的腰肢最细软的部分。他俩双双步入舞池后再也没有说话，偶尔默默相互对视一下，目光很快就闪开了，心中像是有什么芥蒂，又仿佛是被那一串串音符所牵引，在一对对情侣的身影中鱼儿一样轻盈地漫步穿行。

李晓宇忽然就明白了什么叫作柔若无骨，这种感觉他在蒋芹身上从没有体验过。蒋芹过去一直很喜欢运动，身上有一些若隐若现的肌肉。而她完全是另一种类型的女人，他的手不用紧紧搂着她，而像是被她的身体中透射出的某种魔力所深深吸吮着，根本不需要任何力气，就服服帖帖地停泊在那里长时间不肯离去。等跳完一曲，他们重新回到座位，话就多了起来，笑声不断。她幽幽地说没看出来你舞跳得这么棒。他明显还沉浸在刚才的那种柔软与缠绵中，所以，他诧异地愣了一下，目光有点失神，然后才回过味来，又变得不好意思起来。蒋芹从来没有这样夸过他一次，而他也觉得蒋芹这个人好像压根儿就没有音乐细胞，缺乏节奏感，再怎么优美的乐曲在蒋芹耳中似乎都是一样平淡。所以，李晓宇也不无客套地说，跳舞主要就讲配合，你是一个非常优秀的舞伴。她冲他眨了眨眼睛说是吗？那好啊，以后机组在外过夜我们俩可以约好一起去跳舞。李晓宇急忙用十分赞赏的目光冲对方点了点头。

又连续跳了几曲，华尔兹，慢四，恰恰什么的，反正一次比一次好。后来中场还去蹦了一会儿迪。李晓宇始终有种意犹未尽的感觉。音乐太吵了！她忽然停止了疯狂的摇摆，我真的有点累了，她说。这时酒吧进来一群头发染得大红大绿的摇滚乐手开始表演，那种所谓的重金属乐在黑暗里幽灵般四处蔓延。这种歇斯底里的声音显得格外刺耳，一如飞机在机坪上刚发动时那样让人难以忍受。于是，李晓宇决定送她回去，她没有表示反对。

上了出租车，她说自己有点头疼，就闭着双眼头软软地靠在椅背上，显得很虚弱的样子。李晓宇犹豫了片刻，还是用手轻轻试摸了一下她的脑门，果然有点潮热的感觉。他问她要不要去附近医院看看或买点药吃。她摇着头说不用了，回家休息一下就会好的。他也就不再坚持什么，内心却隐隐渗出一丝类似于庆幸的喜悦，仿佛今晚的一切都循着某种良好的意愿悄然行进。他甚至为此感到有些激动，大腿不可抑制地抖动起来。可他又分明意识到这个动作很是轻浮，急忙将双手压扶在自己的腿面上以保持镇定。他也乘机瞥她一眼，好在她并没有注意，而是身体侧向他这边安静地作闭目养神状。

快下车时李晓宇才意识到自己的一只肩膀一直让她压着，被压的地方又湿又热，又因压得太久，都有点麻了。可他一点儿也不想让她就此挪开，他倒是希望这条路再漫长一些才好。

她的呼吸始终那么轻柔而又温热，还带着一股静静的幽香。

两个人一前一后走进一所私家花园。谁也不说话，陌生人一样互不相干地低头走路。李晓宇的脑子有一点乱，他想也许这么晚去她那里是有点不太妥当的，他想客气一下却始终没有说出口来。当他习惯性地将手凑在鼻孔前闻了闻，她的气味依旧清晰地占据着他的每一根手指，使他根本无法停止关于他和她的种种遐想。他本来有点不安的心神又飞翔起来，朝着某种虚幻与理想境地匀速滑行。他尽量同她保持三两步距离。他想她在这个生活区里一定会有很多熟人，看到了不好吧。

终于，挨到了她从包里掏出钥匙开门的时刻。李晓宇乘机朝身后观察了一下，这里很安静，都是独门独院的二层小别墅，而且，多数都黑着灯。这无疑又让他感到一丝放松。她在前面已经拧开了防盗门，正当她的钥匙捅向第二扇进户门时，那扇门忽然像是自动敞开了，同时，房间里的灯光也随之扑面而来，他俩完全被笼罩在乍现的亮光之中。

李晓宇觉得自己的双眼仿佛突然失明了，什么也看不清楚。他只听见她冷冰冰地冲来开门的人说你怎么在这儿！你回来想干什么……然后她又回头让他进去，她说鲤鱼你愣着干吗快进来呀……然后他就摇摇头，慢吞吞地说，嗷，已经晚了，我就不进去了。然后，他冲她摆摆手转身离开了。

到家以后李晓宇只想好好睡一觉，可是，他却发现茶几上的台灯竟然一直亮着。

蒋芹正近乎孤绝地盘着腿坐在沙发上，她身上披着一条拉舍尔睡毯，电视机在她面前闪着无声的雪花，灯光映照下的她就像新闻片里的索马里难民那样旁若无人又无动于衷。

他着实吓了一跳，觉得蒋芹像是忽然从天而降的仙女，既真实又虚幻，他一时不知该对蒋芹说点什么才好，整个人仿佛还悬在万米高空中，又像是遭遇了突来的一股强大的气流，身体由里向外剧烈地一抖。他的脑子里从来没有像此刻这样憎恨和诅咒过飞机。

当他犹豫着换上拖鞋准备朝蒋芹走过去的时候，灯忽然就灭了，黑夜重新在李晓宇的眼前展开。就在这个时候，放在蒋芹身边的手机清脆地奏响了《卡门》的乐曲，幽蓝幽蓝的屏幕光在黑暗中闪烁，使蒋芹那张正在气头上的圆脸看上去异常恐怖。

李晓宇这才反应过来自己把手机落在家里了。可是，谁这么晚了还打电话呢？

　　某天上午，小山一个人守着店面。这阵约莫十点钟，太阳已经白花花一大片了。街道上人车熙攘，一切显得鲜活有序又活蹦乱跳。

　　从街上望去，小山精瘦的身体被几截坚硬的铝合金柜台阻隔着。

　　店内的墙壁上，一行行一排排尽是花花绿绿的影碟宣传图片。小山被那些夸张的彩色和画面团团包围着，反倒显得他有些不真实了。柜台的玻璃面上有小山的影子，他手里攥着一本语文课本，大约翻得时间久了，看上去有一大摞旧报纸那么厚。小山看得很仔细，脸快要贴到书本上。看书的时候，小山通常感到有一股无形而又无穷的力量，正静静地负在他的后背上。小山尽量不去想其他的事情，只一门心思看书，边看嘴里还很含混地默念着。小山一般没人的时候才看，他怕被别人撞见，尤其是女主人。有一次，女主人在柜台上发现了他的旧课本，就冷嘲热讽地说，怎么，就你，还想上学？告诉你吧，眼下念书屁用没有！所以，小山只能偷着看。书是小山出门时带在身上的，有了那些书，小山觉得做什么都很踏实，日子有奔头，心不慌。

一早，小山刚把小孩送进学校回来，杨丽就被一帮子男男女女叫走了。走时，杨丽再三嘱咐小山要照看好店，别忘了给老的接屎接尿。之后，杨丽便同那帮人风风火火地离开了家。他们一伙人朝着某个预定好的秘密地点进发。每个人的脸上都绷得紧紧的，几乎没有多余的表情，严肃得让人害怕。

小山觉得很奇怪。

小山是那天到菜市场遇见了和他一起来城里务工的六六。

小山以为再也见不到六六了。

六六问小山现在做什么活。

小山不好意思回答，想了半天，才吞吞吐吐地说，我在毛巾厂，给人做保安。其实，小山还不知道毛巾厂的门是往哪边开的。他只知道女主人杨丽是毛巾厂的工人，便顺嘴诌了这个出来。小山也是没有办法才这么说的。

六六笑了。

六六一笑，特别好看，露出很特别的一只酒窝，可就一只。

小山也跟着笑。

六六羡慕地说，还是你们男的好呀！像我，只配给人家带孩子、买菜、烧饭，一点意思都没有。

小山心里顿时变得不自在了。小山讪讪地支吾着，干啥还不都一个样。

六六说，那倒也是。

六六说，小山，你都学会自个儿做饭吃了，真不简单呀！

小山慌乱地点头又摇头，并将手里的几只鼓鼓囊囊的塑料袋尽量往屁股后面掩了掩，生怕六六看见了再东问西问的。

六六说，那你可得好好吃饭，出门在外，可别亏了肚子。对了，你还打不打算继续念书了？小山心里暖融融的。小山犹豫着说，谁知道呢，以后看情况再说吧。

说这话的时候，小山特意地看了一眼六六。六六也许想说什么的，但只是笑了一下。这次六六笑得很浅，没有露出那只好看的酒窝。

小山盯着六六，觉得六六的身上光鲜鲜的。

六六就红着脸蛋说，我身上的衣服好看吧！是人家送给我的，有好几件呢！还有一条连衣裙，样式可漂亮呢，就是我穿不出来，怕人家笑话，给你说，我那个女主人新衣服多得数都数不过来，可是她每隔两天就去街上买回一大包。要说，还是城里人享福，想要啥就有啥。

小山只是听着，脑子里竟空空的。小山不想去思考这类问题。小山只是发现，六六穿上城里人给的衣裳同样受看。

那天临分手的时候，六六从菜贩子的手里借来一只圆珠笔，她使劲哈了哈笔尖，说，我把电话号码留给你。

六六拉过小山的一只手,在掌心里歪歪扭扭地写下了几个号码。六六每写一笔,小山的心里都痒痒得要死,他咬着牙像等待打针似的忍着。最后,六六说,千万别晚上打,主人会不高兴的,白天再打——白天他们都不在家。还有,礼拜六礼拜天也不能打!除非有急事。

说完,六六冲小山甜甜地笑了一下,笑得好像油菜开花一样金灿灿的。这次,小山又看到了那只唯一的酒窝,出现在六六光洁的脸蛋上。小山又跟着笑。

六六和小山是一个村又是一个学校一个班的同学。和六六他们一起来城里务工的有十几个人,在长途车站他们才分的手。六六和另外两个女的走了,说是能托熟人找上保姆的事做。小山和其他几个男的就蹲在车站广场上等活。

那时候刚过完春节,外来人口像山洪一样在广场上涌来涌去。小山和他们几个一共干蹲了三天。每天就近吃两顿牛肉拉面,或啃几块干饼子。那几个同来的,看上去都要比小山的身板结实许多,而且高高大大的,唯独小山显得孱弱而清瘦,像得了黄疸肝炎似的,走路也轻飘飘的。所以,三天里其他几个相继被包工头、装修队的人领走了,只剩下小山一个人,继续干等。

小山本来打算来城里蹬黄包车的,可这里半年前就把黄包车取缔了,说那种东西只能使这个城市的交通越来越糟糕。挨到第五天黄昏,正当小山囊中空荡荡饥肠辘辘地在广场上空茫地游荡时,来了一个骑踏板摩托的家伙。那人先问小山识不识字。小山茫然地点头。接着,又问小山会不会照顾病人。小山想了想，说也不知道。那个骑摩托的左右看看，说，就你了，伺候人的活不用学，来了就会。便把小山用摩托兜走了。地方一到，小山傻了，是城里一家医院的神经内科。要小山照顾的，几乎是个木头一样的老人。病房里弥漫着浓烈的臊臭和来苏水味。当时，摆在小山面前的头一件工作，就是替老人擦洗裤裆和床单上的一摊大便。小山二话没说，憋着气扭头就想走。骑摩托的一把将他薅死，嘟囔道，小子，想溜没那么容易！把你大老远接来，车费油钱没付就不说了，连句起码的谢都没有！说着，对方早将小山老鹰捉小鸡似的，摁在病床沿上坐下。

我可把老人交给你了，照顾好了，哥不会亏待你的。

后来，小山就和老人在医院待了两晚上。

小山本来是想跑掉的，可那个骑摩托的男的硬塞给他五十块钱，说，老人就托付给你，我还有事先走一步。临了，又抛下一句，放心，老人就算有个三长两短，我们也不会怪你的，你只管按大夫说的做就行了。

小山发呆的工夫，那人早已经扬长而去。

小山依稀听见那人正在走廊里跟人讲话，大概是说，大夫，我又新雇了个男的，这回请你们放心。这时，小山发现老人还是有点声气的。老人的头发全白了，杂乱着，像落了一层薄薄的雪。老人的身上除了骨头，就是一层泛着青亮的干瘪瘪的老皮。老人也许想翻个身，可他根本动不了。看着，看着，小山眼睛就潮了，湿了，雾蒙蒙的。

小山木偶般朝老人移过去。

第二天，那个骑摩托的一整天也没露面。

到了第三天早晨，男人也没见影，倒是来了个相貌平平的女人，三十多岁，脸上有那么两块阴阴的雀斑，让人看了不舒服。她打进门嘴里就骂骂咧咧的，好像小山做错了什么。不过，小山还是听出来，她是在骂自己的男人。这个没良心的王八蛋，就知道躲得远远的，连他爹的死活都不管，凡事都要让老娘来操心。进进出出间，她办好了出院手续，小山便在女人的挥喝下，将老人从病房里背了出来，然后他们钻进一辆红惨惨的出租车里。

小山就跟着那个女人，来到了这家丽宏 VCD 出租店。店面是由临街的一间底层住宅楼房改造的。后来，小山知道这个房子原本是属于病床上的老人的，是老人一辈子辛辛苦苦挣来的。小山的工作是照顾病人，店里没人的时候，他也帮忙看看店。

陆续有三两个顾客走进店里，多半是来还碟的。也有一些是来租的，进门就问小山，有没有三级片或带颜色的东西。小山连忙摇头。女主人不在的时候，小山一般是低调应付此类客人。女主人提醒过小山，问你就说没有的，万一是个便衣就惨了，受罚不说还要让关门整顿。而小山知道，店里确实有那些不好的东西，它们就藏在里屋的一只抽屉里。男人们进来都要问的。他们好像都挺喜欢看那类的片子。连女主人有时也一个人偷偷躲在屋子里看，奇怪的光亮会从窗帘缝子透出来。

这种时候通常是深夜，孩子早睡下了。小山一个人睡在店里的一只折叠床上看店。女主人就让小山将店里的那套试碟用的机子抱到她的卧室里，然后，她自己拉严窗帘，做贼似的一看就是大半宿。她那个骑摩托的男人夜里好像很忙的样子，很少按时回来，大多数时间不在家过夜，直到天亮以后才黑着脸进门，哈欠连天，倒头就睡，鼾声如雷。他俩见面的时间经常有吵不完的架，吵急了还动手动脚，最常见的是扇耳光。男人骂女人狗咬耗子多管闲事，女人则骂对方是下三烂臭酒鬼，趁早死到外面吧……女人管男人叫大宏，但小山一直不这么叫，至少在心理上是这样的。小山暗地称他"没良心的"，这样叫小山觉得解气。店里挂着一张经营许可证，业主写的是杨丽。所以，小山就叫她杨大姐。在他看来，这个女人跟那个美丽的"丽"字一点也不沾边，甚至有点丑，尤其是，命令小山把影碟机搬进她卧室的片刻。不过，小山又具体说不出，这个女人究竟哪个地方丑。

而每当这时候，小山总会莫名其妙地想起六六。想起六六，小山就想给六六打一个电话，可又不知道该在电话里跟六六说些什么才好。

小山看书的时候，突然想起一件重要的事情。

小山想，如果杨丽在十二点之前还没有回来，他就得去附近的那家小学接她家孩子。

有一段时间，小山实在忍不下去了，就想找个机会开溜。

小山感到，在这个陌生的家庭里，有一股很不好的气息让人烦躁不安，就像蹲在伏天的麦地里收割，令人又闷又热透不过气来，还有一大团蚊子在耳边嗡嗡叫，转念，小山又觉得自己的这种比喻根本不恰当。杨大姐家的气氛根本就是难以捉摸，小山只是暗自忍受着这种他想象不到也从来未曾体验到的痛苦。

一开始，杨丽几乎不怎么跟小山说话的，整天绷着脸，阴着额头，很少笑。好像在她眼里，小山只是个机器，或者，小山就是一只被她上紧发条的钟，按时按点地做着那些琐碎的事情。

有一天，杨丽在外面跟一伙子同事喝了一肚子闷酒，喝了酒的杨丽显得有些古怪。进门就钻进卫生间哇哇地呕，吐完了便歪歪扭扭地倒在沙发上，舌头直直的像铲子，说起话来颠三倒四。

杨丽说，小山，你不知道，你杨大姐命有多苦哟！他每天都在外头喝酒瞎混搞女人，连家门都不沾，他妈的，他根本不顾我的死活哟……小山真不想听下去。

杨丽说，小山，你给我倒杯水吧，我的喉咙着了火！小山，我给你说，你从山里来的，还是你们山里人好呀！啥他妈的也不用想的，可我呢，我活着一点意思也没有！我真他妈的不想活了……我给你说，要不是看在孩子的分儿上，我早就离开这个破家了。小山，你知不知道，一个女人活着图个啥——你不会知道的！我那男人是个混蛋，什么也不操心，就知道吃喝嫖赌，连他爹快要死了，他也不回这个家。小山听着就要疯掉。

杨丽还在说，小山，你给我倒的水呢？我都要渴死了！你怎么老笨手笨脚的，倒水要用这么长工夫吗？要说，还是你们山里人好，你们不用担心开不出工资，可我们那个烂杆厂，早就不给我们开工资了，一拖好几个月……这也不能全怪厂里，谁让我们生产的毛巾销不出去呢！毛巾卖不掉，就没有钱开工资，可不怪厂子，又能怪谁呢？我们去找领导，可小山你猜那帮东西是怎么打发我们的，他让大家到仓库每人领两箱积压下来的毛巾，来顶工资。你说说，哪有这种道理，毛巾能吃还是能喝？小山，你听我说，我不骗你，我们厂真的要完蛋了……哈哈……破产了好呀！都他妈去喝西北风……

小山总算把茶杯递给了杨丽。杨丽稀稀拉拉灌下几口，肚子就跟着叽里咕噜响了一通，随即，她又虾米般弓着腰呕起来，浑身都是秽物，惨不忍睹。

小山只好拿来毛巾，皱着鼻子，一下一下地给杨丽擦着。

小山刚擦了这边，杨丽又吐到那里。

小山觉得女人喝醉了酒的样子真滑稽。

小山想不通一个女人为什么会喝酒，而且会醉成这个鬼样子。

有生以来，还是头一次这样近距离地独自面对一个女人，一个醉了酒的女人。那些秽浊的东西，多半都黏在女人的脖项和胸脯上，这使小山的每一个擦拭动作，都变得极其笨拙僵硬战战兢兢。小山的手指好几次都无意间碰到了女人胸前的那个软软的地方。小山的脸皮红透了。小山的心前所未有地狂跳着。小山忽然感到鼻子里一酸，眼眶里热热的。

小山急忙转身钻进卫生间里，他在水池子里一遍又一遍地涮洗着那块沾染了秽物的毛巾。就在那一刻，他看到毛巾上有一行斑驳的红色印字：幸福国营毛巾厂。小山发觉很刺眼。再幸福的毛巾卖不出去也枉然。

那次，杨丽足足折腾了大半夜。最后，小山已筋疲力尽几近崩溃。最终是小山把杨丽搬回到床上的。在搬送杨丽的过程中，小山几乎是用尽了平生的气力，他觉得这个女人像一具死牛的尸体一样沉重。后来，杨丽终于停止了混乱无序的醉话，取而代之的是倒头昏睡。那一瞬间，小山猛然萌生了一走了之的念头，反正她什么也不知道。可只那么短暂的一瞬，小山就放弃了这个有些险恶的念头。当小山扭头，看到另一间小屋的床上，那个仰面而卧的老人，以及老人苍白憔悴的面容时，小山的喘息就变得强烈起来。小山觉得这个老人是需要他的，至少现在是。虽然老人一句话也不曾对小山说过，甚至他们之间连最起码的眼神交流也没有过，但小山却真真切切地感受到，一种令他欲罢不能的责任压在他肩上。

那天，小山很想找个人说说自己的心里话，可他知道没有人愿意听他的。店里没人的时候，小山就跟自己说。小山呀小山，你在家从来没有干过这些活的，你以为来城里就能享上福了，可你要给人家端屎端尿，你伺候了人家的老的，还要接送人家的小的……小山越说越难受。小山生气地说，这都不算啥，可你今天都干了些什么呀？

小山越说越委屈。

说着说着，小山蓦地发觉屋里有些不对劲，他急忙跑进老人的屋里，掀开被子，一股剧烈的湿臭味直刺眼鼻。

等把老人的床单和裤子收拾干净，小山感到自己的肠胃里竟一阵倒海翻江。小山慌忙跑到店外面的马路边透气。

小山并没有吐。

小山只是站在那里发着呆。

小山又莫名地想起了六六。想起了六六，小山的身体就有了一丝微小而奇妙的战栗。

小山站在路旁的公用电话亭里打电话。

六六听出了小山的声音。

六六怨小山，你怎么一直不打个电话呢，我以为你回家去了。

小山沉默。事实上，小山还没有想好该对六六说些什么。

六六问小山，你的工作还好吧？当保安是不是很危险，不过也很神气吧！小山，你是不是也穿那种很威风的工作服？

六六说，小山，你不说我也知道，电视里的保安都穿那样的衣服可精神了……对了，小山你平时看不看电视？给你说我这家的电视机可大呢，像一扇窗户那么大！他们不在家的时候，我就拼命看，节目多得数也数不过来。还有，你信不信我都学会用他们家的 VCD 了，我的那个男主人经常从外面租回来一大摞影碟，让我做完活看，什么样的片子都有……小山你在听我说话吗？给你说，我这两天正在看最新的一个片子，好像叫《花样年华》，可好看啦！你都不知道有多好看，那个女演员穿过的旗袍都多得数不过来。

小山无言。

六六问小山，你怎么一句话也不说？

小山始终在想，自己应该对六六说点什么的。

最终，小山只说了句，我也不知道说啥好。但是放下电话以后，小山觉得自己真的有一肚子想说却没说的话。

小山在出门前必须做完一件大事。

小山一只手拿着尿壶，他轻轻地掀开老人的被子，然后，另一只手就去掏老人的下身。小山把老人的东西小心地塞进塑料尿壶嘴里。小山说，快尿吧，尿完了我还得出门。老人尿的时间一般很长，哩哩啦啦地，像从石头缝里一点一滴渗出来似的。

小山屏着气。有时，小山也轻松地吹着口哨，口哨有时像鸟鸣，有时是一首很老很老的电影插曲。小山发现，这实在是一个好办法，一吹就灵。有时吹着吹着，连自己也有点快憋不住的架势了。

今天小山可没有吹。

小山像喝醉了酒似的同老人说话。

小山说，老叔，你就快快尿吧！你看，时间快来不及了，我还有好多事情要做呢！我要去把你的孙子从学校接回来，万一我去晚了，你孙子被别人领跑了该咋办？

小山说，好像尿出一点了，再加把劲儿。要不，弄到裤子和床单上，又得要我给你洗了，我每天都要给你洗一大堆的东西。洗东西我不怕，我就怕你儿媳妇那张阴脸子，好像要把谁生吃了似的。老叔，你能听懂我说的话吗？唉，给你说也是白说，你什么也不会明白……要说，你才够可怜的，摊上那么个不是东西的儿子，你儿媳妇倒是不坏，就是那张脸怪吓人的。

所以呀，我是看着你可怜，才留下的，要不，我可能早就颠了，我年纪轻轻的，找什么活干不行呢。你就再多尿一点吧，别老是往裤子和床单上尿啊，人活成你这个样，还不如早早走了呢，省得活受罪！老叔，我这可不是咒你，你看看，连你亲儿子都不想管你，他们成天就知道忙自己的事情，我要是你，就不把这个房子留给他们，留给他们你啥也得不到！不过，话又说回来，你病成这样，也不能怪旁人，要怪只能怪你自己不小心，给儿女添了多少麻烦。谁让你不好好待在家里享福，偏偏要跑出去接你的小孙子呢？你要不接他，你也不会跌倒，你要不跌倒，也就不会搞成现在这个鬼样子！

小山最后说，我不跟你啰唆了，现在你该老老实实睡觉了，我得帮你去把小孙子接回来。

说话的时候，小山突然发现老人的脸上有一道亮闪闪的东西，正慢慢逶迤而下，像一道曲曲折折的小溪。小山有些激动起来，他仔仔细细地盯着那只流出清亮液体的眼睛。那只眼睛是老人两只眼睛中大的一只，另一只几乎萎缩不见。此刻，那只大些的显得明亮起来，也许因为泪水的滋润，泛着一丝慈蔼的光芒。

小山半晌没出声，他静静地注视着老人。看着那道溪流渐渐地在老人瘦削的脸颊上涌泄、分流、断裂和消失，最后老人的脸完全像一片干涸的河床，老人的眼皮又耷拉下来，像一只奄奄一息的老鸟，一切又归复原样。这时，小山还看见老人的一只手的指骨在床沿边微微颤动着，手背上蒙着一层斑斑驳驳的皱皮，皮下的血管像土地上的一道道埂凸现出来，那些血管也是弯弯曲曲的，扎过的针眼青紫可辨，仿佛有一粒粒豆子鼓在里面，泛着青黄的光晕。

老人的手试图摸向什么地方，却只是在床沿上颤抖了几下，再就不动了。

小山看了看墙上的表，差一刻十二点。

接下来，小山准备将店门从里面反锁。这是杨丽教他这么做的。这楼的楼梯道在后面。杨丽说，你从前面锁了门出去，别人就会猜到这个家里没有人，万一是小偷，就会乘机破门而入，然后将屋子里的东西全部搬光。

去锁门的工夫，小山透过玻璃门，看见一男一女正朝他的眼前走来。小山本来想迎出去，告诉他们现在要关门了，可那两个人已经推门进来。小山只好用焦急的目光打量着对方。

那一男一女进来后，就在墙上的那些图片上看来看去，看得很专心。女的边看边对男的说，要这盘，还有那盘，都没看过。男的一副不屑的样子，那些全是港台片，一点也不刺激！说着，男的就俯身趴在柜台面上。男的样子坏兮兮地对小山说，喂！最近有没有进新一点的片子呀？摆出来的那些都没意思，你给找找有没有好的，我最爱看那种带点颜色的片子。

小山看着男的。男的表情怪怪的，很不正经，始终邪笑。

小山就猜出他的坏心思。

小山说，就外面这些，再没有别的了。

这时，那个女的也从一旁走过来搭腔。她的双手紧紧地搂在胸前。小山看到两只半圆状的东西被那双手臂搂起了很高，像随时要从很低的领口里挤出来。小山就不敢再看。女的嚷，就是嘛，哪有给钱不赚的！再说我们是两口子，看看也不犯法。

小山说，你们到底租不租？我还要急着出去呢！

男的狠狠剜了小山一眼，怎么，想撵我们走是不是？妈的又不是不给你钱。说着，从西裤的兜里掏出百元票子狠力甩在柜台上。

小山一怔。

小山心里着实着急。

小山犹豫着。

小山想，若放在老家那边，一百块钱足够他读完一年中学了。

小山欣喜地捡起柜台上的钱。

小山说，你们稍微等一等，就转身跑进里面的屋子。那些东西果然放在那只抽屉里，有三四十盘呢。小山就连同抽屉盒一起搬了出来。小山说，你们得快点挑，我还要赶着去学校接小孩呢！

男的就反手给了小山脑袋上一巴掌，说，就知道你狗日的不说实话！

小山的脑子里嗡隆一声。

那一男一女就径直闯进屋去了，翻箱倒柜折腾了一通，临了，拿回了小山手里的钱，便将抽屉里的那些碟连同挂在墙上的营业执照一并抱走了。他们只给小山留下一句话，明天上午带够两千块钱，到文化稽查大队缴罚款去！

这回小山全蒙了。

去那所学校有两条路。一条穿过一片菜市场，可以到达学校的后门，另一条是走大路，过了红绿灯往左拐，再走十分钟，便是那所小学的正门。学校门前的马路斜对过就是市委大院，有一幢高高的大楼很气派地矗立在那里，楼前空地上空的红旗总是飘呀飘的。

小山赶到学校，那里已经看不见几个学生了。

小山站在门口四下张望着。

太阳光直射在小山的身体上。小山觉得脑袋快要爆炸了，嗡嗡直响。小山看见自己的一圈影子萎靡地瑟缩在脚下，马路火辣辣的，好像要把小山从地上蒸发起来。小山颓废地又在门口徘徊了一阵，始终没有看见他要接的人。

小山终于沮丧地离开。小山往前走两步就猛地回过身一次，身后的车流鱼群一般涌过来，然后与小山擦肩而过。

小山的脸上水水的，厚厚的嘴唇被他反反复复地咬紧、松开、又咬紧。那些水咸咸地滑过嘴唇，小山用舌头无奈地舔着它们。舔着舔着，小山就原地站立，一动不动地朝远方望着。这样毫无目标地停留了一会儿，小山更加沮丧地在路旁的道牙砖上坐下来。小山用手背轮番抹弄着脸上的那些咸涩的水。小山发觉那些水也是滚烫的，像是会伤着人。

小山想起六六那回在电话里给他说过的话。

六六说，城里的娃娃太娇惯了，又不听大人的话，他们对门的那家是个做生意的，专门雇个保姆照看孩子。有一天保姆去接孩子，孩子非要保姆给他买蛋卷冰激凌，保姆不同意，说身上没带钱，孩子生气了掉头就跑，保姆紧跟在后面撵，眼看着就没撵着，后来小山你猜怎么了？丢了，家里又是报案又是登报上电视，结果被人绑架了，硬要这家拿出十万块来赎！

想着想着，小山就放声大哭起来。

小山想自己这回可闯下天祸了。

小山越哭越伤心。

小山越是伤心就越是哭得厉害。

路人陆续围过来。

快看，这孩子怎么了？

外地来的吧！怪可怜的……

八成是钱给小偷扒走了，现在的贼越来越猖狂。

兴许是离家出走的，父母离了婚没人要了，这种事见怪不怪。

小山只是哭。

小山一句话也不想说。

路人聚拢又陆续散开了，地上只有一小团黑瘦的影子。

电话终于有人接了，是个女的，不是六六。

小山急切地说，我找六六。

话筒里先是几秒的沉默，便传来女人不满的声音，说这里没有什么五五六六的，神经病！线就断了。

小山茫然地想着那串电话号码。

小山又重新拨号。小山拨得很仔细，怕错一个数字。

这次响铃的时间要长一些，依旧是那个凶巴巴的女人。

小山说，求你给我找找六六吧，六六说她在这里做保姆的……

这回，电话里的声音终于有了质的飞跃，女人几乎歇斯底里地谩骂起来，那个不要脸的小狐狸精早滚蛋了，以后再不准你打电话到我家来，哼！

小山的心头猛然抽搐起来。他有点不知所措的迟钝和惶恐。小山觉得自己已经走到绝路上了，这个城市他唯一的熟人也不知了去向。眼前的橱窗、柏油路、钢筋混凝土、高大的建筑、夸张艳丽的广告牌、疾驰的车辆、熙攘的人群，完全失去了原有的色彩，黑压压或白茫茫一片。小山的身体在黑白相间的旋涡中战栗不止。

太阳光从上面逼刺而下，小山无处躲闪。

小山只想找到六六。

小山想把自己的境况全部告诉给六六。

小山知道自己撒过谎，骗过六六。小山不想再瞒着六六了。

小山想，六六看了那么多电视，一定学会了不少新东西，老家人都说电视能让人越来越聪明。六六兴许能给他拿个主意。六六是他们班里最漂亮的姑娘，六六心眼好，六六学习成绩一直是班上的前几名，可六六的命不好。六六爸快六十了，还跟一伙人在深山里采石头。六六家一共有七个姑娘，老大老二老三和老四先后嫁人了，出嫁时的平均年龄没有超过十九岁。后来六六爸被炸开的山石砸折了一条腿。六六妈成天忧忧郁郁的，没多久，人就变得疯疯癫癫的不理家事了。六六就不能再念书。六六决定到城里挣点钱……

想起这些，小山越发黯然神伤。

小山始终没有想明白，像六六这样的姑娘怎么会跟狐狸精、不要脸之类的东西联系起来呢？

小山觉得那个女人的嘴着实太毒了。

小山讨厌甚至憎恨那样的女人。

不过，小山隐约想起了杨丽同大宏的一次互不相让的争执。他们的争吵起先好像是由小山引发。有一次，大宏趁杨丽不在家的时候，突然跑回来向小山要当天的营业款。小山说，杨大姐叮嘱过，不能把钱给你，她说哪怕是一分钱也不行。大宏就抬手给小山一拳，你个小乡巴佬，算他妈老几？她的钱就是老子的钱！随后，又威胁小山把钱拿出来。小山死活不肯，结果给大宏一巴掌打活了一颗槽牙，手里的二百多元租金全被大宏抢跑了。事后，杨丽破口大骂，说小山是蠢猪，说你也是个男人，你难道没有长手吗？所以，杨丽同大宏的争吵继而演变成彼此出手。那天夜里，大宏说，我明天就让他滚蛋！杨丽不甘示弱，你一抬屁股，我就知道你厕什么屎，你不就是想再换个漂亮的女保姆来家里吗！你那点坏心思——我告诉，除非我死了，你这辈子休想！

那天小山依稀联想到了什么，不是为自己，而是为六六。因为小山知道，六六正在人家里干保姆。

六六也是个女的。

离开电话亭，小山显得更加落魄。

小山的肚子饿得咕咕叫。小山无奈地吞食着自己的唾液，此刻，他拼命舔着嘴唇，连唾液这种东西也变得稀薄了。

　　小山一直在想六六会去哪里。

　　小山回忆起当初几个人刚从家出来的情景，在长途汽车上，六六就坐在他的身旁。六六临窗文静地坐着。六六的眼神始终抛向窗外，看着外面连绵不绝的山峦和沟壑。汽车吭哧吭哧地爬了多半日山路，才抵达广阔的平原。六六的身体终于从颠簸中平缓下来。在平原的公路上，车速明显地加快了一倍，六六的心情似乎也欢畅了许多。六六的话就多了。

　　六六问小山，等到了城里，你最想做啥？小山就开始想。小山小声说，撒尿呗。六六没好气地冲他翻了翻眼睛。六六生气的样子很严肃。小山连忙改口说，睡觉。六六还是不理睬他。六六看着窗外，外面的树绿绿的，颜色深深的，远处的田野平展展的，像湖面一般泛着绿光。六六说，平原真美啊！六六像是在自言自语。六六说，我要好好转一转，看看城市究竟是个啥样子。车到站的时候，天黑了，六六哪儿也没有转。六六和小山一人吃了一碗牛肉拉面。吃饱了肚子，六六就跟其他两个女的走了，临了，六六蓦地回过头看了小山一眼。六六还抿着嘴笑了一下。小山依稀分辨出六六脸蛋上的那只酒窝。那时街灯已经亮了，六六的样子疲倦而又兴奋，六六甩甩自己的两条黑黑的长辫子，辫子在六六的胸脯前蝴蝶一样扑棱着，六六的眼睛里闪着一抹憧憬的光焰，很迷人。

　　小山不敢再想下去。

　　小山忽然觉得自己几乎害了六六。小山想，自己本来不该骗六六的，那样六六现在起码可以找到他的。想到六六一个人孤孤单单地在这个无亲无靠的地方，小山就越发不安了。小山想，六六也许真的会到那个毛巾厂去找他。六六也许同样会向旁人打问自己想找的小山，说他就在这里做保安的。旁人大概也会像那个女的一样恶毒地回答她，这里根本没有什么大山小山的，姑娘你找错地方了。

这样想着，小山就感到无比懊悔。小山仿佛看见六六瘦小的身体在街道上踟蹰移动着。小山觉得眼眶一下子涌出了什么东西，很辣。

小山实在没有勇气回去。事实上小山现在才发现自己的错误所在，中午从家里出来的时候，一心惦记着接孩子晚了，再加上执照和那些碟被人家没收了，小山竟没有将钥匙带在身上。现在，小山看看自己的口袋里只装着五十多块租金。小山的肚子很饿，可他并不打算用这些钱来吃碗面什么的，那不是他自己的钱，不能随便花。

小山漫无目的地游荡着。

实际上，小山并没有走多远，他根本不知道自己该往哪里去，他只是在那所学校周围转来转去，像只黑蚂蚁。

下午两点刚过，学校斜对面的市委门前早聚集了一大帮人，他们打着一条粗布面的横幅，黑毛笔字很扎眼，歪歪斜斜写着什么要生活要吃饭之类的话。很快，大门完全被嘈杂的人群封锁了，人们的表情看上去极其愤然。过往的行人纷纷驻足观望，人越聚越多，黑压压一片，连马路也快堵塞了，汽车的喇叭嘀嘀地叫个不休，那两个站岗的，跟雕塑似的立在原地，一副如临大敌的架势，眼神坚毅，站姿笔挺。

小山也不由自主地挤在人群当中，他的脸上也是那种愁苦的模样。小山的两只手紧紧地塞在裤兜里，要拼命攥住什么。小山不知道那些人究竟想干什么。小山也不明白自己站在他们之中的真正理由。小山也许只是想找一个地方把自己藏起来。这样，小山觉得，事情好像没有他想象中那么严重了，甚至在这种喧嚣的人潮当中，小山的情绪获得了某种暂时的释放。在无数张陌生面孔里，小山感受到整个人完全被什么东西阻隔，他极力想从那些烦心的事情当中逃脱出来。

小山嗅到了一股来自这个城市本身的气息，浓烈、夸张、虚妄、无法言说，又刻骨铭心。小山的身体随着人流无休止地晃动，他知道他的脚已经离开地面了，从离开家的那天起，他的脚就离开了土地。柏油路面滚烫，踩着软绵绵的，浑身上下汗涔涔的。小山感觉前途虚无缥缈。那些人相互推推搡搡，不时嚷闹着。小山听不清他们究竟在嚷什么，他们的诉求跟自己毫无关系。

天实在太热了，人们的脸上身上都水洗了一样，浑身散发着黏稠的汗馊味。前面好像有个人突然倒下去，人们一片哗然，羊群般混乱。接着，那人大概是被几个警员抬上了一辆白色的救护车，之后那车呜呜哇哇地开走了。时间一分一秒地过去，人们的情绪依旧高涨着。又过了一阵，几个警员模样的人每人抱着一箱子矿泉水，挨个儿给那些人发放。小山也莫名地得到了一瓶。小山顾不了三七二十一了，拧开盖子仰头牛饮起来。

那水实在太好喝了，竟跟家乡山涧的泉水一样，清凉又甘甜。

天啥时候悄悄暗下来，小山可是一点也没留意。

这座西北城市在喧闹与燥热中，终于挨完了漫长的白天。这天最高温度三十六摄氏度，最低温度二十五摄氏度，偏北风一到二级。这是小山早晨在广播里依稀听到的。反正，这一天连风也是热的，里面有一股炙人的火气。

天色一暗，灯火就鬼魅般纠缠着城市的每一个角落，钢筋混凝土和柏油路，正疯狂地挥发出白天吸收进去的所有温度，让这夜晚依旧燥热不堪。所有景物在若隐若现之间，呈现出某种印象派画家粗犷的线条，闪烁的霓虹灯也让这座城市绽放出虚情假意的骨架和笑脸，人们的脸上身上没有了汗也没有了泪，这一切都悄然隐匿在万家灯火给世界涂抹上的奶油蛋糕般考究的甜腻色彩和幻觉中。

小山难民一样虚脱地走着，身上一直湿漉漉的。

小山不知道自己走了多久，走了多长的路。

小山只是觉得，这个白天发生了太多太多的事情，跟一场情节纷繁复杂的电影一样。当小山和那些嘈杂的人群站在一起的时候，小山已无暇顾及这些。小山只是一味地被他们推搡前行，他感到自己像一头拉磨的驴子，被一块青布蒙住了眼睛，然后，就那样一路盲目地走下去，只为走而走着。前面的路变得漫长而诡秘。小山只是跟随，什么也不想。小山或许这样思想过：人家发给了他一瓶水或两瓶，小山就想起一句老话，滴水之恩当涌泉相报。所以，小山就跟着浩浩荡荡的队伍，朝着一个未知的地方进发。

小山偶然听到他旁边的两个女人的谈话。一个不无羡慕地说，你比我好，看你多年轻呀！人又长得这么漂亮。另一个叹息着说，年轻漂亮有屁用，还不一样得下岗回家。那一个就说，你下了岗怕什么呀，随便到哪家歌厅夜总会，陪陪酒唱唱歌，轻轻松松就把票子挣了！哪像我们这些老帮子，就是脱光了摆在那儿，谁会看咱一眼呀。旁边一个老男人嘿嘿地坏笑着说，你若真脱我就敢看，这叫路边的野花，不采白不采……于是，那女的就气气地冲扑过去，一把揪住那人的耳朵。小山立刻听见老男人发出一记怪叫，像挨了鞭子的老驴拼命嗷鸣着。

小山就是在这种调笑与喧嚣声中来到了城外的一段铁轨上。

那时，小山的大脑依旧一片空白。小山不去想那些人来这里想做些什么。小山和多数人一样，站在铁轨和枕木之间，有种恍若隔世的迷惑。人们议论纷纷，有的说家里可是有老有小的，他妈这也算是豁出去了。有的说，上头一天不答应咱们的要求，咱就跟他们耗着不回去。也有的犹豫着说，这样做恐怕不太好吧，万一人家不买账，不是瞎忙乎了？这个人的说法和态度立刻遭到了大家的一致批判，胆子比女人还小，没出息，有什么好怕的，杀人不过头点地！那人顿时哑然。

不过，小山很快就听出他们此行的目的了。小山吓得几乎快要从地上跳了起来。小山急忙逃避蛇蝎似的往铁轨旁的空地上后退着，越退越远。小山的目光怯怯地落在前面一截轨道上，铁轨在星空底下散发着清冷而神秘的光泽，那些光芒像镀在轨道上的一层水银，幽幽闪耀着，通向远方，无穷无尽。

在小山的眼里，此刻所有站在铁路上的人都变得狰狞起来，他们每个人的面孔都显得阴险诡异，仿佛每个人都暗藏着不可告人的企图。就在一瞬间，小山知道自己和那些人完全是两种人，或者说，他们是两个世界的人。而正是这一突发性的觉察，使得小山忽地一下又从下午的迷茫中挣脱出来。小山回想着发生在这一天的每一件事情，想着想着，就不由自主地打了个激灵。

小山像是从梦中惊醒。

小山必须往回走了。

小山头也不回。他依稀听到火车像一群奔腾的战马正从远方轰然逼近。

当小山再次将手伸进裤兜的时候，他紧张得无可名状，里面什么东西也没有了。

在回来的路上，小山一路都在找寻着丢失的几十块钱。小山的样子很像一条四处觅食的野狗，可他什么也没有找到，偶尔，看见一两只喝空的矿泉水瓶子，它们躺在脚下，露出一丝阴险的白光。

小山终于两手空空地站在店铺楼前的水泥地上。

他踟蹰地凝视着透射出橘黄色灯光的店铺，内心忐忑不安。店门前有四级台阶，上面坐着个小黑影子。此刻，那黑影正抱着一只电动玩具枪，枪口连续闪射出绚烂的红光，一种模拟枪击的电子声响正在夜空中回荡，开火！砰砰砰，开火！砰砰砰……

小山整个人怔在黑暗里。

小山几乎欣喜若狂。

小山知道那只玩具枪正是杨丽的孩子最喜爱的东西。

每天晚上他都要陪孩子出来，坐在水泥台阶上玩一阵。

孩子有一天说，小山叔叔，你永远不回去好不好呀？我要你天天陪我玩枪。孩子说话的时候，两只小手正幸福地抱着那只塑料枪。小山就摸摸孩子的小脑袋，说，叔叔不回去，叔叔还要看着爷爷好起来呢！

现在，小山俨然就是那个孩子，在黑暗中咧开干巴巴的嘴笑，他笑得没边没沿，活像个大傻瓜，竟还弄出了一串泪。小山觉得，自己既是轻盈的，又是沉重的，具体地说，就是大脑空茫，两腿铅沉，反正再多一步也不想走了。

所有日子里

　　有那么一阵子，这座城市正在搞拆迁拓马路建房子，到处轰轰烈烈的，很有点伤筋动骨的味道，害得好多人都在满世界找房子住。我和爱人费了很多周折，才在城北毗邻郊区一带找到临时住所，暂且安身。这里是北环路，进出还算方便，房东是那类刚刚洗脚离地的农民，估计手里攥着一笔可观的土地款，建的楼却一点不讲究，都四四方方的，跟水泥笼子似的呆板，站在天井举目望去，眼前总有一方屏幕似的东西闪着或深或浅的蓝光，却没有什么好图景，显得十分空洞和单调。

　　我们这里跟人家大省会城市简直没法比，若是避开上下班高峰时间，随便开辆桑塔纳，一个钟头就能把东西南北城穿一个来回，地方小得都让人有点不好意思了。可小也有小的好处，出门办事很方便，大可不必担心把时间都耗在车轮子上。还有，人和人碰面的机会相对多一些。满大街转着看看，好像觉得没有什么特别陌生的面孔。偶尔，有一张不相识的笑脸，就会显得弥足珍贵，忍不住要回过头多望两眼。

人在一个地方生活久了，突然换了新住处，怎么都觉得很别扭。比方说，现在的自来水是公用的，厕所也是，就让人很不习惯。刚搬来的那晚，我就严重失眠了，没有坐便器直接导致了便秘，实在是苦不堪言。我爱人是那种脑袋一挨枕头，就能睡着的人，什么也不挑。我呢，只好闭上眼睛在心里默默地数数，从一数到一百又倒回来数到一，反复几遍总不灵验。

等我好不容易有些睡意的时候，忽然从楼上传来一阵不合时宜的尖叫，有点没头没尾，却又十分恼人。接着，又是断断续续的哭骂，女人的，仔细听，好像还有小孩子的哭声夹杂在里面。间或，是一声高过一声的男女对骂的声音，剑拔弩张，鱼死网破样。这种简易楼隔音效果实在很差，隔壁放个屁都能听得到，加上现在天气热都敞着窗户，夜深人静时声音传得格外响亮。

黑暗中只好耐着性子忍。平时，我和爱人很少这样兴师动众吵过嘴，我俩即便有什么分歧，也只是情绪激动地稍微说上两句了事，根本不会选择在深更半夜无休止地大呼小叫扰害四邻。对于两颗相爱的心来说，没有什么时候比夜晚靠得更近。至少，作为一个已婚女人，我不想过早地背负泼妇之类的坏名声。在这方面，我爱人也很像那么回事，他懂得如何谦让一个女人，他常说好男不跟女斗，他最瞧不起跟女人动手的男人。事实上，我一直觉得他是真心爱我的，爱就是互相包容，因为爱，所以没有什么矛盾不可以在内部消解的。

楼上那家依旧你一言我一语尖锐地对峙着，而且，越嚷越凶，很快就听见彼此有动手动脚的声音。床身开始吱吱摇晃，桌椅板凳的腿儿在地板上咣咣当当碰撞，拳脚一类的东西落在人的肉体上，发出很沉闷的响声，还不时听到某件物品乒乒乓乓在地板或墙壁上乱跳，倒了霉的玻璃器皿破碎时的刺耳声，女人绝望地尖叫，孩子无法抑制内心的恐惧，放声号啕痛哭，男人粗野亢奋的咒骂……这一家像在排练一幕热闹的舞台剧，都竭力发挥着各自的表演潜能，制造出变形夸张的声音，使这个本该平静如水的夜晚，如同一节突然间被抛出轨外的车厢，发出灾难性的剧烈噪声。

这时已能分辨出里面确实有个小孩，嘴里一直含混地哀叫着妈妈妈妈，听起来真的好可怜。我再也躺不住了，一骨碌坐起来，拧开床头灯。我爱人早被吵醒了，刚才他只是在黑暗中隐忍着，此刻正眯着眼冲我紧锁眉头。我们听到二楼的女人在喊，跟你这种男人一天也过不下去，我要离婚，我要离婚。而那个男的一点儿也不示弱，尽管他的声音已明显沙哑得不成样子，但他还是怪兽般极力咆哮着，离就离，你少拿这个吓唬老子！谁他妈的明天不去民政局，谁就不是人养的……

我和爱人一时竟不知该怎么才好。好在，有两三位住户也忍无可忍了，他们陆续走出房间站在天井或走廊里，不满地冲二楼那家叫嚷着。人多力量大，二楼终于有所收敛了，声音渐渐低沉下来，间或还有一两声摔打，但气势已不再嚣张，对邻居构不成多大威胁了。又过了一会儿，真的就不吵了，连那个小孩也停止了嘤嘤的哭闹，宁静终于又归还给了夜晚。

重新把头埋在爱人怀里时我说，要不哪天咱俩也狠狠吵一架，好好气气楼上的！我爱人没有太多幽默感，他说好好睡你的觉吧，就翻个身呼呼睡去了。我的耳畔还在隐隐作响，仿佛一群猫科动物在黑暗的某个角落中疯狂撕咬，刚才太过激烈和嘈杂了，此刻一旦静下来，反倒觉得很不适应。睡意全无，而且，感觉自己口干舌燥浑身不爽。

悄悄爬起来，摸黑端起床头柜上的杯子。茶已经凉了，搁久了的菊花茶喝起来有种说不出来的味道。在黑暗中，我无法看清那些沉淀在水中的花朵，它们静静地堆积在一块，礁石一样无声又无息。我爱人常说菊花茶最能败火，但得趁热喝才好，凉了再喝就失去了意义，一点感觉也没有。

遇见马丽这天早晨，她正好站在水房里给儿子用毛巾抹脸。小家伙嘴里发出孩子们洗脸时惯有的那类不耐烦的哭腔。马丽怒气冲冲的，我觉得她的动作过于强硬和野蛮，完全不在乎孩子细嫩的皮肤。我听见她正没鼻子没眼地教训着孩子，哭哭哭，就知道哭！跟你那个死爹一样，你们俩没有一个好东西，全都没良心！

那一刻，我忽然想起头天深夜里无休止的吵闹声，我的脑袋此时还昏昏沉沉的。我心存怨气地端着脸盆，站在门口瞪着这母子俩，直到马丽意识到身后有人，并抬起头看向我的时候，我们才恍然之间认出了对方。

天哪，怎么是你？！我和马丽彼此热情洋溢地拉着手说话的时候，小男孩正高高抬起头用稚嫩的眼睛盯着我看，他红扑扑的小脸蛋上，竟然也有小小的酒窝，而且还是一对。我立刻就被他可爱的样子迷住了。我急忙蹲下身，把他揽过来亲了亲。小男孩不无矜持地仰起头，看了看马丽，又看看我，终于慢吞吞地冲我叫声阿姨，看样子他有点不太情愿呢。

至今我还清楚地记得，中学时代的马丽或许有点早熟，她右脸腮帮子那儿有一个若隐若现的酒窝，很奇怪，别人要长都是一对，唯独她就长一个。这就让漂亮的她看起来很独特，脸上总有一股隐藏不住的喜悦，老是透出美滋滋的劲儿，嘴角往上一撇，傲气十足。

那学期头一天，我的同桌邵建军神不知鬼不觉被老师调到后排去了。我后来还是从一个同学嘴里得知，马丽一直很喜欢我的同桌邵建军，可她发现邵建军其实并不怎么爱搭理她，相反，邵建军好像对我比较有好感，这种感觉我到后来才慢慢发觉。这就有点剃头挑子一头凉一头热了，所以，马丽私下里找老师说她想跟我坐同桌，因为我学习成绩好可以帮助她。老师们都喜欢有上进心的学生，尤其是漂亮点的女生，所以她如愿以偿了。马丽每天在学校里之所以与我形影不离，主要是为了盯我的梢。我发现只要邵建军跟我在一起说话的时候，马丽总会不请自来，像我的一条尾巴，搔首弄姿地站在旁边，间或说些莫名其妙的话来打岔，这种时候，她宁愿充当一只不发光的电灯泡。那时我不太懂男女间的事，没有马丽那么多心眼。

　　我不太清楚，马丽后来出于怎样的考虑，她大概对邵建军越发地着迷了，少女怀春也是人之常情。有一天，她悄悄地给邵建军写了一张字条，劝他对我死了那条心，她说是我亲口对她说的，我对邵建军一点兴趣也没有，而且，我还说过他也不撒泡尿照照，简直就是癞蛤蟆想吃天鹅肉之类的话。还好，当时邵建军看来对我很有信心，他竟又将那张字条原封不动地交给了我。我当时既感动又羞怯，因为那天分手的时候，邵建军突然对我说，马丽越是那样做，他就越喜欢我。为此，那天我红着脸，破例跟邵建军轧了一次马路，在此之前，我从没跟任何一个男生有过如此亲密的单独接触。我们默默地走了一段儿，邵建军就说，还是用车子带你吧，我说不用了，可不知为什么，我后来还是静静地坐在他的自行车椅架上。记得当时往车上跳的时候，我不得不用双手轻轻地拽了一下他的后腰——他的腰杆挺结实的，那里有些湿热，他正在出汗呢，等坐稳了我急忙松开手，并且做贼似的屏住呼吸。车轮滚滚向前，路旁的杨树叶在阳光下闪闪发亮，我忽然竟有那么一点陶醉了。

　　邵建军后来考取了北京一所不错的大学，有一年夏天放暑假，他还特意来家里看我，只是，那时我已经有了一个挺要好的男朋友。那天我跟邵建军聊了很多，回忆在那个夏日午后闪闪发亮，一切都显得那么清新和明快。邵建军在离开我家前，曾给过我一个暗示——也许只是我多心了。他问我，将来希不希望他毕业后再回到这个地方。我当时的回答一定让他失望透了吧，我半开玩笑似的说，这个问题应该去问你未来的女朋友才对。后来，邵建军再也没有问过类似的问题，我们的谈话气氛一度出现了游离，直到我送他走出家门的时候，邵建军突然转过身对我说，其实，我还没有交女朋友呢。我不知道他为什么强调这个，可他头也不回地离开了。这一去，我们就再也没有什么联系了。

我觉得如今的马丽大模样倒没有怎么变，生完孩子的身材依旧保持得很好，一点儿看不出她已经做了妈妈。我总记得以前她的长发又黑又亮，经常用白色的手绢扎成干练的马尾，在脑后脖际潇洒地摆来摆去，像一只翩翩起舞的大蝴蝶，非常受看。此刻看到的，却是一头板栗色的带着波浪式的齐颈短发，发梢打得毛毛的贴在两颊和脖子上，这是时下最流行的那种港台样式。更重要的是，我没有看见她的眉毛，或者说我没有看到作为眉毛应该具备的那种毛茸茸的质感，取而代之的，仅是两道月牙似的泛着幽幽光泽的黑色线条，均匀地平铺在眉骨上。她是文过眉的。她的眼线颜色也过重，应该也文过吧，又涂了一层亮晶晶的靛蓝色眼影，嘴唇的颜色是明亮的鲜粉色，这就让她原本姣好的面容多少显得有些生硬和浓艳，甚至于还有种让人说不出来的压抑感。

人都是会变的。我不是也像街头巷尾的女人那样，留起了千篇一律的长发吗？学生时代我可一直都梳着干练的剪发头，更何况本来就爱美的马丽呢。其实，打我第一眼看到她，我的意绪完全被惊喜和激动占据着，我没有太多时间去仔细琢磨她的脸和发型，尤其是当我叫出她的名字，而她也不无惊讶和娇嗔地上下打量着我的时候，我随即扔下脸盆冲过去，猛地将她湿漉漉正滴着水珠的双手紧紧抓住了。我看到马丽的表情瞬间凝滞，片刻后，又骤然如花朵一样怒放开来。她笑了。她一笑，那只酒窝便恰到好处地往肌肉里深陷了一次，依旧像过去那样妩媚动人，酒窝真是老天赐给女人最美的点缀。

这天，我俩面对面坐在街上的小茶吧里，这儿的装修风格趋向浪漫和抒情，秋千式的胡桃木质座椅，客人可以自由地晃来荡去。刚跟丈夫吵过一架的她依然气得鼓鼓的，脸色阴沉，吁吁喘着气，口口声声嚷着这次一定要离婚。马丽要了一瓶冰镇的啤酒。她一个人对着瓶口咕咚咕咚喝了两口，停下来，打了一串很响的嗝，然后，又仰起脖子灌下几大口。她喝酒时的样子有几分颓废，我担心她这样会喝醉的，我去抢她手里的酒瓶，她却死活不肯给我。

那段时间，我经常被无端地卷进他们两口子的战争当中，为了解劝他们，我经常得把她拉出去散散步逛逛街，或者，去看一场最新上映的美国大片，那天我们一起看了《泰坦尼克号》，电影快结束的时候，她哭得简直像个泪人。马丽其实挺重感情的，遇到电影里有情人最终无奈分手的场面，她往往会失控的。从我住到这里后，每次去街上公众浴池，我俩都是结伴同行的，我们轮流给对方搓背，两个女人近距离接触，身体的秘密完全敞开，偶尔，还会用手指嬉戏一下对方的敏感部位，溅起一串温柔的水花，整个过程无话不谈，包括让我有点害羞的夫妻生活。说心里话，我很佩服马丽，她的体形保持得那么好，在她面前我总觉得自己缺少一点什么，比如丰满，还有女人特有的那种韵味。马丽有一次告诉我，现在不知为什么，她一点心思都没有，总觉得跟丈夫做那种事情既滑稽又恶心。她怀疑自己是不是有点心理不健康。我说，那是因为你们经常吵架的结果，感情都吵没了，做什么能有意思呢。

的确如此，我们搬来这段时间，马丽他俩总在没完没了地争吵，几乎每隔三两天就会爆发一次，而且每次都是惊天动地的样子，好像不这样就会死人，轻则摔砸家里的物件，重则反目动手，拳脚相向，鼻青脸肿也是常有的事。有时候，院里的人实在听不过去，也会有人自告奋勇前去劝阻，似乎都有一副劝和不劝散的好心肠，可是劝架的人前脚刚刚离开，他们俩又接着闹起来，仔细一听，好像也不为什么，尽是些鸡毛蒜皮的破事。时间一长，大家也就麻木了，只要他们不在三更半夜闹得鸡犬不宁影响了休息，也就忍了，再说夫妻之间吵吵闹闹也不是什么稀罕事。

旁人不闻不问，假装看不见，可我就不行了。每次只要一听见他俩吵架，我就立刻警觉起来，神经绷着，随时做好冲锋陷阵上楼营救马丽的准备。我爱人说我都快有点神经质了，成天跟只爱管闲事的老猫似的紧张兮兮的。我就奚落他是冷血动物。他呢，丝毫也不生气，赶紧把沏好的菊花茶很恭敬地递给我，笑着说，赶快败败火，火大会伤身啊。我不理他，依旧我行我素。尤其是，马丽的儿子童童只要一哭，我的心就像被谁一把揪了起来，扑腾腾悬在半空，怎么也放不下来，我爱人打趣说，你这叫母爱泛滥。

我那时还没有打算要孩子，这跟我爱人不怎么喜欢小孩有关，我时常也为生育问题充满困惑和恐惧，可是，这并不影响我对孩子的喜爱和憧憬，平时一见到同事或别人家的孩子，特别是小男孩，我总会忍不住上前亲近一番。马丽他们吵得不可开交的时候，我通常会勇敢地跑上楼，把童童抱到我房子里。我这个人最听不得孩子哭了，孩子一哭，我的心就碎了。童童现在已经跟我很熟了，有事没事总爱跑到我的房子里，让我陪他做游戏，或讲童话故事给他听。我有点喜欢上这个小家伙了。所以，每次只要我一提到童童，马丽就不再吭声了。她明显有点底气不足。离婚似乎说说容易，可一牵扯到实质性问题，比如孩子，就不是那么简单的事了。

此刻，我的身体轻轻地在吊椅上摇晃，马丽颠来倒去地玩着手里的空酒瓶，有时她会用那种绿色的啤酒瓶遮住自己的眼睛，透过圆形的玻璃瓶身，她的眼睛和额头被拉长了似的，目光十分怪诞。马丽放下空酒瓶，用双手托着下颌出神。她的眼圈因为酒精作用略微发红，我觉得她这时看上去更有女人味。马丽瞥了一眼窗外，然后冲我举起松开五指的右手。她的手指又细又长，透过光可以看见微红的手指轮廓，圆润，细腻，充满光泽，女人味很足。

马丽又开始喋喋不休地给我讲她的事。说她认识丈夫以前连一口酒也没有沾过。男人骨子里都坏着呢，当初他骗着把我灌醉，然后跟我做了那种事情，我没有办法了，上了他的贼船，嫁给他之前，就怀上童童了，要不是为了童童，我他妈的死也不会跟他的！最可气的是，他家老娘还动不动嫌弃我，给我脸色看，好像我肚子里怀的是个野种……我俩刚结婚时本来是跟公婆住一起的，后来实在闹得不行，才搬出来租房子住。

我端起玻璃杯，轻轻吹开浮在水面上的花朵，菊花的味道立刻沁人心脾。我喝菊花茶可不是为了败火什么的，我只是喜欢看那些本来已经枯萎的花朵在水中慢慢盛开时的样子。这种时候，我的思绪往往会随着那些花朵，起起落落，自由穿梭。

马丽又流眼泪了，我急忙从手包里取去几片纸巾递给她。我撇开这个不愉快的话题，跟她聊过去的老同学。马丽脸稍稍红了一下，她神秘地说，有件事我说了，你信不信？有一年，我还到北京去找过他，那所大学好像就在海淀区，我硬拉着邵建军，陪我爬了一次八达岭长城，还吃了一顿北京烤鸭。我早就知道，邵建军将来肯定会有出息的，说心里话，我那阵的确很迷他，有事没事总想办法接近他，还莫名其妙地跟你争过，现在想想，觉得自己当时又傻气又好笑。

马丽是那种可以把伤心的往事一股脑说出来给朋友听的人，关于她的一切，我都是陆续从她嘴里听来的，也许跟我说说这些事情，她心里会慢慢好受起来。她太渴望有人能分担她的痛苦和喜悦，哪怕只是随便听一听，她已经很满足了。这一点我似乎也能感觉到。至少，这时她已经不再跟我提什么要离婚的事了。

茶楼里正在播放一首老歌的萨克斯演奏，只可惜不是谭咏麟的原唱。马丽听得好像很专注的样子。

这纷纷飞花已坠落，

往日深情早已成空；

这流水悠悠匆匆过，

谁能将它片刻挽留……

我俩轻轻地随着音乐哼出了这几句没有忘记的歌词。

那些年，我们多么迷恋这首《水中花》啊——我还用彩笔把它们整整齐齐抄录在自己心爱的日记本上，一有空就悄悄拿出来哼一哼。此情此景，加上这低回而缠绵的乐声，那些遥远的记忆变得如此缓慢幽深，充满了无限的不确定性和忧伤情愫。

他俩头天晚上说好的，转过天一起回马丽娘家过周末，可早晨起来，又为一点蒜皮小事吵翻了，马丽带着童童气冲冲地走了。那些天我爱人被单位派到南方出差去了，我正好一个人。马丽丈夫过来说他想请我吃顿饭，顺便跟我聊聊，我不太好拒绝，其实我一直想找个机会劝劝他。

这男人长得人高马大，脸上胡子拉碴的，也许他并不像马丽说得那么糟，他只是对什么事情都有点无所谓的样子，包括他们离不离婚的问题。因为我是马丽的同学，他没有把我当成完全陌生的女人。他说他跟马丽的事自己心里有数，她这个人太把自己当回事了，总觉得跟了他好像吃了天大的亏似的，所以事事都觉得不如意，有事没事总想找他的茬儿。

我说她毕竟是个女人，能让就让让她，其实她可能是太在乎你了。我还站在女人的角度上替他分析，我说天底下所有的女人，都希望自己的丈夫对她们百分百好，你只要对她好点，肯定不会像现在这样整天不痛快。

他一根接一根吸着烟，看得出来他的烟瘾够大。他说你并不完全了解她，她跟别的女人不一样，这些年我算把她看透了，我觉得她一直在故意报复我。他使劲把烟头在灰缸里摁灭，然后又点燃新的一根，眯着眼看我，嘴里讪讪地说，不怕你笑话，我们很久没有夫妻生活了，每次我一挨她，她就像个泼妇似的乱喊乱叫，我实在是受够了，这算什么婚姻，还是越早离掉越好！

我一时不知道该怎么跟他说才妥，我想这也许就是他们长期吵架的根本原因所在。我的眼前忽然闪现出马丽依旧美丽迷人的裸体，以及她在蒸汽弥漫的浴室里，用修长的手指忘我而陶醉地轻轻搓揉身体的每一个细小部位时的慢动作。我能隐约感觉到，她其实是需要那种温柔体贴的抚慰，我相信她绝对不是那种所谓性冷淡的女人，她的内里其实是火热的，这一点早在多年前就证明了。她曾经多么痴狂地喜欢过一个男生，还孤身一人跑去北京找他，如果换了我，恐怕很难迈出这一步。

正如马丽所说的那样，她丈夫的确也很能喝，他几乎没怎么动筷子，只顾自己喝闷酒，一杯又一杯，中间不停地吸烟。我的浑身上下全是熏人的烟酒味，他似乎并不在乎我的感受。我可以断定，他是故意的，他对自己有点放纵，他就是想用这种方法麻痹自己。我觉得无论他还是马丽，都在彼此一手酿造的这杯婚姻苦酒中，长时间煎熬而不能自拔。想到这些，我竟不寒而栗了。婚姻有时候是那么可怕的东西，相爱的人一旦不再爱了就互相折磨，把生活弄得像地狱。

后来谁都不说话了。他吱吱地呷着杯中的酒，我喝菊花茶。我一直喜欢喝这种茶。在外面吃饭的时候，我通常都要，他们说在里面加冰糖可以泻火，可我从来不放糖进去，我迷恋菊花特有的略带淡苦青涩的香味，特别是头两杯，颇耐品咂和回味。此时，我眼前那些金黄色的花朵已经开始沉入玻璃杯底了，细腻饱满的花蕊犹如女人的唇，或身体上最柔软的隐秘部分，姣好玲珑，它们在水中微微飘摇着慢慢沉坠。它们完全浸泡在水里，但依旧显现出某种灿烂生动的模样，高贵，平静，不温不火，让人顿生怜爱，而且，丝毫也不会因为水的存在，而失去一次敞开心扉的机会。菊花的生命唯有浸泡在这般滚烫的沸水中，才能充分显露出来，才能迎来它生命的二度辉煌。

　　人注定不能这样。我有时候在想，也许我们最不擅长被一种固定不变的氛围长期困囿着，即使是一场海誓山盟的恋情，因为男人总是善于喜新厌旧、见异思迁，而女人又始终在不断寻找一份浪漫，或等待一次激情的燃烧。只要一息尚存，我们就会不停挣扎，就会想方设法摆脱一切的束缚，尽管有时候，这种摆脱有种飞蛾扑火般的残忍。而这些晾干了的美丽花朵不会，它们在100摄氏度的开水长时间浸泡着，寂静地在水中绽放开来，并依然透射出迷人的芬芳和生命的质地。

　　马丽的丈夫不喝茶，更不喝菊花茶，他好像连水也很少喝，而他喝白酒的时候，倒是有点像喝凉白开那么随便。他神秘地乜斜了我一眼，说，其实我早想通了，就不跟她离，你知道为什么吗？我说，因为你还在乎她呗。他怪笑了一下，龇着牙说，狗屁！我就是想耗着她，看谁能耗过谁！别看马丽她人嫁给我了，可我知道，她心里一直有别的人，从一开始我就知道，她休想瞒过我……她跟我做那事的时候，居然能叫出别人的名字。

我愕然。不必猜，那人一定就是邵建军了。

服务生走过来替我加满开水。我看到玻璃杯里的花朵急剧骚动着升腾起来，看来它们对水的冲击并不是完全无所谓的，但很快它们又飘然降落下去了，层层叠叠，安闲，祥和，恢复如初。它们依然那么美丽，只是，颜色比先前淡去了许多，隐隐泛着些绿意。我知道再好的菊花泡过三五杯，真的就一点味道也没有了，成为一种可有可无的象征。

那天马丽丈夫又喝得烂醉如泥。回到住处把我忙得不亦乐乎，又是给他烧水沏茶，灌醋醒酒，又是帮他收拾吐在身上地上的秽物，我眼看快让这个男人折磨疯了。他竟然在我帮他清理的时候，猛地一把抓住了我一只手腕，死活也不肯松开，他手劲真大，疼得我要流泪了，他嘴里一直胡乱喊着马丽的名字。

我觉得他很痛苦，他的表情狰狞而又恣睢，五官扭曲着，嘴里骂骂咧咧，跟野兽一样。一开始我真的很害怕，可慢慢地，我觉得他对我并没有什么恶意或攻击性，他只是渴望寻求一种安慰，像个大男孩，一会儿骂，一会儿又嘿嘿地怪笑，嘴巴咧得像只非洲黑猩猩。我只好依着他的床头坐下来，无可奈何地让他紧紧地攥着我一只手，他的大手在出汗，我心绪复杂，多少有种莫名的惶恐。我甚至在设想，假如这场面让马丽或我爱人撞到，结果又会怎样？

约莫一个钟头，醉酒的男人渐渐平静下来，完全像一个沉睡中的大男孩了。我终于把手抽回来，然后站起身凝视挂在墙上的一幅相片，那是马丽的一张单人艺术照，看起来很酷的样子，打了柔光，坦率说是有点矫揉造作，但她身体的曲线却恰到好处地凸现在画面上，一对鼓胀欲出的乳房足以让所有女人嫉妒得发疯。照片上的她，看上去很知足幸福，那只酒窝若隐若现，仿佛是对自己过去记忆的一种秘而不宣。女人是不是因为自己心爱的男人才看上去那么妩媚？那么，马丽当初在照这张相片的时候，站在她面前的男人到底是谁呢？这样胡思乱想时，我又觉得自己一头雾水了。

我真是没有想到，这次马丽会悄悄跟踪她丈夫。马丽告诉我，她亲眼看着他走进一家叫"好猫"的发廊，没一根烟的工夫，他又从里面出来了，身后紧跟着一个很妖冶的女人，走起路来屁股一拧一拧的。马丽说她一眼就看出那是只鸡。马丽拦了一辆出租车，尾随在他俩后面。马丽丈夫后来从小姐的房子里意犹未尽地走出来的时候，忽然看见马丽正站在他眼前。马丽狠狠地扇了他两个耳光，还把一口唾沫白花花地啐在他脸上，之后，头也不回转身跑开了。她对我说，当时手里要是有把刀，她一定会毫不犹豫地捅他几下。我相信她会这么做。女人的大脑有时很容易发昏发胀。

有好几次，我本想对她说，既然这样干脆离了吧，可话到嘴边又咽下去了，总觉得这话说起来分量太重。这中间马丽点了一根烟，她吸烟的姿势很怪，捏烟的三根手指痉挛似的一抖一抖的，脸上没有什么表情，只是不停地将吸进去的烟又愤愤地吐出来。这让她阴郁的小脸看上去模模糊糊。最后，她像是深思熟虑过，然后坚定地说，反正童童得归我，我不能再没有孩子。

我想他俩这次大概真的走到山穷水尽了。以往争争吵吵的，这回却出奇地平静。一如我眼前已经沉到杯底的菊花一样，水由热变凉，茶却原封未动，像个道具一样摆在茶几上，凝望着此时的我和马丽，一副袖手旁观的样子。而那些叠复在一起的发了白的黄色花朵，又似在等待什么，如果不重新往里注水，它们会一直这样沉寂下去，直至水沤花败。或许，生活也是这样，败了就是败了，一败涂地，没有挽回的余地。

正如火山爆发前，同样会有相对平静而漫长的一个积蓄期。马丽终于还是忍不住了，不过，她这次可是把胸中的怒火全部发泄在了可怜的童童身上。那天黄昏，我还没有回到家里，后来还是听房东说，马丽这个女人太狠毒了，哪儿有那样打孩子的。我一听眼泪就止不住流出来。听说马丽打童童的时候，房门是反锁的，孩子在地板上滚来滚去哇哇哭喊，一声紧似一声，听着很惨。是房东叫人把门撞开的，他们看见孩子眼睛肿成一团，满脸都是血印子，小小的身体蜷缩在桌子底下。马丽手里抓着一条已经拧成绳子样的湿毛巾，还不依不饶。有人去夺她手里的东西，被马丽狗血淋头骂了一通。我想她那时已经失去理智。她嚷着，我打我儿子，关你们屁事，把你的臭嘴夹紧，都给老娘滚出去！劝她的人一片好心全做了驴肝肺，后来就没有人愿意管了，都说这个女人不可理喻。童童就是那会儿不见的，不知道乘机跑到哪里去了。孩子一定是被妈妈的样子吓坏了。等马丽意识到这个问题，天色已经黑尽。她楼上楼下到处找儿子，问谁谁都摇摇头，或者懒得再睬她。

我后来和马丽找遍了所有能想到的地方，就是没有见到童童的影子。我们甚至还打着手电筒，沿着院子后面的那条水渠，来来回回走了几趟。马丽一边走一边哭一边喊童童的名字，凶猛的蚊子旋风一样在头顶盘旋不散。看着黑色的渠水奔涌向北而去，我心里难过得要死。马丽不知道什么时候走丢了一只凉鞋，她就那样高一脚低一脚地，始终歇斯底里地喊着孩子的名字，我怎么拉她也不肯回去。

那晚，我一直都陪着马丽，她的脸和眼皮被蚊子叮出好几个肿包，看上去突兀而又丑陋。外面稍微有点动静，马丽立即冲出门外，大声喊着童童的名字。后来我才知道，马丽之所以那么狠心打童童，是因为她不允许童童再喊那人一声爸爸，她对童童说，你再也没有爸爸了，你爸爸死了，你以后再也不能叫那个坏人爸爸。童童当时懵懵懂懂地答应了她，可等男人回家的时候，童童忘了，照样上去喊爸爸，而且还像往常一样，亲昵地骑在爸爸脖子上。当时，马丽一把将童童拽下来，然后将丈夫推到门外并反锁了门，她让他去找那些烂女人去，而且从今以后再也不要回这个家。马丽丈夫后来真的赌气走了，彻夜未归。我想，他或许真的又去找某个令他心仪的女人去了，一次错误的酿成往往会有许多环节，这些环节紧密地扣在了一起，最终将他们一家拖进可怕的深渊。

天一亮，我就陪马丽去派出所报案，听工作人员的口气，孩子十有八九是跑出去给人贩子拐走了。我们租的房子本来就在城市边缘地带，这里三教九流鱼龙混杂，安全基本上没什么保障。我在派出所偷偷给她丈夫打电话，他闻讯飞快地赶来了，马丽跟疯了一样，猛扑过去死死咬住了他的胳膊，一开始他还吼了两嗓子，后来他再也没有喊，只是忍着，让她死命地咬住，没有丝毫反抗，另一只胳膊却紧紧地将马丽搂住，他的嘴角因剧烈的疼痛而抽搐着，一双眼睛熬得血红。我看到血顺着他的手腕汩汩地涌下来，落在水泥地上变成一只只小小的黑斑。马丽突然在他胸前瘫软下去，我看到她的手脚完全松弛了，像中了风的女人，他赶紧把她拦腰抱起来。我觉得马丽好像一条离开了水的鱼，已奄奄一息了。

在接下来的所有日子里，马丽和她丈夫整天为寻找儿子四处奔波，并在苦苦的等待中度日如年。发生在他俩之间的吵闹，犹如黑夜暂时消失在黎明前的地平线上。白天，大家看到的只是马丽夫妇一次次失魂落魄地回到院里，从他俩颓废无助的背影，多少能看出点迟到的相濡以沫的味道。有一天，我在路上正好遇见两人，当时马丽小鸟一样被她丈夫拥着，静静地走在公路通往住所的那段黑煤渣路上，路旁没有灯，看不清马丽的脸，但我又似乎能远远地感觉到，她的呼吸因忧伤而显得局促，她的脚步因软弱而踉跄着，她的精神头彻底垮了，再也不会像从前那样捯饬自己。

我爱人从南方回来的那晚，人显得很兴奋，他像魔术师一样，神秘地打开黑色的密码箱，从里面取出一包真空包装的"杭白菊"，一件质地柔软的淡粉色真丝睡裙，和一小瓶包装精美的进口香水。在他的强烈要求下我穿上新的睡裙，他还将打开的香水轻轻喷在我身上，一阵芬芳扑鼻的清凉包围了我，竟然是一股淡淡的菊花的气息。我感到一阵从没有过的迷醉袭来。我在束手就擒之前，忽然感到一阵迷茫，女人真是奇怪的动物啊，在渴望被爱的同时，又对这份爱充满了不安和迷惑。我突然泪流满面地对我爱人说，童童丢了，就是马丽的儿子，他还不到五岁……我这样说的时候，我爱人沉默了几秒，接着，他把我全部揽进他怀里，用厚实的嘴唇掩盖了我所有的语言和泪水。

事后，我心血来潮地问他，这半个多月有没有在外面找过女人？他有些纳闷地看着我，好像不认识我似的。你到底怎么了，突然问……这么……奇怪的问题？我的心微微一沉，我不明白他说话中间莫名的停顿表明了什么，找了，或压根儿没有？我说，你要正面回答，不许隐瞒。他嬉笑着说，那就找了呗，而且每晚换一个，不重样。我一把卡住他的喉咙，那我就杀了你！

等我们迁进宽敞舒适的新居后，很少再有机会见到马丽了。城市好像突然间变大了，原先骑辆自行车觉得很方便，现在每天上下班都得跑车，从老城到新区，行色匆忙和拥挤的月票成为生活的主要内容。偶尔，在班上打个电话问候一声，听马丽的口气，好像暂时不会有离婚的打算了。她说，将就过吧，反正我已经把这些事看淡了，也看开了，即便离了又能怎么样。我觉得每次我打过去的电话，都是被她率先挂断的，马丽大概不想再提有关她的事，我也就不便于再去打扰人家。

年底有一天赶公交车，正好和原先的房东坐在一块儿，顺便聊起了马丽的情况。房东告诉我，马丽好像又怀上孩子了。我由衷地为她感到高兴，毕竟马丽又有了新的寄托，我想短时间内，她大概不会再嚷着离婚了。这很好，生活终于回到正轨上了。那天下车前房东还对我说，马丽的丈夫实在不是个东西，整天也不着家门，不是出去喝酒，就是到外头鬼混。我问他俩现在还吵不吵。房东不无戏谑地笑了笑，说，嗨，狗能改得了吃屎吗，还不是大吵三六九，小吵天天有……

因为公司拓展业务，爱人被调去外地的一家分支机构工作，他一两个月才能回来一趟，有时间隔更长，回来没几天，又匆匆忙忙从我的睡梦中飞走了。我慢慢地习惯了偶尔的接送，偶尔的小别胜新婚，以及偶尔响起的一串电话铃声，我们的关系好像又由爱人回到了恋人。不过，空虚和寂寞是难免的，最无聊的时候，我常常会莫名地想起马丽的儿子，说心里话，童童的出现和后来的失踪，几乎完全摧毁我原来一向坚守着的生活壁垒。他们说不生孩子的女人，算不得真正的女人。我开始想要一个孩子了，而且，非常迫切。我想有个孩子在身边，也许会好受一些。有一晚，我爱人正在床头柜的抽屉里摸索安全套的时候，我一本正经地说出了自己的想法。他当时的表情很诧异，说，咱们这样不是挺好的吗？我明白他的意思，我没再说什么。我们之间出现了有史以来的第一次沉闷，我们都在不关痛痒地敷衍着对方，就像彼此间隔着那层讨厌的膜。

我们动不动也会为一些不起眼的小事发生口角，我的火气似乎越来越浓，我甚至故意找出种种借口，回绝他提出的要求，不让他碰我。他有一天终于愤怒了，我觉得他生气的样子很可笑，特像电影里那类兽性大发的坏男人，强行撕掉了我的睡裙，他还理直气壮地冲我直吼，你他妈的是我老婆，我想什么时候要，就什么时候要！而我，干脆毫不留情地扇了他一个响亮的耳光作为回报。

那一刻，我们都怔住了，用一种十分陌生的目光打量着对方，长时间谁也不再说一句话，沉默直通黎明。从那晚起，他决计搬到小卧室的床上一个人睡去了，而我独守一张大床。夫妻分居的理由其实很简单，就像两个孩子一起玩过家家，玩着玩着，闹了别扭，生了气，甚至抓破了脸，便再也不一起玩了。生活出了问题，像眼里揉进了沙砾。我们该坐下来好好谈谈才对，记得这句话是我以前经常说给马丽听的，现在却变成我们两人间的一道鸿沟。

已经有好一阵子不喝菊花茶了，完全丢失了过去的那份心境。喝菊花茶，需要的是心平气和，更需要炽热的浸泡和悉心品味。而我现在经常手里捏着一罐冰镇过的啤酒，苦苦地喝上两口，然后在网上消磨本该属于两个人的时光。我给自己起了一个古怪的网名：淡若菊。我跟一个对我的名字很感兴趣的网友这样聊过：也许，每一个女人都是一朵美丽的菊花，只是她们飘落在不同温度的水中，有的恰到好处泡开了，茶味丰赡醇香回味绵长，有的可能枯萎了，只漂浮在水面，水是水，菊花是菊花，永远成就不了一杯好茶。

　　这年的中学同学聚会，我事先一点儿也不知情。关于这次同学聚会的事，我不想说太多，大伙多年未见，忽然聚在一起，多少有些唐突和尴尬，混得好的被大家夸成一朵花，混得差的只能呆呆地坐在那里强作欢颜。我一时半会儿有点儿反应不过来，倒是见到了中学时的那个男同桌——邵建军，就是因为他从外地回来了，有两个热心肠的同学非要召集大家去跟他聚一聚。听说邵建军这些年干得不错，在北京一家什么中资机构做一个小头目。

　　等我赶过去时，马丽早就到了。说心里话，我觉得她起码应该叫上我一同去才对。我从来没看见马丽穿得那么时髦和性感过，低胸的玫瑰红色的塑身衫，及膝的黑色褶裙，深棕色鹿皮长筒靴，恰到好处露出两段裹着透明丝袜的白腿肚儿。还有，我注意到她的头发是特意去美发厅做过的，样式新潮而霸气，估计花了她半下午的时光。

　　加上我和马丽正好一大桌子人。有人提议男女岔开坐，这样便于活跃气氛交流感情。所以，我和马丽就一边一个，分坐在邵建军的身边，我本来就想做多余的那个女人，压根儿不愿意在众人面前，造成要跟马丽分享什么的印象。可是，大家伙儿死活不肯，非说什么我和马丽今晚都该属于建军，是他的私有财产，别人休想碰。

　　整个晚上，马丽都很殷勤地凑过脸去，跟邵建军低声嘀咕着什么，间或笑得花枝摇曳，他俩投缘的样子让其他男生大呼羡慕嫉妒恨。她还频频举杯，喝酒的样子像电影里上海滩上的交际花，兰花指翘得赶上了戏曲名旦，还有她的妩媚柔情从一开始就密不透风，让我不由得想起那些泡在水中的菊花，总是那样长时间开放着而永不知疲倦。

中途，我和马丽结伴去过一趟卫生间，我觉得她喝得够多了，劝她少喝点，可她在镜子里晃动着绯红的脸蛋说，我一点儿事没有，放心吧。她又在镜前悉心地补妆，描描画画老半天，粉面桃腮更兼酒意阑珊，是个男人看了都会想入非非吧。忽然，她回过头问我，你觉得今晚怎么样？我迟疑了一下，说挺好的呀。她说什么叫挺好的，简直开心死了。说着，她将原本就很低的领口又使劲往下拉了拉，一双姣好的半球间挤出一道白光。

我忽然想起以前房东说的话，就顺嘴问她怀孕的事。马丽稍稍愣了一下，然后非常平静地说，怀是怀了，可后来做掉了，现在我们各干各的，谁也不管谁，我不想再为那个男人做傻事了。我从镜子里看到她一副轻描淡写的神情，而她的眼睛却始终熠熠闪亮。她很性感地抿了抿刚刚涂上的亮彩唇膏，像是在暗中给自己打气。她的嘴唇也似乎要在我眼中燃烧起来了，我觉得自己快不认识她了。

当晚我找借口先走一步，因为实在没有太多话讲，久坐简直是受罪，所以后来的情形我是翌日才听到的。我想马丽肯定会恨我，我也许不该把她留在那里自己单独离开。可当时我的心情就是那么奇怪，好像我非得提前告辞才对得起马丽似的，又或者，我隐约意识到他们迟早会闹出点什么事情来。

最终离开酒楼的一共是五个人，只有马丽一个女的。他们吵吵嚷嚷要请邵建军去一家 KTV 放松放松，我不知道马丽为什么也要跟着去。按理说，那种地方女人一般是不太适合去的。后来马丽实际上自愿充当陪伴邵建军的坐台小姐角色——尽管没有人会这么露骨地讲出来，因为其他男同学每人都要了一位自己喜欢的陪酒女寻欢作乐。

一开始，马丽跟邵建军也就限于聊天喝酒唱唱歌跳跳舞，可后来酒喝多了，彼此也就放得更开，偶尔摸摸手，搂一搂肩，拍拍大腿，甚至会为赖掉一杯酒，而去亲吻一下对方的脸。这种把戏对于成年人来说好像也没什么，我不知道邵建军是不是为我中途退场感到怏怏不快，因为他不止一次跟马丽询问有关我的情况，这恰恰是马丽最不能忍受的地方。马丽肯定没有想到，事隔那么多年，邵建军还是对我念念不忘。这一点我心里有数，即使我不在场，马丽同样也会为一个根本不存在的女人心生妒意的，况且在这种事情上，她不想输给任何一个女人。事实上，从中学时代到现在的所有日子里，马丽始终被自己早年编织的一个不真实的梦缠绕着，她心气很高，却陷入一场不美满的婚姻中。我以为孩子丢了会彻底打败她，至少让她学会面对现实，而她却依然怀揣着过去的旧梦欲罢不能。所以，马丽后来的表现多少有点豁出去的味道，有点疯狂，有点过火，有点太不像样了。我听别人说，马丽干脆学小姐那样，骑坐在邵建军的大腿上，搂着人家的脖子不停地灌酒。

当时，马丽语无伦次地说，邵建军，我要你当着老同学的面，说你喜欢我，说呀，说你一直都喜欢我，快说呀，我要你现在就说，你上学的时候，班上就恋着我一个……我真的不知道邵建军的脾气那么犟，本来大家一起玩，他犯不着为此认真的，可世界上就怕"认真"二字。听说马丽把酒灌进他的脖子里，邵建军突然就火了，一点面子都没给马丽留，大家全都惊呆了。邵建军猛地一把将马丽推翻在地，马丽的额头重重地磕在茶几的硬角上，起了好大一个包，血也汩汩地流了出来。事情到这里并没有结束，邵建军坐在沙发上一动不动，他当着同学和小姐的面，突然指着马丽狠狠骂了一句，你他妈的也不撒泡尿照照自己，你跟那些鸡有什么区别？老子会喜欢你？做梦吧！！

马丽在最后几秒钟的愣怔之后，那张被她一再修饰得一丝不苟的漂亮脸蛋全变了色，恼羞成怒的她顺手抄起一只酒瓶子，极其凶猛地朝对方抢过去。几个坐台小姐被吓得哇哇乱叫夺门而出，其他同学还没搞清楚究竟是怎么一回事，邵建军已经瘫软在灯光昏暗的大理石地板上。这时，马丽手里攥着的一截瓶颈也砰地落在地上，发出很刺耳的碎裂声，又把大伙儿给吓了一跳。

那晚幸亏我走得早，不然的话……我不敢假设，若是我还在场，马丽的邪火肯定会不打一处来，不知还会闹出多大动静。现在，至少，这件事与我没有太直接的关系。但我又分明觉得，她一定会记恨我，恨得要死吧，她这个女人我越来越搞不懂了。

秋日巷谭

　　天气一凉，我总爱缩着脖子，摇摇晃晃蹬着老爷子那辆旧自行车回家。这破烂玩意儿除了铃铛（丢了）永不再响，车身各个部位简直完蛋，一动窝就吱吱嘎嘎的，一路驮着我怨声载道，那动静听来委实恼人。

　　意志巷就在前头不远，穿过两三条灰头土脸的小街，绕过玉皇阁老城楼，再拐个弯子，就能看到一条细长的巷道了。巷道的左右两侧，都是极矮又旧的砖木结构瓦房，通常最靠里面正中央居住一户人家，这家人的下首左右两旁相对居住着八家，九户人家便圈围在臃肿不堪的杂院里，我家当然也在其中。这样的杂院正如蜈蚣的毛爪，参差排列开来。狭窄幽长的巷道，只能容纳一人谨慎地推一辆自行车单独行走，倘若遇到迎面来人，客气的一方只得闪到巷道两侧的某个小院里让路。人一旦钻进巷口，立刻有种井底之蛙的感觉，头顶仅一方或蓝或灰的天空，像块条布高高地蒙着，偶尔，有一两只鸟雀掠过，人的心好像也随之飞走了。

回家对我来说，从来都不是多迫切的事，我甚至觉得，回不去回去就那么回事。这个家除了能让我吃上饭睡上觉外，没啥值得归心似箭的东西。我一个二十好几的人，整天穿一身脏兮兮的劳动布电工服，在冷冰冰的电线杆子上猴上爬下，简直跟马戏团的小丑似的，拼死拼活也就挣那么点儿可怜的工资。所以，我打骨子里厌恶这烂杆地方。我更讨厌现在这份工作，这还是老爷子病退后，厂子照顾家属，才巴巴地给解决的。顶替老爷子干了电工行当，说不准哪天，我让电老虎直接从电线杆子上给摞趴下，想想都晦气。

其实，我打一开始就后悔，真不该回到这鬼地方来。意志巷里没一样事情让人觉得舒心畅意，唯一还算好点儿的记忆，是那次跟母亲坐了三天两夜的长途火车——这是我生平头一回乘那长蛇似的庞大怪物，那种汽笛的嘶鸣声和铁轨发出的咔嗒声很长时间也忘不掉。后来，就连这点儿新奇感，也变成了我后悔时常常咒骂的理由，我老在想，如果世上没有该死的火车，这辈子恐怕真就回不到意志巷了，那样的话父母一直两地生活，我也就没有后来那么多苦恼了。

立秋

等看到巷口的白杨树，婆婆娑娑坠下第一片金黄色的落叶时，便是意志巷的秋天了。

今早，我又跟往常一样，睡眼惺忪地从门台上扛起那辆破自行车，一步一晃走下台阶，然后骑上车去干我不喜欢的电工活。不知为什么，这时节我总能记起十多年前，我随母亲千里迢迢回到意志巷的那个秋天。可以说，从跨进巷口，走进家门的一刻起，我就饱尝了这个家里的男主人，也就是被我后来生硬地喊作"爸"的男人的不近人情的管教，在此之前，我一直随母亲在外地野蛮生长无拘无束，早就习惯了没有父亲的日子，可生活总爱跟人开玩笑，突然间就凭空多出这么一个狠角色，大人不用两地分开过了，我的苦日子可来了。

那天，男人狠狠地瞪着我，像鄙视一条癞皮狗，发出了他的第一道命令：给，这是五毛钱，你赶紧拿上，去巷子口剃头馆，把你的头剃了！看看你这头发，疯长成一堆乱草，不男不女的，成个啥样？我并没有立即去接他手里的钱，只是傻站在原地，很为难地摸了摸那头引以为豪的头发。面对陌生男人的无端斥责，我一时半会儿还揣摸不透，只好无可奈何地瞅了我妈一眼。

我叫你赶紧去，耳朵塞猪毛了，听不见啊？愣在那不动窝，脚底生根啦！男人继续高声大嗓发号施令。

娃娃这不才进门，就算头发长了些，吃罢饭再理不迟，看把娃娃吓唬的！我妈怯生生地替我来打圆场。

一个男娃子家，你咋给他留那么长的头发，像个二流子，赶紧让他去……我看着咽不下饭。

就依你爸的话，快去理理，完了赶忙回来吃饭！

随着砰的一记门响，我一百万个不乐意冲出了家门。正如那个阴郁的男人所说，巷口果然有一家小理发馆，我迟疑了一下，便掀开门帘踅进去。脑袋顿时轰的一声，完蛋，一瞅理发馆老头儿，他那颗剃得锃明瓦亮的光脑壳，我立刻明白了，我爸为何管理发叫剃头了。我本打算退出去，可一看天快黑了，况且，自己才跟母亲下车没多大工夫，人生地不熟的，干脆将就一回。师傅，麻烦给少剪掉点儿……我几乎央求着说。不用交代，现在的小年轻儿，我算看出来了，裤腿越穿越宽了，头发越留越长啦，我像你这么大，还留过大辫呢，后来不是也剪了嘛，嗨，还是剪了清静呀……我可没有那份好心情听老头唠叨，就闭着双眼等他打理，眼前却又浮现出那张凶神恶煞的脸，越想越觉得硌硬。

那天我理完发进家，一屋人围着桌子吃晚饭。我妈忙起身盛好饭，递给我。男人马上又鸡蛋里挑骨头，嚷道，往后别惯这毛病，咱又不是员外家，自己吃，自己盛。我没好气地坐下来往嘴里扒饭，我妈给我夹过两回菜，我连头也懒得抬。喂，这就是你刚剃的头？白花了老子的钱，跟没剃有啥两样，你留这么长的头发，明儿咋去报名上学，啊？都是让你妈惯的，吃过饭，你再给我出去剃一遍，小小年纪，学啥不好，我顶看不上不男不女的样子。

我记得自己撂下饭碗的同时，眼泪也亮亮地掉在了饭桌上。理就理，有啥了不起！我一边自言自语赌气，一边扭头往屋外冲。唉，你也是，总得让娃娃把饭吃完再说。我妈在身后喃喃着。唯独我那个刚逢面的姐，连头也没抬，仅从鼻缝里发出轻蔑的一哼，继续埋头吃她的饭。我们一家情况特殊，大人长期生活在两地，姐姐从小是爷爷奶奶带大的，等老人相继过世后，她才无可奈何地搬回来跟父亲住。所以，她对待爷爷奶奶之外的任何家庭成员，总是一副冷冰冰的面孔，也包括我这个后来者。

我像一头小倔牛，再次怒气冲冲地闯进理发店。

小伙子，你又来弄啥？

剃——头！！

不才剃了没多大工夫，咋的又长长了？

这回给我刮个光头，一根头发楂也别剩！

噢？老头儿一怔。看吧，早就说过，剃了干净，剃了干净。

这种极端的做法果然奏效，再进家门马上惹得男人发起了飙。喂，谁叫你剃成秃瓢？你真格是个现世报，这个家养不下你了，干脆去蹲大牢去！他简直像一只被激怒的公狮，大声呵斥着，竟没忘记随手给我一记响亮的耳光。我长到十来岁，才回到这意志巷，这可是他送给我的头一份见面礼。许多年以来，我怎么也忘不了这天，因为这是我来到这个世界上，第一次被最亲的人打骂，在这之前，我一直和我妈在外地相依为命，她可是从不肯轻意动我一指头的，我真恨这个地方！

还有，我刚转到这里的学校念书，也是最难堪的时光。就因为我这颗光头，被全体同学当作怪物，每个人都拿我当笑料。有人说，我不讲卫生，头顶生了虱子，所以才剃了个精光；更有人疑心，我来之前是个小阿飞，被人家少管过。于是，女生们都提出不愿和我坐同桌。本来当时我就是个插班生，那颗大光头让我扎眼极了。我见天只好捂一顶旧绿军帽，躲在教室的旮旯里，尽量远离那些好奇而又不友善的目光。幸好，头发是很容易长出来的东西，否则，我真不知道，要在那种尴尬的境地中痛苦地煎熬多久。

总之在这个家里，我和我爸从来都是冤家路窄，他说东，我总会说西；他让我捉鸡，我偏要去撵狗。父子俩就好比一只耀武扬威的大公鸡和一条总试图前来偷吃的野狗，水火永不相容，家里往往会因为我们俩，闹腾得鸡犬不宁，每每也使得我妈夹在中间哭鼻子抹眼泪。那件事过了很久，有一回，我趁那男人上班不在家时，悄悄问过我妈一次。

他，真是我亲爸？

傻瓜，不是亲爸，你又是从哪里来的？

我咋看都不像，他见我跟见了仇人似的，恨不得把我生吞活剥了。

你爸就那么个牛脾气，他年轻的时候，和你现在一个样，死犟，一条道能走到黑，九匹骡马也拉不回来，你倒是随了他的性格。

我不以为然，宁愿跟他没有任何关系，反正从出生到现在，他没给过我一丝好处，我甚至怀疑他有没有抱过我一下。我不过是十几年前，他在跟我妈分别那晚的激情产物，除此之外，"爸"这个概念对于我近乎陌生，在头脑里没留下一丝好印记。所以，我有一千个理由讨厌这鬼地方。

都说往事不堪回首，还是说说眼下的糗事吧。

我刚要越过院里最后一户人家的门口，却迷迷糊糊同正从房里走出来倒马桶的阿桂撞在一处。耳畔听到很响亮的稀里哗啦乱响，一股腥臊的恶臭刺人鼻子。低头看时，裤脚上早已沾溅上湿乎乎的秽物，几团带着血污的卫生纸横在脚下的青砖地面上。我还没来得及发作，对方却早已先发制人了，出门也不看路，又不是急着去投胎！我知道是院子里的寡妇阿桂，一腔怒火不知怎的被抑制住了，眼前倏地闪现出她家丫头的娇嗔的小脸和微蹙的眸子。

如果是别的什么人，我或许会动些肝火，可倒霉的偏偏是这个女人。我很木讷地双脚叉稳车身，一时竟不知所措。当目光落到阿桂的身体上时，我顿时有些晕眩和窒息，阿桂只穿一件低胸的睡衣，料子看起来很柔也很垂，大抵是丝绸一类的。阿桂的乳头透过睡衣隐约可见，丰盈浑圆的曲线在秋日晨曦中正散发着某种暧昧的光。我清楚地听到自己的喉咙间发出一声干咳，仿佛突然折断的干树枝那样响亮刺耳。

恰好院子里的几个去晨练的人拎着木剑、端着盛满鲜奶的铝锅，陆陆续续走了进来，小院立刻显得危险而又拥挤不堪。我乘机推起自行车夺路而逃，隐约听到阿桂在炫耀她的真丝睡衣，可我眼前一直浮现着那摊秽物，这便让我突然萌生了一种猥琐的念头，我在想那卫生纸究竟是阿桂的还是她家丫头的。这样一想，胃里竟然一阵翻江倒海，我慌忙跳下车子，蹲在马路旁边的白杨树下干呕起来，我的窘态在路人看来一定和孕妇一样滑稽。

在我有限的记忆当中，阿桂的名字一直像王致和臭豆腐一样令人津津乐道。当然这并非完全是寡妇门前是非多的缘故。早在阿桂的丈夫未死之前，院子里的老少就喜欢捕风捉影，经常谈及她的是非长短。阿桂说来也算不幸，姑娘时怀上了她深爱的一个小伙子的种，而那个曾在她耳边信誓旦旦的人，却舍她而去，从此石沉海底杳无音信。悔恨之余，阿桂只得先堕胎，随后又稀里糊涂嫁了一个她不喜欢的男人。

后来阿桂的这个男人染病死后，意志巷的老少开始用一种异样的目光，来审视已然是丫头的母亲阿桂了。阿桂的皮肤白皙光洁，四十好几的女人，胸脯和臀部依然挺拔高凸，尤其是她的眉目之间，还不时地闪烁着少女一般的情愫。阿桂穿衣十分讲究，该紧的地方绝对曲线突出不拘不束，而宽松的时候又裙衫飘飘摇曳生风。我知道丫头是不敢同她妈一道上街的，丫头很不习惯熟人阴阳怪气地打趣她们。哟，是阿桂呀！打扮得这么时髦，和你家丫头简直像孪生姐儿俩啦。这个时候，阿桂往往会得意地飘起来，咯咯的笑声落了一路。丫头恨不能找个地缝钻进去。

意志巷里的老年人是顶瞧不上阿桂的，他们暗地里煞有介事地议论不休。年逾古稀的莫老太，算是这群人的代表，她虽已弓背塌腰，走路双腿打颤，但对院子里大大小小的事情，依旧保持着高度的警觉，让人觉得居委会没有返聘她，真是工作上的一大失误。

意志巷没一个好人！

莫老太总是从她那被浓痰堵塞得发音异常困难的喉咙间，咳出这么一句莫名其妙的话。她看阿桂的时候常常是冷眼相觑，撇着干瘪的嘴唇。阿桂是天生的妖精相，哪个男人跟了她，准不会有好日子过。这种预言在丫头她爸死后，委实让莫老太引以自豪。

事实上，丫头打懂事以后，就有一种难言的羞耻感时常萦绕着她。那时，我们院里的孩子在空旷的巷口藏猫猫、丢沙包、跳皮筋或玩打仗，她总是沉默寡言深居简出，即便走在巷里，也是一副怯生生的样子，仿佛谁会吃了她似的，远远躲开每个人的目光。我知道丫头打心底里厌恶她妈，就像我一直讨厌我爸一样。尤其是，在她爸过世以后，丫头最讨厌看到她妈站在穿衣镜前，涂脂抹粉搔首弄姿的样子。

处暑

老妈，你又弄得满屋子烟熏火燎的！

晚上下班一进家门，我就被屋子里的乌烟瘴气熏得掉下了眼泪。你能不能把门窗推开，让这烟气也散一散，不知道你成天在搞啥名堂？我边埋怨边去开南面那扇窗户。

好儿子，千万不能开不能开啊，人家法师都说了，就靠这股烟气熏呢，能祛邪避灾……你爸那病都是让邪魔缠了身，要不啥药都吃遍了，就是不见好呢。我妈的语气总是神神叨叨的。

早就给你说过八百遍，这些装神弄鬼的江湖骗子要能治病，人家医院早都关门了，说吧，今天又骗走了多少香火钱？

儿子，妈不许你胡说八道！信才灵验啊……丫头她妈说，她娘家有个亲戚，就是害下了你爸这种病，怎么也治不好，后来倒是人家的偏方管了大用处……

丫头妈的鬼话你也能信！？

我妈终于不再言语了，她转身默默走到墙角，在一张摆放香炉供品和陶塑菩萨像的小桌前双手合十，然后跪下来虔诚地拜了又拜。自打那个男人病倒在家，这种举动已经成为她每天必不可少的功课了，起初我极力反对过，讨厌闻那股香火味。她那种爬起跪倒的虔诚膜拜多么愚蠢可笑，我总是对她说，太迟了，临时抱佛脚，早干啥去了。后来，我渐渐习惯了，反正老爷子也好不了了，她爱拜就拜吧，权当心灵安慰。

这时，从里间屋传来几声粗重压抑的咳痰声，我就倚在那门口，顺着门缝朝里边瞧了一眼，屋里的药味和浑浊的空气太浓了，我甚至可以闻到粪便弥漫着的余臭。老爷子平躺在小屋那张双人床上，鼻尖对着屋顶，瘦削嶙峋的身体埋在厚厚的棉被里，显得那样的单薄，倒像是睡着了，看上去很安详。床头的小柜子上面，堆了大大小小的瓶瓶罐罐，永远那么狼藉不堪。我脸上肯定没有任何表情，好像躺在眼前的是一个与自己不相干的人，我皱了一下眉头就走开了。

从他卧床之后，这个家里除了能听到母亲时不时的哭诉哀怨之外，往日的生机似乎再也听不到了，尤其是，我爸那种不可一世的恼羞成怒的呵斥声。多年来，我已经养成了事事跟他对抗的习惯，只要家里我们爷儿俩同在，几乎很少有过安宁的时候，无休止的吵闹、无休止的呵斥、无休止的抵触和反驳。总之，这一切我都听够了，也听腻了。一旦他往日的模样和声气销声匿迹，我有时反倒觉得不自在，总觉得生活里丢了什么，每每这时候，我会在心里骂自己是个贱驴皮，天生该挨骂挨揍的坏坯子。

我内心深处时常被一种难以名状的苦闷折磨着，我经常会在半夜里做一些乱七八糟的噩梦，不是自己不小心掉进了万丈深渊，就是被黑白无常架起来扔进滚烫的油锅里。后来，我总结出了规律，只要白天多看那个男人几眼，晚上准会做各种各样的梦。尤其是从他死命抽打我姐那天起变本加厉，一次又一次袭击我，纠缠我。尽管大家都知道，老爷子是患脑出血才弄成今天这副模样的，可我还是心里发虚。

今天回家时，我顺路帮一个陌生女人敲响了阿桂家的屋门。阿桂就是我妈嘴里常说的丫头她妈。问题是，这天我并不知道，阿桂正和一个叫眯眯的男人躺在她家里间卧室的软床上，我要知道这样，打死我也不会干这蠢事。当时，他俩的衣裤、胸罩、鞋袜……像商店清仓处理一般，胡乱地扔在床头和地板上，卧室里狼藉不堪，男人女人媾和后的气味在空气中肆意弥散。

阿桂先是一惊，待听出是我的喊声，她才长长地出了口气。她必定又娇嗔地轻轻伏到眯眯的身上，她少女一样痴迷地轻吻着躺在自己身下已经有些疲倦的男人的胸膛，手指不停地在上面虫子样地滑动。男人毕竟胆怯，多少有些想离开了。阿桂娇哼了一声，别急，没事儿。她哄孩子似的，抚弄了一下眯眯的头发，才趿拉着鞋朝外屋走去。

门外，一张油腻腻的胖脸凶神恶煞般挂在阿桂的面前，酷似悬挂在卤肉店里的熟猪头。阿桂惊魂未定不及开口，胖女人早已夺门而入，顺势给了阿桂一记脆响的耳光。胖女人歇斯底里地开骂之前，还把一口浓痰准确地砸在阿桂漂亮的脸蛋上。

我顿时惊恐万状，半天呆立在阿桂家的门口不知所措，胖女人一定患有非常严重的口臭，空气里有成千上万唾液分子充斥着我的呼吸，我看到阿桂的神情异常古怪和羞赧，胖女人的那口浓痰正顺着她浓妆后俏丽的脸蛋朝下淌。我想我是中了胖女人该死的圈套，这下可闯了大祸。

白露

两年前，也是这会儿，我从外边游荡回来，老远就听见巷里传来哭喊和吵闹声，那近乎咆哮的声音再熟悉不过，我爸又在家大动干戈了。门口围站着左邻右舍们，老爷子骂人是再平常不过的事，就跟每天都要吃饭睡觉一样自然，可通常我才是被呵斥和漫骂的对象，这次主角竟然不是我，这倒让我觉得非常新鲜。我当时就想，看来，家里又出了一个不肖子孙，让他大光其火。

哟，傻孩子，你咋能站着看笑话呢，还不快过去把你爸拉开，要不他非把你姐打坏了不可……你说说，哪有这样下死手打自己闺女的……听见阿桂这样对我说时，我才赶紧挤进人堆。我妈跪坐在地当间，双手死抱着老爷子一条腿，他呢，一只手狠拽着我姐的头发，另一只手里高举着一截自行车的破内胎，像地主老财教训奴才似的，狠狠抽打浑身都是尘土的女儿。打死你这不长进的东西，老子的脸都让你这现世报丢光了……就不信治不了你，由你上天去！

不知怎的，一看到他满脸凶相，还有母亲和姐姐可怜巴巴的样子，一股热血顿时在胸口激荡，并瞬间冲进了我的瞳孔里。你整天不是骂这个，就是打那个，我看你是吃饱了撑的！我猛地冲到他眼前，一把薅住他手中那截红色车内胎，然后大声说，别打了，别打了，你不嫌丢人现眼啊！那一刻，我浑身的血液完全是沸腾的，不管不顾天王老子也不怕，从进这个家门到现在，我从来都是被他骂来喝去，而每回都是母亲充当和事佬与挡箭牌，今天我终于第一次充当了这个正面角色。

你给我撒手，这个家还轮不到你小子发话！

我根本不理他，手下暗暗发力，一把夺过了他手里的玩意儿，然后一扬手，把它高高地抛到了屋顶上。这下子他傻眼了，他一定没料到我会跟他叫板，他的手突然抖得像片干树叶。我是真的豁出去了，乘机死命地去掰他揪着姐姐头发的那只手。他气得呼呼直喘，脸上铁青，还想跟我较劲。我几乎用上吃奶的力气，一只肩膀狠狠朝他撞去。这下，他再也抓不住什么了，笨拙的身体像一只陀螺转了两圈退向墙角。

姐，你傻坐着等死呀，还不快跑啊？！

我看见她终于从地上爬起来，顾不上擦去脸上的泪水和嘴角的血迹，便获释般穿过人群，头也不回朝巷子外面跑了。只看见她的头发杂乱如野草，昏暗的巷口很快吞没了她无助的背影。可我万万没有想到，因为自己用力过猛，老爷子撒手后倒退了几步，后脑勺重重地磕向砖地，他身体抽搐了几下，就不动了。母亲可吓坏了，忙伏下身子去搀他，手刚一碰到他的脑后勺，又触电般缩了回来，她摸到一摊湿乎乎的东西。母亲惊恐万状地喊叫起来，血，是血啊，你爸流了好多血，真是作孽呀……

我整个人顿时蒙了，眼睁睁看着街坊们凑到母亲身边，大呼小叫，感觉天都倒塌了……老爷子被送进医院急救室，后脑勺撞了个血窟窿，缝了好几针，人一直昏迷不醒，直到两个礼拜后，才算脱离了危险。他之所以昏迷那么久，其实是脑出血发作，他当时情绪太过激动，血压陡然升高造成脑血管破裂。在他昏迷不醒的日子，医生给过家属暗示，该准备一下后事了。可他命真硬，保守治疗竟起死回生，虽说落得半身不遂，可也是不幸中的万幸。

那些天，我觉得世界到了末日，我为自己闯下的塌天大祸浑身发抖，脸色如同黄表纸，我唯一一次在家里充当正义者角色，差一点就要了他的老命。面对家人的忙乱，和母亲哭哭啼啼及叹息声，我简直生不如死。夜里，我几乎不敢闭上眼睛，我确实很讨厌这个家，讨厌这个男人，可做梦也想不到，我竟亲手制造这样一场轩然大波。那以后，我开始不断检讨自己，也许我真的太恨他了，所以关键时候才下得了狠手，可我知道那天要不那样做，我于心不忍，他那样下黑手教训自己的女儿，确实太过分了……

一如两年前那次，这天意志巷突然又开锅了，仿佛每个人都是注食了大麻的瘾君子，他们兴致勃勃地谈论着，尽管消息大多均为道听途说，可好事者都乐此不疲，他们在自己的三寸口舌翻转之际肆意添油加醋，似乎不这样搬弄一番，故事的精彩之处便不足以刺激听众或他们自己。

阿桂对门住着红旗服装厂的女职工贾裁缝，她可是地道的上海人，也是院子里出了名的小喇叭。她平时讲话就像缝纫机的脚踏板，发出一连串嗒嗒嗒嗒的噪声，任何无聊的男男女女是是非非，只要经她嘴巴一传扬，立刻就变得神秘而又刺激。

我刚走进院子，便被贾裁缝拦路截住。喂喂喂，别忙着走呀，你一定晓得吧，阿桂家昨晚的好事，听说有个胖女人是你领进来的，你快讲讲清楚。我根本没心情搭理她，径直朝里走。我素来反感这个人，她的嘴里向来不会有什么好事，况且，我非常讨厌她那满嘴磨磨叽叽的外地口音，叫人听了觉得头皮麻麻的。

就在此时，贾裁缝突然大惊失色，原来丫头正悄无声息地立在她身后，她的双手插在牛仔裤兜里，眼瞳里的光芒愤怒而又孤傲，同时，还有一种绝不妥协的意味。丫头告诉我，昨晚她到街上漫无目的地逛了一圈，当她不知不觉走回家的时候，偏巧目睹了那个口臭严重的胖女人在她家里叫嚣，那会儿她真想冲进去，用菜刀剁了那个叫眯眯的男人，也许还有她妈阿桂。

贾裁缝不由得打个激灵，哎呀呀，吓死我啦！你这样不声不响的，是会活活吓死人的！唔，丫头你可算回来了，你妈妈都快被你急出毛病喽！丫头没好气地瞥了贾裁缝一眼，我们家的事，用不着你操心！往后啊，你再敢胡说八道，信不信我拿针线缝住你这张破嘴！丫头见我一直跟在她的身后，便回过身直冲我嚷道，干吗跟着我？你不嫌烦啊！她今天说话语气特别冲，谁遇到这事不烦心呢，我能理解她。

丫头进屋后，我还是面无表情地站在她家门口。我从口袋里摸出一支烟塞进嘴里，随后又无声无息地点燃。我注视着青灰色的烟雾扭曲地向上升散，顺着烟雾弥漫着的方向，我可以看清那方灰蒙蒙的天空，它就那么没心没肺地蒙在我们头上。丫头年纪跟我差不多，在这个巷子里，我们两个还算是彼此能说上几句话的人，我们俩的共同点是，她爸死得早，而我呢，跟老爷子从来不对付。她有一次问我，你真的是他儿子？我当时不假思索地回答说，我巴不得不是。她冲我撇撇嘴，眼眸忽然低垂下来，过了一会儿，才说，我还挺羡慕你的，毕竟有个男人成天跟你叨叨。我默然，我不明白这有什么值得她羡慕的。

从丫头走进房间以后，她家里便隐约发出翻箱倒柜的声音，跟着就是阿桂和丫头互不相让的喋喋争吵，其间，不时伴有茶杯之类的东西摔碎在地板上的脆响。在我看来，丫头和她妈阿桂这几年的母女关系，一直处于某种危机状态，这种危机随时随地都可能引发一场战争，而随着时间的流逝，这种可能性就愈来愈大。丫头的眼神似乎早已告诉周围的人，她再也不是大家嘴里的那个黄毛丫头，她潜意识里的倔强和敏感，随时都会导致她的某种反抗或逃离。

房门咚的一声被奋力撞开，我不及闪身，已从屋里呼啦撂出一团衣物，劈头盖脸落在我的身上，我被一股很暧昧的香皂气息包围着，这气味竟让人有些恋恋不舍。

滚就滚，有什么了不起，你根本不配来教训我！

丫头回过头瞅了我一眼，她的胸脯随着喘息激烈起伏。丫头的脚正好从刚被扔出来的那些胸罩、内裤等衣物上踩过，黑色的鞋印清晰地印在一只雪白的胸罩上面，仿佛一只洁白鸽子的羽毛，忽然沾染了油污，在秋天阴晦的天空下，显得格外醒目，看着看着，竟让人有些忧伤起来。我急忙弯下腰，将地上的衣物一件一件收拾起来，我竟忘了难为情，怀里抱着一团包括胸罩内裤之类的东西。没等我把那些衣物归还给丫头，她人早已消失在巷口了，我下意识低下头在衣物堆里闻了闻，一股陌生而又新鲜的香味让鼻孔发痒，我忽然打了个很响的喷嚏。

贾裁缝这阵儿又从门缝里探出半拉脑袋，她慵懒的眼睛里射出一束贪婪好奇的蓝光，她如同一名干练的侦探，或者，仅仅是一只训练有素的警犬，正密切捕捉着每一个细节，她的嘴里还不停地发出一连串咋舌和冷笑声。也许，就是贾裁缝这种阴阳怪气的幸灾乐祸，终于激怒了气急败坏无处渲泄的阿桂，她端起放在门背后脸盆架上的大半盆污水，直冲冲地朝对门家泼将过去。贾裁缝根本没有丝毫防备，顿时被泼成一只狼狈不堪的落水狗了。

阿桂就那样端着空脸盆，以胜利者的姿态身体靠在门板上，她得意地吐出一口热气，那是长时间压抑后最终获得一次复仇后的快意。可是与此同时，贾裁缝早已清醒过来，她当然毫不示弱，一声尖叫之余，她竟回屋抄起一把剪刀，风驰电掣般地扑向阿桂。

我几乎惊呆了，两个撒泼的女人酷似一对丛林里的母兽，彼此为了争夺一只美味的猎物或垂涎以久的雄兽，发动了极其突然的搏斗。那时，丫头早就走远了，两个女人不堪入耳的污言秽语和歇斯底里的尖叫，很快就被幽长狭窄的巷道吞没了，倒是头顶那块灰色的天空变得宽阔些了。

阿桂挂了彩。

我后来借着归还丫头那团衣物的机会，走进阿桂家里。这是许多年来为数不多的一次，那么近距离地打量这个女人。她脸面上贴了好大一块雪白的纱布，这让她的样子看起来很有些突兀。她独守在孤零零的小屋里，内心应该多少有些懊悔吧。她以前很少在乎大伙说三道四，对于那些流言蜚语，她向来都是一只耳朵进，另一只耳朵出。她已经习惯我行我素逢场作戏的生活，尤其在丫头她爸病逝后，她似乎一夜之间豁然开朗了很多。我常听她对旁人说，人这一辈子，穷了穷过，富了富过，关键是得活得有滋味。问题是，两个男人先后都抛下了她，尽管他们的离开有着本质上的区别，但在她看来，这也许并没有什么大不同，她注定是要独自走完这一辈子的。不过，她现在除了和女儿过这种相依为命的生活之外，还是需要有一个男人的，也许那个叫眯眯的男子就是让她感到满意的人，她明明知道他是有妇之夫，跟他没有任何未来，但是这并不重要，重要的是，他偶尔能心甘情愿地躺在她身边，她早已不想听任何一个男人的海誓山盟，只要能暂时抚慰一下她的孤独与寂寞，应该就够了吧。

中秋

两年前老爷子出院不久，我和几个工友让工头叫去检修线路，工头跟这家歌舞厅经理很熟，算是带我们出来挣点外快。干完活后，工友们也想到里面凑凑热闹，反正又不用花钱，人家经理主动提出请客。

我们几个被安排在昏暗角落里的一圈吧座上，大家心情畅快，边看客人们唱歌跳舞，边嗑瓜子喝啤酒吹牛。就在那时，我忽然在舞池里发现了我姐，她从家里跑出来后，一直没见她人影。我注意到她正和一个家伙黏一起，他俩不时窃窃私语，暧昧的笑声不时地传到耳朵里，让我觉得很别扭。尤其是，当我发现那个男的留着不羁的长发时，心里突然萌生了和老爷子一样的固执和偏见，原来她跟这种不三不四的人一起混，难怪之前她老是背着家人往外瞎跑呢，有时天很晚了，也不着家门，害得我一趟趟出去找她，准是这长发小子勾引的。我算明白，老爷子那天为啥痛下狠手收拾她了，依照老爷子的性子，他肯定是悄悄跟踪过她的，知道她晚上出门是为了这个二流子，现在老爷子躺在家里动不了窝，她倒整晚整晚在歌厅里风流快活。

一想到这些，我就觉得自己简直是在助纣为虐，浑身的血液开始往脑门子上撞了。老爷子出事后，我所背负的种种不安和歉疚，这一刻似乎终于冤有头债有主了，我总算找到了发泄口，我在黑暗中握紧拳头，大概忍耐了一分钟，等舞池里的那对情侣互相搂抱着，双双旋转到我眼前时，我那跟老爷子一样火爆的脾气瞬间就被点燃了，我拼命三郎一样跳到他们当中。小子，往后离她远点，听清了吗，不然老子非弄死你！我凶巴巴地用手指着长头发男的，然后又一字一顿地冲姐姐说，我真后悔，那天没让老爷子把你的头皮扯下来！后来的情形可想而知，长发男被我激怒了，也许是我出言不逊，他想证明给我姐看他能保护她，所以，一场打斗在所难免，好在我那些年别的没学会，打架绝对是把好手，如果没记错的话，我当即就让那家伙满地找牙了。我一直记得我姐当时的眼神，她被我的拳头和言语震住了，她肯定深深地感觉到，我跟父亲的脾气同出一辙，我的怒火和出手，像极了老爷子的一贯风格，简直能把对方撕碎。那以后，我和她彻底变成了陌路人，不管在任何场合，她绝不跟我多说一个字。我为她误伤了老爷子，又为那个不三不四的家伙伤透了她，说起来这世界就是这么奇怪，我活该。我最不该回到这鬼地方来！

每年中秋前后，都会有一段阳光灿烂的日子。意志巷的人们开始热火朝天地预备过冬的煤饼、煤球之类，原本就拥挤不堪的小院，一时间被家家户户盛煤的麻袋、竹筐和摆放在院里田字格一样的煤饼占据得无扎锥之处，大家在走道的时候，难免忘却了自己的德行，总是嘟嘟囔囔地怨骂别人。

从院里走到巷口，或从别的什么地方走进意志巷，耳朵里总是灌满了街坊们的满腹牢骚和怨言，为何还不给通暖气，整天烟熏火燎的哪里还像个城里的样子嘛……不过也有人传言，这房子住不久了，翻过年就要拆啦。一说到拆迁，大家都不约而同地打住了，似乎谁也不愿意去想那些遥远的事情。于是，抱怨之余，人们还是无可奈何地，把一袋又一袋、一筐又一筐的煤炭用他们并不坚实的肩膀扛进意志巷。

多年来，意志巷的人养成了朴素节俭的习惯，冬天里生火炉倒出的煤灰，他们一般是不会轻易丢进垃圾站的，而是要用细眼筛子精心筛选一番，哪怕每次只能筛出十几粒尚未完全燃尽的半黑半灰的煤渣，他们也乐此不疲，省下来的就是挣下的，大伙都信这个老理。大伙把去年冬天积攒下来的这些煤渣，在此时又宝贝般地倒腾出来，然后掺和到新煤里，再制成煤饼煤球今冬继续烧用。

到了这个时节，贾裁缝便整日如一只饿得两眼泛绿的狼，不停地逡巡在巷口和院内，她时不时地从地上捡起几小块别人搬运时丢落的黑炭，偶尔，她也会趁人不备，顺手牵羊地从旁人家的麻袋或煤筐里迅速捏上两小块，然后，沾沾自喜地仓皇进屋。因此，贾裁缝这段时间便有了早起的习惯，她瞪大了眼珠，不时地在院子里转来转去，巷子里不论是谁见了她，都会笑嘻嘻地打趣。

喂，贾裁缝又起这么早啊，今天恐怕收获不少吧！

这种时候，贾裁缝反倒跟人家客客气气，不笑不张嘴，一副讨好谁的样子。

天黑后，阿桂的脸上拂满了春风，她扭动着绵软的腰肢，轻轻快快地飘进了自己屋里。她对着镜子悉心描画一番，当她触及到脸颊上微微作痛的划痕时，她顿时看到一脸怒火，又在椭圆形的镜子里燃烧起来，她不知道自己是在记恨贾裁缝，还是在生女儿的气。她从未正眼瞧过意志巷的市侩，尤其是贾裁缝这样的刁民，她向来是不屑一顾的，她才不稀罕和这种家伙计较。这样想时，她倒是给丫头气得头发昏，世界真是变化快，唯一的闺女不帮自己也就罢了，也跟着外人合起伙来伤透她的心。不过，想到眯眯过一会儿要来，她忙取出那瓶他早先送的香水，轻擦到两鬓、胸脯和腋下，她记得每次和他幽会，她都会将自己弄得清香怡人，她很早便懂得，一个女人应该和玫瑰一样美丽芬芳娇艳动人。

其实，眯眯和阿桂相识已久，但最终扮演阿桂的情夫，还是从丫头爸病故以后开始的。眯眯成为意志巷的常客，逢三过五，院子里的人就能看见他潇洒体面的身影，他人生得够精神，小分头一成不变，裤缝子总是笔直，脸上挂着那种让年轻女人总想多瞅两眼的眯着细眼的微笑。就连贾裁缝、莫老太这样的老街坊，也会伸长了脖颈瞪大双眼，或竖直了耳朵，密切关注阿桂家的一举一动，唯恐疏漏了某一个精彩的细节。总之，只要这个叫眯眯的男人一来，院子里的男女老少一个个都复活了。

门外有人敲门，她没敢去开灯，知道是自己要等的人来了。她轻轻拉开门缝，屋外的人便闪身钻进来，她顺势扑到来人的怀中，嘴里娇嗔地怪怨不止。

阿桂，是我，快松开！我是郑——

她闻声慌忙松开对方，一时间又羞又臊又窘。

我是过来给你送药的。郑老师用细长的手指往上推了推近视镜框，又稳了稳神，才和缓地说，我和她都很过意不去，她也后悔了，这不，特意让我买了瓶治疤痕的药，听说这种药挺管用的，你擦擦看。

郑老师……我……这？

她来不及开口说什么，对方已经快速转身出去了。

郑老师直挺挺地站在院子里，长长地出了口气，刚才被阿桂紧抱过的衣服，还散发着淡淡的清香，那香气让他有些晕眩和战栗。这怡人的女人香正慢慢地向他的骨子深处穿透，他久久待在那里一动不动，像是被什么东西陶醉着，舍不得要去破坏。

这晚，一向温文尔雅的郑老师，躺在贾裁缝身边辗转反侧，几乎彻夜难以入眠。他清楚地听到妇人厚重若雷的鼾声，震得四壁作响。他用棉被痛苦地蒙住头脸，鼻孔里却又奇怪地闻到绵长的来自女人身体所散发出的一股诱人气味。

这个平静的秋夜，在郑老师的心中突然变得陌生而又不平常了。

秋分

在我印象当中，郑老师人不错，他一直在学校里教书，每天穿戴齐齐整整，骑一辆永久牌锰钢车子上下班，在巷道或路上遇见他，清瘦的脸上总挂着知识分子特有的自信微笑。我刚回到意志巷的时候，学习成绩一直跟不上，回回考试都拖班里的后腿，老师就让我请家长，老爷子回到家里鼻子不是鼻子脸不是脸，威胁说，念书再不用功，干脆把你送到剃头匠那里当学徒去。哼，就算打死我，也不跟那老头儿学剃头。我心里狠狠地说。

晚上，我妈悄悄带我去找郑老师，求他给我辅导辅导。当然，我妈没有空着手去，她从家里偷偷拿了两块肥皂和一双白线手套，这些都是老爷子厂里发的劳保，我妈一进门就把这些玩意儿塞给了贾裁缝，不然，这个女人总是多嘴多舌的。拿了肥皂和手套，贾裁缝便欢天喜地，话果然比平时少了一半。说心里话，我并不喜欢去她家学习，贾裁缝除了嘴碎，一双叽里咕噜的眼老在人脸上划拉，有时让人感觉她根本不是个女裁缝，而像一个顶狡猾的女特务，非要在你身上搜出点什么名堂才肯罢休。

倒是郑老师没有一点架子，讲起书本上的知识头头是道，我从他的眼神里看出他在家里挺憋屈的，有个像我这样的学生，让他偶尔辅导一下，反倒使英雄有了用武之地。每次，他正讲得口若悬河，贾裁缝突然用力干咳两声，然后翻翻眼皮，冲墙上的挂钟直晃下巴，嘴里咕哝，老郑啊，时候不早了，明早你不去学校上课啦？郑老师的辅导就戛然而止，我正闷得发疯，多一分钟也不想再待下去了，气氛太压抑了，我真不知道，郑老师每天在家是怎么熬过来的，这里简直像座监牢。所以，后来不管我妈怎么苦口婆心，我都不想去让郑老师辅导了，我的学习成绩终究没啥大起色。

这一天贾裁缝跟往常一样，又从巷口到院里趔趄了好几个来回，却连半拉煤球也没弄到手，这令她颇为失望。当她十分沮丧地回到自家门前时，忽然像间歇性精神病人突发病状地惊叫着，不得了了，不得了了，快来人呀……平静如一潭死水的小院，刹那间被她搅扰得晃动不已。早起的邻居们好奇地簇拥过来，他们慵懒浑浊的眼孔盘结着干黄的眼屎，夜间发酵的口气伴随着接二连三的哈欠向四周飘散。

贾裁缝家门前和道旁用铁模子脱下的煤块上面，突兀地留下许多奇怪的脚印，将尚未晾干的煤块踩得零乱不堪，仿佛是谁故意在上面恶作剧般地徘徊过。当然，最让大伙感到惊讶和好奇的是，有几只沾染了黑色煤汁的大脚印，居然十分清晰地指向对门的阿桂家。

邻居们面面相觑，随即便麻雀落地般叽叽喳喳起来。

原来，这脚印竟是去往阿桂家的呀……黑灯瞎火走错了门也是有的，估计也就是个小毛贼，充其量不过是个采花盗……大伙嘿嘿发笑，指指点点着阿桂家门前的那几只黑鞋印，于是，在这个睡梦初醒的早晨，人们的思绪又活跃了，并且开始浮想联翩，过久了枯燥乏味的日子，都巴不得弄出几声猥亵的怪笑调剂一下生活呢。

猛不丁，阿桂家的门豁然敞开，女主人只穿着一件很透很薄的丝质睡裙，赤着双脚，披头散发冒了出来，尤其是脸蛋上的那道已结痂的涂了紫药水的伤疤，看着简直有些触目惊心的味道。

院子里的人全部怔住了，所有人都被阿桂愤懑的表情和燃烧在眼底的两股子怒火所震慑，她嫩白的脚趾涂着猩红的指甲油，在熹微的晨光里宛若星星点点绽放在雪地中的两束梅花。男人们的眼睛全都直了。

阿桂愤恨地将手中的一个玻璃药瓶石块一样掷出去。

贾裁缝猝不及防，当头中了这突如其来的一击。

接着，阿桂以胜利者的姿态双手叉腰道，姓贾的，往后你给我放尊重些！那些脚印子，你最好还是回家问问你男人吧！

有人早抢先捡起落在潮湿的煤块上的药瓶给大家看，于是都不约而同地念出"疤痕灵"三个字。这样一来，人们经过一番交头接耳之后，便又哄堂大笑起来。

原来是贼喊捉贼啊！

人家郑老师可是雪中送炭哟……

不对，那叫怜香惜玉，嘻嘻嘻。

唯独贾裁缝，这个向来言语尖酸刻薄的妇人，像是被阿桂的一记奇招给制服了，她狼狈不堪地用一只手捂着自己的脑门，那个部位肯定正火烧火燎作痛呢，她一时间竟忘记了呻吟，只有双眼迟钝地死盯着那只深褐色的瓶药发傻。

寒露

我提前下班，费了好多唾沫，总算把丫头从拥挤的女工宿舍里叫了回来。

当年丫头她爸去世后，玉皇阁幽长的城门洞里就多了她孤单孱弱的身影，那时她还是个小黄毛丫头，晚饭后揣一只布沙包，一个人到那里蹦蹦跳跳踢到天黑。这沙包还是她爸在的时候亲手给她缝的，那时丫头总是喜欢让他背着满街转悠，那个男人真是疼她，上街从来不忘给她买糖果吃，每天下班回来，忙忙碌碌给她们娘儿俩做饭，洗得发白的劳动布围裙系在腰间，锅里炖了肉或什么好吃的，总先紧着丫头吃，院里老少都挑大拇指，丫头可真是他爸的小棉袄。这也每每惹得阿桂老大不自在，嘴里不咸不淡怨他丈夫，哼，你就好好惯吧，早晚有一天惯得她上天。丫头爸不以为然，爷儿俩整天黏糊得像一个人。

那阵子我最羡慕的人就是丫头，或者说，是羡慕他们爷儿俩那种亲密无间的关系，在这方面，我简直没法跟她比，我跟我爸成天闹得鸡飞狗跳惹人笑话，所以，我在丫头面前其实很自卑。直到她爸走了以后，她突然变得郁郁寡欢，很不合群，总跟阿桂没完没了地吵，我才和她逐渐有了接触的机会。

我老是莫名其妙地担心她，时不时也会跟踪一下，怕她在外面被坏人欺负了。有一次很晚了，她妈跟那个眯眯去俱乐部参加舞会，出门前娘儿俩拌过嘴，丫头摔门而去，阿桂说有本事你一辈子别回来。我就一直牵挂着她，过一会儿就站到门口朝她家张望，灯老是黑的，都过夜里十二点钟了，她妈还没回来，也没见她人影。我一个人跑到巷子外面四处踅摸，街上冷冷清清，半天连只野猫都没见着，后来拐来拐去，我一路找到玉皇阁下面的城门洞里，借着外面路灯的一点光亮，我发现丫头靠墙坐在里面的一个黑暗角落，竟然给睡着了，手里还紧紧抓着他爸给她缝的那只沙包……那以后，也许是惺惺相惜吧，我们竟成了无话不说的朋友，但凡谁在家闹了脾气，多半会跟对方诉诉苦的。

记得有一次，我估计她八成是气得发疯了，居然煞有介事地跟我讲，我爸一准是让她跟那个眯眯给害死的。我当时真的吓了一跳，你有证据吗，这种话可不能乱说，要负法律责任的。她恨叨叨地咬了咬自己的下嘴唇，上面留下一排深深的牙印，等着瞧吧，总有一天，我会找到证据的……当然，她后来一直没有再提证据的事，我也不想再问她，也许她当时说出来心里好受多了。

我和丫头刚走到巷口，便撞见了郑老师，他正低着头匆匆忙忙向外走着，他的一只臂弯里夹着花花绿绿的铺盖卷。在我俩眼里，郑老师是位让人敬重的师长，他和贾裁缝完全属于两个世界里的人。丫头一直想不通，她好几次跟我说，郑老师这样一个好人，为啥非要娶贾裁缝这么庸俗的女人做老婆？想想简直是三生不幸啊！丫头小时候念书，遇到不明白的难题，也跟我那样会去找对门的郑老师请教，不过，丫头是自己去登门请教的，不像我是被母亲硬拽了去的，好像上刑场一般。她一直觉得郑老师知识是那样的渊博，而且，他每次讲解得既亲切又耐心，从不说一句多余的废话，就像《论语》里说的诲人不倦。而我跟她的感觉有很大不同，我的注意力不在郑老师的讲解上，我一直讨厌他们家的氛围。

此刻看到丫头和我，郑老师显然有些尴尬。

郑老师，您要出远门啊？

不，不是——最近学校里忙，我要去加班改教案……丫头，听我一句话，别再跟你妈吵了，你如今是个大姑娘了，说真的，你妈其实也不容易，你应该多体谅体谅她才对……郑老师没有像往常那样口若悬河，但话语听起来还是中肯稳妥的。

丫头眸子黑幽幽的，粉红嘴唇嚅动了两下，半晌欲言又止。

秋日夕阳的余晖洒在狭长的巷道里，显得那么的柔弱无力。郑老师夹抱着铺盖卷的身影，在我们看起来既陌生又臃肿不堪，冥冥之中，有几片黄树叶从我们眼前飘飘扬扬地掠过，金橘色的太阳就要隐没在天的尽头，而它寂寞的周围不再有灿烂的光芒。

我们无声地看着彼此。我们都是怀揣心事的人。她能听进去我的话,肯跟我一起回来,让我觉得自己不再那么糟糕了。我从来都不是那种能说会道的人,相反,更多时候只会发脾气,倔劲儿一上来就不管不顾。我很少在乎别人的感受,我跟老爷子到现在,都没有真正坐在一起心平气和地说过话;还有我姐的事,也让我搅得天翻地覆,她一直不肯原谅老爷子和我,我想最近应该抽空找她好好聊聊了,至少我应该为那件事向她赔礼道歉。我没有理由胡乱干涉她的生活,如果她真心喜欢什么男人,管他是长发还是短寸,我保证不再有二话。

我转身正准备回家,丫头却猛不丁从身后把我的腰抱住了,而且抱得好紧,额头也顶在上面,就像她更小些时候紧紧抱着她爸那样。我几乎不敢发声呼吸,我想挣脱开,又怕会因此失去什么,所以直到她松开手,我连一动也没敢动,尽管我心乱如麻。

后来整个晚上,丫头都安生地待在家里,看来,郑老师刚才的话她听进去了,反正她不再闹腾什么了。她们母女俩坐在一起吃了晚饭,气氛比往常又多了一份别扭,丫头捧着饭碗,味同嚼蜡,心不在焉。很久以来,正如我跟老爷子一样,她和母亲之间,几乎是依靠那种鸡狗相互敌对的目光和态度来维持着,而今天晚上,这种极其微妙而又滑稽的关系,一旦被自觉或不自觉地打破,丫头竟然有种怅然若失的感觉,她的心情凌乱而又难堪,她有种想哭的冲动。她后来跟我说,其实,她也觉得她妈怪可怜的,她忽然有种想跟母亲拥抱一下的冲动,但她到底什么也没有做。

丫头仅仅是偶尔抬起头，看见那道像蚯蚓一样的伤痕，正静静地爬在母亲漂亮的脸上，她注意到母亲已经不再年轻，这是事实，她就兀自联想起意志巷这条狭长的巷道，不就是一条巨大的蚯蚓或蜈蚣，多少年来，一直丑陋地蛰伏在脚下的这片土地上，而在丫头的敏感的心上，仿佛也有一道这样难以名状的伤痕，它一直奇怪地阻隔在母女之间。丫头说，她不想再怨母亲什么了，怨只怨自己命不好，父亲走得太早了。

等到上床睡觉的时候，阿桂从衣橱里默默取出一条毛毯，轻轻地压在丫头的被子上。天凉了，屋子里阴气很重。阿桂的目光终于不再躲躲闪闪，她很温暖地看着丫头的脸，丫头佯装熟睡紧闭双眼，眼皮却不时微微波动着。毛毯里散发出的樟脑丸的气味，正慢慢地渗透在阴郁的空气中，丫头说她分不清是香味还是别的什么。

这一夜，丫头是闻着这种浓郁的气味沉沉入睡的。

霜降

在我看来，意志巷更像一条从门前流过的河，多少年来它就这样不紧不慢流淌着，浑浊的河水不停地拍打着古老的河床，日复一日，它把一切都冲得平淡寡味无足轻重，时间却一刻不停，我们都在不停长大或悄悄变老。

无意间看到贾裁缝，她的眼袋深得仿佛两摊滴淌下来的蜡迹，就深刻地挂在那张阴郁的脸上，她失魂落魄地游荡在意志巷狭长的巷道中，她那副祥林嫂式的蹒跚而行，让我和路人都有些毛骨悚然。我惊讶地发现，这个意志巷平素最活灵活现贫嘴多舌的女人，一时间竟判若两人了。

贾裁缝忽然木偶一般挡住了我的去路，她愁苦而又忧虑的脸仿佛一张死板的面具，她忧心忡忡地望着我，你说，我家郑老师会不会和我打离婚？这个没良心的背着我搬到学校住去了，真不晓得，他脑袋瓜子怎么想的……

对于别人的家事我无从回答，我只是牵强地摇摇头说，郑老师他是个好人，应该不会的吧。其实，我打心里厌恶这个神经质的女人，摊上她是郑老师的悲哀。

贾裁缝显然对我的回答并不满意，她的脸上是我从未见到过的狼狈和凄惶。蓦地，她眼底忽又一亮，因为她看到丫头正从屋里走出来，她急忙扔下我，像只笨拙的母鸭似的迎了上去。我这才稍稍松了一口气，我隐约听到贾裁缝低声下气地和丫头讲话，而丫头似乎根本没拿正眼瞧她一下。很快，丫头便不耐烦地推开她扬长而去了，只留下贾裁缝臃肿落魄的背影挡住巷口的一抹亮光。

白天，贾裁缝几乎哭丧着脸，鬼使神差地来到阿桂工作的那家国营商场，她那副可怜巴巴的神情和语气，立刻招来许多售货员和顾客的好奇和围观。

阿桂，我求你，帮忙劝劝我家郑老师吧，你就让他搬回家住吧，阿桂，只有你能帮我的忙哟！贾裁缝隔着柜台，猛地一探身就把阿桂的一只衣袖牢牢抓住，她故意放大了嗓门嚷，我求求你了，阿桂，我们好歹邻居一场啊，我男人一定会听你的话的，你看你长得那么漂亮……

同柜台的几个售货员素来嫉妒阿桂的穿戴和媚态，阿桂总令大家相形见绌，阿桂平时敢穿，敢说，敢和经理、小伙子眉来眼去打情骂俏，这些都是她们望尘莫及的。此时此刻，她们巴不得事情闹得越大越好，这样每个人心里才能暂时获得一些补偿和平衡。

贾裁缝见阿桂无动于衷，甚至都懒得多瞧她一眼，她心头的愤怒猛然爆发出来：喂，你们大家伙一定不晓得吧，这个不要脸的货色，她勾引我家男人，她是我们意志巷最破的破鞋……她还伙同野男人害死了自己的丈夫！

众目睽睽之下，阿桂终于被贾裁缝的羞辱激得恼羞成怒。她奋力掰开贾裁缝的手，气冲冲地冲出柜台，然后她指着贾裁缝的鼻子骂道，真他妈活见鬼了，你脑子是不是进屎啦？你男人跟你离婚，关老娘屁事——你看不住你男人，你这是活该的！之后，阿桂捂着脸上隐隐发烫的伤疤，几乎是一溜烟逃离了人潮汹涌的商场。

意志巷的每一个巷角和墙缝间，都弥散着人们生火做饭时的煤烟味，空气中大量的一氧化碳分子无时无刻不在提醒人们，漫长的冬天就要来临了。

这天阿桂起来的比往常早，她幽灵般地潜伏在玻璃窗后，她的双手用力扶在窗台上，水泥窗台流淌着从玻璃面上滴落下来的冰凉的液体，她感到有些刺骨的凉意，从她口中呼出的哈气，不断地弥漫在窗户上。她的样子很像一只随时都会扑向耗子勇敢搏斗一番的母猫。

在清晨的红旗服装厂车间里，几十台陈旧的缝纫机嗒嗒嗒地轰鸣着，布料的细小纤维和灰尘在浑浊的空气中飘飘荡荡，繁忙而又紧张的工作，使这个早晨看起来和平时并没有什么不同。

贾裁缝就坐在靠近窗边的一台机器前，她心不在焉地用她那双灵巧的手拨动缝纫机的手轮，脚下的踏板发出的声响断断续续毫无生机。每过一阵，她便双眼木讷地盯着反射出耀眼光亮的缝纫机针尖发呆。

这时，阿桂悄无声息地来到了贾裁缝工作的车间里，没有人注意到这个女人是怎么进来的。

贾裁缝如梦方醒，四只眼睛仇恨地对视了几秒钟后，阿桂忽然地从自己皮包里豁地抽出早已准备好的菜刀。贾裁缝感到眼前一片雪亮，她那天生像机关枪一样的嘴巴，已经没有了任何发挥的余地。车间里的女工们都被贾裁缝杀猪一般凄厉的号叫惊呆了。

一抹并不灿烂的阳光，将迸溅在玻璃窗上的斑斑血迹映衬得森然恐怖，被菜刀砍断的手指如血虫在蠕动，悬浮在空气中的血腥有股湿热的甜味，女工们个个心惊肉跳，有人甚至当场便晕厥过去。阿桂手里的东西啷唧一声落在地板上，她胸口剧烈起伏着，好像完成了一桩平生夙愿，继而，嘴角一抽，发出几声荒诞的怪笑，然后整个人就一屁股跌坐在地上，似一只撒光了气的皮球。

立冬

几日后，我在看守所遇见了郑老师，他满脸的痛苦和无奈，他说所里的人讲案子没弄清之前，他是不便于去见人家阿桂的。他想托我把他手里的一网兜果品转交给阿桂，最后他接连说了几遍是他害了她。好心办坏事，人一辈子谁都难免的。

阿桂的样子并没有我想象中那样可怕，她强打起精神问我，你桂姨是不是很难看呀？她说话的样子既天真又苍老。

我急忙冲她摇摇头，一股寒意悄无声息地偷袭了我。

阿桂身上穿着那种很宽大的劳动布衣裤，她的脸色铁青，或许，这是我所看到的最朴素的她了。透过阻隔在彼此间的冰凉的钢筋栅栏，我想我和被关在里面的人犯都一样，我们都无法随心所欲推心置腹，我想失去自由一定是人生最大的悲哀。我脑海中不时浮现出一个风韵犹存的女人的种种样貌，这跟我眼前的形象无论如何都不合拍，我宁愿相信关在这里的不是阿桂，而是一个完全陌生的女人。

黄昏时分，我踩着落了遍地的杨树叶走进意志巷，我感到脚下沉甸甸的。我答应阿桂今后会帮她照顾好丫头，我不知道这意味着什么，可我知道自己一定会尽力而为。也许，阿桂早就觉察到了，我打心底里是喜欢丫头的，反正我从她期盼的眼神里看出，她现在什么都无所谓，却真的不能再没有丫头。最后，她让我捎话给丫头，说她从来没有做过伤害她爸的事，她跟眯眯好是在她爸走了以后。不管丫头听了会怎么想，我相信这些是阿桂的真心话。

在柔弱苍白的夕阳下，我看到弓背塌腰的莫老太正独自守在巷口，她颤巍巍地向我走来。

听说你去了公安局？那个狐狸精这回恐怕要吃枪子吧？！

我竖了竖衣服领子，一阵远远拂来的秋风把地上的树叶儿吹到我的脚背上，偶尔，有那么三两叶是从我的肩头抖落的。

喂，我说你不是看上阿桂家丫头了吧？这你可得当心哟，老话说得好，怎样的虫子，屙怎样的屎，你就不怕她也……

日头要落山了，您老当心闪了腰，晒暖和等明天吧！我实在不想再听她瞎叨叨了，就撇下她径自走开。

莫老太昏花的眼里泛起了一片迷雾，她仍旧瑟缩地站在瘦弱的巷道里，半天自言自语着，又像是反复琢磨着我刚才说过的话，她那斑斑点点的老脸被风吹得皱皱巴巴像一块破布。过几天冬天真的要来了，到那时莫老太基本上不怎么出门，她年轻时裹过脚走路不灵便，她也怕天寒地冻不小心摔出个好歹来。

张学东

中短篇小说选

5

工地上的女人

张学东 —— 著

中国言实出版社

图书在版编目(CIP)数据

张学东中短篇小说选 . 5, 工地上的女人 / 张学东著 .
北京 : 中国言实出版社 , 2024. 11. -- ISBN 978-7
-5171-4836-4

Ⅰ . I247.7

中国国家版本馆 CIP 数据核字第 2024PF6896 号

工地上的女人

责任编辑：史会美
责任校对：王君宁

出版发行：中国言实出版社
　　　　地　　址：北京市朝阳区北苑路180号加利大厦5号楼105室
　　　　邮　编：100101
　　　　编辑部：北京市海淀区花园北路35号院9号楼302室
　　　　邮　编：100083
　　　　电　话：010-64924853（总编室）　010-64924716（发行部）
　　　　网　址：www.zgyscbs.cn　电子邮箱：zgyscbs@263.net

经　　销：新华书店
印　　刷：北京盛通印刷股份有限公司
版　　次：2025年1月第1版　　2025年1月第1次印刷
规　　格：710毫米×1000毫米　1/16　152印张
字　　数：1600千字

定　　价：498.00元（全8册）
书　　号：ISBN 978-7-5171-4836-4

坚硬的叙述

——张学东小说印象

王 干

认识张学东一晃快二十年了，我们最早的一次见面，还是在北京朝内大街166号《中华文学选刊》杂志社我的办公室里，我后来多次选载过他的中短篇小说佳作。当年的青年作家倏然间也步入中年了，二十年间张学东勤勤恳恳地写作，踏踏实实地创作，完成了近五百万字的著述，算得上一个高产作家，光他的中短篇小说精选集就洋洋洒洒有八卷本之多。学东嘱我写篇序言，我苦思冥想，在寻找一个词来概括张学东的小说风格，始终不得要领。近日，再度浏览他的小说时，一个词跳了出来：坚硬。我赶紧打开电脑，记录下这样一个关键词。

张学东出生于宁夏吴忠市，是正宗的大西北人。大西北地貌的雄浑、沧桑和坚硬，是人们肉眼可见的。有一次，我从宁夏坐车去西安，沿途的风景极为壮观，巍峨而挺拔的山峰，粗粝的石子和沙子，那些在风中行走的人们，与我平常在家乡江

苏所见到的景象是截然不同的，与我现在生活的北京也是"画风"大异，但近二十年来，我读到的宁夏的作家的文风却并非全是那么的豪放，比如，"60后"的石舒清、"80后"的马金莲等作家的文字就有着一种清澈、细腻和贴心的叙述。张学东的文字与他们又不太一样，他的小说也呈现出鲜明的宁夏地貌特征，在《跪乳时期的羊》中他写道：

> 才几天时间，草场上就有了翻天覆地的变化，又接连飘过几场雨，丰茂的草势一下子使得天地间臃肿起来。羊群刚赶出圈，呼啦一闪便不见了踪影，仿佛一个个掉进了深不见底的绿色湖泊之中。有时风头猛了，才能把绿色揭起几片白色的浪花，那是羊儿正埋藏在里面吃草呢，但很快又全部隐没不见了。

这样的叙述让人不禁想起了那首著名的乐府民歌《敕勒歌》："敕勒川，阴山下，天似穹庐，笼盖四野。天苍苍，野茫茫，风吹草低见牛羊。"当然，一个是"现"牛羊，一个是将羊群隐没了起来。但同样的大气魄，大手笔，非出自现场的亲身亲历者不可。这样一种坚硬的叙述，如果要从现代文学那里寻找源头，恐怕只有鲁迅先生了。鲁迅的小说风格被人称为冷峻，我则视之为坚硬，如果比照鲁迅的杂文，就会发现这位硬骨头的坚硬特性会更为明显。和鲁迅同时代的茅盾、巴金等人的叙述明显要柔和清新些，而到了沈从文、张爱玲那里则变得

清柔如水了。

当然，坚硬与柔和并不意味着审美价值的高低，而是天生的个性和内心所致。我不知道学东有没有受过路遥的一些影响，但在叙述质地的坚硬和刚性上，他们彼此都是相通的。

说张学东的"坚硬"，不是说他的写作只是一味地粗放和豪迈，事实上，他在叙述乡村历史和个人成长的历程中，时时体现出他特有的一种柔情和挚爱，他叙述苦难岁月里的人与人交往、描写大自然与童年视角的交融无不如此。在那一刻，他就是一个柔情万种的赤子和爱神。

与此同时，在当代小说家中，学东也是描写动物的高手，对羊、狼、狗、鸟等动物的拟人化的魔幻现实主义的叙述，进入到一个如我又无我的化境，但他写的绝不是宠物小说，他写的还是人物小说，在这个意义上，他笔下的动物无人可宠，不是无聊时的陪伴，而是生存的相依为命。生存的粗粝、生命的顽强、生活的艰辛，都让他笔下的生灵坚定、坚强、坚毅，让他的人物骨头硬、脾气硬、作风硬。

张学东在坚硬语言的外壳下，始终隐藏着一副柔软的心肠，这让他在对历史、社会和现实的探究中，赞颂的永远是自然美、人性美和童心美。

我以为，张学东的小说的基调无疑是现实主义的，他凝视、回望、聚焦生活的记忆和真实的感触，用写实的笔触来书写，但他又是一个开放的现实主义的践行者，他的小说对叙述视角和人物视角的转换的尝试孜孜不倦，保有现代主义和魔幻现实主义的韵味。

通读学东的作品不难发现，他的小说"切"和"砍"的力道非常明显，能与同时代作家区分开来，这一点对于一个小说家而言极为重要。我知道，在宁夏很多作家都习惯于书写土地上的苦难，学东另辟蹊径，很多时候他更愿意去写当代人的现实苦闷，从某种程度上说，苦闷是比苦难更难驾驭的。

是为序。

2024 年 6 月 13 日于万国城

目　录

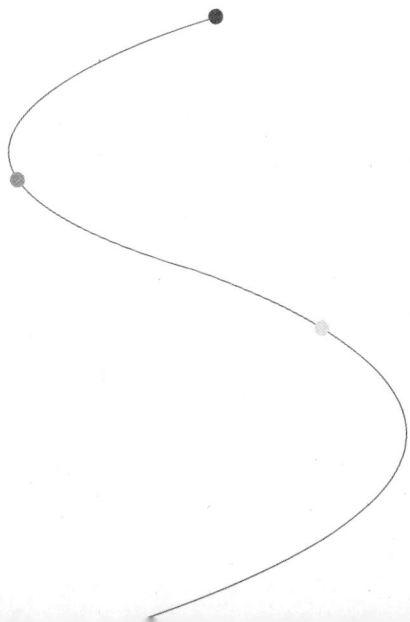

耀眼的阳光下面是姐妹俩乖巧亲密的一双影子。
三杏正用自己细细的手指从背后拽姐姐的花布衫。这
是她一贯的伎俩。三杏知道这件碎花布衫跟了姐姐好
多个夏天了，颜色早都发白了，原先漂亮的小碎花儿
也看不清在什么地方，可姐姐就是舍不得为自己去缝
件新的。三杏的手指轻轻一触就能感觉到布料已经洗
晒得又脆又薄，稍微一扯就会撕破的。

于是，三杏就不忍心用力去拽，而是张开双臂猛
不丁将姐姐的腰搂住了。姐姐的身体暖烘烘的，散发
出太阳和花草的香味，三杏觉得把姐姐搂在怀里很
舒服。

二桃呢生来就是一个怕痒的身子，被妹妹这样冒

冒失失猛地一搂，真就受不了了。她使劲扭着身体，拿手着急地掰着三杏的手指，想把妹妹从自己身上甩开。可是，三杏偏偏不放，搂得越发紧了。

三杏还把脸贴在姐姐的后脊梁上，将嘴唇和鼻子里的热气全都哈在姐姐的身上，两只手也很不老实地在姐姐的胸脯那儿轻轻触弄一下。这样一来，二桃更加受不住她，后背仿佛爬满了发了高烧的毛毛虫，一刻不停蠕动着。她的身体打着摆子，腰也弯下来，两只脚失去控制一般往两边出溜着，眼看这姐俩就要一屁股坐在地上了。

地上还是一片鲜嫩纷繁的阳光，树枝和叶子的暗影儿在上面轻轻晃动，仿佛有什么预谋似的紧紧地围绕在这姐儿俩的脚下。

姐姐有点生气，三杏不许闹了，你再闹我就把你的话原原本本告诉给爹，到时候有你好果子吃。

姐姐的话无疑是撒手锏。三杏果真就像司机刹车那样一动不动了。只是，搂着姐姐的手还迟迟不肯彻底松开，像是一撒手姐姐就会雀儿一样飞走了，不再听她的话，不管她了。

这世上谁都可以不听三杏的话，可姐姐不行，姐姐是三杏的伴儿是三杏的良师益友是三杏的全部精神寄托，甚至，还是三杏的半个娘。妈是生三杏的时候得产褥热殁的，那时姐姐二桃刚念小学五年级。姐姐是心甘情愿辍学回家的，然后尿一把屎一把将三杏一手拉扯大了。这些年爹一直也没有续弦的念头，旁人倒也有劝说递话的，爹只是木讷地摇摇头。爹后来才跟二桃说我就怕找个后妈来对你们兄妹不好。

三杏从学会说第一句话的时候就傻傻地管姐姐喊妈妈，一直喊到她自己进了学堂那天，才被姐姐强迫着改了口。那一天姐姐把三杏送到学校，姐姐前脚一走三杏就哇哇地哭着撵上来死死抱住腿不让她走。姐姐说三杏乖三杏最听姐的话，三杏要念书识字学文化，三杏将来还要给姐考个大学让姐也好好欢喜喜喜呢。三杏不喊姐，一声一声地喊妈。姐姐就不理睬她，使劲掰开她的小手，气气地撇下她说我不是你妈我是你姐，三杏你这个小傻瓜，妈早就死了，你没有妈我也没有妈你只有一个姐，听清楚了没有！我是你姐姐不是你妈，往后你再妈啊妈啊地喊我就叫爹把你送别人家去，送得远远的，让你永远也看不见姐姐！那次在学校门口眼望着姐姐生气的样子，三杏也真给吓坏了，半天不敢再说一句话，也就不敢喊妈了，可双手就是不肯松开姐姐的腿。

三杏打小就这样，要求姐姐帮她做什么事情或让姐姐答应她的某个重要的请求时，她一准儿会上来抱紧姐姐的腿，抱住就不放开，像是一撒手姐姐真的会雀儿一样飞走了，不再听她的话，不管她了。习惯总成自然，养成了就再难改掉了。现在也是如此，只是年龄和个头都增长了，抱腿不方便了，只好改搂姐姐的腰，有时还坏坏地对姐姐动手动脚，拿鼻子和嘴拱姐姐的后背，用指头肚儿摩挲姐姐的胳肢窝或别的什么敏感的地方，就连姐姐的两只饱满的乳房有时她也敢碰一碰，试图用这种方法达到自己的目的。其实，三杏很小一点的时候，也没少吮过姐姐的乳房，那通常是她哭得惊天动地而姐姐又毫无办法的情况下，就抱她到怀里给她吮上两口。所以，姐俩有时一起在家里洗澡的时候，三杏经常嬉笑着惹姐姐玩，她说姐你的咪咪真大呀。姐姐没好气地拧一下三杏的脸蛋，骂她还不都是让你这个小馋嘴猫吮大的。她呢更坏，明知道姐姐最怕痒的，却变着法儿想要胳肢姐姐。

三杏说除非你替我保密，不说给爹知道。

姐俩一般闹到这种程度也就差不多了，二桃眼看笑得快要岔气了，三杏还不肯罢休。这种时候姐姐就要投降，说不闹了不闹了，听你的就是。

谁教二桃是姐姐呢，二桃从来也拗不过自己的妹妹。妹妹高兴了二桃就高兴，妹妹哭了二桃也跟着着急上火，妹妹说怎样怎样的二桃也就顺着意思帮妹妹在爹面前一个劲儿打圆场。二桃不是怕妹妹，二桃是疼妹妹，总觉得疼不过来疼不够。有时候她真的发现自己似乎从来都没有把妹妹当作一个普普通通的妹妹来看待，妹妹简直就是自己的心头肉和眼珠子，应了那句话，顶在头上怕吓着，含在嘴里又怕化掉。妹妹若是为些鸡毛蒜皮的事情闹了脾气几天不开口跟她说话，二桃就傻眼了，一整天心里没着没落的，夜里觉也睡不踏实，想出千般的好听话主动找妹妹缠磨，不惜讲个在地里干活时听到的让她脸红心跳的野笑话给妹妹听，只要妹妹咧嘴扑哧一笑，当姐的心里比过年穿身新衣服还美呢。

事实上，即便过年二桃也是尽可能把心思花在妹妹的身上。领她到街上紧着妹妹的心愿挑选购买，罩衣要成品的蝙蝠衫，裁缝做的样式太土，穿上怕同学笑话，裤子选巴拿马的斜纹纤维料子最好不过，鞋子得稍微有点坡跟的才够漂亮，总而言之，妹妹是念书的人，穿在身上有许多双眼睛盯着看呢，马虎不得。特别是妹妹身上的一对乳房一天天发育起来，不罩个东西总是觉得在眼睛前面晃悠着，妹妹又不好意思去街上买，也不会主动跟她说一声，当姐姐的却看在眼里，夜里趁妹妹睡着了悄悄地用手比画了大小，第二天赶紧去买回来胸罩，神不知鬼不觉又掖在妹妹的枕巾下面。妹妹晚上睡觉前发现了，自然又感动又害羞，红着脸抱着姐姐亲近一番。至于她自己，穿着好点赖点都无所谓，反正脸朝黄土背朝天，谁也不会褒贬什么。关键是，要是穿得新新展展的怎么舍得下地干活，所以，自己可以省俭的地方尽量省俭着，妹妹花钱的地方多，事事得优先着她。

但是，眼下的事情似乎是不同于以往的。二桃做不得妹妹的主，也不敢轻易做这个主。所以，尽管三杏死乞白赖地央求了她半天，做姐姐的还是松不了口。非但不松口，三杏觉得姐姐对自己简直恨得要咬牙了。

二桃做梦也想不到，自己十来年盼星星盼月亮好不容易有个盼头了，却被三杏的一通喋喋不休的长篇大论给从头顶到脚跟浇了个透心凉。那种感觉一点儿也不亚于妹妹亲手扇了她一记耳光来得迅疾和突兀。上学怎么能是想上就上，不想上就不去上的事情呢？也不知道三杏这丫头是怎么想出来的！二桃越想气越不打一处来，尽心尽力地供养三杏这些年，临到头她却说出这么没心没肝的话来气她。

二桃最后还是撇下妹妹到湖里干活去了。

过些天稻田里该灌水了，她要和爹再去好好耙一耙地，等把抹平整了好赶在立夏前插秧呢。爹这阵子先到金成那边看育下的秧苗去了，秧苗可是天大的事情，稻田侍弄好了就等秧苗，秧苗长势好坏直接影响着一茬庄稼。想一想，金成已经替他们连着育过好几年秧苗了，要是没有金成打帮手，二桃真不知道这些年的农活自己跟爹怎么干下来。金成话虽不多，人却活泛，田里大大小小的活干得有鼻子有眼的，爹也就格外信得过金成。爹昨天晚上吃饭时还一个劲儿冲二桃念叨，等你妹妹考完学你们的事也抓紧办了吧，别让人家孩子再等了。二桃当然明白爹的意思。爹打心眼里喜欢金成。而二桃自己对金成说不上喜欢还是不喜欢，倒是总觉得欠着人家的情，感激的成分似乎占去很大一头。可要说一点感情也没有，那纯粹是假话，毕竟这些年金成一直苦苦等着她呢。她跟金成的事是经过媒人搭桥才开始谈的，她大概并不喜欢这种古老的方式，觉得别别扭扭的，所以，从一开始她的心里多少是有些不愿意的。当时她并没有想太多，媒人来牵线，爹就让她非去跟人家见面，见了两次，她也没有多少感觉，可金成似乎早就认准了她，很快就成了二桃家里的常客，隔三岔五跑过来帮着她干这干那，时间一长，她也就慢慢地接受了他。这事对她来说好像没有什么选择的余地，尽管她还没有挑明了说自己一定会嫁给他。

二桃当然懂得金成的心思，可是，二桃有自己的想法。爹老了，胳膊腿脚眼见着一天比一天重了，三杏还得继续念书，至于大草，那是没有办法的事情。翻过年就整整三十岁的大草，其实还只是个瓜孩子。大草比二桃大四岁，可大草三岁上就被高烧烧坏了脑子，是半个人，永远也长不大的。爹常对二桃说，只要你跟妹妹两个人都好好的，大草有我呢，不让你们操心。二桃听了就一阵心酸，眼泪哗哗的，急忙把脸扭到一边，可心头的想法一天比一天坚定。

二桃说你老老实实给我上学去，这件事情你想都别想。

见姐姐真的发火了，三杏也就变得服帖一点了，急忙松开手。姐姐并不经常给三杏吊脸子看的，可今天却一反常态，好像她真的说了什么大不敬的话而触犯了姐姐。

不过三杏并不服输，她也是想先试探一下姐姐，她已经想好了，考大学是一条路，可也不能一点退路也没有呀。再说，考上考不上大学还两说呢，考上了她反而要发大愁，现在学费那么高，听说稍微好点的学校每学年一万块还下不来，最次的也得六七千吧，她不想再给姐姐和爹添什么负担。姐姐也该去过属于她自己的生活了。她决定晚上就去找金成哥说说，让他赶快准备好把姐姐早些娶回去。三杏想等姐姐过门到了金成家，这边的事情姐姐自然也就管不着了。

三杏不想再说什么，背上书包出门走了。

出门时看见哥哥大草正趴在地上跟一群蚂蚁自言自语地玩耍着。她就蹲下来用手摸了摸大草毛茸茸的脑袋，大草冲她吐了吐舌头，憨态可掬地笑着，舌苔绿得发黑。大草有事没事总爱嚼那些绿绿的树叶子，就像一只温顺的小绵羊那样。她看大草又自顾自拿手里的树叶子拨弄那些蚂蚁去了，蚂蚁很快活地在地上爬来爬去，或者是惊惶不安的样子。

三杏站在大草旁边发了会儿呆，然后心事忡忡地转身走开了。

地在湖里。

这里管庄稼地叫湖田。一般，又都把下地去了说成是去湖里了，外人乍一听当然是听不懂的，觉得有些蹊跷，可明白了其中含义倒又感到几分诗意在里面，好像去湖里不是劳动受苦去了，而是观光玩水很惬意的事情。

湖还是很久以前的事，据说当初这一带大大小小要有十几个湖泊纵横相邻着一望无垠，又叫十二连湖。因为湖水清澈透明，风一吹湖波粼粼，阳光下微微晃动着的湖面就仿佛撒遍了碎银子一般晶莹耀眼，闪闪发亮，所以，大伙儿给十二连湖想了个极好听的名字，白银湖。早先，湖中是一丛又一丛茂密的芦苇，那时野鸭成群百鸟纷飞，大大小小的鱼儿在水中嬉戏游弋着。

那些年人们干劲十足，二十四小时拼命干，人心齐泰山移，最后硬是把湖埋在地下了。

一晃将近二十年过去了，有几块洼地开始慢慢地沉陷下去，每年一到开春时节水不断往上涨，渐渐恢复了昔日的湖光水景，一年里春夏秋三季都水量充沛，芦苇葳蕤蔓生，经常有人来这里垂钓。冬天结了冰，吸引着许多爱好冰上运动的年轻人从城里赶过来。那些洼地显然是种不得了，只好空着，田主的脑子活泛，索性在湖里抛撒些小鱼苗，到这里垂钓的来者不拒，钓一斤鲤鱼收三块，鲫鱼五块，生意很是红火。

二桃家的几块稻田正好跟这片鱼湖紧邻。

她还很小的时候，那阵田还没有分给私人种呢，水田是生产队和大家的。二桃家里就靠爹一个人去挣工分，别人家少说都有三五个壮劳力，唯独二桃家情况特殊，妈殁得早，哥哥偏又是个干不得活的瓜子，妹妹年纪小需要人照顾，一家日子过得可想而知。二桃那时就很懂事了，白天身上背着妹妹手里拉着哥哥就去湖里了。春天里，田埂上和沟坝边长满了艾蒿灰笤和苦苦菜，二桃手里攥把小铲子，一边走一边挖，她在前面挖哥哥妹妹跟在后头捡，一会儿工夫就装了半篮子，晚上提回家淘洗干净，自己不会做着吃就跑去邻家打问，邻人知道二桃妈走得早，一堆孩子可可怜怜的，便热着一副心肠过来教她蒸煮，二桃也就学会了，以后每年都带着哥哥妹妹去湖里挖那些野菜回来吃。刚一入夏那些没有来得及填平的小湖里就开始飘动着鱼儿细细黑黑的影子，芦苇也一天天茂盛起来，野鸭子这时候就成群结队地钻进芦苇荡中坐窝产卵。二桃知道在什么地方能找到野鸭子的窝巢，她把裤腿卷得高高的，手里拄一根比她自己还高的木杆子，摸索到芦苇荡中，用手里的杆子拨弄芦苇，哪里忽然扑棱一下飞出几只野鸭子，她就循着它们起飞的方向轻轻蹚过去，果然在芦苇根部最稠密的地方找到用鸭绒和杂草编制的窝巢，一堆青绿色带碎点的鸭子蛋就深藏在里面。一天下来，最多的时候能找到百十个呢，拿回家煮熟哥哥和妹妹吃得不亦乐乎，二桃心里便有股美滋滋的味道，尽管她的腿脚和胳膊被芦苇叶子划出一道道的血绺子，脸蛋也被蚊子咬出十几个疙瘩。一旦等到秋天，湖里和沟里的水渐渐浅了，尺把长的泥鳅和核桃般大的田螺随处可见，随便一捞就是一脸盆，端回家用清水足足泡上一个晚上，泥鳅和田螺就把藏在它们肚子里的污泥全部吐干净了。三杏最爱吃二桃用辣椒炒出的田螺，她还要在里面放些大蒜和醋。大草似乎对吃没有多少兴趣，他喜欢用手去抓盆子里的那些狡猾的泥鳅，有时候盯着脸盆一整天也不挪窝。所以，二桃每次都用一只大罐头瓶子挑出几条稍小一些却又十分活泛的给大草精心养着，直到大草把它们一条条抓弄着玩死为止。有时泥鳅死了，大草咧着个嘴哇哇乱叫，二桃看着不忍心，第二天赶忙去湖里再给哥哥捞几条活的回来。二桃有时候觉得大草才是这个世上最可怜的人，她对大草也就格外怜爱，干什么事情都要把他拉在身边。因为，经常有一些比大草小许多岁的孩子会找大草的麻烦，他们或者抓一条毛毛虫或驴粪蛋喂给大草吃，或者把大草当毛驴子一样骑在胯下，用柳树枝条抽打他，驾啊驾地吆喝着。大草身上经常青一块紫一块的，二桃每天晚上都要悉心查看一下，她怕大草在外面受了人欺负自己却不知道，大草对疼痛的感觉似乎很麻木的。

到如今二桃时常还会想起那些陈年旧事。想着妹妹从猫咪那么小一点长成一个水灵灵的大姑娘了，哥哥虽是半个人也总算平平安安地活到现在了，日子毕竟一天天在好起来。想起那些年缺吃少穿竟也熬过来了，二桃心里就对脚下这片广袤的湖田充满了说不尽的一种温情，一份感念。那些出自淤泥中的酸涩带甜的三棱果，那些带有历险经验的野鸭子蛋，那些拌了面粉蒸出来香甜可口的艾蒿和灰苕，还有大片大片翠绿繁茂的芦苇以及像梦一样纷纷飞舞着的铺天盖地的奶白色的芦苇花，这一切都曾带给她和自己的兄妹们丰富难得的给养和甜美苦涩的回忆。

一连几天，二桃在田里干活都心神不宁的。三杏那天的一通话仿佛在她心里撒了一粒草籽，被潮湿的心绪浸泡着一忽儿就生了根发了芽。二桃对三杏是了解的，这个妹妹身上的确有那么一股子劲，很任性，别看平时爱嬉嬉闹闹的没有什么正经，可遇到事往往会有自己的一套想法，一旦认准一条路谁也别想拉回来。正因为这样，二桃也才更是担心。早在清明的时候二桃领着妹妹到母亲的坟头烧纸，她当时在心里默默向母亲念叨着，她让母亲放心，自己一定要让妹妹把书念成，将来过那种不用风吹雨打太阳晒的好日子。

妹妹这两天倒是不再跟二桃说什么混话了，她也不想再跟妹妹谈起那件不愉快的事。可是，姐妹俩都这样把各自要说的话闷憋在心里，或者说，虽然说了却没有彻底说开说透，两人之间就难免会出现了一些生分。当姐姐的不想再听，而做妹妹的也似乎明白姐姐的心思，知道自己说了也是白说，索性不再说的好。

从小到大一直都是爹跟大草睡一个屋，二桃跟三杏睡另一个屋。晚上妹妹要写作业温习功课，睡得当然就要晚些。二桃通常忙乎一个白天到黑就困了，洗把脸就匆匆睡下。有时，妹妹会把学校里发生的有意思的事情喋喋不休地讲给二桃听，做姐姐的即便困得眼皮都打架了也是要勉强听完的。听妹妹讲故事已经是二桃睡觉前的一种习惯。妹妹到现在还改不了一个毛病，就是睡着睡着突然就钻进姐姐的被窝里搂她，胳肢她。二桃每每都假装生气，说眼看快要嫁人了，整天还是没个正形，将来看谁敢要你。三杏一点儿也不在乎，嬉皮笑脸地哄姐姐，说我从来就没想过要嫁人，我这辈子都要跟着姐姐，我是姐的小尾巴，姐到哪儿我就跟到哪儿。二桃故意拿话噎她，说我嫁给别的男人你也好意思跟姐去啊。三杏就哑口了，好半天不想再理识姐姐，好像明天姐姐真的要离开她远走高飞似的。三杏怕姐姐嫁远了，有时又好像替姐姐嫁不出去犯愁。

姐妹之间诸如此类的小动作明显减少了，几乎没有，连话也不肯跟对方正经多说两句。有的只是彼此的沉默或一两声无谓的叹息。夜变长了，瞌睡轻薄得像窗户纸，月亮洒在双人床前的地面上，像落了很厚很厚的一层白霜。

耙田倒也不是多累人的活，金成又开着他家的小四轮过来帮着一起干，用四轮头挂着宽钢耙子也就半个下午，稻田就被耙平整了。干完活她跟金成在邻家鱼湖的坝边坐下来缓了一阵，这阵钓鱼的人已经明显多起来了，三三两两聚集在湖边，不知疲倦地盯着银光闪闪的湖面，时不时听见一串叹息声或惊喜的笑从垂钓者沉默良久的嘴里或尖或粗地传过来。

金成像是有心事的样子。三杏真的不想再上学了？他问。二桃说，你别听她胡说八道，上学又不是耍家家，哪能由着她呢。金成说，那天三杏找过我。二桃就明白了。她心里有点生妹妹的气。金成毕竟还是外人。再说，金成知道了又能怎么样。金成沉默了一会儿却说，依我看三杏的想法也对……金成话没说完就被二桃顶回去了。

咋对？那么多年心血都让白费了！

三杏也是为你着想呢。

二桃瞪了金成一眼，说你和她啥时间穿成一条裤子了，你也这么想的吧。

金成脸一下子红了。

他吞吞吐吐地解释，我是觉着咱俩也老大不小了，我爹妈成天嚷嚷着要抱孙子呢。

二桃没话可说。

她知道这几年确实委屈了金成，依着别的男人恐怕早就忍耐不住了，村里有几个男人像金成这样三十好几还是一条单身汉的。当然，她也从来没有让他一门心思等着自己，她以前跟他说过她的想法，她非要看着妹妹考出去她才肯考虑自己的事情。她说你要是等不住你就去找别的女人，我不会怪你的。

金成呢偏又是个死心眼，非要吊死在一棵树上。这就有点周瑜打黄盖的意思了。可是，二桃也知道等待必须是有期限的，让人家金成空等一场她也于心不忍。事实上，她跟金成最主要的问题集中在她最初的一个想法上，那就是让金成倒插门。金成家对这件事一直持坚决反对的态度，好像让金成上门简直是世界末日，根本想也别想。所以，她俩的事情一直不冷不热地吊着，有时候她也劝金成实在不行就散了，你再好好找一个，省得到将来互相埋怨。可金成每次都说我就是觉得你心地善良，我怕错过了你将来自己后悔呢。

要不咱俩先把事办了，实在不行就把你爹接来一起过。

那大草呢？

就是大草不好办……他们说像大草这种人可以送到那种地方去，专门有人照顾他……

金成你再别说了！我跟你说过多少遍了，就是让我死我也绝不把大草送出去！

……

鱼湖有人钓到一条很大的鲤鱼，线沉甸甸地往下坠着，杆子弯得弓一样颤个不停，鱼被拽出水面的一瞬间眼前出现一道银白色的弧线。

垂钓者兴奋不已，嘿嘿地笑，一脸阳光。

他俩很长时间没有再说一句话。

二桃一直盯着那条被拽上岸依旧活蹦乱跳的鱼。

金成从小就喜欢看鱼，一看到大鱼蹦蹦跳跳的样子嘴就合不拢了，一个劲儿喊着真大啊。嘴里虽兴奋地喊叫着，心里却没着落。

头两天分明是大太阳，到插秧的那天清早突然变了天气，灰沉沉的，还飘过几场小雨。两条腿长时间泡在秧田里，身上的东西偏偏又在这个时候不请自来了，一来就跟天上的小雨一样哩哩啦啦没完没了，这样一天熬下来，二桃就病倒了。先是打喷嚏和发热，她没有太在意，想着扛一扛就过去了。可是第二天反倒更加严重了，高烧持续不退，一个劲儿咳嗽着，人也昏昏沉沉的，走起路来腿脚左右直晃。金成硬把她送到医院里，一查，说是急性肺炎，大夫要她留下来观察治疗。

眼看着秧刚刚插了一半，爹蹲在埂上直皱眉头。三杏这时竟从学校里偷偷溜回来。爹看见三杏就说你来能干啥？不去好好念你的书。三杏一副不甘示弱的样子，说姐姐能干的我照样也能。爹不愿意跟她多费口舌，盯着空荡荡的水田发愁。金成安置好二桃又回家把自己的弟弟妹妹叫过来帮忙一起干。爹继续用背篓往田里一趟一趟运着秧苗。三杏生手生脚地跟金成他们排成一排站在水田里。

别看三杏是个农家长大的女孩子，重活实在是没有干过几把，一向都是姐姐疼着她惯着她的，每次即便是她想主动过来打帮手，姐姐也会说你个书生能干啥？你的任务是好好念书，田里的活有我呢，用不着你插手。所以，这些年三杏也就插过一两次秧，几乎都是半途中就让姐姐使回家去了，充其量也就是让她往田里送送干粮和茶水什么的，所以，三杏纯粹是个外行，干起活来笨手笨脚的。

说起来这插秧虽不是什么重活，却也是很耗人精力的，两条腿朝水田里深深地一陷，腰身压得又弯又低，一档子插下来，腰和脖子跟崴了似的，酸痛难忍，动也动不得。这还不算，腿脚一直深埋在凉的泥水里，像是被泥里的什么怪物紧紧地吸住了似的，拔也拔不出来。插一会儿就得往后挪两步，三杏从泥水中往出拔脚太困难了，平衡也掌握不好，一不小心便会趔趄着险些栽倒，浑身上下尽是黑泥点子，漂亮的脸蛋子也跟讨饭的差不多少了。有几次要不是金成手疾眼快拽住她，恐怕早就躺在泥水里打滚了。

晚上三杏去医院看姐姐。金成已经把她没有去上学的事给姐姐说了。姐姐手腕上还挂着吊瓶，见三杏白白的脸蛋上露出红红的两团，心里别提多难受了。三杏一直捏着姐姐的手，姐姐的额头和手都烫烫的。姐妹俩已经很多天没有像以往那样亲昵地在一起说说笑笑了。此时，姐姐用手百般爱怜地摩挲着三杏那张仅仅被风吹日晒了一天就变得红通通皱巴巴的脸，她说都怪姐不好，偏偏这时候生病。又说，百日苦好受，一天罪难熬，这次你该知道姐姐为啥非要你好好念书了吧！三杏心里当然是明白的，可嘴里还在逞强，说我喜欢插秧，不像整天坐在课堂上那么难受。姐姐拉下脸说你要是不听话姐再也不理你了。三杏不想惹姐姐生气，她答应姐姐明天就回学校上课。

往年都是金成先帮二桃家的忙，等这边一忙完二桃就去金成家干活。可今年二桃病倒了，非但不能帮金成家的忙，还得让金成惦记着一趟趟往医院跑。金成爹妈多少有些意见，觉得吃了大亏似的，同样都是大忙的日子，金成却傻乎乎地只顾给二桃家打短工，把自家的事情撂在一边。其实，金成爹妈的意见主要集中在金成和二桃的婚事上，他们把金成数落了不知几回，说她二桃让咱们这样没年没日子干等着算咋回事嘛，这究竟要等到啥时候才是个头呢？实在不成就早早说话嘛，咱们可等不起她！金成当然没有把这些话原原本本说给二桃，他知道自己要是真的那么一说，二桃肯定会提出跟自己分手的。金成知道二桃的脾气，可他夹在爹妈跟二桃中间总是很为难的。

其实，金成家也有一片鱼湖，所以，家里剩下的稻田并不多，有一天工夫也就能把秧全部插好，倒也不会因为二桃来不了就耽误活。金成知道爹妈的怨气不是在二桃没有来家里帮手，爹妈的病根子害在他跟二桃的婚事上。这样一想，金成也就理解了爹妈的心思，谁家养儿不图个早些成家立事抱孙子呢。

当初要是依着金成的想法，干脆把那两块稻田全都掏成鱼塘子算了，可爹妈死活想不通。庄户人把田撂了养什么鱼，简直就是大逆不道，再说不种粮食拿啥交公粮，一家子人吃风扒烟去不成！金成说粮食有什么好种的，辛辛苦苦一年忙下来，一斤大米也只不过换来块儿八毛的，还不够化肥种子和血汗钱呢。城里人越来越吃不动米了，大米纯粹变成白糖一样的东西，只是用来调剂调剂的，谁能把糖当饭吃呢，大米的位置也是这样的，少了不行，稍稍多一点就吃不下了。人家如今主要吃的是蔬菜水果鸡蛋牛奶鲜鱼大肉。金成还说看看城里人盛米饭用的碗，也就盖碗盅子那么大点。

金成打小就爱钻到白银湖去摸弄那些尺把长的鱼。金成摸鱼是有一绝的，他不像别的人用金属钩子耐着性子一整天一整天去钓，而是通常在湖滩的逼窄处两头各插一根木杆，杆子中间拉一道细密的网子（网子也是他用一些捡来的旧网兜改制成的），自己一个猛子扎到湖里尽兴去了，又是狗刨又是青蛙游的，湖里的鱼儿就被他轰得四处逃窜，等他要够了，把湖水搅了个天翻地覆，又一个漂亮的猛子栽到先前下网的地方，头露出水面的时候嘴里喷出一簇白色的水花，拉在水里的网子也被他顺势提溜起来，六七条活泼乱蹦的鱼儿也就落在他的网子里了。要说金成最拿手的还属烤鱼，他把网到的鱼破了膛，肚子里塞些干辣椒片咸盐调料末或葱头蒜瓣什么的，再用湖边的草泥将鱼身子团团裹了，架在柴火堆上烧，一阵儿工夫就熟透了，皮焦里嫩，香味浓郁，别有一番野趣。这些年，看着别人的稻田变成一片鱼湖，金成也就心动了，养鱼的念头老早就有了。关键是，打前年一开春，金成家的几块稻田也开始神奇地往出渗水，水越积越多，到了插秧的时候竟变成汪汪洋洋的一片浅湖了。金成看着满心欢喜，他悄悄给二桃说这可是老天想要让我富呢，看来我这个人命里注定是要在水里闹腾呢。金成不会说如鱼得水的话，可二桃能听出来是这个意思。二桃自己却是本分的，她只想着把田里的庄稼一茬一茬种好，至于开鱼塘养鱼她从来没有想过。二桃不是不能吃苦。二桃什么样的苦都受过，这些年她拉扯妹妹，照顾哥哥，农忙时节连天昼夜地干活，心里还得时时惦记着哥哥妹妹和爹的吃吃喝喝，不管有多忙多累，饭是要煮的，鸡鸡狗狗是要喂一把食的，爹和哥哥妹妹的衣裳也是要由她来洗洗补补的。所以，她早已经习惯了自己生活的种种样式，换句话说，只要能把一家子人侍候得周周全全的，二桃就很知足了。

可是，金成有金成的打算，金成要把自己的光阴往人前面扑腾呢，尤其是他认识二桃以后这种念头就一天比一天强烈了。前年秋后，金成好说歹说总算是说通了爹妈，除了留下二亩地继续种粮，就把那几块出水的洼地多余的土方一车一车运到外面的工地上换钱，稻田本来就地势低洼，起出一米半深的泥土后，鱼塘就算是挖成了。第二年春天水源源不断地渗出来，又借来抽水机连夜蓄满了塘子，金成用卖土方的钱买回第一批草鱼苗撒进去。看着那些柳树叶子一样的小鱼儿整天在湖中成群结队自由往来，水面泛着点点银光，金成的心里别提多敞亮了，好像看到了富裕的日子像鲤鱼跳出水面一般朝自己飞扑过来，闪着雪白的光芒。一开始爹妈根本吃不准，可后来证明金成的想法是对路的，不足三年光阴，金成家的日子一下子扑到人前头了，院里起了五间一砖到顶的新房子，还添置了一台小四轮。爹妈乐得合不拢嘴，一心等着二桃过门他们好赶紧抱个胖孙子呢。

太阳刚刚浮到湖面上，还晃着从黑夜带出来的那张因慵懒嗜睡而过于涨红的脸庞，金成已经把两大捆青草打回来投进鱼塘里了。鱼儿像是有先知先觉似的早就从四面八方拥集在老地方等待着，时而急不可耐地跳出水面翻着筋斗，间或发出饥饿的叫声，那些新鲜碧绿的青草刚刚一落水，就被它们灵巧的小嘴一根一根啄下去了。那些草叶通常会被鱼儿拖着滑行一阵，水面上划过一道弯弯浅浅的波痕，非常好看，宛如一叶叶绿色的小扁舟轻轻划过水面，但随即就消失了。鱼儿饿了吃起草叶跟绵羊一样快。

金成蹲在自家的鱼湖边两眼盯着波光粼动的水面，刚才还漂浮在水面上的青草似乎一眨眼就被分散开了，鱼儿啄食草叶时不断发出唧唧呱呱的欢快声响。可是，此刻金成的脑子里一直惦记着爹妈头天晚上说过的话，老人非要让金成去跟二桃把话挑明了，爹妈说你们的婚事再不能拖了，再这样拖下去我们两个老帮子该入土了。金成不敢跟爹妈顶撞，可他实在不知道该怎么跟二桃说这些话才好，二桃的心思他一清二楚。金成在鱼塘边蹲了半个上午也没有想出好的办法来。太阳已经火辣辣地跳到头顶上，张牙舞爪地喷着满腔的火气。吃饱的鱼儿开始在水中孩子一样嬉闹起来，仿佛受人指挥似的时不时从一个地方集体蹿跃到另一个地方，把平静的湖面砸出一个个银光耀眼的水坑，纷繁的涟漪一圈一圈地朝着湖边荡漾开去。

金成从湖里捞出一尾三斤来重的草鱼用柳树条系好拎在手上。鱼儿一路上都在无望地叫喊并不停地摆弄着湿漉漉的尾鳍，阳光很快就蒸发了它原来的鲜活和灵动，到二桃家的时候鱼已经奄奄一息了。

田里的秧苗还都焦黄焦黄的样子，跟月子里的产妇那样软绵绵地趴在水面上。这段时间其实一点儿也不比插秧时轻松多少，这一个月时间人就得整天盯着，像服侍月子里的女人那样把心思全放在田里，哪块需要补补苗，哪块苗子太稠得间稀些，哪些地方需要扶秧，还要注意田里的水有没有及时跟上趟，等等，这些活往年基本上都是二桃一个人包揽了，可今年二桃就有点力不从心，她身体还很虚弱，尽管她从来没有娇惯过自己，但两只脚片子一沾田里的水，立刻就感到冰凉冰凉的，渗骨头呢。爹说爹要去的，二桃偏不肯。爹就在家里精心侍弄院子前面的那块自留地，那地虽不足一亩，里面却从春到夏都要种些玉米、菠菜、萝卜、扁豆、葱蒜和西红柿之类的，到了秋天还有白菜和土豆，都是庄户人过日子的日常菜蔬，一般不卖，只是留着自己慢慢吃的。

二桃从小就有一股子犟脾气，这一点她倒是有点男孩子气，不会轻易认输。又因为心里窝着一团气，不去干活就越发显得堵得慌，使锹的时候似乎格外用力，发狠似的，一锹下去像是非要把埂掘断不可。人无精打采地站在田里，心却像风筝一样在很高很高的地方悠悬着，一时飘近了，一时又飘远了，搋一搋，好像还是拉不回来。

　　自打吃过那顿鱼金成已经有些日子不再露面了。二桃自然也没有去找过金成，两个人突然间弄得有点势不两立。想一想，自己那天是不是有些过分，是不是真的伤了金成的心？这样想的时候，二桃觉得心儿好像又被一阵风呼啦一下吹远了，想搋也搋不住了。她跟金成认识也有三四个年头了，那样大动干戈还真是头一回。

　　那天本来也没有什么的，金成从塘里捉条鱼来家看她，说要好好露一手给她炖草鱼汤补补身子。二桃刚从医院出来，身体确实虚得很，她就没有动手，听金成的话老老实实在床上躺着。金成蹲在院子里霍霍地刮着鱼鳞，三杏放学回来闹着要去给金成帮手，两个人在伙房里你一言我一语嘀嘀咕咕地说着什么，二桃根本不会在意。事情后来发生在吃饭的时候，三杏那天嘴上像抹了蜜，一个劲儿当着姐姐的面夸金成能干鱼做得很好吃。三杏说姐你可真有福气呀，我将来要是能碰上像金成哥这样的人我二话不说就嫁给他。二桃默默地听着，觉得三杏的目光也怪怪的，说话的时候老是拿眼睛不时地看着她。二桃一开始没吭气，低着头很仔细地剔着鱼刺，说实话金成的鱼汤炖得的确又鲜又香。过一阵三杏见姐姐不开口，又说金成哥对你是真好，姐你怎么也不夸夸他，人家可是好心好意忙乎了大半天。二桃这才拿眼睛乜斜了妹妹一下，说热饭烫不住嘴，好好吃你的鱼，当心待会儿叫刺卡住又要喊叫。三杏冲姐姐调皮地伸了伸舌头，又神秘地跟一旁的金成交换了一下眼神，这个细节正好被二桃抬头的一瞬间捕捉到了。二桃心里就多少有点气了，她觉得妹妹好像跟金成私下里有什么串通，摆明了针对她的。偏偏三杏还是不肯闭嘴，她对金成说你娶了姐姐可得对她好，要经常给她做好吃的，你要是敢对姐姐不好惹她生气哭鼻子，我就跟你没完。金成接连说好，好，我一定听三杏的话。说着，金成又朝二桃偷偷递个眼神，正好跟二桃瞥来的一束目光撞在一起。二桃脸早已羞红着，很不自然地把目光移开，随即气冲冲地对三杏说，你小孩子家没大没小的，赶紧吃完饭做作业去，大人的事情轮不着你来操心。三杏一时哑口了，半天不敢吱声。姐姐的脸色好像变得很不好看。后来问题就出在金成的最后一句话上。金成也是想替三杏打个圆场，同时也想表明一下自己的立场，就说，二桃你也别怪三杏，她这还不都是为我的事着急呢。二桃一下子就明白了，她撂下手里的碗，想都没想张口就说怪不得要来炖鱼呢，我早知道你没有那么好心。金成愣怔地看着二桃因为恼羞变得通红的脸。金成的脸上也有点挂不住了。金成气恼地低下了头。爹听着二桃的话不对，赶紧说吃饭，都好好吃饭，有啥话吃完了慢慢说。爹又扭头对二桃说你这丫头咋说话没轻没重的，我看金成心眼实着呢，没啥不好。二桃正在气头上，忽地站起来说金成你有啥直接跟我说，别拐弯抹角的，当着爹面我还是把那句老话放在这里，你能等就等着，实在等不及了就找别人去，我没啥话说。二桃说完转身头也不回进自己屋去了，门咣当一下关上。三杏半天不敢言语，惊慌地看看爹又看看金成，知道自己惹了祸。就在这时，大草突然哇哇地叫起来，一个劲儿把自己的手指头往喉咙里抓挠着。爹和三杏吓得脸全变灰了，二桃也从自己的屋里闻声跑来，知道大草喉咙里卡了鱼刺，大伙儿七手八脚地围着大草一阵忙乱。二桃心情很不好，就连连责怪金成，说都是你，好好地非要弄鱼来吃，这下该咋办？说得金成的脸红一阵白一阵的。

旁边的鱼湖又来了一群垂钓的人，他们是开着小汽车来的，车停在土路边，那儿卷起一团烟尘。里面有老头，也有小伙子和女人，他们煞有介事地在湖边或站或坐着拉开架势，手里攥着各种样式的鱼竿，钩子和绳线嗖地一下抛进水里，声音很响亮，就像是赶车的把势朝奔跑着的马的屁股上美美地甩了一鞭子。

二桃好像还看见一个戴着红色太阳帽的小伙子。二桃看不清他的脸，他的眼睛也被黑色的太阳镜遮着。红色太阳帽好像不是来钓鱼的，他有点特立独行的样子，一开始只是在附近转来转去，还不时手搭凉棚朝四面观看着什么。二桃后来发现红色太阳帽果然不是来这里钓鱼的，他一个人站在火辣辣的太阳下面，身上的黄色 T 恤衫跟被太阳点燃了似的，把二桃的眼睛狠狠地刺了一下。二桃看见他正在那里摆弄着一件她不知道用来做什么的物件，那东西就像二桃在照相馆见到的支架似的，又似乎不太像，那物件有三条橘黄色的腿子，很扎眼，傲然地立在水田中央。红色太阳帽的目光就是穿过那支架顶端上的某个镜头一样的东西朝她这边投射过来的。当二桃发觉对方似乎也看见她的时候，她急忙把头低下去了。那一刻她感觉那个红帽子的脸上有一丝微笑。也许这只是她的错觉，她急忙朝对方轻轻点了点头，接着又继续把手中的秧苗分成一撮一撮，齐整地插进那些空白着的水里。田里的水放得并不深，刚刚没过脚腕，水已澄清了，能清清楚楚地看到黄褐色的泥土和秧苗浸泡在水中的根系，偶尔会有一两只很小的青蛙从脚背轻轻地跃过去。

以往看见这些钓鱼的人二桃似乎并没有特别留心，可刚才她的心像是被那些沉在湖水中的看不见的一只只精巧的钩子轻轻地钩住了，拖着在水中游来荡去，七上八下的，她很长时间都摆脱不了这种心神不定。当她站在水田中发呆凝望着远方的时刻，竟感到一种从来没有过的牵牵挂挂的东西在心中翻来覆去不停穿行。这里离金成家的鱼塘还有很远呢，眼睛根本看不到的，而她的目光只是顺着那个方向飘过去，拉得又细又长。

二桃看不见金成家的鱼塘，但好像又能看得很清楚似的。金成一下子离自己远了起来，本来是身边一个再司空见惯的人，突然就隐匿了起来消失了踪迹，像跟自己捉起了迷藏。彼此似乎都在期待着对方能做点什么，尽快去黑暗中的某个角落里找出那个深藏不露的人，可彼此又都矜持着，心有芥蒂地守着各自的一分心境和坚守，不肯轻易迈出一步。

媒人是天黑前来家里的。金成爹妈看来都很重视这桩婚姻，专门让媒人跑一趟来把事情跟爹彻彻底底谈一通，结婚用的新屋床上的铺铺盖盖屋里的箱柜摆设一样一样都置办齐了，只等着这边给个日子好吹吹打打红红火火地把新人接过去。爹的想法是单纯的，对方的诚心诚意让这边不容忽视，而且，确实也该给人家一个满意的答复才是。

爹正满屋急得转圈子呢，二桃从外面懒散地走进来。爹迎上前说你咋一出门就是一天，那边媒人等着要日子来了。二桃一脸木然地盯着爹，好像不认识爹，好像爹在跟她说着别人的什么不打紧的事情，唯独跟自己无关。爹也看见二桃脸蛋儿瘦去了一圈，眼神中雾蒙蒙的不清爽，更没有什么好心劲儿，爹也知道这人见天价在稻田里受着大苦呢。爹说，二桃听爹的话别再跟金成拗着了，你迟早都是金成的人，还是爽爽快快把事情应了吧。二桃一声不吭进了屋，爹心事忡忡地跟在后面听信呢。三杏已经把饭盛好端上桌来，是连汤面，里面特意调了很艳的辣椒油（姐姐爱吃的），碗在三杏的手里泛起灿烂的红光。三杏放学回家早，就主动做了饭。二桃默然地吃饭，吃完了就收拾碗筷要去洗，被爹挡了。爹说往后这些事再不用你操心了，家里还有个三杏呢。三杏就接过去收拾了。爹的话让二桃感到有点难受，她也就没有再坚持，整个人不着边际地僵在桌前，泪珠儿婆娑地在眼角跳动，她没去理它们，任由那些不争气的东西一颗颗寂寞地落下。二桃在想爹刚才说的话。二桃想爹说得对，自己迟早是外面的人，妹妹也不再是个小丫头了，妹妹长大了，妹妹可以做自己能做的事情了，爹再也用不着二桃了。这样一想二桃就觉得心像玻璃一样碎裂开来，闪着冷冷的微光。

爹等着二桃说话呢，可二桃站在那儿就是一言不发。最后爹大概是等急了，急不可耐且不无恼火地说，你跟金成的事就定在秋后吧，不能给人家再拖着了。仿佛这已是最后的通牒，爹说完便急急火火地出门去了。爹在院里使劲地咳嗽着，人一上年纪咳起来总是有点摧枯拉朽的味道。二桃想爹也确实老了。

秋天。二桃想着关于秋天的一切东西，树上的叶子一片片黄了，地里的玉米棒子跟小伙子腿肚上的腱子肉一样鼓起来硬硬的，稻穗沉甸甸的像金色的月牙似的厚实地弯下腰来。还有，院子里的葡萄也该圆熟了，晚上睡觉的时候一股清香从门缝里钻进屋去，连做梦都是香香甜甜的，还有一点诱人的微酸。秋天还有什么，二桃实在想不起来了，她能想到的就剩下这么多了，当然还有金成和她将来一起的日子，但这些她都似乎无法想象。金成在这一刻变得那么虚无缥缈，他的一切都模糊起来，在她的想象中显得十分可疑了。

二桃越发地沉默和早出晚归，一门心思都铺到水田里的秧苗上。回到家端起碗筷就闷声闷气地吃，不轻易说一句话，像是故意回避着爹和妹妹关切的目光，顶多是把大草拉过来，摸摸他的脑袋，掀起布衫看看他身上有没有添下新的疤痕。或者，在仓柜里抓一把小米去院子里喂喂廊檐下的鸡，这时她嘴里才若有若无地叫着鸡，咕咕咕的。鸡是用来下蛋的，当初从鸡贩子手里捉回来的时候只有拳头一点大，现在个个都吃得膘肥体壮，走起路来左右摇摆着，显得很艰难的样子，跟邻居家的大胖嫂似的，可这群鸡都能给家里下蛋呢，收下的蛋从来不卖的，二桃隔三岔五要给大草和妹妹煮了吃，爹不爱吃煮的鸡蛋，爹最爱吃二桃做的西红柿炒鸡蛋。爹一吃就笑眯眯乐滋滋的，有时吃着吃着爹会无端地想起妈，短叹一声，一串热腾腾的泪就吧嗒吧嗒地落在饭桌上了，湿湿的，仿佛陈年的老酒滴洒在上面，凝聚出一种搜肠挂肚的忧思。这种时候二桃也会跟着爹一起难过一阵子，可大草不会，大草反倒看着她跟爹的样子嘿嘿地笑着。大草的脑子里没有一丝妈的轮廓。三杏也是，三杏对故去的妈也没有半点印记，那时候她实在忒小了。妈在她的记忆中完全是个符号，抽象得很，或者，在她的脑海里妈跟姐姐是同一种人，她对姐姐的情感有时候很像女儿对待母亲那样。

这些天爹不便于再说什么，三杏也不敢再提一个字。一家子人似乎隔阂着。

窗外月亮高悬出来的时候，二桃正静静地坐在澡盆里，水哗啦哗啦在她的身体上流动。一连许多天都泡在水田里，身体确实吃不消的，她的病才好没几天，气息还很弱，总觉得乏乏的，干什么都没有心劲儿。三杏非要过来帮姐姐搓背，二桃没有拒绝。三杏喜欢跟姐姐一起洗澡，从小都是这样，三杏非常熟悉姐姐的身体。三杏说姐你瘦多了。二桃默不作声，用双手轻轻地摩挲着自己的脖颈。三杏说姐你的脊背上咋生出好多小疙瘩，一点儿也不光溜了。二桃依旧不说话。三杏突然一下子把姐姐湿漉漉的身子搂住了，眼泪热乎乎地沾在姐姐的皮肤上。你说句话呀姐，你是不是跟金成哥结了婚就不要三杏了？说着，三杏就哇哇地咧开嘴号起来，越号越伤心。二桃用手紧紧地捧住妹妹泪水涟涟的脸蛋，眼睛一眨不眨地盯着看，看不够似的，不停地替妹妹揩着眼泪。那些眼泪如决口的溪流怎么也擦不干。

二桃说三杏是姐姐的心肝宝贝，姐姐啥时候也惦记着你呢。妹妹还是不停声地抽泣着。二桃索性将妹妹孩子似的抱紧了。三杏的上衣眼看湿透了。

屋外，月亮渐升渐高了，好像也更加空远了。昏黄的灯光把姐妹俩的影子映在四面的墙壁上，也映在薄薄的窗帘上。月光比刚才浓稠了许多，厚厚地铺满窗台，也充满了弥漫着森森水汽的屋子。

天上好圆的一个月亮啊，又到十五了。

二桃洗完澡就一个人出门去了。

三杏闻到姐姐一身的幽香。那种味道让三杏很长时间都忘不掉，即便在睡梦中也能清晰地感受到，好像从姐姐身体中散发出来的那股隐隐的又淡淡的野百合一样的香甜气息完全凝固在三杏的记忆当中了。

湖面静而且亮。

月光太明了，水上镀了一层油亮水滑的幽光，像漂浮在大海碗里的一层辣椒油。月亮也仿佛艳羡地溜进湖水里沐浴着，漂洗得越发晶莹透亮一尘不染。蛙类在湖中时而聒噪地叫过一阵，震得月光在水面绸子般一颤一颤的，偶尔拂过一阵凉风，把明亮的湖光吹皱了，层层叠叠的漪纹神秘地朝着湖心快速移去又归寂于旷寥的岸边。一只野鸭扑啦啦地从一片深色的芦苇丛中飞出来，像是要从夜色中一直飞向黎明去了，很久也未降落下来。间或，会有一条不甘寂寞的鱼嗖地跃出湖面，脊背抛光打蜡般锃明发亮，鱼儿落水时的声音又脆又响，就像鞭梢抽打出来的余音。

靠近鱼湖的那间低矮的棚子里没有亮灯，一直黑沉着。唯独一明一灭的烟头在黑暗中慢慢张开又悄然闭上。烟头红亮起来的时候，四只眼睛在微光中对视着，谁都不想说话。金成无聊地把呛呛的气息一口一口喷出来，二桃的神情在烟雾中凝固不变。烟雾里弥散着淡淡的香味，那是从二桃的身体里绵绵不断飘溢出来的。

过了一阵，二桃幽幽地站起来朝外走，她迟疑的脚步刚落到棚口，金成突然啪地一下摔掉了手指缝的烟头，一条粲然的弧线由红变暗，棚子里瞬间有种灵动。他从后面猛地抱住了她。二桃感到金成的口鼻一起往出呼着滚烫的热流，像是要把自己点燃似的。二桃心惊胆战地闭上双眼，同时用手去掰缠在自己身上的那双有力而炽热的大手，可是她怎么用力也是徒劳的。金成的喘息让她感到焦躁，感到惊慌，感到从来没有体验过的羞涩难耐。她浑身每一个毛孔都在出汗，出火。

二桃终于停止不动了，整个人都像火把似的骤然燃烧起来。棚子里顿时不再黑暗，相反，彼此都能清清楚楚地看见对方了，眼睛，嘴唇，鼻尖，光洁柔软的脖颈，老鼠一般窜动的喉结，怦怦直跳的胸口，以及汗水和汗水融合在一起的吱吱的细小声音。里面发出的呢喃声从棚口悄然爬向深暗的湖面，声音在湖面上如同一束奶白色的芦苇花轻轻地荡漾开来。白银湖所有的水田在夜色和皎洁的月光中连成一片，仿佛回到了二桃和金成他们童年的记忆当中。那时候这里就是湖天一色，月光如银。

黑暗里，二桃的身体紧紧地贴在金成的脊背上。此刻金成的身体是铁水浇铸的，还是那么火烧火燎般的烫手。二桃幽忧地说金成要不你来我家吧。

金成一怔，半天也不说一句话。

二桃又说你上我家也是一样的，你要想养鱼就把那几块湖田改了鱼塘，我没意见。

金成摸索着点燃一根烟，使劲地吸了两口。

棚里又有了厚厚的烟雾，男人就变得缥缈起来。二桃看不清他的样子，可她分明听见他在一声声叹息。

你又不是不知道爹妈根本不乐意我倒插门，再说我一个男人家，旁人会说闲话的……唉！

二桃还想说什么，可终究没有说出口。二桃知道有些话说明了还不如没说的好。说得太明白自己心里难过别人也受了伤害。

二桃流着泪水，默默地走出去。她的身体好像变轻了，脚步细碎起来，整个人仿佛一根羽毛在月色中轻盈滑行。她的脸上爬满了月光，加上透迤着的两行泪，看上去倒是格外生动了，哭着，又像是在微笑，那笑容中又分明透着几分酸涩，任凭那些一路追赶着的月光在脸上波光粼粼地晃动不止。

那只野鸭终于飞回来了，像是在外面飘荡了一个漫长的冬季，此刻，它扑簌簌地落在棚前的芦苇丛中，巢穴中也立刻有了生气，那些幼雏发出一连串呷呷的声音，很久都不能平息。这里才像是真正的家啊。

月亮已趋于圆满，正朝着更高远的天空和云层马不停蹄。

白天，那个红帽子照常准时地出现在二桃家稻田附近，时远时近。有时候红帽子也会跟另外三两个人一同来，他们似乎对这里很有兴趣的样子，不停用手指一阵儿指指那边，一阵儿又指指这边，只是他们从来不钓鱼。更多时候，只有红帽子一个人，他好像永远都在摆弄那个橘黄色的三脚架子，目光笔直地朝着某个方向投射过去，仿佛在远方有一条大鱼正等着他去捕捉。有时，红帽子会在阳光下面摊开一张幅面很大的白纸画聚精会神地盯着看，看一会儿又抬起头像寻找什么似的在那些水田间望来望去。风把画纸吹得一阵阵脆响，如同一面旗。二桃发现红帽子还有一顶很小的帐篷，军绿色的，矮矮地趴在路旁的树荫下。有时候她眼看着红帽子秘密地消失在帐篷里了，过了很长时间又爬出来，站在帐篷前伸着懒腰或接连打着哈欠。

二桃不知道红帽子究竟在做些什么。二桃有时会把红帽子想象成电影里的一个很神秘的人物，比如暗哨，比如特务或地下党什么的，总而言之，二桃觉得这里好像要发生点什么，或者，那个红帽子必定是有些来头的。二桃的世界很小，家，湖里的几块稻田，年迈的爹，以及哥哥大草和妹妹三杏，除此之外，好像再也没有什么了。当然，这里面还包括金成，只是，想到金成，二桃的心里就会不好受，因为她和金成的事好像一时半阵儿不会有什么结果的。没有结果的东西就像春天开过的某些花，虽然美，却很短暂，留不住该有的果实。庄户人向来都更注重结果，没有果实的耕耘和漫长等待会让人感到绝望和悔恨不已。

水中的秧苗已显露出苗壮来，不再像先前那样焦黄蔫耷着，而是一律健康昂扬地碧绿成片，但那些稗子三棱叶鸭屎草之类也会跟着秧苗葳蕤起来，施进去的肥给这些杂草提供了充足的养分，它们的生命力天生旺盛，便狂野不羁地蹿起来。二桃的活也就跟着来了，那些草得赶着薅呢，要不那些化肥白瞎了不说，稻子也被草欺得长不好了。而且，往往是头一遍刚刚薅过去，另一茬新草又雨后春笋般快速疯长起来。薅草最费的是眼睛和腰，那些很细小的草会化装似的掺藏在秧苗中间，不仔细辨认有时很难准确地拔出来。所以，接连两个礼拜二桃都泡在水里，中午也不回家吃饭，有时爹或三杏会把饭送过来，更多时候二桃一早出门时就带好了饼馍和茶水，就在埂边的树荫下对付着吃了继续干活。

那个红帽子这天终于来到二桃身边，当时二桃正在埂上歇缓吃干粮。红帽子像一阵不经意的风悄然飘到二桃眼前。二桃先是看见眼前水面上一团红色的东西朝自己这边矫健地移动着并最终停泊在自己面前。那不是太阳，太阳走起来没有那么快。太阳也没有那么红，太阳在水面上晃动的时候更像一个油光水亮的蛋黄儿。

红帽子在二桃旁边站定，说话前他先摘掉了鼻梁上的墨镜。二桃在浓稠暖燥的水草气息中闻到一股很特殊的味儿，二桃说不清那是一种什么味儿，但她觉出了某种与众不同，他就站在自己身边，然后他蹲下来跟她搭讪，他一蹲那种味道更浓地向她扑过来。除草呢？他这样说。二桃抬头看了他一眼。红帽子的脸明显是被晒黑的，两只眼圈跟其他部位相比却很白。这样看上去就有点突兀，好像滑稽小丑故意用白粉涂抹了两个眼圈。二桃冲对方点头笑了一下，并把手里的半拉饼向对方礼节性伸了伸，还没吃吧？她说。红帽子丝毫没有客气的意思，顺手就在二桃的手里掰去一半往嘴里塞，大口嚼着，艰难地吞咽，二桃急忙把水壶也递过去。这次，红帽子没直接去接，看了看水壶又冲她摇摇头，好像在征求她的同意，由于嘴里塞满着未咽下去的饼，所以他说什么她听不太清楚。她还是坚持把水壶给了他，她看见他的喉咙油老鼠似的上下蹿动，他的嘴角沾着许多水珠。他终于吃完了那块饼，说真香啊，你自己烙的吧。二桃含羞地点点头。红帽子今天换了一件黑色的老头衫，上面有一个女人头和白色的英文字母，她不明白那是什么意思，只是觉得又刺眼又陌生，他腿上是一条发白的牛仔裤，她记得三杏也有一条这样的裤子。三杏好像很喜欢穿这样的裤子，尽管一条要花百十块钱，她还是同意给妹妹买了。这些都是你家的稻田？他指着眼前田地问。二桃再次点头，说就是的。又说，你好像每天都来这里。红帽子把眼镜端正地架在鼻梁上，说对，我们是来白银湖搞测量的。测量。二桃暗想着，大概就是用那只三脚架子在水田里望来望去的吧。二桃原本还想问搞测量做什么用，可红帽子已经站起来了，同样一股气味风一样向她拂过来。这次二桃有一点头绪了，他身上的味道不同于这里的水，不同于这里的花花草草，更不同于这里的风和土地，完全是另一种气息，陌生，干净，庄重，根本不像庄稼人那样浑浊和拖泥带水，而是充满了街道楼房和柏油路才有的那种坚硬与沉着，甚至有点像妹妹每天从学校带回家的那种书本味儿，完全来自她所未知的某个领域。红帽子朝前面的路上张望了一下，他说车来了我得走了，继而又冲她大大方方地笑了笑，说谢谢你。谢谢。这个词同样陌生和高不可测，就像红帽子手里所摆弄的三脚架子和被风吹得扑啦啦作响的大画纸。他对二桃说谢谢的时候，二桃心头有一种很微妙的酥痒感觉迅速爬过。

之后的几天里，二桃没有看见红帽子，她想他大概去了别的什么地方，白银湖多大啊，一眼根本望不到头。但有一天，她刚从水田里走上来，红帽子便像一只灵巧的鹭鸶似的落在她面前，并客气地递给她一瓶晶莹透亮的水。她知道那叫矿泉水，但她还从来没有喝过呢，她把水拿在手里，稀罕地盯着同样清澈透明的塑料瓶子，瓶身上的一圈塑料包装纸上同样也有一个女人手里抓着这种水，只是那个女人的表情比自己夸张多了，有点张牙舞爪的。二桃将水在手里轻轻摇晃着，那水永远是那么清澈无比，她的脑海中充满了关于水的种种遐想。也正是这天，二桃从红帽子的嘴里听到了一个巨大的秘密。这个秘密在二桃看来有点离奇，甚至有种恐惧的意味。当然，二桃对红帽子整天长时间痴迷于三脚架跟前东张西望的迷惑也终于有些许释解了，尽管红帽子跟她说起很多她听不太明白的词儿，什么湿地啦，回归啦，生态保护啦，还有旅游资源开发啦，等等，她只是模棱两可地听着，但她还是隐隐约约从中获得了一个重要的信息，那就是白银湖将要发生一次大的变化，而且，这种变化就在眼前了，谁也不可能阻挡。

白银湖这一带的庄户人大多数都是依靠水田谋生的，这里产出的稻米颗粒饱满，色泽晶莹光亮，用这种米蒸出的白米干饭雪白雪白的，吃起来香香甜甜，滑腻爽口，比那些南方大米不知要好吃多少倍呢。可是，就是这样的稻谷送到粮库交公粮通常也拿不到什么好的价钱，有时验不上好等级，眼见着一年的辛苦白白费了，苦没少下，种子化肥农药和水利费都刨掉，拿到手的却只有很少一点，实在划不来得很。所以人们种粮的积极性就日渐垮落了，种稻米远远不及搞搞副业或养几塘鱼来得快。其实，这两年金成没少在二桃耳边吹过风，他一直劝她干脆也把稻田改成鱼塘学着养鱼算了。金成说反正我这辈子是不想再种粮食了，把人苦球得说不成，临了还是两手空空的，要啥没啥。二桃知道金成说得不是没有道理，可要让她一下子把庄稼撂了去干别的，她还是转不过那个弯子。再大的苦吃惯了也就不觉得苦了。这是二桃的想法，一辈辈人不都是这样活过来的。况且，二桃已经习惯了这种生活方式，倒也没有特别感到种田的日子有多苦的，有时候她甚至很迷恋待在水田里的那种感觉，清清凉凉的水，稻叶儿不停摩挲着自己的腿脚，太阳将脊背烤得暖烘烘的，浓稠的青草和泥土的气息把人团团围绕着，呼呼拂过耳际的风，还有阵阵鸟鸣夹杂在野花的香味中迎面扑来，那种感觉真是很好啊。前几年像薅草灌水喷农药这样的活金成都会屁颠儿颠儿地跑过来帮着二桃一起干，想赶他走都不行，二桃绝对不是那种哼哼唧唧凡事都得靠男人帮衬的女人。她跟金成的关系又一直是那种若即若离的样子，所以，金成有时太过于主动和殷勤反倒让二桃觉得很有负担，总觉着欠着人家什么。二桃后来也慢慢习惯了，她想或许找对象的男人都是这个样子，总是要有所表现的。可这个夏天从插完秧后金成就再也没有到田里找过她，二桃有时看着自己在水田里形单影只的模样，再联想起以往的种种情形，心里便会突然泛起一股酸，好像又涩涩苦苦的，很不是滋味，眼泪和汗水顺着面颊热乎乎地滑下来，悄无声息地落在水田里。

六月天云团翻卷得飞快，雨说来就来了。

一整天都闷热闷热的，没有一丝一毫的风吹过，灰蒙蒙的天上看不见太阳的脸，却比平时被太阳炙着还让人难受，田里的一切绿色全都失去了光泽，软绵绵地低垂着显得沮丧不堪，水面上笼罩着一层热气，火苗似的直往人的胸口和脸面上扑窜。二桃昏头涨脑地泡在田里，两条腿一点儿也不听使唤。临近傍晚好容易吹过一阵风，二桃才稍微清醒了些，大雨却顷刻间砸下来。雨一下子就把先前燃烧在水田上的那层腾腾的火气浇灭了。世界突然变得像冰凌花一样清冷晶亮起来，田地正在急速退隐和深陷，眼中一片汪洋，白银湖像在梦中一般波澜起伏迷蒙苍茫。二桃跑上埂边的时候整个身体仿佛一条刚刚露出水面的鱼，也那么晶莹透亮。二桃在暴雨中飘摇不定无处藏身，她忽然觉得自己真的犹如一条鱼被什么东西牵引着了，身体变得异常轻盈，腿脚真正变成鱼宽大灵巧的尾鳍在漫漶的雨帘中一路滑行着，她从来没有过这种身轻如燕的感觉。后来，二桃觉得自己像是猛地一下完全跌入了大湖，这里再也没有风雨的侵袭，有的只是自己鱼一样湿淋淋的身体在不停地颤抖着，她听到更加狂乱的雨点击打在自己的头顶，可那些雨再也落不到她的身体上。除此之外，二桃觉得战栗的身体被什么东西裹住了，身上渐渐有了一丝热气，她一连打了几个喷嚏。此时她才看清这个能遮蔽风雨的港湾里并不是就她一个人。那个红帽子也在。里面的空间很有限，她跟他几乎是紧紧挨在一起的。他没有戴那顶红色的太阳帽，她想帽子也许是被风吹跑了。

看样子雨一时半会儿还停不下来，她坐在他的帐篷里听着雨打篷顶的响声，风呼呼吼叫着一次次撞击着帐篷。他递给她一条干毛巾，她想那是他每天擦汗用的吧。她拿在手里矜持地擦拭着头发，她又清晰地闻到那股特殊的气味，她完全被笼罩在其中了。他呢，正用塑料布将他每天摆弄着的那些东西一件件裹起来，他做这些事情的时候一副小心谨慎的样子。过了一阵他俩开始说话，一说话帐篷里的气氛就显得轻松起来，刚才二桃的心还怦怦乱跳，现在好多了。红帽子一直和蔼地看着二桃。我怎么看你天天都是一个人来？他问。二桃说爹上年纪了，水田里的活干不得了，妹妹还要念书，更不能耽误了她。红帽子点点头，目光中有了一些敬重的意思，他又好奇地问那你还没成家吗？二桃脸红了，急忙低着头说还没呢。红帽子露出理解的一笑，说知道了，一定是家里离不开你。二桃没应声。都沉默了一会儿，空气就显得有点紧张了。外面依旧雨声嘈杂，小帐篷一直在瑟瑟抖颤不止。

不知为什么，二桃后来竟跟红帽子说起了自己的心事，说起了自己的妹妹，还提到了金成。话一出口，二桃多少觉得有点后悔，虽然自己心里确实舒服多了。二桃不知道自己怎么会跟一个陌生人说这么多。也许是这些天以来心里憋得太久了，真的需要找个人说一说。在二桃眼里，红帽子是那种很有文化的人，二桃对他有种与生俱来的仰慕之情。二桃没有念过多少书，所以二桃把希望全部寄托在妹妹身上。

雨稍微小点的时候，三杏来了，是爹打发三杏到湖里看一看姐姐的。三杏站在田埂上大声喊姐姐的时候，二桃才从小帐篷里钻出来。三杏听见姐姐应声就是一愣，急忙打着雨伞朝帐篷那边跑过来。这时，红帽子也从里面爬出来，三杏又是一怔。三杏奇怪地看看姐姐又看看姐姐身后的男人，说姐下这么大雨你咋也不回家，爹快急死了。姐妹俩相偎着站在同一把伞下，二桃转身对站在帐篷口的红帽子说真是多亏了你。二桃说这话的时候，三杏看见姐姐的脸上有一团淡淡的绯红色正在静静地荡漾开来。三杏就回过头，见身后那个男人正友善地冲自己笑呢。对方笑得很灿烂，三杏却没有笑。你们姐俩长得挺像的。男人说。三杏也没跟对方搭话，只是用带着警惕的目光上下打量着他。二桃急忙拉起妹妹的手，对红帽子说那我们先走了。

等回到家，二桃才发现自己身上竟还披着红帽子的一件夹克衫，那衣服早就湿透了。她趁三杏不注意的时候悄悄地把它用衣架撑好晾起来。这样似乎又觉得不妥，就把它取下来泡在脸盆里，撒上洗衣粉，洗完锅的时候她就蹲在伙房里把红帽子的衣服认真地搓洗了一遍，这才晾出去。

三杏做完作业躺下来的时候，姐姐好像还没有睡着。三杏听见姐姐在床上轻轻地翻动着身子，床很有些年头了，稍微一动就会吱吱地叫。

窗外轰隆隆地响过一阵雷，三杏吓得在被子里一缩。姐姐知道三杏从小就怕听雷声，这时就把手伸过来揽在三杏的被子上面，像哄小孩似的轻轻柔柔地拍着。三杏很快就进入梦乡了，可二桃似乎一点儿睡意也没有。

天快亮的时候，二桃才迷迷糊糊睡着，没头没尾地做了个梦。

梦里出现了一面大湖，又有许许多多的小湖相连着，都明镜似的荡漾着银光。一个女孩在湖边寂寞地走来走去，一脸的迷茫，她好像迷了路，怎么也走不出这连连绵绵的湖田。这时她听到了一阵哭声从远处传来，她循着声音奔跑过去，看见一个男孩子在湖水中不停地挣扎着，快要沉下去了，男孩子的两只手和脑袋在水面上一伸一伸的，她走过去一看，竟是自己的哥哥。她立刻急哭了，站在湖边大声喊快来救人啊，救救我哥哥呀……可是她喊破了喉咙，始终没有一个人听见，眼看着哥哥跟石头一样沉进湖里。就在女孩彻底绝望的时候，忽然看见湖面剧烈地晃动起来，一条很大很大的鱼呼啸着跃出水面，她从来没有看见过那么大的鱼，通体发出油亮的黑光，尾鳍像笤帚似的连续拍击着水面，鱼一直在叫，叫声痛苦而又可怜。震惊之余，女孩猛地发现那鱼并不是自己跃出水面的，而是被一根很粗的绳线由对岸拽了起来的。接着，她发现被绳子拽着的并不是鱼，而是自己的哥哥，像一条被钓住的鱼在湖面上秋千样荡来荡去。她还看见对岸站着一个虎头虎脑的小伙子，用力地拽着绳线，正冲她得意地嬉笑呢。她听见小伙子冲她喊话，你要是肯答应嫁给我我就把你哥哥拉上来。女孩又急得大哭起来，她妈妈妈地喊了半天，没有一个人回应她；她又满世界叫爹，可爹也不知到哪里去了。后来她就不喊了，也不哭了，她抹着眼泪朝对面的小伙子义无反顾地走过去。再后来，女孩看见哥哥被人从水里鱼一般拉上来，哥哥的脸上一点儿也没有惧怕，而是嘿嘿地冲她撇着嘴笑呢，那笑声恐怖极了……哥哥说死丫头你就嫁给他吧，我们不再要你了。

二桃就是被这种突兀而且怪诞的笑声给惊醒的。三杏睁大眼睛盯着姐姐，二桃喘息着说，我梦见大草被人推到水里去了。

三杏却猛不丁问姐姐，昨天那人是谁？

谁也不是。

那你还跟他在一起？

他是个好人。

所以你就给人家洗衣服。

死丫头，不准乱说。

姐你跟金成哥到底咋办？

咋办也不咋办，凉拌。

……

爹对二桃说从今儿起就别去湖里了，在家好好歇两天吧，顺带也该想一想嫁妆的事，日子一晃就到了，你寻思寻思该给自己添备些啥好。

二桃说稻田里的草还厚着呢，我想再去薅一遍。

不薅了不薅了，爹一叠声地说。

爹定定地看着二桃。二桃不看爹，而是穿过敞开的屋门看着院里的葡萄架。一行麻雀扑棱棱落在葡萄藤叶上，或俏皮地喧闹着，或用尖细的喙挠痒似的啄着胸脯上的羽毛。爹看见二桃比一开夏整整黑瘦了一圈，心里就没着没落的。爹默默吸着烟，烟还是金成以前买来孝敬他的。二桃平时不让爹多吸的，爹的肺不好。

二桃还是要出门，被爹一把挡住了。爹说你这丫头咋就这么犟，草厚就厚，让它厚着，你哪儿都别去，这两天稻田的水我去灌。说着，爹抖抖索索地从枕头底下拿出一个折叠着的存折递给二桃。这折子上的钱你拿去，看着给自己好好添置两身像样的衣裳。

二桃没有伸手去接，是爹硬把折子塞进她手里的。

钱还是留着三杏上学用吧。

二桃又将折子款款地放在爹眼前的桌子上。

爹把眼瞪起来。

你跟金成结婚当紧，还是三杏上学的事当紧？

爹，我不想结婚了，我跟金成，怕是吹了……二桃的声音很小，可爹还是听得清清楚楚的。

二桃偷着看了一眼爹。爹的山羊胡子一抖一抖的。二桃知道爹生气了。爹很少对她吹胡子瞪眼的。

你敢！

爹霍地从椅子上站起来，鼻孔冒着青白的烟。爹不停地咳嗽着，胡子抖得仿佛劲风掠着的一把杂草。

二桃不想再看爹的样子，更不想跟爹拌嘴，她扭头跑出了屋，把爹一个人孤零零地撇在里面。爹也随即撵出去，可爹腿脚不好，根本撵不上二桃，眼看着二桃头也不回地朝湖里去了。

爹站在路口长长地叹了口气。爹忽然想起那句老话，儿大不由娘啊。爹长时间站在路口，浑浊的目光飘向远方。爹想起了二桃妈去世时的情景，爹想起自己亲口答应过二桃妈要把三个孩子拉扯大的，爹还想起二桃小的时候就很听话，也很懂事，爹这样想着想着，眼皮就酸涩得抬不起来了，往回走的时候两行老泪扑簌簌地洒在小路上。

回到家爹径直进了院子前的菜地里。爹拿起镢头闷着声一下一下刨着玉米地，其实玉米只种了几行子，青绿的玉米叶子已没过小腿肚了。爹刨得很仔细，那些讨嫌的小草爹一株也不放过。玉米每年开春都种的，也不卖，爹是特意种了给三杏他们吃的。二桃和三杏还有大草都喜欢吃，爹就一年一年地种着，从不间断。刨完了玉米，爹的头脸和身上已经湿漉漉的，汗衫湿透了，紧紧贴在脊背上。

爹在树荫下坐下来。菜园里很静，油菜花正黄朗朗地盛开着，那些蜜蜂在花丛中间一时起来一时落下。爹的目光也茫然地停留在油菜花上，一动不动地望着那些忙着采花蜜的小东西。爹还看见大草正从一棵苹果树底下呻唤着爬起身，好像刚刚睡了一觉醒来，两只眼珠鱼一样呆滞。通常，那棵苹果树下面就是大草的乐园，树荫又浓又大，地上是厚而且软的一层青草，整个夏天大草都待在那棵树下面。爹在园子里干活，大草就一个人叨叨咕咕地跟自己说话，跟那些草儿花儿和偶尔飞来的一两只蝴蝶或蜜蜂说话，还跟枝头上的麻雀和布谷鸟说话。

大草跟它们似乎有说不完的话，至于他究竟在说些什么，爹是永远也弄不明白的。家里没人能明白这些的。但是爹知道大草喜欢待在那里，所以，爹从来不把苹果树下的草锄掉，爹让那些草丝丝蔓蔓地疯长着，一直长到来年春天，好让大草每天待在那里快活地玩耍。在这里，大草显得无忧无虑的，没有人会给他白眼。大草胆子很小，爹怕他出门受外人欺负，所以，爹干活的时候只要看着大草在身边他就放心了。有时候干累了，爹也会到苹果树下跟大草一起坐一会儿。这种时候大草显得更加快活，他还会把自己刚刚捉到手的一条蠕动着的毛毛虫拿给爹看，放在爹的手心里一起看虫子爬来爬去。爹就摸着大草的脑袋一个劲儿夸他。大草就嘿嘿地冲爹笑。

看得时间久了，爹的眼睛也晶亮起来，水水的。爹用袖子拭了拭眼角，慢慢地起身去锄韭菜沟里的草。

二桃一口气跑到湖里。她没有下田去薅草，而是一个人木木呆呆地坐在埂上。

后响渐渐地起风了，风很大，前面的儿丛芦苇在风中飘摇着，湖里的水被风吹卷着，发出一种奇怪的水浪声，从一边飘向另一边，一直飘到很远的地方。

二桃一味地坐着，整整一个下午也没挪窝，她像是种在地上的一株花草。到了黄昏时风才小了些，蚊子就嗡嗡着上来了，一团一团地在她身边盘旋着。二桃一开始还思前想后的，一阵儿想妹妹，一阵儿想大草，一阵儿又想自己的事情，到后来二桃就什么也不想了，脑子里一片空白，只是静静地听风在耳畔呜呜地来来去去，听湖里的水浪声时疾时缓起起落落。二桃的内心慢慢平静下来。

静下来以后二桃朝四周本能地张望了一会儿，目光散漫地滑过透着绿意的水田和叠起层层波光的湖面，她没有看见他，也没有发现那只小帐篷，到处都没有那个红帽子的影儿。二桃的心里怪怪的，她甚至渴望能够再突然下一场大雨。这样想的时候，二桃猛地记起那件依旧晾在屋里的夹克衫，心里泛起一股颤动着的暖流，她用双臂把自己的身体轻轻地环抱着。

爹什么时候领着大草走过来坐在她身边的，二桃一点儿也不知道。爹点燃了一堆半干半潮的杂草，浓烟滚滚地升起来，呛得直想打喷嚏，眼泪也涌出来了，可蚊子小咬却一下子散开了，不敢轻易飞过来。看到了火光，大草就显得有些紧张，一个劲儿朝爹身边挪着屁股。

父女俩有多久没有这样一起坐过了，他们谁都记不清了。此时此刻，一老二小安详地坐在橘黄的暮色中，不为一切所动。四周是大片的水田和鱼湖环绕着，水面晃动着点点金光，太阳就要从西边沉下去。大草紧紧地依偎在二桃的身上。爹呢，半天也不说一句话，只是悄无声息地吸着烟，间或是一阵剧烈的咳嗽，上半身抽缩下去。二桃心里不无愧疚，很长时间也不敢看爹的脸。

别吸了，爹。

二桃终于开口说话了。

爹想了想，还是把烟掐了。

爹说我寻思了半天，你跟金成的事你自己拿主意吧，爹老了，往后啊大草跟三杏的事你能多操个心就多操个心。

二桃说爹我听你的……呜呜。话一出口二桃就哽咽起来。

爹用手里的干树枝轻轻划拉着面前的火堆，一串串红红的火星子不安地蹿跃起来，朝着渐暗的天空纷涌而去，很快就消失不见了。

二桃竟越哭越厉害了。

爹不劝，只是坐在缭绕的烟雾中听着二桃的哭泣声。最后，爹说哭吧，哭哭就好了。大草却不明就里地跟着二桃咧嘴干号起来。大草哭的时候嘴巴跟鲇鱼那样扁扁地一张一翕着。

二桃看着哥哥憨态可掬的样子，自己竟又蓦地破涕为笑，眼泪和清鼻涕沟溪一样闪着红亮的光。

眼看着三杏高考的日子一天天临近了。

当姐的暗暗地替妹妹着急捏汗。可妹妹还是以前的老样子，什么时间该上学了，什么时间该回家吃饭了，什么时间该复习功课上床睡觉了，这些丝毫看不出有什么大的变化。唯一的变化就是，三杏似乎不太愿意待在屋子里，每天下午回到家就急急忙忙地拿了书本走出去，礼拜六和礼拜天的上午也是，大清早露水还没落尽就夹着一摞书出门了，到了晌午吃饭的时候也不见回来。爹似乎并不着多大的急，爹说你别管，由着她去吧，学好学赖都是她自个儿的，旁人带不去。

果然连着几天二桃没有再去湖里，爹隔一两天会去看看稻子的情况顺带往田里灌水。二桃倒也想好好给爹和妹妹做做饭，这样妹妹就能把做饭的时间省下来用在学习上了。

好不容易等到三杏从外面回来，天色早昏暗了。二桃连忙把留给她的饭菜端上桌，催促说快吃三杏，饿坏了吧？三杏捧起饭碗就吃，二桃站在一旁看。二桃觉得三杏的饭量这些天倒是好了，吃东西也不挑拣。但是，二桃几乎同时又发现妹妹似乎变得不怎么爱说话了，也不冲她笑了，一个人坐在写字桌前，无缘无故地就发起呆来。有时脸上的表情也很奇怪，像是遇到了什么特别有趣的事，微微露着一丝笑；有时又好像满腹心事，情绪莫名其妙地低落和烦躁，眉头拧着一股劲儿长时间不肯散开。二桃不敢多问，即便问了三杏也会淡淡地说姐我没事的。二桃当然不懂得什么叫考前综合征，可她想妹妹八成是复习紧张的，一天到晚脑子里要装那么一大堆东西，给谁也会吃不消的。二桃没有别的办法，只是在心里默默地替妹妹打气，她想等考完试也许就好了。

端午节二桃包了粽子，粽子包得又大方又精巧，个个像牛角似的，用发白的马兰藤子一缠，粽身儿透着股灵秀气。每个粽子里面都有三颗红通通的枣儿。粽叶是爹从湖里的芦苇荡中打回来的，爹也是每年都去湖里打那种宽宽大大的叶子。白银湖的芦苇一到端午节前两天，叶子就疯长到极限了，豆绿豆绿的，每一片都有鞋面那么大，打回家煮了再用凉水浸上一宿，叶子就变得韧性十足，浓浓的香味四处漫溢着。二桃包的粽子好看又好吃，拿到街上去，很抢眼的，一只一毛钱，转眼就卖光了。早些年家里日子紧巴，手里委实没有什么闲钱，给妹妹买个本子铅笔啥的都需要钱的。那时二桃确实卖过粽子，头天晚上就煮在锅里，再用文火煨上一宿，第二天天刚蒙蒙亮就用红柳筐子提着上街去了。出门前爹一再嘱咐说路上小心，走慢点，往路边走。二桃眨着黑眼睛冲爹唉一声。那时二桃也就十几岁，一个人拎着装满热粽子的提筐，边走那筐还滴滴答答往下滴水呢。二桃沿着曲曲折折的小土路朝公路方向去了，走上一阵儿手酸了，就把筐子换到另一只手上，再走一阵儿又换到原来的那只手上，这样换来换去就来到街上了。二桃通常站在北门的汽车站附近，那里人多，一早就有开到外地去的长途车。一开始二桃不懂得吆喝，只是红着脸蛋站在人们进进出出的地方，一双黑眼睛冲那些陌生的面孔不无期待地张望着，又好像生怕别人会抢她的东西。后来，二桃就学聪明了，她是跟车站门口那个卖瓜子糖果的老头儿学会吆喝的。二桃把筐子搁在地上，揭去上面的苫布，嘴里一声声喊着，卖粽子喽——谁要粽子，又大又甜的热粽子哟！这样连着好几年，那些卖粽子的钱爹不拿，让二桃攒着，几乎都用在妹妹学习上了。有时二桃也会花一毛钱买两根冰棍，妹妹一根，哥哥一根，自己顶多象征性地舔上一口，嘴里却说我最怕凉，你们快吃吧，要不化了。看着哥哥和妹妹吃得不亦乐乎，她的心里也透着甜。

二桃特意给金成留了一串最好的粽子，想着他来了带回去给那边的老人和弟弟妹妹们尝尝，也是自己的一片心意。可是，金成还是没有露面，石沉大海似的没有丝毫音信。二桃看着那串饱满的粽子，心渐渐地跟粽子一起凉了下来，多少有些懊丧，连着两天人都没有一丝神采。依照这里的老规矩，端午节男方应该拎着粽子和礼品上女方家拜节的，也叫追节，金成那边的悄无声息实在让二桃有些伤心和失落了。二桃想起金成前段时间告诉她家里要再开两个鱼塘，所以忙吧，把节日的事情忘了也是有的。二桃原本是打算去金成家送粽子的，都推着自行车走出很远了，思前想后又悄悄折回来。爹看在眼里，只是一连声地叹气，并不跟二桃说什么理儿。爹自然知道这种时候二桃上金成家的门恐怕是说不通的，再怎么着也不能让鼻涕往眼窝里流吧。

二桃忽然想起一件事来，打开柜子一看，那件夹克衫果然还叠得平平整整地放在里面，弥散着太阳和洗衣粉的淡淡暖暖的气息。二桃急忙把衣服用塑料袋装好，出门前她又从留给金成的那串粽子里挑选了最漂亮的两只带上。二桃给爹说了一声就骑上车子出门去了。爹纳闷地坐在角落里依旧不言不语。

几天不出门，二桃似乎被眼前的一切怔住了。湖里有了翻天覆地的变化，水绿得油一样黏稠起来，荡漾着腻腻的光，密密麻麻的芦苇丛遮住了半个太阳，稻田里再也看不见明晃晃的水洼了，稻叶儿全都绿得泛黑，一丛一丛直挺挺地冲着天空。二桃想再过些日子稻子该扬花了，稻花一落尽穗子就开始灌浆水，秋天的脚步也就跟着近了。路过金成家的鱼塘时，二桃忍不住远远地朝那边张望了一下，她看见金成爹正站在岸上朝湖里添撒着喂鱼的青草，只是没有看见金成的影子。那间她再熟悉不过的看鱼棚子此刻空寂着，棚口横着一摊耀眼的白光。二桃的心里泛起一些说不清道不明的东西，候地在胸口膨胀起来，堵得她胸口发闷发慌了。她就再也不敢朝那里张望，急疾地猛蹬两脚车子，把目光果决地瞥到另一边的水田里。

红帽子见到二桃的时候冲她礼貌地伸过手来，二桃有点不好意思，也很不习惯，但她还是伸出一只手去让他握了一下，就像电影里的两个革命同志见面那样。二桃觉得红帽子的手比自己的还要细腻呢，不干也不湿，握住的一瞬间有种陌生的温暖厚厚地裹住了自己的手。

我以为你失踪了呢。

红帽子一直冲二桃微笑着。二桃打心眼里喜欢这种温温雅雅的笑，她觉得有文化的人笑出来就是跟庄户人不一样。其实金成好像也是爱笑的，可金成的笑远不是这样的，有点大大咧咧，笑起来粗声粗气一点儿也不懂得节制，听着总有股傻乎乎的劲儿。二桃不无歉意地把衣服从车把上摘下来连同那两只粽子一并递给红帽子，说早就洗干净了，一忙就忘记给你送来了。红帽子接过去，一连声对二桃说着谢谢。二桃更觉得难为情，倒成了自己帮了人家的什么忙，脸也微红着，不知该说些什么才好。她觉得他说出谢谢的那一刻自己的心间忽然有一种奇妙的漾动，就如灼热的阳光轻轻流淌在鼻尖上，又像一根羽毛飘飘荡荡地从赤裸的手臂上滑落下来。这时，红帽子却说你的粽子很好吃，我已经尝过一只了。二桃顿时一愣。是你妹妹给我带来的，红帽子接着说，其实你家三杏挺聪明的，她问过我几道物理题，我一讲她就懂了。二桃如梦方醒般地点了点头，想说什么却又一时间不知从何说起。红帽子说看来你妹妹也很关心你，她跟我说了许多你的好话呢，她还说你就像她的母亲一样。二桃的脸更红了，心却是暖的。

再过些天我们就得走了。

去——哪儿？

当然是回去，你们这里的测量任务完成了。

二桃的眼神幽幽的。

那以后还来吗？

说不定，估计是不来了。再说就算来，那时候这里肯定大变样了，水田全改造成湖了，还有一条高速公路要从这里横穿过去。

说着，红帽子用手指着未来那条公路的方向。他告诉二桃田里挖出来的泥土正好用来垫路基。

二桃心里一惊，因为红帽子所指的地方正好包括她家稻田所在的位置。

湖里的田是不是再也种不成了？

是啊，这里原先就是一片大湖，你应该知道的，现在只是要把它恢复到当初的模样。等把湖改造好，路也修通了，你们这里就变成一个风景优美的旅游区了，到那时候，说不定你还能在白银湖划着小船做导游什么的呢。

听完红帽子的一番话，二桃的目光极力飘向远方，仿佛眼前的这一切忽然变得异常辽阔起来，怎么也望不到边际。一种懵懵懂懂的感觉浮上心头，有些事情二桃不太懂，有些事情二桃想也不敢去想，她只是听红帽子描述着一个她从来也没有想过的白银湖，或者，那个大湖是有的，只有在她的梦中才会出现，只有在二桃回想往事的时候白银湖里清澈透明的水才会在记忆最深处熠熠闪亮。

一只布谷鸟在前面的芦苇荡中咕咕咕咕地叫起来，声音断断续续地在水面上滑行，悠长而且空灵。很快，又有一大群鸟在寡蓝色的天空里飞过，然后压低了黑黑小小的身体轻盈地掠过豆绿色的水面。布谷鸟已经飞远了，有点凄婉的叫声像是从天边飘过来的。二桃和红帽子一直在聆听鸟的声音，两个人之间离得很近，近得能听清彼此的心跳声。

等将来呀，这里肯定会变成鸟的天堂。

将来。二桃听见红帽子有些动情地畅想着。可在二桃听来这是一个多么深奥而又遥远的词啊，像是深深地埋藏在曾经的那片浩浩渺渺的大湖之中，又像是一下子将二桃带到了一个完全陌生的天地里面，那里的风那里的水那里的一草一木甚至于一只幼小的鸟儿都是二桃所不熟悉的。二桃似乎已经没有勇气再去想将来的事情。二桃的心忽然变得空茫起来，仿佛被完全掏空了似的，失去了重心，也失去了目标，对将来没有丝毫憧憬。

当一阵风从北面吹过来的时候，二桃觉得自己快要从地上飘起来。

回家的路上，二桃的心里还是怅惘着。碰巧遇见了妹妹，妹妹手里拿着书本朝这边慢慢走来，一忽儿把书搭在嘴上，一忽儿又拿开了低着头看，脚步踟蹰着。二桃知道妹妹是在背书呢，妹妹背书的样子真好看。看见妹妹用功二桃就高兴，二桃想等妹妹以后考上大学是不是也跟红帽子一样，说话动不动就谢谢谢谢的，笑起来也那么温温雅雅，这样想的时候二桃心间便悄然渗进一丝甜蜜。二桃不想打搅妹妹，只体恤地叮嘱了她一句，三杏别太晚了，天黑就回来。妹妹冲二桃的背影唤了一声。

夕阳正在二桃身后静静地游走。

风轻轻一吹，湖里就开始飘荡那种甜甜香香的气味，浓得像刚刚烧开的一壶醪酒。

爹的笑容明显减少了，心事忡忡地背着双手进来了又出去，脚步迟疑而又沉重。到湖里看一看稻子，穗儿全都黄朗朗地低垂着，爹本该乐得合不拢嘴，庄户人就等秋天有个好收成呢。可爹的心情也像稻穗儿沉甸甸的，怎么也抬不起来。二桃倒是比爹想得开明些，二桃现在担心的并不是自己，而是妹妹。妹妹高考只差几分，二桃想好了，无论如何也要让妹妹再去复习一年，她不相信再下一年的功夫还找不回来那几分。妹妹变得沉默寡言，整天窝在屋里不肯出门，就是赶也赶不出去。这一点二桃竟没有想到，她一直以为妹妹根本不在乎考上考不上呢。

发榜那天是二桃陪妹妹一起去看的。二桃忘不了妹妹当时的神情，妹妹从来也没有那么认真过，眼睛倏地红了，泪水小溪一样汨汨地涌出来，头也不回地扔下姐姐自己跑开了。妹妹到家就把自己反锁在小屋里，整整一天，饭不吃，水也不喝一口。真是把二桃吓坏了，一时不知道该怎么办，眼巴巴地趴在窗台上，一声声冲里面喊三杏，让她把门打开。妹妹就是一动不动躺在床上。二桃就趴在窗台上呜呜地哭，哭一阵儿劝一阵儿，大草也过来跟着二桃一起干号，最后惹得街坊邻居纷纷挤进院子里观望，以为家里发生了多大的事情。爹后来把二桃喝住了，爹说哭啥哭，我还没死呢。二桃就不敢再哭了。天黑以后，小屋的门终于开了，妹妹从里面默默地走出来，二桃急忙上去把妹妹紧紧地抱住。二桃听见妹妹一抽一抽地说姐我对不起你，我没脸见人了。二桃哄孩子似的摩挲着妹妹湿漉漉的脸蛋，说傻丫头，真是个傻丫头，姐姐不怪你，只要你用心了姐姐就高兴了。

爹背着二桃悄悄去金成家探听口风，才知道金成跟他爹到外地采购新品种的鱼苗去了，得些日子回来。爹就不便于同金成妈谈论什么，女人家的说了也不算数。爹又去寻那个媒人说话，想从媒人那里得到些消息，哪知媒人自己新添了孙子，正乐颠儿颠儿地伺候儿媳妇坐月子呢，根本没把二桃和金成的事装在心上。爹快快地回来，却不跟二桃透露什么，只是闲下来的时候一个人思量，不知道那只疙瘩结在什么地方。夜里一闭上眼睛，就能隐隐约约看见二桃妈的脸，还是那样苍白虚弱，还是那样汗津津的，还是那样目光迷离，还是放心不下地睁开着双眼。爹烙饼似的把身板翻过来翻过去，一声一声叹息。大草在一边呼呼地熟睡，响亮地嗑牙，猪崽儿似的哼哼着。爹在黑暗中的叹息大草是听不到的。

秋日苦短，撒泡尿的工夫就挨到尽头。照说稻子收回仓，二桃就该出嫁了。当初日子就是定在这个时候的。可是，金成家还是没有过来人，连媒人的影儿也不见。二桃反而越发平静，从收割到打场二桃不紧不慢地干着活。而且，对待今年的庄稼二桃是格外地用心，稻茬子留得低低的，捆子扎得紧紧的，田里的穗子收拾得干干净净颗粒不落，打完场她又把稻谷美美地晒了一天才拉回家。往年等所有活都干完了，人也就疲沓下来，可这次二桃一点儿也没有觉出累，相反竟有点异常的兴奋，把爹跟哥哥妹妹的脏衣服全都搜腾出来洗了一大盆。

傍晚时二桃又常常一个人独自走到湖里去，像城里人散步似的四处走来走去。秋后的湖里明显萧瑟起来，大片大片的稻茬子狰狞地裸露出来，完全看不出曾经的一季茂盛，芦苇花早就败了，叶子萎靡着，失去了往日秀美的容颜。那些零零散散的鱼湖也寂寥起来，水面上灰蒙蒙的，倒映着树木瘦削的黑影儿。天一凉，来钓鱼的人明显少了。一切似乎都安排好的，突然静下来，天地间有种无遮无拦的空洞。这种时候，二桃能远远地看到那片寂静的闪着银光的水面，还有那间低矮的深褐色的棚子，那是金成家的鱼塘啊。二桃的眼底渐渐泛起一层微红，迎着风，晶晶亮亮的浪花就在里面跳动着。这种时候，二桃耳边会很奇怪地响起红帽子以前说过的那些话：将来呀你们这里会变成一片浩瀚的大湖，变成真正的鸟的天堂。

……这一年眨眼就过去了。也许是两年或者三年，都像是这么眨眼间溜过去的，没有留下丝毫痕迹。现在的白银湖却是大不相同了，宽阔得没有方向，接天连日，湖水静谧，一开春水便绿得泛蓝，成群结队的鱼儿在湖中嬉戏，一年四季垂钓者络绎不绝。那些芦苇丛齐头齐脑的，一看便知是经过一番精心修剪过的，像一囤囤绿色谷仓凸现在湖面，大小的摩托艇鱼鹰一样在水面上呼啸着飞来飞去。湖心还有人工堆起的一座岛屿，密密麻麻地植满了树，数不清的鸟儿栖息在岛上，把这里聒噪成另外一片天地，游人若想去参观得多花十几块船票，而且绝对不允许带火种和猎枪。站在高速路的空架桥上望过去，那些广袤的水田是再也看不到了，永远沉没在庞大的湖底，还有许许多多条迂回曲折的小路和沟沟渠渠，路上曾经留下的成千上万的人和牲畜的足迹以及丢落在上面的一粒粒稻谷和一颗颗牲畜粪便，都埋藏在水里，世上有多少过于寻常的事物都掩盖在表面的平静和繁盛之中了。

一切都仿佛风轻云淡了。这一年，抑或是两年三年，二桃倒也学会了很多东西，学会了顺其自然，也学会慢慢地忘却。她身边发生过桩桩件件的事情，比如金成到底还是跟另外一个女人结婚还生了一双女儿；比如三杏终于考到南方一所地质学院念书去了，三杏说自己将来也要像红帽子那样到田野里无拘无束地工作；再比如爹有一晚吃过饭坐着坐着突然就一头栽倒再也没有醒来……只有二桃和大草还相依为命着。二桃在湖岸的停车场摆了个小货摊，卖一些旅游纪念品游泳衣和饮料什么的，旺季时候生意相当不错。大草现在似乎懂事多了，帮二桃看摊子两只眼睛盯得紧紧的，遇见想买东西的客人过来他就朝人家嘿嘿地憨笑不停，还会慢吞吞地说些欢迎谢谢下次再来的话，客人见他像个孩子似的好玩，再一看站在大草身边的二桃，似乎从中看出了什么名堂，也不顾着挑拣和砍价大大方方拿了东西便走。

唯独黑夜显得冗长，多少年来好像没有一丝变化。天空像深黯色的湖面在二桃的窗前闪着微光，有月亮的时候星星总是稀少。二桃不喜欢月亮，二桃更喜欢在睡不着的时候看那些细碎散漫的星光。大草的瞌睡永远又厚又浓，大草在梦里呼喊爹妈的时候二桃的眼里会溢出一行清泪。妹妹隔三岔五寄一封信回家，二桃常常会把信仔仔细细看了一遍又一遍，晚上睡觉前还要把信轻轻压在枕头下面，唯独这样二桃才能睡踏实，可一旦睡着了，二桃又会重复以前不知做过多少次的那个梦。

梦里还是一面大湖，周围还是许许多多的小湖紧紧相连，都明镜似的荡漾着银白的光。一个小女孩在湖边寂寞地行走，她总是一脸的茫然，好像迷失了方向，永远也走不出这连绵不绝的湖光水色……

一

那个年近四十岁的妇女，名叫杨改花，面皮稍微有些暗红，上面生着一些细碎的小麻子，连鼻尖子上都零零星星分布满。杨改花的几颗发黄的门牙上，有许多小小的齼子，一看就知道是打山沟沟里出来的那种女人，从小到大嗑胡麻和箆子嗑出来的顽固的迹痕。

工地上一年四季都吃土豆熬白菜，油水稀少，馒头和面条是主食，大米饭几乎从来没有见过。杨改花倒是有一把子笨力气，每天她都要亲手和百十号人吃饭用的大面团。她经常把一张杨木案板揉得咣当咣当作响，和面盆在案板上跳来跳去，打鼓似的，面揉匀了，她再拿切菜刀麻利地分成拳头大小的面剂子。

等那些工人们下了工，排着稀稀拉拉的长队站在伙房门口时，热气腾腾的一屉一屉的馒头早出锅了。工人们正饿得心焦，顺手胡乱抓一个塞进嘴里，顾不上口干舌燥，顾不得两手泥灰，饿狼样猛嚼起来，有时咽不下喉咙，憋得眼珠子直往外凸，便跑到水管子跟前找水喝。

也有平素好跟女人打诨调笑的，一边大口大口吞着馒头，一边大嫂大嫂叫得欢实，妹子妹子喊得亲切，嬉笑着称赞杨改花的馒头又白又软，捏在手里都颤悠悠的，真是舍不得往嘴里吃哩。众人都能听出话外有音，也就跟着起哄调笑，并当当当地敲着饭盆。杨改花呢，自然听在耳里，也懂得话里的深意，却并不接话，忙不迭地挨个给工人往饭盆里捞面条、盛菜汤，额头被白汽笼罩着，看不清面容。

杨改花屁股后面，时不时跟着一个七八岁模样的小男孩。杨改花管这娃叫碌子。碌子不怯生，刚到工地的第二天就似乎很适应这里的环境了，包括那群每天只到吃饭时间才聚集到伙房这边来的工人。

小家伙的脸上毫无忧虑和畏惧可言，整天在伙房附近的水池子边上快活地玩耍，或者，在工棚前面生满杂草野花的荒地上疯跑撒欢。碌子似乎从来不惧怕母亲的呵斥——杨改花的嗓门亮，骂起娃娃跟机枪一样嗒嗒嗒不停扫射——总是一味地将自己的鞋和衣裤以及手和脸蛋弄得脏兮兮的，活像只调皮好动的小耗子。

有时，磙子的衣裤不小心在外面什么地方刮破了，嫩生生的皮肤露在外面，回来难免要被母亲揪住耳朵教训一通。这种时候，磙子多少老实一丁点儿，低着头用狡黠的余光在地上扫来扫去，或隔着老远偷偷去观察着母亲。可用不了多久，大伙又能看见磙子活蹦乱跳不管不顾的小身影了。

俗话说一物降一物。尽管小家伙委实有些调皮，但在工地上他还是惧怕一个人的。只要一见到这个人，磙子远远地就会停止了自己正痴迷着的某种玩耍或游戏，神情专注地观察着对方的一举一动。特别是，当这个人朝着磙子母亲所在的伙房位置走去时，磙子便闪电样飞快地蹿回母亲身后，抱紧母亲的一条大腿，将胆怯的目光从母亲的两条腿缝间投射过去。

一天下午，磙子端着一只红色的塑料脸盆，这只盆是磙子跟母亲每天用来洗脸洗衣服的。盆里有小半盆水，磙子背着母亲在伙房前的水池上接的。磙子正打算到前面的沙子堆跟前和泥玩。磙子个头很小，胳膊也短，脸盆却是大号的，所以他端起来就有些力不从心，水尽管不太多，但由于他控制得不好，还是不时地在盆沿边来回晃荡。一层粼粼的水光仿佛金色的小蛇，在磙子的小脸上摇摆不停。从盆里激荡起的大朵大朵的水花，溅落在磙子的上衣裤子和鞋上。磙子刚离开伙房没几步，蓦地抬头，便发现那个脸上长着乱七八糟胡子的人来了。

那人脸上的胡子确实很吓人，密密麻麻连成片儿，又像粘上去的一撮一撮的猪鬃，几乎将一张脸都遮严了，只露出两只眼珠子和一个有点鹰钩的鼻子。那人说话的时候也好像看不出嘴唇在什么地方，牙齿倒是白森森地在胡子丛里上下动着。磙子看到大胡子男人后，立刻像士兵见到长官那样原地站定，一动不动，神情严肃而又拘谨地端着那只脸盆，又像是在给对方行注目礼。

就在碛子原地愣神的工夫，那个人已经来到跟前了。

碛子的确有些紧张起来，端在手里的脸盆也有些晃动，甚至朝着前面倾斜了，眼看水都要洒到外面去了。

大胡子男人也像检阅小孩似的停住脚步，不苟言笑，腰身稍稍一佝，突然伸出一根硬邦邦的带着烟草味的手指，使劲在碛子的鼻梁上刮了一下，又刮了一下，好像不解恨似的再用力揪一下碛子的小鼻头。

碛子鼻孔一抽一抽，禁不住小狗样打了两个喷嚏——他很不习惯烟草味。大胡子男人还故意装出一张鬼脸吓唬碛子。这样一来，小家伙就得哭了，眼圈一红，下嘴唇慢慢往前伸展，再伸长，一副标准的"地包天"的可怜相。

但是，碛子终究没有哭出来。大胡子男人对小孩做完这两个习惯性动作之后，并没有再怎么样，他径自撇开碛子继续往伙房方向去了。也许，刚才太过紧张了，碛子这时才注意到大胡子身后原来还跟着一个人呢。

具体一点说，碛子看到的是个年龄并不算大的姑娘，生得眉清目秀，只是身体瘦瘦扁扁的，鼻梁上架着一副近视眼镜，头上还戴着一顶颜色捎得发白的太阳帽，帽檐有些歪了，头发全部塞在那帽壳子里，看不出长短。她一只手里拎着那种半新不旧的行李包，包里塞得鼓鼓囊囊的，另一只手也没闲着，在臂弯那里夹着一卷用花格子床单包裹好的铺盖，走路时她的身体也朝一边不断倾斜，仿佛随时会失去重心倒在路边。

姑娘已走到磙子跟前，她稍微停顿了一下，吁吁喘着气，将手里的包慢慢地放在地上，又把铺盖卷很艰难地交换到另一个臂弯里用力夹好，再弯腰提起地上的行李包。然后，她很友好地冲磙子微笑了一下，也朝伙房方向去了。

磙子回过头，有点好奇地盯着姑娘一步步朝前走去。姑娘的背影在磙子的眼中显得很单薄，可不知什么原因，磙子觉得这个背影很亲切，也很好看，一点也不像刚才那个大胡子男人那样让他感到惧怕。也许，还有另外一个原因，这里除了磙子的母亲，都是男人，各种各样的男人，灰头土脸的男人。磙子都看烦了。

这时，磙子发现母亲被大胡子男人从伙房里面唤了出来。他们俩就站在伙房门口，大胡子像是在跟母亲训话，声音很大，指手画脚牛皮哄哄的架势。

很快，母亲的情绪也好像有点激动了，她一边愤愤地解掉身上系着的围裙，一边也提高嗓音跟大胡子男人理论着什么，拿着围裙的手也不停地跟大胡子比画着，像是要极力证明什么。

就在母亲跟大胡子说话的时候，那个姑娘已走到他们跟前了。

磙子看见大胡子好像又跟母亲和那个姑娘说着什么，大胡子男人的手一会儿指着母亲，一会儿又指向那个姑娘。他还看见姑娘好像一直都在不停地冲大胡子点着头，唯唯诺诺的样子，而母亲似乎一直没有点头或摇头，脖子僵硬地挺在那里，听大胡子呱啦呱啦讲个不停。

最后，大胡子点了一支烟，猛吸了几口，才头也不回地扔下她们朝工地那边走去。磙子看见母亲愣了一会儿，才低着头无奈地走进伙房里。然后，那个姑娘也慢腾腾地拿着自己带来的行李，跟着母亲进去了。伙房前水池里的水龙头正滴滴答答流着一线银亮的光。

见大胡子真的离开了，磙子才放心地端着脸盆继续朝前面的沙子堆走去。

沙子堆很大。这些沙子是用卡车从河滩里一趟趟运送过来的，堆得有一人多高，底盘庞大，仿佛一座人造假山。还有比沙子堆稍小一点的刚筛过的碎石子，石子被筛过后发出很精细的白光。再就是摞得跟鬼子的碉堡似的几垛牛皮纸袋装水泥，水泥上蒙着红蓝白相间的彩条雨布，风一吹就扑啦扑啦地抖。

在沙石堆和水泥垛之间，有一台人高马大的搅拌机。庞大的机器从头到脚都让水泥浆覆盖着，一身惨灰惨灰的颜色，一点也看不出它原来的面目。搅拌机身后立着一根光秃秃的水泥电线杆，在距离地面半人高的位置，歪斜安装着一只漆皮剥落的铁皮配电箱，箱子两扇门中间挂着一把小铜锁。现在搅拌机处于停止状态，但这两样东西，一高一矮，一胖一瘦，乍看上去跟一对默契的帮凶差不多，有点狰狞的味道。

磙子才不理这些，事实上他很喜欢独自一个人来这里玩耍。他在紧挨着沙子堆那里找到一个阴凉地，放下手里的脸盆，蹲下来，用两只手从最边的地方着手刨下一小堆沙子，又在这个小堆里刨出一个小圆坑，再端起身边的脸盆，很小心地将盆里的水倒进坑里一些。沙子遇到水，模样仿佛一下子瘦去了一圈。

这时的磙子就是一名能干的小工，他开始执着地用自己的双手和起沙泥来。磙子的嘴里唠唠叨叨的，但谁也不知道他在自言自语些什么。没多大工夫，磙子的脸蛋鼻尖脖子和手臂上到处都沾满斑斑沙粒，看上去既顽皮又可笑。

二

外面黑得基本上看不清什么了，工人们才疲疲沓沓晃着腿脚回来，照样嘻嘻哈哈，照样有气无力地敲打着手里的坑坑洼洼的饭盆底儿。偶尔也有人用乡音哼一支老掉牙的歌子，没头没尾的，叫人听不太清楚。

大伙在经过伙房前的水池边时，都要停下来，一个个乌鸦似的将嘴巴凑到水龙头上，争先恐后地喝几口凉水。自来水真是清凉解渴，又不要掏一分钱，天然的冷饮，工人们都喜欢灌上一肚子。爱干净的也会不失时机地把两只粗糙的手掌并拢了，满满掬一捧水泼到自己的脸和脖子上，抹一抹上面的灰尘汗泥，好清清爽爽地去吃晚饭。

磙子就是这时出现在大伙的视线里的。小家伙正黑乎乎的跟一只小乌鸡崽般蹲在水池边，屙屎样地始终耷拉着头，两只手交叉起来压在小腹下，看起来蔫头蔫脑。工人们一发现了磙子，便麻雀样七嘴八舌聚拢过来。

这个问磙子咋一个人在这旮旯猫着？

那个问磙子是不是又捣蛋了挨你娘一通好打？嘻嘻。

哈哈。

可是，不论大伙怎么问或怎么逗弄他，磙子就是一言不发，一味地将脑袋垂得低低的，眼看要埋进自己的裤裆里去了。

也有人上来用脏兮兮的大手摸弄磙子的后脑勺，甚至拿笑话逗他，可磙子就是不声不响地蹲在那儿，好似受了天大的委屈不肯搭理旁人。

伙房门口传来一声吆喝，开饭喽开饭喽。声音轻轻柔柔的，喊第一声的时候大伙都没在意。往常这时候都是杨改花在喊，杨改花是山里女人的那种亮嗓门，往往是，她不用再喊第二遍，大伙准能听得清清楚楚。但今天，这吆喝声明显跟以往有所不同：那声音乍一听有点怪，有点怯生和害羞的味道，听起来也有些底气不足，就像杨改花三天没有吃饭了。

这是大伙的第一印象。待仔细一听，根本不是，杨改花的嗓音根本没有那么温柔好听。今天的这种吆喝声确实很容易入耳，听着心里有那么一股子舒坦，就像刚过门没几日的小媳妇喊自己的丈夫回家吃饭那样亲切。大伙听惯了杨改花的高声大嗓，所以，乍一听到这种慢声细语，都不由得愣了一下，好像下工以后走错了吃饭的地方。

与此同时，大伙立刻变成一群羊，无形中被饥饿驱使着，更让那柔声慢气的吆喝声所牵引，呼噜呼噜只顾朝前涌去。伙房门口挡着一面木头台子，台子上摆着两只大铁盆，有洗澡盆那么大，里面分别盛着刚煮出来的面条和汤菜。站在台子后面的也不是杨改花，真的换了一个人，还是个很秀气的姑娘。由于菜和面条的哈气很大，白茫茫一片，大伙一时半会儿还看不清姑娘的脸，只注意到姑娘戴着眼镜，眼镜片上也镀了一片白雾。

打好饭以后，工人们多半都不走开，随便在墙根下、水池子边或空地上找个地方蹲下来或直接坐在地上，忙不迭地往嘴里扒拉饭菜，吃完不够再去盆里捞面，或者，饱了，打着响亮的嗝，只去舀几勺面汤趁热喝下去解渴。

这当间，大伙终于看见那个嗓音好听的姑娘从伙房门口的台面下钻过来，手里端着一只搪瓷饭盆，里面好像盛了饭。姑娘径自朝水池子这边走来。

借着伙房里亮起的灯光，大伙依稀可以看到这个姑娘的模样，她的年轻程度超过了大伙的想象，宽大丑陋的劳动布围裙扎在她身上，使她看上去更加瘦弱却又显得不俗，她简直还是个学生娃娃，刚才蒙着哈气的眼镜正一闪一闪发着亮光。姑娘从那些蹲坐在地上吃饭的工人当中灵巧地穿过去，几步走到水池子边上。

这时，磙子正偷眼朝伙房方向趄摸呢，他想确定一下自己的母亲出来没有，她是不是还在生他的气。或者，母亲会不会亲自来这边找他，而姑娘却猛不丁地站在他眼前了。

姑娘把手里的饭盆端到磙子面前。磙子看了看盆里拌好的面条，又抬头盯着姑娘的脸看了一会儿。但磙子最终没有去接饭盆。磙子觉得嗓子眼一酸，嘴巴里水滋滋的滑溜起来。磙子忍不住似的使劲往下吞了几口唾液。

磙子听见姑娘问小家伙难道你肚子真的不饿吗？

碰子木讷地摇了摇头，脑袋再次低沉下去。姑娘听见碰子的肚子咕噜噜地叫了一声，像滚过一阵闷雷。她笑着说我们谁也不能跟肚子生气，来，快把面条吃了吧！说着，姑娘就蹲下来把饭盆和筷子塞到碰子的手上。碰子的手指冻僵了似的，好半天才慢吞吞地拿稳了饭盆跟筷子。

旁边的工人看到眼里，有人当即嘿嘿笑着对碰子说，你狗日的今儿立下汗马功劳哩，想叫人伺候到嘴里才肯吃。大伙便哈哈地笑他。姑娘有些不好意思，急忙把碰子从地上扶起来，往怀里一揽说，咱们还是回伙房去坐着吃吧。

碰子虽然有些犹豫，但还是准备跟姑娘一起回去。两人刚一转身，后面忽然传来一声很响亮的呼哨，不知是哪个年轻工人在黑暗中打出的。

夜幕一下子就被这突兀的呼哨声扯得低沉下来。

不久伙房里传出咣当一声响，大概是碗盆之类的东西突然砸在地上。

紧跟着，是哇的一声长号。外面吃饭的工人不用听就知道是碰子在哭。碰子的哭声比刚才的那声呼哨嘹亮多了。

大伙听到的是杨改花那副戳人耳朵的大嗓门。谁叫你吃的饭！羞先人哩你还有脸吃！你给老娘滚到外头号丧去，老娘这里不缺你这吃闲饭的货……是杨改花在大骂她的碰子，这种声音工人们以前早就领教过了，碰子有时候确实很顽皮，是得收拾一下。只是今天，大伙隐隐觉得这个女人有点歇斯底里，有点阴阳怪气，好像还有点指桑骂槐的味道。

工人们懒得理识，吃过饭早早地钻进工棚里躺着，能好好歇上一宿比做什么都当紧。大伙睡在简易工棚里，棚子是用砖块和瓦片木板临时搭建起来的，密封性很差。白天四处透着光；夜晚蚊子小咬可以自由出入；如果赶上刮风下雨天，大伙只能自认倒霉了，有时连被褥也都叫雨水浇透了没法盖。

睡在工棚里面的这些人，情况基本相似，没有谁比谁更特殊或更优越一些。同样是在外下苦力挣一份养家糊口的血汗钱；同样，白天埋头下力气干活，汗水变成一层又一层白的盐末将身体包裹，夜里累得东倒西趴，胡乱躺在潮湿闷热脚汗味冲天又异常拥挤的工棚里呼呼睡去，任凭那些可恶的蚊子在身边飞来飞去。

大伙的身体只要一挨床板，势不可当的瞌睡就把夜色染得浓稠起来。

三

一清早，大胡子就跟吞了一肚子炸药，站在工地上哇哇乱叫大发雷霆。

大胡子冲工人发火是家常便饭，不发火大胡子好像就不是大胡子了。发火时的大胡子是个魔鬼，他若不发火就跟幽灵似的在工地上一闪身就没影子了。

大胡子说你们都他妈的眼睛瘸了吗？这么多双眼睛都是黑窟窿！眼睛怕是都长到裤裆里了，瞧瞧你们干的活吧，线都是怎么吊的？墙砌得跟蛇一样歪歪曲曲的，我要你们干什么，吃闲饭吗？全都是些饭桶！

大胡子说都愣着干啥？还不赶快推倒重砌，难道要老子亲自动手吗？你们不知道现在要赶工期，误了人家初验你们谁能承担得起！

大胡子还说那些水泥沙子还有误工费我要从你们几个的工钱里扣出来！这回再敢弄出乱子来你们都他妈的给老子卷铺盖滚蛋，工钱休想拿到一分！

站在那堵墙下或爬在高高的脚手架上的几名工人被骂得狗血淋头，一个个木桩样僵在那儿，缩着脖子，一动也不敢动，手里都无所适从地抓着水泥抹子瓦刀灰锹或正准备往墙体摞上去的一块湿过水的砖头。大伙当然不会故意把墙往歪砌，工期赶得太紧了，大胡子整天跟在后面催命一样叫唤，他们就是夜里做梦两只手还在不停地往身上垒砖块呢。

大伙都看不清大胡子的嘴巴具体在什么位置，大胡子脸上似乎到处都是黑黢黢的连成片的胡子。特别是大胡子大喊大叫的时候，那些胡子也跟着张牙舞爪地在大伙眼前上下左右乱颤。

尽管工人们当即就战战兢兢地开始往倒拆那堵砌了一多半的墙，大胡子依旧是一副怒不可遏的样子。大胡子还想对大伙说点什么，一转脸，却发现有个女人不知什么时间走来站在他身后了。

大胡子冲女人皱了皱眉头。

每次看到这个女人大胡子都会这样皱着眉头。

没等大胡子开口说话，女人先赔着笑脸上前一步说工头好啊，我的事情你看……能不能……再给涨两个？

一见这个女人开口，大胡子气更不打一处来。

你的眼睛也瘸了吗？没看见我忙得要死啊！现在哪有工夫……你的事我昨天不是已经给你解决好了吗，你到底还想咋样？你快回去做你的饭去吧，我不跟你扯淡……这里眼看都快火烧眉毛了！你看这几个瞎子干的好活！我真想把他们一刀刀剐了！就是一刀一刀剐了他们老子也解不了恨！

我的好工头哩，你先消消气……我们孤儿寡母在外也确实不易呀！你就当照顾我们娘儿俩吧。

不是跟你说过一千遍了吗，你不长耳朵吗？这里是工地，不是慈善行！你家的那些破事我懒得听，再说，你男人被砸折腿责任也不在我，别人的腿脚咋都好好的！谁叫他拉屎不挑地方，偏偏猫在墙根子后头，墙倒了能怨我吗？你动不动就让我给你涨点钱涨点钱，凭啥给你涨？我能把你留在这已经够照顾你了！给你一个人涨了别人咋看？我今天把话撂在这儿，你实在不想干就干脆跟我说句痛快话！两条腿的驴找不上，两条腿的人可多的是，我去劳工市场随便一抓一大把，一个个干得比驴欢实。

大胡子说完，将一直拎在手里的那个砖头块大小的黑皮包紧紧夹在胳肢窝里，然后快步绕过一堆横七竖八的砖头块，急欲逃避似的朝另一堵正在赶砌中的墙走去了。

女人稍微愣了一下，急忙紧走几步撵上去。

大胡子对砌墙的工人发话，你们都把眼睛给我睁大点，手脚放麻利，别腰来腿不来的，我们的工期眼看到了，不能耽误了人家来验收！

女人又觍着笑脸凑过来说，工头你再听我说一句，伙房那点活我一个人也能对付下来，就是你再多少给我涨上两个⋯⋯

哼！你想得倒美，涨两个！谁给我涨两个？你上次不是还说你一个人死活忙不过来吗？现在我把人都找好了，你又跑来跟我扯这个淡，你把我当三岁娃娃耍吗？

工头我知道是我的错，我不该跟您老人家说那些个，我那是跟你说笑话呢，你大人不计小人过！就当我放了个屁，你就发发善心还是让那个女娃娃回去算了，伙房我一个人就够了，我不要添帮手，你多多少少再给我加上两个辛苦钱就成。

大胡子火了。

大胡子本来就窝着一肚子火。

我最后再说一遍，你再敢缠着我今天就给我滚蛋！

大胡子已经火冒三丈了。

女人的嘴巴空空地张了张，她本来还有一肚子话要说的。她来之前就已经想好了，只要大胡子工头肯答应她的请求，肯给她多涨二百块钱，哪怕再让她多煮一二十个人的饭她也没有二话。

身后轰隆一声巨响，刚才的那堵歪墙被工人们三下五除二推倒了。

女人吓了一跳。她回头看那里腾起了很浓的一股子灰尘，她看不清站在那里的工人的脸，她跟他们仿佛隔着一个世界，所有人都湮没在一片白茫茫的烟尘中了。

女人似乎又看到了一片血光，然后看到自己的男人躺在灰尘弥漫的砖块堆里，奄奄一息。她简直不敢往下想。她感到鼻子眼睛又呛又涩，禁不住干咳起来。

等女人好不容易醒过神时，再找大胡子工头，人家早就没踪影了。

这时，她听见不知谁站在脚手架上冲下面说你就死了心吧，除非你真的不想在这里干了，跟他说那些还不是对牛弹琴！

四

磙子早已经淡忘了那晚的事。相反，磙子觉得自己比以往任何时候都要快活。

以前伙房里就磙子跟母亲两个人，进来出去都很无聊。现在，毕竟又添了一个人，而且新来的人对磙子很友好。活闲下来时姑娘会主动跟磙子说说话，问他年岁多大老家在什么地方想不想去上学，等等，磙子能感觉到姑娘是个好人。

只是，磙子似乎也觉察到一些不妙，母亲好像不太喜欢新来的这个姑娘。母亲从来不主动跟姑娘说一句话，遇到啥事姑娘问她她也装作听不见，或者，随便支吾一声了事。还有，自从姑娘来了以后，母亲再也不趴在案板上咣咣当当地揉面了，那么一大团面都叫姑娘一个人去和。磙子好几次都注意到，姑娘和面的时候，两只脚在地上用力地一跳一跳，好像不是揉面，而是在极力去够案板上的东西。

晚上姑娘也跟磙子她们住在一起，原先伙房里就住她们娘儿俩，现在又多了一个人，睡在里面就不觉得空荡了。磙子有时夜里被尿憋醒了，发现旁边的被窝卷里竟亮着灯，其实不是灯，是一把小手电。磙子悄悄问过姑娘，为啥要在被窝里点灯，是不是害怕黑？姑娘就笑着摸磙子的脑门。我睡不着想看看书。磙子还没有看过一本像样的书呢，所以，磙子不能理解这件事情。夜里不睡觉却要点灯熬油看什么书。但磙子还是觉得姑娘很亲和，有点与众不同。

到了白天，母亲跟姑娘在伙房叮叮当当做饭的时候，磙子照样出去玩耍。去空地草丛里捉野花蝶和蓝眼睛细身子的蜻蜓，去沙子堆跟前掏老鼠洞，还把自己的鞋子脱下来埋进沙子里玩藏宝游戏。

赶在午饭前磙子就早早跑回来，馒头刚出锅，正冒着香香的热气。磙子想吃，眼巴巴看着，姑娘就给磙子拿一个塞在手里。磙子刚想张嘴咬一口，被一旁的母亲看到了，一把夺过去。母亲骂磙子是饿死鬼转世，让磙子滚到外面去。磙子咧着嘴本来想哭，一看母亲正用眼睛狠狠剜他，被唬住了，急忙扭头跑出伙房。

工人下工了，老远看见台子上摆着一筐子白面馒头，纷纷上前抓一个先垫垫底。第一个吃到馒头的人突然大叫起来，像猛不丁在馒头里咬到了一只死耗子，嗷嗷叫着低下头把嘴里已经嚼烂的一团东西吐到地上。这人嘴里还没吐尽，又有一个人啊啊叫着蹲在地上吐起来。接着，所有吃到馒头的人都骂骂咧咧拿着咬去一口的馒头来到伙房前，嘴里边吐边嚷。

蒸球的啥馒头嘛，把卖碱面子的打死了，苦得人下不去嘴！

伙房前怨声载道。

磙子靠墙站着，他看见那些工人嘴里吐东西时的狼狈模样，忍不住想笑。

碴子的母亲闻声跑出来，询问大伙究竟是怎么回事。有人就把手里的馒头狠狠摔到她面前，愤愤地说杨改花你安的啥心？还让不让人吃了！碴子看见母亲一副无所谓的样子，把馒头凑在鼻孔前嗅着，像条警犬似的，接着母亲就冲里面喊，你出来，你快出来！那个姑娘扎着围裙来到门口，两只手和小臂上还沾着厚厚的面须子，像戴着一副白色的手套。看上去姑娘也是一脸的无辜和迷惑。碴子见母亲气冲冲地把那半个馒头伸到姑娘眼前，碴子的心不由得一颤。我不是给你安顿过要少使碱少使碱吗，你到底会不会干，碱弄这么大你自己看咋办吧！

碴子心里又一阵莫名的慌张，好像面里的碱是他放进去的。他眼睛一眨不眨地看着母亲掉头回伙房去了，却把姑娘一个人撂在大伙眼前。

碴子很想走过去跟姑娘站在一起，可他的两只小脚只在原地动了动，最终只是站在一旁看着满脸疑惑的姑娘。渐渐地，碴子似乎发觉姑娘脸上的疑惑低沉下去了，变成了另一种难以说清楚的东西。她好像还拿手背连着抹了抹眼睛。碴子不知道姑娘是不是流眼泪了，碴子只看到姑娘的两只眼圈突然白起来，是面粉的白，看上去跟戏里的丑角一样。要放在往常，碴子肯定会笑得前仰后合，可现在碴子的表情一直很严肃。严肃得有些悲壮了。

碴子听见那些工人还在七嘴八舌，像是在数落母亲，又像是在臭骂姑娘。

最后碴子想都没想，就壮着胆子跑过去顺手从姑娘低垂的手里抢过那半拉馒头，大口大口嚼起来。

　　磙子往下咽馒头的时候表情怪怪的。但磙子的目光跟姑娘相对时，他还是笑得很开。

五

　　姑娘临时外出一趟，刚走过那片沙子堆，冷不丁磙子从一旁悄悄跟过来。

　　姑娘回头对磙子说你自己玩好不好，阿姨有事要到街上去。磙子就乖乖地站住，可姑娘刚刚转过头往前走时，磙子又紧紧跟上去。

　　磙子说我想跟你一起去。

　　姑娘摇摇头，说磙子听话，姨有急事要去趟邮局，等下次有时间再带上你。你还是回去吧，你妈知道了该生气了。

　　磙子这才站立不动，两眼盯着姑娘慢慢消失的背影。磙子隐隐约约知道邮局是干什么用的，很早以前母亲带磙子去过一次，好像是往老家汇钱，那时磙子的父亲腿脚还是好的，能给家里挣来钱。

　　姑娘一去很长时间也没有回来。

　　磙子一个人坐在沙子堆边玩，突然觉得很没有意思。隔一会儿磙子就从沙子堆里站起来，朝远处的公路上眺望。公路上车来车往，那些车都跟花花绿绿的火柴盒子一样，在前面一动一动，一会儿过来了一会儿又过去了。

　　磙子记得好像很久以前自己就是跟随父母坐着那种火柴盒子一样的汽车来到这座城市的。那时磙子很快乐，坐长途汽车的感觉像做梦像在飞；磙子依稀记得去年的这个时候，一伙人把父亲从工地上抬出来，被人簇拥着的父亲变成了一个血人，好像不会说话也不会动了，他腿上的血跟雨点一样落下来。当时磙子也钻进人堆里去看热闹，忽然母亲的哭号声像锥子一样刺进他的耳朵里；磙子记得最清楚的是，本来说好今年秋天要送他上学，可母亲好像又改变主意了，只是跟磙子敷衍，你还小哩再让你多耍两年。

磙子朝公路方向张望了好一会儿，觉得眼睛酸酸的，就不想再望了。

磙子从沙子堆上往下滑的时候，看到了搅拌机后面的那根电线杆，还有从电线杆顶斜拉到地面上的一根钢丝绳。

磙子就走过去伸出两只小手抓紧钢丝绳，在两只脚刚好离开地面的地方来回荡着秋千。磙子觉得这样玩比挖沙子更有趣。

磙子在钢丝绳下玩耍时的样子，很像一只活泼好动的小猴子那样灵巧。

玩了很长时间，也没有把姑娘等回来。

天空忽然飘起了雨，开始还雾蒙蒙的，磙子没在意，继续敞开性子玩，觉得很凉爽。

雨下着下着就大起来，把磙子浑身上下都浇湿了，磙子连着打了两个寒噤，才打算往回跑了。

等回去一看，伙房门竟上着锁，母亲也不知上哪里去了。磙子没有办法，身上又湿又冷，只好瑟缩在伙房门前避雨。

姑娘从外面冒雨赶回来，远远就看见一个小黑点在那里小狗样蜷着不动。

姑娘心里着急，她没想到去邮局会用这么长时间。她原来想给家里打个电话，问问情况。家里没有装电话，她先要把电话打到一个邻居家，再央求邻居帮忙去找家人接听。不想家里只剩下母亲一个人，躺着根本不能动，父兄们都下地干活了。她就在邮局里等，等着等着，外面就下雨了，雨一下起来就没完没了。

在来工地前，除了预留下必要的一点生活费，姑娘去药店把身上仅有的百十块钱买成了西药，寄回家去。买药的钱也是她利用课余和休息日给学校一家拉面馆端盘子洗碗挣来的，她知道这些药远远不够，母亲现在的病情肯定很严重了，邻居说母亲连说话的力气也没有，所以，她还得抓紧时间再去想办法。

上一次打电话的时候，是父亲接的，她告诉父亲自己找到了一份不错的工作，很快就能给家里再寄些钱回去。父亲却在电话那头说你把自己管好，家里的事不用你操心。她当然不能听父亲的话，母亲的哮喘病犯起来有多重，她再清楚不过了，家里没有多余的钱拿出来治病，她出来念大学的钱都是东挪西借凑起来的，家里为她已经背了一堆债了。所以，一考完试她就跑出来找活了，她想用暑假时间找份工作挣下学期必要的费用，还得再给母亲买些药寄回去。

姑娘往回走的路上，眼睛跟心里一直都湿漉漉的难受。她几乎没有注意到天下雨了。

夜里磙子突然发起了高烧。姑娘是听到磙子的哭声猛地醒来的。姑娘睡得死沉死沉的，她下午去邮局来回都是步行，两条腿都走酸了，又要急着赶回来给工人做饭，确实累垮了。

伙房里有一架高低床，杨改花和碴子睡在下铺，姑娘就睡在这娘儿俩上面。杨改花一摸碴子的脑门，便吓得尖叫起来，碴子的脑门真的跟火疙瘩一样烧手呢。碴子一个劲呜呜哇哇地哭，像是身上哪个地方疼，又好像是被魇在梦里苏醒不了，任凭杨改花怎么哄抱也无济于事。姑娘从床上爬下来，伸手去摸碴子，的确浑身滚烫，她也吓了一跳。

杨改花抱着迷迷糊糊的碴子，连声喊碴子的名字，碴子就是闭着眼睛直哭。女人一着急就没了办法，都要哭出声来了。

姑娘急忙爬到床上去翻腾自己随身带来的书包，包里有一只很小的塑料袋，里面装着几样常用的药，速效感冒胶囊、去痛片，还有治胃痛的。姑娘把一片阿司匹林递给杨改花，让她赶紧给碴子灌下去。姑娘自己随便披了衣服去门外，进来的时候手里拿着一条滴答着水珠的湿毛巾，她给碴子轻轻地擦脸蛋擦手心，然后又出去把毛巾投了一遍，拿进来继续覆在碴子的脑门上退热。

给碴子喂完药，杨改花没有再睡，碴子躺在床上，她坐在一边给碴子扇扇子，看上去有点茫然。姑娘说要给碴子多喝点水发汗才成，她一提水壶，才知道里面没有开水了，姑娘就去生火烧水。好在伙房有鼓风机，不多一会儿，水就烧开了。姑娘用饭盆盛了满满一盆开水晾到外面。等水凉了，姑娘才把水端回来，找来一把勺子舀了慢慢地往碴子嘴里灌。

杨改花好像有点过意不去，就把姑娘手里的勺子接过去说你快睡吧，我来弄。好像还想说点什么，嘴动了动，终究没有说出来。

姑娘看了看自己手腕上的表，才夜里两点半。姑娘对杨改花说再熬一阵看，天亮前烧要是还不退，得抓紧时间送磙子去医院。

好半天杨改花也没有吭一声。

六

大胡子刚到工地还没有站稳脚，杨改花就背着磙子气吁吁地站到他眼前了。大胡子眉头一拧，故意把脸撇到一边去不管她。

杨改花可怜兮兮地说工头我娃病重哩。

大胡子还是没理睬她，把脸上的乱胡子贴在重新砌好的那堵墙上，眯缝着一只眼查看。看得很仔细，那只眼仿佛是精确度极高的测量仪器。

杨改花一直弓着腰，背在背上的磙子像一根软面条，昏昏沉沉在她的后背上一摇一晃。

杨改花尽量将腰身往前挺起，右手绕到后面托着磙子的屁股蛋，左手用力抓牢磙子搭在她胸口的两只小手——这双小手黑乎乎的，指甲很久没有剪过，指甲缝里尽是黑黑的脏东西。

杨改花说娃娃身子烫手哩，不信工头你来摸摸……我得领娃到街里看去。

大胡子才没好气地瞥了身旁的杨改花一眼，二话不说，径自朝忙碌着的工人那边走去。

杨改花一副穷追不舍的架势，大胡子朝哪儿去她就紧跟到哪儿。

大胡子突然回头冲她叫，日球怪了！你娃娃病了你就给娃娃治病去，你跟着我我又不是大夫。又猛醒过来似的哼了一声，我还是那句话，你就是跟我一天也休想多拿一分钱！

杨改花稍微愣了一下，显然，她没有料到大胡子心肠会这么硬。

杨改花又紧跟了两步，停住脚吁吁地说，我这就带娃看病去，工头你好歹先支我两个钱使吧！

大胡子正跟一个负责的工人说话，那工人头点得如同捣蒜的槌子。

大胡子说都是些贱驴胚，非得让人拿鞭杆在尻子后抽打着才舒坦！然后又指着那工人的鼻子尖训话，把你底下的人再盯紧点，啥时候都别忘了，严是爱，宽是害，不能给这些货好脸！给脸就上鼻子！

那工人忙不迭应声，点头，脸上堆着的笑犹如抹上了一层水泥，灰麻麻的转眼就凝固了。

杨改花借机终于又把话插进来。眼看半年了也没领上一分钱，让我拿啥给娃看病，有心把指头砍下来人家不要呀……

杨改花还想说点什么，见大胡子正狠狠地用眼睛瞪她，急忙停住口，也像那个工人一样满脸堆上笑，脸皮显得硬生生的，比哭还难看。

磙子这时突然在她的后背上剧烈地咳嗽起来。咳得好像要从她的背上弹起来，小身体一弓一弓地颠颤。

杨改花尽量扭过脖子朝自己的后背上看，磙子的小脸涨得像一只茄子，脑袋蔫蔫地耷在她的肩坎上。一摊热乎乎的东西从磙子的嘴角流到她颈窝里，又顺着锁骨一直湿漉漉地滑下去，最后的感觉是冰凉的。

大胡子翻着白眼问你说这话啥意思？工地上光你一个人没领到钱吗？我看你成心不想在这里干了！

杨改花腿肚子突然一抽，差点跌倒了，知道自己说错了话，连忙说我不是那个意思……我是想……先支给我点……好赖给娃娃把病看了。

大胡子一反常态，哧地笑了，牙齿白森森地在胡子丛里一闪。

杨改花你刚才不是说指头剁了没人要吗？好，老子今儿就成全你，要不你该说我不仗义，你剁下一个指头蛋子我就给你开一月工钱！你有多少个指头蛋子我全包下了！

杨改花彻底怔住了。后背上的磙子仿佛有千斤重，压得她快喘不上气了。

大胡子拿肥墩墩的手掌拍着真皮手包。乒乒乒响。大胡子说我说话算话，这包里多的钱没有，买你几个指头蛋子还不成问题。你说吧先剁哪个？左手还是右手？我随时奉陪！

杨改花只看了一眼那只鼓鼓囊囊的手包，就迅速将目光避开了，好像包里有一颗定时炸弹，随时会把她连同磙子炸得粉碎。

大胡子又使劲拍了拍手，拍得山响，示意在一边干活的工人往这里看。然后，他故意放大嗓门说，你们看到了，这个女人成天缠着我，非让我给她涨工钱，我要是光给她一个人涨，你们还不把我撕着吃了！我今天把话撂下，钱早晚是大伙的，等工程验收合格了甲方满意了，我一分不少你们！

说完，大胡子把手包往胳膊肘底下一夹，又用手轮番掸了掸裤腿上的灰尘，看也不再看杨改花一眼，就扬长而去了。

七

案板上的面团像一座小山丘，把视线都遮住了。面团还不听话地一个劲儿在案板上跳弹，姑娘的胸脯就跟着那面团起伏得厉害。过一会儿，一串汗珠就从额头一直爬到她红通通的脸颊上了。

杨改花悄无声息地回来，姑娘起初没有注意到。后来姑娘听见呜呜的哭声传来，再仔细一听是杨改花的，才搓了搓面手走到床跟前。

杨改花脸朝里躺在床上，磙子睡在里面，一声连一声地咳着。

姑娘问杨改花病看上没有，大夫咋说的。问了半天，只有哭声，杨改花脸都不掉过来。

姑娘又端来晾好的一碗开水，说杨大姐快给他把药吃上，就继续忙着揉面去了。

直到晌午工人吃过饭，姑娘才有空稍微歇一会儿。这时她才注意到，只有磙子一个人躺在床上，杨改花不知上哪里去了。

姑娘走过去，在床边坐下来，忽然觉得情况有点不妙。

碌子像是睡着了，可浑身筛糠样抖颤不停。姑娘连着叫了几声，碌子也没有睁一下眼睛，更没有应声。她再伸手一摸，他的衣裤都汗津津的，身体变成一块烧红了的火炭。姑娘感觉到碌子病情严重了。

姑娘一下子叫出声来。

她赶忙到外面喊杨改花，先是杨大姐杨大姐地喊，后来就直接叫杨改花的名字。喊了老半天，连杨改花的影子也没见到。

姑娘急得团团转，喊不应杨改花，她只好又钻进伙房里去照看碌子。

碌子处在昏迷中了。姑娘去水池那里接来满满一脸盆凉水，放在床前，把洗脸毛巾淘湿了，一遍一遍给碌子擦额头、前胸、后背和手脚心。往往擦不完一遍，毛巾就变得热乎乎的，碌子的身上冒着丝丝的热气，姑娘就把毛巾投进水盆里淘湿，再接着擦。

这样反复地擦了十来分钟，碌子终于像做梦那样胡乱翻了个身，嘴里哼唧着，呼吸声笨拙又短促。姑娘赶紧把水杯子端来，将软面条样的碌子从床上勉强扶起来，让碌子靠在自己的身上，再把水递到他嘴边。碌子咕咚咕咚喝了几口，抱着姑娘妈妈妈妈地叫唤了两声，然后又不停地咳嗽起来。姑娘能感觉到碌子的胸口像是快要炸开似的往外一鼓一鼓的。

姑娘再用手摸，碌子的身体又开始烫手了，刚刚退下去的体温似乎又反弹上来，好像比刚才更厉害些了。她觉得这样下去太危险了，持续的高烧会要了碌子的命。

她再次跑到门口又朝四周喊了一通杨改花，除了前面工地上传来搅拌机轰隆隆的旋转声之外，没有听到任何回音。

这种时候，姑娘突然就对杨改花产生了憎恶感，嘴里不干不净地开始咒骂这个女人，骂杨改花蠢骂她没有责任心骂她不是个好母亲。骂了一会儿，又觉得有点可笑，磴子跟她一不沾亲二不带故，自己何苦来呢。

可是，等姑娘回到伙房里，一眼看见蜷在床上一边咳嗽一边发抖的磴子，心肠立刻就软了。她眼前忽然浮现出母亲的哮喘病每每发作时的情形：母亲经常咳得昏天暗地撕心扯肺；母亲的胸口那里仿佛藏着一只巨大的风箱在拼命地往里抽拉；母亲的喉咙总是发出鸡卡脖子般的呜呜怪叫。

姑娘实在不愿意回想那一幕幕揪心的画面，但她似乎又看到了那天下午磴子跟在她身后的小模样了：那天磴子的眼里充满了孤独和期盼；那天的磴子看上去可怜兮兮的，像个孤苦伶仃的流浪儿。

姑娘终于不再想什么了，她猴子一样飞快地爬到上铺。在褥子底下摸索了一会儿，将小蓝皮的学生证取出来，那里夹着一张不到万不得已才拿出来救急用的50块钱。她把它塞进裤兜里，然后利索地跳下床来。

姑娘把磴子背在身上，马上觉得自己的肩坎那里火辣辣的烫——磴子的气息里带着火。

八

急性肺炎。大夫放下手里的听诊器说必须赶紧住院，一刻也不能耽误。

大夫开住院单的时候，抬头看了一下眼前汗流满面的姑娘。你是他什么人？姑娘愣了一下，说，小姨，我是她小姨。大夫已经开好了单子，递给姑娘，让她先去外面交费。

姑娘手里捏着那张单子，看着上面龙飞凤舞很难辨认的字，发呆。大夫说姑娘愣着干什么，你还不快去办住院手续！

姑娘才回过神。她当然知道住院意味着什么，以前母亲犯病的时候大夫也这么说过，可母亲一次院也没有住过，母亲一直挺着，实在挺不住了就用自己的脑袋撞墙，或者在被窝里缩成一个疙瘩。

她本来想对大夫说自己身上没带那么多钱，可话到嘴边又咽下去了，她知道大夫们一般都不爱听这种话。没钱最好就别生病，生病了就别怕花钱。事情就是这样。所以，她还是犹豫着背起磙子到收费窗口去了。单子递进去，一个尖细的声音传出来，夹带着浓浓的药味，几乎这里的每一个人都带着那股怪味儿：连押金床铺费和药费一共预交1200，多退少补。

姑娘伸出去的手又迅速缩回来。她手里抓着自己的学生证和挂号以后剩下的48块钱。她想说能不能先欠着，等病人住上院了她再回去取。她还想出示一下自己的学生证，必要的话，可以把它押在这里。但是，她什么也没有说，透过窗口她发现对方非常不耐烦地盯着她，像在看一个讨人嫌的小丑。然后，同样不耐烦的声音又从那些蜂窝样的小孔里挤出来，怎么回事，到底交不交？……下一位！

离开了医院，姑娘突然灵机一动，想起刚才在路边看到的一家很不起眼的小诊所，就背着碰子径直朝那里去了。

果然，小诊所有小诊所的优势，不挂号，也不提住院的事，开了一大瓶葡萄糖和两小管青霉素，不到40块。大夫让碰子躺到小床上，针头有些盲目地在碰子的手背上戳了好几下，最后针管回血了，那些安静的药液才一滴一滴钻进碰子滚烫的身体里去。碰子又咳嗽了几次，渐渐地就迷糊着了。

姑娘在床边坐下来，觉得浑身酸痛，脚脖子软面条样没一点力气。从工地背着碰子到医院，一路上她都没敢多歇一会儿，生怕耽误了看病。

眼皮子沉沉的，随时都能粘到一起。姑娘坐着坐着就打了个盹儿，脑袋一偏又清醒了，抬眼正好看见诊所墙上的挂表。差一刻5点，姑娘惊出一身汗，心里急，想着自己还要赶回去给工人做晚饭呢。可那药液实在滴得太慢了，再有一个钟头恐怕才能滴完。

九

高高的塔吊底下站着一堆人，像一群受了惊吓的羊，脖子伸得老长，个个仰着脸，目光齐刷刷地朝天上望。

西边的日头已经沉下去有一会儿了，天色锈得令人发晕。大伙肯定不是在看天，天上没有什么好看的，星星月亮都还没有出来。大伙是在看悬在半空中的那架孤零零的塔吊。

塔吊对大伙来说更没什么看头，他们每天都在跟这种东西打交道。

按理说这阵子大伙肚子正饿得急，谁还有心思站在那里看塔吊呢。可不看又不行，偏偏在大伙准备收工去吃饭的时候，有人突然喊了一嗓子，说塔吊上还有一个人没下来呢，又说，快看快看好像还是个女的。

大伙才止住脚步。工地上没有女人，除了伙房里的杨改花和新来的那个姑娘，所以，一个女的莫名其妙地爬到那么老高的塔吊上，就让人觉得稀罕了，不由得想看。一看才知道，果然是个女的。再仔细一瞧，认出来了，是杨改花。

天黑以前，姑娘总算背着磙子赶回来了，伙房里冷锅冷灶的。姑娘把磙子放到床上，自己顾不得喘口气，急忙开始烧水和面。没过多长时间，几个工人敲着饭盆站到伙房门口，有人朝里面喊，磙子磙子还不快去看你娘，你娘不想活了！

姑娘这才知道了杨改花的事。杨改花一门心思想跟大胡子要工钱，她跟工地上的一个老乡打听到大胡子的住处，然后就一个人跑去找大胡子。地方找对了，人也见着了，大胡子躲在屋里跟另外几个包工头玩炸金花。大胡子输了钱，输了多少不知道，反正气不打一处来，见了杨改花当然没有半点好脸，又骂又损又挖苦，最后还是那句老话，钱老子有，可条件是要拿你的手指头蛋来领。杨改花没办法了，她站在大胡子的门口哭了一鼻子，她哭得昏天黑地，却让大胡子骑上摩托车溜走了。杨改花就蹲在那里死等，整整等了一下午，也没把大胡子等来，后来她只好无奈地离开，再后来她就回到了工地上。

姑娘连忙扔下手里的活跑过去看。杨改花很突兀地蹲在塔吊上，看不清面目，只是黑黑的一团。她好像一直迎着风呜呜地哭，哭声凄凄惨惨的，仿佛一只巨大的脱离群体的孤鸟在天空中不停地哀号。大伙七嘴八舌，说杨改花是死脑筋，一条路非走到黑，这样劝说了半天也无济于事，杨改花就是不肯下来。姑娘用双手在嘴边聚作喇叭状使劲朝上面喊话。

杨大姐你下来吧，你这是干啥呢？

杨大姐你听我说呀，你家磙子病重了，高烧不退，咳嗽得很厉害！

千万别干傻事啊杨大姐，你要是有个三长两短谁来照顾小磙子？

旁边的工人也跟着姑娘一起喊，就为那两个钱，杨改花你不要命了，钱是死的人是活的嘛，今天要不来钱咱们明天再要，明天要不来还有个后天大后天呢！也有人说，杨改花你别犯糊涂，人家工头又不在场，你就是跳下来死了也是白搭一条命！

过了一会儿，杨改花的哭声更响亮了，好像一匹母狼被猎人吊在半空中发出凄厉而又绝望的嗥叫。一些站在下面心肠善的工人也跟着女人的哭声悄悄抹过几把泪，哪家没有老婆娃娃兄弟姊妹呢？大伙你一言我一语，愤愤然地骂着毫无意义的脏话，说着出门在外的种种不易和艰难，甚至有人气恼地撂下一句熬完今年往后就是在家穷死饿死也不出来的话。但是，这种突发的牢骚和气话没有得到任何一个同伴的响应，说出来就消失在黑暗中了，大伙好像根本没有听见。

后来，负责看工地的灰白胡子老汉说想死的咋都挡不住，你越劝她越犟哩，大伙都散了吧，她要是不想死，自己哭够了会慢慢下来的。

大伙面面相觑，觉得这话似乎有点道理，就跟着那个灰白胡子老汉不冷不淡地走开了。

本来她是不忍心这样撇下杨改花走掉的，可工人们都等着填肚子呢，姑娘也没有别的办法可想了。

姑娘临走又回头冲上面喊了一句，磙子得的是急性肺炎，大夫说要让娃娃赶紧住院呢！迟了就来不及了！

没走几步，好像又听到杨改花哭了，是那种伤心欲绝的女人的哭，幽忧的哭声在刚刚铺展开的夜色中断断续续地飘荡。

十

大胡子连着两天没再露面。看工地的老汉却说好像来过，都在晚上，骑着摩托来打一头又悄悄颠了。不管大胡子来不来，活照样得抢着干，保质量保工期，这一点大伙心里都有数。

磙子的病轻些了，这都多亏了大伙。

说来也怪，那晚杨改花真的就自己从塔吊上下来了。那阵子工人们刚刚捧上饭碗，忽然听见伙房里传来一通女人和娃娃的哭声。大伙不由得停下手里的筷子，一束束目光被牵引着聚集在伙房门口，听出是杨改花娘儿俩抱头痛哭呢，好多人都将悬着的心和没来得及嚼烂的面条一起咽到肚子里，感觉到一股泪水般的咸涩。

后来，大伙看见姑娘从里面出来了，手里拿着一张纸，另一只手不时地揉着眼圈朝工棚这边走来。

姑娘说磙子那娃娃挺可怜的。姑娘说杨改花拉扯磙子确实不容易呢。姑娘说碌子的病要是不抓紧治会很严重。说着说着，姑娘自己先哭了，哭得眼泪哗哗流。很大程度上，姑娘的哭声和眼泪也是为了自己的母亲，只要一想到母亲的哮喘病发作时万分痛苦的样子，她的泪水就会汹涌起来。

姑娘这么一哭，工棚里的好多人心里都跟着难受起来。大多数人以前又都跟杨改花的男人一起干过活，他们知道要不是逼得没办法了，杨改花也不会爬到那么高的塔吊上，所以，终于有人肯带头拿出 5 块钱来，接着，有人摸出 3 块，也有人一下子掏出了 10 块……姑娘把他们的姓名和钱数都认认真真地记在纸上，后来那张纸被泪水泅湿了，上面的字迹变得模模糊糊的。大伙就说还记啥呢，乡里乡亲的，谁能没个病啊灾的。

接下来几天，基本上都是姑娘一个人在伙房里忙碌着。大伙发现这个年龄不大的女学生娃挺能干的，而且，她做的饭似乎要比杨改花做的好吃一些。大伙就打心底里觉得姑娘人好。

十一

一个月光景很快过去了，再有两天时间姑娘就要开学了。工期也到了最后的鏖战阶段，工人们不分昼夜地干活。工地上仅有的几台搅拌机都开始 24 小时不停转动，老远就能听到震耳欲聋的声音。那些堆积如山的沙子、石头和水泥垛迅速瘦下去。

在这种节骨眼上，工地出了一件大事。事情就出在碌子以前常去玩耍那片沙堆附近，一个操作搅拌机的工人让电击倒了。发现的时候，那个工人歪斜地躺在被水浸湿的泥沙地上，瞳孔都散开了，嘴角堆着厚厚一圈白沫子。估计是，工人靠在搅拌机旁的电线杆底下抽烟歇息，手里的烟只吸了一半，那只临时安装的铁皮配电箱突然从电线杆子上震落下来，一根火线头正好搭在工人脚下的那片湿地上。

事实上，从那场病好点了之后，杨改花把磙子管得严严的，恨不得要将磙子拴在自己的裤腰带上。大多数时间，磙子都在伙房附近跑来跑去，或者，缠着姑娘给他唱歌或讲故事听。

尽管这样，杨改花还是不放心，毕竟刚出了那样一件可怕的事，毕竟以前磙子是爱往那个地方跑去耍的。

杨改花不止一遍地对磙子说，你要不听话敢跑出去，看老娘不抽了你的筋！

姑娘在一旁听了就捂着嘴笑。她倒是越来越喜欢这个小家伙了，每当磙子闹着要跟姑娘玩的时候，杨改花就会说你带磙子去耍一耍，把他盯紧点，伙房的事有我呢。没等姑娘答应，磙子早拉起姑娘的手往外面走了。姑娘发现磙子其实挺聪明的，她讲过一遍的故事磙子就记住了，下次她要是老生常谈，磙子立刻就噘着嘴说姨这个听过了，那个也听过了，把姑娘为难的实在不知道该给他讲什么了。

姑娘私下里就跟杨改花说还是要让磙子好好上学呢，兴许将来是棵好苗子。杨改花笑着点点头，说我听你的，等这次完工了就领娃回家把书念上。她又忧心忡忡地对姑娘说，这些天我吓得睡不实啊，眼皮子老跳，还尽做噩梦，这里我是多一天也干不下去了，就怕磙子有个闪失，我咋向家里交代呢。

这天傍晚，姑娘总算找到了大胡子。大胡子额头阴沉着。其实她也不想在这种情况下找大胡子，可她要走了呀。她客客气气地说学校后天就要开学自己必须得回去了。

大胡子骑在摩托车上，好像急着要走，顺嘴说走就走吧。

姑娘想了想还是快步追上去，直接问那我的工钱咋办？

大胡子说啥咋办，先上你的学，回头等这里消停了再说。

姑娘吞吞吐吐地说一共就400块钱，工头你就发给我算了！

大胡子忽然把摩托车的油门把手拧得轰轰响，排气筒冒出的蛇烟将姑娘整个人缠绕起来。

400块是400块，那你每天不吃不喝了？

姑娘被油烟呛得咳嗽了几声，忙说，工头你当初不是跟我讲好包吃包住吗？！

大胡子不耐烦了，加足了油门，摩托车烈马样地直往前蹿。

是要包吃包住，大家都要包吃包住，这百十口人要吃要喝，我哪天不往出砸钱呀！

姑娘一着急，半天也无话可说，眼看着摩托车一溜烟飞奔而去。

姑娘知道自己遇到了麻烦，尤其是，一想到杨改花跟大胡子要工钱的事，她的心顿时凉了半截。

回到伙房，姑娘一筹莫展。

磙子闹着要跟她学唱歌，她也没怎么理识，只说自己不舒服就径自爬到床上去了。想闭上眼睛躺一会儿，可外面太吵了，轰隆轰隆的巨大噪声不绝于耳。实在睡不着，就起来摸黑打包，把枕头旁边的书本笔记手电筒圆珠笔还有换洗的衣服袜子一件一件塞到行李包里。

杨改花在下面问她什么，她只轻描淡写地支吾两声。

过了一会儿，杨改花说工钱还没拿到吧。姑娘没吭声，继续收拾自己的东西。杨改花冲外面恨恨地说早就知道那狗日的是个铁公鸡！姑娘拾掇完了，又重新躺下去，脸朝里，后背露在外面。

杨改花站起来，把手搭在姑娘的后背上摩挲了一下，又轻轻地拿开了。姑娘依旧没有回头，只是说，杨大姐你也快睡吧，明天还要起早呢。姑娘好久都没有入眠，她隐约能感觉到下铺的杨改花也似乎睁着一双眼睛。

第二天上午，杨改花没有跟姑娘打招呼，也没有带碌子，就一个人出去了。午饭是姑娘做的，姑娘本来有点不想做这顿饭，可是，碌子嚷嚷着自己肚子饿得咕咕叫了，杨改花又不在，她只好去做。还是先烧水和面，等到切土豆的时候，她怎么也找不着菜刀了，那把刀每天都放在案板上的面盆里，一目了然。后来姑娘想起来，昨天的晚饭是杨改花切的菜，她没有插手，可能是杨改花随手搁到别的什么地方了。又在伙房翻腾了一遍，始终没有找到，切不成菜，只好等杨改花回来再说。她估计杨改花怎么也该回来了。

姑娘的样子很沉重，一个人孤零零地坐在伙房门前，胡乱想着自己的心事，想着远方的家和病中的母亲，也想着即将到来的新学期。

秋天的阳光浓艳，前面空地上只余下几棵杨树，很突兀地挺立在那里，好像根本不属于这里，又仿佛在跟这最后的一片开发地进行着某种顽强的抗争。树身上沾满了苍白的灰尘，乍眼看去那些树像是用水泥做成的，枝叶稀少到可怜的程度了。不知怎的，看着眼前的景象，联想到即将来临的秋雨和风霜，姑娘禁不住打了个寒噤。

姑娘知道城里是非常缺树的地方，所以，现在很多广场都矗立着用水泥雕砌成的大树，树身涂着那种死板的灰褐色，枝头的叶子一年四季都假惺惺地绿着，连她所在的校园里好像也有这样的一棵假树，好多学生都爱聚在树下合影留念，但她一点儿也不喜欢。

十二

杨改花的脸面灰惨惨的，很难看，一点儿血色也没有，额头上不断地往出冒汗，汗珠跟豆粒一样滑下脸颊。她很困难地佝着腰身，一只手一直抄在衣襟下面，好像捂着自己的肚子，又像是那里藏了什么宝贝。见到姑娘的时候，杨改花连头也没怎么抬一下，只乏乏地说自己胃疼得很，就慢慢地躺到床上去了。

因为急着要切菜，姑娘就去问杨改花菜刀在哪里。一开始，杨改花像是没听见。姑娘趁机爬到床上想找治胃疼的药，杨改花气息微弱地说妹子你有去痛片给我两片吧。

姑娘在小塑料袋里翻了翻，正好还剩一片，就拿给杨改花，然后又帮她倒来开水。之后，姑娘又问了一遍菜刀放在哪里了，杨改花才恍惚地回过神，你去外头的水池子看看，兴许落在那里了。

姑娘就跑去水池子边找。果然，菜刀就躺在水池子里，龙头开着小水，细细缓缓的水流冲击到刀面上，溅起一簇银白色的小水花。姑娘急忙拿了刀回去切菜。

切菜时姑娘忽然想起来，先前自己去水池那里洗菜的时候明明没有见过菜刀，这会儿怎么又冒出来了？又一想，大概是自己看走眼了。

杨改花一躺下就是大半天。这个白天姑娘领着碗子到工地上等了两次，也没把大胡子等来。

晚上姑娘又无奈地回到伙房，杨改花也好像刚刚解了手从外面进来。姑娘要去开灯，杨改花没让。

杨改花在黑暗中用一只手摸索着什么，另一只手依旧抄在衣襟底下。姑娘似乎能感觉到杨改花的身体在床沿边上巍巍地颤着。姑娘想她八成是胃疼得厉害吧！

过了一会儿，杨改花终于嗫嚅着说，妹子，我这个人粗得很也没念过书……有啥对不住你的地方千万别往心上搁呀……你刚来那阵我真恨得牙根痒痒哩，老想叫工头把你赶紧撵走……说着说着，杨改花又默默地抹起眼泪来……我偷偷往你和的面里撒过碱，还把重活累活都撤给你干……要说我俩没冤没仇的，我恨你做啥，你是个好姑娘，我就是想让他们多涨两个工钱……

姑娘心里一阵难过，有心劝杨改花两句，一时又不知该怎么开口，只好静默地坐在床上。

磙子在杨改花身边正睡得香甜，偶尔发出一两声模糊的呢喃。

十三

姑娘醒得比往常晚好多，这一觉睡得太沉了。

下床的时候，好像有什么东西跟着自己的身体吧嗒一声落到地上。

姑娘迷迷糊糊低下头，随便朝地上扫了一眼，好像是钱，几张叠在一起卷成个小筒儿。她吃了一惊。再看下铺，杨改花人已经不在了。磙子也不在床上。

姑娘迟疑地把钱捡起来，顾不上多想就跑到外面去。

天空灰蒙蒙的，刮着风，吹到身上凉飕飕的，沙尘不时地击得人脸生疼。看来要变天了。那口她已经非常熟悉的大铁锅冷冰冰地坐在土炉子上，没有烧水，也没有烟火，伙房门前一点生气也没有。

姑娘又转过头朝工人们干活的地方望去，那里依旧轰隆轰隆响着，方格子一样的脚手架上晃动着红红蓝蓝的安全盔，巨大的塔吊慢慢地升到半空中，突然停止不动了，仿佛在做什么重大的思考，倒是跟这铅灰色的天空达成了一种和谐的调子。

姑娘慢慢回过神来，站在门口把手里的钱卷一下下展开，几乎每张钱币上都沾着些血污。不多不少，正好是自己一个月的工钱。她的喉咙像被什么东西一下子给塞满了，有种说不出的灼热和难受。她急忙转身回来，想看看杨改花的床上有没有留下别的什么。

这次，姑娘彻底被吓呆了。眼前到处是暗红的血迹，跟钱币上的如出一辙，枕头、床席、破破烂烂的被子，还有靠里面的墙壁和床栏杆，那些血迹像一群红蚂蚁那样，这儿一摊那儿一摊，密密麻麻地爬在那些东西上面。

姑娘的眼前顿时闪过一片惊悚的红光。

一

我们小县城又开始重新放映《红灯记》了，大伙嘴里成天价都挂着李铁梅，姑娘们铆足了劲要比学一番，主要是，希望自己也能把辫子留得像人家铁梅姑娘一样又粗又黑又长。那时大伙的脑子好像全都一根筋，殊不知人家演员的辫子十之八九是假的，是在发梢后面续接的一段假辫子。

可那阵子，姑娘们都是铁了心的，不把辫子留长誓不罢休。即便还没有留得足够长，也就是刚垂到肩窝那块儿，她们也很神气了。在街上，特别是人多的地方，会像演员拨弄道具一样，忽然把脑袋朝着一侧猛一甩，那尚不够尺寸的辫子，就被很酷地甩到脑后去了。随即，姑娘们就会模仿电影里的那个经典镜头，伸手顺着自己的脖颈把辫子从脑后一捋而过肩头，最后用手抓着辫梢儿停顿在颈窝或锁骨下方。比较而言，我们还是觉得，那时候街上把辫子留得最好、甩得最顺眼的，就得数梅香了。

梅香好像是姓徐，或者是那个言午"许"，这也说不准。我们没有细究过，反正街坊邻居都梅香梅香地喊她。那时，梅香确实有一头乌黑的长发，天生丽质的样子，头发一直扎着双股辫儿，那年李铁梅忽然跑到我们的红旗电影院里，连着又蹦又唱了两个晚上，就把梅香的双股辫给唱成了单股的了，真的是又粗又黑又长。

那年我们也就十一二岁的样子，都不怎么好好念书，放了学也不着急回家，就在街上土老鼠似的乱窜，遇见脸盘长得好点的姑娘，就嗷嗷乱叫，瞎起哄，经常吓得她们红了脸皮，低着头夺路而逃。我们在后面叫得更凶：别害怕嘛，晚上我们请你看电影，李铁梅的《红灯记》，大傻瓜，哈哈。这样一叫，她们愈发跑得急切，有时会突然不小心崴一下脚踝骨，原地痛苦地打着瘸腿，一跳一跳的，嘴里吱吱直叫，稍歇一下马上又颠儿颠儿地跑开去，像讨饭的瘸子遇上了饿狗，连命也顾不上要了。

可不知怎的，每次遇上梅香，我们反倒是有点拘谨，癞蛤蟆吃天鹅，无从下嘴的窘相。尤其是，看她当着我们的面，从容不迫地把她的大辫子从脑后轻轻甩到胸前，一副面不改色心不跳的神气样，没有丝毫的刻意和做作。我们似乎更喜欢这条电影外面的大辫子，它没有影片里那么革命，也没有那么多的疾恶如仇。我们就仿佛看到一条肥硕的黑蟒，吐着白花花的芯子，正翻山越岭窜到我们头上来。往往是，没等我们开口，梅香就拿她热辣辣的眼神不屑地盯着我们几个，鼻子轻哼一声，道，小流氓，又想要啥花样儿？问这话的时候，梅香的右手正漫不经心地抓玩着自己的辫梢儿。那辫梢儿正像一条乖戾的小狐狸尾巴在她指掌间钻来钻去，又轻盈又俏皮。梅香的发梢儿上系的不是千篇一律的红头绳，也不是俗气的大红绸子闪闪发光，而是一整块素花手绢，白底碎花的那种，看起来又大方又时髦。这种系法当时在我们小县城，恐怕是找不出第二个来的。

在她面前，我们显得有点傻了吧唧，简直可以说威风扫地。但我们又不想落荒而逃。那样一来的话，我们会很没有面子再在这条街上混。于是，我们故作镇定状，你一句，我一句，磕磕巴巴说，你的辫子，是真的，还是假的？我们不信那是真的，能让我们摸摸吗？她却露出更鄙夷的嘲笑，牙齿白得像嘴唇间含着雪。她嗓音清澈地说，你们到底有没有个正经，放学不回家，在外头疯啥疯，想学人家当"二飞"呀！说完，她径自转过身，撇下我们走开了。那条又黑又长的辫子在她身后高傲地摇头摆尾，如同一条刚刚被鱼竿儿提出水面的青鱼，通体上下油滑鲜活，随着她飘然的身影洒落一路跳动的水光。

我们真的有点望尘莫及。梅香是个姑娘家，我们不能追上她揍她一顿吧。何况，我们一点儿不想揍她，非但不想，我们几个内心都披着一丝丝幻想。幻想有那么一天，最好是晚上，有星星月亮的晚上，能单独约她出来，看一场电影，实在不行轧一会儿马路也成。总之，我们对她是有些非常美好的幻念的。

我们碰了一鼻子灰之后的又一个傍晚，天要黑不黑的时候，突然从街边很不起眼的一条小道上发出哐当一声巨响，当时把我们几个吓了一跳。待我们跑近一瞧，原来地上坐着一个姑娘，正哎哟哎哟在那里呻吟呢。姑娘旁边斜躺着一辆黑乎乎的自行车，前轮突兀地翘起来，骨碌碌旋转不停，像纺车的转轮。我们才知道是梅香在这条相对僻静的小路上学骑自行车呢。她之所以选择在这种天色这种地方学车子，十有八九是怕熟人撞到，面子上过不去。我们这里的姑娘学车子都很晚，有的眼看快要出嫁了，因为男方家答应要给买辆自行车，才逼迫着自己学会骑的。这多少有点临上轿扎耳朵眼的意思。

难道说梅香也是择好了婆家，即将得到一辆自行车，才一个人躲在这里，偷偷摸摸学骑车子的？当即，我们狐疑地走上前，先去帮她把地上的车子扶起来，26的男式飞鸽，破旧不堪，除了铃铛不响，哪儿都响。我们用手一推，车子不会走，才发现是链条脱轨了。我们又猫哭耗子充好人，要帮她把链子重新安上。我们几个基本都会骑。一般来说，男孩子学这种东西比较快，大概小学四五年级时，就趁家人不注意把车子偷出去自己摸索着骑会了。

当然，我们主要想把地上的梅香也搀扶起来。我们不想看她坐在路上矮人一截的痛苦样儿。其实，我们并没那么好心肠，平时遇到别的姑娘在路上栽了跟头，我们巴不得围着她们看笑话呢。现在，几个人毛手毛脚团团围着她，像围着地摊上的算命先生，一个个把脏兮兮的手伸了出去（也有人觉得怪难为情的，那手跟爪子似的黑，便在伸出前先在自己的大腿一侧使劲蹭着），又像是等着她给我们把脉或看相呢。她懒洋洋地坐在地上，好像坐在自家热炕头上那样坦然自若，不时地冲我们几个翻翻眼睛（她的眼睛很黑，且亮，像一对黑珍珠发着光），又好像要赶我们滚开似的，可好像又疼得顾不上。

她终于不再看我们了，开始一个劲儿抱着自己的一条小腿揉啊揉的，就像摔断了骨头。我们喜欢看她雪白雪白的小腿肚儿，那是一种女孩子才具备的柔和的线条，而我们一个个又黑又瘦，脸和身体经常是伤痕累累的。还好，在我们帮她捣鼓车链条、矫正车把的时候，她没有大惊小怪，也没有把我们当成一群趁火打劫的强盗，反倒是平静和心安理得的样子，好像我们天生就是她的跟班儿，专门是赶来为她修理自行车的小伙计。

接下来的情形有一些浪漫（我们却都忽略了天上是不是有星星和月亮），路边仅剩下一盏没有被弹弓打碎的路灯，正冲我们发出朦胧而扭捏的光亮。梅香终于慢慢地从地上站起来（起初我们以为她再也站立不起来了，我们几个正处心积虑地暗下决心要不要背着她回家，以此好上演一出英雄救美），却没有让我们扶她。但也没有立刻撵我们走。她问我们会不会骑车子，我们回答得异口同声又斩钉截铁。她又说，就知道没有你们不会的，小流氓。这次我们没有感到窘迫。我们觉得她很会表扬人，而且，此刻我们似乎很喜欢听她小流氓小流氓地叫我们。

　　顺便啰唆一句，梅香说话的声音非常好听，她会发那种卷了舌头的儿话音，"小流氓"三个字从别人嘴里吐出来就是一摊狗屎，从她嘴里吐出来却是带着水果味儿的泡泡糖，是上海益民的那种，能吹出又响亮又芬芳的泡儿。然后，她叫我们在后面帮她稳着自行车，她战战兢兢地骑到车座上，两只细皮嫩肉的手抓着车把，像抓着机枪的扳机似的郑重其事又不得要领。我们开始七嘴八舌地撺掇她，骑呀，快骑呀，别停，千万别停，眼睛要盯着前面，看路别看车子，使劲蹬呀，走喽……车子果然摇摇晃晃往前滚动起来。我们开始欢呼（我们发誓绝对不是起哄），她却吓得一声声尖叫，好像是我们都在黑暗里欺负她。

　　女孩子真是很要命，屁一点的危险就要大呼小叫。但情况常常是，男孩子又好像是喜欢她们一惊一乍的样子。至少，我们那一晚感觉良好。要知道，我们可是在陪梅香学骑自行车呀，有点儿受宠若惊，又有点儿义不容辞。而她长长的辫子，始终轻轻不停地在我们眼前晃来晃去。有时，我们甚至感觉到，它像小皮鞭似的一下一下抽打在我们的额头或面颊上，跟风吹过来一样，一点儿不疼，而且还非常舒服。

　　后来，我们一直扶着车椅架把她带到大路上，看她骑得不那么左右摇晃了，我们趁机悄悄松开手，然后再抓住，过一会儿又松开了。她在车座上一连声嚷着，别松手，别松开，求求你们了，我害怕得要命，你们这些小流氓，可千万别放手啊！我快害怕死了！我们却假装应声，你好好骑吧，你就是骑到天边我们也绝不放手。其实，我们早就松开半天了，一路小跑着，跟屁虫似的撵在她车后，嘴巴叫个不停，也随时做好营救她的准备——梅香就是这样歪歪扭扭学会骑自行车的。

此时，她好像还是个待业青年。

二

一天下午自习课，我们几个从学校溜出去，到县城外面的一条河里游泳。

那条河正好横穿过通往县城的公路，上面有一座水泥板桥，好像叫新华桥。在水里游累了，我们懒散地爬上岸，或趴或躺在路边树荫下的草丛里歇着。这时，我们注意到远处有一只白色的四方形的东西在慢慢移动，看上去有些艰难。我们当然知道上、下新华桥的那两段坡路是有点陡的，一般自行车到那里都会慢下来，或者，人干脆下来推着车子行走。我们还知道，此刻那种正在缓慢朝桥上移动着的四方形的白色东西是什么。兴奋立刻取代了先前的慵懒，我们全都蚂蚱般从草里跳起来，然后，边往屁股上套短裤边跳着脚往桥上疯跑。

果然，有个戴着灰的卡帽子的男人正吃力地往桥上推车子。他的车子是 26 号的大飞鸽，很破旧的样子，车后椅架上捆着一只白色的木头箱子，是我们最痴迷的冰棍箱子！车椅架的两侧各挂了一只细钢筋焊制的铁笼子，两只笼子里好像也装得满满当当的，口上用麻袋片苦着，不知是什么东西。

我们像一群麻雀呼啦一下落在男人的车前和身后。有人故意上去搭讪，问他有没有戴手表，问他这阵儿几点了。有人假装帮忙从后面推车，个头高一点的人趁机从后面掀开木箱的盖儿，把又脏又黑的手伸进里面蒙着的棉被底下。我们非常清楚那棉被下面藏着另外一个"冰天雪地"，它们能扑灭我们心头的火。

男人终于把车子停了一下，双手使劲压住车把，身体重心也靠在车大梁上，像是为了喘口气。看来他确实累得够呛，这么炎热的夏天，我们在水里都感到浑身发烫，何况，他还要推着这么重的车子上下桥。男人见我们并无恶意，又热心热肺地要帮他推车子，就露出被汗水浸得湿乎乎的笑容，一连声说，哎呀，太感谢了，真是遇上活雷锋了啊！

我们终于帮戴的卡帽子的男人把车子推上桥，又帮他稳稳当当扶下桥去。当然，这一切都是有回报的，我们可不是在学雷锋，后来我们每个人都吃到了一根冰棍，有奶油的，也有绿豆沙的，那个高个头的家伙至少吃到了两根，或者更多！没办法，谁叫他长得人高马大呢，穿衣裤都比别人多着二尺布（这是我们父母对我们最普遍的说法，他们总是认为我们是多余来的），偷东西他也很在行。刚才，这家伙居然顺手牵羊地从苫着麻袋片的铁笼子里，搞到了五六颗鸡蛋，可惜都是生的，否则我们还会一人吃到一颗。

后来有一天黄昏，我们正在街上逡巡，几个人还没走到梅香家院门前，老远就听到一阵尖锐的叫骂声从院里飞出来，亏你还是个男人，你啥球本事没有，除了会去乡下换鸡蛋，你说说你还能干球啥……我们被女人的骂声拽到了梅香家门口，伸着脖子想往门缝隙里瞧。冷不丁门一开，有个男人灰头土脸地从里面钻出来，把我们吓得魂不附体。他戴着灰的卡帽子，帽檐儿在脸上遮出一片阴影，但我们立刻认出他来，不就是那天在新华桥上看到的男人吗？我们偷吃了人家的冰棍，当然是不会认错的。可还没等我们反应过来，一个女人又从里面追出来，她的头发上了小塑料卷儿，花红柳绿的，像一颗即将炸开的彩色地雷。她对我们视而不见，双手抔在腰上，满身发出香喷喷的味道，差点把我们熏趴下。她旁若无人地冲着消失在街角的那个男人的背影，不依不饶地继续跳着脚谩骂，滚吧，给老娘滚得越远越好，你若还是个男人，这辈子就别再进这个门！

这个泼辣的女人应该就是梅香她妈，经常能听见她在自己家里哼哼啊啊吊嗓子，可我们一直不知道她这么厉害。她在戏台上唱戏我们是见识过一两次的，扮白娘子或秦香莲，凄凄楚楚的受苦样子。也许，生活跟演戏真的是两码事。

我们都觉得有点对不起梅香，怎么说也不该去偷她爸的冰棍和鸡蛋，说不准因为丢了东西，单位头头狠狠批评了他，回到家老婆才不给他好脸色看的。有句话说得好，兔子不吃窝边草嘛。可是，事情已经这样了，我们也没有办法。那天，我们一直守在梅香家门前的那条小街上，一个劲儿学猫狗乱叫唤，希望梅香能够走出来。我们想好了，要当着她的面做出深刻的检讨。可是，那天她一直也没有出来。

后来，我们正倍感失望地要离开时，却见那个戴的卡帽子的男人，垂着脑袋，拖着长长的一条影子，在昏暗的路灯下面一摇三晃朝我们走来。再近一些我们看清楚，他手里拎着个瓶子，走两步就把瓶子举到嘴边，再走两步，又举一下。他从我们身边经过时，突然神经质地冲我们咧开嘴，嘿嘿笑了笑，一脸愚蠢的红光。这时，我们才知道，梅香他爸好像喝醉了——他是不是为了壮胆子回家才喝那么多酒的？这样一想，我们都觉得这个男人实在是有点可怜。

再后来我们总算弄明白一点儿情况，梅香妈的那个小剧团，经常要到县城附近的乡镇村庄去演戏，剧团有一辆从部队上淘汰下来的大篷车，男男女女和那些锣鼓家伙全都塞在黑洞洞的车篷里。我们经常能看见剧团那辆绿兮兮的汽车浩浩荡荡出发，一溜烟开出了我们的小县城，把文化艺术和精神食粮送给偏远的乡下人。梅香的爸爸呢，好像天气一热也是隔三岔五要往乡下跑的，他用箱子里的冰棍换农村人家里的鸡蛋，据说换回来的鸡蛋都被他们食品厂用来做鸡蛋糕了。我们不太清楚这是一种什么性质的工作，私下里就管他叫换鸡蛋的。

三

那是一家生资日杂综合商店，凡是日常里吃的喝的铺的盖的杂七杂八的东西……干脆这样说吧，大到一口咸菜缸，小到一颗水果糖和一根针，都能在这里买到。它是我们小县城当时最大也是货最全的。

自从梅香来这里上班以后，我们的活动路线也发生了一些改变。通常的情况是，我们所有人身上的口袋挨个掏一遍，也找不出几角钱，这真让人感到沮丧。可我们依旧闹哄哄地像一群苍蝇，放学以后时不时要光顾一下。这就是我们的爱好，我们喜欢看梅香和她与众不同地甩着自己的辫子。

这时候的梅香，跟过去那个待业在家的梅香，好像是有一点变化的。在这里别人不管她叫梅香，而是叫营业员或小同志；他们店里的人呢，也不管她叫梅香，而是叫小徐（或小许），听起来怪怪的，我们都觉得很失望。有一次，我们几个站在商店对过的树荫下，商店正好要关门了，顾客们陆续从里面拎着包儿出来，然后，店员也纷纷出来回家了，留下两个人开始忙忙乎乎地关窗子锁门。

那时还没有出现那种伸缩自如的铝合金卷帘门，商店的窗户和门都要上那种又笨又重的黑红色的厚木头板。店员把木板从里面搬出来，像拼积木块似的，一块一块卡进外面的窗户槽里，全部对齐以后，玻璃窗就被严严实实挡在里面了，再用锁头将搭扣锁死。我们看见一个年纪大些的留剪发头的胖女人，正站在门口吆喝着梅香搬木头板，小徐快点儿，别磨磨蹭蹭的，小徐你能不能快点儿啊，小姑娘家家的怎么那么慢！梅香就抱着那种黑红色木板从里面跑出来，气喘吁吁的样子，窗户很高，她要把木板安上去确实很费力气。那个胖女人一副甩手掌柜的样，只在旁边一个劲儿催着，梅香就有点手忙脚乱了。我们实在看不下去，便从马路对过跑来帮忙。

梅香的脸有点红扑扑的，不知是累的，还是我们突如其来的缘故。她也许有点怕那个短发女人，一连声说不用不用，我自己能行呢。可我们没理她，她刚把木板从店里搬出来，我们就上前抢过去，帮她插进窗槽里去。人多好干活，很快两扇大窗户都安好了。

剪发头女人一直在袖手旁观，她黑豆样的眼睛警察看小偷似的盯着我们不放，好像生怕我们会趁机溜进去偷什么东西。这个胖女人最后检查完毕就开始给窗户上锁了。她突然回过头问梅香，小徐，他们到底是你什么人？我们见梅香的表情有点不知所措，就赶紧替她回答说，我们是她弟弟。似乎怕那胖女人不相信，接着又指着梅香说，她是我们的姐姐梅香。短发女人依旧狐疑地盯着我们，眼神阴郁又有点吃惊，那样子仿佛在问，你们家咋有这么多孩子！其实，这有什么？当时一家有五六个小孩很正常的，估计她可能奇怪的是我们几个怎么会一般大。所以，打那以后，我们前脚刚踏进商店门槛，就会听见剪发头女人大呼小叫，小徐小徐，你弟弟来啦。那感觉就跟说狼来了差不多少。

有那么一阵子，我们很为梅香打抱不平，怎么每天都要让她搬那些该死的木头板，这是谁定的规矩？其他人都死了吗？但她告诉我们，店里数她年纪最小，别人都是老资格，她新来乍到当然要多干一些力所能及的活。我们才恍然大悟，原来走上社会参加工作并不如想象的那么美好，看来还是待在学校里比较自在（如果不考试那就再好不过了）。但是，我们始终也没有问过她是怎么到这里上班的，就像我们从来也不关心她爸妈的关系一样，我们只是想每天能多看她两眼就好。

有一天下班后，梅香像变魔术似的给我们每个人发了两块奶糖，是大白兔的，她自己也吃了一块。于是，我们的嘴巴便老鼠似的吸溜个不停，像这辈子从来没吃过什么好东西似的。那种奶味十足的甜液在我们的牙齿和舌尖上快速地流来淌去，感觉好极了，就像在做甜美的梦，又仿佛回到了遥远的哺乳期。那一刻我们都幸福地觉得，梅香真的有点像我们的姐姐。梅香吃糖可不像我们吃得吸溜哗啦的，她就那么不声不响静静地含着，腮帮子一忽儿往左一鼓一忽儿又往右一鼓，黑眼睛也不时地跟着一眨一眨的，像天上的星星，偶尔回过头瞧一瞧我们几个馋相，脸上露出很满足的那种笑。我们也跟着她傻笑起来，还傻乎乎地说这糖真甜啊。她说你们该回家去了，小流氓。我们才觉察到，天色早已经黑尽了。幸福的时光总是很短暂的。

我们要先送她回家。她甩甩辫子说，不用了，我又不是三岁孩子。我们当然不同意。在我们眼里，她有时像个知心的大姐姐，可有时还是个小女孩，胆小如鼠。我们县城的路灯一共也没有几盏亮的，多一半是坏的，被那些小流氓们当弹弓靶子打黑了。以前我们也干过这号勾当，自打认识梅香以后，我们就自觉地金盆洗手了，觉得那样做既无聊又无耻。那天晚上，我们和她手拉着手，雄赳赳气昂昂地走在昏暗的小街上。她始终走在中间，我们在两边，晚风拂面，让我们亲密无间，真像一家人。她的辫子在肩膀头上甩过来又甩过去，看上去真美啊。嘴里的糖块早就化完了，可那种香甜的感觉却像种在嗓子眼里了，慢慢地又生发了嫩芽长出了枝蔓，绵绵延延的，一直钻到我们心里头去了。

还没走到梅香家呢，我们远远就瞧见剧团的那辆大篷车，黑乎乎地趴在靠路边的一棵大树下。那棵柳树枝繁叶茂，几乎将大半个车身湮没了，从远处看去，好像那棵老树节外生枝凭空长出几只黑轱辘。那时候我们的爱好实在太多了，汽车自然也是我们最喜欢的东西之一。但因为梅香在旁边，我们就不敢轻易造次。我们只好拿话试探她，你喜欢看戏吗？梅香坚决地摇头，说，不，我讨厌。我们又问她，要是你妈唱的呢？她哼了哼鼻子，然后面无表情地说，就是因为讨厌她才讨厌听戏。我们就随声附和道，我们也不喜欢你妈，太凶了，像只母老虎。梅香突然停住脚步，黑黑的眸子在我们每个人眼中忽闪发亮，弄得我们有点儿紧张。随后，她的表情变得怪怪的（有点儿鬼精灵，又有点儿蛊惑人心），反正和她平时不太一样。

其实，我们最喜欢的就是她现在的样子。如果说影片里的那个李铁梅是正义的化身，梅香就是邪恶的代表；李铁梅一本正经，梅香从骨子里渗出来的是一种率性和天真。当时我们甚至在想，如果她是个男孩子，一定可以当我们几个的头头。我们正在胡思乱想时，听见她在我们耳边嘀咕，你们是不是很喜欢汽车？我们迅速地冲她点头。她说那你们就去做你们喜欢做的事吧，我在这里给你们放哨。说这话时，她给我们做了一个紧握拳头的姿势，让人觉得她很忠诚值得信赖。我们盯着她的脸看了几秒，确信无疑，然后毫不犹豫地朝前面的那辆汽车围跑过去。

这种时候，我们个个都像临行前喝了老娘的饯行酒的李玉和，浑身都是胆。我们把那辆大篷车想象成了鸠山小队长的鬼子营，想象成龙潭虎穴，豁出小命来也要闯它一闯。车门是锁着的，我们当然钻不进去，只能蹑手蹑脚地站在踏板上，把几只鼻子挤扁了，所有眼皮巴巴地贴在车门窗上张望。可望而不可即，实在没有多大意思，我们就是想亲手摸摸方向盘，踩踩有弹力的离合器，可手脚却无法够到它们。这时有人悄悄出点子，说我们干脆爬到后面的车篷里去看一看，兴许还能搞到什么好东西，比如鼓、镲和刀剑之类的舞台道具。简直就是一呼百应，我们顿时眼睛发亮，猴子一般纷纷从车厢后面攀爬上去。

车厢上有军绿色的帆布帐篷，几乎将整个车身蒙了个严密，只在车尾那里留一块扇面状的出口。我们个个身轻如燕，爬高跳低是我们的拿手好戏，再加上周围又有浓密的夜色和树枝掩护，还有答应站在远处替我们望风的梅香，所以，我们几乎是毫无顾虑一跃而上，试图从那个扇面开口爬进去。但与此同时，我们忽然被一种奇怪的动静镇住，那声音一喘一喘的，好像又是半哼不哼似疼非痒的，听去古怪得要命，又像是正要大声叫喊的人被谁捂住了嘴巴，呜呜唧唧地憋闷着，像喇叭坏了，发不出声来。这下子可把我们吓坏了，难道车厢里有鬼吗？我们爬在车厢边沿的手脚一阵乱抖，接着，扑通扑通，像几只没有偷到粮食的耗子，全都从高处被老猫扔了下来，摔得龇牙咧嘴，四脚朝天。接下来，我们顾不上屁股和腿脚疼痛，爬起来仓皇地朝梅香站着的地方狂奔。

本来，我们不想把情况告诉给梅香，觉得那样一来她肯定会笑话的，肯定会说亏你们还是男子汉。可是，她非要打破砂锅问到底，女孩子有时就是这样疑神疑鬼啰里吧嗦。她说休想骗我，要不然以后再不理你们这群小流氓了！这就让我们有点害怕了。我们可不想她从此不理人。我们只好如实汇报。又生怕她不信，我们甚至还七嘴八舌地模仿了一下刚才听到的那种声音，有人说听到的是猫叫，喵啊喵啊的难缠；有人却说是鬼叫，呜呜呜的；也有人说其实都不是，是人在叫，而且不是一个人，是两个人，一男一女，一起藏在里面嗷嗷地叫。

说这话的家伙为了证明他所说的情况千真万确，他甚至有点自鸣得意地卖弄，这种声音他以前是听见过的。我们都将信将疑仰望着他，问他在哪儿听过？是在噩梦里吗？这家伙却不假思索地回答，傻瓜，当然是在家里睡觉的时候。我们还想问他为什么非要在半夜三更叫唤呢？梅香却及时打断了我们的疑问，她的眼神有一点忧伤，又有一点儿羞赧，她朝那辆大篷车迅速地瞥了一眼，说，算了吧，我们还是各回各的家吧。她说这话时有点心不在焉，显得忧心忡忡。

四

梅香好像开始谈恋爱了。

这种事一点儿也不以我们的意志为转移。有好几次，我们在商店门前的马路上，发现有个白脸瘦子孤独地站在一根电线杆子底下，两只胳膊紧紧地抱在胸前，一副踌躇满志的样子。那时正好商店要关门，我们正准备凑跑过去帮梅香搬那种木头板，却看见那个白脸瘦子挺胸抬头目不斜视地横穿过马路，径直朝商店门口走去。

梅香正好从商店出来，就跟白脸瘦子不期而遇了。她好像稍微怔了一下，然后迅速低下头，好像他们根本不认识似的。但那个白脸瘦子有点儿死乞白赖的劲头，他并不知趣地走开，相反，却把自己的白衬衫袖子一个劲儿往上撸。我们远远看见两条细白的胳膊从袖筒里爬出来，像两根没有筋骨的软面条儿。我们忍不住想笑。但没等我们开怀一笑，那两条细白的胳膊却像白绳子一样系在黑里透红的木板上，木板开始跟着白面条胳膊一下下移动起来，从门口到窗口，再哼哧哼哧地举起来哐当哐当地装进窗槽里。我们以为梅香会不高兴，会毫不客气地赶他走开，可她对待这陌生男人的态度却让我们大失所望。他们居然开始默默地合作，梅香把木板搬到门口，剩下的工作就由那两根软面条儿来做了，你来我往，配合默契，尽管他们谁也不多说一句话。我们站在马路对过，全看愣了，一时不知道接下来该做点什么，走过去或是离开。

也就从这一天起，软面条儿几乎天天准时出现在商店门口，他的细胳膊像两根顽固的牛皮筋一样，很卖力气地去系那些黑红的木头板。我们彻底失业了。我们没有正经事情做，只好鬼鬼祟祟地来跟踪梅香他们。

很快，我们就发现，梅香确实在跟那个白面瘦子轧马路，他们俩一起往前走，中间保持一拳头左右的距离，走得很慢，脚步也很轻，像是怕踩到地上的蚂蚁似的。每次快走到梅香家院门口时，他们都会突然停下，面对面站着，也是保持着一拳头的距离，至于说些什么，我们是听不太清楚的。但看梅香的样子，她总是会轻轻举起右手朝对方挥一挥，她的手又白又细嫩，在晚霞里像一只白鸽子在挥动翅膀。然后，她扭头穿过街道小跑着回家去了。脚步是轻盈的，像动画片里的梅花鹿那样尽情一路奔驰，看得出来她很快乐。可我们一直希望她是不快乐或不情愿的，或者，最好能让我们撞上那个白脸瘦子对她动手动脚心存不轨，那样的话，我们就会毫不客气挺身而出拔刀相助。

那阵子，县城又在演一部爱情电影，我们都对这种片子没有丝毫兴趣，它跟我们的喜好格格不入——在银幕上男人若不端着机枪冲锋陷阵，我们就觉得那简直不是男人，还不如那个甩大辫子的李铁梅威风呢。可我们却发现梅香跟那软面条儿双双走进了红旗电影院。我们真的有些气恼了，他们俩才来往多久啊，竟堂而皇之一起去看电影，而且是那种酸溜溜的爱情片，他俩可真不要脸！我们对梅香有些看法了，觉得她太随便了，作为一个女孩子，我们认为她不够自重。还有，我们一点儿也看不出来，那个软面条儿到底有什么好？

这种心情很快让我们做出一个断然的决定：我们不能视而不见或坐视不管。也许，事态已经发展到我们必须做点什么的时候了！要不然，怎么对得起梅香发给我们的大白兔？反正，我们是不能再保持沉默了。但在具体的做法上稍有分歧，有人提出要给梅香单位写匿名信，说有坏人想跟她乱搞男女关系，有人却说根本问题并不出在梅香身上，认为这是苍蝇跟鸡蛋的关系，所以首要任务是消灭苍蝇。这种说法很快被我们一致认可了，大伙都觉得那个软面条儿很像一只苍蝇，整天就知道在梅香身边瞎嗡嗡兜圈子。问题是，软面条儿毕竟不像苍蝇那么简单，要是换成一只苍蝇的话，我们会轻而易举地用拍子把它拍死，或者，用灭害灵把它灭掉，可对付一个大活人，我们多少有点左顾右盼。

这时候，县城发生了一桩大案，就是梅香他们商店夜里让人撬了，听说丢了很多值钱的东西，甚至还包括一台蜜蜂牌缝纫机头（机身太重，大概不便于搬走）。我们几个是在课堂上被公安叫出去问话的，班里乃至学校顿时开锅了，我们虽然没有被"一网打尽"，但日子可想而知，连上厕所都能听到有人冲我们的屁股眼指指戳戳说三道四。我们一下子成了臭名昭著的小流氓和小偷，可天地良心，我们的确连那商店里的一根针也没有白拿过呀。

　　当时情况就是这样，几乎快没人再相信我们了，同学们整天都在议论我们的"事迹"，说我们如何如何勾搭女售货员，又如何假惺惺地给商店搬门板，实际上都是别有用心的……我们简直无地自容了。我们恨死那些戴大檐帽的家伙了。不过，我们更恨梅香。她怎么能把我们供出去呢？看来，女人一谈什么狗屁恋爱就变坏了，就变得不可理喻，甚至心狠手辣起来了！

　　优柔寡断就意味着要错失良机。本来我们是打算教训一下那个软面条儿的，现在突然出了这种倒霉事，我们成天都在风雨和唾沫中飘摇，哪还有这种心思？即便有，也不敢在这种时候乱说乱动了。我们在灼灼目光中度日如年。可我们发现，梅香的日子其实也不太好过。

　　有两次，我们亲眼看到公安人员从她家里严肃地走出来，一次是换鸡蛋的送客人走的，一副唯唯诺诺的样子；另一次是唱大戏的出门迎客，嗓音虽然很亮，但似乎透着些心虚和底气不足。我们还注意到，梅香上下班的路上总低着头，脚步也沉甸甸的,好像让人戴上了坚固的铁脚镣。让我们稍感欣慰的是,那个软面条儿连着好几天没再出现。自从案发以来,梅香好像再也不用给商店搬木头板了(大概是出于安全考虑),这项艰巨的工作落在另外两个男人头上,他们干起活来热火朝天,转眼就把几块木板结结实实装到窗槽里了。

好在事情终于真相大白了。几天后,公安局正式逮捕了真正的盗窃犯,电驴子呜呜叫着从我们的街上驶过去。当时,我们几个正无精打采地走在放学的路上,老远就被那种呜呜声给惊呆了,觉得腿脚都麻了,迈不开步子,好像那是来抓我们的。

这时,听见旁边的人兴奋地嚷嚷,快看快看,那个坏蛋被抓起来了!我们这才顺着人们手指的方向瞧,果然,有个家伙被五花大绑地捆在电驴子的侧兜里,像只乏绵羊一样软弱无力。车从我们眼前经过时,我们有点目瞪口呆,那家伙如此面熟,好像是我们的同伴:苍白的瘦脸上像糊了层窗户纸,下巴颏尖尖地翘着,颜色发青,被绳子捆住的上身仿佛一团毫无筋骨的棉絮,软塌塌瑟缩在车兜子里。

摩托车开过去好半天,我们才终于意识到,他居然就是那个该死的软面条儿!要知道我们监视他很长时间了,就是烧成了灰我们也能辨得清楚。可这又是怎么回事呢,他不是正在跟梅香谈恋爱吗?怎么忽然间变成个盗窃犯了?是我们不明白,还是世界变化快?在一阵苦思冥想中,仿佛又看到那个家伙将软面条儿一样细瘦的双臂交叉搂抱在胸前,那感觉就好像他拿绳子把自己给捆死了,表情很无奈。

五

传说这东西像扇着一双黑翅膀的乌鸦，呱呱叫着，顷刻之间就能飞遍千家万户。那段时间关于梅香的各种说法就是这样传开的。我们都觉得梅香是无辜的。可问题出在，盗窃犯偏偏跟她谈过两天恋爱。这像一个致命的污点粘在她身上。更糟糕的是，听说犯人在局子里面已经供认不讳，他之所以要偷那些东西，是因为他想跟梅香尽快结婚，因为他太喜欢梅香了，所以做梦都想把她娶到家里，可他家里却穷得叮当响，没有办法，才走了那条黑路。

这样一来，梅香的名气一下子就大了，大得连我们都不敢相信。人怕出名，猪怕壮，这原本就是老理儿。有个男人肯为梅香冒死走上犯罪的道路，可见，这个女人有多漂亮，多么有魅力！聪明的人们又动用了那套我们曾经也想过的理论：苍蝇不叮无缝的鸡蛋。不过，跟我们有所不同的是，这次人们把重点都放在鸡蛋的缝隙上，不像我们只知道盯着苍蝇不放。大伙普遍认为，在盗窃案上，梅香有着不可推卸的责任。

于是，在种种传闻风靡过一阵子之后，我们县城又出现了一种新气象，那就是很多人有事没事都爱往商店里钻，总爱装作要买什么东西的样子，但口袋里不一定有钱，他们在商店里转来转去，半天也不走，好像忽然忘记了要买什么东西似的，眼睛却不怎么看柜台里的那些货品，而是一味地朝梅香身上划拉。当然，做这种事情的人多半都是男人，十八岁以上的男人居多，偶尔也有四五十岁的老家伙。

从那时起，我们县城开始流行一句话，叫作进城三件事，即下馆子、逛商店、看梅香。到后来，连附近乡镇上的人也都知道了。乡下女人嘴粗，说话直截了当，她们到县城办完自己的事情，就拍拍屁股上的灰尘说，走，咱们也瞧瞧那个狐狸精去。一开始，人们去商店里还装模作样的，就是那种掩耳盗铃欲盖弥彰的样子；到后来，他们看梅香简直就是理直气壮的，仿佛个个都有天大的理由而变得肆无忌惮。有人看了会莫名其妙地啧啧嘴，有人看了会冲梅香直翻白眼，也有人看过后会突然朝地上啐一口唾沫，然后转身一拧一拧走出去，从后面看有点半身不遂的架势。

其实，我们那会儿已经不怎么记恨她了。相反，心里多少有点同情的意思，觉得她也怪可怜的。就像我们打一开始就讨厌那个白脸瘦子一样，我们同样讨厌那些钻进商店大言不惭地来看梅香的家伙。我们又隐隐从别人嘴里得知，那个白脸瘦子原来就是梅香的同学，后来他下乡当了几天知青，没想到刚一返城就犯下了那么严重的错误（他们还说知青在乡下小偷小摸惯了，回到城里恶习难改，还以为自己在农村无法无天呢）。因为梅香是个独生女，侥幸没去乡下，我们想要是他俩当初一同去了乡下，情况可能就好多了。对于我们来讲，这些问题太严肃也太神秘了，很多事情我们自己都一头雾水，还是不去想为妙。

恰恰在这种节骨眼上，又传来了梅香要结婚的消息。我们的脑子嗡的一声，有点吃惊，又有点欣喜。吃惊的是，什么人敢在这种情况下，娶梅香做老婆呢？欣喜的是，一旦梅香结了婚，那些乱七八糟的人大概就不好意思再没完没了来看她了吧，毕竟她要成为别人的新娘。

但这又不像是空穴来风，因为就在礼拜天的时候，我们发现梅香家忽然来了一拨客人，都穿戴得干干净净的。男客人把分头梳得像新姑爷上门似的妥帖，女客人脸上搽得香喷喷的，雪花膏味浓得让苍蝇们差点儿从头顶晕落下来。面对梅香家这种热闹的场面，我们却都变得蔫巴巴的。这以前我们都以为，她是永远也不会结婚的。要是那样该多好啊，我们想什么时候去找她就什么时候去找她，如果她心情好的话，还会给我们发糖果吃。

就在同一天，我们在客人堆里发现了商店里的那个剪发头。我们都讨厌她，十分讨厌，打一开始就讨厌得要命。剪发头鼻梁上还挎着个可笑的眼镜。剪发头是后来骑自行车赶来的，她的车子就靠墙锁在梅香家院门口。剪发头很有可能是梅香家客人里最重要的一员，因为她来得最晚，可是却得到了早先来到的那拨客人的隆重迎接，包括换鸡蛋的和唱大戏的（梅香却始终没有露面，或者她不太情愿），他们一起出门夹道欢迎剪发头。我们就躲在一旁偷窥，听见不停有人奉承她，媒人可算来了。

我们当然知道媒人是干什么勾当的。在电影里，媒婆的长相总是古里古怪的，而且，上嘴唇一般都趴着一颗令人厌嫌的痦子，那东西上往往还长几根奇怪的毛儿，有点险恶。所以，在离开之前，我们终于做了一件早就想做但一直没有机会做的事情：我们激愤地拔掉了剪发头自行车的两枚气门芯，两股巨大的气流从轮胎里刺刺地冲涌出来。好像还不够解气，于是，我们又使劲将一根火柴梗硬塞进剪发头的车锁芯里，让她这辈子休想再拔出来。

事情没几天有了些眉目，当然不是剪发头的自行车（据说那天她是气急败坏扛着自行车离开梅香家的），而是肯娶梅香的神秘男人，出现在我们视线当中。他是我们县远近闻名的劳模、新长征突击手、红旗标兵。他因为一心扑在工作上，一晃都快四十岁的人了，把青春大好时光献给了我们县的农机铸造厂，跟青春一起贡献出来的，还有他的一双眼睛和三根手指。眼睛是被电焊光刺模糊的，看人的时候使劲眯缝着，眼角始终像一匹老马那样湿乎乎的浑浊，过一会儿就得拿手背抹一下眼泪，一副受委屈的样子；三根手指是在机床上失去的，因为是右手，特别明显，但神奇的是，他还能骑自行车，那只残手象征性地稳着车把，车子一路摇晃着，也像眯缝着眼睛走路似的，让人看着有点紧张。

那一天梅香就呆呆地坐在劳模的车椅架上，一点也看不出前面骑车的男人是她对象，倒是更像她的叔伯或娘舅。我们忽然异常惊奇地发现，她那根甩来甩去的大辫子没了，取而代之的是，齐耳的一头剪发。天哪！剪发头！我们简直要疯掉了。她怎么能梳这种该死的头发呢？！然而，事实就是这样，我们谁也拿它没有脾气。

留剪发头的梅香看上去完全是个大人了，成熟，矜持，又有点俗气，就像我们县毛纺厂的普通女工。她和劳模从我们身边经过时，她下意识地扭头朝路边扫了一眼。那一眼像一把明晃晃的刀子，割在我们每个人的脸上，疼痛和血在心间慢慢流淌开来。我们都以为她会从车子上跳下来，会跑过来跟我们说点什么，至少也要摸一摸我们的脑袋，或者再说最后一句小流氓。可她却倏忽回转头，就像抽刀断水，我们再也看不到那种大辫子一甩而过的流畅与生动了。她那新的剪发头很像个古板的道具，在我们眼前把她隐藏得不露痕迹。她似乎是从来也不认识我们的。这也难怪，梅香就要做别人的老婆了，不再是个女孩子了。

六

这个夏天真是闷热难耐啊！

因为要迎接新中国成立 30 周年到来，我们全都被编进游行的学生方队里，整天一二一地训练再训练，就连暑假也没消停，好像把这辈子的汗都流尽了。我们的身体跟泥鳅一样又黏又滑又脏。其实，不光是我们学生，全县人民都被动员起来，游行方队里还有工人农民和知识分子等。

县里的小剧团好像也连天连夜赶排一个新剧目献礼，我们的队伍从那里经过时，总能听到喧天的锣鼓响，当然还有咿咿呀呀的叫唱声。我们便不由自主地想到了那个唱大戏的女人，当然也就想起了梅香。这让我们又一次陷入失落。我们知道梅香的婚期就定在十一以后。也就是说，节日过后，我们曾经跟梅香在一起的快乐时光，甚至包括那种绵延的牛奶糖的滋味均将成为过去。而当初，我们却误以为，那种甜蜜是种在嗓子眼里，拔都拔不掉，永远不会消失的。

立秋后终于下雨了，要不然，街道快要在我们黑压压的脚底下燃烧起来了。

这简直就是一场救命的滂沱大雨，训练中的游行队伍被迫解散回家，我们依旧在大雨中欢呼奔跑，让自己美美地当一回落汤鸡。雨水把我们冲得东摇西摆，跌倒了再爬起来，像一群水淋淋的鸭子不停地往前游。我们都喜欢这样。我们需要狂欢一下。

那个白天我们的身体比冰棍还要凉快。到了晚上，雨还在不停地下着，我们却都变成一块块滚烫的火炭。街道没有燃烧起来，我们的脑袋却先烧得稀里糊涂的，不可能再在外面疯跑了，也就不可能目睹那一幕惨状。

第二天，我们整个县城都被震动了。就在瓢泼的雨夜里，小剧团的那辆大篷车让路边突然倾倒下来的电线杆子砸扁了，跟车厢一起被砸扁的还有剧团里的一男一女，男的是大篷车的司机，女的却是梅香她妈。据说那根沉重的水泥杆子像孙悟空的金箍棒，把这两个人整整压了一宿。

死人的事情经常会有，天灾人祸也在所难免，可双双被压死在车厢里又都是赤身裸体的男女，并不多见。这下子就把人给弄蒙了。我们想打听得更清楚更具体一些，可大人们对此讳莫如深，并用严厉的目光敲打我们，还拉着脸警告说，小孩子家懂个屁，快把嘴闭紧！我们只好乖乖闭嘴，不然还能怎么样？

那些天我们被疑团困惑着，因为梅香家出了这种事，我们又不能直接去问她。

国庆节是在排山倒海的游行队伍里走过去的，秋天是在东方红中学（我们小学毕业升初中了）的读书声中混过去的，冬天伴随着两场飘飘洒洒的大雪，我们美美地在雪地里堆了雪人打了雪仗（我们喜欢下雨天，更喜欢在雪地里撒野），可梅香的婚事还是没有一丝动静。而且，我们再也没有看见劳模用车子捎着梅香上街。

直到元旦那天中午，我们终于听到街上传来的一阵响亮的鞭炮声，劳模要结婚了。我们闹哄哄地跑去看稀罕，才知道新娘子不是梅香，换成另外一个我们都不认识的女人，满身矫揉造作的蠢样。我们纳闷极了，难道连新娘也可以随便更换的吗？这世上还有没有一成不变的东西！

那天，我们特意去看梅香。商店放假一天，我们只好跑去她家看她。我们站在梅香家街对过眼巴巴朝她家那边张望。天气太冷了，鼻孔被冻得要粘住似的，脚也被冻得生疼，我们使劲跺着脚上的老绒布棉鞋。等了快一个下午，那扇破旧的院门终于打开了，出来的不是梅香，是她爸，那个换鸡蛋的。他好像已经在家喝得醉醺醺的了。

实际上，打出了那件事以后，这个换鸡蛋的男人好像从来都没有清醒过。我们偶尔在街头看见他的身影，都是摇摇晃晃地飘忽着，像条颓废的影子。每次，我们都要发誓，从今往后绝不再偷他的任何东西，哪怕是一颗生鸡蛋。

七

还是经常有不三不四的人爱往商店里瞎踅摸。

劳模跟别的女人结婚以后，梅香的名气似乎比劳模还要大。别人会指着走在路上或站在柜台里的梅香说，瞧，就是她，让人家给踹了。更多的人还会借题发挥，说她妈就是剧团里被砸死的那个烂货！然后，他们会进一步做出分析和判断，啥样虫子屙啥样屎嘛，一看就知道她不是省油的灯。闲言碎语几乎是铺天盖地的，这样说来说去的结果是，一两年下来，好像再没有哪个男人愿意跟梅香谈一次恋爱。梅香好像也不再想那种事了。

不过，梅香倒是越发出落得洋气了。我们县城时兴什么衣服裙子，总能最先在她身上一睹风采。大伙穿喇叭裤，她的裤脚是最宽的；大伙穿蝙蝠衫，她的款式是最新的；大伙穿巴拿马，她的裤缝是最笔直的；大伙还没有来得及套上石磨蓝的牛仔裤，她的屁股早已经紧紧地裹在那种新潮而又结实的劳动布裤子里了。以至于有相当长一段时间，梅香成了小县城的流行趋势预报员，那些爱美的大姑娘都盯着她的穿着打扮，她穿什么大伙就跟着学什么，一个个乐此不疲。

我们也发现梅香确实变了，变得有点儿让人感到陌生，同时也感到一丝担忧。过去，别人来商店看她，她总是低垂着头，躲在柜台后面，连眼皮也不敢抬起；走在路上，遇到什么人在背后指指戳戳，她总是脚步飞快地落荒而逃；还有，除了上班，其他公共场所她根本不敢去。现在却截然不同了，她的脸上似乎总是一副来者不拒的表情。而且，我们发现，越是人多的地方，她就越爱往那里凑，好像是为了让大伙看一看她身上漂亮的衣裙，又好像她穿那些时髦的衣服就是为了让大伙看的，不去人多的地方，生怕会浪费掉。

我们很想跟她聊一聊，尽管还没有想好该跟她聊些什么，毕竟她比我们大很多，况且，我们已经很久没有在一起说过半句话了。有一天晚上，我们提心吊胆地去她家找她，换鸡蛋的一个人在家喝闷酒，他把猪肝一样赤红的头脸从门缝伸出来，用愚蠢的醉鬼目光打量我们，然后使劲卷动着嘴里硬得像锅铲一般的舌头，说，她死在外面了！随即，就把院门嘭地一下甩住了。我们虽被吓了一大跳，可还是一头迷雾，换鸡蛋的说的那个"她"是指他老婆吗？可我们并不是来找唱大戏的呀！我们找死人做什么？这个神经病！

我们只好并排无精打采地在街上游荡，谁也不想说话，找准路上的小石子用脚踢着无聊地走。就在那时，一辆摩托车风驰电掣般开过来，街道很窄，那该死的摩托车居然加足了油门朝我们冲来。我们刚刚惊慌失措跳到路边，摩托车已经呼啸着过来了。与此同时，我们听到一阵比发动机声更响亮的尖叫和欢呼，哈哈，撞死这群小流氓，撞死他们呀！那声音刺得人耳朵根发麻，心惊肉跳。

那一瞬间，我们全都愣住了，借着惨淡的路灯光，隐约认出了骑在摩托车后面的女人的背影。尽管我们没有看清她的面目，但我们确信无疑，仅凭放肆的尖叫声，那个女人就是我们要找的梅香——然而，她却撅着被牛仔裤绷得圆鼓鼓的屁股，骑在我们县城最有名的"二飞"的摩托车上，在街头疯狂飙车。她真的变坏了。这时，我们忽然想起先前换鸡蛋的那种阴郁失落又痛苦绝望的眼神，也许他并没有喝醉。

这以后，我们都不怎么关心她的事了，好像梅香这个女人早已经离开了我们的生活，她的好坏已与我们没有半点关系了。后来也陆续听到一些关于她的传闻，比如，那个经常带她飙车的"二飞"在一次斗殴中被人家砸破了头，脑袋缝了十九针，据说事件皆因她而起，好像是为她争风吃醋；比如，有人亲眼看见她去我们县城医院堕过两次胎……凡此种种，我们也是无动于衷的，充其量一只耳朵进，另一只耳朵出。

八

十年一晃就过去了，我们中有人顶替父母参加了工作，有参军到部队又转业的，也有中学没读完就回家干小买卖挣钱的。我的运气还算不错，侥幸考上了大学。我毕业那年从外地回来，大伙在县城小聚了一下。正是在这次酒桌上，我们尽情回忆往事，为了活跃气氛还互相"揭短"，笑谈当年趣闻，不知不觉就谈到了梅香。

不知怎的，有关她的话题，让原本愉快的氛围忽然变得沉闷起来。有很长一段时间，我们都不再说话，啤酒倒是又无声无息下去好几瓶，滋味是苦的。

梅香她爸几乎喝了半辈子酒，最终他是拎着酒瓶子，去了那个再也没有苦恼的地方。去年冬天，是我们县城有史以来罕见的一个寒冬，那个换鸡蛋的最后一次在外面喝酒。听说开始先是跟厂里的几个老哥们儿凑在一起喝，后来大伙散了，他把酒桌上喝剩下的大半瓶酒顺手拎着，边走边喝，人最后竟醉卧在街边的雪堆里了（也许是积雪绊住了他的脚，抑或他以为自己到家躺在床上了）。第二天被发现的时候，连他身边的那只酒瓶子也被冻得四分五裂了，一副宁为玉碎不为瓦全的样子。酒精让他死得并不那么痛苦，就像在外面睡了一大觉。

从我们喝酒的地方，透过窗户可以瞥见坐落在十字街口的百货公司和人民银行。百货公司的前身就是梅香曾工作过的那家综合商店，跟我们几个一样，商店已长得人高马大。我进去过一两回，货品琳琅满目，可我什么东西也没有买过，从一楼转到五楼，然后空着两只手又走下来，那些穿着统一制服的服务员冲我微笑，我的目光也在她们脸上稍作停留，又匆忙漠然离去。她们谁也不可能知道我在人群中寻找什么。

至于梅香后来的情况，我们几个知道的都很有限。她好像辞了公职，跟人合伙在县城开过几天饭馆，但始终没有结过婚；后来听说又去了海南，当然是跟一个什么做生意的男人；再后来就没有什么消息了。关键是，如今大伙都忙起来了，要想过好日子，就得早出晚归忙忙碌碌，哪还有闲工夫操心别人的烂事呀。

哑

谜

一、水终于流进自家的麦地

麦子眼望着黄熟了。

这时节河沟里水声汩汩欢响,不分白天黑夜,闸坑边上总有人影晃动,多半是附近前来看守闸门的村民。人们急急火火,要赶在麦子收割前淌最后一水。这一水淌下去,对地里的麦子作用倒不大,主要是为保墒情做打算。水淌完,最多也就再挺十天半个月的样子,水气基本上就蒸干了,等麦子收割打场入仓以后,土地不干不湿的,犁铧刚好能翻挖下去。接下来,大伙又得忙着把地打磨挑垄,准备点播秋白菜了——秋后全指望这最后一茬庄稼,一点儿也不敢马虎。农田里的活，最讲究赶节气，就好比男人娶媳妇，啥时间该去相亲，啥时间该下聘礼，啥时间该成家、过日子、生娃娃，都是一环扣着一环的，稍微一脱节，就要落在众人后头，到时候只能怨天尤人了。

单说这天傍晚，一直坐在闸坑边上，替余树看守闸门的女人，就是山花。

本来，像看闸门这种事，都得找个精明人，不该派山花去的。但余树又有啥办法呢，他不会分身术，他家的麦地又偏远，别人只要一上好闸，水顷刻间就哗哗啦啦灌进地里去了，余树家可不行。每淌一次水，余树都得花上九牛二虎的力气，田的位置远是一方面，最要命的是，村里的渠沟年久失修，沟底淤泥太厚，渠坝两边长满了密密麻麻的杂草，别看闸坑这边的水憋得满满当当的，可大水顺着渠沟流进小渠，再等曲里拐弯流到他家地里的时候，水已经小得可怜了。通常，灌满余树家那两块麦地，少说也得花上半天的工夫。这种时候，余树得来来回回沿着渠沟走动，生怕水在啥地方钻了黑洞塌了方，淹了别人家的田地，惹来不必要的口角和麻烦。所以，余树不得不把山花使出去看闸，现在可以说是淌水的高峰期，经常会有人跑来强行拉闸夺水的，有时上下游的村民为争夺水源，互不相让，大打出手，经常弄得头破血流哭爹叫娘。

淌水的事余树很头疼，山花是个哑巴，不光哑，耳朵也背，脑子还有些呆痴。余树也知道，把她放在闸坑边纯粹是个摆设，有时她连个娃娃都不如，起不了多大用场。现在，山花独自坐在闸坑旁的石头墩子上，两条腿垂悬下去，像调皮的小姑娘似的一个劲儿乱晃荡，目光却瓷瞪瞪的，一会儿对着水面发发呆，一会儿又仰起脸，出神地望着天空中的鸟影儿，无端地嬉笑两声。余树心急火燎地上好水闸，临往自家地里去的时候，他跟山花使劲比画了一阵子，指指她的嘴巴，指指呼噜噜作响的水闸门，再指指远处的大片大片的麦地，再大声喊着告诉她：万一有人来提闸门，你一定要上前拦挡，闸让人拉掉，水就一气往下游跑了，淌水的事也就泡汤了。山花看得懵懵懂懂，眼神多少有些惊恐或散漫，余树说得口干舌燥，甚至有些张牙舞爪。到现在为止，余树似乎还没彻底习惯跟一个哑巴女人相处，尤其是，当他想要把一件事情跟她交代清楚的时候，他总是感到无可奈何，感到有些绝望。

其实，让余树无奈和绝望的事远远不止这些。余树家弟兄姊妹稠，父亲过世早，母亲辛辛苦苦把他们弟兄拉扯大，自己落了一身病。早年间麦收，家里从打麦场拉回半麻袋没脱尽的麦壳子，母亲把那些谷物平铺在院里晾晒，等晒干了她就拿一根棒槌坐在地上使劲抡砸，砸过两遍，就用簸箕一下一下筛簸。那时候余树他们还小，赶上连天抢收打场，家里重活全凭母亲一双手。那天晌午，母亲一个人站在门洞里簸麦子，只要外面稍微起点儿风，门洞那里就有好大的穿堂风呜呜地鼓吹进来。母亲大概累垮了，簸着簸着，眼皮一沉，手里的簸箕歪斜了，里面的麦子沙沙地撒落到地上。母亲实在累得动不了了，就势靠着墙坐在地上，她想稍微打个盹，一会儿再接着干。这一睡不要紧，穿堂风飕飕地旋进来，母亲本来就出了一身水汗，等这一觉醒来，母亲的半拉身子从此就木了，嘴角斜抽到一边，一只腿脚再也不会迈步了，清口水顺着嘴角哗哗直淌。母亲眼睁睁看着自己养的几只芦花鸡，在脚下叨着吃她的口水，她突然母狼般呜地号啕大哭。那以后很多年里，她一直卧病在屋，生活靠人伺候；余树两个姐姐都嫁得老远老远的，平时根本帮不上他的忙；余树的大哥余木，打小患小儿麻痹腿脚不利索，娶过媳妇后来又离过婚，至今还打着光棍。家境如此难怅，周边村庄确实没有哪个女人愿意嫁过来，余树也就迟迟没能娶上媳妇。余树一直跟母亲和最小的兄弟余林住在一起，余林也没念几年书，在家又待不住，后来跟村里几个年轻人到外面找活干，每当年关时才能回来一趟，家里的几亩田地就由余树一个人耕种。

就在今年春耕前，母亲病情突然加重了，水米不进，长年卧床的身子，耗得就剩一把干柴骨。母亲有一天把余树叫到床前，流着老泪对余树说都是自己把一家拖累的，她恨自己咋还不死呢。余树听了也把鼻子眼睛揉得通红，禁不住热泪横淌。他劝慰母亲别净往歪处想，说自己迟早要给妈娶个儿媳妇回来，让她老人家享两天福。母亲跪趴在被窝里，她难受的时候总是佝偻着腰，她说自己怕是熬不到那一天了。余树心里难过，撇开脸就往外走。正好碰上村里一伙老年人在路边晒太阳，余树强打精神凑过去，跟他们闲聊两句，后来扯到母亲的病上，老人们纷纷给他出主意，说如果能赶在这种时候办场喜事，兴许能冲一冲家里的晦气，说不定母亲病还有些转机。余树一听心里越发惆怅，娶亲自然是好事啊，可以他家的条件，娶谁怕都比登天还艰难。翻过天，母亲说她浑身难受得很，余树要用板车拉着母亲去镇上看病。余树在车厢里垫了两层褥子，摆好枕头，把母亲从屋里背出来放在车里，扶稳母亲慢慢躺下，再拿出一床被子给母亲盖在身上。老人是死活不想去看病的，一路唉声叹气嫌去医院尽白花钱。余树却执意要去。余树只说了一句话，只要您老还在世上一天，我就尽一天孝道。一路上不管母亲再嚷嚷什么，余树始终低着头拉车。那天正是在回家的路上遇见了山花。

　　当时，余树拉着母亲正慢慢往回走。他的心情和脚步一样沉重，大夫让余树赶紧回家准备后事，说老人怕是没多长时间了。余树当然得瞒着母亲，一步一步往回走着，心里真是难过得想大哭一场。突然间，有个女的从路斜对过哇哇叫唤着朝他奔跑而来，余树还没有反应过来，那女的跟发疯了似的冲到他脚下，死死抱住了他一条腿，呼哧呼哧喘着气，头发乱蓬蓬的。她始终低着头，看不清模样。

　　余树连着喂了好几声，试图将这个女疯子撵开，可她像逮住一根救命稻草似的，紧抱余树的一条腿跪坐在地上，她的身体蚂蟥虫似的吸附在余树脚下，一个劲儿乱颤乱抖。余树被吓得差点儿扔开了手里的车把。余树见轰撵不起效，又赶紧稳住心神，他刚将车把搁在地上停稳车子，打路那边又接连跑过来一男一女。男的精瘦精瘦的，戴着副蛤蟆镜，下嘴唇有些地包天；女的肉墩墩的，背着颜色很艳的一只红皮革包，也是上气不接下气的样子。他们一到余树跟前，就张开嘴谩骂起来：跑啥跑！妈的，不信你还能跑到天上去？死丫头，再瞎胡跑，看不敲断你娃儿的狗腿！余树本来并不好管闲事，可那天情况实在特殊，再加上他的腿脚被陌生女人缠住不放，现在冷不丁又钻出这样一对凶巴巴的男女，他们一面骂骂咧咧，一面扑上来只顾死命拉扯那个女的，他少不得要过问两句了。

一问才知道，这个抱他腿的女的叫山花，小时候发高烧烧哑了，她老家靠天吃饭，十年九旱，家里也是娃娃老人一大堆，穷得快要讨饭了，她爹妈托了媒人，一心想把闺女嫁到外面，也好多换些彩礼贴补家用。他们前后带她相了好几次亲，一时半会儿没遇见合适的，今天镇上好不容易有个卖老鼠药的瘸子相中了她，她却死活不乐意，还冲人家哇里哇啦乱发脾气，他们一不留神没盯紧，她竟撒开腿从那个瘸子家跑出来，两个人只好在后面猛追。余树听他们说话的工夫，哑巴战战兢兢地抬头望着余树。单就眉眼来看，她长得倒也水灵，大眼睛，棱鼻子，小嘴，唇色红润，头发略微有点儿焦黄，只是身体看着有些单薄，一双眼睛不无慌怯地闪烁着。余树见哑巴那样可怜兮兮地望着自己，心里不免生出些怜悯。所以，余树后来总在想，这辈子他跟哑巴似乎是命中注定了的，当那对男女后来热情地询问起他的婚姻和家庭状况时，余树几乎连想都没多想一下，便如实答复了。这俩人就笑逐颜开地跟他套上了近乎，开始你一言我一语实心诚意地开导他，他们说小伙子一看就知道你是个大孝子，可俗话说得好啊，不孝有三，无后为大，你要是不嫌弃的话，就把这闺女领回家去吧，她除了不会说话，替你生儿育女干家务活，那是一点儿问题也没有！再说你也看到了，这丫头谁都不理，偏偏抱住你的腿，想让松都不松开了，这不是缘分又是啥？

其实，缘不缘分倒放在其次。余树当时想得最多的还是母亲的病，给老人冲喜的想法，又一下子从他脑子里蹦出来，这个念头突然变得异常强烈了。至于，这个半路上跑出来的哑巴，忽然间竟成了自己的媳妇，这事他真的连做梦也想不到。尽管母亲躺在车里不停地呻吟着，但一双老眼却一刻不停地吃力地打量着那个哑巴。余树一时拿不定主意，就回头问母亲，老人叹息着说，好好的一个闺女，只可惜不会说话。那对男女忙接过母亲的话头说，好我的老人家哟，天底下哪有十全十美的人，眼下您老病成这样，要是能多个儿媳妇，早晚在床前侍候着，兴许这病呀就好啦！余树听了心有所动，他跟母亲商量了一下，说在路上不是说话的地方，先把他仨领到家里再说。母亲说她老了又不中用，还是让他自己拿主意吧。于是，余树就带他们一起回家，双方坐下来扯了一个来钟头，他们还给余树看了哑巴的户口簿和身份证复印件。他们说山花的婚事转过不少媒人的手，哪个不得要点儿跑腿钱。然后，就跟余树算了一笔账，山花的彩礼钱加媒人好处费一共是两万块，余树当即被吓出一身冷汗，头摇得跟拨浪鼓似的，说自己就算砸锅卖铁也拿不出那么多钱。两个媒人又跟他软硬缠磨了一通，最后才说定一万五，限余树三天内凑齐，到时候一手交钱一手接人。

余树后来东挪西借想方设法，总算是凑够了这一大笔钱，然后欢欢喜喜把山花接进家门。可问题很快就出现了，山花到家里没两天，余树就发现她不光是不会说话那么简单，人好像有一点儿呆痴，时不时地发呆傻笑，莫名其妙地躲到黑暗的旮旯里不肯出来，有时性子上来还闹着乱扔物件，夜里甚至还尿过几次床，她连自己最基本的事情都不能做好，更别说帮着他照顾母亲了，简直就是花钱给家里添了个活累赘。余树觉得有必要带她去看一看大夫，可镇上的大夫见了山花直摇头，说哑巴见过无数，可从没见过她这种怪病，余树只好又跟村里人借了几百块路费，领着山花乘长途车到县城去了一趟，县医院的大夫替山花做了些乱七八糟的检查，他们告诉余树山花算先天性痴呆，大脑跟身体发育都很不理想，她的智力水平跟十岁儿童不相上下，将来可能根本生不了娃。这个结果无异于晴空霹雳，直到这时余树才意识到，自己上了那对男女的当。再后来，余树按照那对男女当初留下的住址找过去，只见到了胖女人，那个戴墨镜的瘦男人不知去向。胖女人是个寡妇，专靠替人管媒拉纤过活，她一口咬定，他们也是通过中间人接手山花的，也只知道山花是个哑巴，别的病情一概不清楚，而且，这女人一再强调，人是余树跟他母亲一起相中的，山花活是余树家的人，死是余树家的鬼，想赖账退货门儿也没有。最后，胖女人笑嘻嘻地反问余树，山花在你家睡了这么些日子，就算我肯要她，那别的男人还能要她吗？余树赌咒发誓说，他根本还没有同她圆过房呢，人家听了发出一串荒诞的嗤笑，说他这话骗鬼鬼都不信。这时余树才知道自己浑身是嘴，怕也说不清楚了。

　　第一股水终于缓缓细细地流进自家的麦地，余树才算稍稍舒了一口气。

　　刚开始，基本上是现流现渗的，水往下渗的时候，麦地发出吱吱的一片响声，土地跟人一样，渴极了，见了水就不要命，只顾疯狂吞咽，刚流进来的那股细水根本解不了渴。余树浑身冒着热汗，裤腿卷得老高。一群蚊子从草丛里钻出来，围成一个密团，黑压压在人头顶盘旋追撵。余树的脚脖腿肚早被叮出许多包来，痒得他直龇牙。但他顾不上抠一下，肩上扛着锹，沿着细长弯曲的渠沟坝往下走，心里惦记着闸坑前的山花。

也不知道哑巴这阵子咋样，她能不能守住水闸？

二、牛仨媳妇从热被窝里钻出来

要是不跟人拌嘴打仗就好了，那样也许山花就不会有事。

余树后来想起来淌水发生的事，简直后悔得直抓腔板。可人一旦火气上来，脑瓜子就要发烫发胀，不管三七二十一，拳头跟天上的雹子一样，根本克制不住。谁叫那个家伙要偷他的水呢，偷偷地淌他的水也就算了，还要说那些风凉话，余树当然不能忍气吞声了。

就在这天傍晚，余树沿着渠坝正心急火燎地往前走，本来他是想去闸坑那边看看山花的，把她一个人撂在那里，余树总有点儿放心不下，哑巴毕竟不是正常人。远远就听见前面哗啦啦水响，他以为是哪里钻了黑洞，赶紧跑过去查看，才发现渠水正长驱直入地往坝边的一片麦地里疯灌，难怪流到自家地里的水比往常小得多呢。余树正打算用手里的锹挖土块挡住那个豁口，早有人影从麦丛里诡秘地探出来，一边冲他嘿嘿笑着，一边慢条斯理地说，余树兄弟不麻烦你了，我这地眼看就淌满了。余树一眼就认出是本村的牛仨，他们两家的麦地挨得很近，中间相隔不到五亩。余树说水闸是我上的，你咋连气都不吭一声，就只管放开淌呢。牛仨这人平时赖兮兮的，大伙都知道他贪图小便宜惯了，一般不怎么与他理论。余树说着就势挖起一锹土块填进豁口里。哪知牛仨噌地就从旁边蹿出来，一把抓住余树的锹杆，嚷嚷说，水从门前过，不淌都有错，谁叫我的地在你上头呢，怪你命不好。余树说牛仨你少要无赖，天底下哪有这种理儿？干啥都得有个先来后到吧。牛仨偏不松手，依旧两手用力夺余树的锹杆，嘴里嘟囔道，我是无赖你是个啥，你从外面领个女人回来，睡几天都能去退货，你还好意思说我是无赖，难怪你家要断子绝孙了。这话实在阴损歹毒，哪壶不开提哪壶，余树最怕村里人捅他这根软肋骨，牛仨这样肆无忌惮，他的眼睛顿时往外冒火星子了。余树说你少他娘的在这里嚼蛆，水闸是老子上的，不让你淌就是不让你淌。那牛仨生就一身的滚刀肉，向来吃软不吃硬的，这时死活抓住余树的锹杆不撒手。余树一怒之下，就势往后一推，又猛然松开双手，牛仨便扑通一声，仰面栽进自家的地里，泥水泡了一身不说，麦子也压倒了一大片。接下来，牛仨就像发威的狗熊似的，从泥水中滴滴答答蹚出来，扭住余树一通死命滚打。

后来直到天色黑尽，他们才不依不饶罢了手。两个人像极了两条泥鳅，泥头水身，看不清彼此面目了。再后来，余树摇摇晃晃往闸坑方向赶的时候，难听的咒骂声依旧在耳畔呼啸。

那时，余树已经走出很远了，牛仨还跳着脚在后面骂他，日你八辈祖宗，我日了你家哑巴媳妇，你狗日的都不知道。那一刻，余树眼前突然闪过一个个醒醒的情形，他不由得打了个激灵，身上的泥水都被震得飞溅起来。余树想起不久以前，他领着山花从县城看病回来，到了镇上搭乘三轮蹦蹦，正好跟去镇上赶集回家的牛仨坐在同一辆车上。一路上，牛仨嘻嘻哈哈的嘴巴不停，眼神却贼溜溜色眯眯地老往山花的脸蛋和胸口扫搭，好几次他还有意无意地把手放到山花的大腿上，山花一副没心没肺的样子，只顾低头发呆。余树眼睛不揉沙子，都看在眼里了，心里别扭得很，苦于车厢里挤满了附近村庄的熟人，他几次想发火又都忍住了。后来好像还有一次，有天晌午，余树从地里干活回来，山花正在院子里哗啦哗啦洗头，大半脸盆水放在地上，山花蹲在盆前，上身脱得仅剩一件背心，奶子在胳肢窝里时隐时现。余树往院里走的时候，牛仨猛地从里面迎出来，脸上挂着赖了吧唧的笑，见了余树就嚷嚷，咋才回来，害得人等了老半天，村长叫我给你捎句话，你家欠的机耕费提留款再不交齐，今年的麦子就别想种了。余树当时没太在意，只当牛仨是替村长来传话的，因为那些天村长确实三天两日上门来催他交钱。

现在想起这事，余树整颗心就像闹钟发条被拧得紧紧的，正是牛仨歇斯底里的一通吼骂声，让他在已然降临的夜色中，忽然意识到山花的危险处境。他甚至觉得，狗日的牛仨也许刚才真的对山花做了什么，因为按照常理，牛仨想要淌水，必然要先去闸坑那边看一看，看需不需要上闸，而山花一直守在那里，他不可能看不到她。山花人本来就懵懵懂懂的，又不会说话，万一那个畜生对她动手动脚……想到这里，余树觉得自己的腿肚子已经开始转筋了，他不由得一路趔趄着奔跑起来，有几次他的双脚都滑进水渠里了，溅起的水花扑面飘洒。

当他终于接近闸门的时候，一不留神，又被脚下的一块石头绊了一跤，足足啃了一嘴土，他顾不得呻唤，便在黑暗里瞪大眼睛四处张望，前面除了黑黢黢的闸门和高高矮矮的树丛，连个人影也没有；耳朵里听到的，只有闸坑漩涡里的那种呼噜噜的水流声，单调而又激烈，像一群野兽拼命嘶吼。他慌忙从地上爬起来，嘴里不停叫着哑巴的名字，声音大得出奇，他知道即便这样，她也未必能听得到啊。

就这样，余树摸着黑在闸坑附近来来回回喊寻了半天，也没有发现哑巴的踪迹。又一想，她兴许是一个人在这里待得害了怕，自己先回家去了。于是，他又慌慌张张赶回家，可家里只有母亲一个人在。

一闻，屋子里臭烘烘的，余树就知道准是母亲又屙在被子里了。从立夏以来，母亲的腔子似乎疼得不那么紧了，每天只是气息微弱地躺着，眼睛瞪得牛大，却几乎不怎么吃东西，偶尔喂她吃几口什么，就会屙脏裤子和被褥。自从山花进了这个家门，母亲心里的疙瘩好像解开了不少，一心等着要抱孙子。余树不忍心打破母亲的念想，所以，至今也没有跟老人透露过哑巴不能生娃儿的事。母亲倒是问过几次，哑巴身上咋还一点儿动静也没有，每当这时，余树总是支吾说妈你别心急嘛，快了，就快了。这样又挨了些日子，母亲大概隐约听见山花在院里哇哇着，便喜上眉梢的样子，还悄悄跟余树嘀咕，说她听见哑巴呕着害口了，叫他一定要给哑巴吃好的喝好的，还要给她多吃酸果子，说将来娃生下来才硬气。余树木讷地点点头，眼中是一片虚无的潮湿，心里苦啊，打碎牙往自己肚子里咽吧。

他不想惊动母亲，眼光在漆黑的屋内来回扫视了两圈，顾不得里面的那股阴暗的臭气，也顾不得母亲正躺在湿漉漉的被窝里，就蹑手蹑脚退到院子里。要是让老人知道他好端端地把山花弄丢了，那真的非要了她的老命不可。有时候，余树分明觉得，母亲之所以能从开春熬到伏天，都是为了心中的那一个念想，母亲眼巴巴在等哑巴为老余家生下一男半女，好延续香火，这样母亲即便是到了那边，也好给父亲给余家先人交代。这样一想，余树急忙放开脚步朝外面跑去，无论如何得赶紧把山花找回来。

余树刚刚走到村里的麦地边上，就见远处有好几个黑影子在起伏晃动着，间或，能听到吵吵嚷嚷的叫骂声，几束雪白的手电光在天地间划来划去。余树这才想起淌水的事，刚才跟牛仨打了一仗，又四处去寻山花，他差点就把这档子事给忘了。余树撒开腿往前跑，渠里的水不知啥时间涨满了，水哗哗啦啦没过了渠坝，把四下里的田地淹得稀里哗啦的。对面有眼尖的早认出了余树，骂骂咧咧朝他迎过来，狗日的余树你死到哪里了，你他娘的咋淌水的，把我们的庄稼都淹坏了！看你赔不赔！咒骂声和黑影接二连三朝他围拢过来。有人二话不说就薅住了他的脖领子，也有人上来拽住他的袖子，指指戳戳拉拉扯扯，非让他去看被水淹泡得不成样子的谷物和蔬菜的秧苗。

这时余树简直傻眼了。淌水的活就是这样，你有心盼大水来的时候，那水小得跟碎娃儿撒尿似的，让人恼火；可是，等你稍微一分心，水便成灾了，想补救都来不及。

等余树风风火火跑去砸牛仨家的院门时，牛仨一家好像是已经睡下的样子。

牛仨媳妇从热被窝里慢腾腾地钻出来，下身光溜溜地站在堂屋门前，没好气地答着话。余树隔着黑黢黢的院门说我找牛仨，让他快出来。牛仨媳妇边打着哈欠边说，半夜三更的，你有啥屁事，又不是赶着投胎，等不得天明啦。余树说我家山花丢了，我找她。牛仨媳妇鼻子闷哼了两声，散漫地说，找你女人就找你女人，关我们屁事，砸我家门做啥？吃错药了咋地！余树大声喊，对，老子今天就是吃错药了，快让牛仨这王八蛋滚出来！牛仨媳妇这才听出余树满嘴都是火药味，她忙说牛仨先头回家换了身衣裳又出去了，到这光景还没见人影呢，不知又被谁家的牌局挡住了，不信你进来搜嘛。接着，这个女人又喋喋不休地唠叨起来，无非是嫌牛仨整天不着家门，嫌他在外面惹是生非，害得她娘儿们在家里担惊受怕。余树根本无心听她这等闲事，扭头疾步走开了。

一时半会儿找不到牛仨，余树心里的那股怒火难以扑灭。

他越发地开始怀疑，牛仨肯定是在水渠边做了啥手脚，故意想报复他呢，要不他回趟家的工夫，水咋就能把别人的地淹得明湖一样，那些人跟他使横动拳头，向他索赔，他只能忍气吞声装哑巴。继而，余树又把山花突然失踪的事，跟牛仨骂他的那些脏话联系到一块儿，说不定这狗娘养的真的对哑巴做了见不得人的勾当。这样一路想着，余树感到前所未有的恐惧，正一刻不停地洗劫着自己，他慌不择途，跌跌撞撞，身上的泥水早被夜风吹干了，他觉得自己整个人像是泥塑成的，从头到脚变得硬邦邦的，只有心口哐当哐当疯跳，随着他在夜色里盲目奔走，衣裤上的干泥巴正噼里啪啦往下落。

余树恨不得马上就能找到牛仨，他要好好收拾他一顿，非让他说出山花的下落不可。他从牛仨家出来四处踅摸，村路漆黑，一不留神跟对面来的一个黑影撞上了。

黑影不分青红皂白，便破口大骂，娘的瞎了狗眼，走路也不看道，日急慌忙家里死人报丧呢！接着，黑影兀自哎哟起来。余树也才怔住，听声音知道是撞着了村长。余树忙低声下气再三赔礼，说他家山花丢了，下午还让她看闸呢，谁知一阵光景人就没了……没等余树说完，村长就把话抢过去了，你是干啥的，连个哑巴都看不住？余树啊余树，煮熟的鸭子你都能让它飞走，我看这辈子你注定打光棍的命。余树小声嘀咕道，反正我知道是谁干的了。村长对此不感兴趣，又连着哼哼了两声，好像很疼的样子。余树心里着急，不想浪费时间，就匆匆说您老慢些走，我得去找牛仨。村长说找牛仨你不去牛仨家，黑咕隆咚瞎撞啥，乌眼鸡样的！又用手指点着前方说牛仨家在那边。余树说牛仨不在家，我刚从他家过来的。村长拿手捏着自己的胯骨，倒不再哼哼了，他像在自言自语，不在，哦，不在家，他不在那就好。余树不明白村长的意思。村长却说，我知道那现世报在啥地方。余树顿时眼睛一亮，忙急切地问村长，您老快告诉我，牛仨到底在哪儿？

村长并不答话，径直摇晃着种马一样宽阔的身架，不急不缓往前走去。大概走出六七步远的样子，他忽然扭过头说，你去看看，十有八九在庆喜家的牌桌上。

三、庆喜家的狼狗又咬起来

庆喜家在村东的那片新宅基地上。他家的房子一砖到顶，正面墙上贴了松鹤图案的瓷砖，窗玻璃都是宝石蓝色的，很扎眼。村里人都知道庆喜在外倒生意，但具体倒腾些啥，大伙都不太清楚，反正庆喜手里有钱，房子盖得数他家最阔气，全村除了村长家有电话，就只有庆喜家也装了电话，他自己骑着嘉陵125满世界跑。余树上次凑钱接哑巴进门，也向庆喜伸过手。庆喜说借钱可以，不过得加上利息。当时余树急等钱用，只好答应了人家的条件。

余树刚走到庆喜家铁门前，里面的大狼狗就汪汪起来，拴狗的铁链条被狗绷得哗啦哗啦响，他不由得发起怵来。进而，又想起跟庆喜借钱这档子事来，开春时他跟人家说定的，等麦收以后连本带息一块儿还清。现在，余树心里开始发痛，五千块，加上利息五百，一点儿着落都没有，哑巴也找不到，怕是要人财两空了。余树犹豫了老半天，始终没能把举起来的手拍到庆喜家的街门上。大狼狗不叫的时候，隐隐听到从里面传来哗哗的搓牌声，间或，是一串嘈杂的笑骂和叹气。

余树有些无所适从，抬头望天空，一颗星子亮闪闪，挂在高处盯着他，好像笑他生性怯懦，又仿佛是哑巴在黑暗中无声无息地凝望自己。余树默然垂下头，才发现自己光着脚，刚才打斗时，一只鞋大概陷进泥水中了，另一只跑来跑去也跑丢了。肚子咕噜咕噜叫起来，如同一阵响雷，饭还是晌午吃的，因为去地里淌水当紧，想着等淌完水再吃晚饭不迟。余树把手搭在空瘪的肚皮上，那里衬衫的扣子只剩下两粒，其他的都不知去向。衣裤硬撅撅的，好像用帆布缝的。忽然觉得自己眼前一花，有点儿天旋地转，他赶忙就地蹲下来，哑巴的模样又开始在眼前晃动。

算起来，山花跟了他还不到半年光景。

起初的一两个月，哑巴对他总是拒之于千里之外的样子。母亲一个人睡外屋，余树跟哑巴睡里屋。哑巴晚上从来不脱衣裤，卷心菜似的把自己抱成紧紧一团，缩在自己的被窝里，一双黑眼睛闪闪发亮。夜里他稍微翻个身或起夜，哑巴都会哇哇怪叫两声，好像他是个恶魔，随时要吞下她。余树从来没想过要强迫她，不过，身边多了一个女人，终归要让人心猿意马的，男人想做的事，余树当然也想。过了十多二十天，余树才试探着把手伸过去，轻轻地搭在哑巴的被子上，即便这样，哑巴还是咬过他一口，两排青紫的牙印，好多天下不去。因为母亲在外屋，余树当然不能发作，隐忍着。又过了半月，再伸手过去，直接钻到哑巴的被窝里，哑巴没再咬他的手，只是往旁边挪身子，挪到墙角，没了退路，哑巴腾楞坐起来，抱着被子用黑眼睛瞪着他。余树步步紧逼，双手慢慢伸出去，做出要拥抱她的样子。哑巴不动声色，等他跪爬着过来，她却用手把自己的眼睛捂住了。余树纳闷，低头再一看，自己不知啥时竟已脱得光溜溜的。余树嘿嘿笑起来，一边笑一边爬到哑巴跟前，轻柔地摸着哑巴的脚，那脚白白嫩嫩，哑巴立刻呜呜叫起来，余树赶紧把脸猛抬起来，贴到她脸上，再用自己的嘴巴去堵哑巴的呜呜声。哑巴乘机一下子咬住了他的舌头，疼得他差点儿跳起来叫娘。疼也得忍着，双手紧紧搂住她，哑巴开始急促地喘息，牙齿渐渐松了劲儿，余树却不把舌头收回来，抱着哑巴在被褥间翻滚。哑巴人呆呆傻傻，可那绵软的身子却让余树一天天爱惜痴迷起来。余树觉得身边有个女人真好，至少他夜里能睡得踏实些。再有就是，余树多少有点儿莫斯科不相信眼泪的架势，他想大夫说的话不一定可靠，说不准哪一天，山花的肚子就会鼓起来的，因此，每次跟哑巴亲热，他都像耕地一样肯下功夫，弄得哑巴在被窝里呜哇个不停。

庆喜家的狼狗兀自又咬起来。

余树回过神，觉得眼圈湿涩，拿手背胡乱揩抹了一下。院里的灯跟着亮了，能听清屋门被推开的声音，接着是主人在院里厉声喝狗，宰货，眼瞎了，再别咬了，老实趴着。狗适时发出那种委屈又讨好的呜呜声，好像也是一个哑巴。余树急忙站起身，躲到路对过的一棵槐树下窥望。铁门吱嘎嘎在眼前展开，院里骤然响起摩托车轰轰轰的发动声，很刺耳，余树甚至已经闻到了那股呛鼻子的油烟味。余树禁不住打了个喷嚏，院里的狗闻声汪汪起来。这时，摩托车从里面已经窜出来，开车的不是庆喜，庆喜只是跟送到门口。

借着院里散射出的一片灯光，余树依稀发觉骑车的人有些眼熟，黑瘦的一个男人，脸面背光看不清楚，但仿佛是在哪里见过似的，一时脑子发胀，记不起来。就听见庆喜叮嘱说路上当心点，别他妈的开得太快。骑车的男人说放心回吧，万无一失。随即，摩托车油门轰响着，车呼地一下疾驶而去。余树冲车尾扫了一眼，车开得飞快，旋起一层烟尘，他想再细看，早已经跑得没影了。

庆喜正待转身进院里，余树冲他低低地叫了两声。他一出声，院里的狗立刻警惕地咬起来。庆喜转过身睐着眼打量了一下余树，然后不冷不热地说，兄弟是不是给我还钱来了。余树往前走了几步，站定，抬起一只脚蹭另一只脚脖子，那里有好几只蚊子正簇拥着叮他呢。余树答非所问，牛仨在你家吧，我找他。庆喜用一只手扇着眼前的蚊子，嘴里有些不满地说，谁说他在我这儿呢？找牛仨上他家里找去！余树想说是村长，话到嘴边又变了。要是在的话，你就帮我喊出来，我当真有急事找他。庆喜双手突然使劲朝空中拍去，叭的一声，很响亮。该死的东西！庆喜边骂边拿三根手指捻被他拍中的东西，然后转过身慢悠悠往院里走，铁门即将关合的一瞬，庆喜说，兄弟，你记好，再过些天该还钱了，到时候你可别诓我啊。余树还想说什么，大铁门咣当一下关死了。

很快，那院里的灯也熄了，余树站在黑暗中并没有马上离开。想了想，还是张开嘴大声叫牛仨的名字。余树大声喊着说，牛仨，你给我出来，我知道你在哪儿，你跑了和尚跑不了庙！我今儿跟你没完！可是，任由他喊哑了嗓子，除了那只大狼狗愤怒地回应了他几声，始终没有人理睬他。牛仨好像根本就不在里面。到后来，余树连叫喊的气力都没有了。

往回走的时候，余树多少有点儿后悔，自己毕竟该着庆喜的钱，在人家门前这样大呼小叫，显得太冒失，也太无礼了。况且，庆喜已经告诉他牛仨不在这儿。接下来，余树只好挨家挨户去敲门，询问山花的下落，多数人都冲他直摇头。有一个人说，下午在闸坑边看见过，说她坐在石头上，脸上好像还蒙着一块花手绢；还有个人说，看见哑巴蹲在岸边好像搓洗什么东西，洗一洗还抖起来，迎着日头观瞧。这些情况他都深信不疑，哑巴平时在家就是这样，总把随身带的一块旧花手绢掏出来，泡在脸盆里洗了又洗，然后趁着湿气就蒙在脸上。两个见过哑巴的人无不怀疑，山花会不会掉进闸坑里去了。

这样问来问去，余树的心里简直像压着几块巨石，越发喘不上气。

四、冯寡妇怀里抱着猫不停打哈欠

整夜难眠，好不容易挨到了第二天早晨。

村长忽然上门来找余树，说他得到一条消息，下游河滩那边好像淹死了一个人。余树听了大惊失色。村长宽慰他说，是男是女还搞不清楚，不一定就是你家哑巴，先去瞧一瞧。余树早已腿肚子转筋，六神无主。村长又问他昨夜到底见到牛仨没有。余树颓废地摇了摇头。村长让他以后要当心点儿，说牛仨可不是盏省油的灯。余树无心想村长的话，目光呆滞地送村长走远，才想起该回屋，慌忙穿戴，跳上车子，惶惶上路。

车子旧得除了铃铛不响，哪里都响，一路又都是石子小路，石子不时飞溅起来，颠得人惊心动魄。链条掉了三次，他停下，吭哧吭哧上了三回，两只手油黑，脸上也抹了好几道。他恨不得把该死的车子拧弯拆碎，咽进肚子里才解气。脑子里有千百样画面，都是哑巴的惨样，她脸色苍白，浑身湿漉漉的，衣裤被河水沙石刮磨得破破烂烂，整个人像条奄奄一息的小鱼……他不敢再往下想，使出吃奶的力气蹬脚镫子，只恨爹娘当初少生了一对翅膀。

到了下游河滩边上，才知道是白跑了一趟，根本不是哑巴，虚惊一场，尸体早就被家属认走了。听说是附近村上的小伙子，不知为啥淹死了。余树像泄了气的皮囊，随手把车子扔到一边，自己一屁股跌坐在沙滩地上，吁吁直喘。太阳晒得沙子泛暖了，黄泥汤样的河水在眼前缓缓流淌，不远处的芦苇荡里几只黑色的野鸭子飞进飞出，嘎嘎叫着，天空瓦蓝澄澈，一丝风也感觉不到。余树浑身都在咻咻地往出冒汗，他平展地躺下来，半天一动不动，完全是一具死尸相。

有那么一刻，他觉得身心疲累至极，真想一直这样躺下去，眼睛再也不要睁开。早知道会这样，当初自己根本就不该花那么大价钱，买一个傻乎乎的哑巴回家，原想她虽不会说话，却总能给家里添子添福吧，那样一来老人自然心情舒畅，病势兴许就能减轻些，谁知她那身子竟是块顽石，注定不可能开花结果的，他的心血和汗水全都是白费，到头来又一道金光，活不见人，死不见尸。余树不由长叹几声，想起这无限的怅惘，真是欲哭无泪。

河水悄然涌上岸来，猛地没过了余树的脚脖子，一股凉意袭向全身，腿脚下意识收缩紧，他打了个激灵，一骨碌爬了起来。恍惚之间，手里抓住了一片什么，定睛细瞧，是一块旧的手绢，已有些残破了，沾带了潮湿的泥沙，辨不出上面的花色和图样。余树盯着手绢发愣，渐渐地几滴泪吧嗒嗒滴落下来。

他急忙抬眼朝四周望了望，天高地宽，却只剩他一个人，又仿佛是山花才刚离开自己身边的，放下这湿乎乎的手绢只为留个念想。余树感到一阵寂寥和惆怅翻过心头，从小到大，他似乎还是头一回体会到这种痛苦的感觉。

余树后来把附着在手绢上的泥沙揉搓干净，叠了叠就揣进自己的裤兜里。他推起车子一步步走出河滩，一上路，他忽然意识到，这里距离那个寡妇媒婆住的地方不算远了。所以，余树没有回家，而是骑上车子直奔那胖女人家去。这种时候，刚才松懈的气力好像一股脑又聚回到了余树身上，疲倦消失了，取而代之的是没头没脑的疯狂和蛮横，一股积压许久的怒火开始在他身体里燃烧和蔓延。余树像是要跟谁去拼命，把车子蹬得飞快。奇怪的是，这一路链条竟一次也没有再掉过。

一进那个胖女人住的村子，余树就靠着路边一棵树，先把车子停下，锁好。离寡妇家不远的一户人家，紧挨路边开着个小杂货店，余树向四周看看，就踅摸着走进店里。守店的是个中年妇女，满脸雀斑，发髻梳得明光光的，正趴在一截柜台上看电视。见余树进来，妇女随便扫了他一眼，目光继续盯着电视画面。余树听见电视上一个女人正哭得伤心欲绝，旁边好像有个男人在不停地劝，孩子他妈别哭了，我们再好好想想办法，总能找到的。女人还是不停地哭泣着，你说得容易，大海里捞针，上哪儿去找我们的女儿呢。余树顿时有种异样的感觉，触景生情，心里一阵难过。你要买个啥东西？看店的妇女随便问了一句。余树回过神，忙说，大嫂我想跟你打听个人，你们这里有个女媒婆子住在哪儿？妇女上下打量了他一

哑

谜

149

遍，说，你问的是冯寡妇吧，人长得胖墩墩的那个。余树急忙
点头。你找她管媒啊？余树又点了点头。妇女说，哼，那你可
找错窝窝子了，她会管个屁，一天到晚尽跟些不三不四的野男
人鬼混！说是守寡呢，比娼妇还滥！余树茫然地说不会吧？有
啥不会的，你怕还不知道她男人咋死的吧？我实话告诉你吧，
还不是夜里死在那种事情上，结婚前他男人身子骨可结实了，
干地里活远近算一把好手，婚后没几年光景，活活地让这女人
抽干了，临死前连走路都乱摇晃呢。余树随声附和噢噢几声。
正好电视里插播广告，妇女就把脸扭过来，继续跟余树拉话。
我见天守在这店里，村里过来过去的人，哪个不打我眼皮子底
下走动？对，昨天夜里我眼看要关门，冯寡妇扭扭搭搭进来买
烟，还买啤酒，拎了整一件子，我都不用猜，她家里准是又有
男人了，我一瞧她那股骚情样啥都明白了，嘿嘿。果不其然，
今儿一早，我开店门的工夫，就见一辆摩托车从她家疯跑出
去，车屁股上横担着个蛇皮袋子，鼓鼓囊囊的，我估摸着是只
肥羊。

　　妇女东拉西扯说了一通，唯独这最后一件事，很深地钻进
了余树的耳朵里。余树猛然记起，昨晚从庆喜家出来的那辆摩
托车。他又问妇女还记不记得，从冯寡妇家骑车出来的男人长
啥样，妇女一开始支支吾吾的，说她光顾着商店开门的事，记
不清楚了，反正是个男的。余树一心想从妇女嘴里多套出点儿
情况，加上昨晚到现在几乎没吃什么东西，肚子这会儿正饿
得紧，就从裤兜摸出几块零钱，从货架上挑了最便宜的一块面
包，面包硬邦邦的，咽得他直翻白眼，只好又要了一瓶矿泉

水，边喝边吃。妇女收了他的钱，话匣子又拉开了，唠唠叨叨说起来，最后，经不住余树再三打问，她想了想才说，骑摩托车的人长得瘦猴样，老戴副墨镜，好像以前还进她店里买过一次香烟。

余树没敲门，径自走进冯寡妇家的院里。冯寡妇迷迷糊糊躺在床上，昨晚大概啤酒喝多了，这般光景她还不起来。余树当然没敢进屋去，而是悄悄地趴在堂屋的窗台上往里瞧。看见一只花狸猫蹲在床角的被垛上，猫早瞧见了外面的陌生人，警惕地抬起脑袋盯住余树，那畜生眼神鬼里鬼气的。余树一连敲了好几下窗户，床上的人才不情愿地翻了个身，然后眯着睡眼向窗口瞅着问是谁。余树看见那女人懒洋洋地伸开双臂，身上只苫了片毛巾被，胸口的鼓包拉平了，又忽地聚拢起来。等冯寡妇看清窗外趴着的是余树的时候，立刻在床上坐起来。余树见那女人上身只穿了件背心，膀子胸口都坦露在外，忙转过身去，默然蹲在院里等着。眼前的地上有一摊黑油油的东西，一看就知道是从车上滴漏下来的那种机油。看来，杂货店的妇女没有胡说八道。

这时，身后屋门咣唧一声打开了，冯寡妇怀里抱着猫，嘴里不停打着哈欠，一只脚踩在门槛上，另一只脚依旧停在门内。她口气生硬地问余树，这么早来她家做什么。没等余树做出答复，那女人又说，你总不是又来找我退货的吧？我可把丑话撂在前头，自古至今，愿买愿卖，再说都过去快半年了，退人的事你想都别想！余树稳了稳心神，目光盯在寡妇的脸上，那张发红的肉脸上还印着枕巾的花纹，看上去像张古怪的面具。余树咽了口唾沫，说，山花丢了，我来找她。寡妇翻着白眼，一副不屑理睬的样子，她右手不停地在花狸猫的背上捋来捋去，猫很受用地咪咪叫着，眼神暧昧。余树又咽了口唾沫，接着说，我不退人，我来这就是想找到她，把她领回家去！寡妇突然冷笑了两声，哼，真是天大的笑话，哑巴丢了你也要来找我，你以为我是你家啥人，是你丈母娘啊！话音未落，寡妇早转身进屋去了，屋门被她反手甩得山响。

余树想也没想，径自跟着推门进屋，木桩样杵在地当间。寡妇不理他，好像他这个人根本不存在，她开始进进出出叮叮当当打水洗漱，故意发出很难听的漱口声，脸洗得不遗余力，洗面奶白花花涂了很厚一层，光搓脸皮就花了至少一根烟的工夫，然后又对着穿衣镜子使劲梳头，唰唰唰，好像不是在梳头发，而是在用力锄地里的杂草。余树从镜子里偷偷望了一眼，女人的嘴唇始终嘟噜着，肿泡泡的眼皮之间往出冒火。接下来，寡妇往脸上点了十多二十个白点点，然后拿手掌心挨个画着圈往开里搽，那脸顿时煞白，像戏里的人，脖子却显得黑粗。余树的鼻子一阵阵发痒，直想打喷嚏，忍了几忍，他闻不得那股香气。那女人却又慢条斯理地坐下来，开始仔细地描眉画嘴，仿佛这个上午再没别的事情可做，非要把所有的时间都花在那张肥厚的脸蛋上。余树实在是待不住了，现在时间对他来说比啥都宝贵。余树说我就问你一句话，这两天见没见过山花？寡妇拿鼻孔嗤了一下，并不答话。余树又问她你到底见过没有？寡妇起身拉开柜门，探身找衣服，随后转过身说，我要换衣服了，你给我出去！余树原地站着未动，寡妇像撵一条狗一样，大声嚷，出去，滚出去！你到底出不出去？余树说你不告诉我，我今儿哪都不去。寡妇狠狠地骂道，癞皮狗！不要脸！便转过背去脱了背心，然后又往身上套衣服。等穿好衣服裤子，寡妇气急败坏地说，老娘现在要出门了，有本事你就赖着别走！

起初，余树以为冯寡妇不可能走开，毕竟他还站在她屋里，她大概是想用这种法子撵他走吧，他可不能上当。可是，寡妇在门背后跋上凉鞋，就快步走了出去，余树透过窗户，瞥见寡妇臃肿的腰身和肥大的屁股一拧一拧挤进院门洞里。他多少有点儿拿不定主意，自己是继续站着等她呢，还是干脆一走了之。主人突然离开，连屋里那只花狸猫也有些不自然起来，好像余树是个危险分子，猫从床里鬼鬼祟祟地爬到窗台上，半蹲在那里喵喵了几声，接着纵身一跳到了地上，又急惶惶窜到门口。余树正盯着猫消失的影子出神的工夫，院里传来噼里啪啦一阵急促的脚步声，犹如一群受惊的牲口奔腾而来。没等他做出任何反应，屋门早被撞得咣当作响，从外面一下子涌进五六个男人，或者更多，他们将他团团围住。有人带头吼叫起来，妈的，胆子还不小啊，寡妇门上你也敢穷骚情！弟兄们，揍他！往死里打！随即，几双拳头腿脚一齐朝他头上身上猛烈踢砸抡踹。

面对这场突如其来的殴打，余树只是抱捂着自己的脑袋，身体蜷在地上打滚，血水拉开闸门一般从齿缝鼻孔间流淌出来，一只眼睛像被黏胶封死了，稍一睁钻心地疼。后来，那些人老鹰抓小鸡样地把余树拎胳膊抓脚扔到院子外面。随即，又在他的后背和屁股上补了致命的几脚，刚才带头打他的人威胁说，妈的，再敢来这儿找便宜，仔细着你的狗命！之后，那伙人嘻嘻哈哈扬长而去。余树在地上挣扎了好大一会儿，才勉强扶着路边的树爬起来，鼻孔还在滴滴答答出血，他手抖索着从裤兜里摸出那片手绢，按在那只流血的鼻孔上，扭头往身后看时，发觉冯寡妇家的院门，不知啥时间已经上了锁。

一连朝地上啐了好几口血唾沫，一群蚂蚁正在他脚下忙忙碌碌。余树朝杂货店方向望去，想看看自行车还在不在那儿，却见那个脸上长满雀斑的妇女正靠在店门口，煞有介事地望着他，跟看一个滑稽的小丑差不多。妇女似乎发现余树正狐疑地盯着她，于是连忙转身进店里去了，半天再不露面。余树想人家一定是怕受牵连，所以他也没敢再去打搅。

那只幸免于难的左眼，艰难地在路边找寻了半天，始终也没有发现那辆车子。余树又吐了一口红唾沫，竟不合时宜地想起那句"赔了夫人又折兵"的老话，心里顿时像打翻了五味瓶。

五、母亲说哑巴也是人啊

一村人都在歇晌觉，巷道里静悄悄的。

余树一瘸一拐，正往前慢慢移着脚步，庆喜不知从哪里冒出来，一见面就大惊小怪地哎哟了两声，不无关心地问他怎么会弄成这副模样。他始终低垂着脑袋，脚下踩着小小圆圆的一团虚影，嘴里支吾说，骑车不留神，栽到了路沟里。

庆喜也不再多问什么，只说他也是刚才听说哑巴的事，让余树别上火，一个大活人是不容易丢掉的。又说昨晚他跟朋友多喝了几杯，打牌手气又臭，所以说话口无遮拦，让余树千万别往心里去。最后，庆喜还说还钱的事也不用着急的，等啥时候手头宽余了，再还也不迟。余树心头一阵暖热，忙说自己昨天也不该在他家门口吵闹。庆喜轻轻拍了拍余树的肩膀头，笑着说，给谁摊上这事都一样，兄弟我不怪你。余树觉得庆喜这个人其实并不赖。

进门以后，余树蹑手蹑脚打了盆清水，把自己好好擦洗了一通，鼻孔里的瘀血把盆里的水洇红了。听见母亲在床铺上哼哧哼哧动弹，余树不敢靠她太近，生怕老人看见自己的模样担心。余树问母亲口渴不渴，想不想吃点东西，母亲并不答话，只是挣扎着想翻动身子，可怎么也动不了。余树才想起来，昨天母亲屙脏了被褥，他忙还没顾得上给母亲换洗。想到老人在这样的被褥上竟躺了这么久，余树心里突然有种罪恶感，好像是他故意要这样折磨自己的母亲。

余树从墙角的挂钉上取下一顶旧布帽，不合时宜地扣在头上，他特意将帽檐拉歪斜，正好遮住肿胀的右眼。然后，他开始着手给母亲更换裤子，老人身子硬挺着，似乎一点儿也不配合他，相反，好像有意拧着劲，不抬屁股，腿也绷得像两根木头棍，就是不想穿上干净的裤子。余树想母亲八成是生他的气了，老人总是有点儿像娃娃，脾气来了死活也拗不过来。余树只好哄母亲，说，妈你听话，妈都怪我不好，妈你把腿脚放松软，我好给你穿干净裤子，妈这两天地里活太忙了，妈我错了我不孝我该死……余树的手不经意间触到了母亲的脸，沾了一手湿凉。母亲老泪纵横，干瘪的嘴唇瑟瑟发颤，突然，火车鸣笛般呜的一声，长长地号啕起来。

余树着实吓了一跳。记忆里，母亲虽染病多年，总是默默忍受着。爹殁的时候，她也是偷偷抹泪，此外，就是那年她在门洞里得了瘫病，大哭了一场。这些年来，母亲还是头一回如此放声痛哭。母亲呜呜咽咽哭了一大场，才渐渐止住哭声，说，树娃，你别瞒着妈，妈啥都知道，妈就是不知道自己哪天能死掉。余树说妈咋又这么说啊。母亲说我把娃拖累的。余树说怪我不争气，没能给老人家娶个好媳妇。母亲说哑巴也是人啊，她是你媳妇，一夜夫妻百日恩，不管她是哑巴还是傻子，这一条永世不变。你答应妈，可一定要把她找回来，她死也是咱老余家人啊！余树使劲揉了揉左眼，用力冲母亲点头。余树说妈我现在生火给你熬点粥喝。母亲叹口气说，我啥都吃不进去，你快去忙你的吧，找你媳妇比啥都当紧呀……余树点头如捣蒜。

接下来，余树还是坚持熬好了粥，盛出小半碗稠的，给母亲摆在床前的木凳子上。他自己也就着干馍馍，呼噜呼噜喝了两碗，烫得龇牙咧嘴的。吃完东西，人就有些犯困，关键是那只眼睛疼得钻心，于是进里屋和衣躺了一会儿。

眼前尽是哑巴的身影，闪着乌黑的眼睛，在他跟前晃来晃去，弄得他那只受伤的眼睛更加烧灼灼疼了。余树又睁开眼，双手交叠枕在脑袋下面，前思后想，总觉得事情有些蹊跷，总觉得哑巴丢得有点儿玄乎。她能到哪儿去呢？一个哑巴，呜呜哇哇的，一般男人不至于看得上她，即便想占她便宜，哑巴也不是块木头，嘴巴不会叫，总该会撒开腿跑吧。想来想去，还是觉得牛仨最可疑，因为以前他已经发现这家伙对哑巴动手动脚的，还有，昨晚牛仨媳妇说他回家换过衣服，然后就没影了，又不在庆喜家，那么他跑到哪儿去了呢，会不会是他把哑巴拐藏到哪儿了？想着想着，眼皮终于奄拉下来，呼呼地睡了一大觉。

竟然梦见山花在前面一蹦一跳，像个小姑娘那样走着，他急忙撵上去，他撵得快，她就走得更快，好不容易快撵上了，他急忙伸手去拉她，她又摇头晃脑跟他兜圈子，他始终拉不到她。他想跟她说话，嘴巴张开，半天一点儿声音也发不出来，干着急，一点用也没有。突然，却听见山花回过头跟他说，树，你见过我的手绢没？我在河边刚刚洗净，蒙在脸上，还没等晒干呢，就让一股风叼走了。树，你到底见了没？啊，树，你咋不回答我？难道你也哑巴了吗？……余树这时猛地从床上坐起，浑身汗流似水，眯眼一瞅窗外，天已暗下来了。

余树懊悔极了，赶紧下地出门。

这回再去找牛仨，余树没敢太冒失，自己多了个心眼。余树想先听一听牛仨在不在家，他双手撑劲儿趴在人家院墙的一个豁口处向里张望着。因为是黑天，没人会注意到他。牛仨家的堂屋和伙房亮着昏黄的两团光，这阵子晚饭已经吃过了，他女人正忙着收拾洗涮。余树竖着耳朵听了一会儿，除了牛仨家两个女娃的嬉闹声，再听不到什么了，牛仨根本不在家里。余树觉得从昨晚到现在，牛仨好像故意跟自己捉迷藏似的，始终不再露面。这就越发坚定了余树的猜想，不做亏心事，不怕鬼叫门，牛仨心里一定有鬼！这时，余树看见伙房的那团灯光突然熄灭了，牛仨媳妇脚步轻盈地走进堂屋，接着，就听那女人在跟娃娃嘱咐着什么，很快，女人又走出堂屋，随手带好屋门。余树不露声色地盯着，直到她从院子里脚步细碎地走到路上。他不知道这女人现在要到哪里，会不会是去找牛仨，也许是找牛仨回家吃饭吧。余树边合计边悄悄尾随上来。

女人在夜路里摇摆着往前走，屁股左一拧右一拧，活似一条大鱼。没多久，余树定眼一瞧，她竟到了庆喜家门前。余树有些紧张，生怕被庆喜发现，便远远地躲到路边去。那女人径自上去敲门，狗叫声如铜锣般响亮。庆喜没有出来，他的女人把头从门缝里探出来应答。余树听见牛仨媳妇说嫂子，牛仨在你家不？庆喜女人瓮声瓮气说，你男人凭啥在我家，不在！随即，铁门咣啷一声闭合。但牛仨媳妇并没有马上离开，复又嘭嘭敲响了铁门，好像比先前更有力些。狗在里面也咬得更加凶悍起来。余树隐隐听见庆喜女人在院里跟狗比赛似的嘟囔，脸皮比城墙都厚，不在就是不在，你就是敲破门也没用！牛仨媳妇迟疑了一会儿，才冲里面说，嫂子你再给庆喜捎句话，我们欠他的钱迟早会还上，叫他以后别再缠着牛仨不放！余树听得满头雾水，一点儿不知事情的来龙去脉。他非常失望，原以为跟着这女人就能找到牛仨，没想到还是一点眉目都没有。就在他愣神叹气的工夫，牛仨媳妇已经转过身往回返了。

从庆喜家到余树他们住的老庄子，有一段马车路，两旁是几排稠密的钻天杨和广袤的麦地，路右边还有条排水沟，沟边长满了密实的芦苇和杂草棵子，晚风一吹，唰啦啦响，声音听起来有些悲凉。刚才一路走来的时候，牛仨媳妇仿佛憋着一口气，只顾往前赶路，这阵子她的脚步明显慢了，也乱了，几步一回头，再走几步再回头朝后张望，好像发觉身后有人跟踪她。余树甚至能听到这女人喘息的声音，急促，屡弱。余树故意放慢了脚步。他可不想这样黑灯瞎火地去吓唬一个女人。

也就在那女人快要走到这条路的尽头时，突然，余树听到一声尖叫，村路的寂静暂时被划破了。那声音简直把人吓得毛骨悚然。他不清楚前面发生了什么事情，路太黑了，今晚又没有月亮，只是借着散碎的星光，他隐约瞧见那女人被一幢巨大的黑影迅速挟向路旁的杨树林里，间或，能听到扑里通隆的纠缠和跌趴声，还有女人发出的几声叫，开始好像还很害怕的样子，渐渐地那声息就低沉下去，咕咕哝哝的，嘴巴似乎是被什么东西捂住了。余树的心立刻拧得死紧，恍惚间觉得那遭受暗算的女人不是旁人，正是自己的山花，他已顾不得再多想什么，撒开腿脚，飞快地朝出事的地方狂奔而去，心儿一通猛跳。

余树寻着树林里的那一片簌簌的响动，猛地跳到草丛中央，嘴里好像叫了声抓流氓，就扑上去使出吃奶的蛮力，朝着趴在草里的黑影先是一通踢打。开始，被打的黑影只是顾头不顾脚地缩在草里一个劲儿乱爬乱钻，可余树跟豁出老命似的，拳脚没个轻重，那黑影躲闪不及，一连挨了好几下，大概疼得受不了了，才告起饶来。这一出声，余树连做梦也没有想到，他平生第一次见义勇为，一出手竟然打的是村长。

村长狼狈不堪地跪趴在草丛里，疼得龇牙咧嘴，半天也没站起来。牛仨媳妇早乘机爬起身来，背对着余树他们，低着头整了整被撕抓开的布衫和裤子，再捋一捋头发，始终一声不响，然后，她就摸着黑一步步走出树林，连句最起码的感谢的话也没说，转眼消失了。

余树听见村长一边呻唤，一边抖抖索索弄自己的裤子，好像他刚在这里撒完一泡尿似的，不紧不慢。余树有些不知所措，毕竟打的是村长，毕竟村长不是别的什么人。此刻，村长发出的每一声痛苦的叫唤，都像针尖麦芒戳在余树身上，他战战兢兢，简直后悔不迭，本来自己已经够倒霉的，怎么偏偏又惹出这档子事来。

这时，他听见草棵子里的村长吸溜着嘴皮说，疼死老子了，你个驴日下的，咋下手这么狠？你倒是快过来扶我一把，站在那里跟根木头似的，哎哟哟哟，我这腰也岔了气。余树不知道说啥好，但还是急忙上前去搀村长。先摸到村长满手的湿泥，余树不无愧疚地问了声，疼得紧吧村长，要不，我背您老走两步？村长不置可否，摇摇晃晃十分艰难地往出移动。余树说天太黑了，真该死呀，谁叫我眼瞎没看清呢，要知道是您老人家，我肯定绕得远远的。村长敷衍说，啥话都别说了，这事天知地知，你知我知。余树使劲点头。村长又岔开话头，问他哑巴找着没有，余树说还没呢。接着，他又跟村长说了自己之所以跟踪牛仨媳妇的缘由。村长随声附和说，那家伙欠着一屁股赌债，耍赌的人都六亲不认，说不准真能干出啥坏事来。余树觉得村长分析得很有道理。

两个人说话的工夫，已摸索着走到了路上。

余树死活坚持要背村长回去。村长说你还是寻你女人当紧，余树说找她也不在这一阵子。村长往四下里瞅了瞅，就像个娃娃似的，趴到余树的背上，两只手臂长长地耷拉在他胸前，感觉像只老公猴。余树心里才稍稍踏实了些。

六、大水缸四分五裂了

这天一上午，余树跑去乡派出所报案。

值班的就马乡警一个人，这人天生一张黑长黑长的马脸，皮肤也疙里疙瘩的，看着叫人发怵。余树把事情前后经过跟人家一讲，马乡警马上冲他瞪起了大眼珠子，问他事发当晚为啥不来，隔了这么两三天，早就贻误了找人的最佳时机。随后，马乡警再一查看户口，又发现了一个更大的问题：余树和哑巴至今还没有正式登记结婚。马乡警很严肃地说，从法律角度讲，她根本就不算是你媳妇，懂不？你们这叫非法同居。

余树吓出一身虚汗，他这才反应过来，幸亏刚才他还没有跟人家说，哑巴是他花钱买来的，那样的话，也许问题更复杂了。最后，马乡警让他回去听消息，余树志志忑忑地从派出所溜出来。

刚一进村子，就见路口玉米秆样歪歪斜斜立着一伙男女老少，正喊喊喳喳说着什么，都是很兴奋的模样。他们看见余树往这边走的时候，不约而同地闭上嘴，都将目光瞥过来，一个个上上下下仔细打量着他，好像他是个很陌生的外乡人。有人率先跟他打声招呼，喂，你咋回来啦？口气有点儿怪，好像他不应该回来似的。也有人始终嬉笑着跟他搭讪，余树，还是你他娘的日能啊，平时咋没看出来。还有人悄声在旁边嘀咕，这就叫蔫巴人肚子里长牙咧！

　　余树并不在意，只当是大伙都在为哑巴的事着急。他胡乱点点头，脚步匆忙地穿过人群，继续往前走，心里却一直在琢磨马乡警的话。万一人家查出哑巴是他买来的，到时候恐怕要追究他的责任，说不定还要判他个拐骗妇女的罪。今年开春时，他悄悄把山花接到家里，除了母亲，他确实没有跟任何人提过这事，包括村长。后来大伙也都认可了，山花是他经过媒人介绍找来的媳妇，因为手头没有钱，所以一直没有置办喜酒。大伙的另一种考虑是，人家余树是个孝子，他之所以要找个哑巴当媳妇，主要是给他母亲冲喜的。仅凭这一条，余树就很了不起了。至于领没领证，别人就不得而知了。可余树心里有数，只是当初发现哑巴不太正常时，他整天忙着要去找冯寡妇理论，后来又带着哑巴去县城看病，这样一来二去就把事情耽误了。现在，余树心里有个很强烈的念头，等把哑巴找回来，第一件事就带她去乡里办登记手续，他再也不想这样不明不白地过日子了。

　　家门居然大敞，院里乱七八糟的，农具横竖躺了一地，平板车侧翻在墙角，一只轮子朝天翘着，一副人仰马翻的架势。伙房门口的大水缸也四分五裂了，地上汪着好一大摊水。余树倒吸一口凉气，一时猜不出家里究竟发生了啥事，赶紧跑进屋内查看。里面更是一片狼藉，所有物品都跟被抄了家似的天翻地覆，唯独母亲正惊魂未定地瑟缩在破旧的被窝里，见余树进来，才将眼睛慢慢地抬起，恍恍惚惚盯着他看，倏忽一声呜咽，凄厉而冗长。

余树又吃了一惊。他快步走到床前，压低身体凑近母亲，他劝老人别哭，又询问到底是谁把家里弄成这样的。母亲眼睛瓷瓷地盯住他，泪水在凹陷而干瘪的眼眶里直打转。她二话不说，猛地扬起手，照准他的脸上就是一记耳刮子。打死你个畜生！你还有脸回来？母亲在被窝里挣扎着，情绪很激动，刚才那一巴掌似乎耗尽了她全部的力气，但她的那只好手依旧试图再次挥向他。妈，你好端端地为啥打我？余树抓住母亲的手，半边脸热辣辣地发麻，他实在是有些丈二和尚——摸不着头脑了。母亲怒气冲冲瞪着他，还有脸问我，老余家的脸都让你丢尽了！余树不由皱起眉头，妈你这些话到底从哪来的？我干了啥错事吗？母亲连着大声喘了几口气，抹了抹眼圈的老泪，一副恨铁不成钢的样子。哼，你心里明白，你当妈快死了，就啥都不知道啊，你到底把人家媳妇咋的了，惹得人家上门来又骂又砸……妈这老脸往哪儿搁哟！

听母亲这样一说，再联想到刚才在路口看见那伙人的情景，余树才渐渐地明白过来。他不由得手指窗外，跳起脚来大骂牛仨，你这个乌龟王八蛋，老子到处找你，你缩着头不敢出来，要不是我你媳妇都让别人睡了，现在你倒跑到我家里来撒野！余树简直恨得咬牙切齿，顺手从地上抄起一把钉锤就往外走。母亲在身后连声喊他，树娃你站住，多一事不如少一事啊！树娃，咱做人清清白白，只要你身子正，不怕它影子歪。此刻，余树哪里听得进母亲的劝告，早已大步流星冲出家门，直奔牛仨家去了。

他拼命往前跑了一段路，忽听身后传来一串杂沓的脚步声，猛一回头，却见刚才围在路口那伙人，又不知不觉都跟了过来，一个个跃跃欲试的样子。看见别人都走得飞快，余树的脚步反而慢下来。脚步放慢了，脑子就开始胡思乱想了。昨晚树林里的那一幕又浮现在眼前了，让他感到不解的是，这事牛仨是咋知道的？照理说，村长和那个女人都不会将那丑事张扬出去，自己又没有跟任何人提起，那么，事情咋这么快就传到牛仨的耳朵里了？余树思前想后，越发觉得事情蹊跷，难道说在事发当时，还有别的啥人恰好也在附近？

牛仨家院门紧闭，还挂了锁头。余树朝里面喊了几嗓子，一点儿动静都没有，只好去跟旁人打听。牛仨的邻居说，老早就见那女人骑着车子出门，车子前后都捎着娃娃，估摸着是回她娘家去了。余树本来打算把牛仨媳妇叫出来，他要当着众人的面，好好问问她，非让她把话说清楚不可，他不能无缘无故背这口黑锅。现在，一切似乎都落空了，这两天他简直跟无头的苍蝇似的，到处乱撞，死活找不到哑巴，也找不到那该死的牛仨，连唯一能替他洗清不白之冤的那个女人，也不见了踪影，短短几天时间，他好像变成了一个瘟神，所有人都躲着他。余树越想心里越觉得憋闷难忍，他突然号叫了一声，手里的那把钉锤高高举起，照准牛仨家的院门咣咣就是几下子。门板是木头做的，年代久远了，朽得发白，顿时就让锤子砸出俩窟窿来，仿佛一双邪恶而又鬼祟的眼睛，正奇怪地盯着余树。

之后，余树将手里的钉锤揣在裤兜里，硬着头皮去找村长。他想，这事好歹得让村长替他说两句公道话，要不然大伙该怎么瞧他，连母亲这一关怕都过不去。一路上他扪心自问，从小到大家里虽穷困些，可他没有偷过一次旁人的东西，就连地里的庄稼菜蔬，也从没有顺手摘过一个半个。至于女人，在山花进他家门以前，别说是碰，就连多看一眼，他都要脸红半天。如今凭空掉下一顶屎帽子，不偏不斜却扣在他头上，他就不信天底下没个说理的地方。

余树见到村长的时候，他正斜着身子躺在家里。床头的柜子上摆着两只白色的小药瓶，一只盛满茶水的罐头瓶子，里面泡了好几颗大红枣。余树一进门，就闻到屋里很浓的一股子麝香虎骨贴的味儿，村长也适时地哼哼起来。余树立刻省悟过来，看来昨晚村长确实被他打得不轻。村长抬起眼皮冲他递了个眼色，抢先说他是走黑路摔了一跤，把腰扭坏了，疼得动不了了，又问余树上门有啥大事。余树一时语塞，不知该跟村长说啥好，只木讷地站在地当间点头哈腰。这时，村长老婆从外面端着脸盆进来，面色阴沉沉，对余树也爱搭不理，嘴里一个劲儿嘟囔着，也不是三岁娃娃，走路还能把腰闪了，说出去叫人笑话死了。说着，把手里的脸盆哐当一下搁在盆架上。村长硬撑着面子说，谁敢笑话，吃饭还咬自己舌头呢，摔跤有啥大惊小怪的。村长老婆摆出一副说风凉的面孔，黑更半宿不在家好生猫着，谁知道你出门弄啥名堂去了？村长结巴着说，你……你说我……我能干啥去？余树见村长脸色讪讪的，快挂不住了似的，忙接过话头，说昨夜村长去过他家里，打问哑巴找到没有。死老婆子，你听到没有？我啥时候说过半句瞎话！村长是个聪明人，就着余树的话头，顺着杆儿往上爬。村长老婆半信半疑地扫了余树一眼，不再吱声，低头忙自己的事情。

村长让余树坐下来说话。余树心里打鼓不想坐。他把牛仨去家里干的那些事跟村长说了一遍。最后，余树说，他也太欺负人了，这事村长您老得管一管。村长听了，忽然用力拍了一下床铺，大声道，简直无法无天了，这个二流子货……刚说到这里，腰像是又岔了气，便一连声哟哟起来。过了好一会儿，村长才缓和语气说，你看我现在这样子，连窝也挪不了，这事你且忍着点儿，等我缓过这两天，再拾掇那狗日的不迟！想了想，又扭头对余树说，先头派出所马乡警来过一个电话，我可没少求人家多多费心帮忙，让他们想方设法也要找到哑巴！马乡警又问起你们咋不领证的事，我说你们不是不想去办手续，主要是跟哑巴言语上不通，所以想先缓缓再说。余树心里顿时渗进一股暖流，五脏六腑都跟着热乎起来。昨晚自己太莽撞了，真是狗拿耗子多管闲事！他越发觉得对不住人家，忙不迭向村长作揖致谢，还想说点儿什么，见村长已眯缝起双眼开始养神了，他才不无愧疚地转身离去。

从村长家出来，余树的心情平和了许多。他边走边想，村长给自己说了不少好话，单凭这一条，他就算替村长背背黑锅，也没啥大不了的，只要自己问心无愧就行。眼下，还是抓紧时间想法子去找山花最当紧。

七、白发人送黑发人

夜里，乡派出所突击抓赌，牛仨在邻村和另外几个耍赌的都被逮住了。抓不过是种手段，只要把罚款交齐就放人。余树听说后又喜又忧，第二天他又急火火赶到乡上，去找那个马乡警。

余树一口咬定，就是牛仁把山花弄丢的。马乡警问他有啥证据，余树说这是牛仁自己亲口说的，他又把那晚淌水的事跟人家原原本本诉说了一遍。马乡警说世上哪有这么傻的人，睡了别人家的媳妇还成天挂在嘴上？所以，依他看，那不过是牛仁在信口开河胡说八道。余树一时无言以对，不过他还是猛地抓牢马乡警的手，把出门前早买好的一盒龙泉烟硬塞到对方手心里，一个劲儿央求人家要好好审审牛仁，千万别放过那个坏蛋。马乡警严厉地说你这是干啥，快收起来快收起来。余树反把马乡警的手跟那包烟攥得死紧。马乡警一边用力抽自己的手，一边支吾说，审不审不是你我说了算的，那得照章办事。余树又说他老母亲怕是熬不过这个夏天了，他一定要在老人闭眼之前把媳妇找回来，要不然老人死也不会瞑目的。说着，眼圈已通红通红，差点儿在人前落了泪。马乡警见他说得恳切，才勉强点了下头，手里抓着那盒烟。

从乡上回去的路上，远远望见庆喜正骑着摩托车朝他疾驶而来。余树急忙停在路边，等庆喜把车开过来，他上前很热情地跟人家打招呼。庆喜没有下车，发动机突突叫着，一只车把上挂着砖头块大小的黑皮包，看上去鼓鼓囊囊的，拉链头灿闪闪放银光。余树又想起开春时他朝庆喜借钱的事，那几千块好像就是从这只皮包里取出来的。庆喜说才几天工夫，看看你瘦得快没个人样子了。又说，老哥说句不怕冒犯你的话，不就是一个哑巴嘛，你到底有啥找头呢，天底下的女人多的是，往后再找个更好的。余树觉得这话也不无道理。这些天他心里何尝没这样想过，说白了山花不就是个哑巴，人还傻呆呆的，连个娃也生不了，她来这家里给自己添了多少烦恼事。可转念又一想，她毕竟是个女人，一个大活人，跟自己在一起睡了好几个月，又不是一件衣裳，咋能说丢就丢了，连找都不去找呢，那样的话，他还算是个人吗？就在他发呆的工夫，庆喜的摩托车早一溜烟驶到乡上去了。

余树也是临时决定，想再去一趟冯寡妇那里。刚才在派出所的时候，他好几次都想把冯寡妇的情况讲给马乡警，可又一想，那不就等于自己招认了哑巴是花钱买来的实情吗，所以，他犹豫再三，终究只字未提。毕竟上次刚挨过一通毒打，余树想起那一幕来，都觉得腿肚子发软，脊背冒冷汗。现在，他不得不硬着头皮壮着胆子往那个地方去，心里是一点儿底也没有，说不害怕那是假的。

赶到冯寡妇那个村子后，余树暗自合计了一会儿，察看那家杂货店再没有旁人，才低着头走进去。守店的妇女一眼就认出他来，她从柜台下面笨拙地钻出来，喘着气走到商店门口，探出脑袋朝外面张望了一下，才回身对余树说，天神啊，造孽哟，那天可把我吓死了，兄弟你没事吧？余树忙摇摇头，说前天他把自行车丢在这附近想来找找。没等余树说完，妇女便哈哈笑起来，说，没丢，没丢，那天我趁他们打你的时候，悄悄地把车子架到我家院子里了，想着过后哪天你肯定还要来寻的。

这事完全出乎余树的意料，他一时噎噔着不知说啥好了。妇女接着说，一看兄弟面相就知道你不是坏人，我这辈子最恨欺男霸女的，可遇见男人们打仗的事，我一个妇道人家也没啥法子，当时只想着把你的车子藏起来，生怕让他们给你砸坏了。余树连声道谢。妇女问余树是怎么得罪冯寡妇的，余树便把开春遇见哑巴，到几天前哑巴丢失的经过说了一遍。妇女叹口气说傻兄弟，你美美上了人家一当，冯寡妇可不是啥善茬子，在咱们这村那可以说是一呼百应的，好多男人都跟她勾勾搭搭，关键时候也肯替她出力，那个哑巴说不定是她从哪里拐来，转手又倒给你，你真是吃了个哑巴亏。余树听了简直又懊恼又沮丧。他们俩说话的工夫，陆续有客人进店里买东西，妇女忙乎了一阵子，就抽空带余树从后门进院里取车子。她说我也不敢多留你，当心让那伙人看见又来找啰唆。余树千恩万谢，推着车子离开杂货店，一种失而复得的心绪油然而生。也许，正是因为毫不经意中找到了这辆车子，让余树忽然改变了主意，他想再到别的村子问问看，至于冯寡妇家，最好还是别去捅那个马蜂窝，再说山花确实是在看闸的时候丢掉的，跟人家有啥必然的关系呢？

车轮转得飞快，好像插上了翅膀。

余树心里始终萦绕着一股无法诉说的感念，世上究竟还是有好人啊！本来，他对这辆车子不抱一点儿希望，以为必丢无疑了，可现在简直跟做梦似的，他正卖力地蹬着它一路前进。继而，他又不由自主地往好处去想，说不准山花被哪个好心人收留了，只不过她说不清楚自己住在哪里，才迟迟没有被送回家来。耳边尽是呼呼的风声，眼前的道路曲曲折折，很快车子绕过那片沙石遍地的河滩，又往前颠簸着骑了一里多路，隐隐听见远处传来吹吹打打的声音。余树才停下车子，辨了辨方向，前面的村里好像谁家在办丧事。余树想，一般这种场面，主家的亲戚乡党都从四面八方赶来聚集一堂，他正好可以过去跟那里的人好好打问打问，兴许会有所获。

这家果然是完了人，正体体面面大操大办呢。

外面的院墙上贴了大幅的黄表冥榜，院门两侧有新鲜的挽联，墙头高高挑起了白纸幡，门口的路上支了一长溜儿帐篷。十二个阴阳师傅正在里面做道场，振振有词念经超度；六个吹鼓手立在门口，很卖力地敲打吹奏，那种曲调低回而又凄凉，听得余树心里一阵难过。客人们始终熙熙攘攘，跪在灵前的几个人不停地烧化纸钱，间或是妇女们哭哭啼啼的丧音，那些童男童女花圈以及彩电摩托之类的纸活，全都花花绿绿罗列在灵棚两旁。余树刚把身体凑到跟前，便有人跪在地上冲他连连磕头，旁边早有人捧过一顶白布孝帽子，递到他手上。余树才明白，人家把他当成是赶来吊唁死者的亲友了，他有些为难，有心不接，又怕遭人责怪，反而不好，最后他还是磨蹭着把孝帽子扣在自己头上。又见旁边凡是戴了孝的客人，都郑重其事地在灵前进香叩拜，余树完全被这些客人簇拥起来，一时没有办法脱身，只好也学大伙那样，跪下来胡乱祷告了一番。只不过他嘴里默默念叨的，都是老天爷保佑他能尽快找到山花。

直到此时，余树才注意到灵前摆着的相框，一幅临时放大的黑白相，居然是个很年轻的后生，看上去还没二十岁，眼神有些迷茫，嘴角露出一丝傲气，尖尖的下巴颏不羁地往上抬着，给人一种目空一切的样子。余树心里便有些不自在，一来死者太年轻了，二来自己竟无端地向这样一个毛头小子跪拜了半天。于是，他起身正想往外走，忽见一个五十岁上下的妇人，一路踉踉跄跄扑进人堆里，随即倒头伏地痛哭流涕。余树听她边号丧边念叨：我的个儿呀……你死得好可怜啊，爹妈把你养这么大，又供你出门念书容易吗？你咋能一声不吭说走就走哟……你活活要把爹妈的心肝儿揪了去呀，你这个不孝的娃娃！你年纪轻轻的咋就这么糊涂呢，为了一个女同学你就要寻死觅活，你能对得起爹妈这一片苦心吗……就算那个女的她不要你，天底下女人多的是，你何苦要走绝路呀？你可让我们往后咋活人啊，你走了妈也不想活喽……呜呜。妇人这通漫无边际的哭诉，把先前跪在灵前的几个行孝的人，全都惹得号啕起来，一时间哭声铺天盖地，再加上唢呐锣鼓刻意弄出的丧调，在场的人脸上无不显出哀戚悲伤的样子。余树仿佛受到了前所未有的感染，他的眼中一片潮湿，朦朦胧胧之间，仿佛看见山花就在自己跟前，迷茫无助的眼神，惊慌失措的表情，她似乎再也找不到回家的路了……余树嘴里叫了声山花，又跌跌撞撞向前跪爬，双手紧紧抓住那个相框，不停地用头撞地，张开嘴号哭不止。

后来，余树是让几个帮忙的人七手八脚硬给架开的。那些人劝他说，别哭了别哭了，人已经殁了，哭也没啥用场，要是能把死人哭活，咱们大伙一齐跪在棺材前美美哭上三天三夜。帮忙的人一面劝说，一面从他手里夺走了那个相框子，又把它重新款款地摆到灵前。这时酒席开始了，客人们纷纷被让到席桌上，端盘子倒茶，不一会儿工夫，酒菜也陆续上了桌，帐篷里一片杯盘相碰笑语喧哗，痛快的吃喝声，暂时把外面的一切都湮没了。一群碎娃娃在帐篷内外嬉戏疯闹，好像这里在办喜事，他们快活无比。

余树人还恍恍惚惚的，又被俩人拉扯着让到桌边坐下，刚才的痛哭让他神情有些呆滞，但肚子还是饿得咕咕直叫，见别人大吃大喝，他也机械地动起了筷子，甚至还抿了几口白酒。这种时候，他几乎已经忘了自己是谁。席刚刚吃到一半，专门负责招待客人的总管把余树单独叫了出去，上一眼下一眼瞅了半天，又问他是这家的什么亲戚，怎么称呼。余树这才像是从梦中醒来，张口结舌，无话可说。狗日的，瞎了眼了，跑到这里来蹭吃蹭喝！总管猛地一巴掌扇掉了余树头上的孝帽子。先头你在那里鬼哭狼嚎，就觉得面生得很，没想到你他妈的还真敢上桌子吃啊！说着，总管又一抬腿，照准余树的裆里就是一脚。余树眼前直旋碎星子，腰身突然弓起，整个人就死蛇样僵在地上了。

饭当然不能白吃，余树被一瘦一胖两个帮忙的男人一路推推搡搡，很快就扭送到村外的一片坟地上。然后，他们发给他一把洋镐和一把铁锹，人家在旁边慢悠悠地吸烟，命令他开始挖坑。此前，这个坑好像已经挖了一半，四周是一圈新鲜的虚土，余树刚走到坑边，就被他们一把推了下去。那俩人在上面呵斥道，快点儿挖，别他妈磨洋工！赶天黑前还要往里埋人呢。余树后悔得要命，连他自己也弄不明白，糊里糊涂就做出这么荒唐的事来。没有办法，现在被人拿住了把柄，俗话说吃人嘴软，只好埋下头来好好干活。抡起洋镐使劲刨那么十几下，再用铁锹把松动的土块一下一下扔到坑沿上，好在，越往下挖，土质越松软了，不算太吃力。干着干着，心情逐渐平静下来，听见坑外的两个人你一言我一语谝着闲。

那个瘦子说，你说说养个儿子有啥用，到头来白发人送黑发人，先头那娃儿妈哭得死去活来的。胖子跟着叹口气，说，唉，谁说不是的，可怜天下爹娘心啊！瘦子接过话头说，老两口就指望这个小儿子出息呢，从小到大好吃好喝，真应了那句话，顶在头上怕吓着，含在嘴里怕化掉，农田的活是一把没让干过，娇贵得跟城里娃儿差不多。胖子抢过话头继续说，不过人家这娃倒也争气，书能念得进去，从小学到中学，咱村别的娃娃都撵不上，一口气就考上了省城的大学，谁知道去外面念了两年书，人就变了，说是喜欢上一个城里丫头，两个人好了一场，那女的不知为啥突然变心了。这娃儿偏就一根筋认死理，这次假期回来死气沉沉的，大人问他个啥，他要么扭头跑到外面半天不回来，要么把自己锁在屋里一两天也不出门，爹妈也不能把他拴在裤腰带上，后来到底出事了……

他们就这样东拉西扯聊着，中间俩人好像也都沉默了一会儿。然后，又听见瘦子问胖子，喂，你听说没有，他家好像在外面托了人，说是要尽早给娃儿找个伴儿，怕他一个人在那头孤清得很。胖子说，你是说配阴世婚？不会吧，这娃才刚二十岁的人。那有啥不会的，如今只要愿意花钱，随便就能找个女的一起下葬。听说好多医院的停尸房里，就有专门干这营生的人，那些家境特别困难的女病号，病人前脚刚一咽气，就有中间人来撮合，家属就把尸体几千块卖掉了。真是伤天害理哟，亏那些人下得了狠心！这算个啥，还有更邪的呢，前阵子河滩村老谁家的女人死了，在坟地埋了没个把月光景，就叫人夜里悄悄给挖走了，你说那些家伙三更半宿偷那东西为啥，还不是给肯出钱的人家配阴世夫妻！我听人说，他们管这样的女尸叫干货。还有一种就是湿货，专门挑那些脑瓜子有毛病的女的，随便哄骗过来，神不知鬼不觉活活捂死，再不就拿老鼠药给药死，谁家要货就偷偷送过去，那挣的可是大钱哩，一手点票子一手埋人。

余树听得心惊肉跳。若不是亲耳听到，他压根儿就没有想过，天底下还有这么阴损肮脏的勾当。他不由自主地停下手里的活，愤愤地插话说，妈的，这号人真该千刀万剐。坑外的两个人闻声立刻冲他诈唬起来。胖子指着余树骂道，你以为你是啥好货色啊？有啥资格在这里品头论足的！瘦子也乜斜着眼，朝土堆上呸了口唾沫，说，像你这种在人家红白喜事上蹭吃喝的家伙，也该拉去千刀万剐才对！余树被他们骂得脸皮一阵发烫，只好抓起锹把继续低头挖坑。那两个人狠狠数落了他一通，又各自点上了一根烟，慢悠悠地蹲在坑边抽起来。

日头渐渐偏西了。

余树早已大汗淋漓。坑上面偶尔发出一串意义模糊的笑声。这时，坑已经挖了有一人多深，每往上扔一锹土都有些费力，而且，虚土总会哗啦啦往下落，人待在坑里面觉得憋屈得慌，连呼吸都有些困难了。

从坑里爬上来的时候，余树灰头土脸的，浑身也好像要散架了。那两个人只剩下瘦子在场，另一个不知去向。余树朝四周看了看，西边的日头依旧火辣辣晃动着，他实在太渴了，真想找个水沟美美灌上一肚子。瘦子正双手抟腰，站在坑边往下瞧着，一副居高临下视察的样子。余树拖着疲惫的身体，刚从虚土上慢吞吞走到平地上，就听瘦子叫起来，站住站住，你往哪儿跑？活还没干完呢，你倒想溜了！余树有气无力地说，我口渴得要命，想弄点水喝。瘦子不满地戏谑道，还喝水呢，我这里有泡尿你喝不喝！这话忒刺耳了，可余树还是装作没听见的样子，不走远不走远，我就想找个水沟喝两口，这嗓子都冒烟了。

余树一面说，一面摇摇晃晃往前面走着。瘦子嘴里不干不净骂起来，他顺手抄起余树刚扔在虚土堆上的铁锹。妈了个巴子，再敢往前走一步，老子非给你点颜色看看！余树大概没有听清瘦子的谩骂，或者，听到了也迫于口渴难忍，他继续晃着疲倦不堪的腿脚，一步步往前挪去。

瘦子又恶声恶气骂了几声，见对方依旧散漫地往前走去。他突然间举起那把铁锹，从后面快步撵上来，劈头盖顶照准余树就是一下子。

八、那只最新最圆的坟包

——那一刻，余树觉得自己飞了起来，好像麦地上空的一团金黄色的云彩，飘飘荡荡，带着夏麦特有的甜爽气味，一路随风摇曳。

又不像是在飞，重物腾空而起的样子，然后扑通一下，落进很厚很厚的灰尘里，鼻孔呛得麻辣难忍，想咳两声都来不及，浑身一点儿气力也使不出来。瞌睡忽然袭来的感觉，眼皮重得再也抬不起来了，身子昏昏沉沉往下坠落。开始，四周还很嘈杂，万千牲口从地里奔踏而来，渐渐地，又归复寂静，一切都远去了，剩下白净净的土地，刚落过一场大雪似的，松松软软。仿佛躺在新被褥上的感觉，棉花都是雪白雪白的，从来没有被压过，身体彻底放松了，脑袋里什么念头都没有了，人只想好好睡上一觉，最好今生今世再也不要醒来。

也不知过了多久，朦朦胧胧的，忽地又被唤醒，慢慢翻身坐了起来，见自己跟前依旧站着一黑一白两个人，黑的显瘦，白的显胖，都板着面孔不苟言笑。他们说，别耽误了时辰，该起来上路了。余树懵懂地揉揉眼睛，那两个人已转身往前去了，不像是用脚走，而是虚飘着的。余树瞅着四周黑黢黢雾腾腾的，连点儿人烟也没有，就赶忙起身，跟随在他们后面紧撵起来。等他好不容易快追上那两个人了，才发现他们中间又多出一个人，好像在哪里见过，记不太清楚，总之是很年轻的一个后生，走路爱昂着头，桀骜不羁的模样，连看都不看别人一眼。余树好奇地问那两个人，咱们这是去哪儿，不是叫我在这里挖坑吗，我手里活还没干完呢……那两个人不露声色，又走了一阵才神秘地说，问啥问，去了你自然就知道了。一伙人继续前行，路越来越难走，到处是棘针蒺藜和怪石嶙峋，遍地的荒草灌木没过腿肚子，那些尖利的根茎刮刺得腿脚阵阵生疼。余树不时回头往身后张望，刚走过的路，倏忽就消失了，再想回头都不行了，只能咬着牙忍着痛往前走。

瘦子和胖子终于停下来，他们回头指着年轻后生说，你跟我们进去看人，又指着余树说你站在这儿别动。没等余树答应，他们仨便不见踪影了，好像钻进地缝里一般。余树感到脑子晕乎乎的，他始终在想自己到底在哪里见过那个后生，可怎么也想不起来。就在这时，听见那个后生大声嚷嚷着朝他飘过来，好像很不情愿的样子，头摇得像拨浪鼓。瘦子跟胖子也回来了，他们不知从哪里又领来一个女人。没等余树看清女人的长相，那两个人就把余树架到一旁，然后一本正经地说，摆在你眼前有两条路，你是想要女人还是要活命？余树根本听不懂这话的意思，就问要女人怎样，要命又怎样。那两个人说要女人，你就再也别想回去了；不要这个女人的话，我们兴许能送你回家。这时，余树乘机偷眼瞅了那个女人一下，她正出神地望着自己，一脸呆痴和木然，嘴巴冲他一张一张，双手绕麻花般拼命比画着什么，却听不到任何声音。余树终于恍然大悟，她竟然是山花，自己苦苦寻了多日也不见影儿的哑巴。事情来得太突然了，余树还没来得及表个态，那个后生却趁他们仨说话的工夫，拔腿朝来时的路飞奔而去。瘦子和胖子大吃一惊，他们叫声不好，忙扔下余树和哑巴箭一般追了上去。

余树愣了愣神，不无迷惑地一步步靠近了山花。余树说我可算找到你了，这些天你跑哪儿去了，害得我四处好找啊！你告诉我，牛仨那个王八蛋到底把你咋着了？说完，眼泪吧嗒嗒落下一长串，他伸出手想拉住她，可奇怪的是，任凭他怎么用力也抓不到她，她的手和身体好像融化在空气中了。山花始终幽忧地望着他，那目光仿佛隔山涉水，带着股怀疑一切的味道。余树说跟我回去吧，妈还在家等着你呢。山花茫然地冲他摇了摇头，随即，又露出那种若即若离的憨笑。余树皱着眉头问，怎么了山花，难道你不想跟我回家？山花用双手在胸前连续做了几个手势，余树猜了半天，也没猜透她的意思。余树实在不想猜这个哑谜了，不管怎样，他现在一门心思只想带她回去。所以，他几乎孤注一掷用尽全身力气，想把她抱起来，可山花像风一样根本捕捉不到。就在这时，胖子和瘦子把刚才试图逃跑的后生给提溜了回来，远远就看见了余树莽撞的举动，他们大喝一声，你别白费力气了，她不会跟你回去的，除非你自己留下来！余树迟疑地回过头，见那后生已不是先头的不驯的样子了，相反地变得低眉顺眼十分乖张了，而且，他正一个劲儿冲山花傻笑着，嘴里不停地嘟囔着，小哑巴，嘿嘿，好啊好啊，我就喜欢这个小哑巴。说着便凑过去想对她动手动脚。余树气不打一处来，觉得这后生跟村里的牛仨一样无耻，令人厌恶，想到这便不顾一切冲过去揍他。那两个人见状，突然抬脚朝他踹过来，嘴里喊道，快滚回那边去吧！余树毫无防备，身体栽栽晃晃，朝着无边的黑暗一路跌去，又仿佛堕向万丈深渊一般……

山花！山花！

山花——

余树乍一醒来的时候，头疼欲裂，感觉脑袋仿佛有笸箩那么大。潜在的一点儿思绪，这才如同开春播进地里的种子一样，慢慢地开始发芽，最后破土而出。简直跟做了一场噩梦一般，恍惚间摸了摸自己的后脑勺，那里无端地生出拳头大小的硬包。再往四周看，黑漆模糊一片的杂草，鸦雀无声，才知已是夜晚光景了。

借着一团惨淡的月亮光，余树晃晃悠悠站起身来，一摇三摆走出乱草丛，又沿着坡地一直往上爬，眼前渐渐地浮出一片高低错落大小不均的坟头。夜风在坟头之间呜呜咽咽哭着，就像别人花钱雇它们在这里连夜号丧。

余树几乎一眼就辨认出最新最圆的那只坟包。他走到跟前，扑通一下跪倒，新鲜的黄土散发出谷物的芳香。余树大口大口喘着气，很快就泪流满面了，他伏下身，趴在土包上，侧过耳朵听着，好像那里面真的有谁在跟他说悄悄话似的。余树猛地张开双手，十根手指耙齿般插进土里，开始用力疯狂地刨挖起来。

九、喉咙一点儿声音也没有

天蒙蒙亮，余树失魂落魄地回到村里。

此刻，筋疲力尽的他，像极了一匹刚从地里干完一天活回来，又没喂草又没饮水的乏牲口。他顺着街巷疲疲沓沓往前走，路过一所院子时，无意中抬头瞅了一眼，见那里亮着一团稀薄的灯光，他才辨认出来，那是牛仨家。他又木然地往前走出几步，然后，才意识到牛仨家终于有人了，这一发现又让他陡然提起精神头来。

他三步并作两步又折返回去，牛仨家连院门都没锁，虚掩着，他想里面肯定有人。现在他做梦都想找到牛仨，他非得逼他说出事情的真相不可。他轻轻一推门便走了进去。院子里浮荡着一层很神秘的昏黄，透过那间堂屋的木格子窗户，灯光被分割成若隐若现的小方块，又像一块块金砖铺在地上，一切东西都氤氲在黎明前的朦胧气氛中。

一开始，余树还有些蹑手蹑脚，毕竟这种时候闯进别人家里有些唐突。可院里死寂得有点儿不可思议，这让他不免疑惑起来，但好奇心和几天来的孤注一掷的寻找始终驱使着他，他往后看看又往前紧走两步。屋门同样没有闩，好像不用推便开了，他犹豫了一下，最后还是抬脚走进屋内。刹那间，他的身体自腿脚到周身到脑门，立刻遭到一种前所未有的恐惧侵袭。他发现自己站在黑油油的一泊黏稠当中，灯光映射在上面，那种东西有股奇特的光泽，紫铜一般熠熠闪亮，像油又不是油，直黏人的目光。

他禁不住打了个激灵。目光慌乱而又胆怯地向前滑动，一寸，两寸……五寸，这个过程简直让他毛骨悚然——这感觉先头在坟地里都不曾有过，他把人家的坟地刨得乱七八糟却一无所获，依然没有山花的影子。

眼下余树最先看到的，是一个光身子男人脸朝下趴在那一摊黑色液体里，旁边的桌椅板凳全都翻倒过来，再往前就到床上了，被褥枕头横七竖八，连床席都从一边翻卷了起来，一个女人上身半掩着被角，披头散发，屁股大腿白森森露在外面……除此之外，余树的所有印象都集中到一点上，红，到处都血红血红的，惊涛骇浪一般，顿时把他的瞳孔都染红了。

余树觉得喉咙一阵发紧，腹内翻江倒海，接着一股腥热从口中喷涌而出，溅在手掌上，竟然一片猩红！此时，他很想扯开嗓子大叫几声，可舌根突然跟生了锈的铁铲一样僵硬，喉头也好像枯树皮那样干巴巴的，终于一丝儿声音也发不出来。随即，他像撞到了一群鬼似的，倒退几步，转身出屋，拼命朝院外狂奔。这时，他的心里一直在大声呼喊，快来人啊，出人命啦……可是，没有任何人能听到他的声音。

他刚魂飞魄散般地跑到街巷头，村长家的公鸡就率先喔喔地打起鸣来，那啼音听起来有些趾高气扬。

天就亮了。

唯独母亲听见余树跌跌撞撞的脚步声，她吃力地从被窝里撑起身子，压低嗓门问，树啊，你这是到哪儿去了，咋一夜不沾家门？你媳妇昨晚就回家来了，快进去瞧瞧，可别吵醒了她，让她好好缓着。余树简直惊呆了，半天都没回过味来，像一根木桩僵立在地上。母亲带着宽慰的笑声说他，傻愣着干啥，还不进去看看。余树这才定了定神，自始至终没有跟母亲说一个字，或者，他完全傻了，母亲的话像风吹过水面，荡起阵阵涟漪，他也像被一阵风吹着虚飘飘钻进里屋。树啊，妈说话你听见没有，千万别弄醒她。

余树不声不响地站在里屋，眼前那个空了好几天的被窝，果然隆了起来，尽管隔着被子，他还是一眼就认出来躺在里面的是山花，千真万确，就是山花。他对着熟睡中的身体大口喘气，眼含热泪，心潮澎湃，嘴角抽搐了半晌，才端起桌子上的茶缸，把里面的剩水咕咚咕咚全喝下去。他想对她说点什么，他太想说话了，一肚子话要说，可他又觉得口渴难耐，喉咙又干又紧，他只好又转身跑到伙房去找水瓢。

这时，他忽然想起来，家里的水缸昨天前就让牛仨给砸碎了，现在连一口水也没有。他想骂一句脏话，骂该死的牛仨，但喉咙不争气，就是发不出声音。他像是绝望了似的，咣当一下丢开那只空水瓢，一屁股坐在伙房的地上，用两只脏兮兮的黑手使劲揪自己的喉咙，好像要把藏在里面的那只不准他出声的怪物揪了出来，脖子都揪出一道道血红，可还是一点儿声音也没有。他又用尽全身的力气干咳，眼珠子都憋红了，就是说不出一个字，甚至连妈这样最简单的字也叫不出来，而随着他的无休止的折腾，喉咙越发老气横秋。最后，他不得不将两根指头硬往自己的喉咙里伸，想着这样可能会有用处，结果，让他干呕了好一通，依旧说不出半句话来。他简直要急疯了，眼泪都急得滚出来，这到底是怎么回事，难道自己真的变成哑巴了吗？！余树心里在拼命号叫。

老天哪，这到底怎么了！

这一天村子仿佛炸开了锅。

村长跟牛仨媳妇双双被害，凶手余树让派出所人带走的时候，简直成了一个哑巴，一句话也不会说，只知道嗷嗷怪号，声音难听极了，跟许多年前的野狼差不多少。他戴了铐子的两只手，始终惊惶而又无助地在胸前胡乱挥摆着。一开始，大伙都以为余树不过是在装模作样，想使个障眼法蒙混乡警。或者，他犯了弥天大罪，人可能给吓傻了，一时说不出话也是有道理的。

余树被两名乡警从家里硬生生揪出来，大伙听见余树母亲拼了老命般地一通叫喊声，你们不能抓他，我儿子是个老实人，他不会杀人，他连宰只鸡手都发抖呢，求求你们放了他吧，我老婆子给你们跪下磕响头了……随着老人声嘶力竭的哀叫声从院里传出来，余树最后一次在警察的扭扯中，痛苦地回过头，却蓦然发现母亲不知什么时候已从家里跌跌撞撞撺出门来。山花始终跟胆怯的女娃似的，缩在余树母亲身后，眼神惊慌而无助。对于哑巴的失而复还，所有人都觉得是个谜，这个谜也许只有哑巴自己能解开。余树深情地望了一眼哑巴，他现在终于明白了，对于她无须太多言语，她还能回到这个家已经足够了，他不再指望什么了。

母亲正用一只手挣扎着扶住院墙，瘫痪多年的瘦扁扁的身子正贴着墙壁，一寸一寸移动；母亲的另一只手冲前方吃力地伸展开来，想要抓住余树的衣襟似的；母亲白苍苍的乱发在阳光下闪闪发亮；母亲远远地向余树伸过来的那只手，如同一片秋天的枯叶正摇摇晃晃。那一瞬间，余树满面热泪，他的喉头上下抽动起来，嘴巴张得老大，他真想对老人说一句，妈你能下地走路了，您老的病好了，但最后终究还是一个字也说不出来。当时，在场的人都有一种感觉，余树好像是真的哑了，不过他的表情和眼神，却似乎比以往任何时候看上去都要幸福。

到了村里收麦子那些天，有几户人家还是想起了余树。因为上一回余树淌水，曾把他们的麦地淹过，被水泡倒的麦秆儿都趴在地上，割起来很费劲，而且，不知多少谷子都落到泥土里了，减产是肯定的了。这些人开始七吵八嚷，然后就闹哄哄地要去割余树家的那片麦子，都想着好把自家的亏空补回来。

这时，庆喜不知从哪里钻出来，双手叉腰挡住了那群人。庆喜说这几块麦子谁也不能动，他回头要找人来收的。有人不服气，问他凭啥。庆喜煞有介事地从衣兜里掏出余树当初给他打下的欠条，用手指一下一下弹展开，上面果然有两个指印子，血红。庆喜撇着嘴说，喏，就凭这个！庆喜说话的时候眼神凶巴巴的，人穷志短，大伙知道惹不起他，于是纷纷躲开去低头忙自己的活。

等人们抬起头来歇缓的时候，却隐隐望见哑巴搀着余树的老母亲，娘儿俩摇晃着身影出现在那片麦地边上，大伙的目光顿时被吸引住了。

　　一到深秋时节，风就开始变得恼人起来，大街小巷纷纷扬扬往下凋落着黄树叶，树叶一片片地落着，天也就一天一天冷起来。赵平头正是这个时候只身来到城里的。他的身体原本就很差，是村里村外出了名的病秧子，整天不住地咳嗽吐痰擤鼻涕，肺里像是被塞满了破棉絮，一咳嗽起来整个人在地上急剧地缩成一疙瘩像落窝的鸡，声音从喉咙里仿佛快要熄火的拖拉机一样硬憋了出来，很有些摧枯拉朽的味道。

　　赵平头和我家都在同一个村子里，我家院子跟他家后墙根相邻着。我小的时候，赵平头的老婆还说过要把她家的闺女六六嫁给我的话呢。赵平头出门前特意去了一趟我家，我父亲想都没想就将我在城里的住

185

址告诉给他，父亲向来是个热心肠，他必定是希望我能帮一帮赵平头的。都知道赵平头家的六六几年前是跟着我还有另外几个年轻人一起出来务工的。我们老家十年九旱，每年连播在地里的种子都会搭进去，可以说颗粒无归。所以，我们得到城里找活干。当初跟我们一搭出来的只有赵平头家的六六是女的，她来城后最先也是做保姆。刚开始我们还时有联系，后来因为各自都有事情要做，尤其是像六六这样给人看孩子的，主家多不喜欢她们跟老乡来往或通电话什么的，我和她渐渐也就疏远了。六六大概先后换过几家，时间都不算太久。

　　其实，我们又何尝不是这样。这以前我干得多半都是下苦力的活。最先我蹬过一年多的三轮车，接着到建筑工地背过砖头筛过石子，后来在饭馆里做过半年的勤杂工和跑堂的，再后来还跟着一个外地装修公司粉刷过几个月的楼房……对了，干到这时候，我的那个浙江包工头就被人打瘸了一条腿，听说他把主家糊弄得不轻，做的活全是豆腐渣儿，主家花了几万块钱搞家装，没想到被工头给连哄带蒙，所以，主家暴跳如雷非要打折他一条腿不可。当时我就在场，连肚子里的屎尿都快被吓了出来。我听见他们边打边骂，边骂边打，让你狗日的糊弄人！看老子不打断你的狗腿！让你再满世界招摇撞骗！那以后，我大概受了一场不小的惊吓。还有，白白下了几个月的苦临了连一分钱也没有讨回来，很长时间人都蔫了吧唧的，身上的力气好像全部消散了，走起路来身体直打摆子，遇到风大的天气我根本连门也不敢出，生怕让风卷丢了。这种情况下，我断然不敢再像以前那样糊里糊涂做事情了，有一刻我甚至动了回家的心思。我想歇一歇，就是出去干活也得找那种有保障的活儿。所以，我又重新站在城南长途车站前等事做。当我被别人像看漂亮姑娘那样一眼相中的时候，我连眼皮都没有眨一下，就跟着他们直奔医院去了（当时老太太正在住院治疗）。老太太的儿女们嘱咐我，让我对外人一定要说自己是老太太远房的一个外孙子，是专门过来照看老人的。我想，城里人就是死爱面子，这有什么呀？别说是让我给她当外孙子，就是当重孙子又有什么关系呢？反正，只要肯给我一口饭吃就行了，要知道我已经接连啃了一个多礼拜的干饼子，我确实得吃顿好饭。

那会儿我跟赵平头家的六六已基本上失去联系。还是有一年春节回家过年我才见到了六六，她人变得洋气了，穿戴也和过去大不相同，她的身上总漫溢出一种跟乡村气息反差很大的香味，浓得呛人鼻子。她很少出门，更不轻易去串门子或走亲戚，整天窝在家里听自己从城里捎回去的小随身听，一边听一边跟着磁带里的歌星学着瞎哼哼，有时候她还偷偷一个人猫在房里抽烟，被家人发现了狠狠骂过几回。离开村子的时候她竟是一个人先走了，我去赵平头家里找她，赵平头的老婆神秘兮兮地问我，你知不知道我家的小六在外头怎么啦？我一时被她问得满头雾水。我怎么能知道呢？赵平头的老婆长长地叹了口气，我们六六都快变成哑巴了，回来半个月统共没跟爹娘说上十句话。我当时并没把这事放在心上，我觉得六六可能是有什么心事吧，女孩儿大了，要说心事哪一个人都会有的，用不着大惊小怪。

赵平头这次出门一来是想去大医院查一查自己的咳嗽病，

他的病已旷日持久，再有就是他奉老婆的命来城里找六六。赵平头的老婆想让六六回家准备出嫁的事情，在他们看来六六已经过了该出嫁的年龄。赵平头的老婆最近从外头听来了一些很难听的闲话，这些说法或多或少是冲她家六六来的，有一个平素和六六妈不对付的婆娘很不客气地说姑娘家在那种地方还能有什么好事情！说是挣钱，城里的钱真的就那么好挣吗？一个姑娘家还能靠啥挣钱呢？还不是裤子一脱两腿一撇票子就来了！赵平头的老婆感到自己脸上火烧火燎的，她恨不得立刻将脸面抹下来放进凉水里冰一冰。

从家里出来时赵平头身上带了两千块钱，这些钱都是六六年前寄回家里的。六六今年没有回家过年，她给家里写信说自己忙得很，还嘱咐说让赵平头拿这些钱好好看看病。赵平头的老婆就把这些钱原封不动地交给了赵平头，说这是你闺女给你看病的钱，穷家富路的你都装上，去了先把你的咳嗽病好好给治一治，病大了大治，小了就小治，省得见天跟个咳痨鬼一样惹人嫌。

赵平头还从来没有坐过那么长时间的汽车呢，一路上晃晃悠悠的，座位间隙窄得要命，腿脚动弹不得，他感到憋屈极了。他好不容易弯着腰身从汽车站里钻出来，摇摇晃晃地像一匹老马穿过一条车轮滚滚的马路挤到广场上。广场十分喧嚣，人实在太稠密了，他觉得就像乡下一大片茂盛的高粱正随风扑啦啦摆动着。他从来没有看到过那么多人。他站在那里长长地喘了一口气，接着又是一阵要命的狂咳，他蛤蟆似的蹲在一片绿草前哼嗨着吐了好半天，可那些该死的东西始终像一团麻线缠在他的喉管里，怎么也弄不干净，他恨不得用指甲抠破喉咙。他蹲在光洁的大理石地板上吐痰的时候，旁边正有几个人用厌嫌的目光瞪着他，他们嘴角露出不满的颤动并像躲避瘟疫似的尽量远远地避开了赵平头和他一刻也无法止歇的剧烈咳嗽声。有两个穿青砖色制服头戴大檐帽的人还是很大义凛然地朝他围过来。当青砖色们的巨大的帽檐阴影急速笼罩在赵平头脸上的一刻，赵平头恰好将黏在嗓子眼里的长达半日之久的一团混着红血丝的浓绿的痰块咳了出来。从青砖色们威严的目光中他知道自己闯下祸了。

接下来他就很听话也很认真地将自己的秽物清理掉了。他可不想再惹什么麻烦。赵平头感到有些天旋地转，他想自己大概是蹲的时间太久了。他内心一阵难受，他甚至感到浑身发冷，他实在是心疼刚被青砖色们罚去的那5块钱啊，对于他来说这是一次令人痛心的经济损失，他多少年来都不曾有过丢失一分钱的难过了。他觉得自己实在冤枉，只不过是多吐了两口痰。而这5块钱要是放在家里能买几包咸盐和十几盒火柴呢，他继而简单地想，这狗日的城里什么都贵啊！

又走了七八站路，赵平头才来到一家医院里。他费了很大的周折总算挂到了一个他不明白的"号"。一进医院的走廊赵平头就觉得脑袋昏昏沉沉的，那种特殊气味直往他的鼻孔里钻，使他感到强烈的恶心。

赵平头很想跟站在自己前面的病人套套近乎，想打问一下这家医院的大夫手艺高不高，像自己这样的咳嗽病好不好治，可人家根本不愿意搭理他，都板着脸冲他直摇头，看起来表情十分痛苦。护士继续往下喊着几号几号，赵平头眼巴巴地看着他身后的人长长地应着声进去了。他想这个人也许比他的病还要重，重病就该优先看，所以人家大夫就安排那个人先进去看。后来，赵平头索性在走廊里的长条椅上坐下来等，他微微闭着眼睛，一副蒙眬欲睡的样子。护士过来叫醒他的时候他正很响亮地打着呼噜。护士问，喂，你等人吗？赵平头如梦方醒，他结结巴巴地说大夫……我……不等谁……我来看咳嗽。说着，他急忙把自己手里已经揉得皱巴巴的"号"恭谨地呈给了护士。护士惊奇地盯着他看了一会儿像是看一个外星球的造访者，你这老头到底是不懂还是装傻！以前没看过病吗？你把这个捏在自己手里我怎么会叫你呢？！护士翻着卫生球一样的眼睛。赵平头的脸立刻赤红起来，他鼓起勇气说，大夫求你无论如何给我看一看吧，我老远坐车来的，我这个人最害怕坐汽车了，来城就想治治咳嗽……大夫我求你了。护士马上用很尖细的声音回答，求我有什么用，我又不是大夫，大夫有急事先走了，你要么去看急诊，要么明天早晨再来！说完，护士脚步笃笃地撇下他走开了。

　　赵平头并没有立即离开医院。这时候他如果及时想起城里还有一个我事情就好办多了，可他是个爱钻牛角尖的人，他想自己坐了一路的汽车，屁股和腿脚都坐麻了好几回，无端地被两个大檐帽掠走了5块钱，又走了那么长的一段路，好不容易才找到一家医院，连大夫的面还没有看见怎么能说走就走呢。接下来他在医院的每一层楼道里转来转去，像一个在迷宫中找不到出口的孩子或行迹可疑的小偷，看见某间敞开着的房子他就很唐突地拿着号单闯进去，然后又一次次被人家愤怒地拒出门外。有一次他竟莽撞地钻进了妇科的一个很隐秘的检查室，惹得里面正在做检查的女人发出一串很尖锐刺耳的喊叫。她们说，你这老头怎么回事？你有病啊！怎么到处乱跑！老流氓！

也就是在那一刻赵平头突然发现了一个既陌生又熟悉的声音。这一细节是赵平头后来亲口告诉我的，而我一直认为那只是他的错觉而已，我怀疑他是否患有严重的幻听症，人一老耳朵也就不好使了。

等赵平头回过神来嘴里接连喊着六六的名字时，那声音和背影早已消失在走廊的尽头。赵平头最后又顽固地爬到楼上，他找到刚才发出类似六六声音的地方。这时，一个中年女人背着皮包从里面走出来，她的身上有一股很特别很科学的味道。赵平头认定这个女人就是刚才跟六六说话的人。赵平头急忙迎上去问，大夫我闺女先头来看过病吧？她叫六六，是我闺女，她就在城里做工！大夫稍稍愣了一下，说，老同志我这里每天看病的人很多，我可说不好哪个才是你女儿。赵平头这次似乎变得稍微聪明一些，他大概不想把事情弄糟而一无所获。他先把自己的挂号单给大夫出示了一下，他略带狡黠地说，你看我是和闺女一起来看病的。大夫犹豫了一下才问那你女儿叫什么名字？赵平头赶忙说叫六六，不对，六六是她小名，大名叫赵小米。大夫想了想还是摇摇头说，赵小米，也许有这个人，也许没有，我实在记不清了，她们这些病人一般都不愿意报出自己的真实姓名，我们也不细问。尽管大夫这样说，赵平头的脸上还是露出一缕胜利的喜悦，他甚至有些激动起来，不管怎么说他毕竟在这种地方听到了自己女儿的声音，这不能不让他激动，他一把抓住大夫的一只手，看到对方满脸惊愕，他又急忙扭捏着松开。大夫，那我闺女的病好不好治？你可得好好给她查查，她一个人在外头给家里挣钱使不易啊！赵平头说这话的时候完全是无意识的，或者说只是作为一个父亲最朴素的忧虑。大夫却很平静地对赵平头说，我很理解你们这些做父母的，我这里的病人都得慢慢治疗，那种病啊，急不得，你们也要放宽心给她时间……对了，关键是以后千万不能让她再做"那种事情"了！

赵平头一时听得云山雾罩的，他不明白大夫所说的"那种病"和"那种事情"究竟意味着什么，而且，大夫的口气也让他丈二和尚摸不着头脑。大夫毕竟见多识广，她似乎看破了赵平头此刻的心事。她说得异常轻松，现在城里像你女儿这样的女孩太多了，就拿我们性病专家门诊来说，每天不知要来多少个呢！她们啊都是背着家里人出来当小姐的，可最后染上了病怪谁呀？还不是自己受罪！赵平头像是不相信自己的耳朵，大夫已经走出很远了，可他还站在原地一动不动，嘴巴张得很大，他的样子有些像消化不良。

这几个月里我没日没夜地守在因患脑出血中风的老太太床前。我成天跟老人的亲孙子一样屎一把尿一把地侍候着她，按时按点照顾她服药吃饭喝水，定期为她洗头擦身，扶她翻身起床，帮她铰指甲剪头发，每天都要用轮椅推着她到户外呼吸新鲜空气晒晒太阳。我真的不想把每天照顾老人所剩余下来的时间和力气一天天地都荒废掉，反正力气不用也攒不下来。后来我征得老人同意，就开始在这个居民小区干一些力所能及的活儿，换换煤气擦擦玻璃或拆洗一下煤气灶油烟机什么的，只要自己腿脚勤快一点，脸上的笑容多一些，嘴巴甜一点，找我干活儿的就像山涧的溪流一样源源不断，生活自然就不成问题。

令我欣慰的是后来我的妹妹小草也到城里干活了。她是我家孩子里长得最受看的一个，眉毛细细弯弯的，鼻尖微微翘起，嘴唇红润透亮，尤其是她有一双会说话的扑闪扑闪的黑眼睛。村里人都说小草是土窝窝里飞出的金凤凰。我之所以要把妹妹弄来这里做保姆也是因为一桩她自己并不情愿的婚事。妹妹其实才刚满十八岁，而我父母却想把她嫁给邻村一个比她大十来岁的男人，因为这个男人家里有一台手扶拖拉机，光阴还算过在人前头的，只是他老婆几年前因患子宫癌死了。说媒的一眼就相中了我家的小草。可是，妹妹跟我说她就是死也不想嫁给那个人，说心里话我也不乐意，那个男人比我还大好几岁呢，再说，妹妹的确还小啊！妹妹长得多水灵，将来不愁没人娶。妹妹为这桩婚事专门跑来找我。我觉得这件事情父母有些操之过急，我当即给妹妹许诺，你先住下，我来帮你想办法，谁让你是我妹妹呢。现在，我和小草就住在同一个小区里，她的活儿是我给介绍的，雇主是对很年轻的夫妇，待人很和蔼的样子，他们似乎都有各自的事业要忙，每天早出晚归，正好刚刚生了小孩没人带管，我就去找他们说自己有一个妹妹很会带小孩。他们大概觉得我是个比较实诚的人，因为我经常给他们干这干那从不多说话。于是，妹妹给他们做了小保姆。

可小草总不能一辈子都做保姆吧，就算她能做一辈子保姆，她也得嫁人呀！哪有姑娘不出嫁的理？嫁人可不是件小事情。所以，一想到这些我就再也不敢躺着不动了，我得拼命干活，因为我不干那些活同样还会有别的什么人来干的，我的饭碗就会被其他像我一样的人给抢走，到那时候我恐怕只能去喝西北风，更别说照顾妹妹了。

窗外的风在楼与楼之间呼啸而过，声音凶猛而又痛苦，屋内很快昏暗下来。天黑了。我是闻声才去开的门。门外站着的却是小草的雇主，他们两口子神情很是紧张，女的迫不及待地将头伸进来似想探听屋里的动静。我不知道发生了什么。男的问我小草在这里吗？没等我回答，女的也问你妹妹下午来过这里吧？说着，他俩已径直闯进屋内。接下来，我听到女的突然大声喊叫起来，天哪，她根本不在这里！她把我们家小宝贝弄到哪里去了呀！男的似乎也更加慌张起来，他也许并不相信妻子的话，而是旁若无人地从阳台到厨房再到卫生间挨个进去查看，房门发出咣咣的声响。很快，他们冲到我面前，表情慌乱而又愤怒。男的一把薅住我的衣领子。

你妹妹人呢？

你他妈的快告诉我们这个该死的小丫头片子能去什么地方呢？

我们问你呢，你小子哑巴了吗？为什么不说话？你家小草把我儿子带到哪儿去了！你他妈的一点也不知道吗？这个该死的坏丫头，真是急死人了！

当我告诉他们我根本没有看见小草的时候，他们彻底傻眼了，甚至是绝望，同时异常巨大的愤怒充斥了他们的眼神和面颊。绝望使他们愤怒而又疯狂起来。

臭小子！你最好给老子听清楚，是你他妈的死乞白赖要介绍她给我们带小孩的，这个该死的要真的把孩子拐跑了你得负全责！你明白吗？我们绝不会饶了你……

女的大概已经急疯了，眼泪哗啦啦地淌下来。接着，他们两口子又像冷风一样飞快地卷下楼去。他们好像说要赶快去报案。这太可怕了。他们一报案，妹妹一定会被抓起来。有那么一刻，我眼前直冒金星，一阵晕眩围困着我。拐骗，孩子，小草……这怎么可能呢？可是，我几乎立刻又想到更为可怕的东西，电视里有一天好像就在播放有关小保姆拐骗孩子的事情。

小草啊小草，你到底是怎么了？！

我听见自己的满口的牙齿开始咔咔地响动。我飞奔着跑出楼道的时候，腿肚子突然抽起筋来，软得要瘫在地上。我想我必须得赶紧去把妹妹找回来。天太黑了，我不知道别人是否看到我转身奔跑时的慌乱无助。接下来我找遍了所有我能想到的地方，特别是妹妹平时爱去的地方，附近的杂货店、托儿所、小学、电话亭子、拉面馆、理发店、街心花园、菜市场、早市，甚至还有路边的几处公厕。我站在外面大呼小叫地喊小草的名字，喊妹妹。偶尔从里面钻出一个相貌狰狞的女人会用憎恶的目光瞪着我。她们说你他妈的叫什么叫，喊魂啊！吓得我扭头就跑，因为对方边骂边还在提着裤子。

风依旧刮得很厉害，我不时被旋进一股股强风中，身体激烈地打着摆子。天气一下子变凉了，深秋的风中有些凄寒的味道。我在灯火阑珊的街巷里四处徘徊，霓虹灯使我的身影飘忽不定。

这时，有个影子当街将我拦住了，借着灯光我看到她满面泪水。她哭得很伤心。我内心一阵恐惧，刚开始我误以为她就是小草的那位女雇主呢。我想这下完了，正想避开她，可少妇一下子将我的衣服拉住了。

她说小伙子你看见我家宝贝了没有？我愕然了。难道她也弄丢了自己的孩子？少妇继续啜嚅着，我家宝贝每天都在这附近玩耍，可是我找不到他了，你在这里走来走去的你一定看见他了吧！你能不能告诉我他跑到哪里去了？我简直要晕倒了，世上怎么会有这么巧的事情。我告诉她我也在找人，我妹妹不见了，她怀里抱的孩子也不见了！少妇像是没有听懂我说的话，她继续呜咽着对我比画，我不找孩子，我的心肝宝贝这么长，眼睛黑黑的，耳朵立立的，是黄颜色的，身上的毛毛短一点，跑起来就像一只活泼的小鹿！可是，你说这个小乖乖它能跑到哪里去呢？我快担心死了……她竟大声哭了起来。

真是倒霉透了！我怎么会遇上这样一个愚蠢的女人。现在人都顾及不了，何况她的一只破狗。但我发现街上有很多目光正怪怪地聚集起来盯着我们呢，这使我感到背负芒刺。我想她不就是要找狗吗，反正我也是要找妹妹的，我说这样吧，那我们一起找找看吧。少妇这才减弱了哭声，她又告诉我她家的宝贝叫秋秋，我说我的妹妹叫小草。就这样，我和她沿着居民区附近的街道一步步寻找下去，我帮她喊一声秋秋，然后再喊两声小草。她也是，喊一声小草，再喊两声秋秋。

小草……秋秋，秋秋……

秋秋……小草，小草……

我们就这样莫名其妙转悠了一个多钟头，一无所获，嗓子都快喊破了。少妇又开始万分沮丧地哭泣。我更是一筹莫展。我对她说，你还是回家去吧，也许你的秋秋已经回去了。为了让她相信，我说狗是最有灵性的东西，狗跑多远都能找到自己的家。这次她真的不哭了。她猛然从地上站了起来。我觉得女人其实很容易被说服的。

我正要转身离开，她却又一次将我拽住，她说小伙子我知道你是个好人，帮人帮到底，你能不能再陪我去一个地方？我根本不想，我说不行，你自己去吧，我没有时间，我得去找妹妹。女人急忙说算我求你了！就一小会儿，我不会让你白去的，我知道他肯定在那里，他每天都去那里鬼混，他的魂都丢在那里了。说这些话的时候少妇变得咬牙切齿。我才不想要她的什么好处，很小的时候我父亲就叮嘱过我挣钱要凭良心，可没等我做出回答，她已经招手拦住了一辆红色的夏利车，我被她连推带搡地塞进了车里。我觉得这个女人简直就是个神经病，哪儿有这样做事的！

下车后她将一张50块钱硬塞进我的衣兜里。她指着路那边一家门前面灯箱闪烁着美女图案广告的娱乐城对我说，小伙子你就从大门进去，里面有两排包房，你挨个去敲门找秋秋的爸爸，找到后你就告诉他秋秋丢了，秋秋妈妈在外面正着急呢。最后，她用很信任的目光看着我，眼角和面颊上的泪痕未干，使我忽然觉得根本无法拒绝她。但我还是把钱还给她，我说我不要。我穿过马路的时候依稀听见她对我说谢谢你。

　　进去的时候我有些尿急，这大概是穷人的毛病，就先上了一趟洗手间。走廊里面暗无天日，高亢的音乐声此起彼伏，那些人唱歌的声音像乡下的一群驴在拼命地吊着嗓门，我一点也不喜欢这样的地方。相对而言，解手的地方倒还有些光亮，相对也清静。我就是在洗手的时候从镜子里看到一张似曾相识的可怕的脸。她当时正站在镜子前往嘴唇上涂口红，也许涂得太专注了，所以她并没有发现旁边站着的我。她的嘴血红血红的，可她还在精心地涂抹着，眼睫毛很长还打着卷儿，头发弄得跟大公鸡的尾巴似的高高翘起来，两侧鬓角垂悬着如同松弛的细弹簧般的头发一上一下一弹一弹的。我还看见她腿上的裤子不是裤子，裙子不像裙子，大概是从中间截去两段，膝盖至大腿根的肉都露了出来，像两根洗净切好的藕。那时，我只是觉得她的脸面跟六六十分相似，我正要掉头走出去，却见一个喝得醉醺醺的家伙狗熊一样闯进来，嘴里嚷嚷着，米米你他妈的怎么出去这么长时间，你不是想耍老子吧！说着，那个醉酒的男人已经将熊掌一样的大手猥亵地摸向了她的屁股。她躲闪似的扭动着腰肢却又贴上去，同时用胳膊搂着了那家伙。她说，哎哟米米哪敢耍大哥你呀，让米米继续陪大哥喝酒好不好？她一张嘴说话，我才听出来她的确就是六六，赵平头的闺女，赵小米。一点不错，正是她，她的鼻梁一侧有一颗很不起眼的痣，刚才在镜子里我依稀见得。说起来，我已有一年多没见到她了。

　　于是，我冲他们双双纠缠在一起的背影喊了一声六六，走廊里实在太嘈杂了，乌烟瘴气的，到处都充斥着类似妖魔鬼怪般的喧闹。我怕她听不清紧跟着又喊了两声。她终于站住了，当她转过头看我的时候我觉得自己眼中一热。

六六做梦也许都想不到会在这种地方碰上我，而我又何尝不是。

我和六六的谈话最终是在她的那个胖大的醉鬼客人的再三纠缠下被迫结束的。分手时六六对我说她不会有事的，她只不过是陪客人们唱唱歌喝喝酒什么的。我问她以后怎么办，是不是一直这样下去。她对我苦笑一下，说还能怎么办？混一天算一天呗，实在混不下去就回乡下种地去。我听得出来她在说起"种地"的时候语气太过于轻描淡写，仿佛"种地"只是祖先们的事情已经距离我们很遥远了，而我实在不能将眼前的这个她跟"种地"一词有机地联系起来。

当然，这时候我同样不知道赵平头已经悄悄来到了这座城市，来到了我们身边，否则，我一定会想方设法劝六六回去，如果那样的话，后面的一切也许就不可能发生了，但前面的路永远是黑着的，我们谁也无法预知未来。

警察很是狐疑地询问我刚才去了什么地方，我如实地回答每一个问题，我甚至说出了丢了狗的少妇这一细节。显然，警察对我的回答非常不满意，他们说我们现在要找的是人不是什么猫儿狗儿的，请不要避重就轻！你能肯定你只去了这些地方吗，那么你最后一次见到你妹妹小草是在什么时间？这个看起来十分简单的问题却一时让我迷惑起来，我绞尽脑汁搜索几天来的全部记忆，却发现我竟真的有几天没见到妹妹了，除了今天是非常清晰的，真是该死！所以，我的回答只能是：我太忙了，没有把她放在心上，昨天和前天也可能见了，也可能没见，只有这一整天我确实没有看到小草。

警察最后问我，那你觉得她会不会把孩子带回乡下去？我对这个问题非常反感或厌恶。我说小草为什么要把外人的孩子带回家去呢？她一个姑娘家婚还没有结呢就带一个小孩回娘家，别人会怎么看！警察再次把他们特有的怀疑目光聚焦在我的脸上，我知道他们一直在对我察言观色。可是，我并不害怕他们，我没有在城里做过什么亏心的事，我只是担心自己的妹妹，我实在想象不出来她能去什么地方。

我忽然觉得他们为什么总是盯着小草把孩子领走这一条不放呢，也许我妹妹和那个孩子根本就是让人贩子什么的一起拐走了呢！我立刻惶恐起来，我内心的想法像一颗炸弹瞬间使我先前的担忧破碎分裂成无数看似细微的恐惧，可这些恐惧迅速膨胀并将我完全包围起来，我战栗不停。我拉着警察的手反反复复央求他们，警察同志快救救我妹妹吧，她一定是被人贩子拐跑了，小草才十八岁呀，她还没有结婚呢，她还是个孩子……电视里不是经常播这样的事情嘛！警察斜了我一眼并且甩开了我的手说，简直是笑话！你说是人贩子就是人贩子！那还要我们警察做什么？！

我当然不敢再胡乱说话了。我的脑子里很乱，像是灌满了一团糨糊，毫无头绪。

小草究竟能去哪里呢……

东方已经发白，天空一点一点亮起来，外面的风渐渐停歇了，可对于赵平头来说，他的天空依旧黑暗着，或者说他的天空尚且沉浸在一场无法苏醒的噩梦之中。整个黑夜里他都在期盼着黎明快一些来临，可这个夜晚太过于漆黑和漫长了，长得就像是他被活活地埋进地下的一口棺材里，四面只有无边无际的黑暗，留给他呼吸的空气越来越稀薄，他随时都会因窒息而亡。那种被囚困在黑暗中的感觉也是赵平头平生从来不曾感受过的。他觉得自己很快就要死去了，就连肆虐已久的咳嗽也已经变得有气无力。

夜里有几次从喉咙里艰难地咳出了黏稠而甜腥的东西，他用双手紧紧地罩着嘴，生怕咳出来的东西会溅到周围人的脸上身上。尽管里面伸手不见五指，但他心里很清楚自己咳出来的是什么，那种甜得发腻腥得惹猫的气味早就说明了一切，根本用不着眼睛来细看。每咳出来一次，赵平头都用鼻子轻轻嗅着那种黏稠的气味，有那么一刻他甚至为此而激动起来，自打坐上汽车离开乡下直到被昏头转向地锁进这间暗无光亮的黑屋里，他始终被一种漂泊无依的空虚感裹挟着。现在，赵平头终于能从自己的手心里闻到那种久违了的气息。这种有点甜腻又有点腥的味道，让他体验到了生命本原的迷人气息。他贪婪地将双手捂在嘴上，大口大口嗅着，他知道这些都是泥土的芬芳气味啊！

赵平头当然不敢太过放肆地大声咳嗽，不是不敢，事实上他已经没有多余的用来咳嗽的力气了。肯定，还有一个重要的原因是，这间黑屋里的空气实在太有限了，太憋屈了，太局促了，甚至连放屁的空隙都没有。和赵平头一起被关进这间黑屋的至少有三四十人之多，男的，女的，老的，少的，还有被女人紧紧抱在怀里喷喷吮奶的婴儿，他们全都挤在一块儿，甚至还有一个大腹便便不断呻吟着的孕妇。刚开始多数人还是站着的，空间勉强够用，可到后半夜人们全都倒下了，歪歪扭扭地或蹲或坐在冰冷的水泥地上，他们空前地连接在一起，像一只巨大的连体怪兽在黑暗中一刻不停地喘息挣扎着。一时间，打鼾声、放屁声、咒骂声、吐痰声，还有女人和孩子们不时发出令人厌烦的无休止的哭闹声都让人感到悲鸣和绝望。

而在所有令人厌恶的声音里，赵平头撕心裂肺的咳嗽声尤为突出。众人怀疑赵平头得了肺炎或肺气肿一类的病，有人认为这种病是会传染的，这一说法立刻使所有的人异常紧张和警觉起来。他们使劲用拳头砸铁门，他们喊喊喳喳对警察说明了赵平头的病情，希望能够将这位传染病患者隔离出去。警察没好气地瞪了他们一眼说，那你们也得将就着！遭到警察的断然拒绝后，他们只好义愤填膺地将赵平头排挤在最里面的一个角落里，然后大家尽量拿手捂紧自己的口鼻远离他。那里的天顶上有巴掌大的一只通风口，冷风呼呼地从那里灌进来，赵平头一刻不停地打着牙颤。后半夜有几个人被尿憋得实在受不了了，就挤到后面赵平头坐着的地方哗啦啦尿起来。赵平头睡得迷迷糊糊的，衣服和脸上被溅上了无数尿点子。女人们则憋着，实在憋不住的就尿在自己的裤子里。

在被锁进这间黑屋之前，警察让他们将身上的所有东西都掏出来，同时对他们挨个进行搜身，除了衣服鞋子以外不留一物。于是，手机、BP机、手表、项链、耳环、戒指、钱夹、香烟、打火机、钥匙链、水果刀、口红化妆品和卫生纸纷纷落进警察手中的一只塑料筐子里，装了满满一筐。警察在一旁不停呵斥，老老实实把你们身上的东西全部交出来！

当警察搜到赵平头的时候，他紧张得像随时要从地上弹起来，他紧紧地用手护着自己装钱的两只兜子。他对警察说，别搜我了，我身上啥也没有，真的，我不骗你们！可是，警察根本不予理睬，他们例行公事地用冷冰冰的手在他身上摸索着。最后赵平头扑通一下跪在地上，我求求你们了，这是我看病的钱你们可不能拿走啊……我的咳嗽就是不治了，我还要拿这些钱给我闺女看病呀，你们不知道大夫说我闺女染上了那种病……要是不好好治她就没命了！警察并没有因此停止工作，就在千钧一发之际，赵平头突然用牙齿死死地咬住了那只伸向他衣兜的戴着白线手套的手，搜身警察的尖叫立刻使另外两名监管的警察向赵平头扑过去，他们轻而易举地制服了他毫无意义的反抗。

就这样，赵平头身上用来看病的那些钱一分不落地被他们搜去了。警察们如果稍稍注意，就会发现在那些钱里面其实还夹杂着一张写着我详细地址的纸条，那是赵平头去我家时我父亲抄给他的，临出门前赵平头的老婆就把那张纸条和钱一起缝在他贴身的裤兜里。这张纸条的丢失无疑是一个致命的损失，它至少又把赵平头见到我的时间推迟到几天以后，可那时他女儿六六已经不知去向。

门锁咔嗒一声锁上，坚固的铁门完全隔绝了他们与外界的最后一丝联系，一切都归于黑暗与死寂中。

这间黑屋里锁着旅馆老板、拉皮条的、妓女、嫖客、毒品贩子、赌徒、诈骗犯、小偷、乞丐和一些在夜间扰民的地痞流氓，当然还有个别像赵平头这样老实巴交的从乡下来的民工。其实赵平头他们什么也没有做，他们只是钱包太瘪又贪图一时的便宜选错了住处，选错了睡觉的地方。可话又说回来，他们这种人也只配在那样的地方胡乱躺一宿，床位很低廉，每人每晚花5元至10元就可以睡一觉。若不是外面突然起风了，气温急剧下降，赵平头也许连这5块钱也舍不得花的。他本来打算随便找个犄角旮旯凑合一晚上的，可老天爷偏不作美，风越刮越大，把街上的行人像树叶一样全刮跑了。赵平头在昏黑的风尘里迷失了方向，最后他完全是被一阵风牵引着跟头骨碌地来到一片城乡接合地带。这里多是附近的农民盖起的简易楼房，他们既长期对外出租也临时接待一些南来北往的散客。

赵平头只好在那里落脚，后来却莫名其妙地卷进辖区派出所的一次突击行动中。那时赵平头刚在自己的床上躺下来一会儿，睡觉前他硬是强忍着咳嗽干嚼下一块饼子，饼子是他老婆让他带在路上充饥的，可一路上他都在睡觉竟忘了吃东西。吃完饼子他又摸黑到外面嘴对着一只水龙头咕咚咕咚地灌进一肚子自来水，他接连打着生冷的嗝儿，随后和衣钻进潮乎乎散发着浓烈的汗腥味的被窝里蒙起头睡觉，可他翻来覆去怎么也睡不踏实。就在这时，跟他住在同一间屋里的另外两个男人带回来一个花里胡哨的女伴，他们一进来就神秘地关掉灯反锁了屋门，屋里突然间多出一种很古怪的女人的哼唧声。赵平头顿时感到毛骨悚然，可他根本不敢朝他们多看一眼，甚至连大气也不敢喘，他死尸一样躺着并迫使自己闭上眼睛，耳朵里听到的是他们脱衣服的细微声音，接着他们的床也发出吱嘎吱嘎的噪响，床的质量很差，被他们制造出的声音异常刺耳。又过了一阵，一个男人吭哧吭哧地喘着粗气，而那个女的好像又光着脚片子走下地来爬到了另一张床上，吱嘎吱嘎的声音复又响起来……后来，赵平头耳中传来一阵咚咚咚的砸门声，紧跟着有人在使劲踹门，门仿佛要倒下来，整个屋子都在摇晃，警察破门而入时，屋内的女人夜猫子似的尖叫起来。再后来，赵平头觉得自己像窖里的一棵冻烂了的大白菜被警察从被窝里提溜出来捆着手脚胡乱扔进车厢里。随即，车在蒙蒙的夜色中呜呜地跑起来。

早晨上班以后，派出所终于把赵平头放了。当然陆续还有一些像赵平头一样无辜的群众也从看守所里摇摇晃晃走出来。

此时的赵平头看上去就像一茎单薄枯萎的稗子，一副行尸走肉的样儿，浑身不停打着摆子，喷嚏和咳嗽声连成了片儿。夜间饱尝了种种惊吓，加上他又是在黑屋的通风口下受了整整一夜的凉风，还有更为关键的一条，他身上一分钱也没有剩下，他的精神头完全垮掉了。

接下来赵平头开始了他在这座城市里的短暂的流浪生活。在以后的许多天里，赵平头经常露宿街头，白天出没在那家医院门口，有时候他会趁机混进前来看病的人群之中，然后耷拉着头跟随着他们钻进医院的楼里，他像一只幽灵似的在他曾经依稀听见六六声音的那层楼道里走来走去，可他始终没有等到她再度出现，有几次他还被治安员从医院撵了出来。赵平头当然不是去看病的，他已穷困潦倒身无分文，每天仅仅靠沿街乞讨勉强填一填肚子。多数时候他都是在小饭馆里吃别人吃剩的饭食，有时候那些饭菜好好的，动也没动一筷子，遇到心肠好的老板和伙计，就把那些饭食倒给他吃了。遇到这种情况，赵平头会狠狠地吃上一顿，好像下辈子再也不用吃饭了。到了夜里他就在医院附近找一处避风的墙角旮旯迷糊一宿，好在他从一个垃圾站里捡到一条破烂的棉胎，他就用一根绳子将它捆得结结实实的，然后随身背着，走到哪儿就背到哪儿，到了晚上他就把自己孱弱的身体像虫子一样蜷在里面呼呼睡去。天亮之后他继续在那家医院周围游来荡去，可几天下来他连六六的影子也没有看见，这使他感到万分悲伤和绝望。赵平头想，只要一见到六六，他就是拼了这条老命也要把六六弄回家去，他多一天也不想让六六待在这个鬼地方。

但是，赵平头很快就被持续的高烧、咳嗽、浑身打冷战和发虚汗折磨垮了，事实上他从那间黑屋里出来的时候就已经病入膏肓了，但因为心中迫切地惦记着六六——这根弦紧紧绷着才使他勉强维持了几天。有一天赵平头在一条巷子里走着走着就像染上瘟疫的瘦鸡那样一头栽倒了，再也没有从地上爬起来。

等赵平头再次睁开眼时，却发现自己躺在一间又窄又矮的奇怪的房子里，久违的太阳真的变成流浪者眼中的巨大无比的钻石正散发着奇异的光芒，阳光使他感到一阵阵晕眩。他的身子下面铺着很厚很厚的一层废纸和烂衣破絮，他的脑门上敷着湿湿的毛巾。他眼里的图像渐渐由模糊而清晰起来。一个看上去比自己年岁还要大一些的老汉正盯着他看，老汉的身边坐着一个年轻一些的女人。她怀里正抱着一个半大孩子，小孩脸上也脏兮兮的，一副认生的样子，眼睛像鱼一样转来转去，显得很机灵，过一阵孩子就莫名地哭闹起来，女人嗷哟嗷哟地连声哄着怀里的孩子。老汉是个陕北人，口音很重，嗓门洪亮。他不停地抽着一只油黑油黑的烟斗，见赵平头睁开眼睛了，他说你可算活过来了。赵平头不好意思地冲对方惨淡地笑了笑，头依旧昏昏沉沉的，记忆渐渐地恢复一些了，接着眼圈一热，呜呜地哭了起来。陕北老汉吸完了一锅子烟，就好奇地问他六六是你啥人？你连着说了两天的胡话，总是叫这个名字，我以为你缓不过来了。一提到六六，赵平头更加伤心地号起来，他这才把自己来城里的经过给陕北老汉讲述了一遍，最后他说找不到闺女我该怎么办？他妈还在家里等着我们一起回去呢。陕北老汉半天也不说一句话，只是默默地点上烟斗又吧嗒吧嗒抽起来。过了一会儿，陕北老汉说哭吧，啥事哭出来就好了，窝在心上人吃不消。

这时，一个小伙子拉着一辆平板车轱辘轱辘地回来了，他正一件一件地将车上收捡回来的破纸盒子、旧书报、烂桌椅和几十只空酒瓶子叮叮当当地往拥挤的小院子里卸着。所谓的院子也是用一些旧木箱、纸板子和水果筐圈扎起来的，中间堆满了乱七八糟的杂物。赵平头挣扎着爬起来，才发现自己并不是躺在一间真正的屋子里，这其实是一辆废弃已久的公共汽车厢被稍加改造和拾掇了一下，原来他们一家人就是住在这里面的。

小伙子卸完板车上的东西就美滋滋地钻进车厢里，二话不说端起小木桌上的一罐头瓶子水咕咚咕咚地喝起来。陕北老汉对赵平头说，这后生是我娃子，那天就是他把你从街上拉回来的。他又指着抱孩子的年轻女人说，她是我娃媳妇。赵平头感激地接连给小伙子鞠躬，恨不得当场给他磕两个响头，他说我这条老命可多亏了你呀。小伙子是个很腼腆的人，一时不知该说什么好，脸面顿时赤红着。陕北老汉劝住赵平头，说你是个老，他是个小，哪有给娃娃鞠躬作揖的理！遇上这种事情谁都会帮一把的！

这时，小伙子已急不可待地上前跟媳妇怀里的孩子玩耍起来，他不是用自己下颌的胡茬轻轻摩挲孩子嫩嫩的脸蛋，就是把孩子雪白的小手指放在自己嘴边挨个亲吻个不停，一副喜欢得要命的样子。接着，他从裤兜里掏出一只袋装牛奶放在桌上。年轻女人似乎对小伙子那种跟孩子过分的亲昵感到有点不满，她躲闪似的故意将孩子从他面前移开。她说，看你的爪子黑的，脸上胡子拉碴的，当心把娃娃吓着。小伙子憨憨地冲女人笑了笑，急忙拿过一条手巾轮番擦自己的手。

接着，女人转脸对陕北老汉说，大（即父亲），这事我看还是趁早算了，再咋说都不是亲生的，让他哪捡来的照旧送到哪里去，我整夜害怕得觉也睡不好……反正我是不想要他。陕北老汉脸色有些阴郁，他犹犹豫豫地看着女人怀里的孩子，说你先别着急，再等着看看情况，说不准那家大人真不想要这娃娃了，这种事情城里多的是，他好歹也是条性命啊！这时，赵平头也多少明白了一些事情的来龙去脉，他也随着陕北老汉的意思说，使他的话说得断断续续。我看这娃娃怪让人心疼的……捡个娃娃等于碰上一场福，我们那里的人都讲究这个……福气来了不能硬往外操！小伙子立刻又兴奋起来，他对自己的媳妇说就是的嘛，再说我们一不偷二不抢的，怕他啥？要是找上门来再还给他们也不迟。

赵平头又在陕北人的住处缓了两天，陕北老汉每天都用自己从老家捎来的陈年干草根添些从野外拔回来的艾蒿子熬成药汤让赵平头趁热喝下去发汗，他说干草这东西最能治咳嗽了。连着喝了十几碗干草汤，赵平头感觉自己胸口和喉咙里的咝咝声稍微小一点了，咳嗽起来胸口也不像从前那么生疼了，身上似乎增添了一些热气，能完整地说完一句话，走路也不像前些天那样脚跟和腿肚子直发软了。赵平头整天感动得像个孩子，知道自己算是在绝处逢上了好人，不知说什么话才好。

赵平头实在躺不住了，他就对陕北老汉说老哥你的恩情我这辈子也忘不了啊，可我不能总赖在你这里不走，我还得去找六六呢，临走前六六她妈嘱咐我非要把娃娃给她领回家去，我那老婆子还在家惦记着呢。陕北老汉就把赵平头交给自己的儿子，他对儿子说反正你也是满世界走的人，就一起帮老赵打问打问去。小伙子很爽快地答应了一声。

此后，赵平头每天都起早贪黑跟随着小伙子走东串西走街串巷，他也学会了小伙子收破烂时的吆喝，小伙子喊一遍他也紧跟着喊一遍。小伙子喊收破烂咪，赵平头就喊收书报酒瓶旧家具咪! 几天下来，他们几乎转遍了这座城市的每一条街道和每一个居民点，收捡回来的破烂在院子里堆成了一座小山，随着这座山一天天高大起来，赵平头内心的失望也越来越重，他们上千次地跟别人问起六六的情况，可在这座城市里像六六这样的女孩子实在太多了，她们来自四川、来自湖南、来自甘肃、来自江浙一带，来自任何一个贫瘠的城镇或乡村角落，多如牛毛，谁能说得清楚呢。

这天傍晚，当赵平头和小伙子一前一后回到住处的时候，却突然发现他们赖以休憩的"屋子"不翼而飞，遍地铺满了废旧物品，那些堆得很高很高的山丘不见了，院墙也倒掉了，四周一片狼藉，如同刚刚发生过一场大规模的军事打击。陕北老汉不见了，年轻女人不见了，那个被小伙子捡回来的小孩子也没了踪影。他们两个人一下子傻了眼，大眼瞪着小眼愣怔了好半天。面对眼前发生的一切，小伙子一脸茫然和惊恐，他站在废品堆里大声呼喊着父亲和妻子，除了从很远的地方飘来他自己微弱的回音之外，根本没有另外的人答应。

赵平头的嘴半天也合不拢，风呼呼地灌进肚子里，他感到一阵空虚。小伙子百般沮丧地蹲在地上号叫起来。赵平头却不知该怎么劝解对方。就在这时，几名一直潜伏在周围的民警悄悄地包围了他俩。赵平头被警察摁在地上的时候，他看见小伙子正没命似的拔腿朝前方狂奔，另外两名警察紧紧地追赶着他。他们不停地喊着，小子! 站住! 快站住! 再跑我们就对你不客气了! 接着，赵平头真的听见砰的一声，那声音脆得像一记炸雷在傍晚的秋风中震颤着回荡着，几片枯叶从树梢上飘旋而落，天地间出现了某种可怕的静谧，赵平头的裤裆里顿时涌出一股湿热……

等我见到赵平头的时候他整个人已经皮包骨头了，游魂似的沿街缓缓地走来走去。他两只眼窝深深地凹进去，给人一种将要穿透后脑勺的感觉，下颌尖长得像镰刀头，络腮胡子跟收割后留在地里的乱稻茬子没什么两样。他长时间耷拉着脑袋，一头夹杂着灰白色的蓬乱的头发遮盖了额头和鼻梁。有时他也莫名地扬起颓废的脸，像看星星似的盯着天空发愣，要么就蹲在地上一边咳嗽着一边往出吐青绿的痰水。

那段时间我几乎天天往那家派出所里跑。警察对我说，你着急有什么用？你就是天天住在我们这里你妹妹也不会从天上掉下来！你要有耐心。我明白警察的意思，因为他们刚刚在极短的时间里破了案立了功，小草的雇主家丢失的孩子已经在几天前被他们找到了，那家人都快乐疯了，千恩万谢地给派出所送去一面锦旗以表达感激之情。事情好像还在电视新闻里播了好几遍，记者一再提醒市民雇用保姆千万要谨慎。至于我妹妹小草，警察不急，只有我着急，我得紧紧跟在他们屁股后面团团转。我怕他们事情多一忙起来真会把小草的事给忘了。

我就是在这种情形下偶然发现了眼前这个可怜的老头的。刚开始我并没有一眼认出他来，我只是把他当作一个又老又臭的乞丐来看待的。那时我刚从派出所里出来就被他迎面截住了，我以为他要向我讨要钱什么的，我正准备从口袋里摸出一两毛零钱给他的时候，他却用极其怪异的目光瓷瓷地盯着我不放。他没有接我手里的钱。他说你看见我家六六了吗？你就行行好帮我找一找六六吧！她是我闺女，我咋也找不到她……找到她我还要带她去治病呢，大夫说她得了那种病……说着，他竟孩子似的呜呜地哭了起来。我又端详了半天才认出他就是赵平头，我万万想不到他会弄成这副模样。赵平头后来还哭着对我说陕北老汉一家可都是少有的好人啊，若不是他们这些好心人我怕是再也见不到你了。

其实，在遇到我之前，赵平头整天都在这家派出所门前的马路上游荡，他至少将陕北老汉的事跟一百个过路人说过，他说你们去里面说个情吧，我求求你们了，你们是城里人你们说话他们会信的，陕北老汉是这天底下最好的人啊！可是，除了我以外，没有一个人愿意搭理他，路人们普遍认为赵平头是个又疯又癫的乡巴佬，是个神经病。最初几天派出所里偶尔还有民警出来说他两句，吆喝他走远点，后来人家也疲了。听了赵平头的诉说我又去派出所询问陕北老汉的事，警察的说法是，既然孩子是他们捡的，为什么不及时来派出所报案，躲躲闪闪的说明他们动机不良，况且保姆还没有找到，一切要等最后找到小草才能判定。

于是，我只好用自行车把赵平头驮到我那里去，我知道他已经没有别的地方可去，他寻找自己闺女的梦想已经破灭，他身上连一分钱也没有。我先带他到澡堂好好洗了个澡，我从他身上搓下来的灰泥至少有二斤多。给他理过发，又让他换上我的旧衣裤，他原来的破衣烂衫被我悄悄扔进垃圾站里了。我还给他找来消炎镇咳的药让他按时按顿地吃。之后，我就把一个礼拜以前见过六六的事情告诉给他，当然我并没有提及六六在做那种事情，我骗他说六六在一家公司里做秘书。我还变着法儿给他宽心，我说城里重名重姓的人多的是，说不定你在医院听到的根本就不是六六。最后我说等你的病好一点的时候我就带你去见她。赵平头的情绪才稍稍好了一点，但整天都木呆呆的，他以前可不是这样。我估计他两次被警察抓进去又放出来，或多或少是受了些惊吓的，得需要时间慢慢调缓过来。

晚上，我把赵平头留在家里，我当然不能带他到那种地方去。娱乐城的服务生彬彬有礼，他殷勤地将我引进一间小包房里，很快就从外面呼啦一下拥进来七八个坐台小姐，每张脸都涂得跟鬼似的，她们呈半包围结构将我暧昧地困在当间，她们裹挟进来的复杂的浓檀香味立刻让我感到头晕目眩呼吸艰难。她们哥长哥短地在我耳边穷咋呼了一阵，可我并没有买她们的账，因为她们中没有我要找的人，她们的目光不再像开始那样含情脉脉勾魂摄魄了，相反，个个都是一副没好气的慵懒样子，然后翻动着白眼和红红的嘴唇骂骂咧咧地摇摆而去。那个服务生很殷勤地又钻进来，我这才开门见山地说你们这里有个叫赵小米的吧，我现在想见她。服务生想了想说先生您说的是米米小姐吧，可惜米米现在已经不在这里干了，听说几天前她好像出了什么事……我愕然。我想知道具体的情况，服务生又帮我找来另一个叫姚虹的小姐。据说姚虹以前跟六六同租过一间房子住，她们关系一直不错，六六来这家娱乐城坐台还是姚虹介绍的。

姚虹是个功利性很强的女人，她说六六的事情她或多或少知道一些，不过她有前提条件，她说今晚你得让我坐你的台。言外之意是，我大概得付给她小费。我别无选择。随即她就一屁股压在我的腿上了，两只胳膊绳子一样软乎乎地缠住我的脖子。姚虹嗲嗲地问大哥会唱歌吗？我说不会。她又问我那跳舞呢？我摇头。她不解地笑笑，那我们总得干点什么，不能老这么傻坐着呀，喝点酒怎么样！我说好。我们喝了一会儿啤酒，就看见她从胸前摸出一只很扁很小的塑料物件，用牙齿叼着。她说要做就赶快吧！我说做什么？她瞪了我一眼，你说呢？我说你还是跟我说说小米的事情吧。她有点泄气地咬了咬自己的嘴唇，要是她你就做，对不对？你们男人真他妈可笑，闭上眼睛还不都是一回事！她把手里的东西又愤愤地塞进自己的胸口里，然后从坤包里取出一根烟老练地点着，她吸烟时的样子似乎很优雅，手指也翘得很好看，她也递给我一根并帮我点上，这次她没有再往我的腿上坐。姚虹为我打开了第三瓶啤酒，她说你不知道治那种病很费钱的，药贵得惊人，人还死受罪，可她哪有那么多钱，只好出来继续做喽，一边做一边治病……后来可能给客人识破了，一分钱没挣到手，反让人打了个半死，还骂她是害人精，说非要举报她。我问她能不能帮我找到她，我说她父亲特意从老家来看她而且还病倒了。姚虹半信半疑地斜了我一眼，那我凭什么信你？我急忙从身上掏出100块钱给她，她立刻把钱接过来在手里使劲折了折，然后藏进胸口里去了。她说看你不像坏人，那我就帮你问问看。

　　姚虹让我白天给她打电话，她把自己的传呼号留给了我。我联系上她以后准备去她那里。这回赵平头死活也要跟着我，他一副惶惶不可终日的样子，两只眼睛继续朝脑后勺深凹进去。他拉着我的手说小山你就带上我吧，六六在家最听我的话，我让她回来她一定会跟我回来的。我说你还是在家缓着，因为我托一个朋友正帮我打听，我也不知道六六究竟在哪里上班呢！赵平头一脸的失望，他慢慢地松开我的手，又慢慢地转过身向床边走去，他呆呆地坐在床沿上看着我，过了一会儿他又自言自语，都是我的错啊，当初我就不该同意她一个人出来！我实在没有勇气继续看赵平头痛苦的样子。

姚虹的屋子里十分拥挤，光线也很暗淡，空气中弥漫着发了霉的脂粉的潮湿气息。只有一扇小窗户被一片蓝布帘子歪歪斜斜地遮掩着，一张单人床摆放在最里面，同样有一块粉色的布帘子将床和外面的空间隔开。门背后的铁丝绳上挂着几只长筒袜和花花绿绿的胸罩短裤之类的小物件，地上除了横七竖八躺着几只大小不一的塑料盆、一只暖壶和两只鼓鼓的旅行包之外，再没有别的家具了。姚虹让我等她，自己转身钻进帘子后面去了。我听见帘子里发出窸窸窣窣换衣服的声音。这种微小的声音同样让我惶恐不适。很快她又拉开帘子从里面出来，我看见她身后那张被褥凌乱的单人床和贴在墙上的一幅令人眼热心跳的画：一对痴情的外国男女正赤裸裸地纠缠在墙壁上。姚虹开始对着一面小圆镜子唰啦唰啦梳理头发，我从镜子里瞥见她梳得很投入的模样。她对着镜子跟我有一句没一句说着话。你就死了心别再找她，我问过房东她早搬到别的什么地方去了，也说不准是回老家去了，再说干我们这行的一染上那种病，谁还敢要！说话的工夫，她已经系好了马尾，扭过头问我，你看怎么样？我木讷地抬起头，你说什么。当然是我的头发呀，还能是什么，傻样儿。我急忙应付着回答，这样很好看。她似乎得意地笑了一下，然后径自走到我跟前，她的身体离我很近并且轻轻摇摆着，像一条被拎起来的鱼。那你现在想不想要我？她的双手已经暧昧地搭在我的肩上并趁机亲了亲我的脸。我吓了一跳，像摆脱瘟疫一样一把将她推开。

也许我用力太猛了——要知道我长这么大还是第一次被一个陌生女人如此放肆过。她扑通一声跌倒在地，头重重地磕在一条床腿上。她捂着头痛苦地呻吟着，我看见她的手指缝里慢慢渗出嫣红的颜色。我这个人生来就怕血。我真有点害怕了。

一个人倒霉的时候肯定喝凉水都会塞牙。到就近一家私人诊所给姚虹伤口进行简单的包扎，大夫说不碍事，回去缓两天，再来换一两次药就可以恢复，我只好又把她送回来。这次姚虹变得老实多了，她肯安静地躺在床上，像个淑女。女人真是多变，这时我一点也看不出来她是那样一个女人。她的暖壶里空空的，连口喝药的水也没有，我真不明白她是怎么过的。我去外面接满一壶凉水，又用搁在她窗台上的一只电热水棒烧开。当我把开水和消炎药片递到她床前的时候，我看见她无端地用被子蒙上了自己的脸。我离开之前，她突然把头从被子里露出来问我，那你以后还来看我吗？她的眼睛红红的，似乎刚刚哭过。她嗫嚅着，我知道你根本看不起我。

几天前我曾托一个关系不错的老乡回家时顺带帮我打听一下家里的情况，我把一线希望寄托在老乡的身上，可他回来告诉我的却是小草根本没有回过家。老乡临走时还嘱咐我最好赶快把赵平头打发回去，他说赵平头的老婆像个逼债鬼似的每天都要上我家去一两趟，她想从我父亲那里得到赵平头在城里的消息，弄得我家里人十分为难，父亲发话了，说无论如何也要让赵平头赶紧回家。

我还没有来得及跟赵平头商量让他回家的事情，那个叫姚虹的就把电话打到楼下的一家小商店里。姚虹在电话里说她打听到了六六的一些消息，让我赶快去她那里一趟。

一路上我把车子蹬得就差安一双翅膀便会飞翔起来，偶尔会有几片枯树叶跟随着飞旋的车轮一起在风中奔跑。风飕飕的，天气真的有些冷。人虽然骑在车子上，思想却一直都在跑铆。问题也许并不像我最初想象得那样简单，如果找不到六六，就这样草草地打发赵平头回去，他怎么肯呢。我对赵平头的性子还是知道一些的，他人虽然蔫了吧唧的，可却是个犟驴脾气，认准的道会一直走到黑的。就算赵平头肯听我的话回家去，可是他若是将这里发生的事情一股脑全都说出去，我父亲他们必定会为小草的事情吃不下睡不着的，说不准一着急还会大老远跑来向我要人呢。不管怎么说当初小草可是我大包大揽地安排在这里的，我现在有责任而且一定要把她找回来。这样胡思乱想的结果是，跟人撞车了。我骑得太快了，有点忘乎所以，所以前面的汽车猛地一刹车，我就连车子带人一起被扔到了马路上摔了个鼻青脸肿，接着又被人狠狠地恶揍了一顿。

姚虹看见我的时候嘴巴张得很大，半天也合不拢。她接连说倒霉死了，我身边的人怎么个个都是这副死样子！我知道我现在的模样一定是吓着她了。我强忍着疼痛问她六六现在究竟在什么地方。六六六六你他妈的就知道六六，你为什么不问问我呢？姚虹显然在生我的气。我这才醒悟过来她的脑袋摔破没几天，伤口还没长好呢，我估计她要出门做事还有点困难。这都怪我。姚虹其实长得比六六和小草都要成熟许多，她也总是表现出很老练的样子，尤其是在男人面前，既主动又大胆，而且她似乎总想驾驭别人，举手投足和眉目之间时常带着很强的自我意识，她高兴怎么来就怎么来，完全不顾及别人的心理。也许她在那种地方混得时间久了，晚上总是被那些客人们摆来弄去，她不得不练就一套保护自己的特殊本领。比如，对待陌生男人，她是见面就熟的那种，她要用最快的时间达到自己的目的，然后各自走人。她问我要是帮你找到她，你怎么感谢我呢？我已经想到她会来这么一手的，我掏出事先预备好的 50 块钱放在她的床上。我万万没有想到，这 50 块竟会使她如此愤怒。她突然转身去咣地一下打开屋门，然后用手指指着我说你他妈的给老娘滚出去滚得越远越好！说完，她走到我跟前怒气冲冲地将那张 50 元人民币拿起来摔在我的脸上。然后，她一头扎在床上的被垛里半天都一声不响。我哑然了，甚至尴尬到无地自容，也许我根本就不了解像她这样的女孩。我悄悄地从地上捡起钱，然后蹑手蹑脚关上门。姚虹后来哭得一塌糊涂，面对她的凄迷的眼泪我简直手足无措。姚虹边哭边说，谁稀罕你的钱，我是觉得你人不错才愿意帮你忙的，我又没有陪你做什么，凭啥老拿你的钱！在你的眼里我真的就那么贱那么爱钱那么惹人讨厌吗？姚虹说完又蒙着头哭了一会儿，才不哭了，她从床上爬起来，用枕巾不停抹着脸上的泪水，她说你不是想找六六吗？好，我现在就带你去，就这一次，从今往后我们就当谁也不认识谁！她说得情尽义绝，仿佛真的在跟我做最后一次了断。

那天姚虹带我去的地方是郊区的一个戒毒所，一扇坚固的大铁门，四周的高墙上拉着密密的铁丝网。我问姚虹你为什么带我来这里，你不是说要带我去见六六吗？姚虹依旧不肯跟我说话，从出门以后姚虹一直戴着一副棕红色的太阳镜——这是今年夏天街上最流行的样式，她大概不想让别人看出来她刚刚哭过，她也不想让我看她此时的眼神。这里比较偏僻，她跟出租车司机事先讲好了往返程的价钱，她点了一根香烟坐在车上等我。她戴着眼镜抽烟的样子很像一回事。她面无表情地说你以为她会去哪里？她出事当天被拘留了，在里面又犯了毒瘾，最后才被送到这里的。

姚虹没有陪我进去。她只是让我把一塑料兜水果和小食品带给六六。眼前的六六和上次我见到的她判若两人。六六被剃了头，身上穿着很干净的病号服，而我的脑子里还近乎顽固地记得许多天前穿在她身上有些奇形怪状的衣服。被剃光了头的六六用一种很遥远的虚弱目光长时间看着我，像是一直在发呆，又仿佛是在看完全陌生的一个人。六六脸上还有一些很明显的青紫色的伤痕，青灰色的眼眶里噙着泪水，但她始终没有让它流出来，后来她对我说别把我的事告诉家人。她转身被监管人员带走的时候，我眼前一阵虚幻，六六的后背上有几个阿拉伯数字，没等我看清楚是多少号，她就消失在我眼前，我只是依稀觉得她的背影像一片在风中飘摇的树叶一样单薄。

赵平头离开前的那个晚上，姚虹如约而至。她穿着简单，也很朴素，脸上甚至没有化过妆，头发随意地扎了个马尾一扬一扬的，很清爽。她能来我当然高兴，也很满意她的样子。我一直有种犯罪的感觉，可我知道有些话从我的嘴里说出来未必有效，赵平头肯定能听出来我是在搪塞他，或者我根本就是在哄他。为了让他能安安生生地回家，我只能选择善意的欺骗。我特意做了三四个拿手菜，打电话的时候还顺便从小商店里买回几瓶啤酒，算是给赵平头饯行吧。姚虹我已经在电话里安顿妥了，为了请她来帮这个忙，我几乎快磨破了嘴皮。最后她勉强答应了，不过她说不是为了我是为了六六，她说六六其实很可怜。我觉得为谁并不重要，重要的是她肯来帮这个忙，也许从本质上讲姚虹并不是一个坏女人，至少她还有同情心。为了达到预期的效果，姚虹敲门的时候我故意躲在厨房里让赵平头去开门。我发现姚虹很会演戏，她按部就班地进入自己的角色，左一声赵伯伯右一声赵伯伯，轻而易举地让赵平头相信她是六六和我的好朋友，而且她一直和六六在同一家公司里打工，她今天来的目的是想告诉我一声六六因公司有急事一个礼拜前就到外地去了，得过一阵子才能回来。至于六六得病的事，姚虹当然一口否认，她让赵平头放宽心，说根本没有的事，六六身体好得很，一顿能吃两碗米饭。我急忙在一旁帮腔，看吧，我早就说过肯定是你弄错了，城里这么大，名字一样的人有的是。姚虹也跟着附和，她说我们公司还有一个跟我一样叫姚虹的呢。

　　刚开始时赵平头多少还有些疑惑，可姚虹一遍又一遍说着六六的事，谎话说上一百遍就跟真的一样，赵平头大概没有理由怀疑什么了。我发现他好像笑了一下，笑容非常短暂，不过他总算是笑了。后来吃饭的时候，赵平头心情似乎好点了，我能感觉到他甚至流露出某种对我和姚虹的特殊感情，他不时地说，小山你别老给我夹菜，也把人家姚虹姑娘招待好。戏终归要收场的，那些编造的话一口气说完之后，气氛就有些尴尬，主要原因是我跟姚虹再没有别的什么话可说，我们只不过认识没几天，我们对彼此了解都很有限，而且我的心里一直沉甸甸的，不知道这样做是不是有些对不住赵平头。还有，我妹妹小草到现在仍旧杳无音信，我怎么能轻松起来！没有话说我只好劝他们喝酒，而我自己不知不觉已经喝下了两瓶多。

　　姚虹圆满完成了她的任务。她要走了，我送她下楼。临走时她还没有忘记要把假戏演到底。她答应赵平头等六六回来一定让她赶快回一趟家。大概因为她这句恰当的结束语，看来赵平头的心踏实了，脸上终于有了实质性的内容。外面很黑，冷风呜呜叫着，我陪姚虹走到马路上，汽车一辆跟着一辆在夜色中神经质地飞奔，远远射来的灯光使路面显得光怪陆离，灯光瞬间照亮我们有点严肃的脸，汽车排放出的尾气飘带一般在冷风中招摇而过。姚虹没有打车的意思，她说你赶快回去吧，我想一个人走走。我没说话，我们继续像一对情侣那样散漫不经地走着。我心上很有些过意不去，我觉得她的确帮了很大一个忙，也算帮了六六一个忙吧，我想跟她好好说声感谢的话。这个时候姚虹包里的传呼机嘀嘀嘀嘀地叫了几遍，我说你不给回电话吗？她摇了摇头，今晚我不想去歌厅，一点也不想去！说着她快速向前走了几步。我急忙跟上去说今天你能来我真是很高兴。她却故意把话岔开了，没想到你做饭也挺在行的，以后有机会教我做饭……话刚说出一半她似乎犹像了，她嗫嚅着说，不会有以后了。然后，她转过头看着我，她说我来这里两年多了，只有这个晚上过得最像个人样！说着，她竟有些哽咽了，我看见她慌忙背过身去。那一刻，我的心里也很不舒服。我下意识地把手轻轻地放在她的肩头，并轻轻地拍着她，我说那天我不是故意的，你也看出来了我这人总是笨手笨脚的，我真的不知道那样做会伤你的心。姚虹在黑暗中抽泣着，她把身体靠过来，她说我真的很害怕，我怕自己有一天也会变得跟六六一模一样。我不知道该跟她说些什么好，我轻轻地搂着她继续往前走，我只是觉得她在我身边显得极其孤单，有那么一刻，我甚至把姚虹想成是六六和小草，她们都是一样的孤立无援，谁会在乎她们呢。

姚虹的住处因为有人用电炉子，烧了线，到处一片漆黑，有几个口音怪异的黑影站在天井当间哇哇嚷着叫着，像是在跟黑夜较劲。我转身要回去的时候姚虹在黑暗中紧紧拽住我一只手，她的手潮潮的，很凉。她说你能陪我坐一会儿吗，就一小会儿，我很怕黑。我没有拒绝她，木偶似的被她那只潮湿的手牵引着来到床边，她静静地坐在床沿上，我紧靠她站着，我尽量让自己站得笔直。她用双臂紧紧地环抱住我，她的脸紧紧地贴在我的胸前摩挲着。她发出很重的呼吸声，像是受到了某种压抑。我的体内似乎有一种东西渐渐燃烧起来，我的双手笨拙而又忘情地抚摩着她的马尾，一股淡淡的洗发水的气味在我的抚摩下弥散开来，我贪婪地呼吸着那种女孩才有的气息。而她正在用自己的脸颊、额头、鼻子、嘴唇和耳朵一次又一次触摸我的胸口。不知什么时候，我的下颌已经落在她的头顶心，那里的头发梳得很平整，我可以让下颌沉醉在上面并轻轻滑翔，我的胡茬跟那里的头发摩擦出沙沙的细微声响。我们俩突然都变得激动起来，在彼此喘息声中忙乱着。我的身体微微往前一倾，她就势仰面朝后慢慢地倒下去，我觉得自己像坍塌下来的重物压住了她柔弱的身体，我听见她发出的叫声，短促而又惊厥。在混乱之际，我变得更加手忙脚乱，身体忽然陷入一种不得要领和不能自拔的尴尬与莽撞中。我的来回奔突显得毫无意义。在关键的时候，我听见自己向她发出的一声声懦弱的请求，我说帮帮我吧姚虹……姚虹。就在那时，屋内突然间亮如白昼。我们全都僵住了，像两根漂浮在水上的木头，只听到彼此吁吁的喘息。灯亮的一刻我们就仿佛舞台上的两个定格的戏子。我狼狈的样子一下子毫无遮掩地暴露在姚虹面前，我觉得那时自己的模样一定像猪一样愚蠢。我真想让自己像电光那样快速消失。在逃离之前，我看见姚虹一直那样平平地躺在床上，她身上的衣服如同被狂风吹皱的水面，她的脸上全都是泪水，在灯光的照耀下闪闪发亮。

　　我几乎是一路小跑着逃回家里的。我长这么大还是头一回冲动成那种样子，说心里话在姚虹面前我并没有觉得自己很好，相反，当我突然对她有些想法的时候，竟又觉得自己那么无耻、卑鄙和下流，那种感觉非常强烈，我甚至在想自己根本从一开始就是在利用姚虹，而我打心眼里似乎从来没有瞧得起她。我这样对待她究竟算什么？跟姚虹的那些客人相比我只不过是装得更加深沉和斯文一些，更伪善一些。

赵平头竟然不在我的住处。我当然不知道赵平头什么时候出去的，更不知道他去了什么地方。他回来的时候大概已经过了凌晨一点钟，那时我迷迷糊糊地听到了他的一阵犹犹豫豫的敲门声。他进来以后一句话也没有对我说，我也不想再问他什么，反正天一亮他就该回去了。我和赵平头挤睡在一张床上，我让他靠着里面的墙睡，他一直背朝着我，我睡在外面，我怕他在家睡大炕睡习惯了半夜里会突然掉下来。他蒙头在被窝里咳嗽了好一阵，声音憋得像闷鼓一样，我倒是很快又迷糊着了，好像还做了一个梦，梦见姚虹突然一转脸竟变成了我妹妹小草，很多西装革履的男人正围着看她跳舞唱歌呢，那些男人里就有我，我的脸和衬衫的领子上闪烁着斑驳的唇印。

天还不亮我就被赵平头给唤醒了。晚上他是和衣睡下的，此刻他已经下地了，就蹲在床头前老猫那样眼睛一眨不眨地看着我。他说我想现在就走了。他这样说了好几遍。我惺忪着睡眼咕哝着对他说用不了这么早，等吃过饭我送你去车站。说完我又接着睡去，我实在太困了。赵平头又不忍地推了我一把，他嗫嚅着说小山跟你商量商量，你看你能不能先给老叔凑点钱……我急着用呢。我这才揉着眼仔细看了他一下，他的样子很有些低声下气，表情很为难，眼底尽是红红的血丝，看来夜里他睡得很差。赵平头抓着我的一只手反复说我过后一准还给你……你信老叔的话……要是见不上你人我一准还到你家里去！我本来想问他借钱做什么用场，可话到嘴边我又忍住了，因为我知道赵平头向来是个怕老婆的人，再说他老婆在村里的确是个嘴碎又厉害的婆娘，赵平头把从家里带来的两千块钱全都弄没了，病也没有治成，回去他老婆一定不会轻易饶了他。赵平头张口就要向我借一千块钱，可我手头没有那么多现钱，最后只给他凑了500多块（这里面一多半还是老太太给我的生活费和看病买药的钱），赵平头只拿了个整数，他说这样他能记清楚将来也好还。我要去送他，赵平头死活不肯，没等我穿好衣裤他已经说了声告别的话，咚咚咚地下楼走了。我最后依稀听到的是他在楼道里发出的一串十分空洞的咳嗽声。

赵平头这一走，我心里或多或少踏实了一些。这些日子为了小草和六六的事，我简直快有点喘不过气来。小区里还有很多活儿等着我干呢，要我换煤气的都快排成队了，我若再不抓紧时间，他们就该炒我的鱿鱼了。一上午我换回来六罐煤气，整整跑了三个来回，就是在最后一趟从煤气站骑着车子出来的时候我偶然间看见了小草。这的确太意外了，我几乎不敢相信自己的眼睛。那时候我想赵平头怎么也该坐在一辆长途汽车里摇摇晃晃离开这座城市，也许已经走出一二百公里路程了。我突然很是有些担心，我担心他一回家便会口无遮拦地将小草的事情说出去，我父母肯定会急出病来。我真是该死呀，赵平头向我借钱的时候我应该嘱咐他千万不要把小草的事告诉任何人，我竟把这事忘得一干二净！

那时候已过中午时分，天气虽然阴冷阴冷的，可我还是出了一身汗，我刚刚推着车子走出煤气站的大门还没来得及拐弯，就远远看见一个脏兮兮的女孩在我前面一闪而过，她像是有意躲避我似的扭过头去，可她并没有走开的意思，她只是踟蹰地将身体瑟缩到路边的一棵槐树后，树并不很粗，只能勉强挡住她半个身子。树下面落了一层厚厚的黄树叶，她就用一只脚在那些树叶上轻轻地划来划去，还不时朝我这边张望。我一愣神。我已经甩腿骑上了车子，可我感觉到那个站在树后的女孩正看着我呢。当我确定她还在朝我不停张望又不敢朝我走过来的时候，我的脑子里立刻浮现出小草，妹妹。是她。肯定是她。我顿时喜出望外地扔下车子向她飞奔过去。

我把小草带到煤气站后面一个相对僻静的角落，她紧紧抱着我孩子似的失声痛哭起来，我也心酸地流了一阵眼泪。小草身上穿的衣服不知是从哪里捡来的，又肥又大，脏得跟抹布片一样，她穿得着实太单薄了。她脸上除了两只眼珠子是干净的，有光泽的，其余的地方都糊得又脏又黑，仿佛刚刚从煤窑里爬出来，若不是她发出暗哑的声音叫我哥，我还真一下子认不出她来。原来，小草这些天几乎每天都守在这附近眼巴巴地等我来，别处她也不敢去，她刚来城里的时候我曾带她来这里换过一两次煤气。现在看来都怪我只顾忙赵平头的事，才致使她在这里苦苦等了好几天。我不知道小草这些天是怎么一天天熬过来的，她一个人在外面遭受了怎样的惊吓和凄寒。小草告诉我那天她像往常一样推着那个孩子到外面去散步，后来她觉得自己身子下面好像突然来了，她急忙就近找了个公厕跑进去，她来不及把孩子也带上，只好让那孩子躺在小推车上，她根本想都没有想，可是等她从里面出来的时候，孩子就不见了，前后也就是几分钟时间。她在附近找了半天，问谁谁也没有见过，她吓坏了，要知道从小到大她连一块钱的东西都没有丢过，可她竟把人家的一个活脱脱的孩子给弄丢了，她怎么向雇主交代又怎么有脸来见我呢。我说小草呀小草你太傻了，既然弄丢了你为啥不赶快回来找我呢？我是你哥呀，我们可以一起想办法去找他！小草泪汪汪地看着我，她说当时我害怕得要死，我真的不知道该咋办啊！我还能对她说什么，这种事情对小草来说无疑就是晴空霹雳，她不吓傻才怪呢。我上上下下对着她瞅了老半天，生怕她少了鼻子眼睛似的，我说不管咋说你没出事就好。小草听我这么一说倒又呜呜地哭起来。我搂紧她让她尽情地哭。最后我告诉她那个孩子已经让派出所的民警找回来了。我长长地出了一口气，总算没有出啥大事情，否则我真不知道该怎么对家人解释。小草一直哗哗流着眼泪，她的脸上本来就脏，这样一来弄得跟一只刚从泥淖里爬出来的小花猫似的难看极了。我一个劲劝她不要哭了，我说反正孩子已经找回来了，你也不用太害怕了。这时，我才发现小草的脖子和脸蛋上有一些类似于抓痕的东西，我问她，她也不吭气，只是把头低下吧嗒吧嗒掉眼泪。我想小草这些天肯定受了不少苦头，她不想说，我再问肯定又惹她难过。我没敢让小草直接跟我回去，我带她到附近的一个小饭馆里要了一碗烩羊肉和一大碗白米饭，小草一定是饿坏了，狼吞虎咽地吃了起来，她的吃相完全不像是一个女孩子。看着她吃得忘乎所以，我又是一阵伤心。等她吃过饭，我赶紧骑上车子把那两罐煤气送回去，我跟小草说好了天擦黑的时候我们在老地方见面。

下午我又特意去了一趟派出所，值班民警对我说他们手头的案子有一大堆，得一件一件去办，都像我这样他们还怎么工作，最后民警让我回家耐心等消息。我连忙说了些感激不尽的话，我好像还说我也理解他们。我明白小草的事情对于他们来说真是可有可无可大可小的，不就是一个乡下来的打工妹嘛，丢了就丢了呗，没有什么值得大惊小怪的，谁会把小草的名字记在心上？再说，小草的事比起城里每天发生的大案要案来又算得了什么？从派出所回来的路上我一直进行着激烈的思想斗争，我原本打算把见到小草的事情一五一十地报告给民警的，可他们对待这件事情的态度使我最终改变了这一初衷，我决定按照自己的想法来帮助小草，因为我觉得也只有我能帮帮她了。尤其是，当我想起六六在戒毒所里的情景和赵平头两次被关进看守所的时候，这种想法就更加坚定了。就算我带小草去派出所自首并说明情况，可她的话又有什么分量呢？警察能轻易相信她的话吗？显然，这些都是明摆着的问题。更为可怕的是，万一他们给小草定上一条罪状该怎么办？小草这一辈子不就全毁了吗？要知道小草今年才刚满十八周岁呀！

打定主意后，我就着手给小草准备一身秋衣秋裤、一件旧羊毛衫和一套外面穿的衣服。我还跑到小区门口的那家综合超市给妹妹买了一双球鞋和一双棉袜。那里只有这一种帆布胶底鞋，很便宜，看样子很久也没有卖出去，灰头土脸的，不管怎么说这总比现在小草脚上那双露出大脚趾的强一些。我拎着东西往出走的时候迎面正碰上一个打扮很时髦的女人，我正想闪开，却让她一眼认了出来。她怀里抱着一只小黄毛狗，狗的身上穿着一件很漂亮的蓝白相间的毛线背心。狗很警觉地冲我瞪着它凶巴巴的眼睛。喂小伙子，你不认识我了吗？那天晚上，我在街上找我家宝贝，秋秋，想起来了吗？我这才站住定神打量了她一下，果然是那晚我在街边撞见的那个丢了狗的少妇。我恍然地冲她点点头，然后指着她的狗说你找到它了？少妇用白嫩的瓜子样的下颌轻轻地碰了碰狗的头。有些激动地说，找到了找到了！说着，她把那只小黄狗抱起来，煞有介事地对狗说，妈妈以后再也不把秋秋弄丢了……秋秋要听话，这是那位好心的叔叔，你快叫叔叔呀！狗很聪明地看了看我，似乎听懂了少妇的话竟朝我汪汪了两声，我看见它嘴里的牙齿又白又亮，舌头红得像一团血。我很不舒服地冲她笑了笑，我不知道为什么会对她笑，而不是别的什么表情。她说她是来给秋秋买好吃的"王中王"火腿肠的，因为秋秋只吃这种牌子的。事实上那种东西我也很爱吃。分手时少妇突然好像想起了什么，她扭过头亲切地问我，嗳，小伙子，你找到妹妹了吗？我一怔，甚至有些感动，毕竟她还记得我在满世界寻找妹妹呢！尽管我并不知道她是谁，她当然也不知道我是谁。我不置可否地摇摇头。少妇调整着抱狗的姿势，我觉得她抱狗的样子的确很美，她和小黄狗之间萦绕着某种类似于母子般的温情。少妇最后说你怎么不打110呀？他们那些人可管用了，真的，秋秋这个小宝贝就是他们给找回来的，要说真得谢谢他们……秋秋找回来，秋秋的爸爸有些日子没上那种地方去玩了！她已经说得有点眉飞色舞。我没有再冲她笑，我甚至是板着面孔转身跑掉的。

晚上七点半有一趟开往我们那座小县城方向去的长途汽车。我坐在候车室里，小草进厕所换衣服去了。她出来的时候立刻跟换了个人似的，脸洗干净了，头发也梳理得整整齐齐，扎成两根又黑又粗的辫子。我把要嘱咐小草的话颠三倒四地给她灌输了几遍，生怕她回去说漏了嘴。小草始终像个哑巴似的一个劲点着头。我给她买的鞋好像有点大，可她还是很满足地盯着自己的脚看个没完，一副泪眼婆娑的样子。有几次小草都表现出欲言又止的神情，我问她想对我说什么，她却又不肯说。上车前我又往她的兜里塞了200块钱，我说回去要听话，别再惹老人们生气！她冲我使劲点了点头，我怕看见她哭的样子，便扭头闪进人群中去了，我躲在暗处静静看着汽车缓慢地驶出车站，车身下面冒出一股又浓又呛的烟。天色在弥散的烟雾中完全黑尽了。

我那时完全不知道发生在妹妹小草身上的另外一件可怕的事情。这也许就是她每次欲言又止的原因。小草回家一个月以后就草草嫁人了，照旧嫁给邻村那个开手扶拖拉机的老男人。小草结婚时我没能回去，据说男方家把婚事办得很风光。我一开始多少有点不理解小草怎么又同意嫁给那个人了，也许她真的想通了。可问题远远要比我想象中复杂得多。小草出嫁后还不到一个礼拜就被那个男人打个半死送回娘家来了，而且，那个比我还要大许多岁的妹夫亲自找我父母算账，说小草是带着肚子过门的。也就是说，小草嫁给他的时候早已经怀了孕（至于小草究竟怀了谁的孩子我们不得而知，我一直怀疑她在外流浪的那些天里也许遭遇到意想不到的厄运）。我父亲后来为这事专门怒气冲冲地从乡下跑到城里找我，他非要我把这件事情说清楚，否则他就不再认我这个儿子。就在父亲那次离开家的一天夜里，妹妹小草寻了短见。那些天她一直躺在炕上不吃不喝也不好好睡觉，人愣愣怔怔的。我母亲那天忙了一整天的地里活，晚上睡得死沉，等她一睁开眼睛才发现小草不见了，母亲身旁的被窝空空的。小草被人从山崖底下找回来时身子早已冰冰硬硬的了。小草走了，也带走了她身体中一个永远无法破解的谜。只要想起这件事情，我常常觉得肝胆欲裂，我恨不能拿刀子剜自己两下！我总在想若不是自己办事那么草率，妹妹肯定不会这么年轻就走上了绝路。

那天一大早，赵平头小心翼翼地揣着刚从我手中借来的500块钱神色匆匆地走在路上。他的脚下不时发出枯树叶被踩踏后沙啦沙啦的声响。他走得很快，快得有些形迹可疑。幸好他只是一个腰背佝偻身单力薄边走边不停咳嗽的老头，幸好城里一般起得像他这么早的只有那些热衷晨练的退休老人和一些体形臃肿或不再苗条的妇女，他们所关心的仅仅是自己的健康和晚年生活质量问题，有时候还包括夫妻和睦及性生活不和谐等，所以，赵平头的快速行走没有引起更多目光的关注。一路上他拒绝乘坐任何一辆车，任凭那些从中巴车（或叫招手停）里钻出来的刁悍的拉客票员喊破了喉咙生抓死拽软硬兼施，他就是不肯上他们的车。他说我不坐你的车，我有腿，自己能走路。他一张嘴别人就听出他是个地地道道的乡巴佬，于是那些拉客的身手矫健地纵身跳上车，并且不忘横横地抛给他一句夹杂着浓烈的油烟味和口臭的愤怒，老家伙省下一块钱去买棺材板呢。可是，赵平头什么也听不清楚，包括那句恶毒的诅咒，他走得耳畔都生风了，呼呼地响个不停。

事情完全出乎我的意料。赵平头根本没有去车站的打算，至少，他在张口向我借钱的时候有意隐瞒着什么。比方说，赵平头没有直接告诉我借钱的理由或用途，尽管我当时没好意思问起。而且，更让我猜想不到的是，我自认为那晚和姚虹串通好的谎言绝对天衣无缝，可是，赵平头似乎从中看出了某些破绽或者他太急于见到女儿六六了，所以，他在我出门去送姚虹的时候竟然也悄悄地跟随在我们身后。当我狼狈不堪地从姚虹的住处一口气跑回来的途中竟又无意间将紧跟在我身后的赵平头给甩丢了（这是绝对有可能的事，赵平头眼看快六十岁的人，满身都是病，他咋能追上一个小伙子呢），他在黑夜中真的变成一只无头的苍蝇到处盲闯瞎撞，以至于他在凌晨一点钟后才跌跌撞撞地摸索回来。又或者，赵平头之所以回来得很晚是因为他把那些时间都浪费在如何让自己能清清楚楚记得去姚虹那儿的路上。当然，这些都是我的揣测而已，因为接下来发生的一切使我的想法暂时无从得到证实。

差一刻钟七点的时候，赵平头犹犹豫豫地敲响了姚虹的房门，姚虹那时还沉浸在睡梦里。昨晚我离开她之后，姚虹没有再出去，她也许在跟自己赌气，尽管有几个相熟的客人接二连三地给她打传呼，她始终没有回电话，最后她索性关掉传呼机，早早就躺在床上，她肯定还在生我的气吧。我知道自己冒犯了她并让她感到失望和伤心。对于赵平头的不期而至，姚虹必然感到十分惊讶。她把头伸出门外四下里看了又看（她大概猜想是我把赵平头领来的），可门外除了赵平头之外不再有什么人，她这才疑惑不解地盯着赵平头那张干巴巴的老脸。姚虹是个讲信用的人，至少刚一开始她并没有打算出卖我。

姚虹事后脸色苍白地告诉我赵平头跟她说的第一句话是：姑娘我求你了，我哪怕给你跪下都成，你无论如何带我去跟六六见上一面吧，你们别瞒着我老汉了，我知道你俩都是好心人，可我那天明明听见六六的声音了……说着，赵平头就蹲在姚虹门前跟木头疙瘩似的她怎么劝也不肯起来。姚虹一直对他说赵伯伯你快回去吧，六六真的到外地去了，你蹲在这里也没有用的。赵平头根本听不进去她的话，姚虹一时想不出别的办法，只好愤愤地将门关上，她想赵平头待一会儿自己就会走开的，可是过了一个多钟头，姚虹重新从床上爬起来开门准备去打洗脸水，赵平头依旧石头人一样蹴在那里。姚虹一下子就火了，她提高了嗓门嚷起来，你这老头赖在我门口到底怎么回事，都给你说过一百遍了你怎么死活不相信人呢！这时赵平头早已是一副声泪俱下的可怜样子，他嘴角嚅动着，我连娃娃的面也没见上咋能放心回去嘛，好姑娘你就帮我个忙好歹叫我跟我的六六说上一句话啊……说着，赵平头开始放声痛哭，眼泪鼻涕哗啦哗啦淌着，早晨旋进院子里的冷风一股一股吹在他那张水花花的脸上，那张脸愈加皱得不成样子。风吹开了他的衣服领子吹进他干瘪瘪的胸口，他跟调皮的孩子一样任由混浊的眼泪一串一串涌出眼眶，他的清鼻涕像两根柔软漫漶的水晶链条始终悬挂在鼻孔和胸口之间。那些眼泪和鼻涕最终齐心协力汇聚成一股巨大无比的悲伤然后沿着他的下颌、两腮、脖颈无可抗拒地流到身上、大腿、膝盖和地面上，他前面的地板很快就湿了一大片，像一只在春天里正泛起潮晕的池塘。

赵平头一味地让那些混浊的泪水四溢奔流，就仿佛秋天树上的叶子一夜之间落满逼仄的街道，就仿佛街道上来来往往的人群一刻也不作停留，又仿佛人群中一双双迷茫凄楚的眼睛在四处张望。他把那些鼻涕泪水抹得满脸满身都是，仿佛唯有将这些东西抹得越开，心事才会向别人摊开，内心的忧伤才会快速扩散开来。院子里的其他房客陆陆续续被赵平头的喑哑的哭声和咳嗽声吵醒了，他们把脑袋从各自的门缝里伸出来好奇地朝他们这里观望着，不时发出啧啧的怪叹和隐秘的诡笑。姚虹实在没有别的办法了，只好把赵平头让进她的房里，那时她听见一个邻居阴阳怪气地说，这年头只要他妈的肯出钱，比她爷爷年纪大的男人她都敢接。姚虹后来流着泪（我一直固执地认为她眼眶里涌出来的是赵平头这一生来不及流淌出的泪水的某种延续）诉说发生过的事情。她问我，骂都骂不走他，这老头跟死牛筋一样只是一个劲蹲在地上哭，惹得好多人都来看笑话，你说我该怎么办？我知道这一切怪不得姚虹，是我低估了赵平头这个人。我想轻轻松松打发他回家，恰恰弄巧成拙。

后来，姚虹只好无可奈何地带着赵平头去戒毒所探视六六。她别无选择。这期间姚虹实际上往我楼下的那家小商店里接连打过几次电话，可惜我都不在家，那时候我正忙着换煤气的事。姚虹说赵平头看完六六出来的时候并没有什么特别反常的举止，他没有再哭，甚至没有流一滴眼泪。赵平头让姚虹先走一步，他说自己还要到别处去看望一个人。姚虹心里一直七上八下的，她先问清楚赵平头要去哪里，然后骗他说自己正好也是顺路。姚虹就让出租车拉他们到赵平头要去的地方。一开始赵平头坚持不肯坐车，我知道他讨厌动不动就坐车，他在家有时候几年也不坐一回车，他习惯在田间地头用自己的双脚走来走去，可最后他硬是让姚虹拉进了车里。上车后赵平头一句话也不想说，不论姚虹问他什么，他就跟聋子似的，只是木讷地盯着车窗外发呆。后来他好像自言自语地说了半句话，唉！我这辈子就当没养过她……

姚虹说到这里突然压抑不住哽咽起来，从认识她那天起我还是头一回见她那么伤心。当她扑进我的怀里无助地战栗时，我忽然觉得那个被汽车猝然撞得飞了起来的老人已不单单是六六的父亲赵平头，他还是姚虹的父亲，是我的父亲，也是我们这些从遥远的乡下来城里找事情做的人共同的父亲。

正如最初我所预料的那样，赵平头果然有很重要的事情要去做，我早就该知道他不会平白无故地向我借钱。在他见到女儿六六以后，特别是在他备感失望和伤心欲绝的时候，他依然没有忘记要去做这件在他看来非常重要的事情——要知道陕北老汉一家曾救过他一命。派出所的所长后来问我那个疯疯癫癫的老头是你什么人？我连忙说他是我叔叔。所长仔细打量了我一会儿，然后他低下头拉开抽屉，从里面取出一沓钱放在玻璃板上，他说这是你叔叔昨天中午临走前硬塞在我这里的，放下钱人就跑了，我紧喊慢喊他就是不肯回头。对了，你叔叔好像说他要回乡下去，他就是来求我放了那个陕北老汉一家，他非说我们抓错了好人，这老头真是让人哭笑不得，你说说他到底跑什么呀？连命都不要了！

我把那些钱慎重地拿在手里点了点，一共是 500 块。点钱的时候我眼眶一热，这些正是赵平头昨天清晨从我手里拿走的钱，一分也不少，它们跟随着赵平头在城里胡乱逛了一圈，甚至还残遗着赵平头微弱的体温，现在它们又原封不动地流通到了我的手里，使我感到沉甸甸的难过。

我在登记本上歪歪扭扭签完字拿着这些钱和姚虹匆匆忙忙离开派出所打车往医院急救中心赶去。路上，我一直在想现在要救赵平头这条命得需要多少个 500 块啊，五个，还是十个……我心里一点儿底也没有。这时，姚虹不解地问我，这老头怎么能跑那么快呀？我看他人就跟疯了一样！我心不在焉地说了句，赵平头怕警察。

一

生下扁豆的时候，孙惠珍嫁给二麻子也就大半年光景。

那天上午，孙惠珍刚从屋里端出半簸箕豆子站在外面簸了那么两下，就觉得肚子疼得邪乎。起初她没当回事，忍着痛继续簸她手里的豆子，豆粒大的汗珠子从额头滑下来。孙惠珍想把簸好的豆子端回屋里去，没想刚走到屋门口就忍不住了，双手抖得跟火苗似的，腿跟一打晃，身子泥巴样软，簸箕就撒了手，豆子稀里哗啦地撒了一地。

孙惠珍一屁股瘫在地上，两条腿树杈一般粗壮地从中间分开着，两扇肥大的屁股正好压在那些豆子上，豆子还在她身下不停地滚动呢，所以，她的整个身体完全躺下来了，汗珠子比地上的豆子跑得还快。孙惠珍才觉得不对劲了，急忙扯开嗓门喊二麻子，喊了三五声才知道一点用也没有，她知道二麻子的那两只耳朵纯粹是个摆设，就拼了命喊香香。等香香兔子一样从外面跑进来的时候，孙惠珍慢慢地从湿漉漉的血水中勉强立起腰身来。她已经把扁豆顺利地生下来了。香香吓得目瞪口呆。事后孙惠珍回忆，她生扁豆跟到茅房里屙一泡痢疾那么轻松畅快，好像肚子刚一疼，扁豆就在她屁股下面哇的一声钻了出来。

孙惠珍是伏天里进的门。在乡下这种时节一般是不娶不嫁的，伏天地里的庄稼多金贵啊，麦子等着要收割打场入仓，伺候它们还伺候不过来呢，哪有闲余的工夫花在这种事情上。一般村里喜事都放在寒冬腊月天，那阵地封冻了，人也闲散了下来。因为这个缘故，孙惠珍跟二麻子的喜事办得草草的，无非是给大伙散散香烟和糖块，请大伙喝杯热茶再吃上一碗烩小吃和肉丸子。这也就是特殊情况特殊对待。通常来说，二婚的女人不可能再像黄花闺女嫁人那样讲究排场和隆重，一切都是凑合着来的，能简单尽量简单，客人即便来了，也是不会把婚礼当一回事的，尤其是在这么一个大热天里，人都忙忙的，就是来敷衍一下。这些情况又主要都表现在礼份上，能出几块钱的礼金已经相当够意思了，甚至还有的人纯粹是白吃白蹭的，点了烟，口袋里塞了糖块，用两只袖子左右一抹沾着油汤的嘴唇，颠着两瓣屁股背起双手就走了，连句谢的话都没有。

这些情形孙惠珍都默默地看在眼里，也都记在心上了。但她也只有把打碎了的牙硬往肚子里咽的份儿了。其实，孙惠珍不是一个随随便便就可以原谅别人轻慢她的人。尽管她在跟二麻子过日子以前是有过男人的，也有过让人羡慕的家底和生活，更早些年甚至还有过被许许多多男人穷追猛撵的少女时代的辉煌，可一旦跌落到这步田地，她就得慢慢地学会忍耐和心平气和，不管她的内心有多么大的痛苦和挣扎，她都要学会随遇而安。她在决定嫁给二麻子的那一刻，这些她早就想好了。孙惠珍的脑子里总是会浮现这样一句电影台词，三十年河东，三十年河西，咱们走着瞧吧。这话当然不是说给某个人听的，事实上更多的是说给她自己听的，说给自己心中的那一个不甘寂寞和失落的孙惠珍听的。

要不是自己摊上难心的事情，要不是香香的那个死鬼爹狠心地撇下她们娘儿俩，孙惠珍想自己就是下辈子转猪变驴也不可能嫁到二麻子的屋里。可世上的事情偏偏就这么奇怪，似乎太好强的女人老天爷总是给不了她们一个圆满的结局。就拿孙惠珍来说吧，当年的黄花闺女孙惠珍是怎样的一个人物啊，谁见了不得咋舌直眼，长相是没得挑剔，两条乌黑的大辫子，一双花眼睛，皮肤跟刚磨出的面粉一般细腻白净，胸前的一对乳峰总在众人眼前一耸一耸的。这些还都放在其次，最重要的是她心灵手巧，识字劳动针线锅灶样样都难不住她，十里八庄都知道孙家台子有个孙惠珍，顶呱呱的一个女人，谁要是能娶了她做老婆绝对是上辈子积下的阴德，那是祖坟冒青烟的喜事。

女人这东西就像一清早赶着拉进集市上的黄瓜和白菜，刚开始少不得八角一块半，谁来买都是一口咬定的这个价。等过了半天晌午，八角一块半就显得有些不合情理了，稍稍塌一半角还是可以的。可是，一旦到了黄昏集散时，情况就完全变了，八角一块半的事情想都别想，往往得让人拦腰砍去一半，有时候甚至是一多半，而且，卖主还得赔上笑脸，好言相送。孙惠珍之所以最终落得做二麻子的女人，情形就是如此，再牛的女人都抗不过自己的命。命里该是什么就是什么，命里给你怎样的结局就是怎样的一个结局，命这东西说来邪气，它总是对那些过于顽强或完美的东西给一些致命或必要的打击，好像这样一来世上的所有事情就都扯平了，谁也不要羡慕谁。生活原来就是这样。

就说二麻子吧，两只耳朵打小就背得厉害，听什么都不甚分明，别人跟他讲话的时候，不是把嘴巴热烘烘地贴在他的耳朵根上，就是比比画画地喊着讲上老半天，这样，他才能听出点名堂来。那时候二麻子还是个孩子，家里穷得叮当响，有一年三十眼热人家放炮仗，就是那种双响麻雷子，赤红色的皮，有驴尿那么粗。他捂着耳朵站在旁边看稀罕，谁知炮捻子点了抛到半空中，只响了一声就再没动静了，炮呢正好蹦落在二麻子跟前，那人支使他去捡，他想都没想就伸出手去抓。炮却突然在他手里炸开了，那人笑得前仰后合。可他的脸却像深深嵌进了一层黑芝麻，星星斑斑的，手指缝里冒出黑红黑红的血来，像一条条湿漉漉的红蚯蚓在上面爬。他的耳朵就是打那天以后听不清楚声音了。他的右手也因此落下了残疾，永远也伸不展的样子，总像握着一只看不见的瓜蛋子。大人小孩见面都喊他二麻子，也有管他叫聋子的。但是，谁又能想到，就是这样一个软汉，眼看注定要打一辈子光棍的二麻子，临了，都奔三十好几了，竟娶了当初孙家台子那个百里挑一的孙惠珍做了老婆。大伙又都不无艳羡地说，二麻子还是命好啊，命里有的不费愁，命里没有得跑断肠啊。

孙惠珍的第一个男人孙大田是个摸方向盘的，脚片子朝油门上轻轻一踩，展光光的票子就顺着飞旋的车轱辘卷到自己的腰包里了。早先，孙大田本是生产队上的一名拖拉机手，土地分给个人的时候，队里把那些驴啦骡子啦马啦还有手扶拖拉机也都一并作价承包给私人，孙大田就是那时候跳出来包下了一台拖拉机，一跑就是六七年，胆子就一天天甩大了，什么挣钱就拉什么，后来竟鸟枪换炮，开上了半新不旧的二手东风大卡。那时候正是20世纪80年代中后期，钱好挣啊，钱也值钱，汽车又少，到路上随便拉点什么都能弄回一把票子花。

孙惠珍就是那时瞅准了这个有技术有脑子的男人嫁过去的，那边房子是新盖的，"蜜蜂"牌的缝纫机，"燕舞"牌的收录机，"双鸥"牌的洗衣机，还有"凤凰"牌的锰钢自行车，一应俱全。除此之外，床上铺的盖的全都是苏杭会过来的正宗的上好的绸缎面子，光结婚穿的衣服就预备了三四身，也都是她的司机女婿从外地捎回来的，耳环戒指一样也没有落下，至于酒席置办得更是七碟子八碗数一数二，这在当时那种条件下，孙惠珍的婚结得可以说空前绝后，无限风光了。

当然，孙大田能挣钱是一回事，肯花钱或肯为心爱的女人花钱又是另一码事。让自己的婚礼办得如此隆重豪华，这的确

跟孙惠珍私下里使出的劲有密切的关系。当时，孙惠珍跟这个
开汽车的孙大田已经见了两次面，心里就有了分数，男人其实
并不难应付，只要一开始就能准确把握他们的内心世界和脉搏
跳动就行了。反正，孙惠珍做到了，在这之前给她介绍对象的
媒人像麦地里的麻雀一样多，这个去了那个又急急地跑来了，
什么样的男人她都见过的，可她一直没有松口的意思，直到开
汽车的孙大田出现。

平心而论，首先吸引孙惠珍的并不是这个叫孙大田的男
人，而是这个孙大田屁股下面压着的那辆大卡车。她有几次在
路上看见过那辆汽车，呜呜地从她身边开过去，她也稍微注意
过开车的人，可并没有什么太深的印象。但当这个孙大田跟她
第一次约会的时候，她坐在他的汽车副驾驶的位置上，被他飞
快地拉进城里下了一顿馆子，她就开始坚信，这辆汽车将永远
会属于她，她想什么时候坐就什么时候坐，她想去哪里他就得
乖乖地拉着她去哪里。因为她相信自己的实力，相信开车的男
人只要一看到她漂亮的脸蛋就会魂不守舍听之任之了。所以，
打一开始，她就把自己的条件一味地拔高了，让这个男人觉得
自己高高在上不可攀越，甚至让他觉得金钱在她面前也未必是
万能的。所以，当他俩在县城下过一次馆子看过两场缠绵悱恻
的爱情电影之后，孙惠珍就大大方方地跟媒人说了，三黄一窝
机，房子要新的，还要自行车和梅花牌手表，你让他们家好好
准备吧，我们家这边我自己说了算。媒人乐颠儿颠儿地去了，
几天后却皱着眉眼捎话来，说男方那边的爹妈嫌条件太高，还
要好好琢磨琢磨才给准信呢。孙惠珍当即就来火了，说，不

行就拉倒，我还不稀罕呢，他不就是一个开车的嘛。可转念一想，老人们的话说归说，他们不一定能做得了自己儿子的主。

孙惠珍想好了就守在孙大田开车必经过的一个路口，等着他。那天一直等到天黑麻了孙大田才回来，孙大田喊她上车她却死活不肯，只说，我就想问你最后一句话，你说你到底想不想跟我结婚。没等对方回答她倒先呜呜地哭起来，像是受了天大的委屈，她说早知道你爹妈看不上我，我死也不会坐你的汽车的。孙大田好劝歹劝总算把她拉上车，她呢又故作声势地哭了一场，然后止住泪说你把我送回去吧，天黑了我怕走夜路。孙大田二话不说把她送到家门口，她说你要是不急就进来坐坐吧，也许往后我们再也不会见面了。孙大田犹犹豫豫，最终还是停下车跟她进去了。她把他领到自己的屋里，给他倒了茶，又到伙房端来饭菜，说我还没吃饭呢，你干脆陪我一块儿吃吧。两个人吃过饭，孙惠珍幽幽地说现在你该回去了，以后我们别再见面了。说着又站在地上抹起眼泪蛋来。孙大田一时不知道该怎么办，走也不是站也不是。他突然一把将抽抽搭搭的孙惠珍揽进怀里表起自己的决心来。孙惠珍倒是不躲也不闪，任由对方紧紧地搂着自己，把热花花的眼泪沾到他的胸膛上。那天很晚了孙大田才回去，她让他亲了也摸了，直到最关键的时候她才把他硬生生推开。她想这种火候要恰到好处，完全给了也许他就不把自己当回事了，她要让孙大田产生一种幻想，一种非得到她的强烈欲望，她就是要让他知道她不光脸蛋漂亮而且浑身上下都是鲜活具体的，这一点是他用手火辣辣地摸她的身体时她忽然想到的。她为此感到高兴。临走时孙大田果然赌咒发誓地对她说，惠珍你等着我，这辈子我非娶你不可。他的话掷地有声，字字句句砸在她心上，让她感到一阵无比的舒心和惬意。

后来事实证明，跟孙大田结婚是正确的选择，至少一开始是这样的。

婚后孙大田对孙惠珍可以说是言听计从百依百顺。通常情况，她让孙大田往东他是不敢往西的，挣了钱除了给爹妈一个零头外，其余全都乖乖地交到了她手里，而且，他还时不时从外地为她捎回来一些好吃的好穿的哄她开心。也可能是孙大田开车的缘故，经常隔三岔五才从外面回来，到家天刚一擦黑就缠着孙惠珍赶紧上床睡觉。两口子之间的那点事情说起来就那么回事，可孙大田做起来总是津津有味乐此不疲，而且，孙大田还总是把这件事情跟汽车啦方向盘啦之类的东西联系在一起。比方说，孙大田想摸她的乳头的时候不说乳头，而是像摁汽车喇叭一样一下一下地触摸着，嘴里还学出嘀嘀嘀嘀的声音逗弄她。有时孙大田躺在孙惠珍身下摆弄她的身子时，就说自己是在修车查故障呢，口鼻里呼出的热气把她逗痒了一个劲发笑呢，他却坏坏地说好了，惠珍毛病找着了，我马上给你弄好。再比方说，孙大田经常深更半夜忽然从外头回来，孙惠珍还睡得死死的，他进屋就趴在她耳边软磨硬泡地说，好媳妇你快醒醒我想在你身上开一阵，再不开我裤裆里的油箱就要憋炸了。他们的夫妻生活就是这样。

不想人有旦夕祸福。孙大田后来偏偏把命送到车轱辘底下了，那辆东风卡车报废了，一车贵重的货物也全扔进了沟里。

丧事没等办利落呢，货主已经成天跟在孙惠珍屁股后面索赔来了，家里的底子那时基本上被掏空了，孙大田以前挣下的钱都破费在他们的婚事上了，而且还欠着几千块钱外债，现在竟沦落到变卖家当的份儿上了。

那时女儿香香还不满三岁，孙惠珍一开始并没有想着再嫁什么人，可她的公公婆婆却死活容不得她，整天摔摔打打地给她脸色瞧，逢人就讲她是个丧门星，硬是把人家好端端的一个儿子给克没了。事实上这桩婚姻从一开始公婆就对孙惠珍是有看法的，老两口一致认为自己的儿子娶了个花瓶娶了个狐狸精一样的女人，在他们的老观念里，女人是不能太漂亮的，过于漂亮的女人会给男人带来厄运。而儿子一意孤行，为娶孙惠珍这个女人，大把大把花钱办喜事，更让两个老人耿耿于怀。那时家里已经一贫如洗，像一只倒空的麻袋，从里到外都瘪了。孙惠珍成天背负着克星这个罪责，她勉勉强强跟公婆僵持了一阵子，才无可奈何地带着女儿香香回到了娘家。

孙惠珍回来没多久，又跟自己娘家的弟媳妇狠狠干了一仗。当初她嫁出去后属于她的地就被村上收回了，她现在带回来两张嘴吃饭，尽管她还可以吃爹妈的那份，可弟媳妇算盘打得比谁都精细，明摆着抓破了脸面赶她走人。娘家这边看样子也不是安乐窝了，人家容不下她这个嫁出去的女人。

孙惠珍思前想后，只好硬着头皮又回到婆家这边，毕竟她还为他们生过一个孙女的。可公婆做梦都想抱孙子，对香香一点好感都没有。所以，孙惠珍很多时候也把肚子里的怨气撒在女儿身上。孙惠珍总是恨铁不成钢地骂香香，老娘生你有什么用，你还不如跟你那死鬼爹一起栽进沟里算了呢！可骂归骂，香香毕竟是自己身上掉下来的一块肉啊，女儿更可怜，小小的就没了爹疼。孙惠珍改嫁的念头有一天就是这样诞生的。她想自己再不能这样将就下去，她要给香香找个后爹，让香香以后有人疼有人管，也让自己的下半辈子好有个依靠。

可是，当孙惠珍做出这个重要决定的时候，她压根儿也不会想到自己后来竟会嫁给二麻子这样的一个庸庸碌碌的男人。这是始料不及的结局。又有谁能预料后面的事情呢？

二

扁豆这孩子长起来可真是快啊，好像昨天还仅有鞋底那么长，说话的工夫却已经会满地撒欢了，会叫爹喊妈了，还能噘着小嘴汪汪地学狗叫，喔喔地学鸡打鸣。二麻子高兴啊，他在孙家台子活了半辈子，好像从来都没有这么快活过，快活得有点像个傻瓜，整天屁颠儿颠儿地把扁豆高高地架在自己的脖颈上四处走动，逢人就傻呵呵地笑个不停，嘴都合不拢了。笑得旁人直起鸡皮疙瘩，还以为他真的傻了呢。

他一回到家就对孙惠珍不停嘴地唠叨上了，我们扁豆今天尿了几泡尿，屙了几泡屎，屎是什么颜色，稠的还是稀的。还有一泡全撒进他的脖子里了，可一点儿也不臊气。孙惠珍正为锅灶上的事情忙得团团转呢，哪有闲心听二麻子说话。可按理说她应该高兴才对，毕竟人家二麻子能把扁豆当自己的亲骨肉对待，半点嫌弃的意思都没有。可是，她就是高兴不起来，有时候听着听着，无名火噌地蹿上心头。孙惠珍就冲二麻子发起火来，说又不是你的亲生儿，你那么高兴算咋回事？二麻子并没有完全听清楚她的话，还是一个劲地讲扁豆那些有趣的事情，有点滔滔不绝的意思。他说扁豆这孩子将来一准是有出息呢，惠珍你看他现在就知道学狗叫学公鸡打鸣了。

孙惠珍继续伏在案板上揉面，她干这些锅灶上的事情是没的说的，样样都有板有眼。跟二麻子在一起过日子让她慢慢觉得踏实起来，一度激荡的心绪渐渐地平静下来。女人一旦铁了心要跟一个男人好好过日子，便会心如止水了。不管怎么说二麻子是个好人，虽说耳朵背，手脚不灵便，可对待她跟香香以及扁豆却是一门心思地好，对她们娘儿仨从无二心。这一点，孙惠珍还是比较知足的，像她这样一个残花败叶一样的女人，死了男人且不说，肚子里又揣着个野种过了人家的门，她该心存感激才对，她没有理由跟二麻子又吹胡子又瞪眼。

孙惠珍不想再给二麻子找气受，扭着脖子带笑颜看扁豆，嘴里噢噢噢地哄着孩子。二麻子把扁豆抱得紧紧的，不时把一张黑黢黢的麻脸贴在扁豆的嫩脸蛋上。孙惠珍看着看着，眼睛就湿润了，鼻子里水溜溜的酸涩，想哭，强忍住，泪珠在眼眶里闪。

也许，只有孙惠珍才能在扁豆的脸蛋上看出一些关于自己经历的蛛丝马迹来。说心里话，扁豆跟孙红军长得真的很像。所以，她倒是宁愿扁豆跟谁也不像，甚至跟她自己也不像才好。可是，孩子的长相就好比从一面遥远的镜子里照出来的那个相熟的人，眉眼，嘴角，鼻子，额头，无不反映出一衣带水貌合神似的必然联系。她在这面镜子里除了看到自己之外，更多更清晰地看到的是孙红军的影子。

说起来他还是孙惠珍的前夫孙大田未出五服的一个堂侄，前些年在外跑羊皮羊绒生意，赚了些家底，后来在城边子上盘了个小饭馆，一边收售皮毛，一边卖饭。孙大田有一次拉孙惠珍进城去，还在孙红军的馆子里吃过一顿烩羊肉。孙红军死活不肯收他们的钱，对孙大田说早就知道叔你娶了个漂亮的婶子，你们办喜事我正好忙生意没赶上，今天算我请客。孙惠珍那时就觉得孙红军嘴很甜，说出的话让人爱听。女人一般都爱听赞美的话，这大概是天性。

那时候孙大田出了车祸，里里外外有一大堆事情等着人去处理呢。孙惠珍一个女人家从来没有经历过那么大的风浪，当车祸的消息传进她的耳朵里时，她一下子就六神无主了，整个人像面条一样瘫软无力。消息就是孙红军亲自送来的，他骑着一辆天蓝色的金城摩托，风风火火地闯进孙惠珍的家里。当时他并没有直接跟孙惠珍说孙大田已经撞死了的事情，只是说他的车翻到沟里去了，婶子你赶紧收拾一下跟我去看看吧。孙惠珍撇下香香，也没有跟公婆细说就坐上孙红军的摩托去了，一路上她还瞎寻思呢，孙大田这两天是该回来了，咋眼看到家门口了还能把车开到沟里去呢？

孙红军的摩托开得很快，风飕飕地在耳边叫，她有点害怕，本来心里就七上八下的，遇到一个大坑车一颠，差点儿将她颠到路边去。孙红军转过头对她说婶子你抓紧我，我们得赶紧过去。孙惠珍还是第一次坐摩托车，想一想驾车的又是自己男人的侄子，两只手还是有所顾忌地将前面的男人象征性地抓了那么一下，这样一抓心里倒是踏实了点，再遇到坑坑壕壕的她索性更有力地抓住他。等到出事现场她简直就不敢睁眼看，那是一处拐弯的地方，路两边是深沟，丈夫的车一头栽进国道旁的深沟里，把一棵人腰粗的槐树齐身撞断了，车已经颠倒了个儿扣在下面，驾驶楼扁扁的像一摊颜色怪诞的牛屎。车祸出在凌晨，人必定是太困了，车速又快，刚一打瞌睡对面来了另一辆车，方向肯定打得过头了，才撞到了路边的树。人们纷纷议论着事情的经过。警察已经把拖车开来了，很多人在沟底七手八脚地忙乎着，她浑身上下筛糠样抖着。孙大田被人从变形的驾驶楼里拽出来的时候，孙惠珍根本认不出他了。丈夫的身上到处都是血和油，脑袋和胸膛好像缩进去一大截子，身体短得吓人。她哇地吐了起来，想往上扑，被站在旁边的孙红军挡住了。她就势扑到了孙红军的怀里像一个可怜的小姑娘，又哭又叫，披头散发，疯了似的。

那些天孙红军一直跑前跑后地帮忙处理后事。孙惠珍人都麻木了，要是没有孙红军帮忙，她真不知道该怎么办。孙惠珍那些天有点神神道道的，总是抱着香香说一些莫名其妙的话，说你爹出远门了，今天就该回家了。她抱着香香坐在门口一直等到天黑尽了，还是不肯进屋，公婆一遍遍喊她她像是听不见，别人都睡了她才犹犹豫豫地往回走，她对香香说今天不等了，你爹肯定是瞌睡了，让他好好睡一觉，明天一早再回来吧。到了第二天，天还没亮透，她就悄悄地起来又走到村口去等，眼巴巴地望着公路的方向，稍微能听到一点汽车的声音，她就显得紧张起来。这样过了几天，她什么也没有盼来，她知道孙大田是再也回不来了。

有一天黄昏的时候却把孙红军等来了。孙红军的摩托车把上挂了两大袋子补品和新鲜的水果，塑料袋被风吹得鼓鼓的。他说婶子我来看看你跟孩子。孙惠珍不说话，只是一个劲坐在椅子上抹眼泪。孙红军说婶子你千万再别盘（想）了，人已经走了这些天了，你盘来盘去把身子盘下病，到时候还不是自己受罪啊。孙惠珍默默流泪，过了一会儿她对孙红军说，我想带香香回趟娘家，你能不能送我们娘儿俩一程？孙红军满口答应。摩托一路屙着青烟，风把孙惠珍的眼泪吹干的时候，二十来里地转眼就到了。天太黑了，孙惠珍说什么也不让孙红军走，说你就住下吧，黑天路难走，在哪儿都是睡一觉，你走我不放心……说着眼泪又哗啦啦地在脸上流淌。孙红军本来连连地摇头，可一见她流眼泪，也不好再坚持什么，就应允说婶子别哭，我听你的。

那天晚上在娘家，孙惠珍翻来覆去怎样也睡不着，半夜悄悄起来一个人幽灵似的朝外面走，到庄子前面的干渠边找个地方坐下来听渠水汨汨地流淌，想着自己满腹的伤心事。外面月光亮得晃眼，她的影子静静地伏在水面上，又仿佛被月光稀释了一般随波逐流。

再说香香睡着睡着突然就醒了，看不见她妈就哇哇地哭起来。睡在里间房的两个老人都被吵醒了，出来一看孙惠珍果真不见了踪影，顿时慌得心惊肉跳起来，生怕女儿有个闪失。那晚孙红军单独睡在堂屋隔壁的房子里，其实他也没有睡踏实，香香嘤嘤不止的哭声和老人站在院子里接连呼喊孙惠珍的声音他当然听得清清楚楚，自己连忙穿好衣裤二话不说就跟惠珍爹出了门分头去找，惠珍妈干着急也没有办法，只好留在家里哄香香睡觉。

孙红军一口气跑到外面的干渠边上时，突然发现远处有一只黑影正孤独地坐在渠坝上，他怔了一下，悄悄地从后面绕过去，上前一把就将孙惠珍死死抱住了。说婶子你这是干啥，可别想不开啊，你要是有个三长两短那香香该咋办呢？孙惠珍被对方这种突如其来的举动吓住了，她潜意识里挣扎着，抗拒着，但很快她就不动了，孙红军把她抱得太紧了，以至于她连呼吸都有些困难了。

有那么一刻，孙惠珍忽然觉得抱她的人似乎不是孙红军，而是自己的丈夫大田，因为孙红军的身上也有一股子跟大田一模一样的味道，那种味道同样是来自汽油和机械，有种风尘仆仆的厚重和踏实感。这其实很容易理解，因为这两个男人都在驾车，对于一个女人来说汽车和摩托在本质上似乎没有什么区别，他们的身体上都流淌着那种相同的气息。而这种浓浓的汽油和机械的味道，正是孙惠珍这些日子以来朝思暮想的东西。孙惠珍在一阵无力的颤抖之后，也紧紧地将孙红军搂住了，她的十根手指像是要插进他的肉里，思念变成一股巨大的力量凝聚在每一片指甲上，他痛得都快叫出声来。孙红军的嘴里惊慌地嗫嚅着，婶子婶子婶子……她呢，同样也在呢喃，在心里一遍遍唤着大田的名字，眼泪哗哗地像碎银子一样洒落下来。自从车祸发生之后，很长时间她仿佛突然被怔住了，人吓傻了，缓不过劲来，她还没有来得及像此刻这样让自己的情感随着静静流淌的月光一泻而出。

月光已没有先前那么明亮了，月亮的脸正被一团飘过来的黑色云朵轻轻地掩藏起来。仿佛起了风，凉飕飕地从耳边吹过来，把孙惠珍脸上幽幽浮动着的泪珠一颗颗全部吹散了。这时前面闪过一束晃动的手电光，夜色被切割成一块一块的，由远处传来惠珍爹喊孙惠珍的声音，并伴随着一阵浑浊干枯的咳嗽声，他俩才意识到彼此正拥抱在一起，慌了神似的急忙松开了手。孙惠珍在黑暗中抹了抹脸上的泪，有些难为情地转身往回走。孙红军看着她的背影在夜色中像一只空壳似的慢慢移动着，心里很不是滋味，只好默默地跟在后面。回去的路上两个人再也没有说一句话，直到碰上迎面赶来的惠珍爹。老人见了孙惠珍不由分说扑上去就要动手，日爹捣娘地好一通数落，说深更半夜你不好好睡觉真是作践人呢，想死等不到天亮啊！孙惠珍垂着头一声不吭。孙红军在赶紧打圆场，劝老人千万别上火。惠珍爹还是气不过，最终唉声叹气地扭头走了。

又过了几天，还是孙红军去把孙惠珍从娘家接回来的，因为交警方面需要当事人的家属去办理一道重要的签字手续。那天傍晚忙完事孙红军没有把她送回家，而是直接带她到了城边的饭馆里。孙红军亲自动手准备了几道像样的菜，说婶子你这些天人都瘦了一圈，看着让人心疼呢，你说你还想吃个啥我让人买去。看着一桌子菜，孙惠珍眼圈一热，眼泪止不住淌下来了。孙红军开了一瓶葡萄酒，按讲究先给故去的孙大田遥敬一杯，然后又给孙惠珍斟了一杯，他自己先干为敬，然后说往后婶子的事就是我孙红军的事，你有啥难处只管开口。饭开始吃得必定有些沉闷，可几杯酒下去后彼此便放得开些了，话也就多了起来。孙红军一直殷勤地帮她夹菜倒茶，还尽量说一些天南地北的稀罕事逗她高兴，孙惠珍脸上时不时也绽露出些许的笑容，虽然那笑容很浅，看起来还有点惨兮兮的，她毕竟笑了，可笑得比哭还难看。笑着，笑着，孙惠珍还是忍不住哭了。而这时的哭已经不完全是为了丧夫之痛，某种程度上有了她对孙红军的一份浓浓的感激和丝丝缕缕的情谊，同时，这细微的哭泣声中也包含了她对自己过去婚姻生活的一份惆怅和失落。

后来不知不觉就晚了，饭馆要关门时天又下起了雨，两个伙计相继走了，只剩下他们俩。孙惠珍也就起身准备离开，却被一旁的孙红军轻轻地摁在椅子上了，孙红军的两只厚实的手掌没有马上拿开，而是长时间暖暖地抚在她的肩上。她始终没有做出任何不适的反应，静静地闭上双眼，一味地沉浸在其中。这样过了一会儿，孙惠珍睁开眼时发现孙红军已经紧挨着自己坐了，他的一只手臂从椅背后伸过来将她的身体紧紧地揽住，让她觉得浑身暖融融的，她犹豫着将自己的头偏过去停靠在孙红军的肩膀上。那一刻，她似乎变了一个人，她完全不知道自己在做什么，她甚至忘了自己是谁，身边的人又是谁。

孙惠珍再上城里去的时候就带上香香。孙红军见她们来了，就让伙计给香香从大冰柜里拿出一支大雪糕，香香高高兴兴地坐在外面树下的凳子上吃起来，孙惠珍叮嘱女儿好好吃，自己要出去办个事，就坐着孙红军的摩托车走了。孙红军在城里有一套旧房子，是以前别人拿了他的羊绒赔了本，实在没办

女
人
别
哭

253

法才顶给他的货款，他不多住，现在倒是派上用场了。有时候孙惠珍真的感到害怕，可一到白天里她的胆子就大起来，夜里还告诫自己别再往孙红军那边跑了，可天一亮这种念头就随着漆黑的深夜和月亮光丢远消失了，好像黑夜永远不会再来，她的世界或他们两个人的世界永远是白天。

跟孙红军在一起的时候，孙惠珍心里难免会打鼓，想想真是要命啊，自己一个当婶子的怎么会跟丈夫的堂侄黏一起呢？可是，孙红军不这样看问题，他说什么婶子不婶子的，八竿子打不着，也就是个称呼，现在都什么时代了。他这样一说，孙惠珍似乎又觉得没有什么不妥，心里也就坦然些了。但有件事情她一直想不通，就是以前丈夫在的时候，他俩隔三岔五才那么一次，有时丈夫出去半个月才回一趟家，她似乎一点也不在乎，多一次少一次对她来说似乎都无所谓，而且，每次都是丈夫一个劲在她身上忙乎，她却很少怎么激动过。可是自从跟孙红军有过第一次后，她好像又重新活了过来，竟一下子渴望起那种事情来。几天不见孙红军她就开始坐卧不安，干活腰来腿不来的，做饭烧菜时咸淡都掌握不好，吃东西寡淡无味，跟人说话前言不搭后语，脸蛋子莫名其妙地就会红起来。孙红军在这种事情上很霸道，甚至有点野蛮，虽说她是情愿的，犯不着他那么心急火燎地大动干戈，可他弄她的时候好像一下子变了个人，像个十足的恶棍纠缠不休，容不得她有一丝招架，跟开汽车的男人相比，这个开摩托的男人似乎更狂野一些。

孙惠珍一开始也有点怕他，总担心自己会被他吃了似的，可时间一长，这种感觉反而变得美妙起来，变得有点迫不及待。孙红军的这套旧房子里没有床，只有一套破破烂烂的旧沙发，窗帘子也有一片没一片的，做事的时候孙惠珍从来不敢把眼睛闭紧，以前不是这样，可现在她睁得大大的，因为只要一闭上眼睛她就能看到孙大田的样子。她实在害怕看到他的样子。好在孙红军跟大田长得没有一点儿相似的地方，除了他身上的那股汽油味之外。可孙惠珍知道，也许正是这种一脉相通的味道才让她从一开始就觉得孙红军很亲切。

孙红军有一天疲沓地倒在沙发上抽烟，两眼一眨不眨地盯着她看。孙惠珍正忙往身上套衣服，他叹了口气说我家里的那个人是爹妈包办的，她连你一个脚指头都抵不上，他妈的我这辈子咋就没有福气娶上婶子这样的一个人啊。孙惠珍没理识他，安静地站在一边拾掇被压乱了的头发。说实话，她还没有想过这样的问题。孙红军却接着说要是我能把她离掉，你愿不愿意跟我好？孙惠珍只当是他在说笑话呢，就随便支吾说我把身子都给你了，还有啥不乐意的。说这话的时候她一点儿也没有想过将来跟他会怎么样，现在她跟他这样她已经很知足了。孙红军就说婶子说话算数。她把他扔在地上的衣服裤子捡起来盖在他赤裸的胸膛上，什么算数不算数的，快穿了走吧，香香还等着我呢。孙红军也就没有再问她。

接下来他们有很长一段时间没在一起了。那段时间孙惠珍跟公婆的关系很紧张，她实在没有心情去城里见他。所以，孙红军家里的事她后来才听说的。孙红军果然跟老婆提出离婚的事情，他老婆是个死心眼，整天就知道在家干活做饭伺候老人和孩子，做梦也没有想到自己的男人要跟她离婚，一时想不开，又是哭又是闹，后来竟要寻死觅活。孙红军因为忙生意又经常不回家，有一天他老婆把半瓶子农药喝下去，幸亏被家人及时发现了，送到县城医院洗了肠胃，才把命保住。

孙惠珍着实被这件事情吓住了。那些天一到夜里她就不停地做噩梦，一张苍白的鬼样的陌生女人的脸在眼前飘来飘去，有时候还伸出血糊糊的长舌头，唬得她一身一身的冷汗，她在梦里的呼喊声常把睡在身边的香香吓得哇哇乱叫。多少次她在深夜里紧紧抱着女儿，直到天亮才勉强合上眼。

孙惠珍觉得自己好像变得有点神经质起来，很小的一点点动静就把她惊得一怔一怔的。屁股变得沉了，成天躺在床上，懒懒的，连饭也不想做，更不想吃。公婆的怨骂声她也充耳不闻。有几次她实在忍不住了想去找孙红军，可刚下地穿好鞋又立刻改变主意了。她想自己是万万不能再去见他了，她可不想为这事闹出人命官司来。因为梦里那张可怕的女人脸让她感到恐惧不安。

忽然有一天，孙惠珍的胃口竟奇怪地好起来，她想吃好东西，想吃一切跟酸有关的饭食，特别想吃杏子和拌凉粉，杏子已经过时节了，买不到，她只好去吃拌凉粉，里面放了半碗醋，牙都被酸倒了。与此同时她猛地醒悟过来，怪不得自己很长时间没见身红了，她被吓呆了，紧紧地闩上门，解开衣裤仔细地查看身体。潜意识里肚子似乎已经有了可怕的突起，她一连几天也不敢出门，大热天里她把自己用衣服裹得严严实实的。思前想后她还是悄悄地去找孙红军了，到了那里才发现孙红军的老婆竟也到城里来了，原来孙红军老婆洗完胃以后就暂时住在城里了，估计那个可怜的女人是想把自己的男人好好盯上一阵子。孙惠珍一见这种情形，假装说想进来吃点东西，支吾了两声转身就走了。孙红军骑着摩托追了上来，说你是不是有事呢，先上车再说吧。孙惠珍想了想就坐了上去，她说你带我去趟县城医院吧，我想看个头疼。县城小得很，摩托车一转弯就拐到医院门口了，她打发他回去，他问她真的头很疼？她苦笑了一下。她依稀记起自己刚怀上香香时的情景，那回是大田送她到医院做检查的，大田开着车，一路上高兴得不得了。大田说生吧，最好能多生几个。所以，她略微感到一丝满足，毕竟这一次还是有个男人跟她一起来的，尽管她肚子里怀的原本就是这个男人的种。她也是忽然改变了主意，她说你要不忙就跟我一起进去吧。

　　从医院回来，孙惠珍再也没有主动去见孙红军。她忘不了当孙红军得知自己怀上他的孩子时的那种难以抑制的兴奋的表情，说实话她完全没有想到他会表现出那种惊喜和激动，电影电视剧里这种情形她不是没有见过，一般都是把男的吓一跳，然后气急败坏地说你能确定他就是我的孩子吗？再不，就是像霜打的茄子一样蔫了，吭吭巴巴地劝女人还是赶紧做掉算了。孙红军却没有，相反，他表现得的确像个孩子的父亲。孙红军抓住孙惠珍的手说她这次就是抹脖子上吊我也下定决心要跟她离婚。

　　孙惠珍听了脸一红，内心翻滚着难以抑制的幸福的热浪，她急忙挣脱他的手说谁让你离婚了？我可没说非要这个孩子。话虽这么说，作为一个女人，孙惠珍的确打心底里感到满足，这至少说明她没有白跟他一场。对于一个女人来说，还有什么比这种感觉更让她幸福的呢！当时孙红军一愣，说惠珍你不能这样，这可是我们俩的孩子啊。孙惠珍心里别提多高兴了，可她嘴里却说别忘了我是你的婶子，你也有老婆。孙红军就不言语了，这毕竟是一个不争的事实。尽管他们刚开始偷偷摸摸时这些似乎很容易被忽略掉，但若谈到实质性问题，谈到孩子和婚姻大事这层关系就忽然浮出水面了，明晃晃地在眼前闪烁。

自然，孙惠珍也从来没有想过非要真的嫁给孙红军做老婆，孙红军是有妇之夫，一开始她就心知肚明。事实上那晚在她娘家发生那事以后，她着实后悔过好一阵子，她做梦也想不到丈夫刚刚去世不久，她就轻而易举地跟另外一个男人好上了，而且，这个男人竟还是自己丈夫的堂侄，跟她隔着一个辈分呢。这是多么荒唐的丑事啊。但是，感情的水闸一旦被拉开就似乎再也无法合上，只顾一味地奔涌向前，无所畏惧了。至于孙红军对她的感情是真是假，她也不是没有想过。但她始终觉得从本质上说孙红军并不坏，有一次事后他跟她掏过一次心里话，他说婶子有句话我说了你可千万别生气，其实你跟大田叔到我的馆子吃饭那天我就一眼看上你了，我就想着这辈子要是能跟你好就是让我死了也心甘情愿。

尽管他俩关系已经到这一步了，可那天孙惠珍还是吃惊不小，这多少有点出乎她的意料。更重要的是，她觉得自己跟孙红军的事原本是很自然的，就像水里的两条鱼从不同地方游着游着就自然而然地游到一起来了，可自从听了孙红军的心声后，这种印象突然发生了改变。或者说她觉得无论是丈夫的车祸还是她跟孙红军的这段感情，似乎有什么东西一直在暗中操纵着他们，使事情悄然向前发展。但从一个女人的角度来说，孙红军的表白似乎是极其重要和有价值的，尤其是，当他们俩在一起的时候，孙惠珍由衷地感到欣慰和快活，在丈夫死后她何尝不希望有一个像孙红军一样的男人真心真意地好好待她，成为她的精神寄托，哪怕偶尔在一起说说话也好。

好事不出门，坏事传千里。孙惠珍怎么也没有想到，自己跟孙红军的事一夜之间便在孙家台子传开了。事情坏就坏在孙红军的那套房子上，那个地方本来就是一个城乡接合部，很多从外地来城里务工的做按摩的小姐都在那附近租了房子住，三教九流鱼龙混杂，时间久了这里便自然而然成为一处暗娼较为集中的脏乱差地区，经常发生一些偷盗和抢劫事件，附近的居民早就怨声载道了，向上面反映得很厉害，当地派出所决定搞几次突击行动。有天晚上孙惠珍和孙红军正好撞在枪口上，他俩刚进去不久，警察便敲门闯进来，非要查看他们的身份证，他们怎能想到随身带那种东西，结婚证和户口本就更拿不出来了，结果被以涉嫌非法卖淫嫖宿关了进去。最后，孙惠珍还是派出所通知乡上，乡上通知村里，村里又转达到她娘家，才把她领回去的。为这事她娘家父母丢尽了脸面，在孙家台子头也抬不起来，她婆家知道后说什么也不允许她再踏进家门半步。

孙惠珍一下子就被逼到绝路上了。孙红军倒是有点豁出去的意思，说把头砍掉不过是碗大的疤，惠珍你别慌有我呢。可是，孙红军回到家的头天晚上就让他的两个大舅哥赶来恶狠狠地拾掇了一顿，光血就流了半脸盆，躺在家里十几天动不了窝。大难临头时孙红军多少还是动摇了，也就暂时顾不得孙惠珍了，毕竟他是有家有业的人。

别看孙红军的女人虽然生得又矮又胖像个倭瓜，满脸的雀斑，一嘴的苞谷豁子牙，可她娘家却是孙家台子可圈可点的大户人家，孙红军的老岳父孙三炮是有名的养殖大户，家里喂着一百多只羊，还有几头荷兰花奶牛，老早就被村里推荐到外面做过几场经验交流报告，家门上还挂着金光耀眼的铝牌子，上面印着鲜红色的"养殖致富带头人"字样。这些年要不是岳父孙三炮照顾着，孙红军的皮毛生意是断然不会做得那么顺当。所以，拾掇孙红军原本就是他老岳父的意思，除此之外，他们也没有轻易放过孙惠珍。当然，对付一个年轻的寡妇犯不着大动干戈兴师动众，他们只是想给她一记必要的警告。孙红军的大舅哥有一天将一摊血糊糊的东西扔在孙惠珍面前，那里面包裹着几根他们宰羊时割下来的羊鞭，离开时还撂下一句话，说大田媳妇你要是实在憋不住了，我们家圈里有的是骚户羊（即种羊），你随时过来。

事情到了这一步，孙惠珍一下子就蒙了，全没了主意。从婆家落水狗一样灰溜溜地逃回娘家，整天大门不出二门不迈，把自己关在屋里就知道抱着香香黑天白日地哭。

惠珍爹的鼻子眼看都快被气歪了，丢先人日祖宗不停嘴地骂，骂急了还上去扇她一个嘴巴，说你这贱货还回来做啥，倒不如一头撞死在南山墙上算了。惠珍妈毕竟心软，心疼自己的闺女，劝了脾气暴躁的老头子又去劝哭哭啼啼的孙惠珍，可她就是不吃也不喝，呆呆地躺着流眼泪，淌清鼻涕，几天下来人就瘦去了一圈，走路都摇摇晃晃的，跟以前那个爱美爱说爱笑又好强的孙惠珍已判若两人了。

三

二麻子原先是跟着哥哥嫂子一起过日子的，住在爹妈留下的一爿老院子里，自打他娶了孙惠珍情况就变了。哥哥倒是个老实巴交的人，总觉得二麻子能结了婚不是什么坏事，不管二麻子娶的是孙惠珍王惠珍还是别的什么女人，总之是一个有鼻子有眼的女人，能娶上女人就是二麻子的福气，二麻子若真的打一辈子光棍，这当哥的也确实于心不忍。二麻子的嫂子本来就牢骚满腹，总觉得二麻子这些年吃他们的穿他们的，临了却找个女人溜了，她还指望二麻子给他们做一辈子长工呢，所以她死活也不干，闲话气话说了一箩筐，孙惠珍过门的第二天她就怂恿着二麻子的哥哥在院子里砌了一道土坯隔墙，兄弟姐娌彻底分开了，各立门户，过各自的日子，从此井水不犯河水。

刚开始的时候，孙惠珍并没有想跟谁过不去的意思，她心里最清楚，自己现在的情形容不得再有什么风吹草动枝枝节节的了，人家二麻子不嫌弃她她还有什么话可说的，她就想着一门心思安安稳稳地跟着二麻子把日子过下去，把孩子们拉扯大。至于二麻子这个人，孙惠珍打小就是知道的，两个村子离得不算远，想必在路上是见过面的，只是从来没有说过话。二麻子比她大几岁，脸面也的确难看，麻麻裂裂的，就是常年窝在矿井里掏煤的工人也比他白净许多。二麻子的那只手连碗筷也抓不牢靠，指望不上他能干什么重活。但是，即便这样，孙惠珍也没有动摇过念头,内心深处似乎突然变得坚硬起来,经历过一番动荡后她确实不同以往了,当初连死的心思都有了,只是,老天爷偏偏不让她那么消消停停地去死,她死了香香怎么办,还有,肚子里的那个小冤孽又该怎么办?她实在放不下啊,既然死不了,就得硬着头皮活下来。俗话说,好死不如赖活着,她不是没有这样想过。关键是,二麻子好心好意地救了她,收留她,那天要是没有二麻子,她真的就死了,说起来这条命是二麻子捡回来的,她除了嫁给二麻子做老婆再没有什么可以报答人家的。其实,那阵也是形势所迫,她一个寡妇家带着女儿实在没处走了。

孙惠珍寻短见那天傍晚,二麻子正在干渠的大闸坑那里看水闸。

那时候正值麦田灌溉高峰时节,二麻子的哥哥在自家地里淌水,使着二麻子去看水闸。干渠的大闸坑平常也就有半人来深的水,但上了闸情况就变了,水位迅速上升,再高大的男人栽下去也会没过头顶的,即便笔直地站在水底伸直了手臂也露不出水面,盛夏的时候经常有孩子在这里耍水,淹死人的事情时有发生。所以,当孙惠珍万念俱灰的时候她选择来这个地方了断自己。

那天天色已经昏暗了,二麻子独自一个人坐在闸门旁的青石块上,他跟前燃了一堆湿蒿子草,浓浓的白烟在他周围弥漫,看闸最怕的就是成群结队的蚊子,烧蒿子草可以抵御那些蚊子的纠缠和叮咬。孙惠珍就是这时朝他慢慢地走来的。起初,二麻子并没有太在意,他只是看见一个黑影从路的尽头慢慢地升起来，接着，黑影像是被风吹着，摇摇晃晃地朝闸坑这边飘移过来。因为四周都弥散着呛人眼鼻的草烟，二麻子眯缝着眼，并看不清黑影的样子，他只是有一种不好的感觉，他更多担心的是那个黑影是冲他看守的闸门而来的。他在暗中做好了防守的准备，一旦对方要提闸放水的话，他会毫不客气地站起身跟对方拼了命干一场。以前二麻子看闸的时候，这种事情经常遇到，来拉闸的通常是下游村子里的什么人，孙家台子一带就这一条干渠，多少年来为了抢水灌田人们争得面红耳赤，村子之间伤了和气，有时甚至会大打出手。

就在二麻子犹豫之际，黑影已经鸟一样落在闸坑边上了，他看见这只黑色的大鸟正扑棱着翅膀，战战兢兢地眺望着远方，眼神迷茫。闸坑里的水满满的，水因为在前方闸门受到阻止，愤怒地折回宽大的舌头在闸坑里汹涌起伏着，呜呜乱叫，黄泥汤一样的水浪不时拍打着坑边的石壁，水珠不停地跳起来，落在岸上，也溅在那只黑鸟的翅膀和身上。也就是二麻子稍一愣神的工夫，黑影突然又朝前面移动了两步。接着，二麻子眼前的火堆骤然亮了一下，他猛地看清了，黑影并不是什么鸟，而是一个人，一个活生生的女人，头发茅草一般散乱着，衣襟一长一短，露着白花花的颈项，赤着两只脚，脚趾在火光的映照下发出鲜红的亮光。女人好像没有看见他一样，他们只相隔几步之遥。她忽然回过头冲他笑了一下，像是笑又像是在哭，满脸的水光在闪烁，随即，女人整个身体像一棵伐倒的柳树一样朝水里直挺挺地栽下去……

二麻子顿时惊慌失措了，弹簧一般从地上蹦起来。当晚，孙惠珍被二麻子从水里救起背回了家里。

几天之后，孙惠珍回了一趟娘家，把女儿香香也接过来了。离开娘家前孙惠珍对爹妈说二麻子是个好人，他还没有结婚呢。惠珍爹黑着脸说你不嫌丢人我们还嫌丢人呢。惠珍妈坐在门槛上直抹眼泪，说他救了你的命，他当然是个好人，可听说他是个麻子，耳朵还背，你要想清楚啊。孙惠珍就过去把妈抱住痛哭了一场，说妈你别怨我，我这辈子就这个命，你们就当没有养过我吧，就算他是个要饭的我也跟着他了。说完，抱起香香掉头就走了，惠珍妈想撵出去，却被惠珍爹挡住了。惠珍爹说你让那个不要脸的贱货滚吧，滚得越远越好，她狗日的再也不要进我这个家门！

对于刚过起来的小日子，孙惠珍并没有太多的计划和奢望。除了她过门时随身带来的仅有的一点私房钱和几身换洗的衣服，那边家里她什么也没有带走，基本上是被扫地出门。二麻子完全是个穷光蛋，这一点孙惠珍事先已经想到了。他哥哥嫂子只分给他俩几把生了锈的铁锹镰刀和锄头，另外还有属于二麻子的一亩多麦地，二麻子的嫂子当然不同意给孙惠珍另分一块麦地的。嫂子不无抱怨地把二麻子拉到一边，老二本来我和你哥是要养你一辈子的，可如今你非要娶那个狐狸精，往后我们就管不了了，好好坏坏都是你自己的事，你就是让那个狐狸精卖了吃了我们也管不着。其实，这话孙惠珍不是没有听到，要放在以前她会毫不犹豫地冲上去跟那个女人理论一番的，可她什么也没有说，全装聋子没听见，她知道一切才刚刚开始，她想要一个好的开始，她不想再因为自己的一时不慎而招惹麻烦，把这里弄得一团糟。在她决定跟二麻子过日子的时候，她已经把自己看得一钱不值了，她甚至觉得像她这样的女人根本不配再有哪个男人要的。现在，二麻子救了她的命，肯要她，不嫌弃她，所以，她事事得忍，而且心甘情愿。她当然知道忍一时风平浪静的道理。所以，不论二麻子的嫂子说什么，她都会置若罔闻。

　　孙惠珍把自己的私房钱全都拿出来，锅碗瓢盆需要添置，床单被褥要更换新的，喝水的缸子暖壶洗脸盆毛巾牙刷肥皂还有搓板，这些过日子要用的东西一样也不能少。除此之外，她还特意给自己买了一只铝制的洗澡盆和一条绿色的搓澡巾，条件再苦，澡还是要洗的，不光她要洗，香香也要洗。等一切都置办齐人也就安定下来了，孙惠珍原来灰暗的心绪也就渐渐地明朗起来，心态也趋于平和，看着香香整天跟二麻子在院子里进进出出，她打心眼里生出了暖意。有时还会莫名地想起以前的事情，眼泪就倏地涌出来，急忙扭过头去生怕让二麻子和香香看见。这样没过多久，她就明显地感到身子一天比一天沉了，肚子里有了动静。孙惠珍趁香香睡着的时候对身边的二麻子说，我想明天去城里把他做掉。二麻子半天也不言语。孙惠珍又说有一个香香就够受的了，要是再添一个，这日子还咋过？二麻子像是没有听清她的话，她把身体朝他靠了靠，说你倒是说句话呀。二麻子只是在黑暗中叹了口气，还是什么也没对她说。

　　第二天，孙惠珍天蒙蒙亮就爬起来，正准备出门进城去，硬被二麻子挡住了。她说你别拦我，就让我去打掉吧。二麻子根本不听她的，死死地拉着她的手，眼睛焦躁地盯着她的脸。孙惠珍都快急哭了，她说我知道你心肠好，可我真不想要这个孽障。二麻子把她的手臂都拉痛了，可他就是不知道该对她说些什么，只是用不安的眼神乞求着她。她心软了，一屁股坐在地上，哭了，眼泪哗哗地淌着。她说我知道你是咋想的，可我不能让你可怜我一辈子呀，生下这个孽障对你有什么好啊，别人会戳你的脊梁骨，会骂你是个乌龟王八的，你知不知道啊！二麻子跟着她默不作声地蹲在地上，眼圈红红的，清鼻涕挂在鼻尖上，亮汪汪的。二麻子紧紧地握着孙惠珍的双手，黑麻麻的脸颊已挂满了泪水，嘴角抽搐了好一阵子，终于嘶哑地说我不怕，惠珍我啥都不怕！只要你跟孩子都好好的。孙惠珍的心像是突然被绳子捆扎紧了，一阵绞痛，她也使劲抓住二麻子的手，指甲尖深深刺进他的手掌心里。

白天孙惠珍跟二麻子一起下地干活，有时候也把香香带到地里，更多的时候是把她锁在家里。

香香一个人在院子里转来转去，自己跟自己玩得时间长了便会厌烦，她想出去，可门锁着，她只好扒着门缝朝街上张望，眼巴巴地等着大人回家。这个村子对于香香来说完全是陌生的，街上的人，路边的树，头顶的蓝天跟白花花的日头，似乎样样看上去都那么陌生，幸好她并不怕二麻子这个男人，在她幼小的心灵里二麻子一点儿也不令她感到恐惧，他在家的时候总喜欢抱抱她，摸摸她的小脑门，还从地里捉回一只蜻蜓或蝴蝶送给她玩。大人不在的时候，香香的确感到很无聊。但是，隔壁的院子里每天都是有些动静的——那是二麻子哥哥家的两个女儿在院子里快活地玩耍，香香不时被来自隔墙外的欢快的声音所吸引。

有一天下午，香香实在玩得没有意思，禁不住隔壁小女孩的笑闹声的诱惑，就从院门下的缝隙硬是爬了出去，顾不得满身的灰尘便犹犹豫豫地去找那两个孩子了。孩子们之间最容易打成一片，二麻子哥哥家的两个孩子并不跟香香认生，相反都很高兴她能加入。于是，整个下午三个女孩始终在一起尽情地玩过家家游戏，直到二麻子的嫂子从外面风风火火回来。女人一进院门就看见了香香正跟自己的两个孩子玩在一起，这让她很是吃惊和愤怒，她像母鸭一样怪叫了一声，当即就冲上去把香香从孩子们的游戏中揪出来，然后凶巴巴地呵斥自己的孩子，说谁让你们跟她在一起玩的？你们咋能让这个小狐狸精来我们家呢！接着，她连推带搡地把香香拖到院门外，警告说往后不许你来，听见没有？！你个小妖精要是再敢进我的家门我就打死你！话音未落香香早已经被她推倒在院门外的地上，香香吓得哭了起来，她不知道自己做错了什么。

等孙惠珍和二麻子回到家时香香还趴在院门前，哭得跟泪人一样，浑身上下都是尘灰，胸前湿漉漉的一大片跟和了泥似的。孙惠珍和二麻子蹲在她跟前询问了半天，香香才抽搐着小身体指着隔墙说婶娘骂我是小妖精，她不让我跟两个小姐姐在一块儿玩。说着，又抱着孙惠珍的大腿呜呜地哭起来。孙惠珍是聪明人，立刻就明白了，她知道是二麻子的嫂子容不下她。她心里感到憋屈，二话不说挥手就给了香香两巴掌，当着二麻子面她还能说什么。孙惠珍气得直跺脚，活该活该，谁让你不老老实实待在家里。香香挨了妈的一顿打,更委屈了,哭声也越发响亮。孙惠珍故意亮起嗓门说,从今往后我不许你再去那个坏女人家,你要不听话我就打折你的腿!香香吓得直往后缩,二麻子急忙将香香抱开了,说我不准你打香香。孙惠珍冷冷一笑,眼泪都笑出来了,她说香香是我的女儿我想打就打不用你来管。二麻子不理睬她,抱起香香径自出门去了,等孙惠珍的饭做得差不多了,二麻子又领着香香回来了,香香已经不哭了,很乖巧的样子,两只手里各捏着一个青涩的苹果。孙惠珍不再说什么,把仇恨的种子埋藏在心里,一家人坐下来高高兴兴地吃饭,可孙惠珍心里却七上八下的。夜里烙饼似的翻过来掉过去睡不踏实,思前想后,天亮时她终于拿定了主意,她要把肚子里的孩子生下来,好让香香以后能有个伴儿,家里就香香一个毕竟是太孤单了。这样看来,再给香香添个弟弟或妹妹并不是什么坏事。

于是,孙惠珍的肚子就一天一天鼓挺起来。到第二年刚开春的时候,香香就有了一个长牛牛的弟弟扁豆。

生下扁豆后孙惠珍竟没有一丝奶水,两只乳房瘪瘪的,乳头向里缩着,扁豆常常因为吮不到她的奶彻夜地哭个不停。孙惠珍就连天责怨二麻子,都怪你非要这个孽障,现在让我拿啥来喂他?真不如把他撂到荒滩里去喂野狗算了。说着,就使性子将扁豆扔给一旁发呆的二麻子,说我实在没有办法哄他,这小狗东西快把我的奶头啃下来了。

二麻子就抱了扁豆出门,循着另一串孩子的哭声到村北头的孙猴子家去了。孙猴子的女人也是刚出月子不长时间,那个女人有一对母牛一样的奶，整天在胸口子上甩来甩去的。二麻子抱着扁豆去找孙猴子说情，孙猴子见了他张嘴就骂，驴日下的麻子脸又当爹了，啊？你倒轻巧得很，便便宜宜得了个女儿不说，才几天没见又添儿子啦，看来你个麻孙日劲不小啊！二麻子并没有听分明，自始至终脸上堆着笑，一个劲点头作揖，任由对方一味地戏谑。等孙猴子嘴巴停下，二麻子才走近一步央求说，大兄弟你看你扁豆侄儿肚子饿得急，你就可怜可怜好歹让他婶子奶上两口吧！孙猴子又嘿嘿地坏笑，说我媳妇有的是奶，吃多少都行，可有一样我非得亲自去验一验你老婆是不是真的没奶喂。正说着孙猴子的女人抱着儿子铁蛋从屋里出来，她狠狠瞪了一眼孙猴子，然后对二麻子说你别听这个猴子放屁，奶长在老娘身上我想给谁吃就给谁吃，你把扁豆给我抱进屋来。二麻子进去的时候心里暖暖的，落下一串浊泪。

再给扁豆缝衣裤鞋子的时候，孙惠珍就会顺带给孙猴子家的铁蛋也做一身，小孩子的衣裤原本费不了多少布匹，但将心思往这上面一用，孙惠珍心里便踏实了许多。平时家里做了好吃的东西，也使着香香赶紧给孙猴子家送过去。这样一来二去，孙猴子的媳妇就跟孙惠珍走近了，两个女人在一起的时候可以无话不说。一个女人肯把自己的奶水喂给一个跟自己毫不相干的孩子吃，这着实让孙惠珍感激不尽。扁豆刚学会说几句话，她就让扁豆管孙猴子两口子叫了干爹干妈。孙家台子的人有讲究，小孩子打小认了干亲这命就旺了，肯活。扁豆几乎每天都去吃孙猴子媳妇的奶，有时候那个女人会主动抱着她的儿子过来，进门就把铁蛋递给孙惠珍抱上，她自己却掀起衣襟亲亲热热地给扁豆喂奶。每当这时，两个女人怀里都抱着别人家的孩子，可都跟抱着自己亲生的一样。

有时闲下来，孙惠珍也跟孙猴子家的说说自己的心里话，说自己真是后悔年轻时做的那些见不得人的事，说娘家爹妈怎么怎么痛心，说二麻子对她如何地好，还说要不是遇到二麻子她真是不想活下去了，每每说到伤心处就禁不住抽泣起来，也惹孙猴子家的跟她一起抹眼泪。其实，两个女人之间的交流和理解就是这么容易，只要你肯把自己的心事真真切切地说出来，没有谁会轻看你的。关系的亲密和疏离往往可以决定人和人之间的最基本的原谅和信任程度。

孙惠珍家的麦地跟二麻子哥嫂的地其实只相隔一道土埂（原先这里本是一大块地，后来分家时划拨出三分之一给了二麻子），平日里抬头不见低头见。二麻子家添了扁豆之后，嫂子的气更是不打一处来，她在地里干活的时候远远看见孙惠珍走过来，就指桑骂槐地冲自己的两个女儿发火，说我养你们这两个贱货有屁用，往后还不都是偷人养汉子的下三滥。话太难听了，孙惠珍的脸上自然挂不住，有时她也要回敬二麻子的嫂子两句。她故意高声大嗓地对怀里的扁豆讲，扁豆啊扁豆你以后长大了千万别娶那种没本事的女人，连个带把子的都养不出来，见天就知道母鸡一样蹲在自己的蛋皮上呱呱乱叫，这样的女人呀就是白给咱们扁豆也不能要她！噢，扁豆点头了，扁豆多乖呀，扁豆咱们活活气死她。两个女人在地里阴阳怪气的你一言我一语，常常惹得旁边地里的人围过来听笑话。当然更多时候，孙惠珍是不会跟这个女人一般见识的，人跟人不同，那女人尽管啰唆纠缠她，孙惠珍呢，就权当对方是满嘴放臭屁。

香香上了学，也就更懂事了。她知道孙惠珍跟隔壁的女人势不两立，所以，香香也就立场坚定地站在孙惠珍这边。有时候孙惠珍跟二麻子的大嫂拌嘴较劲，香香也会毫不客气地开动脑筋冲锋陷阵，村里时常会出现这两家大人小孩一起开嘴仗的壮观场面，这也成了村里的一道风景。

四

家里多一张嘴吃饭，日子就显得紧紧巴巴的。转眼又到了该送扁豆去念书的时候了，念书就得掏钱，可钱从哪里出？不到两亩麦地吃饭都不够数，家里已经供着一个香香了，现在又有一个扁豆，孙惠珍一时真不知道该怎么办。孩子小的时候，饥一顿饱一顿怎么都好办，一旦长大了，问题就不再那么简单了。孙家台子本来就守在城边子上，也就两三里路一撒欢就到城里了，这几年孙家台子的人都时兴到外边干个啥挣点活钱去。比如，有在城里做小买卖的，有在工地上背砖抱瓦下苦力的，有去馆子里端碟子洗碗的，也有跑去城里蹬三轮车一天下来少说也能挣个十块八块的。总之，现如今就是留下来种地的人越来越少了，好像连傻子都明白这个理儿，光靠地里那点粮食下辈子恐怕也翻不了穷身。

眼看着别人成天不是干这就是干那想办法挣钱扒拉光阴，自己家的香香和扁豆又树苗一般一天天疯长起来，孙惠珍心里就像着了火一般焦急。隔三岔五脾气就不打一处来，不是责骂孩子讨嫌，就是抱怨二麻子没本事。二麻子呢，偏又是死猪不怕开水烫的性情，任凭孙惠珍大光其火不停地宣泄，他就是不吱一声。每一次，直到孙惠珍骂得声嘶力竭黯然神伤的时候，二麻子才使着香香给她妈倒一杯热水端过去，或者，让扁豆拿一条湿毛巾给她擦眼泪。孙惠珍恨得咬牙切齿，她一边抹眼泪，一边对低头坐着憨笑的二麻子说我这辈子真是造孽啊，怎么遇到你这样一个木头人，你为啥不说话，你到底是聋子还是哑巴！

二麻子虽然嘴里不说什么，心里也犯起愁来，毕竟送扁豆上学是件大事情啊，咋也不能耽误了孩子念书。二麻子想来想去还是悄悄去找他哥哥商量。二麻子的哥哥头摇得像拨浪鼓，说兄弟你又不是不知道你嫂子的脾气，哥就是有钱也不敢帮你啊。二麻子闷头闷脑地跟在他哥哥后面转悠，他往哪儿走他就跟到哪儿。二麻子说哥你好赖也是给扁豆当大伯的人，就帮你侄儿一把，你不帮扁豆谁帮扁豆？说时额头和脸上尽是深深的褶子。二麻子哥哥实在被他跟烦了，又委实觉得二麻子可怜，怎么说他们也是一娘同胞啊，就一咬牙把身上用来买化肥的钱拿出来给了二麻子，反复叮嘱二麻子不能说漏了嘴。

晚上，孙惠珍拿着那一百块钱问二麻子是从哪来的，二麻子只是嘿嘿地笑，说是天上掉的，他一低头正好就捡上了。孙惠珍就生气地把钱还给二麻子，二麻子才说是自己借来给扁豆报名用的，孙惠珍也就不再追问。翌日天还没亮，二麻子的嫂子却气势汹汹地冲进来，站在院子里破口大骂，说孙惠珍你给我滚出来，别想背着老娘浑水摸鱼！孙惠珍哪里知道借钱的事偏巧让这个女人一通软硬兼施给逼问出来了，她还蒙在鼓里呢，她披着衣服刚走出屋门，就被二麻子嫂子一把薅住了，张口就要让她把钱拿出来，弄得孙惠珍一头雾水。二麻子嫂子冷笑着，孙惠珍你别装蒜了，谁不知道你是啥样的货色！你这狐狸精休想占老娘的便宜！孙惠珍一愣神，随即也就理出个头绪来了，她二话不说转身回屋，把二麻子交给她的钱从枕头底下取出来狠狠砸在对方的脸上，又使劲在地上啐出一口白唾沫。孙惠珍说我要早知道是你的，就是金砖银条老娘也不稀罕！

二麻子的嫂子一点儿也没料到孙惠珍会如此爽快地就把钱还给她，她本来是想借题发挥好好拾掇一下孙惠珍的。所以，这个女人有点恼羞成怒，有点不知所措，她把钱从地上拾起来的时候夹枪含箭地说，你当然不稀罕，谁不知道你孙惠珍本事多大啊，想花孙家台子男人的钱那还不是两腿一叉开的事！这句话对于孙惠珍来说显然是太过于恶毒了，显然是在揭她的伤疤，是成心往她的伤口上撒盐抹辣椒水，所以，孙惠珍毫不犹豫地扇了二麻子的嫂子一记耳光，她自己捂着脸跑回屋里。就在这时，二麻子的哥哥闻声赶来，说钱是我借给二麻子的，你跟弟妹有啥过不去的。女人正气不打一处来，听男人这么一说，顺手也给了他一个嘴巴，说，好你个吃里爬外的东西，敢跟那个不要脸的合起伙来欺负我！说完，一屁股坐在地上撒起泼来。

孙猴子家的铁蛋秋天一到就去报名上学，他来家里找扁豆。铁蛋说扁豆我要上学去了，你也一块儿去吧，到时候我们哥儿俩坐同一个位子好不好，可以互相帮助。扁豆嘟着嘴半天也不说话，窝在一边眨巴着眼睛看着孙惠珍。孙惠珍知道扁豆在向她递话呢，心里更难受了，越想越觉得委屈，把扁豆跟铁蛋放在一起比，自己的孩子分明是不如人家的。别看铁蛋爹孙猴子人猴了吧唧的，做起小买卖却是很有一手的。哪一年不到城里卖半年的菜，黄瓜上来卖黄瓜，柿子上来贩柿子，手里活钱是少不了的。家里就是再有两个铁蛋，学也是供得起的。孙惠珍老早就跟孙猴子说过几次，想让他进城时把二麻子也拉上，好让二麻子也跟着人家学着做做买卖，可二麻子死活就是烂泥巴糊不到墙面上。二麻子说自己嘴笨，脸面狰狞，耳朵又背，谁敢买他的东西，弄不好非把自己赔进去不可。孙惠珍也就放弃了让二麻子去做买卖的念头，这日子紧就紧点过吧。可现在事情赶着，当下扁豆上学要钱，二麻子冲他哥哥借钱的事惹得两家鸡犬不宁，孙惠珍着实心烦。

铁蛋是个孩子，自然不晓得孙惠珍家里的难处，就去跟孙惠珍说大妈你就让扁豆跟我一起去吧，我妈还说让我照顾好扁豆呢。孙惠珍抹了抹眼睛，勉强冲铁蛋笑着点了点头。

孙惠珍默默地到院子里捉檐下的三只芦花鸡，鸡们发出惊悚的叫声。鸡是生下扁豆以后孙惠珍从集市上抓来的，抓的时候还是拳头大小的鸡娃子。她用草绳捆死了鸡脚，又进屋从米柜里取出几十只鸡蛋装进篮子里，这些蛋是那几只芦花鸡下的，每隔一两天才收到一两只，每次她都把鸡蛋塞进米柜里。扁豆长身体呢，过些日子她就会给他煮上一只让他吃了。香香她是舍不得给吃的，再说香香大了也懂事了，她从来不跟扁豆争什么。收拾好东西，孙惠珍就骑上车子进城去了。铁蛋也拉起扁豆到干渠要水了。

晌午过后扁豆一个人回到家里，那时孙惠珍还没有从城里回来，香香跟着二麻子在玉米地里薅草，估计一时半会儿也回不来。

扁豆的肚子饿得咕咕乱叫，他在伙房里搜腾了半天，只吃到巴掌大的一块干馍馍，然后又从水缸里舀了半瓢凉水喝下去。扁豆感到肚子饿极了，或许是在干渠里要水要得时间太久的缘故，总之，扁豆觉得自己好像从来没有这样饥饿过。扁豆想进屋睡一觉，可门锁着，他进不去。扁豆无奈地在门槛上坐下来，院子里白花花的，他没有在屋檐下看到平日里叽叽咕咕的几只鸡。他用目光在院子里顽皮地搜寻了一阵，后来终于想起来鸡被他妈抓到城里去了，但还想不出来抓鸡到城里有什么用。扁豆百无聊赖地坐在门槛上，两只手掌托着腮帮子，打瞌睡，样子看起来有点忧伤。

这时，扁豆的目光终于跟隔墙伸过来的一片绿叶撞在一起了。扁豆知道那是隔壁大伯家的一棵苹果树，每年这时候繁茂的树枝和叶子都会从那堵土墙上伸进扁豆家的院子里。以前扁豆并没有怎么留心过，因为孙惠珍经常给他和香香说不要跟隔壁大伯家的任何人说话，连看也不要看他们一眼，更不要碰他们家任何东西。可现在扁豆却看清楚了，那片伸进院子里的绿色中分明隐藏着一些重要的东西，沉甸甸的，一个个泛着青绿色的光，很耀眼的，把树枝都压弯了，扁豆觉得自己似乎一伸手就能够得着它们。扁豆盯着树枝上的那些果子发了很长时间呆，在记忆里这种东西他好像是吃过的。有一次在铁蛋家，干妈拿了两只，给了他一只，又给了铁蛋一只，干妈说这是你干爹今天卖剩下的东西，所以给你们小哥儿俩尝一尝。扁豆想起来干妈好像还说过这东西名字就叫苹果。扁豆记住了。扁豆又抬头朝树枝上望了一会儿，脖子有点酸了，他确信树枝上的果子跟自己在干妈家吃到的东西是一模一样的。扁豆的口水就滴滴答答流了下来，怎么也止不住的样子。扁豆后来终于猴到了墙头上，那堵墙其实并不很高，墙里的土坯都裸露着，脚尖很容易蹬上去。扁豆记得香香也经常对他说大伯家有个很坏很坏的老妖精，可千万别惹她，她会把小孩子一口吃了的。香香说这些的时候还做了一个怕人的鬼脸。扁豆一直半信半疑，姐姐说的都是真的吗？他一点儿也拿不准。扁豆有点激动，他的小手已经够到了一只果子，他的心怦怦直跳。

扁豆把那只摘下来的果子谨慎地塞进裤兜里，他想应该给铁蛋哥也摘一只才对，他要跟铁蛋坐在一起吃，这样吃起来才香甜有味。等摘下第二只的时候扁豆已经浑身是汗，脸蛋涨得通红，墙上的日头似乎比地上的要强烈许多倍，扁豆想干脆给香香姐也摘一只吧，他怕香香万一知道了会告诉妈，妈一定会打他的屁股，如果也给香香摘一只，她肯定就不会给大人告状了。就在这时，扁豆觉得自己搭在墙另一面的一只脚被什么东西吸住了，死死的，吓得他丢掉了已经摘到手里的第三只果子。

孙惠珍终于卖掉了一篮子鸡蛋和那几只芦花鸡。她心里空落落的，事实上要不是孙猴子帮她吆喝，她也许连一只鸡蛋也卖不出去。集市上到处都是人，黑压压的一片脑袋，像煮在锅里的丸子一样在眼前转来转去，不知为什么，孙惠珍怕看那些目光，他们远远看着她的时候她有点心虚，就仿佛摆在自己眼前的鸡和鸡蛋是偷来的一样。正好看见孙猴子在卖西瓜，她就把东西摆在他的瓜摊边上。孙猴子说扁豆妈你别跟做贼似的，卖东西就得不怕羞，你羞脸那么重，见了生人连头也不敢抬高，那人家谁还愿意买你的东西呀，你得像我这样，嘴勤眼尖才成。孙惠珍怎么也学不会孙猴子那两嗓子，想好的话刚到嘴边就打起磕巴来，而且，声音小得跟蚊子嗡嗡一样。孙猴子就笑她，说你和二麻子真是遇神了，天生做不成买卖。说着，就放开大嗓门帮孙惠珍吆喝起来。

卖完东西，孙惠珍显得有点惶惑，跟孙猴子告了别推起车子很茫然地离开集市。长这么大孙惠珍的确还是头一次卖东西，她心里很不是滋味，不知是怜悯那几只鸡和一筐鸡蛋呢，还是怜悯她自己，反正她说不清楚，心里酸酸的。口袋里揣着用鸡和鸡蛋换来的钱，孙惠珍心里多少还是踏实点了，至少够扁豆报名用了。等走到街上的时候她已经觉得自己一身轻松了，因为刚才蹲在那里的确使她受了些煎熬。接下来孙惠珍把车子停在一家百货商店门口，她在商店里好好地转了一阵，把柜台里里外外的商品挨个看遍了，最后，她发觉一个售货员正似笑非笑地盯着她看呢，孙惠珍有点不好意思起来。她终于给自己要了两包卫生纸，一袋护肤霜，几只卡子。她本来还想要一瓶啤酒洗发香波，想了想，价格太贵，要好几块呢，便没舍得，只要了那种小袋装的海鸥牌洗头膏。另外，她还在文具柜台那边买了一个文具盒，两根中华铅笔，一把小刀一块橡皮，扁豆就要上学了，需要这些东西。想到扁豆很快就要背起书包念书识字，孙惠珍心里竟激动起来。这种想法很快让她有了某种淡淡的满足感，有了一种模模糊糊的对未来的美好憧憬。一个女人的满足感和憧憬总是跟自己的孩子密切相关。继而，她又产生了一种豁出去的想法，万事开头难啊，以后她说不定会跟着孙猴子一起学着做做小买卖的。通过这件事情，她明白了一个道理，这个家指望二麻子是不行的，必要的时候还得她这个女人抛头露面。

孙惠珍怎么也没有想到会在街头遇见孙红军。

那时候她刚走出商店骑上车子，就听见街对面像是有谁在喊她，她没有在意，紧接着她听到汽车引擎的轰鸣声尾随上来，还有嘀嘀嘀的喇叭声，身后确实有个男的从车窗伸出头在喊她的名字了。这声音来得突然，既熟悉又陌生，她稍微一愣神，扭过头匆匆朝后看了一眼，她的脑子里立刻就嗡的一声响，接着，眼前似乎晕晕沉沉的，心跳加快了，脸上莫名地躁热起来，人像是患了重感冒那样难受，她低着头只顾使劲蹬自己的车子。孙红军的汽车已经跟她并行了，这让她越发感到慌张，她听见孙红军说婶子你先别急着走啊，我有话跟你说。孙惠珍还是没有停下的意思，拼命蹬了几下脚镫子，但车速很快就慢下来，她的心里乱极了，她不知道自己是该停下来还是头也不回地离开。正在犹豫时，孙红军已经在她前面停车了，他走过来伸手抓住了她的车把。他明显比以前胖多了，甚至有了十分显眼的肚子。这是孙惠珍对他的第一印象。因为在街边说话确实不太方便，孙红军建议找个地方坐一坐，起初孙惠珍死活也不同意，说你有话就在这说，我还急着回家呢。孙红军就冲她笑笑，说你总不是怕我吧，惠珍你放心我没有别的意思，就是想跟你说句话。他这样一说，孙惠珍就有点不好意思拒绝了，拒绝就意味着自己好像是在逃避，她为什么要逃避要怕他呢，如果说怕也应该是他怕才对，反正她没有做过对不起他的事情。算起来他们已有好些年没再见面了，既然遇见了说说话也未尝不可。这样一想，孙惠珍也就坦然了，她不再坚持什么。她说那也行，不过得快点。

　　他俩在一间小茶馆里坐了一个多钟头，中间孙惠珍上了一趟卫生间，水池前有面大镜子，她在镜子里看到自己的脸红彤彤的，跟孙红军相比，她明显地发现自己很土气，脸上有了星星点点的雀斑，眼角有若隐若现的细纹，还有，自己的精神状态也很不好，看上去乏不邋遢的，像是大病初愈的样子。孙惠珍为此多少感到有点心灰意冷，岁月不饶人啊，才几年光景，她已经不知不觉变成这副样子了。他俩的谈话倒是比较从容，没有什么太别扭的地方，事实上一直是孙红军在问在说，她始终只是一个忠实的听众，间或做一些点头或摇头的动作来配合对方，或者，不冷不热地抿上两口茶水以打消略微有点尴尬的气氛。孙红军说得最多的话就是自己怎么怎么对不住孙惠珍，他这些年过得有多么不如意，等等，这些话在孙惠珍听起来并没有多少感觉，一切仿佛距离自己已是那么久远了。不管对方再说什么甜言蜜语，孙惠珍内心早已是一潭死水，不会泛起一丝涟漪。

直到分手时孙红军面前的茶水也没有动一下，茉莉花茶叶全部沉到玻璃杯底了，看上去那只茶杯像一只婉约的道具，伏在桌子上一味地沉默不语。那只洁白的烟灰缸里横七竖八地躺满了他抽剩的烟头，有一个烟头正冒出一缕细微的青烟，似乎怎么也勾不起往日的激情。孙红军突然从口袋里掏出几张百元的钱放在桌子上，他说惠珍这点钱你拿上，看给孩子们买点啥吃的，就算我的一点心意。孙惠珍一怔，像躲避一条蝎子一般把手从桌子上迅速地缩回到身后。这究竟算什么，这些年你孙红军都躲到哪里去了，自己拉扯香香和扁豆再苦再难不都熬过来了吗？现在你却要装好人！她心里这样想着，嘴里却说我不要，我哪能要你的钱呢。孙红军霍地从椅子上起来，硬把那些钱给她塞过来，说这钱你非得收下，不收就是打我的脸，看不起我。

孙惠珍左右为难，因为孙红军已经紧紧地抓住了她的手。这种让一个男人突然抓紧的感觉对于孙惠珍来说太遥远了，遥远得有点陌生和恐惧了。这种感觉以前大田在的时候她有过；后来跟这个叫孙红军的男人好的时候她也曾有过；再后来，一切都没有了。自从那一刻她昏昏沉沉地被二麻子从水里捞上来以后，再也没有一个男人这样蛮横而有力地抓紧过她的手。她名义上虽然跟了二麻子，可男女间的那种事情她一直是极力回避的，有过那么几次，二麻子刚刚趴到她身上她就莫名地呜咽起来，把二麻子吓了一跳，很长时间也不敢再碰一下她的身子。香香一天天长大了，又一直跟孙惠珍睡在一起，后来又添了扁豆，那种事情也就随之销声匿迹了。孙惠珍是个正常的女人，并不是没有那种需要，有时候也会想的，只是因为心里的阴影太重，自己把自己压抑惯了，也就看淡了。

孙惠珍的眼泪又一次很不争气地从眼眶里奔涌出来。她想忍住，却怎么也忍不住，双眼一下子就朦胧起来。这种情形的出现一点儿也不以她的意志为转移，说来就来了，就像闸坑里储蓄已久的洪水正在翻涌，闸门刚拉开一道缝隙就再也止不住了，汪洋浩瀚一泻千里。孙红军没有劝她，她哭的时候他就站在她身边，一直紧紧地抓着她的手，他低声说惠珍你哭吧，哭出来心里就好受了。哭到最后，孙惠珍发现自己竟把孙红军的衬衫弄湿了一片。

到家以后孙惠珍的眼圈还红红的，她没有跟二麻子说卖东西的事，更没有提自己遇到了孙红军，径自钻进伙房忙着做饭。吃饭的时候才发现扁豆还没有回来，她让香香站在外面喊了一阵，也没有把扁豆喊回来。二麻子说别喊了，扁豆肯定跟铁蛋在一起耍呢，饭给他留着吧。吃过饭香香蹲在伙房刷锅洗碗，孙惠珍觉得浑身没有一丝力气，人有点恍惚，就先躺在床上了，一躺下竟迷迷糊糊睡着了。

孙惠珍做了一个梦，她梦见孙大田从外面进来了，衣服上油渍渍的，一身的汽油味，见了她却不说话，只是一个劲冲她傻笑。她说你别笑了，夜里傻笑不是什么好事情，你饿了吧，我给你端饭去。孙大田还是不停地笑，笑得她都有点毛骨悚然了，她生气地骂他你难道是傻子吗？回来就知道笑。孙大田就不笑了，说惠珍我不吃饭，我一点儿也不饿，我就是一个人孤单得很，想回来看看你，我还要赶回去呢。孙惠珍说你先别走，我还有好多话要跟你说呢。话还没说完，孙大田已经不见了。

孙惠珍也就跟着醒了，她发现枕头上有一些斑驳的湿痕。她虚飘飘地下床走出屋子，外面有点凉，头顶是密密麻麻的一盘星光，夜已经很深了。她脚下不知踩到了什么，她打了个趔趄。她弯腰捡起来一看，是一只很小的青苹果，蔫蔫的，她随手就把它扔掉了。解完手的时候她忽然又想到了什么，她连着喊了几声扁豆，始终没有儿子的回音。孙惠珍进屋把二麻子从被窝里拽起来，香香也被惊醒了，两个人揉着惺忪的眼睛看着孙惠珍。孙惠珍一下子就火了，你们大眼瞪小眼看我干啥，一个个都是死人，连扁豆晚上回没回来都不知道，你们真能睡得着啊？！

去孙猴子家时铁蛋也已经睡着了，孙猴子的女人连忙把铁蛋唤起来，铁蛋说他下午一直在玉米地里给家里的小鸡娃子捉虫子，没有跟扁豆在一起玩。孙惠珍他们就挨家挨户去打问，问谁谁都说没看见扁豆。他们去打麦场上找扁豆，打麦场空荡荡的，偶尔有几只蝙蝠在头顶嘶嘶地飞来飞去。他们又急匆匆地沿着干渠边走边喊扁豆的名字，渠水油黑油黑地向前奔流，水声汩汩，除了月亮的一弯影子在水面上一抖一抖的，四周一片寂静。他们最后只好又去玉米地里找扁豆，宽大的玉米叶子被他们仨的身体撞得哗啦哗啦乱响，他们的喊叫声此起彼伏，连熟睡的蚊虫也被惊扰起来，嗡嗡嗡地在耳边盘旋喧闹不休。从远处的村子传来一阵阵狗吠，使夜色中的田野显得单调而且空旷。

孙惠珍泄了气似的一屁股瘫坐在玉米地上，冰冷的露水把屁股和双腿都浸湿了，可她一点儿也不觉得凉。两只胳臂上尽是玉米叶子划出的一道一道的血绺子，她却一点儿也不知道疼，双手死死薅住地上的茅草，眼泪像露珠一样坠下来。二麻子和香香连拉带劝，孙惠珍死活就是不肯回去，她嘴里不停地念叨着，扁豆呀扁豆你跑到哪里去了，让妈到处好找啊！你这个狠心的扁豆呀，你是不是存心不想让妈活了……二麻子的双眼早已泪花花地蒙上了雾，嗫嚅着说不出话来。

五

大清早地皮上的露水还没有退尽，孙惠珍娘家突然来人了，是孙惠珍的弟弟，他一进屋孙惠珍就有了一种不好的预感，弟弟眼圈湿湿的，像是刚哭过。

孙惠珍本来就整整一夜没合眼，头天晚上她跟二麻子香香找遍了村里所有能想到的地方，就是没有扁豆的人影。孙惠珍的弟弟说姐你快跟我去看看，爹怕不行了，一早醒来嚷着胸口疼，妈让我来叫你回去。孙惠珍脸色顿时变白了，窗户纸一样脆，好半天也缓不过劲来。这些年她跟着二麻子过日子，的确很少回去，除了逢年过节匆匆忙忙去娘家打一头，几乎没有留下来过一夜。孙惠珍清楚爹心里一直窝着火呢，她不想再让爹生气，眼不见自然就心不烦，所以她尽量少回那边去。这种情况下，孙惠珍已经顾不得扁豆的事，她嘱咐二麻子跟香香好好再去找找，自己连脸都没来得及擦一把，就慌慌张张地跟着弟弟回娘家去了。

惠珍爹头天晚上还好好的一个人，吃了满满一碗汤面，像往常一样到村口的自留地里转了一大圈，睡到半夜又醒过一次，说口渴，喝了半缸子凉茶才躺下来，天快亮的时候忽然觉得胸口一阵绞疼。惠珍妈就慌了神，急忙跑出去喊人，儿子媳妇进来的时候依稀听见惠珍爹正在轻声叫着惠珍的名字，眼睛睁得大大的，样子很吓人。

孙惠珍赶到娘家时，爹已经不会说话了，也不能睁开眼睛看她一下。孙惠珍鼻子一酸，捏着爹的一只手就哭起来。惠珍妈在一旁说你爹这些天总念叨着你，还说让我抽空去看看你呢。妈的话像钝刀子一样割在孙惠珍的心头上，钻骨彻髓地痛，她忽然意识到自己是天底下最没有良心的女儿，这些年她没有主动跟爹说过两句话，没有当着爹的面认过错，她甚至没有好好地喊上他一声爹，逢年过节来了也像老鼠躲猫似的匆匆来了又去。想到这些，孙惠珍再也无法抑制自己的感情，眼泪雨点一样落在爹青灰色的脸上，惹得惠珍妈也老泪涟涟的。哭过一阵，孙惠珍忽然警醒了，她知道现在也许还不是哭的时候，一家子人等着拿主意呢，爹正昏迷不醒生死未卜，她就算这样一气哭上三天三夜能有什么用处呢？孙惠珍强忍着伤心对弟弟和弟媳妇说，我看咱爹兴许还有救呢，得赶紧往县医院送。

惠珍妈一直握着老伴的一只手，平日家里的大事小情都是惠珍爹说了算的，现在这人一倒下，她就六神无主了，听孙惠珍这么一说，她也就随声附和着，送吧送吧，我看你爹一时半会儿不会咋的。弟弟倒也没有意见，冲惠珍点了点头。弟媳妇在一旁抱着孩子，不咸不淡地说爹现在成了这个样子，还不都是让气憋的。孙惠珍当然能听出来她的话外音，弟媳妇正是在说自己呢。孙惠珍心里又是一阵难过，可嘴里什么也没有说，弟媳妇的话也不是没有道理。弟弟惧怕媳妇，自然没敢接话茬儿。惠珍妈想要护自己的女儿，就说再不提那些了，还是去医院当紧。话音未落，弟媳妇哟了一长声，她说咋就不能提了，这是明摆的事，要不是她当初把爹气成那样，爹咋会说病就病了呢！不让我张嘴也成，爹的病你们看着办吧，反正我也拿不出钱来。话说到这里，一屋人都僵住了。弟弟不停地给媳妇使眼色，意思是让她别说了，可媳妇根本不理这一套。

孙惠珍沉默了片刻，她知道自己在这个家里是没有说话的份和反对的资格，或者说，她的资格早在多年以前就已经让她自己轻易地给扔掉了。尽管这些年她很少回家，故意在逃避一切，可是很多事情注定是绕不开的，它们一直站在前面等着你，不论过多久，也不论你能跑多远，你始终还是会绕回来的，因为谁都要对过去的所作所为负责，这就是命，这就是所谓的因果和轮回。

往医院送病人并不难，难的是上哪一下子弄三千块钱啊，大夫说不拿押金出来他们没办法给病人用药。弟弟跟媳妇磨了半天嘴皮子才十万分不乐意地拿了一千块出来，剩下的弟媳妇已经直说了，她是当大姐的，理所当然该出大头。这话实际上还包含着另一层意思，这意思再明显不过了，孙惠珍当然能听出来了，她又不傻。可是，家里就算砸锅卖铁也凑不出几个钱，孙惠珍仔细想过了，柜里剩下的米和面，夏天收回的麦子，去年留下的两袋子玉米，再加上地里眼看就能收获的一亩多玉米，把这些全都卖了顶多也就一千多块钱，剩下的钱怎么办？至于家里还有几张嘴要吃饭，已顾不得许多了，眼下救人最要紧啊。

事实上，孙惠珍这时已经被一种从未有过的责任感往前推着走了，她当然不想再给今后的日子增添一丝遗憾，她不想眼看着爹在她面前不治而去。因为她这辈子欠下了爹妈的情分实在太多了。惠珍妈大概猜出了几分，知道女儿日子过得艰难，趁在医院上厕所的工夫从贴身衣服里摸出一个小包，哆嗦着取出五百块钱悄悄塞给孙惠珍。孙惠珍她说啥也不肯要，惠珍妈说你拿着，妈又不是外人，你不拿往后就别再认我这个妈了。孙惠珍哽咽不语。妈出去半天了，孙惠珍就是不敢出来，穿着裤子干蹲在便池上，手里捏着的一团草纸全被眼泪鼻涕浸透了。

当天晚上弟弟留在医院里守着病人，爹依旧昏迷着，孙惠珍急忙回了一趟家，合计来合计去总觉得远水解不了近渴，卖粮食不是说卖就能卖的事，再说那些玉米还长在地里呢，怎么卖？下班前大夫已经事先通知过家属，押金远远不够。给爹用的都是很贵的药，打一针就得几百块，而且，那些药医院和县城根本找不到，还得从外面或省城临时往来调，所以押金必须及时补足人家才好进药治疗。二麻子迟迟没有回来，只留下香香一个人看家，孙惠珍一见这情形人就颓萎了，一把搂住香香，知道扁豆还没有下落，她心急如焚，脸上却是那种欲哭无泪的呆滞。

孙惠珍只好撇下扁豆的事去找孙猴子两口子想办法，不巧得很，孙猴子前几天刚买了一笔国库券，钱都压住了，只能将卖西瓜收回来的钱零零散散地先凑了五百块给她应急。即便这样，孙惠珍也不知道该对人家说啥才好。人有危难的时候要的就是这份真诚真意，钱多钱少先放在其次，至少人家肯把她的难处当作一回事来看。这些加上惠珍妈私下里给的一共是一千块，孙惠珍第二天一早就送到医院去了。弟媳妇还是冷眉冷眼的样子，一个劲拿话挤对她，说别虱子放屁小里小气的，要拿干脆就一下子全拿出来，大姐你总不是怕自己拿多了吃亏吧。这两天孙惠珍已经明显疲沓了，扁豆的事，爹的事，一股脑全冲自己来了，她有点招架不过来了，哪里还有心思跟弟媳妇使性子斗嘴啊。

　　其实，情急之下，孙惠珍倒也不是没有想起来一个人，孙红军。她知道他人就在城里，那天他们刚刚见过面，他送给她的钱最终还是让她拒绝掉了，如果现在再去找孙红军帮忙，她想他一定会鼎力相助的，这一点她有绝对的自信。可是，孙惠珍觉得自己实在没办法张这个嘴啊，好像这个嘴只要一张开，今后就再也不能闭上了。这让她自然而然地想起了往事，那时候她真是年轻啊，什么都无所谓，现在看来当时孙红军对自己是有备而来的，跟孙红军在一起的时候她从来没有想过将来的事，人生好像全部浓缩在那一段特殊的快乐时光中了，那段时间在她的生活里已经停止不前了。现在只要一想起来，孙惠珍就觉得脸上火辣辣的，像是被谁狠狠地抽了几个嘴巴子，一阵生疼。爹的命每天都靠那种昂贵的药液维持着，大夫说如果能熬过头一个礼拜问题就不大了。

仅仅是一礼拜，七天，时间忽然被拉长了，像是七十天七百天那么长，煎熬中的时间变得遥远而且深不可测。对于孙惠珍来说，这七天当中的每一天每一时每一刻都仿佛被劈成了左右两半，一半是昏迷中的老父亲，一半是不知去向的心爱的儿子。时间的河流突然变粗了，变宽了，变沉重了，结冰凝固了一般。扁豆在孙惠珍无数次的想象中完全幻化成一颗圆溜溜的豆子，一落地便不见了踪影，像是掉进了巨大的时间泥淖的黑色漩涡里，再也找不到了。更多时候，孙惠珍把一线希望都寄托在二麻子身上，她知道二麻子比谁都着急，二麻子从来没有把扁豆当外人看，二麻子对待扁豆真的比亲生的还要亲呢。

事实也是这样，两天来二麻子几乎走遍了所有他能想到的地方，孙家台子附近的十几个村庄，所有的小学校，合作社，打麦场，庄稼地，他甚至沿着干渠一直朝下游方向走去，走到三十里路以外的干渠的终点，他问遍了那些靠卖手艺游走乡间的外乡人，那些坐在窝棚前看瓜的老头，以及那些在田野里放羊或割草的男人，当他们接连向他摇晃着脑袋的时候，二麻子的心像被机器粉碎了一样，目光茫然地飘向未知的前方，但随之而来的又一次希望很快将他的目光拉长，拉向土地的尽头，拉到天边，希望的火种再度被点燃了，他坚信扁豆不会走远，扁豆一定还在。于是，二麻子继续上路，不知疲倦地找寻下去，也磨破了鞋和脚，仿佛扁豆正躲藏在某个暗处的角落里，等着他去找呢。

惠珍爹的病情愈加重了，高烧不退，持续昏迷，脉搏也极其微弱，大夫说非得尽快转院治疗。惠珍弟媳妇的意思是转到外地的医院花费太大承担不起，路上来回再折腾，不见得能把病治好。惠珍妈当然也是为着儿女们着想，说不行就回家算了，人活一世多长也得有个头啊。惠珍妈这样一说，做女儿的就受不了了，孙惠珍还能说些什么。

孙惠珍强忍着悲伤从病房里走出来，一个人站在医院的走廊里面朝白色的墙壁默默流泪，真是不生儿女不知养育恩啊，放在以前，也许她不会这样伤心难过，也根本无法体会到做母亲的难处。现在，孙惠珍似乎一下子明白了这些道理，特别是扁豆丢了以后，使她越来越觉得爹的病跟自己有直接关系，或者说，是她这个不争气的女儿一手导致了爹的心脏病，她才是真正的罪魁祸首啊！可她现在眼看着爹病成那样却爱莫能助，她觉得自己像个傻瓜一样毫无用处。孙惠珍此刻的心里像塞进了一团乱麻，尤其一想到扁豆，她真想拿锥子狠狠地戳自己两下，她想那天要是不遇见孙红军就好了，自己卖完东西急忙赶回家，也许扁豆就不会丢了，可她为什么非要跟孙红军去茶楼里呢？这样一想，孙惠珍简直后悔死了。

也就是扁豆失踪的第三天早晨，孙猴子的女人带着儿子铁蛋去地里掰玉米，走到半路正好碰上二麻子的嫂子迎面过来。因为平日里孙猴子家跟孙惠珍干亲长干亲短走得很近乎，所以，这两个女人一直都是表面和气内心嫉恨。但只要没闹到鸡飞蛋打狗跳墙的地步，女人家见了面自然还是会说一些无关紧要的话。孙猴子的女人当时也可能是心血来潮，顺嘴就问老嫂子你们二麻子家的扁豆丢了你知道不？哪知对方一听立刻就不乐意了，黑着脸说孙猴子家的你这是啥意思啊，他家的事情我可从来不问！孙猴子的女人偏又是大大咧咧的性子，不管对方高不高兴，半开玩笑说哟不知道就不知道嘛，谁也没说老嫂子你一定知道，我也就是顺嘴问问，你急啥眼啊，又不是你把扁豆弄丢的。

话说到这里实际上已经没有再说下去的必要了，她们各走各的路也就没事了，可女人家的事很多时候就是坏在她们的嘴上。二麻子的嫂子忽然就跟斗鸡似的发起威来，少放你娘的骚猪屁！你这是诬陷好人！孙猴子女人老早就想给她一点颜色看看，一直苦于没有合适的机会，对方这样一骂，就把她惹恼了。好人？你算哪门子好人！也不撒泡尿照照，孙家台子谁不知道你是啥样的货色，依我看扁豆就是让你拐走的，要不你他娘的心虚个屁呀！于是，两个女人的战争就正式打响了，抠，咬，撕，拧，连喊带叫满地滚爬，个个都使出浑身解数，直到被村里人劝开为止。

六

孙红军已经不做以前的皮毛生意了，在城里经营一家歌厅和火锅城，他过去城边子上的那个小饭馆因为后边有爿院子，所以改成了汽车旅店，路上尽是来来往往的车和人，车多，人多，钱也就不会少，生意自然好做。孙红军成天开着他的桑塔纳在县城转来转去，有时候他也去湖边钓钓鱼，或到按摩房找个小姐捶捶背，捏捏脚，放松放松。他身边的女人当然不会少，他的蓝月亮歌厅里就养着一个排呢，随时听从他的调遣，但他跟那些妹子并不怎么动真格的，打情骂俏还行，他的心思不在这上面。至于孙红军老岳父孙三炮如今已是秋后的蚂蚱，蹦跶不了几天了。孙红军一直没有离婚。其实，他要想离也就是一句话的事，他现在已经不是过去那个仰仗自己的老岳父混饭吃的孙红军了，从乡里村里到县城，头头脑脑的人物他也认识几个。但他就是没有离，老婆在乡下带孩子种地，孙红军给家里起了一幢新砖房，他却极少回去，一个人在城里住。口袋里确实有钱了，可孙红军一直都是一副郁郁寡欢的样子，他的心思别人当然不知道，事实上有时候连他自己都觉得奇怪。

扁豆失踪的消息孙红军还是从孙猴子嘴里听来的。孙猴子夏天经常要给城里的那些歌厅啦饭店啦送一些新鲜的瓜果上门，因为他们需要这些东西给客人制作那种昂贵的水果拼盘。那天孙猴子给蓝月亮歌厅送去一麻袋西瓜，出来时迎面撞上了经理孙红军。孙猴子是多聪明的人啊，他也是有意想跟孙红军套套近乎，以便自己能长期给人家的歌厅和火锅城供货，所以灵机一动就将孙惠珍家里的事原原本本倒了出来，他还不忘把自己老婆跟二麻子嫂子美美干了一仗的事也说了。最后孙猴子强调，扁豆也是他的干儿子，他老婆这两天急得连饭也吃不进去（这句话显然有夸张的成分）。孙红军当时并没有表现出什么，听的时候甚至有点心不在焉的样子，等孙猴子说完了，他不耐烦地挥挥手，就像对付那些善于死磨硬泡的推销员一样把他给打发走了。显然弄了个剃头挑子一头热，孙猴子多少有点失落，回家还跟老婆学了一遍。孙猴子女人脸上青一块紫一块的，看样子一时半会儿还好不了，她抱怨说就你猴嘴长，谁让

女人别哭

291

你到处乱说呢，孙惠珍家丢了儿子跟人家孙红军有啥关系。孙猴子就坏坏地笑了笑，那你说他俩到底是啥关系？！你是真不知道还是装傻呀！

惠珍爹被七手八脚地抬上汽车，然后送往省城的一家大医院，整个过程快得像插上了翅膀，一切手续都是孙红军帮忙办下来的。孙惠珍坐在孙红军驾驶的汽车里的时候，脑子里蒙蒙的，身体好像完全不属于自己了，云朵似的飘飘悠悠往上飞起来，越飞越高。车速很快，外面的景色根本看不清楚，连成一条黄绿色的带子长长地朝车身后飞扬起来。

孙惠珍有时会觉得自己像是还在一场梦里，她已经很多年没有坐过汽车了，大田在世那会儿倒也经常拉她，回娘家的时候都是大田用车送她去的，再用车接她回来。那阵子娘家那边的人多羡慕她呀，女婿是开汽车的，多牛气！农忙时节把车开到地里麦子玉米往车上一装，风风光光地拉回家去了，把村里多少人的眼珠子都看热了看红了。后来大田一出事，孙惠珍的优越感一扫而光，她尤其怕见娘家村里的那些人，她不喜欢别人用同情的目光远远看着她。再后来孙惠珍稀里糊涂就坐上了孙红军的摩托车，那种感觉就有点像现在，她的身体仿佛要从地上飘了起来，但很快那种感觉又没有了，像是从半空中猛不丁掉在地上落进水里，整个人都透心地凉了，从此再也打不起一点儿精神。

对于孙红军的突然介入孙惠珍起初还是相当犹疑和抵触的，她有一肚子的理由和委屈可以拒绝掉他，就像那天她在街上拒绝他的几百块钱一样。他那样做究竟又算什么呢？她想即便自己再缺钱用或者去要饭也不会从他孙红军的手里拿一分钱的。

事实也是如此，自从孙红军走进病房的那一刻起，孙惠珍的内心一分一秒也未曾平静过，翻江倒海一样起伏跌宕，只有她最清楚孙红军为什么会来，为什么肯伸出一双援助之手。所以，孙惠珍刚开始是以一种非常冷漠的态度对待孙红军的，好像她从来也不认识这个男人一样，好像她跟他之间只是第一次见面而且彼此之间毫无了解。以至于病床跟前突然出现了一次少有的尴尬，大家都不说话僵在那儿，无论母亲还是弟弟和弟媳，都不约而同眼巴巴地看着她，那种眼神的意思再明确不过了，大家都希望她能跟孙红军好好说点什么，比如，说说老人正在恶化的病情以及目前家里拮据的经济状况。特别是母亲，她的神情非常卑微，她在看着孙红军的时候始终带着刻意讨好的笑脸（尽管这种笑容十分勉强）。孙惠珍立刻觉得脸上火辣辣地疼，特别是弟弟热情地伸过手去接孙红军提来的那些营养品的时候，她内心有着强烈的拒绝欲望，她真想当即就从弟弟手里夺过那几只花花绿绿的食品袋然后二话不说将它们跟眼前的男人一起推到门外去，可她最终选择了沉默。沉默是金啊。

当然，她并不是完全怨恨孙红军的不期而至，其实她主要是不想再当着众人的面揭开自己内心深处的伤疤。扪心自问，这些年孙红军这个人的确已经从她的生活中消失了，她甚至已经忘却了她跟孙红军的那段感情，从她决定跟着二麻子过日子的那时起她就下定决心，这辈子再也不想见到他。所以，在众人面前让她做出情愿接受孙红军的姿态，就等于是让她重新当众宣布一次他俩过去的那种关系，重温那段不堪回首的经历，她又怎么能心平气和坦然面对呢？更重要的是，这之前他们已经见过面了，而且她已经婉言拒绝了他的好意，她真的不想再跟他有任何瓜葛。情况就是这样。

可是，他俩似乎注定还要再见面的，就像前世的一对冤家，这种预感从那天在街头相遇就已经开始了。也许，作为一个女人，孙红军的到来多少让孙惠珍感到一丝安慰。就在刚才，孙红军忽然一来，好像大救星一样，一切似乎都因他改变了。孙惠珍不经意从弟弟弟媳以及母亲的脸上隐约体会到了过去的那种优越感。一开始她还担心他们会把孙红军从病房里赶出去呢，可他们没有，谁也没有说话，安静地听从孙红军的一切安排，这让她感到吃惊。孙惠珍想也许爹会跟他们不一样，爹醒了肯定会为此大发雷霆的，幸好爹还处在昏迷中。

但是，要想战胜自己是一件多么不容易的事啊！

孙惠珍不是不清楚孙红军到来的全部意义，或者说在她跟家人都束手无策的时候，孙红军简直就是一根救命稻草，她不可能有其他的选择，她要做的事情只有一件，那就是将这根稻草紧紧地抓在手心里，尽管她的内心有十万分的不情愿，可老人命在旦夕，这种情况下那些儿女情长恩恩怨怨的事情就显得无足轻重了，还有什么会比保住老父亲的命更重要的呢。这样想的时候，孙惠珍就变得稍稍坦然一些了，她得努力学会跟生活和解。孙红军的到来也不再显得那么唐突了，甚至有了某种合情合理的味道，好像她跟他多年前的那场情感纠葛，完全是为了眼下这场危机而事先安排好的。

　　于是，孙惠珍忍不住偷偷地多看了几眼孙红军，她觉得他一点儿也没有变，还是像过去那样热情和执着，认准的事就会做下去，哪怕一条道走到黑。而且，她还发现他比过去更加沉稳干练了，他的脸上不会轻易表现出什么。孙惠珍的心情一会儿舒畅一会儿又沉甸甸的，隐隐约约中又有一些说不清道不明的东西在悄然滋生，既憧憬又惧怕，可她弄不清楚自己究竟憧憬什么又惧怕什么。有那么一阵，孙惠珍又忽然觉得自己内心非常阴暗，主观情感上她明明是排斥孙红军的，可实际情况却迫使她不得不委曲求全保持沉默。她甚至觉得自己是如此的居心叵测，她不能否认自己之所以接受孙红军到来的事实，在很大程度上是为了躺在病床上奄奄一息的父亲。至于她跟孙红军以后会怎样，她实在来不及多想。或者说，只要能为父亲治病，她觉得没有什么大不了的事情，她已经不在乎别人会怎么看待她了。

　　现在，孙惠珍的心里渐渐平静了，像是被一抹看不见的月光静静地笼罩着，她觉得自己从来没有像现在这样冷静和清醒过，无论作为一个女人，或一个女儿，孙惠珍为自己几天来的矜持和犹豫不决不禁感到可笑，感到不可饶恕，还有什么能比挽救老父亲的命更重要的呢？换句话说，她觉得自己心中的那个永远年轻气盛不甘认输的孙惠珍又奇迹般复活了，那个孙惠珍才是真正的孙惠珍。她曾经一度认为那个争强好胜的孙惠珍已经死了，在她决定委曲求全嫁给二麻子的时候，在她决定不顾流言蜚语生下扁豆的时候，她甚至还在夜深人静时一遍遍地默念着那个年轻的孙惠珍的名字，她以为那个孙惠珍从此真的要消失踪影了。

直到此时此刻，她才恍然明白过来：那个年轻气盛的孙惠珍像影子一样一直紧紧跟随着，她只是藏得很隐秘，现在她又浮现在眼前了，她就是那个孙惠珍，那个孙惠珍就是她自己。而且，她丝毫没有想到自己坚守了那么多年的壁垒竟坍塌得如此迅捷。当孙惠珍做出决定的时候，她首先把脸上的泪痕全部擦去了，她去医院的卫生间里洗了把脸，她的表情在那一瞬间看上去非常严肃，严肃中又分明透着一些自信和难得一见的妩媚。这之间趁孙红军进进出出忙着的时候，孙惠珍找准一个没人的机会跟孙红军单独说了句话，其实，她并没有想好该对他说点什么，她只是想通过自己一个眼神默默地跟他取得一次起码的交流，她要让他感觉到他的付出是物有所值的，这就够了。孙惠珍后来只是说真不知道该咋说好呢。孙红军已明显感觉到了什么，他不无温柔地看着她，惠珍你啥也别说了。

因为要拉病人，车是孙红军临时从一个朋友手里借来的一辆白色金杯面包，除了孙惠珍以外，惠珍妈也跟来了。车一到省城，孙红军就忙着办理住院和治疗手续，他背着孙惠珍交了一万块的住院押金，等把惠珍爹安顿下来，孙红军又赶紧去拜访这里最有名的专家大夫和主任医师，私下里拿出红包硬塞给人家，说病人是他老岳父，求人家无论如何要好好给治一治。安排好医院里的所有事情，孙红军把孙惠珍单独从病房里叫出来，他说我这就赶回县里去，惠珍你就留在这安心地照看你爹，扁豆的事我会尽量想办法的。说着又从包里拿出一沓钱让孙惠珍先拿上用。孙惠珍想说什么，嘴还没等张开，两行热泪就涌了出来。孙红军急忙掏出纸巾递给她。这时，孙惠珍忽然想起那晚自己在院子里捡到苹果的事，就对孙红军说了。孙惠珍说当时自己没在意，可这两天一寻思总觉得不对头，绿绿的苹果蛋子咋就掉下来了，会不会跟扁豆有关？孙红军冲她点点头，说我心里有数了，你千万别上火，我这就回去找扁豆。

以孙红军现在的能量，可以轻而易举地就将孙家台子翻个底朝天。在寻找扁豆这件事情上，孙红军格外慎重，最先他想动用自己在城区公安上的那层关系，但考虑再三又改变了主意，他怕那些人咋咋呼呼的，把事情给搞砸了。扁豆不是外人，那可是他的种啊，是他孙红军的亲儿子，扁豆丢了他怎么能不着急？当然，扁豆更是他跟孙惠珍永远也无法剪断的唯一联系，这很重要。所以，孙红军一回到县城就开始精心布置，他一方面让手下的员工在县城四处打听扁豆的消息，另一方面他自己悄悄地带了歌厅几名干练的保安直奔孙家台子去了，他自己在附近找了个鱼湖，戴着黑色的太阳镜闲情逸致地钓起鱼来，那几名心腹保安按照他的吩咐各自行动。

天黑以后他们把孙红军想要的东西用一只麻袋神不知鬼不觉地扛了回来，然后塞进汽车的后备厢里。他们把车开到郊外的一个破破烂烂的废砖窑跟前停下来。那时，天已经黑透了，四下里一片阒寂，一团人高马大的黑影将麻袋打开了扔在地上，一个被反捆了手脚嘴里塞着布团的女人从麻袋里抖索着出来。女人早被吓得丢了魂，裤裆和屁股上有明显的一大片屎尿痕迹，臭烘烘的。一名保安将女人嘴里的布团拔出来，问，你把孙惠珍家的扁豆弄到哪里去了，快说！女人挣扎了几下，想喊救命，立刻被五六只脚狠劲地踩住了，疼得她直蹬腿，身体一个劲筛着糠。女人刚才是在自家院后的茅房解手时被人突然闯进来逮住的。女人哆嗦着说我，我，咋，知道呢？妈的，还敢嘴硬，打，往死打！黑暗中的皮鞋尖像一把把闪光的刀子，凶狠地捅向女人的脑袋胸脯腰背肚子和屁股上，女人哇哇一通乱叫。说不说！扁豆到底藏在啥地方了？女人哼哼了一阵，什么也没说。冰雹样的拳脚很快又落下来。女人在地上蔫皮球似的来回滚了几下，忽然蜷缩在地上不动了，女人被打蒙了。他妈的还装死猪，用尿浇她。随即，几道雪亮的弧光相继交织在一起落在女人的头脸上，在夜色中溅起一团森森的白气，很臊。女人刚才确实疼得背过气去了，此刻被热尿一激，又醒了。一把匕首早已硬生生地顶在女人的下颌上，血从刀尖上慢慢滑下来，疼得女人杀猪般叫爹喊妈，整个下身都被失禁的尿浸透了。女人接连求饶，别打了别打了……我求求你们饶了我吧！我说，我全说，扁豆就在我家的菜窖里圈着呢，天地良心，我真的没有害人的意思嗳……我就想杀一杀那狐狸精的威风，我把扁豆藏起来想吓唬吓唬她。

这时，孙红军在车里很响亮地鸣了一下喇叭，几个身强力壮的保安不管三七二十一上去又是一顿乱脚，踢得女人骨碌出几丈远。孙红军又叫保安解开女人手脚上的绳子，把她死猪样扔在路边的土沟里。随后，桑塔纳风驰电掣般消失在夜色中。

七

跟香香和扁豆在县城住了一段日子以后，孙惠珍慢慢地恢复过来。

娘儿仨现在就住在孙红军以前的那套旧房子里。之前，孙红军特意找人重新把房子收拾了一下，刷白了墙壁，地上铺了瓷砖，安上了漂亮的花布窗帘，还添了几样新家具。日子就像模像样地过起来了。

香香和扁豆也都就近找了一家学校，念书的事当然还是孙红军出面联系的。香香每天放学回来就帮孙惠珍做做饭干干家务活，孙惠珍夸香香饭越做越好吃了。只有扁豆整天不怎么爱说话，神情有些抑郁，放学回家就躲在房间哪儿也不去，有时候香香把饭做好了，喊了一遍又一遍，扁豆就是不肯出来吃。还有，扁豆在新的学校里很不合群，老师就让请家长，孙惠珍赶紧去了。老师说这个孩子很奇怪，不跟同学说话，也不跟同学一起玩，整天坐在那里不声不响的。孙惠珍说我们家扁豆以前不这样，他是被那件事吓着了，这都怪我们大人。老师就追问究竟是什么事情，孙惠珍想了想说，也没啥，慢慢会好的。

其实，孙惠珍早就发觉扁豆不像以前的那个扁豆了，她心里难过得要命，她永远也忘不了孙红军跟她讲过的情形：那天晚上，孙红军带人闯进二麻子的哥哥家，他们用脚踹开了院子后面的菜窖的门。一股阴潮混浊的菜蔬臭气扑鼻而来，菜窖又深又矮，像个狗洞子。当闪动着的打火机的火苗照亮黑暗的菜窖时，连孙红军也吓了一跳。地上果然有个小孩窝成一条死鱼的样子，大概睡着了，三五只灰黑色的硕鼠吱吱叫着迅速窜过孩子瘦瘪瘪的小身体。地上还有几颗发了霉的果核和两块干馍馍（是孩子吃剩的），一群苍蝇正执着地叮在孩子的脸蛋和身上，有一只癞蛤蟆慢悠悠地正从孩子的一只裤腿上爬过去……孙惠珍知道扁豆就是被关在菜窖里吓坏的。每天晚上，孙惠珍搂着熟睡中的扁豆久久不能入眠，扁豆好像还经常做噩梦，吓醒了就大声地哭。孙惠珍紧紧抱住他，羔羔蛋蛋地像婴儿那样哄着，直到扁豆不哭不闹为止。

一开始，二麻子跟孙惠珍在城里待了三天，第四天一早就背着孙惠珍偷偷跑回孙家台子去了，不管孙惠珍找去怎么劝说，二麻子就是不肯再回来。二麻子说他在乡下待惯了，城里到处都是陌生的人和汽车，让他感到心慌。

有时候到了礼拜六，孙惠珍会抽空跟孩子们一起回去看看二麻子，给他捎一大包好吃的东西，或者买双袜子买件汗衫裤子什么的给二麻子带去。自打扁豆出事以后，二麻子的耳朵更背了，人也痴痴愣愣的，整天蹲在墙根下发呆。孙惠珍也从不忘送给孙猴子家的铁蛋几个本子或几根铅笔，铁蛋已经上了小学，见了扁豆就想带他一起出去玩，可扁豆总是瑟缩着不愿意去，好像铁蛋会吃了他似的，惹得孙惠珍一阵心酸。铁蛋妈就在一旁拿眼睛狠狠地瞪儿子，铁蛋才抿了嘴不再拉扯扁豆了。

更多时候，都是香香一个人骑着车子回来看望二麻子，给二麻子洗洗衣裳，做上两顿可口的饭，打扫打扫屋子里的卫生。孙惠珍不敢多回来，她怕自己触景生情。至于娘家那边，她倒时不时回去一趟，爹的脾气比生病前好多了，仿佛换了个人似的，她回去爹也有说有笑的。惠珍妈总惦记着孙红军的好，说亏了人家红军帮忙，要不然你爹还不知咋样呢。

孙惠珍现在很忙，人一忙很多事情就抛在脑后了，不用再想什么。孙红军的火锅城临时走了一个采购兼保管，本来是要重新雇一个人的，孙惠珍主动提出来自己想干。孙红军说那真是求之不得，我还就缺你这样一个实心实意能操心的人呢。孙惠珍说我欠你那么多钱，得抓紧时间挣了还你。孙红军的笑容没了，表情很严肃地说惠珍我跟你之间永远不要提钱，钱是啥？钱是王八蛋！我这辈子欠你的东西用多少钱能换回来啊？两人就都沉默了。

有一天孙红军开车硬把她拉到城外一个偏僻的地方。那里有水，有草，有幽静的树林子。孙红军把车停在路边，然后他们缓缓步行朝前面走去，也不知走了多久，腿脚酸了就地坐下来聊天。林子里静悄悄的，风轻轻掠过脸颊，只有他们两个人说话的声音。说累了，孙红军就一根接着一根抽烟，孙惠珍背靠着一棵树想心事，或者什么都不想，就那么一动不动地坐着，谁也不说话。时间的脚步好像忽然又放慢了下来，日子变长了，一切都变得清澈而又宁静。孙红军把手轻轻地伸过来搭在孙惠珍的手背上，过了一会儿，他又把她的手轻轻地翻过来，两个人的手掌心重合在一起，心里暖融融的。孙红军忽然问惠珍你还会不会嫁给我。孙惠珍一愣，目光定格在他的脸上，然后苦笑着摇了摇头，她对他说除非，除非……你能让扁豆跟过去一样成天快快乐乐的。说着早已泪眼蒙眬了，孙红军的眼睛也红了，他们的手已悄然松开了。沉静了片刻，孙红军说实在不行就带扁豆到外地去看看，听人说这算是一种心理病，能治好的。孙惠珍却摇了摇头，说万一治不好再把娃娃吓着咋办？

孙惠珍偶尔也想过，如果当初不发生那些事情，或者她真的会嫁给孙红军的。可更多时候，她又反过来想，自己跟孙红军可能真的是有缘无分，虽然她打心底里感激他，也喜欢着他，如果没有他她真不知道那些日子她怎么熬过来。可她也明白她对他的感情里装进了太多太多的东西，太多的伤感和悔恨纠缠在一起，让她感到沉重。有时，她甚至觉得自己的心也老了，老得像一株饱经沧桑的树，对什么都已经无所谓了。

现在，孙惠珍把全部希望都寄托在香香和扁豆身上，为了这一双儿女她就算再吃苦受累也心甘情愿。她想趁自己还年轻多挣一点钱，好给香香和扁豆存着，当然还有二麻子，等到自己老得不中用的那天，她照旧回乡下去。那时候孩子们也该有自己的家了，等他们也有了小孩，自己还可以帮忙照顾的。

张学东

中短篇小说选

坚硬的夏麦

张学东——著

6

中国言实出版社

图书在版编目（CIP）数据

张学东中短篇小说选 . 6, 坚硬的夏麦 / 张学东著 .
北京 : 中国言实出版社 , 2024. 11. -- ISBN 978-7
-5171-4836-4

Ⅰ . I247.7

中国国家版本馆 CIP 数据核字第 2024PM7806 号

坚硬的夏麦

责任编辑：史会美
责任校对：张天杨

出版发行：中国言实出版社

　　地　　址：北京市朝阳区北苑路180号加利大厦5号楼105室

　　邮　　编：100101

　　编辑部：北京市海淀区花园北路35号院9号楼302室

　　邮　　编：100083

　　电　　话：010-64924853（总编室）　 010-64924716（发行部）

　　网　　址：www.zgyscbs.cn　 电子邮箱：zgyscbs@263.net

经　　销：新华书店
印　　刷：北京盛通印刷股份有限公司
版　　次：2025年1月第1版　 2025年1月第1次印刷
规　　格：710毫米 × 1000毫米　 1/16　 152印张
字　　数：1600千字

定　　价：498.00元（全8册）
书　　号：ISBN 978-7-5171-4836-4

序

坚硬的叙述

——张学东小说印象

王　干

认识张学东一晃快二十年了，我们最早的一次见面，还是在北京朝内大街166号《中华文学选刊》杂志社我的办公室里，我后来多次选载过他的中短篇小说佳作。当年的青年作家倏然间也步入中年了，二十年间张学东勤勤恳恳地写作，踏踏实实地创作，完成了近五百万字的著述，算得上一个高产作家，光他的中短篇小说精选集就洋洋洒洒有八卷本之多。学东嘱我写篇序言，我苦思冥想，在寻找一个词来概括张学东的小说风格，始终不得要领。近日，再度浏览他的小说时，一个词跳了出来：坚硬。我赶紧打开电脑，记录下这样一个关键词。

张学东出生于宁夏吴忠市，是正宗的大西北人。大西北地貌的雄浑、沧桑和坚硬，是人们肉眼可见的。有一次，我从宁夏坐车去西安，沿途的风景极为壮观，巍峨而挺拔的山峰，粗粝的石子和沙子，那些在风中行走的人们，与我平常在家乡江

苏所见到的景象是截然不同的，与我现在生活的北京也是"画风"大异，但近二十年来，我读到的宁夏的作家的文风却并非全是那么的豪放，比如，"60后"的石舒清、"80后"的马金莲等作家的文字就有着一种清澈、细腻和贴心的叙述。张学东的文字与他们又不太一样，他的小说也呈现出鲜明的宁夏地貌特征，在《跪乳时期的羊》中他写道：

> 才几天时间，草场上就有了翻天覆地的变化，又接连飘过几场雨，丰茂的草势一下子使得天地间臃肿起来。羊群刚赶出圈，呼啦一闪便不见了踪影，仿佛一个个掉进了深不见底的绿色湖泊之中。有时风头猛了，才能把绿色揭起几片白色的浪花，那是羊儿正埋藏在里面吃草呢，但很快又全部隐没不见了。

这样的叙述让人不禁想起了那首著名的乐府民歌《敕勒歌》："敕勒川，阴山下，天似穹庐，笼盖四野。天苍苍，野茫茫，风吹草低见牛羊。"当然，一个是"现"牛羊，一个是将羊群隐没了起来。但同样的大气魄，大手笔，非出自现场的亲身亲历者不可。这样一种坚硬的叙述，如果要从现代文学那里寻找源头，恐怕只有鲁迅先生了。鲁迅的小说风格被人称为冷峻，我则视之为坚硬，如果比照鲁迅的杂文，就会发现这位硬骨头的坚硬特性会更为明显。和鲁迅同时代的茅盾、巴金等人的叙述明显要柔和清新些，而到了沈从文、张爱玲那里则变得

清柔如水了。

当然，坚硬与柔和并不意味着审美价值的高低，而是天生的个性和内心所致。我不知道学东有没有受过路遥的一些影响，但在叙述质地的坚硬和刚性上，他们彼此都是相通的。

说张学东的"坚硬"，不是说他的写作只是一味地粗放和豪迈，事实上，他在叙述乡村历史和个人成长的历程中，时时体现出他特有的一种柔情和挚爱，他叙述苦难岁月里的人与人交往、描写大自然与童年视角的交融无不如此。在那一刻，他就是一个柔情万种的赤子和爱神。

与此同时，在当代小说家中，学东也是描写动物的高手，对羊、狼、狗、鸟等动物的拟人化的魔幻现实主义的叙述，进入到一个如我又无我的化境，但他写的绝不是宠物小说，他写的还是人物小说，在这个意义上，他笔下的动物无人可宠，不是无聊时的陪伴，而是生存的相依为命。生存的粗粝、生命的顽强、生活的艰辛，都让他笔下的生灵坚定、坚强、坚毅，让他的人物骨头硬、脾气硬、作风硬。

张学东在坚硬语言的外壳下，始终隐藏着一副柔软的心肠，这让他在对历史、社会和现实的探究中，赞颂的永远是自然美、人性美和童心美。

我以为，张学东的小说的基调无疑是现实主义的，他凝视、回望、聚焦生活的记忆和真实的感触，用写实的笔触来书写，但他又是一个开放的现实主义的践行者，他的小说对叙述视角和人物视角的转换的尝试孜孜不倦，保有现代主义和魔幻现实主义的韵味。

通读学东的作品不难发现，他的小说"切"和"砍"的力道非常明显，能与同时代作家区分开来，这一点对于一个小说家而言极为重要。我知道，在宁夏很多作家都习惯于书写土地上的苦难，学东另辟蹊径，很多时候他更愿意去写当代人的现实苦闷，从某种程度上说，苦闷是比苦难更难驾驭的。

是为序。

2024 年 6 月 13 日于万国城

目　录

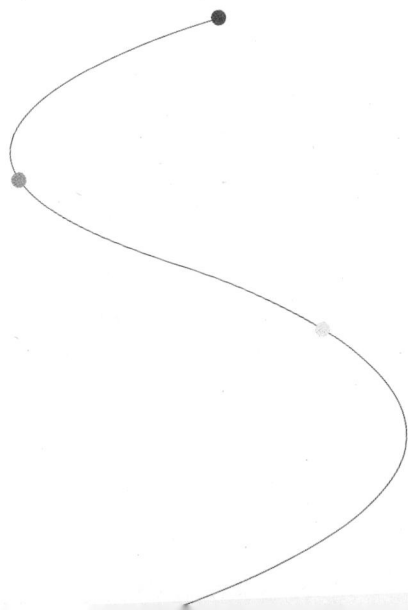

清水浑浊

一

　　那天俩人乍一见面，他脑子里一片空白。芹花当时也愣住了，恍惚是在梦中，半晌也没有言语一声。唯独鼓鼓囊囊的一团行包是真实的，它们灰头土脸地卧在她腿脚边，看家狗那样服服帖帖，又有点儿赖了吧唧的委琐相。她抬头时面带着羞涩，惊怯地拿湿润的眼光摩挲他那张四四方方的脸。

　　这曾是她非常熟悉的脸啊！方方正正的脸，他让女人可以信赖和尊重。芹花甚至还记得，他那阵经常悄悄地抓住她的手，非让她的手在他的脸上来回游走摩挲。他的脸天生标致，鼻梁跟山梁样挺拔，两道剑眉，一双眼睛黑炯炯的，厚饼似的嘴唇——只是嘴唇上当时还没有现在那么多胡须，轮廓也没有现在这样棱角分明。芹花那时就想过，这样标致的面庞，放在乡里是可惜的；芹花甚至还朦胧地想过，这样的脸就是放在城里，估计也不枉费吧。

那一天，两个人是在劳工市场见的面。那种地方乱哄哄的，跟一锅馊糨糊似的，人声嘈杂，气味古怪，南来北往的民工都聚集在那里，一个个骚动不安，几百颗人头黑压压挤在一起，上千件行包土丘一样在地上连营成盘，就连扎堆的空隙都很难寻到。他来这里当然不是务工的，早几年有这种可能，但现在不是，他来这是想物色两个懂粉刷会砌墙的工匠。给他干活的匠人一个回老家奔丧去了，一个这两天拉肚子病趴下了，一时间人手不够用。

说来他进城真是有年头了，这个芹花自然知道些。他算是白手起家，当然也是被家里逼出来的。人逼急了，没准就能干出大事情。他就是这样。他是家里的长子，长子就得有长子的样儿，他家兄弟姊妹一共六个，所以，他老早就不念书了，光不念书还不成，他还得抓紧结婚。乡下结婚都早得很，通常十八九岁就做一两个娃娃的爹了，这本来没什么奇怪的，可他不想那么早就结婚。其实，他也不是完全不想，他心里很早就装进了一个人，再容不下别的女人了。可他的爹妈非说芹花家拖累重，芹花爹是个瘸子，芹花妈一年四季病恹恹的。关键还有，芹花长得细皮瘦腰的，走路连个声响都没有，说话像蚊子轻哼哼，风大一点就能把她吹个跟头，这样的姑娘娶进门，别说指望她下地干活，恐怕连娃娃也生不下来。大人的意见，他起先根本是听不进去的，铁了心要跟芹花好一场，整天寻死觅活的。可爹妈更是像老黄牛一样固执，长子的婚事重如泰山，这关系到一个家庭的兴衰和荣辱，所以，他骂没少受，打没少挨，下跪撞墙，磕头作揖，跟家里弄得眼看要情尽义绝了。但最后的结局是，胳膊终究拗不过大腿，他稀里糊涂就结婚了，娶了邻村的一个粗粗大大能劳动的姑娘，一个他压根不喜欢的陌生女人。

他结婚没多久，芹花也草草嫁了人。从很大程度上说，他后来进城打工，也是不愿意在家里待的缘故，跟一个没有感情、自己又不喜欢的女人一起过日子，总是觉得别别扭扭的。眼不见、心不烦，他就只身进了城，赶上城里人开始时兴装修房子，他脑子转得快，想与其给别人打工，哪如给自己干呢？他把手头的一点积蓄攒起来，又跟亲戚们东挪西凑了些，就在城里组建了一支小型装修队，两个木匠，两个泥瓦工，一个油漆工，再加上他本人。一开始也只是小打小闹，通常是给人家刷刷墙砌砌砖，人有多大胆，地有多大产，这样干来干去，他慢慢尝到了甜头，索性又招了俩好木漆工，大张旗鼓地干起了室内装修。

事隔多年，又是在这种情况下逢面，难免都有些恍惚和难堪。恍惚是因为事过境迁，跟做梦一样，梦里见面总是美好，可是梦都得醒来，没有醒不来的梦；难堪却是突如其来的，两人中间像架着一盆火，烤得彼此脸热心跳，虽是故人旧相识，却都经历了许多不同，不再是知根知底，而是陌生，熟悉的陌生，说什么都觉得难为情。

当下，他不无激动地说，没想到呀，真是没想到，芹花你这些年过得还好吧！芹花只是拿眼睛盯着他的脸，嘴角喏嚅两下，不知该说什么了。他又问，你刚来的吧，落脚没有？要不先到我那里去。芹花迟疑着，摇了摇头，还是像过去那样没声响的矜持。

他低头看芹花脚边的行包，老大一卷，好像有铺盖，也有衣服。他二话不说，一勾腰就把行包拎起来往肩头扛。没等他迈出腿，芹花一把就抓住了行包的一角。她说，我……我……我还没找到活呢。他回头对芹花说，走吧，你先跟我走，找活的事你别着急，慢慢来嘛，我帮你拿拿主意。

芹花还想说什么，他已经抽出一只手来拉住了她的手。她的手立刻潮湿了，过去就是这样，每次他拉她的手，她的手心都湿乎乎的，是那种温暖的潮湿。他的手掌跟他的脸庞一样，宽阔，厚实，只要被他拉住，就跟装进棉手套里一般，暖和，舒适，又有力量，那么牢靠。可芹花早就知道了，这双手套不属于自己，她只不过偶尔试着戴了一阵子，打心底里觉得它好，它可靠，可她没那个命。事情就是这样，命里没有的东西，你最好是别去碰它。你一旦碰过，就变成你一生的痛了。这一点芹花不知思谋过多少回了。

他的住地离劳工市场不算太远，穿过两条马路，拐进一条弯曲的巷道，再走进一片错错落落的旧平房，就到了。一路上都是人，来来往往跟他俩摩肩接踵，城里跟乡下是大不同的，城里是用来装人的，装各种各样的男人和女人；而乡下是用来种庄稼的，看起来城里的人比乡下的庄稼还要稠密。芹花一直跟在他车子后面，听车轮骨碌碌发响，心无可名状蹦跳，好像不是自己的脚在走，而是让他的背影牵引着一路向前。

二

"男怕选错行，女怕嫁错郎。"这话搁在芹花身上是贴切的。芹花刚嫁过去的时候，婆家的日子在村里还算富裕的，三代同堂，公婆都是手脚勤快的人，家里还饲养着猪啦羊啦鸡啦狗啦，每年腊月里家里都要杀一口猪留着过年吃，鸡下的蛋一年四季是吃不完的。院子里还有花池子，里面栽着许多花果树，像鸭梨苹果葡萄样样都有，公爹没事的时候总是喜欢侍弄院子，家院一到夏秋时节，便香气扑鼻，硕果累累的。

富不传三代，俗话真是半点不假。公婆都是本本分分的庄稼人，偏就生了一个儿子吴鞍生不给大人争气，打小就不好好念书，长大干活又下不得力气，拈轻怕重的，还要穿好的吃好的，稍有不如意就冲老人发脾气使性子。原以为给吴鞍生娶了媳妇就能改好了，不曾想他跟芹花完婚后，更是变本加厉，一味地求吃图穿，地里的营生全推给芹花干，家里更是不操一点儿心。吴鞍生整天穿得展光光的，跟乡里干部似的背着手东家逛西家串，无非是跟村上的闲散人一起嘻哈吃喝耍牌，终日不倦。

后来不知怎的，吴鞍生居然在外面沾上了毒瘾，人瘦得跟野狗似的，路都走不稳当。毒瘾上来就六亲不认，骂老婆，砸家具，咬牙切齿逼着她拿钱来，给得稍微慢一时，抬手就打人。开始吴鞍生也只是打打芹花，芹花害怕得很，又不敢跟公婆讲出去，就把自己的一点儿零花钱都给了他。可是，毒瘾是个深不见底的黑窟窿，永远也填不满。芹花发现，婆婆也是瞒着大家，悄悄给吴鞍生钱用。有一次婆婆板着脸硬不给他，说家里一分钱也没有。吴鞍生就死乞白赖去老人身上搜，把婆婆掏惹急了，反手掴了他一耳刮子，他非但没有停止，却一把将婆婆掀翻在地，不顾老人痛得呻吟，从衣兜里夺了钱包就跑，整晚都没有再沾家门。

那以后，家里的情况是一天比一天糟，吴鞍生要不来钱，就琢磨着偷家里的东西，只要是值钱点又能搬得动的物件，统统让他连夜偷去换钱使了，就连她结婚时买的一对耳环和一块手表也没放过。再后来发展到，只要见到村里谁家有值钱点的东西，他就顺手牵羊拿了去。他还跑到远方的亲戚们家，哭鼻子抹泪谎称妈病倒了、爹摔断腿了，家里急着等钱治病。这样又欠下一屁股账，芹花他们还蒙在鼓里。

正在那个节骨眼上，芹花又怀了娃娃。她的肚子一天比一天挺，吴鞍生的毒瘾也是与日俱增。那天婆婆趁儿子不在家，拿粮食去村里换回来一只母鸡（这时家里的猪啦鸡啦早都没了，他们也不敢再养什么了，养也是瞎子点灯——白费蜡），想杀了给芹花补补身子。婆婆心里可怜儿媳妇，儿子的事让老人背负了莫大的罪责和亏欠，老人总是泪水涟涟地望着儿媳妇日渐鼓起的肚子。鸡抱回家还没等宰呢，吴鞍生突然跑回来了，一回家就开始翻箱倒柜，后来不知怎么似乎是听到了鸡叫声——婆婆刚才顺手把鸡藏在伙房的一只空瓦罐里，却忘了盖苫子。

那天，婆婆坐在伙房门槛上，哭哭啼啼骂自己的儿子，骂吴鞍生没良心，骂吴鞍生是龟贼二流子，骂他们老吴家上辈子造了孽生了个现世报。吴鞍生跟不长耳朵似的，吊死鬼样的在屋里院外横冲直撞。他非要进伙房找吃的，婆婆挡在门口死活不让他进去。他青黑着眼圈冲老人嚷，你给我让开，婆婆说除非你把老娘宰了吃，他嚷你到底让不让开，婆婆说有本事你来嘛，你打死我，反正我不想活了，他偏着头愣了一下。这时，那只鸡恰好在伙房的瓦罐里喔喔啼叫起来。他猛地抬腿就给婆婆一脚，婆婆整个人就像一只老母鸡，从门槛上飞进伙房里去了。芹花当时真的吓傻了，她想跑进去看一眼婆婆，哪知刚到门口，就被他从伙房里撞出来。他手里倒拎着鸡爪，那只鸡扑扇着翅膀，灰尘溅了她一眼睛。芹花趴在地上，半天也没爬起来，只隐隐看见几根白的鸡毛在院子里胡乱飞舞，再低头看自己身下，早渗出一摊血水。就在这天，公公爹实在是被逼得没有办法想了，老人怕这样下去迟早会弄出人命，于是连夜跑到派出所把儿子告发了。吴鞍生吸毒成性，又犯了故意伤害罪，让干警提溜去关了起来。

其实，那时芹花真的不想要肚子里的娃娃。可事情往往不以人的意志为转移，她流了那么一大摊血，按理说娃娃也给流掉的，可它却像男人的毒瘤似的顽强地留存下来了。好好的一个家败成那样，她连死的心思都有，若不是看在公婆待她不薄的分上，她起码是要跑回娘家去的。婆婆被踹了那一脚之后，再也没有站起来，在床上哼哼歪歪地躺了大半年。除了帮着干地里的活，芹花还得服侍公婆吃喝，一晃娃娃就生下来了，婆婆的病情才稍微有了些起色。老人能下地走动，也能帮她哄一哄小孙女了。不管怎么说，家里添了新丁，总是喜庆的事，公公爹又从外面买回来一只奶山羊养着，起早贪黑忙着给羊割草喂料，芹花身上奶水稀，老人就想用羊的奶水来接济孙女。那些日子，芹花也暂时淡忘了痛苦，把希望寄托在娃娃身上。这世上还有什么能比新生命更让女人容易看见希望之光的呢？

好景不长，吴鞍生在里面蹲了一年半，就给放出来了，狗改不了吃屎，又开始动手动脚偷偷摸摸，有一天竟然丧心病狂地把那只给娃娃下奶吃的山羊给拉跑卖了。芹花实在是忍无可忍了，几乎每一夜她都会在噩梦中惊醒。她本来想回娘家去住一阵，可又怕男人死皮赖脸跑去纠缠，思前想后才背着家人偷偷跑到城里来，她狠下心肠把娃娃留给了公婆。她想自己无论如何也算是对得起老人了，毕竟在那样的家里生活了这么多年，毕竟还给他们添了一个娃娃。芹花想在城里找一份工作，凭双手和力气好好挣钱，起码要把娃娃将来上学的钱攒够。

芹花坐在他的房子里聊起这些痛苦的往事的时候，整个人像是从梦里飘荡出来的魂儿，眼泪不知流了多少，鼻尖又红又亮，神情凄楚而又虚幻。他的心都听碎了。他原来一直以为她过得很好呢，所以，这些年他从来也没有再去找过她。偶尔，在某个夜深人静时分想起她，总是一段难以忘怀的记忆，说甜蜜又带着丝丝苦涩，他就那样抱着种种遗憾入睡。

可是，世上的事偏不如想象得那样好，如果说他的日子过得不舒心，她更是过得一塌糊涂。好男人都有怜香惜玉的本能，他也不例外，特别是在这异地他乡遇见了自己曾经心爱过的女人，特别是当他知道这个女人眼看快被生活和苦痛压趴下的时候，这种怜爱就油然而生了。

三

"乐得来"饭馆开在街边一幢居民楼下面，离旁边的一家菜市场也近，生意主要以面食为主，早晨还兼卖稀饭、包子和小菜。杨老板四十来岁，生得肉墩墩的，五短身材，浑身上下都闪着油腻腻的光亮，又过早谢了发顶，只有后脑勺和两鬓还固守着最后的几片阵地，没事时老板总爱拿手掌蹭磨自己光洁可鉴的头顶，好像这样持之以恒地摩挲下去，头发就会重新生长出来似的。他前不久刚好在饭馆后面的居民楼里干过俩月装修活，也在这家饭馆吃过好几顿饭，隐约记得门上贴着"长年招聘勤杂工"的字样，就把芹花领来碰碰运气。

没想到杨老板见了芹花以后，很爽快地就答应要录用她。杨老板盯着芹花说我这里是小本买卖，全仗着那些个回头客来吃饭，干活要有眼色，手脚放勤快，我向来是不亏人的。芹花因是头回见这场面，难免有点紧张，他就替她把话说了。他说杨老板放心吧，她在家也是受过苦的人，不会的你就多教教她。芹花这才斗胆跟着说，杨老板我啥活都能干呢。杨老板一边拿手掌摸着发顶，一边上下打量芹花，弄得芹花的头又低下去了。杨老板又转过脸问他，她是你媳妇？他没想到对方会这么问，忙摇摇头，有些尴尬地说，不是的，她是我的一个老乡。杨老板又专注地蹭了蹭自己的发顶，突然把手从头顶移开，猛地拍打在玻璃柜台上，一只黑头苍蝇闻声仓皇而逃。杨老板抬眼望着苍蝇飞窜的方向，没好气地嘟囔着，狗日的咋都打不光！

店里杂七杂八的活基本上都由芹花一个人来做，杨老板不停地叫唤着芹花的名字，芹花来客人了，芹花倒茶，芹花端饭，芹花送客，芹花快把桌子抹一抹，磨蹭啥呢，手脚放麻溜点……唯独收钱这件事，杨老板不怎么叫芹花，在钱上他一向是很谨慎的。也许芹花干活太用心的缘故，抑或是思想总不能完全集中起来，开头的半个月里，竟连着打碎了人家几个碗碟。对于这种事情，芹花心里害怕极了，第一次是抹桌子时，抹布角无意中一带，就把一只茶碗扯到地板上了；第二次是洗涮的时候，碟子明明抓在手里，却像一条溜光水滑的大鳊鱼那样难以掌控，刺溜一下蹿了出去，哗啦一声碎成一片白光。对于这两次失手，杨老板把粗短的八字眉整整拧了两个下午，她希望杨老板能狠狠骂她两句，可他就是皱着眉头坐在柜台后面一言不发，好像一门心思在等待她再一次犯错。

芹花干活便加倍小心，端盘子端碗手抓得紧紧的，擦桌子时左顾右盼，生怕再犯类似的错误。可越是谨小慎微，越是诚惶诚恐，事情就越不以她的意志为转移。后来那次有点严重，是端给客人的一碗鸡蛋拌面和一碗面汤，她还没从厨房的窗口端出来，就听见杨老板在前厅里一声声唤她，嫌她动作太慢，说人家客人都等不及了，这种情况其实并不能怪她，可每次客人等不及了冲杨老板发火，杨老板都会粗声大嗓地喊她，嘴里带着火气，好像是她在厨房里故意磨蹭着不肯出来。那天芹花急急忙忙用盘子端了客人的面和汤，一路小跑着出来，眼看要到客人的座位跟前了，脚底下却踩到了一片客人吐下的肥肉，整个人便趔趄着滑了出去，盘子里的面和汤全朝客人身上飞过去，她当时只觉得眼前一片漆黑，半天眼睛都不敢睁开。这回芹花心里很清楚，自己得卷铺盖走人了。看着杨老板给客人一个劲点头捣蒜作揖赔不是的可怜相，芹花心里难受得要命，把自己恨得跟仇人似的，恨自己没用，恨自己不小心给老板惹了祸。

　　当时杨老板的脸色的确很难看，像被人打肿了似的，青一块紫一块的，好话说了几卡车，贴了辣子又贴油，好歹赔了客人洗衣服裤子的钱才了事。杨老板不停地摇着他的胖脑袋，又不停地叹气，好像做生意赔了血本。奇怪的是，杨老板还是没有冲芹花发火，自始至终他只晃着脑袋重复一句话：现在的人啊。芹花不知道老板是在说她，还是在说那位客人，她吓得不敢吭气，专等老板张嘴撵她走了。可是，这天眼看到了傍晚，繁忙的饭口也过去了，杨老板也没有提让她打铺盖卷的事，这让她觉得极不踏实，觉得饭馆里遍地都是那种油腻而又险恶的肥肉片，一不留神就会踩在脚下让人打滑。老板什么也不说，芹花心里更加的七上八下，终于干完了这一天的活，连地板都擦得一尘不染。

　　又过了一会儿，两个厨子都相继走了，店里就剩下她跟老板了。杨老板一直低着头在柜台里拨拉算盘珠子，她有点无所适从，捏着脏兮兮的苍蝇拍在饭桌中间晃来晃去，半天也打不着一只苍蝇，关键是她蹑手蹑脚的，一点儿声音都不敢出，心里一直在想老板肯定要跟她算账的事。杨老板终于从柜台上抬起头，芹花立刻瑟缩在墙角一动不动，心里咕咚咕咚打鼓。老板淡淡地说芹花时候不早了，他人就径自走到门口，往外跨脚时他又补充了一句，早早睡吧，明天还得起早呢。芹花整个人便僵在那里，觉得自己一定是听差了，她想老板肯定在说，你还不赶紧走，想吃了包子等汤啊，而且打明天起你再也不用来了。但是，芹花分明听见卷闸门被老板从外面哗啦啦地拽下来，然后是锁孔嘎嘎地拧动着，她已经看不见老板那张阴沉了一整天的脸。

芹花晚上就是睡在这里看店的。店里有一张很窄的折叠床，睡觉前移开两张桌子，再拉开折叠床铺上被褥就行了。杨老板每晚离开时，都是从外面锁好卷闸门，直到第二天早晨门才打开。杨老板离开后，芹花又站着发了很长时间呆，觉得腿脚都酸了，才默默地在椅子上坐下来。越想越感到蹊跷，她想不出老板不撵她走的真正理由，是想让她留在这里好好干活将功折罪，还是等到月底新账旧账一起算？实在想不明白，人就烙饼似的睡不踏实，店里那种饭菜味简直根深蒂固，细闻起来，四周的墙壁、天花板、地板，甚至就连吊在顶上的风扇叶和所有的桌椅腿儿，也都有股饭馊味，弄得她鼻孔发涩。

在家时觉得那个家简直就是火坑和坟墓，人一旦走出来了，又禁不住要常常想家。主要是想家里的娃娃，娃娃那么小一点儿就没了妈，一想到这里芹花的心就像被什么东西给狠狠刺了一下，痛得钻心。芹花一闭上眼睛，那张嫩嫩的小脸蛋儿就在她怀里蠕动起来，小手儿也在她的乳房上抓摸着，惹得她鼻子一阵酸楚，泪水不知不觉把被褥浸湿了一大片。

四

他到"乐得来"吃面，其实也是想看一眼芹花的。杨老板对他似乎很客气，连声招呼着芹花给他让座倒茶上小菜。他抽空跟芹花说了几句话。他问芹花在这里还适应吧，芹花点头。他又问她觉得辛苦不辛苦，芹花摇了摇头。他还想问什么，杨老板已经在柜台那边扯着嗓门喊芹花了，她赶忙转身走开。

饭是芹花给端上来的，不知怎的，他拿筷子扒拉来扒拉去，好像一点儿胃口也没有，觉得这里的面比以前做得难吃多了。他转过头想把芹花再叫过来说几句，却发现杨老板的目光正从玻璃柜台上射过来，好像正监视着自己。他觉得别扭，只好把嗓子眼里的"芹花"二字又囫囵地咽下去。一个男人的直觉告诉他，老板对他似乎有一点警备。后来芹花送他出门时，他愤愤地说，这个胖家伙咋这么爱使唤人，我看他是一刻也不让你闲着！芹花一笑，说，你别这么说，其实我们老板人挺好的。

渐渐地跟后厨的师傅们混熟了，芹花听他们说杨老板对她很不错的，若换成以前的几个女服务员，早让他开掉八回了。为此，芹花更是觉得工作来之不易，她多少有点感恩戴德的意思，所以她得好好珍惜这份工作。一个月很快就干满了，到了发工钱的那天，芹花拿到了预先说好的三百五十块，这无论如何让她感到意外。按她原先的推测，老板怎么也得扣掉那些损失费吧。可是，杨老板竟一分钱也没少给她，好像早把那些事情给忘掉了。非但这样，杨老板露出宽厚的笑容，他说，好好干吧芹花，亏不了你的。这就让她更加忐忑不安了。

晚上别人都走了，照例是老板留下来锁门。因为没有别人，芹花就想找机会跟老板说说她自己的想法。她先钻进卫生间，假装方便，蹲在那里把老板刚才给她的工钱全掏出来，又认真点了一遍，一分不少，确实是三百五十块。她掂量了再三，从中抽出一张百元的，尽管挣这点钱对她来说确实不容易，可她还是把这张百元票子攥在手里，又从卫生间里走出来。芹花没有想到，卷闸门竟然已经拉下来了，她以为老板走了呢，正在疑惑之际，杨老板从后面的厨房悄悄地走出来，手里端着个盘子，里面有两碟凉菜，一碟是切好的牛腱子肉片，一碟是拍黄瓜，见芹花愣蒙蒙地望着他，老板解释说他忽然觉得肚子有点儿饿，想吃点东西再走，就端着手里的盘子径自在前厅找了张桌子坐下来。

老板倒好两杯啤酒，说芹花你在我这干了一个月，来，今天就算我敬你一杯。芹花很是吃惊，她压根没想到老板会给她敬酒。老板见她不接，就站起来把那杯酒硬塞到她手上。老板说时间长了你就知道了，我这个人很重情义的。说着，一仰脖子把一杯酒都喝光了。芹花一只手端着那杯酒，一只手在桌子下面攥成拳头。老板又为自己倒满了酒，端起来依旧看着芹花，那意思像在说你怎么不喝呀。芹花被那目光逼得实在没有办法，就侧过脸抿了一口，老板还是不满地盯着她的嘴，目光带着一种强迫的意思。芹花因为想着要把另一只手里的东西还给老板，像是需要鼓足勇气，才憋住气一下子喝了大半杯，连着咳嗽了几声，脸都涨红了。老板的目光终于和缓些了，不再死死盯着她看。芹花象征性地用手捋了捋喉咙，然后起身把一直攥在手里的百元票子双手擎到老板面前。老板的酒喝了一半，怔了怔，奇怪地看着芹花。芹花说老板这钱你收着吧，我给店里添了那么多麻烦。老板听完，看看钱，又瞅瞅芹花，忽然哈哈大笑起来。这下把芹花给笑蒙了。

老板当然没有接那一百块，而是很大度地说，那算个啥，开馆子的哪天还不打碎个把碗碟，都要像你这样的赔法，我早富得流油了。芹花就有点儿不知所措，那钱给也不是，自己揣着也不是。老板似乎看破了她的心思，笑着说芹花你要是有这个心，就陪我好好喝两杯。芹花的手指犹疑着，慢慢地又一根一根攥起来，那张百元票子沾满了汗水，像一片刚从水中捞出的树叶。这天老板走得很晚，有点儿醉醺醺的。芹花也是红头涨脸的犯晕，她多少有点儿担心，怕老板这样出去有个三长两短的。她连声问老板你没事吧，你还能不能走呀，千万别在路上摔跤了。老板也冲她一个劲摆手，表示自己没事。

临走前，老板从钥匙串上取下一把钥匙拿给芹花。老板说芹花这是卷闸门上的钥匙，现在我给你一把。芹花受宠若惊，半天也没敢去接那把亮闪闪的东西。老板边打嗝边说，芹花，你一定得拿着，你不拿，我可要多心了。芹花嗫嚅着说，我才刚来，老板你还是给别人吧。老板不再说什么，却猛地一把抓过芹花的手，将他那肉墩墩的胖手以及那把清冷的钥匙紧紧地摁在她手心里。杨老板说，你是个好女人，我不是傻子，能看出来，钥匙交给你，我放心。芹花整个人便蒙了，好像听不明白对方的话，又好像杨老板说的全都是醉话。

五

他装修上的事情近来不太顺。他们在一家干活，正着手往倒打一堵隔墙的时候，泥瓦工强子不知怎么搞的，一铁锤下去墙没怎么着，却把自己的两根脚指头齐刷刷地砸扁了。医生也晃着脑袋说不好救，骨头都稀碎了，残疾恐怕是落定了。泥瓦工强子那只脚肿得比老牛腿还粗，连窝也动不了，躺在医院里没日没夜呻吟着。强子的女人就一趟一趟来缠磨他，好像强子下半辈子都要由他养活着了。

一波未平，偏又遇上了另一桩烦心事。替强子掏了住院费，又要给业主垫付材料款，他最近手头就紧巴巴的。他上门跟以前装修过的一家业主要工钱，一开始算好的三万块，干活的过程里业主陆续支付了一万来块材料款，并打下欠条，白纸黑字，写得清清楚楚，剩余的款等验收合格后一次性付清。可是，一拖好几个月过去了，他也上门要过几回，每次去了人家不是说手头紧，就是让他再多宽限几日。他面情软，和气生财，心想煮熟的鸭子还能飞了，也就不计较什么。哪知这次登门再要，业主一反常态，硬说他们用的材料有问题，油漆涂料味道大，甲醛含量超标，说家里好几盆值钱的花灌木都蔫巴巴的没了筋骨，眼看都要死了；还说小娃娃成天嚷着头疼，经常流鼻血，学习成绩下降。总之，有一千条理由等着他，不但工钱拿不到手，人家还口口声声要去法院告状。他一点儿没想到，事情会弄成这样。你有来言我有去语，双方吵了个脸红脖子粗，险些动起手来，问题就是解决不了。

他从业主家里憋了一肚子火气跑回来，强子的女人就像瘟神一样鬼使神差地跟在他屁股后面了。

强子的女人说，他兄弟，俺家强子疼得拿头直撞墙哩。

他正没处解气，就气冲冲回敬她一句，我也想拿头往墙上撞呢！

强子的女人噘着嘴说，他兄弟，十指连着心哩，他在医院里几天都不吃不喝的，人眼望快瘦完了。

他说谁叫他举起锤子砸自己的脚，长着眼睛用来出气的？活该他！

强子的女人就窝着嘴不说话了，像是在憋一口气，过了一会儿她果然呜的一声号起来，她一号起来就没完没了，好像她男人已经在家咽气了那样悲痛欲绝。

他最见不得女人这样。强子的女人哭天抹泪的，他心肠又软了。他从裤兜里掏出一团手纸塞到女人的眼窝跟前，那纸立刻缩成湿湿的一小团。

他说哭啥哭么，不就是砸了脚指头么，离他的心跳还远着呢！

说到这，他竟由不住自己苦笑起来。他又把手伸到屁股后面的裤兜里摸索了一会儿，然后掏出一张五十元的票子递给强子的女人。

他说，回去给强子买只土鸡炖上，好好给他补补身子。

强子的女人犹豫了一下，用潮湿而又浑浊的目光打量着他，最终还是果决地接过钱匆匆走了。

他看着女人消失在楼道里的背影，长长叹了口气。

回老家奔丧的工匠还没回来，拉肚子的刚刚好一点，干活腰来腿不来的，狗日的强子偏偏这阵子又砸坏了脚趾。这两天他连着跑了几趟劳工市场，也没找上特别合适的工匠，装修就进展得慢吞吞的，老牛拉破车样没了以往的生气。没一样事情是顺顺当当的，连他都有点儿灰心了。

他垂头丧气地从他们干活的楼群里走出来，刚走到街口，**就被摆地摊的算命先生挡住**，非要缠着给他相面。他本来是不信这一套的，可人若走了背时运，难免对自己有点疑神疑鬼的。他原地站定，让相面的上下打量了他一通。算命先生煞有介事地说，老弟印堂发亮，二目走神，双鬓灰暗，今年命里要犯桃花，凡事得三思后行，切忌女色啊。

他听了觉得实在荒唐，桃花运？这简直就是天方夜谭，扯淡。他想自己这辈子恐怕就是没有那种好运气。算命先生又问他想不想请他给帮忙破解一下，他立刻听出对方是想让自己掏腰包，他忙摇摇头说，算了吧，我这人不太信算命。于是随手扔下两块钱转身就走，已经走出老远了，还依稀听见算命先生在后面喊他，老弟，老弟，你回来呀，算不对我可分文不取。他没再理识他，头也不回地匆忙走开了。

因为心情不好，他这一整天只喝了几口水，啃了半拉干饼子。上午钱没要着，下午他干脆又去劳工市场转悠，工匠倒是碰到一两个，可是心都太黑，也不知手艺咋样，反正张嘴就要千儿八百块工钱，他想还是再等一半天吧，说不定这两天，回家奔丧的工匠就回来了。回到住处，天快黑了，房东过来告诉他，下午有个女的来找过他。没等他细问，房东又神秘兮兮地凑过来说，就是上个月你领回来的那个女的，人长得怪水灵的。他这才知道，是芹花来过。他不清楚芹花为什么找她，想了想又骑上车子出去了。

到了乐得来，没看见芹花，也没有吃饭的客人，只有杨老板一个人在柜台后面噼噼啪啪打算盘，看来很快就要关门了。

他走到柜台跟前问芹花在不在，杨老板好半天才慢悠悠抬眼皮扫了他一眼，然后像是跟他赌气似的说，你问我，我还要问你呢，你介绍来的这个女人到底是咋回事？

他一时愣住，不明白老板为什么这样问他。没等他开口，杨老板又说，昨天我店里进来一个男的，猴了吧唧的，进来就跟芹花拉拉扯扯的，说是要让芹花跟他回去。

他大吃了一惊，这么说是吴鞍生进城来找芹花了……杨老板快告诉我，芹花是啥时间走的？

杨老板不再拨拉算盘珠子，一只手掌又开始在发顶上一遍又一遍摩挲起来，一副若有所思的样子。

他真的有点着急了，他见不得对方此刻的那种不紧不慢，所以就用手指响亮地敲着玻璃柜台，那她走的时候有没有留下啥话啊？

杨老板回头瞥了他一眼，像是对他有怨气似的说，我啥都不知道，你最好别来问我，中午她说要出去一趟，一道金光就不见了，我到现在连个人影儿也没见着呢！害得我只好自己给客人端盘子！

从饭馆出来，他有些恍惚，走出老远才意识到，来时自己是骑了自行车的，返回头再找那辆车子，竟不翼而飞了。他摸了一会儿口袋，钥匙也不在身上。这才回忆起来，刚才自己只惦记着去饭馆里见芹花，根本没有给自己的车子上锁。真他妈的，人要是倒了霉连喝凉水都硌牙！

六

杨老板踮着双脚，手里努力往上举着一根铁钩子，去够卷闸门的拉手。他人生得肥胖，个头又矮，每次踮起脚尖拉这该死的门都显得很费劲。他好不容易把门拉下来一半，刚停下歇口气，没等再接着往下拽，身后就被什么硬物撞了一下。他未及反应过来怎么回事，一种更加锋利凶狠的力量早顶在他肥厚黏湿的腰间。那里早已虚汗淋漓，忽然又被顶得钻心疼，汗水便迅速汹涌起来，本来松懈下来的腰肌，立刻绷得紧巴巴的。

他还从来没碰到过这种可怕的事，以前倒也听说过，谁谁的店被强盗打劫了，抢走了多少钱和物，还听说过抢银行的事，可都是听说而已，像传奇故事。本来，他完全可以早点关门回家去的，晚上一过八点基本上没人进来吃饭了。可是，刚才他来过一趟以后，又让他改变了主意。他忽然有种说不出的担心，芹花手里有他店门的钥匙，万一她跟白天那个瘦男人一起跑回来，还有那个什么他，他们仨合起伙来，把店里值钱的东西搬走，到时候他怕是哭都没有眼泪。可说心里话，芹花来他店里一个多月，确实手脚勤快，吃苦能干，给他帮了很大的忙，他甚至已经觉得，店里现在有点离不开这个乡下女人了。

杨老板打一开始就有点儿怀疑，芹花弄不好跟那个叫什么他的有一腿，说不准她是为他才进城打工的。白天那个瘦猴样的男人上门来纠缠芹花，杨老板虽然没有直接出面干预，但凭借他的观察，似乎得到了更进一步的证实，芹花必定是从家里偷偷跑出来的那种女人。因为当时是中午，正赶在饭口上，芹花跟那个瘦男人拉扯得很厉害，杨老板生怕影响到他店里的生意，就不客气地对芹花说，你跟他有啥事，还是出去说吧。所以，后来芹花到底跟那瘦男人说些什么，杨老板一点儿也不清楚。他只是透过玻璃窗，看见芹花一直很激动地摇着头，两只手也很激烈地比画着，而那个瘦男人一直试图要将芹花带走，他们在外面至少纠缠了有半个来钟头。再后来，芹花又一个人进来了，眼圈红红的，鼻尖也亮晶晶的，很委屈的样子，她跟老板请假的时候，慢慢解下腰里的花布围裙，揉成一团放在玻璃柜台上。

此刻的情形是，杨老板乖乖地被人从后面顶回到店里，然后又让那个人顶着，从里面拉下了那扇刚才只拉了一半的卷闸门。这阵已经是晚上十一点钟了，街上冷冷清清的，几乎没什么行人。店门又从里面被拉死，就彻底跟外面隔开了。杨老板简直吓傻了，腿肚子比面条还软，嘴唇哆嗦着，连一句完整的话也说不出来。

而实际上，站在身后顶着他的人根本不需要他开口说话，在卷闸门拉上的一刹那，对方早就将他摁倒在地，并且用一只膝盖死命顶压在他的腰杆上，他的嘴脸和前胸紧紧贴在油腻而又肮脏的地板上。随即，他的手脚被一段早就准备好的绳子捆得结结实实，并且是四只手脚反捆在一起的。他几乎不敢太用力挣扎，因为自始至终，那把锋利的东西一直架在他肥硕的脖颈上。

这种时候，除了巨大的恐惧和钻心的疼痛攫住他之外，他唯独还能感觉到的就是，对方似乎不想立刻要他的命——他们（他已经无法准确估计出到底进来了几个人）一定是冲钱来的。他被捆住以后，接着就被一条围裙裹住了眼睛，如果他没猜错的话，正是芹花离开前放在柜台边上的那条围裙，除了饭菜的味道，他依稀嗅出一种来自女人身体的特殊气息。紧接着，一团馊臭难闻的抹桌布又堵住了他的嘴。与此同时，他身上衣裤的所有兜都被翻了个遍，这一整天的营业额，外加自己的零用钱，一共将近一千块，全让掏走了。

这种时候，他什么也看不到，耳朵里听到的只是一阵翻箱倒柜的声响，还有杂沓的脚步声在店里来来回回穿梭，偶尔，凳子被咣当一下撞翻在地，桌子腿吱吱乱叫，酱油壶或醋罐子哗啦一声落地，摔得粉碎，一股浓浓的酱醋味在四周弥散开来。最后，店里好像只剩下他一个人了。打劫的已经逃走了，但他还是被捆绑着躺在地板上，甚至连嘴巴里的抹布也原封未动。他听到那种非常刺耳的哗啦声，店里的卷闸门被忽然拉开，然后又迅速地拉合下来，里面漆黑一团。

直到这时，杨老板才慢慢意识到，自己不知什么时候竟尿了一裤子，身子下面一摊湿冷，尿臊味夹杂在酸溜溜浑浊的空气中，难闻得要命。他鼻子一酸，鼻孔像狗那样抽了抽，喉咙里沉闷地呜呜起来，犹如一只困在陷阱里的狼，不同的是他身体太胖了。

七

这一夜他老做梦，梦见自己在老家的一片麦地里，撵一只灰毛长耳的兔子。那兔子只有三条腿，却一弹一弹蹦得飞快，每次快要抓住它时，都让它狡猾地挣脱了。他在后面穷追不舍，兔子在前面一蹦一蹦地颠，它还不时地回过头冲他做鬼脸，后来好不容易快逮住它了，却冷不丁从草丛里钻出来一条五花蛇，嗖地一下咬住了他的手指头。那蛇的嘴一张一张的，比簸箕口还宽，转眼就把他的整只胳膊吞进肚子里去了……就在这时，一通急促的敲门声把他从噩梦中拽了回来。

强子的女人丧门神样把头从门缝塞进来，一脸恓惶，张嘴就向他要钱。

强子的女人说，医院里催得急，今天无论如何得再去交费，要不然人家就不给强子治疗了。

他迷迷糊糊站在门口打着哈欠，强子的女人嘴巴不停地叨叨着，一股很浓的口臭直冲他而来。

他惺忪着睡眼说，咱们住院那天，不是一下子就交了两千块吗，那么多钱还不够使的？

强子的女人便堆出满脸的苦瓜相，絮絮叨叨地说，人家大夫说那点钱连住院费怕都不够，见天的又得吃药、打针，又得挂吊瓶子，还一趟趟地去拍片子，兄弟你说说咋够使嘛！

他锁着眉头说，那你倒说说让我咋办，我要是变成一棵摇钱树就好了，我要是再开个银行就更好了……难道你们身上就拿不出一点儿钱吗？凭良心说，你家强子出事，有没有他自己的责任？总不能说是我叫他去砸自己的脚指头的！

强子的女人听了，好像母羊吞下了一口生花椒，一下子憋住了气，半天不再吱声。忽然，脸皮一拧又呜里哇啦捶胸顿足地号啕起来，一个劲哭号说她命苦说她男人活该。

她这一哭闹就没完没了了，很快惹得院里的其他房客纷纷从门缝探出脑袋张望，一时间怨声载道的，大伙的美梦都让这个女人给搅黄了。他早就知道会是这种结局，每次说到实际问题，这个女人都要使出最后的撒手锏。

他用双手胡乱刨了刨自己乱蓬蓬的头发，模样多少有点凶蛮，他终于忍不住瞪着眼睛吼起来，行了行了！他妈的就知道哭！哭有球用！要是能哭来钱花，我也想找个地方美美哭他一鼻子呢。

强子的女人暂时被他镇住，她还从来没见过他发脾气的样子。

他蹲在门槛上沉默了很长时间，然后长叹了一口气说，你先回医院去吧，我再给你们想想办法。

强子的女人狐疑地望着他，本来还要说点什么，嘴角动了动，终究胆怯地一步三回头，蔫梭梭地走开了。

他回屋，从床垫子下面翻出一张农行的存折，盯着上面的阿拉伯数字看，只剩下不足五千块钱，这些钱是他存下来万不得已时应急用的。

这几年他在外面挣的钱，差不多都花在给家里翻盖房子和添置家具上了。虽然他跟老婆没什么感情，可毕竟夫妻一场，女人又给他生了一双儿女，自己出门在外，全凭老婆在家操心老小，他总得想方设法把家里的日子过得比别人强些吧。还有，去年秋天老父亲在城里住过一次医院，老人肚子里长了个拳头大小的瘤子，疼得饭也咽不下去，他好说歹劝把父亲接进城里做了切除手术；今年开春老丈母娘过世，他又拿出一笔抬埋费。说一千道一万，人家强子毕竟是为他干活，而且强子这人平时很踏实，干活肯卖力气，指给一条道能埋头走到黑的。现在人家躺在医院里受罪，他嘴里发了一通牢骚，心里还是不能见死不救的。

早晨银行刚一开门，他就跑进去取了一千块钱揣在身上，然后回到自己的住处，把折子在床垫底下重新藏好，又风风火火出了门。昨晚自行车丢了，他只好埋头步行。他打算先去他们最近正在装修的那家，把今明两天要干的活给工匠们叮嘱一声，再看看还需要买些什么材料。

到那里敲了半天门，拳头都砸痛了，在里面睡觉的工匠才慢吞吞爬起来，给他开了门。他气不打一处来，他在乱七八糟的楼房里转悠了一圈，发现前两天布置的活只干了一半儿，打了半截的隔墙还要死不活地停在那儿，那些早该钉好的木龙骨也没钉完。他说多会磨洋工啊，眼望半天晌午了，一个个还在睡大觉，还能不能干，不能干趁早言语一声！其中一个年纪大些的木工，觍着老脸蹭到他跟前，抓耳挠腮地说这月工钱拖了有些日子了，大伙手头紧得很，这两天连抽的烟也买不起了，顿顿饭就啃俩干馍馍，哪有力气干活。

他无奈地放缓语气说，不是我成心拖着，强子在医院里哪天不得百十块花销，业主欠的款一时又收不回来，你们好歹再宽限几天，我保证一分钱不少你们！

老木工听着，无声地垂下灰蓬蓬的脑壳，使劲咂吧一支烟屁股。那烟头眼看烧到老木工手指头上了，夹烟头的几根手指颜色焦黑焦黑的，看得他心里微微一颤。

他不想再说什么，说什么都是假的。有钱能使鬼推磨，这是最简单的道理，没有钱拿工匠们就没心思干活。换了他也是同样的。

他自然知道这些出门打工的都不容易，他们一个月累死忙活就是为了那几个血汗钱，总不能让他们一个个喝西北风去吧。这样想觉得自己很窝囊，就转身一甩门走了出去。往楼下走的时候，他拿定主意，今天不论如何都得去业主家把那笔余款讨回来。这钱实在是不能再拖了，再拖下去这里真要揭不开锅了。

从居民楼的楼门洞里摇摇晃晃走出来，他决定直接去趟医院，再给强子交上几百元治疗费。外面白花花的阳光还没来得及晒到身上，他脚下被什么东西猛地一扫，就扑通一下跌倒在一堆灰尘里。与此同时，一圈浓荫围拢过来罩在他身上，从阴影里伸出五六只手脚，矫健而又强劲地将他制服了。

他的脑门接连在地上重重地磕了好几下，脑子里顿时昏昏沉沉的。额头那里渗出一丝清凉的感觉，就像一条条小虫子在那里慢慢蠕动，疼痛中又有几分难以忍受的奇痒。没等他做出任何反应，有一只手已经迅速准确地从他屁股兜里掏出了那一叠钱，他这才意识到问题不妙。他连声叫嚷道，你们这是干啥呀，你们找错人了，你们别拿我的钱，那是救命的钱！

阴影们正沉浸在首战告捷的喜悦当中，根本没人理睬他的叫喊。他像土拨鼠似的被七手八脚摁压在地上，不能动弹。正当他痛苦不堪的时候，他听见那圈阴影中终于响起一个义正词严的声音，人赃俱获，把这狗日的带回去！

随即，他缩在地上像一团灰头土脸的行包，被几只坚硬的皮鞋尖使劲踢了几脚，又被几只手粗野地拎起来，夹小鸡似的提溜到停在一旁的一辆警车上。汽车发动了，警报器立刻呜啊呜啊奏起了嘹亮的凯歌。

他忽然有种绝望的感觉。

八

杨老板看见芹花走进店里的时候，禁不住打了个冷战。

那时，外面的天色逐渐昏暗下来，从柜台的方向可以看见，街上来往的那些车辆，有的已经打开了车前灯。灯光一忽儿直直地照过来，一忽儿又拐着弯儿照过去，让外面的街道看上去有些神秘莫测。这两天，杨老板受了惊吓，特别是前天夜里，简直就是地狱，被人捆了整整一宿，胳膊腿脚差点儿捆断了，幸亏店里的厨子早晨来上班时发现并解救了他。这种时候，杨老板就像惊弓之鸟，正准备早早关门走人。

上午杨老板去过一趟辖区的派出所，是警员过来把他带走的，说他们逮住了犯罪嫌疑人，叫他去辨认一下。杨老板从一扇四四方方的铁窗户往里瞧了一眼，的确是当初介绍芹花来他店里的那个男人，国字脸，厚嘴唇，烧成灰也认不差。不过，杨老板一时还拿不准，那晚是不是这个男人用刀子顶着他后腰，对他实施打劫的，因为，整个过程他都没机会看清楚坏人长什么样，所以，昨天报案的时候他就跟警察说过，有两个可疑的男人，这两个人都跟他的店员芹花有密切关联。

后来警察问到他的时候，杨老板很犹豫地用一只手摸着自己光秃的发顶，警察严厉地提醒道，你要看清楚，到底是不是这个人？杨老板点点头，又往铁窗户里瞅了一眼，他摇了摇头，模棱两可地说，人是这人，可我也不清楚是不是他干的。警察很不客气地白了他一眼，说，是不是他干的，你说了也不算，那是要取证的，我们有办法叫罪犯招供！杨老板当即便不敢再吭气了。

所以，此刻，杨老板看到芹花从门外风尘仆仆地进来，顿时僵在柜台里面，拨拉算盘的手指无可名状地颤抖着，仿佛打劫他的强盗突然又闯进来兴师问罪，更像警匪片里上演的那样，活该，谁叫他要去报警。杨老板稍微让自己镇定了一下，嘴唇嗫嚅着，你……你……你咋才回来呀……我以为你不干了。

芹花不无愧疚地走到柜台跟前，不停地喘着气，脸和脖子湿浸浸的，上衣紧紧贴在身上，胸口起伏着。杨老板看在眼里，心里就不经意间漾动了一下。

这时，芹花喘着气说，老板真对不住，我这两天回了趟家，耽误你做生意了。

杨老板有些慌张和木讷，他说，耽误倒谈不上，只是，你咋说走抬起屁股就走了，起码该给我说一声吧，我还替你担着心呢。

说这些话的时候，杨老板的目光始终在芹花脸上扫来扫去。他确实有点紧张，头顶心直往外冒虚汗，后背全湿透了。这种紧张也不全是芹花给她带来的，而是从那晚的遭遇直到此刻，这种感觉并没有彻底消除。

芹花倒跟没事人似的，她用手背抹了抹脸上的汗，自己在靠近柜台的地方找个凳子坐了下来。芹花说家里娃娃病了，我着急就回去看了一眼，老板我一定把这两天的活都补回来，你该扣多少就扣多少，我没意见。

杨老板被芹花这种无知而又唐突的模样完全搞蒙了，他仔细盯着芹花的脸，观察了好半天，也没发现芹花身上有什么不对劲的地方。这让他感到不可思议，感到更加紧张。难道说这里发生的事情她一点儿也不知道？杨老板终于从柜台后面走出来，一直走到门口很谨慎地朝外面望了望，门口时不时有过往的行人。他仔细瞅了一会儿，也没发现什么可疑的家伙，其实，他主要是想看看有没有什么人正在他店外踅摸，特别是那个一直再没露面的瘦猴样的男人。

杨老板一转身，见芹花径自朝后面厨房去了。他立刻又变得高度紧张起来，想了想，还是果断地跟了进去。却见芹花正端着一只面碗从锅里往外盛面汤，没等盛满，她就端起来咕咚咕咚大口喝起来。看来，她确实渴极了。杨老板紧绷着的那根神经，又一次松懈下来。

杨老板的确暗自进行了一番激烈的思想斗争。比如，现在的状况他该怎么处理才好，是赶快去报警，还是当机立断把她轰出店去？或者，先想办法把她稳住再说？杨老板简直感觉到自己就要崩溃了，他这辈子从来没遇到这么棘手的问题。

没等杨老板最后拿定主意，倒是芹花自己先开口了。芹花进卫生间洗了一把脸，模样一下子变得清清爽爽的，不再是先前那种汗流浃背的样子，眉眼之间透着几分俊秀，看来她还很认真地擦了擦上身，衬衫最上面的两粒扣子也解开着，露出粉白粉白的一圈脖颈。不知怎的，杨老板看见芹花这样从卫生间出来，心里忽然有种怜香惜玉的情愫在微微波动。他甚至在想，就是打死他他也不会轻易相信，眼前这个女人会伙同别人打劫他。

杨老板正在那里举棋不定，却听见芹花说老板你早点回去歇着吧，放心，这里有我呢。杨老板就不知说什么好了，连连点着头犹犹豫豫往外走。卷闸门是他们俩一起用力往下拉的，一个在门外，一个在店里，共同用力，谁也不说话，就像多年的夫妻俩那样，非常默契地完成了一天当中最后一件重要的事情。

不过，杨老板还是多了一个心眼，毕竟，一次被蛇咬，十年怕井绳啊，他又从外面给卷闸门上了锁。这样一来，他才觉得万无一失了。

九

吴鞍生是听村里一个经常四处跑生意的人谝闲时说起的，那人说几天前在县城一家饭馆里见过他家芹花，当时吃饭的人太多，没来得及跟她搭话。所以，吴鞍生后来才一路寻上门来的。

其实，芹花离开家对吴鞍生来说一点儿也不重要，他的心思根本没放在芹花身上。芹花在家只不过是吴鞍生的出气筒子，他随时不顺心了就拿芹花来撒撒气。村里老老少少都怕了吴鞍生，谁见了他都得提防一二，特别是他被放出来以后，村里人都不怎么搭理他的，远远看见都跟见了瘟神似的躲闪着走开。村里人家经常丢这丢那的，丢了任何东西都会毫不犹豫地怀疑到他头上来。大家伙（包括爹娘）成天都防贼一样防着他，他一时又戒不掉那个毒根子，难免要挖空心思想法子弄钱。

后来吴鞍生在城里找到芹花以后，先没鼻子没脸责怪了芹花一通，然后非要拽上芹花跟他回去，说她在城里给家里丢人现眼。芹花当然不会跟他走的，芹花说她靠双手和力气挣钱，没有丢过谁的人。他后来说娃娃病了，是特意来城来找她回家的。这一招还真灵，关键是吴鞍生说得有鼻子有眼的，说娃娃整夜整夜哭，不好好吃饭，瘦得皮包骨头了，爷爷奶奶头发也都快愁白了，怕她回去晚见不到娃娃了。芹花听了眼泪就掉下来了，恨不得插上翅膀一下子飞回去呢，她虽然不得已离开的家，可娃娃是她的心头肉呀，她没有一天不惦记自己的娃儿。

那天下午，芹花也是临时决定要去找一下他的。杨老板发给她的头一个月工钱除了添置几样必要的生活用品外，身上仅剩下不到两百块了，芹花想给老人娃娃买点东西捎回去，另外再多买点娃娃平时头疼脑热之类的药带上，显然她的钱根本不够，想来想去，还是想朝他张这个口。可后来去他那里扑空了，他人不在，吴鞍生又跟在屁股后面像催命鬼似的，她只好坐上了回家的长途汽车。当时车票都买好了，汽车马上就要出站，吴鞍生却突然捂着肚子叫唤起来，他说自己可能吃坏了肚子要急着上厕所，上了一趟刚回来，又嚷着要去，如此往返几趟，最后，他捂着肚子呻唤着，让芹花先走，说自己随后就赶回去。芹花回家心切，只好先上车走了。

娃娃确实有点感冒咳嗽，但并没有吴鞍生说的那么严重。芹花带回去的治感冒咳嗽发烧的药，真就派上了用场。本来芹花打算第二天就返回城里，可一见到娃娃，心肝宝贝地疼爱不够，白天夜里抱在怀里一刻也没松手。倒是吴鞍生连个影子也再没见着，芹花对这个男人也早看开看淡了，说心死也不为过，她也就见怪不怪。她甚至没有跟公公婆婆提起吴鞍生去城里找她的事，让老人们误以为她是太想娃娃了，所以才临时回家来的。

这阵子芹花人看上蔫蔫的，她一坐长途车就犯晕，路上吐得稀里哗啦的。再加上跟娃娃匆匆见面又匆匆分开，人难免有些失神和伤感，情绪很低落。杨老板走了没多久，她就打开折叠床躺下了。这一觉睡得死沉。

天不亮，杨老板就行色匆匆地赶过来了。他几乎一夜没怎么睡，老是觉得不踏实，又有点后悔。他恨自己言不由衷和优柔寡断，按他原先的想法，即便芹花再回店里，他也决不会再用她的。可是，昨晚芹花出现在他面前时，他的心就莫名地软了，后来完全丢失了自己的原则，他弄不清楚自己为什么没有赶芹花走，而且还将她留在店里过夜。他想自己也许是在引狼入室，以前没有芹花这个女人的时候，他的饭馆开得好好的，连丢几块钱的事情也很少发生过，偏她来了一个多月，就让他撞上那么倒霉又那么恐怖的事。

　　不必敲门，他手里有钥匙，况且，他就是想来看一眼，有点儿临时抽样检查的意思。他轻手轻脚地将卷闸门拉开一道缝，刚好够他钻进身去。因为卷闸门没有彻底拉开，店里光线非常暗。杨老板眯缝着眼睛适应了好一会儿，才能看清楚些。折叠床就摆在靠近玻璃柜台的墙边，芹花好像睡得很安详，依稀听到她均匀的呼吸声。杨老板也不知道自己为什么不立刻叫醒她，而是蹑手蹑脚地走了过去，他想近距离地看看她。只见她眼睛微微闭着，嘴唇轻轻合拢，一只手搭在小腹上，另一只自由地摆放在耳鬓边，手指有些松弛，又有点儿想在黑暗中抓住什么的意思，胸口有节奏地一上一下起伏着，活像两只蜷缩着身子的白鸽，正在呼之欲出的微动着。杨老板又一次感觉到自己内心的某种动荡了，他的喉咙里发出一种咝咝的声音，好像什么东西在里面慢慢地燃烧起来了。

　　平心而论，他这个人是有几分好色的，每天只要进他店里吃饭的女人，特别是那些年轻貌美的大姑娘小媳妇，从来没有逃出他的视线。他不动声色地坐在柜台后面，目光穿过几层玻璃，总能准确无误地投射到女客人的身体上，可以说她们的胸脯和屁股被他一览无余。像芹花这样的乡下女人，他更多看重的是她们身上表现出来的踏实勤快和朴实，这些品质会直接反映到他的生意上，会让他财源广进生意兴隆，他可不想花钱顾一个花瓶一样的女人中看不中用。可他第一眼看见芹花的时候，还是被芹花不俗的容貌和有些忧伤的气质吸引住了，怎么说呢，这个女人跟他以前雇过的所有女工是有区别的，她不那么土里土气，相反，身上有一点出淤泥不染的味道，还有，她的眸子里隐藏着躲躲闪闪的羞怯，像惊惶的母兔子那样若即若离，一点儿不像结过婚生过娃的女人。总之，当初他之所以会一口答应用她，不是一点儿没朝那种方面想过。

但是想归想，他还是克制住了自己身体里的那种可怕的咝咝声，他用一只手象征性地捂住嘴，生怕让她听见那种古怪而又突兀的声音。但他又确实感到难以捉摸，他对她的那种感觉几乎是漫不经心的，似乎打一开始就有了。杨老板在街上开饭馆以来，店面更换过两次，碰到过很多像芹花这样的从乡下来城里务工的女人，还有一些是十七八岁的小姑娘，也有长得漂漂亮亮的，可他向来都很平静，没有非分的想法。更多时候，他只把她们看作服务员或打工妹，甚至没有性别之分，都是给他店里干活的伙计。而唯独在这个芹花身上，他发现自己总会产生一些很奇妙的感觉，那种感觉说来就来，有点荒唐和猝不及防。比如此刻，他本来是心存疑虑跑来店里查看一番的，生怕芹花伙同别人把他店里的东西搬走，可一旦看到她这种样子，他内心的忐忑顿时消除了，取而代之的，是那种难以言说的焦虑开始折磨他。

她看上去太疲倦了，得让她好好睡上一觉。这样想时，他觉得自己就像个谨慎的小伙计，而她摇身变成了自己的女老板。于是，他悄悄地从卷闸门底下钻出去，又轻轻地把门拉下来锁好，他开始漫无目的地在街上瞎转起来。晨风迎面灌进他的领口，空气的味道很清爽，街上的人和车渐渐多起来，杨老板大口大口呼吸着，样子有些贪婪，人就显得很惬意，仿佛一下子把这几天的烦恼都忘却了。

其实，杨老板多少还是懂得一些破财免灾的道理的。

十

他从里面出来，已是两个礼拜以后的事了。这俩礼拜时间比两年还漫长，他眼看快急疯了，长了一嘴的燎泡，眼珠子血红血红的，嗓音沙哑，胡子拉碴，一副凶犯样。

急也没有用，人家给他过堂，每次他都说我真的啥都没干过，我是冤枉的，那钱是我从银行取的，不信你们可以去那家农行查嘛。可是，警察却说，你最好放老实点，我们从不冤枉好人，有人证明那晚事发前你是去过乐得来的，柜台有你的指纹，地板上有你的脚印子，这些你能拿嘴赖过去吗？他说我是去过那家饭馆，我去那里是找我一个老乡，人没找着，我还把自行车丢掉了，不信你们去问那个胖老板。警察又说，少他妈的贼喊捉贼，先好生交代自个的事是正经。他说求求你们把我放出去吧，我不在装修队怎么办呀，强子的脚砸坏了，还等着我给送住院费去呢！警察厉声说看来你小子是敬酒不吃吃罚酒。这种时候他只好闭嘴。后来，事情就有点不了而了的意思，然后就像当初一样，他又莫名其妙地被他们放了出来。当然，人家没有把那些钱还给他，说是非要等到以后结案的时候，再另行通知他。

他觉得自己比窦娥还冤。可是，没处喊冤，也没有时间喊冤，这些天他的心里都烧出火苗子来了。他出来辨了辨方向，直奔他们装修的地方去，敲开门才发现，里面干得热火朝天的，并没像他原先想得那样停工。可等他再一看，六七个低头干活的工匠，全是陌生的面孔，他一个也不认识。一问才知道，人家业主早就把他的那几个工匠撵跑了，又重新换了另一拨人。他一下子瘫软了，一屁股跌坐在刨花堆里，半天也没站起来。里面有一个年轻工匠跟强子是同乡，都是从甘肃天水过来的民工，以前跟他见过一两次面，他跟他说，你这一出事，可把人家强子坑苦了，因为交不起医药费，他们不得不出院躺在家里，强子那只脚现在还没好利索。他一筹莫展，听到这个消息心里跟打翻了五味瓶似的，说不出是啥滋味，倒霉事尽让自己遇上了。

他回到住处没多大工夫，房东就闻声跑过来敲门，见了他不像以前那么客气，横眉冷眼的样子，看他时连眼皮都是朝一边斜耷拉着的。房东说以为你出不来了，这阵子好多人问着要在这租房子住呢。他就明白人家的意思了，赶紧答应明天一早就把房租交上。哪知房东说这不是钱不钱的事情，你在这住着，教别人怎么住呀。话已经说得很明白了，他知道人家是要赶他走。他本来想解释两句，可没等他张开口，房东就砰的一声甩门走了。

天擦黑的时候，芹花忽然慌慌张张地赶来了。下午派出所民警去过一趟乐得来，例行公事地将案子的情况跟杨老板说了一下，意思是经过他们进一步调查，抢劫犯还没有落网，而且，很有可能会在附近继续作案。警察让杨老板一定要时刻保持警惕，遇到特殊情况立刻报案。警察跟杨老板谈话的时候，芹花正好在前厅拖地，听到他们几次提到他的名字，她就不由得停下了手里的活。

芹花也是无意中注意到杨老板的，他表情似乎有点怪，目光跟芹花接触时有点躲躲闪闪，像是要逃避什么。而且，这当间杨老板一会儿叫芹花赶快给警察倒茶，一会儿又让芹花去旁边的商店买一包好点儿的烟，说是给警察同志抽。芹花刚买回来烟，他又指派芹花说冰箱里好像没有芫荽了，让她赶快跑一趟市场。等芹花从市场买东西回来，两名警察已经走了，她也不敢多问什么。可是，芹花往冰箱里放菜的时候，发现里面的芫荽至少还能用三四天呢。回过头再想想先前杨老板的样子，芹花心里顿生疑窦，越发觉得杨老板有点反常。

继而，芹花又隐隐觉得，警察的到来肯定跟他有很大关系。这样一想，芹花感到非常紧张，一只眼皮子扑扑直跳，她不知道他到底跟杨老板会有什么瓜葛。但芹花想起来一件事，就是上次她从老家回来，杨老板几次三番跟她打问他的事，她只当是老板好奇，就把他的情况简单跟他说了说，她还说他是个好人。她记得杨老板当时说过一句莫名其妙的话，他说知人知面不知心，还提醒她以后跟那种人打交道，得多长一个心眼儿。事情越想就越觉得蹊跷，后来芹花跟杨老板请了假，说她肚子不舒服得很，想出去买点药吃。杨老板犹豫了一下，目光狐疑地盯着她看。芹花没等他批准，就匆匆忙忙离开了饭馆，好像肚子疼得憋不住了似的。

芹花来的时候，他正躺在床上瞪着俩眼珠子发呆。一听外面是芹花的声音，他一骨碌翻身起床下地开门。他蓬头垢面的样子把芹花吓了一大跳，她以为自己找错了地方，刚想转身走开，却被对方的一只大手给紧紧拉住了。

芹花当然知道，拉住自己手的男人就是他，这世上她记得最清楚的，就数被他的大手牢牢抓住的那种感觉。所以，一进屋，芹花的泪水就跟小雨点儿似的不停落着。刚才在路上，她走得飞快，走着走着，就不由得一路小跑起来，心怦怦乱跳，差点儿被迎面来的一辆自行车撞倒，赶到这里她已经上气不接下气了。

他当即把芹花拉进屋里，又随手关好房门。屋里灯光昏黄，芹花借着惨淡的光线仔细打量他，眼前这个落魄的男人，跟她刚进城时见到的他判若两人。到现在为止，没有人告诉她发生了什么，他的事也包括乐得来饭馆的事，她还蒙在鼓里。

芹花难过地望着他，急切地问，你这到底是咋了呀？

他对芹花苦笑了两声，说，也没咋的，就是稀里糊涂就被弄进去，吃了几天大锅饭呗。

芹花嗔怪道，都啥时候了，你还有心思说笑呢！

他说看你眼睛红的，还跟过去一样，心里一有啥事就知道哭鼻子抹眼泪。

芹花知道自己失了态，急忙用手背揩揩眼睛，狡辩说，谁哭了？人家是眼睛在路上进灰尘了……

不用猜他也明白的，芹花心里还惦记着他，要不然她不会急成那样，所以他并不去说破。他就把事情的前后经过跟芹花讲了一遍。他愤愤地说，狗日的不去抓打劫犯，偏拿我当了替罪羊。芹花坐在床沿边，静静地听他说话，眼睛自始至终像母牛那样湿漉漉的，一只手压在大腿下面，一只手轻轻地抠着自己的裤面。他依稀记起当初他俩不得不分开，两个人偷偷从家里溜出来，坐在场院的一垛很高的麦秸堆上，芹花好像也是现在这个样子，一只手压在腿下，一只手不停地抠着裤子，眼泪默默地流淌，那时他的心都快要碎了，连死的心思都有了。

他一口气讲完，芹花忽然间意识到了什么，突然站起身来说，我知道是谁干的了！他也被她恍然大悟的模样怔住。没等他刨根问底，芹花已经若有所思地说出了他想知道的答案。

芹花盯着他的眼睛，一字一句地说，是他，准保是他，除了他，还能有谁呢？他看了看芹花，也大吃了一惊。于是，芹花就把那天吴鞍生来找她，以及后来在车站里吴鞍生突然闹肚子的事原原本本说了一遍。

芹花又说他连自己的亲娘老子都不放过，何况外人呢？

他想了想说，怀疑归怀疑，法律还是讲证据的，芹花你又没有亲眼见他作案，总不能因为怀疑，就去把吴鞍生抓起来，扭送到派出所吧。

他嘴里这么说，心里想的却是，吴鞍生毕竟还是芹花的丈夫，不看僧面看佛面。

芹花内疚地说都是我连累了你，我那天要不去找你，你也不会来店里找我，害得你白白吃了那么大一个亏。

他装作无所谓的样子，笑嘻嘻地说，这说明我确实欠你的情嘛，连老天爷都要想法子惩罚我一下子呢。

芹花听了，眼泪悄悄滑下来。

十一

连着好多天，杨老板整日都吊着阴郁的脸子。一会儿说趁这阵闲着你把地再拖一拖；一会儿说芹花难道你看不见，大门的玻璃上尽是苍蝇屎和手印子；一会儿又说冰箱里豆腐没了，芹花赶紧跑一趟市场。芹花忙得团团转，杨老板还是吊着脸子坐在柜台后面，多一句话也不跟芹花说，好像一张嘴就要指派芹花干这干那的。一开始芹花也没太往心上去，杨老板让她干活是天经地义的事，她来店里打工，人家给她饭吃给她工钱，还让她有地方睡觉，她感激还来不及呢。

这天晚上，杨老板自斟自饮地在柜台后面喝了会儿闷头酒，临走前打着酒嗝对芹花说，你那把钥匙先给我，我的丢掉了，想再去配上一把。芹花赶紧把钥匙从兜里取出来还给杨老板。杨老板没有立刻接钥匙，而是盯着芹花的脸细细打量了一下，然后话里藏话地说，打你来以后，我没亏待过你吧。芹花吃了一惊，以为人家是要辞退她呢，忙说，杨老板是个大好人，我这心里老过意不去的，不知咋报答呢……没等芹花说完，杨老板忽然把芹花那只拿着钥匙的手捏住了，芹花下意识地一缩，没有躲开，钥匙和手都被对方捏紧了。芹花的脸顿时红了，心跳得十分慌乱，无疑，这是她进城以后碰到的最尴尬的事情。杨老板的手肥厚敦实，感觉不到骨节的存在，被他抓着好像是被一团肥肉包裹着，让人发腻，简直就透不过气来。慌乱之中，芹花还发现杨老板的眼神跟以往不同，似乎有点儿邪气和蛮横，再加上从他嘴里和鼻孔不时喷出来的酒气，冥冥中让她感到害怕。

好在，这时门口来了一个叫花子，一双黑乎乎的手魔爪一般趴在玻璃上，一张脏兮兮的黑脸也门神样紧贴在门上，正像一只黑猩猩一样往里面窥视着。芹花用力从那肉包子一样的胖手里抽出自己的手，手指好像黏湿黏湿的，有点儿疼，钥匙当啷一下滑到地板上。芹花慌慌张张地说，有个讨吃的人，我去看一下。芹花转身时听见杨老板有些恼火地嘟囔着，这些家伙没完没了的，别给他东西，让他快滚。芹花像是没有听清杨老板的话，又像是故意要跟杨老板抗争一下，她从裤兜里摸索出一角钱，把门拉开一道缝，将手里的毛票塞出去。叫花子冲芹花乜斜着，只有眼白像野地里钻出的骨头样白森森的，让她感到一丝胆怯。芹花说你拿上走吧。叫花子表现出一副不屑的样子，轻慢地瞅了瞅她手里皱巴巴的毛票，突然发出一记古怪的冷笑，同时，一口白吐沫从那张肮脏的嘴巴里直啐到台阶上，唾沫带着浓烈的臭味，星星点点的像是粘在芹花的脸上了。芹花侧脸躲闪之际，隐约听见那个讨饭的转身离去了，嘴里不干不净地嘟哝着什么。芹花的手慢慢垂下去，那张毛票也跟着无声无息坠落了。

杨老板并没有去捡那把掉在地上的钥匙，芹花弓下腰去捡时，听见杨老板在旁边自言自语，那种人，哼，可怜得过来吗？现如今好人难做啊，你好心还不是被当作驴肝肺……芹花觉得杨老板的话有点儿阴阳怪气的。但她还是默不作声地将钥匙递给了杨老板，这次杨老板没有再伸手去接，而是很奇怪地叫了声芹花，好像她离他很远似的，然后停顿了一下说，我一直没把你当外人，这店门的钥匙我也从来没给过下面乱七八糟的人。芹花有些迷惑，一时没有听明白杨老板的意思。杨老板又瞅了一眼芹花，声调忽然变得亲和了许多，他说钥匙我明早就去配，回头照样给你一把。芹花不置可否，把手里的钥匙轻轻地放在柜台上。杨老板看着芹花，然后用一只手在柜台玻璃上翻过来又翻过去把玩着那把钥匙，嘴里说自从你来这以后，生意比以前好了些，我也打算从这个月起把你的工钱涨到四百块。芹花的表情有点木木的，半天才回过神，她说多谢老板。杨老板说谢啥谢，你干得好嘛，这是应该的。又叮嘱说，往后别老板老板地叫，叫我杨大哥吧，叫老板多显得生分呀。芹花犹豫了一会儿，最后还是有些别扭地挤了句，那我就谢谢杨大哥了。杨老板听她改口叫他，便哈哈一笑，那张胖脸立刻就变成刚刚出笼的肉包子了，脑顶心油灿灿的一圈亮。

卫生间原先就有一只简易的铁皮水箱，据说电线烧坏了一直没再用过，几天前杨老板忽然心血来潮，他让芹花给他打帮手，不知怎么鼓捣了一阵子，就修好了。杨老板只对芹花一个人说，你住在这里，洗个澡也方便些。杨老板还当面给芹花示范，比如怎么往里加冷水，怎么开电源，还有绿灯亮水就烧好了，断开电源就能洗澡。杨老板给芹花讲解时，芹花莫名地感到一阵面红耳热，心里添了几分感激。芹花进城后在外面的公共浴池洗过一两次，觉得怪难为情的，那么多女人全都光着身子，在里面扭着屁股走来走去，奶子在眼前颤悠，一点儿也不害臊。每次芹花都把两只胳膊紧紧地搂抱在胸口，尽量将一双乳房掩藏起来，好像生怕让别人看了去。其实，那些洗澡的女人谁看谁呀，都埋头只顾着挠头搓身冲水，浴池里又雾气弥漫的，根本看不清楚，只是芹花自己很介意，她真的很不习惯那样众目睽睽下，把自己身体的秘密公布于众。所以，后来晚上店里关门后，芹花总要钻进卫生间认认真真地擦擦身子，在饭馆干活，身上每天都汗津津油腻腻的不清爽，还有那股挥之不去的饭菜和油烟味，睡觉前若不好好擦一擦，觉得浑身都不自在，觉也睡不香甜。

下午杨老板叫芹花去市场买东西时，她顺便给自己买了一瓶味道很香的洗发水和一块舒肤佳香皂，当时手里提着满满的，她就顺手把东西塞在菜兜子里了，结果回到店里一忙乎起来，就把洗发水的事给忘了，后来还是杨老板开冰箱的时候不经意发现的。刚才杨老板临走前，突然把东西还给她，他还笑着打趣芹花，下次你该不会把自己也放进冰箱里吧，说得芹花很不好意思。杨老板又叮嘱她说，水箱里我已经帮你添满了水，睡觉前你可以好好冲个澡了。这阵子店里除了她再没别人，芹花就想洗澡了。

也就一刻钟后，卫生间传出"我从山中来带着兰花草"的电子音乐，听起来干巴巴的，就像脱了水的花草那样刺扎扎难听，杨老板说过，水烧好了机器就会自动唱歌，她赶忙脱了外面的衣裤拿上洗发水和香皂钻进去。里面空间非常狭窄，墙角里还放着两把拖布一只红塑料桶和一些不怎么用的杂物。她两条腿分开站在蹲便池的两侧，细密的热水从莲蓬头喷洒到身体上，水流从身体直泻下来，声音很响地砸落到便池里去，好像落入了不知底的深渊。芹花的嘴咝咝地叫着，她微微闭着眼睛，双手有些陶醉地在自己身上搓揉起来。

芹花几乎快忘了留在身上的几处伤痕，那都是在家里吴鞍生耍无赖时对她拳打脚踢留下的不堪回首的印记，疼痛早就消失了，连印痕也变得模糊了。此刻，她的样子多少有些顾影自怜，眼前又浮现出见到他时的一幕一幕，他用力拉她的手，他看她时那种有情有义的眼神，还有他说过的每一句话……芹花几乎不敢再往下面想，他的样子总是挥之不去的，但那又能怎么样呢，如今早已时过境迁物是人非了；可芹花又不能不想，毕竟她以前是喜欢过他的，毕竟他们曾以心相许过，现在他乡偶遇了，心间难免会生出许多感慨来。那天她去见他，后来她还陪着他一起出去吃饭，然后他又要坚持送她回店里，一路上两个人并排走着，谁也不说话，直到分手前，他猛地拉住芹花的手。芹花有点儿惊慌，湿润的双眼闪烁着羞怯的光，她只看了他一眼，就垂下眼皮想挣脱那只大手。可是，他丝毫没有松开她的意思，反倒越发抓得紧了，紧得她都感到痛了。这痛不是痛在表面，不是痛在皮肤，而是一下子就抵达了她内心深处最柔软的部分。这种痛里似乎又掺杂着让她欲罢不能的东西，仿佛过去的情分又在这种痛感中死灰复燃了。倏忽之间，这痛又转变成了一股甜蜜的力量，变成曾经拥有过的苦涩的恋情，这让她感到忐忑不安。他却看着她一字一句说，以前我欠你实在太多了，从今往后我要好好待你。当时，芹花一句话也没说，她害怕听到这种话，又像是根本没有听懂似的，她弄不明白他为什么要对她那样说。这话似乎分量太重，由不得让人疑惑，她又怎么能承受得起呢？这样胡思乱想着，澡也就洗完了，整个人仿佛渗透了水，心情也变得潮乎乎的。

芹花一边用毛巾擦头发一边从卫生间走出来，拖鞋一踩脚下就发出吱嘎吱嘎带着水声的噪声。外面黑咕隆咚的，因为卷闸门拉着，街道上的灯光全被遮挡了，店里仿佛与世隔绝，有种伸手不见五指的阴森感。偶尔，从街上传里一串汽车喇叭声，仿佛一群哑巴竭力嘶吼出的声音，听起来也是含含混混的。她明明记得，刚才自己进卫生间洗澡前，外面的灯是开着的，这阵子不知怎的却熄灭了，也许灯管烧坏了吧。芹花只好借着从卫生间透出的一点儿亮光，慢慢摸索着往外边走。还没等她完全适应这种黑暗，仿佛有一股凉风忽然平空旋起，很突兀地从身后朝她袭来。她身上本来还湿湿的，头发还在滴水，浑身一下子就激起一层麻麻的鸡皮疙瘩。

十二

好不容易才把装修队的摊子重新撑起来，除了强子之外，其他几个工匠都表示乐意回来，但前提条件是，他得先把欠他们的工钱如数给付。他没有难为大伙，想让马儿跑得快，又不给马儿吃草，这种事情他做不出来。

强子的女人看上去苦大仇深的，头摇得像拨浪鼓，他还没来得及上门找他们，她就丧门神样缠磨上他了。无非是说他把她家强子害苦了，强子的脚到现在还下不得地，更别说干活了。他愤愤地说照你的意思，强子下半辈子就赖给我了。强子的女人说反正我一个女人家养不活他。他探了探强子女人的口气，哪知这女人心肠黑得要命，给他来个狮子大张口，非要他赔两万块钱，还说一根脚趾一万块，够划算的。他肺子差点气炸了，这不是敲竹杠又是什么，回过头又让人给强子女人递话，说以前的医药费都算他的，最多能赔两千块，多一分也不可能，而且这还是看在强子跟他干了一场的分上。强子女人很快就把话传回来，说少一分钱都不行，要不他们就没完。他说，驴日的吓唬谁呢，老子是长大的不是吓大的，"大锅饭"老子也不是没吃过。

摞开强子的事暂且不提，这些天他成天四处跑着揽活，还得低声下气上门讨要工钱，活倒是很快揽下一家，可那一万多块至今也没着落。那家业主简直是个铁公鸡，他好话赖话说尽，人家就是一口咬定，装修材料甲醛含量超标，而且，还堂而皇之地拿出一份盖了大红戳的证明材料给他看，仿佛捧了尚方宝剑，谁也拿他们没办法。工钱要不回来，手头又急等拿钱开工，他这些天焦头烂额的，吃不进饭，睡不着觉，实在没辙了，他打算回一趟家。

家里也不是一点钱都拿不出来，这些年他除了给家里盖房子添置摆设电器外，每年过年都要给老婆留下几千块钱，让存着给娃娃们上学用。为了赶时间，他搭了最早的一班车，那时天还黑蒙蒙的，路上正好又迷糊了一觉，天亮以后就到了镇上，下了车再步行半个多钟头，就能远远看见村子了。说起来县城离家也就百十里路，可他确实很少回来。他回到家，老婆娃娃还在屋里睡觉，院里静悄悄的，老人因为瞌睡少，早早就起来在院里活络筋骨。自从去年他接父亲进城做了肿瘤切除手术，老人身体明显比以前好了，看上去精神矍铄。父亲见他突然回来，先是欣喜了一会儿，接着就唉声叹气满腹心事的样子，他赶紧搀着老人一起回屋说话。

刚一进屋，父亲像是迫不及待又很神秘地问他，你是不是为那个女人的事专门赶回来的？他一听有点丈二和尚摸不着头脑——自己的行程父亲怎么会感兴趣？父亲继续沉着脸说，不是爹大清早要数落你，那个女人的事你少插手吧，最好连她家里你都别去，你也为你老婆好好想想，这些年你在外面忙乎，她在家又领娃娃又下地干营生，没有功劳总有苦劳吧……他越发听不懂了，爹的话听起来没头没尾云遮雾罩像痴人说梦，天上一句地上一句，半天也找不着个调儿。他一头雾水，不得不打断了父亲的话，你说的都是哪里的话，我在城里也是为这个家，啥这个女人那个女人的，爹你是不是听到啥闲话了？父亲摇了摇头，又叹口气说，唉，说来那闺女真是个苦命人儿，当初我和你娘死活不乐意你们俩好，就是老觉得她没有个旺夫相，人又瘦又白不说，脸上看着也不那么喜色……你看看果不其然，才三十几岁的人，说走就走了！

真是做梦也没有想到，父亲说的那个女人竟然是芹花！父亲说芹花把命丢在城里了，尸体前天晚上被吴家运回来，芹花爹娘老子哭天叫地的，白发人送黑发人，怎能不叫人揪心呢？一开始，他死活也不相信，他跟芹花最后一次见面也就是一个礼拜前的事，怎么会突然发生这么大的事情呢？这些日子里他因为忙着装修队和要工钱的事，确实没再去乐得来见芹花。而且，这中间他又重新搬了一次住处，主要原因是原先的房东不想让他住了。他本来打算等忙过这一阵子，再好好找芹花聊聊。他一直觉得自己还有很多心里话没有跟芹花说呢。可不承想，他刚一进家门就当头挨了这通晴空霹雳，好长时间他都没反应过来。或者说，打死他也不能相信，芹花死了，这怎么可能，好端端的一个大活人，怎能说没就没了呢？

但是，事实很快就证明，父亲所说的千真万确，芹花的确出事了。老婆见到他的头一句话跟父亲几乎同出一辙，她说我就猜着这两天你要回来一趟。他很奇怪地看着自己的女人，有种恍惚的感觉。老婆一边忙着给他准备吃的，一边唠唠叨叨地说，你回来我也没啥意见，毕竟过去你俩好过一场的，该去送一送，我不是那种小心眼子的人，再说，这些年都熬过来了，我啥时候跟你计较过，她是女人，我也是女人，是女人就有女人的难处呀。他闷头闷脑地趴在桌前吃着早饭，味同嚼蜡，一点胃口也没有。老婆自顾自地说着话，仿佛是好不容易见到丈夫终于能一吐为快了。他心里很不好受，不知道是为了芹花，还是为女人如此宽宏大量，也许，二者都有。有关他跟芹花的事，这些年他还是头一回听自己的女人这样平静地说起来，事情好像一直暗暗藏着掖着，似乎谁都不愿意轻易提起来，可是现在，当芹花的噩耗传来时，这个话头在毫无准备的情况下被拉开了，他心里不无愧疚，好像这些年既对不住芹花，又对不住自己的老婆，或者说，两个女人都因为他的原因过得不快活。

吃过早饭，娃娃们也该去上学了，他几乎没有来得及跟儿女说什么话，只是象征性地摸了摸他们的脑袋和脸蛋，小家伙们对于他的不速而至还有点陌生和胆怯，在他跟前躲闪而又扭捏着，老婆就在一旁笑着说，你再不回来，娃娃都该不认识你了。他心里又是一阵莫名的内疚，是啊，这一双儿女也一天天长大，迟早该懂事的，自己一年到头回来一两次，对娃娃们来说确实太少了，这对他们太不公平了。这样想着，他忽然觉得眼前这个自己从来都没有真正看过几下的女人，这个当初依照父母之命不情不愿娶进家来的女人，并非一无是处，恰恰相反，她身上有很多让他感动的东西，比如：她的贤惠、善良和此刻表现出的大度，等等，在这个异乎寻常的早晨都显现出来了，他有些应接不暇。老婆出门前叮嘱他说，我到镇上扯块帐子去，你先在家好好歇会儿，村里谁家死了人咱们都要去送块挽幛表示表示。也许没睡好觉的缘故，他脑子一个劲犯晕，老婆的话让他感到异常茫然。他不置可否，更没有坦白自己回家是想拿点钱开工用的，好像已经默认了此行就是专程为芹花跑回家来的。

芹花的葬礼很隆重，他们请了六个人的响器班子，吹吹打打的喧闹声在村子上空盘旋不绝。本来，老婆非要陪他一起过去祭奠，见他愁眉苦脸的样子，老婆就不再坚持了，她很通情达理地说，要不你自个儿去吧，我还要给老人娃娃做饭吃呢。他还是呆呆地坐在屋里不动，后来老婆硬是推推搡搡把他弄到外面，说帐子都扯好了，你就去送一送她吧，免得她一个人走得太孤清了。女人说这话时，眼圈奇怪地红了起来。他依旧像个木头疙瘩似的，后来经不住老婆的一再劝说，终于拿着挽幛出了家门。其实，不是他不想去，而是他一点儿思想准备都没

有，这个消息来得太突然了，就跟恶作剧似的，他根本无法接
受。骑着车子从家里出来，一开始他蹬得很慢，犹豫不定，故
意磨蹭着，渐渐地离芹花婆家的村子近了，那种悲切苍凉的吹
打和痛哭声的节奏越来越清晰了，它们像一群幽灵不停地追逐
撕扯着他的心，他才逐渐意识到这一切已然不是噩梦了，于是
就拼命蹬着车子往前赶路。

这种场面总是哭哭啼啼的，人来客往，络绎不绝，那些念
经做法事的也都冷眼冷面事不关己按部就班的样子，两个唢
呐手把腮帮子鼓得像鱼，敲鼓打镲的倒是有些不遗余力。他忘
了自己是怎么一步步走过去跪在亡人灵前的。简易灵棚随便搭
在院子外面的路边，这是老规矩了，只要不属寿终正寝，死在
外面的人都如此，而且还不能葬进祖坟。芹花的遗像就摆在眼
前，香火的烟雾在她脸上缭绕着，芹花的目光似乎穿过丝丝缕
缕的烟雾看着他，仿佛有许多话要对他说。这该是很早以前的
一张相片，经过临时放大，看上去有些模糊，但他一眼就认出
来了，是芹花，是那个白白净净的芹花，是青春尚在的芹花，
如果没有猜错的话，这该是结婚以前的她，有些忧郁，还有一
丝憧憬。有人给他递了香和纸，他默默地点燃了，闭上眼行了
祭礼，眼泪跟着就哗哗地流出来，他已经记不清自己有多少年
没有流过一滴泪了，他真想大哭一场啊。

突然，有只手从后面薅住了他的衬衫领子，刺啦一拽，衣
服好像被撕开了。他确实有些悲伤过度了，一点反应都没有，
人还木木愣愣的僵硬地跪着，就被那人按倒在地上，接着是一
通拳打脚踢。打他的那个男人一边打一边骂，狗日的，你还有

脸来，都是让你调唆的，人都让你害死了，你还敢来！灵棚跟前顿时一片混乱，唢呐和鼓乐声暂时停下，女人和孩子们的哭声也消失了，很快就有些人七手八脚地跑过来拉架，他的鼻孔正滴滴答答往下流血。打他的人总算被一伙人拉拉扯扯挡开了，那人戴着一身重孝，在人群中一跳一跳地叫喊着，像一只咆哮着的猴子。都别挡我！我非宰了这狗日的不可，是他硬把我老婆害死的！没有他我老婆在家活得好好的……他这才明白过来，动手打他的人正是芹花的丈夫吴鞍生。

这时，他多少有点儿后悔了，也许自己真的不该来。

十三

回到城里当天下午，他径自奔乐得来去了。

无论如何芹花的死跟他是有直接关系的，当初若不是他介绍芹花去乐得来找活干，也许芹花不会这么快就走上黄泉路的。尽管除了吴鞍生之外，再没有第二个人站出来指责他，包括芹花的爹娘，大伙都默认了芹花就是不小心被电死的事实。而且，那天他也隐隐听参加葬礼的人提过，说芹花并没有白白死掉，她变成吴鞍生家的一棵摇钱树，她死了，人家饭馆一下子就给了吴家好几万块赔偿金。这些说法让他感到更加茫然。或许，正是吴鞍生那天当众给他的那通粗暴的拳脚，让他从惶惑中有一点儿清醒。根据他以前从芹花嘴里所了解到的吴鞍生，再跟灵棚里大打出手的那个瘦男人对比，多少是有一些出入的，仿佛不是一个人似的，在他的理解中，吴鞍生不像是那种死了女人就会丧失理智的人。恰恰相反，吴鞍生的表现应该是无所谓的，麻木的，甚至还应该有些窃喜的成分，因为他从来没有把芹花当一回事，而芹花的死又给他带来了莫大的实惠，他干吗要跟他摆出一副仇深似海的样子？换句话说，当初芹花若是不从家里跑出来，迟早也会被吴鞍生折磨得不成样子的，对于一个六亲不认的毒鬼来说，还有什么丧心病狂的事是他做不出来的？

坐车返回城里的途中，他一直在胡思乱想。事情往往如此，什么都不发生，人也就不用多想，现在一旦静下心来仔细一琢磨，情况就有点不同寻常了。他去了乐得来，才知道饭馆已经关门好几天了，卷闸门上歪歪扭扭贴了张手写的告示：本店暂停营业。纸片被太阳晒得发白了，四角往里卷起。他跟附近的几家店铺打听了一遍，都摇头说不太清楚。他觉得奇怪，发生了这么大的事，竟没有一个知情的人主动说起。最后，他又回来缠着乐得来隔壁那家生资杂货店的老板，他给老头儿敬了根烟，又故意拿话套对方，他说明自己是干装修活的，杨老板以前欠他一千来块工钱，总要不回来。杂货店老板这才一边吸着烟，一边打量着他说，要钱的是孙子，欠人家钱的倒成了爷，这世道真越变越坏了！这样随便聊了几句，杂货店老板忽然记起一件事，他对他说，大概十天前隔壁饭馆有个女的过来跟他借钳子和改锥。杂货店里确实有这两样东西，只卖不外借，因为大伙是街坊邻居，又是一个年轻女人向他开口，他犹豫着还是借了。不过借去老半天也没还回来，他心里一直惦记着这事，后来天黑了要关门，他才不得不上门讨要。他进去时看见饭馆胖老板正跟借东西的那个女的面对面坐着，桌上开了几瓶啤酒，还摆着菜啦肉的，女的脸上红扑扑的，一看就知道喝了酒的。胖老板见有人进来眼皮都不抬，就很不耐烦地说都关门啦不卖饭了，杂货店老板当时涨了一肚子气，气哼哼地说谁稀罕吃你的饭，借人家东西还要让人上门要。那个借东西的女招待急忙站起来，红着脸连声地跟他道歉，说她忙忘了，真是对不住得很。说到这里，杂货店老板撇着嘴对他说，老汉我一看那个情形就明白了，老板跟个女招待一起喝酒，孤男寡女的你说还能有啥好事呢？

说心里话，这些不是他想听到的，听了心里就有些不舒服。回想以前几次来乐得来见芹花，印象中杨老板是有点怪怪的，好像不大喜欢他来找芹花，他俩往往拉不上两句话，芹花就被老板大呼小叫地支开了。杂货店老板再没有提供别的情况，他甚至还不知道里面死了一个女人，只以为杨老板的饭馆开不下去，或是欠债溜走了，本来这种事见怪不怪的，昨天还是买衣服鞋袜的地方，今年就有可能改开火锅店。可是，他越想越觉得不对劲，冥冥中感到芹花的突然死亡也许不会那么简单。杂货店老板的话虽然让他有些反感，但他不希望别人随意诋毁芹花的清白，可又至少证明了一点，这也许纯属一个男人的直觉：他总觉得杨老板对芹花是不是好得有些过头了。

他安顿好装修队的事，抽空就去一趟乐得来。有时中午去，有时下午去，一天、两天、三天，直到第五天的晚上，老远就瞧见乐得来的卷闸门留了一道很宽的缝隙，里面的灯光透到门台阶前，他像发现了新大陆喜出望外，三步并作两步跑过去，弯下腰就把卷闸门使劲给推了上去，随着那种刺耳的哗啦

声一响，从里面走来一个人，却不是杨老板，他根本就不认识
对方。那人板着面孔隔着铝合金玻璃门跟他搭讪。那人说他是
这里的房东，他问他知不知道杨老板人在哪儿，那人说他的房
子并没有直接租给杨老板，也就是说杨老板也是从别的租家手
里转租来的房子，而且，原先的租期早已经满了，房东现在有
权利把自己的房子收回来。他再想打听什么，房东已经很不耐
烦地扭头走开了。又过了一天，他再去，门上已经贴出了对外
的招租启事。这种时候，他忽然觉得自己陷入了一个巨大的谜
团，四周找不到出口，一切都是那么不可思议。其实，类似的
事情以前他也遇到过，一年多前他给一个面街的店铺装修，工
程眼看快收尾了，房东却突然跑出来横插一杠子，理由是租房
的人至今还没付清租金，所以必须停工，当时简直叫他哭笑
不得。

自从得知芹花出事后，他几乎夜夜都被噩梦纠缠着：有时
梦见芹花孤零零地在雨天里赶夜路，穿过一片树林子时突然遭
雷击了，身体都烧焦了，吱吱地冒着白烟；有时又梦见一大堆
毒蛇疯狂地缠住芹花的脖子，她的脸憋得比茄子还黑紫，嗓子
里连一点声音也喊不出来；还有一次，他梦到他跟芹花并排走
在老家的一段土木桥上，他们俩还互相挽着手，走得好好的，
有说有笑，突然桥塌了，眼看芹花掉进河里，他伸出手去拉，
却只抓住了芹花的一条丝巾。天亮时他忽然回忆起来，过去他
跟芹花好的时候，自己确实给她送过丝巾，颜色竟然跟梦里见
到的一模一样。他被那些可怕的梦折磨得神魂颠倒茶饭不思，
很多时候他又觉得那都是芹花托给他的梦，而以前他确实从来

没有梦到过这些恐怖的画面。

他实在想不出更好的办法来，犹豫再三，还是下定决心去了上次拘留过他的那家派出所。民警们似乎已经忘了曾经抓过他这么个人，他先说他是来要钱的，他把上次的经过跟警察讲了，人家磨磨蹭蹭帮他查了查记录，然后告诉他案子还没了结，钱的事还不能处理。像抖包袱一样，他这才言归正传，他说自己还想举报一个重要情况。值班民警抬头瞥了他一眼，示意他尽管讲。他说辖区乐得来饭馆几天前出过人命，一个乡下来打工的女人惨死在里面，他怀疑是饭馆的人干的。民警严厉地打断他说，这种事可不是闹着玩的，你有人证和物证吗？案发当时你在现场吗？他摇摇头。不过他马上又说，饭馆老板人都不见影了，不做亏心事不怕鬼敲门，他为啥突然关上门跑了？民警反问他怎能确定里面死的是个女人。他就把他回家的所见所闻一股脑儿讲了出来。民警听完冷笑两声道，你不会是警匪片看多了吧?！他碰了满鼻子灰，只好蔫蔫地离开了派出所。

这天正在装修的楼里又发生了一件事，强子的女人领了她的一大帮老乡，趁他不在场的时候，把电锯气泵手枪钻这些值钱的装修工具，外加几十张水曲柳板全部拉走了，工匠们拦都拦不住，双方差点打起来。强子的女人临走撂下话，说冤有头债有主，谁叫他不赔强子的营养损失费。他压根没料到强子的女人会给他来这么一手，离开那些工具，活当下就干不了了。工匠们一个个大眼瞪小眼，就等着他回来拿主意呢。他想都不想就冲出门去找强子算账。哪知强子一见到他，竟咧开大嘴号嗨痛哭起来。他大声骂你狗日的膀子吃硬了,你还有脸给老子哭!强子躺在床上哭得像个娘儿们,他这才意识到情况不妙,这间黑乎乎的小屋简直比猪窝还脏,空气中弥漫着尿臊味,锅碗盆罐扔得满地都是,被褥脏得看不出本来的面目,一堆破破烂烂的脏衣裤横七竖八地搭在一条凳子上,桌子上放着几块干饼子和两包方便面,饼子看上去已经硬得像石块了。强子后来在他的劝说下终于不哭了,他抽抽搭搭地跟他诉苦。强子说他的女人不是个好东西,见他腿脚落了残疾,就跟一个老乡勾勾搭搭好上了,而且已经好些天没回他这里来了,桌上的吃头还是他自己一瘸一颠出去买的,没人给他做饭吃,他只能瞎凑合。强子说他这辈子彻底毁了,连女人都不要他了,活着还不如死了算了。他满腔的怒火渐渐熄灭了。后来他无奈地拍了拍强子单薄的肩膀头说,好兄弟,啥都不说了,往后有我一口饭吃,就有你一口汤喝。

依照强子提供的老乡的住处,他火烧火燎地赶到城关一带去找强子的女人。强子说那个三不管的地方他以前去过一两次,三教九流乌烟瘴气的;强子还说他的那伙天水老乡都不是正路子上的人,进城来又下不得力气,整天聚在一处游手好闲偷鸡摸狗的,他叮嘱他一定要当心些。他这阵好像有点豁出去的架势,已经顾不上考虑,就是龙潭虎穴他也得闯一闯。果然,刚拐进城关那条曲曲弯弯的巷道里,就碰上两个拉皮条的老女人,龇着黄板牙问他要不要找个妞儿陪陪,他摇着头只顾往前走。没走多远,迎面又过来一个穿牛仔裤黑色老衫的寸头小伙子,故意跟他擦了一下肩膀头,同时凑在他耳边低声说，哥们儿要不要货。这时他多少有些紧张，他不敢跟这种人搭讪，果决地摇着头往前小跑。寸头小伙并不甘心，紧跟着又尾随过来，价钱好商量嘛，要不先带你去看看货。他只好说我真的啥都不要我来这找人的。寸头小伙似乎有点不高兴了，脸上的肉横横的，他挡住路，用手摸着自己的肚子，一双老鼠眼死盯着他。他这时注意到对方的两只手臂上都有刺青，一条胳膊上是青龙，另一条刺着一把西洋剑，黑色的老头衫上有一只雪白的骷髅头，还有一串羊肠子似的英文字母，小伙的手揉肚子时就好像在抚摩那只令人恐怖的骷髅。他顿时感到一阵心惊肉跳，为了消除这种突来的恐惧和不安，又忙从兜里掏出烟往嘴里胡乱塞了一根，居然把烟嘴塞反了，他赶紧掉了个个，小伙依旧盯着他，脸上露出很不屑的嘲讽。他故作大方地将烟盒往对方眼前伸了伸，小伙倒不客气，立刻接过去拔出一根咬在嘴里，然后极老练又迅捷地掏出打火机点了烟，又伸过来帮他点。

吸了两口烟之后，他的情绪稍稍稳定些了，这时寸头小伙熟练地吐出一串烟圈，吧唧着嘴说，不常来这儿吧，我从没见过你。他诚实地点点头，对方的话让他忽然想起来另外一个人。他灵机一动，跟小伙说明自己来这里找人的事。对方不露声色地冲他翻着眼睛，一副玩世不恭的样子。他想了想，一咬牙从口袋里摸出一张五十元的票子递给小伙子，老弟，你这里熟啊，就帮个忙吧，要不然就是磨破鞋底子我也找不着他们。小伙拿了他的钱，表情稍微柔和了些，他狡猾地再次细细打量他，你不会是条子吧。他笑着说我是干装修活的，不信你闻闻，一身的木料和油漆味。小伙眯着眼不无得意地说，刚才碰到你的时候就闻着了，干我们这一行鼻子比狼狗都尖。

十四

几天之后，他又搭车回去了一趟。不过这次他没有回自己家，而是悄悄地去了芹花的婆家。很多时候，他觉得芹花分明还活着，活在他的每一个黎明和夜晚，活在一次又一次的梦境当中，黑夜里芹花遭受着种种难以想象的劫难，他却总是爱莫能助痛心疾首，而在黎明到来以后，芹花又像一缕清风悄悄地离开了他，去了一个他所不知道的地方，但空气中还弥散着她的气息，那是记忆和往事的味道，是曾经那段恋情散发出的苦涩而又甜蜜的味道。正是这种挥之不去的气味，让他久久难以释怀，他忽然明白了一个道理，自从很多年前他喜欢上芹花以后，这世上恐怕再也没有一个人像他那样对她牵肠挂肚，尽管他曾经不得已离开过她，但那种情感并没因此停止过。

吴鞍生是在回家的小路上撞见他的，这时天色已经昏暗了，他跟几个狐朋狗友在外面鬼混了一整天，喝得醉醺醺的。芹花安葬以后，他白天根本不在家待着，晚上也很晚才回来，家对于他来说只是个可有可无的旅馆，过去芹花在时他还有个出气发火的对象，现在什么也没有了。看到他的那一瞬间，他表情僵死，目光却是油滑和漂移不定的。他的口气几乎开门见山，他说你不是想跟我打架吗，那天人太多了，我也不想在芹花面前丢人现眼，不过现在我可以奉陪到底。吴鞍生压根没有料到这个男人会专门跑来找他打架，那天他是仗着人多势众搞突然袭击的。芹花跟他的事打一开始他就清清楚楚，而且在婚后他更清楚了，名义上他虽然娶了芹花这个漂亮的女人，可她的心并不在他这里，她心里一直惦记着另外一个男人。刚结婚的时候，她甚至在梦里都叫着他的名字，这让他痛恨不已，从那一刻起他几乎没有一天对芹花好过，打骂芹花成了他的家常便饭。所以，那天在芹花的葬礼上，他终于抓住了一次报仇雪恨的好机会，许多年来的积怨一笔清算，他就是要当众殴打并羞辱他，这个念头当时来得太猛烈了，以至于他都忽略了对方跟自己的体格本质上的差异。

现在，他人高马大地站在他眼前，一张国字脸大义凛然横住了去路。他说还是你先动手吧，我让你三下。吴鞍生犹豫着往后退，脚跟退到一个树坑里，他故作镇定地说，我不跟你打，我已经打够了，我们两清了。他往前进了一步，盯着吴鞍生瘦巴巴的脸说，今天你打也得打，不打也得打！吴鞍生干瘪的身板已经贴到树身上，树后面是一条黄汤汤的水沟，他被逼到死路上了。吴鞍生骨碌着眼珠子，鸭子煮烂了嘴巴还硬着，你，你，你想怎么样，我我可不怕你！他并不搭话，却突然举起拳头，照着吴鞍生的胸膛就是一下子，他觉得自己的拳头不是打在人的身上，而是打在硬邦邦的树干上了。吴鞍生疼得叫唤起来，腰身虾样弯曲下来，捂着胸口蹲在树坑里咳个不停。没想到他的拳头接着又抡下来，正好又砸在他的后脊梁上，砰的一声，仿佛打在破鼓皮上。这下，吴鞍生彻底趴倒在地上不能动弹了。他紧接着两手一提吴鞍生的肩膀头，像拎小鸡似的把吴鞍生从地上提溜起来，随即腾出右手准备出第三拳，吴鞍生却张开嘴巴女人般号了起来。他的手才松开，吴鞍生像一团稀泥巴瘫陷在树坑子里。

他说刚才那两下是替芹花出口恶气，你个驴日的还欠我一顿揍呢。吴鞍生早疼得没无力气说话，他在树坑干咳着趴了好一会儿，身体忽然犯病似的剧烈哆嗦起来，脖颈和腰身无缘无故地像菜心虫那样胡乱扭曲搐动。他吓了一跳，以为自己刚才下手忒重把他哪里打坏了，正想将他拉起来看看。却见吴鞍生用双手艰难地撑着身体，在树坑里挣扎了一会儿，像癞蛤蟆似的慢慢吞吞翻过身，然后靠着树身坐在地上大口大口喘息，一只手却颤巍巍地伸进自己裤兜里摸索不停，然后哆哆嗦嗦掏出一只很小的锡纸包，就像大夫给病人包好的那种小药包，他迫不及待拆开来，里面是面粉一样很少的一点儿粉末。吴鞍生老练地将锡纸片抚平又在中间折出一条细槽，他用鸟爪一样瘦的指头轻轻弹击锡纸纸下部，那层薄薄的白色粉末迅速地集中到纸槽里。吴鞍生几乎是旁若无人地将自己的鼻孔凑近那条纸槽，活脱脱一条馋狗，正摸出打火机准备一通狂吸。这时，他也清楚地看到吴鞍生那张精瘦枯槁的脸变得异常狰狞，鼻涕眼泪乱流，口水眼看要滴到银白色的锡纸上了。他猛然一抬脚，一股发蓝的白烟从那几只鸟爪中飘升起来，如烟似雾，亦真亦幻，那片折过的锡纸仿佛一只鬼魅的野蝶，正舞动着银色翅膀朝深暗的水沟方向飞旋而去。吴鞍生终于被激怒了，或者说，发作以后未能及时满足的毒瘾忽然让这个枯瘦乏力的男人变成一只疯狗，或一条毒蛇，他穷凶恶极地扑向他，张开嘴巴咬住了他的胳膊。

那只胳膊被吴鞍生咬出两排深紫色的牙印，吴鞍生也为此付出了血的代价，他只一拳就打活了他的两颗槽牙，血顺着嘴角往外流个不停。吴鞍生终究熬不过毒瘾，很快就开始满地打滚，拼命用头撞地，手脚抽搐，胡蹬乱踢，鼻涕涎水跟嘴角的乌血混在一块。他再也没有丝毫的气力跟他纠缠了，没过多久他就彻底像个死人，软塌塌地躺在路边。他生怕遇见什么过路的人，想了想还是把吴鞍生拖到路北边的一片玉米地里。人刚一钻进去，蚊子嗡隆一声就扑了过来，他挥动双手驱赶着蚊子，吴鞍生可就惨了，一团蚊子密密麻麻裹住了他的脑袋，即便这样，他依旧行尸走肉般没有一丝反应，任凭蚊子在他头脸上一通叮咬。他把吴鞍生身上的口袋挨个翻了一遍，像刚才那样的锡纸包又找出两个，都藏在吴鞍生贴身穿的裤衩的小兜里，锡纸已被身体的汗湿浸揉得毫无棱角和筋骨了。

吴鞍生像冻僵的毒蛇慢慢苏醒过来，不过他的手脚已被他用柳树条和野草结成的绳索捆住了，嘴巴里塞了一团玉米叶子。他用打火机的光照了照吴鞍生，那张瘦脸已被蚊子咬得鼻青脸肿。吴鞍生说不出话，喉咙里呜里哇啦响着。他说姓吴的你给我听好了，你狗日的到底拿芹花换了多少钱？那个杨老板给了你什么好处？还有上一次，打劫杨老板的事是不是你干的？你要不说实话我这就把你送到局子里去，反正你身上藏得白面够你蹲两年班房子的！说完，他就把吴鞍生嘴里的玉米叶子拔出来让他说话。吴鞍生大口喘气，然后梗着脖子说，你少来这一套，老子没啥好说的！他一边骂骂咧咧，一边呸呸地往出吐血唾沫。他说好好好，我让你嘴硬，让你硬到底，我倒要看看你这狗东西能撑多久！随即又把吴鞍生的嘴用玉米叶子塞住了。

夜色渐渐浓了，地里起了霜露，人身上潮乎乎的发冷，玉米沟里显得有些阴森，隐没在草丛里的昆虫正吱吱地叫得欢实，那种细密而又清澈的声音此起彼伏连成一片。他已经很久没有体验到这种清凉的感觉了，这些年庄稼地他很少来，农活全都让老婆包揽了，突来的湿冷让他不由得打了个激灵，头脑越来越清晰了。这次他之所以大老远地又特意跑回来，都是因为受了城关那个寸头小伙的启发，他是在打听强子老乡时无意中听那小伙子说起这些话的，人只要染上那种东西，嘴巴就没有牢靠的时候，亲爹亲娘都能出卖。他一直盯着躺在地上的吴鞍生，他简直不如一条狗，有气无力地呻吟和不时扭动着身体。他确信他迟早会跟自己说点什么的，这只是个时间问题，他有这个耐心。

后来趁着夜色，他又把看上去奄奄一息的吴鞍生连拉带拽拖到了坟地。这个地方远离了村子，一片死寂，老坟头周围都生着密实的杂草，新坟头却是光秃秃的，很容易找到芹花的坟。他盘着腿坐在地上，面对地上那个新隆起的圆圆的土丘，他真是百感交集，唯独吴鞍生倒在坟头旁像具死尸。不知过了多久，他忽然放低声音开始说话，芹花呀芹花，过去我确实喜欢你，可是，我没有那么好的福气，这世上的事就这么怪，真心喜欢的没有那个福气，有福气的又不好好珍惜，有的人偏偏身在福中不知福啊！芹花，我要是娶了你，别说是吸毒，就是给我金山银山我都不稀罕，我要好好地跟你过一辈子，再生一群娃娃，把娃娃好好拉扯大，把日子过得红红火火的。他仿佛在自言自语，可又分明是说给地上的吴鞍生听的。他的声调有些哑了，他继续不停地说，我真的没想到，你年轻轻的就走了，要是早知道的话，我咋也不会同意你在城里打工，哪怕再苦再累我也要把你照看得好好的，都怪我呀芹花，是我害了你，我这心里难过呀，你知不知道……说话时他也坐在地上，双手痛苦地胡乱抓挠着头发，往事一幕一幕就在他眼前纠缠不休，他的声音有点儿哽咽了，再也说不下去了。

躺在旁边的吴鞍生仿佛受了刺激，开始拼命扭动身体，喉咙里呜呜作响，有种鬼哭狼嚎的感觉。他也打起精神，伸手替吴鞍生把嘴里塞着的东西拔出来。吴鞍生粗喘着说，求求你，快把那东西给我吸一下吧，我实在憋不住了，我求你了！他用手背揩了揩眼角，然后不紧不慢地说，我刚才打了个盹儿，梦见芹花了，她说让我告诉你一声，她去那里报到阎王爷不想收她，阎王爷叫她把你也一起带过去，那边磨碎的白骨灰堆成了山，专等着你们这种不要脸的东西去吸食呢。与此同时，吴鞍生的身体仿佛被一双看不见的巨手在黑暗中使劲拧着，像是要把他身体里的所有血水都拧了出来。他极度痛苦地扭曲挣扎着，嘴角不停地抽搐，目光异常邪恶，变得语无伦次。我求你了快……给我……我要……要吸……快呀……快……我要死了……我要杀人……你杀了我……求求你……老哥……把东西给我……你是我亲爹……爹我求你了……儿子给你磕头了……
杀了我杀了我吧……

他突然打亮了火机，火光跳动着像一簇璀璨的鬼火，照亮了正在用头满地乱撞的吴鞍生，好几株蒿草接连被撞断了，沙沙啦啦像尸体一样躺下去。他冷静地说给你抽当然可以，不过我有个条件，你得乖乖说实话。说着，他慢慢地将一个纸包展开来，故意伸到吴鞍生的眼前晃一下，又晃了一下，然后慢慢拆开锡纸包，轻轻抚平，又学着先前吴鞍生的样子折出一道细槽。

接下来，他用手指弹着锡纸说，快说吧，说了我就给你吸，今天当着芹花的面，我说话算话，要不然你这辈子再也别想抽了。此刻吴鞍生已经到了崩溃的边沿，他的鼻子像狗一样猛抽起来，涎水鼻涕眼泪纵横交错。他最后一次打亮了火机，锡纸里的粉末闪着诡谲的银光，那光亮有些触目惊心，吴鞍生一双血红的眼珠子都快蹦出干瘪的眼眶了。

十五

杨老板在外面躲了好几个月，来回行程逾千里。直到这年底，他才一个人悄悄溜回这座小县城。其实他早就想回来，他实在熬不下去了，那简直不是人过的日子。几个月前发生的事成了一桩心病，他总是战战兢兢的，夜里老做噩梦，整天在外面晃荡。一到吃饭的时间，他就感到莫名的恐惧，只要一走进饭馆立刻会条件反射，浑身冒虚汗，不停地打冷战，特别是看到那些站在柜台后面的老板模样的人，就像看到了自己过去的模样。后来，他每天只好躲在小旅馆里，啃馒头、泡方便面吃。他原来将近二百斤重，现在他的体重陡然降下来。有一天进药店买感冒药，出门时他特意站到药店门口的免费台秤上称了一下，人一下子竟瘦下去四五十斤，他知道那可是一只羊羔子的分量啊。他现在走路都觉得轻飘飘的，影子一样，好像两条腿拖着的那个人根本不是他自己。还有就是，本来头顶稀稀疏疏的一圈头发，也所剩无几了，他干脆找剃头师傅刮了个精光。

现在他身上的钱只够勉强吃几顿素面片，这些年他辛辛苦苦挣来的钱都没了。他恨自己，恨得咬牙切齿，恨不得往身上捅一刀。可是，事情已经发生了，他没想到会弄成这样。更没有想到的是，自从那个漂亮的村妇来到乐得来以后，那个可怕的幽灵就开始蠢蠢欲动纠缠上他了。他现在终于明白了，什么叫"螳螂捕蝉，黄雀在后"。可是，一切都已经晚了，生活从来没有现成的经验，那些所谓可靠的东西，似乎都是从一次次深刻得快要滴血的教训中得出来的。他做梦也不会想到，自己因为一时冲动犯下了不可饶恕的罪孽。

那天晚上，他一定是着了魔，处心积虑，又孤注一掷。现在细想起来，其实最初的念头是从他饭馆的冰箱里蹿出来的，就像传说中的魔鬼钻出瓶子，当他发现她的洗发水和香皂的那一刻，那个恶魔就一下子钻进他的身体和血液中了，使他魂不守舍欲罢不能。接下来的一切全都是他处心积虑算计好的：故意晚一点关门，故意喝了几瓶啤酒，故意开着玩笑把洗发水还给她，故意提醒她水箱里已经添好了水，还特意承诺要给她涨一点儿工钱的事……总之一切的一切，都是为了叫她对自己放松警惕，并对他产生一丝好感。当然，这里面最关键的一条是，他故意向她要回了那把钥匙，这样一来，她就不可能从里面反锁店门。而他在临走时也并没有真的锁门，只是象征性地在外面假装拧了几下，给她制造一种假象，让她误以为门是锁好的。然后，他就在街边溜达了一大圈，根据他以往两次失败婚姻生活的经验，女人洗澡时间一般都会很长，她们总是恨不得把皮肉褪下一层才好呢。她也不例外。估摸时间差不多了，他才悄悄转回来，在开门前他先轻轻敲了几下，里面没有任何动静，他才轻手轻脚把卷闸门推起一道宽缝，他钻进去以后，又把门轻轻拉下来，同样没有锁，也是为了必要时的逃离，而问题也就出在这里。他进去第一件事就是关灯，让黑暗掩藏住他的所有紧张和不安。一切正如他所料想的那样，卫生间传来哗啦啦的流水声，洗发水和香皂的味儿在空气中静静地弥散，他一步步靠近卫生间的门，心跳慌乱到了极点，快要蹦出胸口了，血液在体内横冲直撞，异性身体美好的气息正穿过门的缝隙，一缕一缕地钻进他的肺腑里，他简直像是吞食了大量的兴奋剂。

杨老板的第二次不幸婚姻是以女人跟另外一个比他英俊潇洒的男人鬼混在一起而宣告结束的，这个不要脸的女人离开他时，卷走了他存折上的两万块钱；而他的第一任老婆一直生活在偏远的乡下，他没有跟乡下的女人离婚，但也从来不回去，只是逢年过节寄点钱物补贴家用。说起来他来城里的时间不算短了，他是靠跟着师傅在厨房学徒打杂，一路摸爬滚打，最后干到自己手里有点儿钱开饭馆的。很长时间里，他对女人是有些害怕和不信任的，直到有一天芹花来到店里，他第一眼就看好她了。他觉得她身上有他需要的很多东西，漂亮，踏实，善良，勤快，鲜活，又有女人味，眼神里依稀荡漾着一股淡淡的忧郁，总之，他一开始就喜欢上她了。后来他被打劫过一次，也曾怀疑过她，甚至想把她辞掉了事，可是，没过多久他就打消了种种疑虑，依然觉得她很好，很让他放心。也正是在这种时候，他发现她对那个国字脸的家伙很上心，他也悄悄地跟踪过她，她不顾黑天地跑去见那个男人还陪他吃饭聊天，为此她还跟自己撒了谎。特别是，当他发现他们两个人情意绵绵，嫉妒之火一下子就燃烧起来了，他故意不停地使唤她叫她不得轻闲，想以此来惩罚她，好叫她知道他也很在乎她。

后来发生的一切是不堪回首的。他躲在黑暗中像饿狼样等待，她从卫生间湿淋淋地走出来，他疯狂地扑向夜色中的猎物。她身上只穿了裤头和背心，他的手一下子就捏住了她的乳房，饱满而又潮湿，他使劲搓揉，她拼命地尖叫。他变得手忙脚乱，顺手抓起一只塑料袋套在她头上，并狠毒地系住了袋口。然后他将她死死地摁倒在折叠床上，同样又用塑料袋反捆了她的双手，然后就不顾一切地开始干那件荒唐的事。一开始她还在奋力挣扎，可后来当他肥大笨重的身体瘫软在她胸脯上的时候，才发现她已经一动也不动了。他手忙脚乱地替她解开了头上的塑料袋，她满脸都是豆大的汗珠子，瞳孔睁得巨大，死不瞑目。他完全吓傻了。这不是他要的结果，他只是喜欢她，做梦都想得到她，但他从没想过要弄死他，这绝非他的本意，天地良心！而且，他老早就考虑过了，等事情做完以后，只要她不嚷出去，天知地知，好说好来，他甚至愿意让她当乐得来的老板娘，让她从此过上晴空舒心的日子。但是，结果丝毫不以他的意志为转移，正当他惊魂甫定的时候，那个黑色的幽灵鬼使神差地再度出现了，卷闸门被神秘地推开的一刹那，他几乎快晕死过去了。幽灵手里拿着明晃晃的刀子横在他的脖颈上说，死胖子，我盯你不是一天半天了，你屁股一撅我就知道你要屙啥屎了，现在咱哥儿俩好好合计一下，兴许能做成一桩大买卖呢！事情就那样了结了，这一次他几乎被榨干了所有的积蓄。后来他身上一直揣着那份肮脏的私了协议，上面的字是他在刀子的威逼下战战兢兢完成的，错别字连篇，写得狗趴样难看，内容全是对方编造出来的，除了大写的钱数和他那汗腻腻的一圈指印是真实的。

冬至这天傍晚，街边许多地摊上都在卖冥币，已经有三三两两的人面西跪在路边空地上磕头烧纸，沿途亮起星星点点的火光。他瑟缩着打旁边经过时，忽然停住脚步，犹豫了一下，也在地摊边蹲下来，他用身上仅有的十几块钱买了纸裱香火。然后夹着那包东西径直朝原先乐得来的方向去了。他远远地停住朝那边眺望了一会儿，那家店已更名叫"大丰收火锅城"，里面人头攒动生意兴隆，大门的玻璃上哈了一层气，看上去雾蒙蒙的，仿佛隔着一个世界，有种物是人非的恍惚。忽然间，有一个女人从雾气中飘飘晃晃走出来，他使劲揉了揉眼睛，发现她只穿了裤头和背心，头发湿漉漉地耷拉在额头，眼神那么忧郁凄凉，看得他心惊肉跳。他赶紧闭上眼睛，过一会儿再睁开，她还是站在那边远远地冲他招着手，他脚步犹疑眼神缥缈，却始终没敢走过去，像一根木头不知在街对面伫立了多久。

后来，他感觉腿脚发软，似乎再也站立不住了，才面朝那家火锅店跪下来。他把带来的香褙纸钱一样一样点燃烧化了，他的心里一直在默默地念叨着。寒风凛冽，行人在他身边来来往往，他跟没看见似的。火光映照着他落魄痛苦的脸，泪水像忏悔的刀痕一道一道割着他的肉，他的腮帮子都瘦得凹进去了。可是，他早已经麻木了，跪在路边如同一尊奇怪的塑像。火光熄灭的一瞬间，他仿佛又看见她化作一片云朵，正朝自己轻轻飘而来，然后又无声无息飘去了。那一刻，地上的那堆黑纸灰扑啦一下，全部随风飘散在黑夜中。他又闭上眼睛，从怀里摸出酒瓶子，那是他在烧纸前就买好的。他用牙齿启开瓶盖，先虔诚地往地上洒了一圈，然后举起酒瓶自言自语说，芹花啊，我先干为敬了，就猛喝了一大口，第一口真是又辣又烧，呛得他咳嗽了好一会儿，接下来第二口、第三口……到最后，他几乎往喉咙猛灌起来，但他还是跪着，酒喝完了，瓶子不知不觉骨碌到马路中间，他实在跪不住了，就像融化了的雪人一样慢慢瘫了下去。

杨老板被人发现的时候，早变成一块巨大的冻肉了。好心的人们把他送到附近的派出所里，民警从他贴身的口袋里翻出一张写得歪歪扭扭的东西，就像一份遗言，纸页已经揉得蔫巴稀烂了，字迹都有点儿模糊不清难以辨认。警察根据上面提供的些许线索，很快就找到吴鞍生家里。但是，吴家人却告诉警察，吴鞍生离开家已经个把月了，一直没有任何音信。警察们综合分析了所有情况后，得出一个惊人的结论：吴鞍生的神秘失踪，杨老板冻死街头，很有可能跟几个月前的一桩人命案有关。于是，公安局随即开始立案侦查。

几天后，他在他的装修工地被两名刑警传讯。

坚硬的夏麦

上

在暑期到来的时候陆小北做了一件蠢事。

起初，我一点也不知道这件愚蠢事情的来龙去脉。那时临近中午，我正躺在自己的房里看书，是海明威的一个中短篇小说选，书的纸页早已发黄，散发出一种很古老的腥膻的时间气味，而且书的前后都损失了若干页，所以，我总是把它宝贝似的压在枕头底下，生怕哪天被某个登门造访的学生家长顺便当作废纸拿回家卷了纸烟抽掉。我正在看的是那篇已经读过很多遍的《老人与海》。我还记得曾把这本书借给陆小北去看，他只用了两天的时间就把书读完并归还给我，我问他怎么样，他说这是他读过的最好看的一本书，还很崇拜地说了句他非常喜欢海明威。因为他说他喜欢老海，所以我觉得我们之间的距离一下子就近了。

其实，我身边并没有带多少闲书，我到这里来不是来看闲书的，这一点我自己最清楚不过。都说书是引睡的媒，我就是想抱着这样一本好书踏踏实实地午睡一会儿。所以，在我的许多次梦里，总有一条巨大无比的大马林鱼翻腾跳跃不休，好像非要把我的单身床弄翻不可。顺便说一下，这间所谓的办公室也是我的宿舍，是一间不足十个平方米大的简陋平房，靠床的一面墙壁上贴了一张元素周期表和一张世界地图，地面是他们拿工地上捡回来的半拉砖头墁过的，依旧是坑洼不平，房内仅有一门一窗，好在门和窗都靠南边，书桌就紧挨着窗台下面放置，阳光可以直射到桌面上。桌面上凌乱不堪，课本、教案（实际上并没有什么教案，只是提醒我上课时别跑题太远）、半盒子白粉笔头，还有学生们的破破烂烂的作业本叠摞在上面，这里所有简单而又混乱的一切基本上构成了一个民办教师的生活。

这时，陆小北的父亲像个被太阳追赶的无处可躲的影子一路匆匆地赶来了。

陆小北的父亲并没有直接敲我的门或窗子，他只是把自己的两只手和鼻子紧紧地贴在窗玻璃上，他举手的样子跟片子里日本鬼子投降似的难看。他这样古怪地朝我的房里看了一会儿，大概确定我已经睡着了，他才迟疑而又笨拙地轻声敲响了我的门。

他像是怕被人听见了似的（其实住在学校的教师只剩下我一个人）压低嗓门说，小张老师你醒醒，你醒醒啊，我有话跟你说呢。我讨厌别人在这种时候来打搅，这个时间应该属于我与书和瞌睡，我依稀听出对方是谁，可我依旧不耐烦地侧过头冲门外问谁？小张老师，是我啊，我是老陆啊，我……我就是想来问一下你先头看见过我家陆小北了吗？门外的声音带着一种迷茫和无可按捺的焦急从门缝隙间挤进来。我依然不想动弹。没有！我没有见过陆小北！我没好气地冲外面喊着说，我希望对方能从我的回答中听出所有的不满和责备并且迅速离开这里。

果然，片刻的宁静后，窗玻璃上的两只粗糙的大手犹豫着一前一后挪开了，最后连那只被挤压得有点变形的鼻子也不见了，房内的光明顿时恢复如初。我侧过头继续午睡，隐约听见陆小北的父亲吧嗒吧嗒的脚步声和莫名的叹息声离我的房子越来越远。这很好，我觉得不能对他们太客气了，否则我会不得安宁。可就在我的眼皮再度要合上的节骨眼，外面又传来一些相似的声音。

陆小北的父亲大概又想起了什么，我听见他好像在抱歉地叮嘱着我，小张老师打搅你了，若见着他人你一定帮我……把这个贼逮住……这个小狗东西！

没错。陆小北的父亲的确用了"逮"这个在我听来十分严重的词，而且，后来我回想正是这个很突兀又显得很严重的字眼彻底打消了我的一丝蒙眬睡意。为什么是"逮"呢？为什么要用"逮"呢？而且谁又是贼呢？是陆小北吗？

——当然是陆小北。

陆小北的父亲离开之后，我的脑子里反复出现的都是这些奇怪的东西，没有圣地亚哥，也没有巨大无比的大马林鱼。我在那本旧小说里重新折了一个备忘拐角。我正读到这里：

> ……他不再梦见风暴，不再梦见妇女们，不再梦见伟大的事件，不再梦见大马林鱼，不再梦见打架，不再梦见角力，不再梦见他的妻子。他如今梦见了一些地方和海滩上的狮子……

陆小北的父亲和所有到他那种年岁的农民一样，黑瘦憔悴，脸脖子胸膛和脊背黝黑并且皱褶叠复，泛黑的褐斑毫无规律地爬上额头、脸颊、鼻梁和太阳穴。如果说有分别，他和别人唯一的区别是他的背看上去更驼，更弯，像这片土地上最古老最常见的那种枯柳，总是卑微地佝偻着像是永远也直不起来或从来都不曾直起来过。

陆小北还有一个哥哥和两个姐姐，姐姐们已相继出嫁了，家里现在就剩下陆小北一个上学的。因为陆小北的哥哥自打前年成家以后，他媳妇整天都在跟老陆和陆小北明争暗斗，搅得全家鸡犬不宁。老陆一狠心就将他们两口子分了出去单另过活。其实，在陆小北看来，父亲是多么的愚蠢，因为父亲正中了那两口子的诡计，他们闹腾来闹腾去不就是为了有朝一日分开家过舒心的小日子吗？现在，家里就剩下他们一老一少，还有一匹一大把年岁的老骡子，那几只下蛋的芦花鸡和那只霸气十足的红公鸡，在分家的时候都拨给了陆小北的哥嫂。

陆小北的父亲后来还有一项顶艰巨的工作，这跟我或多或少有点关系，那是为了偿还陆小北拖欠书本费而校长不得已想出的办法，他每个礼拜都要按时来学校清理教工们的粪便池。这大概是让陆小北觉得最不光彩的事情。

还好，陆小北的父亲总是起早贪黑地来完成这项工作，估计他是为儿子着想的。我因为要住校，所以总难免要碰到这种龌龊的场面，因为这个黑夜来干活的农民就是我学生的父亲，我多少是有些尴尬的，原本那是让自己去放松的事情，可由于他的出现，我一下子紧张起来，为此还便秘过很长一段时间。事后，我尽量调整自己的规律，最好不要和他相遇在那样一个特殊而又难言的场合。但是，有好几次肚子偏偏不听我的话，好像非要强迫我去和陆小北的父亲见一面才好。每当这时候，我便冲外面回声口哨或唱句歌子，外面的人知道是我，也忙连声说小张老师你先忙你先忙着……随后便悄无声息地候在外面的操场上。等我出来以后，陆小北的父亲才默默地进去干活。时间一长，我倒也习惯了，有时候还跟他坐在操场的石头上闲聊几句家常，我觉得老陆勤快本分，话不多，能吃苦。

我真正认识陆小北是在给他们代了快两个月课以后。刚到这里来当民办教师，我个人的情绪和心理是极其复杂的，说心里话，只有疯子和智障者才情愿来这里教书。对于我来说这是退而求其次的权宜之计，谁让我连续复读了两年也没本事考上大学呢？家里人劝我再复读一年，他们说难道下一年功夫还挣不回来五分吗？我不太愿意相信这种理论，因为第一年高考我只差两分，第二年再考又差两分，到第三次却整整差下五分多，谁能保证下一次不差个十分或八分呢？我是我们乡里出的第一个高才生，而且是在县中学一口气读完的初中和高中，所以，当乡里找到我的时候，我几乎毫不犹豫地点头同意。

乡中学的老校长跟我讲了他们的种种难处，学校里有点路子的老师都先后调走了，有头脑和资本的也跑出去做买卖倒生意去了，剩下的老师多半都面临退休，而他们中有的教了大半辈子书，临了也还是个民办的。不过，校长还是用打包票的口气对我承诺，只要上面一有指标，一定先考虑我的转正问题，因为学校缺的就是像我这样年轻的教书匠。我并不是被校长的什么优先条件说服的，我暗下有自己的一套打算，我整天待在家里自己烦家人也不舒心，再说，我完全可以一边教书一边复习功课准备来年的高考，这叫两手准备，不显山也不露水，将来也好为自己留条退路。

我一来校长就要求我给初三年级的学生代课，校长的理由是我年轻而且有丰富的考场经验（我不知道这是否包含着羞辱的成分），我当然没有拒绝，实际上我也没有充足的理由拒绝，我来这里就是教书的，就像一个放羊的他并不在乎放的是哪群羊或哪种羊，重要的是有羊可放，这就足够了，我不想操别的心。

还要说明的是，学校其实统共只有三个班，即初一、初二和初三，我教的班上有五十几名学生，听说以前并不是这样，后来因为老师越教越少，学生也是越学越少，学校就把原来的班级合并了，这样可以节约师资力量。我和另外两个老师代这个毕业班，其中一个老师正是我们的校长。我主要负责物理和化学，校长讲语文和政治，另外一名女老师讲数学并兼顾英语，后来听说中考英语成绩只占总分的20%，也就是说就算英语考满分也只能算20分，校长很明智地决定放弃，那个女老师倒是极力争取过，可她无法说服年迈而又顽固的校长，她也只好一门心思把她的数学讲好。值得一提的是，只有校长和这个女老师属于非民办的，从师资力量的分配上可以看出来学校对我还是很重视的。

我就这样糊里糊涂代了快两个月的课，有一天，校长来宿舍找我，我以为是自己在教学上出了什么娄子，因为我总在课堂上对学生胡说八道，我的话题多半时间跟物理、化学风马牛不相及。我就不打自招地对校长说我以后尽量不在课堂上胡乱跑题。校长的样子有点莫名其妙，他说你这个班主任是怎么当的，陆小北是你们班上的学生吧！我这才恍然大悟，我竟把校长最先让我当班主任的事情忘在脑后了。校长说，陆小北的学费到今天还没交上来，你这个班主任得下去问一问。

我跟陆小北的谈话就是这样开始的。

当时，我坐在书桌边的椅子上，陆小北站在我床前的空地上，我让他坐他就是不坐，样子拘谨却又透露着些许不羁。依我看来，陆小北比较符合一个乡村学生的模样，朴素、执拗、卑怯又不失敏感和自尊。在我尚未发问之前，他躲闪的目光时不时瞅瞅我，而当我开始打量他的时候他却不再看我，目光犟犟地投向我身后的窗外，嘴里嗫嚅着，家里真的没钱交学费……反正我混一天是一天，实在不行了就不念了回家种田算了。陆小北说完这些话，才如释重负地把目光重新落回到我的脸上，这次不再是逃避的，而是面对和追问，意思是剩下的事情该由我来评判。

说实话，我一时竟被眼前这个十三四岁的学生给弄蒙了，因为我根本不知道接下来自己该说什么或怎么说，我总不能说那你就回家好了。就在那一瞬间，我突然体会到做一个民办教师的苦衷，因为连你自己都是民办的，都是干完今天不知道明天干什么，你有什么资格强硬地对学生讲话呢。所以，接下来嗫嚅着的人是我，我大概说了这样的话，噢，原来是这样……那就不太好办了！我想听听你自己是怎么想的？

于是，我注意到陆小北又看了看窗外，目光迷茫一片，他说我不知道！不让念我就不念了，反正念也是白念！那一刻，我忽然感到自己被什么东西给狠狠地击中了，我快有点坐不住了，这的确是个问题，而且是我自己一直以来不敢面对的问题，是我始终在逃避的问题，然而，却从比我小五六岁的陆小北的嘴里冒了出来，我真的有些汗颜。我不想再跟他说什么了，我知道那些动听的鬼话只能用来欺人或自欺。

同陆小北谈话后的那个晚上，我睡得很差。我强迫自己静下心来复习一会儿功课，可我总是心不在焉，这令我十分烦恼和痛苦，后来我索性躺在床上，从枕头下面摸出那本小说，胡乱翻开一页看了起来：

老人在黑暗中感觉到早晨在来临，他划着划着，听见飞鱼出水时的颤抖声，还有它们在黑暗中凌空飞翔时挺直的翅膀所发出的唑唑声。他非常喜爱飞鱼，因为它们是他在海洋上的主要朋友。他替鸟儿伤心，尤其是那些柔弱的黑色小燕鸥，它们始终在飞翔，在找食，但几乎从没找到过，于是他想，鸟儿的生活过得比我们还要艰难，除了那些猛禽和强有力的大鸟……

翌日，我如实向校长汇报了跟陆小北的谈话情况，校长说这个学生的情况他已经有所耳闻，但他不能开这个口子，否则学校往后会很被动。校长希望我能进行一次家访，了解了解情况，然后学校再具体研究。

校长还把陆小北前后拖欠学费的清单抄了一份给我，情况如下：

姓名：陆小北

性别：男

年级：初三×班

家庭住址：××乡××村

欠费总额：275.50元，

备注：该生所欠款中包括上两个学期的书本费70元，本学期的书本费35.50元和学杂费65元整。

最后，校长用一种征求式口吻问我，你觉得这个学生怎么样？我说陆小北人很聪明，如果他肯多下点功夫是个考学的好苗子。校长不置可否地叹了口气，随后把那页清单递给了我。校长的眼神和叹息告诉我，学校也很难，至少学校不是收容所。

有关那次家访的情况我不想再多说什么，它对我而言不啻是一次令人伤感的经历。我在家访后给校长递交了一份书面材料，大概内容是：经调查我班学生陆小北同学学习成绩属中上等且聪明好学，但家境确属贫困，其母两年前因患盲肠癌病故，她生前的住院治疗费和陆小北哥哥结婚成家时所借亲戚及乡邻们的钱共计八千余元至今尚未偿还……希望校领导能酌情考虑减免陆小北同学的学杂费。

之后，学校为此召开了一次全校大会，原则上同意减免陆小北的学杂费六十五元，但书本费还是要交回来的，因为这部分费用学校也无力承担。后来，书本费到底还是没能交上。再后来，我又几次三番去找校长说情，才勉强同意让陆小北的父亲给学校做杂工，抵充书本费。

校园里空荡荡的，艳阳白花花地在操场上晃动，偶尔会有一群清瘦的麻雀和几对草鸽子扑啦啦地飞过来又飞过去，多数时间天空空无一物。学校已经这样空荡了有好些天了，学生们被提前放回家去收割夏麦去了，老师们也是，这个时候没有什么比收粮食更重要的事情。中考的日期在7月的12、13、14日三天。我作为毕业班的班主任，校长要我留在学校里，随时帮助那些需要辅导的学生。然而，我却一点也急不起来，好像这次考试跟我没有一点关系，我不紧不慢地等待着高考的再次来临，居然还有心思每天看枕头下面的那本闲书，我甚至不能完全确定到那一天我会不会勇敢地走进考场。

陆小北的父亲离开不久，我从床上爬起来复习了一阵功课，世界史上的一堆乱七八糟的年代简直要把我的脑子搅成一锅粥了。我放下书的时候突然想起某个重要的词，这跟世界史毫无关联，那是陆小北的父亲刚才依稀叮嘱过的话，他让我帮他"逮"住那个"贼"。

我赶到陆小北家的时候，老陆正把一蛇皮袋麦子扛起来往平板拉车里码着，车上已经码了四五袋，院子里还晾晒着一层没褪尽壳的麦谷。他浑身都在出汗，眼窝里聚集着细密的汗珠，布衫和裤子紧紧地裹着他嶙峋的身体，衣服的前襟和后背上尽是地图一样一圈一圈不规则的白色的盐印子。有几只麻雀悄悄地落在院子里很贪婪地啄着地上的麦粒，它们见我走进来，才呼啦一下飞起来，鬼祟地站在院里的一株没有结苹果的苹果树上，叽叽喳喳尖锐地叫着，以表示对我这个陌生闯入者的不满。

老陆见我来了，立刻停止他手里的活，问我是不是见到陆小北了。我急忙摇头，并告诉他自己正是为这事来的，我很想知道陆小北去了哪里。哪知老陆猛地就恼怒起来，他一边拿一根麻绳固定装在车里的粮食袋子，一边没好气地咒骂着，别让我"逮"住那个"贼"娃子！我愕然。我正思谋着该怎样让他消消气并从他嘴里探听出陆小北究竟干了什么事情而惹得他大发雷霆时，他却闷声闷气地拉起板车往外走了，车里装了足有十多袋麦子，压得两只车胎已有些瘪了，往前走的时候发出吱扭吱扭的噪音。他的一只肩膀上挂着拉车皮绳，它好像早已深深地镶在老陆的肉骨之中了，随着他前进的步伐，那皮绳似乎越陷越深了，最后只露出极细的一条黑线，好像跟他的后背连成一体，而他的背此刻正佝偻着就要贴在地面上。

我只好一路跟在车后尽力帮他往前推着车子，经过学校门口的时候，他把车子停下，接连冲我说了好几声感谢的话，他说小张老师你快回去忙你的事情吧，我又打搅了你半天。随后，他埋着头一佝一佝地拉着车子朝县城的方向去了。我知道现在正值到县粮库交纳公粮的时节，想必他是上县城去的。看着老陆缓慢又艰难地朝前一下一下移动着的背影，我急忙悄悄地跟上去，尽可能轻地帮他在后面推着车子，以防被他发现。

我和陆小北的父亲就这样一前一后一老一少往前默默走着，按理说，这时候走在我这个位置上的人应该是陆小北，可我和老陆都不知道他去了什么地方，而我更想知道陆小北突然去向不明的原因，于是，我被一种叫作预感或猜想的东西长时间地困惑着。

这时，我们不知不觉爬过了一个很陡的路坡，刚一下坡车子就突然停下了，我想躲闪已经来不及了。见老陆停下来用充满感激而又不无责怪的目光盯着我看，我急忙骗他自己正好要到街里去一趟，只是顺路帮他一个忙。老陆木讷地望了我一阵，这才释然地叹了口气，说我就觉得不对嘛，上这个坡哪有这么容易的呢？我们又走了一会儿，他的话才渐渐多起来，像是碰到知心人似的把窝在心里的事一件一件掏了出来。

中

就在头天晚上，老陆曾把陆小北的哥嫂叫到自己屋里，那时，陆小北正在家里复习功课。最先，那两口子迟迟不肯来，老陆只好站在院子隔着墙（分家后他们在原来的院子里隔了一道墙）一遍一遍喊他们，又过了很长时间，两个人才疲疲沓沓地进来了。老陆开宗明义地明说了家里的情况，欠着人的账债也该还一还了，陆小北马上又要考学，考上考不上都是两说的事情，一旦考上了家里就得拿钱供他上学，可欠人家的钱总是不能再拖了。陆小北的哥哥始终不言语，哑巴似的耷拉着脑袋，倒是他嫂子先开了口，说这个钱我们恐怕也没能力还，再说已经各自分开过生活，原先的账也不该由他们来背。

老陆沉默了一阵，看了看儿子窝囊的样子再看看儿媳妇一副当仁不让的架势，目光停留在桌子上老伴的遗像上，他回过头问陆小北的哥哥，依你看这钱该谁来还呢？儿子依旧老鼠怕猫似的低着头，当他稍稍抬起头来的时候，媳妇正用严厉的目光盯着他，他又低了下去，只是蚊子似的哼了声你们大家看吧。媳妇立刻把话接了起来，你到底还是不是个男人？什么叫大家看？要看你自己看，我反正一分钱也拿不出来！说完，她怒气冲冲地掉头走了。

最后，老陆用喑哑的声音对两个儿子说，账是我借下的理所当然该由我来偿还，我今天就是想听听你们的意思。随后，他转过头凝视着老伴的遗像，嘴角抽搐着自语，还是老婆子你好啊！一个人躺在那里消消停停的该有多好啊！说着，一串泪簌簌地闪下来。

那时，陆小北抬起头用生硬的目光瞪着他哥，他说我要是你就把那个臭婆娘的嘴撕烂！他的话音未落，就被老陆突来的一记耳光重重地扇在脸上。

老陆用极其严肃的目光看着陆小北。

陆小北委屈地摸着自己的脸，目光中同样是愤怒的火焰，他半天也说不出一句话。

老陆把老伴的相框子拿在手里静静地看了一会儿，又用衣服袖子把上面的灰尘悉心地擦了又擦。最后，他把相框子又很庄重地放回原来的地方。那时，陆小北正用自己手中的钢笔在草稿纸上毫无思想地胡涂乱画着，纸被笔尖划出沙沙的愤懑的声音。陆小北最终在草稿纸上写了这样几个歪歪扭扭的字："都去死吧，你们！"

老陆并没有看见陆小北在纸上写的那几个形状怪异的充满诅咒和仇恨的字，事实上即使他看见也跟没看见是一样的，因为他根本就不识字。在老陆看来，陆小北只要安生地坐在那里就是在写字，形式上等同于做作业和复习功课。对于读书这件事，老陆一辈子只会用一句简单得不能再简单的话去督促陆小北，去，写字去。

当屋子里只剩下老陆和儿子陆小北的时候，老陆多少感到一阵莫名的不安和歉疚，自从老伴走了以后，只有陆小北和他相依为伴，记忆中他已经很长时间没有这样呵斥过儿子了，更别说动手打他。因为陆小北母亲去世的那天，老陆一个人守在医院里，老伴的盲肠癌已到了后期，癌细胞扩散到她的身体中，剧烈的疼痛无时无刻不在折磨着她。老伴是个坚强的女人，这一点老陆深有体会，其实，老伴在没住进医院做检查和治疗以前的很多年里就被这种病痛折磨着，她只是不愿意对别人说，也包括老陆和儿女们。她疼得厉害的时候就趴在床上把后背弓得高高的，头埋在被子里，嘴里咬着枕巾，再不，她就接连吃那种叫作去疼片的白色药片，她把这种很苦的药嚼碎慢慢咽进喉咙。直到后来她连饭也吃不进去了，才不得不到医院做检查。

当时，医生告诉老陆，让他回家赶快准备后事，老伴顶多只能维持几个月了。老陆一下子就蒙了，他不相信，让他怎么能相信呢？那几个月的时间像坏了的水龙头似的怎么也关不住了，时间水一样哗啦啦地在他眼前流走了。那几个月里老陆表现出前所未有的固执和倔强，他不相信老伴的病是无望的，他坚持不让她出院，他就差跪在地上求他们了。他一直守着老伴直到她脉搏和呼吸完全停止消失，在她生命的最后一刻，她用他从来不曾看到过的不放心的眼神告诉他：老陆，你要好好供陆小北上学，你要对咱们儿子好。这些没有声音的语言就从那一天起深深刻在老陆的眼睛里。

有一次，老陆淘完粪池，我坐在学校的操场上看书，他走过来静静地坐在离我稍远一点的地方，我说你过来一起坐坐吧。他摇头。我知道他怕我嫌弃他身上的味道臭。我就走过去和他坐在一起，我们很随便地聊着一些事情，当然更多的话题是关于陆小北的。他曾对我说，只要小北能争气，能把书念好，让我老汉干什么都行，就算用头顶也要把他顶住啊。我相信老陆能说到做到。

老陆觉得自己打儿子是不对的，而且，他也意识到陆小北之所以那样还不都是为了他。不过，他还是听不惯陆小北那样跟哥哥讲话，他不希望儿女们之间没大没小或闹出什么生分的事情。

见陆小北低着头不再看他，像个木头似的，老陆便不忍心了，他试探着咳嗽了两声，又咳嗽了一声。儿子根本不理睬他，只是一味地沉浸昏黄的灯光里。老陆也不出声，暗里凝视着儿子。他发现陆小北似乎比以往瘦削了，脑袋和上半个身子在灯光的照射下聚缩成一团。小北这娃娃真的瘦了。老陆在心里默默地说。他想，儿子这些日子成天抱着书本，天不亮就爬起来看书，晚上有时也要熬到一两点，他有些担心，担心儿子的身体会支撑不住。这种体恤的想法让他竟莫名地伤感起来，他又兀自想起了老伴。老伴若是还在就好了，天底下只有女人才能真正懂得怎么对娃娃好。老陆这样边想边看着陆小北的样子，过了一会儿，他悄悄地走出屋子。

老陆径自去了一趟陆小北的哥哥家。他进去的时候，屋里根本没有人拿好脸色看他。他没有坐，只是弯着腰紧靠着门站在屋里。他一时竟不知道该怎么开口，就在刚才出门的时候，他还信心十足的，可这会儿他全然不知所措。陆小北的哥哥很突兀地问了声，爸，你咋不进来坐，媳妇就把话接了起来，进来也没有用……反正我们一分钱也拿不出来。老陆很尴尬地僵在那里。老陆觉得脚下的地突然变得软乎乎的，两只腿怎么也站不稳。他索性靠着门蹲下来。他像是在对自己小声说着，你弟弟念书苦着呢，家里也拿不出个像样的吃头，我想着给煮上个鸡蛋补补身子骨……让他硬硬强强地把学考了。那时，儿媳妇的面色由紧变松又绷紧了。

老陆给我讲这件事情的时候，突然停住脚步，他腾出一只手胡乱在脸上抹了抹，黑紫的脸色在汗水涂抹后的光泽中显现出难以抵抗的焦渴。他说今天的日头毒得很，随后又拉着车子继续往前走，他的脸上始终水渍渍的。我问老陆他们到底给你鸡蛋了吗？老陆却把我的话支开，他说那是两个又大又圆的红皮鸡蛋，他很久没有看到过这么好的鸡蛋了，他知道那蛋就是他家以前的一只芦花鸡下的，那些鸡都是他老伴在世的时候饲养的。那阵老伴每天都会笑眯眯地从窝里捡回六七个鸡蛋，可是，她却舍不得吃，她总是把那些蛋整整齐齐地塞进粮食柜里的谷物中间，过上一阵子，她才从柜里刨出几个，炒得黄黄亮亮的让娃娃们吃。老伴说娃娃们身体贪长，需要这个。

老陆问我喜不喜欢吃鸡蛋。我笑了。我说我就是因为鸡蛋吃得太多才考不上大学的。老陆张开嘴嘿嘿地笑了，说，小张老师会说笑得很。但他的笑容很快就收敛了。老陆说鸡蛋可是个好东西呀！女人养了娃娃就得多吃鸡蛋，吃了鸡蛋才补身子才有奶水来喂娃娃吃……那阵子他妈养小北的时候家里穷啊，连只下蛋的鸡都没有，到哪里弄鸡蛋去呢？等后来日子好一点，他妈就张罗着捉来小鸡娃子，夜里用纸箱子放在炕上养着，生怕冻死了，有一天旁人家的老猫把一只活脱脱的母鸡娃子给叼走了，他妈好一通哭啊！说老猫把多少鸡蛋给娃娃们叼走了呀！他妈前脚一走，小北的嫂子就闹着要分开过，死活看上了院里的一群下蛋鸡，一只不落全捉走了。捉走倒也零干了，就是苦了小北一个人。

我紧跟在车后面听着，老陆浑身上下都被汗水泡醉了，有几次我想替他拉一会儿车，他死活不肯，他说他年轻的时候能拉四十麻袋粮食，一天来回跑两趟县城呢。但是，此刻我分明感到他毕竟有些力不从心，伏天的太阳炙烤着他的脊背，滚烫发软的柏油路踩上去人不禁要龇牙，大汗淋漓的他走得也越来越慢，车子很不听使唤地发出吱扭吱扭的怪响，好像正不怀好意地暗中看他的笑话呢。

我们头顶的太阳像蛋黄的颜色那样光芒耀眼，路上一丝风也没有。我能听见从车子前面传来的连续不断的吭哧声，带着坚强和永不服老的农人本色。

下午快两点钟的时候，我和陆小北的父亲一同来到县城粮库。粮库的大院里已经挤满了从各乡各村赶来交粮的农户，装满粮食的板车横七竖八地摆在院里，也有人是赶着驴车或马车来的，交粮的人稀稀拉拉地躺在各自的粮车或墙壁下面的一小块阴影里乘凉。有的农户正把自家的麦谷平铺在粮库院里的水泥地上晾晒，骄阳把新鲜的麦子烤得饱满金黄，稍微静下心就可以听见麦粒发出的吱吱的微小声响。

我和陆小北的父亲挑了一块有树荫的地方将车子放下，他和我面对面坐在两边车辕上歇着。我起身到门外的小卖部买回两瓶娃哈哈矿泉水，天着实太热了，一瓶水几乎被我一仰脖子就喝光了，喉咙依旧渴得发紧。我把另一瓶水拧开盖递给老陆。老陆看着我半天也没想去接，嘴里接连噁嚅着，张老师你花这钱干啥呢，我又不渴。我见他嘴边尽是白色的沫子和爆起的干皮，就把水硬塞到他手上，估摸着粮库上班至少在两点半以后，我决定去趟新华书店看看。老陆连忙不无歉意地说张老师你快去你快去，就不打搅你办事情了。

其实，我还是惦记着陆小北的事情，这也许跟我是他的老师和班主任有关，况且再过几天他就要参加中考，这对他太关键了，老陆一直希望儿子能考上个中专，哪怕是考个最普通的师范也行，总比一辈子窝在农村强得多吧。就在前些天我还跟陆小北交换过看法，我能感觉到他的内心是相当矛盾的，考学这件事情的确让他煎熬着，他既向往着考一个好学校，又无时无刻不被家境的窘迫所困扰，前面的路对于像他这样的学生无疑充满了迷茫和两难。我时常能感觉到陆小北的与众不同，从主观的角度上说，他非常清楚自己的处境，不像其他学生那样对于未来无所谓，他不善于自欺，而他们中绝大多数人都抱着大不了回家种地的想法，陆小北虽然也这样说过，但他的内心跟这截然相反，他的敏感和矜持不允许他这样做。

所以，我确信老陆刚才所说的一切。当老陆把从陆小北的哥嫂家讨要回来的两个红皮鸡蛋高兴地拿给陆小北看的时候，他一定被那两个用老陆的话说又大又圆的红皮鸡蛋给猛烈地刺伤了，他尽量用一种视而不见的眼神看了一下那两个鸡蛋，根据鸡蛋的色泽和模样他同样想到了它们的出处，尤其是他父亲那种讨好般的面容，他不习惯父亲这样看着他，他觉得自己在精神的层面又领教了父亲的一记耳光，为什么关爱有时候跟挨耳光的感觉那么相似呢？陆小北选择了垂下头继续看书，他轻蔑父亲手中的那两个鸡蛋，就像轻蔑自己的生活处境一样，哪怕是装出来的他也愿意这样。后来，他闻到了一些气味，这些气味袅袅而来并在昏暗的屋内飘荡，仿佛一只芦花鸡悄悄溜进屋内并乘人不经意的时候排下两个正散发着温热和腥腻的蛋。这种弥散着的味道同样具备杀伤力。尽管陆小北压低了自己的目光并聚神于书本，但他还是感觉到父亲正朝他走来，同时还有一种气味朝他招摇而过。

老陆用难得一见的慈祥面对儿子，他说小北你先停下把这两个鸡蛋趁热吃了吧。陆小北不得不看着父亲，他看到父亲的脸正因他手里端着的热气腾腾的碗而朦胧缥缈着，他觉得父亲一下子离自己远了，样子都有些险恶，端在他手里的东西有种毒药般的诡秘莫测，而且父亲的手正毫无理由地抖着（是心虚吧），像是那只碗有千斤那么重。

接下来，陆小北明知故问地瞥了一眼父亲，他问哪儿来的？

老陆的双手还在抖着，他看了看碗里的蛋又期待地看着儿子，让你吃你就吃，管它是哪儿来的，总之不是偷来的！

我不稀罕！

吃了它就不信它能咬你娃娃的嘴！

要吃你自己吃吧！

陆小北的确是这样说的，老陆刚才讲述到这里的时候依旧无法按捺内心的愤怒，他接连晃着头一副莫名其妙的样子，张老师你给评个理，这狗日的咋就这么犟呢？后来，老陆硬把碗再度推到陆小北的眼前，他重复刚才的话，鸡蛋不咬你的嘴。陆小北最后的回答是我不像你那么没骨气！随即，他的手一摆，老陆手中的碗就白花花地飘了起来然后砰地落在地上，依旧是白花花一片。

那个晚上，父子俩再也没有多说一句话，整个夜晚都被沉寂和沉默填充着，异常的平静使得父子之间突然变得虚幻和遥远起来，彼此的隔阂被黑夜神秘而又无限地延展和拉伸。直到第二天上午，陆小北的嫂子凶神般闯进来才打破了这种不正常的宁静。

我在三点以后又赶回粮库，来交夏麦的人早迫不及待歪歪曲曲站成一支长队，验粮官是个肥胖的小个子男人，正站在队伍的最前面粗声粗气地吆喝着什么，我粗略扫了一眼，老陆不在里面，我很纳闷，回头朝大院里张望，却发现稍远一些的太阳地里有个黑瘦的影子弯曲地晃动着，像一匹孤独的牲口正在默默犁地。我急忙走过去，板车里原先的粮袋子只剩下不到一半，老陆正在将手里一袋麦子袋口朝下拖着往水泥地上倒，麦子从袋口随着人的脚步移动奔涌而出。老陆自己赤着脚板，地上已经铺了一大片麦子。

老陆无奈地站在那片麦子中间，神情沮丧却又沉默着，他告诉我，验粮官说他的麦子没干透让他在一边先晒着。眼前的麦子发出坚硬的光芒，我从地上捻起一撮，随便朝嘴里放进几粒，一嚼，硬绷绷地硌牙，怎么能说没干透呢？我说你先别忙着往出倒呢，咱们再跟他好好说说，我知道这些人就爱欺软怕硬。老陆冲我直摇头，说算了，多晒一晒也没啥坏处，再说粮食又不是交给他个人的，晒干点将来不坑害公家。我还想说什么，见老陆倒完一袋子又去车上背另一袋了，我也只好过去给他打帮手。一共是十七袋麦子，全部铺在地上，黄澄澄一片，看过去都有点壮观和耀眼了。

我和老陆席地而坐，屁股下面的水泥地滚烫，太阳光烤着麦子也照着我们，我们和地上的麦子一般默默不语，我甚至有点昏昏欲睡。老陆满腹心事，他自语着我咋就没见过这么犟的娃娃呢，他到底随了谁呀！我觉得这个时候的老陆其实对儿子已经没了先前的怒和恨，有的只是不解和担心。我对陆小北的所做倒是心有怨责，我觉得他身上的确有一种尖锐的东西，但那种东西又是极脆弱的，它也许伤害不了别人却恰恰注定要伤害自己，发生在上午的事情已经证明了这一点。

陆小北起了一个大早，那时老陆还没有醒来。院子里铺满了新鲜的麦子，陆小北踩着麦粒到外面树林里去背书。等他回到家的时候，老陆正在院里用一只木头耙子翻梳地上的麦子。陆小北还站在那里出神地望了望地上的麦子和低头干活的父亲，然后跟没事人似的走进屋里。老陆依稀觉得儿子的心情比头天晚上似乎好了很多。不管怎么说，儿子的心情好了，老陆也觉得宽慰起来。

后来的情景却是，中午时分，老陆看见陆小北的嫂子夜叉似的破门而入，两只手里各拎着一只奄奄一息的芦花鸡，她一进来就将手中的东西狠狠地扔在老陆面前，随即她也蹲在地上拉警报般号啕起来。她说有人看见陆小北在门前给鸡撒了一把麦子。接着，她用指头指点着老陆，是陆小北毒死了我的鸡！肯定是你教唆你儿子这么做的吧！你想吃鸡蛋我给你嘛，你为啥非要让他弄死我的鸡呢？你们一老一少就知道合起来欺负我，你们陆家没有一个好人！后来，村里的许多人都看到，老陆手里高高举着一只木头耙子，一副恨铁不成钢的样子，他在后面穷追不舍，陆小北在前面一路狂奔。细心的人甚至发现，老陆是光着两只脚跑出来的。后来老陆终究没能追上儿子，而且，从今往后他恐怕再也别想追上陆小北了。

终于挨到老陆交粮了。我们把倒在地上的麦子一袋一袋装好，麦子干透了，装满的袋子瓷瓷的，扛在肩上像根圆滚滚的石头。那是一间巨大的仓库，粮食呈斜坡状一直垛到仓库顶上，人的两只脚通过不足两脚面宽的长木板从地面一直爬到最高处的粮食堆上，从门口看去人就像只蚂蚁渺小地攀缘在沙漠中。老陆扛着一袋麦子走进库房，在门口他得先把粮食袋放在台秤上，任由站在门口的验粮官用一根很细的空心铁钎子朝粮袋里面胡乱戳上那么三两下，他要把钻进钎子里面的粮食倒在手心看一看是不是干燥、里面有没有超标的尘土，等过秤之后，才能准许扛进去。

过了这一关，老陆才将袋子口解开并重新背在身上，小心地踩上那块又长又细的木板，一脚一脚稳稳当当往上走，因为身上负着重物，重心偏离得很厉害，稍微不小心，就会一脚踩进粮食堆上，整个堆体就会顷刻间下滑，这是交粮人的大忌，不但要遭受严厉的呵斥，而且弄不好还会扭伤了腰脊。这个时候，人的腰就成为关键，力量全部压在腰上，腰不能太弯更不能直，弯了，走不了几步就会往前栽跟头；而直着，根本就撑不到最后。这里面有一个重要问题，这时人不比在平地上行走，身体几乎处在一个近似于四十五度的斜面上，犹如登山，重力发生了改变，背五十斤的东西就远比平地扛一百斤还要吃劲。

我在底下看着老陆一步步走上去，自己的手心直冒汗。刚开始，老陆上得不错，他的腰身平常就是佝偻着的，这是有利条件。他的两只脚都是呈外八字状上迈并尽可能横着走，肩膀头向左侧扭着，全部的力量都集中在腰板上，人还得屏住气，气沉丹田，气一旦泄了，腰就算控制得再好也是前功尽弃。当人走到最顶上，静静地稳住，换一口气，把肩膀上的粮袋慢慢地朝胸前出溜，不宜急，袋口尤其要抓紧，身体也跟着侧向木板一边，随即松开袋口，两只手迅速配合着控制住袋底往出倒粮。老陆整个人顿时被麦子中升起的一柱烟尘笼罩住了。

可是，连着几趟下来，老陆的脚底子就明显地踟蹰着，腰身也打起晃来，走到一半的地方就无奈地稳住身体，然后再吃力地往上爬。扛到第十六袋的时候，我有些不忍了，可老陆死活也不同意我替他，他又故作轻松地说起自己过去最多一次背过四十多袋，而且是豌豆，死重，一袋子就是两百来斤，当时他连牙都没龇一龇。

事情就是这样发生的，那时我正把老陆扔在地上的十六只空蛇皮袋子一片一片捡起叠放在一处，我一转脸，发现粮堆上面没有老陆，地上也没有他人，好像突然从粮食堆里蒸发掉了。斜倚在门口的粮官没好气地瞥了我一眼，他用下巴颏冲上面指了一下，你老子跌倒了，还不上去看看。我听出来他在指责我这个做"儿子"的人。我二话没说急忙顺着长条木板爬了上去。

老陆果然深陷在临近顶上的麦堆中。他就那样十分无助又无奈地仰躺着，粮袋子压在他身上，我发现他的牙龇得很痛苦，头发、鼻孔和嘴里尽是麦粒。我急忙把粮袋挪开并伸过手去拉他，他哆嗦着给我递来一只手，神情扭曲而又尴尬，大概怕我笑话他，他几乎不敢抬眼看我，只是不停喘着气。我连着拉了他两下，他就是不能站起来，而且，痛苦的呻吟随着我拉他的动作越发响亮。

后来，我隐约意识到问题的严重性，几乎不敢往深处去想，只是勉强地背起他，我强烈地感到老陆在我的背上就像只装了半袋子的空麦壳子那样松松垮垮，同时，也立刻体会到自己的腰在负重出力，我尽量挺住并让自己往后仰着不至于一头栽下去，我发现自己的腰劲实在很差，我就是那样拖拖拉拉停停走走地将他背了下来。人和动物的区别也许正在于此，挺不直腰杆就只能像动物那样趴着行动了。

我坚持要把老陆送进县人民医院去，这是县里最好的也是唯一的一家大一点的医院。我从粮官的手里并没有拿到现钱，那只是一张写着交粮人名字、粮食斤重和等级的纸片，上面还盖了一枚粮库的公章，俗称白条子，我问他为什么不给现钱，那个矮胖的家伙居然反问我，你问我我他妈问谁去？他还用一种不屑的眼光看着我，好像在说亏你他妈还是儿子呢，眼看着你老子累成那熊样。他将手中的一瓶矿泉水仰着脖往嘴里咕咚咕咚地灌着，我发现它跟我刚才买的水牌子一模一样，娃哈哈的。我知道我说不过他们这种人，而且我也没有时间跟他理论，老陆正躺在板车上痛苦地呻吟呢。

老陆坚决不同意去医院，他说张老师求你把我送回家吧，我睡上两天就没事了。我当然没有听他的话，他一路都在唠叨，有一阵他甚至往前爬着试图阻止我，却险些摔下车子。我被他惹火了，严厉地警告他，老陆你一定要去医院拍个片子，你的腰若真的扭坏了你下半辈子只能躺在炕上！老陆终于不再闹腾了，取而代之的却是呜呜地干哭——我敢打赌这是老陆大半生中为数不多的一次痛哭，而且是当着一个外人的面——哭声中偶尔叫着陆小北的名字，他突然脆弱下来，就在不久前他还是那么坚韧地背着粮食往高处走的庄稼汉子呢，可才一会儿工夫他就变成一个无助而又可怜的孩子了。

下

我把空车子送回陆小北家里，可他依旧没有回来。我只好去找陆小北的哥嫂，我必须把老陆的情况如实告诉他们。

陆小北的哥哥到外面的建筑工地上打短工去了，只有他嫂子在家。我能觉察出她很不欢迎我的到来，因为打一开始她一定误认为我是来替陆小北说情的，当她知道老陆的病情后，先是吃了一惊，不过，她很快就让自己镇定下来并啰里吧唆地诉说着自己分开家过日子的种种艰难。一句话，她拿不出多余的钱来给老陆治病。最后，她建议我去找陆小北的两个姐姐想想办法，她还说有一个姐姐嫁给石嘴山的一个包工头了，家里钱多得花都花不完。我连连摇头，远水解不了近渴，鬼才知道她们究竟嫁到什么地方去了。

可我必须尽快凑到足够的钱，因为老陆已经住进医院，他的情况很糟，医生说他的腰椎骨很有可能是折断了，当然这得等片子出来才能最后确诊。现在最关键的问题是，没人管他，要是陆小北在就好了，可我根本不知这家伙的去向，总之，我大概不能撂下老陆一个人在医院不管。

我回到学校宿舍把自己这一年中积攒下来的六百多元钱全部装在身上，骑着我那辆破旧不堪的自行车又急急忙忙返回县医院。

临出门前，我写了一张字条用图钉摁在门上，是特意留给陆小北的，希望他看见后能及时到医院照看他的父亲。

等我赶到医院的时候，天色早已昏暗了，酷热也渐渐平息，但病房里依旧很热，老陆被安排在一间大病房里，有近二十个床位，大多数病人都躺在床上，疼痛使他们发出的呻吟此起彼伏。

老陆比刚才的情形还差，医生给他的下身插了一根导尿管——这种时候我特别理解活人能让尿憋死的话了——他人几乎一动也不能动了，面色青虚，汗珠子一串接着一串顺着脖子往下淌。我没有向他提及家里的事，我劝他安心养着，并告诉他大夫说只是稍微扭了一下不碍事，住几天就没事了。我又去找护士询问病情，护士说先给他用一些镇痛和活血化瘀的药，等明天大夫上班了再说。

第二天一早，我直接去了县粮库，我想找他们把老陆的卖粮钱领回来，根据那张条子上的斤数粗略算了一下，至少能领回一千多块，可以先拿来救救急。一早上我找了好几个部门，几乎磨破了嘴皮，不厌其烦地解释病人需要钱，可他们的答复莫衷一是，说现在是交粮的高峰期，粮款一时半会还到不了位，他们让我回家再等等。我问要等多久，答复是也许十天，也许半个月或更长一些时间。真他妈的见鬼！

等我赶到医院，老陆已经被送进了手术室，听护士说他的腰椎的确扭断了，现在大夫正在为他作矫正手术，然后在腰部打上厚厚的石膏，这样老陆在以后的若干时日里就基本上变成一块僵硬的石头。我觉得情况糟糕透了，忽然有种被卷入一场风波的莫名嫌疑，从昨天中午老陆到宿舍来找我到我们一起去交粮，一直到此刻我木偶一样坐在医院走廊里的长条椅子上发呆，一切都好像精心安排好的。不过，我很快就为自己的这种想法感到惭愧，怎么说我也是陆小北的老师——一日为师终身为父啊，况且，现在陆小北下落不明，老陆又需要人来照顾。我知道就是硬着头皮也得撑下去。

这时，护士站在走廊里问谁是老陆的家属，她喊了至少三四遍，我才反应过来，我急忙迎过去说我是我是。她有些不耐烦地瞪了我一眼，顺手把一张单子塞给我，说你到底想什么呢？赶快给你爸交钱去！

我拿着单子来到一楼交费窗口排队，前面有五六个人，我只好无聊地站着等。这时，医院的门突然被一股巨大的力量撞开了，紧接着一大群男男女女大呼小叫地闯了进来，厅内的气氛骤然异样起来。

我好奇地转过身去观看，那些人多半竟然都是湿淋淋的，裤腿和鞋上沾满了泥浆，好像外面正在下着瓢泼大雨，他们踩过的地方留下弯弯曲曲的泥水痕迹。这群人慌慌张张从我身边经过，然后潮水一般向楼梯涌去，我听见他们嘴里发出嘈杂的呼喊和哀泣。我的视力不太好，当他们已经背对着我爬楼梯的时候，我才看清有三个像雨淋湿样的男人身上都各自背着一个同样潮湿不堪的身体转眼间从我视线中消失。排在我前面的一个人正在同身边的另一个人交换看法，我听见他们的话题像是跟天热、孩子、游泳或死亡有关。我没心思考虑这些，因为该轮到我交钱了，而我还不知道划价后我要交给他们多少钱呢。

情况就是这样糟，我身上的钱全掏空也仅够医疗费的一个零头，我只好去找大夫说情，我必须告诉他们老陆不是我父亲，我只是他儿子陆小北的老师。大夫将信将疑，他问我为什么不去把老陆的家属找来呢，我不知道该怎么回答这个问题，我就说他老伴几年前得癌症死了，他儿子都不在身边，女儿又嫁到很远的地方。

还是大夫精明，他说这事你得尽快去找老陆所在的乡或村上的领导，最好让他们出面解决。我觉得不无道理。

我先回到学校，贴在宿舍门上的纸条原封未动，纸的四个角被太阳晒得往中间卷起来，种种迹象表明，陆小北根本没有来过。我开始暴躁起来，这跟此刻我对陆小北的看法有关，我的情绪坏到了极点。我觉得自己以前对陆小北的认识存在偏差，至少，我没有料到他做事情竟然如此不顾后果，做了坏事难道就能一跑了之吗？我开始在心里一遍一遍咒骂这个该死的陆小北，跑了和尚跑不了庙，你究竟能跑到哪里去呢？而且，我不能肯定一旦陆小北得知他父亲的消息后，他会是什么样子，他会不会痛哭一场，他会不会追悔莫及，或者，他根本就无所谓。

我稍微收拾一下正准备出门，透过玻璃窗却隐约看见一伙人正穿过操场匆匆忙忙朝宿舍这边走来，走在最前面的人竟是我们的校长。

我从来没有见过校长这样严肃过，严肃得甚至有些悲壮，他的模样，特别是脸部僵硬的表情使人一下子就能跟天塌下来的情形联系在一起。他站在门口连着喊了我几声，说，张老师你可回来了！快快快出来……快跟我们走吧！其余的几个人也都绷着脸一筹莫展，他们的影子瑟缩在各自的脚下，一小坨一小坨晃动着。

校长他们的到来使我立刻感到释然了，我像是盼来了救星，事情总算有了转机。

后来，我和校长他们坐上一辆从县城开过来的三轮蹦蹦车。车子发动之前，校长始终一言不发，严肃的表情使他看上去有点大难临头的架势。

事情得从昨天上午说起。陆小北为了逃避父亲的追赶，他一口气跑出了村外，回头看看父亲已经被他远远地甩在身后了，他才放慢了脚步。他像个飘荡着的影子，或者更像一个无家可归者，他的眼神中充满了惊厥和不羁，他溜达着，当他经过学校门口的时候，站住了。他也许向里面张望了一会儿，知道我还在学校，想进来找我谈一谈，谈谈父亲谈谈家事，或者随便谈一谈自己将来的打算，因为他一直把我当作是他的朋友，但他又不知道该怎么向我开这个口，大概逐渐意识到自己做了一件滑稽而又愚蠢的事情，可又不知道自己为什么要那样去做，但他的确那样做了，他从家里找到一些耗子药，他把毒药和麦粒掺杂在一起。

他毕竟没有勇气走进我的宿舍，或许，他曾在我的窗前徘徊过一阵，但是，很快他就觉察到父亲已经一路朝学校这边追来了，他几乎听到了父亲粗重的喘息和愤怒的脚步声。于是，他只好转身离去，整个中午他都在外面漫无边际地游荡。

陆小北后来径自去了他的一个姐姐家，姐姐家离这里很远，步行需要近两个钟头的时间。他的不速而至或许令姐姐疑心过，他故作轻松地谎称是父亲让他来看一看她们的。他在姐姐家里只住了一个晚上，夜里睡得很不踏实，翻来覆去想着白天发生的事情，想着天亮以后该如何回家面对自己的父亲，他还被一个可怕的噩梦惊醒——也许梦中他看见父亲变成一个筋疲力尽的老渔夫正在苍茫的大海上随风漂泊：

　　鲨鱼飞速逼近船艄，它袭击那鱼的时候，老人看见它张开嘴，看见它那双奇异的眼睛，它咬住鱼尾，牙齿咬得嘎吱嘎吱响……他听到那条大鱼的皮肉被撕裂的声音，这时他用渔叉朝下猛地扎进鲨鱼的脑袋……他扎它，并不抱着希望，但是带着决心和满腔的恶意……

早上一觉醒来，姐姐悉心地询问他夜里是不是做过一个可怕的梦，他迷惑不解，先是摇了摇头，接着又使劲点了点头。姐姐亲手为他做了一碗荷包蛋，他吃得津津有味，可吃着吃着他的眼睛却莫名地潮湿起来。他急忙低下头来，唯恐被姐姐看到。

上午十点钟以后，陆小北愉快地告别了姐姐一家，并准备原路返回。这个时候，我估计陆小北的心情已经慢慢地好了起来，至少，他已经淡忘了昨天发生的一切不快。对陆小北来说，今天才是新的开始，他应该有了直面父亲的勇气和坚定，甚至已经想好了要当面给父亲承认错误，并请求和解。

但接下来发生的事情，对于我而言却有着最致命的打击：我几乎无法想象，更无法去面对。

那时，陆小北顺着回家的路不停地走着，脚步离家越来越近。他的内心一定是复杂难解的，心跳逐渐加速，血液在少年的身体中前所未有地涌动跌宕。那时，陆小北已经接近了他所生活的村子，他正行走在一座土木结构的小桥上。

那是一座十分简易的桥，桥面极窄，两旁没有任何扶手或桥栏，它在渠道上随处可见，桥下是奔流汹涌着的暗黄色的渠水（现在正值灌溉高峰期，水量是平时的几倍）。这种颜色的水流往往会给人一种焦渴和无望的印象，甚至让人忽然就感到了绝望——只要是亲眼见过这种水的人都会产生近乎难过的冲动。在我看来，陆小北是那么敏感又是那么的脆弱，那一刻他的内心也许有了一种被肆虐的泥沙瞬间洗劫和蒙蔽的伤痛，眼前汹涌的渠水正浑浊地涌向前方。而陆小北忽然间又意识到长久以来困扰着自己的低回暗淡、无法摆脱的困窘生活，水面上的那些混沌不清的波光似乎正映射着他人生的全部景况。

　　就在陆小北的前方，有个颤颤巍巍的老头，他的两只手各拉着一个半大的小男孩和小女孩，两个孩子正瑟缩而紧张地朝中间的老人挤靠着缓行。

　　这种时候，陆小北整个人正被一股莫名而来的焦虑和冲动紧紧撅住，他似乎感到快透不过气来了——他多想抢先一步超越前面那一老二小，然后拼命地漫无目的地一路狂奔而去，也许只有快速奔跑的力量才能遏止此刻他慌乱的心跳。可正在那一瞬间，走在前面的老人不知怎么突然跌倒了，两个孩子紧跟着向桥的两边滚落下去，老人呼喊着伸出手试图去抓住孩子们，可他却不慎连同自己也翻身栽进水中……

　　时间在这一刻究竟意味着凝固，或是飞转，我不得而知。陆小北在惊愕之间究竟想到了什么，永远也不会有人知道。

　　反正，陆小北纵身跳进干渠里的一瞬间已成为他短暂生命的永恒；他纵身入水的那道最后洋溢着青春光彩和少年气息的优美弧线永远分割了陆小北和父亲和我们和学校和他身边所有一切事物的联系。

我和校长他们风风火火地赶到医院，被从水里搭救出来的一老两小中，年纪最小的女孩已经停止了呼吸，而老人和另一个男孩基本脱离了危险。令我震惊的是，被救出的人里唯独没有我这两天来一直想见到的陆小北。

据当时先后赶到出事现场并参与营救的两个路人叙述，他们最后一次看到陆小北时他已经被水冲出距离那座桥很远一段了，他的头和两只手露出水面一下，接着又露出来一下，后来就再也看不见了，他们奋力朝陆小北消失的方向游过去……他们在水中游过来游过去，从上游到下游，一个多钟头过去了，终究没能找到陆小北。

我不知道该怎么跟老陆说这件事情，校长的意思是先让他安心养病，等他病好些再说。

老陆一次次追问我小北回来了没有。

我支吾着怎么说今天也该回来了吧。

老陆嘀咕这个坏蛋到底能去哪里呢……

我说也许去他姐姐家也说不定。

老陆疑惑起来，他总不是跑到石嘴山去了吧，过两天他就要考学呢，你说这个娃娃……

我说他就是去石嘴山了！

我实在受不了了，就从病房溜出来，一个人站在走廊里闭上眼睛想象陆小北的样子。奇怪的是，我一点儿也想不起来，我究竟是怎么了？走廊里的来苏水跟各种药液混合的气味几乎令人窒息。

很长时间，眼前总有一片金黄色的麦浪在汹涌翻滚，仿佛《老人与海》中鲨鱼最后疯狂追击小船时的波诡浪谲。但我忽然又想起校长给我布置的新工作，让我尽快准备一份材料，题目就叫《陆小北同学的英勇事迹》。我记得自己当时重重地点了点头，并承诺一定完成。

葬礼

　　这年冬天的羊角村眼看要闹雪灾了。在大伙的记忆里，老天还从来没有把个雪花子落得这样铺张和疯蛮过，有些不切合实际的味道，简直让深冬里赋闲的人摸不着头尾迈不开脚步了。庄子前前后后全被掩埋在密实的雪漠中，就连横亘在庄子东面的那条宽阔的干渠都找不见了，唯有两排稀稀拉拉的凋尽了叶子的老树，还装模作样地矗立在白茫茫的雪野之上，枯朽的枝杈上零星地坐着老鸹造下的结实的窝巢，在神秘而又阴霾的天空中，充当着一枚枚黑色的太阳，叫人抬头时总有种说不出的绝望。有人毫不犹豫地将这连天大雪跟村里的一场丧事合乎情理地联系在一处。事实正是如此，在飘飞的大雪中真正消失了的只有一样东西：一条命。一个人。一个跟乌老汉结伴同行了多半辈子的女人。一个同他一起生养过一大群儿女的结发老伴。

对于老伴先他而去这一铁定的事实，乌老汉显然没有足够的思想准备，他事先毫无预测，茫惑间摸了一手又撞了一脸的黑。这黑来得太突然了，来得太没有分寸和轻重了，这巨大的黑一下子就把他罩在里面了，使他彻底变成一头两眼蒙上黑布的拉磨的驴，在黑暗中一刻不停地围绕着磨盘转来转去，怎么也走不出去了。这黑之外，是更深邃的黑暗，是老伴急匆匆要远行的最终的停靠地，是老伴一生最终的归寂之处，是谁都不想去可谁都得去的所在，也是生者比亡者更恐惧的地方。这突如其来的一切，让老眼昏花的乌老汉感到惊慌失措，感到从未有过的惶悚忽然袭来。他若早知道这一天的到来会是这样的迅雷不及掩耳，他自己一定不会在老伴撒手走了三天之后的黄昏，才迷迷愣愣迟迟回到庄子上。

其实，乌老汉根本没有打算这么快就赶回来，腿长在他的身上，他想走多远就走多远，他想往什么地方走就往什么地方走，只要他还有一口气在，他就会一直这样无休止地走下去，至于他究竟能走到什么地方去，这必然是一个谜，而且，只要他不亲口说出谜底，永远也没有人会猜想出来的。关于他一次又一次的莫名其妙地离家出走，至今也是一个个谜，就像人们不知道庄子上空飞来飞去的大雁一到冬天都飞到什么地方去了一样，人们看到的只是这样一种事实：庄子上空连一只大雁也没有了。而乌老汉接二连三地离家出走，留在羊角村人眼中的也只是这样一种事实：乌家的那个老家伙又跑掉了。而且，基于他一次又一次地重复这样荒唐幼稚的举动，甚至被认为是无聊地重复这种把戏，大伙对他的走失在认识上已经变得习以为常，变得平平淡淡，变得无所谓了，甚至变得麻木不仁了。所以，当乌老汉一次次从庄子上走失，又一次次被原封不动地送回家之后，人们开始用一种近似于愤怒的口气对他的行为加以评论。村里人都说，这个老鬼简直该改个名字叫乌老跑，好好的不在自家炕上歇缓着，满世界的瞎跑为个啥名堂呢？平白无故地害得儿女们跟着他操心！

11月23号清晨，天冷得出奇，可以说掉颗眼泪都会在脸颊上结层冰碴子。眼看要晴的天空又零零星星飘起了雪。就是说，下了六天六夜的雪一直延续到第七天早晨。雪也许还在暗示着什么。雪一飘起来就没个消停的时候，来家里帮忙的人乱糟糟的，到处都是大人喊娃娃嚷闹着，被宰杀的鸡羊猪鸭发出绝望的悲鸣。人们个个像无头的苍蝇在院子和堂屋之间进进出出，人的脚不停地把外面的雪泥捎进屋来，地上湿漉漉的，跟浸润过水的肥皂块一般，甚至有些泥泞了。屋里虽点着火炉，可堂屋那扇门始终开了关上又敞开了，一刻也不消闲，冷空气乘机赖在屋内久久不肯散去。儿女们空前地聚合在这个麻雀大的家院里，各自忙着手里的事情，好像大家拼了命地忙乎过这一阵子，躺在棺材里的人就会慢慢地苏醒过来，至少也会使大家的忙碌显现出某种存在的必要与合理性。其实，在这种场合里，作为孝子孝孙是不能干什么活的，比如，砌锅头、热灶、借桌子、找板凳、搭账房和买东西，等等；这些里里外外杂七杂八的事情都是由庄子里请来的那些帮忙的人来做的。孝子孝孙们要做的事情只有一样，那就是安安生生地跪在亡人的灵位前守孝，还有，尽量把积蓄在内心已久的泪水和忧伤都淋漓尽致地挥洒出来，表达出来。

从表面看上去，这一天所有的人都显得忙忙碌碌勤勤恳恳任劳任怨，唯独乌老汉一个人无所事事毫无目的，跟个孤魂野鬼似的在人们的眼前可有可无地晃来晃去，他来来回回毫无目标晃动既在所有人的视线之中，又一直被所有人忽略。

人们都在井然有序地忙碌着，这跟今天丧事的后勤总管的合理运筹是密不可分的。总管通常是庄子上的一个最有头有脸的人物，他是整场丧事这只即将离地远去的大风筝的一根有力的绳线，在幕后掌握着力度的大小和节奏的疾缓，他要让这只悲怆的白色风筝有条不紊地飞翔起来并朝向它最终的目的地而去。所以，总管的一举首一投足一言一笑一怒一忧都显得那么不同寻常，显得那么神圣而又不可违背和触犯。总管在大刀阔斧地安排好在场的所有人应该职守的岗位和要做的事情之后，他开始背着双手在每一个重要的部位转来转去，他的任务当然少不了监督这一环节，他懂得既要抓落实，又得有检查，这种事关主家声誉的场面是容不得什么人出现一丝纰漏的。总管在各处认真巡视过一番后，终于又回到了堂屋内，这里才是大本营和司令部。

这时，总管无意间回头竟从窗户上瞥见了站在屋外的乌老汉——那时乌老汉正站在窗根下神情凄切地注视着一群秩序井然地跪倒在老伴灵前烧纸的儿孙们，当然，没有人会注意到他正老泪纵横着，伤心像锋利的犁铧正一下一下翻耕着他脸上的深沟老壑——总管冷冷地笑了笑，然后声色诡秘地差一个帮忙做饭的年轻媳妇去帮他把外面的乌老汉叫回来。正在切菜的年轻媳妇开始有点不愿意去，她抬起头说，你喊那个乌老跑做啥用呢？不如让他四处转着看看去，他天生是坐不住的人！总管大大地啜了一口茶，把几根咬在牙缝里的茶叶梗呸呸地啐回茶杯中。他放下茶杯，往外走去。

工夫不大，人们看见总管已经将乌老汉像牵拉一头疲沓的老牛一样拽回了屋里。总管进门就没鼻子没脸地数落着，老爷子你也看够了吧！六个吹鼓手，这个场面可够气派够大方的了！人来世上一回，体体面面热热闹闹走掉了，你说还能图个什么呢？人活着都是假的，死了更是干球蛋，啥都不顶啊！顶多也就是让孙男弟女号上两天，你没听人说嘛，儿子哭娘惊天动地，女婿哭丈母娘虚情假意，媳妇哭婆婆还不都是像老母猪放屁！哼！这回剩下你一个了，我看你哪儿都别再去了，给我乖乖地脱了鞋上炕歇缓着，今儿一天人来客往的，到时候别再害得人四下里去找你！都忙忙的！乌老汉一句话也没有说，他不说话的样子更像一个十足的哑巴，又仿佛他从来都不曾说过一句话。因为在外面站的时间久了，他的鼻子、眼圈、嘴唇、两只耳朵全部红通通的，仿佛涂上了很厚的油彩，脆亮脆亮的，浑浊的眼泪搅拌着肮脏的眼屎始终堆积在两只眼角上，如同两只被拍扁了的黑头苍蝇，使人感到恶心和嫌厌。他的头上戴着一顶藏蓝色的新呢绒棉帽，这顶常见于城里老年人所戴的帽子出现在他瘦小的脑袋上显然是有点滑稽的，这种滑稽跟他身上的衣服、裤子和他本人委琐呆滞的面相在款式和气质上形成了很不搭调的陌生和僵硬，让见到的人时时产生一种疑问：他为什么会戴那么一顶奇怪的帽子？是谁给他弄来的这顶不伦不类的帽子？是他家大红？不太可能！是他二儿子双红？也不像！是他家三红，还是小儿子幺红？估计都不是，八成是老爷子在外头捡回来的，也说不好，可捡来的东西一般不会那么新的。当然，种种猜想都是在那些帮忙人的内心里悄悄完成的，是稍纵即逝的，谁也不会在这样的场合向他问及这些毫无意义的问题。可是，人心永远都是好奇的。好奇是人的天性。好奇心更是一团包不住的火焰。有些时候，好奇心还有几分恶毒的成分。一个人的好奇心可大也可小，自然也包括此时对乌老汉头上这顶藏蓝色的呢绒帽子。

那个一直埋头切菜的年轻媳妇终于跟有仇恨似的当当当地切完了摆在她面前的一大堆萝卜和土豆，萝卜装了满满一盆，土豆也是，都切成了很细致的丝。她正直起腰身往嘴里塞着半截子切剩下的青萝卜，边咔嚓咔嚓地嚼着，边用狐疑的眼睛余光不屑地打量着瑟瑟缩缩走进屋里的乌老汉，她的好奇心在那一刻似乎有些不可抵挡，她笑嘻嘻地问：那帽子是你哪个儿子买来孝敬你老的？接着，她咔嚓一声嚼碎了最后一段萝卜，萝卜的汁液很丰富，从她的嘴角漫溢出来亮汪汪的，使她的神情越发怪诞和恣肆。我猜是你在路上捡回来的吧？！这不啻为一种攻击性极强的猜想。

于是，在人们的一阵意义很不明确的笑声之后，乌老汉又暂时回到了大伙儿的视线当中，当然还有他头上那顶来历不很明确的呢绒帽子。总管已经点上一根烟，有滋有味地吸着，他很不以为然地往那年轻媳妇的脸上喷出一股浓烟。看把你能的，你知道你先人的锤子，儿子不买还有闺女嘛！人家闺女对老人可是真好着呢，不能由嘴乱说！可话也说过来，嫁出的闺女不都是泼出的水，好能好到啥地方？也就是凭个人的心尽份孝道吧，关键时候，还得儿子们拿大主意……总管的话刚说到这，屋里的人就看见乌老汉的神情有些异样，一张干瘪瘪的嘴巴慢慢地张开了，越张越大，将要撕裂了似的，再也合不拢了。他的哭声仿佛是从地底下慢慢地拉扯上来的麻线，像谁的收音机里正在搜索着的某个偏远的频道，信号由异常嘈杂逐渐地向清晰明朗过渡。所以，当他慢慢地张开嘴巴的时候，甚至没有一个人认为乌老汉是要痛哭一场的，因为这时哭的形式完全大于内容，哭声完全滞后了，就使哭的意义有点不明确，有点装腔作势的味道。

事实上，乌老汉慢慢张开嘴巴的过程正是在慢慢地回顾和酝酿，正是要让往事的回忆撞开悲怆的思绪大门，而他就站在这扇记忆的大门前，忽然看到了老伴和自己年轻时的身影，看到了自己的女人摆动着两根乌黑发光的发辫羞涩地坐在炕沿上等着他去掀起盖在她头上的一方红布，女人十二岁上就给他做了童养媳，那时他比女人还小，还娃娃气重。接着，他看到女人的肚皮一点点膨胀起来，她仰躺在炕上歇斯底里尖叫的时候，他们的第一个孩子来到了世上，接着是第二个、第三个、第四个、第五个，儿女遍地爬着，又好像一眨眼，儿女们都长大了，又一个一个跟鸟一样飞出这里有了自己的小家，又都有了自己的娃娃，而他跟老伴一天天在时间的罅隙中老下去，老得再也直不起腰身走不动路了。老伴原本比他要大三岁，所以，她比起他还要老一些，现在，她老得倒下去再也爬不起来了。乌老汉有时候还会莫名其妙地想起庄子上的一句老语："女大三抱金砖。"这句话还是他刚跟女人完婚的时候听来的，是上一辈人告诉他的。那时候他觉得这种说法是多么喜庆和让人惬意啊！所以，现在他似乎终于觉出了生活的假，觉出了人这一生的空忙和仓促，觉出了他独身在世的某种凄凉，他甚至还觉出了死和生之间的一步之遥。乌老汉的痛哭也许正是为了这一步之遥。

乌老汉这次被民警们遣送回羊角村的准确时间，是在11月19号这天，也就是在他老伴死后的第三天傍晚。这是乌老汉第六次被当地警察送返家中。

那时，四红和他媳妇已经忙开了锅，连着三天四红媳妇几乎一刻不闲地为婆婆的死亡做着各种必要的甚至是琐碎的事情，包括擦洗尸身，更换寿衣，清理棺材里里外外的灰尘，准备纸裱香火，搭设灵棚。还有，她得抓紧时间到米面加工铺子里去碾米磨面。亡人已经平展展地停在家里，千头万绪的事情和方方面面的人物都会在这些天接踵而来，都等着她和四红前去应酬，得预先考虑前来帮忙的人的茶水饭食和夜里的住宿。事情来得突然，老人刚刚闭上眼睛，四红他们便沉浸在深不见底的悲伤之中，开始那一阵他们只是觉得老人是在静静地熟睡着，像平常一样，等天亮了老人又会唤着四红的名字跟他们要这要那。但是，这种虚幻的想象很快就石沉海底了，毫无音讯，连续两天两夜，老人始终以不变的姿态平躺在炕上，新换在身体上的寿衣的褶皱都一丝未消，还款款的。老人已经完全没有表情了，而且，两只眼眶、腮帮子和嘴的轮廓都极度地朝里面塌陷进去，唯独颧骨、脑门、鼻梁和下颌十分显耀地凸出来，而蒙在这些突出部位上的像薄牛皮纸一样皱巴巴的皮肤却浮现出某种阴郁的光泽。当种种迹象表明老人是不可能再醒过来的时候，四红他们开始了绝望的哀伤，痛定之后，他们先是恍惚起来，再接下来才是莫名的慌张，而后是六神无主。四红媳妇到伙房里一看，米柜早见底了，面箱子也空空的。女主内男主外，四红自然得浑身上下披麻戴孝冒着大雪骑上自行车四处去通知远房的亲戚和他媳妇的娘家人。重孝在身，不管冒了多长时间的寒冷和风雪，都进不得别人家的屋内，这是天大的讲究和做孝子的起码礼节，四红就得双膝跪在半尺深浅的雪地里给人家不停磕头请安，用哀婉的语调给人家讲述老人亡故的具体时间和当时的细微情节，直到对方也眼泪鼻涕难过起来并上前搀扶时才能爬起来急急忙忙离去。

当然，家里亡人后的头等重要的事情，是要尽快拿出出殡葬人的准确时日以及念经祭祀的具体安排。这些事情一样也不能马虎。人死是天大的事，就像天要下雪似的，谁也阻挡不了，势头猛地可以压倒一切。关键是得像模像样，得让老人走得舒心，得让庄前庄后的人看在眼里记在心上，毕竟老人都是受了一世的苦，临了撒手闭了眼睛，儿女们总得让老人走得清清楚楚，走得风风光光的，不能枉来了这一遭。庄子上之所以过分地看重丧葬仪式，有时候还包含着这样一层意思：人们都试图通过操办一次体面排场的丧事来重新振作一家之威。这样，做儿女的也算是最终尽了一份孝道，生前的对待也许旁人并不曾看在眼睛里，可此时的尽孝道却能达到事半功倍的效果，毕竟人们都是比较喜欢注重一些形式的。说白了，这份孝道是要代代相传的，是千百年留下来的老传统，谁又不想自个将来走到这一步时也是风风光光的呢？所以，道理说起来都是那么简单，都是那么轻而易举的，好像根本没有什么深奥的道理可讲的，但事情具体操办起来又是谈何容易。

这不，星星点点的意见一下子就像开春地里的野草芽子猛地冒出来，七长八短，众口不一。

四红两口子忽然间觉得被一大堆兄弟妯娌们给最大限度地孤立起来。这种孤立虽说完全是意料之中的，但是当这一切一旦成为现实并劈头盖脸朝他们两口子砸过来的时候，四红他们立刻感到情况的严重性，他们对这种孤立无援的情势在估计上显然是不够充分的。老人走掉的第三天晚上，除了远在城里的大姐和五弟幺红之外，人算是都聚齐了，兔死狐悲地在亡人的棺材跟前号丧过一阵子，各自开始想各自的那点儿心事，话语忽然像一股强烈的洪流集中在该由谁出面筹办母亲的丧事上来。四红原本是弟兄们中间最沉默寡言的一个，嘴笨，人多少还有点木讷，他远不像其他几兄弟张开两片嘴皮子就再也合不拢，专门挑着拣着说各自的艰难和委屈，好像他们全都生活在地狱里，唯有四红两口子是受了爹妈的种种好处。想想看：老人生前把娃娃给你们领大了，饭给你们做得吃了，猪羊鸡狗给你们顿顿喂着，有时还务劳着你们地里的营生，我们一个个又都在哪里呀？我们连老人鞋面子上的灰尘也没沾下一丁点啊！四红你们的小日子简直就是泡在蜜罐罐里面的嘛。他们暗中这样的一番思考是很有必要的，尤其在这样一种特殊的场合，他们必须迫使自己这样思考，这有利于解决问题并各自摊牌。这种时候你越是觉得委屈，越是觉得心理不平衡，说出的话就越能理直气壮掷地有声，毕竟会哭的娃娃才不缺奶吃。他们之所以集中力量对四红他们进行轮番轰炸，意思只有一个，心劲儿只往一处使，那就是：他们几个日子都过得紧紧巴巴的，实在都没有多余的能力为母亲大人操办丧事，可虽说他们没有能力，总不能把老人赤溜溜地抛在雪地里不管吧，不管怎么说老人毕竟生养了他们一场啊，不能让外人笑话。事情当然还得办，而最合适的人选就是四红两口子，四红承接这件事是再天经地义不过的。在他们每个人的口气中，毕竟母亲生前最偏向着的还是四红两口子，而且，这些年母亲一直是随着四红过日子的，别的人没有得过什么好处，就是母亲想给点什么也是不可能的，言外之意很有些怪罪四红他们阻挡了母亲想给予其他儿女们好处的念头。

除过城里的大姐外，大红是五兄弟当中年龄最长的，眼看是奔六十岁的人，他一诉起自己的苦难史就声泪俱下的样子，好像回到了伤心往事的不堪承受之初，好像爹娘特别对不起他这个做长子的。大红说自己打小的时候就被爹狠心地送给旁人去放羊了，一年四季吃不饱穿不暖的，后来多亏了自己的老丈人看他可怜，有意招他做女婿，他结婚可是没有用过家里的一根针一根线头的。这些旧账他都不愿意再提了，谁让自己天生就命不好呢，好在他的女人是个勤俭持家的好手，婚后里里外外张罗着的小日子倒也一天天过得有了声色，女人还给他接连添了两个儿子，可眼看着儿子要长大了日子要过好了，女人却偏偏得了绝症早早地走掉了，把两个半大的娃娃撇给他，自己一个男人家拉扯两个儿子，尿一把屎一把的，又是家里又是地上，多不容易啊！两个儿子长大了都跟他要媳妇，他咋办，就是勒紧裤腰带也得想方设法给他们娶媳妇的，他总不能去跳河吧。大红最后说，反正我是没有一丝半点能力，你们大家看着给老妈办了吧。说完了自己的难处大红就准备退场，却被另外几个兄弟挡住了。

老三三红也急忙拉开自己的话匣子，一副无可奈何的狡猾样子，这是个生来就惧怕老伴的窝囊蛋，三红的老婆是个像夜叉一样凶悍的女人，远近都是出了名的，动辄就会把自己的男人打得鼻青脸肿体无完肤，有时候那女人竟会伙同闺女们联手狠狠收拾自己的男人一顿。有一年三红被她们满庄稼地里追着撵着一顿好打，他实在没了办法，夜里连家也不敢回，饿得到庄稼地里偷东西吃，让队上的狗咬伤了一条腿，最后他爬到顺路的拖拉机上一路辗转着跑到了内蒙古左旗的一个远房亲戚家避了两三个月的难，后来被亲戚好说歹说送了回来，亲戚前脚刚刚一走，女人又把他的鼻子嘴巴打破了，血流不止。基于这样的情况，三红在家里的地位可想而知，他若敢在这种大是大非上有半点违背女人意愿的举动或言论，她肯定会将他大卸八块送去喂狗的。三红当然不会在人前说自己如何如何怕老婆，他认为这不是可以到处张扬的事情，但大家一个个都心知肚明，知道他的委琐和可怜，但委琐也罢，可怜也好，老人是大家的老人，该出手时还得出手，总不能因为怕老伴就不要老妈了吧。所以无论他摆出怎样的可怜相，那只是他懦弱本性的表现，是一种耻辱和脆弱的推诿，这些都是无济于事的，大家听了也很闹心，骂他亏你还是个大老爷儿们。

很明显，三红这次却是十分紧张的，心里一点儿底也没有，因为谁都清楚他家里最近刚刚得到了一笔来自女儿的"婚姻官司"的补偿费，一万多块啊！事情其实很简单，三红的女儿原来是在庄里跟人订下婚的，彩礼钱早就被他们使光了，眼看男方订好的娶亲日子就要迫近，可女儿居然临阵前跟一个甘肃来的烧窑的汉子私奔了，婚礼当天男方家恼羞成怒，竟然用拖拉机拉来满满一车凌厉凶猛的婆娘到三红家打嘴仗砸东西，那天直闹得三红一家老小狗血喷头乌烟瘴气才肯离去。女儿跟人一跑出去就是两年多，起初一点消息也没有，前不久甘肃那边却来人了，是男方的亲舅。原来，三红的女儿在那边已经给人家生了一个儿子，都一岁多了，可她本人是跑到那边去的黑户，所以孩子在当地一时无法报上户口，这才使人过来找三红家商量，他们想把三红女儿的户口正式迁到甘肃去。三红和他老婆一下子就钻进钱眼里，反正生米已做成熟饭，索性乘机狠狠敲诈一笔。钱是好东西，钱一到手，三红和老婆为女儿的婚事窝下的一肚子气全消了，看来女儿也绝非一无是处，临了还是给家里贴补了一万多块的彩礼，做爹娘的理所当然该知足了。但是，在今天这样的场合里，女儿的这笔迟到的彩礼却让三红感到战战兢兢，感到耳根子软塌塌的，脑门子上只往出渗水，他一直谨言慎语，生怕别人借机提起来这档子事。可事情往往不以他的意志为转移，大红怎么说也是当大哥的，一口就咬中了三红的要害之处。大红说老三你就别哭穷了，别人我不敢说，谁还不知道你刚刚掳到手里万把块钱，老妈的事情你总得出点血吧，再说了没有妈她老人家哪有你，没有你又哪有你闺女和这笔钱！话说回来，三红你可比我们都强，你是有血可放啊！不像我，就是拿钢锥子攒足了劲美美地扎上我十下八下也不定能出一滴血！正所谓打蛇打七寸，三红的脸一下子就赤红起来，猪肝一般难看，半天也找不到一句响亮的话来应对，只是恨恨地不甘示弱地拿眼睛瞪着大红。大红没好气地瞥了他一眼，说，你他妈也是个爷儿们，腰杆子就不能硬气点！三红被他说得愈发面红耳赤，他不停拿一只手背揩着额头的汗，结结巴巴地说，不、不是、我、我怕老伴，老人的事你们说出个数，我、我、我不随上我、我、我我就是个鳖蛋子！

一旦说到钱，也就说到了实质性问题上。钱不是万能的，可没钱却万万不能。眼下要给老人办丧事，钱就会像庄子东面的汉延渠里的水哗哗地往出淌，聘吹鼓手要钱，办几十桌酒席要钱，裱香纸活要钱，出殡租车要钱，抬埋下葬要钱，寿材寿衣要钱，光给悼念者披孝衫戴孝帽子布匹就得好几十丈啊，哪一样离了钱能办得开的。四红两口子不想把事情闹僵，只要兄弟妯娌也能适当地体谅一下他们的难处，体谅一下他们的不易，大家都分摊上一点，吃苦奔走他们是毫无怨言的。因为老五幺红在城里工作，照顾老人一直成为空谈，四红他们理所当然地成为老人养老送终的指望和靠山。在庄子上，老人一般都是要随最小的儿子在一起生活的，有什么好处留给小的，自然，有什么灾灾病病的事同样也落在小的身上。若论起经济条件，四红他们的日子的确过得磕磕巴巴的，虽说家里只有一个女儿在外面念中学，可老人三年前就得了一场大病，满世界看了一场，钱没少花，到头来还是瘫在了炕上，整天一刻也离不开人来伺候。同时，为了控制病情，老人没有一天离得开那些名目繁多价格不菲的西药。这些开销无疑让四红他们的日子一天一天窘迫着。四红家的房屋还是老人当年置办下的，如今早已是墙倾顶漏四围钻风，下雨天屋内便是水帘洞，地上炕头放满了大大小小的盆盆罐罐，夜里一家三口连个睡觉的地方也没有。所以，重新造屋成了迫在眉睫的大事，成了四红两口子的心病。一双老人一天比一天衰老，女儿又是一天一个新模样，靠地里弄来的可可怜怜的几个钱，交了公粮，缴了形形色色的税啦费啦，刨掉买化肥的钱，根本剩不下几个了，再加上娃娃上学的开支和老人的医药钱，能把这日子勉勉强强凑合下去已实属不易了，还能巴望什么。四红两口子确实不是那种无病呻吟的人，甚至，即便有痛苦也不轻易挂在嘴边，这在庄子里是众人皆知的。

在乌家所有兄弟里，老二双红最能体谅到四红家此时的难处，他一直沉默不语，听哥哥弟弟忙不迭地发表各自的意见，他对大红是有看法的，对三红的为人处世也不以为然，老人已经去了，当务之急是齐心合力把人送掉，但他不想跟任何人发生冲突，他知道此时大伙儿心里各有一把算盘，各拨拉各的珠子，说重了面红耳赤或者会反目成仇，可说轻了等于蚊子咬牛尻子，屁事不顶。双红最后只好说出自己的意见，并当场掏出五百块钱塞给四红媳妇，说弟妹，这钱你收下，老人的事你跟四红就多操个心，我随时过来给你们打帮手。四红媳妇眼圈一热，手里攥着那五百块钱，半天也没说一句话。

有人带头，事情就好办多了，四红知道这种时候自己更需要沉默，沉默是金，你喊着叫着人家一分钱也不想出呢，反倒中了别人支下的绊脚石。三红见双红的钱已经掏出来了，自己刚才又赌咒发誓的，只好蔫缩着脖子小声说，那我也随五百。大红好半天也不愿意表态，一屋子人都不敢看他，却都静静地等着他发言，这种超乎寻常的安静终于使他不得不表一下态度了。大红用劲吸完最后一嘴烟，目光透过烟雾射向双红，说，要是人人都出五百，到时候办完事情剩下了咋办？再说，待客还能收下一笔礼钱呢。三红眼睛一亮，急忙把话接过来，要不干脆那样办，每个人都先拿出三百块给四红，多了退回来，要不够的话再另说吧。四红媳妇气得半天也没有说一句话，她只是把泡在锅里的碗筷弄得叮当响。

屋外传来一阵铿锵有力的狗叫声，声音在雪地上回荡着，越来越响亮，屋里的人彼此听不到对方说话的声音了。狗的狂吠不止终于使他们暂时中止了谈话。事实上，每个人的经济指标已经确定了，大红关于余钱的疑问使四红媳妇几乎有些按捺不住了，她万万没有想到大红这人竟然会提出这样荒唐的问题，好像这次丧事会成为他们两口子蓄意敛财的一次绝好的机遇，会真的让他们窘迫的生活有个翻天覆地的改变。但是，四红用眼睛一再给她示意，让她不要轻举妄动，让她以大局为重。但是，四红媳妇最终还是一吐为快，她说要那么说我们也愿意拿出五百块钱，看大家谁愿意办就去办吧，我们没啥意见。她的话一出口，又给屋内带来了新的凝滞的空气，大家开始面面相觑，可谁也不敢把四红媳妇的话茬子接起来，包括满腹狐疑的大红在内，这绝对需要足够的勇气，他知道那不是自己可以一张嘴就能揽过来的事情。

院里的狗就是这时候咬起来的，而且一发而不可收，像是跟屋里的某个人持有截然相反的意见似的高亢地汪汪着。四红的女儿瑕瑕急忙出门去了，时辰不大，瑕瑕又进来了，她喜出望外地对屋里的人大声喊着，是爷爷！爷爷让民警送回来了！你们快出来看呀！有那么几秒钟，屋里的几个人都在第一时间里愣住了，甚至连表情都诡异和不自然起来，好像瑕瑕说了某种根本让人无法相信的事情，三红他们就差张大了嘴嗷嗷乱叫。可事实终归是事实，事实就是他们的老父亲乌老汉在离家出走将近一个月后又被警察送了回来，警察正站在院里等着他们出去没鼻子没脸地训斥他们一顿呢，并且要按规定收回一定数额的车费。乌老汉的每次出走几乎都是这样一种结局，前面先后有过几次，都是被好心的警察发现了又开着车一路打听着住址送到门上的，可在屋内的绝大部分人看来，老父亲跟他们玩这种拙劣的把戏简直是吃饱了撑的，简直是疯狂地作践儿女，甚至是丧心病狂地玩弄大家。当然，警察不管这些，他们只注重事实，事实胜过千言万语和油滑的狡辩。在警察看来，老人之所以一而再再而三地往出跑，理由只有一个：那就是做儿女的不孝顺，是严重的道德失职和礼仪沦丧。

四红他们一群人冲出屋子，看见院门口的确停着一辆蓝白相间的小汽车，两名仪态威严甚至冷酷的警察陪伴着老人正一步步姗姗走来，而乌老汉此时看上去更像个做了错事的娃娃，而且，已然意识到自己犯下的错误的性质有多严重，眼皮耷拉着，根本不敢抬头朝自己的儿子们多看一眼。警察问你们都怎么回事，怎么做儿女的，这么大冷的天让老人四处乱跑，就不怕万一有个三长两短？记住，下不为例啊！当警察问由谁来交车钱时，大红、三红他们连连往后闪着，生怕警察会把目光投射在他们的身上。四红媳妇赶紧从家里取出十元钱递给民警，他们接过钱说，往后要对老人好点，可别让他在这冰天雪地里四处乱跑了，多危险啊！一群人急忙点头。警车开走的时候，乌老汉竟然回头朝车子开去的方向很留恋地张望了一下。几个儿子七手八脚地上前搀他，却让他给冷冷地避开了。三红嘟嘟囔囔地说，哼！你还有脸赌气呢，就知道跑！也不看看都啥时候了！瑕瑕领着爷爷回屋，乌老汉才没有再犯犟。四红媳妇进屋前悄悄抹了一把眼泪。她是所有人当中最委屈的一个。乌老汉几次三番地出走使她这个当儿媳妇的平白遭受众人多少的指指戳戳，好像她是个恶毒至极的坏媳妇，一次次从家里赶跑了自己的公公爹。但这种时候，她是不便多说什么的，她只有默默忍受着那些来自暗处的冷眼和中伤。

四红他们的大姐是在吹鼓手来的头一天才从城里赶过来的，因为雪一直在下，路面本来就坑坑洼洼曲曲折折的，又积上了厚厚的一层雪，路滑得简直有些险恶，连一向疯野的汽车也像一口病瘟的老母猪哼哼唧唧停停走走着。大姐来的时候天已经快黑了，下了车还得沿着汉延渠渠坝走一段漫长的小路。腊月天的日头又短，等四红把大姐带到母亲的灵堂里，天就黑尽了。四红跪在地上对着母亲的遗像叨念着，说，妈，你睁开眼看看，大姐她看你老人家来了！其实，大姐已是六十好几的人了，身体本来就有病，出门的时候接连吃了两顿速效救心之类的药片，药一直就揣在身上，又赶了半天的路，腿脚早就僵硬了，跪下去不容易，起来就更艰难了。烧完纸，上一炷香，磕过响头——大姐打一进门就不停地喊着哭着，这时人已显得十分恍惚和疲倦了。弟兄几个闻声都赶过来，说了一些劝慰的话，可是大姐一时还无法让自己从这浓浓的悲哀的气氛中解脱出来，此时，见了自己的弟弟和弟媳妇，反倒更加伤心，哭声愈渐沙哑。四红媳妇好容易才把大姐搀扶到堂屋里，其他的弟兄几个也都急忙跟随过来，也都想听一听大姐的意思，毕竟她是他们中最大的，虽说她是离开这个家最早的一个，庄子里也习惯把女儿们从兄弟的排行中省去不提，但在关键的时候，他们还是想探听一下大姐的意思，这很重要。重要的原因除了她是大姐应该得到起码的尊重之外，还有更重要的一条，大姐是城里人，生活相对是宽裕的，他们想看看大姐肯拿出多少钱来为母亲办丧。尽管，他们没有一个不知道，大姐家里也是一堆的杂事，六十多岁的人也没有享过啥福，大姐的老伴卧病在床十余年了，她自己又没有儿子，三个女儿相继都嫁出去了，有一个好像还远在北京。但是，他们更多地还是感受不到大姐的生活难处，总觉得她是城里人，总觉得她的命好，不管怎么说，总是要比生活在乡下的他们好上一百倍吧。这种不经意的比较来得也很及时，他们甚至觉得大姐一年四季也照顾不上老人一次半次的，而老人的事情都是由他们这些做儿子媳妇的长年累月张罗着，他们吃苦受累的时候，她人又在哪里呢？现在老人走了，做大姐的理所当然要出点力，而且，必然要多出一点的。这一心里深处的暗暗比较立刻使大红、三红他们变得强硬和活跃起来，他们似乎都憋着一肚子怨气，非得找个地方发泄一下才能舒坦。

　　平日里，四红两口子跟大姐家走得最近，爹妈和四红在一起过日子，大姐来了自然是要进到这个院子里的。大姐家使不坏的桌椅板凳锅碗瓢盆，大姐都找个便车悄悄地捎送过来。姐夫瘫在床上后他以前的很多衣服裤子棉袄大衣皮鞋都穿不成了，全都款款地给四红拿来了，四红穿戴起来很合适。老母亲病倒后大小便失禁，经常弄得满身满炕都是，大姐就把自己家里的一台半新的威力牌洗衣机给四红媳妇拉过来用，好让她能有个帮手。四红媳妇也是个有心的人，每次大姐来了，想方设法地要给大姐做上两顿可口的饭菜，即便是家常的柿子辣椒酱拌面，也让大姐吃得舒舒服服念念不忘。等大姐要走了，四红媳妇会把事先准备好的一罐子柿子酱或老咸菜给大姐带上，她知道大姐是喜欢吃乡下的东西的。人心的偏向就像地里的庄稼或院前的向日葵，哪里有温暖的阳光它们自然就会偏向哪里。大姐趁去伙房帮四红媳妇端饭的空隙，从兜里掏出一千块钱悄悄塞给她，说，我知道这两天家里花钱呢，我和你姐夫也帮不上啥忙，你和四红就多操点心。四红媳妇手里攥着钱，两只眼睛早变得红红的，她说大姐我知道你也不容易呢！大姐的眼睛也渐渐肿起来，什么话也没有说，端起碗筷默默走出伙房。

吃饭的时候，四红媳妇催使瑕瑕赶紧去三伯家叫爷爷回来。这两天乌老汉没有在四红这边住，一来家里人来客往的屋里连个下脚的地方也没有，二来院子里停着亡人和棺材，怕老爷子胡乱寻思，一旦想不开再有个三长两短的也不好对弟兄们说，所以，乌老汉被送回来的当天晚上就让三红领到家里去睡了。起初，四红他们本来打算想让老爷子去大红家里住上一阵子，可大红一再推却说自家屋子没生火，炕也烧不热，怕把老人冻着。四红一想也是，大红一个老光棍家连自己都照顾不周，何况再添上一个老人。可双红家又在另一个庄子上，隔着好长一段路呢。最后只好让三红把老爷子领过去住了，三红也是一百二十个不乐意，说你们又不是不知道我的情况，我把他弄回去我那老婆要是不乐意咋办？双红当即给了三红一巴掌，你他妈还说这种屁话！也不看都啥时候了，要不你现在就把老爷子背到我那边去算了！三红多少有些惧怕老二，一听说要让他背上老人摸黑走四五里雪路，他才彻底傻眼了，连声音也不敢出，乖乖地把老父亲领回家去。

　　瑕瑕挽着爷爷从三伯家回来的时候，她哭得像个泪人，把爷爷领进堂屋自己连饭也不想吃，一个人蹲在伙房的灶坑前呜呜地哭着，仿佛是受了天大的委屈。四红媳妇接连问了两次，瑕瑕就是不肯说话，只是不停地抽泣，谁也不知道刚才发生了什么，惹得大姐也跟着好一阵难过。四红媳妇对大姐说，瑕瑕这娃娃兴许又想她奶奶了，奶奶生前最疼她。吃过饭，大姐倒是想跟老爷子说两句宽心的话，可乌老汉始终木木呆呆的，眼睛茫然地看着自己最大的闺女，又仿佛看着完全陌生的一个女人。他似乎没有跟别人交流的欲望，只是一味地沉浸在自己低迷的悲伤中，眼角里偶尔会滑出一滴浑浊的泪，那泪不知不觉间就散开了，他的脸颊变得光灿灿的，使得悲伤的表情呈现出某种令人担心的鲜艳的光泽。四红劝大姐，你就啥也别跟他说了，我估计他怕认不出你了，都七八十岁的人了，眼神差得很，耳朵也背，有一阵子他连瑕瑕妈都认不出来了，硬把瑕瑕妈认成是后庄谁谁家的小闺女。大姐的眼泪又哗哗地流下来，她紧紧搂着依偎在自己身前的侄女。瑕瑕也是一个劲揉着眼睛，屋里好长时间都没有人再开口说什么。

四红抽完一根烟，就当着众人面又把丧事的准备情况给大姐说了说，吹鼓手找好了，厨子请上了，抬埋挖坑的人都说死了，亲戚和庄子上的人也都挨个通知到了。另外，还专门托人请了个有名气的总管。四红说这些话的时候，乌老汉也在一旁静静地听着，没有人知道他是否听清楚了，但他的听看上去和儿女们有着本质上的区别，好像四红所说的每一句话都是针对他的，都是跟他密切相关的。实际上，这三天以来乌老汉是突然一下子就卷进这场毫无防备的丧事之中的，他根本没有半点思想的余地，他离开家的那天清早和回来后的这天黄昏竟有着天壤之别：一个天上，一个地下；一个生，一个死。

乌老汉有时还会记得自己出走前一天的情景。

那天早晨天气很好，一点儿也不冷，冬日的阳光在窗户纸上暖融融地摇晃。老伴静静地躺在炕上，还能说话，还能稍稍动一下，偶尔，甚至还能微微笑一笑。而今，等他再次回到这个家里，他和老伴原先睡觉的那面炕已经空了，老伴突然间就不见了，像是生了他的气故意藏起来似的。老伴被他们装进在灵棚下的那口棺材里，孤零零的一个人躺在寒冷的夜里。事实上，那口棺材起先是一对，是大前年秋天一起打下的，是四红两口子为他们的将来准备下的新"房子"。现在，另一只还款款地摆放在库房里面，上面落满了苍白的灰尘，而老伴却被捆绑住腿脚展展地睡在属于自己的"房子"里了。有一瞬间，乌老汉甚至感到有些惶惑，他不明白这一切究竟是怎么了，难道是因为自己的这次出走断送了老伴的命，或者因为自己的出走，那老伴就活不下去了？诸如此类的疑问像巨大的谜团将乌老汉围困着，使他内心的痛苦一次次变得强烈并壮大起来。乌老汉有时还在想，自从四红为他们打好"房子"的那一天起，他一直有种说不出的感觉，他甚至不敢去想有朝一日他们老两口谁先睡进那种木头做成的房子中去。现在，这一预感终于变成了真实的存在，老伴撒手先他而去，好像非得赶在他前头睡进那木头房子里去，又好像那木头房子是有着莫大的诱惑似的。这样胡思乱想的最终结果竟是，他觉得死也许并不是这一辈子里最可怕的事情了。死，在他近乎混乱的逻辑里竟有了某种更合情理的解释，是一种解脱，有了让人向往的意思，特别是活到他这把年纪。所以，他有时候会莫名其妙地自言自语，他听见自己说还是你好啊！说话间就走了，我呢，我该咋办啊？说着，他就无法自抑地呜呜起来，像个淘气的娃娃。

在刚刚过去的两天里，乌老汉总想乘人不注意的时候去灵棚下面看看那口红漆棺材，他有几次还想用手掀开棺材盖子，他想好好再看一看里面的人，可他的这种举动先后遭到包括总管和儿女在内的所有人的拒绝和反对。在众人的眼里，他俨然是个极其危险的人物，好像他的举动带有很大成分的不祥和蓄意破坏，他们当然不会让他随意去碰那口棺材的。因此，乌老汉在院子里转来转去郁郁寡欢，在形式上就好比是《祝福》里的那个祥林嫂，他的目光因为手脚受到严格的限制，不得擅自接触任何跟祭祀有关的物品，而变得更加无所事事和呆滞茫然了。这份因失去自由而带来的难以言说的悲伤，对乌老汉来说还有一层含义，它代表着告诫和惩罚，就好像是针对一个做错事情的娃娃而给予的必要的也是最严厉的冷眼和惩戒。

随着前来吊唁客人的数目一天天增多，丧事的准备工作已经更进一步铺展开来，乌老汉的这份痛苦也渐渐被忙碌的场面和拥挤的人群所遮盖，如果说前一天人们还把苛刻的目光抖落在他的身上，而此时的热火场面已完全让乌老汉孤立于人群之外，甚至连四红大姐内心对老爷子的那份担忧也被纷繁的事务给忽略了。人们只是埋头干自己应该干的事情，从外面偶尔传来的一阵哭声也是那么断断续续和意义模糊，仿佛在唱一种节奏低回的伤感的老歌。外面一旦有些动静，乌老汉还是会像一只表情机警但身骨早已苍老的家狗，尽量竖起耳朵去听，去感觉，去猜测。他多数时候是在想跪在灵前的那个人的相貌，可他的听力实在太糟了，他所能听到的只是一些十分散漫的嗡嗡声，好像一大群苍蝇在脑门上飞来飞去，而且，久久不肯落下来。这种时候，乌老汉还是会全然不顾总管的威慑，战战兢兢地从堂屋的炕上爬下来，然后，近似于鬼祟地伺机溜到外面去看一看的。他真的很想知道，正跪在老伴灵前痛哭不止的那个人到底是谁。

头七纸是要天天烧的，孝子们的哭声也一定要响亮，这是一场丧事的序幕。

四红的大姐到来的这天，老乌家烧纸的人数空前整齐，该来的无一例外，就连三红媳妇也披麻戴孝出来了，而在这之前的五天时间里，她连一滴眼泪也不曾掉过，更不要说戴孝，她甚至每天都给自己的男人三红下一道强硬的指令。她说，你少给老娘充大瓣蒜，老乌家的人又没有死绝！而她一直躲在家里并很精心地用"三合一"牌黑发灵为自己染黑了头发。此时，他们的哭号声格外响亮，又飘着雪，烧纸的队伍白皑皑地在庄子口上面朝西方跪成一列，像一节被抛在轨道之外的火车在冰天雪地里喘着丝丝白气，痛哭的声音在庄子上空飘来飘去，惹得好多闲人冒着雪花站在路口的老树下观望。

　　瑕瑕遵照她妈的嘱咐一直陪伴在大姑妈身边。大姑妈哭瑕瑕也跟着哭，女娃娃的哭声是先天而来的，伤心的旋涡总是铺天盖地并且能最大限度地感染别人，更主要的是瑕瑕对奶奶的感情是没得说的，是真真切切的，是与生俱来的，是不容许揉进一粒沙子的。老人在世的时候，对瑕瑕也是真的好，做了饭烙了饼总是想方设法给瑕瑕留在灶上热着，别的人吃不吃老人不惦念，可瑕瑕不行，瑕瑕就是老人心口上的一块嫩肉，连着老人的心肝呢。遇上远房的哪个亲戚到家里看望老人，也包括四红的大姐每回从城里过来看老人，客人捎来的糖果糕点，老人都是要偏向着瑕瑕的，若不让瑕瑕先吃上一口，老人的心上几天都过不去。那阵子瑕瑕念小学的地方离家远，早上天还麻麻黑就爬起来了，晌午回不来，等晚上赶回来天早黑尽了，不论啥时候，老人总是看着瑕瑕出门，然后眼巴巴地等着她回来。有时候，老人会偷偷地把自己身上看病抓药余下的块八毛的钱塞进瑕瑕的手心里，大的道理老人说不出来，老人只知道娃娃起早贪黑念书受着一份苦呢。烧头七纸瑕瑕一天也没有错过，瑕瑕本来是可以住校的，但这些天瑕瑕总是老早就从学校跑回来和大伙儿一起给奶奶烧纸钱。瑕瑕心疼老人还有一个重要的原因，瑕瑕现在已经是个初中生了，对很多事情她都有了自己的认识和判断，她知道奶奶是个苦命的人。在她看来，奶奶虽然养了一堆儿女，表面上看上去很风光，可是，真正对老人好的能有几个？瑕瑕一直看不惯大伯的冷酷和奸诈，看不惯三伯的懦弱和狡猾，看不惯三伯母的种种恣睢和歹毒，她甚至有点看不惯爷爷的所作所为，她不明白爷爷为什么会一次又一次离家出走，而使得这个家一次次蒙羞，她觉得爸妈对待两个老人还是很孝顺的，当然，这种孝顺是跟家庭条件密切相关的，爸妈只会本分地种地，上有老下有小，还得供着她念书，每学期光学杂费就得六七百块，日子过得紧巴，老人自然也跟着享不上啥福。看不惯归看不惯，瑕瑕倒不是嫌弃爷爷，她只是不理解爷爷为什么要经常狠心地抛下奶奶一个人，而他自己却满世界乱跑，要知道爷爷每回出走奶奶该有多替他担心，奶奶整夜整夜都不敢合眼。

瑕瑕还曾听奶奶说，爷爷年轻时是个很有手艺的靴匠，他做的靴子又结实又平整又快，那时候他在内蒙古阿左旗一带很受欢迎的，可后来偏偏赶上了自然灾害和粮食低标准，为了一家人能吃饱肚子，爷爷毅然带着奶奶离开原来的城镇投奔到远房亲戚的庄子上来，他才由一个手艺工人一夜间变成一个地道的农民。奶奶透露给瑕瑕的故事就这么多，奶奶好像还说过，你爷爷他心里憋屈啊！憋屈，直到现在奶奶去世为止，瑕瑕总算给爷爷的离家出走找到了一条似乎可以解释得通的缘由，正是这种看不着摸不到的"憋屈"才使爷爷一次次走出了家门，他宁肯在风雪交加的夜晚跑到外面去，跑到白茫茫的不知名的地方去，也不愿意和奶奶守在家里。一旦有了这种想法，瑕瑕更加为爷爷感到难过和揪心，她自然又回想起刚才自己去三伯家叫爷爷回来吃饭时的情形。那间像狗洞子一样低矮阴冷的土屋子原先只是三伯家的一间存放农具和杂物的窝棚，竟成为三伯为爷爷准备下的睡觉的地方，屋子只有一扇很窄很矮的门洞，没安门，挂着一副用麻袋片子连成的门帘子，进去连个站脚的地方都没有，唯独一面只能躺下一个人连翻身也十分困难的刚打好的土炕横在地当间，房顶铺苫着又黑又朽的柴草，稍微一伸脖子就能挨着头顶，而爷爷那时就躺在里面，身上盖着脏兮兮的棉被。因此，烧纸的时候，瑕瑕的哭声有些异样，有些钻心挠肺，有些无休无止不可理喻。

四红大姐想把侄女劝回去，可瑕瑕怎么也不肯起来，只是趴在雪地上哇哇地哭。后来，是四红亲自把女儿架在肩膀上才弄回家的。一路上瑕瑕在四红的身上死去活来地喊叫着蹬着双脚，一只棉鞋也掉在雪地上，她的声音传出很远。大伙都说看来老人没有白白疼爱瑕瑕一场，瑕瑕真是个孝顺的孙女。

一大早，堂屋里就挤满了来帮忙的人，大伙都忙着扒拉着手里的"倒头饭"，这也是送葬这天清晨的第一顿饭，有点类似于腊八粥的素食或斋饭，讲究现场的所有人等都得吃一份的。大伙一边吃一边听从总管的种种指派，张三负责招呼客人，李四坐在门口登记礼簿，王麻子带人去坟地挖坑，等等。总管自然是胸有成竹，布置起来简洁明了，人们纷纷点头应声，不时发表着自己对工作的一些看法，扒饭的声音格外响，又仿佛都能咀嚼出别样的滋味来。只有乌老汉，悄无声息地吃着饭，完全被隔离在另一个寂静的空间里。堂屋已经空了，刚才人多的时候所营造的那份喧闹已荡然无存，留下的只是饭和茶水的余香，缭绕不散的有点呛人的纸烟味，还有女人们随身带来的不浓不淡的甚至是不同品格的雪花膏的香味，这些性质不一的气味经过短时间的调和，已经形成一种跟今天的场面和氛围基本一致的气息，或者卡在同一个调门儿上，复杂，隆重，热烈，又分明透露着几分低迷和肃然，有别于以往，就好像是每一个人不同的心境在此刻需要某种求同存异的外在表现，需要尽可能强调一个悲字。

乌老汉一味地沉浸在这种调和以后的空气的包围里，这是一种自甘沉迷的状态，是一种朦朦胧胧的说不大清楚的态度，也许，他吃饭时的表情有些过于庄严和凄迷，有些不能自拔，有些因为过于专注而又显得心不在焉，甚至还有种盘腿打坐的古玄意味，而唯独不像是在吃东西，不像是为了填饱肚子，以至于外面传来的起经时的一通高亢的吹吹打打，使他的身体在炕沿上莫名而又轻微地抖动起来。这种神经质地颤抖终于让他警醒并回过神来，他也逐渐理出了头绪，一切都已经开始了，而且，这个开始意味着最终的结束，意味着他和老伴已是两个世界里的人了，从此黄泉路上有了一个让他挂念着的女人。

事实上，他的碗里早就是空的了，如同此时空着的屋子，有一种萧条和冷落，有一种因为长时间的低迷而带来的落寞和忧伤。他端着一只空碗，使碗成为一种钵一样的空无的东西。这时，瑕瑕一个人从外面风风火火地跑进来，她没有跟坐在炕上发呆的乌老汉说话，或者她根本没有注意到他的存在，而是径自蹲在一只柜子前拉开抽屉寻找着什么。瑕瑕的头上和身上都披着孝布，她和另外几个跟自己年龄相仿的表兄妹的任务是跪在大门口向前来行礼的客人磕头致敬。也可能是孝服过于累赘和不合体，瑕瑕蹲伏着的身体显得很渺小，显得单薄而又拘谨，看上去有点可怜兮兮的样子。而此刻，她的脸上并不显出多少悲戚的颜色，相反，她跟一大群表兄妹们跪守在一起，时间长了，彼此间难免会有一些暗中的调闹、纠缠或游戏，毕竟他们还是一群娃娃，再悲伤的事情也难以完全泯灭他们的天性。这种场面总能让他们不合时宜地联想到一些跟快乐有关的事情，或一种节日。

总管在出门前对乌老汉是下过一道特别指令的，他说你就好好给我在炕上缓着，哪儿都别乱跑！今天没你啥事！大概对他来说，这该算是一次通牒和警告。所以，他定定地盯着蹲在地上的瑕瑕，看她在拉出来的几只凌乱的抽屉里哗啦哗啦翻寻着，他的眼神有些迷惑，忽然好像就想起来什么，有些迫不及待，有些非说不可的冲动。他的嘴先慢慢地张开了，但只是张着，没有发出任何声音，长时间的缄默不语使他对说话这样最基本的事情也变得不知所措。瑕瑕大概已经找到了自己想要找的东西，她把攥在手心里的几枚五分或二分的钢镚儿摞在一起看了看，然后谨慎地将它们塞进上衣的兜里。瑕瑕起身往出走的时候才听见屋里有人喊她，她扭过头朝坐在炕上的乌老汉看了一眼，目光只稍稍在爷爷的身上停留了一会儿，她的脸蛋由于在外面受了寒冷，红得发紫发青。可是，她的确没有像往常那样轻轻细细地喊上他一声爷爷，只是用亮闪闪的灵秀的目光一眨不眨地看着他，模样有点犟。她听见爷爷嗫嚅着说，瑕瑕你有没有见着你小叔他人回来……瑕瑕又稍微愣了一下，转而没好气地望着他，抹了一下滴在鼻尖上的清鼻涕，说，看来旁人一点儿没说错，你就知道偏心小叔，可他到这时候也不回来！亏你还老记着他呢。说完，瑕瑕连看也不看他一眼扭身愤愤地出去了，屋门合上时带着呼地一阵风卷进来。

孙女离开后，乌老汉再度陷入一种迷惑当中，这次的迷惑完全跟刚才不同，他怅然若失地坐在炕上，瑕瑕的话还在他耳旁清晰地回响，他觉得有什么东西正悄悄地从某个地方渗出来，然后慢慢地在自己脸上蠕动着，像是一双多脚的虫子慢慢腾腾地爬，起初的感觉有些漫不经心，但很快就变得让他难以按捺，让他的脸有了某种火辣辣的灼伤般的痛感，有了一份惭愧和恼怒。他听见自己的喉咙里极不情愿地爬出一些断断续续的东西，又过了很长时间，他才分辨出那正是自己的声音，他听到自己不干不净地骂着，幺红我把你个狗日下的没良心的二流子！骂这些话的时候，他没有得到丝毫的惬意和慰藉，反过来，他为自己的漫骂和诅咒感到一阵难过和揪心。当这所有的难过转眼间化作一股更为悲痛的巨大的力量将他紧紧裹挟住时，乌老汉再也不能任由自己这样安静地坐着，再也不能这样消沉，他甚至已经无法忍受屋子里的种种气味对自己无时无刻的侵诱。虽然他的内心焦急着，可乌老汉还是慢吞吞地下了炕，他的行动和内心的想法完全不是同步的，他摸索着穿上了一只鞋，而另一只鞋竟不知去向，这使得他又平添了一些恼火。他佝偻着腰身艰难地打着瘸腿在地上寻了半天，脸面呈绛紫色地阴沉下来。最后，他终于在瑕瑕刚才蹲过的地方发现了自己的那只鞋，它正模样奇怪地藏在柜子下面，只露出个沾满灰尘的鞋尖来，像一只搁浅在礁石旁的破船。他用一只炉钩子折腾了好一会儿才将那鞋弄出来，穿鞋的时候他听到自己更恶毒地骂着难听的话，我把这些个驴尸变的……他的声音超乎平常地高，有点咬牙切齿和肆无忌惮的味道。

屋外，雪花有些虚情假意地飘着，有一阵没一阵的，仿佛暗中受过什么人指使，还有刻意巴结的成分在里面。虽然雪簌簌地落下来，可多日未曾逢面的日头还是很不合时宜地在灰白的云隙间躲躲闪闪，一缕一缕斑驳的阳光在院子前面那排稀稀疏疏的白杨树林间招摇地跳跃着，很有种若即若离的味道。因为阳光的时隐时现，使空中飞舞着的雪花染上了太阳的金黄色，一闪一闪的，好像一群蜜蜂极其耀眼地在人们头顶闹哄哄地飞来飞去。乌家的孙男弟女严格按照规矩在老人灵前各就各位，最前排依次跪着大红、双红、三红和四红（幺红这时还没有出现），接下来是老人的两个闺女（包括四红的大姐）和三个儿媳妇，再接下来才是七八个远道而来的侄子外甥和十来个孙子辈的，他们全部都披戴着孝衫，白花花地跪成一片，远远看去好像一群卧在院子里的绵羊，有点慵懒，却也显得很有阵势不可小觑，他们一个个冻得鼻青脸紫的，身体在地上一个劲筛着糠，却又尽量整齐地跟随司仪的口令在灵前重复着各种叩拜，即轮番向亡人磕头告别，上香，泼撒食物，焚化纸裱，动作却明显流露出僵硬的痕迹，表情几乎是同样的悲恸和茫然，甚至是苍白无味的，哭声一阵一阵昂扬起来又沉落下去，起承转合之间似乎隐藏着比哀痛更加复杂和难以言表的情绪。那些哭声多数是女人们的声音，有点含混和单调，哭诉的语句无非是一些对老人的呼唤和来自个人内心深处的某种无关痛痒的忏悔。比如，老人生前受了一世的苦，临了连一天的福都没有享上。或者是，老人这么快就撒手去了，让这些当儿女的怎能不痛心疾首啊。甚至还有个别的儿女，一个劲用自己的脑门子四处乱撞，一副痛不欲生死去活来和追悔莫及的样子，使在场的人也都满面凄惶。

太阳虽然在头顶不停地闪闪藏藏，天气却冷得邪乎。庄子上的客人老早就聚集过来了，除过那些前来吊唁和出礼的人，有一半是来凑热闹的娃娃，清鼻涕在嘴唇上淤积着，他们狡猾的泥鳅一样在人群中自由穿梭你追我跑毫无忧虑，娃娃的快乐时光完全没有受到外界的一丝侵扰。场面上倒也因为这些活泼身影的不时闪现而变得有点轻松和明亮，好像这里进行着的并不是一场丧事，而是别的什么仪式，唯独跟亡人无关。这似乎又恰到好处地映照了有关"喜丧"的说法，毕竟，老人已活了八十来岁，即便不走，还能撑多久呢？况且，庄子上能一口气活到这把年纪的老人也是屈指可数的。这时，不知是谁正在同站在人群最后面的乌老汉搭讪，声音很高，有一句没一句的，显得有些无聊，问话的口气有些张扬和戏谑，好像是故意问给众人听的，非要把乌老汉推到一个众目睽睽的位置上。人们的目光立刻受到牵引，纷纷扭着被臃肿的棉衣领口束缚得很乖戾的脖颈，仿佛随时要扭断似的。乌老汉从屋里出来一直瑟缩在人群后，他实在不想待在过于宁静的堂屋里，实际上他刚离开后，屋子里就又聚满了新的一拨客人。可是，站在围观人群后面使他的视线受到很大限制，他望眼欲穿的观看完全成为一种形式，成为多余，有作假者的卑微和嫌疑。但是，当围观者猛地一起扭回头看着他的时候，乌老汉突然之间成为众人目光投射的焦点，成为众矢之的，甚至成为整个祭祀场面上的一个疵点，一处由于照顾不周全而造成的败笔，怎么看就怎么不顺眼。

其实，更引人关注的是跟乌老汉搭讪的人，是庄子上那个又老又丑的杨瘸子，那是个不请自到的迷恋于出现在类似场面上的闲汉，说话时嘴向来没有个把风的，他家中无儿也无女，老婆因为没有生下一男半女经常在黑夜里被瘸子打得哇哇乱叫，后来忧郁成疾，人都有点魔怔了，见了外人只会呵呵傻笑，要么扭头就跑，兔子一样飞快。更早年间杨瘸子还不是瘸子，腿脚利索，他曾几次三番地乘乌老汉外出的深夜偷偷爬过乌家的墙根子。那时，乌家刚刚从外地迁到这个庄子上，人生地不熟的，难免要遭遇这样那样的麻烦事情，特别是家里又明明放着一个白白嫩嫩的俊媳妇，要模样有模样，最主要的是，这个女人还能一胎接着一胎生育，刚来的几年里从未间断过，仅凭借这一方面，庄子上的男人们无疑是会多朝这户外姓人家的院里多瞅两眼的，家花总是不及野花香啊。乌老汉那时虽年轻气盛，可毕竟是初来乍到，得讨个众人喜欢的好人缘，所以，只要不是太出格，能忍也就忍了。杨瘸子那时想要娃娃都快想疯了，整天苍蝇似的盯着乌家的几个娃娃满地撒欢打滚，两颗眼珠子馋得简直要掉在地上了，自己老婆那里有劲使不上，他就开始寻思那些花花肠子的事。再后来这家伙的腿不知怎么摔折了，也算是大快人心，至少乌老汉是这样想过的，他自然也就不再跟杨瘸子计较什么了。可有些事情偏偏就那么怪，比方说，乌家的老三三红是乌老汉他们到这个庄子上才有的，小时候数他最皮，打也就挨得勤，加上乌老汉年轻时打娃娃下手又狠，三红的腰腿竟早早落下了疾，走路总是一瘸一拐的样子，再大一点的时候庄子上的人都拿他解闷，说三红十有八九是杨瘸子的种儿，看他二人走路的姿势，简直是一个模子里脱出来的。这类打趣的闲话在庄子上传了几十年，谁也没有把它当作一回事，但是，平时归平时，平时可以随便拿来开的玩笑，放在今天就有点不合时宜，就有点过火，有点硬往伤口上撒盐的恶毒。或者说，这种事情根本不能拿到今天来说的，一旦说出嘴就会变成危险的炮捻儿，沾点火星子立刻就会呼啸着蹿上天去。事实上，杨瘸子刚一开始对乌老汉说的那些浑话并没有谁能听清楚，祭奠的场面异常喧哗，吹鼓手吹奏的声音始终不绝于耳，有点攒足了劲大干一场的势头，而跪在灵前的人除了要机械地接受司仪的指令外，都沉浸于各自的默想之中，谁也不会留意站在人堆后的乌老汉，就连摆放在灵堂里的色泽艳丽做工精良的童男童女驴马车帐这些纸活儿也是一副冷眼看世界的样子。

后来，乌老汉之所以引起人们的注意，都是他那一声怪异而唐突的哭号。他的哭声跟在场的所有孝子们发出的声音截然不同，那声音有股咆哮或发疯的味道，有股势不可挡和摧枯拉朽的放纵和嚣张，还有点不顾三七二十一非要一吐为快才好的意思。站在乌老汉和杨瘸子身旁的那个帮厨的年轻媳妇后来回忆，她隐隐听见杨瘸子嬉笑着说，你个乌老跑，咋就不死呢，你不是会跑得很吗？跑呀咋不跑了？黄河又没有盖被！你不死就等着瞧吧，往后有你的好果子吃呢，我娃子三红会慢慢拾掇你个老狗……她的话还没有说完，就被总管厉声喝住了。那时乌老汉好不容易被众人推推搡搡拥进堂屋里，他的嘴始终咧咧着，皲皱的老脸倒是水光溜滑的，仿佛一只晶莹的蜡像，刚才过度的哭号使他的神情看上去更加恍惚。总管拿三角眼乜斜着他，真是越老越不值钱，你到底号丧啥呢？就不信他杨瘸子能说少你身上一块肉，丢人也不看看今儿啥日子！就在这时，外面有个人趴在窗户上大声喊总管，让他赶紧出去看看，说乌家的老儿子幺红刚一进门，不知道为啥就跟三红在灵堂前干起仗来了。总管黑着一张驴脸转身就往外走，刚到门口时又扭过头对屋里的其他人说，我就没见过这家子人，老没老的样小没小的样，尽他妈的惹事！你都给我盯紧点，别让这老爷子再往外瞎跑了！

照规矩讲，幺红是这天回来最晚的，进门理应先跪倒在老人灵前好好烧一道纸，哭上一鼻子。可那时经已经念过好一阵子了，祭祀仪式正在有条不紊地往下进行着，又恰好轮到了三红给老人叩头上香，幺红猛不丁跑过来跪在灵前又是敬香又是烧纸又是号叫，就把三红给撇在一旁了。这些天为了老人的事情，三红没少让大红和双红他们挤对，谁也看不上他，回到家老婆更是黑鼻子红脸地给他颜色看，自己这里实实窝着一肚子火没处发泄呢。若放在平常，三红也就是敢在私下里数落数落其他几个弟兄的份，当面他是不敢轻易造次的，这跟他本人的性格有关，他一向乖戾而又自私，在众人眼里，因他排行第三大伙都管他叫三尖尖，意思是说他为人处世是个老滑头，可他也是个不折不扣的窝囊废，多数时候敢怒不敢言，这也是他时常感到自卑的原因，或者说，他根本没有资格在大伙面前指手画脚的，旁人不挑剔他的毛病已经算是万幸了。幺红是弟兄里面最小的，又长期待在城里，他们逢面的机会很少，有时候幺红从城里回来探望两个老人也是直奔四红这边，匆匆打上一头就返回城里去了，根本不上三红家去。表面上三红对幺红的事情不问不闻，他爱来就来爱去就去，可他在心里对幺红是有些看法的，毕竟他还是个兄长，幺红连看也懒得看他一眼，这不能不让他暗地里恼火。而且，三红对弟弟的这种看法从某种意义上说也是直接针对乌老汉的，当初要不是老爷子肯花钱给幺红在城里买户口谋差事，幺红还不是跟自己一样，哪有他娃娃一个人在城里风风光光地过日子享福的份？可话又说回来，既然幺红你是老人心头的肉，老人省俭着把攒下的钱都花在你身上了，旁人可是一毫一厘也没落上好，多美的事尽让你一个人占了，你他妈的在城里享福了！就算这样，我们也不眼红你，那你总该有点良心吧，你咋能一个人待在城里消消停停地又是住楼房又是坐汽车，风吹不着太阳晒不着！你小子早早就应该把两个老人都接到城里去享两天福才对！可是，你倒好，非但不把老人接去城里住，就连老娘咽气这些天了也不来照上一面的，天底下哪有你这种当儿子的？

当三红的心中快速翻动过这些深藏在他心中的旧账本时，他的怒火似乎突然就从胸口蹿了出来想压都压不下去，他突然就变得无法按捺无法容忍这一切了，所以，他猛地扑过去将正在专注烧纸的幺红掀到一旁，情绪超乎寻常地激昂和高涨，仿佛所有孝子孝孙里面只有他一个人最仗义最能大义灭亲最能站出来充当革命群众，而且从不计较个人荣辱。你从哪里来的就滚到哪里去！我们老乌家没有你这样的儿女！三红咆哮着，像一只嗜好搏斗的公鸡，身体在白色的孝衫下面抖擞着，随时要从地上跳起来。幺红完全没有预料到三红会对自己来这么一手，以至于他整个人毫无防备地骨碌了两下斜跌在积了雪的地上，使在场的老少乡亲都大吃了一惊。幺红并没有立刻发作，只是惊诧地愣怔了一会儿，毕竟是在城里生活过许多年的，起码的礼数他还是懂得的，他不会马上跟三红他们一般见识的。幺红定定心神，目光带有严重警告意味地注视着三红蛮横无理的表情，接着他从地上爬起来又默不作声地跪在灵前了，这次他跟三红是并排跪着的。

幺红之所以能忍耐是因为他意识到自己的确来得太迟了，在礼数上自己是亏着一大步的，按理说他应该提前几天来才对，可他也是身不由己，他得上班得养家糊口，厂子里只给他准一天的奔丧假，当然，他也可以再多请两天假的，但他知道那样做的后果，他可不想人为地制造出一个理由而让单位很容易地把他开回家。还有关键的一条是，媳妇根本就不同意他早早过来。媳妇说你们乌家的破事怎么那么多，啥时候能让人消停！出门前媳妇还说这次你老妈走了剩下老爷子就是个大问题，我们得先有思想准备，难保你那几个兄弟不打你的主意，你可别上他们的当再把老爷子给我领回来，我们家就这么点地方，他来了总不能让我和孩子睡到马路上去？你要是敢自作主张，我可跟你没完！幺红也不是没有想过，当老妈去世的噩耗传来的时候，他早就意识到这次回家会不同于以往的任何一次，兄弟们之间必然要为老人的事情重新理论一下的。这以前曾为老人们的事情专门召集大伙开过两次家庭会议，那时老妈已经瘫在炕上不能动了，生活完全不能自理，老爷子又没心没肺满世界乱跑还让民警送回来几次，四红两口子为此很头疼，想让大家一同来拿个主意。当时就提出来老妈继续由四红他们照顾，老爷子则由另外几兄弟轮流照看，每隔一个月轮换一次。为了这项决定兄弟们也没少七嘴八舌面红耳赤不欢而散过，可决定实施了没多久，老爷子又先后从大红和三红家里跑丢了，害得四红两口子到处去找，等他被警察送回来，不管四红他们怎么劝说，老爷子死活哪里也不去，就是要守在四红这边。这之后，老二双红总觉得过意不去，怎么说老人都是大家的，尽管老人有自己的选择意愿，可也不能把一副重担子全部压在四红两口子身上。于是，双红又张罗着召开了一次家庭会议，商量老爷子的事究竟该咋办。后来经过激烈的争论，他们商量的结果是：既然老人不愿意去其他几个儿子家过生活，那就让老人继续留在四红这边好了，但前提条件是，其他弟兄必须按每家每月三十元钱或五十斤粮的标准交到四红这边作为劳务补偿。这个办法表面上看得到了大家的一致认同，可一旦执行起来，又出现了这样或那样的问题。比如说，轮到大红那个月上他就没有按时交东西，他的理由是我又不是不养他，谁让他自己不愿意过来呢。三红更狡猾，一看情况不对就跑去找双红喊叫，说要是大哥不肯交他也不交，没有道理让他带头先交。四红两口子当然不会挨个上门去讨要那些东西的，他们也不可能将老爷子送到大红和三红家去的。针对这件事情双红又亲自出面协调过几次，还被没鼻子没脸数落了一顿，大红说好好好！就数你一个人孝顺，我们都不是爹妈亲生的，是从墙窟窿里憋出来的！话说到这份上，已经很难听了，双红也就懒得再去管了，只好交了自己的那份钱粮了事。

俗话说，弟兄妹子各锁柜子。大家都不是吃奶的娃娃，个人心里都有一本账的，都想顾及自己一亩二分地的光阴，旁人再说什么也都不好使了。

三红跟幺红的冲突已经发展到极其炽烈的程度，可大红和四红他们还没完全弄明白刚才究竟是怎么一回事，他们只是看见三红已经再次将跪在他身旁的幺红推翻在地。于是，大伙儿眼见着他们两兄弟突然犹如发了脾气的烈性牲口撕咬扭打在一起了，桌子倒了，香炉翻了，童男童女纸驴纸车也都散了架躺在地上，场面多少有些失去控制。这时，总管不得不出面调停，众人拉开这个又急忙去拽那个，虽然三红幺红很快被两股旋涡一样的人群围卷在当间，但毕竟都在气头上，依旧不肯相让地扯开嗓门谩骂叫嚣。有几次三红极力从包围着的人群中挣脱出来，口口声声非要给幺红点颜色看看，却又被围观者追上来拦住了。要说还是总管见多识广，他知道该怎样平息这场弟兄之争，他双手叉在腰间冲拦挡三红的人群大声嚷着，你都别给我挡那个驴，让他娃娃跳，我就不信他狗日的能上天！众人犹犹豫豫地看着神气的总管，但劝阻的力量顿时听话地削弱了，甚至不复存在，刚才还哇哇暴跳着的三红在失去旁人巨大的阻力之后，刹那间也僵在那里，样子看上去十分滑稽和尴尬，好像自己从来不曾冲动过，他只是大口大口喘着气，渐渐地整个人都萎缩起来，蹲在地上半天也不言语了。唢呐声嘹亮地传过来，大家知道外面又进来一拨吊唁的散客，两名负责抬祭的中年男人一左一右扛着一只方桌，那桌子上平趴着一只剥了皮的绵羯羊，雪白的膘肉上闪烁着一些鲜红的血迹，模样十分狰狞。哭声像是从很远的地方一点一点挤进院子里的，已经露出太阳的天空依旧不疾不缓地飞旋着零星的雪花。

总管怒气冲冲地再度踅回堂屋里喝茶，有人给他让了个座位并恭谨地递上一根烟。他抽烟的时候气消了许多，又开始和那个帮厨的年轻媳妇调笑，一对三角眼暧昧地隐藏在烟雾中，可他猛一抬头却从窗户里瞥见乌老汉正呆呆地站在屋外的廊檐下。总管没好气地摇摇头，这个老东西屋里死活留不住他吗？！后来总管亲自到外面将乌老汉拽回来，那时乌老汉的嘴唇嗫嚅着，满面泪水。你别拉我，我现在不想回去……我求求你了，我哪里也不想去，就让我在外头站一站啊……尽管乌老汉一再固执地表示自己还想在外面多待一会儿，他甚至放声干号起来，最终还是没有拗过总管一双有力的手臂。总管就是总管，他向来是不徇私情的，他最不愿意看到有人不听他的召唤和婆婆妈妈，即便是一个悲伤之极的老人。进门后他对屋里的人笑着说，看他假惺惺的，也不知哪儿来的这么多眼泪，眼望八十岁的人了！那个年轻媳妇冲总管翻动了一下白眼球把话接过去，你知道个屁，他那是惦念老儿子呢，见幺红回来了这屋里就多一分钟也待不住了！众人都不解地笑着，唯独乌老汉待在一个角落里不停地抹着眼泪。

帮忙的人把最后一根铁钉咚咚地砸进棺材盖里的时候，正好是下午三点来钟。

出殡的队伍像一条不安的白色巨蟒，在积雪覆盖的村路上摇摇摆摆亦步亦趋。走在队伍前面的是八个抬棺材的壮汉，都很年轻，行动麻利，他们之前是抱着装有老人遗像镜框的四红和撑着白色纸幡的大红。抬棺材的个个驾轻就熟大步流星，给人的印象不像是在抬一副沉重的棺材，倒有几分为新娘颠轿子的轻盈。出殡前，众人纷纷绕着棺材看老人最后一眼向老人告别，直到那时乌老汉才最后一次看到了自己老伴的尸身。这之前，儿女们都不允许他靠近那口棺材，甚至不让他走进灵棚半步。乌老汉两眼婆娑地盯着老伴头上裹着的那面藏青色的棉绒头巾，那面头巾系得很讲究，使她的头发一丝不落全部束藏在头巾里面，连银白色的鬓角也遮住了。他知道自己的老伴生来是个细心且爱干净的女人，此刻看到她头上裹着整齐崭新的头巾，睡得如此安详，他的心里多少有些释然了。接着，他的目光颤巍巍地移动着，他看见老伴的嘴似乎微微张开着，似乎有些很重要的话要跟他说一说呢，又好像一切都早已经说尽，唯有灰青色的舌头软绵绵的像喝醉了似的斜靠在下面那排牙齿的内面，使整张嘴更加空洞地张开。她的眼睛早已经被人抹合上了，两轮眉骨和颧部高凸出来，上面浮动着发白的光点，鼻梁由上而下有一道幽幽的亮光贯穿着额头和下颌，深褐色的大小斑点像是突然之间从天上坠落下来的陨石所烙下的痕迹。除此之外，这张脸上再也看不到任何东西了，甚至没有任何暗示，只是一味地沉睡不醒。这时，乌老汉看见儿子将一枚系着红丝线的口含钱，类似银圆一般大小的钢镚儿，轻轻地放进老伴的嘴里，这个带有明显寓意的细节让他的心猛地往下一沉，没着没落地，他甚至不敢再去看那张微微张着的嘴，那里面有一种可怕的亮光，有一个深不可测的黑洞。他的目光像逃避一样急忙跳到亡人的身体上，那是一身同样干净崭新的寿服，连脚上的鞋也是一尘不染。

封钉棺盖的时候，所有人都停止了脚步，静静地站在原地一声不响地看着。两个男人将棺材盖从一旁抬过来哐啷哐啷地将它盖严实，另外一个帮忙的壮汉手里攥着铁锤和钉子在棺材跟前秃鹫一样俯下身体，他在钉之前总要习惯性地将要钉的钉子尖塞进嘴角抿一抿，仿佛这样才会使钉子更加锋利。一枚枚五寸长短的铁钉呼啸着钻进木头里，偶尔迸射出几个银闪闪的火星子，使人眼前一亮，棺材面上紧跟着露出八处新鲜的创伤来。棺材被壮汉们抬起来将要出发时，四红义无反顾地将蓄满纸钱灰末的瓦盆高举在手里——他的脸上有种说不出来的悲怆和冷漠——然后使劲摔在地上，盛纸钱的瓦盆哗啦一声碎成大大小小的无数块瓦片，有一种分崩离析的痛彻。那些青灰色的纸末忽然之间脱离了瓦盆的圈围和束缚，以一种十分别致的姿态飞翔起来，朝着四面八方，朝着一些未知的方向，上升或降落。人们面对这些纷飞的黑色粉尘的态度依旧充满了恐惧，人们呼啦一下朝别处散去。队伍出发前人们似乎都怀着一份翘首期待的心情，人们想看看在这最动人心魄的时刻乌家的孝子贤孙们的种种表现，就像观赏过去庄子上早已放映过多遍的一部伤感的电影。而此时此刻，个个心里都明白这场老电影已经接近尾声，高潮也将随之而来。杂沓的哭丧声伴随队伍前进的脚步，如同一股汹涌的浪涛不断拍打着摇晃着的人群，又仿佛在一味地迎合人们的某种精神需求，那些鼓镲和唢呐越发显示出旺盛的激情，听起来似乎都在蓄意制造一些跟节日相关的声音。这时，已经没有人再去刻意观察乌老汉的一举一动，他再一次消失在所有人的视线外，像一个局外人或可有可无的老叫花子。出殡前院子里空前地混乱起来，大人娃娃都怪异地兴奋着，像是果真要去不远的地方观看什么重要的表演。

乌老汉就是那时候悄悄地离开了堂屋，那时屋里早就空了，总管正在外面指挥着那些干活的人，根本无暇顾及他。乌老汉缓缓地走在队伍最后，像一只迷失群体但忽然又有所警觉的羊羔子，地上的雪太厚了，他每走一步都很吃力，他的两条腿晃得很厉害，随时都会一头栽进雪窝子里。雪还在下，但阳光已经很明媚了，天空瓦蓝瓦蓝的，冷空气像锋利的刀片似的迎面一下一下割得脸颊生疼。他不敢相信天会晴得这么快，天晴朗着让他感到难过，他希望天应该阴沉一点或不停下雪才好。他也不再想哭，可两只眼睛始终没有干过，他一边艰难地往前走，一边接连用两只手背轮番擦着蒙上雪花的眼皮。他的脑子里一直浮现着那个深不见底的黑洞，仿佛正是那个黑洞将自己的老伴一下子吞了进去。他有一时清醒着，有一时又感到头晕目眩的，他真担心自己会一头跌倒再也爬不起来了，但他似乎又分明渴望着什么，等待着什么，甚至是一种强烈的向往。前面的队伍一路走一路撒着请神开路的纸钱，那些中间铰出洞的白色圆纸片时不时会飘过来很亲密地贴在他的面颊或身上。

等乌老汉好不容易走到坟场，那口棺材已经放进坑里了，人们都十分恭敬地抓起一把黄土往坑里不紧不慢地撒去。瑕瑕的眼睛又红又肿，哭的声音也不如先前那样响亮，甚至有些暗哑了，一副泪水涟涟的样子。瑕瑕让掬在手里的一抔黄土慢慢地撒落到坑里，棺材面上已覆盖了很厚的一层土，几乎看不出原来的油漆颜色了。瑕瑕的右手在上衣的兜里悉心摸索着，很快，她从里面取出了那些钢镚儿，她把钢镚儿全部捏在手心里，然后才下定决心似的一枚一枚地将它们轻轻地抛进坑里，钢镚儿虔诚地离开瑕瑕的手掌，在半空中划出一条银色的弧线，有那么一枚是落在棺材盖上的，犹如一颗雪亮的星子停留在那里不时闪烁着。这时，几个眼睛尖的女人无意间在人群中发现了乌老汉形单影只的样子，于是，她们像发现新大陆一样大声嚷嚷着，快快！快把那老爷子拉来也添上一把土啊！于是，乌老汉被那几个女人七手八脚地拖过来，孝子贤孙们已经在坟坑前整齐地跪倒静候着了，当乌老汉哆哆嗦嗦地抓起松散的土撒向坟坑里的时候，那些前来抬埋的壮汉每人手里端着一把铁锹木然地侍立在坑前，他们看上去都有种摩拳擦掌严阵以待的架势。乌老汉就是在那一刻突然像是站立不稳似的朝坟坑里栽了下去，在场的人也都跟着一惊，接着唏嘘起来，似乎谁也拿不准这个突发情节的来龙去脉，跪在地上的人全部升高了半截，但是谁也没有立刻站起来。大红、三红他们眉头紧锁着，他们大概不便于在此时从地上站起并走过来，个个表情呆滞无动于衷。幸好那些壮汉们眼疾手快，他们老鹰捉小鸡一般轻而易举地将乌老汉从坑里拉上来。围观者无不倒吸了一口凉气。场上又随之出现了一些意义很不明确的嬉笑和喧闹声，虽然声音很低，但一样可以听得很真切。

那时，瑕瑕红着双眼过来把乌老汉慢慢地搀到人群后边去了，人们注意到乌老汉浑身上下都是土，腿脚木棍一般僵硬地在雪地里画出两道深深的印子。壮汉们在得到填土的指令后，立即热火朝天地抡圆了铁锨干起活来。他们填土的速度的确很快，几乎是一眨眼的工夫，地上的坑就不见了，相反，一座色泽新鲜的黄土丘赫然凸显在每一个人眼前。儿孙们急剧爆发的最后一场号哭声在飞扬的铁锨和土尘中间由高亢转为低迷，继尔一切都仿佛被埋葬了归于平静，或入土为安。偶尔，又传来的一两声嘤嘤的抽泣声却已显得无足轻重了。送葬的队伍绕着新隆起的坟丘默默地朝着正反方向各转了三圈，像在进行一场别样的游戏的最后步骤，又一一跳过熊熊燃烧的柴火堆才顺着来时的路返回去。

从坟地回来客人们都径直扑到席面上，确实也饿极了，个个甩开腮帮子大吃二喝毫无顾忌。这时的吃喝已经基本上摆脱了亡人的阴影，几天来笼罩在这个家院上空的乌云已悄然散去，人们吃东西时的样子似乎有了一种庆祝的味道在里面，吃相不再拘谨，相反已经变得彻底和纯粹了，有几桌开席不一会儿就吆五喝六地猜起拳来，浓烈的酒气在帐篷中弥散开来。酒席一散，天色也就跟着黑沉下来，院子里一派狼藉，冷风阴险地鼓进帐篷里把塑料桌布吹得啪啪鸣叫，洒落在桌面上的残汁剩汤还没来得及擦去，正乘机顺着晃动的桌布逶迤流下来，地上浮现出大大小小的黑点。这个白天就要结束，但一切似乎又将重新开始。一多半的亲戚和前来帮忙的人也都接连离去了，家里出现了这一天当中少有的寂寥和清静。三五只鸡瑟缩在廊檐下的墙根边静宿着，如果不注意很容易将它们看作是一只只扔在地上的白棉布包裹，鸡们的喉咙里习惯性地发出一些咕咕的响声，像是彼此在很闲情的低声聊叙着，可仔细一听又好像什么也没有。

那时乌老汉也从席上下来，其实他并没有吃到什么东西，他嘴里只剩下为数不多的几颗牙，吃对于他是一种望尘莫及的事情，他只是礼节性地被儿孙们让进帐篷里，多数时间他都是在观看桌上其他人吃或发呆。这种酒席肉食一般不会煮得很烂，甚至连米饭也是夹生的，他只能勉强地吃一些诸如豆腐鸡蛋粉条之类的东西，当然，坐在旁边的人也会象征性地夹一些菜放在他的碗碟里，已经堆了很多，可那些食物他的的确确嚼不动。因此，他面对眼前丰富的食物所表现出的一味地谦让和木讷很容易使旁人产生一种感觉，他们悄悄议论或神秘地彼此交换一下眼神。乌老汉依稀听到一个中年女人小声嘀咕着，他咋能吃进去呢？老伴刚刚送掉……女人的话就此打住，似乎并没有说完，似乎还有更厉害的话要说，但她却开始饶有兴趣地啃一只被辣椒油染红了的鸡爪子。女人的牙齿很好，她啃东西的样子有些凌厉和霸道，还不时地吧唧着红的嘴唇。乌老汉始终用羡慕的眼神盯着她宽阔油腻的嘴，事实上他是在等她说出下面的在他想象里"更厉害"的话。可是，女人啃完了鸡爪并没有停下来，而是伸长了手臂将一个鱼头夹到自己眼前，女人毫不谦虚地集中所有精力开始对付着那个扁宽的鲤鱼头，她不时地将嘴中的碎骨片吐在桌子上，并发出吮吸的吱吱声，像一群疯狂的老鼠。

其实，幺红也在这张桌子上，他是开席以后被总管硬加进来的。总管把幺红安排到这里，主要是想让他顺便照顾好老爷子的吃喝。幺红因为只向单位请了一天假，惦记着当晚就要赶回城里去，他提前向端盘子的人要来一碗米饭，草草地扒拉了几口，就起身走出了帐篷。幺红想先到堂屋跟四红和四嫂说一声然后再走，刚走出帐篷一回头却发现老爷子正悄无声息地跟在自己身后，他急忙站住问，爸你咋也跑出来了，席吃好了吗？乌老汉没吭气，他茫然地望着幺红的脸，过了一会儿他似自言自语地说，你这就走啊，不能多住上一天？幺红走过来把乌老汉搀住，说我忙啊，无论如何得回去，明天一早还上班呢，我们那个烂单位管得严，迟一阵也不行。说完，他似乎觉得还有什么不妥，又补充说，爸你放心，等我忙过这两天一定回来看你。说话的工夫父子俩已经走进了堂屋。

屋里，负责记礼单的人正在给四红两口子交手里的账和礼金，总管站在旁边拿眼睛斜视着他们，一边悠闲地吸烟，一边还不停地打出味道很冲的嗝。瑕瑕见他们进来连忙过去把乌老汉扶到里间屋，她想把爷爷的鞋脱了让他上炕去暖和着，可乌老汉死活也不肯，只是靠炕沿边坐下来。乌老汉听见幺红正在外屋跟四红他们说准备要走的事，四红媳妇好像开始不同意，说过一阵还要到外头给老人烧衣服（将一些用彩纸粘制的衣服烧掉祭奉先人）呢，可幺红还是坚持非要走，当嫂子的就不好再劝了，幺红每次回来都匆匆忙忙，她早就习惯了。四红媳妇最后叮嘱幺红，说白天的事千万别往心里去，三红就是那么个咋咋呼呼的人。幺红点点头。

四红出去送幺红走，没想到乌老汉也颤巍巍地跟出来，幺红说爸你回去，外头怪冷的，别冻凉了！乌老汉像是没有听见，依旧固执地跟着他走。这时，瑕瑕和四红媳妇也急忙撵出来，她们娘儿俩想把老爷子扶回屋去，可乌老汉说你们别挡我，我想跟老五进城住上两天。幺红这才弄明白刚才自己从帐篷里出来时父亲为什么一直跟着他，此刻，幺红马上意识到父亲这个想法是危险的，对他来说甚至有些可怕。他明知道自己是不会把老爷子领回城里的，至少今天不会，因为他根本没有那个胆量，况且，媳妇出门前早就给他再三叮咛过，他匆匆要离开的原因也正在此。幺红心里清楚，自己的媳妇对老乌家的人素来没有好感，或者说，她根本就看不起乡下的这些穷亲戚。记得两年前单位要搞房改，算完工龄后他们一下子要补交三万块房钱，幺红为了筹这笔钱回来找自己的弟兄们商量，可一分钱也没有拿回去，最后还是媳妇从自己的娘家那边借来两万多块救的急，为这事媳妇算是把乌家的老老小小都挨着骂了个狗血喷头。所以，幺红在家里并没有什么发言资格，凡事都得看他媳妇的脸色，她让他往东他是绝对不会往西的。他知道自己没有选择的余地，这些年若不是娶了媳妇这样精明的城里女人，他真不敢想象自己的生活会是怎样的情形，而且，现在他所在的鞋厂又面临着下岗和分流，他必须跟媳妇同舟共济。最主要的是，他可不想为这种无谓的事情伤了夫妻感情。乌老汉愣了一会儿，又自言自语说，都别挡了，我哪都不跑了，我就想跟老五进城住些天。幺红说，爸你先进去，等我下次再来接你。四红媳妇也跟着劝，说老五是骑摩托车来的，这冷的天让他咋捎你呢，你先回屋去，等天暖和点再让他接你去。哪知乌老汉猛地一把将四红媳妇的手推开，他几乎是愤然地对幺红说，你就不能把我接进城里住两天吗？幺红看着父亲心里一阵难过，但他不敢松这个口，就算他把老人接回去，可谁来照顾他呢？他和媳妇白天都要上班，还有一个儿子在上小学。于是，幺红说，爸，不是我不愿意带你回去，天都这么黑了路又滑，我怕万一有个闪失……乌老汉摇着头茫然地看了看幺红，又看了看四红两口子，然后说，我心上麻烦得很，老五你就带我去你那里散散心吧。说着，他的目光最后无奈地落在瑕瑕的脸上，瑕瑕一直在悄悄地流眼泪。瑕瑕就对他们说，你们就让爷爷跟五叔去城里住几天好不好。可是，其他人都没吭声，急得瑕瑕眼泪直流。

就在四红和幺红极力劝说乌老汉的时候，大红和三红两兄弟迎面来了。实际上这两个人是有备而来的，他们就是冲着那些礼钱来的，刚才在席桌上他俩曾乘机跟记账的套过近乎，略微知道一些底细，这阵联起手来想跟四红两口子直接摊牌。大红当即就把幺红挡住了，说你今天要敢走就是眼里没有我这个大哥，再说家里还有好多事情要等着跟你商量呢。说着，接连给幺红递着眼色。三红始终没有开口，闷声闷气地进屋去了。幺红实在拗不过大红，只好先跟他们折回来。一开始屋里的气氛就很紧张，很长时间也没有人说话，长时间的沉默意味着彼此内心的较量和即将来临的风暴。大红的话已经说得相当清楚了，越是亲兄弟才越是要明算账呢，依照他的逻辑，老人的事由儿女办，那收来的礼钱就应当个个有份。三红也提出一条，至少应该多退少补吧，而且，他一口咬定自己吃席的时候仔细点过来客的人数，他认为礼钱只多不少。四红生来嘴笨，人一多更说不出啥名堂来，见兄弟们争得不可开交，他只有吃哑巴亏的份，自个蹲在地上一根接着一根抽烟，半天头也不抬一下。四红媳妇恨铁不成钢地拿眼睛直剜四红，她希望四红能站出来说两句像样的话，可她分明又知道想让丈夫开口说话比登天还难，她心里委屈得真想大哭一场。大人说话的时候，瑕瑕正在收拾客人用过的那些茶杯，一不小心竟将桌子上的一只碰到地上摔碎了。瑕瑕还没来得及去捡地上的碎瓷片，四红媳妇突然怒不可遏地冲过去狠狠扇了瑕瑕一个耳光，嘴里骂着，没用的宰货！老娘养你都干啥吃呢！骂完，她就地蹲下来捡那些碎瓷片，声音很响。瑕瑕站在原地呜呜地哭，眼泪哗哗地流出来，她知道母亲正在气头上呢，平时母亲生她的气顶多说她两句，很少动手打她的。四红媳妇后来转身回里屋把刚收好的账本和礼金原封未动地取出来，啪的一声当着众弟兄的面狠劲砸在饭桌上。她说，礼钱都在这里呢，我和四红一分也没动，你们谁要是稀罕就全部拿走！可有一样，得连瑕瑕的爷爷一起接走，往后老人的事我们不操心了，哪个乐意管就管去……话没说完，她自己也用手捂着嘴伤心地呜咽起来。

葬

礼

157

大红和三红你看看我我看看你，半天也没拿出主意来，显然，这两人事先没有预料到四红媳妇会给他们撂挑子。幺红因为急着要回家，赶紧站出来打圆场，说，四嫂你别多心，你和四哥这些年又是操心又是出力的这些钱理所当然该你们收着，反正，我是一分钱也不想要的！幺红的发言立刻遭到大红他们的反对，大红阴着脸说老五你这是啥意思？我和三红这还不是为了大家好，你这样说好像我们就盯着那俩钱来的！话说到这份上幺红也不示弱，他冷冷地笑了一下，你们要不是冲那几个礼钱来的我把乌子倒着写！三红一下子就从椅子上跳起来，当即指着幺红破口大骂，老五你装啥孙子，你他妈的最不是个东西了！你孝顺你咋不说把老爹接进城里享福去？当初要不是老爹把钱都花在你小子身上，你会有今天的好光阴！再说老妈病的那些天你怎么没说把她老人家接进城里的大医院住上两天？这阵子倒会黄鼠狼给鸡拜年了，就不信你他妈的能安啥好心！幺红的脸上再也挂不住了，脖子上的青筋一跳一跳的，他沉默了几秒钟，然后猛地抄起身旁的一只椅子奋力朝三红身上抡过去。三红一声惨叫，身体趔趄着将地上的火炉子撞倒了，炉膛里的炭火一股脑儿奔涌出来，地上顿时变成火的海洋。

晚上，照旧是瑕瑕把乌老汉送到三红家去的，因为还有一部分远客没有离开，四红家里一下子睡不了那么多人。那时，三红的老婆正站在院子里大声叫骂，因为是夜里，声音传得很远，隔老远瑕瑕就听清楚了那是在骂三红是头猪，还骂三红连猪狗也不如，让人打破了头还有脸跑回家来诉苦。瑕瑕好像听见还骂三红为啥不去把乌老五的头也打烂，难道长上一双手只会回家跟老婆讨饭吃吗。瑕瑕没有像往常那样走进三红家，她只是把乌老汉送到三红家街门前就扭头跑回去了。瑕瑕向来害怕三红的老婆，特别是那女人骂三红的时候样子凶恶得跟电影里的恶霸婆娘一模一样。瑕瑕说爷爷你自己进去睡觉吧，我不敢进去，我实在怕她，我想回家去。乌老汉嘴角嗫嚅着，想对她说什么，没等他开口瑕瑕早已慌慌张张跑远了。

　　看着瑕瑕离去的背影在幽寂的雪巷中慢慢消失，乌老汉的心好似被一根看不见的细线紧紧拽着，他感到胸口跟针刺一样难以忍受。他瑟缩着身体站在黑暗中，像根木头桩似的揳在雪地里一动不动。这时，乌老汉听见三红哇哇乱叫的声音，听见什么东西呼啸着连续捶打在三红身上的响声，他还听见三红老婆大声喊着我打死你，我打死你，打死你这头没有用的蠢猪，他忽然有种说不出来的滋味，有种想笑又想哭的欲望，但是，他最终都忍住了并选择了一声不响地走进院子里去，他用手吃力地推开了虚掩着的街门，门在打开的时候发出很刺耳的声音，这种吱扭吱扭的声音使他感到绝望。他看见自己的儿子三红像只落水狗一样狼狈地蹲在院子当间，身体一抽一抽的，由于院子里积雪没有扫去，三红蹲在那里显得格外耀眼。三红老婆终于在乌老汉走进来的那一刻停下了挥舞在她手里的笤帚疙瘩，她用陌生的眼光冷冷地盯着从外面走进来的人，过了一会儿，她才愤愤地扔下笤帚转身回屋去了，乌老汉听见屋门闩反插上时的咣啷声。三红仍旧用双手抱着脑袋蹲在地上，一副可怜兮兮的样子。乌老汉似乎在心里说了句什么，但他没有去理识三红，而是摇摇晃晃地朝自己睡觉的那间矮屋子摸索过去。屋子里又黑又冷，没有点灯，乌老汉伸手去摸炕沿也是冰凉冰凉的，刚才在外面似乎并没有感觉到寒冷，而一旦走进这间矮屋里，乌老汉感到自己的身体立刻被一股隐藏在这屋里的巨大的冷气包围了，他在黑暗中接连打了几个激灵。他没有脱鞋就爬到炕上去，他用铺在炕上的被子紧紧裹住自己的头和身体，只留一条细缝可供呼吸。自始至终他没有一丝睡意，只是静静地坐在炕上，仿佛庙里的一尊神像那样沉得住气，他没有去想白天发生过的那些事，他甚至没有去想自己的老伴此时在干些什么。有一刻，他想要一口热茶或一盒洋火，但是，这种念头很快就消逝了，他隐隐约约听到一些声音，很细碎的响动，不知道从什么地方连续不断地传来，像老鼠磨牙的声音，像雪从树枝上簌簌落下来，像一个哀怨的女人藏在被窝里轻轻地哭着，又像是一匹疲倦的老马——身上驮着鼓鼓囊囊的货物——踩着石子小路缓缓而行……后来，他终于毫无依靠地倒下来，他听见身边发出很响亮的鼾声，不用想他就知道那是他家三红的声音，三红从十几岁上就有了睡觉打呼的毛病，可他一点儿也想不起来三红是什么时候进来躺在自己身旁的。他又慢慢坐起来，将身上的被子拉下来给三红披过去，之后，他蹑手蹑脚地下炕走出了这间屋子。

丧事虽说结束了，但四红两口子并不能立刻闲下来，家里要干的活相反还很多呢，前些天借来的锅碗瓢盆，租来的帐篷和桌椅板凳都需要及时给主人家还回去，租金都是按天收取的，多放一天就得多出一份钱。院子里临时搭起的灵棚和做厨的灶台，临时打下的给客人取暖的土炉子，临时找电工师傅拉接的几段线路，以及那些杂七杂八的绳子、麻袋、木棍、板条、锹把、镐头、三轮车，都野狗拉尿似的肆意堆放在院子当间，走起路来直绊脚后跟，所以，四红他们得全力以赴投入到这场善后工作中，俗话说好借好**还再**借不难，东西堆放在自己家里总是个心病。更重要的是，除了归还物品，还有相当一部分客人虽出了礼金但当天并没有过来坐席，这就得私下里拎点肉食饼馍茶叶专程去登门答谢一下，这份人情是少不得的，这关系到一个家庭的声誉和邻里间的和睦。

瑕瑕第二天一早就回学校上课去了，家里又少了一个小帮手。瑕瑕离开家时，还特意叮嘱过爸妈，说爷爷一个人怪可怜的，你们还是赶紧把他接回来住吧。四红他们就答应说知道了知道了，等我们把家里事情忙完就接他回来。可人一旦忙起来，很多事情就被放在脑后去了。又过了几天，是个星期六，那天瑕瑕从学校赶回来，四红媳妇特意把灶上剩下的小吃丸子给瑕瑕烩了一锅，说要给娃娃好好补补身体。饭吃到一半时，瑕瑕突然问，爷爷咋不回来跟我们一起吃？四红这才回想起来，老爹的确已经有好些天没有过来吃饭了。吃过饭，瑕瑕妈盛了一海碗烩小吃让四红送到三红家去。

四红回来的时候，脸色很难看。四红给媳妇说老爹根本就不在三红家，三红还寻思说是在我们这边呢。四红急忙又去大红和双红家看，都说一直没有见老人来过。四红媳妇说，兴许是跑到城里找幺红去了，老爹那天不是一直嚷嚷着想去老五家住两天吗。当天下午，四红就赶到城里去，可幺红却说这些天他根本就没见过老爹的影子。四红顿时傻眼了，回家又去找三红理论，嫌他没有把老人看好。三红却犟嘴说，腿长在他身上，我哪知道他啥时间走呢！再说，老爹这是老毛病又犯了，迟早会被警察送回来的，别大惊小怪的！难道你们没听别人都乌老跑乌老跑的叫他吗？放心吧放心吧，他能走多远呢？过些日子准回来！于是，大伙又像往常那样，忙各自的事情去了，只有瑕瑕心里很不是个滋味，不过她也得按时返校念书了。

当一切准备就绪，人们才动身回家。

壹

短短的白天，晌午刚打了个盹儿，傍晚就跟野猫子似的猛不丁地窜进村庄里来了。眨眼间，村口便黑漆漆的，看不清什么了。那片早在刚一入冬，就凋尽了叶子的杨树林，也跟藏着一群饿死鬼似的，呜呜哇哇抓肠挠肺地号个不停。就连通往外面的那条唯一的石子路，也变成一缕细长的白烟，渐渐消散在人眼前。

这一天几乎是羊角村所有该回来的和不该回来的人，都赶在天黑前，三三两两回家过年。先是在建筑工地干活的泥瓦匠双喜爷儿俩，晌午前就双双从城里回来，这两人肩上都是大包小件的，分别扛着鼓鼓囊囊的编织袋，看样子今年的年货置办得不少呢。接着到了后半晌，钱嫂家的男人也骑着时风牌三轮蹦蹦车拐进街巷，车屁股屙出的油烟像条黑蟒，满街乱窜，但车厢里却是满满当当和花花绿绿的好东西——这两年钱嫂家的小商店开得正红火，而且，这两口子把大伙过年的货物也越办越齐全了，吃的，喝的，穿的，用的，孩子们燃放的烟火爆竹，自然不必说了；就连盗版影碟，都替大伙想到了，港台电影，美国大片，死长死长的韩剧，也是应有尽有。借用钱嫂的话说，过年嘛，大伙本来就是为了乐和乐和。此后，大块头的虎头领着两个兄弟，不紧不慢地从自家的蔬菜大棚赶回来，他们每人身上裹了一件军绿大衣，棕毛领子竖得老高，只能瞧见人的鼻尖子，一个个都袖着手，又像刚刚喝过酒，一路并排摇摇晃晃地进村了。

天色眼看黑了。这时，一辆枣红色的夏利呜呜地开进来，喇叭嘀嘀响，好像生怕别人不知道。大伙都从门缝隙探头张望，隐约看得见，好像是瘸子家的三尖尖回来了：她从车里光鲜地钻出来，两只手大大小小至少拎了六七个纸的和塑料的袋子，但看不清装了些什么，反正个个鼓得像猪肚子，那些袋子上有男人和女人头，还有夸张的外国字。这几年村里不少人私下里在瞎吵吵，说瘸子家的三尖尖在城里做那种事。

大伙还没来得及细细琢磨，今天三尖尖身上那件艳红艳红的、洋溢着喜庆气息的羽绒大氅，那边村长家儿子儿媳的黑色轿车也一路嘀嘀叫着驶进村来，好像是绕着羊角村视察工作似的，整整兜了一个大圈子，最后，才雄赳赳地在村长家今年新修的朱红漆防盗大铁门前停下来。紧跟着，村长家便带头放起了挂鞭，至少有两千响吧，把全村的鸡狗猫都吓得心惊肉跳，鞭声刹住半天，一向谨小慎微的狗们，还是心有余悸地狂吠不止，好像它们的魂儿，都跟着炮火味飞上了天，一个个在那里叫魂呢。

此后，又有几户人家，也相跟着放起了挂鞭，不过都是三五百响的短鞭，噼啪几下子，再无人家村长家的那种大气磅礴。总之，情况正如此，该回来不该回来的，似乎都要赶在这种时候，一窝蜂似的跑回家来团聚团聚，唯独开车在外满世界疯跑的水菊爸，这般天色还没见个人影子呢。

水菊爸开车是有年头的，手艺装在他身上，长年在外给别人当伙计扳方向盘，车主让水菊爸拉什么，他就拉什么，车主让水菊爸往哪儿开，他就往哪儿开。最远的一次好像开到了拉萨，差点儿把老命要了，狗日的高原反应，把人的肺子都快挤干了，连口气也喘不上来，挂了一路氧气瓶，后来车主又在当地雇了一名司机，才算把车顺顺当当地开下来。那一次水菊爸回来，着实待在家静养了好一阵子（医院查出他心脏多少有点问题，血压还高得降不下来），水菊妈三天两头骑着车子往镇上跑，今儿秤一筐鸡蛋拎回家，明儿割几斤肉骨炖汤。那阵子，水菊爸的圈脸胡也刮得猪膘样白净，很快身体就肥了一圈，走路都腆着腹，有几分艰难相，老要停住歇喘一会儿，好像精气神还没从高原上下来那会好。那段时间，水菊妈脸上表情怪怪的，见了人还会浮出两朵暧昧而又绯红的云彩，村里人都爱拿她取乐子，说水菊妈这回可算把男人拴牢实了。水菊妈也不跟人搭话，表情更怪更僵了，走路下巴总顶在自己胸口上，怕人看见她那张脸。

也许，只有水菊妈心里是最清楚的，男人这东西生下就不是能拴牢的，往往是拴住了胳膊腿脚，却永远拴不住他们的心。男人天生像草鸽子转世，不是家檐下只会喔喔打鸣的公鸡，他们拍拍膀子说走就走了，啥时候不折腾得疲累，是不肯罢休的。只要膀子还插在他们身上，还有足够的力气，回家总是待不长久的，总要思谋着再往外跑，好像外面比家里好一万倍似的。本来，那时水菊妈是执意不想再让男人出门跑车的，可坏就坏在水菊的婚事上。水菊妈做梦也想不到，女儿最终跟她这当妈的一个命相：好像天生注定这辈子都要嫁给开车的司机。水菊这丫头不知怎么想的，偏偏跟她爸收的徒弟刘峰搞上了对象，等大人们知道的时候，生米眼见煮成了熟饭，水菊死里活里要嫁给爸的那个徒弟。水菊妈跳着蹦子骂女儿，爸却在旁边一味地袒护，说司机也没啥不好的，车轱辘一转，一家吃喝全都有了。结果，还是当妈的拗不过女儿。水菊也倒争气，过了门以后又孝顺又体贴，很得公婆喜欢，没多久婆家那边就凑了笔钱，买辆二手的东风大卡，专门叫刘峰开上到外面跑运输挣钱。

后来，水菊跟刘峰私下里合计，一个人跑车太辛苦了，与其雇一个外人，哪如请爸过来帮忙开呢，至于工钱，爸原先每月挣多少照付就是了，或者，再多给一点儿也没关系，这叫肥水不流外人田。水菊回家把事情一说，水菊妈头摇得跟拨浪鼓似的，好歹不乐意，说你们就省省心，让你爸再多活两年吧。水菊爸长年开车在外，总让水菊妈在家里担惊受怕的，所以她是想让男人见好就收，待在家改行干点别的事，哪怕在街上摆个小菜摊呢。可问题是，男人根本听不进去她的劝，眼看身体已经恢复好了，又生龙活虎跃跃欲试的样子，全然不把女人的担忧放在心上，嘴里整天嚷嚷，不让我开车，你让我干啥去，坐在家里吃闲饭等死啊。后来，当然是事与愿违了，水菊爸还是跟刘峰轮换着开上自己喜欢的汽车，这翁婿俩只顾满世界跑，把各自的女人都丢在家里。

天擦黑时，水菊妈跺着脚独自站在村路口，往远处眺望了好大工夫。前方的路很长时间都是黑黢黢的，哪怕是烟头样大小的光亮也不再闪烁一下。这个冷寂而又漫长的等待过程，水菊妈倒是亲眼看见，枣红色的夏利车和黑色桑塔纳先后开进羊角村，后来又看见夏利车飞也似的开出来，汽车越过她身边急刹了一声，把她吓了一大跳，跟鬼叫一样难听。

出租车司机把头从窗户里探出来，声音穿过呛人的灰尘钻进她耳朵眼里，走不走，进城的，要走的话我可以顺路把你带上……大年三十的，价钱嘛好商量……那时，水菊妈的两只脚早都木了，眼睫毛上挂了浮霜，鼻尖青亮，尽管她出门时裹了毛围巾，寒气太重，冷风飕飕地往脸上挥砍。

喂，嫂子到底想好没，过了这个村可就没这个店啦！出租车司机一边吆喝着一边嘀嘀地摁着车里的喇叭，想催她快点进来上车走人。嫂子想好就快上来走嘛，这寒天腊月的，你站在外面，冻坏身子年都过不好啊！

水菊妈依旧巍巍缩着脖子，目光迟钝地移向出租车，但很快又飘向远方根本看不清楚的路。她出神地张望着，前面连个鬼影子也没有。身后的村子里，正传出噼噼啪啪的鞭炮声，间或还有砰啪作响的两响炮，声音传得又响又远，仿佛是到了天尽头，又被巨大的山石撞回来。

她知道年夜已经来临了，此刻在家家户户暖和的屋子里，大人孩子正吃着一年一度的团圆饭，她几乎能从冷冽的空气中嗅出酒菜的香味来。一家子人能围坐在一起，说说笑笑的，该有多好啊！

水菊妈这样想着，发白而缥缈的目光再次落在出租车门的玻璃上。我要去趟镇上。水菊妈三步并作两步走到车门跟前。司机立刻从里面帮她打开车门，车里面喷出一股暖气，像狗舌头一样舔到她脸上，她犹豫着还未坐稳屁股，汽车便像雪里逃命的野兔子，眨眼间窜出老远一截。

司机三十出头的样子，或者更大一些，留着两撇八字胡，眼睛又圆又黑，没事总是叽里咕噜乱转。水菊妈只扫了司机一眼，就孤注一掷地把目光盯在前面的挡风玻璃上。车实在颠得要命，心肝都快要蹦出腔子了。都是叫那些拉土的大卡车轧坏的，路上到处是坑。

嫂子，都这时候了，你咋不在家里好好过年，还往镇上跑干啥？司机一边好奇地打问着，一边费劲地拧着方向盘。水菊妈身上渐渐缓和了，她有点儿答非所问，又有点自言自语，你说咋就这么快，说话间又该过年了！司机尽量稳着方向，侧脸瞧着她说，要是天天过年才好啊，活好拉呀，不瞒嫂子说，我今天一天就挣了平时一个礼拜的钱。司机的薄嘴唇有些得意地外撇着。水菊妈说，先头看见你往我们村送人来着。司机诡秘地冲她笑笑，然后说，我刚拉的那个女的是干那个的，她老租我的车，有时三更半夜地还打电话叫我去接送她，干她们那行的跟我们一样，都属夜猫子的！不过话说回来，这种女人好吃懒做，她们的钱最好挣。说着，司机嘿嘿起来，好像他所说的事很有意思。

水菊妈没再接司机的话，但心里还是有些鄙夷的。她想假如自己是个开出租车的，死活也不会拉那个骚货的，让那种女人坐在车里，心里该多膈应啊。在她看来，瘸子家的三尖尖对羊角村来说，就是伤风败俗，所以，她实在想不通，像三尖尖这样的女人，咋还有脸跑回家来过年。她甚至想，自己要是摊上这么个坏丫头，非活活掐死她不可，省得给家里丢人现眼。

这样胡思乱想时，就不由得又想起来上次男人匆匆回家的事情。也是半夜里，反正男人不是半夜回来，就是天亮前进家门。有一条却是不会变的，那就是不管啥时候回家，被窝里的那件事是必做无疑的，也不顾她身上方便不方便，也不管她乐意不乐意，反正爬上床来就抱她压她顶她，她想拒绝也是没用的，他那里憋得硬邦邦的，非泄了那股烈火才罢休。其实，每回她都迁就他，更多是怕他在家里"吃不饱"，出了门又要拈花惹草。

那晚了了事，水菊妈趴在耳边问男人，老馋猫，你一出去十天半月的，老娘就不信，你不跟那些不三不四的女人胡搞。男人又总是死不认账的样子，骂她就爱瞎猜疑。她也就不再多问，知道狗改不了吃屎，问也是白问。可上一次，男人急急火火弄舒坦了，突然在她耳根子上嘀咕起来。他说咱们女婿在外头可有点儿花，他担心水菊那丫头将来吃亏。她说谁叫她不听大人的话，活该。嘴里这样说，可过一会儿又问男人，是不是抓住他什么把柄了。男人支支吾吾说倒也没啥，就是觉得不太放心，年轻人嘛，都好那一口，倒也没啥奇怪的。她就用胳膊肘使劲捅了他一下，不无嘲讽地说，还不跟你一副德行，有啥样的岳父，就有啥样的女婿，这就叫上梁不正下梁歪。男人假装什么也没听见，呼呼地自顾睡去，她却在黑暗中睁着一双眼睛，母猫样警觉，越想越惆怅。

贰

本来，早就说好了的，今年水菊他们小两口要回娘家来过年。

还是在刚进腊月的时候，水菊就跟妈通过一次电话。妈当时的态度好像模棱两可的，说这事最好跟你公公婆婆好好商量商量，如今毕竟不同以往了，你是人家的儿媳妇嘛。水菊却说有啥好商量的，去年是在婆家过的，今年就是轮也该轮到回娘家来了。后来，妈在电话里有意无意地问水菊，日子过得好不好，刘峰对她怎么样。水菊好像有些难为情似的，说，有啥好不好的，好又咋样，不好又能咋样。其实，水菊知道妈想问什么，还不是老生常谈，妈的话在当初她闹腾着要跟刘峰好的时候，就已经挑明了。所以，后来每次回娘家或通电话，妈都是一副很关心的样子，多半也是出于好奇的，总是没完没了地问这问那，水菊都听烦了，通常她都是一句无所谓的话，就把妈给打发了，有时干脆让妈碰钉子。水菊总是说，我们过得好好的，你老人家就放一百二十个心吧。

出嫁以后，水菊就跟公婆们一起住在镇上。镇子不大，但地处交通要塞上，国道和省道正好都在这里交叉着穿过去，因此，南来北往的车辆整日整夜穿梭不停，镇子因此显得特别忙碌和红火，从周边赶来的各式各样的商贩总在镇子上云集游荡着。水菊刚嫁过来的时候，晚上总是睡不踏实，滚滚的车轮和嘀嘀的喇叭声，时常碾轧着她敏感的神经。尤其是刘峰出车不在身边的时候，这些没完没了的声响总是搅得她难以入眠，她只好将电视机的音量一再调大，有时迷迷糊糊好不容易睡着了，半夜里又让电视的噪声给吵醒。那时外面倒是安静一些了，路上的车辆好像销声匿迹，深夜显得冗长，好像一个无底洞，她掉在里面，眼睁睁等着太阳出来。也许太静的缘故，人本能地不跟外界抗争了，心事却又一股脑儿浮现出来跟瞌睡较量。思前想后，无非是那点儿事情，想出门的男人，想他现在是在路上，还是在某家汽车旅馆呼呼大睡。有时也想想娘家的一草一木，想起妈这时也是一个人孤独地守在家里，院子空荡荡的，床也空出一多半，就像自己的一样。妈是提醒过她的，可这就是她最终选择的生活：寂寞地守着本该属于两个人的一间屋子，担心像揣在怀里的兔子时时蹦跳。但是，她又觉得，这种日子似乎也有盼头的，在某个黄昏或者黎明，刘峰就像汽车一样马力十足地驶进她的梦里，带着外面或冷或热的空气和满身永远除不去的汽油味，有时简直像一头脏兮兮的野兽，钻进她的被窝里横冲直撞的，把她压得喘不过气来。现在，水菊才渐渐明白了妈的一席话，做一个长途车司机的女人，更多意味着的是等待和担忧，似乎是无尽头的等待和没完没了的担忧。偶尔，水菊会想，也许自己当初的决定和执拗都是错的。不过，这只是一种闪念，稍纵即逝。

还是两天前，水菊就在镇里办了丰盛的年货，除了烟酒糖果瓜子这几类吃食，还特意为爸买了一身三层保暖内衣，而且是带护膝和加厚腰的那种，爸常年在外跑车，尤其寒冬腊月天，腰腿是要落病的，都说人老先老腿，所以她挑来选去就给爸买下了，自然是少不了刘峰的一套。给两个男人都买了新衣服，水菊才想起，应该给妈也买一件，最后她选定了一件黑色的开襟羊毛衫，上面绣着很艳丽的牡丹花图案，大大方方，素中有艳，看着就非常喜庆，可她知道妈这人毛病多，有时挑三拣四的，不知妈会不会喜欢，心里反复嘀咕着，最后还是买了下来。在水菊眼里，爸和丈夫这俩男人几乎是同等重要的，分不清谁的分量更重要一些。她小的时候，爸就开始在外面跑车，每次回来都少不了给她带样小玩意儿，什么拨浪鼓、银手镯、花裙子、故事画书，还有好吃的糖果，而她总是第一时间雀儿样扑到爸的怀里，蹭磨着非要骑到爸的脖子上。爸心情好的时候也是乐此不疲的，把她高高地架在脖颈上，满院满屋疯跑着，一路笑着，闹着，她每每乐得都要打很长时间的嗝，惹得妈一个劲怪怨，嫌他俩太黏糊。

相比较而言，水菊跟妈的关系就要平淡些，也可能是娘儿俩整天搅和在一起，少了新鲜味，而日常摩擦和磕磕碰碰又是必不可少的，所以不像跟爸那么亲，在爸这边她是小棉袄、小尾巴，在妈那边往往是小调皮、捣蛋鬼、坏丫头和死丫头，爸是很少动手打她的，从小到大都是由妈来教训她的。尤其到了谈婚论嫁的年龄，水菊跟妈的关系一度紧张得要命，妈对她和刘峰的事时常大动干戈，若不是爸在其中做和事佬周旋着，真不知娘儿俩会闹到什么地步。更让水菊不能理解的是，自从她出嫁后，妈跟她似乎一下子就生分起来，凡事都分得清清楚楚。比如：妈总跟水菊说，从今往后你是你我是我，你的事当妈的管不了那么多，你们的日子过好过赖，都跟我们没关系……这些话也许说者无心，可在水菊听来，却总是要生几分伤感的。水菊知道妈气不顺，妈不乐意她嫁给刘峰，从头到尾都反对他们的婚事，妈一点儿也不体谅他们，他们想请爸帮忙跟刘峰一同跑车，可妈的态度几乎又是六亲不认的样子，好像生怕他们不给爸发工资，亏了爸似的。总之，水菊自己心里有数，现在她跟妈的关系就是这样，不咸不甜，不冷不热，处得尴尴尬尬的。很多时候，她们俩倒是更像一对陌生女人。

腊月二十七、二十八、二十九，基本上都是掰着指头过来的，不过这三天时间，她倒是把一切该准备的东西都准备好了，直到年三十晌午，家里连车的影子也没见呢，她给刘峰去电话，手机老是联系不上，水菊急得吃不进饭，坐立不安的。公婆见她一趟趟往街门口溜达，每隔半个钟头就踮着脚朝远处张望，他们也有些着急了。不过，老人毕竟是老人，不能跟着年轻的小媳妇凑热闹，反拿话揶揄她，说，该迟回来的早一刻也回不来，水菊你别着慌哟！或者说，出门在外的事，保不准有个拖拖拉拉的，路上车那么多，又都是赶着过年的，哪个不想早回一阵子。公婆们这样说，其实是让她放宽心的意思，可这反让她更加坐卧不宁。

想到出门在外，想到车轮飞转，就想到了三长两短，甚至想到了生离死别，她的心都鼓到嗓子眼了，似乎张口欲出。忽然间，脑子里鬼使神差就钻进一个前所未有的念头，如果还有下辈子的话，自己好赖是不能嫁给开车的男人了。这样想时，水菊简直有点讨厌自己，因为她几乎立刻意识到，此刻的想法跟娘家妈的忠告竟不谋而合了，或者说，她们娘儿俩的观念出现了惊人的相似之处！这就难怪妈当初要说那么一箩筐难听的话。现在，水菊似乎终于有所觉悟了，原来她以为妈的那些话早就随着婚礼上的一串串鞭炮声烟消云散了，没想到事情过去快两年了，妈的话始终摆在她生活必经的那个路口，像一块磨得尖利的石头，冷不丁又绊了她一下脚。她恨自己的立场如此不坚定。

这种焦虑不安的等待，简直是活受罪。年三十这一天像面条被谁使劲给拽长了，长得出乎想象，根本不像是一天，而是一年，整整三百六十五天。镇上到处洋溢着过节的喜庆，所有的店面都争先恐后地贴上了大红对联，堆积在门口和橱窗里的货品琳琅满目。孩子们的鞭炮声断断续续，那种双响炮隔一会儿就砰啪在耳边炸开，听得水菊心惊胆战的。而且，越是到下午，四周越是炮声隆隆的，好像镇子上什么人在打仗，有种兵荒马乱的味道。水菊最后一次站在路边眺望时，天色已经有些昏暗了，她才注意到，镇上几乎没什么人了，除了那些叫叫闹闹一味疯耍和正在燃放爆竹的孩子，街里已经空荡荡的，白天里叫买叫卖油嘴滑舌的商贩忽然间没了踪影，好像战争真的要来了，他们不得不卷起铺盖打起包袱四散奔逃。看来，年对人来说还是顶重要的，连那些平时把钱看得命样重要的生意人，都忙着赶着要回家团圆去。

水菊是想给妈打个电话去的，可号码都拨到最后一位了，她突然又把话筒压掉了。说心里话，此刻她感到有些茫然，她不知道该在电话里跟妈怎么说，也许她还没等张嘴，就会被妈没鼻子没脸数落一通，妈肯定会说，现在才知道着急，你早干啥吃的？这就叫不听老人言，吃亏在眼前！或者，她刚一听到妈的那声"喂"，就先忍不住要哭上一鼻子了，想一想那样该有多尴尬，妈肯定会瞧不起她的，以后她还怎么面对妈呢？所以，思前想后，考虑再三，水菊终于放弃了给妈去电话的念头，可心里却有几分内疚，她想妈这会儿必定也在家里急得团团转，眼看要吃年夜饭了，女儿女婿还有丈夫，都连个影子也见不着。

傍晚的时候，水菊正心神不定呢，婆婆系着围裙来到他们的卧房，笑眉笑眼地对她说，你公公说，等小峰回来咱们一起吃团圆饭，你要是饿了，先随便垫两口。水菊听了心里很不舒服，她想，不是早就说好的刘峰一回来就跟她去娘家过节吗，怎么忽然又变卦了。婆婆像是猜透了她的心思，不等她搭话又接着说，你公公的意思是，今儿已经晚了，说等过了年初一，你们俩再回去也不迟。水菊听完气不打一处来，说话的口气就有点冲了。她说，你们不想让他去，那就算了，我现在一个人回去。说完，她就作势开始收拾要带去的礼物。婆婆明显愣了一下，儿媳妇似乎从过门到现在还从没这么跟她说过话呢。她嘴唇嗫嚅着，半天才想起要以一个婆婆的身份说两句硬话。

于是，婆婆板着脸质问水菊，哪个不让你们回去了？你这娃娃咋好赖话听不进去！你公公也是好心！再说也是早一天晚一天的事，你就那么着急回去？好像我们一家把你娃娃亏待了不成？水菊正在气头上，听婆婆这么说，她立刻又把话抢过来，我也没说你们二老是坏心呀，可是我妈正在家等着我们呢，我不回去，我爸也不回去，你说，让她这个年咋过啊？反正，我不能让我妈一个人过这个年！说到这，眼泪早扑闪闪地涌出来两行，简直委屈得不行。

这次，婆婆彻底怔住了，一时不知该说什么好了。在婆婆眼里，水菊一直是很温顺很听话的好姑娘，从来没有对老人这么凶过，今天像吃了炸药。婆婆只好气恼地离开了水菊他们的房间。

叁

出租车停在镇街的一片粉绿相映的灯光下。

因为水菊妈临时出门，身上只有一张百元的大票子，司机硬说他找不开，他就把车靠街边停稳，非要水菊妈下去把钱换开。司机诡秘地说，这种地方，男的是换不来钱的，我要是进去了，只能把这张钱全都花掉，这里可是光进不出的，嘿，嘿，嘿……她犹豫地听着司机的话，最后很为难地下了车，脚刚一落地，就被不远处窜出的隆隆炮声吓了一跳，简直跟炸雷似的，天空都映红了。

车外干冷干冷的，黑暗中像是有很多把老刀刃一下一下朝人的脸和脖子猛刮着。她木讷地缩了缩脖子，把围巾往紧裹了裹，围巾有些年了，还是水菊爸有一次从外地给她带回来的。镇街她不知道来过多少回了，可黑灯瞎火一个人站在这里，好像还是头一次。人不免有些空茫和陌生感，眼前有几间门面不太大的美发店，门和窗都朦朦胧胧闪着粉粉绿绿的光，有些暧昧不清。她本能地原地徘徊着，半天也没想好要不要走进去。她扭头朝这条街的两头张望了一会儿，想找一家商店或别的什么店铺，可是，整条街上，亮灯的地方，似乎只有这一小片了。

这时，司机大概等得不耐烦了，车喇叭嘀嘀地鸣起来。水菊妈这才不得不硬着头皮，稀里糊涂走上去，推其中一间美发店的铝合金玻璃门。门上挂着一串风铃，被她一推叮叮当当叫起来，里面的几个年轻女人正围着一张茶几摸牌，风铃声惊动了她们，所有女人的目光几乎在同一时间落在水菊妈身上。

水菊妈的样子很窘迫，仿佛自己冒冒失失闯进了男人们的浴室，羞得半天抬不起头。好在，她手里攥着那张百元票子，就像出示门票似的，她冲那些坐姿扭扭曲曲、头发乱得像鸡窝、嘴唇血红血红、眼窝闪着蓝光的女人们挥了挥手，能不能帮忙给换点零钱？水菊妈的话未落，店里就传出一阵嗡嗡的哧笑声，好像一群蚊子在她耳边盘旋。其中，有个外地口音很重的女人，哼着鼻子懒洋洋地说，换啥子钱？这儿又不是开银行的！接着，又是一阵意义不明的嬉笑声扑面而来，几个女人已经开始旁若无人地摸茶几上的扑克牌了，然后尖叫着各自出牌。水菊妈不知所措，又愣了几秒，才惶惶地往后退，风铃再度叮叮当当摇晃起来。

出租车司机见她跑回来，连忙把自己的头从摇下来的车窗探出。她无奈地冲司机摇了摇头，又原封未动地将手里的票子递过去。司机张着嘴巴，很快就不无恼火地嚷起来，给我干啥？我真的没钱找给你！这家换不上，你再去别的地方试试嘛，活人还能让尿憋死！这话她听得很刺耳，很想回敬司机两句，这人简直没大没小的！可毕竟没换来钱，有点儿理屈词穷，再说大过年的，骂人总归是不太好的。

后来，水菊妈不得不按照司机的指使，再次上另外两家店里去换钱。当她走进最后一家时，里面唯一的女店员倒是很客气的，答应帮她换钱，可人家提出来一个条件，说，大姐我给你修一修头发吧，你的发型实在太土了，马上要过年了，换个发型图个吉庆嘛，人家南方人讲究年三十理发，发大财呢。水菊妈一开始也没答应，可司机的喇叭声简直像催命鬼似的在外面叫着。再说，这家店不像刚才那两家坐着一堆乱七八糟的女人，这里灯光也相对要亮堂些，像是做正经生意的地方。还有，说要给她修头发的女店员看上去也倒像个干手艺活的，关键还有一条，女店员一再央求说，大姐你就帮帮我的忙，我在这里学了快一年徒了，过了这个年就要回老家去了，你就让我年前再做最后一个生意吧，也图个来年风顺心想事成嘛。人家话已经说得这么恳切了，而且，还有点儿可可怜怜的味道，人心都是肉长的，水菊妈最后犹犹豫豫答应了。

其实，早在一个礼拜前，水菊妈还真的动过烫一烫头发的念头。那天，她去村里的小商店买酱油醋什么的，进去一抬眼就看见钱嫂正站在柜台后面，手里捏着一块小镜子，左一下右一下地照个不停，她发现人家把留了多年的头发剪短了，而且烫成了大羊毛卷儿，还染成了板栗色，很时髦的样子。钱嫂主动跟她搭讪，说自己本来不想烫的，可孩子爸非要撺掇她去烫一个，还说如今就流行这样，她又问水菊妈好不好看。水菊妈就随口说，钱嫂人一下子年轻了二十岁。为此，钱嫂简直乐不可支，竟然一改往日铁公鸡一毛不拔的嘴脸，买东西零头的八九毛钱，她居然大方地不跟水菊妈收了。

　　水菊妈那天回家，特意照了照镜子，忽然觉得自己真的老了不少，这种感觉水菊出嫁时曾一度有过，水菊嫁人成家过自己的小日子去了，当妈的也就完成了自己的历史使命，好像也跟着人老珠黄了，可这感觉过了一年半载，似乎又隐藏在生活背后了。然而，镜子里的那个女人却是真实存在的，她眼角的皱纹越来越密了，脸色也干黄黄的不景气，头发更不如从前那么又黑又厚了，仿佛稀疏得快盖不住头皮了。水菊妈有点儿孤芳自赏地将头发撸起来，撸到钱嫂新烫的发型的那个高度，雪白的脖颈一下子露出来了，女人的脖子就像天鹅的颈项，美丽和高贵全部写在上面，露出来和藏起来感觉很不同。那一刻，水菊妈心里说，你钱嫂再把头发烫得卷卷的，染得黄黄的，可是你有我这样光洁耐看的脖子吗？而在她看来，钱嫂的脖子根本不叫脖子，那简直就是一段粗圆的冬瓜顶在肥胖的胸口上。这样想时，她忽然意识到，自己也许真的该去烫烫头发了，何况春节马上要来了，到时候水菊爸从外面回来，还有女儿女婿，也算给大家个惊喜，至少也让他们大吃一惊吧。

现在，水菊妈坐在宽大的镜子面前，那个女店员已经嚓嚓地对她蓄了多年心爱的头发动起剪刀来了，她多少有点儿心疼，但同时又有种豁出去的快感。通过镜子，水菊妈注意到，眼前的姑娘也就十八九岁，长得还算眉清目秀，上身只穿一件高领的宽松羊毛衫，一对胸脯正鼓鼓欲出，腿上绷着那种磨得很苍白的牛仔裤。最引人关注的是，姑娘的头发形状古怪，刘海儿剪得像狗啃了似的参差不齐，从前面看好像留着一头短发，可等从后面再看呢，一缕很长的头发竟然又从一圈短发中钻出来，像一条油滑的黑蛇爬在姑娘脊背上，就像是忘了剪掉。于是，水菊妈开始紧张起来，姑娘手中的剪刀每咔嚓一下，她的心就跟着扑腾一声。水菊妈一个劲唠叨，姑娘，你可千万别给我剪坏了，要不难看死了，这大过年的，我可咋出门见人哟。姑娘倒是四平八稳胸有成竹的样子，一再说，大姐放心好了，剪坏了我给你赔一个新的。这话让水菊妈更加忐忑不安，赔？头发剪坏怎么赔？她越寻思越如坐在针毡上。于是，只好在心里默默怪起刚才那个讨厌的出租车司机来，都怪他没有零钱，还偏偏要她下去惹来这种麻烦。继而，她又开始怨自己的男人，大年三十的也不知道早早回家，害得她黑洞洞地跑到镇上。这样一路怪来怪去，最后就把事情全都怪到水菊一个人身上：这个死丫头，都怪她当初不听当娘的话，害得一家人连年也过不安生！死丫头！

就在水菊妈发呆生闷气的工夫，门吱扭一响，一股冷风旋进店里。姑娘手里的剪刀暂时停下来，水菊妈的脸上已经落了一层刚剪下的短头发，鼻孔和眼睛都痒得难受，身上穿着那种脏兮兮滑溜溜的护围，脖领子系得很紧，脖子几乎不能自由转动，所以，她只能眯着眼，听天由命地傻坐在椅子上。姑娘正在跟刚进来的客人搭讪。先生是洗头理发，还是刮脸？客人并没有立刻回答，在店里东张西望趑趄了一阵，然后才支支吾吾问，咋就你一个人啊？姑娘答应一声说，对，就剩我一个了，其他人回家过年了。客人一直背对着水菊妈，嘴里叼着烟。水菊妈本来就眯缝着眼，这时她从镜子里，只能瞥见一团烟雾在她身后慢慢飘散，还有那个男人的半拉后脑勺，根本看不清面目。姑娘转过身边给水菊妈剪发边问，先生到底理不理，要理的话就先坐下来等一等嘛，我马上就好了。客人往姑娘身后凑了凑，声音压得很低，有些吞吞吐吐地说，你这里有没有……别的服务……我想找个……小姐。这话倒让水菊妈听得清清楚楚的，而且，不单单是清楚，还有点似曾相识的味道，好像在什么地方听过，可一时好像又想不起来。难道是村里的什么人吗？水菊妈心里莫名一慌，她想睁大眼睛从镜子里看一下，但那客人始终背对着她，再加上姑娘的身体挡着，从镜子里根本看不到那个人。

这时候，姑娘手中的剪刀也戛然而止，她三步两步走到门口，吱扭一下将店门推开了。与此同时，姑娘像是有点儿恼羞成怒，很不客气地说，我们店没有你要的那种服务，想找女人，上外面去吧！客人听了有点儿不甘示弱地还嘴，喂，你他妈有毛病啊，发啥火嘛，大过年的，没有算了，就你这样的白搭给老子都不要！此时，水菊妈几乎瞪大了双眼，她眼看着那个男人气冲冲的背影在镜子里一闪，随即消失了，然而，就在最后的一瞬间里，她的脑袋像是被门外灌进来的冷风彻底吹清醒了，她在椅子上不由得打了两个寒战。

姑娘红润的嘴唇噘得高高的，转身回到水菊妈身边，半天都气愤难平。不过，她并没有忘记自己的本职工作，剪刀声复又在水菊妈耳边咔嚓起来，让人几乎能感觉到，这剪刀声里带着一股怒气。姑娘边剪边跟水菊妈叨叨起来，他妈的，没见过这号臭男人，以为自己兜里有俩臭钱，不知道姓啥了，整天就知道玩女人……呸！不要脸的狗东西……哎，我说这个大姐，你这是咋的了，好好的你哭啥哭嘛？大姐，你是不是心疼自己的头发了，没关系的，头发剪了还能重新长出来呀，没啥好哭的！大姐，你要相信我的手艺，我保准让你百分百满意，你千万别哭，你再哭我可不敢给你剪了……水菊妈慢慢回过神来，轻轻摇了摇头，把一只手从护围底下伸出来，使劲抹了抹脸上的泪水。

过了一会儿，水菊妈对着镜子里的那个头发乱糟糟的女人说，姑娘我不是为头发难过，我是为自己难过，为自己的命不好难过！想了想她又说，姑娘你使劲铰吧，铰短些我也好图个清净。

肆

水菊觉得妈真是越来越奇怪，以至于她甚至有点儿后悔了，早知妈是这副样子，自己何苦非要赶回来过年呢？而且，好端端的，还跟自己的婆婆闹很不愉快，以后不知该怎么相处。更让水菊没想到的是，她大老远从镇上打车跑回来，可以说是归心似箭，可家里却连个鬼影子都没有，门上了锁，幸好她还留有娘家这边的钥匙，要不然她不知道该怎么办。家里冷冷清清的，炉子里的火眼看快死了，她赶紧用火筷子擞了擞，重新续上几块蜂窝煤，又去伙房接了一壶水坐在炉子上。水烧开大约快有一个钟头了，妈才迟迟从外面进来。

那时候，水菊正坐在沙发上边嗑瓜子边看电视上的春节晚会。妈不无吃惊地问了句，你这丫头咋跑回来了？好像她根本就不应该回来似的。水菊反问，妈你到底上哪儿去了？害得人家等了这老半天！妈没理水菊，自顾解下围在头上的围巾。水菊这才注意到，原来妈新剪了头发，看上去比原先精干多了。水菊说，妈你怎么不烫一烫，刘峰他妈隔三岔五就去烫头，像你这种年纪烫发最好看了。妈却没好气地说，烫啥烫，烫了给谁看，你妈哪有你婆婆那个命？水菊被妈的话噎住了，翻着眼睛，小声嘀咕，大过年的，咋都跟吃错药了似的。没想到这话让妈听到了，瞪着眼睛对水菊说，妈就是吃错药了，嫌我说话不中听，你以后干脆就别回来，省得心烦！水菊还想还嘴，见妈脸色确实有些难看，只好做了个鬼脸，不吱声了。妈也不再跟她计较什么，屋里屋外进进出出忙着准备吃的。水菊闲得无聊，晚会好像也没多大意思，小品相声歌曲，翻来掉去就那么几下子，遥控器摁来摁去，找不到自己喜欢的节目。

妈要着手包饺子了，水菊也凑过来帮忙擀面皮儿。擀了几张，水菊忽然想起来给妈他们捎回来的礼物，又迫不及待地把那件羊毛衫翻出来，毛手毛脚地就往妈的身上套。水菊说，你身上的这件毛衣早该扔了，试试我给你买的这件，是今年最流行的款式。妈好像很不配合的样子，一个劲扭着身子往一旁躲。水菊说你穿上这件衣服，至少能年轻十岁。妈正在捏饺子，满手都是雪白，稍微一拨拉，新毛衫上就留下两只白手印子。水菊有点儿生气，埋怨妈不该躲躲闪闪的。妈说我又不怎么出门，穿那么好干啥？又说，买这么好的东西，真是苦了钱了。

水菊真的生气了，噘着嘴说，妈你这人简直太土了，土得掉渣了，也不看现在都啥时代了，你还穿这种土里土气的手编毛衣，多难看呀！妈听了顿时拉下脸子，把手里的擀面杖用力搁在案板上，把歪歪扭扭刚套在身上的羊毛衫三下两下扯下来，随便扔在一边。你说得对，你说得好，你妈就是这种老样子，你们新潮，你们现代，你们过你们的，我过我的，我懒得再替你操心！说着，泪珠早已经从妈的眼圈里蜂拥而出，顺着一侧的脸颊滚到面团上。妈嘴角抽了抽，背过身去，抓起衣襟揩着眼睛。水菊吓了一跳，自她出嫁以后，还从来没见妈发这么大火。她有点儿糊涂，不知道妈到底怎么了，是在生她的气，还是生爸的气。这种时候，水菊也气得鼓鼓的，当然她生的是刘峰的气，她在心里不停地骂刘峰，简直就是个活死人，就算一时半会儿回不来，也该记得给家里打个电话吧。水菊暗自发誓，等刘峰回来非好好收拾他一顿不可。

偏偏说曹操曹操就到。妈在伙房煮饺子的工夫，水菊听见外面敲门的声音，她喜出望外，跑出去开门一瞧，果然是刘峰。刘峰缩着脖子站在面前，水菊朝刘峰身后看了看，黑乎乎的，什么动静也没有，很明显，刘峰不是开车来的。水菊问我爸呢，刘峰往她脸上吐了口烟，说，也不问问我好不好，张口闭口就是你爸！水菊马上伸手捣了他一拳头，娇嗔说，讨厌，你这不是囫囵囫囵一个人吗？刘峰把手里的烟头弹到黑暗中，一下子就张开双臂把水菊搂在怀里，快，让我亲一个，都快把人想死了！水菊上身挣扎着，两只手却准确无误地搭在刘峰的脖子上，她被刘峰抱得紧紧的，两只脚都离开了地。那种久违的气息扑面而来，带着熟悉的汽油味，还有仆仆的风尘，是渴望已久朝思暮想的，黑暗中水菊觉得自己好像乘着风飞了起来，她有点忘情地迎合着刘峰的亲吻。

他俩的这通黏糊，最终是被水菊妈的一阵咳嗽声给打断了。妈站在廊檐下喊话，饺子好了，进来吃吧。然后，妈就摔摔打打进屋去了。水菊惊慌地推开刘峰，说，都怪你，惹得妈好像不高兴了。刘峰不以为然，说，有啥不高兴的，我俩可是合法夫妻，又不是偷鸡摸狗！水菊不理睬他，但她还是觉得妈叫他们吃饭的口气，好像咬牙切齿的。妈真的太奇怪了，她是不是更年期到了？跟刘峰往屋里走的时候，水菊心里忽然这样想。

屋里，饺子果然已经盛好了，正在桌上胖乎乎地喘着白气。刘峰二话不说，往桌边一坐，端起最大的一只碗，边吃饺子边滋溜着嘴，简略地跟她俩说了说一路上的情况。大致的意思是，他们在外面的一个小县城把过路人撞了一下，行车政驾照都让交警扣了，因为赶上年前交警人手不够，说过完年才能处理，车上还压着货，没人照看不行，水菊爸让刘峰搭了辆顺路车，先回家报个信。刘峰说事情若依着他的性子，不管三七二十一，先把车开回来再说，大不了赔个万八千的，权当破财消灾。可水菊爸的意见跟刘峰不太一致，说好歹再等上几天，一方面受伤的老乡还躺在医院里。另一方面车上的那些证件也都攥在当地警察手里，还是争取把事情处理妥，再回家也不迟。

水菊妈一听，顿时把碗和筷子重重地搁在桌子上，半天不吭一声。倒是水菊在一旁连声责问刘峰，是你开车撞的人，还是爸撞的？运气咋这么背呀，还让不让人过年了！刘峰梗着脖子，一副很无辜的样子，说，出事不由人，好像谁愿意出事。可是，水菊依旧不依不饶追问，究竟是不是你撞的？你快老老实实说。水菊妈本来情绪就不好，现在一听水菊这样没完没了叽叽喳喳的，马上接过话头，大声冲水菊嚷，你问他这些还有屁用！你是不是盼着是你爸撞了人才高兴呢？你这丫头到底安的啥心眼子？！水菊被妈的话给呛住了，她连忙摇头说，妈，看你想到哪里去了，我咋会盼着爸出事呢？又回过头狠狠瞪着刘峰，说，肯定是刘峰，开车不长眼睛！刘峰嘴里正含着一个饺子，话音含含糊糊的，好像在说，事发当时水菊爸在开车，他在旁边打盹。水菊妈哼着鼻子说，我早知道会有这一天的，果不其然。说着，用眼睛没好气地扫了一下刘峰，问，你尽说半截子话，那到底把人家撞成啥样了，那人现在是死是活？刘峰赶紧咽下嘴里的饺子，抻着脖子说，人死了倒也零干，那个家伙现在赖在医院里，哼哼唧唧的，我看是想讹人呢！水菊听了忙又插话，真倒霉，这回该咋办？我爸也真是的，开车也不看清楚路……话音未落，水菊见妈正拿眼睛死死剜她，吓得她再也不敢出声了。

这顿饭吃得很不愉快，只有刘峰把碗里的饺子吃了个精光，他还自己去伙房盛了热饺子汤喝了，然后在堂屋里不停打着嗝，一副没心没肺的样子。两个女人都没怎么吃东西，碗里的饺子坨成一个疙瘩。水菊想帮妈去收拾一下锅碗，一进伙房就让妈给搡了出来，妈说，不用，不用。口气生分的有点儿像跟外人说话。水菊有点儿害怕，打小她就很了解，妈一旦生起气来，什么都不让别人碰的，宁肯把自己累个半死。水菊觉得刚才自己确实说错了话，不管怎么说，爸是帮他们开车，爸即便有千错万错，也不能当着妈的面说那些埋怨话。

等水菊恹恹地回到堂屋，刘峰竟然斜靠在沙发上呼呼地睡着了，她简直气不打一处来。上前不管三七二十一，就拧住了刘峰的一只耳朵，死猪，就知道吃了睡！刘峰疼得直叫唤，一骨碌从沙发上跳起来，涎水从嘴角淌下来。水菊说都啥时候了，你也能睡得着！刘峰呲呲叫着揉着自己的耳朵，说，你冲我凶个屁，又不是我把人撞了！水菊毫不让步，嚷着说，你啥意思，难道我爸他是故意撞人的？刘峰阴着脸子说，总而言之，你们娘儿俩尽拣软柿子捏，出了事都拿我撒气！水菊说亏你也是个男人，大过年的好意思把我爸留在外面，你自己跑回来又吃又睡享福呢。刘峰的脸顿时被说红了，一时语塞。水菊依旧不依不饶的。

他俩正吵得难解难分时，水菊妈进来了，见二人剑拔弩张脸红脖子粗的样儿，就板起脸说，大过年的，能不能安生些，要想吵闹到外面去！水菊嘟囔着说，谁要跟他吵，妈你瞧瞧他那副死猪相，这一会儿工夫他就睡着了！水菊妈却啧啧嘴，话中带话地说，人家一路上费心费神劳苦功高的，想睡就让他睡去，你这丫头一点儿不知道心疼人！刘峰并没听出什么，反倒底气足了起来，偷偷用白眼珠翻着水菊。水菊觉得妈的口气有点儿怪，可又不能理解妈的真实用意，只说，要睡你干脆回你们家睡去，省得让人看了心烦！刘峰赌气说，好像谁愿意来，还不都是为了你！水菊听刘峰这么一说，真的生气了，那你还站在这干啥，现在就滚回去，谁稀罕你来，你永远不回来才好呢！水菊妈挡在中间，好像生怕他们会打起来，嘴里说，你俩到底有完没完？又转过脸冲着刘峰说，我知道，你当然不乐意来这个小村子，你是见过大世面的人，外面的花花世界把眼睛都晃花了吧，你哪还有心思来我们这个烂地方啊！你想去哪儿我心里清清楚楚的。

刘峰忽然发觉丈母娘的脸色有点严肃，她的眼神既精明又有点儿鄙夷，他的脸就越发地涨红了，一时不知道该怎么去接水菊妈的话头。最后，他只是羞赧地回头白了一眼水菊，用眼神传达了自己此刻的所有不满，然后，他几乎气冲冲地甩了一下门，头也不回地出门走了。

外面传来一阵阵炮声，或远或近，时而嘹亮，震耳欲聋的，时而又很沉闷，听不太清楚，隔山隔水的，好像是从另一个天地传来的。除夕夜毕竟有些不太寻常，夜色正往很浓很浓的火药味里延伸。水菊站在屋里，冲窗外望了半天，一串泪水慢慢地从眼眶里溢出来。她悄悄背着妈拿手背揩了揩，无论如何，这种样子是不能叫妈看到的。

伍

家里的气氛不尴不尬的，这种时候偏偏有人上门来找水菊妈。

水菊这时心情很糟，暗自不停地咒骂着刘峰，骂他没良心，骂他不懂人情世故，却又不能当着妈的面唠叨这些，那样一来，妈该怎么看她？妈对她的婚事一直是耿耿于怀的。这一点水菊心里明明白白的。刚才，她分明从妈的话里听出了一些弦外音。妈那话到底是什么意思，怎么好端端地突然对刘峰说那种莫名其妙的话？水菊百思不得其解，再回过头想想，妈今天从进门起到现在，鼻子不是鼻子，脸不是脸的，好像谁把她得罪了似的。

不就是爸晚回来几天，至于生那么大的气！趁妈出去给客人开门的时候，水菊终于忍不住把心里的话说出口来。而后，水菊还不解恨，又狠狠地把刘峰在嘴边骂了一通，她咬牙切齿地说，死东西，有本事以后再别进这个家门！

妈出去有一会儿了，半天也不进屋来。水菊又实在懒得动弹，只扭头往窗外瞅一眼，模模糊糊看见，院门那边有两条黑影：妈好像正跟一个人站在街门洞里，面对面说着什么。门在妈和那个人身旁半开半掩，透出外面的一段泛青的路。水菊觉得好奇，急忙走过去趴在窗台上，用手抹了抹窗玻璃上的哈气，仔细往外看着。这才看出，妈的两只手好像抓着什么东西，或者，是个装了东西的塑料袋子吧。站在妈对面的是个男人，两只手交叉搂抱在胸前，说话时身体总是向妈一倾一倾的，因此，两人之间的距离近得很，好像很亲密的样子。水菊想，妈手里拿着的东西，必定是那个男人送给她的。那究竟是什么呢，吃的，穿的，还是用的？这种时候什么样的男人会来给妈送东西呢？

　　在一通猜想之后，水菊心里忽然就有点儿不舒服了，就像妈背着她做了什么见不得人的事情。其实，这种心理在她出嫁以前，或者更早一些时候，就曾有过的。水菊记得当时，一到农忙时节，别人家都是爸妈孩子齐上阵，家家户户干得热火朝天，唯独水菊家情况特殊，爸长年开车在外，地里总是她们娘儿俩形影相吊冷冷清清。每到这种时候，妈都要不停地唉声叹气。妈说，你爸我们是一点儿也指望不上，咱们家就当没他这个人。后来，不知从什么时候起，情况有所变化，那就是，到了最忙的时候，总会有个把男人主动来地里，帮着水菊她们干活，比如收割，比如耕作，比如上房泥修院墙，还有拓煤饼子。这种时候，妈紧锁的眉头才会稍稍展开来，妈会想方设法做很多好吃的东西，还要沏一壶糖茶，送到干活的地方，让帮忙的人随便吃喝，让男人们赞不绝口。可是，有一次水菊却听到旁人的几句闲话，他们说水菊妈可真能干啊，一下子给水菊认了好几个干爸，有会种菜的爸，有会打粮的爸，还有会砌墙抹房泥的爸。那时水菊还小，还不太懂大人们的话，可隐隐觉得，妈那样做似乎不好，别人会戳她们的脊梁骨。

　　就说今晚，还有让水菊觉得不自在的地方，妈一晚上跟她最多也没有说过十句话，而且，几乎每说一句话，她都带着很浓的情绪，可现在，妈却站在黑灯瞎火里跟一个什么男人聊起来，没完没了的，外面多冷啊，妈竟一点儿都不在乎！这简直引起了水菊一股强烈的妒忌。进而，水菊不由自主地对妈起了猜疑：不对，妈肯定有什么事瞒着她，或者，十有八九妈根本就不想让她跟刘峰回来，所以妈才横竖都要给他俩脸色看。这样不着边际地想来想去，水菊觉得自己的头有点儿大了。

好在，这时妈终于回屋来了。不过，妈什么话也没有对水菊说，低着头径自走到里屋去。水菊盯着妈的背影，顺口问了一声，刚才外面是谁呀？里屋沉默了数秒，接着，水菊听见妈淡淡地说，谁也不是。水菊一副打破砂锅问到底的口气，好像是个男的吧，他到底是谁？里屋半天也没吱声，水菊不甘心，索性走进里屋，继续问妈，那个男的是不是送啥东西啦？水菊一边问，目光一边落在了妈的身上，那个东西已经不在妈的手上了，这跟她刚才猜测的如出一辙。水菊狐疑的目光立刻离开了妈的双手，旁若无人地在里屋扫了一大圈，从床到桌椅板凳再到地上，终于，她发现床对过的那只衣橱的门开着一道缝，给人的感觉是，里面的东西塞得太满，柜门一时关不上了。

妈见水菊满屋子不停地寻看着什么，便说，你这丫头咋学得疑神疑鬼的，谁能给妈送东西呢？水菊反过来又问刚才那个男人到底是谁。妈似乎逃脱不过了，才说，是你双喜叔，我托人家从城里捎了二斤毛线。水菊半信不疑，依旧乜斜着眼睛逼问，真的吗？妈没好气地说，不是蒸的，还是煮的？水菊还是一副穷追不舍的架势，哪儿又冒出个双喜叔，我咋从没听过？妈皱着眉头说，你人不大，忘性倒不小，就是以前给咱们家上房泥的那个双喜叔，人家现在也在外面工地上干活。说到这，妈好像生怕水菊再问下去，忙转开话题对水菊说，刘峰出去半天了，他总不会真的走了吧，你这丫头刚才也不说追出去看看！水菊故意不把妈的话放在心上，噘着嘴说，腿长在他身上，谁又不能把他拴住，他想回就回呗，眼不见心不烦。妈就举起指头轻轻戳了一下水菊的脑门，这丫头越来越不像话了，跟你爸简直是一个模子里脱出来的，都这样大大咧咧没心没肺的。

水菊听妈的口气不再像先前那么硬邦邦的了，才撒娇样柔和地叫了声妈，然后，整个人试图朝妈身上黏过去，妈却没有那种意思，一转身撇下她，自己走到外屋去了。水菊觉得很扫兴，自从她跟刘峰的事公开以后，妈好像要跟自己决裂似的。这种感觉很明显，妈甚至都不愿意多看水菊几眼。水菊正想出去，无意间又瞥见了衣橱的门缝，好奇心便一股脑儿浮了出来，她蹑手蹑脚地走到衣橱跟前，轻轻地将柜门拉开，扑腾一声，一团东西随即从橱柜里跳到她脚下，如同一只活物，把她吓了一跳。好在水菊心里早有数，不至于尖叫出声来，心倒是怦怦直跳。她蹲下来，把地上的东西捡起来，再拆开了看。果然，不出她所料，袋子里装着一件崭新的羊毛衫，标牌都没摘掉，枣红色的，前襟绣着好看的水仙花图案。水菊愣了一下，听见妈在外屋叫她的名字，她赶紧把东西收好，又原封不动塞进衣橱里。

这只三屉带柜的老式衣橱确实有年头了。水菊用手去掩柜门的一瞬间，在那面水印斑斑的穿衣镜里，忽然浮现出多年以前的情景。

那时候水菊还是个小姑娘，也就念小学四五年级吧，一天下午早早散了学，水菊远远就望见那辆大卡车停在村路口，不用猜准是爸回家来了。她兴高采烈连蹦带跳地往回跑，一不小心，被路上的石头绊了脚，摔了个大跟头，可她全然不顾身上的疼，爬起来一瘸一拐继续往回颠。刚到家门口，一男一女猛不丁从里面钻出来，差一点又把她撞倒在地。不用看，男的是爸，爸身上总有很浓的汽油味，就像妈脸上老要搽点雪花膏一样。爸低头望着她，她也抬起头盯着爸的脸，爸脸色铁青，样子有点儿憔悴，准是开车熬的，奇怪的是，爸脸上竟有血红血红的两道印子，像被猫抓的。那个紧跟在爸后面的女人，当然不是水菊妈，完全陌生的一个外地女人，满头的羊毛卷儿，穿着艳丽，像朵大喇叭花，眼神里有几分妖气。水菊就不敢再看，只盯着爸那张有些尴尬和阴郁的脸。

爸在她跟前蹲下来，始终一句话也不对她说，只是一下一下看着她，眼睛就像照相机镜头，要把她脸上身上每一部分都拍一遍，记在脑子里。没等她叫一声爸呢，他忽然就站起身，从口袋摸出一个小塑料包，塞到水菊手里，然后就大步流星朝路口停着的汽车走去。妖里妖气的女人冲水菊软软地摆了摆手，她身上不知哪来的那么浓的香味，熏得水菊一阵发晕。女人紧跟着爸跑了过去，屁股绷得圆鼓鼓的，旁若无人扭扭搭搭。水菊懵懂地转过身，她始终弄不明白，爸为什么要带这样一个女人一起回家，她是家里的亲戚，还是别的什么人呢？她愣神的工夫，汽车已经发动了，轰轰响着，她嘴里不停叫着爸，可汽车的噪音太大了，连她自己都听不真。后来她站在家门前，眼看着爸把车倒出街巷，然后，车在场院开阔的地方慢慢拐弯，接着飞也似的消失了。

水菊一直呆呆地目送爸走远了，才忧伤地垂下头查看手里的东西。小塑料包里装着非常漂亮的发卡和一打彩色橡皮筋，都是自己喜欢的东西，爸每回远道归来，总是会给她带这带那的（如果没有记错的话，这好像也每每引起妈的妒意，妈总哼着鼻孔对爸说你就好好惯她吧）。不过，这次水菊一点儿也高兴不起来，她几乎是沮丧地走回家去的。当时，妈正抽泣着躺在里屋，屋里同样有一股子熏人的香味，还有一地碎玻璃，闪着银白刺眼的光，她发现衣橱柜门上的那面穿衣镜破了。她想，一定是爸砸坏的吧，但也有可能是妈，她知道妈发起脾气也很吓人。

水菊始终没有问过妈到底是什么原因。那天地上的一摊碎玻璃碴子，是她亲手扫掉的，干活的时候，一不留神划破了小拇指，血在手上汩涌成一朵一朵小红花，像教室宣传栏里老师给学生的红花奖励。那天的晚饭，也是水菊一个人做，又一个人默默地吃。那晚，妈就一直那样躺着，不吃也不喝，跟死人一样。直到第二天早晨，水菊起床去上学，妈也默默地下地干活了。那一刻，水菊远远望着妈的背影，觉得她很孤单，也很可怜。

陆

妈对水菊说，她现在要出去一趟。水菊便扭过头，狐疑地望了妈一眼，说是去那个双喜家吧？妈几乎立刻白了水菊一眼，义正词严地对她说，你不要胡说八道！话虽说得厉害，可妈好像一点儿发火的意思都没有，并且马上又对水菊和缓地说，我去找找刘峰。

家里只剩下水菊一个人，她百无聊赖地看了会儿电视。正赶上说小品，乡下老家的小木匠进城，寻找在外地做保姆的女朋友，最后两人一起欢欢喜喜回家过年。水菊笑得眼泪都流了出来，节目演完了，她也笑够了，眼圈却还是湿乎乎的，心里开始若有所思。

自然而然地，就又想到这次她跟刘峰回家过年的事。好像是哪里出了问题，妈的态度，刘峰的火气，还有自己的凌乱的心情，一切都不是想象中的状况。记忆中，不管开车走多远的地方，哪怕是千里万里，爸还从来没有大年三十不赶回家的情形。而且，她能感觉到，妈几乎处处都在跟她较着一股子劲，或者说，在妈的心里，从来都没有真正接受他俩的婚事。也许，正是刚才在里屋衣橱跟前的片段回忆，使她忽然意识到妈的症结所在——对她来说，那一定是不堪回首的，爸脸上醒目的两道抓痕，陌生而又妖气十足的女人，以及满地破碎的镜子，一切都是那么清晰如昨，像刚刚摔碎的玻璃一样熠熠闪亮——这些年来，水菊几乎早已淡忘了，可是，妈呢？她能忘得了那些吗？或者，妈一直都还记忆犹新。

趁妈出去的工夫，水菊突然心血来潮，她把自己买给妈的黑色羊毛衫跟衣橱里的那件都取出来，平摊在床上比照了一下。她发现，那个男人买的衣服，似乎更适合妈的身材。说心里话，她买的那件毛衫是有点儿肥，其实先前给妈试穿时，她就发现了，只不过没敢言声。妈穿黑色的衣服显得更瘦，身子在里面空荡荡的。而那个双喜叔送来的衣服，却长短肥瘦恰到好处，而且，颜色款式都好像更适合妈。

如此一来，水菊简直有点儿嫉妒和气馁了，到底凭什么，自己反倒不如一个外人。继而，她对妈跟那个双喜叔的关系再次产生了疑问，至少，那个男人很熟悉妈，这种熟悉显然包含了妈的身体，他竟然知道妈穿多大号的衣服，知道妈适合哪种颜色！更让水菊恼火的，是妈对她买的东西带搭不理的，可对那个男人送来的衣服，却藏藏掖掖视若珍宝，就连对她这唯一的女儿也遮遮掩掩讳莫如深。最可气的是，妈竟然还骗她说是什么二斤毛线，心里没鬼，好端端地为啥要扯谎？

电话在里屋很突兀地叫起来了——电话是两年前才装的，水菊还记得为了装这部电话，妈不知跟爸吵过多少次，妈说爸在外面是死是活她从来都不清楚，妈希望爸出门的时候，能经常给家里报个平安，好让她不要成天提心吊胆的，可爸总认为打电话纯粹是多此一举，等他人回来不就什么都清楚了吗？——水菊赶忙起身跑进去接听，当然是爸打过来的。爸说话时气吁吁的，声音有些发飘。不知怎的，乍一听到爸的声音，水菊忽然有些哽咽无语，只嗫嚅着蚊子样唤了声爸，别余的话就哽在嗓子眼里说不出来。

一开始，爸似乎也是没有听清她的声音，只当是妈，开口便是十万火急的样子，说他这回可闯下大乱子了。听爸猛地这么一说，水菊思绪才恍然间从情感的旋涡里挣扎出来，她连声问道，爸到底怎么了，你在那边还好吗？爸你慢慢说，我是你的水菊呀，我正听着呢。爸知道是她，语气反倒变得迟缓犹豫了，故意岔开话头问水菊好不好，婆家老人怎样。水菊随便支吾了两下，抢先又问，爸到底出了啥事，你快说呀，急死人了！爸这才长叹一口气说，他妈的倒了八辈子霉，我撞的那个老乡，刚才死在医院里了……我开了大半辈子车，还是头一回把人给撞死啊……

无异于晴空霹雳，水菊根本听不下去了，爸的声音有些颓废，甚至于近乎绝望了。许多年来，水菊还是头一次听到，爸如此沮丧地跟自己说话，有关汽车的话题，爸每每说起来，总是津津乐道眉飞色舞没完没了。唯独此刻，爸的声气低得不能再低了，仿佛是从地缝里钻出来的，她简直想象不出爸此刻的模样了，更不知道该怎么劝劝爸，好让他放宽心。

这个突如其来的坏消息，一下子就把先前在水菊脑海里萦绕的鸡毛蒜皮的琐事碾压成粉末烟消云散了。爸最后在电话里跟水菊说，早知道这样，当初该听一听你妈的劝，他说对不起妈。水菊一副茫然失措的样子。爸最后的那句话使她不寒而栗，若不是她跟刘峰当初使劲撺掇着爸，或许真的不会是这种结果。现在出事了，爸也是为了他俩的小日子开车，妈这边实在没有办法交代，更何况妈对她跟刘峰的事，还一直抱着很深的成见呢，这不等于火上浇油吗？

放下电话，水菊心还是怦怦跳，她随手把电视关掉。反复想着妈回来该怎么跟她说这件事，可是等了又等，自己如坐针毡，妈也没有回来的迹象。不光是妈，刘峰也不见人影。这种时候，水菊实在是在家里待不住了。外面不时响起一阵喧闹的炮声，别人家的欢乐正以一种突兀的方式，强行进入她的耳朵里，尽管隔着很远，水菊还是显得非常紧张。

以往过年，家里的爆竹都是由爸带着水菊出去放的，感觉里爸是个热衷于过年的人，他会一下子从外面买很多很多的炮捎回家，里面当然也有水菊最喜欢看的魔术弹、天女散花、小蜜蜂、降落伞和礼花等漂亮的烟火。通常，爸站在路中间用手里的烟头一个一个燃放，水菊捂着耳朵躲在门洞里，嘴里一惊一乍地叫着，遇到特别好看的烟火，水菊总是跳着脚欢呼，也只有这种时刻，水菊才觉得爸是那么地重要，爸的地位没有人可以替代，年也因此有了特殊的意味。

事实上，在过去的那些年里，每逢年关，水菊总是会很紧张的，她简直就像得了一种过年综合征。如果到了腊月二十七、二十八，爸还不见回家，妈的情绪首先会很低落，干起活来难免要使性拌气指桑骂槐，妈总是皱着眉头对水菊发脾气，嫌水菊什么也做不好，只会给大人添乱。妈甚至不止一次地说，不过了，不过了，这个年没法过了。好像爸不回家来，地球都要停止转动。可一旦等爸回到家里，他们又总是为一些莫名其妙的小事争吵不休，水菊总是很无奈地夹在中间，内心感到惶惶不安，又无可奈何。可以这样说，这些年来妈对他们父女俩的抱怨，似乎是有增无减。当然，妈后来跟他们的矛盾有所转移，更多都在针对她跟刘峰的事。起初，水菊以为妈不喜欢刘峰，仅仅是因为刘峰也开车的缘故，现在水菊渐渐意识到，问题也许并不那么简单。

正在胡思乱想时，刘峰跌跌撞撞地从外面栽进来。不知他在哪里喝了酒，满身都是酒气，衣服裤子上蹭了厚厚的灰尘，看上去一副蠢相。水菊不看到他还好，现在一见他这副德行，火气顿时就像点着的二踢脚一样往上蹿。

刘峰偏又不明就里，嘴巴鼻孔呼喘着臭烘烘的酒气，直着舌根颠三倒四地嘟囔，水菊，我知道，你妈她，她死活瞧不上我，她瞧不上我，我还瞧不起她呢！呸，你有啥了不起的，我不是吹，外面女人一抓一大把，啥样的没有……说着，就摇摇晃晃往水菊身上乱蹭，舌头伸得老长，清口水顺着嘴角往外淌。

水菊二话不说，抬腿就给了他一脚，正好踹到他的裆里。刘峰怪叫着，身体突然僵住了，半天又蛇样慢慢弯下来。水菊早气得眼泪夺眶而出，你咋能这样呢，你到底是不是人，你还有心思喝酒，我爸他他他……他多可怜……呜……

刘峰疼得根本顾不上理她，趴在地上嗷嗷叫唤，破口臭骂水菊，你个黄毛丫头，你跟你那贼妈合起伙来欺负老子，我让你踢，我让你再踢！他骂骂咧咧，突然就从地上爬起来，恶狼样朝水菊反扑。

这种时候，水菊的脑海变得一片空白。发威的男人像头狂躁的狮子，拳脚相向，暴风骤雨，她觉得自己的骨头好像全部裂开了。有那么一刻，水菊的脑海似乎又变得异常清醒。她人蜷在地上滚来滚去，地很凉，潮气又重。她感到孤立无援，生不如死。一切仿佛昔日重现，她觉得自己又趴在许多年前那个漆黑的夜晚。

爸妈们在里屋打起来了，她一个人睡在外屋，是突然从睡梦中被惊醒的，身上只穿着裤衩和背心。她简直吓坏了，浑身发抖，她不知道他们到底为了什么，但她还是不顾一切地扑上去，试图用自己瘦小的身体拉开他们。她想阻止，可是大人们火气十足互不相让，谁也不听她的。后来，她只有哭着趴在地上，好像也是这块地，一样冰冷，一样潮湿，她双手死死抱住其中的一条腿，她忘了是他们谁的腿了，反正她抱得死死的，像在抱着一根能救命的东西。不知过了多久，两个大人的战争被迫停止了，或许是被她感动了，或许是累了吧，反正屋子里面静得出奇。她听到有人在呜呜咽咽地抽泣，有人在黑暗中胡乱往身上套着衣裤，皮带扣森森闪光，发出一记清脆的响音。后来，门咣当一声巨响，黑暗被赫然撕开一角，夜很深，外面传来发动机的一阵轰鸣声。汽车跟野兽发疯一样，暴跳如雷，一头扎进无边无际的黑夜中去了。

风暴早已经过去了。水菊的眼前依旧是那些模模糊糊的往事碎片。一年又一年，一切都会过去的，一切又将重新开始吗？

柒

水菊也不知道，自己为什么要从家里跑出来。她只是觉得浑身上下没有一处不疼的，当然，最疼的地方莫过于心里。也许身体上的疼痛很快就会消失，可心却被人伤得七零八碎，似乎再也拼凑不到一块了。

出门前，她看见刘峰像头死猪，冲她发完驴脾气，动过拳头后，就四仰八叉地往床上一横，全然不顾她的死活了。水菊忽然悲凉地意识到，妈对自己的态度太有道理了，不是妈不对，而是自己不够好。她使劲咬了咬自己的嘴唇，听见他的嘴里依旧恶毒地嘟囔着什么，但很快，那种恼人的醉鬼特有的沉重鼾声，就在屋子里此起彼伏响彻起来。

街上空荡荡的，除了断断续续的炮声从某个院落里传出，着实有些冷清。人们都在各自的家里团聚，偶尔能听到谁家的狗嗷嗷哭叫，像个委屈的孩子，受了主人的冷落。水菊只顾往前走着，整个人好像没有丝毫的意识。这种时候，家家户户的院里都亮堂堂的，洋溢着过节的喜庆，那些或强或弱的灯光越过墙头穿过门缝，洒落在街面上。天空中不时滑过一道蓝光，仿佛闪电，接着是一簇又一簇璀璨的火花，吱吱叫着，拖着长长的尾巴钻进深邃的夜空，顷刻间大片大片地绽放开来，红的、黄的、绿的、蓝的、紫的，然后又呈巨伞状徐徐散落，无限的光亮和火花从最初的缤纷绚丽，到最后一刻暗淡无光，这个美丽的过程短暂得让人感到有些凄凉和忧伤。

放在以往，水菊会紧紧捂住耳朵，把自己的身体躲到路边的某个旮旯里，不敢轻易露头。可唯独此刻，她却是一副大义凛然的样子，或者，她纯粹是木讷无知的，对于那些此起彼伏的爆竹声充耳不闻，只是不停地往前走着，任凭泪水一味地在冷冰冰的脸上婆娑迷离。水菊从来没有像现在这样痛恨过年，痛恨乒乒乓乓的炮声，痛恨空气中充满着的火药味，她甚至痛恨别人家张灯结彩和笑语喧哗……这些欢乐在今晚都不属于她，这个年对她来说，意味着诸事不顺和倒霉，一切都不是她想象中的样子。

水菊想，等过完这个该死的年，就跟刘峰一刀两断，她要跟他离婚。以前自己怎么就没有看清楚这个人呢？他居然能对她这么无情无义，他简直就是个伪君子！看来，以前她真的是被他给迷惑住了。刘峰这家伙实在太善于伪装了！

水菊还清楚地记得，刘峰第一次跟着爸到家里时的情形，那时他跟爸学徒没多久，话不多，非常勤快，看上去简直像个谦虚的中学生，闲了就趴在车跟前擦来擦去，车窗户擦得又明又亮，爸总是不停嘴地夸他，说当徒弟就得像刘峰这个样儿。现在想想，与其说是她相中了刘峰，倒不如说是爸替她选择了这个年轻人，没有爸开汽车，肯定就没有刘峰这个徒弟。再加上那时她情窦初开，家里平时除了爸以外，再没什么别的男人，刘峰来了，她好像别无选择。那段时间，爸开车从外面回来，刘峰通常待在外面搞卫生或躺在车底板下忙着拾掇车，浑身上下总是脏兮兮的，像个黑人。妈烧好了饭菜，爸就派水菊出去叫刘峰进来吃饭。这种时候，水菊会帮忙打打洗脸水，或从屋里拿来香皂什么的，伺候着刘峰洗手洗脸甚至擦背，一来二去，两个年轻人就有了那种意思。

她当然也不会忘记，刘峰第一次拉她的手亲吻她，就是在爸的汽车驾驶楼里。那是个夏夜，满天的星光，夜空幽寂，远处传来一阵模糊的狗吠声，萤火虫在车窗前飞来飞去。水菊跟刘峰双双坐在车里，她听他讲在外面跑车的所见所闻。那时她觉得，一个人满世界跑来跑去多风光啊。后来，刘峰把车发动起来，那时他刚学会开车没多久，他说要带她转一圈，她没有反对，可心里却有些害怕。车在路上开着开着，忽然不知怎的，车猛然来个急刹，她的头就撞在前面的挡风玻璃上，疼得她尖叫起来。后来他说要帮她看看，她摇了摇头，可他还是轻轻搬过她的脑门，在撞过的地方轻轻吹了吹。这时她的手忽然被他抓住了，她很想挣脱，却被他抓得更紧了。接下来，他一用力，她整个人就贴在他的胸前了，然后四片嘴唇炽热地粘在一起，他们的爱情开始燃烧。也许，生活就是这样，似乎没有多少余地可供选择的，所谓的缘分最终又可能成为冤家。

　　这一刻，水菊又想起妈曾给过她的一番忠告，简直字字都有千斤重，压得她喘不过气来。那是在她出嫁前的头天晚上，妈一本正经地对她说，这可是你自己做的主，人是你挑的，路是你选的，从今往后，不管你过得好也罢坏也罢，你都不要后悔。水菊还记得，妈说这些话的时候，眼睫毛好像水淋淋的，也许妈真的是有些不好的预感。可当时她却没有想那么多，只是觉得妈实在是有点儿唠唠叨叨的，纯属杞人忧天，妈简直快把她的婚事想成一个大火坑了。

　　现在，水菊真的越想越伤心，越想越难过了，曾经的康庄大道，顷刻之间变得前途黯淡，甚至让她感到心灰意冷，她禁不住泪如雨下。如果面前有一条河，或一口井，她都敢毫不犹豫地跳下去。可问题是，眼前突然红光一闪，那种振聋发聩的爆炸声，几乎同时钻进她脑子里。水菊在恍惚失意中早被惊吓得倒在路上。有人在路当间放炮，是那种惊天动地的大麻雷子，放炮的好像不是孩子，身上裹着棉大衣，棕毛领子竖着，正蹲在地上用手里的烟头去引燃炮捻儿。紧接着又是咚的一声巨响，水菊顿时感到自己的五脏六腑都被震得粉碎了，喉咙一阵发涩泛酸，她简直像个胆怯的小女孩，趴在地上哇哇地哭起来。

放炮的似乎一点儿也不在乎响亮的炮声，反倒被女人的失声尖叫给怔住了。那人犹豫着走到水菊跟前，冲她瞅了瞅，说，对不住，实在对不住，我放炮把你吓着了吧。说着，将手里的烟头随便丢到路上，又伸过手来想拉地上的水菊。水菊腿肚子都有点儿抽筋了，开始她想自己爬起来，可腿脚稍一点地，身体就打起晃来。那人二话不说，身子向前一倾，由于他身上大衣没有系扣子，宽大的两片前襟猛地盖在水菊的头上，一股很浓的烟草味扑鼻而来。与此同时，水菊觉得自己像一团棉花，轻飘飘地离开了冰冷的地面。

没伤着哪里吧？那人一边扶水菊站稳，一边不无关切地问道，黑灯瞎火咋一个人出门，这大过年的，万一让炮崩着该咋办？水菊无端地受了这通惊吓，人难免有点儿反应迟钝，嘴角嗫嚅了一会儿，说，我……没……没事的。她这一出声，放炮的人立刻又愣住了，上一眼下一眼盯着她的脸端详起来。哎呀呀，我没认错的话，你是咱村的水菊吧，怪道我瞅着咋那么眼熟呢，你啥时候回娘家来的？水菊听对方这么一说，也疑惑地抬起头来，借着从路旁宅院里越过来的一片灯光仔细看，才知道是同村的，小名叫虎头，他俩中学那会儿好像同过几年学。虎头表现得很热情的样子，他略带腼腆地用手抓着后脑勺，冲水菊笑了笑，说，这才叫不打不相识呢，都到家门跟前了，又是大过年的，我咋也要请你进去坐坐喝口茶吧！说着，顺手拽起水菊的胳膊就要往家走。

水菊一时不知所措，神情又变得恍惚起来，冬夜那么光怪陆离，眼前的面孔似曾相识，感觉仿佛是在梦境中。记忆里，是有这么一个生得虎头虎脑的男孩子，打小他们就在村子里一起玩耍。水菊那时老扎着一对羊角辫子，一些调皮的男孩总爱从后面揪她的辫梢。虎头好像从来不这样。他家弟兄三个，就是没有女孩子，物以稀为贵，大概是这种原因，遇到别的男孩乱揪水菊的辫子，或欺负她，虎头就会挺身而出替她打抱不平。那时虎头个子不算高，可身上的肉却很瓷实，打起架来至少一个能顶仨，很多孩子都怕他。虎头帮水菊解过几次围以后，村里的孩子私下里就吵吵说，水菊是虎头的媳妇。这话传到水菊的耳朵里，她简直快要羞死了，以后再见到虎头，头也不敢抬，或者，干脆远远地绕开，生怕让别人看见了又要戏谑她。后来念到初中，两个人竟然又分在同一个班上。那时上学要到乡上，离村子少说也有六七里路程，水菊当时还没学会骑自行车，虎头每天都骑车子上下学。

有一次在放学的路上，水菊正和两个女生有说有笑往家走，虎头悄悄从后面跟上来，想要捎水菊回家。水菊不想坐他的车子，虎头偏偏缠着她不肯走，后来跟水菊一起走路的女生说，凭啥只捎水菊不捎我们，你有劲就把我们三个都捎回去。另外一个女生也表示赞成，说大家都是同学嘛，不能厚此薄彼重色轻友。哪知虎头就吃了她们的激将法，真的答应把她们仨都捎上了，后面椅架上挤两个，前面的横梁上坐一个。其实，水菊根本没打算坐他的车子，但是那两个女同学已争先恐后跳上了虎头的车椅架，她不坐上去好像显得自己心虚了，可要是坐呢，她只能往前梁坐，这实在太难为情了。

后来一路上，水菊简直后悔得要命，真是骑虎难下，忐忑不安。虎头却跟没事人似的，一路吹着响亮的口哨，把嘴里的热气一股一股喷到她的后脖子上，那里的发丝撩拨得她直痒痒，甭提多难受了。两个女同学也在后面叽叽喳喳个不停，好像在嘀咕她什么。等下了车子后，女生们还一个劲对水菊嚷嚷，说他可真有劲啊，她却始终不置一词。这事过去没多久，水菊就悄悄地学会了骑车子，爸还专门从外地买了一辆飞鱼牌女式弯梁自行车，送给她上学骑。

在半推半就中，水菊被虎头让进他家院子里了。她发现堂屋廊檐下挂着两盏大红灯笼，把墙上的对联映得通红通红的，上面的字体是烫金的闪着光。堂屋电视机声音很吵，不时传来一阵阵笑闹声。虎头对水菊说咱们上楼去说话，下面人多嘴杂，吵得很。水菊这才反应过来，虎头家是二层小洋楼，大概是新盖的，她出嫁前好像还不是这样。她默默地跟着他走到最西侧的水泥楼梯口，虎头伸手摁了墙上的开关，楼道就亮了，水菊觉得刺眼，反倒不如刚才走得那么自然了。虎头边走边介绍，说这几年搞蔬菜大棚，手里攒了点钱，楼是去年盖好的，老人跟弟弟们住下面，他住在楼上。

水菊半天一言不发，两人一前一后上了楼，虎头推开正对着走廊中间的一扇门，随即抬手啪啪地在墙上按了几下，房间顿时亮了，他嘴里连声说快请快请，你可是镇上来的人，千万别笑话我们这些土包子。水菊抿着嘴浅笑了一下，便探身往里看，很华丽的一盏吸顶灯，光灯头少说也有几十个，把房间照得亮如白昼，家具电器摆设一览无余，简直就是间新房。水菊在沙发上拘谨地坐下来，眼前的钢化玻璃茶几上摆着好几个果盘，分别是瓜子糖花生什么的，还有一盘芦柑。虎头说他不太喜欢看晚会，觉得闹哄哄的没一点儿意思，所以就一个人跑出门放炮，做梦也没想到碰见老同学了。说着，他轮番端过茶几上的果盘让水菊吃东西，水菊客气了一下，最后象征性地挑了一块糖拿在手上，半天也没有剥开吃。

谈话间，虎头像是忽然想起来什么，起身去电视柜跟前拉开一只抽屉翻腾着，然后拿过来一本半新不旧的相册。虎头特意翻开其中的一幅相片让水菊看，原来是他们的毕业照。水菊差一点认不出自己来了，照片上的那个女生扎着马尾，刘海儿几乎遮住了半拉脸，眼神多少有些迷茫。她的目光很快就落在相片上的虎头，没想到他却闭着眼睛，一副不屑于跟大家同流合污的样子。

水菊觉得有点儿不可思议，记忆里从来没有这种画面，虎头的眼睛怎么是闭着的呢？这让她产生了一种错觉，好像相片那个上虎头虎脑的男生是故意在逗她呢，于是，她不由自主地笑了起来。你的眼睛啥时候闭上的，我怎么一点儿印象也没有，太奇怪了，哈哈。她越笑声音越大，笑了好一会儿才注意到，坐在旁边的虎头正盯着她看呢。虎头的脸稍稍有些泛红，他举起一只手慢慢挠着后脑勺，嘴里说，不知咋回事，我这人吧，有个毛病，一照相准闭眼。说着，他先自嘲地笑了起来。水菊也跟着笑了，她又依稀记起来，那时虎头就老爱挠自己的后脑勺，每次上课老师提问，他回答不上来，就不停地抓耳抠头，有个代课老师还揶揄过他，说你不该姓虎，改姓猴才对。水菊把这个笑话讲出来，虎头的脸更红了，两个人都忍俊不禁，又哈哈大笑起来。

他们聊了一个来钟头，多半是他唱独角戏，她只在旁边作听众。虎头的爹几年前病故，他妈身体状况也不大好，长兄为父，虎头老早就挑起一家的担子。按理说他该早些结婚的，可他下面还有两个跟自己年纪差不了多少的弟弟，虎头一心带着他们奔光阴，尤其这两年尽忙蔬菜大棚的事，个人的问题也就一直拖延着，倒是弟弟们先后都有了相好的，翻过年就得谈婚论嫁了。虎头说他这当哥的得给兄弟们预备票子和房子啊。水菊打心里佩服他。再把刘峰拿过来跟他一比较，她觉得刘峰在虎头跟前充其量还是个不懂事的大男孩。因为心里有了这层意思，水菊顿时觉得有些难堪起来，看时间也不早了，她起身说要回去了。虎头坚持把她送出来，一出院门，虎头突然把自己身上的军大衣脱了，给水菊披上。水菊赶紧推辞说自己不冷。虎头却说，这大冷天的，出门连件大衣也不穿，当心冻感冒了。水菊就下意识地把身体缩了缩，大衣又肥又宽，压在身上有点儿沉，不过确实很暖和。两人并排往前走着，谁也不说话。水菊心里有点儿潮潮的。

夜空仿佛被冻得乌青发亮，有星星点点的东西，不时往人脸上坠着。虎头叹口气说，整整一冬没下雪了，要是美美地飘场大雪，这年过得才有味道。水菊没有接话茬，脑子里却是大雪纷飞的情景。小的时候，哪年不落几场雪啊，村庄和土地被雪苫得厚厚实实，脚踩上去嘎吱嘎吱响，孩子们一个个冻得龇牙咧嘴的，却都在雪地里玩得疯野。

那回，一大群孩子正在外面打雪仗，爸的车突然开进村口，孩子们玩兴正酣，见了汽车就更来劲了。他们叫嚷着把手里的雪球一股脑儿朝车头掷过去，挡风玻璃上霎时开花了，一片雪白，看不清爸的样子。等他气冲冲从车里跳下来，不顾雪地打滑，去追那些坏孩子，结果摔了个大跟头，爸疼得直咧嘴，半天都没有爬起来。后来是水菊战战兢兢地走到爸身边，她想看看爸到底摔坏了没有，不想被爸一把揽在怀里，她以为爸生气了要揍她，可爸却抱着她在雪地里翻滚起来，爸还将一团雪塞进她的脖子里，惹得她哇哇乱叫。

不知怎的，关于爸的印象总是无法统一起来，有时候水菊觉得爸这人其实很温柔，也很浪漫的。可他一旦跟妈吵闹起来，又是另外一回事了。

正当水菊漫不经心地回想往事时，冷不丁从路旁的院落里蹿出一束蓝色焰火，伴着尖锐刺耳的哨响，在他俩眼前一闪而过。水菊吓得叫了起来，若不是被一旁的虎头当即拿手紧紧搂住，她又得趴在路上了。虎头说我记得你过去胆子可没这么小啊。水菊自知失态，忙又缩了缩身子，虎头搭在她肩上的手就悄然滑开了。这时，水菊听见虎头说，哪天带你去蔬菜大棚里看看，心里有事不能老闷在家里，会憋出病来。水菊觉得眼圈倏地一热，她急忙把脸扭到一边，发现自己的手里还紧紧攥着一块糖。

外面炮声隆隆，家家户户不约而同开始放炮了，各式各样的焰火一时间齐聚夜空，竞相绽放。整个村子都沸腾起来。他们俩只好靠路边的一棵树下翘首站立，天空被染得五光十色，仿佛无数天女在向人间散着花朵，水菊从来没有觉得焰火原来如此美丽。

捌

水菊一进家门便怔住了。

沙发上卧着一只灰蓝色的旅行包，茶几上摆得乱七八糟的，喝水的杯子，洗脸毛巾，牙刷，搽脸油，香皂，卫生纸，铝制饭盒，装满咸菜的罐头瓶子，保暖衣裤（是她新给爸买的过年礼物），两件干净的外套，一双棉袜子，两板药片，妈正将这些东西一件一件往包里塞着。

水菊听见妈不满地嘟囔着，深更半夜跑哪儿去了，以为你不回来了。妈说话时手始终不停。水菊支吾说也没去哪儿，就是在外面随便走了走。妈的鼻子立刻哼了一下，接着说，一个喝得醉醺醺的人事不省，一个跑出去半天不见影子，这大年三十的，你们俩到底唱的哪一出？水菊觉得在妈面前，自己早已无话可说了，干脆沉默不语。

茶几上的东西全部塞完了，妈直起身双手叉着腰，想了想，又急匆匆地钻进里屋去了，水菊听见柜门被拉开又被关上的吱扭声。水菊扭头往外屋的床上扫了一眼，刘峰睡得呼呼的，大概是妈给他脱了鞋，身上还给盖了床棉被。水菊想妈真是多管闲事，这种人根本不值得，冻病了也是活该。

妈从里屋出来，双手捧着一团东西，又忙乎着往包里塞，刚才还瘪瘪的旅行包，现在肚肥腰圆了。妈忙完自己手头的事情，回头见水菊正站在地当间发愣，才说，时候不早了，快收拾收拾睡吧。又嘱咐她说，明天天一亮我跟刘峰去镇上坐车，你一个人先住在我这，顺便帮我看着门，我想去看看你爸……说到这，妈的声音突然有些发哽，似乎再也说不下去了。水菊忙说，我也去。妈背过身，好像抬手抹了抹眼睛，然后说，去那么多人干啥，又不是去打仗，再说家里也不能没人啊。水菊还想坚持什么，或者她想让妈留在家，自己跟刘峰去，但妈已经不由分说走回里屋，并且随手关上了房门。

水菊忽然感到非常孤单，这种感觉以前从来没有过。那扇门一下子隔开了她们母女俩，虽说同在一个屋檐下，可是，那扇刚刚合上的门仿佛一堵坚实的墙，她看不见妈此刻的样子，妈也看不到她（或者仅仅是为了不想看到她才关的门）。唯一能感觉到的只有无处不在的孤独：两个女人被孤零零地关在不同的两间屋子里，在这除夕夜里各自面对裸露的孤独。而头朝里脚朝外躺在外屋床上的那个男人，她似乎根本就不认识他，此刻对她来说，他是那么陌生，又那么叫人生厌。

她当然没有跟刘峰躺在一张床上，她尽量绕开他，从床上搬来枕头和棉被，然后蹑手蹑脚地关了灯，就凑合着在沙发上躺下来。等她一闭上眼睛，刚才在路上看到的焰火就浮现出来，在五颜六色的火光中，虎头的模样也开始在她眼前晃来晃去，还有他跟她说过的那些话，一字一句都很清晰，仿佛拿录音机录下来，此刻又重新播放出来似的。她觉得自己不像话，甚至有些无耻，丈夫就在屋里，而她不过才跟虎头见了一面，怎么就像印在脑子里似的挥之不去？她在沙发上翻来翻去，希望自己能够尽快入眠，最好什么也不去想，可翻覆了老半天，竟一点儿睡意也没有。

刘峰的呼噜扯得山响，他只要一喝多酒，准会是这副德行，但以往任何一回也不如今晚，让她感到那么痛苦。水菊用被子捂住头，可沙发里的那股杂七杂八的怪味，更让她痛苦万分。于是，她只好仰面朝天，眼睛睁得老大。外面偶尔还会有稀稀落落的炮声传来，可时间毕竟过了零点，黑夜如同巨大的怪兽，正把整个村子拖进无限的阒寂之中。

只有这种时候，水菊似乎才能真实地感受得到，家还是很平静很温暖的。

妈叫醒她的时候，水菊正在做梦。

她梦见爸躲在一家医院的太平间里，被好多当地老乡团团围住，那些人个个面目狰狞，正你一拳我一脚不停地殴打爸呢，爸可怜兮兮地用双手护着头，像个胆怯的孩子，瑟瑟缩缩蹲在漆黑的墙角里，一直都不敢还手，那些人吵吵嚷嚷，言语粗鄙，他们非要爸赔一条命……

妈压低声音叫她，你这丫头，放着宽宽敞敞的床不睡，咋偏睡在沙发上，弄感冒了可咋办？

水菊刚从梦里醒来，眯着眼看了看妈，突然就失声痛哭起来。她说我爸他，他……好多人围着打他呢，爸满头满脸都是血啊！

妈赶紧把手掌搭在她的额头上，劝她说那是梦，傻丫头，你做梦了，快别哭了，要不还是跟妈到里屋去睡吧。

水菊强忍住哭声，慢慢从沙发上爬起来。妈赶紧帮着她抱起被子和枕头。

两人重新躺下后，妈先主动说起晚上双喜叔来家里的事。

妈说双喜叔过去的确给家里帮过好多忙，她一直很感激人家。这两年双喜叔带着儿子在外面工地上干活，双喜叔的女人早年得肺气肿没的，他仗着自己建屋造房的手艺，硬把一双儿女拉扯大了。现在家里丢下一个老人，还有个十几岁正上学的小丫头，她隔三岔五就过去看一看，送点好吃的，帮着照看一下家。前一阵子，双喜叔家的老人病了，还是她帮着送到医院去的，又给掏了药钱，双喜叔感激不尽，这次过年回家特意给她捎了件毛衣。

水菊听了感到一阵汗颜，刚才她确实把妈的事情给想歪了。

妈把话题扯到水菊身上，问她是不是又跟刘峰闹别扭了。

水菊虫子样卷了卷被子，半天也不想吭声。

两个人一起过日子，难免磕磕碰碰的，该忍的时候一定要忍啊。妈幽忧地对她说。

水菊缩在被窝里一动不动，眼睛直直盯着屋顶。

我跟你爸这大半辈子，你又不是不知道，年轻时我俩也吵也闹，可到头来呢，还不得在一个锅里搅勺子。你爸这人死犟死犟的，一条道往黑走，不见棺材不落泪，现在知道后悔又有啥用？！

你记住妈的话，他们男人都一样，年轻的时候像个傻娃娃，好像不知道自己也会有老的那一天，信马由缰，凭着性子到处折腾，想干啥就干啥，天为大他为二，怎么高兴怎么来，从来不想后果，等上了年纪，啥都懂得了，一切也都晚了。

你爸刚才给家里来过电话，说他后悔得抓腔子呢，这辈子做梦都没想到，会把活生生的一个人给撞死。可我一点儿也不觉得奇怪，常在河边走，哪有不湿鞋的理儿？只有像你爸这种自以为是的男人，才会想不到，我想这回他总该消停了。

水菊觉得妈说的话好像是有些道理的。

你跟刘峰的事妈不想多插嘴，可你跟妈毕竟都是女人，这女人的事，妈过的桥比你走的路多。但凡男人家睡个懒觉抽点儿烟喝点儿酒，这都算不了啥，能忍则忍，你要是知道，他们在外面那些花花草草的事情，难道说你还不活了，上吊去？

当初，妈怀上你那阵子，你爸成天不沾家门槛，就算回来也没有好声气，摔摔打打的，好像谁欠了他的账。再后来他做的那些事，我实在当着你的面说不出口，妈这半辈子受的委屈，恐怕三天三夜都说不完……以前妈也不是没有想过离婚的事，可是每回一想到你，想到咱们这个家，就觉得世上没有忍不了的事情。人一辈子就那么几十年光景……

水菊听见，妈在黑暗中一下一下擤着鼻涕，间或还拿枕巾悄悄地揩着眼泪。水菊不由得又想起爸以前带那个妖气的女人回家的情形——这大概就是妈所受的最大的委屈之一吧，假如刘峰做出这种荒唐的勾当，她相信她会杀了他的，而且决不手软！这样想时，水菊觉得妈实在是很了不起，她简直有点儿佩服妈了，妈居然连这种事情都能忍受，换作她是不可以想象的。

这种时候，水菊希望妈能再跟她多说一会儿话，她已经很久没有听妈说这么多话了。听妈说话，心里的确有种很踏实的感觉。可妈好像什么也不想再说，自顾翻过身睡去。

但水菊还是睡不着，只好瞎琢磨妈刚才说过的每句话。这么说来，妈曾经是有过离婚的打算的，如果当初爸妈真的离了婚，妈会怎么做呢？再嫁人，还是独自一个人过下去？想来想去，水菊觉得眼皮重得再也抬不起来。

一大早，外面便炮声四起，水菊起床后才发现，妈跟刘峰都已经不在家里了。

水菊有些懊恼，她开门刚迈出一只脚，就被眼前银装素裹的天地给惊呆了。大概下了整整一宿，院子里的雪足足没过脚踝。水菊看见从屋门通往院外的空地上，有几行斑驳的脚印子，因为上面又覆了一层新雪，看上去隐隐约约，仿佛神秘的天外来客留下的足迹。

玖

刘峰还是头一次跟丈母娘单独外出，心里多少有点儿不太自在。不过事出有因，他只好很无奈地摸黑上路。雪很厚，踩下去能吸住脚腕子，他一路上哈欠连天，跌跌撞撞往前走着。

昨晚，他跟水菊赌气出门，在村里瞎逛了一大圈，路过小商店时想进去买包香烟，后来发现商店里有张空桌子，就又要了瓶白酒，还有下酒吃的袋装花生米和牛肉干，他坐在桌边自斟自饮。平时因为开车缘故，他很少有机会放开了喝，这种时候本来心里就有气，自己就跟酒较上劲了。

酒喝到一多半时，从外面走进一个年轻的女人，打扮得花枝招展的，把一股浓艳的香味挟进店里。他正喝得心里发烫神志恍惚呢，一见这种女人，便露出那种愚顽而又轻浮的笑脸。人家买完东西转身要走，却被他从后面给拽住了，非要缠着人家坐下来陪他喝杯酒。年轻女人被惹火了，骂他是神经病，骂他不要脸。他全然不在乎，满嘴喷着酒气嘟囔，我就不要脸，我就是神经病，那你是啥好东西，别他妈的假正经了，老子闭上眼，都能闻出你身上的那股骚味！

后来，眼看事情要闹大了，钱嫂两口子才亲自出面息事宁人，他们故意张罗着要关门，才把刘峰跟那个女人都支了出去。哪知刚一出门，他就被年轻女人从后面狠狠地踹了几脚，他腿脚一软栽在地上，还没等他反应过来，人家又乘机朝他头脸上啐了几口白唾沫，然后骂骂咧咧扬长而去。

这个年对刘峰来说，简直意味着莫大的耻辱，他的心情被几个女人彻底弄糟了，不论是自己的老婆和丈母娘，还是在外面遇上的女人，她们好像合起伙来整他，让他难堪。他想，也许这一切都是咎由自取吧。

自从他跟水菊爸学会开车以后，整个人好像都变了，没有尽头的道路，随时面临交警的突击检查和无情的罚款，整天提心吊胆，晓行夜宿，不得不住进廉价的汽车旅馆里，时不时会遇到那种女人的骚扰。有一次，车在外面被扣住，一连磨了两天嘴皮子也无济于事，不能前进，又不能后退。那晚跟其他车上的几个司机在路边摊吃烤羊肉喝啤酒，他心里烦闷，不知不觉酒就喝得多了点儿，等大伙散了，他摇摇晃晃往自己的住处走，稀里糊涂走错了楼层，结果被一个打扮得跟妖精似的川妹子大哥长大哥短地挟进房间。一开始他也怕，怕被人抓个正着，怕遇上敲诈勒索的（这种事情经常能够听到），可酒壮尿人胆，再加上川妹子天性泼辣骚情，他便把持不住了。

这种事有过第一次，难免就有第二次，后来几乎成了习惯，每到一个地方，只要停车住宿，晚上他都要想方设法跑出去找那种女人。每次完事以后，他总是后悔不迭，恨不能扇自己几下，他知道这样做很对不起水菊。可事与愿违，他无法抵挡外面的诱惑，就像他作为一名长途车司机，永远也无法消除周而复始的漫长路途中的种种焦虑，只要车一上路，他的欲望就开始野草般无限制地疯长，又像滚滚的车轮失去了方向和控制，疲倦的眼瞳里燃烧着炽烈的火焰，自己都能把自己烧成灰烬。

到镇上不过九点钟光景，平常的那种拥挤和喧闹不复存在，好像刚刚落下的这场大雪，把一切东西都深深地藏纳起来。刘峰提出来他想先回趟家，当然，他跟水菊妈说的是，想请老人到家里坐一坐喝口茶吃点东西，水菊妈想了想说，还是等他们办完事回过头再去不迟，又解释说这么早冒昧登门，会给亲家添麻烦的，况且还会让他们也跟着着急上火，搅得年也过不安生。

这样一来，刘峰回家的打算也就变成了泡影。他们去车站打问，十点半钟有一趟长途班车，于是买好了票，在候车室坐下来等着。水菊妈忽然想起来什么似的，就对刘峰说你陪我先去个地方，我怕找不着。刘峰也没问她去哪儿，随口就答应了。

镇子统共就那么几条街，他们很快就走到街上那排美发店跟前了，问题是这里都关着门。刘峰就问丈母娘是不是想剪剪头发，又说今天是年初一，人家可能不会营业的。水菊妈并不搭话，认准其中一家，径自上前敲门，敲了好大一会儿，里面终于有了回音，听起来睡意蒙眬的样子，大概人家刚起床。水菊妈赶紧冲里面喊话，姑娘快开门，我有要紧的事情找你呢！里面的人依旧嘟囔着，又过了一阵子，铝合金闸门才吱吱嘎嘎地从里面慢慢升起来。店里只有一个姑娘，正一边眯着眼盯着水菊妈，一边不停打着呵欠埋怨着什么。

这时，水菊妈回过头，见刘峰还是站在路对过一动不动，就冲他招了招手，让他快点过来。刘峰整个人像是冻得有些僵硬了，吞吞吐吐地说，我就站在外面等吧。水菊妈听他这么一说，又从店门那边走过来，对刘峰说这冰天雪地的，站在外面哪行，说着，一把拽起刘峰的胳膊，不由分说硬往那家美发店走去。

两人一前一后走进了店里，水菊妈笑着摘下头上的围巾说，姑娘你不认识我了，我昨晚在你这里剪过头的，回家老觉得脖子那里不得劲儿，所以想请姑娘再给稍微拾掇一下。刘峰脸上尽管十分不情愿的样子，可还是在靠门口的位置找了把椅子坐下来，他也不看水菊妈跟店里的姑娘，自己点了根烟闷闷地抽着，脸始终扭向门外。

姑娘认出水菊妈来了，说老姐亏你来得早，再迟一会儿，我可能已经走了。水菊妈忙问她上哪去。姑娘一面帮水菊妈系上护围开始干活，一面说自己出来时间长想家了。水菊妈说过年就该回家去，要不家里人会惦记的。姑娘说就的。水菊妈又问你们干这一行也不容易吧。姑娘叹口气说靠手艺吃饭，主要是现在风气不好，干我们这行会让别人瞧不起，就算你想正经干手艺，那也不太容易，很多男人进店里都不是为了理发。水菊妈就好奇地问，那他们来这里干啥？姑娘便直说，还能干啥，寻花问柳呗！昨晚我给你剪头的时候，不就碰上那种讨厌的男人了吗，如今的社会也见怪不怪了。

水菊妈就唏嘘了一下，大声称赞姑娘做得对，说这就叫苍蝇叮不了没缝的鸡蛋。说着又扭过脸对门口的刘峰说，这姑娘手艺好，刘峰你要不要也来理一理，我看你头发老长老长的，像个凶犯，再说过年也该理个发才对。那个姑娘也随声附和，说她保证理得又快又好，而且绝不多收一分钱。她们刚说到这里，就见刘峰突然从椅子上起来，低着头咕哝了一句，好像说是想去方便一下。尽管水菊妈大声叫刘峰的名字，他还是头也不回地走到店外去了。

刘峰一个人走在街上，一口烟没吸好，呛得他咳嗽了半天。路上并没有几个行人，可他分明觉得很多双眼睛正盯着自己看。他尽快往前走，将那一排美发店远远甩在身后，脚底下一不留神，刺溜滑了一跤，整个人重重地摔在雪地上。他咧着嘴慢慢爬起来，顾不得手上身上沾着的雪污，又往前紧走了几步，路边有一个公厕，他急忙钻进去。可是，在池子边站了好大一会儿，竟一点儿尿意都没有，感觉四周像是有人在偷窥着自己。

等水菊妈修完头发出来时，远远望见刘峰站在前面的一根电线杆下面吸着烟。水菊妈急忙走过去，依旧笑着问他为啥不进来，说站在外面怪冷的。刘峰慌忙摇了摇头，好像连看都不敢看她一眼，就开始往车站方向走了。这次是水菊妈紧跟在刘峰后面，她边走边嘀咕说，咱们要不是赶着去坐车，你真该理理发了，人家手艺不错，态度也好，我看是个正经姑娘。她虽是自言自语，可这些话一字不落都钻进刘峰的耳朵里，他的心里就跟打鼓一样响动，恨不能一步就跨到车站去。

上车以后，水菊妈说她想坐在前面，怕自己会晕车。刘峰却坚持要坐到最后一排，理由是后面正好空着，他可以迷糊一会儿。水菊妈没有明确反对，只关心地说，你当心别着凉了。后来在路上，水菊妈偶尔回过头往车后张望，刘峰丝毫没有睡意，而是出神地望着窗外，一副心事重重的样子。

有一次，他俩的目光正好撞在一起，水菊妈分明能够感觉到，刘峰有点儿怕她了，就像她的目光里藏着一把锋利的尖刀，随时会拉伤他那张由于忐忑不安而变得阴郁的脸。

那一刻，水菊妈不禁想，要是自己的男人也有怕她的那么一天就好了。

拾

夫妻做了二十多个年头，水菊妈还是头一回看见自己的男人如此失魂落魄。

水菊妈甚至有种感觉，如果她跟刘峰再迟来一两天的话，眼前的这个男人就要彻底崩溃了。他很多天没刮胡子，不洗脸了，衣服裤子脏得吓人，上面除了尘土和油渍，还有恐怖的斑斑血污，裤腿和胳膊肘都划破了，她曾亲手为他织的毛衣毛裤露出险恶的一角朱红。另外，他脸上也是青一块紫一块的，脖子上有几道抓痕，右手背上蜿蜒爬着一条蚯蚓般的伤口。一看就知道，肯定是被死者家属打的，遇上这种事情只能自认倒霉了。以前她就听说过，有的司机在外面撞了人，差点儿连命都搭上。

水菊妈眼泪哗哗地涌出来，她最见不得他这种样子，急忙扭过脸去，蹲在随身带来的旅行包旁边，一件一件往出掏东西，她要把他那身脏皮全换下来，然后，再替他清洗干净。这一点她早就想到了，昨晚她特意又在包里塞了一块肥皂。

见丈母娘要给岳父换衣服，刘峰不好意思再待在里面，便悄悄溜了出来。

这是一个完全陌生的地方，就在几天前，他们的车穿过这座县城时把人撞了。当时车速很快，刘峰迷迷糊糊抬了一下眼皮，隐隐发现前方的路上人影一闪，他好像还提醒了一下水菊爸，可水菊爸却说你坐稳你的，我开了几十年车了。话音未落，就感觉车头跟什么东西撞了一下。刘峰说不好，可能撞上人了，赶紧走吧。可水菊爸偏偏又把车停下，非让他跑下去看看，这一看麻烦就来了，路上果然躺着个老乡，血正汩汩地流。是福不是祸，是祸躲不过啊！此刻，他想起那些情形，仍旧心有余悸。

其实，现在最令刘峰担心的是，丈母娘会不会把那件事情告诉岳父大人。那样一来，他还有啥脸面跟水菊爸一起跑车？

万一事情再让水菊知道了，她必定要跟他闹离婚，到时候弄得鸡飞蛋打不可收拾，他爹娘非活活气死不可。这一路上，刘峰算是饱受煎熬，事情已经是明摆着的，丈母娘带他去美发店，那是故意羞臊他，也可以说是想警告他一下。现在回过头一想，昨晚跟水菊吵架的时候，丈母娘就曾含沙射影地点过他两句，只是当时他太大意了，根本没往心里去。他还不知天高地厚地跑出去，又喝酒买醉，又寻衅滋事，回家还撒酒疯打自己的老婆，简直是错上加错罪大恶极啊。

刘峰一刻不停地被那种东窗事发的恐慌折磨着，他简直不敢再想下去，真是一失足成千古恨啊，现在后悔都来不及了。他像只困兽，在旅馆的停车场里转来转去，很快把剩下的半盒烟都抽光了。最后，他决定给水菊打个电话，想先跟她低头认个错，争取她能宽大处理。可是，水菊一听是他的声音，就把电话果决地挂了，他再拨过去，她还是一声不响地挂断，最后还想拨，手机没电了，这些天焦头烂额的，一直没顾得上充电。这种时候，他恨不得把这破玩意给摔碎才好。

快走回旅馆房间门口时，刘峰不由得轻轻止住了脚步。本来，他是想趴在门上听一听岳父母他们在说些什么，尤其是，会不会正好在议论他的事。结果发现，里面确实有些声响，却又不像是两个人在说悄悄话，女人的声音比较尖细，呜啊呜啊的，像叹气又像在哭，间或又听到床板的吱扭声，还有男人笨拙的喘息。刘峰一下子就明白了，水菊爸妈正在里面那个呢，他赶紧蹑手蹑脚地往后退，一不小心脚后跟撞着走廊的一只痰盂，哐当一声，吓得他面如土色，转身撒腿就往楼下跑。

刘峰决定给自己重新登记一间房，毕竟水菊妈来了，跟岳父母他们挤在一起不成体统。关键是，刚才无意中偷听到的那种声音，让他觉得很难为情。后来等他再去敲门，取手机充电器的时候，发现岳父从头到脚换了身新衣服，胡子也刮得干干净净，先前沮丧颓废的神情一扫而空，取而代之的是，脸上浮现出一丝红光，一副刚被滋润过的慵懒模样。丈母娘满手都是肥皂沫，正蹲在地当间嚓嚓地洗衣服呢，房间里弥漫着一股朴素而又好闻的香味。刘峰忽然觉得，水菊妈是个非常了不起的女人，她一来一切似乎都变样了。

他低着头悄无声地拿了自己的东西，刚走到楼梯口，水菊妈随后就跟了过来，叮嘱刘峰晚上好好休息，说明天就要去跟人家正式交涉赔偿的事情了。刘峰像个小学生似的一个劲点头。水菊妈说，你岳父刚才跟我商量，等这个事情处理完，就再也不开了，他年纪确实大了，遇事反应不过来。刘峰听了一时有些茫然，不知道该跟丈母娘说什么好。

水菊妈想了想，接着说，我知道这是迟早的事，不见黄河心不死，非吃上一次大亏，人才能变老实呢，男人都是这个样子。说到这里，她抬起沾满肥皂沫的手，轻轻拍了拍刘峰的肩膀头，又微笑着说，往后我们家水菊可就全托付给你了，刘峰你要好好待她，给她挡一辈子风遮一辈子雨，我们俩一天天老了，儿女的事终归要靠儿女们自己，你们俩要好自为知。刘峰简直感到无地自容，头点得像捣蒜，他连做梦也没有想到，水菊妈会跟他说这些。他几乎不相信自己的耳朵，一个人傻站在楼梯口，发了好大一会儿呆。

这一整夜，刘峰基本上没怎么合眼，一会儿想水菊肯定还在家生他的气呢，一会儿又想自己以前做过的那些荒唐事，越想越觉得内疚。房间的内线电话响了又响，他当然知道是那种服务，所以他都是抓起来就迅速压掉，后来他干脆把听筒拿起来随手扔在一边。

此后，他又想起来几年前的那个夜晚，繁星点点，不知谁家的狗在远处一声一声叫着，挡风玻璃前一群萤火虫纷纷飞舞，犹如散落的星子。那是他第一次开车带着她去兜风，他忽然把车刹住，也可以说是有意的，因为那时他已经悄悄地喜欢上了她。他还记得当时，她的头在汽车挡风玻璃上碰了一下，他心疼地帮她往额头哈着气，然后他乘机抓紧了她的手，她的手又软又小，他把她搂在怀里时，她好像害怕地叫了起来，他发现她的嘴唇像花瓣一样又鲜又润……后来，尽管丈母娘百般拿捏反对，可她还是一如既往地跟他好并且嫁给了他。

半夜里，他终于忍不住又拨通了岳父家的电话，响了很长很长时间，那边水菊才梦呓般接听的。不知怎的，一听到水菊的声音，他反倒一句话也说不出来了。水菊一连喂了好几声，问他，刘峰你说话呀，你咋不说话了，你是不是哑巴了？我知道是你……那一刻，他觉得泪水像雨点一样滴滴答答落下来，眼前一片迷蒙，房中的摆设仿佛隔着挂了雨的玻璃，变得模糊起来。老半天，喉咙里才艰难地憋出几个字来。

刘峰几乎带着哭腔说，水菊，我想你了。

电话那边又沉默了良久，水菊也呜呜起来。她的声音听起来是那么遥远，一时之间，惭愧、委屈、伤心、爱恨都交织在话筒里了。后来，水菊喑哑地对他说，你们快点儿回来吧，我一个人在家害怕死了。

一

方乐业头一次上小米家的那个晌午，突然飘起了一场透雨。

眼看外面的雨越下越大了，雨点捶鼓般密集地敲打窗户，屋檐下的四根雨槽简直不够用，大腿般粗细的雨柱快要撑破槽口了。方乐业心疼自己骑来的那辆半新不旧的自行车，他上班的那个机械铸造厂离家太远，没有车子骑根本行不通。所以，他忍了几忍最后还是又冒着雨跑出屋外，硬把车子架到了小米家的煤房里。然后，他从车坐垫下面拽出一团油腻腻的棉线，十分爱惜地把车子从车把、车梁、链瓦再到轮圈和辐条，都仔仔细细地擦了个遍，擦完了又将那团发黑的棉线拿到雨槽下，就着雨水用力投洗干净。这时他的裤脚和鞋袜基本上都湿了。

小米正漫不经心地待在屋里，她一直站在窗前边嗑着瓜子边看雨。她多少显得有些心不在焉，照理说今天她是主角，应该精神百倍情绪饱满才对。可小米就是觉得无聊，甚至觉得自己有些多余，别人都在无序地忙乱着，唯独她显得无所事事。她注意到了方乐业对待那辆自行车的样子，觉得这人心倒是很细，不像很多男人，对什么东西都满不在乎的样子。但这也不能完全说明，他就是她所喜欢的那种类型，她对他的认识也许才刚刚开始，以后的路还长着呢，找对象不是件简单的事。

整个上午，母亲都跟大姐她们忙前忙后准备着饭菜，伙房里一直叮叮当当吱吱啦啦响。父亲老早就坐在客厅的椅子上，滋滋地喝着砖茶水，他还打开了桌上的收音机，十二点半的评书连播节目，那是雷打不动的。虽说家里已经有了一台电视机，可父亲多年养成了收听广播的习惯，恐怕这辈子也改不了了。自从刚才二姐夫进门以后，父亲就眯着眼边抽烟边跟二姐夫下象棋。二姐夫在学校当教师，象棋下得比父亲好，每次只要他上门来，翁婿间马上就丁零当啷干将起来。有时候一直下到饭菜摆满了桌子，母亲跟姐姐们在一边不耐烦地叫啊嚷的，他们还是迟迟不肯罢休，一副鱼死网破非得决出个雌雄的架势。

至于三姐，也并不去伙房帮什么手，她通常习惯倒背着双手在屋子里转来转去，这边看看，那边瞧瞧，好像干部下基层那样，慢条斯理踱着四方步。有时，她也会凑过去瞅一眼他们下棋，觉得父亲真是老了，慢手慢脚，思维迟钝，她就替他着急。爸，你眼睛到底看啥呢？将呀，咋还不将他！父亲听了她的话，依旧如坠云雾，将啥将，你没看见你二姐夫还别着我的马腿呢。我是说让你飞炮呀，那么好的炮放在眼皮子跟前不用，留着下崽啊，真是活活急死人！这种情况下，三姐恨不得自己冲上阵去跟对方厮杀一场。在这个家里，三姐确实有些特立独行，她既不像大姐二姐那样任劳任怨，帮着母亲做做家务，也不像小米那种天生柔弱书生样，没有大的主见。大伙都叫她三尖尖，说她聪明得有点儿过了头，说她身上没有一点子女人味，甚至说她根本不像个丫头，想必是错投了娘胎，本来是个小子的命，偏偏叫她转世做了女的。所以，做了女人也全没个女人样，大大咧咧的，脾气又倔强，性情又不温顺，稍有不遂意的事情，就大声嚷嚷起来，嗓门还特别高。还有一条，她总是喜欢指手画脚的，家中任何人任何事情，她都是看不顺眼的，总要发表一下她的那套奇谈怪论。

比方说，眼下小米跟乐业的婚事，三姐私下里没少跟小米叨叨：都什么年月了，你们还请人介绍对象，土不土？哼，居然还兴师动众地让人家上门来相亲，传出去都笑掉大牙了。其实，三姐到目前为止还是个单身，经常住在外面不肯回家，谁也搞不清楚她整天都在忙些什么，至于谈恋爱的事情，她总是无所谓地摇摇头，男人嘛，就那么回事，结婚有啥意思，不就是给自己脖子上扛个沉重的枷锁吗，我才没那么傻呢！她总是这么一副看透一切的嘴脸，惹得父母时不时要跟她生气动怒，可她一点儿也不放在心上，依然我行我素。

在这个家里，数小米最小，她比大姐将近小了一轮，每个人都可以对她的事振振有词发一番言论。用母亲的话说，你们大姐是没赶上好时候，可坏事情是一样没落都让她撞上了，学没上几天，就风风火火搞啥串联，串联就串联吧，偏偏又遇上了不三不四的男人，上了当受了骗，到头来还不是草草嫁给你大姐夫那样三杠子打不出一声屁的窝囊废了事。二姐比大姐小不了几岁，可她运气就要好一些了，最后还赶上了高考，二姐本来脑瓜子就聪明，窝在家里复习了大半年，好歹念了个师范专业，她跟二姐夫算是校友，又是在学校里自由恋爱，日子过得也算安生惬意。现在，一家人把小米的终身大事提到议事日程上来，她跟方乐业是不久前经媒人介绍认识的，此前，他们已在公园约过几次会，看过两场电影，彼此也拉过手的。让方乐业利用这个礼拜天来家中认认门，当然是父母的主意，主要是想让小米的姐姐们也都帮着看一看，算是最后把把关，然后好把亲事尽快定下来。

你看看，都怪这三尖尖在人眼边瞎晃，成事不足，败事有余！父亲自然又输给二姐夫了，碍于自己的长辈脸面和尊严，所以想就坡下驴，也好乘机数落一下三姐。哪知三姐偏偏死拗，一点儿不给老人台阶下，反而喷着嘴皮子说风凉话。下不过人家就说下不过，非得拉上个垫背的才高兴，今天我可是一言未发，不信，小米可以做证。小米一副没睡醒的样子，把目光从窗上收回，看着三姐那张意气风发的脸，懒懒地说，我刚才看雨来着，你们说的我一句也没听见。三姐马上噘起嘴扮了个鬼脸，没好气地说，哟，翅膀真的硬了，将来这家添了新女婿，老四还不知会世故成啥样呢！父亲接过话头，说，谁都像你这样的没心没肺，整天就知道游手好闲不务正业，班也不给人家好好上，三天打鱼两天晒网的！不是我说你呢，眼看奔三十的人了，你看你大姐二姐她们，一进门就扑到伙房帮你妈的忙去了，你倒好，甩手掌柜似的，满屋子给谁摆阔气呢？看将来哪个敢娶你当媳妇？

　　三姐狠狠白了父亲一眼说，老四不是也在家里闲着吗？又不是给我相亲，我为啥那么积极地要去帮手。再说，我又不会炒菜做饭，去伙房也不过是充个样子靠边站。说话工夫，方乐业已经把第一盘菜端了进来，因为雨还没停呢，盛菜的盘子上还得扣一只空瓷碟，走起来嘎啷啷响，看着有些危险。小米赶紧迎上去帮着把东西接过去，款款摆在饭桌上。三姐笑了笑，一副还在跟父顶嘴的架势。她说，你们大家看看，哪里还有我搭手的地方，往后啊，这个家再也不愁干活的人！父亲分明听得不顺耳，可因为小方在场，也就不便于当即发作。倒是二姐夫一面往纸盒子里收象棋，一面文绉绉地对三姐说，老三天生要做独立女性，锅碗瓢盆自然进不了她的眼眶，将来说不定还能做女强人，干出一番轰轰烈烈的大事业呢！小米点了点头，觉得还是二姐夫有见识。父亲不以为然，撇了撇嘴，又去摆弄他的收音机，噪音吱吱扭扭很刺耳。三姐冲二姐夫挑了挑眉毛，压低声音说，姐夫你少来这一套，好端端地给我扣啥高帽子？有那份心你不如让一让咱爹，省得他输了棋，又吹胡子又瞪眼的，见我们谁都烦！二姐夫嘿嘿笑着，把最后一枚棋子摆进盒子里，起身去放到六斗橱的玻璃推拉柜里，趁别人都不注意时，他慢慢地擦着三姐身体走过去，耳语一样悄声说，我是有那份心的，就怕人家不领我的情呀。三姐迟疑了一下，伸出右手三根手指，使劲在二姐夫的腰上掐了一下，嘴里娇嗔道，讨厌！二姐夫镇定自若，好像一点也不疼，他乘机从背后把三姐的手给抓住了。三姐暗中用力把手抽了出来，同时又还给他一脚。二姐夫龇了龇牙，正待还击，见方乐业又端着菜匆匆进屋，忙上前一步接过去，说，小方你是贵客，快坐下来歇歇吧。三姐听见了又接过话不依不饶地说，哟，二姐夫可真会做人呀，不愧是吃食分子！

说话间，大姐二姐还有小米，每人手里都端着菜盘子，丫鬟似的连串进屋来了。一时间大伙都跟着忙乱起来，摆菜，发筷子和蘸碟，斟酒，搬椅子。母亲自然是最后一个进屋，围裙还系在腰上。她一个劲唠叨说，这鬼天气，早不下雨晚不下雨的，偏偏今儿下。二姐接过母亲的话说，妈，你懂什么，这叫风调雨顺！大姐也随声附和，说就是就是，看来咱老四的事情老天爷都帮忙呢，没道理不成的。三姐不以为然，说，就你们瞎迷信，天要下雨，跟人有屁关系。父亲在一旁忍不住插言道，狗嘴啥时候能吐出象牙！二姐夫听了，忙打圆场说，谋事在人，成事在天嘛！三姐似乎并不领情，自己先找个凳子坐了下来，说，快开饭吧，都快饿死了！母亲说，三尖尖，你咋脸皮越来越厚了呢，客人还没坐呢，你倒先上桌子了！三姐咬着嘴唇，一副愤世嫉俗不拘礼仪的样子。二姐夫忙转身去请父亲过来上座。父亲不无可惜地叹口气，说今天的书看来是听不上了。母亲接茬儿说，少听一次身上能掉一块肉？惹得大家呵呵笑起来，于是，纷纷找自己的位置坐下来。小方是最后一个坐的，他一直在旁边忙着盛饭呢。父亲好像很满意，招呼说，小方你快来，饭让你姐姐她们盛吧。小方这才端着饭有些扭捏地过来，地方早给他留好了，紧挨着小米身边坐下来。

父亲端起杯子一本正经地发话，说今天是个好日子，小方第一次上门，我看这小伙子人很朴实也本分，往后就把这里当成自己的家，想啥时候来就来，我们随时都欢迎。除了三姐，大伙都呼啦啦地起身举了举手中的杯子，跟小方象征性地碰了碰。小方盯着杯中的酒，手微微颤抖着。小米忙解释说，他不太会喝酒。母亲说傻丫头，今天是喜庆日子，非得喝完这第一杯。二姐夫说男人得学会喝酒啊，才不枉来世上一回嘛。二姐立刻瞪了他一眼，说，小方没关系，少抿一点儿也行。小方还没喝酒，脸已挂了彩，大概是紧张的。小米望着他说那你就喝一点儿吧。小方这才闭着眼端起杯子喝，好像不是酒，而是烈性毒药，刚喝了一口，赶紧端起眼前的茶杯喝水，舌头辣得直吸溜。大伙都笑了。三姐率先用筷子夹起一块鸡肉放在嘴里，有滋有味地嚼起来。母亲使了使眼色，想制止她，可已经来不及了。母亲只好掩饰说，好了，大家快动筷子吃吧，菜都凉了。说着，先夹起一块红烧肉放到小方的蘸碟里。小方诚惶诚恐，屁股顿时离开了椅面，硬让旁边的小米拽了下去，她又把嘴凑到他耳边嘀咕道，好好吃吧，别那么紧张，跟在自己家一样。小方才低头去对付那块很肥很肥的烧肉。

这样吃了一会儿，父亲又第二次举杯，说好事成双，咱们再干一个。小方赶忙起身，小米乘机迅速地把他杯里的酒往自己的杯中倒掉一些，这个小动作被二姐夫看在眼里，他说没想到咱们小米这么会疼人，现在就知道有难同当了啊！小米眨着眼冲二姐夫示意，意思是让他千万别说破。二姐夫偏偏不理她，反而拿过酒壶往小方的杯子里续酒。等这杯子酒下了肚，小方的脸已经红得没法再红了，像下了开水锅的螃蟹。二姐夫却又起身帮他添满了酒。二姐用胳膊肘碰了碰二姐夫，小声说人家小方喝不了那么多，你干吗自作多情地一个劲儿倒酒。二姐夫说此言差矣，酒最能证明一个男人的品性，今天非得让他多喝几杯才好。二姐说就数你废话最多。这次，父亲倒是很赞同二姐夫的观点，也点着头说，让小方喝两杯，问题不大。小方早已是满脸愁容了。小米对他说，你不能喝就别喝，没关系的。母亲欲言又止，忙夹了一块鸡肉放在小方的碟里。

小方还没来得及吃完鸡肉，三姐突然端起杯子走过来说，小方，三姐也敬你一杯，小米是咱家的老疙瘩，打小就娇生惯养的，以后你到这个家里，少不了要多多干活，事事让着她，反正你得有这个思想准备啊。说着，她一仰脖子，先干了杯中酒。小方确实有些为难，喝也不行，不喝也不行。小米想接过杯子自己喝，被三姐一把挡住了，说，我是敬给他的，你不能喝，你要喝了我跟你急。小方左右看了看，只得红头涨脸地喝了下去。父亲这时发话了，说，好了好了，你们都别再难为他了，我看小方是真的不能喝。三姐有点儿不服气，说，胃长在人家肚子里，你们自以为他不能喝，人家说不定是客气呢，真的喝起来不定谁先倒下去！这话让父亲很恼火，他说，热饭热菜就烫不住你的嘴！三姐腾地一下把手里的筷子扔在桌上，站起身看着父亲说，没见过这样的，你们敬他就好，我一敬倒成了为难人家了，坏人全让我做了，到底什么意思？父亲拉下脸子说，你想干啥，还反了你不成？三姐说，话也不叫人说完，我知道你们都烦我，连我自己都烦我自己，我不吃了总行了吧？说着，哗啦一下推开椅子，头也不回就往门外走。大姐二姐急忙离开座位去撵她，父亲说，眼不见心不烦，你们别管她，让她滚好了，狗肉不上席！然后，表情不无难堪地看了看小方说，咱们吃咱们的，由她去吧。母亲也接过父亲的话头，说老三就那号驴脾气，过一会儿就好了，吃吧，都快吃吧。

　　小米觉得又丢脸又委屈，真想一把拉起方乐业也跟三姐那样跑到外面去，哪怕是让雨淋成个落汤鸡，也比这样不尴不尬地待着强啊。她开始后悔答应父母请小方来家里吃这顿饭，今天是个礼拜天，他俩在街上干点儿啥不比这儿好呢？眼下，看着小方那副无所适从甚至有点儿可怜兮兮的样子，小米真的很过意不去。她生三姐的气，也生父亲的气，生今天所有人的气。还有外面讨厌的鬼天气，下起雨来没完没了的，弄得人心情很郁闷。

　　好在这顿味同嚼蜡的饭，总算是吃完了。

　　大伙又是一阵忙乱，稀里哗啦收拾桌上的残局。父亲连着打了两声哈欠，退休以后他就养成了午睡的习惯，吃完饭便没了精神头，早早回里屋准备歇着了。母亲要去伙房洗涮，硬让大姐二姐挡住了，说妈你也歇一阵子，都忙了一上午了。于是，母亲又叮嘱了她们一番，就脱了围裙进屋去了。二姐夫跟小方又天上一句地上一句侃了一通，转过话题又说，刚才的事别往心上去，老三就那么一个人，风风火火惯了。小方本来已经晕头晕脑了，禁不住二姐夫那张嘴叨叨，身体斜靠在沙发上，好像随时要滑溜下去似的，也就不清楚二姐夫到底在谈些什么，只是不住点晃着赤红色的额头。小米趁这工夫把客厅的地轻描淡写地扫了扫。二姐夫大概觉得无趣，也歪斜了身体往沙发上一躺，像是要迷糊着了。小米走上前轻轻拽拽小方，想叫他到自己的房间里躺着去，怎奈小方头有千斤重，抬都抬不起来了。小米心想，这人真是死心眼，叫他别喝他偏逞能，你死不喝看他们能把你怎样呢？

　　这时，母亲伺候好父亲的事，又不放心地从里屋走出来，叫二姐夫把小方搀到小米房间去，嘴里一个劲埋怨，都怪你们，左一杯右一杯，硬把人家孩子灌醉了。二姐夫嘿嘿笑了笑，说醉一回也没多大关系，都是自己人嘛！说着，赶紧把小方从沙发上架起来。小米也过来打帮手。小方嘴里跟搅面汤似的直着舌根嚷，我，我没事，真的，二姐夫别管我，我没喝多，我还能喝呢，不信咱俩再喝一顿。见他们仨跌跌撞撞出去了，母亲的另一桩心事忽然又浮上了额头，她紧皱着眉头自言自语道，死丫头，饭都没吃消停，到底跑哪去了？唉，真拿她没办法！你说这丫头的脾气到底是随了谁呢？

二

　　小米自然也得去方乐业家走一走，也好认个门，这叫礼尚往来。

方家只有一个女孩，好像在念小学五年级，两只眼睛跟黑豆一般圆，长得小人精样儿，见了小米姐姐长姐姐短叫得好亲。小米急忙把准备好的礼物递上去，是她跟乐业在鼓楼百货商店特意挑选的一个塑料文具盒，小女孩显然很高兴，使劲夸了夸小米人漂亮，说她长得跟电影演员似的。乐业前面有一个哥哥，早就成家立业，因为住得远也就没有通知过来；乐业后面还有个兄弟，初中毕业应征入伍在外地，隔三岔五会写信回来报个平安。

乐业的父亲一副操劳命，腰弯得跟虾米一般。小米头一次去，就见他身上扎着劳动布围裙，手上沾了一层白面浆，眼睛好像近视得厉害，看人皱着眉眼很吃力。方母整天在外面摸牌，早出晚回，身上搽得香喷喷的，老远就刺人的鼻子，说起话来总是哟啊哟的，还往出直冒儿化音，后来小米了解到，她老家在河北，离北京也就三个钟头车程，早年响应号召支援过来搞建设的。

方家跟自己家情形大不相同。小米登门这天，还是她到来以后，方父才临时匆匆忙忙上街买了些肉啦菜的，然后一个人钻进伙房开始准备。听说方母早上去中山公园跟票友们唱京剧去了，回来时脸上的气色似乎还沉浸在唱过的剧目中不能自拔。方母进屋先不紧不慢地坐下，随手拿起折扇只顾自己扇凉快，也不问问小米。倒是小方过来提醒，妈，小米来咱家了，上礼拜跟你们说好的。方母拿鼻子哼了一哼说，哟，瞧你说的，妈又不是瞎子。小米赶快站起身说，伯母您好，我来了。方母还是不停地扇扇子，随便用丹凤眼扫了她一扫说，哟，小米姑娘来啦，那快坐吧。

小米红了一下脸，觉得怪别扭的。哎哟哟，你说这天热的！说着，方母端起茶几上的杯子想喝水，杯到嘴边才发现里面空着，于是不无恼火地扯着嗓门叫起来，老方啊老方，你都忙些什么呢，茶也不给人沏好！小米赶忙起身，从一旁拎起暖瓶过来倒水，水倒满了，方母却嚷着说，哎哟，这茶是隔了夜的，还怎么让人喝呀？小米脸更加红了，连声说对不起对不起，忙端起碗杯准备倒掉再重沏。哪知由于紧张，刚才水又添得太满，这阵只顾盯着手里的盖碗，又对方家情况不熟悉，过门槛时脚下就被挡了一下，人险些趔趄倒地，手里的碗杯实实在在地飞了出去，哗啦一声，摔得粉碎。小方闻声忙过来扶她，拉着她的手翻过来掉过去看了又看，一连声问，烫着没有，到底烫着没有？方母在一旁便看不惯，轻蔑地说，哟，端个杯子都端不稳，将来怎么过日子呀？小米简直无地自容了。

后来的饭也就吃得可想而知了。方母一开始动筷子，就嫌肉烧得太腻，后来又说鸡蛋汤太咸了没法沾嘴。方父始终唯唯诺诺的，对方不论提什么意见，他都报之以微笑，绝不顶嘴，非但如此，他还特意再尝上一口说，嗯，汤是咸了一点儿，烧肉油也没出尽，好像这一桌子菜根本不是出自他的手。小米觉得方父有点可怜兮兮的样子。小方倒是比上次在她家时自如多了，不停地给她夹菜，一个劲劝说，吃，好好吃，多吃点儿，我爸很会烧菜的。方母说，我的乐业哟，你别把人家姑娘当小孩子待！再说了，你用自己的筷子给别人夹菜，那是很不卫生很不文明的哟，当心传染病啊。弄得小米浑身不自在，吃也不是，不吃也不是。

乐业的妹妹果然是个小人精，她竟敢接过母亲的话，煞有介事地说，妈，你这就老土了吧，我哥那叫献殷勤，他们谈恋爱的人都那样，恨不得摘了天上的星星送给对方作礼物呢。说得方父也哈哈大笑起来。方母却声严色厉地说，你这当爸爸的，还好意思跟着笑，都是你把女儿给惯坏了。转过头，又板起面孔对女儿说，你小孩子家家的，懂什么叫恋爱呀，好好吃你的饭！方父满脸堆笑道，是啊是啊，养不教父之过。小米也开始觉得乐业父亲既滑稽又可爱。

方家倒是不提倡喝酒，埋起头各吃各的，所以饭吃得很快。这是唯一让小米觉得比较舒服的地方。想想上一回，乐业在她房间里昏睡了大半天醒不来，自己都有些脸红了。看样子，真应了父母常挂在嘴边的那句老话，家家有本难念的经。方母扔下碗筷，端了水杯站在院里咕噜噜漱口，然后就回他们的卧室去了。忽然又记起什么，把头从门缝里伸出来，对乐业说，也让你爸好好睡一觉，他忙乎了一上午了，锅碗你就看着办吧。乐业虽然面有难色，可碍于小米在身边，只是拿手抠着脑勺，噘起嘴点了一下头。

这时，乐业父亲打外面上厕所回来，听他俩在伙房里嘀嘀咕咕丁零当啷的，刚想进去看一眼，就听乐业母亲趴在卧室窗前叫他，老方呀你快进来，我有话说。他只好低头进卧室去了。小米悄悄对乐业说，你爸好像挺怕你妈的。乐业一边漫不经心地洗碗，一边看着小米说，我爸天生就那么一个老实呆子，人家叫他朝东他不敢朝西。小米好奇地问，那你随你爸还是随你妈了？乐业想了想说，你觉得呢？不会是有其父必有其子吧？小米坏笑着说。那你喜不喜欢？小米脸腾地就红了，羞赧地低下头去，他这么快就问到这个问题，而且又是在他家的伙房里，她想他的脸皮可真厚，她一点儿也不想回答这个问题。乐业却一副穷追不舍的架势，依旧在问喜欢不喜欢他。

笨蛋，这还用问？傻瓜都知道，当然喜欢啦！随着门外说话声响起，乐业的妹妹挤眉弄眼蹦蹦跳跳地跑进伙房。不喜欢的话，小米姐怎么会上咱家来呢？小米一时更觉得羞于见人了，更何况隔墙有耳，他俩的这种谈话，居然叫未来的小姑子听到了，而且，她还是个小学生。乐业故意装作很生气的样子说，去去去，不去睡你的觉，难道想帮我干活不成？乐业妹妹狡黠地看了看他俩，不无诡秘地说，哥，只要你肯借我一块钱，不就是洗一次碗吗，小意思。乐业听了顿时喜上眉梢，他正想好好跟小米找个地方单独待一会儿呢。不过，他又觉得一块钱似乎有点儿太多，毕竟自己辛苦一个月才挣百十块工资。五毛，最多给你五毛！哥，你打发要饭的呢，最低一块，少一分也不行，要不你还是自己洗吧！乐业妹妹倒背起双手扭过脸去，作势要走，却又不动地方，一副胸有成竹的样子。

小东西你要那么多钱干啥，小心我告诉妈拾掇你！乐业还想跟妹妹讨价还价。哪知小米早就从自己兜里摸出两块钱，弯下腰递到乐业妹妹眼前。对方乐得差点儿从地上蹦起来，连声说，还是小米姐最大方！不像我哥，天生就是个小气毛。说着，一把将钱抓过去，径直塞进自己短裤的兜里，又冲乐业吐了一下舌头，才心满意足地卷起自己的袖子。然后，她对乐业他们说，现在可以去外面了，好好谈你们的恋爱吧。小米想这孩子真的比猴子都精明，拔根汗毛能当哨子吹出响呢。不过，她倒是一点儿也不觉得反感，起码她会揣测别人的心思，直来直去，嘴巴又甜，也能说话算话。反正，比乐业妈强得多，这个浑身直冒香气的女人，她是一点儿也不喜欢。转念又一想，她不久以后要做自己的婆婆了，心里更加恐慌，像她那样横挑鼻子竖挑眼，保不准鸡蛋里面都能找出骨头渣滓来，将来的婆媳关系怎么相处呢？

小米越想越害怕，直到乐业把她拉进他自己的房间，轻轻关上了房门，她也没回过神来。乐业一直抓着小米的手，半天也不肯松开，还一个劲往她身前靠着，呼吸声沉甸甸的，好像刚跑完一千米比赛。乐业腼腆地说你可真好看。小米不好意思了，想把手抽出来。哪知乐业趁松手的工夫，却又把她从腰里一下子搂住了，他的嘴出其不意地在她脸蛋上亲了一口。小米一点思想准备也没有，情急之下，竟胡乱叫了起来，你流氓，快放开我！一边嚷着，一边用上吃奶的力气，猛推了对方一把。乐业也没想到她会有那么大力气，竟一下子被推了个屁股蹲，咣当一下，重重地跌倒在地，疼得他连着怪叫了好几声，半天都没起来。小米乘机赶快拉开房门，正要跑出去，门一开，她简直惊呆了，那个女人竟趴在门前。小米一时进退两难。

你也好意思哟，自己不好好干活，倒抓你妹妹当劳力啊！方母劈头盖脸数落起来，亏你们想得出来，真是白长了这么大个子！乐业忍着痛从地上爬起来，结结巴巴地说，我我我……

妹妹她她。她什么她？眼看都快结婚的人了，一点当大的样儿都没有！说着，方母用狐疑的目光扫了一下小米，又用鼻子轻哼了一声，才扭扭搭搭回卧室去了。小米从来没有觉得这么难堪过，真恨不能找个老鼠洞钻进去。

三

两顿饭以后，双方的家长又抽空碰了一面。当然，那个介绍人也要出面参加了。可情况却不如当初预想得那么顺利，主要就卡在有关倒插门的事宜上。

最先介绍人确实跟方家打过招呼的，说小米家没有儿子，她又是家里的老疙瘩，父母一直都盼着能招个女婿上门。方家当时也没太当回事，说不就是让儿子到对方家去住嘛，在谁家还不都一样娶媳妇过生活，也无所谓的。现在，问题摆到桌面上了，方母却提出她大儿子婚后一直单独过日子，小儿子又在外地当兵，万一他将来不回来怎么办，他们老两口指望谁？介绍人说部队复员一定会回来的，再说你们不是还有一个女儿吗？方母说女儿有什么用啊，将来迟早还不是泼出去的水。介绍人说，话也不能那么说，儿子那是给别人养的，闺女才是爹妈的贴心小棉袄。方母听了这话便有些生气，撇着嘴角说，哟，什么意思啊，敢情咱们养儿子的都白忙乎了。介绍人知道说错了话，一个劲赔不是说自己该掌嘴。

小米父亲说，乐业这个孩子很懂规矩，我们都很喜欢，他将来要是能插过来，我们准保当自己的孩子看待，肯定亏不着他。小米母亲也说，就是就是，我们家小米上面有三个姐姐，我们打小也最偏爱她，将来女婿过门自然也一样不会亏待的。方母听他们这样说，又挑着眉毛道，话虽这么讲，可我看乐业将来过去怕是受累的命，小米这孩子样样都没得挑，就是太娇生惯养了些。小米父母一听这话，脸上顿时讪讪的，一时语塞。介绍人见状忙打圆场，说，好事多磨好事多磨，咱们再慢慢商量嘛。

因为这件事，两个人生分了好一阵子。

乐业好几次想约小米出来，都被她拒绝了。这天下班后，乐业一直跟在小米后面，小米在前面快步走，乐业推着车子猛撵。小米说我娇生惯养手无缚鸡之力，你找不娇生惯养力大如牛的去。乐业说我可从来没有说过这话啊！小米说我怕你来我们家要吃苦受累当牛做马，所以我们干脆趁早吹了吧。乐业额头急出豆大的汗珠子，喘着气说，只要为了你，我啥活都能干，我不怕吃苦。小米说那你妈还不活活心疼死呀！乐业哭丧着脸说，我妈就是那种刀子嘴豆腐心的人，你千万别在乎她说的话。小米说反正我算看出来了，打第一次去你家她就不太喜欢我。乐业说，可是我喜欢你就行了。小米说，这话你最好回去跟你妈说去。乐业还想说什么，小米早转身进家门去了。最后，乐业没办法，只好骑上自行车，一摇三晃有气无力地往回走，心里甭提是种啥滋味了。

小米一进家门，见三姐正跷着二郎腿坐在沙发上，翻看最新一期的《辽宁青年》，杂志当然是小米订的，她没事的时候喜欢看看这些东西，里面很多文章都是谈人生谈理想谈爱情的，让人耳目一新。父亲每天吃过晚饭就到外面散步去了。母亲见了小米，忙问咋这么晚才下班，小米没敢说乐业一直缠着她的事，只支吾说，忙呗，加班。三姐在一旁察言观色，然后煞有介事地说，你看人家《辽宁青年》上说得多好，恋爱自然是美好的，可婚姻却是一系列烦恼的组合，所以，我才不那么傻把自己早早交给别人。母亲白了她一眼，说，就你能，就你最了不起！三姐不理母亲的话，又回头对小米说，如果姐没猜错的话，你们刚才肯定见过面，而且很不愉快。不过话说回来，倒插门，亏爸妈怎么想得出来，落伍不落伍啊！招女婿上门，这纯粹是老封建的做法，小米你想没想过男同志的尊严。小米使劲瞪了她一眼，想说句什么怼她一下，终究没能想出来，便甩手气冲冲地跑进自己的房间去了。

母亲也是气不过，上前用力拍了三姐一巴掌，紧跟着就又去叫小米吃饭。进去才发现，小米眼睛红红的，正默默流眼泪呢。母亲叹口气，说，你这丫头有啥好哭的，说心里话，乐业那个妈我跟你爸一点儿也瞧不上眼，没个长辈样，还妖里妖气的。小米赌气道，反正我是不想招女婿了。母亲马上说，你敢，婚姻大事哪能由着你的性子！小米擤了擤鼻涕，红着鼻尖盯着母亲，一字一顿说，要不我就当老姑娘，一辈子都不嫁，就守在你们身边。母亲忽地举起巴掌，手到半空抖了抖，又悬住了。小米已经像个泪人似的了，她怎么忍心再打呢，再说这事也不能怨孩子，家长谈不拢，孩子跟着受委屈了。母亲放缓了语气说，好了，先吃饭吧，车到山前自有路！妈这就给你煮荷包蛋下挂面去。

不等父亲散步回来，三姐就准备离开家了。出门前，三姐跑到伙房凑到母亲耳边说，妈我那天跟你说的事，你到底想好没有？母亲本来正生气，就十分不耐烦地说，我懒得管你们的事！三姐说，照我看你们招女婿的事要泡汤，干脆你先帮我这个忙，将来等我挣了大钱一准加倍还你。母亲说，天生一张狗嘴，你能说出啥好话！又说，我真是弄不明白，放着好端端的班不上，又鬼迷心窍要去做啥生意，仔细你爸知道打折你的狗腿！三姐满不在乎地说，我那饿不死的班又有啥好上的，整天一点儿自由都没有，处处受人管不说，一个月领那点可怜巴巴的工资，够塞牙缝的呀？母亲说反正我是一分钱也没有，要想借就去跟你爸张嘴吧。三姐还想纠缠，听见外面腾腾的一阵脚步声，就知道父亲散步回来了，急急忙忙往出走。父女俩在院里见了面，三姐故意低着头走路，父亲则高仰着脖子咳嗽，谁也不肯理谁。

母亲见父亲进屋来，没好气地叨叨起来。瞧你们跟乌眼鸡似的，老的不像老的，小的不像小的，你们哪儿有一个让我省心的！父亲坐下来喝了几口茶水，放下杯子问，三尖尖跑回来做啥，我以为她从此再不进这个家呢！母亲没工夫搭理父亲，把手里的饭直接端进小米的房间，见小米躺在床上，眼睛直愣愣瞅着天花板，心里多少有些不忍，就放下碗，走过去伸手拉她，嘴里说人是铁，饭是钢，别管那么多，先起来给妈把饭吃了。

小米才恹恹地起身，却站着不动。母亲硬把她推到桌子跟前，又按她坐下来，筷子也递到了她手里。小米随便扒拉了两下，一点胃口也没有。母亲想了想问，小米，你觉得小方人咋样？小米说好坏又有啥用。母亲在她旁边的床沿边坐下来，从后面摸着她的辫梢说，我和你爸一天天老了，将来这个家还不得指望你，招女婿自古就有，你可别听你三姐胡说八道，她那张嘴没个把门的。小米放下筷子回过头，犹如乞求一样问道，妈，咱们非招不可吗？母亲没说话，只是拿眼睛仔仔细细打量着女儿。在小米印象当中，母亲好像已经很久很久没这样盯着自己看了。我就算嫁出去，一样还是你的女儿，一样还孝敬你们，就像大姐二姐她们那样。妈，你说对不对呀？妈……母亲无声地低下头，过了一会儿才说，都说养儿防老，怪就怪我和你爸命不好，一辈子也没生下个儿子，招个女婿上门到底又有啥错？说完，就默默起身出去了。小米觉得母亲弯驼的背影真的有些苍老了。

父亲在倒腾他的收音机，调了老半天，也没调出一个正台，仍吱吱怪响。母亲说快闭了吧，不嫌吵得慌啊，整天就知道听那个，你就再不能干点别的啥了？父亲瞪着眼睛说，你今天吃了炸药，火气大得很嘛。母亲接连叹了几下气，说，咱家小米好像喜欢上那个小方了，这可咋办？父亲接嘴说，废话，不喜欢还跟他搞哪门子对象？母亲说我不是那个意思，我是说怕万一小方家不乐意该咋办，那不是把咱丫头坑了吗？父亲这才迟疑地哦了一声，说，那倒也是的。母亲就不想跟父亲说话了，起身又朝小米的房间去了，嘴里嘀咕道，跟你说也是白说，对牛弹琴，我这辈子就这个命！父亲愣了一下，依旧坐在桌前，一门心思地调那台红灯牌收音机。自从小米顶替父亲参加工作以后，收音机就成了他最亲密的伙伴。再早上几年，三姐先按政策顶了母亲的工作，母亲就开始整天待在家里围着炉台转了。

小米的饭还没吃完，就听见院子里一阵急促的脚步和车轮声，自行车咣当一下碰到墙壁上，铃铛也跟着响了几声。接着，她听见母亲大惊小怪地在院里跟谁问话。小米疑惑地放下饭碗，还没走到门口，又有一串呜呜的哭泣声传来了，她这才听出，好像是二姐的声音。小米觉得好奇，二姐突然哭哭啼啼跑回娘家，不知发生什么事了。小米想把碗送回伙房，顺便去问问，刚走到伙房门口，就听母亲在里面不满地问道，有啥好哭的？他到底怎么你了？姑奶奶你快说话呀，急死人了。小米赶忙止住脚步，回头一瞅，二姐的自行车果然躺在院子的墙根底下，一只车轮高高翘起来，好像刚发生了一场车祸。这时，她听见二姐边哭边讲，妈，这日子我一天也过不下去了，反正我要跟他离婚……小米大吃一惊。因为在她眼里，二姐跟二姐夫的婚姻是最最美满的，他俩是同学又是自由恋爱，小米甚至还清楚地记得二姐当年结婚时的情形，大红的喜字，缤纷绚烂的撒花，震耳欲聋的鞭炮声，还有二姐夫志得意满的笑脸，二姐好像是昨天才从这个小院子嫁出去的。那一天小米还收到了二姐夫的一个红包，她亲自做伴娘送姐姐上轿的，可是才几年工夫，二姐居然哭着跑回家说她要离婚了！小米感到十分震惊和迷惑，她不清楚二姐夫对二姐做了什么，惹得一向温文尔雅的二姐回娘家，眼泪一把鼻涕一把地哭诉衷肠。

院子里已经黑了，有点儿凉飕飕的。小米站在伙房外面，似乎有些胆战心惊的，既对二姐也似乎对自己的将来感到些许担忧。这时，她又听见母亲说，行了行了，你也别哭了，哭能解决啥问题，也不嫌丢人呀，想让左邻右舍都过来看咱家的笑话？两口子过日子，要互相忍让着点儿，别动不动就大哭小闹的！他做的是不对，好歹也是个人民教师，跟自己的女学生黏黏糊糊像啥样子！二姐的哭声渐渐低下去了，说起话来也比刚才理智多了。小米听见二姐说，他这也不是第一回了，上次就把一个女学生领回家来，说是要给人家辅导，我就知道他没安好心，他还嘴硬说我把事情想歪了，今天正好又让我撞到家里，对那女生动手动脚的。没等二姐话说完，母亲说你也活该，都老大不小的，我劝过你多少次了，赶紧生个孩子，死活听不进去，要是有个孩子在家里晃着，我就不信他能当着孩子的面那样胡来？二姐似乎有些理屈词穷，半晌咕哝道，也不光是我不想要，主要是他不想。母亲说男人都是属猫的，哪有见了荤腥不叼一嘴的？最后，母亲说明天你把他给我叫来，我跟他好好说说，看他还翻了天不成？她们正说到这里，小米隐隐听见院门口有些动静，扭头一看，正是二姐夫推着车子呆呆地站在门外面，模样有些落魄，一副进退两难的架势。小米忙上前几步，问道，你来了怎么不进来啊？没等二姐夫推车子进院门，母亲早已闻声从伙房出来了，她见小米手里端着碗筷，便气冲冲地说了句，吃了包子还等汤呢？越大越不懂事，我为你们姊妹几个，心都快操碎了！说完，径自回堂屋去了。

小米冲二姐夫吐了一下舌头，故意加重语气说，这回你可闯大祸啦！二姐夫一句话也没说，灰溜溜地把车子立好，又转过身去，把墙根下倒着的自行车扶了起来，也那么规规矩矩立好，才慢吞吞地往堂屋那边走。小米突然有些忍俊不禁，想笑，她还从来没看到二姐夫这副低三下四的模样呢。眼见二姐夫走到屋门口，就听二姐猛不丁地从伙房跑出来，挡住他的去路，大声嚷道，你还有脸进去？我要是你，这辈子都不敢见人了！小米见情况不妙，忙上前解劝，二姐，黑灯瞎火的，先让姐夫进去再说嘛，站在外面像什么样子。二姐看了一眼小米，眼泪禁不住又流下来，一时无语。小米又回头看了一眼二姐和二姐夫骑来的自行车，它们并排立在院里，彼此靠得很近很近，默默无语，跟他们此刻的状况相去甚远。

　　这时，就听见堂屋里有人干咳了一声，然后叫道，他二姐夫，你别总站在外面，进屋来说话。小米听出那是父亲的声音，瓮声瓮气的，落地有声，不无命令的。仔细听，收音机好像也关掉了。小米乘机把二姐拉到自己的房间里。二姐气愤地对小米说，这回不管怎么说，我都要跟他离的。小米觉得离婚无论如何是件很严重的事情，可也不知道该跟二姐说什么，只好劝二姐先消消气。二姐用潮湿的目光盯着小米看了一下，随即又耷拉下脑袋，有些底气不足地说，小米你还小，很多事情你以后慢慢就明白了，男人的确都不是什么好东西。小米听得一脸茫然。后来，小米隐约听见隔壁房间啪啦啪啦地响动起来，她以为发生了什么冲撞，急忙站起身准备跑过去瞧一瞧，却被二姐一把拽住了。二姐几乎是咬牙切齿地说，你紧张什么？那是在下棋！他居然还有脸跟爸下棋？！

四

又飘过两场雨，时令就快入秋了。

父亲像往年一样，早早就托了熟人，要给家里买一车煤。这天傍晚，煤运回来了，卡车就停在院门外面。卸煤是件又脏又累的苦活。以往都是临时把大姐夫他们叫来帮忙干活，二姐夫好像只卸过一回，据二姐说他累得屁滚尿流的，第二天浑身疼得快给学生上不了课了，打那以后家里再有重活基本上不怎么叫他。今年实在不巧，大姐夫生病不能来帮忙了，二姐夫他们又刚吵过架没几天，就算不吵，也指望不上二姐夫干活。

母亲望着山头一般黑乎乎的满满一车煤，着实有些发愁。父亲说等小米下班回来，咱们仨再一起弄吧。母亲哼了一下鼻孔，说，小米能干啥？稍微刮个三级风都能把她吹趴下。说着，母亲去厨房套上围裙，戴好帽子，然后端起铁皮簸箕，就往车后的煤堆上去了。父亲见母亲哗啦哗啦用簸箕开始装大点儿的煤块了，他也就放下架子，赶紧去煤房里取出那面大筛网，在门口的空地上支撑起来，又拿了把铁锹，费了老大的劲，总算是爬到车厢里，哼哧哼哧地打开了车厢右侧的门，然后用铁锹一下一下把车里的煤往下推。

正在这时，小米下班回来了，母亲端着簸箕正往回走，扭头看见小米身后还跟着一辆车子，才知道乐业也来了。母亲一句话也没说，端着满满一簸箕煤块往院里艰难地走去。乐业见状，赶快把车子推进院里，随便一扔，然后三两下飞快地爬到了车厢上，一把从父亲手里接过铁锹，说，伯伯，您下去歇着，还是我来吧。没等父亲从车上爬下来，母亲已由院里端着空簸箕出来了，她见乐业正用铁锹一下一下往下卸煤，就批评父亲说，你可真是个木头人，也不知道让让人家孩子先进去吃饭。然后，她和颜悦色地对乐业说，小方呀，你先回屋跟小米吃饭去，肚子吃饱再干不迟。乐业摇着头说自己一点都不饿，还是先干活当紧，怕过一会儿天黑了不好干。这时，小米也换了身旧衣服从屋里出来，手里端着簸箕，跟母亲一起往煤房里运煤。

父亲回屋喝了两口茶，稍微歇了一会儿，又找来另一把铁锹，开始筛煤了。几乎每年都是如此，大块的搬回煤房堆起来，剩下的碎的要用筛子细细过一遍，指头蛋大小的都放在伙房里，每天生火做饭必用，那些筛出来的煤灰，稍后要掺上沙土脱成煤饼子，一冬天屋里生炉子是离不了的。在小米的记忆中，许多日子都是这么过来的，从小到大，一年又一年，黑色的煤沉淀在记忆中，还有父母姊妹忙碌的身影。今年干活因为大姐二姐三姐她们都不在场，未免显得冷清些，但看到乐业站在车厢的煤堆上，干得热火朝天，心里多少又添一丝安慰。再联想到母亲前些天跟自己说过的那番话，加上此刻的情形，似乎都是有道理的，她几乎不能再怪父母什么，难道他们的想法真的太土了、太自私了吗？她有点儿拿不准了，谁知道呢？特别是，当她再想到老人们会越来越老，总有老得端不动簸箕拿不起铁锹的那一天，到时候那可真是个大问题呢。这样想来，小米觉得心里一下子豁朗多了，仿佛几天前那个牛角尖猛然被什么东西给顶破了，能看到了外面的一线光明。

三姐也是突然跑回家来的，远远瞧见那辆黑黢黢的卡车，不由得皱着眉头停下脚步。可她心里确实有急事，等不得他们把煤搬完，只好硬着头皮走过来，专等母亲从院里出来的机会，赶忙上去一把拉住母亲的胳膊，小声说，妈，我今晚就要坐车去外地进货，你能不能先给我拿上一千块钱，就算我跟你借的，以后赚了钱就还给你好不好？母亲气喘吁吁地看了看她，然后扭回头二话不说就往车后的煤堆走。三姐急了，又紧走两步拽住母亲的衣袖，说我求你了妈，好歹借我点儿钱嘛！母亲顿了一下说，你快放手，我正忙着端煤呢，没工夫跟你在这磨蹭。三姐急得原地使劲跺脚说，妈，你到底借还是不借，给我句痛快话吧？那口气像是在下最后通牒了。母亲用力一甩胳膊，哐啷一下，竟将手里的簸箕摔在地上，我没钱，再说就是有钱我也不借给你这白眼狼！三姐愣住了，怒瞪着双眼看母亲。

这时，父亲闻声从一旁走来，见她们娘儿俩在这里纠缠，没好气地问道，她又跟你借啥钱呢？母亲忙掩饰似的弯腰从地上拾起簸箕说，你耳朵不行，还尽爱听个事，谁又跟谁借钱了，我咋啥都不知道。父亲将信将疑地扫了她娘儿俩一眼，用黑乎乎的手指指着三姐，不满地说，你还算不算是这家里的人啊？长着俩眼睛出气的，回来了也不说帮着家里干干活，整天就知道衣来伸手饭来张口！三姐苦于借不到钱，正无处发泄，听父亲这样当着小方的面数落自己，想也不想就怼了父亲一句，你说我不算，那我就不算，就当我是你们从垃圾堆里捡回家的野种！父亲当即怔住，随后猛地扬起巴掌，照准三姐的脸啪地抽了一下。你还造反了不成？！父亲几乎破口大骂起来，都叫你这死老婆子惯的！看看她都变成啥样子了，简直就是大逆不道！

三姐的半拉脸刹那间黑成一面锅底，泪水直在眼眶里扑闪。小米老远就听到父亲愤怒的咆哮声，赶忙放下手里的活跑过来，车上的乐业也吓呆了，有点儿手足无措。借着昏暗的路灯光，小米依稀看到父亲脸色铁青，再加上一层很厚的煤灰，那张脸简直像戏里的张飞了。她还从来没有见父亲发过这么大脾气呢。她既感到害怕，又觉得很难为情，毕竟乐业还是个外人，让人家看见这些多不好。这到底算怎么回事？最近家里的人好像都变得火气很大。

三姐非但没从家里拿到一分钱，还当众挨了父亲一记耳光，她气急败坏地扭头就跑开了。小米听见父亲依旧在骂，滚滚滚，滚得越远越好，眼不见心不烦！母亲抬起头，簸箕也随手丢在煤堆边上，眼看三姐跑远了，回头埋怨父亲道，你们爷儿俩就不能消停一次，跟前世冤家似的，一见面就闹得脸红脖子粗的，让外人笑话。说着，长长地叹了口气，两眼又出神地朝路口张望了一会儿，便转身进屋去了，她边往回走边将双手在围裙上不停蹭抹着。这回，父亲没有言语，只顾低头筛煤，又像是跟那堆煤有深仇大恨似的，锹头铲得嘎啦响，煤灰扬得满天飞。

很快，母亲就打屋里出来了，趁父亲不注意的时候，她偷偷把小米拉到旁边，很神秘地把一卷儿用橡皮筋捆好的钱塞到她的裤兜里，悄声叮嘱她赶紧骑上车子去找找三姐。小米有些为难，不知道这种时候上哪里能找到三姐。母亲像是猜到了她的心思，说你去汽车站找找看。小米更加迷惑了，她不清楚三姐这阵子怎么会在车站，她要出远门吗？可是，母亲的样子分明是十拿九稳的，容不得小米再多想什么。她正推着车子要出门的时候，被父亲无意中发现了，问她干啥去。母亲忙打圆场，说是让小米出去买个东西。父亲也就不再多问什么了。

小米骑上车子，飞快地赶到北门汽车站。候车厅已经没有多少乘客了，里面稀稀拉拉的。小米几乎一眼看见挂在入站口的一面铁牌子，上面写着开往兰州长途字样，一名胖墩墩的车站检票员正站在入口处，扯着嗓门冲大厅的乘客招呼，有去兰州的同志，赶快上车啦，汽车马上要开了，动作放快一点儿！小米目光在大厅扫了个来回，也没有发现三姐的影子。小米只好走过去跟那名胖票员说自己要找个人有很急的事，能不能让她进站去。检票员上下打量了打量她，见她脸上身上都黑乎乎的，不无狐疑地问她找谁，有啥事，小米就说是找她姐送钱的。检票员说进去行，不过你得赶快出来，车马上要开了。小米连声道谢，就从铁栏杆中间的窄道里钻了进去。站里果然有一辆汽车已经发动起来了，前车灯把站内的一面墙壁照得雪亮，墙上写着斗大的红字：行车万里，安全第一！一股很浓的白烟正从车尾源源不断地喷出来。小米踮着脚围着那辆车转了一圈，也没有瞧见三姐的影子。她刚想进车里看看，就听车门开咔嗒一声关上了，接着汽车呜呜叫着向前开走了。

小米失望地站在一片呛人的青烟里，她下意识地将双手插进裤兜，摸索着母亲刚才塞给她的那卷儿钱，至少有几百块，三姐要那么多钱干什么？小米想着，心里越发变得沉甸甸的了。就在这时，她发现汽车的后玻璃上似乎有谁在向她招手，很用力的样子，因为天黑看不清面孔，但大模样还是依稀可辨的，好像是个女的。小米慌忙跟在汽车后面紧跑起来，边跑边挥手，汽车已经出了车站，并迅速驶上前面的一条马路。小米跑得上气不接下气，好在汽车总算是在路边猛然刹住了，车门咔嗒一下打开了，接着三姐的头探了出来，小米急忙上前把那卷儿钱掏出来递给三姐，并十分不解地问道，三姐你这是要去哪儿？三姐攥着那卷儿钱叮嘱道，老四你快回去吧，叫咱妈放心，这钱我回头一定会还给她的。话还没说完，就听司机师傅嚷嚷起来，开车了开车了。小米只好退后几步，目送汽车呜地一下跑远了。三姐究竟在搞什么名堂，好端端地惹得父亲发那么大火。往回走的时候小米一直在想，三姐这人怎么总是跟别人不一样呢？按理说她也老大不小的了，就不考虑考虑终身大事，整天风风火火的，说话和做事越来越让人感到奇怪了。

人一旦上了年纪，生怕累着，当然更怕的是生气和动怒。这次父亲算是又出力又窝火，当天夜里就发起高烧来，一个劲说胡话，硬把母亲吵醒了。母亲摸黑把手掌搭到父亲的额头，一摸，吓得她一骨碌翻身坐起来。父亲的额头简直就是一块刚从炉子里夹出来的火炭，都烧手呢。母亲忙下床去抽屉找退烧药，又倒了大半杯开水，水太烫了，她又找了另一个空杯子，来回过了六七遍才端来，把父亲从床上扶起来，喂他把药喝下去。父亲哼哼哟哟呻吟着。母亲又去脸盆架跟前，把擦脸毛巾在盆里投湿，对叠了两下，拿过来厚厚地平搭在父亲的额头上。父亲好像不太乐意这样，挣扎着想拿开，被母亲硬摁住了。老不死的，都快烧糊涂了，还要逞能！母亲坐在床沿边，若有所思地叹息道，唉，人啊说话就老了，干一把活就累成这样。父亲迷迷糊糊地说，我没事。母亲的心事似乎更重了，想了想，又说，我看小方这孩子挺懂事的，干活也踏踏实实，小米跟他将来准错不了。父亲始终不搭话，只不时地哼着，像个小孩似的虚弱。

没想到病真的重了，第二天早晨，父亲高烧依旧不退。母亲慌了手脚，赶忙把小米叫起来，娘儿俩忙乱了好一阵子，总算是把父亲送到了医院，检查了一下，血压高得吓人，还有点肺炎的迹象，大夫让住院观察治疗。办完手续以后，小米就从医院直接去单位上班了，中午又早早溜回家，准备把父亲需要的衣服、饭盆、茶杯、毛巾和牙刷等收拾一下送过去。

小米赶到医院的时候，大姐二姐也都来了，消息还是小米上午用单位电话临时通知的。病房包括父亲一共住了六个病人，显得十分拥挤，又赶上吃午饭的时候，病人家属三三两两再一来，房间就连插脚的地方也没了。父亲的床头柜上摆着大姐二姐她们提来的水果、罐头和糕点什么的，再加上小米刚从家来带来的那堆东西，都快放不下了。大姐二姐一个劲怪小米，说家里拉了煤也不跟她们吭一声，硬把父亲累垮了。母亲就站在小米这边说，还多亏了小米跟小方，小方那孩子干起活来像模像样的，看着叫人喜欢。二姐笑着说，他不好好干才怪呢，正是捞表现的好机会啊。说得小米脸上顿时浮出两团粉红的云霞。大姐突然问，老三今天怎么面也不露一下？母亲赶忙给她递了递眼色，大姐才止住话头。

过了一会儿，母亲跟小米去医院食堂打了饭回来，让大姐二姐小米统统回去，说她一个人留下来照顾就可以了。大姐说也好，她下午做好饭再送过来。二姐说她这两天怕是来不了，学校这周要听老师的课，她得好好准备准备。母亲说你们忙自己的事，我和小米还能顾得过来。父亲一直躺在那里打点滴，半天只嘟囔了一句他听不上收音机的烦心事。母亲说都病成这样了，成天还惦记着那个破玩意儿，依我看啊，你干脆钻进那个收音机匣子里去过日子吧。一时说的大伙都笑了起来。

大姐她们临走时，母亲不放心，又紧跟了出来。她在走廊里拉住二姐问他们的事。二姐始终吞吞吐吐地，只说了句还不就那样，狗一下子哪能改得了吃屎。母亲白了二姐一眼说，你也跟人家好好说话，都是有文化的人，别老是吵呀闹的，像个啥样子，知识都灌到狗肚子里去了。大姐也随声附和说就是就是，两口子哪有隔夜仇。二姐大概不想再讨论这件事，很无奈地点了点头。母亲这才把昨晚父亲跟三姐之间的冲突简单说了一下，大姐二姐听了都愤愤然，都说三尖尖越来越不像话了，竟敢跟老爹顶嘴。母亲当然没敢说让小米去车站送钱的事，只说她天生就那个坏脾气。

乐业第二天才从小米嘴里知道她父亲住院的事，本来他是想约小米去看一场电影的。小米现在哪还有那种心思。所以，下班后，乐业匆匆忙忙回了一趟家，随便扒拉了几口晚饭，就跟父母打了声招呼，直接来医院了。乐业一进病房，就从裤兜里掏出半拉砖头块大小的无线电收音机，说是特意拿来给老人解闷的。父亲见了这东西，病好像一下子轻了许多。乐业忙着给父亲打开，调好了父亲每天都要听的那个台，然后摆放在他枕头边上。父亲紧锁了两天的眉头，终于渐渐舒展开了。小米问乐业哪弄来的。乐业说是他当兵的弟弟去年探亲时从外地捎回来的，专门给他母亲收听戏曲用。小米说你肯定是背着你妈偷出来的吧。乐业腼腆地笑了笑，说，反正她也不是天天都听，也就偶尔想起来了才拿出来听听。小米不无感激地冲乐业眨了眨眼睛，真没想到他考虑得那么周全，懂得老人的心思。

　　这样没几天下来，惹得那些同房的病友好像都很羡慕，一个劲夸赞小米父母是有福气的人。大伙纷纷说关键时候就数闺女最亲，知道冷暖，会疼人，还有你那个小女婿，整天忙前跑后的，真是比儿子都要好呢。小米听了赶忙低下头，或者溜到外面去避开。母亲脸上似乎很有光彩，嘴里却打哈哈说，好啥哟，闺女再好毕竟是别人家的人。这话小米不爱听。小米私下里对乐业说，反正我可不想变成你们家的人，尤其是一想到你那个妈，我恨不得马上跟你吹了算了。乐业一听就急了，说你又不是跟我妈过一辈子，别老在乎她。小米说你说得轻巧，不在乎行吗？将来受气的还不是我？乐业忙发誓说，放心放心，我会好好对你的，看谁敢气你。

　　小米听他这样说，心里稍微舒畅一点儿了，况且，从他俩认识以来，乐业确实对她真心实意，这一点她还是能感觉到的。不过，对于将来的事，小米也并没有充满信心，因为问题还是可以预见到的。比如，乐业最终能不能顺利地入赘过来？方家又会抱着什么态度？让乐业倒插到她家里，真的就是万全之策吗？还有，三姐曾灌输给她的那些稀奇古怪的观点，多少还是对小米有些触动的，她不能不去想。想得太多，未免会使她左右摇摆：一会儿想，天要下雨娘要嫁人，随它去吧；一会儿又觉得自己的前途真的是一片渺茫。

五

三姐从外面回来的那个晚上，小米正躲在自己的房间里，早早就拉上了窗帘，一门心思学着织毛线手套。天气快凉了，她想给乐业赶织一双，好让他冬天骑车子时戴上暖和。三姐突然到来，把小米吓了一跳。三姐的样子有些奇怪，不论是穿着，还是打扮，都有些叫人大吃一惊。当然，最让小米吃惊不小的是，跟在三姐后面的那个男人，大概有三十岁左右，头发比三姐还长还乱，刘海儿飘散散地耷拉在额头，几乎遮没了两只眼睛，在不羁的发丛下面，深藏着一张瘦削如匕首般的长脸，穿戴也是奇奇怪怪的，不知道的人肯定以为他是个搞什么绘画艺术的家呢。他肩上扛着一只巨大无朋的包，进屋就旁若无人地将那大包咣地扔在地上，砸起一片淡淡的灰尘。正是这一举动，让小米坚信他绝对不是搞艺术的人。总之，这两个人给小米的印象仿佛是一对孪生兄妹，他们从头到脚透出一股很新鲜又很危险的信号。

小米根本来不及掩藏手里的毛线活，三姐扑上来双手使劲掬了一下她的两腮，她的哈喇子都快流出来了，这是三姐从小就爱做的小动作，为此没少挨父母的责骂。我回来了，怎么样，你们还好吧？说着，她在小米面前径自转了两圈，仿佛要极力展现她那身不伦不类的奇装异服。小米的思绪一下子就回到了那天傍晚，她急急忙忙跑去车站给三姐送钱的情景，也正是从那时起，她心里替三姐暗捏着一把冷汗呢。现在，三姐猛不丁跑回来了，她反倒很不适应，好像她不应该这么快就出现在自己面前，或者至少不该是眼下这种样子。可具体该是哪种样子，小米也说不清楚。

三姐不顾小米发呆，又一把将她身后的男人拉过来，给小米介绍道，认识一下吧，这是我的新搭档长毛，他比你大好几岁，你得叫他长毛大哥。小米微笑地点了下头，长毛不置可否地用力朝一侧猛甩了一下头，那头乱发暂时被甩向一边，整个额头忽地露出来了。小米这才看清楚，在那片额头靠近发际的地方有一道发亮发白半寸来长的疤痕。小米心里顿时产生了一种莫名的惧怕，连笑容都迅速凝固了。她听见三姐说，我这一路都多亏了他，要是没他这个好帮手，我非空手跑一趟不可。小米乘机又瞥了一眼地上那只鼓鼓囊囊的大包，渐渐地似乎终于相信，没有眼前这个长头发男人，三姐确实不太容易把这么大的家伙扛回家里。小米乘机又把父亲生病住院的事简单说了说，三姐说咱爸也真是的，为一点儿鸡毛蒜皮的小事就生气上火的，值得吗？小米说爸这次好像真的生你的气了。三姐轻描淡写地说，气大伤身，到头来还不是他自己受罪，我又不是成心要气他。然后又说，等过几天她忙完手里的事情，再专门找爸赔礼道歉。小米说这样最好不过。

当下，三姐非要让小米帮她一个忙。据三姐自己说，长毛是她初中时的同学，两人当时就挺谈得来的，长毛家不住在县城，上学时他一直是住校的，三姐还去他宿舍玩过几回呢，他吉他弹得不错，会唱崔健的很多歌曲。今年长毛的父母托亲戚在县城给他谋了份在机关打杂的工作，长毛根本受不了单位条条框框的约束，那些领导尤其对他的穿戴和头发很有意见，所以还没干几天他就溜了。这次俩人是在三姐去往兰州的那辆汽车上不期而遇的，一路上彼此越谈越投机，等到了兰州以后，他俩就形影相随了，三姐觉得长毛的出现简直就是老天爷对她的一种恩赐，她终于找到了一个跟自己趣味相投一拍即合的生意伙伴。现在，三姐把他带回来，晚上睡觉的地方当然得解决一下。三姐向来是快人快语，说她合计来合计去，还是想让长毛跟小方先凑合着住一阵子，然后他们再去想别的办法。小米觉得十分唐突。方家倒不是没地方，乐业弟弟参军后，他一直一个人睡一间房。问题是，小米对这个长毛一无所知，怎么好意思把他推到乐业家去呢，何况乐业母亲又是那种十分计较的女人。可三姐毕竟是小米的亲姐姐，她哪能一口就回绝呢？小米感到左右为难。三姐威胁说，老四你要是不帮忙，我们仨只好挤在这一间房里了。小米觉得三姐出门跑了一趟，脸皮已厚得惊人。

实在没有别的办法可想了，小米只好带着三姐和长毛悄悄地离开了家。当然，依旧由长毛扛着那只巨大的包，三个人蹑手蹑脚出了门，生怕让父母知道了。快到乐业家时，小米说她先去找乐业说说，让他俩在路灯下等消息。三姐叮嘱道，老四你可别光顾着谈情说爱，让你姐我在这喝一宿的西北风！小米说了声讨厌，就很为难地去了方家。

乐业根本没想到她这么晚还会来，高兴得跟什么似的，拉着她的手半天也不松开，见小米一筹莫展的样子，才知道有事。小米把事情简单一说，乐业笑着说那有啥呢，叫他来住就是了。小米不无担忧地问，你妈要是过问起来咋说？乐业想了想说，我就说是我过去的一个校友，反正跟你没关系就是了。小米还是不放心，说我总觉得这事挺荒唐的，我三姐也真是的，亏她想得出来，你干脆拒绝算了！乐业劝她别想那么多，说都是一家人，你三姐肯定有她的难处。又说，咱们还是赶快去把那个长毛接进来再慢慢说吧，总不能让客人站在马路边干等着。小米见乐业如此爽朗又通情达理，心里仿佛渗进一股蜜水，甜丝丝的。

　　一连许多天，小米守口如瓶，没有将三姐偷偷跑回来的事告诉家里人。父母也都蒙在鼓里。不过，小米确实有些担心，平白无故地让一个陌生人住在乐业家里，终归不是件好事。翻过天见到乐业的时候，发现他人有些恍惚，一副没睡醒的样子。乐业打着哈欠说，那个长毛打呼噜，我一宿基本上没怎么合眼。这一点儿小米真还没有想到。小米说那该咋办，你睡不好觉白天会影响工作的。乐业强打起精神说，没事，习惯就好了，以后晚上我早点睡。小米没有这种经验，不知道打呼噜有多严重，父亲好像也打的，但母亲好像从来也没有埋怨过什么，可能是习惯了吧。反正，小米就是觉得这事无论如何都很对不起乐业。乐业趁路边没人注意，突然靠近小米亲了她一下。小米立刻嗔怒道，你真坏！乐业并不介意，反而嬉笑着说，你没听人家都说，男人不坏，女人不爱吗？小米用手摸了摸刚被他亲过的地方，觉得那里像被什么东西猛地蜇了一下似的，说不上好，也说不上坏，感觉还有些麻酥酥的。

乐业最近老是冲她动手动脚的，见了面就猴急猴急抓她的手，再不就乘机抱一下她的腰，或突如其来地亲一下她的脸蛋。谈恋爱真的非得这样吗？小米说不好。但每次跟乐业分手回去以后，走在路上，或者躺在自己的床上，闭上双眼，乐业的那些亲热的举动，又都过电影似的在眼前闪现。小米想也许这就是恋爱的滋味吧。这滋味是很特别的，两个原本再陌生不过的人，忽然相识了，忽然无话不谈，忽然亲密地拉起手来压马路，忽然又被对方亲吻了一下，忽然……这一切仿佛风一样，不经意间就吹到她身上来了。

这天吃晚饭的时候，母亲突然问小米跟小方的事情怎么样了。小米还没有想好该怎么答复，父亲在一旁也插话进来，说你们谈得也差不多了，该早早把婚事定下来才对。父亲一说，母亲自然双手赞成，连声说就是就是。小米说你们干吗那么着急？我们认识还不到半年时间，再说，我自己还没想好呢。母亲说傻丫头，我跟你爸当初也就前后认识一个来礼拜，就把婚结了，认识时间长短不重要，重要的是人要好，我跟你爸都觉得小方这孩子顶好的，怕错过了可惜。小米的思绪却又不由自主地想到招女婿的事上，于是，叹着气说，光你们觉得好有啥用，人家爸妈可不一定那么想。母亲说这事我们跟媒人嘱咐了又嘱咐，无论如何得让小方上咱们家来，这一条雷打不动。小米轻哼了一下说，那你们是不知道小方他妈那个女人，她要是非横插一杠子，这事保不定要黄。母亲马上制止道，乌鸦嘴，啥黄啦黑啦的！小米冲母亲撇了撇嘴，说本来就是嘛。母亲不再说什么了，但心事似乎一下子都爬上了额头的皱纹堆里。母亲像是在自言自语，强扭的瓜不甜，要是他们实在不乐意的话，我看趁早跟他断了吧。小米一时怔住了，母亲嘴里那个"断"字，听起来很刺耳，也很绝情。

扔下碗筷，本来打算是要继续织那双手套的，可小米忽然心血来潮，很想去一趟乐业家，而且一时半刻都不能再等。小米没有跟父母打招呼，悄悄离开了院子。初秋夜风微凉，小城街巷里的灯光若明若暗，自行车在同样昏沉不明的小路上循序渐进，小米的心情似乎从来没有这样迫切过。前面一团稍明的灯光底下，聚集着一伙人，看不清他们的脸，七长八短的影子摇摇晃晃，乌鸦一样扎成乱糟糟的一堆儿，在路灯下吸着烟，或者喝酒猜拳什么的，远远看去就有种光怪陆离的味道了。小米从他们旁边经过时，一串呼哨突然响起，像学校的啦啦队似的，夹杂着流里流气的嬉笑声。小米实在受不了这个，只好暗中加把劲蹬车子，以便尽快离开这个是非之地。很多时候，小米夜晚是不敢轻易外出的，街上总有一伙一伙游手好闲的小年轻的，他们的气味和模样时常让她战战兢兢，他们一见到姑娘准会发出那种可怕的怪叫声，呼哨打得震天响，这让她对夜色充满了恐惧，正如小女孩害怕听到大灰狼，这种情形持续了很多年，直到乐业出现以后，才稍稍减弱了一些。

去方家扑了个空。乐业妹妹帮她开的门，说是哥哥今晚要临时加班，妈妈天刚黑就去参加工人俱乐部的舞会了。小米失望透了，本来有一肚子话想跟乐业说的，现在只好憋在心里。

乐业妹妹跟小米已经很熟了，两个人可以说无话不谈。人小鬼大，这话安在乐业妹妹头上，一点儿都不为过。她非要让小米进屋去坐坐，小米呢又生怕叫眼前这个小姑娘轻看自己，说她整天就知道黏糊乐业，好说不好听。所以，尽管不情愿，但还是觉得有必要进屋待一会儿，再走不迟。小米无话找话地关心了一下乐业妹妹的学习情况，对方早推开了桌子上完成了一半的作业，却神秘兮兮地抢过话头说，小米姐，有件事我一直想告诉你呢，不过你得保证，千万别说是我说的呀。这似乎有些突然，弄得小米着实紧张了一下。小米说我保证不对别人说。乐业妹妹似乎还不够信任，又说，也包括我哥他在内。小米连忙点头，心里面越发感到某种不安了。

乐业妹妹一本正经地说，我哥以前交过一个女朋友，你还不知道吧？小米茫然地摇着头，她确实从没听说此事。乐业妹妹接着说，好像是我妈一个老乡的女儿，我妈可喜欢她呢，说她这也好那也好，都快把她夸成一朵花了，她也挺会来事的，嘴巴可甜呢，还经常上我家来玩呀吃饭什么的，我哥对她也挺好的，每回她要回家，都是我哥亲自骑车子去送。也不知为啥，有一阵子，那个姐姐突然就再也不上我家来了，我哥好像也成天无精打采的，他一回家就把自己关在屋子里，多一句话也不跟我们说。听到这里，小米忍不住问道，那他俩到底怎么啦？是吵架了吗？乐业妹妹说，我后来还是偶然从妈妈嘴里听到的，原来是那个姐姐全家都要迁回河北老家去了，所以他们就吹了呗。小米听完心里顿时有些酸，说不出是嫉妒，还是失望，或者，多少有点儿上了当受了骗后的羞恼。她不知道，这件事若是直接从乐业嘴里说来，她会是怎样的心情，可现在这个秘密却让乐业的妹妹一股脑儿说出来了，这对于她来说无疑是一种不小的伤害。她觉得无论如何乐业不该瞒着她，她还记得他们初次见面时的谈话，有关对方谈没谈过朋友的问题，当时乐业说得很干脆，他说还没谈过，而她也确确实实是第一次。

从乐业家出来，小米始终木木地推着自行车往前走，好像忽然忘记了该怎样驾驭身边这辆车子了。小孩嘴里掏实话，她完全相信乐业妹妹所说的话。现在，她似乎终于明白了方母为什么那样对待她了，一句话，小米不是她理想中的未来儿媳，不想接受她。最可恨的是乐业，他竟然从一开始就想好要欺骗她。小米想，即便当初见第一面他说了实话，她也不会太计较什么的，谁没有过去呢？可问题恰恰就在这里，他有意对她隐瞒了过去的那些事，她却准备毫无保留地把自己交给他，而且，就在刚才从家里出发的那一刻，她已经想好了，她要告诉乐业，他俩的事该有个结果了，她不想再不明不白拖着了。这样边走边想，小米觉得前途一片黑暗，她多少有些心灰意冷了。

迎面疯疯癫癫相拥着走过来俩人，几乎快要撞到她肩膀上了。小米这才猛然回过神，赶紧往路边躲了躲。感觉有个女人的笑声那么耳熟，再扭头仔细一听，竟然是三姐的声音。不用猜，搂着她的那个男的就是长毛，他俩好像一对结伴同行的蝙蝠，在夜色中肆无忌惮地说着笑着，双双正快乐无比地往乐业家的方向而去。

小米很是吃了一惊。如果不是亲眼所见，就是打死她她也难以相信这种事情发生在三姐身上。一向对婚姻恋爱持否定态度的三姐，一向对男人不屑一顾的三姐，怎么会突然来了个一百八十度大转弯呢？而作为一个正处在恋爱时期的女孩来说，小米深知三姐分明已经喜欢上那个长毛了，要不然她不可能跟他那样依偎在一起，可小米依旧百思不解，三姐怎会如此迅速地陷入其中呢？她过去对自己说过的那些话都是假的，还是那个不修边幅的长毛有着什么神奇的法术不成？

六

这回二姐闹离婚的事，全家人都很紧张。一石激起千层浪，连大姐两口子都跑回娘家来帮忙拿主意了，这一整天父母脸色都阴沉沉的。

听说起因是二姐夫动手打了二姐一个耳光，二姐一气之下连着砸了家里的两只漂亮的花瓶和一只白瓷茶杯，然后，二姐夫又用力甩了她一记更响亮的耳光。二姐回家哭着说他俩从认识到结婚，二姐夫还是头一次动手打人的，而且是为一个什么女的。具体情况小米也没有彻底弄清楚，反正逃不出二姐夫拈花惹草的那点儿事。小米一直觉得奇怪，表面上看，二姐夫是个很斯文很冷静的男人，怎么偏偏就爱那样呢，听着都叫她觉得恶心了。父亲的态度比较明朗，说二姐是自由恋爱结的婚，事到如今该说的话也都说尽了，离不离的全由二姐自己做主。母亲长吁短叹，说她当初就觉得小白脸是靠不住的，死丫头偏就不听劝。大姐添油加醋地说，不能便宜了那个四眼子，得找个人好好拾掇拾掇他，再不然索性就告到他学校领导那里，到时候叫他好看。父亲皱着眉头说你们女人就知道火上浇油，把他告臭了，往后还叫他怎么在学校抬头做人？一日夫妻百日恩，不看僧面看佛面嘛！他也不是一点儿好处都没有。小米也觉得大姐的说法欠妥当，难道教训一顿，他当真就能悔过自新，再说又何必非撕破脸彼此难看呢？

不管怎么说，二姐死活不想再回她自己的家了，晚上就跟小米睡一个屋。这些年小米已经习惯了一个人住，有二姐睡在她身边，总觉得有些别别扭扭的，干什么都不自在。那双毛手套已织好了一只，另一只才织了半拉，戳着两根竹签子胡乱扔在床头柜上。二姐心细，拿起手套看了又看，回头便叹息说，老四，你可别像二姐一样傻，恨不得把心都掏出来给了人家，男人啊都不是啥好东西，你对他越好，将来他伤你越深……说着说着，泪水禁不住又吧嗒吧嗒滴下来，落在那只手套上。小米忙抢过东西掩饰说，我那也就是瞎织着玩呢。嘴里这样说，心里却格外难受，不知是为自己，还是为二姐的事？她自己也说不清楚。二姐少不了又东拉西扯说了二姐夫许多的坏话，小米听得如坠云雾，以前二姐也没少在她面前夸过二姐夫。小米心里也有事，可她却不知道该对谁讲。男人都像二姐说得那样没心没肺吗？乐业也是见一个就喜欢一个吧，过去他喜欢过别的姑娘，如今好像很喜欢自己，那么将来到底又会怎样呢？他还会去喜欢别的女人吗？小米觉得这一切仿佛复杂得如几何题目一样费神费解，她稍微一想，立刻感觉头都大了一圈。还是不想为好。

这些天乐业也曾约过小米两次，说有个外地新来的杂技团，正在县城灯光球场表演飞檐走壁的摩托车绝活，非常精彩，他想请她一起去观看，却让她一口就拒绝了，她根本不想再见他。弄得乐业满头雾水，不知道自己哪里做错了。问她，她又什么也不肯说，再多问她就眼圈发红了。乐业当然不会知道是自己的妹妹出卖了他，其实，他也应该能想得到的，他最近确实狠狠地得罪过妹妹，因为她又要跟他借几块钱他没答应，还劈头盖脸地奚落了妹妹好一顿。

乐业只好在傍晚下班的路上去堵截小米。小米远远看见他站在马路对面，故意低下头骑上车子往前赶路。乐业快步穿过下班时分拥挤的人群，径直冲上前去拽住她的车把。小米说你松手。乐业偏不松，两只手死死抓在她的车把上。小米说你这是干啥，拉拉扯扯的，成何体统！乐业反问那你为啥非得这样？小米说你心知肚明。乐业说你简直让人摸不着头脑。小米说你一直把别人当傻瓜。乐业说我不明白你的意思。小米没好气地突然松开车把，撇下乐业自顾步行离去。

一口气走到路边一排黄了叶子的白杨树底下，小米终于止住脚步。见乐业从后面推着两辆自行车，歪歪扭扭十分艰难地跟了上来，小米才强忍住泪水不动声色地说，方乐业，这下该把车子还给我了吧。乐业并没有把车子推过去，他的身体夹在两辆自行车中间，活像一个戴重枷的犯人，他故作笑脸说，小米先别忙着走呀，我真的有话跟你说。小米说可我不想听。乐业猛地提高嗓门问道，到底为了啥呀，你突然就不理人了。小米本来想说回家问你妹去，可转念想起自己的承诺，于是说，反正你妈也看不上我，咱们还不如趁早算了呢，省得将来麻烦。乐业听她这么说，似乎是真的急了，哐啷一声，竟把两辆车子同时推翻在地，瞪着眼对小米大声嚷，我都跟你说过一百遍了，我妈是我妈，我是我，是我结婚又不是她结婚！我喜欢谁她管不了！

小米听他这样冲自己吼，一时怔住，感觉眼前的这个男人不像是方乐业本人，好像换了个人似的，霸气十足。一时间眼泪又很不争气地夺眶而出，小米心里委屈得要命，不能一吐为快，又不想出卖别人，唯有抹着眼泪呜咽起来。乐业见状，知道自己语气太重，可能把小米吓着了，忙凑过来赔不是，又从自己口袋里掏出一块半新不旧的手绢递给了她。小米开始不肯接，只顾一味地哭泣抹泪，弄得乐业左右为难。后来，等小米渐渐平静下来，乐业才压低声音说，我觉得你来我们家跟我上你们家其实还不都一样，只要我们俩真的好就行，我一定会说服我妈同意的，你就放宽心好了。说着，又硬把手绢塞到小米手里，这次小米默默接了，拿它轻轻擦了擦眼睛，还擤了几下清鼻涕。

小米忽然之间似乎明白了一个道理，觉得自己实在有些可笑，为一个已经远去不在的影子，竟然跟乐业别扭了那么多天，实在是不值得。想来，恋爱的确会让一个女人变得异常神经质，甚至不分青红皂白。更重要的是，刚才乐业发火的样子让她觉得可爱也可信，她不喜欢男人太过于懦弱，关键时刻没有主见。此时此刻，她似乎开始有理由相信，乐业一定不会辜负她的，就凭他刚才"哐啷"那一下子，真的很有气势。

他们俩面对面在路边站了一会儿，乐业从上衣兜里摸出两张门票，在小米眼前晃了晃，说人家好心好意排了长队买的票，你要实在不愿意看的话，咱就丢了各自回家吧。说着，便做出撒手要扔掉的样子，小米破涕为笑，早一把抢过来，说，谁说不看的？钱都花了不看白不看！乐业听了忙跑到旁边，迅速地将躺在地上的两辆自行车扶起来，小米也抿着嘴唇低着头，有些不好意思地慢吞吞地跟了过去。

二姐回家住了两个晚上，二姐夫也始终没有现身，更别说是像以前那样来登门负荆请罪了。父母你一言我一语劝二姐，让她最好还是先回家去，有啥矛盾两个人应该心平气和地坐下来慢慢说。二姐头摇得跟拨浪鼓似的，赌气说，他就是拿八抬大轿抬我，也休想请我回去。父母看着干着急，一点儿办法也没有，二姐这回的确是一副吃了秤砣——铁了心的样子。

小米的心情倒是好多了。她跟乐业观看了那场前所未有的杂技表演，两名摩托车手在巨大的钢筋网特制的圆球体里，上下翻腾，让她眼花缭乱又惊心动魄。当时，她的心都要飞出嗓子眼了，黑暗中她紧紧地抓住了乐业的手，乐业也乘机把她搂住了。小米没有任何抗拒，相反她觉得要是没有乐业在身边，她根本就没有勇气继续观看下去。因为有他陪伴，这种惊险和刺激就变成了一种幸福的元素渗透内心。恋爱的过程其实更多是要彼此考验的，有时甚至跟耍杂技一样，有些悬乎，战战兢兢的，叫人揪心。

眼看天色擦黑了，三姐猛不丁从外面回来了，小米隔着窗户一眼就瞧见了那个长毛，心里不由得打起鼓来。母亲正在准备晚饭，三姐就直奔伙房里去了。小米忙从屋里出来，也急忙往伙房去了。三姐叫了声妈我回来了。母亲抬头吃了一惊，说死丫头，吓人一跳，一走就这么些天，连个音信都没！三姐说我这不回家看你老来了嘛。母亲没好气地说，你看看我还有口气没？三姐说，谁又惹妈生这么大气？是不是老四，看我怎么收拾她。小米忙插话说哪儿是我，是二姐要离婚。三姐睁大眼睛嘘了一声，问小米真的假的。小米还没来得及表态，母亲说啥真的假的，你们统统给我出去，站在这碍手碍脚的，心烦！

等到快吃饭时，父亲才踱着步子从外面溜达进来，一见三姐脸色马上沉下来。母亲生怕父亲还因上次的事迁怒二姐，赶紧上来打圆场说，三尖尖回来看我们了，又指了指三姐旁边的那个长毛，表情不无为难地介绍说，这是老三的朋友。父亲几乎没多看三姐一下，却把眼光瞥向长毛，上上下下打量了半天。不知此刻三姐心情如何，小米倒是暗暗替三姐捏着一把汗。今天的长毛，比上次她见到时稍整齐了一些，衣服裤子都是干净的，颜色样式也不算太夸张，当然，头发还是老长老长的，不过能看出来刚刚洗过的，梳理得比较顺溜，也没有上回那么蓬乱无章。三姐见父亲老盯着长毛看，就无话找话说，他这人优点可多了，特别能吃苦耐劳，还很有思想。父亲却没搭理她。三姐就不好意思再说什么了。这时，母亲已经把饭菜都盛好了，就招呼大伙坐下来一边吃饭一边说话。

接下来的整顿饭，父亲还是一言不发，只顾埋头吃东西。小米觉得父亲的样子很奇怪，按理说他该冲三姐发一通脾气的。母亲倒是煞有介事地把三姐从头到脚数落了一顿，也就是装装样子给父亲看的。最后她说，你老大不小的了，也该懂懂事了，以后别再让爹妈替你操心了。这话似乎又引起二姐的不自在，她随便扒拉了几口，就悄无声息地离开饭桌，一个人回房间去了。母亲便愣了一下，大概觉得自己说错了话，不由得叹了口气，心事重重地扒拉饭菜。

好容易吃完了，小米为三姐绷着的那根神经才算松弛下来，她正在收拾桌上的碗碟筷子，听见父亲叮嘱母亲说，伙房的事就让老四去弄吧，你也过来坐着，我有话跟老三交代。小米一听顿时紧张起来，甚至觉得屋子里的空气都有些异样了。三姐倒是一副很坦然的样子，说，爸、妈，我也正好有话要对你们俩说呢。母亲脸上一副如坐针毡的痛苦表情，嘴里嗫嚅道，到底有啥大事嘛，爷儿俩一个赛着一个着急忙慌的。父亲转过脸又对一旁的长毛说，小伙子你要是没事就先回吧，我们家里有些事要说说。长毛犹豫着起身看了看父亲，又转脸用目光去征求三姐的意见。三姐对父亲说，爸，你就让他也待着吧，因为我要说的事情跟他有直接关系。父亲严厉地看了三姐一眼，接着又不温不火地说，他怕是还没有听我说话的资格吧。三姐说咋就没有，他是我的男朋友。

这话一出口，母亲的眼睛立刻睁得老大老大的，好像发现了什么怪物。父亲也有点儿要被怔住的架势，半晌无言。母亲的嘴张了几张，她又拿手掌捂了一捂，才狐疑地问，你这丫头到底捣啥鬼？刚才你可没这么跟妈说啊！怎么突然就冒出来个男朋友了？到底咋回事？！三姐乘机往母亲身边靠了靠，把一只手搭在母亲的手背上，笑着说，妈，我刚才是没说，就是想等爸回来一起说嘛，省得说两遍麻烦，是这样的，我和长毛呢，就要准备结婚了！

那一刻，小米觉得屋里就像轰隆一声扔下一颗重磅炸弹，父亲、母亲，还有她自己，全都快炸晕过去了，无论如何三姐的决定都太让人惊讶了——尽管此前小米确实目睹了三姐跟长毛在一起的情形，但那离谈婚论嫁毕竟还是有距离的。三姐说话做事确实太离谱了。

七

媒人突然捎话过来，说方家提出三个条件，如果小米家能够答应，他们才会重新考虑让乐业入赘的事：一、小米婚后所生男孩必须姓方，女孩另当别论；二、考虑到乐业下面的弟弟现役未婚、妹妹年幼上学，乐业结婚所需的家具电器摆设床具等均由小米家负责置办，方家只陪送一些基本生活用品和衣物等；三、方家原则上不再给小米家彩礼钱及其他费用。

父亲听完依旧心平气和的，母亲却忍不住冲媒人皱起眉头说，他们也太欺负人了吧，这叫啥条件，天底下哪有这样做父母的？媒人始终赔着笑脸，说，好事多磨嘛，一切都可以再慢慢商量的。母亲说，照我看呀，他们干脆把儿子光着身子撵出家门算了。父亲说话也不能那么说，将心比心，人家养儿子一场也不容易。母亲反过来诘问，那咱们把闺女拉扯这么大就容易啦？媒人说都不容易，可话又说回来，毕竟将来你们这边添了一口子人，添丁增旺，大吉大利，人家提些条件也在情理中的。母亲的眉头依旧深锁不消，恨只恨自己这辈子没有生出个儿子来。媒人起身准备告辞了，父亲便张罗着相送出门，他让媒人尽管放心，说世上没有过不去的坎。媒人夸赞还是老爷子明事理。

小米下班回到家，见母亲脸色很不好，问了两三遍，母亲也不言语一声，只当是还在为二姐和三姐的事心烦。尤其是，自打三姐冒冒失失跑回家提出要跟长毛结婚的事后，母亲的脸上就笼罩了一层忧郁而又惊恐的颜色。尽管三姐在这个家里总是显得那么言行奇特，可结婚这种人生头等大事一出她的口，还是叫人惊诧不已，她恋爱的速度似乎快得让人应接不暇。按理说，像三姐这样的大龄女青年，能不能找上对象已然是个令人头疼的未知数了，如今她好不容易才找到了一个自己如意的，家人应该万分庆幸才对，可现在的问题却是，非但没人感到一丝欣慰，反而叫所有人陡增了某种担忧——好像三姐不是在谈婚论嫁，而是在一意孤行，硬拿着自己的终身大事当儿戏。

小米把三姐的事偷偷告诉了乐业，他没有表现出特别的惊讶，反说那你怎么感谢我呀。小米当然明白他的意思。小米说你不觉得我三姐这人太荒唐了吗？乐业说爱情本来就有神奇的魔力，有时会叫人变得疯狂的。小米觉得乐业言之有理，几乎说到事情的本质上了，在全家人看来，三姐的确有些发疯了。后来，小米跟乐业抽空到街上瞎转悠，特意溜达到西城的综合市场，在成排的蓝色铁皮柜台前，找到了三姐跟长毛的那个服装摊位。当时长毛正在同顾客讨价还价，他穿一身牛仔服，再加上那头披散不羁的长发，的确很显眼，柜台后面的椅子上，放着一台磁带录音机，时下正在流行的费翔和齐秦的几首新歌正反复播放，招徕不少年轻人驻足观望，生意似乎很红火。听三姐说她整天吊吊拉拉上着班，时不时就跑过来关照摊子上的事，两个人似乎是情投意合地开起了夫妻店。

眼看早过了吃晚饭的时间，父亲依然迟迟不见身影。母亲生气地说，咱们娘儿仨先吃吧，那个老东西一下午不知上哪儿野去了。家里就小米、二姐跟母亲吃饭，光听着几根筷子碰碗碟的叮当声，母亲和二姐都吃得很沉默，弄得小米也很无趣。她本来是想跟她们讲讲那个杂技团表演的精彩之处，见她俩都那样只好作罢。吃完饭后，二姐主动去伙房拾掇，母亲懒懒地坐下来打开了电视机，这些天正演连续剧《渴望》呢，母亲简直被里面的那个刘慧芳迷死了，看得眼泪一把鼻涕一把的。也许是电视机一直摆放在父母房间的缘故，小米通常不怎么喜欢看。乐业倒是跟小米提起过，说他们厂的男同事这些天都在议论，说谁要是娶了人家慧芳那样的媳妇，这辈子就算烧高香了。小米觉得男人都怪可笑的，看个破电视剧就开始想入非非，那些片子毕竟是人演的东西，怎么就全都当真了呢，难道他们自己的媳妇或女朋友个个都是夜叉不成，干吗要吃着碗里的还看着锅里的？所以，小米就跟乐业说自己可不是什么刘慧芳张慧芳的，让他最好想清楚。

因为怕母亲一个人闷得慌，小米也凑过来陪她一起看。母亲像是不经意地问她，这几天怎么也不见小方过来转。小米说要他天天来咱家干啥？母亲又问你听没听到他爸妈有啥态度？小米摇摇头。母亲不满地说怎么跟个木头人似的，一问三不知，恋爱到底咋谈的？小米娇嗔道，妈，我一个姑娘家，咋好意思问这些？母亲这才说了媒人今天来过以及方家提出的一堆苛刻的条件。小米说都咋提的？母亲说给你说了又有啥用？总之，他们家太那个了！小米想，难怪母亲脸色不好看，再加上她早已领教过方母的为人，那些条件即便母亲不说，她也能想到了。

于是，小米故意说，大不了吹了，我又不是老得嫁不出去，连我三姐不是都要结婚了吗？母亲立刻打断她的话，说，你少提那个三尖尖，一提她妈的心脏病都要犯了！她越来越像个疯子了！小米知道不该拿三姐说事，忙朝母亲跟前靠了靠，撒娇似的搂住她的脖子说，妈，你别为那些鸡毛蒜皮的事生气了好不好？母亲回头看了她一眼，说，别搂得这么紧，都多大的人了，弄得人怪痒痒的！又十分爱惜地摸了摸小米的脸蛋说，妈还不是看在小方这孩子的好上才忍气吞声的，唉，话说到底谁叫妈没本事呢？小米觉得母亲这种样子，实在让她有些难过，难道没有生儿子真的就那么不如意吗？可小米既不是二姐，也不是三姐，从小到大已经习惯了父母对她的安排，诸如上学啦、待业啦、招工啦、顶替啦，也包括即将到来的这场婚姻。在她的成长道路上，每走一步父母都替她想好了，小米自己的想法已经没有任何意义了，说了也是白说，她想做的事情就剩下言听计从了，当好乖顺的女儿比什么都重要。再说她确实也不想再惹老人生气。

母女俩正有一搭没一搭边唠着边看电视，外面突然传来一阵重腾腾的响动，小米就猜到准是父亲回来了，忙出门去迎接。放眼一瞧，顿时愣住了，父亲一改往日严谨稳重的家长模样，好像是喝醉了酒，竟然让人连搀带架地送了回来，看着有些狼狈不堪，而送他回来的人，竟然是久不露面的二姐夫。看来他也喝醉了，腿脚前后直打晃，想必这俩人就是这样跌跌撞撞一路从外面走回来的。小米情急下忙大声喊二姐。二姐从小米的房间跑出来，一见到二姐夫，脸子马上吊下来，本想扭头回屋，见小米已经上前搀父亲了，她才勉强走过去帮忙。这时，母亲也被惊动了，正站在堂屋门口嘟囔着，这老东西不回家吃饭，去哪儿灌猫尿灌成这副熊样儿？二姐夫摇晃着身子走到门口，直着舌根对母亲说，妈，爸，他，他没，没事，我，们，爷，爷儿俩，在外头，撮了一顿。

趁大伙扶着父亲进屋的工夫，二姐猛不丁给了二姐夫一胳膊肘，他毫无防备，加上本来头重脚底又发飘，咣当一声，就跌倒在屋檐下，脸朝下趴在砖墁地上，疼得直哼哼，半天也爬不起来。把父亲扶进屋放在床上，母亲又指使小米和二姐去看二姐夫。二姐说他摔死活该！母亲听了当即就举起巴掌，作势说你这丫头，咋这样说话呢？二姐嘟囔说，反正他死活都跟我没关系。这时，小米已经出了屋，弯下腰去拉趴在地上的二姐夫，拉了几拉也没弄起来，他简直比死猪都沉，而且软得像团面。小米无奈，只好连声又叫母亲又唤二姐出来帮忙。

三个女人七手八脚，好不容易把二姐夫从院里弄起来，见他不知是鼻子还是嘴巴跌破了，血流得汩汩的，再加沾上灰尘，脸面模糊而又龌龊，地上也有黑黑一摊血。二姐才着了慌，赶紧跑进屋去又找毛巾又倒开水，还让母亲把家里的酒精棉和红汞药水找出来，她忙不迭地替他擦血止伤。小米发现，原来二姐这些天尽是嘴上的功夫，她把二姐夫恨得咬牙切齿的，可在这种关键时刻，她好像比谁都紧张，比谁都尽心尽力，简直就是那种救死扶伤的人民好大夫。此刻，小米似乎理解了电影电视里女人动不动就把男人叫"冤家"的意义了，二姐两口子似乎也是这样一对，恋过，爱过，恨过，有时甜言蜜语，有时剑拔弩张，相亲相爱的时候风和日丽，吵闹时又鸡犬不宁。小米甚至开始怀疑，他俩到底还会不会离婚呢？夫妻俩过日子，怎么有时候跟小孩子过家家闹着玩似的。

　　这一夜，二姐当然得跟二姐夫睡在小米屋里，小米只好去跟父母凑合挤在一起。记忆中，父亲好像从来都没喝过这么多酒，鼾声如雷，胡话连篇，一会儿蹬腿，一会儿伸胳膊，惹得母亲好一通唠叨。小米几乎一宿没合眼，满脑子都是乐业的影子，思前想后，一会儿觉得很满足很幸福，一会儿又莫名地伤神，对未来没有一点儿把握。父亲半夜里起夜，大概又想吐了，都是母亲披着衣服下地服侍的，然后还给父亲沏了醒酒的糖茶。母亲亲手端着喂父亲喝下去，父亲总算是安生些了。小米觉得这种时候，母亲比那个刘慧芳要贤惠一百倍，母亲偌大年纪了，照顾起父亲来就像照顾自己的儿子那样精心。

　　第二天一早，二姐夫骑着二姐的自行车，两个人双双出门上班去了，他们在学校工作，总得去早些。小米不用着急，慢腾腾洗漱完毕，才开始吃母亲准备好的早点。吃饭时父亲已经醒了，母亲冷不丁问道，我说五斗橱里的那瓶汾酒咋不见了？父亲支支吾吾说保不准那酒长腿飞了。母亲说你就知道跟我装神弄鬼！父亲嘿嘿笑笑，捋了捋下颌灰白色的一撮短须，感叹道，啊呀，有好些年没这么大醉过了！母亲故意拉下脸子说，下回再灌那么多猫尿，你干脆就别回这个家，省得夜里祸害人。父亲照样不搭讪，迈步往屋外走，到院里就开始慢条斯理地伸展胳膊腿脚。母亲随后跟了出去，一只脚踩着门槛低声问道，喂，你昨晚都跟老二女婿说了些啥？父亲回头说你打听这些做啥，那都是咱爷儿们间的话，说了你老娘儿们也不懂。母亲连连啧着嘴，说，看把你能的！到底咋说的？父亲似乎有些不耐烦了，收了晨练的架势，转身说，我说你这老家伙咋跟孩子一样，唠唠叨叨问个没完！我跟他说呀，你小子要是赶明早不把二丫头接走，我就豁出老脸告到你们校长那里去！说完，父亲一脸诡秘的笑容进了屋。

小米就猜到父亲肯定是在撒谎。不过，她又实在是很佩服父亲，未动大的干戈，只用家里珍藏多年的一瓶老汾酒就把二姐夫给驯服了，夫妻矛盾再次化解，真是不简单啊！所以，小米的心情一下子好得难以形容，出门上班前，她突然凑过来在父亲的额头上亲了一口，倒把父亲吓了一跳。小米竖起大拇指，一脸灿烂的笑容，说，好样的，老爹！父亲依旧木讷地张着嘴，望着小米年轻美丽的背影在院里渐渐消失，半天才回过味来，又嘿嘿地笑了起来。母亲见状，也笑眯眯地说，老不死的，看把你美的，这回孩子们都走了，你总该对我说实话了吧。父亲皱着眉头，半晌道，我说你到底还有完没完了？

八

方家母子大吵了一架，主要原因是乐业下班回家不经意听到了媒人跟母亲的一番谈话，才得知了他家跟小米家提出的那些条件。

乐业气不打一处来，他万万没想到自己的母亲会是这种人。乐业当着媒人的面对母亲嚷，你太过分了吧！你把我当成啥了？你这样做人家该怎么看我？你太自私了，从来只顾你自己，你有没有替我想过一次？要是按你说的那样，我宁愿这辈子打光棍，不结婚了！方母没想到儿子会这样指责她，而且又是当着外人的面，她一下子就恼羞成怒了，破口大骂乐业是个吃里爬外的东西，是个白眼狼，没良心的软骨头，天生一辈子受气。年轻人本来就血气方刚的，又赶在火头上，乐业难免说出些过激的话，他说妈你让我觉得丢人，以后没脸再见小米家的人了。方母简直快气糊涂了，扑上来就甩了儿子俩耳光，后来，还被媒人硬拉开了。

羞愤之下，乐业含着眼泪扭头跑出屋外，方母紧跟着又撵出去，不依不饶跳着脚骂他，说就当没生这个儿子，让他趁早卷铺盖滚蛋。于是，乐业气冲冲地骑上车子，头也不回就离开了家。他越想越窝火，越想越伤心，越想越觉得对不起人家小米，可又没地方撒气，就铆足了劲猛蹬车子，埋着头只顾往前冲，跟整个世界都有仇似的。耳边都是风的嘶叫，好像一群讨嫌的女人满路追着骂他。

当时天色已经昏暗了，车子飞驶到一个十字路口，乐业一点儿意识也没有，满脑子只想着逃离那个家，越远越好，越快越好，所以，他根本就没有注意路口还有红绿灯，更顾及不到从另一个方向突然横穿而过的摩托车了……

小米得知情况已是第二天的事了。乐业的左脚打了石膏，脚踝骨严重骨折，脸背上蹭掉了两块皮，后脑勺还鼓了个拳头大的血包。小米一见他，就忍不住哭出声来。乐业疼得龇着牙劝她别哭，说自己没事，一点儿都不疼，眼圈却不知不觉红了。小米泪汪汪地抽泣了半晌，直到方母进来，她才算是止住了。

方母对乐业说，以后我懒得管你，别动不动就寻死觅活的，我和你爸还想多活两年呢。乐业始终闭着眼，把脸撇向窗户那边不瞧母亲。方母又对小米说，让乐业去你家也不是不行，可你也看到我们家的情况了，乐业下面还有弟弟妹妹，将来还不知道怎么样呢。乐业接过话头说，妈，你跟小米说这些干啥。方母说，哟，还没结婚呢，就开始护着她了，好好好，妈啥话也不说了，我当哑巴行不行？你的事自己看着办吧，可妈把丑话先说在前头，上门女婿的日子你可想好了，将来可没有卖后悔药的地方！说完，便气呼呼地转身出去了。

乐业才正过脸看着小米，说，我妈就是这种人，你千万别往心上去。小米忙靠过来拉着乐业一只手，心里别提啥滋味了，半天只噯嚅道，你好好养伤吧，我一下班就来看你，给你送好吃的。

原来打算十一过后，俩人先把婚订了的，可乐业的腿脚怎么也得在家静养三个来月吧，事情只好就这样拖着了。倒是三姐后来者居上，国庆节放假，她陪长毛回了趟老家，据说长毛的父母好像很喜欢三姐，一个劲嘱咐她要好好帮他们管一管长毛，把他的野性子收一收。从长毛家回来，三姐再次正式提出要结婚的事，父母考虑再三，多少是有些犹豫不决的：一方面，老人都不太喜欢长毛那个样子，又没有正经工作，整天在市场上倒买倒卖的，觉得不可靠。另一方面，又想到三姐年龄实在老大不小了，女大当嫁，怕万一错过了机会，以后真的当老姑娘了该怎么办。三姐见父母这样，果然打出了她的最后一张王牌，说她这辈子要么跟长毛在一起，要么就谁也不嫁。父母思前想后，总算是痛下决心了，不过也提出了一个要求，就是三姐完婚后得先在娘家这边住一段时间，等将来小米结婚时，他俩再搬出去单过。三姐是个聪明人，反正就是晚上回家睡个觉，白天他俩都是在市场里耗时间磨生意的，再说，要真的在外面住，当下还得花钱租房子不划算，生意人最讲实惠，也就点头了。

父亲急忙找人，把家里靠西边的一间闲置的耳房拾掇一新，裱糊顶棚，粉刷墙壁，又铺了地板，装了新窗帘，安了壁灯，就算是新房了。至于家具电器等结婚用品，都是长毛家出的钱，为这事长毛父母还特意跑来县城住了两天，陪着三姐他们采购齐全。

三姐的喜事办得很简单，也就双方的亲戚朋友在县城的民族饭庄喝了顿喜酒。婚后第三天，俩人就南下去了广州，说是一边旅行结婚，一边可以去那边进一次货，这叫爱情事业双丰收。父母也渐渐地认识到，这两个人还真是天造地设的一对，他们大概做梦也没有想到，三姐的婚事竟然是几个孩子中最最省心的一个。左邻右舍都以为家里招了上门女婿，见了面就夸他们老两口有福气，弄得父母一时不知说什么好了，只是模棱两可地点头笑笑。

小米跟乐业的关系似乎更进了一步，特别是乐业养伤期间，小米几乎天天下班后都去方家照顾他，现在两个人如胶似漆，谁也离不开谁了。恰恰就在这个节骨眼上，部队里突然给方家拍来一份特急电报，乐业的弟弟在南方抗洪抢险中因公殉职。这个天大的噩耗一下子就把方家打垮了，乐业母亲哭得死去活来。当天，乐业跟父母在有关部门的协调安排下，连夜乘专车奔赴出事地点。

这天晚上，小米没有回家，她当然得留下来陪乐业的妹妹，小家伙搂着小米，眼睛都哭肿了。小米也是忽然间才意识到的，乐业不可能再做她们家的上门女婿了，他这辈子注定没有那个命。

黑白

张学东 著

张学东

中短篇小说选

7

中国言实出版社

图书在版编目（CIP）数据

张学东中短篇小说选 . 7, 黑白 / 张学东著 .
北京：中国言实出版社，2024. 11. -- ISBN 978-7
-5171-4836-4

Ⅰ . I247.7

中国国家版本馆 CIP 数据核字第 2024DU7465 号

黑白

责任编辑：史会美
责任校对：张天杨

出版发行：中国言实出版社
　　地　　址：北京市朝阳区北苑路180号加利大厦5号楼105室
　　邮　　编：100101
　　编辑部：北京市海淀区花园北路35号院9号楼302室
　　邮　　编：100083
　　电　　话：010-64924853（总编室）　010-64924716（发行部）
　　网　　址：www.zgyscbs.cn　电子邮箱：zgyscbs@263.net

经　　销：新华书店
印　　刷：北京盛通印刷股份有限公司
版　　次：2025年1月第1版　2025年1月第1次印刷
规　　格：710毫米×1000毫米　1/16　152印张
字　　数：1600千字

定　　价：498.00元（全8册）
书　　号：ISBN 978-7-5171-4836-4

坚硬的叙述

——张学东小说印象

王　干

认识张学东一晃快二十年了，我们最早的一次见面，还是在北京朝内大街166号《中华文学选刊》杂志社我的办公室里，我后来多次选载过他的中短篇小说佳作。当年的青年作家倏然间也步入中年了，二十年间张学东勤勤恳恳地写作，踏踏实实地创作，完成了近五百万字的著述，算得上一个高产作家，光他的中短篇小说精选集就洋洋洒洒有八卷本之多。学东嘱我写篇序言，我苦思冥想，在寻找一个词来概括张学东的小说风格，始终不得要领。近日，再度浏览他的小说时，一个词跳了出来：坚硬。我赶紧打开电脑，记录下这样一个关键词。

张学东出生于宁夏吴忠市，是正宗的大西北人。大西北地貌的雄浑、沧桑和坚硬，是人们肉眼可见的。有一次，我从宁夏坐车去西安，沿途的风景极为壮观，巍峨而挺拔的山峰，粗粝的石子和沙子，那些在风中行走的人们，与我平常在家乡江

1

苏所见到的景象是截然不同的，与我现在生活的北京也是"画风"大异，但近二十年来，我读到的宁夏的作家的文风却并非全是那么的豪放，比如，"60后"的石舒清、"80后"的马金莲等作家的文字就有着一种清澈、细腻和贴心的叙述。张学东的文字与他们又不太一样，他的小说也呈现出鲜明的宁夏地貌特征，在《跪乳时期的羊》中他写道：

> 才几天时间，草场上就有了翻天覆地的变化，又接连飘过几场雨，丰茂的草势一下子使得天地间臃肿起来。羊群刚赶出圈，呼啦一闪便不见了踪影，仿佛一个个掉进了深不见底的绿色湖泊之中。有时风头猛了，才能把绿色揭起几片白色的浪花，那是羊儿正埋藏在里面吃草呢，但很快又全部隐没不见了。

这样的叙述让人不禁想起了那首著名的乐府民歌《敕勒歌》："敕勒川，阴山下，天似穹庐，笼盖四野。天苍苍，野茫茫，风吹草低见牛羊。"当然，一个是"现"牛羊，一个是将羊群隐没了起来。但同样的大气魄，大手笔，非出自现场的亲身亲历者不可。这样一种坚硬的叙述，如果要从现代文学那里寻找源头，恐怕只有鲁迅先生了。鲁迅的小说风格被人称为冷峻，我则视之为坚硬，如果比照鲁迅的杂文，就会发现这位硬骨头的坚硬特性会更为明显。和鲁迅同时代的茅盾、巴金等人的叙述明显要柔和清新些，而到了沈从文、张爱玲那里则变得

清柔如水了。

当然，坚硬与柔和并不意味着审美价值的高低，而是天生的个性和内心所致。我不知道学东有没有受过路遥的一些影响，但在叙述质地的坚硬和刚性上，他们彼此都是相通的。

说张学东的"坚硬"，不是说他的写作只是一味地粗放和豪迈，事实上，他在叙述乡村历史和个人成长的历程中，时时体现出他特有的一种柔情和挚爱，他叙述苦难岁月里的人与人交往、描写大自然与童年视角的交融无不如此。在那一刻，他就是一个柔情万种的赤子和爱神。

与此同时，在当代小说家中，学东也是描写动物的高手，对羊、狼、狗、鸟等动物的拟人化的魔幻现实主义的叙述，进入到一个如我又无我的化境，但他写的绝不是宠物小说，他写的还是人物小说，在这个意义上，他笔下的动物无人可宠，不是无聊时的陪伴，而是生存的相依为命。生存的粗粝、生命的顽强、生活的艰辛，都让他笔下的生灵坚定、坚强、坚毅，让他的人物骨头硬、脾气硬、作风硬。

张学东在坚硬语言的外壳下，始终隐藏着一副柔软的心肠，这让他在对历史、社会和现实的探究中，赞颂的永远是自然美、人性美和童心美。

我以为，张学东的小说的基调无疑是现实主义的，他凝视、回望、聚焦生活的记忆和真实的感触，用写实的笔触来书写，但他又是一个开放的现实主义的践行者，他的小说对叙述视角和人物视角的转换的尝试孜孜不倦，保有现代主义和魔幻现实主义的韵味。

通读学东的作品不难发现，他的小说"切"和"砍"的力道非常明显，能与同时代作家区分开来，这一点对于一个小说家而言极为重要。我知道，在宁夏很多作家都习惯于书写土地上的苦难，学东另辟蹊径，很多时候他更愿意去写当代人的现实苦闷，从某种程度上说，苦闷是比苦难更难驾驭的。

是为序。

2024 年 6 月 13 日于万国城

目　录

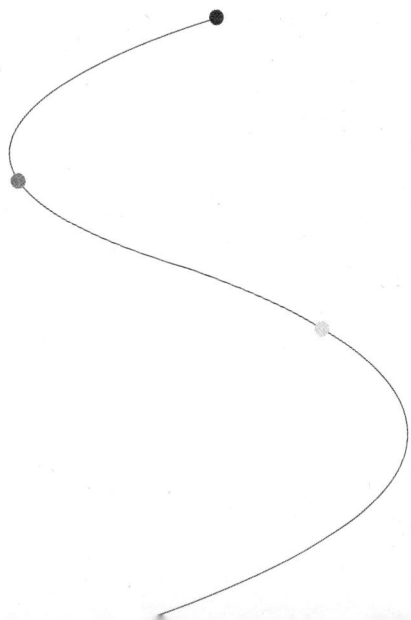

A

几乎是从早到晚，周身上下都发高烧样燥热难
耐，若不顾忌自己是个人民教师，真恨不能脱光了膀
子泡进学校的水池里。眼前那台已被我修过多次的小
台扇，正骨碌碌地摆晃着蒙满油腻灰尘的圆脑壳，一
副无可奈何又鞠躬尽瘁的样儿。尽管几片扇叶在圈壳
里拼了老命苟延残喘，可呼出的风还是热辣辣的，烧
人脸面。有时候我又觉得这台电风扇就像一个可有可
无的心理医生，在这酷暑季节里，如果你不配合它、
你不觉得它吹来的风是凉爽的，那么，它的全部努力
终将是徒劳的，这就好比我带的那群学生，他们不听

话，我也没有什么好办法可想。

上午我去找校长谈过话。其实是她叫我去的，我只好暂时关掉这有气无力的摇头扇，硬着头皮过去挨通呲了。校长大概觉得我最近肝火有点旺，她直截了当地问我是不是工作压力太大，是不是有啥情绪，或者家里有啥不顺心的事。见校长摆出一副要大做特做我思想工作的循循善诱的嘴脸，心里不免有点怯场了。我极力掩饰着自己的慌张，用手背不停地揩拭着额头和鼻尖上的汗珠，漫不经心地冲校长摇头打哈哈。我知道这样做校长并不能十分满意，就补充说这天气简直叫人活不下去了。校长问我喝不喝水，我又迅速地白痴样摇头，因为我实在害怕出汗，如果喝一杯水下去，我的身上立刻会流下两杯子臭汗，或者还要多些。可是校长还是盛情地给我倒来一杯水，她说是凉开水，喝吧。出于礼貌，我双手恭敬地接过水杯，牢牢地捧着，凉开水在我手里一点儿也不凉了。而我呢，在这位已经在教育战线摸爬滚打了近三十个年头的鬓发灰白的老校长面前，确实有点像个小学生。手里的杯子是白瓷的那种会议杯，我故意把目光盯在上面绘着的一株墨绿色的迎客松上，杯沿有三四个小豁口，瓷釉脱落，已经显得相当污浊了，一如这所学校里的所有设施那样，年代久远，陈旧不堪。这杯子不知有多少人用过，不知是不慎摔坏的，还是别人故意拿牙齿险恶地啃出来的，反正很龌龊的样子，让人不想沾嘴。可俗话说拿人手短，吃人嘴软。我虽说还没有喝下校长的水，可心里还是战战兢兢地发着慌，生怕她在大热天里冲人发火，结果又弄得她血压升高或心脏病复发，这都很有可能。

这时，我就不由得要忏悔一下，起码应该跟老领导说声对不起吧，毕竟是我对校长出言不逊的，毕竟手里端着她亲自为我倒的水。可我还没有来得及说什么，校长倒是很和蔼地对我说了早晨的事她也不好，不应该当着学生面冲我发脾气。我说哪里哪里，都怪我没能把自己的学生管教好。我是二班的班主任嘛，学生连操都出不齐，我居然还有脸当着全校师生顶撞校长，就该罪加一等；我居然还说出天气这么热还出哪门子操的混账话来，想一想自己真是失职啊。其实，我确实该好好检讨一下自己。一早出操的时候，我们二班的队伍稀稀拉拉，散兵游勇吃了败仗般没有队形，横不成行竖难成列，偏巧今早学校又查操，难怪校长她老人家要冲我发威呢。校长自我检讨以后，又开始语重心长地老生常谈了。她说我们的学生本来就参差不齐的，不像人家市里的重点学校生源那么优秀，再说有头有脸人家的孩子也不往这儿送呀！我们这些学生的爹妈大多是外地来的，不外乎是些小商小贩民工什么的，整天只顾着挣钱糊口，自己就没有多少文化，哪还顾得上这些孩子，我们再管不好，再不对学生要求严格一点，对不起这份工作啊！校长言之有理。我越发像个小学生了，鸡叨碎米般冲校长点头，脸面更觉得烧烫，实在羞愧难当。我只觉得自己对不住校长，别的倒没有多想。

说心里话，我并不讨厌这个上了岁数的女人，据说她的青春时光以及大半个人生全部给了学生，但她依旧表现得无怨无悔的样子。我知道她必定有她的难处。这两年眼看着那些有路子的教师都办了调动，相继离开了这所说是挂在城边子上，其实是被人遗忘了的城乡接合部的初级中学，光我见到的来了去了的中青年教师就不下十人次，这里简直就是大家跳槽的一块跳板，谁来了也不想安分守己待上一辈子，心甘情愿留下的基本上都是一心等着要光荣退休的老教师。师资力量薄弱，办学条件又差（房舍、桌椅板凳和实验器材尽是 20 世纪 80 年代初期的老古董，都可以拍电视当道具用了），上面又根本不重视，往往一个老师至少要代两门课，又不多给一分钱的课时费。校长刚才试探我的思想情绪，其实就是指这个再客观不过的实际问题，她大概早就知道这里是铁打的营盘流水的兵，像我这样的年轻教师怎能待得长久。不过，我并没有向老校长袒露自己的心事，当一天和尚撞一天钟，这最起码的道理我还是懂的，只要在这里干一天，就应该尽一天的责任，这没什么好解释的，谁叫我是老师呢。

从校办那里出来，我又憋了一肚子火，所以就没有回自己的宿舍，直接去了二班的教室。老远听见走廊那头乱哄哄地响，仿佛一群麻雀跟一千只苍蝇搅混在一处打架似的，叽叽喳喳，嘤嘤嗡嗡，我气不打一处来，快步往前走。经过初二一班的教室时，我往窗里瞥了一眼，小白老师正在上课。她比我晚来一年，代初二年级的数学和地理两门课，工作量很大，同时她又是一班的班主任。此刻，她背冲学生在黑板上给一个三角形画底边的垂直线，线条是用白粉笔画出的，她的两只手也糊得白惨惨的，没有一丝血色，一只手摁着旧得掉了油漆少一个角的三角板，一只手攥着半截粉笔头，在黑板上一移一动。她的个子不算太高，属于娇小玲珑型的女人，所以画图时脚尖肯定要踮起来，脚踝那里肯定绷得很硬，我看见她的后背一上一下不停耸动，很吃力的样子，就不由得替她捏把汗。她身后的学生跟喝醉酒似的东倒西歪，趴在桌上打瞌睡的，埋头在桌斗里看课外书的，大模大样吃零食的，胡乱抛纸蛋子玩的，交头接耳，嘻嘻哈哈。在教室最后一排，我甚至还看到隐约缭绕的一团烟雾，不用猜个别男生正偷着过瘾（吸烟）呢。总之是形形色色五花八门，干什么的都有，只有极少数的学生还在静静地双手托着腮帮子，煞有介事地观看老师作图，可也拿不准他们是否在开小差。

　　不知怎的，每次见到这种情形，我的手指都要痒痒好一会儿，我知道在我每每转过身去写板书的时候，我的学生也是同样不堪入目。以前我也特意偷袭过他们一阵子，批评，罚站，写检讨，抄课文，放学留下来打扫卫生，实在不行就请家长来学校。在所有的手段里，我发现请家长是世上最让人头疼又最无奈的事。有时候连着请一个多礼拜家长也迟迟不来，来了也没有好气，个个板着面孔，好像我把学生怎么着了似的，一个个尽强调他们忙，实在没有闲工夫；或者干脆挑明了说他们又不指望儿女成龙成凤，好歹混完初中就让孩子回来帮忙干活或打理生意。按我的要求，家长什么时候来了学生才能上课，这种做法显然又行不通，后来校长也出面干涉，说万一这种学生在外面打架偷东西泡网吧玩游戏机不回家怎么办，我只好采取妥协的办法，家长照请课也照常上。这样一来，学生就不把我的话当耳旁风了。后来我实在没有新招了，偶尔体罚一下也是有的。我在讲台上板书时会突然转过身，瞅准不规矩的学生，毫不客气地将粉笔头猛掷过去，袭击他们打瞌睡的脑袋或嬉笑着的脸皮。有时我干脆趁那些学生毫无防备时，神不知鬼不觉地天兵那样出现在他们面前，一把薅住学生的脖颈，老鹰抓小鸡一样将他们从座位上提溜起来。我可不像一班的小白老师那样好脾气，一味地宽容和慢声细语，善良和耐心有时只能增长坏学生的嚣张气焰。

今天也一样，我满脑子火苗乱窜。我要让这帮坏学生知道马王爷到底有几只眼。但是，令我没有想到的是，我竟惨遭了二班学生的一次成功的伏击。有人在虚掩的教室门和门框上面支了一把扫帚，扫帚上面涂满了粉笔灰，这该死的东西冷不丁从天而降，直击我的脑门，呛人的粉笔屑顿时蒙住了我的眼睛，幸好我是近视眼，戴着眼镜，要不我的眼球会被扫帚尖插出血来。我本来要发作，可想想还是忍了。可以想象，这要换了隔壁的小白老师肯定先大哭一场再说。可我不是小白老师，我是男同志，应该坚强一点，我只能憋着满腔的怒火，痛苦地闭一会儿眼睛，然后若无其事地掏出口袋里的一团手纸，把眼睛和脸都擦了又擦。我一边擦一边在想该怎么处罚这群胆大妄为的小混蛋——至少要让他们打扫一个礼拜教工厕所。我的眼睛虽然睁不开，但脑子清楚得很，不用问，肯定又是那几个坏学生、刘七月、李双迎、潘永富，还有马旺旺，好事从来摊不到他们身上，调皮捣蛋却一次也没少过这八只手。我边擦着不停流泪的眼睛，边勉强睁开一条缝朝教室里瞅，嘴里怒不可遏地点着他们几个的名字，我说你们全部给老子滚出来。

话音落了半天，也没有见那四个学生主动走上讲台，我快要气晕了，简直反了，就又咬牙切齿地点这四个学生的名字，点到最后的马旺旺的时候，才听见下面的学生窃窃地说，他们四个都不在教室。我瞪大眼睛朝下面看了看，果然空着几个座位，便瞪着眼睛质问班长。班长磕磕巴巴地说第四节课英语老师来宣布自习以后，他们几个就跑出去玩了，到现在也没回来，是他们离开教室前设下了这该死的圈套等别人就范，而这四个家伙竟是跳窗子跑掉的。我对那个自以为会讲两句 sorry 和 byebye 的英语老师很有意见，这家伙最近总在泡病假，来学校打一卯就匆忙溜走了，鬼才知道他到底是不是真的病了。我严厉批评班长为何不早来报告，学习委员都是干什么吃的。班长和学习委员畏畏缩缩起立以后又面面相觑着，好像我真的会吃了他们似的。他们又支支吾吾了一会儿，看我火冒三丈暴跳如雷的样子，才吞吞吐吐说了实情：原来刘七月临走前曾警告过班里同学，谁也不准打小报告，谁也不准带头把扫帚取下来。大家平时又都惧怕刘七月，所以谁也没敢轻举妄动。我一时无处发泄，只好愤怒地拍打自己身上雪片样的粉尘。教室里又开始窃窃私语，学生们必定在议论我会如何惩罚那四个坏蛋。我脑子里也乱七八糟，不过还是想起早操的事，想起校长的白瓷杯和谆谆教诲，于是，我怒气冲冲地宣布，从明早开始谁不按时出操就别怪我不客气。说完我就甩手离开了教室，哪知隔壁班的小白老师正用一只手捂着嘴跟跟跄跄地快步跑过来，我的一只肩膀头不小心被她撞了一下，幸亏她身材比较小，否则我肯定四脚朝天了。我还来不及问她怎么回事，小白老师已经头也不回地跑开了，一副受了天大委屈或被公婆虐待的小媳妇样儿。我又暗自庆幸，若是她不跑开看到我现在的模样，那该多尴尬呀！

我住的教工宿舍面南背北，后面紧挨着那条闹哄哄的环城路。房间北墙上有一扇面街的小窗，窗户敞开着，挡着一方早已发了白的绿纱窗，汽车鸣隆隆地跑过来又跑过去，像带着十万火急要去投胎般的那种刁悍和势不可当。尤其赶上每天上下班高峰期，自行车的铃铛声跟汽车喇叭声汇聚成一片汹涌的浪潮铺天盖地而来，吵得房里的人什么也听不着。这种时节，白天外面艳阳流火，连房里的空气都飘浮着烤化的沥青味，黏稠而又灼热，烫得人喉咙一阵阵发紧。

住校的单身老师统共不足十人，一般都是中午在宿舍里打游击，随便休息一会儿，下午放学便各自回家去了，我家因在下面的小县上，只能是个把礼拜回去一趟，平时都待在宿舍里。小白老师以前好像也不住校的，我是最近才发现她晚上也不怎么回去的。还是有一次晚饭，在灶上遇见了她端着饭盆也去打饭。那天教工食堂的鼓风机突然烧坏了，一时半会儿又修不好，灶上师傅做不了饭，几个老师就商量着要凑份子到街上撮一顿，因为我跟小白老师同是一个年级的班主任，又互相给对方的班上代课，我就招呼她一同去。小白冲我淡淡一笑，说都是男老师她就不去了，回去泡一包方便面算了。我觉得她的笑很有内涵，跟大城市的人一样，不卑不亢，款款自如。我也就不好再勉强人家了。那晚从外面喝完酒摇晃着回来，宿舍暖瓶里忘了打水，开水房又锁了门，只好端着大罐头杯子四处去借，借来借去，几个男老师那里也都是弹尽粮绝了，最后想起泡方便面的事，就去朝小白老师借。我涨红着脸敲她的门，小白老师开门就说张老师是不是要开水，我惊讶地问小白老师怎么知道的。她说刚才已经有两个人上门借过了。说着，她就把我手里的罐头杯子拿去了，转身去里面倒水，没倒太满，大半杯的样子，我已感恩不尽了，她大概也没水了吧。我说真不好意思。她没有立刻把水杯还给我，却放在她的写字桌角上，说干吗那么客气，水还烫呢不好端，要不你先进来等一会儿吧。我愣了一下说，好。

也许，那天确实因为多喝了几杯酒，跟小白老师颠三倒四地说了一堆话。平时我很少跟女老师说话，当初念师范的时候也没搞上女朋友，连爹妈都嫌我的嘴跟棉裤腰一样笨，我知道老人那是担心我将来讨不到媳妇。我和她说得最多的自然都是工作方面的事。小白说其实她最初的理想是当一名播音员或报社编辑，可因为学了师范专业，又没有别的门路，就服从学校分配，可干着干着又不知不觉喜欢上了教师这个职业。我说我是到这个学校以后才开始讨厌教师这个职业的，觉得没劲透了，一想到年复一年日复一日的教书生活，简直不知道以后该怎么活下去。她微微冲我笑，说还没那么严重吧。我发现她笑的时候，眼睛总是很真诚地注视着对方，好像笑容比语言还要丰富很多。我夸她普通话说得不错，笑容也很灿烂，应该改行去做节目主持人。她却很认真地看着我说，要说当好老师也不错呀，每天面对那么多学生求知的眼睛，很惬意的，还有种成就感。我多少有些迷惑，不知道她心里到底是怎么想的。但后来我慢慢发现，她确实喜欢教师这一行业，至少，我没见她发过什么牢骚，不像别的老师动不动就怨天尤人唉声叹气的，嫌学校太穷，嫌当老师太累，她总是尽职尽责的样子，从不见她冲学生黑脸子乱发脾气，在课堂上慢声慢气和蔼可亲，对学生的放肆行为通常能采取惊人的宽容态度，活像个年轻温顺的小母亲。

我不知道小白老师今天是怎么了，很少见她那么慌慌张张的样子。我估摸着那一定跟她班里的学生有关，要不还能为什么。想一想她这种年轻女教师受学生欺负是在所难免的。但我现在没有心情关心别人的事，自己还蒙着一头一脸的粉笔灰呢，还是先回去打点水好好洗一洗吧，真晦气。

B

午觉睡得很差。摇头扇把人吹得浑身直冒热汗，头晕晕沉沉像刚刚从开水锅里捞出来似的，还做了个十分荒唐的梦。

梦见二班的马旺旺蹲在讲台上屙屎，一群苍蝇在教室里飞来飞去，梦里刘七月他们居然全部扒光了裤子，光着屁股坐在板凳上……还梦见隔壁班的小白老师突然闯进来了，她像是要跟我说什么话，可她一见这情形先尖叫起来，然后用双手捂住自己的眼睛，她的手背也是惨白惨白的，尤其她再那么一叫，样子有点吓人，像恐怖片里的镜头。我在她的尖叫声中醒了，大脑一片空白。学生已经陆续走进校园里，能隐约听到稀稀落落的脚步和一阵阵清脆的笑闹声。我瞅了一眼墙上贴着的课程表，下午还有一堂课，给一班上物理实验课。

上课前我先去了趟二班，教室简直像个大蒸笼，将近六十个学生挤在不足五十平方米的空间里，热气夹杂着臭脚丫子和汗酸味扑面而来，学生无精打采地趴在桌子上，一个个昏昏欲睡的样子。我就知道这些学生多数没有在家睡午觉的习惯，下午一进教室就睡眼蒙眬口水止不住乱流。以前也做过几次家访，有些学生的父母给我唠叨，说千万别指望这些小爷爷、姑奶奶睡午觉，就是用绳子把他们绑在床上也不能安生的。我还了解到，除了个别女学生中午要帮家里做饭洗涮之外，男生通常是扔下饭碗就跑出去疯野了，泡网吧打电子游戏或打台球（他们伸手要钱又往往打着学校和老师的旗号），父母根本拿他们没法子。用那些家长的话说，总不能把孩子拴在裤腰带上吧。我们上门家访，就是想跟家长通通气，好携起手来把学生管好，可那些当父母的全然不体谅老师的苦衷，一味地把教育子女的重担推到学校这边，说些什么儿大不由娘的话来搪塞老师。有时就连一学期开一次家长会他们也爱来不来的，即便来了也摆出一副死猪不怕开水烫的老脸，说轻了不痛不痒不起任何作用，稍微批评狠点他们反倒跳起来，嫌学校多收了他们的书本学杂费，责问老师都是干啥吃的，弄得像我这样当班主任的也没了脾气，说心里话一点积极性都没有了。要说我也不是没想过，这里面可能还有一个更重要的原因，那就是我们做老师的对于那些缺课、逃学的同学，只要不扰乱课堂不杀人放火就成，干吗瞎子点灯白费蜡呢？就拿我班上的刘七月这几个男生来说，打架偷东西泡网吧旷课逃学，十之八九已难以管束了。

跟我预料的一样，刘七月他们仨还是没按时到校上课，只有马旺旺在我将要离开教室的时候气喘吁吁地跑进来，一头撞在我的大腿上，我二话不说就把这个瘦麻秆的胳膊拧住了。马旺旺疼得吱哇乱叫，嘴撇得像条鲇鱼。别看这家伙猴子样精巴瘦，满肚子都是坏水，欺负班里的女生可是把好手，时不时往女生的桌斗子里塞只死耗子，或者给女生的书包里藏活蹦乱跳的癞蛤蟆。但他有一条，他只是蔫坏，从来不上纲上线动真格的，刘七月他们打架的事他从不直接参与，通常也就是望个风报个信什么的，所以我有时还真拿他没办法。我注意到马旺旺浑身上下都汗涔涔的，焦黄焦黄的一撮头发胎毛一样紧贴在头皮上，他的两只绿豆般的小眼睛贼溜溜乱转，像是要从深深的眼眶里溜出去。我说马旺旺你跑啥。他的鸡胸还在那里一挺一挺的，刚刚发育出来的喉结小耗子样乱窜。他半天也不说话，只是一味地冲我大口喘气。我问他上午为啥逃学，他这才如梦方醒似的冲我抿抿嘴唇，好像我根本不应该知道情况似的，然后就把核桃般大小的瘦脸奔拉下去了。这时已经打了第二遍上课铃声，代课的历史老师已站在我面前了，我总不能当着这个小老头的面打破砂锅问到底地追究下去，那样我会很没面子，让人家觉得我也忒婆婆妈妈了。我狠狠地瞪了马旺旺一眼，恐吓说，你最好给我放老实点！等闲了再好好收拾你。马旺旺又冲我吐了一截粉舌头，飞也似的跑回自己的座位。

　　事后我非常后悔，马旺旺必定是故意隐瞒着什么，这小鬼头的眼神一直躲躲闪闪不敢正视我。当时我就不该放他走，应该把他带到房间里好好问一问，假如那样的话，后来很多事情是不是就可以最大限度地避免发生？我不知道，但那阵我必须离开，因为一班的同学也正等着我给他们上物理实验课呢。我这个人虽然脾气不太好，动辄就要冲学生吹胡子瞪眼，可对待教学还是比较认真的，至少，我不会像那个狗屁英语老师，把学生扔在课堂上一走了之。

一直以来，我都觉得一班的学生远不如我们二班的那么野，一来他们里面没有像刘七月那样的一小帮子坏学生成天价捣乱；二来毕竟是小白老师从初一一手带起来的班，性格上多少融入了她的一些温顺的气质。这一点，我给他们上课很能体会到。有一次我还跟小白老师半开玩笑说，干脆我们俩来个对调，你来带二班，我带你的班。她说我可没那个本事，你们班那几匹野马我可驯不了。我当时说他们根本算不上野马，简直就是害群之马。她无声地笑。今天大概是实验课的缘故，不像平常那样一本正经，同学们站着坐着或来回走动的都有，至于今天一班学生来得齐不齐，我也就没太放在心上，倒是忽然想起来上午小白老师的样子。正好物理课代表过来向我请教实验参数的一个小问题，我耐心地给学生讲解了，随后就顺便问小白老师上午究竟是怎么了。物理课代表也不隐讳，说白老师好像肚子不舒服，还差点儿吐在讲台上了，后来课没上完就先回去了。我这才明白，难怪她那样慌张，心里想着等下午放学了该去宿舍里看看她，这两年从工作到生活我真没少麻烦过她。

这个白天我再没有看见小白老师。晚饭灶上照常吃凉面。凉面实际上就是，把煮熟的面条用凉开水过一下，再拌上些油盐酱醋黄瓜丝辣椒和芫荽之类的作料，我只要了一小份，天气太热，吃饭是件很艰难的事，稍微吃点东西就汗流似水的。打饭时我还特别留意了一下，始终没见小白老师过来。我估计她可能吃坏了肠胃，越是这种热天越容易闹腹泻。红火了一整天的太阳总算掉过脸去了，可滚滚的热浪却丝毫没有消退，宿舍里闷得让人发疯，稍微一擦黑，蚊子又成群结队地上阵厮杀来了，门就不敢轻易敞开，我捏了把扇子在校园里胡乱转悠。

校园本来只有巴掌那么大，我无聊地转了几圈，又想起要去看小白老师的事，就径自朝她宿舍走去。连敲了几下门，见无人回应，我正准备离开，才听见里面传来很微弱的声音，问谁。没想到她在呢，我急忙应答。她声音非常虚弱，问我有事吗？我说就是过来看看你，不方便就算了。然后，我又加了一句，你是不是还没吃过饭呢？这时门锁咯吱一响，她打开了房门。天色还没彻底黑尽，我依稀看见她的脸面，惨白惨白的，挺吓人的，她人好像突然间瘦了，脸色苍白而且显得瘦削了，连眼眶似乎也有了一种让人担忧的凹陷。我说没想到你病得这么厉害。她轻轻摇了下头，跟我说话时眼神突然变得黯然无光，也不像平时那样专注地盯着别人的脸。也不妨事，休息一天半天就好了。说到这儿，她又稍稍停顿了一下，本来打算明早再去找你，你正好来了，我想求你帮个忙。我说别那么客气，只要能帮到你，那还有啥说的。她说你能给我代两天班吗，替我管管一班的学生，我想请假回去休息休息。我连连点头，并保证一定完成任务。她不再说话，淡然一笑，好像以此表达更深的谢意。我觉得那笑容不像以往那么灿烂，倒像是刻意挤出来让人看的。我问要不要去给你买点吃的东西送来，她说谢谢你，我真是没啥胃口，就把房门轻轻关上了。一股幽幽的仿佛茉莉花般的清香扑鼻而来，让我依稀觉出难得的一丝凉意。

C

第二天六点刚过十分，我便早早地从床上爬起来。昨天学校查操的事让我很丢面子，又让校长无端地做了一通思想工作，再不起早点说不过去。简单地洗漱以后，我就去守在教室门口，我要看看二班哪个学生还敢往我的枪口上撞。我已经想好了惩罚迟到者的办法，反正再不能由着学生自由散漫了，那会连累我的。

夏日的晨光明晰而又浮躁，这阵早已铺天盖地了，太阳刚一露脸就显示出极其旺盛的精力。与之相反的是，我的那群学生还迟迟不肯踏进校园，只有大片的白光在空荡荡的教室里摇晃。我又信步走向一班的教室，门居然没有挂锁，这让我觉得新奇，看起来，小白老师带的学生竟比我的强些，至少人家的学生到校就比二班的早。我想推门进去，却怎么也推不开，里面像是被什么东西顶死了。我就近趴在一个窗口跟前往里观望，只见在教室的最后一排靠墙的一个座位上，有人平趴在桌面上，好像在睡觉，头发散乱地平铺在桌上，竟然是个女生。我越发觉得奇怪，就用力拍了拍窗户，连着拍打了好几下，也没有把她叫起来。我又走到教室的后门那里，抬脚尖踢了两下门，又过了一会儿，才听见教室的前门那里有了些动静，似乎是在搬动桌子，擦着水泥地嘎嘎响，然后教室门才吱吱地从里面被拉开了。

一个女生仿佛刚从睡梦里起来似的立在门口，她扎着马尾的头发乱糟糟的，刘海儿像被风吹斜的细柳条杂乱无章地盖在额前。我走过去时她正用一只手揉着惺忪发红的睡眼。我当然认出她了，是一班的阮灵同学。这个女生我还有些粗略的印象，物理课成绩平平，性格也相对比较腼腆，平时穿戴倒是很得体，不像别的女生那样乍红乍绿的，她爱穿牛仔裤和宽宽大大的套头衫，好像很合潮流。我还记得，阮灵同学上课回答问题起立时，总是习惯用双手把上衣往下拽一拽抚弄平整，这说明她很注重自己的外表和自己在别人眼中的形象。我就问她怎么这么早就来学校了。她抬眼看到是我，显然有点惊慌，嘴角轻微地嗫嚅了几下，好像不知道该如何回答，又或者根本就没听清我的问题。我说阮灵你晚上没睡好吗，咋一大早就趴在桌子上。这次，她没有再抬头看我，而是很奇怪地盯着我的两只脚发呆。然后，我忽然注意到有什么东西亮晶晶地滚落下来，先是一颗，两颗……接着就是很唐突的一串，断了线似的不停滴落到我跟她脚下的水泥地上，干燥的地面顿时现出一摊醒目的潮湿来。很显然，我面前这个沉默不语的女生在悄悄流泪。我有些诧异了，但又自认为刚才的问话并没有严厉到要让她哭鼻子的程度。我故意干咳两下，换上更亲切的语调不无关切地询问她到底怎么啦，好端端的为啥要哭？她还是不敢（或不想）抬头，两只肩膀头一抖一颤。她又在抽泣。我被她弄得更加莫名其妙，一时没了主张。心想这个女生真是古怪，就给自己找台阶说好了好了，没事了，你回自己座位上去吧。她最后算是看了我一眼（也许是感念我肯放她一马），眼神却完全是陌生和胆怯的，眼泡儿红肿不堪，脸蛋上竟有几处像是擦伤的痕迹（或许是被父母打的，我知道那些家长对孩子除了打骂别无良策）；我还注意到阮灵身上的衣服脏兮兮的，也可能是在上学的路上栽了跟头，反正这一切都跟她以往的整洁习惯很不相称，让人觉得非常可疑。此时，她已经悄无声息地走向自己的座位，我也只好转身灰溜溜地离开，心里很不舒服，觉得现在的学生真是娇生惯养得可以，老师连随便问问都不行，真是岂有此理。

我看手表，七点差五分，二班的同学基本都到齐了，连一向散漫惯了的"四人帮"也都摇摇晃晃来了，这说明我昨天的"表现"还可以。七点整，学生准时在教室前面整队集合。我因受人之托，还得兼顾一下小白老师班里的学生，又去一班打了个照面，让他们迅速集合。

我们这所学校没有跑操的场地，早操通常要把学生拉到校外的环城路上呼啦呼啦跑上一阵子，马路上本来就车多人杂，几百号学生呼啦一下窜上去，立刻就造成了短时的交通混乱，经常弄得怨声载道。可这又有什么办法，没有场地总不能叫学生在屋顶上出操吧。班长向我报告，今天二班的出操人数果然非常整齐，我正暗自庆幸呢，事情就冒出来了。马旺旺他们几个在后面边跑操边啃油条，还拿带着油渍的脏手胡乱抓女生的发辫，惹得女生一声声尖叫。班长过去说了两句，他们就还嘴了，骂班长狗拿耗子多管闲事，还说班长是个狗腿子，班长气不过，多跟他们纠缠了一句，这群小子就大打出手，把班长的鼻血揍出来了。班长斗不过他们，吃了哑巴亏，捏着血糊糊的鼻孔，从后面的队伍跑回来，哭丧着脸给我说他再也不想干了，让我另选人当班长。是可忍，孰不可忍！这几个学生也忒嚣张了，敢当众打班长，就是公开向我这个班主任挑衅，这回非得给他点颜色瞧瞧了。本来，刚才看到他们能按时到校出操，我已经打消了跟他们计较昨天的逃学旷课以及在教室门口支扫帚的念头了，现在看来我真是太善良太心慈手软了！

早操还没结束，一班的两个学生慌慌张张跑到二班的队伍跟前，说让我赶快到前面看一看，他们班有个学生跑着跑着突然晕倒了。我听了二话没说就跟他们跑过去。果然，在前面马路边的一根水泥电线杆下面，围着三五个女学生，她们正蹲在那里，个个都手忙脚乱的样子，中间的地上也半躺着一个女生，她的上半身被围在身边的另外几名女生搂搂扶扶，情况似乎很严重。我一过去，学生们都不约而同地将惊慌失措的目光投向我，好像我是来实施急救的医生。我急忙拨开她们凑上去，才知道是一早就趴在课桌上打瞌睡的那个阮灵。旁边的学生七嘴八舌地向我说着阮灵的情况，大概的意思是阮灵这两天老怪怪的，昨天下午放学她一直不肯回家，而是坐在自己的座位上发呆，负责锁门的同学招呼过她几次也都无济于事，后来人家实在等不及了才把锁头交给了她。还有，她连着几天都无精打采的，没事总趴在桌子上睡觉，代课老师布置的作业也没有按时交上来。我没有发表自己的意见，只是粗略地试了试她的呼吸和脉搏，又蹲在那里帮她掐了掐人中，然后又让学生把她的身体尽量放平些，我抓住她的两只手臂一开一合地给她做最简单的辅助呼吸。过了一会儿，阮灵迷迷糊糊睁开了双眼，恍若隔世般看着周边的人，或者，她什么都没有看，只是保持着那种呆若木鸡的状态。我多少也知道一些处在青春期的女生会偶尔发生休克的事，所以并没有太大惊小怪。此刻见她醒过来了，就叫学生先把她背回教室去休息，又掏出五块钱叮嘱一个女生去给她买早点吃。

整个上午，阮灵同学苍白虚弱的影子一直在我眼前晃来晃去，还有昨晚小白老师委托我时的幽忧神情，也是那么羸弱和苍白无力，在我脑海中挥之不散，竟弄得我有点魂不守舍了。

匆匆忙忙上完早晨的两节课，我准备利用课间操的时间把刘七月叫来好好拾掇一通，二班的班长从走廊的一头迎面跑来截住了我，他开口就说早上打架的事他也有错，不能全怪他们。我很纳闷，因为我确实下了决心要惩治一下的，不能再由着他们蹬鼻子上脸。可一见班长忧心忡忡的样子，还不停地拿眼睛偷偷看我，一副委曲求全忍气吞声的架势，我反倒没了脾气。我还没来得及问他呢，班长头也不回地跑开了，临走扔下一句没头没尾的话：张老师，我只想好好上学，不想惹事。我就知道班长被招安或被镇压了，或者，仅仅算明哲保身罢了。如果我把他们狠狠收拾一次，他们会善罢甘休吗？我稍稍迟疑了一下，作为班主任也许我不能太自私了，不能只贪图一时的嘴巴快活。再说，像马旺旺这些学生并不是哪个老师批评一两次就能悔过自新的，这一点毋庸置疑。

眼下，我想自己还是再去关心一下阮灵同学比较明智。我之所以想到"关心"这个词，大概是由于女生毕竟是弱者，但凡是弱者都需要别人关心的。

艳

阳

D

当天中午，小白老师又回学校里来了。我猜想她可能是回来取什么当紧的东西。午休前我从她宿舍前经过时，是她主动把我叫进去的。一眼看去，她的精神比昨天似乎好了许多，脸色不再那么惨白，只是眼泡还有点肿，眼圈也是淡淡地红着。我问你怎么不在家好好休息，她笑着说你看我这不是好了吗。好像是，那种我所熟识的微笑和真诚的凝视，又回到了她的脸上和瞳孔里。女人真是很奇怪的东西，一忽儿病病歪歪、弱不禁风让人看了顿生爱怜；一忽儿又笑容可掬、满面春风使人迷惑不解。我真弄不懂了。

这时她才告诉我下午她有两节地理课要上。我劝她还是算了吧，又不是什么主课。或者，跟我的物理课调换一下也行。她说不用了，反正迟早她得上，逃过初一也逃不过十五。我就不好再说什么，便自然而然地把话题转移到早操的事上。我之所以口无遮拦地说给她听，是因为我觉得事情已经过去了，况且我也不辱使命，该对人家有个交代。没想到她听了大吃一惊，当即就要上班里去，我说你现在去也没用，学生都回家了。她才反应过来，嘴里反复嘀咕着，这个阮灵究竟是怎么回事。我不好当着她面谈青春期之类的话题，只说天热怕是中暑了，休息一下应该问题不大。但她还是一副不放心的样子，最后她像是又记起了什么，犹犹豫豫地对我说，阮灵最近好像是有点不对头。听她这么一说，我赶紧又把一大早在教室发现阮灵的情形复述了一遍，甚至大胆地设想：阮灵极有可能整个晚上都没有回家，也就是说，这个女生没吃没喝整整在教室趴了一宿，以至于第二天早操才上演了突然晕倒的一幕。我的话一出口，小白老师立刻又从床边跳了起来，好像随时做好准备，要冲出宿舍跑到教室里去。我听她接连说肯定有啥问题……都怪我这两天粗心大意了……我看见她的脸上浮现出越来越浓的类似于愧疚的惶恐神色。

我离开前，她居然连句谢谢的话也没有对我说。当然我并不会介意，等我回到自己闷热的房间，痛苦地躺在热乎乎的床上闭上眼睛，脑子里想着刚才她说话时的一皱眉一闪眸抑或是一叹息，心里便生出一丝清凉的舒爽。我甚至忘了开电风扇，就轻而易举地睡着了。后来不知过了多久，我被小白老师的敲门声叫醒。她的脸色很难看，难看到令我吃惊的程度——在我面前她好像从来都没有表现出这种紧张和惴惴难安。我拉开房门后她跟我说的第一句话（其实可以说是叫出来的）是：张老师……阮灵她……她一定是出事了！小白老师满脸都是细密的汗，胸口在我面前一起一伏，仿佛心都要从里面蹦出来了，一双眸子始终忐忑地跳闪不停。我装作镇定地说你别着急嘛，不会有啥事的。她像是没有听见我的话似的，早将她手里捏成卷的一个本子递给我，她的手指和往常一样沾染了厚厚的白粉灰。张老师你快看看，这是我刚在阮灵的桌斗里找到的，她下午一直没来上我的课。

我狐疑地接过来，是一个普通的数学课堂练习本，但在事先折好的（我猜可能是小白老师刚才折下的记号）崭新的一页里，我看到几行语序混乱的词语或句子：害臊……恶心人！

婊子……他妈的全是坏蛋！不要脸不要脸！！我再也不想回家了……说实话，当这些歪歪扭扭笔法非常生硬的词句很突兀地跃入眼帘时，我先是感到一阵莫名其妙，随后稍加思索，就觉得极其恐怖了。还有，在这些意味恶毒的字词之间，还有一幅面目更加狰狞的涂鸦，像传说中的恶魔，不男不女的，一看便知是随手乱画的。这张脸上被打了个夸张的黑"×"。我真的不敢相信，这些龌龊的汉字和图形竟出自一个女学生的手：阮灵，她看上去也算文静灵秀的女孩，这怎么可能？可那字迹的的确确是她的，猛然间又联想到这一天我曾先后几次见到这女生的情景时，手脚忽然有些发颤了。我无话可说。

接下来，我跟小白老师一路奔跑起来。天气热得人迈不开腿，脚底直打蔫儿，没跑几步衬衣裤子就黏糊糊的像湿绷带一样把人的身体裹住了，又迅速拧紧，让人简直快要窒息了。我到教工自行车棚取车子，小白老师也要骑她的，我没让，我知道她还很虚弱，所以由我来驮她比较稳妥。出发前小白老师跟学生打听到阮灵同学的家在一个木器加工厂后面的一幢小二层楼里，要说并不算太远的，可我还是把一刻来钟的路程骑得无比漫长和艰难。一路上小白老师都没有跟我说什么，但我同样感觉到，她这种沉默背后所隐藏的巨大的恐慌。我也只跟她无话找话地说了几句。我故作轻松地说，你别担心，阮灵可能就待在家里呢，我了解这些学生，满脑子都是稀奇古怪的东西，其实也没啥大惊小怪的。我虽这样说但其实心里一点底也没有，一个女生在本子上写那么一堆疯话，不可能那么简单的。不过，我的思维很快就被毒日头烤得一塌糊涂，脑浆都快蒸发出来了，哪还有心思多想，只顾低头蹬车。

阮灵家锁着大门，黑铁门很气派，有光滑的扣门环，有狮子大张嘴的那种锁孔，还有猫眼和防盗功能吧，敲了半天也没回音，我们只好按小白老师的意思又去了那家木器厂。实际上，木器加工厂是个私人承包的家具生产作坊，老远就听见电锯刺耳的咆哮声和叮叮当当的一通敲打。等我们再靠近点，香蕉水和油漆味就开始充斥眼鼻，刨花卷木头屑铺得满场子都是，潮水样已经涌到了外面的路边了。大门口拴着一条大狼狗，堆在地上黑咕隆咚一团，肥胖得有点像熊瞎子了，两只眼睛油汪汪泛绿，让人望而生畏。靠围墙的地方垛着几大摞高密度板和木头，几个木工和漆工正在场地里忙忙碌碌，身上糊得花花绿绿的，个个看不清脸面。一辆小型货车停在中间，有俩小工正往车上抬崭新的发着耀眼光亮的家具。黑狗汪汪汪狂暴地咬了一通，非常卖力，把狗嗓都叫哑了，停下来嗷嗷地咳着。有人懒洋洋地朝我们走过来。是个女人，穿着颜色很艳的连身裙，露在裙子外面的皮肤很黑，又涂了红太阳一样鲜艳的嘴唇，显出一种野性的泼辣气息。女人两手扽腰，大大咧咧地站在大门口，一条腿得意地晃动着，鞋跟笃笃捣地，她拿眼线描得极黑的眼睛上下打量着我们俩。你们是不是想订家具？商城那边不是有现货吗！她的红嘴唇挂在一张搽得面粉白的脸上，说话时那颗太阳就在我们眼前一跳一跳的。她必定是把我们当成那种正忙着筹备婚礼又想贪图实惠的青年男女了。小白老师用手搭起凉棚看了看那个女的说，不，我们找阮灵同学的家长，我是阮灵的班主任。那女的听完，先愣住，又仔细打量了一下我们，才长长地哦了一声，说她就是阮灵的妈妈，便赔着小商人特有的那类真假难辨的笑脸迎上来。我也开门见山地亮出了自己的身份，这个女人立刻又龇着牙冲我笑了笑，那颗红太阳张成血盆大口状，一对虎牙白得出奇。她说欢迎欢迎（好像我们是专门来跟她洽谈业务或者搞参观考察的），又讪讪地客气道这里乱得不成样子，连个放屁的地方也没有。她可能意识到自己当着女儿老师们的面这样胡说有点不好，脸色赤红，同时做出请我们进去的手势。

我们本没打算进去，就在场子里唯一的一株槐树下面站着向她了解情况，艳阳高高地趴在我们上面，那点可怜的树荫根本不可能抵挡蒸腾的热浪和灼人的紫外线。我们刚一提阮灵，这个黑皮肤女人就机枪似的嗒嗒嗒地冲我们发起牢骚来了。她大概的意思是，阮灵这孩子性格孤僻得要命，根本听不进大人的话，她们母女的关系一直很僵，家具厂整天又忙得不可开交，阮灵不但帮不上啥忙，回到家还尽给她气受。最后她愤愤地说，我这当妈的实在管不住了，她现在翅膀硬了，白天我要拼命赚钱，晚上还要管她吃喝，你们说让我咋办呢……还是麻烦你们老师多操操心吧，交书本学费我可从没二话说，要多少我给多少。她这样说事情全反过来了，好像阮灵根本不是她的女儿一样。我忍不住打断她的话，那阮灵的父亲就不能管一管她吗？黑皮肤女人像是被什么东西猛地给噎了一下喉咙，刚才说话时的豪迈和泼辣全藏了起来，她咬了咬下嘴唇，又把嘴唇吐出来，颜色淡了许多，跟那上唇很不搭调。我跟那个软骨头早就离掉了！她不无怨恨地对我们说。我和小白老师互相对视了一下，赶紧把话题支开。

这时，小白老师乘机把一直捏在她手里的练习本递给了黑皮肤女人。她没有立刻接，问是啥。我插嘴说你女儿忘在教室里的东西。她才疑惑地接过去，那页狰狞的词句和古怪的涂鸦便摆在她眼前了。我注意到她的十根手指上至少套了三四枚亮灿灿的戒指，脖子同样套着两条闪光的紫珍珠项链。她盯着那页纸忽然怔了一下，嘴巴慢慢张开，又迅速合拢，使劲咬住下唇，像是要用力咬住满腔的愤怒和仇恨，捏在她手里的本子扑扑乱颤。接着，黑皮肤女人几乎是歇斯底里地怪叫了一嗓子，嗬！好个骚婊子，我让你写，我让你画！顷刻之间，那页纸连同那个练习本都变成一捧雪片，在我们面前飘飘扬扬，雪白的纸片落在脚下的锯末和刨花堆里，真的就像下起了雪。我又冒了一身臭汗，小白老师也有点手足无措了。

看来，真是不该让她看这种恼人的东西，这不等于火上浇油吗？至此，我们的谈话被迫中止了。最后，小白老师战战兢兢地请求黑皮肤女人先放下手中的事情，赶快去找一找女儿。可对方半天也没有吭气。我又提心吊胆地插了句，那昨晚阮灵放学回家了吗？对方依旧不答，或者，她压根就不知道。在我们转身就要离开时，却又分明听见她在那里骂骂咧咧，找她，想得美，让我去哪儿找？我他妈吃饱了撑的！这时我们只好灰溜溜地走开了。我刚骑上车子，迎面驶来一辆很疯狂的黑色摩托车，油门轰得震天响，就像拴在门口的那条大狼狗一样威风八面。我瞥了一眼骑车的男人，戴蛤蟆镜，头发胡子一大把，活脱脱一个美国西部片里的牛仔，玩酷。直觉告诉我，这男人跟阮灵的母亲关系不一般。不过，我没有跟小白老师探讨这个话题，因为她此刻的情绪非常低落。我估计换了谁也好不了的。

我们俩没有直接回去，而是把学校附近的几家网吧游戏厅小商店以及我们能想到的地方都挨个转悠了一遍，结果还是连阮灵的影子也没见着，倒是撞上了二班的马旺旺、潘永富和李双迎在网吧里玩红警，他们的眼珠子全都红了。我说谁叫你们钻在这里的，还不给我滚回去上课。马旺旺冲我又吐舌头又翻白眼，半天才说现在已经放学了。我才回过神来，不过我还是沉着脸色把他从电脑跟前提溜起来，既然放学了就赶紧回家。这时，老板跑过来打圆场，说都放学了嘛，老师你就让娃娃们耍一阵吧，念书多苦啊，换换脑子嘛。我没好气地瞥了一眼尖嘴猴腮的老板，说，放学也不行，他们是未成年人，你难道不知道？老板忙摸出一根烟笑眯眯递上来，我摆了摆手，表示自己不会吸，然后就把马旺旺他们硬撵了出来。

目送马旺旺几个一步三回头很不甘心地渐渐远去了，我才推起自行车，小白老师照样走在我旁边。我们谁也不想再说话，就像一对刚刚闹过别扭的恋人那样，各自想心事。快到学校门口时，我的思维终于活跃一些了。我说不知你注意到没有，我觉得阮灵在练习本上胡乱画的那个人就是骑摩托车的男人。小白老师想了想，慢慢张开嘴，冲我点了点头。我隐隐觉得阮灵这一天的所作所为似乎是有些预谋的，可当务之急是上哪里找到她人呢。

E

看看时间晚了，只好在外面对付着吃了点东西。小白老师几乎没吃两口，又捂着嘴欲呕的痛苦样子，整个人疲倦得似乎连说话的力气也没了。我就想她身子太虚了，还需要好好休息。出了小饭馆，她建议把情况向校长汇报一下，我跟她意见不统一，我说干脆晚上再去一趟阮灵家，兴许她自己又回家了，那样的话我们反而被动。她听了就没好再坚持什么。

等回到学校，天色已经暗下来了。我捎着小白老师刚骑车拐到宿舍跟前，就被迎面而来的一幢黑影挡住了。没等看清这人的脸面，便听到兜头而来的一句抱怨，白梅你到底上哪儿去了，害得人干等了半天！我被他喝得一惊，赶紧刹车，小白老师早已经跳下车子，她跳得太急，趔趄着扑通一声栽倒了。那男的一直叉腿站着，只顾一眼一眼瞅我。我忙扔下车子，转身去搀扶还趴在地上哟哟着的小白老师。她连连说没事没事，好像不太情愿我帮她，但我还是硬把她扶起来了。她拍了拍身上的尘土，估计是摔疼了，一只脚一颠一颠地跳。那男的慢吞吞地走到她跟前，肚子朝外腆着，他一边的胳肢窝下夹着个砖头块大小的黑皮包，被路灯一照油光光地放着亮，另一只手神秘地揣在裤兜里，所以，他始终也没有腾出手去搀一下她。人家等你吃饭，肚子都快饿扁了！你到底跑哪儿去了……夹包的男人依旧不快地对小白老师唠叨着。她也没有理他，而是掉过头笑着对我说，张老师，谢谢你，我先回去洗一把脸，待会儿咱们再一块儿去。然后，她就撇下夹包的男人自己一瘸一颠走回去了。这时我忽然发现，那男的好像又回头狠狠瞪了我一眼，目光很凶。我也没心情搭理他，扭头回了宿舍。

可没过多久，便听见一阵吵吵闹闹的动静传过来，仔细听还是刚才夹包男人的声音，嗓门很高，话也说得很难听，好像还提到了我，间或有小白老师的辩解，她的声音也比平常高了好几度，可那男的嗓门终究是大，把她给压住了。很快，我就依稀听到了呜呜的哭泣声从争吵声中委屈地挤出来，钻进我的耳朵里。我真想跑过去看看，或者劝劝他们，可转念一想，又收回已经迈出门槛的脚。我估计那男人肯定误会了我跟小白老师。后来我听见重重的摔门声和噔噔噔的一串脚步声，我从窗户看见那个男人夹着包气冲冲走过去了。我站在书桌前长长地舒了口气。说心里话，我不喜欢这个嘟嘟囔囔有些小家子气的男人。窗外，夜色在酽浓的余热中挣扎着弥漫开来。

我没有等小白老师来叫，自己先骑上车子走了。我觉得她该好好睡一会儿。尽管白天去过一趟，现在走夜路还是觉得那么陌生，觉得路很远。能感觉到木屑和油漆的气味时，就快接近那片平房了，我下来推着车子走，生怕错过了阮灵家。刚走到巷口，远远就见一盏昏黄的路灯底下聚集着几个人影，一晃一晃地动着，叽叽喳喳说着笑着，很快活的样子，而且好像都在抽烟，时不时有人发出干咳声。我多少有点转向，就想过去打问一下再说。他们大概也注意到了我，因为我的自行车链盒一直哗啦哗啦乱响。然后，就听到谁突然喊了一声，快看，是张老师！接着又有谁叫了一嗓子，张老师来啦，快跑呀！我一时也愣住了，不过马上就反应过来，因为那些喊叫声太熟悉了，刘七月、马旺旺几个，就是烧成灰这些声音我都分辨得出，要知道我带他们快有两年时间了。我随手就让车子躺到地上，紧跟着朝他们散开的方向撵下去，边跑边喊，刘七月给我站住，还有马旺旺你们几个，看都往哪儿跑！别看平时出操腰来腿不来的，关键时候这些家伙跑得跟兔子一样快，由于地理位置不熟，目标又分散，追来撵去，让他们全部溜掉了。我累得简直要吐血了。这狗日的天气呀，稍微一动就浑身流水。我又原路返回，心想跑了和尚跑不了庙，这几个小兔崽子真是无处不在，看明天怎么收拾他们。

我刚喘着气把车子从路上弄起来，又蹲着把掉了的链子重新装好，小白老师就骑着车子到我跟前了，仿佛从天而降。见面就怪我不等她。我笑了笑。她说你怎么弄得满头满身的汗，说着掏出兜里的纸给我用。我没好意思说追学生的事，只是故作幽默了一下，老天爷惩罚不守信用的人，所以把一盆鲜美的洗脚水全浇在我一个人身上了。她哧哧地笑了，模样非常动人。我说以为你不能来了，所以就自作主张。她大概听明白了我话里有话，就说那是我男朋友，不过，现在已经不是了。我一惊，你们经常吵吗？她摇了摇头，说也不是，他这人太自私了，刚才你都看到了。我不知道该说什么好了，因为到现在为止我还没有正儿八经谈过感情问题，只好保持沉默。可她好像很想把话题展开来，我听见她边走边说着她跟男朋友的一些事，说他俩当初怎么认识，说她男朋友做生意挺好的将来有发展，说他一直想让她离开学校跟着他一块干，还说她有时也想不当这个老师了，可有时又挺舍不得这份工作的，说着说着，她突然不说了，像是被什么东西哽住了。我悄悄侧过脸看了她一眼，发现她正用一只手背轻轻地揾着眼角，又黑又长的睫毛忽然泛起了潮湿的亮光。就这样我们之间沉默了好大一会儿，直到确信眼前的小二层楼就是阮灵的家。

敲门。好像没人。再用力敲。隔壁邻居家的门吱扭开了道缝，一个中年妇女将头探出来猎奇般观望着。别敲了，八成不在。接着，妇女臃肿的矮身体也从门缝里挤出来了，你们是灵灵的老师吧，白天好像就来过。我们点头，问她知不知道阮灵家人上哪儿去了。妇女没好气地哼了一声，这黑灯瞎火能去哪儿，还不是找汉子去了。实在没想到她会这么口无遮拦。见小白老师不好意思地低下头去，我只好硬着头皮上前，你说的是阮灵的母亲吧。妇女把双手抱在胸前，一副知情人的洋洋自得。啥样虫子屙啥样屎，当妈的不要脸了，你想那丫头能好到哪儿去，惹得一堆混混子见天价来缠她，苍蝇不叮没缝的蛋！听她这样一说，我立刻联想到了刚才追撵刘七月几个的事，才豁然明了些了。妇女突然叹了口气，唉！要说阮大真是个好人啊，又慢溜又和气，怪只怪他贪上那么个贱婆姨！一个女人家整天抛头露面的，非卷了家里的积蓄去跟别人合伙搞啥厂子，这一合伙不要紧，家也给弄零散了，把个小丫头撂家里谁个操心管……正说得热闹，有个男人高声咳嗽着已经站到妇女身后，他接连用胳膊肘鬼祟地捅那女人，示意她不要再讲下去了。妇女极不情愿地白了白身旁的男人，闷哼着鼻子说，有啥怕的，若要人不知，除非己莫为……老不死的，你胳膊肘下长蛆啦！

之后，我们只好又去了家具厂，除过看门的大狼狗和几个正在加班加点的匠人，没再见到别的什么人。一个油漆匠手里捏着一片发白的砂纸走过来跟我们搭话，他浑身上下都被腻子的白粉尘笼罩着，仿佛是从另一个世界走来的，模样多少有点诡秘。他斜着一只眼睛说老板娘这两天火气壮得很哩，这阵儿怕是找窝窝子泻火去了！然后，就毫无理由地嘿嘿起来，其他匠人也都跟着他傻笑，嘴脸不无猥琐。小白老师扭头推起车子便走，把我丢在她后面。

F

兴许是忙糊涂了，竟忘了第二天是个礼拜六。我原本打算一早就要好好审问审问刘七月他们的，一睁开眼睛才发现校园里静悄悄的，只有一树麻雀在窗外不停聒噪，阳光把房间涂得煞白刺眼。忽然记起来上上个礼拜就答应母亲要回去一趟，听母亲在电话里唠叨父亲身体不太好，饭量越来越小，吃得跟猫一样多，还总嚷着这儿疼那儿不舒服的，可一旦让上医院检查，父亲又死活不肯，说扛一扛就过去了，他没那么脆弱。母亲拿他没办法，又放心不下，就想让我回去劝劝，做做父亲的思想工作。本想跟小白老师打声招呼，她恰好又不在宿舍，我就在校门口叫了辆黄包车直奔长途车站。到我们那座小县城的车隔一小时一班，我买了票，又顺便买了份报纸，坐在长条椅上等下一班车。

我注意到一篇关于中学生自杀现象的调查分析报告，说青少年心理压力大，当压力无法排解时，经常出现疲倦、焦虑和睡眠严重不足等症状，最终心态逐渐扭曲，走上极端不理智的自戕之路。最后提醒家长和老师（特别是经济欠发达地区的人们）要爱护身边的孩子，真心诚意地跟孩子们交朋友，教育学生不能过于功利和严厉，否则将会适得其反。此时此刻，嘈杂的候车厅里汗味和热浪横冲直撞，而我却有种不寒而栗的感觉，我合上报纸，开始坐立不安，广播已经通知我要乘坐的车次开始检票了，可我半天也无动于衷。最后，我觉得自己像一条透明的影子，虚脱脱地穿过人群飘到售票窗口，我不知道自己跟人家编造了什么样的理由，反正，对方拿冷漠的眼睛白了我几下，忽地将几元钱扔出窗口。人家必定觉得这是个无聊透顶的家伙，出门也不想好。

　　从车站出来我没有回宿舍，仍旧招来一辆黄包车把我拉到二班的马旺旺家。以前先后搞过两次家访，也就轻车熟路找对地方了。我之所以想找马旺旺谈谈，是因为比较而言，马旺旺年纪小些，不像刘七月那么佞，又那么老到。马家住在一栋很旧的单元楼里，一看就知是20世纪80年代的建筑，外墙露出层层排排的青砖。我敲了半天门，才有人哼唧着应声，是马旺旺的父亲，光着油腻腻的宽膀子，身上只穿一条皱巴巴的大裤衩，左右脚还趿反了拖鞋，很别扭地站在我眼前。他冲我抠头揉眼打哈欠，好容易才想起来我是谁，忙把我往里拉往旧沙发里塞，一边又敞开破锣嗓子叫马旺旺起床，看来父子俩都在睡懒觉。这也难怪，天热晚上睡不着，白天又不肯醒。他转脸又问我他儿子是不是又在学校干坏事了，我赶紧摇头，说自己只是顺便过来看看，没别的事。他又瞪着眼珠子说这小子要是不听话，你可一定要告诉我，看我不揭了他的皮！然后，马旺旺就起来了，顾不上洗脸，先到客厅跟我打招呼。我见他一脸痛苦和大难临头的诚惶诚恐，就抢先说你快去洗洗脸，老师想请你出去帮个小忙呢。他听了，将信将疑地望着我，半晌也不动地方。这时，他父亲汗衫的扣子都没系就过来一把将马旺旺提溜进卫生间去了，嘴里还吼，张老师跟你说话呢，你睡傻了，瓷不愣登的！我觉得这个做父亲的真逗，想笑，又忍住了。

知道马旺旺肚子饿着，我就带他到了楼下的一家牛肉拉面馆。他吃得战战兢兢的，好像我在面里给他下了毒。等吃完了，我才问他昨晚到底怎么回事。他先是犹豫了一会儿，才吞吞吐吐地说，张老师，我要是说了，你可千万别说是我说的，要不我死定了。我点了点头向他保证，而且保证也不会跟他父亲讲。他这才像吃了定心丸，又把板凳朝我这边挪了挪，说，张老师，不关我的事，是刘七月非要我们去的。我说，这个你不说我也能猜到，说说你们到底去那里干啥？马旺旺又略微思忖了一会儿才说，刘七月向阮灵收保护费，阮灵她妈开家具厂，她家好像挺有钱的，以前她都按时自觉地拿来，这个月不知为啥，她一直不肯交，所以刘七月就带我们几个去家里堵她。其实保护费的事老早我就听过，没想到这事就发生在我自己带的班上，我强压怒火，问，一个月收多少？马旺旺眨巴着绿豆小眼说，也不一定，都是刘七月规定的，他说下个礼拜是他自己的生日，自然要多收一点喽。我的肺简直快气炸了。

我让马旺旺带我去找刘七月，马旺旺一副为难的样子，好像是让他上刀山下火海。我好说歹说，答应到了那边就让他躲起来，我自己进去就是了。马旺旺又冲我吐舌头，他说张老师不是我不乐意，刘七月他……他好厉害的……我们都怕他。我拍了拍他的肩膀头说，别怕，天塌了有老师顶着呢。打黄包车不一会儿就到了，马旺旺始终躲躲闪闪地缩在我身后，我们又往前走了几步，他死活是不肯走了，生怕被谁发现。不过，他倒是很详细地告诉我路怎么走，自己才刺溜一下钻进旁边的一条巷道里去了。我觉得这家伙真好笑，既然那么怕还成天跟屁虫似的和刘七月打得火热。我也就不强人所难了。这以前我就了解到，刘七月家住郊区那种独门独院的旧土房，房子是跟附近农民租的。当初刘七月一家子从外地来，他爹蹬过两年黄包车，也到工地上零星打过一些短工，后来多少攒了点钱，给他妈在菜市场登记了个小摊位。他爹妈每天天麻麻亮就爬起来，蹬上三轮车先到郊区的菜农那里批菜，再赶回城里的菜市去摆摊零售。刘七月好像还有一个姐姐和一个小妹，姐妹俩都不上学（据说打小就没让上），只待在家里帮大人看门做饭洗衣物，闲了呢就拎只蛇皮袋去外面捡点破烂换钱。所以，我有时真的很纳闷，按理说像这样的家境，怎么也不该出刘七月这种孩子的，可一想，谁又能保证坏学生非得是富人家的子女呢？

心里疑惑着，脚已经迈了进去。一爿不大点的小院里堆满了瓶瓶罐罐和纸箱板之类的东西，拥挤得无处落脚；拴在两棵杨树之间的绳子上晾着花花绿绿的衣物，我一眼就认出来有两件是刘七月平时穿的，还有校服（即蓝白相间的运动服，因为天热学校暂不要求学生统一着装，我还记得当时为收校服的费用差点儿让刘七月请了家长来）。有个小女孩，不满十岁的样子，又瘦又黑，肥大不合体的衣裳里面显得空荡荡的。她听见声音从屋里跑出来，我想她应该就是刘七月的小妹。我问她你哥在不在家，她懵懂地冲我摇头，我又问那你姐呢，她还是摇头，小身体紧贴在门板上，拘谨地冲我眨巴着黑黑的眼睛。不知为什么，这双懵懂生怯的眼睛一下子就把我吸引住了，她的眼神里蕴藏着一种恐惧和令人无法忘却的忧伤。按理说这么大的女孩子不应该这样，这里虽说是郊区，可毕竟是城市的边缘，站在这里几乎可以听见汽车疾驶而过的轰轰声，可以望见城市林立的楼宇和直插云霄的铁塔和烟囱。这时我听见她说，俺爹在呢。哦，我迟疑地应了一声，说，我是你哥的老师，能让我进去跟你爹说句话吗？她不置可否，却慢慢转身把门推开了，她人依旧拘谨地贴在打开的门板上。

我就明白她是允许了。可我的脚还没有踏进去，就被扑鼻而来的一股浓得呛嗓子的药味包围了。我犹疑地问，你爹病了？她无奈地点头，眼睛又黑又亮。我进屋她也跟着进来。房子虽狭窄，却收拾得井井有条，起码比院里整齐多了，只是光线十分暗淡，被烟熏得发黑的屋顶，压得人抬不起头来。我看见靠墙的一张旧木床上，一副薄扁扁的身体无力地摊开在上面，好像睡着了。我靠近，才发现那双眼睛是微动着的，鼻孔呼呼喘息，喉咙像被一只看不见的手卡住了。他似乎说不出话，瘦削的脸颊泛着青灰色的光，额头覆着一层水淋淋的汗液，胡须很久未刮了，下颌跟嘴唇就像染上了一层厚厚的煤灰。小女孩就捏了一团湿毛巾，爬过去悄无声地给父亲擦了擦额头和颈窝里的汗，然后又抓起一把蒲扇轻轻地给病人扇着。我把自己的来意大声说给他听，他的神情多少有些变化，又像是正被一种我所不知的病痛折磨着，使他难以平静。幸好我没有说他家刘七月做了些什么，否则他也许会情绪激动而失去控制。我没有耐心再继续等下去，里面闷得人喘不过气来，加上那些该死的药味，让我打了好几个喷嚏。

从房里溜出来的时候，我无意间在外面的窗台下看到一堆青蛙，至少有百十只那么多，横七竖八地扭曲在一只箕箩里面，大概全都死了，皮肤都干了，连眼珠都失去了原有的光泽，有些是白肚皮朝天仰躺着，压在趴着的青蛙们的背上。一层密密麻麻的苍蝇伏在上面嗡嗡叫着，看一眼就让人觉得毛骨悚然，又恶心得想吐。我捂严鼻孔，慌忙往院子外面走，又停住，发现刘七月的小妹仍旧悄无声息地站在我后面。我问她那些死蛙是怎么回事。她眼睛忽然一亮，很灿烂地笑了一下，转瞬又消失了。她说，那都是药，能治好爹的病。见我一脸迷惑，她接着说，那是俺哥从稻田和水沟里捉回来的，他每天天不亮就出去，俺哥说趁着露水没退最好捉，青蛙夜里都吃饱了，肚子胀得跳不动。我注意到她说这些的时候脸上不无自豪和依赖，又似乎是对自己的哥哥充满了无限的敬意。我又好奇地问她青蛙怎么能当药呢？这次她几乎是有点卖弄地告诉我（她或许觉得老师应该无所不知的），把青蛙活活捉来，肚里塞上巴豆，再活活憋死，晒干，擦成末子就能吃了……我惊诧极了，说实话我对于这个偏方一无所知，还没等我反应过来，又听见刘七月的小妹在那里自言自语着，他们说要捉五百只青蛙才能治好爹的肾病……她的声音跟个头一样无端地在我跟前矮了下去，不再像先前那样信心十足了。

G

小白老师不知从哪里打听到的消息，她说我们不用担心了，估计阮灵是找她父亲去了。话虽这样说，可我看她依旧心事重重的样子。我问那她什么时候回来上课，小白老师摇了摇头，可能下周能回来吧，她这样猜测道。我说那怎么行啊，小白老师只轻轻叹了口气，欲言又止。我想她肯定还有别的什么情况，只是不想告诉我罢了，或者，说给我听也没有任何意义，结果已是这样。我本来一肚子话要跟她说的，比如那些用来制药的死蛙，见她这样无精打采的，我也就缄默了。

这天傍晚前，我又坐上了最末班的一趟汽车，繁星布满夜空的时候，我见到了自己年迈的父母。父亲却比我想象中要硬朗些，见到我时鹤发童颜、神采奕奕的，我的后顾之忧一下子消除了。母亲一边忙着钻进伙房给我弄吃的，一边埋怨我回来得太晚了让她措手不及。我知道她肯定感到遗憾，家里没准备些好吃的来迎接我。自己的儿子干吗那么客气呢？我对母亲说。我看着母亲进进出出絮絮叨叨的身影，心里不免生起一丝愧疚。自己做了二十多年的儿子，从来没有悉心地揣摩过母亲的心思。记得当初我念书的时候，家里条件很不好，兄弟姊妹又多，我因是老小，家务活都由哥哥姐姐们承担了。母亲也是格外偏心我，总把好吃的东西悄悄留给我，或者，别人有的，在我这里都是要多出一份半份。家里的几只芦花鸡下了蛋，母亲是舍不得给大家吃的，藏着掖着，每次等我要期中期末考试时，便给我开小灶，悄悄地煮荷包蛋挂面给我，说吃了就能考满分。我那时每每蹲在灶坑前做贼似的狼吞虎咽，却从来没有问过一次母亲想不想吃，好像觉得母亲是不需要吃这种东西的。今天也一样，母亲还是做了我爱吃的荷包蛋挂面，看着碗里漂着一层葱花油和煮得十分饱满的两只荷包蛋，我却怎么也吃不下去，筷子在碗里划拉来划拉去。母亲一直固执地守在旁边，似乎非要亲眼看着我把饭吃下去才放心满意。我停下筷子揉眼睛，母亲着急地问是不是嫌辣了酸了，她嘀咕说知道你的口味淡，妈只放了一点儿辣椒油和醋。我赶紧把碗端起来，顾不得烫硬喝了两口汤，咂巴嘴说真香啊。母亲的脸顿时笑眯眯地拧成一圈一圈，像起了涟漪的水面，说当心烫着舌头，又回头对父亲说，咱老五子都是老师了，咋一点儿没变，还跟娃娃时一样哩。父亲不善言辞，这时也忍不住要多看我两眼，好像永远也看不够似的。

我在家只待了一个晚上。我觉得自己仿佛是中了母亲的圈套，根本容不得我劝父亲去医院检查身体，而是唠唠叨叨地劝我赶紧考虑终身大事。母亲见把我说烦了，就开始吧嗒吧嗒掉眼泪。母亲说我跟你爸都是半个身子埋黄土的人了……还想着抱抱孙子呢。不孝有三，无后为大。不管怎么说，我不能再让父母为这种事伤心动气了。离开前我向二老做了保证，下次回家一定领个姑娘来。

在返回的途中，我久久凝望着车窗外，麦子大片大片被烤晕了，低垂着沉甸甸的穗头儿，水稻田绿得泛出青波，明晃晃的水沟像银链条一样在广袤的绿野中时隐时现，间或，能看到那些忙碌的脊背和黑黑小小的脑壳。我的心忽然一震，毫无缘故地内疚和惭愧起来。我仿佛从那些农人的身影中依稀辨认出一个自己再熟悉不过的外乡少年，桀骜，冷漠，凶顽，无畏也不忌，但这一刻，他完全又是另一副样子，凄迷，执着，孤注一掷地为了捕捉那些据说可以用来下药的青蛙，正顶着炎炎烈日在一望无际的水田里苦苦寻觅。跟他相比，我简直快无地自容了。我试问自己二十多年来到底有没有真正为自己的父母做过哪怕一件类似的事情，答案是否定的，竟从来没有！有的只是不断地索取和一次次的应付。仅此而已。

H

礼拜天晚上，我正在灯下备课，小白老师敲门进来了。这好像是她第一次晚上来我的房间。我赶紧起身给她让座，她问我回家以及老人的情况，我轻描淡写地说了。她随手拿起我的教案翻了翻，夸我字写得好看，我说见笑了。其实我也没有正经练过。我以为她要跟我说阮灵的事，可自始至终她都没有提起，好像事情已经过去了。有很长一阵，我们之间沉默着，彼此都没有找话说，只是木讷地凝视着书桌上的台灯和摇头晃脑的电风扇。几只蛾子绕着灯罩起起落落乐此不疲，落下去的似乎再飞不起来了，扑扑地躺在灯下无力地扇动翅膀。

　　我竟不合时宜地想起来跟母亲的承诺，不知道自己将要带回家去的姑娘究竟在何方。这样一想，便有些心神不定，觉得面颊也烧烫，额头不停地渗出虚汗来。怕她看出我的窘相，便问她的病是不是好些了。她脸稍红了一下，目光跟往常一样注视着我说，他今天又来宿舍找我了，说要向我赔礼道歉。我不知道她为什么要跟我讲她男朋友的事。她看着我继续说，我跟他讲学生的事，他一点兴趣也没有，他说这种烂学生有啥可教的，我就知道他还是不想让我当老师的，他骨子里根本瞧不起老师，在他眼里老师还是臭老九，没有前途，辛辛苦苦一辈子也挣不了几个钱。他的人生目标好像就是挣大把大把的钱，做生意是他最大的快乐。我愤然道，他怎么能这样。小白老师没有给予回应，而是又给我讲了一段故事，其实都是他男朋友过去的事。她说她男朋友做学生时老师都瞧不起他，嫌他嘴唇上一年四季都挂着清鼻涕脏兮兮的，嫌他脑子比猪还笨，嫌他字写得难看简直像狗爬，甚至嘲笑他跑步走路时两条腿跟鸭子一样一跛一跛的，滑稽得就像马戏团里的小丑……反正，从小学到中学几乎没有哪个老师正眼看过他，更没有同学喜欢跟他做朋友。听完小白老师的讲述，我刚才的愤慨竟烟消云散了，忽然意识到一颗曾被教育者无辜伤害过的心，会留下多么痛苦而又不堪回首的记忆。我后来斗胆地问她，那他为什么还找一你这样的女朋友呢？话既出口，连自己也觉得太唐突了。小白老师很迷茫地摇了摇头，含笑嗫嚅道，但愿不是出于报复目的吧。我不好意思地支吾道，那怎么可能呢？她不露声色地抿着嘴唇，风扇里的风不断地吹拂着她的刘海儿，两鬓缭绕的发丝在灯光的照射下熠熠生辉，犹如蝴蝶的薄翼在阳光里微微翕颤，她的面颊因为刚才的长时间谈话而略现出红晕，真的别有韵味。与此同时，风也将她身上淡雅的茉莉花香不断地送进我的呼吸中，直沁入心脾。我仿佛是喝多了醇香的米酒，神志都变得微醺起来，几次想对她敞露自己的心事，最终还是未能说出来。

周一早晨，学校按惯例举行升旗仪式。我在整齐的队伍中隐约瞥见了阮灵同学，她若无其事地站在其中，让人无法知晓她在想些什么。我估计是她父亲起了某种作用，或者就是他亲自送女儿来学校的。小白老师就静立在一班同学的旁边，我注意她的时候，她仿佛心有灵犀似的也侧过头来看我，我们相视一笑，那种感觉很美妙。我不知道她是怎样的心情，反正自己很是心花怒放了一会儿，经过前几天的接触，我越发觉得她是个很好的姑娘。我心里甚至险恶起来，但愿她能尽快跟那个夹皮包的家伙分手。

早自习我刚走进二班教室，刘七月就自动地站到我面前，他低着头说我想请几天假。我没有立刻答应，而是把他叫到外面的走廊里。放在以往我会毫不客气地当着全班学生的面，先狠狠呲他一通再说，可今天我没有那么做。我像不认识他似的从头到脚把他看了个遍，我注意到他跟平时多少有些不同，身体不再那么站立不定地胡乱摇晃，脑袋不再桀骜地往起高昂，眼睛也不再肆无忌惮地东张西望，脸被晒得黑油油的，眼窝有些凹陷，眼皮一味地低垂下来，像是早已知道我要收拾他了。我告诉他那天去他家的事，他点头，表示自己知道了。我说知道老师为什么去吗？他又点头。我说你别光点头，总得跟老师说说吧。他终于把头慢慢抬起来，看了我一眼，复又耷拉下去。接着，他又大声说（生怕我刚才没有听清），老师我要请假。我问请假做什么，是去抓——青蛙吗？他突然把头又昂起来，昂得很高，目光倔强地投向天空。我看见他的一只眼角滑下一串亮光，直觉告诉我如果一再追问下去，他可能会号啕大哭或做出别的突兀的举动。我眼前又浮现出他父亲躺在病床上的单薄的身体，就说要是为了你父亲的事，老师准假，你的事咱们回头再说。他使劲点了一下头，用手胡乱抹抹眼角，转身回教室，很快就背着书包腾腾地跑出来。他声音很小地对我说声谢谢老师，便飞奔而去了。我听见一串响亮的脚步声渐渐远了，刘七月的客气反叫人心里有种说不出的感觉。

今天给一班上课，下面总是喊喊喳喳，让人心烦，每次只要我转过身在黑板上写字，学生就像一群耗子似的骚动起来，嘴里不停吵吵着什么。我不得不专门停下来维持纪律。可一点用处也没有，反而愈演愈烈，后来终于让我抓住了一个正在传纸条的男生，我当即没收了他打算撕碎的证据，展开纸团一看，我大吃一惊，上面用圆珠笔写着两行小字：告诉大家一个秘密，我们班阮灵乱搞男女关系！我一时愣住了，不知道该如何处理这个扰乱课堂秩序的学生。我愤怒地用教鞭戳着他的脑门，你好大胆子，谁让你上课乱写这些的！男生竟一点儿也不怕我，他撇着嘴说，反正又不是我一个人说的，你们二班好多同学都知道阮灵的事，不信老师你问去。说着，男生摆出一副自以为是的样子，冲我挑衅似的梗着脖颈。我用目光扫了扫下面，一眼就看见坐在后面的阮灵了，很多同学也都回过头把目光齐刷刷落在她那里。阮灵一动不动坐在自己的位置上，头发梳得整整齐齐，上身鹅黄色的圆领 T 恤也干干净净的，前胸微微凸起来，她的身体已经明显在发育了。我迟疑了一下，马上意识到这种时候不能再追问，那将会适得其反，甚至能毁掉一个女生，于是，只好忍气吞声宣布继续上课。可我依然能清晰地感觉到，下面学生的那种压抑不住的兴奋和令人恼火的窃窃私语。

　　课后，我匆匆忙忙扔下学生，揣着那张纸条去找小白老师。离开教室的一刹那，学生们噌地一下喧闹起来，个个像快被憋疯了似的。偏巧在走廊里碰上了校长，她说正有事要跟我商量，我就乖乖跟她一起去了校办。心里一阵乱颤，脖子后面直冒汗，以为校长又抓住了二班的小辫子。哪知进去后校长先夸二班最近操出得不错，让我要再接再厉（我简直受宠若惊），然后才从她的抽屉里拿出一份红头文件给我看。是教育局发的文，上面计划在暑假结束前举办一次初中物理竞赛，题目包括笔试和实验两大部分，每个学校要派三至五人组成代表队报名参加，主要是利用即将到来的暑假进行课外辅导和赛事准备，文件后面附着参赛规则及竞赛题目大纲等。我心不在焉地浏览文件，眼前却还时时浮现那张纸条上的几行字。校长问我有没有信心，我才恍然回过神来，一时不知道该说有还是没有。因为又有别的老师进来找校长谈事，她就先让我回去考虑一下，看能不能在我带的两个年级里物色出合适的人选，我模棱两可地答应了一声。校长特意嘱咐这次是她费了很大劲才争取到的，获奖对学校对个人都有好处，哪怕是捧个三等奖回来呢。我明白她老人家的意思，假如能取得名次的话，至少我年底评中级讲师会大有希望了。我觉得这回再走出校办，跟上一次截然不同，心像一只小气球被吹胀起来，我有些飘飘然地径自回到宿舍里，脑子像电子计算器一样快速运转起来，前思后想，推敲再三，最后我趴在桌子上列出了一长串学生的名字，又在其中五人下面画了着重号。本想午饭时再跟小白老师说传纸条的事，可她又没来灶上打饭，我端着饭盆去她宿舍敲门，才知道她不在里面。

我午觉基本上没有睡踏实，烙饼样翻来覆去，脑子里一直在想该怎么找校长谈：如果说放心吧，我保证完成任务，万一最终得不上名次怎么办，话不能说得太满了；那就说我尽力吧，可这样说校长会不会觉得自己信心不大，有点搪塞或勉为其难的意思；要不干脆直说我心里也没有底，不过我们可以试试，至少让学生得到一次锻炼的机会，可校长毕竟是要看成绩的，再说得天花乱坠，不出成绩那还是等于零。想来想去，始终没有拿定主意。下午还有两节课，我讲得糊里糊涂的，连自己都被绕在一堆定律里面了，我估计学生肯定也听得云遮雾罩的。好不容易打铃了，我仓皇地拿起教科书去找校长。走到半路，又犹豫着止住脚步，忽然觉得自己有点操之过急，有点太沉不住气，俗话说心急吃不上热豆腐。这样一想，我便转身回宿舍。又把上午拟好的名单拿出来斟酌了好一会儿，最后用信笺端端正正誊了一遍，重新折好夹在教案里。

来灶上吃晚饭的人寥寥无几，才反应过来今天是"七一"，学校给党员教师包了电影，好像是《生死抉择》，我不是党员，当然没资格去参加活动。小白老师同样没露面，她是不是党员我一点印象也没有。

I

家具厂失火是夜里的事。据说，当时火烧得很大，浓烟冲天，成堆的木板、整桶的油漆，还有库房里的成品家具全都着了，火势殃及了附近的那片平房，炽烈的火焰还烧焦了几棵大树。第二天我给一班上上午的最后一节课，学生起立问好，刚坐下不久，校长就领着两名干警来了，指名点姓要阮灵同学出去一下。我才得知阮灵母亲的家具厂昨晚失火了，一名守夜的匠人被严重烧伤了。我不知道那条汪汪吠叫的凶恶的黑狗让火烧死了没有，我对它印象深刻。

阮灵同学离开教室的情景我记得非常清楚。当时校长站在门口叫到她的名字时，她先是很清脆地答应了一下，但并没有马上离开自己的座位，而是开始很仔细地收拾桌子上的文具盒和书本，她把手里的钢笔帽一下一下拧紧，再把钢笔放进文具盒里，盖上盖子，把已经翻开的课本合上，用手掌压了压，生怕书会自己张开，又从桌斗里取出书包来。这时校长不耐烦地说这位同学你先出来一下，回头再慢慢弄吧。教室里突然鸦雀无声，所有学生都回头望着她，一个个目光呆滞。可阮灵依旧没有停下来，她继续不紧不慢地把一件一件东西塞进书包里，又很悉心地扣好带子，用力拽了拽。最后，我看见她好像还是不放心似的，又把头侧向桌斗，用目光扫了扫里面，唯恐会落下什么重要的物品。我听见校长又催了一声，能不能快点啊，磨磨蹭蹭的——人家民警同志还有任务呢。阮灵这才从座位上起身，没有忘记用两只手一左一右往下扯了扯白衬衣，把衣服弄平整，背好书包，一步步从后面走到教室门口，然后，猛地站住，迅速转身朝自己的位置看了一眼，才低下头从我的眼皮底下出去了。外面阳光白花花的，我没有看清她是怎么走掉的，只注意到民警大檐帽上的警徽闪闪发亮，就像小太阳一样灼人眼目。

——出乎我的意料，情况很快就调查清楚了。阮灵对自己的纵火行为供认不讳。警察问她为什么放火，她说就是想。警察让她说得具体一点，她说她恨死家具厂，要是没有它，她家肯定不是现在的样子。警察问她知不知道自己犯了法，她说可惜的是没有把他（她）烧死。警察问他（她）是谁。阮灵没有直接回答这个问题，她说记得自己还小的时候，就感觉到父亲对母亲有多好了，那时父亲下班了就赶紧回家，扎上围裙钻进伙房忙着做饭，做好了饭等着她跟母亲回来，大家一起吃；冬天天气冷啊，家里买煤挑水倒炉灰这些事情从来都是父亲一肩挑的，母亲似乎什么也不用干，她每天都把自己打扮得漂漂亮亮的，也没有正经工作，都是给别人看看店铺卖卖东西什么的，反正都不太长久的。晚上又总是很晚很晚才回来，有一次她听父亲跟母亲叨叨了两句，大概是劝母亲不要回来太晚了，不要跟外面乱七八糟的人打麻将，母亲就大动肝火，使性子拌气的，好几天不跟父亲说一句话。父亲那时还有工作，就是在一家木器加工厂上班，做木工，后来，厂子不景气，被一个南方人承包了。南方人嫌父亲手艺太旧，都是老一套，丁是丁卯是卯的，人家用的基本上都是江浙一带的年轻新潮的小木匠，父亲就丢了饭碗。可让阮灵奇怪的是，父亲离开了那个厂子，母亲后来却莫名其妙地跟那个南方佬黏在一起了。阮灵说她能感觉到父亲现在有多伤感，他离开母亲以后，人一下子就衰老了，精神头很差，抽起烟来吓人，一根接着一根，一天至少能抽掉两包龙泉。他现在在一个家装公司里打工，做些刨刨锯锯的粗活，又总是给人家出差错，老板若不是看在过去跟他在一个厂里干过几天，怕是早把他辞掉了。一想到父亲跟母亲的婚姻最终是以父亲被扫地出门而告终的，阮灵便一肚子火。阮灵最后对警察说那个女的（在讲述中阮灵一直这样称自己的母亲）良心早让狗吃掉了。

就这样，阮灵同学永远离开了我们的校园和课堂。就在同一天，我无意中从自己的裤兜里摸出一小团揉得皱巴巴的纸来。那一刻我的心突然抽紧了，一种前所未有的后怕和深深的愧疚强有力地洗劫着我脆弱的灵魂。这一天，我觉得自己跟做贼似的躲躲闪闪，我甚至害怕走进任何一间教室，害怕接触任何一个学生的目光——那些学生每每望向我的时候，我简直就无地自容。

直到周三我才匆匆见了小白老师一面，她又病恹恹的样儿，脸色白得难看，瘦了一圈似的。我知道身为班主任，阮灵的事她肯定很遗憾，也非常内疚，校长那边必定也要拿她是问。也许，只有我才清楚，她是尽了力的，可往事与愿违。我始终没敢跟她再提没收纸条的事，我知道有些话说了无益，不如埋藏在心里好。我对她说，白梅（以前我很少这样称呼她），身体要紧，需要我帮你代课尽管开口。她客气说你代两个年级的课也不轻松。我们都没去谈论阮灵的事，都在有意无意地回避着什么，就像那些事已经过去很久了。我们小心翼翼地说着一些无关紧要的事。

因为有了一次教训，刘七月请假后连着三天都没来上学，实在叫人放心不下，周三放学后我又骑上车子去找他。让我没有想到的是，刘七月父亲已经病逝了，礼拜一上午他们一家子七手八脚把病人送到医院，经过检查，大夫当天就下了病危通知书，肾功能已完全衰竭，让刘七月家里准备后事。那天没等拉回家里，病人就咽气了。天气热得要命，亡人不能停放太长时间，就在周三这天早晨送到火葬场火化了，刘七月把父亲的骨灰盒抱回来。我在他家里没有看见死了人后的那种兴师动众，除了他们戴在胳膊上的黑孝箍和几双哭肿的眼睛，以及一幅临时放大了的模模糊糊的遗像，觉不出特别悲痛来。我还注意到，窗台下面的筐箩空扣在地上，里面的死青蛙已不翼而飞。

刘七月主动提出来要跟我到外面走走。我同意了，主要是不便于在那种亡人的气氛下跟自己的学生谈话。我们一直默默地走到他家后面的小树林里，刘七月从裤兜里掏出一盒龙泉烟，问我抽不抽，我说不，但我也没有阻止他抽。我看他靠着一棵树坐下来，若有所思地吸烟，青烟在他的鼻孔和嘴角进进出出，他的面部轮廓变得模糊了，我忽然有种感觉，眼前这个嘴唇上已生出青须的中学生跟以前判若两人了。我也在他旁边蹲下来，然后问他知道一班阮灵的事吗。我多少有点抛砖引玉想让他开口的迫切。他像是没在听我说话，又狠狠吸了几口烟，呼地一下全喷出来，继而猛烈地咳嗽了两声。我发现他夹烟的两根手指也神经质地抖动了几下。张老师，我都想好了，从今以后不上学了。我愕然。他的目光始终盯着远处的田野。刘七月说他姐在老家早就订了婚，人家来人催了几次让他姐回去完婚，这两年家里的钱都给父亲看病花掉了，他妈也落了一身的病，他妹又小，往后他想自己出去干活挣钱，还想供小妹念书。我实在说不出什么来，只是频频冲他点头，这种时候我不知道我还能做点什么。

我看见他突然从地上跳起来，手里大概抓了一块小石头，他嘿地一挥手，石头就呼啸着飞向前方了，又高又远，划出一道优美的抛物线。接着刘七月又开始抽第二根烟，我不得不承认他打火点烟的样子已经相当老练。张老师，我有个秘密一直没有告诉别人，连马旺旺他们仨也不知道。他终于把目光拉回到我的脸上，这或许是我当他的班主任以来他头一次那么一眨不眨专注地望着我。其实，我、我、我一直、都很喜欢一班的阮灵！他仿佛是鼓足了所有的勇气才说出来。我完全怔住了，这一点我实在没有想到。那她呢，她也知道吗？我不无好奇地问。那还是初一第二学期开运动会时我跟她说过，她说她不喜欢我，她还说你也不撒泡尿照照你自己……我知道她嫌我家穷！我当时很恨她，觉得她是个坏女孩，打那以后，我们几个隔三岔五就去骚扰她，还跟她要保护费，要来的钱多半都买烟抽了。我似乎明白一点儿了，但我还是很义正词严地批评了他，你也忒混了，怎么能那么干！你是不是还让李双迎、潘永富对她……动手动脚（我没有说出那两个恶心的字眼）。他立刻辩解道，张老师我保证，真的没有，那天下午我只是想吓唬吓唬她，其实后来我带李双迎、潘永富他们到水田里抓青蛙去了，天太热了，青蛙都藏在水里不出来，一只也没抓上。我这才如释重负地舒了口气。

离开以前，我一直很想问问刘七月那些青蛙真的管用吗，可我终究没有勇气说出口来。送我出来时，刘七月又跟我说，只要她不嫌弃，等以后她出来了，他还会去找她的。真没想到他会考虑得这么长远，我实在是小看他了，我完全不理解他们这一代人的真实想法和行为方式。不过，我还是鼓励了他两句。我说这种话你最好能亲口说给阮灵听一听，她现在也许是最最需要朋友关心和安慰的时候。刘七月听了恍然大悟，他使劲冲我点着头，目光里充满了真挚的感激。可作为一名人民教师，我却拿不准自己是对或是错。我唯一的希望是，刘七月从此永远成为昨天的浪子。

J

阮灵同学出事后没几天，小白老师突然怒不可遏地找我大吵了一架。当时我们都站在走廊里，她的声音很高，我从来没见过她那么愤怒，语气完全被怒火燃烧着，她质问我为什么不把没收的纸条给她看，为什么不告诉她有关阮灵的事，为什么要隐瞒事实，甚至骂我太自私了，不就是怕影响了二班的声誉吗……我哑巴吃黄连，一句话也说不出来。我只能解释自己忘了，忙糊涂了，天气太热了，或者，那些天我始终被一种莫须有的空想架着飘了起来，有点忘乎所以了。总之，那以后，我们几乎成了陌路人，很少说一句话，有时就连工作上的事她也是指派一个学生过来跟我传达，我也如法炮制。

物理竞赛的事后来也黄了，第一轮选拔赛下来，我带的参赛组就被强者如林的重点学校的对手淘汰出局。我的职称梦也随之化为泡影。第二学期开学没多久，学校正好有去南部山区蹲点扶贫的硬性任务和名额，我考虑了一下便主动请缨，校长大为赞赏，她说还是我思想境界高，说去艰苦的地方锻炼锻炼对年轻人大有好处。我无言以对，苦笑。直到春节前，我才灰头土脸营养不良地从穷山沟里跑回来。在山区执教的那些寂寞的日子里，我还是会时常想起小白老师的，想起她的眼神和她身上淡淡的香味，我觉得我跟她之间其实并没有那么大的隔阂，我应该向她解释清楚，也许除了工作关系之外，我们至少可以做普通朋友的。所以，在返回的途中，我就暗自下定决心，无论如何都要找她好好谈一次，要不然我迟早会被折磨疯的。

我回校的当天，就被一个极其不幸的噩耗击中了，我忘了当时自己是种什么感觉，只是愣呆呆地在宿舍坐了半天，连晚饭也没有去吃，像丢了魂魄一般，直到有人来敲响房门。是传达室的老师傅，给我送来一封信，看样子信是让邮局退回来的，有些日子了，连封皮上贴着的退条都卷了角。我这才意识到天黑了，便打开桌子上的台灯。灯光陡然一亮，我的眼睛一下子就被信封上的两行娟秀的字迹吸引住了（尽管上面的收信地址有误），我不敢相信自己的眼睛，急忙小心翼翼地撕开封口，掏出信瓤来看，的确是白梅老师写给我的。那一瞬间，往事猛地像颗巨大的火球，从艳阳高照的七月飞速朝我滚来，眼下虽是严冬，可我依旧感到肌肉被灼伤的隐痛阵阵袭来。她在信里说我走了以后她也一直在反思，觉得很内疚，很对不住我，希望我能原谅她一时冲动；她说那些天她心情很糟，总想冲什么人发一通火；她说其实她知道我也不是故意的，她知道我一直在默默地帮她，可很多时候都事与愿违；她还说等我回来她要跟我好好聊一聊；最后她还提到了她跟男朋友的事，他俩的婚期初步定在春节前夕，可就这么放弃工作她实在有点不甘心啊……信不到两页，我翻过来掉过去看了又看，看到最后，眼中已是一片模糊了，信里的字似乎都变成了清晰的话语，字字句句，如闻其声，如见其人。我知道我们的心并没有什么隔膜，可我们彼此却被可怕的现实永远割裂开来。

我把自己关在宿舍里，一遍一遍设想着两周前的那个阴冷而又灰暗的冬天早晨，试图能够更加清晰地捕捉到小白老师最后的眼神和气息。估计那天跟往常一样（我对这样的生活再熟悉不过了），小白老师带班出操，当时天色非常暗，启明星还在天际闪烁，就像调皮的学生挤眉弄眼。学生们睡眼惺忪地跑出破旧而又狭窄的学校大门，他们在班主任老师的带领下很不情愿地打着哈欠缩着脖子，脚步杂沓地冲到校外的环城路上，眼前并不宽阔的沥青公路像一条黑油油的巨蟒朝前方延伸着，迎面或身后不时有一辆辆载货卡车和农用车驶来，它们紧擦着学生队列呼啸而过。小白老师总是不紧不慢地跟在学生后面跑着，当时她在想些什么我已无从知晓了，可那时一辆拉煤的东风车从她身后忽然疾驶过来，车速极快，那是一辆严重超载的汽车，它必须赶在天亮前将煤送到目的地，否则，极有可能会被当地交警扣住；最糟糕的是，车上的司机正睡意蒙眬，他的身体几乎快伏到方向盘上了，外面能见度又差，当卡车从后面驶向学生队伍时，紧跟在学生后面的小白老师大概是第一个发现险情，并失声尖叫起来。她极力招呼同学们往路边躲闪，并竭力用她柔弱的双手连续拽开了离她最近的几名学生，但她自己已经失去了生还的可能。在场的学生一片惊呼，他们看见身穿白色羽绒服的白梅老师像鸽子一样飞到了半空中，然后落在汽车的挡风玻璃上面，紧接着又从那里弹了出来。

我听车祸发生时距离小白老师最近的几名女学生说，她们当时觉得脸上仿佛溅上了什么东西，潮湿而又冰冷，她们用手一抹，立刻吓得哭出声来……而我在一次次回想中，总是把它们当成了冬日里的点点红梅，因此也就不觉得那么恐怖了。

黑白

序曲

这时刻，在心灵的荒野之上

一排排血肉玲珑的水晶手指

宛若划破黑夜的一根根火柴

瑰丽、倔强、纷繁且忧伤

当天籁滑过指隙

流淌着的

细雨般的呼喊——

流浪且歌唱

黎明莅临之前

你或许感到疲惫、迷茫和绝望

梦想世界另一端，仿佛正有一种声音

一种透明的水纹样的声音铺天覆地

将你裹挟

旋即世界一切隐匿于时光褶皱里的清音

便汩汩涌出耳畔

是鲜血激荡在黑白之间

第1乐章　母亲

太阳散漫地照在市场拥挤的巷道里，两旁的店面和蔬菜摊位光怪陆离却又异常慵懒。李素娥的脑子里还搅着一堆似是而非的烂账，她一直怀疑卖萝卜的贩子在斤两上肯定是做了手脚的，她默默盘算了好几遍，每一次都有出入。她想自己的口袋里应该能剩下十块钱的，她犹豫着朝前面的卤肉店走去。

中午，李素娥板着面孔对儿子说那些东西有什么好吃的呢？就算吃上再好的东西还不都是变成一泡屎了，你要把心思用在学习上用在练琴上，只有这样你将来才能吃得好穿得好才能受人尊敬。那时，李思乐鼓着嘴，下巴拉得又低又长。你要是再不给我买，我就不练琴了。说完，乐乐的嘴又鱼一样鼓起来，像是快要撑破了。李素娥就狠狠地瞪了儿子一眼，瞧你那没出息的样！你敢！看我不撕烂你的嘴！话虽这么说，她的心里还是软的，甚至有点亏欠，儿子念叨了快有一个来月了，她总是拿各种各样的理由搪塞着。可是，她有什么办法呢？每个月只领回四百块钱够干些什么呢？要买米买面买菜打油付水电费，还得应付儿子学校的各种费用。在她的印象里，儿子单周不向她要钱双周一定要张这个嘴的，妈，给我钱，我们学校要包电影、我们班要去春游、我们学校要开春季运动会、我们学校号召大家向山区贫困生募捐，等等。李素娥弄不明白乐乐的学校为什么会有那么多乱七八糟的名堂，为什么没有人肯站出来也给她募捐一下呢？她每个月还得给儿子的钢琴辅导老师拿出三百二十块的辅导费（一个月只不过辅导四次），而且这三百二十块还是她死乞白赖跟人家老师讲了价的，其他的学生一律四百块一个月（这个价在银川一点也不贵）。

李素娥是不经意间看到那俩人的，他们彼此的身体靠得很近，那个女人走路的时候还故意将上身高傲地往外腆出那么两块，她的手里捏着一支蛋卷冰激凌，手指细细柔柔的，冰激凌距离她的嘴很近，嘴唇是那种非常时髦的玫瑰色，她不时地用舌头轻舔着，这种娇柔的动作使她浑身透出一股不真实的小女孩般的造作。还是乐乐过九岁生日时他们见过一次面，他事先买好了生日蛋糕，是儿子最爱吃的，连做梦都想吃的"A里"蛋糕，上面还精心地写着"乐乐生日快乐"。他很早就来了，那时乐乐正坐在客厅的钢琴前面，他的十根细嫩的手指很有节奏地跳跃起伏。他正在练习弹奏莫扎特的《土耳其进行曲》。乐乐的手指在键盘上繁忙着，这支曲子跳跃性很大，所以，乐乐的手指给人一种十分凌乱的感觉。敲门声响了，乐乐扭头朝门的方向看了一眼，手指依旧在琴键上快速地弹击。这时候是礼拜天上午八点一刻，乐乐已经不停地练习了一个钟头。当敲门声再次传来，琴声戛然停止，乐乐从琴凳上转过身体，他显得瘦小的身体悬在琴凳上面。这时，李素娥的声音从厨房里传来，怎么又停下来了！好好练你的琴，这孩子！

乐乐刚刚落在地板上的一只脚立刻受了惊吓似的缩了回来，他又很执拗地朝门口看了看。这时，外面又传来叫门的声音。乐乐，是爸爸，快来开门！乐乐脸上露出短暂的笑容，由于这是一楼，光线很差，他背对着钢琴，表情沉浸在某种昏暗的调子中。钢琴上面有一盏台灯，橘黄色的灯光正笼罩着琴谱，黑白相间的琴键上面裸露出一层细腻的油光，乐乐的背影落在钢琴精致的漆面上，一动一动的。乐乐伸着舌头朝厨房看了一眼，然后蹑手蹑脚地从琴凳上挪下来。他刚走出两步，李素娥的声音又响起来。乐乐，你怎么这么不听话！现在是练琴的时间，你这孩子究竟是怎么回事！乐乐犹疑着，他的手已经触到了门锁。

就在这时，李素娥气冲冲地跑过来，一把扯住了乐乐的衣服角。乐乐说是爸爸。李素娥已将他拽回到琴凳上，就是天王老子也不行！你的任务是练琴，其余的事情用不着你插手！乐乐的身体被她强硬地按在琴凳上，双手也被她拿起来架在琴键上，钢琴立刻发出一些毫无意义的声音，甚至有些嘈杂。李素娥说，现在是你练琴的时间，雷打不动！你听到了吗？乐乐惊慌不解地看着她。李素娥也目不转睛地看着他。这样僵持了片刻之后，美妙的音符再次从钢琴的箱体中无奈地扩散出来。依旧是刚才那支曲子，只是，节奏听起来有点异样，仿佛录音机里磁带因机械原因卡带而变了调儿。那天他们因为孩子发生了激烈的争执，他想把乐乐带出去好好玩一天，而李素娥执意不肯。她说乐乐是我生的，你自己风流快活我管不着也不想管，可你休想让乐乐也跟着你去学坏！

李素娥没有再在人群中看到他俩的影子。她已经走到那家卤肉店的门口，那些摆放在眼前的油腻腻的东西发出一种古怪的光泽，那种光泽度带着一种黏稠和夸张的甜腻味道，好像要把她的目光紧紧地黏在上面似的，空气中那种卤制品特有的气息漫漶不清。一只肥胖的苍蝇在食物上面盘旋着。苍蝇似乎已经不屑于品味那些肉食，只是把这些东西当作是它们活动的场所或者是排泄污秽的地方，饶有兴趣地在上面起起落落，仅此而已。

李素娥说苍蝇，看那只苍蝇，她用自己的下颌向对方示意了一下。她的思绪依旧停留在刚才的回想中，这使得她的脸部表情很木讷，迟钝而茫然。那个女人脸皮真是厚啊！李素娥在想，她那么年轻，还是个姑娘家吧，为什么不好好地找个男人嫁呢？为什么偏偏缠着一个有家有口的男人？自己的男人难道就有那么好吗？李素娥时常为此而困惑，她觉得自己根本无法想明白这一切。她只是家中的一个摆设似的，当初男人需要她的时候，就把她弄来安置在这个家里，她连摆设都不是。摆设要供在那里的，不能给他生孩子做饭洗衣服收拾家。这样想，李素娥立刻被一股来自身体内部的巨大愤懑和委屈包围着。她记起来那晚乐乐睡得很早，男人心事重重的样子。起先，李素娥一点也未觉察，她只是觉得屋子里的烟气很重，重得有些让人喘不过气来。男人说，李素娥你过来一下，我有话跟你说。直到这个时候，她依旧浑然不觉，仿佛一切都在他的设置之下天衣无缝地行进着。她像往常一样又过了一段时间（她在为男人准备明天要穿的衣服）才走过来，她说有什么话不能明天再说呀！说完这话的时候，她依然觉得很平常，平常得甚至有点异样了。她手里拎着一把拖布伏低身体开始擦地板，也许她并不是专门走过来听男人说话的，而是借擦地的时间顺便听听他说什么。他反倒沉默了。过了半天，她好像又想起来这档子事情，她问，你不是有话要对我说吗？快说吧。这时，她依旧毫不觉察，她已经洗换过一次拖布了，地板鲜亮起来，电视的屏幕荧光在上面一闪一闪的……

那只黑头苍蝇依旧在肉摊上飞来飞去。苍蝇的翅膀也是油腻的，它在飞翔的时候发出一种难得一见的亮光，亮得耀人眼目。李素娥站在卤肉摊位前，脑子里渐渐空白起来，刚刚过去的事情竟然变得恍惚不堪，好像只是她内心随意想象出来的，跟现实没有丝毫关系。而苍蝇居然扑棱一下降落在她的鼻子上。

李素娥感到恶心起来，而且有点无法抑制。店主浑身也是油腻腻的，白色的大褂已经难以分辨出原先的模样了，特别是那张仿佛卤过的胖脸，让人看了觉得那已经不是一张活人的脸，跟一只上好的卤猪头没什么太大区别，只是没有从脖子上割下来而已。大婶儿你想要猪蹄？可是，就是这张卤过的脸却张口说话了，全都是刚出锅的，新鲜着呢！说着，他顺势抓起一只色泽红亮的卤猪蹄冲她递过去。

李素娥像被对方蜇了一下似的，虽然她毫无意识地伸出手去接，或者她还没有想好该不该去接那只猪蹄，她的手只是半推半就地伸在半空中，很快又缩了回来，但对方的手和手里的东西已经递到她的眼前了。他们之间被柜台隔着，李素娥还是尽量往后闪了一闪，生怕他那双同样油腻的胖手会突然伸过来将自己牢牢捏住。那只猪蹄在地面上滚动了一下，上面立刻沾满了灰尘，因为沾上了一层土，猪蹄看上去不再那么油光可鉴了。

店主被李素娥的怪异举止和表情非常强烈地刺激了一下，顿时恼羞成怒，你他妈躲什么呀？我难道能吃了你吗？李素娥慌张起来，一时不知道该怎么做。她无所适从地说我又不买猪蹄，我不买猪蹄的！我家乐乐从来不吃猪蹄，他只吃鸡翅膀和鸡爪子！店主的声调异常高亢起来，哪有你这种人呀，你不要伸什么手啊！你他妈伸出手来又不接！你这是成心耍我，哪有你这种人！……反正你要赔我的猪蹄啊。

不一会儿工夫，巷道已经被围得水泄不通，李素娥和卤肉店的老板被困在中央，两边的人都过不去，在旁人看来有种剑拔弩张的危机感。那只猪蹄依旧躺在那里，上面沾满了灰尘，很可惜的样子。这期间，店主至少给周边的人群解释了几十遍。他说，你们大家来评评理，这个女人太不像话了，居然敢把我的猪蹄子扔到马路上，不买就不买，谁也没有勉强她，我在这里卖了七八年了，没见过还有她这号人啊！很快，市场管理员牛哄哄地挤了进来，上一眼下一眼地盯着李素娥，说你这同志怎么能这样呢？瞧瞧你都干了些什么！多好的猪蹄啊！我说你在听我说话吗？你还是不是劳动人民，是劳动人民怎么能做这种事情呢？啊呀呀——现在的人真是了不得，居然能把肉往地上扔，想一想以前有人连树皮草根都吃不上呀，她竟然能把肉扔在地上！

李素娥始终红头涨脸地沉默着，毕竟猪蹄掉在地上了，毕竟自己站在肉摊子的最前面，毕竟她伸过手去了，毕竟她是想给儿子买一些鸡翅膀和鸡爪子的，虽然自己口袋里的钱并不宽裕，但她还是打算给儿子买一些的。她想，乐乐吃了鸡翅膀和鸡爪子脑子一定会越来越聪明，双手也会越来越灵巧，钢琴就会越弹越好的。这是她潜意识中的一个逻辑。而且，只要她的乐乐能把钢琴弹好，他要什么她都会答应的，哪怕是到天上去摘星星。

李素娥终于忍不住了。她大声喊起来，我根本没说要买他的猪蹄，是他自己要递过来的，这怎么能怪到我头上呢？再说我家乐乐从来都不吃这种东西的，我要是买了猪蹄，就没有钱再给他买鸡翅膀和鸡爪子了。乐乐这孩子很犟的，他只想吃鸡翅膀和鸡爪子，我口袋里的钱只能够给他买几只鸡翅膀和鸡爪子，我真的不能要他的猪蹄子呀！

周围的人群中立时发出响亮的声音，他们用一种奇怪的目光看着这位母亲，仔仔细细地打量着她，发现她的穿着的确很一般，甚至有点土里土气，根本不像城里人。她的上身是一件洗得有些发白发脆的的确良衬衣，样式很老了，像是一件收藏品，她的裤子皱皱巴巴的，一只膝盖上补着一个巴掌大的补丁，还有，她脚上的鞋像是从马路边的垃圾堆里捡来的，如果不留心很难分辨出是什么质地的。他们还发现，她的头顶心里有些不很分明的灰白头发，在阳光的映照下熠熠生辉，这使得他们对于眼前这个女人的年纪感到相当困惑。最让他们吃惊的是，她手里的两只塑料袋里分别装满了芹菜叶和白菜帮子，全部发蔫了，都是菜贩子和顾客不要的那种，过秤前被剥下来的，市场上随处可以看到，它们垃圾一样堆在那里，恐怕喂鸡鸡都不愿意吃的。而她的袋子里就是塞满了这种不好吃或者根本没人乐意吃的东西。所以，他们开始交头接耳，普遍认为眼前的这个女人是装出来的，她也许是个狡猾的小偷，精心伪装只是为了蒙蔽善良的人们以伺机行动，再不，她就是神智有些毛病，特别是她在说话的时候总是颠三倒四重复啰唆，好像别人都是弱智听不懂似的。于是，人们尽量避而远之地散去，他们大概不想在一个疯子的身上浪费太多的时间。

那时，李素娥已别无选择地接受了这个事实，想一想，那倒是一只很肥的猪蹄子，虽说打了八五折，她还是要付给对方十块钱的，可她摸遍了自己身上所有的口袋，最终只是凑齐了九块两毛五分钱。店主一百二十个不乐意，但他并没有要她那两毛五分钱，只是恨恨地嚷着，真他娘的晦气，两毛五，哼，谁他娘稀罕你的两毛五啊！就是扔在大街上也没人捡的！这猪蹄算是老子白送给你吃了，你给我记住啊！李素娥犹豫地看着店主那张油腻不堪的胖脸，她看到对方愤然地将那只装在塑料袋里的猪蹄冲她扔过来。她的胸脯被那东西重重地砸了一下，猪蹄复又落在她的脚下。

后来，李素娥还是弯下身体将地上的东西捡了起来，她低头捡东西的时候，依稀听到有人说刚才她装得挺像的，这会儿怎么比谁都捡得快呀！这种人……李素娥面红耳赤地转身朝来时的方向走着。西边的天空中晚霞正在寂静地燃烧，这跟心情毫无关系。李素娥迎着霞光走着，装菜的袋子在她两髋之间晃来晃去，她的脸被涂抹上一层很浓的铁锈色。

第Ⅱ乐章 一个男孩的黄昏

李思乐的一只鼻孔里塞着一团草纸，少半拉露在外头，白纸早已经被流出的鼻血洇成了很深的红色，那只鼻孔就显得奇大。他的样子看起来很凶蛮，甚至有些狰狞，这跟他的脸部和嘴唇上的血迹有直接关系。放学以前他同班里的一名男生打过架，更准确地说是他被别人揍了一顿。那个男生既比他高又比他猛，一副脂肪过盛的肥胖样子，所以，对方只一巴掌就打破了他的鼻子，流了一大摊血，他的衣服扣子也被对方拽掉了几颗，书包的背带也在拉扯中断了一根。

这是发生在礼拜五下午放学前的事情。这一天的尾声在大多数学生看来无疑是快乐的一段时光，因为在接下来的两天里他们可以自由自在地做自己想要做的任何事情，如由父母陪同着上公园坐过山车、骑电马、赛碰碰车，或者也可以逛逛商场、打打电子游戏，而且还能吃到美味的薯条和炸鸡腿，运气好的话还能得到自己想要的儿童套餐玩具……总之，礼拜五对于他们来说正意味着轻松愉快和休闲自如，至少不用乖乖地坐在教室里听老师没完没了地灌输，而且还可以无忧无虑地睡两个冗长的懒觉。想一想，这是多么诱人的休息日啊！

但是，这一切对于乐乐而言却又完全是两码事，上面的一切生活对于他简直太遥远了，事实上他想都不敢想的。礼拜五在乐乐的心中充满了厌恶和恐惧，充满了疲惫和不满，这个礼拜五将像以往的许多个礼拜五一样重复剥夺他所有休息时间的无奈。因为他将要在礼拜六的凌晨五点四十分搭乘前往相隔六十公里以外的另一个城市的首班长途汽车，然后在渐渐迫近的晨曦中昏昏沉沉地一路颠簸而去，他将丧失本来可以好好享受一下的懒觉。当然，并不是他一个人去，陪同他前去的还有他的母亲李素娥。实际每个礼拜他都要和母亲到另一个城市去，那个城市有一个好听的名字——银川。这是母亲的逻辑，母亲还要说，乐乐，银川可是个大城市呀，不像我们这个小地方，要什么没有什么，你看看人家银川多好呀！母亲的意思是，在他们居住的这个地方连个像样的钢琴老师都很难找到，有的全是些二把刀哄哄学生骗骗学费的家伙。后来，母亲就四处打问，经人介绍带着他来到了银川一所颇有名气的大学，在这里他们找到了令母亲十分满意的钢琴老师，而且那个老师还获过全国的一个钢琴大赛的一等奖呢，那个奖杯就明晃晃地摆在老师家的钢琴上。当然，在学费上面母亲还是犹豫过的，不过她最后还是做出了果断的决定，母亲说只要你能好好学，妈就是不吃不喝去要饭也要领你到银川去拜师学艺。母亲坚决的样子使他时常想起来大人们所说的"舍不得孩子套不住狼"那句老话。那以后，他的生活就发生了致命的改变，即每个礼拜六的凌晨，或者说从礼拜五的傍晚开始，他的心神就无法安宁了。

放学之前，李思乐的同桌女孩问他礼拜天到哪里去玩，还说她爸妈答应要带她到公园去看猴子、划船。女孩言说之时有一种难以按捺的激动和骄傲。李思乐却很不自然，他有点讨厌同桌问类似的问题。而这时，他们后面的高个子男生就凑过来很牛气地说，去公园算什么，太老土了，我爸要开车带我上银川去吃开心汤姆，你们肯定没吃过吧！李思乐正在生同桌的气，便赌气似的回头冲身后的男生大声说，吃那些有什么了不起的！再好吃的东西吃到你的肚子里都会变成一泡屎！我妈说吃得越好屙出的屎就越臭！他用他母亲的口吻冲高个男生讲出了这些话。很快，李思乐就为这番话付出了代价。鼻子被打破了，血汩汩地流着。很快，老师将他们俩带到了办公室里，让他们趴在桌子上写检查，而且说谁写得不深刻就不准谁回家。李思乐不肯写，理由之一是不是他先动手打人，理由之二是他说出的话完全是他妈经常挂在嘴上的，可是从来没有一个人命令她妈写过什么检查。老师拿他没有办法，只好罚他站在办公室外的走廊里，让他好好反省反省。

等大多数学生都三五成群地离开了校园，李思乐依旧孤单地站在走廊里，老师也没走。老师走出来问他反省好了没有？他很茫然地摇了摇头，对老师说再好吃的东西吃到肚子里都会变成一泡屎的，越好吃的东西吃进肚子里屙出的屎就会越臭！这是我妈说的，我妈经常这样对我说，只要是我想吃却又吃不到的东西我妈都会这么对我说，我妈这样对我说了以后我就一点儿也不想吃那种东西了。老师满脸的疑惑和阴霾，你这样对同学说话是不礼貌的，是带有侮辱性的，你不能把别人想吃的东西跟屎……不对，是与大便联系在一起，你知不知道？李思乐懵懂地抬头望着老师，我并不是在他吃东西的时候这样说的呀！可是他把我的鼻子打破了，还流了那么多血，我妈说血是人身上最值钱的东西，再好吃的东西也没有血贵重呀！我妈老说她生我的时候流了好多好多血，我的小命儿就是用她身上的血换来的……快住嘴吧！李思乐！我可没有时间来听你胡说八道，你现在的问题是反省，深刻地反省，这跟你妈没有丝毫关系，更跟流不流血也没有什么关系……你这分明就是胡搅蛮缠！可是我妈经常都是这样对我说的呀！难道她说的不对吗？生孩子不是要流很多血吗？啪——老师已然恼火起来，五根手指突然不受控制似的落在李思乐的脸蛋上，声音很响亮。老师忍无可忍，我从来没有见过像你这样调皮的学生，真不知道你爸妈整天是干什么吃的！下个礼拜一早晨把你爸找来，否则就不准你上课！说完，老师愤怒地撇下他走开了。

李思乐并没有立即回家，他孤零零地站在空荡荡的走廊里，夕阳就要沉下去了，四围一片寂寥，静得有些虚幻和不真实。他觉得左边的脸火烧火燎的，还有些麻。那时鼻子的血早已经止住，连那团纸也凝固在里面了，呼吸的时候感觉干涩和憋闷，而且还有股甜腥腥的味道在喉咙里蠕动着，让人总想一吐为快。后来，他听不到任何一丝声音了，整个校园和楼道好像就剩下他一个人，连鼻孔中窜出的气息也变得粗糙起来。他静静地打量着周围，的确没有什么人了，操场、篮球架、白杨树、盛开着的花儿、喊喳的麻雀，还有明亮的玻璃窗全部静默着，他站在那里有种小偷似的忐忑。他还是决定离开。他顺着楼梯一步一步地走下来，楼道里发出空空洞洞的响声。当他终于走出楼门的时候，忽然想起来一件极其重要的事情，他焦急地拍了一把自己的脑袋，然后飞快地又顺着原路返回。可是，他很快就失望了，感到从来不曾有过的紧张突然将他全部的神经束紧了。他走得太晚了，教室的门已经锁了。他趴在窗台上朝教室里面张望着，找到了自己平时所坐的位置，课桌上还凌乱地摆放着自己的文具盒和书本，他的脸蛋紧紧地贴在玻璃上，五官有些变形，仿佛水底的某种怪物。他的脸蛋上染上了几片血，脸贴在玻璃上的时候，血迹也贴了上去。四周的确很安静，他从窗户上看到了自己的影子，心跳得很厉害，像是丝毫都不受自己控制了。李思乐有些茫然无措，他虫子似的在楼道里走来走去，不知道该怎么办。

他还是第一次遇到这种麻烦，心里早就慌乱起来，甚至把脸上挨过的一巴掌和被打破鼻子的事情全部抛在脑后。他挨个趴上窗台，去用力推每一扇窗户，都无济于事。后来，他发现有一块玻璃破了巴掌大小的一处，是个三角形的孔，他的小手正好可以伸进去。这一突破性发现使他立刻欢喜起来。他就是从这个地方打开了窗户并爬进教室里的，为此，他的右手腕被锋利的玻璃刃划出一道很长的口子，就像一个红色的圈儿套在他的手腕上。血再次出现在他的眼睛里，这次他并没有像鼻子出血时那样恐惧。当他收拾好书包准备离开的一刹那，脑海里很随意地冒出一个令他自己都感到奇怪的念头，他在打破自己鼻子的男生的课桌前站住，弯下腰冲他的桌斗里扫了一眼，一些废纸和练习本凌乱地搁在里面，他就将手伸进去胡乱摸着。后来，他从里面拿出一台便携式俄罗斯方块游戏机。他知道这是那个男生的，他经常在课间玩，谁也不肯借，而且还故意把声音调得很大，唯恐旁人听不见。其实，李思乐很早就想让母亲也给他买一个，可他始终没有说出口，那个东西大概需要上百块钱的，他知道就算他哭着求母亲也是没用的，母亲一定会说你的任务是学习和练琴，别的休想！再说，就算母亲想给他买，可家里哪有那种闲钱啊，母亲的工资几乎都给了那些辅导自己练琴的老师了。这一点他大概是知道的。他对着那台游戏机看了又看，仿佛又隐约看到了后排那个男生一脸的傲慢和吝啬，于是，他打心底感到一阵不舒服，将那东西放回原处。李思乐转身准备离开的时候，心里却又浮出一些难言的欲望，使得他有点进退两难了。最后，他觉得自己的心跳突然变得剧烈而又潦草，浑身燥热起来，尤其是脸，像是被一只看不见的火炉炙烤得滚烫。他极力克服这一切，可适得其反，他越是想快点离开，越被内心的某个欲念驱使着驻足不前。

一路上，书包在李思乐的身后发出唰啦唰啦的响声，因为断了一根背带，晃动的幅度和声音特别大，仿佛用簸箕簸着碎石子。他几乎忘了自己是怎样一口气从校园里跑出来的，他的确跑得飞快。此刻晚霞正浓，从身后看去，男孩仿佛在跟什么人赛跑，很快就幻变成黄昏中的一只金黄色的圆点。

第Ⅲ乐章　流浪的脚步

游戏的确令孩子着迷。

傍晚，西边的太阳只余下一道灿烂的弧光，他不要命似的一路狂奔，路上的行人和车辆往来穿梭。那时，他有生以来第一次感觉到什么是惊慌和害怕，心中却又揣着一份令他担忧的憧憬。在路上，他跟许多人相遇并发生碰撞，可是，没有人理睬他，他们中有许许多多父亲和母亲，他们或许都惦记着自己的孩子，实在没有多余的心思停下脚步注意一下眼前这个奔跑中的男孩。他从学校出来一直不停地奔跑着，隐隐约约感到身后正有什么人朝他追赶过来，所以，他就那样没命地跑着，他还听到自己身后的脚步声像一根粗糙的手指正在连续敲击同一个琴音。他穿过一条马路拐进另一条小街继续往前跑，随后他又飞快地踅进一条更窄一些的街巷，路面凹凸不平，他闻到一股复杂的食物的气息正在街巷中飘来荡去。他又向前跑出大约二百米才停下来折身回望。身后并没有什么人追过来，那只是他的幻觉而已。他这才蹲下来放心地喘着粗气，刚才他真的害怕极了，担心会被什么人看到并撵上来。他又谨慎地朝周围看了看，确定真的没有什么人注意他，才小心翼翼地将书包的扣子解开，他先将手伸进去摸了摸，那东西还在里面呢。于是，他的心又莫名地慌乱起来。不过，这次他的胆子明显大了，他把那东西拿出来，爱不释手地放在眼前看着，找到开关的位置，指头蛋便按上去。游戏机立即发出那种他早已经十分熟悉的电子音乐，那些音符在他听起来是那么单调和幼稚，但这并不影响他此刻兴奋异常的心情，因为游戏已经开始了。游戏一旦开始，就再也不能停下来，那些类似于 T、I、Z、L 字母形状的方块正以一种平稳均匀的速度从屏幕的顶端徐徐降落下来，他现在要做的是怎样将它们准确地插放在底部的空格中。眼前的那些东西似乎很听他的话，他让那些方块在下降的过程中不断地翻转变换着姿态，直到平安降落到最底层。那些方块在他的眼前竟然如此神奇，每一次都把他的心提起来然后跟着它们一起转动并下降。他简直着了魔。

天色黑沉下来的时候他浑然不觉，他已经累计打下了三百多分的好成绩，这让他沾沾自喜，觉得自己从来没有这么开心快乐过，从来没有为什么事情这样认真地投入和精神放松过。他只是感觉到那些方块越来越模糊越来越渺小，直到他抬起头来发觉头顶上平白地生出无数只亮闪闪的眼睛正一眨一眨地望着自己呢，才恍然大悟。他没有手表，连同学们常戴的那种廉价的电子表也没有，所以他不知道此刻的准确时间，他只是感到一丝凉意，接连打了两个寒噤。他意识到时间不早了，也许该回家才对。

就在他想把游戏机放进书包里的那一刻，他显得有些踌躇起来。他心里很清楚这并不是自己的东西，或者说这个东西根本不属于自己，可它现在却被自己拿着，而且还昏天暗地玩了很长时间。对于这一切，他还不能完全弄明白，但他还是莫名地联想到一个异常严重的词——小偷。想到这儿，他马上不安起来，虽然他是那么喜欢这件东西，很早以前就连做梦也想得到它，但他依然有些伤感和自责。我没有偷他的东西，我只是想拿来玩一玩的，我才不稀罕他的狗屁东西呢！可谁让他打破我的鼻子呢？他要是不打破我的鼻子让我流那么多血，他就是想请我玩我也不稀罕。反正我没有偷他的东西，我就是想玩一玩。反正我不是小偷，小偷才偷别人的东西，老师说过偷别人的东西是可耻的，是违法的，是会被警察逮住枪毙的啊！想到这里，他不由得再度恐惧起来。枪毙！会被枪毙！他的脑子里顿时浮现出他曾在电影或电视里看到的某个恐怖的画面：一个人的身体被绳子捆着，手和脚还用结实的铁链铐着，脑袋剃得锃亮，然后由两名警察押着朝刑场一步一步走去，一排警察高举着手枪瞄准他，枪声大作的时候那个人血流如注……想着，他的呼吸再次凝重不堪了。枪毙！要被拉去枪毙！他反复对自己说，甚至依稀看清那个被乱枪打死的人的面孔，生冷、凶残、卑怯、狰狞，他正在一个阴暗的角落鬼祟地怒视着自己。

他真的被自己漫无边际的遐想吓坏了。

这时，他多么渴望母亲立刻出现在自己身边并将他紧紧地搂在怀里呀，他多么渴望母亲胸怀的温暖啊，可是只要想起家或者母亲，他的自责感就越发加重了。他的眼前变得空茫而又模糊起来，眼泪像讨厌的透明的虫子从眼底一串串晶莹地爬了出来，然后顺着两个脸蛋婆婆娑娑地蠕动着，蠕动着。他的神情在清亮的泪光中愈加凄迷了。

天色完全黑沉了，什么也看不清，唯有闪烁着的昏黄的路灯和一根根孤独的电线杆子在前面的路旁静肃着，它们的存在似乎隐喻着什么，似乎正在黑暗中残喘着并监视着一切。他影子一般在路边彳亍着，双腿好像连自己的身体也带不动了。他真的很饿，肚子咕噜咕噜地叫着。他独自一个人摇摇晃晃地走着，把脚下的路走得晦涩而又起伏不定。回家的路并不很远，他只是故意放慢脚步，故意不让自己立刻回到家里。

他终于鼓起勇气，快步朝家的方向走去。

他不止一次地对自己说，我没有听妈妈的话，我没有按时回家练琴，我是个坏孩子，我跟同学打架……我还拿了别人的东西。他明显地着急起来。我该怎么办呀！我该怎么向妈妈说呢！她一定会急坏的，我还是第一次这么晚才回家，要知道我一直都是很听话的孩子，我妈让我干什么我就干什么，她让我往东走我就往东去，她让我在琴凳上坐两个钟头我就乖乖地坐两个钟头，我从来都不跟我妈顶嘴！我若稍微不听她的话，她的脸就阴得像一块铁，再不就鼻涕一把眼泪一把地哭，说她这辈子命真苦啊！我最害怕看见她哭的样子。我想，我也许真得应该好好听她的话，可我还是个小孩子呀！我和其他的孩子并没有什么不同，我也喜欢跟小伙伴们在一起玩耍，喜欢有自己的玩具，喜欢礼拜天睡懒觉，喜欢父母和和气气，喜欢随心所欲，可这些我连一样也没有。我的脑子里成天只装着莫扎特、贝多芬、理查德·克莱德曼这些外国老头，还有各个音符，除此之外，我还有什么呢？算了，还是不想这些了，我想我真得赶快回家去了。可是，老师非要让我请家长，我如果不让我妈去学校老师就不准我上课，礼拜一，这该死的礼拜一，我到底该怎么办呀！

对了，老师好像说要让我爸来的，这下可惨了，我上哪里找我爸呢？他们难道不知道我爸和我妈已经离婚了吗？我妈说我爸是个白眼狼、是个流氓、是这个世界上最没有良心的人，我妈说养条狗还对人摇摇尾巴呢，他根本不配做你爸爸。他们去离婚的那天把我一个人反锁在家里，他们骗我说是去医院看病，因为他们知道我最害怕去医院打针。我像一只小狗一样眼巴巴地看着窗外，那时好像是秋天，下了好大一场雨，树叶一片一片往下掉，我一个人躲在家里，外面雨声很大，还有打雷的声音，吓死人了，玻璃窗上淅沥着雨水，外面什么也看不清。我好像给吓哭了，一边哭一边一遍又一遍喊我妈。奇怪的是，我哭的时候从来也没有喊过我爸。后来，我大概睡着了，我梦见了彩虹，还有一只浑身被雨淋湿的小狗，我紧紧抱着那只小狗，它的身体很瘦，不停地瑟缩着，像是快要死了。再后来，门开了，我好像醒了，外面雨也停了，一股冷空气扑进房子里。就我妈一个人回来了，他们出去的时候是两个人，现在只剩下我妈一个人。她一句话也不说，整个晚上都是这样，死人一样躺着，脸色白得怕人。我想，我妈也许真的是从医院里回来的。她看上去病得很厉害。

第IV乐章　时间

回到家李素娥彻底傻了，最后的一点希望瞬间破灭了。她一直愣怔地看着桌子上的小闹钟，现在已经过了八点钟，乐乐竟然还没有回来。她的心跳得跟打鼓一样，眼皮也跟着一下一下快速跳动着，整个人瘫软在沙发上。沙发样式过时了，很破旧，里面的几根弹簧早就坏了，看上去坑坑洼洼的毫无生气。李素娥两只手里紧紧地攥着那个小闹钟，时间在她的两只手中嘀嘀嗒嗒分秒不停，她的两只眼睛像被一根无形的直线牢固地拴在房门上。

李素娥把从菜摊子边上捡回来的芹菜叶和白菜帮子又悉心地挑拣了一遍，把那些完全不能吃的扔进簸箕里，然后着手准备饭菜。她通常会在礼拜五这天去一次菜市场，把接下来两天的伙食备齐。她将饭菜盛进两只很大的饭盒子里，这些东西足够她和乐乐吃上一天半的，因为到礼拜天的下午他们就可以从银川往回返了，最后的一顿饭等回到家后再做着吃。做饭的时候，她会惦记着给乐乐煮三个鸡蛋，够乐乐吃上三顿，她自己是舍不得吃的，儿子正长身体呢，而她已经过了需要鸡蛋的年龄。逢上好心情，她也会把三个鸡蛋用油煎一下，她觉得乐乐更喜欢吃煎鸡蛋，虽然这会浪费很多的油，可她偶尔还是会这样做，但这种时候实在很少，她的心情总是被各种事情搅得一团糟。饭菜快准备好时，她猛地想起下午那只令她倒霉透顶的猪蹄子。她也就记起来乐乐中午曾可怜吧唧地央求她买鸡翅膀和鸡爪子这档事来。鸡翅膀和鸡爪子没有买到，可猪蹄子也不错呀！虽说掉在地上了，还平白地给她惹了不少麻烦，可那又有什么关系呢？她尽量鼓励自己这样去想问题。于是，她急忙将猪蹄子取出来，用清水认认真真地洗了又洗，很快，那只猪蹄子又恢复了原来的模样，让她感到眼馋。但是，她还是担心儿子会看出破绽，乐乐的眼睛很好，他总能看到一些大人看不到的东西。所以，她把猪蹄子放在锅里用开水煮了好大一会儿才取出来，又发现颜色比先前淡了许多，就又在上面仔仔细细涂抹了一层酱油，这样看起来好多了。她将它凑近鼻子跟前闻了又闻，很诱人的味道。她只是闻闻，有几次她冲动地想啃上那么两口的，可她毕竟忍住了，一个劲往喉咙里咽着唾液。我吃这些东西干啥呢？留给乐乐吃吧，乐乐吃了还能长出点肉，我吃了还不是瞎饭胀死狗白浪费东西！她感觉到自己的口水空前地活泛起来，随时都要从嘴角流淌出来。她想起来自己真的很久没有吃肉了，上一次吃肉还是几个月前在一个同事的婚礼上，那次她带着乐乐一起去的。那次她真是后悔死了，觉得儿子给她丢尽了面子，吃东西的时候一副不要命的架势，席上的大人还没有动一筷子呢，他就忍不住了，而且从头到尾吃起来没个够。那天她当着很多人的面打了乐乐两巴掌。乐乐就咧开嘴委屈地哭着。她觉得孩子太不像话了，得好好管教才对。打他，她觉得自己心里疼得厉害，可不打又有什么办法呢，总不能眼看着他变坏，乐乐可是她这辈子唯一的指望啊。她坚信一句老话，南瓜是吊大的，娃娃是打大的。

忙完这些事情以后，李素娥总算能有空闲坐下来。房子里已然一片昏暗，只有靠北的窗户还略微透出一些红光，使玻璃看上去灿然地亮着，仿佛外面有一盏不很明亮的灯正在闪耀，人在房内反而有种在户外的感觉。昏暗的空间很容易使人感到慵懒和疲倦，她觉得自己已经有些昏昏欲睡，但脑子里还是活动的，一会儿想想这，一会儿想想那，北窗的那点光明就在她稀奇古怪的暗想中一点一点消失殆尽。

家在一种朦朦胧胧的调子里沉寂着，因为人处于静止状态，食物的气息正在悄然弥漫，家中便呈现出一份想当然的自足和悠然。她保持着一个固定的姿势，右手托着腮，闭上眼睛，一味地低沉，所以对于窗外暮色的迫近并没有明显地察觉。她似乎睡着了。这个礼拜她上中班，早上八点半一直上到下午四点，中间还要抽空匆匆忙忙赶回家，因为乐乐中午放学回家要等着她做饭吃。礼拜六和礼拜天她又要带乐乐到银川去，而饭店根本没有这么宽松的休息日，她只能提前跟面点房的其他几个人换班，平常她尽可能多替人家上几个班，这样，一个礼拜下来，她每天至少要在单位干十个小时以上的活。李素娥觉得自己累点也没有什么，相反，她倒是乐意这样，忙乎完一整天，晚上睡觉时什么也不用想了，其实也没有工夫想，倒下来便睡得死死的。她只是觉得自己真的比以往邋遢多了，以前每天都要抹一抹灰尘拖一拖地的，好像例行公事，还要抽空给男人孩子洗洗衣服，现在她有空就想坐下来缓一缓，倒不是有多瞌睡，就是感到乏，没有一点心劲，只要一坐下就疲沓了，不想再动一下。她时常在想，若是没有乐乐，生活又会是什么样子呢？这样想的时候，通常会坚定她的信念，现在她就是为孩子活着的。一个人一旦有了活着的信念，什么都可以忍耐，也就无所谓忍耐了。倒是那些日子里，她对一切几乎都产生了怀疑，她和他认识了快四年后才终于走到一起的，婚后一晃就是十年，她以为自己很了解一个男人了，可到头来他很坚决地抛下他们娘儿俩走了，家里的一切东西包括房子他都不要，他说乐乐如果愿意跟着你我也没意见，只要你肯离婚。看到了吧，这就是跟自己耳鬓厮磨多年的人，有一天他不再需要你并决定离开你的时候，他的坚决程度比当初信誓旦旦要娶你时来得更彻底。就这么一会儿工夫，她的心头又被许许多多的事情挤压得不得安宁，她努力克制自己不要往那些方面去想，可脑子完全由不得自己，甚至适得其反，她越是不愿意去想，那些烦心的事就越是明明白白地浮现在她的脑海中。

李素娥是在一阵急促的敲门声中回过神的，长时间的沉思冥想让她觉得自己仿佛有种大病初愈似的虚弱。一定是乐乐回来了，她急忙去开门。开门前她瞅了一眼桌上的闹钟，七点半了，她这才猛然意识到儿子今天回来得也太晚了，有点离谱，哪有这么晚才放学回家的？她想乐乐必定是和别的同学一起疯去了，要不怎么现在才回来。她的脑子里就有点火，嘴里也酝酿好了骂儿子的话，就连表情也绷得紧紧的。她说你死到哪里去了，还知道回来！可站在门口的并不是乐乐，那是跟李素娥同在一个饭店里的面点工，想请李素娥替她上明天的一个早班。面点房的早班通常很早，半夜里就得赶去和面，和很大的几团面，当然面是用搅面机来完成的，她们再用这些面团做成包子、馒头、花卷、油条、油饼什么的，还有各种西式糕点。另外，早班还要负责煮稀饭，人们的物质需求一天比一天高，早餐是绝对不能马虎的，早餐要吃饱吃好，得讲究营养和经济实惠，这是人们笃信的原则。单是稀饭的品种就有很多，花豆的、八宝的和小米的，一般还提供牛奶、咖啡、果汁这些热饮，而这些工作全都由早班的面点房完成，因为六点钟刚一过，就有客人陆续到餐厅吃饭。李素娥犹豫着，但她还是欣然同意了，实际上她根本没有理由拒绝，面点房一共不到十个人，而他们每一个人都曾给她帮过很多次忙，而且，谁家没有个大事小情呢，自己一向麻烦别人，现在她是无论如何也不能推脱。她只是暗自计划着明天的时间，反正不能耽误了去银川的事情。她想自己可以提早一点到饭店去，因为她们的任务主要是和面做面点，另外还有两个人负责西餐和粥饮类的活，这样，她就可以赶在五点半以前把所有的事情做完。

　　李素娥和同事一块从家里出来，她已完全被乐乐迟迟不归的情况困扰住了。这个淘气的孩子，怎么野得连家也不想回！
她一路疾走，耳边呼呼地响着，有两次被迎面骑来的自行车撞
个趔趄，过马路的时候还险些让一辆汽车撞上，幸亏司机刹车
及时。她一边走一边不停地谩骂着儿子，若是在白天，路人一
定会认为她是个神经病，因为她的嘴始终没有停过，谁也不明
白这个走得飞快的女人在唠叨些什么。她想也许是老师将学生
留下来打扫卫生或开班会，学校总是有很多的名堂，孩子一
走进学校就不再属于她一个人，上了学的孩子就不再把母亲放
在眼里，至少，母亲不再是他们唯一的信奉者，他们把老师的
话当作圣旨，老师让他们做什么他们就做什么，而且，他们还
时不时拿老师的话来吆喝母亲要这样要那样。可是，今天是礼
拜五呀！老师也想早点跑回家和家人团聚过大礼拜啊，他们怎
么会把学生无缘无故地留下来呢。李素娥已无法按捺自己的紧
张，因为根据以往的经验，礼拜五这一天乐乐很少这么晚还没
有回到家里的，况且，中午出门前她还叮嘱过，让他放学早点
回来，把上个礼拜辅导老师布置的曲子再好好地练一练，因为
明天到那里，老师先要听他弹这些曲子的，然后再根据孩子弹
奏的情况及时纠正错误的指法和对曲谱理解不对的地方。快到
学校的时候，她穿过远处的钢筋围栏时几乎可以一目了然，校
园里很安静，教学楼沉默在一片昏暗中，没有一间教室的灯是
亮着的，种种迹象都表明，乐乐根本没有被老师留在学校里。
那么，这个该死的孩子究竟跑到什么地方去了？也许，是学校
临时决定要给他们包场看电影，她又强迫自己的思想往这方面
靠拢，这样一来，她的脚步也跟着思绪改变了方向，她知道乐

乐的学校经常是在同一个剧院包场看电影的，所以她直奔那里去了。

对于学校时不时包场看电影她是很有意见的，乐乐张嘴要钱的时候她总在想，那些老师一定是得了电影院的什么好处，或者，老师看电影就不用掏钱买票，白看谁不看呀，所以，他们才乐此不疲地把学生拉进电影院里。可那些电影究竟有什么好看的呢，还不都是些打打杀杀的外国片，再不就是一窝蜂地追女孩子或者怎么当第三者破坏别人的家庭，反正那些东西只顾赚钱不会教人学好，她是不去看的，就是想看也没有那份多余的钱。不久前在银川，他们正好赶上了一次钢琴巡回演奏会，那个大学的辅导老师建议她可以带孩子去听一听，她说这对激发孩子的表演和学习都是很有好处的。晚上，她真的就带乐乐去了，那时候演出已经开始了，为了省钱，她和乐乐从小旅店一路走着去的。走到一半路的时候，乐乐就走不动了，乐乐说腿疼得厉害，不想走了。李素娥只好让他趴在自己的后背上，她就那样一路背着儿子走走停停。好容易找到了演出的地方，一打听吓了她一跳，门票的价钱贵得惊人，甲级票三百八十元，乙级票二百八十元，最次的也要一百八十元，而她的口袋里统共不足百元，更重要的是人家窗口回答票早就售光了，而且演出开始就不准再卖票。她只好对乐乐说我们来迟了票卖完了，妈妈以后再带你看好不好？那时，场内的音乐声隐约响了起来，却听不太真切，像隔着一层东西。乐乐说我要看、我要看，我偏要看嘛！李素娥想把他抱起来，可他一屁股坐在地上怎么也不肯起来，还呜呜哇哇地哭出声来。这时，有

黑

白

个票贩子凑过来，说看你们是从外地来的，我手里还余着两张票，让给你们吧！李素娥本来已经决定离开了，她想就算有票她也看不起啊！一个人最低就是一百八十块啊，要知道这一百八十块钱足够她和乐乐吃上三五个月的饭菜。哪知票贩子说，反正已经开始了，我留着也是瞎掉，一张你给八十块算了。李素娥看着坐在地上不肯起来的乐乐，犹豫着。那人急忙又说干脆五十块赔本大甩卖。最后，她只买了一张，想让乐乐一个人进去看，自己看不看又有什么关系呢？可是，很快她就知道自己上当了，检票员说她买的是张假票，是人家前几场的旧票，人家唯恐她不相信，还出示了一下今天晚上的票，和她手里的票根本就不是一种颜色和质地。她傻眼了，心疼得要命，那可是五十块呀！乐乐却哭着闹着非要进去看，她只好死乞白赖地一遍遍求人家，对方看她是个老实人，最后破格同意了，但只让孩子一个人进去。李素娥感恩不尽，当即恨不得跪下来给人家磕三个响头。她说同志这样吧，你让我给你干点活吧，实在不行扫扫院子也行啊！那个守门的先是用一种奇怪的眼神看着她，随后就从里面取出一把扫帚递给她，嘱咐说，可是你自己要扫的。她千恩万谢地一个劲点头，就独自一个人在外面唰啦唰啦地扫起了剧院前面的院子。演出结束时，她刚好扫干净了，腰有些酸痛，心里却多少有点美滋滋的，至少五十块钱没有白瞎啊。回来的时候，她依然背着儿子，他趴在她的身上很快就睡着了，她感到前面的路是那么漫长，好像黑夜一样，唯有乐乐轻轻的呼吸穿透她的衣服让她感到一丝温暖。

　　八点钟的时候，李素娥神情茫然地再次回到家，她去了乐乐经常看电影的那个电影院，人家告诉她根本没有什么包场，里面正在放映一部最新最火爆的美国大片《蒸发密令》，这种片子一般是不包给小学生观看的，因为里面有暴力和凶杀倾向。她瘫软在沙发上，房内已然黑暗了，北窗的那片红色早就变黯，像一只黑咕隆咚的洞，然后黑色一点一点扩散到整个空间里。李素娥有一种很不好的预感，只是不敢往深里想，哪怕一丁点儿也不，她无法看清自己现在的样子，任凭眼泪簌簌地淌着。饭菜早就凉了，那股食物的气息已不复存在，闹钟在她的手中走得异常响亮，仿佛那些时针分针随时要从里面跳出来。

时间在这种时刻都是相同的，因为它完全跟人的心跳和脉搏连在一起，又因为一个人的静止而显现出特有的节奏，或完全没有了节奏。时间的另一端连接着空茫，连接着意外，连接着不尽的等待和焦虑，甚至连接着黎明和地平线。一切不好的预感在黑暗中总是无限地生长，生长着，像一团错综复杂的根系，因为地液的流动和空气的无所不在，它们朝着任何一个方向蔓延下去。

李素娥此时的心情就是这样复杂难言，难言并不表示沉默，她只是不敢说出口，但心里在积蓄另一种情绪，这或许跟愤怒有关。八点整的时候她冲门口不停地说快回来吧乐乐，妈都快急死了。八点一刻她趴在阳台上向下不停地张望着，楼前每出现一个黑影她都要仔细地辨认一下。八点二十五的时候她曾连续三次很神经质地打开过房门，因为她听见楼道里传来的一阵阵咚咚响的脚步声，她都以为是乐乐回来了。到八点半以后，她完全被惊惶、担忧和恼火搅昏了头脑，她说这个该死的孩子看我不打死他！有本事再也别回这个家！

第 V 乐章　午夜的琴声

他，终于回家了。

那时，母亲已恍然入眠，她已被种种不祥的预感折磨得筋疲力尽。她发出憎恨的轻睡声，也许想把一切的可能和希望留在梦中实现。她一直是和他睡在同一张床上的，自从离婚以后她就和他睡在一起。现在，他轻轻地拧开了门锁，房内竟亮着灯，他轻轻地走进来，轻轻地靠近母亲睡觉的地方。他看到很大的一张床上仅睡着自己的母亲，而床的大部分地方空着，母亲已经为他铺好了被子，它们正平平地卧在那里，被子的中间瘪下去很多。他还是第一次看到这张床又空又大，母亲躺在上面，只占去很小的一块地方。

那时，母亲醒了，静静地躺在那里，恍如隔世的睡眼凝视着被灯光照得有些发黄的天花板，她又感到一阵饥肠辘辘。当她用胳膊肘支撑着身体从床上翻起来的时候，甚至不能确定自己是怎么醒的，之前又是怎么睡着的。反正，她觉得自己带着满嘴的腥臭味醒来，昏黄的灯光下她看到他正呆呆地站在床前，脸上的表情僵硬，带着些许不安。她一点一点打量着他，好像那已经不是她的孩子，好像他是从另一个星球来的造访者。她仍旧从脚到头一点一点看着他，异常陌生地看过了一遍又一遍，这时她才觉得自己完全从睡梦中醒来了，但她即使这样看着他，依然发觉他浑身有许多不太对劲的地方，她的思维混乱，脑子有一块儿正在隐隐作痛，所以，她说不清他具体是哪些地方让她觉得吃惊。她霍地一下从床上跳下来并光着脚落在地上，她看到他惊恐失措地朝后退缩着。她一把将他薅住，不再给他继续后退一步的机会。她还没来得及张嘴说话，却闻到自己嘴里发出的一股锈蚀般的怪味。她忽地想起自己刚才也许做过一个怪诞的梦，她梦见自己大口大口地啃着从卤肉店里买回来的鸡翅膀和鸡爪子，啃着啃着，无意间在镜子里瞥见自己的贪婪模样，嘴角竟然流淌着鲜红的血……难道自己把梦见的东西带到了嘴里？于是，她尽量让自己冷静下来。她一把将他拉到自己面前，死死盯着他的眼睛，试图从里面寻找出她想得知的一切。

告诉我你这是上哪里去了？

乐乐，你怎么这时候才回来？

快说话呀乐乐，你怎么不说话，你哑巴了吗？你知不知道妈有多着急啊！

事实上，他已经开始颤抖了，从一进门或者从他把钥匙捅进锁孔的那一刻起他浑身就开始无助地抖动着。他在打开房门之前在内心反复告诫自己，什么也不能说，不管她怎么问他也不会说出来的，他甚至还为自己提前编造了一套瞎话，学校临时包场看电影，所以回家晚了。他就是这么想的。实际上当她紧紧抓住他的时候，他已经原封不动地照这样说了。他只能这样说。他说得有点慌张，说完以后就故作镇定地看了她一眼。她愣了一下，眼部的某根神经再次强烈地跳动起来，但她的手并没有立刻松开。

乐乐你再给妈说一遍。

快说呀——

他照常看着她，又把那些话重复了一遍，这次说得比较从容。他觉得这个理由很充分。他只是想她一定是没有听清楚。在哪儿看的？乐乐你给妈说是在哪个电影院看的？这次，他说得多少有些结巴，他也许还没有来得及想好这些或者他根本就没有想到她竟会这样问。是学校每回看电影的地方。她抓他的手悄然松开了。他大口喘着气，有种蒙混过关的庆幸。她原本还想问他电影的名字，而现在，她觉得已没有这个必要。她开始仔仔细细地盯着他看。他也慎重地注视着她，他觉得她的眼神突然变得异常阴冷。片刻间，他又看到她的眼睛莫名地红了起来，红色一点一点向眼睛周围扩散漫溢着，像用红色的水彩笔一点一点涂过一样，一颗清亮的眼泪在她的一只眼眶内闪闪烁烁地晃动着，扑簌着，如同落在草叶尖上的一滴露珠被风轻轻吹动了，接着，那颗泪终于从里面猛地一下涌泄出来，先在眼角稍微停顿了几秒，随即顺着眼角滑过脸颊逶迤而下。他有点害怕，或者有点心疼，他的嘴唇嗫嚅着，妈……你怎么哭了呀？你别哭，妈，我以后一定按时回家听你的话。他犹犹豫豫地伸出一只手去，想去接住母亲脸上的那颗正往下流淌着的泪。

就在那时，他万万没有想到，他怎么能想到呢。母亲忽然歇斯底里地叫喊起来，同时一个异常清脆的声音落在他的脸上。他的耳朵立时嗡嗡地响了起来。我让你骗人让你撒谎！让你小小年纪就不学好！接着，接二连三的耳光朝他的脸上头上铺天盖地地挥舞过去。他完全被眼前的突发情景吓傻了，母亲眼中的怒火像是要将他和这间房子里的一切焚烧成一摊灰烬，他感到自己从头到脚浑身每一个部位都很听话地膨胀着，眼睛在瞬间到来的疼痛与酸楚中再也睁不开了，两只鼻孔，嘴，还有牙齿的每一个缝隙里都往外渗着甜咸混杂的热血，他被母亲追得满屋子哇啦哇啦地跑着。后来，眼睛真的什么也看不清楚了，耳朵里除了嗡嗡的响声仿佛什么也听不清。慌乱中他又被一把椅子绊倒了，他哭号着土拨鼠似的满地爬动打着滚，他的嘴巴大概有些变形，连续发出的讨饶和救命声在房子上空畸形地回旋着。母亲已经顺手抄起一把笤帚再次朝他猛扑过来，母亲赤裸的脚趾踩住了他的后背，他感到自己的屁股和大腿在噼噼啪啪的混乱声中也骤然膨胀了起来，那时，他哭喊着将自己的小小的身体蜷缩成圆圆的一团，像一只褴褛的皮球或遭受袭击的龟。

母亲终于累了，她好像用尽了自己身上最后的一丝力气。她手里的高粱秆笤帚悄然掉地，把儿早已经开花了。母亲一屁股瘫在地上，痛哭声复又在房子中呜呜地回荡着。而他，正瑟缩在一张紫红色的饭桌底下，身体剧烈地一抽一抽着，像一条寒冷中染上了瘟疫即将死去的狗。

母亲从床底下拉出一只洗衣服用的大号铁盆，里面有一块几乎被磨平了的搓板，她把搓板拿出来平放在地上，灯光照在上面，使搓板面显现出很柔和的光来，光线似乎弥补了岁月的痕迹。

母亲蹲下来并向仍旧蜷缩在饭桌下面不停发抖的他伸出手

去，他丝毫没有觉察。他的身体依然间歇性地抽搐着，鼻涕眼泪和那些不断流出的血在嘴以下的部位或胸前汇聚混合着，一种清亮的光芒笼罩在上面。他的一只眼角和两片嘴唇高高地隆起来，他不停地拿血糊糊的脏手揩着泪和清汪汪的鼻涕。当母亲的手去拉他的时候，他立刻警觉地像在闪躲一条突然袭击自己的蛇。

后来，母亲硬是将他从下面拽出来，他再也没敢看她一眼，只是呆呆地看着自己的前胸和两只肮脏的手，还有两只脚（一只脚上的鞋掉在桌子底下了）和脚下的那块搓板。后来，母亲命令他跪在搓板上面好好反省反省，他仍然呆呆地站着一动不动，他感到她的两只手正没命地把他往下摁着，他的身体剧烈地摇晃着，最后他终究还是跪在上面了，但他并没有感觉到有多么疼，甚至很平常。他就那么安静地跪在搓板上。他只是感觉到两只眼睛怎么也睁不开了，他的影子被灯光拉出很长，他很想好好睡一觉……

等醒来的时候，他发现自己正睡在床上，身上盖着棉被。屋子里静得有点出奇，他很谨慎地动了动身体，屁股和两条腿疼得厉害。他零星地回想起晚上发生过的一些事情，这种在一片漆黑中想问题的经验他觉得还很陌生。但是，他醒了，醒来觉得自己好像沉睡了很久，而外面依旧黑着，身边没有一个人，只有他自己孤零零地躺在床上。他知道母亲是上班去了。床很大，他躺在上面显得有些多余。他的耳朵里已没有了先前那些嗡嗡隆隆的杂声了，只剩下寂静，或者，有许多他几乎能看得见的音符在脑海中神奇地闪现。他在黑暗中默念着那些稀奇古怪的音符，渐渐地，他觉得自己能轻轻试着哼出那些闪现在脑子里的音符了。它们的排列逐渐清晰起来，在他的眼前波浪似的流动着，像一泓溪水，缠缠绵绵跳跳跃跃不休不止。他索性闭上眼睛（眼角依旧酸楚难忍），立刻奇怪地发觉，那些跳跃着的音符浮现得那么清晰，那么亲切，那么令他心痴神醉。他终于明白了，仿佛得到了命运的某种启示和秘诀，因为他发现它们正是自己最近反复弹奏却总不得要领的一支曲子，现在，它正在自己的脑海里清晰地回旋荡漾着。

他觉得自己从来没有这样清醒过，他忘记了身体的多处疼痛正一刻不休地洗劫着他，他用瘦弱的胳膊肘支撑着从床上爬起来，然后摸着黑一步一挪地走到客厅里，双手盲人一般伸展在黑色的空气中。现在，他已经非常清楚地看到房里的一切，饭桌、红色的铁皮暖水瓶、喝水的玻璃杯子、两把木头椅子、上面倒扣着碗碟的饭菜，还有那架家中最值钱的二手钢琴。在黑暗中，钢琴显现出某种神秘而庄重的色泽和气质，这跟黑暗无关，那是钢琴自身所特有的庄重和神秘。他走过去，神圣地静立在它跟前，他稳稳地掀开了琴盖，十根手指立刻像是受牵引似的掠过那一排光滑的琴键，他轻轻地在琴凳上坐下来，觉得自己从来也不曾这样郑重其事地坐在钢琴面前。此刻，他静静地闭上双眼，用心去感受，用心去弹击，用心去聆听箱体所发出的一声声奏鸣。这时，他发现一段瘦长的影子落在琴上，光洁、柔弱、坚毅而又痴迷。

窗外竟有朦胧的月光穿过玻璃斜洒进来，月光在房内流水一般穿行，月光轻柔地抚摩着他的后背，他不由得打了个寒战。那时，眼泪缓缓地跟着音乐的旋律滴落下来，落在黑白相叠的琴键上，显得那么瑰丽和凄迷。他不让自己发出任何一点声音，好像连呼吸也停滞了，他或许知道自己的声音在这时是多余的，只让自己的十根手指轻盈地在上面起伏跳跃，让它们同自己说话，同琴键交流，他觉得自己的每一根手指都会说话了，这多么神奇啊！他终于很平静地弹完了这支他从来也没有顺利弹完一遍的曲子，而且，他没有看谱子，因为此刻那些曲谱全部印在他的脑子里。之后，他的脑海中发生了一些奇妙的变化，里面出现了一些他从来也没有见过的东西，好像根本不是音符，那是些他从来都没有见过的古怪的符号（不是汉字，更不是拉丁字母）。他不知道那究竟是些什么来自什么地方，它们在他的脑子里或眼前渐渐纷繁和庞杂起来，他害怕极了，急忙离开钢琴，用两只手紧紧地抱住自己的脑袋，脑袋沉重得似乎快要从肩膀上掉下来。

他又钻进被窝里，用棉被牢牢地裹住自己的身体和头颅，可是，那些奇怪的东西依然死死纠缠着他，像一群游戏里的恶魔。他觉得自己竟然那么强烈地渴望黎明的到来，渴望黑夜立刻结束，他觉得这个夜晚实在太过于漫长了，漫长得像经历一整个严酷的冬天或整整一年。又过了很长时间，他似乎看不见那些东西了，它们仿佛从他的脑子里一下子飞走了，连一丝一毫的痕迹也没有留下。他的脑子竟然一片空白，犹如一场奇异的梦境。现在，什么也没有了，夜晚还是如往常那般寂静安宁。

今夜，他再也无法入睡，辗转不停，他有生以来第一次感觉到什么是失眠，失眠的降临使他的每一根神经变得纤细和脆弱不堪，最后，他不得不再次爬起来去开灯。在反射着灯光的一面镜子里，他看到自己的那张有些陌生的脸。

第Ⅵ乐章　现场

凌晨四点，李素娥匆忙地走出了家门，其实她是想更早一些起来的。外面有些凉，黑色的夜风吹旋着清冷的街道，使街道显得更为寂寥空旷。街上看不着一个人，唯有路灯还零零星星地闪着暗淡的光。她不敢抬眼看，觉得此时的灯光很刺眼，仿佛能照进她的骨头里去。出门前她给乐乐掖过一次被子，那时她用手轻轻地摩挲着乐乐的脸，感到一股巨大的心疼和难过翻江倒海地扑向自己，一行在夜里储蓄已久的泪洒落在棉被上，有那么两滴落在乐乐的脸上。那时，乐乐睡得很安详，呼吸那么均匀，在他细腻的脸蛋上，一只眼圈微微泛青，另一侧的眼角有些斑驳的红肿印记，但已看不到丝毫疼痛和恐慌了。她静静地端详着乐乐熟睡时的样子，心灵似乎慢慢地得到了一丝别样的宽慰。她是不得已的，她不能眼见着乐乐变成一个不诚实的孩子。她想，如果昨晚他老老实实地告诉自己他去了哪里，她或许会原谅他的，即使很生气她也会原谅他的，他毕竟是个孩子啊。可是，他居然睁着眼睛说瞎话，这怎么能是她唯一依靠和指望的人呢？要知道，一个不满十岁的孩子就可以编瞎话骗人，等他再大一些又会怎么样呢？夜里她睡得极差，像是刚打了个盹儿就苏醒了，醒了就爬起来静静地端详着睡在自己身边的乐乐。乐乐睡着的样子真好看呀，她有时候甚至在想，他若永远都是这么一个听话的样子该有多让她欢欣啊，她希望他快些长大而又异常惧怕这种发生在儿子身上的不可阻挡的成长。还有，乐乐竟然整个晚上都没有碰一下琴，这也是乐乐自从学琴到现在的头一次，这实在令她感到惋惜和痛心，她已经不止一次听到懂行的人对她的乐乐的夸赞，也包括银川的那个辅导老师，他们都普遍认为这孩子若能把全部心思都用在钢琴上，将来一定能出人头地。就在李素娥长时间注视着乐乐睡熟时的样子后，她的心又渐渐地硬朗了起来，她相信终有一天孩子会明白她为什么这样对待他。

平时，李素娥上夜班的时候很少走这条捷径，只有在白天她才穿过这条逼仄的巷道走到另一条街上。这条小道有三百多米或更长一些，两边有一丈多高的围墙，围墙上爬着弯弯曲曲的铁丝网，那是两个不同单位之间的一道隔墙，隔墙之间的距离只能容纳两个人并排通过，里面当然不会有什么路灯，有的只是些砖头块和废品垃圾，人朝里面摸黑走着，有一种幽深难测的虚幻和紧张感。为了赶时间，李素娥径自拐进这条窄道，里面确实很黑，这时走在里面，跟在一条地下通道里行走的感觉很近似。

起初，李素娥并没有感到紧张，她只是不停地惦记着乐乐，因为她想起来乐乐还没有吃晚饭，就觉得后悔之极。我怎么可以这样对待孩子呢，乐乐又不是从马路上捡回来的野种，我却把他打得那么狠，孩子连饭也没有吃就睡着了，怎么说也应该让孩子吃顿饭啊。李素娥几乎不敢再深想这件事了，她不知道自己那会儿是怎么了，人像着了魔似的，非得把孩子打得遍体鳞伤才能解气。她只是觉得自己这一白天气都不顺，心像被一块巨大的石头堵着，压着，使她感觉呼吸都很困难，最终她却把这一切撒在孩子身上了。孩子即便有千错万错，也得让他吃饱肚子啊。不知不觉中，她已走到了窄道的深处，她感到自己的脚踩到某种软物上，那时，她如果感到害怕而转身往后跑或者还来得及。但是，她迟疑了。她继续试探着朝前迈了一步。与此同时，她突然感觉到自己的腿脚被来自下面的一股黑色的力量猛地攫住了，她惊恐万状地发出一声尖叫，她极力跟黑暗中的力量做着抗争。

抓住李素娥的是一只在黑暗中伸过来的手，其实，在她的脚下还潜伏着三只手，那是正倚墙横躺着的两个喝醉的男人，谁也不知道这两个醉鬼是干什么的，谁也不知道他们什么时候倒在这里睡着的。而现在，他们像两条正在静默中的黑色的蛇而被过路人惊醒了。他们一旦苏醒，浑身立刻散发出异常浓烈的烟酒气息，他们的气味使得这条深巷也跟着发酵浑浊，他们将李素娥堵在了这条巷道中。开始，他们中的一个人只是紧紧地抱住了李素娥的一条腿，他也许并不知道自己在干什么，只是毫无意识地抱着，或者依旧沉浸在某个歌舞升平的歌厅中怀抱坐台小姐的销魂时刻，他或许还隐约记起来他们被几个小姐轮番灌得酩酊大醉。后来，他们身上的钱全部被她们掏空了，大约凌晨两点以后他们像两只被榨干了油水的躯壳由几个横眉冷眼的打手样的服务生轰出了歌厅，他们就一路骂骂咧咧摇摇晃晃地踅进了这条死寂的巷道，之后什么也不记得了，他们只是死猪一样躺着。那时，李素娥若是拔腿就跑，也许后面的事情都不会发生。可她偏偏失声大叫起来，这也不能怪她，换了任何一个女人在黑夜遭遇到这种情形也会手足无措的。而她本能的叫声立刻让躺在地上的他们彻底清醒了，他们中的另一个人警觉地上前一把捂住了她的嘴，并反剪了她的双手，她的腿脚也被对方用力夹在两条腿中间。她听到他们在悄声嘀咕着，快看看这娘儿们身上有没有带钱。另一个就开始在她的衣服里胡乱搜索起来。可是，他们很快就失望了，他们在她的口袋里只找到一团草纸和一串叮当作响的钥匙，一分钱也没有，这个结果令他们极为恼火和沮丧。真他妈的扫兴……你再好好找找，鞋壳里，袜子里……他们依旧压着嗓门嘀咕着，没有没有，连根毛也没有，还是放了她让她赶快滚蛋吧！李素娥的身体和腿脚始终剧烈地扭动着，她无法挣脱束缚，她在内心里疯狂地嘶吼着，可声音怎么也发不出来，甚至连她自己也听不到，唯独任由眼泪哗啦哗啦地往出流。你说什么，放了？太便宜她了。那你说怎么办？老规矩摆平她！谁叫她半夜三更到处乱跑，出门还不带钱！谁叫她自己要送上门呢！对！

他们跑了。

李素娥僵尸一样躺在这条幽闭的窄巷里。

月光在后半夜竟然变得明亮了些，月亮上面的污点隐藏了起来，天空依旧深暗无边，但在遥远的东方已经吐露着一些微亮的光辉。现在，她任由自己这样死一般躺在地上，地面潮湿，坑坑洼洼，甚至还有浓烈的尿臊味。

李素娥披散着被风吹乱的头发来到单位的时候依旧是最早的一个，她把门反锁好，用双手捧起水哗啦哗啦地泼到自己的脸上，脖子和胸前……

她没有任何节奏地做着手里的活儿。她没有像往常一样戴上工作帽，以前她是很注意这些的。她的手上沾满了雪白的面浆，搅面机轰隆隆的旋转噪声她充耳不闻，只是一味地呆滞，眼目无神，表情僵死，整个人只是一个没有灵魂的虚壳。接下来，她又犯下一个致命的错误，她回过神倾着身子去看机器里面正在搅拌中的面团时，头发呼啦一下被一种巨大无边的旋转着的力量咬住了，她慌乱地伸出一只手想往回扯那些被旋进面团里的头发，可是，她很快就没命地号叫起来，因为她的那只手同样也被卷了进去，她整个人跟着机器叶轮转动的方向旋转起来，她手臂的骨骼在她的垂死般的呼喊声中发出坚硬的断裂声。

事实上，根本没有人会知道李素娥究竟是怎样摆脱这种惨不忍睹的境况的，因为当时没有目击者，她的死里逃生一夜之间成为一段耸人听闻的传奇，成为街传巷议的聚焦点。不过，人们的猜测还是有所根据的，比如，在事发现场他们看到了那把血肉淋漓的菜刀，它就躺在搅面机旁，刀把上黏着和了血的面浆和手纹，他们怀疑李素娥就是用这把刀斩断了自己的头发和一只手臂，这需要怎样的勇敢和坚忍啊！所以，人们的脸上全部呈现出恐怖至极的画面，没有一个人再敢往细节处想。还比如，那团依旧在机器里旋转着的血红色的面团，后来，他们在面里找到了一堆被叶轮铰碎的大大小小的骨节和肉屑，还有丝丝缕缕的头发。这些都是佐证。

大约在凌晨五点二十分，其他两名上早班的女工睡眼惺忪地来到现场，她俩是上述事件最早的目击者。那时，她们看到的只是一些表象，那时李素娥已经逃离死神的纠缠，留下的只是令其他两名女工失声尖叫的恐怖现场，机器、地板、墙壁、水管、门锁、走廊、楼梯和扶手上面全部是弯弯曲曲地蔓延着的发黑的血迹，那些血在即将到来的晨曦中散发出一种时浓时淡的甜腥的气息，在晨风里四处飘荡。其中的一个女工在长达几十秒的叫喊声中突然倒在地上，她晕倒在一摊猩红的血泊中，身旁正好躺着那把血肉模糊的菜刀。而另一个女工在惊恐之余，或许联想到了每晚电视节目中都可能上演的一出谋杀，而她正站在真实的谋杀现场。

第Ⅶ乐章　日记

乐乐后来再也没有睡。睡意完全消失的他照了一会儿镜子，在镜子里他又看到自己的眼泪静静地流出来，脸上至少有四五处青紫的印记，一只眼圈青紫着，另一侧眼角靠近太阳穴的地方肿得很厉害，他看东西的时候要尽量把那只受伤的眼睛眯缝着，像害怕强光那样。这时，他想起了藏在书包中的东西，就谨慎地把它取出来，爱不释手地拿了一会儿，他并没有打开电源开关，只是欣赏似的盯着它看了又看。后来，他拿着它走到阳台上，外面夜色阑珊，他踮着脚尖推开一扇窗户，风一下子鼓吹进来，他的头发被吹起来一撮，风中的潮湿和清凉使他完全清醒过来。他探着脑袋往外张望，楼前的马路在路灯的照射下向左右两边延伸开去，但又极其模糊，甚至不能确定，仿佛那路是架在空中的一条闪着金黄色的带子。路旁的树全是黑色的，悄无声息，看不出被风吹拂的迹象，只是黑沉着，更看不出半点儿绿色。他最后一次看了看手中的东西，然后狠下心将拿着它的那只手从窗户里伸出去，尽可能把手臂往外伸展着。随即，他的手臂用力冲着一个未知的方向挥动了一下，他是侧着脸的，想听到一记响声，可他什么也没有听见，那东西好像从他的手中飘了出去，一直飘在空中永远也不能降落下来似的。之后，他又怅然若失地站在阳台上往远处眺望了一会儿，远处是一片黑色而厚重的楼群，偶尔会看到一束很小的亮光陡然生出，但很快又熄灭了，楼群依旧默哀似的黑寂下来。他极力想象着那片刻光亮中的空间是什么样子，里面开灯的是男人还是女人，也许是一个像我这样的孩子吧？他也和我一样睡不着觉才起来的吗？是不是也让大人扇了耳光打肿了屁股呢？这样想着，他的心中又兀自难过起来。他又想，或者，他们只是起来撒一泡尿就急急地睡下了。他的眼睛酸涩难忍，风有些生硬，他只好离开阳台慢慢地回到房里。

　　家里的确有一些微小的声音总在他不经意的时候响起来，有时那些声音甚至会突然放纵一些，仿佛有很多张嘴巴在暗中嘀咕着什么，或者，只是牙齿彼此摩擦出的尖锐声音。他幽魂似的在房子里转悠了一圈，竟莫名地在柜子里翻出了自己的日记本，那还是几年前的一个生日礼物，是父亲出差回来送给他的，上面有一把极小的锁，那时他还没有和母亲离婚。他并没有养成每天都写日记的习惯，只是偶尔写一写，写那些他觉得有意思或他能记住的事儿，当然很多都是不快乐的事情。比如，他现在打开本子，翻看着以前零零散散写下的东西：

"妈妈已经这样不吃也不喝一整天了，人家不要她了，她再也不用去上班了，她不跟我和爸爸说一句话，一个人发呆，哭鼻子。"

"……今天，老师教我们唱歌，我很快就学会了，老师表扬了我。我喜欢这支歌，我把歌词抄下来，想送给妈妈……世上只有妈妈好，没妈的孩子像根草，离开妈妈的怀抱，幸福哪里找……"

"有时候妈妈加班忙，爸爸带回来一个阿姨，我觉得她比妈妈长得好看多了，她看着我的时候总是笑着，还给我买了一袋很好吃的虾条和一袋旺旺饼干，妈妈很少给我买的。爸爸说乐乐你应该到外面和别的小朋友玩一会儿，我高兴极了……"

乐乐脸上有一点点笑，他继续往下看着。

"昨天晚上，爸爸和妈妈又吵架了，妈妈哭得很厉害，他们两个还骂脏话，妈妈骂爸爸是乌龟王八蛋不要脸……老师不让我们说脏话，爸爸动手打人，把妈妈的眼睛都打肿了……我怕得要命。"

乐乐的眼睛渐渐地红了，两只手有些抖。

"钢琴拉回来了，好多人来帮忙，妈妈说这是给我买的，以后我就可以天天在家里弹了，再也不用弹那块破纸板子了。"

"今天是星期六，下大雨，我和妈妈天不亮就坐在汽车上，妈妈说要带我到银川去，在那里能找到一个好老师教我学钢琴……我一点也不喜欢那个老师，她的脸总拉得长长的像个老玉米，她还把我的手指头使劲掰来掰去，我都哭了，我一弹错她就用一把塑料尺子打我的手心，她说你这样弹下去将来是没有前途的……现在我的手还疼呢。"

他抬起头仔细地听着，那些奇怪的声音似乎又大了起来，他快快地往后翻过几页。

"……那以后，妈妈就不准我去看爸爸，说你就当他死掉了，你再也没有爸爸了。可我想我爸爸，昨天夜里我还做了一个梦，爸爸说要给我买一套变形金刚，别的同学都有了，就我没有……"

"我一个人在家练琴，练了一会儿就不想练了，我趁她不在家打开电视看《大头儿子和小头爸爸》，她回来骂了我一顿，还罚我跪在木板上面，我的腿疼死了……"

"今天，妈妈要出门买菜，她用一根绳子把我绑在凳子上，说一定要练够两个钟头，妈妈说等她回来才能解开。"

"妈妈今天很高兴，她说她想出了一个好办法，让我练琴的时候拿录音机把自己弹过的曲子全部录下来，这样就能等她回家检查了……妈妈说这样才能让她放心。"

"那个老师说我进步得很快，她摸着我的脑袋对妈妈说这孩子悟性高，好好学将来会有出息的。妈妈很高兴，回到家她就忙着包饺子给我吃。"

"星期五在少年宫比赛钢琴，我得了全市第二名，可是妈妈一点也不高兴，她说第二有什么用你要当第一！你要当第一！我问她明天不去银川行不行，妈妈狠狠瞪了我一眼，我再也不敢说话了。"

那些声音正在黑暗中的某个角落喧嚣着，让他心烦，他无奈地离开桌子，不明白那些声音为什么在夜里会这么猖獗。他屏住呼吸循着那些声音一步步走过去。声音是从厨房的暖气片下面发出来的，他走过去的时候，看到一只很肥胖的老鼠一闪而过，他的眼前浮过一道银灰色的光弧。与此同时，他惊恐地嗅到一股腐烂的臭味，他抽着鼻子低头仔细看着，见一只黑灰色老鼠仰腹躺在墙角下，一对雪白的长长的牙齿从嘴里戳出来，肚子圆溜溜的像快要爆炸开来，它身边有一些零散的黄、绿色的碎片。他知道老鼠一定是吃了那些毒药才死的，那些药是母亲前些天买回来放在地上的。母亲说乐乐你千万不要碰地上的那些东西，听见了没有！

他又重新坐在桌前，房内已经很凉了，他回过头朝四周很谨慎地看了一圈，像是担心被什么人发现了似的，他的目光滑过那架钢琴时立刻弹了回来，琴体被灯光照射着，浮闪着幽暗的光芒，这光让他心中颤抖了一下。之后，他才把日记本轻轻地摊开新的一页，他的手很脏，他用手里的半拉铅笔颤颤地写道：

"今天我撒谎骗妈妈，我不是个好孩子，我和同学打架，随便拿别人的东西，不按时回家……我想找到我爸，老师非要让他到学校去一趟，可我想不起来他现在住在哪里，我找了很多地方，就是找不到。我碰到一个男的，他喝了很多酒，像在等人，他拦住我问小家伙为什么放学不回家，我说我找我爸，他就抓住我耳朵说不用找了，我就是你爸爸。好儿子，你快喊我爸爸吧。我不叫他，他就拉着我的耳朵不放手，他还把口水吐到我的脸上，他的嘴巴臭极了。后来，一个女的不知什么时间走过来，扭着屁股吹着口哨在我们身边转来转去，她身上的味道很浓，那个男的才松开我的耳朵，和那个女的站在电线杆下说了一会儿话，然后他们就扔下我笑着一起走开了。那时天也黑了，我好像连家也找不到了，我不知道自己从哪里来要到哪里去，我就站在路边大声哭，根本没有人看我。后来是一个路过的老爷爷把我送回来的，他拄着棍，好像是个瞎子，他一路上就是用他手里的棍一刻不停地敲着路面走回来的……"

"妈妈我再也不想学琴了，现在我一看到它就手抖，害怕得想死，我不知道自己怎么了，反正我不想学了，一点儿也不想，求求你答应我吧！"乐乐的眼泪始终无声无息地流着，灯光下他的脸闪着水晶一样的光泽，手指也越发抖得厉害，身体一抽一抽的，他接着歪歪扭扭地写道："我一定好好听你的话做个好孩子，只要别让我学琴，你让我干什么都行！"乐乐泣不成声，再也不能继续写下去了，页面已被泪水泡得斑驳不堪。他合上本子，将它深深地藏在柜子里，他觉得这样还是不放心，又将它取出来，用自己的一件穿小了的旧衣服认认真真地包裹起来，才重新放回去。

乐乐脸上有很明显的两道泪痕，在灯光的映衬下，他的神情呆滞而又凄凉，瘦小的身体在单薄的背心和裤衩下面无助地抖着，长时间的独处和不由自主的幻念使得他的颤抖带着某种神经质般的恍惚。写完日记以后，他的神志突然变得极其脆弱起来，像是无法防守来自外界的一丝半点的声音。墙角下的老鼠依旧我行我素，全然不把他放在眼中，它们大概有三五只，

或者更多一些，它们凭着各自尖锐的牙齿咬磨着一切可以咬到
的东西以证明它们的精力在深夜里同样旺盛。在它们发出的近
乎疯狂的嘶嚼声中，乐乐觉得自己的听觉异常敏锐起来，他甚
至能听到老鼠口中的唾液滴落下来的声音，老鼠身体上带着银
灰色光泽的茸毛在墙壁、金属和木头之间滑过的簌簌声。除此
之外，只有无边的寂静和清凉笼罩着这并不十分明晰的空间，
他的身体依旧一颤一抖，像患了严重的伤寒那样。眼泪早就止
住了，他的脸刚洗过似的，一只眼睛像被帘子无端遮着一块，
看东西很费事。他又照了一次镜子。这次，他在镜子里看到一
幅令自己感到恐惧的图景，他几乎不敢相信所看到的一切，一
只眼睛肿得愈加厉害，眼圈周围隆起一圈青紫的肉胎，很厚，
几乎阻挡了视线。他尽量将脸往镜面上贴近，他看到白眼球上
有一块指甲盖大小的鲜红的血斑在浮动着。他实在没有勇气继
续近距离地面对自己了，接连向后退缩着。终于，他又听见了
那些嘈杂无状的琐屑的声音在他耳边响着，而且，在他转过头
的一瞬间，他觉得自己的眼睛被近在咫尺的某种诡秘的亮光映
射了一下。他打了个寒噤。饭桌上，一只深灰色的老鼠正用鬼
祟的两只圆眼珠盯着他望。他背负芒刺般地大叫一声，或者又
接连吼叫了两三声，他仍然惊魂未定。

　　那时，乐乐渐渐镇定下来，他看到饭桌上的老鼠仓皇逃遁
时留下的一道泛着荧光的长弧，目光又回归到桌面上，那只倒
扣着的碟子已经被老鼠掀得歪斜下来，开口处露出一段很好
看的肉骨头来。乐乐的腹内就是那会儿咕噜噜地响动开来。他
双手抓住并大口啃那只猪蹄子的时候，完全是一副陶醉的样

儿。他的吃相完全让我们有理由相信食物天生具备疗伤镇痛的功效，美好的食物可以让人暂时学会遗忘，忘记疼痛，忘记悲伤，忘记所遭受的一切耻辱，甚至可以忘记我们自己，当一个人可以全身心地投入到吃上面来，而且什么也不再想的时候，他（她）或者已经完全不再是他（她）自己了，他们已丧失了起码的自尊和自卫，外界在食物的诱惑下变得渺小起来，一切似乎都不再重要，人已不由自主地堕向本能。而此刻，被饥饿折磨困扰着的乐乐并不知道在黑夜的另一端，有一个名叫李素娥的女人，或者说一个被李思乐九年以来日日唤作妈妈的女人，一个就在数小时以前将他打得遍体鳞伤的女人，或许正用那双每天为他备好食物掖紧被子的手与歹徒抗争，与机器抗争，与自己的身体和内心极力抗争着。

现在，他的双手、脸蛋和下颌都沾满了猪蹄特有的一层油腻的光泽，这使乐乐看上去酷似一只粗糙且易碎的彩陶制品，桌面和地板上零散堆积着那些发出白光的大小不同的骨节，风卷残云般的咀嚼和吞咽让他显得狼狈而又兴奋不已。大概食物还有另一种功能，它能让一个沮丧者顷刻间变得亢奋起来，这跟食物在胃囊里迅速转化成热量有关。乐乐的肚子的确不再发出咕咕的响声了，相反，他接连打了几个很哏的嗝儿。

美餐之后，乐乐无所事事地从客厅走到阳台，又从阳台走回客厅。外面依旧黑沉着，而他的脑子里全无夜的概念，他只是被一种分外的寂静包围着，老鼠又开始在暗处活动起来，快速生长的牙齿迫使它们在深夜里也一刻不能停歇。乐乐竟然莫名地打开了电视机，那时，他也同样毫无电视这一概念，雪花点炒豆子似的在铅灰色的屏幕上不停翻滚着，令人视线纷乱，还是那种剧烈而单调的噪声，才使得他的神志从黑白涌动的画面中渐渐清醒过来。这个过程中，他长时间地凝视着屏幕和屏幕上的黑白相间的点，那些多得可怕的点让他整个人失去了魂魄似的茫然起来。

乐乐并没有立刻关闭电视机，而是将声音拧到最小并很无聊地来回更换着频道，世界在他眼中似乎都是一样的，只是一种看似强有力的闪烁与飘忽不定，甚至带有一种张牙舞爪的性质，此外，没有任何声音和意义。那时，他逐渐恢复了一些时间的概念，他发觉自己仿佛在时间之外飘荡了很久很久，甚至整个夜里，不，应该是整个晚上——从黄昏开始，自己一直在时间之外漫无边际地游荡。这种突如其来的时间感让他一下子就醒悟，他一遍又一遍回想着这个时段里所发生的一幕一幕，犹如一个丧失记忆者突然寻找到了过去的时间和事件的突破口，记忆渐渐复苏了。他迫不及待地从母亲的卧室里找到了那个闹钟，红色的秒针一刻也不曾停止过，此时，表正在他手中匆忙地嘀嗒着，他还是第一次强烈地感觉到时间离自己竟然那么近。这是一只标有日历的普通闹钟，这时，短针正接近五点，长针指向十一点，秒针以它固有的速度转动着，日历恰好停在了"六"上。礼拜六，他的嘴角默默地动了动，他一字一顿地说，礼、拜、六，嘴角努力作出一种牵强的配合，接着，他的一只眼睛里泛起了一片水雾，眼眶里的水珠渐蓄渐满。他就大声对自己说，礼拜六！今天是礼拜六！妈妈，今天又是礼拜六！妈妈……说着，他手中的闹钟已然落在地上，发出一种异常清脆的声音，表蒙子顿时碎裂开来。

窗外，一层黎明迫近时分泛红色的薄薄的雾霭正悄然在东方的天空下浮游着，那时，晨风渐起。房内，闹钟平躺在地板上，时间在乐乐的脚下一分一秒也未曾停歇。

乐乐忽然失声哭了起来，他的哭声断断续续，里面仅仅包含一个音节，妈妈、妈、妈、妈妈妈、妈妈、妈妈妈妈、妈、妈、妈……眼泪再一次模糊了窗外的一切，也覆盖了他的哭声，最后，他的喉咙完全丧失了声音，他暗哑着，眼泪自顾自哗哗地淌，身体慢慢地倒在地板上。他的一只手无意间摁在破碎的玻璃上，血立即从手掌下面渐渐沥沥地爬出来。

就在乐乐瑟缩着从墙角处捡起几片黄绿相间的药片时，他听到一阵咚咚的脚步声从楼道里传来，声音并不很大，而且缺乏节奏和控制，时而两声，时而一声，或者又突然消逝。这些声音振荡着他的耳膜，如同一下下重击着低音琴键而发出的嘈杂而又缓慢的声音。乐乐一只手里还死命地攥着那些鼠药片，他完全失去了主张，就在门外的声音传来之前，他的脑子里曾苍茫地闪过这样一个念头，或者跟"死"无关，他只是试图寻找到一个策略——可以阻止黎明到来时的一次令他恐惧的旅途。而此刻，如同面对某种即将来临的恐怖袭击一样，乐乐只是战栗着往后接连倒退，一步，两步，三步……他最终退进了厨房。这时，他听到了那种用手拍门的声音，先是两下，一下，接着又是两下，他依旧畏缩在厨房里。拍门的声音戛然止住，仿佛只是他自己的一种幻觉，一切都不曾发生过。就在他靠着墙喘息时，他再度听见来自门外的声音，是一种他从来也不曾听到过的可怕的哀鸣声，开门，乐——乐，开——门——呀！

那时，乐乐的一只手正好摸到了水泥台面上的菜刀，他把菜刀紧紧地捏在手里，他的耳朵里自始至终响彻着那种像是从地缝里钻出来闯进深夜，并随时要将他掠走的声音。乐乐的嘴角再次抽搐着，甚至有点扭曲和变形。他已完全听不清自己反反复复地叫着什么，不要带我走妈妈，礼拜六，别带我走，求求你妈妈，礼拜六，我不去，我怕礼拜六，我怕呀妈妈……

曲终

天亮了。

天亮后整座小城的人们突然就兴奋起来，男人兴奋了，女人先是惊恐着很快也跟着兴奋起来，按理说老人不该这样，可是他们也全由不得自己一窝蜂地兴奋着，还有孩子，他们原本应该好好睡个懒觉的，毕竟是礼拜六嘛，可他们也破天荒地很早就醒了，个个的脸蛋比朝霞还要红很多呢。

这个早晨似乎跟李素娥没有关系，跟李思乐也没有关系，唯独跟人们的热切的目光关系密切，因为他们每个人眼中都充斥着大片的红色，他们只看到了血，无处不在的斑斑血迹，而且，从他们的目光里已然透露出些许担忧和不满，甚至还有阴毒的诅咒，这跟人们的日常居住环境、饮食卫生和关于下一代的教育与成长有直接关系，或者跟一种叫作封建迷信的玩意儿有些关联。

若干时日后，李素娥和乐乐双双出院了，他们重新回到了自己的家里，楼道里的血迹早被清理掉了，家里的血也清理干净了。往事几乎不留任何痕迹。

　　那天，楼上的邻居们突然听到从李素娥家里传出的一种巨大的声响，他们仔细听着，知道那是钢琴发出的声音，但是没有任何调儿，只是那么一下又一下混乱地响动着，像是一声声闷雷从人们的头顶滚滚而过。

托付给你的事

有时，而且恐怕是经常，人们自己不会
枯萎的，他们把塌了下去的袜子拉起来继
续走。

——［美国］雷蒙德·卡佛

上篇

一个人孤寂惯了，几乎快成了一潭死水，很难再
起一丝的涟漪。事实也是如此，若不是这个小家伙猛
不丁地闪现在他的生活里，老人一直都以为，自己到
殁的那一天，也没什么可以牵挂的东西了。

向阳家属院统共十几幢旧楼，都是 20 世纪 80 年

代中后期纺织厂还红火时建成的，有一半楼体的墙面还是砖背裸露的那种，甚至连阳台都没有包完整，看着粗粝狰狞又老气横秋。他呢，常年就住在小区铁栅门右侧的简易平房里，门房是个小套间，外面是值班和登记室，有电话，有旧写字桌，还有一条像医院通用的那种奶白色的长条椅，椅面和靠背早被数不胜数的屁股和脊背磨得油光油光的。穿过一扇带玻璃窗的小门，里间就是他的休息室，摆一张从职工宿舍里弄来的吱吱扭扭的双层床，一张旧圆桌，两把黄漆木椅，另外还有些杂七杂八的生活用品，电炉子、水壶、锅碗盆碟、米面袋子、打蔫的白菜和一堆土豆，等等，虽没有头绪，却又一目了然。他统共就这点家当。

他人也一样，简简单单的，几十年如一日，好像自从有了这个家属院，不对，应该是从家属院破土动工的时候，他就在这里了，当初负责看管工地上的东西，后来楼房建起来了，领导觉得他孤苦伶仃的，连个老伴也没有，人又老实厚道，这里确实也需要个看门守院的人，索性留下了他。平时，他就负责收个信件报纸，扫扫院子，清理垃圾，闲了给几道绿篱和十几株树木浇浇水。很多人到现在也没弄清他叫什么，也不知他年纪到底多大了，见面通常叫声何师傅，也有稀里糊涂就喊霍师傅的，反正一切就这么简单。何师傅把十多年光景就这么简简单单地送给了向阳家属院的人们。

如今，向阳家属院原来的老住户一多半都陆续搬走了，城里大搞土地开发，人家新型住宅区和别墅又有绿地又有水池，房子面积也都上百平方米了，住着又宽敞又舒适，但凡手头有点钱的人，谁乐意一辈子都窝在这种破破烂烂的小鸽子笼里呀？不过，老居民是搬走不少，旧楼依旧还在，有的转手卖出去了，也有的搞租赁，每天早晚，三教九流五花八门的人进进出出，似乎比以前更热闹些。俗话说，铁打的营盘，流水的兵，何师傅当然还是何师傅，只不过比先前老了许多，背也往下驼了好几度，眼睛有点儿老花了，看人总眯缝着眼，一只耳朵从去年开始稍有些背，听人说话得刻意偏过头，把另一只好些的耳朵凑上去。

这些自然都是闲话。单说这个秋天的下午，也就四点来钟的光景，雨正淅淅沥沥下着，这场秋雨已经连续下了好几天了，一点儿放晴的意思也没有，楼皮都给泡脱了，地上到处都汪成了泥水滩。赶上这种下雨天，何师傅基本上没活可干，院子不用扫了，树也不必再浇水。随便吃两口东西，人老了吃已不重要，然后就斜躺在条椅上看电视，电视还是厂里多年前淘汰下来的，十四英寸、牡丹牌、黑白的，天线也少了一根，胡乱转转仅有的那根天线，也能凑合着收到两三个频道，时不时有雪花点疯闪，反正他也是瞎看，多半时间只是听听声音，好解个闷儿。

阴雨天就这样无聊，房间光线很暗，人是最容易犯困的，眯一会儿眼就快睡着了似的，仿佛又在做梦，梦见老家的一棵枣树开花，香喷喷的气味缭绕，招惹来好大一群蜜蜂，正围绕在枝头上嗡嗡唱着闹着，听得人越发睡眼蒙眬了……对于往事的零星回忆，总是浮现在这种半梦半醒之间，他竟不由得打了个喷嚏——原来，是有人忽然走进门房里，把外面潮湿清冷的空气裹挟进来。他吧嗒着发了馊味的嘴巴，慌忙从条椅上站起来。眼前站着个女同志，三十岁上下，头发湿漉漉地披散在肩头，上面挂了一层细密的水珠子，看着有些发白。这个女人一进门，先低下头把头发使劲地左右甩了甩，大概是想把雨水甩干，她嘴里连声嚷着，破天气，下起来就没完没了的，真是倒霉死了！何师傅茫然地瞧着她，不知道这个女人进来想要做什么，或者只是来避避雨的。

正在他疑惑之际，门像是被什么东西猛撞了一下，接着一把黑雨伞冒冒失失地从外面硬塞进来，有一瞬间，它刚好被卡在两条门框之中，进退两难，但那把伞像是被一股无形的力量顽强地推着，终于砰地一下，冲了进来，将一股更冷更湿的空气顶进屋内。何师傅一惊，正要说话，见那伞扑啦一下收起来了，雨点噼里啪啦飞溅到地板和墙上，有好几滴是溅到他脸上的。伞后猛不丁蹦出个小男孩，噘着个小嘴，翻着黑豆般的圆眼睛，一个劲东张西望，然后，旁若无人又没好气地说，你把我带到这里干啥，妈，我肚子都快饿扁了，我想吃好吃的！女人气气地瞥了小男孩一眼，说，吃吃吃，整天就知道吃，我看你就是饿死鬼转世的！骂完，她终于把目光较为和缓地移向了何师傅，并以一种不无恳求的口吻说，老师傅，我就住在这个小区里，他是我儿子涛涛。她边说边一把将小男孩扯拽过来，非让孩子叫何师傅爷爷。小男孩不屑又不羁地瞅了瞅他，很不情愿地像蚊子哼似的叫了他一声，可何师傅根本没有听见。女人接着说，老师傅是这样的，家里有点急事，我得马上出去一趟，这雨也不见停，带上孩子不方便，路上来回得十多个钟头，再说我儿子明天一早还要上学呢，我怕晚了影响他，所以，就想把他托给您，请无论如何帮我照看一下，我办完事立刻就赶回来接他，您看行不？

这种事情以前并不是没有碰到过。比方说：谁家让他帮忙照管几天物品，谁家请他帮忙收拾废旧不用的家具，或者，谁家突然有个啥急事，临时求他帮着照看一会儿老人或孩子，他一般是有求必应的。远亲不如近邻，毕竟是一个小区的住户，谁都会摊上个大事小情的。再说了，他也确实有大把大把的时间需要打发。何师傅听女人说完话，才又重新仔细打量了一下眼前这对母子，印象中以往都是见过面的，大概彼此没说过话，但每天进来出去的人多，具体住在那幢楼他可说不清楚。这个叫涛涛的男孩也就七八岁的样子吧，或者更大一些，衣服裤子都是那种最常见的蓝白相间的校服，看上去比孩子的身体大许多，显得邋里邋遢的，又糊得脏兮兮的，裤腿和白球鞋上尽是污泥点子，勒在肩膀上的书包带好像两根结实的绳子，把他的小身体往后拼命拉扯着，使胸脯鼓凸得很厉害。男孩站在房间里一刻也不肯安生，一会儿踮起脚尖像兔子样原地蹦跳，一会儿又用一只脚去踩另一只脚，好像那鞋不是他自己的东西，一点儿也不懂得爱惜。这个头发湿得滴水的女人，身上的穿戴很一般，一件很普通的花格子衬衫，灰蓝色的旧牛仔裤子，咖啡色平跟凉鞋，肉色袜子，袜头渍了两角泥污，脏兮兮的，肩头挎着一只看不出是皮还是革的软塌塌的女式背包，本色的嘴唇，一看就知道没有涂口红，右眼角靠近鼻梁骨的地方，有一颗褐色的泪痣，看着很显眼，像一只很小很小的虫子爬在上面，整副面容多少有些憔悴，或者，像生了病似的。

就在何师傅打量他们母子的工夫，女人像是忽然想到了什么，忙打开自己的皮包，从里面摸索着掏出一张二十元钱，很客气地递到老人面前，再次郑重地央求道，师傅，这点钱先请您收着，算是给他买饭的钱。何师傅没有去接，犹豫了一会儿，问道，照看一下问题倒不大，那他要是睡觉啥的该咋办？女人立刻转忧为喜，说，涛涛自己身上有钥匙，他要是实在困了，您把他送回去就行了。说完，不等何师傅表态，就上前一步硬将那钱捏成团，塞进老人手心里了，似乎是怕老人不肯收，又特意用双手将他的手围拢住，然后轻轻地握在一起。女人这时距他很近了，有一股说不清楚的淡淡的芳香扑面而来，就像一束开得绚烂又叫不出名字的花儿，老人鼻孔有些发痒，想打喷嚏，但他强迫自己止住了。女人握着他的手说她会好好感谢他的。

那一刻，何师傅的确有种异样的感觉，这女人的双手湿涩而又冰冷，她的手心紧紧贴在他那皱巴巴又干瘪的老手背上，她的指甲的颜色不是红润的，而是白惨惨的，好像她身上有些不足之症。他几乎都快打了一辈子光棍了，好像还从来没有哪个女人这样大大方方地握住他的手。一瞬间的感觉就是如此，很奇妙，很新鲜，气息温柔，突如其来，猝不及防，让他似乎无法拒绝她提出的请求。于是，他嗫嚅着，又像是很难为情地说，忙都没帮呢，谢我干啥？这钱呢我就不要了，待会儿我煮点儿吃的，给娃儿吃饱肚子就成了。女人冲他不无感激地笑了一下，眼圈似乎有些微微泛红，双手依旧轻轻地握着他的手没放。她说，何师傅钱您就拿着吧，千万别嫌少！这孩子嘴馋，万一闹着想吃零食，就用这钱给他买。说完，又转过身蹲在男孩跟前，用手来回抚摩着孩子毛茸茸的脑袋，以母亲特有的口气嘱咐道，涛涛，你一定要听老爷爷的话啊，可不许调皮捣蛋，妈走了。男孩不置可否地盯着女人，嘴巴依旧很不高兴地噘着。女人顺手从男孩手里拿过那把黑雨伞，然后走到门口，把手里的伞直直地伸到外面去，砰地打开了，又回头冲老人说，何师傅，忘了告诉您，我家住在 7 号楼 4 单元 401，涛涛就麻烦老人家了。

何师傅迟疑地哦了一声，忙对站在门口的女人说，没啥，放心走吧。他那只捏了钱的手半天也没有松开，始终一动不动地摁在小腹处，好像那地方很疼似的，必须用手压着。

天悄悄地黑了，雨好像还淅淅沥沥地下着。

何师傅正忙着做饭，他打算下两把挂面，再打一个荷包蛋，他自己舍不得吃。一开始，小男孩还趴在外间的那张靠窗的桌前，沙沙地写着作业，小脸眼看贴到本子上了，看不清他的模样。

这时候，外面下班回家的人多起来，因为是雨天，时不时会有居民突然钻进门房里，短时地避避雨或相互寒暄两句，他们自然就发现了这个小男孩，有人好奇地跟何师傅打听，这是你的小孙子？何师傅只当是玩笑话，笑着摇摇头，继续埋头做饭。水烧开了，屋内水汽缭绕的，面条已经下了锅，眼睛就得老盯着，他右手拿双筷子随时搅和着，左手端半碗凉水不停往里兑点儿水，生怕潽了锅，那样最容易烧坏电炉子。

面条煮好了，荷包蛋也十分饱满，何师傅自己也相当满意。他先盛出一小碗面，在里面加好了汤汁，又调了酱油、醋、盐，和事先切好的葱花，然后把那个荷包蛋盖在最上面，看着让人很有食欲。等他转过身，准备招呼小男孩吃饭时，顿时愣住了。刚才明明趴在桌上的孩子，却不见影了，作业本和书歪斜地翻开着，打开包盖的书包依旧横在条椅上。何师傅急忙放下碗，快步走到门外张望。院内的那些楼房已零星亮起了灯，雨点在他眼中闪着发黄的微光，从各家各户的厨房和抽油烟机口飘出的饭菜气息，正丰盛地弥漫在潮湿清冷的空气中。

他冒着雨从门房走到家属院大门外，也没有看见那孩子的影儿，他又折转过来，在十几幢楼的楼前楼后的甬道里走了两个来回，还是没见到那个小家伙。何师傅真的开始着急了，他忍不住想喊，嘴巴张了几张，却忽然忘了那孩子叫什么名字了。他到底叫个啥呢？刚才人家妈妈明明告诉过我的，瞧我这记性！真是老了不顶用喽……他自言自语着，为此事颇费思量。他身上几乎被雨淋湿了，等他落汤鸡似的再次回到门房里的时候，却发现那孩子正若无其事地在桌前摆弄他的电视机。他是又惊又喜，嘴里却佯作生气地问，小家伙，你跑哪儿去了，害得人四处好找！那孩子似乎并不想搭理他，只含糊地说句，尿个尿不行啊？就继续拼命拧那台黑白电视的旋钮，边拧边嚷，你的电视机怎么这么破？连动画片也看不到，真烦人！

何师傅顾不上擦自己脸上和身上的雨水，赶忙把桌子上的那碗面端给孩子，笑眯眯地说，涛涛，来来来，咱们先吃饭吧，放凉了再吃，肚子该疼了。对，他是叫涛涛，他一看见这孩子，就自然而然地叫出了他的名字，好像他们已经很熟了。这时，他很是为自己叫出了孩子的名字而感到高兴。孩子却气急败坏地用手掌连着拍了两下电视机壳，扭头盯着他手里的面碗，噘起嘴说，我讨厌吃鸡蛋，她没告诉你吗？何师傅一时不知怎么回答，他满以为孩子们都爱吃荷包蛋，他小的时候想吃还吃不到呢。这孩子，真是没道理！心里这样想着，嘴里却依旧哄劝着说道，涛涛乖，鸡蛋最有营养，你们娃娃正长身体呢，吃了有用，来，听话，吃了吧！不吃不吃不吃！我就不吃！蛋里有股鸡粪味，难闻死了！孩子一连串地嚷着，同时高高地仰起脑袋，跟小斗鸡似的，半天也懒得再看一眼那碗里的东西。

　　他端着个碗很为难地问，那你到底想吃啥？要不这样，你只把面条吃了，剩下的蛋我来吃，成不成？孩子突然撇过脸去，朝窗外望了望，外面彻底黑了，门房亮着灯，玻璃窗上映着一老一少的影子。我想吃麻辣串，还想吃烤鸡腿和炸鱿鱼！孩子对着窗上老人的影子大声说。何师傅愣了一下，并没有立刻放下碗，他答应过孩子的母亲要给他做点吃的，况且，现在面条都煮好了，他究竟是个小孩子，不能由着他的性子胡来，再说零食吃不饱肚子。这样想着，他就去把那个荷包蛋原封未动地放回锅里，然后把碗和筷子再次端到孩子眼前，说，你好歹先把这碗面条吃了，爷爷答应一会儿给你买好吃的。

　　小男孩终于摸索着收到了自己想看的那个台，可图像很模糊，他正急得像只小猴，抓耳挠腮。何师傅恰好这时挡在电视屏幕前，孩子随手一拨拉，那碗和筷子便从老人手里飞了出去，咣当一下摔在地上，满地都是面条和汤汁，碗也裂成一摊瓷片。何师傅双手在胸前抖了抖，气得一时不知该怎么办好，可惜那碗面了，还有他的碗！他强压怒火说，你这孩子，不吃就不吃，你乱推啥？孩子不以为然地冲他翻了翻白眼珠，说，活该！谁叫你挡人看电视呢？老人终于火了，多年来从不曾发过一次脾气，这时火气腾地就从肺腑最深处冒出来，他挥手给了孩子一个大耳光。小坏蛋！你嘴还硬得很！小男孩怔住了，显然，他根本没有想到老人会动手打人，他咬了咬嘴唇，眼泪倏地流出来，接着，他一扭头疯野地往门外跑去。

这真是件麻烦事！何师傅一边收拾地上的东西，一边这样想。现如今的孩子真太不像话了，糟蹋了五谷连眼皮都不眨一下！也许是心不在焉，他在拾掇那几片残碎的碗片时，一根手指竟给划破了，血缓缓地涌出来，他赶紧把手指头塞进嘴里吮了吮，血的味道甜丝丝的，他已经很多年没有这样吮过自己的血了，不小心弄破手流血，应该是孩子时的事了，可现在他却为了一个陌生的小家伙，又尝到了鲜血的腥味。

男孩跑出去有一会儿工夫了，他也没有急着去追，估摸着他跑不远，外面黑灯瞎火又下着雨，大不了就是回自己的家了，他妈妈说他身上有钥匙。再说，得给这小家伙长一点教训，小孩子嘛都是越惯越不成样子的。他想，看样子那女人没有把孩子管教好。等收拾完地上的残物，指头的血已止住了，想起锅里还有面条，自己肚子也有些饿了，就盛了出来吃。面已经凉了，而且坨成了疙瘩，他胡乱扒拉了几口，味同嚼蜡，又放下了碗。这时，他的火气也基本消了，想着自己一把年岁了，跟个几岁大的孩子一般见识不值得。这才出了门房，想去看看那个小家伙在哪儿待着，说不准正蹲在哪个楼门洞里偷偷哭鼻子呢，劝一劝叫回来算了。

雨停了，飘在晚风中的只是细碎的水星子，扑到脸上凉飕飕的。何师傅打了几个寒噤，打着值班用的手电筒，光亮几乎照遍了家属院的每个角落，也没有寻到那个孩子的踪影。他想到孩子家里去看看，可糟糕的是，刚才那女人临走时说的住址，他只隐约记了半拉子，一时竟想不起是几号楼。所以，现在老人只能一幢楼一幢楼地挨着去找 4 单元 401，虽然楼不算多，可对于他这样的老年人来说，这实在是件苦差事，连着上上下下了几幢楼，他就吃不消了，腿肚子绵软，脚底发飘，呼哧呼哧直喘。

何师傅开始后悔了，早知道如此，刚才就该追上去抓住那个小家伙，放他跑掉实在是自己的过错。继而又想到，也许自己一开始根本就不该揽那个女人的闲事！万一那个小家伙不听话，再跑出去闯出啥祸事来，到时候他可怎么跟人家交代啊？想到这里，他简直觉得世界末日快要来临了，尤其是一想到那孩子不羁的眼神和举止，这种恐慌就越发向他逼近，挤得他快要喘不过气来了。今晚到底是怎么了，干吗非要出手打那个孩子？他跟这对母子素昧平生，人家相信他才把孩子托付给他的，不就是为了一碗面条吗？不就是打碎了一只碗吗？自己何苦呢？⋯⋯

就这样胡思乱想着，他几乎慢吞吞地爬上爬下家属院内所有的楼。中间也曾碰到几个正在上下楼的住户，都用很奇怪的眼光打量他，以为出了什么大事；也有人打开房门后问他敲门干什么，要找谁。何师傅只是模棱两可地说声，哦，没啥，没事，我找错地方了。可是，他心里跟着了火似的，一次次敲响别人家的门，又一次次遭受白眼和失望的打击。而那个调皮的小男孩，仿佛是被黑夜吞噬了似的，一点迹象都没有。最后，他拖着酸痛不堪的两条老腿，又一步一步回到门房，满心以为孩子会眼巴巴站在门口等着他，请求他原谅自己，可事与愿违，老人简直快要崩溃了。唉，这倒霉孩子，他到底跑到哪儿去了？

家属院外面的巷道两侧，零散地有几家小饭馆、粮油行和理发店。何师傅依次进去打问了一番，不停地给人家比画那孩子的相貌高矮，甚至死乞白赖地求人家若是见到了一定给他通个信。后来，他终于走到顶头那家网吧前，脚刚踏进去一只，就被横在门口的一条粗胖的大腿给挡住了，老头儿，你找谁？一个同样粗壮的男声冲他喝道。他不得不低声下气地又给人家诉说、比画了一通，没等他话音落下，一只胖手早油腻腻地把他搡到外面了，这里没你要找的人，走吧走吧走吧，我们这儿从来不接待未成年人！何师傅一连退后几步，觉得这个胖子好像没跟他说实话，明明有好多回他路过时看见很多孩子打这里进进出出的。他还想再凑上去好好问问，见那胖子双手抱拢放在胸前，点晃着一条腿，冲他乜斜着一只白眼。何师傅又觉得这种人满脸横肉，是惹不起的，没有办法，他只好暂且转身往回走，可他并没有彻底离开。网吧的事他略微知道一丁点儿，有些孩子的家长偶尔到门房里也会谈起此事，说孩子对游戏如何如何着迷，一旦沾上就不好好学习，玩得上了瘾家都不想回。所以，他就想在这里徘徊着，说不定那小家伙就在里面呢。老人的这种考虑也是有些根据的，比方说，刚才男孩在门房里摆弄电视机的样子，一看就知道很熟练，好像跟电器沾边的事都难不住他。

可是，他在巷道里不停张望着，等了将近半个来钟头，眼看夜空又零星飘起雨点来了，也不见孩子从那网吧里出来。老人多少有些气馁了，想到自己毕竟还有值班工作，门房这半天也没有人，终归不是个事，还是先回去等等再看吧。他还没走到家属院，就见前面路灯底下围着三五个人，正影影绰绰地晃动着，像一群鬼影，他心里顿时有种很不妙的感觉，腿脚一阵发麻，好像不听他使唤了。快走近时，就隐约听见了呜呜的哭号声，好像嗓子都哑了，窒息般抽噎着。其中，还夹杂着七嘴八舌的谩骂声，都气哼哼的。小碎狲，还有脸哭？谁叫你不学好！跑到这儿想偷吃的！快起来，带我们找你家长去！别蹲在地上耍赖皮了！快说，你是哪个学校的？明天非告诉你们老师不可……

何师傅见状慌忙挤上前去，他几乎不用再多看一眼，就已猜到蹲在那几个大人中间的是那个孩子了。正应了那句话，怕啥偏就来啥了。他的手脚开始莫名地哆嗦起来了，右眼皮子扑嗒扑嗒直跳，这是他许多年来从没有过的惶恐，简直有种大祸临头的感觉。

等回到门房后，老人二话不说，赶紧拿出湿毛巾给孩子擦脸。这才发现孩子流过鼻血，血迹已凝固在人中上，下颌也有弯曲的一道，孩子的一面脸蛋青紫青紫的，看上去高出一块来。擦脸的时候，孩子疼得直龇牙，一个劲往旁边躲着。

老人的心肠忽地就软了。进门前还满满一腔子怒火，他平白无故地叫那伙人数落甚至可以说是羞辱了一通，说他怎么做老人的，连自己的孙子都管不好，白活了一把岁数。好在，孩子只是偷了吃的东西，而且还没有来得及吃就被他们抓个正着。他除了鸡叨米样频频点头、低三下四地赔不是、承认自己人老没用之外，也只能忍气吞声，他不能也不敢跟别人说，这孩子跟他没有任何关系，那样的话事情会更复杂的，既然没有关系，人家凭什么会让他把孩子领走？他只想把孩子从那些人手里要回来，要不然等那女人回来，他怎么跟人家交代啊？

这阵子，看着孩子那肿胀的小脸和可怜兮兮的模样，一切似乎都烟消云散了。老人轻声问孩子是不是刚才那些人打的，还疼得厉害不厉害。孩子一声不吭，只顾吸溜吸溜擤鼻涕抹眼泪。他就不想再难为孩子了，心想那些人也是的，杀人不过头点地，怎么能把孩子打成这样，不就是拿了一根香肠吗？这样一想，他也更加后悔先前自己的那一巴掌，好像大人一遇到事情总是喜欢动手的。但他还是要埋怨几句，谁叫你不学好？打小偷针，长大偷金！你妈和你们老师没教过吗……从今以后啊，可要乖乖的。说着，跟变戏法似的，从裤兜里掏出一根棒棒糖和一大块巧克力，给孩子的每只手里塞了一个，东西都是刚才去商店找孩子时顺路买的，当然花的是他自己的钱，那二十块钱他可没有动。

小男孩默默地吃完了那块巧克力，又喝了几口老人端给他的热水，才趴在桌子上，又开始装模作样地写作业。何师傅呢，就坐在靠墙的条椅上，两眼盯着孩子那佝偻得像小老头一般的背影，心里有种说不出的感觉。他这辈子没成过家，更没有过孩子，打小因为老家闹饥荒背井离乡，从此几十年再也没有回去过，除了梦里经常出现的那一树芳香扑鼻的枣花和一群嘤嘤嗡嗡飞舞的蜜蜂，他几乎都不记得父母弟弟妹妹的样子了。孩子也是无意中回过头，发现何师傅正老泪纵横地望着他出神，就以为他还在为刚才发生的事伤心难过呢。小男孩马上敏感地扭过脸去，又老老实实地趴在桌上。

墙上的挂钟雨点样嘀嗒嘀嗒敲个不停，老人抬头眯着眼瞅了一下，十点半了，照那个女人的说法，再有两三个钟头她也该回来了。就在这时，他才发现孩子不知什么时候趴在桌上睡着了。他轻轻地走过去，孩子似乎睡得很香，把一边的小脸都压瘪了，铅笔扔在本子上，嘴唇朝外翻凸着，口水流了一摊，清汪汪的。何师傅叹了口气，他想了想，才蹑手蹑脚地把孩子抱到里间屋的床上。他觉得孩子睡着时简直跟面条一样软，随便他怎么动弹，好像都不会弄醒的，但他还是轻轻地帮他把鞋脱掉，又款款地盖上了被子，这样孩子能睡得舒服些。

何师傅在床沿边静静地坐了一会儿，听着孩子渐渐均匀的呼吸声，心情不知不觉好了起来，他这样睡着确实让人觉得又踏实又省心。他起身走到外间，下意识地朝窗外望了望，心里想，明天天怎么也该晴了吧。

后来，他就是在门房的那张条椅上斜靠着身子，慢慢迷糊着的。事实上，他是想等那个眼角长泪痣的女人回来后把孩子接走，他再回里屋好好睡的，但始终没见那女人的影儿。

第二天早晨，果然出了太阳，有点儿天遂人愿的意思。

何师傅很早就出门了，尽管夜里在条椅上睡得浑身都不得劲，腰和脖子像是在醋缸里狠狠地泡了一宿，酸痛酸痛的，可他还是一醒来就赶快拿起扫帚，到院里忙乎了好一阵。雨过天晴，空气十分清新，人往晨光中一走，感觉有股重新活过来的劲头。

许多年来养成的习惯，早起第一件事，就是打扫院子和收拾垃圾。刚下过雨院子不是很脏，他只把那些被风雨打落的枯树枝和黄树叶扫了扫，又将依旧淤积在水泥地上的明镜样的雨滩往四周赶开，好让甬道尽快晾干，方便大伙走路。等他干完这些活，抬眼看到第一拨背着书包的学生从楼门洞里三三两两钻出来时，才恍然意识到，该让那个小家伙起床了。

这时，他才稍微合计了一下昨晚的事，也许那女人早就回来了吧，估计是从窗户外面看到他在门房的椅子上睡着的样子，觉得不便于打扰他休息，所以才没有深更半夜敲门进来接她的孩子。这也是人之常情嘛，他当然也能理解的。再说了，从一开始那个女人提出要把孩子托付给他，他好像就没有疑心过什么，尤其是当那一刻她紧紧握住他的手时，他几乎毫不犹豫地就答应下来了。人嘛，都会遇到些为难的情况，能帮别人一把就帮一把吧，那个女人若不是事情紧急，她也不可能把自己的孩子交给别人来管。他心里确实就是这么想的，也是这么去做的。他这人生活得简单，想法自然也从不会复杂的。

不管怎么说，得先叫那孩子起来，洗洗脸去上学是正经。可转念一想，孩子昨晚耍了脾气，确实也没有吃好饭。对了，他应该先给那个小家伙弄点吃的去，吃饱了肚子，不想家嘛。所以，何师傅随手放下扫帚和簸箕，并没有回房间去，而是直接朝外面的巷道走，那里有一家卖油条豆浆和包子稀饭的小食店。他自己平时很少去的，早点都是胡乱凑合一下，有时煮个鸡蛋，有时也熬碗稀饭，多数时候，都是啃干馍馍或热着吃头天的剩饭什么的。今天为了那个小家伙，他决定破一次例，不能再瞎凑合，因为昨天他已经领教过那个孩子的胃口和脾气了，大清早的，他可不想为这点小事，再惹那小家伙生气不好好去上学了。就算把好事做到底嘛，一顿早饭也花不了几个钱。

一路这样想着，他已经迈步走进那家小店。里面已经有人坐在那儿吃饭了，豆浆和炸油条的气味直往人鼻孔里钻。连他自己都禁不住要流口水了。他想了想，就向人家要了两根油条、半笼小肉包和一塑料袋热豆浆，怕那孩子挑剔，特意嘱咐人家多往豆浆里加两勺白糖。到什么时候，孩子的嘴巴总是刁的，他当孩子的时候不也是一样吗？总是想要搜罗点好东西吃，只不过当时家里条件太艰难了，好吃头总像天上的星星和月亮一样，可望而不可即的。

买回早点之后，那孩子依旧睡得香甜，何师傅伏到枕头跟前连着叫了两次，他总算是醒了，一副懵懂无知的样子，拼命揉着惺忪的眼睛，奇怪地望着他，好像不认识眼前的这个老人，又好像连他自己也搞不清楚为什么会睡在老人这里。何师傅笑眉笑眼地说，小懒虫，该上学去了，再晚可就迟到了！孩子揉着眼睛，磨磨蹭蹭地下了地，自己把地上的鞋往脚上套，又蹲在那儿慢吞吞地系鞋带。老人见他系的方法又慢又不得体，就主动上前蹲下身帮他系，嘴里还说，要这样绾个活扣，像你那样很容易绾成个死疙瘩，到时候想解都解不开。孩子站在那儿打了几个哈欠，嘴巴臭烘烘的。老人就拉他到外间屋洗脸，又把自己的刷牙杯兑了温水，递给孩子叫他好好漱漱口。

接下来，一老一少坐在条椅上开始吃早点。油条一人一根，包子老人只尝了一个，其余都让孩子吃了。看来甜豆浆很合这孩子的口味，他喝得咕咚咕咚的。他故意问他，好吃吗？孩子狼吞虎咽地冲他点了点头，嘴巴吧唧吧唧响。他嘿嘿地笑了笑，说吃慢点儿，可别噎着！孩子一口吞下最后一个肉包子，腮帮子鼓得像跳上了岸的鱼。望着他吃东西时的小模样，老人觉得心情舒畅起来。难怪院里那些退了休的老头老太太，整天跟在小孙孙屁股后面，接了送送了接的，一点儿也不觉得烦，还总是舍得花钱，动不动给孩子们买这买那的，原来，这里面竟有一种付出后的快活，以前他可从来也没有想过，自己这辈子竟能体会得到这种奇妙的感觉。

打发小男孩背上书包，走出向阳家属院，何师傅还是有点儿不放心。具体不放心什么，也说不太清楚，就是想跟在孩子后面，再送一送他，最好是亲眼看着他顺顺当当走进学校大门才好。孩子慢悠悠地往前走了大约一百米，就出了巷口，然后快速跑步横穿过马路，在路对过突然转过身来，隔着人车熙攘的马路朝巷口张望着，见何师傅也跟了上来，他就挥着手跳着脚大声喊，回去吧，爷爷，我自己能行。

何师傅这才停下，也隔着路朝孩子招了招手，眼光里突然
浮出一层蒙眬的酸意，大概是让太阳光刺的吧，这天阴了有一
个礼拜了。他心里想着，嘴里也冲孩子喊道，听话，别淘气，
要好好上学啊！然后，那孩子就一路蹦蹦跳跳消失在他眼前了。
过了一会儿，老人转身开始顺着巷道往回走，心里依旧有些担
忧，总觉得马路上车来车往的，这对一个小孩子来说，实在是
太危险了。

中午，何师傅手头有两件事够他忙一阵的。先是收垃圾的
卡车突然停在家属院门口，大概是连续降雨的缘故，平时都是
在一天的两头来收，今天却大中午跑了来，司机师傅把喇叭摁
得哇哇叫。何师傅赶忙从抽屉里翻出一串钥匙，打开铁栅门，
好让汽车开进来。当然，他还得帮忙干活，把那几只铁皮垃圾
箱里的脏物全都装进车厢里。好不容易打发走垃圾车，还没来
得及洗洗手呢，居委会的一个矮胖的妇女扭着屁股，颠颠地跑
进来通知何师傅，说下午爱委会要下来检查各个小区的鼠药投
放情况，让他抓紧时间做好准备。

老鼠药还是半个月以前他专门去居委会领回来的，一直搁
在里间屋的床底下。他想可能是入秋了，正好又赶上连天雨，
这不天刚一晴，老鼠就开始活动了，所以爱委会才搞这种突击
检查的。不管怎么说，有令则行，这些年他早习惯了应付各种
各样的检查。于是，何师傅急忙从床下找出那两盒子药，还有
两袋子强力粘鼠胶，有点儿像过去给人用的驴皮膏。他按照居
委会的要求，一幢楼一幢楼地往那些阴暗潮湿老鼠最爱出没的

地点上撒放。他记得过去那些年里，人们一直口口声声叫喊着要"除四害"，现在好像就数老鼠最坏了，但凡有人住的地方，总少不了它们的影子，所谓的"除"，也就是装装样子，只要人不死，老鼠就能一直活着。所以，他就想，老鼠从来都不怕你检查，检查都是用来吓唬人的把戏。他弯腰爬跪着一门心思隐藏和安放那些毒药，而老鼠们可能正躲在暗洞里瞧着他的样子吱吱发笑呢。

活还远远没有干完呢，何师傅已经满头大汗，腰腿也酸痛得要命，人老了就是这样，干一把活便气喘吁吁的。他很吃力地从一道地沟里爬上来，这是家属院最靠里的一幢楼，再往里走就是砖砌的围墙了，墙头上扎了铁丝网，楼和围墙之间的空地上，填满了花花绿绿的垃圾和杂物，都是楼上那些住户不自觉，整天就知道从上面往下扔东西。他隔三岔五就得来清理一次，每次都得费上老半天时间，可往往没过几天，方便面袋子、臭袜子、烂裤头、旧鞋、烟盒、馊馒头、玻璃瓶，还有避孕套，又扔得遍地都是，恶性循环，他也拿这些人没办法。有时候他也瞎琢磨，人其实跟那些躲在洞里的老鼠没有太大区别，平日里都人模狗样的，可背着别人的时候，就保不准会干出些没名堂的勾当来。

何师傅站在那里揩汗歇息的工夫，只听扑通一声，什么东西从半空中重重地落下来，他异常惊恐地抬头往上一瞧，正好看见从最顶层楼的一个阳台里探出来的秃脑袋，光溜溜的，活像吊在窗外的一个青皮西瓜。于是，他不无愤怒地冲那脑袋喝道，喂！谁叫你们乱扔东西的，砸着别人该咋办！还讲不讲公德了？那个秃脑袋闻声，立刻朝他所站的位置一瞥，同时，阴阳怪气地大声回敬他一句，狗拿耗子多管闲事！随即，便乌龟似的迅速地缩藏了进去。何师傅气不打一处来，这里难道是垃圾场吗？怎么一点儿规矩都不懂，倒还有理骂人，不行，今天非得上去跟这种人理论理论。他一边这样自言自语，一边又抬头确定了一下刚才露头的那个楼层位置。于是，他手里提着还剩下的多半袋鼠药，径自绕到楼的另一面，瞅准单元号，气呼呼地走了进去。

但是，还没有爬到他想要去的那个六楼，远远就听见一阵哭哭啼啼的声音，顺着楼道透迤地传下来，间或还有骂骂咧咧的声音，开始听不太清楚，声音空荡荡的，嗡嗡回响。他稍微停了一会儿，又继续爬楼梯，渐渐地听得分明些了，哭鼻子的是个孩子，哇哇啦啦，听着有些怪可怜的；而正在谩骂的是个女人，嗓音高八度，不依不饶，喋喋不休。何师傅心里一阵狐疑。当他一步步就要爬上四楼的时候，忽然觉得正在哭泣的孩子声那么熟悉，因为昨晚这声音就曾在细雨中由远而近地传到他耳朵里。想到这儿，他几乎是大踏步爬完了最后几级台阶，人也一下子愣住了。那个小男孩背着鼓鼓的书包，这个东西他是认识的，正背对着他站在 401 门口，用双手来回蹭抹着鼻涕；而房门却是开着的，门内站着一个高个子满头鬈发的中年妇女，正气势汹汹地一手叉腰，一手指着孩子的脑门嚷叫，你妈到底去哪儿了，你说不说？今天你妈要是再不回来，你就休想进去！小男孩听了这恐吓哭得更凶了。

何师傅几乎没有多想，忙走过去跟那孩子并排站在一起，一只手还不由自主地搭在孩子的肩膀上，轻轻地揉了揉，安慰说别哭了，别哭了，看你哭得眼睛像桃子了。小男孩扭过头看了看他，不无动情地叫了声爷爷，又使劲用袖子揩了揩眼泪，半天也不说话，好像很委屈很伤心的样子，由于抽噎小胸脯起伏得很厉害。高个子妇女狐疑地扫了何师傅一眼，有种似曾相识的感觉，不过她并没有多想什么，依旧板着面孔，两只手都叉在腰上，瓮声瓮气地问道，你是他爷爷？何师傅先对妇女摇摇头，似乎又觉得不妥，忙又点了点头，说，这娃儿还小呢，我知道他老调皮捣蛋，若是得罪了你，还请多多担待。不等他把话说完，高个子妇女冷笑了两声，说，我才懒得管他捣不捣蛋，反正今天必须得把房租交清，要不然我马上就让他们搬出去！

这下他才算彻底弄明白，原来房子是这个妇女的，人家跑来收房钱，小男孩放学回来，房东堵在门口把孩子骂得狗血淋头，不许他进去，而孩子的妈妈直到现在好像也没有回家来。情况大致就是这样。何师傅佝下腰问小男孩，你先别哭好不好？你跟爷爷说妈妈到底去哪儿了？孩子支支吾吾地说了声他也不知道，就又呜呜地哭了起来。妇女很不满地说，你是他爷爷，不会不知道吧，别是你也跟着这娘儿俩合起伙来哄我吧。何师傅说话不能那么说，他还是个娃娃，要钱你也得等大人回来再说，看把娃娃吓成啥样了？妇女白了他一眼说，好好好，他是娃娃，我不跟他一般见识，你是大人，又是他爷爷，那你把这半年的房租先结了吧。说着，就冲老人伸出一只戴了两枚金戒指的手去，说，现在就去拿，九百块，一分也不能少！何师傅诧异地问，我为啥要给你钱呢？妇女说，你不是口口声声说你是孩子爷爷吗？何师傅本来想说我根本就不是他爷爷，可话都到嘴边了，他又不得不硬咽了下去。你看这样成不成？娃娃呢我先领走，等他妈妈回来，我一定转告她，让她把钱凑够交给你。何师傅觉得孩子哭得抽抽搭搭的，念了一上午书回来，连口饭也没地方吃，怎么说他也该再管一管，毕竟那个女人把孩子交给他帮着照顾的。看样子孩子妈妈一时半会回不来，兴许是被啥事绊住了，他要是再不说两句，房东肯定轻饶不了这孩子。不行！她都诓过我好几次了，今天推到明天明天推到后天的，把我当猴耍啊，妈的！妇女情绪有些激动起来，说着话，她突然抬脚狠狠地朝旁边踢了一下房门。今天非得有个了断，没钱我就把这孩子扣下，啥时候拿来钱，我啥时候放人！

现在，何师傅简直左右为难。早知会摊上这种破事，他当初真不该答应照顾这个孩子。这不等于骑虎难下、引火上身吗？他有心一走了之，可那孩子一口一个爷爷的，关键时候却想溜之大吉，这于情理不通，更何况自己大半辈子也从没干过这么不讲信义的事。应人事小，误人事大啊！万一这个房东火气上来，再把这孩子怎么着了，或者，这个男孩本来就调皮再闯出什么乱子来，等他妈妈回来找他，他该怎么跟人家解释呢，说自己啥都不知道，还是说自己根本不想管那么多？那么，自己一开始就应当拒绝掉。现在，一切似乎都晚了，毕竟自己亲口答应过人家，毕竟自己一把年岁的人了，能言而无信吗，那样的话还能算是个人吗？唉，帮忙就帮到底吧，谁让自己摊上这事了呢？

继而，他又暗自合计，自己手头确实还有个千儿八百的，这都是他月月攒下的工钱，平时他省吃俭用，除了买粮买油买菜，他一不吸烟二不喝酒，在这个城市又无亲无友，基本再没有啥花钱的地方。钱是个啥东西？生不带来，死不带去，俗话说得好，钱要用在刀刃上，现在这个把自己叫爷爷的孩子，以及他的妈妈有了些难处，他能袖手旁观吗？难道说自己就不应该把钱拿出来，帮衬他们一下吗？何况，那个女人迟早要回来的，她也肯定会把钱原原本本还给他的，这一点他很有信心，就凭她能放心大胆地把孩子交给自己照看。

想到这里，何师傅对那妇女说，你别为难这娃儿，房钱我先垫上，你得给我打个条子。房东听了，果然转忧为喜，她马上换了一副面孔，慢声慢气地说，我一看您老就是个明理人。

头一次走进涛涛家里，何师傅眼中所看到的一切，似乎再一次提醒他，这家主人似乎是遇到了些麻烦，的的确确需要有人帮一把。

之前，他给房东如数付清了租金，人家给他写了巴掌大的一片收据，纸还是从孩子的作业本背面临时随便撕下的一角。他把纸片宝贝似的折了又折，又款款地塞进自己的衣兜里。然后，高个子妇女心满意足咯噔咯噔地下楼去了。何师傅犹豫了一下，才跟着孩子走进房间。本来，他不太想进去，毕竟他跟孩子一家素不相识，再加上家里又没有大人，他进去总归不太妥当。可涛涛非拉住他的手不放，一个劲央求他，说爷爷你来嘛，好像那个厉害的房东阴魂不散似的，吓得孩子半天依旧不敢独自往里走。这一点儿他似乎能理解，才几岁大的孩子，胆子能有多大呢？再说房东那一脸横肉，说起话来跟吵架一样凶巴巴的，不把孩子吓坏了才怪！

家里有股馊乎乎的饭菜味，可能是下雨天没有及时开窗透气的缘故。前阳台跟卧室相连，没有客厅，厨房在阴台，看上去油腻腻黑乎乎的。一进门跟卫生间相对着有条很窄的过道，在过道靠墙的位置立着一张折叠式饭桌。涛涛径自走进北面自己的那间小房，里面靠窗有一张单人木床，挨着床是一张旧书桌和一把折叠椅，红色的椅面是革质的，破了两个拳头大小的洞，已经发黑的海绵凸露着，像两只眼睛。孩子进去就把书包如释重负地从肩头扯下来，哗啦一声，往乱糟糟的桌面上一扔，险些把桌上的台灯碰倒了。然后，孩子飞快地钻进卫生间里，门也不关。何师傅从后面瞥了一眼，孩子的裤子早已剥脱下来，屁股蛋雪白雪白的，正站在便池前哗啦啦撒尿，小身体一抖一晃的，好像被那根尿柱拽着不停动弹呢。

老人眼中油然生起一股暖融融的湿意，在过去的几十年当中，这种景象距离他真的太遥远了，包括此刻孩子因为尿憋得太久了，而从卫生间里迅速弥散出来的浓浓的臊味，都让他感到亲切和朴实。他冲光屁股的孩子笑了笑，觉得小家伙真的又调皮又可爱。他一边胡乱寻思着，目光一边朝别的地方滑过去。南面的卧室门半开着，隔着阳台的那面窗户和门被一扇紫红色的绒布窗帘遮着，里面就显得很昏暗，隐隐看见一张双人床，被子是随手铺展开的，不是很平整，感觉像来不及叠似的。

何师傅只把头往卧室里探了一探，估摸着孩子的妈妈就睡在这张床上，便又不由自主地想起了那女人的模样来。昨晚临别时，她突然握住他的手，当时他觉得她那双手很凉，潮潮的，又很软，有一股他说不清道不明的香味。想到这儿，他似乎能从这间昏暗的房子里辨别出那种女性的特殊气味来了，他甚至下意识地把自己的那只手搭在鼻孔上轻轻嗅了那么一下。这样一来，他马上就又意识到这个举动有些下作，自己怎么会做出这种荒唐的事呢，为啥要莫名其妙地闻那只被她握过的手呢？这让他感到一阵羞耻和慌乱。于是，他急忙背过身去，又正好跟从卫生间走出来的涛涛碰了个面对面。孩子微皱着小眉头，仰望着他说，我肚子饿了，爷爷。他多少有些结结巴巴地应了一声，哦，饿、饿了、好、好，爷爷这，这就领你下楼，咱们吃饭去。

因为这天中午实在太忙了，确实没工夫再做饭，加上身边又有个孩子一个劲喊肚子饿，何师傅便临时决定，干脆到外面的小饭馆里去吃一顿。他问涛涛想吃点儿啥，孩子冲他眨巴着眼睛说想吃肉，他就笑着抚摩了一下孩子毛茸茸的脑袋，正午的阳光把孩子的头发晒得发烫，摸着很舒服。就这样，一老一少朝巷道里的一家饭馆走去，孩子心情似乎很好，一路上紧紧拉着老人的手，蹦蹦跳跳的。何师傅觉得被这样一只细皮嫩肉的小手拉着，似乎有种用言语难以说清楚的感觉，他甚至觉得，自己的脚步都比以往轻松了许多倍，走起路来也跟个孩子似的。

小饭馆中午主要卖盒饭，何师傅花了十块钱，要了两份肉菜，炒鸡块和红烧肉，还盛了一大碗免费的紫菜汤。两个人找地方面对面坐好，孩子捧起饭盒就狼吞虎咽地吃起来。何师傅有点儿紧张，不停地劝孩子慢点吃，千万别噎着，又把自己菜里的肉拣了几块好的，都给了孩子，他自己基本上只剩下骨头和菜叶了。孩子的吃相真让他羡慕，他吃得很慢，牙口不行了，有两只槽牙上个月开始松动，一小块鸡骨头都得啃上老半天，还总塞牙缝，简直苦不堪言。要不是为了这个孩子，他不会也舍不得要鸡肉，像他这种情况，吃点儿豆腐稀饭什么的才最实惠。

下午，涛涛依旧要去上学，何师傅照样把他送到马路对过。孩子挥手跟他告了别。何师傅却站在路边，没有立刻转身回去。他目送孩子往前走着，心里忽然萌生出一种想法，而且非常强烈。于是，他又紧走几步，远远跟在孩子身后。快到那所小学校的大门口时，很多学生从四面八方涌来，像涛涛这么大或更小一点儿的孩子，基本上都是由家长陪送而来的，大人跟孩子在校门口分手。何师傅没敢靠得太近，而是一个人趴在学校的栅栏前往里张望着。他很想在学生堆里找到那个孩子，看看他在学校里跟学生们在一起到底是个啥样子，可这时的校园实在太纷乱了，到处都是小孩子，简直像一大群飞来飞去的麻雀，叽叽喳喳喧闹着，根本分不清楚谁是谁，把老人的眼睛都晃花了。

学校的广播正在连续播放歌曲，唱歌的是个小姑娘，声音清澈甜美。很快，声音变成小男声，字正腔圆地唱"小嘛小二郎，背着那书包上学堂，不怕太阳晒，也不怕那风雨狂，只怕先生骂我懒，没有学问，无颜见爹娘……"何师傅趴在那里侧着一只耳朵，几乎听得入了迷。他想，若不是这个孩子，恐怕他这辈子都没有机会在这种地方听这么好听的歌子。何师傅很小很小的时候，也曾跟着村里的老先生识过几天字，念过《三字经》中的"人之初，性本善"，会写自己的官名。那短暂的时光对他来说，实在太遥远了。现在老人还能记得住的，也就是"仁、义、礼、智、信"之类，那位白胡子老先生曾举着黑油油的戒尺教导过，"五常"是做人处世的根本，一个人要是忘了这些最根本的东西，那他就不配当人了，跟畜生差不了多少。

真是该死，竟然把下午要检查的事忘得一干二净。等他慢悠悠地从学校摇晃着一路走了回来，爱委会一干人前呼后拥地刚好从向阳家属院出来了。居委会那个矮胖的妇女眼睛很尖，只一眼便瞅到了他，她老远跑上来挡住他的去路，气急败坏地质问起来，问他到底跑哪儿去了，批评他鼠药放得不到位，嫌他准备工作做得不够扎实，直接影响了这次检查和评比的结果。他才恍然大悟，那些毒鼠药具确实还没有投放完呢，心里愧疚得很，任凭人家狠狠地呲了他一通，他除了像个孩子似的老老实实站在那里听着，半天一声也没敢言语。矮胖的妇女最后气冲冲地说，老何啊老何，你怎么搞的吗？大伙一直都觉得你这个人做事很认真很踏实，所以才特意把向阳家属院作为今天检查的头一站，可是你，你太叫人失望了！说完，她就撇下他扭着屁股，快步追赶前面的队伍去了。

何师傅木呆呆地站在阳光下，额头起了一层密密麻麻的汗珠子。从刚才那女人的愤愤的口气来看，自己确实误了人家的大事。这是怎么回事？以前他可从来没有干过这种没名堂的事。他在路边茫然地愣了半晌，才想起该往回走了。可刚一抬脚，一阵眩晕突然袭来，他差点儿就倒在巷道里。

何师傅在门房里接到一个电话，大概是从很远的地方打来的，听起来声音好像有些发飘的感觉。

一开始，何师傅误以为电话里正在跟他讲话的女人就是涛涛的妈妈，但仔细一听，又不太像，不过人家确实是找他的，问他这里是不是向阳家属院，问他是不是门房的何师傅，等他都一一应答后，才问他那个小男孩涛涛是不是在他这里。何师傅也渐渐地明白过来，不用说这一定是孩子家的亲属，算起来那个女人从昨晚到现在已经走了一天一夜了，也该有个音信了，他心里也一直惦记着。尽管此刻孩子还没有从学校回来，不过，他还是用非常肯定的口气告诉人家涛涛在呢。接着，对方的语调突然变得低沉了，何师傅，我是涛涛的姨姨，涛涛妈出了点儿意外，正在医院里呢。昨晚在我家吃饭的时候，听她说临走前把孩子托付给您了，我查了老半天号码，谢天谢地，总算是联系上您老人家了。

何师傅抓话筒的那只手不由得哆嗦了一下，心跳都加快了，头脑一阵阵犯晕，有一次话筒差点儿滑到地上。难怪那女人没有及时赶回来，其实，他早就有种不好的预感了，明明说好当天去当天回来的，平白无故地她怎么会失信呢？他听到电话那头的女人几乎在恳求他，老师傅，我现在还在医院呢，实在脱不开身，能不能再麻烦一下您啊？何师傅已经紧张得浑身开始冒汗了，他冲话筒不时地嗯嗯着，接着他听见对方说，我想托您把涛涛给送过来，不过请您放宽心，来回路上的一切费用，都由我来出，只要您能把孩子送来，让他妈妈再见上他一面，您就算是帮了天大的忙，我们会好好答谢您的！

事情来得太突然了，丝毫都不以何师傅的意志为转移。他简直有种临危受命的诚惶诚恐和忐忑不安了。这个重要的使命似乎跟那个孩子一样，从接手的那一刻起，他是不论如何也推不掉的。况且，这根本就是不能推脱的事，孩子妈妈出了事，想见上孩子一面，孩子就在他手上，他怎么能袖手旁观坐视不管呢？再说了，事情总得有个头吧，等孩子见到了妈妈，他也就算是彻底交差了，只不过他做梦也没有想到，事情最终会以这种方式结束。所以，片刻的沉默后，他用力冲话筒嗯了一声，他觉得自己的声音好像一块石头重重地落在地上。

随后，那个女人又详详细细告诉何师傅该如何坐车，到哪里下车，以及那家医院的具体方位，等等。他听得都有些心惊肉跳了，同时，他也尽量克制自己，用颤抖的手指攥着一截铅笔头，草草地记在登记本的反面。那页卷了拐角的纸已经被他画得乱七八糟的了，很多字他是写不出来的，也有些字平时还能凑合写写，而此刻却由于高度紧张，根本想不起来它们的样子了，他只好用自己特有的办法记录，比如，医院；他就简单地画一个"十"字来代替。这些年他根本没有出过什么远门，整天就待在这个日渐破旧的家属院里，充其量也就是到附近的街道和市场买买东西，对外面的世界可以说一概不知。所以，出门这事让他有种本能的恐惧，可以说一点儿把握也没有，简直就是强撵着鸭子上架。不过，他已顾不得那么多了，别说是让他带一个孩子坐车到另外一个城市，这阵子即便是上刀山下火海，似乎也由不得他了。

接下来，何师傅就开始急急忙忙收拾出门要带的一些东西。钱当然是必不可少的，替涛涛家交完房租还剩二百来块，他全部揣在贴身的衬衣兜里。装钱的时候，他无意中又摸到了那张折得很小的收条，他想这东西应该跟钱放在一块，到时候见到孩子的妈妈和姨，他也好有个交代。随后，他又觉得身上的衣服裤子很脏了，应该换一下，毕竟要出一趟远门，脏兮兮臭烘烘的，叫旁人笑话总归不太好，更何况自己还要领个孩子，不能叫涛涛跟他受了委屈。

换好衣服，他焦急地抬头看了一眼墙上的时间，已经快五点的样子了，他想等孩子一回来，就立即动身。趁这个空当儿，他又去了一趟巷口的小商店，买了两块面包、两根火腿肠和一瓶饮料，还特意给孩子买了几块糖果，这样路上也好哄哄他。想到那个孩子，他的心情一下子就难过起来。刚才主要是太紧张了，以前没有遇到过这种事，他想涛涛才那么大一点儿，他妈妈偏偏摊上那种事，孩子知道了可怎么办呀，肯定要闹腾的，还会大哭一场吧。他觉得最好先别告诉孩子，等见到他妈和姨再说也不迟，刚才那个女的在电话里已跟他说妥了，到时候会去车站接他俩的。

下篇

那些路旁的树，一排一排你追我赶，都使劲往后跑啊跑的，好像比汽车跑得都欢实。涛涛的眼睛只顾盯着窗外，乘车的感觉可比坐在教室里舒畅多了。他偶尔扭头偷看老人一眼，又迅速地将目光瞥向车窗，装作什么也没发生的样子。何师傅的表情一直很严肃，板着脸孔，微闭着双眼，跟学校的老师生气时的样子有点像，一句话也不跟他说。反正，他现在也不想搭理他。不就是放学晚回来一阵么，他以前经常这样的，妈妈不知整天在忙些什么，她有时来接他放学，有时就不来，他已经习惯了，放学后跟别的同学在校园或路上瞎玩一会儿，可这老头就鼻子不是鼻子脸不是脸的。涛涛觉得大人都很小气，为了一丁点儿小事，就要跟孩子发发火，好像孩子只是他们养的一条小狗，不管干点儿什么，都得乖乖地听话，要不然就给脸色看。

汽车在路上没完没了往前跑个不停。开始涛涛还是兴致勃勃的样子，看到外面的树木、房屋、桥梁和过往的车辆都很新鲜，觉得什么都有意思，总也看不够似的，脖子也伸得老长老长的，嘴巴还嘟嘟嚷嚷学汽车叫。可时间一久，他就腻烦了，怎么还不到那个地方啊，车到底要开到哪里去啊，我屁股都坐麻啦，累死人啦。他开始冲老人发牢骚，不停嘴地在何师傅耳边叨叨。何师傅偶尔眯缝着眼扫他一下，马上又闭上了眼睛，像是快睡着了似的，脑袋向后仰靠在椅背上，随着车身来回摇晃。涛涛继续唠叨，这个车咋还不停下来呀，天都快黑了，它到底要开到什么时候啊，人家肚子都饿了……

何师傅估摸着汽车少说也已经开了快俩钟头了，他才从座位下面把自己拎来的那只半新不旧的帆布背包拉出来，平放在两条腿上，慢慢地打开，再把一只鼓鼓囊囊的塑料袋解开。此时，涛涛两只眼睛早已经死死盯着老人的手和腿上的包了。他见老人从塑料袋里拿出一块面包，嘴巴就不由得吧唧起来，口水就要流出来的样子。老人侧着脸看了看他，问，肚子真饿了？涛涛木愣地点了点头。老人又问，想不想吃东西？涛涛有点察言观色地盯着他，不知道老人为什么要明知故问，可他嘴巴里的口水已经快溢出来了，他只好用力咽了两下，嗫嚅着说，爷、爷、我、想、吃。老人听了还是没有立刻把面包给他，而是突然伸过另一只手，使劲揉了揉他的小脑袋，说，捣蛋鬼，就知道吃。说完，嘿嘿一笑，才把面包递给他。

接着，何师傅又不紧不慢地从袋里摸出一根火腿肠，拿到嘴边用牙齿叼住一头，用力撕扯，嘴唇朝一边狰狞地翻翘起来，好像在对付一只嚼不动的烧鸡。涛涛大大地咬下一口面包，居然是果酱夹心，橙子味的，他的心里一下子就乐开了花，觉得老人其实也挺好的。别着急别着急嘛，你看看你呀，小心噎着你！老人总是被孩子的吃相弄得心惊肉跳的，他慌忙又从包里取出那瓶饮料，拧开瓶盖，自己亲手扶着喂孩子喝了两口。哪知涛涛喝得太猛了，加上嘴里还有面包，汽车又猛地一摇，竟一下子灌到气管里，顿时红头涨脸地咳嗽起来，惹得旁边的乘客都把目光聚拢过来。何师傅简直吓坏了，手忙脚乱地给孩子又拍后背，又捋前胸，折腾了好半天，才算停歇下来。见孩子眼泪都憋出来两行，何师傅不由得感到一阵心疼。于是，他再度把面孔板了起来，再不慢慢吃，我可要没收了！一边说着，一边伸过手去，把孩子脸上的泪水轻轻揩了揩。

两块面包几乎都让涛涛吃了，何师傅只吃了小半块，是孩子最不愿意吃的没有果酱夹心的地方；火腿肠每人吃了一根；饮料老人一口也没敢喝。何师傅有点儿后悔，早知道他这么喜欢，应该再多买上一瓶。吃完东西，涛涛稍稍消停了一会儿，可这时外面彻底黑了，没有什么景物可看，所以，没过一刻钟他就又无聊得坐立不安了，小嘴又开始喋喋不休，一个劲问老人咋还不下车，问他们到底要去哪里，又担心天黑了没地方睡觉，等等，尽是些车轱辘问题，来来回回反反复复地问个没完。何师傅哭笑不得，因为他还没有跟孩子说实话，只哄他说自己临时有事要外出一趟，问他愿不愿意去坐汽车，涛涛当时很高兴地答应了。现在，面对孩子的这些疑问，他确实不知道该怎么回答好，况且，他天生孤独惯了的，根本没有那么多话要说。所以，不管孩子问什么，他只能支支吾吾地应付一句，别着急，就快到了。可是，涛涛显然对他这种回答越来越不满意，依旧打破砂锅问到底，那你说咋还不到吗？我都快烦死了！老人无奈，照旧还回一句，别急别急，就快到了。

涛涛似乎不想再问什么了，可过了不大一会儿，突然又大声嚷嚷起来，原来是想撒尿。汽车正在夜色中快速行驶，一点儿停的意思也没有。可活人总不能叫尿憋死吧，何师傅只好硬着头皮离开座位，扶着紧靠过道的椅背一步三摇往驾驶员跟前走。司机没好气地回瞥了他一眼。可能开车时间太久了，司机

的两只眼珠子都发绿了似的，看着怪吓人的。师傅，麻烦您给
停一下，娃娃想撒尿。不行，让他再憋一阵子，到前面一站再
说。何师傅就这样被司机一句话顶了回来。

乖，听话啊，再坚持一阵子，到前面咱们下车去尿好不
好？涛涛根本不理这一套，小屁股在座位上弹簧一般一翘一
落，嘴里直嚷嚷，就要尿就要尿嘛，现在就尿，我憋不住啦，
要尿裤子了。老人真的很无奈，早知道不该让他把那一瓶子饮
料都喝了，他急得朝四下里看了又看，到处都是乱七八糟的行
李和人的腿脚，往哪儿尿似乎都不大合适。何师傅见孩子憋得
上蹿下跳，心里跟着了火似的。情急之下，他终于想出一个好
法子，急忙从包里取出刚才那个喝空的塑料瓶子。本来，这东
西他打算带过去卖破烂的，平时院里别人随手丢下的那些旧瓶
子烂箱子都是他收拾了去卖钱的。他把瓶盖拧开，凑到涛涛耳
边说，小祖宗别嚷嚷了，爷爷帮你把着瓶子，你就往这里面尿
吧。涛涛看了看瓶子，又瞅了瞅他，似乎不太愿意尿。何师傅
又小声说，你要是不尿，就尿到自己裤裆里算了。这下，涛涛
有点儿害怕了，慌忙抬起屁股褪下裤子。何师傅连忙把瓶口对
准，一股灼烫的尿液就扑啦啦地十分迅疾地灌进瓶口里了，冲
得瓶底哗哗响。

后来，涛涛就一直歪着脖子窝曲在老人的腹上，呼呼地睡
着，清汪汪的口水不时流出嘴角，把老人的衣裤也弄湿了一
片，倒是呼出的气息热乎乎痒酥酥的，感觉有些奇妙和温暖。
何师傅一会儿摸摸孩子的小手，一会儿看看他的脸蛋，再过一
会儿又怕孩子会出溜下去，忙把他往自己身上抱一抱。汽车终

于摇摇晃晃地进了站，何师傅用手来回拨拉着孩子的脑袋，想把他唤醒。可小家伙睡得正香呢，只是不快地哼唧了两声，手脚软得跟面条一样耷拉着。最后，车上的乘客都下空了只剩他们俩，何师傅只好蹲下来，很费力地把涛涛背在自己身上，才慢吞吞地下车出站。

这时还不到十点钟，省城依旧灯火通明。车站前面的大广场上人头攒动，黑压压的人群很集中地围成好几个大圈儿，里面有咿咿呀呀唱戏的人，有在唢呐锣鼓声中扭秧歌的男女，还有很多临时摆摊或推车沿路叫卖的小贩。何师傅脑子一阵阵发蒙，外面太嘈杂了。他脖子前面吊挂着随身带来的包，后背上趴着个昏睡的小孩，任凭熙熙攘攘的人流像河水一样不停地冲撞着他。很快，就有三三两两涂脂抹粉的妇女，或形迹可疑的男子迎上来跟他搭讪，问他要不要住店，想不想吃饭，需不需要租辆三轮车，等等，五花八门，简直有点儿狂轰滥炸的意思。何师傅茫然四顾，他从来没有想过世上会有这么多人，更想不明白，他们大晚上的为什么不回家睡觉，而是莫名其妙地聚集在这里唱啊跳的。

尽管此刻已是深夜，这里似乎还是热烘烘的，一点儿没有秋夜特有的那份凉爽，空气中有种说不出来的焦躁味，呼啸着的车辆正围绕着广场连成一长溜儿奔跑不止，时而听到一记异常尖锐刺耳的刹车声，叫人心惊肉跳。何师傅一面不时摇头，拒绝那些令他担忧的热情的围攻和问询，一面举目分辨着这里的方向，同时，他站在原地跷着脚尖极力搜寻着，他希望孩子的那个姨能快点儿过来。

老人家，等着急了吧，您刚一出站我就注意到了。何师傅闻声木讷地回过头，果然是个女的，年纪在三十岁上下。借着站前明亮的路灯，他粗略地打量了一下她：长头发在后面随便扎成个刷子，脸色很白净，眉眼也周正，身材不胖不瘦，穿一条连身的浅粉色裙子，很受看的，似乎跟他想象中的模样差不多。没等他应声，女人已过来很热情地一把搀住了他，同时，瞅了一眼他背上的孩子，又伸手轻轻地摸了摸耷拉在他肩膀头上那张熟睡中的小脸，像是怕吵醒孩子似的压低声音说，小东西睡得挺沉的，老人家带孩子出趟门不容易啊，来来来，快把孩子递给我抱着吧，看都把您累成啥样了，人上年岁可得多注意身子骨啊。

何师傅本来是想跟对方说句什么的，可这时候他早已经被那泡尿憋得团团转了，只想找个旮旯方便一下，也就顾不得许多，再说毕竟已见到人了，有多少话不能过会儿再慢慢地说呢。所以，何师傅只嘱咐了句姑娘那你在这儿稍等一阵子，我先去上个厕所，就慌里慌张地朝车站一处黑暗的角落撒腿跑去。他隐隐听见那女人在身后轻声嘱咐道，去吧去吧，老人家您就放心去吧，千万别着急上火地再摔上一跤哟……

真是连做梦也没有料到，临了竟出了天大的岔子。活蹦乱跳的一个孩子，刚才还在他身上睡得热乎乎的，眨眼之间就让骗子诓跑了。一切都来得太快，也太突然了，何师傅一时半会儿根本转不过弯来，他的手上还残留着孩子的尿臊味呢，连他衣裤上的那两摊口水都未干透。

早知道这样，自己就是让尿活活憋死，他也绝不会撒手不管孩子的。可问题是，当时他确实一点儿防范心理都没有，他根本没有往坏的方面去想一丁点儿，那个陌生女人上来跟他一搭话，他就错误地以为那就是涛涛的姨，他甚至都没来得及仔细确认一下，就轻而易举地让人家把孩子接了过去，因为一切都是那么顺理成章。他真是老糊涂了，活迂了，活傻了，白活了这大半辈子，眼看黄土都快掩住脖梗子了，他却愚蠢地将自己的脑袋伸进人家设好的套子里。他这辈子从来没有欺骗过别人，所以，丝毫没有这种意识。他好像只知道害人之心不可有，至于防人之心不可无，恐怕这还是他一生里体验得最为痛彻的一次，他现在连死的心都有了。

何师傅简直急得发了疯，满地打转，欲哭无泪。

就在这时候，那个姑娘才出现在他眼前，见面连声说该死该死，何师傅我来晚了，抱歉得很！都让医院的事给耽误了。她确实来晚了，她要是能稍微早来一会儿，他哪能闯下这么大的乱子！现在，说什么都晚了，祸事已经发生了，何师傅接连拿手背来回揩抹着眼圈，一时无话可说，心如针扎刀剜一样难受。他忽然感到一阵阵天旋地转，以至于根本无法看清楚面前的这个姑娘的面目。他的思绪好像还停留在车上，一路摇晃颠簸，一会儿孩子要吃面包喝饮料，一会儿又闹着想撒尿，又过一会儿孩子睡得呼呼的了，小脑瓜子在他的身上腿上热乎乎地拱来拱去，气息那么醋甜……一切要是能回到当初的样子该有多好啊！老半天，他只跟对方说了声，娃儿叫人拐跑了，就一屁股跌坐在地上，失声号啕起来。

涛涛的姨似乎也给吓呆了，瞪大眼睛看着他，嘴巴张了半响，说不出一句话来。好在，她毕竟是年轻人，又一直在省城工作，多少认识一些朋友，情急中忙掏出手机，哇啦哇啦打电话，当她说到自己亲戚的孩子被骗子骗跑了，情绪好像很激动。何师傅听了就更加难过，一个劲地在那里捶胸顿足唉声叹气。很快，姑娘就不打电话了，过来一把就将他从地上拉起来，说，咱们赶紧到车站派出所报案去！

何师傅这才如梦初醒，他刚才人已经完全蒙了，一点儿主意都没有。现在听她这么一说，似乎眼前亮了一盏明灯，强打起精神，随着她拼了老命往前跑。派出所就在车站东南角的入口处，跟最普通的门房一样。这阵子早已下班，其中一间房子还亮着白惨惨的荧光灯。

姑娘上去敲了好半天门，有人才不耐烦地应了声，笨重的防盗门咯吱一下从里面打开一条缝，一个年纪轻轻的值班民警红着一双老鼠眼，一手扶着门边，一手搭在门框上，同时伸出半拉没有戴警帽的头朝他们打量着，然后闷声问道，也不看啥时间了，敲啥敲的，敲坏了咋办？姑娘赶忙上前一步，恳求道，同志，我们是来报案的，有个孩子刚才叫骗子拐走了，请无论如何快给想想办法啊！小民警腾出一只手使劲挠了挠后脑勺，嘴里发出痛苦的呲呲声，这样挠了一会儿，才不紧不慢地问，这是啥时候的事？他用眼光来回瞅着何师傅他们说，你们两个大活人，连个孩子也看不住，咋就能让拐跑呢？说着，就径自转过身回值班室了，边走边冲他们喊，先进来，把事情经过说一说。

他们一进去，就被满屋子的烟雾笼罩得无法脱身一般。姑娘干咳了好几声，何师傅觉得眼泪都快流出来了。小民警坐着的那张桌子跟前摆着台式电脑，显示器四周的浅灰色被摸得脏兮兮的，屏幕上面正显示着翻扑克的游戏。姑娘对此并不陌生，她所在的单位似乎所有人闲下来都玩这种简单的游戏。小民警坐下以后，翻开半新不旧的记录本，开始例行公事地向他们提问题了。姑娘先把事情大致经过说了一遍。小民警手里的笔在本子上随便划拉了几下，然后煞有介事地停下来，那只用来记录的碳素笔变成了小魔术棍，在他右手的五指间灵活地转来转去。这么说，你跟这个叫涛涛的小孩，没有任何亲属关系了？何师傅听见民警像是在问他，忙往前靠了靠身体，使劲点头。小民警的表情变得狐疑不定，继续盯着何师傅问道，那么你帮人家照看孩子，有没有提过啥条件？比如报酬什么的。何师傅很迷茫地回头看了一下站在他身边的姑娘，像是没听明白似的。小民警皱了皱眉头，直接发问，干脆点说，他们到底给了你多少钱？姑娘见状忙对民警说，什么钱不钱的，这老师傅可是个好心人，所以孩子的妈妈才把孩子交给他看管的。好人？现如今到处都是居心叵测的家伙，一不小心你就会上当受骗的！小民警自鸣得意地说着，同时，用他手里的那支笔重重地敲了一下桌子，好像要引起姑娘足够的警惕似的。

何师傅心里不由得咯噔一下，他虽然没啥文化，可听话听音，对方分明话里有话。于是，他觉得自己很有必要替自己辩解一下，嘴里嗫嚅道，话可不能那么说，到啥时候，好人总还是多啊。哼！好人多？好人多你怎么出门就遇上骗子了？小民警一副不以为然的口气。随即，小民警挥手示意何师傅先到门外去等着，他想跟姑娘单独谈谈。

何师傅只好转身乖乖地走出来。他一只耳朵有点儿背，站在外面根本听不清民警跟姑娘到底说些什么，好像有些嘀嘀咕咕的。他无聊地抬头朝天空望了望，星星又稠又密，看不到月亮在哪里，可能是被那些高楼挡住了。不远处的广场上依旧闹哄哄的，他想那个该死的女骗子会不会也在里面，还有涛涛，孩子睡得稀里糊涂的，就叫人拐走了，该多可怜啊！等孩子睡醒了看不到他该咋办呀？这样一想，眼睛立刻蒙上了一层泪雾，什么也看不清了，广场上的人群跟鬼影一样纷纷晃动起来。过了好一会儿，姑娘从值班室出来叫何师傅，说民警让他进去。何师傅觉得姑娘的口气有些生硬，看他的时候目光也有些奇怪，又一想，兴许是自己多心了吧，现在她心里肯定比谁都着急。

小民警又让他把事情的前前后后说了一遍，包括昨天下午涛涛妈把孩子交给他时的情景，以及他工作的单位、联系电话，等等。何师傅简直说得口干舌燥了。小民警那双小老鼠眼一刻不停地在他脸上扫来扫去，好像要从中挖掘出一些鲜为人知的蛛丝马迹。何师傅还是头一回在这种地方被人盘问，再加上又心急火燎的，汗水一直顺着额头、面颊和后脖颈不停地往下淌。民警最后玩弄着手里的笔杆说，情况基本上搞清楚了，刚才人家姑娘又替你辩解了半天，算你走运，这里没你啥事了，往后出门可得当心啊。

何师傅把手伸到后脖子上胡乱抹了几抹，那里早已汗流似水了，脖颈活似一条黏糊糊的很粗壮的鱼。自始至终他都非常紧张和不安，最后他鼓起勇气，嗫嚅地问了句，那啥时候才能把娃儿找回来呢？对方像是没听到他的话，啪地一下把记录本合上了。然后，不露声色地说，有情况会联系你们的，现在你可以走了。随即，那双鼠眼又死死盯在电脑屏幕上，拔也拔不开似的。

姑娘先带何师傅到车站外面，随便吃了碗牛肉拉面。本来，何师傅是死活不想吃的，说自己一点儿也不饿，可姑娘没经他同意就买好了。饭后，姑娘又叫来一辆出租车，何师傅就跟她坐了进去。一路上，他都在不停地自责，姑娘劝过他几次，说事情也不能全怪他，要怪也得先怪到她头上，她要是不打那个电话就好了。他执拗地说，话虽那么说，可千不该万不该，自己不该糊里糊涂就把涛涛交到骗子手上。姑娘说骗子脸上又没写字，你要知道她是个骗子，孩子也就不会出事了。可他还是一个劲地唉声叹气，抱怨自己老糊涂了、鬼迷心窍了。姑娘也就不好再劝什么了，随他不停地叨叨去。

后来到了地方，何师傅才发现他们去的原来不是医院，是个简简单单的宿舍样的平房，位置好像有些偏僻，不知是在哪里，四周黑洞洞的，辨不清方位。姑娘见他疑惑，忙解释说现在时间太晚了，人家医院有探视规定，再说涛涛又忽然出了那种事，一旦让他妈知道了，病情再加重，反而会坏事的。何师傅想了想，觉得也有道理，就只好听从姑娘的安排先在这里歇着。不过，他倒是乘机问了一声涛涛妈究竟出了啥事，到底严不严重。姑娘的回答有些含糊其词的，只说她那都是老毛病，隔三岔五就会犯的，特别是怕受啥刺激。何师傅眼前又浮现出那张鼻梁处有泪痣的女人脸，气色似乎是有些不大好。他有心再问问涛涛妈到底受了啥刺激，可姑娘已经转过身准备走了，他只好把话又咽进肚子里。姑娘快走到门口时，又告诉他明早她还会过来的，叫他别再胡思乱想，好好休息。

姑娘走后，何师傅便和着衣服躺在床上，可翻来覆去，死活也睡不着，满脑子想的都是那个孩子，还有孩子的妈妈临别时握着他手时的情形。事情从开始到眼下，前后统共二三十个钟头，可他觉得如同经历了漫长的一生，每一分每一秒，都被这母子俩的影子填充得满满当当，他仔仔细细回忆着昨天和今天所发生过的事情，所有细节就像一块一块大大小小的石头，重重叠叠压在胸口，他简直快要喘不上气来了。

后来他甚至连投放老鼠药的事都没放过，现在想起来依旧懊悔不已，毕竟耽误了人家居委会的大事，这可不是他一贯的风格。这样一想，他又猛地记起昨天剩下的那半袋花花绿绿的鼠药，到底把它们放在哪里了呢？拿回门房收好了，还是随便扔在外面的啥地方了？总之，他是怎么也想不起来了，脑子里像堆着一团糨糊，太阳穴处灼灼地痛。

果然，第二天一早，姑娘便如约而至，甚至都给何师傅买好了早点。何师傅当然惦记着孩子的事，见面就问情况怎样，有没有啥消息。姑娘忙着把手里的塑料袋解开，从里面取出热乎乎的馒头、茶叶蛋和袋装牛奶，让他坐下来先吃东西。何师傅哪有胃口，眼底里都起满了血丝，嘴角上出了个燎泡。他一再说姑娘啊，太对不住你们了，我真是太没用了啊。姑娘就宽慰他，说她刚刚给派出所打过电话，人家说这是典型的拐骗儿童案，车站附近好像有个团伙，公安机关已经盯上了，说很快就会破案的。何师傅听了又惊又喜，连连说那就好那就好啊，这些狗日的骗子不得好死！

这时，姑娘从包里掏出二百块钱，双手拿着递到何师傅眼前说，这点钱您千万别嫌少，就收着吧。说完，伸手便往他手里塞。何师傅却像要被蛇咬着了似的，急忙缩回手躲开，说，姑娘你这是做啥？这钱我可不能收。姑娘说这是应该的，我昨天在电话里跟您说得好好的，再说一路上买票啦吃喝啦，少不得要花钱的。何师傅还是一个劲直摆手，说，那能花几个钱？然后，长叹一口气，唉！忙也没给你们帮成，我这心里硌得慌啊，哪还能再要你的钱？姑娘见他这样，就岔开话头，说她已经把回程的票买好了，九点半发车，等他吃完早饭就送他去车站。何师傅不作声了，低头木讷地咬了一口馒头，根本就吃不下去，噎得脸和脖子通红。姑娘赶忙把牛奶袋子用剪刀剪开，递过去让他就着喝。何师傅勉强接过去，刚吸着喝了两口，眼泪就吧嗒吧嗒淌下来。姑娘装作什么也没看见，走到床边把床单枕头往平里铺了铺，又将被子展开再重新叠好。

何师傅心里不知有多么难受，他多希望姑娘能狠狠地臭骂他一顿，哪怕给他点脸色看看也好，可人家自始至终就是不怪他一句半句。他很清楚这是自己这辈子最大的污点，他做了天大的错事，辜负了别人的重托，人家却以德报怨，这让他惭愧得无地自容。好不容易吃完一个馒头，喝完了那袋牛奶。姑娘又叫他把茶叶蛋也吃了，说多吃点儿，坐长途车容易饿的。

她还亲自动手剥了蛋皮。何师傅实在是吃不下去，心里堵得慌。姑娘只好将剥好的两只蛋装进一个新塑料袋里，非让他带着路上饿了再吃。这回他无话可说了，只是站在那里默默地抹眼泪。

两人出门上了车，何师傅突然提出来，想去医院看一眼涛涛的妈妈。姑娘看了看自己的手表，一副很着急的样子，说看看倒也没啥，就怕时间来不及了，说她还得赶着去单位开会呢。又说，要不这样，您老还是先回去吧，等涛涛有了好消息，他妈妈病也好一些了，到时候一定会回去看望您的。何师傅虽然有点儿不太情愿，可又怕耽误人家姑娘的事，弄不好还会误了开车的时间。再说，他从来没有离开向阳家属院这么长时间，那边还有很多活等着他干呢，他总不能悄无声息地一去不返吧。

这次因为何师傅的临时外出，家属院东侧的那扇小铁门没有上锁，一夜之间竟丢了好几辆自行车。平日里，晚上过了零点钟以后，何师傅总是操心着要把小铁门锁好的，夜里时不时还得起夜巡视一两回。他回来的当天下午，就让好几个住户气哼哼地堵在门房里，大伙吵吵嚷嚷，非要他赔偿不可。何师傅心里有愧，任凭别人指着他的鼻子骂骂咧咧，唾沫星子飞溅，他只是点头，一声也不吭。赔钱就赔钱吧，反正他得认，这本来就是他的过失。他甚至暗想，要是多赔些钱能尽快把那个孩子找回来，他也心甘情愿绝无二话。可问题是，这种想法只能窝在他自己心头，能跟谁去诉说呢？他的苦处别人是不会知道的。

听说何师傅答应要给大家赔钱，张三、李四、王老五，都纷纷站出来，这个也嚷嚷丢了车子，那个也说丢了，还有一家三口，居然号称丢了两辆。何师傅也不详细盘问，一律用笔记了下来，谁家丢的啥车子，值多少钱。然后，他就抽空去街上的农行储蓄所，从自己多年的一点儿积蓄里取出一笔钱，挨家挨户亲自上门送去。事情才算了结了。

从省城回来以后，何师傅几乎每天都要去一两趟涛涛家，瞧瞧那个长泪痣的女人到底回来没有，看看他们母子是否平安。可是，一天、两天、三天……时间一晃就过去了一个多礼拜，也没有得到任何音信，这让他整日都忧心忡忡，坐卧不宁。不管任何时候，只要听见门房里的电话铃声一响，何师傅通常会悚然一惊，然后，满怀希望地像个小伙子似的，尽量飞跑过去接听电话，但每次都跟那对母子毫无关系。何师傅转念又想，可能是案子已经破了，骗子被抓，涛涛正跟他妈妈在省城团聚呢，毕竟那里比这小地方要好很多啊。不管怎么说，他想，没有消息也许就是最好的消息。

白天忙着干这干那倒也无所谓，一到晚上日子就很难打发，尤其是夜里躺下以后，左思右想，难以入睡，跟涛涛在一起的短暂时光，像一部老电影那样不停回放。即便是睡着了，也总是叫噩梦惊醒。梦见孩子被狼叼走了，梦见骗子虐待涛涛，甚至还梦见自己出门不小心，扑通一下掉进很深很深的河沟里，疼得他从梦里惊醒。这样一来，何师傅的精神头便越来越差，有事没事总是发呆，干事情也丢三落四的，一桩活刚干了一半，忽然想起什么来，就扔下跑去忙别的了，顾头不顾尾的样子。家属院里的卫生明显比过去脏乱了许多，连垃圾也不能及时收拾干净，乱七八糟地堆在道旁，看着叫人恶心。

有一天，何师傅又像往常一样，想去涛涛家看看。上了楼才发现，房门居然虚掩着，这简直让他喜出望外，肯定是她回来了，说不准那个小家伙正在里面写作业呢，他心里这样想着，于是，就兴冲冲地跑去推门。是房东带着一对夫妇，在里面看房子谈价钱。他一进去，高个子女人便双手交叉在胸口迎上前质问道，怎么又是你？何师傅答非所问地咕哝着，咋就不回来了呢？说着，目光失落地投到那对夫妇身上。房东很不耐烦地说，你不是那孩子的爷爷吗？她们回不回来难道你还不清楚？跑这儿装啥蒜呀？何师傅茫然地摇了摇头。哼，不回来拉倒！反正他们的租期已经过了，我得重新找人把房子租出去。何师傅探着脑袋冲房间来回看了看，半晌又问道，那人要是回来了，你让他们住到哪儿去？房东撇了撇嘴，说，我哪管得了那么多，这里又不是福利院，谁出钱我就把房子租给谁！你也看到了，他们快有俩礼拜不见人影了，我总不能叫房子闲着不挣钱吧，再说了上次房租要不是你帮着给结了，我还真担心要打水漂呢。说完，便扔下他继续跟那对夫妇讨价还价去了。

何师傅在门口静默了一会儿，心里别提有多着急了，一时却又无可奈何，只好犹犹豫豫地悄悄下了楼。后来，何师傅是从门房的窗户里再次瞥见那个女房东的。当时，他正呆呆地瞅着窗外，那女人大步流星地走了过来，脸色有些难看，大概是出租的事情没有谈妥，生闷气呢。何师傅灵机一动，急忙跑出来拦住了她。我能不能跟你商量一下啊？他几乎是用可怜巴巴的语气跟她搭话的。你这老头到底要干啥？我可没工夫跟你在这闲扯淡！高个子女人明显不想再搭理他了。何师傅赔着干巴巴的笑脸，说，你好歹再宽限一阵子，那房子先别租给旁人住，好不好？白日做梦！你想啥呢？让我怎么个宽限法？她拖欠房租我就不提了，如今又一声不吭就没了影了，就是车马店也得讲个规矩吧，谁把房子租给这种人谁倒霉！说完，房东便扭头抢步想绕开他而去。哪知何师傅一副死磨硬泡的劲头，他忙往后倒退数步，再次挡住女人前面的路。话不能那么说，他们的情况你可能不太清楚，那娃儿的妈病了，正在省城住院呢，还有，涛涛也是个命苦的娃儿……

说到这里，他忽然就有些哽咽了，话到嘴边说不下去了，泪眼蒙眬的样子。他默然地低下头去，拿手背胡乱揩抹了一下泛红的眼圈，又慢慢抬起头仰视着高个子女人，算我老汉求你了，你就当行个好吧，无论如何把房子给那娘儿俩留着，房钱呢我一分也不少给你，多留一天我多给你一天的钱，你看咋样？女房东不无诧异地盯着老人看了半晌，刚才板着的面孔多少松弛了一点儿。不过，她还是狐疑地问道，那你到底是他们的啥人？上次交租金时我就觉得你面熟，你当真是那孩子的爷爷吗？咋就觉着不太像！何师傅稍愣了一下，不置可否地说，就是街坊邻居有个大事小情，我们能帮也得帮一把。

女房东一直用奇怪的目光逼视着他，半天上上下下打量个不停，忽然间，她像是得到了神灵的点破而有所觉悟似的，眼神里流露出一股非常世俗又非常隐秘的光芒。于是，她点着头自言自语道，哦，我明白了，我算是明白了，哼哼，一个是孤寡老头，一个是离了婚的女人，难怪，难怪啊……何师傅听得不是很清楚，他的注意力全部集中在等待对方的答复上。所以，当他见那女人煞有介事地不住点头时，便以为那是同意了自己的请求，忙笑着说，你在门房等我一会儿，我这就支给你一个月的房钱。钱自然是现成的，那是他从折子上取出来给住户赔车子后剩下的两百来块。

没过两天工夫，向阳家属院的人们便捕风捉影地得知了门房师傅跟一个年轻寡妇的事情。有人说，真看不出来呀，这老头平日里老实巴交的，没想到老牛还挺会啃嫩草的；有人说你们没注意到吗？那老头最近蔫头耷脑魂不守舍的，八成是得了相思病了；有人说难怪他出手那么大方呢，大把大把往那女人身上花钱，这才叫有情有义啊；也有人联想到不久前家属院发生的丢车事件，便又跟着起哄说，他整天就知道惦记着那个小寡妇，害得咱们提心吊胆的，鬼知道以后还会发生啥事情呢！别人私下里叽叽喳喳的，何师傅当然还蒙在鼓里，他根本不知道这些话最先都是从谁的嘴里传播出去的。

这些天，他的心里倒是多少宽慰了一点儿，毕竟他替涛涛娘儿俩暂时留住了那套房子，他们随时回来都有个安身落脚的地方了，这也是他唯一还能帮得上的一点儿小忙啊。说是帮别人的忙，其实倒不如说是在帮他自己，这样他心里会好受一些。可是，那娘儿俩到底啥时候能回来呢？这些问题一直困扰着何师傅。那个女人病好些了吗？涛涛究竟有没有消息？……他简直不敢再往下想了，这辈子他从来没有体会到，想一件事情远比干重活都要累。

毫无疑问，等待总是无情而漫长的。很快，何师傅就对现状感到更加困惑和焦虑起来，他觉得自己现在不论干什么，都打不起精神来。手头有活干的时候还能稍微分分神，一旦闲下来便度日如年如坐针毡。随后的几天里，只要一有空，他便心急火燎地跑到涛涛上学的那个学校附近，转悠一大圈，想在成群结队的孩子们中间发现一点儿奇迹，找到涛涛的身影。但接连多次，他都认错了人。远远看着很像涛涛一个孩子，那个头、身上穿的衣裤、脚上的球鞋，甚至连后背上的大书包，和走路时一蹦一跳调皮的样子，都是一模一样的，可等他兴冲冲地追上去，拽住人家的胳膊时，才知道并不是涛涛。那些陌生的孩子往往会用很惊恐又很鄙夷的眼光瞪着他，好像在打量一个时刻充满威胁的老疯子。

这样一而再、再而三，学生们很快就把这一情况转告给了家长或老师，校方觉得很有必要出面干涉一下他这种古怪的行径。有一天，当场捉住了他，把他拉拉扯扯硬带到办公室里，横眉冷目地质问了半天，问他到底想要干什么，问他在哪里工作，是不是个无业游民或骗子，还是精神有问题，等等。他被逼问得实在没法子了，才颠三倒四如实地跟学校领导讲了事情的来龙去脉。校方见他一把年纪，又是情真意切老泪纵横的样子，确实也不像什么坏人，才给了他一个出乎意料的答复，说他要找的这名叫孙海涛的学生，早在大约两周前就已办好了转学手续。这对于他来说实在太重要、太及时了。惊喜之余，何师傅悬着的心总算是落下来，他自打省城回来无时无刻不在苦苦等待这个消息。何师傅还想再打听打听涛涛具体转到了哪所小学，校方却对此保密，说这是人家家长的意思，主要是为了孩子能安安心心好好读书考虑的。他一再追问，人家始终不肯透露，何师傅也只好作罢，但不管怎么说，现在他心里的那副担子总算卸掉了不少，否则，自己迟早会被压垮的。

按理说，事情至此也该结束了，充其量也就再熬个把天，就到月末了，何师傅打算去找女房东打声招呼，那套房子她可以租给别人了，他的责任也尽到头了。至于自己前后两次垫付的那些房钱，何师傅倒也琢磨过一半次，他想人家要是有心人，迟早会把钱还给他的，着急也没有用，再说了自己确实也没有急等用钱的地方。

这一天跟以往没太大区别，何师傅推着那辆脏兮兮深蓝色的三轮车，正挨个从各楼各单元的垃圾通道口清理废弃的杂物，一路收拾下来，不知不觉就走到涛涛家所在的那幢楼下。他把三轮车在垃圾站口停靠好，从车厢里拿起铁锹，开始掏垃圾，刚掏了四五下，就听见楼道里有人高声尖叫着。接着，是一串咚咚咚非常沉重凌乱的脚步声，有谁正快步从楼上往下猛跑。起初，何师傅依旧在低头干着活，并没有太在意，当他把一只肥硕的死老鼠铲进了垃圾车，发现一个女人从单元楼门里跌跌撞撞地冲出来，随即扯开嗓门大呼小叫，那感觉就跟撞到了鬼一样。

快来人啊！快来人啊！出大事了，快来人啊……不好啦！

当时也就是上午十点来钟，家属区里一多半人都上班或上学去了，院里显得空荡荡的，女人的喊叫声赫然响起来，把距离她最近的何师傅吓了一跳。等他停下手里的活仔细看时，发现大喊大叫的不是别人，正是那个女房东，她正疾步朝家属院大门方向狂奔。就在那一瞬间，一种极其不祥的预感突然攫住了何师傅的所有神经，他愣了几秒钟，随手扔下手里的铁锹。

接下来，何师傅始终处在一种恍恍惚惚的境地中。他几乎是头一个爬上楼去的，401的门敞开着，他犹豫了一下，慢慢地走了进去，又像是被什么东西牵引着一路往前。房间里有股陈旧的霉腐味，这对于他而言并不陌生，同时，又夹杂着一些说不清楚的刺鼻子的腥味，叫他感到难受，他一步一步往前挪着脚步，穿过窄窄的过道，正对面的卫生间的门是半开着的，地板上湿漉漉的，一股阴潮气息裹挟着洗发水和香皂的味道扑面而来。短短的一截过道仿佛被无限地拉长了，他蹒跚着继续往前艰难地挪动，如同穿过一条幽深莫测的时空隧道。快到卫生间门口才停住，卫生间的灯是开着的，地板砖上蜷缩着几缕女人的长头发，黑如墨线，也是湿漉漉的样子。他下意识地朝北面的那个小房间瞅了一眼，不知道自己为什么没有去看南面那间大些的卧室。就在那张他好像还曾坐过一次的小床上，竟然躺着一个人。

起初，他以为是涛涛躺在那里，再揉揉眼睛仔细一瞧，不是孩子，而是一个大人。他几乎第一眼就瞅见了那个像小蜘蛛一样的东西，此刻正神秘而又寂寞地爬在女人的鼻梁一侧，好像它还是有生命的，也唯有这颗痦子显得那么鲜活和安详。女人的表情却是极其痛苦而又扭曲的，嘴角、鼻孔和下颌周围淤积着呕吐出来的一摊早已经干结的秽物，四肢苫在凌乱的被子下面，以一种夸张突兀而又决绝的姿态伸展开来。他根本认不出她是谁了，头发乱蓬蓬地铺散在枕头两侧和她的脖际，只有额头泛着一团光亮，颜色乌青，像一块陈旧的青铜。就在靠近床头的那张书桌角上，放着喝水的杯子，杯子已经空了，在水杯旁边是一只空瘪瘪的塑料袋。

何师傅脑子里已是千头万绪，耳朵里也开始嗡嗡作响。他本能地上前去，伸手轻轻地帮死者把双眼抹合上了。他实在不忍心再看下去。他不由自主地倒退了两步，脚下踩着了一片什么东西，不慎滑了一跤，把他整个人朝后摔了个大屁蹲。这时，身后已陆续拥进来很多很多人，狭窄的空间立刻被填充得水泄不通，大伙七嘴八舌议论纷纷，空气十分紧张。有人伸手把他从地上扶起来。何师傅打了个激灵，好像是床上的那个人把他猛不丁地拽了起来。这一跤倒是把他给摔醒了，他惶惑地又朝桌上的那个塑料袋扫了一眼。这时，他忽然就记起来了，这个袋子是他以前从居委会拎回来的，没错，就是那个袋子，上面还印着黑白分明的骷髅图案，那些灭鼠药就是用它装着提回来的，后来它把他放在门房休息室的床底下，再后来他又取出来到院里投放鼠药，可问题是，它怎么又跑到涛涛的房间里了呢？他实在记不得了，一点儿印象也没有，他彻底糊涂了，直到女房东慌慌张张将辖区的派出所民警带进屋来，他还是呆立在那里一动不动。

这个亲手把孩子托付给何师傅的女人，就这样悄无声息地走了。警方初步分析认定，死者实施自杀已有六七个钟头了，她服毒前先在卫生间洗过澡，换上干净的衣服，然后把那些老鼠药用水送服下去，再让自己平躺在床上盖好被子，慢慢地等药性发作，从她的遗容看，当时肯定非常痛苦和惨烈。看来，她确实是不想活了，不然绝对不会选择走这条路。

警察当然要跟何师傅了解一下情况，可他自始至终只是摇头或点头，要么他只重复着一句话，早知道会这样，当初我说啥都不能答应啊，是我把她害了。警察被他这句突兀的话弄得满头雾水，便很不满地打断了他，老师傅你要好好配合我们的工作，尽可能把你知道的情况说清楚。何师傅瘫了似的蹲在那里，想了老半天，终于有了一点儿头绪，他把那半袋老鼠药的来历交代了，他说那天自己因为要急着给房东交租金，可能是顺手落在涛涛家了，后来竟忘了拿回去。然后，又是那句说了不下十遍的车轱辘话。而这时的何师傅已涕泗横流，快泣不成声了。后来，在警察的反复引导和询问下，他又把自己带涛涛坐车去省城的前后经过也讲了一遍。房东私下里又对警察说，这老头跟那个女人肯定有一腿，人家自杀了他跟丢了魂似的。警察很严肃地对房东说，事情正在调查，随便讲话要负法律责任的！女房东这才打着哈哈不敢乱说了。

后来有关案子的调查进展情况，还是那个每次来布置工作的居委会的妇女跑到门房跟何师傅讲起的，据说她的丈夫就在辖区派出所工作。这个身材矮胖的中年妇女说起这件事的时候，几乎是眉飞色舞、口若悬河的样子。她瞪着一双肿泡眼说，老何啊，你知道不知道？就你帮的那个叫涛涛的孩子啊，他爸爸可真不是个东西，前两天已经让公安局逮起来了！何师傅心口一阵扑跳，虽然有些反感对方这种一惊一乍的口气，可他又很希望能从她这里得到更多的消息，所以，他尽量把那只好点儿的耳朵侧向那女人的嘴巴，这样就可以听得更清楚一些。

说来那女人命苦，婚后好多年了，夫妻俩一直两地生活，最初她男人是打算把她调到省城去的，可几经周折调动也没办妥，偏巧男人在外面跟一个小妖精鬼混好上了，也就没心思再管她的事。她也去找男人哭闹过几次，可男人这东西一旦变了心，十头牛也是拉不回来的，这样没熬多久，终究还是离了。法院最初把孩子判给了男方，女人死活不依，一心想把孩子要回来。有一次她竟背着男的，偷偷地把孩子接跑了，再也没有送回去。为了这个孩子，她把自己好端端的工作也丢了，又神不知鬼不觉地悄悄在外面租房子住，母子俩跟消失了差不多。可生活是个大问题，孩子上学要交一大笔费用，房子月月要租金，娘儿俩还得吃喝拉撒，她又没个固定的工作，实在是走到了山穷水尽的地步，才硬着头皮给男人打电话，想从他那里要点儿钱，毕竟他是孩子的爸爸。男人在电话里哄着叫她去省城，说是要跟她当面商量孩子生活费的事，让她最好把孩子也一起带上，说他就是想见一面，她当然不肯。就在那天晚上，她乘车到省城后，先去了自己的堂妹家，因为两人过去关系一直不错，可以说无话不谈，她们一起吃饭的时候，她把涛涛托付给人的事跟她堂妹说了。再后来她又连夜去见前夫，男人见她没把孩子带来很是恼火，两个人发生了一场口角，她一激动老毛病犯了，当时就口吐白沫，不省人事。男人后来把她送进省城一家精神病医院里，然后又打电话通知那个堂妹来照顾她。随后发生的一切，只不过是那个男人也就是涛涛的爸爸耍的一个花招，包括车站的那个女骗子在内，所有过程都是这个男人精心安排好的，就连那个好心的堂妹也被他利用了，更别提你这样一个局外人了……

居委会的妇女说到这里，煞有介事瞅了何师傅一眼，那感觉好像在提醒他，以后做事可得当心，现如今好人难做啊。

尾声

很久了，何师傅也没有从往事的阴影中走出来。他每天还是干着那些同样的活儿，只是人变得更加沉默寡言，身体也似大病来临一般瘦削下来。如果别人不主动跟他打问点儿什么，很难看见他张开嘴说话，好像他天生就是个默默无闻的干活机器。

入冬的头一场雪飘下来，是在这天傍晚时分，雪转眼间就把家属院变得白花花一片。等雪稍微小一点的时候，何师傅当然要出门扫扫雪，以往每年都是如此。他拿了扫帚，一步一晃地走到微微起伏的雪白雪白的波浪上。四周很安静，空气清冷清冷的，细碎的雪花落地无声。突然，从某个楼门洞雀跃着跑出两三个小孩子，他们高声欢呼，跟过年似的，一个个天真无邪地冲向雪地，用小手快速地团起一只只雪球，然后互相投掷嬉戏起来，欢笑声顿时像犁铧翻开了积雪原有的那种沉寂。

何师傅定定地站在那里，扫帚像个道具似的拖在脚边。他出神地盯着那些活泼欢实的身影，孩子们越聚越多了，小家伙们正呼朋唤友，各自忙着在雪地上团雪球、堆雪人呢。泪水一下子就模糊了视线，眼前的情景让他百感交集，他像个大孩子似的突然失声痛哭起来。那些疯玩中的孩子并没有注意到他，相反，他们简直就是一大群麻雀，叽叽喳喳叫个不停，欢乐的海洋完全淹没了他。

向阳家属院里那层厚厚的积雪，第二天一早也没有被及时扫去。中午大伙纷纷从外面回来，雪照旧一扫帚没动，有人实在看不惯了，便去门房找何师傅，这才发现他人根本不在那里了。何师傅究竟去了哪里，相信没有谁能说得清楚，他只是带走了属于自己的一点儿东西。

1

　　喂，请问您是？……对不起，实在是打搅了！事情是这样的，因为手机上有这个通话记录，所以冒昧地打给您……只是想随便问问，您跟宋媛媛熟吗？……对，我是她女儿，她昨晚突然晕倒了，现在正在医院里观察呢……我也是一接到医院电话才赶过来的。昨晚她在晕倒前只打过您这个号，而且一连打过两三次，所以我才拨过来了……怎么，您是说当时正在饭桌上，太吵了没有听到……哦，原来是这样，本来以为母亲可能感觉自己不太舒服，想起给您打电话的……您千万别多心，我只是想了解一下当时的情况，还以为她跟您说过什么……她一直昏迷着，大夫建议住院治疗，必要时得做手术，我心里一点儿底都没有，真是急死人了，但愿她没事……不，她身体一直挺好的，我父亲去世好多年了，这些年她一直一个人过，没想到这次突然就病倒了……实在不好意思，跟您啰唆了这么半天，太麻烦您了……不，再没别的事了，再见。

你好！我是赵之。咱们上午通过电话，对对对……我也是忽然才想起来，去年国庆节前确实跟你母亲见过面，也是朋友们介绍认识的，大家在一起吃过一顿饭，你母亲有说有笑，性格很开朗，而且嗓子很亮，我记得那晚她还即兴给大伙唱了歌……上午你猛不丁提到宋媛媛这个名字，我一时真没反应过来，大概是隔的时间久了，加上我这人记忆力天生不好，平时老丢三落四的……真没想到她手机里还存着我的号码……昨晚我回到家确实看到两个未接来电，主要是觉得号码有些陌生，也就没太在意……实在抱歉，早知道那样，我当时怎么也该拨回去问问，那样兴许能帮上她什么忙……病来如山倒，这个我能理解，你也不要太着急了，要相信大夫……对了，你们住在哪家医院？如果方便的话，我想过去看看，毕竟我跟你母亲有过一面之交……不麻烦，不麻烦，那么一会儿见。

赵之在急救中心见到宋媛媛的女儿，已是薄暮时分，天边的夕阳似醉非醉地正往下沉。

重症监护室外的走廊显得异常幽暗，弥漫在空气中的复杂的药物气息加重了这个傍晚的暮色，眼前的一切看上去都似乎带着一种病态的陈旧。赵之从电梯里走出来，远远便瞅见一个年轻女人正在走廊一端心事重重地来回踱步，又似在焦急地等谁。他们俩几乎在同一时间注意到了对方。

年轻女人稍稍犹豫了一下，便迎着赵之走过来。赵之怀里抱着一束鲜花，刚才通完电话后，他先去了一趟单位附近的花店。花店小姑娘问他要点儿什么，他说要去看望一个病人。那就送康乃馨吧。小姑娘笑着对他说，这花代表温馨和健康。现在，他确定对方就是跟自己通过电话的那个陌生女人，便将这一大束金黄色的康乃馨递到年轻姑娘面前，语气不无沉重地说，祝愿你母亲早日康复！

姑娘接过鲜花点头致谢的同时，象征性地跟赵之握了一下手。他的手掌很宽厚，被对方握住时有种类似磁铁般的吸附力。相比之下姑娘的手凉丝丝的，有点儿潮湿。她捧着鲜花幽幽地说，谢谢您来看我母亲，我该称呼您赵叔叔吧，您叫我小宋就成。

怎么，你父亲也姓宋？赵之礼节性地打量着对方。见她一张眉目清秀的瓜子脸上，带着浓浓的忧戚，眼神里尽透着焦虑与疲惫，一看就知道是熬了夜的。

小宋大方地回答道，我一直跟母亲姓，他们当初商量好的，生男孩跟父亲姓，生女孩就随母亲。赵之点了点头。接下来，似乎彼此都不知该从何说起，因为他们完全是陌生人，不过是此前通过两个电话，况且，那种突兀的电话通得对彼此来说都有些莫名其妙。其实我们每天都会接到这样或那样的电话，电话不外乎分成两类，即熟人的和陌生人的。前者司空见惯絮絮叨叨波澜不惊；后者却往往莫名其妙叫人恼火。现在的情形是，因为陌生人的电话，两个不相干的人被扯到一块了。

小宋显然是想打破这种尴尬的局面，又接着说她父亲去世后，好多人都劝母亲趁着年轻再找个伴，可她一直不肯。其实，据小宋观察母亲也去见过几个男的，大概都不太理想。说到这里，她下意识地看了一眼赵之，又补充道，我想母亲可能也是怕我跟着她受委屈吧，毕竟那时我才十来岁。这种情况赵之深有同感，当初他跟老婆离婚时儿子刚念初中。

赵之提议进病房看一看，小宋说那得跟护士商量商量，原则上恐怕还不允许亲友探视。于是，小宋就过去跟护士交涉，等她再次走到赵之跟前时，那束鲜花已经放下了。她说只能看一眼。他没有作声，只是默默地跟在小宋身后。这姑娘个头至少有一米七〇，亭亭玉立的，他隐约能嗅到对方身上那股年轻女孩特有的淡爽香气，有点儿柠檬和香草混合在一起的味道。

走进病房的一瞬间，他心里忽然有种很奇怪的感觉，体内仿佛有个声音正在不屑地嘟囔，干吗来这儿，跟你有什么关系？真是自作多情！他的情绪变得有些恍惚起来，展现在眼前的是千篇一律的雪白的墙壁，蓝色的窗帘，嘀嘀嘀嘀响个不停的电子设备，心电扫描仪不停地勾画出上下起伏的波浪线，躺在那里一动不动的病人，输液管、氧气罩、导尿管……所有这一切都叫人感到莫名地恐惧，仿佛不小心走进了一间神秘的人体试验室。他觉得呼吸开始急促起来，心跳也变得异常紊乱。已是五十岁的人了，这种场面并不算陌生，当初他自己的父母都曾相继送进医院，而后又无奈而凄然地离开了人世。生老病死他早已经见过的，至少要比小宋这样的年轻人经验丰富得多，只是此刻如此唐突地面对这个依然陌生的女人，多少让他感到不安。他尽量让自己保持镇定，微微探身靠近床上的病人。不管怎么说，他还是想见见这个叫宋媛媛的女人。

在来时的路上，他反复思考着一个问题：这个宋媛媛为什么会在那么特殊的时刻给自己打电话呢？是心血来潮，还是无意中拨错了号码？如果仅仅是误拨的话，那就犯不着接连打两三次吧。试想，一个人在生命垂危之际，首先想到的不是自己的儿女和亲友，而是一个仅仅跟她见过一面的半生不熟的人，这里面似乎暗藏着什么玄机。可问题是，他跟她也就吃过那么一顿饭，席间听她唱过两首歌，随后可能还通过一两次电话，是谁先打给谁的，他也记得不是很清楚了，但不外乎是互相问候一下，再后来几乎无任何联系，至少最近的小半年里彼此没有丝毫瓜葛。

他将回忆重新锁定在去年那个时间节点上：国庆节前一天，他们一伙老朋友在外面聚餐。席间确实多了个陌生女人，忘了是哪位老友隆重地给他介绍，说这个宋媛媛年轻时如何美丽迷人，现在又如何风韵犹存，甚至还跟他打趣说，老赵你要是想续弦的话，她可是第一人选。朋友们都知道，他跟妻子感情不睦，离婚已有些年头了，他身边一直带着个儿子，吃喝拉撒样样需要照料，直到前年儿子考上大学后，他才感到生活松宽了一些，但那种无法排遣的孤独感也随之而来。续弦的想法并不是没有，前些年他总觉得给儿子找个后妈也许不是最好的选择，后来儿子渐渐大了也懂事了，甚至还主动劝他这个做父亲的往前走一步。有部电视剧叫《老爸向前冲》，儿子从外地特意打电话来，让他好好看看，言外之意他心知肚明，可他又担心这把年纪很难遇上一个让自己满意的女人。那晚在推杯换盏之间，他倒是有心多看了她两眼。很显然，单从宋媛媛的眉眼间可以毫不夸张地断定，她年轻时绝对是个大美人。后来散席之前，趁大伙不太留意他悄悄塞给她一张名片，说有空常联系，并且不忘赞美她歌唱得非常动听。

这么一想，接下来一准是宋媛媛先打电话来的，此前他确实没有她的联系方式。那次通话的大致内容是：她问，你是赵先生吧。他说是，又问她是哪位。她说真是贵人多忘事啊，咱们国庆节前一天在一起吃过饭呢。他才迟疑地猜到对方是谁。宋——媛——媛，对不对？她笑声响亮地说，真没想到你还记着我。他忙说，记着记着，你歌喉那么好，跟百灵鸟一样，人又漂亮，怎么能忘呢？彼此客套过之后，好像也没什么实质性的话题，只说以后找机会再聚，就挂了。其实那天他正在外面开会，会后还有一个饭局，否则的话他很可能就约她见一面了。因为有了她的号码，他后来应该也给她打过一次，她当时正在外面跟一群女人排练扇子舞，说是准备节目参加什么元旦迎新晚会，说话时有点儿气喘吁吁的，她说等忙完这阵再联系。那天，他其实是想主动约她出来吃顿饭的，因为听出对方很忙，也就作罢了。这之后总有这样那样的琐事干扰，彼此就再也没联系过。

现在，这个叫宋媛媛的女人就躺在赵之的眼前，看上去简直跟睡着了似的，好像昨天他们俩还坐在一起吃饭，聊天，听她唱好听的歌曲，此刻她却悄无声息，恍若隔世。

2

小宋你好。我是赵之……你母亲今天情况怎么样，还昏迷着吗？大夫说有没有好转的迹象？……怎么就你一个人在医院照顾她，我是说你还有其他兄弟姐妹吗……她以前血压高不高？没有心脏病吧？这种年龄就怕血管破裂和出血，我们单位以前有个同事，好像刚刚四十五岁，晚上在家上了趟洗手间，谁知跌倒就晕过去了，送医院一查，说是脑血管破了，出血一百二十毫升，开颅手术后算是把命保住了，可半拉身子瘫了……放心，你母亲只要不是脑出血、脑血栓这类病，问题应该不大……你也得当心自己的身体啊……要是有啥困难的话，你尽管开口，千万别客气，怎么说我也算跟你母亲认识了一场……等我忙完手头的事情，就抽空去看你们。

跟头回相比，赵之第二次来到医院时就显得平静多了。他左右手各拎着一只鼓鼓囊囊的塑料袋，里面都是他在超市里精挑细选的食物。

他发现小宋身边多了一个跟她年纪相仿的小伙子，两只高凸的颧骨以及瘦削的下巴上都有零零星星的红痘痘，这感觉极像他儿子念高中时的样子，叫人总想伸出手去替他挤破那些粉刺才过瘾。小宋比上次见到时愈发显得憔悴，说话也显得有气无力的，他知道照料病人是很辛苦的事。但她见到赵之的时候，还是很有礼貌地起身问了好。小伙子只是茫然地冲他抬了一下头，凌乱的头发几乎遮没了眼窝，随即又垂下头去忙着摆弄自己的手机，两条拖拉得很长的细腿在椅子前面抖个不停，就像尿急却又无处可尿。这种印象叫赵之觉得不爽。他教育儿子有板有眼，坐有坐相，站有站相，假如自己的儿子跟这小伙子一样讨嫌，他准没有好脸色，在教育孩子的问题上，他向来是有规有矩。

小宋的手机忽然在床头柜上强烈地振动起来，她跟赵之示意自己到外面的走廊里接电话。小伙子好像终于找到一个绝好的时机，忙抽身跟着她溜出病房。他的脚刚一迈出房门，便大喘气似的撂了句，天哪，快闷死人了。这种不知深浅的声气叫他很不舒服，如果小宋是他自己的女儿，这小伙子想做她男朋友连门都没有。

赵之顺手拉过一把方凳，在靠近床头处坐了下来。病人面容苍白如雪，嘴唇上没有一丝血色。那些静谧的药液正通过细细的输管进入她沉睡中的身体，挂在床沿边的尿袋已蓄了小半袋蜡黄色的液体。唯独心电显示仪上的那条弯弯曲曲永不间断的波浪线，表示病人生命尚存。

赵之情不自禁地帮病人掖了掖被子，他的手无意中触摸到病人的手，像是碰到一只没有任何温度做工精美的玩具。这手他握过一次的，就在去年国庆节前。她的手指细长如葱，骨节细小，血管隐约可见，皮肤算得上光滑，看得出指甲也是不久前修理过的，还涂了肉粉色的指甲油，总之，这女人的手非常耐看，绝不像一些家庭妇女的手粗粗拉拉的。手是女人的第二张脸，它很容易暴露出主人的生活面貌。

他不由得想起自己的前妻。她是个十足的工作狂，恨不得整天住在单位里才好，但在家庭生活中显得很低能，不善于打理家务不说，自己的衣裤鞋袜胸罩经常到处乱扔，她永远也搞不清丈夫的衬衫领带放在哪里，孩子的玩具书本在什么地方能够找到。总之在他看来，她是个完全不具备日常生活能力的女人，跟她在一起过日子，他简直变得不像一个男人，包揽了扫地擦灰在内的一切家务，否则，这个家就乱得不成体统。时间越久积怨越深，摩擦是不可避免的，后来这些都演变为所谓的情感危机。再后来妻子被单位选中去了坦桑尼亚，那里有个中方的援建项目，他当然不同意她去，条件忒艰苦，她走了儿子怎么办，可她却一意孤行执意非要去帮那些黑人，且一去就是两三年。名存实亡的夫妻生活终于在过去的某一刻戛然而止，他索性一个人带着儿子过，倒是感觉比以前舒心多了。

这时，赵之忽然发现病人的一只眼角不知何时竟涌出一滴泪来，它正静静地滑过太阳穴蜿蜒而下。他不由得怔了一下，忙掏出一张纸巾，几乎屏住呼吸去替她擦拭泪水。纸巾的一角立刻被浸湿了，那是确凿无疑的热泪，是从一个昏迷多时的女人的眼角悄然溢出来的。

那一刻，他忽然萌生一种冲动，简直无法按捺似的。他迫不及待地又往床头跟前移了移凳子，几乎把自己的头贴近对方的耳畔，然后嘴角嗫嚅着呼唤，宋媛媛，你醒醒！我是赵之啊，你能听见我的声音吗？宋媛媛，咱们去年国庆节前一起吃过饭，还通过电话。宋媛媛，你要是能听到我的话，就摇摇头，要不动动手指头也行！宋媛媛，你快醒醒啊……

喂，同志，小声点儿好不好，知不知道这里是病房，你瞎嚷嚷什么！女护士恰好进来查房，口罩上面是阴沉的额头，一双卫生球眼睛不依不饶地瞪视着他。这么大个人，懂不懂医院的规矩！赵之也自觉有些忘情，便涨红着脸膛一言不发，但目光始终没有离开病人。护士出去不大一阵，小宋一个人轻轻地走进来，那个小伙子却不知去向了。

赵叔叔，待会儿我想回趟家，我母亲在家里养了很多花花草草，得给它们浇点儿水，还有一只猫也要喂食。另外，我还想再取点东西什么的。赵之回过神说，没关系的，反正我也没啥大事，只管忙你的去吧，我可以在这里盯一阵。其实，他很想对她说刚才病人流泪的事，可不知怎的，话到嘴边又咽下去了。

小宋离开以后，赵之去了一趟卫生间。医院的卫生间气味实在太冲了，好像所有跟病毒有关的坏空气分子都聚集在那里，人一进去马上群起而围攻，感觉要窒息了。今天身体有些奇怪，明明是有尿意的，可站在壁挂式马桶前，努了半天劲，总是哩哩啦啦尿不清爽，最后甚至还抖索到裤腿上，很龌龊的一摊湿痕。他刚提好裤子准备出去，迎面撞上一个秃顶男人，穿一身竖条的病号服，一只手臂高高举起来，手里抓着一只吊瓶，好像不是进来方便的，而是随时瞄准一个什么目标投掷似的。

对方一眼就认出他来。老赵，你怎么也在这儿？哪儿不舒服了？赵之惊讶地看着穿竖条病服的人，巧了，陈秃子，咋是你呀？

我身上出了点小毛病，这不打吊瓶呢，这两天眼看要憋疯了。等我病好了招呼大家，咱们找个地方好好聚聚吧。哎呀，人一上年纪，毛病就缠上身了，说不准哪天就上马克思那里报到去了。

对方絮絮叨叨说个不停，赵之脑海里忽然浮现出去年国庆前的那个饭局。当时好像也有陈秃子，对，通常应该有他的，没他大伙简直热闹不起来。陈秃子早些年还有一圈稀疏的头发，如今越发稀落不堪，快成光瓢了，每次见面大伙都要拿他的秃头来取乐一番。

赵之随意地问道，你还记得那个叫宋媛媛的吗？就是跟咱们一起吃饭，歌唱得很好的那个女人。怎么不记得，她那晚唱过宋祖英的《小背篓》，嗓子甜得很……哈哈，你是不是跟人家续上前缘了，这女人有点儿味道，我要是你这种情况，早下手了。赵之只是打了个哈哈，又说，那晚人多嘴杂，我喝得有点高，忘了是谁把她带过来的。陈秃子举起另一只手掌，不停地摩挲着锃亮的后脑勺，妈的，还叫你问住了，反正不是我领去的，不跟你扯了，我得办公了……说着，摇摇晃晃冲到马桶前猛烈地抖索下身。

赵之觉得这种地方实在不便于谈话，便推说自己有事先走一步。刚出了卫生间，忽听陈秃子在里面扯着嗓门嚷嚷，想起来了，想起来了，是红中领来的，好像是他表妹。红中是另一个男人的绰号，因为这家伙有事没事总喜欢拔火罐，额头正中央时常盖着戳一样的红紫印记，故而得名。

病房里渐渐暗下来，除了仪器设备发出嘀嘀的声响，四周静得有些瘆人。尤其是此刻面对这样一个昏迷不醒的女人，赵之心里便有种难言的寂寥和惆怅。他长时间盯着病床上女人的脸发呆，好像在试图找到一个往事的突破口，好让自己能够更加从容地面对她。

但是前思后想，他们之间的关系似乎比水还清淡，如果没有那次饭局，如果那晚他没有递给她名片，他想此刻自己断然不会坐在这间病房里，抑或坐在这里的可能就是另外一个男人。再或者当初他稍微主动一些，多殷勤地约她吃吃饭聊聊天，可能现在坐在这里的只能是他了，而不是别的什么男人。这样胡思乱想的结果是，他忽然意识到一个问题，即他和这个女人之间似乎注定要发生些什么的，无论主动或被动，现在看来一切只是个时间问题。如此一来，他对宋媛媛那晚给他打电话这一事实愈发感到不可忽略，一个女人在那么特殊的时刻唯独想到了他赵之，这到底意味着什么。

3

是红中吗？我老赵啊。咱们好久没聚了，最近还好吧……不好？怎么，身体不舒服？……我一猜又是股票跌惨了吧，你怎么不早早往出抛啊，活该！我早就跟你说过，像你这样的小股民根本赚不上什么钱，不过是给人家大股东垫背瞎起哄，钱都让那些高管和知情人士套跑了，你们呀连汤也喝不上……也没别的事，就是想跟你叙叙旧……我今天刚好碰见陈秃子，那小子住院了……具体啥病他没说……你这阵有空吗？我正好没吃饭呢，你心情不好，要不干脆出来，老哥请你喝两盅……跟我还客气个屁，我就在出租车上，等会儿到你家楼下时，再打给你，咱们就这么说定了。

红中额头上依旧印着个紫红的圆戳，加之神情郁闷不堪，看起来更加滑稽。红中提议去他家附近的一个叫"老猎户"的小酒馆，那里的酒都是老板自己泡制的，喝了绝对是大补。赵之说，反正我买单，地方随你挑。

两人进去后，点了野兔肉，瓦罐炖山鸡，山菌野参汤，还有几碟醉花生之类的下酒小菜。酒是老板用酒提子从一口透明的玻璃瓮里临时打的，一提子为一两，他们先要了一斤。

赵之每次端起杯子只是象征性地跟红中碰一下，再在嘴皮上抿一抿，一盅酒几次三番下不去。红中开始还盯着他的酒盅说，今儿怎么娘儿们兮兮的，喝呀，咋不喝，来，必须干了。赵之心里装着疑问，根本没有痛快喝一场的打算，所以只是支支吾吾应付。兔子肉辣得钻心，山鸡也柴得塞牙缝子，不过他并不介意，不论吃什么于他来说早就稀松平常。

酒过三巡，红中便只顾闷头喝酒，再不盯着他了。红中嘴里开始骂骂咧咧，先是骂股市，然后骂他单位的头头是个王八蛋，最后骂他自己心奸命穷，骂一会儿吱地灌一盅，一斤酒他一个人足足喝了有八两。

事实上，赵之一直憋着一肚子话要问他。刚开始喝酒时，大伙都清醒得很，有些话不好意思直接问，男人间的事情有时候需要酒盖住脸面再提。可到后来根本就插不上嘴，喝了酒的人嘴巴都没有把门的，反正红中只顾自己一味地发泄和快活了。

红中，我好久没听你说起你那个表妹了。

表——妹，谁他妈是我——我表妹？

就是那个宋媛媛吗，你忘了上次还领来咱们一起吃过饭的，她还唱《小背篓》来着？

噢，我当谁呢，她呀，狗——屁，啥表妹！红中舌头已直得像把锅铲在嘴里硬搅，两颊跟涂抹了厚厚一圈廉价胭脂似的，似笑非笑地冲赵之摇头晃脑。

实话告诉你吧，她——她也就算个娴头，这娘儿们骚劲大着呢，年轻时是棉纺厂的一朵花，我跟她处过几天，后来她喜新厌旧又看上别人了，再后来她男人没了，她又下了岗，哭哭啼啼跑来找我借点儿钱，我看她孤儿寡母也怪可怜的，就借了呗……后来有一晚她说是来还钱的，我猜她身上根本没带钱，就将计就计跟她那个了……什么女人啦，钱啦，都是狗屁！老子这辈子啥没经历过，几十万股票就这么打水漂了，妈的，这么多钱说没就没了，世上到底还有没有个王法？就是块石头撂水里，总还有个响声吧……呜呜……

出乎意料，红中居然鬼哭狼嚎开了。赵之被浇了一头雾水，或者，他原先的疑问忽然又陷入歧途，完全不是他想象中的样子。娴头？这个带有明显旧社会气息的恶心字眼无论如何太刺耳了，假如红中真是酒后吐真言，那么，自己又算什么呢？这个女人突然变得更加神秘，简直有些超乎他的想象。

现在，他开始觉得自己根本不必再为这个昏迷中的女人去伤脑筋，充其量她跟他只有一面之交，她的荣辱生死都跟他毫无关系。他要做的就是告诫自己，什么也没有发生过，而且，从今往后再也不能介入那对母女当中。

4

赵叔叔您好，我是那个小宋呀，看来又要给您添麻烦了……真的非常感激您对我母亲的关心……大夫说需要给她做手术，再晚的话可能会错过最佳治疗期……平时家里的钱都是由母亲管着的，我还在外地实习呢，预交了住院费，身上就没多少钱了，医院现在又催着交三万块手术费……实在不好意思，真不知道该怎么跟您开这个口……不过请赵叔叔放心，随后我一定尽快把钱还给您。

在电话里，赵之仅仅敷衍了小宋几句。他的确没有借钱给小宋的打算，推说最近手头也不宽裕，爱莫能助。不过，碍于情面，最后他还是支吾着说会尽量帮她想想办法的。

实际上，这事他压根就没往心上去，三万块，可不是个小数目！况且，他跟那母女的关系确实还没熟悉到可以很信任地借钱的份上。再有就是红中那天酒后向他倾吐的那堆真假难辨的醉话，凭什么让他为另一个男人的"姘头"出治疗费？因为没有道理，所以，这两日他还是比较心安理得的，至少一开始是这样的。小宋后来又接连打来两次电话，都十万火急，最后一次他索性没去接听，直接拿掉了手机的电池板。

接下来的一晚正好有饭局，胡吃海塞之后又程序性地去了夜总会。

刚走到包房门口，隔壁包房的门忽然被推开，早有人横冲直撞飞奔出来，跟赵之撞个满怀。他恍然被撞醒了似的，与此同时，鼻孔嗅到一种淡雅清新的水果加香草的味儿。赵之被猛地一撞便有些恼火，未待发作，却见对方惊讶地叫了一声，随即便捂着嘴巴隐忍住，好像她之前遇到的麻烦远不及这个来得猛烈。当他们四目相对的一刹那，赵之也几乎喊出声来，女孩像是完全愣怔住，数秒钟呆若木鸡。

小——宋！赵之终于理出一个头绪，难怪那团香味如此不俗，又似曾相识。怎——么——是——你？小宋那张眉目清秀的瓜子脸上，多出一种叫人担心的慌怯，羞赧得无地自容，但在短暂的愣怔惊慌之后，她及时调整出的最有效的反应却是一脸漠然，漠然处之，好像她压根就不认识眼前这个老男人。

没等赵之再说什么，早有喝得五迷三道的青年男子从包房追出，脖子上挂着狗链子般粗的黄金项圈，扑上来就如擒拿小鸡一样将小宋逮个正着。臭婊子，往哪儿跑？还不给我滚回去……想挣钱容易，你得陪老子玩痛快了！小宋痛不欲生地挣扎，怎奈黄金项圈手劲强横，眼看就把她半个人拖进房间了。那感觉简直跟黄世仁强占喜儿无二。

赵之万万没料到小宋会来这种地方，这完全颠覆了她留给他的好印象。最关键的是，前两天因为她几次三番打电话跟他借钱的事，他多少有些怕见她，就隐隐觉得自己像是欠了她似的。现在，小宋却以这样的方式出现在眼前，似乎是为他提供了一次绝好的补偿时机。所以，他不能坐视不管，也许，骨子里面还千丝万缕地扯上那个躺在病床上的宋媛媛。

这种时候彼此都是上帝，恨不得都想主宰这个世界。对方似乎更不愿意在小姐面前丢了面子，一个生拉硬拽，一个路见不平，你来我往，言语冲撞，随即就动起手来。黄金项圈果然力大气粗，挥起满是刺青的手臂给了赵之两拳，乌黑的鼻血跟白来水一样往下淌。小宋吓坏了，哇哇地失声尖叫起来，便引来了三两名保安，大堂经理也闻讯上来劝解。

一番口角后事端总算平息，赵之鼻头血红，也就没心思再回刚才的包房。小宋像犯了错的孩子似的，怯怯地跟着赵之离开了夜总会。到了出租车上，赵之默默地从鼻孔里拔出刚才小宋替他塞进去的纸团，已黑乎乎的，完全看不出纸色来，他顺手从车窗扔了出去，感觉像一枚黑色的子弹带着莫名的耻辱和仇恨瞬间消逝。他用手轻轻摸了摸肿胀的鼻头，好在鼻梁骨没断。五十岁的人了，按理说早该远离这种生猛冲动的场面，可还是让他遇上了，而且，是为一个年轻姑娘。刚才大堂经理一副不屑的口气，好像借机挖苦他为了个小姐争风吃醋不值当。妈的！此刻一回想还不由得心头火起。

这时，坐在一旁的小宋安静地递上一片纸巾，赵之只顾看窗外并没有去接。她径直拿纸巾替他在人中附近轻轻揾了揾，那里又挂出一道漫溢出的淤血。纸巾带着茉莉花味，仿佛女孩的体香，慢慢地沁入他的呼吸道里，他才稍感好受一些。

小宋，那笔钱下午刚刚凑齐，我还没来得及给你电话……他完全没有想到自己怎么突然就冒出这么一句来，毫无心理准备，嘴皮子彻底跑在脑子前头了。继而，他觉得自己非常虚伪，在一个跟自己儿子年龄一般大的姑娘面前扯谎，他简直就是个十足的伪君子。

小宋一直没有吭声，甚至没有吃惊地望上他一眼。半天只是将左右手死死地攥在一起，似乎所有的骨节都被攥出了吱吱的声响，听着有些叫人难过。赵之扭头看着她，两线晶莹的泪水正无声地往下滴淌，她上身微微颤动，头始终低垂着，生怕跟他对视似的。

赵之一时不知如何开口，沉默了好一会儿，才犹犹豫豫地将一只手伸过去，微微搭在对方的肩膀上，安慰似的轻拍了两下。不知怎的，这个举动又让他想起自己在包房里搂着香艳的陪侍女郎的情景，心里便陡增一股罪恶感，这感觉来势凶猛，让他不得不良心发现似的将那只手从小宋肩上悄然移开。这样也许会好受一些。今晚以前，他做过的所有属于男人的荒唐事，都没有让他觉得自己的手那么脏，他根本就不配搭在人家小宋身上。黑暗中，小宋的哭声显得压抑而忧伤，是那种悔恨交加，还有对生活的无可奈何。

放心，一切都会好起来的！他喃喃地说，声音很小，像是说给他自己听的。

小宋哭声渐止，捂着纸巾撇开脸去擤鼻涕的时候，赵之顺口问她现在哪里实习。小宋的鼻子齉得一塌糊涂，透不过气似的，这种情况下她大概不想多说什么，只含糊地说在邻市，是学校在毕业前给安排的，也就是给人家跑跑腿打打杂，再过半个月便结束了。

赵之略微哦了一声。儿子今年大三，用不了多久也得去实习，孩子的就业问题迫在眉睫。

此刻想起这些，赵之忽然感到一种无形的压力降临到头上。对于儿子来说大学毕业也许正意味着失业，孩子未来前程未卜，做父亲的岂能安心。寒假儿子回来，赵之倒是跟他聊过两次，儿子摆出一副满不在乎的样子，说老爸你操那么多心累不累，车到山前自有路，还是好好想想自己的未来吧。他知道儿子为他好，想让他尽快找个伴，可他转念又想，真的还有那个必要吗？身边添个女人到底干吗呢？这辈子生儿育女的任务已经完成了，再找个女人无非是一起明目张胆地过几年夫妻生活，整天价柴米油盐一地鸡毛琐碎不堪，这日子还能有什么新鲜的花样呢？倒是他一人吃饱全家不饿，来得更容易也更实际些。所以，每次想到续弦，他便无论如何打不起什么精神。他现在唯一想做的是尽量给儿子多存一点儿钱，他甚至看好了一家不错的楼盘，正以按揭的方式提前给儿子买下了一套三居室的楼房。这事他也跟前妻沟通过，可对方因为有过几年的国外工作经验，言必称国外如何如何先进发达，说当务之急应该想办法让儿子去留学，不留洋将来没有任何发展前途。可他并不这么看问题，他希望儿子本科毕业后先考研，然后考博，一口气把该念的书都念完。至于留不留洋的事，一者，他一个工薪阶层每年根本拿不出近二十万元的天价学费；二者，留完洋不是还得回国发展吗，与其东奔西颠一通折腾，不如早早地立足本土踏实工作呢，所以房子必须买，将来即便儿子不回来住，那也算为他提前储蓄了一笔生活费。前妻便屡屡讥讽他鼠目寸光，说他这人永远只能看到自己的鼻尖上，没有一点儿发展的眼光。他也懒得为此事再跟她计较，很庆幸当初他们离了婚，否则越来越谈不拢。他最后在电话里给妻子的明确答复是：儿子留洋也行，但学费你这做娘的来掏吧，等他回国后我这当老子的再花钱也不迟。

三万块还是能拿得出手的。下车以前他审慎地合计了一番，家里现有两张五万元和一张十万元的定期存单，这些钱均存在儿子名下。这些钱当然是雷打不能动的，不然那会损失不少利息。工资卡他一直揣在身上，里面倒还有几万活钱，平时像给儿子汇个生活费什么的，都是从这张卡上走的，实在不行就取给小宋用吧。

看来，这姑娘确实摊上天大的难事了，否则，绝对不会跑到那种地方挣钱，由此似乎可以断定，她还算是个孝顺的闺女，这年头能够做到这一点也是难能可贵的，就凭这条他或许应该帮帮她。一想到夜总会乌烟瘴气男盗女娼的情景，他的心里便油然而生一股莫名的愧疚与自责，好像是他狠下心肠把小宋逼到那种地方去的。逼良为娼，他脑海里不时地会蹦出这个龌龊的成语，好像是法官当庭给他定下的罪，跟锥子似的一下一下戳刺他的每一根神经，叫人心惊肉跳。尽管借钱给外人总不是件容易做到的事，可他还是暗自拿定了主意，人不能光顾自己。

5

陈秃子是你呀，怎么突然想起给我打电话了？我还正想问问你的病好点儿了没？……哦，早出院了，恭喜！恭喜！这年头数健康最重要嘛，其余那些都是扯淡。哪天咱们一块坐坐……你说什么？没弄错吧，红中出事了！……这太可怕啦！怎么会这样呢？前几天我还跟他见过一面呢，好像情绪是有些低落，还不都是狗日的股票惹的祸，可也不至于那样吧……这么说是真的了！不就是钱没了么，钱重要还是命重要？这家伙也忒钻牛角尖了，干吗非要走那条路！你说他傻不傻啊？胳膊哪能扭过大腿呢，尽做无谓的牺牲……

接完陈秃子的电话，赵之站在自己的办公室里一动不动，发了很长时间呆。透过眼前的玻璃窗，他盯着外面被太阳烤得蔫头耷脑的一排槐树。沥青一样的槐树胶每天都在疯狂地往下滴落，水泥甬道上尽是黏人鞋底的黑圆点子，远远看去犹如一摊陈年的血迹，人从上面踩过，鞋底会粘得吱吱响，那感觉真叫人恶心。

赵之又莫名地想起自己那天和红中喝酒的情形，没想到这竟成了他们人生的一次诀别。如果不是听陈秃子亲口说的，他压根不太容易相信事情会这样。他还清晰地记得红中脑门中央的暗红色的火罐印记，就像被谁痛揍了几拳头。现在回想那天红中的印堂，似乎是有点儿晦暗铁青，加之情绪失控和呜咽有声，几乎能够断定红中出事已有先兆实属必然。一旦想到红中居然身上揣着一引即爆的雷管，只身闯进人头攒动的证券交易所，像所有精神病人那样歇斯底里地叫嚣着，鱼死网破地要跟人家工作人员来个同归于尽，赵之简直不寒而栗。

后来赵之竭力回忆，那晚在老猎户自己到底跟红中说了些什么，红中又是怎么跟他聊的，好像不外乎钱和女人。也就是说，若非为那个叫宋媛媛的女人，他也许在出事前根本见不上红中那一面了。冥冥中他觉得，红中出事好像也跟那个女人有些瓜葛，就连自己也似乎是鬼使神差地跑去约他喝酒。他甚至还记起被活活泡进玻璃酒瓮里的蛇，红中少说也喝了七八两泡过蛇的药酒，也许是那蛇的不屈的冤魂缠上了正交厄运的红中，才使他铤而走险干出那么不可思议的蠢事。

傍晚下班后，赵之想顺路去医院看看，不知后来手术做成功了没有，宋媛媛到底情况怎样。跟前两次一样，他事先在单位附近的花店选了一束鲜花，路上给小宋打电话，话务员提示对方已呼叫转移了，他估摸着也许这阵那娘儿俩正在手术室里不方便接听。从电梯出来，他跟前几次一样熟门熟路地去推那间病房的门，眼前的情形让他吃了一惊，躺在床上的竟是个白发苍苍、瘦骨嶙峋的老人，另外还有一对中年夫妇，正面容憔悴地守护在床前，两双眼睛通红。他急忙说声对不起，便疑惑着退出身去，难道是自己记错了？不可能呀，这里他都来过好几趟了。随后，他又战战兢兢地接连推开好几扇房门，均未见到他要找的人。最后他退回到科室门廊顶头处，抬头看那上面的科室标牌：神经内科。没错，是这里确凿无疑，可那娘儿俩却踪迹全无。他只好去医护办打问，才得知她们一天半前就办好出院手续离开了，具体去了哪里谁也说不清楚。

赵之一下子就蒙了，脑袋像是被病房的门重重地挤了一下似的，他硬撑着在走廊的一张长椅上歪身坐下来，半晌都未缓过神。他把这些天发生的事前前后后在脑子里捋了一遍：从头一天接到小宋的电话，到后来他决定借钱给她，这中间他一共来过三四趟医院，还替小宋看护过四个半钟头病人，一切都在毫不经意间发生或上演。而在一天半前，也就是他在夜总会遇见小宋的第二天上午，又兴冲冲地将三万块钱取出来直接送到医院，此后就再也没有跟小宋联系过，直到此刻他像没了骨头似的，瘫坐在硬邦邦的白色长椅上，一副大病将至的样子。

　　弥漫在走廊的消毒液和各种药味叫人喘不上气，捂着大口罩的白大褂们，跟幽灵似的在他眼前晃来晃去，这些人心里到底想着什么鬼才知道。有一点可以肯定，只要交足够的治疗费，即使最肮脏的乞丐也能心安理得地躺进病房。眼前的一切看起来都再正常不过，也许，正是这种习以为常，让他几乎轻而易举就栽了个大跟头。三万块，那意味着他辛辛苦苦干一整年，并且不吃不喝全部积攒下来。可这笔血汗钱转眼间就让一阵风给卷跑了，而他还傻乎乎地捧着一束康乃馨来探望诓走他血汗钱的女骗子，这叫什么事啊，说出去别人能活活笑掉大牙。想到这儿他怒不可遏地将康乃馨砸在地上，同时，抬起脚使劲踩向那些芳香娇艳的花朵，就像去踩那女骗子的漂亮脸蛋。

　　翻过天，赵之痛定思痛，决定先去看守所见见红中。听陈秃子在电话里讲，红中这次虽爆炸未遂，但严重危害了公共安全，且有蓄意杀人的嫌疑，这些罪过可不轻，肯定得重判的。在赵之眼里，红中身上始终蒙着一层投机倒把的色彩，很多时候他表现得像个奸商，有点儿唯利是图，可杀人放火的大案倒不大像是他所为。在见到红中之前，赵之抱着侥幸心理，最后一次拨打小宋的电话，依旧联系不上，看来她们早已神秘消失了，很明显这是有预谋的，他掉进两个女人为他精心挖好的陷阱里。

　　外面艳阳似火，可看守所的会客室却阴森森的，红中脑门上的火罐印记消失殆尽，取而代之的是被剃得锃亮的秃头和胡子拉碴的下颌。

赵之先说了几句像电视剧演员早设计好的台词，无非是何苦这样、干吗想不开、争取坦白从轻之类。红中抬起很暗淡无神的眼扫视着天花板，半晌喃喃地说，妈的，这样也好，反正啥也没了。赵之心不在焉地说，话也不能那么说，只要人活着，什么都会有的，老弟你得往开里想啊。红中冷笑一声，屁，老子算彻底明白了，人活一辈子忙忙碌碌的没啥意思……

赵之便不知接下来该说什么，红中又垂下头像在打瞌睡。那你跟我说说宋媛媛的事吧。憋了老半天，赵之总算吐露真言。

红中突然嘿嘿一笑，听着阴阳怪气，笑里藏刀。上回你请我喝酒好像就为这个，今天来看我也是个幌子吧，要是我没猜错的话，你肯定跟那娘儿们有一腿！

赵之觉得这种口气简直令人厌恶，不过还是强压着火气说，宋媛媛住院了，她女儿跟我借了一笔钱，说是要做手术用，事情就是这样，信不信由你！我来看你也是想顺便问问，她们具体住在哪儿，平时都靠什么生活……

不等他说完，红中就抢先道，好你个老赵，肯定睡了人家娘儿俩，要不你咋那么热心肠！哼，兄弟股票没了，你咋就不想着接济两个活命钱？

你这纯粹是以小人之心度君子之腹！我老赵像那种人吗？！

谁不知道你是正人君子，不过，八成你那笔钱要打水漂喽。我实话告诉你，这个女人你最好别招惹，那是个无底洞，她们能靠什么生活，女人嘛，你说说还能靠什么？红中的表情愈发古怪叵测，有点儿隔岸观火的味道，又有些鄙夷不屑。宋媛媛过去一直住在老棉纺厂家属院，不过我也好久没去过那里了，兴许那片老楼早没了……如今这世道啥能保得住呢？

赵之忽然感到太阳穴处一阵生疼，如被火烧红的针尖扎刺一般，头脑便疼得晕晕沉沉。红中的那些话变得模糊缥缈，像隔着一层密集的水幕，实在叫他捉摸不透。

老棉纺厂家属院在赵之印象中还是 20 世纪 80 年代中后期的样子，简陋的筒子楼，外墙的砖脊全部裸露在外，远远看去那楼体就跟城墙垛子似的狰狞。住户的房门南北相向，中间是一条阴森森的狭仄幽暗的走廊，顶头有公用卫生间和自来水池，洗衣、择菜、淘米、洗漱都在水池子里完成，一年四季总是腥腥臭臭的。当年，赵之曾随一个要好的同事来过一两趟，那个同事的父母就住这幢楼里，后来同事分到了崭新的三居室，他也就没再来过。赵之依稀还有些印象，黑漆漆的走廊里到处是熏人眼鼻的煤炉和成摞的蜂窝煤，还有破旧的自行车和布满灰尘的咸菜缸，可以说连个落脚的地方都没有。偶尔，走廊里会闪出一个面目不清的黑影，披头散发，如梦游般，趿拉着拖鞋，疾步朝卫生间方向飞闯，感觉有几分恐怖。

若不是宋媛媛母女以及那三万块钱，他恐怕到死也不会再来这种破地方了，更不用说在这黑灯瞎火的时候。老远就瞅见用白石灰刷写在墙壁上的数个巨大而丑陋的"拆"字。事实上，这片老楼基本上快拆光了，像过去的棉纺厂工人俱乐部、厂办托儿所、日杂商店都已不复存在，现在仅仅剩下最靠里面的一幢，老气横秋地硬挺在这片瓦砾场中央，如同孤岛上的一根桅杆。走近跟前才发现，即便是这幢楼，也被齐头拆去了三分之一多，简直像大地震后的残存建筑，被拆毁的部分龇牙咧嘴的，弯弯曲曲的钢筋从水泥和砖缝里扭曲而出，像做着最后一次无谓的抗争。

这里到处都是砖瓦石块，到处都是漫过脚面的灰尘和垃圾，赵之简直不知道自己是怎么跌跌撞撞地摸进这被强拆得仅剩下一多半的破筒子楼里的。为了不至于摔跤，他一路都借打火机的那点儿光来照亮，每走一步都提心吊胆的。好不容易摸进了走廊，打火机的火苗悄然熄灭了，眼前一团漆黑。他下意识止住脚步，连续用力摁着手里的打火开关，半天只闪出碎小的几颗火星，显然气用光了。他愤愤地将它砸出去，打火机落地的一刹那，一声尖厉的叫声在他耳边陡然响起。与此同时，他异常惊恐地看到，自己脚下不远处射来一束黄绿色的荧光，如一簇烁烁鬼火，他的心不由得狂跳起来，跟撞到鬼似的禁不住喊叫了一声，谁！黑暗里那东西喵喵了几声，他才确认那不过是只猫，黑乎乎缩为一团，正虎视眈眈地盯着他这个外来闯入者。他喘息着稳住心神，继续往里摸去，每遇到一扇门就上前敲几下，并趴近门板听听里面有无动静，几乎没有一间房子有人回应。眼看快到走廊尽头了，再往前去就是被拆去一段的楼口处，依稀可辨远方高楼闪烁的点点灯火，跟此处的黑暗死寂形成鲜明对比。他简直失望得要死，看来这鬼地方早已人去楼空。

赵之正待转身，那只黑猫却嗖地一下径自从身后窜到他眼前，又拉长声调喵喵两声。毫无疑问，这回的声音不似先前那样突兀瘆人了，仿佛是跟熟人打招呼一般，或者，它还有别的意思。他随着猫叫声来到一扇半开的门前。赵之又惊又喜，敲了三下门，里面似有窸窸窣窣的声响，却不甚分明。很快，失望再次袭来，他想肯定是那只畜生在里面抓挠什么，猫总是喜欢那样乱抓的。再说这地方拆得乱七八糟，早就断水断电了，除了要饭的，谁会待在这里受罪呢？

忽然，那房内闪跳出一簇火光，继而，摇曳持续的光亮通过窗户和门缝映射到走廊上，形成大小不同的几个亮块。他喜出望外，急忙又伸手去敲那扇门。半晌也无人应答，他怀疑里面的人也许怕见生人，毕竟现在天色已经很晚了。他犹犹豫豫地推开了那扇虚掩的房门，里面的烛光顿时照亮了他的脸，他连着问了两声，有人没？谁在里面？问话时，他看见那只黑猫安静地蹲坐在地中间，尾巴像蝇刷似的来回摆动，嗖嗖有声。房间里空荡荡的，借着烛光可以看清最里面靠墙处有一架老式的简易木床，床上支着几乎看不出颜色的蚊帐，床头跟前还立着一张同样陈旧的书桌，桌面落了一层很厚很白的灰尘，一截只剩下很矮一点儿的蜡烛正在桌面上扑跳燃烧。因为蚊帐垂罩住整个床身，他一时无法看清床上是否躺着一个人，也许那人早睡下了。我是来这找人的，你认识宋媛媛吗？在没有得到允许之前，他只能试探着将脑袋伸进房间询问。鼻子嗅到一股浓得像痰一样黏稠浑浊的气息，好像这间房子已沉睡了一个世纪。

赵之开始怀疑，这房里根本住的就是个又聋又哑的家伙，对方点燃蜡烛也许只是想确认一下自己的猫是否回来了。正当他举棋不定是否转身离开时，那只老式木床却吱扭吱扭呻吟起来，接着蚊帐中升起一截黑影，起伏晃动两下，帐口就被从里面无声地掀开了。随后，赵之看到一个瘦瘪瘪的男人从里面爬出来，或许天气太热的缘故，他下身只穿一条皱巴巴的花裤衩，烛光照亮了一双毛茸茸的干腿棒子。黑猫大概听到主人下地的动静，马上轻巧地爬到那双干腿棒子下，抬起头喵喵直叫唤，一副邀宠的贱相儿。光身男人从床沿上起身时顺手抄起了黑猫，抱在瘦扁扁的胸前，像哄孩子似的用手掌一遍一遍捋抚着猫脊背，黑猫便受用地发出呼噜呼噜的声音，就跟人睡着了扯呼一般。

很明显，这里除了一只黑猫和一个一声不吭的瘦男人之外，根本没有赵之要找的女人，他觉得自己应该马上离开，待在这里毫无意义。于是，便很郁闷地默默转过身去。

赵主任——咱们又见面了，还记得我吧？房里的瘦男人突然开口说话，而且还叫出了他在单位的头衔。赵之惊愕得不知道该怎么办才好，他觉得自己的腿脚被什么东西很固执地粘住了似的，一时进退两难。此刻，瘦男人已抱着黑猫站在门口了，那猫的瞳孔鬼魅而又恣睢，那种黄绿色的光芒在夜色中夺人心魄，好像只要主人一声令下，这畜生就会立刻扑过来抓他个遍体鳞伤。

真是贵人多忘事啊，赵主任你恐怕忘了吧，那年我们棉纺厂破产倒闭前，你不是还来搞过资产清查吗，我可是陪你跑过腿的！过了好大一会儿，赵之才依稀记起，多年前似乎确有此事，也许因为眼前的男人赤身露体，所以，他怎么也想不起来这人当初的模样，加之时隔多年，此刻周围又黑咕隆咚的，更加无法辨认。这时，房里的蜡烛忽闪了几下，竟熄灭了，瘦男人的脸面越发模糊不清。

不管怎么说，既然对方叫他主任肯定是认得他的，尽管当初他才不过是个刚刚提拔起来的年轻副手。所以，他很快就镇定下来。你知道宋媛媛住在什么地方吗？我有些急事要找她。令他不解的是，对方并不接他的话头，或者压根没听清似的，仍然顺着刚才的话一味说下去。你看到了吧，如今咱棉纺厂拆得就剩这栋破楼了，这么大一个厂子，当年红红火火，好几千工人，说没就没了，跟做梦一样！瘦男人似乎说到动情处，声音微微有些颤。那些狗日的头头没一个好货，他们平时吃厂里的住厂里的，临到头全不顾大家的死活，把好端端一个厂子给糟蹋掉了！

赵之多少为之一怔，倒不是因为对方所说的内容，而是他的情绪一下子变得激愤起来，有种冤家路窄狭路相逢的味道。他忙插话道，是啊，那些年不光你们棉纺厂，像轴承厂、拖拉机厂、二毛厂，还有那个电器开关厂不都一个个倒了吗，不过这也算顺应时代潮流，俗话说不破不立嘛……放屁，啥叫不破不立？坐着说话不腰疼！你知道多少人为这个厂流过汗流过泪流过血吗？你们这些当干部的整天只知道坐在办公室里，翻翻报，喝喝茶，一有机会就惦记着中饱私囊，你们拿了多少好处只有自己心里清楚，那么多工人一夜间下了岗失了业，这么些

年有谁想过他们的死活？现在那些家伙又像苍蝇一样眼巴巴盯
上了这片地，想拆了旧房盖新楼捞大钱，天底下的便宜都让他
们占尽了……

赵之觉得脸庞莫名地燥热起来，瘦男人的话机枪似的冲他
不停扫射，简直叫人无言以对，这些话显然涉及极其复杂的
现实问题，根本不是他个人所能解答的。他更不明白的是，对
方为何跟自己说个没完没了，好像他正是这一切的罪魁祸首。
因此，在听了对方一通啰唆之后，他终于做出清晰的判断：仅
凭半夜三更，逮住一个陌生人大谈特谈那些陈芝麻烂谷子的
事，便可知这个精瘦的家伙精神极不正常。他来这里可不是为
了听一个疯子神经兮兮地东拉西扯的，所以当机立断必须迅速
离开。

可就在赵之再度决然地转过头想走开时，身后猛不丁冒出
一句：赵主任不是想见我爱人吗，要不要帮你叫醒她……那一
瞬间，赵之忽然感觉手脚冰冷，急欲夺路而逃，无奈两条腿却
抖动如筛糠一般抬迈不开。万般惶恐中竟又瞥见那只鬼里鬼气
的黑猫，那两只黄绿色眼睛正一动不动地盯着自己，它喉咙里
不时发出呼噜呼噜的古怪响声，像酣睡中的老妪。冥冥中，他
觉得那猫和主人已混为一体，不分彼此，就像是来自另一个星
球的怪物。

6

赵叔叔您好，我是小宋呀，好些天没跟您联系了，一定让
您着急了吧，实在抱歉得很，请您谅解……我不小心把手机弄

丢了，以前的号码也都没了，好在我母亲的手机里还存着您的号，可她住院后手机好久都用，身边又没她的充电器……您借钱给我们的当天，我们就办了出院手续。我上次好像跟您说过，我一直在外地实习，最近学校马上又要毕业答辩了，实在没有办法，我只好把母亲带到学校这边照顾……本来想一到这里就给母亲联系做手术的，可不知为啥她竟然醒了，真是谢天谢地！只是还不能说话，得慢慢静养一阵子……大夫也说这种情况比较罕见，大概是母亲身体素质一直很好，昏迷了那么多天硬是挺过来了……不管怎么说，这次真的非常非常感谢您。请赵叔叔放心，我一忙完手头的事，马上把那笔钱还给您。

晚上照样要去应酬，主人宴请了相关厅局的领导，赵之作为重要部室的负责人也应邀赴宴。他显得心不在焉，可以说食不知味。自从那晚在黑咕隆咚的老棉纺厂家属院见到那个瘦子，他就跟丢了魂似的。

尽管这两天他也一再劝说自己，那家伙不过是个疯子、神经病，那通疯话纯属胡言乱语无稽之谈，完全不必放在心上。可到了晚上，只要闭上眼睛，瘦子的模样就在他眼前飘来晃去，仿佛幽灵，间或还有那只鬼气十足的黑猫，一切都是那么不可思议，叫人惶恐不安，欲罢不能。后来到了白天的时候，他不堪忍受好奇心的折磨和怂恿，又单独去过那里一趟。在那幢拆去一头的破筒子楼里，除了看见一群脏得跟耗子似的野猫外，连个鬼影子也没有，至于在夜间所看到的床、蚊帐、桌子和蜡烛全无觅处。这让他越发感到蹊跷，难道那晚的所见所闻都是自己的幻觉，压根就没有那么一回事？可那又怎么说得通，尤其是那个瘦子还自称是宋媛媛的爱人，但此前小宋分明跟他说过，她父亲已过世多年了。难道说有人吃饱了撑的假冒死人！所有状况几乎不敢想象，只要稍加琢磨，思绪立刻就会陷入一个可怕的黑洞，无穷无尽。

好在这天下班前，消失数日的小宋突然来电，这让他内心堆积多日的烦忧稍稍松减了一些。也许，自己真的多虑了，不就三万块钱闹的嘛，所谓利令智昏，别把自己搞得神经兮兮的。而事实也证明，小宋似乎没有要骗钱的意思，否则，她干吗还要再次打来电话。故此，他又多少萌生了惭愧之念，为区区三万块钱，而且，还是自己心甘情愿要借给人家的，到头来反倒以小人之心度君子之腹，实在有失风度。

推杯换盏之间，大伙东拉西扯讲些闲淡笑话。别人似乎觉察出整个晚上赵之太过沉默，心事重重的，便都提议要罚他酒。他这才回过神来，忙解释说忽然想起一件奇怪的事。桌上的客人问之再三，他才将心里的疑团和盘道出，不过他并没有说是自己亲身经历，而谎称是一个朋友告诉他的。令他没想到的是，刚才还笑语喧哗的宴席，忽然就有些冷场，仿佛谁无意中抛下一场冰雹，使原本热烈的空气骤然冷却凝固，就连一桌子丰盛的饭菜也为之黯然失色。

过了好大一会儿，赵之听见建设厅的头头正同国土局的领导窃窃私语，谈论的正是棉纺厂工地"闹鬼"一事。听说城建分公司在负责拆除最后一幢筒子楼时，连着出了好几起重大安全事故，三死六伤，最邪乎的是一名工人当时站在挖掘机旁打电话，那只巨大的钢铁铲斗忽然从半空降下，活活把下面的人给拍扁了。操作机车的师傅一直喊冤，说真是见鬼了，他压根就没有看见有人在下面，后来这个师傅精神有些失常，逢人就唠唠叨叨诉苦叫冤喜怒无常，变得跟那祥林嫂一般，再后来便没人敢再去冒险拆除，于是那幢破筒子楼就被撂着，眼看已数月光景。

赵之的心顿时如拧紧了发条的钟表，世上竟有这种怪事，这也似乎印证了自己先前的种种猜测。那么说那晚自己真的撞上鬼了！他居然还听鬼絮絮叨叨发了半天牢骚！此刻回想当时的情景，依旧感到毛骨悚然，可无论怎么去回想，他始终记不清那个瘦男人的具体模样。换句话说，那晚对方留给他的印象完全是模糊不清的，就像隔着浓厚的雨幕所看到的景象，亦真亦幻，唯独那只黑猫真切可感，鬼魅异常。

这种饭局通常会坐得很辛苦，差一刻十点才迟迟散宴。赵之没有马上回家，上了出租车后临时改变主意，或许是趁着酒兴，就想让司机把他拉到老棉纺厂家属院看看。司机像是没听明白似的，一个劲回头很奇怪地望他。往前开了一段路，对方终于忍不住问他，这么晚去那边做什么，又说那里拆得乱七八糟的像个战场。言外之意像是，深更半夜去那里脑子不会有问题吧。赵之不置可否，反问司机知不知道闹鬼的事。司机稍稍迟疑了片刻，先是很奇怪地笑了两声，像是刻意给自己壮壮胆，然后又神经质地摇了摇头。嗨，大伙不都那么瞎传，可我不信，谁见过鬼长啥样。赵之本来想说自己见过，可话到嘴边又改口问工地接连死人的事师傅怎么看。司机说工人操作不当，出事也是常有的，八成是有人趁机装神弄鬼。他觉得有些道理，说不准为了达到不可告人的目的，便搞些鬼把戏来吓唬人。果真是这样，那么自己见到的瘦子极有可能就是作祟者。司机沉默了一会儿又说，不过为拆那些破楼，闹得动静可不小……唉，还不是瞎闹腾，现如今真不知去哪儿说理去。

似有什么忌讳，出租车几乎不敢靠近那幢破筒子楼，隔着老远就停下来，司机还顺手打开车里的小灯。赵之让他稍等自己一会儿，司机有些不情不愿的。可此刻这里一片死寂，整条路上连个人影也没有，司机大概不想空跑一趟白白浪费汽油。这两年汽油跟其他物价一样总在不停地疯涨，93号眼看奔七块半了，所以他只得勉强答应。

因为前面来过两趟，赵之再去筒子楼便显得轻车熟路。毕竟这里死过几个建筑工人，想想都瘆得慌。他心里虽说打鼓，可刚才喝进肚子的白酒倒让他添了几分果敢，酒壮怂人胆。还没走到楼里，出租车的喇叭就在身后叫了几声，催他加快速度，他没在意，继续小心翼翼地往前摸索。同时，抬头打量眼前黑黢黢的破楼，没有声响，没有想象中的暗淡烛光，甚至连那些野猫也沉睡不醒。他一步步蹚过灰尘和垃圾进入黑洞洞的走廊，用打火机的微弱光亮挨个去照那些尘封已久的房门，感觉像是进入某个黑白电影中的场景。

这时，远处又传来一串嘀嘀的喇叭声，很是恼人，显然司机等得不耐烦了。而他几乎没有任何新的发现，说白了这只是一幢毫无生气的死楼而已，现在他宁愿相信那晚的事情全部是幻觉，而所谓的闹鬼不过是道听途说。他不想再让人家司机为难，于是快步往回走。当他终于走到坑坑洼洼的路面上，在距离那辆出租车十来米远的时候，猛地感到一阵飕飕的凉风从黑暗中呼啸而来，在他最后听到摩托车发动机凶猛的轰鸣声时，头部早重重地挨了一击，他还没来得及听到自己的喊叫声，便轰然倒地。

等出租车司机反应过来，惊魂未定地钻出车外，袭击者已经麻利地搜过赵之的衣服口袋，并飞也似的驾驶摩托车消失在黑夜中。司机吓得魂飞魄散，他甚至连对方的车牌也没记周全，只见那家伙戴着摩托全盔，脑袋包得严严实实，即便到近前也不易看清对方的长相。

7

喂，你好，你找谁？请说话呀！怎么不说话？莫名其妙！嘟嘟……

喂，哪位？有话直说呀，有病是不是！打来电话又不好好说话，什么玩意儿！嘟嘟……

喂喂！你还有完没完？！到底要找谁？我没工夫跟你捉迷藏，不许再打了，混蛋！！

妈的！你谁？……红中？没骂你没骂你，实在不好意思，刚才有个神经病不停地给我打电话又不吭声……你不是在看守所吗，怎么还能随便打电话？……哦，放出来了，出来就好啊，改天老兄我给你洗洗尘，要么再去上次的老猎户喝二两，那天你没喝好……你问我宋媛媛在哪里，我咋知道，我还想问问你呢！……别提了别提了，真他妈的倒霉透顶，昨晚挨了一黑棍，我这吃饭的买卖差点儿就搬家了……能招谁惹谁呀？我哪有心思多管闲事……你说我不该去筒子楼自寻麻烦……这么说你跟那个工地上的事有瓜葛？……什么？你说话大声点儿，别跟蚊子似的，我听不清楚……你也投资了？里面有你的股份……纯粹胡闹，这是违法的，就知道炒地皮，人命关天啊！

陈秃子，有件事你今天必须跟我实话实说，我老赵可一直把你当知心朋友……红中跟那个宋媛媛到底是啥关系？……什么，红中交代过不让你说……那我再问你，宋媛媛住院那次，怎么那么巧你也在那家医院里？……别想蒙我，我早猜出来了，你跟红中他们是一伙的……棉纺厂那片地是不是也有你的股份？……我现在怀疑，我头上挨的这一棍，八成是你小子干的吧？

小宋是你吧，听出我是谁了……你现在到底在哪儿？我想见见你母亲……什么？她快不行了！啥时候的事？……我不信，昨天你不是还在电话里跟我说她醒了吗……你别骗人了，我不是三岁孩子，快告诉我你们的具体住处，我马上赶过去……这根本不是钱的问题，就算花了三万块，我也得买个明白，不能当猴一样叫人耍吧……好了，我不跟你啰唆了，让你母亲听电话，快，马上！

喂，宋媛媛你好，我是赵之呀，我总算想明白了，那几个电话一准是你打来的，对不对？差点儿忘了你不能说话，我知道你病得很厉害，不过没关系，你不说我也懂，你千万别着急上火，我相信你一定会好起来的！咱们去年吃饭的事我还记得清清楚楚，你唱的《小背篓》很动听啊，等你把身子养好了，我要请你好好撮一顿，然后咱们一起去唱卡拉 OK，到时候把红中和陈秃子他们都叫上……宋媛媛你在听我说话吗？你女儿小宋很孝顺，是个难得的好姑娘，为了给你筹钱治病，她吃了不少苦头，你放宽心，只要我赵之还有一口气在，肯定会尽力帮你们娘儿俩的……

赵之醒来的时候，蒙蒙眬眬看见前妻坐在床边。他的脑子跟电器短路了似的，半天没有丝毫反应，他完全不清楚自己竟昏昏沉沉地躺在医院里。而此前，他好像一直在不停地接电话、打电话，嘴皮子磨薄了，忙得跟陀螺一般团团转。

现在，他觉得口干舌燥，胸口像塞着一块烧红了的木炭，他开口仅仅说了几个水字，整个人如大病初愈一般有气无力的。前妻忙把他从床上搀着坐起来，伺候他喝下半杯凉白开。

吓死我了，你一整夜都在说胡话，没完没了的，跟中了邪似的。仅从对方说话时眼圈所浮动的那些微红色里，他便能感觉到前妻应该是流过泪的。一日夫妻百日恩，看来这话不假，尽管他俩已经离婚很久了。

对了，谁是宋媛媛？肯定是个女的吧，你颠三倒四老叫她的名字！前妻猛不丁像是无心地问道。

赵之多少有点儿做贼心虚，便支吾说，既然是梦话，怎么知道是谁呢？

梦是心头想，跟你关系不一般吧。前妻酸溜溜地扫了他一眼，嘴角往下撇了撇，你都成这样了，还不老实交代。又说，出租车司机人不错，用你的手机打了我的电话，还报了警，待会派出所的人会来了解情况。

赵之木讷地摸了摸被包扎得像圆面包一样的大脑袋，着实感到一阵恍惚。前妻从包里取出一个钱夹递给他说，我大致看了一下，现金一分不剩，其他东西你再查查，看还丢什么没。赵之打开钱夹，印象中里面应该有七八百块，都被拿走了，身份证、银行卡等原封未动。看来，歹徒就是冲钱来的。前妻听他这样说，方才舒了口气，说那就算破财免灾吧！

话音刚落，赵之却又不经意发现，在钱夹的隔层里竟多出一张折叠得很小的纸片，忙展开瞧，雪白的纸面上仅有一行电脑打印字：记住，下回可没这么走运！

前妻接过去细细揣摩了一会儿，才皱着眉头问，这到底什么意思，恐吓啊？老赵你不是得罪啥人了吧？赵之茫然地摇摇头。没得罪人就好，也许这只是抢劫犯的一个小伎俩吧，意思是最好别去报案，不管那么多，你平平安安的比什么都重要，要不过两天儿子放暑假回来，我可怎么给他交代。

赵之觉得事情永远不会像女人想的那么简单，尤其是联想到那晚的荒诞经历，想到死伤在工地上的无辜者，以及那只充满鬼气的黑猫，一切皆有可能。不过，他也不想跟前妻啰唆太多，毕竟这都是他个人的事。

哼，我没猜错的话，那个宋媛媛是你相好吧，说不准昨晚的事跟她有关！前妻忽然摆出参透玄机的样子，老赵你可得当心，看来有人跟你争风吃醋呢！

赵之无奈地合上眼皮，半晌无语。

出院那天，民警把赵之接到派出所录了口供，又带他去一间微机室，让他在电脑屏幕上查看一组嫌犯的头像，老的、少的、胖的、瘦的，形形色色，赵之看得一头雾水，鬼才清楚那家伙长啥样呢。

民警说这种案子最近一段时期屡有发生，嫌犯都在夜间驾驶一辆摩托车，选择的作案地点通常都是些比较偏僻的路段或区域，让赵之以后出门多留点神。

一朝被蛇咬，十年怕井绳。赵之几乎成了惊弓之鸟，白天安分守己上班，晚上早早地回家休息，但凡有些应酬能不去的都推掉了。前妻先后来家里看过他两次，送来一大堆滋补品，这让他每每心生感念。前妻听他一个劲客气道谢，便一本正经地说，老赵你别美了，我可是看在咱儿子的分上，要不才懒得理你。

有时，赵之觉得夫妻分开时间久了，似乎又产生了朦胧而新鲜的美感，曾经有过的争执和不睦，不知不觉已被时间慢慢化开了。至少，现在他觉得前妻也并非一无是处，她这人还是很重感情的，患难见真情嘛。所以，他竟暗自希望前妻能常来家里走动走动，起码有个人跟他说说话，他一个人孤单的时间不短了。

近来接二连三发生的事情，确实让赵之变得有些患得患失。他开始重新审视过去那段失败了的婚姻，发现自己其实并不完美，可以说缺点一大把，但当初他总是对妻子有太多太多的不满和牢骚，也许正是自己的这种苛刻毁掉了一个原本幸福的家庭。还记得三年前自己送儿子去外地大学报到，等手续办妥后他要跟儿子分别，儿子突然红着眼圈跟他说，要是我妈跟你一起来就好了。现在想起这情景，心里又陡生一份愧疚。

一周后伤口该拆线了，前妻打来电话说要陪着一起去医院。赵之嘴里虽说不用，可心里还是盼望着对方能来。人在有病有灾的时候，总是希望有个亲属陪在身边，反正他是这么想的。

8

小宋是你呀，你们都还好吧……你说的是真的吗？你母亲能自己下地活动了，说话也没有太大问题，这实在太好了！……不用跟我那么客气，主要是你这当女儿的照顾得悉心啊，其实我也没帮上你们啥忙，你母亲没事比什么都好……钱先放在你那儿，不用急着马上还我，等有空再说不迟……什么，她提出想见见我……有空倒是有空，你让我想想，今天是周四，明天上午单位有个重要的会……那只能下午了……这样吧，我一到那边就给你打电话……好的，咱们回头见。

考虑到周末要休息，行动起来也有诸多不便，赵之便自己开着车前往小宋她们所在的邻市。如果说那笔钱他一点儿都不急于拿回来，纯属是客套话。当然，他倒是很想借机见见宋媛媛，自从头一次接到小宋的电话，宋媛媛这个名字就不断地在他生活里出现，他甚至还因此冒过两次不小的险呢。现在唯一让他感到遗憾的是，脑袋上的那个伤口刚拆线不久，头发做手术时被医生剃掉了那么一绺子，的确很不雅观。所以，出门前他特意买了一顶高尔夫球帽，再戴上一副雷朋太阳镜，这样看起来舒服多了，而且，也显得年轻和时尚些。他的心情变得跟车窗外的景色一样，清新且明媚。他随手打开车载音响，音乐之声播放的竟是宋祖英的歌曲：小背篓，晃悠悠，笑声中妈妈把我背下了吊脚楼……这歌声顿时让他心潮澎湃，冥冥中觉着唱歌的女人不是宋祖英，而是去年国庆节前夕见到的宋媛媛。

　　车在高速路上的时候，前妻打来电话，说晚上方便的话打算去他那里一趟，因为儿子订了周末航班就要回来了，她想提前帮他好好收拾收拾房间。他敷衍说自己临时要到外面开个会，最晚明早就回来，周日他们可以一起去机场接儿子。又说反正你有房门钥匙，想去拾掇尽管自己去吧。前妻在电话里嘟哝，你不在家我去干吗，让邻居看见以为怎么回事呢。他觉得女人有时真够婆婆妈妈的，做事总前怕狼后怕虎，不就拾掇一下房间吗，犯不着想那么多。不过说心里话，自己受伤这些日子，前妻表现得近乎完美，除了不厌其烦地陪他去医院检查做手术拆线，还变着法儿煲了各种肉骨头汤，颠颠地送来给他滋补身体。放在老早以前，这简直像是天方夜谭，那时的她好像只懂得工作，丈夫儿子统统抛在脑后，时间改变了一个女人。士隔多日当刮目相看了，他确实对前妻的看法发生了翻天覆地的改变，但这种变化往往又发乎情止乎理，毕竟他们已经离婚了，这是铁定的事实。即便如今她变得再好，五十岁的男人了，已经不可能随随便便地感情用事了。这样想时，思绪又自然而然牵连到即将见面的宋媛媛身上，对于这个依旧显得陌生的女人，要说一点儿想法都没有，似乎不合情更不合理。他还记得那天在医院替小宋守护病人的情景，面对宋媛媛眼角忽然溢出的泪水，他当时显得那么激动，简直像个大男孩，甚至忘情地一遍遍呼喊她的名字。可见，他对她还是很有好感的，而她在生命垂危时首先想到的也是他，这一切在他心里几乎快演变成一个美好的爱情故事了。

两个来钟头车程，赶在夕阳落山前抵达邻市。一下高速，赵之就拨小宋的电话，对方正在通话中，过一会儿再打还在通话中。他想女孩子煲起电话粥总是没完没了的，他所在的部门就有这样的年轻姑娘，跟男友打起电话来那叫一个情意绵绵无绝期，旁人看了准着急上火。有时，他真为这些"80后""90后"感到悲哀，好像离开电话这些小年轻简直活不下去，更不要说谈情说爱了。平时单位里像开会什么的，他们总跟间谍似的埋着个头嘀嘀嗒嗒收发短信，还经常盯着手机屏幕嘿嘿傻笑，跟神经了似的。

汽车进入喧闹的市区，恰好赶上下班晚高峰，铺天盖地的热浪裹挟着滚滚尾气冲入车内，人在痛苦煎熬中寸步难行。小宋的电话还是一直占线，尽管心里有些着急，他还是尽量让自己保持平和，反正已经到了，既来之则安之，见面是迟早的事。后来好不容易拨通了电话，刚喂喂两声，没等说话又嘟嘟断开了。随后，收到小宋的一条短信：赵叔叔不好意思，手机快没电了，我这阵正往回赶，随后再跟您联系。于是，他只好边开车边等，反正这车一时半会儿也动不了窝。

天色不知不觉昏沉下来，交通状况渐有好转。这时接连收到小宋的两条短信：一条告诉他具体住址和路怎么走；另一条是说一起吃晚饭的事，还问他是不是就一个人，说她们也好准备饭菜。赵之言简意赅地回复：可以，就我一个。短信虽然只有几个字，可内心却有许多压抑不住的东西开始暗潮涌动。他变得有些焦虑起来，真不知道过一阵子见到那娘儿俩，自己该说些什么。对于这次见面，他忽然抱有某种奇妙的幻想，希望自己能够单独跟宋媛媛待上一会儿，毕竟有她女儿在旁边，会让他有些尴尬。从一开始到现在，这个女人的神秘感似乎与日俱增，她的容貌，她的歌喉，她临危时的突然来电，以及她反复的病况，都让他不能轻易放下。其实，在他受到抢劫袭击后的几天时间里，他确实有些不敢再想这娘儿俩的事，每每想起，便立刻告诫自己，不能陷得太深，他们之间本无瓜葛，如果有那也仅仅是后来的三万块借款。现在，一旦身处异地，他似乎能从热浪未减的暮色中捕捉到星星点点来自宋媛媛的气息。随着想象中的这种异性的气味不断发酵或弥漫，他越发变得魂不守舍。

按照小宋的短信提示，加上赵之常有机会来邻市开会或办事，他很快就摸清了路线，天黑时分汽车终于停在了她们的住所附近。路上前后三个半钟头，赵之已然有些疲惫不堪了，肚子也开始咕咕叫。下车后，先就近找到一家超市，当然不能空着手去见她们，付完款两只手上坠得满满当当。虽说是按图索骥，可还是转悠了半天，才找到了短信里说的那个单元楼。四下里都是很旧很破的家属楼，楼与楼之间几乎密不通风，仅有的一点儿空地上堆山填海般摞满了废弃的家具、纸箱等杂物，还有几只臭烘烘的垃圾箱，没有绿化，甚至连棵像样的树都看不到，不用猜就知道那些房主迁了新居，就将这种旧房子对外出租了。六楼。赵之尽管爬得气喘吁吁，可心里却有股莫名的兴奋劲始终在怦怦跳跃。爬到四楼时，他需要停下来歇歇脚，这个年纪想一口气爬上去显然有些力不从心。

一串踢踢踏踏的脚步声自上而下，他稍一愣神，一个披散着长发的姑娘已经迎面跑下楼来，借着楼道昏暗的灯光，他勉勉强强认出是小宋。她却像是完全未预料到他此刻会来似的，一味地急急忙忙朝着楼下疯跑，边跑边像是想起什么似的，气喘吁吁地说，赵叔叔门开着，您先上去吧，我下楼买个东西就回来……他本来想说不必再买什么了，可又觉得对方也许并不单是为客人去的，便迟疑着一步步走上楼来。果然，顶楼正对着楼梯口的那扇房门是虚掩着的，旁边的防盗门紧锁。他用手里满当当的袋子顶了一下，那扇门便吱地朝里开了，一股浑浊的热气扑面而来。他什么也没想便提溜着东西走进去。

这顶多是个四十来平方米的老式住房，也许更小，南北两边各有一间小卧室，门厅和北边的厨房连在一起，靠墙摆放着一张可供两三人吃饭的小圆桌，进户门正对着的是个极小的卫生间。赵之进门先粗略地观察了一番，便顺手将提来的东西堆放在圆桌上。这一路上憋得够呛，得抓紧时间方便一下，因为用不了多久小宋准上来，那样怪难为情的。果不其然，这泡尿尿得淅淅沥沥，没完没了，马拉松一般，他几次试图强行结束掉，可尿意总迟迟地在膀胱里涌动，等上那么十来秒钟，又有了，却只是很调皮地滴几滴。

卫生间异常狭窄，除了简陋的蹲便器和洗漱用的小水池外，几乎再没什么设施，要想自由转个身都很困难，动作幅度不能大。他心里多少有些不忍，为小宋她们租住这样的鸽子笼。当他系好裤子，认认真真在水池边打着香皂洗手时，无意中发现水池台沿上放着一盒东西，细看竟是已打开包装的妇女用来测试怀孕的药具，盒面上有张幸福而骄傲的年轻女人的头像，仿佛正在向全世界宣布已经怀孕的天大喜讯。他的心头微微颤了一下，谁的？其实根本不用猜，他当然知道是小宋的。难怪她今天举止有些奇怪，慌慌张张，气色也不好，她应该是知道自己怀孕了吧，那么，这孩子又是谁的？难道是不久前在病房遇见的那个满脸粉刺的瘦小子的？十之八九正是那家伙的，难怪刚才小宋的手机一直占线，准是他俩正在激烈地讨论要不要孩子的事吧！她上次不是说自己正在实习和答辩吗，那她一定还没结婚，可怎么就怀孕了，将来靠什么来养活孩子？以她现在的处境，母亲重病缠身，自己未婚早孕，这无异于雪上加霜！不过，谁说女人怀孕就得生孩子，现今外面到处都是做无痛人流手术的，打个孩子简直跟撒泡尿一样方便，可不像他年轻那会儿，姑娘家未婚怀孕简直是天大的灾难。他觉得自己胡思乱想得有些不着边际了，便匆匆冲净双手出来。

他来来回回在房间里转悠了几圈，始终也没听到小宋上楼来的声音。南面卧室门是关着的，宋媛媛会不会在里面休息呢？他轻轻敲了两下，半天也没有一丝回声，再用力一推，门是锁着的。也许宋媛媛下去散步了，可上次她分明还病得那么重，怎么没多久便能恢复得这么好了？这多少让人有些纳闷。

北面房间倒是开着门，他探身扫了一眼，仅有一张双人床和一只床头柜，墙上钉了一排大号的钉子，挂着帽子、雨伞、背包和衣物什么的。就在目光收回的一瞬间，忽然注意到那只床头柜上立着一个小镜框，照片上似乎是一家三口的模样。好奇心油然而生，他径自走进去，拿起镜框端详起来。相片上两个大人并排站立，一个五六年级模样的小姑娘穿着花裙子，笑容灿烂地依偎在大人们中间，应该就是小宋，女大十八变，跟现在不大像了。女人还很年轻，面容姣好，唇红齿白，刘海儿烫成20世纪90年代很流行的翻翘，仅从眉眼轮廓便能确定她是宋媛媛无疑——于是他想，若再早那么几年让他遇上这个女人，他一定会不顾一切追求她的。现在最让他留意的是宋媛媛身边的男人，双手交叉搂抱在胸前，面容清瘦，嘴唇上有两撇小胡子，眼神有些阴郁，整张脸给人一种愤世嫉俗的味道。他不由得想起在破筒子楼里自称宋媛媛是他爱人的瘦子，他努力回想对方的相貌特征，试图跟照片上的男人有所对应，可惜的是，那晚实在太黑了，除了记得那只黑猫，就只剩下两条干瘦如柴的腿棒子了。

最后他又回到门厅的饭桌旁，在一把椅子上坐下来，百无聊赖地从兜里取出香烟叼在嘴里，忽然想起打火机落在车上了。于是，又起身看能不能在房间里找到一只打火机应急。这时，他才注意到这里好像并没有做饭的迹象，厨房里冷锅冷灶，而小宋先前发来的短信明明说她们要预备晚饭。或许，她又临时改变了主意，怕自己做的饭菜不好吃，叫客人笑话。始终找不到需要的东西，他就想干脆去厨房用煤气灶点一下得了。厨房比卫生间大不了多点儿，水泥厨台上摆着几只碗碟和筷子，布满灰尘的窗台上摆着酱醋之类的瓶子，看上去都油腻腻的。他拧了拧煤气罐阀门，接连噼啪打了几下灶头开关，也没点着火，再用手一晃罐身，才知里面根本就没气。他想也许这就是小宋没做晚饭的原因吧，这些日子她怕是忙得没工夫换煤气。

转身离开厨房时，他脚底下被什么绊了一下。原来不小心踢在一只黑塑料袋上，呼啦——里面的东西撒了出来：有一卷大号的透明胶带，一卷绕成团的尼龙绳子。他忙蹲下身，准备把地上的东西重新捡回到那只黑塑料袋里。打开袋子却见里面还有一把半尺来长的水果刀，刀刃锃亮锃亮的，一看就知是新的，应该还没用过。他稍稍迟疑了一会儿，不太明白这娘儿俩到底弄这些东西做啥用场，便随手将透明胶带和尼龙绳子都塞进袋里，又系好袋口放回原地。

小宋，你母亲人呢，我怎么一直没看见她？

吃方便面的时候，赵之顺口问了一句。果然事情让他猜中了，小宋说她也是下午回家才发现没有煤气了，想找人换一瓶，可等了老半天总不见送来，所以她才临时跑下楼去买方便面的。本来，赵之死活不同意泡方便面，他提议还是到外面吃饭他请客。可小宋固执地直摇头，说自己没啥胃口。赵之忽然就想起卫生间里的药具，立刻明白了七八分，也就不好再勉强什么。

您问我母亲呀，她就在附近的一家小诊所做康复治疗呢，最近每天傍晚大夫都让她去两三个钟头，再过一会儿准回来。小宋说话的时候几乎没有抬头看赵之一眼。他觉得这姑娘今天有些奇怪，心事重重的，目光有些闪烁。

赵之实在是饿了，呼噜呼噜几口，就把一桶方便面的汤汤水水都吃光了。小宋却只是轻描淡写地挑了几筷子面，等赵之刚一吃完，她便匆匆地将桌上的面桶榨菜统统收掉了，给人的感觉她像是仅仅为了礼节性地陪一陪客人。

赵之看在眼里，便以一个长辈的口吻说，小宋怎么才吃那么两口啊，跟喂小猫似的，你这样身体怎么吃得消？小宋在厨房回答说她晚饭通常都吃得很少，怕长肉。姑娘家别光顾着减肥，营养和美丽同等重要，身体是革命的本钱，将来还要生儿育女，没有好身体那可不成。赵之说话的时候，连着打了两个饱嗝，好久没吃过方便面了，偶尔对付一下，感觉不算太坏。小宋，一定要注意身体啊，你现在可是这家里的顶梁柱，你母亲往后都得指望你了。

赵之说得语重心长，小宋只是跟着嗯嗯了几声。

照老习惯，吃完饭是要抽根烟解解乏气的。他问小宋家里有没有打火机。这回小宋爽朗地答应一声，就去了自己的房间，然后拿来打火机和烟递给他。赵之狐疑地看着她，你也吸烟呀？小宋摇摇头，说是她男朋友的。赵之哦了一声，只接过打火机，又掏出自己的烟，点上一根，优哉游哉地坐在椅子上吞云吐雾。

对了，小宋刚才我去厨房想用煤气点烟来着，不小心碰着地上的东西，我看袋里有把水果刀，你还是把它放个安全的地方吧，免得伤着自己了。小宋听了，二话不说，忙快步钻进厨房。赵之瞥了一眼她的身影，瘦瘦的，有些弱不禁风的味道，平时不好好吃东西，这也难怪。

像是让烟气熏的，眼睛有些酸涩，睁不开，他毫无节制地打了个大哈欠，忽然就觉着眼皮沉甸甸的，一时间竟有些睡意。他漫不经心地对小宋说，中午自己没休息好，这阵有些犯困，如果不介意的话他想稍微眯一会儿，正好等她母亲回来。小宋客气地说，没关系，要不您还是到床上躺着舒服些。赵之说不用不用，随便打个盹就成。说着，他把脑袋往椅背上靠了靠，又将帽檐拉低了一些，便合上眼皮。

糊里糊涂竟睡着了，还微微地扯起呼来。也不知睡了多久，感觉四周一片漆黑，浑身都不自在，手脚怎么也动不了，嘴巴像是被什么东西死死粘住，想叫，却一点儿也张不开嘴，声音全被堵在喉咙里，呜哇呜哇感觉自己像个哑巴。透明胶带、尼龙绳子和水果刀在他眼前乱晃，好像有谁让他说出银行卡密码，声音很年轻，他像上岸的鱼一样大口大口喘着气，然后央求小宋，那三万块他不要了，求她放过他……可锋利的刀尖直直地顶在他的喉结上方，感觉马上会捅出一个窟窿血流如注一命呜呼……他在椅子上怪叫了一嗓子，猛地睁开眼睛。

恍恍惚惚地，看到有个男子平展展地倒在自己脚下，模样跟醉鬼似的，地上瘀了好大一摊血，细看是从躺着的人身下慢慢溢出来的，似乎时间久了，已经变得乌黑乌黑。恐惧的目光战战兢兢跳过血迹继续往前翻爬，接着就发现小宋正瑟缩在靠近房门的墙根下吸烟，头发乱蓬蓬的，脸上尽是泪痕，万念俱灰的样子，就像刚刚被无情的丈夫决绝地抛弃了。她的下巴软塌塌地支在弓起的双膝上，好像不这样脑袋会掉在地上，手指缝里夹着的烟早燃到尽头，整个人在弥漫的烟雾中显得神情迷离，呆若木鸡，偶尔身体会神经质地颤抖一下，更叫人不寒而栗。

赵之想站起身来，却根本不能够，这才意识到那团尼龙绳子将他跟椅子紧紧捆在一起。

9

赵之，你到底咋回事啊？知不知道儿子今天回来？……我都到机场了，刚接上儿子……你说什么？临时有事赶不回来了，咱们不是说好的，接上儿子一起吃晚饭吗？……到底啥大不了的破事，比咱儿子还要紧？……好了好了，不跟你多说了，你等等，儿子还想跟你说两句。

老爸，刚听老妈说你的头被坏人打破了，还缝了好几针，严重不严重？没事了吧？……差点儿没把我吓晕过去！……怎么那么不小心？往后晚上没事别到处瞎跑……看来以后我得让老妈把你盯紧点，省得让人不放心！……老爸你最好能赶回来，我跟我妈还等你一块吃晚饭呢……当然是越快越好！……拜拜。

挂断电话，赵之愣了大半天，才慢慢回过神来。他忽然有种前所未有过的后怕，真险啊！差一点儿这辈子可能再也接不到这娘儿俩的电话了。这一刻，他明显感觉到心潮起伏难平，眼圈竟有些湿润了。要不是小宋在关键时刻捅了那家伙一下，自己是死是活都很难说。可他怎么也不能相信，小宋竟会伙同她那个满脸粉刺的男朋友在他吃的那桶方便面里下药，然后对他实施绑架。小宋后来说，就在赵之吃完面不省人事的时候，她突然跟男朋友吵了起来，也许是良心发现，也许是因为她已确认自己怀孕的事，反正她就是不想按原先的计划干下去了。

用小宋自己的话讲，我知道您是个好人，您一直都在帮我，我不能一错再错了。当时她跟男朋友吵得很凶，以致后来彼此拉拉扯扯就发生了那可怕的一幕。

小宋主动提出来想去自首。此前小宋对赵之坦白，其实她母亲离开医院没两天就过世了，火葬费还是从赵之那笔钱里出的。现在男朋友也没了，这世上再也没有什么可牵挂的，所以，她也用不着再去骗别人了。她说过去那些年里，为了讨生计，她总是跟着母亲四处求爷爷告奶奶看人脸色。她很早就知道，母亲跟那些借钱给她们的男人眉来眼去勾勾搭搭，打心底里厌恶这种龌龊的生活，更憎恨那些表面上肯慷慨解囊，实际上却图谋不轨的男人。母亲身体出现状况以后，她就开始跟男朋友合起伙来做了不少坑人的勾当，可以说把母亲过去的熟人朋友都挨个骗了一遍，也包括那个陈秃子和红中。现在，她不想再过那种日子了，她说她连做梦都讨厌自己的所作所为。可她男朋友说骗一次也是骗，骗一百次还是骗，开弓没有回头箭。他还恬不知耻地说，活该姓赵的自投罗网，要是不狠狠地从他身上诈一笔，老天爷都不能答应。那些天男朋友负责跟踪赵之，然后又设局让赵之在歌厅遇见小宋。当三万块钱顺利到手后，一个更大更疯狂的阴谋便开始酝酿：男朋友打算把赵之诓到邻市，再趁他昏迷后拍摄一组跟小宋在床上亲热的艳照，到时候逼他就范，从此源源不断地拿出钱财供他们吃穿享乐。她男朋友的原话是：这可是你妈临走前送给咱俩的最大一笔财富，机不可失时不再来啊。

有时候，赵之觉得自己简直白活了五十岁，尽管当初他也曾犹豫和迟疑过，可后来接到小宋的电话，三万块钱的顾虑很快便消除了，到底是什么原因让他轻而易举地陷进去的，恐怕连他自己也说不清楚。也许正如新闻里常说的，大多数上当受骗的人都心存侥幸并爱自欺欺人。不过，有一点倒是可以确定，那就是宋媛媛本人以及最先的那几个未接电话。如果跟宋媛媛没有一面之交，如果不是那几个未接电话，也许一切都不会发生。不过，他自始至终都没再追问过小宋，当初的电话是不是宋媛媛亲自打来的，他明白世上很多东西都是经不起刨根问底的，不要把别人剥得赤裸裸的，否则只能让自己备受伤害。换句话说，他就是想在内心深处，为已经逝去的宋媛媛保存那么一点点还算美好的遐想空间，至少宋媛媛并没有直接骗过自己，这是毋庸置疑的。

那天在去派出所之前，小宋终于打开了出租房南面那个一直锁着的小房间。琥珀色的骨灰盒就安放在一张旧写字桌上，骨灰盒后面靠墙处立着一个黑边的镜框，里面是张放大了的女人头像，相片上的人依旧年轻。赵之一眼便认出是宋媛媛，她似乎正微笑地看着他，面相和善。小宋默默地在桌前跪下，双手合十，朝母亲的遗像叩拜了几下。起身后，有些泣不成声地说，赵叔叔，求您最后再帮我一个忙，把我妈的骨灰带回去，就撒在老棉纺厂的家属院里吧，这样她就能和我爸在一块了。他眼前忽地又闪现出那一幅幅阴郁昏暗的画面，于是冲她用力点了点头。

赵之并没有马上离开邻市。他想无论如何自己得想方设法帮帮这个姑娘，毕竟她肚子里已经有了一个小小的生命。

一个人的餐饭

甲

小荷忽然露出了一脸困相，呵欠连天，鼻尖发红，眼角不一会儿就渗出两滴清泪，亮汪汪顺着面颊往下滑，跟刚哭过鼻子相仿。

连她自己也不清楚这睡意怎么来的，不过近日餐厅里够她忙乎的，又有好几个姐妹相继辞工不做了，其实她知道她们是嫌这里工资低，去别处另攀高枝了。这事她也琢磨过，不过经理对她还算不薄，例会上老夸她手脚麻利，对客人笑得甜，服务很周到。有时调休，故意让她多休半天。偶尔，她手头有点小急事要办，经理也能网开一面，从不记在考勤册上。现

215

在街面上都是开餐厅的，到处都贴着广告要聘服务员。她刚来的时候，经理动不动就吊着脸子训斥员工，什么动作太慢啦，笨手笨脚的，眼睛长哪儿了饭菜硬往客人身上端……现在他可不怎么骂人了，稍微骂得重了点儿，人家当天就提出走人，想留都留不住。眼下就是这种状况，小荷总觉得在哪儿干都差不多，这家已经相熟了，真要马上离开，还真有些舍不得。经理私下里也找她谈过话，答应下个月再给她涨点工钱。

小荷边打哈欠边说，让我在你家沙发上些微迷糊一阵，过一刻钟记着叫醒我。说完就懒懒地偏过身子，斜靠在三人沙发一头的扶手上，闭上了那双平时很爱笑的眼睛。

温伯就坐在她旁边的单人沙发上，刚好扒拉完最后一口饭，嘴里咕哝着答应一声。他拿纸巾抹嘴的时候，顺便瞅了姑娘一眼。跟大多数女服务员一样，小荷的头发盘得齐齐整整，额前的刘海儿略显蓬松俏皮，嘴唇微微合拢，好像没搽口红，但看上去依然很红润。隐约听见她发出的细微的呼吸声，看来是真的困了，干这行哪有轻松的时候。

他一面想着，一面蹑手蹑脚地将小荷刚才提溜来的餐盒放回原先的塑料袋里，米饭凑凑合合解决了一盒，菜是土豆烧牛肉和家常茄子拼成的一份，只对付掉一半。一个人吃饭就是这样，稍微多点准得剩下。不过也没关系，留着晚上再吃。等他把塑料袋塞进冰箱，发现小荷已经睡着了，而且睡得很香。他也靠在沙发上，久久地端详着眼前这个姑娘。

感情这东西吃着吃着就深了。每回见到小荷，这句话就会自然而然跑到嘴边，或者一下子从他脑海里蹦出来。还是去年秋天的一个傍晚，晚饭后他像往常一样，到小区外面散散步，迎面碰上一个二十三四岁的姑娘，单从穿戴打扮就能看得出，是某家饭店的服务员，细看肩膀上还斜挂着鲜艳的绶带，上面果然印有某某餐厅欢迎您的字样。通常，见到这种人他会远远避开，因为他们多数是来散发传单推销什么的，尤其爱盯着像他这样上了年纪的老头老太太，软磨硬泡，狂轰滥炸，你一不留神，准会上当受骗。现成的例子就有，跟他住对门的老夫妇就曾买过一堆假药，人家打着上门免费体检的招牌，又是号脉，又是量血压，整个过程慢声细语，殷勤备至，阿姨长叔叔短地叫得那个亲切，简直就像一群活雷锋。可后来怎么样呢，那夫妇俩终于招架不住对方的循循善诱，愣是眼都没眨，就扔进去两千八百块，据说还是打了对折的。而那些东西并不像对方所鼓吹的，是什么降血压降血脂的灵丹妙药，藏进胶囊里的不过是些再平常不过的复合维生素药末，自然吃不死人，可也治不了病。

那天，温伯还是很警惕地往路边闪了闪身，想赶紧绕过去。俗话说，多一事不如少一事。姑娘始终笑得灿烂如花，齿白唇红，张嘴就甜甜地叫了他声老伯，一张粉红色的传单便款款递到面前。请您了解一下吧，我们店开业一周年店庆，最新推出早中晚优惠套餐服务，凡是一次性购买月卡消费的顾客，订餐点菜统统优先，饭菜一律享受半价！另外，我们还提供免费送餐……不等对方说完，他急忙扭开脸继续往前走，姑娘迟疑了一下，紧跟着笑盈盈地又撵上来，顺手将一张订餐卡塞进他手里。他还是本能地拒绝着，但那一瞬间，他的手跟姑娘细嫩的皮肤接触了一下，也许对方生怕他会随手丢掉那张卡片，所以塞过去的时候，顺便将他的手轻轻握合住几秒钟。他一愣，感觉自己的手像在抽大奖时中了头彩，竟莫名地抖了抖。姑娘很恭敬地冲他笑着，那笑容简直甜得醉心。她还轻轻地挥手，整个过程有种叫人难以抗拒的亲和力。

在那个秋高气爽的黄昏，他还无意间闻到一股来自异性身上的久违了的芳香气息。一时说不清那是什么味，总之，是柔和的，甜而不腻，不是扑面而来的那种，带着田野里的花草般的清香，是跟对方有了近距离接触后，才会慢慢品味出的香气，过后似乎还余韵绵长，令人久久回味。至于塞给他的那张订餐卡，也像糖块似的粘在他手心里了，有那么两次，他竟把它凑到鼻孔前轻轻嗅了嗅，连同那只被姑娘握过的皱巴巴的老手。不过，他马上就意识到自己的举止多少有些古怪。

老伴过世后，一日三餐一度成为他最棘手的问题，过去几十年，几乎都是老伴做给他吃，不知不觉养成了一身的毛病。比如：早上的稀饭，一定是新鲜小米现做的，要熬得稀烂，米粒开花，里面还要撒几颗花生米和枸杞子；中午通常吃米饭炒菜，菜要荤素搭配，肉要肥瘦适中，还得有蛋汤什么的；晚饭，则雷打不动吃顿面条，主要是上年纪了好消化，面条还得是现和面现擀开切好的，因为机器压面和袋装挂面他总能吃出一股机油味，简直难以下咽，老伴总戏谑他长了只狗鼻子挑三拣四。

即便后来就他一个人的时候，这些生活习惯也还在艰难地维持着。起初，他也自己动手做做，可一个人的饭是很难把握的，总是做一顿要吃上两三天。这样一来，小米粥往往成了午饭，而米饭又不得不留着晚上再吃。至于煮面条，天热的时候总爱馊，不得不倒掉，糟蹋粮食，多可惜啊！儿孙们节假日才匆匆回来看一眼，撂下一堆瓶瓶罐罐的食物，有芝麻糊、蜂王浆、八宝粥和袋装牛奶，当然也有方便面、软面包和速冻饺子什么的，可这些玩意只能凑合那么几顿，新鲜劲过了，就觉得五脏六腑没一处是自在的。

儿子还主动接他去家里住过一阵子，可他总觉得浑身不舒坦，一来儿媳妇的性情不是很爽朗的那种，虽然嘴上也爸长爸短地叫他，可他就是感觉隔着那么一层；二来儿子儿媳白天都忙着上班，晚上回家要准备吃喝，还得操心小孩的功课。那次他统共待了没俩月，就不辞而别跑了回来。女儿大学毕业后留在了外地，因为离家太远，回来探一次亲实属不易，倒是也提出来要他过去一起生活，他在电话里婉拒了，说金窝银窝不如自己的狗窝。

去年入冬前的傍晚，温伯终于无可奈何地走进了小区附近的那家餐厅。

当时，冰箱里还有头天的半碟剩菜和一小碗米饭，原本打算在火上馏一下吃的，可小区突然停电了，说是正在抢修线路。他倒背着手在屋子里来来回回蹓了好几趟。每到吃饭的时间，他都急惶惶的，像有只饿狗一刻不离地尾随着，而他却两手空空，心里没着没落的。有时，他真恨人一天到晚要吃这三顿饭，要是能减少两顿那该多美。虽说是一人吃饱全家不饿，可他一点儿都不觉得轻松，恰恰相反，吃饭于他来说越来越麻烦，越来越难办，越来越是个大负担。几乎顿顿都吃得差不离，白菜熬土豆、豆腐烧油菜、西红柿炒鸡蛋、烧茄子、清炒花菜，肉倒是买好的半成品，烧菜时从冰箱里拿出来切那么几小块就够了。说是吃肉，其实主要是让菜有个荤腥味，说心里话，他早已过了大块吃肉的年纪了。现在，每每一个人在锅灶上埋头忙乎的时候，他都会惦起老伴的好来，真是奇怪，做了几十年饭，她是怎么熬煎过来的？好像从来也没听她抱怨过什么，好像做饭于她来说是件天经地义的事。她突然撒手而去，猛不丁把他的一日三餐连同好胃口全都带走了。

那时天色已经昏暗了，他百无聊赖地把头伸出阳台的窗外，张望了一会儿，最后还是闷闷地回屋去拨电话。物业叫他不必再等了，电一时半会儿肯定通不了。他有点恼火，那些搞维修的总是慢吞吞的，根本就是故意磨洋工。放下电话时，无意间在茶几上看见了那张订餐卡，好像救命稻草。他忙拿起来，又戴上老花镜，正面反面瞅了半天。然后才起身，到卧室里找了身干净点的衣裤重新换上，出门前又上了趟卫生间，提裤子时顺便在镜子里照了照，像是要去赴一场特殊的约会。他又抹了一把脸，还拿起老木梳梳了梳头发，尽管头发稀疏，大片的灰白，可梳理一下还是有几分风度的。年轻那会儿，大伙都说他长得像电影演员，当然老伴也这么说，可转眼便人老珠黄，满脸皱纹和老年斑不说，槽牙和门牙也相继退休了两颗。

头一次去小荷所在的餐厅，一点儿都不像是进去就餐的，而是带着一副要找谁的茫然面孔走来走去。大厅里闹哄哄的，那些女服务员燕子似的飞来飞去，端盘子倒茶，引领客人入座点菜。他的目光在喧闹的食客中不停穿梭，那些服务员穿戴基本相同，个头差不多高，年纪似乎也一般大，想一下子找到那天发餐卡给他的姑娘还真不容易。后来，趸摸了半天，接连有好几个服务员上前搭讪他，他都模棱两可地冲人家摇头晃脑，对方就不再搭理他，觉得他是个古怪的老头。再后来，就在他有些失望地转身离开之际，一个甜甜的声音从后面传来，老伯，您想吃点啥？他愣了一下，这个甜美亲切的声音好像在哪里听过。

自那以后，温伯隔三岔五就去小荷那里吃吃饭。前提条件是，小荷必须得在场，若是正赶上她轮班休息，他二话不说掉头就走。时间长了，只要他一去，别的服务员就冲里面瞎嚷嚷起来，喂，小荷，你那老回头客来啦！小荷闻声忙满面春风地一路小跑来，亲切切地迎接他，又是忙着给他找位置，又是上心地询问他想吃什么。再后来很熟了，小荷就帮他办了储值餐卡，有时他实在懒得动，就在家里拨个电话，多半都是小荷亲自送餐上门。

外面所有餐厅的饭多吃几顿都会腻的，可能是因为有小荷跑来跑去嘘寒问暖，他就觉得还能对付得了。最要紧的是，经常可以见见小荷，听她甜甜的声音，看她亲和的笑脸，心里便觉得十分舒畅。很多时候，吃什么其实并不重要。

乙

小荷刚眯着不一会儿，便有人来敲门了。

温伯闻声抢步去开门，生怕外面再敲会吵醒小荷。原来是儿子来了，手里提了一包吃的东西。他却只把门开了道缝，压根不打算让儿子进去，自己仅露出半拉脸压低嗓音对儿子说，你等等。便关了门转身回到卧室，穿外套的时候顺手从床上拉了条薄毯子，给那姑娘轻轻盖上。然后，才匆匆拿了钥匙出来。

儿子站在门口，很奇怪地望着他，一脸疑惑。爸，你要出门去，总得先让我进去把东西放下吧。他不置可否，伸手接过儿子手里的东西说，没事，我来拎着吧。毕竟，家里沙发上睡着个大姑娘，一来不想打扰她休息，这姑娘肯定累得够呛；二来不想让儿子看见她有别的想法。儿子始终不无怀疑地盯着他，他却二话不说已经开始下楼了。

儿子不得不随后跟来。爷儿俩走到楼下甬道边的健身器材那里，现在还是初春时节，院里光秃秃的，唯独几台健身器颜色或紫或蓝，看上去十分显眼。他把手里的东西放在一个类似马扎的器具上。塑料袋口就自然敞开了，他随便往里瞥了一眼，好像有一把香蕉，还有烧鸡和蛋糕。

以后别再给我买鸡了，爸这牙越来越不行，啃不动啦。他收回目光说。

这是德州扒鸡，烧得可烂了，味道也正！是我前两天出差特意给你带的，不信你尝一口。

儿子说着，竟动手去袋里取那只鸡。

我刚刚撂下筷子，这阵啥也不想吃……对了，你媳妇最近还那么忙吗？

别提啦，她那个破单位，整天就知道加班加班，可钱又不多拿一分！

忙点儿也好，像我这样成天吃了睡睡了吃，活着又有啥意思？哪天休息你们把孩子带过来，我有阵子没见那小家伙了。你们也别总逼孩子学这学那，那么点儿个人，光戴的眼镜片就这么老厚，成天弯着个腰趴在桌上，跟个小老汉似的。

爸，要不你还是搬过去跟我们一起住吧，这样照顾起来也方便，我妹前几天还打电话来说道呢，嫌我们守在家门口不管老人死活。

别听你妹胡咧咧，我这样不挺好的，你们现在各自都把家里的事操心好，等哪一天我实在动不了了，有你们出力的时候。

爸，你心里到底咋想的？

啥咋想的，你下午还要上班吧，快，忙你的去吧，我得回去歇一会儿了。

温伯说完，故意打了个哈欠，便拎起健身器材上的塑料袋径自往回走。

还好，小荷还睡着，估摸快有小半个钟头了，管他呢，再让她多睡一会儿，成天在餐厅端盘子伺候人，这得多累人呢。

他脚步很轻地穿过客厅去了厨房，把儿子带来的烧鸡取出来，放在案板上拿菜刀——分成小块。他想，反正自己一时半会儿也吃不完，待会儿小荷走时给她带一些尝尝。

自打去年秋上头次遇见她，或多或少对她有了几分好感，至少第一面不令他讨厌。人和人之间就是这样，有的人见一面这辈子再也不想见了，而有的人像是真有某种说不清道不明的缘分，从陌生到相熟，慢慢地你会觉得似乎离不开了。他去小荷的餐厅吃饭也好，还是小荷送餐到家来，几乎每回他的心情都很好，有时，看她笑的样子真是种莫大的享受，好像那笑容是一朵突然绽放的花朵，叫人有些陶醉；有时听她细声慢气地说这说那，心里就有种满满当当的感觉，好像吃到了什么美味可口的食物。

比如今天吧，他也是心血来潮，非要请小荷进来稍微坐一会儿，她想了想就很爽快地答应了，说，那我就陪老伯说说话，等你吃完了我再走。之后，她把提来的饭菜一一取出来，把盒盖打开，款款地摆在他面前，甚至把筷子也递到他手上。他吃饭的时候，她就静静地坐着，间或会问一句菜合不合胃口，米饭硬不硬。总之，这姑娘在他面前大大方方的，有时他觉得她很像自己的闺女；但更多时候，又会依稀觉得她很像刚跟他结婚那阵的老伴。当初老伴做好了饭菜，也是盛好了摆在桌上，然后眼巴巴看着他狼吞虎咽的样子，不时地问长问短，还咯咯地傻笑。

刚把鸡肉分好，还没来得及洗手，门又开始咚咚响了，十万火急的样子。他吓了一跳，谁这么可恶，人家姑娘困得厉害，就想在他这里迷糊一阵子，偏偏不得安宁。他很不情愿地去开，可是很快儿子的声音就隔着门再度传来。爸，你还没睡吧？我忘了一件重要的事，快开门，爸！他迟疑着，同时很紧张地瞧了一眼沙发上的姑娘，薄毯下的那个年轻的身体微微动了动，露出女性特有的凹凸有致的轮廓。他三步并作两步朝门的方向走去。这时脚下一点也没留意，竟踢倒了一个垃圾桶，咣当一声，把他吓出一身冷汗来。

小荷也被惊醒了。猛地从沙发上坐起来，迷迷糊糊地说，哎哟，我怎么给睡着了，该死该死，餐厅还有好多活呢！她慌慌张张站起身时，身上的那条毯子就抖落在脚下，她一怔，脸上露出些许红色，忙弯下腰去捡。老伯，我得赶紧回去了，谢谢了！她边说边麻利地将毯子叠了叠，又款款搁在沙发上，然后径直朝门口走去。

温伯还没有任何反应，外面的人又在使劲敲了。姑娘恰好这时打开了房门。她看到一个中年男人紧锁着眉头站在门外，因为要赶着去餐厅，她顾不得多想，只跟温伯说了声再见，便脚步飞快地跑下楼去。

儿子没有马上进屋，而是转过身紧紧盯着那姑娘的背影。直到笃笃的脚步声在楼道里完全消失，才神情怪异地一步一步慢慢走进来。儿子直不愣登地站在客厅中间，那感觉跟陌生人似的，半天目光充满狐疑地来回扫视着什么，然后，在沙发的薄毯上停留了几秒，好像警犬嗅到什么异味。那时，温伯正蹲在地上，埋头拾掇那被他撞翻的垃圾桶，地上散落了一摊垃圾，发出很冲很酸的腐味。

他起身时才注意到儿子正死死地盯着自己，他的身体很奇怪地抖了一下，连同那双沾满了秽物的老手。儿子一言不发，似乎等待着什么，但他能感觉到儿子的气息很不平静，呼哧呼哧的，好像随时会在他面前暴跳那么一下子。

那、那、那姑娘是，是上门来送饭的……

仿佛费了九牛二虎的力气，他总算憋出这么句话来。

儿子还是一言不发，目光开始朝卧室的方向踅摸，好像某个重大秘密潜藏在那里。

他默默地走进卫生间，拧开水龙头，水声哗哗响，他似乎一点儿也听不见，唯独听到某种呼呼的喘息声。他有些木讷地打上香皂，一遍遍不停地搓着手。泡沫很快丰富起来，白花花一大团，他几乎快看不见自己的手指了。他曾用这双手抱过客厅里的那个男人。但他忽然觉得这件事有些不可思议，他好像失去记忆似的，怎么也想不起来儿子是什么时间长大的，什么时候起不让他抱了，并且再也不骑在他的脖子上哈哈笑了。现在，他只是觉得心突然有点儿虚，整个人也跟着有点儿虚弱起来，好像得了一场大病似的。

我就说，门也不给开！

儿子有气，声音拖得很长，拖得好像诚心要累死谁。

你们也知道，我就一个人，随便吃点啥都成，有时懒得动，打个电话叫他们送饭，很方便的。

除了送饭，她来这儿还干啥？

再不干啥……你小子，想啥呢？先头小荷说她瞌睡了，想在沙发上迷糊一会儿，我就是怕你进来吵醒人家……

小荷？谁是小荷？

就是刚送饭的服务员嘛。

她在你这儿睡？儿子的模样越发变得有些滑稽不堪，同时，很不确定似的用手指了指沙发。

他想说就是，可最终没说出口，忽然理屈词穷一般，只是顺着儿子手指的方向看了一眼沙发。他发现毯子叠得整整齐齐，心里便有种异样的感觉，尤其在儿子不依不饶目光的逼视下。

你不是说有啥要紧的事吗？

哦，我媳妇说她单位有个刚退休的老太太，人很勤快，做的一手好饭菜，主要是她老伴走了，现在也是一个人，意思是让我征求一下你的意见，看啥时候方便能见个面。

怎么又给我找老伴，这是谁的馊主意，八成又是你和你妹的吧，这个死丫头……我告诉你们休想！

爸，你理智一点好不好，你、你、你这样做，我们往后还咋见人呢？

你小子啥意思，老子给你们丢过脸吗？

那她、她、她也太年轻了吧……你们不合适！

放屁，你胡说些啥呢？我刚说过她就是来送饭的，爱信不信！

爸——你别生气嘛，我们还不都是为你好！要是你身边有个伴，儿女们也就放心了。现在社会太复杂，人心都隔着肚皮啊，尤其是那些外来的小姑娘，她们心机深得很，搞不好就人财两空啊……

滚！快给我滚！我的事用不着你们瞎操心。

他已经很久很久没发过这么大脾气了。至此，儿子不敢再说什么，又闷闷地在房里磨蹭了一会儿，上了趟卫生间，才灰溜溜地走了。

家里突然静下来。他有些木然地坐在沙发上，手脚摊得很开，感觉四肢无力了一般。有那么两次，他是想跑到阳台上打开窗户，跟儿子说声没事，让儿子别往心上去，可最终还是一动未动。

他的手不知不觉抚摩在小荷刚才叠好的毯子上，那种绒绒绵绵的质感，很像一个少女的皮肤。他来回摩挲着这条薄毯，手背上的几只灰褐色老年斑，像什么昆虫似的，在他眼前来回移动。他不由得一阵胡思乱想，甚至回想起头一回跟小荷在小区外见面的情形，他依稀记得也曾接触过她细嫩的手，那感觉真叫人久久难忘。

此刻，房间的极度宁静与他纷乱动荡的思绪形成鲜明的比照。他有点恨儿子说过的那堆莫名其妙的话，可同时又隐隐地生出些许的兴奋，好像是儿子的话催生了某种不合情理却又无边无际的臆想，他和小荷，这怎么可能？

他猛地站起身来，径直走进厨房，想都没想就拎起案板上早就装好鸡块的塑料袋。

丙

小荷说她遇到了点棘手的事，餐厅原先给她们租了一间集体宿舍，由于合同到期了，对方非要收回房子别用。所以，经理就临时给她们开了动员会，让各自先去外面找地方住下，等租到新宿舍再搬回来。小荷把这事一股脑儿告诉温伯，是想请他帮个忙在小区里打问打问，看有没有合适的住所，当然最好是与人合租，因为租金太贵她怕承担不起。

这个半新不旧的生活区确实有不少房子出租，大门口或单元楼道里经常贴些招租启事，可他花了整整一下午时间，也没有找到小荷想租的那种，不是房租太贵，就是房主要求必须是居家过日子的，小年轻或单身一律不考虑。这样一直折腾到天黑前，也没有任何结果。他又怕小荷等得着急，就先给她拨了电话，把情况说明了。小荷在电话里说，那可咋办呢，我们经理说，最迟明天中午前必须搬出去。听得出小荷那头急得快火烧眉毛了。他忙不迭给她宽心，别急，别急，车到山前自有路，我再给你想想法子。

放下电话，他又到小区里外转悠了大半天，哪怕是电线杆子上的小广告，也要盯着细细看。出门时手里特意拿了笔和纸片，看到有用的出租信息，就草草记下电话号码。回到家后挨个拨了一遍，情况还是不乐观，即便是只租一套住房里的一个单间，月租也得三四百块，而且，至少要签半年以上的合同，否则免谈。

等他上床睡觉已经很晚了，竟又失了眠。还是老伴刚去世那段时间，隔三岔五，会通宵通宵睡不着觉，大概是习惯了两个人同睡一张床，猛不丁只剩下他一个人，感觉空落落的，特别是夜深人静时分，身边静得有些怕人，那种难以排遣的孤独寂寥，时不时将他死死攫住，欲罢不能。后来他去医院看过两次，大夫说这很正常，属于丧偶性焦虑症，建议他睡觉前适当服用助眠类药物，效果还真不赖，不知不觉竟好转了。

半夜里，他不得不痛苦地从床上爬起来，翻箱倒柜找出那瓶久未吃过的艾司唑仑片。翌日，他跟小荷约好在她的住处见面，说是要来帮她搬家。小荷在电话那头高兴得叫了起来。

小荷老早就把自己的行李铺盖都打包好了，一个人站在那幢破破烂烂的楼下左顾右盼时，看见温伯骑着一辆人力三轮车慢慢地驶来。小荷就跳着脚一边冲他招手，一边甜甜地叫着老伯。他稳稳当当停好了三轮车，然后要跟她上去搬东西，小荷死活不乐意，说能帮她找上住处，够感激不尽的了。就问他在哪儿找到房子的。他淡淡地说，过会儿你自然就知道了。小荷想想又问价钱贵不贵。他没说话，只摇了摇头。姑娘统共五六件行李，没太多东西，等装好了车，他就让小荷也坐上去。她笑着说，我可沉呢，还是自己走吧。他说，傻丫头，有车拉不费力气的，快点儿上来吧。她这才欢天喜地地爬到车上。三轮车便骨碌骨碌往前走了。

路上，小荷从随身背着的那个包里取出一面小圆镜子，对着自己照了照，然后扑哧一笑，说一早只顾忙着收拾东西，都忘了洗脸。

他没吱声，听小荷说话心里总觉得很踏实。他沉稳有力地蹬着车子。都想不起来自己多久没骑过这玩意儿了。那都是老早以前的事了，家里每年冬天都要去买煤，他才临时从厂里借上三轮车用一下。有时也会捎上儿子一同去帮他装煤，那时的儿子已经开始懂事了，干起活来像模像样的，像个小男子汉。后来有一次，老伴的胃病突发，疼得直不起腰，也是他骑着三轮车连夜送她去医院的。当时，老伴就躺在身后的车厢里，儿子女儿也都守护在旁边，一路哭哭啼啼地叫着妈。老伴疼得路上直哼哼，快到医院的时候，老伴突然说了一句话，老温，要是我有个三长两短，你一定要把咱的孩子拉扯好。那一刻，他忽然泪如雨下。后来又过了些年，老伴到底让胃癌带走了。

小荷突然从后面伸过手来，几乎贴着他的后脖子，他感觉那里痒痒的，根本来不及看一眼，她早用三根手指将一个小东西塞进他嘴里了。他迟疑着一怔，舌齿之间立刻溢满了酸酸甜甜的滋味，原来是一颗梅子。他听见她在身后正有滋有味地吮咂着。好吃吧，干活累了渴了，吃一颗可管用呢。说心里话，这种酸了吧唧的东西不太适合他这个年龄了，不过，因为是小荷喂给他的，所以，似乎带着某种非常独特的滋味，是他此前从未感知过的。他嘴里发出唑唑的声响，酸水在口腔里汹涌漫延，开始牙根似有一点微痛，不过很快甜味就变得浓了，不再是起初那般的辛酸难忍。这感觉就像生活，总是先酸后甜的。

等他完全适应了那梅子的滋味，车子已经到家了。

小荷跳下车后，很奇怪地打量了一下眼前的单元楼，又回头望着他，怎么是这里呀？

他点头说就这里。

小荷又问，是你邻居家的房子吧？

他不再吱声，早用胳肢窝夹起两个行李卷走进楼道。

小荷只好狐疑地提着两个包随后跟来。

不会是让我住在你家吧？

他已经掏出钥匙，二话不说打开了深绿色的防盗门。

昨晚我把闺女以前住过的房子拾掇了拾掇，你不嫌弃的话就将就两天吧。

小荷整个人愣在门口，眼圈渐渐地开始发红了。

老伯，这怎么行呢？

怎么不行，房子一直空着，你也看到了，成天进进出出就我一个孤老头子。

可是……我……你……

可是啥？还怕我吃了你呀！

你千万别多心，不是那个意思，我就是怕太麻烦老伯。

不麻烦不麻烦，要是你住进来，我身边也有个说话的人了，往后每天想吃啥不就更方便了嘛！

小荷还想说什么，他已经从她手来接过那两个包。这时，她能强烈地感觉到对方骨子里的那种固执和坚持，稍微犹豫了一下，便迈开步子走了进去。不管怎么说，这所房子让她感到很亲切，有种回到家的感觉。

丁

小荷在家里洗澡的时候，温伯便独自下楼散步去了，说是要买些生活用品。

自从小荷搬到家里住，温伯的生活多少起了些变化。就比如散步的时间，姑娘总是喜欢把自己洗得清清爽爽，这种时候他会很知趣地主动找个借口出去一趟；再比如吃饭，也总是尽量避开小荷他们餐厅的饭口，也就是说中午饭通常会在一点半到两点之间开始，而晚饭有时会推迟到八点钟左右，这样小荷基本上下班时就能顺便把饭给他捎回来，省得来回跑路了。现在，他的饭量似乎比以前好了不少，午饭往往能吃尖尖的一碗米饭，晚上的揪面片也能吃一大碗。至于早餐，他会天蒙蒙亮就爬起来，认认真真地熬一钢精锅小米稀饭，顺便馏俩馒头，再煮几个白鸡蛋，开一包涪陵榨菜，等小荷起床后他俩一起吃。小荷夸他的稀饭熬得比餐厅的都地道，他不好意思地说只要你喜欢喝，我每天都熬。

总而言之，吃饭时身边有个人陪着说说笑笑的，会让他觉得这个家更像那么回事，不然总感到有些凄凉。他记得小荷刚搬来那天，掏出三百块钱，说啥非要他收下。他说你要给钱的话，就去别处找房子吧，我这里可不对外出租。小荷便为难得不知所措。我就当你是自己的远房侄女，来家里住一阵子，哪能收钱呢？她听他这样说，眼泪就哗哗地淌下来了。不过，我也不让你白住，闲了就帮我洗洗衣服，打扫打扫卫生。她一面抹泪眼，一面不住地点头。这姑娘的确很勤快，没事了就东擦擦西扫扫，轮休时还把他的衣服裤子床单被罩统统洗了，一间小阳台简直都不够晾晒的。

小荷刚从卫生间湿漉漉地走出来，就听见了急促的敲门声。

起初，她以为是温伯回来了，忙跑进自己住的小卧室，三下五除二套好衣裤，一边用毛巾擦拭还在滴水的头发，一边颠颠地跑去开门。哪知她的手刚碰到门把手，那门竟忽地从外面被拧开了，一个中年男人满脸惊愕地望着她，感觉就跟撞到了入室的小偷似的。在他身后还站着一个女人，嘴里大概嚼着块口香糖，腮帮子一鼓一鼓的。

片刻愣怔之后，男人开门见山地说，你就是，那个什么，小荷？

小荷点头的时候，双手仍不停地擦着发梢上的水滴，好像不擦干爽简直羞于见人似的。

男人的目光始终自上而下打量着她，然后，在她那从拖鞋里露出的雪白的脚趾上稍作停留。这回你总信我的话了吧，难怪上回我来就觉得不正常！男人煞有介事地扭过头，对身后的女人说。那个女人脸上几乎没有任何表情，除了不停地嚼着口香糖，只轻描淡写地扫了她一眼，就大摇大摆闯进房内。

奇怪，爸怎么不在家？女人迅速地在房间里转悠了一圈后大声说。

小荷忙接过话头，老伯刚下去买东西了，一会儿准回来，你们先坐吧。

这句话仿佛引起他俩的极大不满和愤懑。

你到底是谁？

怎么总在我爸这里？

哼，老爷子还哄我说是什么上门送饭的，一个送饭的能这样吗？

骗三岁小孩呢，这究竟算怎么一回事？

肯定没那么简单，我看这里面大有文章！

喂，你倒是快给我们说清楚！

怎么？你哑巴了吗？既然能做得出来，现在咋不敢说了！

两个人连珠炮似的一通质询，小荷蒙了，一时不知道该如何回答。

是、是、是温伯，他、他让我搬过来的……小荷紧张得竟有些结结巴巴。

听到了吧，难怪爸死活不让咱们给他介绍老伴呢，原来是他这里早有人选了！男人愤愤地嘟哝道。

爸怎么能这样？女人目光变得异常尖利，好像随时要戳穿小荷身上的什么地方似的。就算他想跟这个女的住在一起，事先总得跟我们商量一下吧，他这样做简直有些为老不尊。

不是那样的，真的，不是你们想的那样！小荷急得不知所措。我搬来只是借住一阵子，等我们餐厅有了集体宿舍马上搬走。

住口！别在我们面前花言巧语了，你们这种姑娘城里满大街到处都是。你干脆跟我们实话实说吧，你跟我爸好，到底图他啥？

你最好放聪明点儿，我们可不像老爷子那么好糊弄！

我，我……呜呜……

哼，狐狸尾巴露出来了吧，这回再没话说了吧？

年纪轻轻的，不知道学好，专走歪门邪道……真不要脸！

就在他们絮絮叨叨没完没了地纠缠的时候，房门再次被打开了，温伯一只手里颤颤地提着刚买回来的东西，脸色看上去青灰青灰的，可他并没有冲儿子和儿媳发火。相反，他很平静地将手里的袋子放在茶几上，又默默地去卫生间洗了把手，才四平八稳地在沙发上坐下来。

你们都坐吧。他将目光温和地移向正在一旁悄悄抹眼泪的小荷，你也过来一起坐着，我有话说。

儿子儿媳面面相觑，仿佛某个重要的时刻突然来临，而这一时刻必将让他们更加忐忑难安，犹豫半晌才勉勉强强坐下来。小荷始终低着头，好像犯了什么不可饶恕的大错，站在那里一动未动。温伯见状又起身走到她身边，伸手轻轻地把她拉到三人沙发前，两个人才双双坐下。儿子儿媳的目光始终狠狠地盯着小荷，好像随时会扑上去撕咬她一番，但碍于老人的面子，只能暂且隐忍以待时机。

你们俩来得正好，一直没工夫跟你们细说，小荷是我最近认下的干闺女，这姑娘朴实得很，手脚也勤快，她住这里可帮了我不少忙。说着，又和颜悦色地对身边的小荷说，这两人就是我一直跟你说的哥嫂，往后见了面可不能生分。

小荷迟疑着，慢慢抬起头，泪眼望向温伯，然后才鼓足勇气似的将目光转移到那两个人身上，同时站起身，恭恭敬敬地冲他们叫了声大哥大嫂。

戊

小荷老家来人了。她到城里快两年光景了，除了定期寄些钱回去，还一直没回过家呢。这次母亲是带着弟弟一同来探望她的。弟弟浑浑噩噩地混完了初三，觉得念书实在没啥指望，也想跟姐姐一样进城找点儿事做。

小荷苦口婆心对弟弟说，我在外挣钱图个啥，不就是想让你把书念好吗，你咋就不给姐姐争口气呢？

就算将来考上学了，还不照样没工作吗，倒不如早早挣点儿钱好。弟弟满不在乎的样子。

小荷没好气地说，钱钱钱，屁大点人张嘴就是钱，你知道挣钱有多难吗？你才几岁，人家谁肯要你？

小荷弟弟嘟哝道反正他不想再回学校了。小荷还想说什么，母亲在一旁插言，你弟弟也是为家里好，再说你也老大不小了，也该想想自己的婚姻大事，家里不能老拖累你。小荷的脸就不由得红了两团。

温伯把刚下楼买回的大西瓜切好了，用盘子盛着端到茶几上，殷勤地让客人吃。母亲就夸温伯很会挑瓜，吃起来又沙又甜。弟弟吃得稀里哗啦的，一副没心没肺的模样。小荷越想心事越重，只吃了一小瓣儿。

小荷的母亲仅仅待了三天，就开始惦记她的鸡啦猫啦狗啦，最要紧的当然还是没有人给父亲做饭吃，于是便匆匆忙忙起程回去了。这两天小荷只要一有时间，就劝弟弟回家去继续念书，说学费的事不用发愁。可这孩子似乎是吃了秤砣——铁了心，横竖听不进姐姐的话。弟弟赌气说，我明天自己出去找活去，不劳你操心。温伯私下里跟小荷说，索性就给他找个事做做，正好趁假期磨磨他的性子。小荷疑惑地说，他能干啥？在家衣来伸手饭来张口的。温伯冲她笑笑，说干不了更好，到时候他就会知难而退了。

温伯先去居委会打问了一圈，说暑期最缺的就是垃圾清运工，回家跟小荷的弟弟一商量，他头摇得像拨浪鼓，好像掏垃圾会要他命似的。小荷也找过餐厅经理，倒是要招几名洗碗工，就是工钱太低。小荷问弟弟想不想去试试，他撇着嘴说，端盘子洗碗根本就不是男人干的活。小荷有点生气，你这也不行，那也不行，到底想干啥？弟弟梗着脖子说，我要是知道的话，就不来找你了！小荷简直哭笑不得。温伯又给她出主意，好事多磨，慢慢来嘛，明天我带他上街再找找看。

一老一少在外面逛了大半天，那些聘人的地方多半是餐饮服务行业，说白了都是些服侍人的活计，小荷弟弟好像一点兴趣也没有。温伯忽然想起来，他有个侄子在城里搞装修，干得挺红火。他先拨了个电话，对方让他把人带过去看看。路上，他跟小荷弟弟说，如今干装修算一门不错的手艺，去那里跟着师傅好好学学，兴许将来自己也能当上小老板。小荷弟弟稚嫩的眼瞳里总算闪出一抹憧憬的亮光，好像一去那里就能发大财似的。

温伯的侄子正带领着六七个民工在一幢小高层里装修房子，那些干活的浑身上下沾满了涂料和油漆，就连头发也灰白灰白的，像落满了鸟粪，衣服裤子脏得一塌糊涂，几乎看不出个人模样来。小荷弟弟拼命眯着双眼翕动鼻孔，还一个劲拿手掌捂住口鼻，房间里的油漆味的确太冲了，简直叫人窒息。侄子就把温伯拉到一边说，这小伙子太娇气了，怕是干不了这行。温伯有些为难地说，好歹让他试一试，这样也好给他家人一个交代。侄子想了想，说正好最近有个新楼盘刚开盘，就让他先去那里挨家挨户发一个礼拜传单，要是能拉着生意的话，还能拿提成。说着拿来一摞子宣传材料交到小荷弟弟手上，又当着温伯面说了那个新楼盘的具体位置。

第二天，温伯把小荷弟弟带到公交车站，详详细细地告诉他先坐什么车再倒几路车，又从兜里掏出二十来块零钱塞给他。等公交车来了，小荷弟弟便提溜着一塑料袋宣传材料挤进车厢。汽车开动前，温伯忙跑到车窗跟前，踮着脚尖叮嘱小荷弟弟，说中午等他回来一起吃饭。小荷弟弟就朝他挥了挥手，那表情似乎有些生怯和僵硬，感觉像被谁绑架了去似的。温伯心里忽然有点儿难受，自己应该陪着去才对，毕竟他才刚到城里，人生地不熟的。可小荷临上班前给他交代过，只让送到公交车站。小荷说当初她刚到城里，一个熟人也没有，两眼一抹黑，一切都是靠自己慢慢摸索来的，所以，得让弟弟从一开始就觉得出门事事都不易，这样才好让他回心转意。

温伯一个人回到家里，总有些提心吊胆的，坐也不是，站也不好，过一会儿就去阳台往楼下瞅一瞅；楼道稍有点儿动静，急忙跑去打开门看看。客厅墙上的钟表也走得疲疲沓沓的，仿佛时针被什么东西粘住了老是走不动，还弄出好大好大的噪声，着实叫人心烦。好容易挨到午饭时间，小荷匆匆把饭送回来，又要急急忙忙赶回去上班。他顺口问了句，你弟弟咋还不见回来，不会迷路了吧？小荷说，放心吧，昨晚我给他写了一张信息卡塞在裤兜里，上面有餐厅和老伯家的电话，还有这边的地址啥的，他一个大活人应该没有那么笨。他这才稍稍舒了口气。

近些日子，小区正闹着铺设天然气管道，要挨家挨户打孔穿管子，楼道里不时传来冲击钻的巨大声响，搞得人心惊肉跳。估计很快就要轮到温伯家，管事的白天上门通知他做好准备。温伯就把厨房里的锅碗瓢盆统统收进橱柜里，厨台上还苫上一层旧报纸，忙完这些又去了一趟农行，取出两千块钱，因为完工后要一次性收取一千八百块安装费。其实，这件事从一开始他就不太积极，小区物业召集住户开过好几次会，要广泛征求大伙意见。家里统共就他一个人，有时候换一罐子煤气能用小半年呢，自打小荷来了以后，他每天也就做顿早餐，用气确实很省的。所以，根本就没必要大动干戈地安装。

可是，天然气似乎成了发展的必然，儿子也来跟他磨叽过，说天然气又干净又方便，劝他还是装上为好，儿子还说实在不行他们来出安装费。他当然不舍得让儿女花钱，自己月月都有退休金，虽说不多，可养家糊口绰绰有余，他甚至还偷偷给女儿攒了两三万，想等下次女儿回家探亲悄悄送给她，在家处处好，出门事事难，他很能体恤女儿的不易。他只是觉得安装天然气好像意义不大，问题是左邻右舍都要安了，不能单单绕开他这一户，生活有时就得随大流。

小荷弟弟天黑前总算回来了，一问才知道午饭吃了一碗牛肉拉面，却害得温伯一整天左顾右盼心神不宁。小荷傍晚送回来的饭菜他一直没敢动，还热乎着，就忙招呼小荷弟弟一起来吃。看来小家伙真饿极了，动起筷子简直就是风卷残云。温伯久久盯着小伙子的吃相，一时说不出是何滋味。年轻人吃东西的样子，让他有种久违了的满足和欣慰，同时又有几分好笑，给人的感觉像几辈子没吃过饱饭了。他顺便问今天传单发得怎么样。小荷弟弟一边打嗝，一边摇头支吾说，不咋样，根本没人搭理。他就说万事开头难嘛。小荷弟弟终于扒拉完了饭菜，只给温伯剩下了一点儿菜汤和米饭。

等小荷下班回来，弟弟已经在温伯的床上呼呼大睡了。温伯正打算出去散会儿步，小荷说她也想一块出去走走，于是，两人轻轻地锁好房门出来。楼道里到处都是安装天然气管留下的粉尘和杂物，温伯一不留神，脚下踩到了几颗碎石子，整个身体忽然一趔趄，幸亏小荷眼疾手快，一把拽住了他，才不至于跌倒。他还是惊出一身虚汗，嘴里嘟哝说，人老了不中用了。随后，小荷不放心似的一直搀扶着他，双双走出楼道。

两个人来到小区外面，头顶已见繁星点点，夜晚的空气显得很单纯，白天的种种嘈杂和燥热，被渐浓的夜色吞噬殆尽，一丝晚风拂在脸上，感觉轻轻柔柔的。小荷边走边说，我弟才出去发了一天传单，就累成那样了，他还不肯用心念书，将来可咋办。他没有去接她的话头，任由她絮絮叨叨地说下去，他只是默默地听着，徐徐往前走。让人搀着行走的感觉，既欣慰又体贴，他平心静气地感受着这一切。

他已记不清最后一次陪老伴散步的时间了。事实上，那些年老伴一直顽疾缠身，整个人病恹恹的，他们好像很少一同出门散步，即便出去也是匆匆上医院检查治疗。后来等老伴走了，他才迷恋上一个人漫无目的地到处转悠。一个人走路的好处，越来越让他心领神会，可以放松，可以舒缓，可以回忆，可以胡思乱想，也可以学会慢慢遗忘。想想看，人这一辈子过得实在太匆忙了，一旦轮到你一个人吃饭、一个人睡觉、一个人散步的时候，其实剩下的时日也就不多了。

我妈那天临走前嘱咐过我，说今年冬天最迟明年开春，让我回老家相对象成亲呢。也不知为什么，小荷突然换了个话题。

他一怔，半晌只模棱两可地哦了一声。

我妈说姑娘家不能在城里逛野了，不然将来就没人敢要了。

那你也可以考虑在城里找个对象嘛。他总算想出一句像样的话来安慰她。

城里人会要我一个乡下来的吗？小荷的语气变得有些茫然。就拿我们餐厅那些姐妹来说，她们大多都跟自己的老乡相好，可要想结婚总得有房子住，买是这辈子也买不起的，可租金也不便宜。我们领班倒是结了婚，听说两口子在郊区租了间民房，每天上下班要挤一两个钟头的车，日子过得苦死了！若是那样的话，我宁可当一辈子老姑娘。

这个话题似乎有点儿沉重，他实在不想跟她说些冠冕堂皇的大话。好在小荷是个很乐观的人，过一会儿她自己又说，嗐，不管那么多了，将来的事等到将来再看，反正天无绝人之路嘛。这话他倒爱听。

一路上小荷就那样挽着他的胳膊，一老一少不知不觉就走到中山公园的后门了。这座公园距离他住的小区并不算远，横穿两条马路再拐个小弯便是。远远听见一阵胡琴声，公园的凉亭每晚都聚集着一伙老戏迷在那里吹拉弹唱，别有一番意趣。老伴走后，温伯偶尔也过去围观，但他从来不唱，只做听众。小荷听到咿咿呀呀的唱戏声，立刻兴奋起来，竟毫无意识地拉起他的手，紧走几步过去凑热闹。

兴许是暑天的缘故，小荷的手变得又软又潮又热，有种密不透风的贴附感。这突如其来的手掌的互相贴合让他多少有些胆战心惊，黑暗中他稍一犹豫，便欲罢不能地更有力地抓牢了她的手。这时，他忽然发觉比起刚才小荷挽着他走，他似乎更乐意彼此牵着手同行，他也意识到这或许并不十分妥，可又觉得冒这样一次小险值得，此时他真希望自己再年轻上二十岁。

后来，直到在熙熙攘攘的人堆里遇见过去的一个老同事，他才赶紧松开她的手。老同事叫出了温伯的名字，而且还打趣说，哟，真行，老牛也啃上嫩草了。那一刻，温伯觉得自己很像一个大男孩，处在懵懂而又羞涩的青春期，见了熟人恨不能找个地缝子钻进去。小荷倒是大大方方的，心思完全都在听戏上。

小荷弟弟出门散发传单的第三天上午，安装管道的工人才上家里来，丁零当啷又钻又砸，把房间折腾得乌烟瘴气，才算是完工了。

温伯进卧室拿钱付款的时候，才发现塞在床头柜抽屉里的两千块钱不翼而飞。他百思不得其解，明明从农行取出来就搁在家里的，怎么说没就没了，长翅膀飞了，还是自己记错了？于是，翻箱倒柜好一通找啊，结果依旧是踪迹全无。思前想后，只有一种可能，那就是叫人偷了，可家里除了自己，就剩下小荷和她弟弟。而小荷根本不可能，这姑娘他观察不是一天两天了，品性应该没得说，不是那种见钱眼开见利忘义的人。那么，只能是小荷弟弟干的了。这个推断让他不寒而栗，假使真的如此，那他无异于搬起石头砸自己的脚。关键是，这里面还夹着个小荷，说轻说重脸面上都不太好，毕竟那是人家的亲弟弟呀。再者，一无凭二无据的，又没有当场抓获，仅仅靠自己的怀疑推测，就认定是人家干的，恐怕于情于理都说不通。他犹犹豫豫合计了大半天，最后干脆打掉牙齿往下咽吧，便又匆忙去了一趟银行。

晚上，小荷下班回来，他压根没提这件事，就当什么也没发生过。小荷进门见满屋子都是灰尘，厨房里尤其乱得不成样子，便顾不上休息，忙里忙外打扫起来。这时，他的情绪也渐渐阴转晴般好了起来，破财免灾之类的想法也油然而生，退一步想，那些钱如果真让小荷弟弟拿去，也算肥水不流外人田。他现在越来越觉得，在小荷身上花点钱是值当的。

然而，这种息事宁人的念头仅仅维持了个把钟头。等到他们上床睡觉的时间都过了，小荷弟弟仍未见人影，小荷急得满屋子乱转，他才隐隐约约感觉情况不妙。

己

凡是能想到的地方，几乎都寻遍了，小荷弟弟连同那两千块钱如同石沉大海一般没有音信。当然，这只是温伯自己的看法，至于小荷还一直蒙在鼓里，她压根不晓得丢钱的事。

据温伯的侄子讲，小荷弟弟仅仅去那个新楼盘转悠了一天，后来再没见人影，估计他是不愿意去散发传单，可以想象，年轻人嘛都有点儿好高骛远，人家也就没再联系温伯。小荷听了又急又恨，嘴里说谁让他不听话，小小年纪学会扯谎溜屁的，丢了活该！温伯心里就很自责，说都怪他嘴长，早知这样当初真不该领他去找侄子想办法。小荷撇开脸去抹了抹眼圈，强忍着才没哭出声。温伯茫然地安慰了她几句，说应该不会出啥事，兴许马上就回来了。

到了夜里，小荷做噩梦，大声哭醒了。温伯跑过去坐在她床头边，拍着她的肩膀头说，别怕别怕，有我呢，没事了。小荷虚弱地依偎着温伯，目光凄凄迷迷的。我梦见弟弟掉进下水井里了，那口井好深好黑，就在马路边上，上面的盖子不知让谁偷跑了……温伯摸摸小荷的额头，还好不算热，就说，梦都是反的，说不定你弟弟已经回老家了，快躺下好好睡吧。小荷这才把身子蜷进毛巾被里。温伯又在她身边默默地坐了很久，等她睡安生了才回自己的房里躺下。

翌日，小荷跟餐厅请了两天假，温伯亲自送她到长途车站，嘱咐她快去快回。从车站回来，一开家门，他便愣住了，儿子儿媳一家居然早来了，这才意识到今天是礼拜日。孙子一下子飞扑到他跟前，他忙弯下腰用胡子拉碴的嘴亲了亲那张小脸蛋，说小坏蛋，这么长时间也不想爷爷。孙子嫌他的胡子扎，又挣扎着跑开了。儿媳早系好了围裙，摆开一副要大干一场的架势。他说你们来了，我下去买点菜中午吃。儿子说爸不用了，来的路上我们全都买好了，今天你就等着吃现成的。孙子已把电视机打开了，抓着遥控器找自己喜欢的动画片。他往厨房扫了一眼，果然厨台上放着两只鼓鼓的食品袋，儿媳正蹲在地上吭哧吭哧刮鱼鳞，房间里充满了刺鼻的鱼腥味。他一时不知道自己该待在什么地方，多少显得有些碍手碍脚无所事事。

儿子不知从哪儿翻腾出那副缺一个棋子以瓶盖代替的老象棋，嘘嘘地努着嘴吹掉盒面上的浮尘。爸，咱爷儿俩杀一盘。他抬眼看看儿子，总觉得这张脸今天有种深藏不露的味道。于是，爷儿俩在饭桌前对坐着，开始下棋。当头卒，拐脚马，连环炮，上士，飞象，将军，噼里啪啦，儿子棋技大有长进，连着赢了他两盘。

爸今天老心不在焉的，刚才那盘咋下的，明明我别你马腿愣没看出来！儿子一边摆棋，一边不停叨叨。他心里本来窝着事，可又不能跟儿子明讲，要是说出实情，他能想象儿子儿媳会怎么看他：老糊涂了吧，引狼入室，咎由自取，钱多烧的。

儿子忽然又想起什么，盯着他的脸煞有介事地说，老刘叔说他那天碰上你了。

哪个老刘叔？他压根想不起这个人。

就是原先跟你一个车间的老刘叔嘛，人家说你晚上拉着个漂亮的小姑娘，在公园听戏呢。

他一时语塞，脸上多少有些不自然了。他不想解释，这种事往往越抹越黑。好在儿子倒也没往下说什么，大概只想点到为止。他却又此处无银地添了一笔，你别听老刘叔瞎咧咧，他那张嘴从来没个把门的。儿子马上笑笑说，放心吧，我已跟他澄清了，说那姑娘是我爸认的干闺女，省得他瞎胡猜。他忽然觉得儿子思想有了进步，至少在这件事上能站在他的立场上。

饭菜确实很丰盛，简直跟过节一般，红烧鲤鱼、木耳肉片、韭黄炒鸡蛋、醋熘菜心，还有枸杞银耳莲子汤。儿子另外还带来一瓶好酒，古井贡，说是别人送他的，一直舍不得喝，特意拿来孝敬父亲。他确实有好长时间没沾过一滴酒了，主要是退休后没有什么应酬，自个儿喝更没气氛。儿子倒满两酒盅，非要给他敬酒，他就抿了一口。儿子说不行，酒满心诚，得干掉。儿媳忙解围说，你就别劝爸了，让他慢慢喝。儿子说咱爸没事，他现在心态好，身体棒，跟小伙子没啥两样。他总觉得儿子的话里有话，又不便去追问什么，就把剩下的喝尽了。儿子又给他斟满，双手举着说，平时我们照顾不周的地方，爸多担待，其实大伙都盼着爸能健健康康快快活活的。他端起第二盅的时候，忽然意识到儿子今天好像是另有来头，就说，你小子有啥话直说吧，别跟老子拐弯抹角的。儿媳立刻给儿子使了个眼色，儿子却干巴巴地冲他笑了笑，半天欲言又止的样子。

儿媳见机忙夹起一大块鱼肉放在他碗里，笑眉笑眼地说，其实也没什么，我们单位跟外面联合开发了一个住宅区，都是一百四五到两百来平方米的复式结构大房子，机会真是千载难逢！我们俩商量了一下，想要个大点的，主要想着往后房子宽敞了，您还是跟我们一起住，就算小妹回来住也没问题。看来，预感是正确的，他放下酒盅想了想说，这是好事啊，我倒是放在其次，只要你们一家住着舒服就成。儿子却皱起眉头说，好事是好事，那得要票子呀！他马上想到他们是来跟他要钱的，就顺着话说，反正我就那点退休金，到时候尽量帮你们凑凑。哪知儿媳忙接过话头说，爸的钱还是留着养老吧，我俩的意思是，反正将来您迟早搬过去跟我们住，这套老房子合适的时候干脆卖掉算了，留着意义也不大。

他不再作声，低头吃了一口鱼，感觉肉里面有很多小刺，差点鲠在喉眼，慌忙撂下筷子起身，将嘴里的东西一股脑儿吐到垃圾桶里。孙子好奇地跟过去看着他，爷爷，是不是卡上刺啦，赶紧喝点醋，我们老师说醋能软化鱼刺。他笑着摸摸孙子的小脑壳，说，不妨事不妨事，你可真是爷爷的孝顺孙子，等会儿吃完了带你去中山公园耍耍。孙子听了立即欢呼雀跃不止。

儿媳闻声不无严厉地说，你休想！别忘了下午两点半还有奥数课！他觉得儿媳的声音尖得有些刺耳，忽然一点食欲也没有了。再看孙子的小脸，沮丧到要崩溃的地步，透过那两片厚厚的镜片，他觉得这孩子快要流眼泪了。

他知道自己帮不了孙子的忙，很多时候他甚至连自己都帮不上，可又实在不忍心看孩子可怜兮兮的模样，就抹抹嘴说，你们先吃吧，我有点不舒服，想躺一会儿。

刚躺在床上，客厅电话就响了，是儿子接的。喂，找谁……姐姐？谁是你姐姐？这里没你姐姐……打错了！儿子有些气急败坏，声音里似乎蹿着熊熊火苗。

他后来意识到，那个打来电话找姐姐的人是谁了——小荷弟弟。慌忙从床上跳下来，连拖鞋都没来得及趿就跑到客厅，嘴里嘟哝着，咋把电话挂了！？儿子很奇怪地望着他，说又不是找你的，激动啥。儿子的口气真让人讨厌，如果不是看在儿媳和孙子的分上，他真想狠狠数落几句。

随后，他趴在茶几上，焦急不安地等待铃声再次响起来，可是过去老半天，电话始终没有动静。他满脑子都是小荷弟弟的模样，还有那两千块钱。也许，用不了多久小荷就会打电话来，告诉他弟弟有下落了。不过，他还是觉得这事自己负有不可推卸的责任，千不该万不该，不该把钱随便放在抽屉里，小年轻一下子看到那么多钱，难免会心生杂念走上邪路。

一家人不欢而散。儿子儿媳都以为是卖房子的事惹恼了老爷子，当然还有那个该死的陌生电话。其实，儿子心知肚明，他八成猜得出电话是找小荷的，所以故意使性拌气挂断的。后来，儿子儿媳送孩子去奥数班，临走时还有些仓皇而又怏怏的味道。他没太理他们，只是乘机塞给孩子五十块钱，叮嘱他喜欢什么玩具自己买去。不管怎么说，孙子可是他的心头肉，过些日子不见总想得慌。

家里静得有些不可思议，唯独食物的气息还在懒散地流淌着。他无意中瞥见了老伴的那幅遗像，仿佛真人一般，目光淡定，笑容可掬。这还是老伴身体相对好的时候，他俩一起去照相馆拍的，当时先拍了两人的合影，老伴突然提出来还想拍个单人的，说是要给他们留个好念想。此刻，阴阳两界阻隔，两个人相对无言，往事飞蛾一般涌上心头。

他起身去饭桌那边端来一盅酒，颤颤巍巍地敬到老伴的相框前，默默沉吟半晌，鼻子忽地一酸，泪珠子簌簌落下。老婆子，今儿你都听到了吧，他们想让我卖了这房子跟他们一起过，我不是舍不得钱，也不是舍不得房子，我是怕万一没了这个家，往后你想回来看看，上哪儿找我去啊？有时候真羡慕你，说到底还是你有福，早早地走在了我前头，丢下我一个人，难哪……

仿佛灵光乍现，他幡然记起家里的电话有来电显示功能，只是很少派上用场，因为平日给他打电话的人不外乎是儿子和女儿。偶尔，孙子也会打来，跟爷爷诉苦，告爸妈的状，嫌作业太多没时间玩。这种时候，他总是装腔作势地哄哄孙子，好孩子，到时候爷爷一定狠狠批评他们，看谁还敢欺负我的乖孙孙。查出那个号码，一连拨了两三遍，开始没人接，后来总算有人懒洋洋地接听了，他就问这是哪儿的电话，对方不耐烦地回答是商店里的公用电话。他一下子傻眼了，既然是这样那就毫无意义了，不过，转念还是硬着头皮又打过去，跟人家询问了小商店的具体方位，谎称自己是要上那里买个急用的东西。

这地方太偏僻了，坐车出了城还要一直向北走，沿途尽是些灰头土脸的破旧民房，门前有收来的各种废品，堆山填海般几乎遮没了矮小的房屋。路面也是坑坑洼洼的，脚下足有半尺厚的浮灰，时不时疯跑过几辆货车，喇叭声摁得山响，好像路人都是聋子。寻来找去，天黑前才摸索到那家商店，很小的一个门面，门口歪歪斜斜地挂着个蓝白相间的公用电话牌。

温伯掀起门帘子走进去的时候，老板正光着膀子斜叼烟卷，两眼眯缝着盯在电视上，满屋子烟气缭绕。他乘机扫了一眼花花绿绿的货架和柜台，里面的货品个个蓬头垢面早过了期的样子，他半天也没想出该说点什么。老板狠狠吸了一口烟，又干咳了两声，随后将一口浓痰吐到地上，看也不看他一眼，只用鼻子哼着问要啥。他迟疑了一下，我想，我想……他忽然觉得口干舌燥，就随口道，给拿瓶矿泉水吧。对方的眼睛始终没有瞧他，突然很不情愿地扔过一瓶农夫山泉。电视里播的是一档很流行的情感类访谈，有个漂亮的女人正声泪俱下地向主持人诉说着自己不幸的婚史，听起来很煽情，教人身上直冒冷疙瘩。付完钱，喝了几大口水，他的目光才落到靠近窗边柜台的电话上。

温伯稳住心神，为了讨好老板又买了一盒很贵的芙蓉王，他平时闷得慌了才吸上一根烟，基本没什么瘾，也从来不买这么贵的烟。他先给老板递了一根烟，才客客气气地搭讪道，我想跟你打听个人，中午有没有见过一个十五六岁的小伙子，在你店里打过电话？然后，怕人家印象不深，又详细描述了一下小荷弟弟的模样、个头穿戴等。恰好电视开始插播广告：怕上火就喝王老吉。老板这才慵慵懒懒地扭过脸打量了一下他。我这每天进来出去的人不少，谁能盯住哪个是你找的人？他忙解释说，是老家乡下来的侄子，刚念完初中，今天中午他就在你店里给我打过一个电话。

老板皱起眉头想了想，忽然如梦方醒般长长地哦了一声，那你侄子八成也是老鼠会的吧？温伯顿时一脸茫然，老鼠会？他还是头一回听到这么稀奇古怪的说法。老板大概一个人在店里憋得太久，好容易碰上个能说话的人，话匣子便一股脑儿拉开了。

前一阵子，不知从哪里来了一大群乱七八糟的人，男的女的老的少的都有，还有怀里抱着娃娃的妇女，我看足足有上百号人哪！这些人时不时上我店里来，买点水啦火腿肠啦方便面啦，再不就给家人朋友打个电话啥的，你还别说，自打有了这伙人，我的生意就比以前好做多了。可叫人讨厌的是，每天天刚蒙蒙亮，这帮家伙就公鸡打鸣一样唱起歌子了，鬼知道号丧些啥！白天呢，又都窝在后面的那排出租房里，好像见不得天光，听说是在上啥狗屁课，有时大嚷大叫的，有时又噼里啪啦不停拍巴掌，妈的，吵得人连个觉也睡不囫囵……

后来，可能是谁告发了，那些戴大檐帽的来这里突击过一两次，这下我才搞清楚，原来他们成天窝在里面，是专门教你咋去糊弄别人的！其实，这帮家伙也都是被自己的朋友老乡一个个骗过来的，说是很快就能大把大把赚钱！不过要想加入他们，得先交三千来块入门费，还说交了钱就能领到一套啥高档产品，说到底就是坑蒙拐骗，无非是上家骗下家，每个人都要去外面拉人头入伙。我听这些没脑子的打电话时，满嘴说的都是什么机会难得啦，让赶紧准备好钱，来这里准能发大财⋯⋯老师傅你可得当着点儿心，八成你侄子是想拉你下水呢！

从小商店里出来时，温伯整个人忽然陷入某种伸手不见五指的漆黑中。他手里毫无意识地拎着喝剩一半的农夫山泉，感觉双脚每迈出去一步，就像落进无边无底的虚空里。他跌跌撞撞地朝后面有昏暗灯光的出租房而去，现在，他只想抓紧时间找到小荷弟弟并带他回家。

庚

小荷心急火燎地敲开房门时，见温伯颠着一只脚站在自己面前，模样有些怪异，表情十分痛苦。

小荷吓了一跳，连忙撂下手里的东西去搀他。这到底是咋了？我走前不还好好的吗？

温伯淡淡地掩饰说是晚上下楼不小心崴了。

小荷就心疼地蹲下身去细看，果然，右脚脖子外侧瘀了乌血，肿得老粗。小荷问家里有酒没，说要用酒点着了给他好好擦擦，那样消肿快。温伯想起儿子那天拿来的那瓶好酒，就叫她去柜子里拿。

小荷小心翼翼地把酒倒进一只空碟子里，用打火机点着了，不顾火焰灼手，拿手指头蘸上带着火苗的酒水，迅速地往温伯的脚腕子上擦抹，边擦边有分寸地按摩那个乌青肿胀的部位。

温伯斜靠在沙发上，多少有点不忍心，生怕那火烫着她的手。小荷会意便一声不吭，很专注地往他脚脖子上涂抹热酒。酒精的热度很快就由脚脖子传到腿部和身上，小荷的额头也滚下滴滴汗珠。温伯说，你刚进门，坐下歇会儿吧。小荷摇摇头，继续很卖力地给他按摩伤处，很像一名职业按摩师。

小荷说自己当初差点儿就跟一个小老乡在足浴城干活了。后来听那里的姐妹说，有些来洗脚的客人很不老实，你替他们按脚的时候，他们的脏手就往女孩身上乱碰乱摸，有时还故意用臭脚丫子朝你的胸口上拱，你要是大声喊叫了，他们反而倒打一耙，跟经理告黑状，说你服务态度不端正，弄疼他们了。所以，她只在那种地方待了一个礼拜，左思右想还是去餐厅找活干了。她觉得餐厅虽然活累，人辛苦些，可至少不会发生那类龌龊的事。

说到动情处，小荷不由得伤心地落了泪。温伯只当是她为弟弟的事发愁难过呢，反复思谋了半天才嗫嚅道，怪自己记性不好，差点儿把最要紧的事忘了。接着才一本正经地说，她走后她弟弟来过一个电话，让转告姐姐他找到活了，给一个什么公司当保安，这些天人家要集中培训他们，等下个月工作安定后，再回来看她。小荷听了立刻转忧为喜，激动地拿手背胡乱揩了揩眼角，说真没想到，看来是她小看弟弟了。

客厅里氤氲着厚厚的酒气。温伯许久没再吱声，他觉得脚脖子已热乎乎的，也许是燃烧的酒精麻痹了神经，痛感似乎不那么明显了，可心头却像压着块大石头。刚才是不得已才跟小荷那样说的。除了善意的欺骗之外，他不知道自己还能替小荷做些什么。人老了，胳膊腿脚都不大听使唤，那晚他摸黑去敲那排出租房的门，希望能在那里找到小荷的弟弟，不承想连个人影也没见着，还把自己跌得一瘸一拐的，差点儿就回不了家了。后来，还是商店老板告诉他最近风头紧，上面隔三岔五来查，估计那些人转移到别的地方去了。现在他暗自拿定主意，等自己的脚伤稍好点儿的时候，再去外面想办法打探小荷弟弟的消息。

这天清晨，小荷醒得特别早，起床后稍微洗漱了一下，就匆匆出门去了。温伯因为腿脚不灵便，等他又迷糊了一会儿磨蹭着下了地，小荷已经在外面敲门了，见她两只手里拎得满满当当，有新鲜的蔬菜、鸡蛋、豆腐和肉，还有刚出笼的馒头。温伯一脸惊讶。小荷说今天她要亲自下厨，好好做两顿饭给他吃。温伯疑惑地盯着她，那你不上班了？小荷说，忘了告诉你，那条街停电，餐厅歇业一天。说完就一头扎进厨房，系上围裙，手脚麻利地准备早餐了，煮小米稀饭，蒸鸡蛋羹。

吃过早餐，小荷简单地收拾好厨房，又点了烧酒仔仔细细给温伯擦拭按摩脚伤。小荷说自己小时候崴了脚，母亲就用这种土法子，当时家里条件差，连瓶酒也买不起，好在那时爷爷经常给邻里们盖房子、上大梁、操办红白喜事，人家有时答谢他，会送一瓶高粱烧，爷爷把酒存在柜子里，平时舍不得喝，只有逢年过节才拿出来抿两口。小荷讲这些陈年旧事的时候，温伯就闭上眼睛静静地听着。

中午小荷又像模像样地炒了两道菜，家常豆腐和菜花炒肉丝。豆腐特意过了油，色泽金黄，皮脆里嫩，是温伯最爱吃的。另外，她还做了菠菜鸡蛋汤，蛋花跟棉絮一样柔软飘逸，出锅后的菠菜叶子依旧碧绿碧绿的，单看一眼就叫人食欲大增。温伯赞不绝口，一个劲感慨道，自己好久没吃过这么合口的饭菜了，又问她这手艺是打哪儿学来的。小荷犹豫了一会儿，才说是以前跟餐厅的一个大厨学的。那个大厨比她大一轮，手艺很棒，对她颇有好感，有事没事总爱找她拉拉家常，过节的时候还老惦记着偷偷送她一样小礼物，有时是一对精致漂亮的发卡，有时是一管很时尚鲜亮的口红。

小荷讲道，后来有一晚下班后，大厨一个人站在街对面等她，说是想请她去看电影。小荷当时多少有些难为情，可那部正在全城热映的电影她又很想看，里面有她最喜欢的章子怡。大厨见她忸忸怩怩，就说要不再叫上两个姐妹一起去。她才欣然答应。等到了电影院，她才知道大厨买票时大概动了小心思，那两个一同去的姐妹的座位离他俩十万八千里，不过既来之则安之，她想反正不就是看一场电影嘛。

可是，大厨好像根本不是来看电影的，整个过程两只眼睛老是亮灿灿地盯着她的脸蛋看来看去，后来趁机抓住她的手，还把热辣辣的嘴唇贴到她脸颊边上小声说话。黑暗中她感到心跳脸烧，却又不好声张，只是尽量往旁边避开身子，可对方简直像膏药似的越发黏得紧了。再后来，大厨竟猛不丁亲了她一口，她终于恼了，突然站起身来嚷，你再胡闹人家不看了。惹得周围的观众一阵白眼和哄笑。这样一来，她跟大厨的事餐厅众人皆知，经理私下里对她说，其实大厨在老家是有老婆的，好像还给他生过孩子。打那以后，她再也不跟大厨说笑了，哪怕平日里碰个面都要远远地避开。

晚饭又是温伯最爱吃的臊子揪面片，这个手艺小荷说是打小就跟母亲学会的。那时爹妈经常忙得顾不上做饭，弟弟饿得在家哇哇哭鼻子，她于心不忍，就开始摸索着做些简单的饭菜了。母亲闲时也手把手教她，还总跟她叨叨，姑娘家不会锅灶，将来出嫁了，一准叫婆家人瞧不起。那时节虽说还不明白其中的道理，可做起饭来还是很上心的，尤其是看到家人吃饭时满足的神情，她心里非常快活。

今天温伯居然吃了满满两大碗揪面片，额头直冒热汗，嘴里不由得说，要是我有你这样的闺女该多好啊！

小荷马上笑着接过话头说，我本来就是你的干闺女呀，怎么现在想反悔了。

温伯喉头一颤，像什么东西鲠在那里，半天只是出神地瞅着小荷的脸。他忽然觉得，自己真的已经离不开这个很爱笑的外地姑娘了。

辛

翻过天，小荷弟弟竟不声不响地回来了。这些天你都上哪儿去了，也不打声招呼，害得你姐姐满世界找你！一见面温伯就迫不及待地问这问那。

小荷弟弟一副做贼心虚的样子，目光躲躲闪闪，始终不敢正眼多瞧一下温伯。只是吞吞吐吐地说，那天发传单时遇上一个同学，人家邀他一起在城里逛了逛，他又不好意思推辞。又说其实他给这里打过一次电话，可接电话的人非说他打错了，后来他就没敢再打。温伯一直默默地察言观色，觉得对方的话虚虚实实的，但不管怎样人回来就好。小荷弟弟去了趟卫生间，随后又说他困得要命，想去姐姐的床上躺一会儿。说罢便径自钻进屋去，还随手掩上了房门。

温伯估摸着他已经上床躺下了，就想趁机给小荷的餐厅去个电话，好让她马上赶回来。但是，一连拨了好多遍，餐厅的电话始终占线，怎么也打不进去。情急之下，温伯只得悄悄离开了房间。脚伤虽说在小荷的精心照料下消了一些，可行动起来毕竟还有些困难，单单下趟楼就弄得他汗流浃背。去小荷餐厅约莫十分钟的路程，他足足蹒跚了小半个钟头。

等温伯和小荷双双到家后，几乎所有的抽屉柜子床铺都被翻了个底朝天，小荷的弟弟却早没人影了。他们连忙挨个屋子查了一遍，小荷发现她压在枕头下面的两百多块钱一分没剩；温伯倒没丢多少现金，只是柜子里的一块老牌西铁城机械手表和一副纯银手镯没了。手镯还是老伴留下的东西，虽不太贵重，可那也是个念想，老伴说是将来要传给孙媳妇戴的。因为有了上回丢钱的事，他反倒显得很平静，只是无奈地靠在沙发上连连叹气，后悔自己粗心大意，临走前没把家门反锁好。后来他思前想后，觉得事情不能再隐瞒，才一五一十把上次丢钱的事跟小荷统统讲了。小荷简直不敢相信自己的耳朵，可此刻凌乱不堪的房间，叫她根本无法逃避残酷的事实，她不明白这一切是怎么发生的，就像她外出务工这两年对家中的弟弟一样一无所知。

后来温伯起身，准备收拾地上那些杂乱无章的东西。小荷突然叫了一声，别动！要不还是报案吧……她的话像猛然掷在沉默空气中的一枚炸弹，温伯不由得打了个激灵。

不成——那样你弟弟就毁了！他几乎一字一顿地说。

活该，谁叫他游手好闲不学好，做这么伤天害理的事呢？她的情绪异常激动。我咋会摊上这么个不争气的弟弟，爹妈要是知道了，非被他活活气死！

温伯沉吟了片刻说，不管咋说，到底还是个孩子，他不懂事，咱们不能再把他往绝路上逼啊。

那咋办呀？总不能由着他的性子这么折腾下去。小荷急得直抹眼泪。

温伯去卫生间拿来一条擦脸毛巾递给她，劝她说现在关键是先找着人，万一他到外面继续胡逛，麻烦可就大了。小荷茫然无措地说，城里这么大，到哪儿找他去？他发现这双平时很爱笑的眼睛此刻充满了忧郁。于是，他又一再给她宽心，说兴许过两天你弟弟还回来，到时候我们一定想办法把他稳住，再好好劝他改邪归正。

这天晚上，小荷下班回来告诉温伯，经理正式通知大伙，餐厅已为姐妹们重新租到了集体宿舍，再过两天就可以搬过去住了。

温伯听后顿时慌了神，你真的要搬走啊？

小荷说，老伯放心吧，你想吃啥随时打个电话，我会按时按顿送过来的。

温伯说，我不是那个意思。

小荷说，真的很抱歉，没想到给老伯家里添了那么多麻烦，那两千块我以后一定会还的。

温伯说，你这说的是啥话，再这么说我可生气了！

小荷说，天底下没有不散的筵席，我也不能总住在你家里呀，我知道其实你也有自己的难处……往后闲了，我会常来看望老伯的。

温伯心里乱糟糟的，忽然间长满了杂草一般，一点儿头绪都没有，半晌静默无语。

小荷转过身默默地走回房间，轻轻掩上房门，瘫软着倒在床上，和衣静卧。她在黑暗里久久凝视着窗外，在点点泪光中仿佛又看到了去年秋天的那个宁静的傍晚。那天街道两旁树叶金黄耀眼，行人如织穿梭往来，她身上披了条鲜红鲜红的绶带，仿佛一个光彩照人的新娘子，后来她在人群中看见一个慈眉善目的老先生迎面缓缓走来。

当时，她完全是带着餐厅的任务站在街边的，经理说每拉来一个办月卡的食客，就可以拿到一点提成，拉得越多拿得就越多。此时此刻，那点儿所谓的奖金显得微不足道，甚至连想一想都感到龌龊，叫人内疚，她忽然开始厌恶城里这种人和人之间的关系。她似乎更在乎自己内心的感受，更在乎在这个老人家里的点点滴滴，也更在乎这份不是亲人胜似亲人的暖暖情意。有时她真想永远这样住下去，就像她是温伯的亲闺女那样，时不时可以挽着老人的手臂，去公园散散步听听戏。可更多时候，她又莫名地感到害怕，因为她知道自己终究是要离开这座原本就不属于她的城市。现在她不得不当机立断，弟弟的所作所为已经叫人无法容忍，再这样不明不白住下去，注定会更深地伤害到别人。

而在隔壁的房间里，温伯很晚很晚才迷糊着，但很快就被噩梦紧紧纠缠。他好像接到一个陌生男子的电话，让他立刻筹好五万块钱，到一个偏僻的工地见面，还说要是他不听招呼胡来的话，以后就再也别想见到小荷了……

一早出门前，温伯好像还没有起床的迹象。小荷就把她熬好的小米稀饭盛出来搁在桌子上，上面倒扣了只碟子，锅里的馒头也馏好了，冒着白气，看上去暄腾腾的。小荷吃了半拉，又喝了几口稀饭便匆匆上班去了。将要走到小区门口时，远远就见一个挺胖的男子站在那里，似乎正朝小区方向左顾右盼个不停，她觉得有几分面熟，赶紧垂下头继续走。哪知胖男子却径直朝她迎来，想躲开已经来不及了。

小荷，我天一亮就在这儿等你了，我有一肚子话想跟你说。她不必抬头就知道对方是谁了，在她周围只有大厨的声音才这么厚实，还因为他人胖的缘故，说话时总有些气喘吁吁的样子。

我要赶着去上班。小荷说话时加快了脚步。

你别老躲着我，我就说几句话，耽误不了多长时间。对方跟他并肩而行。

小荷一点儿也不想说话，愈发放快了脚步。

大厨就相跟着她一路小跑起来。小荷，别这样成不？以前咱俩在一起有说有笑多好，你咋说翻脸就翻脸？我到底哪里得罪你了，这么长时间也不搭理人？

小荷想了想，突然止住脚步，看着大厨那张愁容不展的胖脸说道，你没得罪过我，我也不想翻脸，只是咱们不合适，我不想叫人家戳我的脊梁骨！

大厨说，别听他们背地里说三道四的，其实我早打算跟老婆离婚了，只要你乐意，往后我一定好好待你！不瞒你说，这些年我偷偷存了点钱，眼看够买一套二手房了，到时候咱俩在一起好好过日子。

小荷根本不想听他说这些，掉转头快步往前跑。

你别急着走嘛，我说的都是真心话，小荷……等等我！大厨突然从后面跑上来，一把抓住了小荷的胳膊。

小荷疼得尖叫了一声。你松开手，这像个什么样子！

你就那么讨厌我啊，我就不信我还比不上一个老头子？真的奇了怪了，你跟谁好不行，天底下的小伙子又没死光，咋偏偏跟那么一个老棺材瓢子成天黏糊在一起！

你、你、你混蛋，我不许你胡说八道！

你就别假装了，人家老头的儿子儿媳前些天都来餐厅告你的状了，你知道最近大伙私下里怎么议论你的？我都羞得说不出嘴……他们说你跟那个老家伙睡了！

小荷怔住了，简直目瞪口呆。大厨最后那句话简直像尖刀一样，深深刺疼了她。她忽然觉得这个早晨太残忍了，这感觉刚才在厨房里帮温伯悉心准备早餐时曾涌上心头，让她热泪盈眶，她想也许那是她为老人亲手做的最后一顿早餐了。此刻，太阳虽然像往常一样红扑扑地挂在东边，可她的身体却感到一阵凉意袭来，她被包括大厨在内的那些同事劈头盖脸地捆了耳光，而且还是在大街上，在众目睽睽之下。眼泪不争气地纷纷出来解围，一发不可收，可它们除了让她变得更加脆弱、更加渺小、更加无足轻重外，再没有一丝一毫的用场。

老头怎么了？人家比你强一千倍、一万倍！再说，我乐意跟谁在一起，就跟谁在一起！你们谁都管不着！

她奋力甩开了那只汗津津的胖手。这只油腻腻的大手曾亲自教她怎么做好一道道可口的菜肴，还时不时送些礼物给她，那时的她感到心满意足，也打心眼里感激对方。而此时这只手对于她来说，就像冷冰冰的手铐，它只想牢牢地铐住她，左右她，说服她，甚至羞辱她，好让她从此俯首帖耳。小荷最后像是冲大厨笑了一下，只不过那笑容凄凉得叫她自己都害怕，然后，她跟发了疯一般，猛然间撇下大厨，头也不回地在街道上飞奔起来。

整整一天，她都没去餐厅上班。世界突然变得空落落的，她漫无目的地一味游走下去，穿过了一条街又一条街，挤过一群人又一群人，那些陌生人的身体像湍急的河水，来来回回冲刷着无助而又孤单的她。除了盲目不停地走啊，走啊，她再也想不出有什么事值得去做。这个城市在她迷茫忧伤的双眼中显得，有些恐怖，并毫无意义。曾经无数次，她都盼望着有朝一日清闲下来，一定要上街美美地转上一整天，去去万达、转转沃尔玛、尝尝肯德基的汉堡和炸薯条，如果时间容许，她还要去趟水上儿童乐园，听说那里有很刺激的过山车。餐厅一个姐

黑白

妹跟男朋友玩过一次，说当时心儿都蹦出腔子外了，她想象不出那是种啥滋味。现在，她什么也不想了，跟丢了魂似的，从清晨走到晌午，又从晌午走到黄昏，不想吃也不想喝。直到夜色将身边的街道渐次吞没，城市被阑珊灯火重新伪装得光怪陆离，她终于又踟蹰在温伯家楼下了。

这一日无谓的游荡，是她进城以来绝无仅有的一次，此刻，所有的恼火、愤慨、屈辱和眼泪，似乎全都被一种叫牵挂的东西所覆盖。小区里的楼房、甬道、绿篱、花草乃至每一缕细微的空气，于她来说都已经非常熟悉了，与其说是走投无路，倒不如说是心向往之。可是，人一旦站在这里，内心又开始起伏难平了。就在她犹豫之际，突然一阵惊心动魄的呜呜声在黑暗里拉响，接着一辆急救车径直驶进小区里来，汽车拐了个弯停在她站着的那条甬道上。车门呼啦被打开，两名身着白大褂的医务人员从里面跳出来，肩上挎着四方的医药箱，他们辨别了一下方向，便迅速朝她每天都要进出的那个单元楼门走去……

她下意识地抬头朝楼上望去，温伯家的客厅和老人的那间卧室全都亮着灯，只是阳台的灯没有亮，通常她上晚班都回来得很晚，温伯会将阳台的那盏小灯开着，像是随时告诉她家里有人呢，因为老人有时靠着沙发看电视，看着看着会不由自主地打个盹儿。此时，她发现温伯卧室的窗户上开始晃动着人影，一个，两个，三个，起起落落，晃得很厉害。她的心也开始晃晃荡荡，随即又被抽紧了似的，她竭力回想早晨出门时的情形，自己搬过来住以后，温伯好像很少睡过懒觉，唯独今天有些反常。她简直不敢再往下想了，心儿像是蹦到腔子外面了！

壬

出院那天，主治大夫特别嘱咐，说老人的身体还需要好好调养，起居饮食一定得安排妥当，尤其是晚上身边不能没有人。儿子就跟温伯商量，要把他接过去住上一阵子，说实在不行就雇个保姆。

温伯半天也没吭气，独自望着病房的窗户发呆。儿子没好气地摇了摇头，最后掏出手机嘀嘀拨号，电话接通后，说了两句马上又递给他，说我妹要跟你说话。女儿叫爸的声音有些哽咽，隔着千山万水，哭哭啼啼苦口婆心地劝他还是跟哥嫂一起生活，说她在外面成天担心死了。他说自己没事，一个人惯了。女儿说要是他不肯搬过去的话，她明天就请假飞回来照顾他。他顿了顿说，傻丫头，听话啊，千万别回来，工作当紧，爸心里有数呢，就把电话挂了。儿女们终究拗不过他。

温伯在医院躺了一个礼拜，小荷一天班都没去上。一日三餐在家做好了颠颠地给他送过来，慢慢扶他起床，一勺一勺地喂他吃。她觉得温伯一下子虚弱得像个孩子，似乎片刻也离不开人。温伯的儿子儿媳每日早晚打上两头，可毕竟是工薪阶层身不由己，班总得给人家上啊，照顾病人的事几乎就落在小荷头上，主要是他们似乎也觉察出老人更希望小荷能在身边。她本来就心细，又不怕干脏活累活，可以说把温伯的住院生活料理得井井有条，惹得其他病友无不咂舌称赞，说温伯好福气，干闺女比亲生的还要体贴孝顺些。

小荷知道今天温伯要出院，特意把家里上上下下好好拾掇了一番，床单被罩枕巾该洗的洗，该换的换，直到房间里桌明几亮一尘不染她才满意。说心里话，要不是温伯这次突发心绞痛，她可能已经离开这里了。亏得温伯有惊无险，不然她真的要活活内疚死。她觉得都怪自己突然提出来要从温伯家搬走，完全不在乎老人的内心感受。人非草木，孰能无情啊！温伯后来也跟她说，一想到她真的就要走了，忽然有种无依无靠的绝望，那一夜就不停地做噩梦说胡话，天明以后感觉头晕乏力，懒懒地躺在床上，怎么也爬不起来。随后的一整天里都昏昏沉沉，老觉得气短胸闷，后来心口疼得厉害，好在最后一刻他还能勉强拨通急救电话。

儿子儿媳去医院把温伯接回家来。儿媳当着温伯的面，从包里掏出三百块钱塞给小荷，说是给她的护理费。小荷犹豫着本不想接的。可温伯却说，给你你就拿着。

这时，儿子又和颜悦色地对小荷说，这些天多亏了你精心伺候我爸，原本打算雇个保姆，一时又怕寻不到合适的，你要是不嫌弃的话，干脆留下来继续替我们照顾老人，至于工钱嘛，市面上是多少我们照给多少。

小荷攥着那三百块钱，一时左右为难。

温伯脸色显然有些难看，他狠狠白了儿子一眼说，人家小荷有正经工作呢，餐厅也离不开她。

儿子不以为然地说，在餐厅当服务员不就是伺候人，整天还得看那么多人的脸色，还不如干保姆消停呢。

儿媳也赶忙插话，就是嘛，主要是觉得她人好，再说跟咱们也熟了。

温伯很尴尬地望着小荷，他压根没想到儿子会突发奇想，冒出这么一个馊主意，兴许这两口子事先早就串通好了吧。你俩都别再说了，我不同意。他生怕小荷会感到不自在，所以就沉下脸来，很固执地撂下这么一句。

儿子儿媳知趣，不敢再絮叨什么。

哪知小荷突然很爽朗地答应道，行，能在这里照顾老伯，也是我的福气！

一直以来，温伯觉得自己对这个姑娘已经足够了解了，可有时候她又总是出乎他的意料。

等到家里没别人的时候，温伯就小声问小荷，你真的乐意留下来？

小荷点了点头。

温伯说这也太委屈你了。

小荷就甜甜地笑了笑，像开玩笑般说，工作不分高低贵贱，何况是照顾老伯你呢，我还巴不得呢。

温伯又解释说，我儿子他们整天忙自己的事，实在是想不出好法子，才打起了你的主意，你可千万别难为自己。

小荷很认真地说，我是心甘情愿的！

温伯还想说什么，小荷已经钻进厨房叮叮咚咚准备饭菜了。他也趁机去卧室，把自己的工资卡翻腾出来，得上银行取点生活费。这事他已经合计好了，以后不让儿子他们负担保姆费，小荷的工钱自然由他出，这样他就可以尽量多给她点儿钱。到了这把年纪，他当然清楚很多东西不是钱能买得来的，小荷留下来对他确实是种莫大的安慰，如果没有小荷，他真不知道往后的日子该怎么过。这回因为生病住院，他才彻彻底底活明白了，人走不到山穷水尽这一步，很多事情都是雾里看花。钱再多也不一定能买得来健康，房子再大也不一定就住着很温暖，对于老年人来说，其实这些都不重要，重要的是在你生命垂危的时刻，有那么一个知冷知暖的人，整日整夜守在身边，要么精心伺候你恢复如初，要么静静地陪你走完生命的最后一段旅程。

从农行出来，温伯又就近去了菜市场。小荷最近明显瘦了，下巴尖尖的，脸色也不太好看，一天几趟往医院跑，确实太辛苦了，得买点好吃的给她补一补。称了只烧鸡，另外又买了一斤半五香牛肉，就在他给熟食摊主付账时，猛不丁有人从背后下手，一把叼住他刚掏出的那沓子钱（总共一千块，刚从银行取的），并顺势推了他一个趔趄，便拔腿飞也似的向市场外面狂奔而去。摊主惊恐得连声喊叫起来，贼！快捉贼啊！旁边立刻有三两个男人闻声朝摊主指的方向猛追过去。温伯脑子一片空白，他本来腿脚还没好利落，又刚刚出院，此刻只觉得双腿瘫软无力，浑身乱颤。

人多力量大，小偷到底被擒获了，几个人推推搡搡地呵斥着，把他扭送到温伯跟前，还打了报警电话。温伯做梦都想不到，站在面前的竟是小荷的弟弟。显然，那些见义勇为者已经替他狠狠拾掇了一顿，小伙子脸上挂着血红血红的巴掌印，一只鼻孔还在不断滴血，衣裤上沾满灰尘和血迹，头发被撕扯得像丛乱草。温伯长出了口气，既感到痛恨又多少有点儿心疼，一娘同胞的姐弟，竟会有天壤之别。

正当围观者七嘴八舌之际，派出所的一名片警已赶到现场，二话不说先给小荷的弟弟戴上了手铐。温伯见状，也是急中生智，急忙上前拉住片警的胳膊，连声央告，同志，误会了，这都是误会啊，他是我的远房侄儿，这两天他说急等着钱用，跑来跟我借钱我没给他，我呢脾气又不好，多数落了他两句，这小子心里有怨气，才悄悄跟在我屁股后头，做出这种丢人现眼的事，请高抬贵手饶了他吧！

温伯说着扭过头，用手指着小荷的弟弟大声骂道，小兔崽子，我和你姐姐在家苦苦等你，你怎么一道金光就跑得没影了，叫人担心死了！早知道你会跟我来这一手，刚才我真不该上银行给你取钱，你个没良心的小畜生，看我不捶死你！说着，举起拳头作势要揍他。

片警狐疑地拦住温伯，询问他说的是不是实情。温伯一个劲点头作揖道，这小狗日的叫人操碎了心，我和她姐姐好心好意把他接到城里，本指望给他找份工作干，可他好吃懒做……当然我们做大人的也有错，恨铁不成钢，有时骂他确实狠了点，要不他也不会挖空心思在大街上抢我的钱，恳求警察同志网开一面，就放过他这次吧，我保证一定好好地批评教育……

癸

转眼又到了秋天，街道两旁的树叶又是一片片耀眼的金黄。小荷老早就答应过父母，要回老家去相亲成家了。温伯尽管有一千个理由舍不得她走，可又不得不尊重小荷的选择，他知道小荷是个很孝顺的闺女。小荷临走前很郑重地将弟弟托付给了温伯，说弟弟现在最听老伯的话，当初要不是温伯宽宏大量，结果真不知会怎样呢。温伯淡淡地说，人家是浪子回头金不换，用不着我再操闲心了。

入冬前的一个宁静的下午，小区大门口赫然贴出一张非常抢眼的《零元招租启事》，惹得一大堆人纷纷过来围观。见上面如是写道：

　　本人年届花甲，独身一人，健康状况良好，有两居室住房一套，现欲诚招一位善良的单身女士合住。

　　条件是：年龄在二十五岁左右，为人朴实，喜好整洁，懂得尊老爱幼，无任何不良嗜好，餐厅服务员或会做饭者可优先考虑。凡通过面试及试住一周合格者，即可免收全部房租。有意者请速与本小区温老先生联系，电话××××××××。非诚勿扰！

疑是悬崖

一

　　天将黑未黑之际，视线最是模糊的。外面的景物，尤其是那些川流不息的车辆和走走停停的行人，都跟老电影中的慢镜头相仿，渐渐变得恍惚而苍茫起来。

　　此刻，驾车的人一时还想不起来该打灯光，好像完全没有那种意识，只凭着自己的两只眼珠子，尽量瞪得溜圆，灯泡似的一眨不眨地照着前方的路。可万一驾驶员心里装点什么烦心事儿，一心二用，老前思后想犹犹豫豫的，或者猛不丁接听一个电话，精力稍不集中，方向打得迟了一点儿，再不得要领地猛来一脚刹车，保不准就跟什么东西撞到一起，或被别的车咣当一声追了尾。

今天要怪就怪单位下午的那场破会，简直开起来没完没了，以至于到了五点四十五分，领导才迟迟在台上做了最后的总结性发言。本来领导是有现成稿子的，念一念也是很快的，充其量十来分钟了事，反正都是走个形式嘛。可人家今天偏偏心血来潮，并不照本宣科，也许是为了表现自己超人的智慧和口才，竟脱开稿子，一路东拉西扯自由发挥起来。时间分秒而逝，樊理简直如坐针毡。妻子五点刚过就发来一条短信，说单位临时要加班，不能按时回家。言外之意是，晚饭只好让他们爷儿俩自行解决。他仅仅回复了一个字：知。多年的夫妻很难再像小情侣们那样缠缠绵绵没完没了地互发短信了。他心里盘算着开完会就去接女儿，然后在外面随便对付点吃的再回家。

通常，这类会议在五点半下班以前都能顺利结束。可今天传达完上级的文件精神以后，偏偏多出了那么几个急欲发言表态的跳梁小丑，生怕失去了一次在大庭广众表现的难得时机，一个个口若悬河信誓旦旦。等他们稀里哗啦讲完了，也许是迫于当前的形势，大领导还得像模像样地梳理和归纳一通，无非是评评这个，再夸夸那个，竟又花去了小半个钟头，自然就严重超时了。

深秋季节本来就昼短，等樊理从会场一路小跑出来，赶到停车场发动汽车时，暮色早已变得昏昏沉沉。西边的天空镀上了厚厚一层铁锈色，看起来有几分阴郁之气。

路上，忽然接到一个陌生来电。起先，他是不愿意接的，这种讨厌的陌生来电已见多不怪，最好不接为妙，否则到处都是陷阱，省得被白白套取了话费上当受骗。可电话一直在固执地响，一个人开着车，这种单调的声音就显得很突兀又极刺耳。后来终于断开了，可马上又恼羞成怒地重拨过来，还是相同的号码，叫个不休。他犹豫片刻还是接了。竟是樊晓打来的！女儿的言语完全不似往常那样柔声慢气娇滴滴的公主样子，变得有些磕磕巴巴的，跟患了很严重的口吃一般。作为父亲他当然能听出来女儿的气息紧张异常，感觉她头顶的天要塌下一大方似的。

樊理知道今天接女儿晚得太厉害了，孩子必然等不及，就先好言安抚她。晓晓，爸正在去学校的路上，先别着急，我马上就到，宝贝乖要听话啊，待会儿爸给你买好吃的。说吧，今天想吃什么，薯片还是蛋挞？可是，女儿跟没听见似的，声气依旧短促而仓皇，她身边大概还有别的同学，电话听筒里传来很嘈杂的一片叽叽喳喳的吵闹声。也许，女儿想极力掩饰自己内心的某种恐惧，可最终还是只叫了他一声爸，就呜的一声哭了起来。他着实吓了一跳，隐隐感觉到一种不祥，一而再再而三地询问女儿到底出了什么事情，是不是谁欺负她了。

原来在下午放学当口，樊晓所在的小学校发生了一场可怕的骚乱。一名陌生男人神不知鬼不觉地溜进校园，趁大伙毫无防备的时候，突然从衣襟下面抽出一把刀子冲进队伍里，见了学生只顾疯撵狂追。一时间尖叫声呼救声此起彼伏，学生们像惊恐的羊群，满操场四散奔逃；那些手无缚鸡之力的老师也着实吓得惊慌失措了；校保卫室的一名上了年纪的值班老头上前制止，身上也都挂了彩。原先在操场上整好队准备回家的学生，全都纷纷逃回到班里，他们在老师的布置下迅速紧锁门窗，整个校园气氛异常严峻。老师们说在险情没有解除之前，谁都不许走出教室半步，否则，一切后果自负。

晓晓就是在慌慌张张逃回教室以后，借了同桌的手机给樊理拨通了电话。女儿是这个秋天刚上三年级的，早就嚷嚷着想让大人买手机了，倒不是舍不得那千把块钱，如今只要去办理那种预存话费业务，那些商家就可以把手机白送给你的——其实还是羊毛出在羊身上的勾当。他们总觉得给那么点儿小姑娘带个手机，并不是什么好事，不过是为了互相攀比显摆而已，最怕的是孩子没事了总跟同学聊天、上课互发短信或者用手机上网，反倒影响了学习，所以就一直没有答应孩子。此刻，樊理脑子嗡的一声，女儿通过电话结结巴巴诉说给他的情况，简直如五雷轰顶。谢天谢地！阿弥陀佛！！好在女儿相对平安地跑回了教室，万一刚才被歹毒伤着，那可怎么得了？所以，他在电话里一再叮嘱，让女儿哪儿都别去，千千万万要待在教室里等他。

为了尽快赶往女儿的学校，樊理恨不得给汽车插上一双翅膀，一下子飞过去。但正值下班高峰期，马路上几乎趴满了大小车辆，摆得跟一条条龙舟似的；骑电动车、摩托车和自行车的人流更是拼了命地涌向每一条大街小巷；红灯似乎也跟着凑起了热闹，樊理一路上几乎没有遇到一个可以直接通行的绿灯，每个路口总得等那么两三次，才能勉勉强强挨过去。

在这时，汽车除了无奈地发出一连串嘀嘀声外，也只能望路兴叹，别无良策。车简直不像是四个轮子在路上跑，而是由一群筋疲力尽的蚂蚁慢吞吞地扛着它，艰难地一下一下往前爬行。所有的成年人都被关在一个个涂着五颜六色油漆的铁皮壳子里，透过一扇扇小玻璃窗，彼此相对，却又无言，汽车让人们变得前所未有的生疏。很多人都把头伸到窗外，嘴里骂骂咧咧的，喇叭摁得山响，以此发泄着自己的满腔愤怒，这种时候完全看不到一丝驾驶的乐趣。没车的时候拼了命都想买车，等有了车路上却跟下饺子似的，你挨我挤，谁也跑不动，一个个像极了搁浅在陆地上的小船奄奄一息无动于衷。

放下电话后，樊理简直忧心如焚。他估摸了一下时间，照此进度下去，恐怕还得小半个钟头，如果可以的话，他恨不得当即撂下汽车，一口气狂奔到女儿身边去，那样总比不痛不痒地趴在这该死的马路上强些。他简直有些茫然，城里的车什么时候开始多到了令人震惊的地步，这个曾以自行车为主要代步工具的小城仿佛一夜之间被安装上了四个轮子。

以前，似乎从未感觉到车会堵得如此厉害。他是几年前加入私家车行列的。那时他们的房贷已经还完了，手头也略有些积蓄，女儿正在幼儿园上大班，并且陆续开始参加绘画、小主持人和钢琴之类的课外兴趣班了，两口子经常得东奔西跑地接送孩子。买车的想法也就在那时应运而生了。他和妻子都属于能想得开的人，甚至都有点超前消费的意识，有时说寅吃卯粮似乎也不为过。他们认为挣来的钱就是用来改善生活的，家里有了车不光接送孩子出行方便，更重要的是，那也是一个家庭生活质量明显提高的象征。把钱放在银行里，不过是一串秘密数字，况且，近年来利率一再下调，存钱是很不划算的买卖。

当时的道路状况好像也没这么糟。记得去提车那天，他和妻子把新车从郊区的 4S 店谨小慎微地开回来，因为头次开那么崭新的汽车，加上自己又是新手上路，一路上紧张得几乎有些心惊肉跳。妻子就坐在他右手边，跟垂帘听政的皇太后老佛爷似的，一个劲叮嘱他慢点开慢点开小心小心，好像在指挥一个毛头小伙子。他觉得自己已经开得够慢了，再慢的话那还不如下来用手推着走呢。没想到两三年后的今天，开车的速度真的跟推车没多大区别了。

好不容易又熬过一个漫长恼人的红灯，他忽然想到一条捷径，因为此前他曾为赶时间送女儿打那里绕过一次。如果从这个主干道拐进旁边的一条窄巷，进去后再兜两个圈子，就能很容易绕到女儿学校的后门了，这样至少可以少等三五次红绿灯呢。想到这儿，他当机立断开启转向灯，瞅中空当，迅速朝左打了两把方向，汽车便有些蛮横地一头扎进他预想的街道。

由于变道变得太突然了，后面的车几乎没有任何思想准备，好在对方嘎吱来了个急刹，才不至于跟他追尾。一颗愤怒的脑袋黑乎乎地蹿出窗外，活像一只大号的拳击手套，正冲着他远去的方向破口大骂不依不饶。他什么也听不清，到处都是焦躁不安的喇叭声，嘀嘀嘀失控了似的鸣叫不休。

他只是从后视镜依稀瞥见那司机的怒不可遏火冒三丈的模样，给谁都一样，本来就堵得一塌糊涂，又凭空遭遇了一次险情。他心里却多少松宽了一些，甚至有一丝诡诞的庆幸。现在，汽车终于可以按照既定路线往前跑了。

疑是悬崖

275

二

看来，刚才临时选择走这条道是没错的，尽管这阵子街巷里也是人来人往杂沓不堪的样子。可听见汽车喇叭声，人们还是赶忙往路边躲一躲，如此一路七扭八拐，几乎就要绕到女儿学校后面了。

此时，天色已黑，路边的铺面和橱窗也开始零零星星闪起了灯光。按理说，樊理早该打开大灯，可他的心思完全不在车上，眼前总有一把血淋淋的刀子闪来晃去。王八蛋！有种去找大兵找警察闹去，干吗跟一群无辜的小孩子过不去，狗日的，简直没有人性……一边开车一边自言自语，好像要借此打消内心那愈来愈浓的忧虑。现在，他比以往任何时候都要痛恨开会、痛恨那些没完没了的发言者，要不是他们啰里啰唆耽误了时间，自己老早就赶到学校了，哪像此刻急得如坐针毡。

事实上，这种时候开"黑车"极具危险性，没有灯光的汽车如同一条黑色的鲸鱼在昏暗的巷道中穿梭。车里的人因为有了暗适应的过程，所以根本就意识不到；而外面的行人走着走着，猛不丁迎面窜出个庞然大物，通常会吓得心惊肉跳血脉偾张手足无措。再往前穿过一个十字交叉巷口往左拐，便能看见女儿学校的后围墙了，也就在这一刻，猛然间听见什么重物咚隆一下，正撞在汽车的左侧门上。随即，又是稀里哗啦一片杂响。他虽紧急制动，但为时已晚，撞车了。

等他满头虚汗惊弓之鸟样地从车厢里钻出来，车外早影影绰绰围上一大圈路人，仿佛凭空长出的一地黑压压的高粱。大伙指指戳戳煞有介事地嚷嚷着什么，前后左右又有行人不断往十字巷口会聚，原本缓慢的交通状况顿时瘫痪了。

——怎么开的车？长不长眼睛呀，这里又不是马路！——到底会不会开车，黑灯瞎火的，连个灯也不打，有没有驾照怕都是个问题。

樊理根本无心顾及这些闲言碎语，他有些胆怯地擦着一排围观者的身体，慌忙绕到车的左侧仔细察看。果然，他的车门上有个拳头大小的凹坑，以及一组白猫胡须般的横向划痕，由深而浅朝车尾蔓延开去。这实在让他心疼不已，开车几个年头偶尔磕碰一下在所难免，那大多是倒车或停车时不慎，跟某个固定物体轻轻剐蹭一下而已，可像今天这样人车相撞的情形还是头一回。

此外，一股很浓烈的汽油味正源源不断地钻进他的鼻孔里，他忙顺着气味传来的方向放眼望过去，在靠近他车尾不远的路边上，正隐隐闪动着一堆类似玻璃碎片的光芒。一个头发苍白的老者趴伏在地上，有辆暗红色的嘉陵50，就是老头们常骑的那种款式的摩托车，正斜压住对方一条大腿，身下是正在不断溢出并扩大的汽油的斑驳湿痕。伤者发出微弱的哼哼哟哟声，看来情况有些严重，人已动弹不得了。

他强压住内心的万状恐惧走向伤者。出事不由人，倒霉，真是倒八辈子霉了，坏事情偏偏赶到一块来了！

哪知，他刚蹲下身伸手要搀扶地上的老者，对方却像逃避毒蛇似的奋力躲闪开身子。同时，嘴里胡乱嘟囔起来，别碰，给我滚开，哎哟哟……你这该挨千刀的杀人犯！我快要死了，你小子倒好，先去瞧你的破车，老子的命不如你的车当紧啊……妈的，你不好好开你的车，就顾着打手机了，对不对？

对方的目光突然死灰复燃一般，猛地紧盯住了樊理手里的电话。老师傅，我可没打电话，你不能随随便便冤枉人啊。哼！我冤枉你，你让大伙都瞧瞧，你手里不正抓着电话吗，要是没打你拿着它干啥，鬼信你的话！你他妈要是没打电话，眼睛又没塞在裤裆里，好端端地能往活人身上撞？哎哟——疼死我了！

樊理简直蒙了。伤者的骂骂咧咧很快引起了围观者的同情或共鸣，大伙也跟着你一言我一语地讨伐起肇事者来。——没错没错，他肯定在打电话！——就是嘛，人重要还是车重要？——开车就了不起呀，啥玩意儿，不就有俩臭钱烧得吗？——看他也不像个好东西，怕是无照驾驶，喝了酒了吧，黑咕隆咚钻进巷子躲警察呢……让他把证件拿出来瞧瞧！几乎所有的声音都是冲他来的，有口难辩，无法沟通。

他尽量稳住心神，暗自思谋着，反正车是买过保险的，撞坏了大不了送去修，当下最好赶快息事宁人，因为接下来还有比这更重要的事情等着自己呢。老师傅，您能不能先听我说一句，我真的是急着赶时间，女儿还在学校等着我去接呢，您要是哪里不舒服的话，我现在就送您去附近的医院看看，我有驾照，有单位，真的不是故意的！我发誓，刚才确实怪我分心了，没看到老师傅您。

说着，他试探着想把压在对方大腿上的摩托车把移开，这样伤者会好受一些。老头见状却一把抓住了它，摆出一副誓与阵地共存亡的顽抗架势。别动我的摩托，谁也不能动它，咱们就等警察来了再说。旁边的人也跟着瞎起哄，对对对，要保护好现场呢，要不然到时候，您老浑身是嘴也说不清楚了，可不能便宜了他！

老人家，您这样一直趴在地上身子凉，也不安全，摩托车的汽油洒了一地，万一着火怎么得了？您看这样行不，我能不能先搀您站起来，这样我也好把车靠到路边，您可以坐到我车里来歇着，有啥条件咱慢慢说好不好？他多少有些战战兢兢地再度靠近老者身边，想心平气和地寻求解决的途径。

这时，他却猛然发现对方不知何时已摸索出一部手机，正用似乎沾染了血迹的乌黑的手指颤颤巍巍地搜寻着号码，屏幕发出幽蓝幽蓝的光亮，看着有些刺目惊心，而手机按键正不时嘟嘟嘟叫着，让人越发心慌意乱。他刚想劝阻，已来不及了。看来电话通了，老者微微仰起头，那张愤怒的老脸大概刚才蹭到了地面上，灰突突的，一边的颧骨显得尤其高，那里应该是摔伤了，有点发青。接着，他就听到对方哑着嗓子像条可怜的老狗似的，呜里哇啦地诉起苦来，感觉就要哭了，说什么自己去接孙子的路上，被汽车撞了，疼得动不了窝，叫他们赶紧来，以及出事地点等。

郁闷。祸不单行。蛮不讲理。僵持难下。群起而围攻。简直欲哭无泪……

樊理从来没有像今天这样深刻地意识到，开车竟是一桩能够轻而易举激起民愤的大坏事。这一刻，他多少有些绝望，即便浑身长满了嘴巴也说不清楚，根本没人会听他的，有的仅仅是无休止的谩骂、冷嘲热讽和莫名其妙的仇恨，简直类似于两个阶级之间的矛盾，一触即发，水火不能相容。况且，伤者分明已向自己的亲人求援了，相信很快会有更多张恶毒的嘴巴喋喋不休加入进来，到那时候情况会更糟，弄不好他会被可怕的唾沫活活淹死的。

秀才遇上兵了，干脆报警吧，除此之外，他已别无良策。当然，还得立刻通知保险公司来查看现场，以便日后解决索赔事宜。

想到这儿，樊理忙从手机里调出先前晓晓同学的那个号码，反拨过去，焦急地等待，半晌也无人接，听到的仅仅是话务员的一串中英文提示。紧接着，又给妻子单位去电话，办公室电话根本无人接听，该死！再打手机，可恶！居然呼叫转移了。

这种时候也只能听天由命了。

三

交警在电话里跟审疑犯似的，一再询问有没有重大人员伤亡，有没有生命危险，他说当时车速还不足三十迈，只是将对方碰倒在地而已。交警的口气马上舒缓下来，有些漫不经心地回复他问题不大，让他注意保护现场，耐心等办案人员到来。

保险公司倒是很快就派人来勘查现场了。二话不说，例行公事，啪啪啪地给汽车受损部位拍了照，也给地上的摩托车和伤者拍了一通，又象征性地问了问老者的伤情，然后要了他的驾照和行车证件，径自钻进路边一辆白色捷达轿车里开始填单。

樊理也乖乖地跟了过去。现场勘查员主动跟他说，最好大事化小，小事化了。一则这里是生活区街巷，非机动车道；二来最怕对方以后这儿疼那儿痒没完没了地讹诈。樊理这才想起来裤兜还有烟，忙摸出一根递过去，对方摇头表示不吸，但经不住他一再劝让，还是装样子似的接过去夹在一只耳朵后面。樊先生，奉劝你速战速决，大不了多赔些医药费给他，破财消灾！这种事我们见多了，如今只要是机动车撞到行人，不管你占没占理，交警过来都向着对方的，毕竟人家处于弱势，关键是你还跑"黑车"，连大灯也不开！说话间，单子已龙飞凤舞地填好，递过来叫樊理在上面签了名字。

可问题是，人家哪儿肯听我的呀，根本就搭不上话，要不麻烦师傅过去跟他说说？算我求您了，我女儿学校出了大乱子，歹徒拿着刀闯进校园里滋事，我正急着赶去接她呢，偏又摊上这种破事……求求您帮帮忙好不好？

经不住再三央求，现场勘查员才勉勉强强下了车，慢吞吞地往伤者方向走去。也许，他是在思索该如何晓之以理说服对方。试试看吧，按理说这不是我们的工作范畴。樊理连连点头称谢，一直目送对方走到伤者跟前。

那人在伤者前很亲和地弯下腰身，双手比比画画了好半天，像在演哑剧。老者依旧死猪不怕开水烫的样子，唯一的变化是，他终于可以盘着腿坐在那儿了，因为勘查员乘机帮他挪开了压在腿上的车把，他既没躲闪也未拒绝。浓烈的汽油味像妓女身上廉价的香水一样，在黑乎乎的巷道里一股股肆意招摇，好像巴不得来一把火将它们点燃才好。樊理忽然有种独自一人站在悬崖峭壁边的悚惧，不由得连打了两个寒噤。

现场勘查员走回来时对他摇摇头说，解铃还须解铃人，我只能做这么多，他一口咬定你不关心人家的死活，开车还打手机。毕竟他是老年人，像个孩子要耍耍赖罢了，你还是多说软和话为妙，千万别再激化矛盾，这样对你很不利的。

临上车前，勘查员又嘱咐道，刚才我跟老头说过，你会负责给他修车看病的，他好像也没再说什么，你别担心，毕竟有我们保险公司呢，记住，这种事当断不断反受其害。对方说的保险倒是句大实话，每年光汽车保险费就在三四千元，假如一直不出险的话，那等于是把白花花的银子大大方方送给别人花去了。这样一想，心里多少变得坦然些了。

勘查员前脚刚走没一分钟，便有两三个人风风火火地由巷口踢踢踏踏地飞奔而来。很快，他们就径直围到伤者身边，一个年轻些的女人连声喊着老爹老爹；另一个上了岁数的老妇人也蹲在地上，天哪地哪失声叫唤起来；还有个跟樊理年龄不相上下的男子，正伏下身去准备搀起地上的老头。

年轻女人突然瞪着眼睛厉声喝道，笨蛋，还没搞清三七二十一呢，你先别乱动行不行……老爹你到底哪摔坏了呀，疼得厉害不？老头见了亲人，似乎愈发地虚弱难当，边呻唤着边喃喃地说，哎哟，都快疼死我了……这半天工夫，咋才来啊你们？上岁数的妇人早掏出几片纸巾，上上下下地给老头擦拭脸上的灰尘，揉着手上的丝丝血迹。

年轻女人忽然抬起头，目光冷冰冰地扫着站在旁边的樊理，同时狠狠地质问，就是你撞的我老爹？眼睛瞎了是不是，咋能往人身上开！樊理忙说实在对不起，都怪我没看清楚……话未说完，对方便打断他，说，长眼睛是出气的呀，没看清楚，你又没瞎，怎么没撞到墙上！说得倒轻巧，啥叫对不起？一句对不起顶屁用，都把人撞坏了，你就这么无动于衷死站着啊，我说你到底还有没有良心？！

就是嘛，你这人太差劲了，出了事总要先想着救人吧，都这老半天工夫了，咋还让我老伴趴在这路上，亏你能做得出来，这到底算啥世道啊……上岁数的妇人也不停抱怨起来。

樊理忙不迭地解释，说不是自己不想施救的，而是伤者根本不让他碰一根指头，不信的话可以问问路人。那个男子因为一时插不上什么手，又无端地挨了年轻女人的数落，此刻便起身虎视眈眈地瞅着樊理，一副怒不可遏，随时会大打出手的样子。

屁话！老人不让你碰那是因为他疼得厉害，你当时为啥不赶紧打120急救电话？男子说着说着突然激动起来，竟一把薅住了樊理的夹克衫领子，像是要把对方撕碎才肯罢休。我看你小子就是欠揍，十有八九不想负这个责任吧，你说是不是？！今天不说出个一二三，我跟你没完！

同志，请你先松开手行不，咱们有话好好说，难道我愿意出这种事？难道我疯了想撞车啊……樊理的脖子已憋得粗红粗红的，感觉都喘不上气来了。要是不想负责，我早就开上车跑了，还能等到现在……他说着忍不住剧烈地咳嗽起来。

年轻女人见状忙抢过话头，跟他废什么话？你现在快打报警电话，让警察来拘留他！让他蹲监狱去！男子这才不依不饶地撒开了手，同时掏出手机准备拨号。

见对方根本不讲道理，樊理也只好实话实说，说他已报过警了，可到现在也没见着警察的人影。

这时，老妇人忽然想起什么，便忐忑不安地问了声，喂，老头子，咋不见咱们的小孙孙，你接的人呢？一句话顿时提醒了另外两个人，他们如梦方醒，都用目光四处搜寻起来，好像旁边真的有个调皮的小男孩藏在熙熙攘攘的人群中，或者，也不幸被车撞着了。

老头这时才恍然大悟。或许，刚才事情来得太突然，把他吓蒙了。他沮丧地一个劲嘟哝着，不是在电话里说过，人还没到学校，就出了事吗……老妇人一听，马上诧异起来，声音忽地调高了八度。你个老不死的，肯定又去打麻将，忘了接孩子的时间了吧。

妈，现在都什么时候了，你咋还有心思唠叨那些？学校不就在跟前嘛，我这就去接孩子，你们俩守在这儿，千万别让这个人溜掉了。年轻女人显得很有主意的样子。

樊理闻声脑子忽然一动，看来自己也完全被事情搅糊涂了，先前老头给家人打电话时好像是提过接孙子的事，可他当时一点儿也没往心上去。想到这儿他急忙插话说，你们恐怕还不知道具体情况吧，放学的时候学校闯进一个亡命徒，说是拿刀乱伤学生，估计师生们都被困在教室里了！我也是赶着去接女儿的，不然也不会把车开进这巷子里。

此言一出，无异于在原地引燃了一枚重磅炸弹，包括伤者在内的几个人全都被震得大惊失色。

年轻女人大概尖叫了一嗓子，我的天哪！继而，就转过身顺着巷道拼命奔跑起来，两瓣屁股扭得晃人眼目。那个男子也大张着嘴巴，仿佛喉咙被什么硬物给噎住了，旋即也撒开腿脚，一路跟着疯跑起来。

两人的脚步声在渐浓的夜色中显得仓皇而又笨拙。

唯独老妇人唉声叹气地几乎哭了起来，你说说这叫个啥事么，让你去接个孩子吧，也接不安生，你成天价除了惦记着打麻将，到底还能干些啥呢……女儿女婿白天都忙得要死，这不是添乱吗——你呀你，成事不足败事有余！

老头这时也意识到问题的严重性了，他挣扎着撑住老伴的身子，颤颤巍巍地从地上站了起来。腿大概压麻了，跟金鸡独立似的，一只脚抽抽缩缩悬在半空中，好大一会儿也踩不到地面上。

眼见那夫妇俩一前一后赶去接自己的孩子了，樊理的忍耐度似乎也达到了极限，人总是这样，永远不希望在孩子问题上比人家落后。所以，他必须豁出去，现在已管不了那么多了，天要下雨娘要嫁人，爱咋咋地。他迅速掏出钱夹，取出驾照和身份证，又将所有的钱拿出来胡乱点了一下，总共是一千两百来块。

接下来，他一股脑儿地将钱和证件统统递到那个老妇人手里。不等对方做出任何反应，便撂下一句话，阿姨，证件和钱都压给您，我得先去接女儿了，有啥事咱们回头再说。他一面转身往学校方向跑，一面又回头大声说，放心吧，我跑不了的，汽车就撂在这儿。

四

警车是在接到校方和部分家长的报警电话后才赶赴现场的。

据几位目击者说，当时歹徒大概是听到了呜啊呜啊的警笛声，一时之间狗急跳墙，慌乱中劫持了一名刚刚从厕所里跑出来的男生，用刀子死死搭在对方的前脖子上。男生连疼带吓，哇啦哇啦哭爹叫娘。歹徒更是歇斯底里地冲校门口叫嚣，说谁要是敢过去，他就让这学生的脖子一刀两断。局面就此僵持住了。

天色已晚，视线又极差。歹徒劫住学生后，便径自钻进操场东南角的教工自行车棚里不肯出来了。那间车棚本来就很低矮，又覆盖着青灰色的瓦顶，黑咕隆咚的，目标几乎完全被隐匿了起来，给营救造成很大的困难。警方正在想方设法接近车棚，同时跟歹徒进行必要的交涉。最初逃回教室的学生，已在老师和家长的配合疏导下，陆陆续续离校了；受了伤的学生也被及时送往附近的医院包扎治疗。此时的校园仿佛正处于黎明前的黑暗中，安静得有些诡秘。

樊理也是赶到校门口才打听清楚，被歹徒当作人质的男生正是被他撞倒的老者的外孙子，事情就是这么寸。那对夫妇正跟困兽似的急得团团转，一看到樊理，简直是仇人见面分外眼红，恨不能当下生吞活剥了他。男子再次用双手死死揪住樊理的衣服领子，几乎把他从地上提了起来；年轻女人哭得跟泪人似的，扑上来连抓带骂，口口声声要他把儿子还给他们。幸好旁边的警务人员及时过来劝阻，夫妇俩才不依不饶地松了手。

晓晓自打见到樊理后，始终战战兢兢地瑟缩在他身后，背上那只鼓鼓囊囊的书包像一座山包，压得孩子喘气似乎都有些困难。他一直紧紧攥着晓晓的一只手，父女俩手心都湿乎乎的，大手和小手紧黏在一块了。

他心里很不是滋味，从放学到现在，女儿受了一次又一次惊吓，她辛辛苦苦上了一整天学，晚上回到家还得点灯熬油对付一大堆作业。可此刻已过了七点钟，却还回不了家，肚子肯定饿得咕咕叫呢。而他也只能一遍遍地安慰孩子，晓晓不要怕，有爸爸在呢，咱们这就回家去。

晓晓依旧惊恐地眨着黑黑的眼睛，像一只好不容易从暗无天日的陷阱中爬出来的小兔子，带着胆怯无助的颤音低低地说，爸爸，我饿死了，想吃东西。他很内疚地看着女儿，自己口袋已无分文，钱和证件都押给别人了。黑暗中他觉得女儿才那么小一点儿，真的太无辜了，这个该死的下午对孩子来说实在是残酷至极。他只是用手臂更紧地护住孩子，怕她再受一点伤害。

就在这时，那被车撞倒的老头也由自己的老伴搀着，一瘸一颠蹒跚着赶过来了。他们一家四口在校门外重新聚合，彼此情绪很激动地吵吵了一阵。很快，他们就围住了正准备离开的樊理父女。

事情没完，你不能走！

年轻女人又开始大呼小叫。

你们别紧张，我是想先把孩子送回家去，她肚子饿，再说作业……

哼！想得美，你只顾自己的女儿，你有没有想过我们的孩子咋办？难道我儿子是铁打的，肚子就不饿啊，他随时都有生命危险，这事都怪你，你要负全部责任！！

我不是把证件都压下了吗，请你们放心，送完孩子我马上赶回来，你们看病修车的费用我绝无二话。

少在这儿花言巧语了，压下证件有屁用！

我说的可都是真心话……

鬼才知道呢，反正你就是哪儿也不能去！

这两人夫唱妇随的，得理不饶人，根本不给樊理任何解释的机会。站在一旁的老夫妇愁容满面，他们不时面面相觑着，似乎也想发表些自己的意见，可一时又插不上嘴。

两人又转过身彼此小声嘀咕着什么，过了一会儿，老妇人丢下老头朝校门附近的一家商店走去。很快又回来了，手里拎着一个鼓鼓的塑料袋。

老人默默走到晓晓跟前，从袋子里拿出一瓶酸奶和一块独立包装的小蛋糕塞给她，说，小姑娘饿坏了，快吃吧。

樊理一时愣住。老人的口气听着很温和，甚至有些慈祥的味道，这让他始料不及，竟又莫名地勾起他心间的一段往事。

晓晓刚上幼儿园那阵子，确实搞得夫妻俩成天焦头烂额的。思前想后樊理就把自己的母亲从老家接了过来，好平日里帮他们照看接送孩子。可是，好景不长，母亲只待了不到一年光景，就待不住了。一来，当时樊理的小弟家正好新添了孩子，不止一次打电话来想争取母亲的帮助。二来，母亲在这儿人生地不熟的，她的亲朋好友都在老家那边，老人到樊理这儿就成了孤家寡人；他们小两口平时又都忙各自的工作，跟母亲交流太少，时间长了，母亲便自觉孤单难耐，后来还是被小弟跑来软磨硬泡地接回去了。后来樊理他们一合计，手心手背都是肉，母亲的心思也是能理解的，就不好跟小弟争夺什么，只好自己多辛苦些。

妈——你脑子是不是吓出毛病了，还巴巴地给他们买吃的，我们孩子的死活，他问过一声没有？！

年轻女人凶巴巴地盯着晓晓手里的食物，好像随时会伸手一把抓过去似的。

咱们对这种人可不能心慈手软！男子也随声附和。

你俩快别那么说，她还不过是个小姑娘，能懂些啥呢。老妇人忍不住回了一句。

妈！都什么时候了，你咋还胳膊肘子往外拐——向着外人呢？

气氛异常紧张，晓晓一准是害怕极了，一个劲往爸爸怀里贴。同时，把自己小手里刚刚得到的东西又悄悄推给樊理。

冤有头债有主，他开车撞了你爸不假，可人家又没有绑架咱的孩子。

妈！——

你妈说得在理呢……老头这时终于鼓足所有勇气嘟哝了一句，声音虽然不大，但包括樊理在内的几个人都听清楚了。

樊理不由得回头望了一眼，他们的目光正好碰到一起。老人一改先前那副恼羞成怒而又蛮横的嘴脸，目光中分明流露出某种忐忑不安的歉意，那感觉像是在对他说，年轻人，出事都不由我们啊。

时间一秒一秒地滑过去，里面的交涉依旧没有取得实质性进展。歹徒似乎已被逼到了悬崖边上，估计只要一狠心一跺脚，什么蠢事都能做得出来。隐隐约约从车棚那边传来一句话，你们别过来，千万别过来……我手里的刀子可不认人。被劫持的男孩早已不像先前那样放声号啕了，他的声音渐次低弱下去，像极了一只刚刚满月的猫娃子，隔一会儿才呜呜那么两声，显得有气无力。

这边一家老少眼看都急疯了，热锅蚂蚁样在原地转过来转过去，都恨不得立刻闯进学校里去救可怜的孩子。老妇人手里一直哆哆嗦嗦拎着那个小塑料袋，刚才她一准是买了两份食物，先给了晓晓一份，还有一份是留给自己孙子的。此刻，她一个劲冲警察嚷嚷着，孩子肯定饿坏了，能不能先给送点吃的喝的也好啊。一面央求着，一面打算将食品袋递给对方。可两名干警始终死死把守着学校大门，根本不允许她这样做。干警劝解道，现在情况十分危急，我们的人正在积极想办法，为了不伤害到里面的人质，请你们一定冷静，配合警察工作。

想办法想办法！都过去这么长时间了，你们到底想出啥好法子啦？我儿子要是有个三长两短，我跟你们没完！

年轻女人犹如一只被点燃的炮仗，忽然跺着脚冲警察发起火来。

这种时候警察倒是表现得相当冷静，既不搭讪也不再做任何解释，任由这个泼辣的女人气急败坏骂骂咧咧。

又过了一会儿，一个领导模样的中年警察由校园里快步走到门口，隔着栅栏压低嗓音问谁是被劫学生的家长。那四个人闻声顿时飞扑到大门跟前，仿佛见到了大救星似的，嘴里不停地嚷着我是我是我是。四张惶恐不安的脸都紧紧趴贴在钢筋门栏上，由于太过急切一张张脸面都变了形。樊理也下意识地拽着晓晓往前靠了靠，他只是满心希望事件赶快有个眉目，也好尽快带上女儿回家。

领导模样的警察说，我们跟嫌犯基本上谈妥了，他答应不会伤害孩子，不过，提的条件是要一辆车直接开进学校车棚那边，他要带着孩子一起上车，让司机把他送到他想去的地方，然后他就放人。不过，这家伙也很狡猾，说不要警车，这个也好办，我们可以随便找个别的什么车拉上他。问题是，嫌犯还提出最关键的一条，他要孩子的妈妈必须待在车上，这样他才能放心。

话说到这儿，警察职业性的目光已自然而然地落到年轻女人的脸上。对方像是没听明白似的，随即有些神经质地接连打了两个激灵。可怜的孩子啊，你让妈妈可咋办呀……如火车拉响汽笛一般，女人悲痛欲绝的哭声在黑暗中蔓延。

五

也许是先前刚撞过一次车的缘故，总觉着汽车的哪个部位有些不太对头，好比人生了病后腰来腿不来的。间或，车内还有奇怪的响动以及叫人作呕的异味，具体在哪里又没有什么头绪。开了好几年车，也算是老手了，但直到现在他好像才真正意识到，那种身处绝境无处不在的恐惧正片刻不歇地洗劫着他的每一根神经，以至于手心出汗，脚底冰凉，两只眼睛简直不够用，像个笨手笨脚的初学者，一路上如履薄冰。

年轻女人跟木鸡似的坐在他的右手边上。先前的一通哭闹之后，她已目光呆滞，神情凄苦不堪，此刻别无选择地上了这辆车。她一路不时地回头眼巴巴地望一下后座上的孩子，马上又无可奈何地缩回脑袋，生怕惹怒了那个歹徒。最初的那副骂骂咧咧的泼妇相已不复存在，好像这辆汽车随时要把他们母子扔进前面某个巨大的深渊里，从此万劫不复，她却只能听天由命。估摸此刻，她除了在心里不停念佛祈祷之外，只剩下哆哆嗦嗦抹眼泪的份了。

歹徒跟男孩双双坐在后排座上，通过前挡风玻璃上方的那面倒车镜，樊理能时不时看到对方。一张老气横秋的脸，胡子拉碴很久没有刮过的样子，下巴尖削，额头上尽是枯焦黝黑的褶子，除了一双焦虑泛红的眼睛，还有一只通红通红的酒糟鼻子，此外头发粗而短，毛乄乄的，两鬓已染上霜，看起来像只老刺猬。

孩子毕竟是孩子，当饥饿完全占据了上风，加上他妈妈又在车上，他一旦吃起东西来便忘乎一切。好像仅仅是从一场噩梦中醒来，糊里糊涂哭闹过一阵之后，忽然发现了自己最心爱的食物，就只顾一味地狼吞虎咽起来。上车前，还是老妇人把食品袋和行车证件都悄悄塞还给了樊理，并央求他说别忘了给孩子吃啊。他满口答应，同时也将晓晓托付给了对方。通过刚才的观察，他知道这是个可以叫他信任的善良的老人。

在汽车发动的一瞬间，樊理觉得一股热血猛地奔涌至喉咙间，热得发腥，几乎叫人想吐。他做梦也不明白，自己当时为何会有如此大的勇气，或者，只是为了尽快从整个事件中解脱出来，他竟然有些自告奋勇。警察同志，我有车。领导模样的警察盯着他的脸看了数秒，然后只问了一句，是私家车吗？他急忙点头。好，你只管开车，嫌犯让你去哪儿就去哪儿，切记，千万不要跟他多说一句话，不要发生任何争执，我们的人会一路跟着你的车，见机行事。没有承诺，没有安全保证，甚至都没有问他叫什么名字。随后，警察将孩子的妈妈叫到一旁，循循善诱地劝慰一番，最后在她耳边很神秘地嘀咕着什么。趁此工夫，他受命一路小跑去把自己的车从巷道里开了过来，警察才让女人上了车。

怎么说呢，第一眼看到这个歹徒时，樊理并没有觉得他有什么特别之处，换句话说，他脑子里关于罪犯的种种印象，并没有在对方的相貌和举止上过多地显现出来。恰恰相反，直觉告诉他歹徒其实再平常不过，跟平日所能见到的形形色色的民工无二，木讷，寡言，愁苦而落魄。如果他手里没有咋咋呼呼攥着把半尺来长的匕首的话，他根本不会把这个人跟罪犯联系到一起。还记得刚才上车时的一个细节，歹徒居然是从身后搂抱着男孩双双钻进车厢里的，这个愚蠢的动作非常危险，如果当时警察从后面冲上来，冷不丁给他一击，这家伙恐怕早就完蛋了。

现在，那把刀子并没有架在男孩的脖子上，歹徒的注意力全部集中在司机身上。锋利的刀尖大概就顶在樊理座椅后脖子那个位置，那里似乎阴风阵阵，叫他不由得倒吸一口凉气。往前开，一直往前开……到下个红绿灯左拐，不，不对，该朝右拐！歹徒的命令干巴巴的，也许因为内心的巨大惶恐，言语缺乏必要的精确度。拐啊，你快拐啊——发啥愣呢，一直朝右拐下去。

樊理趁机抬眼向后视镜瞥去，对方似乎有些急不可耐，嘴角尽是白兮兮的唾沫渣儿，嘴唇干得起皮了。从下午到此刻，这家伙在学校耗了好几个钟头，也够他受的了，肯定又饥又渴吧。

也是忽然记起来，车门下方杂物槽里备有两瓶矿泉水。于是，他脚下略微松了松油门，一面腾出左手去摸门槽里的水瓶子，一面不无谨慎地说，我这里有水，给你来一瓶吧……话音未落，他立刻感觉到一股可怕的坚硬突然顶在后脖子上。

别乱动，我啥也不要，只管开好你的车！对方闷声闷气地发出了严厉警告。刚刚抓住矿泉水瓶的左手吓得弹了回来。汗珠子猛地盖满额头，这种被人用刀子胁迫的恐惧感，有生以来还是头一回。他只好悄无声息地按对方的要求继续开车。

男孩的妈妈忽然扭头狠狠地扫了他一眼，他也迅速地看向对方。这女人的脸色煞白煞白的，感觉有话要说，但迫于恐惧她不得不强压住怒火。但她的眼神分明带着深深的责备，好像在说，妈的，你疯了吧，真是没事找事。

樊理不敢吭声了，开着汽车在夜色中惊心动魄地行驶着。这种感觉绝对前所未有，不知道前往何处，更不知道何时才能结束这该死的一切，每前进一步似乎都有可能出现意想不到的情况。他开始有些后悔，无论如何刚才做出这一决定，是有些荒唐和太过冒险的，但那一刻仿佛有谁在背后指使，使劲推搡着他往前，他的嘴巴跑得比脑子快。难道昏头了，想当英雄了吗？他一遍遍问自己，答案是否定的，英雄？这辈子他想都没有想过，生活压力这么大，好好活着已经不容易了，见义勇为还是等下辈子吧！如果说形势所迫，再加上自己撞倒那个老头，良心上多少有些不安，或许还能勉强说得过去。至于心血来潮想给歹徒一瓶水喝，完全是想借此打破车上这种可怕的死寂，也许稍微沟通一下，对彼此都有好处，可问题是那家伙根本不领情，这种人真是该死，没药可救了。

离市中心渐渐远了。这一路上汽车经过一片又一片建筑工地，黑色的塔吊如高大的杨树林一般不时矗立在道路两侧。其间夹杂着拆了一多半的旧楼，只剩下一面墙体的老式平房，断壁残垣尚存，可那些房屋的窗户和门全都不翼而飞，留下张牙舞爪的钢筋从待拆的楼体四周伸展出来，看上去鬼影憧憧，叫人感到莫名的紧张，到处都显现着兵荒马乱的痕迹。按照歹徒的指挥再往前开，车便出了城，关门闭户的路边小店显得诡异十足，还有闪着鬼火一样的军用帐篷，那是专为看管新工地临时搭建起来的。堆积成山丘状的生活垃圾起起伏伏，一直延伸至更远处。

真想问问后座上的那个家伙，干吗要跟那些孩子过不去，干吗非要选择这条不归路，难道这种极端的方式，就能替他解决实际问题吗？那么，这家伙到底摊上什么倒霉事了，非得铤而走险持刀绑架小学生。也许，正是满脑子的疑团才促使樊理下定决心的。尽管，歹徒劫持的是别人的孩子，可从傍晚到现在他内心所经受的焦虑和恐惧，并不比坐在他旁边的女人差多少。如果没有这档子破事，或许他根本不会急火火地选择绕道行驶，那样的话怎么可能偏就撞车呢？唉，真应了老话，是福不是祸，是祸躲不过啊！

突然听到咣啷一下，汽车跟受惊的老虎似的猛然颠跳起来，接着底盘就被路面的什么硬物死死硌住了，发动机呜呜怪吼着，车轮却只在原地上空转。那一刻，车里人的身体都往前猛栽而去，女人吓得顿时失声尖叫起来，歹徒的脑门也重撞在座椅靠背上，唯独孩子一点反应也没有，吃过东西后小家伙大概是有些迷糊了。

咋开的车？歹徒没好气地咕哝着。樊理忙不迭地解释，该死，这里连个路灯都没有，也怪我视力不太好。说着，他迅速挂好空挡，准备下车去查看查看。歹徒很不满地问道，真就一点儿都挪不动了吗？樊理点头，又转过脸说，估计够呛，要不这样，你跟我一起下车去看看？

对方分明已从座位上站起来，因为空间狭窄，他不得不佝偻着腰身缩短脖子，正不无狐疑地盯着樊理的眼睛。然后，口气生硬地对副驾驶座位上的年轻女人说，你给我老老实实坐着别乱动。说完，慢吞吞地打开了靠近他的那扇车门，但又觉得不妥，最终还是犹犹豫豫地又拉上车门，他让樊理一个人下去查看。

果然，这段路比想象中更糟，都是让那些过往的大型卡车碾坏的，到处坑坑洼洼，石头土块丢得东一摊西一摊的。汽车被搁在一个很大很深的坑里，一时进退维艰。

真是祸不单行！樊理简直心疼得要滴血了。如果说刚才跟老头碰了一下只能算个皮外伤的话，那么这次可就没那么幸运了，弄不好发动机和油箱都要大受损失了。他气急败坏地踢了一下车轮，由于用力太猛，脚尖钻心地痛，他跳着脚几乎流了泪。他强忍疼痛和满腔怒火，又把头伸进车窗，要想过去的话，得有人帮我推车！事实上，这话当然是说给那个家伙听的，因为女人和孩子根本指望不上，他们没有力气。歹徒听后将那颗刺猬头伸出车窗外，来回张望了半天，显然，这种时候离开汽车对他来说意味着巨大的冒险。

你去推车，我来给你开，歹徒突发灵感似的冒出一句，生怕对方不相信他的话，紧接着又补充道，过去在村上，咱也摆弄过两天四轮拖拉机。不等樊理做出应答，他便自作主张从后座的过桥处一跨腿，就像愚笨的狗熊玩杂耍竟翻爬到前驾驶座上来了。

这一刻，樊理心里忽然有种难以遏制的厌恶与憎恨，尤其是一想到自己的车将要被对方当作狗屁拖拉机来折腾，就既懊恼又悔恨不已，世上竟还有这种粗人，真他妈的该死，可事已至此又别无良策。何况，对方手里自始至终都抓着那把沾了血迹的刀子呢，他现在只好由着对方任意摆布了。

发动机倔强地哼哧了老半天。樊理几乎用上了吃奶的力气。那个家伙只知道在车上拼命轰踩油门，好像那些汽油根本不要钱似的。一股股浓烟争先恐后地从排气筒往外窜，呛得推车的人狂咳不停。好在，汽车终于嗷嗷叫着爬出了倒霉的坑壕。然而，它却跟头疯牛似的径直往前冲出去，刹车器似乎完全失灵了。一眨眼工夫樊理已被远远地甩在车后的烟尘中了。

在某个瞬间，他确实有种极不好的预感：完了，车让歹徒抢跑了！自己竟稀里糊涂中了狗日的圈套，像只猴一样被坏蛋给耍了。

六

只要想起刚才那一幕，樊理依然会感到心有余悸。

当时，的确有种叫天天不应喊地地不灵的孤立无援感。他拼命朝四周张望连声呼喊，除了看到几辆趁着夜色超载疯跑的大货车，附近根本没有一辆警车的影子，鬼才知道他们关键时候跑到哪儿去了，哪怕是呜呜地闪一闪警灯也算个安慰啊。但也就在他几近绝望的时候，汽车居然在前面猛地掉了个头，又原封不动地开了回来，这确实让他始料不及。

对方将车歪歪斜斜地停下来，照旧笨手笨脚地又翻爬回后座上去了。等樊理重新钻进驾驶室，歹徒忽然不无兴奋地开口说话了。这是个啥车，乖乖，一给油门，就一下子飞出那么老远。他像在自言自语，甚至还有些艳羡地咂了咂嘴皮。

樊理心里忽地掠过一种奇怪的感觉，就在一分钟前，可以说他已绝望透顶，假如车真的被抢走了，对于他来说不单单是种巨大的经济损失，那简直就是此生的奇耻大辱，堂堂大学本科生，就那么轻而易举地被坏人给忽悠了，说出去简直能活活丢死人。好在车里的人并没有听到他那一通歇斯底里的鬼哭狼嚎，我的车我的车，快来人啊，抢劫啦……所以，此刻一旦物归原主，他反倒觉得很难为情，毕竟对方没有那么做，或者说，人家压根没有那么想过，只不过是拖拉机和小轿车的驾驶感觉太不同了，对方实在是没有控制好油门，才让车飞蹿出去的，仅此而已。

我要尿尿，憋不住了憋不住了……汽车刚一开动，男孩突然一连声地叫唤起来，那种迫切感好像他已经尿到裤子上了。樊理下意识地吸了吸鼻子，这才明白一直萦绕在车里的那股异味，十之八九是孩子的尿臊味，遇到这种事情，孩子不被吓得尿裤子才怪。

别急别急，叔叔这就停下让你尿。女人听樊理这么说，也忙扭过头去安慰孩子，别着急，好儿子，再忍一忍啊，妈妈马上陪你下车尿啊。

不——准——停——车！后座的那个家伙几乎冲着樊理的脑袋咆哮起来，生怕司机听不清楚他发出的指令。好好开你的车——他想尿就尿车上！

樊理隐隐觉得后脑勺的头皮一阵阵发麻，刚刚舒缓下来的油门马上又绷紧了，汽车不得不继续向前飞驰，正前方那一片被车灯照亮的路面以及夜色显得苍白而又鬼魅十足。虽说已是深秋，可还是会有些夜游的昆虫躁动不安地撞向车头或挡风玻璃上，霎时粉身碎骨，发出砰砰的闷响。女人又紧张又难过，却始终泪流满面无话可说。孩子挤牙膏似的弄出呜呜的抽泣声，好像就坐在一只正要发威的大老虎身旁，也许他早已经尿了，该死，肯定尿到坐垫上了。樊理心里忽然有种即将崩溃前的冲动，感觉来自浑身上下的血液全部汇聚到额头，脑门子生疼，手脚都不由得有些痉挛了。

这位老兄，你看能不能商量商量，这到底是要去哪儿？咱们这样黑灯瞎火乱跑下去总不是个事啊……你想上哪儿我都没意见，可不可以让这娘儿俩先下车去，我保证把你平平安安地送到目的地，你看这样好不好？樊理几乎是一股脑儿说出这些话的，他已经完全不在乎出发前警察叮嘱过什么了，他只是不想这样毫无作为地干耗下去。某一刻，他甚至就差跟对方说那句老话了：悬崖勒马为时不晚。但也许是迫于形势，话到嘴边又咽下去了。

整个傍晚到现在，迟到、撞车、挨骂、遭白眼，还差点儿被人卡住脖子一顿扭打。最不可思议的是，他居然莫名其妙地上了这条"贼船"！——都怪一时意气用事，竟然要用自己的车护送歹徒和人质，真他娘的见鬼了！他干吗要充大瓣蒜呢？如果再这样不明不白地憋受下去，他觉得自己迟早要发疯了。车是自己的不假，开车的也是他自己，可唯独前途一片黑暗，车似乎走在悬崖边上，随时都会车毁人亡的。这感觉太突兀太惊险了。

商量？跟你有啥好商量的，谁也管不了我的事啊。对方一边冷冷地嘟哝着，一边无聊地用刀子的手柄末端像锤子一样，咚咚地在樊理座椅靠背后方敲击着，而每敲一声他的心都会跟着使劲扑腾一下。

你们都觉得我是个傻子吧，我也觉着自己傻得快没个人样了。像咱这样的人，天生就该受苦受累，不像你们城里人，成天吃香的穿好的，出门就坐车，冬天冻不着，夏天晒不着，可咱一年到头，哪有一天轻省日子，得不停地下力气干活啊，庄稼人就这命，没啥好抱怨的。说来，我那村子原先在郊区也算数一数二的，地肥，灌渠也通畅，庄稼收成年年都不赖，离城边又不算太远，出去卖个粮、卖个菜也算方便，那阵年年都有个好盼头……可后来突然要搞开发，要建个啥大型工业园区，还要修几条八车道的柏油路，这样一来，咱们原先的地就让陆陆续续征掉了。当初上头明明说好的，一分地能补几千几千，大伙还都偷着乐呢，这下可好了，熬出头了，等手里有了钱，再不受那地里的罪了……谁承想，地是真的都没了，再没啥农活可做，可钱只给了个零头，说是资金还不到位，等到位了一准补清……这眼看三四年光景了，为了讨要那些钱，成天求爷爷告奶奶，村上推乡上，乡上又推给郊区政府，郊区说这事他们也管不了，说那项目都是市里统一征地筹建的。咱平头百姓一个，上市里两眼一抹黑，找谁说理去……唉，你说说这叫啥世道，你要是资金不到位，为啥还要急火火地把咱的地都征了去，害得人当老讨吃，东奔西走去要钱……唉，要是真能把钱要回来，咱就想买辆农用车，好进城做个啥买卖，往后安安稳稳过日子……今年一开春，大伙又都吵吵起来，说当年那些钱确实拨到各乡各村上了，哪知头头们瞒着大伙，把截留下的款子投给工业园区入了什么股份，说是等着以后好分红……大伙就去找村长说理，才知道春节前人家就悄悄搬到城里住小洋楼去了……后来不知是听哪个说的，有人亲眼看见村长家那个调皮捣蛋的宝贝娃子就在城里的这所学校念书……我这些天在学校门口转悠来转悠去，那里的学生娃娃赶上一大草滩羊多了，狗日的村长真是鬼精鬼精的，把娃子藏在这里，谁能找得着啊……那些钱啊，怕是这辈子也要不回来了……庄稼人活该这个命，跟谁诉苦去哟……呜……呜！

哭声苍老且哀痛，来得叫人猝不及防。

樊理觉得这一定是自己有生以来听到的最难听的声音，甚至有些摧枯拉朽撕心裂肺。他的心忽然开始往下沉，刚才鼓起要跟对方来个鱼死网破的那股莽撞的勇气，一下子便销声匿迹了。

此刻，后座上的男人抽泣得像条受尽委屈的老狗，呜呜咽咽，涕泗横流。孩子和女人也都惶惶地屏住了呼吸，彼此面面相觑，一声都不吭，生怕再弄出一点儿动静会火上浇油，惹火上身。这时，樊理的电话有些暴躁地叫了起来，老婆打来的，劈头盖脸质问他们爷儿俩到底怎么回事，都疯到这时候了，还不赶紧回家来。他本想实话实说的，可话到嘴边又急忙止住，只是模棱两可地支吾了几声就匆匆挂断。

心里的那股怨气已渐渐消散了，取而代之的是某种难以摆脱的现实感，说不上是感慨还是怜悯，这一切正沉甸甸地堆积在胸口，郁结得几乎叫人要窒息了。樊理不清楚是对方的那一通无比纠结的诉说，还是悲恸无助而又苍凉的哭声，总之，他仿佛被裹挟到另外一种情景里，这里既陌生又熟悉，没完没了的劳碌奔波，永无尽头的曲折之路，还有一张张冷漠无情的面孔。所有一切都像这深秋的夜色，越来越阴冷，也越来越僵硬。这绝对不是他一个人的错，尽管他做了自己不该做的蠢事，错就错在他不应该不计后果闯进小学校对无辜的孩子出手，可除此之外，他又能做些什么，还能做些什么呢？他的地被人家征掉了，他的活命钱几乎打了水漂，他要找的人又像是从人间蒸发了，没有钱也没有地可种了，他成了名副其实的无业游民，孤魂野鬼般，整天到处流窜，变得处心积虑。其实，他的目的再单纯不过了，他到底做错了什么，他不就是想要回属于自己的东西吗？难道说忍气吞声郁郁而终才是他唯一的出路？

远处依稀闪烁起朦朦胧胧的灯光，低矮的房屋轮廓在夜色的笼罩下影影绰绰的，透过车窗缝隙灌进来的风，带着一股潮湿清冷的乡村烟火气。路面越来越窄了，且坑坑洼洼的，看来汽车已经开到离城很远的地方了。樊理暗自寻思，这个倒霉的人十有八九是住在附近吧。也许，他离开家有些日子了，只是想回来看一眼自己的老婆和孩子，眼下他做下这种事，往后恐怕也不太容易见到亲人了。

师傅，给停停车吧，再往前开路不好走，我该下来了。说话声显得异常平静，他本人好像已经忘记了劫持人质这件事了，好像只是很平常地搭了辆顺路车而已。停到这儿就行了，你也好掉头回去。

樊理犹犹豫豫地用脚尖点了点刹车器，伴随着一团浓浓的尘烟，汽车终于慢慢地停靠在土路边。这一路啊，给师傅添了不少麻烦。对方客气得叫人有些不习惯了，毕竟他是以那样一种令人惊恐的决绝的方式钻进这辆汽车的，一路上虽没做出特别出格的事，可他还是让车上的人饱受了煎熬和恐惧。或者说，是他让这个原本平常的傍晚变得陌生而又冰冷。他用一只手摸索着去开车门，也许临时惦记起来什么，就在推开车门的一刹那，他忽然回过头去，冲那个歪歪斜斜地躺在座位上的男孩看了一眼。此时，樊理跟那个女人早不约而同地扭过头去，密切注视着他的一举一动，两个人的呼吸都快凝滞了，唯独发动机发出低沉持续的哼鸣声。

借着车里的昏黄的灯光，他们发现这个倒霉的家伙竟然用一只手摸了一下男孩睡得昏昏沉沉的小脑袋，嘴角嗫嚅着什么，好像在同孩子做最后的道别，睡吧，小家伙，不用害怕了。或者，仅仅是下意识地抚摸了一下，他什么也没有说。

那一刻，樊理心间浮动着一种很奇怪的感觉：对方已完全不再是先前穷凶极恶晃着刀子的模样了，那个有些狰狞的劫犯形象似乎仅仅是在电影电视中才有的情景，或者，此前的那个他仅仅是噩梦中被什么鬼魂附了体。尤其是，当他的手指颤颤巍巍抚过男孩毛茸茸的小脑壳时，樊理脑子里一直绷着的那根弦突然就松弛了下来。他如释重负地在座位上舒了口气——虽然不知道这个人能好到哪儿去，但他似乎也坏不到哪儿去。

在此之前，对事情的结局樊理确实有过无数种猜测：对方会不会言而无信，会不会狗急跳墙，会不会对男孩再下毒手，或者孤注一掷地挟持人质趁夜黑继续逃窜。最终什么也没有发生，几乎风平浪静，他一路战战兢兢开着车把对方送到了目的地。但是，接下来的一幕他却无论如何也想象不到。

无异于神兵天降，一名年轻干警居然出其不意地从樊理汽车的后备厢里蹿出来——鬼才知道他是什么时候钻进里面埋伏好的——猎豹一般准确无误地将刚刚钻出车厢的倒霉蛋扑倒在地。一时间，警察威武的厉声呵斥，冰冷的手铐哗啦作响，那个倒霉蛋趴在路上死命挣扎苦苦哀号。与此同时，大小几辆警车也风驰电掣般驶来并迅速包围了现场，刺人眼目的红蓝两色警灯不停闪烁着，将原本沉寂的黑夜撕出无数道触目惊心的裂缝。

带走！——那个干部模样的警察一面气狠狠地发号命令，一面径直走到樊理跟前，伸出手很有力地跟他握了一握。同志，辛苦辛苦，任务完成得很出色。

樊理有些受宠若惊，长这么大还是头一回跟警察握手，或者说被警察握住。他嗫嚅着不知说什么好，也许这个结局来得太突然了，他分明还沉浸在先前的种种焦虑与恐慌中难以自拔。干部模样的警察早已拉开车门，探身进去慰问车上的受害者。那母子俩正紧紧搂抱成一团，大人号孩子哭，简直跟生离死别过一般。警察根本插不进话，便回头嘱咐樊理先跟他们一起回趟局子，还需要做笔录协助调查。

警车呜呜地在前面鸣笛开道，樊理满心茫然地驾车相随。原先绷着的神经倒是松懈了，取而代之的是一种无法言说的落寞感。身后座位上的母子俩哭声渐止，一旦险情解除，女人又沉浸到絮絮叨叨中去，不停地问询孩子这里疼不疼，那里难受不难受。男孩的回答哼哼唧唧的，多少也有些不耐烦的样子，好像眼皮重得就快合上了。汽车发动机显得沉闷又压抑，女人和孩子的声音听起来也有些沙哑和缥缈，仿佛都是一场梦境里不小心溢出来的，听起来令人多少有些犯困。

七

派出所所长：樊先生，请你再好好想一想，你的证词对这案子的调查和定性都很关键，一定要实事求是，有一说一，有二说二，要知道法律是最讲事实和证据的，可不能感情用事啊！

女人：（始终斗鸡样咬牙切齿喋喋不休）你们千万别听这姓樊的在这儿瞎掰扯，明明是他先开车撞伤了我老父亲，我们家人不过多说了他两句，他就怀恨在心，想趁机报复。他刚才的证词分明都是在替罪犯开脱，我看他打一开始就没安啥好心眼！那个恶魔哪有一点儿人性，伤了几个人不说，还差点要了我儿子的命。先前在车上，他还拿刀子逼着我儿子不许尿尿呢……

樊理：事情根本不像她说的那样，人家只是不让我停车，并没有说不许孩子尿尿，不信你们可以问问埋伏在后备厢里的警察。

年轻干警：报告所长，后备厢里又窄又闷，基本上听不太清楚他们说什么，不过，孩子确实哭闹过一阵子，好像很着急。

老妇人：（一直怀抱着男孩，双手不停地抚摩着孩子幼小的身体）只要咱孩子没事就好，没事就好……谁都有走错路的时候。

女人：妈——你到底胡说些什么，这里没你说话的份儿！

劫犯：（上身被捆成粽子样，耷拉着脑袋，老老实实蹲在地上）我该死，我罪有应得，我不是人……还不都是让那些钱逼的，要不咋会——唉！

樊理：凡事总得有个前因后果吧，我相信他是确确实实碰到了难事，是天大的难事，否则他不会那么胡来的。

劫犯：谁说不是啊，但凡能有一点点法子，咱也不会走这条路啊……一家老小还都指望着要回那些钱过日子呢？

派出所所长：犯了法还要强词夺理，有困难解决困难，人人都像你这样，我们的社会还不乱了套！

劫犯：是是是……我有罪，我有罪啊……

樊理：别的我不太清楚，至少在我开车送他的路上，他真的没有再伤害过我们。我再提醒一点，刚才我的车被卡在路上，还是他帮我开的车，我下去推车的工夫，他完全可以驾车逃之夭夭，可他没有，还是把车开了回来交还给我，这说明了什么？警察同志，请设身处地地想一想，要是换了另外一个真正的凶犯，情况又会怎样呢？

女人：哼，刚好了伤疤你就忘了疼啊！当时明明是你想让他帮你下去推车的，可这家伙太狡猾了，死活不乐意去，才把你指使下去推车。现在你反倒惦记起这个坏蛋的好处来了，我看你脑子是不是进水了，简直胡话连篇！

樊理：我清醒得很，比以往任何时候都要清醒！他做了蠢事不假，可那也得分清盐从哪儿咸、醋从哪儿酸，不能不分三七二十一就将他一棍子打死吧。警察同志，请别光急着审问他、定他的罪，你们也该下去了解一下实际情况，那些家伙拖欠他的钱好些年了，为什么至今也不肯给个说法？害得他一个农民有地不能种，有家不能回，这不是明摆着要把人往绝路上逼吗？

女人：哈哈，我总算听明白了，你果然跟他穿着一条裤子，你就是他的帮凶！

派出所所长：冷静冷静！不要动不动就上纲上线的，现今可是法治社会，我们不能随便冤枉一个好人，可也绝不轻易放过一个坏人。

女人：所长同志真英明！难怪我越想这事越觉得蹊跷，按理说姓樊的应该痛恨这个歹徒才对，毕竟他拿刀子胁迫他开车，可他非但不积极告发，反倒处处向着歹徒说话，他俩不是一伙才见鬼呢！

樊理：诬陷，这纯粹是诬陷！

派出所所长：大家都不要激动，怀疑也要有证据嘛。

女人：证据我当然有，姓樊的半路上突然提出来，说是让我们娘儿俩下车去，当时黑灯瞎火的，亏他想得出来，万一我们下去遭遇了不测算谁的？再有，他一个普通人，怎么胆子那么大，放着自己的孩子不送、家不回，偏偏又搭时间又搭汽油的，他是想学雷锋当英雄，还是监守自盗，这些怕是还两说呢？

樊理：（忍无可忍从椅子上一跃而起）你……你这女人简直不可理喻……你……你血口喷人！

女人：谁不可理喻谁心里最清楚！说我血口喷人，那你为啥偏要站在罪犯的立场上？你不是跟他有亲戚关系，就是你自己心里有鬼吧，难怪在路上你还贱不拉几给那坏蛋水喝，你怎么那么好心？你说呀你——怎么不说了，你哑巴了，还是心虚了？

老妇人：闺女啊，咱做事不能昧了良心，今天多亏人家樊同志不顾危险肯出车帮咱们，不然的话，孩子现在真不知咋样呢……你咋能由着嘴胡说八道呀？

女人：妈！你什么也不明白，就少说两句吧，反正这里没啥事了，你先带孩子回家，老爹受了伤需要人照顾。

老妇人：你爸没事了，在家歇着呢，我们就是不放心你。

女人：我也不是三岁孩子，有啥不放心的？！

八

凌晨两点四十分。

他依旧烙饼似的翻来覆去睡不着，耳朵里始终是无休无止的吵闹声。妻子和女儿已睡得很沉很沉了。接女儿回来他只简单地跟妻子讲了学校里的事，至于自己撞车以及后来的那些复杂过程暂且先保密，主要是说了也无益，还要惹她着急上火不停唠叨，况且，他早被折腾得连说话的力气也没有了。

直到上床前，晓晓的作业也没能完成，孩子困得东倒西歪，本来就事出有因，怪不得孩子。是他主动提出不让女儿做了，说要是明天老师问起就说是家长同意的。尽管这样，晓晓还是有些提心吊胆，生怕明天当众挨批评，后来她实在挡不住困意来袭，才哭哭啼啼睡下的。

他感到身心疲惫，但就是没有丝毫睡意，大脑中控制睡眠的那根神经像是被谁很阴险地掐断了。索性蹑手蹑脚爬起来，一个人悄悄猫在书房里猛吸了两根烟。后来又打开电脑上网，在百度搜索引擎随便输入了几个关键词：持刀、歹徒、学校。屏幕上立刻呈现出叫他难以置信的五花八门的相关链接。

他默默滚动鼠标一页页往下浏览，屏幕上的荧光格外刺眼，那些或黄或蓝的关键词条犹如一道道划破午夜的闪电令人触目惊心。他几乎没有勇气看下去了。险象环生的校园变得叫人异常恐惧，他忽然意识到自己每天不是把孩子送到学校，而是很不负责地丢到悬崖边上，然后孩子的一切都听天由命。妈的，这到底算啥世道，连最最纯洁美好的校园也成了一触即发的雷区。往后还能不能继续送女儿去上学，还是干脆让她待在家里，花钱雇个家教上门辅导，可万一家教本身就是个隐藏很深的恐怖分子呢？稀奇古怪的念头层出不穷，似乎并没有哪一条路更可靠。

樊理的单位是专门搞行业发展调查研究的，他很容易就从网上林林总总的案例和数据中得到了一个惊人的结果：即今年仅头十个月内，全国平均每个礼拜都有一所学校发生此类恶性案件，平均每两天会有一名无辜学生遇害！早在傍晚接到女儿电话的一刻，或者说，一路开车前往学校的途中，他还以为自己是天底下最最倒霉的家长，没想到他还算是顶幸运的那一个。最起码，现在自己的宝贝女儿正毫发无损地躺在床上。

可是，此刻一旦居安思危，反倒让他感到无比的惶恐，就像昏迷中被谁注射了一剂大麻，现在人忽然清醒了，看着胳膊上莫名发红的针孔，再联想到随时将要发作的毒瘾，简直毛骨悚然，惶惶不能自已。不行，得抓紧时间给晓晓配部手机，最好明天一大早就去买，刻不容缓，这样他们就能随时同孩子保持联络了。同时，还要去书店买一些安全防范方面的专业书籍，必须让孩子从现在开始树立自我保护意识，遇到险情首先懂得保护好自己。再有，每天早中晚的接送务必按时按点，尤其是他们没来之前，晓晓绝对不能离开校园半步，最好是待在教室里耐心等爸妈的电话。可问题是，现在的学校根本不是什么叫人安心的避风港，网上不是说连学校的老师和临时工都会对学生下毒手吗？那么，谁又能保证孩子待在教室里就一定安全呢？这就好比每天开车上路，总会有这样那样的交通事故发生，一句话你不去撞别人，可难保别人不来撞你！

九

夜里实在回来太晚，汽车未能正常开进小区停车场。尖嘴猴腮的保安一再拒绝说里面车位已满，他只得将车随便停在小区门外的马路边上。

一早去送晓晓上学时，竟赫然发现车的引擎盖上又被狠狠地划了几道，看着那些弯曲而又歹毒的划痕，樊理忽然觉得像是谁在后背上猛地刺了他两下，虽不致命，可那痛感却来得着实钻心。昨天的撞痕尚待修理，怎奈一夜之间又添了许多新伤。值夜班的保安早已下班回家了，而前来接早班的人一副刚刚睡醒的样子，樊理过去跟他理论，对方很无辜地冲他摇头摆手，说这事他一点儿不知情。

你们他妈的全都是死人！算什么保安，要你们有屁用，都是他妈的聋子耳朵！樊理狠狠地骂了几句，便扭头愤愤离开了。

经过彻夜的胡思乱想，横竖也没拿不出一个万全之策来好好保护女儿。此刻，乍一看到汽车被毁容后的龌龊模样，他简直怒火中烧，恨不能立刻逮住那个卑鄙无耻的破坏者，并将对方生吞活剥了才好解气。这种状况简直无可奈何，只要联想到自己生活的城市，就会发现烦心的事情总是接二连三，有时连最起码的一点儿安全也得不到保证。汽车越来越多，停车位却少得可怜，每天晚上八点以后小区的停车场便车满为患，就像联欢会上的抢椅子游戏，人数永远比椅子多，要想抢到一个有利位置，你必须绞尽脑汁身体力行，否则，乖乖靠边站吧。

距离校门口十步开外处，已圈定了崭新的警戒线，还新增了两名年轻力壮身着黑蓝色制服的安保，手持黑橡胶棍，盖世太保似的一哼一哈戳在那里。他们毫无表情地不停吆喝着，家长一律不准越过黄色警戒线半步！学校还临时通知大家，所有学生家长每人必须交两张二寸相片及十元工本费，本周将统一办理学生接送胸卡。也就是说，以后不佩戴胸卡的家长是不能随便从学校领走学生的。

种种迹象都表明，校方正在积极采取一些防范措施。

现在，他心情郁闷地开着被摩托车撞过、又被游手好闲者夜间划过的汽车，内心也像布满划痕一般乱七八糟的。他感到眼皮子死沉死沉，稍不留意它们就会耷拉下来挡住视线。上午八点钟正是交通最高峰，路上的车跟下饺子似的挤成堆了，嘀嘀的喇叭声汇聚成浩瀚的噪声之海，淹没了所有的路人。而每个待在车里的人，都恨不能从前面的车顶上呼啦一下飞过去，但那不现实，除非你被一辆野蛮的汽车猛地给撞飞。现实就是这样，你必须老老实实窝在车里，跟蜗牛似的慢慢慢慢往前爬，此外别无良策。

电话响了，恰好在千钧一发间粉碎了一个沉闷的短盹儿，好险啊！他竟差点儿就睡了过去，那感觉就像整个人将要一头栽进黑咕隆咚的万丈悬崖中，又猛不丁被谁一把拽住。他正满头虚汗惊魂未定，那个女人的声音便怒不可遏地直逼进耳膜中来：姓樊的，你最好马上到人民医院来一趟，我家老爷子头晕心悸，高压都快上两百了，都是让你撞坏的……老人家要是有个三长两短，让你吃不了兜着走！

那一刻，他忽然莫名其妙地来了个急刹车，就像是非要停下车来好好跟那个女人理论一番，对方的无理蛮横跋扈到了叫他忍无可忍的地步。他清晰地听到了汽车防抱死系统发出的一串刺耳的咯唧声。与此同时，整个车身撞上冰山似的往前跳了起来，他的下巴和鼻梁结结实实地撞在方向盘上，鼻孔喷出两道鲜血，方才知道后面的车已跟他追尾，而他几乎恶狠狠地撞瘪了前方的车屁股。一时间，马路上所有汽车的喇叭声咆哮成巨大无比的愤怒的旋涡，瞬间将他和他的车完全吞没。他只是用一只软弱的手掌下意识地捂着鼻子，好让血不要流得那么快，内心有种毁灭前的兴奋与动荡。

张学东

中短篇小说选

父亲的婚事

张学东——著

8

中国言实出版社

图书在版编目(CIP)数据

张学东中短篇小说选 . 8, 父亲的婚事 / 张学东著 .
北京 : 中国言实出版社 , 2024. 11. -- ISBN 978-7
-5171-4836-4

Ⅰ . I247.7

中国国家版本馆 CIP 数据核字第 20246K2Y11 号

父亲的婚事

责任编辑：史会美
责任校对：王君宁

出版发行：中国言实出版社

　　　地　　址：北京市朝阳区北苑路180号加利大厦5号楼105室
　　　邮　　编：100101
　　　编辑部：北京市海淀区花园北路35号院9号楼302室
　　　邮　　编：100083
　　　电　　话：010-64924853（总编室）　010-64924716（发行部）
　　　网　　址：www.zgyscbs.cn　电子邮箱：zgyscbs@263.net

经　　销：新华书店
印　　刷：北京盛通印刷股份有限公司
版　　次：2025年1月第1版　2025年1月第1次印刷
规　　格：710毫米×1000毫米　1/16　152印张
字　　数：1600千字

定　　价：498.00元（全8册）
书　　号：ISBN 978-7-5171-4836-4

序

坚硬的叙述

——张学东小说印象

王　干

认识张学东一晃快二十年了，我们最早的一次见面，还是在北京朝内大街166号《中华文学选刊》杂志社我的办公室里，我后来多次选载过他的中短篇小说佳作。当年的青年作家倏然间也步入中年了，二十年间张学东勤勤恳恳地写作，踏踏实实地创作，完成了近五百万字的著述，算得上一个高产作家，光他的中短篇小说精选集就洋洋洒洒有八卷本之多。学东嘱我写篇序言，我苦思冥想，在寻找一个词来概括张学东的小说风格，始终不得要领。近日，再度浏览他的小说时，一个词跳了出来：坚硬。我赶紧打开电脑，记录下这样一个关键词。

张学东出生于宁夏吴忠市，是正宗的大西北人。大西北地貌的雄浑、沧桑和坚硬，是人们肉眼可见的。有一次，我从宁夏坐车去西安，沿途的风景极为壮观，巍峨而挺拔的山峰，粗粝的石子和沙子，那些在风中行走的人们，与我平常在家乡江

苏所见到的景象是截然不同的，与我现在生活的北京也是"画风"大异，但近二十年来，我读到的宁夏的作家的文风却并非全是那么的豪放，比如，"60后"的石舒清、"80后"的马金莲等作家的文字就有着一种清澈、细腻和贴心的叙述。张学东的文字与他们又不太一样，他的小说也呈现出鲜明的宁夏地貌特征，在《跪乳时期的羊》中他写道：

> 才几天时间，草场上就有了翻天覆地的变化，又接连飘过几场雨，丰茂的草势一下子使得天地间臃肿起来。羊群刚赶出圈，呼啦一闪便不见了踪影，仿佛一个个掉进了深不见底的绿色湖泊之中。有时风头猛了，才能把绿色揭起几片白色的浪花，那是羊儿正埋藏在里面吃草呢，但很快又全部隐没不见了。

这样的叙述让人不禁想起了那首著名的乐府民歌《敕勒歌》："敕勒川，阴山下，天似穹庐，笼盖四野。天苍苍，野茫茫，风吹草低见牛羊。"当然，一个是"现"牛羊，一个是将羊群隐没了起来。但同样的大气魄，大手笔，非出自现场的亲身亲历者不可。这样一种坚硬的叙述，如果要从现代文学那里寻找源头，恐怕只有鲁迅先生了。鲁迅的小说风格被人称为冷峻，我则视之为坚硬，如果比照鲁迅的杂文，就会发现这位硬骨头的坚硬特性会更为明显。和鲁迅同时代的茅盾、巴金等人的叙述明显要柔和清新些，而到了沈从文、张爱玲那里则变得

清柔如水了。

当然，坚硬与柔和并不意味着审美价值的高低，而是天生的个性和内心所致。我不知道学东有没有受过路遥的一些影响，但在叙述质地的坚硬和刚性上，他们彼此都是相通的。

说张学东的"坚硬"，不是说他的写作只是一味地粗放和豪迈，事实上，他在叙述乡村历史和个人成长的历程中，时时体现出他特有的一种柔情和挚爱，他叙述苦难岁月里的人与人交往、描写大自然与童年视角的交融无不如此。在那一刻，他就是一个柔情万种的赤子和爱神。

与此同时，在当代小说家中，学东也是描写动物的高手，对羊、狼、狗、鸟等动物的拟人化的魔幻现实主义的叙述，进入到一个如我又无我的化境，但他写的绝不是宠物小说，他写的还是人物小说，在这个意义上，他笔下的动物无人可宠，不是无聊时的陪伴，而是生存的相依为命。生存的粗粝、生命的顽强、生活的艰辛，都让他笔下的生灵坚定、坚强、坚毅，让他的人物骨头硬、脾气硬、作风硬。

张学东在坚硬语言的外壳下，始终隐藏着一副柔软的心肠，这让他在对历史、社会和现实的探究中，赞颂的永远是自然美、人性美和童心美。

我以为，张学东的小说的基调无疑是现实主义的，他凝视、回望、聚焦生活的记忆和真实的感触，用写实的笔触来书写，但他又是一个开放的现实主义的践行者，他的小说对叙述视角和人物视角的转换的尝试孜孜不倦，保有现代主义和魔幻现实主义的韵味。

　　通读学东的作品不难发现，他的小说"切"和"砍"的力道非常明显，能与同时代作家区分开来，这一点对于一个小说家而言极为重要。我知道，在宁夏很多作家都习惯于书写土地上的苦难，学东另辟蹊径，很多时候他更愿意去写当代人的现实苦闷，从某种程度上说，苦闷是比苦难更难驾驭的。

　　是为序。

2024 年 6 月 13 日于万国城

目　录

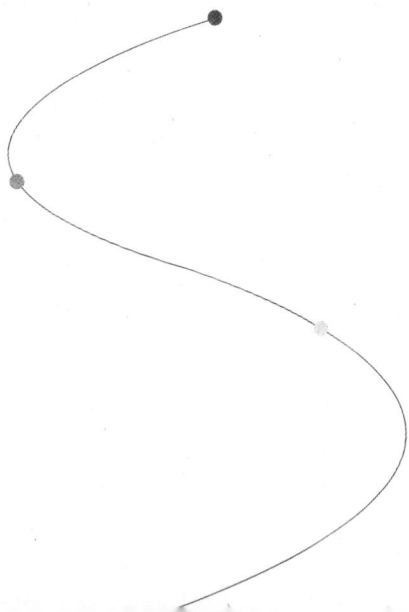

裸夜

一

　　约莫午夜两点半光景。疲疲沓沓的沈越从值班室回到自己的住所。之所以称之为住所，因为这只是暂时租下的房子，他的家并不在这座城市，如大多数背井离乡的年轻人那样，三年前大学毕业后他几经辗转，算是在城里谋到报社这份工作。可小报记者的苦累程度，是当初刚走出校园的他难以想象的，一个跑社会新闻的年轻人，简直像剧团里跑龙套的，整日里忙得团团转，只要一接到上面的任务，便像是被拧紧了发条的钟，刻不容缓马不停蹄赶赴第一现场，大到像凶杀、爆炸、车祸、盗窃、火灾、抢劫、自杀、殴斗、抓捕等事发地点，小到什么市场商贩哄抬物价啦，欺买欺卖啦，邻里口角争执不休啦，还有婆媳之间关系不睦啦，总之，一切可以赚取读者眼球率的突发社会事件，他们都会像馋猫嗅到鱼腥味，第一时间扑上去，不停地拍照、询问、观察、录音、笔记，即便是夜里做场梦，也片刻不得消停，得绞尽脑汁捣鼓出一篇应景的新闻稿来。没办法啊，都是逼的，要想在报社站稳脚跟，保质保量完成每月的基本稿件指标，不被头头们冷言斥责，就得像只陀螺滴溜溜旋个不停。

此时的沈越多少有些迷迷瞪瞪的，写了改改了再改，自己的两篇稿子总算通过了，等明天一早见报就万事大吉了。每每这种时候，他总有种披星戴月不辞劳苦的慨叹。他不知道自己到底在为谁而奔波忙碌，更不清楚那些被印刷成铅字的纸片，对别人有何益处，唯一可以感觉到的，只是他那紧绷着的神经，总算可以暂时松弛一会儿，就像主任手中那根一直抽打他这只小陀螺的皮鞭，终于不再高高举起。

夏日的夜空通常不是纯黑的，看上去晕晕乎乎，泛着迷蒙的红光，类似于干红葡萄酒所特有的色泽，显出些许暧昧的味道。沈越骑着上月刚买的那辆电动车，跟夜猫子无二，无声无息驶至小区门口。为买这辆车他很是咬了咬牙的，平日早出晚归，经常赶不上公交，夜间打出租也不易，且贵得要死，合计来合计去，还是狠下心花一个来月工资，买了这辆代步工具。眼瞅着那些有钱的人都开宝马坐奔驰，他也就只能凑合着开开这种小玩意儿，两只轮子总是比两条腿快得多。此外，当然还有一个不可忽视的理由，那就是为了他能更方便地接送女朋友。他跟现在的女友晓蕾是大四那年认识的，毕业后一直藕断丝连来往着，彼此的关系也悄然从校友朝着男女方面过渡。今年的情人节那天，他特意买了一束红玫瑰花送给她，她接受是接受了，不过当时晓蕾有点儿狡黠地说，礼物可以收下，不过我可不是你的哪门子情人哟。那晚他没有反驳她，一来怕破坏了浪漫愉快的气氛，二来人家晓蕾好像说得不无道理，她当然不是他的情人，而是正儿八经的对象，如果不出意外的话，该是他未来的妻子。情人这玩意儿，不是谁都能拥有的，那得看你有没有钱，有没有势，否则，哪个女人抽风了，肯做你的情人？换言之，就算你有情人，那也注定养不久的，她们迟早还会跟更有钱有势的男人跑掉的。

小区大门早上锁了，靠近门房的那扇便门好像也上了铁闩，门房里闪着灰蓝色荧光，看门人该在里面看电视吧，或者，早在那打上盹儿了，只是还开着电视虚张声势。沈越还没来得及停下车去叩门，突然，就从小区内飞也似的蹿出一个黑影——说黑影其实并不准确，因为情形太不可思议，容不得他多看多想。说时迟那时快，对方就蹿到他面前了，竟是一副光溜溜的肉身！沈越简直有种撞见了鬼的惊慌失措，他使劲用手背揉了揉熬得通红的眼睛，尽管他几乎每天都要见识各种各样的突发局面，但深更半夜猛不丁遇到这么一个赤条条的大活人，平生绝对是头一遭，况且，又是在自己的居住地，太不可思议了。

借着门房玻璃窗所投出来的那一抹电视荧光，沈越惊愕地看到，那个一丝不挂者三下五除二竟攀爬到铁栅门上。夜色中，那精瘦扁平的身体如猿猴般灵巧，一头很久没修理过的浓密黑发，桀骜不驯地遮没了对方的眼窝，使那张模糊的长脸显得十分阴郁。此外，长胳膊长腿的攀登优势，恰好使之身轻如燕。

未等沈越彻底反应过来，对方已噌的一声稳稳落了地，继而，拧着有些发青的两瓣屁股，迈动一双细若竹竿的瘦腿，十万火急地朝着小区外面狂奔而去。这种事情放在任何人眼前，都是不同寻常的，何况沈越是报社社会部的一名年轻记者。此刻，也许是出于某种敏感的职业惯性，他顾不得思索什么，便及时掉转车头，想从后面跟上去看个究竟。但糟糕的是，电动车在关键时刻熄了火，怎么也发动不起来。他不无恼火地用力拍打着车把，嘴里不甘心地嘟囔着，他奶奶的又没电了……两眼却始终死死盯着对方即将消失的赤裸背影。

赤身奔跑者早已飞快地冲上小区对面的马路，午夜的街道显得空阔而又寂寥，偶尔，会有一两辆汽车鬼魅般呼啸而过，车前大灯将路面照得雪亮雪亮。裸奔者仿佛在灯光中获得了无穷的能量，又像是正在进行一场别开生面的越野比赛。他近乎轻盈地迈开光溜溜的双腿，跟跨栏运动员一般，接连横穿过两条马路，仿佛是要有意甩开好事者的鬼祟尾随，因此果决地拐进一条路灯稀疏光线暗淡的小道，顷刻间便没了踪影。

那个秃脑袋的看门人后来总算出来了，一副很不情愿的样子，边打哈欠边用手挠他光秃秃的后脑勺，半天才慢吞吞地替沈越拉开了便门。当他推着毫无生气的电动车往里走时，不由得又止住脚步问道，老师傅，有没有见过一个光身子男的，刚才跑出来爬铁门？对方显然对此不感兴趣，或者，压根儿没听清楚他在说什么，嘴里不无埋怨地嘟嘟哝哝，哼，也不看看都啥时候了，还叫人睡觉不了……沈越本来还想打听一下那个男人的底细，见看门人哈欠连天十分不耐烦的冷漠样子，忽然间也就兴致索然了。

但回到自己的住处，困意几乎消失殆尽，取而代之的是某种难以抑制的兴奋，正如一簇蓝幽幽的火苗，不停地舔噬和炙烤着他的每一根神经。这两年他过惯了夜猫子式的记者生活，采访、写稿、发稿、修改乃至最后校对，动不动就要加班加点熬夜赶稿，所有这些活儿都让他感到无趣至极。大学里读的是中文专业，他一直酷爱写作，在校期间已陆续在报刊上发表过一些诗歌和散文作品，还获过两次校园文学之星奖，他的梦想是将来成为一名好作家。他最欣赏的外国作家是卡夫卡，至今床头一直摆放着《变形记》和《城堡》等文学书籍，但报社的工作并不能让他自由施展拳脚，那种枯燥乏味的新闻报道，注定让他跟自己的文学梦想背道而驰。不过，比起卡夫卡他觉得自己还算是幸运的，毕竟所从事的职业跟文字还沾点儿边，而卡夫卡则不然，他生前一直在一家商业气息极浓、人际关系复杂的保险公司供职。想想那些整天满街乱窜，逢人就满脸堆笑去推销保险产品的人，沈越觉得自己的处境也许并没有那么糟。

先前在大门口撞到的怪异景象，一时半会儿仍挥之不去，他胡乱地倒在床上，翻来覆去久久不能入睡。自己的住地居然出现了活生生的裸奔者，简直叫人难以置信。此刻，夹在床头的简易台灯所投射来的光晕正好笼罩着他，于是信手拿起那本搁在自己枕边的小说读起来：

　　一天早晨，格里高尔从烦躁不安的睡梦中惊醒，发现自己躺在床上变成了一只巨大的甲虫。他仰卧着，那坚硬得像铁甲一般的背贴着床。他稍稍抬了抬头，便看见自己那穹顶似的棕色肚子分成了好多块弧形的硬片，被子几乎盖不住肚子尖，都快滑下来了。比起偌大的身躯来，他那许多只腿真是细得可怜，都在他眼前无可奈何地舞动着……我出什么事啦？他想。这可不是梦。他的房间虽是显小了些，的确是普普通通人住的房间，如今仍然安静地躺在四堵熟悉的墙壁当中……

　　这可不是梦！沈越嘴里反复念叨着这句话，尤其是小说中甲壳虫在床上拼命挣扎着细腿的模样，一下子又让他联想到先前攀爬铁栅门的瘦男人。那家伙八成是个精神病吧，不然，怎么会半夜三更光着身子四处瞎跑呢？可是，门房师傅对此好像一点儿也不知情，那么，不该是对方头一回裸奔就让自己撞了个正着？再或者，刚才的所见，压根儿是自己在夜色中产生的某种幻觉，要知道熬夜熬到这个点，再过两个来钟头天都要大亮了，就算是一只公鸡也难免会有些恍惚的。

　　不过，眼见为实，耳听为虚，作为一名新闻工作者，岂能拿这种事当儿戏，刚才如若电动车不出现状况，兴许这阵子他还在穷追不舍，弄不好真的会有些什么重要斩获（这种考量纯属记者的职业通病）呢，抓个爆炸性的头版头条，让头头和同事们也都对他刮目一次。他越想越觉得这事很不寻常，至少对自己是这样的，就像遇到了千载难逢的大好时机，天上掉馅饼正好砸在自己头上了，他必须从长计议方可……眼下，他完全被这件怪事撩拨得神情异常，坐卧不宁，也许该找个人来分享一下，或者，帮他出出主意。于是，他立刻从床上爬起来，摸出裤兜里的手机，急急火火搜寻要拨的号码。

　　……就为这破事？半夜三更真有你的……人家都快困死了！晓蕾的气息断断续续，好像只是呢呢喃喃在说着梦话，恰巧被他偷听到了。

　　沈越眼前顿时浮现出一个女孩半裸朦胧的睡姿，她那性感的身体和姣好的面容，着实让他着迷。跟晓蕾相识时间也不算短了，照理也该到谈婚论嫁的时候了。他心里非常清楚，要结婚大小总得有套房子吧，可自己每月那点工资实在是可怜巴巴，捉襟见肘，他只能将就着跟别人合租在这种不足五十平方米的破旧的单元楼里。家里自然是指望不上的，父母都远在乡下，母亲身体状况一直很差，多年的老胃病了，疼起来简直能要命。况且，他还有一对弟妹，家里能把他供养到大学毕业已实属不易，再甭想奢求什么。他一个人留在城市里打拼，一切都是艰难曲折的，还得隔三岔五给家里寄去些贴补，供养弟妹念书，他可不想让乡亲们说成是忘恩负义的白眼狼。当初晓蕾之所以跟他好，还不是因为欣赏他在文学方面有点儿才气，除此之外，他知道自己再也给不了她什么，至少眼下就是这样。

所以，他必须埋头苦干，不放过任何一次机会——要知道，机会总是青睐那些有所准备的人。

你先别睡好不好，求你听我说完嘛，这事真的非常非常重要……我都合计好了，明晚我不用去报社值班，这样正好可以守在小区里等那个家伙，我会事先准备好相机，一定要把他抓拍下来……报道的题目我都想好了，《午夜裸影》，晓蕾你觉得怎么样？是不是有点进口大片《卢浮魅影》的味道，很酷吧？

沈越对着手机兴奋地滔滔不绝时，仿佛已经看到自己大功告成的样子，看到斗大的黑色标题被赫然印在报纸的头版上，看到总编和部主任充满赞赏的目光正像一束阳光笼罩着他，四周是一片谄媚的笑声。

我觉得你很无聊，真的！这分明是人家的隐私，你为什么非要报道这些，真庸俗……反正我不想听，我要挂了，你让我好好睡吧，明天一早我手头还有要紧的工作呢！

后来晓蕾还是非常果决地挂掉了他的电话。这让他的自尊心多少受了些伤害。无聊？庸俗？怎么会！这只能说明她一点儿新闻嗅觉都没有，头发长见识短！他到报社眼看快两年了，还从来没有摊上如此赚眼球的事件，这个城市太死板了，人们似乎都活得气喘吁吁，所有正在发生的事情都是那么平庸和乏味，可他几乎每天都在为这些平庸和乏味奔波忙碌，那些任务性的报道早就令他厌倦了，乃至深恶痛绝。现在，不，就在今夜，老天爷大概是很想垂青一下他这位有志青年吧，将这么一个极具新闻眼的大事件搁到他眼皮底下，这怎能不叫他激动万分呢？他想，如果报道顺利，可以断言这将是本市最具爆炸性的原创新闻，也许自己的命运从此将被彻底改变……一想到这些，他有些欣喜若狂了。

二

清早一觉醒来，隔壁房间传来一阵吱吱扭扭的床腿呻唤，接着是一浪高过一浪的粗声猛喘，又挨过片刻，才是窸窸窣窣的穿衣声，那是跟自己同租此处的另外一名房客弄出的响动。对方姓武，年纪在三十五六岁，留着板寸头，身体非常壮实，脖子上套着一条很粗很黄的链子，走起路来慢吞吞沉甸甸的，跟变形金刚似的。沈越总觉得此人应该结过婚。但现实情况是，他好像也一个人在城里混，跟自己有所不同的是，武房客在城里大概有若干个相好，每当沈越要在报社值晚班的时候，那些女人总是换着个儿蔫不出溜地跑来，然后钻进隔壁的小屋子里鬼混到天明，估计昨晚亦是如此。

现在，隔壁的男女正嘀嘀咕咕的，间或发出意义模糊的嬉笑声，大概还在调情什么的，但很快沈越就听到房门开关的砰砰声，然后是一阵笃笃的脚步声渐去渐远，女人率先下楼去了，每回基本如此。此前，沈越见过这个女人一两面，她个头不高，爱穿带细跟的皮鞋，一张粉白粉白的柿饼子脸，胸脯那里显得很肉，白花花的。反正，沈越固执地认为，这种女人充其量也就是武房客的情人之类，假如是夫妻的话，他们大可出双人对，不必这样鬼鬼祟祟的。

他起身后先上卫生间，武房客正好从里面睡眼惺忪地闯出来，挟着一股浓浓的臊臭味，身上除了那条金黄金黄的项链和短裤外再别无一物。沈越下意识地皱了皱眉头，突然想起昨夜自己回来那么的晚，又啰里啰唆给女朋友打了半天电话，也许影响到了对方休息，便客气地冲对方点头。武房客始终将一根小拇指插进鼻孔，饶有兴趣地一味掏挖着，嘴里含糊地说，是不是又吵着大记者的美梦啦。沈越知道对方话里有话，忙说武大哥说哪里的话。

不瞒兄弟，咱是过来人了，不比你们小年轻，隔几天不弄一弄，这心里头憋得火烧火燎的，嘿嘿。没想到对方如此直截了当，沈越反倒有些尴尬起来。差点忘了，我得离开两天，家里来了电话，跟催命一样，要我赶回去。我的意思是，你们知识分子羞脸忒重，我不在的时候你想咋弄就咋弄，反正别让这房子白闲着呀！说着，对方一只肥厚的手掌准确无误地落在他的肩膀头上，并又一次冲他嘿嘿起来。这古怪的笑声里既带着几分戏谑味道，又不乏得意扬扬之色，让他忽然觉得面红耳赤，无言以对。他慌忙躲进卫生间里。纸篓的最上面竟团着两只用过的软塌塌的避孕套，以及颜色艳丽的塑料包装壳，他心里不由得暗骂了好几声狗日的。

通常，在报社值过一个夜班，翻过天会稍稍消停一日。虽说武房客的话糙了些，可也算是语重心长的。平时，沈越就算把女朋友糊弄到自己住处，顶多也就刚过夜间十点半，她就一个劲嚷嚷着要走了，好像是，再多待一刻，就会发生什么意外似的，这每每总让他意犹未尽。截至目前，除了经常拉拉晓蕾的手，偶尔抱过她几次，好像也匆匆忙忙地接过两回吻，他们之间再也没有更深入更实质性的内容了。现在，武房客的话像一剂兴奋剂，一下子把他的情趣撩拨得如火如荼难以按捺了，尤其是摆在纸篓里的那几样物件，简直充满了野性的挑逗意味，他甚至蹲在那里方便的时候，满脑子都是跟晓蕾纠缠在一起的暧昧画面。

问题是，晓蕾一直不搭理他，这让他一筹莫展。也许，昨夜真不该那么晚打电话过去，平白惹得她生气，要知道恋爱中的女人，总是喜欢生些闲气的。好在今天不用赶着去报社坐班，他有足够的时间等她，实在不行就去单位找，然后当面向她赔礼道歉。或者，干脆买枝玫瑰送给她，女孩子只要见了鲜花，一切不快顿时会烟消云散的。他这样心事重重合计的时候，另外一个念头又近乎顽固地冒了出来。夜间偶遇到的那位裸奔者，就生活在这个小区，抬头不见低头见，只是到了深夜，对方才会不顾一切扒光了衣裤裸身而出。而他需要做的，第一步，搞到一台专业相机，夜间埋伏在小区的大门左近，待对方出没时，好以迅雷不及掩耳之势，出其不意连续摁动快门。

为了能借到一台好相机，他还是决定去一趟报社。要知道部里带长焦镜头的好相机就那么两台，记者有采访任务时方能临时领到，况且，都是随用随还的，原则上不准私自带回家过夜。其实，自从进了报社，他就盘算着要买一台相机，以便外出时随时抓拍，可像那些理光啦，柯达啦，富士啦都死贵死贵的，动辄五六千甚至上万块，以他的消费水平只好咽咽唾沫，权且忍耐着吧。借相机的事竟比想象中顺利得多，主要是部主任对他昨晚点灯熬油撰写的那两篇稿子甚为满意，所以一见面便夸了他两句，无非是再接再厉好好干吧，还说他将来前途远大。这简直让他受宠若惊飘飘然了。于是，赶紧蚂蚱喝露水——正好顺着主任支起的杆儿往上爬。

怎么，你要借相机，不会是跟你那个小情人出去玩的吧？不久前，主任确曾在报社门口见到过正在等他下班的晓蕾，当时主任好像还多瞄了她两眼。

现在听到主任疑惑地询问，他急忙实话实说了，甚至信誓旦旦地承诺，只要有台好相机，他一定会拍到那个黑夜中的裸奔者。

主任听罢，习惯性地将鼻梁上的眼镜往上推了推，好像这样才能把眼前的下属看得更加透彻一些。

小沈啊，你这个想法非常好，部里一定大力支持你，但记住，千万不要打草惊蛇！这次不仅要有图文报道，最好能做一个整版，咱们可以深挖一下裸奔行为背后的新闻故事，比如那个家伙是不是失恋了，还是发现了第三者，或者，他根本就是一个性变态……说不准，这可是最具新闻价值的年度大选题哩！

主任煞有介事地叮嘱他的时候，几乎已两眼放光，半晌死死盯着他，好像那个裸奔者就藏在他的身体里面。

这让他陡然想起，就在上个礼拜的今天，主任还在编前会上为一个事故报道大光其火，原因是沈越的稿子写得太平太实，没有抓住最核心最吸引眼球的素材。主任说，你光报道一下火灾现场有屁用，谁愿意看这些乏味无趣的内容，你得深挖那个摊贩为什么会在市场纵火，为什么要把自己烧得像个火把，既然他活得不耐烦了，那么他的老婆有没有外遇，是不是给他戴绿帽子了？或者，他自己在外面有了相好的，被小女人偷拍了不雅视频，要狠心讹诈他一笔，等等，总之，得想方设法抓住读者的心理才对嘛！我们搞新闻报道的，不能人家给了你面粉，你就只能烙张死面饼，对不对？你还得学会把面发起来，最好是做成一块人人都爱吃的大蛋糕！

沈越当时很为难，那个事故他确实已调查得非常清楚，问题真的没有主任想象的那么复杂，其实就是一群城管强行没收了小摊贩的货物和三轮车，小摊贩整天哭哭啼啼求人作揖，却怎么也讨要不回属于自己的东西，最后他想不开钻了牛角尖，一气之下竟跑到市场里，哗啦哗啦往身上浇了汽油，然后就把自己点着了。可是，要照直这样写的话，城管马上就会投诉报社的，到那时候主任和总编都得吃不了兜着走，他自己当然也会死得更惨。他还记得主任当时在会上的那番高论，你们不要总是一副死脑筋嘛，要时刻学会变通，变通！要看到常人看不到的，想到常人想不到的东西，否则的话，赶紧给我卷铺盖走人，别占着茅坑不拉屎！没办法，主任就是这么一个人，脾气有些暴躁，喜怒无常，隔三岔五准把自己的部下批得狗血淋头才肯罢休。

当沈越脖子上挎着部里最棒的一台理光相机，兴冲冲地走出报社大楼的时候，耳边又莫名地响起了格里高尔躺在床上，对前来家中探视他的秘书主任说过的那番话：

您瞧，我并不顽固不化，我很喜欢工作……人总会有一时受阻不能工作的时候，但这也正好是回想他以往获得的功绩的时候，同时他会考虑，以后排除了障碍，他一定要更加勤奋，更加专心致志的工作。我有责任好好为老板先生效劳……我还得供养我的父母亲和妹妹。我的景况十分艰难，但我一定会摆脱困境的，请您不要使我难上加难了……在公司您还要多护着我点……

三

这天傍晚，晓蕾见到他的头一句话就是，都怪你，我快恨死你了！说完，头也不回径自迈步走开。沈越忙满脸堆笑紧追上去。今天没看我们的报纸吗，上面有篇文章说得多好，仇恨会把一个女人变得很丑，比如童话里那些巫婆和恶毒的皇后。他说他的，晓蕾死死抿着嘴，只顾往前走去，他瞧她眼圈微红，好像哭过一鼻子。是不是谁欺负你了，告诉我一定替你出气！晓蕾还是一声不吭，表情忽然变得有些坚毅，但越是这样，她的眼圈就越红了。

沈越终于抢前一步搂住了她。晓蕾的腰又细又软，搂在怀里有种叫人心疼的感觉。她不由得叫了起来，挣扎着想要逃脱。你真讨厌死了，快松开我。这次竟连鼻尖也红得发亮。四目终于相对，那两只温柔眼早已被泪水浸得湿漉漉的了。谁叫你半夜打电话来的？本来人家睡前定好手机闹铃，可老担心你会再打来啰唆个没完，索性改了静音，所以手机闹铃才没响，早晨一觉睡过了头，上午开会的时候，经理吹胡子瞪眼把我当众训了一顿……简直丢死人了！都怪你那么讨厌……

其实，沈越知道晓蕾的处境并不比自己强多少，大学毕业后他先后陪她应聘过好几次，但每次都碰了壁，那些搞人事的家伙总是板着面孔，劈头盖脸问她，有没有相关工作经验，有没有类似的业绩，有没有这个证书那个证书，好像谁天生从娘胎爬出来就是个天才，什么都会，要啥有啥。最可恨的还有，这帮家伙都跟查户口似的，动不动就问她结过婚没，有没有生孩子。言外之意是，人家可不想花钱雇一个刚上班就准备结婚的女人，然后还有生孩子、坐月子，一大堆破事。可见，女人的就业环境比男人们更加险恶，实属人心不古啊！

沈越嘿嘿傻笑了两声，忙不迭地道歉说软和话，你们经理胆敢再这样无礼，我非叫他好看不可。老半天，晓蕾的情绪才渐渐好了点儿，哼，把你能的，你怎么叫人家好看？你别忘了，我是记者呀，记者可不是吃素的，哪天把老子惹火了，我专门写一篇他的糗事发在报纸上，说他对女部下动粗，还有性骚扰，看他老实不老实！晓蕾没好气地捣了他一拳，你们这些小报记者，就知道要贫嘴！沈越见状，忙就坡下驴道，人家为了你茶饭不思，肚子都快饿扁了，现在又吃了你的掏心拳，怎么也得先让我填饱肚子吧，然后再接着挨你的打不迟。说到这，他眼珠一转，对了，我住的那块儿最近新开了家云南米线，味道很正宗，我请你，算正式给你赔礼。晓蕾的两只大眼睛忽闪了几下，过了一会儿才慢慢伸过手来，轻轻地跟他拉在一起。

本来，晓蕾今晚是不打算去沈越住处的，想早早回去休息，昨晚确实没睡好。可刚吃完米线，沈越突然双手捂着肚子直嚷嚷难受，汗流似水的额头上似乎也涨得暴了青筋。晓蕾便关切地问他，要不要去附近的诊所瞧瞧。沈越忙挥挥手说，估计是哪里吃得不对劲了，回去歇歇应该就没事了。她二话不说，搀着他一起往小区里走。

到了住处，她先让他乖乖地在床上躺好，倒了杯开水，用嘴咝咝地吹温了给他喝，又问他有没有热水袋，想灌一个给他暖暖肠胃。

他摇摇头，一把拽住她的胳膊，嘴巴跟涂了蜜一般甜，没关系，你不就是我最好的热水袋吗，快让我好好抱着吧。

她娇嗔一声，别拉拉扯扯的，当心让人看见。

放心好了，今晚这里是咱们的天下，隔壁那位回老家了。

她问，那你不难受了？

他赶紧蹙额道，难受呀，浑身上下都快难受死了，幸亏有你在我身边。

她默默地把一只手搭在他的额头上，摸了摸，好像没有发烧，要不，我帮你揉揉肚子吧。

干脆这样，你也把鞋脱了，上来陪我躺一会儿。

她佯装生气，美得你！

蕾，算我求你了，好不好？你大慈大悲，看在人家这么可怜的分儿上，就陪陪我嘛。

她静静站在床前，用银牙咬着下嘴唇看了看他，半晌，终于欠身在床沿边坐了下来。

他便猴急猴急地伸过双手去黏她。这种时候，他觉得体内似有一团火在吱吱燃烧。此刻，她身上所散发出的迷人气息，几乎令他着魔痴狂了。他猛地一个鹞子翻身，就将娇小妩媚的她完全压在自己身下……

也许昨夜彼此都睡得很差，抑或是先前那一通意乱情迷的折腾，反正，两个年轻人都有些筋疲力尽，后来竟不知不觉都睡着了，睡得像一对襁褓中的婴儿。夜色把窗户涂得黑幽幽的，四壁相对静默无语，被子上罩着一层朦朦胧胧的青光，普普通通的小房间里充满了温馨甜蜜的味道。

沈越最先醒来时，听到晓蕾均匀而细腻的呼吸声，她真像一个刚过门的小媳妇，恬静而娇羞，乌黑的长发如瀑布般平铺在枕头上，她那白嫩的脖颈露在外面，略略地朝他弯曲着，跟美丽的白天鹅般高贵，粉嫩泛红的面颊上，微微带着几分梦中的欣悦与甜美。他不禁动情地将嘴唇轻轻地凑近她吻了吻，她还在沉沉睡熟呢。

这真是一个再美好不过的夜晚，一切都让他感到无比惬意，最重要的是，两人若即若离的关系，最终在一番精心谋划下定格了，作为男人他有足够的理由感到骄傲，因为他明白这个女人从此将永远属于自己了。这种时候，他再次告诫自己，人生总是需要规划的，就像父母曾不止一次跟他唠叨，吃不穷，穿不穷，谋划不好一世穷。而那个早就蓄谋好的午夜计划，又一下子浮出水面，刚才差点在缠绵中被抛却脑后了，好在他醒来得还算及时。他从床头摸过手机，屏幕显示零点一刻，他长长舒了一口气。于是，屏住气息蹑手蹑脚地从被子里慢慢抽身而出，他可不想现在就吵醒了她。

一个女人的美或许正是这一刻被重新发现的。他下床时不小心卷起了被子一角，熟睡中的晓蕾的身体正好被裸露出来，好像一颗巨大的夜明珠在他眼中闪闪发亮。她的玉颈、香肩、饱满的乳房，乃至光洁平滑的小腹全都一览无余，他不由得愣住了，看呆了。尽管这姣好的身体刚才确实被他疯狂地搂抱拥吻过，可当时人在兴头上，目的是那样的单一和执拗，似乎根本顾不上过多地去欣赏沿途的风景。

现在，他觉得自己很像一个入室的盗窃者，直到慌慌张张临出门前，才蓦然发现床上那个尤物的妙处。相机就搁在床头柜上，当他毫不犹豫地捧起它的时候，他才意识到自己是多么地有先见之明，如此动人的夜晚，如此美丽的女人，老天真是待他不薄啊，他必须尽可能留住这珍贵难忘的一刻——无疑这将是送给他们两人第一夜最最精彩而又永恒的礼物。

接下来，他几乎以一个职业摄影师的执着姿态，准确轻快地揿下了快门。镜头里的晓蕾确实太美了，她身体的曲线，肌肤的光泽，完全放松的柔美睡姿都叫人着迷，以至于揿动快门时他简直战战兢兢的，他从来没有过这样真实的体验。为了不弄醒她，他不得不屏气凝神谨小慎微，当闪光灯瞬间照亮她的身体和房间时，他忽然觉得自己未来或许可以改行做一名摄影师，要知道干小报记者也许不是最好的选择。后来在出门前，仍感到意犹未尽，原来人体摄影很容易上瘾的，他索性将她下半身的被子也轻轻地掀开去，这样她的美便一览无余了。

四

很多时候，他觉得自己像个蹩脚的三流侦探。外面黑漆模糊，天空阴沉着一张可怕的黑脸，反正是找不到星星或月亮的，尽管这个时节，一旦进入午夜后，天气还是有些凉意的。他双手有些自怜地抱着两个肩膀头，在距离小区大门十几米外的一棵槐树下蹲下来，这里相对比较隐蔽，他可不想让那个秃脑门瞧见自己，那样的话对方一定会跑过来跟他啰唆个没完，为什么还不睡觉，半夜三更想搞啥名堂，诸如此类，这在他当初刚搬到这个小区不久就曾见识过，看门人甚至还给他约法三章，老年人总是瞧不惯年轻人的一切作为，而他确实也懒得去解释什么，他只消在此静静等待，放长线钓大鱼。他相信用不了多长时间，那个古怪的家伙准会出现。从他蹲着的地方，可以非常清晰地看到那扇乌黑发亮的铁栅门，此刻已经上了锁，静默在夜空下，那扇靠近门房的小便门也闭合着。看门人当然照常守在电视机前，甚至依稀可见那颗熠熠生辉的秃脑袋。

蹲在那里时间一久，腿脚竟开始发麻了，他只好起身在树影下来回踱步，感觉自己真像个居心叵测的窃贼。这种时候，除了那些躲藏在草丛中和树叶间的吱吱作响的虫子，整个小区几乎一片死寂，家家户户都黑着灯，人们进入短暂的休眠期。而他的生活注定不能像常人那样，别人呼呼入睡时，他却还得孤注一掷死守阵地，他心里再清楚不过，要想混出个人样来，必须得下这样的苦功。父母常说，吃得人下苦，才做人上人。想到主任白天对自己破天荒的一次鼓励和信任，他立刻就像是打足了鸡血，浑身上下顿时振奋百倍，跃跃欲试。当然还有晓蕾，多么好的一个姑娘，就在今晚她已将最宝贵的东西给了他，他还有什么可抱怨的，想必用不了多久，他俩就可以顺理成章地结婚，一起过属于自己的小日子。就算是为了未来舒心而惬意的二人世界，自己即便再辛苦些，那也是非常值得的。

时间一分一秒滑过，小区以外的街道不时传来汽车的咆哮声，间或是一串很神经质的凄厉尖叫，是某个刚刚趔趄着走出灯红酒绿场所的醉鬼吧，这些人最善于在深夜里鬼哭狼嚎放浪形骸。但那绝不是他的生活，吃喝玩乐离他还有十万八千里呢，他现在最需要改善的是自己的工作环境，尽可能得到上司认可，最好职务上能有所提升。独自徘徊在夜色中，他多少显得有些急不可待，一切似乎都是那么渺茫又无法触及。他朝大门方向张望了好大一会儿，眼睛都有些酸涩了，他想自己应该在小区里溜达一圈，自从搬进这里住以后，他还从来没有仔仔细细在里面转上一次。这里于他而言纯粹就是个睡觉的所在，他习惯了早出晚归，习惯了独来独往，除过吃饭睡觉，他多半时间都耗在乱糟糟的编辑部里，好像他一生下来就注定是报社里的人。

这小区其实并不太大，统共也就十来栋破破旧旧的单元楼，楼与楼之间距离极窄，即便有一片巴掌大的空地，也让那些脏兮兮的自行车棚或杂物堆盘踞着，没有草坪，也没有绿篱，几株零星生长着的毫无形状的柳树槐树，都很不成气候地颓废在黑漆漆的夜色中，成为这里仅有的风景。听说这里原先是某个国营厂子的职工家属院，20世纪80年代曾辉煌过一段，后来厂子倒闭了，工人们全部下了岗，很多人出去跑买卖干别的去了，再后来有人挣到了钱，便纷纷搬出去住，主家就将这些旧楼出租给像沈越这样的外乡人。仿佛游魂一般，他一个人在楼与楼之间踽踽穿行，在黑洞洞的狭窄的甬道上无所事事地转来转去，猛然会撞上一两只正在刨挖垃圾的野猫，它们狡黠而阴郁的模样实在叫人不寒而栗。挂在脖子上的相机摇摇晃晃，像颗定时炸弹，此刻这个沉甸甸的家伙悄无声息，然而，他知道它一旦发光发声，必将会为他带来巨大的惊喜和收获，他可就指望它了。他眼睛一眨不眨地凝望着眼前某个忽然亮起了灯的房间，兴许就在那灯光下面，那个无耻的裸奔者正在进行出门前最后的准备。继而，他开始全神贯注地注视着跟那灯光相关的楼道和楼门洞里的动静，希望那个人能从里面飞快地跑出来。可是，那些房间里的灯光不久又熄灭了，半天都毫无声息，他想也许人家只不过是起夜解手罢了。后来，他还听到来自某个骤然亮灯的房间传来一阵歇斯底里的婴儿哭号，这种小儿夜哭声传得很远很远。总之，他要等的人始终没有露面。

于是，他不得不睁大双眼继续在黑暗中逡巡，等待下一个奇迹出现。眼前竟莫名地闪出《城堡》里的主人公 K 的样子，那个执着的男人一门心思想进入某个神秘的城堡，而制度森严的城堡如铜墙铁壁般始终将他拒之门外。现在，这里在夜色笼罩下，还真有点儿一座小城堡的味道，那扇紧锁着的铁栅门是这里的最后一道防线，而且，到处都是墙皮脱落的苍老痕迹，到处是寒碜丑陋的老式钢窗和没有安装楼门的门洞，到处都摆放着杂乱无章的垃圾箱和歪歪扭扭随意停放在楼道附近的自行车，也许自己三更半夜放着美梦不去做，放着温柔漂亮的女朋友不去陪，一门心思守候在此，实在是蠢到家了！至于那个诡异的裸奔者，或许是他一厢情愿的臆想，又或者是昨晚自己头晕眼花时的错觉，这里压根儿就不存在那样一个人！

但几乎同时，他又立刻推翻了自己气馁的胡思乱想，凡事都不可能一蹴而就，要想有所作为，你必须耐得住黑暗和寂寞，甚至还有蚊虫的恼人盘旋和叮咬，否则将功亏一篑。卡夫卡在《城堡》里写下的那句话太精妙了——"它比那些低矮的住房有着更高的目的，比暗淡忙碌的日常生活有着更为鲜明的蕴含。"更高的目的。鲜明的蕴含。目的、蕴含……他在心里反复念叨着这些关键词，好像卡夫卡的这些经典词句是专门写给自己的，这着实让他感到受用和心满意足。其实，每个人在生活中都面临着一座城堡，那里有最起码的生存条件，将提供安居乐业的种种可能，只是想要彻底地进入它并融入它，却绝非易事，很多时候你得选择不正当的生活，甚至还有非正当的渠道。

冷不丁地，一个硬邦邦的东西直戳戳顶在他的后腰上，他几乎还没有任何反应，便在吱叭叭的一簇幽蓝色的电火花中栽倒在黑暗中。他的额头和半拉脸颊结结实实撞在水泥地面上，鼻梁骨差点没跌扁，一股鼻血跟拧开的水龙头似的汩汩流淌，脸下的水泥地顿时洇出好大一片黑来，像极了那种恶鬼的影子。在神志清醒过来之前，他就那样死狗般瘫趴在血泊上，那台理光专业相机从他脖子上飞出老远，尼龙挂带也被甩断了。

不知过了多久，等他渐渐恢复了知觉，试探着想动动身子，才意识到自己遭遇了可怕的一击。他一时感到无比茫然，大脑跟短路了似的，什么也记不起来了，他完全不知道刚才到底发生了什么，好像是，正当他漫无边际地思索卡夫卡的名言警句时，所有的思绪都被一双利爪掐断了，现在自己就莫名其妙地趴在地上，脸和额头疼得要命，鼻孔好像还在无声地冒着乌血。

他刚痛苦地呻唤了两下，就被人像拖死狗样从地上提溜了起来。小子，我早就看出你不是啥好东西，半夜三更不老实睡觉，到处瞎晃悠，你到底想偷啥……看门人左手攥着黝黑黝黑的电警棍，右手死死卡着他的后脖子，推推搡搡准备朝着门房那边去。看来，他平时确实低估这个看大门的老头了，以为他只会没事蹲在那里打盹看电视呢，仅老头手上的力气就够他受的，不像自己书生一个，手无缚鸡之力。

相机，我的相机，师傅……关键时刻，他总算是想起了那台昂贵的相机，要是它有个三长两短，主任一定会火冒三丈，当场非活吞了他不可。

对方迟疑了片刻，半晌才推着他慢吞吞转过身去，很不情愿地佝腰将相机从水泥地上捡起来端详着。

说你是做贼的吧，还带着这么个玩意儿！

师傅，你误会了，我不是贼，真的，你一定认错人了，我是报社记者……

——狗屁记者！像你这样的我见多了，你以为脖子上挂个破相机就是记者，那我手里捏着警棍，我还说自个儿是人民警察呢！说着，看门人依旧气不打一处来，好像抓贼根本不是他分内的事，竟又狠狠地用警棍捣了他两三下，好在这次没有再放电击他。糊弄吃屎的娃娃去，老汉我可不吃你这套，有本事你上派出所跟警察说去，咱这小区连着丢了好几辆自行车还有摩托，这回你可算撞到枪口上了。

五

晓蕾获悉沈越的情况时，已是第二天上午。

辖区派出所里十分拥挤，到处都显得乱糟糟的，那些穿制服的警察跟走马灯似的在她眼前穿梭往来，个个忙得大案当前的样子。她一看见这些人就感到心惊肉跳，尤其是那些被警察提溜着或正遭大声斥责的嫌犯，他们多数显得或猥琐或刁钻，都不大像善荏，她平生还是头一回进这种地方，几乎不敢正视，只好低着头匆匆往里走。

好在，有人直接把她领进一个相对安静点儿的办公室里，坐在一张咖啡色桌子后面的是个表情古板的中年女警，对方也斜着她，细细打量了一会儿，好像要确认她是不是他们要找的人。

你就是沈越的女朋友？女警边问边摊开桌上的黑皮笔记本，一支黑色碳素笔灵活地在她右手的指缝间转来转去，叫人看着有种杂耍般的眼花缭乱。

她尽量镇定并懵懂地点了点头。

昨晚都跟谁在一起？

她的脸便莫名地红了，但迫于对方强硬的问话方式，还是迟疑着答复了。

我……我跟我男朋友呀……怎么了？

那你能肯定你俩一直都在一起？

嗯……对，也不是，一开始是的，后来……后来他好像出去了，我醒来后发现他已经离开房间了，可能是着急上班去了。

他出门的时候，你真的一点儿都不知道？

她低下头沉思着，面孔已烧得通红通红，昨夜的情形不时地在她眼前闪过。

你男朋友夜里出去做什么，你不会一点儿都不清楚吧？

她想了一下忙摇了摇头。

小区安保怀疑他是个盗车贼，昨夜发现他在小区楼道跟前踩点，所以当场就用警棍把他制服了。

她简直吓蒙了，大脑突然一片空白，半天仅用手捂住嘴，一句完整的话也说不出来。

不会吧，这咋可能呢？她不停地晃着头。

现在问题还没彻底调查清楚，找你来主要是配合一下。那么，你觉得你男朋友是那种人吗？

不——不可能！他只是个普普通通的记者——盗车贼，打死我也不相信！

俗话说得好，知人知面难知心啊。女警说罢猛地丢开手里的碳素笔，然后，用双手将她桌上的电脑屏幕几乎扭了180度，正好冲着晓蕾面了。

这些相片上的人应该是你吧？女警用右手两根手指笃笃地触碰着鼠标，屏幕上的大幅照片就跟幻灯似的不停变换起来。

这次她既感震惊更觉羞愤，震惊的是这些东西怎会出现在派出所的电脑里，羞愤难当的是那些莫名其妙的画面太不堪入目了，她觉得自己从来没有这么丑陋过，她已无地自容了。

女警大概觉得已没必要再让她继续浏览下去了，于是啪啦一下，又将电脑恢复了原位，然后正襟危坐继续发问。

这都是我们从他相机里发现的，他拍这些的时候，你大概应该清楚的吧。

泪水早已潸然而落，她始终痛苦地摇晃着头，一袭长发散乱地遮蔽了她的脸，继而，双肩和整个身体都开始颤抖了。

你的意思是自己根本不知晓？！

她不想再回答这个问题，因为她觉得昨晚的一切像是一个美丽的圈套，从他俩见面到一起吃饭，再到后来他嚷嚷说肚子难受，然后她就陪他回到了住处，现在看来，所有这些都是他精心设计好的。他是有预谋的！她开始恨他。她使劲抹了抹眼圈，尽量不让自己哭得像个傻瓜。

还想再问一个题外话，你跟他在一起是心甘情愿的吗？还是被他强迫或者诱骗？假如那样的话，案子性质可就大不一样了！

她再度陷入了沉默，这个问题真叫人感到恶心，强迫？诱骗？真是可笑至极！她当然不是无知少女。她忽然抬起头，发现女警仍然死死盯着她，那张古板而冷漠的面孔，就跟这里千篇一律的制服和警帽一样，始终闪烁着一种高高在上的带有鄙视和压制的神情，那感觉仿佛在说：姑娘，你也太轻率了吧。

我现在只能说，他确确实实是我男朋友，至少昨晚以前是这样的。她总算是完完整整一字不落地将心里话说了出来，她不想被对方看作白痴。

后来女警没有让她去见沈越，也许是怕他俩串供什么的，只对她说你还是回去等结果吧。

晓蕾离开派出所时，迎面正好碰到了沈越的那个部主任。她稍稍犹豫了一下，便快步跑上去打招呼。

主任您好，我是沈越的女朋友，求求您无论如何一定要帮帮他啊……我忽然想起来，他好像说过要给报社拍一个什么裸奔者，不知咋会弄成这样……

对方脸色阴霾得有些发青，半天只是用力推了推鼻梁上斯斯文文的细边镜框，同时没好气地扫了她一眼，欲言又止。随即，便撇开她一头扎进派出所里。她无奈地待在原地，眼泪再也止不住，夺眶涌出。

六

外面哗啦啦下起了雨，间或有汹汹雷声滚过头顶，街道上交通一片混乱，暴躁的司机们铆足了劲，一味地用喇叭声轰赶路人，行人则如羊群般不顾一切地在雨幕中来回奔突，弄得到处泥水四溅，叫苦声不迭。这时，沈越从派出所走出来，他一点儿没有要躲避一下的意思。不知怎地，眼下这场猛烈的雷雨隐隐地让他感觉到，连老天爷都想洗刷自己身上的不白之冤。

当他木呆呆地走到一个交叉路口，眯起被雨水打湿的双眼，望向那高高在上的红绿灯时，他突然觉得这世界有时真的很残酷。如同走到了人生的十字路口，前、后、左、右，他一时竟无从选择了。眼下，他好像什么也没有了，事件让部主任恼羞成怒，上午对方在所里见到他时，鄙夷的牙缝里只冒出一句话，小子，这回你完蛋了！据说，那台理光相机被他摔残废了，只剩下里面那张存储卡还能用。一想到这张幸存的芯片，他连死的心都有了，他知道自己太对不起晓蕾，他真是疯了，昨晚干吗心血来潮要拍她呢，到头来害人又害己。刚才释放他时，警察还声色俱厉地交代过，往后要好好做人，别净搞那些歪门邪道，拍点什么不好，就会拍光屁股女人？又说，幸亏没赶上扫黄打非，要不他就死定了！

他决定先去见见晓蕾，当面给她赔罪。当他跟落汤鸡似的出现在她门口时，她冷冷地说了一句，让他这辈子永远不可能忘记的话：咱们到此为止吧。她的话比先前天空滚过的炸雷还要让他恐惧。他浑身上下都湿漉漉的，神经质地打着颤，双手和裤脚不时往下滴水。他苦苦地喜欢了她这么多年，追求了这么多年，没想到到头来，刚刚尝到爱情的甜蜜滋味，彼此却要反目成仇分道扬镳。

你为啥非要那样做？你把我当成什么人了？晓蕾始终流着伤心的泪，恨铁不成钢地质问着他，我真傻，竟相信了你的鬼话，你简直不是人！他无言以对。不过这些已经不重要了，往后你好自为之吧。说着，晓蕾近乎决绝地关闭了房门。

他仍不甘心，用力敲打着她的门，那感觉就像冲锋陷阵的战士，明知阵地皆失性命不保，却还死命地不肯放弃最后的一次挣扎。等他奄奄一息无力再敲打时，才依稀听到里面传来的呜咽声。那一刻，他才意识到自己真的伤透了她的心，他的存在本身就是对她最大的侮辱，自己越是这样纠缠不休，就越是伤害她更深。

对不起晓蕾，实在对不起……他无助地趴在门板上，伴着泪水喃喃自语。

雨停雷歇，天空黑得像一团饱蘸了墨汁的海绵挤压在头上。他忽然想起在大学里，他俩都喜欢听的一首流行歌《分手总要在雨天》，现在这古怪的歌名竟成谶语了。他游游荡荡终于又回到了自己的住处。经过门房时，他下意识地朝玻璃窗张望了一眼，奇怪，竟没有看到那个秃脑袋，好像连电视机也没开，想必是心虚躲起来了吧。假使此刻能见到对方，他或许会把一腔的怒火全部泼洒出来。

雨夜中的小区像古老的城堡那样矗立在眼前，到处都在滴滴答答流水，到处都散发着难闻的雨腥味。当他凝视黑暗中的一栋栋旧的楼房时，他觉得自己好像生出了第三只眼，因为经验教训告诫他不要再多看再多想，而第三只眼却不然，它渴望机会出现，期待奇迹再次发生。主任今天的眼神和口吻充满了叱责和怀疑，也许他认为自己的部下不过是个小流氓，瞎编了一个堂皇的借口，就从报社拿走了相机，不过是为了满足荒唐无耻的一己私欲，他根本就不可能抓拍到什么裸奔者，更不可能有什么深度报道。唯独沈越自己知道，他拍晓蕾完全是出于爱，他太喜欢她了，情不自禁，她的身体有一种让他无法抗拒的魅力，再说了世界上那些伟大的摄影师，包括获得普利策奖的人，哪一个没有拍过女人的裸体？

此时此刻，当浓浓夜色再度笼罩着这个不起眼的小区时，他那观察者的目光突然变得清澈无比，他知道就在这个小小的城堡之中，有一位比自己更了不起的家伙，他可以一丝不挂地翻越大门，径自冲到大街上奔跑，置路人于不顾。而他不过是因为一个莫须有的罪名进了一次派出所，这又有什么关系呢？我可没有犯罪，狗眼看人低，如果我的计划成功了，他们又将会怎么看我？一想到此处，他几乎一口气跑回自己的房间，将秘密存放在床板和褥子之间的那个小存折取了出来，他盯着下面最后一排的四位数思谋着，这点儿积蓄或许可以凑凑合合买到他急需的东西。

正在此时，房门被人从外面嘎吱一声粗暴地拧开了，房东大摇大摆闯进来。这个老女人满身珠光宝气，灯光下仿佛一尊熠熠生辉的佛像。你总算回来了，我没啥好说的，明天天亮前，你必须给我搬走！对方劈头盖脸冲他发号施令。他这才意识到刚才为啥没有看到那个秃脑袋，一准是那老头去通的风报的信。他尽量赔上笑脸，巴巴地解释了好一通，希望她能够网开一面。哼！我不听这个，让你搬你就搬！至于还剩下的俩月房租，我就不退了，总得让我花时间再赁给别人吧！

半夜里被什么响动弄醒了，或者，他根本就没睡踏实，老是不断地做梦。他梦见屋顶突然被大雨冲开了，简直像是水漫金山，整个房间一片汪洋。他好不容易爬上一块木头床板，准备破门逃生，结果刚一钻出门来，外面一下子冲上来十几个人，硬生生把他挤下去了，而他们却迅速地爬上了那块救生木板，七手八脚地开始不停划水，他绝望地冲那些人呼喊，却发现自己的上司，就是部主任正不怀好意地冲着他挥手告别，拜拜喽……这时，他猛地惊醒了，隔壁的响动充满了某种暴力和淫邪的味道，那个姓武的房客回来了，且又带来了某个相好，正在争分夺秒地一通折腾呢。他痛苦地钻进被窝里，把头蒙得严严实实，可那种龌龊的声音简直像钻进了他脑子里，挥之不去。他现在恨透了隔壁那个家伙，如果没有他昨天的那一次善意的提醒，也许晓蕾就不会跟他分手，至少不会发生昨晚拍照那一幕。

实在是无法忍受下去，反正过了今夜他就得卷铺盖走人了，懒得跟这种家伙计较什么，此处不留爷自有留爷处，索性爬起来重新穿好衣裤，独自走到外面去。小区院子一片清冷岑寂，兴许是下过雨的缘故，竟连只野猫也看不到，这种时候世界变得异常安静，好像整个小区仅剩下他一个人了。他把衬衣领口和袖口的扣子都系紧了，又把领子竖了起来，好像这样能更温暖一些，然后不知所终地往前走去。

忽然，从他身后不远处传来腾腾腾的响声，那声音好像没穿鞋的光脚板踩踏出来的，沉甸甸的，他稍一迟疑，腾腾声已飞快地越过了他，径直向前去。他简直目瞪口呆，那个光身子的裸奔者再度出现，仿若鬼使神差一般，正朝着大门的方向一路狂奔。他使劲揉了揉眼睛，他感觉自己的牙齿都开始打战了，喉结上下突突乱窜，这意想不到的场面，这梦寐以求的机会，于他而言，一点儿也不亚于当年哥伦布发现了新大陆。这难道是神授天意不成？他感到一阵狂喜，兴奋不已，有什么东西在心间怒放开来。他来不及想更多，如同勇敢的前赴后继者，急忙从后面紧追上去。

裸奔者灵敏得像公园里的猴子，翻越那道铁栅门不费吹灰之力。而他却笨手笨脚，跟狗熊相仿，腰来腿不来，手脚难以协调配合，当他终于搭上吃奶的力气爬到门栅的最高处时，他竟感到一阵眩晕，好像下面等待他的是万丈深渊。这时，裸奔者早已轻盈地纵身而下，同时回头朝挂在门栅上方的他瞄了一眼，随即便大步流星跑上了小区外的街道。

那一刻，他觉得自己受到了莫大的侮辱，对方显然不把他放在眼里，或者，以那样轻蔑的回望讽刺了他。老子为你丢了职、失了恋，平白无故地蹲了一夜局子，现在还要得到这样的讥讽和嘲笑，是可忍孰不可忍。于是，他把眼一闭，铁了心纵身跳下去，耳边响起了险恶的刺啦声——原来他的衬衫被门栅上端的菱形钢尖挑住了，人落地后衬衣就从后背那里生生撕成两半。他已顾不上这些了，放开腿脚一路穷追不舍。这辈子他从来没有像今夜这样快速奔跑过，他觉得全身血脉偾张，心儿蹦得如热锅炒豆。那个裸奔者似乎洞悉了他的目的，不再像上次那样匆匆一闪便消失不见，恰恰相反，对方反倒像个适可而止的引领者，跑跑停停，既不至于让他立刻追到，也不至于把他落得太远。总之，裸奔者开始跟他玩起了猫和老鼠的游戏。

棘手的问题随着他的狂奔出现了，就是身上被铁门撕扯的衬衫，简直像两片快要折断了的烂翅膀，一路甩甩搭搭碍手碍脚，有几次差点拖到地面上，绊住了他的脚脖子。这样跑着跑着，前面的路突然往右一拐，目标竟消失了。他大口大口喘着粗气，不得要领地四处张望。一阵凉风刮过来，他正好站在一棵杨树下，树叶上积蓄的雨点猛地砸落到他身上，他被这种突然袭击搞得尖叫起来。

正当他有些自怜地擦抹雨水时，那个裸奔者却又悄无声息地出现在他面前了。你一直在追我？对方死死逼近他，眼神中充满了某种难言的痛苦和迷茫的忧郁，光裸的身体距离他仅有半米来远，男人皮肤和肉体的气息扑鼻而来，他甚至能感受到对方那颗狂跳不止的心随时要冲出体外。我不认识你，你到底想干啥？借着路灯昏暗的光芒，他总算看清楚了，这个男人不足三十岁，瘦得可怕，但比自己高出一个脑袋，即便在这样冷清的夜晚，他居然浑身上下都在莫名其妙地冒汗。我……我……我只是个记者，没啥恶意。他不无结巴地却又答非所问。记者？你以为你是谁，最好离我远点儿，如果你再随便干扰别人，别怪我对你不客气！说完，便头也不回继续往前跑开了。

他站在那里犹豫了片刻，对方说得一点儿没错，自己有什么理由半夜三更追赶人家呢，世上没有哪条法律规定，一个人不可以在夜间赤条条出来跑步。这完全是人家的权利和自由嘛，裸奔并没有碍着谁。但别忘了，我是一名报社记者，至少昨晚以前还是，除了好奇心驱使之外，我有责任记录这种事情，毕竟它太不同寻常了！这个男子身上有太多太多的疑点，况且，我已为此付出了不小的代价，我不可能半途而废。他始终被这些问题反复纠缠着，一时间裹足不前了。等他好不容易回过神来，男子早就跑得无影无踪。

最终，他狼狈不堪无望而又无奈地回到了房间，隔壁的响动变成了如雷的鼾声，武房客一准是折腾倦了，睡得像头死猪，可他却全无睡意，翻来覆去半天，最后，只好又拿起眼看快被他翻烂了的《变形记》来消磨时间。

格里高尔每个月给的家用——他自己只留下几个零用钱——款子当然很小……如果光靠利息维持家用，这笔钱还远远不够；这项款子可以使他们生活一年，至多两年，不能再多了。这笔钱根本不能动用，要留着以备不时之需；日常的生活费用得另行设法。他父亲身体虽然还算健壮，但已经老了，他已有五年没做事，也很难期望他能有什么作为了……而格里高尔的老母亲患有气喘病，在家里走动都很困难……又怎能叫她去挣钱养家呢？妹妹还只是个孩子……

七

求爷爷告奶奶好话说尽，主任那副铁石心肠终于有了一丝软化的迹象。其实，主要是为了那台高级理光相机，主任大概不想替自己的下属背这口黑锅。那就看在你以往做事还算认真的分儿上，再给你一次机会，不过从现在起，你的待遇得按实习生对待了，表现好的话再视情况给你转正，至于相机的修理费，就按月从你工资中扣除吧。

他鸡啄碎米般点头致谢。尽管经济受损，但只要能继续留在报社，自己总还有翻身的资本。原先的房子自然是住不得了，好在大丈夫能屈能伸，他总算又在小区街道对面寻到了一间阴面低矮的小煤房。这些房子的墙壁上赫然刷写了无数个雪白雪白的"拆"字，纯粹属于违章建筑，随时会被夷为平地。虽然条件极差，但不至于露宿街头，关键是租金十分便宜，不及原先费用的五分之一，他想先凑合这一阵子，等时来运转再作计较。

一旦离开了那个是非之地，便有了一种距离产生美的效果，整个小区的轮廓清晰可见，它是那样的毫不起眼，却又是那么神秘莫测。现在每每到了夜深人静时分，沈越反倒可以游刃有余地在外面蹲点守候了。这几乎成了他生活中不可或缺的一部分。到底还是拿出自己的积蓄，从二手电子市场淘到了一台半新不旧的柯达全自动相机，外加一个国产的长焦镜头，成像效果还不错。自从有了这套装备，他的蹲守很快便见成效了。没过几天，那个赤裸裸的家伙就被他偷拍到了，对方如何攀爬铁栅门，如何快速冲上马路，如何忘乎所以一路狂奔……功夫不负有心人，他总算以影像的方式获得了第一手宝贵资料，如果一切顺利的话，他想找个恰当的时机跟主任面谈此事，相信到那时主任那张黑脸定会乐开花的。

但是，之所以迟迟未能下定决心，内心还是有着一番纠结的，那就是来自裸奔者的警告，以及对方那种复杂忧郁的眼神，他似乎能感受到某种难以启齿的痛苦折磨着对方，正如他时时为自己的所作所为而感到迷惘和焦虑。一方面，他必须不断寻求成功的机会，以尽快改变当前的困境；而另一方面，他一直念念不忘自己对晓蕾的情感，在她被自己伤害后的这些日子里，他几乎无时无刻不思念着她，她把爱情最美的果实毫无保留地奉献给了他，而他却把晓蕾伤得无以复加。她一定还在恨他，还在深夜里独自偷偷掉眼泪。事实上，白天里只要一有空暇，他就会去她公司附近溜达一圈，远远地看她郁郁寡欢下班回家，看她情绪低落地一个人独来独往，好几次他差点就迎上前去拥抱住她了，但最终还是选择了悄然退却。

一天临近下班时，主任突然叫他到办公室去。他多少感到有些紧张，毕竟他还在新一轮试用期呢，无异于一切从头开始，若表现不好领导只消一句话他就可以走人。小沈啊，你最近工作还是很有起色，可千万不要背啥思想包袱，俗话说得好啊，在哪跌倒就在哪里爬起来嘛！说话的时候，主任正在大口大口吸烟，这说明领导正在极力思考什么，通常对方想问题的时候总是烟不离口吞云吐雾的。他暗自思忖着主任的话，尤其是最后那句，在哪跌倒在哪爬起来，主任好像是在暗示他什么吧？还是确有所指？最近夜里你还常出去不，我的意思是，那件事有没有再去关注一下？

他马上意识到，对方一定是觉察到什么了，或者，报社的某些人暗地里打了他的小报告，比如他购买二手相机的事，要知道记者们平日都憋足了劲抓新闻搞选题呢，生怕自个儿落后挨批失宠，同时，他们又对那些比自己强的同行表现出极大的羡慕嫉妒恨。他犹犹豫豫地说，这种事确实有些难度，不太好把握，也许还涉及个人隐私……不等他把话说完，主任立刻起身打断道，对嘛，越有隐私才越有价值，众所周知的事也犯不着咱们新闻媒体操心，你若是能抓住这个点，狠狠地报道一番，我保证咱们报纸会火的，到时候部里对你的处分可以酌情重新考虑！说着，主任已绕到他身边，颇有深意地拍了一下他的肩膀。他简直受宠若惊，鼓舞的力量是巨大的，他身体的温度似乎开始飙升，领导开出的条件太诱人了，叫他难以抗拒，而满屋子的烟山雾海更叫人有种轻飘飘的迷失感，他几乎差一点儿就把对裸奔者的追踪调查和盘托出了。

事实上，他做梦都想将自己的想法说给晓蕾听，请她帮忙出出主意，但他又非常清楚，在这个问题上她是持反对意见的，他深知她是一个单纯而善良女人，绝对不允许他为了所谓的成功而不择手段，况且，他俩的关系已彻底进入了冰冻期，不知何时才能冰雪融化春暖花开。到了晚上，除了留在编辑室值班，他总是一个人猫在阴暗狭窄废弃的小煤房里，尤其快要接近午夜的时候，内心就有种生满野草的荒凉感。有时为了等待或打发时间，他会刻意翻开《城堡》中被他亲手画过波浪线的折页一字一句读着：

> ……不管这一切多么微不足道，我好歹已经有了一个家，一个职位和实实在在的工作，我有了一个未婚妻，我工作忙不过来，她可以帮我点忙，我将娶她为妻，并且成为村里的一个居民……

可现在，自己的房间里除了一床简单的卧具和两大纸箱书刊，唯一值钱的家当就属那辆电动车了，它像一匹乖顺的小骡驹，随时听候主人的差遣。说实话，这里连个像样的卫生间都没有，洗漱拉撒都要跑好几分钟的路程，白天他特意备好一个空的矿泉水瓶子，晚上起夜只能对准瓶口胡乱解决。至于恋爱问题简直不敢奢望，就算晓蕾能回心转意原谅他，但一想到要让心上人跟自己来这种龌龊的地方约会，他的心都要滴血了。不，我决不能容忍自己待在这鬼地方，我得尽快搬进一个有自来水、有卫生间、有淋浴器的大点儿的房间，最好是朝阳的，有一扇明亮的玻璃窗可以眺望远方，还要有一间小厨房，哪怕是几个人公用的也成。

到了深夜，万物都需要静静地休眠养精蓄锐，可有些人注定不会这样。比如，那个裸奔者，再比如沈越自己。其实，经过这段时间的夜间蹲点跟踪，收获还是非常大。沈越发现那个人高马大的武房客总是在不停地招妓，高的矮的胖的瘦的，只要有点姿色的女人，统统走马灯似的往房间里领，通常两个钟头左右这些女人多半会趁着夜色悄然离去；看门人之所以对此熟视无睹，有时甚至还不辞劳苦地替妓女们开锁放行，皆是因为武房客隔三岔五会塞给对方一包香烟或一小瓶二锅头；至于那个涂脂抹粉珠光宝气的女房东，她一整夜一整夜坐在小区附近的一家老年棋牌乐中心，优哉游哉搓着麻将，这个看起来很富态的女人，实际上长期组织并亲自参与赌博活动。当然，归根到底，在这个城堡里，最吸引他眼球的依旧是那个瘦高瘦高的裸奔者。

起初，沈越对这个人的跟踪和偷拍完全出于某种职业的需要，或者说是还很有功利目的。但是，自从他近距离地见识了对方那种极其无辜而又忧郁的眼神后，忽然就对他产生了某种类似同情的感觉，随着后来蹲点跟踪的进一步深入持续，他越来越觉得对方一定承受着常人难以理解的痛苦，尤其是在那么清凉的雨夜里自己冷得够呛，而他却汗流浃背，也许这根本就是一种病态，裸奔者必须借助午夜的奔跑，才能维持身体的某种平衡。但更多时候，沈越又会把他单纯地看作是一名非常执着的马拉松运动员，比赛的时间总是定在午夜以后，奔跑的路线几乎从来没有改变过，只是参赛者仅有一个人。

有一次，沈越自始至终都驾驶着电动车一路尾随潜行。发现该男子一口气跑到这个城市西边的一条护城河畔，说是河，其实不过是一条黄水渠，据说自汉唐以来便有之，每当夏日总是引来无数游泳爱好者下水嬉戏，当然几乎每个暑假都有数名中小学生溺水身亡，这还不包括完全绝望的自杀者。沈越就曾专门做过相关内容的报道，以此呼吁校方和家庭要严管那些年幼的孩子。

正是在这个夜晚，他目睹裸奔者久久地站立在水渠边，像是在静心倾听那汩汩的水流声，或者，更像是那类想不开的人，正在寻求生命最后的一次了断和解脱。沈越当时躲在一丛黑黢黢的林木中，就在对方准备一跃而起的时候，他猛地从后面蹿上去拦腰抱住了那个人。那种湿漉漉黏糊糊的感觉，至今他都无法忘却。怎么说呢，裸奔者简直就像一条刚从水里爬上岸的大鲇鱼，淋漓的汗液想想都会让人恶心。令他啼笑皆非的是，对方立刻挣脱了他的双臂束缚，在纵身跳进水中的一刹那，忽然冲他大声喊道，有种你也下来追我呀！那一刻，他已惊得魂飞魄散，以为该男子真的狗急跳墙了，那样的话自己岂不成了罪魁祸首？却不承想，人家只是想下去游游泳罢了。事情就是这样，他从一开始偷偷摸摸跟踪盯梢，到现在彼此可以像一对不太友好的对手，既相互排斥，又如影随形。换句话说，裸奔者已不再那么避他唯恐不及，而他也无须躲躲闪闪，那感觉甚至有点儿像某个知名球星和钟爱着他的热心球迷，尽管球迷们的围追堵截经常搞得球星们不胜其烦，但彼此好像谁也离不开谁。

他在报社里突然收到一封家书，是妹妹寄来的，笔迹稚嫩，言辞惶恐。母亲的老胃病再犯，这回异常严重，村镇的医生无能为力，要他们立即转县里医治，可县医院又推说条件有限，无法手术，仅开了些止痛的药，让回去另想法子，母亲怕花钱不肯再治，父亲也做不了主，现在家里乱作一团，所以妹妹偷偷写了信让他快拿主意。祸不单行。没什么好想的，他得尽快赶回老家去，当然还得筹措一笔治疗费，他有种不好的预感，母亲的病可不是一天两天了，在他记忆中她总是面色蜡黄，胃疼得厉害的时候牙关紧咬满头大汗，腰身在炕头弓得老高老高，活像一只被扔进沸水中的老虾。

把存折上所剩的钱都取出来，刚过三千，三千够干什么，如今住院费动辄上万块。要是没买那台二手相机就好了，至少能凑够五千呢，却为了一个不相干的家伙，白白花了自己的血汗钱。没有后悔药可吃，只好另想办法。给城里两个要好的同学打了电话，一个出差在千里之外，远水难解近渴；一个称不巧刚交了房子首付，又贷了款，手头式紧，下半年还要筹备婚礼……唯独晓蕾是自己最亲近的人，可彼此关系搞得那么僵，哪好意思再张嘴借钱？现在，唯有向单位领导苦苦哀求了，再三犹豫，他在跟主任请假的时候，顺便提出能否借支些工资。

主任本来就满脸不悦，不料刚给了他一个改过自新的机会，却又来蹬鼻子上脸。按理说，这个假我不能准，可念在你老母病重，倒还可以考虑，至于借款的事嘛……容我好好想想吧。主任把最后一句话吊得老长，这似乎让他在阴云密布中瞥见了一丝曙光。他急忙弯腰恳切道，您要是能帮这个忙，我们一家老小忘不了主任大恩大德。

言重了，言重了。钱我可以想办法支给你一些，不过呢条件也有一个，就看你乐不乐意？主任说得慢条斯理，他却听得字字千钧。别说一个条件，就是十个八个也成啊。这可是你自己说的哟，咱们的《百态周刊》最近一直没发什么有分量的东西，眼看销量直线往下掉啊，我这个当部主任的难辞其咎，所以还得靠你们这些笔杆子多多支持啊，这样我在社里说话也硬气一些，毕竟，给你这样的同志开绿灯，还是有一定压力的。干脆直说吧，我还是想把这期版面留给你，就做你上次跟我说的那个什么裸影，你赶紧着手准备准备，必要时熬个通宵，然后就可以安心回家探亲啦！

在沈越唯唯诺诺起身即将离开之际，主任没有忘记再强调一下，小沈啊，最近你几次三番求我，我可都给了你很大的面子，你可千万莫叫我失望呀，否则，我很难做哟！

八

假如人们眼力好，可以不停地，在一定意义上可以说是眼睛一眨也不眨地注视着那些事物，那么人们就可以看见许多许多；但是一旦人们放松注意，合上眼睛，眼前便立刻变成漆黑一团……

出门前，沈越多少变得有些烦躁难安，即便是他平时最喜欢的书，也根本看不进去，眼睛不过是长时间盯着折纸上的一段文字发呆。或许，这句话跟他的职业有关。想想看，一个小报记者，确实需要像卡夫卡说的那样"眼睛一眨也不眨"，这样兴许才会有所发现，不然两眼总是一抹黑。问题是，有些东西看得太清未必是件好事，他现在多少有点儿骑虎难下了。得罪了主任当然不会有好果子吃，况且自己还有求于他，家事来得那么的十万火急，容不得他优柔寡断。只能先顾一头了，每个人都是自私的，人不为己天诛地灭，对于那个无辜的家伙，也许他只能说声抱歉了。照理人家的裸奔行为确实没有碍着别人，更没在光天化日之下赤身裸体有碍观瞻，假如那样的话，城管和警察一定不会放过他的。沈越还记得有一晚，自己好像问过他，你这样跑来跑去到底图什么？对方很坦然地回答道，舒服，痛快，无牵无挂的。然后，又若有所思地补充道，你永远不会懂的，除非你像我这样真正地跑上一次。一想到自己也浑身上下扒得精光，然后风风火火不顾一切冲上午夜街头，他觉得那样还不如让他去跳河来得干净。

沈越步行走到街上，在黑暗中久久凝视着马路对过的那个小小城堡。那是自己不久前暂住过的地方，在这生活区的某个狭小的房间里，他曾度过了一个个不眠之夜，那里甚至还留下了心上人的芳香气息和似水柔情，可后来皆因发现了裸奔男子，一切都变得如此不堪，最终，他几乎落得被人家扫地出门了。此刻，他特意换了一双半新不旧的运动鞋，照相机、录音笔这些玩意儿一样也没有带在身上，唯独怀着一种复杂莫名的心情，孤注一掷地等待男子再度出现。

其实，报纸要用的那篇稿子已基本成形，毕竟前一阵子除了上班他一直在琢磨此事。不过，他不想在自己的文章里一味地丑化对方，取悦那些普通读者，他审慎地称之为"乐观的夜晚奔跑者""一只永不停歇的夜莺"，他甚至认为只要没有功利色彩——比如为了某种个人诉求得不到满足或不被有关部门重视而刻意为之——这样的方式并没什么值得大惊小怪或口诛笔伐的，毕竟奔跑是一个人最基本的自由和权利，谁也无权剥夺。至于主任所强调的失恋者啦，第三者啦，性变态啦，他统统不想牵扯进去，那样首先会坏了自己的胃口，因为他逐渐认识到，过分地去消费别人的隐私是不道德的。即便是自己不得已要报道这件不同寻常的事，他也不想随便泼一盆脏水玷污了对方的清白之身——尤其是想到对方赤身裸体毫不避讳的执拗模样，他几乎为此感到一丝惭愧，怎样的灵魂才能配得上那样一副身躯？

正当沈越漫无边际地胡思乱想时，裸奔者已如期而至。他觉得眼前一亮，心中顿时涌起一股很微妙的东西，甚至不无感激之情。这样的等待实在是非常盲目的，万一目标物始终不肯露面，那无异于竹篮打水，尤其是今晚，他可是满心希望要见此人一面，也许彼此可以开诚布公地聊聊，以便他能更感性也更客观地在文章中描述对方，至少可以征得对方同意。不过，他很快就注意到，裸奔者翻越那扇黑乎乎的铁栅门时，动作显得有些迟缓，跟前一阵相比似乎是力不从心的。其实，他完全可以不必如此费力劳神，只要跟门房打声招呼，或可自由通行。不过，他转念就想到那个秃脑袋并不好惹，所以求人不如求己，毕竟他选择的是一条有悖常理的道路（包括一次次翻爬大铁门），深更半夜搅扰别人的好梦，本身就是节外生枝。他还发现裸奔者从栅门顶端跳下来后，并没有立刻起身迈开两条瘦长的腿一路飞奔，而是在地面上蹲了那么一会儿，像是稍事休息，随后才像往常一样站起来，朝马路这边不紧不慢地跑动起来。

这种时候，裸奔者的身影被街灯拉得很长很长，如同一个来自外星的神秘巨人，孤独而决绝地踏上了人类午夜冷清的街道。等对方终于按照既定路线进入正轨之后，沈越才敢放开脚步，慢慢地跟上去。现在，他几乎可以清晰地听到对方奔跑时断断续续的喘息声，嗅出漫漶的汗液气味正在随风飘散，而所有这些声气无疑会让人感到迷惑，以致陷入某种不能自拔的虚幻境地。他觉得自己多像一位忠心耿耿的陪练，不辞劳苦地一路相随，默默无闻，不图任何回报。抑或，还有点儿像那个愚拙质朴的仆人桑丘，矢志不渝地跟随在主人堂吉诃德身后，做出连他自己都不太相信的举动。堂吉诃德毕竟有着自己的崇高信念，他要做那类忠肝义胆的古代游侠，凭一己之力铲除人间邪恶。不过，其行为举止往往又是那么的不合时宜，甚至滑稽可笑，正如眼下这个裸奔男子的种种行径，执拗，古怪，荒唐，叫人忍俊不禁。

也许是穿了运动鞋的缘故，很快沈越便轻而易举追上了他，两个人几乎在并肩而行，活像一对亲密战友。这种时候，无论是沈越还是裸奔者，他们都显得非常谨慎，一声不吭，谁也不肯轻易去打扰对方，谁也不想无端地破坏了这和谐安宁的气氛，彼此都有点儿心照不宣的意思，又仿佛是事先约好的那样默契。事实上，沈越从小体育成绩很差，不喜欢跑跑跳跳的，因为他的两条腿先天有点罗圈儿，每每跑动时都要被体育老师或同学们肆意嘲笑，说他像只丑陋的鸭子一跛一跛的，所以，他总是喜欢偷偷躲在某个角落里，捧着一本小人书看得入迷。此时此刻，这种看似不露声色的奔跑，竟给他带来了一种前所未有的快乐体验，这丝毫不以他的意志为转移，因为在黑暗中谁也不会注意到他的腿型和跑姿，跑步者的身心完全融入浓浓的夜色中了，就像鱼儿和水的关系，他能感受到那份前所未有的自由徜徉和惬意。他想，或许这种感受裸奔者会更强烈一些吧。

很快，他们二人一同穿过了两条主干马路，拐入一条相对狭窄的街巷，裸奔者却突然停了下来，两只手臂无力地搭在大腿上面，整个腰身向前佝偻着，大口大口喘着气，一副十分疲惫的样子。借着头顶一团昏暗的灯光，沈越长时间打量着对方。我恐怕，这样跑不了，多久。裸奔者边喘边断断续续地说，那口气多少有些沮丧和力不从心，又像是在跟一个多年的至交做最后的告白。这时，沈越才意识到对方真的是很虚弱，这似乎证实了自己先前的所见与猜测。

你是不是觉得哪里不舒服？沈越眼睛一眨不眨地盯着那张

被浓密的头发半遮着的瘦削脸庞，那忧郁的眼神也不再像他头一回所见到那样桀骜了，相反有些病恹恹的枯焦。

要不，今晚就别再跑了。他以这样商量的口吻劝说对方时，心里忽然涌起一股很复杂的恻隐之情。咱们可以找个地方坐下来歇歇。

不！裸奔者仿佛受到某种刺激，猛地在他面前挺直了胸膛，既来之则安之，我一定要坚持跑完！

对方确实比他想象中还要瘦，说话的时候那些肋条骨如鱼刺般，一道一道清晰可见，使得他那光裸的腹腔看上去空瘪而单薄，唯独没完没了的汗液像一群群白蚁爬满周身，在街灯的映射下发出熠熠的冷光，叫人不寒而栗。

如果有人非要把你的事情拿到报纸上去说道说道，你会怎样想？

那个人就是你吧？

对不起，我打一开始就不想对你隐瞒什么，你知道我是个记者，这是我的饭碗嘛。

没啥对起对不起的，我们每个人都应该去做自己该做的事。

也包括你和你的这种奔跑方式？

也许是吧。

据我了解，像人家国外很多裸奔者会成立一个什么组织，比如动物保护组织，他们每次集体行动都有非常明确的目的，要么扯着条幅，要么举块牌子，总之是为了抵抗什么，力争获得某种权益，而你这样好像什么也不为。

我为自己！我说过我喜欢无拘无束！

我不得不承认，这一点你很让我羡慕，真的。其实我并不太想当记者，也不怕你见笑，我上大学时的梦想是，有朝一日成为一名作家，当初连我女朋友都坚信我很有这个潜力。可是，直到如今我还是一事无成，每天都不知在忙碌什么。不瞒你说，最近连女朋友也离我而去了。

哦，这方面咱们倒是同病相怜，你该知道的，没有哪个姑娘能受得了我这样。我没你那么幸运，没念过什么大学，就连中学也是勉勉强强读完的，那时我突然得了一种怪病，浑身总是不停地冒汗，好像每只毛孔都是一根关不住的水管子，不管往哪里一坐一躺，不大工夫，那个地方就湿乎乎一大摊，就跟小孩尿了床似的，我自个儿都觉得恶心，去学校里简直太丢人了，每个人都拿奇怪的眼神看我，我在他们眼中就是个湿漉漉的大怪物。前些年，家里没少带我去外地求医问药，兰州、西安、北京到处跑，可谁也对付不了这种奇怪的多汗症，只说是肾上有毛病，体虚，盗汗，需要慢慢调理，反正中药西药吃了不知多少，家里还欠了一屁股债。我的初恋女友以前对我也很不错，可后来还是被我的怪病给吓跑了，她甚至不敢拉我的手！我在家什么也不能穿，只能凑合着披披浴巾什么的，因为只要穿上衣裤马上就湿乎乎的，全都粘在身上，难受得要死。白天我当然哪也不能去，一个人关在房里，那滋味简直像坐牢，所以我最喜欢夜深人静的时候，只有这时我才能悄悄地溜出来，像这样不停地跑啊，跑啊，也只有这时，我才能感觉到心在跳，浑身有使不完的劲……我还活着，没有被那些讨厌的汗水活活淹死！

风呜呜地跟在两人耳边奔跑个不停，那些天亮前即将结束一生的小咬们正围着路灯飞上飞下疯狂旋转，好像非要将身上多余的精血消耗殆尽。时不时，总能看到一两个孤苦伶仃的老乞丐，正平展展地躺在公交车站的候车椅上，脑袋底下枕着个鼓鼓囊囊的破袋子，口鼻间发出黏稠的呼噜声；一群浓妆艳抹香气刺鼻的小姐，交头接耳聚在车站附近那一排灯光暧昧的洗头店门口，钓鱼似的直勾勾等着客人上来搭讪；跑夜班的出租车照常守在霓虹闪烁的酒店或歌厅跟前，每当里面踱出一串摇晃着的身影时，司机和汽车立刻就骚动起来……在这个午夜两点多的城市里，所有不眠的灵魂不外乎如此，就像灯下那些茕茕孑立的小昆虫们，痛苦，也快乐着。

沈越边往前跑边瞎琢磨。此时，他不得不承认，世界在这种时候显得特别单纯和安宁，人与人之间似乎变得很容易沟通，平静舒缓的语调或许最能流露出一个人的所思所感，漆黑的夜色根本无法掩盖一个寂寞的灵魂。白天，每个人都在伪装，道貌岸然，冠冕堂皇，唯独这种时候，才会暂时卸下面具，做回真正的自己。就像跑在他身边的这位老兄，尽管全身一丝不挂，尽管怪病缠身，可他的精神是纯净的、自由的，几乎无人可比。沈越忽然又想到一个更加生动的称呼，即"自由的灵魂斗士"，或许用它来形容这个长期被病症所折磨着的男人最恰当不过。

冷不丁地，裸奔者一个趔趄突然栽倒了。沈越不无惊恐地睁大双眼，那副瘦削的身躯就这样光溜溜软塌塌地趴在漆黑的街道上，腿脚正无力地一下一下蹭刮着地面，好像还在匍匐前进似的，嘴里发出痛苦而绝望的哀鸣，似乎是，这辈子再也无法站立起来。由于距离太近了，沈越能够感受到对方的无奈与无助，因为多少年来这个男人一直在跟自己的身体顽强抗争，试图用自己的方式驯服它改造它拯救它，好让身体完全服从于个人的意志，然而他真的太虚弱了，终于被这最后一根稻草压垮了。

后来，就在沈越手忙脚乱地俯下身去准备施救时，耳边忽然响起那种熟悉的咔嚓咔嚓的快门声，一道道突如其来的闪电直逼双眼，脚下的街道霎时被照得一片炽亮。某个瞬间，眼睛仿佛跟失明了一般，什么也看不到。唯独耳畔传来的是，那个趴在地上的裸身男子发出的孱弱而苍白的呻吟……这种时候，他不可能不呻吟。

九

沈越一直在医院里挨到东方发白。蒙蒙眬眬揉开眼皮，看到那个人平躺在自己眼前，鼻孔戴了蓝色的氧气罩，手背上插着输液吊针，那副瘦削的身体完全隐蔽在单薄的被子下面，看上去奄奄一息——这个印象总让他想起病人夜里趴在自己背上，完全虚脱了，一路上淋漓的汗水湿透了他的脊背，情况十分危急，他不得不背起这个男人气喘吁吁地往附近的医院跑去。

值班医生也被这种赤身裸体的模样给镇住了，因为他们很少遇到这么古怪的病人，半夜三更光溜溜地被人背进医院。好在医生还是进行了基本的急救处理，他虽然不是病人家属，但还是愿意留下来照料。他自始至终坐在病床旁边的一只白色方凳上，后来实在困了，索性将上半身趴在床沿边休息。当他看到病人依旧在沉睡或昏迷不醒时，不由得伸出手轻轻掀开被子一角，发现医护早给病人套了一身灰蓝道道的病号服，这让对方看起来更像一个濒临垂危的患者。之后，他到护士办跟人家打声招呼，说得抓紧时间去找患者家属来。护士睡眼惺忪，但还是不无狐疑地问道，你真的不是病人家属？他不想跟这种人啰唆什么，有关裸奔者的情况他在来时已说得够清楚了，便径直走出医院。清晨的空气异常清新，他有点儿贪婪地深吸了几大口。真是一个不同寻常的夜晚！即便这时他还是感到心有余悸。

寻找病人家属并不太难，当沈越一股脑地将情况讲给秃脑袋时，对方显然并不感到非常惊讶，相反就像这个结果他早就料到了，只是个时间问题。不过，秃脑袋的目光多少有一些躲躲闪闪，面对这个曾被他用电警棍制服过的年轻人，也许内心存有那么一丝愧疚，竟主动提出要亲自带他去找人。这种时候，他多少有点受宠若惊，原以为自己会被拒之门外，免不了费一番口舌的。现在，看门人边在前面给他带路，边连连叹息道，唉！说来真够可怜的，摊上那么个怪病，好端端一家人硬给拖垮了，听说他老子又查出了很严重的风湿病……以前我也不是没挡过他，不许他夜里往外瞎跑，你说说一个大老爷们儿，光着身子满世界跑，多丢人现眼啊！可腿脚长在他身上，我一个老头子哪能挡得住呢？你十二点去挡，他就一点跑，你一点去挡吧，他又两点以后往出跑，这谁能耗得起啊！可话又说回来，人家爹娘老子都管不了，咱两姓旁人操啥闲心……

听看门人这样唠叨，沈越恍惚间又回忆起那天深夜，当他询问是否看见有人裸奔时，对方一脸的漠然表情，他忽然对这个看门老头产生了一丝丝好感。至少，这种睁一眼闭一眼的态度，对裸奔者十分有利，否则，病人会更加痛苦的。他们一老一少七拐八拐，很快就来到那个裸奔者家门前。楼道阴森森的，一扇老式的防盗门漆皮剥落锈迹斑斑，门口堆着两只装满了垃圾的塑料袋，发出一股刺鼻的恶臭，紧挨墙根还摆着一只布满灰尘的咸菜坛子。看门人二话不说，直接抬起手掌啪啪地用力拍门，过了好半天，里面才算有了响动。防盗门嘎啦啦地从里面推开，一个老妇人的脑袋慢吞吞地探伸出来，那只沟壑纵横的额头上，闪着困顿疑惑的幽光。

这位是报社记者，你儿子夜里跑出去跌倒了，真是多亏人家啊！看门人大声喊完话，才掉转身冲沈越客气地点了点头。那你先忙着，我得赶紧回去盯着大门。

在破败而又局促的裸奔者家里，沈越发现眼前的桌面或茶几上，除了堆放着各式各样的药瓶药罐药盒之外，几乎再也看不到任何装饰性物品，可以说连件像样的家具和电器都没有。兴许是长年累月煎熬中药的缘故，一股浓酽苦涩的草药味始终弥漫在晦暗的空气中，叫他有种晕晕乎乎的沉迷感。老妇人一看就是那种老实巴交的家庭妇女，头发早已花白，生得瘦骨嶙峋（看来裸奔者很受她的遗传），背驼得很厉害，说起话来有气无力的，她一个人平日要操心两个病怏怏的男人，劳累程度是可想而知的。他刚跟老妇人简单交代完病人的一些情况，以及具体住在哪家医院，手机突然响了，主任的口气火急火燎的，恨不得将他从电话里直接拽走。你马上给我到报社来，一分钟也别耽搁！

夜里的事情都快把他搅糊涂了，这才想起主任给自己布置的光荣而艰巨的任务。图片是现成的，那篇稿子也八九不离十了，只需稍加修改和润色，可他忽然意识到，也许自己真的不该那么做，裸奔者现在还躺在医院里输氧打点滴呢，健康状况不容乐观。最重要的是，当他一大早贸然走进这个家中，面对满头银丝形容憔悴的病人家属，以及杂乱无章几乎是家徒四壁的房间时，他的心一下子被什么东西给揪住了。他不禁想起那句话，幸福的家庭大致相似，而不幸福的家庭各有各的不幸。如果说，此前他对裸奔者充满了新闻调查者特有的好奇与追问，那么此时此刻，当他真真切切地感受到，这个倒霉透顶的家庭几乎已走到崩溃的边缘，任何一种来自外部的力量都会将之毁灭掉时，他便彻底地陷入到一个人最起码的怜悯当中，尽管这种情感可能一钱不值。不知怎地，眼前的老妇人总能让他想起远在家乡的母亲，她老人家的身体也是这样的差，老胃病无时无刻不折磨着她，算起来妹妹的信寄出十来天了，真不敢想象母亲这些天是怎么煎熬的。

幸亏主任的电话及时提醒了他。钱！他现在急需筹措一笔治疗费，并尽快带回老家去，这才是天大的事啊——这也许是他唯一能为母亲做的事了，他可不想为此留下终身的遗憾。所以，接下来他不得不慌慌张张跑回自己的住处，趴在桌上将那篇稿子从头至尾细细修改了一遍，然后取了相机，又急急忙忙往报社赶去。一路上，他的心绪久久难以平复，明明知道自己不该那样做，可现实又绝不容许他左顾右盼。想到家人，想到母亲，想到自己目前的处境，还有他跟晓蕾那段感情，他的心肠又慢慢地变硬了，理所当然地被现实牵着鼻子走了。

一见主任的面，果然先吃了当头一棒。你瞧瞧这是什么？对方将今天刚出版的一张兄弟报纸摊开在他眼前，并且怒不可遏地高声念道：本市凌晨两点惊现神秘裸奔男子！他妈的，岂有此理，竟让这帮家伙捷足先登了！

他诚惶诚恐地盯着那行黑色醒目的新闻标语，以及配发在上面一张裸奔者的大特写，就在他熟悉的裸身男子身旁，他忽然发现了自己的身影，尽管它就像是一幢恐怖的鬼影模糊不清，但他心里分明清楚那正是自己。他应该有预感的，深夜里他们确实被什么人跟踪偷拍过，但当时他一点儿也没往这方面想，这才叫螳螂捕蝉，黄雀在后呢！

主任突然发狠将那张报纸揉作一团，然后，气冲冲地啪嗒一下，随手丢进桌旁的纸篓中去了。没什么大不了的，这家报纸只是发了条简讯，接下来的大文章还得看咱们《百态周刊》的。对方那种自信得有些自负的目光，已死死瞄准了他的相机以及他这个人，好像奸商突然看到了某个巨大的商机摆在眼前。我要的东西你都带来了吧？主任挑着眉头这样发问时，他忽然感到一阵少有的紧张，怎么说呢，就好像电影里不择手段的绑票者在跟人质家属谈最后的条件。

他的双手莫名地开始哆嗦，身子不可抑制地发起颤来，如果真的是电影场景，他应该跟对方说，当然都带来了，咱们一手交钱一手交货吧。可是现在，坐在他面前的是部主任，是顶头上司，是绝对的权威，掌握着他的生杀大权，他是不可能跟他谈什么条件的。他唯一能做的就是，乖乖地，将自己手里的东西悉数交出。

最后一瞬间，他的手指分明已经在裤兜里夹住了那篇手写稿，只消轻轻地拿出来便万事大吉了，他眼前倏地又跟放电影似的掠过一组慢镜头。那是裸奔男子在夜色中一次次攀爬栅门，一次次迈开双腿一路狂奔，一次次大汗淋漓却又不屈不挠，他甚至又想起昨晚对方跟自己说过的那句话：我还活着，没有被那些讨厌的汗水活活淹死！现在，这句话简直就像一句惊世骇俗的咒语，叫他忽然感到自己是如此的渺小和卑劣……

十

再次见到晓蕾已是两个月后的事了。

这期间沈越回过一趟老家，不过他并没有机会带着母亲到城里治病，而是去参加老人家的葬礼。其实，妹妹那封信从家里寄出时，母亲已病入膏肓，胃癌晚期，县医院的大夫偷偷跟父亲交过底，说最好把病人接回家去，让她安安生生走吧。后来听妹妹说，母亲临终前的夜里一遍遍唤着他的乳名——而那晚他正好是在医院里陪着裸奔者一起度过的。

《百态周刊》在沈越回家奔丧时刊登了那篇署名文章，主任还亲自操刀，将"乐观的夜晚奔跑者""一只永不停歇的夜

莺""自由的灵魂斗士"改为"一个肆无忌惮的裸奔男子"和
"古怪的裸露癖患者"，甚至还添油加醋地将裸奔者说成是因
为家庭不睦、就业无门、爱情受挫等原因造成的疑似精神分裂
症，云云。不管怎么说，那期的报纸销量确实创下了本年度最
好纪录，主任那张阴晴不定的脸因此风光了好一阵子。当然，
沈越自个儿也被破格转正，至于损坏相机的事，也都将功折罪
一笔勾销了。

只是，晓蕾一直躲着不肯跟他见面。打手机不接，发短信
也不回。最后，沈越只好下班后硬着头皮去她公司附近堵她。
晓蕾一眼便瞅见他袖子上的那圈黑孝箍了，她这才迟疑地停下
脚步。她发现这段时间他好像瘦多了，两只眼窝陷得很深，神
情似乎也很忧郁。

咱俩能不能心平气和地谈谈？他深情地望着她的脸，满心
希望她能再给自己一次机会。她也幽忧地望着他，眼睛一眨不
眨地端详了他半天，好像是，要从他的表情中找到一个十分确
凿的理由，从而可以重新开始。你为什么非要那样写人家，你
有没有想过对方的感受？她终于开口说话了，但他一点儿也不
想讨论这个问题，尤其是这一刻，他觉得彼此分开得实在太久
太久了。

忘了告诉你，我母亲病逝了。他尽快转移话题，我觉得自
己真是不孝，竟没能让她老人家临走前，瞧上咱们一眼。他刻
意用了"咱们"一词。对不起，我也很难过！她的眼神不再像
刚才那样硬生生盯着他了，而是逃避似的瞥向公司对面的闹
市，那里就像平时的每天行人如蝼蚁般拼命奔波的样子。我该

走了。刚说到这，她突然低下头去，像是要极力克制住自己的情绪，或者，只是不想让对方看见自己正在流泪的样子。他却猛地一把将她揽进怀里，执拗地凑过嘴唇想吻她。求你别这样好不好……她近乎疯狂地用双手推搡他的身体，他向后趔趄着松了手。如果不是那张报纸，如果当初你能听我的……也许我会重新考虑的，可是你真的太让人失望了！

晓蕾，你先听我解释好不好？你根本不知道我有多纠结，这件事我心里比谁都内疚都痛苦，我真的不想刻意去伤害任何一个人，包括那名男子，问题是我不那样做，结果只有一个，卷铺盖滚蛋！那样一来，我真的就完了，以前所有心血全都付之东流，像我这样没啥资历的小记者，绝不能轻易放弃任何一次机会！我能做的，只是尽量别把当事人写得那么不堪，这一点我问心无愧！可报纸发表时被人动了手脚，你知道这也不是我能左右得了的。这段时间，我心里反复在想，到底什么算成功，什么又算失败，其实成功和失败不过就是人家点头或摇头，说白了，他们喜欢的事你应付得好就是成功，否则一切都是扯淡！

我觉得你太自私了，你满脑子只有你自己！晓蕾一字一顿地说。

可我心里一直有你，你不知道我有多在乎你？我之所以这样做，还不都是为了咱俩的将来，你一定得理解我啊！

将来，将来，我们还会有吗……

晓蕾默默地念叨着，轻轻地摇着头，终于转身头也不回地跑开了。任凭他站在原地大声呼喊，捶胸顿足。

十一

此后一连数日，沈越上班都无精打采的，经常用双手托住腮帮子，长时间呆望着窗外。

主任总是善于察言观色，有时他也会对属下的私人生活表现出某种罕见的热情。轮到值晚班时，主任忽然很神秘地将一张 SIM 卡丢在沈越面前。小沈，这东西我可一直替你保存着，现在兴许能派上什么用场。他懵懂地看了看主任，又瞅了瞅那张小小的芯片，好像那里藏着一个不为人知的秘密。主任的脸上挂着一层很模糊却又很分明的提示，就连眼神也透着一种狡黠，不无怂恿意味。

喂，男子汉大丈夫，不要轻易被一个女人打败，有时这种事也得动动脑子嘛！他听见主任在离开值班室前如是说。

他迅速地将那张芯片插进读卡器，啪啪地点击了几下鼠标，电脑屏幕上立刻浮现出一幅幅赤身裸体的女人照来，光滑白皙的肌肤，凹凸有致的曲线，如醍醐灌顶一般，他终于无师自通地领悟了主任的深意。一种说不出的兴奋开始在体内疯狂燃烧，他几乎有种稳操胜券的沾沾自喜。

当初，偷偷摸摸拍下它们时，可真是没这样想过，充其量也就是想留作纪念，却不想有朝一日它们会变得如此重要，简直就像是一张张致命的王牌。看来，姜还是老的辣啊！他甚至开始想象，晓蕾看见这些图片时的表情，震惊、羞愤、尴尬、无地自容或忍气吞声。到那个时候，她怕是不得不乖乖地屈服于他，回心转意，满天云彩散，他俩又可以天天在一起了。他觉得，只要能和她在一起，做什么都是值得的，因为他不想失败，害怕失败。

手头的工作总算告一段落，尽管人很疲累，但一想到那样东西他的心就怦怦直跳，不无窃喜之意。趁别人不注意的时候，他用A4纸打印了两张图片，上面的女人几乎是全裸的，他小心地折叠起来塞进一个写好地址的小信封内，然后又揣在裤兜里。不管怎么说，能在人生最关键的时刻得到这张芯片，真让他喜出望外，这是他到报社以来头一回打心底里感激主任，因为这不啻为一场及时雨，虽然他们相处并不愉快，对方总是居高临下颐指气使甚至刚愎自用，每每让他这样的下属陷入尴尬境地。不过，这一切似乎并不那么重要，只要对方支的招数能够奏效，能让心上人回到自己身边，他大可以不计前嫌感恩戴德。

夜风中平添了丝丝凉意，这个夏天已然走到了尽头。老远就望见那扇黑漆漆的铁栅门了，以及浸淫在夜色中的幢幢楼影。门房的窗户依旧闪烁着灰蓝色的荧光，那个看门人一准守在电视机旁，边观看边打盹呢。他心里忽然有种说不出的依恋，这种微妙的情感突如其来。他下意识地在路对过停下电动车，然后，眼睛一眨不眨地凝望曾经居住过的这个地方。这种时候，它的确酷似一座城堡，寂静，幽暗，神秘，不露声色，紧闭的大铁门几乎让它与世隔绝了一般。渐渐地，思绪变得有些漫漶起来，他不无荒唐地在想，那个武姓房客也许正同柿饼子脸女人颠鸾倒凤呢，以前他每回值夜班这家伙都不会闲着；当然，最让他惦记的还是那个浑身湿漉漉的裸奔男子，有一阵子没见到他了，是否还安然无恙？也许那篇报道彻底改变了他，至少会引起更多人关注吧，说不准还会有好心人肯为他的病情慷慨解囊呢，从此可以继续接受治疗，不必那样一趟一趟往出跑了……这些他都无法确定，但他似乎再也没有勇气走进这个普普通通的生活小区，他只能这样远远地窥望着。

这时，一股嗡嗡作响的强烈振动从裤兜那里自下而上传遍全身，这感觉很像某种神秘物质倏地钻进他的肉体和灵魂中了，使倦怠的他多少为之一振。当他摸索着掏出手机查看信息时，整个人仿佛断了电的机器突然僵在夜色中。

我冷静地想过，你对别人的态度，可能就是将来对我的态度，你把成功看得比什么都重要，所以你不会在乎别人的感受，也许这些都无可厚非，可这却是最让我害怕的东西，我觉得自己越来越不了解你，或者，我从来都没真正了解过你。

有件事我必须向你坦白，就在上次见面的前两天，我发现自己怀孕了，本来我希望以此来缓和咱们的关系，可当我见到你之后，才觉得自己的想法太幼稚，我根本不能说服你，我不能用一个无辜的小生命去冒险。所以请你原谅，我只能将我们之间的一切都悄悄抹去，这样对彼此都有好处……最后祝你幸福！

手机上的文字泛着荧荧绿光，几乎每一个字都有撼动心弦的力量，那种前所未有的负罪感正洗劫着他的每一根神经。眼前仿佛有一团血肉模糊的小东西，正在那里微微蠕动，叫人心惊肉跳，血脉偾张，嗓子眼一阵阵发紧。他几乎不敢再去深想什么，否则会吐得稀里哗啦的。他稍稍让自己镇定了几秒，便急不可待地给她拨电话，可提示音告诉他对方已经关机了。该死！他简直快疯掉了。他必须马上赶去见她，一刻也不能再迟疑。

当他像匹野马发动车子开始在午夜的街道一路狂飙时，满脑子都是她往日的音容笑貌，尤其是当初他们在学校刚认识那会儿，两个人经常一起去泡图书馆，每次他在报纸上发表了豆腐块，她都会悉心地帮他收集起来，或者，当着他的面逐字逐句诵读一遍，那时她嗓音甜美柔情似水，那时他俩青春做伴无忧无虑……可是转眼之间，一切都改变了，晓蕾竟如此决绝地要离他而去，他终于忍不住淌下热泪。

还没跑出多远，电动车便在耳边吱扭一声没了声气，该死的玩意儿总是在关键时刻没电，这真让他痛恨不已。他已顾不得许多，随便拿链条锁把它拴在街边的一棵树下，接着便迈开腿脚奔跑起来。他这辈子好像从来没有为了谁这样没命地跑过，以至于气喘吁吁汗流浃背，衣服裤子完全粘在身上，好像无数条潮湿的绳索将他结结实实捆住，整个人被死死纠缠，被时刻左右，失去自由，没有方向，蒙头蒙脑，这感觉实在太龌龊了，就像他现在的处境，或者在报社里度过的每一天。扪心自问，这一切真的不是他想要的生活，他想要的并不仅仅是这些。

他一面往前跑，一面无法按捺地解开了衬衫纽扣。夜风一下子灌了进来，细密的汗液不一会儿就被风吹干了，衬衫自然而然从身体上剥离开，如同白色的精灵一般，扑喇喇在夜色中翻卷狂舞，这感觉的确舒爽至极！他索性将衬衫脱下来拎在手上，就跟田径明星在赛场上那样激情洒脱地解放自己。不过，他一时尚未意识到，当这样光着上身在街道上奔跑时，已不知不觉加入准裸奔者的行列中了。

他越来越真实地品尝到那种淋漓酣畅的滋味，好像再也无须听从别人的怂恿和摆弄，更不必处心积虑煞费苦心。这个特殊的夜晚完全向他敞开了心扉，而他似乎也有足够的勇气应付这座黑暗中的城市。当他终于领略到光着身体奔跑的感觉如此美妙之后，不禁哑然失笑！他忽然记起什么，急忙从裤兜里摸出那个皱巴巴的小信封，不久前它还被视若至宝和王牌，此刻却猥琐得一钱不值甚至叫人恶心。他用力将它撕得粉碎，然后像个调皮的大男孩随手抛散出去，他看到白色的雪片在裸露的夜空中纷纷扬扬坠落着。与此同时，他竟鬼使神差地解开了皮带，毫无顾忌地将裹在腿上的长裤扯了下来。恍惚间，那个汗流似水的裸奔男子又出现在眼前，对方那种执拗的眼神让他忽然有所顿悟，有时候人们只是需要彻彻底底地解脱一下自己，仅此而已。

凌晨两点钟，万籁俱寂，夜凉如水，整条大街上静悄悄空荡荡的，一个赤身男子正在一路狂奔……

投奔

一

临走前好像也没说啥，真的！统共就一句，他说等再攒多点儿钱，就跟我把婚结了。说这话时，采莲几乎是在自言自语，声音跟小病猫似的可怜兮兮，怀里抱着的小星正在不停啃食自己的手指，小家伙已经学会用他还没有一颗牙齿的小嘴巴探寻这个世界了。也就是打那时候起，我隐隐觉着他的眼神有些怪，就是跟平时不太一样，可能都是因为这个孩子让他心烦。

这种时候，康丽表姐始终不吱一声，而是手脚利落地往奶瓶里加了几勺奶粉，又灌了多半瓶热水，上下不停晃荡着晃荡着，奶瓶变得白蒙蒙的，很像被调皮男孩吹起来的一只避孕套。之后，康丽表姐把奶嘴搭在手腕处挤出两滴，试了一试，才随手递给了采莲。快让咱们的小星星吃吧，瞧他饿得那小馋样儿。采莲慢吞吞地接过去，动作有些机械地将孩子身体抱正，再把奶嘴塞进小家伙红彤彤的嘴里。

自从采莲带着小星投靠到这里，康丽表姐便自觉自愿地充当起她母子俩的义工，换尿布，洗屁屁，冲奶粉，抱着孩子满屋转悠，有时还负责哄他睡觉，采莲总算是有机会弥补前一阵子被严重拖欠下的那些瞌睡。问题是她现在总也睡不踏实，合上眼往事就一段段浮现。没有小星之前，日子够快活，没有太多烦忧，世界就他们二人，小得不能再小，好得不能再好，白天他俩都各自在外面奔忙挣钱，虽说打工事事不易，可夜里只要双双回到住处，就忘了外面的种种艰辛和不快，黏糊得跟一个人似的。再后来肚子里添了小星，安稳日子便一去不复返了，什么呕吐啦浮肿啦酸痛啦，这样那样的妊娠反应她都一一扛下来，万没想到就要苦尽甘来把小星盼到这世上了，她的高明却不辞而别，整整一天一夜没见他的踪影，后来只好给他拨电话，手机却在她枕头底下叫唤起来，吓了她一跳。起初，她仅仅以为是他一早走得太匆忙，忘带手机了呢，可等那一昼夜结结实实熬过去之后，她才开始感到害怕，一种不祥的预感死死攫住了她。

那只手机还是采莲买的，是她特意送给高明二十四岁的生日礼物。那时他俩正风风火火黏在一起，好得如胶似漆。如今，他悄无声息把这件礼物丢还在她身边，人却一道金光没影了。她顿时慌了神，没了法子，第二天一早爬起来，就用小被子裹了小星去高明干活的那家车行找人，老板十分纳闷地望着她，反问他不是两天前就辞了工吗。她当时两腿一软，眼前一团漆黑，要不是车行老板伸了手及时搀扶，她怕是早一屁股跌坐在油乎乎的地面上了。再后来她不得不来回千里迢迢去了趟高明的老家。

本来，她是打算跟他的家人摊牌的，或者，干脆就把孩子撂给他们照管好了，可等见到高明父母以后，她又打退堂鼓了，一来人家根本不知道儿子有这么档子事，怕告诉了他们会为儿子担惊受怕，再有老两口日子也过得够紧巴够凄惶的，她实在舍不得让小星留在那穷乡僻壤里跟着他们受苦受罪。临走前，反倒是她又怜恤地塞给二老几百块零花钱。打那时起，小星的哭闹彻底变成了灾难，尤其半夜里哇啦一声，就跟拉警报一样响亮，她半梦半醒惊慌失措，勉强爬起来给孩子换尿布喂奶，哄小家伙再度入睡。她的奶水就那样被吓没了，两只乳房瘪葫芦似的空吊着。长夜漫漫啊，她越来越感到恐惧，她不知道他的高明上哪儿去了，他怎能狠心撇下娘儿俩不管了呢，怎么看他也不像是那种人呀！就这样，一次次从噩梦中惊醒，又一次次陷入浑浑噩噩里去，她一直相信高明一定会回来的，也许正像他自己说的那样，他要找一个更能挣钱的好地方，等他攒够了彩礼钱，一准会跑回来跟她结婚的。这一点她深信不疑。不能不信啊，否则，她根本就活不下去了。

那是你傻呗，人家这叫鞋底子抹油——溜之大吉啦。康丽表姐跟采莲的看法截然相反。世上的男人能有几个好东西？你当初就该把这个小东西打掉……不过，每次康丽表姐说到这，便有些口不由衷了，那语气不像是带着怒的，倒是露出了几分欣喜若狂，跟八辈子没见过小孩似的。小星的样子实在太让人着迷了，水萝卜样嫩嫩的小手，白里透红的粉脸蛋儿，肉嘟嘟的小屁股，还有那双雪白雪白的小脚丫子，康丽表姐每天都一遍遍爱抚亲吻，简直不知道怎么侍弄好了。

采莲隐约知晓，表姐和表姐夫婚后好多年一直没有孩子，具体情况她也不甚了解，兴许是不想要呗，很多城里人都嫌孩子缠人，他们更喜欢过轻轻松松的二人世界；表姐夫看起来还算一团和气，大小是个包工头，一年四季除了冬天停工赋闲在家，其余时间都在外面忙他永远也忙不完的工程；这样一来，表姐平时除了吊吊拉拉上上班，多半时间家里都是一个人。当初采莲乍到城里找工作时，就在表姐家凑合过一阵子，后来认识了高明，再后来她就毅然决然地搬过去跟他同居了。如今，采莲也是走投无路又回到了最初的这个起点。

表姐家的房子属于复式结构上下两层，室内有做工考究的红木旋梯，大得就像个宫殿，高声讲话时都有嗡嗡的回音。她想，这样的地方也许应该多养几个孩子，养一个两个不够，至少得养四个，那样才显得热闹有趣。采莲娘儿俩被安排在一楼的客房里，有单独的卫生间，洗漱什么的都很方便。表姐两口子都住在楼上，这层除了书房起居室外，南北各有一个大露台，虽说都用玻璃钢结构封了起来，可站在里面看风景视野还是足够开阔的。

表姐两口子也丝毫没把采莲当外人，自打娘儿俩住进来之后，光婴儿用具就添置了一大堆，什么摇篮床、学步车、儿童安全餐椅、婴儿手推车等。表姐只要一上街，准不会空着手回家。采莲自然很过意不去，要知道自己可是落了难的人，有个落脚处已是天大的福分，哪儿能再有非分之想？因此，表姐每每给孩子花钱买了什么东西，采莲都牢牢刻在心上，她想，等将来自己有了能力，一定要加倍偿还，她不是一个没良心的人，得懂得知恩图报。偶尔，表姐夫匆匆回来一趟，也不空着手，不是拎回一大兜子奶粉米粉之类的，就是些产妇必需的营养滋补品，惹得表姐也拿话揶揄他，嗬，今儿太阳咋从西面出来了。

太阳果真能从西面出来吗？要是那样该多好啊，她的高明肯定还能回到她身边来。采莲总是朝这方面不甘心地乱思谋着，他怎么能这样无情无义，小星可是他俩的爱情结晶呀，怎能说走就走，一去不回头呢？她偷偷去附近派出所咨询过一次，民警见她怀里抱着个婴孩，只简单问了她两句，就轻描淡写地敷衍道，这种情况基本上不能算失踪，他充其量是在逃避家庭责任，这种事如今太普遍了，况且，你俩还没领证结婚呢，根本就不受法律保护。采莲一路心灰意冷地跑回来，这叫什么事啊，想找找他都没地方找去。她又生怕万一高明突然回来找不到他们娘儿俩该怎么办，就又觍着脸去求原先的房东，请对方一定帮她留意着，还特意写了张小纸条贴在出租房的门板上：我和小星搬到表姐家住了。甚至，还留了个电话号码。高明没等来，倒是隔三岔五就有乱七八糟的人打来骚扰电话，不是流里流气跟她套近乎，就是说些莫名其妙的醉话，诸如我想你了、小宝贝……她快疯掉了，气急败坏地关了手机。

这些康丽表姐当然都看在眼里，有时她会淡淡地递来一句，就别再痴心妄想了，我的傻妹子，根本不值当！也不等采莲做任何反应，表姐已经亲昵地从床上抱起孩子，还是咱们小星最乖最听话啊，来，大姨带你去露台晒晒太阳吧。很快，红木旋梯那边传来咚咚的一串脚步声，间或是女人宝贝宝贝哄孩子的甜蜜声音。这种时候，采莲忽然觉得自己心里空落落的，就像产后的腹部，原先胀鼓鼓那么大那么圆满，可一旦分娩了，留在身体上的仅剩下一副暂时无法收缩的空皮囊，看上去那么丑陋和滑稽。她简直不明白这一切到底是怎么发生的。再不能这样傻傻地干坐着，她非得立刻出门，到街上去，到人流最密集的地方，把自己塞进成百上千的人群里，这样她会好受一点儿，反正，总比一个人呆磕磕地守在房子里苦思冥想要好得多。

大约有小半年光景，采莲近乎固执地让自己这么做。起初分明有所期待，认为奇迹还会发生，后来慢慢人就麻木了，一个人不顾一切跑到大街上，满世界逛来逛去，跟丢了魂似的，又好像只是发泄一下心头的郁闷，不至于憋得喘不过气来，或者，仅仅是为了躲开康丽表姐抱着孩子乐此不疲的样子。似乎也不都是人在屋檐下的缘故，平心而论，表姐两口子待她娘儿俩真是不薄，管吃管住还帮着操心孩子，不然就她一个人，怕是早就走到山穷水尽了。

问题恰恰就出在这里，在采莲这边，越来越把小星视作她人生的烦恼或灾星的时候，康丽表姐却把那孩子当成掌上明珠了，甚至让她产生了一种莫名的错觉，好像她突然变成表姐家的儿媳妇了，他们越是对小星宠爱有加关怀备至，就越发让她觉得事情不正常，不知哪里怪怪的。

起头那会儿，表姐善待她娘儿俩总让她感到亏欠太多，简直无以回报，可后来随着时间推移，孩子一天天在长大，她就下意识地开始抵触什么了。比方说，到了百天，表姐就热情洋溢地张罗着给孩子剃胎头，又非要抱去照相馆拍什么纪念照，还买了甜蜜蜜大蛋糕在家庆祝，这总让她觉得太过兴师动众了。再比如，孩子每个月都要打一两次预防针，采莲自己是不可能做到的，她身上除了身份证和一张暂住证外，根本不能提供结婚证准生证和户口本，小星完全是个黑孩子，城里的一切优良疫苗都不可能提供给他。但是，康丽表姐不知私下里托了哪方面的关系，当然少不了得花钱，反正事情就那么轻而易举解决了，每个月到了规定时间，表姐就带着她和孩子去指定的医疗点打上那么一两针。这种时候，采莲会显得十分茫然，好像怀里抱着的真不是自己的亲骨肉，而她只不过是表姐家雇来的小保姆，因为一切程序她都无须知晓，她需要做的仅仅是，按时抱着孩子去那里，然后再原封未动抱了回来。看看，整个过程自己多像个标准的小保姆啊！所以，每隔一阵子，一个可怖的念头就会突然冒出来，干脆抱着小家伙去投河算了，这样不明不白地活着，到底有啥意思呢。

二

午觉醒来后，窗外的秋阳依旧精力旺盛。表姐就张罗着要给小星洗澡了，是在露台上进行，热水事先就接好在那里晒着了，表姐说这叫日光浴，对孩子最有好处，能补钙，将来骨骼准保结结实实。采莲觉得在抚育孩子的问题上，自己永远都像是个门外汉，懵懵懂懂，好在她已经习惯了表姐安排好的一切。

露台里热得简直像只巨大的玻璃蒸笼，至少有二十七八摄氏度的样子。表姐身上只穿了吊带背心和短裤，勾勒得那乳沟和屁股蛋都凹凸毕现。这些总让她觉得表姐还像个大姑娘，也许仅仅是她没生育过的缘故吧，老家人常说没孩子的女人算不得真正的女人。在那只浅绿色的塑料浴盆里，漂着一群奶气十足的小黄鸭，这些当然都是表姐买给小星的玩意儿。

孩子被剥得精光，表姐一只手托着孩子的细细嫩嫩的脖颈，一只手举着肉嘟嘟的小屁股，然后轻轻地将他放进浴盆里。小家伙紧张了那么一会儿，干号了几嗓子，很快小手就攥住了一只小黄鸭，那东西下部装有气眼，被小手捏得吱吱响。小星顿时被吸引了，有些手舞足蹈，盆里的水都拍溅到采莲脸上了。整个洗浴过程表姐笑声爽朗，活像个温和的慈母，而她却一直不苟言笑。除了应付差事似的默默蹲在一旁，机械地递送着浴液和毛巾之类，她几乎没有动手去搓一搓孩子细腻的皮肤，真的就像一个喜欢偷懒的小保姆那样敷衍着女主人。好不容易结束了，她早已汗流浃背，差点儿没有热晕过去。表姐让采莲把露台收拾一下，她自己用毛巾被裹着孩子回房间去了。

采莲大汗淋漓地将露台地板上的水渍擦干净，又吭哧吭哧把浴盆端进了卫生间，往马桶倒脏水时，竟然忘了先从水里取出那些黄色的塑料玩具，一只小鸭子顺着水流飞身落下时，她才如梦方醒。一准是脑子被晒糊涂了。她狠狠地骂了一句娘的，赶紧放下浴盆去捡马桶里的东西，好像生怕被表姐看到似的。就在这时，那种疯狂的念头又突如其来，急吼吼的，不可阻挡，她得马上离开这里，离开这所不属于自己的大房子，到人来人往的大街上去透透气，刻不容缓。

表姐，我想出去走走。每回采莲都这么言简意赅地跟表姐吱一声的，可今天她甚至连这最起码的招呼都省略掉了。采莲的脚是湿的，浑身上下都汗津津的，像是刚从一场大雨中逃出来，脚底踩在光滑的木质旋梯上，有种被黏住的感觉，就像她小时候在自家稻田里薅草，腿脚总被淤泥深深地吸附住难以自拔，当年的回忆实在有点儿恶心和痛苦。所以，长大后她发誓一定要离开那个穷乡僻壤，离开那苦不堪言的农田劳作，想方设法到城里去，哪怕仅仅是去给人家做个小保姆呢。

下楼时，分明还能听到表姐正在起居室里肆无忌惮逗孩子开心，以前她并不晓得表姐是那么喜欢孩子的一个人，现在她算是真正领教了，或者说是她的小星让表姐如愿以偿了。也许是自己的年龄不够吧，根本无法体会其中的天伦之乐，都说人上了三十以后才渐渐懂得爱小孩的，而她满打满算不过才二十刚出头。当初决定生下这个孩子，很大程度上是为了她的高明才下的赌注。那时她懵懂地以为，只要有了孩子，男人就会被牢牢地绑在身边，两个人就可以天长地久地好下去。可这个世界跟她想象得完全不一样，她是她，男人就是男人，孩子不过是可笑的把柄，或者仅仅算作一次意外事故，而她的高明就被这把柄或意外给吓跑了。有时候，她真恨自己，当初咋就那么愚蠢，一点儿都没猜透男人的心思，竟然还傻乎乎地信以为真，有了孩子，高明肯定马上就会娶她，从此过上无比美满的小日子，真是白日做梦！

表姐家门口的这趟公交，只消花一块钱就能从起点坐到终点，路线很长很长，好像要在城里兜上一大圈。从表姐家跑出来，采莲毫无意识地钻进车厢，汽车猛地开动了，身体就跟着汽车一起战栗或摇晃起来。这种被摇来晃去的感觉很容易让人松弛下来，就像孩子待在一只软绵绵的摇篮里那样满足。她得承认，自己是个爱坐车的人，原先还在乡下的时候，她做梦都想有朝一日自己也能乘长途车出一次远门。后来终于如愿以偿，不过，那次的感受并不太美妙，甚至是龌龊不堪的。主要是那辆车太破太旧，还小得可怜，一大群灰头土脸的乡下人臭烘烘缩成一团，就跟挤在铁皮罐头盒里的死鱼相仿。说是坐车，其实一路她都站着，路况又差，颠得心惊肉跳，腿肿脚麻，差点儿累过气了，一路上她还干呕过好几次，惹得那些老乡都误以为她怀了孕，只拿讶异的眼光不停扫视她，全都摆出一副集体打压伤风败俗者的鄙夷与厌嫌。如今想起那片白花花带刺的眼光，她的脸还会热辣辣地烧涨起来，因为她终于明白当初老乡们为何那样看她了，现在她可是货真价实作了孽的。

那次是她平生头一回到城里投奔表姐家。康丽表姐是老早从他们那穷乡僻壤考中专出来的，农转非吃上了商品粮，叫多少人艳羡不已。那时候家里每每批评不好好学的小孩，开口闭口总是瞧瞧人家康丽多聪明多能考，采莲家当然也不例外，怎

投

奔

071

奈自己死活不开窍，勉强只念完初中。表姐的丈夫正是表姐在建筑学校时的同班同学兼初恋情人，毕业后两个人进了同一家建筑公司。再后来表姐夫翅膀硬了，索性辞了职自己甩开膀子揽起了工程，亲戚们纷纷传言，说他挣了好几百万，光家里住的房子和表姐夫开的日本进口小轿车就值不少钱呢。

　　透过敞亮的车窗，采莲木木地望向对面街道上来来往往的车流和人群，那些高低起伏的楼宇和整齐划一的行道树，正迅疾地朝车身后逃遁远去，这些司空见惯的事物丝毫不能引起她的注意，她唯独希望这趟车能一直这样开下去，开到一个很远很远的地方，最好永远不要停下来。偶尔，她会对那些路人多打量几眼，尤其是二十来岁的男子，当某个跟高明身高模样差不多的年轻人出现在视线中时，她总会把脖颈扭得很偏很偏，虽然她知道奇迹不可能发生，可她就是管不住自己的好奇心和奢望。这种时候，总有个声音从心底最深处一股脑钻出来，你真的狠心不要我们了，求求你快点儿回来吧，我和孩子一直在苦苦等着呢。这样求乞的声音往往裹挟着泪水突如其来。好在人是在行驶的车上，大可以决绝地将湿漉漉的脸孔撇向车窗，紧紧贴在玻璃上，谁也不会留意到她。

　　每个月总有那么几天，她会近乎执拗地挤上这趟公交车，打发自己即将崩溃的时光的。起初，这个主意还是康丽表姐给她出的，有一次看到她眼圈红红的，脸上满是沮丧神情，表姐就主动抱过孩子说，去吧，你也出去转转，别老闷在家里，会落病的。在她看来，表姐算是把她揣摩透了，尤其是在她最烦心的时候，对方就像她肚子里的虫子，总能一语中的。其实，她也发觉表姐同样有大量的时间需要打发，表姐夫常年在外，她一个人独守空房，身边连个孩子也没有，空虚寂寞可想而知。所以，当她再次带着小星投奔到表姐家时，对方非但没有惊讶异常，反倒表现出十分的热情和宽容。反正我家的房子也空着，你们娘儿俩就随便住吧。

刚开始，这样的情形的确让人感到安然妥帖无忧无虑，可时间久了，她越来越觉得，表姐对她娘儿俩的热情和宽容渐渐变成一种负累，一种施舍，甚至是一种伤害。她不知道问题出在哪里，就拿刚才给孩子洗澡这件事来说，作为母亲她本该快快活活地进行，可洗着洗着她就陷入某种奇怪的境地，非常不情愿的，像是在饱受煎熬，她说不清楚，也想不明白，自己到底是怎么了，表姐对自己的孩子真够倾心倾力毫无保留的，而她却一点儿也高兴不起来，甚至急于逃避开去。

汽车终归是有终点的，而日子却总是没完没了。这时天色已近昏暗，落日余晖静静地舔舐着枝头上的树叶，那些叶子猛然间变得一片枯黄了，整条街道看上去都老气横秋的，平添了几分凄凉。显然，那个干练的女公交司机已经注意到她了，这条线路不算太繁忙，车厢里的乘客稀稀拉拉的，每次到站车停稳后，女司机都要把马尾巴头扭一百八十度，表面上是在打量那些乘客，其实她知道，对方就是在观察她的一举一动。也许，女司机认定她八成是个神经病，或者是那种无家可归者，不然的话，怎会从终点坐到起点，又从起点坐回终点呢？所以，最后对方几乎高声大嗓门地宣布，终点站到啦，快下车！她才意识到车厢内除了女公交司机，单单剩她一个人，形单影只，感觉非常滑稽，这才慌忙起身快步跑下车去。她依稀听到那个女司机用鼻子哼了一声，车门很神经质地吱嘎了一声，随即就在她身后关闭了，似乎是怕她会突然反悔又卷土重来。

下车后，采莲在沉郁的暮色中分辨了一下表姐家的方向，尽量迈开步子，像是要摆脱刚才那女人鄙夷不屑的一记鼻哼。也许她走得太快了，以至于身体跟对面来的一个男子发生了不可避免的摩擦，她趔趄了一下身子，一只胳膊肘一阵酸痛，眼泪差点就滴下来。幸好没有被对方撞翻在地，假如摔得鼻青脸肿一瘸一拐，表姐又该拿话奚落自己了。这样想着，便又下意识地回头望了一次。那是个个头瘦高，腿子很长，走起路来天生带着点儿佝偻的男人，正是这昏暗中的匆忙一瞥，简直让她吃了一惊，她不由得转过身去死死盯住那只背影。太熟悉了！那身高、那步态、那架势……以及跟她碰撞时感受到的闷闷的气息，怎么那么熟啊？

她整个人仿佛挨了那足以致命的电击，脑海中顿时冒出几颗细碎的蓝火花，思绪在瞬间的短路后，随后又慢慢地连通，智力恢复正常水平，她站在原地尖叫了起来：高明——高——明！旋即，抓狂般朝那人猛追上去，心跳得无以复加，耳中灌进呜呜的风声，好似一群黑鸟伴她同行。那人仗着身高腿长，三下两下就穿过马路，她好不容易撵到路边上，偏又遇到了绿灯，那隆隆车阵正疯狂地铺满道路，她想冲过去，怎奈几次三番都无空当可钻，只得万般焦急地站在路边大声呼喊他的名字。可比起那些轰然行驶的巨型车辆，她的声音实在太微不足道了。

三

别神神道道的好不好，那根本就是你的幻觉嘛，康丽表姐就像抓住了问题的实质，好马不吃回头草，他既然能撇下你们娘儿俩，咋可能颠儿颠儿地再跑回来？这种男人你就权当他死了干净！再说，天底下长得一样的人多了去了，凭啥就认定那是他？

这种时候，采莲就像那种好不容易挣扎着露出水面的溺水者，还没等她喘口气呼救呢，就被一只黑手轻轻地再度摁下水去，从此全没了声息。表姐像往常那样抱着小星满屋子转悠，间或，发表一下自己的真知灼见。孩子对两个女人的谈话毫无兴趣，小手里牢牢攥着一只火红色的拨浪鼓，过一会儿他就很冲动地摆弄几下，咿唡咿唡，鼓点激烈而单调，让人有种一惊一乍的感觉。也许正是这种恼人的声响搅得采莲愈发心烦意乱，她猛地从椅子上跳起，一把抓过那个胡乱响的玩意儿，气急败坏地摔在地板上，让你再摇让你再摇，没人要的小东西！她的口气活像个刁蛮的泼妇，可脸上尽是泪和清汪汪的鼻涕。接下来，孩子开始号啕不止，大人却一味地遁入空茫中。她再也没吭一声，似乎决计要与这个莫名其妙的世界抗争下去。表姐识趣地从她身边抱走了孩子。她则在椅子上枯坐良久，后来终究和衣倒下了。

在床上，她灯都一直懒得开，窗帘也不去掩。床就摆在窗根下，一抬眼就能望到外面深邃的夜空了，满天的星星稠得挤成团了，有几颗又灿又大的始终冲床上的女人眨呀眨，可奇怪的是半晌都找不到月亮的影子，不知它躲到哪里去了。当初小星这个名字还是他给起下的。她记得那还是去年农历八月十五那晚，当时她在一家酒楼做服务员，高明从车行下班后骑着自行车去接她一道回家，他们中途称了几块月饼，还买了一串紫葡萄和二斤大红枣，再忙再累这节日还是要过的，其实两个人在一起比过节还好。高明就那样一边蹬车一边抬头看着天空跟她说，我的名字里有日月，将来孩子就叫小星吧。她当时幸福地坐在后车架上，双手紧紧搂着他的腰，孩子突然在她肚子里又伸胳膊又蹬腿的，她就激动地哎哟两声，动了，动了，小家伙动了，一准是听到你给起的名字高兴的呗……那时的一切都显得平静而稳妥，尤其是想到孩子的名字跟"高兴"谐音，她就难以抑制对未来的些许憧憬，可她想破脑袋也料不到，到头来竟会有那么漆黑惨淡的一天。为什么非要这样，难道两个人在一起不好吗，难道多添了一个小星世界就颠倒了爱情就不在了？她至死也想不明白。星星和月亮不是都在一起的吗，你高明就是我和孩子的太阳和月亮啊，你怎么就舍得丢下我们娘儿俩呢？她整晚一直这样睁着眼，熬到很深的夜里。

翻过天是周日，天蒙蒙亮。采莲又早早爬起来，简单地洗漱过便出门去了，她一定要让昨天的情景再重演一遍，这次绝不放过每一个细枝末节和路人的面孔。秋天早晨空气清冷异常，她瑟瑟地站在路边的候车棚下等车，脑子里装满了男人的影子，却没有一个是正面的，总是躲猫猫似的背过身去，她始终看不到他的面孔和表情，唯独那身高那步态还有那两条长腿，让她坚信他确实回来过，也许他已经背地里偷偷上过表姐家了，他一定是太想孩子了，想得要发疯了，匆匆忙忙看一眼小星又离开了。可他为啥非要躲着她呢？她又不是老虎，吃不了他的，这个冤家怎么这么不懂女人的心思，哪怕是让她只见一面再走也不迟啊！

首班车空荡荡地开过来，她迫不及待地跟着还未刹稳的汽车往前跑出十来步，车门带着一股怨气呼啦一下敞开，那个女司机几乎一眼就瞅准了她，眼珠顿时瞪得铜铃般大，似乎正在为替她开车门而后悔不迭呢，她却不管三七二十一直闯进来。车厢里并没有多少乘客，即便是座位上的人也都摇头晃脑昏昏欲睡的样子。也许是车太空的缘故，那种颠簸摇晃和战栗就比往常凶猛得多，简直到了让人心惊肉跳的地步。她默默隐忍着，仿佛忍受一段非同寻常的冒险，眼睛却一眨不眨盯着车外，任凭女司机酣畅淋漓地将车开过一站又一站……一上午光景几乎就这样白白葬送了。

接下来的日子，她始终心事重重，食欲也不振，时不时望着窗外发呆，或者，突然像是灵光一闪，想起了什么当紧的事情，于是，便慌慌张张不顾一切地跑下楼去，出了小区径直往街上狂奔，有时她会一直跑到原先他们租住过的那个地方。有一次竟然忘了带家门钥匙，把自己生生锁在门外，幸好康丽表姐下班及时赶回来，被丢在家里的孩子才不至于出什么事。跟几个月前相比，她几乎把自己的日子搞得一塌糊涂。那时不管怎么说，就算终日以泪洗面，也还是有些星星点点的盼头的，毕竟念想没死。

如今却截然不同了，万念俱灰了，她越来越不修边幅，每天从早到晚都穿着一件看上去松塌塌的土黄色绒线衫，腿上是一条类似睡裤一样花哨的松紧裤，头发散乱着，总也想不起来该拿梳子梳理梳理；最要命的是，她越来越不上心孩子的事，小星屙了屎她老是忘了及时换掉纸尿裤，惹得康丽表姐一进门就探着鼻尖皱着眉眼到处闻，天哪，怎么这么臭，小家伙又拉了吧。然后，就怒气冲冲一把从她怀里夺过孩子，果然渗了满满一裤裆。有时她抱着抱着，孩子猛不丁出溜下去，严重的时候竟摔在地板上，直到那小人儿撕心裂肺地奏响了警笛，她才如梦方醒。唬得表姐从旋梯那边飞奔直下，嘴里一个劲嚷着，造孽啊，真是造孽！

这天后半夜，采莲迷迷糊糊发觉自己变成个十一二岁的小姑娘，扎着两根细细的一走一晃的羊角辫儿，当然不是在表姐家的大房子里，而是在偏远的乡下，两间矮矮的土平房，一家五六口人挤着睡在一起，她那时也是靠窗而眠的。所不同的是，那扇玻璃窗很小，比一张 A4 纸大不了多少，围绕这面玻璃的四周都是用窗户纸糊起来的，每到晚上，尤其是有月光的日子，糊了纸的地方会透出窗棂的条条框框，黑黢黢的，很是吓人。所以，晚上她几乎不敢盯着那窗户多看。只有在白天，趴在小炕桌上写作业的时候，才能通过玻璃窗瞅瞅院子，几只芦花鸡在树坑里叽叽咕咕抢食从树枝上掉落下来的毛虫子，看家狗平展展地趴在窝棚前养精蓄锐，有时父亲会佝偻着腰在小菜园里默默耕种着什么。那时的一切看上去似乎都很安稳，但她骨子里却一直都揣着不变的梦想，总有一天自己要离开这个家和这个没有多大意思的农家小院，就像聪明好学的表姐那样进城去生活，因为那样肯定会无比快活的。但是，梦中的采莲好像是突然从什么地方掉进院子里的，到处都是尘土，到处都是干枯发黑的草叶，还有一摊摊的鸡粪和狗屎，那些尘烟迷蒙了她的眼，害得她竟不小心踩了两脚，臭气熏天，她想喊一声爸妈，告诉他们自己回来了，可嘴巴无论如何是张不开的，她急得要叫要哭，可那声音比委屈的老狗还要低沉难听。

这个梦既显得弥足珍贵，又透着几分怪异的味道。在梦里她简直就是个哑巴，大半夜硬把自己哭醒了。过去的景象清晰得如水洗过，就在家里那间拥挤的平房里，她不止一次发现父亲夜里偷偷摸摸钻进母亲的被窝里，弄出那种叫人又害怕又害臊的呻吟，她蒙头躲在被子里，连大气也不敢出。后来哥哥娶了嫂子，就搬到隔壁去住，那间屋子收拾成新房了，墙壁粉刷得雪白，一切用具都那么崭新发亮，她那时觉得结婚真是件不错的事情，至少大伙再也不用挤成一团无法呼吸。

有一天下午放学回家，院子里静悄悄的，父母大概还在地里忙活，她就想去哥嫂屋里写作业，因为那时她太迷恋新房的味道了，尤其是那张油光可鉴的写字台，人趴在上面感觉神清气爽，写出的字都比平时好看。门是虚掩的，她想都没想就推门进去，那两个人大白天不知羞臊，白花花地搂成一团。也就是打那之后，她跟嫂子的关系一下子搞僵了，就像卖面的见不得卖石灰的，彼此总是冷面相向。更糟糕的是，自从撞上那种事情后，她的心思也仿佛春花绽开再也收不拢了，有事没事老瞎琢磨，青年男女彼此赤身纠缠的情景，既让她感到可耻，又有种说不出的好奇和渴望。她上课开始心不在焉，成绩一落千

丈，恰好不久后哥嫂闹着要分家单过，这叫儿大不由娘，父母
无奈之下，只好应允了。因为家里少了哥哥这个劳力，索性等
她初中一毕业，就让回来帮衬家务了……

我想回趟家去。

两人坐下来吃午饭时，采莲一字一顿地把自己的想法跟表
姐说了。

那孩子呢，也要一起带去吗？康丽表姐拧着眉梢瞅了她一
眼，我觉得吧，你还是一个人回去为好，小星就由我来管两天
吧。说着，便起身从挎包里掏出钱夹，大大方方点出五百块递
到采莲面前，这些拿着路上好用。

但她始终没有伸手去接钱，而是抬眼看了看表姐那张女主
人式的脸。平心而论，自从她抱着小星逃难般走进这所房子，
除了生活上衣食无忧外，表姐确实帮了她太多太多的忙，她一
直心存感念不假，可慢慢地，这一切都在随着日子发生变化，
寄人篱下的滋味她当然懂的，所以，在孩子问题上，她总是一
味地听从表姐的支配，什么时候该喂奶，什么时候该冲米粉，
什么时候要去打预防针，什么时候给孩子洗澡，总而言之，她
算是把这个孩子拱手相让了，自己所扮演的不过是个小保姆的
角色，主人让她怎样她就得怎样。

我想，我想带……带上小星。

啊，真是疯了！你就不想想，一个黄花大闺女，不明不白
抱个孩子回娘家，到时候你让你爹妈脸往哪儿搁？！表姐说着
就气不打一处来，随手将那些钱拍在饭桌上，瞪着眼看她。

又沉默了片刻，她忽然无力地低下头去，似乎是被对方那

咄咄逼人的口气震慑住了，再不敢面对那张一本正经又有些霸道的脸。我刷完锅就动身。她几乎小心翼翼地嗫嚅着，但分明是去意已决的。

康丽表姐大概不想再理识她，径自咚咚咚地上楼去了——城里人都有睡午觉的习惯。

四

快客由长途站发车，沿着环城路磨蹭了老半天，无非是想沿途多拉几个赶路的急客，之后才不甘心地驶入高速路。车倒是开得平稳而飞快，近三个钟头里，小星基本上都在她怀里安稳地甜睡。

真是奇怪啊，小家伙那睡相简直像极了高明，以前她跟高明在一起，经常会遇到高明比她先睡着的时候，她通常会趴在枕头边上，静静地盯着他看啊看，他的眼皮、嘴唇还有呼吸时的声响，她都记得清清楚楚。可以说，这些日子以来，她真的没有这么近距离这么悉心地看着自己的孩子了。现在，一旦有机会独享这种滋味，心里不免有些疑惑。眼前又总是浮现出康丽表姐搂着孩子的模样，这让她往往会产生一种错觉，好像表姐才是孩子的亲生妈妈，而她不过是个打下手的乡下姑娘。中午在饭桌上，她觉得表姐多少有点儿神经过敏，她回家带自己的亲骨肉怎么啦，难道犯了法不成？表姐不乐意归不乐意，反正她是拿定主意了。想回家的决定都源于昨晚的那场没完没了的梦，梦是心头想啊，她已经很久没有那么大篇幅地梦到父母了。再丑的媳妇终归得见公婆吧，况且，她这是要回自己的家。也许她早就该回去一趟了，上一次还是去年高明陪着她一起回去的，不过当时她稀里糊涂的，并不知晓自己已经怀孕快俩月了。那次就算是让父母初次面试了未来的女婿，他们虽然显得有些意想不到，但并没有发表多少意见，唯独母亲觉得高明个子比她高得太多，可她就喜欢这种高低搭配的感觉，她说男人就该像棵大树立在自己身边。

下了快客，又在站里苦等了将近俩钟头，眼看天要擦黑了，盼星星盼月亮，总算盼来一辆脏兮兮的绿皮中巴，那是唯一一趟开往她家方向去的。兴许是夜色突然降临的缘故，孩子不再乖乖昏睡着了，而是被一种陌生的气息牢牢攥住，乡村道路曲折而又坑洼不平，加之车厢里的味道异常难闻，汗酸脚气烟味口臭混为一团，小星就呜哇呜哇不停地号起来，怎么哄也不行。采莲旁边坐着一位围粉红色棉围巾的年轻农妇，不时探过头来观望着他们，热心地问孩子是不是饿了，还让她快给小家伙喂点奶吃。采莲有点慌神了，说车上没有开水，冲不了奶粉。妇女就喷着嘴皮说，乖乖哟，人是活的呀，拿你的奶给喂呗，看娃儿哭得多让人心焦。她的脸顿时涨得通红，好像自己的乳房被外人看到了似的，要知道她的奶水早就断了，孩子后来一直都是靠喝奶粉的。问题是就连奶粉也不是自己的，康丽表姐一下子就买了十几罐堆在桌上，说都是电视上广告过的好牌子，吃了对孩子健康大大有益。也许，就因为这个缘故，她更加觉得孩子属于表姐，至少表姐是最有权来决定孩子事情的人。

妇女显然洞悉了她的尴尬处境，忽然转过身来，连招呼也不打，就从她怀里熟络地接过孩子去。同时，嘴里发出亲昵的嗷啊嗷啊的母亲特有的声音。正当采莲愣怔之际，对方早顺势撩起自己的衣襟来，一只胀鼓鼓的乳房赫然外露，有些霸气十足，那奶头四周还有斑斑点点暗褐色晕圈，估计是尚处在哺乳期，故此乳房显得饱满而张扬。当对方旁若无人自告奋勇地给小星喂起奶时，采莲彻底惊愕坏了。以至于有那么十几秒，她只是空张着嘴，一个字也说不出来。唯独听见孩子噙住奶头时贪婪的吧唧声，先前无休止的哭号总算是戛然而止，真格有奶便是娘，她从来没有像现在这样深刻地体会过这句话。

就这样小星一路噙着陌生女人的奶头，竟不知不觉又迷糊着了。采莲只能袖手旁观，她的感觉有些古怪，这事倘若让康丽表姐知晓，她准会骂她不长脑子，就连陌生人的饮料也不该随便接受的，如今在外事事都得多长个心眼，哪能轻易相信一个外人。于是，她在心里默默叮嘱自己，这事无论如何也不能告诉表姐。后来，对方把睡熟的孩子交还到她手上时说，妹子可别笑话，我奶胀得都不行。语气中分明透着哺乳期女人特有的自豪和满足感。

采莲心里说不出是什么滋味，但孩子不哭不闹总是好的。她很想说声谢谢，可话一出口却变了味，你可真行。她这样说。妇女压根儿没听出她话里的些微不满和鄙薄，依旧笑嘻嘻地很好奇地盯着她，咋就一个人，你女婿呢？这样的好奇比当头给她一棍还来得凶猛，她心中最脆弱的那一部分顿时坍塌了。还不是在外忙着挣钱呗，她冷冰冰地回复道。男人都一样，见了钱就忘了婆姨和娃儿。妇女撇着嘴的样子让人真不舒服，她接茬唠叨开了，可话又说回来，他们不出去挣钱，让咱们娘儿们在家吃啥喝啥，女人嘛，图的就是嫁汉嫁汉穿衣吃饭，不过也得把他们盯紧些，如今外头有的是狐狸精，万一让哪个勾搭上就惨了……这种话听多了，就像和尚念经叫人有点昏昏欲睡，采莲半天不再吭声，只是把脸决绝地撇向车窗一边，任由对方没完没了。

外面一片漆黑，汽车裹挟着呜咽的风声在乡间道路上疯跑，路况越走越差，剧烈的摇晃让人感到一阵阵绝望。她从窗玻璃上看到一个泪光闪闪的女人，那模样显得孤独、迷茫，又有些凄凉。兴许是触景生情，她忽然意识到，这次返乡之行多像是一次逃离啊，进城，务工，恋爱，生子，把一个人变成两个人，再变成三个人，最终那个最关键的人忽然消失了，现在又剩下两个人相依为命。而当初自己离开家乡，更像是一次逃离，渴望另外一种生活，孤注一掷地出门，远离灰头土脸的村庄和田野。就连刚才给孩子喂奶的女人都看出了端倪，可见自己的灾难有多深重。她尽量控制住自己的情绪，偷偷流流眼泪也就罢了，万一像孩子那样号啕痛哭，旁人该怎么看她的笑话。她的心事不想让任何人知道。她拿手背抹了把脸，努力去回想着以前拥有过的那些欢乐。

起初认识高明，还是在采莲当服务员的饭馆里。那天傍晚高明一伙人进来吃饭，一看穿戴就知道是修车行里的受苦人，她负责招呼客人倒茶点菜，其实他们不过是吃几碗刀削面，还要了几个便宜的凉菜和茶叶蛋，老板多少有些嫌贫爱富，加上这伙人浑身上下油渍麻花的，每个人都像是从汽油桶里捞出来的，那股气味刺人眼鼻。店里明明有现成的座位，可老板非要指使她把这些人安排到外面去，说是怕影响其他食客的胃口。她虽然觉得这样做很不厚道，可也不敢拗着老板，只好低眉顺眼地在门口台阶处临时支张桌子，让客人坐。

别的人倒也没啥意见，其中有个瘦高个叫住她说，咋的，狗眼看人低，吃饭还分三六九等？她一下子就被对方那张愤愤不平而又桀骜不驯的脸给怔住了。怎么说呢，这个男人身上有种叫她一见如故的东西，她既感到胆怯，又很欣赏。也许是过于羞怯，始终红着脸蛋，好像自己做了什么违心的事，当场叫人戳穿了。这样一来，高个男子越发抓住她不放，快去，把你老板叫来，我们吃饭又不是不掏钱，还看人下菜碟。她左右为难，两只手紧紧扽着自己的衣襟，下巴低垂下去半天都不敢往起抬。另外几个人就对高个说，喂，算了吧，不就是吃顿饭吗，在哪吃不一样，瞧你快把人家小姑娘整哭了。大伙一吵吵，高个也似乎意识到自己有些过了，才换了口气说，那今天就看在你的面子上，放你老板一马。

当时，采莲确实被这句话逗笑了，好像她是个多么重要的人物，这个人说话真有意思。哪知她一笑，高个儿又说话了，原来你会笑啊，瞧你刚才那小脸绷的，怪吓人的。那天，他们吃完面又要了一件啤酒，吆五喝六地猜拳行令，等店内所有客人都走光了，他们也迟迟不肯散去，她觉得这些人肯定是想故意治一治老板的。到了第二天上午，那个高个儿又独自来店里，说昨晚喝多了，大概是把手机落在桌上了。天地良心，她一直等他们离开才收拾碗筷和桌凳的，确实没见过他说的什么手机。真的没见？高个儿至少盯着她的脸打量了十秒，她当时差赌咒发誓了。好吧，我信你，兴许是丢在回去的路上了，我自认倒霉。他很沮丧地对她说。虽说结局是这样，可她还是觉得有些对不住他，她想如果不让人家坐在店外吃饭，可能什么也不会发生。她也是从乡下来城里的，挣点钱多不容易，她因此对他产生了些许好感，他身上确实有种让人既感到亲切又值得敬重的地方。反正跟他就是这样认识的，此后隔三岔五，他总会到店里吃顿饭，不过，每次来都换了干净衣裤，加上他个子又高，人看上去倍精神，关键是，她已不知不觉又无可救药地喜欢上这个男人了……

汽车到站时，外面的雨正下得急切。车灯照射到的那片地方，雨点明亮而密集，像极了一大群骚动凶狠的马蜂，乘客们唉声叹气，一个个跟丢了魂似的，不得不带上行李无可奈何地钻进黑暗的雨幕中仓皇逃遁。她是最后一个犹犹豫豫下车的，车刚一停下小星就醒了，她用毛巾被把孩子裹了又裹，当双脚踏进外面的泥水中时，小家伙突然又呜哇起来，有些歇斯底里，她顾不上哄他，只是将随身带着的鼓鼓囊囊的背包往肩上撸了撸，然后双手尽可能抱紧孩子，凄惶地朝远处的一间亮着灯的平房跑去。地上的泥点迸溅起来，迅速沾满了她的裤腿，雨水打湿了头发和面颊，秋雨凉得叫人心寒，雨中的她多少有些落难般的可怜。或许表姐说得没错，这纯粹是自己给自己找罪受呢，但她认命了，如果生活非要让她一个人独自承受更多的话。总算是冒着大雨跑到那间小商店门口了，可里面早就挤满了人，像一堆黑乎乎的绵羊，一台小电视机正在柜台上哇啦哇啦播报着新闻，几个男子抻着脖子围着电视吞云吐雾，满屋子都是呛人的劣质烟味，地上连个插脚的空子也没有，她刚伸进门槛的那只脚又缩了回来。她就那样狼狈地贴着墙根在屋檐下避雨。

及至此刻，才顾上把遮住孩子头脸的被角揭开来。借着店里投出的一团灯光，她发现小星的脸蛋涨得通红通红的，眼神惊恐而又带着倦色，黄豆粒大的泪珠还噙在眼角，当小家伙看到妈妈后，小身体立刻拧扯起来，像是在做一个又一个鲤鱼打挺，同时，从那细小的喉咙里传出一串模糊的咳咳声。她随手摸了一把孩子的脸，竟热乎乎的。她吃了一惊，连忙又摸自己的额头，之后再去试孩子的，可一时还是不能完全断定孩子是否在发烧。出门前还好好的，怎么会突然这样呢？兴许是午间从城里出来车上有人开窗，被风吹着了。她焦躁地朝四周张望，除了秋雨攒足了劲从天上纷纷砸落，似乎再也看不到什么希望。要知道从这步行到家，还有相当一段距离呢，过去她念中学时每天都要由家里骑上半个多钟头自行车，才能到达此处。如果下午没把时间花费在等车上，现在娘儿俩早就安安生生待在屋里了。

想到这些心头泛起一股悲凉，看来老天爷委实要惩罚她，非把她娘儿俩丢在这冷凄凄黑洞洞的雨夜里，就是不让她一头扎进暖和的家里，还有亲人的怀抱。

五

天是怎么亮起来的，采莲一点儿也不清楚。反正醒来的时候，父母已在她屋里严阵以待了，那表情全都直板板的，脸面上像是上了厚厚的一层灰浆。小家伙醒得比采莲早多了，此刻正在自己外婆的怀抱里拧麻花般扭动，似乎想竭力弄清这个陌生的住所，看来，药吃得还算及时，已无大碍了。

昨晚亏了小商店里被困住的几个人招来一辆三轮蹦蹦，她才得以花几块钱搭上了便车。好在那车厢是用白铁皮包住的，人坐在里面不至于再挨风吹雨淋。当时采莲就瑟缩在屋檐下，心中万般沮丧地诅咒着坏天气，还有那个不翼而飞的男友。后来可算是到家了，一进门就把眼看要上床休息的父母吓得心惊肉跳，女儿怀里凭空多出个小不点来，这是他们做梦也料不到的。而且，孩子有点儿发烧，小脑袋热得像个火炉子。他们顾不得许多，便慌急慌忙拿湿毛巾敷小脑门，又给灌了速效感冒冲剂，另外还给吃了半片退烧药。

这是谁家的小娃娃？怎么也没听你说起过？不会是……当时父母一边不停忙乎，一边狐疑地向她问这问那。本来她在路上早都想好的，回家照直承认就是，可一旦面对父母那种近乎过敏的口吻，她又忽然打起了退堂鼓。哎呀，我实在太累了，再说这孩子也不舒服，咱们都先睡吧，等明儿一早再告诉你们好不好？父母面面相觑，虽然满腹疑惑，也觉得女儿说得在理，只好暂且作罢。老两口心疼女儿夜里睡不好，索性把孩子抱过去由他们哄着睡了。采莲睡觉的房间，就是原先哥嫂的新房，后来那俩人分了家，在外面另盖了两间房子搬出去过活，这间屋自然就成了采莲一个人的。

你咋这么长时间也没个音信？这猛不丁半夜三更跑回来，

还抱着个小娃娃，这到底是咋回事啊？你倒是快给我们说说呀，真是急死人了！父母似乎已顾不得采莲尚且睡眼惺忪的样子，便连珠炮似的开始发问了。

哦，你们问他呀，他是……是我主家的儿子。她打了一个大哈欠，灵机一动，将自己的角色瞬间转化成保姆了。他叫小星，模样长得够让人心疼的吧！她又故作轻松地补充了一句。

啥时间又给人当保姆去了，你不是说在酒店当领班吗？

哼，你们哪里知道，那种地方乱得要命，三天两头就有醉鬼对女服务员动手动脚，我实在不想在那里干下去了。谎言一旦开了头，只能睁着眼睛讲瞎话。不过，当保姆也不赖，每天就是帮着管管小孩吃喝，人家还包吃包住，钱也不少拿一分。

哦，原来这样呀，也好……那你去年领来的那个大高个呢，这回咋没跟你一起来家里？母亲的话头忽然一转，一下子就扯到那个最要命的问题上，你们俩人还好着没？

她急忙把脸转向窗户装作看景，不敢再正视母亲那十分迫切的目光。早吹了！除此之外，她不知道该怎样回答，心里五味杂陈的。他太没良心了，我对他那么好，他却撂下我和孩子，一个人跑了，他简直该千刀万剐。她心里一直这样恨恨地暗语着。

这也好，早吹早了，妈当初就觉得你俩不般配，他个子忒高，杵在那儿跟个电线杆子一样，你们在一起真是猴骑骆驼难看死了。看来，母亲的确从一开始就不看好他俩的事，现在算是如愿以偿了。那你后来就没再找？母亲的表情显然比刚才松弛多了。

我在人家里当保姆呢，上哪儿找去！她急忙拿话搪塞。

没找就好，没找就好，省得我和你爸老是不放心。

院里忽然传来一阵凌厉的狗吠声，父亲嘴里嘟哝着什么已快步走出屋去。母亲皱着眉头对她说，准是外头那条骚狗又来缠磨，都快把人活活烦死了！

采莲的目光就跟着移向窗外，自家的那条花狗用链子拴着，一条浑身黝黑黝黑的大狗不知何时钻进院来，嘴头子正在花狗尾巴处嗅来嗅去，间或，将两只前爪从后面粗鲁地搭在花狗的腰胯上，做出公狗常见的那种丑陋举动，惹得自家的花狗怯弱地步步后退，最后索性蹿到窝棚顶上逃避了。父亲早跑到院里，顺手抄起一截木棍奋力抡去，大黑狗见势不妙，冲着人干吠两声，极不情愿地夺路而逃了。父亲不依不饶，捏着棍子一直追赶到院门外去了，嘴里一直骂骂咧咧的。

母亲见采莲看得起劲，又解释说，这该死的畜生，去年就害得咱家大花下了一窝小崽子，你爸三求四告，好不容易才把那些小狗一条条送了出去，它倒好吃惯了嘴跑断了腿，这两天又进来招骚！母亲说到最后那个词，几乎有些咬牙切齿。

采莲一时听得出神，脑海里不觉浮现出一窝肉嘟嘟的狗幼崽来，就像褓褓里呱呱叫着的婴娃，这让她立刻想到可怜的小星，也想到她自己，娘儿俩的境遇也许更糟吧，人家黑狗每年尚且知道跑回来找一次大花狗呢，可她的高明却一直杳无音信。

母亲见她一味地盯着窗外发呆，便回头安顿道，你回来就多住两天，妈还想着让你见几个亲戚呢。还有，没事你可别把这小东西抱到外面去显摆，省得旁人看见乱嚼舌头根子，毕竟，你是个姑娘家嘛。

她半听不听，似懂非懂，整个人只是呆磕磕的。

采莲，妈刚才说的话你都记住没有？可别净当耳旁风！母亲的口气一下子高了八度，她这才心事重重地点了点头。

当天，母亲就背着她悄悄张罗起来。先是一个婶子笑眯眯地来家里串门子，一双丹凤眼始终盯着采莲不放，还不时地上来抓一下手，或轻轻摩挲着她的脸，像在菜市场挑东西，不停地喷着嘴皮夸她出落得越发标致，说进了城的女人就是不同，咋看咋洋气。弄得采莲坐立不安，只好谎称有事，忙躲进自己的屋里去。其实，她就是想跟小星待在一起，在表姐家好像也无所谓，一旦到了乡下，她忽然觉得一刻也离不开孩子了。

哪知这天傍晚，一家子人正在吃饭，这个婶子又颠儿颠儿地跑进来，只是这回又领来一个男的，他手里还拎着一小箱牛奶和一袋水果，说是前面庄上谁家的二小子，过去还曾同采莲一起在乡中学念过书。采莲丈二和尚摸不着头脑，一点相关的记忆也没有。那男的说起话来温吞吞的，嘴里像含着糖块。唯独母亲热情得什么似的，一阵让饭，一阵端茶，一阵又递烟，生怕怠慢了客人。

采莲正欲回避，母亲看出了苗头，一把拽住她说，婶子好心好意来咱家串个门，你又正好回来了，也陪着说会儿话嘛。采莲这才明了了母亲的意图，难怪一早说要见亲戚的事，原来是要给她相亲呢，这怎么可能？她简直如坐针毡，自己有一个可恶的高明，还有一个可怜的小星，她的世界早就满满当当，再也不可能容下任何一个人了。可这些话全无从出口，假设一旦说出去，那这个家还不得天翻地覆鸡飞狗跳啊，父母准会被她活活气死羞死，要知道他们都是最爱面子的人。没法子，她得硬着头皮装模作样跟着演戏，完全是一副哑巴吃黄连的窘相，任由那男的不时地在她脸面和身体上乱趸摸，那婶子眉飞色舞地夸耀她如何漂亮能干。

好不容易客人前脚刚撤，母亲就紧追不舍地跟在她身后，问怎么样怎么样，还说那男的一看就老实本分，准能顾家奔光阴。

采莲的忍耐似乎到了极限，再也顾不得母亲的好心情，便一盆凉水兜头浇下去。啥怎么样，长得跟个榆木疙瘩似的，也不知从哪里挖出来的，你瞧他那双老鼠眼滴溜溜地直放贼光！

那也比你领回来的电线杆子强吧，母亲不甘示弱，更不想让这一江春水付诸东流，你也老大不小了，该找个婆家了。

妈，你着啥急嘛，我还不想考虑这事呢，再说我不得回城挣钱去？

你少来这套，实话跟你说，我跟你爸商量好了，这回你要不把婚订下，就休想再出这个门！母亲义正词严，不容她再多说什么。

好吧好吧，妈，孩子都困了，我得哄他先睡了，有啥话咱明儿再说行不行？她只好且战且退跟母亲周旋。

跟城里比起来，这里的夜晚总是来得又早又漫长，四周一片阒寂，整个村子仿佛一座黑色的孤岛，与世隔绝般让人感到心慌意乱。采莲始终把自己关在房间里，孩子刚喝完一瓶奶，小手黏糊糊地趴在她的肩窝上，打着心满意足的小饱嗝，那种带着甜味的奶气不时撩动她鬓边的发丝，感觉痒痒的。

这种时候，她更像一个有经验的母亲，若有若无地轻轻拍抚孩子的后背——每次喂完奶康丽表姐都教她这样做。没有回来之前她是那么迫不急及待，甚至为此还跟康丽表姐较了好大的劲，可现在她却感到十分后悔了，早知如此真不该急急忙忙跑回来。可那样不明不白待在城里住在表姐家到底算什么？关键是，她意识到自己的状况太糟了，像是掉进一只永远也无法钻出来的套子里，在那里两眼一抹黑，她只是不停地在钻着牛角尖，把自己搞得都有些神经错乱了。她以为回到老家心里暂时会好受一些，起码见到亲人，对彼此都是个不错的安慰，可没料到母亲倒抓住这个机会大做文章。婚事，她还配跟别人谈婚论嫁吗？她觉得自己早已是残花败柳了，况且，还带着一个不满周岁的孩子，这就是命，她不得不认了，如果老天爷真有意可怜她娘儿俩，那就早早地让他回到自己身边来吧。除此之外，她不再抱有任何的幻想。

六

母亲说你难得回来一趟，怎么也该上你哥嫂家转转去，省得他俩知道了多心。其实呢，采莲本意是要去的，母亲这样说反倒显得她生分了。母亲又特意把昨晚相亲者提来的礼品分出一半装在塑料袋里，嘱咐她一会儿提到哥嫂家去。这个礼数让她觉得非常别扭，就像他们已经爽快地答应了那门亲事，所以才有资格心安理得地随意分配对方送来的食物。

最令人尴尬的事还在后头，当采莲拎着这袋礼物走进哥嫂家门时，一眼便瞧见那个在中巴上自作主张给小星喂奶的妇女了，这感觉于她来说无异于青天白日撞上鬼了。嫂子笑盈盈地由她手里接过礼物，心情自然不错，便介绍说那妇女是她娘家村上的一个干姊妹，今天正好来这里串个门子。之后，又用手指着采莲，不无骄傲地对那妇女说，这就是我家小姑子，长得俊吧，她可是在城里挣大钱的。妇女迟疑片刻，冲她大大地张了张嘴，像是被一个讨厌的哈欠卡住了，半天才嘿嘿嘿地冲采莲傻笑起来，还一个劲说，真是大水冲了龙王庙——一家人不认一家人。当即，这个女人跟邀功似的，滔滔不绝地把那天在车上相遇的事原原本本讲给嫂子听，整个过程采莲觉得自己像个白痴，一言不发。

天哪，采莲你啥时结的婚？连娃娃都有了，我跟你哥咋一点消息也不知道！嫂子明显开始挑她的理了，眼光无比惊讶地盯着她上下打量，好像根本不认识她这个人似的。这种时候，采莲简直想找个地缝子一头钻进去，好在那套谎言倒是现成的，不得不按部就班又讲了一遍来搪塞嫂子。

采莲，你是说，你在城里给人家当保姆？嫂子和那妇女几乎异口同声。她生怕这两人不信，忙使劲点头。你一个当保姆的，人家就能轻信你，大老远地让你把娃娃抱回来？嫂子这个女人原比她想象中要精明得多，当年嫁给哥哥没多久，就是她整天跳闹着想分家的，此刻她正狐疑地跟那妇女交换着眼神。

妇女的表情也变得怪异起来，眼珠子在采莲身上骨碌碌转动，像是非要找出什么蛛丝马迹不可；或者，猛地回想起那天在车上的种种情形，一下子又加深了她对采莲刚才那番话的质疑程度。就是嘛，现如今城里娃娃都金贵得跟命根子一样，谁敢放心大胆地让一个小保姆领到几百里外的乡下去，除非是脑子进水了。

谁说不是，主要是这样，我呢跟主家处得还行，他们也都不把我当外人……采莲觉得这个场面实在是来得猝不及防，自己事先压根儿没朝这方面想过，否则的话，她真该接受康丽表姐的建议，现在只得硬着头皮对付了。

爸妈可是逢人就讲哟，你在一个什么大酒店里当领班啥的，手下管着好几十号服务员，工资老高老高的，咋好端端地又去干保姆了？嫂子果然不是一般人，总能准确无误地找到对方的软肋。

这时，那个妇女也随声附和道，就是，就是，保姆哪是人干的，我们村上有个小丫头，没念过一天书，家里拖累重，后来就送她去县城干保姆，你猜后来咋的啦？傻乎乎地让主家男人给睡了，肚子挺得鼓那么高了，才哭着鼻子跑回家，可把爹妈脸都丢光了……

采莲再也听不下去。

事实上，对于保姆她也是从心里抵触的，她从来没想过要去城里干这一行，她原以为作为一个谎言它可以掩人耳目，没想到搬起石头砸自己的脚，糊里糊涂将自己置于极其尴尬的境地。她想让自己保持镇定好像已无能为力了，这不仅仅是一个谎言被揭穿的问题，对她而言，更意味着无情地揭开自己的伤疤让别人看。情急之下，她只得匆匆跟嫂子告了声别，说爸妈还等她回去吃饭呢，就神色仓皇地扭头离去了。

那种感觉又突如其来，现在她急需跑到别处去，随便到什么没有熟人的地方。深秋的原野显得格外萧条，玉米地里空空荡荡，唯独那些缺胳膊断腿的枯秸秆空余在上面，路畔和埂边的杂草已然枯黄萎缩了，杨树和柳树所剩无几的黄叶正在随风凋零。她毫无方向地一直往前走，往前走，脚下踩着吱吱作响的枯草和黄树叶，似乎要去赶赴什么重大的约会。

回来当天的那场大雨，此刻正在她脚下显现出泥泞破败的痕迹，每走一步都会有种黏糊糊的感觉，叫人觉得恶心。城里永远不会这样，就算下再大的雨都留不下下什么痕迹，可城里也有更叫人闹心的地方，那不是三言两语能说得清楚的。像是要极力摆脱这种感觉，她后来一口气跑到村庄最西头的干渠边上，渠水流势湍急，一副不顾一切奔流不悔的模样。站在这里，心潮也随那流水起起伏伏，久久难平。

她忽然冲着渠水喊叫起来，啊！一声，接着又是一声，啊！——一次比一次用力，一次比一次疯狂，跟着了魔似的。这样喊着喊着，声音渐渐就嘶哑了，最后再也喊不出声了，眼泪哗啦啦地涌出来，她不擦，就让泪水那样疯流得满面满脖子，后来她用最低最低几乎只有自己能听到的声音，向着远方呼唤了一次那个人的名字，也许只是为了解恨吧，声音拖得老长，在天边苍白地回荡。这一瞬间，她真想两眼一闭，纵身而下，从此了断了自己心中的所有念想……

等采莲脚步迟疑地迈进家门的时候，隐隐听见嫂子正在屋内很神秘地跟父母说着什么，间或，是她的小星呜哇呜哇的啼哭声。先前若不是想到世上还有这个可怜的小东西，她也许再也不想回来了。她忙用手背抹了抹眼圈和湿漉漉的面颊，毅然木然地走进屋去。父母和嫂子全怔住，都很不自然地望向她，恰如背地里说人闲话，正好叫对方听得真切。唯独小星见到妈妈，完全不听外婆的话了，小身体决绝地扭向她这边。她伸手接过孩子的一刹那，感觉热乎乎沉甸甸的，失而复得一般，紧紧抱住。只有孩子是鲜活的，有血有肉的，也只有他是唯一真实可靠的，其余一切都是枉然。

嫂子似乎明白搬弄是非是可耻的，急忙推脱说家里还有客人，便着急慌忙一溜烟颠了。父母始终面沉似水，他们看人的眼神叫她感到难过。

你到底想好了没，媒人今天可还等着咱回话呢。

母亲率先打破僵局；父亲则慢慢垂下头去，半晌摸出一根烟，颤索索点燃，一口一口沉重地吸着。

妈，这事再缓缓吧，我还不想……

你成天到底想些啥？母亲不等她话说完，脾气就跟旺盛的火苗似的蹿了上来，你实话告诉我们，这娃娃究竟是谁的？你去四村八镇访一访，有哪个保姆能把人家城里的娃娃领回家的？真当我们是老傻子好哄呢?！

显然，嫂子已在她回来之前给父母洗过脑了，他们再也不会相信她那套善良而拙劣的谎言了。

掂量我俩啥都不知道，你抱着这小崽子坐车，一路都在流眼泪，你嫂子的干姊妹全都看得真真的，今天若不说实话，我们老两口权当没养你这个死丫头！

母亲的嗓音与其说是怒不可遏，倒不如说是蒙羞后的愧不可当。当她把该说的话一股脑发挥完毕后，突然就大放悲声呜咽起来，眼泪也哗哗地往下掉，接着，又呼噜呼噜擤了鼻涕往衣袖上乱抹，同时，嘴里含混地抱怨自己命苦，怪罪丈夫当初主张女儿进城去。

犹如物伤其类，采莲再也忍不住自己的悲伤。纸里包不住火，该来的终究会来，她知道自己根本没有什么可以瞒天过海的本事，她回家的初衷是来疗伤镇痛的，她此刻唯一能做的，却是陪着母亲一起痛哭流涕，并声泪俱下地讲述自己在城里所遭遇过的一切。

整个过程，父亲的头越垂越低，腰身苍老得如同一截弯曲的枯木，似乎再也挺立不起来了，任由那火红的烟头烧得两根手指乱颤，牙缝呲呲作响。

小星也被这种可怕的气氛所裹挟，起初还在妈妈的怀里惊恐地扭动，后来也跟着妈妈不明就里地呜哇起来，那张小脸就涨得发红发紫了。婴儿的哭声总是带着某种不达目的誓不罢休的恼怒与急迫，尤其是当屋里的大人对此视而不见听而不闻，孩子越发哭得死去活来。最后，竟然由一串剧烈的咳嗽引发了大规模呕吐，把不久前刚喂进去的奶水加米粉全部吐了出来，白花花地铺满了采莲的肩膀和胸膛……

直到这时候，大人们才从厄运中醒过神来，手忙脚乱地投入到无序的善后事宜中。母亲阴着脸抓来一团抹布，使性拌气地擦了孩子的嘴脸，又去擦采莲的上衣，真是作孽真是作孽啊，她一面狠狠地擦拭一面不停嘴地唠叨。采莲被动地接受着这一切，她能感觉到母亲每一次下手都带着巨大的愤懑与厌嫌，这种时候她真希望母亲能狠狠揍自己一顿，兴许那样自己会好受一些。

就在这个节骨眼上，那条讨嫌的黑狗又趁人不备溜进院来，家里的大花狗竟心有灵犀般发出似怨非怨的呜呜声，还拽得那条铁链子哗啦哗啦响。父亲闻听紧锁着眉头往外狂奔，母亲更没好气破口骂道，你咋就那么窝囊啊，不能狠狠给它一顿棍子吗，打死那狗东西省心！对于这只无耻的入侵者，母亲简直到了忍无可忍怒火中烧的地步。采莲忽然想，假设高明就在眼前，父母肯定会像对付黑狗一样对待他。

晚些时候，她搂着小星正准备躺下睡了，母亲有些神秘地推门进来。单从表面上看，火气似乎压住了不少，但话语里还深透着那股子无法排遣的怨恨。

你到底怎么打算的？总不能一个人带着个累赘过日子吧！说心里话，这何尝不是她内心最大的迷惘和伤痛。不管咋说孩子是无辜的，他才这么点儿人儿能有啥错。母亲可不爱听这话。你要是答应了昨天的亲事，娃娃的事妈给你想法子。你有啥办法？她觉得母亲的脸色又阴得像被乌云罩住。这个你就别多问了，反正由我来替你擦屁股好了，谁叫妈命苦呢。

母亲说着，径自伸过手来，就要把小星从她怀里夺走。

她不由得一惊，母亲的神情一看就是那种痛下过决心的，没什么好讲，非这样不可。所以，她下意识地抱紧了孩子，连连往床里退缩着——也许她只是想尽可能地保护好她跟那个人的孩子，那段美好感情的唯一见证。如今她只能做到这一点了，她已经失去那一个了，绝不能再失去这一个。

快，把他给我！母亲咬着牙语气突然加重，像下了最后一道通牒。好歹是个带把儿的，你放心，总会有人乐意要的。

不……这可不行……妈你让我再好好想想。她着实被母亲那副凶巴巴的模样吓着了。

事到如今，还有啥好想呢？留着这个小孽障，你一世都抬不起头！

她望了望母亲那张阴郁而固执的脸，那神情叫人有些伤心欲绝，她又低头瞅瞅熟睡着的小星，只有他最无忧无虑，泪水再也憋不住，开闸般奔涌出来——她知道即便是日日夜夜以泪洗面，也洗不去她心头浓浓的忧愁，她一时真不知如何是好，或者，她从来没有想过要把这孩子怎么样。

母亲见她搂着小星在床里不停抽泣抹泪，似乎也受了莫大感染，终于软下来，竟一屁股坐在地上，开始哭天抢地。

闺女啊闺女，你咋那么傻呀，你让人坑了知不知道？你可让爹妈下半辈子咋活人呢……

可以说，从小到大，从未见母亲这样当着自己的面号啕过，她心里顿时跟万千针扎一般痛。

七

外面黑麻麻的，院子里一派死寂。

蹑手蹑脚出门的时候，小星依旧在甜睡，呼出的小气息呵得她胸口热乎乎的。这些许热量还是让她感到温暖而有力，她想总有一天孩子会给母亲更多的力量，到那个时候她一定会感到很欣慰。不过，眼下倒也加重了她的负疚感，作为女儿，对于这个家对于父母双亲，她亏欠得实在太多了，但她心里清楚自己也是被逼无奈。母亲所谓的好法子，让她足足合计了大半宿，可就是过不了自己那一关，她知道天一亮一切都将不由自己做主，这种时候只有先离开再说了，至少康丽表姐那边是不会拒她娘儿俩于门外的。而且，冥冥之中，她其实早就觉察到，表姐对小星就跟亲生母亲无二，即便是动那种要命的念头，她也会先考虑表姐他们的。

没有时间再去犹豫什么了，唯独一颗心儿跳得潦草至极。她禁不住回头朝身后望了一眼。父母睡觉的那间老屋静谧在黎明前的黑暗中，好像昨晚的事情根本不曾发生过，又如当初她离开家只身到城里去。她的眼光快速掠过院里的所有东西，一草、一木，哪怕是搁在墙角下的半块砖头，都有些依依不舍啊！无意中却发现，原先用来拴狗的铁链子竟被挣断了，只剩半截蛇状地趴在地上，狗窝里空空如也，大花狗早就不见了踪影！

她不敢想象等天明以后，父母面对这空荡荡的场景时，那种无法压抑的气恼和愤恨——大花狗挣脱锁链跟着野狗跑了，闺女更是不顾长辈苦心规劝没心没肺不辞而别，都是喂不熟的东西，都滚吧，滚得越远越好，眼不见心不烦，有本事就再也不要回来！或许，在他们看来，没有狗和没有闺女的院子好不凄凉，生活简直像是塌下去一大块似的……但她已顾不得再去思忖什么，急忙扭头大步走出了院子。这种时候，潜意识又开始野草般在脑海里滋生蔓长，自己才急急火火跑回来没住两天，这到底是图个啥呢，不是已经到家了吗，世上哪有比这儿更舒心的地方？自己一定是疯了！

从未想过这段曾经被自己无数次赶过的熟路，竟变得那么曲折漫长，好像永生永世也走不完似的。不管咋说回来的那晚虽然下着雨，可后来好歹还搭上了三轮蹦蹦车。现在一旦要摸着黑徒步行走，肩上背着个大包，怀里还抱着个小孩，情况也就可想而知了。关键是，她一直都提心吊胆的，跟做贼差不多，万一迎面撞上村里的某个熟人，或是被父母发觉了一路紧追而来，难免要在路上纠缠一番，那将会让她陷入更加难堪的境地。到那时候，恐父母会跟她撕破脸吧，她可不想那样。

她一直低着头匆匆赶路，偶尔抬起头来辨明方向，竟发觉那天空上还映着浅浅薄薄的一弯月牙，那月儿就跟拿剪刀铰出来的小纸片相仿。她最后一次回头朝着家的方位望去，寂静的村子已被远远甩在身后了，就在那黑乌乌的一片村舍上方，同样高悬着一颗很淡的星星，东方渐次泛起了白，那抹星光也就跟着越来越暗淡和微弱了，如果不仔细盯着瞧，几乎是难以觉察它的存在。

一瞬间，她忽然意识到，此刻那高挂在天上的星星和月亮就好比是他们娘儿俩跟高明的距离，一个在东，一个在西，隔天隔地，模模糊糊，遥不可及。就算他们彼此知道对方的思念有多深，就算他们夜以继日地想念着对方，可一定还有什么更强大的没有边际的东西阻隔着，所以，她恐怕是再也见不到他了。这种漫无边际的凝神苦想，无疑又加重了逃离者的厄运感，就好像是，每迈出一步都在不断地累积和叠加这份痛苦。

当务之急得尽快逃出镇子，倘若这时父母气冲冲地撵上来拦路截住她，那就等于前功尽弃了。可是，若想搭上那趟唯一的中巴车，至少还得在镇上游荡两三个钟头。正当她急得团团转时，一辆满载着蔬菜的卡车就要从镇上驶离，一个约莫三四十岁的男人斜靠在座椅上，胡子拉碴的，嘴角叼着根烟，一双老鼠眼熬得通红，阴郁的目光中带着那种职业性的无聊和倦怠。后来经不住她再三大哥长大哥短地央求，对方总算是撇着嘴答应捎她一程。

一直心急如焚，好在卡车终于轰鸣着启动了，车轮卷起的尘土霎时遮没了窄窄的镇街，她内心顿时产生了一种逃脱成功的喜悦。但也就在那一瞬间，她突然大吃了一惊，远远望见父母各自骑着一辆自行车，正十万火急地朝镇街这边赶来，两人恓惶的身影立刻被浓浓的烟尘包围，就像钻进了一团永远也走不出来的巨大迷雾中。她急忙撇开脸去，尽量将头低垂到孩子身上，她不忍心多望一眼，生怕自己会情绪失控，生怕会半途而废。一时间心儿又被剧烈揪扯着，怎么说呢，既想立即远走高飞，又实在于心不忍，一边是自己的亲骨肉，一边是生身父母。却也终于明白了，这回算是把父母的心给伤得透透的了，她真是一个不折不扣的坏丫头！

司机显然是个老手，即便是在这种狭窄坑洼的乡村道路上，同样把车开得风风火火。没过多一会儿，小星的呼吸就变得均匀了，小家伙总是迷恋这种摇摇晃晃昏睡的感觉。也许是刚才太过紧张的缘故，此刻任由那萧瑟的田园景致透过前挡玻璃不断地撞击视线，她人只是近乎麻木地望着外面发呆。司机左手边的车窗放下去一半，晨风裹挟着潮湿的泥土气息，不时地吹乱她的头发，这让她一筹莫展的脸看起来越发迷茫和憔悴。

汽车确实颠簸得很厉害，对于她来说这倒还可以忍受，毕竟在城里她隔三岔五就会去坐一次表姐家门口的那趟公交车，那通常是精神即将崩溃、不得不选择逃离的时候。不过，眼下她却丝毫没有这种感觉，因为司机不光车开得很老练，花花肠子也不少，他总是借着挂挡和摘挡的间隙，用他油腻腻的手背或手指摩挲一下她的大腿面；甚至有一次，竟明目张胆地将手搭在她的手背上，吓得她如遇见毒蝎似的急忙缩回手去。那人却装得跟没事人似的，依旧扭过头冲她嘿嘿地干笑两声，她不得不把身体往右边移了两三次，这样她几乎快贴在车门上了。即便这样，那人还是不肯收敛，言语间带着粗鄙的挑逗意味，嘴巴开始不停地讲些荤荤素素的笑话，还时不时拿那种不怀好意的眼神在她身上趔摸。人在房檐下，她还能怎么样呢。后来趁临时停车等待的工夫，那人竟又很无礼地伸过手来，几乎擦着她的胸脯，摸了一把怀里的孩子，那副赖兮兮的模样真叫人作呕。她简直要疯了，但碍于搭乘人家的便车，不得不克制着自己。

走着走着，那人忽然把车拐进一片前不着村后不着店的荒地上，说他得下去放水了，问她要不要方便，需要的话就抓紧时间。说完，便丢开她径直跳下车走了。她早就感到内急，只是一直不肯说出来，现在好不容易有了机会，当然不能错过。下车时她多少犹豫了一下，要不要也抱着孩子呢，可问题是她没有过那样的经验，怀里抱着小孩，又是在野地里，想想都觉得别扭死了。好在小星睡得正酣，就顺手把他放在座位上，然后，急忙跳下车去，一路小跑，越过脚下两个长满荆棘的沙丘，在一丛半人高的红柳树后蹲下身去。

事情就在这时发生了。等她匆匆立起身时，那人不知从哪里钻出来，双手猛地从后面箍死了她的腰肢。她顿时感到魂飞魄散，拼了命地喊出声来。对方孤注一掷地腾出一只手去捂她的嘴。她情急之下咬住了一根手指。霎时，那种油乎乎的来自汽车和油料混合的味道，一下子灌进了她的喉咙和脏腑之中。像是中了邪似的，她一时竟愣怔着不动了，这特殊的气味那么汹涌又那么熟悉，曾几何时她那整天在修车行干活的高明，每到晚上都要用一双掺杂着汽油味的大手揽她抱她摩挲她的，那时他俩琴瑟和鸣如胶似漆。那时她并不知道有朝一日他会悄然弃她而去，泪珠儿一刹那蜂拥而出，裹挟着巨大的伤痛和屈辱，大脑变得一片空白。她忘了自己身在何处，忘了自己到底是谁，她不再喊叫，也不再有挣扎，任由对方像条野狗似的在她耳边嗷嗷叫着，把她扑倒在冰凉的沙荒地上。

她躺下去的时候，看到隐晦的天空正笼罩着四野，绝望的沙荒地里阒寂无声，一只惊慌失措的灰褐色沙虎子从身旁的沙丘里飞窜而去，速度快得犹如一颗流星瞬间滑过。后来整个过程，她都侧着脸近乎倔强地盯住那只沙丘，那东西看上去很像女人光裸的身体，或孕妇圆满的腹。

八

康丽表姐简直哭得没了人模样。本来采莲憋着满满一肚子委屈要诉，可眼下的情形却叫她无论如何张不开口。表姐旁若无人地只顾呼噜呼噜擤鼻涕，一盒子纸巾转眼就被她抽光了，客厅遍地都是湿纸团儿。每抛出一团，表姐都要狠狠地骂上一句没良心的、不要脸的……好像她掷出去的不是纸团，而是能致命的子弹。

很快，采莲就从对方的咒骂声里听出了七八分，表姐夫在外面有了女人，而且，那个女人好像还怀上了他的孩子。采莲一时怔住，怪不得表姐夫老是不着家门呢，原来真的事出有因啊。触景生情，她忽然又想到了高明，难道说他也是为了别的女人，才那么狠下心肠丢开她和小星的？一旦这样去思量，整个人马上陷入到由表姐一手制造的悲伤氛围当中，接下来，她顾不得自己刚进家门风尘仆仆，就放下孩子扑到表姐跟前呜咽起来。事实上，两个女人从来也没有像现在这般同病相怜过。表姐有表姐的苦衷，采莲更有采莲的难处，一旦两个人抱头痛哭，彼此便成了真正意义上的患难姐妹了。

后来当然是采莲默默下厨做好了晚饭，可康丽表姐一口也不想吃。她不知道该怎么劝她，自己本来就泥菩萨过河自身难保，所以只是把饭菜盛好了，小心翼翼地端到表姐面前。以前表姐是多么好强的一个人，自小学习就很用功，后来功夫不负有心人，总算顺利考上学又留城工作，让老家多少乡亲艳羡不已。此刻，看到对方痛苦地瘫软在沙发上，几乎难过到想死的地步了，采莲才终于意识到，其实女人有时候真的很可怜。

她当然还记得自己当初落难时的惨状，那才叫一个喊天天不应啊，不，那感觉完全是天塌了地陷了，眼前一片漆黑，心里成天没着没落的，只盼着一死了事。可经过一段日子的苦苦熬煎，尤其是近来所发生的每一件事情，反倒能让她镇定一点儿，至少遇事能想得开了。情况已经坏得不能再坏了，而今她算是彻彻底底地众叛亲离了，想必父母永远不会原谅她，乡邻和亲友又该怎么看她——一个未出阁的姑娘家真不要脸败坏门风！她注定再也没脸回去了，况且，还有一桩那么龌龊的事就发生在自己身上。

有时候她想，这就是命吧，假如她乖乖地听从父母之命媒妁之言，随便在老家找个男人一嫁，一切也许都会风平浪静的，也不必再经受那样一次铭心刻骨的凌辱。但那一刻，她也不知道自己到底是怎么了，竟任由那个恶人摆布，事后她匆忙跑回车上，从座位上抱起正在哇哇啼哭的小星，浑身上下不住地颤抖，连牙齿都在咔咔打战，跟患了疟疾一般，唬得那司机一路上再也不敢搭讪她。能怎么样呢，去派出所告他，将他绳之以法，就算可以去告，那也得离开那个荒郊野地啊，况且，自己还带着不满周岁的孩子，一旦想到孩子的将来，她只能打碎了牙往肚子里咽了，女人永远不可能只为自己活着。

没有谁可以真正做到遇事不慌。以前康丽表姐做事的风格总是那么精明和强干，对采莲更是指手画脚惯了，可现在她除了整天发呆和以泪洗面之外，几乎对采莲娘儿俩视而不见听而不闻。不久之前，她还总是把小星当成宝贝看待，一旦自己情绪萎靡焦头烂额时，也就顾不上这些了。后来随着事态进一步恶化——这或许是采莲个人的看法，表姐夫好像已跟康丽表姐提出协议离婚的要求，理由无外乎不孝有三，无后为大，表姐多年来一直不能生育，他生怕自己将来要断子绝孙，口口声声说没有儿子将来谁继承他的财产呢。可是，采莲后来亲耳听到表姐咬牙切齿地说，想得倒美，除非我死了，休想！

有一次，采莲正忙着给孩子喂奶，表姐不知什么时候悄悄地推开房门，可她并没像以往那样欢欢喜喜走进来哄孩子玩，或者，主动抱起来由她亲自喂。那一刻，采莲发觉表姐的眼神很古怪，从门口方向斜斜地刺过来，半天她人既不进来也不离开，只是那么冷冷地盯着她娘儿俩，好像盯着一对仇人似的，叫人感到头皮都有点儿冒凉气。采莲是后来才慢慢意识到，一定是小星的存在刺激了表姐那颗脆弱的心，如果不是为了孩子，表姐夫也许不会做出那种事，更不可能理直气壮地提出要离婚。

采莲深为这番心思感到难过。掐指一算，自己到表姐家的日子不算短了，可以说在这段日子里，表姐为她的孩子付出了很多很多：只要下班到家就把孩子抱在怀里，宝宝啦乖乖啦哄得那叫一个亲热；节假日也多半是为孩子做这做那，单位有两次外出游玩的机会，她也自动放弃了。仿佛小星才是她生活的全部，而唯独把表姐夫给晾在一边了，这种疏忽也许是最致命的。

她记得那一回，表姐夫难得回家过夜，可表姐非要搂着小星一起睡，结果惹得表姐夫第二天在饭桌上唠叨说，他一整夜都没睡安生。套用表姐自己的话说男人有几个好东西，表姐夫又成天在外面忙着工程和应酬，时间长了难怪会生出这样的乱子。采莲忽然感到忐忑不安了，进而生出深深的愧疚之意。她甚至暗想，以前表姐两口子好好的，是她带着小星投靠到这里小半年光景，他俩要闹离婚了。也许都是小星的出现，才最大限度地勾起了表姐夫想要一个孩子的念头！

日子突然过得极慢，慢得像被谁暗中拽住了腿脚停止不前。表姐妹之间也变得越来越沉默，后来干脆谁也不开口了。于采莲来说，主要是那份忐忑始终折磨着她，当她意识到那个可怕的问题以后，甚至减少了当着表姐的面抱孩子喂奶什么的，更不敢跟孩子做出任何亲昵的举动，生怕会刺激到对方。而康丽表姐呢，似乎也下意识地避免接触小孩，她几乎不再主动抱起那个小家伙，也不再跟采莲提出来去阳台上给孩子洗日光浴，更多时候她只把自己一个人关进二楼的卧室，房门紧闭，有时整整一个晚上也不下楼来。采莲只能静悄悄地待在楼下的房间里，尽量不让孩子哭闹。

这中间表姐夫猛不丁开车回来，说是天气变凉了，要拿些换洗的衣服。当时就采莲跟小星两个人在家。于是，她破天荒地鼓起平生最大的勇气，几乎乞求着对表姐夫说了千万不要跟表姐离婚的话；她甚至还想说，如果他们真的需要一个孩子的话，她会心甘情愿把小星让出来，尽管她还没想过自己是否能离得开这个孩子。

"我们的事你就别操心了，总之我不会亏待你表姐的，你现在的首要任务是，好好地把这个孩子养大成人啊！"表姐夫以过来人的姿态语重心长地跟她说。兴许真的是出于喜爱，对方说着说着，就从她怀里接过小星，然后很笨拙地用双手一上一下托举着，嘴里不停地哦哦有声，哄得小孩也咯咯乐起来。

她就想要是表姐真能生出小孩，他一定也会成天这样乐颠儿颠儿的吧。她正要开口说出心里埋藏的那句话时，表姐突然开门进来了，客厅的气氛顿时肃然了。表姐几乎恶狠狠地瞪了表姐夫两眼，又回头乜斜了采莲一下，随后一声不吭径自噔噔噔地冲上楼去，把卧室房门甩得山响。

正是这一刻，采莲觉得自己真的是昧着良心背叛了表姐，心里不由一阵阵发虚。她觉得自己再也无法待下去了，这里再也没人欢迎她，如果真是她和孩子的到来影响了表姐的正常生活，那么她这辈子也不能原谅自己。男人。孩子。她的脑子里总是莫名地浮现出这两个词。男人和女人在一起就是为了要孩子吗？没有孩子，男人迟早会离开；可是有了孩子呢，男人同样也要离开。这到底是怎样一种狗屁逻辑？世上还有没有讲理的地方？为什么受到伤害的总是女人？真是让她百思不得其解。

那种近乎崩溃的抓狂猛地攫住了她。采莲想都没想，便一头冲出门去。到外面去，到大街上去，到一个没有熟人的地方，最好从今以后再也不要回到这里！她大口大口喘着气，满脑子都是这种疯狂而执拗的念头，一时间竟跑得脚下生风耳畔呼啸。恰好一辆公交车驶进站台，她闷头闷脑地跟在一群乘客后面挤进去。这会儿正是下班高峰，车内水泄不通，人们大腿蹭着大腿，肚子挨着肚子，每个人都在暗中较劲，试图拥有更多一丝空间来容身。可人实在太多了，身体跟身体黏在一起，男人女人老人小孩全都成了连体，喘息声咳嗽声埋怨声谩骂声此起彼伏。

采莲觉得自己的身体快要由内里破碎了，两只脚空悬起来没有任何着落。一个中年妇人涂脂抹粉的白脸几乎跟她的脸贴在一起，对方表情僵硬呼吸凝滞眼神冷漠；另一个高个男人的胳肢窝恰好吊在她头顶正上方，从这里源源不断地分泌着刺人眼鼻的狐臭味，她几乎快要晕厥过去，她不得不死死屏住鼻息；忽然又有一只硬邦邦的物件从后面顶在了她的屁股上，叫人感到龌龊极了。她腹背受敌，却又无法逃脱，仿佛是一不留神上了贼船，一种比死亡更可怕的气息团团包围了她。

车厢忽然骚动起来，那个身材肥硕的女售票员拼了老命从车头那端挤过来，嘴里不时嚷嚷着，没票的准备买票啦！那肥大身躯掀起一股强有力的冲击波，使得乘客几乎无法站立，加之车身摇摇晃晃，采莲觉得自己像是被一股泥沙裹挟着东摇西摆起来。女售票员像是有什么不可告人的法术，尽管车内已无立锥之地，但对方依旧凭借自身的优势和蛮力，很快就所向披靡地占据了车厢的中部。采莲顿时让一股身体波浪推得仰面朝天，她还没来得及稳住自己，女售票员的胖手指已经触到她鼻尖上了，有月票的出示月票，没票的快买票啦！

由于汽车的惯性所致，采莲一个趔趄撞进售票员怀里，那硕大身体几乎立刻将她弹开了。喂，你有票没？对方似乎一点都不在乎这种肉体碰撞，或者采莲的冲撞不过是蝼蚁撼树，这种时候售票员只在乎一件事。而采莲这时猛地省悟过来，刚从表姐那里慌慌张张跑出来时，身上确实一分钱也没带。我……我……没……不等她说完，售票员的表情已由先前的满不在乎，转为异常厌恶和恼怒了，少他妈吞吞吐吐的，快点儿掏钱！可是，此时采莲身上甚至只穿了一套半新不旧的睡衣睡裤（这是表姐以前穿过的后来送给了她），上面连只像样的衣兜也没有。她完全窘住了，半天不知所措，只是恓惶地摇了摇头。想逃票是不是？啊？跟我到前面去，快点儿！对方鄙夷地瞪着她，同时一把揪住她的衣领，不由分说便用力往车头那端拉扯……乘客一阵喧哗和骚动，嬉笑怒骂声交织在一起，逃票者应该接受惩罚。

　　……后来采莲感觉自己就像一摊遭人唾弃的垃圾，终于被七手八脚给推出车外了，售票员顺势照准她屁股狠狠地补了一脚，嘴里依旧骂骂咧咧，真不要脸，看你还敢不敢逃票！她就那样扑通一声趴在路上了，两只手掌各蹭掉了一片油皮，一只膝盖也跌破了。血从蹭得脏兮兮的皮肤和裤面那里涌出来，起初是有些发黑的，好像是某种珍贵的石油，渐渐地才显现出血本该有的鲜艳来。她已完全不在乎这些，头发也被撕乱了，睡衣的几粒扣子早都拽脱了。她从地上爬起来的时候，几乎是一副披头散发敞胸露怀的样子。

　　尽管此刻天色变得模模糊糊，可路边一群正在焦急候车的乘客，还是非常敏锐地捕捉到了这个摇摇晃晃的女人。人们迅速朝她聚拢过来，七嘴八舌发表议论，快看快看，哪来的女疯子？瞧，她奶头都露在外面！嘻嘻，八成有神经病吧……有人当即兴高采烈地掏出手机，对着她啪啪地胡乱拍起照来。她既没有特别的羞怯，也没有刻意去躲闪，只是一瘸一拐艰难地从人群中挤出来，然后，沿着街边稀稀疏疏的榆树绿篱，一步一摇缓缓往前移动。从后面看，她的睡衣被晚风吹得飘飘荡荡的。

远处忽然浮现出一道亮丽的彩虹，红的黄的绿的蓝的……一闪一闪煞是好看。她茫然地仰起头，半晌眼睛一眨不眨望着那道悬架于马路上方的美丽虹彩。这种景象似乎只有梦中才能见到，还有她记忆中的童年和少女时期，夏日晌午的一场雷雨过后，天空中就会挂出一道彩虹，水雾弥漫，空气清新，那时的欢乐简单而又真实，那时身在乡村的她不知道将来会有这么一天。倏忽之间，一股前所未有的温暖在体内簌簌涌动，她下意识地将敞开的衣襟往身上裹了裹，然后环抱着双臂朝那五彩的光亮处走去。

这种时候，天已黑透了，周围大大小小的门户和橱窗开始射出光芒，街灯一排排地亮起来，白天的喧嚣忽然褪去了，街道似乎变得空灵起来。她气喘吁吁地终于爬上那道彩虹。真是高处不胜寒啊，这里风吹得更急了，睡衣扑啦啦鼓胀着，要从身上剥离开似的。她随手将两只衣角拽过来打了个死结，这样就可以腾出双手了。风声呜咽，栏杆冰凉，她用目光长久地搜寻着被林立的高楼围拢起来的一方夜空，那里陡然升起一轮明月来，竟又大又圆，似乎一伸手就能触摸得到。又快到十五了吧，难怪月亮这么好看。这样想的时候，她多少感到了一丝慰藉。现在，她就一个人站在高高的过街天桥上，已经看不到那五光十色的彩虹了，唯独能感受到什么东西正毛茸茸地悄然爬过面颊，就像小婴儿的嫩手不停抚摸着她。她接连用舌尖抿舔着嘴角，那湿漉漉的液体好不咸涩，一如她能感受到的所有心酸往事。

她一直那样静静地望着天上的月亮，也望着月旁一颗很小很小的星星——它也跟孩子眨着小眼睛似的，从高处恋恋不舍地俯瞰着她，彼此相对不语。不知过了多长时间，她下意识地把身体朝着桥身靠了靠，双手用力抓牢那光滑的不锈钢栏杆，像抓紧一生中最重要的什么东西，一条腿尽可能高地从侧面抬起来，猛地一下子就跨在桥栏上了……在她身体的正下方，那道五颜六色的彩虹愈发绚烂诡谲，彩虹下面是汹涌聒噪的黑色车流。

马海权和女大学生

发动机没有熄火，他始终坐在驾驶室内。他用车上的点火器点了一根软中华，像第一次偷拿了父亲的烟，做贼心虚地学着吸的大男孩那样，煞有介事地连嘬了好几口，又一股脑将嘴里的白烟全部喷了出去，眼前顿时云雾缭绕。抽烟时他一直眯着眼，像是快要流泪了，捉摸不定的目光透过烟雾，散漫地瞥向窗外。

学院路是这所大学一条很有名的情人路，道路两旁可以称得上林木深密花团锦簇，每逢节日周末或夜晚时分，那些青年学生便成双成对隐现于其中，都在卿卿我我忙着谈情说爱，对路人视而不见，好像这也是大学生的必修课之一，根本不必对谁掖着藏着，一个个显得十分用功，简直沉醉其中不能自拔。现在，就有若干对小情侣，不时地在他车外的花木丛中奔跑嬉戏。马海权脸上露出一种既有些莫名的艳羡，又不无鄙夷的神情。

通常，男人到了马海权这种年纪，对谈恋爱这种事就看得很淡了，甚至还会觉得那不过都是小孩子过家家——瞎胡闹、纯粹浪费感情。现在，他不露声色地瞧着这些半大不小的青年学生，他们拉拉扯扯搂搂抱抱亲吻抚摩，心里似乎又有些不舒服，竟阵阵泛酸。这让他不由得想起自己的年轻时代，那时恋爱还没那么浪漫，他个人的事完全是父母包办媒妁之言，彼此见两面，手也没摸一次，就互相忙着看了看家，把婚事草草订下。随后的一切，跟走马灯似的，简单置办几样家具，草草办了喜酒，新婚的滋味好像还没尝够，家里就添了小孩。因为有了孩子，夫妻关系也就成了定局，十多年平淡琐碎的小日子，一转眼就蒙混过去。如今马海权也算事业小有成就，凭借他当年在林校学过园艺栽培技术，人又肯吃苦钻研，后来他觉得待在单位绿化科实在没有前途，索性辞职下了海，开了一家园林绿化工程技术公司，经过几番忍辱负重摸爬滚打，这些年他跟园林系统的头头脑脑乃至市上的一些主管领导都拉上了关系，每年开春只要象征性地参加两次工程投标，几百万的绿化工程就会像切蛋糕似的分给他一块。当然，之前他也少不了要花几万块去打点铺路，用他的口头禅这叫火到猪头烂。他有自己的设计和施工队伍，绿化工程最紧要的是抢种植季节，也就是每年五一前后，忙上一两个月，苗木花卉基本上就种植下去了，接着就进入长达三年的养护期。具体的活当然都由他手下的一干人去做，他的任务是白天抽空开着帕杰罗到工地现场视察一圈，有啥情况也就动动嘴皮子、打打电话，晚上经常得点头哈腰地宴请甲方相关领导吃饭、洗脚、唱歌，以便尽快把拖欠的工程款要下来，因为这种绿化工程基本上都是垫资动工的，干活容易，要钱难，欠钱的是爷爷，讨债的永远是孙子。好在，他总是能想方设法疏通关系把事情摆平。

眼前的学院路两旁各有二十五米宽的绿化带，这还是他几年前带人热火朝天干出来的活。那时公司刚成立不久，他是通过一个在大学基建处做处长的老同学的关系揽到工程的，也正是这个绿化项目让他尝到了甜头。通常，学区的绿化没有那么多条条框框，图的就是花花草草种桃种李，说白了就是为这些在校大学生营造一个谈情说爱的好去处，现今这里确已颇成气候了。此时此刻，马海权透过车窗朝前面张望着，林中百鸟鸣叫，花间野蝶纷飞，他心里多少是有一些成就感的。他所生活的城市跟懵懂的少年一样，眼看着一天天成长起来了，这个过程他亲自参与了，光公司这些年累计种下的树木花草，恐怕已是非常庞大的数目了，可谓花木遍天下了，街头巷尾变绿变美了，自然少不了他这种人的功劳，最重要的是，他的公司确实从中获得了丰厚的利润回报。绿化行业属于新兴产业，在中国凡是新兴的事物都有机可投。

一根烟还没有吸完，马海权便从车的后视镜里瞥见，一个女孩正一路小跑着，朝他车这边寻觅着赶过来。于是，他把烟头在车里的烟灰盒里摁灭，又随手拿起车里的半瓶木糖醇，取出两块塞进嘴里，用力嚼着，薄荷的凉爽和芳香迅速在唇齿和喉咙间流淌。这是生意场养成的习惯，会见女士起码的讲究。他轻摁了两下喇叭，那个女孩就闻声气喘吁吁地来到车门跟前了。他让窗玻璃自动降下一半，探出头对她说，嗬，倒挺快的，你上来吧。女孩站着没动，胸口起落得很厉害，她是一口气从学校宿舍跑来的。马大哥，晚饭后我要去图书馆，您找我有啥急事吗？呵呵，非得有事才能见你啊？马海权朝女孩笑了笑，他着实被她一本正经的样子给逗乐了。马大哥，我不是那个意思。那你是啥意思呢？是不是嫌我打搅你学习了？要是那样，我马上就走。女孩急忙摆摆手，绯红着面颊急切地说，不是不是，我是怕耽误您的宝贵时间，要知道您成天有那么多事要忙呢。马海权把头收回车内，又探过身去打开了副驾那边的车门。快来，上车再说吧！女孩抿了抿嘴唇，还想说什么，听对方口气有些不容分辩的意思，她才低头从车前快步绕过去，很谨慎地上了车。她屁股还没有坐稳当，帕杰罗就呜地一下驶了出去，她听见路旁的树木唰唰地往后疯跑。

　　汽车开起来以后，马海权才回头打量了一下正襟危坐在他旁边的女孩。这个正在读大三的姑娘看起来还是相当朴素的，衣服裤子没有一丝光鲜耀眼的地方，可这些似乎一点儿也掩藏不住她面容的清纯和美丽，她的颈项的曲线几乎可以说是完美的，长发虽然简单地扎起来，可耳鬓两旁却恰到好处地有几缕发丝，使女孩子的娇柔和妩媚尽现无遗。他的目光甚至还在她微微起伏的胸口停留了数秒，那里仿若百花丛中隐藏着一对柔软浑圆的小活物，有点儿跃跃欲试的姿态，让他不由得感到一阵气息短促，心儿甚至怦怦乱跳了几下。似乎是为了掩饰这莫名而来的尴尬，马海权故作轻松地开了个玩笑，他说今天是礼拜五，你不会是也忙着去见男朋友吧？

女孩好像吃了一惊，迅速看了他一眼，马上又正视前面的挡风玻璃，并非常认真地回答道，马大哥哪有的事，我真的是想吃完饭去图书馆查些资料，这周刚好有一门主课结束了，要赶紧准备过关考试啊！马海权像是没听到她的解释，或者，这解释对他来说毫无意义，他继续刚才的话题。别那么紧张，其实，谈谈恋爱也没什么不好的，现在社会很开放的，你们大学生谈恋爱，再正常不过了。女孩红着脸又接过话说，别人谈不谈我不管，反正我是绝对不会的，我们学生还是要以学业为重，特别是像我这样的学生……说到这儿，她似乎是刻意地把下面的话省略了。马海权见她说得如此真切，也忙打哈哈道，你能这样想就对了。又改换话题说，我今晚没安排啥活动，刚才又去过一趟你们学校，想找基建上的领导谈个事，也是临时决定约你出来吃顿饭，顺便呢也想请你帮我个小忙，我想你不会介意吧？女孩听了马上满口答应道，马大哥看您说的，您有啥事尽管吩咐吧，我这两年要是没有您帮助，可能早就不在这里念书了。

马海权急忙做了一个就此打住的手势，并说，我第一次见到你，就知道你是个相当不错的姑娘，我做的那点事根本算不了什么，记住，感谢我的话，以后再不许说了！再说了，我还等你毕业了来公司帮忙呢，我那里现在最缺的就是你这样的大学生。女孩听了简直有些受宠若惊，急忙冲对方使劲点了点头。马海权这才记起问她想吃点什么，让她随便挑千万别客气。还说他今天要给她好好改善一下伙食。女孩不好意思地说，您随便，我吃啥都成的。马海权笑着问道，那么请问，随便多少钱一斤？只要能买得到，我管你吃个够！女孩终于咯咯地笑了起来。他发现她笑的时候太少了，不过她确实笑得阳光灿烂。见她忽然这么一笑，马海权的心里顿时有种说不出的美好感觉，似乎是，比在生意场中了一次百万元工程的标还要舒畅些。这时，他听见女孩很恭敬地问他，您到底要我做什么呢？马海权才回过神来，支吾道，别着急嘛，怎么也等吃饱了肚子再说呀。

马海权夫妇

老婆是上午才离开家去外地出差的。按理说，那边下礼拜一才正式开班学习，礼拜天走就赶趟了。这次跟老婆一同出去的，好像还有三五个人，他们要去参加一个新出台的行业执行规定的短训班。机票是另外几个人张罗着订好的，说是想先到那边玩上一半天，反正，双休日在家待着也没别的事做。礼拜四晚上，马海权从外面应酬回来已经很晚了，老婆在枕边把情况跟他一说，他差点儿没从床上蹦起来。马海权闷闷地说，出差就出差，用得着提前去吗？你们单位的人尽是小农意识。其实，马海权根本不想让老婆走，她一走马上留下一堆问题，孩子的上学、吃饭和做功课，等等，平时都是老婆一肩挑重担的，这些年他乐得做甩手掌柜。一旦她要是走了，样样还不都得他来操心？他生意上的事情本来就多，怕自己到时候分身无术。老婆倒是美滋滋的样子，好像出差终于能使她暂时解脱一下了，她努着嘴对马海权央求说，人家再干几年都该退休了，好不容易熬得能出趟美差，来回统共一个礼拜，学习班一结束，马上赶回来。马海权听了也就不好再说什么了，想一想老婆也真是怪可怜的，好多年几乎没出过什么远门，整天除了上班就是回家给丈夫孩子做饭，典型的两点一线式的家庭妇女，他确实不该再说那些风凉话。

每次，马海权因公司业务或技术交流需要到外地出差，都是老婆忙前忙后，替他打理一切的，大到拎哪只旅行箱包、穿什么衣服和衬衫、打什么领带，带多少盘缠，小到钥匙串、指甲刀和掏耳勺，事无巨细，一样也少不了老婆亲自上阵操持，好像出门的人是她自己。老婆心本来就细得很，当年处对象的时候，马海权就深深地领教过。那时候他俩约会去公园，她总是事先带两张报纸，两个人走累了，她就把手里捏着的报纸卷儿在路边的石凳上铺展开，让他坐；或者，上小饭馆吃饭，也是她一进去，就拿餐巾纸一遍遍把要坐的椅子擦过，甚至将胳膊肘能接触到的桌面也都擦得干干净净，然后俩人才安心地坐下来吃喝；还有一次，他骑车子送她回家，她不急着坐上车架，而是先把他的车子拽住，手伸进衣兜里摸，上上下下摸了半天，也没找到一片纸，他说算了不碍事不脏的，可是她却把嘴凑近车架子吹了吹，又拿手掌心在上面扑拉了扑拉，才放心地坐上去。后来为这些琐事，他心里确实犯过一阵嘀咕，可家里人都说女人心细点有啥不好，真要摊上个邋遢女人跟你过日子，将来试试看。他也就无话可说了。平心而论，婚后多年家里上上下下全靠老婆一个人。

就在昨天，老婆兴奋得几乎忙了一个晚上，满屋子登高爬低翻箱倒柜，忙着收拾她出门要带的东西，穿的、戴的、抹的、用的，简直跟过日子似的，一应俱全。然后，她还一点儿也不知疲倦，嘟囔着算计说明天一上午再去银行取多少多少钱。当时，马海权正在卫生间刷牙，牙膏沫子白花花地堆在嘴角上。他说，你到底有完没完，我包里有的是现金，你拿上一万块就够了，还取啥钱。可能是他说话的声音咕咕哝哝的，老婆根本没听见，或者，听到了也跟没听到一样，老婆已经习惯了打理家中的一切，现在终于轮到她自己出门，情况可想而知。那晚可能是喝多了酒的缘故，马海权半夜起床找水喝，等他再回到卧室时，就不露声色地脱光了睡衣睡裤，轻轻地钻进老婆的被子里。她好像明明感觉到他的腿脚碰到了自己，却故意翻了个身，脸冲另一边继续睡去，后背对着他的脸。马海权也没多想，顺势从后面抱住老婆，手还没来得及继续深入下去，就听老婆哼唧说，睡吧，睡吧，困死了，明天人家还要出门呢。马海权的手就僵了一下，不过，他也没有立刻把手移开，而是更坚定地搂紧了她，把浓浓的酒气吹到她的后脖子和发丛里。平常这种时候，老婆会被他的热气吹得咯咯的笑一通，然后就会怕痒似的转过脸往他的怀里钻。可是礼拜四的晚上，她没有那么做。恰恰相反，她把自己从他的手臂里坚定而果决地挣脱出来，然后，用被子把自己像只菜心虫子一样裹得严严实实的，依旧扭过身体和头，一副不马上睡觉就会死人的样子。

当时，马海权的确愣了一会儿，这事如果放在平时似乎也没什么，因为在这种事情上，几乎每一次都是他采取主动的。也就是说，他觉得自己需要那样一下了，就去钻她的被子贴她的身体，甚至包括上床之前就把自己脱得一丝不挂。而作为妻子，她从来都是有求必应的，至少会应付他一下。可昨天晚上，他觉得老婆确实有点莫名其妙。单凭她把自己裹得那么严实的劲儿，就不难看出，她一点儿那方面的意思也没有，不是半推半就，根本就是无动于衷。马海权有一个毛病，就是他每次喝多了酒，对那种事情会突然变得很迫切，即便再晚再累，兴头上来也要来一下。所以，眼看着老婆翻过身呼呼睡去了，他是一点儿睡意都没有。他在黑暗中沉默了大约有几分钟，又把本来已经挪开的身体朝老婆身边靠了靠，但与此同时，他又似乎能明显地觉察出，对方在被子里一动不动地保持着某种抵触的状态。这种感觉很奇怪，女人越是这样，男人就会越发变得饥渴难耐。随后，他几乎是有些蛮横无理地将老婆的头扳过来，并将她粗鲁地压在自己身下。他记得她突然就叫了起来，好像她身上的某个地方被他弄疼了，反正，她尖叫了一声。那种声音对于一个兴致勃勃的男人来说，简直就像一把尖刀，一下子就将寂静浪漫的黑夜给豁了道口子。紧接着，老婆几乎是手脚并用地将他从身上掀了下去，情形就像所有电视剧里矫揉造作的女演员，毅然而又决绝地反抗坏人的强暴那样毫不留情。而且，她还随口说了一句，你这人怎么变得这么无耻啊！他当时觉得自己像是挨了一闷棍：无耻？她居然说自己的丈夫无耻！一时间他怔住了，不知道接下来该说什么或做什么，因为，他觉得自己突然被老婆的那句混话给顶到死胡同里了。她反倒一屁股坐了起来，仿佛还要继续声讨一番才肯罢休。她不无愤怒地说，你到底还让不让人睡，整天就知道那点儿破事！真没出息！那一刻，他的火气也一下子蹿了上来。你嚷什么嚷？是不是有啥毛病？我究竟怎么你了？难道老子是个强奸犯不成！老婆的长头发有些散乱地盖着两侧的脸，样子多少有些鬼魅。我说你能不能小点声，当心把儿子吵醒了，他一早还得上学！说完，她一歪脑袋，又倒在床上了。随即，她又把自己用被子卷得严严实实，身体尽量靠向床的一边，至少将三分之二的床的位置空给他。

夜色中的马海权终究没能再睡着。后来，他非常恼火地下床去了客厅，胡乱躺在沙发上抽了两根烟。再后来，他又无聊地打开了电视，为了照顾孩子休息，他不得不把音量调得很低——如果家里就他和老婆，他可能会把声音弄得震天响的。是地方台的一档"子夜剧场"，正播美国那个大块头方脑袋的"外星人"主演的《真实的谎言》。此刻，那个相貌和举止都有点滑稽可笑的妻子，正在搔首弄姿地跳着艳舞，样子非常煽情，可这个愚蠢的女人却一点儿也不清楚，正在黑暗中欣赏舞蹈的家伙，却是她自己的特工丈夫。这种时候，马海权的心里仿佛着了火，有一种类似于燃烧的感觉，正在身体和血液中涌动。他觉得自己非常难受，一只手不由自主地滑进内裤里，将那不可遏止的僵硬，愤怒地紧紧握住，好像此刻只要他一松手，整个身体都会被大火烧焦的。最后，他一头钻进卫生间撒尿、洗手，又往自己的脸上泼了泼凉水。就在那时，他不经意间发现纸篓的最上层躺着一团非常熟悉的东西，准确地说，那是老婆丢在那里的一团卫生巾，他这才恍然大悟，原来她来那个了。而在这之前，他甚至还在怀疑，她是不是更年期提前来了。

第二天上午，马海权还是将手头的事情推掉了，他只开车去公司露了一面，就又匆匆忙忙赶回家。飞机是上午十点一刻的，老婆见他回来了，也不多问什么，只说过一会儿她下楼去，单位有车，会在门口接她。马海权说反正公司一早也没啥大事，他可以去机场送送她。老婆一边将自己要用的化妆盒钥匙之类的东西塞进旅行包里，一边说不用了不用了，你还是去忙你的事吧，我们说好集体出发。随后，她又回卧室换了一身新衣服，好像连胸罩也换了，然后把身上换下来的脏衣服随便揉了个团，搁在卫生间的洗衣机里。后来，马海权在客厅吸烟的工夫，老婆手里已经提着旅行包站在门口了，甚至连拖鞋也换掉了，穿上了出门的白色旅游鞋。她的模样多少有些滑稽，像个女运动员似的，可上身偏偏穿了件粉了吧唧类似于套装的短外衣，显得不伦不类的。老婆一边往门口走，一边用两只手轻轻拢了拢刚洗过不久的湿头发。她说那我可走了，家里的事你就多操点儿心，记住，千万别让孩子吃冷东西，容易闹肚子！他满口答应着，忙从沙发上起身走到门厅，本来还想说要去送她的话，可从老婆的样子似乎能看出她是不会同意的，好像她内心非常抵触他去送她这件事似的。他觉得她对他生分得有些可怕。所以，马海权最后好像是故意讨好老婆似的叮嘱道，记着，到那边先给我来个电话啊，还有你身体不舒服，自己多注意点儿。他隐隐听见老婆声音很小地答应着，知道了知道了，好像是有那么一点儿不耐烦的。他想，女人有时真是很奇怪，简直叫人捉摸不透，尽管他俩已经是老夫老妻了。

马海权和方荣

在儿子学校附近找了一家不错的西餐厅，一进去先要了两杯现磨的墨西哥咖啡。随后，趁去卫生间的工夫，马海权才给儿子拨了个电话。儿子一上中学，家里就给买了只小灵通，主要是为了联系方便，这样老婆就不必每天都去接呀送的，在家等着急了，打个电话催一催儿子就行了。儿子是风筝，老婆就是那根又长又细的绳子，得时不时地往回拽一拽，不能由着他的性子乱跑。马海权想叫儿子赶过来，他们好一起吃晚饭，然后再一起回家。儿子却说，今天是周末，妈妈又不在家，回家没啥意思。他想放学后直接去趟外婆家，而且，这两天他也不想回来住了。马海权想了想，说，你去那边也行，不过你得听话，要好好吃饭，别忘了做作业！还有，不能惹老人生气，否则看我怎么收拾你！儿子不耐烦地说，知道了知道了，我又不是三岁小孩。马海权还想再嘱咐两句，儿子已经迫不及待地挂了电话，他没好气地说了句，这小兔崽子，比老子还忙。

儿子从生下来到现在，他确实心操得极少，从吃喝拉撒，到早送晚接，再到学校开家长会，等等，都是老婆一手包办的。尤其是后来儿子大些了，他辞了职一门心思去办公司，家对于他来说几乎跟免费旅馆差不多，只不过是深夜里回来胡乱睡一觉而已。平时他跟儿子也很少能见上一面，往往是深夜他回来了，儿子已经睡着了，天亮后儿子又急急忙忙去上学，他倒是不用那么早起床，也就很难看见儿子的身影。儿子的个头眼看快撵上他了，他有时会生出些莫名的感慨，儿子就像一棵孱弱的幼苗，当初是他亲手栽下去的，可他还没来得及好好施肥浇水察看，儿子就噌噌噌地蹿长成树的样子了，他的根系似乎完全扎进女人那块土壤里了，这棵树跟他日渐疏远，偶尔看见儿子会让他觉得十分茫然，他甚至已经拿不准，那到底是不是自己的种子了。唯独老婆，时常在他耳边叨叨，儿子又考了班级第几第几，儿子想买一辆新的山地自行车，儿子好像有了心事，儿子喜欢上班里的某个女生，儿子说假期想去北京旅游爬长城，儿子为了女生跟男同学打了一架，鼻子被打得流血了，老师要让家长去一趟，等等，也许正是这些或好或糟的消息，才让他间接地感受到，儿子正在一天天长大成人。当然，他也为那些不好的事情狠揍过儿子几次，儿子似乎有些惧怕他，毕竟他下手要比女人狠得多。但更多的时候，儿子是不怎么爱搭理他这个爸爸的，他俩有时像陌生人，见面也就点个头，很少彼此交流。

他再度回来坐定，随便点了几样要吃的西餐，老婆的短信就翻山越岭地飞过来了。说她一切平安，问他儿子到家没有，吃的什么饭，在学校表现好不好，劝他晚上别出去喝酒，好好陪着孩子。无非这些，好像很不放心他们爷儿俩似的，或者，只是不放心他。他想，如果不是为了孩子，老婆可能连这个起码的短信也不肯给他发。女人总是把百分百的心思花在儿子身上，好像这个世界上只有儿子才是她的命根子。很多时候，他甚至都有种被忽略、被冷落后的嫉妒，但作为一个男人，他只能默默忍受着这一切。事实也是如此，自从生了孩子以后，就连夫妻生活也过得浮皮潦草的：过去因为房子太小，一家三口挤一间屋，不可能尽兴；后来换了大房子，人均差不多占到两间房子了，可那种激情几乎快没有了，老婆总是埋怨他那些该死的没完没了的应酬，说他成天就知道陪人家吃喝玩乐，从来不知道陪一陪她和孩子。对此，他向来不屑一顾，要是只陪着她们娘儿俩，别说想揽来大生意，恐怕他早得喝西北风去。有好多次，他深更半夜回到家里，人醉得一塌糊涂，进门就冲进卫生间，蹲趴在马桶边上，嗷嗷地呕吐不止，像一条垂死的老狗。老婆非但不关心他，反倒咬牙切齿地说，哼，呕死活该，谁叫你见了酒就没命呢。他算早就看透了，没钱的时候，女人总嫌男人没本事；等你有了钱吧，她又嫌你整天不沾门不顾家。类似的事要是跟她计较下去，这日子干脆不要过了。

　　当着女孩的面，他没立刻打电话过去，也仅仅是给老婆回了几个字的短信，说，没事，叫她在那边安心地玩吧。然后，他很盛情地帮女孩夹了两块切好的比萨饼，叫她一定要多吃一点儿。他吃了一盘意大利炒粉，女孩吃椒盐牛柳套餐，外加一只七成熟的煎蛋。女孩似乎吃得很拘谨，大概是从来没有吃过西餐的缘故，还有就是面对自己的学业资助人，总是有些战战兢兢的，浑身不自在。他倒是吃得很快，间或问她两句饭菜味道怎样，她只是点点头，冲他腼腆地微笑一下，又低下头细嚼慢咽，尽量不把手里的金属叉勺弄出一点儿响声，感觉吃得相当压抑。他坐在她对面细细地品味着浓浓的咖啡，目光始终落在女孩的脸上。低回的钢琴乐声在房间的四周弥漫，这样长时间盯着一个女孩，让他忽然有些恍惚起来。在过去的很多个夜晚，他不时地要跟一些乱七八糟的年轻女人喝酒唱歌跳舞，有时甚至会逢场作戏干些男人才干的荒唐勾当。可眼前的情景，跟以往有着本质上的区别，女孩的清纯和矜持，也让他尽量对自己有所收敛。

马海权认识这个名叫方荣的女大学生，大概是前年的事。当时，他去女孩所在的大学谈一个新建足球场的绿地种植项目，商谈中一个主管副校长突然跟他提起学校本学年有几个特困生，希望他这样的民营企业家能伸出援助之手，给予一些必要的帮扶。他当时本来就有求于人，再一合计每年也就花上万把块钱，到头来还能换个资助教育造福社会的好名声，学校今后再有绿化方面的工程他也好张口要啊，这又何乐而不为呢？再说人家校领导既然已经开了这个口，他确实也不好驳人家的面子。于是，他当即就给校长表了态。后来，由学生处的处长带他去跟贫困生们见面，在十几名大学生里，他几乎一眼就选中了方荣，特别是听完学生处长简单介绍女孩窘迫的家庭状况后，他爽快地答应了她在校四年的学杂费、书本费及日常生活等费用，全部由他负担，而且，还口头做出承诺，将来方荣毕业后如一时半会儿找不到合适的工作，他的公司还可以接纳她。当然了，他做这些决定是不需要跟老婆商量的，公司的事向来是他一个人说了算的。跟女人说这些，只会让她们心疼那点儿钱，女人很多时候根本不理解自己男人的心思。实践证明，他是对的，这两年他又陆陆续续接手了这所大学的几个活，少说也赚了百八十万，而他为方荣所掏的那点儿资助费，不过是九牛一毛，两顿饭钱而已。

吃过饭，他们又闲坐着聊了一会儿。其实，主要是他在提问题，都是有关大学里的事情。比如，学校有没有奖学金，宿舍里一共住几个人，食堂的伙食好不好，将来毕业有什么具体打算，等等，而女孩也只是简短地回答一下，没有实质性内容。最后，女孩又一本正经地提到他到底要她帮什么忙。显然，她还记着他先前说过的话。他哦了一声，这才意识到，他所说的那个忙现在已不需要她帮了，至少今天是这个样子，儿子不回家，打乱了他原来的计划。本来，他是打算让女孩给儿子辅导一下外语或其他功课，他早就听说方荣学习一直很用功，高考时分数就相当不错，正应了戏里的那句词，穷人的孩子早当家，家庭条件越差的学生，学习越刻苦。他想请她给儿子辅导一下，那是再好不过了。当然，他还有另外一个想法，那就是他早已不习惯整晚待在家里，大眼瞪小眼地盯着自己的儿子，刚才在去大学的路上，他也是灵机一动，想到老婆出差在外，把女孩叫到家里，正好可以帮他看着点儿子，这实在是一举两得的好事情。

马海权抬眼看了看女孩，发现她一直用那种等待的目光诚恳地看着他，好像随时接受他的一道命令，并为之赴汤蹈火在所不辞。这种感觉对一个有事业的男人来说很好，她看着他的时候，眼神里有种类似于崇拜的东西。他原本要说今天就算了吧，改天再找你帮忙，可话到嘴边，突然像是不受大脑支配似的，他竟信口说道，也好，那你现在就跟我走吧。离开餐厅，天色已昏暗下来，汽车很快驶过一条正街，外面灯火辉煌，大小店铺的橱窗显得琳琅满目，她始终侧目盯着窗外发呆。

马海权连打了几把方向盘，车就径直开到一家名品服装专卖店门口。她不清楚他为什么要突然拐弯停车，正在疑惑之际，听见他说，喂，先下车吧。她想可能是到他说的地方了，于是，急忙下车跟在他身后。两人一前一后走进那家品牌专卖店，迎面立刻扑上来两位导购小姐，连珠炮似的问好致意并询问客人需要什么，马海权像布置工作似的说，你们帮我给她好好挑选两身衣服，记住，一定要最好的，而且还要适合她穿，听懂没有？导购小姐爽快地点头答应，不等方荣做出任何反应，便争先恐后地取来货架上的样服，一个劲儿往她身上比画起来。她们说这款颜色清纯线条简洁，最适合她穿；那件款式新颖，是今年最流行的。一时间把女孩弄得不知所措了。她连着退后数步，人快被逼到墙角了，他们根本不在乎她的感受，接二连三地拿来衣服往她身上套，她用求助的目光四处寻找马海权。

一开始，他似乎没有注意到她的处境，正在一个角落里踱着步子接电话。她只好马大哥马大哥地叫了几声，又说我不想要这个……他们这是……您快来看看呀。马海权这才闻声走过来，打量着她说，你穿这种服装挺好看的，没关系好好试吧，我一直想给你买几件衣服，平时实在太忙了，今天正好有空，就算我送给你的小礼物吧。她嗫嚅着说，可是……我自己有衣服呀。马海权笑笑说，傻姑娘，哪个人能没有衣服穿呢，这可是大哥送给你的，听话啊，只要选你最最喜欢的就好。说完，他又撇开她，走到一旁继续打电话去了，好像很忙的样子。

女孩有些无奈地望着马海权的背影，还想跟他说点儿什么，可又不好意思再去打搅人家。看来自己的拒绝没有任何意义，或者说，她从一开始就默默地接受了这一切，他的乐善好施对她来说是多么重要，想到多年来一直病染在床的父亲，下岗后一直靠干零碎的缝纫活计维持生活的母亲，以及刚刚升上初中的小弟，所有这些都是无法抗拒的，生活就是这么无情，而他又像是从天而降的菩萨，选中她并给予无偿的帮扶，这可是她这辈子最大的荣幸，就连她的那些同学和舍友都这么说，说她真是命好撞上了大运。她知道这几年自己接受他的东西太多太多了，再让人家买衣服给她，她可从来没有奢望过。可是，如果现在她执拗地推脱开他的一番好意，他又会怎么想呢，肯定会不高兴的吧？至少，他会很没有面子，他会下不了台，男人的面子有时比什么都金贵。这样想着，她一时真的有点儿左右为难了。

就在她犹豫的工夫，导购小姐已替她挑好了几身衣服，并一再赞美她说，姑娘，你天生就漂亮，穿什么都好看，欢迎你以后再来，我们随时为你服务。她听了，心里有种说不出的感觉，脸上烧乎乎的，好像做了什么见不得人的事。女孩从来没有觉得，有时拒绝一件事情，原比奢求得到更加难以面对。

马海权家里

一到马海权家里，女孩又拘束得手足无措了。马家的房子又宽大又阔气，客厅装修得十分豪华，室内的摆设一应俱全，名人字画、珍贵的石头、古玩，以及很时尚的现代工艺品，比比皆是。进了门，马海权随手打开了所有的灯，吊灯壁灯射灯落地台灯，跟满天繁星一样耀眼夺目，女孩顿时有点儿晕眩起来，简直无所适从了。马海权帮她取出拖鞋，她规规矩矩换上，然后在他的引领下，战战兢兢地在沙发的一角浅浅地落座。马海权问她想喝点什么，咖啡、茶、酸奶，还是果汁，她急忙摇摇头，表示自己不需要喝什么了。他说好不容易请你到家里坐坐，怎么也得喝杯饮料吧。她这才勉强点头，说随便吧。说完，她自己先笑了，想到先前在车里的情形，随便这词快被她用滥了。他好像没有在意，已经给她从冰箱里取来了一听汇源果汁，他自己开了一罐蓝带啤酒，一连喝了好几口。她双手抓着饮料，半天只抿了两小口。这样干坐了一阵子，她终于又言归正传地问起那个需要她帮的忙来。

马海权煞有介事地看了看手表，对她说，是这样的，我儿子今年读初三，成绩不是特别理想，马上就要参加中考了，我想你要是方便的话，以后能不能给他辅导辅导？女孩放下手里的饮料，刚才拘谨胆怯的神情荡然无存，她爽朗地说这有什么不能的，我还求之不得呢，可就怕我自己笨，到时候耽误了他的学习。马海权笑着说，哪里哪里，你是大学生，学习成绩一直又好，要是你肯帮这个忙，我也就省心了。然后又说，小方啊，你不知道，到了我们这个年纪，大伙聚在一起必谈孩子的事，学习成绩好这做父母的脸上才好看！他说这些话的时候，女孩一边频频点头，一边用探寻的目光在房间里扫视了一圈，马海权看到眼里，忙解释说这小子野惯了，他妈正好又出差去了，他十有八九又跟那帮同学瞎玩去了，你看这阵子还不沾家门呢，学习怎么能搞好！女孩轻声哦了一下，表示理解，她的目光又收回到茶几上。马海权起身说，来吧，我先带你随便参观一下，也好熟悉熟悉这里的环境。女孩轻轻答应了一声，就跟着他从客厅往他儿子的房间去，电脑、电视、音响、书柜、字台、地毯、明星贴画以及五花八门的玩具和运动器材，简直就像个儿童乐园。他像是要解释什么似的，叹息道，唉，就是条件太优越了，孩子学习反倒搞不好。她无言以对。之后，又简单地参观了他的书房、卧室和饭厅等，整个过程都让她觉得眼花缭乱的。

后来，两人又坐回客厅。马海权问她灯光是不是太刺眼了，就主动去关了几组灯，只留下两盏壁灯和一盏落地台灯，这样一来，光线确实柔和多了。他又问她想看电视还是听音乐，她当然选择了后者，在学校很少能看到电视节目。于是，他将音响打开，一首舒缓的排箫曲子在空荡荡的房间里流淌开来，间或是声声鸟鸣，听起来又空灵又悦耳。他又开了一罐啤酒，并且给她端来一大盘话梅、瓜子之类的食物，让她好好吃，说别客气，就跟在自己家一样。他开始跟她聊自己读书时代的趣事，聊他当初如何下海创业，聊生意场上的种种际遇和得失，甚至，还从手机里调出几条讽刺挖苦他们行业的段子短信念给她听。她听得非常认真，间或一笑了之。说起来她认识他几年了，可对这个男人的了解仅限于他是个公司老板，好像很有钱，还能慷慨解囊，除此之外，对他可以说一无所知。此刻，当他说起这些往事的时候，完全不像个生意人，老板的架子暂时放下来了，让她觉得很亲切，长期以来夹在他们之间的那道不可逾越的鸿沟，或者隔膜，渐渐地缩小变淡了，这时候他看上去更像个长她十多岁的兄长，很像学校里的某个辅导员。

似乎不无感慨，他对她说，小方呀，你不知道，大哥很久没这么轻轻松松地说过话了，整天忙得像个疯子，得给人家牵马坠镫点头哈腰，有时简直跟孙子差不多，难得像现在这么痛快啊！说完，他又起身去拿来两罐啤酒，他真的很高兴，平时都是迫不得已，喝酒对他来说如同灌毒药。她不无关心地说了句，您可别喝多了，喝多了容易伤肝伤胃，对身体不好，很难受的。也许，就是因为女孩的这句顺口而出的关心，让他忽然觉得心间泛起一丝罕见的潮湿和暖意。是啊，从来听到的都是劝他多喝的，好像他天生就是一只来者不拒的酒桶，即便是自己的老婆，对他喝酒也是骂骂咧咧冷嘲热讽。想到这里，他冲女孩激动地笑了笑，说今天确实高兴，想喝，来吧小方，你也陪大哥喝一点儿，好不好？女孩连忙摇摇头，表示自己真的不会喝酒，不过她说可以陪他喝点儿饮料，又劝他还是尽量少喝一点儿。马海权抽空抬眼盯着女孩看了又看，看得女孩羞涩地低下头去。这时，他下意识地将自己的身体朝她所坐的位置移了移，停下，看看她，又往跟前象征性地移了移。女孩就多少有些不安了。不过，她始终低着头，十指交叉捏弄着自己的手，好像要借此克服那种莫名的紧张和羞怯。

那一刻，马海权觉得有一股巨大的热浪势不可当地席卷了周身，让血液迅速沸腾起来，又如一簇暗火，从昨晚或更早一些的时候就蓄积在他体内，女孩身上特有的清纯气息，和在他面前所表现出的不加修饰的美丽，像是猛然间唤醒了那种初恋时才有的不顾一切的冲动因素。还有下午在学院路上等她时，目睹的那些热恋中的成双入对的身影，此刻所有这些因素开始摇旗呐喊、开始推波助澜，让他的呼吸变得急促而又笨重，他的身体狗熊似的就势往一侧偏压过去，同时，双手猛地不顾一切伸开去，竟紧紧地将女孩搂住了。他嘴里语无伦次地说着那些喜欢她的话，说他第一次见到她就喜欢上她了，说他从今往后要好好待她，还说等她毕了业，他一定要送她去读硕士和博士……而她早就惊恐不已，自始至终都在发抖、尖叫，手忙脚乱地挣扎着，她还是头一次遇见这种可怕的情形，她简直不知道该怎么办了。最后，她急得跟小孩子一般大声号哭了起来，而他似乎根本听不到她的哭声，只是一味地搂她压她。

也就在马海权近乎疯狂地将女孩摁在真皮沙发上的时候，那扇盼盼防盗门突然嘎啦一下打开了，儿子冒冒失失地从外面进来，正踢里趿拉在门口玄关处换鞋。爸，原来你在家呢，怎么今天没出去呀？儿子边换鞋边好奇地打问，好像他这时根本不该出现在家里。幸好有隐蔽的玄关和嘈杂的音响作掩护，否则后果简直不可想象。尽管如此，马海权还是显得惊慌失措，人几乎是从沙发上弹了起来的。你……你……怎么又……又跑回来了……你没去你……你姥姥家啊？儿子背着巨大的书包，已懒懒散散地从门口穿过走廊，径直朝自己的房间走去。马海权赶忙迎了过去，儿子随便冲沙发上低着头的女孩瞥了一眼，回答道，当然去过了，这不刚吃完饭又得赶回来，我们老师临时通知明早又要补外语，我的辅导材料落在家里了。唉！真他妈要命！儿子不满地嘟囔着，好不容易熬到礼拜天了，也不叫我们好好休息，当学生一点儿乐趣也没有！反正下辈子我是再也不想念这破书了！马海权没有作声，放在平时他肯定要臭骂孩子一通的，可现在，他像哑巴似的沉默着，并紧跟在自己儿子的屁股后面。父子俩一前一后进了房间，他随手把门关上了，动作有些神秘兮兮的。

女孩一个人呆呆地坐在客厅的沙发上，老半天才回过神，她默默地将头发捋了又捋，又把自己的衣服整理好。这时，她发现衬衫胸口处少了一粒纽扣，断了的线头很突兀地奔拉出那么一截，像一条蜷曲的毛毛虫，看着叫她感到无比厌恶。她赶忙把左手紧紧地平压在掉了纽扣的位置上。她在沙发和地板上找了又找，死活也找不到自己的那粒扣子。她只好慢慢地起身，泪珠吧嗒吧嗒往下落，像断线的珍珠洒在如镜面一般明亮的大理石地板上。她抿紧双唇，唇的边沿一点儿血色也没有，她竭力不让自己发出任何声响，但始终在默默饮泣着。然后，她一步一步走到门口，静悄悄地换好了自己的鞋，她长长地出了口气。整个过程她的左手始终没有离开自己的胸口，就像心脏病患者通常所表现的那样，不停地摁着那个发病的部位，表情木木的，多少有点儿神经质。

这时，马海权正好从儿子房间出来，刚到走廊里，便看见女孩正在那里使劲开门。他三步并作两步撵过来。小方啊，你这是要走吗？他有点儿明知故问，而且，明显底气不足，几乎像在自言自语。接着，像是怕谁听见似的，他压低了声音凑上前去，跟蚊子哼哼似的说了声，真是对不起啊。她始终没有回头再看他一眼，那门锁实在是不好拧的，这种锁的防盗系数很高，通常陌生者使用时，会有些摸不着头脑。不过，她用双手使出全身的力气七扭八扭，总算把门打开了。临出门前，她稍微犹豫了片刻，不过，最后还是一声不响地走了出去，始终再没有回头。下楼的时候，她又听见那个男人在她上方说，小方那你慢走，不送了，改天有空欢迎再来家里玩啊。这次，他的声音似乎又很响亮了，恢复了他以前的状态，像是说给整个楼道里的人听的，可唯独让她觉得那么虚伪。她不再多想，用一只手摁着胸口飞快地跑下楼去。

客厅里的电话不合时宜地响起来，儿子跑出来接的，是他妈打来的长途。马海权忽然觉得心跳有些加速，脸皮也开始发烫了，他极力让自己镇定下来，隐约听见儿子在那边说，我爸在家呢，没有，他没出去，整晚都在家，妈我没事，真的。妈，你烦不烦啊，我都是大人了，你就放一百二十个心吧，我们挺好的，别担心，你得好好玩。马海权才算松了口气，至少儿子的应答里没有透露刚才的情况，让他慌乱的心才又渐渐揣进肚子里。他径自去收拾茶几上的那些啤酒罐，他也是拿东西时不经意间看到的，桌面上有一粒粉白色的纽扣，和黑色的大理石几面形成鲜明的比照，看上去又娇小又别致，跟含苞欲放的小花骨朵一般，正羞答答静悄悄地镶嵌在那里。他心里顿时为之一颤，有种难以言说的隐痛洗劫着他的每一根神经。他急忙将那粒扣子如获珍宝般捡起来，随手塞进自己的裤兜里。这时，他才恍然记起，刚才在街上为女孩买的那几件衣服，还都放在他汽车的后备厢里呢，而此前，他竟将买衣服的事忘得一干二净。

出门时，他没有忘记给儿子简单地交代了一句，说他忽然想起来把一份重要的合同落在公司里了，因为明天一早要急用现在必须去取。儿子对他的事情漠不关心，只用鼻孔轻哼了那么一下，就钻进自己的房间里去了。随后，他飞快地跑下楼，直接去停车场开车。他觉得自己好像从来没有这么焦虑过，刚才的事还历历在目，实在是有些荒唐和无耻，尤其是差一丁点儿要在自己儿子面前丢丑。他现在打心里是感激儿子的，要不是儿子猛不丁跑回来，迫使他悬崖勒马，那后果简直有点儿不堪设想了。他一边开车，一边透过车窗东张西望，路边任何一个独自行走的女人，哪怕是老太太他都要多瞅几眼，生怕错过了那个女大学生。她本来只是他的资助对象，可就在刚才他把事情弄糟了，简直一塌糊涂。一想到这些，他的脑子乱极了，扪心自问，他是不是喜欢上她了？多少有点儿吧，她人年轻，长得也漂亮，又有文化，是个成绩不错的大学生，她除了家境不好之外，他几乎找不到她有什么不妥的地方。所以，可以准确地说，从学校第一次安排他们见面，他就对她很有好感，当然了，最先吸引他并让他断然做出帮扶决定的，正是由于她漂亮的容貌和不俗的气质，这一点毋庸置疑。冠冕堂皇的话可以欺骗别人，可唯独骗不了他自己。否则，那么多贫困生他资助谁还不都一样，他甚至可以不用见面只要拿出一笔钱就成了。男人做事有时候的确出于本能，这叫怜香惜玉，人皆有之。

一路上他始终在胡思乱想，汽车开得犹犹豫豫，忽快忽慢。一旦找到她又该怎么做呢？不管怎样先拉她上车，他要当面向她赔礼道歉，说自己喝多了酒，说自己不是有意的，请她务必原谅他。可自己那不是有意的，又算什么？难道说是故意的吗？简直荒唐！他为自己牵强的理由感到好笑。假如她不听他的解释，甚至根本不打算再见到他，那又该怎么办呢？他边苦笑边不停摇着头。汽车就在他身下默默地行驶。转念，他又觉得她可能不会那么绝情，毕竟在她最艰难的时候，他无偿地伸出过援助之手，不看僧面看佛面嘛。可万一她就是不再领这个情，认为他是个道貌岸然的伪君子，是个彻头彻尾的臭流氓，甚至于将他的所作所为一股脑地告诉给家长，再报告给学校，那校方该怎么看他呢？万一，万一事情一传十十传百，弄得满城风雨，以后他还有什么脸面在人前混？还有，一旦老婆知道了，肯定跟他没完，本来捐助学生的事他就没跟她商量过，她肯定会指着他的鼻子声泪俱下，肯定会把他奚落得狗血淋头，她肯定会说马海权啊马海权，你有俩臭钱烧的，不知道自己姓啥了吧……你那叫黄鼠狼给鸡拜年——没安好心！

想到这里，他几乎已经沮丧不堪了，他气急败坏地使劲拍打着方向盘上鸣笛器，好像在扇自己嘴巴。墨绿色的帕杰罗如同一匹怪兽，一路滴滴怪叫着，噪声在夜色中显然异常突兀。前面始终有一两辆出租车挡着他的路，它们开得像灵车一样缓慢，随时伺机停车载客，他真是恨不得从那些该死的出租车上轧过去。

马海权眼看快疯了。

方荣的宿舍

方荣回到宿舍里的时候，已经是晚上十一点钟的样子。

学生宿舍原先一共住八个人，上下铺，四张床。当然了，八人一间仅仅是大一时的情况，到了大二、大三，家庭条件好些的同学，先后就有四个人搬了出去，听说都在校外租房子住，说是为了准备考研，有的则明目张胆地跟男朋友同居一室，过着那种准夫妻生活。谈恋爱的事学校也似乎网开一面了，只要不影响正常的上课和考试，也就睁一只眼闭一只眼，而且，听说外地某些大学的学生甚至还可以正式登记结婚。今天因为是周末，大伙基本上都各自为政，找朋友的找朋友，想逛街的就去逛街了。当方荣心情沉重地走进房间，发现里面只剩下那个皮肤黑黑的女生在，而女生所谓的小老乡正陪着她聊天呢，看样子很热烈，那个长得瘦高瘦高的男生经常光顾她们宿舍，进来就往那女生的床上一坐，屁股生了根似的，有时他俩甚至把蚊帐放下来，唧唧咕咕的，一聊就是好几个钟头，旁若无人，谈笑风生，举止亲密。平常这种时候，方荣经常主动到外面散步，或去图书馆看书。

今晚情况特殊，方荣是一路步行走回学校里的，从市中心到大学所在的这个略显偏僻的位置，至少有十五公里路程。从马家出来，方荣就拼命往前跑，疯了似的，能跑多快就跑多快，她从来没有像今晚这样豁出命来奔跑过。一直跑到腿痛脚酸，实在跑不动了，她才大口大口喘着气停下脚步。街上依旧车流如织，汽车的尾气一股一股扑向昏暗的人行道，整个城市在夜色中喘息着。方荣满脑子都是先前的情形，那个男人的嘴脸，她怎么上了他的车、一起去喝咖啡、吃饭、聊天，又莫名其妙地被他拉去购物，以及后来，她不假思索地上了那个男人的家里，一切都是荒唐而又可笑的，人家似乎早已预谋好了，她像一只不明就里的愚蠢的兔子，傻乎乎地三蹦两跳就掉进猎人挖好的陷阱里。由此，也让她回想起更早一些的事情，一场不无尴尬的见面会，和随之而来的慷慨解囊和大力帮扶，就跟天上掉馅饼一样，啪地一下，砸在她头上。因为这个姓马的公司老板的出现，她学业所面临的窘况得到了缓解，她和家里人暂时都不再为读不成书烦心劳神了，而原本灰暗的前途突然像一道曙光，从厚厚的阴云里探露出来。也许正因为如此，这几年她才加倍珍惜、刻苦努力，别的同学在谈情说爱的时候，她一头扎进图书馆里潜心苦读；别人忙着泡吧、K 歌或蹦迪的时候，她独自坐在教室里复习功课。过去的三年里，她先后获得过两次一等和一次二等奖学金，这也时常引起别人的羡慕和妒忌，倒也或多或少让她与生俱来的那种自卑感减轻了不少。可以说，如果不发生今晚那种龌龊的事情，她对生活、对未来、对人生，乃至对身边的人和事的态度，都是非常肯定和积极乐观的，她相信人们曾说过的话，世上究竟是好人多，就像歌里唱的，经历了风雨总能见到彩虹。可是，她始终想不明白，他为什么要以那种蹩脚的方式来羞辱她，当那突如其来的一刻像恐怖的午夜闪电一样划过她眼前时，所有这些东西迅速崩塌沉陷，仿佛都不复存在了，她感到了前所未有的忧伤和迷茫。她觉得自己简直是死里逃生，现在急需一个平静无风的港湾，自己的确需要安安静静地休息一下。

喂，刚才有人给你送礼物来了，人家可等了老半天呢，你也不回来，最后我只好让他放在你桌上了。黑皮肤女生大大咧咧地说，口气不无艳羡的味道。方荣愣了一下，与此同时，她迅速地瞥了一眼自己的那张书桌，果然是那只崭新的牛皮纸袋，上面印着很夸张的"名品服饰"字样，此刻它们显得那么不可一世，又那么令人厌恶。你怎么这么晚还跑回来？我以为你去约会，就不回学校来了！黑皮肤女生的眼睛一直上上下下盯着方荣，似乎有点儿挑衅的味道。我说方荣你够神秘的呀，还说你不谈恋爱，这回可是证据确凿，你要坦白从宽啊！接着，黑皮肤女生的声音像连珠炮，有股当头一棒的气焰，方荣始终一声不吭。哼，你不说也没关系，反正我们都清清楚楚的了。对方的口气分明像是已获悉了什么，可她就是一个字也不想说，关于今晚，关于这个倒霉的黑色礼拜五，关于她受到的侮辱，她只能无可奉告，更无从说起。所以，她径自低头走到属于自己的那张床跟前，在伸手准备放下蚊帐的时候，她才一字一句地说，很晚了，我想睡了。

黑皮肤女生显然不想就此罢休，她几乎是理直气壮地说，那是你在外面玩得太疯了吧，可我一点儿都不困，根本睡不着。又说，嗳，方荣你跟我们说说吧，那个人到底是谁？好像挺有钱的吧？不会是你的男友吧？嘿嘿。方荣觉得这声音来得突兀而又刺耳，谁是谁？我根本不知道你在说什么！黑皮肤女生冲她旁边的男生递了个眼色，因为他是这个宿舍的常客，所以也不把自己当外人，他嘿嘿笑着帮腔说，方荣你这就不对了，同学之间有了好事情，要一块分享嘛，这叫荣辱与共！方荣的脸早已火烧火燎的，她很有点儿不客气地对那男生说，我们该休息了，请你能不能明天再来！她话音未落，黑皮肤女生接连喷着嘴皮说，你也太霸道了吧，宿舍又不是你一个人的，你凭什么赶我老乡走？不是这样，你千万别误会，我没有赶谁的意思，我只是困了，想早点睡觉，再说确实太晚了，过会儿下面该锁楼门了。你什么意思？我们可是正大光明的，锁了楼门又怎么样，不像有些人，当面一套，背后一套的！男生见她俩像是快要吵起来了，忙起身息事宁人，说自己的确该回去了。哪知黑皮肤女生一把拉住他，说，你真没骨气，人家撵你走你就走呀，你还是不是个男人？这话说得阴阳怪气，不过方荣还是想忍气吞声，她现在唯一的念头就是钻进蚊帐，躲在属于自己的那一点点小空间里。

在上床之前，方荣静默了十几秒钟，然后，做了一件她后来想起来也很后悔的事情。她先将书桌上的牛皮纸袋拎起来，三步并作两步走到门口，一把拉开房门，然后，毫不客气地将那只袋子，连同里面的衣服扔到走廊的垃圾篓旁边。之后，她回身重重地关上房门，并一抬手摁动了墙壁上的开关。吧嗒一声，整间宿舍立刻陷入了黑暗。这正是方荣此刻最需要的，也可能是最有效的一种慰藉，除了黑暗，她似乎再也不能为自己争取到什么了，她的一切都要依靠别人，事实正如此，此时就连眼前这个瘦瘦高高的男生，她也根本无法让他离开自己的寝室，她想他赖在这里不走也没有关系，反正她得马上躺下来，她从来没有像现在这样迫切地想躺在床上。但是，她丝毫没有意识到，不管怎么说当着客人关灯，显然是很不礼貌的，这比下逐客令还要糟，尤其对于同室女生而言，方荣的行为让她颜面扫地了，而最关键是，平日她俩的关系本来就很一般，黑皮肤女生对方荣的容貌和学习成绩时常心存忌妒，所以，墙壁上的那只很小的开关几乎就是导火线，在黑暗填充宿舍空间的同时，怒火伴随着虚荣心也陡然之间在黑皮肤女生的胸口燃烧起来。你这人真差劲！黑皮肤女生一边骂骂咧咧，一边在第一时间里又跑过去打开了灯。

那时，方荣已经钻进蚊帐里，刚刚摸索着脱掉身上的衬衣和裤子，准备躺下来闭上眼睛。两盏60瓦的荧光灯再次将房间照得雪亮时，她不得不抿着嘴唇，一声不响地坐在床上，胸口似乎难以平静地起伏着。她人已有些恍惚了，不知道接下来自己该做什么好了，是下床去关灯，还是干脆睁一只眼闭一只眼地躺着。但她依稀感觉到房间里的灯光也完全不由她来控制，也就是说，她想睡觉的愿望无法实现，她必须面对别人的纠缠和无聊。就在她发呆的时候，黑皮肤女生呼啦一下很野蛮地揭开了她的蚊帐一角，方荣身上只穿着一件很小的背心，她不无惊讶地盯着对方，双手急忙交叉并抱在胸口处，遮挡着属于女孩子的那个秘密。黑皮肤女生满脸怒气，她一手拽起蚊帐，另一只手指着方荣大声质问道，我说你到底做了什么见不得人的事了？别以为关了灯就能掩盖一切，你这叫欲盖弥彰，别忘了群众的眼睛是雪亮的！那个男生分明感觉到房间里的空气很紧张了，于是，他上前一步轻描淡写地解劝说，算了算了，大家都是同学嘛，都怪我好不好？我马上走人，你们俩快休息吧。他的话非但起不了劝和的作用，反倒有点儿火上浇油的意思了。黑皮肤女生不依不饶地说，这不关你的事，你偏不走，看她能怎么样？我就是看不惯她这种两面派，背着大家去傍大款，还以为自己很了不起呢！她不就是靠那个什么狗屁老板吗，摆什么假清高，真叫人恶心！说完，她扭头冲地板上用力连啐了两口唾沫，继续说，表面上看她把人家送的衣服扔出去，背地里还不知跟那个男人怎么样呢！

接下来发生的事情已不消多说，两个失去理智的女生顿时剑拔弩张，斗鸡样撕扭在一处。那个男生也已慌了手脚，他拉开了这个，却挡不住那个，他夹在她俩中间，腹背受敌，苦不堪言。后来，她们彼此拳脚相加，又哭又骂，撕扯着头发和衣服，身体撞翻了桌椅板凳，床腿也吱扭乱响，动静越闹越大，自然把隔壁几间宿舍的女生都引了来看热闹，再后来就惊动了学生公寓的管理员，一个五大三粗穿着安保制服的乡下模样的男人横冲进来，才粗声大嗓门地将两个女生呵斥住，并且责令她们回值班室听候处理。

马海权父子

马海权整晚都在不停地做一个相同的梦：一个女孩一动不动伫立在他床前，像外国电影里经常看到的闪着蓝光的午夜幽灵，脚趾雪白，面无血色，披头散发，目光忧郁而又呆滞。他想跟她说点什么，可他的喉咙发不出任何声音，然后，听见那个女孩发出一连串奇怪的冷笑，叫人不寒而栗。正在他万分惊愕的时候，女孩冲他平展展地伸过一只手来，像沿街乞讨的女人那样，嘴里重复地说着，拿来拿来拿来……马海权吓得出了一身冷汗，他痛苦地挣扎了半天，猛地翻身从床上坐了起来。

荒诞的梦境终于消失了，窗外晨光熹微，天亮了。他想起来该去叫儿子起床了，因为早就说好上午要去学校补课的。老婆不在家，他还真是有些不习惯，儿子的事他多少得操点儿心，省得女人回来跟他算后账。他摇摇晃晃推开儿子的房间门，眼前的情景乱糟糟的，儿子整个人呈"大"字形斜趴在床上，枕头只差一角就要掉到地板上了，毛巾被揉成一疙瘩压在儿子肚子下面。电脑的鼠标还一闪一闪迸射出红蓝相间的荧光，书桌上杂乱至极，课本、耳机、MP3播放器、小灵通，以及电脑游戏画报、足球杂志跟地摊似的摆在眼前，墙上还挂着一副拳击手套。这是他几年前送给儿子的生日礼物，当时老婆很不喜欢，说干吗买这东西，他说让儿子没事练练，将来才像个男子汉，别整天尽学那些娘娘腔。此外，就是儿子脱下来的衣裤和袜子，扔得满世界都是，鬼才知道老婆平时都是怎么替他收拾这些东西的，这里简直就像个杂货铺。马海权皱着眉头瞅了一圈，不由得打了个哈欠，他走到床头前拍了拍儿子的后背，儿子依旧迷迷糊糊的，嘴里发出梦呓般很不情愿的吧唧声。该起床了，臭小子！他又用力推了儿子一把，片刻后，儿子才忽地翻了个身，但依旧仰面朝天大张着嘴躺着不想动。

本来，儿子不太想让他去送，说他自己骑自行车就行。可马海权说你妈又不在家，没人给咱们准备早点，我开车拉你到外面吃碗牛肉面，正好顺便送送你。儿子想了一下，勉强地冲他点了点头。马海权顺手揉了一把儿子的头发，表情多少有点儿要讨好对方的意思。为什么要这样亲昵地抚摩儿子，连他自己也觉得有些奇怪，仅仅是为昨晚的事吗？他说不清楚。爷儿俩在街上各要了一碗牛肉面和一个茶叶蛋。吃饭的时候，儿子突然想起来什么似的，漫不经心地问道，昨晚来家里的女的是谁？马海权顿时一慌神，仿佛被人触到了软肋，他的手正在剥鸡蛋皮，鸡蛋险些滑到地板上。他没有看儿子的脸，只是动作笨拙地边剥鸡蛋边支吾，你怎么想起问这个了？她呀，是爸一个朋友的妹妹，找我是想呢进公司上班。可儿子的眼光分明充满了狐疑的味道，他一边漫不经心地吃着面，一边又话里有话地咕哝道，不过我看她好像挺漂亮的，爸你是不是已经同意她去你公司了？马海权将剥好的茶叶蛋放到儿子的碗里，同时，有点儿不耐烦地说，小子，快吃你的饭吧，大人的事不用你小孩子操心，再磨蹭该迟到了！没等面吃完，他已出了一额头的汗，他从来没有觉得儿子的口气和目光竟那么犀利。他甚至想儿子是不是对他有所察觉了。

把儿子送到学校以后，马海权也是临时决定，想再去找一下方荣。昨晚的事他越想越后悔，简直是一失足成千古恨啊！好在没出啥大事情，不过他还是放心不下，他觉得很有必要再当面跟她解释解释，她毕竟还是个小姑娘，恐怕也是头一回摊上这种事，她心里肯定害怕得要命，他不能做事不管，那样的话他还算个男人吗？至少，得想办法让她别背什么思想包袱，以后大家该怎样处还怎样处，总之，一切都像从前那样。当然了，他还要强调一下，君子一言，驷马难追，他对她的资助和承诺依旧有效。因为这些年一直在生意场上混，耳濡目染的事情太多了，现在的女孩子全都像是天生的实惠主义者，只要你有足够的钱又肯出血，她们简直没有什么不能干的。比方说，很多有些姿色的女大学生毕了业，首先不是想着去谋份正经工作，而是迫不及待地找个有钱、有车又有房的男人，把自己草草嫁掉（她们还厚颜无耻地将这类征婚广告挂在网上）；有的漂亮女孩心甘情愿做一只偷偷摸摸的金丝雀，被有妇之夫悄悄地包养起来，过着锦衣玉食的奢侈生活；更有甚者，只要你肯出一大笔钱，她便可以给你怀孕生孩子，事先签下合约，完事后拿了钱走人，从此两不相干。所以，马海权就想，单凭方荣昨晚对他的那种执拗和拒绝，就足以证明她的确是个好姑娘，这一点毋庸置疑，他的眼光绝对没错。

还不到八点钟，门卫正懒洋洋地趴在值班室的桌子上打盹，看来夜里没怎么睡，或者是跟什么人打牌打的。

起了个大早，却赶了个晚集。马海权又扑空了，因为方荣根本就不在她自己的宿舍里。只有同室的黑皮肤女生正在睡懒觉，连续不断的敲门声将她从睡梦中吵醒了。因为昨晚发生的不愉快，此刻一见到马海权，女生便气不打一处来。她睡眼惺忪地顺着门缝朝外瞥了一下，然后，哈欠连天地嘟哝起来，她不在，她不在，鬼才知道她上哪儿野去了！我说你这人咋这么烦人，追女孩子也不看看时间，脸皮也忒厚了点儿吧，一大清早的，你到底还让不让别人睡觉？马海权一怔，他还想问什么，没等张开口，黑皮肤女生已经哐地一下将门重重地关上了。隔着房门，他又隐约听到里面的人依旧骂骂咧咧的，没见过这种愚蠢透顶的老男人，简直就是个神经病，以为自己是谁呢，傻兮兮地硬拿热脸往冷屁股上贴……马海权至少在宿舍门口愣了那么十几秒，他一时有些不知所措了，或措手不及。多年以来，他很少遭受到这种莫名的辱骂，生意场上的成功更多地让他感受到的是被别人的某种尊重。他不明白这个黑乎乎的女生为什么跟吃了炸药似的，一大早就会对他破口谩骂，简直太放肆了，她的不恭不敬几乎快让他恼羞成怒了。但是，作为一个成熟的商人，他的直觉几乎同时又告诉他，这其中一定另有原因，也许还相当复杂，仅从这个女生凶巴巴的口气，他便能猜得到八九分了。也就是说，这一切肯定跟方荣有关了，也许她们之前刚发生过不愉快。想到这里，马海权不由得倒吸了一口凉气。

等车再次驶回那条林荫道，将要接近那面湖水的时候，马海权下意识地朝湖那边瞥了一眼。这一瞥不要紧，他立刻紧张起来，脚下不无慌张地用力踩了一脚刹车器。眼前的景象叫人毛骨悚然：他远远望见湖畔边有一个人影在晃动，从背影看是个女生，正亦步亦趋地朝着湖面移动，那感觉简直有点儿大义凛然置生死于不顾的味道。马海权急忙加足油门朝那边开过去。那个背影越来越清晰了，几乎不用细看，单从那茫然若失的脚步和一摇一晃孤单的身影，他就认定那是方荣无疑。我的天哪！马海权喉头发紧，奔腾的血液从四肢五脏一下子蜂涌到脑袋里，他感到一阵天旋地转。汽车咆哮着一马当先在林荫道的尽头停了下来，他从车里跳出来，顾不得关好车门，就拼命朝湖边飞奔而去。那一刹那，他忘了自己是怎样惊慌失措地三步并作两步，又怎样用尽平生气力莽撞地将那个摇摇晃晃的背影猛地抱住的。小方，小方，你这是干啥呀？你咋这么傻啊？他早已语无伦次了。千错万错都是我的错，你还年轻呀，你不该这么想不开啊……正当他死命抱紧那个不停挣扎着的身体，奋力往路边拖去的时候，对方却歇斯底里地叫嚷起来，干什么呀你？快放开我……你是谁？抓流氓啊，快来抓流氓！！马海权如同挨了当头一棍，或者，有点儿像惊弓之鸟，他彻底傻眼了，因为冲自己叫喊的女生根本就不是方荣。他刚才一定是眼花了，或者，只是由于过度紧张而产生的某种错觉。人家女孩根本也不是他所想象的那种情形，她仅仅是在湖畔边散步边背外语单词。

后来，马海权惊魂未定地坐在车里，他为自己刚才的冒失感到荒唐而又可笑，他很想抽根烟稳稳心神。手在裤兜里找烟的时候，却无意中又摸到了那粒纽扣，小巧、圆滑、光洁而又恬静，似乎沾带着他此刻燥热的体温，他心里有种说不清楚的感觉。他像小孩子一样平展开手掌，扣子静静地趴在上面，他就盯着它，发了很长时间呆，直到手机突然响起来，他才猛地回过神。

那时，大片大片的阳光照进来，车内温度骤然上升，他浑身上下都很不自在。

马海权和方荣

儿子又在学校惹了事，一拳头把班里同学的眼镜片打碎了，碎玻璃渣子差一点就弄瞎了那个男生的一只眼睛。班主任直接把电话打给了马海权的老婆，老婆吓坏了，就知道在电话里一个劲哭嚷，怨他没有管好儿子，还质问他这个爹是咋当的。马海权说你让我怎么办，我总不能把他拴在裤腰带上，我明明是送他去学校补课的，谁知道这小子手那么欠！电话里很吵，好像七嘴八舌的，大概是有人也在旁边劝老婆，可老婆还是哭着说她现在就订机票，今天无论如何要赶回来。马海权说没那么严重，天塌不了，不就是打了一架嘛，男孩子哪有不打架的，你该干啥干啥，家里不是还有我吗？老婆一边哭一边抱怨，说，你有啥用？我刚离开家才一天，就出这种事，你还好意思说大话。马海权哭笑不得，电话还没挂，他已经把车开到儿子学校门口了。于是，马海权就对老婆说，我到学校了，有啥情况再及时跟你联系。老婆劝他说你跟儿子好好说，你记住千万别发火，别打儿子，别吓着他了……不等对方说完，马海权就气汹汹地把电话挂断，径直往里走，他心里别提多窝火了。

班主任批评说，你儿子简直太不像话了，你们家长平时怎么管教的？对自己的同班同学下手那么狠！马海权始终点头如捣蒜。他们正说着，挨了打的男生的母亲就横闯进办公室里。这个女人没有哭，一看面相就知道不是个善茬子，嘴角处挂着一颗明亮的黑痣，痣上生着几根长短不一的黑汗毛，说话的时候，那东西活似正在蠕动着的一只蜘蛛，看上去非常狰狞。黑痣女人用手指着马海权的脸说，我儿子破了相怎么办？将来他讨不上老婆又怎么办？反正你们得赔我儿子，要不我就到法院告你！班主任见状，忙上来制止对方说，这位家长你的心情我们可以理解，可这里毕竟是学校，请注意自己的言行举止好不好？黑痣女人听了没好气地翻了翻凤眼，依旧不依不饶地唠叨着必须赔偿一类的话。马海权连忙表态，说，我们一定尽力把孩子的伤治好，医药费什么的都不成问题。哪知黑痣女人更来劲了，你有几个臭钱就了不起啊，像你们这样的暴发户我见多了，真是有其父必有其子。马海权只是瞪着那个女人，一时无言以对。

已经很久很久没有动手打儿子了，养不教父之过，今天实在是忍无可忍。等爷儿俩一进家门，马海权先赏给了儿子两记耳光，儿子硬梗着脖子怒视着他，高声嚷，你凭什么打我？谁给你的权利？你是家长就可以为所欲为吗？这话更叫人来气，马海权二话不说，又照准儿子的屁股上狠狠地踹了一脚。这小子简直无法无天了，根本不把他这个爸爸放在眼里！马海权满腔怒火。儿子啊地惨叫了一声，便一个趔趄跌倒在门口的蹭脚垫上，泪水一刹那充盈了眼眶。

马海权根本没心思理睬他，气冲冲地脱了鞋，径直走进房间去。他准备换衣服的工夫，忽然听见客厅的门咣当一声响，等他跑出来看时，儿子已不知去向了。马海权恨得牙根都痒痒，冲着门大骂道，小兔崽子，有种再也别回这个家！我就不信治不了你？骂完，他就直挺挺倒在沙发上，闭上双眼，气得呼呼直喘。这一天没一件顺心的事，他简直快成孙子了，被几个女的呼来喝去，女学生，女家长，班主任，医院里的那些大夫和护士，还有远在千里之外的老婆，一个个都跟训她们的儿子似的，唯独他得低声下气，让他觉得一点儿尊严都没了，今天可以说颜面扫地。最可恶的就是儿子，刚才竟敢大言不惭地质问起他来了，他一年四季辛辛苦苦挣钱养家，反倒不落好，世道真是变了，自己怎么会摊上这么个不争气的儿子？！

家里的门铃一连响了好几遍，马海权才迷迷糊糊从沙发上坐起来。没想到这一觉竟睡到天昏地暗的光景，他想都是让儿子气的。

门一开，马海权顿时愣在那里。站在他眼前的竟然是方荣，而他原以为是儿子回来了。一看就知道，她是哭过的，眼皮肿泡泡的，鼻尖发红，甚至连眼睫毛还是潮湿的。马海权心里又感到一阵内疚，他不无纳闷地挠了挠刚才睡乱了的头发，慢吞吞地说，怎么是你？来来来，快请进来坐吧。显然，方荣也迟疑了一下，她只看了他一眼，目光就迅速地低垂下去，沉默了片刻，然后，她才低着头犹犹豫豫地走进房间。

从昨晚到现在，他去那所大学找过她两次，还闹出一场滑稽的误会，幸亏早上湖边没有什么人，要不他简直不知道该怎么收场。此刻，当她有些神秘地突然出现在面前时，他显然有点儿茫然和措手不及，他一时半会儿不知道该跟她说点什么好。他脑子里莫名地想起老电影里的一句台词，不是不报，时辰未到，时辰一到，统统报销。

方荣依旧坐在昨晚她曾坐过的位置上，一切仿佛还是昨天的样子。她的表情却有些木然，但更多流露出来的是一种豁出去的味道，这又总是给人一种有备而来的精明的印象。

马海权用力清了清嗓子，口气有些生硬地说，家里现在没有别人，有话你就直说吧，我们彼此开诚布公。

方荣抬起头，目光轻轻地滑过客厅的每样陈设，然后躲躲闪闪地停留在他的脸上。

马总……不，马大哥，我来您家里是……是想……要……

也许，是她的欲言又止和吞吞吐吐，恰恰让马海权心里有了稳操胜券的把握。他已无须再听她说些什么了。于是，他斩钉截铁地说，昨晚的事我确实很抱歉，不过请你相信，我保证以后绝对不会那样的！

大哥我不是那个意思……真的……我来找您是因为我……呜呜！

马海权始终在察言观色，经验和直觉几乎同时告诉他，眼泪必然是这场谈话最有效的法宝，她不哭则矣，只要一抹眼泪，他就能彻底看穿事情的真相以及她来家里的目的了。现在，尽管她已经呜咽起来，看起来像真的一样，非常伤悲，可他一点儿都不紧张，因为一切都在他的意料之中，看来这个女孩并没有什么特殊的地方，她漂亮的脸蛋与虚荣的内心同出一辙，或者说，她跟传说中的所有的女大学生并没太多区别，而他已经想好接下来该怎么应对了。

实话告诉你吧方荣，我马海权当初资助你真的不图别的，也就是说这笔钱我给你和给张三李四，本质上都是一样的，我只希望你能好好珍惜这个机会，把自己的学业圆满完成了，将来能有份像样的工作，好报答父母的养育之恩。

说到这，马海权偷眼看了看她，他对自己的表达非常满意，特别是养育之恩的适时提出，完全可以粉碎她的阴谋，并且让她感到羞耻和难堪。而她确实看上去哭得很伤心，身体一抖一抖的，双手紧紧地捂住鼻孔和嘴巴。他知道她越是这样煞有介事，他就越瞧不起她，如果现在她毅然擦去泪水破涕为笑地跟他直接摊牌，或许，他会对她刮目相看的。毕竟他在外面闯荡了这么多年，这点儿阅历还是有的。但他不会伸直脖子硬钻进别人拴好的套子里，现在的女孩都太精了，出卖了自己的同时也会出卖了别人。他今天已经为儿子的事出了一大笔医药费，尽管心疼得快要出血，可那是没有办法的事，儿子是他的，他替儿子揩屁股，是天经地义的。他进一步想，眼前的女大学生即便什么也不用说，他早已心知肚明。不过，他知道她休想再从他手里多拿走一分钱！除非，她的肚子里现在已经有了属于他的种，那该另当别论。否则，一切都免谈，这也叫不见兔子不撒鹰。想到这里，他的嘴角不由得撇了撇，从鼻孔里接二连三地呼出近似于冷笑的嗤嗤声。

还有件事顺便告诉你吧，我原来是想让你给我儿子做家教的，今天呢我征求过儿子的意见，他死活就是不同意，主要是嫌你人太年轻了。我也没有办法左右他。你可能也知道，如今的学生呀，个个都是些小人精，大人的话听不进去！

说到最后一句的时候，马海权特别加重了语气。

方荣与马海权的儿子

从马海权家出来后，方荣自己也不知道该去哪里好了。街灯阑珊，行人匆匆忙忙，每个人都朝着他们既定的目的地而去，唯独她像是迷失在夜色中的一只孤雁，毫无方向。

昨晚几乎一宿没怎么睡，一大早起床枕头还湿乎乎的，她决定离开学校回趟家去，那间宿舍多一刻她也待不下去。以前她觉得学校那么好，像传说中的天堂，宿舍也是那么好，这里毕竟有一片属于自己的小天地，学习、看书、写日记，更重要的是，她的学业始终有好心人资助，这一切都让她感到无比幸福。可是，从昨天到今天，就像一不小心打开了"潘多拉盒子"，不过是短短的十几个钟头，一切似乎都改变了模样，变得陌生起来，变得叫人难以置信，变得让人感到无比害怕。她的耳边时不时就会响起同室女生恶毒的攻击，你以为自己很了不起，你不就靠那个老板……她好像终于明白了，这就是自己的状况，在别人眼里，她不过是个靠施舍和救济来维持学业的穷学生。而比这更糟糕的是，所有人都理所当然地把她看成是那种女孩。甚至就连昨晚那个粗胖的保卫，对她似乎也是不屑一顾且恶语中伤，一想到这些，她简直难过得要命。可生活似乎偏偏又要来逼迫她，朝着她不愿意的方向走。就在今天上午回家以后，她才忽然得知父亲已病危的消息。

老人几天前就住进了医院，他的生命每天都得依靠一种西药注射，而这种英文名字的药太贵了，打一针就是好几百块，如果不打，那就只能眼睁睁等死了。最关键的还有，那种难以忍受的剧痛，正时刻折磨着老迈羸弱的父亲，如果离开了吗啡缓释片，人真的会活活疼死的。听家人说老人趴在床上一再嚷着，难受死了，快让我死了啊，我咋还不死啊，活着太受罪了……本来这事家里一直瞒着她，若不是她今天上午临时跑回去，听弟妹们哭鼻子抹眼泪地说起，她还被蒙在鼓里呢。这次，母亲算是已经彻底地无望了，面对父亲痛苦的呻吟和医院一次又一次的催款通知，家里再也筹不到医药费，所以，母亲就打算把父亲接回家准备后事。这种情况下，方荣又自然而然地想到了自己的资助人，尽管她的内心有一万个理由不想也不能来找马海权，但似乎是，没有任何一种理由能强大过拯救自己父亲一命的迫切愿望。

她边走边胡思乱想，或者，大脑一片空白，走路时脚下虚飘着，以至于有人拦路把她截住的时候，她还是恍恍惚惚的样子。一开始，她并没在意，只是毫无意识地低着头想绕开对方。可那个人很奇怪：她往左闪，对方也跟着往左走；她往右躲，对方同样也往右走。如此往复了几回，方荣才不得不停住脚步抬起头来。那个人正死死盯着她，由于他处于背光的状态，脸面一下子看不太清楚，只是感觉到他很瘦，个头跟她差不多高，他的呼吸多少有些急促。因为此时彼此靠得很近，他的气息一股一股吹到了她的脸上，带着绿箭口香糖的薄荷味。他的嘴巴始终不羁地吧唧着，间或，能看到一团白色在唇齿间肆意转动，而他模糊的眼神似乎有些虎视眈眈的味道。也许，这些只是她的错觉。她下意识地朝四下看看，这是一条狭窄的小道，两头有路灯，中间却很黑，刚才从马海权家出来后，她毫无目的地游走着，竟不知不觉走到这里了。可以说，这个地方人生地不熟，眼下的情形确实有些恐怖，她的神志立刻清醒起来，想到报纸和电视里常说的劫匪、强盗，还有色魔什么的，她顿时打了个寒战，鸡皮疙瘩立刻爬满了双臂和背脊。

喂，你不用害怕，我想你应该知道我是谁。就在方荣十分慌张的时候，对方倒是先开口说话了。他说话的时候，口气完全像个大人，不过她还是隐约觉察到他身体的某些部分在微微地抖，他的嗓音依旧流露着一股少年特有的气息。也许，只有她浑身正在不停颤抖吧，她这样想着。同时，又极快地在脑海中搜索着关于这个人的印象，啊，一点儿没错，这个声音昨晚好像在那个男人家听过的。你……你就是马总的儿……儿子吧？她的声音的确在瑟瑟发抖了。你有……有什么事吗？她已经开始感到不安，并下意识地往后连退了几步。

就在这时，对方忽然伸过手，一把就抓住了她的左胳膊。我说过，不要紧张，我只是想，想，跟你，好好，谈一谈。他一字一顿地说，态度说不上是友好，还是蛮横。她感到自己的胳膊被抓疼了，那种疼在身体里一点一点扩散，一如此刻渐渐增长扩大的恐惧。她想用点力气把它挣脱出来，而他却径自拉起了她，朝着她刚才走过的方向大步流星地走去。她完全拿不准，这个中学生到底想要怎样，但直觉似乎又这样告诉她，别怕，千万别紧张，他不过是个学生，一个比自己小好几岁的大男孩；而且，他还是熟人家的孩子，不管怎么说，马海权应该算她的熟人吧，所以，他当然不会对她怎么样的，昨晚在他家里他是见过她的；还有，如果按他父亲也就是马总的说法，他应该知道他父亲本来是打算让她来做家教的。尽管她嘴里一再咕哝着，双脚却跟着他漫无目的走下去，她不无侥幸地想，即便跟他去也不会有事的。喂，你这是要带我上哪儿？是去你们家吗？那我可不去，真的，你快放开我，我保证从今以后，再也不会去那里，你有什么话就直说吧！她为自己终于说出这句话，心里多少感到舒服一点儿了。真的，刚才她太憋屈了，她一直想找个地方大哭一场。而他似乎根本不在乎她说些什么，他只是拽着她，快步向前走，好像他是个又聋又哑的人，又似乎有什么重要的约定在前面等着他。他们飞快地穿过刚才那条窄巷，忽左忽右地拐了两个弯子，再沿着一条不太明亮的马路往前走了几分钟，然后，又突然往路边一拐，双双来到一片很幽暗的类似公园一样的地方。这里仅有为数稀少的几盏路灯，在黑色苍茫的林间闪烁，间或，能听到草里的虫子吆吆地叫个不停。

终于停下脚步了。方荣听见对方在吁吁喘息，刚才走得太急，她也是上气不接下气的。他们站在一片草地上，借着远处微弱发黄的灯光，她注意到旁边有一条休闲椅，因为表面油漆剥落了，木质的部分裸露出一条一条的浅色来，椅子安静地匍匐在脚下。除了他们俩，四周只剩下暗黑色的幢幢树影，草里的虫子们仿佛被人的脚步所惊动，它们暂时噤了声息，停止了先前无比缠绵的呢喃，跟突然消失了一般。她一边在想，这个瘦瘦高高的大男孩到底要对自己说些什么，是关于他父亲，还是关于他自己的？或者，只是想谈谈有关家教的事，据她所知，很多中小学生是不太愿意接受家教的，因为家教都是父母强行安排，从而占据了孩子们玩耍和休息的时间。她一边又非常想在那条椅子上坐一坐，哪怕只坐一小会儿。她确实有些累了，从昨晚到现在，她一直没怎么好好休息，加上又走了那么多路。另外，她觉得这个地方很不错，似乎是她一直想找的那种很安静地方。而他的手也松开了她的胳膊，她稍作停顿，就慢慢地走到椅子跟前，一只手垂到椅面上，随便抹了一把，上面潮乎乎的，有几分凉意，是露水吧？她这么想着，正准备坐下身去的一刻，突然听到他在身后叫了一声。那声音恶狠狠的，带着火药味似的。随即，他猛地扑到她跟前，死死地盯着她的脸，变得像个十足的恶棍。然后，他朝草地使劲呸了一口，那团被他嚼过无数遍的口香胶无辜地飞了出去，像仇恨的子弹射向虚空和黑暗。

知道老子今天为什么挨老师批评吗？知道我老爸今天为什么揍我吗？啊？你知不知道？！他的口气跟刚才见面时已判若两人，甚至有点儿像在演戏说台词，是武打片或枪战片里的夸张镜头，显然，他好像是有预谋的，从刚才他们一见面，他就算计好了一切，包括这个寂静的所在。而他确实已变得有些不可理喻了。她脑子一时间又蒙了，完全不知道他怎会这样叱问自己，没等她做出任何反应，他的耳光已经非常响亮地扇在她的左脸上，接着，又是一下，正落在右脸上，更为猛烈。她感到一阵耳鸣，天旋地转。她听见他在那里大声咆哮，知道班里同学们怎么说我吗？他们说我老爸在咖啡厅泡小妞，还说他喜新厌旧要给我娶小妈！哈哈，要不是我昨晚在家里亲眼看到，我还傻傻地蒙在鼓里呢，你们真叫人恶心！你是个狐狸精，趁我妈出差在外，你到底跑到我们家想干吗？与此同时，他的拳头比声音举得还要高，拳头不够用不解恨，他就开始用脚了，就像下午马海权用脚绝情地踹他那样。你知不知道，要不是为了我爸，我才不会跟同学动手呢，可现在我被老师批评罚站，我爸他不说感谢，反倒还来教训我！你知不知道，这一切都是因你而起，你这个不要脸的，老子非要好好教训教训你，让你也尝尝挨揍的滋味！

　　眼下的状况完全出乎她的意料，可以说，她真的连一点防范都没有，她脑子里除了没有把这个少年当陌生人看以外，更重要的原因是，她好像还没有足够的社会经验，拼命读书应付考试是她现阶段的全部内容，大学校园的生活封闭而又单纯，她还没有机会学到书本以外的东西。他疯狂地扇她耳光，接二连三地用脚踹她，她躲闪不及，跌倒在草地上，后脑勺重重地磕在条椅的铁腿子上，疼得钻心挠肺。她呜呜地哭出声来，缩头捂脑地在草地上胡乱爬滚，像孱弱的小狗挣扎着哀求着，她的凄惨叫声在这片黑暗阒寂而又偏僻的公园里显得气息奄奄，毫无用处。而事实上，似乎她每叫一声，又恰好刺激了他的神经，鼓舞了他的战斗力，同时，他又想最大限度地制止她的哀号，下手也更加凶狠。因为，他并不傻，尽管现在他头脑已经发热了，但至少他不想招来别的什么人。她倒地以后，他又使劲踢了几下，她的叫声听起来很惨烈，他朝四下里望了望，也感到很不安了，他不能让她这样拼命叫下去。他威胁她说你不准再叫了，否则我会打死你的。而她也完全不受他的控制了，恐惧和疼痛让她不能自已。情急之下，他猛地扑在她身上，用一只膝盖顶住她的腹部，然后，在她因为疼痛而松懈的一刹那，就势骑跨在她身上，用所有体重压住她。她再次失声尖叫起来，他慌忙伸手去捂她的嘴巴。她扭动得很厉害，简直手脚并用，乱抓乱蹬。

　　慌乱之中，他的双手无意中摁在她的胸口上，那里是她悄然鼓起来的一对乳房，隔着薄薄的衬衫，像柔软活泼的玉兔，简直呼之欲出。这应该是至今，除了母亲，他十多年成长历程里唯一的一次尝试。他人一下子傻掉了，手也僵掉了，他不知道接下来该怎么办了。他的呼吸急促而又潦草，在片刻的愣怔之后，他整个人像一只周身涂满汽油的火把，一瞬间被那致命的触摸后依然灼烧的手感给点燃了。他不再扇她，也不再踢她，他已经忘了该怎么打她了，殴打已经无法扑灭他身心上骤起的火焰。他变得异常兴奋而又迷狂，就像昨晚的马海权一样疯。他开始猛烈地撕扯她的衬衫，一只只绷落的纽扣飞溅到草地上，也许正好砸着了那些虫子，使它们再度销声匿迹……

后来在夜色和树影的掩盖下，他不顾一切地拽下了他和她腿上的裤子，尽管他还不太清楚那件事到底该怎么去做，有关性方面的知识多半是来自他偷偷看过的碟片和书刊。而她简直不敢相信自己的眼睛，他竟会干出这样无耻的事来，要知道他还是个中学生啊！这种时候，她痛苦而又绝望地意识到，他们真的是一对丑陋的父子，一丘之貉，简直猪狗不如！他们统统该下地狱！

方荣一家

汽车发动前，马海权突然用力扇了自己一下，右眼皮子马上跳得惊心动魄的。

刚才儿子打来电话的时候，他正在一家夜总会里跟几个生意伙伴唱歌。他们五六个人，每人要了一个小姐，都亲密地搂在各自怀里，歌唱得昏天暗地。KTV包房确实太吵了，什么也听不到，幸好电话事先设了振动，他一看是儿子的小灵通，就想到外面走廊里去接。小姐撒娇偏不让他去，说马哥你舍得把人家一个人丢在这里？旁边的生意伙伴也跟着起哄，说谁的电话嘛，搞得神神秘秘的！就在晚上生意伙伴约他时，马海权本来不想出门，一整天都跟儿子怄着气呢，一点儿心思也没有，可又不好意思跟朋友说。朋友问他是不是老婆盯得紧，出不来。他就说狗屁啊，老婆都去外地出差了，我是在家替老婆看儿子呢。朋友说儿子有啥好看的，他还能飞了不成，趁老婆不在家赶快抓住机会，找个小妹妹潇洒一下……后来，到底禁不住朋友一通撺掇，还是出门去应酬。出了包房来到走廊，儿子却把电话挂了，他想了想，又把电话反拨了过去，响了十多声铃，儿子才终于接了。他原以为儿子要跟他认错赔不是，但做梦也没想到，儿子在电话里失声痛哭起来。记忆中，儿子从上小学五年级以后，再也没有这样大声哭过。儿子一哭，他心里就多少软了些，也觉得今天那样对儿子有些过了，但他还是冲电话很厉害地说，哭啥哭，你还有脸哭啊？儿子还是哭，哭得好像人都抽起来了。后来，他再三逼问，儿子才抽抽噎噎着说了一句，爸、我、我闯、闯大祸了……呜呜。

马不停蹄地赶到了儿子在电话里所说的地方。一路上，马海权至少想过一百种惩罚儿子的方法，扇他、抽他、踢他、啐他……总之非往死里揍他，可真正见到儿子的那一瞬间，他一下子全没了火气，就像去救火的人赶到现场，那火已经熄灭了，到处一片灰烬，或者说，他根本不知道该怎么来收场了。这事于他于儿子都是头一回，是全新而可怕的课题，可以说这辈子从来没有遇到过。儿子像一只半死不活的狗崽，始终蹲在黑暗中发着抖，完全丧失了行动的能力，当他发现父亲靠近身边的时候，竟瘫倒在地上，哭得死去活来。马海权忘了自己是怎么一步步走到儿子跟前，又是怎么把儿子从地上弄起来，又是怎么吭哧吭哧将儿子塞进汽车里的。整个过程，他额头也在不停出冷汗，手脚冰冷，电视和报纸他是常看的，法律也不是不懂，可他不想也不愿意就这么把儿子扭送到派出所去，那样儿子这辈子全完了；还有老婆，她回来非跟他拼了老命不可。现在，除了后悔，除了唉声叹气，他好像什么也想不到了。千不该万不该，他不该打儿子，更不该鬼迷心窍把那个女大学生带到家里。他糊里糊涂开着车，拉着儿子往家的方向去，一路上居然连车灯都忘了打开，就那样开着黑车在夜色中行驶。

看着儿子像个影子似的，慢吞吞耷拉着脑袋，一晃一晃移进房间。马海权严肃而恼怒地冲他发话，好好睡觉，你给我记住，不许再离开家半步！然后，他用尽全身力气将房门重重地关上了。慌慌张张下了楼，做贼似的钻进自己的汽车里，唯恐邻居看到他此刻狼狈的模样。没敢发动车子，他先躲在黑乎乎的车内愣了一会儿神，思绪渐渐地活跃起来，刚才他的确也被吓坏了。这种事情确实太恐怖了，一想到那个龌龊的词，他真的连死的心思都有了。他简直不敢想，一旦人们知道儿子的丑事以后，他这张老脸该往哪里搁啊？自己还有啥脸面在生意场上混！继而，他又联想到今晚在酒桌上，某君曾颇有感慨地说过一句话，父母的成功并不能代表儿女的成功，但儿女的失败却一定意味着做父母的失败。看来，事情的严重恶果，根本是他所不能想象的！过去十多年的艰苦奋斗，就要在儿子这里毁于一旦了。

接下来，马海权以飞一样的速度再次驱车直奔大学。那间宿舍黑洞洞的，敲了半天门，也没有人应一声。先前送儿子回家时，他也追问过方荣的去向，儿子只是茫然地摇着头，脑袋像是快从肩膀上掉下来了。儿子连句完整的话也不会说，只反复嗫嚅一句，不知道不知道我不知道……马海权就没心思再问什么了，心里却直骂臭小子活该，这回谁也救不了你，你就等着坐牢去吧。可是，那显然是混账想法。现在，马海权觉得自己跟儿子完全是捆在一根绳子上的蚂蚱，谁也逃不脱干系。事情的发生完全不以他的意志为转移，本来昨晚是他对那个女大学生有非分之想的，可是仅仅过去了一天，儿子却鬼使神差地做了那件本该他要做的蠢事，这不能不叫他感到惶惑和震惊。但这已是铁定的事实了，儿子是他的儿子，方荣也是他亲自带回家来的，况且，他还是她的资助人，他身上有着不可推卸的责任。所以，当务之急是，要尽快想办法找到方荣，彼此心平气和地来个私了。他要跟她好好谈谈，只要她不起诉并守口如瓶，他什么条件都可以答应，包括一次性精神赔偿、继续资助她去深造，读硕士读博士都无所谓，将来他还会出面为她谋一份好工作，她出嫁的时候他可以再陪一笔可观的嫁资。他甚至非常荒唐地想起电视广告里说的处女膜修复术，只要她愿意做，钱绝对不是问题，他一定会找最好的医生的。

透过车窗，他再一次朝校园的那片湖泊望去，幽深暗淡的水面显得异常平静。然而，一种极不祥的预感却猛地攫住了他。她总不会想不开做傻事吧？这很有可能，女孩子遇到这种事通常会走极端的。万一她真的自杀了，必然会惊动警察，到时候公安肯定要立案侦破的，而他，这两天无疑是跟死者见面最多的人之一，他光前后在这所大学就出入过好多次，那个辱骂过他的黑皮肤女生，还有胖墩墩的公寓门卫，他好像还给人家递过一根香烟，到时候他们全都会站出来做证的，那样，他可就跳进黄河也洗不清了。问题是，光他自己洗清白了又有什么用？儿子毕竟做了那种见不得人的事！马海权把车停在道旁，徒步到湖边东张西望地转了一大圈，除了三三两两的学生情侣或在湖畔散步，或追逐嬉戏，根本没有方荣的影子。上车以后，马海权又忽然想起今天早些时候，她来家里找他的情形，当时她吞吞吐吐的，又好像很着急很为难的样子。现在想想，都怪自己太急躁，也太武断，没有听人家把话说完，而事情也恰恰是从她离开以后发生的。早知道会这样，他应该留她多聊一会儿，或者，亲自开车把她送回去。马海权简直不能再往下面去想。摆在人前面的路永远是未知的。不过，这倒是又让他灵机一动，至少，他应该去一趟她家里，俗话说得好，事在人为嘛！想到这里，他一连拨通了好几个电话，七绕八拐，总算是辗转打听到了方荣家的住址。当然，整个过程他得装作没事人似的，一律跟人家谎称自己是方荣的资助人，他准备去那个县里谈生意，正好想顺路去这个学生的家里看一看。这种天衣无缝的言辞，反倒博得了大伙的敬佩，他心里却跟捣翻了五味瓶一般难堪。临行前，他没有忘记用银行卡提取了两万块现金揣在包里，以便见机行事。

　　驱车上了高速，不足半个钟头就赶到那座县城了。这里是一家已倒闭多年的毛巾厂的家属院，破破烂烂的几幢老楼，一

看便知是 20 世纪 80 年代建的，外墙一律没有粉刷过，露着狰
狞的砖脊，阳台也是粗砖砌成的半人高的砖格子，里面堆满了
各种杂物。方家的情形是他以前不曾想象过的。两间黑漆漆的
小房子，住着四口人（现在不包括方荣），除了必要的床和高
高低低的几只老式桌柜，几乎没有多少空间可供行动的，再加
上狭窄的厨房和小得不能再小的卫生间，这里总共不足四十平
方米。他进去的时候，方荣的父亲正佝偻着腰身趴在床上，腹
下垫着一个大枕头，额头痛苦地抵在靠里的墙角上，长时间像
是在跟什么较劲，又像在祈求神灵帮助。老人自始至终都在一
声长一声短地呻吟不止。方荣的母亲一脸的忧郁和惊慌，当她
得知来客就是自己女儿的资助人时，眼圈顿时泛红了，要不是
马海权及时搀扶住，她差一点儿就给他跪下了。方荣的妹妹倒
好了茶水双手端过来，马海权伸手去接时又一怔，她们姐妹长
得太像了，茶杯在他手里晃了几晃，开水漫出来，烫得他回过
神来，他强忍着没敢出声；而方荣的弟弟又适时地搬来了一把
方凳，请他坐下来喝水。他强作欢颜，点着头慢慢坐下。

这时，他听见方荣的母亲正凑近老伴耳边喊着说，她爸，
你快起来看看，咱家的大恩人来啦！她的声音拖着突如其来的
喜悦，和因为激动而无法按捺的哭腔。真的是咱家荣荣的大恩
人来了啊！床上的病人暂时停止了那种痛苦的叫声，慢慢扭过
头，撅着身子吁吁喘气，说不上是苦痛还是感激的目光，直直
地望向了他，干瘪的嘴角微微抽搐着，半晌也没说出话来。那
一刻，马海权觉得自己像是被人当众狠狠抽了几个大耳光，脸
面火烧火燎地难受，他简直无地自容了。刚才在路上，他一直

绞尽脑汁地想着对策，想着如何能妥善地摆平这一家老小，从而保住他们父子的名声。而此时此刻，此情此景，他装模作样地待在人家里，看起来像个好心的嘘寒问暖的正人君子，而唯独自己再清楚不过，他就是个无耻之徒，他甚至没有勇气说出事实的真相，更别提乞求对方的宽恕。

马海权准备离开的时候，方荣母亲硬要坚持送他下楼。老人边走边跟他唠叨，说今天真是不凑巧啊，上午荣荣还回来过一趟呢，一听说她爸要出院，不知咋地二话不说，又着急慌忙赶回去了。沉默了片刻，老人长叹了口气，又继续说，这丫头自小就懂事得很，有好吃的自己总舍不得吃，都是先紧着弟弟妹妹，放学回到家就帮着洗衣做饭。这两年，为她爸看病的事，几次三番嚷嚷着不想再念书了，可病是个无底洞啊！别说咱家没那么多钱，就算是有，老头子也治不好了，这都是命啊！……

直到这时，马海权才如梦方醒。在浓浓的夜色中，他哆哆嗦嗦从手包里掏出那两沓钱，又结结巴巴地说，阿姨、拿、拿这些钱、给、给叔叔、好好、治治病吧。说完，他几乎是刚把那些钱塞到老人手里，就迅速钻进汽车，头也不回便落荒而逃了。他从车后视镜里看到老人双手紧紧捧在胸前，并朝着他突然远去的方向一路小跑起来。老人脚步蹒跚，摇摇晃晃，最终那渐渐缩小的身影被车轮旋起的浓浓烟尘遮没了。

马海权家附近

在马海权家附近徘徊的时候，她的眼泪一直哗哗往下淌。

她已经听不到自己鲜活的心跳和呼吸声了，夜色变得嘈杂起来，耳边回响着的，是一个女孩在黑暗中无助的哭泣和声声尖叫。事发之后，那个坏蛋先跑掉了，等她后来从地上爬起来，一边哭着一边摸黑寻找自己的衣服时，四周静得吓人。不过，她倒一点儿也不在乎了，她唯一想到的是"脏"，这个字眼从来也不如此时认识得那么深刻，简直让她生不如死。

后来，她幽灵似的从那个类似公园的鬼地方走出来，路灯把她的影子拉得老长老长的，她觉得连地上的影子也那么脏，她拼命往前走，想摆脱掉它，可它一刻不停地黏着她。实在走不动了，她才站在街边一盏路灯下，用袖子使劲抹了抹眼泪，应该去报警的，她不是没有这样想过。但那不过是个闪念，稍纵即逝，她根本抓不住它，也不敢抓住它。因为，几乎同时，她又想到了自己的家人，父亲、母亲、弟弟和妹妹，她曾是他们的希望，一家老小的光荣，大伙都指望她将来毕业了有份好工作，也好养家糊口供弟妹们上学呢。要真的去报了案，那不等于往他们每个人脸上吐唾沫、抹黑吗？那不等于把家里每个人的希望变成可怕的泡影吗？不，她不能那么做。

她尽可能辨清方向，顺着原来的路一步步往回走，当然不是回学校，而是去那个好心人家里。要是没有他，可能她早就中途辍学了；但要是没有他，今晚可能什么事都不会发生的。她一路都在这样来回颠倒地想着，就像不停地触摸一把双刃剑，每碰一面就刺她一下。等她终于拖着影子停留在马海权家楼下时，她已变得不知所措了，自己来这里到底想干什么呢？冲他们讨还公道，要他赔偿清白，还是要亲眼看一看做父亲的如何严惩逆子？或者，她干脆来个狮子大张口，要一大笔钱？那这笔钱到底是多少？一万、五万，还是十万？而在今天更早些的时候，她确实登门求过他一次，那时她心里的确有数的，想跟他借一两万块钱，给父亲治病用，等将来她工作后挣到钱一定还给他，而且，口说无凭，她还要给他打好借据。而当时她没有机会把借钱的话说出来，那是因为她完全清楚，他对这种事很反感，换句话说，她从他的话音里分明感觉到他最讨厌被人敲诈。敲诈，多么滑稽可笑，他为什么会那样想呢？她又为什么要敲诈他呢，她有什么资格敲诈别人！难道就因为昨晚的那件事吗？她当然不能那么做，他是他，我是我，不管怎么说，人家毕竟先有恩于自己的啊！受人滴水之恩，当涌泉相报啊！她老早就懂得这个道理了。别人可以不仁，自己却不能不义。现在，她的身心都已受到了伤害不假，而且，这伤害永远也无法弥补了，但她至少不能去做昧良心的事，这是做人的原则，父母老早就教会她了。

在潮湿渐凉的夜色中，她远远看见一辆出租车在大门口戛然停下。紧接着，一个中年妇女拖着巨大的行李箱，跟落难似的骨骨碌碌快步走过来。也许由于天太黑的缘故，当快走到单元门口时，女人的行李箱咣啷一声翻倒在地上。女人转过身，几乎是气急败坏地用脚尖使劲踢了两下躺在地上的行李箱。妈的，连你也给人添乱！真是倒了八辈子血霉！！她听见女人自言自语地咒骂着什么。后来，女人索性收起拉杆，奋力将地上的箱子提在自己手上，同时，加快脚步斜侧着身体，跌跌撞撞登上台阶，随即冲进黑黑的门洞里。

整个过程她都在无声地旁观着，好像这一切对她很重要似的。过了好大一会儿，她才下意识地抬起头，刚才分明黑乎乎的马海权家里，竟亮起了灯光。继而，从亮灯的那扇窗户里传来失声痛哭或呜呜咽咽诉说声，开始还很分明，很快又变得模糊不清了。她疲倦地低下头去，无心再朝那里观望，双臂怕冷似的紧紧搂住自己，眼泪大滴大滴往下流，与此同时，她默默地朝大门口走过去。

城里的夜晚似乎变得越来越明亮了。她眼前依稀浮现出一对母子在灯光下抱头痛哭的画面，有些揪心，又有一些无奈。她在心里一遍一遍告诉自己，这一切已经发生并且迟早会过去的，一定会。也不知过了多久，她终于摇摇晃晃像一只影子飘回到了自己的学校。不过，她没有回宿舍，而是径直沿着林荫路走到了湖畔。

平时，她很少来这里，偶尔也来过一两回，所见到的情景总是叫人难为情，因为湖边有太多谈情说爱的身影，让她觉得很尴尬，也就不怎么来了。眼下似乎是没有地方可去的，主要是她不想再见到任何一个人，可以说她现在已是身心憔悴精疲力竭了。湖水在夜色中静谧无声，微弱的星光在水面上若有若无地荡漾着，四周连个人影也没有，唯独虫鸣和蛙声此起彼伏，还有呜呜咽咽的风声，在耳边不时响起。她双手抱膝在水边静静地坐着，草地上的潮湿叫她感到一股难以名状的凄凉。人的视线放低了，湖面就显得无比宽阔，仿佛神秘幽深的大海，一眼望不到尽头。也许，自己该到那湖水里待着去，那样湖水会把身体冲刷得干干净净，心里也会觉得舒服一些。她脑海里不时地产生类似的冲动。湖心的亭子，以及那些廊柱都影影绰绰的，极像一群心怀叵测的偷窥者隐匿在湖心。此刻，眼里流出的泪比湖水还要冰凉，始终默默地挂在脸上。要是能一个人安安静静地坐着多好啊！她甚至还奢望，最好这天也永远别再亮了……

蛇吻

　　受了伤害的爱情常常以憎恨的形式表现
出来。

——米兰·昆德拉

一

　　要去的那个河湾水库，始建于 20 世纪六七十年
代。拦河大坝至今还岿然屹立在那片几乎被急流和险
滩所掩藏起来的河湾深处，放眼望去，仿佛长长一排
青铜器时代的巨鼎那般齐整巍峨。我们来此纯粹是心
血来潮，不过这边风光还算秀丽，水库三面环着山
峦，盛夏里林木葱郁，小燕鸥和野鸭子时常出没，水
里的鲫鱼草鱼鲢鱼也按捺不住性子，老往上蹿跃蹦

跳。我们几个人开了辆越野车，拉着装备齐全的钓具阳伞，还有烧烤的家什和整箱整件的啤酒就来了。大伙丑话说在先，谁也不准带老婆孩子，而且，一上车都得关闭各自的手机，难得这样安安生生过个舒心假期嘛。男人一旦混到了四十啷当岁，就开始莫名地怀起旧来，不会轻易把私人时光奉献给那些无关紧要的人，多半会选择跟发小或要好的老同学聚那么一下，好处是彼此心照不宣，不必瞻前顾后，荤素玩笑都开得起。

哪知赵剑偏偏又来迟了，害得我们至少在路边多等了半个来钟头，他才双手捧着个比八个月的孕妇还大的腹部迟迟露了面，再一瞧，在他肥硕的胯骨边上竟橡皮糖似的黏着个漂亮姐。那姐走路时总把胸一挺一挺的，好像是来给什么丰胸产品做户外推广的，两人就这么腻了吧唧地一前一后挤进车来，车厢里顿时被香水味灌得满满当当，叫人浑身不自在。那姐乍看长得还成，可瞧久了总觉得她脸一边大一边小，尤其两只爱弄风情的蜜桃眼，离鼻梁也忒远了点儿，好像一不留神，眼珠子就会从她眼角两边滑溜出去。

周枪这时便老大的不痛快，冲车窗撇着紫黑的嘴唇说，老磨磨蹭蹭的，数你自由散漫，早知道你会来这手，我们俩也一人搞一个。没等赵剑开口，那个一脸大一脸小的姐就噗笑着接茬道，哥不会是嫌人家碍事吧，你们三个大男人在一起多没劲，过会儿你们就知道本姑娘的好处了。此话一出口，连周枪也惊住了，现在的小年轻就是这么口无遮拦，他嗫嚅半晌才打哈哈说，姑娘莫多心，哪里是说你，他这人不呲嘚两句老没长进。赵剑听了，马上在周枪的后脖子那里狠狠地抓捏了一把，人家美女说得多在理，今天要没她咱们一准玩不起来，真是狗咬吕洞宾——不识好人心！说着，便扭过头旁若无人地冲身边的妞又挤眉又弄眼的，那女人也努着红得要燃烧起来的嘴唇，娇滴滴地问他，我口红是不是涂得太浓了点？赵剑就觍着肉脸小声嗡嗡，说他只要动动嘴皮子，就可以帮她擦得干干净净，对方佯装恼羞，翘着兰花指骂了句，讨什么厌。说实话，这两人熟络的程度叫我们心里都有些痒痒的不愤。车上平白地多出了一个女人，好多话题就拉扯不开，我呢只顾开车，周枪像空乘那样最后一次督促我们关闭手机后，就百无聊赖地坐副驾位置上半眯缝着眼睛，也许他真的不太喜欢那个妞，有时男人们的聚会最好不要有女人掺和进来。

那天上午，河湾水库碧波无痕，远远望去犹如镶嵌在山峦之间的一块巨大而闪亮的翡翠玉坠。老天爷格外开恩，寡蓝寡蓝的晴空几乎剔透无垠，一下车几个人只顾贪婪地大口大口呼吸，这样清洁舒爽的空气如今在城里可真是久违了的，我们成天自以为是地开着车呼啸往来，也许只有可怜的肺知道我们多么地自欺又欺人。周枪似乎已经忘了刚才车上的些许不快，冲着山谷干号了几嗓子，还噢噢地学狼叫，那古怪的回音就莽撞地振荡开来，连水面都被震得颤巍巍的了。他说自己就是嘎巴一下死在这里也值了。赵剑忙打趣道，幸亏我在你临终前招来了这么个如花似玉的美眉，老兄你若真倒在鲜花下，也算是风流快活了。那妞就拿那双分得格外开的大眼睛白愣他俩，呸呸呸，都是乌鸦嘴，死呀活呀的，多不吉利！于是，几个人边谈笑打诨，边在水库边的树林里挑了片相对平整的草地，忙乎着搭帐篷、挂吊床，又支起了烧烤炉架，万事俱备，只等水库里的鱼儿咬钩，便可以美餐一顿了。

钓鱼这事周枪最拿手，他能坐得住，一顶白色耐克太阳帽，一副雷朋蛤蟆镜，外加一盒香烟，一整天都稳如泰山不带挪一下屁股的；赵剑可不行，天生多情花哨，一有风吹草动自己先咋呼起来，鱼早被他唬跑了。所以，钓鱼的重任每次都由周枪一肩挑的。周枪扛起渔竿临走时又对赵剑说，喂，你别光顾着拈花惹草，也到林子里拾些柴火待会儿用。赵剑很不服气地撇着嘴，说他今天只做护花使者，砍柴烧火的事还是另请高明吧。我知道这家伙满肚子花花肠子，带了小妞来哪儿还有心思干这干那，索性让他俩留下照看营地好了，自己到旁边的林子里捡干树枝去。

这里干树枝自然是现成的，不一会儿工夫就捡了一大捆。我抱着它们往回走的时候，老远瞧见了立在水边的那个黑影，久久地，一动不动。起初我以为那就是正在钓鱼的周枪，他似乎是这寂静天地间唯一的活物。但当我走回营地的时候，发现周枪正在汽车后备厢里翻找什么，我急忙扔下柴火过去询问。真他妈倒霉，早上出门太急，咋就忘了买诱饵！我瞧他一副闷闷不乐的样子。看车上有没有铁锹之类的工具，我得去挖些蚯蚓。周枪属于那种做事比较有谱的人，任何情况下他都会有自己的主意。我们念大学那会儿，几个人在同一间宿舍厮磨了四年，那时大家的家庭条件都不大好，每月饭菜票基本不够用。好在宿舍楼的外墙下面就是大片大片的农田，从夏到秋总会有庄稼长在那里，等着我们这群饿死鬼。

蚕豆、黄瓜、玉米、大豆、萝卜、土豆，还有白菜和雪里蕻，这些东西都是我们的最爱。晚上饿得睡不着的时候，但凡能有一两样，我们就会想方设法吃得稀里哗啦。那时，周枪总是身先士卒，常带着我们去翻校园那道挂了两道铁丝网的高墙，再摸黑到外面的地里去搞些吃的，像玉米大豆这些玩意儿真没少弄，回来后就用电热杯煮着吃。那时宿舍已经熄了灯，电热杯在黑暗中咕嘟咕嘟响着，几只眼珠子诡秘地盯着那一柱不断升腾的热气，光闻闻那种味道哈喇子就会流出一尺来长。别看如今赵剑大腹便便人模人样，那阵子他就是个饿死鬼转世，成天价跟在周枪屁股后面，小跟班似的唯命是从，因为他肚子大吃得最多，把周枪哄高兴了，往往会多分给他几口。

以前车上确实备有一把工兵式短柄铁锹，那是我特意在一家户外装备店置办的，以防不时之需，可啥时间丢哪儿去了却不得而知。周枪皱着眉头说真叫寸，你想用它就没影了。不过，活人不会叫尿憋死，他总算是在工具箱里翻出一把大号的改锥，就它了。我自告奋勇跟他一块儿去挖蚯蚓，他似乎合计了一下，下意识地扭过头朝我们搭起的帐篷方向扫了一眼，喉咙咕咚响了一声，像是在极力吞咽什么。就在这时，那个穿戴比花蝴蝶还艳的妞儿已翩然而至，她大概是想吓唬吓唬我俩的，果然，先哇地在我们背后大叫了一声。可她的声音实在有些嗲，两个男人当然纹丝不动。你俩鬼鬼祟祟的，一定没干好事吧，还不从实招来！周枪玩杂耍般晃动着手里的改锥，他那张古板的脸被长长的帽檐和蛤蟆镜片遮得阴黑阴黑毫无表情。他开始上下打量着这个有几分调皮的小女人。嘘——他故作神秘地把改锥尖竖在自己黑而厚的嘴唇之间，真想知道的话就跟我走，你敢不敢啊？很明显，他的口气带着某种挑衅和不屑的味道。哼，你又不是老虎，能吃了我呀，走就走！对方咬了咬鲜红欲滴的下嘴唇，一副好斗且满不在乎的模样。我觉得周枪从人家一上车就阴阳怪气的，这阵儿恐怕不仅仅是心血来潮，他这个人有时直爽得叫人难堪，有时又有点让人摸不着头脑。不过，既然这妞乐意跟他去挖蚯蚓，我也就懒得同去了。其实，这样挺好，我倒是希望这妞能跟周枪搞好关系，毕竟大家一块儿出来玩，老那么互相戗戗着总不是个事。再说了，我也想趁这个空当提桶水来好好擦擦车，来的路上那些小咬和蜻蜓拼命往前挡玻璃上撞，昆虫的尸体密密麻麻粘了一层，还有那种或绿或黄的黏液，看着就叫人恶心，好歹得清理一下。

赵剑大概是听到了脚步声，从帐篷里懒懒散散地抻出肉囊囊的大脑袋，他问我，张戈，你看见那妞没有？这丫头片子说是去方便一下，怎么老半天也不见回来？我见他衬衫都已经扒掉了，只光着个白花花的膀子，满身赘肉下沉，实属不雅，就佯装不晓得摇摇头，你连自己的妞都守不住，还有脸问我？赵剑不以为然地撇着嘴，张戈你今天咋也跟周枪穿了一条裤子，还是吃不着葡萄嫌葡萄酸！说着，就跟狗熊似的从帐篷里爬了出来。我发现他裤子前面的拉链口张着大嘴，透出底裤的一团紫红色来。

——今年是赵剑的本命年，早在春节时大伙一起聚餐，他就从头到脚挂了一身红色，就连袜子也不除外。当时，周枪还拿话戏谑他，说赵剑这家伙早晚得坏在女人身上。因为他喜欢女人是有目共睹的。不过，约好今天来水库，不光是单纯地休闲一下，更重要的是，这个地方深藏着我们大学时期的一段美好回忆。多年以前，我们全班同学头一次来这里，那时还没有什么旅游概念，又都是穷学生，去外地玩不太现实，也没有什么交通工具搭乘，所以全班男生骑自行车捎着女生，几十号人闹哄哄骑了大半天车子，才找到这个难得的秘境。爬山，下水库游泳，在林中野炊，搞篝火晚会，露宿……也正是那一次，班上几对情窦初开的男女都以身相许了，这里面就包括周枪和我，当然赵剑肯定也没闲着，他若闲着狗都不吃屎了，只是这家伙不像我们那么傻，都把生米做成了熟饭，到如今每天还在味同嚼蜡地往下吞咽。赵剑是永远不会吊死在一棵树上的。还记得毕业时，跟他好过的女生哭得死去活来，而他私下里却跟我们说，天涯何处无芳草，关键时刻男人可不能心太软。当时，我们都被这小子说得一愣一愣的。

你跟这妞到底算怎么回事？我趁机多问了一句。人家有没有成年我看都是个问题。男人和女人在一起还能有啥屁事，真是明知故问！赵剑见我盯着他的那个地方，才不以为然地将拉链敷衍上了，然后伸了个长长的懒腰。天气不赖，不干点啥简直辜负了这好天气。他这样说话的时候，眼光正在四处踅摸。我本来想告诉他那妞跟周枪挖蚯蚓去了，但不知为何话到嘴边又咽了回去。我问他要不要一起到水库边兜一圈，看看风景，他淡淡地说免了吧，难得休一天假，还是到帐篷里美美地补上一觉才是正经。我当然能猜透他心里的真实动机，睡觉是假，干坏事才是真的。

于是，我便丢下这家伙，径直拎着那只可折叠的水桶，朝不远处的水库走去。水库里的水多半来自山洪，有时遇上旱年基本就能看见底了，今年入夏以来雨水还算稠密，所以才有眼前这浩淼的景象。水库最里面靠近山腰的地方，矗立着一块巨石，大约是很久以前由于地震从山上翻滚下来的，现在仅仅露出个头来，远远看去极像一只大石龟在水面上抬头凝望。我好不容易歪斜着身体在水边舀了大半桶水，这时我才留意到水边的那块巨石上有个人影，准确地说那人是面朝水面盘腿而坐的，跟寺里的僧侣入定了一般，半天一动不动，又恰似跟那石头融为一体。心里不由得一阵纳罕，这人真够古怪的，大老远跑这里念经打坐来了？但看背影又绝非和尚道士之流。又想，人各有志，此地难得如此清静安逸，其实，我们跋山涉水驱车而来，何尝不是图这份安闲自在。

空闲下来的时候，我是喜欢动手擦擦车的。有人说现在城里男人的体力劳动只剩下最后两件：做爱和擦车。前者不消细说，而车就是坐骑，是人的另外两条腿，每天要靠它与生活周旋打拼；更重要的是，车还是人的一张面皮，既然关乎脸面，总得收拾得体面些为好。我刚把抹布投湿，还没擦完一整块车窗，猛不丁不知从哪里传来一声很凄厉的尖叫声，那声音来得突兀而又迅疾，穿透力极强，我不由得停下手里的活朝四处张望。过了一会儿，那个妞就出现在我的视线当中，她像一头逃出丛林的母鹿跑得慌慌张张，两只手惊恐地举起并在胸前胡乱摆晃。她的乳房高耸而弹跳着，伴随着奔跑的激烈程度，它们好像随时会被甩出体外。还有那鲜花般绚丽的裙裾，更是飘飘扇扇，如蝴蝶展翅，这也使得她那两条白腿看上去很刺眼。正当她跑得上气不接下气，大概又被路边的树枝什么的划到腿脚了，她再次带着哭腔尖叫起来，然后气急败坏地俯下身去抚弄自己，这种时候她的长发完全倾泻下去，黑纱一样遮没她惊慌失措的身体。我朝帐篷方向扫了一眼，赵剑这小子八成是真睡着了，就连刚刚那声尖叫也没惊扰到他。我想了想才搁下手里的湿抹布，大步朝那妞蹲着的地方走去。

她八成是崴了脚。我想蹲下身帮她瞧瞧，哪知手指刚一触到她的左脚踝，她就吱啊吱啊地呻唤起来，简直像个懵懂胆怯的女学生似的趴在杂草丛中。我问她还能不能走路，她冲我摇了摇头，那表情说不出是痛苦还是难堪。我其实很想问她先前为什么要喊叫，那种歇斯底里的声音怪吓人的，但我什么也没说，只是自作主张地把她从地上扶了起来。我想回去，她有些倔强地冲我说。我知道，可得有人背你走。她一只手扶住我的肩膀头，用另一只手不停地整理散乱的长发，洗发水的香味便隐约传来，应该是海飞丝之类的。我真想回家，你能送我吗？她突然把脸从那堆散发中凸现出来，脸色显得有些苍白，正用那双彼此分得很开的蜜桃眼盯着我。现在？可是我们还没……马上！没等我说完，她就直横横冒出这两个字眼来，像是一道命令，刻不容缓的样子。她还使劲咬了咬下嘴唇，好像已打定了主意，那里的口红看上去没有刚上车时那么浓艳了，似乎被什么东西给吸附掉了。她眼里突然起了泪雾，水蒙蒙的，眼皮倏忽一闪，红了，大概马上就要哭。这种时候，反倒平添了她的妩媚和柔弱，叫人不由得暗生怜悯之情。我不明白她为何如此急迫，也许是疼痛让她突然想家了吧，像她这种"90后"，做事总是随着自己性子来的。还是让我先背你到帐篷那边休息一下。说完，我就转过身并很主动地弯下腰去。迟疑了小片刻，那双饱满的乳房终于实实在在压住了我的后背，还有那种香艳的发腻的气息，一股脑地包袭了我，她的双臂也柔若无骨地缠住了我的脖子。我觉得自己矮了很多，竟有些莫名的紧张，呼吸变得短促，忽然记不得有多少年没这样放肆地背过一个女人了。

他想非礼我！我刚往前走出没几步，就被她这句没头没尾的话给怔住了。谁？还有谁，就是你那个狗屁朋友呗。你是说周枪？这怎么可能？杀了我我也不信，周枪根本不是那种人！就是他，他用那把破改锥挑起一条蚯蚓非让我看，我根本不敢看那玩意儿，简直太恶心了，他就使坏猛地一甩手，那玩意儿不知怎么就爬到我脖子上了，我就大声叫了起来，他嘿嘿笑着说别怕别怕，我来帮你弄掉，然后……然后他就……姑奶奶你快说，然后他就怎么了？他一下子把手伸到我领口那里，我以为他真要帮我抓走那条恶心的虫子，可他忽然用力捏住了我的……胸，还想把我摁在地上……你快住嘴，我可不想听这些！这有啥不好意思说的，你那狗屁朋友就是这么干的，他十足就是个恶棍，把我当什么人啦？！

我忽然无言以对，开始有些相信我背上女人说的话了，她没有道理跟我撒谎，还有我先头听到的那声刺耳的尖叫完全可以佐证此事。周枪这家伙一定是吃错药了，光天化日做出这种龌龊事来，真让人替他脸红。关键还有，这妞毕竟是赵剑带来的人，俗话说朋友妻不可欺，这是底线啊，他怎能冒天下之大不韪！这事你先别乱嚷嚷好不好，我会给你讨个公道的，记住，一定不要跟赵剑讲，那样对谁都没好处，听明白没有？我想了半天，才一本正经地跟我背上的女人说。她的胸在我背上起伏得很欢实，好像两只重锤在不停敲击我，我以为她还要继续蛮不讲理地闹下去，可她竟然闭了嘴，好像很享受我的劳动。忽然，一种凉森森的东西爬到我后脖子上，我快喘不过气来了，那是她的眼泪，还是她项链上的玉坠？

　　事情就是如此荒诞。等我把这女人背回帐篷，赵剑竟瞪着牛样的眼珠子斜楞我，她这是咋了，你到底怎么着她啦？听听，他问的这叫什么屁话，好心全当成了驴肝肺。我还没来得及跟他解释什么，那个小姑奶奶已经装模作样地哼哟开了，好像真的是我非礼过她。我没好气地冲赵剑嚷了一句，最好问她去，我懒得搭理你！随后，我愤愤地离开帐篷朝水库边走去。我不知道那妞会不会跟赵剑和盘托出，或者添油加醋，但愿她没有那么愚蠢，否则我刚才的话纯属对牛弹琴。接着，在一处坡度稍缓的岸边，我找到了周枪，他正稳坐钓鱼台，红绿相间的小浮标直溜溜插在水中央，他嘴里叼着半根香烟，火头一闪一灭，鼻孔冒出淡淡的烟气，尽管他鼻梁上架着副墨镜，可一样能感觉到他目光深远，一副志在必得的从容模样，这架势确实很容易让人想起一个男人如日中天的事业啦职位啦。

　　我心想，妈的干了那种事，还装得跟没事人似的。我刚要张嘴质问，他突然嘘了一声，说有了，便直起腰来用力扯那黝黑的鱼竿，平静的水面立刻抖晃起来，圈圈涟漪无限制地推向远方。够分量，少说在两斤以上，我得先好好遛遛它。于是，他就来来回回轻轻扯动吊线，上钩的鱼儿已清晰可见，挣扎变得毫无意义，猎者和猎物之间的对话永远是残酷的。喂，你最好去帮我折根柳条儿，待会儿好提溜它。这辈子我还从来没有像此刻这样逆反不想服从他。你为啥要那样？这世上女人又没死绝，你偏偏搞她！话一出口，连我自己也愣住了，二十年的同学关系，我和周枪几乎没红过脸，我干吗为了一个刚认识没俩小时的女人说这些没轻重的屁话。周枪慢慢转过身，很诧异地盯着我。我说张戈，你脑子发昏了，胡咧咧什么呢？他的表情很有点儿无辜的意思。但这越发地让人鄙视，好汉做事好汉当，他若实话实说，我兴许能当场原谅他，大家都是男人嘛。你心里比谁都清楚！开弓没有回头箭，此时我的嘴巴完全不由自己做主了。你真让我感到恶心！说完，我撇下他拂袖而去。我听见他在身后愤然地嘟囔着，嘿，今儿都他妈怎么了，一个个跟吃错了药似的，出门没看皇历吧……

　　我始终没再回头。我所在乎的不仅仅是事情本身，而是在这片曾经留下最最美好记忆的地方发生了那种龌龊的勾当。我开始在心里埋怨赵剑，这家伙才是始作俑者，好端端地偏弄个妞来瞎掺和，红颜祸水，真是吃饱了撑的！我一面胡思乱想，一面沿着漫长的水库岸堤不停地往前走。我和爱人当初就是在水库这里私订终身的。二十年前的那个晚上，水库边弥漫着淡淡的雾气，她就像一簇璀璨的火花，始终在我眼前闪耀。后来的篝火晚会使那天的活动达到了高潮，那台被大伙轮流提了一路的燕舞牌录音机，不停地播放着变了调的迪斯科音乐，大伙围着火堆发疯般地扭来蹦去，空气中飘荡着荷尔蒙的气味，青年男女成双成对，笑着，唱着，叫着，闹着，一张张年轻懵懂的脸庞被熊熊火焰炙得滚烫滚烫，磁带走到了尽头没人理睬，音乐什么时间结束的，大伙谁也不清楚。

我至今忘不了的，是爱人那张红通通的面颊，带着娇羞和懵懂，带着憧憬和胆怯，我们彼此笨拙地用手臂揽住对方，体验异性间的拥抱所带来的一阵阵火热的压力，同时又做贼似的一步步退出篝火现场，欲盖弥彰地躲进身后黑黢黢的树林里。有那么一刻，彼此一声不吭，任凭急促的呼吸和起伏的心跳把两个人拉进树影婆娑的黑暗中。我发现她的两只眼睛悄然闭合了，嘴唇却微微开启，露出雪白的齿尖，我嗅到了她口腔里一股甜甜的气息，我就再也忍不住了，开始不得要领地跟她亲嘴，好像在品尝世上最不可思议的柔软果实，那么地一发不可收拾，好像再也没有比这更值得倾心缠绵的好事了。直到那一刻为止，我还从来没有跟一个姑娘单独相处过，更没有如此放肆和动手动脚，当然最重要的是，就在那一刻我下定了决心，今后要永远和这个迷人的好姑娘在一起。与此同时，周枪也跟自己心仪的姑娘在林中的一片草丛里不停翻滚呢喃。我在结束了漫长的亲吻之后拉着心上人散步时正好撞上了他俩，没想到他边整理衣服边恶人先告状，说是抓到了我俩的现行，非要去给系主任反映不可，当时我嘴硬着说，好啊，最好咱们一起去，看谁怕谁……

时间过得真快，那晚摇滚味十足的音乐和青春气息分明还依稀可辨，可我们却很滑稽地走到了今天，也许，这注定是一次糟糕透顶的聚会。

二

如果不是心中有怨气，差点儿就错过了这个神秘的男人。当老谭从水中的那块乌龟壳般的石头上一跃而起跳到岸上的时候，我正闷闷不乐地打那里经过。其实，我已经留意到在石头上盘腿打坐的人了，只是做梦也未曾料到竟会是他。这之前，我们谁也没跟他谋过面，都知道那几年他遇到了些事，人变得越来越黯然颓靡，老是深居简出，想找他也难，至于电话从来都打不通，时间久了大伙跟他关系也就淡了。

许久不见，真的，几乎快认不出他来了。可以说他模样大变，变得简直有些惊世骇俗：早先一丝不苟的大背头没了，取而代之的是光滑圆润的和尚头，尽管头皮上附着着一层薄薄的发楂儿，但也难得再见黑发迹象，那种苍老的灰白色，很容易让人想到"灯枯油尽"一词。他上身是一件中式立领带扣襻的灰麻布衫，裤子是黑棉绸的灯笼裤，脚下是地道的青布鞋，鞋底也是千针万线手工纳出来的那种。当这样的一个老谭活生生地出现在水库岸边时，我不光感到十分惊讶，更是不敢轻易相认。我一连叫了好几声老谭，怎么是你啊，天哪，真的是你啊老谭！与我大相径庭的是，老谭甚至连嘴巴也没动，只是在片刻的沉默中微微点了一下头，他的目光似乎沾染了薄薄的水汽，苍苍茫茫地瞟了我一眼，随即，又越过我朝着远处眺望，仿佛，那目光轻易是不会被世俗拉扯回来的。而我还在上上下下不停地打量他，想要竭力从他的相貌衣着和举止中，找出一点儿老谭当年的气息。

怎么说呢，虽然在我们眼中周枪始终是个方向性的重要人物，可当初他却不是宿舍里的老大。那个年纪最长者，正是此刻站在我们面前的老谭，然后依次是周枪、我，赵剑最碎。那时候四个人里，数人家老谭最有派头。老谭本名谭冬，在大学里他总翻看一些算命方面的书籍，说什么冬天里的潭不过是一洼死水，这个名字十分凶险，暗藏不祥，所以，他就按谐音给自己改了名，谭盾，他说这个新名字正好可以克刀枪剑戟，我们都觉得他有点儿神道，不过谁让我们几个名字里都夹枪带剑的，反正名字就是个符号，只要他爹娘老子不怪罪，爱叫什么名字完全是他的自由。后来我们才知道，好像有个首席音乐指挥家也叫谭盾，名气大得很。而在那些只顾填饱肚子的漫长日子里，老谭成天把头发梳得一根不落地背在脑后，活像个衙门里的小官僚似的，说话做事也是拿捏得恰到好处，即便肚子饿得咕咕叫，他也绝不失了儒雅风度，跟我们几个哄抢东西吃。每每都是周枪或我端着饭盆走到他床前，喂，你要不要也来一口，他才大秀才似的放下手里的书本，款款坐起身来，用多少有些鄙夷的目光扫一眼还冒着热气的食物，半晌才说声好吧，尝尝。感觉倒像是在施舍我们，若是他不给面子尝上一口，别人简直无地自容了。

不过，老谭也算是个地道的爱情专家。那时他好像已经通读过《红楼梦》《安娜·卡列尼娜》《日瓦戈医生》《玩偶之家》，还有那本炙手可热的《查泰莱夫人的情人》，那方面确实比其他人懂得多些，说起高深理论来一套一套的，班上好多男生都正儿八经来请教过他。唯小人与女子难养也！时不时他嘴里就会冒出很突兀的一句，哼，世上再美好的爱情，也禁不起时间的叩问，否则离婚二字将会永远消失。诸如此类。因为那时学校阅览室里有本小刊物《半月谈》，而老谭每每又是在夜间熄灯后给室友们高谈阔论答疑释惑的，于是，我们又都冠之以"半夜谭"的雅号。老谭也欣然接受了，似乎这个命名对他很重要。

或许，我还没有从先前的那种坏情绪中挣脱出来，以至于根本无法将面前暮气沉沉的老谭，同记忆中的那个能说会道的"半夜谭"联系在一起。所谓的寒暄，不过是我在唱独角戏，尽量表现得情绪激动，怀旧感十足，生怕让老同学挑了理；老谭却自始至终静得像水库中的那块石头，偶尔，目光跟我对视一下，此外他不做任何的补充或解释，只是不声不响地听我一个人絮叨，这让我越发惊奇于他如今的生活状态。对了老谭，你想不想见见他们两个？我在简单地提及了今天来此的目的后，实在觉得无话可说了，就用这样干巴巴的问句作为自己的结束语。老谭默然地用手掌摩挲了一下头发，准确地说是摸了摸他的和尚头，也许他是在思考我的问题，可他把头发弄成这样实在让人觉得有些怪诞。我还清晰地记得，当年在学校时，每次上课之前，老谭都要把揣在上衣暗袋里的一把褐色的短木梳迅速取出来，象征性地梳理一下本来就非常整齐的背头，最后再习惯性地用力把脑壳往后侧仰35°，整个过程一气呵成滴水不漏。而眼前这个抚摩着近似光头的中年男人，让我所有的青春记忆像是突然遭遇了一场无情的寒流，冻得瓷瓷实实，半天都毫无生气。

也好。老谭嘴里总算是像当初那样，习惯性地吐出了两个寡淡无味的字，否则，我会觉得非常尴尬。但他随后又说，这样吧，你先指给我你们的方位，过一会儿我自己去吧。我想，他也许只是想搪塞一下，并不打算去跟我们晤面，他的神情和口气没有一丝兴奋，毕竟他脱离我们这个组织太久了。所以，我有些狐疑地朝帐篷和汽车所在的地方伸了伸手，生怕他找不到，又很详细地告诉了他那辆汽车的牌号和帐篷的颜色。最后我说，他们见到你一定会激动坏的。老谭不再言语，而是冲我微微点头，随即便默默转身，飘然而去了，那感觉就跟庙里的僧人跟施主作别似的。

事实上，这天老谭给我最初的印象就是像个出家人的样子，他的沉默寡言和异常安静几乎超过了我的忍耐程度。但谁让他是老谭呢，谁让他是我们当年的舍友和老大呢，而遇见他的这种意外之喜，不知不觉间已覆盖了之前的所有不快，我们四个人能在多年之后再度重逢，才是至关重要的。

有关老谭的情况，其实我知道的并不比别人多，他应该是同学中最早结婚也是最早离婚的人，他的女人看上去花枝招展性格张扬，见过她的人都觉得那是个标准的交际花。后来那个女人和一个南方人打得火热，没多久便跟着对方南下经商了。有一阵子那女人杳无音信，搞得老谭在单位里连头也抬不起来，大伙私下里说他那方面不行，老婆才跟人跑了，他活活做了王八。忽然有一天，那女人跑回来非要跟他打离婚，条件是房子还有存折全归老谭，当然儿子也归他了，那女人几乎把自己扫地出门，尽管这样，外人都认为老谭还是被女人给无情地蹬掉的。那以后老谭几乎就不再参加我们的任何聚会，大伙都知晓他要照顾儿子，既当爹又当娘实属不易，也就渐渐忽略他了，毕竟同学聚会都讲各自如何风光，如何过五关斩六将，谁愿意没事老提败走麦城那一截呢？对于我们这样的群居动物来说，时时刻刻都在互相觊觎暗中比较，早年比成绩比学历，后来比位子比房子比车子，比谁关系更硬门路更广，得意者洋洋，失意者沮丧。

等老谭好不容易把儿子拉扯大一点儿了，那女人又死灰复燃般现身了，穿金戴银吆五喝六，俨然富婆的派头，这回非要跟他争儿子，开出的条件是给老谭一笔钱，足够老谭下半辈子吃喝花销了，也许是女人的任性妄为终于激怒了老谭，这次他可是当仁不让了，信誓旦旦非要去对簿公堂。可就在这个节骨眼上，儿子悄然失踪，一开始那女人认定老谭故意把儿子藏了起来，老谭也怀疑是对方耍的卑劣伎俩，就在双方相持不下的时候，忽然接到一个陌生电话，儿子在坏人手上，叫火速筹足二十万，一手交钱，一手放人。再后来，那件可怕的事情发生了，因二人意见不能统一，耽误了交易时机，又不得已报了案，绑匪狗急跳墙撕票了……这些年我们只要提起老谭，大伙无不叹息摇头，觉得简直不可思议，他也算是满腹经纶出口成章，怎么就降服不了一个女人？

很多时候，碰见一个人看似毫不经意，但事后细想，好像那天所发生的一切就是为了这场奇特的重逢。此刻我脑子里塞满了新旧两个老谭的影子，神情有些恍惚地再次回到营地。我原本打算把这个喜讯告诉他们的，可忽然发现那辆汽车没了，帐篷里空无一人，唯独之前我捡回来的那捆树枝，歪歪扭扭散落在帐篷旁边，像是被谁没好气地踹了几脚。不用猜是赵剑这小子干的，刚才擦车我又忘了拔掉车钥匙，一定是他气急败坏地驾上车把那妞拉跑了。这样最好不过，原本就不该把她弄上车来。一想到待会儿老谭就要来跟我们见面了，如果那个妞还在场的话，气氛肯定别别扭扭的，现在已无后顾之忧了。树林里静悄悄的，正午的阳光穿过枝叶间隙，斑斑点点洒落在帐篷顶上。我枕着双手躺在里面，感觉眼前似有万千灯火在闪烁，倏忽之间，那些久远的校园生活场景又清晰地浮现出来。

那时候宿舍熄灯以后，男生们只要躺在床上，话题总是会围绕着某个女生聒噪地展开来，肆无忌惮地把人家从头到脚谈论一遍，比如具体到眼睛、鼻子、嘴唇、下颌、乳房和屁股蛋，等等。其实，更多时候我们都是靠想象完成的，因为谁也不可能把一个女生看得清清楚楚。当大伙七嘴八舌头极尽想象之能事的时候，老谭总是显得棋高一筹又语出惊人。你们这帮俗人什么也不懂，看一个女人最重要的是看她的姿态，也就是仪容，要端庄优雅，要不卑不亢，要有礼有节，你们那样品头论足，简直俗不可耐！每当谈兴正酣的时候，老谭就会兜头盖脸泼一盆凉水，我们在黑暗中不得不俯首帖耳沦为他的忠实听众，而接下来他要扮演的，正是入睡前知心广播节目的男主播，即我们称之为"半夜谭"时间到了。

通常这个时候，赵剑会很调皮地用他的公鸭嗓学一下中央人民广播电台的整点报时，嘟，嘟，嘟——刚才最后一响，是"半夜谭"时间二十二点整！于是，老谭也跟着煞有介事地清一清嗓子。他说女人的外表固然重要，女为悦己者容，苏妲己美若天仙，可心肠堪比蛇蝎，这样的女人就像毒花毒草毒酒，一旦染指男人必死无疑；他说，《红楼梦》通篇没有一处描写过林黛玉的乳房大腿如何如何，但谁也不能否认她才是世上最凄美绝伦的尤物，可谓美女中的极品，不过这样的女人根本就不是人，她是神，既然是神，凡夫俗子当然望尘莫及；他还说，艾玛之所以能成为世界文学的女性经典形象，她最动人的时刻就是一次次背着丈夫包法利医生，去跟自己心仪的男子偷欢纵欲，因为那时的她冲破了世俗的一切束缚，只为一个女人最真实的内心和爱情而活着，甚至不惜飞蛾扑火……那些年，我们的确听老谭讲过太多太多的东西，他本来读书驳杂，记忆力又好，讲起这些总是滔滔不绝，所以，我们都毫不怀疑地认定，像老谭这样一个男人，将来一定能获得世上最圆满的爱情。

不久，钓鱼的人便满载而归了。周枪瓮声瓮气走到我面前，二话不说就将那些用柳条串在一起的鱼呼啦一下扔过来，我明白他的意思，每次洗鱼的任务都落在我头上。太阳帽遮着脸，又戴了墨镜，我看不出周枪的表情，也许他还在生我的气，我何尝不如此，大伙来这里是图自在和快活的，无端地弄成这样，谁心里也别想太畅快。但我还是跟他讲了遇见老谭的事，周枪马上兴奋起来，连连说那可太好了，又怪我怎么没留住他呢。我解释说他答应一会儿过来跟大伙见面。这时，周枪好像才想起赵剑，问人呢，我照直说了，他不屑地摇了摇头，嘴里咕哝道，没出息的玩意儿，就知道围着女人屁股打转转。此时，我的情绪已经开始好转，心里多少觉得刚才对他的态度有点过火，甚至觉得也可能真是污蔑了他，可是那妞又有什么理由骗我呢，撒什么谎不好，非得拿自己的清白胡说八道？不过，我真的不想再提先前的事了，就像醉汉一觉醒来，实在不想知道自己此前的荒唐行径。我随手从地上拎起那串鱼，它们居然都还活着，柳条穿过鱼嘴的豁口，简直如上大刑，再被柳树条猛地一勒紧，可怜的家伙个个奋力挣扎，在我手里集体抖晃起来。鱼不会叫，否则，它们这时一定会歇斯底里地哀号起来。人注定是做不了鱼的，哪里有压迫，哪里就会有抗争和呐喊。忽然又记起来刀具什么的都搁在车上，赵剑这小子真是成事不足败事有余，只好拎着这些鱼去想别的法子了，活人不能让尿憋死，好在只是几条尺把长的活鱼，我还是能对付得了的。

等我腥乎乎地在水边一一开剥干净那些鱼，匆匆走回营地的时候，老谭话复前言，竟然真的来了，没让大伙失望。赵剑这小子也及时赶回来了，倒是没再见那妞的影子。兴许是老谭出现在大伙中间的缘故，我们每个人都尽量保持心平气和，没人再提不愉快的事，我们众星捧月般围拢了久违了的老谭，都在不停地打量他，像是要从他的外貌和言谈举止间，找到一些跟他以往经历相关的蛛丝马迹。作为曾经的同窗舍友，我们惊讶地发现老谭身上确实蒙上了一层古怪而又神秘的气息，他不再亢奋，不再夸夸其谈，也不再以什么"半夜谭"自居。现在的他，更像是从遥远的戈壁或大漠深处独自跋涉而来，浑身透着沧桑之气，或者，是那种早已将曾经的磨难转化成人生智慧的样子了。

我们都太想知道这些年他是怎么熬过来的，当然，还有那个让他陷入半生困厄几乎一蹶不振的女人。我们的问题显得遮遮掩掩又迫不及待，起初，老谭只是一味地沉默，像一块刚被挖掘出土的化石，除了不得不敞露表面那层年久日深的厚厚泥土，对于自己内心的秘密始终守口如瓶。这种时候，我们三个人不得不你一言我一语，问这问那，穷追不舍。表面上看，都很关心他似的，但也许更像蹩脚的新闻记者，总算是逮住了一次绝好的采访机会，非要来它个打破砂锅问到底。后来大概禁不住大伙的一再追问，老谭很不经意地吱了一声，嗯，你们见过两条蛇是怎么拥吻的吗？我们互相对视然后不约而同地摇头。老谭的面容显得清亮而单薄，像是为了配合接下来的讲述，微微闭上了眼睛，似要精心酝酿什么，随即才又慢慢睁开，但那目光再度瞟向前方灰蒙蒙的山峦。

时光仿佛开始倒转了，一种似曾相识燕归来的感觉弥漫周围，我们都暗暗屏住了气息，眼睛一眨不眨地盯着宿舍里的那个梳着光亮背头的"半夜谭"。老谭说几年前的深秋，他一个人闷得慌想来水库散散心，当时正值秋雨绵绵，气温骤降，山里潮湿阴冷，他想找个避雨的地方，后来在山里转来绕去，无意间发现了一个隐秘的坑洞，若是夏天这个洞口是很难被人寻到的，因为深秋时节草木变得萧瑟，又连天降雨，山洪哗哗啦啦往下冲击，把那洞口冲得若隐若现。当时他为了躲雨，没多想便拨开杂草探身钻了进去，尽管洞口很窄，可一旦进入其中却是别有洞天的，再往里摸索几步便豁然开阔了，如同葫芦的大肚子似的，两个成年人挤坐在一起空间是足够的。就在老谭喜出望外时，他忽然听到不远处一片哗哗哗哗的鸣响，那声音听起来就叫人不寒而栗。他马上意识到情况不妙，忙摸出火机小心翼翼地打着了，借着微弱的火光，去循那种古怪的哗哗声。终于，在靠近最里面的土壁下，发现了一摊白花花的东西正在静静扭动。

——蛇！没等老谭讲下去，我们仨便异口同声叫道。老谭冲我们轻轻点头，说当时他简直快被吓蒙了，下意识地边往后退边偷眼观察，竟然有两条，都有小孩的手臂那么粗细，尾部在地上盘成一圈一圈的草绳状，颈部则高高抬起，在半空中彼此交替缠绕着，两只蛇头在最高处唇齿相交，活像一对热恋中的情人正在忘情地狂吻。诸如牛羊骡马猫狗的交配，老谭说他都曾目睹过，可这种景象平生还是头一回见得。最让人感到奇怪的是，尽管火光在摇曳，土壁上人影幢幢，那两条蛇却并未被入侵者惊扰，更没有蓄势扑将过来的意思，相反地，它们丝毫不为外界所动，依然故我地死命绞缠在一起，似在不停地交换毒液，嘴巴哗哗作响。那一刻，老谭彻底被毒蛇忘我的激吻所吸引，他静静地待在原地，心想这两条蛇一定是过于激情澎湃而一时难分难解了。此刻，我们几个彻底被老谭的讲述震住了，一个个张大了嘴，表情惊恐而怪异。而这时的老谭却像是在自言自语，像是生怕自己声音大了，会惊动那一对蛇的好事。他说后来亲眼看见其中一条蛇真的不动了，奄奄一息，一定是僵死在对方的毒吻下，另一条则迅速挣脱了对方的纠缠和束缚，跃跃欲试吐着信子，随时将要冲人直扑过来。老谭说他当时吓得半死拔脚就逃出了洞外。

有很长时间，我们眼前总是扭曲着那么一对可怕的毒蛇，心里无不在揣测老谭到底想拿蛇的事说点什么，或者，仅仅是无话找话地寻开心呢，但这些话无论如何问不出口。好在那时，周枪已经麻利地烤好了几条鱼，鲜美的孜然味烤鱼叫人垂涎欲滴，我们理所当然该把头一份美食让给老谭享用。可他马上摆摆手，鼻翼微微抽动了两下，说自己吃素已经好多年了，还是请大伙自便吧。不吃荤腥的老谭，始终盘腿坐在那里闭目养神，一副清心寡欲不食人间烟火的飘逸模样，这让我们都有些自惭形秽，而这看起来还算美味的野餐，突然就变得有几分怪诞了。

三

打那之后，我们仨聚会的次数明显少了。即便是偶尔照了面，又总是绕不开老谭这个话题。而且，每个人的心里都存有一个谜，那谜面当然是老谭那天信口铺设的，而我们都无法猜透最终的那个谜底。对于大伙来说，老谭本身就是一个谜。像谜一样难测的老谭，这些年完全生活在我们的世界之外，尽管他也会像我们那样去水库边逗留，可显然又是不同于我们那种任性地游山玩水，他去那里更像是一位隐士要与世隔绝，图的是在天地自然间潜心修行不染尘埃与世无争。这样没过多长时间，我们便都忘却了他，就像谁也不愿提及那次不太愉快的聚会。人们总是善于选择性地遗忘一些重要的事物，而对另外一些生带不来死带不去的东西又近乎执拗地追来逐去。再说这年头，哪一个人不在拼命为自己的职位啦和钱袋啦打拼，就拿我们仨来说，周枪的单位正在搞什么处级干部竞聘上岗，他算是梯队干部，成天摩拳擦掌地准备着演讲材料；赵剑所在的那家地产公司刚拿下一块最好的地皮，他作为企划部主管正大刀阔斧地进行广告攻势；我虽说只是个一般公务员，可杂七杂八的事情一点儿也不少。所以，我们都注定不会把别人的闲事放在心上的。

这中间，周枪和赵剑又不可避免地戗戗了一次。起因是我家的那套经济适用房装修完毕，按照惯例，得请大伙来家里热闹热闹，我们当地俗称"洗泥"，也就是亲友来家中小宴，图个乔迁的喜庆和吉利。一百几十平方米的房子里，到处都塞满了客人，我和妻子里里外外张罗招呼，不时地沏茶递烟斟饮料，忙得不亦乐乎。周枪来得很早，特意送来两盆意趣盎然的盆景，看上去碧翠欲滴，他吭哧吭哧帮我们搬进阳台里去了。礼多人不怪，他向来是这样。直到开饭前两三分钟，赵剑才气喘吁吁赶过来，这小子总是拖拖拉拉，真是拿他一点儿脾气也没有。周枪见他空着两手迟来，便有意拿话刺他，说有些人真会赶钟点儿，肯定是拿鼻子一路嗅着就过来了。赵剑说，你干脆说我是属狗的不就得了。周枪哼了一声笑道，别往自己脸上贴金，我说的可是二师兄。当着好多人的面，赵剑显然有些挂不住了，他人本来就胖，脸皮一阵红一阵紫的，但他还是极力隐忍着。我生怕他俩又不可开交地掐起来，坏了别人的兴致，忙招呼客人都到餐桌边就座，妻子已经把凉菜布置妥了，我趁机开了白酒，给每个人满满斟了一口杯。大家正准备举杯时，电子门铃却不合时宜地奏起《致爱丽丝》来，听着干巴巴的，着实有些烦人。

我跑去开门，站在外面的竟是两个着装规范不苟言笑的警察，银色的警徽在藏蓝色的帽檐上方闪闪发亮。这是怎么说的，闲来无事嗑瓜子都能嗑出个虫子来，心情顿感郁闷。起初以为他们找错了地方，但对方很肯定地问这里是不是张戈的家，我茫然地点头称是，警察始终上下打量着我，那种职业性很强的目光叫人有些躲闪不及。我们是来了解点儿情况的，麻烦配合一下。他们倒是言简意赅。你认识谭盾吧？我迟疑着点头，心里未免有几分紧张了。他是我大学同学，到底有啥事？他倒没什么，只是他前妻失踪了。听警察这么说，我才舒了口气，对于那个跋扈的女人我才懒得去关心。能进去聊聊吗？警察边说边把目光探伸进我家客厅里。我吞吞吐吐地解释，说家里有一堆客人不方便，心里十万分地不乐意此刻有人打搅，可警察说不会耽误太多时间的，希望我能理解。说是理解，他们已不由分说公事公办地迈进房内。

客厅连着餐厅，所有人都瞧到了，一时间欢乐的气氛消失殆尽，好像我犯了啥事似的，都拿奇怪的眼神死死盯着警察，就连一直忙乎的妻子也举着一把油乎乎的锅铲，僵在厨房门口。我故作镇定地请大家先动筷子，妻子很慌张地跟了过来。我低声对她说，快忙你的去吧，没事。然后，我把警察领向书房。进书房后，其中一个警察立刻翻开随身带来的笔录本，主人似的端坐在书桌前准备做记录，另一个继续跟我谈话，口气透着不容置疑的味道，无非是想让我评价一下老谭这个人，他在大学时的表现，工作后的状况，以及和他前妻的婚姻家庭关系等。我没必要隐瞒什么，就把自己知道的尽可能简单地讲了讲。最后，多少有些节外生枝，我告诉他们，正在家里吃饭的还有谭盾的另外两个同学，不信也可以去问问他们。警察一听喜出望外，赶紧把周枪和赵剑也叫了过来问话。数赵剑嘴快，一股脑地将上次遇见老谭的事说了，还说他总觉得老谭有些古里古怪的。周枪大概听不下去了，抢过话头质问道，人家老谭怎么怪了，你满身尽是猴毛，还笑话别人是妖怪！赵剑不甘示弱，反唇相讥道，就你好，你是正人君子，那你怎么还干强奸的勾当？没想到他俩这么没轻没重，当着警察的面互相揭起短来。我忙在中间打圆场说，你俩胡扯什么，别影响人家调查嘛。那个负责问话的警察立刻皱起眉头，锋利的目光来回扫视着周枪他俩，好像冷不丁抓住了嫌犯，嘴脸冷硬地喝道，什么强奸？到底怎么一回事？不等他俩答话，我继续解围说，那是我们几个同学聚会时开了个小玩笑，多年的男女同学混在一起，喝点酒难免瞎闹腾的，同志您千万别当真。我一边说一边使劲给他俩递眼色。对方这才不再追问下去。

有关老谭前妻失踪的话题，后来成为饭桌上最新的谈资，大伙普遍认为，像那样一个花里胡哨的女人死了都活该，根本不值得警察满世界去找。我们不知道这女人失踪的消息对老谭意味着什么，只要一联想到老谭现今的种种状况，大伙都替他感到解气得很。于是，我提议说，这就叫善有善报，恶有恶报，不是不报，时候未到，来吧，咱们为老谭同学下半辈子的彻底解脱干一杯。周枪叹口气道，可怜的老谭，聪明一世，糊涂一时，摊上那么个倒霉娘儿们。赵剑却不以为然，撇着嘴说，这一切还不怪他自己，没有那个金刚钻，别揽瓷器活啊。周枪一脸愤然，你小子怎么这么阴，听你的意思巴不得人家出事才好啊。赵剑一副得理不饶的样子，我说的是事实嘛，当初他光顾贪图女人生得风流标志了，哪里会想到日后的凄凉，这就叫武大郎娶了潘金莲——祸根早早就埋下了。话不投机，周枪噌地从座位上跳起，险些把一桌子酒菜撞翻，他二话不说就要往出走。我拦住他说你们俩何苦呢，真是卖面的见不得卖石灰的，又批评赵剑让他闭嘴少说两句。好好的一桌餐饭，全让他俩给搅黄了。妻子后来一个劲儿埋怨我，说这俩都属骡子的，根本拴不到一个槽头上，叫我以后少招惹他们为妙。我也一直暗暗生闷气，他们一见面准闹得人仰马翻不欢而散，都快把那点儿可怜的同学情谊折腾光了。

很偶然的机会，我又遇到了上次去水库的那个妞。她穿着时尚而暴露，小裙子短得几乎苫不住屁股蛋，上身只穿了件类似抹胸样的紧身衣，头发狂野地披散开来，走路的姿势跟模特上台走秀没啥两样。我之所以还能认出她，主要是她那双彼此分得很开的标志性的大蜜桃眼。那是在万达广场内的一个特卖场里，我正百无聊赖地陪妻子闲逛，这妞猛不丁就蹿到了我面前。嗨，帅哥，不认识我啦？她先跟我打了招呼，眼皮涂得银光熠熠，活像电视里孙行者的那双火眼金睛，所以，她才一眼就把我认出来了。怎么，真忘了？那天在水库，你还背过人家呢。我在被对方极浓的香水味熏倒之前，总算勉强记起这个姑娘来。我回头朝四周看看，好在妻子还在试衣间里忙乎，女人对试穿新衣总有用不完的精力。我忙指着她的一只脚说，看来，已经没事了。她稍稍愣了一下，继而，咧开红唇花枝乱颤地笑了起来，哈哈，你是说崴脚的事，差点儿都忘了，我不过是跟你开个玩笑！她几乎用揭开所有恶作剧时的那类轻松口吻说着。我顿时诧异了，怎么可能？那天自己明明看见她坐在地上动弹不得。对方显然还在继续嘲笑我那迷惑的神情，她的笑声简直有些夸张，咯咯咯咯，小母鸡刚下完头一窝蛋似的，边热气腾腾地笑边说，真有你的，没想到你还真信了？然后，不等我开口说话，她忽然凑到我耳边说，不过，我还是要好好谢谢你哦，在你们三个男人里，数你最有绅士风度！最差劲的就是那个姓周的。说着，她冲我晃了晃大拇指，指甲老长老长，均涂成茄紫色，我被她说得一阵迷惑，又一阵飘飘然，难道说根本没有发生你说的那件事？她听我这样发问，跟岔气似的笑得都弯下了腰，哥，你可真逗，其实是我突然接到朋友的电话让我赶回去，又怕赵剑他缠着我不放，你知道他那个人总是磨磨叽叽的，还有，姓周的那天一见面就鼻子不是鼻子脸不是脸的，我就临时想了那个法子，也算是教训一下他，谁让他对年轻女士不够尊重呢，没想到你一听到我在树林叫，就颠儿颠儿地跑来了……

我几乎快要气晕了，看来那天自己被这个妞玩得滴溜溜转，却又浑然不觉。正想冲她发作，忽然听见妻子在试衣镜那边大声唤我的名字，张戈，快过来帮我瞅瞅，你在那边跟谁说话呢？那妞听了立刻坏笑着，冲我眨了眨那双蜜桃眼，哥，别愣着啦，要不你会有苦头吃的哦。我一点儿也不想跟她开这种玩笑，便头也不回地撇开她走了，心里别提有多郁闷，这叫什么人，玩笑也开得忒离谱了！转念又想，人家快小自己二十岁了，整个一个新新人类，代沟太宽了，世界上最棒的三级跳远选手也跨不过去。而自己已过不惑之年，面对那么一个有些刁钻古怪的丫头片子，智商几乎一下子就降到了零点，竟不分青红皂白就去冤枉一个好人，差点儿把多年的同学之情都葬送掉了，看来，自己还真是白活了。哪知还真让那妞言中了，等我走过去的时候，妻子俨然一副审贼的架势，眼睛瞪得如铜铃一般大，不停问我那个女的是谁，干什么的，说我竟敢在她眼皮子底下打情骂俏，背地里还不知怎么样呢。我哪里还敢说实话，只好撒谎称是陌生人跟我问路来着。妻子显然对我的回答表示极度狐疑，哪有问路嘴巴凑得那么近的，那浪笑声隔着半里地都能听得真真的。你别在这儿给我装神弄鬼！我敢有吗？心里这样想着，嘴里只得打哈哈装糊涂，老半天总算是蒙混过关了。忽然明白了一个道理，如今这世道，凡事宁可信其有，不能信其无。妻子就深谙此道，她总是用怀疑一切的眼光看男人，哪怕是冤枉好人呢，我算是彻底服了。不禁又想起那天在水库边发生的事，只怪自己听信了一面之词，便把周枪骂了个狗血淋头，好在人家没太介意，要不真的连老同学也没得做了。

仿佛心有灵犀，就在天将擦黑的时候，周枪猛不丁打来一个电话，说他想约我出去一趟。妻子最近总是很敏感，像是更年期已经提前了，盯我跟盯贼似的，嘴里的埋怨一日胜似一日。她说我整天魂不守舍的，就不能好好在家陪老婆孩子待着，外面到底有什么值得留恋的。我知道她怕什么，只说放心吧，不过是跟周枪在一起。妻子还是不依不饶，又是那几个同学，真不知道你们成天瞎混个什么劲儿，当心哪天一起栽个大跟头。这种感觉很奇怪，我自己也说不清楚，其实每次我们在一起都不会比想象得更愉快，节外生枝的事屡有发生，不欢而散的局面又似乎是必然的，可等到下一次，又好了伤疤忘了痛，颠儿颠儿地赶去。周枪的车就泊在马路边，我刚钻进去坐到副驾位置上，他就开足马力往前疾驶而去。

咱们这是去哪儿，我好奇地问着。起初，周枪一言不发，只顾把车开得飞快，黑暗中的街道显得寂寥而又陌生，如果没有灯光映照，这座城市立刻会变得一派死寂，坟墓一般荒凉，叫人心生恐惧。周枪不想说话的时候，也是那么死板板的，脸孔铁皮色，模样有些瘆人。人不说话跟夜晚的城市缺少灯光一样。人和人之间不交流，即便面对面坐着内心也是一片荒芜。我犹豫了一会儿，终于低沉地说，去水库那天，实在有点犯浑，真不该轻信那妞的话，对不住了，老兄……从来没有觉得跟老同学说话这么费劲，几乎，每一个字都像是被胶水死死粘在喉头里吐不出来。周枪匆匆瞥我一眼，吊儿郎当中带着与生俱来的自负，也许他根本没有瞧我的意思，只是在扫视右手边的那面后视镜，因为他始终不置可否。这没关系，反正我说出了自己的心里话，老同学间原本不该有什么隔膜。

还记得警察那天的表情吗？周枪终于开口了，语气里多少有点儿心事重重的。什么？我完全没听懂他的话。我是说老谭，不知为什么，这两天我总是梦见他。我心里咯噔了一下，其实那天被警察问询之后，我确实替老谭捏着一把汗呢，可我不愿意往那方面去想，哪怕是只想一点点，都觉得那样会对老谭很不公平。你是说，那女人失踪跟老谭有关？我这样发问的时候，其实完全不需要对方回答什么了。周枪终于转过脸，留意了一下我的表情，难道你不这么认为吗？不然的话，人家警察好端端找咱们做什么？于是，我们忽然都沉默起来，也许我们真不该这样去想。约莫过了一根烟的工夫，周枪再次开口说话。其实，我并不讨厌那妞，就是想让赵剑长点记性，那天趁着去树林挖蚯蚓的时候，我打趣她，说她长得如花似玉的，陪赵剑玩有意思吗，那身肥膘想想都让人恶心。没想到那妞一下子就急眼了，嘿嘿……他的笑声听起来多少有些无耻。不过，我再也懒得去管这种破事了，我觉得我们其实都有点儿无耻，大学时代的那份纯真友谊早已荡然无存，每次聚会只不过是又增添了一些乏味和无聊罢了。汽车路过赵剑家的方位时，我想了想问道，咱们要不要也叫上赵剑？哼，叫他做啥，腰来腿不来的，满嘴没一句人话。看来，周枪对赵剑已经反感透了，这实在有点儿悲哀。

我们就差把那脏兮兮的门板敲碎，对面邻居家的狗始终在猖猖狂吠，那种声音有些穷凶极恶的味道。于是，我打退堂鼓说，算了吧，这些年老谭飘忽不定，不大可能待在家里。周枪再次举起拳头，准备最后一通敲砸，身后的防盗门却豁然打开，一条灰褐色的沙皮狗猛地蹿将出来，若不是它脖颈套着黑皮绳索，又被主人牵拽，我们俩八成是要挂彩了。沙皮狗的黑眼珠被皱巴巴的面皮所包裹，连龇牙的样子也老气横秋。可狗仗人势，主人越是用力牵拉，这畜生越是叫得任性凶悍，让人心惊胆寒，好像随时会扑过来撕碎眼前的陌生人似的。我早吓得缩退在周枪身后抖颤不停，他倒是不十分惧狗，反而诈唬着呵斥道，叫啥叫，再敢叫一个？！主人的眼神似乎也受了狗的感染，凶巴巴上下乱射，半天，冒出一句很莫名其妙的话，这家人都死光了，还敲什么敲！我们顿时怔住。沙皮狗在主人的牵引下，一路汪汪着冲下楼梯。周枪忙从身上摸出一张名片塞进门缝，他解释说这样老谭回家的话，至少知道咱们来过。随即，我俩也跟着跑下楼去。

狗在外面获得到了短暂的自由，黑亮的鼻尖触着地面和草丛一通狂嗅，间或，滑稽地举起一条后腿，抖颤着冲那些树坑或墙角尽情撒尿。狗这样做好像并不是为了方便，而是急匆匆地要为这个世界留下点什么。这时，主人也在一边悠闲地甩手蹬脚活动起来，好像只有趁着狗撒尿的工夫，才能抽空爱惜一下身体。我们讨好似的靠近这个遛狗的妇人时，对方立刻警觉地收束了锻炼招式，双手紧紧搂抱在胸前，宽松的睡衣领口被拘出一个很大的空当，显示出妇人松散异常的身体现状。于是，周枪觍着脸叫了声大姐，并说明我们是老谭大学时的同学，希望能从她这里打问一下他的情况。妇人这才正眼瞧了瞧我们，但神情依旧阴郁而抵触着，好像跟老谭这样一家人做邻居，真是倒霉透顶了，连张嘴说说他们都觉得难以忍受。

人善被人欺，马善被人骑，老谭也是太窝囊了，把女人惯得没个样子。不是我说，那娘儿们一看就不是啥正经货，走路三道弯，一日几打扮，脸上涂得就跟那唱大戏的一样。过去隔三岔五，总有些不三不四的男人上家里招骚她，晚上只要一出门，不到半夜三更不回来，夜夜都去外面赶什么五（舞）会六会的，那家伙，鞋跟子把个楼道敲得咚咚响，一楼人的瞌睡全让她吵没了。有一阵子，老谭老是在单位加夜班，八成是躲起来图耳根子清净。再后来，有了儿子（依我看不一定是谁的种呢），老谭倒好，屁颠儿屁颠儿守在家里带儿子，辅导功课，由着那女人三天两头不着家门。我劝过他几回，对媳妇就得像和面，得用擀面杖可劲儿地捶压，她才能服服帖帖的！这个老谭，好赖话听不进去，还说什么两口子得相互谦让，不能上纲上线的，屁！我看他是脑子有病。

遛狗的妇人跟我们说起来就没完，好像终于逮住了一次批倒批臭对方的绝好机会。你们想想看啊，好端端一个刚念初中的儿子，养那么大容易吗？要说，那孩子真是聪明懂事，见了生人都有礼貌，学习上从没让老谭费神，一考稳拿双百，我真是纳了闷了，你说这么好的一个儿子，咋偏偏摊上那么个不要脸的娘？老天不长眼啊，可我看这关键责任还在老谭身上，他当初要是肯听人劝，早点跟那女人断了，再好好找一个会过日子的，也不至于后来落得那个结局。终归一句话，你不能太由着女人的性子胡逞。你们知道老谭那时咋跟我说的？他说世上的夫妻都要相互包容，不然这日子一天也过不下去。哼，这哪儿是包容，根本是宽容过头，纵容！我们觉得这妇人的话虽然啰里啰唆，却不无道理。妇人临了还告诉我们，其实老谭是真疼老婆，那些年家里大大小小的活他全都包了，买米买面换煤气接送孩子，邻里们几乎很少看见那女人手里拎过一根葱或一瓶子醋，老谭可真是个模范……

回去的路上，我俩不禁又聊起了当年老谭结婚时的事情。说起来，老谭的婚事还是我们几个同学帮忙张罗的呢。那阵子大伙真是羡慕死老谭了，眼看着他率先脱离了单身群体，娶到了一个漂亮得让人惊艳的女人。记得那晚几个同学去闹洞房，老谭异乎寻常地腼腆起来，这一点大大出乎大伙的意料。他一改往日无所不晓的爱情专家的嘴脸，对于大伙提出的那些稀奇古怪的玩闹要求，比如让新人合啃一只悬挂在屋子中央的苹果，再比如把一只鸡蛋塞进女人的胸罩里，非让他从衣襟下面伸进手去摸了出来，等等，老谭简直忸怩得让人恼火，好像眼前的这个女人是只母老虎，碰一碰会要了他的命。倒是那女人一副看透一切来者不拒的表情，哪怕大伙提出更过分的要求，她都痛痛快快接受，还一个劲儿拿白眼球斜楞老谭，那感觉好像在说，你别娘儿们兮兮好不好，不就是让两个人搂一下亲个嘴嘛，这又有什么所谓呢？！

事实上，十多年前的那个夜晚就是如此。老谭的消极怠工和不予配合，最终惹得我们动了手，大伙就用巴掌一下一下抽他的后脖子，打得那里一片赤红，他嘴里呲呲乱叫，如挨酷刑。后来还强行给他架了"土飞机"，而他却死活不肯妥协。新娘子自始至终不为所动，表情慵懒地跷着二郎腿，坐在红艳艳的席梦思婚床上，只顾吧唧吧唧嗑着一把五香瓜子——这也许是个不好的苗头，我们都觉得这女人心硬，不管怎么说，眼睁睁看着自己的爱人被别人折腾，总该有点儿心疼吧，可她好像一点儿都不。老谭后来大概是不堪忍受那番嬉闹，竟趁机溜了出去，一道金光跑得没影了，害得我们几个黑灯瞎火夜猫子似的四处寻他。

现在看来，新婚之夜的仓皇逃离，实在是个不祥之兆。想想看，一个做丈夫的，怎能在这样重要的时刻，丢下自己的娇妻落荒而逃呢？或许，正是打他缺席的那一刻起，老谭在那女人心目中的形象便大打折扣了。我们可以稍稍设想一下，一个男人被自己的女人瞧不起，这种感觉一定糟透了吧。后来，我们几个大约是在凌晨两点左右撤退的，因为待在新房里实在无聊，老谭始终没有回来的迹象，唯独新娘子不停地打着哈欠，惺忪的睡眼里有种既厌烦又羞愤的味道，好像受了什么奇耻大辱。大伙离开时，她甚至连眼皮也懒得抬一下。也许真闹得有些过分了，但当时我们只图痛快了，谁也没有多想。

四

这年秋天的同学聚会，最终还是敲定在河湾水库举行。毕竟二十年是个大日子，大伙还是想在老地方重温一下昔日情谊，三四十号人浩浩荡荡结伴驱车从四面八方赶来，花花绿绿的帐篷搭起来了，男男女女的身影在树荫下不停晃动，打情骂俏的嬉闹声此起彼伏。尽管之前我们仨已经预热过一次，可一下子能见到这么多张熟悉的笑脸，还是激动得跟孩子一样嗷嗷乱叫，不分男女一律逮住动作夸张地拥抱一通。这次我自然是要带上妻子的，周枪也不例外，按理说这种聚会是不能携带家属的，但我们几个情况有点特殊，既是早年的同班同学，后来又做了夫妻。赵剑一个劲儿拿话戏谑，你们这种人智商普遍不高，做情种倒是再合适不过，所以老早就在学校里不思进取，整天忙着搞对象。我们不愤，说哪儿像有些人饿死鬼转世，成天就惦记着吃了，硬生生把自己喂成屁哥（pig）。赵剑自豪地拍拍他的肚子说，这叫宰相腹里能撑船。周枪不以为然地哼了一声，说有时草包的肚子也能。于是，众人都嘿嘿笑起来。就这样，经过一番热热闹闹的叙旧、拍照、野餐、猜拳行令，直到把好几个同学灌得酩酊大醉，扔进帐篷里昏睡不醒，大伙还意犹未尽呢。这时有人又提起了老谭，说这次聚会班上所有同学都通知到了，唯独缺了他一个，真叫人遗憾。话题突然就变得有些沉重，刚才的欢声笑语一下子销声匿迹了，在场的人几乎同一时间陷入沉默。这个老谭总是在我们不经意时冒了出来，让人心里咯噔一下。妻子大概不想再掺进有关老谭的话题，她悄悄地用指甲抠了一下我的手心，又递来一个眼神，说心里话，我也不愿意在这种时候去谈论老谭，于是便会意地跟她离开了。

我们在林中漫步的时候，竟然一路手拉着手，这种感觉似乎久违了，好像我俩并不是多年的夫妻，而是一对相识不久的恋人。妻子猛不丁问我，还记得当年你在水库边跟我说过的话吗？我有些茫然，女人总是喜欢问一些叫人摸不着头脑的问题，都二十年过去了，我哪能事事记得清楚。她低头不语慢慢走着，好像非要等我说点什么才肯罢休。我在她身后支吾道，一定是些难以启齿的海誓山盟吧。妻子立刻掐了一下我的手，讨厌！她口气中带着娇嗔，咱们去找找那棵树吧。什么？我再次疑惑地问她，什么树？妻子不再言声了，只顾拉着我的手往密林中走去。上回跟周枪他们来，同样是在这片林子里，我稀里糊涂背过那个妞，说实话当时确实动了恻隐之心。此刻跟妻子一同走进这个地方，心里多少有些异样，感觉妻子好像早已明察秋毫，专门带我来这里接受一次再教育的。现在，我不情不愿地跟着她，在这茂密的树林中走来走去，几乎每见到一棵粗壮些的大树，妻子都要停下脚步，然后围着树身转过来复转过去，把脖颈高高地仰起来，细细打量着什么，好像是，那些斑驳的树皮上镶嵌着一颗美丽的钻石等着她去发现。我不耐烦地说，咱们还是回去吧，这些破树有什么可瞧的。妻子突然冲我板起面孔，她一严肃，下颌那里的青血管就依稀可见了。哼，忘记过去就意味着背叛，难道你真的都忘了？！说完，她几乎气冲冲地丢下我，头也不回地往前去了。我觉得她今天多少有点儿神经质，或许，同学聚会的气氛让这个女人有些伤感，我只能耐着性子一路跟随。

　　这里林深草密，光线也变得十分暗淡，鸟的啁啾声时远时近，仿如谁在梦中窃窃呓语。倏忽，眼前又闪出多年前的一幅幅画面，那回我和她就是这样拉着手，钻进枝叶婆娑的树林里，当时妻子的两只眼睛闭上了，红红的嘴唇微微开启，我正是嗅到了那迷人少女的气息，就再也无法控制自己……一旦想到这些，我便忽然有些意乱情迷起来，内心深处有个奇怪的类似开关样的东西嘎巴一响，喉头猛地收紧，我艰难地咽下一口吐沫。喂，你等等我，别走那么快啊！我嘴里这样喊着，早已三步并作两步飞奔过去，从后面一把将妻子紧紧抱住了。她完全没有反应过来，甚至还被我吓了一跳，她张开口嘟囔着，大白天犯啥神经呢你……我已经准确无误地吻住了她的嘴，她奇怪地瞪着眼睛，在我怀里呢喃着挣扎了两下，随即，就被男人突如其来的拥吻湮没了……

说来真是奇妙，许多年以来我和她习惯了那种不咸不淡的夫妻生活，好像起早贪黑养育女儿才是唯一的要务，其余的似乎都可以忽略不计。尤其是对彼此的那种需求，熟视无睹又近乎麻木，更多的时候只是为了礼貌性地应付一下，偶尔在床上完事以后，彼此立刻背转过身匆匆睡去，没有浪漫的前奏，也没有柔情的后续，而像今天这样激情澎湃的纵情欢愉还是头一回。此刻我俩双双躺在一层潮湿松软的落叶上，那些斑斑点点的阳光正穿透树叶的鳞隙映在脸上身上，恰似调皮的孩子用碎镜片反射来的光，故意一抖一晃地眯人的眼，感觉煞是惬意。快看，快看，那是什么？妻子突然用手指着一棵树，压抑不住地叫唤起来，我眯着眼向上瞅了瞅，不就是棵普普通通的钻天杨吗，也值得你大惊小怪的。我话音未落，她已经迫不及待地从地上爬起来，径直走向眼前的那棵树。她激动地指着斑驳如鳞的树皮说，快看呀，这些字，天哪，还能认得出来，张戈，小敏，永，远，相，爱！她几乎一字一顿地念着，快乐得像个小姑娘。

随后，我也不无诧异地站起身去察看，那刻在树皮上的笔画，粗粝如刀痕一般，因年深月久不断生长乃至变形，感觉根本不是出自人手，而是像大自然的神工鬼斧。我简直不敢相信自己的眼睛，没错，真的是我和妻子的名字！我不禁恍惚起来，记忆有点儿断断续续，穿过时光的层层迷雾，往事如一条细丝被慢慢抽出并垂悬下来，我竟差点儿忘了当年的一个细节：那是在激情过后，妻子让我对天发誓，我说会永远永远爱她，她却任性地说空口无凭，非要我立个字据。于是，我便突发奇想，掏出身上的一把钥匙，在一棵碗口粗的杨树上深深刻下了这两行歪歪扭扭的字，没想到时隔那么多年，它们又鬼使神差般地出现在我俩眼前了，况且，还是在这种情形下，这不能不说是一种缘分吧。此时此刻，妻子就依偎在我身旁，她轻轻挽住我的胳膊，尽管是老夫老妻，但她的神情却洋溢着一股青春的懵懂和羞涩。这可是当年的誓言，你得牢牢记住，这辈子休想变卦！她嘴里煞有介事地说着，整个人已小鸟依人般变得轻盈而快活起来。接下来，她就掏出手机，仔仔细细拍下了这两行字，像是警察在犯罪现场拍摄有力证据。她还建议我俩卿卿我我地跟这棵树合了几张大头照，说是要发到同学圈里去，也秀秀恩爱。我觉得自己像极了一个蹩脚的模特，被她这个任性的摄影师一通摆弄，却又毫无怨言。

等我俩双双走回去的时候，大伙正三三两两围坐在一起，吹牛的海阔天空，打牌的吵吵嚷嚷，简直就是一群聒噪的老家雀落在空地上。周枪抬头没好气地瞥了我一眼，这半天跑哪儿去了，就等你俩一起去爬山呢。他是这次聚会的发起人之一。我还没来得及张口，赵剑便一针见血道，他俩一定没干好事，瞧小脸还红扑扑的，八成是重温旧情去了。妻子被他说得不好意思，脸蛋子越发地红得没了边际。这胖子嘴巴总是那么损。

我只好语带双关地说，爬山好啊，正好可以减减肥嘛。赵剑马上嘟着嘴皮说，要去你们去，我得眯一会儿。说着还打了个大大的哈欠。大伙便异口同声说，你那么胖，还敢睡？周枪更是阴阳怪气地哼了一声，这叫禀性难移。他说完，就把手里的扑克牌合拢啪嗒撂在报纸上，然后起身拍拍屁股，想爬山的同学都跟我走！果然，一呼百应，大多数人跟着周枪向山里进发了，只有极个别像赵剑这样的懒汉赖在帐篷里睡大觉。

　　这里山势虽然说不上陡峭，可由于环抱着巨大的水库，空气湿度自然就大，形成了潮湿多雨的小气候，树木植被可谓葳蕤丰茂，越往山里走，道旁的虬枝丫杈就越发长得疯野，斜刺横生，勾连缠绕，尤其是那种叫作野酸枣刺的矮乔木，个头不高，却张牙舞爪到处都是，一不小心，腿和胳膊就会被利刺扎一下，疼得人龇牙咧嘴。这样爬了半个来钟头，不少人就叫苦不迭，开始打退堂鼓了。我们这些人全在城里给窝懒了，出门汽车，进门电梯，要的就是一个舒服，多一步路都不想走，我们长将军肚，我们长脂肪肝，我们的血压嗖嗖往上蹿，可我们就是不长记性。想当年一群同学结伴爬山，个个生龙活虎的，唯恐落后叫别人笑话，而且，男生往往为了捞表现，会主动背起柔弱点儿的女生爬上一段，以显示自己的男子汉气魄，这种事我就干过不止一次，要不怎能轻易俘获姑娘的芳心呢。周枪正用他手里捡来的一截粗木棍左右开弓，奋力劈砍那些恼人的拦路虎，他说再坚持一下吧，翻过眼前这道梁，前面应该是古长城遗址，好像还有烽火台，不到长城非好汉嘛，咱们到那里还可以照照相，留个纪念。听他这么说，大伙才稍稍振作起来，又吭哧吭哧跟在他屁股后面继续挺进。

妻子跟几个女同学走走歇歇，倒是打得火热了，女人们在一起总爱嘀嘀咕咕的。我趁机撵上了前面的周枪，他正可劲儿地挥动手里的木棍，面前的那些灌木枝杈被打得七零八落，泛黄的叶片纷纷散落，他似乎跟这些植物有深仇大恨似的。我劝他悠着点，差不多咱们也该原路返回了。他不置可否，依旧很卖力地抡着棍子。他这人向来是这么拗的，认准的道会一路走下去。对了，你上次说的单位竞聘的事有没有下文？我可还等着去赴你的升官喜宴呢。我也是临时想起这档子事来。而他像是根本没听见似的，棍子在手里使得呼呼生风，妈的，该死，滚开。我依稀听见他嘴里这样嘟哝着，这么多年了他的性格我还是了解的，从来有什么心事他是不会主动跟老同学讲的，更多时候都是我来关心和打问，他的声气已经很明显摆在那儿了，难怪最近他总是闷闷不乐的，有事没事老跟赵剑瞎戗戗，看来一准是竞聘失利了。我自觉多嘴，可话头已跑到嘴边了，我又说眼下就这世道，什么竞聘，不过是走个形式，你别太当真了。他始终不接我的话茬，但我能感觉到他满腔的郁闷和愤愤难平。

于是，我接着说下去。我们单位也搞过类似的竞聘，正处副处的岗位老早就内定好了，不过是临时找几个陪标的，在众目睽睽下装装样子，感觉好像竞争很激烈，什么能者上庸者下，其实都是骗人的。我还想说点什么宽慰的话，突然听见他嗷地吼了一嗓子，声音大得惊人，他手里的那根棍子早飞了出去，他用右手死死攥着左手，整个人霎时被一种巨大的苦痛攫住了，他痉挛似的佝着腰，嘴里咝咝有声，脸色涨得茄紫。他还从来没这么狼狈过。我上前察看，估计他是不慎打到自己的手了，血水已经顺着指缝往下滴开了。我忙从裤兜里掏出几片纸巾准备给他擦擦血，哪知刚一碰到他的手，他猛地将我甩开了。你能不能离我远点，别碍手碍脚的好不好！他冲我嚷完，便猛地转过身去，大步流星顺着山路下去了。我彻底被他晾在半山腰上。怪自己多嘴，哪壶不开提哪壶，惹得周枪牛脾气上来了。也许，男人到了我们这个年纪，会把职位看得更当紧，想想看马上就奔五了，再不时来运转，再不努把力，恐怕黄花菜都要凉了。可我实在是太了解周枪了，性子执拗不说，眼里又进不得一粒沙子，跟自己的老同学尚且处不好关系，在单位也就可想而知，像竞聘这种事，他不被别人当枪使才怪。

离开周屠夫照吃无毛肉。我心里这样想着，就扭过头冲大伙说，老周同学临时有点内急，大概是刚才吃坏了肚子，现在由我来带领大伙完成未竟的事业。尽管同学们已经累得腰来腿不来的，可在我的再三忽悠下，还是咬着牙翻过了周枪说的那道山梁。原来，所谓的古长城，不过是一截黄土夯起来的矮墙，风化得圆咕隆咚的，更像一只塌了气的包子，没有一丝棱角，就那么前不着村后不着店地趴在杂草和乱树中间。不管怎么说，来都来了，总得留下点什么吧，于是，二三十人轮番以大土包为背景，手机相机噼噼啪啪闪了半天，还不过瘾，有人提出来大伙应该全都爬到那个土包子上，拍一张有纪念意义的集体合影，也算不虚此行。提议不错，得到一致响应，问题是这个土包远远看并不太起眼，可真的要打算爬上去却非易事，四周光秃秃的，连个蹬脚的地方也寻不到。

　　几个征服欲很强的男士已经跃跃欲试了，他们都像顽劣的小男生那样，七手八脚顺着土包的底座开始往上爬，显然那夯土年头太久了，禁不起这番折腾，脚下力气过猛，黄土渣子便稀里哗啦往下砸落，让人看着有些担心。女人们天生胆小，纷纷叫唤起来，劝他们算了吧，爬上去意义不大。可男人们根本听不进去，似乎逮住了一次绝好的免费的攀爬机会，又当着一群女生的面，权当一次户外拓展吧，非要试试身手不可。远远望着他们矫健的身影，我不禁暗想，也许大伙爬上去的第一件事，就是要在那浑圆的土包上刻下谁谁到此一游。没办法，我们的基因里一直潜藏着这种奇怪的东西，就像我当初在那棵杨树上刻字如出一辙，我们走到哪里，就把这种基因带到哪里。我之所以没敢轻举妄动，并非自己清高，主要是妻子在旁边一个劲儿拽着我的胳膊，否则我也会不甘示弱的。她低声在我耳边说，可别学他们犯傻，瞧着挺危险的，万一……我真是佩服她的预见性，她话音刚落，就见爬在最高处的那个男生突然身体往后歪斜，整个人失去了平衡，一声怪叫，就跟头骨碌地翻滚下去了。女人们顿时大呼小叫起来，我见势不妙急忙撒开妻子，朝那男生栽下去的地方冲去。

　　那个男同学的身体被折叠成 V 字形，屁股朝下死死卡在沿着土包壁面生长的几株胳膊粗细的酸枣树中间，衬衣裤子都刮开了花，血迹一道一道的，正疼得呜哇怪叫。我费了好大工夫，小心翼翼地拨开那些讨厌的酸枣刺，一步一步靠近了救援目标。这时，妻子跟另外几名女生也慢慢摸索着走来，她们有的说，天哪！怎么会这样，有的喊张戈你快用力拉他呀！我已经满头大汗了。喂，姑奶奶你们别光站在后面瞎起哄好不好，快来给我搭把手啊。那个家伙确实被卡得很厉害，几乎一动不能动，我让女人们从下面往上托举，自己从上面用力去拉拽，可每折腾一下，对方就疼得喊爹叫娘苦不堪言，我真怕这样下去他的老腰要玩完了。最后，还是妻子出的主意，她让我尽可能将卡住男生的那几棵树往外掰扯，直到我将其中一棵从腰部折断，伤员才获得了暂时的解脱。当我信心百倍地再次抓住另外一根树干，几乎用上吃奶的力气往下弯曲并奋力拉扯的时候，意外发生了，就听轰隆一声响，手里的这棵酸枣树连带着大块大块的土包一齐坍塌下来，霎时土烟弥漫，我的眼睛彻底被迷住了。还未等我揉开眼呢，就听见女人们又在旁边嚷了，不，她们是在叫，尖叫，好像天塌下来了，好像青天白日撞见上了鬼……

假如这天大伙没那么任性，假如爬上土包的男生没有掉下来，也许谁也不会发现那个惊人的秘密，至少发现秘密的人不该是我们这伙人。事后，我尽量不让自己去想那个场景，但越是这样克制自己，那一幕就越发变得惊心动魄。石破天惊，对，这个成语好像就是为了那一刻才长时间储存在脑海中的。事实上，当时我们都没有去多想什么，大脑都跟断了电似的，因为黄土包的侧壁被我连同酸枣树拽塌下一大块之后，我从女人们的惊叫声中听出了前所未有的恐怖和胆战心惊。给谁也一样，太不可思议了，黄土包被雨水常年冲刷，久而久之竟被从底座处楦出好大一个深坑，并且不断地向里蔓伸进去，这个自然形成的葫芦形洞坑，被一米多高的密密麻麻的芨芨草所深深掩藏，加上又有几株酸枣树遮挡，真的，任凭谁也不易觉察的。

洞坑四周确实长满了荒草和杂树，外面还有一层早就倾颓欲坍的土坯，那个暗黑的神秘洞穴就被掩埋在里面。它的外表呈现出一种极其雄浑的沧桑感，似乎曾在这里见证过无数的金戈铁马和人间悲欢离合。而我们则像一群跳梁小丑，简直吃饱了撑的，跑到这偏远的角落一展身手，非要挥霍体内多余的卡路里。我们的顽劣特质似乎与生俱来，但是谁也没有料到，等待大伙的竟是那么触目惊心的一幕。因为一旦外部的那层土坯被人破坏之后，里面的那个洞坑便一览无余了。在场的所有人都惊诧不已：一个像狗样蜷缩着的人形头朝里脚朝外倒在洞内，由于土坯坍塌时落下了厚厚的土尘，使得躺着的那位的头发相貌乃至衣着全被覆盖住了，乍一看上去，给人一种裹得严严实实的木乃伊的印象。后来直到大伙壮着胆子，在好奇心的驱动下，亦步亦趋靠近时，才模模糊糊辨认出，该是一个女人，没错，头发似乎很长，下身穿着裙子，腿上裹着黑色长筒袜，光着一只脚。也直到这时，一股恶臭如疯狂的蝇群一般扑鼻而来，大伙立刻捂住口鼻，有人发出作呕声，有人失声喊叫，是死人，天哪，快点儿报警啊！

以后的事情似乎变得复杂而又简单。说复杂是因为报警不久后，警车便呜啊呜啊赶来了，警察开始对在场的所有人进行问询和笔录，好端端的同学会搞得有些悲催；说简单其实也很简单，我们几个游手好闲的家伙无意中发现了一具腐烂的女尸，这确实给二十年的同学会增添了一抹诡谲的色彩。因此，原本在帐篷里过夜的打算，被胆小的女人们强烈要求取消了，人命关天，想想都叫人浑身发抖，哪还有什么心思继续逗留。于是，一场精心策划的聚会就这么草草结束了。

五

不久，老谭现身了，只不过是在我们当地的晚间新闻里。

那天晚上，妻子无意中看到了，顿时在客厅里大呼小叫起来，快来看快来看，老谭都上电视啦！我闻声慌忙从卫生间冲出来，裤子都没来得及提好。电视画面上那个近乎光头的男子，双手被锃亮的铐子牢牢拘住，正在两名干警的押解下指认犯罪现场。镜头随着男子的手指的方向，最终定格在那个大土包下。这个地方对我来说印象太深刻了，正是聚会那天被我笨手笨脚弄塌后裸露出来的神秘坑洞，唯一不同的是，那具尸体已经不复存在了，它的四周还围了一圈红红黄黄的警戒线，看上去肃然而又醒目。

电视镜头随即摇回到光头男子的脸上，顷刻间给了一个丑陋的大特写，也许他们故意要把嫌犯照得狰狞些的。那一刻，我觉得自己的嘴巴已经张到了极限，有种被撕扯的痛。我真不敢相信这就是老谭！由于是被强行押解着，画面上的男人表情很僵硬，嘴角挂着一副既要跟谁抵抗又不得不伏法的样子，充斥在眼神里的是一股罕见的释然和无所谓，唯独那几根伸不展的手指在神经质地抖动，完全不听使唤似的。他确凿就是我们在水库边见到的那个暮气沉沉的老谭，那个留着惊世骇俗的和尚头的老谭，只不过这一次，他身上不再是中规中矩的立领扣襻布衫，而是看守所里那种千篇一律灰唧唧不合体的囚服。画外音自然是主播铿锵有力的挞伐声，什么情节恶劣，什么手段凶残，什么供认不讳，什么罪有应得……最后还像是要结案呈词，电视上说据案犯交代，谭某之所以残忍地谋杀前妻，是因为每当他看到这个女人，就会想起自己的儿子，就会陷入失独后的那种无尽的悔恨和痛苦当中。

这条新闻短短数十秒，但在我却仿佛整整穿越了二十个春夏秋冬。我无论如何也不愿意相信，那个曾经读书最多总是侃侃而谈的"半夜谭"，竟会走到今天这步田地。我也忽然间意识到，自己更像是一个可耻的告密者和揭发者，或者，我们全班同学集体无意识地检举了这个可怜的男人。我们兴师动众地跑到水库边瞎折腾了一通，最终的目的好像就是为了协助警察破案，这未免太荒唐也过于残酷了。而最让人痛心的是，老谭在这里亲手埋藏了曾经的爱人，而我们埋藏的却是一去不返的青春岁月。于是，我匆匆躲进阳台，手指像刚才电视里的老谭那样抖颤着，几乎点不着一根烟了。我将头伸出窗外，夜色黑尽，灯火阑珊，我把浓浓的一口烟喷到黑暗中，烟气立刻被风吹回到脸上，感觉一阵呛涩，我赶紧闭上双眼。这时，妻子悄悄走过来，默默地把手搭在我的手背上，像在哄一个孩子似的轻轻抚摸着。好久好久，谁都没说一句话。我俩都不知道该说什么。

我们仨约好了，要一起去看看老谭。

哪知刚走到半路，周枪猛不丁把车停下，他痛苦地趴在方向盘上，沉默了一会儿说，要不还是你俩去吧。赵剑看了看我，不满地说，他要不去，那我也不去了。周枪闷闷地回了句，好像谁跟你穿连裆裤了。赵剑再次嘟哝道，只许州官放火，不许百姓点灯啊。周枪猛地火了，扭头伸过巴掌就想扇他。我急忙拦住，都什么时候了，你俩别这样好不好，要去都去，要不去谁也别去！他俩这才不那么任性了。之后，周枪的语气变得有些吞吞吐吐，他犹犹豫豫地说，有件事，我得告诉你们，其实，老谭在大学里，是暗恋过一个女生的。这个话题来得有些突兀，尤其是在这种时候。我和赵剑疑惑地互相对视，几乎同时问他那个女生是谁。周枪努力咽了口唾沫，表情说不上是痛苦还是尴尬，怎么说呢，你俩难道一点也没看出来？我们越发有些丈二和尚摸不着头脑了，别绕弯子了，快说，到底怎么一回事？就这样，在我俩的再三逼问下，周枪终于不再支支吾吾而是言归正传。

当年，老谭一直暗恋的女生竟然是周枪现在的妻子。那时他一直不敢表白心迹，就在毕业前夕全班同学去水库游玩那次，老谭才把自己心中的秘密悄悄告诉了周枪一个人，意思是想请周枪替他出面转达，为此老谭还点灯熬油写了一封激情四溢的长篇情书。可周枪做梦也没有想到，当他单独把班上那位女生约到林中时，对方却直言不讳地说其实她喜欢的人是周枪。这算是歪打正着吧，周枪说对于后来发生的一切，他一直心存歉意，直到老谭后来结婚成了家，他心里才稍稍宽慰了一点儿。这些年只要想起这件事，他的内心总会翻个个儿。也许，我们每个人心里都藏着一段不可告人的秘密，哪怕这东西有时让人痛苦得要死。我知道周枪身上确实有一股魅力，女生不可能不喜欢的，可问题是老谭也不至于那么胆怯和缩手缩脚吧。赵剑不以为然地说，我早就知道，他是个中看不中用的嘴把式，空头政治家而已，只要回忆一下咱们去他家闹新房的情景，你们就明白了。这次，周枪倒是一点儿也没有跟赵剑抬杠的意思，只是仰起头长叹一声，说当初老谭要是真的娶了我老婆，一定不是现在的结局，没准他会过得很幸福。而我总算弄明白了，那天晚上周枪为什么心急火燎地非要拉上我去找老谭，原来他并非心血来潮，可"幸福"这两个字又谈何容易。

也许周枪是对的，对于我们来说，后来短暂的探视过程的确十分痛苦，眼看着曾经的舍友和老大变成了阶下囚，心里都五味杂陈。周枪嗫嚅了半晌喃喃地说，老谭你要想开些啊；赵剑竖了一下大拇指，说二十年后老兄还是一条汉子，你也算是为民除害。我一直想跟老谭说句对不起的话，可临了也没说出口。我始终不知道该怎么说，一句对不起太轻也太滥了，或者还没想清楚，我们究竟该对老谭的事负怎样的责任。老谭又为什么偏偏选在水库那边作案，难道那里也是他跟前妻谈情说爱的老地方？我不得而知，也无从追问。倒是老谭在我们离开之际，终于淡淡地撂了一句话，你们恐怕还不知道，我和我前妻都是属蛇的。我们三个听了面面相觑，忽然又想起他那天讲过的"毒蛇之吻"，顿时每个人喉咙里就像是鲠着一根利刺，那滋味可真叫人难受。

有意思的是，河湾水库重新进入了公众的视野，还有那段所谓的古长城遗址，据说有关部门已经兴师动众地斥资修缮和开发了，好像还打算申遗什么的。反正，这事一点儿也不以谁的意志为转移，一桩杀人案的成功告破，最终引发了市民的旅游热潮。打那以后，几乎每逢节日或周末，驱车到此游玩的人便络绎不绝。不过，我们几个这辈子无论如何再也不想去那里了，什么同学聚会，什么青春记忆，通通都见鬼去吧。

父亲的婚事

一

　　若不是让小妹半夜三更打电话吵醒，父亲的那档子事他还一直蒙在鼓里。寡廉鲜耻！程仁脑子里闪电般蹦出四个字来。想到当事者毕竟是自己的老父亲，马上又觉得，这种思想苗头来得太过尖刻，甚至不无恶毒。但是，他又分明听出小妹的倾诉声里，还带着那种蒙羞后的难堪，震怒后的余火，以至于跟他这个长兄讲电话时，还有些怒不可遏的火药味道。

　　大哥，你说说看，老爷子咋变成这鬼样子了，亏他做出这号丢人现眼的事……我都替他感到害臊！

　　萦绕在程仁眼皮周围的蒙眬睡意，顿时让电话声震得无影无踪，他后背不无颓废地斜靠着床头，下意识地从床头柜上摸出一根香烟，又尽量侧过脑袋，手机夹在耳朵和肩膀头之间，火头一亮，第一缕烟气就从两只鼻孔喷了出去。迷幻的烟雾在黑色的空气中有些黏稠滞涩，跟现实纠缠不清的样子，半天也不愿意轻易散开似的，一味地笼罩在宽大的红木床头上方。唯见天花板的吸顶灯上的那几串水晶玻璃珠子，在烟头明灭间，闪射出一丝诡谲的亮光，隐约可见一个小小的人影，像个幽灵，不露一点儿声色。

这是他的老习惯，不管何时，只要从床上爬起来，头等大事就是先点一根烟熏上再说，离开了这个兴奋剂，他的大脑就会一片空白，无法运转，更不能集中精力去思考那些棘手的问题。习惯成自然，这世上几乎每个人都是依赖性动物。老婆被烟呛得咳嗽两声，猛地翻身坐起，头发葳葳蕤蕤披散着，活脱脱电影里诈尸女鬼的样态。让不让人睡觉？三更半夜接电话，还抽烟？你可真够烦人的！老婆满嘴嘟哝着，忽又怒气冲冲地下地奔向卫生间去了。他们住的主卧有个单独的卫生间，哗哗的一股细水声从隔壁传来，清晰入耳，接着就是马桶喷水的轰鸣声，带着一股女人的怨气，彻底打破了这午夜中的沉寂。电话那头，小妹程信还在不停唠叨，简直跟那个著名的祥林嫂一模一样，程仁却始终不置一词。大哥，你倒说话呀，咱们得连夜想出个法子，不能由着老爹这样瞎胡闹！好了好了好了，我知道了，你先睡吧，有啥话咱天亮再说，行不？天塌不下来！他可不想惹得老婆半夜里跟自己置气，就急匆匆挂了小妹的电话，想了想干脆连手机也关掉为妙。

可事情并不能都像手机那样随时挂断或关闭，相反，它就悬在半空，不明不暗，不阴不阳，不上不下，或者就像一把利刃，闪着银光，随时会掉下来，在自己的脸上或身上，砍出一道深深的血口，留下永久的疤和刻骨铭心的痛。很快，老婆就从卫生间踢踢踏踏回来了，程仁赶忙在烟灰缸里掐灭了烟头。烦死了，刚才谁的电话？老婆的身体气哼哼地埋进被子里。他轻描淡写地回了句，还能是谁，程信的呗。老婆倒是不再纠缠此事了，却很用力地往她那边拖了一把被子，像是要故意报复他一番似的。程仁的半拉身体立刻就裸露在外面了，他那汗毛浓密的大腿，活像一只古怪的道具，突兀地搁在被子外面，显得格外丑陋。房子换大了，床也变宽了，可被子似乎还是那么大点，两口子挤盖一床被子，就像爱情电影里的那些痴男怨女似的，想想实在是很荒唐的一件事，他早就想刷新旧弊，搬新家前就放话出来，说还是个人盖个人的被子来劲，谁都别影响谁，睡得舒坦些。可老婆却死拗死拗的，说什么你要造反吗，想换被子，干脆连我这个黄脸婆也一起换掉吧，要不咱就分床，各睡各的好了。女人总是这样：小题大做。男女结婚图什么呢，不就是图个天天睡在一起，一床被子盖着多贴心，收拾起来也方便啊，弄两床厚被子堆在那里，鼓鼓囊囊收拾起来不嫌烦啊！老婆总是常有理。这种时候他只能委曲求全了。

现在，程仁不得不把身子往中间靠拢，尽量去迁就老婆。他知道有时迁就女人，就等于迁就了婚姻，迁就了这个家。结婚有二十多个年头了，儿子眼看就要大学毕业了，他当然懂这个理，凡事都要认真计较起来，准得搞得鸡飞蛋打家破人散。

老婆本来背对着他，见他无声地靠拢过来，才把自己的身子柔柔软软地摆平了，她连着打了两个哈欠，一股女人的香酥气息，就在程仁的鼻息间游走起来。老婆的一只手曼妙地落在他的胸口上，稍作停留，指尖便若有若无地挠动起来，他的胸大肌微微地颤了几颤，老婆便热乎乎地侧过身子朝他黏来。老夫老妻了，对于彼此的需求都太熟稔了。这自然是老婆发出的信号，放在往常他准会兴奋起来，就势翻身，将对方压在下面，程式化地癫狂一番。可今夜，或者说此时此刻，程仁一点儿心思也没有，非但没有，甚至都厌恶起那种事了。

小妹的话几乎密不透风，灌满了他的脑壳和每一根神经。根据程信那通颇为露骨的描述，他能想象老爹在家都干了些什么。一个六十五六岁的老头子了，那方面还蛮有需求的，在外面找了女人不说，还明目张胆地往家里带，压根儿不把自己的儿女们放在眼里。看来，这回是要动真格的了，听程信说那女人还拖着个小油瓶子，这叫什么事啊？小妹今年也是奔四的年纪了，因为她家住的离老爹最近，又是小女儿，自从母亲病逝后，照料老人的任务就自然而然落在程信肩上。其实，老爹的身子骨还挺硬朗，平时小妹也就是隔三岔五过去看上一眼，顺带买点生活用品，再帮着拾掇一下屋子。等到节假日，大伙才会一起过去，给老人做顿好吃的，陪他说说话聊聊天。几个人事先讲好的，程信主要负责出力，他和程礼兄弟俩则每年都拿出点儿钱来交给小妹，权作是大伙一起孝敬老人的。今天已是腊月二十三，小年了，再没几天就是除夕，小妹当然得惦记着过年的事，想去问问老爹需要置办点儿年货，过两天她好一并去采买。没想到那个小寡妇和小油瓶子都在，瞧那意思，他们仨已经其乐融融地过上小日子了。房间好像收拾得一尘不染，最可气的是，阳台上居然晾晒着一套艳粉色的胸罩和内裤，一看就知道是新买回来，刚过了一水，连标牌都没来得及剪掉，这八成是老爹给那个小狐狸精买的呗。还有让人感到气愤的，本来程信是想等那女人走后要跟老爹好好谈谈，可老人竟然当着外人的面说，没啥事了，早点儿回去吧，这里用不着她操心。这无异于下了逐客令。小妹回到家后觉得实在窝火，躺在床上翻来覆去睡不着，越琢磨越觉得事态非常严重，后来终于忍不住爬起来给大哥打了电话。

像是要逃避老婆突如其来的温存，程仁也装模作样地上了一趟卫生间，顺手带了烟躲在里面一个人抽起来。尼古丁的气味迅速聚集在有限的空间里，他仿佛置身于不久前去北京出差所遭遇的那种无所不在的雾霾当中，整个人忽然失去了方向感和平衡度，思绪都变得漫漶而又滞涩了。母亲离开他们时的样子又浮现在眼前，那实在是不堪回首的，若不是今晚情况特殊，若不是事情赶着，程仁是不愿意再去想这些的。病入膏肓的母亲，早被大夫判了死刑，一次次可怕的放疗化疗，几乎把一女人彻底摧毁了，没有头发，没有眉毛，没有女人最起码的样子，皮肤苍白得像一层薄薄的窗户纸，浑身上下尽是干柴样骨头，剧烈的疼痛如影随形，每日就靠注射盐酸吗啡或杜冷丁来缓解。有那么半年光景，兄弟姊妹都不停奔走在医院和各自的家庭之间，忧愁、叹息、无奈和眼泪一刻不曾停止过，后来还是父亲做了个断然的决定，说别让你妈再受这号罪了，让她痛痛快快走吧。至今想起，那最后一幕还有些惊心动魄的罪恶感。大妹程智大学毕业后，一直留在外省工作，成家以后每年春节举家回来一趟，那次应该是程智在这个家里度过的最长的一段日子。程智一直都不赞成安乐死，她甚至为这事跟父亲拌过几次嘴，照程智的意见，应该立即带着母亲去外地寻求更好的医院和治疗，但父亲死活不依，说既然是绝症，何必让你妈那么遭罪，甚至还说，将来要是他也有那么一天，你们几个赶紧让我走，千万别花那冤枉钱。后来还是开了个临时家庭会议，就在住院部楼下，那个简陋的小凉亭里，还能怎样，他和弟弟程礼后来也都点了头，男人总是更理智一些。小妹其实也不忍心，只是一个劲儿哭，不表态。父亲说，那就算三比二，少数服从多数吧。大妹恨得咬牙切齿，不等父亲把话说完，就扭头跑回母亲的病房了。母亲走后连着几个春节，程智都不肯回家过年，只是在三十那晚，给程仁他们发发短信，或打个电话拜年……

　　讨不讨厌，进去老半天不出来，你便秘啊。老婆的抱怨声再度响起时，程仁才慌忙摁下冲水开关，水流声咆哮着，像个颓废的中年男人，被谁惹火了正在找地方发泄。他磨磨蹭蹭走到床边，老婆的身子居然移到他睡觉的位置上，显然，她还在等他，看来缓兵之计未能奏效。他犹豫着在床沿上坐下来，床垫像个娇气的女人吱扭了一声，他还没来得及脱掉拖鞋，老婆的手臂又藤条样缠绕到他的腰胯上，三十如狼四十如虎，到了他们这种年纪，事情好像都颠倒过来了，十年前总是他猴急猴急地一遍遍缠磨她，也不管她情绪好赖；十年后也许真的有些审美疲劳了，很多时候都是她先发出信号，而他更多是在支支吾吾或顺水推舟。今晚的情绪已经被严重破坏了，那个小寡妇，那套艳粉色的胸罩和内裤……一切都让他感到恶心，对，就是恶心，一不小心吞到了绿头苍蝇，只想找地方呕一通。他突然瓮声瓮气地说，你能往里挪点儿吗，让人咋睡？老婆显然愣了一下，随即用鼻子哼了一声，对他的装傻和冷淡给予鄙视，睡睡睡，就知道睡！随即猛地一翻身，几乎把整床被子都卷跑了……更年期的女人最是难以捉摸。

第二天上班的路上，刚一开机便嘀嘀地弹出一串未接来电，全都是小妹打的。程仁一边开车，一边皱着眉头回了电话。小妹的口气依旧火急火燎，怎么办，大哥你到底想出好点子没有？真是急死人了！又说，我刚给二哥去电话了，你猜这家伙咋说的，他说天要下雨娘要嫁人，还是顺其自然吧。这个没良心的，怕是早就忘了咱妈在世时多疼他了。这倒是事实，做母亲的总是疼爱自己的小儿子，加上程礼自幼就很乖巧，很讨母亲欢心，功课成绩也不大用人操心，母亲就紧着把家里的好吃的留给他。后来有了两个妹妹，母亲偏心依旧，常常惹得程智和程信都很有意见，总戏谑说，母亲重男轻女思想严重，她俩就像是路边捡来的。

程仁的脑子还蒙蒙的，夜里睡得太差，加上老婆跟他怄气，冷屁股对着他，还故意惩罚他不给被子盖，最后他只好灰溜溜钻进儿子的房间，迷糊了一觉，两个人竟然破天荒地闹起了分居。分开睡也好，省得为那点事拌嘴窝火。老婆起床后鼻子不是鼻子脸不是脸，连早餐都没给他准备，她自己只喝了一袋牛奶，就不辞而别了，唯独客厅的盼盼防盗门被甩得山响，这是老婆发出的一次严正的抗议。有什么好抗议的，不就是没有响应她一下吗，过去她不是也经常用这种方式对待他的吗？谁规定的，男人就不能偶尔合理地拒绝一次？可见，所谓的男女平等，不过是句口号，喊喊罢了，永远不可能平等。由此，他又想起身边那些已经离了婚的家伙，冠冕堂皇的理由都是什么感情不和啦，长时间分居啦，说到底还不就是为了那点儿摆不上桌面的破事。程仁倒是想跟老婆解释解释，可话到嘴边又艰难地吞咽回去，毕竟那是自己的老父亲，在老婆面前随便发议论，自己也觉得脸上无光。最近以来，他确实发现老婆越来越自我了，晚上他习惯于躺在沙发上看新闻看体育节目，而她总是低着头摆弄那只苹果手机，不外乎上微信、发留言、看视频，那种嘟嘟的提示音不绝于耳，间或，能听到她嘿嘿发笑像个痴人，让他觉得莫名其妙。不过有时，他又觉得这样挺好，省得有人跟他抢遥控器，跟他唠叨什么狗血剧情，智能手机让每个人都拥有一台便携式电脑，想看什么就看什么，想玩什么就玩什么，真是太自由了。

　　小妹最后不无狡黠地嘱咐他，反正眼看就过年了，要不这样，大哥你抽空也去老爹那边打上一头，假装关心一下嘛，顺便也好摸摸底啊。程仁觉得言之有理，不能单单凭着一套狗屁内衣，就给这件事情盖棺定论，那未免太草率了，万一情况不像小妹描述的那样，只是一场误会呢，到头来再惹得老头子动了怒伤了身，大伙谁也别想消消停停过这个年。小妹的性格他还是了解的，平时眼里揉不得一粒沙子，遇到一点鸡毛蒜皮的事，就爱瞎吵吵，嗓门比谁都大，啥事一到她嘴里，不免有些夸张的味道。至于程礼，在姊妹们心目中的地位本来就不太高，一方面过去母亲在的时候事事都偏向他，时间长了两个妹妹多少有点妒忌他；另一方面，程礼这个人严重惧内，媳妇的话就是圣旨，逢年过节大伙聚在一起，但凡屁大点事，他都要早请示晚汇报的，简直离开媳妇就没了主张。

在程仁看来，弟弟这种做派还不都是母亲当年惯出来的，从小衣来伸手饭来张口的，长大了对家庭其他成员漠不关心，有时甚至表现得相当自私。时隔多年，程仁依然记得，当初在医院讨论母亲病况的情景，父亲让程礼发表意见，他说什么还是听大伙的，大妹就不客气地问他，难道你不是家里的成员，难道你没有自己的思想？小妹也说你是儿子当然得拿个主意。他半天支支吾吾才冒出一句，我媳妇的意思是，别让妈太煎熬了。这话一出口，大妹首先就气愤难平地说，笑话，妈是你自己的妈，跟你媳妇有啥关系，她说这话是怕到时候让你们掏腰包吧。兄妹俩为此大吵了一架，一个脸红，一个脖子粗的，那天若不是在医院里，说不准真就动了手。

二

年味渐近渐浓。街道和生活区里时不时传来噼噼啪啪的一串爆竹声，间或，还有那种暴躁如雷的二踢脚，呼啸着直蹿到半空中，骤然炸裂，空气里的火药味裹挟着一股兵荒马乱的气息，非要打破现有的那些稳定秩序不可。发明爆竹的家伙八成有点儿心理阴暗，很擅长恶作剧，或者纯粹是吃饱了撑的，偏搞出这么个鬼名堂来吓唬人。从昨晚到现在，心里一直装着事，程仁下班后就没有回家，而是直接开车奔父亲这边来了。正好，单位工会发了一盒带鱼，一桶色拉油，外加一塑料罐正林瓜子，他都让门卫师傅帮忙扔进了车的后备厢里。想着瓜子留给老婆享用，女人总是喜欢坐在沙发上，用它们噼里啪啦打发时间，这样也省去了她没事找事地跟他瞎叨叨；至于带鱼和色拉油，干脆都提溜到父亲家里，正好算是个由头。每年三十傍晚，大家都要聚在父亲家里吃团圆饭的，这样也省得小妹再去采购这些了。

父亲住的这个地方年头不短了，那还是二十多年前单位分配的，六十来平方米的老式福利房，如今小区四周早被拔地而起的酒店和写字楼团团包围了，巨大的楼影如乌云一般很险恶地投射下来，走进这里路人不由得心里直发寒气。家属楼的外墙皮脱落得不成体统，远远看去，竟活像一条奄奄一息的老癞皮狗；仅有的一小片空地上，几乎见不到一丝阳光，腊月里飘过的两场大雪堆积如故，一条被人见天踩踏过的甬道，显得脏兮兮的；背阴处被谁随便泼了脏水，冻成很厚很硬的冰盖子，几摊狗屎或小孩粪便很扎眼地冻结在上面，仔细瞧，还有人丢弃的避孕套和带血的卫生巾，真是叫人恶心得想吐。

程仁始终眉头紧蹙，两只手里拎着年货，像杂技演员那样，踮着脚尖，左拧右闪，半天总算是屏住气息突出了重围，然后一头冲进眼前的楼门洞里。当初母亲就是从这里，被儿女们七手八脚抬出去的，直到她生命的最后一刻，再也没能回来。一晃几年过去了，作为长子，他除了每年清明节开车载着弟妹们，去山边的公墓给母亲上上坟烧烧纸钱，似乎再也没有为母亲做过什么。至于那个被母亲撇在世上的孤零零的老头子，有时几乎快被做儿子的给淡忘了，一如眼前这栋破败不堪的老楼，被遗弃了一样，如果今天不来，他简直快记不起它龌龊的样子了。究其原因，不外乎是忙孩子忙工作忙家庭忙事业，可忙来忙去又能怎样呢，自己不过是个庸庸碌碌的常人，既没生出三头六臂，更不可能叱咤风云，不过饱食终日，得过且过，无所用心，说来真是惭愧啊，到头来竟连老父亲什么时候有了新欢也全不知晓。

给程仁开门的不是老人，而是一个四五岁光景的陌生男孩，小脸蛋肉嘟嘟的，耳朵稍有点儿招风，但眉眼鼻子还算周正，清澈懵懂的眼神里，透着一股小孩子特有的好奇和稚气。门刚拉开一道窄缝，这张小脸蛋就鲜活地探伸出来，嫩生生地问了句，叔叔，你找谁呀？因为小妹已经提前给他打过预防针了，所以程仁倒也不觉得特别惊讶，他的目光只跟孩子稍一碰触，便径直越过小家伙头顶，朝屋内探寻而去，从他这个方向可以看见，厨房里有人影在袅袅的热气中晃动。他随手将两件年货放在紧靠鞋柜前的地板上。

小男孩的兴趣立刻被地上的东西所吸引，他先拿小手提了提色拉油的红色手环，油桶纹丝不动；孩子有些失望地嘟囔了一句什么，又撒尿似的蹲下身子，抻长脖子，去仔细研究那只扁而长的纸盒了。盒面上印着银灰色的带鱼，鱼的眼睛又黑又亮，孩子似乎看懂了，突然激动地叫了起来，哦，鱼鱼，鱼鱼！随即，小家伙便一溜烟地跑进北面正在轰轰作响的厨房里去了，同时小嘴不停嚷叫着，妈妈，妈妈，是鱼鱼，你快来看鱼鱼呀。

直到此时，一个腰间扎着花布围裙、头上套着一只普通蓝色塑料袋的女人才从厨房走出来，她手里掭着个油乎乎的锅铲，显然是在里面做饭。她倒是生得眉清目秀，嘴唇涂过粉红色的唇膏，两弯眉毛也是精心画过的，身材不胖不瘦，仅从面相看，也就三十五六岁的样子。女人也盯着程仁上下打量着，但很快她的脸上就浮出一层自带熟的笑意，显然没有把他当陌生人看待，而是对他不无熟悉的样子，嘴里一连声说，你是程家的老大吧，跟照片上一模一样，刚刚不好意思，油烟机太吵了，我没听到敲门声。然后，她又很客气地让他，你快坐吧快坐吧，我锅里还炒着菜呢。说罢，就急忙转身回厨房忙去了。

程仁愣了一愣，心想，看来小妹所言还真是一点不假，这女人俨然一副女主人的姿态嘛，这让他心里很有些不自在起来。他没有立刻在沙发上坐下来，而是倒背着双手，心情复杂地从客厅走到南面的卧室，又从这里走进北面的次卧，然后像是被什么东西牵引着径直去了阳台。这时，他才留意到，家里包括阳台在内的窗户，都被擦得透亮透亮的，所有的家具床铺也都收拾得整整齐齐。阳台的衣架上倒是晾着几件外衣，能看出来，多数是父亲的，也有一两件女人的，当然还有那个孩子的小衣裤。不过，小妹电话里所说的崭新的女人内衣，他始终没有看见。八成是小妹敏感的目光引起了女人的警惕吧，或者，人家早已经穿在身上了也说不定。这样想时，他眼前兀自闪现出那个女人只穿着艳粉色贴身内衣的婀娜模样，心里竟有股不可抑制的纯属于男人的幽暗漾动，他忙掩饰什么似的干咳了两声。

男孩像只乖戾的小哈巴狗，猛不丁就蹿到他脚边来了。此刻正抬起毛茸茸的小脑壳，很吃力地盯着他望。很久没有被这么点儿小孩盯视了，自从儿子读了大学以后，程仁觉得身边一下子清静了，孩子的成长过程太快了，几乎一眨眼那只小鸟就羽翼丰满了，学会单飞了，再不需要两只老鸟的庇护了。眼下，这个小孩子让他多少有些想多看几眼的冲动，甚至想跟他说说话。于是，他蹲下了身子，这样一来，孩子就不用总抬着眼皮费劲地瞧着他了。

喂，几岁啦？程仁拿那只被烟熏得焦黄的手指勾了勾对方的小鼻子。

我，我，我妈妈说，我过了年就，就五岁了。孩子鼓着小红嘴，一本正经地回答。

他嘿嘿地笑了，觉得真逗，小孩子说起话来总让人忍俊不禁。

叔叔怎么只看见你妈妈，那你爸爸呢？

这个问题看似漫不经心，实际上是他此刻最关心的。孩子却有些犹豫起来，像是识破了对方的奸计，一只小手慢慢地爬上脑壳，轻轻挠个不停，同时，斜着身子转动小眼珠，好像这个问题太大又太难，又或者是要等大人授命才能回答。

怎么，你连爸爸在哪儿都不知道？

他死死盯着孩子的眼睛，好清澈透明的眼珠，简直像水晶制成的，黑白分明，干干净净，一尘不染。

妈妈说，妈妈说……孩子有些胆怯地连连往后缩退着小身子，活像只小鸡遇见了居心叵测的老鹰，但似乎又无法避开对方追询的目光，妈妈说，要是有人问起爸爸，我就说爸爸他……

亮亮！

没等孩子把话说完，那个女人猛不丁冲过来，一把抓起孩子的小手，嘴里说，亮亮就知道缠人，快去卫生间洗洗手，准备吃饭了。

说这话的工夫，女人像是很不经意地瞥了他一眼，眼神多少有些愠怒。他还注意到，对方头上的蓝塑料袋没了，头发是悉心绾了髻的，用一只漂亮的琥珀色的发簪束着，看着不失雅致。很快，女人又微笑着说，这孩子有点儿人来疯，对了，你怕是也没吃呢，待会儿老程回来，你们爷儿俩干脆一起吃吧。

老程？程仁心里顿时泛起一股被人冒犯的不悦滋味。这个不足四十岁的女人，居然管自己年迈的父亲直呼老程，也太没大没小了，真是岂有此理！她到底凭什么？又一想，幸亏自己按照小妹的意思过来了，否则的话，接下来的这个年，真不知该怎么过呢，到吃年夜饭时，猛不丁冒出这么一个奇奇怪怪的女人，大伙该叫她什么，阿姨，还是小妈？这实在太荒谬了！

女人倒是压根儿没有注意到他此刻的情绪波动，接着说，老程他呀，每天雷打不动，不到钟点是不会下班的！程仁完全听蒙了，下班？什么意思？他可从没听小妹说起过，父亲在哪里兼职上班。女人这次倒是猜出了他的疑惑，忙堆起笑脸，用几根雪白的手指做了一个搓摸的动作，嘴里说，你爸每天上午，都在街边的老年人棋牌室搓麻将，跟上下班一样准时，不到饭口不回家。他迟疑地哦了一声，眼睛却盯着女人涂了红色指甲油的手指，那手很白，也很细腻，不像是长期操持家务的样子，右手的中指和无名指上，都戴着黄灿灿的戒指，看那成色应该是24K纯金的；随即，他又注意到耳坠同样也是，灿然鲜亮，勾勒出成熟女人特有的风韵。她整个人简直被这些行头装饰得比新娘子也不差，哼，兴许这些玩意儿都是父亲拿退休金买给她的吧？他又禁不住胡思乱想了，父亲每月的退休金少说也有两三千块，给女人买买衣服化妆品和首饰，还是绰绰有余的。一想到父亲的退休金，竟都花在这个女人身上，他简直嫉妒得够呛，虽说他并不指望花父亲的钱，可也不忍心这些钱都打了水漂。

卫生间的水流声哗哗响着，女人想起什么似的，突然丢下他，快步循着水声跑去了。很快，程仁就听见女人提高了八度的尖嗓门，亮亮，你又玩水，怎么那么不听话，弄得满地是水，都能养鱼了，看妈妈不揍你！随即，就听到啪啪两声，一准是巴掌打在屁股蛋上了，孩子呜哇一声号啕起来，这声音来得异常刺耳。程仁很久没有领教过小孩子那种歇斯底里的哭闹声了。他忽然觉得，这个女人也许并不像表面看上去那般和颜悦色，相反，某些时候她会很凶的。

果不其然，墙上的石英钟当当地指向十二点的时候，父亲准时准点用钥匙打开房门进来了。这时程仁正跷着二郎腿，心事重重地坐在沙发上，若有所思地吸着烟，女人刚才给他倒了热茶，不过他连碰都没碰茶几上的杯子。父亲似乎一点儿也不感到吃惊，只是淡淡地瞅了他一眼，就径自低下头去鞋柜里找拖鞋。色拉油正好挡住了半拉柜门，父亲动手往开移油桶时才问了句，是从班上直接过来的？又说，我不爱吃这种油，寡得很，没啥味道，待会儿还是拎回去，你们留着自个儿吃吧。

程仁没接父亲的话茬，而是把最后一口烟一丝不落全部吸完，才用力在烟灰缸里捻了捻烟头。他又听见父亲咕哝道，你呀，就不能把那个烟少抽上点儿，对自己身体没啥好处！他这才掩饰似的开口说话，再有几天就过年了，我顺路来看看，你这里还需要啥，到时候也好去买。话一出口，连自己都觉得虚伪古怪，似乎是，完全按照小妹给他事先设定好的路数在笨拙地出牌。也没啥需要的，今年三十，你们几个过来吃现成的，我们能对付得了。往年，父亲可从没说过这样的话，今年似乎底气十足，而且，父亲还用了"我们"，显然是指他跟那个女人。程仁一下子竟没了措辞，父亲太过直言不讳了，看来小妹说得一点不错，他们在这里正儿八经过上幸福的小日子了，已无须儿女插手。

父亲刚换好拖鞋，先前哭过鼻子的小家伙，便虎虎实实地蹦到他跟前，跳着脚问，给我买好吃的了没有？父亲闻声立刻跟换了个人似的，精气神都大不一样了，仿佛年轻了二十岁，他笑逐颜开地弯下腰去，一把将孩子抱在自己怀里，同时腾出一只手，从裤兜里摸索出一只包装花哨的棒棒糖，举在孩子眼前轻轻晃动着。亮亮，喜不喜欢这个？快拿小嘴嘴亲亲我这里，不然就给妈妈吃了。孩子几乎毫无保留地，把那小红嘴以及肉脸蛋都贴在父亲脸上了，那个亲昵劲儿让人牙根都要冒酸水了。老人哟哟地叫唤着，很受用地一个劲儿拿下巴颏上的灰白色的胡楂，蹭那张肉嘟嘟的小脸，边蹭边亲，笑声哈哈不断，完全沉醉于天伦之乐中了。孩子趁机拿到了自己喜欢的糖果，迫不及待地用小手撕扯上面的塑料包装纸。父亲旁若无人地抱着孩子，向卧室走去。

整个过程程仁都看在眼里，父亲对待小家伙的架势，如同自己亲生的，他脑子里不由得又瞎琢磨开了：父亲到底在给这孩子扮演一个什么样的角色，爷爷？伯伯？抑或是爸爸？这样一想，越发让他感到浑身都不自在，一个儿子的尊严前所未有地受到了亵渎和侵犯，假如真是那样，那未免太荒唐了，他们兄妹四个又算什么呢，难道让这小不点管他们叫哥哥姐姐不成，真是乱了套了！想到这里，他简直气不打一处来，便愤愤地起身大步走进父亲的卧室。

爸，这个孩子到底是……问这话时程仁又多少有些犹豫了，照他的脾气应该直截了当，比如父亲跟这娘儿俩到底是什么关系，可一时又不想问得那么露骨了，毕竟面对的是上了年纪的老父亲，万一哪句话戗着终归不妥，可不问问清楚，又实在是憋得人难受。小家伙旁若无人地坐在床沿边，两只小脚不无得意地晃动着，小嘴有滋有味地吮吸糖果，腮帮子一鼓一鼓的，甜蜜的滋味让人羡慕，他可完全不在乎大人们说些什么。父亲窸窸窣窣脱掉了外套，里面是一件手工编织的烟灰色毛衣，针脚很细密，图样也很新潮，使整个人看上去精神焕发。

你是问亮亮吧，他是那个小苏的儿子。对了，我还没来得及跟你细说，小苏男人出车祸没了，孤儿寡母过日子不容易，她一直在咱们这里做着钟点工，就是上门做饭洗衣服那种。说起来，小苏还是居委会介绍给我的，说她人可好了。你看，每天三顿三晌给我做饭吃不说，屋子也是她拾掇的，这女人手脚勤快得很，闲不住，待会儿你正好留下来，尝尝她的手艺，保准你也爱吃。父亲一股脑地说着，几乎没有半点卡壳，像是练过好多遍的台词，一切似乎都合情合理，程仁实在寻不出什么破绽。

程仁始终在悄悄地察言观色。这中间，他又一次看了看眼前那几扇明亮的玻璃窗，不用问一定是那个叫小苏的女人的功劳。也许，小妹真的有些敏感过头了，不就是父亲从外面请来的钟点工或月嫂之类吗，作为儿子，他倒是举双手赞成的，老人家确实应该雇个人，照顾一下自己的生活和起居。心里这样想着，脑子里那根神经已不再如先前那样紧绷着了，继而，换了另外一种和缓的口气，甚至笑着对父亲说，爸，这事你做得对，我们几个都不常在身边，小妹家里还有个婆婆要照顾，你这边是得有个像样的人给操持操持。

父亲听到程仁这么说，也就会意地点了点头。爷儿俩拉话的工夫，客厅那边传来女人热情洋溢的招呼声，老程，你们快过来吃吧，我都弄好了。

这次，程仁倒是没有再去挑那女人的理。

三

一接到大妹的电话，程仁便开车往机场赶，航班延误得一塌糊涂，他在候机厅几乎迷糊了一觉，那娘儿俩才拖着箱子拎着包，从国内到达口昏昏沉沉挤出来，这年头回家过年还真是有种逃荒的味道。大妹依旧留着短发，永远都是一副假小子样，不过看上去还是挺干练的；女儿娇娇的个头蹿得快撵上她妈妈了，面颊和眉眼多少透着一股程智少女时代的味道。但娇娇的性格一点儿也不像她妈妈，有点儿害羞，含蓄，嗓门小得跟病猫似的，她大概招手问了声大舅好，程仁压根儿什么也没听到。

程智倒是直言不讳，说大哥你看到了，娇娇这孩子一点儿也不随我，说起话像蚊子嗡嗡。程仁说，女孩子家嘛，总是温柔点儿好。程智马上敏感地反问道，那大哥的意思是嫌我不够温柔？这种时候，当大哥的只能打哈哈了，难得大妹心情不错，能主动带着孩子，不远千里地飞回来，跟大伙一起过年，仅凭这一点，他就得高挑大拇指了。于是，他忙转移话题，说她事先也不通报一下，怎么搞突然袭击。这时，娇娇总算伸过脑袋再次出声了：我妈她就是想给你们一个惊喜呀！程仁轻摸了一下娇娇的额头说，呵呵，这个惊喜好啊，姥爷要是知道咱们娇娇也回来了，不定多高兴呢……

他的话刚出口，程智就把话插了进来，口气却是淡淡的。对了，她姥爷人还好吧？程仁依稀觉得大妹似乎话中有话，便想到几天前的事，说不定小妹嘴快，早已跟她通过电话了，不然依照程智的性子，怎么可能突然跑回来，要知此前的几个春节，她可都是缺席的，理由不外乎是，娇娇假期要参加课外补习班，或者，孩子感冒很严重还在打吊瓶，再不就是，她和丈夫节日需要值班，诸如此类。可转念又想，做女儿的回家探望老人，还需要什么理由吗？她不回来情有可原，她能回来也是本分，自己可别再节外生枝。他思忖着说，老爹他呀，能吃能睡也能玩，放心吧。程智坐在副驾驶位上，她把目光瞥向他，有种不无质疑的味道，好像在问，真像你说的那样，还是别有隐情？好在，她还没来得及再询问什么，娇娇又好奇地从后排探过头说，姥爷真的也爱玩？那他都玩些什么呀？程仁回头看了娇娇一眼，笑道，还能玩什么，当然是搓麻喽。娇娇听后嘟了嘟嘴，连着打了两个哈欠，半天不说话了。大妹显然有些亢奋，回来的路上嘴巴几乎没停过，不是问这就是问那，程仁觉得自己活像个新闻发言人。

安顿这母女俩睡下，早已过了凌晨一点，人还有点儿兴奋，一时半会儿睡不着。这时老婆忽然提起儿子的事，说晚上儿子来过电话了，下学期就要参加毕业实习，所以，这个寒假他想在外地跟同学一起过。程仁听了就有些不高兴，这小子，不是说好了晚几天回来吗，怎么突然又变卦了，难得娇娇跟她妈回来一趟，可真不懂事。老婆却不以为然地说，这事怨不得儿子，她们不也是突然决定来的？再说不就是过个年吗，没几天的事，少咱儿子一个，也没什么大不了的。程仁觉得老婆就是太纵容儿子了，早知道这样，元月份一放假，就该让儿子赶紧买票回来。现在木已成舟，说什么也晚了。两口子难免又为此事口角了几句，搞得彼此心情很不爽，后来谁也不想搭理谁，就背靠背赌气睡了。

早晨大妹一起床，便不顾旅途劳顿，提出要带娇娇去看姥爷。程仁听了，心中的一块石头总算落了地，他生怕大妹还记恨当年的事，不肯好好去见老爷子呢。可他因为单位例会脱不开身，说只能把她俩送过去，到时候他就不进去了。其实，他也是有意要避开这场时隔多年的父女会面，好给他们点儿单独的时间，彼此好说说话。程智笑着说，你可别把我当外人了，其实用不着你送的，我闭上眼睛也找得到老爹家的门。但程仁还是坚持把这娘儿俩拉上了车。路上，他觉得很有必要再啰唆两句。大妹，老爷子的性格你是知道的，这几年你都没回来过，说不准他心里还堵着什么疙瘩呢，到时候要是嘟囔你两句什么，你就左耳朵进右耳朵出，千万别跟他拗着劲，毕竟大过年的嘛。程智听他这么说，只好吐了吐舌头，放心吧，大哥，我又不是三岁小孩。娇娇听大舅这么一说，还真有点儿紧张，问万一姥爷挑了理，该怎么办。程仁忙安慰道，放心，不会的，姥爷只要见了咱娇娇，高兴还来不及呢，还生哪门子气。等她俩下车的时候，程仁忽然想起两天前在父亲那里见过的女人，又简单地跟程智交了个底。大妹听后，半开玩笑似的跟他说，除了女钟点工，还有别的猫腻吗？他嘿嘿一笑说，你这张嘴啊，还是这么不饶人！程智便撇着嘴道，这就叫江山易改，本性难移嘛。

　　这天后来发生的一幕，程仁压根儿没有料到，还是娇娇在电话里原原本本向他学说的。原来，大妹刚一下车，就给小妹拨通了电话，两个人约好去老爹家见面。事实上，从程信家到父亲那边步行也就二三十分钟，知道姐姐突然回来了，小妹激动得什么似的，急忙打的赶了过来。姐妹俩好久没见面了，当街抱在一处，又是笑又是哭的，惹得娇娇都差点儿流泪了。小妹一个劲儿拿手掌拍打着程智说，姐，你真没良心，待在大城市里，把我们都忘光了吧。大妹则红着眼圈说，忘了谁，也忘不了你这个死丫头。娇娇打圆场说，我妈平时最惦记的就是小姨。小妹这才把娇娇搂在怀里，说好孩子都长这么高了，快让小姨稀罕稀罕。随后，她们娘儿仨才兴高采烈地往老爹家走去。

小妹身上常年都揣着这边的家门钥匙，进屋自然是不用再敲门的，再说这天早晨她们去得确实很早，又想着要给老人一个天大的惊喜。所以，就用那把钥匙轻轻打开了房门，三个人提溜着大妹从外地带回来的礼物，径直走进屋去。小妹大嗓门惯了的，进门就嚷嚷起来，爸，爸，你快出来瞧瞧，看谁回来了！可是，她连着叫了几嗓子，始终没见老爹的人影，却忽然听见卧室里传来一个女人含混的声音，你爸他下楼买早点去了。大妹简直吃了一惊，当即愣在客厅里，像是大白天撞到了女鬼。小妹二话不说，上前一脚，便踹开了卧室门，气冲冲地闯了进去。

那个叫小苏的女人，显然刚被她们吵醒，正迷迷糊糊从床上爬起来，手忙脚乱地往身上套羊毛衫呢。那个小不点儿，就躺在妈妈身旁，还在睡梦中呢。小妹见状，早已火冒三丈高了，如果说上一次仅仅是在阳台发现了女人内衣什么的，这回她可算是真正抓到了现行，证据确凿。

喂，谁让你睡在这里？起来，快给我起来！小妹气急败坏地冲上去，一把就扯开了女人身上的被子，一双白皙的大腿就毫无遮掩地裸露出来，在晨曦中闪着刺眼的白光。我就知道你不是个好东西，没想到你脸皮这么厚，赖在这里了！

　　起初，那个叫小苏的女人确实有些战战兢兢，可事情发展到这一步，尤其是小妹完全撕破了脸，不管不顾地跟她叫嚷起来，她反倒让自己镇定下来，甚至不再慌乱什么了，而是慢条斯理地往腿上套着裤子，嘴里不紧不慢地解释着。事到如今，我也不想隐瞒啥了，你也都看到了，我和老程确实好了一阵子了……这话一出口，小妹的肺管都要气炸了，她忽然失去理智像犯了歇斯底里症。狐狸精，不要脸，真不要脸……她一面恶狠狠地谩骂着，一面顺手抄起床头柜上的一只搪瓷茶杯，用力砸在地板上，水花溅起老高，墙壁都湿了一大片。睡熟中的小男孩被惊醒了，一头钻进妈妈怀里，呜里哇啦哭个不休，身体哆嗦得像只受了惊的小兔子。小苏赶紧抱过自己的孩子，一边宝贝宝贝地哄着，一边愤愤地说，有啥话最好找你爸说去，犯不着冲我们孤儿寡母使性子发火，但凡老程发句话，我们立马卷铺盖走人，一刻也不多留……说着，她竟也失声号啕起来，仿佛受了天大的委屈。

　　这种时候，大妹当然什么都看明白了，不过，她始终没有像小妹那样闯进去大吵大闹；娇娇长了这么大，还是头一次经历这种糗事，而且，是在多年没有回来过的姥爷家里，本来满心期待亲人重逢的美好一刻，现在心情简直郁闷到了极点。换句话说，眼前这戏剧性的一幕，完全让这对归乡省亲的母女感到震惊了。大妹在公司做白领多年，头脑当然比小妹清醒得多，她知道这样无休止的吵闹，根本无济于事，也许还会适得其反，毕竟父亲不在现场，而且男女问题向来又是一个巴掌拍不响的。所以，关键时刻，她还是把小妹从卧室里生拉硬拽了出来，妹妹你冷静点儿好不好，有啥话咱等老爷子回来再说也不迟。小妹后来离开时，恨恨地撂下一句，我真想不通，老爹他咋就能堕落成这样子，把我们兄弟姊妹都当成傻子了！接下来，姐儿俩几乎怒气冲冲地跑下楼去，那阵子也就八点半光景，外面冷飕飕的，西北风卷起的纸屑和雪末子胡乱飞舞，她们宁愿在外面受冻，也不想再踏进那个房间半步。

娇娇在外面冻得鼻青脸肿，两只脚不停地在原地跺来跺去，妈妈和小姨都在一旁呼呼地生闷气，谁也不肯理睬她。好在没站多久，娇娇就看见了姥爷摇摇晃晃朝楼洞方向走来，他两只手里都拎着食品袋，里面装着两盒豆浆，还有油条和鸡蛋摊饼。姥爷走过来的时候，明显愣了一下，以为自己眼花了，先抬起手背揉揉眼睛，见真是自己的女儿和外孙女，一时喜出望外，脸上跟开了花似的，笑眯眯地朝她们快步迎上来。可是，没等老人开口说话，小女儿早就劈头盖脸冲他嚷闹起来，好啊，你现在扯起谎来，眼皮都不眨一下，那天你跟我咋说的，后来你跟我大哥又是咋说的？！还说什么一个钟点工做饭的，我看你倒是成了人家娘儿俩的保姆了！啧啧，你也老老几十岁的人了，让儿孙们说你点儿啥好呢……

娇娇事后在电话里对程仁说，大舅，你是不知道，那一刻真是要多尴尬有多尴尬啊，小姨几乎指着我姥爷的鼻子，就跟我们学校教导主任，修理最淘气的学生一样不留情面，而妈妈呢，尽量把脸撇向一边，一副事不关己高高挂起的样子，或者，她压根儿就不打算过去认姥爷似的。娇娇很有些愤愤不平，她说姥爷当时的模样真的挺悲催的，愣在那里像只木偶。透过娇娇的电话讲述，程仁完全能够想象当时的情形，小妹倒是先放在其次，大妹毕竟远道归来，偏偏遇上这种糟心事，她的心情可想而知。至于老爹，也真是自作自受，就算有了这种事，也不该掖着藏着吧，纸里能包住火吗？早早跟儿女们沟通一下，也不至于搞得如此被动。他倒好，跟儿女们玩起了明修栈道暗度陈仓，还想搞什么金屋藏娇，连他这个长子也都被蒙骗了。这下有戏看了，大过年的捅出这么大个娄子，看他到时怎么收场。

这次，小妹的立场异常坚定，她当着老爹的面急赤白脸又振振有词，要是你不把那个狐狸精撵走，从今往后你就当没有我这个女儿。大妹倒是什么话也没有说，这多少有些奇怪，放在以前，她的嘴可是最不饶人的，但这次她却自始至终没有发言。

程仁暗想，也许这些年来，大妹内心深处承受了众叛亲离带来的苦果，表面上看，是她不愿意回来跟大家团聚，可实际上呢，她恰恰在为自己当年的决绝离去，忍受了太多的寂寞和别愁。时过境迁，她应该更成熟些了，毕竟连女儿都跟她个头一般高了。

四

下班回来，程仁便觉得家里的气氛有些不妙。大妹和小妹正在客厅里不咸不淡地嗑着瓜子，表情似乎都有些凝重。后来快吃饭的时候，程礼也急匆匆被她俩召唤来了。说心里话，别看兄弟俩同居一城，可程仁至少有大半年没跟程礼照过面了，所谓兄弟情义，不过是每年过节才互相走动那么一下，平时都在忙各自的生活，谁也见不到谁的面。

时光仿佛倒转了，姊妹们又急吼吼聚在一起，开这种临时性家庭会议。跟几年前有所不同的是，上次的气氛特别沉痛和悲哀，可以说每个人心里都湿漉漉的，甚至是在滴血；这回气氛虽说也有那么点儿沉重，但更多的还是作为子女心理上所承受的那种蒙羞后的尴尬。对于要讨论的这件大事，或者干脆叫作丑闻吧，除了程礼一人之外，对于其他三人可以说都已是眼见为实了，证据确凿，铁板钉钉。小妹之前也在电话里把情况跟程礼简单交代了，所以，大伙坐下来稍微寒暄了一会儿，主要是因为程智昨晚刚回来的缘故，总得象征性地拉拉家常吧，之后便直奔主题。

这种情景还是会让人下意识地要去回想伤心的过往。母亲去世后，这一大家子人，在很多时候像是失去了主心骨，丧失了家庭凝聚力，尽管他们的关系没有发生任何变化，哥哥还是哥哥，妹妹还是妹妹，但曾经那种完整无缺的家庭氛围，遭到了某种不可逆转的重创，说分崩离析似乎过了，可多年来就那么一蹶不振的，像一艘旧船摇摇晃晃搁浅在时光的河湾里。况且，几年前的那个历史节点，对于每一个人来说，又都是不堪回首的。当年主持家庭会议的是父亲，如今变成了这次会议的重要议题或声讨对象。老爹的事咱们得好好合计合计。作为长兄的程仁，只能将这个问题摆在桌面上，好让大伙一起讨论。大伙你看看我，我看看你，彼此都有心事，又都忍无可忍。

程信说，依我看这事没商量，明天咱们就让那女人滚蛋！

程礼说，就是，小妹说得在理，她算老几呀，敢大言不惭地赖在老爹家里。

程信说，二哥，你可别小看那个狐狸精，你们没见她说话时的样子，好像我们老爹离不开她似的！

程礼说，问题就在这里，老爹要是铁了心跟人家好，咱们几个就算说破了天也白搭。

程仁说，我真是搞不懂，老爹咋会喜欢这种女人，就算他想找个老伴过日子，也得岁数大小各方面都相当吧。

程信说，谁说不是，老牛啃嫩草，老不正经，让人不知该说他什么好。

程仁说，这女人确实还不到四十岁，长相也过得去，你们说她跟老爹在一起到底图啥呢？

程信说，明摆着的，还用问吗？老爹有退休金，还有那套房子，再不值钱也得三十来万，万一将来人家老城区统一改造的话，怕还远远不止这个数呢！现在的女人，一个比一个现实，老爹要是个穷光蛋、捡破烂的，傻子才会死乞白赖地跟他好！

程仁说，那天我还真是亲眼所见，那女人手上戴着两只黄灿灿的24K金戒指，还有耳坠和项链，都是一色金子的，说不定都是咱家老爷子花的钱。

程礼说，小妹和大哥说得一点儿没错，那女的说跟老爹好了一阵子了，老爷子能不在她身上花钱吗？俗话说，手里没把小米，恐怕连鸡也哄不住，我担心到时候，她会不会乘机再讹咱爹一笔损失费？

程信说，做她的大头梦去吧，白吃白喝白住老爹的，还想要钱，门儿也没有！

程仁说，你们可千万别小觑了那女的，我觉得她可不是什么省油的灯。

程信说，这么说我们还怕她不成，大不了上法院告她！

程礼说，干脆明天一早，就去跟她摊牌。

程信说，对对对，事不宜迟！

……

七嘴八舌头吵到最后，大伙甚至开始摩拳擦掌了，恨不得马上就冲进父亲家里，把那个小寡妇轰跑为快。

直到这时，一直坐在那里沉默不语的程智终于开口说话了。

程智说，还有一个最重要的情况，不知你们都考虑过没有——万一，我只是说万一啊，他俩偷偷办了手续，就是领了结婚证，咱们现在跑去跟人家摊牌，是不是很可笑？这种情况电视里早就播过，往往都是做儿女的极力反对，到头来人家照样走到一起了。

程信说，姐，那照你的意思是，就任其发展下去，我们全都装聋作哑？

程智说，其实，有些话我真的不想说，说了我知道会惹你们不高兴，会伤姊妹间的和气。可这件事情我实在是感到很奇怪，也很痛心。奇怪的是，老爷子跟一个女人好了这么久，甚至已经到了同居的地步，大家居然才刚知道；痛心的是，老人眼里完全没有儿女，没有这个家，这么大的事，他居然也不跟任何一个子女说起。老话说父慈子孝，看看我们这个家现在都成什么样子了！当然我说这话也没有逃避责任的意思，我也是这个家里的一分子，这几年我反思了很多，我觉得自己有时确实非常自私，总考虑自己的那点儿感受，经常忽略了其他人……我觉得做女儿，自己非常失败，做姐妹也很不合格。

这番话一出口，所有人都缄默不语了。

五

说好第二天，四个人要在老爹那边碰头的，可是程仁和程智都到了半天，坐在车里左等右等，就是不见那兄妹二人露面，只好再打电话去催，程信不无抱歉地解释，说她婆婆昨晚不小心把脚脖子崴了，得有人在身边伺候，让他们先谈着，自己一忙完马上赶过来；而程礼的手机总是那句该死的语音提示，对不起您拨打的电话暂时无法接通。程智无奈地摇了摇头，说早就猜到是这种局面，二哥鞋底子抹油——开溜了，小妹事出有因一时半会儿又脱不开身，只好让咱俩当出头鸟了。

程仁气不打一处来，用拳头砸了一下方向盘，搞什么名堂？关键时刻一个个都掉链子，我看咱们这个家算是彻底完蛋了，一点凝聚力都没有。程智倒是在一旁劝大哥别生气，说生气有什么用，再说人多嘴杂，他俩不来也成。程仁苦笑一下说，患难见真情，看来这事得靠你了。程智又拿话试探，大哥，你是不是觉得特难为情？程仁不好意思地点点头，咂着嘴说，嗨，谁说不是？这事还真不怎么好开口，毕竟是老人嘛，轻不得，也重不得，你说老爷子这不是给人出难题吗？

程智想了想说，你猜，昨晚睡觉的时候，娇娇跟我怎么说的？她说，你们全都神经过敏，不就是姥爷跟人家谈恋爱了吗，让他顺其自然就好了。程仁怪笑着说，看不出来，这孩子想得还挺开。程智接着说，娇娇还说，人老了就跟孩子一样，既然是孩子，就要按孩子的天性来对待，他有好奇心，也有冲动，你们想扼杀姥爷的好奇心，根本不可能，索性就让他随性去吧，一味地横加干预和阻挠，最终只能适得其反。这就像她班上的那些早恋男生一样，老师和家长越是强烈阻止，人家私下里越是谈得风生水起。程仁完全被娇娇的这通奇谈怪论给说蒙了，但仔细咂摸咂摸，又似乎不无道理。思谋了一会儿，程仁说，问题是，咱老爹毕竟不是孩子，这么一大家子人都看着呢，他也不能太为所欲为了吧，长辈总得有个长辈的样儿。

后来的主意还是程智给拿的，她说这阵子去家里反倒无益，那个女的在场总是不大方便，好多话都说不开，干脆把老爷子约出来，找个地方坐下来慢慢聊。程仁觉得有道理，就赶忙打了电话过去。老人在电话里明显迟疑了一下，口气多少有点生硬。程仁只好开门见山地说，爸，你要是没啥事的话，我和大妹想请你喝个茶。老爹沉默了片刻，才犹犹豫豫地说，也好，我正好也有话说。挂了电话，程仁不无紧张地说，看来这回老爷子十有八九是要跟咱们摊牌了，我怎么突然有种兵临城下的感觉。程智却抿嘴一笑，谁说不是，我们不是眼看都有点逼宫的味道吗？于是，两个人相视苦笑一下，又静静地坐在车里等待。

程智盯着车窗外面望了一会儿，淡淡地说，其实，那天在楼下见到老爹，我连一句话也没有跟他说，小妹一直不停嘴地数落他，我当时觉得心里特别堵，特别痛，就像是被针扎了一下，这些年我好不容易快把过去的事忘得差不多了，可老爷子偏偏又闹出这么一出，一下子就把我那种归心似箭的好心情全部破坏掉了，我甚至开始后悔，这次真不该冒冒失失带着娇娇跑回家来。可有时，我又觉得，老天像是有意惩罚我，惩罚一个女儿的种种不孝。说心里话，这几年我对老爷子确实够冷漠了，不管怎么说，父亲终归是父亲，女儿毕竟还是女儿。昨晚躺在你家的床上，翻来覆去怎么也睡不着，后来就胡乱回想当初老妈临走前的情景，她那皮包骨的可怜样子，忽然变得那么清晰，一切都好像是头天刚发生的事。后来不知不觉又迷糊着了，还破天荒地做了一个梦。梦中老妈拉着我的手，泪水涟涟的，看着叫人好心酸啊，要知道这些年我是极少能梦见她老人家的。这次真是奇了怪了，你猜老妈在梦里跟我说什么？她说我的好闺女，你可算回家来了，有件事妈要安顿你，你们千万不要怨恨你爸，他身边的那个女人是我让他去找的，我把他一个人丢在那个空荡荡的家里，不放心啊，要是能有个人给他做做伴，妈在那边也就安心了……

　　程仁看见大妹眼里倏忽闪起了点点泪光。

　　父亲大人终于出现了。他的脚步看上去多少有些蹒跚，不再像几年前那样风风火火，兄妹俩的目光就不约而同地从车内转向街对过。这阵子，街上车水马龙的，想横穿过马路并不太容易，那些汽车一个赛一个开得凶险跋扈，呼啸着在街道上横行，极少数骑自行车的本来就冻得瑟瑟发抖，又被这些车辆挤在中间，不得不使出浑身解数，左拧右拐，摇摇晃晃，个个都是一副亡命天涯的窘相。父亲夹杂其间，跟迷失了方向的老头那样走走停停，间或，惶惶地抬起头来，朝四下里瞅瞅望望，一时拿不准主意是该前进还是后退。他那半灰半白的头发在人流中晃动得格外刺眼，曾引以为荣的工人阶级最有力的双臂，也已无奈地耷拉下来，变得松松垮垮，那发了福的腰身也不再挺拔，相反每往前迈出一步，他都会下意识地用一只手在腰眼处撑那么一撑，像是要给自己注射一剂强力针，才能勉强走下去……

程仁远远看着，心里多少有些不舒服，就顺口说要不要去接他一下。程智马上反应过来，你开着车呢，还是我下去吧。于是，程智迅速跳下车，朝父亲那边一路小跑过去。多年未回家的闺女，脚步飞快地奔向自己的老父亲，这一幕的确来之不易。程仁始终待在车里吸着烟，透过朦胧的烟雾，他倒是也注意到，父女俩见面时的某种不自然或不协调，就像是两个彼此很陌生的人初识，尤其是，当大妹伸出手去，想要善意地搀扶对方一把的时候，老人明显地往旁边闪躲了一下，不无某种抵触和矫情，一点儿也没有配合对方的意思，客气得实在不像是一家人了。程仁暗想，也许老爹嘴里还在小声嘀咕呢，用不着你，我自己能行。对，这是父亲的口头禅，记得上次他去父亲家里的时候，就听他说过类似的话，但有时他也想，父亲之所以这样说，不外乎是不想表露出自己已经老迈不堪，凡事已经离不开儿女搀扶和照顾了，这一点他多少还能理解。

不过，此刻大妹只是稍作迟疑，并未跟他计较什么，她的动作不无女儿家特有的亲昵和执拗，竟毅然将父亲牢牢地搀扶住了，那感觉多少有点儿要绑架对方的意思。父亲显然拗不过女儿，只好由着她去了。两个人并肩躲闪着过往的车辆，像是在虚拟的游戏世界里联手闯关，他们总算是双双走过了熙熙攘攘的马路。这种场面对程仁来说久违了，他的心头不由得泛起一股暖意，抑或仅是酸楚，他仿佛要刻意掩饰什么，忙把自己的脸撇向马路的另一边。

好说歹劝，兄妹俩总算是把父亲硬拉进街边的一家茶楼里。若依照父亲的意思，坐在车里谈就可以了，何必再多花茶水钱呢。事实上，这个点喝茶的人寥寥无几，茶楼显得空荡荡的，昨夜腐朽的烟气和茶锈味始终在空气中缭绕着，给人一种邋遢和慵懒的印象。因为没有旁的人，他们随便找了个靠窗的位置坐下来，父亲始终盯着兄妹俩一言不发，又似在察言观色静待其行，那表情说不上是烦恼，还是忧虑。老板打着黏稠的呵欠，服务员尚未到岗，他只能亲自端上来一壶铁观音和两三盘瓜子杏仁之类。程智先忙着给父亲和大哥各斟了一杯茶，然后才给自己倒了，将茶杯紧紧握在两只手里取暖。袅袅的热气弥漫着三个人，缥缈的茶香中透着些许苦涩，一如生活的原味。而每个人的脸上，都笼罩着一层淡淡的气雾，显得阴郁而迷茫，神情都有些捉摸不定。这中间，程仁和程智互相悄悄对视了一下，像是在催促对方先开口似的，可最终却是父亲先说话的，老人肯定也是有备而来。

我的事，你们几个，恐怕是，都知道了吧。父亲半是噎

嚅，半是自语着，说出的话倒是言简意赅直冲要害。等他终于
抛出这句也许是早就准备好的开场白后，整个场面就变得更加
的不尴不尬。老人似乎并不在意这些，他稍稍停顿了一会儿，
像是故意要弄出点儿动静，打破眼下快要腐朽的沉闷，咝咝啦
啦地吹着杯面，又热热地抿了几口茶，再将茶叶梗唾出嘴皮，
突然扭头，呸的一声啐在旁边的地上，才继续说话。本来，我
是想缓缓的，过了年再跟你们讲，可这两天都到家里撞上了，
俗话说择日不如撞日，我们也不想再瞒着谁了。我跟这个小
苏，交往有一年多了，觉得她人不错，心眼好，能持家，照顾
人没得说，到了我这把年纪，也不图啥，只要能在家里给做个
伴，就成了。父亲说到这里忽然刹住口，不无狡黠地望向他们
兄妹二人，脸上有种叫人难以捉摸的味道，是豁出去，是木已
成舟，或二者兼而有之，甚至于还有点儿可怜巴巴的劲儿，好
像一切都是受人指使的，非得逼着他走这步棋不可。程仁偷偷
瞥了一眼大妹，对方却始终低着头，在沉思什么，模样凝重。

爸的意思是……你俩非在一起不可了？果然，程智的话一
出口，程仁就感到某种直面矛盾理直气壮的讨伐意味了。程仁
生怕程智再往下说过激的话，忙接过话头说，之前，咋一直也
没听爸说起这事，怎么一下子就冒出这么个小苏来？关键是，
我们还一点儿都不了解她，她到底是个什么来头，跟你好是真
心，还是假意？现在社会太复杂了，尤其她一个寡妇，还带着
个小孩子，万一是人家精心编好的圈套呢，到时候出了事，可
怎么得了，这些情况总得容我们考察考察，再定吧……

哪知，父亲不等他把话说完，腾地从椅子上立起来，眼前

的茶杯差点儿掀翻了。老人颌下的那撮短须颤抖着，真是天大的笑话！你们都把我当成三岁娃娃了，好赖人也分不出来？我这辈子过的桥，比你们走的路还多！老大，你给我说说，爸以前上过谁的当，受过哪个的骗？哼，我算看出来了，说一千道一万，你们是存心不想让我找老伴儿啊。今天老子把话搁在这儿，你们高兴五八，不高兴四十，反正，我跟小苏已经在一起过日子了，你们几个看着办吧！

程仁见父亲真的急眼了，忙起身拽住老人的胳膊，想让他重新坐回到椅子上，嘴里不无央求道，爸，你这又何苦呢？谁敢说你的不是，咱们这也就是随便闲聊，又不是在开批判大会，你犯不着又急眼又较真的。再说，这大过年的，万一生气窝火，伤了身子咋办？父亲听他这么说，才又呼呼喘着粗气，勉勉强强坐下来，脸色比先前阴沉得更甚。

程智一直都显得比较冷静，父亲冲大哥发火的时候，她始终不卑不亢的，这时她再次说话了，显然这番话是经过深思熟虑的。我觉得，爸说的话一点儿不错，婚丧嫁娶本来就是人之常情，即便是做子女的，也不能随便干涉父母，就拿那天小妹的做法来说，我个人也不太赞成，犯不着跟人家一个女的口角争执。话说回来，这件事打一开头，爸您确实没太顾及儿女们的心情，这个也是事实。您毕竟是上年岁的老人了，膝下又有一堆儿孙，小辈们也都有自己的思想了，别的不说，就拿您外孙女娇娇来说，这两天小家伙的心情就非常郁闷，她说自己都快没有勇气过年了，她甚至还批评了我这个当妈妈的，说我们都太敏感太狭隘了。我承认，我们确实存在类似的心态。可现在的问题是，爸突然决定要跟那个女人在一起生活了，这不能不引起大家伙的猜想和担心吧，所以，我们才变得有些焦虑，有些抓狂，甚至还有些不知所措！爸，我真心希望，您老人家也能设身处地替孩子们想想，替这一大家子人想想，好不好，千万别太感情用事。

程仁觉得大妹到底是姊妹中学历最高的，又常年在大城市里生活打拼，说话就是有分量，至少有礼有节，不温不火，让人不由得要暗竖大拇指，想必这下父亲应该挑不出什么理来了。他心里想着，还是偷偷扫了一眼坐在对面的老人，那张绛紫色的老脸，正由盛怒转向羞赧和茫然，不再一味地吹胡子瞪眼，也不再高高在上，而是沉默下来，说明这些话他还是能听得进去的。这时，程仁又听见大妹语气不无沉重地叫了声爸，然后照直说下去了。

本来，昨晚我们几个都碰过头了，约好今早都来家看您的，可现在的情况您也看到了，别人好像都有不来的理由，可我和大哥必须得来，而且，弄不好可能还得惹您老人家动怒发火，过不好这个年。但是，我们完全是为您和这个家着想的，毕竟妈她老人家现在不在了，她走得太早，把好多事情都留给了您和我们，您想追求晚年的幸福生活，这无可厚非，只要合情合理，我相信大家都能理解和接受。不过，您是不是也要稍微考虑一下孩子们的感受？单这一点，我觉得小妹那天虽说做得有些过分，可那也合乎情理，在没有取得孩子们的赞成以前，那个小苏就贸然留宿在家，这多少是有些不太妥吧，毕竟那个家是我妈曾经住过的地方，那里有儿女们太多太多的记忆，谁也不想亲眼看到，自己最美好的回忆，随便被外人践踏吧。小妹那天之所以出言不敬，我想跟这个不无关系。那个女人不明不白地住在咱家里，确实让谁都觉得不太舒服。所以，我觉得当务之急是，能不能让她先从家里搬出去，至少，等我们一家子人团团圆圆地把这个年过完再说……

父亲活像一头老牛哞地抬起头，脸色铁青，身上仿佛挨了谁重重一鞭子，他双手一撑劲儿，忽地从椅子上立起身，颌下的灰白胡须根根都在扑颤着，脸色真的已经相当难看了，几欲发作。可大妹说话的方式和声调语气，无论如何都不足以促使他当场爆发一场牛脾气，他才又愤愤然地、无可奈何地垂下头思谋着什么了。最后他低调而恼羞地咕哝了一句，啥破茶嘛，喝得人直想上厕所……就闷声闷气地转过身，呼哧呼哧走开了。

临街有无聊的家伙往空中扔双响炮，大清早的那种突兀的噼啪声，听着着实有点儿惊心动魄。两个人这才意识到，明天可不就是大年三十了。

六

跟往年除夕相比，今年家里人头最是齐全。程仁之前少不了又挨个给弟弟妹妹安顿了一番，说凡事都要以大局为重，眼下先把这个年对付完再说，所以，去老爷子那边吃年夜饭，谁都不准再提那件事。大伙虽然表了态，可都觉得，大哥分明有些前怕狼后怕虎的，依照小妹的说法，就算这个年不过了，也决不能跟老爷子妥协，否则，家里就得多出一个小妈了。程仁皱着眉头道，这不是妥不妥协的问题，关键时刻你们一个个鞋底子抹油，溜得比兔子还快，到时候还不是把我跟程智晾在那里，当你们的替罪羊，还好意思说这说那。小妹那张嘴巴这才让堵瓷实了。

当大伙浩浩荡荡拥进父亲家里的时候，所有人都怔住了，客厅里已经满满当当摆好了两桌子酒菜，冷热荤素大鱼大肉海鲜蔬菜搭配得十分齐全，孩子们喜欢的饮料，男人们要喝的白酒，女人们钟情的红酒，应有尽有。往年这些事情，都要等儿女们到全了，大伙齐动手去张罗的，今年父亲却来了个大刀阔斧的改革，甚至连饺子都是现成的，就等一会儿下锅了。程仁那颗始终悬着的心，才算咽进肚子里，他真怕昨天茶楼里的谈话惹怒了老爷子，搞得这个除夕夜冷锅冷灶没法过去，现在看来，父亲终究还是识大体的，到底也是个老革命，这点觉悟人家还是有的。

小妹进屋先神神秘秘满屋子转了一大圈，感觉像个十足的暗探，后来她还把程智单独拉进卫生间，反手锁了门嘀咕，咦，太阳从西面出来了，老爷子今儿是怎么了，我咋觉得像是要给咱们摆鸿门宴呢？程智倒是看得开，说即便是鸿门宴，那也是老爹亲自摆下的，咱们呀，只能照单全收。小妹又狐疑道，这些菜八成是那个女人准备的吧，她知道咱们这个点要来吃晚饭，所以趁大伙来之前开溜了。程智说，眼不见心不烦，只要今天她不露面就行。小妹还是疑神疑鬼地，说她总觉得今天情况不太妙。

两人扯悄悄话的工夫，父亲已经开始招呼大伙上桌了。一时间，板凳桌椅的腿儿吱吱乱响，儿子儿媳女儿女婿坐了一桌，另外一桌由娇娇跟几个小兄妹坐了，明显地，这代人要比程仁他们更活跃也更欢乐，气氛一下子就被搞热乎了。父亲很可能是被这群叽叽喳喳的小家伙感染了，他说难得娇娇能回来过年，非要凑过去跟孩子们挤在一起热闹热闹，他还给每个孩子挨个发了压岁钱。这种时候，大家倒觉得老人还是挺可爱的，多少还有点儿老小孩的样儿。接下来，父亲提议儿女们共同举杯，跟往年一样，他大概又要发表热情洋溢的春节祝词了。每年，父亲的祝酒词都是洋洋洒洒长篇大论，从国际局势到国内形势，再到一家老小吃喝拉撒睡，可以说是高瞻远瞩面面俱到，逗得大伙捧腹大笑，而每次几乎都是在小妹的强烈抗议下，父亲才不得不草草收兵偃旗息鼓。哪知，今天大伙刚刚站起来，正准备洗耳恭听的时候，外面却有人敲门了，大伙就有些纳闷，娇娇刚去把门打开，一个满头银丝弯腰驼背的老太太颤巍巍走进来了，竟是程仁他们的老姑母——父亲这辈人总共姊妹五个，另外三位已相继谢世了，如今父亲在这世上只剩下这个唯一的老妹妹了。

老姑母来了，大伙自然少不了寒暄一番，小辈们又挨个过来给老人鞠躬拜年，之后老姑母才被程仁他们让过去坐了那桌的上席。小妹冲坐在身旁的程智挤了挤眼，压低嗓门说，看吧，我就说没那么简单，这回人家怕是搬救兵来了。话音虽小，还是让程仁听到了，他赶紧冲她俩摇头挤眼，意思是千万别造次。

酒喝到第三圈时，桌上的菜也动得差不多了，父亲那桌的孩子们早让糖果啦鸡腿啦鱼虾啦饮料啦撑得肚皮溜圆，一个个就不愿意再乖乖地坐着了。很快，娇娇就让几个表兄妹拉扯着呼噜呼噜下去玩了，楼下顿时传来一阵鞭炮和蹿天猴的吱吱响声，孩子们在外面大呼小叫，年味一下子被他们喊得浓俨了。屋里的大人似乎受了孩子们的传染，也都喝得更欢畅起来，猜拳行令，频频举杯，面红耳赤。这中间，程仁带着姊妹几个，依次给老姑母和父亲敬了酒，父亲今天海量，跟每个儿子儿媳女儿女婿都干了满杯，尽管大伙一个劲儿劝他少喝点，意思意思就行了，可他打着酒嗝坚持道，没事，今儿爸高兴，咱这一大家子难得这样团聚。

后来父亲就摇晃着身子走到程智跟前，他嫌美中不足的是，大妹的女婿没能一起回来过年。程智忙解释事出有因，又保证来年春节一定让娇娇爸爸也回来，陪老爷子好好喝一场。父亲笑笑说，回不回来其实也不重要，只要你们有那个心就好。显然，父亲话里是有话的，程智知道老人还是在挑她的理，就忙举起酒杯说，爸，都是我们不好，现在我替娇娇爸爸再给您敬个酒，以前做的有啥不周的地方，您千万别往心里去啊。说着，跟父亲手里的杯子挨了一下，一饮而尽。父亲大概还想说点什么，程仁忙过来打圆场，说大妹其实早想回来了，今年清明节就跟他提过这事，他说统共放两天假，来来回回尽坐飞机玩了，就没同意，上坟的时候他还在老妈跟前叨叨过这事呢。父亲听了这话，也就不好再怪怨什么了，便吱啊一声喝了大妹敬他的那杯酒。或许是母亲的话题太过沉重，尤其这种时候被抛出来，欢乐的气氛中平空注入了一股悲情的味道，虽说是有点不合时宜，但又能恰到好处地遏制某种不良情绪的滋生繁衍。

父亲后来又连着喝下了五六杯，终于栽晃着身子趴在桌上，脑袋不受控制地左右乱歪歪。老姑母这时就怪怨起来，你们几个也真是，咋让你爸喝那么多，一点儿不知心疼他。回过头就指使程仁、程礼，赶紧把他架到床上去歇着，又让两个儿媳妇沏了浓茶，端过去好给醒醒酒。在这个家里除过父亲，就数老姑母德高望重了。父亲老早以前常跟孩子们念叨，说他小的时候，姑母跟他最亲最近，家里有好吃的，都互相惦记着对方，妹妹犯了错，哥哥总是替她扛着；妹妹在外面受了坏孩子欺负，哥哥总是不顾一切跑出去给妹妹出气，经常被打得鼻青脸肿；哥哥大了要结婚了，是妹妹连天连夜一针一线给他赶制的新婚喜被；等妹妹出嫁的日子，哥哥一直把妹妹送到婆家去，临走不忘瞪着眼睛给妹夫交代，这辈子要好好待她，不然准没他好果子吃，吓得妹夫半天不敢吭声。后来，哥哥有了孩子，工作忙分不开身，半个月才能回一趟家，又是妹妹大老远跑来帮着伺候嫂子和带孩子，程仁姊妹小时候真没少给姑母添乱。可惜的是，姑母一生也没生下一男半女，姑父年轻时常常为这事跟她吵吵闹闹，有时姑母实在气不过，就赌气跑回哥哥家里住上一阵子散散心。母亲在世时总记挂着姑母的种种好处，说当年要是没有她帮衬，真不知该怎么办呢，所以，母亲在去世前也没忘叮嘱儿女们，将来一定好好孝敬老姑母。

等把父亲伺候着在床上躺安生了，老姑母才又提议说，让你爸睡他的觉去，可别浪费了这一桌子好酒好菜，咱们娘儿几个好好乐和乐和。难得姑母今天兴致这么高，大伙当然得众星捧月般围着她，又重新坐了。桌上的菜都凉了，程信自告奋勇，端进厨房里挨个热了一遍，程智帮忙打下手，新的一瓶酒又打开了，兄弟姊妹又说要好好敬敬老人。这时，老姑母却摆摆手说，咱也改改规程吧，以往都是男人当酒令官，今儿这个酒令官，就让我老婆子也过过瘾。大伙没有不同意的，都说人老了像孩子，看来老姑母也不例外。于是，程仁就把刚启开的那瓶白酒款款放在老姑母面前。老姑母很郑重地把椅子往桌前拉了拉，又把身子坐端正了，才冲大伙说，酒桌上谁官最大？然后她拿手指着自己说，当然是我老婆子，所以你们今儿都得听老姑母的，谁要是不听话，就乖乖罚上一杯。说着，她已颤巍巍地拿起酒瓶，往自己眼前的三个杯里倒酒。老人手抖得厉害，酒水都洒到外面去了。程仁本想伸过手去代劳，可老人摇着头拒绝了，你是这家里的老大不假，可我这酒令官挂了帅，凡事都得按我的心思办，你就算是天王老子也没用。老姑母的认真劲儿，还真把大伙逗乐了。老人自己先端起杯子喝了一满杯，才吱吱哑着嘴皮说，咱也别高声大嗓地划拳了，吵得四邻不安，没啥意思，干脆这样吧，你们每个人都给老姑母讲一段自己小时候的事，不过可有一条，不管谁讲啥事，都得是跟爹妈有关的，谁若是跑了题，就得老老实实把这三杯酒都喝光。别说，老人的这个建议还真有点儿新意，于是，大家或低下头或闭上眼开始静静寻思。

程信脑子转得最快，头一个举手要发言，老姑母目光慈爱地盯着最小的侄女说，哼，还别说，你们几个里面，就数老四的故事最多。程信说姑母的意思是嫌我小时候太皮了呗，这话惹得大家都哈哈笑了。程信就大大咧咧讲开自己的故事了。她说上小学那阵子，有一年春节，爸妈在伙房里忙着做红烧肉，大锅里煮了满满一锅肉块，肉都是老爸一刀一刀切出来的，四四方方的，看着好喜庆，老妈负责煮肉，撇锅里的血沫子，让她往灶里添柴火，火苗子呼呼叫着，伙房里的肉桂香气越来越浓了。她实在是禁不住诱惑，就老抬头往锅里瞅，汤花正在翻滚呢，发白的肉块一起一伏，快馋死人了。这时，她发现伙房里只剩下她一个人，爸妈都不知上哪里去了，大人不在正好，她就用大漏勺捞起一块，拿嘴就去啃，差点把她烫个半死，肉却还硬邦邦的，根本啃不动。她气得又把肉扔进锅里，嘴皮子火辣辣地疼，越想越来气，就想再能搜腾点什么解解馋呢，翻腾来翻腾去，在碗橱的最里面找到了一小罐蜂蜜，那是老爸专门买回来做红烧肉上色用的，她早就垂涎欲滴了，可一直被老妈像宝贝似的锁在斗橱里，没想到这阵子它却鬼使神差地现身在厨房里，想来是老天爷特意犒赏她的。她猴急慌忙拿小勺子扣了往嘴里送，甜死了，美死了，那滋味真叫一个幸福。要说蜂蜜真是世上最好吃的东西，她这样左一勺右一勺，一小罐蜂蜜转眼扣下去一大半，眼看要见底了，这时她听见外面有脚步声，忙撂下罐子，躲在灶坑前，假装埋头干活……

讲到这里，程智他们都快笑破肚皮了，都说怪不得你是家里最胖的，原来小时候偷吃了太多的好东西。那年你害得咱仨都受了株连，爸妈鼻子不是鼻子脸不是脸的，把我们挨个审贼一样审了一遍，没想到都是你这个小偷干的好事。老姑母也笑得流了眼泪，她揉着浑浊的老眼说，老四那时候没一点儿姑娘样，整天猴高爬低的，难怪你们爸妈总跟我叨叨，说这丫头将来可嫁给谁呀？程信就绯红着脸说，姑母他们都讨厌，人家故事还没讲完呢，就一个个跑来乱打岔，全都该罚酒了，每个人必须喝一满杯才成！老姑母止住笑声说，别看我上岁数了，可这眼不花来耳不聋，你刚讲的那些个都跑了题了，赶紧自个儿喝一杯吧。程智附和说，就是就是，小妹尽讲她自己了，压根儿没有爸妈什么事，理该受罚的。程信还想抵赖，早被她身旁的两个嫂子端了酒围住硬灌了一气。气氛一下子就活络起来，大伙都在绞尽脑汁琢磨该讲点什么好。程礼平时不吭不哈，今天喝了酒也变得活跃起来，争着说该他讲一讲了。

程礼说在他念初中那会儿，不知怎地就迷上了跳迪斯科，那时上课下课老想着去跳舞的事，礼拜六和礼拜天总往街上跑，去赶工人文化宫的群众舞会，学习成绩眼看就掉下来了，老师非让他请家长不可，他当然不敢让老爸去，就扭屁虫似的给老妈做工作，让她去学校随便应付一下老师，还央求她千万别跟老爸说起这件事。可老爸后来不知怎地，还是知道了他赶舞会的事，有一晚他跳舞跳得太尽兴了，竟忘了时间，结果等人家舞会散了，他到外面一看，晚上偷偷骑出来的老爸的自行车没了，满场子找了老半天，连个车影子也没有，后来只好灰溜溜回家来。那时一家还住在平房里，院门已经上锁了，他怕惊动家人，就蹑手蹑脚翻墙爬进来。可做梦也没想到，老爸一个人坐在院里葡萄架下的小马扎上，正气呼呼地抽着烟等他呢。看来东窗事发了，他吓得打了两个激灵。老爸声色俱厉地问他，这么晚到底干啥去了？他撒谎说去同学家补习功课了。老爸又问是哪个同学？他随便胡诌了一个名字。老爸又问那自行车呢？他说落在同学家了。老爸听完二话没说，转身去煤房把那辆自行车推了出来，他这才傻眼了，知道老爸整个晚上都在盯他的梢。扯谎的代价当然是巨大的，老爸后来进屋把书包拎出来，挂在他脖子上，然后默默地打开了院门，一本正经地对他说，你这个扯谎溜屁的小混蛋，老子再也不想管你了，你爱去哪个同学家，就去哪个同学家，从今往后，这个家你休想再踏进一步。那晚不管老妈出面怎么苦苦求情，哭鼻子抹泪，老爸自始至终都没有松口……那以后他才痛改前非开始好好学习了。

程礼一口气讲完，他似乎忘了老姑母先前的规定，竟自己主动端起一杯酒爽快地喝了下去，像是在惩罚当初自己的少不更事，大伙也没在意，只顾低着头想心事。唯独程智注意到了这个细节，就说，我们仨光记着二哥一直被妈娇生惯养着，真没想到他也有过败走麦城的一段呢。程礼讪讪一笑道，现在你们知道了，其实老爷子当年对我够狠的，大半夜的硬是把我撵到大街上去流浪，这辈子我都忘不了那种滋味啊。老姑母接过话头说，你爸那叫恨铁不成钢，要是都像你妈那样只顾护犊子，你后来还不知怎么样呢。说着，老姑母就把目光移到程智脸上了，咱们的三尖尖打小性子就倔，也没少惹爹妈生气，我说的没错吧？于是，程智就接着姑母的话题说，老姑母记性可真好，我这个人用身边好朋友的话说，就是太以自我为中心了，还有那么点儿自以为是，所以总是忘了考虑别人的感受，到头来惹得姥姥不疼舅舅不爱的。程仁听了就说，大妹这话算是说到点子上了。程信马上道，大哥故意打岔，姑母该罚他一杯！老姑母点点头，说老大多嘴该喝。程仁只好抿了一口。

于是程智言归正传。说起来，咱们每个人跟爸妈都有太多太多的过往，他俩辛辛苦苦把咱们拉扯大不易，一转眼老妈走了好几年了，老爸也到了该颐养天年的时候了，今天我突然想起来，那年我要去外地上大学了，老爸那阵子整天喜笑颜开的，说心里话，他这个人一直不苟言笑，我一直觉得他不够亲切，可那年他一下子变得有些奇怪，跟换了个人似的。记得我出发前，爸非要在家里张罗着摆两桌酒席，用现在的时髦话叫谢师宴，那时好像还不兴上街吃，当然街上也没那么多馆子。家里那次真叫一个忙乱和热闹，老爸几乎把我从小学到初中再到高中的所有班主任和主要代课老师都请来了。我记得那天就是咱妈和姑母在厨房忙乎吧？老姑母听到这里，一个劲儿点头称是。程智接着道，就在那天，咱爸喝高了，后来醉得一塌糊涂，我们老师跟他说了好几声再见要走了，他死活从后面拽着人家的自行车坐架不撒手，嘴里一个劲儿说，没把老师陪好抱歉得很，老师客气地说喝好了喝好了，老爸又说你们把我闺女培养成大学生，这个恩情喝多少酒也报答不了。就那样，他一直缠着老师不让出门，后来老师对我说，这辈子他教过那么多学生，还就数咱爸是最重情义的一个人……可不知为什么，就在老妈走的那年，我又觉得咱爸是这世上最残酷最薄情寡义的人，我确实打心里恨过他，因为我总在想，当初要是他不执意做那个决定，也许咱妈还能多活几年，我知道自己这种想法其实很偏执，那种病根本不以谁的意志为转移，不是想治好就能治好的，可我的心里就是结了个死疙瘩，好多年总也解不开，我不是不想回家，而是不敢回来，怕一到家往事都涌上心头……程智说到这儿，眼泪早已经止不住淌下来了。老姑母也跟着动了感情，一个劲儿地揩抹着皱巴巴的眼圈，干瘪的嘴唇嗫嚅，好闺女，这大过节的，咱不提那些陈芝麻烂谷子了……

终于，轮到程仁开讲了。他想了想说，我干脆给大家讲个小故事助兴吧。说从前，有户人家，家里生了姊妹四个，老大是个聋子，老二是个哑巴，老三是瘸子，老四呢，偏又是个瞎子。未等程仁再往下讲，程信早笑得前仰后合，说大哥真有你的，你不是拿他们比咱们四个吧？一时逗得大伙都乐了。程仁倒是不动声色，继续讲他的故事。说有那么一天啊，爹又在外面喝得酩酊大醉，他脾气本来就坏，回到家指桑骂槐地，又跟老婆聒了起来，他嫌弃老婆这辈子太窝囊，尽给他生了一堆废物，将来连个养老送终的人都没有。两个人越吵越凶，后来还真动起手来，妈无端地挨了爹的辱骂和耳光，实在是气不过，就哭着鼻子一口气跑回娘家去了；爹呢，醉醺醺地倒在堂屋的炕上，只顾呼呼大睡，两口子都忘了灶里有火，锅里煮着饭。结果，这柴火就引着了灶房，火越烧越旺，转眼间就把整个家院烧成了火焰山样。好在那天，老大老二都在外面玩耍，别看老二说不出话，数他耳朵最尖，老远就听到了家里的动静，忙给老大用手使劲比画。老大看明白了，拉起哑巴弟弟的手拼命往家跑。老三老四平时基本都待在家里，不怎么出门去，爹妈大吵大闹他俩当然都听到了，后来大火烧起来的时候，多亏了老三，爬进堂屋，先把老四从里面拖出来，自己又不顾危险再次爬进堂屋去救人。爹身子太沉了，又醉成一摊烂泥，即便用上吃奶的力气也搬不动。就在这个节骨眼上，老大老二双双赶回来了，兄弟俩赶紧冲进火海，总算是把爹拖了出来。

姑母听罢说，你们个个都讲得好，老二和老四呢，讲自个儿小时候怎么调皮捣蛋，怎么惹爸妈生气了，听着让人又想笑，又想抹眼泪；老三讲爹妈对自己的养育恩，和自己对爹妈的情义，我觉得做闺女的应该像老三这样，得时时刻刻记着爹妈的好处；老大听着是在讲古，可这里头有咱们做儿女的大道理在呢，子不嫌母丑，狗不嫌家贫嘛。姑母今儿也想就着你们几个的话，多唠叨两句。我知道你们这些天气都不顺，老人的事让你们烦心了，其实想开了，这又有啥呢？你爸这辈子说起来也够难肠的，打小就没了爹妈，全凭兄弟姐妹互相帮衬着带大，不大点儿就跟着老钳工师傅做学徒，半夜里还要给人家端尿盆子，啥样的苦没吃过，啥样的罪没受过？后来好不容易在工厂站稳脚跟，从学徒工转成正式工，自个儿后来也当上了师傅，一个月能挣几十块钱养家了。说起来，你妈当年就是他一手带出来的女徒弟，一来二去两个人有了感情，再后来就有了你们这个家，有了你们姊妹四个。虽说这工人家庭的日子过得紧紧巴巴，也总算是把你们都养大成人了。可谁能想到你妈福分浅，偏又半道得了那么个症，撒开手撇下你爸走了。俗话说，亡人先升天界，这活人还得好好活着啊。你们都有各自的小家小业，兄弟妹子，各锁柜子，可你爸还得守着这个空房子，一个人吃，一个人睡，一个人活，身边连个说话的人都没有，想想他一个人能不孤清得慌吗？依我看啊，孝就是顺，顺就是孝，他眼看奔七十的人了，人活七十自古稀少，他还能活多长呢？你们的心思我老婆子最清楚，嫌他不吭不哈就找了个伴，嫌他老老几十岁，还挑那么年轻的。其实这有啥呢？这世上男人哪个不喜欢年轻貌美的，真要找个七老八十的丑八怪，恐怕你们还不答应呢，就算放开了让他可劲儿地找，顶多也就剩下几年光景吧。我们都老了，说得再难听点儿，黄土末子眼望就盖到脖颈上了，都是有今儿没明儿的人，你们做儿女的，但凡能顺着老人的心思，就都顺着点呗……

七

大年初一上午。儿女们自然还要上门来的，得好好给老人拜个年，可去那里才知扑空了，狠敲了半晌门，也没一丝一毫回音。大伙忽然有种不好的预感，以为老人的身体出了什么状况，毕竟昨天酒喝得高了些，好在程信身上有现成的钥匙，急忙动手拧开了房门，这才知晓家里已然人去楼空了。

一伙儿女如无头苍蝇满屋子乱撞，南屋、北屋、厨房、阳台，就连小小的卫生间也没放过。搜寻的结果是，老爷子居然结结实实给大伙唱了出"空城计"。真是叫人匪夷所思！这大年初一的，他人能上哪儿去呢？按理说，每年初一这天，父亲总是一清早就穿戴齐整，一个人坐在屋里静候儿女们的到来。这是一年当中最当紧的日子，儿孙团聚，其乐融融，这一天父亲会给几个小孙子小孙女压岁钱，儿女们也都各自给老人备了年礼，什么营养滋补品、服装鞋帽、便携式老年人健身器，等等，都是孝敬老爷子的好东西。众人寒暄一会儿，父亲便会招呼大伙赶紧上桌子开始激战——打麻将。这种时候，老爷子很有些老将出马的架势，他常年都在小区外面的棋牌乐里摸牌打发时间，可谓寒暑不断，比他过去上班时还要准点，牌技自然不赖，什么清一色、一条龙、对对碰，时不时还下一两道鱼子，玩得那叫一个顺风顺水，又兼老谋深算，几乎总是他在和牌赢钱，惹得孩子们个个龇牙咧嘴不停抱怨，说这哪里是在玩牌，纯粹是给老头子送银子来了。老爷子始终在那里嘿嘿乐着，一副多多益善的老财迷相，嘴里还不住地叨叨，准备银子喽准备银子喽，这把非自抠不可。

还是娇娇眼睛最尖，她无意中一抬头，就发现客厅冰箱门上贴着一张字条，急忙撕下来递给妈妈。程智拿在眼前扫了一眼，上面写着：这两天我答应陪小苏出去转转，你们就好好过年吧，千万别惦记我们。这张字条真不啻为一枚重磅炸弹，轰隆一声巨响，把所有的儿女都惊呆了：老爷子准是疯了，大过年的竟撇下一大堆儿孙，带着小寡妇出门逍遥快活去了，这算怎么一回事！直到这时，程仁他们才如梦方醒，原来昨天的和谐欢宴确是早有预谋的，一切都是为了今天打铺垫的，包括老姑母那番语重心长的话，甚至还有父亲的酩酊大醉，大伙全都不明就里地钻进了该死的圈套中。

几乎是，每个儿女都被这张该死的字条给激怒了。程信简直气不打一处来，嘴里直嚷嚷，看吧，看吧，我昨天就说，老姑母准是咱爸搬来的救兵，专门来和稀泥的，这回你们都信了吧，人家这叫缓兵之计，我们就像大哥故事里讲的聋子瞎子，都傻乎乎地让人骗了！更好笑的是，等现在什么都明白了，可咱们只能待在这里，一个个像个瘫子似的，追不能追，撵不能撵。

一时间，大伙的心情都变得莫名而复杂，那个女人到底有什么好的，老爷子非要铁了心跟她好去，难道儿孙们都不重要，难道大伙还比不上一个寡妇和月嫂？这个问题再度困扰着每个人。如果说此前不过是怀疑和揣测，现在事情完全坐实了，父亲就是这么孤注一掷、一意孤行，甚至不再需要隐瞒什么，白纸黑字，写得再清楚明白不过：他就是要选择这种好日子，光明正大地带上小女人出门逛去。自然，又少不了一番七嘴八舌的热议。这种时刻，程仁忽然觉得，做大哥真是一件吃力不讨好的事，弟妹们的矛头基本都指向了他。

程信忍不住先发飙了，这事明明都怪大哥，昨天偏不让我们提，现在人家远走高飞了，看你怎么收场！

一向对家事有些漠不关心的程礼，这阵子也不无狐疑地质问起了程仁，大哥，我老觉得你是不是有啥事瞒着我们？

老二，别扯淡了，我能有什么好隐瞒的？程仁脑门的青筋都蹦起多高，他觉得自己真是有口难辩了。平心而论，这次父亲的事他确实知之甚少，他已经记不得有多久，没有好好跟父亲坐在一起聊一聊家常了，更不要说是这种本来就难以启齿的个人感情问题，因此，对于父亲最新的思想动态，他完全忽略掉了。或者说，父亲在他心目中，早已经垂垂老矣，老胳膊老腿，定了型的，不会再发生任何改变，就如一株大半截都枯朽了的老树，根本不可能再起死回春，不过是一天天挨光阴罢了，他又何曾想到过，老人会有这方面的需求，而且，会如此的强烈。

这一伙人里，唯独大妹还算比较理智，她见大哥脸色已十分难看，就过来打圆场说，事到如今，咱们就别怪天怪地的，要怪就怪咱们自己，都太麻木了。可小妹还是不依不饶，她乜斜着白眼球说，大哥就是把她的话当耳旁风了，她明明打过几个电话提醒过他的，要是大哥能及时跟老爷子谈谈，做做工作，事情也不至于发展到今天这么荒唐的地步。程仁简直快被妹妹给气晕了，他竟像个大男孩似的蹲在地上，双手胡乱搓揉着头发，俨然一副失败者的沮丧嘴脸。他不满地咕哝着，谁说没谈，前天到底是哪条小狗，约好去见老爹，临时又不露面的？程智见大哥真的急眼了，忙补充说，我和大哥确实跟老爷子摊过牌，结果怎么样，你们也知道，老爷子在茶馆里说是要去上卫生间，可他自个儿一道金光溜了，把我跟大哥傻傻地晾在那里。

大伙吵吵得正不可开交的工夫，程仁的手机忽然叫了起来，掏出来一看是儿子打来的。他正憋着满腔的火气没处发泄，便抓起手机，大声吼嚷起来，你个臭小子，还记得你老爸死活啊，大过年的不老老实实回家，就知道一个人在外面躲清净，你还是不是咱程家的长孙了！

儿子在电话那边一个劲儿给程仁赔礼道歉，最后才言归正传说，爸，你听我解释好不好，不是我不想回家过年，主要是因为，爷爷说他好多年没出过远门了，在家待着闷得慌，想趁着过年这几天来南方转转，我正好又放寒假没事，就帮忙订了机票和旅馆，爷爷还让我一定替他保密，现在我已经在机场等着接爷爷呢，所以，才斗胆敢给你们打这个电话，我这也算是替爸妈尽了孝心，没有功劳总还有苦劳吧。

儿子说得轻轻松松，程仁却觉得自己仿佛石化了，老半天呆住没了言语。现在的情况是，就在他们兄妹几个对父亲的行为指指点点不恭不敬的时候，儿子却在遥远的南方全心全意地恭候着爷爷的到来。且不论事情的对与错，单就儿子的懂事程度和一番孝心，这屋子里似乎谁也比不了。程仁只是茫然地冲手机哦哦了几声，最后才尽量平缓语气说，那你小子可要多费点儿心，爷爷就交给你照顾了。儿子马上给他打了包票，让他放一百二十个心，说已经把接下来几天的行程都替爷爷安排好了，一定会照顾好老人家，让他开开心心的。

当程仁一字不落地将这个突来的消息通报给大家的时候，房间里至少安静了一刻钟，每个人都变得有些心事重重的。

又是程信率先打破了沉默，她气冲冲地说，这到底算什么？老爸这分明就是成心的，表面看他是想出去转一转，可实际上呢，还不是想通过这事逼咱们就范，这叫和平演变，到时候生米煮成熟饭，我们几个还能怎么样？

这次程仁当机立断打断程信的话道，小妹，你也别太胡咧咧，咱爸还不至于那样阴险吧，再说退休这些年，他确实哪里也没去过，这回能出去散散心，又有大孙子陪着，我看也不是啥坏事情嘛。

程信听了，很不服气地梗着脖子道，那他干吗神神秘秘的，还非要带上那个狐狸精？搞得跟要私奔似的，成啥体统嘛！

没等程仁再开口说什么，程礼在一旁添油加醋，就是嘛，大过年的，亏他怎么想出来的？八成都是那个坏女人挑唆的！

这下，程信总算是找到了帮手，忙附和道，二哥这话在理，反正都是咱爸花银子，人家落得个潇洒开心，免费旅游，谁不喜欢。

程仁实在不想再听他们这样东拉西扯，就说事情已经这样了，总不能把他们追回来吧。

哼，追是追不回来了，可大哥你得好好给你儿子叮嘱叮嘱，让他千万把爷爷给盯紧了，别让那个狐狸精钻了空子！

程信回头说这番话的时候，眼神中忽然有种很狡黠的东西在闪烁。

够啦！够——啦！！

一直站在旁边安安静静的娇娇，突然失声尖叫起来。少女激愤的声音里几乎带着歇斯底里的味道，一下子就把在场的所有长辈震住了，霎时，房子里变得鸦雀无声。程智稍一愣神，简直有点儿不敢相信自己的耳朵，当她意识到，那种可怕的尖叫声，是从自己女儿那柔弱的身体里迸发出来时，才红着脸不无尴尬地快步走过去，狠狠瞪了娇娇两眼。

你疯了，乱嚷什么？这里哪有你小孩子家说话的份！

这种时候，娇娇的脸色的确非常难看，眼神中迸射出豁出去的味道，胸口正往外一鼓一鼓的，做母亲的还从未见自己的孩子这样激动过呢。

不等程智再次开口说话，娇娇就打开了话匣子，一股脑儿地冲大伙道：

你们口口声声都在数落姥爷的不是，好像姥爷真的让每个人都蒙羞了似的，可我觉得你们更有问题。姥爷不辞而别，他偌大年纪，出一次远门多不容易，可你们有谁真正关心过他的健康和平安，你们在乎的只有自己的面子，你们太自私了、太冷漠了！

程智压根儿没料到，一向文文弱弱的乖乖女，讲起话来竟跟大人似的，一套一套的，又那么地不知轻重，她的脸上再也挂不住了，忙低着头用力推搡着娇娇的肩膀，想要把她弄到别的屋子去，绝不能再由着孩子信口雌黄了。但娇娇此刻就跟犯犟的牛犊相似，任凭谁也休想搬得动她。

娇娇变成一只好斗的小母鸡，一边用力反抗母亲的推搡与拉扯，一边继续向所有人嚷道：

妈，你别管我好不好，你就让我把话说完，这几天人家都快郁闷死了，要是不说出来，我会活活憋死的！本来好好的一个年，这下都让你们给搅黄了，就算姥爷真想跟那个女人结婚，那又能怎么样，地球又不会毁灭，世界末日也不会到来！再说，姥姥都走那么久了，姥爷又没犯哪门子法，难道他再婚了，从此就不再是姥爷了？还有，你们是否想过，也许将来有那么一天——对不起，我只是假设——假如你们自己也遇到跟现在姥爷一样的状况，你们希望自己的孩子——也就是在座的我们——怎么来对待你们呢，是置之不理，还是冷嘲热讽，横加干涉……

程智万万不能再允许女儿这样唐突下去了，她实在是忍无可忍，猛地挥起手来，给了娇娇一记耳光。

放肆！你这孩子，也太没大没小了！！

耳光声太响亮了，啪的一声，像炸开的炮仗，一时间屋子里的人全都愣住了。

那一刻，娇娇惊愕地拿手捂着涨红的脸蛋，滚滚的泪珠儿就在眼眶里直打转，她狠狠地咬了咬嘴唇，樱桃般鲜红的下唇便留下一排清晰的牙印。最后，她愤愤地撂下一句，你们太让人失望了！就头也不回地冲进卫生间去，并随手锁闭了房门，只闻得水龙头哗哗啦啦的流水声。

八

父亲回来的那天已是正月初八。

程智娘儿俩是搭乘头天傍晚的航班飞走的，程仁依然开车去机场送行。一路上，娇娇始终泪眼迷蒙地望着车窗外，一语不发。那天之后，娇娇跟母亲的关系一直很僵，以至于吃饭两个人都不愿在同一张桌上坐着，谁也不想跟谁说一句话，或许，孩子正处在青春期的缘故吧，有些叛逆情绪也在所难免的。程仁尽量在她们娘儿俩中间周旋和调停，可这小姑娘身上确实有股子罕见的倔劲，毫不夸张地说，跟少女时代的程智几乎一模一样。所以，他才半开玩笑地劝程智说，有其母必有其女，你就原谅孩子吧。

分别的一刻，程智用力跟大哥拥抱了一下，同时，若有所思地说，这些天她反反复复想过了，老爷子的事还是顺其自然吧，老姑母说得在理，就算放开了让他找，还能找几个呢，只要他自己觉得晚年幸福就好。她还提及当年母亲那桩事，说她其实早就原谅了父亲，她相信父亲是疼爱母亲的，所以才能断然做出那个不得已的决定，这些年她只是一直不能说服她自己。现在，一切都过去了，明年这时候，她保证一家三口会一起回来过年的。

大人说话的工夫，娇娇就静静地站在旁边，兴许她也听到了母亲的话，在跟大舅作别的时候，终于忍不住呜咽起来，晶莹的泪珠儿扑簌簌地像断了线的珍珠，一颗一颗无声砸落。程仁赶紧拍抚着娇娇的后背说，好孩子，不哭，不哭……你在舅舅眼中是最懂事的！记住，千万不要记恨你妈妈，她那也是为你好。娇娇的额头终于轻轻地碰了碰他的胸口。

初八这天，因为单位头天上班要查岗脱不开身，程仁只好让程信去机场接人。程信在电话里一百二十个不乐意，说美得那个狐狸精，难不成还要拿八抬大轿抬她进门？程仁道，让你去你就去，难道连老爷子你都不管了！程信这才闭了嘴，又说，那你可得给我报销来回的路费啊。快到中午饭口时，程信突然兴冲冲地打来电话，听那口气像中了刮刮奖头彩一样乐不可支。哥，我告诉你个好消息，这下他俩肯定臭了！程仁丈二和尚，摸不着半点儿头脑，什么香了臭了的，让你接的人呢？程信回答说，当然接到家了，老爷子见了我，还有点儿不好意思呢，我就拿话揶揄他，这回您老游山玩水逛美了吧。你猜他咋说的？他红着脸皮，半天挤出仁字，美个屁。这时，那个狐狸精拉着小崽子背着行李随后跟了出来，我压根儿没拿正眼瞧她，故意搀起老爷子的胳膊大步往外走。等一出大厅，我正拿眼睛踅摸民航大巴在哪儿停着，你猜怎么着，那个狐狸精径自招手拦住一辆出租车，拉起孩子钻进车里就颠了，连头也没回一下。我就纳闷了，忙问老爷子，喂，人家怎么撇下你自己先溜了，是不是不要你了？你猜老爹当时是啥表情？那张脸啊，就跟吃了半斤黄连似的，半天只拿鼻子苦哼了哼，才气呼呼地说，走就走呗，好像谁离开谁活不成。后来坐大巴回家的路上，我又拿话套他，可老爷子气鼓鼓的，多一个字也不想跟我谈。我说，你那是活该，谁让你放着好好的年不过，偏偏别出心裁出去旅游，还带上那么个狐狸精，不受气才怪呢。没想到老爷子这时真的火了，差点儿没从椅子上蹦起来，他气冲冲地瞪着我说，往后不准再提那个姓苏的。

过去一周的时间里，父亲和那个小苏究竟在外面发生些什么，程仁也是后来从儿子嘴里零星探知的。儿子大概碍于爷孙间的情面，起初也是三缄其口，难露其详，只说也没啥大不了的，都是些鸡毛蒜皮的小事，让程仁还是亲自问爷爷去。后来禁不住程仁再而三地追问，才透露了其中的一两个小细节。

据儿子讲，刚去南方的头三天，倒也风平浪静，主要就是带着他们逛了附近的一些名胜古迹，和市内的公园广场什么的，爷爷跟那个女的每天都有说有笑的，两个人还一左一右牵着那个小家伙，儿子还趁机给照了好多相片。后来到了第四天头上，那个女的就提出来，不想再去看什么风景了，她说要上街好好逛逛大商场去。儿子欣然点头了，便带着他们去了当地最著名的步行街，那是这个南方城市最重要的一条十里洋场，中国每年的进出口交易会都是在这里举行的，国内外的各种商品货物琳琅满目应有尽有，女人们一到这种地方，就像到了天堂，眼睛通常都不够使了，脚底下根本迈不开步。

那女的尤其喜欢试衣服，天性使然，什么 T 恤、裙子、长裤、风衣、外套，甚至真丝睡衣，穿了一件又一件，惹得人家服务员都一个劲儿抛白眼。爷爷就像忠实的老仆人，抱着那个小孩子，傻呆呆地戳在旁边干等着。这样大半天逛下来，那女的总算是挑上一件自己满意的水红色长裙，一问价钱要好几千块呢，说是什么世界名牌。爷爷皱着眉头说，又不是金丝银丝做的，咋那么老贵老贵的。那女的不以为然地说，你老土了吧，这叫纯天然真丝的，穿在身上对我们女人的皮肤最有好处，我早就想买一件了，只是一直碰不上称心如意的。爷爷摇着头坚持说，要不咱们再往前面转转，兴许还有更好的呢。

其实，儿子知道爷爷嫌贵，就说他知道一个更好的地方，那里的东西绝对物美价廉。后来，儿子就辗转地把他们领到火车站附近，一个专门搞服装批发和集散的大市场里。儿子很快就找到了类似的女装铺位，一打问，同样的裙子还真比商场便宜十几倍，爷爷当即就大方地要掏出钱给买了。哪知，那女的却没了好心情，眼睛不是眼睛，鼻子不是鼻子的，甚至连那衣服都懒得再试一下，嘴里唧唧咕咕，说这种破地方能有啥好货，还说爷爷是诚心拿这种地摊货打发叫花子呢。爷爷说不就是件衣裳嘛，穿在身上还不都一个样，咱干吗花几千块冤枉钱呢。那女的急赤白脸，也斜着眼睛说，这根本不是钱不钱的问题，这说明你老程心里压根儿就没我这个人，你把钱看得比命还当紧。爷爷听了这话，也多少动了气，忙争辩说，我大过年的带你们娘儿俩出门逛，把一堆儿女都撇在家里，你还说这种没良心的话。那女的一听更来了劲，一手抪腰，一手指着爷爷嚷，不提这个还好，一提他们，我浑身上下都想冒火，你那些狗屁儿女，哪个能像我那样尽心尽力伺候你？我让你花千把块买件衣裳，你就心疼得不行了，你留着那些退休金，将来是买棺材板用，还是等百年之后，让你那帮孝子贤孙们挥霍去！这话实在太过分了，连儿子也听不下去，老人当时简直快被气晕了，他一定没想到那女的会说出如此不堪的话，他浑身上下都筛糠样抖颤起来，好在儿子在身旁及时扶住，老人才不至于瘫在地上。

接下来两天，老人哪儿都没去，成天就闷在儿子学校附近的小旅馆里。南方的那种小旅馆非常简陋，主要是为了方便每年新生报到时，那些陪送学生的家长临时住宿用的。人家小苏每天洗漱完毕，照样描眉画眼拉着孩子上街去闲逛，顶多出门的时候不咸不淡撂一句，走了，饭自己解决吧。儿子说，那两天爷爷的心情糟透了，一整天也不说一句话，总是一个人呆呆地趴在窗前，盯着外面那片绿油油的芭蕉叶出神。南方的雨水说来就来了，漫漫潠潠下个没完，雨点噼噼啪啪敲打着外面的芭蕉叶，也敲打着模糊的窗玻璃，房间的光线渐渐暗淡下来，爷爷的身影变得瘦小而又孤单，偶尔发出的叹息声，让房间显得更加阴郁。

儿子说，他实在是无法理解爷爷当时的心情，只是从爷爷跟那女人的言谈举止间获悉，他俩的关系出现了不可弥合的裂痕。对此，儿子没有向程仁表达任何个人看法，也许只是出于对年迈的爷爷最起码的尊重。他倒是反问过家里人都是什么态度。

程仁只得在电话里敷衍一番儿子，说大家意见不太统一，关键要看爷爷自己的想法。儿子沉默了一会儿才说，早知道这样，他真不该帮爷爷这个忙的，爷爷当初并没有跟他说实话，只说是想带一个亲戚和小孩来南边散散心。程仁想了想说，儿子你做得没错，不然爷爷会更伤心的。

九

春天真是不禁过，刮几场恼人的沙尘暴，就到一年一度的清明节了。

父亲提前跟程仁通了电话，说今年也想去坟上看看。往年，都是程仁带着弟妹们去扫墓，父亲只在家中母亲遗像前上炷香，默默祷告一番。程仁就说，山上一开春风大躯冷的，您老腿脚又不方便，能不去就不去了吧，当心再受凉感冒。哪知老人的牛脾气又来了，冲着电话嚷叫，狗日的，我就是想去看看你妈，这个你也管啊？吓得程仁再不敢吱声了。这中间，程智也主动来电话，一是打问父亲近来的状况，二是也有回家上坟的打算。程仁就说，老爷子最近安生得很，能吃能睡的，就是麻将打得太凶，小妹说他整天泡在麻将馆里不动窝，颈椎病都快打出来了，劝他也没用，不过忙一点儿也好，省得他一个人又胡思乱想的。他还劝大妹别再兴师动众跑回来了，说那根本不值当，等大伙给母亲烧纸的时候，替她念叨念叨就成了。

其实，程仁还是跟大妹隐瞒了一件事，就是那个小苏后来到父亲家里狠闹过两回。

头次儿女们都不在身边，事后小妹还是听父亲家对门的女邻居讲的，说那女人一直哭哭啼啼的，一阵寻死一阵觅活，好像是来求老程原谅她什么的，具体说些啥，听不太真切。另外一回，小苏是带了帮手一同来的。这次父亲大概感觉到情况不妙，就在打开房门之前，先给程仁程信他们拨了求援电话，等儿女们急急火火赶到时，屋子里已经吵得天翻地覆了。

一个五大三粗的中年男人，自称是小苏的远房表兄，口口声声要父亲赔偿一笔青春损失费，说他表妹不能白白让一个糟老头子占了便宜，若是不拿出十万块来私了，他们就要上人民法院起诉打官司。程仁自然要据理力争，说这本来就是两相情愿的事，她一个已婚女人，难道不明白吗，谁也没强迫她这样做。程信更是当仁不让，说小苏原本只是居委会介绍来伺候老人的，放着好好的月嫂不做，自己心甘情愿赖在别人家里，撵都撵不走，我们还想告她图谋不轨呢。就这样，双方又是一番火力相拼，无非是公说公有理，婆说婆有理，最后实在闹得难开交了，程礼也是急中生智，就拿出手机威胁说，干脆打110报警算了，不要再跟他们啰唆下去！姓苏的女人或许自觉理亏，才悻悻地带那男人撤了。

再后来，这事也就不了了之了。但程信一直很怀疑父亲，她说老爹一准是私下里出了点儿血，肯定是拿钱封了那狐狸精的嘴，不然的话，那女的怎能善罢甘休呢。程仁倒也疑惑过，但他实在不想再提及此事，生怕事情真闹大了，于双方都没有好处。

　　吃一堑总得长一智。姊妹几个里面数程信心眼最活泛。有一天，她又像往常一样去帮父亲收拾屋子，趁老人坐下吃饭不留神的工夫，她偷偷地钻进卧室，从柜子底取走了那张房产证，她总担心老爷子哪天又犯糊涂病。不过，这件事小妹可从没对大哥他们讲。